詩歌人名事典

新訂第2版

日外アソシエーツ

Poets in Japan

A Biographical Dictionary

2nd Edition

Compiled by
Nichigai Associates, Inc.

©2002 by Nichigai Associates, Inc.
Printed in Japan

本書はディジタルデータでご利用いただくことができます。詳細はお問い合わせください。

●編集担当● 高橋 朝子
装 丁：熊谷 博人

刊行にあたって

　詩・短歌・俳句をはじめとする詩歌は、政治家や財界人、タレントら各界の著名人から一般の市民まで、多くの人々が興味を持ち手がけているものである。特に日本独自の短詩型文学である俳句などは、世界各国に愛好者が広がりつつあり、国際団体もできているほどである。

　本書は、小社が1993年4月に刊行した「詩歌人名事典」を全面改訂したもので、物故者から現在活躍中の人物まで6,349人の詩人、歌人、俳人を収録している。今回の版では、前版に収録した人物に加え、作品集の出版など活動が盛んになった人物、最近の詩歌関連文学賞の受賞者、長年地道に創作活動を続けてきた人物、さらに他分野での著名人で詩歌分野でも活躍が目立つ人物などを、物故者を含めて幅広く収録するよう努めた。また前版収録の人物についてもデータを最新のものに改めた。

　編集にあたっては、できるだけ最新かつ正確な情報を反映するよう気を配ったが、不十分な点や収録されるべき人物が未収録となったこともあるかと思われる。お気付きの点などご教示いただければ幸いである。

　本書が、詩歌分野を一望できる人名事典として、前版にもまして多くの方々に活用されることを願っている。

2002年5月

　　　　　　　　　　　　　　　　　　　日外アソシエーツ

凡　例

1. 基本原則

    (1) 明治から現代に至るまでの詩人・歌人・俳人を中心に、漢詩・童謡・川柳などを含めた詩歌の分野で活動してきた人物6,349人を収録した。但し、評論・研究を主としている人物は除いた。

    (2) 受賞歴、略歴事項、物故情報等についても、出来るだけ最新かつ正確な情報をもりこむように努めた。

2. 記載事項について

    記載事項ならびにその順序は次の通りである。

    職業・肩書き／㋔専門分野／㋖国籍／㋕生年月日／㋝没年月日／㋛出生（出身）地／本名、旧姓（名）、別名／㋕学歴、学位／㋜資格／㋖興味テーマ／㋕受賞名／㋕経歴／㋕所属団体名／㋕家族／ホームページアドレス

    (1) 丸つき漢字は各事項の略号である。なお、名前項目は「本名＝」の形式をとった。

    (2) 国籍は外国籍を持っている場合のみとした。

3. 見出し人名について

    (1) 見出しは、本名・筆名・雅号などのうち、詩歌の分野で使用されている名称、一般に最も多く使用されている名称を採用し、適宜、不採用の名からの参照を立てた。

    (2) 使用漢字は、原則として常用漢字、新字体に統一した。

    (3) 読みのかな表記は、原則として現代かなづかいに拠った。ただし、ぢ→じ、づ→ずにそれぞれ統一した。

    (4) 中国人名、韓国・朝鮮人名は漢字で表記し、読みは日本語読みに拠った。なお適宜民族読みを補った。

4．見出し人名の排列

　(1) 見出し人名の姓・名をそれぞれ一単位とし、姓・名の順に読みの五十音順で排列した。
　(2) 濁音・半濁音は清音、促音・拗音はそれぞれ一字とみなして排列し、長音符は無視した。

5．参考資料

　　　　「データベースWHO」日外アソシエーツ
　　　　「データベースBOOKPLUS」日外アソシエーツ
　　　　「日本近代文学大事典」講談社
　　　　「日本現代詩辞典」桜楓社
　　　　「戦後歌人名鑑」短歌新聞社
　　　　「現代俳句大辞典」明治書院
　　　　「日本の詩歌全情報27/90」日外アソシエーツ
　　　　「日本の詩歌全情報91/95」日外アソシエーツ
　　　　「日本の詩歌全情報1996-2000」日外アソシエーツ
　　　　その他、各種人名録、事典、詩歌関連の文献など

人名目次

【あ】

相生垣 瓜人 （俳人） ……………… 3
相生垣 秋津 （俳人, 俳画家） …… 3
相川 俊孝 （詩人） ………………… 3
相川 南陽 （詩人） ………………… 3
相川 やす志 （俳人） ……………… 3
相川 祐一 （詩人） ………………… 3
愛敬 浩一 （詩人） ………………… 3
相沢 一好 （歌人） ………………… 3
相沢 啓三 （詩人, 評論家） ……… 3
相沢 史郎 （評論家, 詩人） ……… 4
相沢 東洋子 （歌人） ……………… 4
相沢 等 （詩人） …………………… 4
相沢 節 （歌人, 高校教師） ……… 4
相沢 道郎 （詩人） ………………… 4
相島 勘次郎　⇒相島虚吼 を見よ
相島 虚吼 （政治家, 俳人） ……… 4
会津 八一 （歌人, 美術史家, 書家） … 4
会田 健二 （詩人, 歌人） ………… 5
相田 謙三 （詩人, 写真店経営） … 5
会田 千衣子 （詩人） ……………… 5
会田 綱雄 （詩人） ………………… 5
相野谷 森次 （歌人） ……………… 5
相葉 有流 （俳人） ………………… 5
相原 恵佐子 （歌人） ……………… 5
相原 左義長 （俳人） ……………… 5
青井 史 （歌人） …………………… 5
葵生川 玲 （詩人） ………………… 6
青木 綾子 （俳人） ………………… 6
青木 稲女 （俳人） ………………… 6
青木 月斗 （俳人） ………………… 6
青木 健作 （俳人, 小説家） ……… 6
青木 幸一露 （俳人） ……………… 6
青木 此君楼 （俳人） ……………… 6
青木 重行 （俳人） ………………… 6
青木 晴嵐 （川柳作家） …………… 6
青木 千秋 （俳人） ………………… 6
青木 健 （詩人, 小説家, 文芸評論家） … 6
青木 辰雄 （歌人） ………………… 7
青木 徹 （詩人） …………………… 7
青木 敏彦 （俳人） ………………… 7
青木 はるみ （詩人） ……………… 7
青木 幹勇 （俳人） ………………… 7
青木 みつお （詩人） ……………… 7
青木 泰夫 （俳人） ………………… 7
青木 ゆかり （歌人） ……………… 7
青木 よしを （俳人） ……………… 7
青木 緑葉 （俳人） ………………… 8
青田 伸夫 （歌人） ………………… 8
青野 竹紫 （俳人） ………………… 8
青葉 三角草 （俳人, 医師） ……… 8
青柳 晶子 （詩人） ………………… 8
青柳 暁美 （詩人） ………………… 8
青柳 喜兵衛 （画家, 詩人） ……… 8
青柳 薫也 （俳人, 医師） ………… 8
青柳 志解樹 （俳人） ……………… 8
青柳 菁々 （俳人） ………………… 8
青柳 節子 （歌人） ………………… 8
青柳 千尊 （歌人） ………………… 9
青柳 照葉 （俳人） ………………… 9
青柳 瑞穂 （フランス文学者, 詩人） … 9
青柳 優 （詩人, 文芸評論家） …… 9
青山 霞村 （詩人, 歌人） ………… 9
青山 かつ子 （詩人） ……………… 9
青山 鶏一 （詩人） ………………… 9
青山 丈 （俳人） …………………… 9
青山 ゆき路 （歌人） ……………… 9
赤井 喜一 （詩人） ………………… 10
赤石 茂 （歌人） …………………… 10
赤石 信久 （詩人） ………………… 10
赤石 憲彦 （俳人） ………………… 10
赤尾 恵以 （俳人） ………………… 10
赤尾 兜子 （俳人） ………………… 10
赤尾 冨美子 （俳人） ……………… 10
赤木 格堂 （俳人, 歌人） ………… 10
赤木 健介 （歌人, 詩人, 出版編集者） … 10
赤木 公平 （歌人） ………………… 11
赤城 さかえ （俳人） ……………… 11
赤木 利子 （俳人） ………………… 11
赤座 憲久 （児童文学作家, 詩人） … 11
明石 海人 （歌人, 詩人, 画家） … 11
赤田 玖実子 （俳人） ……………… 11
阿片 瓢郎 （俳人） ………………… 11
赤沼 山舟生 （俳人） ……………… 12

人　名　目　次　　　　　　　　　あした

阿金 よし子（歌人） …………… 12	あざ 蓉子（俳人） …………… 17
赤羽 恒弘（詩人） …………… 12	浅井 意外（俳人, 医師） …………… 17
赤星 水竹居（俳人） …………… 12	浅井 薫（詩人） …………… 18
赤堀 五百里（俳人） …………… 12	浅井 火扇（俳人） …………… 18
赤間 昇（歌人） …………… 12	浅井 喜多治（歌人） …………… 18
赤松 蕙子（俳人） …………… 12	浅井 十三郎（詩人） …………… 18
赤松 月船（詩人） …………… 12	浅井 浚一（俳人） …………… 18
赤松 元敏（歌人） …………… 12	浅井 啼魚（俳人） …………… 18
赤松 柳史（俳画家, 俳人） …………… 12	浅井 瓢緑（俳人） …………… 18
赤松 椋園（漢詩人） …………… 13	浅尾 忠男（詩人） …………… 18
赤山 勇（詩人） …………… 13	浅賀 渡洋（俳人） …………… 18
秋尾 敏（俳人, 詩人） …………… 13	浅川 広一（俳人） …………… 19
秋沢 猛（俳人） …………… 13	朝木 奏鳳（俳人, 書家, 彫刻家） …………… 19
秋沢 流火（俳人） …………… 13	朝倉 安都子（詩人） …………… 19
秋篠 光広（俳人） …………… 13	朝倉 勇（詩人, コピーライター） …………… 19
秋月 天放（漢詩人, 教育者） …………… 13	朝倉 和江（俳人, 華道教授） …………… 19
秋月 豊文（歌人, 元・高校教師） …………… 13	朝倉 宏哉（詩人） …………… 19
秋田 握月（俳人） …………… 13	麻田 駒之助　⇒麻田椎花 を見よ
秋田 雨雀（劇作家, 小説家, 詩人） …………… 13	麻田 椎花（編集者, 出版経営者, 俳人） …………… 19
阿木津 英（歌人） …………… 14	浅田 雅一（歌人） …………… 19
秋野 さち子（詩人） …………… 14	浅野 晃（詩人, 評論家） …………… 19
秋葉 四郎（歌人） …………… 14	浅野 英治（歌人） …………… 20
秋葉 てる代（童話作家, 童謡詩人） …………… 14	浅野 光一（歌人） …………… 20
秋庭 俊彦（露文学者, 俳人） …………… 14	浅野 純一（歌人） …………… 20
秋葉 ひさを（俳人） …………… 14	浅野 如水（俳人） …………… 20
秋原 秀夫（詩人, 編集者） …………… 14	浅野 岳詩（俳人） …………… 20
秋光 泉児（俳人, 医師） …………… 14	浅野 正（俳人） …………… 20
秋元 虚受（俳人） …………… 14	浅野 保（俳人） …………… 20
秋元 炯（詩人） …………… 14	浅野 童肖子（俳人） …………… 20
秋元 洒汀（俳人） …………… 15	浅野 富美江（歌人） …………… 20
秋元 千恵子（歌人） …………… 15	浅野 浩（詩人） …………… 20
秋元 不死男（俳人） …………… 15	浅野 美恵子（歌人） …………… 20
秋元 蘆風（詩人） …………… 15	浅野 明信（詩人） …………… 20
秋谷 豊（詩人, エッセイスト, 登山家） …………… 15	浅野 右橘（俳人） …………… 21
秋山 花笠（俳人） …………… 15	浅野 梨郷（歌人） …………… 21
秋山 清（詩人, 評論家） …………… 15	浅野 良一（歌人） …………… 21
秋山 秋紅蓼（俳人） …………… 16	浅原 才市（浄土真宗信者, 詩人） …………… 21
秋山 夏樹（俳人） …………… 16	浅原 ちちろ（俳人） …………… 21
秋山 牧車（俳人） …………… 16	浅原 六朗（小説家, 詩人, 俳人） …………… 21
秋山 未踏（俳人） …………… 16	朝吹 磯子（歌人, 元・テニス選手） …………… 21
秋山 実（編集者, 歌人） …………… 16	朝吹 亮二（詩人） …………… 22
秋山 基夫（詩人） …………… 16	浅見 青史（俳人） …………… 22
秋吉 久紀夫（詩人, 評論家） …………… 16	浅見 大器（詩人） …………… 22
芥川 徳郎（歌人） …………… 16	浅見 美紗子（歌人） …………… 22
芥川 龍之介（小説家, 俳人） …………… 16	浅見 洋子（詩人, エッセイスト） …………… 22
阿久津 善治（歌人） …………… 17	朝森 弓子（詩人） …………… 22
阿久津 凍河（俳人, 詩人） …………… 17	浅山 泰美（詩人） …………… 22
阿久根 純（俳人） …………… 17	浅利 良道（歌人） …………… 22
阿久根 治子（児童文学作家, 童謡詩人） …………… 17	芦川 照江　⇒小川アンナ を見よ
暁烏 敏（僧侶, 仏教学者, 歌人） …………… 17	芦田 秋窓（俳人, 日本画家） …………… 22

(7)

あした　　人名目次

芦田 高子　(歌人) …………………… 22	阿部 次郎　⇒阿部小壺 を見よ
あしみね えいいち　(詩人) ………… 23	阿部 青鞋　(俳人, 牧師) …………… 28
蘆谷 蘆村　(童話研究家, 詩人) …… 23	阿部 誠文　(俳人) …………………… 28
飛鳥田 孋無公　(俳人) ……………… 23	阿部 宗一郎　(詩人, 俳人) ………… 28
梓 志乃　(歌人) ……………………… 23	阿部 太一　(歌人) …………………… 28
東 早苗　(俳人) ……………………… 23	阿部 保　(詩人) ……………………… 28
東 淳子　(歌人) ……………………… 23	安部 忠三　(歌人) …………………… 28
東 延江　(詩人) ……………………… 23	安部 宙之介　(詩人) ………………… 28
安住 敦　(俳人) ……………………… 23	安部 英康　(詩人, 歌人) …………… 29
安住 尚志　(歌人) …………………… 24	阿部 日奈子　(詩人) ………………… 29
安積 得也　(社会評論家, 詩人) …… 24	阿部 ひろし　(俳人) ………………… 29
麻生 路郎　(川柳作家) ……………… 24	阿部 太　(俳人) ……………………… 29
麻生 直子　(詩人) …………………… 24	阿部 富美子　(詩人) ………………… 29
麻生 秀顯　(詩人) …………………… 24	阿部 正路　(歌人, 文芸評論家) …… 29
麻生 松江　(歌人) …………………… 24	阿部 みどり女　(俳人) ……………… 29
安蘇野 芳明　(歌人) ………………… 24	阿部 幽水　(俳人) …………………… 29
安宅 啓子　(詩人) …………………… 24	安倍 能成　(教育者, 哲学者, 俳人) … 29
安宅 夏夫　(詩人, 歌人) …………… 25	天岡 宇津彦　(俳人) ………………… 30
安立 公彦　(俳人) …………………… 25	天久 卓夫　(歌人) …………………… 30
足立 巻一　(詩人, 作家) …………… 25	天沢 退二郎　(詩人, 評論家) ……… 30
足立 公平　(歌人) …………………… 25	天田 愚庵　(歌人, 漢詩人, 僧侶) … 30
安達 しげを　(俳人) ………………… 25	甘田 五彩　(俳人) …………………… 30
足立 重刀士　(俳人) ………………… 25	天津 克子　(俳人) …………………… 30
安達 棟月　(俳人) …………………… 25	天根 夢草　(川柳作家) ……………… 31
足立 敏彦　(歌人) …………………… 25	天野 雨山　(俳人) …………………… 31
安達 真弓　(俳人) …………………… 25	天野 宗軒　(俳人) …………………… 31
足立 八洲路　(俳人) ………………… 25	天野 忠　(詩人, 随筆家) …………… 31
安立 恭彦　(俳人) …………………… 26	天野 美津子　(俳人) ………………… 31
足立原 斗南郎　(俳人, 農業) ……… 26	天野 隆一　(日本画家, 詩人) ……… 31
渥美 芙峰　(俳人) …………………… 26	天彦 五男　(俳人) …………………… 31
阿藤 伯海　(漢学者, 漢詩人) ……… 26	天安 渓道　(漢詩人, 僧侶) ………… 31
後山 光行　(詩人) …………………… 26	網谷 厚子　(詩人) …………………… 31
穴井 太　(俳人) ……………………… 26	雨宮 きぬよ　(俳人) ………………… 32
穴沢 芳江　(歌人) …………………… 26	雨宮 慶子　(詩人) …………………… 32
阿南 哲朗　(詩人, 童話作家) ……… 26	雨宮 謙　(詩人) ……………………… 32
阿比留 ひとし　(俳人) ……………… 26	雨宮 昌吉　(俳人) …………………… 32
阿部 藍子　(俳人) …………………… 26	雨宮 抱星　(俳人) …………………… 32
阿部 岩夫　(詩人, 評論家) ………… 26	雨宮 雅子　(歌人, 評論家) ………… 32
阿部 栄子　(詩人) …………………… 27	飴山 実　(俳人) ……………………… 32
安部 一之　(詩人, 中学校教師) …… 27	綾部 仁喜　(俳人) …………………… 32
阿部 完市　(医師, 俳人) …………… 27	綾部 剛　(歌人) ……………………… 32
阿部 鳩雨　(歌人) …………………… 27	綾部 白夜　(歌人) …………………… 33
阿部 慧月　(俳人) …………………… 27	綾部 光芳　(歌人) …………………… 33
阿部 弘一　(詩人) …………………… 27	鮎貝 槐園　(俳人) …………………… 33
阿部 子峡　(俳人) …………………… 27	鮎貝 久仁子　(歌人) ………………… 33
阿部 静枝　(歌人, 政治家, 社会評論家) … 27	鮎川 信夫　(詩人, 評論家) ………… 33
阿部 静雄　(俳人) …………………… 27	あゆかわ のぼる　(詩人, エッセイスト) …… 33
阿部 十三　(歌人) …………………… 27	新井 章夫　(詩人) …………………… 33
阿部 小壺　(俳人) …………………… 27	新井 章　(歌人) ……………………… 33
阿部 筥人　(俳人) …………………… 28	新井 洸　(歌人) ……………………… 33

(8)

新井 佳津子 (俳人) ……… 34	安藤 姑洗子 (俳人) ……… 40
新井 紅石 (俳人) ……… 34	安藤 佐貴子 (歌人) ……… 40
新井 貞子 (歌人) ……… 34	安藤 昭司 (歌人) ……… 40
新井 声風 (俳人) ……… 34	安藤 赤舟 (俳人) ……… 40
荒井 孝 (歌人) ……… 34	安藤 甦浪 (俳人) ……… 40
新井 徹 (詩人) ……… 34	安藤 泰子 (歌人) ……… 40
新井 豊美 (詩人, 評論家) ……… 34	安東 次男 (詩人, 俳人, 批評家) ……… 40
荒井 文 (歌人) ……… 34	安藤 橡面坊 (俳人) ……… 41
荒井 正隆 (俳人, 商業デザイナー) ……… 34	安藤 彦三郎 (歌人) ……… 41
荒賀 憲雄 (詩人) ……… 34	安藤 寛 (歌人) ……… 41
荒垣 外也 (俳人) ……… 35	安藤 元雄 (詩人) ……… 41
新垣 秀雄 (歌人) ……… 35	安藤 涼二 (俳人) ……… 41
荒川 吟波 (俳人) ……… 35	安藤 和風 (ジャーナリスト, 俳人, 郷土史家) ‥ 41
荒川 同楽 (俳人, 医師) ……… 35	安養 白翠 (俳人) ……… 42
荒川 法勝 (詩人, 小説家) ……… 35	安養寺 美人 (俳人) ……… 42
荒川 洋治 (詩人) ……… 35	安立 スハル (歌人) ……… 42
荒木 古川 (俳人) ……… 35	
荒木 忠男 (俳人, 詩人) ……… 35	
荒木 暢夫 (歌人) ……… 36	【い】
新 哲実 (詩人) ……… 36	
新出 朝子 (俳人) ……… 36	
荒松 素泡 (俳人) ……… 36	井伊 文子 (歌人) ……… 42
新谷 ひろし (俳人) ……… 36	飯尾 峭木 (俳人) ……… 42
有泉 七種 (俳人, 医師) ……… 36	飯岡 幸吉 (歌人) ……… 42
有川 美亀男 (歌人) ……… 36	飯岡 亨 (詩人) ……… 42
有坂 赤光車 (俳人) ……… 36	飯島 章 (詩人) ……… 42
有島 武郎 (小説家, 詩人) ……… 36	飯島 耕一 (詩人) ……… 42
有田 静昭 (歌人) ……… 37	飯島 宗一 (歌人) ……… 43
有田 忠郎 (詩人) ……… 37	飯島 正 (映画評論家, 詩人) ……… 43
有冨 光英 (俳人) ……… 37	飯島 晴子 (俳人) ……… 43
有野 正博 (歌人) ……… 37	飯島 みさ子 (俳人) ……… 43
有馬 朗人 (物理学者, 俳人) ……… 37	飯島 蘭風 (俳人) ……… 43
有馬 籌子 (歌人) ……… 37	飯塚 田鶴子 (俳人) ……… 43
有馬 暑雨 (俳人) ……… 38	飯田 明子 (歌人) ……… 44
有馬 敲 (詩人, 文芸評論家) ……… 38	飯田 兼治郎 (歌人) ……… 44
有本 倶子 (作家, 歌人) ……… 38	飯田 青蛙 (政治家, 俳人) ……… 44
有本 芳水 (詩人, 歌人) ……… 38	飯田 蛇笏 (俳人) ……… 44
有本 銘仙 (俳人) ……… 38	飯田 忠雄 ⇒ 飯田青蛙 を見よ
有山 大五 (歌人) ……… 38	飯田 棹水 (歌人) ……… 44
有賀 辰見 (俳人) ……… 38	飯田 莫哀 (歌人) ……… 44
淡島 寒月 (小説家, 随筆家, 俳人) ……… 38	飯田 善国 (彫刻家, 詩人) ……… 44
粟津 松彩子 (俳人) ……… 39	飯田 龍太 (俳人) ……… 45
粟津 水棹 (俳人) ……… 39	飯沼 文 (詩人) ……… 45
阿波野 青畝 (俳人) ……… 39	飯沼 鮎子 (歌人) ……… 45
安斎 桜磈子 (俳人) ……… 39	飯沼 喜八郎 (歌人) ……… 45
安在 孝夫 (詩人) ……… 39	飯野 遊汀子 (俳人) ……… 45
安西 均 (詩人) ……… 39	飯村 亀次 (歌人) ……… 45
安西 冬衛 (詩人) ……… 39	飯森 杉雨 (俳人) ……… 45
安藤 五百枝 (俳人) ……… 40	井浦 徹人 (詩人) ……… 46
安藤 一郎 (詩人, 英米文学者) ……… 40	井尾 望東 (俳人) ……… 46

五百木 瓢亭 （俳人, ジャーナリスト）	46	井桁 汀風子 （俳人, 医師）	52
五百旗頭 欣一 （詩人）	46	池田 時雄 （詩人）	52
井奥 行彦 （詩人）	46	池田 富蔵 （歌人）	52
五十崎 古郷 （俳人）	46	井桁 白陶 （俳人）	52
筏井 嘉一 （歌人）	46	池田 はるみ （歌人）	52
筏井 竹の門 （俳人）	46	池田 風信子 （俳人）	52
筏丸 けいこ （詩人）	46	池田 まり子 （歌人）	52
井神 隆憲 （俳人）	46	池永 衛二 （歌人）	52
五十嵐 牛喆 （俳人）	47	池内 たけし （俳人）	52
五十嵐 研三 （俳人）	47	池内 友次郎 （作曲家, 俳人）	53
五十嵐 輝 （俳人）	47	池原 魚眠洞 （俳人）	53
五十嵐 肇 （歌人）	47	池原 楷雄 （歌人）	53
五十嵐 播水 （俳人, 医師）	47	池原 錬昌 （歌人）	53
猪狩 哲郎 （俳人）	47	池袋 清風 （歌人）	53
碇 登志雄 （歌人）	47	池辺 義象 （国文学者, 歌人）	53
猪狩 満直 （詩人）	47	池松 迂巷 （俳人）	53
井川 京子 （歌人）	47	池本 一郎 （歌人）	53
井川 博年 （詩人）	47	池本 利美 （歌人）	53
繭草 慶子 （俳人）	48	いさ 桜子 （俳人）	54
生田 和恵 （歌人）	48	井坂 洋子 （詩人）	54
生田 春月 （詩人, 翻訳家）	48	井崎 外枝子 （詩人）	54
生田 蝶介 （歌人, 小説家）	48	井沢 子光 （俳人）	54
生田 友也 （歌人）	48	伊沢 信平 （歌人）	54
生田 花世 （小説家, 詩人）	48	井沢 唯夫 （俳人）	54
井口 克己 （作家, 詩人）	48	井沢 正江 （俳人）	54
猪口 節子 （俳人）	48	石 寒太 （俳人）	54
井口 荏子 （俳人, 歯科医）	49	石 昌子 （歌人）	54
生野 俊子 （翻訳家, 歌人）	49	石井 有人 （川柳作家）	55
以倉 紘平 （詩人）	49	石井 衣子 （歌人, 随筆家）	55
池 皐雨郎 （詩人）	49	石井 庄司　⇒石井桐陰 を見よ	
池井 昌樹 （詩人）	49	石井 青歩 （俳人）	55
池上 浩山人 （俳人）	49	石井 双刀 （歌人）	55
池上 貞子 （詩人）	49	石井 保 （俳人）	55
池上 樵人 （俳人）	50	石井 千明 （歌人）	55
池上 不二子 （俳人, 装こう師）	50	石井 桐陰 （国文学者, 俳人）	55
池口 呑歩 （川柳作家）	50	石井 徹 （歌人）	55
池沢 夏樹 （小説家, 詩人, 評論家）	50	石井 登喜夫 （歌人, エッセイスト）	55
池下 幹彦 （詩人）	50	石井 利明 （歌人）	56
池田 瑛子 （詩人）	50	石井 とし夫 （俳人）	56
池田 可宵 （川柳作家）	50	石井 直三郎 （歌人）	56
池田 克己 （詩人）	50	石井 柏亭 （洋画家, 美術評論家, 詩人）	56
井桁 衣子 （俳人）	51	石井 藤雄 （詩人）	56
池田 啓三 （俳人）	51	石井 瑞穂 （歌人）	56
池田 秀水 （俳人）	51	石井 三展 （歌人）	56
池田 澄子 （歌人, 児童文学作家）	51	石井 露月 （俳人）	56
池田 澄子 （俳人）	51	石岡 雅憲 （歌人）	56
池田 純義 （歌人, 神官）	51	石垣 恵美子　⇒石垣蔦紅 を見よ	
池田 千藤 （歌人）	51	石垣 蔦紅	57
池田 草舎 （俳人）	51	石垣 りん （詩人）	57
井桁 蒼水 （俳人）	51	石川 逸子 （詩人）	57

(10)

石川 一成 （歌人）	57	石橋 定夫 （詩人）	63
石川 恭子 （歌人, 医師）	57	石橋 妙子 （歌人）	63
石川 銀栄子 （俳人）	58	石橋 辰之助 （俳人）	63
石川 桂郎 （小説家, 俳人, 随筆家）	58	石橋 忍月 （文芸評論家, 小説家, 俳人）	63
石川 星水女 （俳人）	58	石橋 秀野 （俳人）	64
石川 静雪 （俳人）	58	石原 明 （歌人）	64
石川 善助 （詩人）	58	石原 一輝 （作詞家, 作曲家, 詩人）	64
石川 啄木 （歌人, 詩人, 小説家）	58	石原 雁子 （俳人, 医師）	64
石川 冬城 （俳人）	58	石原 沙人 （俳人, 川柳作家）	64
石川 信夫 （歌人）	59	石原 舟月 （俳人）	64
石川 春彦 （詩人）	59	石原 純 （理論物理学者, 歌人）	64
石川 日出雄 （俳人）	59	石原 素子 （歌人）	65
石川 宏 （詩人）	59	石原 武 （詩人）	65
石川 不二子 （歌人）	59	石原 透 （俳人）	65
石川 まき子 （歌人）	59	石原 光久 （歌人）	65
石川 道雄 （詩人, ドイツ文学者）	59	石原 八束 （俳人）	65
石川 義広 （歌人）	59	石原 吉郎 （詩人）	65
石倉 啓補 （俳人）	59	石村 貞雄 （歌人）	66
石倉 翠葉 （俳人）	59	石牟礼 道子 （作家, 俳人）	66
石榑 千亦 （歌人）	60	石本 隆一 （歌人）	66
石黒 清介 （歌人）	60	石森 和男 （歌人, 詩人）	66
石黒 白萩 （俳人）	60	伊集院 昭子 （詩人）	66
石毛 郁治 （俳人）	60	石原 万戸 （俳人）	66
石毛 拓郎 （詩人, 文芸評論家）	60	石原 和三郎 （童謡詩人, 作家, 小学校訓導）	66
石沢 三善 （川柳作家）	60	伊豆 公夫 ⇒赤木健介 を見よ	
石島 雉子郎 （俳人）	60	伊豆 三郷 （俳人）	67
石塚 正也 （歌人）	60	出井 知恵子 （俳人）	67
石塚 友二 （小説家, 俳人）	61	出岡 実 （洋画家, 詩人）	67
石塚 真樹 （俳人）	61	泉田 秋硯 （俳人）	67
石塚 まさを （俳人）	61	和泉 香 （川柳作家）	67
石曽根 民郎 （川柳作家）	61	和泉 香津子 （俳人）	67
石田 あき子 （俳人）	61	和泉 克雄 （詩人）	67
石田 雨圃子 （俳人, 僧侶）	61	泉 鏡花 （小説家, 俳人）	67
いしだ えつ子 （詩人）	61	出海 溪也 （詩人）	68
石田 修 （歌人, 医師）	61	泉 幸吉 （実業家, 歌人）	68
石田 勝彦 （俳人）	61	泉 甲二 （歌人）	68
石田 郷子 （俳人）	61	泉 紫像 （俳人）	68
石田 耕三 （歌人）	62	泉 天郎 （俳人, 医師）	68
石田 漣 （歌人）	62	和泉 風光子 （医師, 俳人）	68
石田 三郎 ⇒わらびさぶろう を見よ		泉 芳朗 （詩人, 教師）	68
石田 三千丈 （俳人, 医師）	62	泉国 夕照 （歌人）	68
石田 常念 （川柳作家）	62	泉沢 浩志 （詩人）	68
石田 小坡 （俳人）	62	泉谷 明 （詩人）	69
石田 東陵 （漢学者, 漢詩人）	62	岩動 炎天 （俳人, 医師）	69
石田 波郷 （俳人）	62	井関 冬人 （俳人）	69
石田 比呂志 （歌人）	63	伊勢田 史郎 （詩人）	69
石田 玲水 （歌人）	63	礒 幾造 （歌人）	69
石飛 如翠 （俳人）	63	磯江 朝子 （俳人）	69
石中 象治 （詩人）	63	磯貝 雲峰 （詩人）	69
石野 勝美 （歌人）	63	磯貝 景美江 （詩人）	69

氏名	頁
磯谷 春雄 （歌人）	69
磯貝 碧蹄館 （俳人, 書家）	69
磯崎 藻二 （俳人）	70
礒永 秀雄 （詩人）	70
磯野 莞人 （俳人）	70
磯野 秋渚 （漢詩人, 書家）	70
磯野 充伯 （俳人）	70
石上 露子 （歌人）	70
磯辺 幹介 （俳人）	70
磯部 国子 （歌人）	70
磯部 尺山子 （画家, 俳人）	70
磯部 草丘　⇒磯部尺山子 を見よ	
磯村 英樹 （詩人）	71
井田 金次郎 （歌人）	71
伊田 耕三 （詩人）	71
板垣 鋭太郎 （俳人）	71
板垣 家子夫 （歌人）	71
板谷 芳浄 （俳人, 前衛書家）	71
板津 堯 （俳人）	71
井谷 まさみち （歌人）	71
伊丹 公子 （俳人, 詩人）	71
伊丹 啓子 （俳人）	71
伊丹 三樹彦 （俳人, 写真家）	72
板宮 清治 （歌人）	72
市川 一男 （俳人, 弁理士）	72
市川 貴美子 （歌人）	72
市川 健次 （歌人）	72
市川 宏三 （詩人）	72
市川 定吉 （歌人, 医師）	72
市川 享 （歌人）	72
市川 辰蔵 （歌人）	72
市川 丁子 （俳人）	72
市川 天神居 （俳人, 歯科医）	73
市川 東子房 （俳人）	73
市来 勉 （歌人）	73
市島 三千雄 （詩人）	73
一条 和一 （歌人）	73
一瀬 直行 （詩人, 小説家）	73
一戸 謙三 （方言詩人）	73
一原 有徳 （版画家, 俳人, 登山家）	73
市原 志郎 （歌人）	73
市堀 玉宗 （俳人）	73
一丸 章 （詩人）	74
一丸 文子 （俳人）	74
市村 燕子 （俳人）	74
市村 究一郎 （俳人）	74
市村 宏 （国文学者, 歌人）	74
市村 不先 （俳人）	74
市山 盛雄 （歌人）	74
井辻 朱美 （翻訳家, 歌人, 小説家）	74
一色 醒川 （詩人）	74
一色 真理 （詩人）	75
伊津野 永一 （俳人）	75
井出 一太郎 （政治家, 歌人）	75
井手 逸郎 （評論家, 俳人）	75
井出 台水 （俳人, 陸軍主計中将）	75
井手 則雄 （彫刻家, 美術評論家, 詩人）	75
井出 八井 （歌人）	75
井手 文雄 （詩人）	75
糸 大八 （俳人）	76
井土 霊山 （漢詩人）	76
伊藤 聚 （俳人）	76
伊藤 郁男　⇒伊藤無限子 を見よ	
伊藤 勲 （詩人）	76
伊藤 葦天 （俳人）	76
伊藤 いと子 （俳人）	76
伊藤 伊那男 （俳人）	76
伊藤 海彦 （詩人, シナリオライター）	76
伊藤 鴎二 （俳人）	76
伊東 音次郎 （歌人）	77
伊藤 一彦 （歌人）	77
伊藤 勝行 （詩人, 元・中学校教師）	77
伊藤 観魚 （俳人, 画家, 書家）	77
伊藤 完吾 （俳人）	77
伊東 牛歩 （俳人）	77
伊藤 京子 （俳人）	77
伊藤 桂一 （小説家, 詩人）	77
伊藤 啓子 （詩人）	78
伊藤 敬子 （俳人）	78
伊東 月草 （俳人）	78
いとう けんぞう （画家, 詩人）	78
伊藤 源之助 （歌人）	78
伊藤 後槻 （俳人）	78
伊藤 幸也 （詩人）	78
伊藤 紅緑天 （俳人）	78
伊藤 左千夫 （歌人, 小説家）	79
伊東 静雄 （詩人）	79
伊藤 春畝 （政治家, 漢詩人, 公爵）	79
伊藤 松宇 （俳人, 俳句研究家）	79
伊藤 正斉 （詩人, 陶芸家）	79
伊藤 正三 （歌人）	79
伊藤 四郎 （俳人）	80
伊藤 信吉 （詩人, 評論家）	80
伊藤 信二 （詩人, 小説家）	80
伊藤 翠壺 （俳人）	80
伊東 祐命 （歌人）	80
伊藤 整 （小説家, 詩人, 評論家）	80
伊藤 公敬 （詩人, 労働運動家）	81
伊藤 保 （歌人）	81
伊藤 竹外 （漢詩人）	81

伊藤 忠兵衛(2代目) （実業家, 俳人）	81	稲畑 汀子 （俳人, 随筆家）	87
伊藤 てい子 （俳人）	81	稲森 宗太郎 （歌人）	87
伊藤 東吉 （俳人）	81	稲吉 楠甫 （俳人）	87
伊藤 凍魚 （俳人）	81	稲荷 島人 （俳人）	87
伊藤 トキノ （俳人）	82	乾 修平 （俳人）	87
伊藤 登世秋 （歌人）	82	乾 武俊 （詩人）	87
伊藤 乃里子 （俳人）	82	乾 鉄片子 （俳人）	88
伊藤 柏翠 （俳人）	82	乾 直恵 （詩人）	88
伊藤 白潮 （俳人）	82	乾 涼月 （歌人）	88
伊藤 博文 ⇒伊藤春畝 を見よ		犬飼 志げの （歌人）	88
伊藤 宏見 （歌人）	82	犬養 毅 （政治家, 漢詩人）	88
伊藤 比呂美 （詩人）	82	犬塚 堯 （詩人）	88
伊藤 雅子 （俳人）	82	犬塚 春径 （俳人, 医師）	88
伊藤 政美 （俳人）	83	犬塚 藤子 （俳人）	88
伊藤 美喜 （俳人）	83	犬丸 秀雄 （文芸評論家, 歌人）	88
伊藤 通明 （俳人）	83	伊能 秀記 （歌人）	89
伊藤 無限子 （政治家, 俳人）	83	井上 唖々 （小説家, 俳人）	89
伊藤 康円 （詩人）	83	井上 一二 （俳人）	89
伊藤 和 （詩人, 社会運動家）	83	井上 岩夫 （詩人）	89
伊藤 雄一郎 （詩人）	83	井上 烏三公 （俳人）	89
伊藤 祐輔 （歌人）	83	いのうえ かつこ （俳人）	89
伊藤 雪雄 （歌人）	83	井上 寛治 （放送作家, コピーライター, 詩人）	89
伊藤 雪女 （俳人）	83	井上 淑子 （詩人）	89
伊藤 嘉夫 （歌人）	84	井上 草加江 （俳人）	89
伊藤 麟 （歌人）	84	井上 剣花坊 （川柳作家）	89
伊東 廉 （医師, 詩人）	84	井上 健太郎 （歌人）	90
井戸川 美和子 （歌人）	84	井上 井月 （俳人）	90
糸屋 鎌吉 （詩人）	84	井上 多喜三郎 （詩人）	90
伊奈 かっぺい （タレント, 詩人）	84	井上 只生 （詩人）	90
稲岡 長 （俳人, 医師）	84	井上 哲次郎 （哲学者, 詩人）	90
稲垣 和秋 （詩人）	84	井上 輝夫 （詩人）	90
稲垣 きくの （俳人）	85	井上 俊夫 （詩人, 小説家）	90
稲垣 足穂 （小説家, 詩人）	85	井上 日石 （俳人）	91
稲垣 千穎 （国文学者, 歌人）	85	井上 信子 （川柳作家）	91
稲垣 陶石 （俳人）	85	井上 白文地 （俳人）	91
稲垣 法城子 （俳人）	85	井上 八蔵 （詩人）	91
稲垣 正穂 （川柳作家）	85	いのうえ ひょう （詩人, 小説家）	91
稲垣 瑞雄 （小説家, 詩人）	85	井上 正一 （歌人）	91
稲川 方人 （詩人, 編集者）	85	井上 雅友 （俳人）	91
稲木 信夫 （詩人）	86	井上 美地 （歌人）	91
稲木 豊実 （詩人）	86	井上 通泰 （歌人, 国文学者, 医師）	91
稲島 帚木 （俳人）	86	井上 充子 （詩人）	92
稲田 定雄 （歌人, 翻訳家）	86	井上 光貞 （歴史家, 歌人）	92
稲富 義明 （俳人）	86	井上 光晴 （小説家, 詩人）	92
稲葉 京子 （歌人）	86	井上 靖 （小説家, 詩人）	92
稲葉 忠行 （詩人）	86	井上 康文 （詩人）	93
稲葉 直 （俳人）	86	井上 雪 （作家, 俳人）	93
稲葉 トミ （俳人）	86	井上 嘉明 （詩人）	93
稲葉 峯子 （歌人）	87	井上 頼圀 （国学者, 歌人）	93
稲葉 嘉和 （詩人）	87	井上 緑水 （俳人）	93

人名	頁	人名	頁
井之川 巨 (詩人)	93	今村 冬三 (詩人)	100
井野口 慧子 (詩人)	94	今村 嘉孝 (詩人)	100
猪股 静弥 (歌人)	94	井本 農一 (俳人)	100
猪俣 千代子 (俳人)	94	井本 木綿子 (詩人)	100
猪俣 津南雄 (社会主義者, 経済学者, 俳人)	94	伊良子 清白 (詩人, 医師)	100
井ノ本 勇象 (歌人)	94	伊良子 正 (詩人)	100
伊庭 心猿 (俳人)	94	伊良波 盛男 (詩人)	100
伊波 南哲 (詩人, 小説家)	94	入江 昭三 (詩人)	100
茨木 和生 (俳人)	94	入江 為守 (歌人)	101
茨木 のり子 (詩人)	95	入江 元彦 (詩人)	101
伊吹 玄果 (俳人)	95	入江 好之 (詩人, 児童文学作家)	101
伊吹 純 (歌人)	95	入沢 康夫 (詩人, フランス文学者)	101
伊吹 高吉 (歌人)	95	入沢 凉月 (歌人, 新聞記者, 古式水泳神伝流教師)	101
伊吹 一 ⇒伊吹玄果 を見よ		入谷 寿一 (詩人)	101
伊福部 隆輝 (文芸評論家, 詩人, 宗教研究家)	95	岩井 久美恵 (俳人)	101
井伏 鱒二 (小説家, 詩人)	95	岩井 謙一 (歌人)	101
違星 北斗 (歌人)	96	岩井 三窓 (川柳作家)	102
伊馬 春部 (放送作家, 歌人)	96	祝 算之介 (詩人)	102
今井 杏太郎 (俳人, 医師)	96	岩井 信実 (詩人)	102
今井 邦子 (歌人)	96	岩井 正宏 (歌人)	102
今井 恵子 (歌人)	96	岩泉 晶夫 (詩人)	102
今井 湖峯子 (俳人)	96	岩尾 美義 (医師, 俳人)	102
今井 聖 (俳人, シナリオライター)	97	岩片 わか (歌人)	102
今井 千鶴子 (俳人, 家事研究家)	97	岩上 とわ子 (歌人)	102
今井 つる女 (俳人)	97	岩木 昭夫 (俳人, 中学校教師(小杉中))	102
今井 白楊 (詩人)	97	岩木 躑躅 (俳人)	103
今井 風狂子 (俳人)	97	岩城 久治 (俳人)	103
今井 福治郎 (歌人)	97	岩倉 憲吾 (詩人)	103
今井 栄文 ⇒今井湖峯子 を見よ		岩佐 東一郎 (詩人, 随筆家)	103
今泉 宇涯 (俳人, 医師)	97	岩佐 なを (銅版画家, 詩人)	103
今泉 準一 (俳人)	97	岩佐 頼太郎 (詩人)	103
今泉 貞鳳 (評論家, 俳人, 元・講談師)	98	岩崎 勝三 (歌人)	103
今泉 美恵子 (歌人)	98	岩崎 健一 (俳人)	103
今泉 康弘 (俳人)	98	岩崎 孝生 (歌人)	103
今泉 勇一 (歌人)	98	岩崎 節子 (歌人)	103
今枝 蝶人 (俳人)	98	岩崎 照子 (俳人)	104
今岡 弘 (詩人)	98	岩崎 睦夫 (歌人)	104
今川 凍光 (俳人, 僧侶)	98	岩下 ゆう二 (俳人)	104
今川 美幸 (歌人)	98	岩瀬 正雄 (詩人)	104
今川 洋 (詩人)	98	岩田 記未子 (歌人)	104
今坂 柳二 (俳人)	99	岩田 京子 (詩人)	104
今瀬 剛一 (俳人)	99	岩田 潔 (俳人)	104
今関 天彭 (漢詩人, 中国学術文芸研究家)	99	岩田 紫雲郎 (俳人)	104
今辻 和典 (詩人)	99	岩田 昌寿 (俳人)	104
今中 楓渓 (歌人)	99	岩田 正 (歌人)	105
今西 久穂 (歌人)	99	岩田 晴幸 (俳人)	105
今牧 茘枝 (俳人)	99	岩田 宏 (詩人, 翻訳家)	105
今村 泗水 (俳人)	99	岩田 鳴球 (俳人)	105
今村 俊三 (俳人)	99	岩田 由美 (俳人)	105
今村 恒夫 (詩人, 社会運動家)	100		

岩田 吉人 （歌人） ……………………… 105
岩溪 裳川 （漢詩人） …………………… 105
岩津 資雄 （歌人） ……………………… 105
岩月 通子 （俳人） ……………………… 106
岩波 香代子 （歌人） …………………… 106
岩成 達也 （詩人） ……………………… 106
岩野 喜久代 （歌人，小説家） ………… 106
岩野 泡鳴 （詩人，小説家，劇作家） … 106
岩淵 喜代子 （俳人） …………………… 106
岩淵 欽哉 （詩人） ……………………… 106
岩間 正男 （政治家，歌人） …………… 106
岩松 草泊 （俳人） ……………………… 107
岩見 静々 （俳人） ……………………… 107
岩村 蓬 （俳人，作家，編集者） ……… 107
岩本 静子 （俳人） ……………………… 107
岩本 修蔵 （詩人） ……………………… 107
岩本 武文 （歌人） ……………………… 107
岩本 木外 （俳人） ……………………… 107
岩谷 孔雀 （俳人） ……………………… 107
岩谷 山梔子 （俳人） …………………… 108
巌谷 小波 （児童文学者，小説家，俳人） … 108
岩谷 莫哀 （歌人） ……………………… 108
印堂 哲郎 （詩人） ……………………… 108
印東 昌綱 （歌人） ……………………… 108

【う】

上 真行 （雅楽師，チェロ奏者，漢詩人） ……… 108
上木 彙葉 （歌人） ……………………… 108
植木 枝盛 （政治家，詩人，思想家） … 108
植木 火雪 （俳人） ……………………… 109
植木 正三 （歌人） ……………………… 109
上島 清子 （俳人） ……………………… 109
上島 顕司 （俳人） ……………………… 109
上杉 浩士 （詩人，イラストレーター） … 109
上田 秋夫 （詩人） ……………………… 109
上田 修 （詩人） ………………………… 109
上田 万年 （国語学者，言語学者，詩人） … 109
上田 渓水 （俳人） ……………………… 110
上田 幸法 （俳人） ……………………… 110
上田 五千石 （俳人） …………………… 110
植田 重雄 （歌人） ……………………… 110
上田 静栄 （詩人） ……………………… 110
植田 多喜子 （歌人） …………………… 110
上田 聰秋 （俳人） ……………………… 110
上田 都史 （俳人，種田山頭火研究家） … 110
上田 敏雄 （詩人） ……………………… 111
上田 日差子 （俳人） …………………… 111

上田 英夫 （国文学者，歌人） ………… 111
上田 敏 （詩人，評論家，英文学者） … 111
上田 穆 （歌人） ………………………… 111
上田 操 （俳人） ………………………… 111
上田 三四二 （歌人，文芸評論家，医師） … 111
上野 章子 （俳人） ……………………… 111
上野 菊江 （詩人） ……………………… 112
上野 さち子 （俳人） …………………… 112
上野 章子 （俳人） ……………………… 112
上野 壮夫 （詩人，小説家） …………… 112
上野 晴夫 （俳人） ……………………… 112
上野 宗男 （詩人） ……………………… 112
上野 泰 （俳人） ………………………… 112
上野 勇一 （歌人） ……………………… 112
上野 燎 （俳人） ………………………… 112
上林 白草居 （俳人） …………………… 113
上原 三川 （俳人） ……………………… 113
上原 朝城 （俳人） ……………………… 113
上原 白水 （俳人） ……………………… 113
植原 抱芽 （俳人） ……………………… 113
植松 寿樹 （歌人） ……………………… 113
植村 通草 （俳人） ……………………… 113
植村 勝明 （詩人） ……………………… 113
植村 銀歩 （俳人） ……………………… 113
上村 占魚 （俳人，随筆家） …………… 113
植村 諦 （詩人，アナキスト） ………… 114
上村 多恵子 （詩人，エッセイスト） … 114
植村 孝 （詩人） ………………………… 114
植村 武 （俳人） ………………………… 114
上村 売剣 （漢詩人） …………………… 114
植村 久子 （俳人） ……………………… 114
上山 しげ子 （詩人） …………………… 114
魚住 王蟬 （医師，俳人） ……………… 114
魚住 芳平 ⇒魚住王蟬 を見よ
ウカイ ヒロシ （詩人） ………………… 114
鵜飼 康東 （歌人） ……………………… 115
鵜川 章子 （詩人，小説家） …………… 115
右近 稜 （詩人，童話作家） …………… 115
宇咲 冬男 （俳人） ……………………… 115
宇佐見 英治 （詩人，評論家） ………… 115
宇佐美 魚目 （俳人） …………………… 115
宇佐見 蘇骸 （俳人） …………………… 115
宇佐美 斉 （詩人） ……………………… 115
宇佐美 不喚洞 （俳人） ………………… 116
宇佐美 雪江 （歌人） …………………… 116
鵜沢 覚 （詩人） ………………………… 116
鵜沢 四丁 （俳人） ……………………… 116
鵜沢 宏 （俳人） ………………………… 116
氏家 信 （歌人，精神科医） …………… 116
氏家 夕方 （俳人） ……………………… 116

潮 みどり （歌人） ……………… 116
潮田 武雄 （詩人） ……………… 117
潮原 みつる （俳人） …………… 117
牛島 滕六 （俳人） ……………… 117
牛山 一庭人 （俳人） …………… 117
牛山 ゆう子 （歌人） …………… 117
右城 暮石 （俳人） ……………… 117
薄井 薫 （歌人） ………………… 117
臼井 喜之介 （詩人） …………… 117
臼井 大翼 （歌人） ……………… 117
臼田 亜浪 （俳人） ……………… 117
碓田 のぼる （歌人, 評論家） …… 117
太秦 由美子 （歌人） …………… 118
宇多 喜代子 （俳人） …………… 118
宇田 零雨 （俳人） ……………… 118
歌見 誠一 （童謡詩人） ………… 118
内川 吉男 （詩人） ……………… 118
内島 北朗 （俳人, 陶芸家） …… 118
内田 易川 （俳人） ……………… 118
内田 園生 （美術評論家, 俳人, 元・外交官） ‥ 118
内田 歳也 （歌人） ……………… 119
内田 豊清 （詩人） ……………… 119
内田 南草 （俳人） ……………… 119
内田 日出子 （俳人） …………… 119
内田 百閒 （小説家, 随筆家, 俳人） … 119
内田 暮情 （俳人, 医師） ……… 119
内田 まきを （俳人） …………… 119
内田 誠 （俳人, 随筆家） ……… 119
内田 守人 （俳人, 医師） ……… 120
内田 紀満 （歌人） ……………… 120
内田 麟太郎 （児童文学作家, 詩人） … 120
内野 光子 （歌人） ……………… 120
内山 登美子 （詩人, 児童文学者） … 120
内山 芳子 （俳人） ……………… 120
宇都木 水晶花 （俳人） ………… 120
檜田 良枝 （歌人） ……………… 120
宇都野 研 （歌人, 小児科医） …… 120
宇都宮 静男 （歌人） …………… 120
内海 月杖 （歌人, 国文学者） …… 121
内海 繁 （社会運動家, 歌人） …… 121
内海 泡沫 （詩人） ……………… 121
内海 康子 （詩人） ……………… 121
内海 康也 （詩人） ……………… 121
有働 薫 （詩人, 翻訳家） ……… 121
有働 亨 （俳人） ………………… 121
有働 木母寺 （俳人） …………… 121
海上 胤平 （歌人） ……………… 121
宇野 宗佑　⇒宇野犂子 を見よ
宇野 犂子 （政治家, 俳人） …… 122
右原 厖 （詩人） ………………… 122

生方 たつゑ （歌人） …………… 122
馬詰 嘉吉　⇒馬詰柿木 を見よ
馬詰 柿木 （俳人） ……………… 122
梅岡 左韋人 （俳人） …………… 122
梅木 嘉人 （詩人） ……………… 122
梅沢 伊勢三　⇒梅沢一栖 を見よ
梅沢 一栖 （俳人） ……………… 123
梅沢 竹子 （歌人） ……………… 123
梅沢 墨水 （俳人） ……………… 123
梅沢 よ志子 （俳人） …………… 123
梅沢 和記男 （俳人） …………… 123
埋田 昇二 ………………………… 123
梅田 桑弧 （俳人） ……………… 123
梅田 真男 （俳人） ……………… 123
梅田 靖夫 （歌人） ……………… 124
梅津 ふみ子 （歌人, 編集者） …… 124
梅内 美華子 （歌人） …………… 124
梅本 育子 （小説家, 詩人） …… 124
宇山 雁萃 （俳人） ……………… 124
浦川 聡子 （俳人） ……………… 124
浦谷 多露夫 （歌人, 教育者） …… 124
浦野 敬 （歌人） ………………… 124
浦野 芳南 （俳人） ……………… 124
占部 一孝 （俳人） ……………… 125
瓜生 和子 （俳人） ……………… 125
瓜生 敏一 （俳人） ……………… 125
上窪 清 （俳人, 医師） ………… 125
海野 厚 （詩人） ………………… 125
海野 幸一 （歌人） ……………… 125

【 え 】

江頭 彦造 （詩人, 詩論家） …… 125
江上 栄子 （歌人） ……………… 125
江上 七夫介 （俳人） …………… 125
江川 虹村 （俳人） ……………… 126
江川 英親 （俳人） ……………… 126
江口 あけみ （詩人） …………… 126
江口 渙 （小説家, 歌人, 評論家） … 126
江口 喜一 （俳人） ……………… 126
江口 きち （歌人） ……………… 126
江口 源四郎 （歌人） …………… 126
江口 榛一 （詩人） ……………… 126
江口 季雄 （歌人） ……………… 126
江口 季好 （詩人, 国語教育家） … 127
江口 千樹 （俳人） ……………… 127
江口 竹亭 （俳人） ……………… 127
江口 帆影郎 （俳人） …………… 127

江国 滋 （随筆家, 俳人） …………… 127	扇畑 利枝 （歌人） …………… 132
江崎 小秋 （童謡詩人, 民謡詩人） …… 127	扇谷 義男 （詩人） …………… 132
江里 昭彦 （俳人） …………… 127	逢坂 定子 （歌人） …………… 132
榎島 沙丘 （俳人） …………… 127	逢坂 敏男 （歌人） …………… 132
江島 その美 （詩人） …………… 128	大網 信行 （俳人） …………… 132
江島 寛 （詩人） …………… 128	大井 雅人 （俳人） …………… 133
江代 充 （詩人） …………… 128	大井 恵夫 （歌人） …………… 133
江連 白潮 （歌人） …………… 128	大井 蒼梧 （歌人） …………… 133
江田 浩司 （歌人） …………… 128	大井 恒行 （俳人, 労働運動家） …… 133
頴田島 一二郎 （歌人, 作家） …… 128	大井 広 （歌人, 国文学者） …… 133
江知 柿美 （詩人） …………… 128	大井 康暢 （詩人） …………… 133
越前 翠村 （俳人） …………… 128	大家 北汀 （川柳作家） …………… 133
越中谷 利一 （小説家, 俳人） …… 128	大石 逸策 （俳人） …………… 133
江戸 雪 （歌人） …………… 129	大石 悦子 （俳人） …………… 133
江波 光一 （歌人） …………… 129	大石 邦子 （歌人, 随筆家） …… 133
江南 文三 （詩人, 歌人） …………… 129	大石 ともみ （詩人） …………… 134
榎沢 房子 （歌人, 薬剤師） …………… 129	大石 規子 （詩人） …………… 134
榎本 栄一 （詩人） …………… 129	大石 太 （俳人） …………… 134
榎本 冬一郎 （俳人） …………… 129	大石 雄介 （俳人） …………… 134
榎本 好宏 （俳人） …………… 129	大岩 徳二 （歌人） …………… 134
江畑 耕作 （歌人, 医師） …………… 129	大内 与五郎 （歌人） …………… 134
江畑 実 （歌人） …………… 129	大浦 蟻王 （俳人） …………… 134
江原 光太 （詩人） …………… 129	大江 敬香 （漢詩人） …………… 134
江原 律 （詩人） …………… 130	大江 昭太郎 （歌人） …………… 134
海老沢 粂吉 （歌人） …………… 130	大江 満雄 （詩人） …………… 134
海老根 鬼川 （俳人） …………… 130	大岡 頌司 （俳人） …………… 134
蛯原 由起夫 （詩人） …………… 130	大岡 龍男 （俳人） …………… 135
江間 章子 （詩人, 作詞家） …………… 130	大岡 博 （歌人） …………… 135
江森 国友 （歌人） …………… 130	大岡 信 （詩人, 文芸評論家） …… 135
江森 盛弥 （詩人） …………… 130	大釜 菰堂 （俳人） …………… 135
江良 亜来子 （詩人） …………… 130	大神 善次郎 （歌人） …………… 135
江流馬 三郎 （歌人） …………… 130	大川 澄夫 （歌人） …………… 135
燕石 猷 （詩人） …………… 130	大河 双魚 （俳人） …………… 136
遠藤 梧逸 （俳人） …………… 131	大川 益良 （歌人） …………… 136
遠藤 古原草 （俳人, 蒔絵師） …… 131	大河原 惇行 （歌人） …………… 136
遠藤 恒吉 （詩人） …………… 131	大木 惇夫 （詩人, 作詩家） …… 136
遠藤 貞巳 （歌人） …………… 131	大木 あまり （俳人） …………… 136
遠藤 正年 （俳人） …………… 131	大木 格次郎 （俳人） …………… 136
遠藤 若狭男 （俳人） …………… 131	大木 俊秀 （川柳作家） …………… 136
遠入 たつみ （俳人） …………… 131	仰木 実 （歌人） …………… 136
塩谷 鵜平 （俳人） …………… 131	大木 実 （詩人） …………… 136
	大北 たきを （俳人, 内科医） …… 137
	大串 章 （俳人） …………… 137
【 お 】	大口 鯛二 （歌人） …………… 137
	大口 元通 （医師, 俳人） …… 137
	大口 玲子 （歌人） …………… 137
及川 貞 （俳人） …………… 131	大久保 湘南 （漢詩人） …………… 137
老川 敏彦 （俳人） …………… 132	大久保 武雄　⇒大久保橙青 を見よ
及川 均 （詩人） …………… 132	大久保 忠佐 （俳人） …………… 137
扇畑 忠雄 （歌人, 国文学者） …… 132	大久保 テイ子 （詩人） …………… 137

(17)

おおくほ　　人名目次

大久保 橙青（政治家, 俳人）・・・・・・ 138	大髙 冨久太郎（歌人）・・・・・・ 144
大熊 長次郎（歌人）・・・・・・ 138	大滝 和子（歌人）・・・・・・ 144
大熊 信行（評論家, 経済学者, 歌人）・・・ 138	大滝 清雄（詩人, 評論家）・・・・・・ 144
大越 一男（歌人）・・・・・・ 138	大滝 修一（詩人）・・・・・・ 144
大越 吾亦紅（俳人）・・・・・・ 138	大滝 貞一（歌人）・・・・・・ 144
大坂 泰（歌人）・・・・・・ 138	大田黒 元雄（音楽評論家, 詩人）・・・ 144
大崎 二郎（詩人）・・・・・・ 138	大竹 きみ江（俳人）・・・・・・ 144
大崎 瀬都（歌人）・・・・・・ 139	大竹 孤悠（俳人）・・・・・・ 144
大崎 租（歌人）・・・・・・ 139	大岳 水一路（俳人）・・・・・・ 145
大沢 春子（歌人）・・・・・・ 139	大嶽 青児（俳人）・・・・・・ 145
大沢 ひろし（俳人）・・・・・・ 139	大竹 蓉子（歌人）・・・・・・ 145
大鹿 卓（詩人, 小説家）・・・・・・ 139	大谷 和子（歌人）・・・・・・ 145
大下 一真（歌人, 僧侶）・・・・・・ 139	大谷 句仏（僧侶, 俳人）・・・・・・ 145
大島 栄三郎（詩人）・・・・・・ 139	大谷 熊夫（歌人）・・・・・・ 145
大島 史洋（歌人）・・・・・・ 139	大谷 畦月（俳人）・・・・・・ 145
大島 民郎（俳人）・・・・・・ 139	大谷 光演　⇒大谷句仏 を見よ
大島 庸夫（詩人）・・・・・・ 139	大谷 繞石（俳人）・・・・・・ 145
大島 徳丸（歌人）・・・・・・ 140	大谷 忠一郎（詩人）・・・・・・ 146
大島 博光（詩人）・・・・・・ 140	大谷 碧雲居（俳人）・・・・・・ 146
大島 宝水（俳人）・・・・・・ 140	大谷 雅彦（歌人）・・・・・・ 146
大城 貞俊（詩人, 小説家）・・・・・・ 140	大津 希水（俳人）・・・・・・ 146
大洲 秋登（詩人）・・・・・・ 140	大塚 栄一（歌人）・・・・・・ 146
大須賀 浅芳（俳人）・・・・・・ 140	大塚 欽一（詩人）・・・・・・ 146
大須賀 筠軒（漢詩人, 郷土史家）・・・ 140	大塚 金之助（経済学者, 社会思想史家, 歌人）・・ 146
大須賀 乙字（俳人）・・・・・・ 140	大塚 楠緒子（歌人, 小説家）・・・・・・ 146
大関 五郎（詩人, 歌人）・・・・・・ 141	大塚 甲山（詩人, 俳人）・・・・・・ 147
大関 松三郎（詩人）・・・・・・ 141	大塚 史朗（詩人）・・・・・・ 147
大関 靖博（俳人）・・・・・・ 141	大塚 進（著述家, 詩人）・・・・・・ 147
太田 嗟（俳人）・・・・・・ 141	大塚 泰治（歌人）・・・・・・ 147
太田 明（作家, 詩人）・・・・・・ 141	大塚 毅（俳人）・・・・・・ 147
太田 絢子（歌人）・・・・・・ 141	大塚 寅彦（歌人）・・・・・・ 147
太田 一郎（歌人）・・・・・・ 141	大塚 布見子（歌人）・・・・・・ 147
太田 寛郎（俳人）・・・・・・ 141	大塚 雅春（小説家, 歌人）・・・・・・ 147
太田 玉茗（詩人, 小説家）・・・・・・ 141	大塚 雅彦（歌人）・・・・・・ 147
太田 鴻村（俳人）・・・・・・ 142	大塚 陽子（歌人）・・・・・・ 148
太田 五郎（歌人, 医師）・・・・・・ 142	大塚 善子（歌人）・・・・・・ 148
太田 三郎（洋画家, 俳人）・・・・・・ 142	大槻 紀奴夫（俳人）・・・・・・ 148
太田 倭子（詩人, 小説家）・・・・・・ 142	大槻 九合草（俳人）・・・・・・ 148
太田 耳動子（俳人）・・・・・・ 142	大月 玄（詩人）・・・・・・ 148
太田 青丘（歌人, 中国文学者）・・・ 142	大坪 三郎（歌人）・・・・・・ 148
太田 辰夫（詩人）・・・・・・ 142	大坪 草二郎（歌人, 小説家）・・・・・・ 148
太田 土男（俳人）・・・・・・ 142	大手 拓次（詩人）・・・・・・ 148
太田 南岳（俳人, 画家）・・・・・・ 143	大友 淑江（歌人）・・・・・・ 148
太田 英友（俳人）・・・・・・ 143	大伴 道子（歌人）・・・・・・ 149
太田 浩（詩人, 評論家, 精神科医）・・・ 143	大中 祥生（歌人）・・・・・・ 149
太田 水穂（歌人, 国文学者）・・・ 143	大成 竜雄（歌人）・・・・・・ 149
太田 美和（歌人）・・・・・・ 143	大西 一外（俳人）・・・・・・ 149
太田 遼一郎（社会運動家, 歌人）・・・ 143	大西 民子（歌人）・・・・・・ 149
大髙 弘達（俳人）・・・・・・ 143	大西 八洲雄（俳人）・・・・・・ 149
大髙 翔（俳人）・・・・・・ 143	大貫 和夫（小説家, 詩人）・・・・・・ 149

(18)

大貫 晶川 （詩人，小説家）	150	大平 数子 （児童館館長，原爆詩人）	155
大貫 迪子 （歌人）	150	大広 行雄 （詩人）	155
大貫 喜也 （詩人）	150	大星 たかし （俳人，元・中学教師）	155
大沼 枕山 （漢詩人）	150	大星 光史 （歌人，俳人）	156
大沼 二三枝 （歌人）	150	大堀 柊花 （俳人）	156
大野 我羊 （俳人）	150	大堀 昭平 （歌人）	156
多 久麻 （歌人）	150	大堀 たかを （俳人）	156
大野 国比古 （俳人）	150	大曲 駒村 （俳人）	156
大野 恵造 （漢詩人，作詞家，評論家）	150	大牧 広 （俳人）	156
大野 岬歩 （弁護士，俳人）	150	大亦 観風 （日本画家，歌人）	156
大野 雑草子 （俳人，陶芸評論家）	151	大町 桂月 （詩人，随筆人，評論家）	156
大野 静 （歌人）	151	大参 朝野 （歌人）	157
大野 洒竹 （俳人，医師）	151	大峯 顕 （俳人）	157
大野 朱香 （俳人）	151	大宮 不二男 （歌人）	157
大野 順一 （詩人）	151	大村 主計 （童謡詩人）	157
大野 紫陽 （俳人）	151	大村 呉楼 （歌人）	157
大野 梢子 （俳人）	151	大元 清二郎 （詩人）	157
大野 新 （詩人，文芸評論家）	151	大森 哲郎 （詩人）	157
大野 とくよ （歌人）	152	大森 桐明 （俳人）	158
大野 誠夫 （歌人）	152	大屋 棋司 （俳人）	158
大野 万木 （政治家，俳人）	152	大矢 銀潮 （俳人）	158
大野 ひで子 （歌人）	152	大屋 正吉 （歌人）	158
大野 風柳 （川柳作家）	152	大屋 達治 （俳人）	158
大野 道夫 （歌人）	152	大家 増三 （歌人）	158
大野 盛直　⇒大野岬歩 を見よ		大山 澄太 （宗教家，俳人）	158
大野 良子 （詩人）	152	大山 敏男 （歌人）	158
大野 林火 （俳人）	152	大山 広光 （劇作家，演劇評論家，詩人）	158
大庭 紫逢 （俳人）	153	大脇 月甫 （歌人）	158
大場 寅郎 （歌人）	153	大和田 建樹 （歌人，唱歌作者，国文学者）	159
大場 白水郎 （俳人）	153	岡 星明 （俳人）	159
大場 美夜子 （俳人）	153	岡 千仞 （漢学者，漢詩人）	159
大橋 敦子 （俳人）	153	岡 隆夫 （詩人）	159
大橋 越央子 （通信官僚，政治家，俳人）	153	岡 橙里 （歌人）	159
大橋 桜坡子 （俳人）	154	岡 麓 （歌人，書家）	159
大橋 乙羽 （小説家，俳人，紀行作家）	154	岡 三沙子 （詩人）	159
大橋 宵火 （俳人）	154	岡 より子 （詩人）	160
大橋 とし子 （俳人）	154	岡井 省二 （医師，俳人）	160
大橋 八郎　⇒大橋越央子 を見よ		岡井 隆 （歌人，文芸評論家，医師）	160
大橋 政人 （詩人）	154	岡崎 純 （詩人）	160
大橋 松平 （歌人）	154	岡崎 澄衛 （詩人，医師）	160
大橋 嶺夫 （俳人）	154	岡崎 清一郎 （詩人）	160
大橋 裸木 （俳人）	154	岡崎 北巣子 （俳人）	161
大畠 新草 （俳人）	154	岡崎 光魚 （俳人）	161
大畑 専 （詩人）	154	岡崎 義恵 （国文学者，歌人）	161
大畑 善昭 （俳人）	155	岡沢 康司 （俳人）	161
大林 明彦 （歌人）	155	小笠原 和男 （俳人）	161
大林 しげる （作家，詩人）	155	小笠原 茂介 （詩人）	161
大林 萩径 （漢詩人）	155	小笠原 文夫 （歌人）	161
大原 其戎 （俳人）	155	小笠原 洋々 （俳人）	161
大原 三八雄 （詩人）	155	小笠原 龍人 （俳人）	161

岡島 礁雨 （俳人） …………… 161	岡本 虹村 （俳人） …………… 167
岡島 弘子 （詩人） …………… 162	岡本 高明 （俳人） …………… 167
岡田 朝太郎 （刑法学者, 俳人, 川柳作家） …… 162	岡本 差知子 （俳人） …………… 167
岡田 悦哉 （詩人） …………… 162	岡本 小夜子 （児童文学作家, 詩人） …… 167
岡田 海市 （俳人） …………… 162	岡本 雫 （俳人） …………… 168
尾形 亀之助 （詩人） …………… 162	岡本 潤 （詩人） …………… 168
岡田 機外 （俳人） …………… 162	岡本 春人 （俳人, 連句作家） …… 168
岡田 銀渓 （俳人） …………… 162	岡本 松浜 （俳人） …………… 168
緒方 健一 （詩人） …………… 162	岡本 信二郎 （詩人） …………… 168
岡田 耿陽 （俳人） …………… 162	岡本 大夢 （歌人） …………… 168
岡田 史乃 （俳人） …………… 163	岡本 眸 （俳人） …………… 168
岡田 壮三 （俳人） …………… 163	岡本 癖三酔 （俳人） …………… 169
岡田 泰三 （童謡詩人） …………… 163	岡本 正敏 （俳人, 医師） …… 169
岡田 隆彦 （美術評論家, 詩人） …… 163	岡本 まち子 （俳人） …………… 169
岡田 武雄 （俳人） …………… 163	岡本 無漏子 （俳人, 僧侶） …… 169
岡田 任雄　⇒岡田海市 を見よ	岡本 弥太 （詩人） …………… 169
岡田 貞峰 （俳人） …………… 163	岡安 仁義 （俳人） …………… 169
岡田 哲也 （詩人, エッセイスト, 建築デザイナー）	岡安 恒武 （詩人, 医師） …… 169
…………… 163	岡安 迷子 （俳人） …………… 169
岡田 刀水士 （詩人） …………… 163	岡山 巌 （歌人） …………… 169
岡田 日郎 （俳人） …………… 163	岡山 たづ子 （歌人, 茶道教授） …… 169
緒方 昇 （詩人） …………… 164	小川 アンナ （詩人, 市民運動家） …… 170
尾形 不二子 （俳人） …………… 164	小川 芋銭 （日本画家, 俳人） …… 170
岡田 平安堂 （俳人） …………… 164	小川 和佑 （詩人, 文芸評論家） …… 170
岡田 道一 （医師, 歌人） …… 164	小川 恭生 （俳人） …………… 170
岡田 兆功 （詩人） …………… 164	小川 恵 （歌人） …………… 170
岡田 芳彦 （詩人） …………… 164	小川 敬士 （詩人, 評論家） …… 170
岡田 魯人 （俳人） …………… 164	小川 軽舟 （俳人） …………… 171
岡庭 昇 （文芸評論家, 詩人, テレビディレクター）	小川 笹舟 （俳人） …………… 171
…………… 164	小川 匠太郎 （俳人） …………… 171
岡野 知十 （俳人） …………… 165	小川 斉東語 （俳人） …………… 171
岡野 直七郎 （歌人） …………… 165	小川 赤電子 （俳人） …………… 171
岡野 弘彦 （歌人, 国文学者） …… 165	小川 双々子 （俳人） …………… 171
岡部 桂一郎 （歌人） …………… 165	小川 素光 （俳人） …………… 171
岡部 弾丸 （俳人） …………… 165	小川 琢士 （詩人） …………… 171
岡部 文夫 （歌人） …………… 165	小川 太郎 （俳人） …………… 171
岡部 隆介 （詩人） …………… 165	小川 太郎 （歌人, ノンフィクション作家） …… 172
岡部 六弥太 （俳人） …………… 166	小川 英晴 （詩人） …………… 172
岡村 須磨子 （詩人） …………… 166	小川 未明 （詩人, 小説家, 児童文学作家） …… 172
岡村 民 （詩人, 児童文学者） …… 166	小川 安夫 （画家, 詩人） …… 172
岡村 二一 （詩人） …………… 166	小川原 嘘帥 （俳人） …………… 172
岡村 嵐舟 （川柳作家） …………… 166	荻 悦子 （詩人） …………… 172
尾亀 清四郎 （俳人） …………… 166	沖 ななも （歌人） …………… 172
丘本 風彦 （俳人） …………… 166	小木曽 旭晃 （新聞・雑誌記者, 俳人） …… 172
岡本 勝人 （詩人, 文芸評論家） …… 166	沖長 ルミ子 （詩人） …………… 173
岡本 かの子 （小説家, 歌人, 仏教研究家） …… 166	荻野 須美子 （歌人） …………… 173
岡本 綺堂 （劇作家, 俳人, 小説家） …… 167	荻野 由紀子 （歌人） …………… 173
岡本 倶伎羅 （歌人） …………… 167	荻原 欣子 （俳人） …………… 173
岡本 圭岳 （俳人） …………… 167	荻原 裕幸 （歌人, コピーライター） …… 173
岡本 香石 （俳人） …………… 167	荻本 清子 （歌人, 司書） …… 173

(20)

沖本 真始 （歌人）	173	尾沢 紀明 （歌人）	179
荻原 映霄 （俳人）	173	小沢 碧童 （俳人, 篆刻家）	179
荻原 井泉水 （俳人）	173	小沢 満佐子 （俳人）	179
奥 栄一 （詩人, 歌人, 評論家）	173	小沢 実 （俳人）	179
奥坂 まや （俳人）	174	小塩 卓哉 （歌人, 評論家）	179
小串 伸夫 （詩人, 俳人）	174	押切 順三 （詩人）	180
奥田 杏牛 （俳人）	174	忍城 春宣 （詩人）	180
奥田 雀草 （俳人）	174	小瀬 洋喜 （歌人）	180
奥田 晴義 （詩人）	174	尾世川 正明 （詩人, 医師）	180
奥田 白虎 （川柳作家）	174	尾関 栄一郎 （歌人）	180
小口 みち子 （歌人, 婦人運動家）	174	織田 烏不関 （俳人, 僧侶）	180
奥名 春江 （俳人）	174	織田 悦隆 （歌人）	180
奥成 達 （詩人, エッセイスト, 評論家）	174	小田 観蛍 （歌人）	181
小国 勝男 （歌人）	174	小田 久郎 （詩人）	181
小熊 一人 （俳人）	175	織田 小三郎　⇒織田枯山楼 を見よ	
小熊 秀雄 （詩人, 洋画家）	175	織田 枯山楼 （俳人）	181
奥村 憲右 （歌人）	175	小田 保 （俳人）	181
奥村 晃作 （歌人）	175	小田 鳥迷子 （俳人）	181
奥村 ゆう （川柳作家）	175	小田 哲夫 （歌人）	181
奥山 甲子男 （俳人）	175	小田 尚輝 （俳人）	181
小倉 英男 （俳人）	175	織田 秀雄 （教育運動家, 詩人, 児童文学作家）	181
小倉 行子 （俳人）	175	小田 美慧子 （歌人）	181
小倉 緑村 （俳人）	175	小田 龍吉 （詩人）	181
小黒 恵子 （詩人, 作詞家）	175	小高 倉之助 （歌人）	182
小河 織衣 （詩人）	176	小高根 二郎 （詩人, 伝記作家）	182
小此木 とく子 （俳人）	176	小田切 清光 （詩人）	182
刑部 和儀 （詩人, 文筆家）	176	小田島 孤舟 （歌人）	182
尾崎 昭美 （俳人）	176	小田嶋 十黄 （俳人, 俳画家）	182
尾崎 昭代 （詩人, 童話作家）	176	小田島 朗 （詩人）	182
尾崎 喜八 （詩人, 随筆家）	176	小田原 漂情 （歌人）	182
尾崎 孝子 （歌人）	176	落合 けい子 （歌人）	182
尾崎 紅葉 （小説家, 俳人）	176	落合 実子 （歌人）	182
尾崎 左永子 （歌人, 作家）	177	落合 水尾 （俳人）	182
尾崎 文英 （歌人, 俳人, 僧侶）	177	落合 東郭 （漢詩人）	183
尾崎 放哉 （俳人）	177	落合 直文 （歌人, 国文学者）	183
尾崎 まゆみ （歌人）	177	音成 京子 （歌人）	183
尾崎 迷堂 （俳人, 僧侶）	177	小鳥 幸男 （俳人）	183
尾崎 元昭 （歌人）	177	小梛 精以知 （歌人）	183
尾崎 与里子 （美容師, 詩人）	178	小名木 綱夫 （歌人）	183
尾崎 驟子 （俳人）	178	鬼木 三蔵 （詩人）	183
長田 恒雄 （詩人, 評論家）	178	小沼 草炊 （俳人, 書家, 画家）	183
長田 等 （俳人）	178	小野 恵美子 （俳人）	183
長田 弘 （詩人, エッセイスト）	178	小野 恵美子 （詩人）	184
長田 雅道 （歌人）	178	小野 興二郎 （歌人）	184
小山内 薫 （演出家, 詩人, 小説家）	178	小野 茂樹 （歌人）	184
小山内 時雄 （歌人）	179	おの ちゅうこう （詩人, 児童文学者）	184
小沢 克己 （歌人, 詩人）	179	小野 十三郎 （詩人）	184
小沢 青柚子 （俳人, 教師）	179	小野 蕪子 （俳人, 陶芸研究家, ジャーナリスト）	
小沢 武二 （俳人）	179		184
小沢 信男 （小説家, 詩人, 評論家）	179	小野 昌繁 （歌人）	184

小野 蒙古風 (俳人) ……… 185
小野 有香 (歌人, 詩人, 社会主義者) … 185
小野 葉桜 (歌人) ……… 185
小野 連司 (詩人) ……… 185
尾上 柴舟 (歌人, 国文学者, 書家) … 185
小野寺 幸男 (歌人) ……… 185
小畠 貞一 (詩人) ……… 185
小畑 晴子 (俳人) ……… 185
尾花 仙朔 (詩人) ……… 186
尾林 朝太 (詩人) ……… 186
小原 うめ女 (俳人) ……… 186
小原 俊一 (俳人) ……… 186
小原 菁々子 (俳人) ……… 186
小原 啄葉 (俳人) ……… 186
小原 真紀子 (詩人, 評論家) ……… 186
小原 六六庵 (漢詩人, 書家) ……… 186
尾村 幸三郎 (歌人, 俳人) ……… 186
親井 牽牛花 (俳人) ……… 187
小宅 圭介 (歌人) ……… 187
小宅 容義 (俳人) ……… 187
尾山 景子 (詩人) ……… 187
小山 誉美 (歌人) ……… 187
小山 鼎浦 (評論家, 詩人, 政治家) … 187
小山 朱鷺子 (歌人) ……… 187
尾山 篤二郎 (歌人, 国文学者, 書家) … 187
小山 正孝 (詩人) ……… 187
折井 愚哉 (俳人, 画家) ……… 188
折笠 美秋 (俳人) ……… 188
折口 信夫　⇒釈迢空 を見よ
折口 春洋 (歌人, 国文学者) ……… 188
織田 道代 (詩人) ……… 188
折戸 彫夫 (詩人) ……… 188
織原 常行 (歌人) ……… 188
尾張 真之介 (歌人) ……… 188
恩地 孝四郎 (詩人, 版画家, 挿絵画家) … 188
恩地 淳一 (詩人) ……… 189
遠地 輝武 (詩人, 美術評論家) ……… 189

【か】

甲斐 すず江 (俳人) ……… 189
櫂 未知子 (俳人) ……… 189
甲斐 雍人 (歌人) ……… 189
海津 耿 (歌人) ……… 189
開原 冬草 (俳人) ……… 189
加賀 聰風子 (俳人) ……… 189
利田 正男 (歌人) ……… 189
各務 章 (詩人) ……… 190

各務 於菟 (国文学者, 俳人) ……… 190
加賀美 子麓 (俳人) ……… 190
各務 虎雄　⇒各務於菟 を見よ
加賀谷 凡秋 (俳人) ……… 190
香川 進 (歌人) ……… 190
賀川 豊彦 (キリスト教社会運動家, 小説家, 詩人) ……… 190
香川 ヒサ (歌人) ……… 190
香川 弘夫 (詩人) ……… 191
香川 紘子 (詩人) ……… 191
香川 不抱 (歌人) ……… 191
香川 美人 (歌人) ……… 191
垣内 磯子 (詩人) ……… 191
鍵岡 正礒 (歌人) ……… 191
柿添 元 (詩人) ……… 191
柿本 多映 (俳人) ……… 191
鍵谷 幸信 (詩人, 音楽評論家, 英文学者) … 191
鍵和田 秞子 (俳人) ……… 191
角田 清文 (詩人) ……… 192
角免 栄児 (俳人) ……… 192
角山 勝義 (詩人, 児童文学作家) ……… 192
加倉井 秋を (俳人, 建築家) ……… 192
加倉井 只志 (歌人) ……… 192
筧 槙二 (詩人) ……… 192
影島 智子 (俳人) ……… 192
筧 大潮 (俳人) ……… 192
景山 筍吉 (俳人) ……… 192
影山 誠治 (詩人) ……… 193
影山 正治 (国家主義者, 歌人) ……… 193
加古 宗也 (俳人) ……… 193
鹿児島 寿蔵 (歌人, 人形作家) ……… 193
鹿児島 やすほ (歌人) ……… 193
笠井 月波 (俳人) ……… 193
笠井 嗣夫 (詩人) ……… 193
笠井 剛 (詩人) ……… 193
笠井 南郵 (漢詩人) ……… 193
葛西 美枝子 (詩人) ……… 194
葛西 洌 (詩人) ……… 194
笠原 古畦 (俳人) ……… 194
笠原 静堂 (俳人) ……… 194
笠原 三津子 (詩人, 美術家, 工芸家) … 194
風間 啓二 (俳人) ……… 194
風間 光作 (詩人, 画家) ……… 194
風間 直得 (俳人, 洋画家) ……… 194
笠松 久子 (俳人, 書家) ……… 194
風見 明成 (俳人) ……… 195
風山 瑳生 (詩人) ……… 195
梶井 枯骨 (俳人) ……… 195
梶井 重雄 (歌人) ……… 195
梶浦 正之 (詩人) ……… 195

柏岡 浅治 （詩人） …… 195	勝部 祐子 （歌人, 経済ジャーナリスト） …… 201
柏原 幻四郎 （川柳作家） …… 195	勝又 一透 （俳人） …… 201
加島 祥造 （詩人, 翻訳家） …… 195	勝又 木風雨 （俳人） …… 201
鹿島 鳴秋 （童謡詩人, 童話作家） …… 195	勝峰 晋風 （俳人, 国文学者） …… 201
柏村 貞子 （俳人） …… 196	勝村 茂美 （俳人） …… 201
梶山 千鶴子 （俳人） …… 196	桂 湖村 （漢学者, 漢詩人） …… 201
柏禎 （俳人） …… 196	桂 静子 （歌人） …… 201
柏木 恵美子 （詩人） …… 196	桂 樟蹊子 （俳人） …… 201
柏木 義雄 （詩人） …… 196	桂 信子 （俳人） …… 202
柏崎 驍二 （歌人） …… 196	葛山 たけし （俳人） …… 202
柏崎 夢香 （俳人） …… 196	角 光雄 （俳人） …… 202
柏原 啓一 ⇒柏原眠雨 を見よ	加藤 愛夫 （詩人） …… 202
柏原 眠雨 …… 196	加藤 郁乎 （俳人, 詩人） …… 202
春日 真木子 （歌人） …… 196	加藤 燕雨 （俳人） …… 202
春日井 建 （歌人） …… 197	加藤 介春 （詩人） …… 202
春日井 瀇 （歌人） …… 197	加藤 かけい （俳人） …… 203
春日井 政子 （歌人） …… 197	加藤 一夫 （詩人, 評論家, 思想家） …… 203
鹿住 晋爾 （歌人） …… 197	加藤 霞村 （俳人） …… 203
粕谷 栄市 （詩人） …… 197	加藤 勝三 （歌人） …… 203
糟谷 正孝 （俳人） …… 197	加藤 克巳 （歌人） …… 203
片岡 つとむ （川柳作家） …… 197	加藤 憲曠 （俳人） …… 203
片岡 恒信 （歌人） …… 197	加藤 耕子 （俳人, 随筆家） …… 203
片岡 直子 （詩人, エッセイスト） …… 197	加藤 犀水 （法学者, 俳人） …… 204
片岡 文雄 （俳人） …… 198	加藤 しげる （俳人） …… 204
片岡 史子 （歌人） …… 198	加藤 紫舟 （俳人） …… 204
潟岡 路人 （歌人） …… 198	加藤 周一 （文芸評論家, 詩人, 作家） …… 204
片上 伸 （詩人, 文芸評論家, ロシア文学者） … 198	加藤 楸邨 （俳人） …… 204
片桐 顕智 （歌人, 短歌研究家） …… 198	加藤 順三 （歌人, 国文学者） …… 205
片桐 庄平 （歌人） …… 198	加藤 省吾 （作詞家, 童謡詩人） …… 205
片桐 ユズル （詩人, 評論家） …… 198	加藤 治郎 （歌人） …… 205
片口 江東 （漢詩人） …… 199	加藤 翠谷 （川柳作家） …… 205
片瀬 博子 （詩人） …… 199	加藤 雪腸 （俳人） …… 205
片野 静雄 （歌人） …… 199	加藤 草杖 （俳人） …… 206
片羽 登呂平 （詩人） …… 199	加藤 千恵 （歌人） …… 206
片平 庸人 （童謡詩人, 民謡詩人） …… 199	加藤 知多雄 （歌人） …… 206
片山 恵美子 （歌人） …… 199	加藤 知世子 （俳人） …… 206
片山 花御史 （俳人） …… 199	加藤 鎮司 （俳人） …… 206
片山 三郎 （歌人） …… 199	加藤 東籬 （歌人） …… 206
片山 静枝 （歌人） …… 199	加藤 則幸 （詩人） …… 206
片山 新一郎 （歌人） …… 199	加藤 拝星子 （俳人） …… 206
片山 恒美 （歌人） …… 200	加藤 温子 （詩人） …… 206
片山 貞美 （歌人） …… 200	加藤 春彦 （俳人） …… 206
片山 桃史 （俳人） …… 200	加藤 久雄 （歌人） …… 207
片山 敏彦 （詩人, 評論家, ドイツ文学者） …… 200	加藤 菲魯子 （俳人） …… 207
片山 ひろ子 （歌人, 翻訳家） …… 200	加藤 文男 （詩人） …… 207
片山 由美子 （俳人） …… 200	加藤 正明 （俳人） …… 207
勝 承夫 （詩人, 作詞家） …… 200	加藤 まさを （挿絵画家, 童謡詩人, 小説家） … 207
勝倉 茂男 …… 200	加藤 政吉 （俳人） …… 207
勝田 香月 （詩人） …… 201	加藤 正治 ⇒加藤犀水 を見よ
旦原 純夫 （詩人） …… 201	加藤 将之 （歌人, 哲学者） …… 207

加藤 三七子（俳人）……………… 207	金子 秀夫（詩人）……………… 213
加藤 岳雄（俳人, 医師）……………… 207	金子 不泣（歌人）……………… 213
加藤 淑子（歌人）……………… 207	金子 正男（歌人）……………… 213
加藤 瑠璃子（俳人）……………… 208	金子 みすゞ（童謡詩人）……………… 214
角川 源義（出版人, 俳人, 国文学者）……… 208	金子 光晴（詩人）……………… 214
角川 照子（俳人）……………… 208	金子 皆子（俳人）……………… 214
角川 春樹（映画プロデューサー, 映画監督, 俳人）	金子 無患子（俳人）……………… 214
……………… 208	金子 元臣（国文学者, 歌人）……………… 214
門倉 訣（詩人）……………… 208	金坂 吉晃（歌人）……………… 214
門倉 実（詩人）……………… 209	兼崎 地橙孫（俳人, 弁護士）……………… 214
門田 ゆたか（詩人）……………… 209	金田 咲子（俳人）……………… 215
門林 岩雄（詩人）……………… 209	金田 志津枝（俳人）……………… 215
香取 佳津見（俳人）……………… 209	金戸 夏楼（俳人）……………… 215
香取 秀真（鋳金家, 金工史家, 歌人）……… 209	金久 美智子（俳人）……………… 215
門脇 白風（俳人）……………… 209	兼松 蘇南（俳人）……………… 215
金井 秋彦（歌人）……………… 209	金丸 鉄蕉（俳人）……………… 215
金井 秋蘋（漢詩人）……………… 209	金丸 桝一（詩人）……………… 215
金井 直（詩人, 随筆家）……………… 210	加野 靖典（弁護士, 歌人）……………… 215
金井 広（詩人, 医師）……………… 210	加納 暁（歌人）……………… 215
金井 美恵子（小説家, 詩人）……………… 210	加納 一郎（歌人）……………… 215
金石 淳彦（歌人）……………… 210	加納 小郭家（歌人）……………… 215
金尾 梅の門（俳人）……………… 210	狩野 敏也（詩人）……………… 216
金岡 翠嵐（俳人）……………… 210	狩野 登美次（歌人）……………… 216
金沢 種美（歌人）……………… 210	叶 夏海（俳人）……………… 216
金沢 星子（詩人）……………… 210	加納 二世（高校教師(岐阜市立加納中学校), 詩
金津 十四尾（歌人）……………… 210	人）……………… 216
金堀 則夫（詩人）……………… 211	加納 野梅（俳人）……………… 216
金光 洋一郎（詩人, カウンセラー）……… 211	加畑 吉男（詩人）……………… 216
金森 匏瓜（俳人）……………… 211	川平 朝申（詩人）……………… 216
金森 三千雄（詩人, 児童文学作家）……… 211	かべ るみ（詩人）……………… 216
金谷 信夫（俳人）……………… 211	佳峰園 等栽（俳人）……………… 216
可児 敏明（歌人）……………… 211	鎌倉 佐弓（俳人）……………… 217
金子 阿岐夫（歌人, 医師）……………… 211	鎌田 喜八（詩人）……………… 217
金子 明彦（俳人）……………… 211	鎌田 敬止（歌人, 編集者）……………… 217
金子 篤子（俳人）……………… 211	鎌田 純一（歌人）……………… 217
金子 伊昔紅（俳人, 医師）……………… 211	鎌田 薄氷（俳人）……………… 217
金子 一秋（歌人）……………… 212	鎌田 弘子（歌人）……………… 217
金子 きみ（作家, 歌人）……………… 212	蒲池 歓一（詩人, 中国文学者）……………… 217
金子 麒麟草（俳人）……………… 212	蒲池 正紀（歌人, 英文学者）……………… 217
金子 金治郎（俳人）……………… 212	上井 正司（俳人）……………… 217
金子 薫園（歌人）……………… 212	神尾 季羊（俳人）……………… 218
金子 晋（俳人, 古代鉱物染色家）……… 212	神尾 久美子（俳人）……………… 218
金子 生史（俳人）……………… 212	神生 彩史（俳人）……………… 218
金子 鉄雄（詩人）……………… 212	上釜 守善（歌人）……………… 218
金子 刀水（俳人）……………… 213	上川 幸作（俳人）……………… 218
金子 兜太（俳人）……………… 213	上川井 梨葉（俳人）……………… 218
金児 杜鵑花（俳人）……………… 213	神蔵 器（俳人, 宝飾師）……………… 218
金児 伸欣（詩人）……………… 213	神谷 佳子（歌人）……………… 218
金子 のぼる（俳人）……………… 213	上坪 陽　⇒ともろぎゆきお を見よ
金子 はつみ（歌人）……………… 213	上保 満（歌人）……………… 219

上村 肇 (詩人)	219	川崎 覚太郎 (詩人)	225
神谷 瓦人 (俳人)	219	川崎 克 (俳人)	225
神山 杏雨 (俳人)	219	川崎 三郎 (俳人)	225
上山 ひろし (詩人)	219	川崎 隆司 (詩人)	225
神山 裕一 (歌人, 元・編集者)	219	川崎 長太郎 (小説家, 詩人)	225
亀井 糸游 (俳人)	219	川崎 展宏 (俳人)	225
亀田 小蚣 (俳人)	219	川崎 杜外 (歌人)	225
亀谷 省軒 (漢学者, 漢詩人)	219	川崎 洋 (詩人, 放送作家)	225
亀村 青波 (俳人)	219	川崎 みや子 (歌人)	226
亀山 恭太 (川柳作家)	220	川崎 洋子 (詩人)	226
亀山 太一 (詩人)	220	河路 由佳 (歌人)	226
亀山 桃子 (歌人)	220	河路 柳虹 (詩人, 美術評論家)	226
蒲生 直英 (詩人)	220	川島 一夫 (俳人)	226
香山 雅代 (詩人)	220	川島 奇北 (俳人)	226
唐川 富夫 (詩人)	220	川島 喜代詩 (歌人)	226
狩野 満人 (歌人)	220	川島 千枝 (俳人)	227
仮屋 安吉 (歌人)	220	川島 つゆ (俳人, 俳句研究家)	227
軽部 烏頭子 (俳人, 医師)	220	川島 彷徨子 (俳人)	227
河合 凱夫 (俳人)	221	川瀬 一貫 (俳人)	227
川合 玉堂 (日本画家, 俳人, 歌人)	221	川田 絢音 (詩人)	227
河合 紗己 (詩人)	221	川田 順 (歌人, 実業家)	227
河井 酔茗 (詩人)	221	川田 朴子 (俳人)	227
川井 玉枝 (俳人)	221	河田 忠 (詩人)	227
川合 千鶴子 (歌人)	221	川田 靖子 (詩人, フランス文学者)	227
河合 恒治 (歌人)	221	川戸 飛鴻 (俳人)	228
河合 照子 (歌人)	221	川浪 磐根 (歌人)	228
川井 照司 (詩人)	222	河西 新太郎 (詩人)	228
河合 俊郎 (詩人)	222	川西 和露 (俳人, 俳書蒐集家)	228
河合 未光 (俳人)	222	河野 邦子 (俳人, 小学校教師(加須市立水深小学校))	228
河井 博信 (詩人)	222	川野 里子 (歌人)	228
河合 木孫 (俳人)	222	河野 裕子 (歌人)	228
河内 静魚 (俳人)	222	河野 頼人 (俳人, 国文学者)	228
川上 明日夫 (詩人)	222	川畑 火川 (俳人, 医師)	229
河上 鴨 (詩人)	222	川端 隆之 (詩人, 戯曲家)	229
川上 小夜子 (歌人)	222	川端 千枝 (歌人)	229
川上 三太郎 (川柳作家)	222	川端 弘 (歌人)	229
川上 澄生 (版画家, 詩人)	223	川端 茅舎 (俳人)	229
河上 肇 (経済学者, 思想家)	223	川端 麟太 (俳人)	229
川上 春雄 (文筆家, 詩人)	223	川原 利也 (歌人, 医師)	229
川上 梨屋 (俳人)	223	河原 枇杷男 (俳人)	229
河北 斜陽 (俳人)	223	河原 冬蔵 (歌人)	229
川桐 信彦 (詩人, 評論家)	223	河東 碧梧桐 (俳人)	229
川口 克己 (歌人)	224	川辺 古一 (詩人)	230
川口 重美	224	川村 雨谷 (日本画家, 俳人)	230
川口 汐子 (児童文学作家, 歌人)	224	川村 崎陽子 (歌人)	230
川口 常孝	224	川村 敬子 (詩人)	230
川口 敏男 (詩人)	224	川村 黄雨 (俳人)	230
川口 晴美 (詩人)	224	川村 静香 (俳人)	230
川口 美根子 (歌人)	224	川村 信治 (詩人)	230
川崎 彰彦 (作家, 詩人, 文芸評論家)	224		

河村 盛明 （歌人） ……………… 230
川村 濤人 （歌人） ……………… 231
川村 ハツヱ （歌人） …………… 231
河邨 文一郎 （詩人, 医師） …… 231
川村 柳月 （俳人） ……………… 231
川本 臥風 （ドイツ文学者, 俳人） …… 231
川本 正良 ⇒川本臥風 を見よ
河本 緑石 （俳人） ……………… 231
河原 直一郎 （詩人, 随筆家） …… 232
菅 耕一郎 （詩人, 写真家） …… 232
菅 第六 （俳人） ………………… 232
韓 武夫 （歌人） ………………… 232
菅 半作 （歌人） ………………… 232
神崎 崇 （詩人） ………………… 232
神崎 縷々 （俳人） ……………… 232
神沢 利子 （児童文学作家, 童謡詩人） …… 232
神沢 有三 （歌人） ……………… 232
神田 南畝 （俳人） ……………… 233
神田 忙人 （川柳作家, 政治評論家） …… 233
神波 即山 （漢詩人） …………… 233
菅野 拓也 （詩人） ……………… 233
菅野 昭彦 （歌人, シナリオ作家） …… 233
上林 暁 （小説家, 俳人） ……… 233
神林 信一 （俳人） ……………… 233
上林 猷夫 （詩人） ……………… 234
蒲原 有明 （詩人） ……………… 234
神原 栄二 （歌人） ……………… 234
神原 克重 （歌人） ……………… 234
神原 泰 （詩人, 画家, 美術評論家） …… 234
神原 教江 （俳人） ……………… 234
蒲原 宏 （医師, 俳人） ………… 234
神戸 雄一 （詩人, 小説家） …… 235

【 き 】

木内 彰志 （俳人, 僧侶） ……… 235
木内 怜子 （俳人） ……………… 235
木尾 悦子 （歌人） ……………… 235
菊岡 久利 （詩人, 小説家, 画家） …… 235
菊川 芳秋 （俳人） ……………… 235
菊島 常二 （詩人） ……………… 235
菊田 守 （詩人） ………………… 235
菊地 新 （詩人） ………………… 236
菊地 一雄 （詩人） ……………… 236
菊地 勝彦 （詩人, 脚本家） …… 236
菊池 剣 （歌人） ………………… 236
菊池 庫郎 （歌人） ……………… 236
菊地 七郎 （歌人） ……………… 236

菊池 正 （詩人, 小説家） ……… 236
菊池 知勇 （綴方教育指導者, 歌人） …… 236
きくち つねこ （俳人） ………… 236
菊地 貞三 （詩人, 評論家） …… 237
菊池 敏子 （詩人） ……………… 237
菊地 凡人 （俳人） ……………… 237
菊池 麻風 （俳人） ……………… 237
菊池 美和子 （詩人） …………… 237
菊地 康雄 （詩人） ……………… 237
菊池 良江 （歌人） ……………… 237
菊池 良子 （歌人） ……………… 237
菊地 隆三 （詩人, 医師） ……… 237
菊地原 芙二子 （歌人） ………… 237
菊山 当年男 （陶芸家, 芭蕉研究家, 歌人） …… 238
木坂 涼 （詩人） ………………… 238
生咲 義郎 （歌人） ……………… 238
衣更着 信 （詩人, 翻訳家） …… 238
木沢 光捷 （俳人） ……………… 238
喜志 邦三 （詩人） ……………… 238
貴志 著森 （俳人） ……………… 238
岸 風三楼 （俳人） ……………… 238
岸 麻左 （歌人） ………………… 238
岸 政男 （俳人） ………………… 239
岸上 質軒 （漢詩人, 評論家） …… 239
岸上 大作 （歌人, 学生運動家） …… 239
岸川 悦子 （児童文学作家, 童謡作家） …… 239
岸川 鼓虫子 （俳人） …………… 239
岸田 衿子 （詩人, 童話作家） …… 239
岸田 隆 （医師, 歌人） ………… 239
岸田 稚魚 （俳人） ……………… 240
岸田 潮二 （俳人） ……………… 240
岸田 典子 （歌人, 歯科衛生士） …… 240
木島 茂夫 （歌人） ……………… 240
木島 始 （詩人, 評論家, 小説家） …… 240
来嶋 靖生 （歌人） ……………… 240
鬼島 芳雄 （詩人） ……………… 240
岸本 英治 （詩人） ……………… 240
岸本 吟一 （映画プロデューサー, 川柳作家） …… 241
岸本 水府 （川柳作家, 広告文案家） …… 241
岸本 千代 （歌人） ……………… 241
岸本 尚毅 （俳人） ……………… 241
岸本 マチ子 （詩人, 俳人） …… 241
岸本 康弘 （詩人） ……………… 241
岸本 由紀 （歌人） ……………… 241
木津 柳芽 （俳人） ……………… 241
木蘇 岐山 （漢詩人） …………… 242
北 一平 （詩人） ………………… 242
北 光星 （俳人） ………………… 242
北 さとり （俳人） ……………… 242
北 山河 （俳人） ………………… 242

(26)

喜多 青子 （俳人） …………………… 242	鬼頭 旦 （歌人） …………………… 248
木田 千女 （俳人） …………………… 242	衣巻 省三 （詩人, 小説家） ………… 248
木田 そのえ （歌人） ………………… 242	紀野 恵 （歌人） …………………… 248
きだ たかし （詩人） ………………… 242	きの ゆり （詩人） …………………… 248
喜多 牧夫 （俳人） …………………… 243	木下 孝一 （歌人） …………………… 248
喜多内 十三造 （放送作家, イベントプロデューサー, 詩人） ……… 243	木下 笑風 （俳人） …………………… 248
北浦 宏 （歌人） …………………… 243	木下 子龍 （俳人） …………………… 248
北岡 淳子 （詩人） …………………… 243	木下 蘇子 （俳人） …………………… 249
北垣 一柿 （俳人） …………………… 243	木下 照嶽 （俳人） …………………… 249
北交 充征 （詩人） …………………… 243	木下 春 （俳人） …………………… 249
北川 浅二 （俳人） …………………… 243	木下 美代子 （歌人） ………………… 249
北川 絢一朗 （川柳作家） …………… 243	木下 杢太郎 （詩人, 皮膚医学者） … 249
北川 左人 （俳人, 新聞記者） ……… 243	木下 友敬 （医師, 俳人） …………… 249
北川 幸比古 （児童文学作家, 詩人） … 244	木下 夕爾 （詩人, 俳人） …………… 249
北川 多紀 （詩人） …………………… 244	木下 利玄 （歌人） …………………… 250
北川 透 （詩人, 評論家） …………… 244	木原 孝一 （詩人） …………………… 250
北川 冬彦 （詩人, 映画評論家, 翻訳家） … 244	木原 啓允 （詩人） …………………… 250
北小路 功光 （小説家, 歌人, 美術史家） … 244	木部 蒼果 （俳人） …………………… 250
北沢 郁子 （歌人） …………………… 244	木俣 修 （歌人, 国文学者） ……… 250
北沢 瑞史 （俳人） …………………… 244	君島 文彦 （詩人, 高校教師(長泉高校)） … 250
北島 瑠璃子 （歌人） ………………… 245	君島 夜詩 （歌人） …………………… 251
北園 克衛 （詩人） …………………… 245	君本 昌久 （詩人） …………………… 251
北田 紫水 （俳人） …………………… 245	木村 秋野 （俳人） …………………… 251
喜谷 六花 （俳人, 僧侶） …………… 245	木村 栄次 （歌人） …………………… 251
北野 民夫 （俳人） …………………… 245	木村 玄外 （歌人） …………………… 251
北野 登 （俳人） …………………… 245	木村 虹雨 （俳人, 医師） …………… 251
北畑 光男 （詩人） …………………… 245	木村 修康 （俳人） …………………… 251
北畠 八穂 （詩人, 小説家, 児童文学作家） … 245	木村 次郎 （詩人, 児童文学作家） … 251
北原 志満子 （俳人） ………………… 246	木村 真康 （歌人） …………………… 251
北原 白秋 （詩人, 歌人, 童謡作家） … 246	木村 捨録 （歌人） …………………… 251
北原 政吉 （詩人） …………………… 246	木村 孝子 （俳人） …………………… 252
北原 悠子 （詩人） …………………… 246	木村 孝 （詩人） …………………… 252
北見 志保子 （歌人, 作詞家） ……… 246	木村 敏男 （俳人） …………………… 252
北見 徇吉 （歌人, 神道研究家） …… 246	木村 信子 （詩人） …………………… 252
北見 弟花 （俳人） …………………… 246	木村 博夫 （歌人） …………………… 252
北村 真 （詩人） …………………… 246	木村 蕪城 （俳人） …………………… 252
北村 青吉 （歌人） …………………… 247	木村 迪夫 （詩人, 小説家） ………… 252
北村 保 （俳人） …………………… 247	木村 三男 （俳人, 医師） …………… 252
北村 太郎 （詩人, 翻訳家） ………… 247	木村 好子 （詩人） …………………… 252
北村 透谷 （詩人, 評論家, 平和主義運動者） … 247	木村 緑平 （俳人, 医師） …………… 252
北村 初雄 （詩人） …………………… 247	木山 捷平 （小説家, 詩人） ………… 253
北村 仁子 （詩人） …………………… 247	許 南麒 （詩人） …………………… 253
北村 正裕 （童話作家, 詩人） ……… 247	姜 舜 （詩人） …………………… 253
北山 雅子　⇒佐藤さち子 を見よ	姜 晶中 （詩人, 翻訳家） …………… 253
橘田 春湖 （俳人） …………………… 248	京極 杞陽 （俳人, 元・子爵） ……… 253
木津川 昭夫 （詩人） ………………… 248	京極 杜藻 （俳人） …………………… 253
木附沢 麦青 （俳人） ………………… 248	京塚 譲 （詩人） …………………… 253
木戸 逸郎 （詩人, 俳人, エッセイスト） … 248	杏田 朗平 （俳人） …………………… 254
城戸 朱理 （詩人） …………………… 248	清岡 卓行 （詩人, 小説家, 評論家） … 254
	清崎 敏郎 （俳人, 国文学者） ……… 254

清岳 こう （詩人） ・・・・・・・・・・・・・・・・・・・・・・・ 254
清原 枴童 （俳人） ・・・・・・・・・・・・・・・・・・・・・・・ 254
清原 日出夫 （歌人） ・・・・・・・・・・・・・・・・・・・ 254
清原 令子 （歌人） ・・・・・・・・・・・・・・・・・・・・・・・ 255
清部 千鶴子 （歌人） ・・・・・・・・・・・・・・・・・・・ 255
吉良 蘇月 （俳人, 歯科医） ・・・・・・・・・・・・・ 255
桐谷 久子 （詩人） ・・・・・・・・・・・・・・・・・・・・・・・ 255
桐山 健一 （詩人） ・・・・・・・・・・・・・・・・・・・・・・・ 255
金 時鐘 （詩人, エッセイスト） ・・・・・・・・・ 255
金 素雲 （詩人, 随筆家） ・・・・・・・・・・・・・・・ 255
銀色 夏生 （詩人, 作詞家） ・・・・・・・・・・・・・ 255
金原 省吾 （歌人） ・・・・・・・・・・・・・・・・・・・・・・・ 256
銀虫 陣九 （詩人） ・・・・・・・・・・・・・・・・・・・・・・・ 256

【く】

久香 二葉 （詩人） ・・・・・・・・・・・・・・・・・・・・・・・ 256
久我 雅紹 （詩人） ・・・・・・・・・・・・・・・・・・・・・・・ 256
九鬼 次郎 （詩人, 歌人） ・・・・・・・・・・・・・・・ 256
久々湊 盈子 （歌人） ・・・・・・・・・・・・・・・・・・・ 256
草市 潤 （歌人） ・・・・・・・・・・・・・・・・・・・・・・・・・ 256
草鹿 外吉 （翻訳家, 評論家, 詩人） ・・・ 256
久坂 葉子 （小説家, 詩人） ・・・・・・・・・・・・・ 256
日下部 梅子 （童謡詩人） ・・・・・・・・・・・・・・ 257
草壁 焔太 （詩人, 歌人, 科学ジャーナリスト） ・・ 257
日下部 宵三 （俳人） ・・・・・・・・・・・・・・・・・・・ 257
日下部 正治 （俳人） ・・・・・・・・・・・・・・・・・・・ 257
草野 一郎平　⇒草野鳴皐 を見よ
草野 心平 （詩人） ・・・・・・・・・・・・・・・・・・・・・・ 257
草野 駝王 （俳人） ・・・・・・・・・・・・・・・・・・・・・・ 257
草野 天平 （詩人） ・・・・・・・・・・・・・・・・・・・・・・ 257
草野 信子 （詩人） ・・・・・・・・・・・・・・・・・・・・・・ 258
草野 比佐男 （詩人, 小説家, 農業） ・・・ 258
草野 鳴皐 （俳人） ・・・・・・・・・・・・・・・・・・・・・・ 258
草間 真一 （詩人） ・・・・・・・・・・・・・・・・・・・・・・ 258
草間 時彦 （俳人） ・・・・・・・・・・・・・・・・・・・・・・ 258
草村 素子 （俳人） ・・・・・・・・・・・・・・・・・・・・・・ 258
日谷 英 （作家, 詩人） ・・・・・・・・・・・・・・・・・・ 258
草柳 繁一 （歌人） ・・・・・・・・・・・・・・・・・・・・・・ 258
串田 孫一 （随筆家, 詩人, 哲学者） ・・・ 259
櫛原 希伊子 （俳人） ・・・・・・・・・・・・・・・・・・・ 259
九条 武子 （歌人） ・・・・・・・・・・・・・・・・・・・・・・ 259
久須 耕造 （詩人） ・・・・・・・・・・・・・・・・・・・・・・ 259
楠田 一郎 （詩人） ・・・・・・・・・・・・・・・・・・・・・・ 259
楠田 立身 （歌人） ・・・・・・・・・・・・・・・・・・・・・・ 259
楠田 敏郎 （歌人） ・・・・・・・・・・・・・・・・・・・・・・ 259
楠 かつのり （映像作家, 映像詩人） ・・・ 259
楠木 繁雄 （高校教師(都立日野高校), 歌人） ・・ 260

楠 節子 （俳人） ・・・・・・・・・・・・・・・・・・・・・・・・ 260
葛原 しげる （童謡詩人, 童話作家） ・・・ 260
葛原 繁 （俳人） ・・・・・・・・・・・・・・・・・・・・・・・・・ 260
葛原 妙子 （歌人, 随筆家） ・・・・・・・・・・・・・ 260
楠目 橙黄子 （俳人） ・・・・・・・・・・・・・・・・・・・ 260
楠本 憲吉 （俳人） ・・・・・・・・・・・・・・・・・・・・・・ 260
楠本 信子 （俳人） ・・・・・・・・・・・・・・・・・・・・・・ 261
楠本 純子 （俳人） ・・・・・・・・・・・・・・・・・・・・・・ 261
久田 幽明 （俳人） ・・・・・・・・・・・・・・・・・・・・・・ 261
轡田 進 （俳人） ・・・・・・・・・・・・・・・・・・・・・・・・・ 261
工藤 一麦 （詩人） ・・・・・・・・・・・・・・・・・・・・・・ 261
工藤 幸一 （歌人） ・・・・・・・・・・・・・・・・・・・・・・ 261
工藤 汀翠 （俳人） ・・・・・・・・・・・・・・・・・・・・・・ 261
工藤 哲郎　⇒工藤汀翠 を見よ
工藤 直子 （詩人, 児童文学作家） ・・・・・・ 261
国井 克彦 （詩人, 小説家） ・・・・・・・・・・・・・ 262
国井 淳一 （詩人） ・・・・・・・・・・・・・・・・・・・・・・ 262
国枝 龍一 （歌人） ・・・・・・・・・・・・・・・・・・・・・・ 262
国木田 独歩 （小説家, 詩人） ・・・・・・・・・・ 262
国木田 虎雄 （詩人, 映画作家） ・・・・・・・・ 262
国崎 望久太郎 （歌人, 国文学者） ・・・・・ 262
国友 則房 （詩人） ・・・・・・・・・・・・・・・・・・・・・・ 262
国中 治 （詩人） ・・・・・・・・・・・・・・・・・・・・・・・・・ 262
国広 博子 （詩人） ・・・・・・・・・・・・・・・・・・・・・・ 262
国松 豊 （俳人） ・・・・・・・・・・・・・・・・・・・・・・・・・ 262
国見 修二 （詩人） ・・・・・・・・・・・・・・・・・・・・・・ 263
国見 純生 （俳人） ・・・・・・・・・・・・・・・・・・・・・・ 263
国峰 照子 （俳人） ・・・・・・・・・・・・・・・・・・・・・・ 263
国本 衛 （詩人） ・・・・・・・・・・・・・・・・・・・・・・・・・ 263
久芳 木陽子 （俳人） ・・・・・・・・・・・・・・・・・・・ 263
久原 喜衛門 （歌人） ・・・・・・・・・・・・・・・・・・・ 263
久保 猪之吉 （歌人） ・・・・・・・・・・・・・・・・・・・ 263
久保 純夫 （俳人, 高校教師） ・・・・・・・・・・ 263
久保 千鶴子 （俳人） ・・・・・・・・・・・・・・・・・・・ 263
久保 天随 （漢学者, 漢詩人, 評論家） ・・ 264
久保 斉 （小説家, 歌人） ・・・・・・・・・・・・・・・ 264
久保 実 （歌人） ・・・・・・・・・・・・・・・・・・・・・・・・・ 264
久保 より江 （歌人, 俳人） ・・・・・・・・・・・・・ 264
久保井 信夫 （歌人） ・・・・・・・・・・・・・・・・・・・ 264
窪川 鶴次郎 （文芸評論家, 詩人） ・・・・・ 264
窪田 空穂 （歌人, 国文学者） ・・・・・・・・・・ 264
久保田 九品太 （俳人） ・・・・・・・・・・・・・・・・ 265
久保田 慶子 （俳人） ・・・・・・・・・・・・・・・・・・・ 265
窪田 啓作 （翻訳家, 作家, 詩人） ・・・・・・ 265
窪田 月鈴子 （歌人） ・・・・・・・・・・・・・・・・・・・ 265
窪田 章一郎 （歌人） ・・・・・・・・・・・・・・・・・・・ 265
久保田 宵二 （詩人, 童謡作者） ・・・・・・・・ 265
窪田 丈耳 （俳人, 医師） ・・・・・・・・・・・・・・・ 266
久保田 登 （歌人） ・・・・・・・・・・・・・・・・・・・・・・ 266
窪田 般弥 （詩人, 翻訳家） ・・・・・・・・・・・・・ 266

久保田 博（俳人）	266	栗原 米作（俳人）	272
久保田 不二子（歌人）	266	栗間 耿史（俳人）	272
久保田 万太郎（小説家, 俳人, 劇作家）	266	栗生 純夫（俳人）	272
久保寺 亨（詩人）	266	車谷 弘（俳人, 編集者）	272
隈 智恵子（歌人）	266	胡桃沢 勘内（歌人）	272
隈 治人（俳人）	266	呉 美代（詩人, エッセイスト）	272
熊谷 愛子（俳人）	267	暮尾 淳（詩人）	272
熊谷 静石（医師, 俳人）	267	久礼田 房子（歌人）	273
熊谷 武雄（歌人）	267	榑沼 けい一（俳人）	273
熊谷 武至（歌人）	267	黒岩 漁郎（俳人）	273
熊谷 太三郎（政治家, 実業家, 歌人）	267	黒岩 有径（俳人）	273
熊谷 とき子（歌人）	267	黒川 慧（川柳作家）	273
熊谷 優利枝（随筆家, 歌人, 医師）	267	黒川 巳喜（建築家, 俳人）	273
熊谷 龍子（俳人）	267	黒川 路子（俳人）	273
熊谷 露草（俳人）	268	黒木 清次（詩人, 小説家）	273
熊坂 紫羊（俳人）	268	黒木 瞳（女優, 詩人）	273
熊坂 年成（歌人）	268	黒木 三千代（歌人）	274
熊沢 正一（歌人）	268	黒木 野雨（俳人）	274
熊田 精華（詩人）	268	黒坂 紫陽子（俳人）	274
隈元 いさむ（俳人）	268	黒崎 善四郎（歌人）	274
久米 正雄（小説家, 劇作家, 俳人）	268	黒沢 武子（歌人）	274
蔵 月明（俳人）	268	黒須 忠一（歌人）	274
蔵 巨水（俳人）	269	黒瀬 勝巳（詩人）	274
倉内 佐知子（詩人）	269	黒田 喜夫（詩人, 評論家）	275
倉片 みなみ（歌人）	269	黒田 清綱（政治家, 歌人, 子爵）	275
倉阪 鬼一郎（小説家, 歌人, 俳人）	269	黒田 桜の園（俳人）	275
蔵薗 治己（詩人）	269	黒田 三郎（詩人, 評論家）	275
倉田 紘文（俳人）	269	黒田 青磁（歌人, 評論家）	275
倉田 俊三（詩人）	269	黒田 達也（詩人）	275
倉田 春名（俳人）	269	黒田 忠次郎（俳人）	275
倉田 比羽子（詩人）	269	黒田 杏子（俳人, エッセイスト）	276
くらた ゆかり（詩人）	270	黒田 淑子（俳人）	276
倉地 与年子（歌人, エッセイスト）	270	黒羽 英二（詩人, 劇作家, 小説家）	276
倉橋 健一（文芸評論家, 詩人）	270	黒部 節子（詩人）	276
倉橋 顕吉（詩人）	270	黒柳 啓子（児童文学作家, 詩人）	276
倉橋 弘躬（俳人）	270	桑門 つた子（画家, 詩人）	276
倉橋 弥一（詩人）	270	桑島 玄二（詩人）	276
倉橋 羊村（俳人）	270	桑田 青虎（俳人）	276
蔵原 伸二郎（詩人, 小説家）	270	桑原 圭介（詩人）	276
栗木 京子（歌人）	270	桑原 月穂（俳人）	277
栗田 勇（詩人, 小説家, 評論家）	271	桑原 三郎（歌人）	277
栗田 九霄子（俳人）	271	桑原 三郎（俳人）	277
栗田 靖　⇒栗田やすし を見よ		桑原 視草（俳人）	277
栗田 やすし（俳人）	271	桑原 志朗（俳人）	277
栗林 一石路（俳人, ジャーナリスト）	271	桑原 兆堂（俳人）	277
栗林 種一（詩人, ドイツ文学者）	271	桑原 徹（詩人）	277
栗林 千津（俳人）	271	桑原 啓善（心霊研究家, 詩人, 作詞家）	277
栗原 潔子（歌人）	271	桑原 廉靖（医師, 歌人）	277
栗原 貞子（詩人）	272	郡司 信夫（ボクシング評論家, 歌人）	278
栗原 まさ子（詩人）	272	郡司 野鈔（俳人）	278

【け】

慶光院 芙沙子 (詩人) …… 278
敬天 牧童 (詩人, 俳人) …… 278
K・マーホ (作家, 詩人) …… 278
芥子沢 新之介 (歌人) …… 278
蕨 真 (歌人) …… 278
権 宅明 (詩人) …… 278
見学 玄 (俳人, 歌人) …… 279
監物 昌美 (歌人) …… 279

【こ】

小池 亮夫 (詩人) …… 279
小池 次陶 (俳人) …… 279
小池 鈴江 (詩人) …… 279
小池 光 (歌人) …… 279
小池 文夫 (歌人) …… 279
小池 文子 (俳人) …… 279
小池 昌代 (詩人, エッセイスト) …… 279
小池 まや (小説家, 詩人) …… 280
小泉 迂外 (俳人) …… 280
小泉 周二 (詩人) …… 280
古泉 千樫 (歌人) …… 280
小泉 苳三 (歌人, 国文学者) …… 280
小泉 桃代 (歌人) …… 280
小泉 八重子 (俳人) …… 280
小市 巳世司 (歌人) …… 280
小出 きよみ (俳人, 作家) …… 280
小出 秋光 (俳人) …… 281
小出 粲 (歌人) …… 281
小出 治重 (俳人) …… 281
小出 ふみ子 (詩人) …… 281
小出 文子 (俳人) …… 281
鯉沼 眤 (歌人) …… 281
小岩井 隴人 (俳人) …… 281
黄 瀛 (詩人) …… 281
高 千夏子 (俳人) …… 281
高 篤三 (俳人) …… 281
耕 治人 (詩人, 小説家) …… 282
高 蘭子 (歌人) …… 282
皇后 美智子 (歌人) …… 282
香西 照雄 (俳人) …… 282
高阪 薫 (歌人) …… 282
上月 章 (俳人) …… 282
上月 昭雄 (歌人) …… 282

恒成 美代子 (歌人) …… 282
高祖 保 (詩人) …… 283
甲田 鐘一路 (俳人) …… 283
甲田 四郎 (詩人) …… 283
幸田 露伴 (小説家, 俳人, 随筆家) …… 283
幸堂 得知 (小説家, 俳人, 劇作家) …… 283
河野 愛子 (歌人) …… 283
河野 閑子 (俳人) …… 283
河野 繁子 (歌人) …… 284
河野 慎吾 (歌人) …… 284
河野 静雲 (俳人, 僧侶) …… 284
河野 多希女 (俳人) …… 284
河野 鉄南 (歌人) …… 284
河野 南畦 (俳人) …… 284
向野 楠葉 (俳人, 眼科医) …… 284
河野 仁昭 (詩人, エッセイスト) …… 284
河野 美砂子 (ピアニスト, 歌人) …… 285
河野 友人 (歌人) …… 285
孝橋 謙二 (俳人) …… 285
郷原 宏 (詩人, 文芸評論家) …… 285
河府 雪於 (俳人, 茶道教授) …… 285
甲村 秀雄 (歌人) …… 285
香山 美子 (児童文学作家, 童謡詩人) …… 285
高良 留美子 (詩人, 評論家, 小説家) …… 285
小枝 秀穂女 (俳人) …… 286
郡山 直 (詩人) …… 286
郡山 弘史 (詩人) …… 286
古賀 博文 (詩人) …… 286
古賀 まり子 (俳人) …… 286
古賀 泰子 (歌人) …… 286
小海 永二 (詩人, 評論家) …… 286
小金 まさ魚 (俳人) …… 287
小金井 喜美子 (翻訳家, 小説家, 歌人) …… 287
小金井 素子 (歌人) …… 287
五喜田 正巳 (歌人, 詩人) …… 287
国府 犀東 (漢詩人, 新体詩人, 歴史地誌学者) …… 287
国分 青厓 (漢詩人) …… 287
木暮 克彦 (詩人) …… 287
木暮 剛平 (歌人) …… 287
小暮 政次 (歌人) …… 288
苫口 万寿子 (歌人) …… 288
小坂 螢泉 (俳人) …… 288
小坂 順子 (俳人) …… 288
小坂 太郎 (詩人) …… 288
小酒井 不木 (探偵小説家, 医学者, 俳人) …… 288
小崎 碇之介 (歌人, 俳人) …… 288
小桜 洋子 (詩人) …… 289
小佐治 安 (歌人) …… 289
越 一人 (詩人) …… 289
越郷 黙朗 (川柳作家) …… 289

越沢 洋 （歌人）	289	後藤 弘 （公認会計士, 税理士, 俳人）	295
腰原 哲朗 （詩人, 文芸評論家）	289	後藤 宮男 （俳人）	295
小島 可寿 （俳人）	289	五島 美代子 （歌人）	295
小島 数子 （詩人）	289	後藤 安彦 （翻訳家, 歌人）	295
小島 清 （歌人）	289	後藤 安弘 （歌人）	296
小島 健 （俳人）	289	後藤 夜半 （俳人）	296
小島 蕉雨楼 （俳人）	289	後藤 蓼虫子 （俳人）	296
小島 信一 （評論家, 詩人）	290	後藤 れい子 （詩人）	296
小島 宗二 （歌人）	290	琴陵 光重 （神官, 歌人）	296
小島 隆保 （俳人, 医師）	290	小中 英之 （歌人）	296
小島 千架子 （俳人）	290	小長谷 清実 （詩人）	296
小島 俊明 （翻訳家, 詩人）	290	小西 久二郎 （歌人）	296
小島 花枝 （俳人）	290	小西 甚一	296
小島 政二郎 （小説家, 俳人）	290	小沼 純一 （詩人, 翻訳家, エッセイスト）	297
小島 沐冠人 （俳人）	290	小林 愛穂 （川柳作家）	297
小島 ゆかり （歌人）	291	小林 一郎	297
小島 緑水 （歌人）	291	小林 逸夢 （詩人）	297
小島 禄琅 （詩人, 児童文学作家）	291	小林 英俊 （詩人）	297
五所 平之助 （映画監督, 俳人）	291	小林 きく （詩人）	297
五所 美子 （歌人）	291	小林 侠子 （詩人）	297
小塚 空谷 （詩人）	291	小林 恭二 （小説家, 俳人）	297
小杉 榲邨 （国文学者, 国史学者, 歌人）	291	小林 康治 （俳人）	297
小杉 放庵 （画家, 歌人, 随筆家）	292	小林 郊人 （俳人）	298
小杉 余子 （俳人）	292	小林 サダ子 （歌人）	298
小菅 三千里 （俳人）	292	小林 周義 （歌人）	298
小瀬 千恵子 （俳人）	292	小林 純一 （児童文学作家, 童謡詩人）	298
小関 茂 （歌人）	292	小林 松風 （俳人）	298
小平 雪人 （俳人）	292	小林 清之介 （作家, 俳人）	298
小高 賢 （歌人）	292	小林 貴子 （俳人）	298
こたき こなみ （詩人）	292	小林 孝虎 （歌人）	298
小谷 舜花 （俳人）	292	小林 尹夫 （詩人）	299
小谷 心太郎 （歌人）	293	小林 貞一朗 （俳人）	299
小谷 稔 （歌人）	293	小林 輝子 （俳人）	299
児玉 花外 （詩人）	293	小林 麦洋 （俳人, 郷土史研究家）	299
児玉 実用 （詩人）	293	小林 文夫 （俳人, 民俗学研究者）	299
児玉 輝代 （俳人）	293	小林 峯夫 （歌人）	299
児玉 南草 （俳人）	293	小林 美夜子 （俳人）	299
谺 雄二 （詩人）	293	小林 素三郎 （元・歌人）	299
小寺 正三 （俳人, 作家）	293	小林 愛雄 （訳詩家, 詩人）	299
後藤 綾子 （俳人, 歯科医）	293	小林 善雄 （詩人）	299
後藤 郁子 （詩人）	294	小林 鹿郎 （俳人）	300
後藤 一夫 （詩人）	294	小春 久一郎 （詩人, 児童文学作家）	300
後藤 謙太郎 （社会運動家, 詩人）	294	小檜山 繁子 （俳人）	300
五島 茂 （歌人）	294	駒 志津子 （俳人）	300
後藤 昌治 （俳人）	294	小牧 健夫 （ドイツ文学者, 詩人）	300
後藤 是山 （俳人）	294	駒谷 茂勝 （詩人）	300
五島 高資 （俳人, 医師）	294	小松 郁子 （詩人）	300
後藤 利雄	294	小松 瑛子 （詩人）	300
後藤 直二 （歌人）	295	小松 月尚 （俳人, 僧侶）	300
後藤 比奈夫 （俳人）	295	小松 静江 （詩人）	300

(31)

小松 弘愛 （詩人）	301
小松 北溟 （歌人）	301
小松 充子 （歌人）	301
小松崎 爽青 （俳人）	301
小松原 千里 （歌人）	301
駒走 鷹志 （俳人）	301
五味 洒蝶 （俳人）	301
五味 保義 （歌人）	301
小宮 良太郎 （歌人）	301
小見山 輝 （歌人）	302
小村 定吉 （詩人）	302
小室 屈山 （新聞記者, 詩人）	302
小室 善弘 （俳人）	302
小室 美夜子 （俳人）	302
古明地 実 （歌人）	302
古茂田 信男 （詩人）	302
小森 香子 （詩人）	302
小森 盛 （詩人）	302
小森 真瑳郎 （歌人）	303
小守 有里 （歌人）	303
小紋 潤 （歌人）	303
小屋敷 修平 （詩人）	303
小柳 透 （詩人）	303
小柳 玲子 （詩人）	303
児山 敬一 （哲学者, 歌人）	303
小山 順治 （俳人）	303
児山 信一 （国文学者, 歌人）	303
小山 都址 （俳人）	303
こやま 峰子 （児童文学作家, 詩人）	304
小山 祐司 （俳人）	304
今 官一 （小説家, 詩人）	304
今 桟一 （俳人）	304
近田 三郎 （歌人）	304
今田 久 （詩人）	304
近藤 東 （詩人）	304
近藤 一鴻 （俳人）	304
近藤 栄一 （詩人）	305
近藤 益雄 （教育家, 障害者教育実践家, 童謡詩人）	305
近藤 巨松 （俳人）	305
近藤 元 （歌人）	305
近藤 浩一路 （日本画家, 俳人）	305
近藤 潤一 （俳人）	305
近藤 季男 （川柳作家）	305
近藤 多賀子 ⇒さちこ・やまかわ を見よ	
近藤 忠 （俳人）	306
近藤 とし子 （歌人）	306
近藤 富人 （歌人）	306
近藤 鬚男 （俳人）	306
近藤 馬込子 （俳人）	306
近藤 実 （俳人）	306
近藤 洋太 （詩人）	306
近藤 芳美 （歌人）	306
紺野 幸子 （歌人）	306
今野 寿美 （歌人）	307
今野 大力 （プロレタリア詩人）	307
近野 十志夫 （詩人）	307
紺屋 畯作 （歌人）	307

【さ】

崔 華国 （詩人）	307
斎賀 琴子 （歌人, 小説家）	307
佐伯 巨星塔 （俳人）	307
三枝 昂之 （歌人）	307
三枝 浩樹 （歌人）	308
最匠 展子 （詩人, 文芸評論家）	308
西条 嫩子 （詩人, 童謡作家）	308
西条 八十 （詩人, 作詞家, フランス文学者）	308
斎田 鳳子 （俳人）	308
斎藤 勇 （歌人）	308
斎藤 一骨 （俳人）	308
斎藤 梅子 （俳人）	309
斎藤 夏風 （俳人）	309
斎藤 喜博 （教育評論家, 歌人）	309
斎藤 潔 （詩人）	309
斎藤 葵和子 （歌人, 童話作家）	309
斎藤 空華	309
斎藤 邦明 （歌人, 僧侶）	309
斎藤 邦男 （詩人）	309
斎藤 玄 （俳人）	310
斎藤 小夜 （俳人）	310
西東 三鬼 （俳人, 歯科医）	310
斎藤 雀志 （俳人）	310
西塔 松月 （俳人）	310
斎藤 彰吾 （詩人）	310
斎藤 昌三 （書物研究家, 俳人, 随筆家）	310
斎藤 祥郎 （俳人）	310
斎藤 慎爾 （俳人）	311
斎藤 すみ子 （歌人）	311
斎藤 大雄 （川柳作家）	311
斎藤 央 （詩人）	311
斎藤 知白 （俳人）	311
斎藤 滴萃 （俳人）	311
斎藤 俊子 （俳人）	311
さいとう なおこ （歌人）	311
斎藤 信夫 （童謡詩人）	311
斎藤 信義 （俳人）	312

斎藤 俳小星 （俳人） … 312	酒葉 月人 （俳人） … 319
斎藤 史 （歌人） … 312	坂間 晴子 （俳人） … 319
斎藤 豊人 （歌人） … 312	坂巻 純子 （俳人） … 319
斎藤 正敏 （詩人） … 312	坂村 真民 （詩人） … 319
斉藤 征義 （詩人, 地域づくりアドバイザー） ‥ 312	坂本 明子 （詩人） … 319
斎藤 忠 （詩人） … 312	阪本 越郎 （詩人, ドイツ文学者, 心理学者） … 319
斉藤 美規 （俳人） … 313	坂本 凱二 （歌人） … 319
斎藤 道雄 （医師, 俳人） … 313	坂本 三鐸 （俳人） … 319
斎藤 茂吉 （歌人, 精神科医） … 313	坂本 四方太 （俳人, 写生文作家） … 320
斎藤 勇一 （詩人, 紀行作家） … 313	坂本 小金 （歌人） … 320
斉藤 優二郎 （俳人） … 313	坂本 坦道 （漢詩人） … 320
斎藤 庸一 （詩人） … 313	坂本 つや子 （詩人） … 320
斎藤 瀏 （歌人, 陸軍軍人） … 313	さかもと ひさし （詩人） … 320
斎藤 林太郎 （詩人） … 314	阪本 蘋園 （漢詩人） … 320
斎藤 朗笛 （俳人） … 314	坂本 不二子 （歌人） … 320
最光 蝕 （作家, 詩人） … 314	坂本 碧水 （俳人） … 320
佐伯 郁郎 （詩人） … 314	坂本 遼 （詩人, 児童文学者） … 320
佐伯 昭市 （俳人） … 314	阪本 若葉子 （詩人） … 321
佐伯 仁三郎 （歌人, 国文学者） … 314	阪森 郁代 （歌人, エッセイスト） … 321
佐伯 孝夫 （詩人, 作詞家） … 314	相良 宏 （歌人） … 321
佐伯 洋 （作詞家, 詩人, 劇作家） … 315	相良 平八郎 （詩人） … 321
佐伯 裕子 （歌人） … 315	相良 義重 （歌人） … 321
嵯峨 信之 （詩人） … 315	佐川 雨人 （俳人） … 321
嵯峨 柚子 （俳人, 僧侶） … 315	佐川 英三 （詩人） … 321
阪井 久良伎 （歌人, 川柳作家, 書道家） … 315	佐川 広治 （俳人） … 321
坂井 修一 （歌人） … 315	左川 ちか （詩人） … 321
境 節 （詩人） … 315	佐岐 えりぬ （詩人, エッセイスト, 朗読家） ‥ 321
坂井 徳三 （詩人） … 316	崎 南海子 （詩人, 放送作家） … 322
坂井 信夫 （詩人, 編集者） … 316	朔多 恭 （俳人） … 322
酒井 広治 （歌人） … 316	佐久間 慧子 （俳人） … 322
酒井 弘司 （俳人, 俳句評論家） … 316	佐久間 隆史 （詩人, 評論家） … 322
酒井 衍 （歌人） … 316	佐久間 東城 （俳人） … 322
酒井 真右 （詩人, 小説家） … 316	佐久間 章孔 （歌人） … 322
酒井 正平 （詩人） … 316	作久間 法師 （俳人, 写生文家） … 322
酒井 鱒吉 （俳人） … 316	作間 正雄 （俳人） … 322
酒井 黙禅 （俳人, 医師） … 316	作山 暁村 （歌人） … 322
榊 弘子 （詩人） … 317	桜井 勝美 （詩人） … 323
榊原 淳子 （詩人） … 317	桜井 さざえ （詩人） … 323
阪口 涯子 （俳人, 精神科医） … 317	桜井 哲夫 （詩人） … 323
坂口 謹一郎 （歌人） … 317	桜井 土音 （俳人） … 323
阪口 穀治 （詩人） … 317	桜井 博道 （俳人） … 323
阪口 仁一郎 （漢詩人, 随筆家） … 317	桜井 仁 （神官, 歌人, 高校教師(常葉学園橘高校)） … 323
阪口 保 （歌人） … 317	
坂田 苳子 （俳人） … 318	桜井 増雄 （小説家, 評論家, 詩人） … 323
坂田 信進 （俳人） … 318	桜井 幹郎 （俳人, 元・中学校教師） … 323
阪田 寛夫 （小説家, 詩人） … 318	桜木 俊晃 （俳人） … 324
坂田 文子 （俳人） … 318	桜庭 恵美子 （詩人） … 324
坂戸 淳夫 （俳人） … 318	桜庭 梵子 （俳人） … 324
坂野 信彦 （歌人, フリーライター） … 318	佐後 淳一郎 （俳人） … 324
嵯峨の屋 おむろ （小説家, 詩人） … 318	左子 真由美 （詩人） … 324

名前	ページ
佐古 祐二 (詩人)	324
佐合 五十鈴 (詩人)	324
佐坂 恵子 (歌人)	324
笹川 臨風 (歴史家, 文学者, 俳人)	324
佐々木 逸郎 (詩人, 放送作家)	325
佐々木 左木 (詩人)	325
佐々木 指月 (彫刻家, 詩人)	325
佐々木 菁子 (詩人)	325
佐々木 妙二 (歌人, 医師)	325
佐々木 巽 (俳人)	325
佐佐木 信綱 (歌人, 国文学者)	325
佐々木 麦童 (俳人)	326
佐佐木 治綱 (歌人)	326
佐々木 久春 (詩人)	326
佐々木 久代 (俳人)	326
佐々木 秀光 (詩人)	326
佐々木 北涯 (俳人)	326
佐々木 幹郎 (詩人, 評論家)	326
佐々木 安美 (詩人)	326
佐々木 有風 (俳人)	326
佐佐木 由幾 (歌人)	327
佐佐木 幸綱 (歌人, 国文学者)	327
佐々木 洋一 (詩人)	327
佐々木 綾華 (俳人, 僧侶)	327
佐々木 六戈 (詩人, 歌人)	327
佐々木 露舟 (俳人)	327
笹沢 美明 (詩人, ドイツ文学者)	327
笹原 常与 (詩人)	327
笹原 登喜雄 (歌人)	328
佐沢 波弦 (歌人)	328
佐治 田鶴子 (歌人)	328
佐瀬 蘭舟 (歌人)	328
定 道明 (詩人)	328
佐竹 弥生 (歌人)	328
貞久 秀紀 (詩人)	328
貞弘 衛 (俳人)	328
定村 青萍 (童謡詩人)	328
さちこ・やまかわ (詩人)	328
薩川 益男 (詩人)	329
佐々 醒雪 (国文学者, 俳人)	329
薩摩 忠 (詩人, エッセイスト)	329
佐藤 一英 (詩人)	329
佐藤 鬼房 (俳人)	329
佐藤 岳俊 (川柳作家)	329
佐藤 和枝 (俳人)	329
佐藤 和夫 (俳人)	330
佐藤 勝太 (詩人)	330
佐藤 きみこ (俳人)	330
さとう 恭子 (詩人, エッセイスト)	330
佐藤 清 (詩人, 英文学者)	330
佐藤 きよみ (歌人)	330
佐藤 浩子 (俳人)	330
佐藤 紅緑 (小説家, 劇作家, 俳人)	330
佐藤 採花女 (俳人)	330
佐藤 朔 (詩人, 翻訳家)	331
佐藤 佐太郎 (歌人)	331
佐藤 さち子 (詩人, 児童文学者)	331
佐藤 三武朗 (詩人)	331
佐藤 重美 (歌人)	331
佐藤 志満 (歌人)	331
佐藤 総右 (詩人)	332
佐藤 惣之助 (詩人, 作詞家)	332
佐藤 楚白 (詩人)	332
佐藤 武雄 ⇒佐藤眉峰 を見よ	
佐藤 嘲花 (歌人)	332
佐藤 滴川 (詩人)	332
佐藤 南山寺 (俳人)	332
佐藤 念腹 (俳人)	332
佐藤 信弘 (歌人)	332
サトウ ハチロー (詩人, 作詞家, 児童文学作家)	333
佐藤 春夫 (詩人, 小説家, 評論家)	333
佐藤 春子 (俳人)	333
佐藤 秀昭 (詩人)	333
佐藤 英麿 (詩人)	333
佐藤 眉峰 (俳人)	334
佐藤 寛 (漢詩人)	334
佐藤 浩 (詩人)	334
佐藤 房儀 (詩人)	334
佐藤 文男 (歌人)	334
佐藤 文夫 (詩人, 民謡研究家)	334
佐藤 誠 (歌人)	334
佐藤 正敏 (川柳作家)	335
さとう 三千魚 (詩人)	335
佐藤 美知子 (歌人)	335
佐藤 通雅 (歌人, 文芸評論家, 高校教師(宮城広瀬高校))	335
佐藤 漆人 (俳人, 医師)	335
佐藤 義美 (童謡詩人, 童話作家)	335
佐藤 緑葉 (小説家, 詩人, 翻訳家)	335
佐藤 肋骨 (俳人, 陸軍少将)	335
里川 水章 (俳人)	336
里見 宜愁 (俳人)	336
里見 玉兎 (俳人, 医師)	336
真田 亀久代 (詩人)	336
真田 喜七 (詩人)	336
真田 風来 (俳人)	336
佐怒賀 正美 (俳人)	336
佐野 巌 (俳人, 能楽師(宝生流))	336
佐野 鬼人 (俳人)	336

佐野 貴美子 （歌人） ……………… 336
佐野 四郎 （俳人） ………………… 336
佐野 青陽人 （俳人） ……………… 337
佐野 岳夫 （詩人） ………………… 337
佐野 博美 （詩人） ………………… 337
佐野 まもる （俳人） ……………… 337
佐野 美智 （俳人） ………………… 337
佐野 良太 （俳人） ………………… 337
三溝 沙美 （俳人） ………………… 337
寒川 鼠骨 （俳人, 写生文作家） …… 337
寒川 猫持 （歌人） ………………… 337
鮫島 春潮子 （俳人） ……………… 337
猿山 木魂 （俳人） ………………… 338
狭山 信乃 （歌人） ………………… 338
狭山 麓 （歌人） …………………… 338
皿井 旭川 （俳人, 医師） ………… 338
更科 源蔵 （アイヌ文化研究家, 詩人） … 338
猿田 禾風 （俳人） ………………… 338
猿橋 統流子 （俳人） ……………… 338
沢 好摩 （俳人） …………………… 338
沢 英彦 （詩人, 文芸評論家, 歌人） … 338
沢 ゆき （詩人） …………………… 339
沢井 我来 （俳人） ………………… 339
沢木 欣一 （俳人） ………………… 339
沢木 隆子 （詩人） ………………… 339
沢田 英史 （歌人） ………………… 339
沢田 和子 （俳人） ………………… 339
沢田 弦四朗 （俳人） ……………… 339
沢田 静子 （詩人） ………………… 339
沢田 敏子 （詩人） ………………… 339
沢田 はぎ女 （俳人） ……………… 339
沢田 みどり （歌人） ……………… 340
沢田 緑生 （俳人） ………………… 340
沢田 蘆月 （俳人） ………………… 340
沢渡 吉彦 （童謡作家, 童話作家） … 340
沢野 起美子 （詩人） ……………… 340
沢畠 芳枝 （歌人） ………………… 340
沢村 昭代 （俳人） ………………… 340
沢村 胡夷 （詩人, 美術史家） …… 340
沢村 光博 （詩人, 評論家） ……… 340
沢本 知水 （俳人） ………………… 341
山宮 允 （詩人, 英文学者） ……… 341
三条 実美 （公卿, 政治家, 歌人） … 341
三田 葆光 （歌人） ………………… 341
三代目魚武浜田 成夫 （アーティスト, ファッションデザイナー, 詩人） …… 341

【し】

椎木 嶋舎 （俳人） ………………… 341
椎名 恒治 （歌人） ………………… 341
椎名 書子 （俳人） ………………… 342
椎橋 清翠 （俳人） ………………… 342
椎窓 猛 （詩人） …………………… 342
塩井 雨江 （詩人, 国文学者） …… 342
塩井 三作 （歌人） ………………… 342
塩川 三保子 （歌人） ……………… 342
塩川 雄三 （俳人） ………………… 342
塩尻 青茄 （俳人） ………………… 342
塩田 啓二 （歌人） ………………… 342
塩田 紅果 （弁護士, 俳人） ……… 343
塩野崎 宏 ………………………… 343
塩野谷 秋風 （俳人） ……………… 343
塩原 経央 （詩人） ………………… 343
塩見 一釜 （川柳作家） …………… 343
志賀 狂介 （詩人） ………………… 343
四賀 光子 （歌人） ………………… 343
四海 民蔵 （歌人） ………………… 343
しかい 良通 （俳人） ……………… 343
志垣 澄幸 （歌人） ………………… 343
鹿野 氷 （歌人） …………………… 344
直原 弘道 （作家, 詩人） ………… 344
時雨 音羽 （作詞家, 詩人） ……… 344
重清 良吉 （詩人） ………………… 344
繁野 天来 （詩人, 英文学者） …… 344
茂野 冬篝 （俳人） ………………… 344
重松 紀子 （歌人） ………………… 344
茂山 忠茂 （詩人） ………………… 344
志崎 純 （詩人） …………………… 344
宍倉 さとし （詩人） ……………… 344
志田 素琴 （俳人, 国文学者） …… 345
志田 信男 （詩人） ………………… 345
司代 隆三 （歌人, 小説家, 評論家） … 345
舌間 信夫 （郷土史家, 詩人） …… 345
十国 修 （詩人） …………………… 345
品川 鈴子 （俳人, 薬剤師） ……… 345
品川 嘉也　⇒品川良夜 を見よ
品川 柳之 （俳人） ………………… 345
品川 良夜 （俳人） ………………… 345
品田 聖平 （俳人） ………………… 346
志野 暁子 （歌人） ………………… 346
篠 弘 （評論家, 歌人） …………… 346
篠崎 勝己 （詩人） ………………… 346
篠崎 圭介 （俳人） ………………… 346
篠塚 しげる （俳人） ……………… 346

（35）

篠塚 寛 （歌人） …… 346	島 恒人 （俳人） …… 352
篠田 悌二郎 （俳人） …… 346	島 将五 （俳人） …… 352
篠田 康彦 （詩人） …… 347	島 匠介 （俳人） …… 352
篠原 あや （詩人） …… 347	志摩 聡 ⇒原聡一 を見よ
篠原 温亭 （俳人） …… 347	島 東吉 （俳人, 小説家） …… 352
篠原 句瑠璃 （俳人, 僧侶） …… 347	島 秀生 （詩人） …… 352
篠原 敏之 ⇒篠原梵 を見よ	嶋 博美 （詩人） …… 352
篠原 鳳作 …… 347	島 みえ （俳人） …… 353
篠原 梵 （俳人, 出版人） …… 347	島 有道 （歌人） …… 353
篠原 資明 （詩人, 美術評論家） …… 347	志摩 芳次郎 （俳人） …… 353
信夫 澄子 （歌人） …… 347	島内 八郎 （歌人） …… 353
柴 浅茅 （俳人, 弁護士） …… 347	嶋岡 晨 （詩人, 評論家, 小説家） …… 353
柴 英美子 （歌人） …… 348	島木 赤彦 （歌人, 教育者） …… 353
芝 憲子 （詩人） …… 348	島崎 晃 （俳人） …… 354
芝 不器男 （俳人） …… 348	島崎 曙海 （詩人） …… 354
志場 未知子 （歌人） …… 348	島崎 栄一 （歌人） …… 354
柴崎 左田男 （俳人） …… 348	島崎 和夫 （歌人） …… 354
柴崎 聡 （詩人） …… 348	島崎 藤村 （小説家, 詩人） …… 354
柴崎 宗佐 （詩人, 訳詩家） …… 348	島崎 通夫 ⇒島朝夫 を見よ
柴沢 真也 （童話作家, 詩人） …… 348	島崎 光正 （詩人） …… 354
柴田 恭子 （詩人） …… 348	島津 四十起 （俳人） …… 354
柴田 佐知子 （俳人） …… 348	島津 亮 （俳人） …… 354
柴田 三吉 （詩人） …… 348	島田 一耕史 （俳人） …… 355
柴田 宵曲 （俳人） …… 349	嶋田 一歩 （俳人, 産婦人科医） …… 355
柴田 忠夫 （詩人, 放送プロデューサー） …… 349	島田 九万字 （俳人） …… 355
柴田 典昭 （歌人） …… 349	島田 五空 （俳人） …… 355
柴田 白葉女 （俳人） …… 349	島田 尺草 （歌人） …… 355
柴田 元男 （詩人） …… 349	島田 修二 （歌人） …… 355
柴田 基孝 （詩人） …… 349	島田 修三 （歌人） …… 355
柴田 侑堂 （書家, 俳人） …… 349	嶋田 青峰 （俳人） …… 355
芝谷 幸子 （歌人） …… 349	島田 忠夫 （童謡詩人） …… 356
柴谷 武之祐 （歌人） …… 349	嶋田 的浦 （俳人） …… 356
柴野 民三 （児童文学作家, 童謡詩人） …… 350	島田 ばく （児童文学作家, 詩人） …… 356
柴山 晴美 （詩人） …… 350	嶋田 麻紀 （俳人） …… 356
シファート, イーデス （詩人） …… 350	嶋田 摩耶子 （俳人, フラワーデザイナー） … 356
渋川 玄耳 （著述家, ジャーナリスト, 俳人） …… 350	島田 みつ子 （俳人） …… 356
渋沢 孝輔 （詩人） …… 350	嶋田 洋一 （俳人） …… 356
渋沢 秀雄 （実業家, 随筆人, 俳人） …… 350	島田 陽子 （詩人） …… 356
渋谷 栄一 （詩人） …… 351	島田 芳文 （詩人, 作詞家） …… 356
渋谷 光三 （歌人） …… 351	島谷 征良 （俳人） …… 356
渋谷 重夫 （児童文学作家, 詩人, 元・小学校長） …… 351	嶋袋 全幸 （歌人） …… 357
	島村 茂雄 （歌人） …… 357
渋谷 定輔 （詩人, 農民運動家） …… 351	島村 元 （俳人） …… 357
渋谷 道 （俳人, 医師） …… 351	島本 正斉 （歌人） …… 357
渋谷 行雄 （歌人） …… 351	清水 昶 （詩人, 評論家） …… 357
渋谷 玲宏 （詩人） …… 351	清水 ゑみ子 （詩人） …… 357
柴生田 稔 （歌人, 国文学者） …… 351	清水 乙女 （歌人） …… 357
島 秋人 （歌人） …… 352	清水 かつս （童謡詩人） …… 357
島 朝夫 （詩人） …… 352	清水 橘村 （詩人） …… 358
嶋 杏林子 （俳人, 外科医） …… 352	清水 衣子 （俳人） …… 358

(*36*)

清水 杏芽 (俳人, 医師)	358	下村 非文 (俳人)	364
清水 清 (社会運動家, 詩人)	358	下村 宏和 (詩人)	364
清水 径子 (俳人)	358	下村 ひろし (俳人, 医師)	364
志水 賢太郎 (歌人)	358	下村 道子 (歌人)	365
清水 崑 (漫画家, 俳人)	358	下村 光男 (歌人)	365
清水 正吾 (詩人)	358	下村 保太郎 (詩人)	365
清水 昇子 (俳人)	358	下村 百合江 (歌人)	365
清水 信 (歌人)	359	下山 光子 (俳人)	365
清水 清山 (俳人)	359	釈 寂然 (詩人)	365
清水 髙範 (詩人)	359	釈 宗演 (僧侶, 歌人)	365
清水 達夫　⇒清水凡亭 を見よ		釈 迢空 (国文学者, 歌人, 詩人)	365
清水 たみ子 (童謡詩人, 児童文学作家)	359	首藤 基澄 (俳人)	366
清水 ちとせ (歌人)	359	春秋庵 準一 (俳人)	366
清水 千代 (歌人)	359	春秋庵 幹雄 (俳人)	366
清水 恒子 (歌人)	359	城 一峯 (俳人)	366
清水 哲男 (詩人, 評論家)	359	城 左門 (詩人, 小説家)	366
清水 俊彦 (音楽評論家, 詩人, 美術評論家)	360	城 侑 (詩人)	366
清水 一 (建築家, エッセイスト, 俳人)	360	昭憲皇太后 (歌人)	366
清水 比庵 (歌人, 書家, 画家)	360	上甲 平谷 (俳人)	367
清水 弘之 (俳人)	360	庄司 瓦全 (俳人, 写生文家)	367
清水 房雄 (歌人)	360	庄司 圭吾 (詩人)	367
清水 房之丞 (詩人)	361	小路 紫峡 (俳人)	367
清水 凡亭 (雑誌編集者, 俳人)	361	庄司 利音 (詩人)	367
清水 基吉 (小説家, 俳人)	361	正津 勉 (詩人)	367
清水 康雄 (詩人, 評論家)	361	勝田 主計 (財政家, 政治家, 俳人)	367
清水 八束 (歌人, 産婦人科医)	361	正田 稲洋 (俳人, 医師)	368
清水 義男 (歌人)	361	正田 益嗣 (歌人)	368
清水 亮 (詩人)	361	庄中 健吉 (俳人, 医師)	368
清水 寥人 (小説家, 俳人)	361	生野 幸吉 (詩人, 小説家, ドイツ文学者)	368
清水 鱸江 (俳人)	362	小橋 啓生 (俳人, 高校教師(沖縄県立糸満高校))	368
志村 辰夫 (詩人)	362	菖蒲 あや (俳人)	368
下川 儀太郎 (詩人, 政治家)	362	城米 彦造 (詩人)	368
下川 まさじ (俳人)	362	白井 要 (小説家, 詩人)	368
下郡 峯生 (歌人)	362	白井 麦生 (歌人)	368
下田 歌子 (女子教育家, 歌人)	362	白井 房夫 (俳人)	369
下田 閑声子 (俳人)	362	白井 真貫 (俳人)	369
下田 惟直 (詩人)	362	白井 洋三 (歌人)	369
下田 実花 (俳人, 元・芸者)	362	白石 花馭史 (俳人)	369
霜田 史光 (詩人, 小説家)	363	白石 かずこ (詩人)	369
下田 稔 (俳人)	363	白石 公子 (詩人, エッセイスト)	369
下出 祐太郎 (漆芸家, 詩人)	363	白石 昂 (歌人)	369
下鉢 清子 (俳人)	363	白川 淑 (詩人)	369
下村 為山 (俳画家, 俳人)	363	白木 英尾 (歌人)	370
下村 梅子 (俳人)	363	白木 豊 (歌人)	370
下村 悦夫 (小説家, 歌人)	363	白沢 良子 (俳人)	370
下村 槐太 (俳人)	364	白須 孝輔 (詩人)	370
下村 海南 (新聞人, 政治家, 歌人)	364	白滝 まゆみ (歌人)	370
下村 和子 (詩人)	364	白鳥 省吾 (詩人)	370
下村 三郎 (詩人)	364	支路遺 耕治 (詩人)	370
下村 照路 (歌人)	364		

(37)

白崎 礼三 (詩人)	370	須ケ原 樽子 (俳人)	376
城谷 文城 (俳人, 医師)	371	菅原 伝三郎 (詩人)	376
城取 信平 (俳人)	371	菅原 関也 (俳人)	376
新海 照弘 (川柳作家)	371	菅原 友太郎 (歌人)	376
新開 ゆり子 (児童文学作家, 詩人)	371	菅原 義哉 (歌人)	376
新川 和江 (詩人, 児童文学作家)	371	杉浦 伊作 (詩人)	376
新川 克之 (歌人)	371	杉浦 宇貫 (俳人)	376
真行寺 四郎 (歌人)	371	杉浦 湖畔 (俳人, 中学校教師)	376
新郷 久 (詩人)	372	杉浦 翠子 (歌人)	376
晋樹 隆彦 (歌人)	372	杉浦 梅潭 (幕臣, 漢詩人)	377
新城 和一 (評論家, 翻訳家, 詩人)	372	杉浦 冷石 (俳人)	377
新谷 彰久 (詩人)	372	杉江 重英 (俳人)	377
新谷 智恵子 (童謡詩人, 作詞家)	372	杉岡 溢子 (詩人)	377
進藤 一考 (俳人)	372	杉田 鶴子 (歌人, 医師)	377
進藤 虚籟 (漢詩作家, 歌人, 医師)	372	杉田 俊夫 (詩人, 俳人)	377
進藤 千恵 (詩人)	372	杉田 久女 (俳人)	377
進藤 紫 (俳人)	373	杉田 嘉次 (歌人)	377
新藤 凉子 (詩人)	373	杉谷 昭人 (詩人)	378
新保 啓 (詩人)	373	杉谷 健吉 (詩人)	378
神保 光太郎 (詩人, ドイツ文学者)	373	杉谷 代水 (詩人, 劇作家)	378
神保 朋世 (日本画家, 俳人)	373	杉原 竹女 (俳人)	378
新明 紫明 (俳人, 医師)	373	杉原 裕介 (僧侶, 詩人, 海上自衛隊一佐)	378
新免 忠 (歌人)	373	杉原 幸子 (歌人)	378
新屋敷 幸繁 (詩人)	373	杉村 聖林子 (俳人)	379
		杉村 楚人冠 (新聞記者, 随筆家, 俳人)	379
【す】		杉本 郁太郎 ⇒杉本北柿 を見よ	
		杉本 禾人 (俳人)	379
須一 まさ子 (詩人)	373	杉本 寛一 (歌人)	379
葉 紀甫 (詩人)	374	杉本 清子 (歌人)	379
末次 雨城 (俳人)	374	杉本 零 (俳人)	379
須賀 一恵 (俳人)	374	杉本 直 (詩人)	379
須賀 是美 (歌人)	374	杉本 春生 (詩人)	379
菅 裸馬 (実業家, 俳人)	374	杉本 寛 (俳人)	380
菅 礼之助 ⇒菅裸馬 を見よ		杉本 北柿 (俳人)	380
菅井 冨佐子 (俳人)	374	杉本 三木雄 (歌人)	380
菅沼 宗四郎 (歌人)	374	杉本 深由起 (詩人)	380
菅野 一狼 (俳人)	374	椙本 紋太 (川柳作家)	380
菅野 其外 (俳人)	374	杉本 雷造	380
菅野 春虹 (俳人)	375	杉山 市五郎 (詩人)	380
須賀野 めぐみ (詩人)	375	杉山 一転 (俳人)	380
菅谷 規矩雄 (詩人)	375	杉山 岳陽 (俳人)	380
菅原 一宇 (川柳作家)	375	杉山 花風 (詩人)	381
菅原 克己 (詩人)	375	杉山 幸子 (詩人)	381
菅原 師竹 (俳人)	375	杉山 葱子 (俳人)	381
菅原 章風 (俳人)	375	杉山 平一 (詩人, 映画評論家)	381
菅原 峻 (図書館計画施設コンサルタント, 歌人)		助川 信彦 (医師, 歌人)	381
	375	助信 保 (詩人)	381
菅原 多つを (俳人)	376	須沢 天剣草 (俳人)	381
		逗子 八郎 (歌人)	381
		図子 英雄 (小説家, 詩人)	381

(38)

鐸 静枝 （歌人） ……… 382	鈴木 白祇 （俳人） ……… 387
鈴江 幸太郎 （歌人） ……… 382	鈴木 初江 （詩人） ……… 387
鈴鹿 俊子 （歌人） ……… 382	鈴木 花蓑 （俳人） ……… 387
鈴鹿 野風呂 （俳人） ……… 382	鈴木 春江 （歌人） ……… 387
鈴木 あつみ （俳人） ……… 382	鈴木 半風子 （俳人） ……… 387
鈴木 石夫 （俳人） ……… 382	鈴木 英夫 （歌人，随筆家，医師） ……… 387
鈴木 芋村 （俳人） ……… 382	鈴木 比呂志 （詩人，書家） ……… 388
鈴木 梅子 （詩人） ……… 382	鈴木 弘恭 （国文学者，歌人） ……… 388
鈴木 栄子 （俳人） ……… 382	鈴木 敏幸 （詩人） ……… 388
鈴木 煙浪 （俳人） ……… 382	鈴木 文子 （詩人） ……… 388
鈴木 燕郎 （俳人，茶道家） ……… 383	スズキ ヘキ （詩人，童謡作家） ……… 388
鈴木 賀恵 （歌人） ……… 383	鈴木 鵬于 （俳人） ……… 388
鈴木 蚊都夫 （俳人） ……… 383	鈴木 芳如 （俳人） ……… 388
鈴木 頑石 （俳人，質商） ……… 383	鈴木 正和 （詩人） ……… 388
鈴木 杏村 （歌人） ……… 383	鈴木 真砂女 （俳人） ……… 388
鈴木 喜緑 （詩人） ……… 383	鈴木 雅之 （国学者，神道学者，歌人） ……… 389
鈴木 国郭 （歌人） ……… 383	鈴木 勝 （詩人） ……… 389
鈴木 啓介 （編集者，詩人） ……… 383	鈴木 美智子 （詩人） ……… 389
鈴木 啓蔵 （歌人） ……… 383	鈴木 光彦 （俳人） ……… 389
鈴木 公二 （俳人） ……… 383	鈴木 満 （詩人） ……… 389
鈴木 幸輔 （歌人） ……… 383	鈴木 六林男 （俳人） ……… 389
鈴木 康文 （歌人） ……… 384	鈴木 無肋 （俳人） ……… 389
鈴木 穀雨 （俳人） ……… 384	鈴木 保彦 （俳人） ……… 389
鈴木 貞雄 （俳人） ……… 384	鈴木 ユリイカ （詩人） ……… 389
鈴木 しげを （俳人） ……… 384	寿々木 米若 （浪曲師，俳人） ……… 390
鈴木 繁雄 （詩人，作詞家） ……… 384	鈴木 良戈 （俳人） ……… 390
鈴木 しづ子 （俳人） ……… 384	薄田 泣菫 （詩人，随筆家） ……… 390
鈴木 俊 （詩人，文芸評論家，翻訳家） ……… 384	鈴切 幸子 （詩人） ……… 390
鈴木 鵲衣 （俳人） ……… 384	鈴間 斗史 （俳人） ……… 390
鈴木 諄三 （歌人） ……… 384	進 一男 （詩人） ……… 390
鈴木 東海子 （詩人） ……… 384	鈴村 和成 （詩人） ……… 390
鈴木 昌平 （俳人） ……… 385	須田 周水子 （俳人） ……… 390
鈴木 志郎康 （詩人，評論家，映像作家） ……… 385	周田 幹雄 （詩人） ……… 391
鈴木 信治 （詩人） ……… 385	数藤 五城 （俳人，歌人） ……… 391
鈴木 素直 （詩人） ……… 385	須藤 伸一 （詩人） ……… 391
鈴木 青園 （俳人） ……… 385	須藤 滲雨 （歌人） ……… 391
鈴木 節子 （俳人） ……… 385	首藤 隆司 （歌人，詩人） ……… 391
鈴木 詮子 （俳人） ……… 385	須藤 常央 （俳人） ……… 391
鈴木 鷹夫 （俳人） ……… 385	須藤 久幸 （詩人，歌人） ……… 391
鐸木 孝 （歌人） ……… 386	須藤 若江 （歌人） ……… 391
鈴木 孝 （詩人） ……… 386	砂長 志げる （詩人） ……… 391
薄 多久雄 （俳人） ……… 386	須永 博士 （写真家，詩人） ……… 391
鈴木 千寿 （詩人，翻訳家，洋画家） ……… 386	須永 義夫 （歌人） ……… 392
鈴木 哲雄 （詩人） ……… 386	砂見 爽 （詩人，歌人） ……… 392
鈴木 亨 （詩人，評論家） ……… 386	須並 一衛 （俳人） ……… 392
薄 敏男 （俳人） ……… 386	角 鴎東 （歌人） ……… 392
鈴木 俊夫 （詩人） ……… 386	角 青果 （俳人，歯科医） ……… 392
鈴木 虎雄 （中国文学者，漢詩人，歌人） ……… 387	墨田 孝 （精神科医，詩人） ……… 392
鈴木 紀子 （歌人） ……… 387	角田 拾翠 （俳人，僧侶） ……… 392
鈴木 漠 （詩人） ……… 387	隅田 葉吉 （歌人） ……… 392

(39)

すみとも　　　　　　　　　　人名目次

住友 吉左衛門(16代目)　　⇒泉幸吉 を見よ
陶山 篤太郎　（詩人，社会運動家）……… 392
諏訪 優　（詩人）……………………… 393
諏訪部 末子　（歌人）………………… 393

千川 あゆ子　（児童文学作家，詩人）…… 397
千家 尊福　（神道家，政治家，歌人）…… 397
千家 元麿　（詩人）…………………… 397
千田 一路　（俳人）…………………… 398
千田 光　（詩人）……………………… 398
仙波 龍英　（歌人，小説家）………… 398

【せ】

瀬尾 育生　（詩人，文芸評論家）……… 393
関 圭草　（実業家，俳人）…………… 393
瀬木 慎一　（美術評論家，詩人）……… 393
関 成美　（俳人）……………………… 393
関 登久也　（歌人）…………………… 393
関 俊雄　（俳人）……………………… 394
関 とも　（歌人）……………………… 394
関 萍雨　（俳人）……………………… 394
関 文月　（詩人）……………………… 394
関 洋子　（詩人）……………………… 394
関口 篤　（詩人，英文学者）………… 394
関口 火竿　（俳人）…………………… 394
関口 謙太　（俳人）…………………… 394
関口 祥子　（俳人）…………………… 394
関口 隆雄　（詩人）…………………… 394
関口 比良男　（俳人）………………… 394
関口 ふさの　（俳人）………………… 395
関口 芙美子　（歌人）………………… 395
関口 涼子　（詩人）…………………… 395
関戸 靖子　（俳人）…………………… 395
関根 栄一　（童謡詩人，作詩家）……… 395
関根 和美　（歌人）…………………… 395
関根 喜美　（俳人）…………………… 395
関根 黄鶴亭　（俳人，詩人，日本画家）… 395
関根 弘　（詩人，評論家，小説家）…… 395
関森 勝夫　（俳人）…………………… 396
関谷 忠雄　（俳人，詩人）…………… 396
瀬底 月城　（俳人，歯科医）………… 396
摂津 幸彦　（俳人）…………………… 396
摂津 よしこ　（俳人）………………… 396
瀬戸 青天城　（俳人）………………… 396
瀬戸 哲郎　（詩人）…………………… 396
瀬戸 応夫　（詩人）…………………… 396
瀬戸内 艶　（歌人）…………………… 396
瀬沼 卓朗　（俳人）…………………… 396
妹尾 一子　（詩人）…………………… 397
妹尾 健　（俳人）……………………… 397
妹尾 美雄　（俳人）…………………… 397
瀬谷 耕作　（俳人）…………………… 397
芹口 鳳車　（俳人）…………………… 397
世礼 国男　（教育家，沖縄研究家，詩人）… 397

【そ】

宗 左近　（詩人，評論家，フランス文学者）…… 398
宗 重正　（官僚，歌人，伯爵）……… 398
宗 秋月　（詩人）……………………… 398
宗 武志　（英文学者，詩人）………… 398
宋 敏鎬　（詩人，医師）……………… 399
宗 不旱　（歌人）……………………… 399
相馬 梅子　（詩人，作詩家）………… 399
相馬 御風　（詩人，歌人，評論家）…… 399
相馬 遷子　（俳人，医師）…………… 399
相馬 大　（詩人，作家）……………… 399
相馬 信子　（歌人）…………………… 399
十河 義郎　（歌人）…………………… 400
曽根 ヨシ　（詩人）…………………… 400
曽根崎 保太郎　（詩人）……………… 400
苑 翠子　（歌人）……………………… 400
園 基祥　（歌人，伯爵）……………… 400
園田 恵子　（詩人，エッセイスト）…… 400
園田 千万男　（詩人）………………… 400
園田 夢蒼花　（俳人）………………… 400
園部 雨汀　（俳人）…………………… 401
園部 鷹雄　（俳人）…………………… 401
曽宮 一念　（洋画家，エッセイスト，歌人）… 401
染谷 進　（詩人）……………………… 401
染谷 十蒙　（俳人，医師）…………… 401
そや やすこ　（児童文学作家，詩人）…… 401
返田 満　（詩人）……………………… 401

【た】

田井 安曇　（歌人）…………………… 401
醍醐 志万子　（歌人）………………… 402
大悟法 進　（歌人）…………………… 402
大悟法 利雄　（歌人）………………… 402
大藤 治郎　（詩人）…………………… 402
田岡 嘉寿彦　（弁護士，歌人）……… 402
田岡 嶺雲　（文芸評論家，社会運動家，俳人）… 402
たか おさむ　（俳人）………………… 403

(40)

多賀 陽美 （歌人） …………… 403	髙瀬 隆和 （歌人） …………… 408
髙井 泉 （詩人, 作家） ………… 403	髙瀬 善夫 （評論家, 歌人） …… 408
髙井 北杜 （俳人） …………… 403	髙田 新 （詩人） …………… 408
髙内 壮介 （詩人） …………… 403	髙田 蝶衣 （俳人） …………… 408
髙浦 銘子 （俳人） …………… 403	髙田 敏子 （詩人） …………… 408
髙折 妙子 （歌人） …………… 403	髙田 浪吉 （歌人） …………… 409
髙貝 弘也 （詩人） …………… 403	髙田 風人子 （俳人） ………… 409
髙垣 憲正 （詩人） …………… 403	髙田 保馬 （社会学者, 経済学者, 歌人） … 409
髙木 秋尾 （詩人） …………… 403	髙田 游 （俳人） …………… 409
髙木 あきこ （詩人, 児童文学作家） … 404	髙塚 かず子 （詩人） ………… 409
髙木 一夫 （歌人） …………… 404	髙藤 武馬 （随筆家, 俳人） …… 409
髙木 恭造 （方言詩人, 眼科医） … 404	たかとう 匡子 （詩人） ………… 409
髙木 貞治 （公認会計士, 歌人, 俳人） … 404	髙埜 帰一 （漢詩人） ………… 410
髙木 智 （おりがみ作家, 俳人） … 404	髙野 喜久雄 （詩人） ………… 410
髙木 秀吉 （詩人） …………… 404	髙野 公彦 （歌人） …………… 410
髙木 二郎　　⇒髙木青二郎 を見よ	髙野 邦夫 （詩人, 俳人） ……… 410
髙木 すみれ （俳人） …………… 404	髙野 素十 （俳人, 法医学者） … 410
髙木 青二郎 （俳人） …………… 404	髙野 竹隠 （漢詩人） ………… 410
髙木 石子 （俳人） …………… 405	髙野 富士子 （俳人） ………… 410
髙木 蒼梧 （俳人, 俳諧研究家） … 405	髙野 ムツオ （俳人） ………… 410
髙木 晴子 （俳人） …………… 405	髙野 六七八 （川柳作家） …… 411
髙木 斐瑳雄 （詩人） …………… 405	鷹羽 狩行 （俳人） …………… 411
髙木 護 （詩人, 評論家） ……… 405	髙橋 愛子 （歌人） …………… 411
髙木 泰子 （歌人） …………… 405	髙橋 淡路女 （俳人） ………… 411
髙木 善胤 （医師, 歌人） ……… 405	髙橋 悦男 （俳人） …………… 411
髙木 良多 （俳人） …………… 405	髙橋 克郎 （俳人） …………… 411
髙久 茂 （歌人） …………… 406	髙橋 喜久晴 （詩人） ………… 411
髙草木 暮風 （歌人） …………… 406	髙橋 仰之 （俳人） …………… 411
髙久田 橙子 （俳人） …………… 406	髙橋 鏡太郎 （俳人） ………… 412
髙桑 義生 （小説家, 俳人） …… 406	髙橋 金窗 （俳人） …………… 412
髙崎 謹平 （俳人） …………… 406	たかはし けいこ （詩人, 児童文学作家） … 412
髙崎 小雨城 （俳人） …………… 406	髙橋 玄一郎 （詩人） ………… 412
髙崎 武義 （俳人） …………… 406	髙橋 玄潮 （漢詩人） ………… 412
髙崎 乃理子 （詩人） …………… 406	髙橋 さえ子 （俳人） ………… 412
髙崎 浩　　⇒髙崎小雨城 を見よ	髙橋 貞俊 （俳人） …………… 412
髙崎 正風 （歌人） …………… 406	髙橋 幸子 （歌人） …………… 412
髙崎 正秀 （歌人, 国文学者, 民俗学者） … 406	たかはし さよこ （俳人） ……… 412
髙塩 背山 （歌人） …………… 407	髙橋 柿花 （俳人, 歯科医） …… 412
髙品 薫 （歌人） …………… 407	髙橋 重義 （詩人） …………… 413
髙階 杞一 （詩人） …………… 407	髙橋 秀一郎 （詩人） ………… 413
髙島 九峯 （漢詩人） ………… 407	髙橋 潤 （俳優, 俳人） ……… 413
髙嶋 健一 （俳人） …………… 407	髙橋 順子 （詩人） …………… 413
髙島 茂 （俳人） …………… 407	髙橋 渉二 （詩人） …………… 413
髙島 順吾 （詩人） …………… 407	髙橋 新吉 （詩人, 小説家, 美術評論家） … 413
髙島 筍雄 （俳人, 内科医） …… 407	髙橋 鈴之助 （歌人） ………… 413
髙島 髙 （詩人） …………… 407	髙橋 荘吉 （歌人） …………… 413
鷹島 牧二 （俳人） …………… 408	髙橋 宗伸 （歌人） …………… 413
田頭 良子 （川柳作家） ………… 408	髙橋 蒼々子 （俳人） ………… 414
髙杉 碧 （歌人） …………… 408	髙橋 大造 （歌人） …………… 414
髙瀬 一誌 （歌人） …………… 408	髙橋 たか子 （詩人） ………… 414

(41)

高橋 次夫 （詩人） …… 414	高柳 蕗子 （歌人） …… 420
高橋 徳衛 （歌人） …… 414	高柳 誠 （詩人） …… 420
高橋 俊之 （歌人） …… 414	高良 勉 （詩人, 高校教師(沖縄県立普天間高校)）
高橋 俊人 （歌人） …… 414	…… 420
高橋 夏男 （詩人, 文芸評論家） …… 414	財部 鳥子 （詩人, コピーライター） …… 421
高橋 則子 （歌人） …… 414	田川 紀久雄 （詩人） …… 421
高橋 英子 （歌人） …… 414	田川 節代 （歌人） …… 421
高橋 正義 （詩人） …… 414	田川 信子 （俳人） …… 421
高橋 馬相 （俳人） …… 415	田川 飛旅子 （俳人, 応用化学者） …… 421
高橋 希人 （歌人, 医師） …… 415	滝 いく子 （詩人, 作家） …… 421
高橋 万三郎 （童謡作家） …… 415	滝 佳杖 （俳人, 歯科医） …… 421
高橋 未衣 （詩人, 作家） …… 415	滝 けん輔 （俳人, 印刻師） …… 421
高橋 睦郎 （詩人） …… 415	滝 耕作 （俳人） …… 421
高橋 宗近 （詩人） …… 415	田木 繁 （詩人） …… 422
高橋 沐石 （俳人, 医師） …… 415	滝 春一 （俳人） …… 422
高橋 元吉 （詩人） …… 415	滝 典通 （歌人） …… 422
高橋 友鳳子 （俳人） …… 416	滝井 孝作 （小説家, 俳人） …… 422
高橋 藍川 （漢詩人, 僧侶） …… 416	滝川 愚仏 （俳人） …… 422
高橋 暁吉 （歌人） …… 416	滝口 修造 （美術評論家, 詩人） …… 422
高橋 六二 （歌人） …… 416	滝口 武士 （詩人） …… 423
高橋 渡 （詩人） …… 416	滝口 雅子 （詩人） …… 423
高畑 浩平 （俳人） …… 416	滝沢 伊代次 （俳人, 医師） …… 423
高畑 耕治 （詩人） …… 416	滝沢 和治 （俳人） …… 423
高浜 虚子 （俳人, 小説家） …… 416	滝沢 秋暁 （詩人, 評論家） …… 423
高浜 長江 （詩人） …… 417	滝沢 博夫 （歌人） …… 423
高浜 天我 （詩人, 編集者） …… 417	滝沢 亘 （歌人） …… 423
高浜 年尾 （俳人） …… 417	田北 衣沙桜 （俳人） …… 423
高原 博 （歌人） …… 417	田口 犬男 （詩人） …… 423
高比良 みどり （歌人） …… 417	田口 一穂 （俳人, 評論家） …… 423
高松 秀明 （歌人） …… 417	田口 恭雄 （詩人） …… 424
高松 文樹 （詩人） …… 417	田口 春塘 （詩人） …… 424
高松 光代 （歌人） …… 417	田口 白汀 （歌人） …… 424
高丸 もと子 （詩人, 小学校教師） …… 417	田口 麦彦 （川柳作家） …… 424
高見 順 （小説家, 詩人） …… 417	田口 游 （歌人） …… 424
田上 石情 （俳人） …… 418	田口 由美 （歌人） …… 424
高嶺 照夫 （歌人, サイコセラピスト） …… 418	嵩 文彦 （詩人, 医師） …… 424
高村 圭左右 （俳人） …… 418	嶽 墨石 （俳人） …… 424
高村 光太郎 （彫刻家, 詩人） …… 418	武井 京 （詩人） …… 424
篁 清羽 （医師, 詩人） …… 418	武石 佐海 （俳人） …… 424
高村 豊周 （鋳金家, 歌人） …… 419	竹内 温 （歌人） …… 425
高群 逸枝 （女性史研究家, 詩人, 評論家） …… 419	竹内 一笑 （俳人） …… 425
高室 呉龍 （俳人） …… 419	竹内 映紫楼 （俳人） …… 425
高本 時子 （詩人） …… 419	竹内 勝太郎 （詩人） …… 425
高森 文夫 （詩人） …… 419	竹内 邦雄 （歌人） …… 425
高屋 窓秋 （俳人） …… 419	竹内 薫兵 （小児科学者, 歌人） …… 425
高安 国世 （歌人, ドイツ文学者） …… 419	竹内 銍 （歌人） …… 425
高安 月郊 （詩人, 劇作家, 評論家） …… 420	竹内 浩三 （詩人） …… 425
高安 やす子 （歌人） …… 420	竹内 忠夫 （歌人） …… 426
高安 義郎 （詩人） …… 420	武内 辰郎 （詩人） …… 426
高柳 重信 （俳人） …… 420	竹内 てるよ （詩人, 児童文学者） …… 426

武内 俊子 （童謡詩人） ……………… 426	竹村 利雄 （歌人） ………………… 432
竹内 武城 （俳人） …………………… 426	竹村 浩 （詩人） …………………… 432
竹内 正企 （詩人） …………………… 426	竹本 健司 （俳人） ………………… 432
武内 利栄 （詩人，小説家） ………… 426	竹森 雄風 （俳人） ………………… 432
竹内 隆二 （詩人） …………………… 426	竹谷 しげる （俳人） ……………… 432
竹生 淳 （詩人） ……………………… 426	竹安 隆代 （歌人） ………………… 432
竹尾 忠吉 （歌人） …………………… 426	武山 英子 （歌人） ………………… 432
竹岡 範男 （詩人，小説家，僧侶） … 427	竹山 広 （歌人） …………………… 432
竹腰 八柏 （俳人） …………………… 427	田子 水鴨 （俳人） ………………… 432
武定 巨口 （俳人） …………………… 427	多胡 羊歯 （童謡詩人） …………… 432
竹下 しづの女 （俳人） ……………… 427	田崎 秀 （歌人） …………………… 433
竹下 竹人 （俳人） …………………… 427	田崎 とし子 （歌人） ……………… 433
竹下 光子 （歌人） …………………… 427	田島 梅子 （歌人） ………………… 433
武下 奈々子 （歌人） ………………… 427	田島 邦彦 （歌人） ………………… 433
竹下 洋一 （歌人） …………………… 427	田島 とう子 （歌人） ……………… 433
竹下 流彩 （俳人） …………………… 427	田島 柏葉 （俳人，僧侶） ………… 433
武島 羽衣 （歌人，詩人，国文学者） … 427	但馬 美作 （俳人，織物意匠図案家） … 433
竹添 履信 （歌人，画家） …………… 428	田代 俊夫 （歌人） ………………… 433
武田 亜公 （児童文学作家，童謡詩人） … 428	多田 梅子 （歌人） ………………… 433
武田 鶯塘 （俳人，記者，小説家） … 428	陀田 勘助 （詩人） ………………… 433
竹田 小時 （俳人，芸妓） …………… 428	多田 智満子 （詩人，エッセイスト，評論家） …… 434
武田 全 （歌人） ……………………… 428	多田 薙石 （俳人） ………………… 434
竹田 善四郎 （歌人） ………………… 428	多田 鉄雄 （小説家，詩人） ……… 434
竹田 隆子 （詩人） …………………… 428	多田 不二 （詩人） ………………… 434
竹田 凍光 （俳人） …………………… 428	多田 裕計 （小説家，俳人） ……… 434
竹田 登美子 （詩人） ………………… 428	多田隈 卓雄 （歌人） ……………… 434
武田 寅雄 （歌人） …………………… 429	只野 柯舟 （俳人） ………………… 434
武田 肇 （詩人） ……………………… 429	只野 幸雄 （歌人） ………………… 434
武田 弘之 （歌人） …………………… 429	太刀掛 呂山 （漢詩人，教師） …… 435
武田 無涯子 （俳人，僧侶） ………… 429	立川 敏子 （歌人） ………………… 435
武市 房子 （歌人） …………………… 429	橘 糸重 （ピアニスト，歌人） …… 435
武富 瓦全 （歌人） …………………… 429	橘 馨 （歌人，医師） ……………… 435
竹友 藻風 （詩人，英文学者） ……… 429	橘 宗利 （歌人） …………………… 435
竹中 郁 （詩人） ……………………… 429	立原 道造 （詩人） ………………… 435
竹中 皆二 （歌人） …………………… 429	龍岡 晋 （俳優，演出家，俳人） … 435
竹中 久七 （詩人，詩論家，経済評論家） … 430	龍野 咲人 （詩人，小説家） ……… 435
竹中 静二 （俳人，医師） …………… 430	巽 聖歌 （童謡詩人，歌人） ……… 436
竹中 九十九樹 （俳人） ……………… 430	辰巳 利文 （歌人） ………………… 436
竹中 宏 （俳人） ……………………… 430	辰巳 泰子 （歌人） ………………… 436
竹中 碧水史 （俳人，俳画家） ……… 430	館 美保子 （詩人） ………………… 436
武中 義人 （詩人） …………………… 430	立岩 利夫 （俳人） ………………… 436
武原 はん （日本舞踊家，俳人） …… 430	舘野 翔鶴 （俳人） ………………… 436
竹久 昌夫 ⇒姜晶中 を見よ	建畠 晢 （美術評論家，詩人） …… 436
竹久 夢二 （画家，詩人） …………… 431	立道 正晟 （歌人） ………………… 436
武部 善人 （歌人） …………………… 431	館山 一子 （歌人） ………………… 436
竹村 晃太郎 （詩人） ………………… 431	田所 妙子 （歌人） ………………… 437
武村 志保 （詩人） …………………… 431	田中 章義 （歌人） ………………… 437
竹村 秋竹 （俳人） …………………… 431	田中 敦子 （俳人） ………………… 437
竹村 鍛 （国学者，俳人） …………… 431	田中 勲 （詩人） …………………… 437
竹村 俊郎 （詩人） …………………… 431	田中 午次郎 （俳人） ……………… 437

(43)

田中 王城 （俳人） ………………… 437	田辺 駿一 （歌人） ………………… 442
田中 収 （歌人） ………………… 437	田辺 正人 （俳人） ………………… 442
田中 克己 （詩人） ………………… 437	田辺 松坡 （漢詩人） ……………… 443
田中 規久雄 （詩人, 医師） ………… 438	田辺 杜詩花 （歌人, 医師） ………… 443
田中 鬼骨 （俳人） ………………… 438	田辺 夏子 （歌人） ………………… 443
田中 喜四郎 （詩人） ……………… 438	田辺 碧堂 （漢詩人, 実業家, 政治家） 443
田中 国男 （詩人） ………………… 438	田辺 若男 （俳優, 詩人, 歌人） …… 443
田中 孝 （詩人） ………………… 438	田波 御白 （歌人） ………………… 443
田中 江 （俳人） ………………… 438	棚山 春雄 ⇒棚山波朗 を見よ
田中 貢太郎 （小説家, 随筆家, 俳人） 438	棚山 波朗 （俳人） ………………… 443
田中 五呂八 （川柳作家） …………… 438	谷 郁雄 （詩人） ………………… 443
田中 成彦 （歌人, 中学・高校教師(洛星中学・高校)) ………………… 439	谷 馨 （歌人, 国文学者） ……… 443
	谷 活東 （小説家, 俳人） ……… 444
田中 準 （詩人, 評論家） ………… 439	谷 鼎 （歌人, 国文学者） ……… 444
田中 順二 （歌人） ………………… 439	谷 邦夫 （俳人） ………………… 444
棚夏 針手 （詩人） ………………… 439	谷 けい子 （詩人, 童話作家） …… 444
田中 水桜 （俳人） ………………… 439	谷 迪子 （俳人） ………………… 444
田中 菅子 （俳人） ………………… 439	谷井 美恵子 （歌人） ……………… 444
田中 清一 ⇒田中喜四郎 を見よ	谷岡 亜紀 （劇作家, 歌人） ………… 444
田中 清光 （詩人） ………………… 439	谷川 雁 （詩人, 評論家） ……… 444
田中 清太郎 （俳人） ……………… 439	谷川 俊太郎 （詩人） ……………… 444
田中 大治郎 （歌人） ……………… 440	谷川 水車 （俳人） ………………… 445
田中 蛇湖 （俳人） ………………… 440	谷口 雲崖 （俳人） ………………… 445
田中 灯京 （俳人） ………………… 440	谷口 勝利 （歌人） ………………… 445
田中 哲菖 （漢詩人） ……………… 440	谷口 喜作 （俳人） ………………… 445
田中 田士英 （俳人） ……………… 440	谷口 謙 （医師, 詩人） ………… 445
田中 子之吉 （歌人） ……………… 440	谷崎 真澄 （詩人） ………………… 445
田中 波月 （俳人） ………………… 440	谷沢 辿 （詩人） ………………… 445
田中 久雄 （詩人） ………………… 440	谷野 予志 （俳人） ………………… 445
田中 美穂 （出版人, 俳人） ………… 440	谷村 博人 （詩人） ………………… 446
田中 裕明 （俳人） ………………… 441	谷本 とさを （俳人, 書家） ………… 446
田中 冬二 （詩人） ………………… 441	田沼 文雄 （俳人） ………………… 446
田中 房太郎 （詩人） ……………… 441	多祢 雅夫 （詩人, 医師） …………… 446
田中 北斗 （俳人） ………………… 441	種田 山頭火 （俳人） ……………… 446
田中 巻子 （俳人） ………………… 441	田野 陽 （歌人） ………………… 446
田中 光子 （詩人） ………………… 441	田畑 比古 （俳人） ………………… 446
田中 茗児 （俳人） ………………… 441	田畑 三千女 （俳人） ……………… 446
田中 弥助 ⇒田中美穂 を見よ	田畑 美穂女 （俳人） ……………… 447
田中 保子 （歌人） ………………… 441	田林 義信 （歌人） ………………… 447
田中 雪枝 ⇒槇みちゑ を見よ	田原 千暉 （俳人） ………………… 447
田中 譲 （歌人） ………………… 441	田平 龍胆子 （俳人） ……………… 447
田中 陽 （俳人） ………………… 441	田吹 繁子 （歌人） ………………… 447
田中 佳宏 （歌人） ………………… 442	田淵 実夫 ⇒田淵十風子 を見よ
田中 螺石 （俳人） ………………… 442	田淵 十風子 （俳人） ……………… 447
田仲 了司 （俳人） ………………… 442	玉井 清弘 （歌人） ………………… 447
田中 令三 （詩人） ………………… 442	玉出 雁梓幸 （俳人） ……………… 447
棚橋 影草 （俳人） ………………… 442	玉川 ゆか （詩人） ………………… 447
田辺 永湖 （俳人） ………………… 442	玉城 徹 （歌人, 詩人） ………… 447
田辺 香代子 （俳人） ……………… 442	玉置 保巳 （詩人） ………………… 448
田辺 機一 （俳人） ………………… 442	玉腰 琅々 （俳人） ………………… 448

玉島 照波　（歌人）……………… 448	千原 草之　（俳人，医師）……………… 453
玉野 花子　（歌人）……………… 448	茶木 滋　（童謡詩人，童話作家）……… 453
田丸 英敏　（歌人）……………… 448	中条 雅二　（詩人）……………… 454
民井 とほる　（俳人）……………… 448	千代 国一　（歌人）……………… 454
田村 奎三　（俳人）……………… 448	長 光太　（詩人）……………… 454
田村 さと子　（詩人，中南米文学研究家）…… 448	千代田 葛彦　（俳人）……………… 454
田村 正也　（詩人）……………… 448	
たむら ちせい　（俳人）……………… 449	
田村 哲三　（歌人）……………… 449	**【つ】**
田村 のり子　（詩人）……………… 449	
田村 元　（歌人）……………… 449	築地 正子　（歌人）……………… 454
田村 飛鳥　（歌人）……………… 449	塚田 秋邦　（俳人）……………… 454
田村 広志　（歌人）……………… 449	束松 露香　（俳人，小林一茶研究家）… 454
田村 雅之　（詩人）……………… 449	塚原 麦生　（医師，俳人）……………… 455
田村 昌由　（詩人）……………… 449	塚原 夜潮　（俳人）……………… 455
田村 木国　（俳人，新聞人）……… 449	塚本 虚明　（俳人）……………… 455
田村 隆一　（詩人）……………… 450	塚本 邦雄　（歌人，小説家，評論家）… 455
田村 了咲　（俳人）……………… 450	塚山 勇三　（詩人）……………… 455
為成 菖蒲園　（俳人）……………… 450	津軽 照子　（歌人）……………… 455
田谷 鋭　（歌人）……………… 450	津川 洋三　（医師，歌人）……………… 455
田山 花袋　（小説家，詩人）……… 450	月尾 菅子　（歌人）……………… 456
田山 耕村　（俳人）……………… 450	築地 藤子　（歌人）……………… 456
垂水 栄　（歌人）……………… 451	月原 橙一郎　（詩人，歌人）…………… 456
俵 万智　（歌人）……………… 451	津久井 紀代　（俳人）……………… 456
檀 一雄　（小説家，詩人）……… 451	津久井 理一　（俳人）……………… 456
弾 琴緒　（歌人，醸造業）……… 451	筑紫 磐井　（俳人）……………… 456
丹沢 豊子　（歌人）……………… 451	佃 悦夫　（俳人）……………… 456
丹野 正　（詩人）……………… 451	佃 春夫　（歌人，随筆家）……………… 456
	筑波 杏明　（歌人）……………… 456
	柘植 芳朗　（建築家，俳人）………… 456
【ち】	津坂 治男　（詩人）……………… 456
	津沢 マサ子　（俳人）……………… 457
千賀 浩一　（歌人）……………… 452	辻 恵美子　（俳人）……………… 457
千勝 重次　（歌人）……………… 452	つじ 加代子　（俳人）……………… 457
筑網 臥年　（俳人）……………… 452	辻 五郎　（詩人）……………… 457
千々和 久幸　（歌人）……………… 452	辻 節子　（詩人）……………… 457
知念 栄喜　（詩人）……………… 452	辻 まこと　（画家，詩人）……………… 457
茅野 蕭々　（ドイツ文学者，歌人，詩人）… 452	辻 桃子　（俳人）……………… 457
茅野 雅子　（歌人）……………… 452	辻 征夫　（詩人，小説家）…………… 457
千葉 皓史　（歌人）……………… 452	辻井 喬　（詩人，小説家）…………… 457
千葉 艸坪子　（俳人）……………… 452	辻下 淑子　（歌人）……………… 458
千葉 胤明　（歌人）……………… 453	辻田 克巳　（俳人）……………… 458
ちば 東北子　（川柳作家）……………… 453	辻野 準一　（俳人）……………… 458
千葉 仁　（俳人）……………… 453	辻野 久憲　（翻訳家，評論家，詩人）… 458
千葉 実　（歌人）……………… 453	対馬 完治　（俳人）……………… 458
千葉 吉弘　（詩人）……………… 453	対馬 康子　（俳人）……………… 458
千葉 龍　（小説家，詩人）……… 453	辻村 真砂子　（俳人）……………… 459
千早 耿一郎　（詩人，文筆家）…… 453	辻元 佳史　（詩人）……………… 459
千原 叡子　（俳人）……………… 453	辻森 秀英　（歌人，国文学者）……… 459

都筑 省吾 （歌人） …………… 459	津村 信夫 （詩人） …………… 464
都築 益世 （童謡詩人） ………… 459	鶴 彬 （川柳作家, 社会運動家） … 465
津田 清子 （俳人） …………… 459	鶴 豊子 （俳人） ……………… 465
津田 治子 （歌人） …………… 459	鶴岡 冬一 （詩人, 文芸評論家） … 465
津田 まさごろ （作詞家, 詩人） … 459	鶴岡 善久 （詩人, 美術評論家） … 465
津田 八重子 （歌人） ………… 459	鶴田 正義 （歌人, 神官） ……… 465
津田 幸雄 （宇宙社会学者, 詩人, クリエイティブ・ディレクター） …………… 459	鶴田 玲子 （俳人） …………… 465
	鶴野 佳子 （歌人） …………… 465
土田 明子 （詩人） …………… 460	露見 忠良 （盲学校教師(大分県立盲学校), 詩人）
土田 耕平 （歌人, 童話作家） … 460	……………………………… 465
土屋 克夫 （歌人） …………… 460	鶴見 正夫 （童謡詩人, 児童文学作家） … 466
土屋 竹雨 （漢詩人） ………… 460	
土屋 秀穂 （俳人） …………… 460	**【て】**
土屋 二三男 （詩人） ………… 460	
土屋 文明 （歌人, 国文学者） … 460	出牛 青朗 （俳人） …………… 466
土屋 正夫 （歌人） …………… 461	出口 王仁三郎 （宗教家, 歌人） … 466
土山 紫牛 （俳人） …………… 461	出口 舒規 （歌人） …………… 466
筒井 菫坡 （詩人, 歌人） ……… 461	手島 一路 （歌人） …………… 466
筒井 紅舟 （歌人, 茶道家） …… 461	手島 南天 （俳人） …………… 466
筒井 富栄 （歌人） …………… 461	手代木 唖々子 （俳人） ……… 466
堤 江実 （インターナショナルビジネスコンサルタント, 詩人） …………… 461	手塚 久子 （詩人） …………… 467
	手塚 美佐 （俳人） …………… 467
堤 寛治 （小中学教師(釧路市立立山花小中学校), 詩人） ……………… 461	手塚 七木 （俳人） …………… 467
	寺井 谷子 （俳人） …………… 467
堤 京子 （俳人） ……………… 461	寺井 文子 （俳人） …………… 467
塘 健 （歌人, 農業） …………… 462	寺尾 俊平 （川柳作家） ……… 467
塘 柊風 （俳人, 日本画家） …… 462	寺尾 道元 （僧侶, 詩人） ……… 467
堤 清二 ⇒辻井喬 を見よ	寺門 一郎 （歌人） …………… 467
堤 俳一佳 （詩人） …………… 462	寺門 仁 （詩人） ……………… 467
堤 操 ⇒大伴道子 を見よ	寺門 迷仏 （川柳作家） ……… 467
常石 芝青 （俳人） …………… 462	寺崎 浩 （小説家, 詩人） ……… 468
恒川 陽一郎 （小説家, 詩人） … 462	寺師 治人 （歌人） …………… 468
常見 千香夫 （歌人） ………… 462	寺下 辰夫 （詩人） …………… 468
津根元 潮 （俳人） …………… 462	寺島 ただし （俳人） ………… 468
角田 竹夫 （詩人, 歌人） ……… 462	寺島 珠雄 （詩人, 労働運動家） … 468
角田 竹涼 （俳人） …………… 462	寺田 京子 （俳人） …………… 468
角田 竹冷 （俳人, 政治家） …… 463	寺田 操 （文芸評論家, 詩人） … 468
角田 独峰 （俳人） …………… 463	寺田 武 （歌人） ……………… 468
角田 一 （歌人） ……………… 463	寺田 寅彦 （物理学者, 随筆家, 俳人） … 468
角田 吉博 （詩人） …………… 463	寺田 弘 （詩人） ……………… 469
角宮 悦子 （歌人） …………… 463	寺西 百合 （歌人） …………… 469
椿 一郎 （歌人） ……………… 463	寺野 守水老 （俳人） ………… 469
粒来 哲蔵 （詩人） …………… 463	寺本 まち子 （詩人） ………… 469
壺井 繁治 （詩人, 評論家） …… 463	寺山 修司 （歌人, 詩人, 劇作家） … 469
坪内 逍遙 （小説家, 評論家, 俳人） … 463	天童 大人 （詩人, 朗唱家, 字家） … 469
坪内 稔典 （俳人） …………… 464	
坪川 美智子 （歌人） ………… 464	
壺田 花子 （詩人） …………… 464	
坪野 哲久 （歌人） …………… 464	
坪谷 水哉 （俳人, 編集者） …… 464	

(46)

【と】

土居 香国 （漢詩人） ……………… 469
土井 大助 （詩人, 文芸評論家, 劇作家） ……… 470
土居 南国城 （俳人） ……………… 470
土井 晩翠 （詩人, 英文学者） ……… 470
戸板 康二 （演劇評論家, 小説家, 俳人） … 470
塔 和子 （詩人） ………………… 471
東井 淳 （川柳作家） ……………… 471
東井 富子 （歌人） ………………… 471
唐笠 何蝶 （俳人） ………………… 471
峠 三吉 （詩人） ………………… 471
藤後 左右 （俳人, 医師） …………… 471
藤後 惣兵衛　⇒藤後左右 を見よ
東郷 克郎 （詩人） ………………… 471
東郷 喜久子 （俳人） ……………… 471
東郷 久義 （歌人） ………………… 471
東城 士郎 （歌人） ………………… 472
東条 素香 （俳人, 僧侶） …………… 472
東野 大八 （川柳作家, 編集者） …… 472
東福寺 薫 （俳人） ………………… 472
遠丸 立 （文芸評論家, 詩人） ……… 472
遠矢 瀉丘 （俳人） ………………… 472
遠役 らく子 （歌人） ……………… 472
遠山 繁夫 （歌人） ………………… 472
遠山 光栄 （歌人） ………………… 472
遠山 陽子 （俳人） ………………… 473
戸川 残花 （詩人, 評論家, 教育者） … 473
外川 飼虎 （俳人） ………………… 473
戸川 稲村 （俳人） ………………… 473
戸川 晴子 （歌人） ………………… 473
土岐 哀果　⇒土岐善麿 を見よ
土岐 善麿 （歌人, 国文学者） ……… 473
土岐 錬太郎 （俳人, 僧侶） ………… 473
時里 二郎 （詩人, 高校教師） ……… 473
時実 新子 （川柳作家, 小説家, エッセイスト） … 473
時田 則雄 （歌人） ………………… 474
徳岡 久生 （詩人） ………………… 474
徳川 夢声 （放送芸能家, 俳人, 随筆家） … 474
徳沢 愛子 （詩人） ………………… 474
徳田 秋声 （小説家, 俳人） ………… 474
徳永 夏川女 （俳人） ……………… 475
徳永 山冬子 （俳人） ……………… 475
徳永 寿 （詩人） ………………… 475
徳永 保之助 （歌人） ……………… 475
徳丸 峻二 （俳人） ………………… 475
徳本 和子 （詩人） ………………… 475
土蔵 培人 （歌人） ………………… 475

所 山花 （俳人） ………………… 475
所 立子 （詩人） ………………… 475
杜沢 光一郎 （歌人, 僧侶） ………… 476
戸沢 百花羞 （俳人） ……………… 476
戸沢 撲天鵬 （俳人） ……………… 476
豊島 年魚 （俳人） ………………… 476
戸田 桜亭 （俳人） ………………… 476
戸田 鼓竹 （俳人） ………………… 476
戸恒 恒男 （俳人） ………………… 476
戸恒 東人 （俳人） ………………… 476
百々 登美子 （歌人） ……………… 476
轟 太市 （歌人） ………………… 477
利根川 発 （歌人） ………………… 477
利根川 保男 （歌人） ……………… 477
殿内 芳樹 （詩人） ………………… 477
殿岡 辰雄 （詩人） ………………… 477
外塚 喬 （歌人） ………………… 477
殿村 菟絲子 （俳人） ……………… 477
外村 文象 （詩人） ………………… 477
鳥羽 とほる （俳人） ……………… 477
土橋 治重 （詩人, 歴史作家） ……… 477
戸張 みち子 （詩人） ……………… 478
飛松 実 （歌人） ………………… 478
鳥見 迅彦 （詩人） ………………… 478
富岡 掬池路 （俳人） ……………… 478
富岡 犀川 （俳人） ………………… 478
富岡 多恵子 （小説家, 詩人） ……… 478
富岡 冬野 （俳人） ………………… 478
富沢 赤黄男 （俳人） ……………… 479
富沢 智 （詩人） ………………… 479
富田 うしほ （俳人） ……………… 479
富田 砕花 （歌人, 詩人） …………… 479
富田 貞子 （俳人） ………………… 479
富田 昭二 （歌人, 医師） …………… 479
富田 住子 （歌人） ………………… 479
富田 潮児 （俳人） ………………… 479
富田 直治 （俳人） ………………… 479
富田 野守 （俳人） ………………… 479
冨田 正吉 （俳人） ………………… 480
富田 みのる （俳人） ……………… 480
富田 木歩 （俳人） ………………… 480
冨長 覚梁 （詩人, 僧侶） …………… 480
冨永 紗智子 （川柳作家） ………… 480
富永 太郎 （詩人, 画家） …………… 480
富永 蝶如 （漢詩人, 僧侶） ………… 480
富永 眉峰 （俳人, 書家） …………… 480
富永 貢 （歌人, 医師） …………… 480
富小路 禎子 （歌人） ……………… 481
富原 孝 （詩人） ………………… 481
富松 良夫 （詩人） ………………… 481

富安 風生 （俳人） ……………… 481
友岡 子郷 （俳人） ……………… 481
友川 かずき （詩人, 歌手, 画家） …… 481
友清 恵子 （小説家, 詩人） ………… 482
友田 多喜雄 （詩人, 児童文学作家） … 482
友竹 辰 （声楽家, 詩人） …………… 482
友竹 正則　⇒友竹辰 を見よ
友部 正人 （シンガーソングライター, 詩人） … 482
友松 賢 （歌人） ………………… 482
ともろぎ ゆきお （詩人, 作曲家） … 482
外山 覚治 （詩人） ……………… 482
外山 家人 （歌人） ……………… 483
外山 正一 （教育者, 文学者, 詩人） … 483
豊口 陽子 （詩人） ……………… 483
豊島 逃水 （歌人） ……………… 483
豊田 玉萩 （詩人） ……………… 483
豊田 君仙子 （俳人） …………… 483
豊田 清史 （歌人） ……………… 483
豊田 次雄 （俳人, 童話作家） …… 483
豊田 都峰 （俳人） ……………… 483
豊長 みのる （俳人） …………… 483
豊山 千蔭 （俳人） ……………… 484
鳥居 おさむ （俳人） …………… 484
鳥居 美智子 （俳人） …………… 484
鳥居 良禅 （詩人, 僧侶） ………… 484
鳥越 すみこ （俳人） …………… 484
鳥海 昭子 （歌人） ……………… 484
ドン・ザッキー （詩人） ………… 484

【 な 】

内藤 喜美子 （詩人） …………… 484
内藤 鋠策 （歌人, 詩人） ………… 484
内藤 多喜夫　⇒内藤吐天 を見よ
内藤 吐天 （俳人） ……………… 485
内藤 まさを （俳人） …………… 485
内藤 鳴雪 （俳人） ……………… 485
内藤 保幸 （詩人） ……………… 485
直井 鳥生 （俳人） ……………… 485
直江 武骨 （川柳作家） ………… 485
直木 燕洋 （俳人） ……………… 485
直野 碧玲瓏 （俳人） …………… 485
中 火臣 （俳人） ………………… 485
中 寒二 （詩人） ………………… 486
中 勘助 （小説家, 詩人, 随筆家） … 486
奈加 敬三 （詩人） ……………… 486
中 拓夫 （俳人） ………………… 486
那珂 太郎 （詩人） ……………… 486
中 正敏 （詩人） ………………… 486
永井 薫 （詩人） ………………… 487
永井 禾原 （漢詩人） …………… 487
中井 克比古 （歌人） …………… 487
永井 荷風 （小説家, 随筆家, 詩人） … 487
中井 昌一 （歌人） ……………… 487
永井 善次郎 （詩人） …………… 487
永井 龍男 （小説家, 俳人） ……… 487
永井 力 （詩人） ………………… 488
中井 英夫 （小説家, 詩人） ……… 488
永井 瓢斎 （新聞人, 俳人） ……… 488
永井 浩 （詩人, 放送作家） ……… 488
永井 寳水 （俳人） ……………… 488
永井 正春 （詩人, 作家） ………… 488
中井 正義 （歌人, 文芸評論家） … 488
中井 三好 （詩人） ……………… 489
長井 盛之 （詩人） ……………… 489
長井 陽 （詩人） ………………… 489
永井 陽子 （歌人） ……………… 489
永石 三男 （歌人） ……………… 489
永江 大心 （俳人） ……………… 489
中江 俊夫 （詩人） ……………… 489
永方 裕子 （詩人） ……………… 489
長江 道太郎 （詩人, 映画評論家） … 489
中尾 彰秀 （詩人） ……………… 490
長尾 和男 （詩人） ……………… 490
中尾 彰 （童画家, 洋画家, 詩人） … 490
中尾 寿美子 （俳人） …………… 490
永尾 宋斤 （詩人） ……………… 490
長尾 高弘 （詩人） ……………… 490
長尾 辰夫 （詩人） ……………… 490
中尾 白雨 （俳人） ……………… 490
長尾 福子 （歌人） ……………… 490
長尾 幹也 （歌人） ……………… 491
長岡 昭四郎 （詩人, 作家） ……… 491
中岡 毅雄 （俳人） ……………… 491
長岡 弘芳 （評論家, 詩人） ……… 491
中恒 克朗 （詩人） ……………… 491
中上 哲夫 （詩人, 翻訳家, コピーライター） … 491
中川 昭 （歌人） ………………… 491
中川 悦子 （詩人） ……………… 491
中川 薫 （歌人） ………………… 491
中川 一政 （洋画家, 随筆家, 詩人） … 491
中川 菊司 （歌人） ……………… 492
中川 佐和子 （歌人） …………… 492
中川 四明 （俳人, 編集者） ……… 492
中川 須美子 （詩人） …………… 492
中川 静村 （詩人, 児童文学作家, 僧侶） … 492
中川 宋淵 （僧侶, 俳人） ………… 492
中川 浩文 （俳人） ……………… 492

中河 幹子 （歌人）	492	中田 敬二 （詩人）	498
中川 道弘 （歌人）	493	中田 剛 （俳人）	498
中河 与一 （小説家, 歌人）	493	永田 耕衣 （俳人）	498
中川 龍 （歌人）	493	永田 耕一郎 （詩人）	498
中桐 雅夫 （詩人, 英文学者）	493	中田 浩一郎 （詩人, 作詩・作詞家）	499
中桐 美和子 （詩人）	493	中田 重夫 （歌人）	499
永窪 綾子 （詩人）	493	中田 樵杖 （俳人）	499
長久保 鐘多 （詩人, 高校教師(小名浜高)）	493	中田 水光 （文芸評論家, 俳人）	499
中窪 利周 （詩人）	493	永田 助太郎 （詩人）	499
長倉 閑山 （俳人）	494	永田 青嵐 （内務官僚, 政治家, 俳人）	499
中込 純次 （詩人, 文芸評論家, 仏文学者）	494	永田 竹の春 （俳人）	500
ながさく 清江 （俳人）	494	永田 東一郎 （詩人）	500
中里 麦外 （俳人）	494	中田 信子 （俳人）	500
中里 茉莉子 （詩人, 歌人）	494	長田 秀雄 （詩人, 劇作家, 小説家）	500
長沢 一作 （歌人）	494	長田 秀次郎 ⇒永田青嵐 を見よ	
長沢 順治 （詩人）	494	中田 雅敏 ⇒中田水光 を見よ	
中沢 水鳥 （詩人）	494	中田 瑞穂 （外科医学者, 俳人）	500
長沢 佑 （詩人, 社会運動家）	495	中台 春嶺 （俳人）	500
長沢 美津	495	中谷 朔風 （俳人）	500
中島 哀浪 （歌人）	495	中谷 寛章 （俳人）	500
中島 歌子 （歌人）	495	永谷 悠紀子 （詩人）	501
中島 栄一 （歌人）	495	中地 俊夫 （歌人）	501
中嶋 英治 （俳人）	495	中津 賢吉 （歌人）	501
中島 可一郎 （詩人）	495	長津 功三良 （詩人）	501
中島 杏子 （俳人）	495	中津 昌子 （歌人）	501
中島 月笠 （俳人）	495	中塚 一碧楼 （俳人）	501
中島 佐渡 （俳人）	495	中塚 響也 （俳人）	501
長島 千城 （俳人）	496	永塚 幸司 （詩人）	501
中島 双風 （俳人）	496	長塚 節 （歌人, 小説家）	501
中島 大三郎 （俳人）	496	中塚 たづ子 （俳人）	501
永島 卓 （詩人）	496	中塚 鞠子 （俳人）	501
中島 斌雄 （俳人）	496	中戸川 朝人 （俳人）	502
中島 登 （詩人）	496	中西 悟堂 （僧侶, 歌人, 詩人）	502
中島 彦治郎 （歌人）	496	中西 省三 （詩人）	502
中嶋 秀子 （俳人）	496	中西 輝磨 （歌人）	502
中島 大 （歌人）	496	中西 二月堂 （俳人）	502
長嶋 南子 （詩人, 養護学校教師(東京都立足立養護学校))	496	中西 梅花 （小説家, 詩人）	502
長島 三芳 （詩人）	497	中西 舗土 （詩人）	502
永島 靖子 （詩人）	497	中西 弥太郎 （詩人）	503
中島 和昭 （詩人）	497	長沼 紫紅 （俳人）	503
長島 和太郎 （詩人）	497	中野 英一 （詩人, 映画評論家）	503
中条 明 （俳人）	497	中野 嘉一 （詩人, 歌人, 医師）	503
中城 ふみ子 （歌人）	497	中野 菊夫 （歌人, 図案家）	503
中条 芳之介 （詩人）	497	中野 弘一 （詩人）	503
永瀬 清子 （詩人）	497	中野 三允 （俳人）	503
中曽根 松衛 ⇒中田浩一郎 を見よ		中野 重治 （詩人, 小説家, 評論家）	503
永田 明正 （詩人, マーケティング・プロデューサー, エッセイスト）	498	永野 昌三 （詩人）	504
		中野 逍遥 （漢詩人）	504
		中野 水明渓 （俳人）	504
永田 和宏 （歌人）	498	中野 鈴子 （詩人）	504

(49)

長野 蘇南 （俳人, 眼科医） ……………… 504	中村 真一郎 （作家, 文芸評論家, 詩人） …… 510
永野 孫柳 （俳人） ……………………… 504	中村 慎吾 （詩人） ……………………… 510
中野 妙子 （詩人, エッセイスト） ………… 505	中村 清四郎 （歌人） …………………… 510
長野 規 （詩人） ………………………… 505	中村 苑子 （俳人） ……………………… 510
永野 為武　⇒永野孫柳 を見よ	中村 泰山 （俳人） ……………………… 511
中野 照子 （歌人） ……………………… 505	中村 泰三 （医師, 詩人） ………………… 511
中野 秀人 （詩人, 画家, 評論家） ………… 505	中村 隆 （俳人） ………………………… 511
仲埜 ひろ （詩人, 児童文学作家） ………… 505	中村 千栄子 （詩人） …………………… 511
中埜 由希子 （歌人） …………………… 505	中村 千尾 （詩人, 作詞家） ……………… 511
中野 陽路 （俳人） ……………………… 505	中村 汀女 （俳人） ……………………… 511
中野 立城 （俳人） ……………………… 505	中村 具嗣 （俳人） ……………………… 511
中浜 哲 （無政府主義者, 詩人） …………… 506	中村 信子 （詩人） ……………………… 512
中原 綾子 （俳人, 詩人） ………………… 506	中村 美穂 （歌人） ……………………… 512
中原 勇夫 （国文学者, 歌人） …………… 506	中村 ひろ美 （詩人） …………………… 512
中原 鈴代 （俳人） ……………………… 506	中村 不二夫 （詩人） …………………… 512
中原 中也 （詩人） ……………………… 506	中村 文昭 （詩人, 文芸評論家, 舞踊批評家） ‥ 512
中原 忍冬 （詩人） ……………………… 506	中村 冬樹 （歌人） ……………………… 512
中原 緋佐子 （詩人） …………………… 506	中村 将晴 （俳人） ……………………… 512
中原 道夫 （詩人） ……………………… 506	中村 道子 （詩人, 高校教師(浜松北高校)） …… 512
中原 道夫 （俳人） ……………………… 506	中村 路子 （俳人） ……………………… 512
永平 利夫 （歌人） ……………………… 507	仲村 美智子 （俳人） …………………… 513
中平 耀 （詩人） ………………………… 507	中村 光行 （経済評論家, 詩人, 仏教ジャーナリスト） ……………………………………… 513
永見 七郎 （詩人） ……………………… 507	
中道 風迅洞 （評論家, 詩人, エッセイスト） ‥ 507	中村 稔 （詩人, 評論家, 弁護士） ………… 513
長峰 美和子 （歌人） …………………… 507	中村 楽天 （俳人） ……………………… 513
中村 愛松 （俳人） ……………………… 507	中本 紫公 （俳人） ……………………… 513
仲村 青彦 （俳人） ……………………… 507	中本 庄市 （歌人） ……………………… 513
中村 秋香 （国文学者, 歌人） …………… 507	中本 道代 （詩人） ……………………… 513
中村 明子 （俳人） ……………………… 507	長森 光代 （歌人, 小説家） ……………… 513
中村 雨紅 （童謡詩人） ………………… 507	長谷 岳 （俳人, 弁護士） ………………… 514
中村 烏堂 （俳人） ……………………… 508	中谷 俊 （詩人） ………………………… 514
中村 菊一郎 （俳人） …………………… 508	中矢 荻風 （俳人） ……………………… 514
中村 吉右衛門(1代目) （歌舞伎俳優, 俳人） ‥ 508	中谷 無涯 （小説家, 詩人） ……………… 514
中邑 浄人 （俳人） ……………………… 508	長安 周一 （詩人） ……………………… 514
中村 漁波林 （詩人, 評論家） …………… 508	中山 一路 （俳人） ……………………… 514
中村 喜和子 （歌人） …………………… 508	永山 一郎 （詩人, 小説家） ……………… 514
中村 草田男 （俳人） …………………… 508	中山 華泉 （俳人） ……………………… 514
中村 源一郎 （歌人） …………………… 509	中山 梟庵 （俳人） ……………………… 514
中村 憲吉 （歌人） ……………………… 509	中山 梟月 （俳人） ……………………… 515
中村 耿人 （歌人, 俳人） ………………… 509	中山 きりを （俳人） …………………… 515
中村 孝助 （歌人） ……………………… 509	中山 啓　⇒中山忠直 を見よ
中村 吾郎 （詩人） ……………………… 509	中山 周三 （歌人） ……………………… 515
中村 三郎 （詩人, 画家） ………………… 509	中山 純子 （俳人） ……………………… 515
中村 三山 （俳人） ……………………… 509	中山 省三郎 （詩人, ロシア文学者） ……… 515
中村 七三郎(5代目) （歌舞伎俳優, 俳人） … 509	中山 伸 （詩人） ………………………… 515
中村 若沙 （俳人, 医師） ………………… 509	中山 忠直 （詩人, 思想家） ……………… 515
中村 柊花 （歌人） ……………………… 509	永山 哲見 （詩人） ……………………… 515
中村 俊一 （俳人） ……………………… 510	中山 稲青 （俳人） ……………………… 516
中村 純一 （歌人） ……………………… 510	永山 トモコ　⇒世川心子 を見よ
中村 正爾 （歌人） ……………………… 510	中山 知子 （童謡詩人, 童話作家, 翻訳家） …… 516

中山 直子 （詩人）	516
なかやま のりあき （歌人）	516
永山 富士 （詩人）	516
中山 ふみ子 （歌人）	516
中山 雅吉 （歌人）	516
中山 勝 （歌人）	516
中山 みどり （詩人,小説家）	516
永山 嘉之 （歌人）	516
中山 礼治 （歌人）	516
奈切 哲夫 （詩人）	517
奈倉 梧月 （俳人）	517
名古 きよえ （詩人）	517
名坂 八千子 （歌人）	517
那須 乙郎 （俳人）	517
なた としこ （詩人）	517
七田谷 まりうす （俳人）	517
夏井 いつき （俳人）	517
夏石 番矢 （俳人,評論家）	517
夏目 漱石 （小説家,英文学者,俳人）	518
夏目 漢 （小説家,詩人）	518
名取 思郷 （俳人）	518
鍋島 幹夫 （詩人）	518
生井 英介 （詩人）	518
生井 武司 （歌人）	518
生江 良康 （歌人）	518
浪 乱丁 （川柳作家）	519
行方 寅次郎 （俳人）	519
並木 秋人 （歌人）	519
行方 克巳 （俳人）	519
名本 勝山 （俳人）	519
奈良 勇 （詩人）	519
奈良 鹿郎 （歌人）	519
奈良 文夫 （俳人）	519
楢崎 曄子 （歌人）	519
楢崎 六花 （俳人）	519
成田 敦 （詩人）	519
成田 嘉一郎 （歌人）	520
成田 千空 （俳人）	520
成井 恵子 （俳人）	520
鳴上 善治 （歌人）	520
成嶋 瓢雨 （俳人）	520
成島 柳北 （漢詩人,随筆家,ジャーナリスト）	520
成瀬 桜桃子 （俳人）	520
成瀬 正俊 （俳人）	521
成瀬 有 （歌人）	521
鳴戸 奈菜 （俳人）	521
鳴海 英吉 （詩人）	521
鳴海 宥 （歌人）	521
鳴海 要吉 （歌人）	521
成宮 弥栄子 （俳人）	521
名和 三幹竹 （俳人）	521
縄田 林蔵 （詩人,農業）	521
南江 治郎 （詩人,人形劇研究家）	522
南上 敦子 （俳人）	522
難波 道子 （詩人）	522
難波 律郎 （俳人）	522
南原 繁 （政治学者,評論家,歌人）	522
南部 憲吉 （俳人）	522

【 に 】

新島 栄治 （詩人）	522
新妻 博 （詩人,エッセイスト,作詞家）	523
新延 拳 （詩人）	523
新海 非風 （俳人）	523
新村 寒花 （俳人）	523
仁木 二郎 （詩人）	523
西 一知 （詩人）	523
西 杉夫 （詩人）	523
西内 延子 （詩人）	523
西尾 栞 （川柳作家）	523
西尾 桃支 （俳人,医師）	523
西岡 光秋 （詩人,評論家,小説家）	523
西岡 十四王 （俳人）	524
西岡 寿美子 （詩人）	524
西岡 正保 （俳人）	524
西垣 脩 （俳人,詩人）	524
西垣 卍禅子 （俳人）	524
西勝 洋一 （歌人,中学校教師(旭川市立東陽中学校)）	524
西川 青濤 （歌人,神官）	524
西川 勉 （著述家,詩人）	524
西川 徹郎 （俳人,僧侶）	525
西川 満 （詩人,作家）	525
西川 百子 （歌人）	525
西川 林之助 （童謡詩人,作詞家）	525
錦 三郎 （歌人,クモ研究家）	525
錦 米次郎 （詩人）	525
西沢 昱道 （歌人,僧侶）	525
西沢 杏子 （詩人,児童文学作家）	526
西沢 隆二 ⇒ ぬやまひろし を見よ	
西沢 比恵呂 （川柳作家）	526
西嶋 あさ子 （俳人）	526
西島 邦彦 （詩人,高校教師(長泉高)）	526
西島 麦南 （俳人,校正者）	526
西塚 俊一 ⇒ 糸屋鎌吉を見よ	
西田 純 （詩人）	526
西田 春作 （詩人）	526

(51)

西田 忠次郎 （歌人） ……………… 526
西田 直二郎 （小説家, 詩人） ………… 526
西谷 勢之介 （詩人） ……………… 526
西出 うつ木 （歌人） ……………… 527
西出 朝風 （歌人） ………………… 527
西野 青杜 （俳人） ………………… 527
西野 信明 （歌人） ………………… 527
西野 文代 （俳人） ………………… 527
西野 藍雨 （俳人） ………………… 527
西野 理郎 （俳人） ………………… 527
西宮 舞 （俳人） …………………… 527
西村 一平 （歌人） ………………… 527
西村 燕々 （俳人） ………………… 527
西村 和子 （俳人） ………………… 528
西村 月杖 （俳人） ………………… 528
西村 公鳳 （俳人） ………………… 528
西村 雪人 （俳人） ………………… 528
西村 哲也 （歌人） ………………… 528
西村 直次 （歌人） ………………… 528
西村 白雲郷 （俳人） ……………… 528
西村 尚 （歌人, 神官） …………… 528
西村 やよひ （歌人） ……………… 528
西村 陽吉 （歌人） ………………… 528
西本 秋夫 （歌人） ………………… 529
西本 一都 （俳人） ………………… 529
西本 宗秋 （歌人） ………………… 529
西山 泊雲 （俳人） ………………… 529
西山 防流 （俳人, 詩人） ………… 529
西山 誠 （俳人） …………………… 529
二条 左近 （俳人） ………………… 529
西脇 順三郎 （詩人, 英文学者） …… 529
仁智 栄坊 （俳人） ………………… 530
新田 祐久 （俳人） ………………… 530
日塔 聰 （詩人, 郷土史家） ……… 530
鷺川 他右 （俳人） ………………… 530
二宮 冬鳥 （歌人, 医師） ………… 530
丹羽 好岳 （俳人） ………………… 530
丹羽 正三 （歌人） ………………… 530

【ぬ】

温井 松代 （歌人） ………………… 530
沼波 瓊音 （国文学者, 俳人） …… 531
沼波 美代子 （歌人） ……………… 531
布川 武男 （俳人, 医師） ………… 531
沼 夜濤 （俳人, 僧侶） …………… 531
沼川 良太郎 （歌人） ……………… 531
沼尻 巳津子 （俳人） ……………… 531
ぬやま ひろし （社会運動家, 詩人） ……… 531

【ね】

根木 俊三 （歌人） ………………… 531
根岸 正吉 （詩人, 社会運動家） …… 531
根岸 善雄 （俳人） ………………… 531
ねじめ 正一 （詩人, 小説家） …… 532
根津 蘆丈 （俳人） ………………… 532
根本 忠雄 （詩人） ………………… 532

【の】

納富 教雄 （詩人） ………………… 532
野江 敦子 （歌人） ………………… 532
野上 彰 （詩人, 劇作家） ………… 532
野上 久人 （歌人） ………………… 532
野川 隆 （詩人） …………………… 533
野北 和義 （歌人） ………………… 533
野口 雨情 （詩人） ………………… 533
野口 夏桐 （俳人） ………………… 533
野口 定雄 （歌人） ………………… 533
野口 武久 （詩人, 文芸評論家） …… 533
野口 寧斎 （漢詩人） ……………… 533
野口 根水草 （俳人） ……………… 533
野口 白城 （俳人） ………………… 534
野口 雅子 （詩人） ………………… 534
野口 正路 （詩人） ………………… 534
野口 米次郎 （詩人） ……………… 534
野口 里井 （俳人） ………………… 534
野崎 真立 （歌人） ………………… 534
野崎 幽也 （詩人） ………………… 534
野崎 ゆり香 （俳人, 医師） ……… 534
野ざらし 延男 （俳人, 高校教師(読谷高校)） … 534
野沢 啓 （詩人, 評論家） ………… 535
野沢 省悟 （川柳作家） …………… 535
野沢 節子 （俳人） ………………… 535
野地 曠二 （歌人） ………………… 535
野島 真一郎 （歌人） ……………… 535
野田 宇太郎 （詩人, 評論家） …… 535
野田 卯太郎 （政治家, 俳人, 実業家） … 535
野田 節子 （俳人） ………………… 535
野田 寿子 （詩人） ………………… 536
野田 別天楼 （俳人） ……………… 536
野田 誠 （俳人） …………………… 536
野田 理一 （詩人） ………………… 536
野竹 雨城 （俳人） ………………… 536
能登 秀夫 （詩人） ………………… 536

野中 木立 (俳人)	536	萩原 千也 (歌人)	541
野中 亮介 (俳人)	536	萩原 麦草 (俳人)	541
野長瀬 正夫 (詩人, 児童文学者)	536	萩原 貢 (詩人)	542
野場 鉱太郎 (歌人)	536	萩原 弥四郎 ⇒萩原季葉 を見よ	
野原 水嶺 (歌人)	537	萩原 康次郎 (歌人)	542
野間 郁史 (俳人)	537	萩原 蘿月 (俳人, 俳文学者)	542
野間 宏 (小説家, 評論家, 詩人)	537	波止 影夫 (俳人, 内科医)	542
野見山 朱鳥 (俳人)	537	橘 聞石 (俳人)	542
野見山 ひふみ (俳人)	537	土師 清二 (小説家, 俳人)	542
野村 愛正 ⇒野村牛耳 を見よ		土師 輝子 (歌人)	542
野村 喜舟 (俳人)	537	橘川 敏孝 (俳人)	543
野村 牛耳 (小説家, 俳人)	538	橘詰 一郎 (歌人)	543
能村 潔 (詩人)	538	橘爪 健 (詩人, 評論家, 小説家)	543
野村 清 (歌人)	538	橘詰 沙尋 (俳人)	543
野村 喜和夫 (詩人)	538	橘爪 さち子 (詩人)	543
野村 慧二 (俳人)	538	橘爪 文 (詩人, 作詞家)	543
能村 研三 (俳人)	538	橘爪 芳綏 (漢詩人)	543
野村 朱鱗洞 (俳人)	538	橘田 東声 (歌人)	543
野村 泰三 (歌人)	538	橋本 栄治 (俳人)	543
野村 太茂津 (川柳作家)	538	橋本 花風 (俳人)	544
野村 冬陽 (俳人)	539	橋本 鶏二 (俳人)	544
能村 登四郎 (俳人)	539	橋本 俊明 (歌人)	544
野村 泊月 (俳人)	539	橋元 四郎平 (歌人)	544
野村 久雄 (俳人)	539	橋本 末子 (俳人)	544
野村 英夫 (詩人)	539	橋本 節子 (詩人)	544
野村 吉哉 (詩人, 童話作家)	539	橋本 草郎 (俳人)	544
野村 米子 (歌人)	539	橋本 多佳子 (俳人)	544
野村 若葉子 ⇒阪本若葉子 を見よ		橋本 武子 (俳人)	545
野本 研一 (歌人)	539	橋本 茶山 (俳人)	545
野谷 竹路 (川柳作家)	539	橋本 輝久 (俳人)	545
則武 三雄 (詩人)	540	橋本 徳寿 (歌人, 造船技師)	545
野呂 昶 (詩人)	540	橋本 甲矢雄 (歌人)	545
野呂 春眠 (俳人)	540	橋本 久幸 (歌人)	545
		橋本 比禎子 (歌人)	545
		橋本 風車 (俳人)	545
		橋本 福恵 (詩人)	545
【は】		橋本 美代子 (俳人)	545
		橋本 夢道 (俳人)	546
榛原 駿吉 (歌人)	540	橋本 夜叉 (俳人)	546
芳賀 順子 (歌人)	540	橋本 蓉塘 (漢詩人)	546
芳賀 清一 (詩人)	540	橋本 喜典 (歌人)	546
芳賀 稔幸 (詩人)	540	橋本 米次郎 (歌人)	546
萩 ルイ子 (詩人)	540	蓮実 淳夫 (俳人)	546
萩野 卓司 (医師, 詩人)	540	長谷川 秋子 (俳人)	546
萩本 阿以子 (歌人)	541	長谷川 泉 (文芸評論家, 詩人)	546
萩原 アツ (俳人)	541	長谷川 櫂 (俳人)	547
萩原 乙彦 (作家(戯作者), 俳人)	541	長谷川 かな女 (俳人)	547
萩原 季葉 (俳人)	541	長谷川 銀作 (歌人)	547
萩原 恭次郎 (詩人)	541	長谷川 久々子 (俳人)	547
萩原 朔太郎 (詩人)	541	長谷川 敬 (小説家, 詩人)	547

長谷川 耿子 (俳人)	547	服部 嵐翠 (俳人)	553
長谷川 耕畝 (俳人)	547	花井 千穂 (歌人)	554
長谷川 春草 (俳人)	547	花岡 謙二 (詩人, 歌人)	554
長谷川 四郎 (作家, 詩人, 翻訳家)	548	花木 伏兎 (俳人)	554
長谷川 進 (詩人)	548	花崎 皐平 (評論家, 哲学者, 詩人)	554
長谷川 誠一 (歌人)	548	花田 英三 (詩人)	554
長谷川 双魚 (俳人, 英文学者)	548	花田 春兆 (著述業, 俳人)	554
長谷川 桑洲 (漢詩人)	548	花田 世大 (歌人)	554
長谷川 草々 (俳人)	548	花田 比露思 (歌人, ジャーナリスト)	554
長谷川 素逝 (俳人)	548	花谷 和子 (俳人)	554
長谷川 朝風 (日本画家, 俳人)	548	花の本 聰秋 ⇒上田聰秋 を見よ	
長谷川 ゆりえ (歌人)	549	英 美子 (詩人)	555
長谷川 龍生 (詩人)	549	花村 奨 (小説家, 詩人)	555
長谷川 零余子 (俳人)	549	花山 多佳子 (歌人)	555
長谷川 浪々子 (俳人)	549	塙 毅比古 (詩人)	555
支倉 隆子 (詩人)	549	埴谷 雄高 (小説家, 評論家, 詩人)	555
長谷部 虎杖子 (俳人)	549	羽生田 俊子 (歌人)	555
長谷部 俊一郎 (詩人)	549	羽田 貞雄 (俳人)	555
長谷部 奈美江 (詩人)	549	馬場 あき子 (歌人, 文芸評論家)	556
羽曽部 忠 (詩人, 作詞家)	550	馬場 移公子 (俳人)	556
秦 愛子 (詩人)	550	馬場 汐人 (歌人)	556
羽田 岳水 (俳人)	550	馬場 駿吉 (俳人, 美術評論家)	556
畑 和子 (歌人)	550	馬場 静浪 (歌人)	556
畑 耕一 (小説家, 評論家, 俳人)	550	馬場 園枝 (歌人)	556
秦 夕美 (俳人)	550	羽場 喜弥 (歌人)	556
秦 美穂 (歌人)	550	馬場 晴世 (詩人)	557
畠山 弧道 (歌人)	550	馬場 元志 (詩人)	557
畠山 譲二 (俳人)	550	羽生 康二 (詩人, 高校教師(慶応高校))	557
畠山 弘 (俳人, 郷土史家)	550	土生 重次 (俳人)	557
畠山 義郎 (詩人)	551	羽生 槇子 (詩人)	557
畑島 喜久生 (詩人, 児童文学作家)	551	浜 明史 (俳人)	557
肌勢 とみ子 (詩人)	551	浜 祥子 (童謡詩人, 童話作家)	557
はたち よしこ (詩人)	551	浜 文子 (詩人, ジャーナリスト)	557
畑中 圭一 (詩人)	551	浜 梨花枝 (歌人)	557
畠中 じゅん (俳人)	551	浜川 宏 (歌人)	557
畠中 哲夫 (詩人, 評論家)	551	浜口 剛史 (フリーライター, 川柳作家)	557
波多野 晋平 (俳人)	551	浜口 忍翁 (歌人, 教師)	558
波多野 爽波 (俳人)	552	浜崎 素粒子 (俳人)	558
幡谷 東吾 (俳人)	552	浜崎 実 ⇒浜崎素粒子 を見よ	
八谷 正 (歌人)	552	浜田 到 (歌人, 医師)	558
初井 しづ枝 (歌人)	552	浜田 康敬 (歌人)	558
八田 一朗 (俳人)	552	浜田 成夫 ⇒三代目魚武浜田成夫 を見よ	
服部 畊石 (俳人, 篆刻家)	552	浜田 知章 (詩人)	558
服部 伸六 (詩人, 評論家)	552	浜田 蝶二郎 (歌人)	558
服部 忠志	553	浜田 坡牛 (俳人)	558
服部 担風 (漢詩人)	553	浜田 波静 (俳人)	558
服部 童村 (歌人)	553	浜田 美泉 (歌人, 書家)	558
服部 直人 (歌人)	553	浜田 陽子 (詩人)	559
服部 躬治 (歌人, 国文学者)	553	浜中 柑児 (俳人)	559
服部 嘉香 (詩人, 歌人, 詩論家)	553	早川 幾忠 (歌人, 画家)	559

速川 和男 （川柳作家） … 559	原 作治 （俳人） … 564
早川 邦夫 （俳人） … 559	原 敏 （詩人） … 564
早川 桂 （歌人） … 559	原 三郎 （歌人） … 565
早川 志織 （歌人） … 559	原 子朗 （詩人,評論家,書家） … 565
早川 洋一郎 （詩人,洋画家） … 559	原 石鼎 （俳人） … 565
早川 亮 （歌人） … 559	原 聡一 （俳人） … 565
早崎 明 （俳人） … 559	原 民喜 （小説家,詩人） … 565
早崎 ふき子 （歌人） … 559	原 抱琴 （俳人） … 565
林 あまり （歌人,演劇評論家,作詞家） … 560	原 満三寿 （俳人,詩人） … 566
林 霞舟 （俳人） … 560	はら みちを （画家,エッセイスト,詩人） … 566
林 一夫 （歌人） … 560	原 裕 （俳人） … 566
林 桂 （俳人,高校教師） … 560	原 鈴華 （俳人,医師） … 566
林 圭子 （歌人） … 560	原口 統三 （詩人） … 566
林 古渓 （歌人,漢詩人,国漢文学者） … 560	原子 修 （詩人） … 566
林 俊一 （詩人,高校教師(時習館高校)） … 560	原子 公平 （俳人） … 567
林 翔 （俳人） … 560	原崎 孝 （詩人,評論家） … 567
林 昌華 （俳人） … 560	原条 あき子 （詩人） … 567
林 鱗児 （政治家,俳人） … 560	原田 郁 （歌人） … 567
林 信一 （詩人,歌人） … 561	原田 勇男 （詩人） … 567
林 立人 （詩人,グラフィックデザイナー） … 561	原田 清 （歌人） … 567
林 民雄 （歌人） … 561	原田 謙次 （歌人,小説家） … 567
林 多美子 （歌人） … 561	原田 琴子 （歌人） … 567
林 徹 （俳人） … 561	原田 樹一 （俳人,医師） … 567
林 桐人 （漢詩人） … 561	原田 譲二 （詩人,新聞記者） … 567
林 十九楼 （俳人） … 561	原田 青児 （俳人） … 568
林 富士馬 （詩人,文芸評論家） … 561	原田 大助 （詩人） … 568
林 芙美子 （小説家,詩人） … 562	原田 喬 （俳人） … 568
林 美脉子 （詩人） … 562	原田 糺 （歌人） … 568
林 みち子 （歌人） … 562	原田 種夫 （作家,詩人） … 568
林 光雄 （歌人） … 562	原田 種茅 （歌人） … 568
林 安一 （歌人） … 562	原田 直友 （詩人） … 568
林 佑子 （俳人,華道教授） … 562	原田 禹雄 （歌人,医師） … 568
林 容一郎 （詩人,小説家） … 562	原田 梅年 （俳人） … 569
林 善衛 （歌人） … 562	原田 浜人 （俳人） … 569
林 柳波 （童謡詩人,教育者,薬学者） … 562	原田 道子 （詩人） … 569
林田 紀音夫 （俳人） … 563	原本 神桜 （俳人） … 569
林田 恒利 （歌人） … 563	針ケ谷 隆一 （俳人） … 569
林原 耕三 ⇒林原 耒井 を見よ	晏梛 みや子 （俳人） … 569
林原 耒井 （英文学者,俳人） … 563	春山 他石 （俳人） … 569
林谷 広 （歌人） … 563	春山 行夫 （詩人,随筆家,評論家） … 569
早瀬 譲 （歌人） … 563	阪 正臣 （歌人） … 570
早野 和子 （俳人） … 563	榛谷 美枝子 （俳人） … 570
葉山 耕三郎 （歌人） … 563	半谷 三郎 （詩人） … 570
速水 草女 （俳人） … 563	半崎 墨縄子 （俳人） … 570
原 阿佐緒 （歌人） … 564	半田 良平 （歌人） … 570
原 柯城 （俳人） … 564	坂東 三津五郎(8代目) （歌舞伎俳優,俳人） … 570
原 一雄 （歌人） … 564	半藤 義英 （歌人） … 570
原 和子 （俳人） … 564	
原 月舟 （俳人） … 564	
原 コウ子 （俳人） … 564	

(55)

【 ひ 】

稗田 菫平 （詩人） ……………………… 570
樋笠 文 （俳人） ………………………… 571
東 明雅 （俳人） ………………………… 571
東 京三　⇒秋元不死男 を見よ
東 くめ （教育家, 作詞家, 歌人） ……… 571
東 草水 （詩人） ………………………… 571
東川 紀志男 （俳人, 詩人） …………… 571
東淵 修 （詩人） ………………………… 571
疋田 和男 （歌人） ……………………… 571
引地 冬樹 （俳人） ……………………… 571
引野 收 （歌人） ………………………… 571
匹見 太郎 （詩人） ……………………… 572
樋口 一葉 （小説家, 歌人） …………… 572
樋口 賢治 （歌人） ……………………… 572
樋口 銅牛 （漢学者, 書家, 俳人） …… 572
樋口 伸子 （俳人） ……………………… 572
樋口 昌夫 （俳人） ……………………… 572
樋口 美世 （歌人） ……………………… 572
久泉 迪雄 （歌人） ……………………… 572
久賀 弘子 （歌人） ……………………… 573
久方 寿満子 （歌人） …………………… 573
久宗 睦子 （詩人） ……………………… 573
菱川 善夫 （歌人, 評論家） …………… 573
菱山 修三 （詩人, フランス文学者） … 573
日高 紅椿 （童謡詩人） ………………… 573
日高 滋 （詩人） ………………………… 573
日高 堯子 （歌人） ……………………… 573
飛高 敬 （歌人） ………………………… 573
日高 てる （詩人） ……………………… 573
日高 兜陽 （漢詩人） …………………… 574
肥田埜 勝美 （俳人） …………………… 574
肥田埜 恵子 （俳人） …………………… 574
尾藤 三柳 （川柳作家） ………………… 574
尾藤 静風 （俳人） ……………………… 574
尾藤 忠旦　⇒尾藤静風 を見よ
一ツ橋 美江 （歌人） …………………… 574
一柳 喜久子 （歌人） …………………… 574
人見 勇 （詩人） ………………………… 574
人見 東明 （詩人） ……………………… 574
日夏 耿之介 （詩人, 英文学者） ……… 575
火野 葦平 （小説家, 詩人） …………… 575
日野 きく （歌人） ……………………… 575
日野 草城 （俳人） ……………………… 575
日野 晏子 （俳人） ……………………… 575
檜 きみこ （詩人） ……………………… 576
檜 紀代 （俳人） ………………………… 576
日原 無限 （歌人） ……………………… 576
日原 正彦 （詩人） ……………………… 576
日比 きみ （俳人） ……………………… 576
日比野 安平 （俳人） …………………… 576
日比野 義弘 （歌人） …………………… 576
日美 清史 （俳人） ……………………… 576
日美 井雪 （俳人） ……………………… 576
火村 卓造 （俳人） ……………………… 577
檜山 三郎 （詩人） ……………………… 577
檜山 哲彦 （詩人） ……………………… 577
冷水 茂太 （歌人） ……………………… 577
比良 暮雪 （俳人） ……………………… 577
陽羅 義光 （小説家, 詩人） …………… 577
平井 乙麿 （歌人） ……………………… 577
平居 謙 （詩人） ………………………… 577
平井 さち子 （俳人） …………………… 578
平井 保 （歌人） ………………………… 578
平井 智恵子 （歌人） …………………… 578
平井 照敏 （俳人, 詩人, 文芸評論家） … 578
平井 晩村 （詩人, 小説家） …………… 578
平井 弘 （歌人） ………………………… 578
平井 洋 （俳人） ………………………… 578
平井 光典 （洋画家, 詩人, 医師） …… 578
平井 三恭 （歌人） ……………………… 578
平井 弥太郎 （詩人） …………………… 579
平出 修 （歌人, 小説家, 弁護士） …… 579
平出 隆 （詩人） ………………………… 579
平岩 米吉 （オオカミ研究家, 歌人, 動物作家） ‥ 579
平尾 一葉 （俳人） ……………………… 579
平岡 一笠 （俳詩作家） ………………… 579
平岡 潤 （詩人, 画家） ………………… 579
平賀 春郊 （小説家, 歌人） …………… 580
平賀 星光 （俳人） ……………………… 580
平賀 胤寿 （川柳作家, 彫刻家） ……… 580
平川 巴竹 （俳人, 弁護士） …………… 580
平川 へき （俳人） ……………………… 580
平木 二六 （詩人） ……………………… 580
平木 白星 （詩人, 戯曲家） …………… 580
平沢 貞二郎 （詩人） …………………… 580
平塩 清種 （詩人, エッセイスト） …… 580
平島 準 （医師, 歌人） ………………… 581
平田 栄一 （俳人） ……………………… 581
平田 内蔵吉 （詩人） …………………… 581
平田 好輝 （俳人） ……………………… 581
平田 拾穂 （詩人） ……………………… 581
平田 羨魚 （俳人） ……………………… 581
平田 俊子 （詩人） ……………………… 581
平田 春一 （歌人） ……………………… 581
平田 文也 （詩人） ……………………… 581
平田 繭子 （俳人） ……………………… 582

平出 吾邦 （俳人）	582
平戸 廉吉 （詩人，美術評論家）	582
平中 歳子 （人形師，歌人）	582
平野 威馬雄 （詩人，児童文学者，小説家）	582
平野 敏 （詩人）	582
平野 直 （童話作家，童謡詩人）	582
平野 宣紀 （歌人）	582
平野 万里 （歌人）	583
平野 稜子 （作家，詩人）	583
平畑 静塔 （俳人，医師）	583
平林 敏彦 （詩人，作家）	583
平林 鳳二 （俳人）	583
平福 百穂 （日本画家，歌人）	583
平間 真木子 （俳人）	584
平松 竈馬 （俳人）	584
平松 措大 （俳人）	584
平松 夕府 （俳人）	584
平松 良子 （俳人）	584
平光 善久 （詩人）	584
平本 くらら （俳人，医師）	584
平山 良明 （歌人，元・高校教師）	584
昼間 槐秋 （俳人）	585
比留間 一成 （詩人）	585
広江 八重桜 （俳人）	585
広岡 冨美 （歌人）	585
広川 親義 （歌人）	585
広川 義郎 （歌人）	585
広嶋 美恵子 （俳人）	585
広島 力蔵 （歌人）	585
広瀬 一朗 （俳人，ジャーナリスト）	585
広瀬 操吉 （詩人）	585
広瀬 直人 （俳人）	586
広瀬 秀雄 （歌人）	586
広瀬 ひろし （俳人）	586
広瀬 町子 （俳人）	586
広田 寒山 （俳人）	586
弘田 義定 （歌人）	586
広津 里香 （詩人，画家）	586
広野 三郎 （歌人）	586
ひろはま かずとし （詩人，日本画家）	586
広部 英一 （詩人）	586
日和 聡子 （詩人）	586

【ふ】

深尾 贇之丞 （詩人）	587
深尾 須磨子 （詩人）	587
深川 正一郎 （俳人）	587
深川 宗俊 （歌人）	587
深野 庫之介 （歌人）	587
深町 準之助 （詩人）	587
深見 けん二 （俳人）	587
深谷 雄大 （俳人）	587
扶川 茂 （詩人）	588
蕗谷 虹児 （挿絵画家，詩人）	588
福井 学圃 （漢詩人）	588
福井 和子 （歌人）	588
福井 一美 （詩人）	588
福井 圭児 （詩人）	588
福井 慶三 ⇒福井圭児 を見よ	
福井 研介 （評論家，童謡詩人，翻訳家）	588
福井 久子 （詩人）	588
福井 緑 （歌人）	589
福士 幸次郎 （詩人）	589
福島 勲 （俳人，建築家）	589
福島 閑子 （詩人）	589
福島 小蕾 （俳人）	589
福島 泰樹 （歌人，僧侶）	589
福寿 健二郎 （詩人）	589
福神 規子 （俳人）	589
福田 栄一 （歌人）	590
福田 案山子 （川柳作家）	590
福田 紀伊 （俳人）	590
福田 甲子雄 （俳人）	590
福田 希平 ⇒福田紀伊 を見よ	
福田 清人 （小説家，詩人，児童文学作家）	590
福田 須磨子 （詩人）	590
福田 勢以 （歌人）	591
福田 たの子 （歌人）	591
福田 知子 （詩人）	591
福田 把栗 （僧侶，漢詩人，俳人）	591
福田 広宣 （歌人）	591
福田 二三男 （歌人）	591
福田 正夫 （詩人）	591
福田 万里子 （詩人，エッセイスト）	591
福田 美鈴 （詩人，近代詩史研究家）	591
福田 夕咲 （詩人，歌人）	591
福田 葉子 （詩人）	592
福田 米三郎 （歌人）	592
福田 陸太郎 （文芸評論家，英文学者，詩人）	592
福田 律郎 （詩人）	592
福田 柳太郎 （歌人）	592
福田 蓼汀 （俳人）	592
福地 愛翠 （俳人）	592
福戸 国人 （歌人）	592
福富 茂直 （歌人）	593
福永 渙 （詩人，翻訳家，小説家）	593
福永 耕二 （俳人）	593

ふくなか　　　　　　　　　　人名目次

福永 武彦（小説家,詩人,評論家） ………… 593	藤田 旭山（俳人） …………………… 599
福中 都生子（詩人,エッセイスト） ……… 593	藤田 耕雪（俳人） …………………… 599
福永 鳴風（俳人） …………………… 593	藤田 三郎（詩人） …………………… 599
福羽 美静（国学者,歌人） ………… 593	藤田 三四郎（詩人） ………………… 599
福原 清（詩人） …………………… 594	藤田 湘子（俳人） …………………… 599
福原 十王（俳人） …………………… 594	藤田 武（歌人） …………………… 600
福原 滉子（歌人） …………………… 594	藤田 圭雄（童謡詩人・研究家,児童文学作家,作詞家） ……………………………… 600
福間 健二（詩人,映画評論家） ……… 594	
福米沢 悟（詩人,歴史研究家） ……… 594	藤田 民子（詩人） …………………… 600
福本 鯨洋（俳人,歯科医師） ………… 594	藤田 初巳（俳人） …………………… 600
福本 日南（歌人,史論家,政論家） …… 594	藤田 晴央（詩人） …………………… 600
福本 木犀子（俳人） ………………… 594	藤田 福夫（詩人） …………………… 600
房内 幸成（歌人,ドイツ文学者,文芸評論家）‥ 594	藤田 光則（詩人） …………………… 600
藤 一也（詩人,文芸評論家,牧師） …… 595	藤田 美代子（俳人） ………………… 601
藤 哲生（詩人,歌人） ………………… 595	冨士田 元彦（文芸評論家,歌人,映画史家）‥ 601
富士 正晴（小説家,詩人） …………… 595	藤田 矢逸（歌人） …………………… 601
藤井 逸郎（詩人） …………………… 595	藤田 露紅（俳人） …………………… 601
藤井 治（歌人） …………………… 595	藤富 保男（詩人） …………………… 601
藤井 霞（歌人） …………………… 595	藤波 孝堂（政治家,俳人） …………… 601
藤居 教恵（歌人） …………………… 595	藤波 孝生　⇒藤波孝堂 を見よ
藤井 清（歌人） …………………… 595	藤野 古白（詩人,劇作家） …………… 601
藤井 貞和（詩人,文芸評論家） ……… 596	藤野 武（俳人） …………………… 601
藤井 紫影（国文学者,俳人） ………… 596	藤松 遊子（俳人） …………………… 601
藤井 樹郎（詩人,教育家） …………… 596	藤村 青一（詩人） …………………… 601
藤井 艸眉子（俳人） ………………… 596	藤村 雅光（詩人） …………………… 602
藤井 幸夫（歌人） …………………… 596	藤村 多加夫（俳人） ………………… 602
藤井 常世（歌人） …………………… 596	藤本 阿南（俳人） …………………… 602
藤井 徳子（歌人） …………………… 596	藤本 映湖（俳人） …………………… 602
藤井 則行（詩人,児童文学作家,高校教師）‥ 596	藤本 理（詩人,高校教師(東京都立田園調布高)） ……………………………… 602
藤井 冨美子（詩人） ………………… 597	
藤井 緑水（俳人） …………………… 597	藤本 春秋子（俳人） ………………… 602
藤井 令一（詩人） …………………… 597	藤本 新松子（俳人） ………………… 602
藤井 亘（俳人） …………………… 597	藤本 草四郎（俳人） ………………… 602
藤岡 玉骨（俳人） …………………… 597	藤本 直規（医師,詩人） ……………… 602
藤岡 巧（歌人） …………………… 597	藤本 美和子（俳人） ………………… 602
藤岡 武雄（歌人） …………………… 597	藤森 里美（詩人） …………………… 602
藤岡 筑邨（俳人,作家） ……………… 597	藤森 成吉（小説家,劇作家,俳人） …… 603
武鹿 悦子（童謡詩人,児童文学作家） … 597	藤森 朋夫（歌人,国文学者） ………… 603
藤川 忠治（歌人,国文学者） ………… 598	藤森 秀夫（ドイツ文学者,詩人,童謡作家）‥ 603
藤川 碧魚（俳人） …………………… 598	藤森 安和（詩人） …………………… 603
藤木 明子（詩人） …………………… 598	藤原 定（詩人,評論家） ……………… 603
藤木 清子（俳人） …………………… 598	富士原 清一（詩人） ………………… 603
藤木 倶子（俳人） …………………… 598	藤原 月彦（歌人,俳人） ……………… 603
藤崎 久を（俳人） …………………… 598	藤原 東川（歌人） …………………… 604
富士崎 放江（俳人） ………………… 598	藤原 正明（川柳作家） ……………… 604
藤崎 美枝子（俳人） ………………… 598	藤原 美幸（詩人） …………………… 604
藤沢 新作（俳人） …………………… 598	藤原 游魚（俳人） …………………… 604
藤沢 古実（歌人,彫刻家） …………… 599	藤原 龍一郎　⇒藤原月彦 を見よ
藤島 宇内（詩人,評論家） …………… 599	二葉 由美子（歌人） ………………… 604
藤田 あけ烏（俳人） ………………… 599	二葉亭 四迷（小説家,翻訳家,俳人） … 604

(58)

| 淵上 毛銭 （詩人） ……………… 604
| 渕脇 逸郎 （俳人） ……………… 605
| 淵脇 護 （俳人，高校教諭） …… 605
| 舟岡 遊治郎 （詩人） …………… 605
| 船方 一 （詩人，社会運動家） … 605
| 船越 義彰 （作家，詩人） ……… 605
| 舟越 健之輔 （ノンフィクション作家，詩人，小説家） ………………………………… 605
| 舟知 恵 （歌人，翻訳家） ……… 605
| 舟橋 精盛 （歌人） ……………… 605
| 船橋 弘 （歌人） ………………… 606
| 船平 晩紅 （俳人） ……………… 606
| 船水 清 （詩人，小説家） ……… 606
| 文挾 夫佐恵 （俳人） …………… 606
| 冬木 康 （詩人） ………………… 606
| 冬園 節 （詩人） ………………… 606
| 冬野 清張 （歌人，歯科医） …… 606
| 冬野 虹 （俳人，歌人，画家） … 606
| 古市 枯声 （俳人） ……………… 606
| 古川 克巳 （俳人） ……………… 607
| 古川 清彦 （詩人） ……………… 607
| 古川 隆夫　⇒岡隆夫 を見よ
| 古川 哲史 （歌人，詩人） ……… 607
| 古川 沛雨亭 （俳人） …………… 607
| 古川 房枝 （歌人） ……………… 607
| 古沢 太穂 （俳人） ……………… 607
| 古島 哲朗 （俳人） ……………… 607
| 古舘 曹人 （俳人） ……………… 607
| 古家 榧夫 （俳人） ……………… 607
| 古谷 智子 （歌人） ……………… 608
| 古屋 秀雄 （俳人） ……………… 608
| 不破 博 （俳人） ………………… 608

【 へ 】

| 別所 直樹 （詩人） ……………… 608
| 別所 真紀子 （詩人，作家） …… 608
| 逸見 喜久雄 （歌人） …………… 608
| 辺見 京子 （俳人） ……………… 608
| 辺見 じゅん （ノンフィクション作家，歌人） ‥ 608
| 逸見 猶吉 （詩人） ……………… 609

【 ほ 】

| 北条 敦子 （詩人） ……………… 609
| 北条 鴎所 （漢詩人） …………… 609

坊城 俊民 （歌人，詩人） ……… 609
芳原 松陵 （漢詩人） …………… 609
保坂 耕人 （歌人） ……………… 609
保坂 春苺 （俳人） ……………… 609
保坂 敏子 （俳人） ……………… 609
保坂 伸秋 （俳人） ……………… 610
保坂 文虹 （俳人） ……………… 610
穂坂 道夫 （詩人） ……………… 610
保坂 リエ （俳人） ……………… 610
星 寛治 （農業，詩人，評論家） … 610
星 雅彦 （詩人，美術評論家） … 610
保科 その子 （俳人） …………… 610
保科 千代次 （歌人） …………… 610
星野 明世 （俳人） ……………… 610
星野 丑三 （歌人） ……………… 610
星野 京 （歌人） ………………… 611
星野 紗一 （俳人） ……………… 611
星野 慎一 （詩人） ……………… 611
星野 水裏 （詩人） ……………… 611
星野 石雀 （俳人） ……………… 611
星野 石木 （俳人） ……………… 611
星野 髙士 （俳人） ……………… 611
星野 立子 （俳人） ……………… 611
星野 恒彦 （俳人） ……………… 611
星野 椿 （俳人） ………………… 612
星野 徹 （詩人，歌人） ………… 612
星野 富弘 （詩人，画家） ……… 612
星野 麦丘人 （俳人） …………… 612
星野 麦人 （俳人） ……………… 612
星野 茅村 （俳人） ……………… 612
星野 昌彦 （俳人，高校教師） … 612
穂積 永機 （俳人） ……………… 613
穂積 忠 （歌人） ………………… 613
穂積 生萩 （歌人） ……………… 613
細井 魚袋 （歌人） ……………… 613
細井 啓司 （俳人） ……………… 613
細井 みち （俳人） ……………… 613
細川 加賀 （俳人） ……………… 613
細川 謙三 （歌人） ……………… 613
細川 基 （詩人） ………………… 613
細木 芒角星 （俳人） …………… 613
細木原 青起 （漫画家，画家，俳人） …… 614
細越 夏村 （詩人，小説家） …… 614
細田 源吉 （小説家，俳人） …… 614
細田 幸平 （歯科医，詩人） …… 614
細田 静 （俳人） ………………… 614
細田 寿郎 （俳人，医師） ……… 614
細野 豊 （詩人） ………………… 614
細見 綾子 （俳人） ……………… 614
細見 しゅこう （俳人） ………… 615

細谷 鳩舎 （俳人）	615
細谷 源二 （俳人）	615
穂曽谷 秀雄 （歌人）	615
細谷 不句 （耳鼻咽喉科医学者, 俳人）	615
細谷 雄太　⇒細谷不句 を見よ	
保高 一夫 （詩人）	615
堀田 孝司 （詩人）	615
堀田 稔 （歌人）	615
堀田 善衛 （作家, 文芸評論家, 詩人）	615
穂村 弘 （歌人）	616
堀 葦男 （俳人）	616
堀 磯路 （俳人）	616
堀 古蝶 （俳人）	616
堀 辰雄 （小説家, 詩人）	616
堀 徹 （俳人）	617
堀井 春一郎 （俳人）	617
堀内 薫 （俳人）	617
堀内 幸枝 （詩人）	617
堀内 新泉 （小説家, 詩人）	617
堀内 助三郎 （詩人）	617
堀内 民一 （国文学者, 随筆家, 歌人）	617
堀内 統義 （詩人）	617
堀内 利美 （詩人）	617
堀内 通孝 （歌人）	617
堀内 雄之 （俳人）	617
堀内 羊城 （俳人）	618
堀江 伸二 （歌人）	618
堀江 典子 （歌人）	618
堀川 喜八郎 （詩人）	618
堀川 豊平 （詩人, 映画評論家）	618
堀川 正美 （詩人）	618
堀口 定義 （詩人）	618
堀口 星眠 （俳人, 医師）	618
堀口 大学 （詩人, フランス文学者, 翻訳家）	618
堀越 義三 （詩人）	619
堀場 清人 （詩人, 女性史研究家）	619
堀米 秋良 （俳人）	619
本郷 隆 （詩人）	619
本庄 登志彦 （俳人）	619
本田 あふひ （俳人）	619
本田 一杉 （俳人, 医師）	619
本田 種竹 （漢詩人）	619
本多 静江 （詩人）	620
本多 利通 （詩人）	620
本多 寿 （詩人）	620
本多 柳芳 （俳人）	620
本保 与吉 （歌人）	620
本間 香都男 （俳人）	620
本間 龍二郎 （歌人）	620

【ま】

米田 一穂 （俳人）	621
前 登志夫 （歌人, 詩人）	621
前川 佐美雄 （歌人）	621
前川 剛 （俳人）	621
前川 緑 （歌人）	621
前島 乃里子 （詩人）	621
前田 新 （詩人）	621
前田 鬼子 （俳人）	621
前田 圭史 （俳人）	622
前田 伍健 （川柳作家）	622
前田 雀郎 （川柳作家）	622
前田 翠溪 （俳人）	622
前田 純孝　⇒前田翠溪 を見よ	
前田 鉄之助 （詩人）	622
前田 透 （歌人）	622
前田 野生子 （俳人）	622
前田 普羅 （俳人）	623
前田 正治 （俳人）	623
前田 夕暮 （歌人）	623
前田 芳彦 （歌人）	623
前田 林外 （詩人, 歌人, 民謡研究家）	623
前野 雅生 （俳人）	623
前原 東作 （俳人）	623
前原 利男 （歌人, 染色家）	624
前原 弘 （俳人）	624
前山 巨峰 （俳人, 日本画家, 僧侶(館林市・善長寺住職)）	624
前山 松花 （俳人, 俳画家）	624
真壁 仁 （詩人, 評論家）	624
槇 晧志 （詩人, 児童文学作家, 美術評論家）	624
牧 章造 （詩人）	624
牧 辰夫 （俳人）	624
牧 ひでを （俳人）	625
槇 みちゑ （歌人）	625
槇 弥生子 （歌人）	625
牧 羊子 （詩人, 随筆家）	625
牧石 剛明 （俳人）	625
牧 章 （俳人）	625
蒔田 さくら子 （歌人）	625
蒔田 律子 （歌人）	625
牧野 虚太郎 （詩人）	626
牧野 清美 （歌人）	626
牧野 径太郎 （詩人, 俳人, 作家）	626
牧野 望東 （歌人）	626
牧野 まこと （俳人）	626
牧野 芳子 （詩人）	626

牧野 寥々 （俳人） ……………… 626	松尾 竹後 （俳人） ……………… 632
牧港 篤三 （ジャーナリスト, 詩人） 626	松尾 正信 （写真家, 詩人） …… 632
槇村 浩 （詩人, 社会運動家） …… 626	松尾 真由美 （詩人） …………… 632
槇本 楠郎 （児童文学者, 歌人） … 626	松岡 荒村 （詩人, 評論家） …… 633
政石 蒙 （歌人） ………………… 627	松岡 貞子 （俳人） ……………… 633
正岡 子規 （俳人, 歌人） ………… 627	松岡 貞総 （歌人, 耳鼻科医） … 633
正木 不如丘 （小説家, 俳人, 医師） 627	松岡 繁雄 （詩人） ……………… 633
正木 ゆう子 （俳人） …………… 627	松岡 辰雄 （社会運動家, 歌人） 633
正富 汪洋 （詩人, 歌人） ………… 627	松岡 凡草 （俳人） ……………… 633
正宗 敦夫 （歌人, 国文学者） …… 627	松岡 裕子 （歌人） ……………… 633
真下 喜太郎 （俳人） …………… 628	松川 洋子 （歌人） ……………… 633
増野 三良 （詩人, 翻訳家） ……… 628	松木 千鶴 （詩人） ……………… 633
間島 琴山 （歌人） ……………… 628	松口 月城 （漢詩人, 医師） …… 634
間島 定義 （歌人） ……………… 628	松倉 ゆずる （俳人） …………… 634
真下 章 （詩人） ………………… 628	松倉 米吉 （歌人） ……………… 634
真下 飛泉 （歌人, 作詞家） ……… 628	松坂 直美 （詩人, 作詩家） …… 634
増山 美島 （俳人） ……………… 628	松坂 弘 （歌人） ………………… 634
益池 広一 （詩人） ……………… 628	松崎 鉄之介 （俳人） …………… 634
増岡 敏和 （ライター, 詩人） …… 628	松崎 豊 （俳人, 古美術商） …… 634
桝岡 泊露 （俳人, 木彫師） ……… 629	松沢 昭 （俳人） ………………… 634
益田 清 （俳人） ………………… 629	松沢 鍬江 （俳人） ……………… 635
増田 手古奈 （俳人, 医師） ……… 629	松下 育男 （詩人） ……………… 635
増田 八風 （歌人） ……………… 629	松下 紫人 （詩人） ……………… 635
増田 文子 （歌人） ……………… 629	松下 次郎 （詩人） ……………… 635
増田 まさみ （俳人） …………… 629	松下 智之 （詩人） ……………… 635
増田 龍雨 （俳人） ……………… 629	松下 昇 （詩人） ………………… 635
増谷 龍三 （歌人） ……………… 629	松下 のりを （詩人） …………… 635
枡野 浩一 （歌人, フリーライター） 629	松島 十湖 （俳人） ……………… 635
増渕 一穂 （俳人） ……………… 630	松瀬 青々 （俳人） ……………… 635
間立 素秋 （俳人） ……………… 630	松田 月嶺 （俳人） ……………… 636
町 春草 （書家, 俳人） …………… 630	松田 常憲 （歌人） ……………… 636
街 順市 （詩人） ………………… 630	松田 解子 （小説家, 詩人） …… 636
町田 しげき （俳人） …………… 630	松田 みさ子 （歌人） …………… 636
町田 志津子 （詩人） …………… 630	松田 幸雄 （詩人） ……………… 636
町田 寿衛男 （詩人） …………… 630	松平 修文 （歌人, 日本画家） … 636
松井 啓子 （詩人） ……………… 630	松平 盟子 （歌人, エッセイスト） 636
松井 如流 （歌人, 書家） ………… 630	松永 伍一 （詩人, 評論家） …… 636
松井 保 （歌人） ………………… 631	松永 章三 （詩人） ……………… 637
松井 千代吉 （俳人） …………… 631	松波 資之 （歌人） ……………… 637
松井 利彦 （俳人, 俳句評論家） … 631	松根 東洋城 （俳人） …………… 637
松井 立浪 （俳人） ……………… 631	松野 加寿女 （俳人） …………… 637
松浦 詮 （伯爵, 茶道家, 歌人） … 631	松野 自得 （俳人, 画家, 僧侶） 637
松浦 為王 （俳人） ……………… 631	松野 谷夫 （評論家, 歌人） …… 637
松浦 辰男 （歌人） ……………… 631	松野 芳雄 （歌人） ……………… 637
松浦 寿輝 （小説家, 詩人, 映画評論家） 631	松の門 三艸子 （歌人） ………… 638
松尾 敦之 （俳人） ……………… 632	松葉 直助 （歌人） ……………… 638
松尾 巌 （俳人） ………………… 632	松橋 英三 （俳人） ……………… 638
松尾 静明 （詩人） ……………… 632	松原 地蔵尊 （俳人） …………… 638
松尾 大倫 （高校教師（大津産業高校）, 詩人） ‥ 632	松原 敏夫 （詩人） ……………… 638
松尾 隆信 （俳人） ……………… 632	松原 信孝 （歌人） ……………… 638

(61)

松原 至大 （童謡詩人, 翻訳家, 児童文学者） ‥ 638	松本 陽平 （俳人） ……………… 644
松原 三夫 （歌人） ……………… 638	松本 夜詩夫 （俳人） …………… 644
松藤 夏山 （俳人） ……………… 639	松本 亮太郎 （歌人） …………… 644
松丸 角治 （歌人） ……………… 639	松山 妙子 （詩人） ……………… 644
松宮 寒骨 （俳人） ……………… 639	松山 豊顕 （詩人） ……………… 644
松村 英一 （歌人） ……………… 639	まど みちお （詩人, 童謡詩人） … 644
松村 鬼史 （俳人） ……………… 639	間所 ひさこ （児童文学作家, 詩人） 645
松村 巨湫 （俳人） ……………… 639	真殿 皎 （小説家, 詩人） ……… 645
松村 幸一 （俳人） ……………… 639	的野 雄 （俳人） ………………… 645
松村 蒼石 （俳人） ……………… 639	真中 朋久 （歌人） ……………… 645
松村 多美 （俳人） ……………… 639	真鍋 儀十 （俳人, 芭蕉研究家） … 645
松村 又一 （詩人, 民謡作家） … 639	真鍋 呉夫 （小説家, 詩人） …… 645
松村 みね子 ⇒片山ひろ子 を見よ	真辺 博章 （詩人, 翻訳家） …… 645
松村 黙庵 （俳人, 僧侶(曹洞宗)） ……… 640	真鍋 正男 （歌人） ……………… 645
松村 茂平 （小説家, 詩人） …… 640	真鍋 美恵子 （歌人） …………… 645
松村 由宇一 （詩人） …………… 640	間野 捷魯 （詩人） ……………… 646
松本 旭 （俳人） ………………… 640	馬淵 美意子 （詩人） …………… 646
松本 雨生 （俳人） ……………… 640	黛 執 （俳人） …………………… 646
松本 賀久子 （詩人） …………… 640	黛 まどか （俳人, 女優） ……… 646
松本 和也 （俳人） ……………… 640	丸岡 桂 （歌人, 謡曲文学研究家） 646
松本 恭子 （俳人, エッセイスト） … 641	丸岡 九華 （詩人, 小説家） …… 646
松本 恭輔 （詩人） ……………… 641	丸地 守 （詩人） ………………… 646
松本 巨草 （俳人） ……………… 641	丸本 明子 （詩人） ……………… 646
松本 邦吉 （詩人） ……………… 641	丸山 一松 （歌人） ……………… 647
松本 繁蔵 （歌人） ……………… 641	丸山 海道 （俳人） ……………… 647
松本 淳治 ⇒松本巨草 を見よ	丸山 薫 （詩人） ………………… 647
松本 淳三 （詩人, アナキスト） … 641	丸山 勝久 （詩人） ……………… 647
松本 翠影 （俳人） ……………… 641	丸山 君峯 （俳人） ……………… 647
松本 進 （俳人） ………………… 641	丸山 作楽 （政治家, 歌人） …… 647
松本 澄江 （俳人） ……………… 642	丸山 茂樹 （俳人） ……………… 647
松本 泰二 （俳人） ……………… 642	丸山 しげる （俳人） …………… 647
松本 たかし （俳人） …………… 642	丸山 修三 （歌人） ……………… 648
松本 秩陵 （俳人, 税理士） …… 642	丸山 昌兵 （歌人） ……………… 648
松本 千代二 （歌人） …………… 642	丸山 忠治 （俳人） ……………… 648
松本 蔦斎 （俳人） ……………… 642	丸山 哲郎 （俳人） ……………… 648
松本 常太郎 （歌人） …………… 642	丸山 日出夫 （歌人） …………… 648
松本 つや女 （俳人） …………… 642	丸山 豊 （詩人, 医師） ………… 648
松本 利昭 （小説家, 詩人） …… 642	丸山 佳子 （俳人, 和裁教授） … 648
松本 長 （能楽師(宝生流シテ方), 俳人） …… 643	丸山 芳良 （俳人） ……………… 648
松本 典雄 （歌人） ……………… 643	丸山 嵐人 （俳人） ……………… 648
松本 初子 （歌人） ……………… 643	丸山 良治 （歌人） ……………… 649
松本 帆平 （詩人） ……………… 643	万造寺 斉 （歌人, 小説家, 英文学者） … 649
松本 彦次郎 （俳人, 歴史家） … 643	
松本 仁子 （詩人） ……………… 643	
松本 昌夫 （歌人） ……………… 643	【み】
松本 正信 （詩人） ……………… 643	
松本 翠 （俳人） ………………… 643	
松本 豊 （俳人） ………………… 643	見市 六冬 （俳人） ……………… 649
松本 門次郎 （歌人） …………… 644	三浦 義一 （国家主義者, 歌人） … 649
松本 ヤチヨ （俳人） …………… 644	三浦 孝之助 （詩人） …………… 649

三浦 恒礼子 （俳人）	649	水谷 まさる （詩人, 児童文学作家）	655
三浦 秋葉 （俳人）	649	水庭 進 （俳人）	655
三浦 秋無草 （川柳作家）	649	水野 源三 （詩人）	655
三浦 武 （歌人）	650	水野 酔香 （俳人）	656
三浦 美知子 （童話作家, 俳人）	650	水野 草坡 （俳人）	656
三浦 光世 （歌人）	650	水野 淡生 （俳人）	656
三浦 守治 （病理学者, 歌人）	650	水野 吐紫 （俳人, 医師）	656
三枝 ますみ （童謡詩人）	650	水野 ひかる （詩人）	656
三ケ島 葭子 （歌人）	650	水野 昌雄 （歌人, 評論家）	656
三ケ尻 湘風 （俳人）	650	水野 葉舟 （歌人, 詩人, 随筆家）	656
三木 アヤ （カウンセラー, 歌人）	651	水野 隆 （詩人）	656
三木 朱城 （俳人）	651	水野 るり子 （詩人）	656
御木 白日 （詩人, 文芸評論家）	651	水野 六山人 （俳人, 弁護士）	657
三木 卓 （詩人, 小説家, 童話作家）	651	水橋 晋 （詩人）	657
三木 天遊 （詩人, 小説家）	651	水原 エリ　⇒山口エリ を見よ	
三鬼 宏 （詩人）	651	水原 琴窓 （漢詩人）	657
三鬼 実 （歌人）	652	水原 紫苑 （歌人）	657
美木 行雄 （歌人）	652	水原 秋桜子 （俳人, 産婦人科医）	657
三木 露風 （詩人）	652	水原 春郎 （俳人, 医師）	657
三国 玲子 （歌人）	652	水町 京子 （歌人）	658
岬 多可子 （詩人）	652	溝口 章 （詩人）	658
岬 雪夫 （俳人）	652	溝口 白羊 （詩人）	658
三沢 壬秀 （俳人）	652	三田 きえ子 （俳人）	658
御沢 昌弘 （詩人）	652	三田 洋 （詩人, 評論家）	658
三品 千鶴 （歌人）	652	三田 澪人 （歌人）	658
三島 晩蝉 （俳人）	652	三谷 昭 （俳人）	658
三嶋 隆英 （俳人）	653	三谷 晃一 （詩人）	658
御庄 博実 （詩人）	653	道浦 母都子 （歌人, エッセイスト）	658
水出 みどり （詩人）	653	道部 臥牛 （ドイツ文学者, 俳人）	659
水内 鬼灯 （俳人）	653	道部 順　⇒道部 臥牛 を見よ	
水尾 比呂志 （評論家, 美術史家, 詩人）	653	道山 昭爾 （詩人）	659
水落 博 （歌人）	653	道山 草太郎 （俳人）	659
水落 露石 （俳人）	653	三井 修 （歌人）	659
水上 多世 （詩人, 童話作家）	653	三井 甲之 （歌人, 評論家）	659
水上 孤城 （俳人）	654	三井 嫩子　⇒西条嫩子 を見よ	
水上 赤鳥 （歌人）	654	三井 ゆき （歌人）	659
水上 千沙 （歌人, 看護婦）	654	三井 葉子 （詩人）	659
水上 文雄 （詩人）	654	三石 勝五郎 （詩人）	659
水上 正直 （歌人）	654	三越 左千夫 （詩人, 児童文学作家）	660
水木 鈴子 （詩人, 画家, 写真家）	654	三橋 鷹女 （俳人）	660
水城 孝 （歌人）	654	三橋 敏雄 （俳人）	660
水木 信子 （詩人）	654	三橋 美江 （歌人）	660
水城 春房 （俳人）	654	光栄 堯夫 （詩人）	660
水口 幾代 （歌人）	654	三星 山彦 （詩人）	660
水口 洋治 （詩人）	654	三ツ村 繁 （詩人）	660
水沢 遙子 （歌人）	655	光本 恵子 （歌人）	660
水田 喜一朗 （建築家, 詩人, フランス文学者）	655	三森 幹雄　⇒春秋庵幹雄 を見よ	
水谷 一楓 （俳人）	655	三ツ谷 平治 （歌人）	661
水谷 きく子 （歌人）	655	御津 磯夫 （歌人）	661
水谷 砕壺 （俳人）	655	三富 朽葉 （詩人）	661

御供 平佶 (歌人)	661	三宅 睦子 (俳人)	667
水上 暁 (歌人)	661	宮坂 和子 (歌人)	667
皆川 白陀 (俳人)	661	宮坂 義一　⇒宮坂斗南房 を見よ	
皆川 盤水 (俳人)	661	宮坂 静生 (俳人)	667
港 敦子 (詩人)	661	宮坂 敏夫　⇒宮坂静生 を見よ	
湊 八枝 (歌人)	661	宮坂 斗南房 (評論家, 川柳作家)	667
湊 楊一郎 (俳人, 弁護士)	662	宮崎 郁雨 (歌人)	667
湊 嘉晴 (歌人)	662	宮崎 郁子 (歌人)	667
港野 喜代子 (詩人)	662	宮崎 甲子衛 (歌人)	667
南 うみを (俳人)	662	宮崎 清 (文芸評論家, 詩人)	667
南 仙臥 (俳人, 医師)	662	宮崎 健三 (詩人)	667
南 南浪 (俳人)	662	宮崎 康平 (詩人, 作家)	668
南 信雄 (俳人)	662	宮崎 湖処子 (詩人, 小説家, 評論家)	668
南川 周三 (詩人, 美術評論家)	662	宮崎 重作 (詩人)	668
皆吉 爽雨 (俳人)	662	宮崎 丈二 (詩人, 画家)	668
皆吉 司 (俳人)	663	宮崎 清太郎 (歌人)	668
岑 清光 (作家, 詩人, 歌人)	663	宮崎 晴瀾 (漢詩人)	668
峰 青嵐 (俳人)	663	宮崎 孝政 (詩人)	668
嶺 治雄 (俳人)	663	宮崎 智恵 (歌人)	668
峰尾 北兎 (俳人)	663	宮崎 東明 (漢詩人, 医師)	669
峰岸 了子 (詩人)	663	宮崎 信義 (歌人)	669
峰松 晶子 (詩人)	663	宮崎 安右衛門 (詩人, 宗教家)	669
峯村 国一 (歌人)	663	宮崎 譲 (詩人)	669
峯村 英薫 (歌人)	663	宮崎 芳男 (歌人)	669
三野 虚舟 (俳人)	664	宮沢 映子 (俳人)	669
三野 混沌 (詩人)	664	宮沢 賢治 (詩人, 童話作家)	669
三野 英彦　⇒三野虚舟 を見よ		宮沢 章二 (詩人, 作詞家)	669
三原 華子 (歌人)	664	宮沢 肇 (詩人)	670
三間 由紀子 (詩人)	664	宮地 れい子 (俳人)	670
三村 純也 (俳人)	664	宮下 翠舟 (俳人)	670
宮 静枝 (詩人, 小説家)	664	宮下 米造 (詩人)	670
宮 柊二 (歌人)	664	宮島 五丈原 (俳人, 弁護士)	670
宮 英子 (歌人)	665	宮田 恭子 (詩人)	670
宮井 港青 (俳人)	665	宮田 小夜子 (高校教師(徳島県立新野高校), 詩人)	670
宮内 洋子 (詩人)	665	宮田 重雄 (洋画家, 俳人)	670
宮岡 計次 (俳人)	665	宮田 滋子 (詩人)	671
宮岡 昇 (歌人)	665	宮田 澄子 (詩人)	671
宮川 久子 (歌人)	665	宮田 登美子 (詩人)	671
宮木 喜久雄 (詩人)	665	宮田 戌子 (俳人)	671
宮城 賢 (詩人, 翻訳家)	665	宮田 正和 (詩人)	671
宮城 謙一 (歌人)	665	宮田 益子 (歌人)	671
宮城 白路 (俳人)	665	宮武 寒々 (俳人)	671
宮国 泰誠 (医師, 歌人)	666	宮地 伸一 (歌人)	671
三宅 花圃 (小説家, 随筆家, 歌人)	666	宮津 昭彦 (俳人)	671
三宅 孤軒 (俳人)	666	宮中 雲子 (詩人)	671
三宅 清三郎 (俳人)	666	宮野 小提灯 (俳人)	672
三宅 武治 (詩人)	666	宮野 佐登 (歌人)	672
三宅 千代 (歌人, 小説家)	666	宮林 菫哉 (俳人)	672
三宅 知子 (童謡詩人, 児童文学作家)	666	宮原 阿つ子 (歌人)	672
三宅 雅子 (作家, 歌人)	666		

宮原 包治 （歌人） ……………… 672	村上 昭夫 （詩人） ……………… 677
宮原 双馨 （俳人） ……………… 672	村上 綾乃 （歌人） ……………… 678
宮部 寸七翁 （俳人） …………… 672	村上 一郎 （評論家, 作家, 歌人） … 678
宮部 鳥巣 （俳人） ……………… 672	村上 菊一郎 （フランス文学者, 詩人） … 678
宮前 蕗青 （俳人） ……………… 672	村上 鬼城 （俳人） ……………… 678
宮本 栄一郎 （歌人） …………… 672	村上 杏史 （俳人） ……………… 678
宮本 一宏 （評論家, 詩人） ……… 673	村上 喜代子 （俳人） …………… 678
宮本 清胤 （神官, 歌人） ………… 673	村上 草彦 （詩人） ……………… 678
宮本 修伍 （俳人） ……………… 673	村上 賢三 （俳人） ……………… 678
宮本 善一 （詩人） ……………… 673	村上 三良 （俳人） ……………… 678
宮本 鼠禅 （俳人） ……………… 673	村上 成之 （歌人） ……………… 679
宮本 時彦 （川柳作家） ………… 673	村上 しゅら （俳人） …………… 679
宮脇 臻之介 （歌人） …………… 673	村上 新太郎 （歌人） …………… 679
宮脇 白夜 （俳人, 詩人） ………… 673	村上 誠一 （歌人） ……………… 679
明珍 昇 （詩人） ………………… 674	村上 霽月 （俳人） ……………… 679
三次 をさむ （歌人） …………… 674	村上 成実　⇒村上草彦 を見よ
三好 十郎 （劇作家, 詩人） ……… 674	村上 冬燕 （俳人, 医師） ………… 679
三好 潤子 （俳人） ……………… 674	村上 友子 （経営教育アクティベーター, 俳人） … 679
三好 達治 （詩人, 翻訳家） ……… 674	村上 博子 （俳人） ……………… 679
三好 豊一郎 （詩人） …………… 674	村上 光子 （俳人） ……………… 680
三好 由紀彦 （詩人） …………… 674	村木 道彦 （歌人, 高校教師） …… 680
三好 庸太 （詩人, 児童文学作家） … 674	村木 雄一 （詩人） ……………… 680
三輪 青舟 （俳人） ……………… 675	村越 化石 （俳人） ……………… 680
三馬 昭一 （歌人, 中学校教師） … 675	紫 圭子 （詩人） ………………… 680
	村崎 凡人 （歌人） ……………… 680
【 む 】	村沢 夏風 （俳人, 漫画家） ……… 680
	村瀬 和子 （詩人） ……………… 680
向井 孝 （詩人, 平和運動家） …… 675	村瀬 水蛍 （俳人, 医師） ………… 680
向井 毬夫 （歌人） ……………… 675	村田 脩 （俳人） ………………… 681
向井 宗直 （歌人） ……………… 675	村田 敬次 （歌人） ……………… 681
向笠 和子 （俳人） ……………… 675	村田 周魚 （川柳作家） ………… 681
武川 忠一 （歌人） ……………… 675	村田 章一郎 （歌人） …………… 681
麦田 穣 （詩人） ………………… 675	村田 治男 （詩人, 俳人, 歌人） …… 681
椋 鳩十 （作家, 児童文学者, 詩人） … 675	村田 春雄 （詩人） ……………… 681
六車 井耳 （俳人） ……………… 676	村田 春海 （詩人, ロシア文学者） … 681
向山 隆峰 （俳人） ……………… 676	村田 正夫 （詩人, 評論家） ……… 681
武者小路 実篤 （小説家, 劇作家, 詩人） … 676	村田 利明 （歌人） ……………… 681
牟田口 義郎 （評論家, 詩人） …… 676	村野 四郎 （詩人） ……………… 682
武藤 ゆき （俳人） ……………… 676	村野 次郎 （歌人） ……………… 682
宗像 夕野火 （俳人） …………… 677	村野 幸紀 （俳人） ……………… 682
宗内 数雄 （俳人） ……………… 677	村松 英子 （女優, 詩人, 随筆家） … 682
宗政 五十緒 （俳人） …………… 677	村松 和夫 （歌人） ……………… 682
村 次郎 （詩人） ………………… 677	村松 紅花 （俳人） ……………… 682
村井 憲太郎 （歌人） …………… 677	村松 武司 （詩人） ……………… 683
村井 武生 （詩人） ……………… 677	村松 友次　⇒村松紅花 を見よ
村磯 象外人 （歌人） …………… 677	村松 ひろし （俳人） …………… 683
村尾 イミ子 （詩人） …………… 677	村松 正俊 （詩人, 評論家, 翻訳家） … 683
村岡 嘉子 （歌人） ……………… 677	村山 槐多 （洋画家, 詩人） ……… 683
	村山 葵郷 （俳人） ……………… 683
	村山 古郷 （俳人） ……………… 683

村山 砂田男 （俳人）	683
村山 精二 （詩人）	684
村山 白雲 （川柳作家）	684
村山 秀雄 （俳人，医師）	684
牟礼 慶子 （詩人）	684
室生 犀星 （詩人，小説家）	684
室生 とみ子 （俳人）	684
室賀 国威 （俳人）	685
室積 純夫 （歌人）	685
室積 徂春 （俳人）	685
室積 波那女 （俳人）	685

【め】

目黒 十一 （俳人）	685
目崎 徳衛 （俳人）	685
目迫 秩父 （俳人）	685

【も】

毛利 文平 （歌人）	685
最上 純之介 （詩人）	685
物集 高見 （国文学者，国語学者，詩人）	686
望月 紫晃 （俳人）	686
望月 苑巳 （詩人，ジャーナリスト）	686
望月 たかし （俳人）	686
望月 昶孝 （詩人）	686
望月 百合子 （女性解放運動家，文芸評論家，歌人）	686
持田 勝穂 （歌人）	687
本井 英 （俳人，高校教師）	687
本岡 歌子 （俳人）	687
本居 豊顯 （国文学者，歌人）	687
本島 あい子 （詩人）	687
本島 高弓 （俳人）	687
本橋 定晴 （俳人）	687
本宮 銑太郎 （俳人）	687
本宮 鼎三 （俳人）	687
本宮 哲郎 （俳人）	688
物種 鴻両 （俳人）	688
籾山 梓月 （俳人，出版人）	688
百田 宗治 （詩人，児童文学者）	688
桃原 邑子 （歌人）	688
森 一歩 （児童文学作家，詩人）	688
森 鴎外 （小説家，詩人，評論家）	688
森 槐南 （漢詩人）	689
森 寛紹　⇒森白象 を見よ	
森 菊蔵 （詩人）	689
森 薫花壇 （俳人）	689
森 幸平 （歌人）	689
森 佐知子 （歌人）	689
森 猿男 （俳人）	689
森 静朗 （俳人，詩人）	690
森 春濤 （漢詩人）	690
森 澄雄	690
森 荘已池 （作家，詩人）	690
森 たかみち （童謡詩人，歌人）	690
森 ちふく （詩人）	690
森 哲弥 （詩人）	690
森 白象 （僧侶，俳人）	691
森 総彦 （俳人，医師）	691
森 三重雄 （俳人）	691
森 道之輔 （詩人）	691
森 三千代 （詩人，小説家）	691
森 無黄 （俳人）	691
森 淑子 （歌人）	691
森 玲子 （小説家，俳人）	691
森岡 貞香 （歌人）	691
森川 葵村 （詩人，実業家）	692
森川 暁水 （俳人）	692
森川 邇朗 （俳人）	692
森川 竹磎 （漢詩人）	692
森川 平八 （俳人）	692
森川 義信 （詩人）	692
森久保 仙太郎 （児童文学作家，歌人，教育評論家）	692
森崎 和江 （詩人，評論家，作家）	692
森重 昭 （俳人）	693
森下 真理 （児童文学作家，歌人）	693
森園 天涙 （歌人）	693
森田 かずや （俳人）	693
森田 義郎 （歌人）	693
森田 公市 （俳人）	693
森田 進 （文芸評論家，詩人）	693
森田 孟 （歌人）	693
森田 峠 （俳人）	693
森田 智子 （俳人）	694
守田 椰子夫 （俳人）	694
森田 良正 （歌人）	694
森田 雷死久 （俳人，僧侶）	694
森田 緑郎 （歌人）	694
森竹 竹市 （歌人）	694
守中 高明 （詩人）	694
森野 満之 （詩人）	694
森原 直子 （詩人）	694
森村 浅香 （歌人）	695

森本 治吉 (歌人, 国文学者)	695
森本 之棗 (俳人)	695
森本 芳枝 (俳人)	695
森山 啓 (小説家, 詩人, 評論家)	695
森山 耕平 (歌人)	695
森山 汀川 (歌人)	695
森山 晴美 (歌人)	695
森山 夕樹 (俳人)	695
森山 隆平 (詩人, 作家)	696
森脇 一夫 (歌人, 国文学者)	696
森脇 善夫 (歌人)	696
毛呂 清春 (歌人)	696
諸江 辰男 (歌人)	696
諸川 宰魚 (俳人)	696
門木 三郎 (詩人)	696
門間 春雄 (歌人)	696

【や】

八重 洋一郎 (詩人)	696
矢ケ崎 奇峰 (俳人)	696
矢川 澄子 (小説家, 詩人, 翻訳家)	697
八木 絵馬 (俳人)	697
八木 健 (俳人)	697
八木 重樹 (歌人)	697
八木 重吉 (詩人)	697
八木 荘一 (俳人)	697
八木 城山 (漢詩人)	698
八木 忠栄 (詩人)	698
八木 毅 ⇒八木絵馬 を見よ	
八木 博信 (俳人, 歌人)	698
八木 摩天郎 (川柳作家, 郷土史家)	698
八木 三日女 (俳人, 眼科医)	698
八木 幹夫 (詩人)	698
八木 林之助 (俳人)	698
八木沢 高原 (俳人)	698
八木橋 雄次郎 (教育評論家, 詩人)	698
柳生 じゅん子 (詩人)	699
柳生 千枝子 (詩人, 俳人)	699
八木原 祐計 (俳人)	699
薬師川 麻耶子 (詩人)	699
矢口 哲男 (歌人)	699
矢口 以文 (詩人)	699
八坂 裕子 (詩人, エッセイスト, 映画評論家)	699
矢崎 嵯峨の屋 ⇒嵯峨の屋おむろ を見よ	
矢崎 節夫 (児童文学作家, 童謡詩人)	699
矢沢 宰 (詩人)	700
矢沢 孝子 (歌人)	700
矢嶋 歓一 (歌人)	700
矢島 京子 (歌人)	700
矢島 艶子 (俳人)	700
矢島 渚男 (俳人)	700
矢島 房利 (歌人)	700
矢代 東村 (歌人, 弁護士)	700
安井 浩司 (俳人)	700
安井 小洒 (俳人)	701
安英 晶 (詩人)	701
安江 不空 (歌人, 画家)	701
安岡 正隆 (歌人)	701
安嶋 弥 (歌人, 随筆家)	701
安田 章生 (歌人)	701
安田 建司 (俳人)	701
安田 純生 (歌人)	701
安田 青風 (歌人)	702
安田 尚義 (歌人)	702
安田 稔郎 (歌人)	702
安田 蚊杖 (俳人)	702
安田 木母 (俳人)	702
安永 信一郎 (歌人)	702
安永 蕗子 (歌人, 書家)	702
安仲 光男 (歌人)	702
安成 二郎 (歌人, ジャーナリスト, 小説家)	703
やすみ りえ (川柳作家)	703
安水 稔和 (詩人)	703
安森 敏隆 (歌人)	703
夜雪庵 金羅 (俳人)	703
八十島 稔 (詩人, 俳人)	703
八染 藍子 (俳人)	703
矢田 枯柏 (俳人)	704
矢田 挿雲 (小説家, 俳人)	704
矢田部 良吉 (植物学者, 詩人, 翻訳家)	704
谷内 修三 (詩人)	704
八森 虎太郎 (詩人)	704
矢土 錦山 (漢詩人)	704
梁井 馨 (詩人)	704
柳井 綱斎 (漢詩人)	704
柳井 道弘 (詩人)	704
柳川 春葉 (小説家, 俳人)	705
柳 裕 (詩人)	705
柳沢 健 (詩人, 外交官)	705
柳田 国男 (民俗学者, 農政学者, 詩人)	705
柳田 新太郎 (歌人, 編集者)	705
柳田 聖暎 (僧侶, 歌人)	706
柳田 知常 (国文学者, 俳人)	706
柳原 極堂 (俳人)	706
柳本 城西 (歌人)	706
柳原 白蓮 (歌人)	706
梁瀬 和男 (詩人)	706

やなせ たかし （漫画家, イラストレーター, 詩人） …… 706	山口 哲夫 （詩人） …… 713
柳瀬 留治 （歌人） …… 707	山口 都茂女 （俳人） …… 713
柳瀬 正夢 （洋画家, 漫画家, 詩人） …… 707	山口 波津女 （俳人） …… 713
矢野 禾積 ⇒矢野峰人 を見よ	山口 峰玉 （俳人） …… 713
矢野 克子 （詩人） …… 707	山口 真理子 （詩人） …… 713
矢野 絢 （詩人） …… 707	山口 みちこ （俳人） …… 713
矢野 兼三 ⇒矢野蓬矢 を見よ	山口 茂吉 （歌人） …… 713
矢野 裕子 （歌人, エッセイスト） …… 707	山口 葉吉 （俳人） …… 713
矢野 文夫 （詩人, 美術評論家, 日本画家） …… 707	山口 洋子 （詩人） …… 713
矢野 峰人 （詩人, 英文学者） …… 707	山崎 一郎 （歌人） …… 713
矢野 蓬矢 （俳人） …… 708	山崎 栄治 （詩人） …… 714
矢野目 源一 （詩人, 翻訳家, 小説家） …… 708	山崎 馨 （詩人） …… 714
谷萩 弘人 （詩人） …… 708	山崎 楽堂 （能楽研究家, 建築家, 俳人） …… 714
八幡 城太郎 （俳人） …… 708	山崎 佳代子 （詩人） …… 714
藪内 柴火 （俳人） …… 708	山崎 剛平 （歌人） …… 714
藪田 義雄 （詩人） …… 708	山崎 聡 （俳人） …… 714
矢部 榾郎 （俳人） …… 708	山崎 森 （詩人） …… 714
山内 栄二 （詩人） …… 709	山崎 紫紅 （劇作家, 詩人） …… 715
山内 敬一 （歌人） …… 709	山崎 十死生 （俳人） …… 715
山尾 三省 （詩人） …… 709	山崎 秋穂 （俳人） …… 715
山県 有朋 （政治家, 陸軍大将, 歌人） …… 709	山崎 庄太 （詩人） …… 715
山形 敏一 （歌人） …… 709	山崎 孝 （歌人） …… 715
山上 樹実雄 （俳人, 医師） …… 709	山碕 多比良 （歌人） …… 715
山上 次郎 （歌人） …… 710	山崎 敏夫 （歌人, 国文学者） …… 715
山上 ゝ泉 （歌人, 国文学者） …… 710	山崎 ひさを （俳人） …… 715
山川 京子 （歌人） …… 710	山崎 布丈 （俳人） …… 715
山川 瑞明 （詩人） …… 710	山崎 冨美子 （俳人） …… 716
山川 登美子 （歌人） …… 710	山崎 方代 （歌人） …… 716
山川 柳子 （歌人） …… 710	山崎 真言 （俳人） …… 716
八牧 美喜子 （俳人） …… 710	山崎 泰雄 （詩人） …… 716
山岸 巨狼 （俳人） …… 710	山崎 雪子 （歌人） …… 716
山口 いさを （俳人） …… 710	山崎 蓼村 （俳人） …… 716
山口 英二 （俳人） …… 711	山崎 るり子 （詩人） …… 716
山口 エリ （詩人） …… 711	山崎 和賀流 （俳人） …… 716
山口 華村 （俳人） …… 711	山路 閑古 （化学者, 俳人, 古川柳研究家） …… 716
山口 花笠 （俳人） …… 711	山下 和夫 （歌人） …… 716
山口 剛 （俳人） …… 711	山下 喜美子 （歌人） …… 717
山口 孤剣 （社会主義者, 詩人） …… 711	山下 源蔵 （歌人） …… 717
山口 稠夫 ⇒山口超心鬼 を見よ	山下 志のぶ （歌人） …… 717
山口 静子 （詩人） …… 711	山下 清三 （児童文学作家, 詩人） …… 717
山口 津 （詩人, 家系図技能士） …… 711	山下 竹二 （詩人） …… 717
山口 純 （歌人） …… 712	山下 千江 （詩人） …… 717
山口 聖二 （詩人） …… 712	山下 寅次 （漢詩人） …… 717
山口 誓子 （俳人） …… 712	山下 秀之助 （歌人） …… 717
山口 青邨 （俳人, 随筆家, 鉱山学者） …… 712	山下 富美 （歌人） …… 717
山口 草堂 （俳人） …… 712	山下 美典 （俳人） …… 717
山口 速 （俳人） …… 712	山下 陸奥 （歌人） …… 718
山口 素人閑 （俳人, 詩人） …… 712	山下 喜子 （俳人） …… 718
山口 超心鬼 （俳人, 医師） …… 713	山城 青尚 （俳人） …… 718
	山田 あき （歌人） …… 718

山田 今次（詩人）	718
山田 岩三郎（詩人）	718
山田 牙城（詩人）	718
山田 かん（詩人）	718
山田 牛歩（俳人）	718
山田 喜代春（版画家, 詩人）	718
山田 賢二（詩人）	719
山田 枯柳（翻訳家, 評論家, 詩人）	719
山田 三子（俳人）	719
山田 三秋（歌人, 俳人）	719
山田 秋雨（俳人）	719
山田 清三郎（小説家, 評論家, 詩人）	719
山田 寂雀（郷土史家, 詩人）	719
山田 千城（詩人）	719
山田 隆昭（詩人, 僧侶）	719
山田 孝子（俳人）	720
山田 直（詩人）	720
山田 喆（陶芸家, 俳人）	720
山田 桃晃（俳人）	720
山田 土偶（俳人）	720
山田 徳兵衛(10代目) ⇒山田土偶 を見よ	
山田 野理夫（作家, 詩人, 歴史家）	720
山田 葩夕（歌人）	720
山田 はま子（歌人）	720
山田 春生（俳人）	720
山田 美妙（小説家, 詩人, 国語学者）	721
山田 弘子（俳人）	721
山田 富士郎（歌人）	721
山田 蒲公英（俳人）	721
山田 真砂年（俳人）	721
山田 雅彦（詩人, 盲学校教師(都立八王子盲学校)）	721
山田 正弘（詩人, 放送作家, シナリオ作家）	721
山田 みづえ（俳人）	721
山田 有華（俳人）	722
山田 幸男（歌人）	722
山田 百合子（歌人）	722
山田 諒子（俳人）	722
山田 良行（川柳作家, 医師, 衛生コンサルタント）	722
山田 麗眺子（俳人）	722
山寺 梅龕（俳人）	722
大和 克子（歌人）	722
大和 ミエ子（詩人）	722
山名 康郎（歌人）	722
山仲 英子（俳人）	723
山中 智恵子（歌人）	723
山中 散生（詩人）	723
山中 鉄三（歌人）	723
山中 不艸（俳人）	723
山中 茉莉（詩人, メディアプランナー, 作詩家）	723
山根 次男（歌人）	723
山埜井 喜美枝（歌人）	723
山野井 昌子（歌人）	724
山之口 貘（詩人）	724
山畑 禄郎（俳人）	724
山村 金三郎（歌人）	724
山村 公治（歌人）	724
山村 湖四郎（歌人）	724
山村 順（詩人）	724
山村 酉之助（詩人）	724
山村 暮鳥（詩人, 伝道師）	724
山室 静（文芸評論家, 詩人, 翻訳家）	725
山本 育夫（美術ジャーナリスト, 詩人, 造形作家）	725
山本 遺太郎（詩人）	725
山本 一糸（俳人）	725
山本 一歩（俳人）	725
山本 沖子（詩人）	725
山本 格郎（詩人）	725
山本 嘉将（歌人）	726
山本 和夫（詩人, 小説家, 児童文学作家）	726
山本 かずこ（詩人）	726
山本 克夫（川柳作家）	726
山本 かね子（歌人）	726
山本 寛太（歌人）	726
山本 くに子（俳人）	726
山本 啓子（俳人）	726
山本 源太（陶芸家, 詩人）	727
山本 耕一路（詩人）	727
山本 古瓢（俳人）	727
山本 嵯迷（俳人）	727
山本 紫黄（俳人）	727
山本 忍（俳人）	727
山本 翠公（川柳作家）	727
山本 節子（俳人）	727
山本 村家（俳人）	727
山本 武雄（歌人）	727
山本 太郎（詩人）	728
山本 竹兜（俳人）	728
山本 哲也（詩人）	728
山本 十四尾（詩人）	728
山本 俊子 ⇒生野俊子 を見よ	
山本 杜城（俳人, 高校教師）	728
山本 友一（歌人）	728
山本 奈良夫（俳人）	728
山本 梅史（俳人）	728
山本 馬句（俳人）	728
山本 肇（俳人）	729

山本 久男（歌人） ……………… 729
山本 藤枝（女性史研究家,児童文学作家,詩人）
　　　　　　　　　　　　　　……… 729
山本 歩禅（俳人） ……………… 729
山本 牧彦（歌人,歯科医） ……… 729
山本 正元（歌人） ……………… 729
山本 衛（詩人） ………………… 729
山本 三鈴（小説家,随筆家,詩人） … 729
山本 道子（小説家,詩人） ……… 729
山本 康夫（歌人） ……………… 730
山本 雄一（歌人） ……………… 730
山本 悠水（俳人） ……………… 730
山本 洋子（俳人） ……………… 730
山本 陽子（詩人） ……………… 730
山本 良樹（評論家,詩人） ……… 730
山本 龍生（詩人,元・中学校教師） … 730
山本 露滴（歌人,詩人,ジャーナリスト） … 730
山本 露葉（詩人,小説家） ……… 731
矢山 哲治（詩人） ……………… 731
鑓田 清太郎（詩人,著述業） …… 731

【ゆ】

湯浅 十框（俳人） ……………… 731
湯浅 桃邑（俳人） ……………… 731
湯浅 半月（詩人,聖書学者,図書館学者） … 731
結城 哀草果（歌人,随筆家） …… 731
結城 健三（歌人） ……………… 731
結城 昌治（作家,俳人） ………… 732
結城 晋作（歌人） ……………… 732
結城 蓄堂（漢詩人） …………… 732
結城 ふじを（童謡詩人） ……… 732
結城 美津女（俳人） …………… 732
結城 よしを（童謡詩人,作詞家） … 732
柚木 衆三（評論家,詩人） ……… 732
柚木 治郎（俳人） ……………… 733
柚木 紀子（詩人） ……………… 733
幸 米二（歌人） ………………… 733
行沢 雨晴（俳人） ……………… 733
弓削 緋紗子（詩人） …………… 733
湯下 量園（詩人） ……………… 733
湯田 克衛（詩人） ……………… 733
由谷 一郎（歌人） ……………… 733
油布 五線（詩人） ……………… 733
弓田 弓子（詩人） ……………… 733
湯室 月村（俳人） ……………… 734
湯本 喜作（歌人） ……………… 734
湯本 禿山（歌人） ……………… 734

湯谷 紫苑（詩人） ……………… 734
由良 琢郎（歌人,古典文学研究家） … 734
ゆり はじめ（詩人,文芸評論家,作家） … 734
由利 由人（俳人） ……………… 734
百合山 羽公（俳人） …………… 734

【よ】

世川 心子（詩人） ……………… 735
横井 新八（詩人） ……………… 735
横内 菊枝（歌人） ……………… 735
横瀬 夜雨（詩人） ……………… 735
横田 専一（歌人） ……………… 735
横田 葉子（歌人） ……………… 735
横田 利平（歌人） ……………… 735
横溝 養三（俳人,経師業） ……… 735
横道 秀川（俳人） ……………… 735
横道 英雄　⇒横道秀川 を見よ
横光 利一（小説家,俳人） ……… 736
横村 華乱（川柳作家,俳画家） … 736
横山 岩男（歌人） ……………… 736
横山 うさぎ（俳人） …………… 736
横山 見左（俳人） ……………… 736
横山 信吾（歌人） ……………… 736
横山 蜃楼（俳人） ……………… 736
横山 青娥（詩人,国文学者） …… 737
横山 多恵子（詩人,歌人） ……… 737
横山 武夫（歌人） ……………… 737
横山 俊男（歌人） ……………… 737
横山 白虹（俳人,医師） ………… 737
横山 房子（俳人） ……………… 737
横山 幸於（川柳作家） ………… 737
横山 林二（俳人） ……………… 737
与謝野 晶子（歌人,詩人） ……… 738
与謝野 鉄幹（詩人,歌人） ……… 738
吉井 勇（歌人,劇作家,小説家） … 738
吉井 忠男（歌人） ……………… 738
吉井 莫生（俳人） ……………… 738
吉植 庄亮（歌人,政治家） ……… 739
吉植 亮（歌人） ………………… 739
吉江 喬松（詩人,評論家,仏文学者） … 739
吉岡 生夫（歌人） ……………… 739
吉岡 一彦　⇒吉岡桂六 を見よ
吉岡 桂六（俳人） ……………… 739
吉岡 禅寺洞（俳人） …………… 739
吉岡 富士洞（俳人） …………… 739
吉岡 実（詩人,装幀家） ………… 740
吉岡 龍城（川柳作家） ………… 740

吉川 出善 （歌人） ……………… 740	吉野 昌夫 （歌人） ……………… 746
吉川 金一郎 （歌人） …………… 740	吉野 義子 （俳人） ……………… 746
よしかわ つねこ （詩人） ……… 740	吉原 幸子 （詩人） ……………… 746
吉川 禎祐 （歌人） ……………… 740	吉増 剛造 （詩人） ……………… 746
吉川 則比古 （詩人） …………… 740	吉見 春子 （俳人） ……………… 746
吉川 宏志 （歌人） ……………… 740	吉見 芳子 （歌人） ……………… 746
吉川 道子 （詩人） ……………… 740	吉村 草閣 （歌人） ……………… 746
吉川 陽子 （俳人） ……………… 740	吉村 ひさ志 （俳人） …………… 746
吉沢 卯一 ………………………… 741	吉村 まさとし （詩人） ………… 747
吉沢 巴 （詩人） ………………… 741	吉村 睦人 （歌人） ……………… 747
吉沢 昌美 （歌人） ……………… 741	吉本 青司 （詩人） ……………… 747
吉沢 義則 （国語学者, 国文学者, 歌人） 741	吉本 伊智朗 （俳人） …………… 747
吉塚 勤治 ………………………… 741	吉本 隆明 （文芸評論家, 詩人） 747
吉田 一穂 （詩人） ……………… 741	吉本 冬男 （俳人） ……………… 747
吉田 加南子 （詩人） …………… 741	吉屋 信子 （小説家, 俳人） …… 747
吉田 暁一郎 （作家, 詩人, 俳人） 742	吉行 理恵 （詩人, 小説家） …… 748
吉田 欣一 （詩人） ……………… 742	代居 三郎 ………………………… 748
吉田 銀葉 （俳人） ……………… 742	依田 秋圃 （歌人） ……………… 748
吉田 慶治 （詩人） ……………… 742	与田 準一 （児童文学者, 詩人） 748
吉田 鴻司 （俳人） ……………… 742	依田 明倫 （俳人） ……………… 748
吉田 兀愚 （俳人） ……………… 742	依田 由基人 （俳人） …………… 748
吉田 次郎 （歌人, 元・八郷町(茨城県)町長） 742	四ツ谷 龍 （俳人） ……………… 749
吉田 漱 （歌人, 美術史家） …… 742	与那覇 幹夫 （詩人） …………… 749
吉田 草風 （俳人） ……………… 743	米川 千嘉子 （歌人） …………… 749
吉田 草平 （詩人） ……………… 743	米口 実 （歌人） ………………… 749
吉田 隷平 （詩人） ……………… 743	米沢 順子 （詩人） ……………… 749
吉田 忠一 （俳人） ……………… 743	米沢 吾亦紅 （俳人） …………… 749
吉田 定一 （詩人, 児童文学作家） 743	米田 双葉子 （俳人） …………… 749
吉田 汀史 （俳人） ……………… 743	米田 登 （歌人） ………………… 749
吉田 冬葉 （俳人） ……………… 743	米田 雄郎 （歌人, 僧侶） ……… 749
吉田 宏 （歌人, 医師） ………… 743	米田 律子 （歌人） ……………… 750
吉田 文憲 （詩人） ……………… 743	米谷 静二 （俳人） ……………… 750
吉田 北舟子 （俳人） …………… 743	ヨネ・ノグチ ⇒野口米次郎 を見よ
吉田 正俊 （歌人） ……………… 743	米満 英男 （歌人） ……………… 750
吉田 松四郎 （俳人） …………… 744	米村 敏人 （詩人） ……………… 750
吉田 未灰 （俳人） ……………… 744	米本 重信 （歌人） ……………… 750
吉田 瑞穂 （詩人, 教育者, 児童文学作家） 744	米屋 猛 （詩人） ………………… 750
吉田 弥寿夫 （歌人） …………… 744	米谷 祐司 （詩人） ……………… 750
吉田 洋一 （数学者, 俳人, 随筆家） 744	米山 梅吉 （歌人） ……………… 750
吉竹 師竹 ………………………… 744	米山 敏雄 （歌人） ……………… 750
吉武 月二郎 （俳人） …………… 744	米納 三雄 （歌人） ……………… 751
芳忠 復子 （歌人） ……………… 744	四方 章夫 （詩人, 評論家） …… 751
吉津 隆勝 （高校教師(水俣高校), 詩人） 745	蓬田 紀枝子 （俳人） …………… 751
吉富 平太翁 （俳人） …………… 745	依岡 菅根 （俳人） ……………… 751
吉野 臥城 （詩人, 俳人, 評論家） 745	依光 陽子 （俳人） ……………… 751
吉野 左衛門 （俳人） …………… 745	萬屋 雄一 （詩人） ……………… 751
吉野 鉦二 （歌人） ……………… 745	
吉野 秀雄 （歌人） ……………… 745	
吉野 弘 （詩人） ………………… 745	
吉野 裕之 （歌人, 俳人, 助成財団プログラム・オフィサー） 745	

【ら】

羅 蘇山人 （俳人） ……………… 751
頼 圭二郎 （詩人） ……………… 751

【り】

李 承淳 （ピアニスト, 詩人） ……………… 752
李 正子 （歌人） ……………… 752
リカ キヨシ （歌人） ……………… 752
龍 秀美 （詩人） ……………… 752
梁 石日 （作家, 詩人） ……………… 752

【れ】

冷泉 為紀 （歌人） ……………… 752

【ろ】

盧 進容 （詩人） ……………… 752
六本 和子 （俳人） ……………… 752
六角 文夫 （俳人） ……………… 753

【わ】

若井 三青 （歌人） ……………… 753
若井 新一 （俳人） ……………… 753
若尾 瀾水 （俳人） ……………… 753
若木 一朗 （俳人） ……………… 753
若狭 紀元 （詩人） ……………… 753
若杉 鳥子 （歌人, 小説家） ……………… 753
若月 紫蘭 （劇作家, 俳人, 演劇研究家） ……………… 753
若浜 汐子 （歌人, 国文学者） ……………… 753
若林 南山 （俳人） ……………… 754
若林 牧春 （歌人） ……………… 754
若林 光江 （詩人） ……………… 754
若林 芳樹 （歌人） ……………… 754
若松 丈太郎 （高校教師(福島県立原町高), 詩人）
　　　　　……………… 754
若谷 和子 （詩人, 児童文学作家） ……………… 754
若山 喜志子 （歌人） ……………… 754
若山 大介 （川柳作家） ……………… 754
若山 旅人 （歌人） ……………… 754
若山 とみ子 （歌人） ……………… 755
若山 紀子 （詩人） ……………… 755
若山 牧水 （歌人） ……………… 755
脇本 星浪 （俳人） ……………… 755
脇屋 川柳 （川柳作家） ……………… 755
和久田 隆子 （俳人） ……………… 755
和合 亮一 （詩人, 高校教師(川俣高)） ……………… 755
鷲尾 賢也　⇒小高賢 を見よ
鷲尾 醇一 （俳人） ……………… 755
ワシオトシヒコ （美術評論家, 詩人） ……………… 755
鷲巣 繁男 （詩人, 評論家） ……………… 756
鷲谷 七菜子 （俳人） ……………… 756
鷲谷 峰雄 （詩人） ……………… 756
和田 光利 （俳人） ……………… 756
和田 久太郎 （無政府主義者, 俳人） ……………… 756
和田 御雲 （俳人） ……………… 756
和田 耕三郎 （俳人） ……………… 756
和田 悟朗 （俳人） ……………… 756
和田 山蘭 （歌人） ……………… 757
和田 繁二郎 （歌人） ……………… 757
和田 大象 （歌人） ……………… 757
和田 暖泡 （俳人） ……………… 757
和田 徹三 （詩人） ……………… 757
和田 知子 （俳人） ……………… 757
和田 博雄 （政治家, 俳人） ……………… 757
和田 文雄 （詩人） ……………… 757
和田 保造 （俳人） ……………… 758
渡瀬 満茂留 （俳人） ……………… 758
渡辺 昭 （俳人） ……………… 758
渡辺 朝次 （歌人） ……………… 758
渡辺 於兎男 （歌人） ……………… 758
渡辺 和尾 （川柳作家） ……………… 758
渡辺 久二郎 （俳人） ……………… 758
渡辺 恭子 （俳人） ……………… 758
渡辺 桂子 （俳人） ……………… 758
渡辺 洪 （歌人） ……………… 758
渡辺 幸一 （歌人, ノンフィクション作家） ……………… 759
渡辺 光風 （歌人） ……………… 759
渡辺 香墨 （俳人） ……………… 759
渡辺 しおり （俳人） ……………… 759
渡辺 修三 （詩人） ……………… 759
渡辺 順三 （歌人, 社会運動家） ……………… 759
渡辺 信一 （俳人） ……………… 759
渡辺 信二 （詩人） ……………… 759
渡辺 水巴 （俳人） ……………… 760
渡辺 純枝 （俳人） ……………… 760

渡辺 武信 （詩人, 評論家, 建築家）	760
渡辺 千枝子 （俳人, 司書教諭）	760
渡部 千津子 （詩人）	760
渡辺 十絲子 （詩人）	760
渡辺 とめ子 （詩人, 歌人）	760
渡辺 朝一 （歌人）	760
渡辺 直己 （歌人）	760
渡部 信義 （詩人）	761
渡辺 波空 （俳人）	761
渡辺 白泉 （俳人）	761
渡辺 波光 （民謡・童謡詩人）	761
渡辺 蓮夫 （川柳作家）	761
渡辺 春輔 （俳人）	761
渡辺 正也 （詩人）	761
渡辺 松男 （歌人）	761
渡辺 みえこ （詩人, 画家）	761
渡辺 未灰 （俳人）	761
渡辺 元子 （歌人）	762
渡辺 幸恵 （俳人）	762
渡辺 幸子 （俳人）	762
渡辺 洋 （詩人）	762
渡辺 よしたか （歌人）	762
渡辺 力 （詩人）	762
渡辺 柳風 （俳人）	762
渡辺 倫太 （俳人）	762
渡辺 礼輔 （俳人）	762
渡辺 渡 （詩人）	762
渡会 やよひ （詩人）	762
和知 喜八 （俳人）	763
わらび さぶろう （詩人, 児童文学作家）	763
蕨 真一郎 　⇒蕨真 を見よ	

詩歌人名事典

【あ】

相生垣 瓜人　あいおいがき・かじん
俳人　[生]明治31年8月14日　[没]昭和60年2月7日　[出]兵庫県加古郡高砂町南渡海町　本名＝相生垣貫二　[学]東京美術学校製版科卒　[賞]馬酔木賞(昭和36年)、蛇笏賞(第10回)(昭和51年)「明治草」　[歴]大正9年～昭和30年浜松工高教師。昭和5年「ホトトギス」に投句し、8年「馬酔木」同人となる。25年「海坂」を創刊し、36年には馬酔木賞を受賞。また51年には「明治草」で蛇笏賞を受賞した。他に句集「微茫集」(30年)がある。　[団]俳人協会　[家]兄＝相生垣秋津(俳人)

相生垣 秋津　あいおいがき・しゅうしん
俳人　俳画家　[生]明治29年4月29日　[没]昭和42年4月27日　[出]兵庫県高砂市　本名＝相生垣三次(あいおいがき・さんじ)　[学]高等小学校卒　[歴]大正10年上京、川端画学校に入る。川合玉堂門下として本格的に絵画を学ぶが、関東大震災により挫折、帰郷して家業をつぐ傍ら、俳人、俳画家として活動。昭和2年永田耕衣と「桃源」を創刊したが三号で廃刊。「ホトトギス」「玉藻」「かつらぎ」「九年母」に所属、各同人。句集に「白毫帖」「山野抄」「砂上」がある。　[家]弟＝相生垣瓜人

相川 俊孝　あいかわ・としたか
詩人　[生]明治22年12月24日　[没]昭和15年11月18日　[出]石川県金沢市　[歴]大正5年、室生犀星と萩原朔太郎が創刊した「感情」に途中から同人として参加し、9年刊行の「感情同人詩集」に「懲罰」などの詩を発表。後「詩聖」にも関係し、11年「凝視」などを発表し、13年「万物昇天」を刊行した。また詩誌「壺」も主宰した。その他の詩集に「眠れる山脈」がある。

相川 南陽　あいかわ・なんよう
俳人　[生]大正3年6月10日　[出]千葉県四街道市　本名＝相川行雄(あいかわ・ゆきお)　[学]千葉師範二部卒　[賞]好日賞(昭和45年)　[歴]昭和10～50年小・中学校教師を務める。23年「初雁」入門。27年「好日」同人。44年「秋」同人、石原八束に師事。句集に「薄氷」「残り鴨」。　[団]俳人協会、千葉県俳句作家協会(幹事)

相川 やす志　あいかわ・やすし
俳人　[生]大正11年3月21日　[出]岡山県　本名＝相川泰夫(あいかわ・やすお)　[学]高財卒　[賞]「冬草」功労賞(昭和44年)　[歴]昭和23年「若葉」に拠る。33年「若葉」編集部員、34年「冬草」同人編集長、36年「若葉」同人、選集編集委員、51年より「童心」選者、54年「若葉」同人会幹事、56年「冬草」同人会常任幹事。句集に「筐」。　[団]俳人協会

相川 祐一　あいかわ・ゆういち
詩人　[生]昭和13年　[出]神奈川県横浜市鶴見区　[学]明治大学卒　[歴]詩誌「騒」同人、「中庭」会員。詩集に「カイロの朝」「詩集 1990年夏の抒情は」などがある。　[団]金子光晴の会、日本定型詩協会、日本現代詩人会

愛敬 浩一　あいきょう・こういち
詩人　「発条と過程」発行人　[生]昭和27年5月30日　[出]群馬県　[学]和光大学人文学部卒　[歴]「光芝」「異語」「イエローブック」等々同人。詩集に「回避するために」「長征」、著書に「しらすおろし」がある。

相沢 一好　あいざわ・かずよし
歌人　トキワ松学園理事　[生]昭和4年8月28日　[没]平成10年9月9日　[出]東京　[学]東京教育大学文学部史学科卒　[歴]在学中「一路」に入会、27年大学歌人会創設に参加する。50年同人誌「面」を起し編集同人となる。歌集に「夜のうた」「西游」ほか数冊の合同歌集、大学時代の掌判歌集「夜のうた」がある。「一路」編集人。高校教諭、東京都教育委員会指導主事を経て、高校校長をつとめる。　[団]十月会、現代歌人協会　[家]妻＝相沢東洋子(歌人)

相沢 啓三　あいざわ・けいぞう
詩人　評論家　[生]昭和4年12月10日　[出]山梨県甲府市　[学]東京大学文学部英文学科(昭和28年)卒　[歴]昭和28年朝日新聞社入社。出版局に勤務、「朝日ジャーナル」副編集長、美術図書編集長、「アサヒカメラ」編集長などを経て退職。著書・音楽評論に「そして音楽の船に」「猫のための音楽」「音楽という戯れ」「オペラの快楽」、詩集に「狂気の処女の唄」「墜ちよ少年」「罪の変奏」「沈黙の音楽」など、共著に詩画集「魔王連祷」「悪徳の暹羅雙生児」旅行記「ブッダの旅」などがある。

相沢 史郎　あいざわ・しろう
評論家　詩人　東海大学教養学部国際学科教授　[専]英米文学　[生]昭和6年4月24日　[出]岩手県北上市　[学]青山学院大学文学部英文学科（昭和30年）卒、青山学院大学大学院文学研究科英米学専攻（昭和32年）修士課程修了　[賞]丸山豊記念現代詩賞（第7回）（平成10年）「夷歌」　[歴]昭和32年東海大学助手、36年同大附属高校教諭、38年同大文学部講師、41年助教授を経て、50年教授。51年教養学部教授。著書に「新〈ウラ〉の文化」「狂気と残氓」、詩集に「悪路王」「血の冬」「片目の神さま」「相沢史郎詩集」「夷歌（いか）」、戯曲に「さいはての女」「二人爺ィ」他。　[団]日本現代詩人会、日本現代詩人研究者国際ネットワーク、日本文芸家協会

相沢 東洋子　あいざわ・とよこ
歌人　[専]比較文化　[生]昭和7年10月26日　[出]東京　[学]東京女子大学卒　[歴]青山学院高等部で英語教員を務めたのち、比較文化の研究に入る。短歌は大学歌人会「花宴」を経て、「面」「一路」同人。歌集に「天空の虹・第一部」「復活祭」「A Garden of verses」などがあり、昭和63年には日英2ケ国語の歌を収めた歌集を自費出版した。世界教育協会日本事務局なども務める。　[家]夫＝相沢一好（歌人・故人）

相沢 等　あいざわ・ひとし
詩人　商工会館専務理事　[生]明治39年9月11日　[没]平成12年1月10日　[出]神奈川県横浜市　本名＝五木田等（ごきた・ひとし）　[学]京都市立絵画専門学校卒　[歴]通商産業省を経て、財団法人商工会館常務理事、のち専務理事。旧制中学1年ごろから詩作を始め、萩原朔太郎の強い影響を受ける。詩誌「風」同人。のち「独楽」同人。詩集に「公爵と渚」（共著）「雲の生殖」「道具館周遊」、童謡集に「カズノエホン」がある。

相沢 節　あいざわ・みさお
歌人　高校教師　[生]明治35年2月2日　[没]昭和59年7月21日　[出]埼玉県　[学]埼玉師範卒、立正大学高師卒　[歴]愛国学園高校教諭をつとめた。埼玉師範学校在学中より作歌をはじめ、昭和2年「詩歌」に在籍、5年草創期「一路」に同人として加わる。45年より46年まで日本歌人クラブ幹事。38年に「さみどり会」を始める。歌集に「極限」「露崖」、合同歌集に「高樹」などがある。

相沢 道郎　あいざわ・みちろう
詩人　[生]大正4年3月28日　[出]石川県　本名＝相川龍春　[学]早稲田大学卒　[歴]詩集に「魔の花」「山河在」など。　[団]日本文芸家協会、日本ペンクラブ、日本現代詩人会

相島 勘次郎　あいじま・かんじろう
⇒相島虚吼（あいじま・きょこう）を見よ

相島 虚吼　あいじま・きょこう
政治家　俳人　衆院議員（立憲国民党）　[生]慶応3年12月19日（1867年）　[没]昭和10年4月4日　[出]茨城県筑波郡小田村　本名＝相島勘次郎（あいじま・かんじろう）　[歴]明治23年大阪毎日新聞社に入社し、編集主任、副主幹、顧問などを勤め、後衆院議員となり、憲政擁護、閥族打破を標傍した。27年正岡子規を知って俳句をはじめ「日本」に投句し、のちに「ホトトギス」に参加。句集として「虚吼句集」（昭和7年）「相島虚吼句集」（昭和11年）がある。

会津 八一　あいず・やいち
歌人　美術史家　書家　早稲田大学名誉教授　[専]東洋美術史　奈良美術史　[生]明治14年8月1日　[没]昭和31年11月21日　[出]新潟県新潟市古町通　別号＝秋艸道人（しゅうそうどうじん）、渾斎（こんさい）　[学]早稲田大学文科英文科（明治39年）卒　文学博士（昭和9年）　[賞]読売文学賞（第2回・詩歌賞）（昭和25年）「会津八一全歌集」、新潟市名誉市民　[歴]中学時代から作歌、作句をし、大学では英文学を学ぶ。明治39年新潟県の有恒学舎英語教員となり、43年早稲田中学に移り、大正14年早稲田高等学院教授に就任。15年から早大講師を兼ね、昭和6～20年教授。傍ら大正13年歌集「南京新唱」を刊行、以後「鹿鳴集」「山光集」「寒燈集」などを刊行し、昭和25年「会津八一全歌集」で読売文学賞を受賞。また、美術史でも学位論文となった「法隆寺、法起寺、法輪寺建立年代の研究」を8年に刊行、東洋美術史、奈良美術史の研究で活躍した。書家としてもすぐれ、書跡集に「渾斎近墨」「遊神帖」などがある。早大退任後は夕刊ニイガタ社長などもつとめ、新潟市名誉市民に推され、文化人として幅広く活躍。大和や新潟に歌碑も多い。「会津八一全集」（全10巻，中央公論社）がある。

会田 健二　あいだ・けんじ
詩人　歌人　[生]昭和5年11月10日　[出]山形県南村山郡金井村　[歴]昭和20年国民学校高等科を卒業し農業に従事した後、31年上京。職工として働き、夜学の電気工学科で学ぶ。以後、電気・機械技術者。詩集に「百姓ッ子の唄」「母の記―あいだけんじ詩集」、歌集に「亡びの時」がある。　[団]日本農民文学会

相田 謙三　あいだ・けんぞう
詩人　写真店経営　[生]大正5年12月2日　[出]福島県会津若松市　[賞]晩翠賞(第17回)(昭和51年)「あおざめた鬼の翳」　[歴]画家を志して職を転々としたが、現在は写真店経営。「龍」同人。詩集に「わが鳥獣虫魚」「山琵琶」などがある。　[団]日本現代詩人会

会田 千衣子　あいだ・ちえこ
詩人　[生]昭和15年3月31日　[出]東京　[学]慶応義塾大学文学部仏文科(昭和38年)卒　[賞]室生犀星詩人賞(第3回)(昭和38年)「鳥の町」、現代詩女流賞(第2回)(昭和52年)「フェニックス」　[歴]小学6年から詩作をはじめ、後に「現代詩手帖」に投稿し「三田詩人」「ドラムカン」「地球」に同人として参加。昭和38年「鳥の町」を刊行し、室生犀星詩人賞を受賞。以後「背景のために」「氷の花」などを刊行し、52年刊行の「フェニックス」では現代詩女流賞を受賞した。　[団]日本現代詩人会、日本文芸家協会、三田文学会

会田 綱雄　あいだ・つなお
詩人　[生]大正3年3月17日　[没]平成2年2月22日　[出]東京・本所　[学]第一早稲田高等学院文科中退　[賞]高村光太郎賞(第1回)(昭和33年)「鹹湖」、読売文学賞(第29回)(昭和52年)「遺言」　[歴]昭和15年志願して軍属として中国に渡り、南京特務機関嘱託、文化科勤務。21年帰国、「歴程」再刊とともに同人として参加。33年第一詩集「鹹湖」で第1回高村光太郎賞を受賞した。ほかに「狂言」「汝」「会田綱雄詩集」「遺言」(読売文学賞)「人物詩」などの詩集がある。　[団]日本現代詩人会、日本文芸家協会

相野谷 森次　あいのや・もりじ
歌人　[生]明治43年5月18日　[出]茨城県　[歴]大正14年東京堂に入社、出版部に勤務。日本出版配給を経て、昭和24年東京出版販売に入社。取締役書店相談部長、東販商事専務、ブックス・トキワ社長などを歴任。一方、昭和5年大脇月甫に師事し、「青虹」に参加。32年「新炎」を創刊、主宰。日本歌人クラブ会長代行を務める。歌集「風の塔」などがある。　[団]日本歌人クラブ

相葉 有流　あいば・うりゅう
俳人　群馬大学名誉教授　上武大学名誉学長　「石人」主宰　[専]仏教史　[生]明治40年7月29日　[没]平成5年6月6日　[出]千葉県千葉市　本名＝相葉伸(あいば・しん)　[学]東京文理科大学国史学科(昭和11年)卒、東京文理科大学大学院(昭和13年)修了　文学博士(東京教育大学)(昭和32年)　[賞]群馬県文化功労者(昭和46年)、勲二等瑞宝章(昭和53年)、暖響評論賞(第3回)　[歴]昭和17年群馬師範教諭、24年群馬大学教授、学芸学部長、学長代理。48年退官して上武大学学長となり、54年名誉学長。俳句は「ぬかご」同人を経て「寒雷」同人。32年「石人」を創刊し、主宰。著書に「日本仏教史話」「不受不施的思想の展開」「俳句と民俗」、句集に「滄浪」「化転」「水月」「宝珠」など。　[団]現代俳句協会(顧問)、群馬県俳句作家協会(名誉会長)、日本印度学仏教学会(理事)、日本文芸家協会

相原 恵佐子　あいはら・えさこ
歌人　[生]昭和6年4月24日　[出]東京　[学]昭和女子短期大学卒　[歴]昭和29年「形成」入会。木俣修に師事、のち同人となる。歌集「春雷抄」「しろがねの水」「朱葉集」など。他の著書に「木俣修作品研究」がある。　[団]日本歌人クラブ

相原 左義長　あいはら・さぎちょう
俳人　「虎杖」代表　[生]大正15年7月22日　[出]愛媛県伊予郡砥部町　本名＝相原惣三郎　[学]松山工(昭和18年)卒　[資]電気主任技術者第一種　[歴]昭和22年四国配電入社。54年四国電力松山総合事務所長。一方、「雲雀」「糸瓜」「柿」を通じて富安風生に師事。27年川本臥風の「虎杖」に移り、編集長、代表となる。愛媛県現代俳句協会会長、現代俳句協会四国連絡協議会会長などを歴任。句集に「天山」「表白」など。　[団]現代俳句協会、愛媛文化懇談会、愛媛県現代俳句協会、松山俳句協会

青井 史　あおい・ふみ
歌人　[生]昭和15年10月15日　[出]福岡県小倉(現・北九州市)　[学]瑞陵高卒　[歴]小学校に入ってすぐ小児結核と診断され自宅療養。病弱でもあり進学を断念、その後洋裁学校に通うが、昭和52年馬場あき子の歌集を読んで歌人への道を決意。53年「かりん」に入会。のち「かりうど」に所属。歌集に「花の未来説」「鳥雲」「月の食卓」、共著に「現代歌人の十二人」がある。

[団]日本文芸家協会、現代歌人協会、日本ペンクラブ

葵生川 玲　あおいかわ・れい

詩人　日本現代詩人会理事長　[生]昭和18年1月26日　[出]北海道滝川市　本名＝横山力男　[賞]壺井繁治賞(第28回)(平成12年)「初めての空」　[歴]平成12年詩集「初めての空」で壺井繁治賞を受賞。日本現代詩人会理事長、日本詩人会議常任運営委員、「詩と思想」編集参与を務める。他の詩集に「時間論など」。　[団]日本現代詩人会、日本文芸家協会、日本詩人会議

青木 綾子　あおき・あやこ

俳人　[生]明治41年6月23日　[没]昭和63年10月14日　[出]新潟県南魚沼郡塩沢町　本名＝青木綾　[学]日本女子大学家政科中退　[歴]昭和36年「鶴」に入り、始めて俳句の手ほどきを石田波郷にうける。52年「琅玕」創刊に参加。句集に「花紋」「日向道」。　[団]俳人協会

青木 稲女　あおき・いなじょ

俳人　[生]明治31年9月9日　[没]昭和33年3月24日　[出]東京・浅草　本名＝青木ひさ　旧姓(名)＝吉田ひさ　[歴]青木再来と結婚後、大阪市西区九条通日英学館内に住む。俳句は桝岡泊露に学び、大正10年ごろ虚子門に入る。のち天理市に住み、俳誌「麦秋」を主宰。著書に句集「田舎」「俳句の味」がある。

青木 月斗　あおき・げっと

俳人　[生]明治12年11月20日　[没]昭和24年3月17日　[出]大阪市東区南久太郎町　本名＝青木新護　別号＝図書、月兎　[学]大阪薬学校中退　[歴]幼い頃から句作をする。明治31年「文庫」に投句し、高浜虚子に認められ、以後俳人として活躍、大正4年には「ホトトギス」の選者となる。その間、明治32年には「車百合」を創刊。大正9年「同人」を創刊し、多くの門下生を育てた。生前句集は刊行しなかったが、没後の昭和25年「月斗翁句抄」が刊行された。

青木 健作　あおき・けんさく

俳人　小説家　法政大学名誉教授　[生]明治16年11月27日　[没]昭和39年12月16日　[出]山口県都濃郡富田村(現・新南陽市)　本名＝井本健作　旧姓(名)＝青木　[学]東京帝大哲学科美学専攻卒　[歴]成田中学を経て、法政大学文学部教官を30年余りつとめる。一方、成田中学の同僚鈴木三重吉の影響で「ホトトギス」に短編を発表するようになる。また、俳句もこの頃より漱石の影響を受けはじめる。明治42年「鼬鼠(いたち)」、45年「お絹」を発表(大正2年刊)、作家として認められる。以後、大正初期の「帝国文学」出身の新進作家として活躍、「骨」「彷徨」「若き教師の悩み」などを発表し、昭和3年「青木健作短篇集」を刊行。他に随筆集「椎の実」「ひとりあるき」、句集「落椎」がある。　[家]長男＝井本農一(お茶の水女子大学名誉教授)

青木 幸一露　あおき・こういちろう

俳人　[生]明治27年6月30日　[没]昭和43年1月10日　[出]栃木県都賀郡　本名＝青木幸一郎　[歴]明治41年頃、沼波瓊音に師事する。のち松根東洋城に師事して「渋柿」同人。昭和5年「二桐」を経て、35年「枯山」を創刊主宰。菓子商を営んだ。句集に「花柘榴」「石蕗」など。

青木 此君楼　あおき・しくんろう

俳人　[生]明治20年4月13日　[没]昭和43年2月20日　[出]福井市　本名＝青木茂雄　[学]福井中学卒　[歴]福井中学卒業後、内務省、京都市役所などに勤め、以後各地を転々とし職を変えた。大正4年「層雲」に参加し、短律俳句全盛時代の代表的作家として活躍、以後も短律運動を貫いた。昭和12年「此君楼」を刊行し、以後「柊の花」「流れ木」「せきれい」などの句集を刊行した。

青木 重行　あおき・しげゆき

俳人　[生]大正3年12月19日　[出]神奈川県　[学]旧中卒　[歴]昭和18年より作句を始める。吉田冬葉の「獺祭」に参加。21年皆川白陀の「末黒野」(当時「野火」)創刊と共に入会。句集に「京ケ坂」「坐忘」など。　[団]俳人協会

青木 晴嵐　あおき・せいらん

川柳作家　日本川柳協会常任理事　[生]大正13年　[出]愛知県名古屋市　本名＝青木敏夫　[歴]川柳作家。日本川柳協会常任理事、中日新聞時事川柳選者、中日文化センター講師などを務める。

青木 千秋　あおき・せんしゅう

俳人　[生]昭和4年3月18日　[出]茨城県　本名＝青木真吾　[歴]「若草」「鹿火屋」を経て、昭和27年「風鈴」に入会、のち主宰する。全国俳誌協会副会長、俳句作家連盟副委員長などを務める。句集に「冬苺」など。　[団]現代俳句協会

青木 健　あおき・たけし

詩人　小説家　文芸評論家　[生]昭和19年9月21日　[出]岐阜県　[学]名古屋大学法学部卒　[賞]新潮文学新人賞(昭和59年)「星からの風」　[歴]名古屋大学大学院国際開発研究科客員研究員も務める。詩集に「振動尺」、著書に「星からの風」「頑是ない歌―内なる中原中也」「中原中

也」「剥製の詩学―富永太郎再見」「日本の恋歌」(共著)他。

青木 辰雄　あおき・たつお

歌人　[生]明治42年9月4日　[没]昭和63年7月4日　[出]茨城県　[学]甲府商卒　[歴]在学中より作歌。中村美穂の「みづがき」を経て昭和3年「アララギ」に入会。土屋文明に師事。21年8月「山梨歌人」を創刊、編集。翌年山梨アララギ会の単独誌となる。山梨日日新聞歌壇選者、山梨県芸術祭短歌審査員を務めた。

青木 徹　あおき・てつ

詩人　[生]昭和6年　[歴]昭和37年～平成2年角川書店に勤務、「角川日本地名大辞典」などの編集にあたる。一方、詩人として活動し、「法政文学」「風貌」「一座」「花粉」同人。詩集に「無明長夜」「飛翔」「僕の中のおまえ」「縄文の秋」「存在という錯誤」などがある。

青木 敏彦　あおき・としひこ

俳人　[生]明治32年1月23日　[没]昭和31年11月9日　[出]長野県　[歴]臼田亜浪に師事し「石楠」同人。戦後、栗生純夫に私淑し「科野」同人となる。昭和21年「夏炉」を刊行。他に編著「信濃」があるが、31年に自殺した。

青木 はるみ　あおき・はるみ

詩人　大阪文学学校講師　朝日カルチャーセンター講師　[生]昭和8年8月4日　[出]兵庫県神戸市　本名＝青木春美(あおき・はるみ)　[学]西宮高(昭和26年)卒、大阪文学学校(昭和47年)卒　[興]奈良古社寺のまつりごと　[賞]マダム年間最優秀賞(昭和44年)、現代詩手帖賞(第13回)(昭和50年)、関西文学選奨(第13回・昭56年度)、H氏賞(第32回)(昭和57年)「鯨のアタマが立っていた」、井植文化賞(第12回)(昭和63年)　[歴]高卒後、服飾デザイナーにあこがれ修業。結婚後、昭和42年小野十三郎に師事。47年大阪文学学校卒。50年第13回現代詩手帖賞受賞でデビュー。57年第32回H氏賞を受賞。現代詩手帖選考委員。「歴程」「たうろす」同人。詩集に「ダイバーズ・クラブ」「鯨のアタマが立っていた」「ひまわりを五十三ぼん切る」「大和路のまつり」「詩と人形のルフラン」「青木はるみ詩集」など。　[団]日本現代詩人会、日本文芸家協会

青木 幹勇　あおき・みきゆう

俳人　[専]国語科教育　[生]明治41年11月　[出]宮崎県　[学]宮崎県師範学校専攻科(昭和11年)卒　[賞]勲五等瑞宝章(平成13年)　[歴]宮崎県師範学校、東京高等師範学校、東京教育大学等の附属小学校の勤務を経て、文教大学において国語科教育を講義。月刊誌「国語教室」編集・発行責任者。一方、俳句は昭和20年臼田亜浪に師事、31年田川飛旅子に師事。32年より無果花句会に所属、のち同会主宰。著書に「青木幹勇授業技術集成」「生きている授業死んだ授業」「第三の書く―読むために書く書くために読む」「授業 俳句を読む、俳句を作る」、句集に「露」「風船」「滑走路」「牛込界隈」がある。

青木 みつお　あおき・みつお

詩人　[生]昭和13年6月1日　[出]東京市下谷区　[学]中央大学文学部フランス文学科卒　[歴]福祉事務所のケースワーカーを経て、児童福祉司。詩人会議常任運営委員。「詩都」同人。著書に「出撃のビート」「詩集(バラード)人間家族」「戦争のなかの子ども」、共著に「愛と告白のバラード」がある。

青木 泰夫　あおき・やすお

俳人　「波」主宰　[生]昭和3年6月30日　[没]昭和63年3月11日　[出]新潟県北蒲原郡水原町　[学]日本大学経済学科卒　[歴]「石楠」系俳人小林孤舟のすすめで作句を始める。39年「鷹」創刊に参加。51年「波」を創刊して選者となり、のち主宰。句集に「同刻」「天酒」「草暦」「鯰念」。　[団]現代俳句協会

青木 ゆかり　あおき・ゆかり

歌人　[生]大正13年8月22日　[出]東京　本名＝小山孝子　別名＝小山隆子　[賞]角川短歌賞(第5回)(昭和34年)「冬木」　[歴]昭和18年吉村幸夫の手ほどきを受ける。30年「アララギ」入会。信州青木村に疎開中、一時甲信越アララギ「ヒムロ」会員。34年第5回角川短歌賞受賞。歌集に「冬木」がある。

青木 よしを　あおき・よしお

俳人　[生]明治29年9月28日　[没]昭和60年1月26日　[出]東京市下谷区仲御徒町　本名＝青木幸太郎(あおき・こうたろう)　[学]専修大学専門部経済科卒　[歴]第一生命保険、健康保険組合連合会に勤める。大正5年渡辺水巴に師事し、同年「曲水」創刊の際入会。昭和44年から58年まで編集長をつとめた。句集に「青木よしを句集」がある。　[団]俳人協会

青木 緑葉　あおき・りょくよう

俳人　[生]明治42年12月1日　[出]埼玉県　本名＝青木森一　[学]高卒　[歴]昭和18年旧陸軍工廠多摩製造所にて山田案山子に就き作句を始める。23年「馬酔木」に入会。25年「野火」に入会、以来篠田悌二郎に師事する。32年「野火」同人。市原市老人ホーム、匝嵯郡光町光楽園老人ホーム俳句講師を務める。句集に「渚の琴」がある。　[団]俳人協会

青田 伸夫　あおた・のぶお

歌人　[生]昭和5年3月9日　[出]旧朝鮮・釜山　[歴]昭和32年「歩道」に入会。著書に歌集「光炎」「樹冠」、論集に「大伴家持の人と歌」「佐藤佐太郎『帰潮』全注」他。　[団]現代歌人協会、横浜歌人会、横浜文芸懇話会

青野 竹紫　あおの・ちくし

俳人　「薊」主宰　[生]明治41年11月30日　[没]平成3年11月3日　[出]岡山県　本名＝青野猛　[歴]大正12年「倦鳥」入会。昭和10年「雁来紅」入会、野田別天楼の指導を受ける。22年「七曜」、25年「群蜂」同人。28年「薊」創刊主宰。51年現代俳句協会入会。52年大阪俳人クラブ理事、56年俳句作家連盟常任委員。句集に「白光」。[団]俳人協会、俳句作家連盟

青葉 三角草　あおば・みすみそう

俳人　医師　[生]明治42年8月8日　[出]千葉県　本名＝青葉誠　[学]東京慈恵会医科大学卒　[歴]中学時代から兄の影響で作句を志し、「ホトトギス」に投句。虚子・年尾に師事。「ホトトギス」同人。著書に「三角草句集」「新らしき伝統」「写生理論と実作」「宇宙」がある。　[家]兄＝唐笠阿蝶

青柳 晶子　あおやぎ・あきこ

詩人　[生]昭和19年8月18日　[出]栃木県　[学]宇都宮女子高卒　[歴]詩誌「馴鹿」に所属。著書に詩集「みずの炎」「ばら科の夜」「月に生える木―青柳晶子詩集」などがある。　[団]栃木県現代詩人会、日本現代詩人会

青柳 暁美　あおやぎ・あけみ

詩人　[生]昭和27年10月12日　[出]京都府　[学]和洋女子大学英文科卒　[歴]作品に詩集「暁」「姫路城」がある。　[団]日本ペンクラブ、日本童謡協会、日本文芸家協会

青柳 喜兵衛　あおやぎ・きべえ

画家　詩人　[生]明治37年1月1日　[没]昭和13年8月28日　[出]福岡県福岡市　[学]早稲田大学卒　[歴]早大在学中に川端画学校で絵を学び、昭和2年早大絵画会を結成。大正15年、帝展に初入選し、昭和12年には文展無鑑査となる。画家として活躍する一方、詩作もし「とらんしっと」や「九州芸術」に発表した。没後の14年、詩画集「牛乳の歌」が刊行された。

青柳 薫也　あおやぎ・くんや

俳人　医師　[生]明治45年4月29日　[没]平成7年9月7日　[出]新潟県長岡市　本名＝青柳幸吉　[学]東京慈恵会医科大学卒　[賞]読売俳壇賞(昭和15年)　[歴]昭和13年俳句を始める。36年「若葉」「岬」入会。50年共に同人。長岡柏若葉会主宰。農協ながおか俳句欄選者。句集に「毛毬」「越路抄」「雪のかほり」「日陰の花」。　[団]俳人協会

青柳 志解樹　あおやぎ・しげき

俳人　「山暦」主宰　[生]昭和4年1月24日　[出]長野県　本名＝青柳茂樹　[学]東京農業大学専門部卒　[興]人と自然　[賞]鹿火屋賞(昭和43年)、鹿火屋作家賞(第1回)(昭和48年)、俳人協会賞(第32回)(平成5年)「松は松」　[歴]昭和17年祖父青柳其楽の手ほどきで作句。28年林邦彦・相馬遷子の影響で本格的に句作を始める。「寒雷」を経て、32年「鹿火屋」入会、37年「鹿火屋」同人。54年「山暦」を創刊し主宰。55年「鹿火屋」離脱。句集に「耕牛」「山暦」「山霊樹魂」「松は松」があるほか、「季語深耕・花」など植物に関する著作も多い。　[団]俳人協会(評議員)、全日本花いっぱい連盟、東京都新生活運動協会、日本文芸家協会

青柳 菁々　あおやぎ・せいせい

俳人　[生]明治34年7月16日　[没]昭和32年1月1日　[出]福井県　本名＝青柳正二　[歴]大正時代から「石楠」「海紅」「層雲」などに投句し、後に「石楠」同人となり、その中心人物となった。昭和8年、小松砂丘との共著「加賀二人集」を刊行。23年、柳田湘江らと「春暁」を創刊。臼田亜浪の主張を受けた記述的俳句の作家として知られている。

青柳 節子　あおやぎ・せつこ

歌人　[生]大正15年11月8日　[出]東京　[歴]昭和35年「沃野」入社、40年同人となり、「十月会」入会。49年可児敏明の「四季」創刊に参加、選者・編集同人。「一つの芽」「生命の木」「四季の森」などの歌集がある。

青柳 千萼　あおやぎ・ちよの
歌人　[生]大正9年5月14日　[出]群馬県　[歴]「シーガル」「短歌人」に所属。歌集に「破戒の刻」「紫天」「ささめきて雅し」など。他の著書に「余情、その景気とは」がある。

青柳 照葉　あおやぎ・てるは
俳人　[生]大正15年5月12日　[出]熊本県人吉市　[学]同志社女子専門学校(昭和23年)卒　[賞]山暦賞(第2回)、新樹賞(第2回)　[歴]昭和54年俳誌「山暦」創刊とともに入会。現在同人。句集に「肥後信濃」「冬の花」、エッセイ集に「お照さんの食い道楽」などがある。　[団]俳人協会

青柳 瑞穂　あおやぎ・みずほ
フランス文学者　詩人　[生]明治32年5月29日　[没]昭和46年12月15日　[出]山梨県市川大門町高田　[学]慶応義塾大学仏文科(大正15年)卒　[賞]戸川秋骨賞(第1回)(昭和24年)「孤独なる散歩者の夢想」(ルソー著・翻訳)、読売文学賞(第12回・評論・伝記賞)(昭和35年)「ささやかな日本発掘」　[歴]堀口大学に師事し「三田文学」「パンテオン」などに抒情詩を発表し、昭和6年「睡眠」を刊行。またラクルテル「反逆児」などの多くの作品を翻訳し、24年ルソーの「孤独なる散歩者の夢想」で戸川秋骨賞を受賞。評論面でも、35年に「ささやかな日本発掘」で読売文学賞を受賞するなど、詩、翻訳、評論、美術面で幅広く活躍。12年に発見した光琳の「藤原信盈」はのちに重要美術品となった。25年慶応義塾大学文学部講師、28年日本ペンクラブ会員。　[家]孫＝青柳いづみこ(ピアニスト)

青柳 優　あおやぎ・ゆたか
詩人　文芸評論家　[生]明治37年2月1日　[没]昭和19年7月30日　[出]長野県南安曇郡烏川村　[学]早稲田大学文科英文科(昭和5年)卒　[歴]ダダイズムの詩人として出発、「散文精神の内的解体である」を主宰。のち文芸評論に転じ「稲門文学」「文陣」等を経、第三次「早稲田文学」編集同人となり、昭和10年代早稲田派評論家として活躍。14年「現実批評論」を刊行し、以後「文学の真実」「批評の精神」を刊行。また大正文学研究会で活躍し、小学館版「近代日本文学研究」全6冊を編むなどした。

青山 霞村　あおやま・かそん
詩人　歌人　[生]明治7年6月7日　[没]昭和15年2月　[出]京都市深草　本名＝青山嘉二郎　別号＝草山隠者　[学]同志社大学中退　[歴]明治30年代から口語の短歌と詩の可能性に着目し、明治39年和歌史上初の口語歌集「地塘集」を刊行。43年には詩集「草山の詩」を刊行した。以後、口語短歌の普及確立につとめ、その理論書「詩歌学通論」を昭和9年に刊行した。ほかに「面影」「深草の元政」「桂園秘稿」などの詩集がある。

青山 かつ子　あおやま・かつこ
詩人　[生]昭和18年　[出]福島県　[学]法政大学文学部日本文学科卒　[賞]地球賞(第20回)(平成7年)「さよなら三角」　[歴]20代半ばに「新詩人」に初めて作品を発表。「光芒」を経て、「詩学」「ラ・メール」などに投稿。「にゅくす」「暴徒」「すてむ」同人。詩集に「桐の夢」「橋の上から」「さよなら三角」などがある。

青山 鶏一　あおやま・けいいち
詩人　[生]明治39年12月2日　[没]昭和61年　[出]埼玉県上尾町　本名＝小川富五郎　[歴]大学卒業後、画家を志していたが、昭和9年従兄の千家元麿が編集した「詩篇」に「仏の歌」「春」を発表し、詩作に転じる。以後「文芸汎論」「新領土」などに詩を発表し、15年「近世頌歌」を発表。戦後は「詩学」などに発表し、「白の僻地」「悲歌」を刊行。「歴程」同人。一方、終戦直後、自宅に出版社・白鳥書院を設立。21年子ども向け雑誌「こども雑誌」を創刊。全国に配送されるが、社会の復興とともに大手出版社に読者を奪われ、23年廃刊。

青山 丈　あおやま・じょう
俳人　[生]昭和5年6月18日　[出]東京　本名＝青山光助　[学]国際外語大学中退　[歴]昭和28年沼崎白木の指導を得て本格的に作句を始める。30年絵馬寿の手引にて石田波郷に面接、即座に「鶴」に入会。44年波郷没後一年を経て「鶴」を去る。久保田博・鈴木鷹夫の勧めがあって一時「沖」に所属。50年「雲母」に拠る。のち「朝」同人となる。　[団]俳人協会

青山 ゆき路　あおやま・ゆきじ
歌人　[生]明治40年8月11日　[出]石川県　本名＝青山定次郎　[歴]大正末期、並木凡平に師事し「新短歌時代」の同人となる。昭和6年同誌廃刊の後、新短歌誌「青空」を発行。歌集に「せゝらぎ」「ダリヤ咲く窓」「青空に描く」「海峡」「青山ゆき路歌集」「並木凡平全歌集」がある。

赤井 喜一　あかい・きいち
詩人　[生]大正4年3月17日　[出]福島県会津坂下町　[歴]戦前から戦中にかけて「文芸汎論」や「新詩論」「麦通信」などに作品を発表。戦後は、「地球」同人として同誌や「詩学」などに作品を発表した。詩集に「彼岸」「北海道」がある。

赤石 茂　あかいし・しげる
歌人　[生]明治39年11月22日　[没]昭和58年2月11日　[出]京都府淀　本名=仲茂一　[賞]渡辺順三賞(第4回)(昭和58年)　[歴]一時正則英語学校に学んだが、家業の農業を手伝ったり、土方などをしながら「戦旗」に投稿、プロレタリア歌人同盟に参加。のち「短歌評論」や「短歌時代」に拠った。昭和5年以降「プロレタリア歌集」など合同歌集に加わった。戦後は新日本歌人協会に所属。歌集「生活の旗」がある。

赤石 信久　あかいし・のぶひさ
詩人　元・日本現代詩人会理事長　元・昭和物流常務　[生]大正14年3月27日　[没]平成4年3月8日　[出]東京都文京区(籍),大阪府　[学]慶応義塾大学経済学部(昭和23年)卒　[歴]昭和23年昭和電工入社。52年大阪支店長、55年物流管理部長、同年昭和物流常務を経て、58年から63年1月まで大成ポリマー常勤監査役をつとめた。詩人でもあり、「暦象」の同人を経て、「日本未来派」の同人として詩作活動を続けた。詩集に「犀の野郎」「蚟蝓綺譚」など。　[団]日本現代詩人会、日本文芸家協会

赤石 憲彦　あかいし・のりひこ
俳人　東京タイムズ常務営業本部長　[生]昭和6年8月16日　[出]北海道　[歴]昭和42年、広告代理業及び調査業務を目的とした(株)アドエージを設立。機関誌「広告人連邦」、「日本の出版人」「東京アドエージ」など刊行。56年東京タイムズに入社、総合促進室長、営業本部長を経て、57年常務。句集に「鬼灩」。

赤尾 恵以　あかお・えい
俳人　「渦」主宰　[生]昭和5年3月6日　[出]兵庫県西宮市　本名=赤尾治子　[学]神戸女学院大学ピアノ科卒　[歴]赤尾兜子と結婚。伝統俳句を学び、昭和56年兜子が亡くなると「渦」誌代表同人を継ぐ。句集「マズルカ」「秋扇」、エッセー「ひとすじの光の中に」がある。　[団]現代俳句協会、日本文芸家協会　[家]夫=赤尾兜子(俳人・故人)

赤尾 兜子　あかお・とうし
俳人　[生]大正14年2月28日　[没]昭和56年3月17日　[出]兵庫県姫路市　本名=赤尾俊郎(あかお・としろう)　[学]京都大学文学部中国文学科(昭和24年)卒　[賞]現代俳句協会賞(第9回)(昭和36年)　[歴]毎日新聞学芸部員、編集委員を経て大阪外大講師。昭和35年からは俳誌「渦」を主宰、独自の作風で現代俳句の第一級の俳人といわれ、36年には現代俳句協会賞を受賞。句集に「蛇」「虚像」「龍の裔」「歳華集」など。

赤尾 冨美子　あかお・ふみこ
俳人　[生]大正11年6月11日　[出]奈良県　[学]五条高女卒　[賞]「南風」新人賞(昭和42年度)、「南風」賞(昭和51年)、岡山県文学選奨(第23回)(昭和63年)　[歴]昭和38年南風俳句会入会、山口草堂に師事、同人となる。句集に「鯖鮎」「吉野紙」。　[団]俳人協会

赤木 格堂　あかぎ・かくどう
俳人　歌人　衆院議員　山陽新報主筆　[生]明治12年7月27日　[没]昭和23年12月1日　[出]岡山県児島郡　本名=赤木亀一(あかぎ・かめいち)　[学]早稲田大学卒　[歴]早くから正岡子規を知り、明治31年頃から「日本」の俳句欄で活躍し、新進俳人として注目される一方、歌人としても認められた。子規没後はパリに留学し、植民政策を専攻。帰国後「九州日報」「山陽新報」などの主筆をつとめ、また政界でも活躍し、大正6年衆院議員に当選、1期つとめた。

赤木 健介　あかぎ・けんすけ
歌人　詩人　出版編集者　歴史学者　「起点」主宰　新日本歌人協会代表幹事　[生]明治40年3月2日　[没]平成1年11月7日　[出]長野県上田市　本名=赤羽寿(あかばね・ひさし)　別筆名=伊豆公夫(いず・きみお)　[学]姫路高校文科甲類中退、九州帝国大学法文学部聴講生　[賞]透谷文学賞(第4回)(昭和15年)「在りし日の東洋詩人たち」　[歴]少年時代から短歌を作り「アララギ」などに投稿する。昭和に入って社会運動、文化運動に参加し、8年検挙される。10年出獄し、「短歌評論」に参加。また7年唯物論研究会に参加し、日本共産党に入党。「日本史学史」(11年)など多くの歴史論、人生論の著述を行う。13年に再度検挙され、19年下獄するが、その間の15年に「在りし日の東洋詩人たち」を、17年に歌集「意慾」を刊行。20年10月釈放。戦後は21年日本共産党に入党、民主主義科学者協会(民科)に参加。24年アカハタ編集部文化部長、26年「人民文学」編集長。新日本歌人協会に属し、行分け自由律作品を発表。詩人として

は詩サークルの育成につとめ、「詩運動」編集長、詩人会議運営委員などをし、24年「叙事詩集」を刊行した。31〜55年春秋社勤務。歴史書に「日本古代史」「日本文化史研究」「日本歴史」などがある。　㊞新日本歌人協会、民主主義科学者協会

赤木 公平　あかぎ・こうへい
歌人　㊍明治44年9月21日　㊏昭和55年8月25日　㊘岡山県　㊑印刷所勤務や地方公務員などをつとめながら作歌活動をする。昭和10年「啄木研究」に参加したが、すぐに「短歌評論」に参加。戦後は「鍛冶」の創刊と同時に同人となったが、後に「航海者」に転じ、さらに「アララギ」に転じた。

赤城 さかえ　あかぎ・さかえ
俳人　㊍明治41年6月3日　㊏昭和42年5月16日　㊘広島市　本名＝藤村昌（ふじむら・さかえ）　㊫東京帝大文学部教育学科中退　㊑東京帝大在学中に共産党活動をし、3年で退学。以後、一時的な転向はあったが共産党員として活躍。昭和16年以降、結核とガンの闘病生活に入る。18年「寒雷」誌友となって加藤楸邨に師事し、24年同人となる。また「道標」「沙羅」「短詩型文学」などにも関係し、29年句集「浅蜊の唄」を刊行。現代俳句協会幹事、新俳句人連盟幹事もつとめた。その他の著書に「赤城さかえ句集」「戦後俳句論争史」がある。

赤木 利子　あかぎ・としこ
俳人　㊍大正4年5月5日　㊘神奈川県横浜市　㊫横浜高女卒　㊛冬草賞（昭和38年）　㊑昭和29年加倉井秋を主宰の「冬草」入会。句集に「絵具箱」がある。　㊞俳人協会

赤座 憲久　あかざ・のりひさ
児童文学作家　詩人　元・大垣女子短期大学幼児教育科教授　㊍昭和2年3月21日　㊘岐阜県各務原市　㊫岐阜師範卒　㊚日本児童文学史　㊛毎日出版文化賞（第16回）（昭和37年）「目のみえぬ子ら」、講談社児童文学新人賞（第5回）（昭和39年）「大杉の地蔵」、新美南吉文学賞（第13回）（昭和55年）「雪と泥沼」、サンケイ児童出版文化賞（第35回）（昭和63年）「雨のにおい　星の声」、新美南吉児童文学賞（第6回）（昭和63年）「雨のにおい　星の声」、日本児童文芸家協会賞（第13回）（平成1年）「かかみ野の土」「かかみ野の空」　㊑昭和22年岐阜市加納小教諭、29年県立盲学校を経て、46年大垣女子短期大学教授。日本児童文学者協会、中部児童文学会などの会員、児童文学月刊誌「コボたち」の監修委員。児童文学作品、民話、研究書、啓もう書、実践記録など多数。62年3月還暦を機に、「赤座憲久自選歌集」「多岐亡羊」「幼児の発想と童話の論理」の3冊を出し、総著作数を年齢と同じ60冊にした。平成3年3月教授を退任。他の著書に「目の見える子ら」「ふわり太平洋」「幼児の発想と童話の論理」「新美南吉覚書」「再考・新美南吉」「雨のにおい星の声」など。　㊞日本児童文学者協会、日本子どもの本研究会、日本児童文学学会、中部児童文学会、岐阜児童文学研究会、国際児童図書評議会　㊜娘＝あかねるつ（児童作家）

明石 海人　あかし・かいじん
歌人　詩人　画家　㊍明治34年7月5日　㊏昭和14年6月9日　㊘静岡県浜松市　㊫商業学校卒　㊑本名は未詳。商業学校卒業後の大正9年、画家を志して上京、昼は会社勤めをし、夜は画塾に通った。昭和の初年ハンセン病と診断され、以後各地を転々として静養し、7年瀬戸内海の長島愛生園に入る。その間、俳句、短歌、詩、小説を作り、療養所内の「愛生」をはじめ「日本歌人」「日本詩壇」などに発表。11年失明したが、13年「新万葉集」に短歌11首が収録されて注目され、14年歌集「白描」を刊行。没後「海人遺稿」「明石海人全集」（全2巻）が刊行された。

赤田 玖実子　あかだ・くみこ
俳人　㊍昭和6年　㊘兵庫県神戸市　本名＝赤田弘子　㊫山手高女卒　㊑俳句を片岡片々子、連句を三好龍肝、及び絵画を仙名秀雄に就く。桃夭榭唫聚、及び桃唫舎を主宰。著書に「蕉風俳諧連歌」がある。　㊞慈眼舎連句会、俳文学会

阿片 瓢郎　あがた・ひょうろう
俳人　連句協会会長　㊍明治39年4月28日　㊏平成7年7月25日　㊘東京・浅草　本名＝阿片久五郎（あがた・ひさごろう）　㊫東京商科大学（昭和3年）卒　㊑昭和3年満鉄入社。日満商事、満州国政府・経済企画庁を経て、21年引揚げ。この間6年谷川静村を通じ「渋柿」に入門。50年連句研究会を、56年には連句懇話会を創立。63年には連句協会に改組し、初代会長に就任。また個人誌「連句研究」を刊行。句集に「泰山木」「君子蘭」「栃の花」など。　㊞俳人協会

赤沼 山舟生 あかぬま・さんしゅうふ
俳人 [生]大正10年7月13日 [出]福島県 本名＝赤沼薫(あかぬま・かおる) [学]大連一中卒 [賞]みちのく功労賞(昭和38年，45年)、みちのく賞(昭和51年) [歴]昭和17年ホトトギス系俳人・上田公の手解きを受ける。17年より「ホトトギス」、27年より「みちのく」に所属。32年「みちのく」同人。 [団]俳人協会

阿金 よし子 あがね・よしこ
歌人 [生]昭和2年1月8日 [出]大分県直入郡久住町 旧姓(名)＝市原 [学]九州女学院(昭和19年)卒 [歴]熊本県警に勤務ののち、結婚。昭和43年に夫と死別、以後、短歌創作に専念。歌集に「雲は流れる」「渺茫として冬の日輪」「海の声」など。

赤羽 恒弘 あかばね・つねひろ
詩人 [生]昭和1年 [出]長野県松本市 [賞]長野県詩集作品賞(昭和62年)「笑う街」 [歴]詩集に「朝焼けの空を仰ぐとき」「わが町のうた」「赤羽恒弘詩集」など。 [団]詩人会議、信州詩人会議、信州やまなみ、農村文学

赤星 水竹居 あかぼし・すいちくきょ
俳人 三菱地所会長 [生]明治7年1月9日 [没]昭和17年3月28日 [出]熊本県八代郡鏡町 本名＝赤星陸治(あかぼし・ろくじ) [学]東京帝大法科大学(明治34年)卒 [歴]東京帝大卒業後、三菱地所部に入社し、明治40年丸の内街の開発建設に当った。学生時代は短歌を作ったが、41年内藤鳴雪に師事して俳句に転じ、のち「ホトトギス」に拠り、昭和4年同人となる。没後「水竹居句集」「虚子俳話録」が刊行された。

赤堀 五百里 あかほり・いおり
俳人 [生]大正11年9月25日 [没]平成5年5月28日 [出]神奈川県横浜市 本名＝赤堀文吉 [学]国学院大学国文学部卒 [賞]裸子社賞(昭和33年)、毎日俳壇賞(昭和42年)、夏草功労賞(昭和61年) [歴]昭和16年虚子系の斎藤香村に師事。24年「春夏秋冬」同人。32年「裸子」同人。「春潮」同人を経て、51年「夏草」同人となる。平成2年「天為」参加。句集に「赤堀五百里句集」がある。 [団]俳人協会

赤間 昇 あかま・のぼる
歌人 [生]大正14年6月25日 [出]福島県 [歴]戦後「八雲」の活動に共感、久保田正文の知遇を得て、昭和23年から木俣修に師事。「形成」参加の後、35年から10年間編集に携わり、木俣修研究に努める。

赤松 蕙子 あかまつ・けいこ
俳人 [生]昭和6年1月18日 [出]広島県能美島 本名＝赤松蕙(あかまつ・けい) [学]広島県立第一高女卒 [賞]俳人協会賞(第15回)(昭和50年)、山口県芸術文化振興奨励賞(昭和51年) [歴]昭和22年加来金鈴子指導により、皆吉爽雨門に入る。23年保母として保育園に勤めるが、28年結婚を機に退職。同年「雪解」同人となる。句集に「子菩薩」「白毫」「天衣」「散華」「月幽」など。 [団]俳人協会(評議員)、国際ソロプチミスト徳山、日本文芸家協会

赤松 月船 あかまつ・げっせん
詩人 曹洞宗権大教正 [生]明治30年3月22日 [没]平成9年8月5日 [出]岡山県浅口郡鴨方町 旧姓(名)＝藤井卯七郎 [学]東洋大学国漢文科、日本大学宗教科 [歴]9歳で小僧に出されるが、小学校を終える頃住職赤松家の養子となり修行する。大正7年上京し、日本大学、東洋大学で学びながら生田長江に師事し、詩、小説、評論を発表。14年詩集「秋冷」を刊行し、以後「花粉の日」などを刊行。昭和11年帰郷して洞松寺住職となり、16〜20年平川村(岡山県)村長もつとめた。

赤松 元敏 あかまつ・もととし
歌人 [生]大正13年11月17日 [出]新潟県新潟市 [学]和歌山高商卒 [歴]昭和23年「短歌祭」創刊に参加。のち「短歌月刊」「樹林」を経て、33年「短歌世代」に参加した。32年「NHK短歌」入会、47〜55年会長を務める。45年「かがりび」入会、編集同人を務める。歌集に「風の跡」「招堤」「樹液」など。他の著書に「鹿鳴集鑑賞」がある。 [団]日本歌人クラブ

赤松 柳史 あかまつ・りゅうし
俳画家 俳人 [生]明治34年3月21日 [没]昭和49年9月15日 [出]香川県小豆島土庄 本名＝赤松正次 [学]北京大学卒 [歴]俳句を「倦鳥」の松瀬青々に、日本画を森二鳳に学ぶ。古今の俳画を研究して「柳史俳画」を樹立。昭和23年句画誌「砂丘」を創刊。「砂丘会」を主宰し句・画の普及指導に尽くした。(社)現代俳画協会成立までの理事長を3期、産経学園講師、日立ファミリー(広島)講師を歴任。著書は、句集「巣立」「山居」、「柳史俳画教室」(全10巻)「俳画入門」「古今俳句俳画」「旅雑記」など多数。 [団]全国俳誌協会、関西俳句雑誌連盟、京都俳句作家協会、俳人協会

赤松 椋園　あかまつ・りょうえん
漢詩人　高松市初代市長　[生]天保11年(1840年)　[没]大正4年5月29日　本名＝赤松範円
[歴]高松藩侍医渡辺立斎の子として生まれ、のち本姓赤松に復す。高松藩少参事、会計検査院出仕などを経て、高松市初代市長に就任した。のち博物館主事となり、「香川県史」などを編纂。晩年吟詠を愉しみ、関西漢詩壇の老将と称せられた。著書に「付一笑居詩集」「蕉竹書寮詩稿」「先朝私記」「萍水相逢」「日本政記撮解」などがある。

赤山 勇　あかやま・いさむ
詩人　[生]昭和11年9月20日　[出]香川県高松市
[賞]国民文化会議10周年記念文学賞、壺井繁治賞(第14回)(昭和61年)「アウシュビッツトレイン」、高松市文化奨励賞(第12回)　[歴]「高松空襲を記録する会」世話人。著書に「一三五本の棘」、詩集に「血債の地方」「リマ海域」「人質」、共著に「詩作ノート」、共編に「高松の空襲―手記編」など多数。　[団]日本現代詩人会

秋尾 敏　あきお・びん
俳人　詩人　軸俳句会主宰　[生]昭和25年4月29日　[出]埼玉県吉川市　本名＝河合章男　[学]埼玉大学教育学部(昭和48年)卒　[賞]現代俳句協会評論賞(第11回)(平成4年)「子規の近代―俳句の成立を巡って」　[歴]中学生の頃から詩を書き、昭和52年詩集「新倫理」を出版。56年「散華島」同人。俳句も詠み、60年から俳誌「軸」に俳論を連載。平成4年「軸」同人。著書に「子規の近代」「明治の俳諧」「俳句でインターネット」、句集に「地球の季節」、詩集「教師論」など。　[団]現代俳句協会　http://www.asahi-net.or.jp/~cf9b-ako/

秋沢 猛　あきざわ・たけし
俳人　[生]明治39年2月26日　[没]昭和63年8月21日　[出]高知市　[学]名古屋高商卒　[賞]高山樗牛賞(昭和37年)、山形県芸文会議賞(昭和54年)、斎藤茂吉文化賞(昭和55年)　[歴]昭和2年から「ホトトギス」「馬酔木」などに投句。27年「氷海」に入り、29年「氷海」、53年「狩」同人、54年評議員。のち「氷壁」を主宰。句集に「寒雀」「海猫」。　[団]俳人協会

秋沢 流火　あきざわ・りゅうか
俳人　[生]大正2年8月8日　[出]高知県　本名＝秋沢薫　[学]高知工卒　[賞]水巴賞(昭47年度)　[歴]昭和5年作句を始め「曲水」に参加、渡辺水巴に師事する。10年の後半から休詠するが16年末復活。翌年「曲水」同人。43年「麻」の創刊に参加し、47年「貝の会」の創刊にも参加。翌年俳人協会会員、55年「貝の会」同人会副会長となる。関西俳誌連盟常任委員を務める。
[団]俳人協会

秋篠 光広　あきしの・みつひろ
俳人　[生]昭和15年2月21日　[出]大分県　本名＝秋篠光浩(あきしの・みつひろ)　[学]静岡大学農学部卒　[賞]風賞(昭和53年)、角川俳句賞(第29回)(昭和58年)　[歴]昭和35年より飴山実に師事。36年「風」入会、47年同人。　[団]俳人協会

秋月 天放　あきずき・てんぽう
漢詩人　教育者　東京女高師校長　貴院議員
[生]天保12年7月28日(1841年)　[没]大正2年5月10日　[出]豊後国　名＝新、字＝士新、新太郎、号＝必山　[歴]広瀬淡窓に学び、家学である漢学者となり、漢詩人として、また教育者として活躍。維新後、諸官を経て東京女高師の校長となり、また文部参事官、貴族院議員などもつとめた。明治30年「天放存稿」を、大正元年「知雨楼詩存」を刊行した。

秋月 豊文　あきずき・とよふみ
歌人　元・高校教師　[没]平成13年8月29日　[賞]熊本県芸術功労者(平成5年)　[歴]熊本県立熊本高教師を務めた。歌集に「花」「小安集」などがある。

秋田 握月　あきた・あくげつ
俳人　[生]明治20年12月1日　[没]昭和13年12月12日　[出]京都　本名＝秋田伊三郎　[学]京都商卒
[歴]小間物店、画商を営んだ。俳句は京都商業在学中から始める。安田木母に手ほどきを受けたのち、松瀬青々に師事。「宝船」「倦鳥」「雁来紅」に関わった。一時「母多比」を刊行した。句集に「松楪」「栂遺稿」がある。

秋田 雨雀　あきた・うじゃく
劇作家　小説家　詩人　児童文学作家
社会運動家　[生]明治16年1月30日　[没]昭和37年5月12日　[出]青森県南津軽郡黒石町　本名＝秋田徳三　[学]東京専門学校(現・早稲田大学)英文科(明治40年)卒　[歴]中学時代から島崎藤村の影響を受け詩を志す。東京専門学校在学中の明治37年、詩集「黎明」を刊行。18篇を収め唯一の単行詩集となった。卒業後は島村抱月に認められて40年処女小説「同性の恋」を発表し、以後新進作家として活躍。イプセン会の書記をつとめ、戯曲への関心を深める。大正2年芸術座創立に参加するが、3年に脱退し、美術劇場を結成。以後、芸術座、先駆座などに参加。4年エロシェンコを知り、エスペラン

トを学ぶ。8年頃から童話を試みる。10年日本社会主義同盟に加わり、13年フェビアン協会を設立。昭和2年ソ連を訪れ、3年国際文化研究所長、4年プロレタリア科学研究所所長に就任。6年日本プロレタリア・エスペラント同盟を創立。9年新協劇団結成に参画し事務長となり、「テアトロ」を創刊。15年検挙される。戦後も活躍し、23年舞台芸術学院院長、24年共産党に入党、25年には日本児童文学者協会会長に就任した。代表作に「幻影と夜曲」「埋れた春」「国境の夜」「骸骨の舞跳」、童話集「東の子供へ」「太陽と花園」などがあり、ほかに「雨雀自伝」「秋田雨雀日記」(全5巻)がある。

阿木津 英　あきつ・えい

歌人　[生]昭和25年1月17日　[出]福岡県行橋市　本名＝末永英美子　[学]九州大学文学部哲学科心理学専攻卒　[賞]短歌研究新人賞(第22回)(昭和54年)「紫木蓮まで」、現代歌人集会賞(昭和56年)、現代歌人協会賞(第28回)(昭和59年)「天の鴉片」、熊日文学賞(第26回)(昭和59年)「天の鴉片」　[歴]昭和49年石田比呂志と出会い作歌を始める。地方出版社、児童相談所の心理判定員を経て、塾の教師として生計を立てながら活動。「牙」「あまだむ」同人。歌集に「紫木蓮まで・風舌」「天の鴉片」「白微光」「阿木津英歌集」。[団]日本文芸家協会

秋野 さち子　あきの・さちこ

詩人　[生]明治45年　[出]旧朝鮮　本名＝中村満徒　[歴]昭和21年「蝋人形」同人、49年「風」同人を経て、「花」同人。著書に詩集「白い風」「色のない風」「喩」「北国の雪」「時の渚を」「味の奥の手」など。　[団]日本現代詩人会、日本ペンクラブ

秋葉 四郎　あきば・しろう

歌人　「歩道」編集長　[生]昭和12年5月18日　[出]千葉県　[学]千葉大学教育学部卒　[歴]昭和42年歩道短歌会に入会、佐藤佐太郎に師事、49年より「歩道」の編集に当たる。歌集に「街樹」「黄雲」「極光(オーロラ)」がある。　[団]現代歌人協会、日本文芸家協会

秋葉 てる代　あきば・てるよ

童話作家　童謡詩人　[生]昭和26年　[出]千葉県　[学]共立女子大学卒　[賞]日本童謡賞(新人賞，第30回)(平成12年)「おかしのすきな魔法使い」　[歴]小学校教師のかたわら、童謡、童話などの創作活動を続ける。詩集に「ハープムーンの夜に」「おかしのすきな魔法使い」ほか。[団]日本児童文芸家協会、日本童謡協会

秋庭 俊彦　あきば・としひこ

露文学者　俳人　[生]明治18年4月5日　[没]昭和40年1月4日　[出]東京　[学]早稲田大学英文科(明治43年)卒　[歴]早大在学中、短歌を志して一時は新詩社同人となったが、チェーホフの作品を知り、英訳から翻訳し、その紹介につとめた。昭和に入ってからは温室園芸業を営み、そのかたわら俳句に専念し、37年句集「果樹」を刊行した。

秋葉 ひさを　あきば・ひさお

俳人　[生]大正10年6月8日　[没]平成5年7月23日　[出]千葉県夷隅郡大原町　本名＝秋葉久雄　[賞]好日賞(昭和55年)、全国俳誌協会賞(昭和57年)　[歴]昭和48年「雲母」「好日」に入会。50年「南総」が発刊され、55年より主宰する。[団]俳人協会

秋原 秀夫　あきはら・ひでお

詩人　編集者　[生]大正13年6月18日　[出]熊本県　本名＝竹下秀夫　[歴]著者に「樹」「おなご先生」「秋原秀夫詩集」など。　[団]日本児童文学者協会、日本現代詩人会

秋光 泉児　あきみつ・せんじ

俳人　医師　「早苗」主宰　[生]明治42年11月15日　[没]平成4年1月29日　[出]広島県豊田郡　本名＝秋光闡二(あきみつ・せんじ)　[学]東京帝大医学部(昭和12年)卒　[賞]馬酔木新人賞(昭和30年)、馬酔木賞(昭和53年)　[歴]昭和23年水原秋桜子の手ほどきを受け、以来「馬酔木」による。「早苗」主宰。句集に「青芭蕉」「仕手鴎」。　[団]俳人協会

秋元 虚受　あきもと・きょじゅ

俳人　[生]明治11年　[没]昭和30年1月11日　[出]茨城県高浜町　本名＝秋元常五郎　[歴]酒醸業を経て運送業を営む。傍ら、秋声会系に属して句作。「ツボミ」「みづうみ」を発行。編著「明治百俳家短冊帖」などがある。

秋元 炯　あきもと・けい

詩人　[生]昭和27年　[出]大阪府　[学]千葉大学卒　[賞]福田正夫賞(第15回)(平成13年)「血まみれの男」　[歴]詩集に「見えない凶器」「血まみれの男」がある。詩誌「花」、「地平線」同人。[団]日本詩人クラブ会員

秋元 洒汀　あきもと・しゃてい

俳人　⑲明治2年1月20日　⑳昭和20年1月19日　㊷千葉・流山　本名＝秋元平八　幼名＝半之助、別号＝濡鷺堂　㊸東京専門学校卒　㊹醬油醸造業を営むかたわら、尾崎紅葉の門下生となり俳人として活躍し、明治34年「胡沙笛」を刊行。44年「平凡」を創刊し、ついで「ツボミ」に拠り、後に「卯杖」同人となる。また美術愛好家としても知られ、31年の日本美術院創立に際しては、それを全面的に応援した。その他の著書に「在五中将」「小野小町」などがある。

秋元 千恵子　あきもと・ちえこ

歌人　「ぱにあ」代表　⑲昭和7年10月5日　㊷山梨県　㊹歌集に「吾が揺れやまず」「蛹の香」などがある。

秋元 不死男　あきもと・ふじお

俳人　⑲明治34年11月3日　⑳昭和52年7月25日　㊷神奈川県横浜市元町　本名＝秋元不二雄（あきもと・ふじお）　別号＝秋元地平線、東京三　㊸高小（大正5年）卒　㊹蛇笏賞（第2回）（昭和43年）「万座」、横浜文化賞（昭和46年）　㊹大正5年横浜火災海上保険に入り、昭和16年まで勤務する。会社勤めのかたわら夜学に通い、また文学書を耽読した。松根東洋城らに俳句の指導を受けたが、昭和5年島田青峰の「土上」を知り、以後「土上」に秋元地平線の筆名で句作を発表。東京三と筆名を変えて以後新興俳句の俳人として活躍、西東三鬼と交友。15年「街」を刊行し、また「天香」を創刊した。15年に生じた京大俳句事件で16年検挙され、18年まで拘留される。戦後は新俳句人連盟に参加したが、23年「天狼」同人となり、24年「氷海」を創刊した。25年「瘤」を刊行し、42年刊行の「万座」では蛇笏賞を受賞し、46年には横浜文化賞を受賞した。著書に「プロレタリア俳句の理解」「現代俳句の出発」「俳句入門」など。他に「秋元不死男全集」がある。　㊻妹＝秋元松伐（劇作家）

秋元 蘆風　あきもと・ろふう

詩人　⑲明治11年12月13日　⑳昭和39年4月10日　㊷静岡県　本名＝秋元喜久雄　㊸東京外語独語科（明治36年）卒　㊹東京外語在学中から「文庫」「新声」などに詩歌や訳詩を発表し、卒業後は長崎医専、小樽高商、慶大、日大などでドイツ語、ドイツ文学などを講じた。明治38年訳詩集「紛紅集」を刊行し、44年詩集「北の空」を刊行。その他、訳詩「野葡萄」「シルレル詩集」、翻訳「楽聖タンホイゼル」「ゲーテ以降の独逸抒情詩人」など多くの訳書がある。

秋谷 豊　あきや・ゆたか

詩人　エッセイスト　登山家　⑲大正11年11月2日　㊷埼玉県鴻巣市　㊸日本大学予科中退　㊹日本詩人クラブ賞（第21回）（昭和63年）「砂漠のミイラ」、丸山薫賞（第2回）（平成7年）「詩集 時代の明け方」　㊹昭和10年代から四季派の影響で詩作を始め、「四季」「文芸汎論」などに発表する。昭和18年海軍予備学生として応召し、終戦時は中尉として海軍省に勤務、復学はしなかった。21年「純粋詩」を刊行、また「ゆうとぴあ」の編集をし、22年「遍歴の手紙」を刊行。25年第三次「地球」を創刊し、ネオ・ロマンチシズムを提唱した。日本現代詩人会会長もつとめた。他の詩集に「葦の関歴」「登攀」「降誕祭前夜」「冬の音楽」「ヒマラヤの狐」などがある。また登山家としても、ヒマラヤ登頂、アラスカ紀行などに参加し、「穂高」「文学の旅」など山と旅の著書も多い。　㊽日本現代詩人会（会長）、日本文芸家協会、埼玉詩人会

秋山 花笠　あきやま・かりゅう

俳人　「夏野」主宰　⑲大正3年2月11日　⑳平成7年2月14日　㊷東京・日本橋　本名＝秋山秀雄（あきやま・ひでお）　㊸早稲田大学中学科（旧制）卒　㊹春郊功労賞（昭和45年）、夏草功労賞（昭和48年）　㊹逓信省、郵政省に勤務し、各地郵便局長を歴任後、民間建築会社に就職。昭和3年「獺祭」吉田冬葉に師事。6年「ホトトギス」「若葉」を経て、15年「夏草」に入会、山口青邨に師事。27年「夏草」、36年「春郊」同人。43年「春郊」編集長。59年「夏野」を創刊し、主宰。句集に「くるみの花」「諏訪の森」。　㊽俳人協会（評議員）

秋山 清　あきやま・きよし

詩人　評論家　㊵アナーキズム文学史　⑲明治38年4月20日　⑳昭和63年11月14日　㊷福岡県北九州市門司区　別名＝局清　㊸日本大学社会学科中退　㊹大正13年からアナキズム系の詩誌「詩戦行」「黒色戦線」「弾道」などに同人として作品を発表。昭和10年共産党の全国的検挙で逮捕される。戦時中は「詩文化」などに抵抗詩を発表。戦後、21年金子光晴らと詩誌「コスモス」を創刊し編集を担当。詩集に「豚と鶏」「白い花」「象のはなし」「ある孤独」「秋山清詩集」、評論集に「文学の自己批判―民主主義文学への証言」「日本の反逆思想」などがある。また竹久夢二の研究やアナキズムの研究・詩史などの著作も多数ある。

秋山 秋紅蓼　あきやま・しゅうこうりょう
俳人　[生]明治18年12月24日　[没]昭和41年1月19日　[出]山梨県鰍沢　本名＝秋山鉄雄　旧号＝紅蓼　[学]高等小学校卒　[歴]高等小学校卒業後、勉学を志して上京したが、病に倒れて闘病生活をし、後に旅館業を営む。明治30年代から「新声」「ホトトギス」など多くの新聞雑誌に詩歌俳句などを投稿し、44年創刊の「層雲」に参加。のち「層雲」選者、昭和35年より編集者となり主宰の荻原井泉水を補佐した。昭和3年句集「夜の富士」を刊行し、以後「兵隊と桜」「梅花無限」、俳論「俳句表現論」を刊行した。

秋山 夏樹　あきやま・なつき
俳人　[生]明治45年1月3日　[没]平成5年10月10日　[出]東京　本名＝秋山正二　[学]錦城中学中退　[賞]朝日新聞社下町文化賞（昭和54年）　[歴]昭和27年「鶴」、石田波郷門。石川桂郎・村沢夏風に兄事。「風土」、「琅玕」を経て、下町俳句主宰。63年「河」同人。台東区俳句人連盟会長を務め、のち顧問。句集に「菖蒲綰」、著書に「浅草百人一句」がある。　[団]俳人協会

秋山 牧車　あきやま・ぼくしゃ
俳人　[生]明治32年4月27日　[没]平成7年8月26日　[出]熊本市薬園町　本名＝秋山邦雄　[賞]清山賞（第5回）（昭和48年）　[歴]大正9年陸軍少尉に任官され、陸軍省、大本営、内閣情報局、上海、南方総軍、比島方面等、軍の報道にたずさわった。俳句は13年頃「層雲」に加わったが一時中絶し、昭和17年「寒雷」に参加。加藤楸邨に師事して句作を再開し、25年まで「寒雷」の編集経営にたずさわる。23年「寒雷」暖響作家に推され、44年より暖響会長。句集に「山岳州」がある。

秋山 未踏　あきやま・みとう
俳人　「南柯」主宰　[生]大正12年12月26日　[出]旧満洲　本名＝秋山二郎　[学]拓殖大学卒　[歴]句画集に「未踏白書」がある。　[団]俳人協会

秋山 実　あきやま・みのる
編集者　歌人　[生]昭和16年2月1日　[出]岡山県倉敷市　号＝秋山巳之流　[学]国学院大学国文科卒　[歴]昭和41年角川書店に入社、出版部の編集者として活躍。6年間雑誌「短歌」の編集長をつとめ辞任。物にこだわらぬ、のんびりした性格で、寛容と大胆さの両面で人を惹きつける。秋山巳之流名義で句集「万歳」がある。「河」同人。

秋山 基夫　あきやま・もとお
詩人　[生]昭和7年　[学]岡山大学卒　[賞]聖良寛文学賞（平成9年）　[歴]昭和40年代半ば、有馬敲、片桐ユズル、中山容とオーラル派を結成、自作詩朗読（ポエトリイ・リーディング）の運動を行う。著書に、詩集「旅のオーオー」「二重予約の旅」「詩集 キリンの立ち方」、評論集「引用とノート」、脚本集「煙と棒」などがある。

秋吉 久紀夫　あきよし・くきお
詩人　評論家　九州大学名誉教授　[専]中国文学（近代文学，明代文学）　[生]昭和5年1月7日　[出]福岡県北九州市八幡西区穴生　本名＝秋吉勝広（あきよし・かつひろ）　[学]九州大学文学部中国文学科卒　文学博士　[興]近代中国の文学運動、明代文学思想　[賞]日本詩人クラブ詩界賞（第1回）（平成13年）「現代シルクロード詩集」　[歴]福岡女子大学教授を経て、九州大学教授。「潮流詩派」同人。著書に「変革期の詩人たち」「近代中国文学運動の研究」「交流と異境」「現代中国の詩人」（全10巻）、詩集「南方ふぐのうた」「天敵」、訳書に「精選中国現代詩集」「ホー・チ・ミン獄中日記」「何基芳詩集」「馮至詩集」「現代シルクロード詩集」など。　[団]日本中国学会、現代中国学会、日本近代文学会、日本現代詩人会、日本文芸家協会

芥川 徳郎　あくたがわ・よしお
歌人　[生]明治19年3月20日　[没]昭和44年11月30日　[出]三重県亀山町　号＝葭穂　[歴]大正4年「潮音」の創刊に参加し、昭和2年選者となるが、4年に脱退してプロレタリア短歌運動に参加する。その間、昭和2年に「茅花」を刊行。5年「現代生活」を創刊し、プロレタリア歌人同盟解散後の7年、パンフレット「短歌クラブ」を発刊、8年「短歌評論」の創刊準備をした。戦後は「いはひば」同人。

芥川 龍之介　あくたがわ・りゅうのすけ
小説家　俳人　[生]明治25年3月1日　[没]昭和2年7月24日　[出]東京市京橋区入船町（現・東京都中央区）　別号＝柳川隆之介、澄江堂主人（ちょうこうどうしゅじん）、寿陵余子（じゅりょうよし）、俳号＝我鬼　[学]東京帝国大学英文科（大正5年）卒　[歴]母発狂のため母方の伯父の養子となる。府立三中、一高を経て東大に入学。夏目漱石門下となり、大正3年第3・4次「新思潮」を菊池寛らと刊行。5年海軍機関学校教官となり、東京を離れるが、8年大阪毎日新聞社の社員となり創作に専念する。この間、「鼻」「芋粥」「手巾（ハンケチ）」で注目され、作家としての地位を確立。大正期の作品に今昔物語集などか

ら取材した「羅生門」「藪の中」「地獄変」、馬琴が主人公の「戯作三昧」、芭蕉の死を描いた「枯野抄」、童話「蜘蛛の糸」「杜子春」、「トロッコ」など。また7年頃から俳句を高浜虚子に学び、「ホトトギス」に作品発表。ほかに特定の知友あての書簡に自作の詩を記し、3冊の詩作ノートを残す。短歌、河童絵などにも才覚を著した。14年頃から体調が崩れ、「河童」や警句集「侏儒の言葉」などを発表するが、昭和2年久米正雄に託した遺書「或旧友へ送る手記」を残して自殺、その死は知識人に強い衝撃を与えた。遺稿に評論「西方の人」、小説「歯車」「或阿呆の一生」、句集「澄江堂句集」、詩集「澄江堂遺珠Sois belle, sois triste」(佐藤春夫編)など。「芥川龍之介全集」(全12巻, 岩波書店)他がある。命日には河童忌が営まれている。平成11年東京都内の古書店で、初期の代表作「鼻」の完成稿が発見された。[家]長男=芥川比呂志(俳優・演出家)、三男=芥川也寸志(作曲家)

阿久津 善治 あくつ・ぜんじ
歌人 [生]大正11年8月24日 [没]昭和63年2月1日 [出]福島県 [賞]福島県文学賞 [歴]昭和19年白日社入社、前田夕暮に師事。21年7月より23年9月まで郡山市で夕暮の「詩歌」発行実務に携わる。31年「ケルン」創刊、37年「地中海」に入り、のち編集委員。福島歌人会顧問を務めた。歌集に「廻転木馬」「内聴現象」「郡山白日社覚社」がある。 [団]現代歌人協会

阿久津 凍河 あくつ・とうが
俳人 詩人 [生]昭和13年4月5日 [出]青森県 本名=阿久津征夫(あくつ・まさお) [学]弘前大学卒 [賞]青森県詩祭(第2回, 6回, 7回, 11回)(昭和48年, 52年, 53年, 57年)、旺文社学芸奨励賞(俳句部門)(昭和54年) [歴]昭和41年俳句を始める。46年「河」入会、50年同人となる。また表現派詩社に所属、詩作も手がける。詩集に「ことばのない郵便」、句集に「阿久津凍河俳句集」がある。 [団]俳人協会

阿久根 純 あくね・じゅん
詩人 「オーロラ」主宰 [生]昭和10年11月 [没]平成11年 [出]鹿児島県 [歴]現代英米詩の訳詩と批評中心の詩誌「オーロラ」主宰。著書に詩集「河口」(私家版)、「荒寥たる風のなかで」「詩集 夜を訳して」などがある。 [団]日本詩人クラブ、北海道詩人協会、日本現代英米詩協会

阿久根 治子 あくね・はるこ
児童文学作家 童謡詩人 [生]昭和8年1月6日 [出]愛知県名古屋市 [学]愛知県立女子短期大学国文科(昭和29年)卒 [賞]サンケイ児童出版文化賞(第16回)(昭和44年)「やまとたける」 [歴]昭和35年「モクモク町のある一年」でデビュー。44年古代文学を素材とした「やまとたける」で第16回サンケイ児童出版文化賞を受賞。ほかに「少年の橋」「流刑の皇子」など。詩人としても活躍し、NHKみんなのうた「星の実」などがある。 [団]日本児童文学学会、日本音楽著作権協会、中部児童文学会

暁烏 敏 あけがらす・はや
僧侶 仏教学者 歌人 明達寺(浄土真宗大谷派)住職 [生]明治10年7月12日 [没]昭和29年8月27日 [出]石川県石川郡出城村(現・松任市) 俳号=非無 [学]真宗大学卒、東京外国語学校露語科中退 [歴]中学時代、清沢満之の影響を受け、大学卒業後は清沢の浩々洞同人として「精神界」を編集、後に「薬王樹」「願慧」「同帰」などを創刊する。大正10年「生くる日」を刊行、以後「にほひくさ叢書」を多く刊行。昭和初期より日本精神を研究し、浄土真宗大谷派の革新運動を展開、26年から27年にかけては東本願寺の宗務総長をつとめた。僧侶であるが、短歌、俳句、詩も多く作った。「暁烏敏全集」(全27巻, 凉風学舎)がある。

あざ 蓉子 あざ・ようこ
俳人 「花組」主宰 [生]昭和22年6月9日 [出]熊本県 本名=此口蓉子 [賞]天籟通信賞(平成1年)、九州俳句賞(平成2年)、現代俳句協会賞(第57回)(平成14年) [歴]昭和54年「天籟通信」入会。平成3年句集「夢数へ」を上梓。5年「豈」「船団」入会。のち「花組」主宰。他の著書に「ミロの鳥—あざ蓉子句集」がある。 [団]現代俳句協会

浅井 意外 あさい・いがい
俳人 医師 [生]明治7年11月23日 [没]昭和34年7月27日 [出]愛知県幡豆郡三和村江原 本名=浅井医(あさい・ことお) [歴]19歳で東京に遊学、故郷で医師開業。日清戦争に従軍中、正岡子規門下の戦友に俳句を習い、帰還後「ホトトギス」同人、子規に次いで村上鬼城に学んだ。「甲矢」同人を経て大正4年富田うしほらと「さくら」創刊、6年「山鳩」と改題した。句集「還暦前後」、荒川同楽と共著の「双寿句鈔」がある。

浅井 薫　あさい・かおる
詩人　[生]昭和12年10月8日　[出]愛知県名古屋市　[学]愛知大学法学部卒　[賞]総評文学賞(第11回)(昭和49年)「日常」、壺井繁治賞(第7回)(昭和54年)「越境」、中日詩賞(第22回)(昭和57年)「殺」　[歴]名古屋市職員労働組合副委員長をつとめる。詩集に「越境」「殺」。　[団]日本現代詩人会、詩人会議、中日詩人会

浅井 火扇　あさい・かせん
俳人　新扇堂社長　[生]大正13年12月5日　[没]昭和63年11月6日　[出]東京　本名＝浅井富彦(あさい・とみひこ)　[学]慶応義塾大学経済学部(昭和22年)卒　[歴]家業の新扇堂をつぎ、昭和33年社長に就任。一方38年大野林火、川島彷徨子に師事、俳句の手ほどきをうける。「河原」編集長を経て、「嵯峨野」同人会長。句集に「日暦」「青岬」。　[団]俳人協会

浅井 喜多治　あさい・きたじ
歌人　「緑野」発行編集人　[生]大正9年11月25日　[没]平成8年9月6日　[出]島根県益田市　[歴]昭和15年満州時代に「短歌中原」に入会、八木沼丈夫に師事する。26年「歩道」入会。佐藤佐太郎に師事。また、21年に弟が創刊した短歌誌「緑野」を弟が亡くなった22年に復刊、以後、発行兼編集人を務める。歌集に「製材音」「還往」「白塔」「砂ノ渚」「樟の木」、歌文集に「北欧紀行」など。他の著書に「斎藤茂吉秀歌鑑賞」「緑野五十年史—島根県石見地方歌壇史」「茂吉・佐太郎私記」「写実短歌作法」がある。　[団]現代歌人協会　[家]弟＝浅井正(歌人)

浅井 十三郎　あさい・じゅうざぶろう
詩人　[生]明治41年10月28日　[没]昭和31年10月24日　[出]新潟県守門村　本名＝関矢与三郎　[学]逓信省講習所卒　[歴]郷里の新潟で教員や官吏をしていたが、ストライキに関係して上京し、新聞記者、工場労働者などを務める。その間、大正14年詩誌「無果樹」発行、のち「黒旗」「戦旗」などに寄稿、アナーキズム詩人として活躍し、昭和6年「其一族」を、13年「断層」を刊行。14年に郷里に帰り、以後農民運動に従事。戦後の31年、詩と詩人社を設立し、詩誌「詩と詩人」「現代詩」を編集発行。ほかの詩集に「越後山脈」「火刑台の眼」などがある。

浅井 湲一　あさい・しゅんいち
俳人　[生]大正12年4月22日　[出]愛知県　[学]愛知二師卒　[賞]松籟賞(昭和41年)　[歴]昭和28年より「松籟」を主宰する加藤燕雨に師事。「松籟」俳句会が結成され、同人となる。のち副会長を務め、俳画指導にあたる。句集に「青嵐」がある。　[団]俳人協会

浅井 啼魚　あさい・ていぎょ
俳人　[生]明治8年10月4日　[没]昭和12年8月19日　[出]愛知県名古屋市　本名＝浅井義晭(あさい・よしてる)　[学]東京一橋高商卒　[賞]ウルグアイ神戸駐在名誉領事　[歴]大阪商船会社、大阪海上火災保険会社を経て、のち神戸に海損精算事務所を開く。大阪市東区宰相山に住み、「ホトトギス」同人。「鬼城句集」刊行に協力した。　[家]娘＝山口波津女(俳人)

浅井 瓢緑　あさい・ひょうろく
俳人　[生]明治3年5月15日　[没]明治42年7月24日　[出]東京・麹町　本名＝浅井裏三郎　旧姓(名)＝高取　旧号＝瓢六　[歴]日露戦争に従軍し俳句日録「高粱稈」を著すが、奉天で病気となり後送される。俳諧は岡野知十に私淑し、角田竹冷とも親交があった。俳諧の史的研究に興味を持ち、雑誌「木太刀」に連載した「ぶッつけ書」などは有益なものとされる。著書に星野麦人編「瓢緑遺稿」がある。

浅尾 忠男　あさお・ただお
詩人　[生]昭和7年8月16日　[出]大阪府堺市　[学]堺工高中退　[歴]高校時代から作詩を始め、高校中退後は工員、新聞販売店員、業界誌記者などをしながら詩作を続け、昭和34年「記憶の中の女」を刊行。38年創刊の「詩人会議」には同人として加わり、詩のほか評論でも活躍。他の詩集に「夏から夏へ」「理可詩集」「霧の寓話」「秩父困民紀行」があり、評論に「詩人と権力—戦後民主主義詩論争史」「金芝河の世界」がある。　[団]日本現代詩人会、詩人会議、日本民主主義文学同盟、日本ペンクラブ、秩父事件研究顕彰協議会

浅賀 渡洋　あさが・とよう
俳人　「草紅葉」主宰　[生]明治44年12月14日　[没]平成11年3月24日　[出]京都府　本名＝浅賀豊一　[学]高津中(旧制)卒　[歴]海上保安庁に入庁。昭和13年から俳句を始め、30年運輸省職場俳誌「草紅葉」を創刊時に入会、景山筍吉、今井湖峯に師事。61年から主宰。60年俳人協会会員、62年評議員。著書に「寄木細工」「俳句の手引書」がある。　[団]俳人協会

浅川 広一　あさかわ・こういち
歌人　日本大学生産工学部機械工学科助教授　[専]機械材料工学　[生]昭和4年8月6日　[出]東京　[学]日本大学工学部機械工学科卒業、日本大学大学院工学研究科機械工学専攻修士課程修了　[興]金属中実棒の塑性ねじりにともなう変性挙動、金属円管の高速圧縮による変形加工　[歴]日大助教授を務めるかたわら、歌人としても活躍。昭和30年森脇一夫に師事し、「街路樹」創刊とともに入会。53年森脇の没後代表となる。歌集に妻かねとの共著「季節の風」がある。[団](社)日本機械学会、(社)日本塑性加工学会、(社)日本材料学会、千葉県歌人クラブ

朝木 奏鳳　あさき・そうほう
俳人　書家　彫刻家　[生]明治33年8月　[出]大阪市　本名＝朝木敬三　旧号＝朝木左遷　[歴]大正8年より「ホトトギス」に拠って高浜虚子に学んだが、後年「雲母」に転じ飯田蛇笏に師事、幹部同人となる。のち高崎草郎・山崎為人・広瀬霜平らと「瑠璃」を創刊して「雲母」を離れる。戦中俳誌統合により一時「旗艦」と合併して「琥珀」に拠った。戦後は「天鳥」を創刊主宰したが数年で休刊。その後俳句界から消息を絶った。句集に「瑠璃光」と編著「瑠璃選集」がある。

朝倉 安都子　あさくら・あつこ
詩人　[生]昭和30年　[出]新潟県長岡市　[歴]昭和54年日本文学学校で詩人・菅原克己に出会い、詩作を始める。平成2年第一詩集「朝の捜し物」、7年随想集「暮らしの中で詩と…」を刊行。詩サークル「P」同人。他の著書に、詩集「キッチンの小窓」がある。

朝倉 勇　あさくら・いさむ
詩人　コピーライター　マグナ副社長　[生]昭和6年2月6日　[出]東京　[学]静岡中(旧制)卒　[賞]毎日広告賞、広告電通賞、丸山豊記念現代詩賞(第4回)(平成7年)「鳥の歌」　[歴]16歳から24歳まで結核療養所で過ごす。第1回ユリイカ新人賞一席を受け、のち「歴程」同人。詩集に「神田川を地下鉄丸の内線電車が渡るとき」「鳥の歌」。　[団]日本現代詩人会

朝倉 和江　あさくら・かずえ
俳人　華道教授　[生]昭和9年10月27日　[出]大阪府　本名＝朝倉一(あさくら・かずえ)　[学]片渕中卒　[賞]俳人協会新人賞(第3回)(昭和54年)「花鋏」、馬酔木賞「花鋏」　[歴]小学生の時脊椎カリエスとなり、のち結核で療養中に俳句を始め、昭和26年「棕梠」に入る。27年「馬酔木」へ入会。32年「棕梠」、44年「馬酔木」同人。句集に「花鋏」。　[団]俳人協会

朝倉 宏哉　あさくら・こうや
詩人　[生]昭和13年　[出]岩手県　[歴]詩集に「盲導犬」「カッコーが吃っている」「フクロウの卵 朝倉宏哉詩集」、編著に「日本の詩・石川啄木」がある。　[団]現代詩人会

麻田 駒之助　あさだ・こまのすけ
⇒麻田椎花(あさだ・すいか)を見よ

麻田 椎花　あさだ・すいか
編集者　出版経営者　俳人　中央公論社創立者　西本願寺(浄土真宗西本願寺派)参与　[生]明治2年10月14日　[没]昭和23年11月24日　[出]京都市　本名＝麻田駒之助(あさだ・こまのすけ)　[学]京都府立中卒　[歴]明治28年西本願寺系に所属する「反省雑誌」の経営を任され、発行所が東京へ移ってからも経営の監督にあたる。32年「反省雑誌」は「中央公論」と改題し、後に滝田樗蔭を迎えて創作欄を拡大、文壇、論壇の権威雑誌に発展した。大正元年「中央公論」は本願寺から独立して個人経営のものとなり、今日の中央公論社の基盤を築いた。昭和2年、経営権を嶋中雄作に譲り、以後は本願寺の勘定、参与として本山の経営に参画した。俳句は大正末期から始め、高浜虚子に師事。7年「ホトトギス」同人となった。

浅田 雅一　あさだ・まさいち
歌人　「からたち」主宰　[生]大正7年3月18日　[出]長野県松本市　本名＝浅田早苗　[学]村田簿記会計学校卒　[歴]矢ケ崎雄太郎らと短歌雑誌「響」を創刊。昭和38年「次元」編集委員。40年「からたち」創刊主宰。歌集に「花の音」「栄光の日日」「天の笛」「多感な樹」「過剰な季」「裸陽」、他に「初学者のための短歌実作教室」がある。　[団]日本歌人クラブ、日本ペンクラブ

浅野 晃　あさの・あきら
詩人　評論家　立正大学名誉教授　日本評論家協会理事　[生]明治34年8月15日　[没]平成2年1月29日　[出]石川県金沢市　別名＝刀田八九郎(とだ・はちくろう)、浜田徹造　[学]東京帝国大学法学部仏法学科卒　[賞]読売文学賞(第15回・詩歌俳句賞)(昭和38年)「寒色」　[歴]小学生時代から「文章世界」などに詩を投稿し、東大時代は「新思潮」に参加。後にプロレタリア運動に参加し、日本共産党中央委員候補になったが3.15事件で検挙される。獄中転向し、のち日本浪漫派に属した。昭和14年「岡倉天心論攷」「浪曼派以後」を刊行。戦後は沈黙していたが、38年

「寒色」で読売文学賞を受賞。以後「忘却詩集」「流転詩集」「幻想詩集」「定本浅野晃詩集」などを刊行した。

浅野 英治　あさの・えいじ
歌人　[生]昭和4年2月14日　[出]三重県四日市　[賞]新短歌賞（昭和50年）　[歴]昭和18年から27年まで「創作」「多磨」「コスモス」などに所属、主に「鈴鹿嶺」により片山邁の指導を受ける。のち四日市歌の会を結成し「あかね」を編集発行。上京後、「層」に所属。47年「ポエトピア」を創刊。のち倚子の会を主宰、歌誌「倚子」を編集発行。インターネットのホームページ(http://www.apionet.or.jp/～stfri13b/isi-top.htm)で短歌の添削も行う。句集に「あさの・えいじ作品集」「星原」「蝶の道」などがある。口語歌の歌人。

浅野 光一　あさの・こういち
歌人　(株)電通　[生]昭和13年10月20日　[出]東京　[学]早稲田大学第一政経学部卒業　[興]歌舞伎、文楽　[歴]昭和32年「形成」に入り、木俣修に師事。41年形成若手の研究誌「序章」の創刊に参加。

浅野 純一　あさの・じゅんいち
歌人　[生]明治35年6月20日　[没]昭和51年3月28日　[出]京都市　本名＝浅野喜一　[学]高等小学校卒　[歴]高等小学校卒業後、機械工として働く。その間「文芸戦線」「新進歌人」などに寄稿し、「芸術と自由」を経て新興歌人連盟、無産者歌人連盟、プロレタリア歌人同盟に参加し、昭和4年「戦の唄」を刊行。短歌のほか歌論も多く発表し、戦後は新日本歌人協会に所属した。

浅野 如水　あさの・じょすい
俳人　[賞]角川俳句賞（第31回）(昭和60年)「津軽雪譜」　[歴]昭和60年第31回角川俳句賞を受賞。

浅野 岳詩　あさの・たけし
俳人　「花林」同人会長　[生]大正15年1月22日　[出]東京　[歴]突発性難聴のため会社経営を退き、以後俳句を始める。句集に「壺中の天」、共著に「日月幽情」がある。　[団]俳人協会、日本ペンクラブ

浅野 正　あさの・ただし
俳人　[生]大正1年11月26日　[出]大阪府　[学]旧制高商卒　[歴]昭和21年富安風生・岸風三樓に師事。「若葉」「春嶺」同人となる。52年俳人協会年の花委員会委員となる。句集に「習志野」「月の鴨」「自註浅野正集」がある。　[団]俳人協会

浅野 保　あさの・たもつ
歌人　[生]明治20年8月1日　[没]昭和30年8月30日　[出]岐阜県　[学]高等小学校卒　[歴]高等小学校卒業後、商業に従事するなかで歌を作る。明治41年竹柏会に加わり、大正12年創刊された名古屋歌人の「短歌」同人となり、のちに主幹もつとめた。昭和7年「閑日」を刊行。ほかに「三光」や評論「評釈前線秀歌」などの著書がある。晩年は印刷業を営んだ。

浅野 童肖子　あさの・どうしょうし
俳人　[生]昭和3年6月27日　[出]京都府　本名＝浅野安茂　[学]同志社短期大学部英文科卒　[賞]京都市民俳句大会知事賞（昭和54年）　[歴]昭和33年霜林桂樟蹊子に師事。同年より「馬酔木」に投句を始める。34年「向日葵」創刊とともに那須乙郎に師事、36年「向日葵」同人。京都俳句作家協会幹事を務める。　[団]俳人協会

浅野 富美江　あさの・とみえ
歌人　[生]昭和10年8月28日　[出]大分県　[賞]短歌新聞新人賞（第7回）（昭和55年）　[歴]昭和50年「佐伯合同短歌会」入会、作歌を始め、編集委員。52年「牙」入会、石田比呂志に師事。55年第7回短歌新聞新人賞受賞。歌集「鳩の鳴く朝」がある。

浅野 浩　あさの・ひろし
詩人　[生]昭和21年　[出]新潟県高田市（現・上越市）　[歴]「森」同人。詩集に「夢の飛翔」「眠る君の内側で」「朝の香り」「紙飛行機―浅野浩詩集」、短編集に「流星の精神」がある。

浅野 美恵子　あさの・みえこ
歌人　[生]昭和6年6月25日　[出]千葉県　[学]東洋大学文学部国文科(昭和29年)卒　[歴]昭和24年高校時代「一路」入会。大学卒業後「花実」を経て、47年「草地」創刊に参加し、同人。「素描短歌会」代表。歌集に「北へ向く頃」「糸遊」「雪夜」「花冷え」「緑の上」、他に「十月会合同歌集II～IV」「菖蒲田I・II」「川のある街」などがある。　[団]十月会、日本歌人クラブ、現代歌人協会

浅野 明信　あさの・めいしん
詩人　「北海詩人」編集発行人　[生]昭和8年8月5日　[出]北海道室蘭市　[学]北海道学芸大学岩見沢分校(昭和33年)卒、玉川大学卒　[歴]小学校教師を24年間務め、傍ら詩作を続ける。昭和36年詩誌「明暗」主宰をはじめとして「ペルシャ」「文学会議」「童話と小説」などを次々と刊行。のち「北海詩人」を編集発行。また「日本未来派」に参加するなど活躍。詩集に「追憶の烙

印」「ツヤとライオン」「狸のいくさ」「北風の角度」「柔らかき墓」「世紀末・黄昏のジャズ」など。児童劇や童話も書き、のち脚本集「とばされた分校の屋根」、小説集「宮子の掟」などもある。 [団]日本詩人クラブ、日本現代詩人会

浅野 右橘 あさの・ゆうきつ

俳人 「牡丹」主宰 [生]大正4年11月18日 [出]愛知県名古屋市 本名＝浅野悠吉 [学]名古屋高商卒 [歴]昭和10年「牡丹」主宰の加藤霞村の手ほどきをうける。22年大橋桜坡子、国松ゆたかの指導を受け、「雨月」「遊魚」同人。44年「ホトトギス」同人。「遊魚」課題句選者を務める。のち「牡丹」を復刊し主宰。句集「花すすき」「花火師」「心富める日々」や「私の好きな京都の散歩道」がある。 [団]俳人協会

浅野 梨郷 あさの・りきょう

歌人 [生]明治22年11月1日 [没]昭和54年8月31日 [出]愛知県名古屋市 本名＝浅野利郷(あさの・としさと) [学]東京外国語学校卒 [賞]勲五等瑞宝章(昭和44年) [歴]明治42年上京して伊藤左千夫に師事し、「アララギ」の創刊に参加。大正10年「歌集日本」を創刊し、以後「日光」「橄欖」に参加。昭和6年「武都紀」を創刊して主宰し、「梨郷歌集」を刊行。戦後は日本交通公社主事、名古屋市観光課長などを歴任した。歌集に「豊旗雲」、随筆集に「糸ぐるま」など。

浅野 良一 あさの・りょういち

歌人 [生]明治42年11月15日 [出]三重県 [歴]昭和22年復員後「短歌」(名古屋)に再入会、同人となる。「ぽせいどおん」同人。30年「無派」、44年「短歌教室」の歌誌創刊(のち休刊)。中部日本歌人会委員。中の会会員。三重県芸術文化協会短歌部門評議員。歌集「365」がある。

浅原 才市 あさはら・さいち

浄土真宗信者 詩人 [専]宗教詩 [生]嘉永3年2月20日(1850年) [没]昭和7年1月17日 [出]石見国邇摩郡小浜村(島根県温泉津町) 法名＝釈秀素、別名＝妙好人(みょうこうにん) [歴]船大工として年季奉公をした後、40歳すぎから下駄職人に。一方、在家の信者として真宗に入信。33歳の時出家し、釈秀素という法名を授かる。45歳の時父の死を機に聴聞(ちょうもん)に専念し、自身の体験を通して受け止めた真宗の教えを、宗教詩として表現。その多くが戦禍で失われたが、その後妙好人研究家・楠恭らによって「妙好人才市の歌」として整理、出版された。また鈴木大拙の「日本的霊性」や「浄土系思想論」に詩が引用され、水上勉により伝記紀行文「才市」も著わされる。日本画家・若林春暁による、肖像画がある。

浅原 ちちろ あさはら・ちちろ

俳人 [生]明治42年3月1日 [没]平成3年5月17日 [出]山口県阿武郡阿武町 本名＝浅原吉良 [学]商工中退 [賞]白魚火賞(昭和48年) [歴]逓信省に入り、地方貯金局長をつとめる。昭和7年西本一都の手ほどきを受け、「若葉」「白魚火」「春郊」に所属し、何れも同人。54年岡山県俳人協会設立に参画し、常任幹事。句集に「飾羽子」。 [団]俳人協会

浅原 六朗 あさはら・ろくろう

小説家 詩人 俳人 日本大学教授 [生]明治28年2月22日 [没]昭和52年10月22日 [出]長野県北安曇郡池田町 別名＝浅原鏡村(あさはら・きょうそん) [学]早稲田大学英文科(大正8年)卒 [歴]大正8年から昭和3年まで実業の日本社に勤務し「少女之友」などを編集。自作の童謡「てるてる坊主」などのほか、詩も掲載する。大正14年創刊の「不同調」に同人として参加、「ある鳥瞰図」などを発表。昭和4年「近代生活」同人となり、また十三人倶楽部に参加。5年結成の新興芸術派倶楽部では有力な働き手として、モダニズム文学運動をする。5年「女群行進」を刊行し、6年「混血児ジョオヂ」を発表。7年には久野豊彦との共著「新社会派文学」を刊行した。俳句は戦時中横光利一に奨められて始め、戦後俳句と人間の会の中心になって活躍。代表作に「或る自殺階級者」「H子との交渉」、句集に「紅鱒」「定本浅原六朗句集」、詩集に「春ぞらのとり」などがある。

朝吹 磯子 あさぶき・いそこ

歌人 元・テニス選手 [没]昭和60年2月15日 [歴]佐佐木信綱の竹柏会に入門して歌人として出発。「藤波会」会員、「心の花」同人、「十一日会」会長。スキーを日本に初めて取り入れた長岡外史陸軍中将の長女。大正15年、全関東庭球選手権大会の女子シングルス、同ダブルスに優勝するなど、日本女子テニス界の草分け的存在。「八十年を生きる」(読売新聞社)、歌集「蒼樹」などの著書がある。 [家]夫＝朝吹常吉(実業家・故人)、長男＝朝吹英一(木琴奏者)、三男＝朝吹三吉(仏文学者)、四男＝朝吹四郎(建築家)、長女＝朝吹登水子(仏文学者)

朝吹 亮二　あさぶき・りょうじ
詩人　慶応義塾大学法学部教授　[専]フランス文学(シュルレアリスム及び近・現代詩)　[生]昭和27年4月30日　[出]東京都　[学]慶応義塾大学仏文科(昭和50年)卒、慶応義塾大学大学院(昭和57年)博士課程修了　[興]シュルレアリスム、現代詩　[賞]歴程賞(第25回)(昭和62年)「opus」　[歴]慶応義塾大学法学部助教授を経て、教授。詩集に「終焉と王国」「封印せよ、その額に」「opus」「密室論」「朝吹亮二詩集」がある。[家]父＝朝吹三吉(仏文学者)、母＝朝吹京(ストーンウェル社長・故人)、兄＝朝吹誠(海外広報協会専務理事)

浅見 青史　あさみ・せいし
俳人　[生]大正9年1月17日　[没]平成4年2月15日　[出]埼玉県秩父郡荒川村　本名＝浅見佐代治　[学]高小卒　[賞]埼玉県文学賞(昭和51年)　[歴]昭和13年地方先輩の手ほどきを受け、「夏草」「ホトトギス」誌友。27年「麦」入会。43年「河」に入会、48年同人。49年「やまびこ」(現「あかね」)同人会長。句集に「牛のあゆみ」。[団]俳人協会

浅見 大器　あさみ・だいき
詩人　[生]昭和17年1月30日　[出]鹿児島市西千石町　本名＝阿久根靖夫(あくね・やすお)　[学]早稲田大学法学部中退　[歴]中学時代、短歌を始め、のち現代詩に転向。北川透主宰「あんかるわ」、村上一郎主宰「無名鬼」等に投稿。詩集に「飢えた狼」「幻野遊行」など。一方、吉田松陰を中心とする幕末史を研究。現在、落語、川柳、古地図を通して江戸の庶民文化の世界を探究。また、実用書の執筆も手掛け、著書に「あいさつと口のきき方これだけ知っていれば十分」「手紙の書き方これだけ知っていれば十分」。

浅見 美紗子　あさみ・みさこ
歌人　[生]昭和11年　[出]埼玉県与野市　[賞]埼玉文化賞準賞(昭和57年)　[歴]中学生の頃から歌をはじめ、昭和29年アララギにて作歌。43年歌集「山茶花」を自費出版。朝日、毎日、読売歌壇に投稿し、入選131首を数える。47年「青遠」に入会、48年飯能歌人会に入会、のち理事に。この間小学校教師、幼稚園主任、音楽教授をつとめる。歌集に「浅見美紗子集」「朝の風」(合同歌集)。

浅見 洋子　あさみ・ようこ
詩人　エッセイスト　[生]昭和24年　[学]和洋女子大学卒　[賞]台東区長賞「冬ぼたん」　[歴]著書に詩画集「母さんの海」、詩集「歩道橋」「交差点」「墨田川の堤」、エッセイ「冬ぼたん」などがある。

朝森 弓子　あさもり・ゆみこ
詩人　[生]明治40年10月1日　[出]富山県　本名＝加須屋きい　[学]富山女子師範卒　[歴]大正14年から昭和17年まで小学校教諭。一時、中断ののち、22年教壇に復帰。34年退職。その後詩を書き始め、40年処女詩集「山襞」を出版。ほかに「春愁」など4冊を刊行。詩誌「ある」「草原」同人。

浅山 泰美　あさやま・ひろみ
詩人　「庭園」発行人　[生]昭和29年5月17日　[出]京都府京都市　[学]同志社大学文学部卒　[歴]詩誌「庭園」発行人、「孔雀船」同人。詩集に「月暈」「襤褸の涙」「木精の書翰」がある。[団]日本文芸家協会

浅利 良道　あさり・りょうどう
歌人　[生]明治30年12月7日　[没]昭和52年4月5日　[出]大分県　[学]大分中学(旧制)中退　[賞]大分合同新聞文化賞(昭和25年)　[歴]20歳で中学を病気中退、療養生活に入り「アララギ」入会、岡麓に私淑。大正12年「覇王樹」入社、昭和12年退社。9年大分合同新聞歌壇選者。22年10月、51歳で「現象」(現「朱竹」)を発刊。25年大分合同新聞文化賞受賞。歌集に「浅利良道短歌集」、遺著に「良道長歌集」がある。

芦川 照江　あしかわ・てるえ
⇒小川アンナ(おがわ・あんな)を見よ

芦田 秋窓　あしだ・しゅうそう
俳人　日本画家　[生]明治16年2月24日　[没]昭和41年3月18日　[出]大阪市　本名＝芦田喜三郎　旧号＝芦田秋双　[歴]「大地」「あゆみ」等を主宰したのち、昭和2年7月「大樹」を創刊主宰したが、11年7月北山河に後継主宰を譲って顧問に退いた。

芦田 高子　あしだ・たかこ
歌人　[生]明治40年10月1日　[没]昭和54年3月　[出]岡山県　[学]梅花女専国文科卒　[歴]教師、出版社員などを経て結婚。大正末年から作歌を始め、昭和22年「新歌人」を創刊主宰。歌集に「流檜」「内灘」。

あしみね えいいち
詩人　沖縄証券監査役　⽣大正13年3月24日　⓱沖縄県那覇市若狭　本名=安次嶺栄一　⓴ニュー・メキシコ大学卒　⓿沖縄タイムス芸術選賞大賞　⓫昭和48〜59年沖縄銀行監査役。この間、52年より沖縄証券監査役を務める。一方、27年「珊瑚礁」同人。40年より「琉球詩壇」の選者となり、53年からは山之口獏賞の選考委員を務める。詩集に「光の筏」「あしみね・えいいち詩集」がある。

蘆谷 蘆村　あしや・ろそん
童話研究家　詩人　⽣明治19年11月14日　⓯昭和21年10月15日　⓱島根県松江市　本名=蘆谷重常　⓫栃木県で育ち、小学校卒業後、上京。国民英学会等で中等教育を受け、20歳前後から教育雑誌や少年雑誌の編集者になる。のち、児童読物の創作と研究に関心を深め、明治45年竹貫佳水を中心とした少年文学研究会で活躍。大正11年日本童話協会を創立し、「童話研究」を創刊する。童話の研究とその普及につとめ、また口演童話家の育成にもつとめた。14年「童話教育の実際」を刊行したほか、「模範口演童話集」など多くの著編書がある。また一方、早くは「新声」を拠点に詩人として進出し、「明星」「文庫」「創作」などに詩や詩論、訳詩を発表。のち「新文林」の新体詩欄選者となり、「ああ青春」(明治42年)としてまとめた。北原白秋、三木露風らと時代を同じくし、近代詩展開を担う一人でもあった。

飛鳥田 孋無公　あすかだ・れいむこう
俳人　⽣明治29年5月10日　⓯昭和8年9月22日　⓱神奈川県厚木市　本名=飛鳥田忠作　⓴組合立農学校(明治44年)中退　⓫15歳頃から俳句に親しみ「秀才文壇」「文章世界」などに詩歌等を投稿する。山村暮鳥、三木露風に私淑し、大正6年から臼田亜浪に師事して「石楠」に入会し、23歳の若さで同人となり、以後「石楠」の発展に尽力する。その間、神奈川県立蚕業取締所、神奈川県内務部会計課に勤務。没後「湖におどろく」が刊行された。

梓 志乃　あずさ・しの
歌人　⓿新短歌(口語自由律短歌)　⽣昭和17年3月16日　⓱愛知県　本名=船戸康子　⓴高卒　⓫昭和40年「新短歌」会員。後「芸術と自由」同人を経て、発行人。50年「渾」同人となる。歌集に「黒い枯葉」「美しい錯覚」「阿修羅幻想」、他に合同歌集「薤」がある。　⓬日本歌人クラブ、現代歌人協会

東 早苗　あずま・さなえ
俳人　⽣明治38年5月3日　⓯昭和59年7月28日　⓱岡山県　本名=村田顕枝(むらた・あきえ)　⓴東京女子大学(大正15年)卒　⓿水明大会賞(昭和28年)　⓫昭和7年荻原井泉水の「層雲」を経て、10年長谷川かな女に師事し「水明」に入会。26年同人。37年俳句と随筆誌「七彩」を創刊し主宰。句集に「飛火野」「星炎」「花氷」など。語学力を生かして俳句の国際化につとめた。　⓬俳人協会、日本ペンクラブ

東 淳子　あずま・じゅんこ
歌人　⽣昭和14年8月24日　⓱香川県　⓿地平線賞(第5回)(昭和49年)、現代歌人集会賞「化野行」　⓫昭和40年、松本千代二の「地平線」創刊と同時に入会、作歌を始める。42年角川短歌賞次席。49年第5回地平線賞を受賞。57年「地平線」解散の後をうけた新誌「存在」に参加。歌集に「生への挽歌」「玄鏡」「化野行」などがある。

東 延江　あずま・のぶえ
詩人　北海道詩人協会常任理事　⽣昭和13年4月12日　⓱北海道旭川市　本名=松野郷延江　⓴藤学園旭川高(現・旭川藤女子高)卒　⓫中学時代から詩作を始め、昭和28年「青芽」同人に。下村保太郎に私淑し、29年「情緒」に作品を発表、のち同人に。詩誌「茜」「幻視者」「陽」に所属。北海道文学館評議員も務める。詩誌「情緒その後」発行世話人。著書に「文学散歩 北海道の碑(いしぶみ)」、詩集に「渦の花」「季の音」他。　⓬北海道詩人協会(常任理事)、北海道文学館(評議員)

安住 敦　あずみ・あつし
俳人　「春燈」主宰　元・俳人協会会長　⽣明治40年7月1日　⓯昭和63年7月8日　⓱東京・芝二本榎西町　⓴立教中学(大正15年)卒、通信官吏練習所(昭和3年)卒　⓿日本エッセイストクラブ賞(第15回)(昭和41年)「春夏秋冬帖」、蛇笏賞(第6回)(昭和47年)「午前午後」、紫綬褒章(昭和54年)、勲四等旭小綬章(昭和60年)　⓫昭和3年通信省に勤務。戦時中同省を辞め日本演劇連盟に転じるが間もなく応召。復員後、職を転々としたのち官業労働研究所に勤務、41年退職。俳句は通信省在職中から作句し、10年日野草城の「旗艦」創刊に参加、新興俳句運動にたずさわる。16年「旗艦」は「琥珀」と改題、19年「琥珀」を脱退。戦後の21年万太郎主宰の「春燈」創刊に参加し、38年その逝去後継承。47年俳人協会理事長、53年副会長、57

年会長を歴任、また59〜61年朝日俳壇選者もつとめた。主な句集に「貧しき饗宴」「古暦」「午前午後」、随筆集に「春夏秋冬帖」「東京歳時記」「市井暦日」などがある。 [団]俳人協会、日本エッセイストクラブ

安住 尚志　あずみ・たかし
歌人　洞爺とくさの会会長　[生]大正8年1月20日　[出]北海道虻田郡洞爺村　[学]伊達実業専修学校卒　[歴]学校卒業後、農業に従事。昭和15年兵役に就き、3年間ソ連国境警備に。13年から作歌を始める。のち、杉浦翠子に師事。37年洞爺村の総合文芸誌「木賊(とくさ)」創刊に参加、52年短歌誌「木賊」に衣替え後も編集に携わる。洞爺村教育委員長、虻田町史編集長などを歴任。歌集に「生命の細胞」「無明果」「無明集」がある。

安積 得也　あずみ・とくや
社会評論家　詩人　元・栃木県知事　元・岡山県知事　[生]明治33年2月17日　[没]平成6年7月27日　[出]東京　[学]東京帝大英法科(大正13年)卒　[歴]戦前は内務省官僚、戦時中の昭和18年栃木県知事、敗戦直後の20年から岡山県知事をつとめた。戦後は公職追放解除後、中央大学、自治大学などで社会政策学を講義するかたわら文筆活動を始める。また社会教育審議会や国民生活審議会委員としても活躍した。著書に「われら地球市民」「人間讃歌」など社会教育的なもの多数。ほかに昭和28年以来かくれたベストセラーの詩集「一人のために」がある。

麻生 路郎　あそう・じろう
川柳作家　[生]明治21年7月10日　[没]昭和40年7月7日　[出]広島県尾道市　本名＝麻生幸二郎　別号＝不朽洞、不死鳥、江戸堀幸兵衛、柳一郎　[学]大阪高等商業学校(明治43年)卒　[賞]大阪府文化賞(昭和22年)　[歴]文筆を好み、明治37年春から川柳の道に入った。大正日日経済部長、大阪毎日新聞神戸支局員を経て大正13年「川柳雑誌」を設立、主宰。その間、柳誌「雪」「土団子」「後の薬柳」などを編集、発行した。昭和9年「きやり」創刊15周年記念号に「川柳作家十五戒」を書いた。22年大阪府文化賞受賞。大阪府文芸懇談会員、関西短詩文学連盟理事長、毎日新聞毎日柳壇選者。著書に「川柳ふところ手」「累卵の遊び」「川柳漫談」「新川柳講座」、句集「旅人」「旅人とその後の作」などがある。

麻生 直子　あそう・なおこ
詩人　[生]昭和16年12月16日　[出]北海道奥尻郡奥尻町　本名＝村田千佐子　[学]函館西高卒　[歴]高校卒業後、上京。町工場で事務をしながら文学を志す。季刊「潮流詩派」、月刊「詩と思想」の編集委員を務める。女性誌、詩誌、新聞などに詩、童話、エッセー、イラストなどを執筆、日本テレビで詩の放映、平成2年ソウルで行なわれた世界詩人大会での詩朗読、また講演などに活躍。詩集に「霧と少年」「北への曳航」「神威岬」「ペデストリアン・デッキの朝」「奥尻島断章」、著書に「現代女性詩人論」などがある。 [団]日本文芸家協会、日本現代詩人会、潮流詩派の会　[家]夫＝村田正夫(詩人)

麻生 秀顕　あそう・ひであき
詩人　[賞]福田正夫賞(平成8年)「部屋」　[歴]コンピューターソフトの開発会社に勤務。一方、昭和63年から本格的に詩作を始め、詩集「部屋」などを発表。9年作品発表の場にと、インターネットにホームページ「Poetical Void」を開設。自作の詩と詩集の書評などを掲載。10年同人誌を製作。

麻生 松江　あそう・まつえ
歌人　[生]昭和4年7月22日　[出]栃木県　[学]東洋大学(昭和27年)卒　[賞]柴舟会賞(昭和53年)「抄春」　[歴]昭和21年栃木師範時代より27年大学卒業まで作歌。中断後、44年平野宣紀に師事して「花実」入会。編集委員、選者をつとめる。52年より柴舟会幹事。歌集に「抄春」「凛秋」、他に「短歌の実作と文法」がある。

安蘇野 芳明　あその・ほうめい
歌人　[生]昭和21年　[出]栃木県安蘇郡田沼町　本名＝横塚哲夫　[学]早稲田大学第一文学部(昭和44年)卒、早稲田大学大学院文学研究科(昭和47年)修了　[歴]足利短大附属高等学校教諭を経て、足利工大附属高等学校教諭。「はしばみ」会員。歌集に「月見草」「白い灯火」「花影」「光風」「聖思」「寂韻」「高原に寄す」「海の音」「最果ての島」「湿原賦」などがある。

安宅 啓子　あたか・けいこ
詩人　[生]昭和19年2月13日　[歴]詩集に「氷の城」「大祈祷書」「薔薇通り」、編著に「新川和江」「金沢文学散歩」、評論集に「石筍と黄水仙」などがある。 [団]日本現代詩人協会、日本ペンクラブ、魔女の会

安宅 夏夫 あたか・なつお
　詩人　歌人　⽣昭和9年8月29日　⽥石川県金沢市　⽥慶応義塾大学文学部卒　⽥昭和28年から8年にわたる闘病中に詩作を始める。18年間金沢市内の高校で国語科教諭として勤務。詩集に「万華鏡」「シオンの娘」、歌集に「火の泉」「鎌倉新唱」、評伝に「愛の狩人室生犀星」、著書に「金沢文学散歩」「鎌倉文学散歩」など。詩誌「長帽子」同人。⽥日本文芸家協会、日本現代詩人会、大衆文学研究会、日本ペンクラブ、日本近代文学会

安立 公彦 あだち・きみひこ
　俳人　⽣昭和9年3月10日　⽥鹿児島県　本名=安達健二　⽥高卒　⽥春燈賞(昭和53年)　⽥昭和40年「春燈」入会、安住敦に師事する。43年「春燈」春葉句会の創設に参画。55年「春燈」同人。　⽥俳人協会

足立 巻一 あだち・けんいち
　詩人　作家　元・神戸女子大学文学部教授　⽥日本文学　⽣大正2年6月29日　⽩昭和60年8月14日　⽥東京　⽥神宮皇学館国漢科卒　⽥芸術選奨文部大臣賞(第25回)(昭和49年)「やちまた」、日本エッセイストクラブ賞(第30回)(昭和57年)「虹滅記」、日本詩人クラブ賞(第17回)(昭和59年)「雑歌」　⽥新大阪新聞社勤務を経て、神戸女子大学教授。昭和23年児童詩誌「きりん」の編集に参加。「やちまた」で第25回芸術選奨文部大臣賞、「虹滅記」で日本エッセイストクラブ賞を受賞。ほかに「夕刊流星号」「戦死ヤアワレ」「立川文庫の英雄たち」、詩集「雑歌」などがある。　⽥日本文芸家協会、日本ペンクラブ、日本現代詩人会

足立 公平 あだち・こうへい
　歌人　⽣明治41年2月22日　⽩昭和60年8月25日　⽥大阪　本名=足立孝平　⽥大阪商大高商部卒　⽥現代歌人協会賞(第10回)(昭和41年)「飛行絵本」　⽥大阪商大高商在学中に「芸術と自由」を知り、後に「短歌戦線」「郷愁」に参加。戦後も「新日本歌人」「新短歌」「芸術と自由」などに所属し、昭和40年刊行の「飛行絵本」で41年に第10回現代歌人協会賞を受賞した。

安達 しげを あだち・しげお
　俳人　⽣大正3年3月25日　⽥北海道　本名=安達茂雄　⽥広島文理科大学卒　⽥大阪府知事賞(昭和54年)　⽥昭和15年石田雨圃子、佐々木あきらの指導を受ける。19～46年作句活動中断するが、47年「白扇社」入会、51年同人。54

～59年「白扇」編集長となる。句集に「耕馬」「滝」「酔ひ候」がある。　⽥俳人協会

足立 重刀士 あだち・しげとし
　俳人　元・「雷鳥」主宰　⽩昭和57年6月4日　⽥兵庫県水上郡　本名=足立清一　⽥昭和22年1月から約30年間「雷鳥」主宰。京都よみうり文芸選者。没後の59年「足立重刀士句文集」が刊行された。

安達 棟月 あだち・とうげつ
　俳人　⽣大正3年1月20日　⽥島根県　本名=安達一夫　⽥小卒　⽥夏炉佳日賞(昭和56年)　⽥昭和5年作句を始める。22年柏井吉村の指導を受ける。24年「城」に投句し佐川雨人により虚子選を受ける。28年「城」同人。52年「夏炉」入会、木村蕪城一途に励む。同年県俳句協会幹事となる。54年「夏炉」同人。句集に「八雲立つ」「一夜酒」がある。　⽥俳人協会

足立 敏彦 あだち・としひこ
　歌人　⽣昭和7年8月15日　⽥北海道苫小牧市　⽥北海道学芸大学卒　⽥新墾賞(第6回)(昭和40年)　⽥昭和23年「新墾」入社。高校時代から文芸活動に熱中、大学時代には歌誌「草原帯」を発刊。28年「梢形」を発刊する。「夕張歌人会」を結成し、「夕張市民歌集」「夕張歌壇史」などを編纂。40年第6回新墾賞を受賞。「新墾」の選者・編集発行人を務める。

安達 真弓 あだち・まゆみ
　俳人　⽣大正2年6月7日　⽩平成4年10月25日　⽥福島県二本松市　本名=加藤丈七　⽥福島商(昭和5年)中退　⽥酒類販売、食品店経営。昭和6年「玫瑰」に投句。満洲で「瑠璃」同人となり、帰国後、25年「山河」、32年「氷海」、52年「海程」同人。福島民友新聞の選者も務める。句集に「百霊」「黄沙」など。

足立 八洲路 あだち・やすじ
　俳人　⽣明治28年10月11日　⽩昭和62年4月1日　⽥神奈川県平塚市大神　本名=足立康治(あだち・やすじ)　⽥厚木中学卒　⽥厚木市民文化賞(昭和53年)　⽥大正7年「石楠」に入り、臼田亜浪に師事。「石楠」幹事を経て、「河原」同人会長。句集に「羊の園」「さび鮎」「青柚子」がある。　⽥俳人協会

安立 恭彦　あだち・やすひこ
俳人　⽣大正9年2月25日　没平成7年6月25日　出岐阜県岐阜市　学東京外大英語部卒　賞万緑賞（昭和29年）、角川俳句賞（昭和34年）　歴昭和26年「万緑」所属。中村草田男に師事、同人となる。　所俳人協会

足立原 斗南郎　あだちはら・となんろう
俳人　農業　⽣明治23年8月　没昭和34年12月3日　出神奈川県　本名＝足立原文儀（あだちはら・ふみよし）　歴「石楠」創刊以来の同人で、「さがみ俳句」を創刊主宰。脳溢血で急逝。昭和35年8月の「河原」追悼号で彷徨子は"個性の強い作家"と評している。著書に句集「鴨」がある。

渥美 芙峰　あつみ・ふほう
俳人　⽣明治26年　没昭和48年8月27日　出山梨県　本名＝渥美守雄　旧姓（名）＝中村　学東京商大卒　歴商大同窓の京極杜藻らと南琴吟社を起こす。原石鼎に師事。「鹿火屋」同人。俳句俳画誌「文は人なり」を刊行。印刷会社を経営した。

阿藤 伯海　あとう・はっかい
漢学者　漢詩人　一高教授　法政大学教授　⽣明治27年2月17日　没昭和40年4月4日　出岡山県鴨方町　諱＝簡、字＝大簡、別号＝虚白堂　学東京帝大文学部西洋哲学科（大正13年）卒　歴東京帝大卒業後、京都帝大大学院で狩野直喜に師事して中国哲学を修める。大正15年、東京に帰り、法政大学教授を経て一高教授に就任し、漢文を講じた。戦争中は詩作につとめ、没後「大簡詩草」が刊行された。

後山 光行　あとやま・みつゆき
詩人　⽣昭和23年5月20日　出島根県　本名＝後山光幸　学松下電器工学院卒　著詩集に「夜の蝉」「波のない海辺で」「後山光行詩集」などがある。　所日本ペンクラブ、日本詩人クラブ、日本文芸家協会

穴井 太　あない・ふとし
俳人　「天籟通信」代表　⽣昭和1年12月28日　没平成9年12月29日　出大分県玖珠郡九重町　学中央大学専門部経済学科（昭和26年）卒　賞北九州市市民文化賞（第4回）（昭和46年）、現代俳句協会賞（第20回）（昭和49年）　歴昭和29～60年中学校教諭をつとめる。この間、横山白紅主宰の「自鳴鐘」に入会し作句を始める。38年「海程」に参加。「未来派」を経て、40年「天籟通信」を創刊。平明で武骨な作風で知られ俳句界のリーダーとして活躍。句集に「鶏と鳩と夕焼と」「土語」「ゆうひ領」「天籟雑唱」など。　所日本文芸家協会、現代俳句協会（幹事）

穴沢 芳江　あなざわ・よしえ
歌人　⽣昭和9年6月19日　出愛媛県松山市　学学習院大学文学部卒　歴大学時代より作歌し「学習院大学短歌会」に所属。昭和34年潮音系「にぎたづ」に入社。36年「潮音」に入社、現在同人。44年葛原妙子の指導を受ける。47年「氷原」入社、同人となる。56年葛原の「をがたま」創刊に参加。歌集に「玉響」「色経」など。

阿南 哲朗　あなん・てつろう
詩人　童話作家　⽣明治36年　没昭和54年8月2日　出大分県　本名＝阿南竹千代（あなん・たけちよ）　賞フクニチ児童文化賞（第1回）、久留島武彦文化賞（第5回）　歴若くして小倉で「三荻野詩社」を興し詩誌「揺藍」を発行。北九州市到津遊園園長時代、夏季学校を開校、久留島武彦を招くなどして口演童話を盛んにし、児童文化運動に尽力。九州童話連盟会長も務めた。詩集に「石に響く」「寄せてかへして」、童話集に「よるの動物園」（1～4）などがある。

阿比留 ひとし　あびる・ひとし
俳人　⽣明治40年6月17日　没昭和57年11月4日　出長崎県下県郡豊玉町貝鮒（対馬）　本名＝阿比留斉（あびる・ひとし）　学大村中学卒　歴戦時中大政翼賛会に勤務。昭和23年後藤夜半の手ほどきを受け、没後は後藤比奈夫に師事して「諷詠」同人となる。のち「梔子」「吾亦紅」を主宰。句集に「貝鮒崎」「島言葉」「鰤正月」など。　所俳人協会

阿部 藍子　あべ・あいこ
俳人　⽣大正2年3月24日　出福島県　本名＝阿部アイ子　学福島県立高女卒　歴昭和23年篠田悌二郎主宰の「野火」に入会、のち同人となる。　所俳人協会

阿部 岩夫　あべ・いわお
詩人　評論家　⽣昭和9年1月20日　出山形県鶴岡市　本名＝阿部岩男　学法政大学文学部卒　賞小熊秀雄賞（第15回）（昭和57年）「不覇者」、地球賞（第11回）（昭和61年）、髙見順賞（第19回）（平成1年）「ベーゲット氏」　著詩集に「朝の伝説」「眼の伝説」「月の山」「ベーゲット氏」がある。　所日本現代詩人会、新日本文学会、日本文芸家協会

阿部 栄子　あべ・えいこ
詩人　[生]昭和7年4月22日　[出]山形県尾花沢市名木沢　[歴]昭和50年詩と小説「季刊恒星」同人(57年廃刊)。58年詩誌「石笛」同人。詩集に「阿部栄子詩集」「絹の着衣のような雲」がある。

安部 一之　あべ・かずゆき
詩人　中学校教師　[生]昭和10年8月26日　[出]東京都練馬区　[歴]昭和47年から54年までの奥の細道文学散歩を現代詩にまとめる仕事に着手。詩集に「風の中へ」「珈琲放浪」がある。

阿部 完市　あべ・かんいち
医師　俳人　浦和神経サナトリウム院長　[専]精神医学　俳句原論　[生]昭和3年1月25日　[出]東京・牛込　[学]金沢医科大学附属医学専門部(昭和24年)卒　医学博士　[興]道行詞章、日本歌謡、俳句原論　[賞]現代俳句協会賞(第17回)(昭和45年)　[歴]昭和25年作句を始める。27年「未完現実」、37年「海程」に参加。句集に「無帽」「絵本の空」「にもつは絵馬」「軽のやまめ」「阿部完市全句集」、評論集に「俳句幻形」「俳句心景」など。　[団]日本精神神経学会、日本脳波筋電図学会、日本老人精神医学会、現代俳句協会、日本ペンクラブ、日本文芸家協会

阿部 鳩雨　あべ・きゅうう
歌人　[生]明治24年9月10日　[没]昭和18年　[出]群馬　[歴]「珊瑚礁」「覇王樹」を経て、昭和8年「草炎」を創刊主宰。歌集に「良夜」がある。

阿部 慧月　あべ・けいげつ
俳人　[生]明治38年12月25日　[出]北海道中川郡豊頃町　本名＝阿部富勇(あべ・とみお)　[学]札幌逓信講習所卒　[賞]北海道新聞俳句賞(第2回)(昭和62年)「花野星」、函館市白鳳章(昭和62年)　[歴]大正11年から句作、昭和24年「ホトトギス」同人。また18年から「かつらぎ」に投句して、高浜虚子・阿波野青畝に師事。32年同人。51年「かつらぎ」推薦作家選考委員。62年日本伝統俳句協会北海道支部長。句集に「芍薬」「晩涼」「遼遠」「牡丹焚く」「花野星」など。
[団]俳人協会

阿部 弘一　あべ・こういち
詩人　[専]フランス文学　[生]昭和2年10月28日　[出]東京　[学]中央大学文学部卒　[賞]現代詩人賞(第14回)(平成8年)「風景論」　[歴]「貘」「黄衣」同人。詩集に「野火」「測量師」「風景論」、訳書に「物の見方」「表現の炎」などがある。

阿部 子峡　あべ・しきょう
俳人　[生]昭和2年8月11日　[出]山形県　本名＝阿部豊　[学]高小卒　[賞]星恋賞(昭和52年)　[歴]「新雪」「季節」に投句ののち、中川糸遊の指導をうけ「氷海」に加入、昭和39年同人。32年長井俳句会結成に参画、会誌「流氷群」を編集。53年「狩」創刊とともに参加。句集「流雪集」「雪の国」の他、「わたしの俳人交遊録」がある。
[団]俳人協会

阿部 静枝　あべ・しずえ
歌人　政治家　社会評論家　[生]明治32年2月28日　[没]昭和49年8月31日　[出]宮城県登米郡　本名＝阿部志つゑ　旧姓(名)＝二木　[学]東京女高師文科(大正9年)卒　[歴]在学中尾上柴舟に学ぶ。大正11年「ポトナム」創刊以来の同人で、昭和31年主宰・小泉苳三没後は編集委員となり、結社の代表的存在として活躍。この間、24年「女人短歌」創刊と同時に委員となり、発行人もつとめた。一方、大正11年弁護士(のち代議士)の阿部温知と結婚して以来政治運動、婦人運動に加わり社会民衆党婦人部を組織。戦後は民社党区会議員をつとめた。歌集に「秋草」「霜の道」「冬季」「野道」「地中」がある他、「女性教養」「若き女性の倫理」など著書多数。
[家]夫＝阿部温知(衆院議員)

阿部 静雄　あべ・しずお
俳人　[生]昭和10年1月31日　[出]新潟県　[賞]角川俳句賞(第40回)(平成6年)「雪曼陀羅」　[歴]「天為」所属。平成6年第40回角川俳句賞を受賞。

阿部 十三　あべ・じゅうぞう
歌人　[生]大正13年5月4日　[出]長野県諏訪市　[学]三重師範学校卒　[賞]若山牧水賞(第3回)(昭和41年)　[歴]旧制中学3年より作歌。昭和20年より22年まで「鈴鹿嶺」同人。24年「創作」に入社、長谷川銀作に師事。41年第3回牧水賞受賞。47年「長流」創設に参加、編集委員をつとめる。52年から56年まで「土」同人。歌集に「断層」「夜思」「凌雨」がある。　[団]日本歌人クラブ

阿部 小壺　あべ・しょうこ
俳人　全国信用金庫連合会理事　全国国公立幼稚園PTA連絡協議会副会長　元・熊本市会議長　[生]明治42年10月22日　[没]昭和56年10月26日　[出]熊本県　本名＝阿部次郎(あべ・じろう)　[学]済々黌中(大正15年)卒　[歴]昭和12年阿部商店常務、24年熊本県味噌工協組常務理事、25年熊本信用金庫理事、43年理事長を歴任。この間、22年から熊本市議に4期当選、38年と42年

の2回議長をつとめた。またホトトギス派の俳人としても知られ、俳誌「阿蘇」を主宰。句集に「肥後住」がある。

阿部 筲人　あべ・しょうじん

俳人　㋓明治33年1月16日　㋜昭和43年8月9日　㋐東京　本名=阿部亨　㋕京大経済学部(昭和2年)卒　㋖三省堂に勤め、後に製作部長、東京書籍役員などをつとめる。そのかたわら「初雁」に加わり、また「俳苑叢刊」を企画。戦後は新俳句人連盟に参加し、昭和27年「好日」を創刊して主宰し、32年「戦前戦後」を刊行。他に「俳句の鑑賞」などの著書がある。

阿部 次郎　あべ・じろう
⇒阿部小壺(あべ・しょうこ)を見よ

阿部 青鞋　あべ・せいあい

俳人　牧師　㋓大正3年11月7日　㋜平成1年2月5日　㋐東京・渋谷　本名=阿部弘照　別号=阿部羽音(あべ・うおん)　㋕高輪学園(昭和8年)卒　㋔現代俳句協会賞(第30回)　㋖昭和10年ごろより、句作。初心時代、東京移住の内田暮情を擁して幡谷東吾らと「螺旋」を発行、また俳誌「車」、詩誌「詩」を創刊したが、16年応召のため「車」を終刊。18年岡山県に疎開中は詩誌「漏斗」、文芸誌「香積」などを発行、19年美作町に移って俳誌「女像」、「瓶」(のち「壜」に改題)を主宰。「花実」「俳句評論」同人を経て「八幡船」「羊歯」同人。編著に「現代名俳句集」(1・2巻)、句集に「樹皮」「火門集」「阿部青鞋篇」「続火門集」「霞ケ浦春秋」「火門私抄」などがある。

阿部 誠文　あべ・せいぶん

俳人　九州女子大学文学部教授　㋓昭和18年9月24日　㋐北海道室蘭市　本名=阿部誠文(あべ・まさふみ)　㋕二松学舎大学大学院国文学科修士課程修了　㋔俳句評論賞(平成11年)「戦争否定句集『砲車』」、俳人協会評論賞(第16回)(平成14年)「ソ連抑留俳句」　㋖昭和47年「石」会員、51年同人。同年「野火」会員、55年同人。のち「火の会」を結成。句集に「加行」「加以」「加美」「加恚」「観黄昏無量発空経」「戦争否定句集『砲車』」、著書に「篠田悌二郎—その俳句の歩み」「やさしい句会入門」「ソ連抑留俳句」など。　㋐俳人協会

阿部 宗一郎　あべ・そういちろう

詩人　俳人　㋓大正12年　㋐山形県西村山郡朝日町　㋖生家は最上川中流の農工兼業家で、少年期に宮沢賢治作品の影響をうける。青年期に詩人海野秋芳等と交わる。後、太平洋戦争に参加、中国興安北省で捕虜となり、シベリアに4年6ケ月抑留される。復員後、地域活動に入り、木工家具会社を設立する傍ら、山形詩人同人、俳句結社小熊座同人となる。著書に句集「魔性」「魔性II」、詩集に「雪女郎」、エッセイ集に「村住まい」「これから山村が面白い」などがある。

阿部 太一　あべ・たいち

歌人　鶴岡市芸術文化協会理事　㋓明治40年9月13日　㋜平成13年7月25日　㋐山形県　㋔高山樗牛賞(昭和50年)　㋖農業の傍ら大正15年橘田東声に師事。結城健三の歌誌「えにしだ」の選者をつとめる。昭和50年高山樗牛賞受賞。歌集に「歩刈帖」「萌黄の山」がある。　㋐日本歌人クラブ、山形県歌人クラブ

阿部 保　あべ・たもつ

詩人　㋓明治43年5月30日　㋐山形県東田川郡藤島町　㋕東京大学美術史学科卒　㋖東京経済大教授、北海道大教授を経て、同大学名誉教授。成蹊高校在学中に詩作を始め、大学2年のとき阪本越郎に連れられて百田宗治の門を叩く。昭和7年百田の主宰する第3次「椎の木」創刊と同時に同人となり詩を発表し始める。「詩と詩論」「文芸汎論」などに投稿。詩集に「紫夫人」「冬薔薇」「薔薇一輪」「流水」などがある。ほかに訳詩集も多い。

安部 忠三　あべ・ちゅうぞう

歌人　㋓明治35年1月29日　㋐大阪府　㋕京都帝大国文科中退　㋔木下利玄賞(第1回)(昭和14年)　㋖高校時代から歌をはじめ「青樹」「水甕」の同人となり、後に「帚木」に転じ、また「高人歌人」を創刊する。昭和4年「明治大正歌人評伝」を刊行し、5年には「短歌雑考」「歌壇史稿」を刊行し、7年歌集「砕永船」を刊行した。8年日本放送協会に入り、後に河内放送局長等をつとめた。他の著書に「晶子とその背景」などがある。

安部 宙之介　あべ・ちゅうのすけ

詩人　㋓明治37年3月3日　㋜昭和58年11月8日　㋐島根県三成町　本名=安部忠之助(あべ・ちゅうのすけ)　㋕島根師範(大正12年)卒、大東文化学院専門学校卒　㋖「新進詩人」同人となり、詩集「稲妻」刊行、教職のかたわら詩集「白き

頁と影」や創作集「水の声」などを発表。「三木露風研究」「続三木露風研究」の執筆や「三木露風全集」の編さんなどで師を顕彰。作品に「冬の花々」「屋上森林」「詩人北村初雄」など。元日本詩人クラブ会長、昭和58年3月まで大東文化大学講師。

安部 英康　あべ・ひでやす
詩人　歌人　㋖現代詩　㋐昭和5年11月12日　㋓岩手県江刺市　㋘岩谷堂高(昭和29年)卒　㋲方言　㋒著書に「ラマ祭文」「ポエム・ラマ」「穢染色体」「蝦夷をさまようアウトロー」「歌集手稼ぎの歌」「かがり火」「糞食鬼」「四十九歳よ・さようなら」「処女屁臭」など。「弘前詩人」に所属。

阿部 日奈子　あべ・ひなこ
詩人　㋐昭和28年　㋓東京都　㋒歴程新鋭賞(第1回)(平成2年)「植民市の地形」、高見順賞(第32回)(平成14年)「海曜日の女たち」　㋲フリーで編集・校正に携わるかたわら詩作を続ける。詩集に「植民市の地形」「海曜日の女たち」がある。

阿部 ひろし　あべ・ひろし
俳人　㋐大正8年7月19日　㋓東京　本名=阿部弘　㋘相原農蚕蚕業科卒　㋒馬酔木新人賞(昭和37年)　㋲元公立学校校長。昭和25年「馬酔木」に入会、水原秋桜子に師事。40年「馬酔木」同人。50年より「酸漿」指導。のち「酸漿」主宰。句集に「霜の畦」「浦島草」「木・草・鳥」「阿部ひろし集」がある。　㋔俳人協会

阿部 太　あべ・ふとし
歌人　㋐明治37年10月6日　㋑昭和59年2月7日　㋓大分県北海部郡　㋒大正13年若山牧水が結成した創作社に入り、昭和43年「創作」の選者となって活躍。35年多摩歌話会を創設し、会長、39年から41年まで日本歌人クラブ幹事をつとめた。歌集に「青榛原」「小庭」「阿部太歌集」「ヨーロッパ歌日記」がある。また昭和11年から4年間、ブラジルに渡り、日系二世のための教育に尽くした。

阿部 富美子　あべ・ふみこ
詩人　㋐大正6年1月4日　㋓群馬県渋川　本名=瓦井富美子　㋘日本女子大学卒　㋒群馬県文学賞(第1回)(昭和38年)「階段」　㋲竹内てるよ「生命の歌」、堀口大学訳「月下の一群」などの影響から30歳で詩作を始める。「詩学」に投稿。「青猫」「日本未来派」などの同人。笹沢美明・岡田刀水士に師事する。詩集に「深海魚」「幻の馬」「青春譜」「月光」「窓」がある。

阿部 正路　あべ・まさみち
歌人　文芸評論家　国学院大学文学部文学科教授　「太陽の舟」短歌会主宰　東北師範大学(中国)客員教授　㋖日本文学　㋐昭和6年9月20日　㋑平成13年6月27日　㋓秋田県秋田市　㋘国学院大学文学部文学科卒、国学院大学大学院文学研究科日本文学専攻(昭和34年)博士課程修了　文学博士　㋒芸能学会特別賞(第1回)「和歌文学発生史論」、日本歌人クラブ賞(第3回)(昭和51年)「飛び立つ鳥の季節に」「神居古潭」　㋲昭和36年国学院大学講師、42年助教授を経て、49年教授に就任。平成11年の国旗・国歌法制定に際し、衆議院内閣委員会に参考人として出席、法制化に賛成の意見を述べた。歌集「太陽の舟」「葡萄園まで」「天山離騒」があり、「短歌史」「疎外者の文学」「日本の神様を知る事典」「和歌文学発生論」「口訳・利根川図志」などの著作がある。　㋔和歌文学会、日本歌謡学会(常任理事)、現代歌人協会、日本歌人クラブ、日本文芸家協会、芸能学会

阿部 みどり女　あべ・みどりじょ
俳人　㋐明治19年10月26日　㋑昭和55年9月10日　㋓北海道札幌市　本名=阿部ミツ　㋘札幌北星女学校中退　㋒河北新報賞(昭和31年)、勲五等宝冠章(昭和45年)、蛇笏賞(第12回)(昭和53年)「月下美人」　㋲明治43年に結婚したが、その前後に肺結核を患い、療養中に俳句を始める。高浜虚子に師事し、大正時代の「ホトトギス」における代表的女流俳人として活躍し、昭和7年「駒草」を創刊して主宰。22年「笹鳴」を、30年「微風」を刊行し、53年「月下美人」で蛇笏賞を受賞した。　㋡父=永山武四郎(陸軍中将)

阿部 幽水　あべ・ゆうすい
俳人　㋐大正12年12月4日　㋓北海道有珠郡大滝村　本名=阿部保　㋘尋高小卒　㋒山火新人賞(昭和41年)、蓼汀賞(平成7年)　㋲昭和27年「山火」入会、のち同人となる。福田蓼汀に師事。大滝俳句会会長、大滝村社会教育委員長などを務める。句集に「昆布馬車」がある。　㋔俳人協会

安倍 能成　あべ・よししげ
教育者　哲学者　俳人　文相　学習院長　一高校長　㋐明治16年12月23日　㋑昭和41年6月7日　㋓愛媛県松山市小唐人町　㋘東京帝大文科大学哲学科(明治42年)卒　㋒読売文学賞(第9回・評論・伝記賞)(昭和32年)「岩波茂雄伝」　㋲東大在学中から「ホトトギス」などに文芸評論を発表し、明治44年阿部次郎ら4人の合著

「影と声」を刊行。大正2年「予の世界」を刊行し、以後「西洋古代中世哲学史」「西洋近世哲学史」「カントの実践哲学」などを刊行。その間、慶大、法政大などに勤務し、13～15年ヨーロッパに留学。帰国後は京城大教授を経て、昭和15年一高校長に就任した。21年幣原内閣の文部大臣となるが、数ヶ月で辞任。同年10月学習院大に就任し、戦後私立学校となった学習院の基礎固めに専念した。また、俳句は早くから夏目漱石の指導を受けるほか、高浜虚子、松根東洋城にも接し「渋柿」にも筆を執った。著書に「静夜集」「朝暮抄」「思想と文化」「山中雑記」「時代と文化」「一日本人として」「我が生ひ立ち」「安倍能成選集」（全5巻、小山書店）などがある。　㉘弟＝安倍恕（元高裁長官）

天岡 宇津彦　　あまおか・うつひこ
俳人　イビデン樹脂常務　㊷昭和8年10月7日　㊺岐阜県大垣市　本名＝天岡幸一（あまおか・こういち）　㊻県立大垣北高（昭和27年）卒　㊼新俳句新聞社俳句文学賞（昭和29年）、岐阜県俳句最高賞（昭和32年）　㊽イビデンに36年間勤めて退職し、現職。この間昭和28年薄多久雄の手ほどきを受け天狼俳句会入会。32年「水煙」創刊編集。句集に27～63年の850句を収めた「天岡宇津彦集一噴井」。　㊿俳人協会、岐阜県俳句作家協会

天久 卓夫　　あまく・たくお
歌人　㊷明治43年10月27日　㊺岡山県　㊼出版社を経営する傍ら、作歌に励む。「掌」に所属。歌集に「魚鳴歌」「うしお」「今と永生と」など。他の著書に「正統性について」がある。

天沢 退二郎　　あまざわ・たいじろう
詩人　評論家　明治学院大学文学部フランス文学科教授　㊸フランス文学　宮沢賢治　㊷昭和11年7月31日　㊺東京市芝区三田小山町　㊻東京大学文学部仏文科（昭和36年）卒、東京大学大学院フランス語フランス文学（昭和42年）博士課程修了　㊼アンリ・ボスコ、ジュリアン・グラック、アンドレ・ドーテル、フランソワ・ヴィヨン、聖杯物語群、泉鏡花　㊽歴程賞（第15回）（昭和52年）「Les invisibles」、高見順賞（第15回）（昭和60年）「〈地獄〉にて」、岩手日報文学賞賢治賞（第2回）（昭和62年）「《宮沢賢治》鑑」、宮沢賢治賞イーハトーブ賞（宮沢賢治賞）（第11回）（平成13年）、読売文学賞（詩歌俳句賞、第53回）（平成14年）「幽明偶輪歌」　㊽幼年期を満州で過ごし、昭和21年引揚げ、新潟県、千葉県に住む。中学時代から宮沢賢治の詩・童話に親しみ、詩作を始める。東京大学大学院では中世フランス文学を専攻、同人誌「舟唄」「暴走」「×（バッテン）」「凶区」に詩や評論・少年小説を発表。この間、39～41年パリ大学に留学。42年以降明治学院大学専任教員を務める。詩集に「道道」「朝の河」「時間錯誤」「Les invisibles（目に見えぬものたち）」「血と野菜」「〈地獄〉にて」「欄外紀行」「幽明偶輪歌」、評論に「宮沢賢治の彼方へ」「紙の鏡」「詩はどこに住んでいるか」「中島みゆきを求めて」、童話に「光車よ、まわれ！」「闇の中のオレンジ」、ほかにジョルジュ・バタイユ、ロブ＝グリエ、ジュリアン・グラック、アンリ・ボスコなどの翻訳がある。　㊿日本フランス語フランス文学会、日本文芸家協会、国際アーサー王学会、宮沢賢治学会イーハトーブセンター、Amitié HenriBosco

天田 愚庵　　あまた・ぐあん
歌人　漢詩人　僧侶　㊷安政1年7月20日（1854年）　㊸明治37年1月17日　㊺磐城国（現・福島県）　本名＝天田五郎　幼名＝天田久五郎、別名＝天田鉄眼　㊽明治戊辰で幕軍に参加し、以来約20年間流浪生活をする。その間、台湾征討にしたがい、また写真屋をやったり、山岡鉄舟の門に入り清水次郎長の許にあずけられて養子になったりする。明治20年剃髪し、25年から愚庵と号した。その間、17年に「東海遊侠伝」を刊行。落合直亮らに国学を学び、万葉の手ほどきをうけて、明治時代における万葉調短歌の一先覚者となり、五十首の「吉野」などを発表。没後「愚庵全集」が寒川鼠骨編で刊行された。

甘田 五彩　　あまだ・ごさい
俳人　㊷明治20年1月3日　㊸昭和32年12月12日　㊺東京　本名＝甘田誠三郎　㊻高崎中卒　㊼味の素の重役を経て、ますや商事社長を務めた。一方、青木月斗に師事し作句に励む。「同人」創刊時から参加し、のち選者となる。句集に「十六夜」、他の著書に「俳句の作り方」がある。

天津 克子　　あまつ・かつこ
俳人　㊷大正4年6月22日　㊺滋賀県　㊻浪速短期大学卒　㊽17歳で「詩歌」の会員となる。戦後「日本歌人」の同人。夫の死後継いで「木耳」を主宰する。「天津克子句集」のほかに歴史小説「父上は怒り給いぬ」がある。　㊿俳句作家連盟

天根 夢草　あまね・むそう
川柳作家　㊷昭和17年　㊐島根県　㊥新子座大賞(第1回)(平成2年)　小学生の頃から詩や俳句を作るが、中学時代に教科書で川柳に出会って以来、その自由で束縛されない五・七・五に魅力を感じ、作句をはじめる。「番傘」同人を経て「川柳展望」編集長。住友電気工業勤務。2冊の句集がある。

天野 雨山　あまの・うざん
俳人　㊷明治24年1月7日　㊥昭和24年3月1日　㊊東京　本名＝天野英二　㊙慶応義塾大学卒　㊞学生時代白秋に短歌を学び、俳諧を竹窓園暁賀に師事、俳誌「蕉風雪月花」に拠ったが、昭和2年暁賀没後、主宰を継いで「蕉風」と改題、13年さらに「春光」と改めた。史伝、連句によく通じ、論考「松原庵星布尼考」「俳豪鳥酔」、編著「昭和連句総覧」があるほか、ライフワークとされる「芭蕉七部集評釈」、句集「草苑」「瓊」がある。

天野 宗軒　あまの・そうけん
俳人　㊷明治18年11月3日　㊥昭和48年9月30日　㊊島根県松江市　本名＝天野銀市　㊙松江市立一成中学を経て松江の法律研修舎に学ぶ。俳句を旧派の林不悲に学び、明治37年奈良梧月に師事する。大正2年「美津宇見」を創刊、のち昭和9年「水声」を創刊。ほかに「ホトトギス」「石楠」「俳星」にも参加。句集に「双思楡」などがある。

天野 忠　あまの・ただし
詩人 随筆家　㊷明治42年6月18日　㊥平成5年10月28日　㊊京都府京都市新町御池　㊙京都市立一商(昭和3年)卒　㊥無限賞(第2回)(昭和49年)「天野忠詩集」、読売文学賞(第33回)(昭和57年)「私有地」　㊞大丸に入社し、昭和18年まで勤務。26年から46年まで奈良女子大学図書館事務長。この他、軍需会社、出版社、学校講師など種々の職業を転々とする。昭和初期から詩を書きはじめ、7年処女詩集「石と豹の傍にて」を発表。平成6〜10年遺稿集「耳たぶに吹く風」「草のそよぎ」「うぐいすの練習」が刊行された。他に「古い動物」「天野忠詩集」「私有地」「夫婦の肖像」、随筆集「そよかぜの中」「草のそよぎ」などがある。

天野 美津子　あまの・みつこ
詩人　㊷大正8年　㊥昭和40年2月　㊞昭和21年創刊になる臼井喜之介主宰の詩誌「詩風土」を詩的出発点とし、28年ごろには前登志夫の「望郷」グループにもいた。30年右原鳶らの創刊になる詩誌「ブラックパン」では中核的詩人として活躍した。のちに「日本未来派」や京都の「骨」の同人にもなる。詩集に「車輪」「赤い時間」「零のうた」がある。

天野 隆一　あまの・りゅういち
日本画家　詩人　「RAVINE(ラビーン)」主宰　㊷明治38年11月12日　㊥平成11年1月27日　㊊兵庫県西宮市　㊙京都市立芸術大学卒　㊥先進詩人顕彰、京都市芸術功労賞、京都府文化功労賞　㊞詩集に「公爵と港」「八坂通」「手摺のある石段」「天野大虹作品集」などがある。㊟画塾晨島社、日本現代詩人会

天彦 五男　あまひこ・いつお
詩人　㊷昭和12年2月20日　㊊東京　㊙法政大学卒　㊞詩集「鴉とレモン」「風針」「天彦五男詩集」「ピエロ群像」などがある。「あいなめ」「鴉」に所属。㊟日本詩人クラブ

天安 渓道　あまやす・けいどう
漢詩人　僧侶　永明寺住職　市之倉保育園長　㊷大正3年3月23日　㊊岐阜県多治見市市之倉　本名＝天安寿雄(あまやす・かずお)　㊞富長蝶如に詩文を学び、のち長谷川円石に、また服部担風の指導を受けた。昭和25年多治見市で「白水同声吟社」を結成、主幹となった。著書に「松風の音」がある。

網谷 厚子　あみたに・あつこ
詩人　江北高校教頭　㊁詩　古典文学　㊷昭和29年9月12日　㊊富山県　㊙茨城大学人文学部文学科国文学専攻(昭和53年)卒、お茶の水女子大学大学院人文科学研究科日本文学専攻(昭和55年)修士課程修了、お茶の水女子大学大学院人間文化研究科比較文化学専攻(昭和59年)博士課程単位修得退学　㊞東京都立高校教員となり、大崎高校などを経て、江北高校教頭。「白亜紀」「地球」同人。詩集に「時という枠の外側に」、「洪水のきそうな朝」「夢占博士」、著書に「平安朝文学の構造と解釈―竹取・うつほ・栄花」「日本語の詩学―遊び、喩、多様なかたち」、共著に「教育実習のための国語科教材研究」などがある。㊟日本現代詩人会、日本詩人クラブ

雨宮 きぬよ　あめみや・きぬよ
俳人　「百磴」主宰　[生]昭和13年1月25日　[出]静岡県　[学]実践女子短期大学卒　[歴]昭和46年殿村菟絲子に師事。47年「万蕾」創刊と同時に参加。49年「万蕾」同人。俳句結社「百磴」主宰。句集に「白妙」「雨後」「水碧」など。[団]俳人協会、女性俳句懇話会、日本文芸家協会

雨宮 慶子　あめみや・けいこ
詩人　[生]昭和29年10月19日　[出]山梨県　本名＝市村慶子　[学]青山学院大学文学部卒　[歴]平成元年詩集「熱射」を発表。以後、同人誌活動の他、朗読をはじめとするポエム・パフォーマンスを行う。詩誌「博物誌」「孔雀船」等を経て、「庭園」「第七官界」所属。「詩と思想」編集員を務める。11年チェンバロ奏者・武久源造と朗読のコラボレーション「アンティークピアノ、チェンバロと詩によるバロック探訪」を開催。詩集に「生掛」がある。

雨宮 謙　あめみや・けん
詩人　室蘭大道芸術祭実行委員長　[生]昭和13年2月15日　[出]北海道室蘭市　本名＝高橋稔　[学]室蘭北辰中卒　[賞]室蘭文芸奨励賞(第1回)(昭和49年)、室蘭文化連盟奨励賞(昭和59年)　[歴]昭和44年室蘭市内にてんぷら店を開店。一方、53年より室蘭大道芸術祭を開催、実行委員長を務める。この間33年文芸誌「第一形態」に詩を発表、45年「パンと薔薇」同人。詩集に「庖丁」「かけらたち」「風太・ギンギラギン」がある。　[団]北海道詩人協会、室蘭文芸協会

雨宮 昌吉　あめみや・しょうきち
俳人　安藤建設監査役　[生]大正8年7月10日　[没]昭和57年10月13日　[出]東京都新宿区荒木町　[学]中央大学専門部商科卒　[賞]万緑賞(第8回)(昭和36年)　[歴]戦前、見学玄の下で初めて作句。軍隊で瀬田貞二を識り、その機縁で昭和21年「万緑」創刊と同時に入門、中村草田男に師事。32年「万緑」同人。句集に「泉の央」、遺句集に「白き歳月」。　[団]俳人協会

雨宮 抱星　あめみや・ほうせい
俳人　玉屋ホテル社長　[生]昭和3年1月1日　[出]群馬県　本名＝雨宮肇　[学]早稲田大学中退　[賞]あざみ賞(第31回)(昭和62年)　[歴]昭和22年「俳句と旅」に参加。42年「草林」を創刊主宰。50年「あざみ」に入会、52年同人。63年東京新聞「ぐんま俳壇」の選者を務める。句集に「妙義路」「妙義の四季」「妙義湖」他がある。[団]現代俳句協会、群馬県俳句作家協会(理事)

雨宮 雅子　あめみや・まさこ
歌人　評論家　[生]昭和4年3月28日　[出]東京・永田町　本名＝中川雅子　[学]昭和女子大学文学部国文科卒　[賞]短歌公論処女歌集賞(昭和51年)「鶴の夜明けぬ」、平林たい子文学賞(第16回)(昭和63年)「斎藤史論」、短歌研究賞(第37回)(平成13年)　[歴]在学中から川上小夜子に師事し、「林間」創刊に参加、のち同人となるが退会。一時作歌を中断したのち、昭和47年夫の竹田善四郎とともに個人季刊誌「鴟尾」を発行。同年「地中海」に入会し、同人。歌集に「鶴の夜明けぬ」「悲神」「雅歌」「熱月」がある。[団]現代歌人協会、日本文芸家協会　[家]夫＝竹田善四郎(歌人・故人)

飴山 実　あめやま・みのる
俳人　山口大学名誉教授　[専]応用微生物学　[生]昭和1年12月29日　[没]平成12年3月16日　[出]石川県小松市　[学]京都大学農学部農芸化学科(昭和25年)卒　農学博士(昭和35年)　[賞]鈴木梅太郎賞(静岡県)(昭和23年)、日本農芸化学会功績賞(昭和63年)、中国文化賞(第45回)(昭和63年)　[歴]昭和25年大阪府立大学農学部助手、37年静岡大学農学部助教授を経て、44年山口大学農学部教授に就任。のち関西大学教授。また俳人として著名で「楕円律」「風」に参加。のち無所属。朝日俳壇選者を務めた。著書に「酢の科学」「定本芝不器男句集」、句集に「おりいぶ」「少長集」「辛酉小雪」「次の花」「花浴び」、評伝に「芝不器男伝」、評論集「季語の散歩道」など。[団]日本農芸化学会、日本生物工学会、American Society for Microbiology、日本文芸家協会

綾部 仁喜　あやべ・じんき
俳人　「泉」主宰　[生]昭和4年3月26日　[出]東京　[学]国学院大学文学部卒　[賞]俳人協会賞(平成7年)「樸簡」　[歴]昭和28年「鶴」入会。31年詩誌「新市街」を発刊、詩作と句作を併行する。41年「鶴」同人。49年「泉」創刊に伴い同人参加し、52年編集長となる。句集に「山王」「樸簡」。　[団]俳人協会(評議員)、日本文芸家協会

綾部 剛　あやべ・つよし
歌人　[生]昭和9年12月10日　[出]神奈川県逗子市　[歴]昭和30年「古今」入会。福田栄一に師事。「中央大学短歌会」「大学歌人会」に参加。第一歌集「自訴」を古今叢書として上梓。共著に「多摩歌話会合同歌集」がある。

綾部 白夜　あやべ・びゃくや
歌人　[生]明治35年1月5日　[没]昭和53年5月　[出]埼玉県入間郡　[歴]昭和36年11月「ささ短歌会」を創立。合同歌集に「ささ」「ささ'70」、歌集に「室生寺の塔」「西成の塔」「藍の色」がある。

綾部 光芳　あやべ・みつよし
歌人　[生]昭和9年10月17日　[出]埼玉県　[歴]昭和45年「作風」に入会、大野誠夫に師事。58年同人誌「象形文字」を松平修文、入江隆司らと創刊。歌集「水晶の馬」、合同歌集「七つの浪漫的情景」がある。

鮎貝 槐園　あゆかい・かいえん
歌人　[生]文久4年1月4日(1864年)　[没]昭和21年2月14日　[出]陸前国気仙沼(宮城県)　本名＝鮎見房之進　号＝薊の家、松の家　[学]東京外語朝鮮語科卒　[歴]兄落合直文が明治26年あさ香社を創設した際に、与謝野鉄幹と共に活躍する。「あさ香社詠草」に多くの歌を発表し、「二六新報」和歌欄の選者もした。27年渡鮮し、京城に5つの小学校を創設して、その総監督を務めた。後に京城で実業家となり、朝鮮総督顧問も務めた。その一方で朝鮮の考古学、古美術研究にも力を注ぎ「雑攷」全13巻を著した。
[家]兄＝落合直文(国文学者)

鮎貝 久仁子　あゆかい・くにこ
歌人　「交響」主宰　[生]明治39年7月21日　[没]平成8年6月19日　[出]東京　[学]女子美専卒　[歴]敗戦直後に村田利明に師事。昭和26年「白珠」に入社、安田青風に師事、同人。30年から44年まで東京支社復活継続。45年4月に「交響」創刊。歌集に「薔薇」「孤」「音」「交響第一楽章」、他に歌文集「おどろき」「風化」「輪」「女ひとり旅」などがある。平成4年96歳の姉へ毎日送り続けたはがきをまとめた「41円の贈りもの」を出版。　[団]和歌文学会、日本歌人クラブ、日本雑誌連盟、新短歌人、柴舟会

鮎川 信夫　あゆかわ・のぶお
詩人　評論家　[生]大正9年8月23日　[没]昭和61年10月17日　[出]東京・小石川　本名＝上村隆一　[学]早稲田大学英文科(昭和17年)中退
[歴]昭和17年近衛歩兵四連隊に入隊、スマトラ作戦に参加。19年傷病兵として帰還。詩作は中学時代から始め、詩誌「LUNA」「新領土」に参加。22年詩誌「荒地」の創刊に参加し、戦後詩の発展に力があった。主な著書に「戦中手記」「歴史におけるイロニー」「一人のオフィス」「私のなかのアメリカ」などのほか、「鮎川信夫著作集」(全10巻，思潮社)がある。
[団]日本文芸家協会

あゆかわ のぼる
詩人　エッセイスト　[生]昭和13年9月28日　[出]秋田県由利郡下浜村羽川(現・秋田市下浜)　本名＝大友惣四郎　[学]市立秋田高卒　[賞]NHK東北ふるさと賞(平4年度)　[歴]33年間のビジネスマン生活の後、平成5年退職し、フリーライター。「日本海詩人」編集人。詩集に「影の島」「風の故郷」「残照の河へ」、エッセイ集に「雪国中年子守唄」「ええふりこぎの思想」「せやみこぎの思想」「あきた弁大講座」「秋田でござい！」、小説に「向い風」などがある。

新井 章夫　あらい・あきお
詩人　[生]昭和10年2月15日　[出]北海道釧路市　本名＝新井明夫　[学]稚内高(昭和28年)卒　[賞]道新文学賞佳作賞(第16回)(昭和57年)「北の明眸」、北海道詩人賞(第3回)(平成4年)「風土の意志」、伊東静雄賞(第3回)(平成4年)「水郷」
[歴]高校1年生から詩作を始め、昭和30年代中央の詩誌に作品が掲載され始める。北海道開発局旭川開発建設部に勤めながら、地域に根差した詩作活動を続ける。「核」同人。北海道文学館評議員。その外の詩集に「原野喪失」「わが風への夢想」「北の明眸」などがある。
[団]北海道詩人協会(理事)、日本現代詩人会、日本文芸家協会

新井 章　あらい・あきら
歌人　江戸川大学名誉教授　[専]近代日本文学
[生]大正13年10月12日　[没]平成13年6月11日　[出]長野県上伊那郡長谷村　[学]国学院大学文学部日本文学科卒　[歴]「アララギ」を経て、歌誌「水門」発行人。島木赤彦の研究者として知られ、島木赤彦研究会会長を務めた。著書に「島木赤彦」「土田耕平論」「伊那谷の自然と文学」「信濃の文学風土記」、歌集に「雨の音」「寒き朝」「戸倉山」がある。　[団]解釈学会、信濃文学会、犀星学会、現代歌人協会、日本文芸家協会

新井 洸　あらい・あきら
歌人　[生]明治16年10月9日　[没]大正14年10月23日　[出]東京　本名＝新井幸太郎　別号＝雨泉
[歴]府立一中時代15歳で佐佐木信綱に師事し、20歳以降「心の花」の歌人として活躍。帝国水難救済会に勤務。また、その間、洋画家、小説家を志し、尾崎紅葉の門にも入る。明治末から大正期にかけては川田順、木下利玄と共に"心の花三羽烏"と称され、大正5年「微明」を刊行。没後「新井洸歌集」が刊行された。

新井 佳津子　あらい・かずこ
俳人　[生]昭和2年1月19日　[出]東京　本名＝新井和子　[学]市立女子専修卒　[歴]昭和46年「かびれ」入門、大竹孤悠に師事。その没後は小松崎爽青に師事し、49年「かびれ」同人。句集に「観音微笑」「和光」がある。　[団]俳人協会

新井 紅石　あらい・こうせき
俳人　[生]明治40年4月12日　[没]昭和62年1月18日　[出]埼玉県鴻巣市　本名＝新井基次(あらい・もとつぐ)　[学]旧制高等科補習中卒　[歴]造兵敞復員後自営業。昭和10年「土上」に投句。戦後、俳句人連盟中央委員、県俳連創立常任理事。30年「あらつち」を発行。「季節」「河」「人」同人。句集に「野火」「桐下駄」など。　[団]俳人協会

新井 貞子　あらい・さだこ
歌人　[生]昭和5年9月16日　[出]東京・板橋　本名＝大島貞子　[学]豊島高女卒　[歴]昭和26年竹柏会「心の花」入会。現編集委員。「こえ」主宰。日本歌人クラブ幹事、跡見女子大短歌講師を務めた。歌集「幻野祭」「霊歌祭」、合同歌集「渦」「緑晶」に出詠。　[団]現代歌人協会、日中文化交流協会

新井 声風　あらい・せいふう
俳人　[生]明治30年12月3日　[没]昭和47年8月27日　[出]東京市浅草区山之宿町　本名＝新井義武　[学]慶応義塾大学卒　[歴]慶大在学中に臼田亜浪を知り、以後師事して「石楠」に参加し、大正7年同人となる。10年「石楠」同人を退き、「茜」を創刊して主宰。また13年には松竹キネマに入社。「石楠」で富田木歩を知り、後に「木歩句集」「木歩文集」を編集した。著書に「現代俳人鈔」、句集に「すみだ川」などがある。

荒井 孝　あらい・たかし
歌人　[生]明治43年12月29日　[出]長野県　[歴]大正14年「アララギ」入会。「野乾草」「霜ぐもり」「寒暮」などの歌集がある。「ヒムロ」の選歌を担当。「アララギ」の発行に携わる。

新井 徹　あらい・てつ
詩人　[生]明治32年2月15日　[没]昭和19年4月12日　[出]長崎県下県郡厳原町　本名＝内野健児　[学]広島高師国文科卒　[歴]広島高師在学中に「日本詩人」などに投稿し、卒業後渡鮮して京城中学などに勤務。そのかたわら「耕人」「亜細亜詩脈」「鋲」「朝」などを創刊し、大正12年「土墻に描く」を刊行するが発禁処分となる。上京後の昭和4年「宣言」を創刊してナップに加盟し、5年「カチ」を刊行。9年「詩精神」を創刊し、12年「南京虫」を刊行した。「新井徹の全仕事」(全1巻，創樹社)がある。

新井 豊美　あらい・とよみ
詩人　評論家　[生]昭和10年10月17日　[出]広島県尾道市　本名＝新井豊実　[学]上野学園大学中退　[賞]地球賞(第7回)(昭和57年)「河口まで」、高見順賞(第23回)(平成5年)「夜のくだもの」　[歴]菅谷規矩雄、倉田比羽子らと詩誌「Zodiac」を創刊。「風」「ALMÉE うあん」に所属。詩集に「波動」「河口まで」「いすろまにあ」「半島に吹く風の歌」「夜のくだもの」、評論に「苦海浄土の世界」、他に民謡採譜も手がける。　[団]日本現代詩人会、日本文芸家協会

荒井 文　あらい・ふみ
歌人　[生]大正5年3月7日　[没]平成12年9月6日　[出]神奈川県横浜市　本名＝荒井富美子　[歴]昭和14年並木秋人主宰「走火」入会。戦中同誌は休刊し、戦後「短歌個性」として復刊。31年並木死去により自然退会。34年箱根短歌会結成「はこね草」発行。48年歌誌「木牙(ぼくが)」創刊、発行人となる。平成2年同誌終刊。のち「木牙通信」と誌名変更し、編集発行人。　[団]神奈川県歌人会、日本歌人クラブ

荒井 正隆　あらい・まさたか
俳人　商業デザイナー　[生]大正12年3月5日　[出]埼玉県川越市　[学]東京高等工芸(旧制)卒　[賞]浜賞(昭和34年)、埼玉文芸賞(昭和46年)、浜同人賞(昭和50年)　[歴]昭和26年「石楠」系の友人に誘われ，翌年より「浜」に投句。以後大野林火に師事。36年同人。句集に「父嶽」。　[団]俳人協会

荒賀 憲雄　あらが・のりお
詩人　[生]昭和7年　[出]京都府　[学]京都学芸大学(現・京都教育大学)国文学科卒　[歴]高校時代から山岳部に属し、大学のころから詩を書き始める。京都府立高校の国語科教師となり、東宇治高校、洛北高校では山岳部顧問を務めた。定年後は京都女子高校などで講師を務める。詩誌「ラビーン」編集発行責任者。著書に「ある微光」「虚像の人」「霧の中に」「落日の山」などがある。　[団]日本山岳会、日本現代詩人会

荒垣 外也　あらがき・そとや
歌人　[生]明治42年1月14日　[出]新潟県　本名＝三井田清弥　[歴]昭和18年「アララギ」入会。20年、鹿児島寿蔵主宰の「潮汐」に創刊時入会、51年まで編集に従事。31年より国立療養所栗生楽泉園内「高原短歌会」選者。歌集「人参礁」がある。　[団]現代歌人協会

新垣 秀雄　あらがき・ひでお
歌人　[生]昭和2年5月30日　[出]沖縄県　[賞]沖縄タイムス文学大賞(平13年度)「残生」　[歴]高校教師を定年退職後、短歌を始める。不戦、平和の思いを込め沖縄戦を詠み、遺骨収集とともにライフワークとなる。旧制中学時代に学徒兵として出征、記した戦陣日記が下敷きとなり、歌集「残生」を発刊、同書は平成13年度沖縄タイムス文学大賞を受賞。短歌結社「未来」同人。他の歌集に「傷痕」「短歌に詠まれた沖縄」がある。

荒川 吟波　あらかわ・ぎんぱ
俳人　[生]明治23年　[没]大正10年12月29日　[出]東京　本名＝荒川敏雄　[歴]早稲田大学に学ぶ。明治42年戸沢撲天鵬の「蝸牛」創刊に参画。のち、新傾向俳句に転じる。「鉄針」の課題句選者を経て、中塚一碧楼と早稲田吟社を復興。ほかに「試作」「第一作」「射手」「海紅」などの創刊に際しても同人として参加し活躍した。

荒川 同楽　あらかわ・どうらく
俳人　医師　[生]文久3年7月20日(1863年)　[没]昭和32年11月29日　[出]三河国成岩町　本名＝荒川鼎　[歴]豊橋市東田町で医師開業。俳句は正岡子規を訪ねて指導を受け、後「ホトトギス」に投句、三河鳴雪といわれた。米寿になった昭和25年、旧友で喜寿となった浅井意外と共著で「双寿句鈔」(同楽88句、意外77句)を刊行、他に句集「稲香」がある。

荒川 法勝　あらかわ・のりかつ
詩人　小説家　元・多摩美術大学教授　[生]大正10年9月7日　[没]平成10年5月6日　[出]岩手県下閉伊郡釜石町　別名＝荒川法勝(あらかわ・ほうしょう)　[学]慶応義塾大学文学部哲学科卒　[歴]昭和26年佐原一高教諭、34年成東高教諭。40年第3次千葉県詩人クラブ初代会長に就任。52年日本現代詩人会常任理事。平成元年多摩美術大学教授。著書に「天開山」「宮沢賢治詩がたみ・野の師父」「伊藤左千夫の生涯」「波のうえの国」「泉鏡花」「長宗我部元親」、　詩集に「生物祭」「鯨」「宇宙の旅」「奇説・慶安太平記」「花は花でも」「荒川法勝詩集」(土曜美術社)などがある。
[団]日本ペンクラブ、日本文芸家協会、日本現代詩人会

荒川 洋治　あらかわ・ようじ
詩人　紫陽社社主　[専]現代詩　文芸評論　ルポルタージュ　[生]昭和24年4月18日　[出]福井県坂井郡三国町　本名＝荒川洋治(あらかわ・ひろはる)　[学]早稲田大学第一文学部卒　[興]〈ことば〉論、韓国文学論　[賞]H氏賞(第26回)(昭和51年)「水駅」、高見順賞(第28回)(平成10年)「渡世」、読売文学賞(詩歌俳句賞，第51回)(平成12年)「空中の茱萸」　[歴]高校時代に詩誌「とらむぺっと」創刊。早大在学中の昭和46年、第一詩集「娼婦論」を出す。50年刊行の「水駅(すいえき)」でH氏賞を受賞。55年から文筆生活に入る。詩書出版・紫陽社を主宰し新人を発掘するかたわら、早大非常勤講師やニッポン放送〈人生相談〉パーソナリティーほかのラジオ番組にレギュラー出演。60年より読売新聞に詩時評、平成4年より産経新聞に文芸時評を執筆。朝日新聞書評委員も務める。ほかに詩集「現代詩文庫・荒川洋治詩集」(正・続)「一時間の犬」「あたらしいぞわたしは」「空中の茱萸」、評論集「読んだような気持ち」「読書の階段」、エッセイ集「世間入門」「夜のある町で」、海外紀行「ブルガリアにキスはあるか」がある。
[団]日本現代詩人会、日本文芸家協会(理事)

荒木 古川　あらき・こせん
俳人　「白魚火」主宰　[生]明治45年1月5日　[没]平成12年4月14日　[出]島根県平田市　本名＝荒木清　[学]平田実業学校卒　[歴]昭和21年佐川雨人の手ほどきを受ける。27年「若葉」に加入、富安風生に師事、45年同人となる。また30年「白魚火」創刊、編集長となり、主宰西本一都の指導を受ける。句集に「湯谷川」がある。
[団]俳人協会

荒木 忠男　あらき・ただお
俳人　詩人　聖学院大学総合研究所教授　元・駐バチカン大使　[専]比較文化論　[生]昭和7年5月10日　[没]平成12年2月11日　[出]福島県　[学]東京大学教養学部教養学科フランス科(昭和31年)卒　哲学博士　[歴]昭和31年外務省入省。マールブルグ大学(ドイツ)留学、国際交流基金総務部長、ユネスコ日本常駐代表、55年在デュッセルドルフ総領事、59年文化交流部長、61年在フランクフルト総領事、平成2年駐西ドイツ(現・ドイツ)特命全権公使を経て、5年10月駐バチカン大使に就任。8年8月退

官。のち聖学院大学人文学部教授、同大総合研究所教授。著書に「フランクフルトのほそ道」、句集「荒木忠男集」「心の旅」、詩集「サン・クルーの日曜日」、共著に「デュッセルドルフのほそ道」「経済統合の鼓動」、共訳に「国際共産主義運動」などがある。㊐俳人協会(名誉会員)

荒木 暢夫　あらき・のぶお
歌人　㊌明治26年3月28日　㊍昭和41年2月27日　㊎高松市　本名＝荒木喬　㊫香川師範卒　㊩北原白秋に師事して、大正4年巡礼詩社に入り、「ARS」に詩作を発表。後「煙草の花」「曼陀羅」「ザンボア」「香蘭」「短歌民族」を経て、昭和10年創刊の「多磨」に参加し、28年には「形成」の創刊に参加した。没後遺歌集「白塩集」が刊行された。

新 哲実　あらた・さとみ
詩人　㊎兵庫県神戸市　㊫関西学院大学文学部日本文学科卒　㊩詩集に「生命という名の孤児たち」「橋の上から」「賛歌」「迷子の羊」「思索詩 影と実体」「ルオーに寄せて」がある。㊐文芸誌「PO」、日本詩人クラブ、関西詩人協会

新出 朝子　あらで・あさこ
俳人　㊌昭和16年1月31日　㊎北海道北竜町　㊫北竜高卒　㊩俳句は昭和41年、北光星門に入り、「道」同人。句集に「飛沫」「水鏡」がある。　㊗夫＝北建夫(「道」編集長)

荒松 素泡　あらまつ・そほう
俳人　㊌明治39年7月19日　㊎鳥取県　本名＝荒松季信(あらまつ・としのぶ)　㊫国鉄教普通部卒　㊮朝日新聞社賞、出雲賞、山形県知事賞　㊩大正10年俳諧を学ぶ。昭和3年大田柿葉、伊東月草に師事。「俳魂」創刊主宰。48年「河」、54年「人」同人となる。句集に「過客」「柿乃月」がある。　㊐俳人協会

新谷 ひろし　あらや・ひろし
俳人　「暖鳥」主宰　青森県現代俳句協会会長　㊌昭和5年12月7日　㊎青森県　本名＝新谷博　㊫法政大学文学部卒　㊮青森県俳句懇話会賞　㊩昭和22年青森俳句会発行の「暖鳥」を知り、作句。24年「あざみ」(河野南畦主宰)入会、26年同人。30年より「暖鳥」編集。句集に「飛礫の歌」「大釈迦峠」「蘆生の村」「蛍沢」など。㊐現代俳句協会

有泉 七種　ありいずみ・ななくさ
俳人　医師　有泉整形外科病院長　㊌大正11年1月7日　㊎山梨県　本名＝有泉正一　㊫東京慈恵会医科大学卒　医学博士　㊮雲母賞(第10回)　㊩昭和17年頃より飯田蛇笏・龍太に師事。「雲母」同人を経て、平成5年「白露」所属。句集に「人日」「私の俳句鑑賞十二ケ月」がある。

有川 美亀男　ありかわ・みきお
歌人　群馬大学名誉教授　元・群馬県立女子大学教授　㊥中世文学　㊌大正4年1月9日　㊎東京　㊫東京帝国大学国文科卒　㊮高橋元吉文化賞(第17回)(平成1年)　㊩在学中から細井魚袋主宰の短歌結社真人社に入り、指導を受ける。昭和25年より群馬大で講義。専門は中世の物語で、怪異話、説話、御伽草子などの研究で知られた。55年に群馬県立女子大に移り、6年間在職。半世紀に及ぶ歌業は歌集「あかがね」(昭59)にまとめられている。「彩光」同人、群馬県文学賞(短歌)の選考委員や新聞の歌壇の選者歴も長い。　㊐中世文学会、説話文学会

有坂 赤光車　ありさか・せっこうしゃ
俳人　㊌明治33年1月1日　㊍昭和61年5月7日　㊎北海道札幌市　本名＝有坂正巳　㊫明治大学中退　㊮斜里町文化功労賞(昭52年度)　㊩北海道斜里町役場職員、農協参事などを経て、司法書士。明大在学中、俳誌「層雲」に投稿して以来俳句を始め、帰郷後は「河」「人」などの同人として活躍。自らも昭和20年斜里砂丘吟社を創立し、「砂丘」を発行、主宰した。48年俳人協会会員。

有島 武郎　ありしま・たけお
小説家　詩人　㊌明治11年3月4日　㊍大正12年6月9日　㊎東京府第四大区三小区小石川水道町(現・文京区)　名乗り＝行正、号＝泉谷、由井ケ浜兵六、勁隼生　㊫学習院中等科卒、札幌農学校卒　㊩学習院卒業後、札幌農学校に進む。この頃、キリスト教を知る。農学校卒業後の明治36年アメリカに3年間留学。帰国後、東北帝大農科大学予科教授に就任。一方、43年に創刊された「白樺」同人に加わり「かんかん虫」「或る女のグリンプス」などを発表。大正4年「宣言」を発表、自己の本能の要求に生きようとする人間と環境を描き、以後も「惜みなく愛は奪ふ」「カインの末裔」「クララの出家」「小さき者へ」「生れ出づる悩み」などを発表し、8年近代リアリズムの代表作とされる「或る女」を完成させた。11年「宣言一つ」を発表し、自己の立場を表明、また財産放棄や生活改革を考え、狩太農場を解放した。同

年個人雑誌「泉」を創刊するが、12年婦人記者・波多野秋子と心中死した。詩作品に「草の葉」「群集」「大道の秋」など。「有島武郎全集」（全15巻・別巻1、筑摩書房）がある。㊥弟＝有島生馬（画家）、里見弴（小説家）、長男＝森雅之（俳優）、息子＝神尾行三（「父有島武郎と私」の著者）

有田 静昭　ありた・しずあき
歌人　「林泉」代表　㊦国文学　㊤大正3年9月4日　㊗昭和62年11月7日　㊥大阪市　㊨大正15年「アララギ」に入会し、斎藤茂吉に師事。昭和28年「林泉」創刊に参加、56年代表となる。金蘭短期大学講師もつとめた。歌集に「彷徨」「索須」「藤波」、著書に「子規歌論の展開」など。

有田 忠郎　ありた・ただお
詩人　元・西南学院大学文学部外国語学科教授　㊦フランス文学　㊤昭和3年6月19日　㊥長崎県佐世保市　㊨九州大学文学部フランス文学科（昭和28年）卒　㊨フランス近代詩、ポール・ヴァレリーの詩と「カイエ」　㊧福岡市文学賞（昭和59年）「セヴラックの夏」（詩集）　㊨北九州大学教授を経て、昭和50年西南学院大学文学部教授。「ALM'EE」に所属。詩集に「セヴラックの夏」「蝉」、評論集に「異質のもの」「夢と秘儀」、訳書に「J.Pリシャール詩と深さ」がある。　㊥日本フランス語フランス文学会

有冨 光英　ありとみ・こうえい
俳人　㊤大正14年10月18日　㊥東京　本名＝有富孝二郎（ありとみ・こうじろう）　㊨陸士卒　㊨昭和24年「草くき」入会、宇田零雨に師事。43年宇咲冬男梨の「芯の会」入会、「あした」同人。48年「四季」入会、理事・同人。53年「あいうえお」創刊代表。現在、「白」主宰。句集に「日輪」「琥珀」、著書に「俳句辞典・鑑賞」（共著）「草田男・波郷・楸邨」などがある。　㊥俳人協会、現代俳句協会、東京都現代俳句協会（幹事）

有野 正博　ありの・まさひろ
歌人　㊤大正3年8月3日　㊥福岡県　㊨昭和11年北原白秋の「多磨」に入会し作歌をはじめる。解散後、28年木俣修に師事して「形成」創刊に参加。53年「地脈の会」を創設し「地脈」を創刊。58年豊洋歌人協会会長。歌集「系譜」がある。

有馬 朗人　ありま・あきと
物理学者　俳人　参院議員（自民党　比例）　東京大学名誉教授　「天為」主宰　元・文相　元・科学技術庁長官　㊦原子核物理学　㊤昭和5年9月13日　㊥大阪府大阪市住吉区　㊨東京大学物理学科（昭和28年）卒　理学博士（昭和33年）　㊨クォークによる原子核構造論、原子核の集団運動、海外における俳句の可能性　㊧仁科記念賞（昭和53年）「原子核の集団運動」、グラスゴー大学名誉博士（昭和59年）、バングラデッシュ物理学会名誉会員、俳人協会賞（第27回）（昭和63年）「天為」、ウェザリル・メダル（平成2年）、ベンジャミン・フランクリン賞（平成2年）、ドイツ功労勲章功労大十字章（平成3年）、オラニエ・ナッソウ勲章（オランダ）（平成4年）、ドレックセル大学名誉博士（平成4年）、日本学士院賞（第83回）（平成5年）「原子核の力学的模型と電磁相互作用の理論的研究」、フローニンゲン大学名誉博士号（オランダ）（平成6年）、レジオン・ド・ヌール勲章（平成10年）　㊨東京大学原子核研究所助手を経て、昭和35年東京大学理学部講師、40年助教授、50年教授。この間、46～48年ニューヨーク州立ストーニーブルック校教授、56～57年日本物理学会長、56～60年東京大学大型計算機センター長を歴任し、平成元年総長に就任。5年3月退官し、4月より法政大学教授。同年10月理化学研究所理事長となる。7～10年中央教育審議会会長。第13～15期日本学術会議会員。10年7月参院選比例区に自民党名簿1位で当選し、小渕内閣の文相に就任。11年1月小渕改造内閣でも留任、また科学技術庁長官を兼任。13年北九州市産業学術推進機構初代理事長。一方、昭和25年「東大ホトトギス会」「夏草」に入会、青邨門下に入る。28年「夏草」同人。同年「子午線」発刊に参画し、48年「塔の会」入会。国際俳句交流協会会長なども務めた。主な専門書に「科学の饗宴」「原子と原子核」、句集に「母国」「知命」「天為」がある。　㊥日本物理学会、俳人協会、日本文芸家協会、日本ペンクラブ、国際俳句交流協会

有馬 籌子　ありま・かずこ
俳人　㊤明治43年7月18日　㊥三重県　㊨津高女卒　㊧夏草新人賞（昭和33年）、夏草功労賞（昭和48年）　㊨昭和7年虚子の手ほどきを受ける。27年「夏草」入門。30年から山口青邨に学び、34年「夏草」同人。38年菅裸馬の「同人」に参加。44年「同人」雑詠選者。句集に「冬牡丹」。　㊥俳人協会（名誉会員）　㊥息子＝有馬朗人（俳人）

有馬 暑雨　ありま・しょう
俳人　琴平参宮電鉄(株)監査役　[生]大正6年6月17日　[出]香川県　本名＝有馬正作　[賞]万緑賞(第36回)(平成1年)　[歴]「万緑」同人。朝日新聞香川版の香川俳壇選者。中村草田男選で「万緑」に掲載されたものから595句を選び、平成2年に初の句集「花柘榴」を刊行。

有馬 敲　ありま・たかし
詩人　文芸評論家　現代京都詩話会代表　[専]詩　童謡　評論　[生]昭和6年12月17日　[出]京都府亀岡市　本名＝西田綽宏　[学]同志社大学経済学部(昭和29年)卒　[興]映画、菓子、経済　[賞]サンケイ児童出版文化賞推薦(昭和57年)、アトランチダ賞(第5回)(平成14年)　[歴]大学在学中に「同志社文学」を発行、実存主義の影響を受ける。卒業後、京都銀行に勤めながら詩作を続け、詩誌「ノッポとチビ」「ゲリラ」などを発行する。昭和40年代に盛んになったフォークソング運動では、高石友也、岡林信康らと交流、創作わらべうたなどがフォークシンガーたちによって歌われ、“オーラル派”と呼ばれる。52年には京都銀行銀閣寺支店長からタカラブネに転職、57年には役員となった。この間、創作活動を続け、詩集「終りの始まり」「迷路から」「白い闇」「よそ者の唄」「東西南北」「インドの記憶」「有馬敲詩集」、わらべうた集「らくちゅうらくがいらくがき」、合唱曲集「ちいさなちきゅう」、評論集「定住と移動」「京の夢・異郷の夢」、「有馬敲作品集」(全7巻)などを次々と発表している。詩集は中国語訳(北京)など、数ケ国語に訳されている。平成7年日本モンゴル交流協会会長。また2年から国際詩大会に参加し、詩朗読を提唱。世界各国で開催される大会で自作の詩を朗読する。14年スペインのグラン・カナリア国際詩人祭の国際詩人賞・アトランチダ賞を東洋人で初めて受賞した。　[団]思想の科学研究会、日本現代詩人会、日本文芸家協会

有本 倶子　ありもと・ともこ
作家　歌人　[生]昭和19年4月2日　[出]兵庫県　[学]同志社大学文学部(昭和44年)卒　[歴]10年におよぶ難病を克服してのち、障害児学級教諭となる。昭和44年「形成」に参加し、木俣修に師事。63年「形成」同人。著書に「保育園っ子」「いじめられっ子ばんざい」、詩集に「ねえ、ママきいて」、歌集に「雪ものがたり」、童話に「但馬の鮎太郎」、評伝に「落葉の賦」「つひに北を指す針」「蟹の眠—島崎英彦の生涯」「評伝大西民子」などがある。　[家]父＝北村南朝(歌人)

有本 芳水　ありもと・ほうすい
詩人　歌人　岡山商科大学名誉教授　[生]明治19年3月3日　[没]昭和51年1月21日　[出]兵庫県姫路市　本名＝有元歓之助　[学]早大高等師範部国文科卒　[歴]実業之日本社に入社して「日本少年」主筆となり、後「実業之日本」を編集。「文庫」に短歌を投稿し、明治38年車前草社に入り、さらに詩草社に加わり「詩人」に詩作を発表。「日本少年」にも毎号少年詩を発表し、大正3年「芳水詩集」を刊行。以後「ふる郷」「悲しき笛」「海の国」などを刊行。昭和20年実業之日本社を退職し、岡山へ帰住して岡山の短大、大学で教鞭をとり、のち岡山商科大学教授に就任。「岡山文学アルバム」「笛鳴りやまず」などを刊行した。

有本 銘仙　ありもと・めいせん
俳人　[生]明治32年1月20日　[没]昭和41年7月3日　[出]兵庫県姫路市　本名＝有本義雄　[歴]昭和9年頃から斎藤俳小星の指導を受け、「ホトトギス」「若葉」「夏草」に投句。のち、「夏草」同人となる。秩父で織物仲買業を営み、俳号は秩父銘仙に拠った。

有山 大五　ありやま・だいご
歌人　[生]昭和11年9月1日　[出]奈良県　本名＝有山恭弘　[学]国学院大学卒　[歴]大学講師も務める。「みとす」「火の群れ」所属。歌集に「樒の庭」「冷明集」など。他の著書に評論「近代文学の風土」「短歌飄泛」などがある。　[団]日本ペンクラブ

有賀 辰見　あるが・たつみ
俳人　[生]大正9年6月30日　[出]長野県　本名＝山寺辰見　[学]伊北農商卒　[賞]夏草新人賞(昭和30年)、夏草功労賞(昭和52年)　[歴]昭和22年木村蕪城に師事。25年には山口青邨に師事し、同年「夏炉」入会。翌年「夏草」入会、31年に同人となる。50年「夏炉」同人。句集に「鳳仙花」「町」がある。　[団]俳人協会

淡島 寒月　あわしま・かんげつ
小説家　随筆家　俳人　画家　[生]安政6年10月23日(1859年)　[没]大正15年2月23日　[出]東京・日本橋馬喰町　本名＝淡島宝受郎　別号＝愛鶴軒、梵雲庵　[歴]福沢諭吉の刺激で欧米文化にあこがれ、アメリカ帰化を願っていたが、明治13、14年頃から江戸文化に親しみ、西鶴に傾倒し、明治期における元禄文学復興、特に西鶴調復活の推進力となった。のち禅、考古学、キリスト教、進化論、社会主義などの思想遍歴をするが、晩年は玩具収集に熱中した。小説に「百

美人」「馬加物語」などがあり、没後「寒月遺稿連句集」「寒月句集」などが刊行された。　㊨父＝淡島椿岳（画家）

粟津 松彩子　あわず・しょうさいし
　俳人　㊷明治45年3月19日　㊻京都　本名＝粟田菊雄　㊹昭和5年「ホトトギス」初入選。田中王城につき、14年王城没後は高浜年尾についた。20年、沖縄・台湾に従軍。24年「ホトトギス」同人。年尾病臥後は稲畑汀子に師事。建仁寺西門前に住み、茶商を営む。句集に「松彩子句集」がある。

粟津 水棹　あわず・すいとう
　俳人　㊷明治13年5月25日　㊸昭和19年10月16日　㊻京都市東六条　本名＝粟津操　㊹中学卒業後、漢籍や絵を学び、明治33年父祖の業を継ぎ大谷宮仏上人の筆頭家従として近侍する。この頃、河東碧梧桐らに俳句を学び、37年中川四明主宰のもとに「懸葵」を創刊し、20年間編集に携わる。また「獺祭」同人となり、昭和初期には「桃李」を主宰した。大正9年、名和三幹竹との共編で「四明句集」を刊行した。

阿波野 青畝　あわの・せいほ
　俳人　「かつらぎ」名誉主宰　㊷明治32年2月10日　㊸平成4年12月22日　㊻奈良県高市郡高取町　本名＝阿波野敏雄（あわの・としお）　旧姓（名）＝橋本　霊名＝アシジのフランシスコ　㊹畝傍中（大正7年）卒　㊺蛇笏賞（第7回）（昭和48年）「甲子園」、西宮市民文化賞（昭和48年）、大阪府芸術賞（昭和49年）、勲四等瑞宝章（昭和50年）、兵庫県文化賞（昭和60年）、詩歌文学館賞（第7回）（平成4年）　㊹大正6年高浜虚子の門に入り師事。昭和4年主宰誌「かつらぎ」創刊。同年「ホトトギス」同人となり、秋桜子・素十・誓子とともに四Sと称せられ、昭和俳句の輝かしい出発点となった。作風は暖かい人間味とそこから生れるユーモアとに特徴がある。38年俳人協会顧問、50年同会関西支部長。同年〜52年大阪俳人クラブ初代会長。この間44年より「よみうり俳壇」選者。平成2年「かつらぎ」主宰を森田峠に譲る。句集に「万両」「花下微笑」「国原」「春の鳶」「紅葉の賀」「甲子園」「除夜」など10冊、俳論集に「俳句のこころ」がある。11年「阿波野青畝全句集」（花神社）が刊行される。　㊽俳人協会　㊾妻＝曽祇もと子（俳人）

安斎 桜磈子　あんざい・おうかいし
　俳人　㊷明治19年2月7日　㊸昭和28年12月12日　㊻宮城県登米郡登米町　本名＝安斎千里　㊹高小卒　㊺家業の機織業を継ぐが、17歳の頃から俳句に関心を抱き、明治38年頃から「日本俳句」に投句し、河東碧梧桐に認められる。44年「層雲」が刊行されるとここで活躍し、大正4年創刊の「海紅」では同人となる。句集「閶門の草」、俳論随筆集「山に祈る」がある。

安在 孝夫　あんざい・たかお
　詩人　㊷昭和7年　㊻大阪府　㊺詩誌「浪曼群盗」、文芸誌「第四紀」、詩誌「稜線」同人。詩集に「海峡」「三葉虫」「海の図鑑」「美しい星」がある。　㊽反戦詩人の会

安西 均　あんざい・ひとし
　詩人　㊷大正8年3月15日　㊸平成6年2月8日　㊻福岡県筑紫郡筑紫村（現・筑紫野市）　本名＝安西均（やすにし・ひとし）　㊹福岡師範本科（昭和12年）中退　㊺現代詩花椿賞（第1回）（昭和58年）「暗喩の夏」、現代詩人賞（第7回）（平成1年）「チェーホフの猟銃」、勲四等瑞宝章（平成5年）　㊺出版社勤務を経て、昭和19年朝日新聞西部本社入社。24年東京へ転勤。35年日本デザインセンターに入社し、営業を担当。45年頃から文筆生活に入る。詩作は昭和12、3年頃から始め、戦時中、東京で伊藤圭一らと「山河」を創刊。戦後谷川雁らの「母音」や「地球」などを経て、「山の樹」「歴程」同人。56〜57年日本現代詩人会会長をつとめた。平成5年日本キリスト教詩人会を結成、会長となる。詩集に「花の店」「美男」「葉の桜」「夜の驟雨」「金閣」「暗喩の夏」「詩歌粒々」「チェーホフの猟銃」「晩夏光」などがあり、評論集に「私の日本詩史ノート」「やさしい詩学」などがある。　㊽日本現代詩人会、日本キリスト教詩人会（会長）、日本文芸家協会、日本エッセイストクラブ

安西 冬衛　あんざい・ふゆえ
　詩人　㊷明治31年3月9日　㊸昭和40年8月24日　㊻奈良県奈良市水門町　本名＝安西勝　㊹堺中卒　㊺歴程賞（第4回）（昭和41年）　㊺中学卒業後、大正8年から昭和8年まで満州に渡り、帰国後の10年堺市吏員となる。在満中の大正10年右脚を切断、その頃から詩作を始める。13年北川冬彦らと「亜」を創刊。昭和3年「詩と詩論」の創刊に参加し、4年第一詩集「軍艦茉莉」を刊行。新散文詩運動の推進者として活躍し、他の詩集に「亜細亜の鹹湖」「大学の留守」「韃靼海峡と蝶」「座せる闘牛士」など。死後の41年

あんとう　　　　　詩歌人名事典

生前の詩業に対して歴程賞が与えられた。「安西冬衛全集」(全10巻・別1巻、宝文館)がある。㊈息子=安西二郎(元追手門学院大学教授)

安藤 五百枝　あんどう・いおえ
俳人　元・秋田魁新報常務　㊤大正5年8月30日　㊦平成13年12月23日　㊙秋田県　㊧秋田商卒　㊨秋田市文化章、秋田県文化功労章　㊻少年時代、父和風に俳句の手ほどきを受ける。昭和22年「ほむら」創刊し、代表同人となる。翌年全県の連合体、秋田県俳句懇話会を興し代表幹事を務めた。また秋田魁新報社文化部長、社会部長、編集局次長、常務・主筆を歴任した。㊷俳人協会　㊈父=安藤和風(ジャーナリスト)

安藤 一郎　あんどう・いちろう
詩人　英米文学者　元・青山学院大学教授
㊤明治40年8月10日　㊦昭和47年11月23日　㊙東京・芝南佐久間町　㊧東京外国英語部卒　㊻中学時代から詩作し「太平洋詩人」「近代風景」などに投稿する。東京外語卒業後、府立六中教諭となり、米山高工を経て、昭和16年東京外語助教授に就任。その間、5年に「思想以前」を刊行して詩壇に登場し、また英文学者として「ダブリン市民」などを翻訳する。戦後も「ポジション」「経験」「遠い旅」などの詩集を刊行。またロレンスなどの詩を翻訳する一方、「二〇世紀の英米詩人」などの研究書を刊行するなどして、38年現代詩人会会長に就任。英米モダニズム系の詩人、英米文学研究者として活躍した。

安藤 姑洗子　あんどう・こせんし
俳人　㊤明治13年12月1日　㊦昭和42年10月19日　㊙茨城県　本名=安藤俊雄　号=鷗洲、枕翠廬　㊻警部、市役所吏員、政友会役員などを勤めたが、明治38年頃から俳句を始め、松根東洋城の国民俳壇に投句する。大正4年「石楠」に、14年「枯野」に参加し、昭和3年から34年まで「枯野」改題の「ぬかご」を主宰した。句集に「草林」「露滴」がある。

安藤 佐貴子　あんどう・さきこ
歌人　㊤明治43年10月25日　㊦平成11年9月16日　㊙神奈川県　本名=尾関佐貴　㊧東洋大学文学部中退　㊻昭和6年「歌と観照」創刊とともに入社。21年夫・尾関栄一郎の「遠天」に加盟。32年代替誌「地表」の編集代表者となる。50年「遠天」復刊により移籍。61年夫の死により同誌を主宰。歌集に「山径」「樹林」「木魂」「歳月」がある。39年より栃木刑務所女子収容者の作歌指導。その作品集「ともしび」「あすなろ」を刊行。㊈夫=尾関栄一郎(歌人)

安藤 昭司　あんどう・しょうじ
歌人　㊤昭和3年3月8日　㊙神奈川県　㊧専修大学専門部商科卒　㊻昭和47年「地平線」に入会。57年廃刊により「砂金」に入会。一方、同年「万象」創刊に編集委員として参画する。歌集に「囁嚁」「安藤昭司歌集」がある。

安藤 赤舟　あんどう・せきしゅう
俳人　㊤明治32年4月22日　㊦昭和31年2月7日　㊙東京・浅草　本名=安藤昇太郎　㊧京華中学(大正6年)卒　㊻生家は新吉原の貸座敷河内楼。中学卒業後、岡田三郎助の本郷洋画研究所に入塾。大正12年増田龍雨の花火吟社に属し「俳諧雑誌」「春泥」「不易」などを経て、終戦後「春燈」に参加。懇親旅行中伊東で急死した。遺句集に「赤舟・林虫句抄」がある。㊈父=巽離庵機真

安藤 甦浪　あんどう・そろう
俳人　㊤明治27年9月29日　㊦昭和9年3月14日　㊙静岡県静岡市　本名=安藤嘉市　㊧小卒　㊻小学校卒業後、店員、植字工などの仕事を転々とする。明治45年頃から俳句に親しみ、大正2年「高潮」に作品を発表し、4年「石楠」に参加して臼田亜浪に師事。11年から昭和5年にかけて静岡新報記者となり、後に清水市会速記係を勤めた。句集に「麦上」がある。

安藤 泰子　あんどう・たいこ
歌人　㊤昭和9年3月12日　㊙神奈川県　㊧横浜平沼高(昭和27年)卒　㊻昭和27年「古今」に入会、福田栄一に師事し、特別同人に。60年「雲珠」創刊に参加。のち日本書道美術館特設講座書道大学研究員に。著書に「現代短歌百花撰」(共編)、歌集に「一人の場所」他。

安東 次男　あんどう・つぐお
詩人　俳人　批評家　㊛比較文化　比較文学
㊤大正8年7月7日　㊦平成14年4月9日　㊙岡山県苫田郡東苫田村沼(現・津山市)　号=流火　㊧東京帝国大学経済学科(昭和17年9月)卒　㊨読売文学賞(評論・伝記賞、第14回)(昭和37年)「澱河歌の周辺」、歴程賞(昭和51年)「安東次男著作集」、芸術選奨文部大臣賞(第41回)(平成3年)「風狂余韻」、詩歌文学館賞(第12回)(平成9年)「流」、勲四等旭日小綬章(平成13年)　㊻終戦まで海軍の兵役にある。大学在学中、加藤楸邨について俳句を学び、「寒雷」に投句。昭和21年金子兜太らと句

40

誌「風」を創刊。24年詩誌第二次「コスモス」に参加し、25年第一詩集「六月のみどりの夜わ」を刊行。以来、詩人として卓越した資質を広く認められる。41～57年東京外国語大学教授。フランス文学の翻訳・紹介を手掛けるが、37年頃から古典和歌ならびに俳諧の評釈に力を注ぎ、比較文化及び解釈学に新境地を開いた。詩集に「蘭」「CALENDRIER」「人それを呼んで反歌という」「死者の書」、句集に「裏山」「昨(きそ)」「花筧」「流」、詩批評・研究書に「澱河歌の周辺」「芭蕉」「百人一首」「風狂余韻」「与謝蕪村」「藤原定家」「花づとめ」「時分の花」「連句入門―蕉風誹諧の構造」「芭蕉七部集評釈」「風狂始末(正・続)」「芭蕉百五十句」、古美術随筆に「拾遺亦楽」「骨董流転」、翻訳に「エリュアール詩集」など。他に「安東次男著作集」(全8巻，青土社)がある。

安藤 橡面坊　あんどう・とちめんぼう

俳人　大阪毎日校正部長　[生]明治2年8月16日　[没]大正3年9月25日　[出]岡山県小田郡新山村　本名＝安藤錬三郎　別号＝橡庵、句仙、影人、皞々、龍山　[歴]虚子選「国民新聞」俳句欄で俳句を知り、後に「車百合」「宝船」「アラレ」などの選者を務める。大阪毎日新聞の校正部長をつとめ、没後の大正10年亀田小蛄により「橡面坊句集 深山柴」が刊行された。

安藤 彦三郎　あんどう・ひこさぶろう

歌人　[生]明治38年3月8日　[出]愛知県　本名＝柳沢彦三郎　[歴]大正14年「水甕」入社。昭和5年上京し尾上柴舟の直門になる。戦争による沈黙のあと33年「水甕」復帰、52年退社。「風浪居短歌抄」3巻がある。　[団]柴舟会、現代歌人協会、日本歌人クラブ

安藤 寛　あんどう・ひろし

歌人　[生]明治25年10月24日　[没](没年不詳)　[出]佐賀県多久市　[学]長崎高等商業学校卒　[歴]作歌は高商在学中より志向し、大正8年佐佐木信綱の「竹柏会」に入会。新井洸に師事。「心の花」同人。日本歌人クラブ名誉会員。歌集に「山郷」「千林」がある。

安藤 元雄　あんどう・もとお

詩人　明治大学政治経済学部教授　[専]フランス近代詩　現代詩　[生]昭和9年3月15日　[出]東京都港区芝　[学]東京大学文学部フランス文学科(昭和32年)卒　[興]近代フランスの歌謡、フランスの中世建築、堀口大学　[賞]高見順賞(第11回)(昭和55年)「水の中の歳月」、現代詩花椿賞(第6回)(昭和63年)、萩原朔太郎賞(第7回)(平成11年)「めぐりの歌」、紫綬褒章(平成14年)　[歴]昭和33年時事通信社入社。37～38年同社パリ特派員。40年国学院大学講師、48年明治大学助教授、50年より教授。この間58～59年明治大学在外研究員としてパリに滞在。60年11月投票価値の平等を回復する神奈川三区有権者の会世話人代表として総選挙の事前差し止め請求訴訟をおこした神奈川三区住民グループの原告団長をつとめた。詩人としては、28年ごろから詩作を始め、「PURETE」(のち「位置」と改題)の創刊同人となる。著書は詩集に「秋の鎮魂」「船とその歌」「水の中の歳月」「安藤元雄詩集」「この街のほろびるとき」、評論に「椅子をめぐって」「イタリアの珊瑚」「フランス詩の散歩道」「居住点の思想」「めぐりの歌」など、主な訳書に「シュペルヴィエル詩集」、ボードレール「悪の華」などがある。　[団]日本フランス語フランス文学会、日本文芸家協会、日本現代詩人会、地中海学会

安藤 涼二　あんどう・りょうじ

俳人　[生]大正13年9月23日　[出]福岡県　本名＝安藤忠孝　[賞]菜殻火新風賞(昭和40年)、椎の実年間賞(昭和40年)　[歴]昭和38年「菜殻火」主宰野見山朱鳥の手ほどきをうける。句集に「火打石」「浦回」「風炎」。　[団]俳人協会

安藤 和風　あんどう・わふう

ジャーナリスト　俳人　郷土史家　秋田魁新報社長　[生]慶応2年1月12日(1866年)　[没]昭和11年12月26日　[出]出羽国秋田(秋田県秋田市)　本名＝安藤和風(あんどう・はるかぜ)　幼名＝国之助、別号＝時雨庵　[学]秋田県立太平学校中学師範予備科(明治12年)中退、東京商業学校卒　[歴]明治15年秋田青年会を結成し自由民権運動に参加。「秋田日日新聞」「秋田日報」の記者となるが、16年筆禍事件により下獄、22年に上京して商店、県庁、銀行などに勤める。31年秋田魁新報に入社、35年主筆となり、大正12年常務、昭和3年社長に就任。この間、明治32年秋田市議に当選。一方、俳句の研究・創作、郷土史(秋田県史)研究にも情熱を傾けた。著書に句集「仇花」「旅一筋」「朽葉」、「俳諧研究」「俳諧新研究」「俳諧奇書珍書」、「秋田土と人」「秋田勤王史談」がある。　[家]息子＝安藤五百枝(俳人・元秋田魁新報常務)

安養 白翠　あんよう・はくすい
俳人　[生]明治43年8月7日　[没]平成11年8月28日　[出]富山県高岡市　本名＝安養甚蔵(あんよう・じんぞう)　[賞]河賞(昭和50年)、秋燕賞(昭和55年)　[歴]昭和4年山口花笠の「水声」に入る。7年「馬酔木」に投句。10年「草上」に入り、伊東月草に師事。22年幹部同人として「古志」発刊を企画。44年「河」に同人として参加。句集に「夏天」「玄髪抄」「山坂」。　[団]俳人協会

安養寺 美人　あんようじ・びじん
俳人　[生]昭和8年11月3日　[出]北海道　本名＝安養寺美次　[学]小卒　[賞]葦牙賞(昭和53年)　[歴]昭和28年「葦牙」入会するが再三中断後、52年同人となる。翌年「氷海」同人。同年「狩」創刊に同人参加。のち「阿吽」同人となる。句集に「月下」。　[団]俳人協会

安立 スハル　あんりゅう・すはる
歌人　[生]大正12年1月28日　[出]京都府京都市山科　[学]桃山高女卒　[賞]コスモス賞(第3回)(昭和31年)、日本歌人クラブ推薦歌集(昭和40年)「この梅生ずべし」　[歴]胸部疾患のため療養生活に入り、昭和14年作歌を始める。16年「多磨」に入会、28年「コスモス」創刊に参加。歌集に「この梅生ずべし」。　[団]日本文芸家協会

【い】

井伊 文子　いい・ふみこ
歌人　[生]大正6年5月20日　[出]沖縄県　旧姓(名)＝尚　[学]女子学習院本科(昭和9年)卒　[賞]琉球新報賞(第24回)(昭和63年)　[歴]旧琉球王家尚昌の長女。大正12年佐佐木信綱に師事し、竹柏会入会。昭和24年「新日光」会員となり、日本歌人クラブ入会。27年より新短歌に転向し、表現社に入会。28年新短歌社に入社し、同人として活躍。12年井伊直弼のひ孫にあたる直愛と結婚。一方、本土と沖縄をつなぐ人材の育成をめざす仏桑華の会会長も務めた。新短歌所属。歌集に「浄命」「鷺ゆく空」「春の吹雪」「環礁」「孤心抄」「鉢あわせ」、随筆集に「樹草と共に」「翠柳居随想」「井伊家の猫たち」など。茶道生花教授。
[家]父＝尚昌(琉球王家・侯爵)、夫＝井伊直愛(元彦根市長・井伊家第16代当主)

飯尾 峭木　いいお・しょうぼく
俳人　[生]明治19年7月21日　[没]昭和46年11月1日　[出]大阪府　本名＝飯尾昌穆　別号＝飯尾芃々亭　[学]大阪商業卒　[歴]戦後、参議院参事、青山学院大学講師などを務めた。俳句は永尾宋斤に師事して「早春」に拠ったが、のち同誌をはなれ、昭和7年「俳句春秋」を創刊、没年まで主宰した。著書に「現代俳句の構成」がある。

飯岡 幸吉　いいおか・こうきち
歌人　[生]明治31年6月29日　[没]昭和48年7月17日　[出]神奈川県　[学]横浜商業学校卒　[賞]横浜文化賞(昭和42年)　[歴]昭和3年「アララギ」に入会し、「アララギ」同人。28年広野三郎等と「久木」を創刊、のち同誌代表。42年横浜文化賞受賞。歌集に「港の風」「港の丘」「港の空」がある。

飯岡 亨　いいおか・とおる
詩人　[生]昭和6年9月5日　[没]平成10年7月24日　[出]東京　[学]豊南高卒　[歴]昭和26年前田鉄之助の詩洋社に入社し、27年習志野療養所にて詩誌「海底」を創刊。28年TAPに入会、29年編集責任者となるが、翌年退く。これよりさき20年に「輪の会」を創刊、編集にあたり、61年廃刊した。「山脈」に所属。詩集に「飯岡亨詩集」「秩父」「伝説」「支那事変」など。
[団]新日本文学会、日本詩人クラブ、日本現代詩人会、日本ペンクラブ

飯島 章　いいじま・あきら
詩人　[生]昭和24年　[出]群馬県前橋市　[歴]詩誌「ロンド」を経て、「東国」の会会員。詩集に「逢いびきの場処に」「幼年記」「はたちの水」「時を駆けるおじさん」などがある。

飯島 耕一　いいじま・こういち
詩人　元・明治大学法学部教授　[専]フランス文学(バルザック, シュルレアリスム)　[生]昭和5年2月25日　[出]岡山県岡山市門田町　[学]東京大学文学部仏文学科(昭和27年)卒　[興]バルザック研究、押韻定型詩の実験　[賞]高見順賞(昭和49年)「ゴヤのファースト・ネームは」、歴程賞(昭和53年)「飯島耕一詩集」「北原白秋ノート」、現代詩人賞(昭和58年)「夜を夢想する小太陽の独言」、Bunkamuraドゥマゴ文学賞(第6回)(平成8年)「暗殺百美人」　[歴]昭和31年国学院大学講師、44年同教授、48年明治大学教授を歴任。45年、57年在外研究員として在パリ。一方、六高在学中から詩作を始め、東大在学中、詩誌「カイエ」を創刊。シュペルヴィエルに影響を受け、28年処女詩集「他人の空」を刊行。

その後、「今日」「鰐」に参加。平成12年明治大学教授を退職。著書に、詩集「ゴヤのファースト・ネームは」「四旬節なきカルナヴァル」「虹の喜劇」「猫と桃」、評論集「シュルリアリスムの彼方へ」「萩原朔太郎」「北原白秋ノート」「シュルレアリスムという伝説」「定型論争」「暗殺百美人」など多数。著作集成「飯島耕一・詩と散文」(全5巻，みすず書房)もある。
㊐日本文芸家協会、日本定型詩協会

飯島 宗一　いいじま・そういち
歌人　名古屋大学名誉教授　広島大学名誉教授
㊊人体病理学　㊓大正11年11月28日　㊍長野県上田市　㊫名古屋帝国大学医学部医学科(昭和21年)卒、名古屋大学大学院医学研究科病理学専攻特別研究生博士課程修了　医学博士
㊖生体防御機構の病理学的研究、悪性リンパ腫及び関連疾患、原子爆弾傷害の病理学的研究
㊕東海テレビ文化賞(第24回)(平成3年)、NHK放送文化賞(第43回)(平成4年)、勲一等瑞宝章(平成8年)、中日文化賞(第50回)(平成9年)
㊯昭和27年名古屋大学医学部講師、36年広島大学教授、44年同大学長。53年名古屋大学医学部教授、55年医学部長、56年7月学長を歴任し、平成3年愛知芸術文化センター総長。また中教審委員、大学設置審委員を歴任。昭和59年8月には臨教審委員となり、第4部会長をつとめる。平成7年第24回日本医学会総会会頭。第13期日本学術会議会員。トヨタ財団理事長もつとめた。著書に「最新病理学」「現代病理学における構造」「広島・長崎でなにが起ったか」など。ほかに歌集「水薦苅(みこもかり)」があり、64年には歌会始の召人に選ばれた。
㊐日本病理学会、日本網内系学会、Deuteche Pathologische Gesellschaft

飯島 正　いいじま・ただし
映画評論家　詩人　㊊映画理論　フランス文学
㊓明治35年3月5日　㊜平成8年1月5日　㊍東京
㊫東京帝国大学文学部仏文科(昭和4年)卒
文学博士(昭和47年)　㊕芸術選奨文部大臣賞(昭和46年)「前衛映画理論と前衛芸術」、日本映画ペンクラブ賞(平成4年)、川喜田賞(第11回)(平成5年)、毎日映画コンクール特別賞(第50回，平7年度)(平成8年)　㊯大学時代から映画批評を書き始め、のち「キネマ旬報」同人となる。映画美学の研究に重点をおき、作品の主題や表現に形而上学的な考察を加えた批評や映画論を書く。一方、詩作を試みたり、フランス文学、フランス前衛映画の紹介に努めた。昭和32年早大演劇科教授。「映画文化の研究」「フランス映画史」「イタリア映画史」「前衛映画理論と前衛芸術」「映画のなかの文学 文学のなかの映画」「ぼくの明治・大正・昭和」など著書多数。詩の作品には「煙突」「楽器」「シネマ」などがあり、それらは「日本詩人全集6」(創元社)に収められている。　㊐日本文芸家協会、日本映画ペンクラブ

飯島 晴子　いいじま・はるこ
俳人　㊓大正10年1月9日　㊜平成12年6月6日
㊍京都府久世郡富野庄村(現・城陽市)
㊫京都府立第一高女(昭和13年)卒、田中千代服装学院(昭和15年)卒　㊕馬酔木新樹賞佳作入選(3回)(昭和37年)、鷹賞(第1回)(昭和41年)、蛇笏賞(第31回)(平成9年)「儚々」
㊯昭和34年能村登四郎に師事。39年「鷹」創刊に参加、のち同人。60年1〜6月朝日新聞俳句時評担当、61年から1年間共同通信の俳句時評担当。叙情的な句や、言葉の組み合わせで非日常の世界を作り出す俳風で知られ、評論活動も行う。句集に「蕨手」「朱田」「春の蔵」「花木集」「八頭」「寒晴」「儚々」、俳論集に「葦の中で」「俳句発見」などがある。平成12年6月老人性うつ病のため遺書を残し自殺。
㊐現代俳句協会、日本文芸家協会

飯島 みさ子　いいじま・みさこ
俳人　㊓明治32年　㊜大正12年　㊍大阪市
㊯生後間もなく小児麻痺にかかり、歩行困難となる。長谷川かな女に俳句の指導を受けたのち、高浜虚子指導による「婦人十句集」に入る。天才的才能を発揮したが24歳で夭折。没後の大正13年に虚子の長い序を付す句集「擬宝珠」が刊行された。

飯島 蘭風　いいじま・らんぷう
俳人　㊓大正2年4月4日　㊜平成10年3月14日
㊍神奈川県川崎市　本名＝飯島敏郎(いいじま・としろう)　㊫生田尋常高小卒　㊕風土功労賞(平成1年)　㊯イイジマ社長を経て、会長。昭和39年「鶴」系石川桂郎に師事。40年「風土」同人。44年俳人協会会員。51年「風土」同人会会長、平成7年名誉会長。昭和61年俳人協会川崎会会長。句集に「寒茜」「宵闇魔」。
㊐俳人協会

飯塚 田鶴子　いいずか・たずこ
俳人　㊓大正6年9月20日　㊜平成9年9月5日
㊍東京都文京区　㊫大妻専卒　㊕山火賞(昭和47年)、蓼汀賞(第9回)(平成9年)　㊯昭和41年「山火」入会、福田蓼汀の指導をうけ、45年同

人。句集に「田鶴」「風切羽」「自註 飯塚田鶴子句集」。 [団]俳人協会

飯田 明子 いいだ・あきこ

歌人 [生]昭和2年9月12日 [出]大阪府堺市 [学]大阪府立堺高等女学校卒 [歴]昭和40年頃より作歌を始め、48年同人誌「VAN」に拠る。51年10月、短歌総合新聞「ミューズ」を創刊、編集発行人となる。創刊5周年を記念して56年よりミューズ文学賞を設定。歌集に「稚児車」「唖狂言」「艶舞曲」「百草千草」、歌文集に「百華撩乱」がある。 [団]日本ペンクラブ

飯田 兼治郎 いいだ・けんじろう

歌人 [生]明治28年8月30日 [没](没年不詳) [出]京都府綾部町 [学]上田蚕糸専門学校選科卒 [歴]小学校卒業後、城丹蚕業講習所製糸部に入り、後に上田蚕糸専門学校専科に入る。大正5年、前田夕暮を知り「詩歌」に参加し、昭和5年「女体は光る」を刊行。他に発禁処分となった長篇小説「神を射るもの」がある。

飯田 青蛙 いいだ・せいあ

政治家 俳人 元・参院議員(公明党) 元・衆院議員 元・神戸学院大学教授 [専]刑法 刑事訴訟法 海上国際法 中華人民共和国刑法 [生]明治45年1月28日 [出]愛知県名古屋市 本名＝飯田忠雄(いいだ・ただお) 別名＝常不軽(じょうふきょう) [学]京都帝国大学法学部(昭和14年)卒 法学博士(京都大学)(昭和44年) [賞]勲三等旭日中綬章(平成1年) [歴]昭和14年渡満、満州国総務庁協和会を経て、21年帰国、22年運輸省に入省。27年海上保安庁警備救難部付兼総理府事務官、30年第八管区海上保安本部警備救難部長、34年海上保安大学校首席教授を歴任。44年神戸学院大学教授に転じ、同大学生部長、法学部長を務める。51年以来衆院議員を2期務め、58年参院比例代表区に転じて当選。平成元年引退。自主憲法期成議員同盟常任理事。「日本国憲法正論」「これが日本国憲法だ」などの著書によって啓蒙活動にあたる。一方、学生時代に作句を始め、中断を経て、昭和63年「みちのく」同人、「黄鐘」同人。句集に「満蒙落日」「生命の詩」がある。 [団]俳人協会

飯田 蛇笏 いいだ・だこつ

俳人 [生]明治18年4月26日 [没]昭和37年10月3日 [出]山梨県東八代郡五成村小黒坂(現・境川村) 本名＝飯田武治 別号＝山廬(さんろ) [学]早稲田大学英文科(明治42年)中退 [歴]幼ない頃から父の主宰する句会に出席し、句作を始める。17歳で上京し、早大入学後は小説にも手をそめたが、早稲田吟社に参加し、明治40年からその中心人物となり、「国民新聞」「ホトトギス」などに投句、新進の俳人として認められる。大正4年「キララ」が創刊され、2号より雑詠選を担当。6年主宰を引き受け「雲母」と改題し、以後、生涯孤高の俳人として活躍。「山廬集」「山響集」「雪峡」「家郷の霧」「椿花集」など10句集のほか、「穢土寂光」「美と田園」「田園の霧」「山廬随筆」などの随筆集、「俳句道を行く」「現代俳句の批判と鑑賞」などの評論・評釈集と著書は数多い。没後、「飯田蛇笏全句集」(角川書店)が刊行され、また、42年に蛇笏俳句の俳壇的業績を記念して“蛇笏賞”が角川書店により設定された。 [家]四男＝飯田龍太(俳人)

飯田 忠雄 いいだ・ただお

⇒飯田青蛙(いいだ・せいあ) を見よ

飯田 棹水 いいだ・とうすい

歌人 [生]明治40年8月12日 [出]滋賀県 本名＝飯田萱次郎 [賞]大阪府文化芸術団体賞 [歴]中学時代より作歌を始め、神戸高商歌会に属した。昭和31年渡辺朝次に師事し、「覇王樹」に入会・同人。45年「関西覇王樹」を創設して、編集同人・発行所。49年大阪歌人クラブを創立し常任理事・事務局長を務める。「大阪万葉集」の刊行により、57年大阪府文化芸術団体賞を受賞。歌集に「華」「清泉」、小説に「暖簾」他がある。

飯田 莫哀 いいだ・ばくあい

歌人 日本歌人クラブ名誉会員 [生]明治29年10月27日 [没]昭和56年6月2日 [出]神奈川県高座郡海老名町 本名＝飯田昇 [学]日本大学社会学科(大正10年)中退 [歴]大正4年白日社に入社し「詩歌」同人となり、以後「あさひこ」「覇王樹」に参加し、昭和7年「山火」を、19年「海原」を刊行。大正15年帝国水難救済会に勤め、のち八雲書店、天弦社に勤めた。

飯田 善国 いいだ・よしくに

彫刻家 詩人 箱根彫刻の森美術館評議員 [生]大正12年7月10日 [出]栃木県足利市 [学]慶応義塾大学文学部(昭和23年)卒、東京芸術大学油絵科(昭和28年)卒 [賞]神戸須磨離宮公園現代彫刻展大賞(第1回) [歴]大学で梅原龍三郎に油彩を学ぶ。個展やグループ展での発表を続け、昭和31年本格的に油絵を修業するため渡欧。33年現代画家のヴォイスの回顧展に衝撃を受け、筆を折り、彫刻に転向。11年間ウィーン、ベルリンなどの滞欧生活を経て、43年帰

国。鏡面磨きしたステンレス・スチールによる構成作品で知られる。詩作も10代から続ける多才な現代彫刻の第一人者。著書に「見えない彫刻」「ナンシーの鎧」「震える空間」「円盤の五月」（詩集）「見知らぬ町で」ほか。

飯田 龍太　いいだ・りゅうた
俳人　元・「雲母」主宰　[生]大正9年7月10日　[出]山梨県東八代郡境川村小黒坂　[学]国学院大学文学部国文科（昭和22年）卒　[賞]日本芸術院会員（昭和59年）　[賞]山梨文学賞（第2回）（昭和24年）、山日文学賞（第1回）（昭和31年）、現代俳句協会賞（第6回）（昭和32年）、読売文学賞（詩歌俳句賞，第20回）（昭和43年）「忘音」、日本芸術院賞恩賜賞（昭和55年）、紫綬褒章（昭和58年）　[歴]昭和15年折口信夫に惹かれ国学院大学入学、肺浸潤をわずらい22年卒業。句作は大学休学中にはじめ、22年から父・蛇笏が主宰する「雲母」の編集に携わる一方、「俳句」「俳句研究」などに作品及び評論を発表。29年第一句集「百戸の谿」を刊行。37年蛇笏の没後「雲母」を主宰、後進の指導育成に尽力。毎日俳壇選者もつとめた。43年第四句集「忘音」で読売文学賞受賞。随筆、評論にもすぐれ、現代的な感性と叙情にあふれる句風を完成。句集はほかに「童眸」「麓の人」「春の道」「山の木」「山の影」「遅速」など、随筆・評論集に「自選自解飯田龍太句集」「無数の目」「俳句の魅力」「作品のこころ」「思い浮ぶこと」「山居四望」「紺の記憶」「鑑賞歳時記」（全4巻）などがある。平成4年「雲母」900号で廃刊とする。　[団]日本文芸家協会　[家]父＝飯田蛇笏（俳人）

飯沼 文　いいぬま・あや
詩人　[生]大正11年3月16日　[出]東京　本名＝飯沼文子　[学]津田塾大学英文科卒　[歴]画家志望であったが結核療養の後、詩に向かう。京都に住み、「歴程」同人。ニーチェに共鳴し、ヴァレリー・エリオット・西脇順三郎の影響を受けた。58歳にして再び画筆を執る。詩集に「異端のマリア」「テスカポリトカ」がある。

飯沼 鮎子　いいぬま・あゆこ
歌人　[生]昭和31年　[出]東京都　[賞]短歌現代新人賞（第7回）（平成4年）「アネモネ」、ながらみ書房出版賞（第7回）（平成11年）「サンセットレッスン」　[歴]歌誌「未来」所属。歌集に「アネモネ」「プラスチックスクール」「サンセットレッスン」などがある。

飯沼 喜八郎　いいぬま・きはちろう
歌人　地表短歌社主宰　[生]大正3年1月15日　[没]平成11年2月28日　[出]茨城県水海道市　[学]大東文化学院卒　[賞]風雷文学賞（第15回，短詩形部門）（平成5年）、高橋元吉文学賞　[歴]旧制中学時代より作歌を始め、昭和9年大東文化学院在学中に「歌と観照」に参加、岡山巌の指導を受ける。13年同人。教員生活の傍ら、創作活動を続け、21年「遠天（おんてん）」の創刊に同人参加、尾関栄一郎に師事。32年7月より「地表」と改題、編集責任者を務める。49年群馬県立中央高校校長を最後に退職。歌集に「斧の音」「樹影」「無方の空」、論集に「短歌の周辺」「小倉百人一首の鑑賞と文法的考察」などがある。

飯野 遊汀子　いいの・ゆうていし
俳人　飯野硝子社長　[生]大正10年6月6日　[出]北海道旭川市　本名＝飯野吉雄　[賞]にれ風響賞（第1回）（昭和55年）、北海道俳句協会賞（第16回）（昭和56年）「離島」、にれ賞（第12回）（平成2年）、北海道新聞短歌賞（第13回）（平成10年）「心音」　[歴]昭和40年飯野硝子を設立し代表。18年ごろより句作を始め、加倉井秋をに師事して「冬草」同人。のち、「壺」を経て、「青女」「にれ」同人、「杉」所属。38年飯野水無月との2人句集「葉鶏頭」、56年第一句集「雪像」を刊行。他の句集に「花山椒」「双手」「心音」などがある。
[団]俳人協会、現代俳句協会

飯村 亀次　いいむら・かめじ
詩人　[生]大正14年1月2日　[没]昭和52年2月17日　[出]千葉県　[歴]昭和15年国鉄に入社。新宿駅・品川駅・巣鴨駅などに勤務するかたわら、国鉄詩人連盟に所属して詩作活動を展開。連盟の機関誌「国鉄詩人」をはじめ、連盟編集の「鉄道労働詩集」（昭23）「鉄路のうたごえ」（昭29）それ以後に刊行の「国鉄詩集」に詩を発表。また、遠地輝武らの「新日本詩人」（第1次・第2次）にも参加した。詩集に「制服」がある。

飯森 杉雨　いいもり・さんう
俳人　[生]明治29年8月6日　[出]北海道小樽市　本名＝飯森良助　[歴]苦学して接骨師としての修業を積み、大正14年清水市に移り接骨院を開業。修業中俳句雑誌に親しみ、12年「石楠」に入会、臼田亜浪に師事。昭和23年「浜」に入会、大野林火に師事して、24年同人。句集に「纜」、共著に「三人集」がある。

井浦 徹人　いうら・てつじん
俳人 [生]明治28年 [没]昭和46年 [賞]帯広市文化賞 [歴]新聞記者を経て著述業に専念。一方、高浜虚子門として作句に励み昭和8年「峠」創刊。29年からは「あきあじ」を創刊主宰した。著書に「おびひろ今と昔」など。

井尾 望東　いお・ぼうとう
俳人 「万灯」主宰 [生]大正2年8月7日 [没]平成10年3月7日 [出]福岡県福岡市 本名＝井尾正隆 [学]長崎医大附属薬学専門部卒 医学博士 [賞]福岡市文学賞（昭和59年） [歴]福岡県警察本部犯罪科学研究所長、久留米大学医学部講師などを歴任。俳句は昭和12年から河野静雲に学ぶ。16年「ホトトギス」に入門、虚子、年尾、汀子に師事。48年同人。39年江口竹亭の「万灯」に入り、平成6年竹亭没後の主宰を継承した。日本伝統俳句協会幹事、九州支部副部長などを務めた。 [団]日本伝統俳句協会

五百木 飄亭　いおき・ひょうてい
俳人 ジャーナリスト 政教社社長 [生]明治3年12月14日 [没]昭和12年6月14日 [出]愛媛県松山 本名＝五百木良三（いおき・りょうぞう） [学]松山医学校（明治18年）卒 [歴]明治22年上京し、正岡子規らと句を競う。日清戦争に看護長として従軍し、「日本」に「従軍日記」を連載。帰国後は日本新聞社に入社し、国民同盟会を結成するなどしたが、俳壇からは離れた。昭和4年政教社に入社、雑誌「日本及日本人」を主宰し、以来、対外硬論を唱えた。のち社長に就任。没後の33年「飄亭句日記」が刊行された。

五百旗頭 欣一　いおきべ・きんいち
詩人 [生]大正2年7月5日 [没]昭和53年10月15日 [出]兵庫県姫路市 [学]本郷中学（旧制）卒 [歴]初め俳句を書いていたが、昭和15年ごろより詩に転じ、「詩叢」「新詩論」「日本詩壇」「四季」「詩季」などに作品を発表した。詩集に「かへり花」「郷里」「旅路」などがある。

井奥 行彦　いおく・ゆきひこ
詩人 「火片」主宰 [生]昭和5年10月21日 [出]福岡県 本名＝難波行彦 [学]岡山大学卒 [賞]詩と思想新人賞（第2回） [歴]昭和26年「火片」を創刊主宰する。詩集に「時間のない里」「紫あげは」「井奥行彦詩集」「サーカスを観た」などがある。 [団]日本現代詩人会

五十崎 古郷　いかざき・こきょう
俳人 [生]明治29年1月20日 [没]昭和10年9月5日 [出]愛媛県松山市 本名＝五十崎修 [学]松山高校（旧制）中退 [歴]結核療養中「ホトトギス」に投句、昭和6年「馬酔木」独立に際し水原秋桜子に従い同人となる。石田波郷の松山時代の師。9年塚原夜潮と「渦潮」を創刊。「五十崎古郷句集」の外、五十崎朗編の句文集「芙容の朝」がある。

筏井 嘉一　いかだい・かいち
歌人 [生]明治32年12月28日 [没]昭和46年4月21日 [出]富山県高岡市桐木町 [賞]木下利玄賞（第1回）（昭和14年）、大日本歌人協会賞（昭和15年）、日本歌人クラブ推薦歌集賞（第12回）（昭和41年）「籬雨荘雑歌」 [歴]大正3年巡礼詩社に入り、以後白秋門下生の歌人として活躍。10年上京して、小学校教師となる。後「日光」「多磨」などに参加し、昭和5年「エスプリ」を、15年「蒼生」を創刊。同年「新風十人」の一人に選ばれ、「荒栲」を刊行。20年北見志保子とともに「定型律」を創刊、28年「創生」を復刊し、主宰した。40年刊行の「籬雨荘雑歌」は日本歌人クラブ推薦歌集となった。 [家]父＝筏井竹の門（俳人）

筏井 竹の門　いかだい・たけのかど
俳人 [生]明治4年10月16日 [没]大正14年3月29日 [出]石川県金沢 本名＝筏井虎次郎 旧姓（名）＝向田 別号＝此君、四石、雪の村人 [歴]北陸新報に勤務し、後に北一会社に勤務。子規選の「日本」の俳壇に投句し、後に碧梧桐の「海紅」に拠り、明治30年「葦附」を創刊し、高岡俳壇のため尽力した。大正10年、木津蛍雪編で「竹の門句集」が刊行された。 [家]息子＝筏井嘉一（歌人）

筏丸 けいこ　いかだまる・けいこ
詩人 [生]昭和25年9月29日 [出]東京都 本名＝菅圭子 [学]東京家政学院高卒 [賞]現代詩手帖賞（第22回）（昭和59年） [歴]著書に「再婚譚とめさん」「いつもお祭気分・幇間の世界」など。 [家]夫＝絓秀実（文芸評論家）

井神 隆憲　いがみ・たかのり
俳人 九州保健福祉大学保健科学部教授 [専]整形外科 [生]昭和13年10月1日 [出]山口県 号＝井神三峡 [学]松山精神病院附属准看護学院卒 [資]日本作業療法士 [歴]昭和43年日本作業療法士免許取得。46年より神奈川県総合リハビリテーションセンター、県立愛媛整肢療護園、京都市立身体障害者リハビリテーションセンタ

一等に勤務。57年弘前大学医療技術短期大学部講師、60年名古屋大学医療技術短期大学部講師を経て、平成11年九州保健福祉大学教授。この間、元年精神障害リハビリテーション研究会代表。日本障害者職業リハビリテーション研究会中部地区幹事及び東海支部代表も務める。また俳人としても活躍し、「晨」同人。句集に「方位盤」があり、精神障害者を対象に俳句療法を行なっている。共編に「リハビリテーション解説事典」「痴呆老人百科」。
㊹日本作業療法士協会、日本障害者リハビリテーション協会、俳人協会

五十嵐 牛詰 いがらし・ぎゅうてつ
　俳人　㊷明治10年2月2日　㊸昭和40年1月16日　㊶新潟県　本名=五十嵐午三郎　㊺郷土の助役・村長などを勤めた。碧梧桐門で、のち日本派乙字系に属する。「懸葵」「獺祭」同人。

五十嵐 研三 いがらし・けんぞう
　俳人　㊷大正7年8月5日　㊶福島県　本名=五十嵐要一　㊺青玄賞(第3回)。「土山」同人の木村正夫に作句の手ほどきを受ける。「東虹」「青玄」を経て、「海程」同人、「樒」同人。句集に「北窪村」「五十嵐研三句集」「三瀬谷村」がある。

五十嵐 輝 いがらし・てる
　歌人　㊷昭和10年9月4日　㊶新潟県　本名=五十嵐輝男　㊼早稲田大学卒　㊺高校時代、療養所での長期療養中に短歌を始め、昭和29年佐藤太郎に師事して「歩道」会員。のち編集委員を務める。

五十嵐 肇 いがらし・はじめ
　歌人　㊷明治43年12月1日　㊶東京　㊺昭和3年「覇王樹」に入会。13年から終戦時まで「あさひこ」同人。23年森園天涙の「二次珊瑚礁」発刊に参画。同誌終刊後の33年「花冠」を創刊し、35年より主宰。歌集に「火蛾」がある。
㊹日本歌人クラブ

五十嵐 播水 いがらし・ばんすい
　俳人　医師　「九年母」主宰　元・神戸市立中央市民病院院長　㊷明治32年1月10日　㊸平成12年4月23日　㊶兵庫県姫路市鍛冶町　本名=五十嵐久雄(いがらし・ひさお)　㊼京都帝国大学医学部(大正6年)卒　医学博士(昭和6年)　㊺兵庫県文化賞(昭和43年)、神戸市文化賞(昭和48年)、神戸新聞平和賞(昭和54年)　㊺大正14年神戸市立診療所(現・市立中央市民病院)に勤務し、後に院長となり、昭和34年退職。そ

の後開業。大正9年高浜虚子に師事して「ホトトギス」に参加し、昭和5年「九年母」を創刊して主宰。関西ホトトギス同人会会長。著書に「播水句集」「石蕗の花」「一頁の俳話」「句作雑話」「句作春秋」「老鶯」などがある。
㊹俳人協会

猪狩 哲郎 いがり・てつろう
　俳人　元・富岡町公民館長　㊷大正15年6月18日　㊸昭和58年9月17日　㊶福島県双葉郡富岡町　㊼興亜工学院土木卒　㊺昭和17年猪狩透子の指導をうけ、「馬酔木」「鶴」「初鴨」へ入会。36年「鶴」同人。49年「双葉」を創刊。52年「琅玕」同人。句集に「磐城」。　㊹俳人協会

碇 登志雄 いかり・としお
　歌人　「姫由理」主宰　㊷明治41年8月12日　㊶佐賀県　本名=碇敏雄　㊼佐賀県師範学校卒　㊺師範在学中に作歌を始め、昭和8年「姫由理」を創刊主宰。太田水穂に師事して「潮音」幹部同人でもある。歌集に「朝光」「夕光」「神幸」「杵島」「松浦」「メナムの民」「ルソンの民」「ロシヤの民」「カタールの民」がある。
㊹日本歌人クラブ

猪狩 満直 いかり・みつなお
　詩人　㊷明治31年5月9日　㊸昭和13年4月16日　㊶福島県石城郡好間村(現・いわき市)　㊺磐城青年学校中退　㊺20歳前後から、聖書とホイットマンに没頭。職を転々としながら、方言を使った優れた農民詩を書いた。大正11年妻木泰治と雑誌「播種者」を発行。14年北海道阿寒郡舌辛村(現・阿寒町上阿寒)に入植する。以後、「銅鑼」「至上律」に詩を発表し、詩集「移住民」「農勢調査」「秋の通信」を刊行。昭和61年「猪狩満直全集」が刊行された。

井川 京子 いがわ・きょうこ
　歌人　㊷昭和15年3月28日　㊶山形県　㊺角川短歌賞(第28回)(昭和57年)「こころの壺」　㊺「原型」所属。昭和57年第28回角川短歌賞を受賞。理容師。

井川 博年 いかわ・ひろとし
　詩人　「OLD STATION」編集・発行人　㊷昭和15年12月18日　㊶島根県松江市　㊼松江工卒　㊺山本健吉文学賞(詩部門, 第2回)(平成14年)「そして、船は行く」　㊺日常生活のさりげない出来事に題材を求めて詩作。詩・俳句誌「OLD STATION」編集・発行人を務める。詩集に「花屋の花鳥屋の鳥」「貝捨てたもの」「待ちましょう」「そして、船は行く」などがある。
㊹日本文芸家協会

藺草 慶子　いぐさ・けいこ
俳人　[生]昭和34年9月29日　[出]東京都　[学]東京女子大学(昭和57年)卒　[賞]俳人協会新人賞(第20回)(平成9年)「野の琴」　[歴]昭和57年「白塔会」「木の椅子会」入会。59年「夏草」入会。のち「屋根」同人、「藍生」会員。62年第1期ビキンザテン卒業。句集に「鶴の邑」「野の琴」など。　[団]俳人協会

生田 和恵　いくた・かずえ
歌人　[生]昭和5年7月5日　[出]東京　[学]ドレスメーカー女学院卒　[賞]ミューズ女流文学賞(第7回)(昭和61年)「湖底村落」　[歴]昭和27年「未来」に参加。31年「吾妹」に入会。のち、編集同人となる。歌集に「湖底村落」。

生田 春月　いくた・しゅんげつ
詩人　翻訳家　[生]明治25年3月12日　[没]昭和5年5月19日　[出]鳥取県会見郡米子町道笑町(現・米子市)　本名＝生田清平　[歴]10歳の頃から詩作を始め、白井喬二らと回覧雑誌を作る。小学校在学中に家業破産し、高等小学校を2年で中退、朝鮮など各地を流浪するなかで、「文庫」などに投稿。明治41年17歳の時に上京、生田長江宅の玄関番兼書生となる。英語、独語などを独学し、44年から「帝国文学」に詩を連載、大正3年「青鞜」同人の西崎花世と結婚。6年第一詩集「霊魂の秋」を、翌7年「感傷の春」を刊行、詩人としての地位を確立。以後、詩人、作家、翻訳家として活躍、翻訳の面では「ハイネ詩集」はじめ25冊の訳書があり、特にハイネ研究に生涯を棒げた。他の詩集に「春月小曲集」「夢心地」「自然の恵み」など。作家としての作品には「相寄る魂」があり、随筆でも「真実に生きる悩み」「山家文学論集」などがある。昭和5年神戸発別府行の汽船菫丸から播磨灘に身を投じて自殺した。没後、遺稿詩集「象徴の烏賊」が刊行された。「生田春月全集」(全13巻，本郷出版社)がある。

生田 蝶介　いくた・ちょうすけ
歌人　小説家　[生]明治22年5月26日　[没]昭和51年5月3日　[出]山口県下関市長府　本名＝生田調介　旧姓(名)＝田嶋　[学]早稲田大学英文科中退　[歴]明治42年博文館に入社。昭和2年編集長で辞職。この間「講説雑誌」を創刊し歌壇欄を設け多くの短歌愛好者を育てた。一方、中学時代から「中学文壇」などに投稿し、「スバル」「白樺」に小説も書く。大正5年第一歌集「長旅」を刊行し、13年歌誌「吾妹」を創刊、主宰する。15年小説「聖火燃ゆ」を「主婦の友」に連載。著書はほかに、歌集「宝玉」「白鳥座」、「日本和歌史」「大鳥の羽具の山考」など多数。
[家]長男＝生田友也(歌人)

生田 友也　いくた・ともや
歌人　「吾妹」主宰　日本短歌雑誌連盟理事長　[生]昭和2年7月25日　[出]東京　[学]中央大学法学部卒　[歴]中学時代より作歌。中大在学中の昭和25年「中大ペンクラブ」を創立。「白門文学」と歌誌「あしかび」を発行。父・蝶介没後、51年より「吾妹」を主宰。歌集に「芙氿泉」「びるしやな」がある。　[団]日本短歌連盟、日本歌人クラブ、多摩歌語会(委員長)　[家]父＝生田蝶介(歌人)

生田 花世　いくた・はなよ
小説家　詩人　[生]明治21年10月15日　[没]昭和45年12月8日　[出]徳島県板野郡松島村泉谷　旧姓(名)＝西崎花世　筆名＝長曽我部菊子
[学]徳島県立高女卒　[歴]小学校教師の傍ら、「女子文壇」に長曾我部菊子の名で寄稿。明治43年上京し、教師、訪問記者を経て、大正2年「青鞜」同人。翌年生田春月と共同生活をはじめ、「ビアトリス」「処女地」等へ詩・小説を発表。また、長谷川時雨の「女人芸術」創刊に尽力し、春月死後は「詩と人生」を主宰。昭和29年「源氏物語」の講義を始め、生田源氏の会と称せられた。詩集に「春の土」、小説集に「燃ゆる頭」などがある。
[家]夫＝生田春月(詩人)

井口 克己　いぐち・かつみ
作家　詩人　[生]昭和13年2月5日　[出]岡山県英田郡作東町白水　[学]日本大学卒、早稲田大学文学部卒、法政大学大学院(昭和52年)博士課程修了　[賞]末川博賞、農民文学賞(第36回)(平成5年)「井口克己詩集 幻郷鳥獣虫魚譜」　[歴]農業に従事した後、地方公務員を経て、昭和52年教職につく。法政大学社会学部非常勤講師なども務める。著書に小説集「ミミズと菊のファンタジー」、詩集「幻郷心臓百景」など。
[団]日本社会学会、日本農民文学会、日本現代詩人会、日本文芸家協会

猪口 節子　いぐち・せつこ
俳人　[生]昭和25年6月9日　[没]平成8年11月10日
[出]愛知県　本名＝藤田節子　[賞]角川春樹新人賞入選(昭和57年)、角川春樹新人賞(昭和62年)、角川俳句賞候補(第35回)(平成1年)、角川春樹賞(平成2年)、深吉野賞(第1回)(平成5年)、俳句研究賞(第11回)(平成8年)「能管」　[歴]昭和55

年「河」に入会。句集に「花蛇の」「能管」。
㊫夫＝藤田六郎兵衛（能楽笛方）

井口 荘子　いぐち・とし
俳人　歯科医　「季節」主宰　㊓大正4年1月15日　㊣平成4年5月18日　㊞福岡県田川郡採銅所町　本名＝井口敏包（いぐち・としかね）　旧号＝兎詩　㊫日本歯科専（昭和24年）卒　㊦昭和13年応召、中支満洲から千島列島に転進。シベリアで俘虜生活を経て、22年復員。26年武蔵野市で歯科医開業。また中学卒業後の昭和7年から伊東月草に師事して「草上」編集同人。戦後は金尾梅の門に私淑して「古志」（改題「季節」）の同人。同人会長、運営委員長などを経て、55年12月梅の門の死に伴い主宰を継承。句集に「ロマンの残党」「杳」、随想集に「俳句幻化」がある。

生野 俊子　いくの・としこ
翻訳家　歌人　㊕英米文学　㊓昭和2年7月17日　㊞神奈川県大船（現・鎌倉市）　本名＝山本俊子（やまもと・としこ）　㊫東京都立第十高女（昭和20年）卒　㊙推理小説作家（イギリス女流）、比喩的な表現　㊔角川短歌賞（第4回）（昭和33年）　㊦津田英語会で英語を学ぶ。昭和24年日本セルローズ工業（株）、26年（財）立川研究所、29年宣教師秘書、33年超教派キリスト教団体ワールド・ビジョン、36年アフガニスタンへ、カブールコミュニティ・チャーチ勤務。37年帰国、ワールド・ビジョン勤務（42年まで）。39年結婚。40年翻訳の仕事を始める。ミステリーものの翻訳が多く、ゴズリング「逃げるアヒル」、パリッシュ「罠に掛かった小鳥」、ヒル「スパイの妻」などがある。歌人でもあり、29年「未来」に入会、歌集に「四旬節まで」「欅の園」などがある。　㊐現代歌人協会、朔日会（洋画）

以倉 紘平　いくら・こうへい
詩人　㊓昭和15年4月8日　㊞大阪府大阪市　㊫神戸大学文学部卒、大阪市立大学大学院修士課程修了　㊔福田正夫賞（昭和62年）「日の門」、H氏賞（第43回）（平成5年）「地球の水辺」、現代詩人賞（第19回）（平成13年）「プシュパ・ブリシュティ」　㊦定時制工業校教師。昭和55年第一詩集「二月のテーブル」を刊行。「アリゼ」同人。他の詩集に「地球の水辺」「日の門」「プシュパ・ブリシュティ」「沙羅鎮魂」など。　㊐日本現代詩人会、日本文芸家協会

池 皐雨郎　いけ・こううろう
詩人　㊓明治6年6月22日　㊣昭和29年3月28日　㊞高知市中島町　本名＝池亨吉（いけ・こうきち）　別号＝暗光、断水楼主人、天舟　㊫明治学院卒　㊦明治学院卒業後税関吏となり、明治29年台湾に赴き、31年台湾滞在までの作品を集めた詩集「涙痕集」を刊行。また38年には詩集「かぶら矢」を刊行した。

池井 昌樹　いけい・まさき
詩人　㊓昭和28年2月1日　㊞香川県　㊫二松学舎大学文学部卒　㊔藤村記念歴程賞（第35回）（平成9年）「晴夜」、芸術選奨文部大臣新人賞（平成10年）、現代詩花椿賞（第17回）（平成11年）「月下の一群」　㊦「歴程」同人。詩集に「理科系の路地まで」「ぼたいのいる家」「沢海」「この生、気味わるいなあ」「鮫肌鉄道」「水源行」「晴夜」「月下の一群」など。　㊐日本文芸家協会

池上 浩山人　いけがみ・こうさんじん
俳人　「ももすもも」主宰　元・サンケイ俳壇選者　㊓明治41年1月17日　㊣昭和60年9月10日　㊞千葉県山武郡丘山村（現・東金市）　本名＝池上幸二郎（いけがみ・こうじろう）　㊫成東中学中退　㊔勲四等瑞宝章（昭和54年）　㊦はじめ徳富蘇峰の門に入りその秘書となり、著作の助手を務めた。のち池上氏を嗣ぎ、国立博物館内文化財研究所内国宝修理室で文化財の修理事業に従事。俳句は父田中蛇湖に学び、大正10年より作句。「ホトトギス」、「若葉」同人。「天鼓」「河鼓」を経て、昭和32年「ももすもも」を創刊。句集に「雁門集」、随筆集に「夢の如しの記」がある。　㊐俳人協会　㊫妻＝池上不二子（女流俳人）、父＝田中蛇湖（俳人）

池上 貞子　いけがみ・さだこ
詩人　跡見学園女子大学文学部教授　㊕中国語　中国現代文学　㊓昭和22年1月28日　㊞埼玉県　㊫東京外国語大学中国語学科卒、東京都立大学大学院人文科学研究科中国文学専攻修士課程修了　㊦昭和56〜58年中国・南開大学外国人教師として天津に在住。帰国後共栄学園短期大学講師、助教授を経て、跡見学園女子大学教授。詩集に「黄の攪乱」「ひとのいる情景」「同班同学」、訳書に張愛玲「傾城の恋」、共訳に小草「日本留学1000日」など。　㊐20世紀文学研究会、中国語学会、日本中国学会　㊫夫＝池上正治（著述家・翻訳家）

いけかみ　　　　　詩歌人名事典

池上 樵人　　いけがみ・しょうじん
俳人　㊗大正14年4月28日　㊙長野県駒ケ根市　本名＝池上勇司(いけがみ・ゆうじ)　㊗慶応義塾大学法学部卒　㊗万緑新人賞(昭和39年)、俳人協会全国大会賞第1位(昭和40年)、万緑賞(昭和44年)　㊗昭和22年「万緑」入会。47年俳人協会幹事。句集に「山垣濤垣」。　㊗俳人協会

池上 不二子　　いけがみ・ふじこ
俳人　装こう師　㊗明治42年2月28日　㊙東京　本名＝池上婦志子　㊗神田実科女学校卒　㊗黄綬褒章(昭和55年)　㊗夫は和本製本の名匠・池上梅吉。和本などの虫食い部分やバラバラになった装丁などを丹念に裏打ち修理する仕事で、国宝と重要文化財の修理を文化庁からゆだねられている。また俳誌「ももすもも」の同人で、句集に「七夕竹」「織女」「青糸」「池上不二子集」、著書に「近世女流俳人伝」などがある。　㊗俳人協会　㊗池上浩山人(俳人)、父＝池上梅吉(装こう師)

池口 呑歩　　いけぐち・どんほ
川柳作家　現代川柳研究会主幹　㊗大正15年　㊙長崎県　㊗三田川柳会、聖明園川柳会などで講師を務め、月刊「王様手帳」「武州路」「サトダタイムス」、機関誌「灯」の柳壇選者を務める。また、月刊「市政」に「川柳漫歩」を連載する。著書に「川柳 パチンコ人生」(編)。

池沢 夏樹　　いけざわ・なつき
小説家　詩人　評論家　翻訳家　芥川賞選考委員　㊗昭和20年7月7日　㊙北海道帯広市　㊗富士高卒、埼玉大学理工学部中退　㊗芸術祭賞優秀賞(昭和59年)「オイディプス遍歴」(作詞)、中央公論新人賞(昭和62年)「スティル・ライフ」、芥川賞(第98回)(昭和63年)「スティル・ライフ」、小学館文学賞(第41回)(平成4年)「南の島のティオ」、読売文学賞(随筆紀行賞、第44回)(平成5年)「母なる自然のおっぱい」、谷崎潤一郎賞(第29回)(平成5年)「マシアス・ギリの失脚」、伊藤整文学賞(評論部門、第5回)(平成6年)「楽しい終末」、JTB紀行文学大賞(第5回)(平成8年)「ハワイイ紀行」、毎日出版文化賞(文学芸術部門、第54回)(平成12年)「花を運ぶ妹」、芸術選奨文部科学大臣賞(第51回、平12年度)(平成13年)「すばらしい新世界」　㊗昭和50年から3年間ギリシャに滞在。現代ギリシャ詩人の詩を翻訳し、「ユリイカ」を中心に発表。詩、翻訳の他に映画評論、小説にも手がける。63年小説「スティル・ライフ」で第98回芥川賞と中央公論新人賞を受賞。平成7年芥川賞選考委員となる。12年沖縄の現在を多角的に収めたCD-ROM「オキナワなんでも事典」を出版。同年、7年ぶりに長編小説「花を運ぶ妹」を刊行。13年朝日新聞に小説「静かな大地」を連載。著書はほかに小説「ヤー・チャイカ」「真昼のプリニウス」「真昼のプール」「南の島のティオ」「マシアス・ギリの失脚」「花を運ぶ妹」「すばらしい新世界」、詩集「塩の道」「最も長い河に関する省察」、エッセイ集「見えない博物館」「ブッキッシュな世界像」「母なる自然のおっぱい」、評論に「楽しい終末」「新世紀へようこそ」、訳書にヴォネガット「母なる夜」、アップダイク「クーデタ」などがある。　㊗父＝福永武彦(作家・故人)、娘＝池沢春菜(声優)　http://www.impala.jp

池下 幹彦　　いけした・みきひこ
詩人　姫路独協大学一般教育部助教授　㊗英文学　㊗昭和29年12月11日　㊙広島県　㊗一橋大学社会学部卒、広島大学大学院総合科学研究科修士課程修了　㊗詩における劇的効果、メタファー　㊗詩集に「ボサノヴァ」、訳書にウイリアム・ブレイク「天国と地獄の結婚」がある。　㊗イギリス・ロマン派学会、日本英文学会、広島大学英文学会

池田 瑛子　　いけだ・えいこ
詩人　㊗昭和13年　㊙富山県富山市　㊗「詩苑」「橘」を経て、「祷」「地球」同人。著書に詩画集「駒」、詩集「母の家」「池田瑛子詩集」がある。　㊗日本現代詩人会、富山現代詩人会

池田 可宵　　いけだ・かしょう
川柳作家　全日本川柳協会顧問　㊗平成8年3月17日　㊙山口県防府市　本名＝池田正雄　㊗終戦後、俳句でもなく川柳でもない諸句を提唱、その形式を完成させた。昭和26年〜平成6年西日本新聞長崎県版で西日本諸句の選者を務めた。

池田 克己　　いけだ・かつみ
詩人　㊗明治45年5月27日　㊗昭和28年2月13日　㊙奈良県　㊗吉野工業学校建築科(昭和2年)卒　㊗昭和6年小学校の恩師植村諦に初めて詩を見てもらい、詩作に励む。9年処女詩集「芥は風に吹かれてゐる」を発刊。11年上林猷夫、佐川英三らと詩誌「豚」を創刊、後「現代詩精神」と改めた。14年徴用令で中国に渡り、16年解除、上海で大陸新報社の記者となり、「上海文学」を創刊、また草野心平らと詩誌「亜細亜」を出した。戦後20年帰国。21年上林、佐川らと「花」を創刊、22年6月小野十三郎、高見順らを編集に加え「日本未来派」を創

刊し、編集人となった。詩集に「原始」「上海雑草原」「中華民国居留」「法隆寺土塀」「池田克己詩集」などがある。

井桁 衣子　いげた・きぬこ
俳人　㊓昭和2年10月27日　㊕東京　㊫城東家政女学校卒　㊔河新人賞(第9回)(昭和42年)　㊖昭和39年「河」に入会し、角川源義の指導を受く。42年より同人。俳句集に「小名木川」がある。　㊐俳人協会

池田 啓三　いけだ・けいぞう
俳人　㊓昭和7年5月17日　㊕岡山県　㊫金沢大学薬学部卒　㊖父・土城の影響で俳句及び川柳に興味を持ち、断続的に諸誌に投稿していたが、昭和41年塩野義製薬在職中に「野火」入会、篠田悌二郎に師事。関東労災病院にてりんどう句会幹事。のち「野火」同人。　㊐俳人協会　㊮父=池田土城(俳人)

池田 秀水　いけだ・しゅうすい
俳人　㊓昭和8年3月10日　㊕神奈川県　本名=池田秀信　㊫東北学院短期大学卒　㊔春嶺賞(昭和44年)、艸魚賞(昭和46年)、全国俳句大会文部大臣奨励賞　㊖昭和41年「春嶺」「若葉」に入門、富安風生・岸風三楼に師事。のち共に同人となる。「現代俳句選集」などの編集委員を務める。「青山」同人。句集に「泉」「冀求」「自註・池田秀水集」がある。　㊐俳人協会

池田 澄子　いけだ・すみこ
歌人　児童文学作家　㊓大正11年5月6日　㊜平成8年10月10日　㊕東京都千代田区　㊖10代から「少女画報」や「少女の友」などに詩や童話を投稿するなど文学に熱中する。第二次大戦で同人誌が解体し、戦後結婚、育児などで文学から遠ざかる。昭和40年頃、短歌の同人誌に入会。同年会社を経営していた夫が網膜はく離で闘病生活に入り、のち失明。夫の会社への送迎のほか、社長秘書、会計、経理監査などを務め、57年退職。平成元年乳がんの手術を受ける。その時のガン告知の問題や夫との日々の思いをつづり、2年歌集「透きとほる窓」を出版。「白路」所属。児童文学作家としても「波の子チャップ」などがあり、「立川のむかし話」の編集も手がける。他の著書に「愛の点字図書館長」。9年立川公園に歌碑が建立された。
㊮夫=池田敏郎(日本盲人経営者クラブ会長)

池田 澄子　いけだ・すみこ
俳人　㊓昭和11年3月25日　㊕神奈川県鎌倉市　㊔現代俳句協会賞(第36回)(平成1年)　㊖昭和58年頃より、三橋敏雄に私淑、のち師事。63年「空の海」を刊行。「群島」、「未定」同人を経て、「檣」「船団」「豈」に所属。句集に「空の庭」「いつしか人に生まれて」などがある。

池田 純義　いけだ・すみよし
歌人　神官　㊓大正14年7月15日　㊜平成8年11月11日　㊕宮崎県日南市　㊫東京大学文学部卒　㊔現代歌人協会賞(昭和53年)「黄砂」　㊖朝日新聞社に入社。昭和21年「一路」入会。50年同人誌「面」を創刊し、「一路」を退会。52年「未来」に入会。同年第一歌集「黄沙」を刊行。56年「風響む」刊行。

池田 千藤　いけだ・せんとう
俳人　㊓明治36年10月8日　㊕広島県　本名=池田三郎　㊫電機学校卒　㊔俳画展大阪市長賞(昭和38年)、大阪府知事賞(昭和49年)、秋窓賞(昭和51年)　㊖大建商会経営。昭和24年「白扇」入会、芦田秋窓に師事し、31年同人となる。40年より「白扇」運営委員長を務める。句集に「草の実」がある。　㊐俳人協会

池田 草舎　いけだ・そうしゃ
俳人　㊓大正10年12月4日　㊜平成12年5月24日　㊕東京・日比谷　本名=池田貞男　㊫東洋大学文学部(昭和17年)卒　㊔紫評論賞　㊖東京都立京橋工業学校、埼玉県立浦和第一女子高校教諭を務めた。一方、昭和8年美濃派宗匠の指導を受け、笹川臨風、勝峯晋風の知遇で古俳句を研究。21年「春汀」、25年関口比良男主宰の「紫」同人、「薔薇」「氷点」「俳句評論」同人を経て、24年「青ぶどう」を創刊、主宰した。また、俳句作家連盟副会長、全国俳誌協会副会長、口語俳句協会幹事を歴任した。句集に「春雁」「春草紅」「傾斜都市」「無絃琴」「池田草舎句集」「交叉曲線」などがある。

井桁 蒼水　いげた・そうすい
俳人　元・新興産業専務　㊓明治42年5月15日　㊜平成9年8月16日　㊕福島県福島市　本名=井桁倉吉(いげた・くらきち)　㊫立教大学経済学部商学科(昭和9年)卒　㊖昭和24年新興産業入社。33年取締役、36年常務、45年専務を歴任。また「ホトトギス」の俳人として知られ、15年深川正一郎に師事し、高浜虚子の指導を受ける。戦後は26年に阿波野青畝に師事。28年「かつらぎ」、34年「ホトトギス」同人。句集に「鷹」がある。　㊐俳人協会

井桁 汀風子　いげた・ていふうし
俳人　医師　清瀬上宮病院名誉院長　㊓大正11年8月13日　㊕岡山市　本名＝井桁孝正　㊫岡山医科大学医学専門部卒　㊯昭和16年大野林火著「現代の秀句」に接し俳句に魅せられ作句を始める。19年「ホトトギス」初入選。23年「風花」に入会、50年同人となる。のち編集部員。合同句集に「踏青」「満天星」がある。㊐俳人協会

池田 時雄　いけだ・ときお
詩人　㊓大正8年8月21日　㊕東京・本所　㊫東京府立四中中退　㊯昭和15年より約4年間、満州・北支に従軍、定年まで日本生命に勤務。幼年時、西条八十宅の近くにおり、同氏に接したのが詩との出あいであった。春山行夫の影響を受ける。「新領土」「京浜詩」同人。「文芸汎論」「蝋人形」「若草」などにも作品を発表した。詩集に「恋とポエジイ」「オルドスの土」「青春」「THE THREE CORNERED MOON」「海辺の貝殻」などがある。

池田 富蔵　いけだ・とみぞう
歌人　福岡教育大学名誉教授　㊢中世文学　㊓明治44年11月12日　㊚平成8年4月27日　㊕福岡県築上郡椎田町　筆名＝池田富三(いけだ・とみぞう)　㊫東洋大学文学部国文科(昭和9年)卒　文学博士　㊯福岡教育大学教授、梅光女学院大学教授を歴任。「標土短歌会」を主宰し、歌集に「単色の季」「防風林」、著書に「源俊頼の研究」などがある。㊐中世文学会、和歌文学会

井桁 白陶　いげた・はくとう
俳人　㊓大正13年3月2日　㊕東京　本名＝井桁敏彦　㊫小卒　㊮河新人賞(昭和40年)、河賞(昭和49年)　㊯昭和18年小野教孝の指導に拠る。37年「河」に入会、角川源義の指導を受け、40年同人となる。「年の花」委員、幹事を務める。句集に「阿僧祇」「自註句集井桁白陶集」がある。　㊐俳人協会

池田 はるみ　いけだ・はるみ
歌人　㊓昭和23年3月5日　㊕大阪府豊中市　㊫京都女子大学短期大学部卒　㊮短歌研究新人賞(第28回)(昭和60年)「白日光」、ながらみ現代短歌賞(第6回)(平成10年)「妣(はは)が国大阪」、河野愛子賞(第12回)(平成14年)「ガーゼ」　㊯昭和47年結婚して千葉県八千代市に住む。48年短歌の道を志し、49年八千代市民短歌会に入会。53年角川短歌賞候補に。53〜56年「まひる野」を経て、「未来」「ゆにぞん」に所属。歌集に「奇譚集」「妣(はは)が国 大阪」「ガーゼ」がある。　㊐八千代市民短歌会

池田 風信子　いけだ・ふうしんし
俳人　㊓大正2年1月8日　㊚平成1年10月27日　㊕青森県八戸市　本名＝池田稺(いけだ・おくて)　㊫旧中卒　㊮八戸市文化賞(昭和44年)、八戸市文化功労賞(昭和56年)　㊯昭和7年南蛮社に加入、玫瑰社を経て34年「北鈴」、59年「青嶺」同人。八戸俳諧倶楽部会長もつとめた。句集に「スバルの鍵」、文集に「長者山界隈」。編著に「八戸俳句歳時記」がある。㊐俳人協会

池田 まり子　いけだ・まりこ
歌人　「をだまき」編集同人・発行人　㊓大正14年5月28日　㊕東京　本名＝池田鞠子　旧姓(名)＝中河　㊫三輪田高女卒　㊯中河幹子の二女として生まれ、少女の頃から短歌に親しむ。国学院大学にて折口信夫・金田一京助の講義を聴く。「をだまき」同人となり、昭和55年幹子没後は「をだまき」発行者となる。歌集に「ヒースの丘」「飛天」(をだまき十人集)がある。㊐日本歌人クラブ(参与)　㊛母＝中河幹子(歌人)

池永 衛二　いけなが・えいじ
歌人　㊓大正11年9月9日　㊚平成12年11月10日　㊕大分県　㊫中央大学予科　㊯日田林工学校時代に俳句を始め、中央大学予科在学中に「和歌文学」「朝鳥」会員。昭和25年大野誠夫の「鶏苑」、32年「砂金」創刊への協力を経て、42年第三次復刊「詩歌」に参加。43年から3年間同人誌「石」の編集委員も務めた。歌集に「石斧」「冬の風船」「山河ありき」などがある。

池内 たけし　いけのうち・たけし
俳人　㊓明治22年1月21日　㊚昭和49年12月25日　㊕愛媛県松山市　本名＝池内洸(いけのうち・たけし)　㊫東洋協会専門学校(現・拓殖大)中退　㊯東洋協会専門学校を中退して宝生流の門に入り、能楽師を志したがそれを断念し、叔父高浜虚子に就いて俳句を志す。「ホトトギス」の編集にたずさわり、昭和7年「欅」を創刊し、8年「たけし句集」を刊行、以後「赤のまんま」「玉葛」「春霞」「その後」「散紅葉」などの句集や随筆集「叔父虚子」などを刊行した。㊛父＝池内信嘉(能楽師)

池内 友次郎　いけのうち・ともじろう
作曲家　俳人　東京芸術大学名誉教授　[生]明治39年10月21日　[没]平成3年3月9日　[出]東京市麹町区富士見町(現・東京都千代田区)　[学]慶応義塾大学予科中退、パリ音楽院(昭和12年)修了　[賞]レジオン・ド・ヌール勲章シュバリエ章(昭和37年)、勲三等旭日中綬章(昭和52年)、文化功労者(昭和61年)　[歴]俳人・高浜虚子の次男に生まれ、虚子生家の養嗣子となる。慶大を中退し、昭和2年渡仏、日本人として初めてパリ国立音楽院(コンセルヴァトワール)に入学。ビュッセルらに師事し、理論・作曲を学ぶ。帰国後、日大芸術科教授を経て、戦後は22年東京芸大作曲科教授となり、数多くの作曲家を育て、またすぐれた門下生をパリ音楽院に送りこみ大成させた。作品に弦楽四重奏曲「熊野」などの3曲をはじめ、ピアノ曲・歌曲があるが、「和音構成音」「和音外音」「学習追走曲」など理論書の著作、ダンディーの「作曲法講義」などのすぐれた訳書で知られる。37年レジオン・ド・ヌール勲章受章、61年文化功労者。著書に「父高浜虚子」があり、パリ留学中は虚子の句の仏訳をしたこともある。俳句は「ホトトギス」に拠ったが、句集に「調布まで」「池内友次郎句集」「池内友次郎全句集」などがある。[団]日仏音楽協会　[家]父＝高浜虚子(俳人)、兄＝高浜年尾(俳人)、姉＝星野立子(俳人)、妹＝高木晴子(俳人)、上野章子(俳人)、妻＝遠藤郁子(ピアニスト)、孫＝クーパー，クリスティーナ・レイコ(チェロ奏者)

池原 魚眠洞　いけはら・ぎょみんどう
俳人　金城学院大学名誉教授　[専]教育原理　[生]明治26年12月3日　[没]昭和62年2月12日　[出]鳥取県気高郡鹿野町鹿野　本名＝池原茂二(いけはら・しげじ)　[学]東京高師専攻科卒　[賞]層雲賞(昭和15年)、層雲文化賞(昭和32年)　[歴]愛知県下の旧制中学教員、校長を歴任し、後に金城学院大教授に就任。大正7年荻原井泉水に師事し、昭和23年「層雲」選者となるが、43年「層雲」を去り「視界」を創刊した。

池原 楢雄　いけはら・ならお
歌人　[生]明治36年12月7日　[出]奈良県　[賞]一路賞(第1回)(昭和16年)　[歴]昭和3年竹柏会に入会。4年山下陸奥の「一路」創刊と同時に参加。以来「一路」主要同人。31年より「香切火」を編集主宰。歌集に「透影」「双頭賦」、編著に「現代児童万葉集」「基本語体系」がある。

池原 錬昌　いけはら・れんしょう
俳人　[生]大正2年6月30日　[出]愛知県名古屋市　[学]身延山祖山学院高卒　[歴]昭和37年多田裕計に師事。同年「れもん」編集に携わり、40年同人。46年俳文学会に入会。師亡きあと「春雷」発行所となる。　[団]俳人協会、俳文学会

池袋 清風　いけぶくろ・きよかぜ
歌人　[生]弘化4年4月(1847年)　[没]明治33年7月20日　[出]日向国都城(宮崎県)　幼名＝宗允、屋号＝案山子廼舎、松濤窟、夢山　[学]同志社修了　[歴]明治13年京都同志社に学び、後にその女学校教師となる。その一方で案山子廼舎社を結び、後進を導いて歌論や作品を発表。撰集「浅瀬の波」、家集「かかしのや集」がある。

池辺 義象　いけべ・よしかた
国文学者　歌人　[生]文久1年10月3日(1861年)　[没]大正12年3月6日　[出]肥後国(熊本県)　号＝藤園、知旦　[学]東京大学古典講習科(明治19年)卒　[歴]宮内省図書寮、一高、女高師などに勤務、帝室博物館歴史部員、史料編纂委員などを歴任。明治31〜34年パリ留学、帰国後京都帝大講師となった。大正3年御歌所寄人、臨時帝室編修局編修官などを務めた。著書に「日本文学史」「日本法制史」「歴史読本」「新撰日本外史」「仏国風俗問答」「欧州紀行」「古事記通釈」など。他に落合直文らと編んだ「日本文学全書」(全24巻)がある。

池松 迂巷　いけまつ・うこう
俳人　[生]明治8年　[没]大正11年1月14日　[出]熊本県　本名＝池松常雄　[歴]早くから正岡子規に学び、のち紫溟吟社の人々と共に夏目漱石にも指導を受ける。明治34年渋川玄耳と「銀杏」を創刊。九州俳壇における新派の草分けとして活躍した。遺稿集に「猫の足あと」がある。

池本 一郎　いけもと・いちろう
歌人　[生]昭和14年4月4日　[出]鳥取県　[学]京都大学卒　[歴]中学時代から歌作を始め、大学入学後「塔」に入会、以後主たる活動の場とする。昭和37年「未来」にも参加。歌集に「未明の翼」がある。

池本 利美　いけもと・としみ
歌人　[生]明治24年2月24日　[没]昭和52年4月5日　[出]鳥取県　[賞]鳥取市文化賞(第1回)(昭和51年)　[歴]「明星」「心の花」を経て、昭和4年「一路」に入会。鳥取を中心とする地方歌壇の育成に尽力した。歌集に「防風林」「砂丘」など。没後の54年「風の光」が刊行された。

いさ 桜子　いさ・さくらこ
俳人　⽣昭和17年2月25日　⽣東京　本名＝伊佐桜子　⽣鷹新人賞　⽣母の影響で昭和41年より俳句を始め、藤田湘子の「鷹」に投句。57年に鷹新人賞受賞。61年に句集「さくら」を刊行。俳句研究賞第1回、第2回ともに候補となる。　⽣妹＝辻桃子（俳人）

井坂 洋子　いさか・ようこ
詩人　⽣昭和24年12月16日　⽣東京都豊島区　⽣上智大学文学部国文科（昭和47年）卒　⽣H氏賞（第33回）（昭和58年）「GIGI」、高見順賞（第25回）（平成7年）「地上がまんべんなく明るんで」　⽣女子高の国語教師を務めるかたわら、27歳で詩作を始め、女子生徒の性意識を斬新な手法で捉えた処女詩集「朝礼」で注目を集める。昭和58年第三詩集「GIGI」中の作品「素顔」は矢野顕子のアルバム「オーエスオーエス」に収録された。ほかに詩集「男の黒い服」「愛の発生」「マーマレード・デイズ」「地上がまんべんなく明るんで」、エッセイ集「話は逆」、詩の入門書「ことばはホウキ星」などがある。　⽣日本文芸家協会　⽣祖父＝山手樹一郎（時代小説家）

井崎 外枝子　いざき・とえこ
詩人　⽣昭和13年3月6日　⽣石川県　⽣金沢大学卒　⽣「笛」同人。詩集に「北陸線意想」がある。

井沢 子光　いざわ・しこう
俳人　⽣明治44年6月25日　⽣平成9年3月3日　⽣東京・本郷　本名＝井沢喜代志　⽣麦作家賞（第1回）　⽣昭和2年「ホトトギス」にて作句を始め、のち「馬酔木」「鹿火屋」「鶏頭陣」「寒雷」と遍歴。21年「麦」創刊に参加し、同人。第1回麦作家賞を受賞。句集に「蓼科」がある。　⽣現代俳句協会

伊沢 信平　いざわ・しんぺい
歌人　⽣明治40年9月1日　⽣宮城県仙台市　⽣東京帝大経済学部卒　⽣東京帝大卒業後、銀行員となる。大正末期に「アララギ」に入会して結城哀草果に師事し、昭和3年新興歌人連盟の創立に参加。プロレタリア歌人として「短歌戦線」で活躍し、以後「詩歌」「短歌評論」などに作品を発表。現在、「山麓」同人。「時代のメモ」「アメリカ旅行歌集」などの歌集のほか、「一徒歩登山者の手記」「わが作歌道中記」などの著書がある。

井沢 唯夫　いざわ・ただお
俳人　⽣大正8年3月17日　⽣昭和63年12月29日　⽣大阪市　本名＝井沢忠男　旧号＝井沢青幽子　⽣大阪市立西区商業学校（昭和12年）卒　⽣頂点賞（第3回）、現代俳句協会賞（第23回）（昭和51年）「紅型」　⽣在学中の昭和11年、初めて「鹿火屋」に投句。「紺」に拠って、鈴木六林男を知る。21年「青天」参加。多くの同人誌を経て36年「頂点」に参加、西東三鬼に師事。55年「聚」創刊代表同人。句集に「野に葬る」「杭」「点滅」「紅型」がある。

井沢 正江　いざわ・まさえ
俳人　「雪解」主宰　⽣大正10年6月29日　⽣台湾・台南　本名＝井沢喜美子（いざわ・きみこ）　⽣台南第一高女（昭和13年）卒　⽣雪解賞（昭和33年、41年）　⽣昭和22年「雪解」入門、皆吉爽雨に師事。28年より「雪解」編集。29年「雪解」同人。58年爽雨没後「雪解」を主宰継承。50年俳句協会幹事、59年理事となる。句集に「火襷」「一身」「晩蝉」「以後」など。著書に「皆吉爽雨の世界」（編著）などがある。　⽣俳人協会（名誉会員）、日本文芸家協会

石 寒太　いし・かんた
俳人　⽣芭蕉における中世文芸の継承　⽣昭和18年9月23日　⽣静岡県田方郡天城湯ヶ島町　本名＝石倉昌治（いしくら・しょうじ）　⽣国学院大学国文科卒　⽣毎日新聞東京本社出版局に勤務。昭和44年「寒雷」参加、49年編集同人。53年「Mumon」を創刊し主宰。平成元年「炎環」創刊。毎日文化センター俳句教室講師、「俳句α（あるふぁ）」編集長も務める。句集に「あるき神」「炎環」「翔」「夢の浮橋」、評論・随筆に「俳句日暦」「愛句遠景」「おくのほそ道」「サラリーマンのための俳句入門」「山頭火の世界」「わがこころの加藤楸邨」などがある。　⽣俳文学会、現代俳句協会、日本文芸家協会、近世文学会

石 昌子　いし・まさこ
俳人　⽣明治44年8月22日　⽣愛知県　⽣杉田久女の長女。昭和27年「杉田久女句集」刊行を機に高浜虚子に師事、虚子没後は星野立子の「玉藻」に拠る。59年7月より個人誌「うつぎ」を発行。句集に「橿鳥」「風車」「楳櫨」「実梅」、著作に「杉田久女」、編著に「久女文集」「杉田久女遺墨」などがある。　⽣母＝杉田久女（俳人）

石井 有人　いしい・ありひと
川柳作家　小樽川柳社主幹　[生]昭和8年8月7日　[出]北海道小樽市　本名＝石井正巳　[学]北海道大学大学院修士課程修了　[賞]北海道川柳功労賞(平成5年)、北海道文化団体協議会賞(平成5年)　[歴]岩見沢農、余市高、母校の小樽潮陵高などの教師を務めた。句集に「郡青」がある。　[団]北海道川柳連盟(副会長)、日本川柳ペンクラブ(理事)、全日本川柳協会(常任幹事)

石井 衣子　いしい・きぬこ
歌人　随筆家　[生]明治29年3月24日　[没]昭和35年4月15日　[出]東京　[歴]17歳頃から佐佐木信綱に師事し「ホトトギス」などに小品文を寄稿。大正14年歌集「波にかたる」を刊行。貿易商の夫の仕事でアルゼンチンに在住し、そこで没したが、没後の昭和35年随筆集「五人の娘たち」が刊行された。

石井 庄司　いしい・しょうじ
⇒石井桐陰(いしい・とういん) を見よ

石井 青歩　いしい・せいほ
俳人　[生]大正5年3月23日　[出]広島県　本名＝石井正保　[学]廿日市高卒　[賞]廻廊賞(昭和32年)　[歴]昭和16年「ホトトギス」「山茶花」(皆吉爽雨選)に投句を始める。21年皆吉爽雨主宰の「雪解」、杉山赤富士主宰の「廻廊」に創刊とともに参加、同人となるが、のち「廻廊」主幹となる。　[団]俳人協会

石井 双刀　いしい・そうとう
俳人　[生]大正10年3月30日　[出]茨城県石岡市　[歴]軍隊で罹病療養中に俳句に関心を持つ。「まはぎ」を通じて昭和21年以降一貫して高野素十に師事。「雪」「桑弦」「蕗」各誌友。著書に「句集 青写真」「素十・春夏秋冬」(編著)、「昭和俳句文学アルバム・高野素十の世界」「素十俳句315日」(以上共著)がある。

石井 保　いしい・たから
俳人　「保」主宰　[生]昭和10年12月17日　[出]東京　本名＝石井保(いしい・たもつ)　[学]国学院大学文学科卒、明治大学大学院文学修士課程修了　[歴]明治大学大学院在学中は山本健吉に師事、芭蕉の連句その他の指導を受く。作句は15歳より始めた。後石原八束に師事。作句、文章などの指導を受く。「秋」同人、「保」主宰。句集に「淡海から大海へ」「波高き」、俳論集に「俳句へのパスポート」がある。　[団]俳人協会、俳文学会、日本文芸家協会

石井 千明　いしい・ちあき
歌人　元・京浜急行電鉄副社長　元・フェリス女学院理事長　[生]明治39年　[没]平成5年8月29日　[出]長野県小県郡青木村　[学]慶応義塾大学経済学部(昭和8年)卒　[歴]昭和10年東横電鉄(現・東急電鉄)入社。24年京浜急行電鉄に移り、総務・事業各部長等を経て、45年京急興業・京急USA各社長、50年京急興業会長、59年京急USA会長を歴任。著書に歌集「道」「光」「命」、評論随筆集「遍歴」他。

石井 桐陰　いしい・とういん
国文学者　俳人　元・東京教育大学教授　[専]上代文学(万葉集)　国語教育　[生]明治33年7月15日　[出]奈良県生駒郡　本名＝石井庄司(いしい・しょうじ)　[学]京都帝国大学大学院文学研究科国文学専攻(昭和4年)修了　文学博士(昭和37年)　[賞]勲三等旭日中綬章(昭和45年)　[歴]戦前は東京女高師、東京高師、戦後は東京教育大学、東海大学(昭和57年退職)と長い教授生活を送り、上代文学に関する業績が多い。「古典研究」「国文学と国語教育」などの著書で知られる万葉集の権威。また、東京高師入学と同時に大塚講話会に入り、口演童話、お話旅行などに同会の中心的存在として活躍した。俳句は「若葉」「春嶺」「橘」の同人。句集「石井桐陰集」「高安城址」、評論「近代名家俳句鑑賞」「俳句の文法論議」、「芭蕉の歩み」などがある。　[団]俳人協会(顧問)　[家]長男＝石井進(東京大学名誉教授)、兄＝石井政一(元・福島県知事)

石井 徹　いしい・とおる
歌人　青虹社代表理事　[生]大正12年7月10日　[出]神奈川県　[学]電気通信大学卒　[歴]昭和13年「青虹」に入会、大脇月甫に師事。27年同人、神奈川支部幹事となる。55年大脇主宰急逝後、社団に改組し、理事兼事務局長に。60年新山雅洋代表病没により代表理事となる。歌集「心照」「四人歌集」など。　[団]日本歌人クラブ、日本現代詩歌文学館

石井 登喜夫　いしい・ときお
歌人　エッセイスト　[生]大正14年12月15日　[出]愛媛県川之江市　別筆名＝泉夏彦　[学]広島高師(昭和22年)中退　[歴]昭和24年愛媛県の川之江中教諭となる。46年丸住製紙に入社し、61年丸住ラインを経て、平成6年退職。歌人としても活動し、歌誌「新アララギ」編集委員・選者、「愛媛アララギ」選者を務める。歌集に「東新集」「東予集」「東窓集」などがある。泉夏彦の筆名でエッセイの執筆も行う。　[団]日本文芸家協会、現代歌人協会

石井 利明　いしい・としあき

歌人　⽣昭和4年11月3日　⽣埼玉県菖蒲町　⽣短歌研究新人賞(昭和34年)「座棺土葬」　⽣昭和32年6月「長風」創刊と共に入会、鈴木幸輔に師事。のち「長風」編集委員。34年「座棺土葬」によって短歌研究新人賞受賞。歌集に「座棺土葬」「平野に生れた或る阿呆の歌」「個蝉集」がある。現在「歌と人」主宰。　⽣現代歌人協会

石井 とし夫　いしい・としお

俳人　⽣大正12年8月9日　⽣千葉県　本名＝石井敏夫　⽣日本伝統俳句協会賞(第1回)(平成2年)「印旛沼素描」　⽣「ホトトギス」同人。句集に「かいつぶり」「印旛沼素描」など。

石井 直三郎　いしい・なおさぶろう

歌人　⽣明治23年7月18日　⽣昭和11年4月23日　⽣岡山県小田郡矢掛町　筆名＝青木小四郎、号＝直樹　⽣東京帝大国文科(大正3年)卒　⽣大学在学中の大正元年日夏耿之介らと「聖杯」を創刊し、翻訳、短歌を発表。以後「車前草」「水甕」に参加。錦城中学講師を経て、大正5年万朝報社に入社し、8年東京帝室博物館嘱託、9年八高教授に就任。その間「西洋美術史」などを刊行。14年愛知県下の学生、卒業生を会員とした「青樹」を創刊し、また八高短歌会の指導にあたった。昭和6年歌集「青樹」を刊行。他の歌集に「青樹以後」がある。

石井 柏亭　いしい・はくてい

洋画家　美術評論家　詩人　⽣明治15年3月28日　⽣昭和33年12月29日　⽣東京・下谷仲御徒町　本名＝石井満吉　⽣東京美術学校西洋画科選科(明治38年)中退　⽣帝国芸術院会員(昭和12年)、日本芸術院会員(昭和24年)　⽣10歳ごろから父・鼎湖に日本画を学ぶ。明治28年中学を中退し、印刷局彫版見習工となる。水彩画を独習し、31年浅井忠に入門して明治美術会、太平洋画会に出品。一方35年新日本画の无声会会員。37年中央新聞に挿絵画家として入社、同年東京美術学校に入学するが、翌38年眼病のために新聞社も学校も辞め療養。40年第1回文展に「姉妹」「千曲川」を出品。43～45年渡欧。大正2年日本水彩画会を創立、2年の二科会創立に参加した。昭和11年一水会を創立し、12年帝国芸術院会員となる。戦後、日展常理事、日本芸術院会員。代表作に「麦秋」「パリの宿にて」「ドイツの女」など。また、絵画のほか詩人としては「明星」に作品発表したのが出発で、明治40年画友山本鼎らと美術雑誌「方寸」を創刊。詩や小品文、評論を旺盛に発表。木下杢太郎をはじめ、多くの詩人、画家に影響を与えた。著書も「欧州美術遍路」「マネ」「浅井忠」「日本絵画三代志」など数多くある。　⽣父＝石井鼎湖(日本画家)、祖父＝鈴木鵞湖(日本画家)、弟＝石井鶴三(彫刻家・画家)

石井 藤雄　いしい・ふじお

詩人　⽣昭和14年3月31日　⽣千葉県　⽣市川学園中卒　⽣農民文学賞(第40回)(平成9年)　⽣農業の傍ら、植木職人として働く一方、詩誌「花」の同人として活動。平成9年農民文学賞を受賞。詩集に「野の声」「野の季節に」「鳥獣虫魚譜」「野菜譜」などがある。　⽣日本現代詩人会、日本農民文学会、千葉県現代詩人会、日本文芸家協会

石井 瑞穂　いしい・みずほ

歌人　⽣毎日歌壇特選、毎日歌壇賞(平成4年)、短歌研究新人賞(第41回)(平成10年)「緑のテーブル」　⽣大学で美学を学び、会社勤務を経て、大学院に進学。一方大学時代から青春期の思いを短歌に詠み続け、短歌会にも参加。毎日新聞の毎日歌壇に投稿。歌集に「緑のテーブル」がある。

石井 三展　いしい・みつのぶ

歌人　⽣大正6年4月6日　⽣秋田県　⽣戦前から鈴木幸輔に師事して、昭和21年「新樹」入会。「万歴」「コスモス」を経て、「長風」創設に同人として参加。歌集に「萱叢」「樹の声」がある。

石井 露月　いしい・ろげつ

俳人　⽣明治6年5月17日　⽣昭和3年9月18日　⽣秋田県河辺郡戸米川村　本名＝石井祐治　号＝柿八　⽣秋田中学(明治24年)中退、済生舎修了　⽣明治26年文学を志し上京。小日本、日本などの記者を経て、医師となり、郷里で開業。この間、正岡子規に知られ、「秋田新聞」「ホトトギス」などに寄稿、33年に島田五空らと俳誌「俳星」を創刊した。東北の風土に即した壮大な俳風は奥羽調と名付けられ、死後「露月句集」のほか、文集「蜩を聴きつゝ」が編まれている。

石岡 雅憲　いしおか・まさのり

歌人　敬愛大学経済学部経済学科教授　⽣経営学方法論　⽣大正15年1月2日　⽣神奈川県横浜市　⽣南カリフォルニア大学経営学部卒　⽣千葉敬愛経済大学(現・敬愛大学)として経営学を講じる。歌人としては、「花実」「十月会」を経て、「草地」「ちぐさ」所

属。歌集に「武州越谷」「随縁」がある。
[所]経営史学会、日本経営教育学会

石垣 恵美子　いしがき・えみこ
⇒石垣蔦紅(いしがき・ちょうこう)を見よ

石垣 蔦紅　いしがき・ちょうこう
歌人　聖和大学教育学部教授・大学院教育学研究科長　[専]幼児教育学　保育学　[生]昭和6年3月15日　[出]東京都　本名＝石垣恵美子(いしがき・えみこ)　旧姓(名)＝吉村恵美子　[学]関西学院大学卒、青山学院大学大学院文学研究科教育学専攻(昭和44年)修士課程修了　文学博士(青山学院大学)(昭和61年)　[興]国際的保育、世界の幼児教育　[賞]日本保育学会日私幼賞(昭和53年)　[歴]出生の半年後、満州事変のため実母と帰国、東京都に住む。昭和31年石垣敦と結婚し沖縄・石垣島へ。36年高知県土佐清水市へ転居し、土佐清水キリスト教幼稚園を創立、10年間園長を務める。45年兵庫県西宮市へ転居、同年聖和女子大学助手。57～58年イスラエルのハイファ大学に留学。同年聖和大学教授、59年幼児教育学科長。60年石垣敦と離婚。同年「地祷歌信」、61年「どんだん」に入会。同年世界幼児教育機構(OMEP)理事、平成2年OMEP日本委員会副会長兼事務局長。著書に「キブツの保育」「保育と健康」「赤ちゃんの健康遊び」「就学前教育の研究」「赤ちゃんの知能を伸ばす」などの他、歌集「棘―石垣島蔦紅集」がある。[所]日本教育学会、日本保育学会(理事)、日本乳幼児教育学会(常任理事)、OMEP(世界幼児教育機構)日本委員会(事務局長)

石垣 りん　いしがき・りん
詩人　[生]大正9年2月21日　[出]東京・赤坂　[学]赤坂高小(昭和9年)卒　[賞]H氏賞(第19回)(昭和44年)「表札など」、田村俊子賞(第12回)(昭和46年)「石垣りん詩集」、地球賞(第4回)(昭和54年)「略歴」　[歴]小学校時代から詩作を始め、少女雑誌に投稿する。小学卒業後、日本興業銀行に入り、以後昭和50年まで勤務。昭和18年「断層」を創刊し、福田正夫に師事する。34年第1詩集「私の前にある鍋とお釜と燃える火と」を刊行。44年第2詩集「表札など」でH氏賞を受賞し、46年「石垣りん詩集」で田村俊子賞を、54年「略歴」で地球賞を受賞。他に小説・随筆集「ユーモアの鎖国」などがある。[所]日本現代詩人会、日本文芸家協会

石川 逸子　いしかわ・いつこ
詩人　ミニコミ誌「ヒロシマ・ナガサキを考える」発行人　[生]昭和8年2月18日　[出]東京都杉並区　本名＝関谷逸子　[学]お茶の水女子大学文教育学部史学科卒　[賞]H氏賞(第11回)(昭和35年)「狼・私たち」、地球賞(第11回)(昭和61年)「千鳥ケ淵へ行きましたか」　[歴]区立中学の社会科教師を務めるかたわら詩作活動を続け、昭和31年の第一詩集「日に三度の誓い」で注目される。'60年安保闘争の際、社会派女流詩人としての地位を確立。「兆」同人。50年詩人・大原三八雄編集のミニコミ誌「広島通信」の講読を始め、「広島通信」終刊後は57年から自ら季刊のミニコミ誌「ヒロシマ・ナガサキを考える」を発行。平成元年「広島通信」全68号を一冊にまとめて復刻する。2年永山則夫死刑囚入会問題の際、日本文芸家協会を脱退。詩集に「狼・私たち」「泳ぐ馬」「千鳥ケ淵へ行きましたか」「ゆれる木槿花」など、著書に「無名戦没者たちの声」「教師たちの憂鬱」「ヒロシマ・死者たちの声」など。[所]新日本文学会、日本現代詩人会、ヒロシマ・ナガサキを考える会

石川 一成　いしかわ・かずしげ
歌人　神奈川県立厚木高校教頭　「心の花」編集委員　[生]昭和4年9月8日　[没]昭和59年10月23日　[出]千葉県佐原市　[学]東京文理科大学漢文科卒　[歴]在学当時から歌人佐佐木信綱に師事。昭和25年竹柏会「心の花」入会、のち編集委員。神奈川教育センター国語研究室を経て、中国重慶の四川外語学院で2年間日本人として初めて日本語教師をつとめた。帰国後高校教諭。歌集に「麦門冬」「沈黙の火」、共著に「私の短歌入門」「わが愛する歌人」がある。[所]現代歌人協会、日本歌人クラブ

石川 恭子　いしかわ・きょうこ
歌人　医師　「表馨」主宰　[生]昭和3年3月22日　[出]東京　[学]東京女子医科大学卒、東京大学大学院研究生修了　[賞]木下利玄賞(第19回)(昭和45年)「春の樹立」、個性賞(昭和52年)、日本歌人クラブ賞(第21回)(平成6年)「木犀の秋」　[歴]昭和29年「立春」入会。48年より「個性」編集同人。「表馨」主宰。歌集に「春の樹立」「風とシンフォニー」「えおりあの琴」「首夏」「野の薫り」(昭和歌人集成)「木犀の秋」。評論に「詩人リルケ」、詩集に「古いうたびとに」。[所]現代歌人協会、「個性」

石川 銀栄子　いしかわ・ぎんえいし

俳人　[生]明治34年10月10日　[没]昭和51年9月11日　[出]福井市　本名＝石川一栄　[学]鉄道教習所卒　[歴]大須賀乙字に師事して大正14年より「獺祭」に投句。昭和2年「青柿」を創刊主宰。戦後「古志」同人を経て、28年「幹」を創刊主宰。越前俳句史研究にも力を注ぐ。句集に「牛歩抄」、研究書に「越前俳諧提要」「越前俳諧史」などがある。

石川 桂郎　いしかわ・けいろう

小説家　俳人　随筆家　「風土」主宰　[生]明治42年8月6日　[没]昭和50年11月6日　[出]東京・三田　本名＝石川一雄　[学]高小卒　[賞]俳人協会賞(第1回)(昭和36年)「含羞」、読売文学賞(第25回・随筆紀行賞)(昭和48年)「俳人風狂列伝」、蛇笏賞(第9回)(昭和50年)　[歴]高小卒後、家業の理髪業を継ぐ。昭和9年杉田久女の門に入り、12年石田波郷らの「鶴」に参加し、14年同人。同年横光利一に師事。23年「馬酔木」同人となる。31年第1句集「含羞」を刊行し、以後「竹取」「高蘆」などを刊行。36年「含羞」で第1回俳人協会賞を、48年「俳人風狂列伝」で読売文学賞を受賞し、50年にはそれまでの業績で蛇笏賞を受賞。他に「剃刀日記」「妻の温泉」などの小説集もある。また「俳句」や「俳句研究」などの編集長を歴任し、自らは「風土」を主宰した。　[家]妻＝手塚美佐(俳人)

石川 星水女　いしかわ・せいすいじょ

俳人　[生]大正7年1月6日　[出]東京　本名＝石川明子　[歴]20歳の時、京都の女子専門学校を中退して、京大卒の銀行員と結婚。昭和15年夫が満州の大連に赴任し同行。22年に引き揚げ、戦後は支店長夫人として郡山、岡山などを転々としたが、34年金沢で日銀支店長夫人で高浜虚子の5女の俳人・高木晴子と出会い俳句を始める。57年10月朝日俳壇初入選。以来60年までに19回の入選を果たしている。「ホトトギス」「玉藻」「晴居」などの同人兼世話役。

石川 静雪　いしかわ・せいせつ

俳人　[生]大正14年5月8日　[出]長野県飯田市　本名＝石川良昱　[学]京都大学哲学科卒　[賞]京都俳句作家協会賞(昭和41年)　[歴]昭和23年より「雲母」に投句を始め、37年同人。のち「白露」に所属。飯伊俳人連盟創設以来常任幹事、信州日報俳壇選者を務める。　[団]俳人協会、日本仏教学会、日本宗教学会、俳文学会

石川 善助　いしかわ・ぜんすけ

詩人　[生]明治34年5月16日　[没]昭和7年6月27日　[出]宮城県仙台市　[学]仙台市立商業(大正3年)卒　[歴]漁船員、雑誌記者など多くの仕事に従事。かたわら、「日本詩人」「詩神」、「児童文学」などに詩、童話、民謡、評論、エッセイを書き、口誦民話の採録や方言の蒐集、土俗学、民族学にも深い関心をもっていたが31歳の若さで不慮の死を遂げた。死後、詩集「亜寒帯」と遺文集「憑射亭随筆」童謡集「どろぼはったぎ」などが少部数ながら発行された。

石川 啄木　いしかわ・たくぼく

歌人　詩人　小説家　[生]明治19年2月20日　[没]明治45年4月13日　[出]岩手県北岩手郡渋民村　本名＝石川一(いしかわ・はじめ)　別号＝白蘋(はくひん)　[学]盛岡中(明治35年)中退　[歴]在学時から新詩社の社友となり詩作に専念、明治35年上京し、与謝野鉄幹の知遇を得る。38年詩集「あこがれ」を出版、明星派の詩人として知られる。同年結婚、故郷での代用教員生活を経て40年から函館、札幌、小樽、釧路など北海道を転々とする。41年再び上京後、「赤痢」「足跡」など小説を書き続けるが、生活は苦しく、そうした中から短歌が生まれる。42年東京朝日新聞の校正係となり、のち朝日歌壇の選者。43年「一握の砂」の三行分かち書き、新鮮・大胆な表現によって“生活派”の歌人として広く知られる。晩年幸徳秋水、クロポトキンらの社会主義思想に接近、その姿勢は45年の「悲しき玩具」などに表現される。他に詩集「呼子と口笛」、小説「雲は天才である」、評論「時代閉塞の現状」があるほか、「石川啄木全集」(全8巻，筑摩書房)がある。岩手県玉山村に石川啄木記念館がある。平成11年北海道北村に歌碑が建立される。　[家]祖父＝工藤常房(南部藩士)

石川 冬城　いしかわ・とうじょう

俳人　[生]大正3年10月19日　[没]平成11年2月25日　[出]神奈川県小田原市　本名＝石川敬造　[学]横浜商卒　[歴]昭和5年Y校俳句会を興す。7年「はこね」を通じ原石鼎に師事するが、12年応召。戦陣俳句会を通じ石楠系作家と交流。22年復員後「鹿火屋」同人。37年郷土俳句「音」主宰。「鹿火屋」同人副会長、小田原俳句協会長を務めた。句集に「五黄」「音」がある。　[団]俳人協会

石川 信夫　いしかわ・のぶお
歌人　[生]明治41年6月16日　[没]昭和39年7月9日　[出]埼玉県　本名＝石川信雄　[学]早稲田大学政経学部中退　[歴]大学在学中より前川佐美雄・筏井嘉一等と作歌活動を始める。昭和5年「エスプリ」を創刊。6年「短歌作品」、9年「日本歌人」創刊に参加。11年歌集「シネマ」出版。復員の後、前川佐美雄の「オレンジ」創刊に参加。25年「日本歌人」復刊と同時に東京地方の同人を中心に「短歌作品」を創刊。39年「宇宙風」を創刊。他の歌集に「太白光」がある。

石川 春彦　いしかわ・はるひこ
詩人　[生]昭和8年　[出]岐阜県本巣郡根尾村　[学]青山学院大学　[歴]北信越地方を行商のかたわら詩をつくり、村野四郎、武者小路実篤らと出会う。詩集に「行商のうた」など。

石川 日出雄　いしかわ・ひでお
俳人　[生]明治43年5月23日　[没]平成6年6月12日　[出]福島県　[学]福島師範卒　[賞]かまつか賞(昭和43年)、福島県文化振興基金(昭和58年)　[歴]小学校長を務めた。昭和8年「水明」の長谷川かな女に師事。16年関東州俳協機関誌鶉編集委員となる。31年「かまつか」入会。福島県文学賞企画委員、福島市俳句協会会長を歴任。句集に「死火山」「連翹」「式部の実」がある。
[団]俳人協会

石川 宏　いしかわ・ひろし
詩人　川村学園女子大学文学部教授　[専]日本散文詩　[生]大正14年1月23日　[出]神奈川県　[学]早稲田大学文学部卒、早稲田大学大学院修了
[歴]詩誌「龍」同人。詩集に「虚」。

石川 不二子　いしかわ・ふじこ
歌人　[生]昭和8年11月22日　[出]神奈川県藤沢市　旧姓(名)＝黒井不二子　[学]東京農工大学農学部卒　[賞]短歌研究新人賞(第1回)(昭和29年)「農場実習」、現代短歌女流賞(第1回)(昭和52年)「牧歌」、短歌研究賞(第25回)(平成1年)「鳩子」
[歴]昭和25年「竹柏会」入会、佐佐木信綱に師事。「心の花」同人。29年第1回「短歌研究」50首詠で二席入選。35年島根県三瓶山麓に開拓農民として共同入植。52年歌集「牧歌」で第1回現代短歌女流賞を受賞。ほかの歌集に「野の繭」「石川不二子歌集」がある。

石川 まき子　いしかわ・まきこ
歌人　[生]明治43年2月27日　[没]昭和61年11月1日　[出]島根県　[歴]昭和11年、村野次郎選により歌集「君影草」を刊行。24年「女人短歌」創刊に参加し長く幹事を務める。28年「形成」創刊に同人として参加し、木俣修に師事。その他の歌集に「竜胆」「天の砂」「不在」「ゆふべを花に」「微塵の種子」「風を聴く」があり、他に詩集「漁火」などがある。

石川 道雄　いしかわ・みちお
詩人　ドイツ文学者　北海道大学文学部独文科主任教授　[生]明治33年10月23日　[没]昭和34年2月25日　[出]大阪　号＝道游山人、羊仙道人
[学]東京帝大文学部独文学科(大正14年)卒　[歴]大正10年鈴蘭社同人となり、14年「緑泉集」を刊行。以後「ゆふされの唄」「半仙戯」などの詩集を刊行。独文学者で、昭和4〜18年東京府立高等学校教授、戦後国学院大学教授、山梨大教授、32年より北大文学部独文科主任教授を歴任した。ドイツ・ロマン派のホフマンなどの翻訳もした。

石川 義広　いしかわ・よしひろ
歌人　[生]明治43年10月5日　[出]神奈川県　[歴]昭和4年ポトナムの地方誌「石蕗」創刊により作歌をはじめる。のち「梅檀」に移り、再び「ポトナム」に復帰。15年「花実」創刊に参加し、同人。47年「草地」創刊に参画し、以来編集委員。歌集に「雪崩」がある。　[団]日本歌人クラブ

石倉 啓補　いしくら・けいほ
俳人　[生]大正2年10月17日　[没]平成10年1月24日　[出]岡山県岡山市　本名＝石倉鎮夫　[学]大阪府天王寺師範卒　[賞]正六位勲五等瑞宝章(平成10年)　[歴]昭和6年山本梅史の門に入り「泉」に投句。9年「ホトトギス」初入選。13年「すずしろ」創刊。のち「柳絮」を経て、22年より田村木国の「山茶花」に拠り、木国没後は「山茶花」代表。大阪俳人クラブ理事などを務める。55年「ホトトギス」同人。句集に「花菜漬」「冬扇」、俳話集に「花鳥抄」がある。
[団]俳人協会、日本伝統俳句協会(参与)、大阪俳人クラブ(理事)

石倉 翠葉　いしくら・すいよう
俳人　[生]明治7年10月30日　[没]昭和13年1月24日　[出]茨城県岩瀬町　本名＝石倉重継　別号＝花笠庵、一具庵涼松　[歴]俳句を尾崎紅葉に師事する。雑誌「花笠」や「俳諧誠道新聞」を発

行した。著書に「北村季吟伝」、編著に「四季俳句帖」がある。

石榑 千亦　いしくれ・ちまた
歌人　[生]明治2年8月26日　[没]昭和17年8月22日　[出]伊予国新居郡樋村(愛媛県)　本名＝辻五郎　[歴]中学卒業後の明治22年に上京し、帝国水難救済会の創設に参加し、生涯をその発展につとめ、後に常務理事となる。26年、佐佐木信綱の門に入り、31年「心の華」の創刊に参加、以後同誌の編集運営に参加。海洋を歌う歌人として活躍し、大正4年「潮鳴」を刊行。他に「鷗」「海」などの歌集がある。　[家]三男＝五島茂(歌人)

石黒 清介　いしぐろ・せいすけ
歌人　短歌新聞社社長　「短歌新聞」発行人　[生]大正5年3月17日　[出]新潟県栃尾市　本名＝石黒清作　[賞]柴舟会賞(昭和60年)、日本歌人クラブ賞(第24回)(平成9年)「雪ふりいでぬ」　[歴]昭和3年遠山夕雲により作歌の手ほどきを受け、内藤鋠策の第三次「抒情詩」創刊に参加。18年「越後短歌」(後「にひわら」と改題)創刊。復員後、栃尾市の生家で桐材業をしていたが、上京。杉並短歌会を作り、28年「短歌新聞」、52年「短歌現代」を創刊。歌集に「西安」「樹根」「平明」「人間の小屋以前」「栃尾」「樹下」「谷野」「中国小吟」「雪ふりいでぬ」などがある。　[団]十月会、日本現代歌人協会、日本文芸家協会

石黒 白萩　いしぐろ・はくしゅう
俳人　[生]明治42年2月1日　[没]平成7年3月22日　[出]北海道滝川町　本名＝石黒貞一(いしぐろ・さだかず)　[学]高小卒　[賞]文化功労彰(昭和54年)、しろがね賞(昭和63年)　[歴]店員、会社員などを経て、戦後釣具商。昭和30年滝川市議に当選。44年市会議長、46年引退。初め短歌誌にも関係、6年牛島滕六主宰の「時雨」に所属。21年俳誌「アカシヤ」に転向、日野草城に師事する。45年土岐錬太郎推薦で俳人協会入会。「アカシヤ毬藻集」選者を務める。53年白萩句碑受贈。句集に「朱塗の箸」。　[団]俳人協会

石毛 郁治　いしげ・いくじ
俳人　三井東圧化学相談役　[生]明治28年5月18日　[没]昭和56年9月1日　[出]千葉県飯岡町　[学]東京高等工業応用化学科(大正6年)卒　[賞]勲二等瑞宝章(昭和48年)　[歴]三井鉱山に入社、コークス製造の研究に従事し、昭和2年東洋高圧工業に移る。22年社長になり、折からの食糧難の要請に応えて、肥料用尿素の大量生産に踏み切った。38年会長、41年三井化学社長に就任し、43年に東洋高圧工業と三井化学工業を合併させ、三井東圧化学の相談役に就任した。46年退任。俳人としても有名で俳句月刊誌「同人」を主宰。

石毛 拓郎　いしげ・たくろう
詩人　文芸評論家　[生]昭和21年9月4日　[出]茨城県鹿島郡波崎町　本名＝石毛孝友(いしげ・たかとも)　[学]中央大学産業経済学科(昭和45年)卒　[興]犯罪と病理(精神分裂病)　[賞]小熊秀雄賞(第12回)(昭和54年)「笑いと身体」、横浜詩人会賞(第8回)(昭和51年)「植物体」、DIY創作子どもの本大賞(第1回)(平成3年)　[歴]婦人服・下着の店員、FRP(強化プラスチック)成形機販売、電設工事の仕事を経て小学校教師となる。山田豊加らと昭和44年に「尻穴地帯」を創刊、46年に「元兇」を創刊。48年詩集「朝の玄関」、ついで「植物体」「笑いと身体」「子がえしの鮫」「眼にて云ふ」を出版、58年、川俣軍司の妄想を種に連作「阿Qのかけら」を刊行。同時に「レプリカ」の連作にとりかかる。59年「イエローブック」を創刊、同人。また詩作とともに文芸評論、児童読物、ビデオ評論などを執筆。共著に「わいわい学校」「同時代子供研究」がある。
[団]新日本文学会

石沢 三善　いしざわ・みよし
川柳作家　元・八甲田川柳社会長　[没]平成13年10月11日　号＝石沢三善(いしざわ・さんぜん)
[歴]青森市の川柳結社津可呂川柳結社同人として戦前から活躍。昭和48年八甲田川柳社の創立にかかわり、平成8年から2年間会長を務めた。青森県川柳大会の選者も務め、県柳壇の発展に貢献した。

石島 雉子郎　いしじま・きじろう
俳人　救世軍清瀬療養所事務長　[生]明治20年8月26日　[没]昭和16年4月18日　[出]埼玉県行田　本名＝石島亀次郎　[学]中学中退　[歴]救世軍運動をし、大佐として救世軍清瀬療養所事務長をつとめる。俳句面では「ホトトギス」の雑詠で学び、明治43年「雉子郎句集」を刊行し、以後も「京日俳句抄」などを刊行した。

石塚 正也　いしずか・せいや
歌人　[生]大正7年8月13日　[出]新潟県　[歴]昭和25年「一路」に参加。26年生田蝶介に師事して「吾妹」に入会、のち幹部同人。27年「石菖」を創設、主宰。54年朝日新聞新潟版歌壇選

者となる。歌集に「孤独の雪渓」「雪陽炎」「輝く落暉」「彩雲」がある。 [団]日本歌人クラブ

石塚 友二 いしずか・ともじ
小説家 俳人 [生]明治39年9月20日 [没]昭和61年2月8日 [出]新潟県西蒲原郡笹岡村（現・笹神村） [学]笹岡高等小学校（大正10年）卒 [賞]池谷信三郎賞（昭和18年）「松風」、神奈川文化賞（第29回）（昭和55年）、聖教文化賞（昭和61年） [歴]大正13年上京。書店勤務のかたわら、横光利一に文学を、水原秋桜子に俳句を学ぶ。昭和17年短編「松風」が芥川賞候補作になり、翌年池谷信三郎賞を受賞。石田波郷とともに俳誌「鶴」を創刊、「俳句研究」に「方寸虚実」を発表して注目された。戦後復刊した「鶴」を波郷没後主宰。小説集に「松風」「橘守」、句集に「百萬」「磯風」「光塵」「曠日」「玉縄抄」などのほか、随筆集「とぼけ旅人」「春立つ日」「日遣番匠」などがある。 [団]俳人協会

石塚 真樹 いしずか・まき
俳人 「展」代表 現代俳句協会副幹事長 [生]大正7年9月7日 [没]平成9年9月19日 [出]茨城県猿島町 本名＝木村桂二 [歴]「展」「俳句人」代表。ほかに「道標」同人。句集「狭島」「耳目はつらつ」などがある。

石塚 まさを いしずか・まさお
俳人 [生]大正3年10月12日 [没]平成1年3月13日 [出]東京 本名＝石塚政雄 [学]中央大学法学科卒 [賞]水明賞（昭和35年）、零余子賞（昭和46年）、埼玉文芸賞（第1回）（昭和45年） [歴]昭和25年「水明」入会。37～46年「水明」編集長。浦和文芸家協会理事。句集に「途上小景」。 [団]俳人協会

石曽根 民郎 いしぞね・たみろう
川柳作家 しなの川柳社主宰 石曽根印刷所社長 [生]明治33年8月16日 [出]長野県松本市 [学]彦根高商別科卒 [賞]松本市芸術文化賞（昭和40年） [歴]昭和11年しなの川柳社主宰。「信毎柳壇」「朝日新聞長野県版柳壇」選者。句集に「大空」「山彦」「道草」のほか、著書に「住めばわが街」「川柳を知る心」など。

石田 あき子 いしだ・あきこ
俳人 [生]大正4年11月28日 [没]昭和50年10月21日 [出]埼玉県 本名＝石田せん [学]大妻高等女学校卒 [賞]馬酔木賞、俳人協会賞（第10回）（昭和45年）「見舞籠」 [歴]昭和17年俳人・石田波郷と結婚。戦後は殆ど手術、療養の繰り返しであった夫のよき支えとなり、献身的な看護に明け暮れる日々を送る。34年ごろより「鶴」に投句、鶴同人。夫没後は「馬酔木」同人。句集「見舞籠」（44年）は長い間の看護に感謝する夫波郷の心尽くしの句集であったが、波郷はその刊行直前に逝去した。この句集により俳人協会賞、馬酔木賞を受賞。随筆集に夫婦愛の記録として評判が高かった「夫還り来よ」があり、没後に「石田あき子全句集」が編まれた。
[家]夫＝石田波郷

石田 雨圃子 いしだ・うほし
俳人 僧侶 [生]明治17年1月 [没]昭和27年1月13日 [出]富山県 本名＝石田慶封 [歴]明治38年から「俳諧雑誌」「アラレ」などに投句。のち、大正6年から「ホトトギス」に拠る。「雪舟」「木の芽」を主宰した。

いしだ えつ子 いしだ・えつこ
詩人 [生]昭和44年 [出]愛知県名古屋市 [学]椙山女学園大学文学部国文学科（平成4年）卒 [歴]昭和60年詩の創作を始める。詩集に「虹の小人」「そんなふうに青い空をみつめてはいけないもう鳥ではないのだから」「日の出月の出」がある。

石田 修 いしだ・おさむ
歌人 医師 [生]大正2年10月31日 [出]千葉県 [学]昭和医専卒 [賞]木下利玄賞（第2回）（昭和15年） [歴]昭和2年「心の花」に入会。のち「創生」を創刊。「林間」「橘」同人。62年大分市に歌碑を建立した。歌集に「光陰」「潔き年輪」「四季点描」など。 [団]日本歌人クラブ、現代歌人協会

石田 勝彦 いしだ・かつひこ
俳人 [生]大正9年10月3日 [出]北海道札幌市 本名＝石田和郎（いしだ・かずろう） [学]日本大学第一中学校（昭和18年）卒 [興]現代俳句に於ける写生 [賞]俳人協会賞（第39回）（平成12年）「秋興」 [歴]結核治療中の昭和27年清瀬東京療養所の俳句サークル誌「松濤」で加藤楸邨選を受け、「寒雷」に投句。28年より「鶴」に投句し、石田波郷に師事、31年同人。49年波郷没後、小林康治主宰の「泉」創刊に参加し編集長。51年「泉」同人、「鶴」同人辞退。55年小林勇退後「泉」雑詠選者。句集に「双杵」など。
[団]俳人協会（評議員）、日本文芸家協会

石田 郷子 いしだ・きょうこ
俳人 [生]昭和33年5月2日 [出]東京都 [学]実践女子短期大学卒 [賞]競詠一席新人賞（平3年度）、木語賞（平7年度）、俳人協会新人賞（第20回）（平成9年）「秋の顔」 [歴]昭和61年「木語」入会、同人。著書に「秋の顔―石田郷子句集」がある。 [団]俳人協会（幹事）

石田 耕三　いしだ・こうぞう
歌人　㋷昭和6年10月27日　㋷鹿児島県串木野市　㋷短歌公論処女歌集賞(第6回)「火立ヶ岡」　㋷川内中学時代より作歌、色紙玲人主宰の「火山脈」会員となる。昭和26年「創作」に入会、長谷川銀作に師事。31年、短歌研究第4回五十首詠にて推薦作品となる。47年「創作」を退会し、「長流」創設に参画、編集委員。歌集に「火立ヶ岡」がある。

石田 漣　いしだ・さざなみ
歌人　㋷明治40年11月5日　㋷昭和62年12月1日　㋷岐阜県郡上郡奥明方村　本名＝石田連(いしだ・むらじ)　㋷大正12年「氾濫」同人。15年名古屋市の印刷会社に文選・植字工として勤務。25年肺結核を患い、翌年入院。33年「短詩形文学」同人。62年80才で没。歌集に「石より重く」「辛夷の花」「栃の実」「石田漣遺歌集」。

石田 三郎　いしだ・さぶろう
⇒わらびさぶろう を見よ

石田 三千丈　いしだ・さんぜんじょう
俳人　医師　㋷明治21年2月12日　㋷昭和49年8月26日　㋷秋田県　本名＝石田春輝　㋷東京慈恵会医科大学卒　㋷明治36年頃から露月・五空、ついで戸沢撲天鵬等に師事して句を学ぶ。医家を志して上京し、慈恵大在学中句会に出席して鳴雪・東洋城・虚子等を知る。大正14年より能代大町で病院を営み、五空晩年の主治医をつとめる。昭和36年、小笠原洋々のあとを継ぎ、「俳星」主幹に推された。句集に「路草」「翠嵐」「辛夷」がある。

石田 常念　いしだ・じょうねん
川柳作家　全日本川柳協会幹事　郡山川柳会会長　元・奈良県議(社会党)　㋷38歳の時から、4年間奈良県議を務めた。53歳で奈良新聞「ニュース川柳」に投稿を始める。翌年奈良番傘川柳会に入会し、郡山川柳会創設に参加。のち番傘川柳本社幹事、奈良番傘川柳会参与、郡山川柳会会長。奈良新聞大和柳壇選者も務めた。政治や社会の矛盾を突いた作品を次々に発表。のち療養生活を余儀なくされるが川柳を詠みつづけ、平成13年傘寿を記念し初の句集「どしゃぶり」を出版。

石田 小坡　いしだ・しょうは
俳人　㋷昭和2年5月19日　㋷東京　本名＝石田巌　㋷東京一師卒、国学院大学文学部卒　㋷アカシヤ賞(昭和27年)　㋷都立城南高校教諭を務めた。一方、昭和20年「ホトトギス」初入選。翌年万太郎・草城に師事。のち安住敦門となる。「春燈」に所属する。句集に「茅花集」「遠方」「御醍醐桜」がある。　㋷俳人協会

石田 東陵　いしだ・とうりょう
漢学者　漢詩人　㋷元治2年1月26日(1865年)　㋷昭和9年12月6日　㋷宮城県仙台市　本名＝石田羊一郎　号＝東陵　㋷共立学校英語修了　㋷共立学校教頭、大東文化学院教授を歴任し、漢学者、漢詩人として活躍。「大学説」「老子説」「楚辞集註」などの著があり、没後「東陵遺稿」が刊行された。

石田 波郷　いしだ・はきょう
俳人　㋷大正2年3月18日　㋷昭和44年11月21日　㋷愛媛県温泉郡垣生村(現・松山市西垣生町)　本名＝石田哲大(いしだ・てつお)　㋷明治大学文芸科(昭和11年)中退　㋷葛飾賞(第1回)(昭和32年)、読売文学賞(詩歌・俳句賞、第6回)(昭和29年)「石田波郷全句集」、芸術選奨文部大臣賞(第19回)(昭和43年)「酒中花」　㋷小学生の頃から句作を始め、中学卒業後も家業の農業を手伝いながら五十崎古郷の指導を受け「馬酔木」などに投句。昭和7年上京し、水原秋桜子の庇護を受け、8年最年少の「馬酔木」同人となり、9年より編集する。10年「石田波郷句集」を刊行し、12年「鶴」を創刊、主宰する。18年応召し、華北に渡ったが胸膜炎を病み、20年内地送還となる。21年「鶴」を復刊、また「現代俳句」を創刊。23年病気再発し、以後病と闘って句作した。25年療養俳句の金字塔ともいうべき句集「惜命」を刊行。29年「石田波郷全句集」で読売文学賞を、43年「酒中花」で芸術選奨を受賞。34年朝日新聞俳句欄選者。また36年には俳人協会を設立した。中村草田男、加藤楸邨とともに"人生探究派"と称された、昭和の代表的俳人。他の句集に「鶴の眼」「風切」「雨覆」「酒中花以後」などがあり、「清瀬村」などの随筆集、歳時記など著書多数。「石田波郷全集」(全9巻・別巻1、角川書店)がある。平成12年直筆の掛け軸や短冊などが遺族により東京都江東区に寄贈された。同年12月江東区砂町文化センター内に石田波郷記念館がオープン。　㋷長男＝石田修大(元日本経済新聞論説委員)

石田 比呂志　いしだ・ひろし

歌人　「牙」主宰　[生]昭和5年10月27日　[出]福岡県京都郡刈田町　本名＝石田裕志(いしだ・ひろし)　[学]豊津高中退　[賞]未来賞(昭和40年)、熊日文学賞(第20回)(昭和53年)「琅玕」、短歌研究賞(第22回)(昭和61年)「手花火」　[歴]17歳で「悲しき玩具」を読み歌を志す。昭和34年「未来」入会。37年「牙」創刊。49年「牙」復刊。歌集に「無用の歌」「琅玕」「鶏肋」「長酣集」「滴滴」、評論集に「夢違庵雑記」「無名の群像」「短歌の中心と周辺」など。　[団]現代歌人協会

石田 玲水　いしだ・れいすい

歌人　[生]明治41年9月25日　[没]昭和54年7月14日　[出]秋田県南秋田郡　[学]玉川学園大学教育学部卒　[歴]小学校教員を経て、秋田魁新報社校正部長を最後に退職。秋田県総合短歌誌「寒流」を主宰するほか、地方文化興隆のため幅広く活躍した。歌集に「幾朝」「冬影」「湖畔」があり、ほかに編著「秋田県短歌史」、随筆集「八郎潟風土記」など多数がある。

石飛 如翠　いしとび・じょすい

俳人　「出雲」主宰　[生]大正8年10月20日　[出]島根県　本名＝石飛定雄　[学]島根師範卒　[賞]出雲賞(昭和40年)　[歴]小、中学校教員を経て、退職後農業。昭和11年より句作を始め、13年大須賀乙字門太田柿葉、桑原視草の指導を受ける。24年「古志」同人。39年「出雲」発刊を企画し同人、45年「河」に同人として参加。のち主宰となる。　[団]俳人協会(評議員)

石中 象治　いしなか・しょうじ

詩人　元・九州大学教授　[専]ドイツ文学　[生]明治33年4月28日　[没]昭和56年11月12日　[出]熊本県　[学]東京帝大独文科(昭和4年)卒　[歴]東京帝大卒業後、文部省嘱託となる。その後、独文学者として徳島高工、山口高校、六高、九州大、千葉商大教授を歴任。この間同人誌「日暦」「日本浪曼派」などに詩を発表。昭和14年詩集「海の歌」を刊行した。ニーチェ「人間的なあまりに人間的な」、リルケ「ロダン」、ヘッセ「車輪の下」などの翻訳をはじめ、「ドイツ戦争文学」「私の文芸ノート」などの著書がある。　[団]日本文芸家協会

石野 勝美　いしの・かつみ

歌人　[生]昭和2年10月1日　[出]東京都　[歴]昭和28年「国民文学」に入会。33年第三次「創生短歌会」に参加、以後晩年の筏井嘉一に師事。その没後「あらたえ短歌会」創刊に参加、編集委員、選者。他に「渾の会」同人、運営委員。歌集に「冬の貌」「暗渠」、評論集に「戦慄の抒情」がある。

石橋 定夫　いしばし・さだお

詩人　[生]昭和11年　[出]東京都台東区浅草柱町　筆名＝尾上尚志　[学]千葉敬愛短期大学(昭和33年)卒　[歴]民衆詩派の白鳥省吾に学び、詩誌「花園」「市原詩人」等の同人となる。詩集に「愛の谷間」「月下の雫」「青春の華」など。千葉市教員。　[団]日本詩人クラブ

石橋 妙子　いしばし・たえこ

歌人　「花鏡」主宰　[生]昭和4年1月6日　[出]兵庫県　[学]神戸女子薬科大学卒　[賞]潮音賞(第8回)　[歴]「潮音」幹部同人。歌集に「花鏡」「風樹」「素描の繭」など。他の著書に「鑑賞太田青丘の秀歌」がある。　[団]日本歌人クラブ、女人短歌会

石橋 辰之助　いしばし・たつのすけ

俳人　[生]明治42年5月2日　[没]昭和23年5月2日　[出]東京・下谷　旧号＝竹秋子　[学]安田保善工業電機科卒　[賞]「馬酔木」賞(第1回)(昭和7年)　[歴]照明技師として神田日活、新宿帝都座に勤め、戦後は日本映画社に勤務。学生時代から俳句をはじめ、昭和6年「馬酔木」に参加。山岳俳句に新境地を開き、7年自選欄同人となる。句を志して「荒男」を創刊。また「京大俳句」「天香」に関係し、15年京大俳句事件で検挙される。戦後は新俳句人連盟に参加し委員長をつとめた。句集に昭和10年刊行の「山行」をはじめ「山岳画」「家」「妻子」「山暦」など。また「定本石橋辰之助句集」がある。

石橋 忍月　いしばし・にんげつ

文芸評論家　小説家　俳人　弁護士　[生]慶応1年9月1日(1865年)　[没]大正15年2月1日　[出]筑後国上妻郡湯辺田村(福岡県)　本名＝石橋友吉　別号＝福洲学人、筑水漁夫、懐郷生、嵐山人、萩の門、気取半之丞　[学]帝大法科大学(現・東大)独法科(明治24年)卒　[歴]学生時代からドイツ文学に親しみ、明治20年から21年にかけて坪内逍遙、二葉亭四迷を論じ評論家として注目される。また21年には小説「都鳥」を、22年「夏木立」を発表し、以後作家、評論家として活躍。評論家としては森鴎外の初期小説を

批判し、"舞姫論争""幽玄論争"を展開した。24年東京帝大を卒業し内務省に入るが、翌25年に辞職し、以後北国新聞を経て弁護士となり、長崎地裁判事にもなる。また長崎市議会、県議会の議員もつとめた。また一方では、尾崎紅葉と知己だった頃から俳句を始め、長崎の碧梧桐門下の田中田士英らと"あざみ会"を興こす。「太白」誌を創刊、郷土に月並俳句一掃の新風を送る。漢学の素養から蕪村調をよくした。著書に「石橋忍月評論集」、「忍月全集」（全4巻、八木書房）がある。 ⓢ三男＝山本健吉（本名＝石橋貞吉，文芸評論家）

石橋 秀野 いしばし・ひでの
俳人 ⓑ明治42年2月19日 ⓓ昭和22年9月26日 ⓟ奈良県山辺郡二階堂村（現・天理市）旧姓（名）＝藪 ⓔ文化学院卒 ⓡ現代俳句協会賞（第1回）（昭和23年）、川端茅舎賞（第1回）（昭和24年）「桜濃く」 ⓦ短歌を与謝野晶子に、俳句を高浜虚子に学ぶ。昭和4年山本健吉と結婚。この頃から唯物弁証法に興味をもち、地下生活もする。13年横光利一主宰の「十日会」に加わり、本格的に作句を始め、17年「鶴」に参加。没後刊行の句文集「桜濃く」で第1回の川端茅舎賞を受賞した。 ⓢ夫＝山本健吉（評論家，本名＝石橋貞吉）、娘＝山本安見子（エッセイスト）

石原 明 いしはら・あきら
歌人 ⓑ明治32年10月19日 ⓟ東京 ⓔ明治学院中学部卒 ⓦ大正6年「珊瑚礁」に参加したが、橋田東声に師事し、8年「覇王樹」創刊に加わり、10年同人となる。のちに「日光」に加わり、昭和12年「博物」創刊に参加した。

石原 一輝 いしはら・かずてる
作詞家 作曲家 詩人 ⓞ童謡 ⓑ昭和20年 ⓟ山梨県 ⓡ児童文芸創作コンクール（童謡部門最優秀賞，第4回）（平成3年）、毎日童謡賞（優秀賞，第6回）、ふるさと音楽賞日本創作童謡コンクール（優秀賞，第3回）（平成4年）、三木露風賞（優秀賞，第9回）（平成5年） ⓦ電機会社勤務後、創作活動に入る。合唱曲に「大空へ飛べ」「青い地球を見てみたい」など。著書に「空になりたい—石原一輝詩集」がある。 ⓟ日本童謡協会、日本音楽著作権協会

石原 雁子 いしはら・がんし
俳人 医師 ⓑ明治23年12月 ⓓ昭和33年10月12日 ⓟ鳥取市東大路 本名＝石原巌 別号＝雁 ⓔ金沢医専卒 ⓦ鳥取県保健医、智頭保健所長などを経て開業。俳句は「ホトトギス」に投句、のち俳誌「野火」を主宰した。句集「八ツ手の花」がある。

石原 沙人 いしはら・さじん
俳人 川柳作家 ⓑ明治31年11月7日 ⓓ昭和54年9月5日 ⓟ広島県 本名＝石原秋朗 前号＝血涙堂、別号＝巌徹、柳号＝青龍刀 ⓔ拓殖大学（大正9年）卒 ⓦ在天津外務書記生、満鉄・華北交通を経て戦後文芸春秋に勤めた。俳句は武田鴬塘の「南柯」、次いで臼田亜浪に師事し、「石楠」に投句。のち幹部同人。戦後新俳句人連盟に参加、昭和26年から委員長。「山河」「俳句人」同人。また川柳の諷詩人同盟主幹でもある。句集「青龍刀句集」「龍沙句帖」「諷詩龍沙吟」がある。

石原 舟月 いしはら・しゅうげつ
俳人 東広会長 ⓑ明治25年3月7日 ⓓ昭和59年10月13日 ⓟ山梨県東八代郡錦村二之宮 本名＝石原起之郎（いしはら・きしろう） ⓡ慶応義塾大学経済学部理財科卒 ⓡ雲母賞（昭和24年）、山廬賞（第3回）（昭和42年）、東京都知事賞（昭和49年）、勲五等瑞宝章（昭和51年）、蛇笏賞（第15回）（昭和56年）「雨情」 ⓦ昭和20年東広を設立し社長となり、47年会長に就任。俳句は大正10年飯田蛇笏、その後龍太に師事。「雲母」同人。55年俳人協会名誉会員。句集に「雨情」「仮泊」「奔流」など。 ⓟ俳人協会 ⓢ長男＝石原八束（俳人）

石原 純 いしはら・じゅん
理論物理学者 歌人 ⓑ明治14年1月15日 ⓓ昭和22年1月19日 ⓟ東京府本郷区（現・東京都文京区） 本名＝石原純（いしはら・あつし） 歌名＝石原阿都志（いしはら・あつし） ⓔ東京帝大理科大学理論物理学科（明治39年）卒 理学博士（大正5年） ⓡ帝国学士院恩賜賞（大正8年）「相対性理論、万有引力論及び量子論の研究」 ⓦ大学時代は理論物理学を専攻。明治36年「馬酔木」創刊を機に伊藤左千夫を訪ね、後に「アララギ」に参加。44年東北帝国大学助教授に就任。45年～大正3年までヨーロッパ留学をし、なかでもアインシュタインに大きな刺激を受ける。大正3年帰国後東北帝大教授となる。現代物理学の理論的基礎や方法の啓蒙的解説も精力的に行う。10年歌人・原阿佐緒との恋愛事

件により教授を辞任。以後、著作、啓蒙活動に専念。昭和7年岩波「科学」創刊とともに編集主任となる。大正11年歌集「靉日」(あいじつ)を刊行、都会感覚と科学者としての詩情で注目された。昭和2年「渦状星雲」を創刊したのをはじめ、9年「立像」を創刊、「立像」は後に「新短歌」と改組された。歌論でも「新短歌概論」などを執筆、科学者としても「自然科学概論」「現代物理学」「アインスタインと相対性原理」「相対性原理」などの著書があり、「アインスタイン全集」(全4巻)もまとめた。[家]弟＝石原謙(キリスト教史学者)、孫＝森裕美子(ミニコミ誌発行)

石原 素子　いしはら・そし

俳人　[生]明治43年5月29日　[出]福島県　本名＝石原正三　[学]旧制商高卒　[歴]昭和50年作句を始める。53年「青樹」に入会し、長谷川双魚に師事。55年同人。翌年「青樹」東京支部上野の森句会を主宰する。句集に「漉舟」がある。[団]俳人協会

石原 武　いしはら・たけし

詩人　文教大学名誉教授　[専]英文学　[生]昭和5年8月3日　[出]山梨県甲府市　[学]明治学院大学文学部英文学科(昭和28年)卒　[賞]横浜詩人会賞(第1回)(昭和43年)「軍港」、日本詩人クラブ賞(第7回)(昭和49年)「離れ象」、埼玉文芸賞(第13回)(昭和57年)「夕暮れの神」　[歴]昭和28年立正学園女子高等学校・中学校教諭、42年立正女子大学専任講師、45年助教授を経て、50年文教大学教育学部教授。60年より図書館長を兼務。62年文学部教授に就任、のちに文学部長。一方、41年詩誌「日本未来派」同人を経て、44年文芸誌「山河」に参加。49年「地球」同人。日本詩人クラブ会長を務めた。詩集に「軍港」「離れ象」「夕暮れの神」、訳書に「ケネス・パッチェン詩集」など。[団]日本現代詩人会、日本詩人クラブ、日本文芸家協会、日本現代詩研究者国際ネットワーク

石原 透　いしはら・とおる

俳人　元・工業技術院公害資源研究所所長　[専]排水処理　資源工学　[生]大正13年8月1日　[出]東京　[学]東京大学工学部鉱山科(昭和24年)卒　[賞]夏草新人賞(昭和31年)、夏草賞(第3回)(昭和41年)、夏草功労賞(昭和48年)　[歴]昭和27年通商産業省工業技術院資源技術試験所に入所、58年公害資源研究所所長で退官。59年三菱マテリアル、大手開発顧問、平成6年日本規格協会参与。一方、昭和24年山口青邨の「夏草」入門、のち同人。31～35年「夏草」編集。著書に「地球環境と国際規格—ビジネスマンのためのISO14000」、句集に「結晶となる」など。[団]俳人協会

石原 光久　いしはら・みつひさ

歌人　[生]昭和22年6月12日　[出]香川県　[賞]荒木暢夫賞(第14回)(昭和55年)、短歌現代新人賞(第1回)(昭和61年)「プレスロボット」　[歴]昭和61年「短歌現代」誌100号を記念して設けられた第1回短歌現代新人賞を受賞。歌集に「鉄匂ふ日日」などがある。

石原 八束　いしはら・やつか

俳人　「秋」主宰　[生]大正8年11月20日　[没]平成10年7月16日　[出]山梨県東八代郡錦生村　本名＝石原登　[学]中央大学法学部卒、中央大学大学院法学研究科修了　[賞]芸術選奨文部大臣賞(文学評論部門・第26回)(昭和50年)「黒凍みの道」、紫綬褒章(昭和59年)、中村星湖文学賞(第2回)(昭和63年)「駱駝の瘤にまたがって」、勲四等旭日小綬章(平成4年)、現代俳句協会大賞(第9回)(平成8年)、俳人協会評論賞(第12回)(平成10年)「飯田蛇笏」　[歴]旧制中の時結核を患い、俳句に親しむ。昭和12年飯田蛇笏に師事、「雲母」に投句。戦後、同人として飯田龍太と「雲母」を編集。三好達治の知遇をうけ、傾倒する。30年第一句集「秋風琴」を刊行。単なる写生にとどまらず、心の内面を見つめる"内観造型"を唱え、現代俳句に新しい抒情の領域をもたらした。35年主宰誌「秋」を創刊。50年「黒凍みの道」で芸術選奨文部大臣賞を受賞。63年10月から日本経済新聞社俳壇選者、平成2年から東京新聞俳壇選者をつとめた。主要著書に句集「空の渚」「雪稜線」「操守」「高野谿」「雁の目隠し」、評論集「現代俳句の幻想者たち」「現代俳句の世界」「飯田蛇笏」、三好達治伝「駱駝の瘤にまたがって」「風信帖」など。[団]俳文学会、日本ペンクラブ、日本文芸家協会、俳人協会、現代俳句協会　[家]父＝石原舟月(俳人)

石原 吉郎　いしはら・よしろう

詩人　[生]大正4年11月11日　[没]昭和52年11月13日　[出]静岡県伊豆　[学]東京外国語学校ドイツ語部(昭和13年)卒　[賞]H氏賞(第14回)(昭和39年)「サンチョ・パンサの帰郷」、歴程賞(第11回)(昭和48年)「望郷と海」　[歴]大阪ガスに勤めるうち昭和14年に召集となり、やがて関東軍特務機関に配属されたが、召集解除後は満州電々調査局に徴用された。このため20年12月ソ連に抑留され、4年後に重労働25年の判決。このシベリア体験がのちに終生のテーマ

となる。スターリン死後の28年12月に特赦で帰国し詩作を始める。雑誌「文章クラブ」に投稿して鮎川信夫に認められ、30年に好川誠一、勝野睦人らと同人誌「ロシナンテ」を創刊。39年「サンチョ・パンサの帰郷」でH氏賞受賞。他の詩集に「礼節」「水準原点」、エッセイ集に「望郷と海」「海を流れる河」などがあるほか、「石原吉郎全集」（全3巻、花神社）がある。

石村 貞雄　いしむら・さだお
歌人　㊤明治44年3月23日　㊥東京都　㊦千葉医科大学卒　㊧昭和11年大学在学中に藤川忠治の「歌と評論」に入会。その後出詠中断を経て、26年同誌復刊後同人に復帰。49年編集代表と脇力して編集を分担、51年編集委員を務める。歌集に「盛夏」がある。

石牟礼 道子　いしむれ・みちこ
作家　俳人　㊤昭和2年3月11日　㊥熊本県水俣市　旧姓（名）＝白石　㊦水俣町立実務学校（昭和18年）卒　㊨熊日文学賞（第11回・辞退）（昭和44年）「苦海浄土―わが水俣病」、大宅ノンフィクション賞（第1回・辞退）（昭和45年）「苦海浄土―わが水俣病」、マグサイサイ賞（昭和49年）、西日本文化賞（第45回・社会文化部門）（昭和61年）、紫式部文学賞（第3回）（平成5年）「十六夜（いざよい）橋」、朝日賞（平成14年）　㊧生後まもなく水俣に移り、以後同地に住む。昭和22年20歳で結婚。短歌の投稿や、同人誌創刊にかかわる。33年谷川雁のサークル村結成に参加。43年水俣病対策市民会議の発足に参加。44年患者を訪ね歩いての聞き書き「苦海浄土―わが水俣病」を出版。同書は第11回熊日文学賞、第1回大宅ノンフィクション賞に選ばれるが、辞退。以後も患者と共にチッソ東京本社すわりこみなどをしながら、「不知火海」「流民の都」「天の魚」「椿の海の記」などで水俣病告発を続ける。一方、俳句にも親しみ、作品は大岡信著「折々のうた」にも採り上げられ、句集に「无」がある。著書は他に「西南役伝説」「おえん遊行」「常世の樹」「十六夜（いざよい）橋」「アニマ（魂）の鳥」など。
㊽暗河の会、日本文芸家協会

石本 隆一　いしもと・りゅういち
歌人　「氷原」主宰　㊤昭和5年12月10日　㊥東京・芝　㊦早稲田大学文学部英文科（昭和31年）卒　㊨日本歌人クラブ賞（第17回）（昭和46年）「星気流」、短歌研究賞（第12回）（昭和51年）「菎麻の記憶」、短歌新聞社賞（第5回）（平成10年）「流灯」　㊧「早大短歌会」を経て「地中海」へ加入。香川進に師事。47年「氷原」を創刊、氷原短歌会を主宰。歌集「初期歌篇銀河揺漾」「木馬騎士」「星気流」「海の砦」「天狼篇」「水馬」などがある。他に「石本隆一評論集」など。　㊽日本現代歌人協会、日本ペンクラブ、日本文芸家協会

石森 和男　いしもり・かずお
歌人　詩人　㊤万延元年（1860年）　大正5年9月　㊥宮城県　㊧明治29年～37年札幌で札幌師範（現・教育大札幌分校）、札幌高女（現・札幌北高）などの国語教師を務める。のち税務局監督局・樺太庁を経て、札幌一中、札幌高女に勤務。そのかたわら浅香社系の歌人・詩人として活躍。「我が愛する北海道」「わが札幌」などの唱歌の作詞もした。その業績に対し昭和33年札幌市中央区伏見に歌碑が建立。さらに56年に石森文学広場が造られ、長男・延男（元・児童文学者）の文学碑と並んで歌碑、説明文が設置された。　㊂長男＝石森延男（児童文学者）

伊集院 昭子　いじゅういん・あきこ
詩人　㊨埼玉文学賞詩部門準賞（第16回）　㊧「地球」同人。詩集に「フーガFuga」「エスカレーター 伊集院昭子詩集」他。　㊽孤帆の会

石原 万戸　いしわら・ばんこ
俳人　㊤明治23年10月27日　㊦昭和51年11月25日　㊥大阪市　本名＝石原武雄　別号＝健生　㊦早稲田大学卒　㊧夏目漱石最後の門人で、漱石没後「漱石全集」の校正に当った。大正15年俳誌「かへで」を創刊、独力でその経営にあたる。俳句集に「閑さ」「芭蕉と其の芸術」などがあり、没後に「石原万戸句集」が編まれた。

石原 和三郎　いしわら・わさぶろう
童謡詩人　作詞家　小学校訓導　㊤慶応1年10月21日（1865年）　㊦大正11年1月14日　㊥上野国勢多郡東村大字花輪（群馬県）　号＝万岳　㊦群馬師範（現・群馬大学教育学部）（明治24年）卒　㊧13歳で水沼小塩沢分校の助手教員となり、師範卒後花輪小の訓導兼校長、明治29年東京高師附属小訓導を経て、33年富山房に入社し、坪内雄蔵（逍遙）編「小学国語読本」を編集する。この頃、田村虎蔵、納所弁次郎らとともに言文一致唱歌運動を推進、その一端として「幼年唱歌」「少年唱歌」を出版。そこに収められた唱歌「うさぎとかめ」「キンタロウ」「さるかに」「はなさかじじい」「大こくさま」などを作詞し、童謡詩人として活躍した。平成元年東村に自筆原稿などを展示した"童謡ふるさと館"が開設された。

伊豆 公夫　いず・きみお
⇒赤木健介(あかぎ・けんすけ) を見よ

伊豆 三郷　いず・さんきょう
俳人　[生]明治42年2月5日　[没]昭和63年8月16日　[出]神奈川県横須賀市　本名=高橋与四郎(たかはし・よしろう)　[学]旧制実業工卒　[賞]河賞(昭和34年)　[歴]大正14年独学で俳句を始める。その後「土上」「馬酔木」を経て、昭和12年「鶴」入会。22年「鶴」同人。33年「河」創刊発起同人。句集に「影絵」。　[団]俳人協会

出井 知恵子　いずい・ちえこ
俳人　[生]昭和4年9月2日　[没]昭和61年10月18日　[出]広島県比婆郡山内北村(現・庄原市川北町)　旧姓(名)=亀井　[歴]昭和24年「松籟」に入会。38年からは「渦」の赤尾兜子に師事。59年から俳誌「茜」を主宰。句集に「命華」「蒼華」などがある。　[家]弟=亀井静香(衆院議員)

出岡 実　いずおか・みのる
洋画家　詩人　[生]昭和4年1月17日　[没]平成13年5月16日　[出]東京　[学]日本橋商卒　[賞]春陽会賞　[歴]東京・日本橋での空襲と疎開先での伊勢湾台風被災体験により、詩集「仏像」「伊勢湾台風」「台風孤児」などを生んだ。「暦象」同人。ほかの詩集に「抒情詩」「精神の四季」など。一方、絵画制作にも精力的に取り組み、名古屋画廊、上野・松坂屋などで数多くの個展を開催。一貫して"花"と"仏像"をテーマに描いた。　[団]春陽会、日本現代詩人会

泉田 秋硯　いずた・しゅうけん
俳人　[生]大正15年3月30日　[出]島根県松江市　本名=泉田春樹　旧姓(名)=浜田　[学]京都大学工学部冶金科(昭和23年)卒　[賞]霜林賞(平成4年)　[歴]昭和21年京大俳句会幹事、22年俳誌「学苑」創刊編集人、26年「霜林」と改題、同人。のち「苑」同人。句集に「苑」「春の輪舞」「梨の球形」「薔薇の緊張」などがある。　[団]俳人協会、兵庫県俳句協会

和泉 香　いずみ・かおり
川柳作家　[出]福井県　本名=坂井真由美　[賞]オール川柳賞新人賞(大賞, 第1回)(平成8年)　[歴]平成2年新聞に初作の川柳が掲載される。6年から看護婦のパートで働きながら、天根夢窓が主宰する大阪の勉強会に参加。川柳の作品集に「私信花吹雪」がある。

和泉 香津子　いずみ・かずこ
俳人　[生]昭和3年　[出]神奈川県小田原市　[学]小田原高女卒　[歴]「かびれ」「麦明」をへて「玄火」同人。著書に「和泉香津子句集」「開落」「北岸」「現代俳句12人集」。

和泉 克雄　いずみ・かつお
詩人　元・日本グッピー協会会長　[生]大正5年7月3日　[出]東京　[学]中央大学商業学校卒　[歴]サラリーマンを経て、水草園芸業。昭和25年から和泉熱帯魚研究所を経営。主にグッピー、卵生および卵胎生メダカを研究・繁殖。一方、北村初雄「正午の果実」・金子光晴「こがね虫」などを読み、昭和10年ごろから詩作を始める。元「GALA」「日本未来派」同人。詩集に「幻想曲」「前奏曲」「練習曲」「短い旅」などがある。　[団]日本現代詩人会

泉 鏡花　いずみ・きょうか
小説家　俳人　[生]明治6年11月4日　[没]昭和14年9月7日　[出]石川県石川郡金沢町(現・金沢市下新町)　本名=泉鏡太郎　別号=畠芋之助(はた・いものすけ)　[学]北陸英和学校(明治20年)中退　[歴]9歳で母を失う。尾崎紅葉の影響を受け、明治23年上京し、24年紅葉門下生となる。26年「冠弥左衛門」を発表。28年世俗の道徳を批判した「夜行巡査」「外科室」を「文芸倶楽部」に発表し、"観念小説"作家として認められる。以後29年の「照葉狂言」や、遊廓に取材した「辰巳茶談」他、幽玄怪奇の世界をテーマにした「高野聖」(33年)などを著す。32年芸者桃太郎と結婚後は、芸妓を主人公にした「湯島詣」(32年)、自身の結婚経緯を綴った「婦系図」、「歌行燈」「白鷺」などを発表。硯友社系の作家として、唯美的、ロマンティックな作品は耽美派の先駆となった。大正期に入ってからは「日本橋」や戯曲「天守物語」などを、昭和に入ってからも「薄紅梅」などを発表し、明治・大正・昭和の3代にわたって活躍した。江戸文芸につらなる作風は、新派の舞台や映画でも多くとりあげられている。一方、俳句にも親しみ紅葉の紫吟社連衆の一人であった。100句余の俳句がある。辞世の句「露草や赤のまんまもなつかしき」。「泉鏡花全集」(全28巻・別巻1, 岩波書店)がある。昭和48年泉鏡花文学賞が設けられた。
[家]祖父=中田万三郎(葛野流太鼓師)

出海 溪也　いずみ・けいや
詩人　⑤昭和3年　⑥福岡県　㊟昭和23年「Pioneer」発行。24年岡田芳彦らと「芸術前衛」、27年井手則雄、関根弘らと「列島」、平成11年「月刊Eポエム」を創刊。他の詩集に「東京詩集」「日本前衛詩集」「レアリテ」「アンダルシアの犬」、詩論集に「アレゴリーの卵」などがある。

泉 幸吉　いずみ・こうきち
実業家　歌人　住友家第16代当主　住友本社社長　⑤明治42年2月20日　⑥平成5年6月14日　⑥大阪府大阪市　本名＝住友友成（すみとも・ともなり）　別名＝住友吉左衛門〔16代目〕（すみとも・きちざえもん）、幼名＝厚　⑥京都帝大文学部史学科（昭和8年）卒　㊟大正15年3月17歳で16代吉左衛門を継ぎ、住友家当主となり、住友合資会社代表社員・社長に就任。昭和12年株式会社に改組し、第二次大戦後の財閥解体まで住友本社社長を務めた。戦前から日常業務は総理事が執っていたが、戦後は一切の役職につかず、"象徴"として住友グループを束ねた。21年には長女が誘拐され大きな話題となる。また、斎藤茂吉に短歌を師事し、アララギ派に所属。自然を題材にした歌が多く、歌集に「雲光」などがある。元男爵。　㊗父＝住友吉左衛門（15代目）

泉 甲二　いずみ・こうじ
歌人　⑤明治27年8月31日　⑥昭和55年11月10日　⑥福岡市　本名＝山田邦祐　⑥早稲田大学英文科卒　㊟大正6年北原白秋に師事、昭和10年白秋の「多磨」創刊に参加、のち編集に従事。28年中村正爾の「中央線」創刊に参加。歌集「白き秋」、編著「名歌鑑賞二十人集」「日本伝承童謡集成」のほか美術書「世界名画物語」「世界名画巡礼」などがある。

泉 紫像　いずみ・しぞう
俳人　⑤大正14年12月28日　⑥石川県金沢市　本名＝泉静夫　⑥京都大学物理学科卒　㊟万緑新人賞（昭和45年）、万緑賞（昭和60年）　⑥昭和20年「あらうみ」に入会、「ホトトギス」に投句。21年「万緑」入会、中村草田男に師事。42年同石川支部長。46年同人。句集に「加賀梨」「一番星」、著書に「比喩と俳句」「中村草田男」などがある。　⑥俳人協会

泉 天郎　いずみ・てんろう
俳人　医師　⑤明治20年1月22日　⑥昭和23年2月4日　⑥東京府下千住町　本名＝泉正路（いずみ・まさみち）　⑥千葉医専（大正5年）卒　㊟千葉医専卒業後、北海道岩内町で医院を開業。早くから「文庫」「ホトトギス」などに拠って句作をし、後に碧梧桐に師事して「日本俳句」で活躍。明治44年「朱鞘」を創刊し、以後も「海紅」「三昧」「紀元」などで自由律俳句の道を歩み、晩年は定型句にもどる。句集に「東国」（明44）「自選泉天郎句集」（昭58）がある。

和泉 風光子　いずみ・ふうこうし
医師　俳人　⑤昭和7年11月　⑥兵庫県神戸市　本名＝和泉正人　⑥神戸医科大学（現・神戸大学医学部）（昭和32年）卒、神戸医科大学大学院（昭和37年）博士課程修了　医学博士　㊟昭和18年から俳句をはじめる。父、祖父とも俳人。水原秋桜子に師事。43年「馬酔木」所属。58年俳人協会会員。著書に「杜鵑花」（編著）、句集に「紫陽花」など。　⑥俳人協会

泉 芳朗　いずみ・よしろう
詩人　教師　⑤明治38年3月　⑥昭和34年4月9日　⑥鹿児島県大島郡伊仙町　⑥鹿児島第二師範卒　㊟奄美大島で教師を務めながら詩集2冊を出版。昭和3年上京し、9年に「詩律」を創刊、のち「モラル」と改題、13年「詩生活」と改題。14年4月病気のため帰郷し同誌は廃刊となるが、通刊50冊を出版した。戦後奄美文芸家協会を創立、月刊誌「自由」を刊行。また、名瀬市長や奄美大島日本復帰協議会議長としても活躍。26年8月日本復帰を祈願して"断食悲願"を朗詠した。29年日本社会党に入党し、2回衆議院議員に立候補したが敗れた。詩集に「泉芳朗詩集」など。

泉国 夕照　いずみくに・ゆうしょう
歌人　⑤明治39年5月12日　⑥沖縄県　本名＝久高友章　㊟旧制中学時代から作歌を始め、「梯梧の花短歌会」に参加。依田秋圃・浅野梨郷に師事して「武都紀歌会」に入会。昭和31年より42年まで「琉球歌壇」選者。35年「芽柳短歌会」主宰。46年「武都紀」選者。歌集に「竜潭池畔」がある。　⑥日本歌人クラブ

泉沢 浩志　いずみさわ・ひろし
詩人　「光泉」主宰　⑤大正13年9月16日　⑥福島県　本名＝泉沢浩　㊟工業学校に学んだのち、国立公害研究所に勤めた。戦前は「日本詩壇」「文芸汎論」などに作品発表。戦後は「純粋詩」「地球」などに参加、のち「光線」を発

行主宰する。詩集に「微笑」「額縁」などがある。ほかに句集「風見鶏」。　日本現代詩人会、日本文芸家協会

泉谷　明　いずみや・あきら
　詩人　昭和13年1月1日　青森県　弘前大学卒　晩翠賞(第17回)(昭和51年)「濡れて路上いつまでもしぶき」、青森県芸術文化奨励賞　「亜土」に所属。詩集に「日は降る雪をのぼってきた」「あなたのいる場所へ」「ぼくの持てるすべての抒情を吹きとばし」などがある。　日本現代詩人会

岩動　炎天　いするぎ・えんてん
　俳人　医師　明治16年9月9日　昭和38年2月3日　岩手県紫波郡紫波町　京都府立医大卒　中学時代から俳句をはじめ、子規に師事して「ホトトギス」などに投句する。京都府立医大在学中に「懸葵」の同人となり、卒業後は新潟、山口、北見などに医師として転任する。昭和3年から12年にかけて「俳星」主幹をつとめ、その間5年に埼玉県上尾に医院を開業。句集に「片雲」(昭37)がある。

井関　冬人　いせき・とうじん
　俳人　明治39年12月2日　平成3年1月21日　和歌山市　慶應義塾大学経済学部卒　昭和9年「層雲」に入門。18年「木槿」を創刊。32年「白嶺」を創刊。著書に「大阪の俳人たち〈2〉」(分担執筆)、句集に「キリストの絵」他。

伊勢田　史郎　いせだ・しろう
　詩人　現代史　地方史　昭和4年3月19日　兵庫県神戸市　興亜専門学校中退　大阪ガスを経て、神戸芸術文化会議議長、アート・エイド・神戸実行委員長を務める。詩誌「輪」の同人。著書に「船場物語」「丁稚あがり道一筋－加藤徳三伝」、詩集に「よく似たひと」「熊野詩集」「山の遠近」他。　日本現代詩人会

礒　幾造　いそ・いくぞう
　歌人　「表現」主宰　大正6年3月15日　東京・麹町　中央大学法学部卒　短歌研究賞(第9回)(昭和48年)「反照」、日本歌人クラブ推薦歌集(第16回)(昭和45年)「寡黙なる日々」　在学中「アララギ」入会、山口茂吉に師事。昭和23年「アザミ」発刊に参加。36年「表現」を創刊、主宰する。歌集「寡黙なる日々」「坂多き街」等。

磯江　朝子　いそえ・あさこ
　歌人　明治36年3月20日　岡山県　神戸市文化賞　昭和元年北原白秋に師事。「橄欖」「短歌民族」「女人短歌」「形成」に作品を発表。44年「神戸形成」を創刊主宰。51年神戸市文化賞を受賞。日本歌人クラブ県委員。歌集に「銀の重み」「黄の存在」「巻雲」がある。　日本歌人クラブ

磯貝　雲峰　いそがい・うんぽう
　詩人　慶応1年6月8日(1865年)　明治30年11月11日　上野国九十九村(群馬県松井田町)　本名＝磯貝由太郎　同志社(明治32年)卒　同志社卒業後、女学雑誌社社員となり、明治女学校教師を兼任し、名古屋、京都の女学校でも教鞭をとる。その間「女学雑誌」を中心に詩歌、小説、評論などを発表。代表作に「知盛卿」(明24)などがある。明治28年英文学研究の目的で渡米したが、胸を病んで30年に帰国し、間もなく没した。草創期の詩壇に新風をおくった業績が評価されている。

磯貝　景美江　いそがい・けみえ
　詩人　昭和7年6月17日　千葉県　慶応義塾大学中退　昭和59年日韓親善視察団に詩人として参加し、韓国へ表敬訪問。63年第3回アジア詩人会議に参加。「玄」「文学圏」「掌」「群青」に所属。詩集に「躍動」「青い日々」「もうひとつの窓」など。　千葉県詩人クラブ、日本詩人クラブ、日本ペンクラブ、日本文芸家協会、現代詩人会、三田文学会

磯谷　春雄　いそがい・はるお
　歌人　「武都紀」発行人　明治45年2月25日　愛知県　猿投農林卒　25歳より作歌をはじめ、昭和12年浅野梨郷の「武都紀歌会」に入会。のち同誌発行者となる。　日本歌人クラブ、中部日本歌人会

磯貝　碧蹄館　いそがい・へきていかん
　俳人　書家　大正13年3月19日　東京　本名＝磯貝甚吉　豊南商中退　角川俳句賞(第6回)(昭和35年)「与へられたる現在に」、俳人協会賞(第6回)(昭和41年)「握手」、万緑賞(第15回)(昭和43年)、毎日書道展秀作賞　10代のころから、村田周魚に川柳を、萩原蘿月に俳句を学ぶ。昭和29年中村草田男に入門。49年より同人誌「握手」主宰。また、金子鴎亭に師事し、句と書一体を志す。「現代俳書院」主宰。句集に「握手」「神のくるぶし」「生還」他。著書に「俳句の基礎知識」がある。

[団]俳人協会(評議員)、日本文芸家協会、創玄書道会(審査員)

磯崎 藻二 いそざき・そうじ
俳人 大分合同トラック社長 [生]明治34年4月13日 [没]昭和26年5月7日 [出]大分市大道町 本名＝磯崎操次 [学]東亜同文書院(大正11年)卒 [歴]東亜同文書院卒業後、数年にして長兄の死に遇い、そのため家業の大分港回漕会社を継ぎ、大正13年大分合同トラックを設立し、戦後に社長となる。昭和6年、吉岡禅寺洞に師事して「天の川」に参加して俳句を始め、11年同誌の幹部となる。句集に私家版遺句集「牡丹」(昭26)がある。

礒永 秀雄 いそなが・ひでお
詩人 [生]大正10年1月17日 [没]昭和51年7月27日 [出]旧朝鮮・仁川府 [学]東京帝大文学部美学科卒 [賞]山口県芸術文化振興奨励賞(第1回)(昭和26年)「浮灯台」 [歴]昭和18年兵役でハルマヘラ島へ、21年復員。以後「ゆうとぴあ」「詩学」に詩を発表。25年磯村英樹らと詩誌「駱駝」を創刊。26年上田敏雄らと「現代山口県詩選」を編集するなど中国地方の文化振興に尽力した。詩集に「浮灯台」「角笛」「別れの時」「降る星の歌」など。また詩劇、ラジオドラマ、童話なども書いた。没後「礒永秀雄選集」が出された。

磯野 莞人 いその・かんじん
俳人 [生]明治43年9月12日 [没]昭和58年10月31日 [出]京都府相楽郡木津町梅谷 本名＝磯野留吉(いその・りゅうきち) [学]実業補習学校卒 [賞]奈良県文化賞(昭和42年)、勲六等瑞宝章(昭和58年) [歴]高浜虚子に師事、昭和25年ホトトギス系の俳誌「河鹿」を創刊し、主宰。句集に「笹鳴」「山彦」「佐保」「佐保残照」などがある。

磯野 秋渚 いその・しゅうしょ
漢詩人 書家 [生]文久2年8月20日(1862年) [没]昭和8年1月23日 [出]伊賀国(現・三重県)上野 本名＝磯野惟秋 字＝秋卿、通称＝於菟介、号＝秋渚 [歴]幼年時代から漢詩に親しみ、16歳で大阪に出て小学校代用教員となる。明治24年「なにはがた」の一員となり、29年大阪朝日新聞に入社して「月曜付録」で活躍し、後に校正係長もつとめた。漢詩人、書家として活躍する一方で、関西詩社の中心でもあった。

磯野 充伯 いその・じゅうはく
俳人 「河鹿」主宰 [生]昭和12年9月15日 [出]奈良県 本名＝磯野英男 [学]立命館大学法学部卒 [賞]全国俳誌協会賞(昭和41年, 43年)、河鹿賞 [歴]昭和31年「河鹿」投句、39年同人、40年編集長。47年河鹿俳画会長。57年句碑建立。 [団]俳人協会

石上 露子 いそのかみ・つゆこ
歌人 [生]明治15年6月11日 [没]昭和34年10月8日 [出]大阪府富田林市 本名＝杉山孝子(すぎやま・たかこ) 筆名＝夕ちどり、ゆふちどり [歴]明治34年頃から夕ちどりの名で「婦女新聞」に投書し、36年東京新詩社の社友に。石上露子、ゆふちどりの名で短歌、美文を発表し、明星派歌人として知られた。40年に結婚後は夫の反対で筆を絶っていたが、昭和6年夫と別居して「冬柏」に参加して復活した。晩年は息子の不幸などで孤独の生活をすごした。その著作は、松村緑編「石上露子集」(中央公論社)として34年に集大成された。

磯辺 幹介 いそべ・かんすけ
俳人 [生]大正4年 [没]昭和15年10月12日 旧号＝蝋ほむら [学]東京大学文科卒 [歴]昭和12年「句と評論」に投句を始め、13年後半から没時までの二年余りは「広場」の編集にも携わる。16年「広場」の弾圧で句集「春の樹」はまぼろしの句集に終わった。

磯部 国子 いそべ・くにこ
歌人 [生]明治39年4月20日 [没]平成5年6月25日 [出]奈良市 [歴]昭和33年より生方たつゑに師事。「浅紅」創刊当初より浅紅短歌会事務所を担当、運営委員。歌集に「冬の楽章」「残花抄」がある。 [家]夫＝磯部巌(元秋田県知事)、息子＝磯部克(日本ガイシ取締役)、磯部力(東京都立大学教授)

磯部 尺山子 いそべ・しゃくざんし
画家 俳人 [生]明治30年3月24日 [没]昭和42年1月9日 [出]群馬県佐波郡宮郷村 本名＝磯部覚太 別名＝磯部草丘(いそべ・そうきゅう) [学]中学卒 [歴]大正8年川合玉堂に師事。帝展の特選、無鑑査、日展招待出品を重ねた。田園や山水の風景画を得意とし、とくに郷里・群馬の風景画を多く描いた。代表作に「夏の山」「秋立つ浦」「国敗れて山河あり」など。俳句は昭和4年「渋柿」に入会し、のち選者となり後進を指導した。句集に「氷炭」「続氷炭」などがある。

磯部 草丘　いそべ・そうきゅう
⇒磯部尺山子(いそべ・しゃくざんし) を見よ

磯村 英樹　いそむら・ひでき
詩人 [生]大正11年6月8日 [出]東京市芝区新銭座町 [学]下松工応用化学科(昭和16年)卒 [賞]室生犀星新人賞(第3回)(昭和38年)「したたる太陽」 [歴]昭和16年日本石油に入社。下松製油所、本社勤務などを経て、52年定年退職。一方、24年より郷土文芸誌「あけぼの」に俳句・短歌・詩を投稿。25年詩誌「駱駝」を創刊(51年終刊)。33年「地球」同人、35年日本現代詩人会に入会、57年「地球」退会、「歴程」同人となる。のち日本現代詩人会会長。詩集に「天の花屑」「生きものの歌」「したたる太陽」「水の女」「いちもんじせせり」「おんなひと」「ツタンカーメンのエンドウ豆」など。ほかの著書に「文壇資料・城下町金沢」がある。 [団]日本現代詩人会、日本文芸家協会

井田 金次郎　いだ・きんじろう
歌人 [生]昭和2年10月1日 [出]群馬県 [賞]風雷文学賞(第11回)(平成1年) [歴]「地表」所属。歌集に「緑炎」「寒泉」「彩羈(さいき)」。団体職員。

伊田 耕三　いだ・こうぞう
詩人 [生]明治45年 [出]東京都 [賞]紺綬褒章(昭和37年)、半どんの会文化賞(昭53年度) [歴]「回帰線」「吃水線」「神戸詩人」「火の鳥」等を経て、「現代詩神戸」同人。詩集に「梅」「イチとつう」「羊の溜息」がある。

板垣 鋭太郎　いたがき・えいたろう
俳人 「白塑」主宰 [生]大正8年2月21日 [出]兵庫県神戸市 [歴]句集に「駅」「景」「盛陳花果」がある。

板垣 家子夫　いたがき・かねお
歌人 [生]明治37年2月22日 [没]昭和57年5月18日 [出]山形県 本名=板垣金雄 [賞]斎藤茂吉文化賞(昭和43年) [歴]大正10年作歌を始め、14年アララギ派に加わって、斎藤茂吉の門人になる。太平洋戦争中、大石田町に疎開していた茂吉の世話をした。代表作に歌集「礫底」がある。

板谷 芳浄　いたたに・ほうじょう
俳人 前衛書家 「浮寝鳥」主宰 [生]昭和3年4月12日 [出]大阪府 本名=板谷芳太郎 [学]龍谷大学文学部卒 [歴]昭和16年皆吉爽雨の指導を受け、高浜虚子に師事。「いそな」同人を経て「火星」「恒星圏」同人。52年「浮寝鳥」主宰、俳人協会年の花講師。 [団]俳人協会、兵庫県俳句協会(常任理事)

板津 堯　いたつ・たかし
俳人 元・新潟日報常務 [生]昭和4年3月4日 [出]新潟県新潟市 [学]新潟中(昭和20年)卒 [歴]昭和20年新潟日報社入社。上越支社報道部長、整理部第一部長、編集局次長などを経て、56年制作局長、63年取締役、平成4年常務。6年退任。作句は昭和21年より始め、22年「鶴」を知り入会、石田波郷、石塚友二に師事。35年「鶴」同人、54年より「鶴」地方代表幹事。「琅玕」所属。句集に「年輪」「花信」がある。 [団]俳人協会

井谷 まさみち　いたに・まさみち
歌人 [生]昭和12年7月23日 [出]和歌山県 本名=井谷雅三 [学]和歌山大学経済学部卒 [賞]水甕賞 [歴]「水甕」同人。紀北短歌連盟顧問、朝日新聞和歌山版の短歌選者を務める。歌集に「午前の歌」「正午の歌」「きのくに」などがある。 [団]日本歌人クラブ、和歌山県歌人クラブ

伊丹 公子　いたみ・きみこ
俳人 詩人 [生]大正14年4月22日 [出]高知県高知市 本名=岩田きみ子(いわた・きみこ) 旧姓(名)=伊東 [学]伊丹高女卒 [賞]青玄賞(昭35年度)、現代俳句協会賞(第19回)(昭和47年)、尼崎市民芸術奨励賞、半どんの会芸術賞 [歴]昭和21年日野草城、伊丹三樹彦に師事し、「まるめろ」に拠り作句。のち「青玄」同人。22年伊丹三樹彦と結婚。現代書き言葉の定型でつくる。また、村野四郎、伊藤信吉に師事し詩も書く。句集に「メキシコ貝」「陶器天使」「沿海」「時間紀行」「パースの秋」、詩集に「通過儀礼」「空間彩色」「赤道都市」など。 [団]現代俳句協会、日本現代詩人会、日本文芸家協会、日本ペンクラブ [家]夫=伊丹三樹彦(俳人)、長女=伊丹啓子(俳人)

伊丹 啓子　いたみ・けいこ
俳人 [生]昭和23年2月25日 [出]兵庫県伊丹市 本名=黒木啓子 [学]関西学院大学文学部日本文学科卒 [賞]青玄評論賞(平2年度)、伊丹市芸術家協会新人賞(平3年度) [歴]俳句現代派「青玄」同人、「船団」会員。著書に「軒破れたる—エッセイふう伊丹三樹彦伝」「日野草城伝」などがある。 [団]現代俳句協会、日本文芸家協会、伊丹市芸術家協会、大阪俳句史研究会

伊丹 三樹彦　いたみ・みきひこ
俳人　写真家　「青玄」主宰　現代俳句協会副会長　[生]大正9年3月5日　[出]兵庫県伊丹市本町　本名＝岩田秀雄(いわた・ひでお)　[学]兵庫県立工専卒　[賞]尼崎市民芸術賞、兵庫県文化賞、大阪市民文化功労賞　[歴]昭和16年「旗艦」同人。20年末、伊丹市に伊丹文庫を開設。楠本憲吉、伊丹公子らと同人誌「まるめろ」編集。24年「青玄」創刊に参加し、のち主宰。句集に「仏恋」「人中」「神戸長崎欧羅巴」「夢見沙羅」「樹冠」など。また写真を大阪光芸クラブで岩宮武二に学び、二科展、国際写真サロン展などに入選を重ねる。俳句と写真を組合わせた写俳を提唱し、写俳集「隣人有彩」「巴里パリ」「バンクーバー夏物語」がある。
[団]現代俳句協会、日本文芸家協会　[家]妻＝伊丹公子(俳人・詩人)

板宮 清治　いたみや・せいじ
歌人　岩手県歌人クラブ副会長　[生]昭和10年2月22日　[出]岩手県胆沢郡金ケ崎町　[学]岩手県立水沢農業高校卒　[賞]歩道賞(昭和41年)、岩手県芸術選奨(昭和57年)、短歌研究賞(第21回)(昭和60年)「桃の実」　[歴]昭和28年佐藤佐太郎に師事、「歩道」に入会。現在同人。39年歌集「麦の花」刊行、41年「歩道賞」を受賞。ほかの歌集に「風塵」「待春」「春暁」など。　[団]現代歌人協会、岩手県歌人クラブ

市川 一男　いちかわ・かずお
俳人　弁理士　[生]明治34年12月19日　[没]昭和60年5月12日　[出]広島県安芸郡和生町　旧号＝かづを　[学]東京高等工業学校機械科卒
[歴]大正12年から昭和15年まで特許局につとめる。戦後、21年弁理士となり、協和特許事務所長。俳句は大正9年から原石鼎に師事、「鹿火屋」同人となる。戦後、文語定型への疑問をもち、23年水谷六子らと口語俳句研究会を結成し「口語俳句」を主宰。25年から27年まで「新日本俳句」を発行。36年2代目口語俳句協会長に就任。句集に「朝の星」「定本・市川一男俳句集」など、俳論集に「口語俳句」「俳句百年」などがある。

市川 貴美子　いちかわ・きみこ
歌人　[生]大正9年2月9日　[出]新潟県　[学]金城女子専門学校卒　[歴]卒業後「アララギ」に入会、土屋文明に師事する。のち「新泉」「潮汐」「久木」を経て、昭和38年「表現」に入会、同人となる。歌集に「白い雨」など。　[団]日本歌人クラブ

市川 健次　いちかわ・けんじ
歌人　[生]明治41年6月3日　[出]神奈川県　[歴]「ポトナム」「花実」を経て「草地」創刊に参加。別に、マラヤで捕虜として残留中「鶏肋」を創刊主宰し、帰国後も続刊。歌集に「火炎樹」「椢の木の下」「花崖」「石と霧」「鳥語抄」、評論集に「葦の葉のうた」などがある。

市川 宏三　いちかわ・こうぞう
詩人　「文芸日女道」編集長　[生]昭和4年　[出]東京　[歴]詩誌「群」などを発刊、のち「文芸日女道」編集長。著書に詩集「麦」「農兵の歌」「真帆」、記録「虹の中の真帆」、編著に「夢前川の河童―詩人・遠地輝武の生涯」などがある。

市川 定吉　いちかわ・さだきち
俳人　医師　[専]伝染病学　[生]明治12年　[没]大正11年9月17日　[出]山形県　別名＝市川藜杖(いちかわ・りょうじょう)　[学]東京帝国大学(明治33年)卒　医学博士　[歴]大阪市立桃山病院を経て、大阪桃山伝染病院院長を務めた。16歳頃から俳句を始め、若尾瀾水、戸沢百花羞らに手ほどきを受ける。のち虚子庵、子規庵句会に参加。著書に「流水」がある。

市川 享　いちかわ・すすむ
歌人　元・東海観光監査役　[生]大正4年6月17日　[没]昭和61年10月19日　[出]埼玉県　[歴]昭和15年「水甕」に入り、47年から選者。歌集に「夏実」「風の輪」「真弓」。

市川 辰蔵　いちかわ・たつぞう
歌人　[生]昭和3年10月3日　[出]群馬県　[歴]青年時代結核療養中に短歌に関心を持ち、初め斎藤喜博の影響を受け、のち宮城謙一を識り、30年「短詩形文学」に入会。のち同誌発行責任者。「赤旗」日曜版歌壇選者。歌集に「川崎にて」「濤声」「春濤」「空との対話」がある。
[団]新日本歌人会

市川 丁子　いちかわ・ていし
俳人　[生]明治8年10月17日　[没]昭和27年11月11日　[出]愛知県　本名＝市川光宣　別号＝市川水仙子　[歴]小学校校長退任後、豊橋で私塾「時習舎」を経営した。大正5年「石楠」に入り臼田亜浪に師事、同誌同人。大正10年頃「豊南」を創刊主宰、戦後「三河」と改題して没年に及んだ。

市川 天神居 いちかわ・てんじんきょ

俳人 歯科医 [生]明治22年5月10日 [没]昭和24年7月12日 [出]東京 本名＝市川三郎 [歴]昭和5年から原石鼎の門に入る。戦前は牛込区天神町で開業。作品は「鼎門句集」（昭和30年）に収録されている。

市川 東子房 いちかわ・とうしぼう

俳人 [生]明治31年1月11日 [没]昭和55年4月17日 [出]東京・日本橋南茅場町 本名＝市川作造 [歴]大正10年ごろ青木紅酔に従って句作を始める。昭和5年ホトトギス発行所に勤務。高浜虚子に私淑して20年ホトトギス同人。37年9月俳誌「大桜」を創刊主宰。句集に「東子房句抄」「涅槃以後」がある。 [家]妻＝酒井小蔦

市来 勉 いちき・つとむ

歌人 [生]明治42年9月21日 [没]平成11年3月9日 [出]東京 [学]高知商卒 [歴]昭和4年「相聞」に参加し、後に「立春」「蒼生」に参加。32年横田専一らと「橘」を創刊して発行人となる。歌集に「激流」「阿修羅」「楚歌」「天使と花」「桧扇の花」などがある。

市島 三千雄 いちじま・みちお

詩人 [生]明治40年11月 [没]昭和23年4月 [出]新潟市古町通 [歴]新潟商業中退後、家業の洋品店を継ぐ。のち上京。ビール販売店に勤める傍ら、詩作に入る。「日本詩人」に萩原朔太郎選で入選して以降、次々に作品発表。雑誌「新年」を発した。作品は「日本詩人全集9」（創元社）に収められている。

一条 和一 いちじょう・かずいち

歌人 えんじゅ会主宰 [生]明治37年7月11日 [没]平成3年12月23日 [出]宮城県 [学]宮城県立吏員養成所卒 [賞]福島県文学賞（短歌，第4回）（昭和26年）「一路」、福島県文化功労章（昭和43年） [歴]昭和23年「アララギ」入会。斎藤茂吉、土屋文明に師事。43年宮中歌会始入選。歌集に「一路」「求道者」「みづなら」「冬林」「月明」など。 [団]日本歌人クラブ、福島県歌人会

一瀬 直行 いちのせ・なおゆき

詩人 小説家 [生]明治37年2月17日 [没]昭和53年11月14日 [出]東京・浅草 本名＝一瀬沢竜（いちのせ・たくりゅう） [学]大正大学中退 [歴]大正大学予科在学中から詩作を始め、川路柳虹主宰の「炬火」に発表し、大正15年詩集「都会の雲」を刊行。その後小説に転じ、昭和13年「隣家の人々」が第7回芥川賞候補作品となる。東京・下町に住み、下町に材をとった作品を多く発表、「浅草物語」「ゲイボーイ」「山谷の女たち」などを刊行。「随筆東京・下町」の著書もある。

一戸 謙三 いちのへ・けんぞう

方言詩人 [生]明治32年 [没]昭和54年 [出]青森県弘前市 [歴]大正8年パストラル詩社結成に参加。福士幸次郎の韻律学の実践を貫き、津軽の風景や風物を平明で澄んだ感性で表現した詩作で知られ、津軽の象徴詩人、抒情詩人と呼ばれた。また幸次郎の地方主義運動に共鳴し、優れた方言詩も数多く残した。詩集に「歴年」、方言詩集に「茨の花（ばらのはなこ）」、方言詩誌「芝生（ながわら）集」などがある。

一原 有徳 いちはら・ありのり

版画家 俳人 登山家 [専]エッチング [生]明治43年8月23日 [出]北海道 俳号＝九糸、九糸郎（きゅうしろう） [学]小樽高等実修商科卒 [賞]道立近代美術館賞最優秀賞（第4回）（昭和56年）「SON・ZON」、小樽市教育文化功労賞（昭和56年）、紺綬褒章（平成1年）、北海道文化賞（平成2年）、北海道功労賞（平成13年） [歴]大正2年一家で北海道真狩別村に入植。12年小樽に移り、昭和2〜45年逓信省小樽地方貯金局（現・総務省小樽貯金事務センター）に勤務。この間26年40歳を過ぎて油絵を始め、32年から版画に取り組む。土方定一神奈川県立近代美術館長（当時）に認められ、35年の東京個展で評価を得る。モノタイプ手法による版画「SON・ZON」で道立近代美術館賞を受賞。俳人、登山家でもある。「粒」「氷原帯」同人。著書に「一原有徳物語」、俳句集「岳」「坂」、版画集「霧のネガ」、ガイドブック「北海道の山」などがある。 [団]全道展

市原 志郎 いちはら・しろう

歌人 [生]昭和10年2月18日 [出]東京 [学]東京学芸大学卒 [歴]高校時代より作歌を始め、大学在学中の昭和31年「地中海」に入会、香川進・山本友一に師事する。のち常任委員。46年「騎の会」創設と共に参加。歌集に「ひよどりの風景」、合同歌集に「塁」「騎I」「騎II」がある。 [団]日本歌人クラブ

市堀 玉宗 いちぼり・ぎょくしゅう

俳人 [生]昭和30年11月16日 [出]北海道 [賞]角川俳句賞（第41回）（平成7年）「雪安居」 [歴]「風」所属。平成7年第41回角川俳句賞を受賞。句集に「雪安居」がある。

一丸 章　いちまる・あきら
詩人　[生]大正9年7月27日　[出]福岡県福岡市博多　[学]福岡中(昭和12年)卒　[賞]H氏賞(第23回)(昭和48年)「天鼓」、福岡市文化賞(昭和59年)　[歴]花街の娼家に生まれる。大学を中退し、結核と闘い、のち筆一筋の自由業に。久留米大学、香蘭女子短期大学、精華女子短期大学各講師のほか、福岡文化連盟理事なども務める。詩人としては昭和48年に処女詩集「天鼓」でH氏賞受賞。ほかに「呪いの木」など。　[団]日本現代詩人会、日本近代文学会、日本ペンクラブ、日本文芸家協会　[家]妻＝一丸文子(俳人)

一丸 文子　いちまる・ふみこ
俳人　[生]大正14年4月24日　[出]福岡市　[学]明治大学　[賞]福岡市文学賞(第23回・俳句)(平成5年)　[歴]戦後、仲間と同人誌「白鳥」を創刊。昭和44年「秋」福岡句会により作句を始める。45年「秋」入会、石原八束に師事。48年「秋」同人。句集に「隠の出の笛」。　[団]俳人協会

市村 燕子　いちむら・えんし
俳人　[生]明治22年8月7日　[没]大正10年10月15日　[出]東京　本名＝市村金蔵　別号＝脩竹、格子庵　[学]京華商卒　[歴]株式仲買店の店員となる。俳句は在学中に「秋声会」の岡野知十に手ほどきを受ける。明治44年「新江戸」を創刊主宰。大正10年3月、雁々4世を継いだが、同年6月突然発狂した。

市村 究一郎　いちむら・きゅういちろう
俳人　[生]昭和2年11月23日　[出]東京都府中市　本名＝市村和雄(いちむら・かずお)　[学]奉天陸軍飛行学校卒　[賞]馬酔木新人賞(昭和35年)、馬酔木賞(昭和50年)　[歴]昭和25年「ホトトギス」系榎本野影の手ほどきをうける。27年「馬酔木」に投句し、40年同人。49年馬酔木会幹事長。59年「橡」創刊に参加。句集に「東皐」「榠櫨」「自註市村究一郎集」。　[団]俳人協会

市村 宏　いちむら・ひろし
国文学者　歌人　東洋大学名誉教授　[生]明治37年5月6日　[没]平成1年11月10日　[出]長野県　号＝市村迯水居(いちむら・とうすいきょ)　[学]東洋大学国文科(昭和16年)卒　文学博士　[歴]国文学者として東洋大教授をつとめた。歌人としては「アララギ」「覇王樹」を経て「花実」同人となり、昭和48年「迯水」を創刊し主宰。研究書「万葉集新講」のほか、歌集「憂の花」「東遊」「雁田山」「千曲川」、随筆集「迯水居漫筆」などがある。

市村 不先　いちむら・ふせん
俳人　博仁会第一病院会長　[生]明治31年5月6日　[没]昭和63年12月4日　[出]栃木県宇都宮市　本名＝市村房吉(いちむら・ふさきち)　[学]専修大学経済学科卒　[歴]高浜虚子、年尾に師事。昭和36年「ホトトギス」同人。47年「桑海」を創刊し、主宰。　[団]俳人協会

市山 盛雄　いちやま・もりお
歌人　[生]明治32年2月9日　[出]山口県　[歴]牧水に師事。牧水の死後、細井魚袋と共に「真人」を創刊。「真人」廃刊後は無所属。歌集に「韓郷」「雲淵」などがある。

井辻 朱美　いつじ・あけみ
翻訳家　歌人　小説家　白百合女子大学文学部助教授　[専]SF　ファンタジー　英米文学　オペラ・オペレッタ　[生]昭和30年12月12日　[出]東京都新宿区　本名＝黒崎朱美(くろさき・あけみ)　[学]東京大学理学部生物学科卒、東京大学大学院比較文学比較文化専攻(昭和55年)修士課程修了　[興]ファンタジーの文体　[賞]短歌研究新人賞(第21回)(昭和53年)「水の中のフリュート」、星雲賞(海外長編翻訳部門)(第17回)「エルリック・シリーズ」、フォア・レディーズ賞(昭和55年)、産経児童出版文化賞(第43回)(平成8年)「歌う石」　[歴]東大理学部では人類学を専攻、大学院では比較文化を学ぶ。塚本邦雄らの前衛短歌が好きで、大学時代に「詩歌」に入会。53年「水の中のフリュート」で第21回短歌研究新人賞受賞。従来にない発想と新鮮な語感で注目を浴びる。59年「詩歌」終刊にともない、同人誌「かばん」創刊、また57年より詩人一色真理らと同人誌「黄金時代」に参加。歌集に「地球追放」「水族」、詩集に「エルフランドの角笛」がある。一方、スプリンガーなど米国の作家の翻訳も手がけ、訳書に「歌う石」、ムアコック〈エルリック〉シリーズ、児童書「トロールのばけものどり」などがある。若い女性歌人10人の集まり“6・9三十一文字集会”のメンバー。熱烈なワグナー愛好家でもある。　[団]日本ワーグナー協会、日本オペレッタ協会、日本文芸家協会

一色 醒川　いっしき・せいせん
詩人　[生]明治10年7月7日　[没]明治43年12月2日　[出]播州・姫路(現・岡山県)　本名＝一色義朗　別号＝白浪、夢涯　[学]小学校高等科中退　[歴]明治28年頃から「文庫」に詩作を発表し、30年以降「よしあし草」に関係する。32年受洗し、39年上京し「女子文壇」記者となる。詩集に39

年刊行の「頌栄」があり、他の作品に「苦悶」などがある。

一色 真理　いっしき・まこと

詩人　[専]詩 評論　[生]昭和21年10月19日　[出]愛知県名古屋市　[学]早稲田大学ロシア文学専修(昭和44年)卒　[興]詩の朗読と音楽、舞踏、映像等を組み合わせたパフォーマンス活動　[賞]H氏賞(第30回)(昭和55年)「純粋病」　[歴]仲間と同人誌「異神」を創刊。のち、「黄金時代」同人。詩集に「純粋病」「戦果の無い戦争と水仙色のトーチカ」「貧しい血筋」「夢の燃えがら」、評論に「歌を忘れたカナリヤは、うしろの山へ捨てましょか」などがある。　[団]日本現代詩人会、日本文芸家協会

伊津野 永一　いつの・えいいち

俳人　[生]昭和2年4月23日　[没]平成4年8月12日　[出]東京・世田谷　本名＝伊津野崇　[学]日本大学法学部卒　[賞]春光賞(昭和53年)　[歴]東京新聞を経て、昭和42年(株)万求パブリシティ設立。俳句は10年頃より祖母の手ほどきを受ける。25年「春光」入門、31年同人、52年編集発行人。53年「あすか」同人。句集に「勤め人」「はは」「洒洒落落」。　[団]俳人協会

井出 一太郎　いで・いちたろう

政治家　歌人　元・衆院議員(自民党)　元・郵政相　元・農相　[生]明治45年1月4日　[没]平成8年6月2日　[出]長野県南佐久郡臼田町　[学]京都帝国大学農学部農業経済科(昭和18年)卒　[賞]勲一等旭日大綬章(昭和61年)、佐久市名誉市民(平成1年)　[歴]昭和21年衆院議員に当選、以来16期連続当選。31年農相、45年郵政相、49年三木内閣の官房長官を歴任。国民協同党の結成以来、一貫して三木派(河本派)に属す。61年6月引退。歌人としては吉植庄亮に師事、53年の新年歌会始の召人を務め、歌集に「政塵抄」「政餘集」「明暗」などがある。　[家]姉＝丸岡秀子(評論家)、弟＝井出源四郎(千葉大名誉教授)、井出孫六(作家)、息子＝井出正一(元衆院議員)、娘＝宮脇世紀子(吹上中央幼稚園園長)

井手 逸郎　いで・いつろう

評論家　俳人　[生]明治35年1月17日　[没]昭和58年5月17日　[出]岡山県玉島町　[学]東洋大学(昭和6年)卒　[歴]台湾、愛知、兵庫などの学校教師を歴任。一方、大学在学中「層雲」に参加し、荻原井泉水に師事。のち「白嶺」に参加。句作のかたわら俳句評論を執筆し、著書に「明治大正俳句史」「俳句論考」「正岡子規」「青木此君楼新考」。

井出 台水　いで・だいすい

俳人　陸軍主計中将　[生]元治2年4月5日(1865年)　[没](没年不詳)　[出]岡山県赤磐郡小野村　本名＝井出治　別号＝彭洋　[歴]日露戦争従軍中から俳句を志し、河東碧梧桐に師事して「海紅」「層雲」「三昧」「紀元」に参加。句集に大正14年刊行の「第一線」や「台水句調」がある。

井手 則雄　いで・のりお

彫刻家　美術評論家　詩人　元・宮城教育大学教授　[生]大正5年8月25日　[没]昭和61年1月3日　[出]長崎県　[学]東京美術学校彫刻科(昭和14年)卒　[歴]在学中から二科展などに出品、昭和18年には銀座で個展を開く。戦後、前衛美術会を結成。47年12月宮城教育大教授に就任。56年3月退官後は、福島県の会津短大の非常勤講師などを務めた。詩人としても知られ、「純粋詩」「造型文学」「新日本詩人」「列島」などに詩や評論を発表、27年に詩集「葦を焚く夜」を刊行。美術関係の著書に「マイヨオル」「美術のみかた」「美術入門」などがある。61年1月小浜海岸を散歩中に転落死し、8月詩碑が建てられた。　[団]前衛美術会　[家]妻＝井手文子(婦人問題研究家)

井出 八井　いで・はっせい

歌人　[生]明治20年1月29日　[没]昭和15年9月27日　[出]長野県　本名＝井出重儀(いで・しげのり)　[学]中学中退　[歴]小学校教師をつとめながら、明治38年作歌をはじめ「文章世界」などに投稿。大正3年「水甕」に入社し、4年「背景」を刊行。11年「ポトナム」の創刊に参加し、昭和7年「科野」に参加。他の歌集に「氷の湖」「みづうみ」がある。

井手 文雄　いで・ふみお

詩人　横浜国立大学名誉教授　[専]財政学　[生]明治41年10月18日　[没]平成3年2月12日　[出]佐賀県神埼郡三田川町　筆名＝佐倉流、一木哲二　[学]九州帝国大学法文学部経済学科(昭和6年)卒　経済学博士(昭和30年)　[賞]勲三等旭日中綬章(昭和55年)　[歴]九大助手、東京高師講師を経て、昭和16年横浜高商教授、25年横浜国大教授を歴任し、49年退官。同年東洋大教授、50年日大教授、53年大東文化大教授を歴任。また20歳の頃より詩作を始め、「詩と散文」「磁場」「日本未来派」などに拠り、戦後、「薬脈」「詩作」を主宰。日本詩人クラブ会長もつとめた。「風」同人。詩集に「樹海」「井手文雄詩集」「増補井手文雄詩集」「ガラスの魚」などがあり、ほかに「古典学派の財政論」「新稿・近代財政学」などの専門書が多数ある。

[団]日本財政学会、日本文芸家協会、日本現代詩人会、日本詩人クラブ、天の会

糸 大八　いと・だいはち
俳人　[生]昭和12年10月1日　[出]北海道札幌市　本名＝伊藤邦男　[学]札幌北高卒　[賞]握手同人賞（昭和52年）　[歴]昭和49年磯貝碧蹄館に師事。「握手」創刊に同人として参加。句集に「青鱗集」がある。　[団]俳人協会

井土 霊山　いど・れいざん
漢詩人　[生]安政2年(1855年)　[没]昭和10年7月22日　[出]磐城国(現・福島県)相馬　本名＝井土経重　字＝子常、号＝霊山　[学]仙台師範卒　[歴]若い時から漢詩人として活躍し、また毎日新聞などの記者としても活躍。のち「書道及画道」の編集をし、また「詩書画」を創刊したりする。著書に中村不折との共著「六朝書道論」などがある。

伊藤 聚　いとう・あつむ
詩人　元・松竹シナリオ研究所所長　[生]昭和10年6月30日　[没]平成11年1月6日　[出]東京　[学]早稲田大学文学部独文科卒　[歴]松竹に入社し、大島渚、吉田喜重、田村孟らの助監督を経て、松竹シナリオ研究所長。詩集に「世界の終りのまえに」「気球乗りの庭」「目盛りある日」「公会堂の階段に坐って」「ZZZ…世界の終りのあとで」などがある。

伊藤 郁男　いとう・いくお
⇒伊藤無限子(いとう・むげんし)を見よ

伊藤 勲　いとう・いさお
詩人　愛知大学経済学部教授　[専]英文学　[生]昭和24年9月19日　[出]岐阜県　[学]明治学院大学文学部英文学科卒、明治学院大学大学院文学研究科英文学専攻修士課程修了　[興]ウォーター・ペイター研究、西脇順三郎研究、オスカー・ワイルド研究　[歴]東京成徳短期大学助教授を経て、愛知大学教授。作品に詩集「流光」「一元の音」、評論「ペイタア—美の探求」「ペイタリアン西脇順三郎」などがある。　[団]日本英米文学会、日本ペイター協会、日本ワイルド協会、日本文芸家協会

伊藤 葦天　いとう・いてん
俳人　神道丸山教管長　[生]明治16年11月17日　[没]昭和49年6月17日　[出]神奈川県川崎市登戸　本名＝伊藤平質(いとう・へいしち)　別名＝伊藤六郎兵衛　[歴]明治37年秋声会系「とくさ」に加入し作句。39年7月佐藤紅緑を主宰に迎える。昭和8年旧友室積徂春と再会、「ゆく春」を知り、以後東風会に出席。句集に「穂」「多麻詭」「多麻詭以後」があり、ほかに「伊藤六郎兵衛画集」がある。

伊藤 いと子　いとう・いとこ
俳人　[生]大正15年5月9日　[出]東京　[学]北京日本第一高女卒　[歴]昭和37年「野蒜」主宰の花田哲行より作句の手ほどきを受ける。40年「河原」入会、45年同人。翌年「蘭」入会、48年同人。52年「蘭」同人会会計を務める。翌年より女性俳句懇話会会員となる。句集に「山茶花」がある。　[団]俳人協会

伊藤 伊那男　いとう・いなお
俳人　[生]昭和24年7月7日　[出]長野県　[賞]俳人協会新人賞(第22回)(平成10年)「銀漢」　[歴]「春耕」所属。平成10年句集「銀漢」で第22回俳人協会新人賞を受賞。

伊藤 海彦　いとう・うみひこ
詩人　シナリオライター　[生]大正14年1月1日　[没]平成7年10月20日　[出]東京・渋谷　[学]日本大学芸術科(昭和22年)卒　[賞]イタリア賞(昭和33年，38年，48年)、芸術祭賞優秀賞(昭和40年)「飛翔」　[歴]中学教諭、出版社勤務を経て、放送作家となる。昭和24年NHK専属、32年フリー。一方、17歳ごろから詩作を始め、「高原」「アルビレオ」を経て、現在「同時代」「地球」同人。放送詩劇の分野で活躍、新しいタイプのラジオ・ドラマを創造した。代表作に「夜が生まれるとき」「吹いてくる記憶」「この青きもの」「こどもとことば」「遠い横顔」「銃声」などがあり、詩集に「黒い微笑」「影の変奏」、童謡集「風と花粉」などがある。　[団]日本現代詩人会、日本脚本家連盟、新・波の会

伊藤 鴎二　いとう・おうじ
俳人　[生]明治24年4月23日　[没]昭和43年12月30日　[出]東京市日本橋区浜町　本名＝伊藤秀次(いとう・ひでじ)　前号＝花酔　[学]早稲田実業卒、日本大学法科中退　[歴]早稲田実業卒業後、日本勧業銀行に勤めたが、間もなく生家の酒屋(老舗「伊勢藤」)を継ぐ。戦争中は旧制一高職員、戦後は「邦楽新聞」の発行に携わる。明治40年頃から句作をはじめ、「春泥」「春蘭」などの同人を経て、「渋柿」「若葉」に参加。句集に昭和10年刊行の「鴎二句集」や俳論集「鴎二俳論」などがある。

いとう

伊東 音次郎　いとう・おとじろう
歌人　⽣明治27年5月17日　没昭和28年2月6日
出北海道石狩国江別村　学札幌中学4年修了
歴明治44年純正詩社に入社し、45年上京する。大正5年北海道に帰り、北海道口語歌連盟を結成。後、芸術と自由会員、新短歌協会員として活躍。没後「音次郎歌集」が刊行された。

伊藤 一彦　いとう・かずひこ
歌人　近・現代短歌　⽣昭和18年9月12日
出宮崎県宮崎市　学早稲田大学第一文学部哲学科(昭和41年)卒　著自然と人間、風土と人間　賞読売文学賞(詩歌俳句賞、第47回)(平成8年)「海号の歌」　歴昭和40年大学4年のとき早大短歌会に入る。43年心の花入会。44年「反措定」創刊に加わる。51年超結社集団現代短歌・南の会を創立し、季刊歌誌「梁」編集。歌集に「瞑鳥記」「月語抄」「火の橘」「青の風土記」「海号の歌」、評論集に「定型の自画像」「若き牧水」「空と炎」がある。宮崎東高校教諭。
所現代歌人協会、日本文芸家協会

伊藤 勝行　いとう・かつゆき
詩人　元・中学校教師　⽣大正14年1月28日
出岐阜県可児郡上之郷村　学上之郷尋常高小(昭和14年)卒　賞中部日本詩人(努力賞)(昭和32年)、中日詩賞(第13回)(昭和48年)、岐阜県芸術文化奨励賞(昭和50年)　歴昭和15年高等小学校の代用教員となり、18年国民学校初等科訓導資格検定に合格。19年12月入営、中国へ。21年復員。可児郡上之郷中学校、多治見市立南が丘中学校、小泉中学校、滝呂小学校などに勤務し、音楽クラブ、詩作の指導などに熱意を傾ける。59年多治見中学校教師を停年退職、62年笠原町町史編さん室嘱託。一方、戦後間もなくより詩作し、詩誌、文芸誌に投稿。28年第1詩集「白い花びらのために」を刊行。中日新聞などにエッセイも執筆。平成3～7年中日詩人会会長を務めた。他の詩集に「卵を抱く眼」「未完の領分」「ラの音」「わが家族」などがある。　所日本現代詩人会、中日詩人会
家長男=伊藤芳博(詩人)

伊藤 観魚　いとう・かんぎょ
俳人　画家　書家　芸六朝書　仏像画　⽣明治10年10月10日　没昭和44年2月10日
出愛知県名古屋市　本名=伊藤鉎次郎　歴尾張藩用達の料亭・近直(きんなお)の二男に生まれる。兄天籟に感化されて「日本俳句」に投稿し、「続春夏秋冬」や「日本俳句抄」などに入集する。また書は龍眠会に属し、絵は日比野白圭、中村不折に学ぶ。没後の昭和45年「観魚」が刊行された。　家兄=伊藤天籟(俳人)

伊藤 完吾　いとう・かんご
俳人　⽣昭和2年8月13日　出神奈川県鎌倉市
学四高(旧制)(昭和24年)卒　父雪男が「層雲」作家で、中学時代から自由律に親しみ、昭和26年から「層雲」に投句。井泉水亡きあと、その依嘱により51年から「層雲」の発行編集に当る。合同句集「層雲自選句集」、井泉水と共編「山頭火を語る」、井泉水生誕100年記念集「面影」、小玉石水と共編「戦後の層雲100句抄」、「尾崎放哉全句集」などの編著がある。
所現代俳句協会　家父=伊藤雪男(俳人)

伊東 牛歩　いとう・ぎゅうほ
俳人　⽣明治11年1月16日　没昭和17年8月14日　出東京・深川猿江町　本名=伊東快順
歴明治32年正岡子規に入門し、「春夏秋冬」「続春夏秋冬」に入集。45年斎藤知白、中野三允、松本翠影らを発起人とする新緑社に参加し、大正6年創刊の「新緑」同人となる。同年「新緑」を改題した「ましろ」同人となり自由律俳句を志向する。14年知白らと「新緑後期第一句集」を刊行、晩年は定型句に復した。

伊藤 京子　いとう・きょうこ
俳人　⽣大正13年12月9日　出新潟　学旧制高女卒、旧家政専中退　賞浜賞(昭和41年)
歴昭和30年「沖」系俳人今泉宇涯に指導を仰ぎ、PTA句会へ入る。36年大野林火に師事、「浜」へ入会する。「浜」同人。　所俳人協会

伊藤 桂一　いとう・けいいち
小説家　詩人　元・日本現代詩人会会長　⽣大正6年8月23日　出三重県四日市市　住世田谷
学中(旧制)卒　職日本芸術院会員(平成13年)
著第二次大戦関係の戦記　賞千葉亀雄賞(第4回・昭27年度)「夏の鶯」、直木賞(第46回)(昭和36年)「螢の河」、芸術選奨文部大臣賞(第34回・昭58年度)「静かなノモンハン」、吉川英治文学賞(第18回)(昭和59年)「静かなノモンハン」、紫綬褒章(昭和60年)、地球賞(第22回)(平成9年)「連翹の帯」、日本芸術院賞恩賜賞(第57回, 平12年度)(平成13年)
歴4歳の時、住職だった父を交通事故で亡くし、大阪、東京を転々とする。15、6歳の頃から詩や文を書き始め、商社などに勤めながら詩作を続ける。昭和13年現役入隊。中国大陸を転戦し、一兵卒として7年間過ごしたことはのちの人生観、文学観に大きな影響を及ぼした。戦後は出版社勤務の傍ら、36年戦場体験を描いた「螢の

河」で直木賞受賞。以後、「黄土の記憶」「悲しき戦記」などの戦場小説を次々と発表、58年には「静かなノモンハン」で芸術選奨文部大臣賞と吉川英治文学賞をそれぞれ受賞した。戦後も詩作をつづけ、26～36年詩誌「山河」を主宰。他の著書に「かかる軍人ありき」「イラワジは渦巻くとも」「軍人たちの伝統」など、詩集「竹の思想」「伊藤桂一詩集」「連翹の帯」などがある。60年9月日本現代詩人会会長に就任。[団]日本文芸家協会(理事)、日本ペンクラブ、日本現代詩人会

伊藤 啓子　いとう・けいこ

詩人　[生]昭和31年　[出]山形県鶴岡市　[賞]詩と思想新人賞(第9回)(平成12年)「水音」　[歴]「山形詩人」同人。詩集に「詩集 夢のひと」「ウコギの家」がある。　[団]詩人会議、山形詩人会議

伊藤 敬子　いとう・けいこ

俳人　「笹」主宰　[専]近代俳句　近世文学　中世文学　[生]昭和10年5月3日　[出]愛知県名古屋市　本名＝伊藤敬子(いとう・たかこ)　[学]金城短期大学卒、愛知淑徳大学文学部国文科(昭和54年)卒　[興]近代俳句の写生論　[賞]環礁賞(昭40年度)(昭和41年)、新美南吉文学賞(第13回)(昭和55年)「写生の鬼・俳人鈴木花蓑」、都市文化奨励賞(第15回)(平成5年)、山本健吉文学賞(第1回)(平成13年)　[歴]昭和26年加藤かけいに師事。29年金城学院大学短大部国文科に入学。同年「葱」に参加。30～55年「環礁」同人。50年40歳で大学再入学、54年卒業して同窓会長、学園評議員を務める。55年「笹」創刊主宰。平成11年初の自選アンソロジー「伊藤敬子 花神現代俳句」を出版。中日文化センター講師、愛知淑徳短期大学非常勤講師も務める。句集に「光の束」「螺鈿の道」「四間道」「蓬左」「菱結」「鳴海しぼり」「存問」「自註伊藤敬子集」、評論集に「写生の鬼・俳人鈴木花蓑」「花の俳句」「杉田久女」、随想集に「松は花より」「優しい花々」など。[団]俳人協会(評議員)、日本ペンクラブ、日本文芸家協会

伊東 月草　いとう・げっそう

俳人　[生]明治32年1月19日　[没]昭和21年4月12日　[出]長野県上伊那郡藤沢村　本名＝伊東秀治　[歴]大正4年頃から句作をはじめ、大須賀乙字に師事する。14年「獺祭」に参加し、昭和3年「草上」を創刊して主宰する。戦後は「俳句研究」の編集に携わる。著書に「伝統俳句の道」(昭10)や句集「わが住む里」(昭22)などがある。

いとう けんぞう

画家　詩人　[生]昭和24年4月　[出]北海道札幌市　[歴]7歳の時に札幌市に移る。大学中退後、東京で油彩を学ぶ。昭和47年、札幌に戻り、その頃からパステル画の魅力にとりつかれ、独学で独自の画風、画法の追求をはじめる。59年旭川市の西武ホールで初の個展を開催。同年画集「あなたに捧げる絵本 序章」を出版。60年船橋市の西武美術館で個展開催。「詩とメルヘン」誌上に作品を発表するかたわら、日本全国で原画展開催。他に画集「北風のメッセージ」「心の夢」、詩画集「夢飛行」「夜の詩」などがある。

伊藤 源之助　いとう・げんのすけ

歌人　[生]明治42年6月24日　[没]昭和61年12月20日　[出]千葉県　[歴]「常春」「現代短歌」を経て、昭和21年創刊の「人民短歌」に加入。22年3月東海歌話会に加盟し「短歌文学」の編集を担当。24年3月歌誌「暦象」創刊の発起人。37年「冬雷」創刊に参加。歌集に「生活の河」「続生活の河」「続々生活の河」「山王下」ほか多数、著作に「土屋文明論」「宮柊二人と作品」がある。　[団]横浜歌人会

伊藤 後槻　いとう・こうき

俳人　[生]明治19年1月22日　[没]昭和43年5月21日　[出]山形県　本名＝後藤徳三郎　前号＝小麦林　[歴]幼少の頃より句作をはじめ、碧梧桐、一碧楼に師事する。「海紅」同人。大正7年「前後」を創刊。戦後は「口語俳句」同人となる。生涯を通して無職であった。

伊藤 幸也　いとう・こうや

詩人　「竜骨」主宰　[生]昭和3年12月20日　[出]宮城県加美郡小野田町　本名＝伊藤幸也(いとう・ゆきや)　[学]東北大学経済学部(昭和26年)卒　[賞]北川冬彦賞(第6回)(昭和46年)　[歴]昭和25年はじめ、河北新報の詩の選者であった高橋たか子に一時、指導を仰ぐ。また鈴木信治の知遇を得る。その後26年から「時間」同人。「時間詩集」に作品を発表。のち詩誌「竜骨」主宰。詩集に「被災地」「茫茫」「からすの顛末」、作品集に「北の稲妻」。　[団]日本ペンクラブ、日本文芸家協会、日本現代詩人会

伊藤 紅緑天　いとう・こうろくてん

俳人　[生]明治27年7月13日　[没]大正4年7月24日　[出]静岡県　本名＝伊藤正平　[学]浜松中卒　[歴]中学4年で発病。休学中に加藤雪腸に師事、「俳諧芙蓉会」に入る。のち、碧梧桐に入門。「日本

及日本人」「アカネ」などに投句。短歌結社「曠野会」にも所属した。句集「雁来紅」がある。

伊藤 左千夫　いとう・さちお

歌人　小説家　[生]元治1年8月18日（1864年）　[没]大正2年7月30日　[出]上総国武射郡殿台村（現・千葉県山武郡成東町殿台）　本名＝伊藤幸次郎　別号＝春園、無一塵庵主人　[学]明治法律学校（現・明治大学）中退　[歴]明治法律学校に入学するが、病気のため中途退学し、農事を手伝い、また牛乳搾取業を営むかたわら、明治33年より子規に師事する。36年「馬酔木」を創刊し、根岸派の代表歌人として多くの短歌、歌論を発表。「馬酔木」廃刊の41年には「アララギ」を創刊し、後進の育成に努め、島木赤彦、中村憲吉、斎藤茂吉らを育てた。明治歌壇に新風をふきこんだ一方で、子規から学んだ写生文で名作「野菊の墓」や「隣の嫁」などの小説も発表した。「左千夫歌集」「左千夫歌論集」のほか、「左千夫全集」（全9巻，岩波書店）がある。

伊東 静雄　いとう・しずお

詩人　[生]明治39年12月10日　[没]昭和28年3月12日　[出]長崎県北高来郡諫早町船越（現・諫早市）　[学]京都帝大文学部国文科（昭和4年）卒　[賞]文芸汎論詩集賞（第2回）（昭和10年）「わがひとに与ふる哀歌」、透谷文学賞（第5回）（昭和16年）「夏花」　[歴]京大在学中の昭和3年、御大礼記念児童映画脚本募集に「美しい朋輩達」で一等入選する。翌年大学卒後、大阪府立住吉中学校に就職。ドイツ語で詩を読み、特にケストナーとリルケに関心を示した。教員生活をしながら詩を書き、同人雑誌「呂」に発表する。昭和8年保田与重郎、田中克己にさそわれ「コギト」に参加し、萩原朔太郎らに認められる。10年「日本浪漫派」同人となる。同年第一詩集「わがひとに与ふる哀歌」を刊行し、文芸汎論詩集賞を受賞。15年第二詩集「夏花」を刊行し、透谷文学賞を受賞。以後、18年「春のいそぎ」、22年「反響」と4冊の詩集を刊行した。戦後は阿倍野高校に転勤となったが、24年に肺結核となり、闘病生活を送った。「伊東静雄詩集」（創元社版）「伊東静雄全集」（人文書院）がある。

伊藤 春畝　いとう・しゅんぽ

政治家　漢詩人　公爵　首相　立憲政友会総裁　元老　[生]天保12年9月2日（1841年）　[没]明治42年10月26日　[出]周防国熊毛郡束荷村野尻（現・山口県大和町）　本名＝伊藤博文（いとう・ひろぶみ）　旧姓（名）＝林　幼名＝利助、前名＝伊藤俊輔（いとう・しゅんすけ）、別号＝滄浪閣主人　[歴]松下村塾に学び、木戸孝允らの尊皇攘夷運動に加わる。文久3年（1863）井上聞多（馨）と渡英。下関砲撃の報に帰国し、列国との講和に努める。その後高杉晋作らと倒幕運動に挺身、維新の功臣として工部大輔などを歴任。明治4年岩倉具視遣外使節団副使、帰国後征韓論を排して参議。11年大久保利通の死後は内務卿を継いで憲法制定に当たる。14年の政変で大隈重信を追放、実質的な最高指導者となる。15年の渡欧でプロシア憲法など近代西欧の国家体制に大きな影響を受け、内閣制度、華族制度・枢密院の創始、大日本帝国憲法・皇室典範の制定など内政の整備に尽力。18年初代首相、21年枢密院議長。第4次まで組閣し、33年には立憲政友会を組織、36年まで総裁。39～42年韓国統監府初代統監。42年満州視察の際、暗殺された。詩文をよくし、書にも巧みで、漢詩集に「藤公詩存」「春畝遺稿」、「伊藤博文公遺墨集」など。「伊藤公全集」（全3巻）がある。

伊藤 松宇　いとう・しょうう

俳人　俳句研究家　[生]安政6年10月18日（1859年）　[没]昭和18年3月25日　[出]信濃国小県郡丸子村（長野県）　本名＝伊藤半次郎　号＝雪操居　[歴]幼年時代から俳句を学び「花月草紙」などに投句する。明治15年銀行業務見習いのため上京。そのかたわら和漢の学を修める。一度帰郷し、19年再上京して第一銀行に勤務。20年「知玉叢誌」を創刊。24年俳諧椎の木社を結成し、26年「俳諧」を創刊。44年には「にひはり」を創刊、この頃から古俳書の蒐集につとめる。句集「松宇家集」（大15）などの他、編著に「俳諧中興五傑集」「俳諧余光」などがある。

伊藤 正斉　いとう・しょうさい

詩人　陶芸家　[生]大正2年8月15日　[出]愛知県瀬戸市　[学]小卒　[歴]家業を継ぎ陶工となるが、独学で詩作を始め、「詩精神」に投稿。戦後、「列島」を経て、「コスモス」所属。詩集に「冬の日」「火の壁」「乾湿記」など。

伊藤 正三　いとう・しょうぞう

歌人　[生]明治37年11月16日　[出]新潟県　[学]高田師範学校卒　[歴]中学時代より作歌を始め、相馬御風に師事。「木かげ」編集を担当。歌集に「ぬな河」「歌法帖」がある。

伊藤 四郎　いとう・しろう
俳人　[生]明治45年3月21日　[没]平成2年9月20日　[出]宮城県宮城郡利府町　本名＝伊藤孫四郎　[学]宮城県農中退　[賞]駒草賞(昭和31年)、宮城県芸術協会賞(昭和47年)　[歴]昭和16年「駒草」入会、18年同人。19年応召。45年「駒草」編集。50年「琴座」、51年「鷹」、53年「暖鳥」に入会し、各同人。同年「北斗」選者。句集に「こほろぎ」「木賊」「仙翁花」。　[団]俳人協会

伊藤 信吉　いとう・しんきち
詩人　評論家　土屋文明記念文学館館長　[生]明治39年11月30日　[出]群馬県群馬郡元総社村(現・前橋市)　[学]高小卒　[賞]平林たい子文学賞(第2回)(昭和49年)「ユートピア紀行」、読売文学賞(評論・伝記賞，第28回)(昭和51年)「萩原朔太郎」、多喜二百合子賞(第2回)(昭和52年)「天下末年一庶民考」、芸術選奨文部大臣賞(第30回)(昭和55年)「望郷蛮歌 風や天」、高橋元吉文化賞(第20回)、丸山豊記念現代詩賞(第2回)(平成5年)「上州おたくら・私の方言詩集」、読売文学賞(随筆・紀行部門，第48回)(平成9年)「監獄裏の詩人たち」、日本芸術院賞恩賜賞(平10年度)(平成11年)、詩歌文学館賞(現代詩部門，第17回)(平成14年)「老世紀界隈」　[歴]小卒後、県庁へ勤めながら詩作し、草野心平と共にアナーキズム系の詩人を抱括して昭和3年「学校詩集」を編集刊行。次いで「プロレタリア詩人会」に参加、6年ナップ(全日本無産者芸術団体協議会)に加盟し、雑誌「ナップ」「プロレタリア詩」等に作品を発表。8年処女詩集「故郷」を刊行。逮捕、拷問後転向。戦後は詩評論、研究が中心となり、「近代詩の系譜」「萩原朔太郎研究」「萩原朔太郎・浪曼的に虚無的に」などを著す。51年に第二詩集「上州」を出してから、盛んに詩作をする。他に「望郷蛮歌・風や天」「上州おたくら・私の方言詩集」「監獄裏の詩人たち」など。「萩原朔太郎全集」「室生犀星全集」「現代日本詩人全集」の編集・解説も行った。「伊藤信吉著作集」(全7巻，沖積舎)がある。平成8年7月群馬県立土屋文明記念文学館の初代館長に就任。　[団]日本現代詩人会、萩原朔太郎研究会、日本文芸家協会

伊藤 信二　いとう・しんじ
詩人　小説家　[生]明治40年10月30日　[没]昭和7年8月14日　[出]北海道小樽市稲穂町　[学]小樽中学中退　[歴]小樽中学2年の時に家が倒産し、北海製罐で働く。回覧雑誌「赤ゑ」を作る。3・15事件の直前、小林多喜二らと小樽合同労働組合で仕事をする。その後、ナップの小樽支部を創設し、投獄されたりした。

伊藤 翠壺　いとう・すいこ
俳人　[生]大正4年9月28日　[出]広島市　本名＝伊藤寿雄(いとう・ひさお)　[学]京都帝国大学法学部卒　[賞]雪解俳句賞(昭和36年)　[歴]昭和24年「雪解」に入門、皆吉爽雨に師事。29年同人。句集に「藷」。　[団]俳人協会

伊東 祐命　いとう・すけのぶ
歌人　美作鶴田藩士　[生]天保5年(1834年)　[没]明治22年10月　[出]美作国(現・岡山県)　通称＝三郎、号＝柳園　[歴]江戸派の歌人として活躍し、高崎正風に知られて御歌所寄人となる。明治16年刊行の「東京大家十四家集」の一人に入る。家集に「柳の一葉」がある。

伊藤 整　いとう・せい
小説家　詩人　評論家　日本近代文学館理事長　東京工業大学教授　[生]明治38年1月16日　[没]昭和44年11月15日　[出]北海道松前郡　本名＝伊藤整(いとう・ひとし)　[学]小樽高商卒、東京商科大学(現・一橋大学)中退　[資]日本芸術院会員　[賞]菊池寛賞(第11回)(昭和38年)「日本文壇史」、日本芸術院賞(第23回)(昭和41年)、日本文学大賞(第2回)(昭和45年)「変容」　[歴]小樽高商在学中から短歌や詩の習作を試み、「椎の木」同人となって、大正15年詩集「雪明りの路」を刊行。東京商大在学中に北川冬彦、春山行夫、瀬沼茂樹らを知り、後に詩集「冬夜」として、この当時の詩作品をまとめた。昭和4年「文芸レビュー」を創刊、新心理主義的な小説や評論を発表。また「ユリシーズ」などの翻訳も刊行する。7年小説集「生物祭」、評論集「新心理主義文学」を刊行し、以後、小説、評論、翻訳などの分野で幅広く活躍。戦争中は「得能五郎の生活と意見」「得能物語」などを発表。25年、ロレンスの「チャタレイ夫人の恋人」を翻訳刊行したが、猥褻文書とされ、“チャタレイ裁判”の被告人となる。27年より「日本文壇史」を連載し、没年の44年まで続けられ、全18巻で中絶した。この「日本文壇史」で38年に菊池寛賞を受賞、また41年には日本芸術院賞を受賞し、没後の45年には「変容」で日本文学大賞を受賞した。晩年は日本近代文学館の設立に尽力し、高見順亡き後、第2代理事長として活躍した。主な作品として「幽鬼の街」「火の鳥」「若い詩人の肖像」「氾濫」「発掘」、定本「伊藤整詩集」などがあり、評論でも「小説の方法」「文学入門」「芸術は何のためにあるか」「伊藤整氏の生活と意見」など代表作は多く、それら

の作品は「伊藤整全集」(全24巻，新潮社)におさめられている。平成2年伊藤整文学賞が創設された。8年には二男・礼によって「チャタレイ夫人の恋人」の改訂版が刊行された。
[家]長男=伊藤滋(東大名誉教授・都市計画学)、二男=伊藤礼(日大教授・英文学)

伊藤 公敬 いとう・ただゆき
詩人 労働運動家 [生]明治29年5月5日 [出]静岡県富士宮 別名=伊藤公敬(いとう・こうけい)
[学]警醒小中退 [歴]小学校中退後、横浜の福音印刷に入社するが、負傷のため解雇され、港湾労働者となる。早くから社会主義に関心を抱き、アナキストとして、大正9年、根岸正吉との共著詩集「どん底で歌ふ」を刊行。多くの文芸誌を創刊し、昭和5年社会民衆党に入党。印刷業を自営するかたわら、口語短歌を多く発表。15年日産生命保険の代理店を経営した。

伊藤 保 いとう・たもつ
歌人 [生]大正2年11月25日 [没]昭和38年11月16日 [出]大分県 [歴]昭和8年ハンセン氏病により菊池恵楓園入所、病と闘いながら作歌。斎藤茂吉、土屋文明に師事する。「アララギ」「未来」に参加。15年結婚、16年結核併発、19年右下腿切除。25年歌集「仰日」(私家版刊)、翌年第二版定本刊。他に「白き檜の山」「定本伊藤保歌集」がある。

伊藤 竹外 いとう・ちくがい
漢詩人 愛媛県吟詠剣詩舞道総連盟名誉会長
[生]大正10年11月5日 [出]愛媛県松山市 本名=伊藤泰博 [学]松山高小(昭和10年)卒 [歴]早くから歌に親しみ「にぎたつ」編集同人、「潮音」同人。昭和25年岳父小原六六庵に詩の指導を受け、六六庵吟詠会、六六庵吟社を創立。その後黒潮吟社、山陽吟社、癸丑吟社同人となり太刀掛呂山らに学んだ。作詩3000に及び、また愛媛県吟詠剣詩舞総連盟の段級委員長、四国吟詠詩舞道総連盟事務局長、日本吟詠総連盟常任理事、全国朗吟文化協会副会長、六六庵吟詠会総本部会長などを務めた。著書に「吟詠入門」(上下)「伊藤竹外新風吟詠集」。
[団]日本吟剣詩舞振興会

伊藤 忠兵衛(2代目) いとう・ちゅうべえ
実業家 俳人 伊藤忠商事創業者 丸紅商店会長 呉羽紡績社長 [生]明治19年6月12日 [没]昭和48年5月29日 [出]滋賀県豊郷町 旧姓(名)=伊藤精一 雅号=疇坪(ちゅうへい) [学]八幡商(明治37年)卒 [賞]紺綬褒章(大正8年)、勲三等(昭和39年) [歴]初代伊藤忠兵衛の二男。明治36年18歳で2代目忠兵衛を襲名、家業の綿糸卸商・伊藤本店に勤務。42年欧米に留学。大正7年株式会社に改組し伊藤忠商店(9年丸紅商店に改称)と伊藤忠商事を設立。昭和4年呉羽紡績を設立。近江商人らしい徹底した合理主義的経営で事業を拡大し、伊藤忠商事を有力な総合商社へと発展させた。戦後公職追放されたが、解除後は政府の委嘱でカナダ、オーストラリア、キューバなどへの貿易使節団長を務めるなど、戦前からの外遊歴は50回以上に及ぶ。また財団法人カナモジ会の会長として、カナ文字、横書きの普及に努めた。ほかに俳句もよくし、はじめ月斗に師事したが、大正10年「鹿火屋」に参加。石鼎に師事する。のち同人。句集「芦の芽」がある。 [家]父=伊藤忠兵衛(1代目)

伊藤 てい子 いとう・ていこ
俳人 [生]大正4年9月27日 [出]福岡県 [学]日本女子大学国文科卒 [賞]円作家賞(昭和50年)、福岡市文学賞(昭和51年) [歴]昭和32年作句を始める。36年より「菜殻火」投句を始め、野見山朱鳥に師事。40年「菜殻火」同人。42年「円」創刊に参加する。句集に「飛天」がある。
[団]俳人協会

伊藤 東吉 いとう・とうきち
俳人 日本勧業銀行 [生]明治39年8月16日 [没]昭和35年4月21日 [出]愛知県名古屋市 [歴]大正14年より臼田亜浪に師事して「石楠」に拠り、のち同人。戦後は山田麗眺子に兄事して「南風」同人。晩年は天明期を中心とした中京周辺の俳句史研究に力を注ぎ、「暁台の研究」を刊行する。

伊藤 凍魚 いとう・とうぎょ
俳人 [生]明治31年7月1日 [没]昭和38年1月22日 [出]福島県若松市 本名=伊藤義蔵 [学]専修大学専門部卒 [歴]16歳ころから句作を始め、大学時代に鳴雪・虚子・鬼城・零余子・冬城らの指導を受ける。大正13年勤務の関係で樺太へ渡り、ここで「氷下魚吟社」を興し「氷下魚」を創刊。昭和6年「鹿火屋」同人。20年北海道に引き揚げ、22年「花樺社」を興す。25年飯田蛇笏の来道を機に妻雪女とともに「雲母」に入門、同人に推される。29年12月休刊中の「氷下魚」を復刊。著書に句集「花樺」、遺句集「氷下魚」ほかがある。

伊藤 トキノ　いとう・ときの
俳人　[生]昭和11年3月3日　[出]岩手県　本名＝高瀬トキノ(たかせ・ときの)　[学]岩手大学学芸学部卒　[賞]氷海賞(昭和33年)　[歴]昭和31年「氷海」に入会、34年同人。53年「狩」同人参加。句集に「花蕾」「厨子」、共著に「季語を生かす俳句の作り方」がある。　[団]俳人協会(幹事)

伊藤 登世秋　いとう・とよあき
歌人　[生]大正6年7月2日　[没]平成11年7月5日　[出]千葉県　[賞]地平線賞(第2回)(昭和42年)　[歴]昭和10年頃より作歌を始め、15年「多磨」に入会。以後「形成」「地平線」に拠る。57年「万象」創刊に参加、編集委員。のち「青藍」同人。42年第2回地平線賞受賞。41年合同歌集「新選十二人」に参加。歌集に「孤燈」「伊藤登世秋歌集」「雷木」がある。

伊藤 乃里子　いとう・のりこ
俳人　[生]昭和13年3月15日　[出]東京都港区新橋　本名＝横関則子　[学]東宝芸能学校演技科(昭和33年)卒　[歴]昭和29年高校在学中作句をはじめる。33年芸能学校卒業後、勤務先の句会等に参加。41年「胴」同人となり朔多恭、梅多桑弧ほかの指導を受ける。51年「波」創刊に伴い同人となる。58年「渋谷句会」に参加。句集に「絵硝子」「彩」。　[団]女性俳句懇話会、現代俳句協会

伊藤 柏翠　いとう・はくすい
俳人　「花鳥」名誉主宰　[生]明治44年5月15日　[没]平成11年9月1日　[出]東京　本名＝伊藤勇(いとう・いさむ)　別号＝梅庵　[学]東京府立三中卒　[賞]福井県文化賞(昭和56年)、文部大臣地域文化賞(昭和60年)　[歴]昭和7年「ホトトギス」初入選。8年「句と評論」同人。11年高浜虚子に師事。20年「ホトトギス」同人。のち同人会長を長く務めた。21年～平成11年俳誌「花鳥」主宰。47年俳人協会員。句集に「虹」「永平寺」「えちぜんわかさ」、随筆に「花鳥禅」など。また、国際俳句交流協会副会長、北陸テレビ社長も務めた。　[団]俳人協会、日本伝統俳句協会(副会長)

伊藤 白潮　いとう・はくちょう
俳人　「鴫」主宰　[生]大正15年3月29日　[出]千葉県　本名＝伊藤和雄(いとう・かずお)　[学]青年師範卒、千葉大学教育学部卒　[賞]鴫賞(昭和29年)　[歴]教員を経て教育委員会に勤務。昭和23年田中午次郎創刊「鴫」入会、25年同人。40年「余白」主宰。50年「鴫」を復刊し、主宰。句集に「在家」「夢幻能」など。　[団]俳人協会(評議員)、日本文芸家協会

伊藤 博文　いとう・ひろぶみ
⇒伊藤春畝(いとう・しゅんぽ) を見よ

伊藤 宏見　いとう・ひろみ
歌人　東洋大学文学部教授　「沙羅」主宰　[専]英文学(近代英米詩, W.B.イェイツ)　[生]昭和11年7月31日　[出]神奈川県横浜市港北区新羽町　別名＝普寂(ふじゃく)　[学]早稲田大学文学部英文学科卒、早稲田大学大学院文学研究科英文学専攻修士課程修了　[歴]東京農業大学助教授を経て、東洋大学文学部教授。W.B.イェイツの研究業績がある。歌人としては歌誌「水門」選者、短歌沙羅会主宰、横浜良寛会会長。主な著書に「印融法印の研究」「童心残譜―W.B.イェイツ・咒詛から謳歌へ」「貧寒の美―西行・心敬・良寛」「斎藤茂吉と良寛」「手まりのえにし・良寛と貞心尼」、歌集に「玄冬」「沙羅の庭」「連珠抄」などがある。　[団]日本英文学会、日本イェイツ協会、早大英文学会、日本歌人クラブ

伊藤 比呂美　いとう・ひろみ
詩人　[生]昭和30年9月13日　[出]東京都板橋区　[学]青山学院大学文学部日本文学科卒　[興]地域　[賞]現代詩手帖賞(第16回)(昭和53年)、野間文芸新人賞(第21回)(平成11年)「ラニーニャ」　[歴]大学入学の頃から詩を書き始め、新日本文学会の文学学校で詩人・阿部岩夫に師事。昭和52年岩崎迪子らと「らんだむ」を創刊し、53年には、第16回現代詩手帖賞受賞。同年詩集「草木の空」で女の生活、生理を具体的に直截的に取り上げた。中学校教師を経て、57年3月～58年6月ポーランドに滞在し、日本人学校国語教師をつとめる。オーラルな詩を試み、朗読活動に力を入れる。ほかに詩集「姫」「伊藤比呂美詩集・ぱす」「青梅」「テリトリー論1/2」、エッセイ集「感情線のびた」「主婦の恩返し」、小説「ハウス・プラント」「ラニーニャ」、育児書「良いおっぱい悪いおっぱい」(のち映画化)「おなか・ほっぺ・おしり」など。　[団]日本文芸家協会

伊藤 雅子　いとう・まさこ
歌人　[生]大正15年10月28日　[出]京都市　[賞]日本歌人クラブ賞(第16回)(平成1年)「ほしづき草」　[歴]歌誌「醍醐」編集委員、同人誌「渾」運営委員。処女歌集「ほしづき草」。

伊藤 政美　いとう・まさみ
俳人　[生]昭和15年9月3日　[出]三重県　[歴]山口いさをの指導を受け俳句をはじめる。「菜の花」創刊に参加、編集同人。句集に「二十代」がある。　[団]現代俳句協会

伊藤 美喜　いとう・みき
俳人　[生]大正7年1月9日　[出]北海道　[学]旧高女専攻科卒　[賞]風土賞(昭和55年)　[歴]昭和43年父の手ほどきを受け、46年「嵯峨野」入会同人。48年「風土」に入会、50年同人、翌年長岡京支部長となる。句集に「壺中の香」「一路」「曼陀羅」がある。　[団]俳人協会

伊藤 通明　いとう・みちあき
俳人　「白桃」主宰　[生]昭和10年11月16日　[出]福岡県宗像郡福間町　[学]西南学院大学文学部英文学科卒　[賞]角川俳句賞(第22回)(昭和50年)「白桃」、福岡市文学賞(昭和52年)、俳人協会新人賞(第4回)(昭和55年)　[歴]昭和31年から作句を始め、37年同人誌「裸足」を創刊し編集。41年安住敦の「春燈」に参加。句集に「白桃」「西国」「海」など。　[団]俳人協会、日本文芸家協会

伊藤 無限子　いとう・むげんし
政治家　俳人　元・参院議員(民社党)　[生]昭和5年9月11日　[出]千葉県(本籍)　本名＝伊藤郁男(いとう・いくお)　[学]岡谷南高(昭和24年)卒　[賞]勲三等旭日中綬章(平成12年)　[歴]昭和35年民社党本部書記局に入り52年組織局次長を経て、55年に参院議員に当選。61年、平成元年にそれぞれ比例区で立候補したが落選。一方、句作を続け、昭和48年「鶴」入会、58年同人。62年「初蝶」入会、63年同人。平成9年「魚座」入会、10年同人。句集に「地蜂」「信濃路」「風やはらかき」など。　[団]俳人協会

伊藤 康円　いとう・やすまろ
詩人　立教大学女子短期大学文芸科教授　[生]大正11年11月8日　[出]東京・品川　[学]早稲田大学文学部国文科卒　[歴]萩原朔太郎の詩と詩論に感銘し、昭和17年ごろ「詩洋」同人となり、前田鉄之助に師事。25年から服部嘉香主宰の「詩世紀」編集同人となった。文教大学女子短大教授も務める。著書に「詩美の系譜」(共著「講座日本現代詩史」)がある。　[家]父＝伊藤康安(仏教学者)

伊藤 和　いとう・やわら
詩人　社会運動家　[生]明治37年　[没]昭和40年4月4日　[出]千葉県　[歴]大正11年頃から詩作をはじめ、12年頃から農民運動に参加し、アナーキズムに傾斜する。「学校」「弾道」「クロポトキンを中心にした芸術の研究」「詩行動」などに詩作を発表。昭和5年ガリ版雑誌「馬」を創刊、掲載された詩が不敬罪、治安維持法、出版法違反に問われる。同年刊行のガリ版詩集「泥」は発禁となる。戦後は「コスモス」「新日本文学」「新日本詩人」等に詩作を発表。没後「伊藤和詩集」が刊行された。

伊藤 雄一郎　いとう・ゆういちろう
詩人　ポスト・ポエムの会主宰　[生]昭和12年　[歴]昭和48年ポスト・ポエムの会を創立し、「ハガキ詩集」を創刊、以後16年間1枚のハガキによる詩のコミュニケーション活動を続けた。詩集に「聖家族」など。

伊藤 祐輔　いとう・ゆうすけ
歌人　[生]明治40年8月1日　[出]大分県杵築市　[学]早稲田大学卒　[歴]昭和3年「槻の木」に入会、同人。戦時中の休詠を経て、29年季刊誌「山脈」を創刊主宰。歌集に「荒土」「石嚢」「樹氷」「寒椿」「見蛇楽」などがある。

伊藤 雪雄　いとう・ゆきお
歌人　[生]大正4年2月28日　[没]平成11年1月30日　[出]滋賀県大津市膳所　本名＝伊藤行雄　[歴]昭和7年「詩歌」に入会し、前田夕暮、米田雄郎に師事。滋賀文学会会長、大津短歌連盟会長などを務めた。27年「好日」の創刊に参加、31年編集委員。京都新聞に「京都文芸・四季折々」を執筆。歌集に「微笑」「草原の道」「雪後青天」「湖のほとり」「宇佐山の風」「相生の道」などがある。　[団]滋賀文学会、現代歌人協会

伊藤 雪女　いとう・ゆきじょ
俳人　[生]明治31年2月12日　[没]昭和62年5月　[出]北海道上川郡　本名＝伊藤ユキ　[学]東京女子薬学校卒　[歴]大正14年樺太の伊藤凍魚に嫁し、終戦直後北海道に引き揚げる。昭和25年渡道中の飯田蛇笏を識り、凍魚と共に入門、蛇笏亡き後は龍太に師事。「氷下魚(かんかい)」の中心的作家だったが38年凍魚の死と共に「氷下魚」廃刊。「雲母」同人。句集に「夫の郷」がある。平成2年遺句集「雪岬」刊行。　[家]夫＝伊藤凍魚(俳人)

伊藤 嘉夫 いとう・よしお
歌人 跡見学園女子大学名誉教授 [専]国文学国語表現 [生]明治37年7月20日 [没]平成4年8月14日 [出]岐阜県加茂郡八百津町 [学]立正大学国語漢文科(昭和4年)卒 [賞]勲三等瑞宝章(昭和49年) [歴]早くから林古溪に学び、大学卒業後は竹柏会に入門し、佐佐木信綱の秘書として活躍。後に跡見学園女子大教授などをつとめる。昭和17年歌集「新土」を刊行。西行研究家としても、22年「山家集」を刊行。また「和歌文学大辞典」の編集にも尽力する。 [団]竹柏会

伊藤 麟 いとう・りん
歌人 [生]大正5年3月1日 [出]広島県 本名=古川一 [歴]昭和13年22歳の時「多磨」に入会し、28年「コスモス」創刊と同時に参加。愛児の死を悼む散文集「多々宇の死」の他、歌集に「冬の公園」「うみべの椅子」がある。

伊東 廉 いとう・れん
医師 詩人 文学岩見沢の会代表 [生]大正11年2月15日 [出]北海道岩見沢市 [学]岩手医専卒 [賞]北海道詩人協会賞(第11回)(昭和49年)「逆光の径」、岩見沢市教育振興文化功労賞(昭和49年)、北海道文団協賞(昭和62年)、北海道新聞文学賞佳作(第25回)(平成3年)「民話」、北海道文化賞(平成12年) [歴]祖父、父ともに医者。内科医として病院に勤務の傍ら詩作を続け、北海道詩人協会の副会長、会長、常任理事を歴任。また文学岩見沢の会代表、「いわみざわの民話」刊行委員長も務める。「日本未来派」同人、主に「日本未来派」「苗(うい)」に作品を発表。作品に「蒼い風景」「民話」「失意の雪」などがある。また、版画を制作し、道展入選多数、道展会友。 [団]北海道詩人協会(常任理事)、日本現代詩人会、岩見沢文化連盟(顧問)、空知文化団体連絡協議会(会長)

井戸川 美和子 いどがわ・みわこ
歌人 [生]明治41年12月23日 [没]昭和56年10月18日 [出]東京 [学]東京府立第一高女卒 [歴]府立高女で四賀光子に歌を教わり、大正14年「潮音」に入会、太田水穂に師事する。昭和24年「潮音」選者。歌集に「旅雁」「冬虹」「緑羅」「碧」「豊後梅」がある。 [団]女人短歌会、現代歌人協会、日本歌人クラブ

糸屋 鎌吉 いとや・けんきち
詩人 カワイ音楽振興会顧問 [生]明治44年4月8日 [出]青森県 本名=西塚俊一(にしずか・しゅんいち) [学]日本大学芸術学科(昭和10年)卒 [賞]ポーランド政府文化功労金勲章(昭和58年)、土井晩翠賞(昭和61年)「尺骨」 [歴]カワイ音楽振興会事務局長を経て、顧問。音楽事業分野での活動の傍ら詩作でも知られる。「青衣」主宰。詩集に「尺骨」「首の蔭」、「糸屋鎌吉短篇集」などがある。 [団]日本ショパン協会(常務理事)、日本シマノフスキ協会(常務理事)日本ポーランド協会(運営委員)

伊奈 かっぺい いな・かっぺい
タレント 詩人 青森放送営業局付副参事 [生]昭和22年4月16日 [出]青森県弘前市 本名=佐藤元伸(さとう・もとのぶ) [学]青森短期大学経営学科(昭和43年)卒 [歴]青森放送に入社。美術部員を経てディレクターとなり、ラジオ制作部副部長を務める。のち営業局副参事。一方青森を題材に津軽弁で詩を書き、昭和49年詩集「消ゴムで書いた落書き」を自費出版したのを初めに5冊の津軽弁詩集を出す。51年から津軽弁トークによるワンマンショーを地元のライブハウスで続けており、コロムビアからLPとカセットも出すなど、地元では人気を得ていた。61年フジテレビ系の「名人劇場」に出演したのを機に“全国区”タレントとなる。現在テレビ「金曜ワイド 青森」「なぜ？魅知国(みちのく)」、ラジオ「伊奈かっぺいの勝手にライブ 方言万歳」などに出演。イラストエッセイ集に「落書きあれもこれも」がある。

稲岡 長 いなおか・ひさし
俳人 医師 稲岡クリニック院長 [専]精神神経学 [生]昭和11年7月24日 [学]大阪大学医学部医学科(昭和39年)卒 医学博士(昭和53年) [歴]大阪大学医学部精神神経学教室助手、講師、大阪第2警察病院神経科部長、関西労災病院神経内科部長を経て、平成元年稲岡クリニック(神経内科・内科)開業、院長。日本伝統俳句協会の理事を務め、「ホトトギス」同人。 [家]妻=稲岡常子(相愛学園音楽講師)

稲垣 和秋 いながき・かずあき
詩人 「射光」主宰 [生]昭和23年3月5日 [出]愛知県犬山市 [学]岐阜大学卒、上越教育大学大学院 [歴]岐阜大学卒業後、地元で十年余り小・中学校の教員を勤めながら詩・民話・童話などの創作に励む。その後、上越教育大学大学院に学び、現在奈良の小学校に勤務。詩集に「伝言」がある。 [団]犬山現代詩人の会

稲垣 きくの　いながき・きくの
俳人　[生]明治39年7月26日　[没]昭和62年10月30日　[出]神奈川県厚木市　本名＝野口キクノ(のぐち・きくの)　[学]横浜女子商卒　[賞]俳人協会賞(第6回)(昭和41年)「冬濤」　[歴]女優を経て、昭和12年大場白水郎主宰「春蘭」にて俳句を知る。21年久保田万太郎主宰「春燈」創刊と同時に参加、万太郎に師事。句集に「榧の実」「冬濤」「冬濤以後」など。　[団]俳人協会

稲垣 足穂　いながき・たるほ
小説家　詩人　[生]明治33年12月26日　[没]昭和52年10月25日　[出]大阪府大阪市船場　[学]関西学院普通部(大正8年)卒　[賞]日本文学大賞(第1回)(昭和44年)「少年愛の美学」　[歴]少年時代、航海家を夢み、光学器械に興味を抱く。関西学院卒業後、複葉機の製作にたずさわり、「ヒコーキ」も一つのテーマとなる。ついで絵画に興味を持ち、未来派美術協会展、三科インディペンデント展に出品する一方、佐藤春夫の知遇を得て、大正12年「一千一秒物語」を刊行。昭和6年アルコールとニコチンの中毒にかかり、創作不能となる。10年代は無頼的な生活をし、21年少年愛をあつかった「彼等」および自己を認識論的にみた「弥勒」で復帰。25年結婚を機に京都に移住、文壇から遠ざかる。44年「少年愛の美学」で日本文学大賞を受賞し、以後、反伝統的なエロスの世界が見直される。また、詩人としても「稲垣足穂詩集」「稲垣足穂全詩集―1900‐1977」があり、他の代表作に「第三半球物語」「天体嗜好症」「明石」「ヰタ・マキニカリス」「A感覚とV感覚」「東京遁走曲」「僕の"ユリーカ"」「ヴァニラとマニラ」「タルホ・コスモロジー」「ライト兄弟に始まる」など。「稲垣足穂大全」(全6巻，現代思潮社)、「多留保集」(全8巻・別巻1，潮出版社)、「稲垣足穂全集」(全13巻，筑摩書房)がある。

稲垣 千穎　いながき・ちかい
国文学者　歌人　[没](生没年不詳)　[出]埼玉県　[歴]東京師範学校教員で、明治13年音楽取調掛となる。唱歌の作詞に際して伊沢修二に協力した。「小学唱歌集 初篇」の「蝶々」二番歌詞など多くの作品をのこしている。

稲垣 陶石　いながき・とうせき
俳人　[生]明治45年1月15日　[没]平成7年2月21日　[出]長野県飯田市　本名＝稲垣盛雄　[学]京都商工専修校製陶科卒　[賞]長野県盲人福祉協会文化功労賞　[歴]家業の製陶に従事。昭和21年栗生純夫主宰の「科野」創刊に参加、同人。翌年太田鴻村の「林苑」入会同人。42年角川源義の「河」入会、翌年同人。54年進藤一考の「人」創刊に参画し、「人当月集」同人となる。61年長野県俳人協会会長、のち顧問。句集に「瀬音」「山・川・人間」がある。　[団]俳人協会

稲垣 法城子　いながき・ほうじょうし
俳人　「円」主宰　[生]大正6年5月15日　[没]平成6年10月3日　[出]愛知県　本名＝稲垣仁蔵　[賞]林苑賞(昭和23年)、浜賞(昭和24年)　[歴]昭和15年作句をはじめ、22年「林苑」に所属。同年「浜」入会、同人。49年「円」を創刊し主宰。句集に「磐井」「鷹柱」がある。　[団]俳人協会

稲垣 正穂　いながき・まさお
川柳作家　[生]大正2年2月1日　本名＝稲垣正夫　[賞]名古屋市短詩型文学祭市長賞(昭和25年，27年)　[歴]15歳頃から鉄工所で修業しのち家業の鉄工所を引き継ぐ。一方投稿マニアで各地の雑誌に短歌や俳句を送り、17歳頃から川柳に取り組む。昭和9年「川柳草薙」の同人、16年「川柳あゆち」の編集発行人に。戦後「すげ笠」を経て、42年「奈加川」の創刊に加わり以来編集発行人に。28年から名古屋短詩型文学祭の川柳審査員なども務める。平成5年80歳と金婚式を迎えた記念にと昭和初期からの作品約600句を選び初の句集「鉄彩」を出版。

稲垣 瑞雄　いながき・みずお
小説家　詩人　「双鷲」主宰　[生]昭和7年2月3日　[出]愛知県豊橋市　[学]東京大学文学部仏文科卒　[賞]作家賞(第21回)(昭和60年)「曇る時」　[歴]教師となり、東京都立立川高校で英語と仏語を担当。一方昭和37年、同人誌「ドン」に創刊から参加、48年に短編集「残り鮎」を自費出版した。49年からは職場結婚した楢信子と二人誌「双鷲」を年2回出し続けている。詩集に「音の絵」などがある。　[団]日本文芸家協会　[家]妻＝楢信子(小説家)

稲川 方人　いながわ・まさと
詩人　編集者　[生]昭和24年6月1日　[出]福島県　[学]伊東高卒　[興]ポスト・モダン、21世紀の映画　[賞]現代詩花椿賞(第9回)(平成3年)「2000光年のコノテーション」　[歴]「ミュージックマガジン」や百科事典編集を経て、昭和53年フイルムアート社へ。以来「季刊フィルム」の編集に携わる。詩集に「償われた者の伝記のために」「2000光年のコノテーション」「封印」「われらを生かしめる者はどこか」「アミとわたし」、評論集に「反感装置」などがある。詩作のほか、映画製作にも手を染め、相米慎二監督「光る女」の主題歌の作詞などもする。

稲木 信夫　いなき・のぶお
詩人　「水脈」代表　[生]昭和11年　[出]福井県福井市　[学]丸岡高(昭和29年)卒　[賞]詩人会議新人賞(佳作)(昭和59年)、壺井繁治賞(第26回)(平成10年)「詩人中野鈴子の生涯」　[歴]昭和31年ゆきのしたの会(現・ゆきのした文化協会)に入会、32年専従の事務局長、「ゆきのした」編集長。58年専従を退き、しんふくい出版を設立。60年詩人会議に入り運営委員、同年福井県詩人懇話会創立に参加、幹事、事務局長。平成2年福井詩人会議・水脈を結成、代表。著書に「詩人中野鈴子の生涯」、詩集「きょうのたたかいが」、画集「稲木信夫創作孔版画集」などがある。

稲木 豊実　いなぎ・ほうじつ
詩人　[出]静岡県沼津市　[学]横浜市立大学商学部中退、専修大学二部経済学部卒　[歴]熱海第一小学校、沼津金岡中学校教諭などを歴任。著書に詩集「夜明けの憎悪」「幻想共和国」「詩集日本語で歌うインターナショナル」などがある。
[団]亜細亜青年詩人会、現代風俗研究会

稲島 帚木　いなじま・そうぼく
俳人　[生]大正11年2月25日　[出]北海道函館市　本名=稲島正光(いねじま・まさみつ)　[学]函館商卒　[賞]壺中賞(昭和50年)、素玄賞(昭和54年)
[歴]昭和16年斎藤玄に師事、「壺」同人。28年石田波郷に師事し、31年「鶴」同人。48年「壺」復刊で同人に復帰し、55年代表同人となる。56年辞退して「泉」同人となる。句集に「眼前」。
[団]俳人協会

稲田 定雄　いなだ・さだお
歌人　翻訳家　[専]ロシア文学　[生]明治42年7月1日　[没]平成5年12月17日　[出]大分県　[学]大阪外国語学校露語部(昭和9年)卒　[歴]昭和3年「創作社」入会。訳書に「プーシキン抒情詩」、歌集に「危ふき均衡」、小説集に「妻の体温」など。
[団]日本文芸家協会、日本ロシア文学会、日本現代歌人協会　[家]妻=稲田エミ(歌人)

稲富 義明　いなどみ・よしあき
俳人　[賞]角川俳句賞(第28回)(昭和57年)「かささぎ」　[歴]昭和57年第28回角川俳句賞を受賞。句集に「稲富義明集」がある。

稲葉 京子　いなば・きょうこ
歌人　[生]昭和8年6月1日　[出]愛知県名古屋市　本名=大竹京子(おおたけ・きょうこ)　[学]尾北高卒　[賞]角川短歌賞(第6回)(昭和35年)「小さき宴」、現代短歌女流賞(第6回)(昭和57年)「槐の傘」、短歌研究賞(第26回)(平成2年)「白螢」
[歴]青春期に童話を書くかたわら作歌に志す。大野誠夫に師事し、昭和32年「砂廊」(のちの「作風」)、同年「中部短歌会」に入会。37年東京歌人集会入会。46年「あしかび」創刊に参加。54年「作風」退会。歌集に「ガラスの檻」「槐の傘」「桜花の領」「天の椿」など、著書に「葛原妙子」がある。　[団]現代歌人協会、中部短歌会、日本文芸家協会

稲葉 忠行　いなば・ただゆき
詩人　[生]大正2年12月28日　[出]愛知県江南市
[歴]昭和初年代以後、詩作を中断していたが、のちに軍隊体験を記録した詩集「応召記」を発表。他に「覗きからくり兵隊唄」がある。
[団]中日詩人会、中部詩人連盟

稲葉 直　いなば・ちょく
俳人　「未完現実」主宰　[生]明治45年6月2日
[没]平成11年4月23日　[出]奈良県生駒市　本名=稲葉直一(いなば・なおかず)　[学]郡山園芸学校卒
[歴]西村白雲郷に師事して「倦鳥」「浦垣」に投句。戦前は「断層」、戦後は「翌檜」「青垣」などの同人。白雲郷主宰「未完」の編集に携わったが、白雲郷没後は「未完現実」を創刊主宰。また「俳句評論」などを経て、「海程」幹部同人。句集に「寒崖」「裸天の彷徨」「稲葉直句集」「喪章」「嘴」「稲葉直全句集」、評論集に「俳句環境」「私記・西村白雲郷」がある。

稲葉 トミ　いなば・とみ
歌人　[生]昭和2年11月22日　[出]静岡県浜名郡和地村(現・浜松市)　旧姓(名)=山中トミ(やまなか・とみ)　[学]静岡第一師範学校(昭和23年)卒
[歴]和知村立和地小学校教諭、和地村女子青年団団長を経て、昭和24年和地村立和地中学校教諭、25年結婚、退職。28年伊東市立東小学校教諭、42年静岡県教組東豆支部婦人部長、57年退職。同年市短歌「翠葉会」に入会、小田常吉に師事。平成元年「楡」入会、4年「青幡」創刊入会、9年「金雀枝」入会。著書に歌集「蛍の里」「花風露」「水の精—稲葉トミ集」がある。

稲葉 峯子 いなば・みねこ
歌人 [生]昭和5年4月14日 [出]香川県 [学]香川大学学芸学部卒 [歴]大学在学中に短歌に触れ、昭和27年「未来」に参加。近藤芳美の選を受け、のち運営委員。歌集に「第三未来歌集・風炎」「杉並まで」「捜身」などがある。 [団]現代歌人協会、日本文芸家協会

稲葉 嘉和 いなば・よしかず
詩人 [生]昭和6年2月7日 [賞]国労文芸年度賞(第9回)(昭和37年) [歴]昭和61年国鉄大井工場を退職。著書に「天皇詩集」(共編)、詩集に「クレーン」「電車と労働」他。

稲畑 汀子 いなばた・ていこ
俳人 随筆家 「ホトトギス」主宰 日本伝統俳句協会会長 虚子記念文学館理事長 [専]伝統俳句 [生]昭和6年1月8日 [出]神奈川県横浜市 旧姓(名)=高浜 [学]小林聖心女子学院英語専攻科中退 [興]自然と人間のかかわりを通して"見るから観る"へ [賞]芦屋市民文化賞(昭和58年)、大阪市民文化功労者(平成3年) [歴]小学生の頃から祖父・高浜虚子、父・年尾について俳句を学ぶ。昭和24年病のため女学院を中退したのを機に、本格的に俳句に取り組む。31年結婚。52年父が病に倒れたため「ホトトギス」の雑詠選を代理、54年秋年尾の死去で名実ともに主宰を引き継ぐ。57年朝日俳壇選者、62年日本伝統俳句協会を設立、会長に就任。「汀子句集」「汀子第二句集」などの句集のほか、「舞ひやまざるは」「俳句に親しむ」「自然と語りあうやさしい俳句」などの著書がある。芦屋市教育委員のほか、地球ボランティア協会会長も務め、発展途上国農村での医療、栄養改善活動などに携わる。12年3月兵庫県芦屋市の自宅隣に虚子記念文学館を設立、理事長となる。 [団]日本ペンクラブ、日本文芸家協会、日本伝統俳句協会 [家]父=高浜年尾(俳人)、祖父=高浜虚子(俳人)

稲森 宗太郎 いなもり・そうたろう
歌人 [生]明治34年7月12日 [没]昭和5年4月15日 [出]三重県名張町 [学]早稲田大学文学部国文学科卒 [歴]第一早稲田高等学院在学中から窪田空穂に師事して作歌をし、大正15年「槻の木」の創刊に参加する。早大卒業後、結核のため昭和5年死去するが、死去したその年、遺歌集「水枕」が刊行された。

稲吉 楠甫 いなよし・なんぽ
俳人 [生]大正5年2月19日 [没]平成10年7月1日 [出]愛知県岡崎市 本名=稲吉良介 [賞]村上鬼城賞(佳作賞,第6回)(平成5年)「狐罠(きつねわな)」 [歴]昭和3年から俳句を始め、11年「ホトトギス」入会、高浜虚子に師事。15年「夏草」入会、山口青邨に師事。のち同人。57年「笠寺歳時記」を編集し刊行。58年「ホトトギス」同人。句集に「水鶏」「狐罠(きつねわな)」「汐騒」など。名古屋市で薬局を経営し、同市学校薬剤師会長も務めた。
[団]日本伝統俳句協会(参与)

稲荷 島人 いなり・しまと
俳人 「愛媛若葉」主宰 元・砥部町(愛媛県)助役 [生]明治43年1月3日 [出]愛媛県伊予郡砥部町 本名=稲荷又一 [学]東洋大学専門部倫理学東洋文学科(昭和8年)卒 [賞]勲六等単光旭日章、糸瓜功労賞、若葉功労賞、砥部町文化功労賞
[歴]昭和28年砥部町教育長、34年同町助役などを歴任。一方、10年若葉系「糸瓜」に拠り、30年編集長。終戦後「若葉」に復帰、33年同人となる。愛媛県若葉同人会長、「愛媛若葉」会長を務める。句集に「砥部」「夏雲」がある。
[団]俳人協会

乾 修平 いぬい・しゅうへい
俳人 [生]大正15年2月28日 [出]茨城県土浦市
[歴]昭和35年「青玄」に参加、39年同人となる。ほかに「城」所属。句集に「さむがり家族」「葦枯れ村」「稲架部落」などがある。 [団]現代俳句協会

乾 武俊 いぬい・たけとし
詩人 部落解放研究所伝承文化部会部会長 元・和泉市立光明台中学校校長 [専]同和教育 伝承文化 [生]大正10年9月11日 [出]和歌山市
[学]東京高師中退 [歴]昭和19年旧制和歌山県立日高中学を振出しに教壇に立ち、34年大阪府和泉市山手中学赴任を契機に同和教育に開眼する。その後、和泉市教委教育次長、和泉市立光明台中学校長を歴任。57年公職を退き、伝承文化に関するフィールドワーク・映像制作・執筆・講演等多方面な活動を続ける。詩人でもあり、著書に詩集「面」「鉄橋」、評論「詩とドキュメンタリィ」、「伝承文化と同和教育」「民俗文化の深層―被差別部落の伝承を訪ねて」。

乾 鉄片子　いぬい・てっぺんし
俳人　[生]大正7年3月23日　[没]平成11年1月31日　[出]東京・浅草　本名＝池田俊之助　[賞]あざみ賞（第5回・7回）（昭和35年・37年）　[歴]昭和10年代から独学で俳句を始め、戦後「駒草」に拠ったが、26年「あざみ」入会、同人。長く編集長を務めた。「群落」同人。句集に「浮輪」「火の構図」「気球の唄」がある。　[団]現代俳句協会

乾 直恵　いぬい・なおえ
詩人　[生]明治34年6月19日　[没]昭和33年1月13日　[出]高知市潮江町　[学]東洋大国文科卒　[歴]「椎の木」「文芸レビュー」「新作家」などに関係し、また「詩と詩論」「四季」などに詩を発表し、昭和7年「肋骨と蝶」を刊行。以後「花卉」（昭10）、「海岸線」（昭30）を刊行。没後、全詩集「朝の結滞」が刊行された。

乾 涼月　いぬい・りょうげつ
歌人　[生]明治35年9月23日　[出]岐阜県　[学]国学院　[賞]岐阜県芸術文化選奨（昭和57年）　[歴]国学院で釈迢空に師事。「くぐひ」「橄欖」同人、「木莓」主宰。「砂金」発行と共に同人となり、のち顧問。57年岐阜県芸術文化選奨をうける。歌集に「木苺」「新樫」がある。　[団]中日歌人会、岐阜歌人会

犬飼 志げの　いぬかい・しげの
歌人　[生]大正15年5月7日　[没]昭和52年6月25日　[出]滋賀県　[賞]新歌人会歌集賞「青き木の沓」　[歴]昭和27年「好日」に入会し米田雄郎に師事、雄郎没後は米田登に師事。34年「新歌人会」に入会。同人誌「水源地」「層」を経て、45年「あしかびの会」創刊発起人。47年「好日」編集委員。歌集「青き木の沓」（37年）にて新歌人会歌集賞を受賞。ほかの歌集に「鎮花祭」「天涯の雲」がある。　[団]現代歌人協会

犬養 毅　いぬかい・つよし
政治家　漢詩人　首相　政友会総裁　[生]安政2年4月20日（1855年）　[没]昭和7年5月15日　[出]備中国都窪郡庭瀬（岡山県岡山市）　号＝犬養木堂（いぬかい・ぼくどう）　[学]慶応義塾（明治13年）中退　[賞]勲一等旭日桐花大綬章（昭和7年）　[歴]父は庭瀬藩（岡山）藩士。明治8年上京、15年立憲改進党創立に参加し、「報知新聞」「朝野新聞」で反政府活動に従事。大隈重信の参謀として、23年初の総選挙から18回連続して代議士に当選。憲政党、憲政本党、立憲国民党総理、政友会ののち、大正11年革新倶楽部の党主となり、護憲運動、普選運動を進める。第2次山本内閣の逓信相、13年第1次加藤内閣の逓信相。15年一時引退。昭和4年政友会総裁、6年首相になるが、軍部急進派の青年将校の不興を買い、7年5.15事件で射殺された。尾崎行雄と並んで“憲政の神様”と称される。その一方では、漢詩文や書にも長け、文人としても内外に重んじられた。著書に「木堂先生韻語」がある。　[家]息子＝犬養健（政治家・小説家）、孫＝犬養道子（評論家）、犬養康彦（元共同通信社長）

犬塚 堯　いぬずか・ぎょう
詩人　元・九州朝日放送専務　元・朝日新聞監査役　[生]大正13年2月16日　[没]平成11年1月11日　[出]佐賀県　[学]東京大学法学部政治学科（昭和25年）卒　[賞]H氏賞（第19回）（昭和44年）「南極」、現代詩人賞（第2回）（昭和59年）「河畔の書」　[歴]一高在学中から詩作をはじめる。昭和25年朝日新聞社入社。記者として南極観測隊調査に同行し、その見聞体験を中心にして、詩集「南極」を書く。総務局次長、大阪本社印刷局長などを経て、53年役員待遇、59年常勤監査役、60年九州朝日放送専務を歴任した。その他の詩集に「河畔の書」がある。「歴程」「地球」同人。　[団]日本ペンクラブ、日本文芸家協会、日本現代詩人会（常任理事）

犬塚 春径　いぬずか・しゅんけい
俳人　医師　[生]明治31年12月1日　[没]昭和47年11月15日　[出]佐賀県　本名＝犬塚稔（いぬずか・ゆたか）　[学]熊本医専卒　[歴]20歳頃から句作をはじめる。月斗に師事。のち「同人」代理選者を務める。昭和26年「榾火」を創刊主宰。「春径句集」がある。

犬塚 藤子　いぬつか・ふじこ
俳人　[生]明治35年11月5日　[出]長崎県　[学]佐世保高女卒　[賞]同人賞（昭和55年）　[歴]昭和5年「同人」青木月斗・菅裸馬の指導を受ける。「同人」選者も務める。句集に「藤」がある。　[団]俳人協会

犬丸 秀雄　いぬまる・ひでお
文芸評論家　歌人　防衛大学校名誉教授　[専]法学　[生]明治37年1月21日　[没]平成2年4月25日　[出]岡山県　[学]東京帝大法学部政治学科（昭和3年）卒　[賞]勲三等旭日中綬章（昭和49年）　[歴]東北大教授、共立女子大家政学部長を経て、国際商科大教授に就任。著書に「憲法要説」「法学概論」、歌集に「海表」「海彼」など。「アララギ」同人。　[団]日本ペンクラブ　[家]弟＝犬丸実（元・行政管理庁事務次官）

伊能 秀記　いのう・ひでき
歌人　「青天」発行人　元・東京医科大学常務理事　[生]大正5年3月10日　[没]平成3年5月1日　[出]東京　[学]東京医専(現・東京医科大学)卒　[賞]日本医家芸術クラブ大賞　[歴]昭和10年原三郎の「青い蛙」を経て、前田夕暮の「詩歌」に入会し、15年同人。戦後復刊に際し、前田透・香川進と実務委員を担当。42年1月第三期「詩歌」の復刊を計り、以後運営委員。歌集に「冬靄」「超高層群」がある。　[団]日本歌人クラブ、現代歌人協会

井上 唖々　いのうえ・ああ
小説家　俳人　[生]明治11年1月30日　[没]大正12年7月11日　[出]愛知県名古屋市　本名＝井上精一　別号＝九穂、玉山、桐友散士　[学]東大独文科中退　[歴]東大を中退し、籾山書店、毎夕新聞社などに勤務する。漢字に詳しく、俳句も作っており、巌谷小波の木曜会に参加し、のち荷風の「文明」「花月」に協力。作品に小説「夜の人」や警句集「猿論語」などがある。

井上 一二　いのうえ・いちじ
俳人　[生]明治28年1月2日　[没]昭和52年8月4日　[出]香川県小豆郡土庄町　本名＝井上文八郎　[歴]醤油醸造家に生まれ、村長、県議を務める。一方、明治末年碧派の「俳三昧」に参加。大正3年荻原井泉水に入門。14年尾崎放哉に南郷庵を斡旋し支援するが、放哉は一年後に死去。以後、放哉の自由律俳句を世に知らしめる。句集に「遍路笠」がある。

井上 岩夫　いのうえ・いわお
詩人　[生]大正6年　[出]鹿児島県揖宿郡頴娃町　[歴]復員後、九州電力を辞職、郷里の鹿児島市内で印刷所を開き、「抒情精神」「不明街」などの詩誌を次々に出した。詩集に「素描」「荒天用意」「しょぼくれ熊襲」。　[団]日本現代詩人会

井上 烏三公　いのうえ・うさこう
俳人　[生]明治26年8月17日　[没]昭和47年12月9日　[出]福岡市　本名＝井上卯作　[学]福岡商中退　[歴]大正10年風生の指導を受け俳句をはじめる。のち俳誌「かささぎ」を発刊。「若葉」同人。著書に「洗車」など。

いのうえ かつこ
俳人　「甘藍」代表　[生]昭和18年11月28日　[出]新潟県中蒲原郡横越村　本名＝井上勝子　[学]北里衛生科学専門学院卒　[賞]俳人協会新人賞(第16回)(平成5年)「貝の砂」、畦賞(平成7年)　[歴]昭和60年から俳人・上田五千石が主宰する俳句誌「畦」に参加、のち同人。平成10年「畦」終刊後、「かなえ」同人。俳句結社「甘藍」代表。著書に「俳句と遊ぶ」、句集に「貝の砂」などがある。医療器製造販売会社役員。　[団]俳人協会(幹事)、日本文芸家協会

井上 寛治　いのうえ・かんじ
放送作家　コピーライター　詩人　[生]昭和11年3月28日　[出]旧朝鮮・京城　本名＝井上寛治(いのうえ・ひろはる)　[学]戸畑三中(昭和26年)卒　[賞]芸術祭賞奨励賞(第19回)「3分44秒」、日本民間放送連盟賞優秀賞(昭52年度)「巷説遠賀川」、TCC賞会長賞(第4回)、福岡市文学賞(第4回・昭48年度)、朝日広告賞(昭和55年)　[歴]電通九州支社ディレクターをつとめる。主な作品にテレビ「博多屋台物語」(NHK)、ラジオ「3分44秒」「カフェテラスの二人」(NHK)、詩集に「四季のプロムナード」「兄」、小説に「白い椅子」「さらばアリヨール」など。「九」「九州文学」同人。　[団]日本放送作家協会、福岡コピーライターズクラブ、福岡県詩人会、日本文芸家協会、日本脚本家連盟

井上 淑子　いのうえ・きよこ
詩人　[生]明治36年5月28日　[没]平成1年7月18日　[出]愛知県名古屋市　本名＝井上淑　[学]名古屋市立第一女補習科卒　[歴]「詩佳人」「自由詩」を主宰。詩集に「航海」「アダムの首」「むらさきのほのお」など。昭和46年「井上淑子詩集」を刊行した。　[団]日本詩人クラブ、早坂源氏読書会

井上 草加江　いのうえ・くさかえ
俳人　[生]明治45年2月8日　[没]昭和48年3月8日　[出]大阪府　本名＝井上音一　別号＝鯉屋伊兵衛　[学]都島第二工業卒　[賞]天狼賞(昭和44年)　[歴]山口誓子の指導をうけ「京鹿子」「山茶花」に参加していたが、後に日野草城の門下生となる。昭和9年水谷砕壺らと「青嶺」を創刊、のち「はんざき」の創刊に参加して、新興俳句運動を推進する。戦後は「太陽系」「火山系」に拠るが、31年草城没後休俳。31年鯉屋伊兵衛の名で「天狼」に参加し、昭和44年天狼賞を受賞した。遺句集に「遍在」がある。

井上 剣花坊　いのうえ・けんかぼう
川柳作家　[生]明治3年6月3日　[没]昭和9年9月11日　[出]山口県萩　本名＝井上幸一　[歴]明治30年上京し、36年日本新聞社に入社。同紙に川柳欄を設け、38年には「川柳」を創刊、大正元年から「大正川柳」と改題した。川柳革新運動を推進して、現代川柳の基盤を築いた。平成12年生誕130周年を記念し、「井上剣花坊句集」

いのうえ　　　　　　　詩歌人名事典

を刊行。㉜妻＝井上信子(川柳作家)、二女＝大石鶴子(川柳作家)

井上　健太郎　いのうえ・けんたろう

歌人　㊗明治34年10月19日　㊥昭和46年5月4日　㊙台湾　㊧小卒　三井銀行に入社、昭和31年定年退職。その間、大正8年「国民文学」に入り、松村英一に師事する。また「暦象」にも参加し、昭和17年「岩座」を刊行。没後の47年「鴉そして街」が刊行された。

井上　井月　いのうえ・せいげつ

俳人　㊗文政5年(1822年)　㊥明治20年3月10日　㊙越後・長岡　本名＝井上克三　俳号＝柳の家、別名＝乞食井月、千両乞食　㊙越後長岡藩士。天保10年、18歳の時、芭蕉に魅せられ、放浪の旅に出る。北越から奥羽、江戸、三河、京、大阪から伊勢を回り木曽から伊那谷に。安政5年、36歳の時。以後約30年、伊那谷をうろつき、酒と句作に明け暮れ、最後は火山峠のふもとの雪道で倒れ、明治20年、65歳で風狂の生涯を閉じた。辞世の句は「何処やらに鶴の声聞く霞かな」。作った句は1,500句ほど、「井月の句集」(大正10年)、「井月全集(昭和5年)」にまとめられている。昭和62年4月没後百年祭が伊那で開かれた。

井上　多喜三郎　いのうえ・たきさぶろう

詩人　㊗明治35年3月23日　㊥昭和41年4月1日　㊙滋賀県蒲生郡安土町西老蘇　㊧高等小学校卒　高小を卒業後すぐに家業の呉服店を継ぎ、以来生業のかたわら詩作を続ける。大正10年ごろ「新詩人」に加わるが、やがて堀口大学に師事し、モダニズムへ傾倒。11年第一詩集「華笛」出版。14年詩誌「東邦詩人」を、また昭和7年には「月曜」を創刊。戦前に出版した詩集は大小あわせて5冊を数える。23年シベリア抑留から帰り「浦塩詩集」を出版。25年「コルボウ」に参加、また近江詩人会を結成し、テキスト「詩人学校」を創刊。28年「骨」創刊。37年詩集「栖」出版。やわらかい江州弁で土着のモダニズム詩とでもいうべき作品を生み続けた。

井上　只生　いのうえ・ただお

歌人　㊗大正13年8月27日　㊙千葉県　本名＝井上公雄　㊦昭和27年「スバル」に入会し、中原綾子に師事。その後「実体」に参加、玉城徹の指導を受けた。歌集に「藪の桜」「蜻蛉の貌」「菜里」がある。

井上　哲次郎　いのうえ・てつじろう

哲学者　詩人　東京帝国大学名誉教授　日本哲学会会長　㊗安政2年12月25日(1855年)　㊥昭和19年12月7日　㊙筑前国太宰府(福岡県太宰府市)　旧姓(名)＝船越　号＝巽軒(そんけん)　㊧東京大学文学部哲学科(明治13年)卒　文学博士(明治24年)　㊙東京学士院会員(明治28年)　㊦文部省編集局を経て、明治14年東大編修所に入り、助教授となる。ドイツに留学し、帰国後、23年帝国大学文科大学教授、28年文大学長、大正12年退官し名誉教授。14年大東文化学院総長。貴族院議員、東京学士院会員、日本哲学会会長などもつとめ、また学習院や哲学館などにも出講した。ドイツ系、特にカントとショーペンハウアーの哲学を日本に紹介し、また明治15年には外山正一、矢田部良吉と「新体詩抄」を刊行して、日本における新体詩の道を開いた。その後、日本主義、東洋哲学への傾倒を深め、東大文学部に神道講座を設置した。著書は多く、15年刊行の「倍因氏　心理新説」をはじめ「巽軒論文初集」「日本陽明学派の哲学」「日本古学派之哲学」「巽軒詩鈔」「青桐集」、元良勇次郎・中島力造との共著「英独仏和哲学字彙」などがある。

井上　輝夫　いのうえ・てるお

詩人　慶応義塾大学総合政策学部教授　㊙フランス近代詩(ボードレール)　㊗昭和15年1月1日　㊙兵庫県西宮市　㊧慶応義塾大学文学部(昭和38年)卒、ニース大学大学院博士課程修了、慶応義塾大学大学院(昭和48年)博士課程修了　文学博士(ニース大学)　㊙ジョルジュ・バタイユ、19世紀社会風俗史、スタール夫人　㊦昭和44年フランス政府給費留学生、49年慶応義塾大学経済学部助教授、57年より2年間慶応義塾派遣留学生としてパリ滞在。63年慶応義塾大学教授。詩人としても活躍し、詩集に「旅の薔薇窓」「夢と抒情と」「聖シメオンの木苑」などがある。㊙日本フランス語フランス文学会、地中海学会、日本文芸家協会、日本ペンクラブ、日本現代詩人会

井上　俊夫　いのうえ・としお

詩人　小説家　㊗大正11年5月11日　㊙大阪府寝屋川市　本名＝中村俊夫　㊧旧制工業学校中退　㊙H氏賞(第7回)(昭和32年)「野にかかる虹」、関西文学選奨(第15回・昭58年度)「葦を刈る女」　㊦農業に従事しつつ詩作を行う。「山河」、「列島」同人。大阪現代詩人会の詩誌「大阪」の編集代表者。朝日カルチャーセンター、帝塚山学院短期大学などで講師もつ

とめる。詩集に「野にかかる虹」「井上俊夫詩集」、評論「農民文学論」、地誌「淀川」、小説「ベッド・タウン」などがある。㋖日本文芸家協会、日本現代詩人会

井上 日石　いのうえ・にっせき
俳人　㋴明治15年8月17日　㋱昭和28年7月7日　㋭新潟県北魚沼郡広神村　本名＝井上荘二（いのうえ・そうじ）　㋵平木白星に詩を学び、大正の初め臼田亜浪に師事、4年「石楠」創刊と同時に参加、幹部を務めた。昭和10年「石楠」を離れ「石鳥」を主宰した。句集「螢烏賊」「朝暾」、文集「落花生の花」「扉を開く」「日石俳句鈔」がある。

井上 信子　いのうえ・のぶこ
川柳作家　㋴明治2年　㋱昭和33年　㋭山口県萩市　㋵川柳中興の祖と言われる川柳作家・井上剣花坊と再婚後上京。日露戦争中看護婦として従軍。40代後半から本格的に川柳作句を始め、女性川柳作家として初の句集を刊行。傍ら、昭和4年川柳女性の会を結成し、女性柳人の育成にも努めた。9年夫亡き後、柳樽寺川柳会と、その機関紙「川柳人」を引き継ぎ、主宰。太平洋戦争では戦時色強まる中、反戦川柳作家・鶴彬を支持し、同機関紙に作品を掲載、68歳の時検挙された経験も持つ。傍ら同年から15年まで「福岡日日新聞」（現・西日新聞）の川柳欄選者も務めた。88歳で亡くなるまで現役で活躍した。次女・大石鶴子が同機関紙を主宰。平成10年熊本市の大学講師・谷口絹枝により「蒼空の人・井上信子」が刊行された。㋐夫＝井上剣花坊（川柳作家・故人）、次女＝大石鶴子（川柳作家）

井上 白文地　いのうえ・はくぶんじ
俳人　㋴明治37年2月24日　㋱昭和21年5月　㋭福岡県敦賀市　本名＝井上隆証　㋒京都帝大哲学科卒　㋵鈴鹿野風呂の指導で俳句をはじめ、「京鹿子」「ホトトギス」で注目され、ついで「京大俳句」を創刊し、新興俳句運動をする。昭和15年京大俳句事件で検挙され、以後は沈黙した。20年応召し、満州で戦病死と推定されている。

井上 八蔵　いのうえ・はちぞう
詩人　㋴明治43年　㋭山形県上山市　㋱昭和10年上海に渡り、陸軍特務部、上海特務機関に所属。数万の中国武装隊の協力を得て人民自衛隊を結成し、1万5000人を日本海軍の占領に先行して舟山列島に配備する。文芸誌「餓鬼」発行人。高村光太郎に師事。詩集に「匪賊と遊ぶ」

「東洋の憂悠」「大河の詩」「雪と輪廻 火種子は残した」、詩論に「詩の原理とニッポンの俳句」、小説に「思想なき民族」がある。

いのうえ ひょう
詩人　小説家　黎明社代表　㋴昭和13年7月9日　㋭北海道中川郡池田町　本名＝井上彪　㋒北海道大学文学部卒　㋮北海道新聞文学賞（佳作、第31回）（平成9年）「俺の幻日（まほろび）」　㋵昭和37年北海道新聞社に入社。整理記者を経て、編集局調査研究室専門委員。のち黎明社代表を務め、詩と創作の同人誌「黎」を主宰。創作集に「雪くる前」「汝」「俺の幻日（まほろび）」、詩集に「優しき懲罰」、「ちりぬるを」がある。㋖日本文芸家協会

井上 正一　いのうえ・まさかず
歌人　㋴昭和14年12月10日　㋱昭和60年1月19日　㋭香川県　㋮角川短歌賞（第8回）（昭和37年）「冬の稜線」　㋵昭和33年「形成」に入会し、木俣修に師事。37年「冬の稜線」50首で第8回角川短歌賞受賞。41年「香川歌人」創刊に参加、主要同人だった。53年第一歌集「冬の稜線」を刊行。

井上 雅友　いのうえ・まさとも
俳人　㋴昭和27年　㋭大阪府茨木市　㋒身体障害者職業訓練校園芸科（昭和48年）卒　㋮飛翔新人賞（昭和49年）、飛翔俳句賞（平成4年）　㋵「飛翔」同人。大阪府立堺養護学校中学部指導助手を務める。句集に「風神」がある。㋖俳人協会、大阪俳人クラブ

井上 美地　いのうえ・みち
歌人　㋴昭和3年8月14日　㋭兵庫県　本名＝浅尾充子　㋒女学校時代より作歌を始める。戦後京都府立女専に在学中「ぎしぎし会」に参加。「アララギ」を経て、「未来」「網手」同人。歌集に「遙かなる」「去就」「春の木椅子」、合同歌集「夜明けの論理」などがある。㋖現代歌人協会

井上 通泰　いのうえ・みちやす
歌人　国文学者　医師　宮中顧問官　貴院議員　㋴慶応2年12月21日（1866年）　㋱昭和16年8月15日　㋭播磨国姫路（兵庫県姫路市）　旧姓（名）＝松岡　号＝南天荘　㋒東京帝大医科大学卒　医学博士（東京帝大）（明治37年）　㋵明治10年医師・井上碩平の養子となる。岡山医専教授などをつとめ、35年上京し開業医となる。その間、作歌や「万葉集」などの研究をし、39年森鷗外らと常磐会をおこす。40年以降約13年間、

御歌所寄人をつとめた。大正末に医業を廃し、以後「万葉集新考」全8冊を公刊するなど、研究と著述に没頭した。昭和13年貴院議員。他の著書に「播磨風土記新考」「肥前風土記新考」、歌集に「井上通泰集」「南天荘集」がある。
[家]父＝松岡操（国学者）、弟＝柳田国男（民俗学者）、松岡静雄（言語学者・海軍大佐）、松岡映丘（日本画家）

井上 充子　いのうえ・みつこ

詩人　[生]大正8年　[出]福岡県久留米市　[歴]20代のはじめは故長田恒雄主宰の「ラ・メール」に所属、戦後は主として「VOU」の主要メンバーとして活躍。詩集に「田舎教師」がある。

井上 光貞　いのうえ・みつさだ

歴史家　歌人　東京大学名誉教授　元・国立歴史民俗博物館館長　[専]日本古代史　仏教史　[生]大正6年9月19日　[没]昭和58年2月27日　[出]東京市麻布区（現・東京都港区）　[学]東京帝大文学部国史学科（昭和17年）卒、東京帝大大学院国史学科博士課程修了　文学博士（東京大学）（昭和34年）「日本浄土教成立史の研究」　[賞]紫綬褒章（昭和55年）　[歴]昭和24年東大教養学部講師、25年助教授、36年文学部助教授、42年教授、49年文学部長を歴任。戦後の日本史研究をリードし、大化の改新以前の古代国家の国制についての実証的研究を行う。「日本古代史の諸問題」（24年）「国造制の成立」（25年）は学会に大きな波紋を投げかけ、主著の「日本国家の起源」（35年）「日本古代国家の研究」（40年）や「神話から歴史へ（日本の歴史〈1〉）」（40年）はベストセラーとなり、古代史ブームの火つけ役となった。53年に定年退官して国立歴史民俗博物館（千葉県佐倉市）の設立準備室長となり、56年同館の初代館長に就任した。また学生時代から短歌を詠み、没後一周忌に「冬の海」が編まれた。研究自叙伝「わたくしの古代史学」、「井上光貞著作集」（全11巻，岩波書店）がある。明治の元勲・井上馨の曽孫で、元首相・桂太郎の外孫。
[家]曾祖父＝井上馨（明治の元勲）、祖父＝桂太郎（元首相）

井上 光晴　いのうえ・みつはる

小説家　詩人　[生]大正15年5月15日　[没]平成4年5月30日　[出]長崎県崎戸町　[学]電波兵器技術養成所卒　[賞]年間代表シナリオ賞（昭45年度）
[歴]幼くして両親を中国で失ない、佐世保、伊万里、崎戸を転々とする。高小中退後、長崎県の海底炭鉱で働きながら専検合格。昭和20年共産党に入党、24年九州地方常任委員などを務める。この間、22年ガリ版詩集「むぎ」を刊行。ついで23年大場康二郎との共著詩集「すばらしき人間群」を刊行した。新日本文学会にも参加したが、44年退会。25年に「書かれざる一章」「病める部分」が党内所感派より批判を浴び、28年に離党。日本のスターリン主義批判の先駆者となる。31年上京、「週刊新潮」記者などを経て文筆活動に入り、33年吉本隆明・奥野健男らと「現代批評」を創刊、同誌に「虚構のクレーン」（35年刊）を発表。38年「地の群れ」で作家としての地位を確立。天皇、原爆、炭鉱、朝鮮戦争をテーマとした作品を書き続ける。45年個人誌「辺境」を、54年野間宏らと「使者」を創刊。52年から各地で文学伝習所を開講する。平成元年・2年にがんの手術を受ける。他の代表作に「ガダルカナル戦詩集」「死者の時」「他国の死」「黒い森林」「心優しき叛逆者たち」「憑かれた人」などがあるほか、「井上光晴長篇小説全集」（全15巻，福武書店）、「井上光晴作品集」「新作品集」「第三作品集」（3期13巻，勁草書房）が刊行されている。
[団]日本文芸家協会　[家]長女＝井上荒野（フリーライター）

井上 靖　いのうえ・やすし

小説家　詩人　日中文化交流協会会長　国際ペンクラブ本部副会長　日本近代文学館名誉館長　北京大学名誉教授　[生]明治40年5月6日　[没]平成3年1月29日　[出]静岡県田方郡上狩野村湯ケ島（現・天城湯ケ島町）　[学]京都帝国大学文学部哲学科（昭和11年）卒　[資]日本芸術院会員（昭和39年）　[賞]千葉亀雄賞（第1回）（昭和11年）「流転」、芥川賞（第22回）（昭和24年）「闘牛」、芸術選奨文部大臣賞（第8回）（昭和32年）「天平の甍」、日本芸術院賞（第15回）（昭和33年）「氷壁」、文芸春秋読者賞（第18回）（昭和35年）「蒼き狼」、野間文芸賞（第14回）（昭和36年）「淀どの日記」、読売文学賞（第15回・小説賞）（昭和38年）「風濤」、日本文学大賞（第1回）（昭和44年）「おろしや国酔夢譚」、文化勲章（昭和51年）、菊池寛賞（昭和55年）、日本文学大賞（第14回）（昭和57年）「本覚坊遺文」、ブルーレーク賞（平成1年）、野間文芸賞（第42回）（平成1年）「孔子」
[歴]中学生の時はじめて詩に関心を持ち、高校時代「日本海詩人」に詩を発表、大学時代「焔」の同人となる。のち「サンデー毎日」の懸賞小説に「初恋物語」などが入選し、昭和11年大阪毎日新聞社に入社。同年「流転」で千葉亀雄賞を受賞。「サンデー毎日」編集部を経て、学芸部記者をつとめる。戦後の21〜23年の間は、詩作に力を注ぎ、後の小説のモティーフ、主人公の原型となる作品を多く書く。24年以

降再び小説を書き始め、同年「闘牛」で芥川賞を受賞。26年毎日新聞社を退職し、以後作家として幅広く活躍。他の代表作に、現代小説「猟銃」「比良のシャクナゲ」「ある偽作家の生涯」「氷壁」（芸術院賞）「射程」「あすなろ」「あした来る人」「夏草冬濤」などがあり、歴史小説に「風林火山」「淀どの日記」（野間文芸賞）「おろしや国酔夢譚」（日本文学大賞）「本覚坊遺文」（日本文学大賞）、大陸を題材にしたものに「天平の甍」（芸術選奨）「蒼き狼」「楼蘭」「敦煌」「風濤」（読売文学賞）「孔子」、詩集に「北国」「地中海」「運河」「井上靖シルクロード詩集」などがある。また中国をはじめ、海外を多く旅行し、55年「井上靖とNHK『シルクロード』取材班」に対して菊池寛賞が与えられた。日本文芸家協会会長（昭44〜47）、日本ペンクラブ会長（昭56〜60）、日中文化交流協会会長（昭55〜）など公私の役職も多くつとめ、39年日本芸術院会員となり、51年文化勲章を受章した。「井上靖小説全集」（全32巻、新潮社）、「井上靖歴史小説集」（全11巻、岩波書店）、「井上靖エッセイ全集」（全10巻、学研）、「井上靖全集」（全28巻、別巻1、新潮社）。㊿日本文芸家協会、日本ペンクラブ（理事）㊸妻＝井上ふみ（井上靖記念文化財団理事長）、長男＝井上修一（筑波大学教授）、二男＝井上卓也（作家・電通クリエイティブ制作局）、二女＝黒田佳子（詩人）

井上 康文　いのうえ・やすぶみ
詩人　㊷明治30年6月20日　㊸昭和48年4月18日　㊹神奈川県小田原市　本名＝井上康治　㊺東京薬学校卒　㊻職工、技手、新聞記者などをし、そのかたわら「表現」「詩と評論」などに詩作を発表。大正7年創刊の「民衆」で編集校正に従事しながら多くの詩を発表し、以後民衆詩派の詩人として活躍。9年「愛する者へ」を刊行したほか「愛の翼」「愛子詩集」「梅」「天の糸」などを刊行。評論集としても「現代の詩史と詩講和」などがある。

井上 雪　いのうえ・ゆき
作家　俳人　光徳寺（浄土真宗東本願寺派）坊守　㊷昭和6年2月9日　㊸平成11年4月2日　㊹石川県金沢市　本名＝井上幸子（いのうえ・ゆきこ）　旧姓（名）＝長井　㊺金沢女専文科卒　㊻浄土真宗大谷派教師　㊼大宅壮一ノンフィクション賞（佳作）（昭和56年）「廓のおんな」、泉鏡花記念金沢市民文学賞（平成3年）「紙の真鯉」　㊽昭和22年「風」に入会。47年「雪垣」創刊に参加し、編集長をつとめる。ねばり強い取材で

ノンフィクションを書き、56年「廓のおんな」が大宅壮一ノンフィクション賞佳作となる。57年京都本願寺で得度し、光徳寺坊守。平成元年小説同人誌「雪嶺文学」発刊、編集長。他の著書に「おととの海」「加賀の田舎料理」「北陸に生きる」、句集に「素顔」「白絣」「自註・井上雪集」などがある。㊿俳人協会、日本文芸家協会、日本ペンクラブ

井上 嘉明　いのうえ・よしあき
詩人　㊷昭和10年　㊹鳥取県鳥取市　㊾詩誌「日本未来派」「菱」、文芸同人誌「流氷群」同人。詩集に「星座の逃走」「疾走の森」「詩集 後方の椅子」などがある。㊿日本現代詩人会、日本詩人クラブ

井上 頼圀　いのうえ・よりくに
国学者　歌人　学習院大学教授　皇典講究所教授　㊷天保10年2月18日（1839年）　㊸大正3年7月4日　㊹江戸神田松下町（東京都千代田区）　号＝伯随、厚載、通称＝鉄直、次郎、大学　文学博士（明治38年）　㊻江戸神田の医師の家に生まれる。平田篤胤に国学を学び、ついで権田直助に古医学を学ぶ。慶応3年京都に上り、国事に奔走。明治2年大学中助教、10年宮内省御用掛などを経て、15年皇典講究所（国学院大学の前身）設立に参加、教授となる。その後、華族女学校教授、学習院教授、宮内省図書寮編修課長などを歴任。著書に「羅摩舟」「皇統略記」などがあり、「立国史」の校訂、「古事類苑」や「平田篤胤全集」を編纂した。

井上 緑水　いのうえ・りょくすい
俳人　オンウェル会長　㊷昭和3年　㊹東京　本名＝井上卓衛（いのうえ・たくえ）　㊺慶応義塾大学文学部国文科（昭和25年）卒　㊻東京新聞社会部・文化部記者、東西通信社専務を経て、オンウェル会長。一方、昭和20年俳誌「若鮎」を創刊。22年久米正雄（久米三汀）主宰の「かまくら」同人、63年超結社・俳文化雑誌「遊星」に参加、編集同人。句集に「グルメ天国」がある。㊿俳文学会、俳人協会、国際俳句交流協会、慶大俳句丘の会、日本エッセイスト・クラブ

井之川 巨　いのかわ・きょ
詩人　㊷昭和8年　㊹東京都　㊾詩誌「騒」「原始人」同人。著書に「詩と状況・おれが人間であったことの記憶」「天皇詩集」（共編）、詩集に「死者よ甦れ」「オキナワ島唄」他。㊿日本現代詩人会

井野口 慧子　いのくち・けいこ
詩人　[生]昭和19年4月1日　[出]広島県三次市　[学]早稲田大学英文科卒　[歴]大学を出て東京のテレビ局に勤めたが、慌ただしさになじめず、広島に帰り、母校・広島女学院高校の図書館の司書に。その後創作に駆り立てられて昭和49年から数年のうちに「愛」「野を駆ける風の声さ」「季節のランプ」とたて続けに詩集を出版。54年から呉市の詩人・木川陽子とともに詩誌「水声」を発行。

猪股 静弥　いのまた・しずや
歌人　元・帝塚山短期大学教授　[専]上代文学　[生]大正13年8月12日　[出]大分県　[学]法政大学文学部国文科(昭和26年)卒　[興]万葉集　[歴]18歳でアララギに入会、土屋文明に師事。奈良市立一条高校勤務、愛知女子短大講師、帝塚山短大教授を歴任。「万葉集」を生涯の研究テーマとし、昭和61年絵本作家・辰已雅章との共作で、絵本「万葉集 恋の歌」を出版。他の著書に「歌の大和路」「万葉集―草木と鳥と生活の歌」「万葉風土記・大和編」、歌集に「寧楽」「竜在峠」など。「アララギ」「柊」会員。　[団]日本文学協会、解釈学会、万葉研究会

猪俣 千代子　いのまた・ちよこ
俳人　[生]大正11年8月20日　[出]埼玉県　[学]妻沼実修女学校卒　[賞]埼玉文芸賞(第8回)(昭和52年)「堆朱」　[歴]昭和28年頃より俳句を始め、「寒雷」「杉」同人。句集に「堆朱」「秘色」「螺鈿」があり、62年には「自解100句選・猪俣千代子集」を上梓した。　[団]現代俳句協会、女性俳句懇話会

猪俣 津南雄　いのまた・つなお
社会主義者　経済学者　俳人　評論家　[生]明治22年4月23日　[没]昭和17年1月19日　[出]新潟県新潟市　筆名＝柴耕介、新島一作、武蔵太郎、俳号＝鹿語　[学]早稲田大学専門部政経科(大正2年)卒　Ph.D.(コロンビア大学)　[歴]大正4年渡米、ウィスコンシン大、コロンビア大で学び、10年帰国して早大講師。この間、在米日本人社会主義者団の指導的メンバーとなる。11年日本共産党入党、12年第1次共産党事件で検挙され、早大辞任。15年労農党結成後は、昭和2年創刊の雑誌「労農」同人となり、労農派の論客として活躍。3年無産大衆党中央執行委員、4年日本大衆党と合流後は党内右派により除名。その後は日本資本主義の現状分析に努め、「没落資本主義―第3期」「日本の独占資本主義」など多くの論文を書いた。12年の人民戦線事件で検挙され、拘留中病気が悪化、14年拘留停止、17年死去した。著書に「金融資本論」「帝国主義研究」「現代日本研究」「農村問題入門」などがある。

井ノ本 勇象　いのもと・ゆうしょう
歌人　[生]明治30年3月12日　[没]平成3年9月6日　[出]京都府亀岡市　本名＝井ノ本勇蔵(いのもと・ゆうぞう)　[歴]大正7年「洛陽」に入る。昭和7年に「曼陀羅」発刊に参加するが、戦時の歌誌統合により廃刊。25年木村捨録の「林間」創刊に参加し、さらに48年第2次「群落」発足と共に編集を担当。歌集に「屈折」「現」「黄なるすもも」がある。　[団]京都歌人協会(評議員)

伊庭 心猿　いば・しんえん
俳人　[生]明治40年　[没]昭和32年2月25日　[出]東京・日本橋　本名＝猪場毅　[歴]少年の頃富田木歩に入門。句文に長じ、書画をも能くしたが、不良の群に入って木歩門を追われた。その後各地を放浪、紀州から「南紀文学」を出したこともある。東京に戻って永井荷風の知遇を得たが、背信行為があって絶交破門となる。晩年市川手古奈堂参道に玩具店を開き、此君亭と称した。句集に「やかなぐさ」がある。　[家]父＝宇田川暘谷(篆刻家)

伊波 南哲　いば・なんてつ
詩人　小説家　[生]明治35年9月8日　[没]昭和51年12月28日　[出]沖縄県八重山大浜間切登野城(現・石垣市)　本名＝伊波興英　[学]登野城尋常高等小学校卒　[歴]大正12年近衛兵として上京し、除退後警視庁に入り、昭和16年迄勤務。そのかたわら、佐藤惣之助に師事し、“詩之家”同人となって昭和2年「南国の白百合」を刊行。その後、郷土に密着した「沖縄の民族」「沖縄風土記」「沖縄風物詩集」などを発表し、11年長編叙事詩「オヤケ・アカハチ」を刊行、映画化された。16年には小説「交番日記」を刊行。戦後21年八重山に帰り、22～28年石垣市教育厚生課長を務める傍ら、八重山童話協会を設立し、「八重山文化」などに詩を発表。その後上京し、各雑誌に詩や随筆を発表し、「虹」を主宰した。他の著書に詩集「銅羅の憂鬱」「伊波南哲詩集」「近衛兵物語」などがある。

茨木 和生　いばらき・かずお
俳人　「運河」主宰　[生]昭和14年1月11日　[出]奈良県大和郡山市　本名＝茨木和男　[学]大阪市立大学文学部(昭和38年)卒　[賞]俳人協会評論賞(第11回)(平成9年)「西の季語物語」、俳人協会賞(第41回)(平成14年)「往馬」　[歴]昭和29年右城暮石に師事し、31年「運河」に入会。

32年「天狼」に入会、山口誓子の指導を受ける。45年「運河」編集長。59年「晨」創刊に参加。61年「運河集」選者。平成2年12月「運河」主宰。句集に「木の国」「遠つ川」「野迫川」「往馬(いこま)」、エッセイ集に「西の季語物語」など。私立高槻中学・高等学校勤務。
[団]俳人協会(幹事)、大阪俳人クラブ、大阪俳句史研究会、日本文芸家協会

茨木 のり子　いばらぎ・のりこ
詩人　[生]大正15年6月12日　[出]大阪府大阪市　本名＝三浦のり子(みうら・のりこ)　[学]帝国女子薬専(現・東邦大学)(昭和21年)卒　[賞]読売文学賞(研究・翻訳賞, 第42回)(平成3年)「韓国現代詩選」　[歴]学生時代劇作を志すが、結婚前後の昭和23年頃から詩作を始め、28年「櫂」を創刊。30年第1詩集「対話」を刊行し、以後「見えない配達夫」「鎮魂歌」「人名詩集」「自分の感受性くらい」「食卓に珈琲の匂い流れ」「倚りかからず」、詩葉集「おんなのことば」などを刊行。他に随筆集「うたの心に生きた人々」「言の葉さやげ」「寸志」、詩論集「詩のこころを読む」、訳詩集「韓国現代詩選」などがある。
[団]日本文芸家協会

伊吹 玄果　いぶき・げんか
俳人　学際教育センター理事長・学長　日本現代語研究センター所長　[専]国語学　国文学　言語心理学　幼児教育　[生]昭和5年4月12日　[没]昭和61年6月5日　[出]北海道釧路市　本名＝伊吹一(いぶき・はじめ)　[学]国学院大学大学院(昭和34年)博士課程修了　[歴]昭和31年日本基督教短期大学講師、36年国学院大学文学部講師、46年日本現代語研究センター所長、46年東京能力開発教育研究所所長、49年放送表現研究・教育センター副学長、51年日本ホテル教育センター教授、同年学際教育センター理事長を歴任。俳句は飯田蛇笏に師事、のち「四季」同人。「あかね」主宰。昭和世代俳人の会会長などをも務める。著書に「伊吹玄果集」「俳句博覧」などがある。　[団]情報表現学会(理事長)、全国大学国語国文学会、暮らしのことばと文芸研究会(会長)、昭和世代俳人の会(会長)、俳文学会、俳人協会、全国俳誌協会(幹事)、日本教師会、俳句とことばを愛する会(会長)

伊吹 純　いぶき・じゅん
歌人　「黒豹」主宰　[生]昭和9年5月27日　[出]愛知県　本名＝甚野寿　[賞]中日歌人会梨郷賞(平12年度)(平成13年)　[歴]短歌誌「黒豹」を主宰。傍ら、正岡子規や斎藤茂吉の研究を続け、エッセーを掲載。平成7年「子規・茂吉の原風景」を出版。歌集に「わが原風景」「候鳥譜」「秋暦」「椅子のかたち」「水の深浅」がある。
[団]現代歌人協会

伊吹 高吉　いぶき・たかきち
歌人　[生]明治31年4月27日　[没]昭和56年11月11日　[出]福岡県　本名＝太田弁次郎　[歴]大正9年森本治吉らと「白路」を創刊、4年目に休刊し同年「アララギ」に入会、島木赤彦に師事する。昭和21年森本治吉・若浜汐子らと「白路」を復刊。歌集に「朝川」「保険百歌」「その白き花を」「日本の空」「いちばん長い歌」がある。

伊吹 一　いぶき・はじめ
⇒伊吹玄果(いぶき・げんか)を見よ

伊福部 隆輝　いふくべ・たかてる
文芸評論家　詩人　宗教研究家　[専]老子道元の研究　[生]明治31年5月21日　[没]昭和43年1月10日　[出]鳥取県　別名＝伊福部隆彦(いふくべ・たかひこ)、無為隆彦(むい・たかひこ)　[学]教員養成所　[歴]小学校教員、講談社社員などをしながら生田長江に師事し、大正10年代に文芸評論家として活躍する一方、12年同人雑誌「感覚革命」を創刊して自由詩運動を展開する。さらにプロレタリア詩、アヴァン・ギャルド詩運動にも参加するが、後に老子思想の探求にむかい人生道場無為修道会を主宰する。評論集「現代芸術の破産」「現代社会相と文学論の問題」「日本詩歌音韻律論」詩集「老鶴」や「老子眼蔵」「老子道徳研究」などの著書がある。

井伏 鱒二　いぶせ・ますじ
小説家　詩人　[生]明治31年2月15日　[没]平成5年7月10日　[出]広島県深安郡加茂村粟根　本名＝井伏満寿二(いぶせ・ますじ)　[学]早稲田大学仏文学科(大正11年)中退　[資]日本芸術院会員(昭和34年)　[賞]直木賞(第6回)(昭和12年)「ジョン万次郎漂流記」、読売文学賞(第1回・小説賞)(昭和24年)「本日休診」、日本芸術院賞(第12回・文芸部門)(昭和31年)「漂民宇三郎」、野間文芸賞(第19回)(昭和41年)「黒い雨」、文化勲章(昭和41年)、読売文学賞(第23回・随筆・紀行賞)(昭和46年)「早稲田の森」、東京都名誉都民(平成2年)
[歴]日本画家を志すが文学に転じ、早大仏文科に学ぶ。同級の青木南八の励ましで創作を始め、大正8年「やんま」「たま虫を見る」、15年「鯉」、昭和4年「山椒魚」「屋根の上のサワン」を執筆。5年に刊行された短編集「夜ふけと梅の花」で注目され、その中の「山椒魚」はユーモアと人生に対する冷徹な観照、画眼による

自然観察に他の追随を許さぬ完成度を見せた。以降戦時も戦後もユニークな作家として活動。12年に「ジョン万次郎漂流記」で直木賞、31年「漂民宇三郎」で芸術院賞、41年には文化勲章を受けた。原爆をテーマにした戦争記録文学「黒い雨」のほか、好きな酒と釣りの随筆も多い。一方、詩作も手がけ、「厄除け詩集」「仲秋明月」がある。他に「さざなみ軍記」「集金旅行」「多甚古村」「本日休診」「遙拝隊長」「珍品堂主人」「鞆ノ津茶会記」や自伝的小説「雞肋集」、60年に亘る荻窪生活を綴った「荻窪風土記」、随筆「早稲田の森」「太宰治」、訳書に「ドリトル先生」シリーズなど。「井伏鱒二全集」(全12巻, 筑摩書房)「井伏鱒二自選全集」(全12巻, 新潮社)がある。平成9年「黒い雨」の直筆原稿が福山市に寄贈された。

違星 北斗　いぼし・ほくと
歌人　[生]明治35年1月1日　[没]昭和4年2月26日　[出]北海道余市　本名＝違星滝次郎　[学]小学校(大正2年)卒　[歴]線路工夫、ニシン場の出稼ぎ、鉱夫などを転々とし、大正14年上京、東京府市場協会事務員となり、金田一京助を知った。15年北海道に帰り、翌年沙流部平取村で幼稚園を手伝い、日雇いをしながら同胞と雑誌「コタン」を発行。アイヌ文化伝承者・知里幸恵の影響を受け、昭和3年売薬行商の旅に出、同胞一人一人を訪ねながら、その悲惨な生活を歌にした。遺稿に「コタン」がある。

伊馬 春部　いま・はるべ
放送作家　歌人　日本放送作家協会理事
[生]明治41年5月30日　[没]昭和59年3月17日
[出]福岡県　本名＝高崎英雄　別名＝伊馬鵜平
[学]国学院大学文学部卒　[賞]芸術祭賞奨励賞(第16回・昭36年度)「国の東」(NHK)、NHK放送文化賞(第7回)(昭和31年)、毎日芸術賞(第6回)(昭和40年)、紫綬褒章(昭和48年)、勲四等旭日小綬章(昭和54年)　[歴]昭和7年東京・新宿のムーラン・ルージュ文芸部に入り、ユーモアとペーソスあふれるレビューや喜劇を書いて、草創期のムーラン・ルージュを支えた。戦後はラジオドラマで活躍し、7年間人気を呼んだ「向う三軒両隣り」の作家の一人。またNHKの実験作として日本初のテレビドラマの台本「夕餉前」(15年)を執筆。歌人でもあり、51年には歌会始の召人にも選ばれている。太宰治との交友でも知られ、著書に「桜桃の記・もう一人の太宰治」「伊馬春部ラジオドラマ選集」など。

今井 杏太郎　いまい・きょうたろう
俳人　医師　「魚座」主宰　[専]精神医学　[生]昭和3年3月27日　[出]千葉県　本名＝今井昭正(いまい・あきまさ)　[学]千葉医専卒　[賞]鶴風切賞(昭和52年)、鶴賞(昭和58年)、俳人協会賞(平成13年)「海鳴り星」　[歴]昭和45年「鶴」入会、石塚友二に師事、50年同人。句集に「麦稈帽子」「海鳴り星」など。　[団]俳人協会、日本文芸家協会、日本精神神経学会

今井 邦子　いまい・くにこ
歌人　[生]明治23年5月31日　[没]昭和23年7月15日　[出]長野県　本名＝今井くにえ　旧姓(名)＝山田　[学]諏訪高女卒　[歴]3歳のとき長野県下諏訪町の祖父母に引き取られる。明治40年頃、17歳で「女子文壇」に投稿。諏訪高女卒業後、中央新聞の記者となり、44年結婚。大正5年「アララギ」に入会、島木赤彦に師事。この間、児童読み物も執筆し、少女小説「白い鳥よ」、童話集「笛吹く天人」を刊行。昭和6年歌集「紫草」を刊行。10年「アララギ」を退会。11年「明日香」を創刊し主宰。13年「明日香路」を刊し、昭和の代表的女流歌人の位置に立つ。ほかの歌集に「こぼれ梅」今井邦子短歌全集」など。また、「秋鳥集」「歌と随筆」「万葉読本」「清少納言と紫式部」など評論随筆集、研究書も数多く刊行している。

今井 恵子　いまい・けいこ
歌人　[生]昭和27年1月1日　[出]東京　[学]早稲田大学教育学部卒　[歴]歌集に「分散和音」などがある。

今井 湖峯子　いまい・こほうし
俳人　元・海上保安庁長官　元・新東京国際空港公団総裁　[生]明治44年4月16日　[没]昭和59年11月19日　[出]山梨県富士吉田市吉田　本名＝今井栄文(いまい・よしふみ)　[学]東大法学部法律学科卒　[賞]勲二等旭日重光章(昭和56年)
[歴]逓信省に入り、昭和29年海上保安庁に移る。31年第5管区保安部長、33年航空局監理部長、35年航空局長、38年運輸省官房長、39年海上保安長長官を歴任して、40年退官。以後、新東京国際空港公団総裁、日本空港ビル取締役相談役をつとめた。また景山筍吉に師事し、師没後そのあとを継いで俳誌「草紅葉」を主宰した。
[団]俳人協会

今井 聖　いまい・せい
俳人　シナリオライター　「街」主宰　㊐昭和25年10月12日　㊑新潟県　本名＝今井邦博　㊫明治学院大学文学部英文科卒　㊎寒雷集賞(第6回)(昭和56年)　㊞高校教師をつとめる傍ら句作。昭和46年「寒雷」に入会し、同誌同人。加藤楸邨に師事。のち俳誌「街」主宰。句集に「北限」があり、「現代俳句の精鋭I」に作品が収録される。平成2年から馬場当に師事し、テレビドラマなどの脚本を手がける。映画作品に「エイジアン・ブルー 浮島丸サコン」がある。著書に「楸邨俳句365日」(分担執筆)。㊥日本文芸家協会、俳人協会

今井 千鶴子　いまい・ちずこ
俳人　家事研究家　㊐昭和3年6月16日　㊑東京　㊫東京女子大学国語科卒　㊞昭和20年より句作。大学卒業後、24年から「玉藻」編集に携わり、29年玉藻社を退社。写生句を信条として星野立子、高浜虚子、年尾、高木晴子の選を受ける。現在、「ホトトギス」「珊」同人。句集に「吾子」「帰京」「梅丘」。㊥俳人協会、日本伝統俳人協会(評議員)　㊔母＝今井つる女(俳人)

今井 つる女　いまい・つるじょ
俳人　㊐明治30年6月16日　㊒平成4年8月19日　㊑愛媛県松山市　本名＝今井鶴(いまい・つる)　旧姓(名)＝池内　㊫松山高女(大正3年)卒　㊞池内たけしに手ほどきを受け、続いて高浜虚子・星野立子に師事。昭和3年「ホトトギス」に投句し、15年「ホトトギス」同人となる。20〜30年まで愛媛県波止浜町(現・今治市)に住み、愛媛新聞婦人俳壇を創設するなど後進の育成に努める。38年横浜産経学園俳句講師に就任。62年日本伝統俳句協会設立、顧問。句集に「姪の宿」「花野」「かへりみる」「今井つる女集」、随筆集に「生い立ち」がある。㊥俳人協会　㊔長女＝今井千鶴子(俳人)

今井 白楊　いまい・はくよう
詩人　㊐明治22年12月3日　㊒大正6年8月2日　㊑鹿児島県川内市　本名＝今井国三　別号＝夏明、太原冬夜　㊫早稲田大学英文科卒　㊞明治42年自由詩社に参加し、のちに「早稲田文学」「劇と詩」などにも詩作を発表する。ブラウニングの詩の影響を受けた詩人であったが、大正6年遊泳中に溺死した。

今井 風狂子　いまい・ふうきょうし
俳人　㊐大正10年11月21日　㊑和歌山県　本名＝今井弘　㊫大阪東商卒　㊞昭和18年白浜軍療にて福本鯨洋の手ほどきを受ける。22年高浜年尾に、24年高浜虚子に師事。「ホトトギス」同人。「山茶花」運営委員。48年俳人協会員となり幹事、関西支部常任委員。句集に「風狂子句集」がある。　㊥俳人協会

今井 福治郎　いまい・ふくじろう
歌人　㊐明治34年7月2日　㊒昭和43年1月23日　㊑山梨県甲府市　号＝白水　㊫国学院大学国文科(昭和10年)卒　㊞昭和3年頃から作歌を始める。「万葉集」の研究者として和洋女子大教授、国学院大講師などをつとめたが、22年「東国万葉紀行」を刊行、30年には「桐の花研究」を刊行した。また25年には「東炎」を創刊。没後「万葉の春」が刊行された。

今井 栄文　いまい・よしふみ
⇒今井湖峯子(いまい・こほうし)を見よ

今泉 宇涯　いまいずみ・うがい
俳人　医師　市川医院長　㊐大正2年4月24日　㊒平成10年6月28日　㊑愛知県豊橋市　本名＝今泉正雄(いまいずみ・まさお)　㊫東京医科大学卒　医学博士　㊎沖賞(昭和51年)、沖功労賞、市川市教育功労賞(昭和56年)　㊞昭和21年宇田零雨主宰「草茎」に入門、俳句と連句を学ぶ。35年「浜」を経て45年「沖」入会、46年同人に。52年「沖」同人会副会長、のち名誉会長。連句協会副会長も務める。句集に「跡」「高階」「温掌」「遊心」「雑木林」「今泉宇涯俳句選集」、「連句実作への道」「現代連句のすすめ」など。㊥俳人協会

今泉 準一　いまいずみ・じゅんいち
俳人　元・明治大学政治経済学部教授　㊕国文学(元禄俳諧とくに其角)　俳句　㊐大正8年6月29日　㊑東京　号＝今泉忘機(いまいずみ・ぼうき)　㊫国学院大学文学科卒　㊪其角年譜、其角資料集成　㊞都立向島商業高校教諭、淑徳大学講師、和洋女子大学助教授を経て、明治大学教授。この間、昭和16年「火焔」上甲平谷の手ほどきを受ける。42年清水瓢左に連句の手ほどきを受ける。48年第六天連句主宰。著書に「元禄俳人宝井其角」「五元集の研究」など。㊥俳文学会、近世文学会、全国国語国文学会、俳人協会

今泉 貞鳳　いまいずみ・ていほう
評論家　俳人　元・講談師　元・参院議員(自民党)　[生]大正15年9月1日　[出]東京・蒲田　本名＝今泉正二(いまいずみ・しょうじ)　芸名＝一龍斎貞鳳(いちりゅうさい・ていほう)　[学]法政二高卒　[賞]文部大臣奨励賞(昭和40年)、日本放送作家協会賞(昭和44年)、紺綬褒章(昭和53年)、勲三等旭日中綬章(平成8年)　[歴]13歳で一龍斎貞丈門下となり、一龍斎貞鳳として講談師に。司会、タレントなどを経て、昭和46年参院全国区で当選。49年北海道開発政務次官。52年落選して政界引退。57年ラジオに評論家として12年ぶりの復帰。俳句は昭和20年より始め、46年富安風生の知遇を得て師事。「若葉」「河」同人。著書に「話の味覚」「講釈師ただいま24人」「政治日記」、句集「昴」「貞鳳自註句集」などがある。　[団]俳人協会

今泉 美恵子　いまいずみ・みえこ
歌人　「武都紀」主幹　[生]大正9年9月11日　[出]愛知県豊橋市　[学]豊橋高女卒　[賞]中日歌人会梨郷賞(第2回)(平成5年)　[歴]昭和24年短歌結社・武都紀(むつき)歌会に入会。平成4年主幹。歌集に「五叉路」「中国風物詩」「花の裄」などがある。

今泉 康弘　いまいずみ・やすひろ
俳人　[生]昭和42年5月9日　[出]群馬県桐生市　[学]和光大学文学科卒、法政大学大学院　[賞]「俳句空間」新人賞(第2回)(平成1年)　[歴]寺山修司の短歌を読んで短詩型に興味を持ち、高校では俳句クラブに所属。昭和62年同人誌「未定」に参加。平成元年20代中心の句会「東京みかづきクラブ」に参加、3年同人誌「円錐」に参加。著書に「燦―『俳句空間』新鋭作家集」(共著)がある。

今泉 勇一　いまいずみ・ゆういち
歌人　[生]昭和2年3月25日　[出]青森県　[賞]短歌文学賞(昭32年度)　[歴]昭和28年須永義夫に師事し「短歌文学」に入会。32年同人となり、のち編集同人。32年度の短歌文学賞を受賞。その頃より結社内の若手と計り、研究グループ「二十日会」を結成。群馬県歌人クラブ委員。歌集に「裸木」がある。　[団]群馬県歌人クラブ

今枝 蝶人　いまえだ・ちょうじん
俳人　[生]明治27年10月22日　[没]昭和57年　[出]徳島市　本名＝今枝尚春(いまえだ・なおはる)　[学]徳島師範(大正4年)卒　[賞]徳島県民表彰(昭和49年)　[歴]大正6年「石楠」に入り、臼田亜浪に師事。9年「鳴門」を創刊。昭和10年「海音」、21年「向日葵」をそれぞれ創刊主宰。40年「航標」を創刊し、主宰。句集に「草樹」「幹」「沙羅」、遺稿集に「定本今枝蝶人句文集」(航標俳句会)がある。　[団]俳人協会　[家]三男＝今枝立青(「航標」同人)

今岡 弘　いまおか・ひろし
詩人　[生]明治38年11月25日　[出]福岡県北九州市門司　[学]青山学院英文科卒　[歴]大正11年、17歳のころ「詩と人生」入選を契機に詩作を始め、翌年、川路柳虹に師事。「炬火」(川路柳虹主宰)「詩声」「風祭」各同人として作品を発表、自らも昭和49年に詩誌「草原」を創刊主宰する。詩集に「冬になる顔」「高原の朝」「白い影像」「北の窓」などがある。

今川 凍光　いまがわ・とうこう
俳人　僧侶　「岬」主宰　東光寺住職　[生]大正3年10月28日　[出]和歌山県　本名＝今川冨治(いまがわ・とみじ)　[学]西山専門学校本科卒　[賞]天狼コロナ賞(昭和40年)　[歴]昭和7年鈴鹿野風呂の門に入り、以後小山寒子、佐野まもるに就き、22年山口誓子の指導を受ける。39年「岬」を主宰。朝日新聞和歌山版俳句選者となる。紀伊山脈刊行会長。句集に「五十年」がある。　[団]俳人協会(常任幹事)

今川 美幸　いまがわ・みゆき
歌人　[生]昭和17年10月2日　[出]北海道滝川市　[学]北海道大学法学部卒　[賞]中城ふみ子賞(昭和51年)、北海道歌人会賞(昭55年度)(昭和56年)「風の影」、辛夷(第2回)(昭和58年)、野原水嶺賞(第1回)(昭和60年)、「チモシーの風」、北海道新聞短歌賞(第4回)(平成1年)「基督の足」　[歴]昭和43年「辛夷」入会。ほかに「潮音」所属。

今川 洋　いまがわ・よう
詩人　[生]大正11年1月27日　[出]秋田県由利郡由利町　本名＝今川ヤウ　[賞]北川冬彦賞(第5回)(昭和45年)、秋田県芸術選奨(第9回)(昭和58年)　[歴]小学校教師を経て、昭和50年より小砂川保育園(象潟町)園長を務める。一方、29年「時間」同人。「時間」終刊後、「竜骨」同人。他に48年「海図」同人、「空」発行編集、同人。詩集に「橋」「潮騒」「無心に」「薔薇は知っている」などがある。

今坂 柳二　いまさか・りゅうじ
俳人　⊕昭和5年6月5日　⊕埼玉県　本名=今坂隆二(いまさか・りゅうじ)　⊕高小卒　⊕野火賞(昭和34年)、俳句研究50句競作入選、埼玉県文化ともしび賞　⊕昭和30年篠田悌二郎主宰「野火」入門。35年同人。46年「つばさ」創刊、代表。狭山市農協新聞俳句選者。句集に「鈍足神迫走記」、エッセイに「縄文通信」「狭山の俳句」などがある。一方、57歳でマラソンを始め、東海道500キロを走りきったこともある。　⊕俳人協会

今瀬 剛一　いませ・ごういち
俳人　「対岸」主宰　⊕昭和11年9月15日　⊕茨城県　⊕茨城大学卒　⊕沖賞(第3回)(昭和49年)「対岸」、茨城文学賞(昭和54年)「約束」　⊕昭和27年高校入学と共に句作を開始。30年「しほさゐ」、36年「夏草」入会。46年「沖」創刊に参加、47年同人。61年俳誌「対岸」を創刊し、主宰。現代詩歌文学館評議員。句集に「対岸」「約束」「週末」「高音」など。　⊕俳人協会(幹事)、日本ペンクラブ、日本文芸家協会

今関 天彭　いまぜき・てんぼう
漢詩人　中国学術文芸研究家　⊕唐詩　詞　⊕明治15年6月19日　⊕昭和45年10月19日　⊕千葉県東金　本名=今関寿麿(いまぜき・ひさまろ)　⊕幼時祖父から経学を学び、17歳の時東京に移り、石川鴻斎に漢詩文を習い、明治40年森槐南、国分青厓から清、明の詩風を学んだ。43年国民新聞、44年国民雑誌社に入り、「訳文大日本史」の訳業に従事。大正5年朝鮮総督府嘱託、7年北京に今関研究室を設け、中国事情を研究。この頃、斎藤実朝鮮総督(後の首相)顧問、南京政府首席汪兆銘の文事顧問、南京大学講師を兼ねた。昭和6年日本に帰ったが、17年重光葵南京駐在大使の招きで顧問を務めた。戦後帰国し25年新木栄吉日銀総裁に招かれ同行の漢詩講話会を開き、興銀に受け継がれた。26年雑誌「雅友」を発行。39年から「漢詩大系」(全24巻)の編集委員となり宋詩選を分担執筆した。著書に「天彭詩集」(全12巻)「支那戯曲集」「東京先儒墓田録」「法帖叢話」「宋元明清儒学年表」「東洋画論集成」「中国文化入門」など多数。

今辻 和典　いまつじ・かずのり
詩人　横浜詩人会会長　⊕昭和4年1月19日　⊕鹿児島県　⊕慶応義塾大学通信教育部卒、熊本語学専門学校卒　⊕日教組文学賞(第2回)(昭和42年)「コカ・コーラの歌」、横浜詩人会賞(第2回)(昭和44年)「鳥葬の子どもたち」、地球賞(第24回)(平成11年)「西夏文字」　⊕横浜市の公立中学校教師、市養護教育総合センターのカウンセラーを経て、神奈川県教育文化研究所相談員。平成9年横浜詩人会会長に就任。詩集に「鳥葬の子どもたち」「欠けた語らい」「非」「西夏文字」など。「山脈」「解纜」「詩芸術」に所属。　⊕日本現代詩人会

今中 楓渓　いまなか・ふうけい
歌人　⊕明治16年4月20日　⊕昭和38年8月17日　⊕大阪府北河内郡　本名=今中保次朗　⊕広島高師卒　⊕中学時代から作歌をし、前田夕暮に師事して「詩歌」に参加。のちに「覇王樹」「林間」などの同人に参加し、大正14年「あかね」を刊行。昭和6年から19年まで女性短歌誌「若菜」を主宰した。

今西 久穂　いまにし・ひさほ
歌人　⊕昭和3年2月24日　⊕平成9年6月9日　⊕愛知県名古屋市　⊕昭和26年「未来」創刊に参加。編集、運営委員を務め、「青幡」編集代表も務めた。歌集に「冬こそ阿修羅」「冬の光」「冬の旅歌篇」「湾岸冬歌」、エッセイに「子規のことなど」がある。　⊕現代歌人協会、日本ペンクラブ、森鷗外記念会

今牧 茘枝　いままき・れいし
俳人　⊕明治40年2月10日　⊕平成1年1月18日　⊕東京　本名=今牧勝　⊕お茶の水女子大学専攻科英語部卒　⊕昭和17年より句作を始め24年「風花」に入会、のち同人となる。33年「河」創刊と同時に同人として参加。「女性俳句」編集同人。句集に「火祭」「夢幻」「夢」。　⊕俳人協会

今村 泗水　いまむら・しすい
俳人　⊕大正11年10月23日　⊕三重県　本名=今村寿夫　⊕天王寺商卒　⊕昭和16年「山茶花」に投句、皆吉爽雨に師事する。24年「雪解」「うまや」同人となる。関西雪解会副会長も務める。句集に「初山」「青金剛」がある。　⊕俳人協会

今村 俊三　いまむら・しゅんぞう
俳人　「桃滴舎」主宰　⊕昭和3年1月25日　⊕平成2年12月24日　⊕大分市　⊕福岡中(昭和21年)卒　⊕福岡市文学賞(第3回・昭47年度)　⊕昭和25年から句作、28年「鶴」に入り、35年同人。学生時代がら結核を患い、腎摘出、肋骨切除など闘病生活の傍ら、54年から句誌「桃滴舎」を主宰。句文集「鶴の頸」「桃摘記」や「桃滴コラム」などの著書がある。

今村 恒夫　いまむら・つねお
詩人　社会運動家　[生]明治41年1月15日　[没]昭和11年12月9日　[出]福岡県嘉穂郡碓井村(現・碓井町)　本名＝今村久雄　[学]日本大学法文学部専門部　[歴]昭和4年頃から「文芸戦線」などに詩作を発表し、労芸分裂後は日本プロレタリア作家同盟(ナルプ)に参加。7年共産党に入りコップへの弾圧で地下活動に入り、8年小林多喜二と共に逮捕された。

今村 冬三　いまむら・ふゆぞう
詩人　[生]昭和3年12月11日　[出]熊本県　本名＝今村美千典　[歴]国家公務員として戦後、熊本から長崎に転勤し、この頃から詩作を始める。長崎に拠点を置く詩誌「子午線」の創刊同人。平成元年、6年にわたって書き継いだ評論「幻影解・大東亜戦争 戦争に向き合わされた詩人たち」を出版した。「今村冬三詩集」がある。

今村 嘉孝　いまむら・よしたか
詩人　九州電力営業部長　[生]昭和8年3月12日　[出]福岡県　[学]九州大学経済学部(昭和31年)卒　[賞]福岡市文学賞(第19回・詩部門)(平成1年)「詩作品」、福岡県詩人賞(第25回)(平成1年)「無音」　[歴]高校時代に詩作を始める。大学在学中に詩誌「詩学」、丸山豊主宰「母音」に作品を投稿し、本格的な詩作活動に入った。昭和37年「ALMEE」同人、38年福岡県詩人会会員。

井本 農一　いもと・のういち
俳人　お茶の水女子大学名誉教授　[専]近世・中世文学　俳句評論　[生]大正2年3月30日　[没]平成10年10月10日　[出]山口県新南陽市　[学]東京帝国大学文学部国文学科(昭和11年)卒　文学博士(昭和36年)　[賞]勲二等瑞宝章(昭和63年)、現代俳句協会大賞(第5回)(平成4年)　[歴]文部省図書監修官補、山口高校、東京女高師、お茶の水女子大学、聖心女子大学各教授を経て、実践女子大学教授。昭和59年学長となり、63年退任。とくに芭蕉の研究家として有名。俳句評論では俳句の本質は一種のイローニッシュな対象把握にあるとする説(俳句イロニー説)が昭和20年代後半の俳壇に影響を与えた。著書に「奥の細道をたどる〈上，下〉」「良寛〈上，下〉」「季語の研究」「芭蕉の文学の研究」「芭蕉と俳諧史の研究」など。句集に「遅日の街」がある。[団]俳文学会(代表)、中世文学会、近世文学会、俳文芸研究会、常磐松俳句会、日本文芸家協会　[家]父＝青木健作(作家)

井本 木綿子　いもと・ゆうこ
詩人　[生]大正15年9月28日　[出]大阪府大阪市　本名＝井本澄子　[学]大阪経済大学卒　[歴]主な詩集に「人あかり」「雨蛙色のマント」「最果」など。個人雑誌「馬」を発行。昭和61年還暦を記念して新詩集「月光のプログラム」を出版。[団]日本現代詩人会、日本文芸家協会、神戸芸文会

伊良子 清白　いらこ・せいはく
詩人　医師　[生]明治10年10月4日　[没]昭和21年1月10日　[出]三重県　本名＝伊良子暉造(いらこ・てるぞう)　別号＝すずしろのや　[学]京都府立医学校(明治32年)、東京外国語学校独語科(明治36年)中退　[歴]三重県に移住。明治27年から「少年文庫」に詩を投稿する。32年医学校卒業後は三重県で父の医業を手伝うが、33年上京して検疫所委員、生命保険診査医をする。そのかたわら詩作を続け、39年「孔雀船」を刊行。39年東京を離れてからは大分、台湾で病院医をつとめ、大正11年三重県の鳥羽で開業医となった。　[家]息子＝伊良子正(詩人)

伊良子 正　いらこ・ただし
詩人　[生]大正10年3月7日　[出]京都府京都市　[学]国学院大学中退　[賞]鳥取市文化賞(平12年度)　[歴]「火牛」所属。詩集に「十二月の蝉」「補完される風景」「近代文学等についての論考」などがある。　[団]日本文芸家協会、日本現代詩人会、日本詩人クラブ、日本現代詩歌文学館振興会(評議員)　[家]父＝伊良子清白(医者・詩人)

伊良波 盛男　いらは・もりお
詩人　[生]昭和17年8月14日　[出]沖縄県平良市前里(池間島)　[学]愛知短期大学文科中退　[賞]沖縄タイムス芸術選賞奨励賞(第11回)(昭和52年)、山之口貘賞(第2回)(昭和54年)　[歴]「開花期」「歴程」に所属。詩集に「孤蓬の人」「嘔吐」「眩暈」「東京の憂鬱」などがある。　[団]日本現代詩人会、日本環境管理学会

入江 昭三　いりえ・しょうぞう
詩人　[生]昭和8年12月7日　[没]昭和62年12月4日　[出]長崎県福江市　[歴]中国からの引き揚げ孤児。日中戦争、太平洋戦争下の中国を放浪した揚げ句、母親と妹2人を病気で亡くした。21歳ごろから詩を本格的に書き始めたが、その主調音は、少年時代の過酷きわまる中国体験から戦争を告発する難民詩、反戦詩だった。詩誌「子午線」主宰。主な著書は詩集「呪縛」「不帰河」「飢餓とナイフ」「入江昭三詩集」など。

入江 為守　いりえ・ためもり
歌人　東宮侍従長　御歌所所長　皇太后宮大夫　[生]慶応4年4月2日(1868年)　[没]昭和11年3月19日　[出]京都　幼名＝太美麻呂　[歴]京都の冷泉家の三男に生まれる。明治7年入江為福の養子となり為守と改名。30年貴族院議員になる。大正3年から昭和元年12月まで、東宮侍従長として皇太子だった昭和天皇に仕える。絵、和歌、書道にもすぐれ、御歌所の所長も兼任した。「明治天王御集」「昭憲皇太后御集」の編さん部長をつとめた。　[家]実父＝冷泉為理、養父＝入江為福、長男＝入江相政(宮内庁侍従長・故人)

入江 元彦　いりえ・もとひこ
詩人　[生]大正12年8月10日　[出]東京　[歴]坂口安吾に師事。「獣」同人。詩集「百眼巨人」「千絲の海」「入江之彦詩集」などがある。「日本現代詩人叢書」所載。　[団]日本詩人クラブ、日本現代詩人会

入江 好之　いりえ・よしゆき
詩人　児童文学作家　北書房代表　[生]明治40年9月4日　[出]北海道小樽市　本名＝入江好行(いりえ・よしゆき)　[学]旭川師範学校卒　[賞]北海道文化賞(昭和53年)　[歴]在学中の大正11年詩誌「北斗星」を創刊。13年旭川師範出身者と詩誌「青光」を創刊。昭和11年第一詩集「あしかび」を刊行。教師として綴方教育に力を入れたが、弾圧を受け、教職を追われて18年満州へ渡る。シベリア抑留を経て、24年帰国。31年北海道詩人協会を創立し、20年間事務局長をつとめた。日本児童文学者協会北海道支部長。戦後の詩集に「凍る季節」「花と鳥と少年」がある。一方、北書房を経営し道内詩人の詩集などを数多く出版した。　[団]日本児童文学者協会

入沢 康夫　いりさわ・やすお
詩人　フランス文学者　明治大学文学部教授　[生]昭和6年11月3日　[出]島根県松江市　[学]東京大学文学部仏文科(昭和31年)卒、東京大学大学院人文科学研究科フランス語フランス文学専攻(昭和34年)修士課程修了　[賞]H氏賞(第16回)(昭和41年)「季節についての試論」、読売文学賞(詩歌・俳句賞，第20回)(昭和43年)「わが出雲・わが鎮魂」、高見順賞(第13回)(昭和57年)「死者たちの群がる風景」、歴程賞(第26回)(昭和63年)「水辺逆旅歌」、現代詩花椿賞(第12回)(平成6年)「漂ふ舟」、毎日芸術賞(第39回，平9年度)(平成10年)、紫綬褒章(平成10年)、宮沢賢治賞(第9回)(平成11年)　[歴]筑摩書房、東京工業大学を経て、明治大学文学部教授。「ネルヴァル全集」の翻訳など、多くの翻訳、論文がある。大学時代から詩作をはじめ、昭和30年「倖せそれとも不倖せ」を刊行。以後「夏至の火」「ランゲルハンス氏の島」など幻想の中に自己存在を探る作品を発表し、受賞多数。46～52年「校本宮沢賢治全集」の編集に携わった。他に「かつて座亜謙什と名乗った人への九連の散文詩」「牛の首のある三十の情景」「わが出雲・わが鎮魂」「死者たちの群がる風景」「水辺逆旅歌」「漂ふ舟―わが地獄くだり」や評論集「詩の構造についての覚書」「詩の逆説」、「入沢康夫〈詩〉集成」(青土社)などがある。「歴程」同人。　[団]日本フランス語フランス文学会、日本文芸家協会

入沢 涼月　いりさわ・りょうげつ
歌人　新聞記者　古式水泳神伝流教師　[生]明治17年12月10日　[没]昭和26年3月29日　[出]岡山県　本名＝入沢恕次　[学]岡山関西中学中退　[歴]中学在学中、有本芳水らと血汐会を結成し、「血汐」「白虹」を拠点として岡山で地方の文学活動をする。その中で、三木露風の「夏姫」などを刊行した。著書に明治39年刊行の「青蘭集」などがある。

入谷 寿一　いりたに・じゅいち
詩人　北海道詩人協会常任理事　[生]昭和4年　[出]北海道勇払郡厚真町　[歴]北海道詩人協会常任理事、詩誌「錨地」代表。著書に詩集「えぞまつの歌」「星のきのこ」がある。　[団]日本詩人クラブ

岩井 久美恵　いわい・くみえ
俳人　[生]昭和14年8月4日　[出]神奈川県真鶴市　[学]学習院大学国文学科卒　[賞]夏草新人賞(昭和52年)　[歴]昭和37年日航に入社。国内、国際線で4年間スチュワーデスをつとめたあと結婚、46年から秘書室勤務となる。傍ら、小学5年の時から俳句を始め、大学時代に山口青邨主宰の「夏草」同人に。のち「藍生」同人。スチュワーデス時代はフライトの際、歳時記と俳句帳とペンは必ずバッグにしのばせた。59年処女句集「貝雛」を出版。他の句集に「神々の島」など。　[団]俳人協会、日本ペンクラブ、日本文芸家協会

岩井 謙一　いわい・けんいち
歌人　[生]昭和34年7月1日　[出]北海道函館市　[学]北海道大学農学部農芸化学科卒　[賞]現代短歌評論賞(第16回)(平成10年)「短歌と病」、現代歌人協会賞(第46回)(平成14年)「光弾」　[歴]霧島酒造に勤務。平成5年「心の花」に入会。

14年歌集「光弾」で第46回現代歌人協会賞を受賞。

岩井 三窓　いわい・さんそう
川柳作家　番傘川柳社参与　[生]大正10年10月29日　本名＝岩井光夫　[歴]大阪の川柳作家・岸本水府が“人間諷詠”を掲げて興した川柳誌「番傘」の参与を務める。著書に「川柳燦燦」などがある。　[団]日本川柳協会

祝 算之介　いわい・さんのすけ
詩人　元・東京都水道局中央支所長　[専]水道史　[生]大正4年9月22日　[出]千葉県松戸市三矢小台　本名＝堀越正雄(ほりこし・まさお)　[学]明治大学専門部地理歴史科(昭和16年)卒　[歴]昭和11年東京都水道局に入る。総務部調査課長、経営管理室副主幹を経て、東部第一、西部、中央各支所長を歴任。47年退職。この間、「東京都水道史」「淀橋浄水場史」などの編集に当る。著書に「日本の上水」「井戸と水道の話」「水道の文化史」「水談義」のほか、詩集「竜」「祝算之介詩集」がある。

岩井 信実　いわい・のぶざね
詩人　[生]明治26年　[没]昭和2年　[出]宮城県仙台市　[学]熊本医専(現・熊本大学)(大正10年)卒　[歴]大正7年「坩堝」(るつぼ)を創刊。10年京都へ移り、医師のかたわら詩や童謡童話の作品集を出版した。東本願寺の童話雑誌「ヨロコビ」も主宰。妻・よしのが幼い娘の言葉を発表するために雑誌「童謡・童話」を出すなど、夫婦で子供の表現を記録した幼児詩、仏教童話運動などの文学活動を行う。　[家]妻＝岩井ゆきの(童謡・童話作家)

岩井 正宏　いわい・まさひろ
歌人　[生]昭和3年　[出]熊本市　本名＝岩井正広　[学]東京マスコミ大学(塾)卒　[歴]昭和30年頃から作歌。川田順選、毎日歌壇の特選、入選作若干を経て機関誌、歌誌等に作品を発表。歌誌「泉苑」会員、「文芸関西」同人。63年「現代日本短歌大系No.2」に作品発表。歌集に「昭和史の終りの不滅の平成の―岩井正宏集」。　[団]日本歌人クラブ(関西大会)

岩泉 晶夫　いわいずみ・あきお
詩人　[生]昭和6年3月12日　[没]昭和63年11月　[出]愛知県名古屋市　[学]盛岡農専獣医科卒　[賞]土井晩翠賞(昭和44年)「遠い馬」、岩手県芸術奨励賞　[歴]岩手新報の記者を約1年務めたあと、中学の理科教師となる。岩手県、玉山村、盛岡市の学校の教壇に立ち、昭和63年遠野市立土淵中学の校長在職中に心筋梗塞で死去。一方、30年ころ詩壇に登場し、37年処女詩集「失われたザイル」を出版、以後44年「遠い馬」、46年「亀裂からの風」、48年「闇へのサイクロイド」など次々と詩集を出し、一周忌の平成元年に遺稿集「旅の意味」が刊行された。

岩尾 美義　いわお・みよし
医師　俳人　岩尾病院副院長　[生]大正15年11月5日　[没]昭和60年7月19日　[出]鹿児島市高麗町　[学]鹿児島医専(昭和24年)卒　医学博士　[賞]九州俳句賞(第2回)(昭和45年)、現代俳句賞(第26回)(昭和54年)　[歴]昭和54年「むらさきばるつうしん」を創刊、主宰した。句集に「液体らんぷ」「微笑仏」「母音」などがある。

岩片 わか　いわかた・わか
歌人　[生]明治44年11月3日　[出]埼玉県　[歴]昭和24年「不死鳥」同人、27年「林間」同人、49年「埴」編集同人。49年「女人短歌」の会員となり、43年埼玉県歌人会常任委員になる。歌集に「春闘」「年月」、合著に「褐色の旅」「群青の旅」「西欧の旅」がある。

岩上 とわ子　いわがみ・とわこ
歌人　[生]明治41年3月30日　[没]昭和58年8月16日　[出]千葉県　本名＝岩上図和(いわがみ・とわ)　[学]日本女子大学家政学部卒　[歴]在学中に茅野雅子の手ほどきで作歌をはじめ、昭和5年から岡麓に師事、「草の実」に作品を発表する。戦後は木俣修の知遇を得、その指導の下に「朱扇」を主宰したが、28年「形成」創刊とともにこれに合流、その編集を助けた。歌集に「ながき虹」「冬の潮」がある。

岩木 昭夫　いわき・あきお
俳人　中学校教師(小杉中)　[生]昭和9年2月24日　[没]昭和61年3月19日　[出]富山県射水郡下村白石　号＝岩木安清　[学]富山大学教育学部第一初等科卒　[賞]暖流新人賞(昭和32年)、季節賞(昭和43年)　[歴]大門中、小杉中の教諭をつとめる。昭和28年俳誌「暖流」に入会、33年「季節」同人となる。43年には「寒潮」を創刊した。富山県俳句連盟幹事もつとめる。北日本新聞夕刊一面で昭和59年6月から60年12月まで連載した「とやま季寄せ抄」をはじめ、文化面に「俳壇手帳」を執筆。句集に「藁」(58年)がある。

岩木 躑躅 いわき・つつじ
俳人 ㊓明治14年7月26日 ㊚昭和46年11月4日 ㊞兵庫県津名郡生穂町 本名＝岩木喜市 別号＝つつじ ㊕兵庫県文化賞（昭和26年） ㊩明治36年高浜虚子に師事し、大正10年「ホトトギス」同人となる。昭和7年から13年にかけて「摩耶」を主宰。句集に「躑躅句集」がある。

岩城 久治 いわき・ひさじ
俳人 「参」主宰 ㊓昭和15年9月24日 ㊞京都市 ㊫国学院大学卒 ㊩高校教師となり平成4年春退職、俳句結社「霜林」の編集を担当。俳人協会関西支部常任委員。句集に「負債感」「春暉」「炫夏」、共著に「揺り起こす文学教育」がある。 ㊑俳人協会、日本児童文芸家協会

岩倉 憲吾 いわくら・けんご
詩人 ㊓大正1年10月4日 ㊞宮城県桃生郡河南町 ㊫和渕尋常小学校卒 ㊩詩誌「山河」「凝視」「時間」「想像」「文芸首都」同人。昭和54年「欅」を発刊。詩集に「白い雲」「青い葉」などがある。

岩佐 東一郎 いわさ・とういちろう
詩人 随筆家 ㊓明治38年3月8日 ㊚昭和49年5月31日 ㊞東京・日本橋 ㊫法政大学仏文科（昭和4年）卒 ㊩少年時代から詩作をし、堀口大学、日夏耿之介に師事して「パンテオン」などに参加。昭和6年「文芸汎論」を創刊する。その間に大正12年「ぷろむなあど」を刊行し、以後も「祭日」「航海術」「春秋」などを刊行。戦後も21年に「近代詩苑」を創刊し「裸婦詩集」などを刊行した。ほかに随筆集「茶煙閑語」などの著書がある。

岩佐 なを いわさ・なお
銅版画家 詩人 早稲田大学図書館司書 ㊓昭和29年6月18日 ㊞東京都 本名＝岩佐直人 ㊫早稲田大学教育学部（昭和53年）卒 ㊕年刊現代詩集新人賞（奨励賞）（昭和57年）、版画ハガキコンクール大賞（昭和59年）、H氏賞（第45回）（平成7年）「霊岸」 ㊩早稲田大学図書館司書の傍ら銅版画家、詩人として活躍。昭和57年から博物誌をテーマとした蔵書票（エクスリプス）を制作。作家・小川洋子の「完璧な病室」などの装丁も手がける。詩集「離宮の海月」「夢の環」「霊岸」、細密画集「水域からの風説」、蔵書票詩集「博物幻想曲」、個人蔵書票作品集「方寸の昼夜」などがある。
㊑日本書票協会

岩佐 頼太郎 いわさ・らいたろう
詩人 ㊓明治27年 ㊚（没年不詳） ㊞大阪府 本名＝浜田昇 ㊩少年時代から「少年世界」などに短文を投稿し、大正6年北原白秋らの協力をえて「詩篇」を創刊して主宰する。その後は「曼珠沙華」などを経て「詩と音楽」「近代風景」などに参加。昭和に入ってからは「詩人時代」「日本詩壇」「民謡詩人」などに詩作を発表する。

岩崎 勝三 いわさき・かつぞう
歌人 ㊓大正2年12月3日 ㊚平成12年10月3日 ㊞東京 ㊩昭和6年「短歌草原」入会。9年同人、60年選者を務める。63年柳瀬留治没後、平成元年「心象」創刊に参加、編集委員、選者となる。この間、24年宮城県歌人協会の創立に参加。歌集に「風の道」「芳樹」「多賀雀」「無限琴」、遺歌集「季の花びら」、随想集「春秋夢幻」、「草風居雑記」などがある。 ㊑宮城県芸術協会

岩崎 健一 いわさき・けんいち
俳人 ㊓大正12年11月30日 ㊞東京・神田 ㊫東京府立第三商業（昭和16年）卒 ㊕若葉賞（第4回）（昭和32年）、往来賞（第4回）（昭和63年） ㊩昭和19年関口比良男の手ほどきをうける。22年上林白草居、富安風生、24年岸風三楼に師事。「若葉」「春嶺」同人。句集に「江東」「冬帽子」。 ㊑俳人協会

岩崎 孝生 いわさき・こうせい
歌人 岩崎金属工業会長 ㊓大正4年8月18日 ㊚平成6年7月7日 ㊞東京 ㊩昭和6年より作歌を始め、戦前「冬青」「短歌鑑賞」「エラン」創刊に同人として参加。12年11月から統制による歌誌統合まで「短歌鑑賞」を編集発行。25年「次元」創刊に参加し、31年より35年までその発行人、のち顧問。
㊑日本歌人クラブ

岩崎 節子 いわさき・せつこ
歌人 ㊓大正15年10月7日 ㊞東京 ㊕砂金賞（昭和40年） ㊩「珊瑚礁」を経て、36年「砂金」に入会、編集委員。43年「未明」の会を創立し、歌誌「未明」を編集発行。その間「新歌人会」「ベトナムに平和！歌人の集い」などに参加。40年砂金賞受賞。歌集に「野鳥のうた」がある。

岩崎 照子　いわさき・てるこ
俳人　[生]大正15年7月23日　[出]大阪　[学]東京京華高女卒　[歴]昭和33年「かつらぎ」に投句、阿波野青畝に師事。40年より「かつらぎ」推薦作家連続16回、56年無鑑査。句集に「二つのドイツ」。　[団]俳人協会

岩崎 睦夫　いわさき・むつお
歌人　[生]明治45年6月24日　[出]長野県　[賞]松本市芸術文化功労章(昭和52年)　[歴]昭和4年「国民文学」に入る。18年「槇の木」を創刊、戦時休刊を経て、24年に復刊。31年日本歌人クラブ地区委員、長野県歌人連盟理事。52年松本市芸術文化功労章。歌集「遠やまなみ」のほかに、「近代短歌のふるさと」「松本平の文学碑林」「信濃短冊集」などの著書がある。
[団]日本歌人クラブ

岩下 ゆう二　いわした・ゆうじ
俳人　元・熊本日日新聞会長　[生]明治44年3月2日　[没]平成10年11月26日　[出]熊本県熊本市　本名＝岩下雄二(いわした・ゆうじ)　[学]広島高師(昭和7年)卒　[賞]日本記者クラブ賞(昭和54年)「黙鼓子」、勲七等双光旭日章(昭和56年)
[歴]鎮西中、済々黌教諭、東洋語学専教授を経て、昭和21年熊本日日新聞入社。論説委員、編集局次長兼社会部長、取締役、常務、論説委員長、52年会長を歴任し、54年論説顧問。俳人としては、23年「風花」入門、中村汀女に師事。のち「風花」同人会長。句集に「踏切」。
[団]俳人協会

岩瀬 正雄　いわせ・まさお
詩人　[生]明治40年11月27日　[出]愛知県豊橋市
[学]名古屋電気学校中退　[賞]中部日本詩人賞(第3回)(昭和29年)「炎天の楽器」、中日社会功労賞(昭和58年)、地球賞(第17回)(平成4年)「わが罪 わが謝罪」、現代詩人賞(第18回)(平成12年)「空」　[歴]昭和7年頃から社会教育活動を始める。豊橋勤労少年会主事、豊橋連合青年団主事を経て、20年市役所に就職。37年に市教委社会教育課長を最後に定年退職するまで17年間、社会教育一筋に打ち込んだ。一方、少年時代から詩作を行い、昭和初期に高村光太郎の知偶を得、草野心平らと新詩人会を結成。「日本未来派」を経て、「オルフェ」同人。中日詩人会会長もつとめた。著書に詩集「炎天の楽器」「火の地方」「石の花」「荒野」「風」「わが罪 わが謝罪」「斑鳩行」「空」、エッセイ「枳殻」などの他、「岩瀬正雄詩集」がある。
[団]中日詩人会、日本現代詩人会(名誉会員)、日本文芸家協会

岩田 記未子　いわた・きみこ
歌人　[生]昭和3年12月3日　[出]石川県金沢市　本名＝岩田喜美子　[学]金城高女卒　[賞]泉鏡花記念金沢市民文学賞(第6回)　[歴]昭和30年「新雪」、31年「日本海」を経て37年「白珠」に入会、安田章生に師事。「白珠」「新雪」同人。石川県歌人協会常任幹事。歌集に「雪の炎」「冬の梢」「白の宴」がある。　[団]石川県歌人協会

岩田 京子　いわた・きょうこ
詩人　[生]昭和12年4月13日　[出]東京　本名＝恒川京子　[学]ハワイ大学大学院　[歴]詩集に「孝標の女」「遂に異質の風景の中で」「休息船」などがある。　[団]日本現代詩人会

岩田 潔　いわた・きよし
俳人　[生]明治44年7月3日　[没]昭和37年2月24日
[出]北海道函館市　旧号＝雨谷　[学]市岡中学卒
[歴]中学卒業後、大阪、伊勢、名古屋の税関につとめ、昭和14年郷里の碧南市で煉炭会社役員となる。「青垣」「詩風土」などの詩誌の同人を経て、昭和初期の山本梅史主宰の俳誌「泉」に投句し、以後「天の川」「雲母」などに参加。15年句集「東風の枝」を、16年評論集「俳句の宿命」「現代の俳句」を刊行。戦後は無所属。著書は他に「現代俳句講座」「俳句浪漫」など。

岩田 紫雲郎　いわた・しうんろう
俳人　[生]明治18年10月2日　[没]昭和32年7月24日　[出]東京・下谷　本名＝岩田幸美　[学]東京大学法科卒　[歴]明治43年三井銀行に入り、昭和15年の退職まで各地に転勤する。昭和11年には福岡支店長となった。福岡在勤中の大正6年に吉岡禅寺洞を知り、7年「天の川」に参加。9年「京鹿子」を鈴鹿野風呂などと創刊する。また東大俳句会にも関係し、新興俳句運動にも同調した。

岩田 昌寿　いわた・しょうじゅ
俳人　[生]大正9年4月1日　[没]昭和40年1月30日
[出]宮城県　本名＝岩田昌寿(いわた・あきひさ)
[歴]9歳で母を失い、小学校を出てすぐ上京、靴工場などで働く。昭和13年肺結核で清瀬の療養所に入院、「療養知識」の俳句欄で石田波郷の選を受け、15年「鶴」に入会。そのころ思想と信教、身辺愛欲の葛藤などから極度の神経衰弱に陥り、多摩にある精神病院に移される。その独房から詠い出された作品「秋夜変」が第2回茅舎賞の次点となった。その後一時退院したが、日雇など窮乏の生活のうちに再発、南多摩の狂院で死亡。石川桂郎著の「俳人風狂列伝」中の1人である。句集に「地の塩」がある。

岩田 正　いわた・ただし

歌人　[生]大正13年4月30日　[出]東京　[学]早稲田大学文学部国文科卒　[賞]「短歌」愛読者賞(第1回・評論部門)(昭和50年)「歌の蘇生」、日本歌人クラブ賞(第28回)(平成13年)「和韻」　[歴]昭和22年「まひる野」創刊に参加。馬場あき子と結婚。55年馬場主宰の「かりん」創刊に参加。のち、編集委員。また、現代短歌の評論家としても活躍。歌集に「靴音」、評論集に「土俗の思想」「現代の歌人」など。　[団]現代歌人協会、日本文芸家協会　[家]妻=馬場あき子(歌人)

岩田 晴幸　いわた・はるゆき

詩人　[生]昭和30年　[出]東京都杉並区　別名=ほっとけい　[歴]多くの職歴を経て、昭和59年広告事務所を起業。プランニングとコピーライティングを中心に、主に媒体制作に関わる。平成9年よりパソコン通信・@ニフティ“詩のフォーラム/5番会議室/詩の展覧会”に“ほっとけい”のネームで作品を発表。詩集に「約束の地」がある。　http://www.120.co.jp/ways

岩田 宏　いわた・ひろし

詩人　翻訳家　[専]ロシア文学　[生]昭和7年3月3日　[出]北海道虻田郡東倶知安　本名=小笠原豊樹(おがさわら・とよき)　[学]東京外国語大学ロシア語科中退　[賞]歴程賞(第5回)(昭和42年)　[歴]昭和30年青木書店勤務。詩作は「詩学研究会」への投稿から始まり、詩誌「今日」「鰐」同人として活躍。31年第一詩集「独裁」を刊行。「マヤコフスキー選集」(1〜3)や、ソルジェニーツィン「ガン病棟」(2巻・新潮社)の翻訳者としても知られる。ほかの作品に詩集「いやな唄」「頭脳の戦争」「グァンタナモ」「岩田宏詩集」、小説「踊ろうぜ」「ぬるい風」「なりななむ」、エッセイ集「同志たち、ごはんですよ」など。また、評論も多い。　[団]日本文芸家協会

岩田 鳴球　いわた・めいきゅう

俳人　[生]明治7年7月30日　[没]昭和11年9月22日　[出]石川県大聖寺町本町　本名=岩田久太郎　[学]東京高商(明治27年)卒　[歴]三井物産に勤務するが、大正7年に退社し、大本教の信者となって、のちに機関誌の編集長となる。明治37年俳誌「むし籠」を創刊し、37年から大正5年にかけては台湾で「思想樹」を指導した。

岩田 由美　いわた・ゆみ

俳人　[生]昭和36年11月28日　[出]岡山県岡山市　本名=岸本由美　[学]東京大学文学部(昭和59年)卒　[賞]翻訳奨励賞(第12回・英和部門)(昭和63年)、角川俳句賞(第35回)(平成1年)「怪我の子」　[歴]昭和59年〜平成2年岡山県立倉敷高を経て、神奈川県立岡津高教諭。大学時代、小佐田哲男の作句ゼミに参加、昭和62年俳誌「青」に入会。「藍生」にも所属。　[家]夫=岸本尚毅(俳人)

岩田 吉人　いわた・よしと

歌人　元・三重大学教授　元・農林省農業技術研究所病理昆虫部長　[専]植物病理学　[生]明治43年1月1日　[没]平成5年2月16日　[出]福岡県大牟田市　[学]東京帝大農学部(昭和12年)卒、東京帝大大学院修了　[歴]昭和14年三重高等農林学校(現・三重大学農学部)教授として赴任、約15年間勤務。29年東京の農林省農業技術研究所に転勤、45年同研究所病理昆虫部長として定年退職。日本植物病理学会会長を務めたのち(社)日本植物防疫協会参与に。短歌に関しては、昭和9年アララギに入会。他に三重アララギ、相武アララギに所属。歌集に「ユーカリの木の下で」「潮騒」他。

岩溪 裳川　いわたに・しょうせん

漢詩人　[生]安政2年1月27日(1855年)　[没]昭和18年3月27日　[出]丹波国福知山(現・京都府)　本名=岩溪晋(いわたに・すすむ)　字=子譲　[歴]幼年時代から漢籍を学び、佐藤一斎に師事する。明治5年上京し、森春濤の門に入って漢詩を学び、また詩作を始め、明治中期以降漢詩人として活躍。その間の一時期、文部省に勤める。「万朝報」の漢詩欄の選評者としても活躍。「談笑余響」などの多くの編著のほか、「詩学初楷」や詩集「裳川自選稿」全5巻の著書がある。

岩津 資雄　いわつ・もとお

歌人　早稲田大学名誉教授　[専]中世文学　[生]明治35年10月16日　[没]平成4年3月13日　[出]三重県宇治山田　号=不言舎　[学]早稲田大学国文科卒　[歴]早稲田在学中、窪田空穂に作歌の指導をうけ、大正15年「槻の木」の創刊に参加して、短歌、評論、随筆などを発表。昭和8年第二早稲田高等学院講師となり、24年早大文学部教授に就任。その間の14年、歌集「事に触れて」を刊行。他に歌集「遠白」「暗天」「丹の穂集」や「歌合せの歌論史研究」「短歌—古典と近代」「会津八一—人と作品」などの著書がある。　[団]槻の木会

岩月 通子　いわつき・みちこ
俳人　㊤昭和21年8月1日　㊥愛知県　㊦岸田稚魚に師事、「琅玕」を経て「晨」同人。句集に「坐」「野」がある。

岩波 香代子　いわなみ・かよこ
歌人　㊤大正1年9月18日　㊥長野県　㊦昭和7年「アララギ」入会。9年同退会。11年今井邦子の内弟子となり「明日香」に入会する。邦子没後「明日香」の中心的存在となる。歌集「潮路」「都わすれ」「冬の虹」がある。目白女子短期大学短歌部講師を8年間つとめる。
㊐日本歌人クラブ、長野県歌人連盟(理事)

岩成 達也　いわなり・たつや
詩人　大和銀行顧問　㊤昭和8年4月10日　㊥兵庫県神戸市　㊫東京大学理学部数学科(昭和32年)卒　㊝歴程賞(第19回)(昭和56年)「中型製氷器についての連続するメモ」、高見順賞(第20回)(平成2年)「フレベヴリイ・ヒツポポウタムスの唄」　㊦昭和37年大和銀行に入行。平成元年取締役・年金信託総合部年金信託企画部長、常務を経て、8年顧問。一方、東大在学中に「ぼくたちの未来のために」に参加し、詩作を発表。後に「あもるふ」を創刊し、昭和44年「レオナルドの船に関する断片補足」を刊行。以後詩集「燃焼に関する三つの断片」「徐々に外へ、ほか」「マイクロ・コズモグラフィのための13の小実験」「中型製氷器についての連続するメモ」「岩成達也詩集」「フレベヴリイ・ヒツポポウタムスの唄」を発表。評論に「擬場とその周辺」「箱船再生のためのノート」「詩的関係の基礎についての覚書」がある。
㊐日本現代詩人会、日本アクチュアリー会

岩野 喜久代　いわの・きくよ
歌人　小説家　㊤明治36年1月3日　㊥広島県　㊫東京府女子師範(大正11年)卒、東洋大学倫理教育部　㊦大正14年大東出版社創立者・岩野真雄と結婚。昭和5年与謝野寛・晶子夫妻に師事して新詩社同人となり、17年晶子の後を受け文化学院にて短歌を指導。26年歌誌「浅間嶺」を創刊、43年まで主宰する。43年夫の死去にともない大東出版社代表となる。歌集に「苔の花」「さまるかんどの秋」、小説に「大正三輪浄閑寺」「夕日に向って」、編著に「与謝野晶子書簡集」などがある。

岩野 泡鳴　いわの・ほうめい
詩人　小説家　劇作家　評論家　㊤明治6年1月20日　㊚大正9年5月9日　㊥兵庫県淡路島洲本　本名＝岩野美衛(いわの・よしえ)　別筆名＝白滴子、阿波寺鳴門左衛門　㊫明治学院普通学部本科中退、仙台神学校(東北学院)　㊦少年時代伝道師になるつもりで受洗するが、のちにエマソンにひかれ、また政治家をも志す。雑誌記者、英語教師、新聞記者などをしながら文学を志し、明治34年詩集「露じも」を刊行。35年「明星」に参加。36年から43年にかけて「少年」に毎号少年詩を発表。39年評論「神秘的半獣主義」を発表し、42年小説「耽溺」を刊行。浪漫主義の詩人として出発し、のちに自然主義文学の作家となる。詩人、評論家、作家として幅広く活躍し、詩集としてはほかに「闇の盃盤」などがあり、評論家としてはほかに「悲痛の哲理」「古神道大義」などがある。小説家としては「耽溺」のほか「発展」などの「泡鳴五部作」などの作品がある。自然主義作家としてはめずらしく思想的であったが、晩年は日本主義を唱道した。「復刻版泡鳴全集」(全18巻)がある。

岩淵 喜代子　いわぶち・きよこ
俳人　㊤昭和11年　㊥東京　㊝鹿火屋新人賞、鹿火屋賞　㊦昭和51年「鹿火屋」入会。原裕に師事。56年「貂」創刊より8年在籍、川崎展宏に師事。のち「鹿火屋」同人。同人誌「ににん」代表。句集に「朝の椅子」、連句集に「鼎」、エッセイ集に「淡彩望」など。　㊐俳人協会、日本ペンクラブ

岩淵 欽哉　いわぶち・きんや
詩人　㊤昭和11年8月21日　㊚平成10年4月10日　㊥兵庫県　㊫兵庫高中退　㊝小熊秀雄賞(第20回)(昭和62年)「サバイバルゲーム」
㊦旧満州からの引き揚げをはさむ戦中・戦後の体験を通して、厳しい時代を生き抜いた思いを描いた詩集「サバイバルゲーム」で、昭和62年小熊秀雄賞受賞。ほかに詩集「見えない工場」など。

岩間 正男　いわま・まさお
政治家　歌人　元・参院議員(共産党)　日本共産党名誉中央委員　元・日教組委員長　㊤明治38年11月1日　㊚平成1年11月1日　㊥宮城県村田町　㊫宮城師範学校(昭和2年)卒　㊝多喜二・百合子賞(第11回)(昭和54年)「風雪のなか―戦後30年」　㊦大正14年から昭和22年まで宮城県、東京都で教員を歴任。戦後、教員組合運動に入り、全日本教員組合協議会(全教協)

の指導者となり、日教組の結成に尽力。22年参院全国区に当選し共産党に入党。以来引退するまで議員生活27年、本会議や委員会で質問に立つこと1380回、参院共産党議員団長もつとめた。また、北原白秋に短歌を学び、白秋没年前後「多磨」編集に従事。歌集に「炎群」「母子像」「風雪のなか」「春塵孤影」、歌論集に「追憶の白秋・わが歌論」などがある。

岩松 草泊　いわまつ・そうはく
俳人　双葉句会主宰　[生]大正13年　[出]熊本市　本名＝岩松恒夫　[学]熊本工業専門学校卒　[歴]農林省に勤務。俳句は中学校時代から地元の俳誌「阿蘇」で学び始め、「ホトトギス」に出句。現在、「双葉句会」を主宰し、新人の育成に当る。また、俳誌「山茶花」、「花鳥」同人。著書に「俳句 初歩の初歩―イラストで学ぶ俳句の作り方入門」など。

岩見 静々　いわみ・せいせい
俳人　[生]大正3年3月30日　[没]昭和48年5月19日　[出]東京　本名＝岩見鉱一　[学]東京帝国大学法学部卒　[歴]三井信託銀行取締役、監査役などを歴任。戦前は南仙臥に学び「馬酔木」「あら野」に投句、戦後は松本たかしに師事、「笛」同人となる。「笛」にたかし句集「石魂」の全句鑑賞「石魂脚注」を連載した。句集に「やさしき雲」がある。

岩村 蓬　いわむら・よもぎ
俳人　作家　編集者　元・講談社児童局長　[生]大正11年6月8日　[没]平成12年11月4日　[出]東京・牛込　本名＝岩村光介（いわむら・みつすけ）　別号＝岩村明河（いわむら・めいか）、別名＝岩村光介（いわむら・こうすけ）　[学]東京大学経済学部（昭和25年）卒　[歴]昭和16年台北帝大予科に入学。松村一雄教授に師事し、俳句と連句の実作を学ぶ。戦後講談社に入り、児童書の編集に携わる。児童局長を最後に定年退職。またこの間、37年に「麦」の同人となり、「氷海」「狩」を経て、62年「草苑」同人。著書に「半眼」「遠望」「鮎と蜉蝣の時」「草の絮」など。　[団]俳人協会、現代俳句協会

岩本 静子　いわもと・しずこ
俳人　[生]大正12年7月21日　[出]和歌山県海草郡美里町　[学]和歌山日赤臨時科（昭和18年）卒　[資]看護婦　[歴]昭和16年和歌山県看護婦試験に合格。18年召集。満州奉天省熊岳城陸軍病院に勤務。21年復員。夫の死後、36年より斉藤婦産科医院、和歌山市和佐みどりが丘ホーム、岩出療育園に勤務。42年西中国俳句大会初投句が山口誓子特選に。43年「七曜」入会、のち同人。45年広島県天狼大会でも山口誓子特選、庄原市長賞を受ける。句集に「天狼遠星集」（合同句集）、「黒髪」「濃き茶うすき茶」「パンドラの箱」などがある。

岩本 修蔵　いわもと・しゅうぞう
詩人　[生]明治41年9月1日　[没]昭和54年3月9日　[出]三重県宇治山田市　[学]東洋大学卒　[歴]昭和初年代から「白紙」「MADAME BLANCHE」「VOU」などでシュールレアリスム系の詩を発表する。昭和8年「青の秘密」を刊行。以後も「喪くした真珠」などを刊行。14～22年満州ですごし、戦後は24年「PAN POESIE」を創刊。戦後の詩集に「はげしい回顧」「マホルカ」などがあり、ほかに童話集や随筆集もある。32年「岩本修蔵詩集」を刊行。
[家]息子＝岩本隼（雑誌記者）

岩本 武文　いわもと・たけふみ
歌人　[生]大正2年12月30日　[出]鳥取県八頭郡西郷村　[賞]鳥取市文化賞　[歴]教職につきながら静脈短歌会で活躍、後進の指導にあたり、歌集「陽の椅子」「無明」を出版。中央、関西歌壇にも短歌を発表し続けている。　[団]日本歌人クラブ

岩本 木外　いわもと・ぼくがい
俳人　[生]明治5年　[没]明治43年8月18日　[出]長野県諏訪郡下諏訪町高木　本名＝岩本永正　[歴]正岡子規に学び、明治31年長野県諏訪郡に二葉会をおこして、俳句の制作、研究、普及につとめた。32年「諏訪文学」、36年「氷むろ」を発刊。35年「諏訪新俳句」を編み、死後「木外遺稿」が出版された。

岩谷 孔雀　いわや・くじゃく
俳人　[生]明治21年3月6日　[没]昭和51年8月20日　[出]島根県大田市　本名＝岩谷貫二　[学]慶応義塾大学卒　[歴]大学在学中の明治36年頃から作句を始め、42年頃から「ホトトギス」に投句、虚子・鳴雪等に師事。大正8年岩木躑躅らと「相樹」を発刊、選者。10年長谷川零余子の「枯野」創刊に参画。昭和2年「春暁」を創刊、主宰。戦後は「木立鳥」「稲穂」「極光」等を主宰した。句集に「虎尾草」（大15）がある。

岩谷 山梔子　いわや・くちなし

俳人　[生]明治16年1月30日　[没]昭和19年1月4日　[出]青森県東津軽郡新城村　本名＝岩谷健治　別号＝木丹亭、黙堂　[歴]少年時代に肋胸骨カリエスを患い、予後の体力回復中に俳句を知る。碧梧桐門下生として「続春夏秋冬」「日本俳句鈔」に多くの句作が収録される。のちに東本願寺に勤め、「石楠」「懸葵」などに参加し、大正13年「山梔子第一句集」を刊行。編著に「自選乙字俳論集」などがある。

巌谷 小波　いわや・さざなみ

児童文学者　小説家　俳人　[生]明治3年6月6日　[没]昭和8年9月5日　[出]東京府麹町平河町(現・東京都千代田区)　本名＝巌谷季雄(いわや・すえお)　別名＝漣山人、大江小波、楽天居　[歴]進学を放棄して、明治20年硯友社に入る。24年に創作童話「こがね丸」を発表後、児童読物の執筆に専念。27年博文館に入社し、「幼年世界」「少女世界」「少年世界」の主筆となる。31年1月から「少年世界」に「新八犬伝」を連載して長編児童文学に新機軸をもたらした。また叢書「日本昔噺」「日本お伽噺」「世界お伽噺」を編纂し、童話口演をするなど児童文学に貢献した。「小波お伽全集」(全15巻)がある。俳人としても一家をなし、句集「さつら波」がある。　[家]父＝巌谷一六(書家・貴院議員)、長男＝巌谷槇一(劇作家)、二男＝巌谷栄二(児童文学研究家)、四男＝巌谷大四(文芸評論家)

岩谷 莫哀　いわや・ばくあい

歌人　[生]明治21年4月18日　[没]昭和2年11月20日　[出]鹿児島県薩摩郡宮之城村湯田　本名＝岩谷禎次　[学]東京帝国大学経済科卒　[歴]中学時代から「秀才文壇」などに投稿し、東京帝大在学中に尾上柴舟に師事する。昭和44年「車前草」に参加し、大正3年「水甕」の創刊に参加。またのちに「桜草」を創刊し「珊瑚礁」にも参加した。大正5年出版社莫哀社をつくるが、6年明治製糖に入社して渡台。8年結核のため療養生活に入る。歌集に「春の反逆」「仰望」など。「岩谷莫哀短歌全集」(水甕社)がある。

印堂 哲郎　いんどう・てつろう

詩人　[専]インドネシア文学研究　[生]昭和16年10月26日　[出]東京都　[学]埼玉大学卒　[歴]「潮流詩派」同人。著書に「時の風洞」、訳詩集「ヌサンタラ詩抄」。　[団]日本アジア・アフリカ作家会議

印東 昌綱　いんどう・まさつな

歌人　[生]明治10年10月30日　[没]昭和19年2月26日　[出]三重県鈴鹿郡　旧姓(名)＝佐佐木　[歴]国学者、歌人佐佐木弘綱の二男。明治24年死去した父の遺志で短歌結社竹柏会を兄信綱が守り、31年創刊の歌誌「心の花」同人として活動、編集に当たった。また大正初めまで鴻池銀行に勤めた。後半書道にも精進。日本美術協会委員、泰東書道院審査員などを務めた。さらに「かへで会」を主宰、後進を指導。信綱との合著歌文集「美文韻文磯馴松」、歌集に「かへりみて」「家」「細雨」。玄得夫妻追慕集「残りのかをり」、妻の益子遺稿歌集「絲」を編集した。　[家]父＝佐佐木弘綱(歌人・国学者)、兄＝佐佐木信綱(歌人)、息子＝印東弘玄(植物学者)

【う】

上 真行　うえ・さねみち

雅楽師　チェロ奏者　漢詩人　宮内省雅楽部楽長　[生]嘉永4年7月2日(1851年)　[没]昭和12年2月28日　[出]京都　旧姓(名)＝上真裕(うえ・さねみち)　雅号＝上夢香(うえ・むこう)、善愁人　[歴]雅楽専業の家系に生まれ、4歳で雅楽の唱歌を学び、11歳で仕官、宮中の楽事に奉仕。明治3年雅楽局伶員となり、7年式部寮伶人、大正6年宮内省雅楽部楽長。この間、英人フェントンに洋楽を習い、日本最初のチェロ奏者といわれる。またアメリカ人メーソンに唱歌和声を学び、「天長節」「一月一日」などを作曲。一方、14年音楽取調掛の教官となり、師範、女子師範、学習院で教え、のち東京音楽学校教授に。大正9年には正倉院収蔵の楽器の調査研究にも活躍した。書にも長け、漢詩人としても活躍。「花月新誌」「桂林一枝」などに投詩して好評を博した。

上木 彙葉　うえき・いよう

歌人　[生]大正13年8月28日　[出]東京　本名＝上木永生　[歴]昭和7年「心の花」入社。片山広子に師事。一時期「立春」「砂金」に参加。39年同人誌「層」を創刊、編集同人となる。歌集「真亀遊草」、合同歌集「渦」がある。

植木 枝盛　うえき・えもり

政治家　詩人　思想家　衆院議員(自由倶楽部)　[生]安政4年1月20日(1857年)　[没]明治25年1月23日　[出]土佐国(高知県)　[学]海南私塾　[歴]明治6

年上京、藩立の海南私学に入学、福沢諭吉らの啓蒙思想に啓発された。7年板垣退助の立志社の所説に共鳴、政治を志す。10年立志社に参加、以後板垣のブレーンとして愛国社を再興、ついで国会期成同盟を組織。13年自由党準備会を結成、14年板垣を総理とする全国政党の自由党を結成、機関誌の編集・執筆と全国遊説に活躍した。15年酒税軽減を要求して酒屋会議を開いた。18年自由党解党、23年第1回総選挙に当選、第1回帝国議会予算委員となった。徹底した人民主権論者で、明治政府の専制的性格に反対、自由民権運動の指導に当たった。また西洋政治理論や各国の歴史に通じ、多くの著書、論文を残し、「民権自由論」「日本国国憲案」「天賦人権弁」「一局議院論」「東洋之婦女」などがある。ほかに近代詩史初期の詩作として「民権田舎歌」「民権自由数え歌」があり、民権思想普及を目的に平易に表現されている。

植木 火雪　うえき・かせつ

俳人　[生]明治40年10月15日　[没]平成8年3月2日　[出]栃木県佐野市　本名＝植木亀造　[学]栃木県師範学校専攻科(現・宇都宮大学)卒　[賞]下野新聞俳句文芸賞(昭和33年)、栃木県俳句芸術祭賞(昭和48年)、栃木県俳句作家協会顕彰作家年度賞(昭和52年)　[歴]中学校教師を務めた。昭和35年「風」入会、44年同人。佐野市俳句連盟代表を務める。句集に「風林」がある。　[団]俳人協会

植木 正三　うえき・しょうぞう

歌人　「草地」主宰　[生]大正3年7月20日　[没]平成12年11月10日　[出]神奈川県伊勢原市　[学]横浜市立商卒　[賞]日本歌人クラブ賞(第7回)(昭和55年)「草地」　[歴]昭和7年「石蕗」に入会、のち「国民文学」、13年「ポトナム」を経て、15年「花実」創刊に参加。47年「草地」創刊、編集発行人となる。作風は写実主義を核とし“生命・主体性・絶対個”を唱えた。歌集に「二俣川」「草地」「天無風」「丘陵晩年」(遺歌集)がある。

上島 清子　うえしま・きよこ

俳人　[生]昭和20年10月20日　[出]奈良県御所市　[学]大阪大学薬学部(昭和43年)卒　[賞]運河賞(昭和63年)、浮標賞(平成3年・7年)、深吉野賞(平成6年)　[歴]大卒後、薬剤師に。傍ら昭和54年俳句を始め、運河に入会、右城暮石に師事する。平成6年「晨」同人、7年「運河」編集同人。句集に「四天」「春ごと」「こゑとこゑ」がある。　[団]俳人協会、大阪俳人クラブ、大阪俳句史研究会

上島 顕司　うえしま・けんじ

俳人　[生]昭和36年8月31日　[出]大分県　[賞]毎日俳壇賞(昭59年度上半期)　[歴]昭和58年倉田紘文に師事し、「蕗」入会。59年度上半期毎日俳壇賞(飯田龍太推薦)を受賞。句集に「湾岸道路」があり、「現代俳句の精鋭」(昭61刊)に収録される。

上杉 浩子　うえすぎ・ひろこ

詩人　イラストレーター　[生]昭和13年1月2日　[出]旧満州・大連　[学]武蔵野美術短期大学卒　[歴]「舟」所属。旧「あいなめ」(金子光晴主宰)同人。詩集に「おいらん草」「女とメトロノーム」「魔界」「紅筆」など。ほかに評伝「金子光晴の思い出」がある。

上田 秋夫　うえだ・あきお

詩人　[生]明治32年1月23日　[出]高知県　[学]東京美術学校彫刻科卒　[歴]倉田百三主宰の「生活者」に参加し、大正15年「彫刻」を発表。ロマン・ロランの影響をうけて渡仏もする。昭和2年刊行の「自存」や「五月桂」などの詩集があり、ロマン・ロラン「ミケランジェロ」などの翻訳もある。

上田 修　うえだ・おさむ

詩人　[生]大正4年1月4日　[出]東京　本名＝上野秀司　[学]東京府立第一商業学校(旧制)卒　[歴]在学中に仲間と前衛詩誌「オメガ」を創刊。「マダム・ブランシュ」への参加を経て、「20世紀」「新領土」同人。「詩法」「文芸汎論」その他でも活躍。詩集に「風に吹かれて」「シーホース」「感傷旅行」「寛容の限界」などがある。

上田 万年　うえだ・かずとし

国語学者　言語学者　詩人　東京帝国大学学長　貴院議員　[生]慶応3年1月7日(1867年)　[没]昭和12年10月26日　[出]江戸・大久保　[学]帝大文科大学(現・東大)和文科(明治21年)卒　文学博士　[資]帝国学士院会員(明治41年)　[歴]明治23年ドイツ等に留学して言語学を修め、帰国後帝大文科大学で言語学、国語学を講じる。27年東京帝大教授に就任し、34年からは文部省専門学務局長も兼ねた。35年には国語調査委員会(のちの国語審議会)主査委員に就任。近代の国語学の樹立のために活躍。著書「国語のため」「国語のため第二」は歴史的意義が大きい。大正元年東京帝大学長、8年神宮皇学館長兼任。15年貴院議員。昭和2～4年国学院大学学長。他

の著書に「大日本国語辞典」(松井簡治との共著，全5巻)、「同索引」(全3巻)、「古本節用集の研究」(橋本進吉との共著)、「近松語彙」(樋口慶千代との共著)、外山正一、中村秋香らとの合同新体詩集「新体詩歌集」がある。　[家]娘＝円地文子(小説家)、孫＝冨家素子(作家)

上田 渓水　うえだ・けいすい
俳人　[生]大正15年2月20日　[出]東京　本名＝上田多成　[歴]昭和23年「かびれ」入会、26年同人。のち「かびれ」編集委員、選者となる。千葉県俳句作家協会幹事・監査役を務める。　[団]俳人協会

上田 幸法　うえだ・こうぼう
詩人　[生]大正5年8月3日　[出]熊本県八代郡太田郷村(現・八代市井上町)　[学]八代商業学校卒　[賞]熊日文学賞(第5回)(昭和38年)　[歴]戦後、サンケイ新聞記者を経て、昭和35〜50年熊本県広報課に勤務。かたわら詩作活動を行なう。また刑務所の篤志面接委員を長年つとめ、平成2年八代市文化協議会誌に死刑囚の俳句を掲載した。詩集に「鉛の鈴」「椿の章」「冬の神さま」「戦争・笑った」「ある戦争の話」「満月」「上田幸法詩集」など。　[団]日本現代詩人会、日本詩人クラブ、熊本県詩人会

上田 五千石　うえだ・ごせんごく
俳人　「畦」主宰　[専]古典文学　新聞学　俳句　[生]昭和8年10月24日　[没]平成9年9月2日　[出]東京市　本名＝上田明男(うえだ・あきお)　[学]上智大学文学部新聞学科卒　[賞]俳人協会賞(第8回)(昭和43年)「田園」　、静岡県文化奨励賞(第8回)(昭和43年)「田園」　[歴]幼時から父・古笠に俳句を師事。昭和29年秋元不死男に入門。31年「氷海」同人、37年俳人協会会員、44年幹事、のち評議員、理事。48年「畦」を創刊し、主宰。句集に「田園」「森林」「風景」「琥珀」「自註上田五千石集」、エッセイに「俳句塾」など。62年4月〜平成元年3月NHKテレビ「俳句入門」の講師もつとめた。　[団]俳人協会(理事)、日本文芸家協会　[家]娘＝上田日差子(俳人)

植田 重雄　うえだ・しげお
歌人　早稲田大学名誉教授　[専]宗教民俗　宗教芸術　宗教哲学　宗教現象学　[生]大正11年12月24日　[出]静岡県榛原郡相良町　[学]早稲田大学文学部哲学科(昭和19年)卒　文学博士(早稲田大学)　[興]比較民俗研究　[賞]勲三等瑞宝章(平成11年)　[歴]歌誌「淵」「槻の木」に所属。著書に、ドイツの民間行事に残るゲルマン原始信仰の影を描いた「ヨーロッパ歳時記」や、「ヨーロッパの祭と伝承」「会津八一とその芸術」「宗教現象における人格性・非人格性の研究」、訳書にブーバー「我と汝・対話」、ボーマン「ヘブライ人とギリシア人の思惟」、歌集に「鎮魂歌」「存在の岸辺」「六曜星」などがある。　[団]日本宗教学会(常任理事)

上田 静栄　うえだ・しずえ
詩人　[生]明治31年1月2日　[出]大阪　本名＝上田シズエ　[歴]京城の女学校を卒業後、田村俊子宅に寄寓、桜井英学塾に通う。大正13年7月から「ダムダム」同人神戸雄一の出資で林芙美子と詩誌「二人」を出す。個人雑誌「三角旗」、詩とエッセイの雑誌「ゆり」を主宰。夫・上田保の編集する「新領土」同人でもあった。詩集に「海に投げた花」「暁天」「青い翼」「花と鉄塔」など、エッセイ集に「こころの押花」がある。　[家]夫＝上田保

植田 多喜子　うえだ・たきこ
歌人　[生]明治29年6月11日　[没]昭和63年8月1日　[出]山口県山口市　本名＝植田タキ　[学]東京女高師卒　[歴]在学中から短歌を始める。昭和11年植松寿樹に師事し、「沃野」の創刊に参加し、編集同人。万葉調の歌人として知られ、歌集に「久遠の塔」「落葉の日記」「山家小情」など。そのほか、ベストセラーとなった私小説「うづみ火」などの著作がある。

上田 聴秋　うえだ・ちょうしゅう
俳人　[生]嘉永5年2月24日(1852年)　[没]昭和7年1月17日　[出]美濃国大垣(岐阜県)　本名＝上田肇　号＝不識庵、別名＝花の本聴秋(はなのもと・ちょうしゅう)　[学]慶応義塾大学中退、大学南校中退　[歴]明治17年京都で梅黄社を創設し、俳誌「鴨島新誌」を創刊。23年二条家から花の本を允許され、11世を称する。編著に「月ケ瀬紀行」「聴秋百吟」「鶴鳴集」がある。

上田 都史　うえだ・とし
俳人　種田山頭火研究家　[専]近代俳句(自由律俳句)　[生]明治39年9月23日　[没]平成4年8月30日　[出]岐阜県　本名＝上田馮介(うえだ・としすけ)　[学]東京中中退　[歴]昭和9年個人誌「純粋」を創刊。戦後、「俳句評論」などを経て、54年「海程」同人となる。61年〜平成3年「波の会」主宰。句集に「純粋」「喪失」「証言」「参加」、著書に「心の俳句・趣味の俳句」「御馳走さまの歳時記」「自由律俳句文学史」「人間尾崎放哉」「放哉の秀句」「俳人山頭火」「山頭火の虚像と実像」「近代俳人列伝」(全3巻)など。

㊐日本文芸家協会、日本ペンクラブ、現代俳句協会、日中文化交流会

上田 敏雄　うえだ・としお
詩人　元・山口大学文理学部助教授　㊕英文学　㊐明治33年7月21日　㊣昭和57年3月30日　㊞山口県吉敷郡　㊫慶応義塾大学英文科卒　㊧昭和4年に詩集「仮説の運動」を出しハイポスイシス(仮説)の詩観に支えられた純粋主義で独特なイメージを展開した。戦後はカトリック思想にも接近、詩集「薔薇物語」、詩論「神の喜劇」などを刊行した。　㊎弟=上田保(評論家)

上田 日差子　うえだ・ひざし
俳人　俳句文学館　㊐昭和36年9月23日　㊞静岡県　㊫静岡英和女学院短期大学卒　㊧俳人協会が運営する俳句文学館に勤務。「畦」同人。句集に「日差集」がある。　㊎父=上田五千石(俳人・故人)

上田 英夫　うえだ・ひでお
国文学者　歌人　熊本大学名誉教授　㊐明治27年1月5日　㊣昭和53年6月20日　㊞兵庫県永上郡大路村　㊫東京帝国大学文学部国文学科(大正9年)卒　文学博士　㊧明治43年前田夕暮の白日社に入るが、六高在学中「水甕」に参加する。大正15年、国文学者として五高教授となり、のちに熊本大教授に就任。国文学者としては万葉研究で文学博士となり、昭和31年「万葉集訓点の史的研究」を刊行。歌集に「早春」などがある。

上田 敏　うえだ・びん
詩人　評論家　英文学者　京都帝国大学教授　㊐明治7年10月30日　㊣大正5年7月9日　㊞東京・築地　号=柳村　㊫東京帝大文科大学英文科(明治30年)卒　㊧東京高師講師、東京帝大講師、京都帝大教授を歴任し、英文学を講じる。一高在学中「文学界」同人、東京帝大では「帝国文学」の第1期編集委員となる。ヨーロッパ各国の文芸思想の紹介につとめ、評伝「耶蘇」、訳文集「みをつくし」、評論集「最近海外文学」「文芸論集」「詩聖ダンテ」などを発表。フランス象徴主義の日本への移植をはかり、雑誌「明星」においてベルレーヌ、ボードレールの作品を翻訳。明治38年に不朽の訳詩集「海潮音」を刊行、以後の詩歌壇に大きな影響を与えた。40～41年アメリカ、フランスに渡る。他に小説「うづまき」、詩集「牧羊神」や「伊曽保物語考」、「定本上田敏全集」(全10巻，教育出版センター)などがある。

上田 穆　うえだ・ぼく
歌人　㊐明治35年5月16日　㊣昭和49年6月4日　㊞京都府　本名=上田行夫　㊫京都府師範学校卒　㊧青山霞村のカラスキに入社し、口語歌を学ぶ。師範学校卒業後は上京して日本大学、アテネ・フランセで学び、卒業後は学習社などに勤務する。短歌の面では、のちに自由律に転じて「立像」「新短歌」などに所属する。歌集に「街の放射線」(昭5)がある。

上田 操　うえだ・みさお
俳人　㊐昭和17年12月16日　㊞大阪　㊫佐世保商卒　㊛南風新人賞(昭和50年)、南風賞(昭和53年)、俳人協会新人賞(第9回)(昭和60年)　㊧昭和41年山口草堂に師事。53年淀の会会員、54年「南風」編集。句集に「直面」がある。　㊐俳人協会

上田 三四二　うえだ・みよじ
歌人　文芸評論家　医師　清瀬上宮病院医師　㊐大正12年7月21日　㊣平成1年1月8日　㊞兵庫県小野市　㊫京都帝国大学医学部(昭和23年)卒　㊛群像新人文学賞(第4回)(昭和36年)「斎藤茂吉論」、短歌研究賞(第6回)(昭和43年)「佐渡玄冬」、迢空賞(第9回)(昭和50年)「湧井」、亀井勝一郎賞(第7回)(昭和50年)「眩暈を鎮めるもの」、「短歌」愛読者賞(第5回)(昭和53年)「島木赤彦」、平林たい子賞(第7回)(昭和54年)「うつしみ」、日本歌人クラブ賞(第10回)(昭和58年)「遊行」、読売文学賞(第36回・評論・伝記賞)(昭和59年)「この世この生」、芸術選奨文部大臣賞(第35回)(昭和59年)「惜身命」、野間文芸賞(第39回)(昭和61年)「島木赤彦」、日本芸術院賞(第43回)(昭和62年)、紫綬褒章(昭和62年)、川端康成文学賞(第15回)(昭和63年)「祝婚」　㊧昭和23年医師となる。20年より歌作を始め、「新月」同人を経て、49年より無所属。28年処女歌集「黙契」以後、短歌評論の面でも活動を始め、「斎藤茂吉論」などを発表。50年歌集「湧井」で迢空賞、評論集「眩暈を鎮めるもの」で亀井勝一郎賞、58年歌集「遊行」で日本歌人クラブ賞、63年小説「祝婚」で川端康成文学賞を受賞。宮中歌会始選者もつとめた。　㊐日本文芸家協会、現代歌人協会

上野 章子　うえの・あきこ
俳人　「春潮」主宰　㊐大正8年6月17日　㊣平成11年1月15日　㊞神奈川県鎌倉市　㊫フェリス和英女学校卒　㊧高浜虚子の六女。俳句は昭和11年頃から手を染める。17年俳人・上野泰と結婚。26年「春潮」発刊。48年夫の没後、「春潮」を継承し、主宰。句集に「六女」「桜

草」、エッセイ集「佐介此頃」などがある。[団]俳人協会　[家]父＝高浜虚子、夫＝上野泰（俳人）、兄＝高浜年尾（俳人）、池内友次郎（作曲家）、姉＝星野立子（俳人）、高木晴子（俳人）

上野 菊江　うえの・きくえ
詩人　[生]大正9年2月12日　[出]福島県白河市　本名＝稲毛菊江　[賞]福島県文学賞（詩，第3回）（昭和25年）「アヌビス」　[歴]県立女学校卒業後、新聞社・出版社員や教師などの職に就く。昭和10年頃詩作を始め、福田正夫に師事、「断層」「蝋人形」「女子文苑」「若草」などに投稿、のち同人誌「竜」「黒」「銀河系」などに参加。詩集に「アヌビス」「葡萄樹下」「幻日」「野にうたう唄」などがある。

上野 さち子　うえの・さちこ
俳人　山口県立大学名誉教授　[専]近世俳諧　[生]大正14年2月11日　[没]平成13年9月22日　[出]山口県山口市大内　本名＝上野サチ子　[学]山口女専国文科（昭和19年）卒　[賞]山口県芸術文化振興奨励賞（昭和53年）　[歴]昭和17年荒瀬洎楊の手ほどきをうける。26年「浜」入会。大野林火らに師事。35年「浜」、43年「風」同人。40年夫・燎とすばる俳句会結成。のち「百鳥」同人。平成元年山口女子大学（現・山口県立大学）を退官。また朝日新聞山口俳壇の選者をつとめた。句集に「はしる紅」「二藍」「水の上」、著書に「近代の女流俳句」「俳文芸の研究」「女流俳句の世界」など。　[団]俳人協会、俳文学会　[家]夫＝上野燎（俳人）

上野 章子　うえの・しょうこ
俳人　[生]昭和10年1月10日　[出]東京　[学]お茶の水女子大学理学部（昭和32年）卒　[歴]大学卒後、高校教師をしていたが、結核にかかり一時療養生活。地元の小・中学校のPTA会長などをつとめ、昭和51年より東京家裁調停委員、62年より杉並区議をつとめる。俳人としては、46年大場美夜子に師事し、「若葉」に投句。52年「雪解川」創刊と共に参加、編集委員、56年同人。「未来図」同人。句集に「向日葵」がある。　[団]俳人協会　[家]夫＝上野正彦（元東京都監察医務院院長）

上野 壮夫　うえの・たけお
詩人　小説家　[生]明治38年6月2日　[没]昭和54年6月5日　[出]茨城県　[学]早稲田高等学院露文学科中退　[歴]アナーキズム系の「黒嵐時代」などの同人を経て、昭和4年「文芸戦線」に参加する。一方、昭和2年に労農芸術家連盟の書記長となるが、間もなく前衛芸術家同盟の結成に加わり、その後日本プロレタリア作家同盟に加入する。プロレタリア運動解体後は「人民文庫」に参加し、16年日本青年文学会委員長に就任。その後、花王石鹸奉天支店に勤務。主な作品に小説「跳弾」「日華製粉工場」や、詩「戦争へ」などがあるほか、詩集「黒の時代」、随筆集「老けてゆく革命」がある。

上野 晴夫　うえの・はるお
歌人　[生]昭和7年1月17日　[没]平成11年11月10日　[出]岡山県　[賞]兵庫県歌人クラブ新人賞（昭和48年）　[歴]昭和36年「ポトナム」に入会。頴田島一二郎に師事。48年兵庫県歌人クラブ新人賞を受賞。52年同クラブ理事。歌集「木魂祭」がある。　[団]現代歌人協会

上野 宗男　うえの・むねお
詩人　大阪体育大学教授　[専]教育原理　[生]昭和6年5月3日　[出]徳島県海部郡宍喰町　[学]青山学院大学文学部教育学科（昭和27年）卒、早稲田大学大学院文学研究科西洋哲学専攻（昭和34年）修士課程退学　[歴]横浜東宝会館、浪商高校教諭を経て、昭和40年大阪体育大学講師となる。43年助教授、51年教授。この間、48年から「足尾鉱毒事件と田中正造」を講じ、商業雑誌への投稿を拒絶している。自費出版書に詩集「げんばくのこらのうた」「一つの生」「ああ谷中村」、小説集「石の滝」「塩原旅情」、旅行記「ひまわり咲く国へ」など。　[団]日本教育経営学会、教育史学会、日本宗教学会、国際クリスチャン教授学会

上野 泰　うえの・やすし
俳人　[生]大正7年6月25日　[没]昭和48年2月21日　[出]神奈川県横浜市　[学]立教大学経済学部卒　[歴]昭和17年高浜虚子の六女・章子と結婚。戦後「ホトトギス」の新鋭として作句に励む。26年「春潮」主宰。句集に「佐介」「春潮」「泉」「一輪」「城」などがある。　[家]妻＝上野章子（俳人）

上野 勇一　うえの・ゆういち
歌人　「下野歌人」代表　[生]明治44年9月15日　[出]栃木県　[歴]歌集に「まぼろしの鷹」「風と翳」「山河巡礼」など。

上野 燎　うえの・りょう
俳人　[生]昭和2年1月8日　[出]旧朝鮮　本名＝上野五郎（うえの・ごろう）　[学]東京大学工学部卒　[歴]昭和21年長兄上野佇風の手ほどきを受ける。23年川口重美に兄事。同年「風」入会、沢木欣一に師事。26年「風」同人。40年妻さち子と「すばる俳句会」結成。句集に「野火」「尉鶲」

など。 [団]俳人協会 [家]妻=上野さち子(俳人・故人)、兄=上野佇風

上林 白草居 うえばやし・はくそうきょ

俳人 [生]明治14年6月14日 [没]昭和46年1月9日 [出]東京府北多摩郡府中 本名=上林晋 旧号=煤六 [学]慶応義塾商業卒 [歴]東京興信所、安田銀行に勤務。俳句は大正2年より「ホトトギス」に投句をはじめ、9年高浜虚子門に加わり、昭和9年「ホトトギス」同人となる。この間、大正5年「草」を創刊し、昭和5年より選者となり、没年まで主宰した。句集に10年刊行の「野川」をはじめ「草園」「旅恋」「一期抄」などがある。

上原 三川 うえはら・さんせん

俳人 [生]慶応2年8月8日(1866年) [没]明治40年6月25日 [出]信州国(現・長野県) [学]長野師範卒 [歴]教職に就くが、胸を病んで東京の北里病院に入院。療養中、俳句に親しみ、明治31年碧玲瓏との共編「新俳句」を刊行。没後33回忌に「三川句集」(昭和13年)が刊行された。

上原 朝城 うえはら・ちょうじょう

俳人 [生]大正7年1月2日 [没]平成9年12月12日 [出]福岡県福岡市 本名=上原有城 [学]九州医学専門学校卒 医学博士 [歴]昭和14年九州医専俳句会に参加。清原枴童、河野静雲の指導を受け、25年「雪解」主宰。皆吉爽雨に師事。27年「雪解」同人。55年西日本新聞婦人文化サークル俳句教室講師、58年雪解賞を受賞。のち若松俳句協会会長。句集に「花織」「彩亭」など。 [団]俳人協会、北九州俳句協会(理事)

上原 白水 うえはら・はくすい

俳人 [生]昭和2年3月21日 [出]愛媛県城川町 本名=上原勲 [学]愛媛師範(昭和22年)卒 [賞]星賞(昭和55年) [歴]昭和21年石楠系俳人の小川太朗に拠る。「石楠」へ投句し、篠原梵・八木絵馬に師事。25年川本臥風主宰「いたどり」の編集担当となる。28〜53年作句を中断するが、54年吉野義子主宰の「星」に参加。のち「泉」主宰。句集に「みゆき」「蝸の道」がある。 [団]俳人協会

植原 抱芽 うえはら・ほうが

俳人 [生]明治43年3月1日 [没]昭和60年3月30日 [出]大阪市平野区喜連 本名=植原信造(うえはら・のぶぞう) [学]天王寺師範学校卒 [歴]大正11年「ホトトギス」系俳人奥野伎人堤の手ほどきを受ける。昭和5年旧「山茶花」編集援助。21年「雪解」に拠る。22年「懸巣」主宰。現代俳句協会会員を経て、37年俳人協会入会。句集に「顔」「巷」「洒」「朝」などがある。 [団]俳人協会

植松 寿樹 うえまつ・ひさき

歌人 [生]明治23年2月16日 [没]昭和39年3月26日 [出]東京市四谷区舟町 [学]慶応義塾大学理財科(大正6年)卒 [賞]日本歌人クラブ推薦歌集(第11回)(昭和40年)「白玉の木」 [歴]中学時代から短歌を発表し、慶大卒業後は加島銀行、大倉商事を経て、大正12年から芝中学の国語教師となる。その間の大正3年「国民文学」創刊に参加。10年「庭燎(にわび)」を刊行。以後「光化門」「枯山水」「渦若葉」「白玉の木」を刊行。昭和21年「沃野」を創刊した。歌集以外の著書に「近世万葉調短歌集成」「江戸秀歌」などかある。

植村 通草 うえむら・あけび

俳人 [生]明治41年3月15日 [出]大分県 本名=植村タネ子 [学]釜山高女中退 [歴]長谷川朝風の指導により、昭和14年「雲母」に投句、飯田蛇笏に師事。28年「雲母」同人。現代俳句協会員を経て51年俳人協会入会。平成5年「白露」所属。句集に「忘れ雪」。 [団]俳人協会

植村 勝明 うえむら・かつあき

詩人 [生]昭和9年 [出]熊本県 [歴]詩集に「オケアノスの食卓」「石を割る渇者」「ガラスの温度」「馬繋ぎの木」「コジュカラ」がある。

植村 銀歩 うえむら・ぎんぽ

俳人 [生]大正3年1月5日 [没]平成7年4月25日 [出]兵庫県神戸市 本名=植村正夫 [学]兵庫県立商卒 [賞]麦作家賞 [歴]第一銀行に入行。昭和43年定年退職後に日好商事、(社)第一銀心友会常務理事、事務局次長。俳句は昭和5年室積徂春主宰「ゆく春」に入会。のち見学玄を助け「東風」「虚実」を経て、31年「胴」発刊に編集同人として参加。「麦」同人。句集に「朱塗の箸」、長女へのレクイエムとして「夏代」がある。 [団]現代俳句協会

上村 占魚 うえむら・せんぎょ

俳人 随筆家 「みそさざい」主宰 [生]大正9年9月5日 [没]平成8年2月29日 [出]熊本県人吉市 本名=上村武喜(うえむら・たけき) [学]東京美術学校工芸技術(昭和19年)卒 [歴]昭和12年後藤是山の「かはがらし」で俳句を始め、18年から高浜虚子、松本たかしに師事。24年俳誌「みそさざい」を創刊、主宰。「ホトトギス」同人。句集に「鮎」「三十三人集」「天上の宴」、随筆集に

「愚の一念」「遊びをせんとや」「自問」など。 [団]日本文芸家協会、日本ペンクラブ

植村 諦　うえむら・たい

詩人　アナキスト　[生]明治36年8月6日　[没]昭和34年7月1日　[出]奈良県磯城郡多村(現・田原本町)　本名=植村諦聞(うえむら・たいもん)　別名=真木泉　[学]京都府仏教専門学校卒　[歴]小学校で代用教員をしながら詩誌「大和山脈」を発行していたが、水平社運動に参加して教職を追われる。その後京城で雑誌記者をしたが、独立運動に加わって退鮮される。昭和5年上京し「弾道」「詩行動」などでアナキスト詩人として活躍。10年日本無政府共産党事件で検挙される。戦後は日本アナキスト連盟の結成に参加。7年刊行の詩集「異邦人」や「愛と憎しみの中で」、評論「詩とアナキズム」などの著書がある。

上村 多恵子　うえむら・たえこ

詩人　エッセイスト　京南倉庫社長　[生]昭和28年　[出]京都府京都市下京区　[学]甲南大学文学部(昭和51年)卒　[歴]創立者の父が亡くなったため、昭和49年大学3年で京南倉庫社長に就任。53年京南物流、63年ドラマモード(イベント企画，コンサルト業)を設立。他に京都レジホンセンター、京滋押入れ産業などを設立し、情報と物流を結びつけた新ビジネスを開拓。62年京都経済同友会の女性会員第1号となる。平成元年詩集「無数の苛(いり)テーション」を刊行。文化活動の支援、文化財保護にも積極的にとりくむ。7年参院選に新党さきがけから立候補。詩誌「サンゴジュ」同人。他の著書に「鏡には映らなかった」「おんなの魔のとき」、共著に「平生釟三郎 暗雲に蒼空を見る」などがある。 [団]京都現代詩話会、日本現代詩人会

植村 孝　うえむら・たかし

詩人　[生]昭和15年　[出]兵庫県姫路市　[歴]昭和45年の「摂氏3000度の願望から」をはじめ「野心の旅人」「水の悲哀」「水の誕生日」の詩集がある。著書に「夢の葬式」がある。

植村 武　うえむら・たけし

歌人　[生]明治43年1月15日　[没]昭和53年7月23日　[出]京都府　[歴]17歳で主宰歌誌「夜光珠」を創刊。戦後「定型律」「花宴」「橘」の編集委員をつとめ、「大和歌人協会」を設立。43年に歌誌「巻雲」を創刊主宰。歌集に「凌霄」「青波」「渓流」がある。

上村 売剣　うえむら・ばいけん

漢詩人　[生]慶応2年11月19日(1866年)　[没]昭和21年5月7日　[出]岩手県盛岡　本名=上村才六　号=詩命楼主人　[歴]若くから漢詩を学び、「盛岡公報」「岩手日報」などを創刊し、言論人、政治家としても活躍する。大正4年声教社をおこして、6年「文字禅」を創刊。著書に「売剣詩草」(明36)をはじめ「清韓游踪」「詩命楼集」などがある。

植村 久子　うえむら・ひさこ

俳人　[生]昭和3年1月7日　[出]茨城県高萩市　[賞]旗賞(昭和58年)、茨城県俳句作家協会賞(昭和60年)　[歴]昭和22年大竹孤悠氏の指導をうけ、「かびれ」に入会、のち「秋」「旗」を経て、現在「好日」同人。56年第一句集「うしつ絵」を刊行。著書に「紙風船」他。 [団]現代俳句協会

上山 しげ子　うえやま・しげこ

詩人　[生]昭和9年3月18日　[出]福岡県　[学]折尾小卒　[賞]福岡県詩人賞(第17回)(昭和59年)「角を曲がるとき」　[歴]詩と出会ったのは14歳の時。20歳前の青年たちの詩のグループに誘われて「たにしの歌」という詩をつくる。その後旅館の女中、女子工員など様々な職業を転々とする。詩集に「オモニー」「角を曲がるとき」など。 [団]沙漠詩人集団、福岡県詩人

魚住 王蝉　うおずみ・おうぜん

医師　俳人　元・江東区会議長(自民党)　[生]明治35年3月13日　[没]昭和57年12月12日　[出]福岡県宗像郡　本名=魚住芳平(うおずみ・よしへい)　[賞]勲四等瑞宝章(昭和48年)　[歴]昭和22年から5期江東区議に当選。22年6月初代議長に就任したのをはじめ、50年4月までの間に議長を4度務めた。また「ゆく春」同人となり、俳人としても活動。

魚住 芳平　うおずみ・よしへい

⇒魚住王蝉(うおずみ・おうぜん) を見よ

ウカイ ヒロシ

詩人　[生]昭和22年2月24日　[出]高知県南国市後免町　本名=鵜飼弘(うかい・ひろし)　[学]追手前高卒　[歴]昭和40年上京し、労働者として4年間をすごした後、八戸、サロマ、秋田、京都、沖縄と放浪して高知に漂着。この間に詩に取り憑かれ、2度も夜逃げして再び上京、台東区の旧吉原に住む。詩集に「蜻蛉漫語」「蜻蛉料理」「ふりちんの夏」。

鵜飼 康東　うかい・やすはる
歌人　関西大学総合情報学部教授　㊫経済学　㊓昭和21年6月20日　㊕中国・遼陽　㊖早稲田大学政経学部卒、一橋大学大学院統計学専攻（昭和50年）博士課程修了　㊙角川短歌賞（第20回）（昭和49年）「テクノクラットのなかに」　㊞関西大学専任講師、助教授を経て、平成6年教授。この間、昭和56～58年ハーバード大学フルブライト研究員、平成元年～2年オックスフォード大学研究員。昭和46年大学院在学中に「歩道」に入会、佐藤佐太郎に師事。49年第20回角川短歌賞を受賞、56年現代歌人協会員となる。58年長沢一作らと「歩道」を脱会、歌誌「運河」を創刊。歌集は「断片」がある。　㊐現代歌人協会

鵜川 章子　うかわ・しょうこ
詩人　小説家　㊓昭和4年1月12日　㊕北海道札幌市　㊖北海道第一師範（昭和24年）卒　㊙新日本文学賞佳作（第8回）（昭和44年）「聖職者たち」、社会新報文学賞（第3回）（昭和45年）「負の花」、文学界新人賞佳作（昭和50年）　㊞昭和28年詩誌「律動」同人。29年北海道詩人協会員、北海道詩集に参加。38年詩誌「詩の村」同人。43年より詩誌「核」同人。62年詩誌「雨彦」創刊に参加、同人に。一方、43年頃から小説を書き始め、49年8～11月まで北海道新聞日曜版に「まがり角」を連載。詩集に「北天の青」「石の塔」「斜塔」「死亡広告」などがある。　㊐北海道詩人協会（常任理事）　㊏夫＝鵜川五郎（詩人）

右近 稜　うこん・りょう
詩人　童話作家　(株)右近社長　㊓昭和2年12月31日　㊕北海道　㊖法政大学文学部（昭和29年）卒　㊞東京地裁経理事務官を務め、のち裁判所関係に勤務。昭和37年坂田真珠に入り、星和商事、光稜商事を経て、46年右近を開業、社長に就任。また日本詩人クラブに所属し、著書に「かまきりのタクトで」「ぼんぼん時計」「梢」などがある。「森」「日本詩人」同人。

宇咲 冬男　うさき・ふゆお
俳人　「あした」主宰　㊓昭和6年12月5日　㊕埼玉県熊谷市　本名＝小久保誠（こくぼ・まこと）　㊖大正大学文学部哲学科（昭和28年）卒　㊥連句、仏教と俳句、俳諧　㊙連句懇話会賞佳作（昭和58年）　㊞産経新聞東京本社社会部記者などを経て、昭和55年から文筆生活に入る。俳句は24年「草茎」主宰の宇田零雨に師事。43年「梨の芯の会」主宰。のち50年誌名を「あした」と改める。日本現代詩歌文学館評議員。一方、国際俳句交流協会評議員として平成2年以来、ドイツとの俳句交流に努める。6年にはフランクフルト近郊のバート・ナウハイムにある薔薇博物館で催された松尾芭蕉没後300年記念の日独共同詩作に参加。その時に詠んだ句がきっかけとなり、10年句碑が建てられる。著書に句集「乾坤」、「連句の楽しみ」などがある。　㊐連句協会（副会長）、俳人協会、日本文芸家協会、日本ペンクラブ、現代俳句協会（理事）、国際俳句交流協会（評議員）

宇佐見 英治　うさみ・えいじ
詩人　評論家　明治大学名誉教授　㊫フランス文学　㊓大正7年1月13日　㊕大阪府大阪市　㊖東京帝国大学文学部倫理学科（昭和16年）卒　㊙歴程賞（第20回）（昭和57年）「雲と天人」、宮沢賢治賞（第7回）（平成9年）　㊞第一次、第二次の「同時代」同人として活躍。「歴程」にも参加し、また昭和63年まで明治大学教授をつとめ、評論、小説、詩、エッセイ、翻訳など多方面で活躍。33年刊行の短編小説集「ピエールはどこにいる」をはじめ、「縄文の幻想」「迷路の奥」「石を聴く」「雲と天人」「芸術家の眼」などの著書がある。　㊐日本文芸家協会

宇佐美 魚目　うさみ・ぎょもく
俳人　「晨」代表同人　㊓大正15年9月14日　㊕愛知県名古屋市　本名＝宇佐美和男（うさみ・かずお）　㊖愛知一中（昭和19年）卒　㊙年輪賞、四誌連合会賞　㊞父・野生について俳句を始め、「ホトトギス」に投句。21年橋本鶏二に師事し、33年「年輪」同人、38年「青」同人。40年「点」、59年「晨」を創刊。中日俳壇選者をつとめる。句集に「崖」「秋収冬蔵」「天地存問」「紅爐抄」「草心」「薪水」、「宇佐美魚目作品集」。書道塾経営。　㊐現代俳句協会、日本文芸家協会

宇佐見 蘇骸　うさみ・そがい
俳人　「サルビア」主宰　㊓大正3年8月18日　㊕岡山県　本名＝宇佐見陳正　㊞「花曜」「国」同人。俳句作家連盟岡山地区協議会長、作州俳人協会長などを務める。句集「仏桑花」「花菜漬」詩集「ダリアの花粉に」「宇佐見陳正随筆集」などがある。　㊐現代俳句協会

宇佐美 斉　うさみ・ひとし
詩人　京都大学人文科学研究所教授　㊫フランス近代詩　㊓昭和17年9月15日　㊕愛知県名古屋市　㊖京都大学文学部文学科（昭和40年）卒、京都大学大学院文学研究科フランス語学フランス文学専攻（昭和42年）修士課程修了　㊥

ランボー、日本におけるフランス詩受容 [賞]和辻哲郎文化賞(第2回)(平成2年)「落日論」 [歴]高校時代より詩作を始め、昭和40年代から「詩と批評」「現代詩手帖」「ユリイカ」などに多くの詩や評論を発表。「樹海」編集同人。42年関西学院大学文学部助手、44年より2年間パリ第10大学に留学、47年関西学院大学文学部専任講師、51年助教授、55年京都大学人文科学研究所助教授、平成5年教授。著書に詩論集「詩と時空」「ランボー私註」「立原道造」「落日論」「詩人の変奏」、訳書にアラバール「鰯の埋葬・バビロンの邪神」、アポリネール「坐る女」、ドラエー他「素顔のランボー」など。 [団]日本フランス語フランス文学会

宇佐美 不喚洞　うさみ・ふかんどう
俳人 [生]明治10年11月8日 [没]昭和14年1月28日 [出]石川県鳳至郡白米村 本名＝宇佐美英太郎 別号＝不喚楼、不喚 [学]函館商卒 [歴]東京に移り、後年東武鉄道支配人、東京湾汽船会社専務などを歴任。俳句は明治35年河東碧梧桐に師事、新傾向時代の自由律俳句に活躍。一時中絶後、昭和10年喜谷六花らと「海紅」に復帰、句作を続けた。実業家根津嘉一郎の知遇を得て結婚もしたが、家庭は冷たく、自殺に追い込まれた。著書に「見神論評」「不喚小什」「目藻」「涓滴不喚洞」などがある。

宇佐美 雪江　うさみ・ゆきえ
歌人 「短歌あゆみ」代表 [生]明治43年2月16日 [没]平成8年5月31日 [出]東京 [歴]16歳で竹久夢二のモデルになり、夢二と生活を共にした最後の女性。昭和47年に回想記「夢二追憶」を出版。歌集に「眉」「草の声」「すぎゆきの」など。

鵜沢 覚　うざわ・さとる
詩人 元・千葉大学助教授 [専]国文学 [生]明治38年4月20日 [没]平成4年3月7日 [出]千葉県山武郡大網白里町 [学]東京高等師範研究科卒 [賞]時間賞(第1回)(昭和29年)「磁気嵐」、北川冬彦賞(第1回・昭40年度) [歴]大正10年代、雑誌に詩を投稿、詩誌「炬火」を創刊する。のち「意向的象徴詩派」「草」、昭和3年から7年まで「詩之家」の同人。戦後は第2次「時間」に創刊時から50年まで加わる。詩集に「磁気嵐」「幼年」「ガラスの生理」、習作期の詩と新作とを収めた「鵜沢覚詩集」「冷紅」がある。第1回北川冬彦賞(昭和40年度、評論部門)を受け、中世・近世の古典に関する編著もある。

鵜沢 四丁　うざわ・してい
俳人 [生]明治2年2月9日 [没]昭和19年1月1日 [出]千葉県安食町 本名＝鵜沢芳松 別号＝攙蒼居 [歴]中学卒業後、鉄道事務に従事する。その間、水彩画を大下藤次郎に学び、ヨーロッパで修業し、帰国後は日本水彩画会同人となる。俳句は明治27年秋声会同人となり、昭和7年「俳諧」を創刊主宰した。連句作者としても名をなした。句集に「四丁句集」のほか「俳諧修辞学」「洋画鑑賞法」「旅鞄」などの著書がある。

鵜沢 宏　うざわ・ひろし
歌人 [生]昭和6年1月 [没]昭和62年2月19日 [出]神奈川県 [歴]昭和28年福田栄一主宰の「古今」に入会。中央大学法学部在籍中「大学歌人会」に所属。32年5月刊の合同歌集「列島」に参加。第一歌集「鳩と雀」がある。

氏家 信　うじいえ・まこと
歌人 精神科医 [生]明治15年3月31日 [没]昭和24年3月23日 [出]宮城県仙台市清水小路 [学]東京帝国大学医学部卒 [歴]巣鴨脳病院(松沢病院の前身)などを経て、東京医大教授になる。二高時代から作歌を始め、佐佐木信綱に師事。大正9年から窪田空穂に師事し、宇都野研とともに「朝の光」を創刊。その後、「国歌」「白檮」を経て、、昭和4年研とともに「勁草」を創刊、13年研亡き後、主宰者となる。

氏家 夕方　うじいえ・ゆうがた
俳人 [生]明治40年12月12日 [没]平成5年12月12日 [出]北海道樺戸郡 本名＝氏家武 [学]尋小高卒 [歴]昭和4年伊東月草の「草上」入門。6年「時雨」(のち「葦牙」と改題)に参加。43年角川源義に師事し、「河」幹部人。「葦牙」金剛同人となり北方季題選者を務める。30年北海道俳句協会員、50年俳人協会会員。旭川市俳句連盟理事を務める。「雪垣」代表。句集に「駅時計」「神楽岡」がある。 [団]俳人協会

潮 みどり　うしお・みどり
歌人 [生]明治30年6月12日 [没]昭和2年10月13日 [出]長野県 本名＝長谷川桐子 旧姓(名)＝太田桐子 [学]松本女子職業学校卒 [歴]大正4年頃から歌作をはじめ、義兄の若山牧水に師事して「創作」に作品を発表する。7年に上京し、8年長谷川銀作と結婚した。没後「潮みどり歌集」が刊行された。 [家]夫＝長谷川銀作(歌人)、姉＝若山喜志子(歌人)

潮田 武雄　うしおだ・たけお
詩人　⑮明治38年3月17日　⑰東京　⑱「詩之家」同人を経て、前衛詩人連盟を組織。渡辺修三、久保田彦保、竹中久七と「リアン」の中心メンバーとなり、前衛詩、評論を著す。詩集に「Q氏の世界」「新樹」「朧な使命の径で」がある。

潮原 みつる　うしおばら・みつる
俳人　第一事業社社長　⑮明治38年10月1日　⑯平成1年3月13日　⑰北海道　本名＝家倉ミツル（いえくら・みつる）　⑲日本女子大学文学部国文科卒　⑳毎日新聞日本百景賞、日本交通文化協会賞　⑱高浜虚子に師事し、昭和25年娘山会メンバー、28年「若葉」同人。句集に「花野」「銀河」。第一事業社創立社長。　㉑俳人協会

牛島 滕六　うしじま・とうろく
俳人　⑮明治5年6月24日　⑯昭和27年9月11日　⑰福岡県久留米市　本名＝牛島虎之助　⑲中学卒業後、屯田兵として渡道。のち鉄道、道庁に勤務。鳴雪、碧梧桐に師事。明治30年代同志と俳誌を次々と興こす。大正10年全道の俳誌として「時雨」を創刊、幾多の有力作家を育てる。一身上の都合による渡満によって「時雨」は12年6月「葦牙」と改題。21年末引揚げ後、帯広の子息宅にて没した。

牛山 一庭人　うしやま・いっていじん
俳人　⑮明治38年3月19日　⑯昭和52年10月15日　⑰埼玉県　本名＝牛山平八郎　⑱昭和2年「馬酔木」に入会、水原秋桜子に師事して同人。晩年は「鶴」同人として活躍した。句文集に「耳袋」散文集に「わが徒然草」がある。

牛山 ゆう子　うしやま・ゆうこ
歌人　⑮昭和24年10月15日　⑰長野県　本名＝篠原ゆう子　⑲国学院大学卒　⑱「笛の会」同人。作品に歌集「みずこだま」「コスモスの尾根」がある。　㉑日本文芸家協会、現代歌人協会

右城 暮石　うしろ・ぼせき
俳人　「運河」主宰　⑮明治32年7月16日　⑯平成7年8月9日　⑰高知県長岡郡本山町古田　本名＝右城斎（うしろ・いつき）　⑲本山高小中退　⑳「天狼」スバル賞、蛇笏賞（第5回）（昭和46年）「上下」　⑱大正9年大阪電燈会社に入り、昭和29年関西電力を退職。俳句は大正9年松瀬青々に師事。昭和21年「風」同人、24年「天狼」同人。31年「運河」発行、主宰する。朝日新聞大和俳壇選者。55年俳人協会名誉会員。句集に「声と声」「上下」など。　㉑俳人協会、日本文芸家協会

薄井 薫　うすい・かおる
歌人　⑮明治35年2月5日　⑰東京都　⑱13歳の頃より歌を始める。大正12年、村野次郎主宰の「香蘭」、並木秋人主宰の「常春」に入会。その後松岡貞総と「醍醐」を創刊。歌集に「小山田」「高原の路」がある。

臼井 喜之介　うすい・きのすけ
詩人　⑮大正2年4月15日　⑯昭和49年2月22日　⑰京都市　本名＝臼井喜之助　⑲京都市立二商卒　⑱昭和10年詩誌「新生」を創刊し、のちに「詩風土」「詩季」と改題して主宰する。その一方で俳誌「嵯峨野」を主宰し、月刊誌「京都」の編集発行をする。詩集「京都叙情」や「京都文学散歩」「吉井勇のうた」などの著書がある。

臼井 大翼　うすい・たいよく
歌人　⑮明治18年2月28日　⑯昭和22年4月23日　⑰千葉県　旧姓（名）＝千松　⑲東京帝国大学法科卒　⑱大安生命取締役、日本燃糸連合会理事長、弁護士、法政大学講師などを歴任する。学生時代から短歌を作り、「珊瑚礁」同人を経て、大正8年「覇王樹」を創刊。歌集に15年刊行の「私燭」がある。

臼田 亜浪　うすだ・あろう
俳人　「石楠」主宰　⑮明治12年2月1日　⑯昭和26年11月11日　⑰長野県北佐久郡小諸町新町　本名＝臼田卯一郎　別号＝一兎、石楠、北山南水楼　⑲和仏法律学校（現・法政大学）（明治37年）卒　⑱「信濃青年」「向上主義」などの編集を経て、明治39年電報新聞社に入社し、41年「横浜貿易新報」編集長、42年「やまと新聞」編集長になる。一方、16歳頃から俳句を作りはじめ、子規を知って「国民新聞」などに投句する。大正3年石楠社を創立、4年「石楠」を創刊し、6年「炬火」を刊行。以後、俳人として幅広く活躍。句集「亜浪句鈔」「旅人」「白道」「定本亜浪句集」「臼田亜浪全句集」や「評釈正岡子規」「形式としての一章論」「道としての俳句」などの著書がある。

碓田 のぼる　うすだ・のぼる
歌人　評論家　全教顧問　消費税をなくす全国の会常任世話人　⑱短歌　教育・文化問題　⑮昭和3年2月1日　⑰長野県更埴市　本名＝碓田登　⑲東京物理学校数学科（昭和25年）卒　⑱政府・自民党の教育・文化政策、プロレタリ

ア短歌運動　[賞]多喜二百合子賞(第10回)(昭和52年)「花どき」、渡辺順三賞(昭和61年)「状況のうた」「手錠あり」「ふたりの啄木」　[歴]日教組に入り、中央執行委員・私学部長などを歴任。全国私教連委員長、全教副議長。「消費税をなくす全国の会」常任世話人等もつとめる。短歌は昭和29年新日本歌人協会に入会、常任幹事、事務局長を経て、代表幹事。平成7年共産党から参院比例区に立候補した。歌集に「夜明けまえ」「花どき」「状況のうた」「世紀の旗」など、評論に「現代の短歌」「うたいつがれる歌」「作歌辞典」「石川啄木」「啄木のうた—その生と死」「『明星』における進歩の思想」「手錠あり—評伝渡辺順三」「現代短歌の危機」「石川啄木と『大逆事件』」などがある。　[団]日本民主主義文学同盟、新日本歌人協会(代表幹事)、日本文芸家協会

太秦 由美子　うずまさ・ゆみこ
歌人　[生]大正2年1月3日　[出]東京　本名=平山登美子　[歴]昭和22年「歩道短歌会」に入会。佐藤佐太郎に師事する。58年11月長沢一作の「運河の会」に入会。歌集に「幻塵」がある。

宇多 喜代子　うだ・きよこ
俳人　[専]女性俳句史　[生]昭和10年10月15日　[出]山口県徳山市　[学]武庫川女子大学家政学科卒　[興]新興俳句　[賞]現代俳句協会賞(第29回)(昭和57年)「りらの木」、草苑賞(昭和58年)、蛇笏賞(第35回)(平成13年)「象」、紫綬褒章(平成14年)　[歴]昭和28年遠山麦浪の手ほどきで俳句を始める。45年桂信子に師事。「草苑」創刊に参加し、46年同人、53年編集長。また「獅林」同人。新興俳句の研究や評論活動も行う。句集に「りらの木」「夏の日」「半島」「象」など。　[団]現代俳句協会、日本文芸家協会

宇田 零雨　うだ・れいう
俳人　「草茎」主宰　[専]芭蕉俳諧　[生]明治39年10月27日　[没]平成8年6月22日　[出]福島県二本松市　本名=宇田久　[学]慶応義塾大学文学部卒　文学博士　[歴]藤井紫影の門に学び、昭和10年「草茎」を創刊して主宰。9年「鯨」を刊行、以後「枯野行」「出門」「零雨句集」「酒興」「秋草」などの句集を刊行。また、「青郊連句会」を興すなど現代連句の復興を実践し、連句集「花屋」や「連句作法」などの著書もある。古典俳句研究の面での著書も多く、「冬の日定本」から「続猿蓑定本」にいたる「芭蕉七部集定本」「作者別俳諧七部集」「其角七部集」「去来抄新講」などがあり、17年「無黄遺稿」全4巻を編纂刊行した。

歌見 誠一　うたみ・せいいち
童謡詩人　[没]昭和49年　[出]愛知県蒲郡市　[歴]蒲郡市職員を務める傍ら詩作に励み、鈴木三重吉が創刊した「赤い鳥」に童謡の詩を投稿、詩人の北原白秋に認められた。のち童謡同人誌「昆虫列車」に加わり、44編の童謡を制作。昭和49年62歳で死去。のち蒲郡市で第九の会の理事を務める伊藤健司により44編の詩に作曲され「おぼろ夜」「コスモスの花のそばで」など4集の童謡楽譜集にまとめられる。平成5年同市立図書館でそれらを展示した童謡楽譜展が開催された。

内川 吉男　うちかわ・よしお
詩人　「火山弾」主宰　[生]昭和5年7月8日　[出]岩手県紫波郡紫波町　[学]岩手大学学芸学部卒　[賞]岩手日報新年文芸1席(詩，第31回)(昭和59年)、晩翠賞(第28回)(昭和62年)「メルカトル図法」　[歴]詩集に「麦の祭」「北へいく水」「メルカトル図法」がある。　[団]岩手県詩人クラブ

内島 北朗　うちじま・ほくろう
俳人　陶芸家　[生]明治26年8月1日　[没]昭和53年3月28日　[出]富山県高岡市　本名=内島喜太郎　別号=北楼、北琅　[賞]層雲文化賞(昭和29年)　[歴]明治43年「日本俳句」に拠って河東碧梧桐、筏井竹の門に学び、大正3年荻原井泉水の「層雲」に参加し、自由律の俳人となる。のち「層雲」作家として指導的地位を確立し、井泉水没後、「層雲」発行人となる。昭和3年句文集「壺屋草紙」を刊行、以後句集「光芒」「陶房」などを刊行し、29年層雲文化賞を受賞。また陶芸家としても活躍し、帝展にも3回入選した。

内田 易川　うちだ・えきせん
俳人　[没]大正5年3月2日　本名=内田栄次郎　[歴]明治44年「朱鞘」を創刊。のち、後継誌の「紙衣」や「高台」の編集に携わる。その間、浪速銀行に勤める。大正元年六花句集「寒烟」を、ついで3年三汀句集「牧唄」を発行。自選句集に「容」がある。

内田 園生　うちだ・そのお
美術評論家　俳人　元・外交官　国際俳句交流協会名誉会長　元・駐バチカン大使　[専]セザンヌ　アフリカ美術研究　俳句　[生]大正13年3月28日　[出]兵庫県　筆名=内田太郎、俳号=内田園生(うちだ・えんせい)　[学]東京帝国大学法学部政治学科(昭和22年)卒　[賞]イタリア俳句協会名誉会員、勲二等瑞宝章(平成6年)　[歴]昭和22年外務省に入り、駐アルゼンチン公使、駐シアトル総領事、52年駐セネガル大使、

56年駐モロッコ大使、衆院渉外部長、60年駐バチカン大使などを歴任して、63年退官。一方、俳句の紹介に努め、セネガルで「ハイク・コンクール」を主催、バチカンでイタリア語の句集を出版、58年仏語の俳句解説書「HAÏKU」を出版。名句を翻訳し日本人の感性や文化的、宗教的伝統をわかりやすく説明。また、平成8年まで国際俳句交流協会会長をつとめた。句集に「モロッコの月」がある。また「ポール・セザンヌ」や「ブラック・アフリカ美術」などの著書をもつ美術評論家でもある。他の著書に外交官の体験を綴った「アッシジの平和の鐘」など。俳誌「さち」同人。 ㊥美術評論家連盟、国際俳句交流協会

内田 歳也 うちだ・としや
歌人　朝日新聞三重版短歌選者　元・大湊小学校(伊勢市)校長　㊤昭和7年11月5日　㊦平成11年8月15日　㊧三重県　㊨阿児町立安乗中学校、伊勢市立大湊小学校校長を歴任。安乗中学校校長の時、安乗文楽の後継者育成に尽力。平成7年から朝日新聞三重版カルチャー欄短歌選者を務める。「表現」同人。角川短歌賞候補となったこともある。歌集に「光れる水脈」「砂の襞」「斑汐」などがある。 ㊥日本歌人クラブ

内田 豊清 うちだ・とよきよ
詩人　㊤大正3年4月22日　㊧兵庫県神戸市　㊨兵庫詩人賞(第8回)(昭和61年)　㊨戦後印刷業に従事する傍ら、詩人竹中郁に師事。詩集に「動く密室」「影の歩み」がある。

内田 南草 うちだ・なんそう
俳人　㊤明治39年9月27日　㊧三重県熊野市　本名＝内田寛治　㊨明治学院高等商業部卒　㊨大正13年句作を始め、昭和2年萩原蘿月に師事。3年「唐檜葉」を創刊、13年「多羅葉樹下」と改題、19年戦時下統制のため「俳句日本」に統合される。22年「梨の花」を創刊、26年「感動律」と改題。33年口語俳句協会設立に当り、吉岡禅寺洞会長を援けて市川一男とともに副会長となり、口語俳句運動を推進した。句集に「光と影」、編著に「感動律俳句選集」がある。

内田 日出子 うちだ・ひでこ
俳人　㊤大正12年2月8日　㊧東京　㊨府立第八高等女学校専門部家庭科卒　㊨石人賞(昭和37年)、上毛文学賞(昭和39年)　㊨昭和25年「ゆづりは」を経て、28年「石人」入会、相葉有流に師事する。30年「石人」同人。47年「河」入会、角川源義に師事、翌年「河」同人。群馬俳句作家協会理事を務める。 ㊥俳人協会

内田 百閒 うちだ・ひゃっけん
小説家　随筆家　俳人　㊤明治22年5月29日　㊦昭和46年4月20日　㊧岡山県岡山市古京町　本名＝内田栄造　初号＝流石、別号＝百鬼園　㊨東京帝大文科大学独文科(大正3年)卒　㊨中学時代から「文章世界」などに投稿し、大学入学後漱石に師事。大正5年から陸軍士官学校、海軍機関学校、法政大学などでドイツ語を教える。9年法政大学を退職後、文筆活動に専念。10年短編集「冥土」を刊行して文学的出発をし、昭和8年に「百鬼園随筆」によって一躍文名があがる。以来、ユーモラスな味をもつ随筆家として活躍。42年芸術院会員に推されたが、辞退して話題となった。一方、早くから俳句に親しみ、学生時代に六高俳句会を結成。のち旧師志田素琴主宰「東炎」同人。戦後は村山古郷主宰「ぺんがら」同人を経て、主宰し活躍した。著書はほかに、短編集「旅順入城式」「実説艸平記」「贋作吾輩は猫である」、随筆集「続百鬼園随筆」「漱石雑記帖」、旅行記「阿房列車」、お伽噺集「王様の背中」、句集「百鬼園俳句帖」「百鬼園俳句」「内田百閒句集」など数多くある。また「内田百閒全集」(全10巻、講談社)、「新輯内田百閒全集」(全25巻、福武書店)が刊行されている。 ㊥長女＝内山多美野(モードエモード社専務)

内田 暮情 うちだ・ぼじょう
俳人　医師　㊤明治17年8月11日　㊦昭和21年10月11日　㊧東京市　本名＝内田瑛　㊨京都帝大医学部卒　医学博士　㊨明治35年頃から句作をはじめ、「ホトトギス」「鹿火屋」などを経て、新興俳句運動に参加し、昭和10年「銀河」、12年「螺旋」を創刊し主宰。句集に松原地蔵尊との共著「燈台」がある。軍医を経て、17年大連逓信病院に赴任し、戦後病死した。

内田 まきを うちだ・まきお
俳人　㊤明治45年4月20日　㊧埼玉県　本名＝内田巻雄　㊨埼玉師範卒　㊨埼玉文芸賞(昭和49年)　㊨昭和29年「鶴」入会、37年「鶴」同人となる。のち「相思樹」にも所属する。小学校勤務を経て、文部省検定試験に合格、高校教員となるが56年退職。句集に「田舎教師」がある。 ㊥俳人協会

内田 誠 うちだ・まこと
俳人　随筆家　㊤明治26年3月10日　㊦昭和30年8月13日　㊧東京　俳号＝水中亭　㊨東京農業大学(大正6年)　㊨明治製菓などに勤務。俳人としては「いとう句会」同人となったが、随

筆家として活躍。昭和15年以降幸田露伴に師事する。13年「緑地帯」を刊行したのをはじめ、「游魚集」「落穂集」がある。

内田 守人　うちだ・もりと
歌人　医師　元・西九州大学教授　「人間的」主宰　㊐明治33年6月10日　㊒昭和57年1月17日　㊍熊本県菊池郡　本名＝内田守(うちだ・まもる)　㊫熊本医専卒　㊬昭和2年「水甕」に入る。のち「人間的」主宰。歌集に「一本の道」、著書に「珠を掘りつつ」「わが実存」など。

内田 紀満　うちだ・ゆきみつ
歌人　㊐昭和7年3月30日　㊍群馬県　㊬「アララギ」五味保義に師事の後、「ケノクニ」「新日本歌人」を経て「未来」へ。現在「地表」同人。歌集に「石臼の歌」「公害抄」「群萌」「貂」、評論集に「群馬短歌史」がある。

内田 麟太郎　うちだ・りんたろう
児童文学作家　詩人　㊐昭和16年2月11日　㊍福岡県大牟田市　㊫大牟田北高卒　㊪ナンセンス・テール　㊮絵本にっぽん賞(第9回)「さかさまライオン」、小学館児童出版文化賞(第46回)(平成9年)「うそつきのつき」　㊬在学中文芸部・美術部に所属。19歳で上京、看板書きの傍ら童話を制作。著書に「少年少女猫諸君！」「魔法の勉強はじめます」、詩集に「内田麟太郎詩集」、絵本に「さかさまライオン」「こっそり おてがみ」「だれかにあたったはずなんだ」「うそつきのつき」など。　㊞日本文芸家協会、日本現代詩人会、日本児童文学者協会

内野 光子　うちの・みつこ
歌人　㊐昭和15年3月18日　㊍東京　本名＝醍醐光子　㊫東京教育大学文学部(昭和38年)卒　㊮白楊賞(昭和45年)、渡辺順三賞(昭和63年)　㊬昭和40～51年国立国会図書館、51～63年東海学園女子短期大学図書館を経て、八千代国際大学図書館勤務。53～63年愛知学院大学司書講習会講師を務める。この間35年ポトナム短歌会入会。「風景」にも参加。著書に「短歌と天皇制」、歌集に「冬の手紙」他。　㊞日本索引家協会

内山 登美子　うちやま・とみこ
詩人　児童文学者　日本現代詩人会常任理事　㊐大正12年7月29日　㊍神奈川県　㊫横須賀高女卒　㊬在学中から詩を作り「文芸汎論」に投稿した。「日本未来派」編集同人。詩集「炎える時間」「ひとりの夏」「アランの鼻は冷たい」、評論集「堀辰雄 文がたみ 高原」がある。　㊞詩と音楽の会、日本現代詩人会、日本文芸家協会、日本児童文芸家協会(理事)

内山 芳子　うちやま・よしこ
俳人　㊐大正13年5月22日　㊍大阪府　本名＝内山芳　㊫阿倍野高女専攻科卒　㊮雨月新人賞(昭和42年)　㊬昭和40年「雨月」入門し、大橋桜坡子に師事するが、師亡き後大橋敦子に師事。43年「雨月」同人。淀の会会員となる。句集に「竹之内」「千草」などがある。　㊞俳人協会

宇都木 水晶花　うつぎ・すいしょうか
俳人　㊐大正12年2月2日　㊍東京　本名＝宇都木春男　㊫中央大学専門部法学科卒　㊬昭和13年巣鴨商業(旧制)3年在学中、漢文の教師佐藤徳四郎のすすめにより吉田冬葉に師事、「獺祭」に入会する。のち同人。「俳星」「浮巣」にも所属。句集に「蓑虫」「自註句集」がある。　㊞俳人協会

槍田 良枝　うつぎた・よしえ
俳人　昭和女子大学近代文化研究所助教授　㊚近代日本文学　㊐昭和24年10月25日　㊍東京都　㊫昭和女子大学文家政学部日本文学専攻卒　㊪坂口安吾の女性観、太宰治の「人間失格」、富沢赤黄男の俳句　㊬俳句結社「未来図」に所属。句集に「風の日」などがある。昭和女子大学助教授も務める。　㊞日本文芸家協会、日本近代文学会、俳人協会、昭和文学会、日本文学風土学会

宇都野 研　うつの・けん
歌人　小児科医　㊐明治10年11月14日　㊒昭和13年4月3日　㊍愛知県額田郡本宿村　本名＝宇都野研(うつの・きわむ)　㊫東京帝国大学医科(明治40年)卒　㊬明治45年、本郷に小児科病院を開設する。大正6年竹柏会に参加、佐佐木信綱に師事して8年「十姉妹のまへに立ちて」を刊行。その後、若山牧水、窪田空穂に師事して、9年「朝の光」を創刊。昭和4年には「勁草」を創刊した。他の歌集に「木群」「春寒抄」などがあり、歌論集として「実作者の言葉」がある。

宇都宮 静男　うつのみや・しずお
歌人　防衛大学校名誉教授　㊚憲法　政治制度　㊐明治41年4月28日　㊒昭和63年9月3日　㊍大分県宇佐市　㊫京都帝国大学法学部(昭和9年)卒業　法学博士　㊬神戸大助教授、防衛大教授を歴任。退官後、駒沢大教授、大学院教授、法学研究所長をつとめ、昭和59年定年退職。また歌人の岡野直七郎に師事し、以来う

づき短歌会を主宰。歌集に「波濤万里」があるほか、著書に「美しい歌こころよい歌」など。

内海 月杖 うつみ・げつじょう
歌人 国文学者 [生]明治5年3月23日 [没]昭和10年12月7日 [出]神奈川県中郡大山町 本名＝内海弘蔵(うつみ・こうぞう) [学]東京帝国大学文科(明治31年)卒 [歴]あさか社の一員として、また「明星」の執筆者として早くから歌人として活躍する。また国文学者として、のちに明大教授に就任。また東京六大学リーグ戦創設者としても知られる。主著に「徒然草評釈」(明44)をはじめ「平家物語評釈」「方丈記評釈」などがある。

内海 繁 うつみ・しげる
社会運動家 歌人 [没]昭和61年 [出]兵庫県竜野市 [学]京都帝大 [歴]戦前、大学で学生運動のリーダーとして活動、2度検挙される。のち郷里に帰り、作歌に専念。昭和63年に詩人の父・泡沫と同じく竜野公園に歌碑が建立された。歌集に「北を指す針」(正，続)がある。 [家]父＝内海泡沫(詩人)

内海 泡沫 うつみ・ほうまつ
詩人 [生]明治17年8月30日 [没]昭和43年6月14日 [出]兵庫県桑原村(現・龍野市) 本名＝内海信之(うつみ・のぶゆき) [賞]龍野市名誉市民 [歴]明治35年新詩社に入り、「明星」に作品を発表する。37年発表の「雛鶏守」で詩人として注目され、日露戦争では「北光」「かりがね」などの反戦詩を発表。43年詩集「淡影」を刊行。大正期に入ってからは立憲国民党に入り、同党の評議員、宣伝部員として活躍し、大正13年「高人犬養木堂」を刊行。昭和期に入ってからも、戦中から戦後にかけて揖西村村長をつとめた。 [家]息子＝内海繁(社会運動家・歌人)

内海 康子 うつみ・やすこ
詩人 [生]昭和9年4月20日 [出]三重県 [学]三重大学卒 [賞]三重県文学新人賞(第12回・昭57年度) [歴]「歴象」「詩表現」を経て、「原始林」「みえ現代詩」に詩を発表。三重児童文学会「あの津っ子」所属。詩集に「ワム491119列車の行方」「砂時計」他。 [団]日本児童文芸家協会

内海 康也 うつみ・やすなり
詩人 「飾画」主宰 [生]昭和6年3月1日 [出]旧樺太・元泊郡知取町 [学]弘前大学教育学部(昭和28年)卒 [賞]青森県芸術文化報奨(第6回) [歴]昭和19年青森県弘前市に移住。28年から中学校教師、36年から高校教師、うち28年間を弘前高校で過ごす。平成3年から弘前大学医療技術短期大学部非常勤講師として文学講座を担当。詩人として昭和30年同人誌「羊眼」を発行、34年弘前詩会を設立、51年「飾画」を創刊し編集発行、53年「東北詩人」に同人として参加、また「東奥文芸」「陸奥新人文芸」などの選者を務める。この間、直接指導した作家に三浦雅士、根深誠がいる。詩集に「焔」「恐山夢幻」「青銅時代」「日本現代詩人叢書〈31〉/内海康也詩集」がある。 [団]日本現代詩人会

有働 薫 うどう・かおる
詩人 翻訳家 [生]昭和14年 [出]東京 [学]早稲田大学文学部仏文科卒 [歴]詩集に「冬の集積」「ウラン体操」、共訳にキリコ著「キリコ回想録」、訳詩集にJ.M.モルポワ著「夢みる詩人の手のひらのなかで」などがある。

有働 亨 うどう・とおる
俳人 [生]大正9年9月3日 [出]熊本県熊本市 [学]京都帝大経済学部(昭和17年)卒 [賞]馬酔木賞(旧制)(昭和18年)、馬酔木新人賞(昭和28年)、馬酔木賞(昭和46年)、馬酔木功労賞(昭和63年) [歴]昭和17年商工省入省。在カナダ、在英大使館参事官、通産省通商審議官などを歴任して、44年退官。俳人として知られ、水内鬼灯の指導を受ける。29年「馬酔木」同人。47～55年俳人協会理事、のち評議員。句集に「汐路」「冬美」「有働亨集」「七男」など。 [団]俳人協会(顧問)、日本文芸家協会

有働 木母寺 うどう・もっぽじ
俳人 「水葱」主宰 [生]明治34年11月29日 [没]平成6年8月4日 [出]熊本市 本名＝有働虎喜(うどう・とらき) [学]熊本商卒 [歴]昭和10年吉岡禅寺洞に師事。23年「水葱」を創刊し、のち「ホトトギス」「かつらぎ」「欅」同人。44年俳人協会入会。句集に「草尉」。 [団]俳人協会

海上 胤平 うながみ・たねひら
歌人 [生]文政12年12月30日(1829年) [没]大正5年3月29日 [出]下総国海上郡三川村(現・千葉県) 号＝海上椎園(うながみ・しいぞの) [歴]千葉周作に剣を学び、和歌山藩剣道指南役となる。その間、歌道も修める。維新後は官吏として新潟、山形に赴く。明治16年退官し、上京。椎之木吟社を結成し、以後歌人として活躍する。歌集「椎園詠草」「椎園家集」、評論「東京大家十四歌集評論」「長歌改良論弁駁」などの著書がある。

宇野 宗佑　うの・そうすけ
⇒宇野犛子(うの・れいし)を見よ

宇野 犛子　うの・れいし
政治家　俳人　元・衆院議員(自民党)　元・首相　自民党最高顧問　㊐大正11年8月27日　㊀平成10年5月19日　㊋滋賀県野洲郡守山町(現・守山市)　本名=宇野宗佑(うの・そうすけ)　㊤勲一等旭日桐花大綬章(平成6年)　㊧"栄爵"という銘柄をもつ守山の造り酒屋の8人兄弟の長男。学徒出陣で商大中退。昭和20年から2年間ソ連抑留。26年滋賀県議、33年河野一郎代議士秘書を経て、35年衆議院議員に当選、12期。中曽根派。防衛、科技、行管庁各長官、58年中曽根内閣通産相、62年竹下内閣外相を経て、平成元年6月首相に就任したが、参院選で社会党に敗れる公認36議席の大敗北を喫し、8月辞任。8年引退。文筆家としても知られ、26歳で抑留記「ダモイ東京」を出版、映画化。昭和51年出版した「庄屋平兵衛獄門記」で文名を確立。59年秋には郷土史「中仙道守山宿」を出版した。　㊨俳人協会　㊙妻=宇野千代(宇野本家取締役)、父=宇野長司(郷土史研究家)、祖父=宇野正蔵(元守山町長)

右原 厖　うはら・ぼう
詩人　㊐大正3年5月19日　㊋奈良県橿原市新ノ口町　本名=中井愛吉　㊤奈良師範卒　㊥地球賞(第8回)(昭和58年)　㊧昭和9年から48年まで小学校教師。詩作は15年ごろから始め、「炉」創刊に参加、植村諦・池江克己の知遇を受ける。戦後は小野十三郎・北川冬彦・大江満雄などに傾倒、社会的関心の深い作品を書く。30年「ブラックパン」を自ら創刊。詩誌「還礁」「座」各主宰。詩集に「砦」「それとは別に」がある。

生方 たつゑ　うぶかた・たつえ
歌人　㊐明治38年2月23日　㊀平成12年1月18日　㊋三重県宇治山田市(現・伊勢市)　㊤日本女子大学家政科(大正15年)卒　㊥読売文学賞(第9回、詩歌俳句賞)(昭和32年)「白い風の中で」、迢空賞(第14回)(昭和55年)「野分のやうに」　㊧日本女子大家政科卒業後、東大哲学科の聴講生とし美学を専攻。のち群馬の旧家へ嫁ぐ。昭和7年頃から作歌を始め、アララギ派の今井邦子に師事し、10年処女歌集「山花集」を上梓。11年「明日香」創刊に参加。戦後は22年「女人短歌」創刊に参加、23年「国民文学」に参加。38年以来「浅紅」を主宰。39年から26年間毎日新聞「毎日歌壇」選者、他にサンケイ新聞などの歌壇選者としても活躍し、日本歌人クラブ代表幹事、女人短歌会常任理事などを歴任。作歌、作歌指導のほか、随筆、評論に幅広く活躍した戦後女流歌人の第一人者。61年沼田市の自宅を一部改造し、歌集や蔵書1万冊余からなる短歌専門図書館"生方記念文庫"を設立し、のち同市に運営を移譲した。歌集に「山花集」「雪明」「春尽きず」「浅紅」「白い風の中で」「火の系譜」「春祷」「野分のやうに」「生方たつゑ全歌集」ほか、評論に「王朝の恋歌」「万葉歌抄」「額田姫王」「細川ガラシャ」「新・短歌作法」など多数。　㊨日本文芸家協会、日本ペンクラブ、日本歌人クラブ(名誉会員)　㊙長女=生方美智子(料理研究家)

馬詰 嘉吉　うまずめ・かきち
⇒馬詰柿木(うまずめ・しぼく)を見よ

馬詰 柿木　うまずめ・しぼく
俳人　東京医科大学名誉教授・元学長　㊔眼科学　㊐明治28年12月7日　㊀昭和56年12月1日　㊋徳島県　本名=馬詰嘉吉(うまずめ・かきち)　㊤東京医学専門学校(大正9年)卒　医学博士　㊧眼科の権威で東京医大病院長を経て、昭和38年から同大学長を3年余務めた。色感の研究で知られ、色覚異常判定の東京医大式検査表を考案した。俳句は17年道部臥牛の「初雁」に入会。師没後、42年から主宰。著書に「島木赤彦と篠原志都児」、句集「蓼科高原」などがある。

梅岡 左韋人　うめおか・さいじん
俳人　㊐明治10年　㊀昭和29年10月30日　本名=梅岡源太郎　㊧俳句を河東碧梧桐に師事する。また、小沢碧童や宇佐美不喚洞らと親交を結び、自由律俳句をも作ったが、晩年は再び定型句に戻った。

梅木 嘉人　うめき・よしと
詩人　㊐大正15年1月31日　㊀平成13年10月27日　㊋宮崎県佐土原町　本名=梅木成敏　㊧「龍舌蘭」「地球」同人。戦後青年詩人集団「DON」同人として金丸桝一、黒木淳吉らと一時代を築いた。土俗的な主題を飄逸な詩法で表現、「火山帯」などの詩誌の中心同人としても活躍。詩集に「がらんとした空」「隠れん坊の鬼」などがある。

梅沢 伊勢三　うめざわ・いせぞう
⇒梅沢一栖(うめざわ・いっせい)を見よ

梅沢 一栖　うめざわ・いっせい
俳人　宮城工業高等専門学校名誉教授　[専]日本思想史　[生]明治43年11月27日　[没]平成1年10月6日　[出]宮城県仙台市　本名＝梅沢伊勢三(うめざわ・いせぞう)　[学]東北帝大法文学部日本思想史学科(昭和18年)卒　文学博士(東北大学)(昭和37年)　[賞]勲四等旭日小綬章(昭和60年)　[歴]昭和20年東北帝大助手、27年宮城県立仙台図南高校教諭、38〜51年宮城工業高等専門学校教授、53〜58年東北福祉大学教授を歴任。また俳人としても知られ、8年「馬酔木」所属、34年「河」同人。42年「澪」を創刊し、52年には俳人協会図書調査委員。53年「河」を退会し「澪」を主宰。句集に「亜麻の花」「秋ひとつ」など。　[団]俳人協会

梅沢 竹子　うめざわ・たけこ
歌人　[生]昭和6年6月23日　[出]東京　本名＝逸見竹子　[学]秩父高(昭和24年)卒、上野高(通信制)(昭和47年)卒　[歴]昭和20年5月の東京大空襲で埼玉県へ疎開。高校卒業の校友会誌に初めて歌をつくる。30年6月アララギ会員・斎藤広一を訪ね、雑誌「山羊歯」に参加。32年埼玉アララギ歌会に参加、アララギ入会、土屋文明選歌欄に歌を出す。以後アララギ安居会に参加。59年NHK学園短歌担当講師。歌誌「青南」選者。著書に歌集「青泉歌」「槻の林」「紺青の海」がある。　[団]アララギ歌会、現代歌人協会、日本文芸家協会

梅沢 墨水　うめざわ・ぼくすい
俳人　[生]明治8年11月19日　[没]大正3年11月29日　[出]静岡県　本名＝梅沢喜代太郎　[歴]若くから和洋の学を修め、上京後は独英の学を学ぶ。秋声会に属していたが、子規門下に入って俳人として活躍する。のちに日本ストレート会社大阪支店長に就任。そのかたわら関西俳壇のため巨口会を組織し、また「大阪朝報」の俳壇を担当した。没後の大正9年「墨水句集」が刊行された。

梅沢 よ志子　うめさわ・よしこ
俳人　[生]大正6年10月1日　[出]埼玉県加須市　[学]旧制高女卒　[賞]文化ともしび賞俳句部門(昭和55年)　[歴]昭和27年「藍」所属。30年「馬酔木」所属、50年には馬酔木会会員。52年「浮野」同人。句集に「鑑」がある。　[団]俳人協会

梅沢 和記男　うめざわ・わきお
俳人　[生]大正2年12月14日　[没]平成9年12月29日　[出]埼玉県比企郡　本名＝梅沢治正　[学]旧制中学卒　[歴]昭和28年作句を始める。33年角川源義に師事し「河」創刊と共に入会。34年「河」同人。50年角川源義没後「河」を継承した進藤一考に師事。54年進藤主宰の「人」創刊に参加。「人」同人、東京支社長。当月集作家、秩父鉄道俳句会講師となり、俳誌「曙」指導。句集に「霜の枕木」「一日」など。
[団]俳人協会

埋田 昇二　うめた・しょうじ
詩人　[生]昭和8年　[出]静岡県袋井市　[学]名古屋大学経済学部卒　[賞]中日詩賞(第27回)(昭和62年)「富岳百景」　[歴]静岡県立浜名高校教諭を務めた。一方、大学在学中金子光晴に傾倒し、詩作を始める。幼い頃から富士山に憧れ、これまでに山頂に6度、山ろくに20数回通う。登山するたびに感じる思いを第三詩集「富岳百景」(思潮社)にまとめ、第27回中日詩賞を受賞。また、静岡県平和委員会で平和運動にとりくみ、昭和62年合唱組曲「世界にピースウエーブの光を」を作詞、ベトナム平和副委員長・オアインによって作曲され、原水禁'89世界大会で紹介された。63年8月まで静岡県詩人会長をつとめた。詩誌「鹿」主宰。他の詩集に「花の形態」など。　[団]静岡県詩人会

梅田 桑弧　うめだ・そうこ
俳人　[生]大正1年12月27日　[没]平成6年6月4日　[出]東京・深川　本名＝梅田勝　別号＝梅田桜外、梅田桜太郎　[歴]昭和8年から25年室積徂春主宰「ゆく春」に拠る。18年から28年「白鷺」を主宰。28年から30年「虚実」を見学玄から継承主宰。31年2月「胴」を創刊。句集に「醜草」「双眸」(朔多恭共著)「石蕗の季節」、随筆に「河童の唄」、編著に「胴合同句集」1・2がある。
[団]現代俳句協会

梅田 真男　うめだ・まさお
俳人　[生]大正12年1月23日　[出]東京　[学]東京薬科大学卒　[歴]昭和20年「にぎたま」同人。「放射光」「破片」「俳句評論」を経て、「風炎」編集代表となる。句集に「極点」「活点」「炎点」など。他の著書に「食品歳時記」がある。
[団]現代俳句協会

梅田 靖夫　うめだ・やすお
歌人　[生]昭和8年3月7日　[没]昭和60年1月19日　[出]東京都小石川　[学]明治学院大学経済学部卒　[歴]昭和30年「潮音」に入社、四賀光子に師事。のち同人、編集委員。33年、藤田武らの同人誌「環」創刊に参加。56年葛原妙子主宰季刊誌「をがたま」創刊に参加、編集にあたる。歌集に「相模野」。

梅津 ふみ子　うめつ・ふみこ
歌人　編集者　[生]昭和20年8月9日　[出]東京都　[歴]主婦の友文化センターで宣伝用チラシ、パンフ、新聞などを手がけた後、儀礼文化学会の機関新聞発行、歌壇新聞「ぽあ総集編〈1・2〉」を編集。「りとむ」に所属。分担執筆に「出版人の万葉集」、歌集「瑠璃猫」「わらふ山鳩」などがある。

梅内 美華子　うめない・みかこ
歌人　[生]昭和45年4月28日　[出]青森県八戸市　[学]同志社大学文学部美術史学科卒　[賞]角川短歌賞(第37回)(平成3年)「横断歩道」、現代短歌新人賞(第1回)(平成13年)「若月祭」　[歴]小学生の時から短歌を作り始め、大学在学中の昭和63年馬場あき子主宰「かりん」に入会。平成3年「横断歩道(ゼブラ・ゾーン)」と題する作品50首で角川短歌賞を受賞。俵万智以降の最も若い歌人の代表格と言われる。歌集に「若月祭」がある。　[団]京都大学短歌会

梅本 育子　うめもと・いくこ
小説家　詩人　[生]昭和5年2月6日　[出]東京　本名＝矢萩郁子　[学]昭和女子大学附属高女中退　[歴]20代から詩を書き始め、のち「円卓」に参加して小説を書き、「文学者」で活躍。昭和44～46年「文学者」に作家吉田絃二郎の晩年を描いた「時雨のあと」を連載。以後は小説に専念。著書に「浮寝の花」「昼顔」「桃色月夜」「川越夜舟」「御殿孔雀・絵島物語」、詩集に「幻を持てる人」「火の匂」などがある。　[団]日本文芸家協会、大衆文学研究会

宇山 雁茸　うやま・がんじょう
俳人　[生]明治44年6月2日　[出]島根県　本名＝宇山岩城　[学]早稲田大学文学部国文学専攻卒　[歴]大正13年作句を始める。15年原田濱人、昭和7年臼田亜浪、島田青峰、26年水原秋桜子に師事。その後長谷川かな女に師事「水明」同人となる。36年原コウ子に拠り「鹿火屋」同人。年の花委員会講師を務め、「偕耕」を主宰する。句集に「拈華微笑」がある。　[団]俳人協会

浦川 聡子　うらかわ・さとこ
俳人　[生]昭和33年12月12日　[出]山形県　[学]千葉大学教育学部卒　[賞]現代俳句協会新人賞(佳作)(平成2年・4年)、現代俳句協会(新人賞)(平成5年)　[歴]昭和60～63年俳句総合誌「俳句四季」の編集に携わり、俳句と出合う。61年石寒太主宰・炎環に在籍、平成6年同人。著書に「クロイツェル・ソナタ―浦川聡子句集」がある。　[団]現代俳句協会

浦谷 多露夫　うらたに・たろお
歌人　教育者　あけび短歌会選者　日韓合同詩集編集委員長　[生]明治44年9月19日　[出]奈良県高市郡明日香村　本名＝浦谷太郎　[学]奈良師範本科第二部(昭和5年)卒　[賞]勲五等双光旭日章(昭和60年)　[歴]奈良県下の小・中学校教諭を歴任し、昭和27年宇智郡の大阿太小中学校長。以後、忍海、戸毛、金橋、真菅小学校勤務を経て、奈良市立春日中学校長を最後に退職。その後、あけび短歌会に入会、大和歌人協会、明香村文化協会、奈良県文化協会連盟などの設立に参画。この間、「ノーベル物語」「発明発達辞典」「中学校国語辞典」などを出版したほか、歌集「あすかうた」を刊行。　[団]大和歌人協会(幹事長)、あすか古京を守る会(幹事)

浦野 敬　うらの・けい
歌人　[生]明治26年11月15日　[没](没年不詳)　[出]栃木県佐野町　[学]東京高等商業(大正5年)卒　[歴]昭和2年創刊の「まるめら」同人となる。無産者歌人連盟に所属し、5年一橋の短歌同好者の共同歌集「抛物線(ラ・パラボール)」を刊行。戦後は新日本歌人協会に参加した。

浦野 芳南　うらの・ほうなん
俳人　[生]大正2年3月16日　[出]奈良県吉野郡下市町　本名＝浦野三郎(うらの・さぶろう)　[学]天王寺師範卒　[興]現代俳句　[賞]雪解賞(昭和38年)、大阪府文化芸術功労賞(昭和58年)　[歴]昭和6年皆吉爽雨に師事。旧「山茶花」同人を経て、21年「雪解」創刊に参加し、23年同人。56年大阪俳人クラブ副会長。句集に「瀬音」「双塔」「青絵」「名水」「自註・浦野芳南集」、俳論集に「俳句の門」「爽雨清唱」など。　[団]俳人協会、大阪俳人クラブ

占部 一孝　うらべ・かずたか
俳人　㊓大正4年8月27日　㊥福岡県八幡市(現・北九州市)　㊫昭和53年俳句を始める。54年戸畑俳句協会入会。56年「自鳴鐘」同人、58年現代俳句協会員となる。63年「風炎」同人参加。「天籟通信」同人。句集に「烏瓜」「楢林」「日本全国俳人叢書〈第7集〉占部一孝集」、「燦―『俳句空間』新鋭作家集」(共著)など。㊞九州俳句作家協会、現代俳句協会

瓜生 和子　うりゅう・かずこ
俳人　㊓昭和2年6月21日　㊥旧朝鮮　㊫旧制高女卒　㊜地平賞(昭43，45，50，51年度)　㊫昭和34年「菜殻火」に参加し野見山朱鳥に師事。39年「地平」創刊同人として参加、児玉南草に師事。47年角川源義主宰の「河」入会、49年同人。54年進藤一考主宰「人」入門、同人となる。句集に「霧笛」「坂の町」がある。㊞俳人協会

瓜生 敏一　うりゅう・としかず
俳人　㊢近代文学　郷土史研究　㊓明治44年2月20日　㊀平成6年8月3日　㊥福岡県田川郡赤村　㊫早稲田大学文学部国文科(昭和10年)卒　㊫初期に定形句を作ったが、昭和7年河東碧梧桐に師事し自由律俳句転じ「三昧」「紀元」に投句。また近代俳句の研究を続ける。大学卒業後、中国の放送局に勤務し、21年帰国。戦後、福岡県田川を中心に高校教師を務める一方、郷土史の研究にも取りくむ。退職後、愛知淑徳短期大学講師をつとめた。「層雲」同人。荻原井泉水ら俳人の研究で知られ、著書に「中塚一碧楼」「森有一翁の思い出」「妙好俳人 緑平さん」、句集に「稚心」などがある。　㊞俳文学会、現代俳句協会、口語俳句協会

上窪 清　うわくぼ・きよし
俳人　医師　㊓大正11年3月10日　㊀昭和49年3月20日　㊥岐阜県　㊫佳木斯医大卒　㊫俳句は「馬酔木」により「貝寄風」「野の声」同人。ほかに「海紅」「俳藪」にも関わった。詩、短歌、川柳などもよくし、句集「寒卯」などがある。

海野 厚　うんの・あつし
詩人　㊓明治29年　㊀大正14年5月　㊥静岡県静岡市　㊫早稲田大学　㊫静岡市内の実業家の家に生れ、明治42年静岡中学に入学。小説を読みふけり、詩をつくる文学少年だった。大正3年早大に進学。その頃の「赤い鳥」に載った童謡に感激し、盛んに投稿する。勤めていた児童雑誌社がつぶれ、自身は肺を病んでいた大正8年「背くらべ」を作詞、作曲家中山晋平が作曲。15年文部省唱歌に選ばれた。11年作曲家の外山国彦、中山晋平、小田島樹人と同人グループ“鳩の笛社”をつくり、わずか半年の内に童謡集「子供達の歌」を第3集まで刊行。12年「おもちゃのマーチ」(小田島作曲)を作詞。14年肺結核のため、28歳の若さで亡くなる。㊈弟＝海野春樹(元大阪芸術大学教授)

海野 幸一　うんの・こういち
歌人　㊓昭和8年8月6日　㊥長野県　㊫「白夜」編集委員・選者。昭和26年より宮原茂一に師事。一時、「潮音」「環」にも所属した。歌集に「木霊」がある。

【え】

江頭 彦造　えがしら・ひこぞう
詩人　詩論家　元・上智大学教授　㊓大正2年10月4日　㊀平成7年10月7日　㊥佐賀県杵島郡白石町　㊫東京帝国大学国文科(昭和12年)卒、東京帝国大学大学院修了　㊜時間賞(第2回)(昭和30年)「田村隆一の立場」　㊫静岡大学、上智大学などの教授を歴任。昭和9年「偽画」を、10年「未成年」を創刊し、のちに「コギト」「四季」などに詩作を発表。詩集に「早春」「江頭彦造詩集」、小説集「リボンのついた氷島」、評論集「現代詩の研究」「抒情詩論考」などの著書がある。　㊞日本詩人クラブ(名誉会員)、日本近代文学会

江上 栄子　えがみ・えいこ
歌人　㊓大正5年6月24日　㊥福岡県　本名＝池内栄子　㊜福岡市文学賞(第1回)(昭和46年)「春の独白」、日本歌人クラブ賞(昭和46年)「春の独白」　㊫「多磨」を経て昭和28年5月「形成」に参加、木俣修に師事。歌集「春の独白」で46年日本歌人クラブ賞、第1回福岡市文学賞を受賞。　㊞日本歌人クラブ

江上 七夫介　えがみ・なおすけ
俳人　元・大正製薬取締役　㊓大正10年1月1日　㊥福岡県　㊫明治大学法学部卒　㊫参議院事務局に入り、秘書室長を経て、昭和47年警務部長、50年記録部長、54年庶務部長。56年退官し大正製薬取締役、58年常勤監査役、60年監査役、のち名誉会長秘書役を歴任。平成2年退職。また幼少時より俳句を嗜み、参院在職中句誌「寒凪」を創刊・主宰。「俳句春秋」同人。㊞俳人協会　㊈父＝江上巨川(俳人)

江川 虹村　えがわ・こうそん
俳人　[生]昭和4年7月28日　[出]兵庫県　本名＝江川良一　[学]京都大学文学部卒　[歴]昭和22年後藤夜半に入門、「花鳥会」（現・「諷詠」）会員となる。一貫して同会に所属するが、51年夜半没後は後継者後藤比奈夫に師事。「諷詠」同人、のち副主宰。句集に「冬月」などがある。
[団]俳人協会（監事）、日本文芸家協会

江川 英親　えがわ・ひでちか
詩人　[生]昭和6年10月8日　[出]福岡県飯塚市芳雄　[歴]昭和20〜48年大分県日田市、以後福岡市に居住。ALMÉE同人、九州文学同人、日田文学同人。詩集に「交感反応」「雁」「雀万匹」などがある。　[団]日本現代詩人会

江口 あけみ　えぐち・あけみ
詩人　[生]昭和18年3月17日　[出]東京都台東区
[歴]「銀河詩手帖」「獅子族」同人。詩集に「街かど」「ひみつきち」、共著に「詩のノート'78」「銀河詩手帖・現代詩人アンソロジー」他。
[団]児童文化の会、童詩童謡研究会

江口 渙　えぐち・かん
小説家　歌人　評論家　児童文学者　社会運動家　[生]明治20年7月20日　[没]昭和50年1月18日　[出]東京市麹町区（現・東京都千代田区）
旧訓＝江口渙（えぐち・きよし）　[学]東京帝大英文科（大正5年）中退　[賞]多喜二百合子賞（第2回・昭45年度）（昭和46年）「わけしいのちの歌」
[歴]中学時代から短歌や詩を投稿する。大正5年東大を卒業直前に退学し、東京日日新聞社会部記者となるが、すぐに退社、「帝国文学」編集委員となる。在学中から小説や評論を発表していたが、6年に創刊した「星座」に「貴様は国賊だ」を発表、また「帝国文学」に「児を殺す話」を発表して注目され、7年「労働者誘拐」を発表。9年創立された日本社会主義同盟の執行委員となり、昭和に入ってマルクス主義に接近し、日本プロレタリア作家同盟中央委員となるなど、プロレタリア文学の分野で活躍。その間、武蔵野町会議員に当選、また検挙、投獄をくり返す。昭和20年日本共産党に入党し、新日本文学会幹事に選任され、40年創立された日本民主主義文学同盟では幹事会議長になる。45年歌集「わけしいのちの歌」で多喜二・百合子賞を受賞。他の主な作品に「赤い矢帆」「性格破産者」「恋と牢獄」「彼と彼の内臓」「三つの死」「花嫁と馬一匹」、評論「新芸術と新人」、自伝「わが文学半生記」、「江口渙自選作品集」（全3巻）などがある。

江口 喜一　えぐち・きいち
俳人　[生]明治28年8月5日　[没]昭和54年7月27日
[出]京都市　[歴]大正13年青木月斗門に入り作句を始める。以後「同人」に所属して青木月斗、菅裸馬に師事。昭和28年「同人」の姉妹誌として大阪市より湯室月村を主宰に「うぐいす」の創刊に尽力。44年月村没後主宰となる。死後「喜一句集」が刊行された。

江口 きち　えぐち・きち
歌人　[生]大正2年11月23日　[没]昭和13年12月2日　[出]群馬県川場村　[学]尋常高等小学校卒
[歴]高等小学校卒業後、飲食店につとめながら歌作し、作品を「女性時代」に発表。生活苦と恋の悩みから自殺したが、没後の昭和14年「武尊の麓」が刊行された。

江口 源四郎　えぐち・げんしろう
歌人　[生]大正6年10月17日　[没]平成11年3月9日
[出]新潟県　[歴]昭和11年短歌を始める。16年「香蘭」に入会。21年「あさひね（旭川）」に入会、30年終刊後、その後継誌「北方短歌」編集同人。24年「多磨」に入会し、終刊後の28年「コスモス」に参加、同人。31年から「北方短歌」にも所属。歌集「扇形車庫」、随筆集「万葉ひとりある記」がある。

江口 榛一　えぐち・しんいち
詩人　[生]大正3年3月24日　[没]昭和54年4月18日
[出]大分県耶馬渓　本名＝江口新一　[学]明治大学文芸科（昭和12年）卒　[歴]大学卒業後渡満し、新聞記者をする。その間の昭和15年に歌集「三寒集」を刊行。復員後は赤坂書店に勤務しながら、詩作をする。一時期共産党に入党、30年には受洗する。31年無償の精神で助けあう"地の塩の箱運動"を提唱し、機関誌「地の塩の箱」を発行したが、資金繰りが行きづまったことなども原因となって54年自殺した。著書に、自作少年詩解説「あかつきの星」、ルポルタージュ「地の塩の箱」、詩集「荒野への招待」、歌集「故山雪」、エッセイ「幸福論ノート」「地の塩の箱—ある幸福論」や、全集（全4巻，武蔵野書房）などがある。　[家]娘＝江口木綿子（「地の塩の箱」継承者）

江口 季雄　えぐち・すえお
歌人　元・岐阜県立医科大学教授　[専]病理学
[生]明治30年10月13日　[没]昭和59年3月1日
[出]愛知県江南市　[学]愛知県立医学専門学校医学部医学科卒　医学博士　[歴]昭和13年名古屋の中部短歌会に同人として参加、春日井瀇に師事する。戦後数年は、作歌を中絶したが間

もなく復活。中部短歌会名誉会員、中日歌人会顧問を務めた。歌集「万年青」「天台烏薬」などがある。

江口 季好　えぐち・すえよし
詩人　国語教育家　[専]児童詩・童謡　国語教育　[生]大正14年10月9日　[出]佐賀県佐賀郡諸富町　[学]佐賀師範卒、早稲田大学文学部日本文学科卒　[興]日本の古典(古文書も含む)の中の子どもの表現の調査・表現の研究　[賞]産経児童出版文化賞(昭和61年)「日本の子どもの詩」　[歴]東京都大田区立池上小学校で17年間心身障害学級を担任。東京都立大学講師、横浜国立大学講師、大田区教育委員会社会教育課主事などを務める。主著に「児童詩教育入門」「児童詩の授業」「児童詩の探求」「児童詩教育のすすめ」「ことばの力を生きる力に」「障害児学級の国語(ことば)の授業」、詩集「チューリップのうた」「風風吹くな」「生きるちからに」など。また昭和61年には日本作文の会編「日本の子どもの詩」(全47巻)の編集委員長として産経児童出版文化賞を受賞。　[団]日本児童文学者協会、日本作文の会、全国障害者問題研究会

江口 千樹　えぐち・せんじゅ
俳人　[生]大正10年9月1日　[出]山梨県　本名＝江口芳雄　[学]日本大学歯学部卒　歯学博士　[歴]昭和28年「鶴」に入会、石田波郷・石塚友二に師事。30年「鶴」同人、同年「鶴」同人会事務局担当、同幹事長となる。句集に「祭笛」「旅信」「自註句集」がある。　[団]俳人協会

江口 竹亭　えぐち・ちくてい
俳人　[生]明治33年1月1日　[没]平成5年12月3日　[出]佐賀県佐賀郡本庄村　本名＝江口文治(えぐち・ぶんじ)　[学]早稲田大学中退　[歴]大正13年から「ホトトギス」に投句し、昭和24年同人。高浜年尾、河野静雲に師事。44年「万燈」を創刊し、主宰。52年俳人協会入会、54年評議員。62年日本伝統俳句協会会員。句集に「万燈」「自註江口竹亭集」。　[団]俳人協会

江口 帆影郎　えぐち・はんえいろう
俳人　[生]明治23年10月13日　[没]昭和27年11月17日　[出]岡山市外浜野　本名＝江口元章　[歴]高浜虚子・吉岡禅寺洞に師事してはじめ「ホトトギス」「天の川」等に拠り、みずからも「山葡萄」を主宰。昭和10年頃から新興俳句運動に参加したが、16年新興俳句弾圧事件が起こるに及んで主宰誌を廃刊した。敗戦後、北朝鮮から佐世保市に引揚げ、後は「太陽系」「幻像」等に拠ったが、実生活では辛酸をなめた。

江国 滋　えくに・しげる
随筆家　俳人　[生]昭和9年8月14日　[没]平成9年8月10日　[出]東京・赤坂　俳号＝江国滋酔郎(えくに・じすいろう)　[学]慶応義塾大学法学部政治学科(昭和32年)卒　[歴]出版社勤務を経て、昭和40年文筆に転じ、随筆、紀行文、評論の分野で活躍するかたわら、スケッチ、俳句、カード・マジックなど趣味の世界でもプロ級の腕をふるう。俳句は早くから親しみ、東京やなぎ句会(永六輔、小沢昭一ら)で句作。ベストセラーとなった「俳句とあそぶ法」(59年)で“俳句ブームの火つけ役”となり、同じくベストセラー「日本語八ツ当たり」(平成元年)で“日本語のご意見番”といわれた。「慶弔俳句日録」(平成2年)も、新機軸の人物史・現代史として話題を集める。句集に「神の御意」、主な著書に「落語美学」「阿呆旅行」「読書日記」(正・続)「英国こんなとき旅行記」「名画とあそぶ法」「スペイン絵日記」(画集)ほか多数。平成9年食道ガンと宣告された。　[団]日本文芸家協会　[家]妻＝東条勢津子(元童謡歌手)、長女＝江国香織(児童文学作家)

江崎 小秋　えざき・こあき
童謡詩人　民謡詩人　[生]明治35年　[没](没年不詳)　[出]岐阜県本巣郡　本名＝江崎主一　[学]日本大学美学科中退　[歴]大正13年「仏教童話と童謡」を創刊。昭和6年仏教童謡協会、9年仏教児童芸術家協会を結成した。曲譜集「仏教童話＝曲譜と遊戯」や「江崎小秋歌謡選集」がある。

江里 昭彦　えざと・あきひこ
俳人　[生]昭和25年　[出]山口県宇部市　[学]京都大学文学部卒　[賞]現代俳句協会評論賞(第16回)(平成8年)「『近代』に対する不機嫌な身振り」　[歴]昭和45年京大俳句会に入会、55～58年「京大俳句」編集長。58～63年「日曜日」に所属。現在「未定」同人。句集に「ラディカル・マザー・コンプックス」「ロマンチック・ラブ・イデオロギー」、批評集「俳句前線世紀末ガイダンス」「生きながら俳句に葬られ」「現代俳句パノラマ」、詩集に「去勢歌手」など。京都府職員。

榎島 沙丘　えじま・さきゅう
俳人　[生]明治40年6月12日　[没]平成3年9月30日　[出]鹿児島市　本名＝指宿俊徳　[学]京都帝大法学部(昭和5年)卒　[歴]昭和6年神戸市役所勤務。8年日野草城に師事。「ひよどり」「旗艦」「琥珀」と一貫して新興俳句運動に参加。のち「太陽系」「俳句評論」を経て、37年「街路樹」発刊、主宰。句集に「港都」「秋径」など。

江島 その美　えしま・そのみ

詩人　⽣昭和19年5月19日　出佐賀県　学山口女子短期大学卒　賞日本詩人クラブ新人賞（第2回）（平成4年）「水の残像」　誌詩誌「木々」同人。詩集に「水の妊婦」「水枕」「水の残像」など。　所日本詩人クラブ、日本現代詩人会、日本文芸家協会

江島 寛　えじま・ひろし

詩人　⽣昭和8年3月13日　歿昭和29年8月19日　出朝鮮・全羅北道群山　本名＝星野秀樹　学東京都立小山台高校夜間部卒　戦後、朝鮮から山梨県に帰り、身延高校に入学。学生運動に身を投じ放校され、働きながら小山台高校夜間部で学び、昭和26年、郵便局に勤めた。同時に下丸子文化集団の結成に参加。この集団は28年には南部文化集団となり、かべ詩、ビラ詩などで反米抵抗運動を続ける半非合法組織。野間宏や安部公房らも参加した。江島は詩作や機関紙発行に従事したが29年8月19日、栄養失調による紫斑病で死亡した。江島の遺作は50年、同志の井之川巨編集で「鋼鉄の火花は散らないか」（社会評論社）として刊行された。

江代 充　えしろ・みつる

詩人　⽣昭和27年12月20日　出静岡県藤枝市　学広島大学教育学部ろう課程卒　賞萩原朔太郎賞（第8回）（平成12年）「梢にて」　東京都立江東ろう学校幼稚部に勤務、聴覚障害幼児教育に従事。詩集に「白V字 セルの小径」「みおのお舟」「公孫樹」「黒球」などがある。　所日本文芸家協会

江連 白潮　えずれ・はくちょう

歌人　「窓日」主宰　⽣明治40年9月9日　出栃木県　本名＝江連亀吉　学宇都宮大学教育学部卒　賞栃木県文化功労賞　清水比庵に師事し、昭和4年「二荒」創刊に参加、戦時中「下野短歌」と合併、19年まで編集を担当。21年復刊、のち「窓日」と改題、51年から主宰。栃木県歌人クラブ委員長。歌集に「真鳥」「江連白潮選集」がある。

江田 浩司　えだ・こうじ

歌人　⽣昭和34年7月2日　出岡山県　学東洋大学大学院国文学研究科中退　教師の傍ら歌人として活躍。短歌誌「未来」会員。歌集に「メランコリック・エンブリオ―憂鬱なる胎児」「饒舌な死体」「新しい天使―アンゲルス・ノーヴス」がある。

頴田島 一二郎　えたじま・いちじろう

歌人　作家　ポトナム短歌会代表　大阪歌人クラブ名誉会長　⽣明治34年4月23日　歿平成5年1月19日　出東京都中央区　本名＝内田虎之助　学京城中（大正7年）卒　賞大阪朝日新聞懸賞小説当選（昭和5年）「踊る幻影」、中央公論新人賞（第3回）（昭和10年）「待避駅」、尼崎市民芸術賞（昭和48年）、大阪府文化芸術功労者表彰、大阪市民文化功労者表彰、藍綬褒章（昭和56年）　大正10年小泉苳三に師事し、歌誌「ポトナム」創刊と同時に参加。昭和6年文芸時報社に入り、「芸術新聞」の編集に携わる。同年第一歌集「仙魚集」を発表。のち、同社理事及び「芸術新聞」編集長。32年から「ポトナム」発行及び編集代表となる。そのほか、大阪歌人クラブ会長、「大阪万葉集」編纂代表、大阪阿倍野産経学園、大阪梅田第一産経学園各短歌部講師を務める。著書に「流民」「この冬の壁」、歌集に「ここも紅」「祭は昨日」「いのちの器」などがある。　所日本文芸家協会、現代歌人協会、大阪歌人クラブ、日本歌人クラブ（名誉会長）　家妻＝佐野喜美子（歌人・故人）

江知 柿美　えち・かきみ

詩人　⽣昭和7年10月20日　出東京都中野区　本名＝山田貴美子　学東京女子大学、早稲田大学文学部卒、東京都立大学大学院修士課程修了　詩を書き始めたのは、疎開先の山形で15歳の頃。「江知柿美詩集」がある。

越前 翠村　えちぜん・すいそん

歌人　⽣明治18年　歿昭和3年8月4日　出秋田県　本名＝越前源一郎　営林局につとめながら歌作をし、その作品を若山牧水の「創作」に発表。大正3年上京し、「創作」の編集をする。その後画家を志したが、精神病になって、故郷の青森で没した。

越中谷 利一　えっちゅうや・りいち

小説家　俳人　⽣明治34年7月22日　歿昭和45年6月5日　出秋田市　学日本大学夜間部　日大在学中の大正9年日本社会主義同盟に加盟する。10年入隊するが12年に除隊。以後、プロレタリア文学作家として活躍し、日本無産派文芸連盟、日本無産者芸術連盟に加入。その間「一兵卒の震災手記」などを発表。昭和8年検挙され、9年出獄して満鉄に入社。敗戦後、満州から引上げ、「東海繊維経済新聞」を創刊した。没後、遺句集「蝕甚」、「越中谷利一著作集」が刊行された。

江戸 雪　えど・ゆき
歌人　㋓昭和41年12月12日　㋙大阪府　㋤咲くやこの花賞（平成14年）「椿夜」　㋕父が現代詩、母が短歌をつくる家庭に生まれる。結婚を機に作歌を始め、平成14年出産前後の気持ちを綴った歌集「椿夜」で大阪市が新進芸術家に贈る咲くやこの花賞を受賞。他の歌集に「百合オイル」がある。「塔」所属。

江波 光一　えなみ・こういち
歌人　㋓大正15年12月19日　㋙新潟県　本名＝伊藤清　㋕昭和29年、堀正三、福戸国人、渡辺於兎男らと「あかしや」創刊に参加、31年「らせん」「果実」同人。35年「砂金」に加盟、編集同人を経て57年退社後は無所属。49年十月会会員となる。歌集は合著「台地」「四季相聞」がある。

江南 文三　えなみ・ぶんぞう
詩人　歌人　㋓明治20年12月26日　㋜昭和21年2月8日　㋙石川県金沢市　㋛東京帝国大学英文科（大正2年）卒　㋕高校時代から「明星」などに出品を発表し、明治43年からは「スバル」の編集もする。大学卒業後は千葉中、佐渡中、東京府立一中など、各地の中学校教師となる。著書に「日本語の法華経」などがある。

榎沢 房子　えのさわ・ふさこ
歌人　薬剤師　㋓昭和10年6月27日　㋙千葉県　㋕昭和34年生方たつゑに師事。38年「浅紅」創刊とともに入会。処女歌集は「風化質」。「女人短歌」会員。　㋡日本歌人クラブ

榎本 栄一　えのもと・えいいち
詩人　㋓明治36年10月　㋜平成10年10月12日　㋙兵庫県三原郡阿万村（淡路島）　㋤仏教伝道文化賞（第28回）（平成6年）　㋕5歳のとき、小間物化粧品店を始める両親に従って大阪へ。高等小卒後、病弱のため数年療養。父が死去し、19歳で母と共に家業を継ぐが、大阪大空襲で焼失。戦後、無一物から東大阪市の私設市場に化粧品店を開業。昭和54年閉店廃業。独学独修で、いろいろな宗教を学んだが、最終的に念仏に帰依。自在な境地で念仏の詩をうたい"現代の妙好人"と呼ばれた。詩集に「難度海」「光明土」「念仏常照我」「尽十方」、詩文集「いのち萌えいずるままに」など。

榎本 冬一郎　えのもと・ふゆいちろう
俳人　㋓明治40年6月1日　㋜昭和57年3月25日　㋙和歌山県田辺市　本名＝榎本羊三　㋤馬酔木賞（昭和14年）「派出所日記」　㋕昭和4年頃より句作を始め、「倦鳥」「漁火」などに投句。10年「青潮」を創刊、11年から「馬酔木」に投句する。13年警察官となり、14年連作「派出所日記」で馬酔木賞を受賞。戦後は「天狼」同人となり、また24年「星恋」（のち「群蜂」）を創刊。30年警視を最後に大阪府警を退職した、大阪府立大学経済学部図書館に勤務した。句集に「銀光」「鋳像」「背骨」「尻無湖畔」「時の軸」「榎本冬一郎全句集」などがある。

榎本 好宏　えのもと・よしひろ
俳人　㋓昭和12年4月5日　㋙東京　㋛国学院大学政経学部卒　㋤詩人（俳・歌人）のロマンの系譜　㋤杉賞（昭和50年）　㋕昭和45年俳誌「杉」創刊時より森澄雄に師事し、49年～平成5年同誌編集長を務める。句集に「寄竹」「素声」、著書に「江戸期の俳人たち」「森澄雄とともに」など。　㋡俳人協会、日本文芸家協会

江畑 耕作　えはた・こうさく
歌人　医師　恵天堂医院院長　㋓大正14年　㋙千葉県　㋛千葉大学医学部（昭和25年）卒　医学博士（千葉大学）　㋕昭和23年歩道短歌会に入会。歩道同人、千葉県歌人クラブ選者、日本歌人クラブ参与を務める。著書に、歌集「草原」「黄蓮林」、研究書「伊藤左千夫」「野菊の如き君」「房総の歌人 山辺赤人」「記紀歌謡が語る古代史―邪馬台国大和論 古代王朝の興亡」がある。　㋡歩道短歌会、現代歌人協会、現代文化協会

江畑 実　えばた・みのる
歌人　㋓昭和29年7月22日　㋙大阪府大阪市　㋛関西大学社会学部卒　㋤角川短歌賞（第29回）（昭和58年）　㋕「塔」会員。歌誌「玲瓏」の編集にあたる。昭和59年第1歌集「檸檬列島」を上梓。

江原 光太　えばら・こうた
詩人　「面」編集人　「猪呆亭通信」発行人　㋓大正12年2月22日　㋙北海道旭川市　別称＝江原孝次郎（えばら・こうじろう）　㋛旭川中夜間部（旧制）中退　㋤小熊秀雄賞佳作（第8回）（昭和50年）「吃りの鼻唄」　㋕戦前は旭川新聞、道新旭川支社編集部に勤務、戦後は札幌で業界紙・誌を編集する。昭和23年新日本文学会会員、旭川勤労文化協会文学部任となるが、のち療養生活に入り、各病院で文学サークルを組織し

て活動。第3次「北方文芸」編集人を勤め、個人誌「ろーとるれん」を発行する。詩集に「氷山」「移民の孫たち」「狼・五月祭」「吃りの鼻唄」「貧民詩集」「オルガンの響き」などがある。
㊥日本現代詩人会、新日本文学会（幹事）

江原 律　えはら・りつ
詩人　㊞中日詩賞（平成13年）「遠い日」　㊞昭和49年から詩を書き始める。夫である人類学者・江原昭善の著書に詩をつける他、夫唱婦随の共同作業による本も出版。詩集に「琥珀の虫」「遠い日」など。　㊞夫＝江原昭善（京都大学名誉教授）

海老沢 粂吉　えびさわ・くめきち
歌人　㊞明治37年12月12日　㊞東京　㊞昭和4年「常春」に入会。田口白汀「現実短歌」を経て、37年「冬雷」発刊により参加。歌集「淀川」「帰京」「赤冢集」などがある。

海老根 鬼川　えびね・きせん
俳人　㊞大正15年11月29日　㊞平成9年9月13日　㊞茨城県下館市　本名＝海老根英義（えびね・えいぎ）　㊞青玄賞（昭和47年度）青玄評論賞（昭55年度）、茨城県俳句作家協会賞、系賞「俳句ポエム」を経て、昭和27年「青玄」入会、伊丹三樹彦に師事し47年無鑑査同人。38年「系」創刊に参加。佐藤豹一郎没後「系」を52年4月の終刊まで主幹継承。句集に「日暮の使者」「海老根鬼川句集」。㊥現代俳句協会、茨城県俳句協会（会長）

蛯原 由起夫　えびはら・ゆきお
詩人　「詩脈」主宰　㊞昭和5年5月8日　本名＝村野井幸雄　㊞福島県文学賞（詩, 第18回）（昭和40年）「蝶と羊歯」　㊞詩誌「詩脈」を主宰。詩集「会津の鬼婆」がある。㊥福島県会津現代詩人

江間 章子　えま・しょうこ
詩人　作詞家　㊞大正2年3月13日　㊞岩手県岩手郡西根町　㊞YMCA駿河台女学院専門部卒　㊞世田谷区名誉区民、西根町名誉町民（平成7年）　㊞詩誌「椎の木」の同人となり、昭和10年第一詩集「春への招待」を発表。その後「詩法」「新領土」の同人、戦後は「現代詩」「日本未来派」に参加、また日本女詩人会の機関誌「女性詩」の編集にあたった。また作詞家としても活動。詩集に「花の四季」「イラク紀行」「タンポポの呪詛」「ハナコ」、詩論集に「詩へのいざない」「埋もれ詩の焔々」、訳書に「エミリー・ディッキンソンの生涯」、歌曲の詩として「夏の思い出」「花の街」、エッセイ「〈夏の思い出〉その想いのゆくえ」などがある。平成10年「全詩集」を刊行。同年岩手県西根町により"少年少女の詩 江間章子賞"が制定される。
㊥日本文芸家協会、日本音楽著作権協会（評議員）、詩と音楽の会、日本現代詩人会

江森 国友　えもり・くにとも
詩人　㊞昭和8年2月19日　㊞埼玉県　㊞慶応義塾大学文学部仏文科（昭和31年）卒　㊞敗戦直後から詩作を始め、村野四郎に師事し、また西脇順三郎の影響をうける。昭和31年「氾」を創刊、同誌廃刊後は「三田詩人」「現代詩」に詩作を発表する一方、個人誌「南方」を創刊。46年「宝篋と花讃」を刊行、以後「慰める者」「花讃め」「少年」などを刊行。㊥日本文芸家協会

江森 盛弥　えもり・もりや
詩人　㊞明治36年8月18日　㊞昭和35年4月5日　㊞東京・小石川　㊞逗子開成中学中退　㊞「文芸解放」「左翼芸術」などの創刊に参加し、アナーキスト系詩人として出発するが、のちに「戦旗」などに参加する。戦後は人民新聞編集長、アカハタ文化部長などを歴任し、政治論、文化論なども発表。著書に詩集「わたしは風に向って歌う」、評論集「詩人の生と死について」などがある。

江良 亜来子　えら・あきこ
詩人　㊞昭和15年8月1日　㊞東京　㊞文化学院卒　㊞昭和42年同人誌「知己」同人参加（56年終刊）。以後数誌に関わり、現在は無所属。詩集に「近況」「想念」「私の内なる地平線」「江良亜来子詩集」「花」「形象」「黄昏」などがある。
㊥日本詩人クラブ

江流馬 三郎　えるま・さぶろう
歌人　㊞昭和3年3月14日　㊞青森県　㊞角川短歌賞（第18回）（昭和47年）「縦走砂丘」　㊞「アスナロ」「未来」会員。昭和46年短歌研究新人賞次席、47年角川短歌賞受賞。歌集に「縦走砂丘」がある。

燕石 猷　えんせき・ゆう
詩人　㊞明治34年12月22日　㊞昭和49年11月9日　㊞東京市本所区　本名＝岸野知雄　㊞東京商大本科2年修了　㊞在学中から日夏耿之介に師事し、詩作を「パンテオン」などに発表。またアイルランド文学や英米詩の翻訳もある。卒業後は長らく三省堂に勤務し、また日大、東海大、国士館大などの講師もつとめた。詩集に「光塵」、著書に「詩人日夏耿之介」、編著に「日夏耿之介詩集」などがある。

遠藤 梧逸　えんどう・ごいつ
俳人 「みちのく」名誉主宰 「若葉」同人会長 全日本郵便切手普及協会顧問 [生]明治26年12月30日 [没]平成1年12月7日 [出]岩手県胆沢郡前沢町 本名＝遠藤後一(えんどう・ごいち) [学]東京帝国大学法学部独法科(大正10年)卒 [賞]宮城県教育文化功労賞(昭和50年)、若葉賞(昭和51年)、前沢町名誉町民(昭和52年)、富安風生賞(昭和60年) [歴]大正10年逓信省入省。札幌、大阪各逓信局長、郵務局長を歴任し、昭和17年退官。東北配電(現・東北電力)社長、NHK経営委員を歴任。俳句は富安風生に師事、写生に徹した句風。9年「若葉」「ホトトギス」入門。16年「ホトトギス」、23年「若葉」同人。26年「みちのく」を創刊し、60年まで主宰、その後名誉主宰。句集に「六十前後」「帰家穏坐」「青木の実」「老後」、随筆集に「売られぬ車」「俳句鑑賞」など。 [団]俳人協会

遠藤 古原草　えんどう・こげんそう
俳人 蒔絵師 [生]明治26年9月6日 [没]昭和4年8月24日 [出]東京市京橋区 本名＝遠藤清平衛 [学]東京府立一中 [歴]中学時代から「試作」などに投句し、大正3年「空を見ぬ日」を刊行。4年「射手」を創刊。また蒔絵師としても活躍した。

遠藤 恒吉　えんどう・つねきち
詩人 [生]大正6年12月17日 [出]東京 [学]帝国商業卒 [歴]昭和7～48年まで国鉄に在職した元・国鉄東京鉄道管理局総務部人事課職員で、戦後職場サークルをきっかけに、詩人としても活躍。「亡羊」「日本未来派」所属。詩集に「糞」「死体安置室附近」、随筆「あなたはどなた」、掌篇小説に「女房言行録」がある。 [団]日本現代詩人会、国鉄詩人連盟

遠藤 貞巳　えんどう・ていじ
歌人 [生]大正6年6月21日 [没]昭和47年2月17日 [出]千葉県 [歴]消防吏員のかたわら、作歌をはじめ、「国民文学」同人。堤青燕の手解きを受けて作歌、昭和15年半田良平に師事。良平の歿後松村英一に師事。歌集に「竹逕集」「棗花村」がある。 [団]現代歌人協会

遠藤 正年　えんどう・まさとし
俳人 [生]大正13年11月29日 [出]東京 [学]陸軍兵器学校卒 [賞]毎日俳壇賞(昭和31年)、馬酔木新人賞(昭和36年) [歴]昭和29年「馬酔木」投句を始め、40年同人となる。50年「年の花」講師となり、のち委員。俳人協会幹事を務める。「橡」に所属する。句集に「野づかさ」「清明」がある。 [団]俳人協会

遠藤 若狭男　えんどう・わかさお
俳人 俳人協会幹事 [生]昭和22年4月29日 [出]福井県 本名＝遠藤喬 [学]早稲田大学卒 [歴]高校教師。俳誌「狩」同人。作品に句集「神話」「青年」などがある。 [団]俳人協会、日本文芸家協会

遠入 たつみ　えんにゅう・たつみ
俳人 [生]明治29年3月29日 [没]昭和60年11月5日 [出]大分県下毛郡本耶馬渓町青 本名＝遠入巽 [学]大分県立中津中学校卒 [賞]大分合同新聞文化賞(昭和58年) [歴]間組に入社、のち取締役。昭和10年頃より俳句を始め、「ホトトギス」の高浜虚子に師事。虚子没後は「芹」「蕗」両誌同人となり、自らも「新樹」を主宰した。著書に自らの字・句を自ら刀刻した和綴句集「ふるさと」など。

塩谷 鵜平　えんや・うへい
俳人 [生]明治10年5月30日 [没]昭和15年12月8日 [出]岐阜県厚見郡江崎村(現・岐阜市) 本名＝塩谷宇平 前号＝華園、別号＝芋坪舎、幼名＝熊蔵、塩谷鵜兵(しおのや・うへい) [学]東京専門学校邦語政治科(明治31年)卒 [歴]中学時代から作句を始め、河東碧梧桐に師事する。のちに「鵜川」「壬子集」「土」などを創刊し、また「岐阜日日新聞」の俳壇を担当した。没後「土」(昭27)、「土以前」(昭30)が刊行された。

【お】

及川 貞　おいかわ・てい
俳人 [生]明治32年5月30日 [没]平成5年11月13日 [出]東京・麹町富士見町 旧姓(名)=野並 [学]東京府立第三高女卒 [賞]馬酔木賞(昭和11年, 54年)、俳人協会賞(第7回)(昭和42年)「夕焼」 [歴]女学校時代、御歌所寄人の大口鯛二について和歌を学ぶ。大正5年海軍士官と結婚し、夫の任地の佐世保や呉で暮した後、昭和8年上京、馬酔木俳句会に参加、水原秋桜子の指導を受ける。13年「馬酔木」同人。馬酔木婦人会を興しその育成に尽力。茶道師範で終生主宰誌を持たず自由な句風で女流の最長老と目された。句集に「野道」「榧の実」「夕焼」「自註・及川貞集」ほか。 [団]俳人協会(名誉会員)

老川 敏彦　おいかわ・としひこ
俳人　「寒昴」主宰　⊕昭和12年3月20日　⊕埼玉県栗橋町　⊗東京理科大学理学部卒　⊕昭和20年頃から詩歌に親しみ、作歌活動を続けたが、次第に俳句に魅かれ、44年俳誌「秋」に参加する。石原八束に師事し、46年「秋」同人。50年歌誌「原型」同人、「塔の会」入会。56年合同句集「塔」編集委員、58年「塔の会」幹事、のち「寒昴」主宰。句集に「霧の目」他。
⊕俳人協会、日本ペンクラブ、日本文芸家協会

及川 均　おいかわ・ひとし
詩人　⊕大正2年2月1日　⊗平成8年1月　⊕岩手県　⊗岩手師範専攻科（昭和8年）卒　⊕水沢小学校、北京東城第一小学校などで教員生活をし、その間詩作をし、「北方」「岩手詩壇」などに発表。昭和13年「横田家の鬼」を、15年「燕京草」を刊行。戦後は「日本未来派」「歴程」に所属し、24年上京。小学館、集英社に勤務し、25年「第十九等官」を刊行。以後「夢幻詩集」「焼酎詩集」「海の花火」などを刊行。他に童話集「北京の旗」や評論「石川啄木」などがある。　⊕日本現代詩人会　⊗二男＝及川知也（カメラマン）

扇畑 忠雄　おうぎはた・ただお
歌人　国文学者　日本現代詩歌文学館館長　東北大学名誉教授　⊗万葉集　⊕明治44年2月15日　⊕広島県賀茂郡志和町（本籍）　⊗京都帝国大学文学部国文学科（昭和10年）卒　⊕河北文化賞（昭和54年度）、短歌研究賞（第29回）（平成5年）「冬の海その他」、現代短歌大賞（第19回）（平成8年）　⊕昭和17年旧制二高（現・東北大学）教授となり、のち東北福祉大学教授を歴任。一方、歌人としては、旧制広島高校時代に短歌を始め、5年「アララギ」入会。初め中村憲吉に師事、没後、土屋文明に師事。21年東北アララギ会誌「群山」を創刊。平成元年4月日本現代詩歌文学館初代館長（非常勤）に就任、13年歌会始の儀の召人に選ばれる。また、昭和23年より毎年宮城刑務所の受刑者に短歌を教えている。歌集に合同歌集「自生地」「北西風」、選集「野葡萄」、評伝「中村憲吉」、評論に「近代写実短歌考」「万葉集の発想と表現」、「扇畑忠雄著作集」（全8巻）がある。
⊕万葉学会、和歌文学会　⊗妻＝扇畑利枝（歌人）

扇畑 利枝　おうぎはた・としえ
歌人　⊕大正5年3月17日　⊕宮城県古川町（現・古川市）　⊗朴沢松操学校師範科卒　⊕新歌人会賞（第6回）（昭和34年）、宮城県芸術選奨（昭和48年）、宮城県教育文化功労章（昭和57年）　⊕13歳で短歌を作りはじめる。斎藤茂吉、土屋文明に師事。昭和24年「女人短歌」参加、のち東北支部長。30年「アララギ」入会。歌集に「遠い道」「欅の花」がある。「群山」編集同人。
⊕現代歌人協会　⊗夫＝扇畑忠雄（東北大学名誉教授）

扇谷 義男　おうぎや・よしお
詩人　⊕明治43年4月10日　⊗平成4年11月7日　⊕神奈川県横浜市　⊗日本大学芸術学科卒　⊕昭和3年頃から「新興文学」「創作月刊」「若草」などに詩作を投稿し、4年個人誌「賭博師」を創刊。戦後「第一書」「植物派」を創刊。また「日本未来派」「花粉」などにも所属し、24年「願望」を刊行。他に「潜水夫」「仮睡の人」などの詩集がある。　⊕日本詩人クラブ、日本現代詩人会、日本文芸家協会

逢坂 定子　おうさか・さだこ
歌人　⊕昭和7年7月16日　⊕東京　⊗国立久里浜高等看護学院卒　⊕看護婦の傍ら作歌をはじめ、片山貞美に師事し、昭和26年福田栄一の「古今」に入る。30年逢坂敏男と結婚。40年特別同人、44年編集同人。歌集に「花慕情」がある。　⊗夫＝逢坂敏男（歌人）

逢坂 敏男　おうさか・としお
歌人　⊕昭和3年5月30日　⊕富山市　⊗国学院大学文学部卒　⊕昭和21年「古今」に入り福田栄一に師事。34年特別同人。38年「富山古今」編集発行人。44年編集同人、のち運営委員。歌集に「人ひとり」がある。　⊗妻＝逢坂定子（歌人）

大網 信行　おおあみ・のぶゆき
俳人　⊕大正7年1月4日　⊕東京　⊗法政大学卒　⊕昭和22年より水原秋桜子の指導を受けて以来「馬酔木」に拠る。46年「馬酔木」同人。俳人協会幹事、現代俳句選集編集委員などを務める。のち「欅」に所属。句集に「海境」がある。　⊕俳人協会

大井 雅人　おおい・がじん

俳人　「柚」主宰　⊛昭和7年2月7日　⊕山梨県　本名=大井義興　旧制中卒　昭和23年ごろより「雲母」に投句。日銀甲府支店に勤めて甲府在住の俳人たちと交流を持ち、こだま俳句鑑賞会を結成、同会を通して飯田龍太の直接の指導を受ける。「雲母」同人となり、同誌編集部に所属した。のち「柚」を主宰。句集に「竜岡村」「朱の寺」「消息」がある。

大井 恵夫　おおい・しげお

歌人　⊛昭和4年5月19日　⊕群馬県　昭和23年長谷川銀作に師事し「創作」に入会。27年「遠天」に移り、同人を経て32年「地表」を創刊、編集同人となる。群馬歌人クラブ委員。歌集に「海礁」、評論集に「土屋文明」がある。⊕日本歌人クラブ、日本近代文学会

大井 蒼梧　おおい・そうご

歌人　⊛明治12年11月24日　⊛昭和12年2月13日　⊕武州国　本名=大井一郎　⊛東京高師(明治35年)卒　若くからキリスト教徒となり、明治34年以降「明星」誌上に短歌を発表。以後も「冬柏」などに発表し、没後30年後に歌集「法悦」が刊行された。

大井 恒行　おおい・つねゆき

俳人　労働運動家　「豈」発行人　⊛昭和23年12月15日　⊕山口県山口市　⊛立命館大文学部中退　昭和45年関西学生俳句連盟「関俳連句集」創刊に参加。この頃退学して上京。弘栄堂書店に入社、23歳の時労働組合を結成、執行委員長。59年、10年以上にわたる闘争の軌跡を「本屋戦国記 影の帝国篇」として北栄社から出版。この間も句作を続け、55年「豈」創刊に参加。63年から5年間「俳句空間」編集人。のち「豈」発行人。句集に「秋(とき)の詩(うた)」「風の銀漢」、共著に「現代俳句ハンドブック」など。

大井 広　おおい・ひろむ

歌人　国文学者　⊛明治26年1月28日　⊛昭和18年7月10日　⊕長野県　長野師範中退　中学教員をしながら京大に進み、卒業後は神戸第一高女高等科で教え、のちに立命館大教授になる。大正4年から太田水穂に師事して「潮音」などに短歌を発表し、昭和7年「きさらぎ」を刊行。同年歌論集「南窓歌話」を、10年「悲心抄」を刊行。没後「白檀」「雲龍」が刊行された。

大井 康暢　おおい・やすのぶ

詩人　「岩礁」主宰　⊛昭和4年8月21日　⊕静岡県三島市　⊛日本大学文学部英文科(昭和27年)卒　少年時、中国東北部(長春)、蒙彊(張家口)、華北(北京)にて過ごす。詩誌「岩礁」主宰。詩集に「滅び行くもの」「非在」「堕ちた映像」「詩人の死」、著書に「芸術と政治、そして人間」「本郷追分物語」他。⊕日本現代詩人会、日本詩人クラブ、静岡県詩人会、日本ペンクラブ、日本文芸家協会

大家 北汀　おおいえ・ほくてい

川柳作家　⊕北海道苫小牧市　本名=大家勤　⊛二松学舎大学大学院修了　釧路湖陵高などを経て、昭和58年から登別南高教諭。一方、小説や詩を経て、56年から川柳、俳句、短歌を始める。川柳「道産子」などのほか、俳句、短歌の同人結社数社に所属。平成7年北海道新聞「読者時事川柳」の選者に。

大石 逸策　おおいし・いっさく

歌人　土浦短期大学国文科教授　⊛平安朝文学　⊛明治44年8月25日　⊛平成8年6月13日　⊕山梨県　⊛山梨師範学校国文科卒　昭和21年森本治吉に師事。26年「歩道」入会。著書に「校注源氏物語」「源氏物語の表現技法」「近代秀歌鑑賞」「わたしの伊勢物語」「危機に立つ日本の教育」、随筆に「コブシの花」「茜雲」、歌集に「春嵐」「遠丘」など。⊕日本随筆家協会

大石 悦子　おおいし・えつこ

俳人　⊛昭和13年4月3日　⊕京都府舞鶴市　⊛和歌山大学学芸学部卒　鶴俳句賞(昭和56年)、角川俳句賞(昭和59年)、俳人協会新人賞(第10回)(昭和62年)　⊛昭和42年「鶴」投句、石田波郷、石塚友二に入門。48年「鶴」同人となる。句集に「群萌」「百花」など。⊕俳人協会(幹事)、日本文芸家協会

大石 邦子　おおいし・くにこ

歌人　随筆家　⊛昭和17年5月28日　⊕福島県会津本郷町　⊛会津女子高(昭和36年)卒　福島県文学賞(短歌、第36回)(昭和58年)「冬の虹」　高校卒業後、地元で就職したが、22歳の時通勤途中でバス事故にあい左手と下半身マヒに。医師から不治の宣告を受け、自殺未遂を2回起こす。しかし、右手の動くうちに自分の思いを書き残そうと歌の道へ。以来歌に打ち込み歌集「冬の虹」は福島県文学賞を受賞。また入院中に知り合った青年との交際記録「この愛なくば」は大竹しのぶ主演でテレビド

ラマ化され、昭和55年芸術祭大賞を受賞した。他に「この生命あるかぎり」「私のなかの愛と死」、歌集「くちなしの花」などの作品がある。

大石 ともみ　おおいし・ともみ
詩人　㊁詩誌「アルファ」同人、詩誌「aube」会員。昭和58年詩集「水系」、平成6年詩集「ルーシー 遠い虹のように」を刊行。10年詩展「揺れる木のものがたり」、11年詩展「『あっ』の旅」、詩展「木は夢みて憧れて」を開催。　㊥中日詩人会　http://www.sun-inet.or.jp/~mastui

大石 規子　おおいし・のりこ
詩人　㊤昭和10年3月10日　㊥神奈川県　㊨早稲田大学卒　㊁神奈川新聞文芸コンクール（第3回）（昭和48年）、国民文化祭・日本の詩全国コンクール（第1回）（平成1年）「青梅雨」　㊁中学校講師の傍ら詩を書く。「地球」「野火」同人。詩集に「一丁目一番地の女のおしゃべり」「小さな恋唄」「あかねさす」「おとなのわらべ唄」など。　㊥日本現代詩人会

大石 太　おおいし・ふとし
俳人　㊤昭和16年　㊥鹿児島県　㊁句集に「おらホームレス」「ホームレス夢螢」「ホームレス牢人」などがある。

大石 雄介　おおいし・ゆうすけ
俳人　㊤昭和15年12月3日　㊥静岡県　㊁海程賞（昭和48年）　㊁昭和23年ごろより作句を始め、「海程」に入る。56年より編集長。48年海程賞受賞「海程句集」（海程二〇周年記念）刊行に関与。句集に「大石雄介句集」がある。

大岩 徳二　おおいわ・とくじ
歌人　代々木ゼミナール校長　山陽学園短期大学名誉教授　㊤明治42年4月22日　㊥岡山県倉敷市　㊁昭和5年「蒼穹」に入り、33年「炎々」を創刊主宰。歌集に「南風」「嵐」「春を呼ぶ」「真金吹く」「黒潮」、歌論集に「短歌美の遍歴」「和歌文学における美意識の発生と展開」がある。

大内 与五郎　おおうち・よごろう
歌人　㊤大正6年10月6日　㊥茨城県　㊁半田良平賞（第1回）（昭和25年）、現代歌人協会賞（第13回）（昭和44年）「極光の下に」　㊁旧制水戸中学の頃より作歌、昭和16年「国民文学」に入社し、松村英一に師事。25年第1回半田良平賞を受賞。44年現代歌人協会賞を受賞。歌集に「果樹園」「極光の下」、他に「常磐炭田戦後坑夫らの歌」がある。　㊥現代歌人協会

大浦 蟻王　おおうら・ぎおう
俳人　㊤明治33年3月22日　㊦昭和30年9月18日　㊥京都　本名＝大浦義雄　㊨神戸高商卒　㊁神戸高商卒業後、野村証券などに勤務する。高商時代に俳句をおぼえ、原石鼎に師事して「鹿火屋」などに作品を発表。のちに「ホトトギス」同人となった。

大江 敬香　おおえ・けいこう
漢詩人　㊤安政4年12月24日（1857年）　㊦大正5年10月26日　㊥江戸八丁掘　本名＝大江孝之　別号＝楓山、愛琴、謙受益斎主人、澹如水盧主人　㊨慶応義塾卒　㊁静岡新聞、山陽新報、神戸新報などの主筆をつとめ、その後参事院、東京府庁などにつとめる。明治24年以降漢詩人として独立し、31年「花香月影」を、41年「風雅新報」を創刊した。遺著に「敬香詩鈔」（大5）がある。

大江 昭太郎　おおえ・しょうたろう
歌人　㊤昭和4年1月16日　㊦平成1年4月29日　㊥愛媛県喜多郡内子町　㊨松山商（昭和20年）卒　㊁昭和44年内子町教育委員、50年同委員長、愛媛文化懇談会委員、愛媛新聞夕刊歌壇選者を務め、歌集に「永劫の水」がある。　㊥にぎたつ社、愛媛歌人クラブ（副会長代行）　㊁弟＝大江健三郎（作家）

大江 満雄　おおえ・みつお
詩人　㊤明治39年7月24日　㊦平成3年10月12日　㊥高知県幡多郡宿毛町（現・宿毛市）　㊨東京市立労働学院卒　㊦昭和9年上京。13年「詩と人生」、15年「文芸世紀」の創刊に参画し、表現主義風の戯曲と詩を発表。次第にプロレタリア詩に傾倒して昭和3年処女詩集「血の花が開く時」を発表。11年コムアカデミー事件で検挙。戦後「至上律」「現代詩」などに拠りユニークな人生派詩人として活躍、ユネスコ運動にも参加した。他の著書に、詩集「日本海流」「海峡」、童話集「うたものがたり」「イエス伝」、評論集「日本詩語の研究」など。平成8年詩と評論の「大江満雄集」が刊行された。　㊥日本現代詩人会（名誉会員）、思想の科学研究会

大岡 頌司　おおおか・こうじ
俳人　㊤昭和12年3月30日　㊥広島県　㊁昭和34年ごろより高柳重信に師事、「俳句評論」に同人参加。56年に個人誌「鶯」を創刊。句集に「遠船脚」「白処」「花見干潟」「抱艫長女」「利根川志図」「宝珠花街道」「犀翻」「称郷遁花」、俳論集「攀登棒風景」がある。

大岡 龍男　おおおか・たつお
俳人　⑰明治25年4月4日　⑱昭和47年12月12日　⑲東京市下谷区　⑳慶応義塾大学中退　㉑三省堂、NHKに勤務。12歳で巌谷小波に師事して俳句を学び、大正初期に高浜虚子門下生となり、のちに「ホトトギス」同人となる。昭和2年「不孝者」を刊行し、他に「妻を描く」などの著書がある。　㉒父＝大岡育造（政治家）

大岡 博　おおおか・ひろし
歌人　⑰明治40年3月9日　⑱昭和56年10月1日　⑲静岡県三島市　⑳沼津中学校（大正13年）卒　㉑少年期より静岡県三島に定住。中学卒以後晩年まで教員生活。静岡県教職員組合委員長、県立児童会館長をつとめた。俳句は昭和9年「菩提樹」（旧称「ふじばら」）を創刊し主宰。11年窪田空穂に入門。静岡県歌人協会を設立し初代会長。歌集に「溪流」ほか3冊、評論集に「日本抒情詩の発生とその周辺」「歌林提唱」がある。　㉒長男＝大岡信（詩人）、孫＝大岡玲（小説家）

大岡 信　おおおか・まこと
詩人　文芸評論家　⑯詩歌論（古典および近・現代）　⑰昭和6年2月16日　⑲静岡県田方郡三島町（現・三島市）　⑳東京大学文学部国文学科（昭和28年）卒　㉓日本芸術院会員（平成7年）　㉑1900年前後の日本文学・芸術の再検討と創造的摂取、「万葉集」の批評と鑑賞　歴程賞（第7回）（昭和44年）「蕩児の家系」、読売文学賞（第23回・評論伝記賞）（昭和46年）「紀貫之」、無限賞（第7回）（昭和54年）「春 少女に」、菊池寛賞（第28回）（昭和55年）「折々のうた」、現代詩花椿賞（第7回）（平成1年）「故郷の水へのメッセージ」、芸術選奨文部大臣賞（平1年度）（平成2年）「詩人・菅原道真」、フランス文学芸術シュヴァリエ章（平成1年）、東京都文化賞（第9回）（平成5年）、詩歌文学館賞（第8回・現代詩門）（平成5年）「地上楽園の午後」、フランス芸術文化勲章オフィシエ章（平成5年）、日本芸術院賞・恩賜賞（平6年度）（平成7年）「詩人および評論家としての業績」、ストルガ祭り金冠賞（マケドニア）（平成8年）、朝日賞（平8年度）（平成9年）、文化功労者（平成9年）　㉑大学在学中に日野啓三らと雑誌「現代文学」を出す。昭和29年谷川俊太郎らの「櫂」を、「今日」の同人となり、東野芳明らとシュールレアリスム研究会を結成する。30年「現代詩試論」、31年第一詩集「記憶と現在」で注目される。34年吉岡実・清岡卓行らと「鰐」を結成、日本的抒情と西欧的方法との深く柔軟な詩的合体

を示す。36年「抒情の批判」、44年「蕩児の家系」を刊行。46年「紀貫之」で読売文学賞、55年「折々のうた」（3千回を超えてなお連載中）で菊池寛賞受賞。45年ごろから石川淳らと歌仙を巻き、フランス語など外国語でも度々連詩を試みる他、批評、翻訳、戯曲など幅広い分野で活動している。他の詩集に「春 少女に」「水府」「故郷の水へのメッセージ」「地上楽園の午後」「大岡信詩集」「捧げる詩 五十篇」など、評論集に「超現実と抒情」「窪田空穂論」「うたげと孤心」「岡倉天心」「詩人・菅原道真」「詩をよむ鍵」「美をひらく扉」「若山牧水—流浪する魂の歌」「日本の古典詩歌」（全5巻・別巻1、岩波書店）など。「大岡信著作集」（全15巻、青土社）がある。一方、28年読売新聞に入り外報部記者になり、40年明治大学講師、45年教授、63年東京芸術大学教授を歴任。日本ペンクラブ会長、日本文芸家協会理事なども務めた。　㉓日本文芸家協会（理事）、日本現代詩人会、日本ペンクラブ、銕仙朗読会、東京アビニョン演劇文化交流協会　㉒父＝大岡博（歌人）、妻＝深瀬サキ（劇作家）、長男＝大岡玲（小説家）

大釜 菰堂　おおがま・こどう
俳人　⑰明治9年9月23日　⑱昭和34年3月23日　⑲京都市　本名＝大釜弥三郎　㉑神職として京都の貴船神社、大原野神社を経て、最後には伊勢の北畠神社に奉仕した。正岡子規に入門、日本派第2句集「新俳句」にも選ばれており、京都における同派の長老として知られる。俳誌「種ふくべ」を刊行するが、京都満月会の中川四明らが「懸葵」を創刊した際これに合併し、「懸葵」同人となった。

大神 善次郎　おおがみ・ぜんじろう
歌人　⑰大正7年7月14日　⑱平成11年5月1日　⑲福岡県福岡市　㉑独学で短歌の基礎を習得。昭和27年、木村捨録の「林間」に加入、編集委員を経て、40年退会。41年「光雲」を創刊。歌集に「向日性」「溶明集」「火焔樹」「清道」「被写体」、著書に「短歌手ほどき」などがある。　㉓日本歌人クラブ

大川 澄夫　おおかわ・すみお
歌人　⑰明治39年6月15日　⑲愛知県豊橋市　本名＝田中定一　別名＝白石雄二　⑳東京帝大国文科卒　㉑成蹊高校教授、東奥義塾教師をつとめ、昭和13年実業家となる。中学時代から作歌をし、東大で公孫樹下歌会の幹事をつとめた。「赤道」を創刊してプロレタリア歌人同盟に参加。その後「短歌評論」で活躍し、10年「東北文学」を創刊した。

大河 双魚 おおかわ・そうぎょ
　俳人　⽣大正3年11月29日　⽣兵庫県　本名＝大河輝治　⽣関西大学専門部法科中退　⽣昭和27年職域俳誌「閃光」を経て赤尾兜子に師事、35年「渦」創刊に同人参加。兜子没後の渦同人副会長、渦集選者。兵庫県俳句協会理事を務める。「兵庫俳壇年刊句集」のほかに合同句集多数がある。　⽣現代俳句協会

大川 益良 おおかわ・ますよし
　歌人　⽣昭和62年　⽣長崎県南高来郡有明町　⽣19歳のとき上京し、斎藤茂吉に師事して短歌を始める。旧国鉄に勤めながら夜は大学に通い、開戦と同時にビルマ戦線に従軍。その間も短歌を詠み続け、戦後は長崎に戻り長崎歌人会を設立。西日本新聞長崎歌壇の選者も務めた。「アララギ」「歩道」「やまなみ」に所属し、没後3年たった平成元年、妻・文子や親友の歌人たちの努力で約3000首を収録した遺稿集「白き道」が刊行された。

大河原 惇行 おおかわら・よしゆき
　歌人　⽣昭和14年8月28日　⽣埼玉県所沢市　⽣日本大学文理学部国文科卒　⽣昭和33年「アララギ」に入会。第一歌集「流速」、第二歌集「夏山」のほか自選合同歌集「貯木池」がある。鍼灸師としての境涯が生み出す清新な抒情歌は高い評価を受けている。　⽣日本文芸家協会

大木 惇夫 おおき・あつお
　詩人　作詩家　⽣明治28年4月18日　⽣昭和52年7月19日　⽣広島県広島市　本名＝大木軍一　旧筆名＝大木篤夫　⽣広島商(旧制)卒　⽣大東亜文学賞(昭和18年)「海原にありて」　⽣3年間銀行に務めたのち博文館に勤務。この頃、植村正久から受洗する。大正10年「大阪朝日新聞」の懸賞に小説が当選する。11年「詩と音楽」に詩作を発表し、以後北原白秋門下の詩人として活躍。14年「風・光・木の葉」を刊行。以後「危険信号」「カミツレ之花」などを刊行し、昭和18年「海原にありて」で大東亜文学賞を受賞。戦後も「山の消息」「風の詩集」などを刊行。ほかに小説集、童話集、歌謡集などもある。
　⽣長女＝藤井康栄(松本清張記念館館長)、二女＝宮田毬栄(エッセイスト)、三女＝大木あまり(俳人)

大木 あまり おおき・あまり
　俳人　⽣昭和16年6月1日　⽣東京　本名＝吉本章栄(よしもと・ふみえ)　⽣武蔵野美術大学洋画科(昭和40年)卒　⽣河新人賞　⽣昭和46年「河」入会。のち、進藤一考主宰「人」を経て、平成2年「夏至」同人。7年「鳥」所属。句集「山の夢」「火のいろに」「雲の塔」、詩画集に「風を聴く木」など。　⽣俳人協会　⽣父＝大木惇夫(詩人・故人)、姉＝藤井康栄(松本清張記念館館長)、宮田毬栄(エッセイスト)

大木 格次郎 おおき・かくじろう
　俳人　⽣昭和3年10月8日　⽣平成2年1月2日　⽣東京都台東区向柳原町　本名＝大木格次　⽣東洋大学大学院修士課程修了　⽣昭和23年松本たかしの門に入り、26年「笛」同人。53年「浮巣」を創刊し、主宰。句集に「水源」、著作に「四季散策」がある。

大木 俊秀 おおき・しゅんしゅう
　川柳作家　⽣昭和5年　⽣神奈川県横浜市　本名＝大木俊秀(おおき・としひで)　⽣早稲田大学(昭和28年)卒　⽣大雄賞(平成9年)　⽣昭和28年NHKにアナウンサーとして入局。富山局を皮切りに、42年からは東京で「明るい農村」などを担当。45年経営職に転じ、61年津放送局長を最後に定年退職。同年NHK学園に川柳講座を創設し、責任者となる。NHK学園川柳講座編集主幹、「川柳春秋」編集長、日本現代詩歌文学館評議員のほか、「全国農業新聞」「熊本日日新聞」などの川柳選評を担当。番傘川柳本社同人、現代詩歌文学館評議員などを務める。著書に「俊秀流川柳入門」、分担執筆に「川柳入門事典」がある。　⽣全日本川柳協会(理事)、川柳人協会、東都川柳長屋連

仰木 実 おおぎ・みのる
　歌人　⽣明治32年11月8日　⽣昭和52年3月7日　⽣福岡県　⽣「抒情詩」「青杉」「短歌巡礼」などを経て、昭和6年「歌と観照」創刊と同時に岡山巌に師事。28年「群炎」を創刊。著書に「流民のうた」「風紋の章」がある。

大木 実 おおき・みのる
　詩人　⽣大正2年12月10日　⽣平成8年4月17日　⽣東京市本所区(現・墨田区)　⽣電機学校(現・東京電機大学)中退　⽣現代詩人賞(第10回)(平成4年)「柴の木戸」　⽣電機学校中退後、工具、出版社員、兵役を経て大宮市役所に勤務。昭和初期から詩作をはじめ「牧神」「冬の日」を経て「四季」同人となる。「文学館」同人。昭和14年「場末の子」を刊行。以後「屋根」「故

郷」「遠雷」「初雪」「天の河」「夜半の声」「屋根」「大木実全詩集」などの詩集、「詩人の歩み」「詩を作ろう」などを刊行。 ㊽日本現代詩人会

大北 たきを　おおきた・たきお
俳人　内科医　㊦大正11年10月20日　㊥新潟県小千谷市　本名=大北正(おおきた・ただし)　㊥九州大学医学専門部卒　医学博士　㊥天狼賞(第27回)(昭和54年)　㊥昭和23年「天狼」創刊と同時に入会。以来山口誓子に師事。僚誌「七曜」同人を経て「群蜂」同人。54年「天狼」同人。句集に「夜と霧」「燎火」。　㊽俳人協会

大串 章　おおぐし・あきら
俳人　「百鳥」主宰　㊦昭和12年11月6日　㊥佐賀県　㊥京都大学経済学部(昭和37年)卒　㊥俳人協会新人賞(第2回)(昭和53年)「朝の舟」、浜同人賞(第16回)(昭和55年)、俳人協会評論賞(平成7年)「現代俳句の山河」　㊥在学中「京大俳句」に参加し、昭和36年大野林火に師事。41年「浜」同人。45年俳人協会会員。59年「晨」に参加。のち「百鳥」「浜」同人。句集に「朝の舟」「山童記」「百鳥」「自註大串章集」、評論に「現代俳句の山河」など。　㊽俳人協会(幹事)、日本文芸家協会

大口 鯛二　おおぐち・たいじ
歌人　㊦元治1年4月7日(1864年)　㊨大正9年10月13日　㊥尾張国名古屋(愛知県名古屋市)　号=白樗舎、周魚　㊥伊東祐命、高崎正風に学び、明治22年上京して御歌所に勤務し、33年同録事に、39年同寄人になる。41年「ちくさの花」を創刊、また明治天皇御集編纂委員となる。没後の昭和2年「大口鯛二翁家集」が刊行された。

大口 元通　おおぐち・もとみち
医師　俳人　㊦昭和3年2月9日　㊥愛知県名古屋市　㊥三重医専卒　㊥岐阜県高山市久美愛病院産婦人科医長、愛知県済生会病院産婦人科部長を歴任後、開業医となる。一方、昭和20年より俳句を始め、58年句集「海鳴り」を出版。他に「世間音」など。「海程」同人、「海鳴り」代表。名古屋市短詩型文学祭審査員も務める。　㊽現代俳句協会、中部日本俳句作家会

大口 玲子　おおぐち・りょうこ
歌人　㊦昭和44年11月17日　㊥東京都　㊥早稲田大学文学部卒　㊥角川短歌賞(平10年度)(平成11年)「ナショナリズムの夕立」、現代歌人協会賞(第43回)(平成11年)「海量(ハイリャン)」　㊥大学で国語学を学ぶ。その後日本語教師の資格を取得し、中国吉林省で日本の大学博士課程に進む留学生を対象に日本語を教えた。帰国後も主にアジアの人たちに日本語を教える。一方、高校時代、新聞歌壇に入選し、大学2年の時歌誌「心の花」に入会。傍ら、サークル思惟の森の会に入会し、東北の農村で農作業を体験、地元の人たちとも交流を深めた。日本語教師や農村生活などの体験をもとに、社会的素材を盛り込んだスケールの大きな歌を詠む。平成11年「ナショナリズムの夕立」と題する50首が、10年度の角川短歌賞を受賞。歌集「海量(ハイリャン)」を刊行。

大久保 湘南　おおくぼ・しょうなん
漢詩人　㊦慶応1年10月19日(1865年)　㊨明治41年2月9日　㊥佐渡国相川町(新潟県)　本名=大久保達　字=雋吉　㊥若くから漢詩文を学び、内務省、通信局、函館日日新聞などに勤務する。明治37年、東京で随鴎吟社を創立し、漢詩文の指導にあたった。著書に「湘南詩稿」「随鴎集」などがある。

大久保 武雄　おおくぼ・たけお
⇒大久保橙青(おおくぼ・とうせい)を見よ

大久保 忠保　おおくぼ・ただやす
歌人　㊦天保1年(1830年)　㊨明治19年3月5日　号=愷堂、花墻、漣々　㊥明治初期における文明開化期の新事物を歌題とした多くの作者の歌を集めた「開化新題歌集」全3編を、明治11年から17年にかけて刊行する。歌人であるが、俳句、画にも親しんだ。

大久保 テイ子　おおくぼ・ていこ
詩人　㊦昭和5年2月2日　㊥北海道紋別市　本名=大久保貞子　㊥実科女学校(旧制)卒　㊥詩誌「かばりあ」同人。北海道の風土にそくしたファンタスチックな詩を書く。詩集に「遠い山脈」「日常」「コロポックル」「大久保テイ子詩集」「月夜のシャベル」「はたけの詩」などがある。　㊽北海道詩人協会、北海道児童文学の会、日本児童文学者協会、日本童話会

137

大久保 橙青　おおくぼ・とうせい
政治家　俳人　元・衆院議員(自民党)　元・労相　㋐明治36年11月24日　㋛平成8年10月14日　㋜熊本県熊本市　本名=大久保武雄(おおくぼ・たけお)　㋭東京帝大法学部(昭和3年)卒　㋕勲一等瑞宝章(昭和52年)　㋓運輸省船員局長、初代海上保安庁長官を経て、昭和28年以来衆院議員に7選。49年第2次田中内閣の労相をつとめた。また俳人としても知られ、「ホトトギス」同人でもある。句集に「霧笛」「海鳴りの日」など。　㋧海上保安協会(会長)、ホトトギス同人会(会長)、日本伝統俳句協会(副会長)

大熊 長次郎　おおくま・ちょうじろう
歌人　㋐明治34年6月7日　㋛昭和8年1月21日　㋜東京府八王子町　㋓印刷局職工、水政会事務員などを勤務する。大正7年「アララギ」の会員となり、古泉千樫に師事する。14年「蘭奢待」を刊行。昭和2年「青垣」を創刊した。他の歌集に「真木」があり、没後「大熊長次郎全歌集」が刊行された。

大熊 信行　おおくま・のぶゆき
評論家　経済学者　歌人　元・神奈川大学教授　㋞経済学　経営哲学　短歌　㋐明治26年2月18日　㋛昭和52年6月20日　㋜山形県米沢市元籠町　㋭東京高商(現・一橋大学)専攻科(大正10年)卒　経済学博士(東京商科大学)(昭和16年)　㋑小樽高商、高岡高商、富山大学、神奈川大学、創価大学各教授を歴任。経済学者としては、昭和4年の「マルクスのロビンソン物語」で世に知られ、以後"配分理論"を中心に研究を続けた。また米沢中学時代より文学を愛好し、大正2年土岐哀果の「生活と芸術」に参加する。昭和2年歌誌「まるめら」を創刊し、プロレタリア短歌運動に先駆的役割をつとめ、ついで非定型和歌運動をおし進める。戦後は、教育・文化・社会評論と多方面に論陣を張り、"論壇の一匹狼"と呼ばれた。主な著書に「戦争責任論」「経済本質論」「国家悪」「結婚論と主婦論」「現代福祉国家論」「家庭論」「生命再生産の理論」「資源配分の理論」、歌論集「昭和の和歌問題」、全歌集「母の手」がある。

大越 一男　おおこし・かずお
歌人　㋐大正11年11月14日　㋜茨城県稲敷郡牛久村(現・牛久市)　号=大越雪堂(おおこし・せつどう)　㋭法政大学文学部日本文学科(昭和26年)卒　㋓中学校教諭を務める傍ら、昭和25年尾上柴舟に師事し「水甕」入会。31年服部直人の「自画像短歌会」創立に参加。54年服部の死去に伴う「自画像」解散後、「きさらぎ」を創刊し、発行人となる。歌集「歩度」「花眠」「湖岸」「冬の湖」など。書家としても活動。この間47～55年三鷹市立第三中学校校長。61年から柴舟会常任幹事を務める。　㋧現代歌人協会、日本歌人クラブ

大越 吾亦紅　おおこし・われもこう
俳人　㋐明治22年4月5日　㋛昭和40年2月28日　㋜秋田県仙北郡角館町　本名=大越利一郎　㋭秋田師範卒　㋓秋田師範卒業後、秋田県下数校の教員となる。荻原井泉水に師事して、「層雲」に句作を発表。また同誌の幹部同人として活躍する。戦後は秋田県下の図書館長をつとめた。

大坂 泰　おおさか・やすし
歌人　大東文化大学第一高等学校校長　㋐大正10年3月27日　㋜千葉県安房郡富浦村　㋭東京文理科大学文学部漢文学科(昭和28年)卒　㋕東京都柔道連盟功労者表彰(昭和56年)、文京区政功労者表彰(昭和57年)　㋑大橋松平、佐藤佐太郎に師事。大東文化学院在学中に学徒出陣し、昭和21年に復員。帝京高校、都立城北高校、文京区立第九中学等で教鞭を執るかたわら、歌人としては「短歌研究」等に大作を発表し、尾崎暢殃と共に「百人一首精釈」を執筆。49年足立区立渕江中学校長、52年文京区立第六中学校長を経て、56年大東文化大学第一高校校長に就任。また講道館八段の柔道家でもあり、文京柔道会理事長、都柔道連盟理事も歴任している。歌集に「空地」「乾く土」「占春」「行春」など。

大崎 二郎　おおさき・じろう
詩人　㋐昭和3年8月20日　㋜高知県須崎市　㋭須崎工卒　㋕椋庵文学賞(第6回)(昭和48年)「その夜の記録」、高知県出版文化賞、壺井繁治賞、小熊秀雄賞(昭和58年)「走り者」、富田砕花賞(第4回)(平成5年)「沖縄島」　㋓昭和38年西岡寿美子と詩誌「二人」を創刊。土佐の酷しい紙漉き労働をうたい、57年出版の詩集「走り者」では天明年間の紙一揆の農民を扱う。同書で58年小熊秀雄賞を受賞。他に詩集「その夜の記録」「沖縄島」や、戦時中、風船爆弾の材料とされた土佐和紙の話をまとめた「紙漉きのわらい」などがある。　㋧新日本文学会、日本アジア・アフリカ作家会議

大崎 瀬都　おおさき・せつ
歌人　[生]昭和32年1月18日　[出]高知県　[賞]角川短歌賞(第24回)(昭和53年)「望郷」　[歴]「ヤママユ」所属。昭和53年第24回角川短歌賞を受賞。歌集に「海に向へば」がある。教員。

大崎 租　おおさき・みつぎ
歌人　[生]明治38年1月15日　[没]昭和58年6月27日　[出]鹿児島県　[歴]昭和30年「黒潮」を創刊主宰。35年から鹿児島県歌人協会運営委員。歌集「黒潮歌人群像」がある。

大沢 春子　おおさわ・はるこ
歌人　[生]明治26年5月2日　[没]昭和46年10月30日　[出]東京　[歴]昭和5年、国民新聞社主催の椰の葉歌話会に入会、今井邦子の講義を聞く。11年5月「明日香」創刊と同時に幹部同人として入会。23年より没年まで「明日香」代表。歌集に「竹陰集」がある。

大沢 ひろし　おおさわ・ひろし
俳人　「泉」同人会会長　元・千葉家裁所長　[生]大正8年7月1日　[出]静岡県磐田市　本名＝大沢博　[学]早稲田大学専門部商科卒　[賞]風切賞(昭和37年)、泉俳句賞(昭和53年)、勲二等瑞宝章(平成1年)　[歴]長崎地・家裁判事、東京地裁判事を経て、昭和42年仙台地・家裁古川支部長、45年長野地・家裁判事、48年東京高裁判事、のち千葉家裁所長。56年退官し、公証人。俳人としては、28年「鶴」に入会、石田波郷、石塚友二に師事。49年「泉」創刊同人。「泉」「鶴」「子午線」同人。句集に「晩祷」「雪原」「端居」、随筆集に「金木犀」、評論集に「現代俳句の四十七人」など。　[団]俳人協会、日本随筆家協会

大鹿 卓　おおしか・たく
詩人　小説家　[生]明治31年8月25日　[没]昭和34年2月1日　[出]愛知県海東郡津島町　本名＝大鹿秀三(おおしか・ひでぞう)　[学]秋田鉱山専門学校冶金科(大正10年)卒、京都帝国大学経済学部中退　[賞]中央公論原稿募集入選(第3回)(昭和10年)「野蛮人」、新潮社文芸賞(第5回)(昭和17年)「渡良瀬川」　[歴]大学中退後東京に戻り、大正11年東京府立第八高女の化学教師となる。この頃から詩作をはじめ、15年「兵隊」を刊行。昭和に入って小説に転じ、10年に教員をやめて作家生活に入り、佐藤春夫に師事する。14年「文芸日本」を創刊。16年足尾銅山鉱毒事件を扱った「渡良瀬川」を刊行、17年に新潮賞を受賞。他の作品に「都塵」「谷中村事件」などがある。
[家]兄＝金子光晴(詩人)

大下 一真　おおした・いつま
歌人　僧侶　瑞泉寺(臨済宗)住職　[生]昭和23年7月2日　[出]静岡県　号＝大下一真(おおした・いっしん)　[学]駒沢大学(昭和46年)卒　[賞]まひる野賞(昭和43年)　[歴]昭和39年「まひる野」入会。以来、歌と現代短歌評論を書く。歌集に「存在」「掃葉」、評論に「豊道和尚絵詞」(共著)など。
[団]現代歌人協会、日本文芸家協会

大島 栄三郎　おおしま・えいざぶろう
詩人　[生]昭和3年10月20日　[没]昭和48年4月20日　[出]秋田県田沢湖町　[歴]「世紀」「造形文学」などの詩誌に関係し、郷里で「塑像」を創刊する。昭和32年渡道、33年興国印刷に勤め、鷲巣繁男を知る。22年刊行の「美しい死への憧憬」をはじめ「いびつな球体のしめっぽい一部分」「魔女を狩る仮面」「北方抒情」などの詩集がある。

大島 史洋　おおしま・しよう
歌人　[生]昭和19年7月24日　[出]岐阜県中津川市東町　[学]慶応義塾大学文学部美学美術史専攻(昭和42年)卒、早稲田大学大学院国語学専攻修士課程修了　[賞]未来賞(昭和43年)、N氏賞(昭和56年)　[歴]昭和35年「未来」入会。近藤芳美、岡井隆に師事。「未来」編集委員、選者をつとめる。歌集に「藍を走るべし」「わが心の帆」「炎樹」「時の雫」など。46年日本大辞典刊行会に入社し「日本国語大辞典」の編集に従事。51年尚学図書に入社し、「言泉」などの国語辞典を編集。　[団]未来短歌会、日本文芸家協会

大島 民郎　おおしま・たみろう
俳人　[生]大正10年5月5日　[出]神奈川県　[学]慶応義塾大学法学部卒　[賞]馬酔木新人賞(昭和27年)、馬酔木新樹賞(昭和28年)、馬酔木賞(昭和51年)　[歴]昭和22年住友銀行入行。関西・九州の各支店長を経て、47年より住友病院勤務。一方、在学中句作の道に入り、18年「馬酔木」に投句。28年「馬酔木」同人。39年俳人協会員。51年より「馬酔木」副会長。54年より俳人協会監事。59年「橡」創刊と同時に「馬酔木」を辞し、「橡」同人。句集に「薔薇挿して」、著書に「自然讃歌」など。
[団]俳人協会(名誉会員)、日本文芸家協会

大島 庸夫　おおしま・つねお
詩人　[生]明治35年12月21日　[没]昭和28年5月26日　[出]福島県　本名＝大島虎雄　[学]早稲田大学政経学部卒　[歴]生田春月に師事し、「詩と人生」「宣言」「詩文学」「思想批評」「デイナミック」などに作品を発表。詩集に「羊草」「烈風風景」

「裸身」「宣戦以後」「真珠頌」などがあり、編詩集・評論・小説作品などもある。春月没後、その研究詩誌「海図」(昭和6年5月～10年1月)を主宰し、また「春月会」を組織・運営した。

大島 徳丸　おおしま・とくまる
歌人　[生]大正2年2月23日　[出]群馬県　[歴]昭和6年4月「あしかび」入社。28年7月「風景」を創刊主宰。34年廃刊。43年9月「花冠」同人となる。歌集「路傍」、評論「茂吉・光太郎の戦後」がある。

大島 博光　おおしま・はっこう
詩人　[専]フランス現代詩　[生]明治43年11月18日　[出]長野県長野市松代町西寺尾　本名＝大島博光(おおしま・ひろみつ)　[学]早稲田大学文学部フランス文学科(昭和9年)卒　[興]ランボオ、エリュアール　[賞]多喜二・百合子賞(昭和60年)「ひとを愛するものは」(詩集)　[歴]昭和10年より18年まで西条八十主宰詩誌「蝋人形」を編集。戦後、アラゴン「フランスの起床ラッパ」をはじめとするフランスの抵抗詩の翻訳・紹介につとめる。主な著書に「ひとを愛するものは」「抵抗と愛の讃歌」「大島博光全詩集」。訳書「エリュアール選集」「ネルーダ詩集」「アラゴン詩集」などがある。　[団]日本現代詩人会、詩人会議、日本民主主義文学同盟

大島 宝水　おおしま・ほうすい
俳人　[生]明治13年8月25日　[没]昭和46年5月16日　[出]東京・京橋　本名＝大島貞吉　別号＝三蝶　[歴]読売新聞社記者を経て印刷所を営む。明治31年岡野知十の俳句研究結社雀会に加わり34年創刊の「半面」を編集する。編著に「新俳句類選」(明39)や知十句集の「鶯日」(昭8)などがある。

大城 貞俊　おおしろ・さだとし
詩人　小説家　[生]昭和24年　[出]沖縄県　[学]琉球大学法文学部国語国文学科(昭和47年)卒　[賞]沖縄タイムス芸術選賞(文学評論部門奨励賞)(平成2年)、具志川市文学賞(平成4年)「椎の川」、沖縄市戯曲大賞(平成9年)「山のサバニ」、九州芸術祭文学賞(佳作)(平成13年)　[歴]高校教師の傍ら、詩を創作。のち沖縄県内の私立中学・高校で国語教師を務める。詩誌「EKE」「グループZO」同人、「詩と詩論・貘」主宰。詩集に「秩序への不安」「百足の夢」「夢・夢夢街道」「大城貞俊詩集」、評論集に「沖縄・戦後詩人論」「沖縄・戦後詩史」、小説に「椎の川」がある。

大洲 秋登　おおす・あきと
詩人　[出]広島県　[学]早稲田大学文学部卒　[賞]赤い鳥文学賞(第25回)(平成7年)「ドミノたおし」　[歴]大学在学中から詩作を始める。児童文学への深い関心から少年詩を書き続けるが、のちに前衛的な現代詩にのめり込む。卒業後、学校教材販売の仕事の傍ら、詩作を続ける。平成元年書きためた詩が知人の児童文学者の目にとまり、初の少年詩集を出版する。詩集に「密着した時間」「硬化するゼロ」、少年詩集に「ぼくはイルカになって」「ドミノたおし―大洲秋登少年詩集」などがある。

大須賀 浅芳　おおすが・あさよし
俳人　[生]大正15年7月24日　[出]福島県　[歴]昭和30年「桔槹」入会。33年品川俳句連盟理事となる。同年「河」創刊に参加、35年同人。のち「河」運営委員、東京例会幹事を務める。句集に「父祖の地」がある。　[団]俳人協会

大須賀 筠軒　おおすが・いんけん
漢詩人　郷土史家　第二高等学校教授　[生]天保12年12月24日(1842年)　[没]大正1年8月28日　[出]陸奥国磐城平城下(福島県いわき市)　本名＝大須賀履　旧姓(名)＝神林　字＝子泰、別号＝鴎渚　[歴]安政6年(1859年)江戸に出て昌平黌に入り、安積艮斎に経学の指導を受ける。帰郷後、藩校佑賢堂の頭取となる。維新後、久之浜(双葉郡)大須賀家の養子となる。この間、塾を開き、子弟の教育に当たった。明治11年福島県宇多郡長に就任。また福島県地誌編輯掛として「磐城郡村誌」をまとめた。のち、福島師範学校、第二高等学校の教授を歴任。また詩文・書画をよくし、「牛蝨行」の詩は有名。他の著書に「緑筠軒詩抄」「磐城史料」「美術漫評」など。　[家]二男＝大須賀乙字(俳人)

大須賀 乙字　おおすが・おつじ
俳人　[生]明治14年7月29日　[没]大正9年1月20日　[出]福島県宇多郡中村町(現・相馬市)　本名＝大須賀績(おおすが・いさお)　[学]東京帝大国文科(明治41年)卒　[歴]中学在学中から句作を始め、東大に入学した明治37年碧梧桐の門に入り、「日本俳句」の新進作家として活躍。大学卒業後、曹洞宗第一中学校の教師となり、大正5年に東京音楽学校教授に就任。新傾向俳句を批判し、復古的傾向を強く唱え、4年に師の碧梧桐と別れる。俳句作家として、俳句理論家として活躍したが、スペイン風邪で急逝。死後「乙字句集」「乙字俳論集」などが刊行された。
[家]父＝大須賀筠軒(漢詩人)

大関 五郎　おおぜき・ごろう
詩人　歌人　[生]明治28年1月24日　[没]昭和23年8月30日　[出]茨城県水戸市　[学]早稲田実業、東京主計学校　[歴]大正8年歌集「寂しく生きて」を刊行したのち詩人に転じ、9年詩集「愛の風景」を刊行。また童謡や民謡も発表し、のちに「新日本民謡」を主宰して、民謡詩人として活躍。他の著書に童謡集「星の唄」や民謡集「煙草のけむり」などがある。

大関 松三郎　おおぜき・まつさぶろう
詩人　[生]大正15年9月7日　[没]昭和19年12月19日　[出]新潟県古志郡黒条村　[学]新潟鉄道教習所卒　[歴]昭和8年黒条村小学校に入って北方教育の実践者寒川道夫の指導を受け、生活詩に目覚める。卒業の時、1年間に作った詩を集めて詩集「山芋」を作った。16年新潟鉄道教習所に入り、機関助手となる。その後志願して山口県の海軍通信学校に入り、マニラの通信隊に赴任の途中、南シナ海で雷撃され戦死した。26年に寒川の指導記録をつけた大関松三郎詩集「山芋」が出版され、教科書にも採用されて戦後の“生活綴方”再興の先駆となった。

大関 靖博　おおぜき・やすひろ
俳人　高千穂商科大学教授　[専]英語学　[生]昭和23年2月9日　[出]千葉県　本名＝大関康博　[学]専修大学大学院博士課程修了　[賞]沖同人賞(昭和54年)　[歴]昭和45年「沖」入会、51年同人。句集に「点描画」「風速」、評論集に「伝統詩形の復活」などがある。　[団]俳人協会

太田 嗟　おおた・ああ
俳人　「恵那」主宰　[生]大正10年8月6日　[出]岐阜県中津川市　本名＝太田浩二(おおた・こうじ)　[学]国学院大学文学科卒　[賞]年輪賞(昭和36年)、岐阜県芸術文化特別奨励賞(昭和52年)　[歴]昭和20年松本たかしに師事。たかし没後は橋本鶏二に師事。30年「恵那」を創刊し主宰。「笛」「年輪」同人。句集に「厚朴」「夜庭」。　[団]俳人協会

太田 明　おおた・あきら
作家　詩人　[生]明治43年2月19日　[出]徳島県　別名＝御手洗漠(みたらい・ばく)　[学]早稲田大学中退　[歴]「四海」同人。著書に「修二と半弓場」「太田明詩集」など。　[団]日本詩人クラブ、葡萄牙文学者協会

太田 絢子　おおた・あやこ
歌人　「潮音」発行人・代表　[生]大正5年3月17日　[出]北海道　[学]実践女子専門学校(現・実践女子大学)国文科卒　[歴]実践女子専門学校時代に高崎正秀師に短歌のてほどきをうけ、昭和25年高校教師時代に小田観螢師の「新墾」により同人選者となる。32年太田青丘と結婚、「潮音」編集、選者を務める。のち発行人・代表を兼任。歌集に「南北」「飛梅千里」、歌論集に「春江花月」がある。　[団]日本歌人クラブ、現代歌人協会、日本文芸家協会　[家]夫＝太田青丘(歌人・故人)

太田 一郎　おおた・いちろう
歌人　元・帝京大学経済学部教授　[専]経済政策　[生]大正13年5月27日　[出]東京都新宿区四谷　[学]東京大学法学部政治学科(昭和27年)卒　[興]中小企業論、企業家精神　[賞]中小企業研究奨励賞　[歴]昭和52年国民金融公庫に入り、調査部長、総務部長、理事を歴任。58年帝京大学教授。著書に「人間の顔を持つ小企業」「現代の中小企業」などがある。一方、歌人としては戦後、同人誌「世代」に参加。著書に「斎藤茂吉覚え書」、歌集に「墳」「秋の章」他。　[団]日本中小企業学会

太田 寛郎　おおた・かんろう
俳人　俳人協会幹事　NHK学園俳句講座講師　[生]昭和15年7月21日　[出]神奈川県横須賀市　[賞]狩座賞(昭和60年)・狩評論賞(昭和60年)、千葉県俳句作家協会新人賞(昭和62年)、巻狩賞(平成7年)　[歴]昭和53年「狩」入会、60年同人などを経て俳人協会幹事、NHK学園俳句講座講師。著書に句集「一葦集」「雞肋記」がある。

太田 玉茗　おおた・ぎょくめい
詩人　小説家　[生]明治4年5月6日　[没]昭和2年4月6日　[出]埼玉県行田　本名＝伊藤蔵三　別名＝太田玄綱、三村玄綱　[学]曹洞専門本校大学林(現・駒沢大学)(明治21年)卒、東京専門学校文学科(明治27年)卒　[歴]小学時代に寺に預けられ、12歳で僧籍に入る。明治21年から「穎才新誌」に投稿をはじめ田山花袋を知り、「少年園」に新体詩を発表して認められる。30年花袋、柳田国男、国木田独歩、嵯峨の屋御室らと「抒情詩」を刊行。また真宗勧学院教授に就任するが、32年建福寺住職となり、41年頃文壇を離れた。

太田 鴻村　おおた・こうそん
俳人　「林苑」主宰　[生]明治36年6月2日　[没]平成3年3月12日　[出]愛知県豊川市　本名＝太田幸一　[学]国学院大学高師部国語漢文科（大正14年）卒　[賞]豊橋文化賞（平成3年）　[歴]大正8年亡兄穂村の師・臼田亜浪に師事。在学中石楠社に出入りし、生涯の朋友・大野林火を知る。昭和10年「石楠」最高幹部となり、"林火・鴻村"時代を作った。22年「林苑」創刊、主宰。44年俳人協会入会、49年顧問を経て評議員。句集に「穂国」「潮騒」「群青」「天平の風鐸」「樹頭の華」　、評論集に「明治俳句史論」など。　[団]俳人協会　[家]兄＝太田穂村（俳人・故人）

太田 五郎　おおた・ごろう
歌人　医師　[専]産婦人科　[生]明治38年10月9日　[出]長野県　[学]新潟医科大学卒　[歴]昭和2年「潮音」に入社、のち幹部同人・選者。45年より49年まで、日本歌人クラブ幹事。歌集に「胎生」「雪に立つ木々」「朱泥」がある。　[団]現代歌人協会、日本歌人クラブ

太田 三郎　おおた・さぶろう
洋画家　俳人　愛知県文化会館初代館長　中部日本美術協会委員長　[生]明治17年12月24日　[没]昭和44年5月1日　[出]愛知県西春日井郡　[学]白馬会洋画研究所　[賞]愛知県文化功労者（昭和24年）、中日文化賞（昭和26年）　[歴]寺崎広業に日本画、白馬会で黒田清輝に洋画を学ぶ。明治43年第4回文部省美術展に初入選。大正2年第7回文展に「カフェーの女」を出品、3等賞入賞。昭和初期、川端康成の「浅草紅団」の挿絵を担当、デッサンで当時の浅草風俗を活写し話題となった。矢田挿雲の「太閤記」にも挿絵を書いた。また、俳句は大正末頃より鳴雪、零余子に指導を受け、のち徂春の「ゆく春」に参加。ほかに「胴」「こよろぎ」にも関わり、現代俳句協会会員でもあった。

大田 倭子　おおた・しずこ
詩人　小説家　[生]昭和4年8月30日　[出]京都府京都市　[学]京都府立第二高女卒　[賞]かわさき文学賞デルタ賞（第18・20回）（昭和49, 昭和51年）「あの町」「靄の中」、かわさき文学賞美須賞（第19回）（昭和50年）「婆様の覚え書きより」、かわさき文学賞推薦（第20回）（昭和51年）「306号室」、小谷剛文学賞（第3回）（平成6年）　[歴]児童合唱曲、歌曲、児童オペレッタ、オペラ台本などを書く。文芸同人誌「季刊作家」同人、詩誌「青焔」同人。著書に「太田倭子詩集」「藍みち—藍の染色史」「時を彩る」などがある。　[団]日本音楽著作権協会、日本文芸家協会

太田 耳動子　おおた・じどうし
俳人　[生]明治31年3月15日　[没]昭和41年8月21日　[出]青森市　本名＝太田清吉　[学]成蹊学院卒　[歴]三菱銀行などに勤め、戦後は画商を営む。大正7年原石鼎に師事し、のちに「鹿火屋」同人となる。15年「睦月」を創刊。昭和36年「耳動子句集」を刊行、また編著「睦月句集」などがある。

太田 青丘　おおた・せいきゅう
歌人　中国文学者　「潮音」主宰　法政大学名誉教授　[生]明治42年8月28日　[没]平成8年11月15日　[出]長野県東筑摩郡広丘村（現・塩尻市）　本名＝太田兵三郎（おおた・ひょうざぶろう）　[学]東京帝国大学文学部中国文学科（昭和9年）卒　文学博士　[賞]神奈川文化賞（第32回）　[歴]東大大学院を経て、文部省国民精神文化研究所所員となる。昭和24年法政大学教授。一方、歌人・太田水穂の養嗣子となり、3年「潮音」入社、水穂・四賀光子に師事。30年水穂没後、編集、発行人を経て、40年より主宰。宮中歌会始の選者も務めた。著書に、歌集「国歩のなかに」「アジアの顔」「太田青丘全歌集」、研究・評論「唐詩入門」「日本歌学と中国詩学」「太田水穂研究」「短歌開眼」、「太田青丘著作選集」などがある。　[団]日本中国学会、和歌文学会、国語問題協議会（理事）、日本文芸家協会、現代歌人協会　[家]養父＝太田水穂（歌人）、妻＝太田絢子（歌人）

太田 辰夫　おおた・たつお
詩人　[生]明治37年7月9日　[没]昭和2年1月23日　[出]石川県　[学]京都帝国大学に学ぶ　[歴]四高時代に中野重治、窪川鶴次郎らを知り、大正15年同人雑誌「驢馬」を創刊し、「朝、命日、乳母車、私は辻で」などの抒情詩11篇と翻訳詩1篇を発表する。同年京大へ進むが、翌年夭逝した。　[家]父＝太田南圃（俳人）

太田 土男　おおた・つちお
俳人　[生]昭和12年8月22日　[出]神奈川県　本名＝太田顕（おおた・けん）　[学]東京教育大学卒　[賞]浜賞（昭和49年）、栃木県俳句作家協会賞（昭和50年）、俳壇賞（第10回）（平成7年）、俳句研究賞（第12回）（平成9年）「牛守」　[歴]農林水産省主任研究官を務める傍ら、昭和33年「浜」に入会。50年「浜」同人。他に「百鳥」同人。句集に「牛守」など。　[団]俳人協会

大田 南岳　おおた・なんがく

俳人　画家　⑰明治6年10月2日　⑱大正6年7月13日　⑲東京・牛込　本名＝大田享　号＝杏花園　⑳蜀山人大田南畝の裔で、俳諧、絵画、篆刻、釣、大弓、義太夫など多くの趣味をこなした。青年時代下条桂谷に画技を修め、のち尾崎紅葉、星野麦人とも親交があった。性格は瓢逸で、功利の外に超然としたその一生には奇行逸話が多い。晩年胃を病み、療養のため四谷から千葉の市川に移り、釣魚三昧に暮らした。

太田 英友　おおた・ひでとも

俳人　⑰大正12年11月20日　⑲愛知県　⑳名古屋市立二商卒　㉑年輪年間新人努力賞（昭和50年）、年輪新人賞（昭和56年）　㉒昭和42年「輪」に入会。46年同人。「年輪」「湾」同人。句集に「花」「月」がある。　㉓俳人協会

太田 浩　おおた・ひろし

詩人　評論家　精神科医　⑰大正13年1月1日　⑱平成2年8月7日　⑲愛知県　本名＝太田博　⑳日本医科大学卒　㉑詩誌「薔薇」編集。詩集に「室内旅行」「対岸」、句集に「極楽鳥花」、評論に「わが戦後抒情詩の周辺」「航海と素描」、著書に「北国歌集」など。　㉓日本現代詩人会、日本文芸家協会

太田 水穂　おおた・みづほ

歌人　国文学者　日本歯科医学校教授　⑰明治9年12月9日　⑱昭和30年1月1日　⑲長野県東筑摩郡原新田村（現・塩尻市）　本名＝太田貞一　別号＝みづほのや　⑳長野師範（明治31年）卒　㉑日本芸術院会員（昭和23年）　㉒師範学校時代から詩歌を作り、卒業後は長野県内の高小、高女などに勤め、明治41年上京し、日本歯科医学校（現・日本歯科大学）倫理科教授に就任。35年処女歌集「つゆ艸」を刊行、38年には島木赤彦との合著「山上湖上」を刊行して注目され、以後歌人、評論家として活躍する一方、小説、随筆も記した。大正4年「潮音」を主宰して創刊。以後、歌論、古典研究にも多くの業績をのこした。他の歌集として「雲鳥」「冬菜」「鷺・鵜」「螺鈿（らでん）」「流鶯」「老蘇の森」などがあり、評論・研究の分野でも「万葉百首選評釈」「日本和歌史論」などのほか、芭蕉研究でも多くの著書がある。昭和23年日本芸術院会員となった。「太田水穂全集」（全10巻、近藤書店）が刊行されている。　㉔妻＝四賀光子（歌人）

大田 美和　おおた・みわ

歌人　駒沢女子大学専任講師　⑲英文学　⑰昭和38年　⑲東京都　⑳早稲田大学文学部（昭和61年）卒、東京大学大学院（平成5年）博士課程修了　㉑日本ブロンテ協会奨励賞（平成6年）「書くヒロインと読むヒーロー――アン・ブロンテ『ワイルドフェル・ホールの住人』について」　㉒ブロンテ姉妹、ジョージ・エリオットを研究。また、子供のころから物語や詩を書き続け、昭和59年から朝日新聞歌壇欄への投稿を開始。63年朝日歌壇賞を受賞。平成元年近藤芳美主宰「未来」同人、3年第1歌集「きらい」を出版。他に歌集「水の乳房」がある。

大田 遼一郎　おおた・りょういちろう

社会運動家　歌人　熊本商科大学教授　⑲農業経済学　⑰明治38年2月13日　⑱昭和43年11月15日　⑲愛知県名古屋市　筆名＝速水惣一郎　⑳京都帝国大学経済学部中退　農学博士　㉒早くから短歌を作り、京大時代に社会主義に関心を抱いて、スターリン「レーニン主義の基礎」を翻訳する。大正15年京都学連事件で検挙。以後労働・農民運動に参加し、昭和3年共産党に入党。3.15事件で検挙され、懲役4年に処せられる。釈放後は天津に渡り、12年天津総領事官嘱託となる。21年帰国し、歌人として活躍する一方、農林省農業総合研究所九州支所長、熊本商科大学教授などを歴任。45年「大田遼一郎全歌集」が刊行された。

大高 弘達　おおたか・こうたつ

俳人　⑰昭和3年1月7日　⑲茨城県水戸市　本名＝大高弘達（おおたか・ひろみち）　⑳明治学院専門部卒　㉒昭和29年「断崖」に参加して、西東三鬼に師事。31年同誌同人・編集長。三鬼没後、三谷昭、清水昇子らと「面」創刊、発行人。「俳句評論」にも同人参加、終刊まで在籍。編著書に「西東三鬼の世界」がある。　㉓俳人協会、現代俳句協会

大高 翔　おおたか・しょう

俳人　⑰昭和52年7月13日　⑲徳島県　本名＝谷中紘子　⑳立教大学文学部卒　㉒青柳志解樹が主宰する「山暦」同人の母の影響で、13歳で初めて俳句を作る。平成8年高校卒業を機に初の句集「ひとりの聖域」を自費出版。9年第2句集「17文字の孤独」を刊行。10年春から「サンデー毎日」にコラム「旬のしずく」を執筆。「山暦」「藍花」同人。

大高 冨久太郎　おおたか・ふくたろう
歌人　[生]明治35年12月2日　[没]昭和62年3月31日　[出]茨城県　[歴]15歳より作歌。大正13年「日光」に参加、吉植庄亮に師事、北原白秋の指導を受ける。14年「橄欖」同人。昭和14年作歌中絶、38年「橄欖」に復活、運営委員となる。56年「茨城歌人」編集発行人となる。歌集に「仏母」「海の呼ぶこゑ」「音のなき風」がある。
[団]日本歌人クラブ、現代歌人協会

大滝 和子　おおたき・かずこ
歌人　[生]昭和33年11月1日　[出]神奈川県　本名＝矢口和子　[学]早稲田大学文学部卒　[賞]短歌研究新人賞（第35回）（平成4年）「白球の叙事詩（エピック）」、現代歌人協会賞（第39回）（平成7年）「銀河を産んだように」、河野愛子賞（第11回）（平成13年）「人類のヴァイオリン」
[歴]「未来」所属。合同詩集に「保弖留海豚」、歌集に「銀河を産んだように」「人類のヴァイオリン」がある。

大滝 清雄　おおたき・きよお
詩人　評論家　「龍」代表　[生]大正3年5月20日　[没]平成10年9月16日　[出]福島県西白河郡矢吹町　本名＝大滝徳海　[学]日本大学芸術学部（昭和9年）卒　[賞]日本詩壇詩集賞（昭和17年）「黄風抄」、福島県文学賞（詩，第3回）（昭和25年）「三光鳥の歌」、足利市民文化賞（第1回）（昭和56年）、栃木県芸術文化功労者表彰（昭和58年）、日本詩人クラブ賞（第16回）（昭和58年）「ラインの神話」、足利市教育文化功労者賞（昭和61年）
[歴]昭和38年栃木県教委指導主事、40年足利市公立中学校長、40年足利市立教育研究所長などを経て、50年退職。その後文筆活動に専念。詩作は学生時代から始め、戦前は「詩と方法」「新詩学」に発表、戦後は23年詩誌「龍」を相田謙三らと創刊、編集。詩集に「黄風抄」「黒い水晶体」「定本大滝清雄詩集」「ラインの神話」　、評伝に「草野心平の世界」「川端康成の肖像」など。
[団]日本文芸家協会、日本現代詩人会、日本詩人クラブ（監事）、栃木県現代詩人協会（会長）、足利ユネスコ協会（常任理事）

大滝 修一　おおたき・しゅういち
詩人　元・日産火災海上副社長　[生]明治44年11月22日　[出]東京　[学]東洋大学卒　[歴]昭和53年日産火災海上副社長を退任後、詩作に専念。「紙碑」「森」「泥舟」「虫」同人。詩集に「黒砂海岸」「生きている化石」「傘寿可逆」などがある。
[団]日本ペンクラブ、現代詩人会、日本文芸家協会

大滝 貞一　おおたき・ていいち
歌人　「雲珠」主宰　[生]昭和10年9月3日　[出]新潟県東頸城郡　[学]東洋大学文学部国文学科（昭和33年）卒　[興]現代短歌・俳句評論　[歴]昭和33年日本放送教育協会編集局を経て、35年博報堂に入社。PR本部ディレクター、PR部長営業担当部長、中国室長、中国地区総代表兼北京事務所長など歴任。平成2年新聞局シニアディレクター。また、大学在学中に「大学歌人会」で活躍。「花実」を経て「古今」に入り、福田栄一に師事。駒の会、十月会、日本歌人クラブなど歌壇活動もめざましい。のち、現代歌人協会理事、「雲珠」主宰などをつとめる。歌集に「同時の時間」「花火咲き」「彩月」「雪蛍」「白花幽」「枯野舟」「北京悲愁抄」、著書に「恋の歌愛の歌」「越のうた散歩」などがある。
[団]現代歌人協会（理事）、日本ペンクラブ、日本文芸家協会、日中文化交流協会

大田黒 元雄　おおたぐろ・もとお
音楽評論家　詩人　[生]明治26年1月11日　[没]昭和54年1月23日　[出]東京　[学]ロンドン大学中退　[賞]文化功労者（昭和52年）　[歴]大正4年「バッハよりシェーンベルヒ」を刊行し、5年小林愛雄と「音楽と文学」を創刊する。文学との関わりにおいての近代西欧音楽の紹介につくし、数多くの著作および翻訳を刊行した。また自らピアノを演奏し、スクリャービンやドビュッシーの紹介につとめた。主な著書に「洋楽夜話」「歌劇大観」「ドビュッシイ」、訳書にロラン「近代音楽の黎明」、詩集に「日輪」「春の円舞」がある。　[家]父＝大田黒重五郎（実業家）

大竹 きみ江　おおたけ・きみえ
俳人　[生]明治41年3月17日　[没]平成6年3月20日　[出]東京　本名＝大竹喜美江　[学]大手前高女卒
[歴]昭和10年旧「山茶花」以来、皆吉爽雨に師事。21年「雪解」創刊に参加し、同人。俳人協会関西支部常任委員。句集に「眉掃」「草矢」「往くさ帰るさ」など。　[団]俳人協会

大竹 孤悠　おおたけ・こゆう
俳人　[生]明治29年3月26日　[没]昭和53年11月18日　[出]山形県米沢市　本名＝大竹虎雄　[歴]明治43年以後、松本蔦斎、寒川鼠骨、矢田挿雲に師事、昭和6年3月「かびれ」を創刊主宰。俳人協会評議員を務めた。句集に「爽籟」「歓喜」「凡人浄土」「望郷」「孤悠二百句」「父象母心」「愛語無限」などがあり、ほかの著作に「孤悠連句集」評論集「俳句開眼」「俳句の原理」、紀行文集「郷山惜春図」がある。

大岳 水一路　おおたけ・すいいちろ
俳人 「湾」主宰 [生]昭和1年12月29日 [出]鹿児島県 本名＝大岳守一郎 [学]旧制中卒 [歴]昭和20年「ホトトギス」に投句を始める。23年橋本鶏二、26年野見山朱鳥に師事。37年鹿児島俳人協会を発起設立する。45年「湾」創刊。読売新聞(鹿児島版)俳壇選者、「湾」主宰。句集に「壁画」「嶺の数」「自註・大岳水一路集」がある。
[団]俳人協会

大嶽 青児　おおたけ・せいじ
俳人 [生]昭和12年1月1日 [出]東京 本名＝大竹一昭(おおたけ・かずあき) [学]東京都立工芸高校卒 [賞]春燈賞(第3回)(昭和50年)、俳人協会新人賞(第6回)(昭和58年) [歴]昭和41年「春燈」入門、安住敦に師事。53年若手の勉強会「桃青会」を結成。句集に「桃青」「遠嶺」。 [団]俳人協会

大竹 蓉子　おおたけ・ようこ
歌人 目白学園女子短期大学生活科学科教授・学務部長 [専]調理科学 [生]昭和3年10月12日 [出]茨城県 [学]お茶の水女子大学卒 [賞]茨城歌人賞(第1回) [歴]昭和32年茨城歌人会に入会、田崎秀に師事。「アザミ」「表現」を経て近藤芳美の「未来」に入会。同人誌「棘」「反歌」に参加。歌集に「レモンとハイド氏」「木犀領」「白緑調」。

大谷 和子　おおたに・かずこ
歌人 [生]昭和30年6月5日 [出]静岡県 本名＝遠藤和子 [学]静岡英和女学院短期大学卒 [歴]歌誌「白鳥」同人。歌集に「水の迷宮」「空色朝顔」がある。 [団]日本文芸家協会、日本現代歌人協会

大谷 句仏　おおたに・くぶつ
僧侶 俳人 真宗大谷派(東本願寺)第23世法主伯爵 [生]明治8年2月27日 [没]昭和18年2月6日 [出]京都府京都市 本名＝大谷光演(おおたに・こうえん) 法号＝彰如、雅号＝春坡、蕪孫、愚峰 [歴]真宗大谷派第22世法主光瑩(現如)の二男。10歳で得度。明治33年まで東京で南条文雄、村上専精、井上円了らについて修学。同年5月仏骨奉迎正使として暹羅(タイ)訪問。34年6月真宗大谷派副管長、41年11月第23世法主を継ぎ、管長となった。44年宗祖650回遠忌を修したが、朝鮮で鉱山事業に失敗、昭和2年管長を退いた。大正12年伯爵。書画、俳句をよくし、明治31年「ホトトギス」により高浜虚子、河東碧梧桐に選評を乞うた。大正3年以降は雑誌「懸葵」を主宰。句集「夢の跡」「我は我」「句仏句集」などがある。書は杉山三郎に師事、絵画は幸野楳嶺、竹内栖鳳に学んだ。画集「余事画冊」がある。
[家]父＝大谷光瑩(真宗大谷派第22世法主)、弟＝大谷瑩潤(真宗大谷派宗務課長・衆院議員)、長男＝大谷光暢(第24世門首)、孫＝大谷光紹(東京本願寺住職)、大谷暢順(本願寺維持財団東山浄苑理事長・名古屋外大名誉教授)、大谷暢顕(第25世門首)、大谷光道(真宗大谷派井波別院代表役員)

大谷 熊夫　おおたに・くまお
歌人 [生]大正2年1月 [出]岡山県真庭郡津田村(現・久米郡旭町) [学]岡山県実業補習学校教員養成所(旧・岡山青年師範)(昭和10年)卒 [賞]美作歌話会賞(昭和57年)、美作短歌大会津山市文化協会長賞(昭和62年)、岡山県短歌会山陽新聞社賞(平成1年) [歴]昭和6年独学で岡山県小学校農業専科正教検定試験合格、7年真庭郡長田尋常高小代用教員に。23年岡山県福渡高校教諭となる。同年真庭郡津田村議に当選、教職の傍ら、議会副議長等を務める。24年高校教師を退職し、自家農業に従事。27年岡山県職員に採用され経済部農業改良課に勤務。旭、新見、奥津などの普及所を経て、43年退職。48年旭町花木生産組合長、53年西老人クラブ会長、61年旭町教育委員長に就任。この間33年「日本農民文学会」、41年「真庭短歌会」51年「美作歌話会」に入会。47年旭短歌を結成、会長に。「浅紅」所属。歌集に「農に生きて」「道ひとすぢ」。

大谷 畦月　おおたに・けいげつ
俳人 [生]明治36年10月10日 [没]平成8年9月29日 [出]栃木県矢板市 本名＝大谷福次郎 [学]日本大学商科卒 [歴]昭和15年より句作を始める。かつら会で富安風生に師事。25年「若葉」、39年「冬草」に投句。「若葉」「冬草」同人。かつら会・杉並俳句会代表。56年郷里矢板市に喜寿記念句碑建立。句集に「八重桜」「糸桜」など。
[団]俳人協会、杉並区俳連(副会長)

大谷 光演　おおたに・こうえん
⇒大谷句仏(おおたに・くぶつ)を見よ

大谷 繞石　おおたに・じょうせき
俳人 広島高校教授 四高教授 [生]明治8年3月22日 [没]昭和8年11月17日 [出]島根県松江市 本名＝大谷正信 [学]東京帝国大学文科大学英文科卒 [歴]京北中学、洲本中学、真宗大学、東京帝大などの講師を経て四高教授に就任。この間中学時代の恩師小泉八雲の翻訳に従事し、また「ホトトギス」などに俳句を発表する。明

治42年文部省命で英国に留学し、帰国後広島高校教授に就任。「滞英二年 案山子日記」を大正元年に刊行したのをはじめ、句集「落椿」随筆集「北の国より」などの著書がある。

大谷 忠一郎　おおたに・ちゅういちろう
詩人　㊌明治35年11月29日　㊙昭和38年4月12日　㊞福島県白河　本名＝大谷忠吉　㊥下野中卒　㊥福島県文学賞（小説、第1回）（昭和23年）「月宮殿」　㊞中学卒業後「北方詩人」「日本詩人」に参加し、大正13年詩集「沙原を歩む」を刊行。以後「北方の曲」「村」「牡鹿半島の人々」「空色のポスト」などを刊行した。

大谷 碧雲居　おおたに・へきうんきょ
俳人　中外商業新報取締役　㊌明治18年9月9日　㊙昭和27年5月28日　㊞岡山県苫田郡西苫田村山北　本名＝大谷浩　篆刻の号＝雨石　㊥東京美術学校洋画科（明治43年）卒　㊞美術学校を卒業した明治43年中外商業新報に入社し、昭和12年取締役に就任。学生時代から渡辺水巴に師事し「曲水」同人となり、水巴没後は「曲水」を主宰した。句集に7年刊行の「碧雲居句集」などがある。

大谷 雅彦　おおたに・まさひこ
歌人　㊌昭和33年9月27日　㊞兵庫県　㊥立命館大学経営学部卒　㊥角川短歌賞（第22回）（昭和51年）「白き路」　㊞高校で短歌同好会に入り、短歌を作り始める。高校3年生のとき、角川短歌賞を受賞。「山繭」「水甕」を経て「短歌人」所属。

大津 希水　おおつ・きすい
俳人　㊌大正4年12月10日　㊞長崎県　本名＝大津希木（おおつ・まれき）　㊥東京大学工学部建築学科卒　㊞昭和18年応召中仙台陸軍病院にて俳句をはじめる。24年中村汀女に師事、「風花」に拠る。28年同人会創設と同時に同人、のち副会長を務める。句集に「大津希水集」がある。　㊞俳人協会（評議員）

大塚 栄一　おおつか・えいいち
歌人　㊌大正14年8月27日　㊞新潟県　㊥短歌研究新人賞（第9回）（昭和41年）「往反」、歩道賞（第7回）、短歌新聞新人賞（第2回）（昭和49年）「水の音」　㊞「多磨」「アララギ」を経て、23年5月「歩道」に入会、佐藤佐太郎に師事。41年6月、魚野短歌会を結成、主宰。歌集に「往反」がある。

大塚 欽一　おおつか・きんいち
詩人　㊌昭和18年11月15日　㊞茨城県水戸市　㊥長崎大学大学院医学研究科博士課程修了　㊞平成2年第1詩集「紫陽花の賦」を発表。以後、「非在の館」「精霊船」「方形の月」「存在のはるかな深処で」「ハンモックに微睡みながら」などを刊行。　㊞日本現代詩人会、日本詩人クラブ、日本文芸家協会

大塚 金之助　おおつか・きんのすけ
経済学者　社会思想史家　歌人　一橋大学名誉教授　㊥マルクス経済学　㊌明治25年5月15日　㊙昭和52年5月9日　㊞東京市神田区（現・東京都千代田区）　別名＝遠見一郎、石井光（いしい・ひかる）　㊥東京高商（現・一橋大学）専攻部（大正5年）卒　名誉哲学博士（フンボルト大学）　㊞日本学士院会員（昭和25年）　㊞東京高商の特待生だったが、「校友会報」に「主義者ゴールドマン」を発表、特待生資格を剥奪された。大正3年福田徳三ゼミで指導を受け、5年卒業後、母校講師となる。8〜11年コロンビア大、ロンドン大、ベルリン大に留学。帰国後、東京商大教授。昭和2年東京社会学研究所創立に参加。6年から野呂栄太郎を中心とする「日本資本主義発達史講座」の共同編集に加わり、7年唯物論研究会に参加。8年1月「講座」の経済思想史を執筆中、治安維持法違反容疑で伊豆湯ケ島で検挙され、懲役2年、執行猶予3年の有罪判決を受け教職を辞した。戦後、20年東京商大（現・一橋大学）に復職、22〜23年経済研究所長も務めた。31年定年退官、明治学院大教授となる。41年勲二等瑞宝章を辞退。アララギ派の歌人としても著名であり、歌集に「朝あけ」「歌集・人民」がある。著書に「解放思想史の人々」「ある社会科学者の遍歴」「大塚金之助著作集」（全10巻、岩波書店）など。37年東ドイツ国立図書館に多数の蔵書を寄贈、"大塚文庫"が設立された。

大塚 楠緒子　おおつか・くすおこ
歌人　小説家　㊌明治8年8月9日　㊙明治43年11月9日　㊞東京　本名＝大塚久寿雄　別名＝大塚楠緒子（おおつか・なおこ）、大塚楠緒（おおつか・くすお）　㊥東京女子師範附属女学校（明治26年）卒　㊞少女時代から竹柏園に入門し、短歌、美文を発表する。一葉の影響をうけ、明治28年「くれゆく秋」を、30年「しのび音」などの小説を発表し、女流作家として期待される。その他の作品に「客間」「別な女の顔」「露」などがあり、著書に「晴小袖」「暁露集」などがある。　㊞父＝大塚正男（東京控訴院長）、夫＝大塚保治（美学者）

大塚 甲山　おおつか・こうざん
詩人　俳人　㊓明治13年1月1日　㊙明治44年6月7日　㊦青森県上北郡上野村(現・上北町)　本名＝大塚寿助　㊫簡易小卒　㊞明治30年頃から「小文庫」などに俳句を投稿し、35年に上京して森鴎外、坪内逍遙らに支持され、江渡狄嶺主宰合宿所精神窟に入る。37年社会主義協会に参加し、反戦詩「今はの写し絵」などを発表。38年帰郷し村役場などに勤務。詩約1000篇、俳句10000余、短歌2400首余のほか、紀行・随筆も残した。戦後「日露戦争当時の反戦詩人」「明治社会主義詩人」などとして再評価された。編著に「明治新俳句集」「芭蕉俳句全集」などがある。

大塚 史朗　おおつか・しろう
詩人　㊓昭和10年　㊞詩集に「頬かぶり」「生産」「川岸」「萩の花」「握り拳」、著書に「女塚物語—上州榛名東麓の民話」がある。　㊐群馬詩人会議、詩人会議、日本農民文学会、群馬民主文学会

大塚 進　おおつか・すすむ
著述家　詩人　㊓大正8年　㊦愛媛県　㊞昭和27～48年法務事務官を務める。著書に「看護管理者のめたのマネージメント入門」「戦争を考える」「競争社会の行方」、詩集に「粗朶の束」「長かった一日」「欲の賦」「愛は金米糖」がある。

大塚 泰治　おおつか・たいじ
歌人　㊓明治36年2月7日　㊦徳島県　㊫徳島商(大正9年)卒　㊞松村英一に師事し、作歌を始める。昭和19年応召、捕虜生活を経て21年帰国。2年間に231首の戦場詠を書き記す。歌集に「恵我野」「余生」。

大塚 毅　おおつか・たけし
俳人　㊓明治33年7月20日　㊦大分県直入郡入田村　俳号＝晩成子、別号＝池田毅　㊫慶応義塾大学理財科中退　㊞文部省に勤めたのち、山口大学理学部事務長を勤める。一方、大正12年頃から俳句、短歌をはじめる。大震災以後は、明治以降の俳書、俳誌の研究に力を入れ、成果は「明治大正俳句史年表大事典」(昭和46年)にまとめられた。昭和4年「歌と評論」創刊とともに参加、同人となる。著書に合同歌集「暁雲」、「明治初期俳壇の研究」「文明開化と俳諧」など。

大塚 寅彦　おおつか・とらひこ
歌人　㊓昭和36年5月17日　㊦愛知県稲沢市　㊫愛知県立大学中退　㊮短歌研究新人賞(第25回)(昭和57年)「刺青天使・30首」　㊞高校在学中より作歌を始め、昭和55年中部短歌会に入会、春日井健に師事。60年第1歌集「刺青天使(しせいてんし)」を出版、63年歌誌「フォルテ」創刊に参加。　㊐現代歌人協会、中部短歌会、日本文芸家協会

大塚 布見子　おおつか・ふみこ
歌人　「サキクサ」主宰　㊓昭和4年11月30日　㊦香川県　本名＝大塚文子　㊫東京女子大学国語科卒　㊞三豊高女時代より作歌し、東京女子大在学中に藤森朋夫に師事。昭和47年「芸林」入会。52年「サキクサ」を創刊し主宰。歌集に「白き仮名文字」「水茎のやうに」「霜月祭」など。　㊐日本文芸家協会、日本歌人クラブ

大塚 雅春　おおつか・まさはる
小説家　歌人　㊓大正6年3月12日　㊙平成12年5月1日　㊦高知県香美郡土佐山田町　本名＝大塚忠雄　㊫高知工卒　㊞戦国時代に材を取り、歴史ものの時代作家として活躍。主な作品に「戦国ロマンシリーズ」(全6巻)「柳生十兵衛」「女忍秘抄」「盗賊大将」「小説日蓮」、歌集「冬雁」などがある。　㊐日本文芸家協会、日本作家クラブ、日本歌人クラブ　㊗妻＝大塚布見子(歌人)

大塚 雅彦　おおつか・まさひこ
歌人　白百合女子大学非常勤講師　㊥社会法　㊓大正10年8月14日　㊦群馬県高崎市　㊫東京帝国大学法学部(昭和18年)卒　㊒少年非行と文学、青少年保護条例　㊮勲三等瑞宝章(平成3年)　㊞昭和19年出征、21年秋復員。最高裁・家庭裁判所調査官研修所教官、東京家裁首席調査官、お茶の水女子大学教授、白百合女子大学教授を歴任。短歌は13年ころより始め、戦前は「心の花」、戦後は「ケノクニ」「遠天」を経て、36年より「樹木」同人。著書に「非行少年」「非行を見る」「短歌の中の子ども」、共著に「夫婦関係学入門」「平出修とその時代」、共編に「戦没学生の手記・魔の海峡に消ゆ」「学徒出陣」、歌集に「小さき驢馬」ほか。　㊐日本近代文学会、日本文学風土学会、現代歌人協会、日本犯罪社会学会

大塚 陽子　おおつか・ようこ
歌人　「辛夷」運営委員・選者　「潮音」選者　㊐昭和5年7月12日　㊞旧樺太・敷香　本名＝野原陽子　㊫豊原高女卒　㊥現代短歌女流賞(第7回)(昭和58年)「遠花火」、十勝文化賞(平成1年)、北海道新聞短歌賞(第7回)(平成4年)「酔芙蓉」　㊧昭和23年引き揚げ、恵庭小・中の助教諭となるが結核で療養。50歳まで国立十勝療養所にタイピストとして勤務。一方、療養中に作歌を始め、26年「新墾(にいはり)」入社、以来野原水嶺に師事。同年「潮音」入社、のち幹部同人。29年「短歌研究」の第1回「五十首詠応募作品」に入選し、歌壇に登場。30年「新墾」を脱会し「辛夷(こぶし)」に入る。31年帯広に転居、結婚。57年歌壇登場から実に28年ぶりに歌集「遠花火」が刊行された。平成4年まで「辛夷」編集発行人を務めた。その他の歌集に「酔芙蓉」がある。　㊓現代歌人協会　㊊夫＝野原水嶺(辛夷代表・故人)

大塚 善子　おおつか・よしこ
歌人　㊐昭和15年6月11日　㊞東京　㊥樹木賞(昭和50年)　㊧昭和44年三鷹短歌会で中野菊夫に出会い作歌をはじめ、「樹木」に入会。歌集に「棕梠の聖日」「冠」「コラールの鐘」など。　㊓現代歌人協会

大槻 紀奴夫　おおつき・きぬお
俳人　㊐昭和4年5月15日　㊞宮城県　本名＝大槻徳市　㊧旧制中学のころから作句を始め、昭和26年「雲母」に入会、石原八束指導の青潮会に入る。職場句会(石田波郷指導)などを経て、36年「秋」創刊に編集同人として参加。共編著の句集、評論集が数冊ある。

大槻 九合草　おおつき・くごうそう
俳人　「櫟」主宰　㊐明治39年9月23日　㊣平成12年7月26日　㊞群馬県太田市　本名＝大槻正作　㊫東京府立工芸金属科卒　㊧昭和7年滝野川俳句会入会。10年「馬酔木」入会。23年「櫟」創刊、41年主宰となる。39年「鶴」に入会。句集に「地縛」「柏葉集」がある。　㊓俳人協会

大月 玄　おおつき・げん
詩人　㊐昭和2年9月9日　㊞長野県松本市　㊫高卒　㊧昭和19年4月上京、その直後に激しい空襲を経験する。戦後、電機メーカーに就職。この頃から生のあかしを求めて、詩の創作を手がけるようになる。59年退社し帰郷、詩作に専念。「ユリイカ」「詩と批評」などに作品を発表。「日本未来派」同人、長野県詩人協会副会長。詩集に「苦いアンソロジー」。

大坪 三郎　おおつぼ・さぶろう
歌人　㊐明治45年3月1日　㊞長崎県　㊥短歌研究新人賞(第9回)(昭和41年)「海浜」　㊧昭和21年より作歌を始め、大坪草二郎主宰「あさひこ」に入会、3年後退会。30年「形成」に入会、木俣修に師事、のち第1同人。同人歌誌「冬青草」「形成草炎」を創刊。歌集に「蒼き潮騒」「冬青草」「草炎」がある。

大坪 草二郎　おおつぼ・そうじろう
歌人　小説家　㊐明治33年2月11日　㊣昭和29年11月25日　㊞福岡県　本名＝竹下市助　㊧大正10年島木赤彦に師事して「アララギ」に参加し、昭和5年「つばさ」を、12年「あさひこ」を創刊する。歌人として「短歌初学」「良寛の生涯とその歌」などがあり、作家としては「人間西行」や戯曲「大海人皇子」、児童書「良寛さま」「日本の子供たち」「からくり儀右衛門」などの著書がある。

大手 拓次　おおて・たくじ
詩人　㊐明治20年11月3日(戸籍上＝12月3日)　㊣昭和9年4月18日　㊞群馬県碓氷郡西上磯部村(現・安中市磯部町)　初期筆名＝吉川惣一郎　㊫早稲田大学高等予科(明治45年)卒　㊧中学時代に中耳炎を病み、その頃から文学に志す。早大入学後、詩人になることを決意し、読書と共に習作を試みる。ボードレールの「悪の華」に感銘し、原書からの翻訳もする。明治40年「昔の恋」「聞かまほし」を発表するが、詩壇のつきあいは持たず、孤独に終始した。45年、吉川惣一郎の筆名で白秋主宰の「朱欒」に口語詩「藍色の蟇」「慰安」を発表。以後「創作」「地上巡礼」「ARS」等に発表し、萩原朔太郎らに影響を与える。大正5年生活のためライオン歯磨本輔に入社、以後死迄の18年間を広告部員として不本意なサラリーマン生活をすごし、その中で詩作に没頭した。没後の昭和11年第一詩集「藍色の蟇」が刊行された。「大手拓次全集」(全5巻，別1巻，白凰社)がある。

大友 淑江　おおとも・しくえ
歌人　あすなろ学園理事長・園長　㊣平成7年1月31日　㊞福岡県北九州市小倉南区　㊥北九州市功労章(昭和62年)　㊧昭和32年私財を投じて全国初の精神薄弱児のための全寮制私立養護学校を設立、知的障害児の福祉教育に取り組んだ。歌人としても知られ、歌集「あすな

ろの四季」「再生」「ひらく音」などがある。
[家]息子＝北村幹次（ジー・アイ・ティー代表）

大伴 道子　おおとも・みちこ
歌人　[生]明治40年11月23日　[没]昭和59年11月17日　[出]東京都　本名＝堤操（つつみ・みさお）　旧姓(名)＝石塚恒子（いしずか・つねこ）
[歴]昭和29年当時衆院議長だった堤康次郎と結婚。社交的、活動的な性格で、かつて「火曜会」という西武グループの御前会議が開かれた時代には、そのメンバーとして参加。また毎年、高輪プリンスホテルでクリスマスパーティを主催し、一種の上流社会を形成していたといわれる。歌人でもあり、「紫珠」を主宰。歌集に「静夜」「真澄鏡」がある。
[家]夫＝堤康次郎（元衆院議長・故人）、息子＝堤清二、娘＝堤邦子

大中 祥生　おおなか・しょうせい
俳人　「草炎」主宰　[専]俳壇時評　[生]大正12年1月1日　[没]昭和60年11月11日　[出]山口県玖珂郡周東町川越（現・徳山市）　本名＝大中祥生（おおなか・よしお）　前号＝青塔子　[学]福知山高商（昭和18年）中退　[賞]青玄評論賞（昭和34年）、徳山市芳堂文学賞（昭和44年）、山口県芸術文化振興奨励賞（昭和46年）、山口県芸術文化功労賞（昭和53年）、徳山市文化功労賞（昭和56年）、現代俳句協会功労賞（昭和57年）　[歴]16歳より句作を始め、昭和17年あらくさ吟社創立。19年俳誌「草の塔」創刊、21年同人雑誌「銀漠」創刊。23年光市で三島書房開業。24年から俳誌「草炎」を主宰し評論にも活躍。39年現代俳句協会幹事、47年山口県俳句協会副会長、57年現代俳句協会中国地区協議会会長などを歴任。句集に「暖丘」「領海」「群猿」「花候」「根白草」、評論集に「現代俳句の共感」「現代俳句の眺め」など。
[団]日本ペンクラブ、現代俳句協会

大成 竜雄　おおなり・たつお
歌人　東京経済大学名誉教授　[専]美学
[生]明治35年5月22日　[没]昭和49年10月2日
[出]広島県　[学]東京大学文学部　[歴]斎藤茂吉に師事。作品を「アララギ」に発表、戦後は「アザミ」「童牛」にも発表した。また、「西欧遊記」を「童牛」に、続篇を「茨城歌人」に連載した。のち、多摩歌話会委員長をつとめた。歌集に「石響」「皴法」など。

大西 一外　おおにし・いちがい
俳人　[生]明治19年11月1日　[没]昭和18年5月25日　[出]香川県仲多度郡象郷村　本名＝大西千一
[歴]秋声会に参加し、俳句を佐藤飯人に学ぶ。各派の人とも広く交わり、大正6年平井晩村創刊の「ハクヘイ」に加わり、臼田亜浪とも親交があった。古俳書、史伝に造詣が深く、12年刊行の「新選俳諧年表」（平林鳳二との共著）は貴重な労作とされる。晩年香川に帰郷し、昭和9年「ことひら」を創刊、郷土文化の発展に貢献した。稿本「讃岐俳諧年表」「讃岐俳家全伝」を残している。

大西 民子　おおにし・たみこ
歌人　[生]大正13年5月8日　[没]平成6年1月5日
[出]岩手県盛岡市　本名＝菅野民子（かんの・たみこ）　[学]奈良女高師（現・奈良女子大学）文科第一部卒　[賞]日本歌人クラブ推薦歌集（第7回）（昭和36年）「不文の掟」、短歌研究賞（第3回）（昭和40年）「季冬日々」、ミューズ女流文学賞（第2回）（昭和56年）、迢空賞（第16回）（昭和57年）「風水」、詩歌文学館賞（第7回）（平成4年）「風の曼陀羅」、紫綬褒章（平成4年）　[歴]昭和19年高女の教師、24年大宮市に移住し、埼玉県教育局職員となり、57年退職。一方、在学中、前川佐美雄に師事。24年木俣修に師事。28年「形成」創刊に参加、以来一貫してその主要同人として編集に携わる。歌集に「まぼろしの椅子」「不文の掟」「無数の耳」「花溢れゐき」「風水」「大西民子全歌集」など。平成12年「評伝大西民子」（有本倶子著）が刊行される。
[団]現代歌人協会、日本歌人クラブ（幹事）、埼玉県歌人会（副会長）、日本文芸家協会

大西 八洲雄　おおにし・やすお
俳人　[生]大正14年9月5日　[出]東京・芝　本名＝大西保夫　[学]池貝工卒　[歴]昭和35年「風」に入会、沢木欣一に師事。41年「風」同人。55年俳人協会の現代俳句選集編集委員。平成2年「春耕」に同人参加。句集に「万力」「起点」など。
[団]俳人協会

大貫 和夫　おおぬき・かずお
小説家　詩人　[生]昭和11年　[出]埼玉県北埼玉郡
[学]早稲田大学文学部卒　[歴]18才の時詩人・村野四郎を知り「詩学」に参加。大学時代は「文学者」「早稲田文学」「文芸首都」等に参加。一方、丹羽文雄を知り、小説「拷問」「畸型」「白衣の人」等を発表。その後、稲門詩人会を結成。同人会「棗の会」を主宰。「文学者」廃刊後、「新日文」に参加。詩集に「赤い月の頃」

「深淵」「バラバラの夕暮れ」「ぼろんじ」、著書に「拷問—他五篇」などがある。

大貫 晶川　おおぬき・しょうせん
詩人　小説家　[生]明治20年2月23日　[没]大正1年11月2日　本名＝大貫雪之助　[学]東京帝国大学英文科(大正1年)卒　[歴]中学時代から詩、短歌を発表し、明治39年新詩社に入る。この頃から「お須磨」などの小説を発表。東大時代にはツルゲーネフの翻訳なども発表し、43年第2次「新思潮」を創刊して活躍したが、東大を卒業した年の秋に急逝した。[家]妹＝岡本かの子(小説家・歌人)

大貫 迪子　おおぬき・みちこ
歌人　[生]明治42年1月1日　[出]神奈川県海老名市　[学]女子美術日本画科卒　[歴]伊東深水画塾をへて、山村耕花に師事。昭和2年「香蘭」に入会、北原白秋・村野次郎に師事、のち選者となる。神奈川県歌人会委員。歌誌「群」を発行。歌集に「香蘭女流歌集」「風歌林」「林径集」がある。　[団]現代歌人協会、日本歌人クラブ、神奈川県歌人会

大貫 喜也　おおぬき・よしや
詩人　[生]大正15年6月10日　[出]山形県　[学]明治学院大学文学部英文学科卒　[賞]北海道詩人協会賞(昭和39年)　[歴]「核」同人。高校教師を務めた。詩集に「黒龍江附近」「愛と化身」「小銃と花」「大貫喜也詩集」などがある。　[団]日本詩人クラブ、北海道詩人協会(常任理事)、日本現代詩人会、日本文芸家協会

大沼 枕山　おおぬま・ちんざん
漢詩人　[生]文化15年3月19日(1818年)　[没]明治24年10月1日　[出]江戸・谷中御徒町　本名＝大沼厚　字＝子寿、通称＝捨吉、別号＝台嶺、煕々堂、水竹居　[歴]幕末から明治にかけて漢詩壇の第一人者で、詩の結社・下谷吟社を興す。詩集に「房山集」「枕山詠物詩」「枕山絶句鈔」「枕山詩鈔」(全4冊)などがある。永井荷風の「下谷叢話」は枕山の伝記として詳しい。昭和63年福生市郷土資料館より「大沼枕山来簡集」が出版された。　[家]父＝大沼竹渓(漢詩人)、祖父＝鷲津幽林(尾張藩の儒学者)

大沼 二三枝　おおぬま・ふみえ
歌人　[生]昭和16年2月12日　[出]静岡県磐田市　[学]共立女子短期大学国文科(昭和37年)卒、東洋大学文学部国文科(昭和39年)卒　[歴]昭和40年山形県公立学校教師となり数校を歴任。歌人としの活動は、44年「赤光」鶴岡支部に入会。51年松坂二郎が独立して「きたぐに」を主宰するに伴い会員となる。59年「アララギ」に入会。歌集に「実生」「緑葉」がある。

大野 我羊　おおの・がよう
俳人　[生]明治36年3月12日　[没]昭和47年1月26日　[出]茨城県　本名＝大野正義　[学]東洋大学卒　[歴]大正13年より句作に入り、長谷川零余子に師事して「枯野」「ホトトギス」等に拠る。昭和7年2月「芝火」(のち「東虹」と改題)を創刊して没年まで主宰。新興俳句隆盛期には「句と評論」「天の川」等の同人を兼ね、戦後は進歩派俳人の総合誌「俳句世紀」を発行した。句集に「河線」「藤蔵」、編者に「青い野原」がある。

多 久麻　おおの・きゅうま
歌人　[生]大正14年3月9日　[出]東京　本名＝田熊庄三郎　[歴]昭和24年1月第2次「珊瑚礁」発刊と同時に会員、4月同人となる。29年10月「十月会」発足会員。54年1月「短歌人」同人、56年より編集委員。歌集に「残像」「礫層」「多久麻歌集」「象牙と琺瑯」、他に「十月会作品1〜5」などがある。

大野 国比古　おおの・くにひこ
俳人　「美濃文学」主宰　[生]明治32年7月15日　[出]岐阜県　本名＝大野国彦　[学]青山学院大学卒　[歴]高等学校校長、市立図書館長を務める。昭和2年頃から俳句をはじめ、碧梧桐、大谷句仏らに師事。7年「美濃文学」を創刊主宰する。句集に「柿」「花」など。他の著書に「大垣俳跡めぐり」「大垣の芭蕉」などがある。

大野 恵造　おおの・けいぞう
漢詩人　作詞家　評論家　[生]明治34年11月19日　[出]群馬県高崎市　[賞]芸術祭文部大臣奨励賞(昭和33年)　[歴]昭和14年から音楽詩、舞踊詩を書き、音数律学について研究。戦後は現代詩、漢体詩の普及に貢献。一時東京放送の邦楽担当プロデューサーを務めた。東京吟詠連盟顧問。著書に「大野恵造和漢詩集」「漢体詩集成」「吟詠の扉」「詩吟の栞」「大野恵造邦楽邦舞作品控」「劇詩集・竜虎」などがある。

大野 岬歩　おおの・こうほ
弁護士　俳人　愛媛大学名誉教授　「虎杖」主宰　[専]憲法学　[生]明治39年1月25日　[没]平成12年2月12日　[出]愛媛県久万町　本名＝大野盛直(おおの・もりなお)　[学]京都帝大法学部(昭和9年)卒　法学博士　[賞]勲三等旭日中綬章(昭和51年)、松山市教育文化賞(平成3年)　[歴]昭和

22年旧制松山高教授を経て、24年愛媛大学教授に就任。退官後、46年西南学院大学教授、52年松山東雲短期大学教授を務めた。一方、「虎杖」主宰。愛媛地区現代俳句協会会長、愛媛県俳句協会会長、松山俳句協会会長などを歴任。著書に「アメリカ憲法原理の展開」「旧制松山高校と俳句」、句集「壺中天」「杉」「杉以後」「西遊記」などがある。

大野 雑草子 おおの・ざっそうし
俳人 陶芸評論家 ⑳現代の陶芸 俳句の現在（現代俳句） ㊤昭和7年6月13日 ㊥愛知県 本名＝大野幸雄（おおの・ゆきお） 筆名＝秋山峻 ㊥南山大学社会学部卒 ㊥日本陶芸史、陶芸の技法、俳句用語用例の研究 ㊥産経新聞社営業促進部長、フジサンケイグループ関連会社の役員などを歴任。日本伝統文化研究所代表、東京四季出版専務などを務める。学生時代から俳句を始め、高浜年尾、久保田万太郎らの知遇と指導をうけたが、のちに稲畑汀子の「ホトトギス」に拠る。陶芸評論家としての仕事も多く、また秋山峻のペンネームで詩作と評論活動を行う。主な編著書に、「花情―手帖の余白」「陶芸の匠たち」「俳句用語用例小事典」など。㊥俳人協会、日本陶磁器協会、日本伝統俳句協会

大野 静 おおの・しずか
歌人 ㊤明治25年8月18日 ㊦昭和59年11月8日 ㊥愛媛県 ㊥昭和4年「あけび」に入会。戦後伊与木南海の「にぎたづ」刊行に協力、30年より主宰。34年「潮音」に入会、幹部同人。愛媛歌人クラブ会長を経て顧問。歌集に「証」その他「古径遍歴」「短歌随想」などがある。

大野 酒竹 おおの・しゃちく
俳人 医師 ㊤明治5年11月19日 ㊦大正2年10月12日 ㊥熊本県玉名郡弥富村大野東 本名＝大野豊太 ㊥東京帝国大学医学部卒 ㊥東大医学部在学中から俳諧の研究と俳書の収集に力を注ぎ、明治27年筑波会をおこす。「帝国文学」を発表の場として、俳諧の史的研究につとめた。その蔵書は「酒竹文庫」として東大図書館に収められている。編著として「芭蕉以前俳諧集」「俳諧文庫」「与謝蕪村」などがある。

大野 朱香 おおの・しゅか
俳人 ㊤昭和30年 ㊥東京都 ㊥共立女子大学卒 ㊥童子わらべ賞（平成4年）、童子賞（平成5年） ㊥平成元年「童子」入会、同人。著書に句集「鳴呼」「大野朱香句集はだか」がある。㊥現代俳句協会

大野 順一 おおの・じゅんいち
詩人 明治大学文学部文学科教授 ⑳中世文学 日本文芸思想史 ㊤昭和5年9月3日 ㊥東京 筆名＝大野純（おおの・じゅん） ㊥明治大学文学部卒、明治大学大学院文学研究科文芸専攻修士課程修了 ㊥平家物語 ㊥明治大学助教授を経て、教授。著書に「平家物語における死と運命」「萩原朔太郎」など。また昭和22年詩作を始め、「詩学」に投稿。28年嶋岡晨らと「貘」を主宰。詩集に「あの唄はどこからきこえてくる」「幻化逍遙」など。監修に「永福門院歌集・全句索引」がある。㊥全国大学国語国文学会（評議員）、上代文学会、中世文学会、日本文芸家協会、貘の会

大野 紫陽 おおの・しよう
俳人 「貝」主宰 ㊤大正5年5月5日 ㊦平成11年2月13日 ㊥愛知県 本名＝大野岩夫 ㊥名古屋高工機械科卒 ㊥昭和5年山口夢人の手ほどきを受ける。46年「風土」同人、翌年には「風濤」編集同人となる。49年「貝」創刊、主宰。句集に「海蔵」「愛句二百抄」、写真俳句集「昇龍」、編著に「凪」「礎」などがある。㊥俳人協会

大野 梢子 おおの・しょうし
俳人 ㊤大正10年3月12日 ㊦平成3年5月19日 ㊥大阪市西区 本名＝津川茂理（つがわ・しげり） ㊥早稲田専門学校商科卒 ㊥座標賞（昭和39年）、壁賞（昭和39年）、曲水水巴賞（昭和42年）、麻評論賞 ㊥昭和17年俳句を始め、18年「曲水」入門、渡辺水巴に師事。19年同人。21年「篝火」創刊。水巴没後句作殆んど中断。36年「河」に投句、37年同人。43年「麻」創刊に参加。句集に「老海賊」。 ㊥俳人協会

大野 新 おおの・しん
詩人 文芸評論家 ㊤昭和3年1月1日 ㊥旧朝鮮・群山府 本名＝大野新（おおの・あらた） ㊥京都大学法学部（昭和27年）中退 ㊥H氏賞（第28回）（昭和53年）「家」 ㊥郡山中学卒業の年に終戦、滋賀県に引き揚げ。旧制高知高校から京大法学部へ進むが腸結核にかかり、中退。療養所で死を直視しながら詩人の魂を育てた。出版社勤務の傍ら詩集「階段」「藁の光り」な

どを刊行し、昭和53年「家」でH氏賞受賞。他に「大野新詩集」、詩人・石原吉郎論などを収めた評論集「沙漠の椅子」など。「ノッポとチビ」同人。 [団]日本現代詩人会、近江詩人会

大野 とくよ　おおの・とくよ
歌人 「新宴」主宰 「じゆうにん」主宰 日本現代詩歌文学館振興会理事 [生]大正13年11月10日 [出]山梨県東八代郡一宮町 筆名＝五月女乙葉 [学]帝国女専国文科卒 [賞]木下利玄賞(第12回)(昭和37年) [歴]昭和21年より作歌し、「花実」に参加、25年「女人短歌」に加入。26年「立春」に入会し、五島茂・美代子に師事。38年「じゆうにんのかい」創立。44年「新宴」創刊。歌集に「今日わが生きる」「ここに来て」「シテの唇」「借景」、評論合著に「五島美代子論」など。 [団]現代歌人協会、日本文芸家協会

大野 誠夫　おおの・のぶお
歌人 「作風」(歌誌)主宰 [生]大正3年3月25日 [没]昭和59年2月7日 [出]茨城県稲敷郡生板村 [学]竜ヶ崎中学校卒業 [賞]日本歌人クラブ推薦歌集(第12回)(昭和41年)「象形文字」「山鴫」、短歌研究賞(第4回)(昭和41年)「積雪」、「短歌」愛読者賞(第3回)(昭和51年)「或る無頼派の独白」、現代短歌大賞(第7回)(昭和59年)「水幻記」 [歴]中外商業新報等に勤め、歌人として昭和6年「ささがに」、9年「短歌至上主義」、21年「鶏苑」創立に参画。22年「新歌人集団」創立に参加。28年「砂廊」(のち「作風」と改題)創刊主宰す。「大野誠夫全歌集」の他歌集8冊。自伝、評論に「或る無頼派の独白」「実験短歌論」など。

大野 万木　おおの・ばんぼく
政治家 俳人 衆院議長 自民党副総裁 [生]明治23年9月20日 [没]昭和39年5月29日 [出]岐阜県山県郡美山町 本名＝大野伴睦(おおの・ばんぼく) [学]明治大学政経学部(大正2年)中退 [歴]政友会院外団に入り東京市議を経て、昭和5年岐阜1区から衆院議員に当選、以来12回当選。戦後、鳩山一郎の日本自由党に入り、21年内務政務次官、党幹事長、27年衆院議長、28年第5次吉田内閣の国務相、北海道開発長官などを歴任した。30年三木武吉と保守合同を図り自由民主党を結成、32年同党副総裁。戦前戦後を通じ、生粋の政党人で、義理人情に厚い明治型の政治家。新幹線岐阜羽島駅を設置して話題を呼んだ。その一方で、少年時代より美濃派俳諧に親しみ、「ホトトギス」投句を経て、富安風生の指導を受ける。文壇句会で活躍、句集に「大野万木句集」がある。 [家]息子＝大野明(衆院議員)

大野 ひで子　おおの・ひでこ
歌人 「作風」主宰 [生]大正8年12月25日 [出]静岡県 [学]小田原高女卒 [歴]著書に「鬱金の手帖」がある。

大野 風柳　おおの・ふうりゅう
川柳作家 [生]昭和3年1月6日 [出]新潟県新津市 本名＝大野英雄 [学]長岡工専(現・新潟大学工学部)卒 [歴]昭和23年北越製紙に入社。研究所で約20年応用化学を研究、43年研修課長、のち研修センター所長。57年新潟県生産性本部常任理事事務局長。平成2年5月退任後は、生産性本部主催の研修会で講師などを務める。川柳は15、6歳のときから始め、昭和23年柳都川柳社を結成、川柳雑誌「柳都」を創刊。同社主幹として会員約千人の大結社を擁する。著書に「五・七・五のこころ」「大野風柳の世界」「びじねす川柳傑作選」など。

大野 道夫　おおの・みちお
歌人 大正大学人間学部社会学科助教授 [専]社会学 [生]昭和31年1月4日 [出]神奈川県 [学]東京大学文学部国史学科(昭和55年)卒、東京大学大学院教育学研究科教育社会学専攻(昭和63年)博士課程修了 [興]結社と社会運動の研究、青年意識の研究 [賞]現代短歌評論賞(第7回)(平成1年)「思想兵・岡井隆の軌跡―短歌と時代・社会との接点の問題」 [歴]放送大学、横浜国立大学講師を経て、平成10年大正大学助教授。昭和59年竹柏会「心の花」入会。著書に「短歌の社会学」、歌集に「秋階段」など。 [団]日本社会学会、日本教育社会学会

大野 盛直　おおの・もりなお
⇒大野岬歩(おおの・こうほ)を見よ

大野 良子　おおの・りょうこ
詩人 [生]明治33年9月25日 [出]長崎市 本名＝苔口千里 [学]二松学舎卒 [歴]大正末頃から詩作を始め、河井酔茗に師事。詩集に「月来香」「馬頭琴」「沙漠と詩」「象形の鳥」など。 [団]日本文芸家協会、日本詩人クラブ

大野 林火　おおの・りんか
俳人 俳人協会会長 [生]明治37年3月25日 [没]昭和57年8月21日 [出]神奈川県横浜市日ノ出町 本名＝大野正(おおの・まさし) [学]東京帝国大学経済学部商業科(昭和2年)卒 [賞]横浜市文化賞(昭和39年)、蛇笏賞(第3回)(昭和44年)「潺潺集」、神奈川文化賞(昭和48年) [歴]昭和2年日

本工機工業に入社したが、5年神奈川県立商工実習学校に移り、23年まで教師を務めた。俳句は横浜一中時代より始め、大正10年四高時代に臼田亜浪の門に入り、「石楠」に俳句、評論を発表し、早くから注目をあびる。昭和14年第一句集「海門」を、16年「現代の秀句」を刊行し、三十代にして作家としての声価を確立した。戦後は俳句に専念し、21年「浜」を創刊して主宰する。また、20年代「俳句研究」「俳句」など総合誌の編集長をつとめ、大きな業績を残す。44年「潺潺集」で蛇笏賞を受賞した他、横浜文化賞、神奈川文化賞などを受賞。また53年には俳人協会会長に就任した。他の句集に「冬青集」「早桃」「冬雁」「白幡南町」「雪華」「方円集」、「大野林火全句集」などがあり、「高浜虚子」「戦後秀句」「近代俳句の鑑賞と批評」など、秀句鑑賞や研究書も多くある。平成5年「大野林火全集」(全8巻，梅里書房)が刊行される。　㊐俳人協会

大庭 紫逢　おおば・しほう
俳人　㊓昭和22年8月7日　㊒神奈川県横浜市　本名＝住江健太郎　㊫早稲田大学文学部卒　㊞俳誌「鷹」同人。編集長を務めた。現在、(株)オリコミに勤務。句集に「氷室」がある。

大場 寅郎　おおば・とらお
歌人　元・日本カーバイド工業常務　㊓明治35年1月2日　㊙昭和58年6月11日　㊒新潟県　本名＝大場寅太郎　㊞大正13年「国民文学」に入会、松村英一に師事。編集委員、選者。英一の晩年は編集実務を担当。歌集に「凍谷」「遊雪抄」「辛夷の白く」、他に「はまなすの丘」がある。　㊐日本歌人クラブ、現代歌人協会

大場 白水郎　おおば・はくすいろう
俳人　元・宮田製作所社長　㊓明治23年1月19日　㊙昭和37年10月10日　㊒東京・日本橋南茅場町　本名＝大場惣太郎(おおば・そうたろう)　別号＝縷紅亭　㊫慶応義塾普通部卒、早稲田大学商科中退　㊛藍綬褒章　㊞府立三中時代、同級生の久保田万太郎のすすめで俳句をはじめ、大学時代には秋声会、三田俳句会に参加する。「俳諧草紙」「藻の花」「縷紅」「椿」「春蘭」などの俳誌に関係する。昭和3年刊行の「白水郎句集」をはじめ「縷紅抄」「早春」「散木集」などの句集がある。また実業家として宮田製作所社長などをつとめた。

大場 美夜子　おおば・みやこ
俳人　㊓明治41年1月14日　㊙昭和63年5月11日　㊒栃木県宇都宮市　本名＝大場春江(おおば・はるえ)　㊫東邦医科大学中退　㊞昭和27年松野自得、29年富安風生、45年岸風三楼に師事。「若葉」「春嶺」同人。52年「雪解川」を創刊し主宰。句集に「この花」「泉の都」「歳月」、随筆に「ローマの桃太郎」「残照の中で」「かく生きて」など。　㊐俳人協会

大橋 敦子　おおはし・あつこ
俳人　「雨月」主宰　㊓大正13年4月18日　㊒福井県敦賀市　㊫清水谷高女(昭和17年)卒　㊛雨月推薦作家賞(昭和38年)、現代俳句女流賞(第5回)(昭和56年)「勾玉」　㊞昭和20年父・大橋桜坡子の手ほどきを受ける。22年「ホトトギス」に初入選。24年「雨月」創刊編集。29年「雨月新人会」の発足により本格的に句作に取り組む。46年桜坡子没後継承主宰。また40年俳人協会入会、52年評議員となる。句集に「手鞠」「勾玉」「華甲」「現代女流俳句全集」(第5巻)、随筆集に「ペンの四季」など。　㊐俳人協会(名誉会員)、日本文芸家協会　㊕父＝大橋桜坡子(俳人)、母＝大橋こと枝(俳人)

大橋 越央子　おおはし・えつおうし
逓信官僚　政治家　俳人　日本電信電話公社総裁　貴院議員(勅選)　逓信次官　㊓明治18年12月19日　㊙昭和43年6月4日　㊒富山県射水郡高岡町(現・高岡市)　本名＝大橋八郎(おおはし・はちろう)　㊫東京帝大法科大学政治科(明治43年)卒　㊞明治43年逓信省に入り、郵務局長、経理局長を経て、逓信次官となる。昭和11年1月岡田内閣の法制局長官となったが、2.26事件により辞職。ついで翌12年2月林内閣の書記官長兼内閣調査局長官となり、同年6月辞職。その後、日本無線電信社長、国際電気通信社長を歴任。この間、11年9月貴族院議員に勅選され、21年6月までその任にあった。20年日本放送協会会長となり、天皇陛下の終戦詔勅の録音盤を死守した。21年公職追放、26年解除。33〜40年日本電電公社総裁。傍ら4年頃から高浜虚子、富安風生に師事し、9年「ホトトギス」同人、23年「若葉」同人となり、両誌の同人会長を長く務めた。句集に「野梅」「市谷台」などがあり、没後「大橋越央子句集」が刊行された。

大橋 桜坡子　おおはし・おうはし
俳人 [生]明治28年6月29日 [没]昭和46年10月31日 [出]滋賀県伊香郡木之本町 本名＝大橋英次 [学]敦賀商卒 [歴]住友電線製造所に勤務。大正2年頃から俳句をはじめ、5年から「ホトトギス」に投句。11年「山茶花」創刊同人、昭和7年「ホトトギス」同人となり、24年には「雨月」を創刊主宰した。句集に「雨月」「引鶴」「龍の玉」「鶴唳」「大橋桜波子全句集」、随筆「双千鳥」などがある。

大橋 乙羽　おおはし・おとわ
小説家 俳人 紀行作家 出版人 博文館支配人 [生]明治2年6月4日 [没]明治34年6月1日 [出]山形県米沢 本名＝大橋又太郎 旧姓(名)＝渡部 別号＝乙羽庵、二橋生、蚯蚓庵 [学]小卒 [歴]小学校卒業後商家に奉公するが、早くから文学を志し明治19年「美人の俤」を発表。のち上京し、東陽堂の美術記者として「風俗画報」などの編集に従事。22年硯友社の同人となり、「霹靂一声」「露小袖」「霜庭の虫」「上杉鷹山公」などを刊行。27年博文館館主・大橋佐平の娘婿となり、博文館に入社、出版人としても活躍する。俳句は秋声会に属して紅葉門。特に紀行文に力を注いだ。「若菜籠」「花鳥集」「俳諧独学」「千山万水」「耶馬渓」などの著書もある。

大橋 宵火　おおはし・しょうか
俳人 [生]明治41年12月1日 [出]滋賀県伊香郡木之本町 本名＝大橋信次(おおはし・しんじ) [学]成器商業卒 [歴]大正12年叔父大橋桜茗子の手ほどきを受け、「ホトトギス」「山茶花」に投句。昭和4年より19年の終刊まで「山茶花」の編集発行に参与。戦後一時句作中断。37年「ホトドギス」同人。句文集に「円」がある。 [団]俳人協会

大橋 とし子　おおはし・としこ
俳人 [生]明治43年3月26日 [出]宮城県 本名＝大橋トシ [学]福島県立女子師範卒 [歴]昭和16年庄本伯陽の手ほどきをうけ「さいかち」に入会、松野自得に師事。33年同人。39年文芸出版社全日本観光温泉の部1位となる。句集に「木の芽」「みちのく」「愛」など。 [団]俳人協会

大橋 八郎　おおはし・はちろう
⇒大橋越央子(おおはし・えつおうし)を見よ

大橋 政人　おおはし・まさひと
詩人 [生]昭和18年 [出]群馬県 [学]東京教育大学中退 [歴]詩集に「ノノヒロ」「昼あそび」「キヨシ君の励ましによって私は生きる」「泣き田んぼ」「バンザイ、バンザイ」などがある。

大橋 松平　おおはし・まつへい
歌人 [生]明治26年9月5日 [没]昭和27年4月28日 [出]大分県日田町 [歴]23歳の頃から作歌をはじめ、大正5年白日社に入り、のちに創作社に入る。昭和6年上京して改造社に入り「短歌研究」編集長に就任。出版部長をつとめ、戦後「短歌往来」を共同編集、のち「短歌声調」を発行。11年歌集「門川」を刊行。戦後は「都麻手」を主宰した。他の著書に「幼学」「淡墨」などがある。

大橋 嶺夫　おおはし・みねお
俳人 [生]昭和9年3月8日 [没]平成11年1月15日 [出]大阪府大阪市 [賞]現代俳句評論賞(第1回)(昭和57年) [歴]昭和29年西東三鬼に師事。30年「断崖」同人、「天狼」に投句。33年前並素文らと「アプリオリ」を創刊するが、2号で終る。「夜盗派」「縄」「ユニコーン」同人を経て、39年八木三日女らと「花」創刊。評論にも活躍。「海程」同人。句集に「異神」「聖喜劇」「わが死海」「大橋嶺夫句集」がある。 [団]現代俳句協会

大橋 裸木　おおはし・らぼく
俳人 [生]明治23年8月9日 [没]昭和8年8月8日 [出]大阪市 本名＝大橋鎮 旧姓(名)＝猿田 [学]市岡中卒 [歴]「宝船」「倦鳥」などに俳句を発表し、大正10年「層雲」に参加。14年「人間を彫る」を刊行、以後「生活を彩る」「四十前後」「海国山国」の句集がある。

大畠 新草　おおはた・しんそう
俳人 [生]昭和3年12月12日 [出]高知県 [賞]高知県短詩型文学賞(昭和54年) [歴]俳句を始めたのは昭和30年。中村草田男に師事し「万緑」に入会。仕事(高知県庁勤務)が忙がしくなり、53年「万緑」を退会したが、56年「光渦」、59年「未来図」に相次いで入会する。62年の春、高知短大を最後に県庁を退職。野市町の病院に事務長として勤務、そのかたわら俳句に打ちこみ、62年9月第一句集「土着」を出版。

大畑 専　おおはた・せん
詩人 [没]昭和57年12月25日 [出]静岡県静岡市 本名＝大畑専太郎 [歴]静岡県詩人会会長も務めた。作品に詩集「砂の墓地」「風説」「遠い存在」などがある。

大畑 善昭　おおはた・ぜんしょう
俳人　[生]昭和12年2月3日　[出]岩手県　本名＝斎藤善昭(さいとう・ぜんしょう)　[学]智山専修学院卒　[賞]沖賞(昭和54年)　[歴]昭和33年前田鬼子の「俳句文学」に拠り、38年編集同人。45年能村登四郎の「沖」創刊を知り入会、47年「沖」同人となる。句集に「早池峯」がある。　[団]俳人協会

大林 明彦　おおばやし・あきひこ
歌人　[生]昭和21年2月22日　[出]新潟県佐渡　[歴]「早稲田短歌」を経て、OBによる「反措定」に参加、「樹木」所属、同人誌「刑」を主宰。歌集に「きみはねむれるか」がある。

大林 しげる　おおばやし・しげる
作家　詩人　「文芸東北」主宰　[生]大正12年2月1日　[出]宮城県　本名＝大林良二　[歴]福島民友新聞宮城本社編集局次長を経て、ビル新聞社代表取締役編集主幹。この間、昭和34年文芸東北(文芸総合同人誌)の創刊号を出す。38年に8カ月休刊した。詩集に「童の瞳」「ほのほ」、他に「永遠のふるさと」「光の中でみたもの」「人間の旗・小説吉田松陰」(上・下)、詩集「モルダウの流れに」「飛翔する馬のうた」「樹氷の詩」「果てしなく切れ目なく」「追憶」、翻訳詩集「挿致環・誰かこの旗を高く掲げてはためかす」など。　[団]日本文芸家協会、日本ペンクラブ、日本現代詩人会、日本詩人クラブ

大林 萩径　おおばやし・しゅうけい
漢詩人　[生]大正6年8月16日　[出]愛知県宝飯郡豊川町北金屋　本名＝大林正巳　[学]豊橋中(昭和10年)卒　[歴]昭和11年ごろから作詩を始め、12年御津町書記、13年歩兵第18連隊に入り華中に従軍、除隊して愛知県庁勤務、19年応召、サイパンで戦傷、21年復員、農業に従事。36年黒潮吟社に参加、高橋藍川に師事、41年御津町教育委員会の詩吟普及振興企画に協力、指導に当たった。日本詩吟学院岳風会にも所属、御津町文化財審議会長、町史編纂委員長、民生委員など兼務。著書に「南洋桜」がある。

大原 其戎　おおはら・きじゅう
俳人　[生]文化8年(1811年)　[没]明治22年4月1日　[出]伊予国和気郡(愛媛県)　号＝四時庵　[歴]松山藩侯の小姓を務めたのち、御船手大船頭となる。梅室門に学び、「俳諧新報」にも関与した。晩年に失明したが、子弟の指導にあたり、明治15年「真砂の志良辺」を創刊主宰。20年の夏には正岡子規も訪れ、俳諧の指導を受けている。

大原 三八雄　おおはら・みやお
詩人　広島女子大学名誉教授　[専]英文学　[生]明治38年1月23日　[没]平成4年7月6日　[出]広島県　[学]広島文理科大学(現・広島大学)卒　文学博士　[歴]昭和20年両親を原爆で失い、自らも2次被爆者となる。41年〜56年の間、妻恒子の協力の下にミニコミ誌「広島通信」を編集発行し、ヒロシマの声を全国に届けた。広島県詩人協会が被爆20周年に出した「広島詩集」の反響をまとめたのが第1号で、67号まで続いたが、肺炎を再発して終刊に到る。平成元年読者の一人で詩人の石川逸子の手で復刻版として一冊の本にまとめられた。広島工業大学教授も務めた。　[団]日本現代詩人会

大平 数子　おおひら・かずこ
児童館館長　原爆詩人　[没]昭和61年4月21日　[出]広島市中区榎町　[歴]戦争が終わってから、数100編に上る詩を書き、昭和30年原爆の後遺症で生後まもなく死んだ次男に寄せる詩集「慟哭(どうこく)」を発表、英語・仏語にも翻訳された。56年には被爆体験を詠んだ44編の詩「少年のひろしま」をまとめ、出版した。

大広 行雄　おおひろ・ゆきお
詩人　[生]大正14年5月17日　[出]北海道夕張市　[歴]国鉄労働者の父と北海道各地を転々として、昭和19年に樺太へ入隊。戦後シベリヤで捕虜生活を送り、24年秋に復員後、地方公務員との兼業農家をつづけたが、公務員は61年3月定年退職した。秀れた反戦詩を書くのが目標で、詩集に「風化への挑戦」「ピエロの幻想」など。　[団]北海道詩人協会

大星 たかし　おおぼし・たかし
俳人　元・中学教師　淡路町文化協会副会長　[生]昭和4年2月16日　[没]平成7年1月12日　[出]兵庫県(淡路島)　本名＝大星貴資(おおぼし・たかし)　[学]兵庫師範卒　[歴]岩屋中、北淡東中で教師をつとめ、昭和60年退職。この間23年米満英男(のち歌人)の手ほどきで句作。28年「九年母」入会。33年「かつらぎ」入門、阿波野青畝に師事、38年同人、39年より推薦作家、55年首位。句集に「傀儡(くぐつ)の眼」「檣燈(しょうとう)」。また20年12月の明石〜淡路間連絡線・せきれい丸沈没事故の生存者として、62年せきれい丸遭難者慰霊碑を建立した。　[団]俳人協会

大星 光史　おおほし・みつふみ
歌人　俳人　伝統医学自然治癒研究会主宰　[専]日本文学　日本文学と老荘神仙思想　[生]昭和8年4月26日　[出]新潟県長岡市　筆名＝星文訓(ほし・ぶんくん)、俳号＝光史(こうし)、別名＝大星信載(おおほし・しんさい)、大星輝和(おおほし・てるかず)　[学]東北大学文学部国文学専攻(昭和31年)卒　医学博士　[興]短歌・俳句の韻文律及び作家・思想家の生き方　[歴]新潟県の県立高校に勤務し、日本文学と老荘神仙思想の研究や、短歌・俳句の実作、郷土史の研究に従事。平成元年富山医科薬科大学助教授に就任。11年定年退職。伝統医学・自然治癒研究会主宰。新潟県歌人クラブ事務局長も務める。著書に「漂泊俳人の系譜」「相馬御風・会津八一の人生と歌」「良寛・井月・八一」「日本文学と中国老荘神仙思想の研究」「虹の彼方の神秘家たち」「甦る大地 EM農法」「文学に見る日本の医薬史」「医療思潮の歴史的変遷」など。　[団]日本医史学会、日本文芸研究会、現代俳句協会、新潟県歌人クラブ、良寛会、まひる野会、四季会、新潟短歌会

大堀 柊花　おおほり・しゅうか
俳人　[生]昭和6年1月18日　[出]福岡県　本名＝大堀泰子　[歴]昭和45年父の手ほどきで「玉藻」に投句、53年「狩」創刊と同時に入会、58年同人。俳句集に「小面」、他に「花火と時雨(しぐれ)—季題12か月」がある。　[団]俳人協会

大堀 昭平　おおぼり・しょうへい
歌人　[生]昭和5年12月10日　[没]昭和36年7月13日　[出]東京　[歴]作歌は入獄中の7年間に限られ、昭和33年から「橘」に属した。36年に刑死。歌集に「小鳥と手錠」「いのち重たき」、他に句集「獄壁」がある。

大堀 たかを　おおほり・たかお
俳人　[生]明治39年3月31日　[没]昭和61年3月20日　[出]福岡県　本名＝大堀孝生(おおほり・たかお)　[学]大正大学高師部卒　[賞]毎日新聞俳壇賞(昭和31年)、勲四等瑞宝章(昭和54年)　[歴]昭和20年「冬野」河野静雲、「菜殻火」野見山朱鳥に師事。30年「菜殻火」同人。35年「ひこばえ」主宰。50年朝日新聞地方版俳壇選者となる。　[団]俳人協会

大曲 駒村　おおまがり・くそん
俳人　「浮世絵志」主幹　[生]明治15年10月8日　[没]昭和18年3月24日　[出]福島県　本名＝大曲省三　別号＝草彩庵　[歴]銀行業ののち、上京して著述業に。明治32年頃から子規門下で俳句をはじめる。版画、川柳もよくした。著書に「枯檜庵句集」「川柳岡場所考」「末摘花通解」「川柳辞彙」などがある。

大牧 広　おおまき・ひろし
俳人　[生]昭和6年4月12日　[出]東京　[学]弦巻学園高卒　[賞]沖新人賞(昭和49年)、沖賞(昭和58年)「父寂び」　[歴]昭和34年「馬酔木」入会。その後「さいかち」を経て、45年「沖」入会、49年同人。平成元年「港」発刊主宰。句集に「父寂び」「某日」「午後」「大牧広集」「大牧広自解150選」「現代俳句文庫・大牧広句集」、他の著書に「能村登四郎の世界」など。　[団]俳人協会、現代俳句協会、日本文芸家協会

大亦 観風　おおまた・かんぷう
日本画家　歌人　「抒情短歌」主宰　[生]明治27年9月27日　[没]昭和22年10月22日　[出]和歌山県和歌山市広瀬舟場丁　本名＝大亦新治郎　[学]日本美術院洋画部卒　[賞]先覚文化功労者顕彰(昭和52年)　[歴]寺崎広業、小室翠雲に師事し、日本画を学ぶ。日本的墨絵主張の個人展を東京、大阪で5回開催。大東南宗院委員。また、短歌を古泉千樫に師事し、歌誌「青垣」創刊同人。昭和21年抒情短歌社を興し歌誌「抒情短歌」創刊主宰。随筆、評論の執筆多数。作品に永平寺傘松閣天井画「寒椿」、「紀州行脚日記絵巻」(2巻)「良寛の図」「万葉集画撰」、著書に「万葉集画撰」などがある。　[団]大東南宗院

大町 桂月　おおまち・けいげつ
詩人　随筆家　評論家　[生]明治2年1月24日　[没]大正14年6月10日　[出]土佐国高知北門筋(現・高知県高知市永国寺町)　本名＝大町芳衛(おおまち・よしえ)　[学]帝大文科大学(現・東大)国文科(明治29年)卒　[歴]一高在学時代、巌谷小波らを知り、落合直文、塩井雨江らと交わる。明治28年創刊の「帝国文学」に評論、美文、新体詩などを発表し、29年「美文韻文 花紅葉」を雨江、羽衣と共に著し注目をあびる。つづいて31年「美文韻文 黄菊白菊」を刊行。32年島根県の中学に赴任したが、33年博文館によばれて上京、「太陽」「文芸倶楽部」などに文芸時評、評論、紀行文を執筆、硬派の評論家として高山樗牛と並び称された。この間の評論・随筆集に「文学小観」「日本文明史」「筆のしづく」「日本文章

史」などがある。43年〜大正7年冨山房の雑誌「学生」を主宰、青少年の修養に尽力した。その後、「鎌倉文士」「伯爵後藤象次郎」など古今東西の傑物の評伝も多く記した。また生来の旅好きで、各地の山水探勝を重ねて多くの紀行文を発表し、「奥羽一周記」「行雲流水」「関東の山水」などの著書があり、紀行文の第一人者でもあった。「大町桂月全集」(全13巻)がある。
[家]二男＝大町文衛(農学者)

大参 朝野 おおみ・あさの
歌人 学と文芸会顧問 [生]明治39年5月12日 [出]愛知県安城市古井町 本名＝石原アサノ [学]愛知県立第一高等女学校(現・明和高校)英文科(昭和2年)卒 [賞]安城市制20周年記念功労賞(昭和47年)、安城市長賞(昭和55年)、愛知県知事賞(昭和56年) [歴]昭和2年安城学園の英語科・国語科教員となる。32年安城南中学校教員を退職。この間、大日本歌人協会会員となり、28年安城文化協会歌人会を主宰する。32年安城婦人会会長、34年安城市議会議員など歴任。中部日本歌人会委員、「オイスカ」誌「心情公論」「短歌現代」等の歌壇選者、「学と文芸」誌の短歌広場選者に推され短歌指導も行なう。49年「学と文芸」誌に「大参朝野賞」が設置された。歌集に「美しき曙〈旅のうた〉」など。
[団]大日本歌人協会(現・日本歌人クラブ)

大峯 顕 おおみね・あきら
俳人 浄土真宗教学研究所所長 大阪大学名誉教授 [専]哲学 宗教学 [生]昭和4年7月1日 [出]奈良県 別名＝大峯あきら(おおみね・あきら) [学]京都大学文学部宗教学科(昭和28年)卒、京都大学大学院文学研究科(昭和34年)博士課程修了 文学博士(京都大学) [興]日本浄土教の思想、生命の問題 [歴]昭和34年京都大学文学部助手、41年大阪外国語大学助教授、48年教授を経て、55年大阪大学教授に就任。平成3年龍谷大学教授。俳句は「青」同人を経て、昭和59年「晨」を創刊し、発行同人となる。毎日俳壇選者。著書は「日本の仏典」「宗教学のすすめ」「ドイツ神秘主義研究」「フィヒテ研究」「花月の思想」「高僧和讃を読む」「親鸞のコスモロジー」「今日の宗教の可能性」「西田哲学への問い」「浄土仏教の思想〈第13巻〉」などのほか、句集「紺碧の鐘」「島道」「月読」「吉野」がある。 [団]日本哲学会、日本宗教学会、日本フィヒテ協会、東西宗教交流学会、関西哲学会

大宮 不二男 おおみや・ふじお
歌人 [生]明治44年6月1日 [出]新潟県 本名＝大宮藤次郎 [歴]昭和3年より作歌を始める。26年には「長岡短歌会」創設に参加、のちに代表者となる。翌年「樹木」に入会。33年「国鉄新潟短歌会」を創設する。歌集に「活線」がある。

大村 主計 おおむら・かずえ
童謡詩人 日本音楽著作権協会評議員 [生]明治37年11月19日 [没]昭和55年10月17日 [出]山梨県 [学]東洋大学卒 [賞]著作権文化賞(第1回)(昭和53年) [歴]テイチク学芸部、同盟通信を経て、東京タイムス編集局長、スポーツタイムス社長など歴任。学生時代から童謡を作り、西条八十に師事。代表作に「ばあやのお里」「麦笛」「花かげ」などがある。戦後は日本音楽著作権協会理事として著作権の保護、普及につとめ、53年に第1回著作権文化賞を受賞した。

大村 呉楼 おおむら・ごろう
歌人 [生]明治28年7月1日 [没]昭和43年8月1日 [出]大阪府池田市 [学]関西大学法学部(大正6年)卒 [歴]毎日新聞大阪本社に勤務するかたわら、大正11年「アララギ」に入会し、中村憲吉、土屋文明に師事する。昭和21年「高槻」を創刊し、27年「関西アララギ」と改題する。歌集に16年刊行の「花藪」などがある。

大元 清二郎 おおもと・せいじろう
詩人 [生]大正3年4月 [出]奈良県 [歴]義務教育終了後、店員・工員などを転々としながら「プロレタリア文学」「文学評論」「詩精神」などに詩や小説を発表。昭和12年、日本共産主義者団に加わって逮捕され、戦後は新日本文学会に参加、詩集「愛のために愛のうたを」を出す。41年失明し、友人たちによって「大元清二郎詩集」が編まれた。

大森 哲郎 おおもり・てつろう
詩人 [生]昭和2年8月3日 [出]岩手県 本名＝菅原道雄 [歴]昭和57年教職を退く。一方詩作を手がけ、19〜35年小鴨鳴秋主宰の「蝶」を経て、58年花巻詩人クラブに所属。「銀河詩手帖」同人。「大森哲郎詩集」のほかにエッセイ集「もうひとつの履歴書」など刊行。 [団]花巻詩人クラブ、岩手詩人クラブ

大森 桐明　おおもり・とうめい
俳人　一高講師　[生]明治32年3月3日　[没]昭和16年2月22日　[出]岡山市　本名＝大森留郎　[学]東京帝国大学工学部卒　[歴]福井高工教授を経て、昭和6年一高講師に就任。大須賀乙字、志田素琴に師事し「懸葵」「草上」などに投句。7年「東炎」同人となる。正岡子規研究や俳諧史研究などの仕事もし、句集「高原」などの著書がある。

大屋 棋司　おおや・きし
俳人　[生]明治42年2月15日　[没]平成10年3月4日　[出]奈良県　本名＝大屋高由　[学]三重高等農林卒　[歴]大阪府に奉職。吹田児童相談所長などを務めた。昭和15年ホトトギス同人・森川暁水の門に入る。「風土」同人、「群蜂」同人、「赤楊の木」同人を経て、43年「薊」代表同人、のち主宰。46年俳人協会会員。俳人協会年の花委員会講師。句集に「口笛」「虹」「靴音」など。[団]俳人協会

大矢 銀潮　おおや・ぎんちょう
俳人　「新浮海」主宰　[生]明治39年5月15日　[出]新潟県　本名＝大矢保一　[学]塚山尋常高小卒　[賞]みどり最優秀作家賞　[歴]昭和4年「獺祭」に入門、吉田冬葉に師事し、15年同人となる。30年「みどり」同人を経て、35年より「新浮海」主宰。38年「みゆき」同人。48年「正風」同人立机免許。句集に「候鳥」「牛ケ首」がある。[団]俳人協会、新潟県俳人協会

大屋 正吉　おおや・しょうきち
歌人　「橄欖」主宰　[生]明治41年4月4日　[没]平成7年12月29日　[出]神奈川県　[学]高小卒　[賞]日本歌人クラブ推薦歌集(第13回)(昭和42年)「川鷺」　[歴]大正13年「日光」第二同人を経て、「橄欖」入社。吉植庄亮に師事。庄亮没後、昭和33年より同誌を編集発行。日本歌人クラブ幹事、52〜56年日本短歌雑誌連盟幹事長をつとめた。歌集に「氷雪」「白桃季」「川鷺」「斧(タボール)」「古丘」などがある。[団]現代歌人協会

大屋 達治　おおや・たつはる
俳人　[生]昭和27年4月1日　[出]兵庫県　[学]東京大学法学部卒　[賞]俳人協会新人賞(第23回)(平成12年)「寛海」　[歴]東大学生俳句会、東大ホトトギス会に参加、山口青邨と高柳重信に学ぶ。「俳句評論」同人を経て、「豈」同人。「天為」編集委員。平成12年句集「寛海」で俳人協会新人賞を受賞。他の句集に「繍鸞」「海蝕」「絢鸞」「絵詞」「自解100句選大屋達治集」、共著に「現代俳句の精鋭」がある。[団]日本文芸家協会、俳人協会

大家 増三　おおや・ますぞう
歌人　[生]明治34年12月25日　[没]昭和52年　[出]京都市　[賞]現代歌人協会賞(第16回)(昭和47年)「アジアの砂」　[歴]昭和24年ごろより作歌を始める。25年「アララギ」に入会。のち「未来」創刊に参加。歌集「アジアの砂」で47年現代歌人協会賞を受賞。

大山 澄太　おおやま・すみた
宗教家　俳人　「大耕」主宰　[専]仏教　健康法　[生]明治32年10月21日　[没]平成6年9月26日　[出]岡山県井原市　[学]大阪貿易語学校英語科卒　[賞]愛媛県教育文化賞(昭和38年)　[歴]逓信省に入り、逓信講習所教官、逓信事務官、内閣情報局嘱託、満州国郵政局講師などを歴任。傍ら荻原井泉水に師事し「層雲」に参加。また座禅も修め、昭和22年「大耕」を創刊。種田山頭火の顕彰につとめ、47〜48年「定本山頭火全集」(全7巻)を編集。著書に「青空を載く」「俳人山頭火の生涯」「般若心経の話」、句集に「五十年」がある。

大山 敏男　おおやま・としお
歌人　[生]昭和22年10月7日　[出]千葉県　[歴]中学3年で歌作に興味をもち「冬雷」会員となり木島茂夫に師事。歌集に「春」「階段の上」がある。

大山 広光　おおやま・ひろみつ
劇作家　演劇評論家　詩人　雑誌編集者　[生]明治31年9月1日　[没]昭和45年1月10日　[出]大阪市　[学]早稲田大学文学部仏文科(大正12年)卒　[歴]早大在学中から民衆座に出演する。中村吉蔵の門下生として「演劇研究」同人となる。昭和8年発表の「頼山陽」をはじめ多くの戯曲があり、劇作家、演劇評論家、雑誌編集者として幅広く活動。「現代日本画壇史」などの著書のほか、訳書に「アルフレッド・ドゥ・ミュッセ詩集」がある。また大正末期に「楽園」「謝肉祭」「日本詩人」「早稲田文学」などに詩や訳詩、詩論を発表、詩人としても活躍した。

大脇 月甫　おおわき・げっぽ
歌人　[生]明治35年4月4日　[没]昭和55年10月19日　[出]岐阜県　本名＝大脇舗郎(おおわき・しきろう)　[学]国学院大学卒　[歴]14歳より作歌し「覇王樹」「水甕」「吾妹」などを経て、大学在学中の4年9月「青虹」を創刊、主宰。歌集に「春扇」「千梅」、他に註釈書「万葉集抄訳」「新古今抄訳」などがある。

大和田 建樹　おおわだ・たけき
歌人　唱歌作者　国文学者　㊓安政4年4月29日(1857年)　㊚明治43年10月1日　㊥伊予国宇和島(愛媛県)　㊫広島外国語学校卒　㊪宇和島藩の藩校で漢学などを学び、明治7年上京。9年広島外国語学校に入学。13年再び上京、独学で国文学を研究。15年東大書記となり附属博物館に勤務、17年古典講習課講師となる。19年高等師範学校教授に就任。この間、18年観世清孝に入門、謡曲を学ぶ。20年「故郷の空」などの「明治唱歌」を発表。24年著述生活に専念。33年「鉄道唱歌」がベストセラーとなる。以後、海軍などから作詞の依頼が殺到し、「散歩唱歌」「世界唱歌」のほか「軍艦唱歌」や「海軍唱歌」など軍国ものを作詞する。謡曲研究書に「謡曲通解」「謡曲解釈」、著書に「山したつみ」、歌集に「大和田建樹歌集」、詞華集に「詩人の春」「深山桜」、国文学関係の著書に「明治文学史」「日本大文学史」「歌まなび」がある。

岡 星明　おか・せいめい
俳人　「青湖」主宰　㊓大正1年11月26日　㊥滋賀県東浅井郡浅井町　㊪戦後短歌から俳句に転向。「天狼」「雲母」を経て、「青樹」同人。「青湖」を主宰する。著書に「湖ぐにの俳句」など。

岡 千仞　おか・せんじん
漢学者　漢詩人　㊓天保4年11月2日(1833年)　㊚大正3年2月18日　㊥仙台　旧姓(名)=岡修　通称=啓輔、敬輔、字=振衣、天爵、号=岡鹿門(おか・ろくもん)　㊪仙台藩士の家に生まれ、藩校養賢堂に学び、20歳で江戸昇平黌に入り安積艮斎らに師事、舎長になる。尊王思想に関心を持ち京摂地方に遊学、同窓の松本奎堂・松岡飯山に逢い大阪で双松岡塾を開く。戊辰戦争の際、養賢堂教授の身で藩主に勤王論を説いて投獄される。仙台藩議事局議員を経て上京、明治3年大学助教授、のち府学教授、修史館協修、東京図書館長を歴任。11年病で官を辞し、私塾綏猷堂で、原敬・片山潜・尾崎紅葉・北村透谷ら3000人余の門下生の育成に当たる。17年清に渡り、李鴻章に清国改革論を示して敬服される。晩年は芝愛宕山に住む。著書に「尊攘記事」「蔵名山房初集」「硯癖斎詩鈔」等300余巻。

岡 隆夫　おか・たかお
詩人　岡山大学文学部文学科教授・大学院文化科学研究科長　「詩脈」主宰　㊕英米現代詩　㊓昭和13年11月12日　㊥岡山県　本名=古川隆夫(ふるかわ・たかお)　㊫岡山大学法文学部英文科卒、広島大学大学院文学研究科英語・英米文学専攻修士課程修了　文学博士(平成2年)　㊮岡山県文化賞(平成7年)　㊪「火片」の同人になって以来、創作活動を続ける。のち詩誌「詩脈」を創刊、主宰。著書に「エミリィ・ディキンスンの技法」「ディキンスンの詩法の研究」、詩集に「アマシをくらう」「岡隆夫詩集」、訳書に「エミリィ・ディキンスン詩集」「トマス・ハーディ詩集」など。　㊐日本英文学会、日本エミリィ・ディキンスン協会、日本ハーディ協会、日本現代詩人会

岡 橙里　おか・とうり
歌人　㊓明治12年5月19日　㊚大正5年11月4日　㊥滋賀県　本名=岡忠太郎　別号=岡稲里(おか・とうり)　㊫高小卒　㊪明治29年、金子薫園の門下生となる。「新声」などに投稿し、36年白菊会に参加。43年刊行の「朝夕」や「早春」の歌集があり、没後の大正6年「橙里全集」が刊行された。

岡 麓　おか・ふもと
歌人　書家　㊓明治10年3月3日　㊚昭和26年9月7日　㊥東京市本郷区金助町1　本名=岡三郎　別号=三谷、傘谷　㊫大八洲学校　㊮日本芸術院会員(昭和24年)　㊪高小時代から作歌をはじめ、のちに佐佐木信綱に和歌の添削をうける。明治29年「うた」を創刊。34年大日本歌道会幹事に就任。36年「馬酔木」を創刊。大正2年聖心女子学院教師に就任したほか、東洋英和女学校教員などを歴任し、昭和24年日本芸術院会員となった。「アララギ」に多数作品を発表し、著書に大正15年刊行の「庭苔」をはじめ「小笹生」「朝雲」「宿墨詠草」「涌井」「冬空」「雪間草」の歌集や「古事記灯」「入木道三部集」「岡麓全歌集」(中央公論社)などがある。

岡 三沙子　おか・みさこ
詩人　㊥秋田県北秋田郡合川町三里　本名=川端ミサヲ　㊫秋田大学卒、日本大学芸術学部文芸科卒　㊪秋田大学を卒業後、2年間、小学校で教職につく。日本大学卒業後、新聞記者、コピーライターを経て、現在、詩人。詩作、ノンフィクション、エッセイ等多方面で活躍。編書に「岳彦の日記」、詩集に「廃屋の記憶」、詩とエッセイに「アメリカの裏側では」他。
㊐日本詩人クラブ

岡 より子　おか・よりこ
詩人　山陰の女友の会会長　[生]明治30年1月25日　[出]島根県　[学]島根県女子師範学校（大正3年）卒　[賞]山陰中央新潮社地域開発賞・文化賞（昭和58年）　[歴]師範学校を卒業し約30年間小学校教師を務めた。戦後退職し、簸川郡連合婦人会会長、斐川町会議員などをした。一方、昭和7年前田鉄之助主宰「詩洋」の同人となり、詩の創作活動を続け今日にいたる。現在、「山陰の女」という女性総合誌の編集・発行を手がけている。主な詩集に「出雲」「斐伊川」「穴道湖のほとりで」など。また、61年自叙伝「若い日」を出版。　[団]日本詩人クラブ

岡井 省二　おかい・しょうじ
医師　俳人　「槐」主宰　[生]大正14年11月26日　[没]平成13年9月23日　[出]三重県　本名＝岡井省二（おかい・せいじ）　[学]大阪帝大医学部卒　[賞]杉賞（第1回）（昭和46年）　[歴]昭和43年「寒雷」に入り、45年「杉」創刊に参加。「杉」「寒雷」同人。59年「晨」同人発行人。平成4年「晨」を辞退し、「槐」を主宰。句集に「明野」「鹿野」「山色」「有時」「鯨と犀」、評論集に「俳句の風景」「俳句の波動」など。　[団]俳人協会、日本文芸家協会、日本ペンクラブ

岡井 隆　おかい・たかし
歌人　文芸評論家　医師　「未来」編集委員長　[生]昭和3年1月5日　[出]愛知県名古屋市昭和区　[学]慶応義塾大学医学部（昭和30年）卒　医学博士　[賞]日本歌人クラブ推薦歌集（第8回）（昭和37年）「土地よ痛みを負え」、「短歌」愛読者賞（第5回）（昭和53年）「海底」、迢空賞（第17回）（昭和58年）「禁忌と好色」、斎藤茂吉短歌文学賞（第1回）（平成2年）「親和力」、中日文化賞（第43回）（平成2年）、現代短歌大賞（第18回）（平成7年）「岡井隆コレクション」、紫綬褒章（平成8年）、詩歌文学館賞（第14回）（平成11年）「ウランと白鳥」、毎日芸術賞（第41回）（平成11年）「ヴォツェック/海と陸」「短歌と日本人」　[歴]昭和21年18歳の時「アララギ」に入会、土屋文明に師事。26年近藤芳美らと「未来」を創刊。30年頃に塚本邦雄、寺山修司らと前衛短歌運動を起こし、歌集「斉唱」「土地よ痛みを負え」は前衛短歌の一典型として注目を浴びる。平成元年京都精華大学教授。他の歌集に「眼底紀行」「朝狩」「人生の視える場所」「アルファーの星」「ウランと白鳥」「ヴォツェック/海と陸」、評論集に「正岡子規」「遙かなる斎藤茂吉」「歌のかけ橋」「海への手紙」、企画編集に「短歌と日本人」（全7巻）など多数。　[団]現代歌人協会、日本文芸家協会

岡崎 純　おかざき・じゅん
詩人　[生]昭和5年2月7日　[出]福井県南条郡王子保村白崎（現・武生市）　本名＝安井勇　[学]福井師範卒　[賞]中日詩賞（第17回）（昭和52年）「極楽石」、福井県文化芸術賞（昭和54年）、日本詩人クラブ賞（第30回）（平成9年）「寂光」　[歴]敦賀市立栗野中学校校長を経て、平成2年退職。「木立ち」「地球」同人。詩集に「重箱」「藁」「岡崎純詩集」「極楽石」「寂光」、歌曲集「つち」など。　[団]日本現代詩人会、福井県詩人懇話会、中日詩人会、日本文芸家協会、日本詩人クラブ

岡崎 澄衛　おかざき・すみえ
詩人　医師　[生]明治44年11月24日　[出]島根県美濃郡小野村　[学]岩手医学専（昭和10年）卒　[賞]地上空穂賞（昭和44年，52年，61年）「開業医30年」「業余詠」「黒き砂」　[歴]昭和10年島根県立松江病院内科、新潟県直江津町麓病院を経て、13年島根県小野村にて岡崎医院を開業。一方、6年詩誌「天才人」同人となり、10年「詩研究」同人、30年詩誌「河」同人、32～36年「誌帖」同人を経て、「日本未来派」同人。43年「風祭」同人。詩集に「遠望」「わが鳶色の瞳は」「カトマンズの星の空」「いっぴきの鬼」など。ほかに歌集「揚子江」「いのち守りて」などがある。　[団]日本現代詩人会

岡崎 清一郎　おかざき・せいいちろう
詩人　[生]明治33年9月19日　[没]昭和61年1月28日　[出]栃木県足利市大町　[学]佐野中中退　[賞]文芸汎論詩集賞（第7回）（昭和15年）「肉体輝燿」、高村光太郎賞（第3回）（昭和35年）「新世界交響楽」、歴程賞（第9回）（昭和46年）「岡崎清一郎詩集」、読売文学賞（第24回・詩歌俳句賞）（昭和47年）「春鶯囀」、勲四等瑞宝章（昭和47年）、栃木県文化功労賞、足利市文化功労賞　[歴]太平洋画研究所で学ぶが、15、6歳ころから詩を書き始め、大正12年ころ北原白秋に詩才を認められる。昭和10年同人詩誌「歴程」を発刊、以来同誌の同人。「近代詩猟」「世界像」も主宰した。日常の背景にある不安や恐怖を幻想としてイメージする詩風で、著書は、詩集「四月遊行」「肉体輝耀」「韜晦の書」「新世界交響楽」「春鶯囀」、句集「花鳥品隲」「日中鈔」ほか。

岡崎 北巣子　おかざき・ほくそうし
俳人　[生]明治25年　[没]昭和40年8月2日　本名＝岡崎秀善　別号＝北走子、柚吉　[学]龍谷大学中退　[歴]福岡日々新聞記者などを経て、日本糧穀社長となる。明治末頃より俳句をはじめ、「天の川」「基地」などに参加。「海程」同人。「斜陽」を発行した。

岡崎 光魚　おかざき・みつお
俳人　[生]昭和4年4月11日　[出]愛知県　本名＝岡崎光雄　[学]名古屋商（旧制）卒　[賞]年輪新人賞（昭和42年）、年輪賞（昭和51年）　[歴]昭和21年俳句を知り、橋本鶏二に師事。「年輪」創刊に加わり、のち編集委員を務める。「游魚」にも所属。句集に「薔薇未明」がある。　[団]俳人協会

岡崎 義恵　おかざき・よしえ
国文学者　歌人　東北大学名誉教授　[専]日本文芸学　[生]明治25年12月27日　[没]昭和57年8月6日　[出]高知県高知市帯屋町　[学]東京帝大文科大学国文科（大正6年）卒　文学博士（昭和27年）　[資]日本学士院会員（昭和40年）　[賞]透谷文学賞（昭和14年）「日本文芸の様式」　[歴]大正12年東北帝大助教授を経て、昭和2年より教授、30年名誉教授となる。その後共立女子大学教授もつとめた。昭和9年以来、日本文芸学を主唱し、24年日本文芸研究会を創立、独創的な学説、体系を築き上げた。また、和歌をたしなみ書画をもよくした。著書に「日本文芸学」「日本文芸の様式」「日本芸術思潮」（全3巻）「岡崎義恵著作集」（全10巻，宝文館）などがあり、歌集に「泉声」「碧潮」、随筆集に「雑草集」がある。

岡沢 康司　おかざわ・こうし
俳人　「アカシヤ」名誉主宰　[生]大正11年5月31日　[出]北海道雨竜郡妹背牛町　本名＝岡沢彰（おかざわ・あきら）　[学]北海道大学農学部農芸化学卒　[賞]アカシヤ賞（昭和37年）、北海道新聞俳句賞（第6回）（平成3年）「風の音」　[歴]昭和28年「アカシヤ」に入会、土岐錬太郎に師事。51年北海道庁を退職。52年「アカシヤ」を主宰。新しい即物抒情の確立を目標とする。句集「寒夕焼」「盆の月」。　[団]俳人協会（評議員）

小笠原 和男　おがさわら・かずお
俳人　[生]大正13年5月16日　[出]愛知県碧南市　[歴]昭和14年岩田潔に作句指導を受ける。44年「鶴」入会。のち「飛鳥集」同人。59年「初蝶」発刊に参画、平成元年創刊者細川加賀没後、「初蝶」主宰を継承。また「立羽集」同人。句集に「遊神」「華蔵界」「日永」、俳話評論集に「俳句拈華」「即刻の文芸」など。
[団]俳人協会（評議員）

小笠原 茂介　おがさわら・しげすけ
詩人　元・弘前大学人文学部人文学科教授　[専]ドイツ文学　日本現代詩　[生]昭和8年4月25日　[出]青森県　[学]東北大学文学部ドイツ文学科卒、東京大学大学院人文科学研究科ドイツ文学専攻修士課程修了　[賞]晩翠賞（第23回）（昭和57年）「みちのくのこいのうた」　[歴]平成11年3月弘前大学人文学部人文学科教授を退官。ゲーテやリルケなどの叙情詩と、日本現代詩などを研究。また、詩人としても著名。詩集に「地中海の聖母」など。　[団]日本ドイツ文学会、東北ドイツ文学会、日本ゲーテ協会

小笠原 文夫　おがさわら・ふみお
歌人　[生]明治36年7月10日　[没]昭和37年2月28日　[出]神奈川県横浜市　本名＝小笠原文雄　[学]横浜商業卒　[歴]冨山房勤務時代「覇王樹」に参加し、大正11年「橄欖」創刊と同時に同人となり、吉植庄亮に師事する。昭和6年「橄欖」同人との共著「交響」を刊行。戦後は青葉書房に勤めた。歌集に「二月尽」「きさらぎ」。

小笠原 洋々　おがさわら・ようよう
俳人　[生]明治13年3月8日　[没]昭和36年2月13日　[出]秋田県　本名＝小笠原栄治　[歴]明治33年「俳星」創刊時より句作に入り、石井露月、島田五空に師事。一時「海紅」に拠り、また「獺祭」に属したこともある。戦後「俳星」を主宰した。句集に「新涼」「窗」がある。

小笠原 龍人　おがさわら・りゅうじん
俳人　「塔」主宰　[生]明治44年11月7日　[没]平成12年1月30日　[出]静岡県　本名＝小笠原正身　[歴]月刊俳句誌「塔」主宰。句集に「孤灯」「古色」「雲海」などがある。　[家]息子＝小笠原正勝（グラフィックデザイナー）

岡島 礁雨　おかじま・しょうう
俳人　[生]昭和3年4月24日　[出]愛知県　本名＝岡島代次　[学]碧南商（旧制）卒　[歴]昭和22年より俳句を始める。翌年「白桃」創刊より参加し、その後「かつらぎ」「馬酔木」を経て44年「鶴」に投句、石塚友二・清水基吉に師事する。47年「鶴」「日矢」同人。機関紙「白魚火」の編集、発行に従事。　[団]俳人協会

岡島 弘子　おかじま・ひろこ
詩人　[生]昭和18年10月13日　[出]東京都　本名＝一色弘子　[学]小田原ドレスメーカー女学院師範科卒　[賞]日本海文学大賞(詩部門，第9回)(平成10年)「一人分の平和」、地球賞(第26回)(平成13年)「つゆ玉になる前のことについて」　[歴]月刊誌「詩と思想」書評委員。詩集に「水のゆくえ」「いちにち」「一人分の平和」「つゆ玉になる前のことについて」、絵本に「虫の伝説」。　[団]日本現代詩人会

岡田 朝太郎　おかだ・あさたろう
刑法学者　俳人　川柳作家　古川柳研究家　東京帝国大学教授　[生]慶応4年5月29日(1868年)　[没]昭和11年11月13日　[出]岐阜県安八郡大垣町　号＝岡田三面子(おかだ・さんめんし)、別号＝虚心、凡夫子、田上四山　[学]東京帝国大学法科(明治21年)卒　法学博士　[歴]刑法学者として東京帝大教授をつとめ、清国法典起草委員もつとめる。正岡子規死没まで句作もしたが、のちに川柳に転じ「三面狂句集」などの著書がある。刑法学者としても「日本刑法論」など多くの著書を刊行。

岡田 悦哉　おかだ・えつさい
詩人　[生]明治42年4月18日　[出]千葉県東葛飾郡野田町(現・野田市)　本名＝岡田友右衛門　[学]開成中(昭和3年)卒　[賞]文芸首都賞(昭和18年)「山羊点描」　[歴]家業に就き、昭和27年(株)岡友を創立、代表取締役に。この間、18年に佐藤惣之助主宰の「詩の家」に入会、「文芸首都」、前衛詩人連盟などにも参加。「野田文学」同人。著書に「わがウシャブテイ」「ひいらぎやノート」(私家版)、創作集「山羊点描」「幸町界隈」などがある。

岡田 海市　おかだ・かいし
俳人　朝日新聞社社友・元出版担当　[生]大正3年11月17日　[没]昭和61年6月25日　[出]神奈川県横浜市　本名＝岡田任雄(おかだ・ただお)　[学]東大法学部(昭和15年)卒　[賞]万緑賞(第20回)(昭和48年)　[歴]朝日新聞論説委員、朝日ジャーナル編集長、政治部長、東京本社編集局次長、出版局長、出版担当などを歴任。また昭和21年「万緑」創刊と同時に入会、「海市(かいし)」の俳号を持ち、朝日新聞茨城版「茨城俳句」の選者を務めていた。句集に「瀑声」(50年)がある。

尾形 亀之助　おがた・かめのすけ
詩人　[生]明治33年12月12日　[没]昭和17年12月2日　[出]宮城県柴田郡大河原町大河原　[学]東北学院普通部中退　[歴]東北学院在学中から詩や短歌を発表し、大正10年には油絵をはじめ、第2回未来派展に出品する。13年「MAVO」に参加し、14年処女詩集「色ガラスの街」を刊行。大正末から昭和にかけて「銅鑼」「太平洋詩人」「亜」「歴程」など多くの雑誌に詩や評論を発表し、昭和3年全詩人連合を結成、4年「雨になる朝」を、5年「障子のある家」を刊行した。この頃から生活が乱れ、7年生家の財政難が悪化したため帰郷し、仙台市役所に勤務したが、無頼生活は改まらなかった。平成11年「尾形亀之助全集」増補改訂版が出版される。

岡田 機外　おかだ・きがい
俳人　[生]明治6年　[没]昭和24年　[出]鳥取県岩美郡国府町　本名＝岡田鉄蔵　旧姓(名)＝秋田　[歴]俳句は老鼠堂永機門下。明治27年永機より立机を許され、十方字機外と号する。「振民」を主宰した。

岡田 銀渓　おかだ・ぎんけい
俳人　元・わかもと常務　[生]明治28年2月9日　[没]昭和60年11月18日　[出]島根県大田市大森町　本名＝岡田正二(おかだ・しょうじ)　[学]関西大学中退　[賞]水明賞(昭和31年)、零余子賞(昭和44年)、かな女賞(昭和58年)　[歴]東京電灯を経て、昭和2年わかもとに入社。15年常務に就任。21年「水明」復刊時より長谷川かな女の指導をうけ、埼玉県俳句連盟会長、浦和市俳句連盟会長などを歴任した。句集に「しろがね」(17年)、「渓泉」(42年)、「米寿抄」(58年)がある。　[団]俳人協会

緒方 健一　おがた・けんいち
詩人　[生]大正9年7月26日　[出]長崎市　[学]奈良美術学院卒　[歴]昭和12年ごろから詩作を始め、翌年、西条八十の「蝋人形」に入選。八十を師とし、村野四郎の影響もうける。西条八十監修・三井ふたばこ編集発行の季刊詩誌「ポエトロア」(昭27・10〜33・9)の編集に携わった。「プレイアド」「地球」同人。詩集に「颱風の眼」「残酷な天使」がある。

岡田 耿陽　おかだ・こうよう
俳人　[生]明治30年4月11日　[没]昭和60年5月9日　[出]愛知県宝飯郡三谷町　本名＝岡田孝助(おかだ・こうすけ)　[歴]高浜虚子の門に入り、大正14年秋より「ホトトギス」に拠り句作、昭和5年課題選者となり、同7年同人に推される。同13

年より「竹島」を主宰。著書に「汐木」「三つ句碑」「句生涯」がある。

岡田 史乃　おかだ・しの

俳人　「篠」主宰　㊌昭和15年5月10日　㊍神奈川県横浜市　㊫昭和47年以来安東次男に師事。59年「篠」主宰。著書に「弥勒」。　㊞俳人協会、女性俳句会

岡田 壮三　おかだ・そうぞう

俳人　「あかね」主宰　妙見社長　㊌大正2年10月11日　㊎平成7年11月21日　㊍埼玉県小鹿野町　本名＝岡田元利　㊫埼玉師範(昭和8年)卒　㊥埼玉文芸賞(昭和48年)、埼玉県文化ともしび賞　㊫昭和8年「ホトトギス」に投句。24年「麦」に入会、28年同人。40年退会。42年「河」に入会し、44年同人。54年埼玉俳句連盟副理事長。句集に「奔流」「渓流」「源流」「湧水」。　㊞俳人協会

岡田 泰三　おかだ・たいぞう

童謡詩人　㊎昭和28年　㊍福島県相馬郡太田村(現・原町市)　㊫福島県師卒　㊫福島県・新鶴第一尋常小の教師を振り出しに耶麻郡松山尋常高等小学校長などを歴任。一方童謡の作詩を手がけ、代表作「丘のはたけ」を雑誌「赤い鳥」に投書し、一躍注目された。のち赤い鳥童謡会の会員となり、同誌休刊後会員とともに童謡同人誌「チチノキ」を創刊。また与田準一らの雑誌「棕梠(しゅろ)」同人として活躍した。昭和28年53歳で死去。のち教え子の会津史学会会員の田代重雄により、童謡詩人だった妻・日下部梅子の作品とともに「岡田泰三・日下部梅子童謡集」として自費出版される。　㊋妻＝日下部梅子(童謡詩人)

岡田 隆彦　おかだ・たかひこ

美術評論家　詩人　慶応義塾大学環境情報学部教授　㊕近代・現代美術　現代詩　㊌昭和14年9月4日　㊎平成9年2月26日　㊍東京・麻布材木町　㊫慶応義塾大学文学部仏文学科卒　㊥芸術評論賞(昭和40年)「はんらんするタマシイの邦」、高見順賞(第16回)(昭和61年)「時に岸なし」　㊫美術出版社勤務を経て、東京造形大学教授、平成2年慶應義塾大学環境情報学部教授。高校時代から詩作を始め、慶大在学中、同人詩誌「三田詩人」を復刊し、吉増剛造らと「ドラムカン」の創刊。いわゆる'60年代を代表する詩人の一人として活躍。「三田文学」編集長なども務めた。詩集に「われわれのちから19」「史乃命」「生きる歓び」「時に岸なし」などがある。また、近現代美術を中心とした評論も手がけ、著書に「危機の結晶」「日本の世紀末」「かたちの発見」「眼の至福—絵画とポエジー」など多数。　㊞国際美術評論家連盟、日本現代詩人会、日本文芸家協会

岡田 武雄　おかだ・たけお

詩人　㊌大正3年1月11日　㊍福岡県　㊫詩集に「詩・そして・旅」「岡田武雄詩集」などがある。　㊞日本現代詩人会、日本詩人クラブ、日本文芸家協会

岡田 任雄　おかだ・ただお

⇒岡田海市(おかだ・かいし)を見よ

岡田 貞峰　おかだ・ていほう

俳人　㊌大正15年3月24日　㊍東京・下谷　本名＝岡田邦三郎(おかだ・くにさぶろう)　㊫明治大学商科卒　㊥馬酔木新人賞(昭和31年)、馬酔木賞(昭和47年)　㊫昭和21年「馬酔木」に投句し、32年同人。のち編集委員。句集に「雲表の道」「岡田貞峰集」。　㊞俳人協会、日本山岳会

岡田 哲也　おかだ・てつや

詩人　エッセイスト　建築デザイナー　㊌昭和22年　㊍鹿児島県出水市　㊫東京大学文学部国文学科(昭和46年)中退　㊫大学に6年在籍し、昭和46年帰郷、建築設計事務所で設計デザインを担当。マルイ農協広報誌「Q」編集も行う。傍ら詩を書き、H氏賞候補にもなった。詩集に「白南風」「海の陽 山の陰」「神子夜話」「夕空はれて」、エッセイ集に「詩季まんだら」(上・下)、「不知火紀行」「薩摩ひな草紙」他。

岡田 刀水士　おかだ・とみじ

詩人　㊌明治35年11月6日　㊎昭和45年9月30日　㊍群馬県前橋　㊫群馬師範卒　㊫萩原朔太郎の影響を受け大正末期から詩作、多田不二主宰の「帆船」に中西悟堂らと参加、次いで「日本詩人」、草野心平の「銅鑼」、佐藤惣之助の「詩之家」などに作品を発表、詩話会会員となり、詩話会編「日本詩集1926版」に田中清一、大鹿卓らとともに新人として推された。戦後は草野心平の「歴程」に拠り、高崎で「青猫」を発行。詩集に私家版「興隆期」「桃李の路」「谷間」「幻影哀歌」などがある。

岡田 日郎　おかだ・にちお

俳人　俳句文学館図書室長　「山火」主宰　㊌昭和7年11月3日　㊍東京都大田区　本名＝岡田晃(おかだ・あきら)　㊫学習院大学文学部卒　㊖俳句歳時記　㊥山火賞(第5回，7回)、俳人協会賞(第32回)(平成5年)「連嶺」　㊫中学時代に句作を始める。昭和23年「山火」の創刊号から

投句をはじめ福田蓼汀に師事、26年から編集を担当。63年蓼汀没後「山火」を主宰。46年から俳人協会幹事、新人賞選考委員、のち理事。句集に「水晶」「氷輪」「紅玉」「激水」「山景」「連嶺」「百山百句」、著書に「山の俳句歳時記」「食の俳句歳時記」「昭和俳句文学アルバム・福田蓼汀の世界」「徹底写生への道―俳句本論」「秀句350選山」「自註現代俳句シリーズ・岡田日郎集」「脚註名句シリーズ・福田蓼汀」、エッセイ集に「雲表のわが山々」などがある。 [団]俳人協会(理事)、日本文芸家協会

緒方 昇　おがた・のぼる
詩人　元・毎日グラフ編集長　[生]明治40年10月3日　[没]昭和60年11月19日　[出]熊本県熊本市　釣号＝魚仏居士　[学]早大専門部政経科卒　[賞]読売文学賞(昭和45年)「魚仏詩集」　[歴]昭和16年毎日新聞新京支局長、台北支局長、東京本社校閲部長、同写真部長、毎日グラフ編集長を歴任。在勤時代から「日本未来派」の詩人としても活躍。又魚仏居士の釣号をもつ釣りの大家で、釣りだけをうたう詩を書き続けた。著書に「天下」「折れた竿」「支那探訪」「支那裸像」など。　[団]日本現代詩人会

尾形 不二子　おがた・ふじこ
俳人　[生]大正9年6月11日　[出]山形県　[学]宮城県立第一高女中退　[歴]昭和33年秋元不死男主宰の「氷海」入会、35年同人。53年「狩」同人となるも56年退会。「河」同人となる。句集に「不死鳥」「紅林」「黄薔薇」がある。　[団]俳人協会

岡田 平安堂　おかだ・へいあんどう
俳人　[生]明治19年10月　[没]昭和35年8月28日　[出]京都市　本名＝岡田久次郎　旧号＝葵雨城　[賞]黄綬褒章(昭和31年)　[歴]六朝の書道研究会「龍眠会」を興したのち、明治41年平安堂を創立。以後没年まで社長を務める。一方、碧梧桐門に入り、明治末から大正中期にかけて自由律俳句界で活躍。「海紅」を後援する。碧梧桐の墨跡を多く所蔵した。

岡田 道一　おかだ・みちかず
医師　歌人　元・「夢二会」会長　[生]明治22年10月3日　[没]昭和55年7月12日　[出]和歌山県　号＝鯨洋　[学]京都帝国大学医学部卒　[歴]美人画家、竹久夢二の友人で、「夢二会」会長となり回顧展を開いたりした。また、公衆衛生の普及に努め、東京市衛生技師当時の昭和3年、麹町区内の全小学校に衛生婦を初めて設置、現在の養護教員制度の基礎を作った。歌人としては「十月会」「春草会」に参加、歌集に「花ざくら」「麦踏」などがある。

岡田 兆功　おかだ・よしのり
詩人　[生]昭和6年2月4日　[出]広島県　[学]尾道高校卒　[歴]昭和34年、詩誌「海」を神戸で創刊する。31年刊行の「ドレミファ練習」をはじめ「妹、その他」「うた、連珠」「ふおーぬ抄」「岡田兆功詩集」などがある。

岡田 芳彦　おかだ・よしひこ
詩人　[生]大正10年1月3日　[出]福岡県八幡市　[学]福岡県立八幡中学(旧制)卒　[歴]八幡製鉄所・小学校代用教員を経て、北九州市役所勤務。中学3年ごろから詩作を始め、「若草」「蝋人形」「文芸汎論」に投稿。戦前の「新領土」同人などを経て、戦後の昭和20年10月に「FOU」を創刊。詩集に「海へつづく道」「お祭りの広場にて」がある。

岡田 魯人　おかだ・ろじん
俳人　[生]天保11年(1840年)　[没]明治38年4月8日　[出]近江国蒲生郡岡山村(滋賀県)　通称＝岡田存修、号＝魯台、梅下庵、泊船居、椿杖斎、種々庵宗碩　[歴]明治維新後兵部省に出仕し、糾問使、陸軍省軍務局理事を経て、軍務局大録事に進む。明治18年退官し、俳諧行脚して九州を歴遊。俳諧は寛楊、のち柴人に学ぶ。27年義仲寺幹事として大津に赴き、粟津芭蕉翁本廟(無名庵)14世主人となる。入庵以来2月の義仲忌・兼平忌を復興、散逸していた義仲寺関係の宝物収集に努めるなど、大きな功績を残した。

岡庭 昇　おかにわ・のぼる
文芸評論家　詩人　テレビディレクター　「同時代批評」編集長　[専]日本文学(近世文学, 戦後文学, 近代詩史)　社会評論　環境論　メディア論　[生]昭和17年12月19日　[出]兵庫県西宮市浜甲子園　[学]慶応義塾大学経済学部(昭和41年)卒　[興]晩年の風景―1930年代の文学、企業独裁論、テレビ論　[歴]在学中より「三田詩人」編集にたずさわり、以後「マニフェスト」「ぎやあ」「革」などに参加。昭和46年第一評論集「抒情の宿命」でデビュー。以後旺盛な評論活動に入る。55年より「同時代批評」編集長。詩集に「声と冒険」「魂の行為」、著書に「椎名麟三論」「幻想の国家とことば」「萩原朔太郎―陰画の近代」「リアリズムの解体」「花田清輝と安部公房」「末期の眼―日本文学における死の発見」、「テレビ帝国の教科書」「偏執論」「メディアの現象学」「この情報はこう読め」などがある。一方、41年TBS入社。

教養部演出部、文化情報部ディレクター、文化情報部などに勤務。 [団]日本文芸家協会
[家]父＝岡庭博（経済学者・実業家）

岡野 知十 おかの・ちじゅう
俳人 [生]安政7年2月19日（1860年） [没]昭和7年8月13日 [出]北海道日高国様似 本名＝岡野敬胤 通称＝正之助、別号＝正味 [歴]函館毎日新聞に入社し、上京後「毎日新聞」に発表した「俳諧風聞記」で俳壇に登場する。明治33年「俳諧 すずめ」を刊行し、34年「半面」を創刊。俳句の史的研究をし、多くの俳書を収集、その蔵書は東大図書館に知十文庫として収められている。著書に明治33年刊行の「晋其角」をはじめ「俳趣と画趣」「蕪村その他」など多くあり、没後の昭和8年句集「鶚日」が、9年に小唄集「味余」が刊行された。
[家]息子＝岡野馨（仏文学者）

岡野 直七郎 おかの・なおしちろう
歌人 元・都民銀行取締役 [生]明治29年2月16日 [没]昭和61年4月27日 [出]岡山県赤磐郡西山村 [学]東京帝大法学部政治学科（大正10年）卒 [賞]歌人協会賞（昭和14年）「短歌新論」 [歴]大正元年「詩歌」に入り夕暮に師事。さらに4年「水甕」に移り柴舟に師事。15年「水甕」を離れ「蒼穹」を創刊主宰する。歌集に「谷川」「太陽の愛」など9冊、歌論集に「短歌新論」「歌壇展望」などがある。 [団]現代歌人協会、日本文芸家協会

岡野 弘彦 おかの・ひろひこ
歌人 国文学者 国学院大学栃木短期大学学長 国学院大学名誉教授 [専]日本古代文学 [生]大正13年7月7日 [出]三重県一志郡美杉村 [学]国学院大学文学部国文科（昭和23年）卒 [資]日本芸術院会員（平成10年） [賞]現代歌人協会賞（第11回）（昭和42年）「冬の家族」、迢空賞（第7回）（昭和48年）「滄浪歌」、芸術選奨文部大臣賞（第29回）（昭和53年）「海のまほろば」、読売文学賞（詩歌俳句賞，第39回）（昭和62年）「天の鶴群」、紫綬褒章（昭和63年）、日本芸術院賞（文芸部門，第54回，平9年度）（平成10年）、勲三等瑞宝章（平成10年）、和辻哲郎賞（一般部門，第14回）（平成14年）「折口信夫伝」 [歴]昭和20年大阪橘53部隊に入隊。敗戦後、21年鳥船社に入る。22年から折口信夫の家にあって、没年まで同居。32年「地中海」所属。48年「人」を創刊、主宰。平成11年「うたげの座」を創刊、主宰。この間、昭和44年～平成3年国学院大学教授。折口博士記念古代研究所所長なども務めた。「折口信夫全集」（全31巻，中央公論社刊）の編集に加わり、著書に「折口信夫の晩年」「花幾年」「神がみの座」「花の記憶」「悲歌の時代」「折口信夫伝」などがあり、歌集に「冬の家族」「滄浪歌」「海のまほろば」「天の鶴群」「異類界消息」がある。歌会始選者を務める他、昭和58年から皇室の作歌の相談にあずかり、昭和天皇の作歌の指南役も務めた。
[団]和歌文学会、全国大学国語国文学会、日本文芸家協会

岡部 桂一郎 おかべ・けいいちろう
歌人 [生]大正4年4月3日 [出]兵庫県神戸市 [学]熊本薬専卒 [資]薬剤師 [賞]短歌研究賞（第30回）（平成6年）「冬」 [歴]昭和12年作歌を開始し「一路」に入会。23年退会し「工人」を創刊。26年「泥」に、46年「寒暑」に拠る。その後、無所属。歌集「緑の墓」「木星」「鳴滝」「戸塚閑吟集」がある。 [団]現代歌人協会

岡部 弾丸 おかべ・だんがん
俳人 [生]明治36年1月20日 [出]長野県飯田市 本名＝岡部喜三治 [歴]大正15年長谷川零余子「枯野」、原石鼎「鹿火屋」に投句。昭和4年より飯田蛇笏の作風にひかれて「雲母」に入り、飯田龍太に師事。

岡部 文夫 おかべ・ふみお
歌人 「海潮」主宰 [生]明治41年4月25日 [没]平成2年8月9日 [出]石川県羽咋郡高浜町（現・志賀町） [学]二松学舎専門学校中退 [賞]日本歌人クラブ賞（第8回）（昭和56年）「晩冬」、短歌研究賞（第19回）（昭和58年）「雪」「鯉」、迢空賞（第21回）（昭和62年）「雪天」 [歴]昭和2年「ポトナム」入会。「短歌戦線」「短歌前衛」「青垣」を経て、23年「海潮」を創刊。歌集に「どん底の叫び」「青柚集」「晩冬」「雪代」「雪天」などがある。富山新聞、朝日・毎日新聞富山版ほかの選者を歴任。 [団]現代歌人協会、日本文芸家協会

岡部 隆介 おかべ・りゅうすけ
詩人 「木守」主宰 [生]明治45年6月30日 [出]福岡県筑紫野市 [賞]福岡県詩人会先達詩人顕彰（平成3年） [歴]戦前、詩誌「洞」を創刊。また戦中は「山河」、戦後は「母音」「九州詩人」で活躍。昭和21年には安西均らと「九州詩人」の編集に携わる。中学校教師を退職後の50年頃から創作活動を本格化。現在「木守」主宰。「雉の眼」「青空市場で」「魔笛」などの詩集がある。

岡部 六弥太　おかべ・ろくやた

俳人　「円」主宰　⽣大正15年5月12日　⊕福岡県朝倉郡夜須町　本名＝岡部喜幸（おかべ・よしゆき）　⊕日本大学専門部（昭和24年）中退　⊛菜殻火賞（第3回）（昭和33年）、福岡市文学賞（昭和49年）　⊕高浜虚子、野見山朱鳥を経て、福田蓼汀に師事。昭和42年「円」を創刊し、のち主宰。「山火」同人。また、福岡県俳句協会副会長を経て、平成8年会長。句集に「道化館」「土漠」「神の堅琴」「鰤雑煮」など。⊕俳人協会（評議員）、福岡県俳句協会、日本文芸家協会

岡村 須磨子　おかむら・すまこ

詩人　⽣明治38年7月28日　⊕高知市　⊕東洋高女卒　⊕大正の終わり、深尾須磨子と出会い詩への第1歩をふみだし、同人詩誌「ごろつちよ」（昭9創刊）を主宰。昭和17年29号まで発行して無期休刊。詩集に「閃光」（共著）がある。

岡村 民　おかむら・たみ

詩人　児童文学者　⽣明治34年3月22日　⊗昭和59年　⊕長野県上高井郡川田村（現・長野市若穂町川田）　⊕日本大学国文科中退　⊛詩人タイムズ賞（第1回）（昭和57年）「光に向って」　⊕プロレタリア詩人会に所属していたが、昭和23年「ポエム」を創刊。新詩人同人、新日本文学会会員。戦時中は童話を執筆し、15年「ヒヨコノハイキング」を、17年「竹馬」を刊行。詩集としては24年刊行の「ごろすけほう」、童謡詩集に39年刊行の「窓」などがある。長く私立みのる幼稚園を経営し、没年まで園長をつとめた。

岡村 二一　おかむら・にいち

詩人　東京タイムズ社長　⽣明治34年7月4日　⊗昭和53年7月9日　⊕長野県下伊那郡竜丘村　⊕東洋大学卒　⊕詩人を志したが、新聞記者に転じ、昭和16年同盟通信社記者として松岡洋右外相に随行、ドイツを訪問、その帰途、日ソ中立条約をスクープした。戦後、東京タイムズを創刊して社長となり、再び詩作を始めた。詩集に「人間経」「告別」、また「岡村二一全集」（全2巻・永田書房）がある。

岡村 嵐舟　おかむら・らんしゅう

川柳作家　帆傘川柳社会長　元・高知新聞柳壇選者　⽣大正5年8月13日　⊗平成14年2月9日　⊕高知県土佐山田町　本名＝岡村健一　⊛高知ペンクラブ賞（第4回）　⊕昭和25～40年高知新聞柳壇選者を務めた。著書に句集「素顔」などがある。

尾亀 清四郎　おがめ・せいしろう

俳人　三晃空調会長　⽣大正4年3月30日　⊕大阪府　⊕関西高工建築学科（昭和11年）卒　⊛一級建築士、建築設備士　⊛雪解俳句賞（昭44年度）（昭和45年）、建設大臣表彰（昭和49年）、黄綬褒章（昭和51年）、勲五等瑞宝章（昭和61年）　⊕昭和16年皆吉爽雨に師事。「雪解」同人、関西雪解会会長。46年俳人協会入会、関西支部常任委員。大阪俳人クラブ常理事。俳誌「いてふ」編集委員長。この間、21年三晃空調に入社。22年取締役、26常務、35年専務を経て、39年会長。大阪府建築士会副会長、大坂空気調和衛生工業協会会長、日本空調衛生工事業協会副会長。著書に「セントラル冷暖房」「空調設備の設計」、句集に「窓」「湖景」「わが想い」がある。　⊕俳人協会

丘本 風彦　おかもと・かざひこ

俳人　⽣大正3年12月2日　⊕奈良県　本名＝岡本信彦　⊕昭和16年ごろから句作を始め、21年長谷川素逝の「青垣」所属。23年小山都址と「七曜」編集に携わる。のち、鈴木六林男、島津亮、佐藤鬼房らの「夜盗派」に属したが、「断崖」編集発行人となり夜盗派を辞す。33年「天狼」同人、37年からその編集に当る。57年「瑠璃」創刊。句集に稀覯本「唾」がある。

岡本 勝人　おかもと・かつひと

詩人　文芸評論家　⽣昭和29年7月20日　⊕埼玉県　⊕青山学院大学法学部卒　⊕著書に詩集「シャーロック・ホームズという名のお店」、「大岡信論序説―コーラスとしての詩的出発」などがある。　⊕比較思想学会、日本現代詩人会、日本近代文学会、日本文芸家協会

岡本 かの子　おかもと・かのこ

小説家　歌人　仏教研究家　⽣明治22年3月1日　⊗昭和14年2月18日　⊕神奈川県二子多摩川　本名＝岡本カノ　旧姓（名）＝大貫　⊕跡見女学校卒　⊛文学界賞（第6回）（昭和11年）「鶴は病みき」　⊕明治39年与謝野晶子に師事して新詩社に入り、大貫可能子の筆名で「明星」に短歌を発表、以後「スバル」でも活躍し、大正2年処女歌集「かろきねたみ」を刊行。その間明治43年に岡本一平と結婚し、44年に長男太郎をもうける。この頃ノイローゼになり、宗教遍歴の結果、大乗仏教にたどりつくが、以後仏教研究家としての名も高める。大正7年第二歌集「愛のなやみ」を刊行、14年第三歌集「浴身」を、昭和4年「わが最終歌集」を刊行。同年親子で渡欧、4年間小説を勉強。帰国後2

年目より小説に専念しはじめ、11年芥川龍之介をモデルにした「鶴は病みき」を発表して文壇から注目される。以後「母子叙情」「巴里祭」「東海道五十三次」「老妓抄」「家霊」などの作品を相次いで発表したが、14年2月に豊満華麗な生涯を閉じた。没後、一平の手により「河明り」「雛妓」「生々流転」「女体開顕」などが発表された。「岡本かの子全集」(全15巻・補巻1・別巻2，冬樹社)がある。　[家]夫=岡本一平(漫画家)、長男=岡本太郎(画家)

岡本 綺堂　おかもと・きどう
劇作家　俳人　小説家　劇評家　[生]明治5年10月15日　[没]昭和14年3月1日　[出]東京・芝高輪(現・東京都港区)　本名=岡本敬二　別号=狂綺堂、甲字楼主人　[学]東京府中学校(明治22年)卒　[資]帝国芸術院会員(昭和12年)　[歴]明治22年中学卒業と同時に東京日日新聞社に入社。のち中央新聞社、絵入日報社、東京新聞社と移り、36年東京日日新聞社に再勤し、39年東京毎日新聞社に移る。その間、劇評の傍ら劇作に励み、29年に「紫宸殿」を発表。41年2代目市川左団次のために「維新前後」を執筆し、明治座で上演される。つづいて44年「修禅寺物語」が上演され、新時代劇の作家として注目をあび、以後いわゆる“新歌舞伎”と呼ばれる新作を数多く発表。小説も執筆し、大正5年から「半七捕物帳」を発表、捕物帳の先駆を作る。戯曲の代表作としては「修禅寺物語」「室町御所」「鳥辺山心中」「番町皿屋敷」「権三と助十」「相馬の金さん」などがある。昭和5年「舞台」を創刊し、後進に作品発表の場を与え、12年帝国芸術院会員となった。一方、東日在社時代より句作を手がけ、同僚星野麦人主宰の「木太刀」選者を務めた。俳句・漢詩集「独吟」、「岡本綺堂日記」、「綺堂戯曲集」(全14巻，春陽堂)、「岡本綺堂劇曲選集」(全8巻，青蛙房)、「岡本綺堂読物選集」(全8巻，青蛙房)がある。　[家]養子=岡本経一(青蛙房主人)

岡本 倶伎羅　おかもと・くきら
歌人　[生]明治10年　[没]明治40年2月10日　[出]兵庫県　本名=岡本常増　俳号=青蛙　[歴]医師であったが、「馬酔木」によって作歌活動をし、その一方で青蛙と号して俳句も作ったが早逝した。

岡本 圭岳　おかもと・けいがく
俳人　[生]明治17年4月1日　[没]昭和45年12月15日　[出]大阪市北船場　本名=岡本鹿太郎　[歴]青木月斗に師事し「日本俳句」「ホトトギス」に投句する。のちに月斗と別れ、昭和11年「火星」を創刊。句集に「大江」「太白星」「定本岡本圭岳句集」がある。

岡本 香石　おかもと・こうせき
俳人　[生]大正10年7月　[出]大分県　[学]関西大学卒　[歴]昭和17年「早春」に入門。63年「早春」4代目主宰となる。著書に「大阪の俳人たち〈2〉」(分担執筆)がある。

岡本 虹村　おかもと・こうそん
俳人　[生]昭和8年4月8日　[出]徳島県　本名=岡本昌幸　[歴]昭和31年佐野まもるの指導を受ける。同年佐野まもる主宰の「海郷」創刊。鷹羽狩行主宰「狩」創刊に際し、「氷海」より引き続き同人参加。のち「群青」に所属する。句集に「未完橋」がある。　[団]俳人協会

岡本 高明　おかもと・こうめい
俳人　[生]昭和19年7月3日　[出]岡山県　本名=岡本高明(おかもと・たかあき)　[学]佐用高卒　[賞]俳人協会新人賞(第12回)(平成1年)「風の縁」　[歴]昭和40年母校の繁延猪伏に俳句の手ほどきを受けるも以後中断。52年作句を再開し、「琅玕」入会。54年「琅玕」同人。その後「槐」同人となる。句集に「風の縁」がある。　[団]俳人協会

岡本 差知子　おかもと・さちこ
俳人　「火星」主宰　[生]明治41年3月29日　[出]大阪府　本名=岡本勝(おかもと・かつ)　旧姓(名)=横溝　旧筆名=横溝勝子　[学]清水谷高女卒　[賞]近畿俳句作家協会近畿俳句賞(第2回)(昭和24年)　[歴]昭和11年「火星」創刊と同時に入会、岡本圭岳門に入る。17年圭岳と結婚。圭岳没後の46年「火星」主宰を継承。書道教授もつとめる。句集に「花筐」など。　[団]俳人協会　[家]夫=岡本圭岳

岡本 小夜子　おかもと・さよこ
児童文学作家　詩人　[生]昭和33年6月26日　[出]岡山県岡山市　[学]関西大学法学部(昭和56年)卒　[賞]家の光童話賞(優秀賞)、アンデルセンメルヘン大賞(優秀賞)　[歴]3歳から京都に住む。詩、児童文学を書くようになり、詩を「棚」「詩季」に発表。また「子どもの世界」「向日葵」「スコップ」「洛味」などの雑誌に童話を発表。ぶらんこ、森の会、葦舟の会各同人。著書に「ゆ

めうらない—京都ふあんたじい」「はなかげさん」「さくでんさんの笑い話」「ミサキ物語」、詩集「水のゆくえ」「沖の石」「ひとりぼっちの魔女」がある。 [団]日本児童文学者協会、児童文化の会、日本ペンクラブ、日本詩人クラブ

岡本 雫　おかもと・しずく
俳人 [出]宮城県仙台市 [学]九州大学農学部卒 [歴]東北高校教頭、総合教育相談センター所長を歴任。旧制松山高校の先輩である芝不器男の句に魅せられて「荒星会」を結成、平成9年に俳誌「荒星」を創刊。句集に「吾亦紅」がある。

岡本 潤　おかもと・じゅん
詩人 [生]明治34年7月5日 [没]昭和53年2月16日 [出]埼玉県本庄市 本名＝岡本保太郎 [学]東洋大学中退、中央大学中退 [歴]学生時代からアナキズムに近付き「シムーン」などを経て、大正12年萩原恭次郎らと「赤と黒」を創刊、アナキスト詩人として注目される。その後「ダムダム」「マヴォ」などに参加。プロレタリア文学運動下においては「文芸解放」の創刊に参加する。昭和3年「夜から朝へ」を刊行し、8年「罰当りは生きてゐる」を刊行。10年無政府共産党事件で検挙され、11年釈放。釈放後はマキノ・トーキー企画部に勤め、脚本を書く。戦後は「コスモス」の創刊に参加し、民主主義文学運動に参加、アナキズムからコミュニズムに転換し、日本共産党に入党するが、35年除名。他の著書に「夜の機関車」「襤褸の旗」「笑う死者」や自伝「詩人の運命」などがある。死後、「岡本潤全詩集」（本郷出版社）が刊行された。

岡本 春人　おかもと・しゅんじん
俳人 連句作家 [生]明治43年4月1日 [没]平成4年10月11日 [出]大阪市 本名＝岡本隆(おかもと・たかし) [学]大阪東商(昭和3年)卒 [賞]連句懇話会特別賞(第6回) [歴]昭和3年父・松浜の「寒菊」で俳句及び連句をはじめ、のち阿波野青畝に師事。23年「連句かつらぎ」創刊、主宰を経て、俳句「かつらぎ」特別同人、連句俳句誌「俳萬接心」主宰。この間三和銀行各地支店長、調査役、日本ケース(現・ザ・パック)専務を務めた。句集に「四月馬鹿」「連句集ばれんたいん」、著書に「連句の魅力」「大阪の俳人たち」（共著）「定本岡本浜句文集」。[団]俳人協会(評議員)、連句協会(名誉会員)、大阪俳人クラブ(理事) [家]父＝岡本松浜(俳人)

岡本 松浜　おかもと・しょうひん
俳人 [生]明治12年12月17日 [没]昭和14年8月16日 [出]大阪市 本名＝岡本信(おかもと・しん) 別号＝寒菊堂 [歴]和歌山で銀行に勤務しながら「ホトトギス」に投句し、高浜虚子に認められる。明治36年上京、ホトトギス発行所に勤め、渡辺水巴らと交わり、久保田万太郎・野村喜舟らを育てた。のちに大阪に戻り、「寒菊」を主宰する。没後の昭和16年に句集「白菊」、平成2年「岡本松浜句文集」（富士見書房）が刊行された。

岡本 信二郎　おかもと・しんじろう
詩人 [生]明治18年7月31日 [没]昭和17年 [出]千葉県銚子 [学]東京帝国大学法科(明治44年)卒 [歴]山形高校教授を経て、昭和16年一高講師となる。その間大正15年から約2年間ドイツ留学。教え子に阿部六郎、神保光太郎、亀井勝一郎などがいる。詩のほか短歌、俳句も収めた「岡本信二郎集」がある。ほかに訳書「意志と表象としての世界」など。

岡本 大夢　おかもと・たいむ
歌人 [生]明治10年2月17日 [没]昭和38年7月22日 [出]京都 本名＝岡本経厚 別号＝大無 [学]明治法律学校卒 [歴]正岡子規に傾倒し、上京して根岸短歌会に参加。「馬酔木」「アカネ」を経て、大正13年以降「あけび」に参加する。昭和13年「深淵の魚」を、23年「断虹」を刊行した。

岡本 眸　おかもと・ひとみ
俳人 城西大学監事 [生]昭和3年1月6日 [出]東京 本名＝曽根朝子(そね・あさこ) [学]聖心女子学院国語科中退 [賞]春嶺賞(第5回)(昭和34年)、若葉賞(第8回)(昭和36年)、俳人協会賞(第11回)(昭和47年)「朝」、若葉五十周年大会功労賞(昭和53年)、往来賞(第1回)(昭和55年)、現代俳句女流賞(第8回)(昭和59年)「母系」、紫綬褒章(平成6年)、勲四等旭日小綬章(平成11年) [歴]昭和24年富安風生に師事し、31年「若葉」へ投句をはじめる。32年併せて岸風三楼にも師事し、「春嶺」に入会。37年俳人協会会員となり、50年幹事。55年主宰誌「朝」創刊。句集に「朝」「冬」「二人」「母系」ほか、「俳句創作の世界」「鑑賞俳句歳時記」などの著書がある。[団]俳人協会、日本文芸家協会

岡本 癖三酔　おかもと・へきさんすい
俳人　㋐明治11年9月16日　㋙昭和17年1月12日　㋒東京　本名=岡本簾太郎　初号=笛声、別号=碧山水　㋕慶応義塾大学卒　㋔秋声会を経て、正岡子規に学び、写生風の句を詠む。明治40年「癖三酔句集」を刊行。病いのため以後しばらく句を発表しなかったが、大正3年復活。5年松本翠影らと「新緑」を創刊、自由律に転じる。三田俳句会でも活躍した。評論に「俳句脱糞論」などがある。
㋛父=岡本貞然(実業家)

岡本 正敏　おかもと・まさとし
俳人　医師　岡本内科クリニック院長　㋐昭和7年1月2日　㋒旧樺太・大泊　㋕北海道大学医学部(昭和34年)卒、北海道大学大学院医学研究科(昭和39年)修了　㋔昭和26年長谷川双魚の手ほどきを受ける。26年「玉虫」、28年「雲母」に参加。31年北大医俳句会設立。46年「青樹」、49年「北の雲」に参加。一方、50年東日本学園大助教授を経て、53年教授。句集に「山河」など。　㋟俳人協会

岡本 まち子　おかもと・まちこ
俳人　㋐大正13年4月1日　㋒高知県　本名=岡本マチ　㋕土佐高女卒　㋔昭和31年「馬酔木」入門。42年「馬酔木」同人。句集に「桜前線」。
㋟俳人協会

岡本 無漏子　おかもと・むろうし
俳人　僧侶　法善寺(浄一宗)住職　㋐明治42年7月16日　㋙昭和62年4月18日　㋒和歌山県御坊市名田町柿　本名=岡本鳳堂(おかもと・ほうどう)　㋕仏教大学卒　㋔昭和7年より作句をはじめ、野島無量子、阿波野青畝に師事。「ホトトギス」「かつらぎ」に拠り、39年から「藻の花」を主宰。62年4月278号を数えるまで続けた。句集に「有漏無漏」「徳本行者」「日ノ御埼」「四季選集百句」がある。
㋟俳人協会

岡本 弥太　おかもと・やた
詩人　㋐明治32年1月23日　㋙昭和17年3月25日　㋒高知県香美郡岸本町　本名=岡本亀弥太　㋕高知商卒　㋔小学校教員をしながら、詩誌「麗詩仙」「青騎兵」などを刊行。「詩神」「日本詩壇」などにも投稿する。詩集に「滝」「岡本弥太詩集」がある。

岡安 仁義　おかやす・じんぎ
俳人　和光大学経済学部教授　㋑金融論　㋐昭和3年6月12日　㋒埼玉県　本名=岡安仁美(おかやす・ひとよし)　㋕早稲田大学卒、明治大学大学院(昭和41年)修了　商学博士　㋔父・岡安迷子の影響をうけ、昭和20年頃から作句。「藍」主宰。合同歌集に「翠藍集」がある。　㋟俳人協会　㋛父=岡安迷子(俳人)

岡安 恒武　おかやす・つねたけ
詩人　医師　㋐大正4年3月20日　㋒栃木市入舟町　㋕前橋医専卒　㋔昭和16年詩集「発光路」を私家版で発行。新潟の同人詩誌「詩と詩人」に参加、25年「歴程」同人となる。詩集に「GOLGOTHA」「湿原」「場についての異言十章」「故郷」があり、著作に「八木重吉ノート」がある。無医村で医療に携わった経歴を持つ。

岡安 迷子　おかやす・めいし
俳人　元・不動岡町(埼玉県)町長　㋐明治35年7月19日　㋙昭和58年5月17日　㋒埼玉県加須市　本名=岡安明寿(おかやす・あきとし)　㋕法政大学中退　㋐文化庁長官表彰(昭和53年)　㋔昭和17年不動岡町町長に就任。29年合併して加須市となったのちは、不動岡支所長をつとめた。また昭和3年から俳句を始め、7年には高浜虚子に師事。20年「ホトトギス」同人。21年「藍」を創刊し、主宰。句集に「藍甕」随筆集に「藍花亭日記」などがある。　㋟俳人協会

岡山 巌　おかやま・いわお
歌人　㋐明治27年10月19日　㋙昭和44年6月14日　㋒広島市　㋕東京帝大医学部(大正10年)卒　医学博士　㋔六高在学中から作歌し、「水甕」「連作」「自然」を経て、昭和6年「歌と観照」を創刊。13年「短歌革新の説」で歌壇を震撼させた。歌書に「現代歌人論」「短歌文学論」ほか、歌集に「思想と感情」「体質」など6冊。東京鉄道病院勤務、三菱製鋼診療所長、八幡製鉄本社診療所顧問などを歴任した。

岡山 たづ子　おかやま・たずこ
歌人　茶道教授　㋐大正5年4月30日　㋙平成7年5月8日　㋒新潟県六日町　本名=岡山タヅ　㋕東京看護婦学校卒、助産婦学校卒　㋐日本歌人クラブ賞(昭和50年度)「一直心」　㋔昭和10年「歌と観照」入社、岡山巌に師事。17年巌と結婚。歌集に「木の根」「一直心」「雪つばき」「虹の輪」「ゆき鴉」など。現在「歌と観照」編集同人、日本歌人クラブ幹事。　㋟日本歌人クラブ、日本文芸家協会、現代歌人協会、日本ペンクラブ　㋛夫=岡山巌(歌人・故人)

小川 アンナ　おがわ・あんな
詩人　市民運動家　元・富士川町いのちと生活を守る会副会長　㊓大正8年10月4日　㊝静岡県庵原郡富士川町　本名＝芦川照江(あしかわ・てるえ)　㊫静岡高女(昭和12年)卒　㊮静岡県芸術祭賞(昭和43年)、静岡県詩人賞(昭和54年)、中日詩賞(第35回)(平成7年)「晩夏光幻視」　㊩昭和12年静岡県庵原郡興津小学校教諭となり15年退職。結婚し主婦業に専念するが、"日常的な住民の行動こそ民主主義の保証"として農村青年らの運動を指導、住民の世話役を務める。昭和44年富士川町いのちと生活を守る会副会長として東京電力富士川火力発電所の建設計画に反対、町ぐるみの住民運動を展開、近隣市町にも呼びかけ、同年3月28日から翌未明にかけて富士市議会を包囲、火電建設承認を阻止した"富士公害闘争"の立役者。一方30年頃より詩作を始め、詩人としても活躍。小川アンナの筆名で、詩集「民話の涙」「にょしんらいはい」「富士川右岸河川敷地図」「沙中の金」「小川アンナ詩集」「晩夏光幻視」、随筆集「きんかんの花」「ゆかりの林檎」などがある。「塩」同人。　㊨中日詩人会、日本詩人クラブ、静岡県詩人会、日本現代詩人会

小川 芋銭　おがわ・うせん
日本画家　俳人　㊓慶応4年2月18日(1868年)　㊚昭和13年12月17日　㊝茨城県牛久村(現・牛久市)　本名＝小川茂吉　別号＝芋銭子、莒滄子、草汁庵　㊩生涯のほとんどを郷里の牛久(茨城県牛久市)で過ごす。明治14年本多錦吉郎の画塾・彰技堂で洋画を学び、日本画を独習。26年父の命により農業に従事しながら絵筆を執る。のち「朝野新聞」「平民新聞」に漫画や挿絵を描き、41年「草汁漫画」を刊行。また、早くから親しんだ俳句も寄稿。41年頃から「国民新聞」「ホトトギス」にも表紙・挿画のほか投句する。大正元年に「三愚集」を刊行、この頃から俳画を描き、飄逸枯淡で異色ある作品を長く院展に発表。4年平福百穂らの珊瑚会会員となり、6年日本美術院同人となる。農工画を自称し、河童、沼沢などを主題に独特な幻想世界を構築。とくに「河童百図」は河童表現の決定版といわれ、"河童の芋銭"と呼ばれた。代表作は他に「樹下石人談」「沼四題」「江戸六月」「水魅戯」など。著書に「大痴芋銭」「草汁遺稿」がある。

小川 和佑　おがわ・かずすけ
詩人　文芸評論家　明治大学文学部講師　㊒近代日本文学　㊓昭和5年4月29日　㊝東京・目黒　㊫明治大学文学部文芸科(昭和26年)卒　㊪昭和十年代の文学と思想、現代文学の動向、文学と桜　㊩栃木県公立高校教諭、関東短期大学講師、昭和女子大学助教授を歴任。一方昭和21年頃より詩作を始め、中村真一郎に師事、「純粋詩」に参加する。また那珂太郎らと「詩」を創刊、のち「地球」に編集同人として参加。詩集に「雨・梨の花」「魚服記」があり、以降は評論に力を注ぐ。著書に「文壇資料・軽井沢」「百観音巡礼」「文明開化の詩」などの他、「伊東静雄論考」「立原道造の世界」「三好達治研究」「中村真一郎とその時代」「リトルマガジン発掘」「桜と日本人」など。昭和10年代の文学と思想に関する論考、書誌研究が多い。　㊨日本文芸家協会、日本ペンクラブ、日本近代文学会、昭和文学会、全国大学国語国文学会

小川 恭生　おがわ・きょうせい
俳人　㊓大正15年3月13日　㊝千葉県　本名＝小川一男(おがわ・かずお)　㊮原人賞(第1回)、日本文芸大賞俳句奨励賞(第9回)(平成1年)「日直し霰」　㊩昭和17年大窪梅窓のち村上籆洲に手ほどきを受け、19年「螢火」で富安風生選を受ける。23年「原人」創刊に参加、編集を担当。47年石原八束につき「秋」同人。49年より千葉日報俳壇選者。句集に「日直し霞」。　㊨俳人協会、日本ペンクラブ

小川 恵　おがわ・けい
歌人　㊓昭和4年　㊝北海道江別市　本名＝小川恵美子　㊫江別高女(昭和20年)卒　㊩学徒動員により、王子製紙江別工場で木製戦闘機の部品作りに携わった。のち江別町立第三国民学校教員。昭和21年北海道広島村立広島青年学校教諭、広島東部中学校教諭として勤務。23年結婚退職するが、25年復職。札幌市立小学校勤務。平成元年定年退職。歌集に「はくぼくの粉」「エレベーターのボタン」「生きる日のつづき」など。

小川 敬士　おがわ・けいし
詩人　評論家　短詩文学会主幹　㊓大正5年8月27日　㊝和歌山県　本名＝北川漸　㊫東京高師卒　㊩昭和23年7月に結成された短詩文学会の機関誌「短詩文学」の編集を担当する。25年8月からは「年刊短詩文学作品集」を編集、刊行。共著に「近代俳句集」など。　㊨俳文学会、短詩文学会(主幹)

小川 軽舟　おがわ・けいしゅう

俳人　㋺昭和36年2月7日　㋩千葉県　㋬東京大学法学部（昭和59年）卒　㋞鷹新人賞（平成9年）、俳人協会新人賞（第25回）（平成14年）「近所」㋧昭和59年日本開発銀行（現・日本政策投資銀行）に入行。61年「鷹」入会、藤田湘子に師事。平成11年「鷹」編集長。句集に「近所」がある。㋣俳人協会

小川 笹舟　おがわ・ささぶね

俳人　㋺昭和7年5月1日　㋩栃木県　本名＝小川輝　㋧昭和27年雑句に志し、「河」へ投句、角川源義に師事する。54年「河」同人会副会長の他、運営委員、入間支部長を務める。句集に「夢冬天」「心之城」「天上下天」がある。㋣俳人協会

小川 匠太郎　おがわ・しょうたろう

俳人　㋺昭和3年8月8日　㋩大阪府　本名＝小川昇太郎　㋢旧商専卒　㋞狩同人賞巻狩賞（昭和56年）　㋧昭和42年「氷海」入会、44年同人。52年秋元不死男死去に伴い「氷海」終刊となる。翌年「狩」発足と同時に同人参加、鷹羽狩行に師事する。のち「幡」にも所属。句集に「遠道」がある。㋣俳人協会

小川 斉東語　おがわ・せいとうご

俳人　㋺大正5年7月1日　㋩千葉県　本名＝小川雅一郎　㋢東京外国語学校中国語部卒　㋞山火賞（昭和30年）　㋧昭和21年福田蓼汀に師事する。23年「蓼汀」「山火」創刊と同時に参加、30年同人。51年俳人協会幹事を務める。句集に「孤鴻」「花明」「小川斉東語集」がある。㋣俳人協会

小川 赤電子　おがわ・せきほうし

俳人　㋺明治16年4月　㋥昭和32年12月　㋩東京都板橋区志村　本名＝小川美明　㋢早稲田大学卒　㋧村長などの公職を歴任。一方、俳句は新緑社に参加して、碧童、牛歩らと共に「ましろ」に拠った。のち「雲」にも投句する。

小川 双々子　おがわ・そうそうし

俳人　「地表」主宰　㋺大正11年9月13日　㋩岐阜県揖斐郡養基村（現・池田町）　本名＝小川二郎　㋢滝実業高（昭和15年）卒　㋞天狼賞（第4回）（昭和28年）　㋧昭和16年「馬酔木」に入門して加藤かけいに学び、23年山口誓子に師事。30年「天浪」同人、38年「地表」を創刊、主宰。50～62年現代俳句協会賞選考委員、58年東海地区現代俳句協会長。57年から現代俳句協会副会長、中部日本俳句作家会会長を務める。また63年黎明書房を退社し、非常勤役員。句集に「幹々の聲」「囁囁記」などの他、「小川双々子全句集」がある。㋣現代俳句協会（副会長）、中部日本俳句作家会、日本文芸家協会　㋕妻＝小川法子（俳人）

小川 素光　おがわ・そこう

俳人　「新墾」主宰者　㋺明治33年2月18日　㋥昭和57年7月2日　㋩福岡県豊前市大字吉木　本名＝小川政次郎　㋢旧制築上高女（現・築上中部高）、築上農高各教諭、東筑紫短大付属高講師を歴任。俳人としては素光の俳号で、「天の川」同人として新興俳句運動に活躍。昭和29年口語非定型誌「新墾」を創刊し、主宰。現代俳句の西日本大会、全国大会選者として活躍し、50余年間に北九州、京築、大分県下に門人約2千人を育てた。句集に「郷」「紺」「谺」がある。

小川 琢士　おがわ・たくし

詩人　詩誌「の」代表　㋺昭和3年8月7日　㋩福島県西白河郡矢吹町　㋢早稲田大学政治経済学部中退　㋞福島県文学賞（詩、第26回）（昭和48年）「夢・現実」　㋧詩集に「夢・現実」「遠雷」「耳のおくの蟬」「小川琢士詩集」などがある。㋣現代詩人会、福島県現代詩人会（名誉会員）、日本文芸家協会

小川 太郎　おがわ・たろう

俳人　神戸大学教育学部教授　日本福祉大学教授　㋟教育学　㋺明治40年11月16日　㋥昭和49年1月31日　㋩台湾・台北市　㋬東京帝国大学文学部哲学科（昭和7年）卒　㋧台北第一師範、済美女学校、愛媛県男子師範、松山中学校などの教師から戦後、愛媛県教育研究所長を経て、昭和25年名古屋大学学生課長、27年助教授、29年教授。35年神戸大学教授となり日本教育学会理事、日本教育法学会理事などを務め、46年日本福祉大学教授に就任。学術会議会員。その間、民間教育運動、同和教育問題の研究に当たり、部落問題研究所理事を務めた。また、昭和の初期川本臥風、八木絵馬らと共に俳句の手ほどきを受け、「石楠」に入会。臼田亞浪に師事する。のち同人。21年臥風らと「俳句」を創刊した。著書に「日本の子ども」「日本教育の構造」「生活綴方と教育」「同和教育の研究」などがあり、遺句集のほか没後の55年「小川太郎教育学著作集」（全6巻）が刊行された。

小川 太郎　おがわ・たろう
歌人　ノンフィクション作家　風馬団代表　[生]昭和17年7月10日　[没]平成13年8月16日　[出]東京　本名＝小亀富男　[学]早稲田大学商学部(昭和41年)卒　[歴]昭和41年小学館に入社。主に週刊誌編集に携わる。平成7年退社し、フリーライターとして活動。傍ら、歌人としても活躍。大学在学中の昭和37年「まひる野」入会。39年退会。57年「音」入会、63年「月光の会」入会。平成3年風馬の会(のち風馬団と改称)を結成、寺山修司を語る会を隔月で開催。13年1月「風馬」創刊。著書に「ドキュメント中城ふみ子 聞かせてよ愛の言葉を」「血と雨の墓標」「寺山修司 その知られざる青春」、歌集に「路地裏の怪人」などがある。

小川 英晴　おがわ・ひではる
詩人　[生]昭和26年9月13日　[出]東京都　[歴]詩誌「GANYAMEDE」同人、月刊誌「詩と思想」編集委員。小川未明文学賞委員会委員も務める。詩集に「夢の蕾」「水感」「トマト感覚」「創世記」「誕生」他。　[団]日本詩人クラブ(理事)、日本文芸家協会

小川 未明　おがわ・みめい
詩人　小説家　児童文学作家　[生]明治15年4月7日　[没]昭和36年5月11日　[出]新潟県中頸城郡高田町(現・上越市)　本名＝小川健作　[学]早稲田大学英文科(明治38年)卒　[資]日本芸術院会員(昭和28年)　[賞]日本芸術院賞(昭和26年)、文化功労者(昭和28年)　[歴]明治38年「霰に霙」を発表して注目をあび、40年処女短編集「愁人」を刊行。さらに新浪漫主義の作家として「薔薇と巫女」「魯鈍な猫」などを発表。この間、早稲田文学社に入り、児童文学雑誌「少年文庫」を編集、43年には処女童話集「赤い船」を刊行した。大正に入ってからは社会主義に近づき短編集「路上の一人」「小作人の死」などを発表するが、昭和に入ってからは小説を断念して童話執筆に専念する。大正時代の童話に「牛女」「赤い蝋燭と人魚」「野薔薇」などの名作があり、昭和期には8年の長編童話「雪原の少年」をはじめ多くの童話集を出した。また「赤い雲」「赤い鳥」「海と太陽」などの童謡作品も発表し、詩集に「あの山越えて」がある。戦後の21年児童文学協会初代会長に就任。26年童話全集で日本芸術院賞を受賞し、28年には日本芸術院会員、また文化功労者に推された。「定本・小川未明童話全集」(全16巻，講談社)がある。　[家]息子＝小川哲郎(洋画家)

小川 安夫　おがわ・やすお
画家　詩人　[没]昭和61年7月21日　[出]群馬県高崎市　[歴]高校時代、八ヶ岳登山中事故に遭い、手足・口に障害が残り19歳で放浪を始める。東京・数寄屋橋の青空ギャラリーを作品発表の場としていた。著書に「遠い空の詩」「青空までとどけよ祈り」などがある。

小川原 嘘帥　おがわはら・きょすい
俳人　[生]大正15年8月28日　[出]東京　本名＝小川原泰久　[学]豊島商卒　[賞]水巴賞(昭和43年)、文化奨励賞(昭和56年)　[歴]昭和18年「曲水」に入会、渡辺水巴に師事。21年「曲水」同人に推される。23年岡安迷子に師事。翌年「関東会」設立。のち「曲水」編集委員となる。句集に「夜明」「日輪」「愛」がある。　[団]俳人協会

荻 悦子　おぎ・えつこ
詩人　[生]昭和23年　[出]和歌山県　[学]東京女子大学史学科卒、お茶の水女子大学大学院修士課程修了　[歴]詩集に「時の娘」「前夜祭」「流体」など。

沖 ななも　おき・ななも
歌人　「個性」編集長　[生]昭和20年9月24日　[出]茨城県古河市　本名＝中村真理子　[学]浦和西高卒　[賞]個性新人賞、個性賞、現代歌人協会賞(第27回)(昭和57年)「衣裳哲学」、埼玉文芸賞(昭和57年)「衣裳哲学」　[歴]昭和38年ごろから詩を発表、46年詩集「花の影絵」を出版。その後、個性の会入会、加藤克巳に師事して作歌を始めた。歌集に「衣裳哲学」「ふたりごころ」「機知の足首」「木鼠浄土」「樹木巡礼」。[団]現代歌人協会(理事)、日本文芸家協会、埼玉県歌人会(理事)　http://home.highway.ne.jp/sokacity/oki.htm

小木曽 旭晃　おぎそ・きょっこう
新聞・雑誌記者　俳人　[生]明治15年1月15日　[没]昭和48年10月26日　[出]岐阜県厚見郡細畑村　本名＝小木曽修二　[歴]小学校時代に全聾となり、以後独学で文学を志す。新聞・雑誌記者として幅広く活躍し、明治37年「新文芸」を創刊、42年「教育新聞」の編集に従事。43年「地方文芸史」を刊行。大正9年岐阜日日新聞に入社し、勤続28年で編集局長などを歴任した。また、俳句は明治末期から塩谷鵜平に手ほどきを受ける。戦後、獅子門顧問を務めた。

沖長 ルミ子　おきなが・るみこ
　詩人　⊕昭和10年2月13日　⊕岡山県　⊕飛揚同人。詩集に「父の手鏡」「長い列」「亀島山地下工場」「縄文のクッキーを食べながら」がある。　⊛詩人会議（沃野・道標）、現代詩人会

荻野 須美子　おぎの・すみこ
　歌人　⊕大正6年8月31日　⊕平成14年1月10日　⊕埼玉県　本名＝荻野すみ子　⊛埼玉文芸賞（第1回）（昭和45年）「不意に秋」　⊕昭和21年「鶏苑」創刊に参加。28年加藤克巳に師事して「近代」創刊に参加、引き続き「個性」創刊に参加。編集同人。歌集に「太陽とつぼと鴉」「不意に秋」、随筆集に「火をあびる鴉」「雲と水のこころ」などがある。
　⊛現代歌人協会、日本歌人クラブ

荻野 由紀子　おぎの・ゆきこ
　歌人　⊕昭和2年6月24日　⊕京都府　⊕昭和40年ごろより作歌を始め、高安国世主宰の「塔」に所属。歌集に「ルオーの部屋」、合同歌集に「環礁」がある。　⊛現代歌人協会

荻原 欣子　おぎはら・きんこ
　歌人　⊕大正14年12月12日　⊕東京　⊕精華高女卒　⊕昭和38年1月「ポトナム」に入会、阿部静枝に師事。40年同人。のち編集委員・選者。歌集「流年」は日本歌人クラブ推薦歌集。他に「夏日」がある。　⊛現代歌人協会、日本文芸家協会

荻原 裕幸　おぎはら・ひろゆき
　歌人　コピーライター　⊕昭和37年8月24日　⊕愛知県名古屋市　⊕愛知県立大学卒　⊛短歌研究新人賞（第30回）（昭和62年）「青年霊歌」　⊕昭和54年から作歌を始め、60年には角川短歌賞の最終候補に残る。61年「中京短歌」の創刊に参加。塚本邦雄選歌誌「玲瓏」創刊にも参加。62年第30回短歌研究新人賞を受賞。歌集に「青年霊歌」「甘藍派宣言」「あるまじろん」がある。「ラエティティア」同人。

荻本 清子　おぎもと・きよこ
　歌人　司書　⊕昭和12年12月18日　⊕愛知県稲沢市　⊕金城学院短期大学卒　⊕中学3年頃に、第一期「詩歌」の主要同人・萍水馬に師事。32年「ポトナム」入会、つづいて「核」に参加。更に、第三期「詩歌」復刊直前に前田透に師事し、60年「青天」創刊に参加。青天短歌会所属。歌集に「河と葦」「暁は」「垂直」「飛橋」「谷の雪」がある。　⊛現代歌人協会、埼玉県歌人会（理事）

沖本 真始　おきもと・しんじ
　歌人　福山大学教養部助教授　⊛英語学　⊕大正15年6月28日　⊕広島県御調郡向島東村（現・広島県尾道市向東町）　本名＝沖本治郎（おきもと・じろう）　⊕中央大学専門部経済科（旧制）（昭和25年）卒、早稲田大学第一商学部（昭和29年）退学、ホーリーネイムズ大学大学院英語科（昭和57年）修士課程修了　⊕昭和31年英語・数学の学習塾を始める。58年福山大学、近畿大学呉工学部非常勤講師。59年福山大学教養部専任講師を経て、63年助教授に。なお46年「世紀社」同人に。歌集に「イブの後裔」「沖本真始集」「胡蝶燃え落つ」。

荻原 映雰　おぎわら・えいほう
　俳人　⊕明治44年6月5日　⊕平成12年3月22日　⊕秋田県　本名＝荻原栄二郎　⊛秋田師範卒　⊛秋田市文化団体連盟賞（昭和51年）　⊕大正15年無名の句会「梟会」入会。昭和5年「玫瑰」同人。11年「石蕗」創刊主宰。作風は斎藤蕪葉系。句集に「これにくる日」「後日」「映雰句文帖」がある。　⊛俳人協会

荻原 井泉水　おぎわら・せいせんすい
　俳人　⊕明治17年6月16日　⊕昭和51年5月20日　⊕東京府芝区神明町（現・東京都港区）本名＝荻原藤吉（おぎわら・とうきち）　幼名＝幾太郎、別名＝愛桜、愛桜子、随翁　⊛東京帝国大学文科大学言語学科（明治41年）卒　⊛日本芸術院会員（昭和40年）　⊛勲三等瑞宝章（昭和41年）　⊕中学時代から句作をはじめ、明治39年頃から河東碧梧桐の新傾向運動に参加する。43年「ゲエテ言行録」を翻訳刊行。44年碧梧桐と「層雲」を創刊し、大正2年に碧梧桐らと別れ、主宰するようになった。以後、自由律俳句の中心作家として活躍。自然―自己―自由の三位一体の東洋風哲学を自由律の基盤とし、句集「湧き出るもの」「流転しつつ」「海潮音」「原泉」「長流」「大江」「四海」の他、「俳句提唱」「新俳句研究」「奥の細道評論」など数多くの俳論や紀行感想集を刊行した。昭和30年昭和女子大学教授に就任。40年日本芸術院会員。

奥 栄一　おく・えいいち
　詩人　歌人　評論家　⊕明治24年3月27日　⊕昭和44年9月4日　⊕和歌山県　⊕早稲田大学英文科中退　⊕新詩社門下の「はまゆふ」の同人となって短歌を発表する。大正7年には「民衆の芸術」を創刊。詩、小説、評論、翻訳もてがけた。没後の昭和47年、夫人浜子との共著詩歌集「蓼の花」が刊行された。

奥坂 まや おくさか・まや
俳人 [生]昭和25年7月16日 [出]東京都 [賞]俳人協会新人賞(第18回)(平成6年)「列柱」 [歴]「鷹」所属。平成6年句集「列柱」で第18回俳人協会新人賞を受賞。

小串 伸夫 おぐし・のぶお
詩人 俳人 (株)オグシ社長 元・小串冷凍工業社長 [生]明治41年4月23日 [没]平成1年4月3日 [出]神奈川県横浜市 俳号=小串伸を(おぐし・のぶお) [学]慶応義塾大学独文科卒 [歴]社長業のかたわら詩作や句作に励む。詩は草野心平、西脇順三郎に師事。詩集に「赤い曼陀羅華をみたのはその刻であった」「花のメランコリア」「河童のひとりごと」がある。俳句は石田波郷、大野林火、富安風生、加倉井秋をに師事し、「稲」「冬華」同人。句集に「木椅子」。 [団]俳人協会

奥田 杏牛 おくだ・きょぎゅう
俳人 [生]昭和6年3月18日 [出]鳥取県 本名=奥田義人 [学]淀川工卒 [賞]琅玕賞(昭和55年) [歴]昭和29年「獺祭」入会。34年「河」創刊に参加する。35年「獺祭」同人。翌年「鶴」入会。「鯉」同人、40年「鶴」同人となり、46年「冬草」同人。49年「麻」同人。「琅玕」創刊参加編集同人。のち「子午線」「連雀」にも所属する。句集に「初心」「応鼓」がある。 [団]俳人協会

奥田 雀草 おくだ・じゃくそう
俳人 [生]明治32年7月29日 [没]昭和63年12月13日 [出]兵庫県津名郡 本名=奥田哲良 [歴]初め秋田雨雀の影響を受け、のちに現代語俳句、俳画に独自の世界を作る。昭和初期から各地で作品展を開催。「高原」「関西俳画院」「こころの会」「抵抗短詩の会」などを主宰。原爆忌全国俳句大会では長年委員長をつとめた。句集に「自像」「望郷」「嵯峨野」「原爆忌」。

奥田 晴義 おくだ・はるよし
詩人 「槐」主宰 [生]大正11年1月5日 [出]愛媛県 [学]中央大学法学部卒 [歴]中央大学に進んだが、在学中に学徒出陣。終戦後復学すると共に故郷松山での文化運動や労働運動に関与する。大学を卒業して大学事務局に入り、機関紙の編集や就職関係を担当する。事務局長、理事、学長室長、担当部長を経て、監事。一方、昭和30年頃から詩作を続け、「槐」主宰。詩集「滔滔」「奥田晴義詩集」などを発表。
[団]日本文芸家協会、中大学員会、日本詩人クラブ

奥田 白虎 おくだ・びゃっこ
川柳作家 [生]大正5年10月3日 [出]京都市 [歴]測量設計会社役員のかたわら、NHK学園「川柳講座」指導講師をつとめる。番傘川柳本社幹事長。著書に「句集・五風十雨」、共著に「今日の川柳」、編著に「川柳歳事記」。 [団]日本川柳協会(理事)

小口 みち子 おぐち・みちこ
歌人 婦人運動家 [生]明治16年2月8日 [没](没年不詳) [出]兵庫県加東郡社町 旧姓(名)=寺本 号=美留藻(みるも) [学]師範学校付属教員養成所卒 [歴]美留藻と号して早くから短歌、俳句を発表する。教員、店員を経て美顔術研究家となる。平民社、売文社に関係し、「へちまの花」などに寄稿する。作品に小説「女三篇」などがある。また婦人運動家としても活躍した。

奥名 春江 おくな・はるえ
俳人 [生]昭和15年11月8日 [出]神奈川県 [賞]角川俳句賞(第38回)(平成4年)「寒木」
[歴]「晨」を経て、「春野」に所属。句集に「沖雲」がある。

奥成 達 おくなり・たつ
詩人 エッセイスト 評論家 [専]詩 ジャズ ロック アメリカ文学 [生]昭和17年 [出]東京都品川区 本名=奥成達(おくなり・さとる) [学]都立城南高卒、日本デザインスクール卒 [興]詩人・北園克衛研究、ヘビイ・メタル音楽、ドラッグ(麻薬)研究 [歴]エスエス製薬宣伝課、主婦と生活社勤務を経て、昭和43年フリーに。63年以来アーティスト・イン・レジデンスとしてアメリカ・ミネソタ大学、アムハースト・カレッジなどに学ぶ。詩集「サボテン男」「帽子の海」「Small Change」、音楽評論集「ジャズ三度笠」「深夜酒場でフリーセッション」、その他の著書に「ドラッグに関する正しい読み方」「瞑想術入門」「怪談のいたずら」「通勤電車は英語でひまつぶし」「遊び図鑑」など。
[家]妻=ながたはるみ(イラストレーター)

小国 勝男 おぐに・かつお
歌人 [生]昭和3年10月15日 [出]茨城県 [歴]昭和30年から作歌をはじめる。「砂廊」に入会、31年「茨城歌人」創刊に参加。39年同人誌「棘」を創刊、45年「新果実」、50年「餐」を創刊、編集発行人。「作風」同人、「茨城歌人」運営委員。歌集に「森の諧調」「青幻記」「飛鏡」「日の畢りまで」などがある。 [団]日本文芸家協会

小熊 一人　おぐま・かずんど
俳人　琉球新報俳壇選者　㊓昭和3年5月1日　㊜昭和63年2月14日　㊥千葉県我孫子市　㊫東京電機大学工学部卒業　㊸角川俳句賞(第23回)(昭和52年)「海漂林」　㊧戦後杉村楚人冠創立の湖畔吟社入門。「冬扇」「ホトトギス」「馬酔木」に投句。昭和37年「浜」に入門し、43年同人となる。著書に「沖縄俳句歳時記」「季語深耕風」、句集に「海漂林」など。また52年9月から琉球新報俳壇選者をつとめた。　㊐俳人協会

小熊 秀雄　おぐま・ひでお
詩人　洋画家　㊓明治34年9月9日　㊜昭和15年11月20日　㊥北海道小樽市稲穂町　㊫高等小学校(大正5年)卒　㊧大正11年旭川新聞社社会部記者となる。一方で文芸活動を始め、昭和3年上京。6年プロレタリア詩人会で詩壇に登場。9年遠地輝武らと「詩精神」を創刊。10年「小熊秀雄詩集」、長編叙事詩集「飛ぶ橇」を刊行。ファシズムの嵐の中、日常語を用いたすぐれた風刺詩、叙事詩を残した。死後再評価され、多くの研究文献、「流民詩集」「小熊秀雄全詩集」、童話集「ある手品師の詩」、「小熊秀雄全集」(全5巻・別巻1，創樹社)や英訳詩集「Long, Long ; Autumn Nights」などが出されている。42年小熊秀雄賞が創設された。30歳を過ぎてから絵も描いた。

奥村 憲右　おくむら・けんゆう
歌人　㊓昭和8年4月1日　㊥旧満州・安東市　㊧昭和37年4月「まひる野」入会。39年から51年まで「帆船」を、45年から1年ほど須永朝彦、大竹蓉子らと「反歌」を刊行。「菴沈羅」創刊。

奥村 晃作　おくむら・こうさく
歌人　㊓昭和11年6月14日　㊥長野県飯田市　㊫東京大学経済学部(昭和37年)卒　㊧東大在学中の昭和36年夏、宮柊二と出会い、長谷川祐次らと紫蘇の実会、グループ・ケイオスを結成。卒業後は三井物産に入社するが1年で辞め、東大に戻って教員免許証を取得。40年から芝学園に勤務。平成10年依願退職。一時小説評論で活躍後、歌一本に絞り、47年以降「群青」「歌学」「桟橋」「江戸時代和歌」などの創刊に参加。「コスモス」選者、「桟橋」発行人、「江戸時代和歌」編集人。歌集に「三齢幼虫」「鬱と空」、評論集に「隠遁歌人の源流―式子内親王 能因西行」「奥村晃作歌論集・現代短歌」がある。　㊐日本文芸家協会、現代歌人協会(理事)

奥村 ゆう　おくむら・ゆう
川柳作家　㊓昭和11年　㊥愛知県名古屋市　㊧川柳みどり会副会長。作品集に「花あかり」「銀の花器」がある。

奥山 甲子男　おくやま・きねお
俳人　㊓昭和4年2月4日　㊜平成10年5月25日　㊥三重県度会郡　㊫松阪工卒　㊸営努力賞(昭和42年)、中日俳句作家会賞(昭44年度)、営賞(昭和45年)、海程賞(第8回)(昭和47年)、三重県俳句協会年間賞(第1回)(昭和51年)、赫賞(第5回)(昭和52年)、現代俳句協会賞(第38回)(平成3年)　㊧農業に従事。昭和36年地元の俳句会に参加。37年「寒雷」に投句、38年「海程」に入会、39年同人。「未来現実」「営」「俳句思考」「橘」の各同人を経て、54年「木」創刊、編集同人。句集に「山中」「飯」「水」「野後」「奥山甲子男句集」などがある。　㊐現代俳句協会、三重県俳句協会

小倉 英男　おぐら・ひでお
俳人　㊓昭和3年4月15日　㊥千葉県　㊫高校中退　㊸春嶺賞(昭和45年)　㊧昭和22年「ホトトギス」「山彦」等に投句。43年「若葉」「春嶺」に投句し、岸風三樓に師事、のち同人。句集に「乾坤」「磐座」がある。　㊐俳人協会

小倉 行子　おぐら・ゆくこ
俳人　㊓大正11年2月28日　㊥京都府　本名＝小倉ユク　㊫旧制高女卒　㊸風土賞(昭和50年)　㊧昭和42年「風土」入会、石川桂郎に師事し、44年同人。風土同人会竹の会幹事を務める。句集に「絵付筆」がある。　㊐俳人協会

小倉 緑村　おぐら・りょくそん
俳人　「山河」代表　㊓明治45年2月2日　㊥神奈川県　本名＝小倉進　別号＝小倉果流　㊫早稲田大学専門部政経科卒　㊸現代俳句協会(顧問)　㊧昭和4年より句作、自由詩・俳句を佐藤惣之助に師事し、翌年より「あけぼの」を主宰。11年召集、除隊後北京で石原沙人、瓜生敏一、半田畔子、安達真弓らと「成紀」発刊。戦後は書店を経営する一方、24年「山河」を創刊し代表同人。句集に「隊列」「灯の街」「青峡」「山河随唱」ほか共著句集「成紀」などがある。

小黒 恵子　おぐろ・けいこ
詩人　作詞家　小黒恵子童謡記念館主宰　㊕童謡　㊓昭和3年8月27日　㊥神奈川県　㊫中央大学法学部(昭和26年)卒　㊸日本作詩大賞(新人奨励賞，第5回)(昭和47年)、日本童謡賞(第12回)(昭和57年)、赤い靴児童文化大賞(第3回)

（昭和57年）、川崎市文化賞（第19回）（平成2年）、勲四等瑞宝章（平成13年）　[歴]商事会社に就職するが倒産、東京・渋谷で深夜営業のシャンソン喫茶セーヌを開店。常連の画家・谷内六郎の勧めで作詩を始め、のちサトウハチローに師事。昭和45年第一詩集「シツレイシマス」を出版。その後NHK「おかあさんといっしょ」「みんなのうた」などを中心に発表。著書に「飛べしま馬」などがある。平成3年自宅に作曲・作詞家の資料や同人誌を展示する童謡館を開館。[団]詩と音楽の会、日本童謡協会（理事）、日本音楽著作権協会（評議員）

小河 織衣　おごう・おりえ
詩人　明星大学日本文化学部教授　[専]フランス哲学　比較文化史　[生]大正13年9月20日　[出]東京　[学]早稲田大学第一文学部西洋哲学科（昭和34年）卒、早稲田大学大学院文学研究科フランス文学専攻（昭和42年）博士課程修了　[興]ガブリエル・マルセル、現代フランス哲学　[賞]日仏文化賞特別賞（第9回）（平成3年）「メール・マティルド―日本宣教とその生涯」　[歴]著書に「メール・マティルド―日本宣教とその生涯」「女子教育事始」、共著に「横浜フランス物語」「日本近代文学と西洋」など、詩集に「とべない鳩」「オリンピアの火」「衣を織る旋律（しらべ）」がある。　[団]日本フランス語フランス文学会、日仏哲学会、日本比較文学会、日本仏学史学会

小此木 とく子　おこのぎ・とくこ
歌人　[生]大正6年1月9日　[出]栃木県　本名＝小此木トク　[学]足利女子高卒　[歴]昭和14年「遠つびと」入会。のち、「女人短歌」を経て、52年「蒲公英」創刊主宰する。歌集に「走路」「材香」「拈華微笑」など。他の著書に「花の脚杖」がある。

刑部 和儀　おさかべ・やすよし
詩人　文筆家　産業能率短期大学兼任講師　[専]近代文学　[生]昭和22年2月8日　[出]山梨県　[学]都留文科大学卒　[歴]公立学校教員後、文筆業に専念。詩集に「不安の周辺」「渺々の日々」がある。　[団]日本文芸家協会、日本ペンクラブ、日本近代文学会、山人会

尾崎 昭美　おざき・あきみ
詩人　愛知大学文学部文学科教授　[専]フランス現代詩（アポリネール研究）　[生]昭和8年8月22日　[出]東京　[学]東京教育大学文学部（昭和34年）卒、東京教育大学大学院文学研究科仏語仏文学専攻（昭和41年）博士課程修了　[歴]昭和42年愛知大学講師、43年助教授を経て、54年教授。63年文学部長に就任し、全国初の自己推薦入試を実施した。文芸同人VIKING同人。著書に「セーヌ左岸」「セーヌ右岸」、詩集「季節」「異土」「巴里」など。　[団]日本フランス語フランス文学会

尾崎 昭代　おざき・あきよ
詩人　童話作家　[出]栃木県日光市　[賞]アンデルセンのメルヘン大賞（優秀賞，第14回）　[歴]詩と童話の誌「ミルキィウエイ」を発行。詩集に「風の椅子」、童話集に「少女のレッスン」などがある。

尾崎 喜八　おざき・きはち
詩人　随筆家　[生]明治25年1月31日　[没]昭和49年2月4日　[出]東京市京橋区鉄砲州　[学]京華商（明治42年）卒　[歴]明治42年中井銀行に就職。この頃から文学に親しみ、44年高村光太郎を知る。光太郎の知遇を得、千家元麿ら白樺派の詩人と接近し、人道主義、理想主義的立場から詩作を始める。大正9年朝鮮銀行に就職し京城に渡る。11年「空と樹木」で詩壇に登場、13年「高層雲の下」を刊行、昭和2年「曠野の火」を刊行。“山と高原の詩人”と称され、山、高原に関する随筆も多い。「旅と滞在」「行人の歌」「高原詩抄」「花咲ける孤独」「田舎のモーツァルト」などの詩集、「山の絵本」などの随筆、訳詩、訳文など著書は数多く、「尾崎喜八詩文集」（全10巻，創文社）が刊行されている。

尾崎 孝子　おざき・こうこ
歌人　[生]明治30年3月25日　[没]昭和45年4月22日　[出]福島市　本名＝尾崎カウ　[歴]「あらたま」「ポトナム」経て、吉植庄亮に師事し「橄欖」同人となる。大正15年「ねむの花」を刊行。昭和6年「歌壇新報」を継承して6年間主宰し、22年には「新日光」を創刊。他の歌集に「女人秘抄」「草木と共に」などがあり、「万華鏡」などの随筆集もある。

尾崎 紅葉　おざき・こうよう
小説家　俳人　[生]慶応3年12月16日（1867年）[没]明治36年10月30日　[出]江戸芝中門前町　本名＝尾崎徳太郎　別号＝縁山、半可通人、俳号＝十千万堂　[学]東京帝大文科大学和文科（昭和23年）中退　[歴]東大予備門在学中の明治18年、山田美妙・石橋思案らと硯友社を結成し、「我楽多文庫」を創刊。23年帝大を中退したが既に作家として名を為しており、22年には「二人比丘尼色懺悔」を刊行、また読売新聞社に入社、「伽羅枕」「三人妻」などの長短篇を発表、文壇の大家となる。西鶴を学び、西洋

文学によって心理的写実主義を学ぶ。29年写実主義の代表作「多情多恨」を発表し、30年から読売新聞に“貫一・お宮”で知られる「金色夜叉」を連載して爆発的なブームを起こすが未完のまま死去、小栗風葉が補完した。縁山、半可通人などの別号があり、熱心だった俳句には十千万堂の号がある。角田竹冷らと秋声会創立。俳誌「秋の声」創刊。句集に「紅葉山人俳句集」「紅葉句集」など。小説の面では多くの門下を育成し、泉鏡花、小栗風葉、徳田秋声、柳川春葉がその代表である。
[家]父＝尾崎惣蔵(谷斎)(根付彫師・幇間)

尾崎 左永子 おざき・さえこ
歌人 作家 [専]日本古典文学 [生]昭和2年11月5日 [出]東京 本名＝尾崎磋瑛子 [学]東京女子大学文学部国語科卒 [賞]日本エッセイスト・クラブ賞(第32回)(昭和59年)「源氏の恋文」、ミューズ賞(第9回)(昭和63年)「土曜日の歌集」、神奈川文化賞(第47回)(平成10年)、迢空賞(第33回)(平成11年)「夕霧峠」 [歴]在学中より佐藤佐太郎に短歌を学び、卒業後NHKの放送詩、音楽劇、作詞などを手掛ける。昭和32年第一歌集「さるびあ街」で頭角を現すが、その後15年間歌壇から遠ざかる。40〜41年夫に従ってボストンに住み、帰国後、国文学の杉原聡門下に加わる。59年歌誌「運河」創刊同人となり作歌を再開。平成11年「夕霧峠」で迢空賞を受賞するなど完全復帰を遂げる。12年歌誌「星座」を創刊。この間、日本大学文理学部非常勤講師、文教大学講師等を経て、文化庁専門委員。著書に「源氏の薫り」「光源氏の四季」「尾崎左永子の古今、新古今」「女人歌抄」「新訳 源氏物語」(全4巻)など。 [団]現代歌人協会、日本放送作家協会、日本文芸家協会、日本エッセイストクラブ(理事)

尾崎 文英 おざき・ぶんえい
歌人 俳人 僧侶 日朝寺(日蓮宗)住職 [生]昭和10年6月13日 [出]東京・八王子市追分町 [学]立正大学国文学科(昭和33年)卒 [歴]昭和29年中島斌雄に師事、俳誌「麦」に参加。30年浅野晃に師事、立正大学詩歌研究会を興す。32年前川佐美雄に師事、歌誌「日本歌人」同人。33〜50年八王子高等学校教諭を務める。52年日朝寺住職。平成3年日蓮宗霊断師会総合研究所副所長。同年「短歌草原」同人。句集に「美しき四季」「橋畔」、歌集に「遠近」「戒壇—尾崎文英集」、詩歌集「尽日抄」「私の詩歌論」「緑地」「苔衣」がある。

尾崎 放哉 おざき・ほうさい
俳人 [生]明治18年1月20日 [没]大正15年4月7日 [出]鳥取県邑美郡吉方町(現・鳥取市立川町) 本名＝尾崎秀雄 初号＝芳哉 [学]東京帝大法学部(明治42年)卒 [歴]中学時代から句作をはじめ、東大在学中は「ホトトギス」などに句作を発表。明治44年東洋生命保険東京本社に勤務し、後大阪支店次長、東京本社契約課長などを務める。大正5年荻原井泉水主宰の「層雲」に自由律俳句を投稿しはじめる。9年東洋生命を退社し、11年京城付の朝鮮火災海上保険に支配人として勤務するが、12年退職、満州各地を流浪する。帰国後、妻と別れ世俗を捨て、京都市の一燈園で下座奉仕の生活に入る。13年知恩院の寺男となるが酒の失敗で追われ、兵庫県の須磨寺大師堂の堂守となる。以後福井県小浜町や京都の寺の寺男となり、14年8月小豆島の西光寺奥ノ院南郷庵の庵主となるが、間もなく病気を悪化させて死去。酒と放浪の俳人であった。死後句集「大空」が井泉水編で刊行された。「放哉書簡集」「尾崎放哉全集」(弥生書房)がある。平成6年4月小豆島の土庄町に町立の尾崎放哉記念館が開館、11年放哉賞が創設された。

尾崎 まゆみ おざき・まゆみ
歌人 [生]昭和30年1月17日 [出]愛媛県 [学]早稲田大学文学部国文科卒 [賞]短歌研究賞(第26回)(平成3年)「微熱海域」 [歴]「玲瓏」所属。歌集に「微熱海域」「酸つぱい月」がある。

尾崎 迷堂 おざき・めいどう
俳人 僧侶 慶覚院(高麗寺)住職 [生]明治24年8月19日 [没]昭和45年3月13日 [出]神奈川県横須賀市(本籍) 本名＝尾崎光三郎(おざき・こうざぶろう) 法名＝暢光 [歴]大正14年鎌倉の杉本寺住職、昭和17年逗子の神武寺住職を経て、戦後、大磯の高麗寺慶覚院住職をつとめる。俳句は明治44年頃から「国民俳壇」で活躍し、「渋柿」同人となる。昭和10年「あらの」に参加、戦後は「えがら」(のち「ぬなは」と改題)を編集した。句集に「孤輪」「雨滴」「芙渠」がある。

尾崎 元昭 おざき・もとあき
歌人 [専]日本近代文学 [学]和歌山大学教育学部卒、鳴門教育大学大学院言語系コース修了 [歴]林間短歌会同人、和歌山市音楽芸術フェスティバル作曲・リコーダー部門長、NTTコンサート担当者。歌集に「青き叙唱」「新妻に贈る愛歌」「南からの幻想」、著書に「石川啄木の研究」がある。 [団]日本歌人クラブ、日本社会文学会、日本文学協会、和歌山県歌人クラブ

尾崎 与里子　おざき・よりこ
美容師　詩人　[出]滋賀県長浜市　[歴]叔母の跡を継いで美容師となり、“髪結いさん”と呼ばれる近江湖北の花嫁付き添い人を務める。詩集に「はなぎつね」「夢虫」「風汲」「秋遊」などがある。　[団]日本現代詩人会

尾崎 騾子　おざき・らし
俳人　[生]明治44年11月15日　[出]静岡県　本名＝尾崎龍夫　別号＝尾崎丘一二　[学]国士館高等拓殖学校卒　[歴]加藤雪腸の推薦により中塚一碧楼に師事。昭和7年ブラジル、フィリピンなどの在外公館勤務を経て、終戦を迎える。20年11月引揚げ、終戦時代を一碧楼の最晩年の門下としてその死まで側近にあった。21年「海紅」復刊に参画、中塚たづ子・高橋晩甘らを助けて編集に参加。34年続刊不能となり、翌年、河合夢舟・吉川金次らと「海紅同人句録」を発行。著書に「中塚一碧楼研究」「アマゾンの話」「面谷鉱山誌」がある。

長田 恒雄　おさだ・つねお
詩人　評論家　[生]明治35年12月17日　[没]昭和52年3月30日　[出]静岡県清水市　[学]東洋大学中退　[歴]大正14年「詩洋」同人となり、同年処女詩集「青魚集」を刊行。15年三省堂に勤務、そのかたわら詩作を続け「朝の椅子」「朱塔」などを刊行。戦後は「現代詩研究」の主幹となって活躍した。他の詩集に「天の蚕」「東京」などがあり、随筆集に「美しい倫理」「愛情のスタイル」などがある。

長田 等　おさだ・ひとし
俳人　[生]昭和10年8月26日　[出]岐阜県　[学]厚八中卒　[賞]氷海賞(昭和43年)、氷海星恋賞(昭和48年)、俳人協会全国大会入賞(昭和40年)　[歴]昭和28年俳句を始め「天狼」「七曜」「流域」に投句。41年「氷海」入会。46年俳人協会会員となる。53年創刊の「狩」同人。句集に「傷痕」「寒析」「草矢」など。グランド印刷経営。　[団]俳人協会

長田 弘　おさだ・ひろし
詩人　エッセイスト　[生]昭和14年11月10日　[出]福島県福島市　[学]早稲田大学文学部独文学科(昭和38年)卒　[賞]毎日出版文化賞(昭和57年)「私の二十世紀書店」、富田砕花賞(第1回)(平成2年)「心の中にもっている問題」、路傍の石文学賞(第13回)(平成3年)、桑原武夫学芸賞(第1回)(平成10年)「記憶のつくり方」、講談社出版文化賞(絵本賞，第31回)(平成12年)「森の絵本」　[歴]在学中、詩誌「鳥」を創刊。「現代詩」「現代詩手帖」に拠り、昭和40年詩集「われら新鮮な旅人」でデビュー。以来、詩集「長田弘詩集」「メランコリックな怪物」「言葉殺人事件」「深呼吸の必要」「食卓一期一会」など、瑞瑞しい感性と颯爽とした語法で若い読者に人気を得る。46～47年米国・アイオワ州立大学国際創作プログラムのメンバー。評論や随筆の分野でも活躍、57年エッセイ「私の二十世紀書店」で毎日出版文化賞受賞。他の著書に「詩と時代1960-1972」「詩人であること」「失われた時代」「散歩する精神」「詩は友人を数える方法」「記憶のつくり方」、絵本に「森の絵本」などがある。　[団]日本文芸家協会

長田 雅道　おさだ・まさみち
歌人　[生]昭和22年5月26日　[出]宮城県　[賞]短歌新聞新人賞(第1回)(昭和48年)「港のある町」、年刊短歌賞(第1回)(昭和59年)　[歴]10代に「アララギ」「群山」に入会、以来、扇畑忠雄に学ぶ。第1回短歌新聞新人賞受賞。群山八人集「季節風」、歌集「港のある町」がある。「扇畑忠雄研究」編集委員、宮城県昭和世代短歌研究会発起人。

小山内 薫　おさない・かおる
演出家　詩人　小説家　劇作家　演劇評論家　築地小劇場創立者　[生]明治14年7月26日　[没]昭和3年12月25日　[出]広島県広島市　[学]東京帝大文科大学英文科(明治39年)卒　[歴]大学時代から詩、小説、戯曲を書き、明治37年新派の伊井蓉峰に招かれ、真砂座で「サフォ」「ロミオとジュリエット」などを翻案。劇評を書き、処女戯曲「非戦闘員」を発表。また39年には散文詩集「夢見草」、詩集「小野のわかれ」を出した。40年柳田国男、島崎藤村らとイプセン会を興し、42年洋行帰りの2代目左団次と自由劇場を創立、第1回試演にイプセン「ジョン・ガブリエル・ボルクマン」を上演して反響を呼び、つづいてチェーホフ、ゴーリキーなどの作品を上演、大正8年に解散する。明治45年～大正2年渡欧、帰国後、市村座顧問。13年土方与志らと築地小劇場創立、新劇運動第2期の開拓者となり、演出という仕事を確立し、多くの新劇俳優を育てた。その間、松竹キネマに入り松竹キネマ研究所長を務めるなど映画にも貢献した。小説では初期の短編のほか大正2年の自伝的長編「大川端」がある。昭和2年にはロシア革命10周年記念祭に国賓として招かれた。「小山内薫全集」(全8巻)がある。

小山内 時雄　おさない・ときお

歌人　八戸大学学長　弘前大学名誉教授　[専]日本近代文学　地方文学史　[生]大正4年10月21日　[出]青森県弘前市　[学]東京帝国大学国文科(昭和16年)卒、東京大学大学院文学研究科(昭和22年)修了　[賞]勲三等旭日中綬章(平成2年)　[歴]中学時代から「水甕」「ポトナム」に参加。昭和34年青森県郷土作家研究会をおこし、地方文学史研究に先鞭をつける。歌集に「若き日の巡礼」、編著に「福士幸次郎著作集」(2巻)がある。　[団]日本近代文学会

小沢 克己　おざわ・かつみ

俳人　詩人　[生]昭和24年8月1日　[出]埼玉県川越市　[歴]昭和52年能村登四郎主宰「沖」に入会。55年同人。60年俳人協会会員。平成4年俳句誌「遠嶺」創刊・主宰。句集に「青鷹」「爽樹―小沢克己句集」、詩集に「虚空の本城」「遅滞」「裸形の嵐」、評論集に「俳句の未来」がある。川越市立図書館資料係長をつとめる。　[団]俳人協会、日本ペンクラブ、日本文芸家協会

小沢 青柚子　おざわ・せいゆうし

俳人　教師　[生]明治45年　[没]昭和20年3月11日　[出]東京市本郷区湯島　本名＝小沢秀男　[学]早稲田大学高等師範部卒　[歴]浅草区立高等女学校教師。「句と評論」の同人。後、渡辺白泉らと離脱し、昭和12年5月「風」を創刊。13年5月「句と評論」が藤田初巳の「広場」と改題されたのを機に復帰。中支戦線で戦病死した。私版短詩型文学全書「小沢青柚子集」がある。

小沢 武二　おざわ・たけじ

俳人　[生]明治29年1月25日　[没]昭和41年3月29日　[出]東京市芝区浜松町　別名＝河津発　[学]東京府立一中卒　[歴]層雲社、同盟通信社、時事通信社などに勤務するかたわら句作を続ける。大正10年「不滅の愛」を刊行したのをはじめ、「絵の消えた絵馬」「空が芽ぶく」などの句集がある。

小沢 信男　おざわ・のぶお

小説家　詩人　評論家　[生]昭和2年6月5日　[出]東京市芝区南佐久間町　[学]日本大学芸術学部文芸科卒　[興]戦後風俗史、江戸東京風俗史　[賞]桑原武夫学芸賞(第4回)(平成13年)「裸の大将一代記」　[歴]大学在学中に「新東京感傷散歩」が花田清輝に認められ、以後、新日本文学会、記録芸術の会に参加。小説、詩、戯曲、記録などの、ジャンルにこだわらない自在な方法を持ち、小説集「わが忘れなば」、詩集「赤面申告」などを発表。ほかの作品に「若きマチュウの悩み」「東京の人に送る恋文」「東京百景」「定本犯罪紳士録」「裸の大将一代記」など。　[団]新日本文学会、日本文芸家協会

尾沢 紀明　おざわ・のりあき

歌人　[生]昭和4年8月2日　[出]山梨県　[歴]父のすすめで昭和30年「国民文学」に入会する。松村英一、千代国一に師事。42年職場短歌俳句誌「けやき」創刊に参加する。56年「樹海」に入会。歌集に「土台工」「堰のある町」など。

小沢 碧童　おざわ・へきどう

俳人　篆刻家　[生]明治14年11月14日　[没]昭和16年11月17日　[出]東京市日本橋区本船町　本名＝小沢西徳　幼名＝清太郎、別名＝小沢忠兵衛(6代目)　[賞]読売文学賞(第12回・詩歌・俳句賞)(昭和35年)「碧童句集」　[歴]8歳の時、祖父小沢忠兵衛の養子に入籍、西徳6代目忠兵衛となる。早くから句作をし、河東碧梧桐の門下生となる。「海紅」同人となり、「三昧」にも参加して活躍する。没後の昭和35年「碧童句集」が刊行され、読売文学賞が授与された。また書と篆刻にもすぐれていた。

小沢 満佐子　おざわ・まさこ

俳人　[生]大正5年1月18日　[出]群馬県　本名＝小沢志ゲ(おざわ・しげ)　[賞]馬酔木賞(昭和62年)　[歴]昭和19年より「馬酔木」に投句。一時中断したが23年草間時光の紹介で水原秋桜子に師事。初期に山口草堂、次いで米沢吾亦紅に学び、「燕巣」同人。32年「馬酔木」同人。句集に「飛鳥川」「小紋」。　[団]俳人協会

小沢 実　おざわ・みのる

俳人　「沢」主宰　[専]国文学　[生]昭和31年8月29日　[出]長野県　[学]信州大学人文学部国文学科卒、成城大学大学院文学研究科博士課程修了　[賞]鷹新人賞(第8回・昭54年度)、鷹俳句賞(第17回・昭56年度)、俳人協会新人賞(平成10年)「立像」　[歴]信州豊南女子短期大学国文科助教授を経て、教授。のち跡見学園女子大学講師。「鷹」編集長、「沢」主宰。句集に「砧」「立像」。　[団]日本文芸家協会、俳人協会、俳文学会

小塩 卓哉　おしお・たくや

歌人　評論家　「季刊 海外詠」発行人　[生]昭和35年7月10日　[出]岐阜県　[学]早稲田大学教育学部卒　[賞]中日歌壇年間賞優秀作(昭61年度)、現代短歌評論賞(第10回)(平成4年)「緩みゆく短歌形式―同時代を歌う方法の推移」、名古屋文化振興賞(平成8年)　[歴]大学時代から歌を作り始め、中日新聞の中日歌壇で昭和61年度年

間賞優秀作に。同年中日歌壇の入選者を中心とする同人誌「まあじなる」を発刊し、編集人に。平成2年第5号を発刊し、記念セミナー「現代詩vs現代短歌—相互批評の試み」を開催。のち「季刊 海外詠」発行人。短歌誌「音」同人。著書に、歌集「風カノン」、評論集「新定型論」などがある。

押切 順三　おしきり・じゅんぞう
詩人　[生]大正7年10月27日　[没]平成11年7月3日　[出]秋田県雄勝郡雄勝町　[学]産業組合学校(昭和12年)卒　[歴]農業団体に勤め、農協の農村医療医学業務に携わる。昭和15〜17年農民文学系の雑誌「記録」に参加。復員後は北方自由詩人集団代表として第2次「処女地帯」を主宰。秋田県内における民衆詩運動の中心的存在として理論的支柱となった。のち「コスモス」と第3次「処女地帯」同人。「さきがけ詩壇」選者。詩集に「大監獄」「斜坑」「沈丁花」「押切順三全詩集」がある。

忍城 春宣　おしじょう・はるのぶ
詩人　[生]昭和17年6月15日　[出]静岡県富士市　[学]東京芸術大学音楽学部卒　[歴]音楽院卒業後、ビクターレコーディングオーケストラ専属ギター奏者。のちフリーとなり、日劇、国際、帝国劇場、民音、ロッテ歌のアルバムなどに長期出演。傍らジャズ喫茶を経営したが、過労で腱鞘炎になり音楽生活を断念、昭和52年から書店経営。詩誌「時間」を経て「駆動」「暦象」同人。著書に「夕告げびとの歌」「十九歳の詩集」「詩集 あなたへ」などがある。　[団]日本詩人クラブ、日本文芸家協会、日本ペンクラブ、静岡県詩人

小瀬 洋喜　おせ・ようき
歌人　岐阜薬科大学名誉教授　大垣女子短期大学名誉教授　[専]環境衛生学　[生]大正15年4月13日　[出]岐阜県　[学]岐阜薬科大学製造薬学科(昭和28年)卒、岐阜薬科大学大学院(昭和30年)博士課程修了　医学博士　[資]薬剤師　[賞]日本生命財団研究奨励金、東海学術奨励金(5回)、短歌文学賞(昭和33年)、岐阜県芸術文化奨励賞(昭和50年)、じゅうにんの会評論賞(昭和54年)、岐阜県芸術文化顕彰(昭和60年)、環境庁長官地域環境保全功労者(昭和62年)、梨郷賞(第4回)(平成7年)　[歴]昭和24年岐阜女子専門学校助教授、30年岐阜薬科大学助手、35年助教授、41年教授。附属図書館長を務めた。平成元年〜5年岐阜市立女子短期大学学長、のち大垣女子短期大学学長。また歌人としても知られ、昭和27年「桃林」創立に参加。32年「短歌」同人。35年「斧」創立同人、同年、全国青年歌人合同研究会を運営する。39年「じゅうにんの会」同人。著書に「水と公害」「薬事公衆衛生学」、歌集に「秋天」「木斧」「地球遺跡」「地神」「水都二十選」、他に「回帰と脱出」などがある。　[団]現代歌人協会、日本歌人クラブ、日本文芸家協会、日本薬学会、日本環境変異原学会、International Assoc.on Water Pollution Research and Controll　[家]妻＝小瀬園子(中部大学講師)

尾世川 正明　おせがわ・まさあき
詩人　医師　[生]昭和25年5月17日　[出]東京都大田区　[歴]詩誌「孔雀船」同人。詩集に「花をめぐる神話」「みえないいきものたちの天文学」「誕生日の贈物」がある。

尾関 栄一郎　おぜき・えいいちろう
歌人　[生]明治34年11月21日　[没]昭和61年11月21日　[学]早稲田大学卒　[歴]大正6年「珊瑚礁」創刊により歌作を始める。同誌解散後「水甕」同人。後「ポトナム」同人。森園天涙の招きにより「あさひこ」同人。昭和21年「遠天」を創刊主宰。歌集に「北溟」「冬の記憶」「流日」、評論集に「短歌文学論考」、研究書に「万葉集東歌論稿」がある。
[家]妻＝安藤佐貴子(歌人)

織田 烏不関　おだ・うふかん
俳人　僧侶　[生]明治13年8月18日　[没]昭和9年7月6日　[出]愛知県名古屋　本名＝織田徹真　[歴]名古屋市外小牧の両源寺住職となる。俳句は正岡子規門下で、明治34年度飯田楊柳の「寿々夢詞」創刊に参加、35年「花大根」を創刊。吉田冬葉の尾張時代の師で、大正14年冬葉の「獺祭」創刊に同人として加わった。河東碧梧桐が岐阜に来て長良河畔の旗亭に請じた時、碧梧桐が女の背に達筆をふるい、烏不関は女の足に「鳰の巣に手のとどくまで漕がせけり」と書いた話は有名。冬葉編「烏不関句集」がある。

織田 悦隆　おだ・えつりゅう
歌人　「原野」主宰　[生]大正13年6月27日　[出]愛媛県伯方町　[学]伯方高小(昭和13年)卒　[賞]日本歌人賞(昭和46年)　[歴]昭和18年佐佐木信綱の門に入る。23年「日本歌人」に同人として参加。25年「心の泉」を創刊。39年「心友」を「原野」に改題。60年日本歌人選者、平成3年東予歌人協会会長を務める。歌集に「古き家」「新しき顔」「織田悦隆歌集」など。　[団]日本歌人クラブ

小田 観蛍　おだ・かんけい
歌人　[生]明治19年11月7日　[没]昭和48年1月1日　[出]岩手県久慈市　本名＝小田哲弥　[歴]大正8年処女歌集「隠り沼」を刊行し、昭和5年「新墾」を創刊して主宰する。札幌短大教授もつとめ、38年「小田観蛍全歌集」が刊行された。

小田 久郎　おだ・きゅうろう
詩人　思潮社会長　[生]昭和6年2月27日　[出]東京　[学]早稲田大学文学部(昭和28年)卒　[賞]大仏次郎賞(第22回)(平成7年)「戦後詩壇私史」　[歴]乾元社、「文章倶楽部」編集長を経て、昭和31年思潮社を創業。42年株式に改組し、社長に就任。のち会長。出版団体に属さず詩を専門に扱う出版社で、平成12年「田村隆一全詩集」、13年「荒川洋治全詩集」の刊行などが評価され、14年同社は梓会出版文化賞特別賞を受賞した。思潮出版販売代表も務める。詩集に「十枚の地区」、著書に「戦後詩壇私史」など。

織田 小三郎　おだ・こさぶろう
⇒織田枯山楼(おだ・こさんろう)を見よ

織田 枯山楼　おだ・こさんろう
俳人　愛国学園理事長・校長　[生]明治23年3月11日　[没]昭和42年8月29日　[出]愛媛県　本名＝織田小三郎(おだ・こさぶろう)　[賞]勲四等旭日小綬章(昭和42年)　[歴]印刷出版業を経て、愛媛女子商業校長、愛国学園理事長、竜ケ崎高校長などを歴任。一方大正初期頃から俳句をはじめ、「渋柿」「白楊」に参加。「俳諧文学」「文明」などを発行した。

小田 保　おだ・たもつ
俳人　[生]大正10年2月11日　[没]平成7年9月27日　[出]広島県尾道市　[賞]海程賞(昭和42年)　[歴]戦後、北千島からシベリアに送られ、3年間の抑留生活を送る。この間極限の生活の中で仲間とともに句作を続けた。「風」同人を経て、昭和37年「海程」創刊に参加。56年戦友会に出席したのがきっかけで、60年抑留俳句選集「シベリア俘虜記」を刊行。平成元年抑留俳句集「続シベリア俘虜記」を完成した。他の句集に「望郷」「八月」「黒雨以後」「夏光極光」など。
[団]現代俳句協会

小田 鳥迷子　おだ・ちょうめいし
俳人　[生]明治33年10月10日　[没]昭和62年2月11日　[出]長崎市宝町　本名＝小田太熊(おだ・だいくま)　[学]中大法学部卒　[賞]長崎県功労者表彰(昭和36年)、勲五等瑞宝章(昭和49年)「地方文化」　[歴]大正2年「芦風」代表。9年「枯野」、「水明」同人。戦後、29年長崎県俳句協会初代会長に就任。句集に「被爆の井」。[団]俳人協会

小田 哲夫　おだ・てつお
歌人　[生]大正2年12月15日　[出]北海道　[歴]昭和8年頃より作歌。10年小田観蛍に師事し「新墾」に、翌年「潮音」に入社する。歌集に「時間と海」など。

小田 尚輝　おだ・なおてる
俳人　[生]大正7年4月15日　[出]富山県　[学]大阪大学理学部物理卒　[歴]昭和22年義父・後藤夜半の手ほどきを受け作句を始める。「諷詠」「ホトトギス」同人。句集に「絵馬」「千里の馬」「祭馬」がある。　[団]俳人協会

織田 秀雄　おだ・ひでお
教育運動家　詩人　児童文学作家　[生]明治41年12月10日　[没]昭和17年12月15日　[出]岩手県胆沢郡小山村(現・胆沢町)　筆名＝織田顔(おだ・がん)　[学]岩手県立水沢農学校(大正15年)卒　[歴]代用教員などをしながら詩や童謡などを発表し、昭和4年全国農民芸術連盟に加盟する。5年上京してマルクス書房に入社し、また新興教育研究所の創立に参加して「新興教育」を編集する。同年帰郷し社会科学研究、文化運動などを推進するが検挙され、懲役2年に処せられた。10年頃から創作に専念。没後の55年「織田秀雄作品集」が刊行された。

小田 美慧子　おだ・みえこ
歌人　[生]昭和6年2月4日　[出]岡山県　[歴]幼い妹との死別や父の応召、岡山大空襲などを経験し、10代後半京都に移住。心の内を日記や短歌に綴り続け、昭和39年古川房枝が創設した短歌結社「炎樹」の同人に。50年歌集「雪篝(ゆきかがり)」を出版。56年古川亡き後、古沢昌子と同結社の選者・編集者を務める。「稜線」同人。他の歌集に「西野東野」がある。
[団]日本歌人クラブ、現代歌人集会、京都歌人協会

小田 龍吉　おだ・りゅうきち
詩人　[専]農民文学　[生]大正3年10月16日　[出]新潟県　[歴]昭和12、20年と2度応召。21年避難民団責任者として帰国。以後農業をしながら詩作。日本農民文学会運営委員も務めた。著書に詩集「土の慟哭」「雲よ大地よ」「詩集 ぬかるみの足跡」、小説「農地の墓標」などがある。
[団]日本農民文学会(終身会員)

小高 倉之助　おだか・くらのすけ
歌人　千葉県信用農協組合連合会理事　[生]明治40年12月16日　[没]平成4年5月26日　[出]千葉県　[歴]短歌結社橄欖(かんらん)の農民歌人として活躍。千葉県信用農協組合連合会理事、県農業会議農地部会長、長生郡市農協組合長会長などを務めた。歌集に「頸木」「零余子」がある。

小高根 二郎　おだかね・じろう
詩人　伝記作家　[生]明治44年3月10日　[没]平成2年4月14日　[出]東京　[学]東北帝国大学法文学部(昭和9年)卒　[歴]日本レイヨン勤務の傍ら「四季」同人となり、昭和30年「果樹園」を創刊。40年「詩人・その生涯と運命―書簡と作品から見た伊東静雄」を刊行。詩集に「はぐれたる春の日の歌」、小説集に「浜木綿の歌」、評伝に「蓮田善明とその死」「棟方志功」「吉井勇」などがある。　[団]日本文芸家協会

小田切 清光　おだぎり・きよみつ
詩人　[生]昭和7年12月15日　[出]東京市品川区大井北浜川町　[学]東京都立工芸高等学校　[歴]高等学校に入学後、詩を書き始め、昭和22年日本俳句会に入会。24年「品川新聞」に投稿を始め、今井秀雄、志崎純、古川一夫らと詩誌「掌」を創刊。また岩佐東一郎の知遇を得る。37年現代詩人集団に入会、詩誌「炎」に作品を発表。同年壺井繁治を中心にした詩人会議グループに参加。38年詩誌「DOiN'グループ」(佐藤文夫)に参加。平成7年個人詩誌「緑地」を創刊。詩集に「春雷」「もろまるだ詩」「花少しに」「夜汽車」「私の茶煙亭」ほか、童話集に「フォルテ君どうする」、句集に「花筐」などがある。

小田島 孤舟　おだじま・こしゅう
歌人　[生]明治17年3月1日　[没]昭和30年12月4日　[出]岩手県　本名=小田島理平治　旧姓(名)=佐々木　[学]岩手師範(明治39年)卒　[歴]小学校校長、盛岡女学校教諭などを歴任するかたわら、歌誌「曠野」を明治42年に創刊。のち「ぬはり」に参加。大正6年刊行の「郊外の丘」の他「生けるすすきに」「高原」などの歌集がある。

小田嶋 十黄　おだじま・じゅっこう
俳人　俳画家　[生]明治20年　[没]昭和53年2月5日　[出]東京・本郷春木町　本名=小田嶋義(おだじま・よし)　[賞]藍綬褒章(昭和46年)　[歴]大正7年パイロット万年筆に入社。商業美術部に勤務。昭和8年太平洋画会展に出品以来、俳画家として活躍するように。11年から二科会美術展に入選20回。42年現代俳画協会顧問。俳句は渡辺水巴に師事。著書に「俳画入門」「俳画への道」、句集に「ほそ道」など。

小田島 朗　おだじま・ろう
詩人　[生]昭和6年1月　[出]北海道札幌市　本名=小田島朗(おだじま・あきら)　雅号=幻華　[賞]雛祭俳句賞(第1回)　[歴]北海道教育大学、日本大学、慶応義塾大学に学び、公立高校教師を務めた。現在は作詩を手がけ、現代詩歌全領域のノン・セクショナリズムを目指す。「東京文芸」「新墾」「氷原帯」所属を経て、日本詩人クラブ会員。毎月「幻華通信」を発行する。詩集に「超縁の美学」「オホーツク幻想」、歌集に「幻華抄」「鎮魂悲傷」、句集に「童女無限」がある。　[団]日本詩人クラブ

小田原 漂情　おだわら・ひょうじょう
歌人　[生]昭和38年2月7日　[出]東京都杉並区　本名=小田原雅史　[学]明治大学文学部(昭和60年)卒　[歴]会社員。「歌人舎」「短歌人」に所属。歌集に「たえぬおもひに」「予後」、エッセイ集に「道と道、竝に灰田先生」、小説「碓氷峠」などがある。

落合 けい子　おちあい・けいこ
歌人　[生]昭和25年3月22日　[出]兵庫県神戸市　[学]武庫川女子短期大学卒　[賞]短歌現代新人賞(第2回)(平成1年)　[歴]「牙」「鱧と水仙」会員。歌集に「じゃがいもの歌」「ニパータ」がある。

落合 実子　おちあい・じつこ
歌人　[生]明治42年2月14日　[没]平成2年9月13日　[出]岐阜県　[歴]昭和6年「ポトナム」に入会し、のち同人。歌集に「海の雪」「遠き山なみ」「アザレアの揺れ」。

落合 水尾　おちあい・すいび
俳人　「浮野」主宰　[生]昭和12年4月17日　[出]埼玉県加須市　本名=落合光男(おちあい・みつお)　[学]埼玉大学教育学部国語科卒　[賞]埼玉文学賞(昭和46年)　[歴]昭和31年長谷川はな女、秋子に師事。52年「浮野」を創刊し、主宰。句集に「青い時計」「谷川」「東西」、著書に「長谷川秋子の俳句と人生」がある。埼玉県立不動岡誠和高等学校教諭。　[団]俳人協会(幹事)、日本文芸家協会

落合 東郭　おちあい・とうかく
漢詩人　大正天皇侍従　㊓慶応2年11月19日(1866年)　㊚昭和17年1月19日　㊍肥後国熊本(熊本県)　本名＝落合為誠(おちあい・ためのぶ)　㊫東大選科卒　㊑宮内省に勤務していたが、のちに帰郷して五高、七高の教授を歴任し、明治43年再度上京、大正天皇の待従となる。その一方で漢詩人として作品を発表した。

落合 直文　おちあい・なおぶみ
歌人　国文学者　㊓文久1年11月15日(1861年)　㊚明治36年12月16日　㊍陸前国本吉郡松岩村片浜(現・宮城県気仙沼市)　幼名＝亀次郎、盛光、号＝萩之家　㊫神宮教院卒、東京帝国大学古典講習科　㊑早くから伊勢の神宮教院などで漢籍を学び、明治21年皇典講究所講師となる。同年新体詩「孝女白菊の歌」を発表。一高教授となり、22年森鴎外らと「於母影」を発表し、「しがらみ草紙」の創刊に参加する。26年浅香社を創立、30年には「この花」の創刊に参加。歌人、国文学者として幅広く活躍した。没後の37年「萩之家遺稿」が刊行された。
㊎弟＝鮎貝槐園(歌人)

音成 京子　おとなり・きょうこ
歌人　㊓大正3年1月25日　㊚昭和60年9月4日　㊍福岡県　㊛福岡市文学賞(昭和56年)　㊑20歳頃より作歌し、「ポトナム」に入会。結婚で中断、引揚げ後再び作歌。昭和26年「ポトナム」同人。28年女人短歌会員。29年日本歌人クラブ会員。56年福岡市文学賞受賞。歌集に「博多抄」「彩る季節」がある。

小鳥 幸男　おどり・ゆきお
俳人　高山市民時報社社長　「飛騨」主宰　㊓昭和6年8月3日　㊍岐阜県大垣市　㊫斐太高(昭和29年)卒、自治大学校(昭和39年)卒　㊑昭和51年高山市観光課長を退職。現在、高山市民時報社ほか4社社長。高山市文化協会会長、高山商工会議所公益事業部副部会長。俳誌「飛騨」主宰。著書に「飛騨百景」「雪」「トロイの城」などがある。　㊐俳人協会

小椰 精以知　おなぎ・せいいち
俳人　㊓明治44年7月31日　㊚平成4年4月2日　㊍千葉県山武郡　㊫図書館講習所(昭和6年)卒　㊑「木語」創刊に参加し、同人。俳人で俳書の蒐集家として有名な幡谷東吾、神谷瓦人の遺した膨大な蒐集書、幡谷文庫、神谷瓦人文庫の整理を両家の遺族から一任され、完成させた。句集に「寸楮」、著書に「人脈覚え書」「続人脈覚え書」がある。

小名木 綱夫　おなぎ・つなお
歌人　㊓明治44年8月11日　㊚昭和23年3月19日　㊍東京・芝　本名＝黒田良吉　㊛啄木賞(第3回)(昭和24年)「太鼓」　㊑小学校卒業後印刷工見習の傍ら、府立工芸学校夜間部に通学。のちアカハタ編集局勤務。昭和10年頃「短歌評論」に参加し、17年検挙された。20年「新日本歌人協会」創立に参加し、「人民短歌」に作品発表。遺歌集に「太鼓」がある。

鬼木 三蔵　おにき・さんぞう
詩人　㊓大正5年　㊍長崎県佐世保市　本名＝金谷量三　㊫東京深川数矢尋常小学校(昭和4年)卒　㊑学校卒業後、東京の深川郵便局に勤務。戦後は、長崎県で進駐軍の雑役、炭坑夫、椅子張り職などを転々とする。昭和47年上京し、ゴム会社に就職。定年後、詩作に専念し、「東京四季」「陽」同人となる。詩集に「残照」「昔僕は鴉だったかも」「道化の唄」などがある。

小沼 草炊　おぬま・そうすい
俳人　書家　画家　「空蝉」主宰　㊓大正3年8月10日　㊍埼玉県　本名＝小沼勝治　㊫武蔵野美校西洋画科本科中退　㊛パリ芸術展モンタナ賞、ナショナルボザール金賞(昭和60年)、日書文化功労賞、ニューヨーク美術展優秀賞　㊑9歳頃から俳句を主に短歌、書道、絵画に親しむ。高浜虚子に目を掛けられ、昭和12年俳句を主とする「空蝉会」を創立、俳誌「空蝉」を発行。書は漢字を豊道春海、かなを尾上柴舟に学び、宮本竹逕に師事したあと独立。また絵画は芸大の講習生を経て武蔵野美校の西洋画科に数年間在籍したが、この間日本画も学び、その後は日本の風土の香りを持つ作品を心掛けている。60年のボザール金賞受賞記念の詩書画展に続いて、61年には千葉県柏市の高島屋で詩墨の個展を開いた。句集に「古稀春秋」「蛍五百五十句」「夜遊女子」など。
㊐現代俳句協会

小野 恵美子　おの・えみこ
俳人　㊓昭和17年7月20日　㊍東京　㊫青山学院大学文学部卒　㊛毎日俳壇賞(昭和53年下期)　㊑昭和34年「馬酔木」に初投句。51年「火の会」発足に参加。句集に「埴輪の馬」「海景」「岬端」「小野恵美子集」がある。
㊐俳人協会

小野 恵美子　おの・えみこ

詩人　⑮昭和24年　⑯栃木県　⑲詩誌「谷蟆」を主宰。潤徳女子高校講師。詩集に「昼の記憶」「らくだ」「赤い犬」などがある。　㊿日本詩人クラブ

小野 興二郎　おの・こうじろう

歌人　⑮昭和10年6月22日　⑯愛媛県上浮穴郡面河村　⑰明治大学文学部日本文学科卒　⑲昭和32年「形成」に参加、40年同人となる。48年昭和新世代合同歌集「騎」、50年「騎2」に加わる。51年「てのひらの闇」、54年「天の辛夷」を刊行。　㊿現代歌人協会、日本文芸家協会

小野 茂樹　おの・しげき

歌人　⑮昭和11年12月15日　⑯昭和45年5月7日　⑯東京都渋谷区　⑱早稲田大学国文科中退　⑲現代歌人協会賞(昭和44年)「羊雲離散」　⑲昭和30年に「早稲田短歌会」と「地中海」に入会、香川進に師事。大学中退後、32年栗原彬らと同人誌「パロ」を刊行。歌集に「羊雲離散」、遺歌集に「黄金記憶」の他、両集を収めた「小野茂樹歌集」(国文社)がある。

おの ちゅうこう

詩人　児童文学者　タラの木文学会長　児童文芸家協会顧問　⑮明治41年2月2日　⑯平成2年6月25日　⑯群馬県利根郡白沢村　本名=小野忠孝(おの・ただよし)　⑰群馬師範(現・群馬大学)卒　⑲野間児童文芸推奨作品賞(昭和34年)「風は思い出をささやいた」、全線詩人賞(昭和42年)、児童文化功労者表彰(昭和54年)、日本児童文芸家協会賞(第6回)(昭和56年)「風にゆれる雑草」、群馬文化賞　⑲小学校教師となり、詩人の河井酔茗に師事。昭和9年上京し、高等小学校教師のかたわら、詩作を続ける。13年「幼年倶楽部」に童話・童謡を発表したことが児童文学への転機となった。著書に「氏神さま」(のち「ふるさと物語」と改題)「定本・おの・ちゅうこう詩集」などがある。　㊿日本児童文芸家協会(顧問)、日本文芸家協会、日本ペンクラブ、日本詩人クラブ

小野 十三郎　おの・とおざぶろう

詩人　大阪文学学校名誉校長　⑮明治36年7月27日　⑯平成8年10月8日　⑯大阪府大阪市浪速区新川町　本名=小野藤三郎(おの・とうざぶろう)　⑰天王寺中卒、東洋大学文化学科中退　⑲大阪市民文化賞、大阪府民文化賞、読売文学賞(第26回・詩歌俳句賞)(昭和49年)「拒絶の木」　⑲大正10年上京し東洋大に入学。11年同人誌「黒猫」「大象の哄笑」を創刊。13

年「赤と黒」に同人として参加。15年第一詩集「半分開いた窓」を出版。その後詩誌「弾道」を刊行し、アナーキズム詩運動の理論的支柱の一人となる。昭和8年大阪へ戻り、以後自己の詩的方法を探り、「大阪」「風景詩抄」を刊行して独自の詩風を確立した。戦後は「コスモス」創刊に参加、また29年に大阪文学学校を創設して校長を務め、詩の大衆化や市民平和運動に指導的役割を果した。帝塚山学院短期大学教授も務めた。著書はほかに、詩集「大海辺」「抒情詩集」「重油富士」「拒絶の木」「定本・小野十三郎全詩集1926〜1974」、評論「詩論」「多頭の蛇」、「自伝空想旅行」「小野十三郎著作集」(全3巻)などがある。　㊿日本文芸家協会、新日本文学会、日本現代詩人会(名誉会員)

小野 蕪子　おの・ぶし

俳人　陶芸研究家　ジャーナリスト　NHK文芸部長　東京日日新聞社会部長　⑮明治21年7月2日　⑯昭和18年2月1日　⑯福岡県遠賀郡芦屋町　本名=小野賢一郎(おの・けんいちろう)　別号=蓼山荘主人、麦中人　⑰高小卒　⑲16歳で小学校準教員検定試験に合格し代用教員となる。明治39年朝鮮に渡り、「朝鮮日報」や「朝鮮タイムス」などの記者として活躍。41年毎日電報社(大阪毎日新聞の前身)に入社。ついで東京日日新聞社に移り、社会部記者を経て、事業部長、社会部長などを歴任。昭和9年日本放送協会文芸部長となり、のち業務局次長などをつとめ、放送事業の進展に努めた。その間、日本の美術・民芸、とくに古陶磁を研究し、宝雲舎を起こして「陶器大辞典」(6巻)などを編集・出版。俳句は大正8年に「草汁」を創刊し、昭和2年「虎杖」の選者となり、4年これを「鶏頭陣」と改題して没年まで主宰。句集に「松籟集」「雲煙供養」など、著書に「明治大正昭和記者生活20年の記録」「朝鮮満州のぞ記」「洋行土産」など。　⑳養子=蘭郁二郎(SF作家)

小野 昌繁　おの・まさしげ

歌人　⑮明治40年1月3日　⑯昭和51年7月19日　⑯山梨県塩山市　⑰日大法学部卒　⑲16歳で「創作」入社。昭和21年同誌の戦後復刊に参画、編集委員。31年「新宿短歌」(後の「武羅佐岐」)を創刊主宰する。37年「短歌研究」を譲受け編集発行者となる。歌集「途上」以下9冊。

小野 蒙古風　おの・もうこふう

俳人　[生]大正2年7月1日　[没]昭和55年5月1日　[出]香川県　[学]農業専門学校卒　[歴]18歳頃から作句を始める。「京鹿子」「馬酔木」などに投句。昭和15年「寒雷」創刊とともに参加、のち同人。以降、「杉」同人を経て、53年「草」を創刊主宰した。

小野 有香　おの・ゆうこう

歌人　詩人　社会主義者　[生]明治15年3月16日　[没]昭和40年3月17日　[出]奈良県吉野郡　本名＝岩崎吉勝　旧姓(名)＝小野　[学]早稲田大学政経学部(明治40年)卒　[歴]「週刊平民新聞」の後継紙である「直言」の編集をし、短歌「暗潮」、詩「労働に生きよ」などを発表した。また「新紀元」にも詩や短歌を発表した。

小野 葉桜　おの・ようおう

歌人　[生]明治12年　[没](没年不詳)　[出]宮崎県東臼杵郡西郷村　本名＝小野岩治　[歴]農家に生まれ、20歳ころから小学校代用教員などに就く。明治37年上京、ドイツ語学校に通う。一方、若山牧水とは文学仲間で、故郷で回覧雑誌「野虹」を出し、同年遅れて上京して来た牧水と親交を続ける。同年日露戦争で召集され勉強を断念。戦後は再上京を果たせず宮崎で薬店を開く傍ら、種々の社会事業に取り組む。若くして郡会議員にまでなったが、頭部を強打する事故で議員を辞職。政敵による闇討ちにあったとの説が有力であった。以後は裁縫教師の妻のかせぎで生活しながら、歌に打ち込む。30歳代半ば病気の悪化で作歌を断念。昭和62年故郷・西郷村の「さいごう文芸」の人々が中心になって歌稿を印刷出版、平成4年にはその後進んだ研究の成果も含めて新訂版の歌集「悲しき矛盾」が出版された。

小野 連司　おの・れんじ

詩人　[生]大正7年7月17日　[没]昭和53年6月13日　[出]北海道函館市　[学]函館商業学校卒　[賞]小熊秀雄賞(昭和46年)、函館市文化賞(昭和48年)　[歴]昭和14年「日本詩壇」、15年に「詩文学研究」に参加。戦後は「純粋詩」同人として、詩論や詩を発表、23年に純粋詩功労賞を受賞した。その後、結核が悪化、以後、死に至るまで療養生活が続くが、25年には「地球」に加わり、盛んな活動を展開した。46年小熊秀雄賞、48年函館市文化賞受賞。第20詩集「箸屋供養記」が遺稿集となった。

尾上 柴舟　おのえ・さいしゅう

歌人　国文学者　書家　東京女高師名誉教授　[生]明治9年8月20日　[没]昭和32年1月13日　[出]岡山県苫田郡津山町　本名＝尾上八郎　[学]東京帝大文科大学国文科(明治34年)卒　[資]帝国芸術院会員(昭和12年)　[歴]一高在学中、落合直文の教えを受け、浅香社に参加。東京帝大卒業後、哲学館、東京女高師、早大を経て、明治41年女子学習院教授に就任。34年訳詩集「ハイネの詩」を刊行。35年金子薫園との合著「叙景詩」を刊行し、「明星」の浪漫主義に対抗して、いわゆる“叙景詩運動”を推進した。以後、「銀鈴」「金帆」「静夜」「日記の端より」などの歌集、詩集を刊行。36年、夕暮、牧水らと車前草社を結成。42年「短歌滅亡私論」を発表。大正3年「水甕」を創刊し、没年まで主宰した。戦後歌集として「晴川」、遺歌集「ひとつの火」がある。国文学者としても「日本文学新史」「短歌新講」「平安朝草仮名の研究」などの著書がある。書家としても有名で、昭和12年、書道によって帝国芸術院会員となった。戦後は21年に東京女高師名誉教授となり、24年以降歌会始の選者をつとめた。

小野寺 幸男　おのでら・ゆきお

歌人　[生]昭和13年11月7日　[出]岩手県　[歴]「砂金」「徳島短歌」を経て、昭和41年「未来」に入会。独自のリアリズム短歌を発表し続ける。合同歌集「労働歌集」や「樹下仮眠」がある。

小畠 貞一　おばた・ていいち

詩人　[生]明治21年3月26日　[没]昭和17年10月10日　[出]石川県金沢市　本名＝小畠悌一　号＝六角堂　[学]逓信官吏講習所卒　[歴]逓信省官吏として勤務するかたわら、大正12年「疲れたる緑のぱらそる」をはじめとして多くの詩作を発表。私家版「初餐四十四」がある。没後の昭和18年「山海詩抄」が刊行された。

小畑 晴子　おばた・はるこ

俳人　[生]昭和15年6月12日　[出]大阪府　[学]大阪府立高卒　[賞]東京出版全国大会入賞(昭和53年)、俳人協会関西大会賞(昭和55年)、文芸出版俳句文学賞(昭和56年)　[歴]昭和42伯父岡田抜山の手ほどきを受け、「山茶花」の下村非文に師事。50年俳人協会会員。山茶花雲煙集選者を務める。62年「かつらぎ」に参加。句集に「数珠玉」「山火」がある。
[団]俳人協会

尾花 仙朔　おばな・せんさく
詩人　⊕昭和2年4月9日　⊕宮城県　本名＝三浦敬二郎　⊕札幌商卒　⊕ユリイカ新人賞佳作入選（第1回）（昭和32年）、晩翠賞（第25回）（昭和59年）「縮図」、地球賞（第23回）（平成10年）「黄泉草子形見祭文」　⊕昭和33年荒地詩集に参加。「近代詩猟」「世界像」などの同人を経て「海」に所属する。詩集に「おくのほそ道句景詩鈔」「黄泉草子形見祭文」など。　⊕日本現代詩人会

尾林 朝太　おばやし・あさた
俳人　⊕大正14年　⊕長野県　⊕昭和21年中支戦線より復員、詩作をはじめる。26年第三次詩誌「地球」に参加。「地球」「近代文学」他に作品を発表。35年詩作の筆を断つ。54年俳句月刊誌「山暦」創刊に参加。俳句、評論、エッセイなど執筆。「山暦」同人。著書に「自伝鈔」がある。　⊕俳人協会

小原 うめ女　おはら・うめじょ
俳人　⊕大正6年1月6日　⊕島根県　本名＝小原梅恵（おはら・うめえ）　⊕松江高女（昭和8年）卒　⊕柿賞（昭和42年、昭和48年）　⊕昭和27年作句を始める。30年「ホトトギス」に投句、高浜年尾に師事。31年「玉藻」に投句、星野立子に師事。32年「柿」入会、37年同人、39年編集員。46年より愛媛新聞夕刊俳壇選者。松山俳句協会評議員をつとめる。53年「ホトトギス」同人。　⊕俳人協会

小原 俊一　おはら・しゅんいち
俳人　「やまなみ」主宰　⊕大正11年1月30日　⊕長野県　⊕旧制中卒　⊕浜賞（昭和36年）、握手同人賞（昭和51年）、長野県俳人協会賞（昭和53年）　⊕昭和39年「浜」同人。49年「握手」創刊同人。52年「鷹」同人。56年「岳」同人会長。長野県歳時記委員会副委員長。句集に「渓流」「木曽」「安曇野」など。　⊕俳人協会

小原 菁々子　おはら・せいせいし
俳人　「冬野」主宰　⊕明治41年12月25日　⊕平成12年11月30日　⊕福岡県福岡市廿家町　本名＝小原宗太郎（おはら・そうたろう）　⊕高小（大正12年）卒　⊕福岡市文化賞（昭和55年）、福岡県文化功労賞（昭和58年）、西日本文化賞（昭和59年）、勲五等瑞宝章（昭和61年）　⊕家業の繊維卸会社を経営したが、倒産。のち貸しビル業を営む。昭和2年より河野静雲の手ほどきをうけ、24年「ホトトギス」同人。49年から「冬野」を主宰。また30年以上にわたり、福岡少年院や筑紫少女苑で俳句の指導にあたる。福岡

県俳句協会会長も務めた。句集に「海女」、編著に「西日本歳時記」。　⊕俳人協会、福岡県俳句協会、伝統俳句協会

小原 啄葉　おばら・たくよう
俳人　「樹氷」主宰　⊕大正10年5月21日　⊕岩手県紫波郡矢巾町　本名＝小原重雄（おばら・しげお）　⊕青年学校卒　⊕夏草新人賞（昭和34年）、夏草功労賞（昭和48年）、俳人協会賞（第36回）（平成9年）「滾滾（こんこん）」　⊕昭和12年より作句。26年「夏草」に入会、山口青邨に師事。34年「子午線」、38年「夏草」同人。53年「樹氷」を創刊し、主宰。句集に「北の貌」「滾滾（こんこん）」など。また岩手県人事委員会委員も務めた。　⊕俳人協会（名誉会員）、日本文芸家協会

小原 真紀子　おばら・まきこ
詩人　評論家　⊕詩　小説　翻訳　映画論　⊕昭和36年5月25日　⊕熊本県　⊕慶応義塾大学工学部卒、慶応義塾大学文学部卒　⊕第3次「三田詩人」創刊時のメンバーで、「夏夷」にも所属。詩集「湿気に関する私信」がある。

小原 六六庵　おはら・ろくろくあん
漢詩人　書家　⊕明治34年4月16日　⊕昭和50年10月15日　⊕愛媛県温泉郡垣生村西垣　本名＝小原清次郎　⊕大正3年から中村翠涛に書道を学び、13年書道教授となり「六六庵」を創立。昭和21年吟詠を提唱、25年愛媛吟詠連盟を創立、会長となった。高橋藍川・太刀掛呂山に詩を学び、六六庵吟社を主宰した。黒潮、山陽、言詠、癸丑各吟社会員。また日本漢詩文学連盟参与、独立書人団参与のほか愛媛県吟剣詩舞総連盟名誉会長を務め、短歌「にぎたつ」同人。著書に「六六庵吟詠詩集」「六六庵詩書碑」（全4巻）などがある。

尾村 幸三郎　おむら・こうざぶろう
歌人　俳人　尾寅当主　東京水産物卸売協同組合総代　⊕明治43年2月27日　⊕東京市日本橋区小田原町　筆名＝小倉三郎、俳号＝尾村馬人（おむら・ばじん）　⊕日本橋・魚久の3男。旧制中学を中退し、昭和25年マグロ仲御・尾寅を継承。13代目当主。一方、17、8歳から川柳を作り始め、新聞の柳壇に投稿。のち短歌、俳句へと文芸活動を広げ、30年には発起人の一人となって魚河岸俳句会を発足、代表世話人となり、俳誌「魚影」編集発行人。また現代短歌の同人誌「芸術と自由」でも活動する。戦前にはアナキズムに共鳴し治安当局の検挙に遭ったこともあり、平成2年に出した歌集のタイトルを「魚

河岸のアナキスト」とする。日本橋にあった魚河岸が関東大震災のあと現在の築地へ移転するまでを描いたエッセイ集「日本橋魚河岸物語」(昭和59年)の著作もある。この間、昭和26年に市場文化の発展を目的に創立された、銀鱗会会長をつとめた。他の著書に句集「いちば抄」「庶民哀歓」、歌集「まぐろの感覚」、「魚河岸怪物伝」「魚河岸日々絶唱」など。加太こうじと共に同人誌「東京文芸」を主宰。

親井 牽牛花　おやい・けんぎゅうか
俳人　[生]明治40年5月14日　[出]三重県　本名=親井修　[歴]高等学校教師を経て、短期大学講師となる。昭和の初め「層雲」に入会、のち同人。荻原井泉水に師事し、一貫して自由律俳句で活躍。「俳句新風」を主宰。ほかに「俳句評論」同人。　[団]現代俳句協会

小宅 圭介　おやけ・けいすけ
歌人　[生]明治37年3月23日　[没]昭和45年3月5日　[出]大分県津久見　[学]早稲田大学高等師範部国漢科(昭和5年)卒　[歴]早大在学中に窪田空穂の門下生となり、「槻の木」に短歌を発表する。教員生活をしていたが、戦後横浜の進駐軍に勤め、その後PL教団短歌芸術社の歌誌「短歌芸術」の編集にあたる。歌集に「黄土」、遺稿集「青江」(昭45)がある。

小宅 容義　おやけ・やすよし
俳人　[生]大正15年9月21日　[出]東京　[歴]戦後大竹孤愁「かびれ」入会、昭和47年辞して「麦明」(解散後「玄火」と改題)発行編集担当。「西北の森」同人。川崎三郎没後「現代俳句」編集長として40周年記念号別冊「協会の歩み」を刊行。句集に「立木集」「半円」「火男」がある。
[団]現代俳句協会

尾山 景子　おやま・けいこ
詩人　[出]富山市　[賞]日本海文学大賞奨励賞(第1回)(平成2年)「レーの夕暮れ」　[歴]昭和47年第1詩集、56年第2詩集を出版したほか、51年女性詩誌「勿忘草(わすれなぐさ)」を創刊し、編集。現代詩ラ・メール会員。喫茶店「勿忘草」を経営。

小山 誉美　おやま・たかみ
歌人　[生]明治31年1月16日　[出]熊本県　[賞]長崎県社会文化功労者(昭和34年)、長崎新聞文化章(昭和48年)　[歴]大正6年「アララギ」入会、島木赤彦に師事。赤彦没後退会。昭和7年「吾妹」に同人として参加。同年「青い港」を創刊、主宰。戦後「短歌長崎」と改題した。42年原爆合同歌集「長崎」を出版。57年まで45年間長崎新聞歌壇選者。34年県社会文化功労者表彰、48年長崎新聞文化章受賞。長崎歌人会顧問。

小山 鼎浦　おやま・ていほ
評論家　詩人　政治家　毎日新聞主筆　衆院議員　[生]明治12年11月24日　[没]大正8年8月25日　[出]宮城県気仙沼町　本名=小山東助(おやま・とうすけ)　[学]東京帝大哲学科(明治36年)卒　[歴]東京毎日新聞社入社。明治37年「帝国文学」編集委員、新人社同人となり、新聞にキリスト教的理想主義にたつ文芸評論、雑誌に創作詩、詩評を発表。42年文芸革新会発起人となり、毎日を退社。早稲田大学講師を経て、大正2年関西学院に転じ、高等科文科長。4年から衆院議員当選2回、憲政会に属した。大正デモクラシーの先駆けの一人といわれる。この間、5年毎日新聞主筆。著書に「社会進化論」「久遠の基督教」「光を慕いて」、「鼎浦全集」(全3巻，鼎浦会刊)がある。

小山 朱鷺子　おやま・ときこ
歌人　[生]昭和4年3月26日　[出]宮城県　[賞]橄欖賞、宮城県芸術祭文芸賞、芸術選賞新人賞　[歴]北海道在住時代に、アイヌの歌人、故バチュラー八重子に遇い作歌を始める。昭和43年「橄欖」に入会。新人賞、橄欖賞、宮城県芸術祭文芸賞、芸術選賞新人賞などを受賞。歌集に「木の砦」がある。　[団]現代歌人協会

尾山 篤二郎　おやま・とくじろう
歌人　国文学者　書家　[生]明治22年12月15日　[没]昭和38年6月23日　[出]石川県金沢市　別号=刈萱、秋人、無柯亭主人　[学]金沢商中退　文学博士(昭和36年)　[賞]日本芸術院賞(第7回)(昭和25年)　[歴]在学中、右膝関節結核で大腿部より切断して中退。21歳で上京し、明治44年前田夕暮の「詩歌」に、大正2年若山牧水の「創作」復刊に加わり、また窪田空穂の「国民文学」の同人となる。昭和13年「芸林」主宰。歌集に「さすらひ」「明子妙」「平明調」「草籠」「とふのすがごも」「雪客」。また、研究書に「柿本人麿」「万葉集物語」「西行法師評伝」「大伴家持の研究」がある。57年「尾山篤二郎全歌集」が刊行された。

小山 正孝　おやま・まさたか
詩人　[専]漢文学(唐詩)　文章学　[生]大正5年6月29日　[出]東京・青山　[学]東京帝国大学支那文学科卒　[賞]丸山薫賞(第7回)(平成12年)「十二月感泣集」　[歴]昭和17年日本出版会、21年中教出版に勤務し教科書の編集に従事。43年関東

短期大学講師となり、44年助教授を経て、53年教授。62年定年退職。一方、高校時代から詩作を始め、14年「山の樹」同人となる。「四季」にも寄稿し、21年「胡桃」を創刊。同年詩集「雪つぶて」を刊行。ほかに「逃げ水」「散ル木ノ葉」「風毛と雨皿」「山居乱信」「小山正孝詩集」「十二月感泣集」などがある。42年再刊「四季」の同人に参加。他に「文学館」同人。詩のほか、専攻の唐詩の研究もある。
[団]日本現代詩人会、日本文芸家協会、四季派研究会

折井 愚哉　おりい・ぐさい
俳人　画家　[生]明治4年2月24日　[没]昭和9年9月21日　[出]岡山県　本名＝折井太一郎　別号＝無筆堂、石兆、梁岳、梁渓、雲水坊　[歴]16歳で大阪に出、専修学校で学ぶ。のち上京し絵画を学んだが、正岡子規について句作をする。日本新聞、大阪朝日新聞の記者もつとめ、渡米した事もあり、のち中学の絵画の教師となる。著書に「俳句の作り方と鑑賞」などがある。

折笠 美秋　おりかさ・びしゅう
俳人　元・東京新聞社特別報道部次長　[生]昭和9年12月23日　[没]平成2年3月17日　[出]神奈川県横須賀市　本名＝折笠美昭(おりかさ・よしあき)　[学]早稲田大学文学部国文科(昭和32年)卒　[賞]俳句評論賞(第3回)(昭和42年)「否とよ、陛下！」、現代俳句協会賞(第32回)(昭和60年)　[歴]昭和33年東京新聞入社。編集局社会部遊軍、警視庁記者、特別報道部次長等を歴任。傍ら俳人としても活躍。早大俳句研究会、「断層」「俳句評論」同人を経て、「騎」同人。42年「否とよ、陛下！」で第3回俳句評論賞を受賞。56年筋萎縮性側索硬化症を発病、休職し闘病生活を送りながら句作に打ちこむ。60年第32回現代俳句協会賞受賞。著書に「サンゴ礁の仲間たち」「美香は十六歳」、句集に「虎嘯記」「君なら蝶に」がある。　[家]妻＝折笠智津子(「妻のぬくもり蘭の紅」の著者)

折口 信夫　おりくち・しのぶ
⇒釈迢空(しゃく・ちょうくう)を見よ

折口 春洋　おりくち・はるみ
歌人　国文学者　[生]明治40年2月28日　[没]昭和20年3月19日　[出]石川県　旧姓(名)＝藤井春洋　[学]国学院大学卒　[歴]大学在学中に「鳥船社」創刊同人の1人となり、折口信夫の指導を受ける。同時期に師と同居。昭和11年国学院大学教授。18年応召。19年折口の養嗣子となるが、20年硫黄島で戦死。歌集に「鵠が音」。

織田 道代　おりた・みちよ
詩人　[生]昭和23年　[出]東京都　[歴]詩集に「ことば と あそぶ」「ことば と すごす」「ことばじゃらし」、絵本に「アイスクリームマス」「ことばあそびえほん あくあく」など。

折戸 彫夫　おりと・ほりお
詩人　[歴]詩集に「雲に戯れるメフィストフェレス」「現代の人間忘却」「折戸彫夫詩集」などがある。　[団]日本現代詩人会、日本詩人クラブ(理事)

織原 常行　おりはら・つねゆき
歌人　[生]大正2年8月29日　[出]東京　本名＝織原輝夫　[歴]中学時代より作歌、戦前は「若杉」「冬青」「エラン」「短歌鑑賞」編集同人。昭和25年11月「次元」創刊に参加、39年より編集兼発行人となる。多摩歌話会委員。　[団]日本歌人クラブ

尾張 真之介　おわり・しんのすけ
歌人　元・講談社専務　[生]明治25年1月2日　[没]昭和48年4月20日　[出]千葉県銚子市　号＝尾張穂草(おわり・すいそう)　[学]東洋大学(明治45年)卒　[歴]大正2年講談社に入り、3年11月創刊された「少年倶楽部」編集主任となる。5年退社したが昭和6年復帰、20年取締役、21年専務取締役となる。28年退職して顧問となった。東京出版販売会長、全国出版協会常務理事、日本出版団体連合会会長などを歴任。また歌人として知られ、40年「潮光」を創刊し主宰。歌集に「白砂集」「松かさ」「くろはえ」「潮光」「犬吠」などがある。

恩地 孝四郎　おんち・こうしろう
詩人　版画家　挿絵画家　装幀家　[生]明治24年7月2日　[没]昭和30年6月3日　[出]東京府淀橋(現・東京都新宿区)　[学]東京美術学校(現・東京芸術大学)西洋画科(大正3年)中退　[歴]竹久夢二に私淑。大正3年美校の友人らと詩と版画の雑誌「月映(つくばえ)」を創刊。7年日本創作版画協会会員となる。昭和2〜4年帝展出品。6年日本版画協会創立により同展と国画会に出品。11年国画会版画部部員。戦後28年日本アブストラクト・アート・クラブを結成。抽象的版画を中心に制作、また製本、装幀を得意とした。戦後の代表作品に「リリック」連作、「フォルム」連作などがあり、サンパウロビエンナーレなど国際版画展にも出品し好評を得た。装幀の著名なものに「月に吠える」「抒情小曲集」などがあり、著書に「本の美術」「日本の現代版画」「恩地孝四郎・装本の業」、詩集「季節標」

「蟲・魚・介」、童話歌劇集「ゆめ」などがある。[家]娘＝恩地三保子(英米児童文学翻訳家)、長男＝恩地邦郎(画家・元明星学園高校校長)

恩地 淳一　おんち・じゅんいち

詩人　[生]明治39年　[没]昭和59年　[出]鳥取県倉吉市　[歴]15歳の頃より「金の星」「赤い鳥」などに童謡を投稿する。昭和10年小春久一郎、木坂俊平らと大阪童謡芸術協会を創立、「童謡芸術」を刊行する。38年関西歌謡芸術協会を創立、理事長に就任。「歌謡列車」を主宰した。童謡詩集に「風ぐるま」「春はどこまで」など。詩謡集、民謡集もある。

遠地 輝武　おんち・てるたけ

詩人　美術評論家　[生]明治34年4月21日　[没]昭和42年6月14日　[出]兵庫県飾磨郡八幡村(現・姫路市)　本名＝木村重夫(きむら・しげお)　別筆名＝本地輝武、本地正輝　[学]日本美術学校卒　[歴]大正14年「DaDais」を創刊し、同年「夢と白骨との接吻」を刊行するが即日発禁となる。詩、小説、評論を「赤と黒」などに発表し、プロレタリア詩人として昭和4年「人間病患者」を刊行。9年には「石川啄木の研究」「近代日本詩の史的展望」を刊行。戦争中は美術活動をし、戦後は21年に共産党に入党し、新日本文学会に参加。戦後の詩集に「挿木と雲」「心象詩集」「癌」などがあり、評論集に「現代詩の体験」などがある。また美術評論家としても活躍し「日本近代美術史」「現代絵画の四季」などの著書がある。　[家]妻＝木村好子(詩人)

【 か 】

甲斐 すず江　かい・すずえ

俳人　[生]昭和2年4月16日　[出]東京　本名＝甲斐寿々枝(かい・すずえ)　[学]女子美術大学日本画科卒　[賞]準河原賞(昭和47年)　[歴]昭和38年「石楠」系花田哲幸の手ほどきをうける。42年川島彷徨子主宰の「河原」入会、47年同人となる。また46年野沢節子主宰「蘭」創刊と共に入会、48年同人となる。句集に「菊皿」など。[団]俳人協会

櫂 未知子　かい・みちこ

俳人　神奈川大学経営学部非常勤講師　[生]昭和35年9月3日　[出]北海道　本名＝多賀道子　[学]青山学院大学大学院博士課程修了　[賞]中新田俳句大賞(第2回)(平成9年)「貴族」　[歴]大学院で江戸期の戯作や狂歌を学び、友人の影響で短歌を始める。のち俳句に転向し、平成2年大牧広主宰の「港」に入会。以後俳人として活動を続け、伝統俳句にとらわれない、奔放さと情感あふれる句集「貴族」などを制作。10年「銀化」に入会。神奈川大学経営学部非常勤講師もつとめる。　[団]俳人協会、国際俳句交流協会、日本文芸家協会

甲斐 雍人　かい・ようじん

歌人　「あかしや」代表　[生]大正2年5月10日　[出]旧満州・大連　本名＝甲斐慧　[歴]「水甕」「もくせい」にも所属する。歌集に「あかしや」「短歌の芽生え」など。他の著書に「五月の歌」などがある。

海津 耿　かいず・こう

歌人　[生]昭和6年10月19日　[出]熊本県阿蘇郡　本名＝海津昭男　[歴]旧制中学時代より作歌を始め、昭和26年筏井嘉一に師事。「定型律」「創生」を経て、「橘」創刊に加わる。一時作歌中断の後、10年あまりして「橘」に復帰、のち同人。文芸同人誌「半世界」にも在籍。歌集に「伝記」「欅」がある。　[団]現代歌人協会

開原 冬草　かいばら・とうそう

俳人　[生]明治20年7月　[没]昭和31年1月28日　[出]広島県尾道市　本名＝開原朝吉　[歴]俳句ははじめ原石鼎に学んだが、大正10年長谷川零余子を擁して「枯野」を創刊。「枯野」は零余子没後の昭和3年主宰を夫人かな女として「ぬかご」と改題。5年9月かな女が別に主宰誌「水明」を創刊、以来幹部同人として没時に及んだ。

加賀 聴風子　かが・ちょうふうし

俳人　[生]大正9年2月25日　[没]平成4年1月9日　[出]岩手県一関市　本名＝加賀正蔵　[学]横浜専門学校中退　[賞]城太郎賞(昭和48年)、青芝全国大会最高賞(昭和54年)、気仙沼市文化功労者、俳句文学賞(第10回，22回)　[歴]昭和39年準同人として「青芝」入門。40年無鑑査同人。句集に「祇園精舎」「慈顔無量」など。　[団]俳人協会

利田 正男　かがた・まさお

歌人　[生]明治44年2月17日　[出]神奈川県横浜　[歴]大正14年村崎勇について「くゞひ」に投稿。安川三郎・尾山始につき「まるめら」に入会。アナキズム歌誌「創生時代」等にも参画。昭和21年「青垣」に入会し、編集委員。橋本徳寿・安田稔郎に師事。安房歌人会副会長、県歌人クラブ常任幹事。歌集に「与志」「再婚」がある。[団]安房歌人会

各務 章　かがみ・あきら
詩人　「異神」主宰　[生]大正14年6月1日　[出]福岡県　[学]九州大学法学部卒　[歴]作品に詩集「愛の地平」「四季風信帖」がある。　[団]福岡県詩人会、現代詩人会、日本文芸家協会

各務 於菟　かがみ・おと
国文学者　俳人　元・岐阜市立岐阜女子短期大学学長　[専]俳文学　[生]明治33年1月6日　[没]昭和59年2月28日　[出]岐阜県山県郡山県村三輪　本名＝各務虎雄(かがみ・とらお)　[学]東京帝大国文科(大正12年)卒　[賞]勲二等瑞宝章(昭和48年)　[歴]東洋大学教授、陸軍司政官、岐阜師範教授、岐阜大学教授を経て、昭和31年から51年まで市立岐阜女子短大学長を務めた。また芭蕉の弟子、各務支考の末裔にあたり、美濃派俳諧の学問的研究を進めた。25年「初音」を創刊、48年からは「獅子吼」を主宰した。著書は「於菟句抄」「俳文学研究」「俳文学雑記」のほか、「書道教育」「日本語教科書論」「日本の神さま」など多数。

加賀美 子麓　かがみ・しろく
俳人　ボンテ加賀美社長　[生]明治45年1月3日　[没]平成4年10月14日　[出]山梨県甲府市　本名＝加賀美一三男(かがみ・いさお)　[学]甲府商卒　[賞]万緑賞(昭和46年)、山梨県文化功労者(昭和58年)、山梨県政功労者(昭和60年)、勲五等瑞宝章(平成1年)、地方文化功労賞(平成1年)　[歴]昭和9年犬塚楚江、16年高浜虚子に師事。21年「万緑」に入り、22年山梨日日新聞俳句選者となる。48年麓会を主宰、平成元年俳誌「麓」を創刊主宰。昭和27年ボンテ加賀美を設立し社長に就任。句集に「雪は天から降って来る」「火度」「目鼻口」。　[団]俳人協会、山梨芸術家協会、日本ペンクラブ、山人会

各務 虎雄　かがみ・とらお
⇒各務於菟(かがみ・おと)を見よ

加賀谷 凡秋　かがや・ぼんしゅう
俳人　元・千葉医科大学教授　[生]明治28年1月5日　[没]昭和45年6月30日　[出]秋田県　本名＝加賀谷勇之助　[歴]高浜虚子に師事、昭和9年「ホトトギス」同人となる。7年より45年まで毎日新聞千葉支局「房総文園」俳句欄選者。「やはぎ」を主宰した。句集に「紺朝顔」がある。

香川 進　かがわ・すすむ
歌人　「地中海」代表　[生]明治43年7月15日　[没]平成10年10月13日　[出]香川県多度津　[学]神戸高商(現・神戸大学経済学部)卒　[賞]日本歌人クラブ推薦歌集(第4回)(昭和33年)「湾」、迢空賞(第7回)(昭和48年)「甲虫村落」、現代短歌大賞(第15回)(平成4年)　[歴]在学中、白日社に入り、前田夕暮に師事。昭和10年応召。戦後、新歌人集団を結成。28年「地中海」創刊、のち代表。30年代は商社員として世界各地に出張。主な歌集に「太陽のある風景」「氷原」「湾」「甲虫村落」「山麓にて」、評論に「現代歌人論」(4巻)、「香川進全歌集」などがある。50〜63年宮中歌会始選者を務めた。　[団]日本文芸家協会、日本ペンクラブ(会長)、短歌クラブ(顧問)

賀川 豊彦　かがわ・とよひこ
キリスト教社会運動家　小説家　詩人　牧師　社会事業家　[生]明治21年7月10日　[没]昭和35年4月23日　[出]兵庫県神戸市　[学]明治学院高等部神学予科(明治40年)卒、神戸神学校(明治44年)卒、プリンストン神学校卒　[歴]神戸神学校在学中から貧民街に入って伝導活動を始める。大正3年渡米、プリンストン大、プリンストン神学校で学ぶ。6年帰国後も貧民街に戻り、8年日本基督教会で牧師の資格を得る。9年ベストセラーになった小説「死線を越えて」を刊行して有名になる。同年神戸購買組合を創設。10年川崎造船、三菱神戸造船争議を指導して検挙。その他、農民運動、普選運動、共同組合運動、神の国運動などを創始し、日米開戦には反戦的平和論者として行動し、憲兵隊に留置された。戦後は日本社会党の結成に加わり、顧問となる。またキリスト新聞社を創立し、「キリスト新聞」や口語訳「新約聖書」の刊行に尽力、死去するまで国内外で伝導に努めた。一方、著述活動もめざましく、自伝系小説5冊、虚構系小説21冊を数え、新聞に連載、収載された小説も数多い。他の主な小説に「キリスト」「石の枕を立てて」「一粒の麦」など、詩集に「涙の二等分」「永遠の乳房」などがあり、「賀川豊彦全集」(全24巻，キリスト新聞社)がある。　[家]妻＝賀川ハル(社会福祉家)、息子＝賀川純基(賀川豊彦記念松沢資料館館長)

香川 ヒサ　かがわ・ひさ
歌人　[生]昭和22年3月1日　[出]神奈川県横浜市　[学]お茶の水女子大学文教育学部国文科卒　[賞]角川短歌賞(第34回)(昭和63年)「ジュラルミンの都市樹」、河野愛子賞(第3回)(平成5年)

「マテシス」 ⑱「鱧と水仙」「好日」同人。歌集に「テクネー」「マテシス」。 ㊽現代歌人協会、日本文芸家協会

香川 弘夫 かがわ・ひろお
詩人 ㊷昭和8年4月2日 ㊸平成6年4月29日 ㊶岩手県二戸郡安代町 本名＝香川嘉弘 ㊼高小卒 ㊻岩手詩人クラブ賞(第1回)(昭和34年)、晩翠賞(第18回)(昭和52年)「わが津軽街道」 ㊾「歴程」「東北詩人」に所属。詩集に「白い蛭のいる室」「猫の墓」「香川弘夫詩集」などがある。 ㊽現代詩人会、岩手県詩人クラブ、詩と音楽の会

香川 紘子 かがわ・ひろこ
詩人 ㊷昭和10年1月3日 ㊶兵庫県姫路市飾磨町 本名＝香川汎 ㊻時間新人賞(昭和29年)、愛媛出版文化賞(第3回)(昭和62年)、丸山薫賞(第4回)(平成9年)「DNAのパスポート」 ㊾生後3ケ月で脳性マヒ。重度障害のため就学せず、15歳から詩作を始める。17歳で北川冬彦主宰の「時間」に最年少の同人として参加。以後、「想像」「湾」「開花期」を経て、「言葉」同人。詩集に「方舟」「魂の手まり唄」「壁画」「サンクチュアリー」「DNAのパスポート」「香川紘子全詩集」などがある。

香川 不抱 かがわ・ふほう
歌人 ㊷明治22年2月10日 ㊸大正6年10月5日 ㊶香川県綾歌郡川西村(現・丸亀市) 本名＝香川栄 別号＝延齢 ㊼丸亀中卒 ㊾地主に生まれ、卒業後上京、鉄幹主宰の新詩社同人となり、「明星」「トキハギ」「スバル」などに短歌を発表。明治42年香川新報社の記者となるが、その後大阪で相場師などをする。没後、「香川不抱歌集第1集・第2集」が刊行された。

香川 美人 かがわ・よしと
歌人 ㊷大正4年5月19日 ㊶愛媛県 ㊾昭和5年「満洲短歌」に入会、八木沼丈夫に学ぶ。29年「歩道」に入会、佐藤佐太郎に師事、のち編集委員を務める。歌集に「風濤」「海光」があり、ほかに高橋加寿男との共編「八木沼丈夫歌集」などがある。 ㊽現代歌人協会

垣内 磯子 かきうち・いそこ
詩人 ㊷昭和19年5月17日 ㊶東京都世田谷区成城 ㊿早稲田大学文学部仏文科卒 ㊻小野梓賞(昭和39年)「なんでもない風」、サンリオ文化賞詩とメルヘン賞(第15回)(平成1年)、竹田童謡祭作詞コンクール(第5回)(平成6年)「あしたになったら」 ㊾大学時代に3冊の詩集を出版、その第一詩集「なんでもない風」で早稲田大学小野梓賞を受賞する。結婚、子育てを経て41歳の時、4冊目の詩集「魔法もすこしは」を出版。昭和63年に出版した「青い鳥図鑑」は女声合唱組曲となる。他の著書に詩集「恋が終った日には」「よなかのしまうまバス」などがある。 ㊽日本童謡協会

鍵岡 正礒 かぎおか・まさよし
歌人 「日本歌人」編集委員・選者 ㊷大正14年10月22日 ㊶奈良県 本名＝鍵岡正義 ㊿関西学院大学経済学部卒 ㊻著書に歌集「たらちね抄」、合同歌集「空の鳥」がある。 ㊽大和歌人協会(会長)

柿添 元 かきぞえ・げん
詩人 ㊷大正7年1月18日 ㊶福岡県 ㊿早稲田大学卒 ㊻詩集に「遺言」「酔」「否(NON)」「酸素」などがある。

柿本 多映 かきもと・たえ
俳人 ㊷昭和3年2月10日 ㊶滋賀県 本名＝柿本妙子 ㊿京都女専中国語科卒 ㊻渦賞(昭和55年)、現代俳句協会賞(第35回)(昭和63年) ㊾昭和52年から句作を始める。「渦」(赤尾兜子主宰)同人を経て、「白燕」「草苑」同人。句集に「夢谷」「蝶日」などがある。 ㊽現代詩歌文学館(評議員)

鍵谷 幸信 かぎや・ゆきのぶ
詩人 音楽評論家 英文学者 慶応義塾大学名誉教授 ㊷昭和5年7月26日 ㊸平成1年1月16日 ㊶北海道旭川市 ㊿慶応義塾大学英文科(昭和28年)卒、慶応義塾大学大学院修了 ㊾T.S.エリオットとW.C.ウィリアムズの研究家として知られる一方、在学中から西脇順三郎に師事して詩人としても活躍。また現代音楽、ジャズ評論も執筆した。著書に「西脇順三郎」「西脇順三郎論」「サティ ケージ デュシャン―反芸術の透視図」、訳書に「エリオット詩集」「ウィリアムズ詩集」などがある。 ㊽三田文学会、現代詩人会

鍵和田 秞子 かぎわだ・ゆうこ
俳人 「未来図」主宰 ㊷昭和7年2月21日 ㊶神奈川県 旧姓(名)＝荻田 ㊿お茶の水女子大学文教育学部国文科卒 ㊻万緑賞(昭和50年)、俳人協会新人賞(第1回)(昭和52年)「未来図」 ㊾昭和38年中村草田男に師事。「万緑」に入会、44年同人。55年俳人協会幹事、国語研修講座委員を歴任し、59年より「未来図」を主宰する。句集に「未来図」「浮標」「飛鳥」「武蔵野」、エッ

191

セイに「季語深耕〈祭〉」、入門書に「俳句の季語」「俳句をつくる」「作句のチャンス」など。㊙俳人協会(ニ理事)、俳文学会、日本ペンクラブ、日本文芸家協会

角田 清文　かくだ・きよふみ
詩人　㊤昭和5年2月21日　㊦大阪市　㊥大阪外国語大学インドネシア語科卒　㊥伊東静雄賞奨励賞(第2回)(平成3年)「トラック環礁」㊙地方公務員を経て、会社員。10代後半から詩作を始め、「詩学」に投稿。「日本伝統派」を主宰。「風」同人。詩集に「追分の宿の飯盛おんな」「衣裳」「イミタチオクリスチ」「日本語助詞論」などがある。

角免 栄児　かくめん・えいじ
俳人　㊤大正12年6月20日　㊦大阪市　㊥雲海賞(昭和34年)、俳句研究賞(第2回)(昭和62年)㊙昭和32年近藤忠主宰の俳誌「雲海」の指導を受け、34年編集同人となる。37年「雲母」に入会、55年同人。平成5年「白露」所属。句集に「旅寝」。　㊙俳人協会

角山 勝義　かくやま・かつよし
詩人　児童文学作家　元・日本児童文学者協会会長　元・日本児童ペンクラブ会長　㊤明治44年1月2日　㊦昭和57年3月8日　㊥新潟県大和町　㊥帝国石油、労働基準局、熊谷組に勤務。与田凖一の「チチノキ」同人となり、のち「子どもの詩研究」に詩を発表。創作童話を志し小川未明に師事する。「風と裸」同人。著書に小説「雲の子供」、郷土の民話集「民話の四季」(全4巻)、童謡集「みぞれ」などがある。

加倉井 秋を　かくらい・あきお
俳人　建築家　㊥建築意匠　㊤明治42年8月26日　㊦昭和63年6月2日　㊥茨城県東茨城郡山根村　本名=加倉井昭夫　㊥東京美術学校建築科(昭和7年)卒　㊥若葉功労賞(昭和38年)、東京都文化功労者、俳人協会賞(第24回)(昭和60年)「風祝」、富安風生賞(昭和61年)　㊙昭和10年句作を始め、13年「若葉」主宰の富安風生に入門。16年編集長となる。29年「冬草」を主宰。45〜55年武蔵大学教授をつとめた。句集に「胡桃」「午後の窓」「真名井」、著書に「人と作品シリーズ 富安風生」などがある。㊙俳人協会、日本建築学会、日本建築家協会㊞弟=加倉井和夫(日本画家)

加倉井 只志　かくらい・ただし
歌人　㊤大正1年8月31日　㊥茨城県　本名=加倉井正　㊙昭和21年竹尾忠吉に師事、「アララギ」に投稿、土屋文明の選を受ける。23年「やちまた」創刊に参加。35年「やちまた」を復刊、編集発行人となる。39年11月「千葉」を創刊主宰。県歌人クラブ常任幹事。歌集に「拓土」「三椏の花咲く頃」「東西紀遊」がある。㊙日本歌人クラブ

筧 槇二　かけい・しんじ
詩人　㊤昭和5年7月28日　㊥神奈川県横浜市本名=渡辺真次　㊥横浜国立大学学芸学部国文科(昭和28年)卒　㊥日本詩人クラブ賞(第22回)(平成1年)「怖い瞳」、壺井繁治賞(第18回)(平成2年)「ビルマ戦記」　㊙昭和21年詩作を始め、のち由利浩と「山脈」を主宰。54〜57年日本現代詩人会理事、60〜61年日本詩人クラブ理事長をつとめた。「青宋」「鴉」同人。詩集に「筧槇二詩集」「逃亡の研究」「怖い瞳」、評論集に「饒舌の部屋」、随筆集に「外人嫌ひ」「詩人たち」「続・ポポ」などがある。㊙日本文芸家協会、日本詩人クラブ、日本現代詩人会、日本ペンクラブ

影島 智子　かげしま・ともこ
俳人　㊤昭和7年　㊥静岡県庵原郡富士川町㊙昭和38年「浜」に入会、大野林火に師事、51年同人。57年松崎鉄之介に師事。俳句グループ花影句会主宰。著書に「句集田神」「句集野良帽子」がある。　㊙俳人協会、静岡県俳句協会(常任委員)

筧 大潮　かけひ・だいちょう
俳人　信行寺住職　㊤大正5年8月28日　㊦昭和18年1月6日　㊥愛知県起町(尾西市)　号=大潮(だいちょう)　㊙昭和9年父筧潮風の後を次いで信行寺住職となった。父の手ほどきで俳句を習い、句仏に師事、昭和12年雑誌「句道場」を発行。日支事変に召集され、洞庭湖のほとりから「句道場」に通信文を連載。その後大東亜戦争に再び応召、「月下提燈をふるは父母おいとまごひ」などの句を残し、18年ガダルカナルで戦死。没後「大潮句集月の光」「夏霞」「大潮文集」などが刊行された。

景山 筍吉　かげやま・じゅんきち
俳人　㊤明治32年3月15日　㊦昭和54年7月23日　㊥京都府　本名=景山凖吉　㊥東京大学卒㊙昭和4年虚子門に入り、「ホトトギス」「若葉」同人。30年主宰誌「草紅葉」を創刊。俳人協会

評議員を務めた。句集に「熱爛」「萩叢」「虹」「白鷺」がある。

影山 誠治　かげやま・せいじ
詩人　㊗明治42年6月4日　㊞栃木県足利市　㊫東京物理学校高等師範科中退　㊧元中学校教諭。10代で詩を作り、「詩神」に投稿。昭和3年に謄写版の「からたち」(後「茉莉花」と改題)を創刊。戦後は丸山薫らを知り「詩標」を創刊するかたわら北川冬彦の門を叩き、25年第2次「時間」に創刊同人として参加。「セコイア」編集同人。詩集に「人間雑草」「駝鳥の学校」「影山誠治詩集」がある。

影山 正治　かげやま・まさはる
国家主義者　歌人　大東塾塾長　不二歌道会主宰　㊗明治43年6月12日　㊣昭和54年5月25日　㊞愛知県豊橋市　㊫国学院大哲学科中退　㊧大学在学中の昭和8年、斎藤実首相ら重臣襲撃未遂の神兵隊事件に参画して入獄。以来一貫して反共、民族主義者として行動した。15年の7.5事件では主謀者となり、16年東条批判文書事件、19年古賀元帥仏式海軍葬阻止事件などを起こした。その間、11年に維新寮を開き14年大東塾に改めた。また日本主義文化同盟にも参加。19年応召、中国で終戦を迎え、21年復員。この間20年8月には大東塾の留守を預った父庄平と塾生13名が集団自決した。戦後は不二奉仕団、不二出版社、代々木農園を組織。29年大東塾を再建し、塾長に。35年の安保改定では岸首相に辞職勧告したり、紀元節復活、靖国法案成立に熱意を燃やしたが54年自決した。一方、15歳頃から作歌し、11年第一歌集「悲願集」を刊行。16年「ひながし」を創刊、21年にその後継誌として「不二」を創刊した。著書に「影山正治全集」(全32巻，大東塾出版部)、歌集「みたみわれ」「民草の祈り」「日本と共に」のほか、「歌道維新論」「日本民族派の運動」などがある。
㊮長女=福永真由美(童話作家)

加古 宗也　かこ・そうや
俳人　「若竹」主宰　㊗昭和20年9月5日　㊞愛知県西尾市　本名=加古宗也(かこ・むねなり)　㊫中央大学法学部卒　㊧昭和45年富田うしほに師事、同時に富田潮児の膝下にあって指導を受ける。52年「若竹」編集長。東海俳句作家会企画事業部次長。56年「東海俳句」編集長。のち「若竹」主宰。句集に「舟水車」がある。
㊐俳人協会、俳文学会、日本文芸家協会

鹿児島 寿蔵　かごしま・じゅぞう
歌人　人形作家　㊗明治31年12月10日　㊣昭和57年8月22日　㊞福岡県福岡市　㊫福岡高小卒　㊬重要無形文化財保持者(紙塑人形)(昭和32年)　㊮迢空賞(第2回)(昭和43年)「故郷の灯」　㊧高小卒とともに博多人形づくりに従事したが、人形づくりの材料として楮(こうぞ)、フノリなどを原料とした粘土状の可塑物“紙塑”を開発。これを材料に彩色をほどこした“紙塑人形”により、32年に重要無形文化財保持者(人間国宝)に指定された。アララギ派の長老歌人としても知られ、歌誌「潮汐」(ちょうせき)を主宰、宮中歌会始の選者もつとめた。歌集は「故郷の灯」(第2回迢空賞)「潮汐」「新冬」「花白波」など多数にのぼる。

鹿児島 やすほ　かごしま・やすほ
歌人　㊗明治32年9月4日　㊣昭和50年1月14日　㊞福岡県　本名=鹿児島ヤスオ　㊧大正13年「アララギ」に参加し、島木赤彦、岡麓に師事して歌作する。歌集に「ひとりしづか」「しらかば」がある。　㊮夫=鹿児島寿蔵(歌人)

笠井 月波　かさい・げっぱ
俳人　㊗明治22年11月11日　㊣昭和17年3月7日　㊞東京　本名=笠井仁　㊫千葉薬専卒　㊧俳句は志田素琴に手ほどきを受けたのち、河東碧梧桐に師事する。新傾向時代に活躍。晩年は「懸葵」に参加して、重きをなした。

笠井 嗣夫　かさい・つぎお
詩人　㊗昭和17年6月16日　㊞北海道札幌市　㊫北海道大学文学部卒　㊧高校教師の傍ら、誌誌「ゆでいりあ」「視線と拠点」などを経て、詩誌「密告」を主宰。詩作、詩論に活躍。詩集に「夜のつめたい発作」、評論集に「田村隆一」などがある。　㊐国際比較文学会、日本文芸家協会

笠井 剛　かさい・つよし
詩人　㊗昭和6年7月17日　㊞山梨県　㊫立教大学文学部英文科卒　㊧立教大学就職部長などをつとめる。詩集に「森の奥で」「同じ場所から」など。　㊐日本現代詩人会、日本詩人クラブ、日本文芸家協会

笠井 南邨　かさい・なんそん
漢詩人　㊗明治44年2月8日　㊞山梨県中富町　本名=笠井輝男　別号=南村　㊫大東文化学院高等科卒　㊧上田中学教諭から昭和15年大東文化学院に勤め助教授、教授となり詩文を講じた。26年辞任後山梨学院大学教授、大東文

化学院講師。大東文化学院在学中、大東吟社を創立、国分青厓、土屋竹雨に学び、さらに服部空谷に師事。17年大日本文学報国会設立で漢詩部会幹事となり「大東亜戦詩」を編集。竹雨の「東華」編集、添削に従事。竹雨没後、季刊誌「言永」を刊行、芸文社主幹として各漢詩吟社の添削に応じた。

葛西 美枝子　かさい・みえこ
詩人　[生]昭和8年2月　[出]青森県弘前市　本名＝葛西ミヱ　[学]青森県立僻地学校教員養成所卒　[歴]青森県三戸郡、南郡、中郡、弘前市などで教職生活を続け、平成5年弘前市立堀越小学校教頭で定年退職。詩集に「露草の咲くころ」、随想集に「春風秋雨」、全集に「葛西美枝子詩集」などがある。

葛西 洌　かさい・れつ
詩人　[生]昭和12年6月29日　[出]青森県　本名＝葛西洌(かさい・きよし)　[歴]「長帽子の会」同人。詩集に「北の光」「風祭り」「葛西洌詩集」「野の意味」他。　[団]日本現代詩人会

笠原 古畦　かさはら・こけい
俳人　「さざなみ」代表　[生]大正7年8月19日　[出]神奈川県　本名＝笠原盛　[学]海軍工機校高練卒　[賞]漣賞(昭和51年)　[歴]昭和5年「漣」入会。13年には「浪」編集にかかわる。20年「春夏秋冬」に参加。39年「さざなみ」を編集、のち代表。42年「風土」同人となり、50年「風土竹間集」同人。同年岐阜長良に句碑が建つ。句集に「朶来」「師恋」「奉仕」がある。　[団]俳人協会

笠原 静堂　かさはら・せいどう
俳人　[生]大正2年3月3日　[没]昭和22年5月31日　[出]香川県　本名＝笠原正雄　[歴]「京鹿子」「青嶺」「ひよどり」などに句作を発表し、「青嶺」「ひよどり」が合併した「旗艦」に新興俳句を発表し、昭和12年「窓」を刊行した。

笠原 三津子　かさはら・みつこ
詩人　美術家　工芸家　エッセイスト　[専]モダンアート　革工芸　[生]大正15年4月1日　[出]東京都渋谷区　本名＝笠原雪子(かさはら・ゆきこ)　[学]常盤松学園高女(昭和18年)卒　[賞]モダンアート協会奨励賞(昭和44年)、東京都知事賞(昭和54年)、日本皮工芸準大賞(昭和54年)、現代美術家連盟功労賞(昭和61年)　[歴]革工芸家として活躍し、革工芸会副代表理事を務めた。また、詩集に「雲のポケット」「マヌカンの青春」「火の雪」「貝紫の独白」などがある。　[団]日本現代詩人会、日本詩人クラブ、日本文芸家協会、日本ペンクラブ、モダンアート協会、詩と音楽の会、日本革工芸家協会　[家]夫＝笠原啓永(日本現代美術研究所事務局長・故人)

風間 啓二　かざま・けいじ
俳人　[生]大正11年3月6日　[没]平成8年6月26日　[出]東京　本名＝風間啓治　[学]高小卒　[歴]昭和17年「鶴」に入会するが、戦争で中退。31年安住敦の門に入り、久保田万太郎の選を受ける。「春燈」俳句教室の指導を担当する。句集に「恩田川」がある。　[団]俳人協会

風間 光作　かざま・こうさく
詩人　画家　「詩人タイムズ」主宰　[生]大正3年6月15日　[出]東京　[学]日本大学芸術学部卒　[歴]月刊紙「詩人タイムズ」を主宰する。短篇集に「浅草横丁」、詩集に「山峡詩篇」など。　[団]日本現代詩人会

風間 直得　かざま・なおえ
俳人　洋画家　[生]明治30年7月7日　[没](没年不詳)　[出]東京・日本橋浜町　旧姓(名)＝山本　旧号＝南鳳江　[歴]大正6年河東碧梧桐の門下生となり、13年「東京俳三昧句稿」、14年「三昧」を創刊する。「三昧」は碧梧桐が勇退して、昭和8年「紀元」と改題。“高速度映写式の描写”に重点を置き、ルビと句読点によって技術的効果をあげようとした。句集に「直得六百句選」がある。

笠松 久子　かさまつ・ひさこ
俳人　書家　[生]大正9年1月29日　[没]平成5年8月17日　[出]北海道上磯郡上磯町　[学]函館白百合高女卒　[賞]壺中賞(昭和51年)、北海道俳句協会鮫島賞(第3回)(昭和59年)「百夜」、北海道新聞俳句賞(第4回)(平成1年)「樫」　[歴]昭和16年頃から斎藤玄に師事、「壺」の同人となる。石川桂郎、相馬遷子らと共に課題句選者を務め、厳選峻烈な句評で知られる。渡辺直子とともに「壺」の女流俳人の双璧として活躍したが、28年より句作を休止。43年斎藤玄の個人誌「丹精」に作品を発表、句作を再開する。48年「壺」復刊に編集同人として参加。また55年には「壺」素玄集(無鑑査)同人に。平成3年北海道新聞日曜版俳句選者をつとめた。句集に「百夜」「樫」。

風見 明成　かざみ・めいせい

俳人　[生]明治17年1月25日　[没](没年不詳)　[出]東京市芝区　本名=風見百之助　[歴]芝で洋品商を営む。大正4年大須賀乙字とともに臼田亜浪の「石楠」創刊に参画。同人選者として、また、代表的作者として活躍する。11年俳誌「炎天」創刊を企図したが成らず、「石楠」を去る。昭和8年「汎象」を創刊した。

風山 瑕生　かざやま・かせい

詩人　[生]昭和2年4月21日　[出]秋田県男鹿市　本名=安田博　旧名=得永在生　[学]旭川師範講習科(昭和19年)卒　[賞]ユリイカ新人賞(第2回)(昭和33年)「幼い者の奇蹟」、H氏賞(第12回)(昭和37年)「大地の一隅」　[歴]小学校教員として終戦をむかえ、その頃から詩作を始める。「ATOM」「新器管」を主宰し、昭和33年「幼い者の奇蹟」でユリイカ新人賞を受賞。36年「大地の一隅」を刊行し、37年H氏賞を受賞。また「自伝のしたたり」を刊行。「歴程」「風」などの同人として活躍している。　[団]日本現代詩人会、日本文芸家協会

梶井 枯骨　かじい・ここつ

俳人　[生]明治42年9月4日　[没]平成4年6月26日　[出]岡山県真庭郡　本名=梶井格(かじい・ただし)　[学]関西中(昭和3年)卒　[歴]昭和3年大阪海運に入社。5年「ホトトギス」同人本田一杉に師事し、12年「鴫野」創刊に参加。20年岡山に戻る。28年飯田蛇笏に入門し、30年「雲母」同人。32年「風紋」を創刊し、主宰。句集に「晴眼」「棗の実」。　[団]俳人協会

梶井 重雄　かじい・しげお

歌人　北陸学院短期大学名誉教授　[専]図書館学国文学　[生]明治45年6月12日　[出]群馬県桐生市　号=梶井光游　[学]東北帝大(昭和12年)卒、文部省図書館講習所(昭和16年)卒　[興]図書館と読書会運動との関連について　[賞]日本図書館協会総裁賞(昭18年度)、日本図書館協会創立90周年特別功労者賞(昭57年度)、泉鏡花記念金沢市民文学賞(第15回)(昭和62年)「時光 梶井重雄歌集」　[歴]昭和16年新潟県立図書館、23年七尾市立図書館長を経て、45年北陸学院短期大学教授。47年同短大図書館長、63年名誉教授。「運河」同人。石川県歌人協会長。著書に歌集「寒潮」「夜の潮」「時光」、随筆集「金蘭の花」「万葉植物抄」など。　[団]日本図書館協会

梶浦 正之　かじうら・まさゆき

詩人　[生]明治36年5月20日　[没]昭和41年12月12日　[出]愛知県　[学]法政大学経済学部卒　[歴]早くから象徴詩を「明星」などに発表し、大正10年「飢え悩む群れ」を刊行。他の詩集に「砂丘の夢」「鳶色の月」「春鶯」「青嵐」など。詩論集に「詩の原理と実験」がある。

柏岡 浅治　かしおか・あさじ

詩人　[生]大正15年12月15日　[出]大阪府　[学]神戸工専建築科卒　[歴]敗戦直後に詩作を始め、昭和23年以来、「国鉄詩人」(国鉄詩人連盟)に参加。「交替」「詩と真実」「NON」などの編集も担当した。「祖国の砂」「日本ヒューマニズム詩集」などのアンソロジーに詩を掲載し、「詩の革命をめざして」にエッセイの一部がある。

柏原 幻四郎　かしはら・げんしろう

川柳作家　[生]昭和8年　本名=柏原栄蔵　[学]同志社大学卒　[歴]川柳瓦版の会会長。「よみうり時事川柳」選者、読売文化センター川柳講座講師を務める。監修に「震の年—日本史に残る『激動の年』平成七年を川柳で見る」がある。

加島 祥造　かじま・しょうぞう

詩人　翻訳家　元・横浜国立大学教育学部教授　[専]アメリカ文学　[生]大正12年1月12日　[出]東京・神田　筆名=一ノ瀬直二(いちのせ・なおじ)、久良岐基一(くらき・きいち)　[学]早稲田大学文学部英文学科(昭和21年)卒、カリフォルニア大学(米国)クレアモント大学院(昭和29年)修了　[興]フォークナー　[賞]丸山豊記念現代詩賞(第3回)(平成6年)「潮の庭から」、日本翻訳出版文化賞(特別賞,第30回)(平成6年)「ブルーワー英語故事成語大辞典」　[歴]戦後、詩誌「荒地」同人となる。昭和30年信州大学、42年横浜国立大学教授を経て、61年青山学院女子短期大学教授となり、その傍らアメリカ文学作品の翻訳家としても活躍。著書に「フォークナーの町にて」「アメリカン・ユーモアの話」、訳書にマーク・トウェイン「ハックルベリー・フィンの冒険」、詩集に「晩晴」「放曠」「潮の庭から」(共著)など。　[団]日本現代詩人会、日本文芸家協会

鹿島 鳴秋　かしま・めいしゅう

童謡詩人　童話作家　[生]明治24年5月9日　[没]昭和29年6月7日　[出]東京・深川　本名=鹿島佐太郎　[歴]大正初期に小学新報社をおこして「少年号」「少女号」などを発刊し、そこに多くの童謡や童話を発表する。童謡の代表作に「浜千鳥」「金魚の昼寝」「お山のお猿」などがある。

昭和期に入って事業に失敗し、満州に渡る。戦時中は「満州日日新聞」学芸部に勤め、戦後は日本コロムビア専属となった。その後は学校劇の創作が多かった。著書に「鹿島鳴秋童謡小曲集」のほか、童話集「キャベツのお家」「魔法のなしの木」「なまけものと神さま」、学校劇集「学校童謡劇集」「学校歌劇脚本集」などがある。

柏村 貞子　かしむら・さだこ
俳人　[生]大正5年2月2日　[出]東京・渋谷　[学]京都府立女専卒　[賞]駒草賞(昭和40年)　[歴]昭和28年「駒草」に入会、阿部みどり女の指導を受ける。33年「青」に参加、波多野爽波に師事。37年駒草一力五郎賞、40年駒草賞を受賞。「青」「駒草」同人。句集に「水甕」がある。

梶山 千鶴子　かじやま・ちずこ
俳人　[生]大正14年2月12日　[出]京都市西陣　[学]京都府立第二高女高等科卒　[賞]京都俳句作家協会年度賞(昭和53年)　[歴]昭和36年「京鹿子」投句。40年「れもん」参加、多田裕計に師事。41年「れもん」同人。56年「青」参加、波多野爽波に師事。のち同人。句集に「国境」「濤の花」。　[団]俳人協会、現代俳句協会、日本ペンクラブ

柏 禎　かしわ・てい
俳人　[生]大正5年9月6日　[出]石川県石川郡美川町　[学]青山学院大学文学部英文科卒　[賞]北陸俳話会賞(昭和34年)　[歴]昭和23年「風」入会、沢木欣一に師事。26年「風」同人。現代俳句協会会員を経て、42年俳人協会入会。句集に「河口」。　[団]俳人協会

柏木 恵美子　かしわぎ・えみこ
詩人　[生]昭和6年8月29日　[出]福岡県　[学]嘉穂東高卒　[賞]福岡県詩人賞(第12回・奨励賞)、現代少年詩集奨励賞(第3回)　[歴]児童文学誌「小さい旗」同人、詩誌「たむたむ」主宰。詩集に「炭街」「柏木恵美子詩集」「花のなかの先生—柏木恵美子詩集」がある。　[団]日本児童文学者協会、福岡県詩人会

柏木 義雄　かしわぎ・よしお
詩人　愛知淑徳短期大学国文学科教授　[専]近代詩　[生]昭和3年8月10日　[出]兵庫県神戸市　[学]名古屋大学文学部英文科卒　[賞]中日詩賞(第12回)(昭和47年)「相聞」、名古屋市芸術賞特賞(平成4年)　[歴]昭和58年中部日本放送番組審議会事務局長の職を退き、59年愛知淑徳短大教授となる。「風」同人。42年より中日新聞「私の詩」選者を務める。詩集に「相聞」「パスカルの椅子」「来ること花のごとく」「野の本」、エッセイ集に「クロノスの日曜日」などがある。　[団]日本現代詩人会、中日詩人会

柏崎 驍二　かしわざき・ぎょうじ
歌人　[生]昭和16年5月24日　[出]岩手県大船渡市　[学]岩手大学学芸学部卒　[賞]コスモス賞(昭和54年)　[歴]大学在学中の昭和36年、コスモス短歌会に入会、39年「コスモス」より第1回桐の花賞(新人賞)を受賞、54年コスモス賞受賞。歌集に「読書少年」がある。

柏崎 夢香　かしわざき・むこう
俳人　[生]明治19年8月29日　[没]昭和42年12月25日　[出]栃木県　本名＝柏崎豪　[歴]明治45年文官試験に合格、終戦時は工業組合書記長の職にあった。大正12年より高浜虚子に師事、昭和12年「ホトトギス」同人。7年野口一陽らと「山彦」を創刊、9年より主宰した。著書に「虚子の俳句を解く」、句集に「杜若」などがある。

柏原 啓一　かしわばら・けいいち
⇒柏原眠雨(かしわばら・みんう)を見よ

柏原 眠雨　かしわばら・みんう
俳人　東北大学名誉教授　[専]哲学　倫理学　キリスト教学　[生]昭和10年5月1日　[出]東京都練馬区小竹町　本名＝柏原啓一(かしわばら・けいいち)　[学]東京大学文学部哲学科(昭和36年)卒、東京大学大学院人文科学研究科哲学専攻修士課程修了　[興]歴史哲学、解釈学　[歴]昭和41年北海道大学文学部助手、42年埼玉大学教養学部講師、43年助教授、44年お茶の水女子大学教育学部助教授、48年東北大学文学部助教授を経て、54年教授に就任。平成7～9年学部長。11年3月退官。また「風」同人の俳人でもあり、「きたごち」主宰。著書に「ホモ・クワエレンス」「現代の哲学」、句集に「炎天」「柏原眠雨自解150句選」「草清水」など。　[団]日本哲学会、日本倫理学会、日本キリスト教学会、俳人協会、日本文芸家協会

春日 真木子　かすが・まきこ
歌人　「水甕」発行人　[生]大正15年2月26日　[出]鹿児島県　[学]三輪田高女卒、千代田女子専中退　[賞]日本歌人クラブ賞(昭和55年)　[歴]昭和30年に「水甕」入社。50年編集委員、のち発行人。歌集に「北国断片」「火中蓮」「あまくれなゐ」「空の花花」「はじめに光ありき」など。　[団]日本文芸家協会、現代歌人協会　[家]父＝松田常憲(歌人)

春日井 建　かすがい・けん
歌人　「短歌」主幹　[生]昭和13年12月20日　[出]愛知県江南市　[学]南山大学中退　[賞]愛知県芸術文化選奨(平4年度)(平成5年)、短歌研究賞(第34回)(平成10年)「白雨」「高原抄」、迢空賞(第34回)(平成12年)「友の書」「白雨」、日本歌人クラブ賞(第27回)(平成12年)「白雨」「友の書」　[歴]父・春日井瀇主宰の「短歌」に17歳頃から作品を発表。昭和33年「短歌」に「未青年」50首を発表し、注目を集める。34年塚本・岡井らと「極」を創刊。後に歌壇から遠ざかるが、54年父の死を機に「短歌」を主宰。愛知女子短期大学教授も務める。歌集に三島由紀夫の絶賛を受けた第一歌集「未青年」のほか、「夢の法則」「青葦」「春日井建歌集」「白雨」「高原抄」「友の書」、全歌集に「行け帰ることなく」、評訳に「東海詞華集」などがある。　[団]現代歌人協会、中部日本歌人会(委員長)　[家]父＝春日井瀇(歌人)、母＝春日井政子(歌人)

春日井 瀇　かすがい・こう
歌人　[生]明治29年5月28日　[没]昭和54年4月30日　[出]愛知県名古屋市　旧姓(名)＝佐藤　号＝行歌、筆名＝釈慈阿　[学]神宮皇学館本科卒　[歴]大正4年「潮音」の創刊に参加。「珊瑚礁」「覇王樹」などの創刊にも参加。大正12年中部短歌会を創立し「短歌」を創刊した。また皇学館女子短期大学教授もつとめた。歌集に「吉祥悔過」「海石榴」。　[家]妻＝春日井政子(歌人)、息子＝春日井建(歌人)

春日井 政子　かすがい・まさこ
歌人　[生]明治40年1月18日　[没]平成13年12月23日　[出]東京　[歴]昭和2年「青垣」に入会。4年名古屋に転居し「短歌」に入会。11年「短歌」同人春日井瀇と結婚。37年夫が中部短歌会主幹となり編集を手伝う。54年夫没後引きつづき息子・建の編集を手伝い、庶務を担当。歌集に「丘の季」「山茱萸」「蒼明」がある。　[家]夫＝春日井瀇(歌人)、長男＝春日井建(歌人)

鹿住 晋爾　かずみ・しんじ
歌人　[生]大正9年4月11日　[没]平成6年11月5日　[出]新潟県　[賞]「短歌研究」50首詠入選(昭和29年)　[歴]昭和15年「ポトナム」を経て、17年「多磨」に入会、27年終刊まで所属。中村正爾に師事して28年「中央線」創刊に加わり、同人。29年「短歌研究」第1回50首詠に入選。この間23年地域の同志と上越歌人会を興し「北潮」を創刊編集にあたり、のち編集発行人を経て、52年主宰。平成5年より「朝日新潟歌壇」選者。歌集に「風騒」がある。

粕谷 栄市　かすや・えいいち
詩人　[生]昭和9年11月9日　[出]茨城県古河市　[学]早稲田大学商学部卒　[賞]高見順賞(第2回)(昭和46年)「世界の構造」、歴程賞(第27回)(平成1年)「悪霊」、詩歌文学館賞(現代詩部門，第15回)(平成12年)「化体」　[歴]学生時代、早稲田詩人会に所属し、卒業後は家業の製茶業に従事する傍ら、詩作を続ける。昭和32年石原吉郎の「ロシナンテ」に参加し、のち「歴程」同人。詩集に「世界の構造」「粕谷栄市詩集」「悪霊」「化体」など。　[団]日本文芸家協会、日本現代詩人会

糟谷 正孝　かすや・まさたか
俳人　[生]大正5年7月28日　[出]愛知県岡崎市　[学]愛知岡崎師範卒　[賞]松籟賞(昭和42年)、教育文化賞　[歴]昭和28年より作句。36年「松籟」に入門、48年同人、のち同人会長となる。翌年「初明り」出版。市民俳句会編集委員。校長退職後、岡崎市教育委員会で市史編纂を手がけた。　[団]俳人協会

片岡 つとむ　かたおか・つとむ
川柳作家　番傘川柳本社幹事長　全日本川柳協会常任幹事　[没]平成10年12月14日　[出]奈良県磯城郡田原本町　本名＝片岡勉(かたおか・つとむ)　[歴]昭和23年奈良柳茶屋川柳会(現・奈良番傘川柳会)を創立。初代会長として、川柳誌「柳茶屋」を発行、平成6年番傘川柳本社幹事長。昭和50年～平成10年朝日新聞奈良版「大和柳壇」選者、昭和55年～平成10年大阪版「なにわ柳壇」選者、また昭和55年から朝日カルチャーセンター講師も務め、川柳の普及に尽くす。全日本川柳協会常任幹事。句集に「沓の音」「風鐸」などがある。

片岡 恒信　かたおか・つねのぶ
歌人　元・朝日生命保険常務　[生]明治38年7月5日　[没]昭和60年2月18日　[出]香川県高松市　[学]慶応義塾大学法学部(昭和4年)卒　[歴]大正13年「とねりこ」に入会、河野慎吾に師事。昭和10年「多磨」に参加、北原白秋に師事。27年「コスモス」創刊の発起人の一人となり、のち選者の一員として活躍する。歌集に「山木魂」「沙なぎさ」がある。

片岡 直子　かたおか・なおこ
詩人　エッセイスト　[生]昭和36年11月25日　[出]埼玉県　[学]東京都立大学人文学部卒　[賞]H氏賞(平成8年)「産後思春期症候群」　[歴]高校時代父の会社が倒産し、働きながら夜間、大学で学ぶ。卒業後中学教師を経て夫の転勤で退

職し、専業主婦に。一方日常生活を題材に詩作に励む。平成8年出産前後の閉経状態のあとに詠んだ初の詩集「産後思春期症候群」を自費出版、H氏賞を受賞。のち第二詩集「素敵なともだち」、朗読CD「かんじゃうからね」を自費出版。　㊿日本文芸家協会

片岡 文雄　かたおか・ふみお
詩人　㊞現代詩　現代文学（とくに土佐出身者の）　㊞昭和8年9月12日　㊞高知県吾川郡伊野町　㊞明治大学文学部（昭和32年）卒　㊞土佐方言研究、土佐現代作家、詩人論、現代詩人論、土佐流域紀行　㊞福島県文学賞（詩、第21回）（昭和43年）「地の表情」、椋庵文学賞（第3回）（昭和44年）「悪霊」、小熊秀雄賞（第9回）（昭和51年）「帰郷手帖」、高知県出版文化賞（第21回）（昭和51年）「帰郷手帖」、地球賞（第13回）（昭和63年）「漂う岸」、現代詩人賞（第16回）（平成10年）「流れる家」　㊞大学在学中に詩作を始め、嶋岡晨らの「貘」に参加、中心的存在として健筆をふるい、ネオ・ファンテジズムを推進。「地球」の同人としても活躍。のち帰郷し、主に定時制高校教員として、詩教育を実践。詩集に「帰巣」「眼の叫び」「帰郷手帖」「漂う岸」、方言詩集「いごっそうの唄」などがある。　㊿日本現代詩人会、日本文芸家協会

片岡 史子　かたおか・ふみこ
歌人　㊞昭和3年9月3日　㊞兵庫県　㊞関西学院大学　㊞23年在学中に前川佐美雄に師事する。「日本歌人」の同人となり、その時の合著歌集に「空の鳥」がある。29年退会し「ポトナム」に入会。小泉苳三、顕田島一二郎に師事する。歌集に「史」「万の蝉」など。　㊿現代歌人集会、京都歌人協会

潟岡 路人　かたおか・ろじん
歌人　㊞明治37年4月3日　㊞昭和61年11月10日　㊞福井県　本名＝潟岡登　㊞日本大学文学部芸術科卒　㊞中学3年頃から作歌を始め、大正10年から4年余「国民文学」で半田良平の指導を受ける。昭和14年斎藤瀏主宰の「短歌人」に入り、18年から編集に参加。21年4月戦後第一号を復刊、以後編集委員として参画する。

片上 伸　かたがみ・のぶる
詩人　文芸評論家　ロシア文学者　㊞明治17年2月20日　㊞昭和3年3月5日　㊞愛媛県越智郡波止浜村　号＝天絃、天弦　㊞早稲田大学英文科（明治39年）卒　㊞「みかへり坂」などの詩を「新声」に投稿、大学在学中の明治38年「テニソンの詩」を刊行。卒業後「早稲田文学」の

教師となり、40年早大予科講師となる。同年「人生観上の自然主義」を発表して本格的な評論活動に入り、「自然主義の本格的要素」などを発表。大正4年早大からロシアに派遣されて留学し、7年に帰国。その間にロシア革命を見聞する。13年早大教授を退職。主な著書に「生の要求と文学」「思想の勝利」「文学評論」「片上伸全集」（全3巻）などがある。

片桐 顕智　かたぎり・あきのり
歌人　短歌研究家　跡見学園女子大学教授　㊞明治42年8月23日　㊞昭和45年1月29日　㊞長野県野沢温泉村豊郷　㊞東京帝大文学部国文科（昭和10年）卒　㊞NHKに勤務し、芸能局次長、総合放送文化研究所所長などを歴任して昭和40年退職。41年跡見学園女子大教授に就任。その間の27年「NHK短歌」を創刊して主宰し、また落合直文研究をする。著書に「明治短歌史論」「斎藤茂吉」「ラジオと国語教育」などがある。

片桐 庄平　かたぎり・しょうへい
歌人　㊞大正7年8月27日　㊞昭和58年11月13日　㊞新潟県　㊞「抒情詩」「にひわら」「一路」に参加した後「歌と観照」同人、「十月会」会員となる。警察官の立場としての作品が注目をあつめた。「杉並歌話会」「杉並短歌連盟」の運営に尽力した。歌集に「黒い系譜」「六月の雨」など。

片桐 ユズル　かたぎり・ゆずる
詩人　評論家　京都精華大学人文学部教授　㊞意味論　言語教育　外国語教育　㊞昭和6年1月1日　㊞東京　本名＝片桐譲　㊞早稲田大学大学院文学研究科英文科修士課程修了　㊞一般意味論、アレクサンダー・テクニーク　㊞ジャパリッシュ・レビュー賞（昭和57年）　㊞都立杉並高校教諭、松蔭女子学院大学教授などを経て、昭和48年京都精華大学教授に就任。その間「思想の科学」会員となり、またサンフランシスコ州立大学にフルブライト留学。37年「ビート詩集」を刊行し、38年詩論集「日常のことばと詩のことば」を刊行。ほかに「専門家は保守的だ」「片桐ユズル詩集」などの詩集や「意味論入門」「ほんやら洞の詩人たち」などの評論集がある。バイオエネルギー研究センター設立メンバーでもある。　㊿国際一般意味論協会、GDM英語教授法研究会、思想の科学研究会、アレクサンダー・テクニーク・インターナショナル

198

片口 江東　かたぐち・こうとう

漢詩人　㊤明治5年　㊦昭和42年　㊧家業を継ぐため中学に進まず、叔父の藻谷海東について漢詩文を学ぶ。さらに一流の漢詩人、木蘇岐山に師事、海東、大橋二水、岡崎鑑田とともに、明治期の越中漢詩壇の隆盛期を築いた。生涯に2万篇の漢詩を作ったといわれる。詩集や評論に「江東百絶」「日本百人一誌大意」「漢詩に現はれた越中」など。他に銀行の創設、町長、県会議員を務めるなどして経済活動や地方行政でも活躍した。　㊫長男＝片口安之助(歌人)、孫＝片口安史(心理学者)

片瀬 博子　かたせ・ひろこ

詩人　㊤昭和4年9月18日　㊥福岡県福岡市　㊫東京女子大学英米文学科卒　㊮福岡市文学賞(第5回・昭49年度)、福岡県詩人賞(第16回)(昭和55年)　㊧「想像」「地球」を経て、「アルメ」同人。詩集に「この眠りの果実を」「お前の破れは海のように」「わがよわいの日の」「やなぎにわれらの琴を」「メメント・モリ」など。また「ラド・ヒューズ詩集」「現代イスラエル詩選集」などの訳詩集もある。　㊐日本現代詩人協会

片野 静雄　かたの・しずお

歌人　㊤明治41年2月9日　㊥神奈川県　㊧昭和5年「香蘭」に拠って村野次郎に師事。また飯田莫哀を知り「覇王樹」会員となる。10年6月白秋の多磨短歌会結成に参加したが、白秋没後、「覇王樹」同人として復帰する。「相模野」を主宰。歌集に「落葉籠」「桑野」「青春日記」「北相日日」「静」がある。

片羽 登呂平　かたは・とろへい

詩人　㊤大正12年12月　㊥岩手県盛岡市　㊮壺井繁治賞(第19回)(平成3年)「片羽登呂平詩集」　㊧昭和16年頃から詩を書きはじめ、19年同人誌「樹氷」「雲」に参加。25年新日本文学会を経て、26年新岩手詩人集団を結成、詩誌「氷河期」を発行。27年同人誌「角笛」、33年「新日本詩人」に参加。36年日本現代詩人会に入会、平成元年同人誌「炎樹」に参加。この間昭和18年岩手県農業会に勤務。22年日本共産党に入党し、26年退職。職業を転々とした後上京、32年中野勤労者医療協会に入職。58年定年退職。詩集に「旗のある風景」「たたかいを刻む」「身辺詩抄」「片羽登呂平詩集」などがある。　㊐日本現代詩人会

片平 庸人　かたひら・つねと

童謡詩人　民謡詩人　㊤明治35年　㊦昭和29年　㊥宮城県　㊧「赤い鳥」「金の船」「童話」などに童話を投稿。良寛に共鳴して越後で児童文化活動に取り組む。昭和5年函館に転じ詩作を続けた。童謡集に「ほうほうはる」、民謡集に「鴉追ひ」、遺稿集に「青いツララ」など。

片山 恵美子　かたやま・えみこ

歌人　「彩光」主宰　㊤大正2年5月22日　㊥台湾・台北市　本名＝平尾恵美子　㊫日本女子大学国文科(昭和10年)卒　㊧大正15年帰国、大学在学中細井魚袋に師事。「真人」入社。11年結婚後、大連に居住。戦争で夫を失う。戦後、調布、府中の中学校に奉職、魚袋死後の39年「彩光」創刊。歌集に「火」「春の鉄」「フランスの雪」「歌坂」など。　㊐日本歌人クラブ(名誉会員)、日本ペンクラブ、現代歌人協会、柴舟会

片山 花御史　かたやま・かぎょし

俳人　㊤明治40年10月5日　㊥兵庫県　本名＝片山武司　㊧北九州の日立研究所に勤めた。俳句は大正12年より吉岡禅寺洞に師事して「天の川」に拠り、昭和10年同誌同人。戦後は口語非定型に転じ、木下友敬と「舵輪」を創刊。同誌廃刊後は「銀河系」「虹波」に所属。句集に「工人」「運命」「白い葦」、他の著書に「禅寺洞研究」がある。

片山 三郎　かたやま・さぶろう

歌人　㊤大正6年7月27日　㊥山口県　㊧昭和16年「アララギ」に入会。22年山口茂吉に師事して、23年「アザミ」創刊と同時に参加。同誌終刊後の36年「表現」創刊に参画、同人として活動をつづける。歌集に「青幻」がある。

片山 静枝　かたやま・しずえ

歌人　㊤大正15年8月29日　㊥静岡県　本名＝島田静枝　㊮「短歌研究」新人賞(昭和32年)　㊧昭和20年「遠つびと」に入会、水町京子に師事する。32年「短歌研究」新人賞受賞。33年新歌人会に参加。40年同人誌「垩」を創刊。静岡県歌人協会常任委員、日本歌人クラブ静岡県委員。合同歌集に「新鋭十二人」、歌集に「古鏡」がある。　㊐日本歌人クラブ、静岡県歌人協会

片山 新一郎　かたやま・しんいちろう

歌人　㊤大正13年7月10日　㊥岩手県　㊧昭和17年より作歌を始める。21年佐藤佐太郎に師事し「歩道」の同人となる。歌集に「石階」「梨の花」「雪峡」。著書に「佐藤佐太郎論」がある。　㊐現代歌人協会

片山 恒美 かたやま・つねみ
歌人 [生]明治43年9月21日 [出]東京都 本名＝片山恒子 [歴]昭和9年「日本歌人」創設と同時に入会、以後同誌を中心として作歌活動をつづけ、のち選者・編集同人。歌集に「草水晶」、合著に「朝の杉」(日本歌人女流十二人集)がある。

片山 貞美 かたやま・ていび
歌人 [専]短歌史 [生]大正11年3月20日 [出]千葉県旭市 [学]国学院大学文学部卒 [賞]短歌愛読者賞(第2回・作品部門)(昭和50年)「汫丘歌篇」、日本歌人クラブ賞(第15回)(昭和63年)「鳶鳴けり」 [歴]少年時家業商家に従ったが、のち教職に就く。10代より作歌、「ポトナム」「古今」を経て、「地中海」編集。総合誌「短歌」の編集。歌集「つりかはの歌」「汫丘歌篇」「すもも咲く」、「吉野秀雄の秀歌」。 [団]現代歌人協会、日本文芸家協会

片山 桃史 かたやま・とうし
俳人 [生]大正1年8月 [没]昭和19年1月21日 [出]兵庫県氷上郡 本名＝片山隆夫 [学]兵庫県立柏原中学卒 [歴]三和銀行に勤務しながら句作をし、ホトトギスを経て日野草城に師事する。新興俳句運動に励み、昭和15年「北方兵団」を刊行。その間12年から15年にかけて日華事変に応召するが、16年再応召され、ニューギニアで戦死した。

片山 敏彦 かたやま・としひこ
詩人 評論家 ドイツ文学者 [生]明治31年11月5日 [没]昭和36年10月11日 [出]高知県高知市 [学]東京帝大文学部独文科(大正13年)卒 [歴]法政大学予科教授となり、昭和4年渡欧、フランス、ドイツで文学者たちと交わる。7〜20年旧制一高、法政大学教授。22年東京大学文学部で「独仏文学の交流」を講じた後、著作と翻訳に専念、詩人、独・仏文学者として活躍した。とくにロマン・ロランの紹介で知られ、大正15年にはロマン・ロラン友の会を設立、会長となる。また文化論、芸術論なども執筆した。詩集に「朝の林」「片山敏彦詩集」「詩心の風光」、評伝に「ロマン・ロラン」、訳書に「カロッサ詩集」など。「片山敏彦著作集」(みすず書房,全10巻)がある。

片山 ひろ子 かたやま・ひろこ
歌人 翻訳家 [生]明治11年2月10日 [没]昭和32年3月19日 [出]東京・麻布三河台 旧姓(名)＝吉田広子 筆名＝松村みね子(まつむら・みねこ) [学]東洋英和女学校卒 [賞]日本エッセイスト・クラブ賞(第3回)(昭和30年)「燈火節」 [歴]佐佐木信綱に師事し、「心の花」に歌文を発表。旧派歌人的残滓を脱した理知的な歌風を樹立。一方、大正初年より鈴木大拙夫人ビアトリスの指導でアイルランド文学に親しみ、松村みね子の筆名で以後翻訳に専念。シングやダンセニイの戯曲を翻訳・刊行し高い評価を得る。また、芥川龍之介の詩「相聞」などの対象として知られ、堀辰雄の「聖家族」「楡の象」のモデルとされる。歌集に「翡翠」「野に住みて」、随筆集に「燈火節」など。 [家]夫＝片山貞次郎(日本銀行理事)、父＝吉田二郎(英国総領事)

片山 由美子 かたやま・ゆみこ
俳人 [生]昭和27年7月17日 [出]千葉県 本名＝野口由美子 [学]上野学園大学音楽学部ピアノ科卒 [賞]弓賞(昭和57年)、俳句研究賞(第5回)(平成2年)「一夜」、俳人協会評論賞新人賞(第8回)(平成6年)「現代俳句との対話」 [歴]昭和54年より鷹羽狩行の指導を受け作句。55年から俳誌「狩」に投句、のち同人。句集に「雨の歌」「一夜」「水精」、著書に「現代俳句との対話」など。 [団]俳人協会(幹事)、日本文芸家協会

勝 承夫 かつ・よしお
詩人 作詞家 元・日本音楽著作権協会会長 元・東洋大学理事長 [生]明治35年1月29日 [没]昭和56年8月3日 [出]東京・四谷 [学]東洋大学卒 [歴]学生時代「新進詩人」に参加。昭和のはじめから芸術至上主義派の「詩人会」のメンバーとして活躍。のちビクター専属作詞家として「歌の町」「灯台守」などの作品を残した。52年日本音楽著作権協会の会長に就任、55年までつとめた。詩集に「惑星」「朝の微風」「白い馬」など。

勝倉 茂男 かつくら・しげお
歌人 [生]明治43年5月24日 [出]栃木県 [歴]昭和37年より作歌。「日本歌人」「アララギ」を経て、「あめつち」に入会。歌集に「立春前後」「桃林」など。 [団]関西歌人集団、日本歌人クラブ、大阪歌人クラブ

勝田 香月　かつた・こうげつ
詩人　[生]明治32年3月3日　[没]昭和41年11月5日　[出]静岡県沼津市本町　本名＝勝田穂策　[学]日本大学　[歴]20歳で「国民中学会」の編集者となり、苦学して日大で学ぶ。在学中、「日本大学新聞」を創刊する。そのかたわら詩作をし、大正8年「旅と涙」を刊行。以後「どん底の微笑」「心のほころび」「哀別」などを刊行。また「独学者の手記」や評論「逆境征服」などの著書もある。

且原 純夫　かつはら・すみお
詩人　[生]昭和4年5月9日　[出]東京　[学]岩国中卒　[歴]詩をつくりながら、出版などを手がけ、昭和40年にPR誌「木」を編集。以来、本とつき合い、東京・京橋の木材会社専務も務める。60年「デザインされた木」を執筆、出版。詩集に「戦いの日々」がある。　[団]新日本文学会

勝部 祐子　かつべ・ゆうこ
歌人　経済ジャーナリスト　[生]昭和32年3月19日　[出]福岡県北九州市　[学]跡見学園女子大学卒　[歴]大学在学中、新井貞子に師事。昭和54年には連作50首「内乱」が角川短歌賞候補作に。歌誌「こえ」に創刊より参加。一方、医薬関係の出版社、PR誌編集を経て、54年日刊工業新聞社に入社し、経済ジャーナリストとして活動。著書に「山野愛子 美への執念」、共著に「スペインへ」、歌集に「解体」「微罪」などがある。

勝又 一透　かつまた・いっとう
俳人　「岬」主宰　[生]明治40年8月4日　[没]平成11年2月22日　[出]静岡県駿東郡深良村　本名＝勝又輔弼（かつまた・すけのり）　[学]沼津商卒　[賞]若葉賞（昭和40年）　[歴]昭和4年から「山彦」に投句し、14年「若葉」により富安風生に師事。23年「若葉」同人。30年「岬」を創刊し、主宰。自衛隊俳誌「栃の芽」選者。句集に「青富士」「菊名抄」「古徑」「至恩」。　[団]俳人協会

勝又 木風雨　かつまた・もくふうう
俳人　衣匠かつ又社長　「北の雲」主宰　[生]大正3年11月8日　[没]平成9年1月22日　[出]千葉県　本名＝勝又誠　[学]札幌簿記学校卒　[歴]昭和8年室積徂春の手ほどきを受ける。戦後、呉服商を開業。23年「氷下魚」に投句し、伊藤凍魚に師事。28年「雲母」入会、50年同人。45年「北の雲」創刊主宰。平成5年「白露」同人。この間、昭和46年俳人協会会員、のち評議員。NHK学園講師なども務めた。句集に「雲の放浪」「二月の橋」　。　[団]俳人協会

勝峰 晋風　かつみね・しんぷう
俳人　国文学者　[生]明治20年12月11日　[没]昭和29年1月31日　[出]東京市牛込区矢来町　本名＝勝峰晋三　別号＝黄橙苑　[学]東洋大学（明治43年）卒　[歴]小樽新聞、報知新聞、万朝報、時事新報等の記者を歴任し、関東大震災以後は、俳諧の研究や著述に専念する。大正15年「黄橙」を創刊。15年から昭和3年にかけて「日本俳書大系」全17冊を編纂し、昭和6年「新編芭蕉一代集」4冊を刊行。句集「汽笛」や「明治俳諧史話」「奥の細道創見」などの著書がある。

勝村 茂美　かつむら・しげみ
俳人　[生]昭和11年7月10日　[出]東京　[歴]昭和51年より「野の会」所属。俳誌「風景」主宰。句集に「ドリアン」があるほか、「花游抄」「俳句現代作品集」に作品がおさめられている。

桂 湖村　かつら・こそん
漢学者　漢詩人　早稲田大学教授　[生]明治1年10月16日　[没]昭和13年4月3日　[出]越後国新津（新潟県）　本名＝桂五十郎（かつら・いそろう）　[学]東京専門学校専修英語科（明治25年）卒　[歴]早くから漢学を学び、明治25年日本新聞社の客員社友となる。そのかたわら漢学者、漢詩人として活躍し、東洋大学、国学院大学を経て早大教授となった。森鴎外に漢詩の手ほどきをしたこともある。著書に「漢籍解題」などがある。　[家]娘＝丹藤寿恵子（森鴎外記念会会員）

桂 静子　かつら・しずこ
歌人　[生]明治39年7月23日　[出]岐阜県　本名＝水谷静子　[歴]昭和7年「短歌民族」に参加し、10年「多磨」の創刊に参加。21年から「女性短歌」を編集し、26年「白鳥」と改題して主宰する。歌集に「花の素描」「白鳥」などがある。

桂 樟蹊子　かつら・しょうけいし
俳人　「霜林」主宰　京都府立大学名誉教授　[専]植物病学　[生]明治42年4月28日　[没]平成5年10月24日　[出]京都市　本名＝桂琦一（かつら・きいち）　[学]京都帝国大学農学部農林生物学科（昭和11年）卒　農学博士（昭和37年）　[賞]馬酔木賞（昭和11年）、日本植物病理学会賞（昭和46年）「植物疫病菌に関する研究」、勲三等瑞宝章、京都市芸術文化協会賞（平成4年）　[歴]京都農林専門学校教授、京都府立大学教授などを歴任し、植物疫病菌の研究に従事。かたわら七高時代に作句を始め、昭和6年水原秋桜子に師事、「馬酔木」に投句。10年京都馬酔木会を結成し、12年「馬酔木」同人。22年指導していた京大学生俳句会を中心に「学苑」

を創刊、26年「霜林」と改題して主宰。京都新聞、読売新聞京都版、毎日新聞滋賀版の俳壇選者を歴任。著書に「植物の疫病」、句集に「放射路」「朱雀門」「安良居」などがある。平成6年1月「霜林」は550号で廃刊した。
[団]俳人協会(顧問)、京都俳句作家協会(顧問)、日本植物病理学会(名誉会員)

桂 信子　かつら・のぶこ
俳人　「草苑」主宰　現代俳句協会顧問　[生]大正3年11月1日　[出]大阪府大阪市東区八軒家　本名＝丹羽信子(にわ・のぶこ)　[学]大手前高女(昭和8年)卒　[賞]現代俳句女流賞(第1回)(昭和52年)「新緑」、大阪府文化芸術功労賞(昭和56年)、現代俳句協会功労賞(昭和57年)、蛇笏賞(第26回)(平成4年)「樹影」、勲四等瑞宝章(平成6年)、現代俳句協会大賞(第11回)(平成11年)
[歴]昭和13年「旗艦」に投句、日野草城に師事。24年第1句集「月光抄」を出す。「太陽系」「まるめろ」「青玄」同人を経て、45年「草苑」を創刊し主宰。同年近畿車両を退職し、以後句作に専念、各俳句教室の講師などを務める。この間、27年現代俳句協会会員となり、60年副会長に就任。句集に「月光抄」「女身」「新緑」「緑夜」「草樹」「桂信子句集」「樹影」など、散文集に「草花集」「信子十二ケ月」がある。
[団]現代俳句協会(顧問)、女性俳句懇話会、日本文芸家協会

葛山 たけし　かつらやま・たけし
俳人　[生]大正3年10月20日　[出]三重県桑名市　本名＝葛山武　[学]名古屋市立工芸卒　[賞]天狼賞(昭和42年)　[歴]昭和20年以来山口誓子に師事。23年「天狼」発刊と同時に入会、同人に推される。句集に「木場」がある。　[団]俳人協会

角 光雄　かど・みつお
俳人　「あじろ」主宰　[生]昭和6年7月1日　[出]広島県三原市　[賞]うぐいす功労賞、同人700号記念論文優秀賞　[歴]昭和20年松本正気の「春星」に拠り、青木月斗の添削を受ける。35年「うぐいす」「同人」に投句。45年「同人」選者、「うぐいす」編集者となる。63年「あじろ」創刊、主宰。「同人」「晨」同人、「淀の会」会員。句集に「菊しぐれ」「薫風」。　[団]俳人協会(幹事)、大阪俳人クラブ(常任理事)、大阪俳句史研究会

加藤 愛夫　かとう・あいお
詩人　[生]明治35年4月19日　[出]北海道　本名＝加藤松一郎　[学]実業学校中退　[歴]ワーズワース・ホイットマンの影響を受けて、詩作を始め、「文章倶楽部」「日本詩人」などへ投稿する。昭和24年から28年の終刊まで「詩人種」を主宰。「情緒」「共悦」同人。生田春月・尾崎喜八・室生犀星に師事。詩集に「従軍」「幻虹」「夕陽無根」などがある。

加藤 郁乎　かとう・いくや
俳人　詩人　[専]古神道　江戸文芸　俳諧俳句　[生]昭和4年1月3日　[出]東京　号＝郁山人　[学]早稲田大学文学部演劇科卒　[興]言霊を通しての世界比較言語　[賞]室生犀星詩人賞(第6回)(昭和41年)「形而情学」、日本文芸大賞(俳句賞，第18回)(平成10年)「初昔」　[歴]俳人だった父の影響をうけ少年時代より句作をはじめる。父が遺した俳誌「黎明」の新鋭として、新芸術俳句をつくるが、のち詩の世界に入る。無所属。句集「球体感覚」「牧歌メロン」「定本加藤郁乎句集」「江戸桜」「初昔」「加藤郁乎俳句集成」、詩集「形而情学」「荒れるや」「エジプト詩篇」、考証評論集に「近世滑稽俳句大全」「日本は俳句の国か」など。江戸趣味の研究でも知られる。平成11年加藤郁乎賞が創設された。
[団]日本文芸家協会、日本現代詩人会、現代俳句協会

加藤 燕雨　かとう・えんう
俳人　「松籟」主宰　[生]大正9年2月20日　[出]愛知県豊田市　本名＝加藤鉦司(かとう・しょうじ)　[学]青年学校教員養成所卒　[賞]松籟岡崎教育文化賞(昭和55年)　[歴]教員生活の傍ら句作を始め、昭和12年市川丁子、14年臼田亜浪、22年太田鴻村に師事。36年「松籟」を創刊し主宰。55年教職を辞し、句作に専念。平成元年第一句集「梅韻」、8年第二句集「竹韻」を発表。
[団]俳人協会(評議員)

加藤 介春　かとう・かいしゅん
詩人　[生]明治18年5月16日　[没]昭和21年12月18日　[出]福岡県田川郡上野村大字市場　本名＝加藤寿太郎　[学]早稲田大学英文科(明治42年)卒
[歴]早大在学中の明治38年「白鳩」を創刊して詩作を発表する。40年早稲田詩社の創立に参加し、42年自由詩社を創立するなどして口語自由詩を実践。卒業後は九州日報社に入社するが、選挙違反の容疑で検挙される。昭和3年福岡日日新聞社に入社。詩集に「獄中哀歌」「梢を仰ぎて」「眼と眼」「黎明の歌」など。

加藤 かけい　かとう・かけい
俳人　[生]明治33年1月15日　[没]昭和58年3月4日　[出]愛知県名古屋市　本名＝加藤亮造(かとう・りょうぞう)　[学]名古屋商卒　[歴]昭和2年加藤霞村と名古屋ホトトギス会を結成したが、6年「馬酔木」に転じ、俳句革新運動に参加。戦後は山口誓子主宰の「天狼」に加わり、26年「環礁」を創刊。独自の表現から、反骨の作家、怒りの俳人といわれ、中部俳壇の指導的立場にあった。句集に「夕焼」「浄瑠璃寺」「淡彩」「生涯」「捨身」「甕」などの他、「定本加藤かけい俳句集」「加藤かけい添削教室」がある。　[団]俳人協会　[家]兄＝加藤霞村(俳人)

加藤 一夫　かとう・かずお
詩人　評論家　思想家　[生]明治20年2月28日　[没]昭和26年1月25日　[出]和歌山県西牟婁郡大都河村　[学]明治学院神学部(明治43年)卒　[歴]大学卒業後2年ほどキリスト教の伝道をしたが、後に文芸を志し、トルストイの影響を受けたキリスト教的社会主義とアナーキズムの混淆した立場から、民衆芸術派の代表的文学者となる。大正4年「科学と文芸」を創刊し、民衆芸術運動の拠点とする。その後、「一隅より」(個人紙)、「自由人」、「原始」(個人誌)、「大地に立つ」(個人誌)などを刊行。代表作に詩集「土の叫び地の囁き」(大6)、評論集「民衆芸術論」(大8)、小説「無明」(大9)などがある。

加藤 霞村　かとう・かそん
俳人　[生]明治30年12月1日　[没]昭和22年11月2日　[出]愛知県名古屋市　本名＝加藤彦左衛門　幼名＝篤太郎　[学]名古屋商卒　[歴]大正9年頃ホトトギス系の「平野」で俳句を始め、のち「ホトトギス」に投句。昭和2年純ホトトギス系の句会として牡丹会を創設。7年機関誌「牡丹会々報」を発行、12年俳誌「牡丹」として月刊誌に改め、没年まで主宰した。昭和9年「ホトトギス」同人。句集に「游魚」がある。　[家]弟＝加藤かけい

加藤 勝三　かとう・かつぞう
歌人　「菩提樹」主宰　[生]大正6年3月14日　[没]平成10年10月6日　[出]東京　[歴]昭和12年より大岡博に師事。29年堀正三・渡辺於兎男らと「あかしや」を創刊。56年博逝去後、「菩提樹」の編集・発行人。歌集に「雁の来る頃」「有心」「草つげ」「石の渚」等がある。

加藤 克巳　かとう・かつみ
歌人　埼玉県文芸懇話会会長　埼玉県文化団体連合会顧問　[専]短歌創作と評論　[生]大正4年6月30日　[出]京都府綾部市　[学]国学院大学文学部国文科(昭和13年)卒　[賞]迢空賞(第4回)(昭和45年)「球体」、埼玉県文化賞(昭和50年)、埼玉県文化功労賞(昭和51年)、藍綬褒章(昭和54年)、現代短歌大賞(第9回)(昭和61年)「加藤克巳全歌集」、勲四等瑞宝章(昭和61年)　[歴]生家は蚕種製造業を手広く営んでいたが、火事や洪水で家産を失う。シンガーミシンの販売員となった父とともに各地を転々、13歳の時大宮に落ち着く。昭和4年作歌開始。大学在学中の12年第一歌集「螺旋階段」を刊行。戦後、満30歳で復員、21年「鶏苑」創刊に参加。さらに宮柊二、近藤芳美らと「新歌人集団」を結成して、論・作に精力的な活動を開始する。28年歌誌「近代」を興し、のち「個性」と改め主宰。平成3～7年現代歌人協会理事長。埼玉県文芸懇話会会長、埼玉県文化団体連合会顧問も務める。ほかの歌集に「球体」「宇宙塵」「心庭晩夏」「加藤克巳全歌集」、評論集に「意志と美」「邂逅の美学」「熟成と展開」など。一方、父が設立したミシン会社で働き、社長に。日本製ミシンが欧米市場から締め出しを受けたころ、業界団体役員としてダンピング防止など基本的対策をまとめあげたこともある。　[団]現代歌人協会(名誉会員)、日本ペンクラブ、日本文芸家協会、日本歌人クラブ、埼玉文芸懇話会(会長)、埼玉県歌人会

加藤 憲曠　かとう・けんこう
俳人　「薫風」主宰　元・八戸市サービス公社理事長　[生]大正9年4月30日　[出]秋田県　本名＝加藤一夫(かとう・かずお)　[学]専修大学専門部商科(昭和16年)卒　[賞]角川俳句賞(第24回)(昭和53年)、八戸市文化賞、青森県芸術文化褒賞、青森県文化賞(第32回)(平成2年)　[歴]昭和14年俳句をはじめる。35年「風」に入会して沢木欣一に師事、36年「風」同人。55～58年八戸市サービス公社理事長をつとめた。59年「薫風」を創刊し主宰。句集に「海猫」「羽根砦」「鮫角燈台」。　[団]俳人協会

加藤 耕子　かとう・こうこ
俳人　随筆家　「耕」主宰　「KO」主宰　[専]英文学　[生]昭和6年8月13日　[出]京都府京都市　[学]愛知県立女子短期大学卒、同志社大学文学部英文科卒、中京大学大学院(日本文学)後期博士課程修了　[賞]笹一周年記念応募作品第一席(昭和56年)、名古屋市長賞(昭和63年)、クロア

チア俳句協会表彰、愛知県芸術文化選奨(文化賞)(平成13年)　㊫昭和45年より名古屋市立城山、北山中学で英語を教えた。47年ミネソタ大学へ短期語学留学。55年伊藤敬子主宰「笹」に入会。61年俳句と文章誌「耕」を創刊し、主宰。俳句の国際化をめざし英文俳誌「KO」も発行、米国、カナダで反響を呼ぶ。また英国、中国、ルーマニアの俳句協会設立に協力した。名古屋短期大学非常勤講師も務める。句集に「稜線」「尾張図会」自解百句選「加藤耕子集」「海外俳句紀行〈ヨーロッパ〉」、著書に「美味求心 伊勢路の和菓子」、編著に「A Hidden Pond(隠沼)」、翻訳に「HAIKU IN ENGLISH」がある。㊐俳人協会(評議員)、国際俳句交流協会(理事)、俳文学会、現代英米詩協会、アメリカ文学会、日本ペンクラブ、日本中国文化交流協会、日本文芸家協会

加藤 犀水　かとう・さいすい
法学者　俳人　東京帝大名誉教授　㊪民事訴訟法　破産法　㊓明治4年3月10日　㊚昭和27年3月16日　㊍長野県　本名=加藤正治(かとう・まさはる)　旧姓(名)=平林　㊫東京帝大法科(明治30年)卒　法学博士(明治37年)　㊫ドイツ、フランスに留学し破産法を研究、帰国後東大助教授、教授となり、民法、破産法、民事訴訟法などを講じた。昭和6年退官、名誉教授。その後中央大学総長となった。民事訴訟法学会会長、海法学会会長、三菱信託監査役なども歴任した。日本の破産法研究の開拓者で、大正12年に施行された現行破産法、和議法両法典の起草に参画、また海商法の研究にも業績を残した。著書に「破産法要論」「破産法研究」(全11巻)「海商法講義」などがある。一方で茶道、俳句などの趣味人としても知られ、没後「わさびた唄」が刊行された。

加藤 しげる　かとう・しげる
俳人　㊓明治25年7月2日　㊚昭和47年3月26日　㊍広島市　本名=加藤滋　㊫慶応義塾大学経済学部卒　㊫「草汁」(「鹿火屋」の前身)創刊時より原石鼎に師事し、石鼎発病の時期は代って「鹿火屋」雑詠選者を担当した。みずからも「紺」「平野」「杉の花」などを主宰。句集に「無明」「加藤しげる句集」がある。

加藤 紫舟　かとう・ししゅう
俳人　㊓明治37年8月29日　㊚昭和25年11月5日　㊍福島県会津　本名=加藤中庸　別号=黎明居　㊫早稲田大学商学部卒　㊫早大在学中に俳諧史を学び、のちに早大講師をつとめる。長谷川零余子に師事し「枯野」同人として句作を発表し、昭和4年「黎明」を創刊。8年「森林」を刊行した他、「感情のけむり」「日本晴」「光陰」などの句集、「俳人芭蕉伝」「俳人蕪村全伝」などの著書がある。
㊎息子=加藤郁乎(詩人)

加藤 周一　かとう・しゅういち
文芸評論家　詩人　作家　元・上智大学教授
㊪日本思想史　日本文化史　㊓大正8年9月19日　㊍東京　別名=藤沢正　㊫東京帝国大学医学部(昭和18年)卒　医学博士　㊮大仏次郎賞(第7回)(昭和55年)「日本文学史序説」、フランス芸術文化勲章オフィシエ章(平成5年)、朝日賞(平成6年)、レジオン・ド・ヌール勲章オフィシエ章(平成12年)　㊫一高在学中に福永武彦、中村真一郎らを知り、東京帝大医学部進学後は仏文科の講義にも出、マチネ・ポエティクに参加。昭和21年福永、中村との共著「1946文学的考察」を、23年には「マチネ・ポエティク詩集」を刊行。また「近代文学」「方舟」などの同人となる。26年半給費留学生として渡仏し、医学研究のかたわら、フランスを中心にヨーロッパ各地の文化を研究し、30年帰国。医師をしながら「日本文化の雑種性」などを発表。33年医業を廃し、35年東京大学文学部講師に就任したが、秋にカナダのブリティッシュ・コロンビア大学に招かれ、以後ベルリン自由大学、エール大学教授となり、51年から上智大学教授。63年都立中央図書館長に就任。のち立命館大学客員教授。平成10年には78歳で初の戯曲「消えた版木 富永仲基異聞」を書く。ほかに評論「文学と現実」「抵抗の文学」「雑種文化」「現代ヨーロッパの精神」「日本文学史序説」、小説「ある晴れた日に」「運命」、自伝「羊の歌」、エッセイ「山中人閒話」「夕陽妄語」、詩歌集「薔薇譜」「加藤周一詩集」などの著書があり、文学・文化の面で幅広く活躍をしている。また、林達夫のあとを継いで平凡社「大百科事典」の編集長をつとめた。「加藤周一著作集」(全24巻，平凡社)、「加藤周一対話集」(全4巻・別巻1，かもがわ出版)がある。
㊐日本文芸家協会

加藤 楸邨　かとう・しゅうそん
俳人　「寒雷」主宰　青山学院女子短期大学名誉教授　㊪芭蕉　近代俳句の探求　㊓明治38年5月26日　㊚平成5年7月3日　㊍東京　本名=加藤健雄(かとう・たけお)　㊫東京文理科大学国文科(昭和15年)卒　㊮日本芸術院会員(昭和60年)　㊮蛇笏賞(第2回)(昭和43年)「まぼろしの鹿」、紫綬褒章(昭和49年)、詩歌文学館賞(第

2回・現代俳句部門)(昭和62年)「怒濤」、勲三等瑞宝章(昭和63年)、現代俳句協会大賞(第1回)(昭和63年)、朝日賞(平3年度)　[歴]父を早く失い、旧制金沢中学を卒業して代用教員となる。昭和4年東京高等師範第一臨時教員養成所を卒業、春日部中学の教員となる。6年水原秋桜子の弟子となり、「馬酔木(あしび)」に投句。晩学を志し、32歳で旧制中学の教師の職を捨て東京文理大国文科に入学、15年に卒業した。同年俳誌「寒雷」を創刊、17年「馬酔木」を離れる。19年大本営報道部嘱託で満蒙を旅行、戦後その姿勢を問われる。30〜50年青山女子短期大学教授、45年からは朝日俳壇選者をつとめる。60年芸術院会員となる。金子兜太、森澄雄、安東次男といった後進を育成、また芭蕉研究でも知られる。句集に「寒雷」「穂高」「雪後の天」「野哭」「起伏」「山脈」他、紀行句文集「死の塔」、研究書「芭蕉秀句」、「加藤楸邨全集」(全14巻，講談社)がある。平成4年アートネイチャーにより山梨県小淵沢町に“加藤楸邨記念館”が設立された。13年閉館。
[団]日本文芸家協会、俳文学会、現代俳句協会

加藤 順三　かとう・じゅんぞう
歌人　国文学者　[生]明治18年9月29日　[没]昭和36年11月10日　[出]大阪市　[学]京都帝大国文科卒　[歴]教員生活をしながら歌人として作歌活動に入る。「心の花」を経て、昭和5年創刊の「帚木」に参加して短歌を発表し、のちに同誌を主宰。18年刊行の「芦火」をはじめ「ながれ藻」などの句集があり、他に「万葉集」などの研究書がある。

加藤 省吾　かとう・しょうご
作詞家　童謡詩人　日本大衆音楽協会理事長　[生]大正3年7月30日　[没]平成12年5月1日　[出]静岡県富士市　[賞]日本レコード大賞(童謡賞，第1回)(昭和34年)「やさしい和尚さん」、勲四等瑞宝章(平成1年)　[歴]昭和13年「可愛い魚屋さん」を発表し、同年音楽新聞社入社。16年音楽之友社創立発起人、日本音楽文化協会「音楽文化新聞」編集長となる。21年「ミュージックライフ」を創刊し編集長。同年「みかんの花咲く丘」を発表、川田正子が歌って大ヒットする。33年頃から40年にかけてヒットしたテレビ映画「快傑ハリマオ」「笛吹童子」「ジャガーの眼」などの主題歌の創作を手がけた。他に「りんどうの唄」「やさしい和尚さん」などの作品を発表し、詩集「みかんの花咲く丘」　、「日本童謡百曲集」(全5巻)などの著書がある。また61年71歳で演歌歌手としてデビューし、話題を呼んだ。
[団]JASRAC、日本大衆音楽協会、静岡県大衆音楽協会

加藤 治郎　かとう・じろう
歌人　[生]昭和34年11月15日　[出]愛知県名古屋市緑区鳴海町　[学]早稲田大学教育学部(昭和57年)卒　[賞]短歌研究新人賞(昭和61年)「スモール・トーク」、現代歌人協会賞(第32回)(昭和63年)「サニー・サイド・アップ」、寺山修司短歌賞(第4回)(平成11年)「昏睡のパラダイス」
[歴]昭和57年富士ゼロックスに入社。システムエンジニアとして勤務。58年作歌を始め、岡井隆に師事。「未来短歌会」に入会。62年第一歌集「サニー・サイド・アップ」を刊行。他に歌集「マイ・ロマンサー」「昏睡のパラダイス」「イージー・パイ」など。　[団]未来短歌会、現代歌人協会、日本文芸家協会
http://www.bookpark.ne.jp/utanoha

加藤 翠谷　かとう・すいこく
川柳作家　愛知川柳作家協会会長　名古屋番傘川柳会顧問　NHK学園生涯高座川柳講師
[出]愛知県名古屋市中区　[学]愛知県工業学校電気科卒、名古屋電器短期大学工学部電気科卒
[賞]労働大臣表彰(職業訓練功績)、法務大臣表彰(川柳・書道指導功績)、名古屋通産局長表彰(電気保安功績)　[歴]昭和24〜61年名古屋刑務所法務技官、電気主任技術者(専門職)を務める。この間、電波学園(専門学校)講師を38年、愛知県板金高等職業訓練校講師を42年務める。61年より篤志面接委員(川柳・書道)を務め、2社の会社顧問を務める。著書に、句集「宴」、小説「名古屋番傘川柳会六十年史」「兵隊物語」、「わかる課題別川柳教室」がある。
[団]全日本川柳協会(理事)

加藤 雪腸　かとう・せっちょう
俳人　[生]明治8年1月2日　[没]昭和7年11月24日
[出]静岡県榛原郡川崎町　本名＝加藤孫平
別号＝清白之舎、千里坊　[学]静岡師範(明治30年)卒　[歴]19年にわたって小中学校の教員をし、のちに商業に従事。その間の明治28年正岡子規に師事し、32年「芙蓉」を、大正15年「曠野」を創刊する。没後の昭和19年「自由俳句管見」が刊行された。

加藤 草村　かとう・そうじょう
俳人　[生]大正5年9月8日　[出]静岡県　本名＝加藤平太郎　[学]青年学校卒　[賞]鯱賞(昭和55年)　[歴]昭和22年「馬酔木」入門、水原秋桜子に師事。25年「伊吹」に入会。47年「鯱」同人となる。　[団]俳人協会

加藤 千恵　かとう・ちえ
歌人　[生]昭和58年11月10日　[出]北海道旭川市　[学]旭川北高　[歴]中学2年の時から短歌を始める。旭川北高進学後、本格的に創作活動を始め、インターネット上で作品を発表。NHKの短歌番組の常連入選者となり、テレビに出演するなどして注目を浴びる。一高校生の日常を描いたシンプルさとインターネット時代の新しい感性が歌人・枡野浩一に高く評価され、平成13年短歌雑誌「ハッピーマウンテン」発行に続き、初の短歌集「ハッピーアイスクリーム」を出版。　http://www.drop.to/chie

加藤 知多雄　かとう・ちたお
歌人　「新月」主宰　[生]大正2年1月25日　[没]平成2年7月13日　[出]東京都台東区　[学]日本大学文学部中退　[賞]関西短歌文学賞(第24回)(昭和56年)「海嘯」、大津市民文化賞(昭和59年)「古代の相聞」　[歴]府立三中時代より作歌、日大在学中より同人「青芦」(後に「短歌文化」)を中心に活動。戦後京都に移り、昭和26年「新月」に入会、36年から編集を全面担当し、56年主宰。この間、「現代短歌」に編集委員として終刊まで参加。また57年からは京都新聞歌壇選者をつとめた。歌集に「海嘯」「古代の相聞」「白雁」など。一方、13年から48年まで日本エヌ・シー・アールに勤務した。　[団]現代歌人協会、日本歌人クラブ、京都歌人協会、滋賀県歌人協会(幹事)

加藤 知世子　かとう・ちよこ
俳人　「寒雷」同人　[生]明治42年11月20日　[没]昭和61年1月3日　[出]新潟県東頸城郡安塚町樽田川　本名＝加藤チヨセ(かとう・ちよせ)　旧姓(名)＝矢野　[学]菱里小卒　[賞]清山賞(第4回)(昭和47年)　[歴]昭和4年加藤楸邨と結婚して門下となり、「若竹」「馬酔木」を経て、15年に楸邨が創刊した「寒雷」の同人となる。29年殿村菟絲子らと「女性俳句」を創刊。東京タイムズ俳壇選者もつとめた。句集に「冬萠」「飛燕草」「朱鷺」など。　[団]現代俳句協会　[家]夫＝加藤楸邨(俳人)

加藤 鎮司　かとう・ちんじ
俳人　[生]大正13年8月5日　[没]昭和63年11月11日　[出]愛知県東加茂郡　[学]和歌山経済専門学校卒　[賞]早蕨賞(昭和23年)　[歴]中日新聞論説委員などを務める。俳句は中学時代より始め、「早蕨」に拠った。昭和23年「早蕨」賞受賞。同年総合誌「俳句春秋」を創刊。33年「俳句評論」同人参加。52年同人誌「橘」を創刊、編集する。句集に「日照雨」、一般書に「マス・コミュニケーション」などがある。

加藤 東籬　かとう・とうり
歌人　[生]明治15年8月21日　[没]昭和19年4月21日　[出]青森県津軽郡松島村　本名＝加藤定一　[学]東奥義塾　[歴]早くから漢学を学び、また作歌をして「創作」に参加し、大正8年「加藤東籬集」を刊行。他の著書に「啄木鳥」などがある。

加藤 則幸　かとう・のりゆき
詩人　「春夏秋冬」主宰　[生]昭和5年2月4日　[歴]18歳ごろから詩や短歌を書き始め、石仏の写真をとったり、地蔵を主題にした詩を創作。「詩文学」「掌」同人。詩集に「地蔵頌」「詩集絵本 うらしま」「昔話集天狗火」「街角への旅」など。

加藤 拝星子　かとう・はいせいし
俳人　「水鳥」主宰　[生]明治42年11月4日　[没]平成5年7月23日　[出]神奈川県横浜市　本名＝加藤清司　[学]日本大学工学部中退　[歴]昭和5年「石楠」系「石鳥」に入り、20年同誌最高幹部。29年俳誌「水鳥」を創刊し、主宰。句集に「海の音」「指」、句文集に「俳句とその周辺」「続・俳句とその周辺」がある。

加藤 温子　かとう・はるこ
詩人　[生]昭和7年4月13日　[出]東京　[学]お茶の水女子大学英米文学科卒　[歴]「飾粽」同人。詩集に「少女時代」「転校生」「オシャマンベのイカメシ」などがある。　[団]日本現代詩人会、日本文芸家協会

加藤 春彦　かとう・はるひこ
俳人　[生]大正2年3月8日　[没]平成5年6月12日　[出]愛知県　[学]旧制中学卒　[歴]昭和16年「馬酔木」入会、35年同人。44年「年の花」講師となる。のち「鯱」同人。俳句会合同月報誌「帯」の指導にあたる。句集に「雁の頃」「寮長日記」「流氷祭」がある。　[団]俳人協会

加藤 久雄　かとう・ひさお
歌人　「灯」代表　㊓大正11年5月24日　㊙平成13年2月27日　㊕愛知県名古屋市　本名＝加藤普久雄　㊫青山学院文学部英語科卒　㊯愛知県立松蔭高校講師を務める傍ら、昭和49年「灯」入会、50年同人に。60年竹田水明没後から事務局長を務め、平成12年代表。歌集に「自燈明」「一念三千」「白き道」「峠道」。　㊐中部日本歌人会、日本歌人クラブ

加藤 菲魯子　かとう・ひろし
俳人　㊓明治23年12月　㊙昭和33年4月10日　㊕大阪　本名＝加藤博　㊯青年時代に劇界に入り、のち経営者となった。一方、俳句は「赤壁」「みどり」に参加。「無暦」を刊行編集した。

加藤 文男　かとう・ふみお
詩人　元・川鉄鋼板常務　㊓大正8年1月1日　㊙平成10年7月27日　㊕宮城県飯野川町（現・河北町）　㊫盛岡中（旧制）卒　㊮小熊秀雄賞（第21回）（昭和63年）「南部めくら暦」、晩翠賞（第29回）（昭和63年）「労使関係論」　㊯川崎製鉄勤務を経て、川鉄鋼板常務、川鉄不動産取締役を歴任。詩集に「加藤文男詩集」「余白」「南部のくら暦」「労使関係論」などがある。
㊐日本現代詩人会、岩手県詩人クラブ

加藤 正明　かとう・まさあき
歌人　㊓明治39年8月29日　㊕山梨県甲府　㊫YMCA甲府英語学校卒　㊮角川短歌賞（第3回）（昭和32年）「草のある空地」　㊯昭和14年「美知思波」に参加し「とねりこ」を経て、27年佐藤佐太郎の「歩動」に参加。32年角川短歌賞を受賞。歌集に「反照」「低丘」などがある。

加藤 まさを　かとう・まさお
挿絵画家　童謡詩人　小説家　㊓明治30年4月10日　㊙昭和52年11月1日　㊕静岡県藤枝市　本名＝加藤正男　別名＝藤枝春彦、蓬芳夫　㊫立教大学英文科卒　㊯学生時代から抒情画風の挿絵を描き、「少女画報」「少女倶楽部」「令女界」に抒情画と抒情詩、童話を発表、小説も書いて、少女たちの人気を得、ジャーナリズムにもてはやされた。作品に童謡画集「かなりやの墓」「合歓の揺籃」、詩集「まさを抒情詩」、少女小説「遠い薔薇」「消えゆく虹」など。また死の直前「加藤まさを抒情画集」を出版。童謡「月の沙漠」は佐々木すぐる作曲で今なお愛唱され続け、千葉県御宿に記念碑がある。

加藤 政吉　かとう・まさきち
歌人　㊓明治42年9月4日　㊕東京都　㊯「蒼穹」に所属、のち昭和39年9月より歌誌「欅」を編集発行する。歌集に「白塔」「欅」「風塵抄」「春寒」「欅十五周年記念合同歌集」、評論に「西行管見」などがある。

加藤 正治　かとう・まさはる
⇒加藤犀水（かとう・さいすい）を見よ

加藤 将之　かとう・まさゆき
歌人　哲学者　元・山梨大学教授　「水甕」主宰　㊔哲学　㊓明治34年7月3日　㊙昭和50年6月9日　㊕愛知県名古屋市下之一色町　㊫東京大学哲学科卒　㊯八高在校中石井直三郎の指導を受け「水甕」入社。昭和15年「新風十人」に参加、16年歌集「対象」評論集「斎藤茂吉論」出版。34年より水甕主幹をつとめる。著書多数。歌会始選者。平成3年「加藤将之全歌集」（水甕社）が刊行された。

加藤 三七子　かとう・みなこ
俳人　「黄鐘」主宰　㊓大正14年4月27日　㊕兵庫県揖保郡竜野町（現・竜野市）　旧姓（名）＝森川　㊫龍野高女卒　㊮俳人協会賞（第38回）（平成11年）「朧銀集」　㊯昭和34年「かつらぎ」入門、阿波野青畝に師事、42年同人。52年「黄鐘」創刊主宰。句集に「万華鏡」「華鬘」「浜籠」「朧銀集」、随想集に「雪女郎」「かげろひにけり」などがある。　㊐俳人協会、日本ペンクラブ、日本文芸家協会

加藤 岳雄　かとう・やまお
俳人　医師　㊓大正9年6月6日　㊙平成3年4月21日　㊕岐阜県高山市　本名＝加藤正　㊫名古屋帝国大学医学部卒　医学博士　㊯松山高時代の昭和14年「いたどり」主宰川本臥風、名古屋帝大では「環礁」主宰加藤かけいに師事。42年「馬酔木」に入会し、水原秋桜子の指導を受ける。59年同人。句集に「樹氷」「雲橋」。
㊐俳人協会

加藤 淑子　かとう・よしこ
歌人　㊓大正12年　㊫東京女子医専（現・東京女子医科大学）卒　㊯著書に「斎藤茂吉と医学」「斎藤茂吉の十五年戦争」、歌集に「朱雲集」他。

加藤 瑠璃子　かとう・るりこ
俳人　[生]昭和11年9月4日　[学]東京　[歴]結婚後夫が手伝っていた「寒雷」の発行事務を受け継ぎ、俳句を作り始める。「寒雷」同人。著書に「楸邨俳句365日」（分担執筆）、句集に「白牡丹」がある。　[団]現代俳句協会

角川 源義　かどかわ・げんよし
出版人　俳人　国文学者　角川書店創立者　[生]大正6年10月9日　[没]昭和50年10月27日　[出]富山県新川郡水橋町（現・富山市水橋）　[学]国学院大学国文学科（昭和16年）卒　文学博士（昭和36年）「語り物の文芸の発生」　[賞]日本エッセイストクラブ賞（第20回）（昭和47年）「雉子の声」、読売文学賞（詩歌・俳句賞，第27回）（昭和50年）「西行の日」　[歴]中学時代より句作を始め、大学時代は折口信夫や柳田国男に師事。東亜学院教授、城北中学教諭を務めた後、著作に専念し、昭和17年第一作「悲劇文学の発生」を刊行。20年11月に角川書店を創業。堀辰雄「絵はがき」や阿部次郎「合本・三太郎の日記」などで基礎を築き、25年角川文庫を発刊して戦後の文庫本時代の先端を切る。28年「昭和文学全集」を出し全集物ブームを起こした。雑誌「俳句」「短歌」の創刊、角川俳句賞・短歌賞、蛇笏賞、迢空賞の創設、俳人協会・俳句文学館の設立など戦後の俳句・短歌ジャーナリズムの活性化に貢献した。33年には俳誌「河」を創刊し、主宰。39年国学院大文学部講師、50年慶大大学院講師、同年国学院大理事も務めた。著書は句集「ロダンの首」「秋燕」「神との宴」「冬の虹」「西行の日」「角川源義全句集」、文芸評論集「近代文学の孤独」「源義経」「飯田蛇笏」「語り物文芸の発生」、随想集「雉子の声」など多数。「角川源義全集」（全5巻，角川書店）がある。
[家]妻＝角川照子（俳人）、娘＝辺見じゅん（作家）、息子＝角川春樹（角川春樹事務所社長）、角川歴彦（角川書店社長）

角川 照子　かどかわ・てるこ
俳人　「河」主宰　[生]昭和3年12月14日　[出]東京　[学]目黒女子商卒　[賞]現代俳句女流賞（第11回）（昭和62年）「花行脚」　[歴]角川書店に勤務し、昭和24年角川源義と結婚。夫の死後俳句を勉強し、54年より「河」主宰。多摩文庫社長。角川春樹ら姉弟の継母にあたる。句集に「幻戯微笑」「阿吽」「自註現代俳句シリーズ 角川照子集」「花行脚」など。　[団]俳人協会（理事）、日本文芸家協会　[家]夫＝角川源義（角川書店創業者・俳人）

角川 春樹　かどかわ・はるき
映画プロデューサー　映画監督　俳人　角川春樹事務所特別顧問　元・角川書店社長　[生]昭和17年1月8日　[出]富山県　[学]国学院大学文学部国文科（昭和39年）卒　[賞]ブルーリボン賞特別賞（第19回，昭51年度）、日本映画テレビプロデューサー協会賞（昭和52年）、藤本真澄賞（第1回）（昭和56年）「セーラー服と機関銃」、芸術選奨文部大臣新人賞（第33回・昭57年度）、俳人協会新人賞（第6回）（昭和58年）「信長の首」、ヨコハマ映画祭特別大賞（第5回，昭58年度）、読売文学賞（第35回・詩歌俳句賞）（昭和59年）「流され王」、おおさか映画祭特別功労賞（第11回，昭60年度）、くまもと映画祭大賞（第10回，昭60年度）、玉ねぎ大賞（北見市）（昭和62年）、蛇笏賞（第14回）（平成2年）「花咲爺」　[歴]昭和40年父が創業した角川書店に入社。編集部長、編集局長を経て、48年取締役となり、50年父の急死に伴い社長に就任。この間ベストセラーになったエリック・シーガル「ラブ・ストーリー」などを担当。また角川文庫を若者向けに一新し、映画、テレビ等のマスメディアを大々的に利用して文庫ブームを巻き起こす。51年角川春樹事務所を設立、映画「犬神家の一族」（51年）「人間の証明」（52年）「復活の日」（55年）「セーラー服と機関銃」（56年）「蒲田行進曲」（57年）「時をかける少女」（58年）「Wの悲劇」（59年）などを製作し、大当たりを続ける。57年には自ら「汚れた英雄」で監督デビュー、以後「愛情物語」（59年）「キャバレー」（61年）「天と地と」（平2年）を撮る。平成10年には史上初の日韓合作アニメ映画「アレクサンダー戦記」をプロデュース。俳人としては昭和54年から俳誌「河」の副主宰となり、句集に「カエサルの地」「信長の首」「流され王」「猿田彦」「花咲爺」「夢殿」「存在と時間」などがある。飛鳥新社会長も務める。他の著書に「試写室の椅子」「黄金の三角地帯」「飛べ怪鳥モア」「わが心のヤマタイ国」など。
[団]俳人協会、日本文芸家協会、日本映画テレビプロデューサー協会　[家]父＝角川源義（角川書店創業者・俳人）、姉＝辺見じゅん（作家）、弟＝角川歴彦（角川書店社長）

門倉 訣　かどくら・さとし
詩人　[生]昭和9年8月5日　[出]群馬県高崎市　[学]中央大学卒　[賞]三木露風賞（昭和42年）、北原白秋生誕百年記念童謡作詩賞（昭和43年）、毎日童謡賞優良賞（第3回）（平成1年）「けやき」、子ども世界特別賞　[歴]戦後の混乱期に詩を書きはじめ、出版社、雑誌編集長をへて文筆活

動に入る。昭和39年日中友好協会の招待で中国各地で交流。著書に「いのちの輝き」「愛と平和の詩譜」「けやきと鳩と少年と」、詩集「人間の歌」「たんぽぽ」「桑ばたけ」「地球のかけら」など約40冊。現代の民謡、わらべ唄を志し「青春」「あの人の日曜日」「たんぽぽ」「雪が降る」「桑ばたけ」など作詩曲多数。　[団]詩人会議、児童文化の会

門倉 実　かどくら・みのる
詩人　横浜市立戸塚高校(定時制)　[生]昭和7年8月18日　[出]神奈川県横浜市　[学]中央大学法学部卒　[歴]昭和40年、岩本修蔵に私淑してその「パンポエジイ」に参加。西脇順三郎の詩に魅せられながら詩作を続ける。詩集に「ボク・戦士」「門倉実詩集」などがある。

門田 ゆたか　かどた・ゆたか
詩人　[生]明治40年1月6日　[没]昭和50年6月25日　[出]福島県　本名＝門田穣　[学]早稲田大学仏文科中退　[歴]西条八十門下で詩作。昭和10年頃から歌謡も作り、「東京ラプソディー」を始め、多くのヒットソングを出す。「蝋人形」を編集し、のち「プレイアド」を創刊。テイチク、ビクターを経て、コロムビアに専属。日本訳詩家協会創設者のひとりで、理事長を務めた。詩集「歴程」や詩謡集「東京ラプソディー」などの著書がある。

門林 岩雄　かどばやし・いわお
詩人　[生]昭和9年　[出]大阪府和泉市　[学]京都府立医科大学卒、京都府立医科大学大学院修了　[歴]精神科医。詩誌「瀧木第二次」同人、詩誌「岩礁」同人、詩誌「漪」同人。著書に「亀」「鶴」「湖」「海の琴」などがある。　[団]日本詩人クラブ、日本ペンクラブ、関西詩人協会

香取 佳津見　かとり・かつみ
俳人　[生]大正7年1月1日　[没]平成1年9月27日　[出]千葉県香取郡香取町香取　本名＝香取和美　[学]佐原中卒　[賞]万緑賞(昭和31年)　[歴]昭和15年「文芸首都」俳句欄にて中村草田男選を受ける。21年「万緑」創刊に参加、31年同人。句集に「谷懐」「素顔」。　[団]俳人協会

香取 秀真　かとり・ほずま
鋳金家　金工史家　歌人　東京美術学校教授　[生]明治7年1月1日　[没]昭和29年1月31日　[出]千葉県印旛郡船穂村(現・印西市)　本名＝香取秀治郎　別号＝六斎、梅花翁　[学]東京美術学校(現・東京芸術大学)鋳金科(明治30年)卒　[資]帝国美術院会員(昭和4年)、帝室技芸員(昭和9年)、帝国芸術院会員(昭和10年)　[賞]日本美術協会一等賞(明治30年)、パリ大博覧会銀賞牌、文化勲章(昭和28年)　[歴]宗像神社の神主の子に生まれる。明治36年から昭和16年まで東京美校(8年教授)で鋳金史、彫金史を講ずる。この間、明治40年東京彫金会を創立し幹事となったほか、日本美術協会、東京彫工会などの幹事もつとめ、自ら多くの作品を発表した。昭和2年帝展審査員、4年帝国美術院会員、9年には帝室技芸員となった。28年文化勲章受章。また、アララギ派歌人としても知られ、大八洲学校時代「うた」を岡麓らと創刊し、また「心の花」会員となる。明治32年根岸短歌会に参加。主な学術書に「日本鋳工史稿」「日本金工史」「金工史叢談」「茶の湯釜」、歌集に「天之真榊」「還暦以後」「ふいで祭」がある。
[家]長男＝香取正彦(鋳金家)

門脇 白風　かどわき・はくふう
俳人　「みちのく」会長　[生]明治25年6月30日　[没]平成1年4月4日　[出]宮城県栗原郡　本名＝門脇喜惣治　[賞]みちのく賞(昭和29年)　[歴]大正3年楠目橙黄子の指導を受ける。昭和25年「みちのく」創刊に参画。29年みちのく同人会長。句集に「説夢の詩」「殉教」「同上再版」。
[団]俳人協会

金井 秋彦　かない・あきひこ
歌人　[生]大正12年3月7日　[出]静岡県磐田郡中泉町　本名＝池田得治　[学]見付中学校(昭和15年)卒　[歴]昭和20年磐田市役所に入る。23年「アララギ」に入会し、近藤芳美に師事。「九州アララギ」「未来」等の同人結成に参画し、現在「未来」選者。この間、27年から59年まで商工会議所に勤務した。歌集に「禾本草原」「掌のごとき雲」「水の上」、評論集「枝々の目覚めのために」がある。　[団]現代歌人協会
[家]妻＝山田はま子(歌人)

金井 秋蘋　かない・しゅうひん
漢詩人　[生]慶応2年(1866年)　[没]明治38年6月14日　[出]上野国(群馬県)　本名＝金井雄　字＝飛郷　[歴]詩風は飄逸奇峭で、詩壇の奇才と目された。ドイツに10年間留学し、帰国後四高講師となる。また清国に赴き、常熟県竣実学校の総教習をつとめた。著書に「秋蘋遺稿」。

金井 直　かない・ちょく
詩人　随筆家　[生]大正15年3月18日　[没]平成9年6月10日　[出]東京都北区　本名＝金井直寿　[学]東京育英実業(昭和18年)卒　[賞]H氏賞(第7回)(昭和31年)「飢渇」、高村光太郎賞(第6回)(昭和37年)「無実の歌」　[歴]昭和22年「詩学」投稿欄で村野四郎に出会って影響を受ける。24年、山本太郎らの「零度」に参加。同誌解散後は「現代詩評論」を創刊。28年「金井直詩集」、30年「非望」を刊行し、31年刊行の「飢渇」でH氏賞を受賞。37年刊行の「無実の歌」では高村光太郎賞を受賞した。他の詩集に「疑惑」「Ego」「薔薇色の夜の唄」「〈幽〉といふ女」「言葉の影」などがあり、他に散文詩集「埋もれた手記」、随筆集「乏しき時代の抒情」「失われた心を求めて」など。
[団]日本文芸家協会

金井 広　かない・ひろし
詩人　医師　[生]明治40年　[出]静岡県沼津市　[学]日本大学専門部医学科(昭和6年)卒　[賞]壺井繁治賞(第23回)(平成7年)「人間でよかった」　[歴]昭和8年大崎無産者診療所勤務。12年より静岡県富士市で開業。著書に「林山たけ年譜抄」、詩集に「人間でよかった」。　[団]富士市医師会、詩人会議、日本民主主義文学同盟

金井 美恵子　かない・みえこ
小説家　詩人　[生]昭和22年11月3日　[出]群馬県高崎市　[学]高崎女子高卒　[賞]現代詩手帖賞(第8回)(昭和42年)、泉鏡花文学賞(第7回)(昭和54年)「プラトン的恋愛」、女流文学賞(第27回)(昭和63年)「タマや」　[歴]13歳で作家を夢み、19歳でデビュー。昭和42年「愛の生活」で第3回太宰賞次席となり、同年第8回現代詩手帖賞受賞。「凶区」同人としての詩作活動と並行して、アンチロマン風の小説を書き続ける。映画批評も手がける。著作に「夢の時間」「兎」「岸辺のない海」「プラトン的恋愛」「単語集」「文章教室」「本を書く人読まぬ人・とかくこの世はままならぬ」「恋愛太平記」「ページをめくる指」など、詩集に「マダム・ジュジュの家」「春の画の館」「花火」など。他に「金井美恵子全短編」(全3巻)がある。　[団]日本文芸家協会
[家]姉＝金井久美子(画家)

金石 淳彦　かないし・あつひこ
歌人　[生]明治44年9月27日　[没]昭和34年8月23日　[出]広島県呉市　[学]京都大学経済学部卒　[歴]19歳頃から作歌をはじめ、昭和7年22歳で「アララギ」に入会。京大入学の年に喀血、以後結核の療養につとめ、一時作歌から遠ざかる。戦後各種の「アララギ」地方誌に参加しつつ、29年から再び文明選歌欄に作品を発表しはじめる。没後の35年に「金石淳彦歌集」が刊行された。

金尾 梅の門　かなお・うめのかど
俳人　「季節」主宰　[生]明治33年7月27日　[没]昭和55年12月9日　[出]富山市　本名＝金尾嘉八(かなお・かはち)　旧姓(名)＝金尾嘉一　[歴]富山薬専の事務官を経て角川書店に入り、総務部長をつとめた。昭和30年小学館に移り、さらに尚学図書常務に就任した。10代から句作を「俳諧雑誌」「石楠」などに投句し、昭和22年「古志」を創刊。「古志」は27年「草原」と合併、「季節」と改題して主宰する。句集に「古志の歌」「鳶」「鴉」「鴎」などがある。

金岡 翠嵐　かなおか・すいらん
俳人　[生]大正5年10月20日　[没]昭和53年3月14日　[出]秋田県湯沢市　本名＝金岡慶男　[歴]漢学者の父の影響を受け10歳頃から翠嵐と号した。昭和20年終戦の日、阿武野の陸軍病院内の句会で阿波野青畝に出会う。戦後「かつらぎ」に参加。没後の54年句集「渦祭」が刊行された。

金沢 種美　かなざわ・たねとみ
歌人　[生]明治22年7月5日　[没]昭和36年11月8日　[出]大阪府池田市　本名＝金沢宥信　別号＝金沢美巌(かなざわ・びがん)　[学]東洋大学国漢哲学科卒　[歴]学生時代尾上柴舟に師事し、第2次「車前草」の創刊に参加。卒業後は新聞記者をするかたわら作歌し「水甕」同人となり、自ら「黄鐘」を主宰する。歌集に「密林」「ぽんたると」などがあり、他に「短歌への認識」などの著書がある。新聞記者、住職をつとめた。

金沢 星子　かなざわ・ほしこ
詩人　[生]昭和2年2月10日　[出]兵庫県　[学]頌栄保育専攻学校卒　[歴]「中部日本詩人」を経て、「龍」「遠州灘」「孔雀船」に所属。詩集に「ありか」「夜の国」「花を踏む死者」「五月の動物園」などがある。　[団]日本現代詩人会、日本ペンクラブ

金津 十四尾　かなつ・としお
歌人　[生]大正7年1月12日　[出]島根県　本名＝金津敏夫　[歴]昭和12年アララギ入会、24年歌誌「新月」創刊、編集発行人。書店主。分担執筆に「出版人の万葉集」、歌集「漂流」「小書肆」「大山のうた」などがある。

金堀 則夫　かなほり・のりお
詩人　「石の森」主宰　[生]昭和19年3月5日　[出]大阪　[学]立命館大学卒　[歴]「石の森」を主宰、ほかに「交野の原」所属。詩集に「想空」「石の宴」「愛のエスキス」など。ほかに編著に「赤いチョーク」などがある。　[団]日本ペンクラブ、日本詩人クラブ

金光 洋一郎　かなみつ・よういちろう
詩人　カウンセラー　岡山いのちの電話協会会長　[生]大正13年11月26日　[出]岡山県岡山市　[学]多賀工専金属工業科卒　[歴]柔道家の父から柔道の手ほどきを受けたが、父とは別の道を選び、救護院の岡山県立成徳学校に就職、子どもたちの教育にあたった。退職後、自殺防止のためにボランティアらが開設した岡山いのちの電話の事務局長を務めるかたわら詩作を続け、県詩人協会会長も務める。岡山県青少年育成県民会議常任理事、岡山カウンセリング研究会会長。詩集に「少年の丘」「跨線橋」「黄道」「弥一兵衛」など。　[団]岡山県詩人協会、日本現代詩人会、日本文芸家協会　[家]父＝金光弥一兵衛（柔道家・故人）

金森 匏瓜　かなもり・ほうか
俳人　[生]明治9年12月1日　[没]昭和7年2月23日（発見）　[出]宮城県牡鹿郡石巻町　本名＝金森利兵衛　旧号＝氷花　[歴]やまと新聞などにつとめるかたわら、正岡子規、内藤鳴雪に師事して「藻の花」を編集し、また「ひこぼり」を主宰した。「明治俳家句集」「新俳句自在」などの著書がある。

金森 三千雄　かなもり・みちお
詩人　児童文学作家　[生]昭和22年　[出]山梨県大月市　[学]日本大学文理学部哲学科卒　[賞]現代少年詩集新人賞（奨励賞，第2回）（昭和60年）「あの日」　[歴]児童図書の編集に携わる一方、「鬼ケ島通信」などに詩を発表。詩集に「詩集・軽金属の音」「少年」「恋唄」、童話に「くまのおいしゃさん」「さっちゃんのかさ」など。

金谷 信夫　かなや・のぶお
俳人　「壺」主宰　[生]大正3年1月2日　[没]平成3年5月25日　[出]北海道寿都町　[学]高小卒　[賞]北海道新聞俳句賞（第1回）（昭和61年）「悪友」、鮫島賞（第7回）　[歴]昭和7年泉天郎に師事。15年斎藤玄の「壺」に参加。「壺」休刊中「鶴」「風土」同人。48年「壺」復刊に当たり同人参加。同人会長。55年玄没後は「壺」代表。北海道新聞俳壇選者もつとめた。句集に「稚児」「人後」「悪友」。　[団]俳人協会

可児 敏明　かに・としあき
歌人　[生]明治36年10月29日　[没]昭和58年4月11日　[出]岐阜県　[学]東洋大学卒　[歴]昭和22年創刊の「沃野」に参加。49年「四季」を創刊、主宰となる。歌集に「木曽河畔」「葛飾抄」「水脈」「四季朝夕」がある。

金子 阿岐夫　かねこ・あきお
歌人　医師　金子胃腸科医院院長　[生]昭和2年9月6日　[出]山形県北村山郡大石田町　本名＝金子昭雄　[学]東北大学医学部卒　医学博士　[賞]山形県歌人クラブ賞（昭和57年）「黄の光」、斎藤茂吉文化賞（第40回）（平成6年）　[歴]昭和21年斎藤茂吉と出会い短歌を始める。以後作家活動の傍ら、地域の歌会の指導にあたる。山形県アララギ会代表。南陽市芸術文化協会会長。朝日山形版「やまがた歌壇」選者も務める。歌集に「黄の光」「路地の坂」。

金子 明彦　かねこ・あきひこ
俳人　[生]昭和2年2月18日　[出]兵庫県姫路市　本名＝金子昭夫　[学]関西大学法学部（昭和27年）卒　[歴]15歳より句作に入り、昭和20年下村槐太を知って「海此岸」に参加。21年日野草城らの「太陽系」、槐太の「金剛」創刊などに加わり、のち「金剛」の編集を担当。28年堀葦男、林田紀音夫と3人で「十七音詩」を創刊、49年同誌の代表同人、60年より主宰。一方、小説に没頭して38年上半期直木賞候補に上げられたこともある。槐太の没後、その定本句集「天涯」「下村槐太全句集」を編んだ。

金子 篤子　かねこ・あつこ
俳人　[生]大正13年9月14日　[出]神奈川県　[学]共立女専本科（旧制）卒　[賞]浜同人賞（昭和48年）　[歴]昭和21年「浜」入会と同時に大野林火に師事。31年「浜」同人。52年より「浜」編集に参加。句集に「白朮火」。　[団]俳人協会

金子 伊昔紅　かねこ・いせきこう
俳人　医師　[生]明治22年1月1日　[没]昭和52年9月30日　[出]埼玉県秩父郡皆野町　本名＝金子元春　[学]京都府立医専（大正4年）卒　[賞]皆野町名誉町民　[歴]東亜同文書院の校医を経て皆野町に壺春堂医院を開き、農山林医を40年、昭和38年金子病院を創立した。上海時代から俳句を作り始め20年「雁坂」を創刊、「馬酔木」同人。秩父音頭の再興に尽力し、歌詞、舞踊に新風を吹き込んだ。皆野町名誉町民第1号。句集に「秩父ばやし」「秩父音頭」。　[家]息子＝金子兜太（俳人）

金子 一秋　かねこ・いっしゅう

歌人　[生]大正12年7月10日　[出]神奈川県横浜市　本名＝金子清治　[賞]コスモス賞(昭和50年)　[歴]昭和15年胸を病む。作歌を開始。17年春筏井嘉一に会い「蒼生」に参加。21年「定型律」の創刊に参加。23年宮柊二の門下となる。28年「コスモス」創刊に参加。のち泥の会結成。

金子 きみ　かねこ・きみ

作家　歌人　[生]大正4年2月12日　[出]北海道湧別町　[学]上芭露高小(昭和5年)卒　[賞]平林たい子文学賞(第11回)(昭和58年)「東京のロビンソン」　[歴]多感な若い日を北海道の開拓地で農業に従事。昭和15年上京し、翌年歌集「草」を出版。戦後は小説にも進出、「裏山」などの作品を発表。40年北海道の原野を舞台にした作品「藪踏み鳴らし」は農民文学賞候補となった。戦時中の体験から、56年に「一粒の自負」というタイトルで「軍縮への提言」論文に応募、一席に。58年独り暮らしの女性をモデルにした小説「東京のロビンソン」で平林たい子文学賞受賞。　[団]日本文芸家協会、新短歌人連盟、草の実会

金子 麒麟草　かねこ・きりんそう

俳人　[生]明治19年5月10日　[没]昭和52年9月10日　[出]東京・下谷　本名＝金子麟　[学]千葉医専卒　[歴]少年時代其雪庵素蘭宗匠に句を学び、大正9年より臼田亜浪に師事して「石楠」同人となる。大連日赤病院副院長として渡満、俳誌「山楂子」を主宰した。終戦後は大連在住の「石楠」系俳人を中心に「きりんそう」を発刊、引揚後の昭和28年同誌を「かまつか」と改題。50年主宰を同人直井烏生に委譲した。著書に「南北」「蘭馨」がある。

金子 金治郎　かねこ・きんじろう

俳人　広島大学名誉教授　[専]中世国文学　連歌史　[生]明治40年2月2日　[没]平成11年5月31日　[出]長野県諏訪市　[学]広島文理科大学(昭和8年)卒　文学博士　[賞]日本学士院賞(昭和43年)「菟久波集の研究」、勲三等旭日中綬章(昭和52年)　[歴]広島大学教授を経て、東海大学教授。早くからホトトギス系の句友と句作を始め、のち須賀田嫩桂の指導を受ける。合同句集「たから木」を刊行。以降は連歌研究に力を入れた。主な著書に「連歌師兼載伝考」「宗祇旅の記」「心敬の生活と作品」など。

金子 薫園　かねこ・くんえん

歌人　[生]明治9年11月30日　[没]昭和26年3月30日　[出]東京府神田区(現・東京都千代田区)　本名＝金子雄太郎　旧姓(名)＝武山　[学]東京府立一中(明治25年)中退　[資]日本芸術院会員(昭和23年)　[歴]早くから漢文、短歌を習い「少年園」などに投稿する。明治26年浅香社社員となり、34年処女歌集「片われ月」を刊行。36年白菊会を結成し、以後「小詩園」「わがおもひ」「覚めたる歌」などを刊行。大正7年「光」を創刊するなど、歌人として幅広く活躍。昭和23年芸術院会員となった。他に「山河」「静まれる樹」「白鷺集」など多くの歌集がある。

金子 晉　かねこ・しん

俳人　古代鉱物染色家　[専]古代黄土染　俳句形式とその歴史　[生]昭和7年11月19日　[出]大阪市　本名＝金子晋(かねこ・すすむ)　[学]静岡大学教育学部(昭和30年)卒　[興]古代鉱物染色の実証　[賞]神戸生田ライオンズ賞(昭和54年)「黄土染研究」　[歴]昭和26年より作句。「獅林」編集同人を経て、永田耕衣に師事。のち「琴座」編集同人。句集に「壺中説」「花骨集」がある。また、大学在学中、万葉研究会を結成。以来、大阪の万葉研究に従事。「万葉集」「風土記」などに出てくる古代鉱物染色の研究家としても知られる。53年万葉集に出てくる黄褐色の土「黄土」を大阪・住吉大社近くで、発見し、染色の再現に成功。61年には播磨風土記に記述される赤土を発見するなど、古代鉱物染色の存在を立証した。著書に「よみがえった古代の色」がある。　[団]現代俳句協会

金子 生史　かねこ・せいし

俳人　[生]明治31年12月17日　[没]平成4年2月6日　[出]新潟県南蒲原郡　本名＝金子篤治　[学]旧制中卒　[歴]大正8年頃から俳句を始め、昭和10年「早春」に入会。永尾宋斤に師事し、15年同人。21～24年疎開地にて「胡桃」を発刊主宰。30年川島彷徨子主宰「河原」に同人参加、編集運営を担当。句集に「牡丹雪」「秋雨寒む」「春爛漫」など。　[団]俳人協会

金子 鉄雄　かねこ・てつお

詩人　[生]大正3年7月　[出]福島県白河市　[学]慶応義塾大学経済学部卒　[歴]昭和13年「非常派」を発行。翌年上海に渡り現地で召集、終戦の翌年帰国した。戦後は「龍」などに作品発表。「日本詩人全集9」(創元社)に作品が収められている。ほかに共著「過程」がある。

金子 刀水　かねこ・とうすい
俳人　⑭明治26年3月9日　⑮昭和34年10月15日　⑯群馬県　本名＝金子健次郎　旧姓(名)＝金子国次郎　⑰書店経営の傍ら沼田句会をおこし、村上鬼城に師事。昭和11年自宅裏庭に「なつかしき沼田の里の茅の輪かな」の鬼城句碑を建立。戦後利根俳句作家協会の初代会長を務めた。

金子 兜太　かねこ・とうた
俳人　「海程」主宰　現代俳句協会名誉会長
⑭大正8年9月23日　⑯埼玉県秩父郡皆野町
㉑東京帝国大学経済学部(昭和18年)卒　㊹現代俳句協会賞(昭和31年)「少年」、紫綬褒章(昭和63年)、勲四等旭日小綬章(平成6年)、詩歌文学館賞(第11回)(平成8年)「両神」、NHK放送文化賞(第48回)(平成9年)、蛇笏賞(第36回)(平成14年)「東国抄」　⑰18歳の時、初めて句作。東京帝大在学中に加藤楸邨に師事。昭和18年日銀に入行。すぐ退職して海軍経理学校に入り、19年トラック島に赴任。21年復員し、22年日銀に復職。神戸、長崎など支店勤務を経て、49年証券局主査を最後に定年退職。かたわら「寒雷」「風」に参加、前衛俳句の旗手として頭角をあらわし、31年現代俳句協会賞を受賞、伝統にとらわれない独特の作風を不動にした。37年「海程」を創刊、60年より主宰。「寒雷」同人。62年から朝日俳壇選者を務める。58年〜平成12年現代俳句協会会長を務めた。句集に「少年」「金子兜太句集」「暗緑地誌」「遊牧集」「皆之」「両神」「詩経国風」「東国抄」ほか多数、評論に「ある庶民考」「種田山頭火」「小林一茶」「一茶句集」など。
㊿日本文芸家協会　㉘父＝金子伊昔紅(俳人・医師)、妻＝金子皆子(俳人)

金児 杜鵑花　かねこ・とけんか
俳人　⑭明治27年3月14日　⑮昭和13年2月21日　⑯北海道余市町　本名＝金児農夫雄(かねこ・のぶお)　㉑札幌師範卒　⑰大正9年上京して新潮社に勤めるが、13年退社して素人社を創立し、主に俳書を出版した。自らも句作をし、大正9年「蘗」を創刊。のちに総合俳誌「俳句月刊」「俳句世界」も刊行。句集に「杜鵑花句集」などがある。

金児 伸欣　かねこ・のぶよし
詩人　⑭昭和7年5月27日　⑯東京　㉑早稲田大学卒　⑰新聞社に勤務し、平成2年定年退職。在社中、カトリックジャーナリストクラブ(監事2期)、日本キリスト教文学会、日本比較文学会、日本近代文学会などに所属。昭和40年カトリックの洗礼を受ける。評論集に「日本キリスト教詩人論」、詩文集に「レクイエム」、詩集に「九十二歳の母の洗礼─金児伸欣詩集」「アシシの聖フランシスコ」などがある。
㊿日本ペンクラブ、日本現代詩人会

金子 のぼる　かねこ・のぼる
俳人　元・真野町(新潟県)収入役　⑭大正11年3月28日　⑮昭和58年2月27日　⑯新潟県佐渡郡真野町四日町　本名＝金子昇　別号＝瓢宇　㉑高小卒　㊹角川俳句賞(第25回)(昭和54年)「佐渡の冬」　⑰昭和18年応召し、喜多吾山に手ほどきを受ける。復員後安達いくやに師事し、31年「鶴」入会、41年同人。52年「琅玕」創刊と同時に入会し、同人。句集に「佐渡」「佐渡の冬」。㊿俳人協会

金子 はつみ　かねこ・はつみ
歌人　⑭昭和5年10月7日　⑯北海道広尾郡広尾町　㉑音調津高小卒　㊹辛夷賞(第21回)(昭和54年)、中城ふみ子賞(第15回)(昭和54年)、北海道歌人会賞(第25回)(昭和57年)「臍帯剪力」　⑰助産婦。「辛夷」「潭」同人。歌集に「羊水の湖」。

金子 秀夫　かねこ・ひでお
詩人　⑭昭和8年6月25日　⑯神奈川県　㉑法政大学文学部卒　⑰詩誌「焔」の編集に携わる。日本現代詩歌文学館評議員。詩集に「異国誌」「水の挨拶」「金子秀夫詩集」、評論集「生命凝視の詩人たち」など。㊿日本文芸家協会、日本詩人クラブ、日本現代詩人会

金子 不泣　かねこ・ふきゅう
歌人　⑭明治25年12月20日　⑮昭和45年3月10日　⑯新潟県佐渡畑野村　本名＝金子太津平　㉑早稲田大学英文科中退　⑰若山牧水の「創作」から出発し、明治44年前田夕暮の「詩歌」創刊に参加すると同時に白日社に入る。歌集に「波の上」「独居」「風雪」などがある。

金子 正男　かねこ・まさお
歌人　⑭昭和8年10月10日　㊹埼玉文芸賞(短歌部門・第4回、第22回)(昭和48年、平成1年)　⑰「長風」に所属。歌集に「盲の父」「糸を撚る」がある。

金子 みすゞ　かねこ・みすず

童謡詩人　[生]明治36年4月11日　[没]昭和5年3月10日　[出]山口県大津郡仙崎村（現・長門市）　本名＝金子テル　[学]大津高女（大正9年）卒　[歴]高等女学校を出て下関市の上山文英堂書店で働きながら童謡をつくる。「童話」や「赤い鳥」に投稿し、一部で才能を認められた。大正15年発行の童謡詩人会編の童謡集には北原白秋、野口雨情らと並んで作品が一点収められたが、生前は広く世に知られることはなかった。23歳で結婚し、一女をもうけるが、離婚後の昭和5年に自ら命を絶った。代表作に「大漁」「わたしと小鳥とすずと」など。57年「金子みすゞ全集」（全4巻）が発行され、一躍脚光を浴びた。平成8年度の小学校の国語や道徳の教科書にも登場。

金子 光晴　かねこ・みつはる

詩人　[生]明治28年12月25日　[没]昭和50年6月30日　[出]愛知県海東郡越治村（現・下切町）　本名＝森保和（もり・やすかず）　旧姓（名）＝大鹿、金子　[学]早稲田大学予科（大正4年）中退、東京美術学校（大正4年）中退、慶応義塾大学予科（大正5年）中退　[賞]読売文学賞（第5回・詩歌俳句賞）（昭和28年）「人間の悲劇」、歴程賞（第3回）（昭和40年）「IL」、芸術選奨文部大臣賞（第22回・文学評論部門）（昭和46年）「風流尸解記」　[歴]3歳の時、金子家の養子となり東京に移る。大正4年肺炎カタルを患い、詩作を始める。8年詩集「赤土の家」を出版し、美術商につれられて渡欧。10年帰国。12年フランス象徴詩の影響を受けた「こがね虫」で詩壇にデビューする。以後「水の流浪」「鱶沈む」などを発表。昭和3年から7年にかけて、妻の森三千代と共に東南アジアからヨーロッパを放浪し、12年に「鮫」を、15年に紀行文「マレー蘭印紀行」を刊行。戦時中は主として"抵抗と反戦の詩"を書きつづける。19年山中湖に疎開。戦後は「落下傘」「蛾」「鬼の児の唄」を次々に発表し、28年「人間の悲劇」で読売文学賞を受賞。その一方で、ボードレール「悪の華」やランボオ、アラゴンの詩集を翻訳する。「非情」「水勢」のあと、詩作はしばらく休止して自伝「詩人」などを発表し、40年「IL（イル）」を刊行し藤村記念歴程賞を受賞。その後も「若葉のうた」「愛情69」を発表し、46年小説「風流尸解記」で芸術選奨を受賞するなど幅広く活躍した。他に評論「日本人について」「絶望の精神史」「日本人の悲劇」、自伝小説「どくろ杯」、「金子光晴全集」（全15巻，中央公論社）がある。　[家]妻＝森三千代（小説家）、弟＝大鹿卓（詩人）

金子 皆子　かねこ・みなこ

俳人　[生]大正14年1月8日　[出]埼玉県　本名＝金子みな子　[学]熊谷女学校卒　[賞]風賞（昭和31年）、海程賞、現代俳句協会賞（第35回）（昭和63年）　[歴]昭和21年金子兜太と出会い、22年結婚。28年ごろから句作を始める。「風」を経て、夫が主宰する「海程」同人。句集に「むしかりの花」がある。　[家]夫＝金子兜太（俳人）

金子 無患子　かねこ・むかんし

俳人　[生]大正14年1月18日　[没]昭和51年8月31日　本名＝金子章　[賞]浜同人賞（昭50年度）　[歴]昭和21年「浜」入会、24年同人となる。大野林火に師事。没後の52年、遺句集「水源」が刊行された。

金子 元臣　かねこ・もとおみ

国文学者　歌人　[生]明治1年12月1日　[没]昭和19年2月28日　[出]駿河国（静岡県）　幼名＝富太郎　[歴]独学で国文学を修め、国学院大、慶大教授などを歴任し「古今和歌集評釈」「枕草紙評釈」「完本源氏物語新解」など多くの注釈書を刊行した。明治25年「歌学」を創刊。没後の昭和20年「金子元臣歌集」が刊行された。

金坂 吉晃　かねさか・よしあき

歌人　尚古堂店主　[生]大正12年7月17日　[出]島根県八束郡鹿島町　[賞]砂金賞（昭和40年）　[歴]戦時中徴兵され北千島に。復員後の昭和29年より北海道に住み、47年古書店・尚古堂の店主に。一方、23年短歌誌「砂金」の創刊に参加。のち「コスモス」同人。歌集に「寒燈」「晨」「凍」など。また、北海道以北の文化と歴史に関する北方資料の収集に取り組み、北海道の鉄道史、各市町村史などの書物のほか石狩川の測量図などもある。平成4年郷里鹿島町の津上神社境内に歌碑が建立された。

兼崎 地橙孫　かねざき・ちとうそん

俳人　弁護士　[生]明治23年3月27日　[没]昭和32年9月3日　[出]山口市　本名＝兼崎理蔵　[学]京都帝大独法科（大正10年）卒　[歴]弁護士のかたわら河東碧梧桐に師事し、大正2年「白川及新市街」を、4年「三角風頭」を発刊。4年「海紅」同人となり、昭和6年「生活派」同人となる。5年随筆集「矚目皆花」を刊行。没後の33年「地橙孫句集」が刊行された。

金田 咲子　かねだ・さきこ
俳人　[生]昭和23年1月15日　[出]長野県飯田市　[学]飯田風越高卒　[歴]昭和44年頃から作句を始める。46年より「雲母」に所属。平成5年「白露」所属。個人病院の事務員を務める。句集に「全身」。

金田 志津枝　かねだ・しずえ
俳人　[生]昭和8年5月8日　[出]茨城県　[学]東京学芸大学二部甲類卒　[歴]昭和25年ホトトギス同人・上林白草居門に入る。35年草年度作家表彰をうける。46年10月後藤比奈夫に師事。同時に後藤夜半主宰「諷詠」に拠り、のち同人。句集に「青利根」「児童劇」「金田志津枝集」。[団]俳人協会

金戸 夏楼　かねと・かろう
俳人　関西大学教授　[生]明治36年　[没]昭和44年1月20日　[出]石川県　本名＝金戸嘉七　[学]早稲田大学卒　[歴]「山茶花」「ホトトギス」に投句して俳句を始める。戦後「俳句作家」を創刊主宰。また、近畿俳句作家会を設立した。句集に「四天」がある。

金久 美智子　かねひさ・みちこ
俳人　[生]昭和5年　[出]東京　[学]京都府立女専卒　[歴]俳句結社「氷室」を主宰。句集に「踏絵」「歳華悠悠」などがある。　[団]日本文芸家協会、俳人協会(幹事)

兼松 蘇南　かねまつ・そなん
俳人　[生]明治16年5月30日　[没]昭和42年5月9日　[出]愛知県名古屋市　本名＝兼松久道　[学]明治大学卒　[歴]大正10年、山本孕江を援けて台北から「ゆうかり」を創刊。のち「雲母」を経て昭和9年牡丹会の同人となり、高浜虚子に師事。名古屋の地でホトトギス俳人として活動した。「牡丹」(のち「雪」)の編集発行人。

金丸 鉄蕉　かねまる・てっしょう
俳人　[生]大正14年4月15日　[出]福島県　本名＝金丸安宏　[学]鉄道教習所卒　[賞]鉄道ペンクラブ賞(昭和47年)、福島県文学準賞(昭和55年)　[歴]昭和21年「浜」入会、大野林火に師事する。38年「浜」同人のち「方円」にも所属。(財)鉄道弘済会に勤める。句集に「動輪」がある。[団]俳人協会

金丸 桝一　かねまる・ますかず
詩人　[生]昭和2年8月7日　[没]平成12年5月12日　[出]宮崎県宮崎郡佐土原町　本名＝金丸枡一(かねまる・ますかず)　[学]宮崎工専機械科(昭和22年)卒　[賞]山中卓郎賞(第3回)(昭和38年)「日の歌」、地球賞(第3回)(昭和53年)「日の浦曲・抄」、宮崎県文化賞(昭和54年)　[歴]昭和22年宮崎県公立学校教員に採用され、鵜戸中学校、西都商業高校、宮崎工業高校などの数学教師として勤務。63年定年退職後、佐土原通所福祉作業所を開設。一方、在学中から詩作を始め、「赤道」「龍下蘭」同人。詩集「零時」「日の歌」「黙契」「日触」、詩論集「〈わける〉思想に向きあって」「詩の魅力/詩への道」「宮崎の詩・戦後篇」などがある。[団]日本現代詩人会

加野 靖典　かの・やすのり
弁護士　歌人　「ゆり」代表　[生]昭和8年5月1日　[没]昭和63年9月1日　[出]福岡県太宰府市　[学]西日本短期大学法科(昭和43年)卒、中央大学法学部(昭和45年)卒　[歴]結核で高校を中退。民間企業を経て、40歳の時司法試験に合格。この間昭和28年「ゆり」入会。61年胸部の悪性腫瘍に冒された後も作句を続け、没後歌集「冬の構図」歌論集「羅針盤」が刊行された。

加納 暁　かのう・あかつき
歌人　[生]明治26年3月10日　[没]昭和5年2月6日　[出]兵庫県氷上郡柏原町　本名＝加納巳三雄　[学]早稲田大学商学部卒　[歴]大正4年「アララギ」に入会し、昭和2年同誌の選者となる。島木赤彦に師事し、没後の6年「加納暁歌集」が刊行された。

加納 一郎　かのう・いちろう
歌人　[生]大正9年1月1日　[出]愛媛県　[学]中央工卒　[賞]潮汐賞(昭和34年)、潮汐大賞(昭和55年)　[歴]15歳頃より作歌を始め、昭和21年「潮汐」に入会、鹿児島寿蔵に師事。55年「潮汐」選者。58年「求青」創刊に参画し、編集同人、選者。歌集に「満ち来る潮」がある。　[団]現代歌人協会、日本現代詩歌文学振興会、日本文芸家協会

加納 小郭家　かのう・しょうかっか
歌人　[生]明治20年　[没]昭和14年6月24日　本名＝加納和気生(かのう・わきお)　[学]長崎医専卒　[歴]大正4年より斎藤茂吉に師事し、「アララギ」に歌を発表。歿後「加納小郭家歌集」が刊行された。

狩野 敏也　かのう・としや

詩人　十文字学園女子短期大学教授　[生]昭和4年9月17日　[出]北海道標津郡標津村　[学]北海道大学法学部(昭和27年)卒　[賞]埼玉文芸賞(第3回)(昭和47年)「おほぅつく」　[歴]昭和27年NHKに入社。札幌中央放送局放送部、函館放送局放送部、34年本部教育局社会教育部ディレクター、報道局社会部、社会番組部ディレクターなどを経て、62年退社。同年十文字学園女子短期大学教授に就任。一方、39年より詩誌「風」同人となり、のち編集同人に。また郷土玩具の研究家で4、5千点の収集と多彩。著書に「郷土のおもちゃ」「現代こけし」「花ひらく中華料理」、詩集に「おほぅつく」「サン・ジャックの朝」「狩野敏也詩集」、童話に「カッパせんそう」など多数。　[団]日本現代詩人会、日本児童文学者協会、新・波の会(理事)、日本家政学会、日本生活学会、日本玩具学会

狩野 登美次　かのう・とみじ

歌人　[生]明治43年6月25日　[出]群馬県　[歴]昭和10年「アララギ」に入会し、土屋文明に師事する。庶民生活を敏感にとらえた作風で認められる。アララギ新人合同歌集「自生地」がある。16年日本出版文化協会、26年全国教科書供給協会に勤め、主事もつとめた。48年からは短歌新聞社に勤務。歌集に「小紅集」がある。　[団]現代歌人協会

叶 夏海　かのう・なつみ

俳人　[生]昭和44年8月20日　[出]兵庫県　[賞]青玄賞(平成8年)　[歴]19歳の時地元の新聞の文芸欄に俳句を投稿し、選者の伊丹三樹彦と出会う。以来俳句に没頭し新聞俳壇の特選22回という新記録も達成。平成2年伊丹が主宰する青玄に入会。7年句集「サムシング・ブルー」を刊行。8年27歳の若さで俳句誌の年間最高賞である青玄賞を受賞。季語にこだわらない超季派で、青春俳句のシンボル的存在として話題に。他の句集に「アクアーナ」がある。会社員。

加納 二世　かのう・にせい

高校教師(岐阜市立加納中学校)　詩人　[生]昭和31年2月26日　[出]岐阜県美濃市中有知神光寺　本名＝加納誠二　[学]岐阜大学教育学部国語国文学科(昭和53年)卒　[歴]在学中より詩人を志し、「関西文学」「詩宴」「岩礁」などに参画。昭和53年岐阜県各務市立蘇原第一小へ教諭として赴任、56年から岐阜市立加納中に。“ヤクザ先生”“出目八先生”のあだ名がある。詩集に「どんぼ」「生まれは魚座」「独角獣」「獣の飛翔」など。　[団]岩礁、関西文学、葵詩書財団

加納 野梅　かのう・やばい

俳人　[生]慶応4年4月22日(1868年)　[没]昭和19年4月23日　[出]石川県金沢市尾張　本名＝加納亥太郎　[歴]明治20年上京、東京、読売、時事各紙の記者を務めた。「ホトトギス」「国民俳壇」に投句。昭和のはじめ「野梅」を創刊、約10年間主宰した。「野梅句集」「野梅俳談」などの著作がある。

加畑 吉男　かばた・よしお

俳人　[生]大正15年9月7日　[没]昭和46年7月1日　[出]千葉県　前号＝余史　[学]巣鴨経専卒　[歴]昭和18年富安風生の指導を受け、23年「若葉」同人。編集長岸風三楼を慕い、28年風三楼主宰「春嶺」創刊同人、のち編集長。32年「火の会」に参加、現代俳句協会会員、俳人協会会員、幹事となった。塔の会会員でもある。句集「而立」「而立以後」、合同句集「塔」がある。

川平 朝申　かびら・ちょうしん

詩人　元・沖縄洋舞協会顧問　沖縄ユネスコ協会会長　[生]明治42年10月9日　[出]沖縄県首里　[賞]洋舞功労賞(第1回)(平成1年)　[歴]昭和6年台湾ラジオ新聞編集長、15年より台湾総督府官房情報部に勤務。21年沖縄民政府文化部芸術課長。24年米国琉球軍政府情報部放送部長、27年琉球放送局(KSAR)局長。46年～平成5年琉球結核予防会会長。沖縄洋舞協会顧問、沖縄ユネスコ協会会長も務めた。また平成元年沖縄洋舞協会の発展に尽くした功労により第1回洋舞功労賞を受賞。著書に「琉球王朝史」「沖縄県庶民史」「終戦後の沖縄文化行政史」、詩集に「蟻と語る男」「山河あり」「伊江朝助伝」「湛水親方」など。

かべ るみ

詩人　[生]昭和15年　[学]前橋女子高卒、衆議院速記者養成所卒　[歴]詩集に「時のてのひら」「梂(いが)」「十姉妹」などがある。

佳峰園 等栽　かほうえん・とうさい

俳人　[生]文化2年(1805年)　[没]明治23年12月6日　[出]大阪　本名＝鳥越　[歴]俳諧を大阪の八千房淡叟に師事するが破門され、のち梅室に入門。江戸日本橋通に俳諧の門戸を構え、江戸3大俳家の1人に数えられた。明治7年俳諧教導職に推され、小講義に進んだ。月の本為山、小築庵春湖らと共に俳諧教林盟社を設立、初代社長為山没後同社長となるが、翌年辞して大社教・花の本構社を創設、「花の本雑誌」を創刊した。著書に「等栽発句集」「等栽付合集」など。

鎌倉 佐弓　かまくら・さゆみ
　俳人　⑮昭和28年1月24日　⑯高知県　本名＝乾佐弓　⑰埼玉大学　⑱沖珊瑚賞(昭和60年)、現代俳句協会賞(第56回)(平成13年)　⑲昭和50年「沖」入会。「吟遊」編集人。句集に「潤」「水と十字架」などがある。　㊿俳人協会　⑳夫＝夏石番矢(俳人)

鎌田 喜八　かまた・きはち
　詩人　⑮大正14年12月28日　⑯青森県　⑰小卒　⑱晩翠賞(第1回)(昭和35年)　⑲昭和22年頃から病気療養の生活に入り、青森療養所の詩誌「プシケ」に参加して詩作を発表する。29年「圏」を創刊し、31年「歴程」同人となる。詩集に「エスキス」などがある。

鎌田 敬止　かまた・けいし
　歌人　編集者　⑮明治26年8月5日　⑯昭和55年5月19日　⑯千葉県　別号＝虚焼　⑰東京帝大医学部中退　⑲アルス、平凡社を経て昭和14年八雲書林を、23年白玉書房を創立。短歌は「水甕」「アララギ」を経て、「珊瑚礁」同人となり、大正8年「行人」の創刊に参加し、13年「日光」が創刊されると編集事務にもしたがった。

鎌田 純一　かまだ・じゅんいち
　歌人　⑮明治43年3月31日　⑯青森県　⑰函館師範卒　⑱青森県歌人賞(昭和44年)、青森県歌人功労賞(昭和52年)　⑲昭和6年「ポトナム」に入会。21年福田栄一主宰の「古今」の創刊に参加し、のち特別同人。34年以来「青森古今」を主宰。44年青森県歌人賞、52年青森県歌人功労賞。歌集に「北の貌」がある。　㊿日本歌人クラブ、新歌人会、現代歌人協会

鎌田 薄氷　かまた・はくひょう
　俳人　⑮明治43年2月5日　⑯昭和60年10月30日　⑯北海道　本名＝鎌田昌文(かまた・まさふみ)　⑰岩手県師範卒　⑲教師を務めたのち、北海道庁に勤務。昭和5年「ホトトギス」に拠り虚子の直接指導を受ける。「俳諧」「玉藻」「冬野」「山茶花」「京鹿子」「夏草」「草」の各誌に投句。虚子没後「夏草」に拠る。41年「青原」創刊主宰。56年国定公園大沼湖畔に句碑が建つ。　㊿俳人協会

鎌田 弘子　かまた・ひろこ
　歌人　⑮昭和6年7月24日　⑯東京府荏原郡新井宿町(現・大田区)　旧姓(名)＝柳田　⑰綾部高女(昭和24年)卒、慶応義塾大学文学部国文専攻(昭和58年)卒　⑲疎開先の京都で短歌を始める。昭和31年「未来」に入会。むべ短歌会講師を務める。また、36年鎌倉彫に入門し、のち師範。歌集に「海」「母」「郁子と梟」「夏の日」「石の門」などがある。　㊿現代歌人協会、三田文学会、日本文芸家協会

蒲池 歓一　かまち・かんいち
　詩人　中国文学者　元・奥州大学教授　⑮明治38年7月28日　⑯昭和42年9月25日　⑯長崎県諫早市　筆名＝蒋田廉(まきた・れん)　⑰国学院大学高等師範部(昭和4年)卒　⑲国学院在学中福田清人らと「明暗」を創刊する。卒業後は中文館書店編集部に勤め、昭和14年八弘書店を創立。戦後は文筆生活に入り、また奥州大学教授などを歴任。詩集に「石のいのち」、評伝に「伊藤整」、訳書に「高青邱」などがある。　㊿日本文芸家協会、日本現代詩人会、日本比較文学会、日本児童文芸家協会、日本中国学会

蒲池 正紀　かまち・まさのり
　歌人　英文学者　⑮明治32年7月16日　⑯昭和57年4月23日　⑯熊本県　⑰広島文理科大学英文科卒　⑱徳島大、熊本商科大教授などをつとめた。また歌誌「南風」を主宰し歌人として知られる。著書に「技術と精神」「蝗日記」「阿波狸合戦」など、歌集に「綺羅」「蒲池正紀全歌集」がある。

上井 正司　かみい・まさし
　俳人　国民生活センター監事　⑮昭和7年9月10日　⑯神奈川県藤沢市　⑰東京大学法学部(昭和30年)卒　⑱夏草新人賞(昭和31年)、夏草功労賞(昭和52年)　⑲行政管理庁に入り、昭和56年東北管区、57年九州管区、58年関東管区各行政観察局長を歴任。59年医薬品副作用被害救済・研究振興基金監事を経て、平成2年10月国民生活センター監事に。一方、俳句は昭和26年東大ホトトギス会で山口青邨に師事、同年「夏草」入会。28年「子午線」創刊に参画、同人。34年「夏草」同人。句集に「外光」がある。　㊿俳人協会

神尾 季羊　かみお・きよう
俳人　「椎の実」主宰　[生]大正10年1月2日　[没]平成9年6月16日　[出]愛媛県松山市　本名＝神尾匡(かみお・ただし)　[学]宮崎商(旧制)卒　[賞]宮崎県文化賞(昭和46年)、宮崎市文化功労賞(昭和46年)　[歴]昭和20年から「ホトトギス」へ投句。21年高浜虚子、25年野見山朱鳥、48年藤田湘子に師事、「鷹」に参加。24年「椎の実」に選者として招かれ、29年から主宰。句集に「石室」「暖流」「権」「同席」。　[団]俳人協会(評議員)　[家]妻＝神尾久美子(俳人)

神尾 久美子　かみお・くみこ
俳人　「椎の実」主宰　[生]大正12年1月28日　[出]福岡県　本名＝神尾洋子(かみお・ひろこ)　[学]京都高女(昭和14年)卒　[賞]菜殻火賞(第8回)(昭和37年)、四誌連合会賞(昭和38年)、現代俳句女流賞(第3回)(昭和53年)「桐の木」、宮崎市芸術文化功労章(昭53年度)(昭和54年)、椎の実賞(第1回)(昭和54年)、宮崎県文化賞(芸術部門)(昭和55年)、雲母選賞(第5回)(昭和56年)　[歴]戦時下より句作を始める。昭和21年「飛蝗」創刊に参加、同人となる。26年野見山朱鳥に師事し、28年「菜殻火」同人。31年「椎の実」主宰の神尾季羊と結婚し、同人に。44年俳人協会会員。46年飯田龍太に師事、50年「雲母」同人。平成5年「白露」同人。句集に「掌」「桐の木」「中啓」など。　[団]俳人協会　[家]夫＝神尾季羊(俳人)

神生 彩史　かみお・さいし
俳人　[生]明治44年5月10日　[没]昭和41年4月17日　[出]東京　本名＝村林秀郎　旧号＝神生硯生子　[学]第三神港商業卒　[賞]青玄賞(昭25年度)　[歴]神栄生糸を経て大林組に勤務。俳句は昭和2年、永尾宋斤について始め、9年から日野草城に師事。戦前「ひよどり」「旗艦」「琥珀」、戦後は「太陽系」「青玄」に拠り、23年「白堊」を創刊主宰した。句集に「深淵」「故園」「神生彩史定本句集」がある。

上釜 守善　かみがま・もりよし
歌人　「山茶花」編集人　[生]大正14年　[没]平成14年1月7日　[出]鹿児島県加世田市　[学]鹿児島第一中卒　[賞]南日本文化賞(第49回)(平成10年)　[歴]中学時代、安田尚義に手ほどきを受け、昭和22年復刊の「山茶花」に入会。40年編集委員、48年木島冷明の亡きあと編集発行人を務めた。この間、25年「潮音」に入会し、55年より選者。長年、短歌指導を行い、鹿児島県歌人協会設立に尽力した。

上川 幸作　かみかわ・こうさく
歌人　[生]大正2年8月5日　[没]昭和58年9月17日　[出]石川県　[歴]昭和25年「新歌人」に入会、芦田高子の指導をうける。50年7月病臥中の芦田を継ぎ「新歌人」主宰となる。石川県歌人協会副会長を務めた。歌集に「冬雲」がある。

上川井 梨葉　かみかわい・りよう
俳人　[生]明治20年1月15日　[没]昭和21年7月5日　[出]東京・日本橋　本名＝上川井良　旧姓(名)＝吉村　別号＝椿花、南松庵、友善堂　[学]慶応義塾大学理財科(明治44年)卒　[歴]江戸時代の飛脚、両替、回船問屋の元締の家に生まれ、実兄梓月らの影響で早くから作句、明治41年兄や岡本癖三酔らと三田俳句会を興した。44年旧旗本の上川井家を継ぎ、一川亭に住み、筍頭会を開催、久保田傘雨、大場白水郎、内藤鳴雪ら60余人が参加。「藻の花」「俳諧雑誌」を経て大正14年梓月から俳諧堂を譲り受け、15年万太郎らの応援で第2次「俳諧雑誌」を刊行、昭和5年廃刊、同年「愛吟」を創刊、16年「円画」に引き継いだ。「梨葉句集」(全4冊)、「古俳句講義」「季寄せ」完輯。万太郎句集「道芝」なども手がけた。　[家]兄＝籾山梓月(俳人・故人)

神蔵 器　かみくら・うつわ
俳人　宝飾師　「風土」主宰　[生]昭和2年2月22日　[出]東京都町田市能ケ谷　本名＝神蔵政彰(かみくら・まさあき)　[学]明治大学文芸科中退　[賞]俳人協会賞(第41回)(平成14年)「貴椿」　[歴]昭和22年石川桂郎を訪問、手ほどきをうける。同年「壺」に投句。24年「麦」に移り、37年再び桂郎に師事、「風土」に拠る。39年「風土」同人。51年「風土」集選者。53年俳人協会賞予選委員。54年「風土」主宰。句集に「有今」「能ケ谷」「二代の甕」「貴椿(あてつばき)」、自註「神蔵器集」。　[団]俳人協会(理事)、日本文芸家協会、日本ペンクラブ

神谷 佳子　かみたに・よしこ
歌人　[生]昭和5年9月13日　[出]京都府京都市　[学]京都府立大学卒　[歴]歌誌「好日」選者、編集委員。京都歌人協会委員長、成蹊女子短期大学講師などを務める。歌集に「萌」「游影」などがある。　[団]現代歌人協会

上坪 陽　かみつぼ・ひかり
⇒ともろぎゆきお を見よ

上保 満　かみほ・みつる
歌人　㊤大正6年5月4日　㊥東京都　㊧小学校時代、若林牧春に師事。「短歌街」「立春」「白路」を経て、昭和20年山本雄一等と「むさしの」を創刊、後に「新暦」と改める。雄一亡きあと同誌の選及び編集発行を担当。歌集に「風の中」「霧の中」がある。

上村 肇　かみむら・はじめ
詩人　㊤明治43年1月1日　㊥長崎県佐世保市　㊫佐世保商卒　㊮諫早市文化功労賞浜基金文化賞(第6回)(平成1年)　㊧昭和初期、文学を志して上京。20年諫早に移り古本屋を開業。26年に亡くなった詩人の伊東静雄を追悼し、同年詩誌「河」を創刊するが、9号で諫早大水害に遭って全てを失う。37年同人誌「河」を復刊し主宰。平成13年まで代表を務めた。詩集に「みずうみ」がある。

神谷 瓦人　かみや・がじん
俳人　神谷印刷会長　㊤明治33年8月1日　㊦平成1年3月7日　㊥愛知県西尾市　本名＝神谷忠一(かみや・ちゅういち)　㊫高小卒　㊧早くから俳句に親しみ、昭和27年阿部宵人に師事して、「好日」同人。「秋」「海程」同人として両誌の発行に協力した。46年豊島区高田に永年蒐集した俳句資料を収蔵する「俳史苑」を創設、俳壇の研究者に公開。没後「神谷瓦人文庫」として東京都近代文学博物館に収められた。

神山 杏雨　かみやま・きょうう
俳人　㊤明治43年10月4日　㊦昭和42年11月27日　㊥群馬県　本名＝神山雄二　㊧昭和2年より荻原井泉水の「層雲」に学び、俳詩誌「草蔭」(後「心臓」と改題)を創刊。10年からは同郷の先輩松野自得の「さいかち」に拠るが、29年季刊誌「風土」を創刊。35年より月刊誌として主宰したが、38年12月号をもって主宰を石川桂郎にゆずる。句集に「第一の墓標」「夜の虹」、合同句集に「銃後の四季」がある。

上山 ひろし　かみやま・ひろし
詩人　㊤昭和5年7月27日　㊥東京　㊧印刷業を営む傍ら、詩作に入る。「詩線」を経て「潮流詩派」に所属。「魔法と新説」「房総詩情通信」を主宰。詩集に「ピアノになった僕」「からだに関するエスキス」など。ほかの著書に「風刺に関する詩と詩論」などがある。　㊐千葉県現代詩人会

神山 裕一　かみやま・ゆういち
歌人　元・編集者　㊤明治42年4月11日　㊥埼玉県　㊧実業之日本社に入社、30代で女性教養雑誌「新女苑」の編集長を務める。戦後、出版部長、編集局長、常務、実業之日本事業出版部代表取締役を歴任。昭和18〜19年陸軍報道部臨時嘱託として徴用され南方占領地に送られた。歌誌「香蘭」所属。59年現代歌人協会入会。歌集に「黒姫」「影」などがある。　㊐現代歌人協会

亀井 糸游　かめい・しゆう
俳人　「うまや」名誉主宰　㊤明治40年9月22日　㊦平成10年12月31日　㊥兵庫県三田市　本名＝亀井則雄(かめい・のりお)　㊫育英商(旧制)卒　㊮雪解俳句賞(昭和37年・46年)　㊧昭和37年国鉄を退職し、民間会社役員を務め、45年退任。俳句は6年皆吉爽雨に師事。8年爽雨を選者とする「うまや」を創刊。23年復刻「うまや」主宰選者となり、平成10年名誉主宰。この間、昭和21年「雪解」編集同人。句集に「山鉾」「彩雲」「羽曳野」「芒種」など。　㊐俳人協会(評議員)

亀田 小蛄　かめだ・しょうこ
俳人　㊤明治18年8月11日　㊦昭和42年2月12日　㊥大阪　本名＝亀田喜一　別名＝亀田糸瓜子、亀田斎女子　㊧17歳の頃より句作し、「ホトトギス」「車百合」「宝船」等に投句、明治38年頃より碧梧桐選「日本俳句」に加わる。大正末期からは京都の「懸葵」、秋田の「俳星」に投句し、特に句仏上人に親しむ。その間、年刊俳誌「糸瓜」を刊行、明治俳壇等についての貴重な研究を残し、没後「子規時代の人々」が刊行された。編著には椽面坊句集「深山柴」「碧梧桐句集」等がある。

亀谷 省軒　かめたに・せいけん
漢学者　漢詩人　㊤天保9年(1838年)　㊦大正2年1月21日　㊥江戸　本名＝亀谷行　㊧早くから漢学を学び、明治元年岩倉具視を補佐して新政府諸制度の制定にたずさわり、2年大学教官となって6年に辞任。辞任後は光風社をおこして詩作と著述に専念する。漢詩集に36年刊行の「省軒詩稿」がある。

亀村 青波　かめむら・せいは
歌人　「新短歌時代」主宰　㊤明治44年3月25日　㊥北海道札幌市　本名＝亀村義雄　㊫高小卒　㊧割烹・北野家に就職、昭和52年取締役営業部長で退職。一方、歌人としては、文語歌、俳句、川柳などを手がけたのち、4年より並木

風平の口語歌誌「新短歌時代」に所属。「青空」を経て、同誌の復刊後も活躍、のち「新短歌時代」主宰となる。歌集に「七彩」「さざなみ」など。　[団]北海道歌人会

亀山 恭太　かめやま・きょうた
川柳作家　元・番傘わかくさ川柳会会長　元・番傘川柳本社幹事長　[没]平成5年10月6日　[出]大阪府大阪市　本名＝亀山恭三　[歴]理科(化学)教諭として大阪市・住吉一中、生野工で教え、平成元年退職。一方、小学生頃から俳句が好きで、新聞に投稿。昭和36年から川柳にのめり込み、堀口塊人、木幡村雲の指導を受ける。教育現場や世相を題材にした軽妙かつ鋭い句を詠み続け、56年句集「出会い」を出版。59年番傘わかくさ川柳会会長、平成元年番傘川柳本社幹事長に就任。また、妻が63年頃から川柳を始め、おしどり作家として知られた。2年動脈りゅうの手術で車いす生活となる。「川柳番傘」の「詩友近詠」の選者を続けたほか、4年「朝日新聞」の「天声人語」に、国会の証人喚問を受けた竹下登を詠んだ「晩年の暦が悪い元総理」が採用される。5年病状が悪化し、死去。10年妻により、生前の句から100句選び出された。　[家]妻＝亀山緑(川柳作家)

亀山 太一　かめやま・たいち
詩人　元・三洋電機専務　[生]大正14年5月23日　[出]大阪市　筆名＝明石長谷雄(詩)、森羅泰一(俳句)　[学]同志社工専(昭和22年)卒　[歴]昭和23年三洋電機に入り、54年専務、56年監査役を歴任して、平成3年退任。詩人・伊東静雄に師事。第二次大戦中、第1詩集「神々に捧げる歌」を自家出版。平成元年、40年ぶりに第2詩集「冬たんぽぽ」を出版、作品のうち「母の夢」「祈り」の二編がCBSソニー・酒井政利のプロデュース、琢磨仁の作曲で歌になった。他に、詩集「白い靴」、句集「月下美人」もある。

亀山 桃子　かめやま・ももこ
歌人　[生]昭和10年3月31日　[出]茨城県つくば市　[学]南ドレスメーカー女学院卒、慶応義塾大学通信教育国文科専攻履修　[歴]昭和32年「竹柏会、心の花」に入会。37年「泉」創刊号より入会。61年季刊誌「白桃」を創刊、編集、発行人に。62年より日刊自動車新聞社「車笛歌壇」の選者を務める他、日本歌人クラブ神奈川県レポート委員、日本現代詩歌文学館振興会評議員としても活躍。歌集に「青き闇の声」「花は光りぬ―亀山桃子集」他。　[団]日本歌人クラブ、日本現代詩歌文学館振興会

蒲生 直英　がもう・なおひで
詩人　[生]大正9年1月19日　[出]山形県　[賞]福田正夫賞特別賞(第3回)(平成1年)「山のある町」　[歴]「石笛」「焔」同人。詩集に「雲鎖の山」「遠い灯」「山のある町」など。

香山 雅代　かやま・まさよ
詩人　[生]昭和8年3月1日　[出]兵庫県　本名＝阪本志津子　[学]大阪市立衛生研究所附設栄養専門学校卒　[賞]半どんの会文化賞　[歴]「歳月」「地球」などに所属。詩集に「楕の埋葬」「空薫」「慈童」「香川雅代詩集」などがある。　[団]日本現代詩人会、こうべ芸術文化会議、西宮芸術文化協会

唐川 富夫　からかわ・とみお
詩人　[生]大正10年6月1日　[出]広島県芦品郡新市町　本名＝唐川富雄　[学]京都帝国大学法学部政治学科卒　[歴]昭和25年第3次「地球」の創刊に参加。現在同人。詩集に「荒れる夜の海の方へ」「海の挽歌」、評論集に「抒情詩の運命」「現代の黄昏」などがある。
[団]日本文芸家協会、日本現代詩人会

狩野 満人　かりの・みつと
歌人　[生]明治42年6月25日　[出]大分県　[歴]25歳頃より作歌し、昭和9年「大分歌人」に入り、浅利良道に師事する。13年「博物」に入会、高木一夫没後編集を担当。歌集「槇柏」、編著「高木一夫短歌集」がある。

仮屋 安吉　かりや・あんきつ
歌人　[生]明治29年7月1日　[没]昭和58年7月11日　[出]和歌山市　本名＝仮屋安吉(かりや・やすきち)　[学]東京高等工業学校卒　[歴]大正6年「国民文学」に入会し、窪田空穂・松村英一に師事。昭和45年から選者。歌集に「彩層」があり、他に合同歌集「高樹」「高樹 二」「高樹 三」「高樹 四」に参加した。

軽部 烏頭子　かるべ・うとうし
俳人　医師　[生]明治24年3月7日　[没]昭和38年9月20日　[出]茨城県筑波郡久賀村浜田　本名＝軽部久喜　[学]東京帝大医学部卒　[歴]朝鮮慶尚北道金泉病院長などを経て、土浦市で内科医を開業する。俳句は「ホトトギス」に投句していたが、昭和6年「馬酔木」に移り、10年「樝子の花」を刊行。他の句集に「灯虫」などがある。

河合 凱夫　かわい・がいふ
俳人　[生]大正10年3月8日　[没]平成11年7月29日　[出]埼玉県吉川町　本名＝河合由男　雅号＝宮野潦　[賞]花俳句作家賞、東虹作家賞　[歴]小学生時代から作句を始め、岡安迷子「桜草」に拠り、のち「南柯」に移る。戦後「花俳句」「東虹」の編集にも携わり、昭和40年「寿」同人。42年「軸」を創刊、52年主宰。千葉県俳句作家協会会長なども務めた。水を主題とした作品が多く"水の詩人"とも言われた。句集に「藤の実」「対峙」「飛礫」「河合凱夫句集」「草の罠」、随筆集に「くすのき春秋」ほかがある。[団]現代俳句協会、日本ペンクラブ

川合 玉堂　かわい・ぎょくどう
日本画家　俳人　歌人　東京美術学校教授　[生]明治6年11月24日　[没]昭和32年6月30日　[出]岐阜県岐阜市　本名＝川合芳三郎　前号＝玉舟、別号＝偶庵　[学]岐阜尋常高小(明治20年)卒　[資]帝国芸術院会員(昭和12年)　[賞]文化勲章(第2回)(昭和15年)、朝日賞(昭和16年)、東京都名誉都民(昭和30年)、青梅市名誉市民　[歴]明治20年京都に出て、望月玉泉の門に入り、玉舟と号す。23年玉堂と改め、幸野楳嶺の円山四条派を学ぶ。29年上京、橋本雅邦に入門し狩野派を学ぶ。31年日本美術院の創立に参加。40年東京勧業博覧会出品の「二日月」が一等賞となり画名を高める。同年開設された文展では第12回展まで審査員をつとめ、大正4年東京美術学校教授に就任。6年帝室技芸員、8年帝国美術院会員、昭和12年帝国芸術院会員となり、15年文化勲章受章。狩野派と四条円山派を融合させ、詩情豊かな画風を完成させた。代表作に「行く春」「彩雨」「鵜飼」など。また詩歌の素養も深く、俳句集「山笑集」、歌集「若宮抄」、俳歌集「多摩の草屋」がある。没後、東京・青梅市に玉堂美術館が建設された。平成7年東京・奥多摩町の数馬峡橋の畔に歌碑が完成。

河合 紗己　かわい・さき
詩人　「詩苑」主宰　[生]大正11年12月2日　[出]神奈川県　本名＝河合幸男(かわい・ゆきお)　[学]早稲田大学中退　[歴]詩集に「愛と別れ」「熱い蕾」「空幻の花」など。　[団]日本文芸家協会

河井 酔茗　かわい・すいめい
詩人　[生]明治7年5月7日　[没]昭和40年1月17日　[出]大阪府堺市北旅籠町　本名＝河井又平　幼名＝幸三郎　[学]東京専門学校中退　[資]帝国芸術院会員(昭和12年)　[歴]少年時より、新体詩に親しみ、「少年文庫」(後「文庫」)に詩を発表。明治28年同誌の記者に推され詩欄を担当し、小島烏水、北原白秋など多くの新人の輩出に尽した。40年「文庫」を辞し、詩草社を創立して「詩人」を発刊、口語自由詩運動を推進した。大正2年それまで主宰していた「女子文壇」を退き、婦人之友社に入社。12年退社。昭和5年女性時代社(後の塔影詩社)を創立。女流詩人の育成指導に当る。12年芸術院会員に。詩集に「無弦弓」「塔影」「花鎮抄」、評論に「明治代表詩人」など。

川井 玉枝　かわい・たまえ
俳人　[生]大正1年8月15日　[出]東京・日本橋　[学]帝専国文科中退　[賞]山暦新樹賞(第2回)、山暦賞(昭和60年)　[歴]昭和35年「ホトトギス」系俳人桜間三輪に手ほどきをうける。同年山火系の「河府雪於」の双葉句会入会、「山火」に投句。54年「山暦」創刊に参加、55年同人となる。句集に「月日貝」「おろろん鳥」「霧の扇」。[団]俳人協会

川合 千鶴子　かわい・ちずこ
歌人　「明日香」代表　[生]大正9年11月22日　[出]東京市麻布区笄町　旧姓(名)＝春日　[学]東京都立第三高女(昭和8年)卒　[興]母としての歌　[歴]昭和14年今井邦子に師事し「明日香」に入会。55年より「明日香」編集責任者。明治綜合歌会常任幹事。歌集に「緑地帯」「光昏」「歌明り」。共著に「三ケ島葭子研究」「津田治子の歌と生涯」「今井邦子の秀歌」がある。[団]明日香社、現代歌人協会、日本ペンクラブ、日本文芸家協会

河合 恒治　かわい・つねはる
歌人　[生]明治44年1月31日　[出]愛知県豊橋市　[歴]昭和9年「水甕」に入会。21年徳島支社を創立し、39年季刊誌「四国水甕」を発行。34年より「水甕」幹事、選歌編集を担当。徳島県歌人クラブ会長、徳島新聞歌壇選者を務める。歌集に「抒情の一隅」「透視図」「曇り日の橋」「海霊」、他の著作に「戦後の短歌」などがある。[団]日本歌人クラブ、現代歌人協会

河合 照子　かわい・てるこ
俳人　[生]大正10年7月7日　[出]兵庫県　[学]篠山高女卒　[賞]南風俳句会新人賞(昭和38年)、南風賞(昭和51年)、俳句研究賞(第3回)(昭和63年)「日向」　[歴]昭和33年「南風」に入会、のち同人。現代俳句協会員を経て、55年俳人協会入会。句集に「朱の木」「遠明」がある。　[団]俳人協会

川井 照司　かわい・てるじ
詩人　[生]昭和2年3月7日　[出]栃木県　本名＝川井昭二　[学]前橋商卒　[歴]「夢限」所属。詩集に「夜の童話」「おもちゃの賦」「川井照司詩集」など。ほかに合同句集「もんじゅ」がある。　[団]栃木県現代詩人協会

河合 俊郎　かわい・としろう
詩人　[生]大正3年1月2日　[没]平成4年9月19日　[出]愛知県渥美郡渥美町　[学]名古屋大学英文科卒　[賞]詩人界コンクール賞(昭和13年)、中部日本詩人賞(昭和32年)、渥美町政功労者　[歴]昭和7年頃から詩作を始め、「コスモス」「幻野」に参加。また「海郷」を主宰。50〜54年中日詩人会会長をつとめた。詩集に「遺言」「ぼくのなかの海」「朝鮮半島」「伊良湖抄」など。

河合 未光　かわい・びこう
俳人　[生]明治31年6月12日　[出]東京　本名＝河合富士雄(かわい・ふじお)　[学]大倉商卒　[歴]大正6年曲水例会に出席し渡辺水巴を知る。14年に入門し、水巴没後も「曲水」同人として、編集も担当。句集に「光」「河合未光集」、著書に「選句に学ぶ」がある。　[団]俳人協会

河井 博信　かわい・ひろのぶ
詩人　[生]大正14年3月11日　[学]早稲田大学文学部国文学科(昭和21年)卒　[歴]著書に「東京詩歌行脚」、詩歌集に「旅ゆく他」「日本詩人文庫〈第129集〉河井博信集」。

河合 木孫　かわい・もくそん
俳人　[生]明治45年7月12日　[没]平成10年4月11日　[出]和歌山県有田市　本名＝河合英一　[学]箕島商卒　[賞]天狼コロナ賞(昭和56年)、天狼賞(昭和60年)　[歴]昭和40年天狼俳句会に入会、山口誓子に師事。52年「天狼」会友、俳人協会入会。60年天狼賞、のち「天狼」同人。「天狼」終刊後は、「岬」「天伯」同人。句集に「有田蜜柑」「紀州蜜柑」、詩・句集「敗残兵の商人・海外旅行俳句」がある。　[団]俳人協会

河内 静魚　かわうち・せいぎょ
俳人　[生]昭和25年8月11日　[出]宮城県　本名＝河内房夫　[学]上智大学新聞学科卒　[歴]昭和55年より作句。57年「寒雷」に入会、平成元年同人。2年「炎環」同人。著書に「楸邨俳句365日」(分担執筆)、句集に「氷湖」がある。　[団]現代俳句協会

川上 明日夫　かわかみ・あすお
詩人　[生]昭和15年9月8日　[出]旧満州　本名＝川上喜一郎　[学]東京測量専門学校卒　[賞]福井文化奨励賞(平成4年)、中日詩賞次賞(第33回)(平成5年)「白くさみしい一編の洋館」、福井県文化芸術賞(平成6年)、中日詩賞(第39回)(平成11年)「蜻蛉座」　[歴]20歳代から詩を書き始め、昭和42年広部英一、岡崎純、南信雄らと詩誌「木立ち」を創刊、木立ち抒情派の一人として知られる。「孔雀船」同人。測量設計コンサルタント会社を経営。詩集に「哀が鮫のように」「彼我考」「白くさみしい一編の洋館」「蜻蛉座」などがある。　[団]日本現代詩人会、日本詩人クラブ、中日詩人会、日本文芸家協会

河上 鴨　かわかみ・かも
詩人　[生]昭和15年8月22日　[出]島根県松江市　本名＝高野弓子　[学]広島大学(昭和36年)卒　[歴]詩誌「芸象」「短性と感性」「環」「砂漠」に所属。詩集に「黒髪」「火の鳥」「生理の皿」「朧盆の上」「夢の井戸」「日本現代女流詩人叢書河上鴨詩集」「天紅」「人形の視線」がある。　[団]日本詩人クラブ

川上 小夜子　かわかみ・さよこ
歌人　[生]明治31年4月27日　[没]昭和26年4月24日　[出]福岡県八女郡三河村　本名＝久城慶子　[学]熊本尚絅女学校卒　[歴]大正5年前田夕暮の白日社に参加。「詩歌」を経て「覇王樹」に移り、14年「草の実」を創刊。のち「多磨」に参加し、また「月光」「望郷」を主宰した。歌集に「朝ごころ」「光る樹木」などがある。

川上 三太郎　かわかみ・さんたろう
川柳作家　[生]明治24年1月3日　[没]昭和43年12月26日　[出]東京市日本橋区蠣殻町(現・東京都中央区)　本名＝川上幾次郎　[学]大倉商(明治44年)卒　[賞]川柳文化賞(第1回)(昭和41年)、紫綬褒章(昭和41年)　[歴]大正9年東京毎夕新聞社に入り、学芸部長などを務め、昭和2年退社。一方、13歳から川柳を作り、新川柳運動を起こした柳樽寺川柳会・井上剣花坊の門に入った。5年国民川柳会を結成、のち雑誌「川柳研究」を発刊して川柳の文学的地位向上をはかり、新聞・ラジオなどで川柳の社会普及に尽力した。41年第1回川柳文化賞を受賞。著書に「風」「孤独地蔵」「新川柳一万句集」「川柳滑稽句集」「おんな殿下」「川柳200年」など。評伝に「川柳人川上三太郎」(河出書房新社)がある。

川上 澄生　かわかみ・すみお
版画家　詩人　⽣明治28年4月10日　没昭和47年9月1日　出東京・青山　本名＝川上澄雄　学青山学院高等科(大正5年)卒　賞栃木県文化功労賞(第1回)(昭和24年)　歴大正6〜7年アメリカ、アラスカを旅行。10年宇都宮中の英語教師となり、かたわら木版画を始める。15年「初夏の風」で注目された。自画、自刻、自摺の創作版画を提唱。独特の文明開化趣味、南蛮紅毛趣味の作品を発表し、代表作に版画集「文明開化の往来」、詩画集「青髭」「ゑげれすいろは」「とらんぷ繪」など。昭和3年日本創作版画協会会員、6年日本版画会創立会員。18年国画会会員。また、児童文学の分野でも「赤い鳥」に童謡を発表するほか、「兎と山猫の話」などがある。平成4年秋、川上澄生美術館(鹿沼市睦町)が開館。8年未発表の詩294編を収めた「川上澄生　未刊行　大正詩集」を刊行。
所国画会

河上 肇　かわかみ・はじめ
経済学者　思想家　詩人　社会評論家　帝都帝国大学教授　⽣明治12年10月20日　没昭和21年1月30日　出山口県玖珂郡岩国町(現・岩国市)　号＝梅陰、千山万水楼主人、閉戸閑人　学東京帝大法科大学政治学科(明治35年)卒　法学博士　歴明治35年東京帝大講師となり農政学を講じる。38年「社会主義評論」を千山万水楼主人の筆名で「読売新聞」に連載。40年「日本経済新誌」を創刊。41年京都帝大講師となり経済史を担当、42年助教授を経て、大正2年ヨーロッパ留学後、4年教授となり、8年から経済原論を担当。この間、5年から大阪朝日新聞に「貧乏物語」を連載し注目を集める。その後急速にマルクス主義の立場に接近し、マルクスの「賃金と資本」を翻訳し、「唯物史観略解」を刊行。昭和3年辞職。翌年大山郁夫らの新労農党に協力したが、やがて解散を提唱。6年マルクス「政治経済学批判」「資本論」(第1巻)を刊行。7年5月地下運動に入り、「七年テーゼ」を翻訳、9月日本共産党員に入党。8年検挙され、懲役5年の判決。12年出獄後は閉戸閑人と称し、漢詩、短歌、書、篆刻などに親しんだ。18年より「自叙伝」を執筆。20年から体の衰弱がひどくなり、敗戦を病床で迎える。同年共産党に復党。著書に「経済学大綱」「第二貧乏物語」「資本論入門」「マルクス主義経済学」「自叙伝」(全5巻)のほか、詩歌集「雑草集」「旅人」「河上肇詩集」、「河上肇著作集」(全12巻、筑摩書房)、「河上肇全集」(第1期28巻・第2期7巻・別巻1、岩波書店)がある。

川上 春雄　かわかみ・はるお
文筆家　詩人　⽣大正12年6月2日　没平成13年9月9日　出福島県山都町　本名＝折笠義治郎(おりかさ・よしじろう)　学拓殖大学農業経済科卒　歴はじめに短歌を作り、昭和15年頃北原白秋の多磨短歌会に入会。終戦直後から詩作に励む。「四次元」創刊後上京して長田恒雄に師事。詩集に「水と空」がある。「吉本隆明著作集」の編集者としても知られ、年譜、書誌を作成した。

川上 梨屋　かわかみ・りおく
俳人　⽣明治34年12月4日　没昭和49年2月20日　出東京・四谷　本名＝川上八三郎　籍群馬県に育ち、饅頭調理士として各地を転々とし、晩年は東京都足立区梅田町に落ち着いた。俳句は17歳の頃増田龍雨門に入り「花火吟社」に拠った。「俳諧雑誌」に投句し、籾山梓月・久保田万太郎の知遇を得て、昭和21年より「春燈」に所属。万太郎の小説・戯曲に題材を提供したことでも知られる。

河北 斜陽　かわきた・しゃよう
俳人　⽣大正3年5月1日　没平成5年3月17日　出石川県山中温泉　本名＝河北栄一(かわきた・えいいち)　学明治大学専門部卒　賞改造社俳句研究賞(昭和41年)、北国文芸賞俳句賞(第1回)(昭和28年)、馬酔木新人賞(昭和34年)、馬酔木新樹賞(昭和36年)、橡賞(昭和61年)　歴昭和11年「馬酔木」に初投句。26年金沢馬酔木会、32年富山馬酔会を結成し、35年「馬酔木」同人。59年「橡」創刊に参加し、同人。句集に「岩桔梗」「山嶺」。所俳人協会

川桐 信彦　かわぎり・のぶひこ
詩人　評論家　表現舎代表　他文芸評論　美術評論　⽣昭和7年8月24日　出熊本県　雅号＝東大寺乱(とうだいじ・らん)　学慶応義塾大学文学部美学科(昭和34年)卒、京都大学大学院文学研究科修士課程修了　歴昭和35年日本RKO映画で、コピーライターとして映画宣伝を手掛ける。43年日本リーダースダイジェスト社勤務、46年東横学園女子短期大学講師、48年カツヤマキカイ取締役を経て、58年ベロメタル・ジャパンを設立し社長。のち、WAKABA商事会長。一方、子供のころから本好きで、14歳ごろから詩やエッセイを書く。大卒後も文筆活動を続け、東大寺乱のペンネームで小説、詩、評論に活躍。47年細川久維と協同で表現舎を設立、自著「ファンクル・ヒッピーのうた」を出版。以後自著「脱獄の美学」「岡本太郎」を出版。他の著書に「表現の美学」「近代絵画」「美

学大全―表現者の美意識」など、詩集に「砂漠を走る」「毎日が祭り」「ジュネーヴのハックルベリ・フィン」がある。　㋲日本文芸家協会、三田芸術学会、日本ペンクラブ

川口 克己　かわぐち・かつみ
歌人　㋑大正11年7月4日　㋔京都府福知山市　㋛関西短歌文学賞A賞（第33回）（平成2年）「評釈宮崎信義の世界」　㋤旧国鉄在職中に大阪鉄道局の宮崎信義と知り合い、昭和24年の創刊時より、その主宰誌「新短歌」に所属。「丹波歌人」の選者・編集委員も務める。戦前・戦後を通じて国語自由律短歌を提唱・推進してきた宮崎の足跡をたどった「評釈宮崎信義」を平成元年に刊行。歌集に「アラヤ」がある。

川口 重美　かわぐち・しげみ
俳人　㋑大正12年7月21日　㋣昭和24年4月15日　㋔山口県下関市　㋩東京帝大第二工学部卒　㋤旧制山口高校在学中に鼻太の号で句作を始める。昭和21年頃肺を病むが、翌22年夏より句作にうちこみ、俳誌「風」「寒雷」「万緑」「しぎの」に投句。24年「風」同人となる。著書に友人上野燎編の「川口重美句集」がある。

川口 汐子　かわぐち・しほこ
児童文学作家　歌人　㋑大正13年3月20日　㋔岡山県岡山市　本名＝川口志ほ子　別名＝川口志保子（かわぐち・しおこ）　㋩奈良女高師文科卒　㋛「童話」作品ベスト3賞（第5、8回）（昭43、46年度）　㋤昭和38年処女作「ロクの赤い馬」がモービル児童文学賞に佳作入選。以後童話をかく一方、45年から神戸常盤短期大学で児童文学の講義をうけもつ。のち兵庫女子短期大学教授。代表作に「十日間のお客」「三太の杉」「二つのハーモニカ」「よもたの扇」などがある。また、短歌は昭和16年「ごぎゃう」に入会し中河幹子に師事、のち「をだまき」同人。「螺旋階段」「冬の壺」「たゆらきの山」「つれづれに花」などの歌集がある。　㋲日本児童文学者協会、日本童話会、日本歌人クラブ、兵庫県歌人クラブ、日本ペンクラブ、日本文芸家協会

川口 常孝　かわぐち・つねたか
歌人　帝京大学名誉教授　㋖上代文学　㋑大正8年7月6日　㋣平成13年1月26日　㋔三重県津市　㋩日本大学法文学部文学科国文学専攻（昭和18年）卒　文学博士　㋛勲四等旭日小綬章（平成11年）　㋤窪田空穂に師事し、戦前より作家、昭和24年に「まひる野」に入会、のち編集同人となる。帝京大学文学部教授を経て、名誉教授。歌集に「裸像」「落日」「月明抄」「命の風」、著書に「万葉作家の世界」「万葉歌人の美学と構造」など。

川口 敏男　かわぐち・としお
詩人　㋑明治43年5月3日　㋣平成1年7月16日　㋔兵庫県　㋩法政大学英文科（昭和17年）卒　㋤17歳ごろ詩作を始め、後に百田宗治に師事して「椎の木」同人となる。「木槶」主宰。また昭和12年に阪本越郎らと「純粋詩」を創刊。「風」同人。詩集に「花にながれる水」「飛行雲」「アケビの掌」「はるかな球」「砂の行方」「川口敏男詩集」がある。

川口 晴美　かわぐち・はるみ
詩人　㋑昭和37年1月10日　㋔福井県　本名＝榎晴美　㋩早稲田大学第一文学部文芸専攻卒　㋤大学では文芸を専攻。授業で詩人の鈴木志郎康と出会い以来詩作の道に。昭和60年23歳の時第1詩集「水姫」を出版。続いて「綺羅のバランス」、平成3年「デルタ」を出版。他の作品に「液晶区」「ボーイハント」がある。　㋲日本文芸家協会

川口 美根子　かわぐち・みねこ
歌人　「未来」選者　㋑昭和4年1月23日　㋔旧朝鮮・京城　本名＝平田美根子（ひらた・みねこ）　㋩京都府立女専国文科（昭和24年）卒　㋛埼玉文芸賞（第13回）（昭和57年）「紅塵の賦」、埼玉県歌人会賞（昭和61年）、ミューズ女流文学賞（第7回）（昭和62年）　㋤昭和22年「アララギ」に入会。26年「未来」創刊に加わり、のち選者。その間「青の会」「青年歌人会議」「東京歌人集会」に参加。一方、24年江商に入社。27年浦和第一女子高教諭、28年埼玉県教育局学務課に転勤、30年浦和高校教諭、31年上尾中学校教諭、37年与野西中学校教諭、43年退職。その後、目白学院女子短期大学国文科講師、青山学院大学女子短期大学国文科講師などを務める。歌集に「空に拡がる」「桜しぐれ」「紅塵の賦」「朱雲」「ゆめの浮橘」「風の歳華」他がある。　㋲現代歌人協会、日本文芸家協会、埼玉歌人会

川崎 彰彦　かわさき・あきひこ
作家　詩人　文芸評論家　㋑昭和8年9月27日　㋔群馬県　㋩早稲田大学文学部露文学科卒　㋤北海道新聞記者を経て、昭和42年からフリーの作家に。44年以降、大阪文学学校で後輩の指導にあたる傍ら、「まるい世界」ほか小説、詩の発表を続ける。56年と平成元年の2度の脳卒中発作を乗り越えて、平成5年私塾・西大寺文学ひろばを開設、受講者たちの散文・詩・連句の作品の批評を手がける。「燃える河馬」「雑

記」同人。著書に「虫魚図」「わが風土抄」「私の函館地図」「夜がらすの記」「冬晴れ」、詩集に「竹藪詩集」「合図」。　所新日本文学会

川崎 覚太郎　かわさき・かくたろう
　詩人　生大正15年1月1日　出台湾・台北　学早稲田大学文学部中退　所詩誌「鱒」「詩行動」同人。「文学者」にも作品を発表した。詩集に「島の章」がある。

川崎 克　かわさき・かつ
　俳人　三重県ホトトギス会会長　没平成11年6月2日　出三重県上野市　経上野電報電話局に勤務の傍ら、ホトトギス同人・宮城きよなみに師事。昭和54年退職後、三重県ホトトギス会を設立、初代会頭に就任。また同時に発足した伊賀ホトトギス会会長も兼務。長年、俳句の指導に力を入れ、11の俳句会の講師を務めた。一方、42年から32年間芭蕉祭で献詠俳句学童部門の選者を務めた。また平成11年ホトトギス主宰・稲畑汀子の句碑を、上田市"ふるさと芭蕉の森"に私費を投じて建立した。句集に「年魚」「年魚第二句集」などがある。　所ホトトギス、日本伝統俳句協会(幹事)

川崎 三郎　かわさき・さぶろう
　俳人　生昭和10年9月26日　没昭和59年5月1日　出山形県西置賜郡小国町朝篠　学東北大学経済学科卒業　経昭和32年榎本冬一郎に師事し、のち「群蜂」同人。「現代俳句」編集担当もつとめた。句集に「北の笛」。

川崎 隆司　かわさき・たかし
　詩人　元・新潟大学人文学部教授　専ロシア文学　生昭和5年11月15日　出東京・築地明石町　学一橋大学経済学部(昭和29年)卒、一橋大学大学院(昭和32年)修士課程修了　経ロシア詩の歴史―古代からプーシキンまで、ロシア散文学及び批評の歴史―古代から19世紀まで　職東京貿易、三菱重工業、一橋大学講師等を経て、昭和55年新潟大学人文学部教授。平成7年新潟工科大学教授、12年退職。著書に「ロシア詩の歴史―古代からプーシキンにいたる」、詩集に「存在への自由な出入り」「世界の情景」「幻の馬車」「回帰線」、訳書に「流刑の詩人、マンデリシュターム」、ゴーゴリ「死せる魂」などがある。　所日本ロシア文学会

川崎 長太郎　かわさき・ちょうたろう
　小説家　詩人　生明治34年11月26日(戸籍:12月5日)　没昭和60年11月6日　出神奈川県小田原市　学小田原中(大正7年)中退　賞菊池寛賞(第25回)(昭和52年)、神奈川県文化賞(昭和53年)、芸術選奨文部大臣賞(第31回・文芸評論部門)(昭和55年)「川崎長太郎自選全集」　経大正9年「民衆」の同人になり詩や小説を書き始める。10年詩集「民情」を刊行。東京に出て、一時アナキズム運動に接近したが、14年「無題」で文壇にデビュー。以後、私小説一筋に執筆活動を続け、「路草」「朽花」「裸木」など芸者、娼婦との交渉を題材にした作品を発表した。戦後は、郷里の生家の物置に引きこもり、「抹香町」「鳳仙花」など身辺の話を素材にした作品を書いた。昭和52年に菊池寛賞、55年には「川崎長太郎自選全集」(全5巻)で芸術選奨文部大臣賞を受賞。　所日本文芸家協会

川崎 展宏　かわさき・てんこう
　俳人　貂の会代表　元・明治大学法学部教授　専国文学　俳句評論　生昭和2年1月16日　出広島県呉市　本名=川崎展宏(かわさき・のぶひろ)　学東京大学文学部国文科卒、東京大学大学院修了　賞読売文学賞(第42回・詩歌俳句賞)(平成3年)「夏」、詩歌文学館賞(第13回)(平成10年)「秋」　経府立八中時代に加藤楸邨に師事。米沢女子短期大学、共立女子短期大学を経て、明治大学教授を務めた。「寒雷」同人。昭和55年「豹」創刊、主宰。高浜虚子研究の第一人者でもある。朝日新聞「朝日俳壇」選者。句集に「葛の葉」「義仲」「観音」「夏」「秋」、評論集に「高浜虚子」「虚子から虚子へ」などがある。　所俳文学会、全国大学国語国文学会、日本文芸家協会

川崎 杜外　かわさき・とがい
　歌人　生明治17年10月1日　没昭和9年8月15日　出長野県東筑摩郡和田村　本名=川崎左右　学東京専門学校(現・早稲田大学)中退　経大正6年38歳で信濃日報社に入り、名古屋新聞に転じて、8年同紙の長野支局長となる。早くから短歌を作り、昭和2年「山守」を刊行した。「川崎杜外歌集」がある。

川崎 洋　かわさき・ひろし
　詩人　放送作家　生昭和5年1月26日　出東京・馬込　学八女中(旧制)卒、西南学院専門学校英文科中退　賞話し言葉、方言　芸術祭賞奨励賞(昭和32年・41年)「魚と走る時」ほか、芸術選奨文部大臣賞(放送部門、第21回)(昭和45年)「ジャンボアフリカ」(脚本)、旺文社児童

文学賞(第2回)(昭和54年)「ぼうしをかぶったオニの子」、無限賞(第8回)(昭和55年)「食物小屋」、高見順賞(第17回)(昭和61年)「ビスケットの空カン」、紫綬褒章(平成9年)、歴程賞(第36回)(平成10年)、神奈川文化賞(平成12年) [歴]昭和19年福岡に疎開、父が急死した26年に大学を中退して上京、横須賀の米軍キャンプなどに勤務。23年頃より詩作を始め、28年「櫂」を創刊し、30年「はくちょう」を刊行。32年から放送台本を主とした文筆生活に入る。主な著書に、詩集「木の考え方」「川崎洋詩集」「ビスケットの空カン」「ゴイサギが来た」、「方言の息づかい」「サイパンと呼ばれた男―横須賀物語」「わたしは軍国少年だった」「方言再考」「日本語探検」「日本の遊び歌」「大人のための教科書の歌」「かがやく日本語の悪態」など。ラジオ脚本に「魚と走る時」「ジャンボアフリカ」「人力飛行機から蚊帳の中まで」などがある。 [団]日本現代詩人会、日本文芸家協会、日本ペンクラブ、櫂の会(同人)

川崎 みや子　かわさき・みやこ

歌人　「はまゆふ」主宰　[生]昭和2年6月25日　[出]大阪　本名＝川崎ハツ子　[学]大手前文化学院卒　[歴]「あらたま」を経て、昭和24年「創作」に入会、のち同人、選者を務める。一方、58年「声調」創刊に参加、62年には「はまゆふ」を創刊主宰する。歌集に「緑の花芽」「糸遊」「雨後」などがある。　[団]日本歌人クラブ

川崎 洋子　かわさき・ようこ

詩人　[生]昭和12年　[出]福岡県　[歴]「森」同人。著書に詩集「おかあさんのやさしさは」「ハンカチの木」、共著に詩集「しあわせってなんだろう」がある。　[団]日本児童文学者協会

河路 由佳　かわじ・ゆか

歌人　東京農工大学留学生センター専任講師　文教大学文学部非常勤講師　[専]日本語教育　[生]昭和34年　[出]香川県　[学]慶応義塾大学経済学部(昭和57年)卒、慶応義塾大学大学院文学研究科国文学専攻(昭和60年)修士課程修了　[賞]現代短歌評論賞(優秀作，第15回)(平成9年)「短歌と神との接点」　[歴]慶応義塾大学在学中より文学、演劇活動に参加。昭和60年8月より1年間、米国ニューヨーク州トロイに在住。当地で長男を出産する。帰国後、慶応義塾大学国際センター日本語教授法講座に復帰し、63年修了。同年国際学友会日本語学校専任教員、平成6年東京農工大学留学生センター専任講師。この間3年夏から1年間、中国・西安交通大学外語系科学技術日本語科講師。歌誌「かりん」同人。著書に「アメリカどたばた出産記」「間近にみた中国――人っ子帝国の朝焼け」「短歌と神との接点」、歌集に「日本語農場」など。　[団]三田文学会、日本語教育学会

川路 柳虹　かわじ・りゅうこう

詩人　美術評論家　[生]明治21年7月9日　[没]昭和34年4月17日　[出]東京・芝　本名＝川路誠　[学]東京美術学校日本画科(大正2年)卒　[賞]日本芸術院賞(昭和32年)　[歴]早くから「文庫」「詩人」などに寄稿し、大正6年詩話会に参加し、10年「日本詩人」を創刊する一方で年間詩集『日本詩集』の育成に尽力する。明治43年刊行の「路傍の花」をはじめ「曙の声」「歩む人」「明るい風」「無為の設計」「波」「石」など多くの詩集がある。ほかに詩論、美術評論、随筆も多く、「近代芸術の傾向」「現代美術の鑑賞」「作詩の新研究」「マチス以後」「日本の情操」「南上古代文化と美術」などがある。　[家]曽祖父＝川路聖謨(維新の外交官)

川島 一夫　かわしま・かずお

俳人　[生]昭和8年1月19日　[出]東京　[賞]花賞(第4回)　[歴]高校時代から俳句と詩をつくる。寺山修司を知り「牧羊神」同人となる。「麦」「青年俳句」「俳句評論」を経て、友人らと「黒」「オブジェ」を創刊。昭和60年現代俳句協会「現代俳句」編集部員。現代俳句協会新人賞佳作に入選後、同協会年鑑部員、「麦」「花」「夢」同人。句集に「見知らぬ部屋」「こんな風に夢を育ててみませんか」がある。　[団]現代俳句協会

川島 奇北　かわしま・きほく

俳人　[生]慶応2年12月11日(1866年)　[没]昭和22年9月24日　[出]埼玉県　本名＝川島得太郎　別号＝一水、洲香、刀水　[歴]正岡子規の高弟で、埼玉新派俳人の草分け的存在。明治37年俳誌「浮城」を創刊、同人に石島雉子郎がいた。埼玉県俳誌としては中山稲青の「アラレ」と共に知られた。郡会議員、県会議員、須賀村村長などを歴任し、また能書家であった。

川島 喜代詩　かわしま・きよし

歌人　[生]大正15年10月29日　[出]東京・浅草　[賞]現代歌人協会賞(昭和45年)、短歌研究賞(昭和56年)　[歴]朝倉書店、誠信書房を経て、川島書店を設立、社長。昭和19年佐藤佐太郎歌集「しろたへ」に接し、深く帰依するに至る。26年発刊間もない「歩道」に入会。58年長沢一作らと「運河」を創刊。歌集に「波動」「層灯」「星雲」などがある。

川島 千枝　かわしま・ちえ

俳人　[生]大正15年4月10日　[出]北海道函館市　本名＝川嶋チヱ　[学]高女技芸科卒　[賞]蘭同人賞「天露」　[歴]昭和35年大野林火の手ほどきをうける。47年「蘭」入会、同人。句集に「実生」「天露」。　[団]俳人協会

川島 つゆ　かわしま・つゆ

俳人　俳句研究家　[生]明治25年1月10日　[没]昭和47年7月24日　[出]埼玉県行田　旧姓(名)＝沼田　別名＝沼田露石　[学]三輪田高女(明治42年)卒　[歴]早くから俳句を学び、昭和36年別府女子大学教授に就任。のち別府大学教授、梅光女学院教授をつとめた。俳諧の研究に専念し「一茶の種々相」など、一茶、芭蕉に関する著書が多い。女流の俳文学者として草分け的存在であり、句・歌・詩集「玫瑰」、歌集「銀の壺」がある。

川島 彷徨子　かわしま・ほうこうし

俳人　「河原」主宰　元・不二精工社長　[生]明治43年8月28日　[没]平成6年7月15日　[出]神奈川県厚木市　本名＝川島晋(かわしま・すすむ)　[学]早稲田大学文学部英文科中退　[賞]石楠賞(昭和16年)　[歴]昭和3年「石楠」入会。臼田亜浪の直接指導を受け、18年最高幹部。「浜」同人を経て、30年「河原」創刊主宰。現代俳句協会会員を経て、45年俳人協会会員となり、評議員、のち名誉会員。句集に「榛の木」「晩夏」など。　[団]俳人協会(名誉会員)

川瀬 一貫　かわせ・かずつら

俳人　東工物産会長　[生]明治27年11月29日　[没]昭和56年9月1日　[出]奈良市　俳号＝川瀬一貫(かわせ・いっかん)　[学]山口高商(大正4年)卒　[賞]勲二等瑞宝章(昭和48年)　[歴]大正4年古河合名会社に入社。10年横浜ゴムに転じ、大阪支店副長になる。戦後は日中友好商社の東工物産を設立するなど日中貿易の草分け的存在だった。昭和49年から日本国際貿易促進協会副会長。48年、日中友好に貢献したことで勲二等瑞宝章を受章。俳句は横浜ゴム勤務の時より青木月斗に師事し、46年「同人」の3代目主宰となる。

川田 絢音　かわた・あやね

詩人　[生]昭和15年9月22日　[出]旧満州・チチハル　[学]武蔵野音楽大学(昭和37年)中退　[歴]昭和44年からイタリアで暮らした。著書に詩集「空の時間」「ピサ通り」「悲鳴」「サーカスの夜」「朝のカフェ」「川田絢音詩集」などがある。

川田 順　かわだ・じゅん

歌人　実業家　住友総本社常務理事　[生]明治15年1月15日　[没]昭和41年1月22日　[出]東京市浅草区三味線堀　[学]東京帝国大学法学部政治学科(明治40年)卒　[資]日本芸術院会員(昭和38年)　[賞]帝国芸術院賞(第1回)(昭和17年)「鷲」「国初聖蹟歌」、朝日文化賞(昭和19年)　[歴]明治40年住友総本社に入社、昭和11年筆頭重役で引退するまで実業界にあったが、その間歌人として、「新古今集」の研究家としても活躍。戦後は皇太子の作歌指導や歌会始選者をつとめた。24年、元京大教授夫人・鈴鹿俊子と恋愛事件を起して結婚。“老いらくの恋”と騒がれた。歌集に「伎芸天」「山海経」「鷲」「国初聖蹟歌」「東帰」「定本川田順全歌集」、研究書に「利玄と憲吉」「吉野朝の悲歌」「幕末愛国歌」「戦国時代和歌集」などがある。　[家]妻＝鈴鹿俊子(歌人)、父＝川田剛(漢学者・宮中顧問官)

川田 朴子　かわだ・ぼくし

俳人　「勾玉」主宰　高知県俳句連盟会長　[生]大正15年3月18日　[没]平成14年1月20日　[出]高知県吾川郡春野町　本名＝川田長孝　[学]法政大学卒　[歴]教師を務める傍ら俳句を詠み、「勾玉」主宰。平成12年から高知県俳句連盟会長。日本伝統俳句協会評議員、県短詩型文学賞選考委員。5〜11年高新文芸の俳句の選者を務めた。句集に「雪遍路」などがある。

河田 忠　かわだ・まこと

詩人　「存在」主宰　[生]昭和10年4月26日　[出]岐阜県各務原市　[学]岐阜大学(昭和33年)卒　[賞]中日詩賞(第32回)(平成4年)「負の領域」　[歴]岩手小学校、鵜沼第二小学校、鵜沼中学校、長良中学校などで国語や英語を教え、鵜沼中学校教頭を経て、平成3年より岐阜市立三輪南小学校校長を務める。一方高校3年の時、詩誌「新詩人」に作品が掲載されたことから、本格的な詩作を始める。昭和33より詩誌「存在」の編集に携わり、のち編集責任者。詩集に「灰色のムード」「波」「乱反射」「河田忠詩集」。　[団]日本現代詩人会、中日詩人会、萩原朔太郎研究会

川田 靖子　かわだ・やすこ

詩人　フランス文学者　元・玉川大学文学部外国語学科教授　[専]フランス文学　フランス史　[生]昭和9年12月16日　[出]兵庫県神戸市　旧姓(名)＝松村　[学]東北大学(昭和34年)卒、京都大学大学院(昭和36年)修士課程修了　[興]マルセル・プルースト、フランス17世紀のサロン、

フェミニズム　[賞]小熊秀雄賞(昭和47年)「北方沙漠」　[歴]昭和36年より玉川大学に勤務、53年教授。詩集に「北方沙漠」「クリスタル・ゲージング」「オーロラを見に」「立っている青い子ども」(日・仏版)「風の薔薇」、著書に「十七世紀フランスのサロン」、訳書に「ラ・フォンテーヌ寓話」(全3巻)など。　[団]日本フランス語フランス文学会、日本PENクラブ、日本現代詩人会

川戸 飛鴻　かわと・ひこう

俳人　[生]明治31年3月5日　[没]昭和58年8月9日　[出]神奈川県伊勢原市　本名=川戸正男　[歴]14歳のとき右下腿切断、17歳ごろより右肺を患う。大正5年俳句を知り、7年臼田亜浪門に入る。8年足立八洲路らと「麓」を創刊、東京大震災で廃刊。昭和27年6月「白魚」を創刊主宰、没後59年12月号にて終刊。句集に「麓」「冬木の瘤」「老杉集」「天地庭上」がある。

川浪 磐根　かわなみ・いわね

歌人　[生]明治16年6月20日　[没]昭和44年4月8日　[出]佐賀県　本名=川浪道三　[歴]郵便局給仕などを経て22歳で上京し、「文章世界」「実業之世界」などの記者を歴任。昭和12年窪田空穂に師事し槻の木会員となる。29年「山さんご」を、40年「数知れぬ樹枝」を刊行し、没後小説「山童記」が発表された。

河西 新太郎　かわにし・しんたろう

詩人　[生]明治45年5月2日　[出]香川県　[学]東洋大学文学部中退　[歴]日本詩人社を主宰。詩集に「河西新太郎詩集」「人生の四季」「傀儡の人類史」などがある。

川西 和露　かわにし・わろ

俳人　俳書蒐集家　[生]明治8年4月20日　[没]昭和20年4月1日　[出]兵庫県神戸市　本名=川西徳三郎　[学]神戸商卒　[歴]鉄材商を営み、神戸市議となる。俳句は河東碧梧桐に師事し、俳誌「阿蘭陀渡」を創刊。句集に「和露句集」(1〜6)がある。俳書の蒐集に熱心で、その蒐集本は天理図書館に収蔵された。

河野 邦子　かわの・くにこ

俳人　小学校教師(加須市立水深小学校)　[生]昭和10年1月4日　[出]埼玉県羽生市　[学]不動岡高卒　[賞]谷川賞(浮野同人賞)(第3回)　[歴]昭和46年「水明」に入会。52年「浮野」創刊と共に入会、同人。56年埼俳連理事を務めた。句集に「石垣」がある。　[団]俳人協会

川野 里子　かわの・さとこ

歌人　[生]昭和34年5月27日　[出]大分県　本名=高橋里子　[学]京都女子大学短期大学部卒　[歴]「かりん」所属。歌集に「五月の王」「青鯨の日」など。

河野 裕子　かわの・ゆうこ

歌人　[生]昭和21年7月24日　[出]熊本県上益城郡御船町　本名=永田裕子(ながた・ゆうこ)　[学]京都女子大学文学部国文学科(昭和45年)卒　[賞]角川短歌賞(第15回)(昭和44年)「桜花の記憶」、現代歌人協会賞(第21回)(昭和52年)「ひるがほ」、現代短歌女流賞(第5回)(昭和55年)「桜森」、京都市芸術新人賞(昭和56年)、ミューズ女流文学賞(第4回)(昭和58年)、コスモス賞(昭和62年)、短歌研究賞(第33回)(平成9年)「耳掻き」、京都あけぼの賞(平成9年)、河野愛子賞(第8回)(平成10年)「体力」、京都府文化賞(功労賞, 第19回)(平成13年)、若山牧水賞(第6回)(平成13年)「歩く」　[歴]昭和39年「コスモス」入会、41年「幻想派」に参加。のち「塔」会員。毎日歌壇選者、朝日カルチャー講師(京都芦屋・名古屋教室)、毎日文化センター講師もつとめる。歌集に「森のやうに獣のやうに」「ひるがほ」「桜森」「はやりを」「耳掻き」「体力」「歩く」「家」など、エッセイ集に「みどりの家の窓から」、評論集「体あたり現代短歌」など。[団]現代歌人協会、現代歌人集会、日本文芸家協会　[家]夫=永田和宏(京大教授・歌人)、娘=永田紅(歌人)

河野 頼人　かわの・よりと

俳人　国文学者　元・北九州大学文学部教授　[専]上代文学　[生]昭和7年9月25日　[出]山口県防府市　本名=河野よりと　俳号=河野頼人(かわの・らいじん)　[学]広島大学文学部(昭和30年)卒、広島大学大学院文学研究科国語国文学専攻(昭和35年)博士課程修了　[興]古事記、日本書紀、万葉集　[賞]雪解新人賞(昭和53年)、夏炉佳日賞(昭和57年)　[歴]昭和35年宇部短期大学専任講師を経て、41年北九州大学に転じ、49年文学部国文学科教授。一方、27年俳句を田中菊坡に師事、「をがたま」創刊に参加。「雪解」「夏炉」同人。54年より「木の実」編集担当、のち主宰。著書に「上代文学研究史の研究」「万葉研究史の周辺」「言葉を読む—爽雨・蕪城俳句研究」など。[団]俳人協会、古事記学会、万葉学会

川畑 火川　かわばた・かせん
俳人　医師　[生]大正1年8月2日　[出]鹿児島県　本名＝川畑安彦　[学]日本大学医学科卒　医学博士　[賞]鶴賞(第1回)　[歴]中学生のころ俳句を始め、昭和7年秋桜子の「馬酔木」に入会。戦後、江戸川保健所長のころ、結核患者としての石田波郷を知り、波郷の「風切」に依って俳句開眼。「鶴」復刊の28年には発行所をも引き受けた。第1回鶴賞を小林康治と共に受賞。句集に「凡医の歌」「石蕗集」「霧峠」がある。

川端 隆之　かわばた・たかゆき
詩人　戯曲家　[生]昭和35年2月9日　[出]大阪府　[学]慶応義塾大学大学院修了　[賞]歴程新鋭賞(第10回)(平成11年)「ホップフライもしくは凡庸な打球について」　[歴]雑誌「すばる」などに作品発表。作品に「ぶよ」、詩集に「ホップフライもしくは凡庸な打球について」がある。ほかに「ウィリアム・S.バロウズの詩性」など執筆。

川端 千枝　かわばた・ちえ
歌人　[生]明治20年8月9日　[没]昭和8年7月4日　[出]兵庫県神戸市　本名＝川畑千枝子　[学]親和女学校(神戸市)卒　[歴]大正2年前田夕暮の門に入り、13年「日光」同人となる。昭和4年「香蘭」同人となり、7年「白い扇」を刊行した。

川端 弘　かわばた・ひろし
歌人　[生]大正13年1月7日　[出]東京　[歴]昭和26年「林間短歌会」に入会、木村捨録に師事。39年には「層」創刊に参加する。44年「横須賀短歌会」入会。歌集に「夜想曲」「月のほとり」がある。　[団]日本歌人クラブ

川端 茅舎　かわばた・ぼうしゃ
俳人　[生]明治30年8月17日　[没]昭和16年7月17日　[出]東京市日本橋区蠣殻町(現・東京都中央区)　本名＝川端信一(かわばた・のぶかず)　別号＝遊牧の民、俵屋春光　[学]独協中(大正3年)卒　[歴]独協中学在学中より句作を始め、大正4年「ホトトギス」の虚子選に投句が選ばれ、以後「雲母」「渋柿」「土上」など多くの雑誌に投句する。10年岸田劉生の画学生となり、13年洋画を春陽会に出品して2点入選する。昭和4年劉生死後は病弱のためもあって句作に専念し、5年11月傑作「露」が「ホトトギス」の巻頭句になる。6年脊椎カリエスにかかり、以後の生涯は闘病生活となる。「ホトトギス」「玉藻」などに作品を発表し、9年「ホトトギス」同人に推され新人として脚光を浴びる。同年第一句集「川端茅舎句集」を刊行、以後「華厳」「白痴」を刊行した。「定本川端茅舎句集」がある。　[家]異母兄＝川端龍子(日本画家)

川端 麟太　かわばた・りんた
俳人　氷原帯俳句会主宰　[生]大正8年1月16日　[没]昭和62年6月21日　[出]北海道札幌市北1条東　本名＝川端末泰(かわばた・すえやす)　[学]北海中学卒　[歴]昭和23年俳誌「氷原帯」の前身の「北方俳句人」の創刊に加わり、45年から「氷原帯」主宰。現代俳句協会員、細谷源二賞選考委員、北海道新聞日曜文芸俳壇選者、道俳句協会常任委員。句集は「川端麟太集」「さっぽろ砂漠」など。

川原 利也　かわはら・としや
歌人　医師　「青天」(歌誌)発行人　[生]大正10年11月27日　[没]昭和59年11月8日　[出]北海道　[歴]歌人前田夕暮、透父子に師事。旧歌誌「詩歌」の主要同人で歌集に「海光る町」などのほか合同歌集「回帰線」「南湖院と高田畊安」などの著書がある。

河原 枇杷男　かわはら・びわお
俳人　[生]昭和5年4月28日　[出]兵庫県宝塚市　本名＝田中良人　[学]龍谷大学文学部卒　[賞]俳句評論賞(第3回)　[歴]昭和29年永田耕衣に師事して、「琴座」同人。33年「俳句評論」同人。「俳句評論」終刊後、「序曲」を創刊主宰。句集に「烏宙論」「密」「閻浮提考」「流灌頂」「訶梨陀夜」「蝶座」、評論集に「西風の方法」などがある。　[団]日本文芸家協会

河原 冬蔵　かわはら・ふゆぞう
歌人　[生]明治42年12月7日　[没]平成4年3月30日　[出]東京　本名＝河原勉一　[歴]昭和17年佐藤佐太郎を知り、26年歩道短歌会に入会。36年歌集「離谷」で現代歌人協会奨励賞を受賞。ほかの歌集に「昼夜」「石火」がある。

河東 碧梧桐　かわひがし・へきごとう
俳人　[生]明治6年2月26日　[没]昭和12年2月1日　[出]愛媛県松山市　本名＝河東秉五郎(かわひがし・へいごろう)　[学]二高中退　[歴]中学時代から正岡子規に師事。二高中退後上京し、子規の俳句革新運動に加わり、「日本」「新声」などの俳句欄選者となる。明治30年に創刊された「ホトトギス」に俳句、俳論、写生文を発表。36年頃から新傾向俳句へ進み始め、高浜虚子と対立、袂を分つ。39年全国旅行を開始、新傾向俳句運動を興す。大正4年「海紅」を創刊、自由律の方向をたどる。8年大正日日新聞社会部長となり、9年から11年にかけて西欧各国を旅行。帰

国後の12年「碧」、14年「三昧」を創刊した。昭和8年俳壇を引退。俳句は定型時代、新傾向時代、自由律時代にわけられ、句集に「新俳句」「春夏秋冬」「続春夏秋冬」「碧梧桐句集」がある。「俳句評釈」「新傾向句の研究」などの評論、「三千里」などの紀行文集、「蕪村」などの蕪村研究、「子規の回想」などの子規研究や随筆集など、著書は数多い。

川辺 古一　かわべ・こいち
歌人　[生]大正15年3月17日　[出]神奈川県　本名＝川辺彦作　[学]明治大学卒　[賞]コスモス賞(作品賞，第4回)(昭和32年)、神奈川県歌人会賞(第1回)(昭和57年)、コスモス賞(評論賞)(昭和58年)　[歴]昭和20年1月「多磨」に入会。24年宮柊二に師事し、28年「コスモス」創刊に参加、のち編集委員、選者。歌集に「円沙」「終冬」「駅家」「北枝」などの他、評論集「柊二周辺」「感情という花」などがある。　[団]現代歌人協会

川村 雨谷　かわむら・うこく
日本画家　俳人　大審院判事　[生]天保9年8月8日(1838年)　[没]明治39年12月29日　[出]江戸・青山百人町　本名＝川村応心　別号＝枯木庵、広郷、休翁　[歴]幕臣川村幽対の子で、6歳の時父の新潟奉行所詰に従い新潟に赴き、同地で育つ。松尾紫山に四条派の絵画、杉浦南陽に漢籍、観老館に武術を学び、安政3年家督を相続。慶応元年長崎奉行支配定役となり、木下逸雲、日高鉄翁らに南画を学ぶ。明治2年刑部省に出仕、のち司法官として大阪、仙台、東京、松江などに赴任し、その後31年まで大審院判事をつとめた。一方画家としても活躍し、15年第1回内国絵画共進会で「山水」「梅」が銅印、17年第2回同展でも「山水」「花卉」が銅章を受章。同年東洋絵画会結成に際し議員となり、30年東京南画会を結成。31年退官後は下谷に幽居、田能村直入、田崎草雲らと交遊し、南画界の重鎮として多くの門人を育てた。また古印を多く収集し、篆刻や俳諧もよくした。

河村 崎陽子　かわむら・きよこ
歌人　[生]大正14年2月21日　[出]長崎県　本名＝田中崎陽子　[学]名古屋市立第二高女卒　[歴]在学中より作歌を始め、昭和16年岡本明の「言霊」会員となる。26年田中大治郎の「青炎」に参画し、以来発行事務に関わる。31年角川「短歌」の「戦後新鋭百人」に採録される。歌集に「繭のとき」「紡がざるなり」がある。　[団]日本歌人クラブ

河村 敬子　かわむら・けいこ
詩人　[生]昭和10年　[出]愛知県名古屋市　本名＝横前敬子　[学]松阪高卒　[賞]関西文学賞(第23回・詩部門)(平成1年)「縫い川」、関西文学賞(随筆・エッセイ部門)(平成7年)　[歴]昭和61ごろから、名古屋市内の詩の教室で本格的に詩の勉強を始め、平成元年〜9年「関西文学」同人。11年詩誌「aube」会員。詩集に「饒舌の川」「もくれんの舟」。

川村 黄雨　かわむら・こうう
俳人　[生]文久3年6月29日(1863年)　[没]昭和10年6月15日　[出]江戸・赤坂　通称＝種次　[学]専修学校法律科卒　[歴]13歳で元老院小舎人、のち書記生となり、議事課に勤務して、課長森山茂(鳳羽)に俳諧を学ぶ。明治23年国会開設と共に貴族院に転じ、以来勤続33年、貴族院の生字引と称された。28年秋声会に加盟し、のち自ら六日会を主宰した。

河村 静香　かわむら・しずか
俳人　[生]昭和9年3月18日　[出]青森県　本名＝河村ゆき子　[賞]寒雷暖響賞(昭和38年)、青森県芸術文化報奨、八戸文化奨励賞、角川俳句賞(第32回)(昭和61年)「海鳴り」　[歴]療養所に入院中の昭和28年ごろ、加藤憲曠に俳句の指導を受け、上村忠郎の青年俳句創刊に参加。結婚で一時中断ののち、豊山千蔭に師事、「寒雷」で入会。38年寒雷暖響賞受賞。61年「海鳴り」で第32回角川俳句賞を受賞。ほかに青森県芸術文化報奨、八戸文化奨励賞などを受賞。「杉」同人。

川村 信治　かわむら・しんじ
詩人　[生]昭和27年　[出]福井県　[学]神戸大学大学院理学研究科(昭和52年)修了　[歴]昭和52年神戸市立学校、59年より福井県内学校に勤務。一方、詩人としても活躍し、詩集に「季節の空地」「返す地図を届けるために」「僕の場所で」、論集「多様体としての精神」などがある。

河村 盛明　かわむら・せいめい
歌人　元・広島平和文化センター理事長　[生]大正11年11月17日　[没]平成7年7月8日　[出]富山県高岡市　[学]京都大学文学部(昭和24年)卒　[歴]召集され、小倉の陸軍病院で終戦。戦後、毎日新聞勤務を経て、48年中国放送入社。取締役、のち顧問。また広島平和センター理事長を務めた。この間、21年「アララギ」に入会、歌人として活躍し、戦争体験などを詠んだ歌が多数ある。著作に「未来歌集」「六甲山系」「原爆25年」「この炎は消えず」、歌集「視界」

「一つ灯」など。 [団]日本ペンクラブ、現代歌人協会

川村 濤人 かわむら・とうじん
歌人 [生]明治37年11月27日 [没]平成2年11月6日 [出]北海道滝川市 本名＝川村武夫 [学]札幌師範本科一部卒 [歴]教職に携わり、昭和40年札幌発寒小校長を最後に退職。一方短歌を作り、大正14年「潮音」入会、太田水穂の指導を受ける。「新墾」を経て、「潮音」顧問、柏会主宰、北海道歌人会顧問。歌集に「不凍湖」「北の眉」「川村濤人全歌集」など。昭和48〜61年北海道新聞歌壇選者、61年から北海道新聞短歌賞選考委員を務めた。

川村 ハツエ かわむら・はつえ
歌人 [生]昭和6年11月24日 [出]茨城県 [歴]昭和57年頃から短歌に親しみ歌人の馬場あき子に師事。短歌会かりんに入会。傍ら学生時代学んだ英語を活用しチェンバレンの「日本人古典詩歌」、アストンの「日本文学史」など米英学者の日本の古典文学研究書の翻訳に取り組む。また与謝野晶子から俵万智まで短歌の英訳史をたどる著者「TANKAの魅力」を自費刊行。平成4年日本英学史学会の賞を受賞。同年日本歌人クラブから刊行される英文の「短歌ジャーナル」の中心スタッフとして創刊に尽力。流通経済大非常勤講師を務める。歌集・歌論に「ノアの虹」「花を啣む」「能のジャポニズム」がある。 [団]現代歌人協会、日本ペンクラブ、日本文芸家協会

河邨 文一郎 かわむら・ぶんいちろう
詩人 医師 札幌医科大学名誉教授 札幌形成外科病院名誉院長 [専]整形外科学 [生]大正6年4月15日 [出]北海道小樽市入船町 [学]北海道帝国大学医学部(昭和15年)卒 医学博士 [資]整形外科認定医、リハビリテーション医学認定医 [興]金子光晴の詩 [賞]北海道医師会賞(昭和31年)、札幌市民芸術賞(第1回)(昭和47年)、北海道新聞文化賞(昭和50年)、高木賞(昭和51年)、北海道文化賞(昭和56年)、勲三等旭日中綬章(平成2年)、北海賞開発功労賞(平成4年)、日本詩人クラブ賞(第31回)(平成10年)「シベリア」 [歴]昭和27〜58年札幌医科大学教授。この間28年から16年間北海道立札幌整肢学院長を兼務した。日本整形外科学会長、国際整形災害外科学会副会長も歴任。元・日本学術会議会員。傍ら北海道大学在学時代から金子光晴に師事し、金子光晴の会運営委員長。詩誌「核」を主宰する。詩集に「天地交驩」「湖上の薔薇」「物質の真昼」「河邨文一郎詩集」「シベリア」などがある。 [団]国際整形災害外科学会、日本現代詩人会、日本文芸家協会、日本ペンクラブ、日本詩人クラブ

川村 柳月 かわむら・りゅうげつ
俳人 [生]明治32年4月18日 [没]昭和49年3月12日 [出]東京・四谷 本名＝川村健三 [歴]大正8年佐々木濤月に入門、大波会同人。11年長谷川零余子の「枯野」に入会、13年より編集。昭和3年「ちまき」を創刊主宰し、没年まで続いた。句集に「冬の芽」「くさおか」「白い影」、編著に「自然の微笑」などがある。

川本 臥風 かわもと・がふう
ドイツ文学者 俳人 愛媛大学名誉教授 「いたどり」主宰 [生]明治32年1月16日 [没]昭和57年12月6日 [出]岡山市西隆寺 本名＝川本正良(かわもと・まさよし) [学]京都帝大文学部独文学科(大正12年)卒 [賞]愛媛県教育文化賞(昭和45年)、勲二等瑞宝章(昭和46年)、愛媛新聞賞(昭和53年) [歴]大正12年松山高校教授、昭和24年愛媛大学教授を務め、39年定年退官。俳句は、大正11年臼田亜浪に師事し、「石楠」最高幹部となる。松山高俳句会、愛媛大俳句会を指導し、昭和25年「いたどり」を創刊、主宰した。句集に「樹心」「城下」「持田」「雪嶺」など。

川本 正良 かわもと・まさよし
⇒川本臥風(かわもと・がふう)を見よ

河本 緑石 かわもと・りょくせき
俳人 [生]明治30年 [没]昭和8年 [出]鳥取県倉吉市 [学]盛岡高等農林学校卒 [歴]10代で荻原井泉水の自由律俳句に共鳴し、「層雲」の詩友に。大正5年盛岡高等農林学校に入学後、宮沢賢治と知り合い、文芸同人誌「アザリア」の創刊に加わった。卒業後故郷にもどり、倉吉農学校で教鞭を執る一方、画家・前田寛治らと砂丘社を結成。雑誌「砂丘」を出すなど文学活動を続け、自由律俳句のほか萩原朔太郎の影響を受けた詩集「夢の破片」などを制作。傍ら「層雲」の選者も務め、俳人・種田山頭火とも文通を通じて親交を結んだ。昭和8年鳥取県・赤碕町の八橋海岸で水泳訓練中、おぼれた同僚を助けようとして水死したことから、やはり友人を助けて水死する宮沢賢治の「銀河鉄道の夜」の登場人物カムパネルラのモデルだとする説も生れた。生誕100年目の平成9年、故郷の倉吉市で、遺作展や市民講座が開催される。5年がかりで俳句、詩、評論、書簡集などの全集を刊行する計画も進められる。

河原 直一郎　かわら・なおいちろう
　詩人　随筆家　⽣明治38年9月1日　没昭和49年12月12日　⽣地北海道小樽区　学京都一中中退　歴小樽高商の図書館に勤めたが、大正15年退職し、英、露について英・仏語を修める。昭和3年「信天翁」を創刊し、詩集「春・影・集」を刊行。同年フランスに渡り、帰国後は北海タイムスに勤務した。

菅 耕一郎　かん・こういちろう
　詩人　写真家　⽣昭和24年　⽣地兵庫県淡路島　学早稲田大学第二文学部(昭和47年)卒　歴平成3年高円寺のネルケンで「陽気な世紀末展」の写真展を開く。詩集に「偽詩人」「偽詩人2」「きげきてきな夏」「善と悪の闘い」、著書に「左手で書かれた詩集」「ブルーノート」「写真集 陽気な骨―旅の記憶 1978〜1992」がある。

菅 第六　かん・だいろく
　俳人　元・日本ゼオン常務　⽣明治43年3月11日　没平成10年2月13日　⽣地熊本県阿蘇郡一の宮町　学京都帝国大学理学部化学科卒　工学博士　歴古河電工理化研究所を経て、日本ゼオンに勤務。昭和52年退社。大東文化大学、東海大学各講師も務めた。一方、昭和3年「枯野」投句。「ぬかご」「層雲」「馬酔木」を経て、山口誓子、秋元不死男に師事。23年「天狼」「氷海」発刊と同時に参加。24年「氷海」同人。のち「狩」同人、鷹羽狩行に師事。句集に「火の尾」「一会」がある。　所俳人協会

韓 武夫　かん・たけお
　歌人　⽣昭和6年3月8日　⽣地大阪　歴昭和29年「砂廊」(現「作風」)に入会。49年「作風」を退会。飯田明子編集発行の「VAN」を経て、同「ミューズ」編集委員。第3回角川賞候補になった歌集に「羊のうた」がある。

菅 半作　かん・はんさく
　歌人　⽣明治41年4月1日　⽣地熊本県阿蘇郡一の宮町　学京都帝大法学部(昭和7年)卒　歴昭和8〜11年関東瓦斯勤務、のちメトロ電球会社に入社。14年渡満、満州特殊法人満州生活必需品会社に入社。21年熊本に引揚げ、25年まで雑業に就く。27年市役所を退き肥後相互銀行入社。38年同行を定年退職後数年間宅地建物取引業を営む。この間、15年より作歌に励み、「国民文学社」同人となる。歌集に「菅半作集―嫣々！」「黄鹿荒ぶ」「草千里」がある。

神崎 崇　かんざき・たかし
　詩人　「像」主宰　⽣昭和15年2月3日　⽣地滋賀県　本名＝珠玖義雄　学立命館大学卒　歴詩集に「あなたに」「神崎崇詩集」など。ほかの著書に「京都散歩のおと」「グラフティ京都」など。　所日本詩人クラブ

神崎 縷々　かんざき・るる
　俳人　⽣明治32年2月11日　没昭和11年2月28日　⽣地福岡県宗像郡神興村　本名＝神崎主計　学東京高商卒　歴吉岡禅寺洞に師事し、新興俳句の雑誌「天の川」で活躍する。没後、禅寺洞編の「縷々句集」が刊行された。

神沢 利子　かんざわ・としこ
　児童文学作家　童謡詩人　⽣大正13年1月29日　⽣地北海道　本名＝古河トシ(ふるかわ・とし)　学文化学院文学部(昭和43年)卒　賞サンケイ児童出版文化賞(第22回)(昭和50年)「あひるのバーバちゃん」、日本児童文芸家協会賞(第2回)(昭和52年)「流れのほとり」、野間児童文芸賞(第17回)(昭和54年)「いないいないばあや」、日本文学者協会賞(第19回)(昭和54年)「いないいないばあや」、サンケイ児童出版文化賞(第28回)(昭和56年)「ゆきがくる?」、産経児童出版文化賞(第36回)(平成1年)「おやすみなさいまたあした」、産経児童出版文化賞大賞(第37回)(平成2年)「タランの白鳥」、日本童謡賞(平成4年)「おめでとうがいっぱい」、巌谷小波文芸賞(第18回)(平成7年)「神沢利子コレクション」(全5巻)、路傍の石文学賞(第18回)(平成8年)「神沢利子コレクション」(全5巻)、モービル児童文化賞(第31回)(平成8年)　歴詩作を経て、昭和30年頃から童話、童謡を書き始め、NHKで童謡を発表。著書に「くまの子ウーフ」「みるくぱんぼうや」「空色のたまご」など多数の創作のほか、詩の絵本に「いないいないの国へ」「お月さん舟でおでかけなされ」「ゆうちゃんのゆうは?」など。他に「神沢利子コレクション」(全5巻，あかね書房)がある。　所日本文芸家協会、国際児童図書評議会

神沢 有三　かんざわ・ゆうぞう
　歌人　亜細亜大学名誉教授　日本モンゴル協会理事長　専モンゴル語　ロシア語　北東アジアの社会・経済・文化　⽣大正12年7月31日　⽣地群馬県群馬郡箕郷町　学興亜専門学校(現・亜細亜大学)卒、西北学塾北東アジア関係卒　論モンゴル語における異音畳語　賞五島育英基金研究顕彰奨励賞(昭和56年)　歴19歳で中国・内モンゴルの学校に留学して以来、モンゴルを和歌に詠む。戦後、シベリアに抑留され

るが、帰国後は母校でソ連経済を教える。昭和41年亜細亜大学教授。58年から2年間リーズ大学、ケンブリッジ大学でモンゴル学を研究。のち名誉教授。日本モンゴル協会理事長も務める。平成10年モンゴルに関する和歌を50年以上、3000首にわたり詠み続けた業績が認められ、モンゴル大統領から勲章を受ける。著書に「蒙古・ロシア・カザクスタンの諺」「躍進するモンゴル」など。歌集に「若き日のモンゴル」「里茲(リーズ)大のモンゴル」がある。
[団]日本モンゴル学会、ロシア・東欧学会

神田 南畝　かんだ・なんぽ
俳人　[生]明治25年11月24日　[没]昭和58年2月15日　[出]大阪市浪速区難波元町　本名＝神田能之(かんだ・よしゆき)　[歴]青木月斗に「カラタチ」時代から師事。大正14年、月斗主宰「同人」を永尾宗斤と共に離脱、翌15年2月、宗斤を主宰として「早春」を創刊。昭和19年休刊するが22年復刊し、宋斤没後、後継主宰となった。句集に「故郷」「呉郷」、句文集に「南畝言志」がある。

神田 忙人　かんだ・ぼうじん
川柳作家　政治評論家　元・朝日新聞論説委員
[生]大正4年1月4日　[出]東京都　本名＝熊倉正弥(くまくら・まさや)　[学]慶応義塾大学経済学部卒
[歴]昭和14年朝日新聞社入社。政治部、学芸部を経て、アサヒグラフ編集長、論説委員などを歴任。「朝日せんりゅう」「神田忙人の『川柳セミナー』」の選者。著書に「川柳の作り方味わい方」「『武玉川』を楽しむ」「言論統制下の記者」など。

神波 即山　かんなみ・そくざん
漢詩人　[生]天保3年6月6日(1832年)　[没]明治24年1月2日　[出]尾張国(現・愛知県)　名＝桓、字＝猛郷、龍朔、号＝即山　[歴]明治4年名古屋県史生に任じられたが、すぐに辞して上京し司法省に出仕する。漢詩人としても活躍し「明治三十八家絶句」などの著書がある。

菅野 拓也　かんの・たくや
詩人　[専]テレビドラマ　美術一般　若者文化　ダンス(バレエ，モダンダンス)一般　[生]昭和11年3月10日　[出]神奈川県横浜市　[学]多摩美術大学絵画科卒　[賞]横浜詩人会賞(第2回)(昭和44年)「緩やかな季節」　[歴]雑誌「朝日ソノラマ」記者、週刊新聞「yuyu」副編集長を経て、朝日新聞学芸部記者を歴任。著書に「相模湾物語」「しろきちとゆき」「現代若者文化考」「ザ・テレビ人間」「日本の女優50人」のほか、詩集「海」「薔薇園」、詩画集「緩やかな季節」「博物誌」がある。　[団]日本現代詩人会、日本詩人クラブ、日本文芸家協会、日本ペンクラブ、横浜詩人会

菅野 昭彦　かんの・てるひこ
歌人　シナリオ作家　[生]昭和5年12月7日　[没]昭和49年12月12日　[出]宮城県仙台市　[学]東京大学国文科卒　[歴]松竹入社。昭和41年フリーとなり、シナリオ作家となる。短歌は20年「ぬはり」に入会し、菊池知勇に師事。知勇没後「ぬはり」を編集。49年「印象短歌会」を結成し「印象」創刊発行。歌集に歌集「夜の机」「感傷風景」「午後の風」がある。

上林 暁　かんばやし・あかつき
小説家　俳人　[生]明治35年10月6日　[没]昭和55年8月28日　[出]高知県幡多郡田ノ口村(現・大方町)　本名＝徳広巌城(とくひろ・いわき)　[学]東京帝国大学英文科(昭和2年)卒　[賞]芸術選奨文部大臣賞(第9回)(昭和34年)「春の坂」、読売文学賞(第16回・小説賞)(昭和40年)「白い屋形船」、川端康成文学賞(第1回)(昭和49年)「ブロンズの首」　[歴]昭和2年改造社に入社。雑誌「改造」の編集に従事のかたわら、同人誌「風車」や「新作家」に小説を発表。8年第一創作集「薔薇盗人」を刊行したのち文筆生活に入る。13年から私小説を書き続けたが、一連の“病妻もの”で知られ、とくに「聖ヨハネ病院にて」(21年)は戦後文学の傑作の一つ。27年に軽い脳出血で倒れ、37年に再発後は寝たきりとなったが、34年「春の坂」で芸術選奨、40年「白い屋形船」で読売文学賞、49年には「ブロンズの首」で第1回川端康成文学賞を受賞、伝統的私小説のとりでを守り抜いた。著書はほかに「ちちははの記」「ジョン・クレアの詩集」「上林暁全集」(増補改訂版・全19巻，筑摩書房)、句集に「木の葉髪」、合同句集「群島」などがある。

神林 信一　かんばやし・しんいち
俳人　[生]大正13年8月13日　[没]平成2年3月6日
[出]長野県須坂市　[学]日本大学法学部卒
[賞]全国俳句大会俳人協会賞(昭和37年)、万緑賞(昭和42年)　[歴]昭和22年「万緑」に入会、38年同人。53年以来サンプラザ学園俳句講師をつとめた。句集に「千曲」「山比古」「雪炎」。
[団]俳人協会

上林 猷夫　かんばやし・みちお
詩人　日本ペンクラブ名誉会長　日本現代詩人会名誉会長　㊊大正3年2月21日　㊋平成13年9月10日　㊍北海道札幌市　㊎同志社高商(昭和9年)卒　㊐H氏賞(第3回)(昭和27年)「都市幻想」　㊑昭和9年大蔵省大阪地方専売局に勤務し、後に国策会社台湾有機合成に勤務。9年に同人となった「日本詩壇」で本格的に詩を作る。10年「魂」(のち「関西詩人」と改題)を編集発行する。11年「豚」を創刊(のち「現代詩精神」と改題)。17年「音楽に就て」を刊行。21年「花」を創刊したが、22年「日本未来派」へ発展解消。同年高砂香料に入社。27年「都市幻想」でH氏賞を受賞。37年現代詩人会理事長、62年会長を歴任。のち帯状疱疹で失明寸前になるが、回復。57年薩摩琵琶による、詩の朗読運動を始める。他に「機械と女」「遠い行列」「拾遺詩集」「詩人高見順—その生と死」などがあり、平成元年には「上林猷夫詩集」(自選)が刊行された。　㊓日本文芸家協会、日本ペンクラブ、日本現代詩人会

蒲原 有明　かんばら・ありあけ
詩人　㊊明治9年3月15日　㊋昭和27年2月3日　㊍東京府麹町(現・東京都千代田区)　本名=蒲原隼雄(かんばら・はやお)　㊎東京府立尋常中(現・日比谷高)卒　㊏日本芸術院会員(昭和23年)　㊑父親の出身地・佐賀県の有明海にちなんで有明と号す。小学時代から文学に関心を抱き、明治27年「落穂双紙」を創刊し、詩作を発表する。31年「大慈悲」が読売新聞の懸賞小説に入選する。28年には紀行文「松浦あがた」を発表。31年頃から詩作に専念し、35年「草わかば」を、36年「独絃哀歌」を、38年「春鳥集」を、41年「有明集」を刊行したが、以後詩壇からはなれた。ほかに随筆評論集「飛雲抄」、「定本蒲原有明全詩集」などがある。　㊒父=蒲原忠蔵(建築家)

神原 栄二　かんばら・えいじ
俳人　「にいばり」主宰　㊊昭和7年7月12日　㊍茨城県　本名=神原栄次　㊎下館一高卒　㊐鹿火屋賞(昭和47年)、茨城県俳協賞(昭和48年)　㊑昭和22年作句を始め、「鹿火屋」同人。52年「にいばり」を創刊し主宰。　㊓俳人協会(評議員)

神原 克重　かんばら・かつしげ
歌人　㊊明治25年1月25日　㊋昭和41年10月28日　㊍千葉県飯岡町　別号=河脇萍花　㊎東京高師国漢科卒　㊑旧制中学教員、校長、短大教授などを歴任。大正6年若山牧水に師事して創作社に入り、昭和33年「玉樟」を主宰する。3年の「棚雲」をはじめ「玉樟」「ふゆすげ」などの歌集がある。

神原 泰　かんばら・たい
詩人　画家　美術評論家　元・東亜燃料工業(現・東燃)常任監査役　㊊明治31年2月23日　㊋平成9年3月28日　㊍東京　㊎中央大学商科卒、東京外国語学校専科卒　㊐大内賞(第1回)(昭和28年)　㊑大正9年以来石油業界に入り、世界石油会議日本国内事務局長、鉱工業統計協力委員会委員長などを務めた。一方、大正6年第9回二科展に先駆的な抽象画を発表、10年個展を開き、日本初のアバンギャルデストの宣言「第1回神原泰宣言書」を発表。11年アクションを結成、13年三科造型美術協会創立に参加、のち造型に参加し、昭和2年脱退。次第に絵画制作から離れ、前衛美術紹介、評論、詩作を手がける。3年「詩と詩論」を創刊、のち脱退し、「詩・現実」を創刊。著書に「ピカソ礼讃」などがある。

神原 教江　かんばら・のりえ
俳人　㊊昭和8年12月14日　㊍茨城県　本名=神原スミ子　㊎下館二高卒　㊐鹿火屋新人賞(第2回)(昭和32年)、山暦賞(昭和57年)　㊑昭和21年より作句を始め、「さいかち」、「鹿火屋」(同人)に投句。52年「にいばり」創刊と共に同人参加。53年「山暦」入会、55年同人。句集に「月光十字」「結城紬」「歌垣」。　㊓俳人協会、茨城俳句作家協会

蒲原 宏　かんばら・ひろし
医師　俳人　全国公共図書館協議会副会長　㊊大正12年9月18日　㊍新潟県新潟市　㊎新潟医科大学卒　医学博士　㊑新潟県立がんセンター副院長、日本医史学会理事長、新潟県文化財保護審議会委員などを歴任。著書に「医学近代化と来日外国人」、句集に「籠枕」「掃苔」「刈田」などがある。　㊓日本医史学会(常任理事)、俳人協会

神戸 雄一　かんべ・ゆういち
詩人　小説家　[生]明治35年6月22日　[没]昭和29年2月25日　[出]宮崎県　[学]東洋大学中退　[歴]大正12年処女詩集「空と木橋との秋」を刊行。「ダム・ダム」などの同人になり、昭和に入って小説も書く。他の詩集に「岬・一点の僕」「新たなる日」などがあり、小説集に「番人」などがある。

【き】

木内 彰志　きうち・しょうし
俳人　僧侶　[生]昭和10年5月4日　[出]千葉県木更津市　本名＝木内和応(きうち・かずお)　[学]木更津高卒　[賞]氷海賞(昭和38年)、星恋賞(同人賞)(昭和45年)、角川俳句賞(第30回)(昭和59年)　[歴]昭和28年「曲水」系高橋采和に手ほどきをうけ、33年「氷海」に入会し、秋元不死男に師事。53年「狩」創刊に同人参加、鷹羽狩行に師事。「海原」主宰。句集に「春の雁」。[団]俳人協会(幹事)、日本文芸家協会

木内 怜子　きうち・れいこ
俳人　[生]昭和10年5月11日　[出]神奈川県厚木市　[学]女子栄養短期大学卒　[賞]狩賞(昭和56年)、俳人協会賞新人賞(第8回)(昭和59年)「繭」　[歴]昭和37年「曲水」に入り、作句をはじめる。46年「氷海」入会、48年同人。53年「狩」創刊とともに同人参加、鷹羽狩行に師事。句集に「繭」。　[団]俳人協会

木尾 悦子　きお・えつこ
歌人　[生]明治44年4月22日　[出]三重県　[歴]昭和6年「竹柏会」に入会し、佐佐木信綱に師事。「心の花」の編集委員を経て、選歌委員。「個性」同人。歌は感覚的に鋭い作品が多い。合同歌集に「三角洲」「木曜日」がある。

菊岡 久利　きくおか・くり
詩人　小説家　画家　[生]明治42年3月8日　[没]昭和45年4月22日　[出]青森県弘前市　本名＝高木陸奥男(たかぎ・みちのくお)　別号＝鷹樹寿之介　[学]海城中学(大正14年)中退、第一外国語学校ロシア語科卒　[歴]中学在学中、尾崎喜八らの「海」創刊に参加、昭和2年新居格らと「リベルテール」を創刊した。千家元麿に師事、アナーキストグループに加わり、秋田鉱山争議などに活躍、自ら「豚箱生活30回」と称する生活を送った。社会正義に燃える詩を叙事的発想で書き、11年詩集「貧時交」、13年「時の玩具」を、また詩文集「見える天使」などで才能を示した。のちムーラン・ルージュ脚本部の時、戯曲「野鴨は野鴨」を書き上演された。画家としても知られる。戦後23年高見順らと「日本未来派」を創刊、小説も書き「銀座八丁」「ノンコのころ」などを刊行、のちラジオ東京、大映に勤めた。菊岡久利の筆名は横光利一にもらった。

菊川 芳秋　きくがわ・よしあき
俳人　[生]大正15年6月14日　[没]平成1年5月8日　[出]中国・青島　本名＝菊川信一　[学]南満州高専(昭和20年)中退　[賞]福岡文学賞(昭和53年)　[歴]昭和22年大連より引揚。23年野見山朱鳥に師事、「菜殻火」入会、25年より5年間編集部員、のち「菜殻火」同人。46年大野林火に師事して、「浜」入会、48年「浜」同人。句集に「十年」「寸時烏影」「見色」。　[団]俳人協会

菊島 常二　きくしま・つねじ
詩人　[生]大正5年　[出]東京　本名＝菊島恒二　[学]東京府立第一商業卒　[歴]在学中、同級生たちとモダニズム詩誌「オメガ」を創刊。「マダム・ブランシュ」(北園克衛の「VOU」前身)同人。のち「20世紀」「新領土」に参加。その間「詩法」「文芸汎論」その他にも作品を発表したが、戦後は詩筆を断った。

菊田 守　きくた・まもる
詩人　元・日本現代詩人会理事長　[生]昭和10年7月14日　[出]東京・中野　[学]明治大学文学部日本文学科(昭和34年)卒　[賞]丸山薫賞(第1回)(平成6年)「かなかな」　[歴]昭和34年協立信用金庫(現・西武信用金庫)に入社。55年八王子北野支店長、58年本店長などを経て、62年関連会社の西武セキュリティサービスに出向、取締役・総務部長。平成2年西武信用金庫を退社。一方、学生時代に安西冬衛の「春」に魅せられて詩を書き始め、リルケに親しむ。31年月刊誌「現代詩人入門」の第1回コンクールで詩「首」が第5席に入選。44年詩誌「深海魚」を創刊。52年武蔵野市の吉祥寺スクール「現代詩講座」の講師に。58年日本現代詩人会理事。H氏賞選考委員などを務める。詩集に「カラス」「モズの嘴」「かなかな」、評論に「亡羊の人」などがある。詩誌「花」「木々」同人。[団]日本ペンクラブ、日本文芸家協会、日本現代詩人会

菊地 新　きくち・あらた
歌人　すばる教育研究所副所長　「北炎」主宰　元・小松島小学校(仙台市)校長　[生]大正5年11月15日　[没]平成9年8月20日　[出]宮城県栗原郡瀬峰町　[学]宮城師範　[歴]昭和35年、43歳で宮城県の迫町新田第二小学校校長。40年同町北方小学校などを経て、51年仙台市の小松島小学校校長の時に退職。52年校長仲間らと"すばる教育研究所"を設立、副所長を務め、執筆活動の傍ら、東北、北海道などで講演する。一方、北原白秋門下で、短歌誌「北炎」主宰。著書に歌集「風樹抄」がある。[団]コスモス

菊地 一雄　きくち・かずお
俳人　NHK学園俳句講師　[生]昭和5年9月14日　[出]東京　[賞]杉賞(第7回)(昭和52年)　[歴]昭和25年石田波郷に師事、「鶴」同人。48年森澄雄に師事、「杉」同人。NHK学園俳句講師。著書に句集「方壺」「往還」「十友―菊地一雄句集」、共著に「名句鑑賞辞典」がある。　[団]俳人協会

菊地 勝彦　きくち・かつひこ
詩人　脚本家　[生]昭和7年7月24日　[出]宮城県栗原郡一迫町　[学]福島大卒、慶大中退　[賞]現代詩新人賞、宮城県芸術選奨、シナリオ作家協会コンクール佳作入選　[歴]詩集に「庭の機構」「夏草異聞」「最前線へ」など。　[団]日本現代詩人会

菊池 剣　きくち・けん
歌人　[生]明治26年1月25日　[没]昭和52年9月29日　[出]福岡県　本名＝松尾謙三　[学]陸士卒　[歴]大正5年竹柏会に参加し、7年「国民文学」に入って半田良平に師事。昭和10年「やまなみ」を創刊する。歌集に「道芝」「白芙蓉」「芥火」などがある。

菊池 庫郎　きくち・ころう
歌人　[生]明治14年5月26日　[没]昭和39年3月7日　[出]東京　本名＝菊地金次郎　[学]早稲田大学商学部卒　[賞]日本歌人クラブ推薦歌集(第9回)(昭和38年)「菊池庫郎全歌集」　[歴]大学在学中から作歌をし、窪田空穂を知る。卒業後は関西大附属商業などの教師を務めるかたわら作歌活動を続け、大正4年「国民文学」に入会、昭和5年から選者となり同人として活躍。歌集に「上福島の家」「地下道と松原」「菊池庫郎全歌集」などがある。

菊地 七郎　きくち・しちろう
歌人　元・今市市教育会長　[学]栃木師範(昭和23年)卒　[歴]昭和63年今市市教育会長。小学校校長を務め、平成元年定年退職。一方、歌人として活動し、「下野短歌」、昭和28年「形成」に入会。また、「文芸広場」に投稿、誌友となり木俣修の指導を受ける。29年「形成」を退会し、「砂廊」(現・「作風」)に入会。49～50年「下野新聞」に県歌壇時評を執筆。平成2年から「運河」に所属。小・中学校校歌、藤原町民の歌、今市市民の歌の作詞も手掛ける。歌集に「氷雨」「雨の楽章」「観世縒」「紺青の海へ」「白き炎」がある。

菊池 正　きくち・ただし
詩人　小説家　[生]大正5年3月19日　[出]岩手県和賀郡立花村(現・北上市立花)　筆名＝佐賀連　[学]慶応義塾大学文学部(昭和16年)中退　[歴]樺太(現・サハリン)に育ち、戦後の昭和22年に引き揚げ。戦前より詩人としての活動を続け、詩集に「自らを戒むる歌」「陸橋」「葦」「果樹園」「幻燈画」「忍冬詩鈔」「菊池正詩集」、小説集に「鎮魂曲」「解氷期」「黄昏のララバイ」「山川の音」など。　[団]日本児童文学者協会、日本現代詩人会、日本文芸家協会、日本ペンクラブ

菊池 知勇　きくち・ちゆう
綴方教育指導者　歌人　[生]明治22年4月7日　[没]昭和47年5月8日　[出]岩手県東磐井郡渋民村　[学]岩手師範卒　[歴]盛岡市城南小、東京市牛島小訓導を経て、大正8年慶応義塾大学幼稚舎に勤務。15年日本最初の綴方専門誌「綴方教育」「綴方研究」を創刊、綴方教育の研究と実践につくした。一方、明治43年若山牧水の「創作」に参加し、昭和2年「ぬはり」を創刊。歌集に「落葉樹」「山霧」などがある。

きくち つねこ
俳人　「蘭」主宰　[生]大正11年12月10日　[出]茨城県多賀郡関本村(現・北茨城市)　本名＝菊池常(きくち・つね)　[学]磐城高女中退　[賞]蘭同人賞(第1回)(昭和51年)、茨城県俳句作家協会賞(第15回)(昭和54年)、茨城文学賞(第5回)(昭和55年)　[歴]昭和23年「浜」入会、大野林火に師事、29年同人。46年「蘭」創刊とともに同人参加、49年副主宰。句集に「あこめ」「雪輪」「一人舞」など。　[団]俳人協会、日本文芸家協会

菊地 貞三　きくち・ていぞう
詩人　評論家　⽣大正14年7月19日　⽣福島県郡山市　⽇本大学文学部中退　⼟井晩翠賞（第26回）（昭和60年）「ここに薔薇あらば」、日本詩人クラブ賞（第28回）（平成7年）「いつものように」　昭和23年福島県内の中学校教諭を経て、37年朝日新聞社に入社。学芸部記者として放送を担当し、60年7月退社。ひき続き同紙に執筆のほかフリーでライター活動。一方、詩人としては昭和18年「木星」同人、22年「銀河系」、23年「龍」創刊に参加、25～44年「地球」同人。以後約10年間詩作活動から離れ、54年「山の樹」（のちの桃花鳥）同人となり平成2年「木々」創刊に参加。詩集に「ここに薔薇あらば」「五時の影」「奇妙な果実」「金いろのけもの」「いつものように」などがある。
⽇本文芸家協会、日本現代詩人会

菊池 敏子　きくち・としこ
詩人　エッセイ　作詞　現代詩　⽣昭和11年8月30日　⽣静岡県　本名＝寺西敏子　⽂下田南高卒　現代詩女流賞（第8回）（昭和58年）「紙の刃」　同人詩「展」を主宰。詩集に「六月の詩」「日々のりりいふ」「水の剥製」など。
⽇本現代詩人会、日本詩人クラブ、日本文芸家協会

菊地 凡人　きくち・ぼんじん
俳人　元・内外ニュース取締役主筆　⽣大正6年8月2日　⽣平成12年7月5日　⽣山形県西村山郡　本名＝菊地四郎　⽂陸軍士官学校中退　同盟通信社、時事通信社を経て、科学技術広報財団常務理事、事務局長、電波タイムス取締役編集局長、内外ニュース取締役主事などを歴任し、平成6年退社。一方、昭和22年鈴木杏一にすすめられ作句。以後富安風生、岸風三楼の指導を受く。29年ロサンゼルス特派員時代、羅府若葉会を結成。「若葉」「春嶺」「青山」各同人。句集に「遊軍記者」「富士子抄」「自註・菊地凡人集」など。
⽇俳人協会

菊池 麻風　きくち・まふう
俳人　⽣明治35年4月15日　⽣昭和57年6月4日　⽣栃木県　本名＝菊地新一（きくち・しんいち）　⽂栃木県立宇都宮商業卒　昭和3年「曲水」に参加、渡辺水巴に師事、4年「曲水」同人。43年「麻」を創刊し、主宰。句集に「春風」「冬灯」など。　⽇俳人協会

菊池 美和子　きくち・みわこ
詩人　⽣大正2年　⽣山口県萩市　⽣長野県詩集作品賞（昭和62年）　詩集に「たそがれ地平」「噴水のほとり」など。「溯行」「柵」「関西文学」に所属。

菊地 康雄　きくち・やすお
詩人　⽣大正9年9月7日　⽣東京　筆名＝初村顕太郎　17歳頃より詩作し、昭和15年詩集「十九歳」を刊行。戦後、芸文書院や「ロマンス」の編集長を務めながら、「文学生活」「文学者」「早稲田文学」に寄稿。のち「宴」に参加。詩集に「近日点」、評論に「逸見猶吉ノオト」「青い階段をのぼる詩人たち」「現代詩の胎動期」などがある。

菊地 良江　きくち・よしえ
歌人　⽣大正4年1月1日　⽣京都　⽂東京女高師付属高女専攻科卒　⽣水甕賞（昭和47年）　在学中に尾上柴舟に学び、「水甕」に入会。松田常憲・加藤将之・熊谷武至に師事し、のち選者・編集委員。31年水甕努力賞、47年水甕賞受賞。歌集に「佳季」、合同歌集に「風の輪」「新選十二人」「戦後短歌の二十人」がある。
⽇現代歌人協会、日本歌人クラブ、柴舟会

菊池 良子　きくち・よしこ
歌人　「郷土」編集人　⽣大正9年6月22日　⽣東京・下駒込　⽂東京女子師範卒　在学中より作歌を始め、一時「をだまき」によったが、昭和23年「郷土」に入会、館山一子に師事。42年館山没後、「郷土」の編集の中心になり、誌の充実を図る。48年「十月会」に入会。歌集に「海の裔」「八月」「夢さめて」がある。
⽇現代歌人協会

菊池 隆三　きくち・りゅうぞう
詩人　医師　⽣昭和7年8月12日　⽣斎藤茂吉文化賞（平成5年）、丸山薫賞（第8回）（平成13年）「夕焼け小焼け」　内科医を務める一方、山形県内の同人誌などに現代詩を発表。詩集に「転（てん）」「鴉のいる風景」「待つ姿のエスキス」「夕焼け小焼け」など。随筆も執筆、また河北町文化財保護審議会会長も務める。
⽇日本現代詩人会、日本詩人クラブ

菊地原 芙二子　きくちはら・ふじこ
歌人　⽣昭和4年8月13日　⽣千葉県　⽣著書に「海を渡った盗聴事件」、歌集に「星図」「雨の句読点」。「開放区」「かがりび」同人。

237

菊山 当年男　きくやま・たねお

陶芸家　芭蕉研究家　歌人　⑰明治17年11月2日　⑱昭和35年11月7日　⑲三重県上野市　本名＝菊山種男　⑳三重県無形文化財(昭和31年)　㉑明治42年大阪朝日新聞に入社するが、大正3年帰郷して印刷業などを営み、「アララギ」に入会して斎藤茂吉に師事。また古伊賀焼の復興に尽力した。郷土の俳聖芭蕉を研究し、著書に「芭蕉亡命の一考察」「はせを」「芭蕉雑纂」「芭蕉研究」がある。

木坂 涼　きさか・りょう

詩人　⑰昭和33年7月30日　⑲埼玉県東松山市　本名＝栗原涼(くりはら・すずし)　⑳和光大学人文学部(昭和56年)卒　㉑現代詩花椿賞(第5回)(昭和62年)「ツッツッと」、芸術選奨新人賞(第47回,平8年度)(平成9年)「金色の網」　㉑大学卒業時に詩集「じかんはじぶんを」を自費出版。卒業後、広告会社勤務。昭和62年9月2冊目の詩集「ツッツッと」で第5回現代詩花椿賞を受賞し新鮮でユニークな作風が注目を浴びる。平成元年広告会社を退職して、ニューヨークに渡る。他に詩集「南南東」「小さな表札」「金色の網」、エッセイ集「ニューヨーク便り」や「クレメンタインの冬じたく」など翻訳絵本がある。　㉒日本文芸家協会　㉓夫＝ビナード, アーサー(詩人)

生咲 義郎　きざき・よしろう

歌人　⑰明治40年5月23日　⑲京都府　本名＝生咲義雄　㉑中学時代から「短歌雑誌」に投稿し、松村英一選にて特選を受ける。昭和2年「国民文学」に入会、松村英一に師事し第一同人。別に31年「流域」を創刊、主宰する。岡山県歌人会顧問を務める。歌集に「虹の立つ川」「早春挽歌」がある。

衣更着 信　きさらぎ・しん

詩人　翻訳家　⑰大正9年2月22日　⑲香川県　本名＝鎌田進　⑳明治学院高商部卒　㉑地球賞(第1回)(昭和51年)「庚申その他の詩」　㉒昭和10年頃から詩作をはじめ「若草」に投稿。後に「LUNA」に参加し、戦後「荒地」に参加。43年「衣更着信詩集」を刊行し、51年刊行の「庚申その他の詩」で第1回地球賞を受賞した。著書に「孤独な泳ぎ手」、訳書にM.ヴォネガット「エデン特急」などがある。　㉒日本現代詩人会、日本文芸家協会

木沢 光捷　きざわ・こうしょう

俳人　⑰明治37年1月7日　⑱平成2年2月28日　⑲石川県松任市　⑳石川師範卒　㉑昭和5年森本之棗に勧められ松瀬青々の「倦鳥」に投句。7年之棗の「越船」創刊に参加。44年選者。50年之棗の没後主宰。石川県俳文学協会監事をつとめ、「越船句集」(1～4)を編纂。　㉒俳人協会

喜志 邦三　きし・くにぞう

詩人　神戸女学院大学名誉教授　⑰明治31年3月1日　⑱昭和58年5月2日　⑲大阪府堺市　号＝麦雨　⑳早稲田大学英文科(大正8年)卒　㉑NHK放送文芸賞(昭和14年)　㉒新聞記者を経て、大正14年から神戸女学院大学で詩学などを講じる。かたわら三木露風に師事し、第3次「未来」に参加。昭和8年「雪をふむ跫音」を刊行。他の詩集に「堕天馬」「交替の時」「花珊瑚」などがあり、評論集に「現実詩派」「新詩の門」などがある。戦後は、24年以降「交替詩派」「灌木」を主宰し、新進詩人の育成にもつとめた。また「お百度こいさん」「踊子」などのヒット歌謡曲の作詞でも知られる。

貴志 著森　きし・ちょしん

俳人　⑰明治15年10月12日　⑱大正10年9月27日　⑲和歌山市新中通り　本名＝貴志貞善　⑳和歌山中卒　㉑碧梧桐の新傾向に共鳴して、「ウキス」を発行主宰。吉田笠雨、山崎楽堂らと共に和歌山俳壇の草分け的指導者であった。また、古陶器の研究にも力を注いだ。著書に「著森追悼句集」「著森遺稿集」「紀伊陶磁器史」がある。

岸 風三楼　きし・ふうさんろう

俳人　俳人協会副会長　⑰明治43年7月9日　⑱昭和57年7月2日　⑲岡山県　本名＝周藤二三男(すどう・ふみお)　⑳関西大学法科卒　㉑通信省に入省し、昭和42年関東電波監理局監理部長で退官。中学時代から山陽新聞に俳句を投稿し、山口誓子、皆吉爽雨に師事。「京大俳句」を経て、「若葉」同人となり、18～33年編集長をつとめ、28年からは「春嶺」を主宰。句集に「往来」「往来以後」。　㉒俳人協会

岸 麻左　きし・まさ

歌人　⑰大正6年2月1日　⑱平成6年11月6日　⑲山口県　本名＝岡田マサ　㉑昭和29年「一路」入会。福田栄一に師事する。38年「古今」に入会、のち特別同人となる。「十月会」会員でもある。歌集に「雪おぼろ」「舞舞」「最上川」など。　㉒日本歌人クラブ

岸 政男　きし・まさお
俳人　全日本文化団体連合会副会長　愛知県文化協会連合会名誉会長　㊐大正11年7月24日　㊍平成8年7月23日　㊉愛知県一宮市　㊎昭和12年頃から作句し、「南風」に参加。のち会長。38年「地表」創刊に参加。句集に「断層」「鉄風鈴」「すすき原」など。

岸上 質軒　きしがみ・しつけん
漢詩人　評論家　㊐万延1年9月1日(1860年)　㊍明治40年6月2日　㊉江戸浅草七軒町　本名＝岸上操　㊫栃木県師範学校(明治9年)卒　㊎幼年時代から漢詩を学び、明治11年司法省法学校に入りフランス語を学ぶ。大蔵省を経て博文館に入り「江戸会誌」「日本文庫」などを編集した。40年退社。著書に「通俗徳川十五代史」などがある。

岸上 大作　きしがみ・だいさく
歌人　学生運動家　㊐昭和14年10月21日　㊍昭和35年12月5日　㊉兵庫県神崎郡福崎町　㊫国学院大学文学部国文学科(昭和33年)入学　㊎高一の時「まひる野」入会。33年国学院大学国文学科入学。「国学院短歌」「汎」「具象」等に関る。35年短歌研究新人賞に「意志表示」推薦。安保闘争を闘い新鋭として注目を集めはじめた矢先同年12月5日自殺。「岸上大作全集」他。

岸川 悦子　きしかわ・えつこ
児童文学作家　童謡作家　㊐昭和11年11月12日　㊉静岡県浜松市　㊫跡見学園短期大学国文科卒　㊎昭和59年甲状腺がんを患う。平成7年自作の童話「わたし、五等になりたい！」が映画化される。少女時代を過ごしたハルビンでの戦争体験を書き残したいと絵本「えっちゃんのせんそう」を執筆。13年同作品がアニメ化される。他に「トキンといってるよ」「わたし、ね、ちこちゃん」(全6巻)や骨髄移植をテーマにした「金色のクジラ」などの児童文学作品のほか、童謡「おしゃれな女の子」「風のはなし」「心の中を走る汽車」「地球が動いた日」「ぼくは、ジローです」「ジロー、生きててよかったね」などがある。「ジャングル・ジム」同人、数学研究会指導員。　㊖日本童謡協会、日本児童文学者協会、日本児童文芸家協会、日本音楽著作権協会

岸川 鼓虫子　きしかわ・こちゅうし
俳人　佐賀県俳句協会会長　㊐明治43年8月10日　㊍平成11年12月7日　㊉佐賀県西松浦郡　本名＝岸川博輝　㊫長崎高商(現・長崎大学経済学部)(昭和7年)卒　㊛有田町文化功労賞(昭和46年)、佐賀県芸術文化賞(昭和46年)　㊎青年時代から50年間、陶芸の町・佐賀県有田町の香蘭社の事務、営業畑で働き、常務まで務め、昭和57年退職。一方、俳句歴も長く、9年素焼吟社を結成、14年「ホトトギス」に初入選。31年「窯」発行。42年「ホトトギス」同人。51年佐賀県俳句協会を設立し、会長。また有田ホトトギス会長を務めた。平成2年同ホトトギス会では、故人を含め約50人の会員たちがそれまでの20年間に「ホトトギス」に投句、掲載されたものの中から窯場諷詠に限った1240句余りを選び、新年から大みそかまで約380の季題ごとに分けて収録した「窯歳時記」を刊行した。他の著書に句集「窯」など。
㊖日本伝統俳句協会(幹事)

岸田 衿子　きしだ・えりこ
詩人　童話作家　㊐昭和4年1月5日　㊉東京　㊫東京芸術大学油絵科卒　㊛サンケイ児童出版文化賞大賞(第21回)(昭和49年)「かえってきたきつね」、シカゴ・トリビューン児童書スプリング・フェスティバル優秀賞「スガンさんのやぎ」　㊎昭和30年詩集「忘れた秋」を発表。49年には絵本「かえってきたきつね」でサンケイ児童出版文化賞大賞を受賞。主な著書に、詩集「あかるい日の歌」「ソナチネの本」、エッセー集「風にいろをつけたひとだれ」「草色の切符を買って」、絵本に「ジオジオのかんむり」「かばくん」「スガンさんのやぎ」、訳書に「ケイト・ダーナウェイの遊びの絵本」などがある。
㊖日本文芸家協会　㊋父＝岸田国士(劇作家・故人)、妹＝岸田今日子(女優)

岸田 隆　きしだ・たかし
医師　歌人　㊢内科学　㊐大正3年12月15日　㊍平成6年2月12日　㊉鳥取県気高郡青谷町亀尻　㊫日本医科大学医学部(昭和16年)卒　㊛高山樗牛賞(第22回)(昭和54年)、酒田市功労表彰(昭和62年)　㊎昭和16年日本医科大学附属第一病院赤木内科入局。17年傷痍軍人徳島療養所医官として派遣される。20年同療養所を退職、日本医科大学附属第一病院内科に復帰。23年山形県酒田市公立酒田病院勤務、34年社会保険酒田病院長を経て、35年内科開業。その間12年「アララギ」入会。戦後「新泉」「羊蹄」に入会。廃刊後「群山」「潮汐」「放水路」

に入会。「潮汐」廃刊後、「北斗」創刊に参加。61年「砂防林」を創刊、主宰。歌集に「温床」「砂防林の空」「岸田隆集」、評論集「『槐の花』と文明短歌」他。

岸田 稚魚　きしだ・ちぎょ
俳人　「琅玕」主宰　㊓大正7年1月19日　㊣昭和63年11月24日　㊥東京都北区滝野川　本名＝岸田順三郎(きしだ・じゅんさぶろう)　㊫巣鴨商(昭和11年)卒　㊮風切賞(第1回)(昭和31年)、角川俳句賞(第3回)(昭和32年)「佐渡行」、俳人協会賞(第12回)(昭和47年)「筍流し」　㊧昭和12年頃より句作を始め、「馬酔木」に投句。18年「鶴」の石田波郷に師事。47年「鶴」同人。44年俳人協会幹事。52年「琅玕」(ろうかん)を創刊、主宰。句集に「雁渡し」「負け犬」「筍流し」「雪涅槃」「萩供養」「花盗人」など。㊐俳人協会(評議員)、日本文芸家協会

岸田 潮二　きした・ちょうじ
俳人　㊓明治45年1月8日　㊥兵庫県南郡大塩町　㊫高小卒　㊧昭和6年「漁火」の横山蜃楼、33年橋本多佳子、35年山口誓子、56年岸田稚魚、60年深谷雄大に師事。句集に「青崖」「梧桐」「登高」「陰の神―岸田潮二集」がある。㊐俳人協会俳人協会

岸田 典子　きしだ・のりこ
歌人　歯科衛生士　㊓大正15年4月27日　㊥熊本県　本名＝岸田澄子　㊫大阪外国語大学別科中国語科修了　㊮薔薇新人賞(昭和39年)、前田夕暮賞(昭和47年)　㊧在学中「アララギ」に入会。戦後「薔薇」「喜望峰」「詩歌」を経て「あしかび」創立、同人。歌集に「香魂」「青琴」「朱絡」、他に歌書「黄冠の歌人」がある。

木島 茂夫　きじま・しげお
歌人　「冬雷」編集発行　㊓大正4年2月7日　㊥北海道帯広市　㊫高小卒　㊧小学生の頃より作歌し、十代で同人誌「裸木」を創刊。「覇王樹」を経て、昭和9年4月田口白汀の「現実短歌」創刊に参加、編集委員となる。37年4月「冬雷」を創刊。歌集に「みちのく」「花鳥風月」がある。

木島 始　きじま・はじめ
詩人　評論家　小説家　㊔アメリカ文学　㊓昭和3年2月4日　㊥京都府京都市　本名＝小島昭三(こじま・しょうぞう)　㊫東京大学文学部英文科(昭和26年)卒　㊮日本童謡賞(第2回)(昭和47年)「もぐらのうた」、芸術祭大賞(音楽部門・合唱曲の作詩)(昭和57年)「鳥のうた」、想原秋記念日本私家本図書館賞特別賞(第2回)(平成2年)「空のとおりみち」　㊧東京都立大学附属高教諭を経て、法政大学教授。平成3年退職。在学中から詩誌「列島」などに加わり、昭和28年「木島始詩集」を刊行。ほかに、詩集「私の探照灯」「双飛のうた」、小説「ともかく道づれ」、童話「考えろ丹太！」、童謡集「もぐらのうた」「あわていきもののうた」、絵本「やせたいぶた」、評論集「詩・黒人・ジャズ(正，続)」「日本語のなかの日本」「もう一つの世界文学」など著書多数。詩作品は多くの作曲家により合唱曲となって楽譜出版されている。また、アメリカ文学のすぐれた翻訳・紹介者でもあり、とくにラングストン・ヒューズらの黒人文学研究の草分けとして高い評価を得る。㊐新日本文学会、日本文芸家協会

来嶋 靖生　きじま・やすお
歌人　「槻の木」編集代表　㊔現代短歌　言語評言論　出版文化論　㊓昭和6年8月28日　㊥旧満州・大連　㊫早稲田大学政経学部政治学科(昭和30年)卒　㊪柳田国男の短歌、窪田空穂以後、現代短歌と風景　㊮日本歌人クラブ賞(第13回)(昭和61年)「雷」、短歌研究賞(第32回)(平成8年)「おのづから」　㊧昭和26年早大短歌会に入り、都筑省吾に師事。「槻の木」同人。有斐閣、コダマプレス、河出書房などで編集者を続けた。武蔵野美術大学の講師もつとめる。歌集「月」「笛」「雷」「おのづから」のほか、短歌読本「職場」(共編)、研究書「森のふくろう―柳田国男の短歌」「窪田空穂以後」などがある。　㊐現代歌人協会(理事)、日本文芸家協会、日本出版学会

鬼島 芳雄　きじま・よしお
詩人　千葉県詩人クラブ理事　㊓昭和4年11月28日　㊥千葉県　㊧国立病院・療養所臨床検査技師として31年間勤務。昭和49年詩集「五月に朝に」、56年詩集「生について」を発表。平成2年詩集「旅愛 戦争の傷跡 ほか」、共著書「史蹟と伝説」、随筆集「鶯蜩亭徒草」を上梓し、創作「炎と燃えて」を連載。詩誌「玄」、総合文芸誌「文学圏」同人。　㊐日本詩人クラブ

岸本 英治　きしもと・えいじ
詩人　㊓昭和14年11月29日　㊥福井県鯖江市　㊫日本大学芸術短大放送卒、近畿大学法学部卒、文部省図書館職員養成所卒　㊧同人誌「北の感情」同人。詩集に「残り火」「ことばの季節」「母の国」「魂の河」「わが心のふるさと―越前若狭詩の旅」他。福井放送勤務。　㊐日本

現代詩人会、中日詩人会、日本詩人クラブ、日本文芸家協会

岸本 吟一　きしもと・ぎんいち
映画プロデューサー　川柳作家　東京フィルム社長　㊐大正9年4月29日　㊞大阪市　㊫同志社大学(昭和12年)中退　㊮昭和14年NHK大阪放送局を経て、24年松竹京都撮影所に入所。44年独立プロ・東京フィルムを設立。劇場映画「大江戸五人男」「切腹」「三匹の侍」、テレビ映画「化石」「白い滑走路」などを製作。かたわら川柳文芸誌「番傘」主宰。西日本新聞の西日本読者文芸・川柳選者。

岸本 水府　きしもと・すいふ
川柳作家　広告文案家　㊐明治25年2月29日　㊙昭和40年8月6日　㊞三重県鳥羽　本名＝岸本竜郎(きしもと・たつお)　別号＝三可洞、寸松亭、水野蓼太郎　㊫大阪成器商(明治42年)卒　㊯大阪府文化賞(昭和22年)　㊮大阪貯金局に務めた後、桃谷順天館、福助足袋、寿屋、グリコ本舗などの宣伝部長、支配人を歴任。明治42年9月関西川柳社(後の番傘川柳社)西田当百に師事、大正2年当百を中心の「番傘」を創刊、編集者兼選者を務めた。伝統川柳を超えた近代的川柳を提唱、後に番傘川柳社会長となり、主宰した。昭和21年日本学士会特別会員、日本文芸家協会員となり、22年大阪文化賞を受賞した。趣味は浮世絵の収集。著書に「川柳手引」「川柳つくり方問答」「川柳文学雑稿」「川柳の書」「番傘川柳一万句集」「川柳読本」「人間手帳」「岸本水府川柳集」「母百句」「定本岸本水府句集」などがある。　㊓日本学士会(特別会員)、日本文芸家協会

岸本 千代　きしもと・ちよ
歌人　㊐大正4年7月13日　㊞熊本県　㊮昭和23年「白珠」に入会し、のち選者。歌集に「玻璃なき窓」「花火」がある。　㊓日本歌人クラブ

岸本 尚毅　きしもと・なおき
俳人　㊐昭和36年1月5日　㊞岡山県　㊫東京大学法学部卒、慶応義塾大学大学院経営管理研究科修士課程修了　㊯俳人協会新人賞(第32回)(平成5年)「舜」　㊮東大ホトトギス会、俳誌「渦」を経て、俳誌「青」「屋根」「天為」同人。句集・著書に「鶏頭」「現代俳句の精鋭」「舜」がある。　㊓日本文芸家協会、俳人協会　㊎妻＝岩田由美(俳人)

岸本 マチ子　きしもと・まちこ
詩人　俳人　㊐昭和9年11月29日　㊞群馬県伊勢崎市　㊫中央大学経済学部卒　㊯山之口貘賞(昭和53年)、小熊秀雄賞(昭和59年)、地球賞(昭和61年)、現代俳句協会賞(第44回)(平成6年)　㊮昭和33年から那覇市在住。琉球放送アナウンサーを経て、太平商事部長。41年俳誌「形象」に参加。のち「天籟通信」同人。この間58年詩集「コザ中の町ブルース」で詩人デビュー。他の著書に詩集「サシバ」「えれじぃ」「与那国幻歌」「黒風」「イチカラン・イチチ」など、句集「残波岬」「ジャックナイフ」「海の旅—篠原鳳作遠景」などがある。　㊓日本文芸家協会

岸本 康弘　きしもと・やすひろ
詩人　㊐昭和12年8月23日　㊞兵庫県　㊫大阪文学学校卒、立命館大学通信課程卒　㊯関西文学賞佳作(第26〜28回)(平成4〜6年)「神のサイン」「宇宙語」「眼がふたつ」、シチズン・オブ・ザ・イヤー(平成11年)　㊮1歳で脳性まひになる。就学免除で学校に行けず、独学で漢字を覚え通信教育で高校、大学を卒業。手すりをつたい、自転車に体をくくりつけて50ケ国を訪ねた体験談を詩集にまとめた。平成3年ネパールで時計も文字も読めず、給料をピンハネされる少女を見て衝撃を受け、9年山岳観光地ポカラに小学校を設立。11年市民の社会活動を表彰するシチズン・オブ・ザ・イヤーに選ばれた。12年作品「明日は」に曲が付けられCD化される。詩集に「忍草」「太陽の風景の中で」「人間やめんとこ」「地球のヘソのあたりで」「旅囚」「竹の花」など。

岸本 由紀　きしもと・ゆき
歌人　㊐昭和45年　㊫京都府立大学　㊯角川短歌賞(第39回)(平成5年)「光りて眠れ」　㊮「塔」所属。

木津 柳芽　きず・りゅうが
俳人　㊐明治25年11月10日　㊙昭和53年3月9日　㊞東京・本所　本名＝木津立之助　㊫明治大学簡易商業学校卒　㊮当初川柳作家として出発するが、大正の末俳句に転向して「ホトトギス」に投句。昭和4年秋桜子に師事し、10年「馬酔木」同人。16年馬酔木発行所に入り、業務に当る。句集に「白鷺抄」「芦生」「あさゆふ」「青葉抄」「朝夕集」がある。

木蘇 岐山　きそ・きざん
漢詩人　[生]安政4年2月27日(1857年)　[没]大正5年7月28日　[出]美濃国稲葉郡佐波村　本名＝小川牧　字＝自牧、初名＝僧泰、別名＝三壺軒、白鶴道人、五千巻主人　[歴]国事に奔走して明治21年上京し、詩作にはげんで「東京新報」の漢詩欄を担当。のち各地を転々として漢詩の普及につとめた。著書に「星巌集註」がある。

北 一平　きた・いっぺい
詩人　[生]大正10年8月30日　[没]昭和62年10月8日　[出]佐賀県藤津郡嬉野町　本名＝朝日進(あさひ・すすむ)　[賞]日本詩人クラブ賞(第2回)「魚」　[歴]昭和60年4月〜62年5月日本詩人クラブ理事を務めた。詩集に「魚」など。

北 光星　きた・こうせい
俳人　「道」主宰　[生]大正12年3月5日　[没]平成13年3月17日　[出]北海道北見市　本名＝北孝義　[学]真竜高小卒　[賞]北海道文化奨励賞(昭和58年)、鮫島賞(第13回)(平成5年)「遠景」、北海道文化賞(平成11年)　[歴]昭和24年細谷源二に師事し、「氷原帯」に編集同人として参加、大工の仕事を詠み“大工俳人”として脚光を浴びた。30年道内初の同人誌「礫」を創刊、前衛俳句の道へ。やがて伝統に回帰、俳句の格調を重んじて41年「扉」を発刊。47年「道」と改題して主宰。俳人協会評議員、北海道俳句協会常任委員や、北海道新聞日曜版俳句選者、61年〜平成3年同新聞俳句賞審査員を務め、道内の俳句普及に努めた。句集に「一月の川」「道遠」「遠景」「伐り株」「頬杖」など。
[団]俳人協会

北 さとり　きた・さとり
俳人　現代俳画協会理事　[生]大正12年1月25日　[出]京都府　[学]京都人文学園卒　[賞]藍綬褒章　[歴]父・北山河について俳句を学び、昭和34年1月父没後は「大樹」主宰。父の遺句集「山河」、極刑囚の句文集「処刑前夜」を編集。　[家]父＝北山河(俳人)

北 山河　きた・さんが
俳人　[生]明治26年7月28日　[没]昭和33年12月5日　[出]京都府相楽郡東和東村　本名＝北楢太郎　[歴]芦田秋窓に俳句を学び、昭和11年秋窓没後「大樹」を主宰。大阪司法保護司を長く務め、24年から大阪拘置所の極刑囚に俳句を指導、のち大阪刑務所、神戸少年院での指導も兼ねた。編著「大樹作家句集」があり、没後「処刑前夜」、句集「山河」「山河五百句抄」が出された。

喜多 青子　きた・せいし
俳人　[生]明治42年10月27日　[没]昭和10年11月21日　[出]兵庫県神戸市　[学]兵庫商卒　[歴]昭和6年「鶺鴒」に発表した「誓子論」から俳句へ出発。8年日野草城に師事、草城を選者に榎島沙丘、神生彩史、笠原静堂らと「ひよどり」を創刊。同誌は後に水谷砕壺の「青嶺」、幡谷東吾の「走馬燈」と合併し、昭和10年日野草城の「旗艦」となるが、同年26歳で夭折する。句集に「噴水」。

木田 千女　きだ・せんじょ
俳人　「天塚」代表　[生]大正13年2月2日　[出]大阪府　本名＝木田豊子　[学]厚生学院本科卒　[賞]京都俳句作家協会年度賞(昭和43年)、京鹿子大賞(昭和51年)　[歴]昭和28年「京鹿子」入会後同人。41年天塚俳句会結成代表となり、53年には「天塚」創刊代表。同年「狩」入会後同人。現代俳句協会を経て、55年俳人協会入会。句集に「十夜婆」「阿修羅」「焔芯」がある。
[団]俳人協会、日本文芸家協会

木田 そのえ　きだ・そのえ
歌人　[生]昭和8年1月13日　[出]東京　本名＝利光そのえ　[賞]未来年間賞(昭和42年)、未来エッセイ賞(昭和43年)、角川短歌賞(第14回)(昭和43年)「年々の翠」　[歴]昭和33年五島美代子の短歌入門講座受講し、「秋草会」にて五島に師事。38年「未来」に入会し、のち運営委員。56年「水辺より」創刊、同人。42年「未来」年間賞受賞、43年「我妻泰論」「河野愛子論」にてエッセイ賞受賞、43年「年々の翠」により第14回角川短歌賞を受賞。歌集に「今年美しき春の花々」がある。　[団]現代歌人協会

きだ たかし
詩人　夏目漱石記念館館長　[生]昭和8年3月28日　[出]熊本県飽託郡天明町　本名＝木村隆之(きむら・たかゆき)　[学]熊本大学教育学部(昭和31年)卒　[賞]詩と真実賞(第1回)(昭和47年)「静かな学校」、九州芸術祭文学賞(第5回)(昭和50年)「黎明の河口」、熊日文学賞(第33回)(平成3年)「黎明の河口」　[歴]昭和31年天草の上小学校教諭となり、以後北部中学、豊田中学、不知中学、松橋養護学校、松橋中学、中緑小学、河内中学の教諭を歴任、59年芳野小学校教頭。のち熊本市内の小学校校長をつとめ、定年退職、夏目漱石記念館館長。39年「詩と真実」同人、43年「日本談義」同人、53年「詩と真実」編集委員。著作に「黎明の河口」「時の扉」「セピア色の風景」「犬の生活」「セピアの館―夏目漱石『草枕』異聞」などがある。

喜多 牧夫　きた・まきお
俳人　[生]明治42年7月18日　[没]平成5年5月12日　[出]長野県須坂市　本名＝北村政太(きたむら・まさた)　[学]上高井農学校中退　[賞]河賞(昭和43年)、河秋燕賞(昭和51年)　[歴]名古屋逓信局員をしていた17歳の頃、句作を始める。肺病のため帰郷し家業の製糸業に携わる。須坂町役場勤務ののち上京するが、東京大空襲で焼けだされて帰郷。メリヤス工場を設立するが倒産。昭和34年頃から10年間小布施町で豆腐屋を営む。この間景山筍吉・栗生純夫の手ほどきで4年「石楠」入会。22年「科野」創刊同人。36年「河」入会。58年から3年間長野県俳人協会会長。長野刑務所の篤志面接委員として、受刑者に俳句を指導。句集に「豆腐笛」「栗の音」。[団]俳人協会

喜多内 十三造　きたうち・とみぞう
放送作家　イベントプロデューサー　詩人　(株)プランニング・サーティーン社長　[専]イベントプロデュース　演出　作詩　[生]昭和2年8月18日　[出]京都府京都市　本名＝喜多内冨造(きたうち・とみぞう)　[学]神戸経済大学(経営計録講習所)(昭和22年)　[興]ショープロデュース、講演、作詞　[歴]児童劇団主宰を経て、昭和38年プランニングサーティンを設立、社長。ファションショーや各地のイベント演出を行い、45年万博オープニング・イベント、52年広島フラワーフェスティバル、53年阿波狸まつり、55年東京おもちゃショー、平成元年名古屋デザイン博白鳥会場・鳥取おもちゃ博などを手がける。アルバトロス倶楽部代表世話人もつとめる。著書に「街を歩く太陽」、詩集「愛のダイアローグ」「太鼓叩いて人生行脚」、エッセイ集「ビールな生活」などがある。　[団]日本音楽著作権協会、日本詩人連盟、日本放送作家協会　[家]妻＝本匠麻美(随筆家)、長女＝駒木ゆみ(随筆家)

北浦 宏　きたうら・ひろし
歌人　[生]明治38年2月2日　[出]山梨県　本名＝北浦良策　[歴]大正10年島木赤彦に師事して「アララギ」に入会。戦中戦後を除き「アララギ」に在籍。赤彦直系誌として「みづうみ」を発行主宰している。歌集に「水海」、評論に「中村美穂」「赤彦の女性観」などがある。

北岡 淳子　きたおか・じゅんこ
詩人　[生]昭和22年1月3日　[出]長野県　[学]長野県農業技術大学校卒　[賞]日本詩人クラブ新人賞(第3回)(平成5年)「生姜湯」　[歴]詩集に「冬の蝶」「水または鳥」「生姜湯」などがある。[団]日本文芸家協会、日本詩人クラブ、日本現代詩人会、埼玉詩人会、日本ペンクラブ

北垣 一柿　きたがき・いっし
俳人　[生]明治42年4月10日　[没]昭和57年1月25日　[出]島根県　本名＝馬場駿二　[学]九州帝大医学部(昭和9年)卒　[歴]三井鉱山田川鉱業所病院長などを歴任。吉岡禅寺洞に師事。昭和7年から「天の川」の編集に従事し、新興俳句運動に参加。戦後は「俳句基地」に参加し、のちに「鋭角」に参加。句集に「藻」「雲」「炭都祭」などがある。

北交 充征　きたかど・みつまさ
詩人　[生]昭和26年5月20日　[出]愛知県　[歴]詩集に「黄昏れて象をうる」「タコウリ」「20面相の恋」がある。

北川 浅二　きたがわ・あさじ
俳人　[生]明治23年1月1日　[没]大正13年8月19日　[出]東京市京橋区畳町(東京都中央区)　本名＝北川麻次郎　[学]大倉商卒　[歴]大正3年大正製薬創立とともに入社。支配人を経て、5年常務となる。俳句は臼田亜浪に師事。「石楠」同人として活躍する。11年吉田冗愚、小島巴成ら「炎天」の創刊を企て、「石楠」を除名され俳壇を去った。また、窪田空穂門に入り短歌も作った。著書に「俳諧年譜」「下町物語」「油蝉」がある。

北川 絢一朗　きたがわ・けんいちろう
川柳作家　川柳新京都社代表　天工堂代表取締役　[生]大正5年10月3日　[没]平成11年1月13日　[出]滋賀県　[歴]川柳作家紀二山に師事。平安川柳社設立、運営にかかわり、昭和53年川柳新京都社を結成、主宰。31年から京都新聞京都文芸・柳壇設立と同時に選者となり、生前まで担当。また京都消防ほか柳壇選者を務めた。句集に「泰山木」、著書に「川柳の味」などがある。

北川 左人　きたがわ・さじん
俳人　新聞記者　[生]明治23年5月20日　[没]昭和36年2月20日　[出]高知県　本名＝北川一　[歴]京城日報、高知日報の記者を歴任。俳句は、高浜虚子に学び、「ホトトギス」同人となる。その間、俳誌「ナツメ」を編集、ウサギ文庫を経営し、「青壷」を主宰。編著に「朝鮮俳句集」「朝鮮固有色辞典」などがある。

北川 幸比古　きたがわ・さちひこ

児童文学作家　詩人　[生]昭和5年10月10日　[出]東京・大久保　[学]早稲田大学国文科卒　[賞]ジュニア・ノンフィクション文学賞特別賞(昭和52年)、新美南吉児童文学賞(第1回)(昭和58年)「むずかしい本」　[歴]児童誌編集、詩書出版社自営ののち、少年雑誌に執筆。創作童話の他に詩、ノンフィクション等の作品多数。童話集「むずかしい本」で第1回新美南吉児童文学賞受賞。主な作品に「宇平くんの大発明」「ちょっぴりてんさい1年生！」「貝がらをひろった」など。詩集に「草色の歌」がある。　[団]日本児童文学者協会(理事)、大衆読物研究会、子どもを守る会(理事)、少年文芸作家クラブ、日本文芸家協会

北川 多紀　きたがわ・たき

詩人　[生]明治45年5月7日　[出]福島県相馬郡　本名＝田畔多紀　[賞]北川冬彦賞(第2回・論文)(昭和42年)「ヨーロッパ見聞」、北川冬彦賞(第6回)(昭和46年)「横光利一さんと私の子」　[歴]「時間」同人。詩集に「愛」「女の機」など。　[団]日本文芸家協会、日本ペンクラブ、日本現代詩人会　[家]夫＝北川冬彦

北川 透　きたがわ・とおる

詩人　評論家　梅光学院大学教授　[生]昭和10年8月9日　[出]愛知県碧南市　本名＝磯貝満(いそがい・みつる)　[学]愛知学芸大学(現・愛知教育大学)国語科卒　[賞]小野十三郎賞(第3回)(平成13年)「詩論の現在」　[歴]高校教諭を経て、詩作・評論活動に専念。昭和37年同人誌「あんかるわ」を創刊し、独自の詩領域を開拓しつつ、文学思想、政治思想の面でも尖鋭な論陣をはる。平成3年下関市に移住のため終刊。同年4月梅光女学院大学(現・梅光学院大学)教授に就任。詩集に「魔女的機械」「死亡遊戯」「眼の韻律」「闇のアラベスク」「デモクリトスの井戸」「黄果論」、評論に「北村透谷試論」「萩原朔太郎〈詩の原理〉論」「詩神と宿命-小林秀雄論」「荒地論」「詩論の現在」など。　[団]日本文芸家協会、日本近代文学会、中原中也の会(事務局長)

北川 冬彦　きたがわ・ふゆひこ

詩人　映画評論家　翻訳家　「時間」主宰　[専]現代詩　[生]明治33年6月3日　[没]平成2年4月12日　[出]滋賀県大津市　本名＝田畔忠彦(たぐろ・ただひこ)　[学]東京帝国大学法学部フランス法律科(大正14年)卒、東京帝国大学文学部フランス文学科中退　[賞]文芸汎論詩集賞(第3回)(昭和11年)「いやらしい神」、芸術祭奨励賞、勲四等旭日小綬章(昭和49年)　[歴]父の転勤で小学入学後まもなく渡満。大連小学校を経て、旅順中学を卒業。東大在学中の大正13年、旅順中の同級生と詩誌「亜」を創刊、つづいて「面」を創刊。「亜」「面」で短詩運動の先駆けとなり、14年処女詩集「三半規管喪失」を刊行。昭和3年春山行夫と「詩と詩論」を創刊し新散文詩運動を提唱。その後も長編叙事詩運動、ネオ・リアリズム詩運動と常に現代詩革新の風を起こした。25年1月現代詩人会初代幹事長となり、同5月第2次「時間」を創刊し主宰。一方、昭和2年にキネマ旬報社に入り、映画批評を手がけ、以後この方面でも活躍。詩集はほかに「検温器と花」「いやらしい神」「夜半の目覚めと机の位置」「戦争」「大蕩尽の結果」「北京郊外にて」「北川冬彦全詩集」(沖積舎)、訳詩集「骰子筒」など。　[団]日本ペンクラブ、日本文芸家協会、日本音楽著作権協会

北小路 功光　きたこうじ・いさみつ

小説家　歌人　美術史家　[生]明治34年4月23日　[没]平成1年2月27日　[出]東京　[学]東京帝大美術科中退　[歴]子爵北小路家に生れる。東京帝大中退後、シドニー大学で能、狂言を講義する。短歌、小説、戯曲、芝居の翻訳をしていたが、後に美術研究に専念。著書に「香道への招待」「花の行く方―後水尾天皇の時代」「修学院と桂離宮―後水尾天皇の生涯」「説庵歌集」などがある。　[団]日本文芸家協会　[家]母＝柳原白蓮

北沢 郁子　きたざわ・いくこ

歌人　「藍」発行人　[生]大正12年8月22日　[出]長野県　[学]松本高女卒　[賞]日本歌人クラブ推薦歌集(第3回)(昭和32年)「その人を知らず」、現代短歌女流賞(昭和60年)「塵沙」　[歴]昭和23年「古今」に入り福田栄一に師事。35年3月同人誌「藍」創刊。歌集「その人を知らず」「感傷旅行」「微笑」「麺麭と水」「桃季」「春のかぎり」「一管の風」「月輪」がある。　[団]日本文芸家協会

北沢 瑞史　きたざわ・みずふみ

俳人　[生]昭和12年3月29日　[没]平成10年6月4日　[出]北海道函館市　[学]国学院大学文学部卒　[賞]鹿火屋賞(昭和53年)　[歴]昭和37年俳句を始める。50年「鹿火屋」編集同人。52年俳人協会会員となる。53年俳人協会国語研修講座実行委員。のち現代俳句選集編集委員、俳人協会幹事などを務めた。平成5年「季」創刊主宰。句集に「五風十雨」の他、著書に「藤沢の文学」、共

編著に「遊行寺歳時記」「俳句指導の方法」「入門歳時記」など。 [団]俳人協会、日本文学風土学会

北島 瑠璃子 きたじま・るりこ

歌人 [生]昭和4年1月22日 [没]平成13年7月30日 [出]京都府京都市 [歴]昭和25年より「女人短歌」に参加。29年吉井勇、吉沢義則、新村出らの協力を得て、京都蹴上華頂山に与謝野晶子の歌碑を建立。「くさふじ」、「ポトナム」を経て、平成元年「古今」に所属。歌集に「緑の椅子」「夏椿」「花原」「春の雪」など。

北園 克衛 きたぞの・かつえ

詩人 [生]明治35年10月29日 [没]昭和53年6月6日 [出]三重県度合郡四郷村 本名＝橋本健吉 [学]中央大学経済学部卒 [賞]文芸汎論詩集賞(第8回)(昭和16年)「固い卵」 [歴]大正13年創刊の「GE・GJMGJGAM・PRRR・GJMGEM」をはじめ「薔薇・魔術・学説」など多くの雑誌に関係して詩、小説、評論などを発表。昭和4年第一詩集「白のアルバム」を刊行し、以後「若いコロニイ」「火の菫」など多くの詩集を刊行。10年より「VOU」を主宰。16年刊行の「固い卵」で文芸汎論詩集賞を受賞。戦後も「砂の鶯」など多くの詩集を刊行。評論集も多く「郷土詩論」などがある。また画家、美術評論家としても活躍した。没後、「北園克衛全詩集」「北園克衛全評論集」が刊行された。 [家]兄＝橋本平八(彫刻家)

北田 紫水 きただ・しすい

俳人 [生]明治7年 [没]昭和19年11月18日 [出]千葉県大平 本名＝北田彦三郎 [学]東京帝大卒 [歴]関西財界において重きをなした。俳句は別天楼に師事する。句作のほか、連歌、俳諧、狂歌に関する古書蒐集にも力を注ぎ、紫水文庫を作った。句集に「紫水句集」、ほかの著書に「俳僧蝶夢」がある。

喜谷 六花 きたに・りっか

俳人 僧侶 梅林寺住職 [生]明治10年7月12日 [没]昭和43年12月20日 [出]東京・浅草馬道町 本名＝喜谷良哉 初号＝古欄 [学]哲学館(現・東洋大学)卒 [歴]明治30年東京三ノ輪の梅林寺住職となった。34年河東碧梧桐に師事、日本派に参加、師に従って定型を捨て自由律に進んだ。「海紅」や「俳三昧」の同人となったが、碧梧桐らがルビ句に転じたのに同調できず、昭和7年秋から再び「海紅」で活躍した。「寒烟」「梅林句屑」「虚白」などの句集に、編著「碧梧桐句集」、滝井孝作との共著「碧梧桐句集」がある。

北野 民夫 きたの・たみお

俳人 「万緑」代表 みすず書房社長 [生]大正2年4月5日 [没]昭和63年10月31日 [出]東京市王子 [学]中央大学専門部法学科(昭和11年)卒 [賞]万緑賞(第2回)(昭和29年)、万緑功労者表彰(昭和41年) [歴]昭和15年ころより中村草田男に師事し、21年「万緑」創刊とともに参加。31年同人。27年より35年まで運営・編集の中軸となる。54年俳人協会評議員、「万緑」運営・編集委員、のち代表。句集に「私暦」。一方、旭倉庫、みすず書房社長を務めた。 [団]俳人協会(評議員)、日本文芸家協会

北野 登 きたの・のぼる

俳人 (株)学文社代表取締役 (有)北樹出版代表取締役 [生]大正15年9月9日 [没]昭和62年10月14日 [出]東京 [学]旧制工業卒 [賞]潺湲賞(昭和53年) [歴]昭和21年「葛飾」入会。28年「鶴」復刊と同時に入会、29年同人。49年「泉」を創刊し、発行。句集に「早蝉」「緑條」「遠鴨」。 [団]俳人協会

北畑 光男 きたはた・みつお

詩人 「雁の声」主宰 [生]昭和21年7月23日 [出]岩手県 [学]酪農学園大学卒 [賞]富田砕花賞(第3回)(平成4年)「救沢まで」 [歴]詩誌「撃竹」「核」同人。また、詩人・村上昭夫の研究誌「雁の声」を主宰する。詩集に「死火山に立つ」「とべない蛍」「足うらの冬」「飢饉考」「救沢(すくいざわ)まで」などがある。高校教師。 [団]日本現代詩人会

北畠 八穂 きたばたけ・やほ

詩人 小説家 児童文学作家 [生]明治36年10月5日 [没]昭和57年3月18日 [出]青森市莨町 本名＝北畠美代 [学]実践女学校高等女学部国文専攻科(大正12年)中退 [賞]野間児童文芸賞(第10回)(昭和47年)「鬼を飼うゴロ」、サンケイ児童出版文化賞(第19回)(昭和47年)「鬼を飼うゴロ」 [歴]高等女学校時代から文学に関心を抱き、実践女子大学に進んだが、カリエスのため退学する。20歳頃から詩作を始め、堀辰雄らとの交友の中で「歴程」「四季」などに作品を発表。病床生活中に川端康成らを知り、深田久弥と結婚するが、敗戦直後に離婚。昭和20年「自在人」を発表し、23年「もう一つの光を」を刊行。21年「十二歳の半年」で童話を発表し、47年「鬼を飼うゴロ」で野間児童文芸賞およびサンケイ児童出版文化賞を受賞。童話集として「ジロウ・ブーチン日記」「りんご一つ」「耳のそこのさかな」などがあり、その多くは郷里の津軽地方に題材を求めた。「北畠八

穂児童文学全集」（講談社）がある。　[団]日本文芸家協会

北原 志満子　きたはら・しまこ

俳人　[生]大正6年6月13日　[出]佐賀県　本名＝北原シマ　[賞]海隆賞（第3回）　[歴]「ホトトギス」同人・田村木国に俳句の通信指導を受け、「山茶花」に投句。戦後「寒雷」「海程」同人。句集に「北原志満子句集」。　[団]現代俳句協会

北原 白秋　きたはら・はくしゅう

詩人　歌人　童謡作家　[生]明治18年1月25日　[没]昭和17年11月2日　[出]福岡県山門郡沖端村大字沖端石場（現・柳川市）　本名＝北原隆吉（きたはら・りゅうきち）　[学]早稲田大学英文科予科（明治38年）中退　[賞]帝国芸術院会員（昭和16年）　[歴]中学時代から「文庫」などに短歌を投書し、早大中退後の明治39年新詩社に入る。41年新詩社を退会、パンの会を興し、耽美主義運動を推進。「明星」「スバル」などに作品を発表し、42年第1詩集「邪宗門」を、44年抒情小曲集「思ひ出」を、大正2年第1歌集「桐の花」と詩集「東京景物詩」を刊行、以後詩歌各分野で幅広く活躍し、詩歌壇の重鎮となる。大正7年に創刊された「赤い鳥」では童謡面を担当し、千編に及ぶ童謡を発表すると同時に、創作童謡に新紀元を画した。また明治43年「屋上庭園」を創刊、以後も「朱欒」「地上巡礼」「ARS」「詩と音楽」「日光」「近代風景」など文学史上の重要な雑誌を多く創刊し、昭和10年には多磨短歌会を興し「多磨」を創刊した。詩、短歌、童謡、小説、評論、随筆、紀行など各分野で活躍し、生涯の著書は歌集「雲母（きらら）集」「渓流唱」「黒檜」、童謡集「トンボの眼玉」などを始め約200冊にのぼる。16年芸術院会員となったが、翌17年約5年にわたる闘病生活で死去した。没後の22年句集「竹林清興」が編まれた。「白秋全集」（全39巻・別巻1，岩波書店）がある。　[家]弟＝北原鉄雄（出版人）

北原 政吉　きたはら・まさよし

詩人　「詩人世界」主宰　[生]明治41年5月19日　[出]岐阜県恵那郡付知町　[学]台北師範（昭和4年）卒、日本大学芸術科専門部（昭和18年）卒　[歴]台北市寿小学校勤務の傍ら、台湾日日新報、台湾新聞等に詩・小説を発表。昭和16年帰国。18年日本文学報国会、21年苦楽社に勤務。25年より、市原市立市原中学校教師となり、のち教頭をつとめた。詩集に「影」「天草遊吟抄」「はんぐりいの歌」など。　[団]日本文芸家協会、日本ペンクラブ、日本現代詩人会

北原 悠子　きたはら・ゆうこ

詩人　[生]昭和26年　[出]宮城県　[歴]昭和55年から詩作活動に入る。日本児童文芸家協会創作コンクール入選。詩集に「落日まで」「子どもの宇宙」「あなたがいるから―北原悠子詩集」がある。　[団]日本児童文芸家協会、横浜詩人会

北見 志保子　きたみ・しおこ

歌人　作詞家　[生]明治18年1月9日　[没]昭和30年5月4日　[出]高知県宿毛　本名＝浜あさ子　別名＝山川朱実　[学]中国派遣教員養成所卒　[歴]大正14年小泉千樫に師事し、昭和2年「青垣」同人となる。また女流俳誌「草の実」にも参加。10年北原白秋に師事し「多磨」同人となる。歌集に「月光」をはじめ「花のかげ」「珊瑚」などがあり、初期の新体詩や小説に「朱実作品集」「国境まで」がある。

北見 恂吉　きたみ・じゅんきち

歌人　神道研究家　[生]明治35年2月7日　[没]平成2年11月13日　[出]北海道稚内市　本名＝鈴木重道　[学]神宮皇学館本科卒　[賞]余市町文化功労賞（昭和51年）、北海道歌人会顕彰（昭和63年）　[歴]中学より作歌を始め、神宮皇学館在学中に子規の弟子・岡麓に師事。機関誌「五更」を100号まで編集する。神宮文庫勤務を経て、埼玉の久喜高等女学校に6年勤め、昭和9年余市へ帰郷。12年官幣大社朝鮮神宮主典に補せられ京城に赴任、朝鮮総督府祭務官に。敗戦後、再度帰郷。24年北海道立小樽高校（現・小樽潮陵高校）から余市高校に転じ、余市文芸協会短歌部会に加入。再び作歌活動を始め、「落葉松」「海鳴」を主宰発行。57年には余市ペンの会を設立、代表に。小樽中学生だったとき貸した「藤村詩集」が伊藤整を文学の道に進ませることになった話は有名で、以来親交を続けた。44年には小樽市の伊藤整文学碑の題字を揮毫した。「北見恂吉歌集」がある。

北見 弟花　きたみ・ていか

俳人　[生]昭和4年9月6日　[出]北海道　本名＝喜多見清司　[学]旭川工卒　[賞]秋風賞、季節賞　[歴]昭和21年「郷土俳句人会」創立と共に代表となる。53年「樹氷」編集長、のち主宰。ほかに「季節」「あざみ」同人。　[団]現代俳句協会

北村 真　きたむら・しん

詩人　[生]昭和32年　[出]兵庫県　本名＝和泉昇　[賞]現代詩平和賞（第1回）（平成13年）「始祖鳥」　[歴]「飛揚」「冊」同人。著書に詩集「群居」「詩集 休日の戦場」「始祖鳥」がある。　[団]詩人会議、京都詩人会議

北村 青吉 きたむら・せいきち
歌人 [生]明治35年2月14日 [没]昭和59年5月2日 [出]兵庫県美方郡 本名＝北村清造 [歴]大正14年「アララギ」入会、土屋文明に師事。昭和38年「放水路」創刊に参加。歌集に「フェニックスの砂」「続フェニックスの砂」など。

北村 保 きたむら・たもつ
俳人 [生]昭和27年5月29日 [出]三重県 [学]上野高卒 [賞]角川俳句賞次席(昭和58年)、三重県文学新人賞(昭和59年)、障害者ありのまま記録大賞佳作(第4回)(平成1年)、角川俳句賞(第36回)(平成2年)「寒鯉」、俳人協会新人賞(平成10年)「伊賀の奥」 [歴]高校を出て、三重県伊賀町の町役場に勤めたが、20歳の時、交通事故で全身マヒの重度障害者となる。昭和53年「山繭」同人、63年「風」同人となる。句集に「伊賀の奥」がある。 [団]俳句協会

北村 太郎 きたむら・たろう
詩人 翻訳家 [生]大正11年11月17日 [没]平成4年10月26日 [出]東京・中村(現・日暮里) 本名＝松村文雄(まつむら・ふみお) [学]東京大学文学部仏文学科(昭和24年)卒 [賞]芸術選奨文部大臣賞(昭和58年)「犬の時代」、歴程賞(第24回)(昭和61年)「笑いの成功」、読売文学賞(第40回，詩歌俳句賞)(平成1年)「港の人」、日本翻訳大賞特別賞(平成5年) [歴]昭和13年同人誌「ル・バル」に参加。16年東京外語仏語部入学。21年海軍入隊。24年東大仏文科卒後、通信社の記者、保険外交などを経て、26年以降は朝日新聞社校閲部に勤務。41年第一詩集「北村太郎詩集」を出版。51年に退社し以後文筆に専念。「荒地」派の詩人として活躍し、詩誌「純粋詩」の詩壇時評を担当。作品に詩集「冬の当直」「悪の花」「犬の時代」「路上の影」、詩劇「われらの心の駅」など。60年10冊目の詩集「笑いの成功」で歴程賞を受賞した。
[団]日本文芸家協会 [家]弟＝松村武雄(俳人)

北村 透谷 きたむら・とうこく
詩人 評論家 平和主義運動者 [生]明治1年12月29日 [没]明治27年5月16日 [出]相模国小田原唐人町(神奈川県) 本名＝北村門太郎(きたむら・もんたろう) 別号＝桃紅、蝉羽、脱蝉、電影 [学]東京専門学校(現・早稲田大学) [歴]明治16年東京専門学校に入り、政治科で学び、民権運動に参加する。22年「楚囚之詩」を刊行するが、自信をなくし破棄する。24年「蓬莱曲」を刊行する。25年「平和」を創刊し「厭世詩家と女性」を発表して注目される。26年には「内部生命論」を「文学界」に発表。「文学界」は透谷や藤村を中心に、浪漫主義文芸思潮を形成した。27年「ヱマルソン」を刊行。「透谷全集」(全3巻，岩波書店)などがある。

北村 初雄 きたむら・はつお
詩人 [生]明治30年2月13日 [没]大正11年12月2日 [出]東京市麹町区飯田町 [学]東京高商(大正10年)卒 [歴]大正6年詩集「吾歳と春」を刊行。東京高商時代には訳詩を多く発表し、大正7年熊田精華との合同詩集「海港」を刊行。9年「正午の果実」を刊行。卒業後は三井物産に入社するが、間もなく健康を害し25歳で死去した。没後の12年「樹」が遺稿集として刊行された。

北村 仁子 きたむら・ひとこ
俳人 [生]昭和9年11月23日 [没]平成8年3月18日 [出]東京都大田区 [学]大森高卒 [賞]沖新人賞(昭和51年)、沖同人賞(昭和53年)、沖賞(昭和58年) [歴]昭和48年「沖」入会、51年同人。53年同人会幹事。句集に「木綿」「花支度」「木沓」など。 [団]俳人協会

北村 正裕 きたむら・まさひろ
童話作家 詩人 ジュニア読書会主宰 [生]昭和33年 [出]東京都 [歴]予備校講師を務めながら、童話作家、詩人として活躍。著書に「遺失物係と探偵」「オデット姫とジークフリート王子のほんとうの物語」「砂漠のメロディー」、詩集に「あて名のない手紙」「夜汽車の憧れ」、共著に「わすれものをした日に読む本」など。 http://member.nifty.ne.jp/kitamura-masahiro/

北山 雅子 きたやま・まさこ
⇒佐藤さち子(さとう・さちこ)を見よ

橘田 春湖 きちだ・しゅんこ
俳人 [生]文化11年(1814年) [没]明治19年2月11日 [出]甲州 本名＝橘田実茂 旧姓(名)＝橘田定太郎 別号＝一笑、岳陰、払庵、無事庵、五株、抱虚庵、小築庵 [歴]安政初年江戸に出て巨谷禾木に師事、佳峰園等栽、月の本為山と共に江戸3大家と称された。明治6年教部省より俳諧教導職に任じられ、翌7年為山を中心として俳諧教林盟社を創設、以後幹部として全国の社員の教化に努める。11年為山没後、2代目社長に就任、13年芭蕉祭を執行、「時雨まつり」と題する小冊子を刊行した。晩年は永代橋畔の小築庵で後進の指導にあたった。句集に「きつかう集」「春湖発句集」がある。

木津川 昭夫　きつかわ・あきお
詩人　「曠野」主宰　[生]昭和4年10月28日　[出]北海道滝川市　[学]滝川中(昭和22年)卒　[賞]小熊秀雄賞(第30回)(平成9年)「迷路の闇」、日本詩人クラブ賞(第32回)(平成11年)「竹の異界」　[歴]昭和22年北海道拓殖銀行入行。28年日本長期信用銀行創立と同時に転じ、57年企画調査部長、58年企画調査室長を歴任して、59年東芝総合リース取締役となる。一方、旧制中学3年の時に詩作を開始。46年から詩集「幻想的自画像」「雪の痛み」「朝の家族」「鳥たちの祭り」「木津川昭夫詩集」「夢の構造」「迷路の闇」「竹の異界」などを刊行。「曠野」主宰。[団]日本現代詩人会、日本文芸家協会(理事)、日本ペンクラブ、新日本文学会

木附沢 麦青　きつけざわ・ばくせい
俳人　[生]昭和11年1月5日　[出]岩手県二戸市　本名＝木附沢賢司　[学]福岡高卒　[賞]浜賞(昭和39年)、角川俳句賞(第12回)(昭和41年)　[歴]昭和27年「石楠」会員沢藤紫星の手ほどきを受けつつ、同系高橋青湖の「自然味」に入会。32年「浜」入会、大野林火に師事。59年「青嶺」を創刊し、主宰。句集に「母郷」「南部牛追唄」。[団]俳人協会

木戸 逸郎　きど・いつろう
詩人　俳人　エッセイスト　[生]明治44年5月5日　[出]石川県　[学]法大英文科卒　[歴]中学時代に島崎藤村の詩「初恋」に感動して詩を書き始める。詩集「蝶と椅子」「死者の季節」などのほかに句集、エッセイ集がある。　[団]日本詩人クラブ

城戸 朱理　きど・しゅり
詩人　[生]昭和34年5月23日　[出]岩手県盛岡市　[学]明治大学文学部中退　[賞]歴程新鋭賞(第5回)(平成6年)「不来方抄」　[歴]詩集に「召喚」「モンスーン気候帯」「非鉄」「不来方抄」がある。[団]日本イエイツ協会、日本文芸家協会、駿河台文学会、国際宇宙法学会

鬼頭 旦　きとう・あきら
歌人　[生]大正2年1月15日　[没]平成11年1月14日　[出]東京　本名＝鬼頭皎雲　[歴]昭和12年「香蘭」に入会、村野次郎に師事。25年9月松岡貞総に師事し「醍醐」に入会、50年編集委員・選歌担当者、平成9年相談役。多摩歌話会委員。歌集に「影法師」「草堂の日々」がある。　[団]日本歌人クラブ

衣巻 省三　きぬまき・せいぞう
詩人　小説家　[生]明治33年2月25日　[没]昭和53年8月14日　[出]兵庫県　[学]早稲田大学英文科中退　[歴]佐藤春夫の門下生として、大正13年「春のさきがけ」を発表。のち「文芸レビュー」などに参加し、昭和9年から10年にかけて発表した「けしかけられた男」が第1回芥川賞候補作品となる。その他の作品に「黄昏学校」などがあり、ほかに詩集「足風琴」がある。

紀野 恵　きの・めぐみ
歌人　[生]昭和40年3月17日　[出]徳島県　本名＝虎尾恵子　[学]早稲田大学文学部(昭和62年)卒　[賞]角川短歌賞次席(昭和56年)、短歌研究新人賞次席(昭和59年)　[歴]高校1年のときから短歌をつくりはじめ、高校2年のときには角川短歌賞次席、昭和59年には短歌研究新人賞次席を受賞した。「七曜」「未来」同人。歌集に「さやと戦(そよ)げる玉の緒の」「閑閑集」など。県立高校に勤務。

きの ゆり
詩人　[生]昭和26年8月14日　[出]福岡県宗像郡　本名＝城野ゆり　[学]古賀高中退　[賞]詩とメルヘン賞(第1回)(昭和50年)　[歴]中学のときから詩を書き始める。詩集に「雨のようにやさしく」「花もようの紙袋」「季節のはじまり」「一輪ざしのバラード」など。

木下 孝一　きのした・こういち
歌人　[生]昭和2年1月18日　[出]福井県敦賀市　[賞]表現賞(第6回)(昭和43年)　[歴]昭和22年北陸アララギ・柊、23年アララギ、36年表現に入会。歌集に「青き斜面」「遠き樹海」「白き砂礫」「光る稜線」、著書に「写実の信念」などがある。[団]現代歌人協会、日本歌人クラブ

木下 笑風　きのした・しょうふう
俳人　[生]明治18年10月6日　[没]昭和41年2月19日　[出]東京・日本橋蠣殻町　本名＝木下荘　[歴]明治精糖に勤めて台湾に赴任し、帰国後は川崎の本社に勤務。18歳頃から高浜虚子、内藤鳴雪に師事して句作をする。のち河東碧梧桐に学んで「三昧」同人となった。

木下 子龍　きのした・しりゅう
俳人　[生]明治38年1月19日　[出]群馬県　本名＝木下千十郎　[学]小・高等科中退　[歴]昭和5年「愛吟」創刊より参加、上川井梨葉に師事するが、終刊後、「円書」の発行人となり活躍。後旧門下生が集まり「新川」発行、発行人となる。句集に「帰り花」「忍土」「都愁」「前通り」がある。　[団]俳人協会

木下 蘇子　きのした・そし
俳人　㋾慶応2年11月1日(1866年)　㋚昭和28年6月7日　㋬和歌山県　本名=木下立安　㋯慶応義塾大学(明治21年)卒　㋬時事新報記者を経て鉄道時報社長、旅行案内社専務。俳句は大須賀乙字に師事、「獺祭」「ましろ」などの同人。大正10年「乙字俳論集」を刊行。「蘇子句集」や歌集がある。

木下 照嶽　きのした・てるたけ
俳人　「春秋」主宰者　明星大学名誉教授　㋬会計学　経営分析　社会報告会計　非営利企業会計　国際会計　㋾昭和5年1月30日　㋬長野県下伊那郡泰阜村　号=木下星城(きのした・せいじょう)　㋯早稲田大学政治経済学部政治学科卒、早稲田大学大学院商学研究科(昭和48年)博士課程修了　博士(商学, 早稲田大学)　㋺政治資金の公営化、組織体の社会報告・国際報告(会計)、市民生活と会計情報　㋳企業会計賞(優秀賞)(昭和47年)「公害費に関する会計学的アプローチ―外部不経済の内部化(Internalization of External Diseconomies)を中心として」　㋺昭和24～27年東京都庁勤務。31～42年私塾経営後、49年早稲田大学産業技術専修学校講師などを経て、52年明星大学人文学部教授に就任。著書に「企業分析論」「社会報告会計」、共著に「経営分析」「国際会計論」、編著に「市民生活会計」「政府・非営科企業会計」、共編著に「文化会計学」などがある。また俳人としても活動し、月刊俳誌「春秋」を主宰、編集長を務める。俳句関係の著書に「はぐれ教授迷走記」、句集に「富嶽」がある。　㋬日本会計研究学会、米国会計学会、国際会計研究学会、日本社会関連会計学会

木下 春　きのした・はる
俳人　㋾明治25年1月19日　㋚昭和48年6月27日　㋬福島県　㋬福島高女卒　㋯大正8年前田青邨に師事して日本画家となる。院展入選26回、無鑑査7回。俳句は昭和15年頃から富安風生に師事し、23年「若葉」の第1期同人となる。句集に「木下春句集」がある。

木下 美代子　きのした・みよこ
歌人　㋾明治42年9月20日　㋬和歌山県　旧姓(名)=保田　㋬東京女子高等師範学校文科卒　㋯東京女高師で、尾上柴舟の指導を受け「水甕」入会、のち同人、評議員、和歌山支社長。歌誌「冬芽」を主宰。毎日新聞紀州歌壇選者を務める。歌集に「雛飾る家」「裸木と三日月」「ふたたび死なず」、著作に「佐藤春夫の短歌」「女性のための短歌案内」「時空遠近」などがある。

木下 杢太郎　きのした・もくたろう
詩人　皮膚医学者　東京帝国大学医学部教授　㋾明治18年8月1日　㋚昭和20年10月15日　㋬静岡県賀茂郡湯川村(現・伊東市湯川)　本名=太田正雄(おおた・まさお)　別号=竹下数太郎、きしのあかしや、地下一尺生など　㋯東京帝大医科大学皮膚科(明治44年)卒　医学博士(東京帝大)(大正11年)　㋯東京帝大医科大学在学中の明治40年新詩社に入り、「明星」に詩などを発表。41年北原白秋とパンの会を結成。42年創刊された「スバル」に小説「荒布橋」を発表し、引き続き戯曲「南蛮寺門前」を発表し、44年には「和泉屋染物店」を発表。白秋とともに耽美派の代表的存在となる。44年医科大学卒業後も皮膚医学を専攻しながら、芸術活動をたゆまなかった。大正5年満鉄・南満医学堂教授に就任し、10年から13年にかけてアメリカ・ヨーロッパに医学留学。帰国後は愛知医大、東北帝大、東京帝大の医学部教授を歴任した。医学者であると同時に、詩人、劇作家、小説家、美術家、キリシタン史研究家として幅広く活躍。著書に詩集「食後の唄」(大8)「木下杢太郎詩集」(昭5)、戯曲「和泉屋染物店」(明45)、小説集「唐草表紙」(大4)、美術論集「印象派以後」(大5)をはじめ、「地下一尺集」「大同石仏송」「えすぱにや・ぽるつがる記」などのほか、「木下杢太郎日記」(全5巻)、「木下杢太郎全集」(全25巻, 岩波書店)がある。
㋛長男=河合正一(建築学者)

木下 友敬　きのした・ゆうけい
医師　俳人　元・参院議員(社会党)　元・下関市長　㋾明治28年10月24日　㋚昭和43年11月14日　㋬佐賀県　旧姓(名)=平川　㋬九州帝大医学部卒　医学博士　㋯昭和2年下関市で内科医開業。山口県医師会会長、参院議員、下関市長などを歴任。俳句は九大在学中から吉岡禅寺洞に師事し、「天の川」に入会。24年「舵輪」を創刊し主宰。口語俳句の育成にも努めた。句集「聴診器」、遺文集「長い道」がある。

木下 夕爾　きのした・ゆうじ
詩人　俳人　㋾大正3年10月27日　㋚昭和40年8月4日　㋬広島県深安郡上岩成村(現・福山市御幸町)　本名=木下優二　㋯早稲田高等学院文科(大正10年)卒、名古屋薬専(大正13年)卒　㋳文芸汎論詩集賞(第6回)(昭和14年)「田舎の食卓」、読売文学賞(第18回)(昭和41年)「定本木下夕爾詩集」　㋯中学時代「若草」に投稿

した詩が、堀口大学選で特選となる。早稲田高等学院、名古屋薬専時代は同人雑誌に詩を発表。昭和13年、名古屋薬専を卒業して帰郷、薬局店を経営する。14年「田舎の食卓」を刊行し、15年文芸汎論詩集賞を受賞。戦争中、句作を始め、21年「春燈」同人となる。24年雑誌「木靴」を、36年句誌「春雷」を創刊して主宰。詩、句と両分野で活躍し、詩集に「生れた家」「晩夏」「笛を吹くひと」などが、句集に「南風抄」「遠雷」がある。没後「定本木下夕爾詩集」「定本木下夕爾句集」が刊行され、句集は41年度の読売文学賞を受賞した。

木下 利玄　きのした・りげん

歌人　[生]明治19年1月1日　[没]大正14年2月15日　[出]岡山県賀陽郡足守町(現・岡山市)　本名＝木下利玄(きのした・としはる)　[学]東京帝大国文科(明治44年)卒　[歴]学習院中等科在学中に佐佐木信綱の門に入って短歌の指導を受け、明治43年級友の志賀直哉らと「白樺」を創刊し、短歌や小説を発表したが、45年から短歌に専念する。大正3年第一歌集「銀」を刊行し、以後「紅玉」「一路」「立春」「みかんの木」を刊行。「白樺」廃刊後は「不二」「日光」などの同人となる。養父が子爵であったため、父の死によって5歳で爵位を継いだ。明治44年から大正5年まで、目白中学に講師として勤めたこともある。「定本木下利玄」(全2冊，臨川書店)がある。

木原 孝一　きはら・こういち

詩人　[生]大正11年2月13日　[没]昭和54年9月7日　[出]東京府八王子市　本名＝太田忠　[学]東京府立実科工業建築本科(昭和13年)卒　[賞]放送芸術祭文部大臣賞(昭和32年)「いちばん高い場所」(放送詩劇)、イタリア賞グランプリ(昭和40年)「御者パエトーン」(音楽詩劇)　[歴]昭和11年「VOU」に参加し、アバン・ギャルドの新鋭として注目される。戦争中は中国戦線に従軍し、のち内地勤務となる。16年ルポルタージュ「戦争の中の建設」を刊行。戦後は「荒地」に参加し、31年「100人の詩人」を刊行。32年放送詩劇「いちばん高い場所」で放送芸術祭文部大臣賞を受賞。他の詩集に「木原孝一詩集」「ある時ある場所」などがあり、評論集に「近代詩から現代詩へ」などがある。

木原 啓允　きはら・ひろみつ

詩人　[生]大正11年3月12日　[出]山口県下松　別名＝花岡次郎　[学]東京大学国文学科卒　[歴]江口榛一らの朔日会を通じて詩作を始める。「詩と詩人」「時間」同人を経て、関根弘らと花岡次郎のペンネームで「列島」を創刊。アラゴン・エリュアール・マヤコフスキーに傾倒。評論に「ダリの堕落」「ランボオ・太陽の子」「精神分裂病覚書」ほか、野間宏・木島始らとの共著に「わが祖国の詩」がある。　[団]新日本文学会

木部 蒼果　きべ・そうか

俳人　[生]大正4年4月12日　[没]平成6年12月14日　[出]静岡県伊東市　本名＝木部卓　[学]日立工専中退　[賞]蟻の塔蟻塔賞(昭和36年)　[歴]家業の大謀網網元を継ぐ。俳句は昭和16年「大富士」入会、19年同人。20年高木蒼梧に師事。27年俳文学会会員。43年「塔」同人。44年より伊東市教育委員会俳句講座講師4回。56年「風土」入会、同人。「青芝」会員。静岡県俳句協会常任理事、伊東市文化協会参与、伊東市作句連盟会長。句集に「箱ふぐ」がある。　[団]俳人協会

木俣 修　きまた・おさむ

歌人　国文学者　元・実践女子大学文学部教授　「形成」主宰　[生]明治39年7月28日　[没]昭和58年4月4日　[出]滋賀県愛知郡愛知川町　本名＝木俣修二(きまた・しゅうじ)　[学]東京高等師範学校文科(昭和6年)卒　文学博士(昭和42年)　[賞]紫綬褒章(昭和48年)、芸術選奨文部大臣賞(昭和48年)「木俣修歌集」、勲三等瑞宝章(昭和54年)、現代短歌大賞(第5回)(昭和57年)「雪前雪後」、日本芸術院賞恩賜賞(昭和57年)　[歴]北原白秋創刊の「多磨」会員として叙情的な歌で知られ、のち同誌を編集。昭和17年の第一歌集「高志(こし)」以後、「冬暦」「落葉の章」「呼べば谺」など歌集は多い。歌誌「形成」を主宰、後進の育成につとめる一方、近代短歌史の研究にも尽力した。昭和女子大、実践女子大教授を歴任。34年から歌会始の選者、また、宮内庁御用掛も務めた。他の著書に「雪前雪後」「昭和短歌史」などがある。

君島 文彦　きみしま・ふみひこ

詩人　高校教師(長泉高校)　[生]昭和18年　[出]静岡県裾野市千福　本名＝西島邦彦　[歴]昭和40年佐野日本大学高校に勤務。のち静岡県公立高校教員となり、現在長泉高校教諭。58年中国ハルビン市黒龍江大学日本語講師、60年裾野市日中友好協会創設に参画。著書に「天翔る雉子(きぎす)—呂后口伝」、詩集「三番目の子供たち」「土着」「進化論」などがある。

君島 夜詩　きみしま・よし
歌人　[生]明治36年7月15日　[没]平成3年12月12日　[出]旧朝鮮・京城　本名＝遠山芳　[学]京城第一高女卒　[賞]日本歌人クラブ賞(昭和59年)「生きの足跡」　[歴]大正9年高女在学中、文芸誌「赤土」創刊主宰。11年小泉苳三に師事、「ポトナム」に入会、同人となる。戦後一時「ポトナム」編集。24年「女人短歌」創刊に参加、編集に携わる。歌集に「韓草」「黄昏草」「生きの足跡」など。　[団]日本ペンクラブ

君本 昌久　きみもと・まさひさ
詩人　「めらんじゃ」主宰　[生]昭和3年10月12日　[没]平成9年3月22日　[出]大阪府　[学]立命館大学卒　[歴]昭和46年神戸空襲を記録する会を設立、代表となり、証言の収集や出版などの活動を続けた。また、戦災の記録から遊女の存在が抹殺されていることに疑問を抱き、昭和58年福原遊郭の戦災記録を掘りおこし「いろまち燃えた」を著した。また神戸の戦後文化を支えた市民同友会の創設に参加、のち理事長に就任。詩人として活躍し、H氏賞の選考委員も務めた。詩集「デッサンまで」、詩論集「詩人をめぐる旅」、編著に「神戸の詩人たち」「兵庫の詩人たち」などがある。　[団]日本現代詩人会

木村 秋野　きむら・あきの
俳人　[生]明治42年10月9日　[没]昭和63年3月22日　[出]宮城県遠田郡小牛田町　[学]宮城県女子専門学校英文科卒　[歴]昭和35年柴田白葉女に師事。37年「俳句女園」創刊と同時に会員となり、52年特別会員。のち「山暦」同人。句集に「望楼」。　[団]俳人協会

木村 栄次　きむら・えいじ
歌人　[生]明治37年9月27日　[出]兵庫県　[歴]大正11年「とねりこ」に入会。昭和6年「水甕」に入り、松田常憲に師事。常憲歿後、選者を経て相談役となる。兵庫県歌人クラブ代表を務める。歌集に「軽塵」「推移」、他の著作に「兵庫県いしぶみ文学紀行」がある。

木村 玄外　きむら・げんがい
歌人　[生]大正6年4月12日　[出]富山県　[学]富山県立工芸学校漆工芸科卒　[歴]工芸学校在学中より作歌を始める。昭和21年6月植松寿樹創刊の「沃野」に参加、寿樹に師事してのち選者。歌集に「漆木」がある。「短歌時代」編集同人。富山県歌人連盟委員。　[団]富山県歌人連盟

木村 虹雨　きむら・こうう
俳人　医師　木村外科病院院長　[生]大正13年7月31日　[没]平成3年11月16日　[出]福島県石城郡　本名＝木村保之　[学]千葉医科大学専門部(昭和23年)卒　医学博士(昭和34年)　[賞]握手円陣賞(昭和52年)　[歴]昭和27年「原人」入会、同人。49年「握手」で磯貝碧蹄館に師事、50年同人。握手同人会長、千葉県俳句作家協会副会長。句集に「象の齢」「山背」。　[団]俳人協会、日本文芸家協会

木村 修康　きむら・しゅうこう
歌人　[生]昭和9年11月1日　[没]平成6年3月16日　[出]茨城県　[学]茨城大学卒　[歴]竜ケ崎一高教諭を務める。一方大学在学中に作歌を始め、「茨城歌人」に入会、のち運営委員。昭和50年「氷原」に同人として参加。歌集に「湖の四季」「わが西行の曠野」、歌論集に「焦燥の現代短歌」「茨城歌人列伝」3巻などがある。

木村 次郎　きむら・じろう
詩人　児童文学作家　[生]大正5年1月22日　[出]東京市渋谷区長谷戸町　[学]日本大学芸術科卒　[歴]群馬文学集団、ぐんま劇団・中芸に所属。群馬文化団体連絡会議議長を務める。また詩作は昭和7年頃から始め、在学中の昭和12年に金子鉄雄との共著「過程」を刊行。次いで15年詩集「海流」を刊行した。他の詩集に「沈黙の歌」「源平の決戦」、舞踊劇台本に「花咲石」などがある。　[団]群馬作文の会

木村 真康　きむら・しんこう
歌人　[生]明治39年3月13日　[出]兵庫県神崎郡市川町　本名＝木村時次　[歴]少年時代より作歌。昭和5年白日社に入り、「詩歌」に拠って前田夕暮に師事。21年「文学圏」を創刊、主宰。復刊後の「詩歌」にも同人として在籍。歌集に「青菜祭」、随筆集に「青大将の恋」「田舎者の手記」などがある。

木村 捨録　きむら・すてろく
歌人　林間短歌会主宰　[生]明治30年11月2日　[没]平成4年8月19日　[出]福井市　[学]中央大学法学部(昭和7年)卒　[歴]大正7年「覇王樹」入会、橋田東声に師事。昭和7年「日本短歌」創刊。19年改造社から「短歌研究」を譲り受けて発行。25年「林間」創刊主宰する。歌集「地下水」「旅情」、評論集「短歌造型論」など多数。　[団]現代歌人協会

木村 孝子　きむら・たかこ
俳人　「砧」代表　[生]大正8年1月28日　[出]東京　[学]東京府立第一高女高等科国文科卒　[賞]阿部肖人賞、好日賞(昭和49年)、努力賞(昭和52年)　[歴]昭和40年「好日」に入会、阿部肖人の手ほどきをうける。53年星島野風没後編集発行人となる。のち「砧」代表。ほかに「海程」所属。句集に「ユッカ蘭」がある。　[団]俳人協会

木村 孝　きむら・たかし
詩人　[生]大正15年6月21日　[没]平成10年12月20日　[出]神奈川県小田原市　[学]明治大学文芸学科卒　[賞]日本詩人クラブ賞(第1回)(昭和43年)「詩集・五月の夜」　[歴]詩集に「夜の滝」「五月の夜」「思弁の窓」「晩夏炎上」など。　[団]日本文芸家協会、日本詩人クラブ、日本ペンクラブ、現代詩人会

木村 敏男　きむら・としお
俳人　「にれ」主宰　北海道俳句協会会長　[生]大正12年2月22日　[出]北海道旭川市　[学]永山農学校卒　[賞]北海道俳句協会賞(第1回)(昭和42年)、北海道新聞文学賞(第2回)(昭和43年)「日高」、鮫島賞(第5回)(昭和60年)、北海道文化賞(平成4年)、札幌市民芸術賞(平成11年)　[歴]地方公務員として長年勤続。昭和25年高橋貞俊の「水輪」に拠り句作を開始。34年「涯」、44年「広軌」(季刊)などの同人誌を創刊し、53年には札幌市で「にれ」を創刊、主宰。平成9年北海道俳句協会会長。他に読売新聞北海道版俳句選者、北海道文学館常任理事などを務める。句集に「日高」「遠望」「雄心」のほか、「北海道俳句史」などの著書がある。　[団]北海道俳句協会、現代俳句協会、日本文芸家協会

木村 信子　きむら・のぶこ
詩人　[生]昭和11年4月15日　[出]茨城県　[歴]詩集に「木村信子詩集」「おんな文字」「わたしというまつり」「時間割にない時間」「仮り仮り」「てがみっててのかみさま」「こっちもむいてよ」他がある。

木村 博夫　きむら・ひろお
歌人　[生]大正12年11月4日　[出]東京都　[学]東京大学農学部卒　獣医学博士　[歴]作歌は10代より始め、「青波」「多磨」を経て昭和25年「一路」に入会、山下陸奥に師事。陸奥没後は山下喜美子に師事し、一路会同人。「じゅうにんの会」会員。歌集に「甲虫の貌・第一部」「甲虫の貌・第二部」がある。　[団]日本歌人クラブ

木村 蕪城　きむら・ぶじょう
俳人　「夏炉」主宰　[生]大正2年6月20日　[出]鳥取県境港市　本名＝木村茂(きむら・しげる)　[学]教員検定　[歴]昭和4年より虚子門に学ぶ。17年「夏炉」創刊編集、のち主宰。「ホトトギス」「夏草」「笛」同人。句集に「一位」「寒泉」「山容」「走り穂」などがある。　[団]俳人協会、日本文芸家協会

木村 迪夫　きむら・みちお
詩人　小説家　[生]昭和10年10月9日　[出]山形県上山市　本名＝木村迪男　[学]上山農(昭和29年)卒　[賞]ベルリン映画祭国際映画批評家賞「ニッポン国古屋敷村」、農民文学賞(第30回)(昭和62年)「詩信・村の幻へ」、晩翠賞(平成3年)「まぎれ野の」　[歴]高校卒後、農業を営む。昭和33年真壁仁主宰の農民文学運動誌「地下水」に参加。37年市青年学級指導員として上山生産大学を開学。49年村のサークル詩誌「樹々」創刊など、農村文学運動のリーダーとして活躍。また、上山市教育委員も務める。著書に小説「減反騒動記」、ルポ「ゴミ屋の記」、詩集「少年記」「まぎれ野の」など。　[団]現代詩人会、農民文学会、日本文芸家協会

木村 三男　きむら・みつお
俳人　医師　[生]明治41年8月4日　[没]昭和53年10月21日　[出]茨城県　[学]千葉大学医学部卒　[歴]栃木県石橋町に木村医院を開業。戦後「かびれ」を経て、昭和30年「風」に入会、33年同人となる。句集に「薫」「下毛野」など。

木村 好子　きむら・よしこ
詩人　[生]明治37年1月10日　[没]昭和34年10月24日　[出]愛媛県　旧姓(名)＝白河　[歴]大正11年上京し、昭和2年詩人・遠地輝武(本名・木村重雄)と結婚。赤松月船に詩を学んでいたが、5年プロレタリア詩人会、6年日本プロレタリア作家同盟に参加し、詩「洗濯デー」「落葉」などを発表。戦後は21年に共産党に入党し、23年「新日本詩人」結成に参加。34年詩集「極めて家庭的に」を刊行した。　[家]夫＝遠地輝武(詩人)

木村 緑平　きむら・りょくへい
俳人　医師　[生]明治21年10月22日　[没]昭和43年1月14日　[出]福岡柳川市　本名＝木村好栄(きむら・よしまさ)　[学]長崎医専卒　[歴]昭和2年糸田村の明治鉱業豊国炭鉱中央病院、13年赤池炭鉱病院、のち田川で炭坑医をつとめる。大正5年頃知り合った種田山頭火の親友として物心両面でよく援助した。昭和25年妻ツネを亡くし、翌年フイと再婚。すずめの俳人として

知られ、句集に「雀のゐる窓」「雀の言葉」や遺句集「雀の生涯」などがある。他にフイが脳いっ血で倒れた後の「看護日記(十柿舎日記の改題)」。

木山 捷平　きやま・しょうへい
小説家　詩人　[生]明治37年3月26日　[没]昭和43年8月23日　[出]岡山県小田郡新山村(現・笠岡市山口)　[学]東洋大学文科中退　[賞]芸術選奨文部大臣賞(第13回)(昭和37年)「大陸の細道」　[歴]中学時代から「文章倶楽部」などに詩などを投稿する。姫路師範第二部に入学、出石小学校で教鞭をとり、大正14年東洋大学に入学し、「朝」の同人となる。昭和4年詩集「野」を刊行し、6年には「メクラとチンバ」を刊行、以後小説に進む。8年「海豹」を創刊し、小説「出石」を発表、14年「抑制の日」を刊行した。満州で終戦を迎え、21年に帰国し、22年長篇「大陸の細道」の第1章「海の細道」を発表、「大陸の細道」は完結した37年に芸術選奨を受賞。ユーモラスな私小説作家として、特に31年以降活躍し、「耳学問」「苦いお茶」「茶の木」などの作品のほか、「木山捷平全集」(全8巻)がある。　[家]妻=木山ミサヲ(歌人)

許 南麒　きょ・なんき(ホ・ナムギ)
詩人　朝鮮総連中央委員　朝鮮民主主義人民共和国最高人民会議代議員　[国]北朝鮮　[生]1918年6月24日　[没]1988年11月17日　[出]慶尚南道東莱　[学]中央大学法学部卒　[歴]1938年来日し、日大映画科、中大法学部で学ぶ。戦後朝鮮人連盟中央総本部映画課、民衆映画社製作部などで記録映画の製作に従事。また、朝鮮国立芸術映画撮影所のシナリオを執筆担当。'49年「民主朝鮮」誌の連載をまとめた詩集「朝鮮冬物語」を刊行して注目され、「日本時事詩集」「火縄銃のうた」「巨済島」「許南麒の詩」「朝鮮海峡」などの詩集を刊行。翻訳に「白頭山」「朝鮮詩選」などがある。　[団]朝鮮作家同盟　[家]長男=許暁(朝鮮新報社文化部長)

姜 舜　きょう・しゅん(カン・スン)
詩人　[国]韓国　[生]1918年2月10日　[没]1987年12月18日　[出]京畿道江華島　本名=姜晃星(カン・ミョンソン)　[学]早稲田大学仏文科中退　[歴]少年の頃日本へ渡る。朝鮮の解放後、東京などで朝鮮人の民族学校創設に参画。主な著書に「姜舜詩集」「なるなり」(日本語)、「朝鮮部落」「もがり火」(韓国語)、訳書に「金芝河詩集」「長雨」(尹興吉著)「韓国現代詩選」(全5巻)などがある。

姜 晶中　きょう・しょうちゅう(カン・ジョンジュン)
詩人　翻訳家　[国]韓国　[生]1939年　[没]2001年7月25日　筆名=竹久昌夫　[学]カトリック医科大学卒、高麗大学英文科卒　[賞]大韓民国文学賞('87年度)「韓国現代詩集」　[歴]1971年来日、以来日本に滞在。高級仕立て服を縫う職人の傍ら、竹久昌夫の筆名で日本語と韓国語で詩を創作。'81年第一詩集「針子の唄」を発表。2000年にはメールマガジンを創刊。他の作品に日本語詩集「月の足」、韓国語詩集「星座」。日本語訳書に「韓国現代詩集」、金南祚「風の洗礼」、趙炳華「詩集 雲の笛」、韓国語訳書に鶴見俊輔「戦時期日本の精神史」、「新川和江詩集」、「日本女性詩人代表選集」などがある。

京極 杞陽　きょうごく・きよう
俳人　元・子爵　宮内庁式部官　貴院議員　[生]明治41年2月20日　[没]昭和56年11月8日　[出]東京　本名=京極高光(きょうごく・たかみつ)　[学]東京帝国大学文学部(昭和9年)卒　[歴]昭和12～21年宮内庁式部官を務め、20年最後の貴族院議員。一方、10～11年のヨーロッパ遊学中、ベルリンで高浜虚子と出会い、生涯の師弟関係となる。12年11月「ホトトギス」初巻頭。戦後は豊岡に住み、句誌「木兎」を主宰。句集には「但馬住み」「くくたち」「花の日に」などがある。　[家]祖父=京極高厚(豊岡藩主)

京極 杜藻　きょうごく・とそう
俳人　京極運輸商事(株)会長　[生]明治27年4月1日　[没]昭和60年11月7日　[出]鳥取県米子市　本名=京極友助(きょうごく・ともすけ)　旧姓(名)=樋谷　[学]東京高商本科(大正6年)卒　[賞]東京都知事表彰(昭和33年)、藍綬褒章(昭和36年)、勲四等瑞宝章(昭和40年)、勲四等旭日小綬章(昭和52年)　[歴]大正7年家業を継ぎ、昭和22年株式に改組し、社長となる。また大正4年原石鼎に入門、10年「鹿火屋」発刊と共に幹部として参画。昭和16年～23年病師石鼎に代って主選した。同人会会長。41年俳人協会評議員。句集に「艸冠」「眉雪」「桃寿」、句文集に「門」「米欧ところどころ」などがある。　[団]俳人協会

京塚 譲　きょうずか・ゆずる
詩人　[生]昭和7年　[出]東京　[歴]昭和26年九州詩誌「土曜人」に入会。32年詩誌「時間」に同人参加。33年「時間詩集」刊行参加後、退会。詩集に「白壁」「失楽の虹」「合掌」「夢紀行」がある。　[団]日本現代詩歌文学館振興会

杏田 朗平　きょうだ・ろうへい

俳人　⽣大正8年3月10日　歿平成5年11月28日　出神奈川県横浜市　本名=竹本安太郎　学神奈川県師範(昭和15年)卒　賞かびれ賞(第6回)(昭和30年)　歴教員となり横浜市内の小学校に勤務。昭和54年京浜小学校長を定年退職。17年「かびれ」入会、21年同人。32年「氷海」に同人として入会。34年横浜俳話会会員となる。34年「種」を創刊。37年俳人協会会員。53年「河」同人、翌年「峰」特別同人となる。句集に「真顔」「而再」「理路の歴程」がある。　所俳人協会

清岡 卓行　きよおか・たかゆき

詩人　小説家　評論家　フランス文学者　⽣大正11年6月29日　出高知県　学東京大学文学部仏文科(昭和26年)卒　賞日本芸術院会員(平成8年)、芥川賞(第62回)(昭和44年)「アカシヤの大連」、読売文学賞(第30回・随筆紀行賞)(昭和53年)「芸術的な握手」、現代詩人賞(第3回)(昭和60年)「初冬の中国で」、芸術選奨文部大臣賞(第39回・昭和63年度)(平成1年)「円き広場」、読売文学賞詩歌俳句賞(第41回)(平成2年)「ふしぎな鏡の店」、紫綬褒章(平成3年)、詩歌文学館賞(第7回)(平成4年)「パリの五月に」、日本芸術院賞(平年度)(平成7年)「詩・小説・評論にわたる作家としての業績」、藤村記念歴程賞(第34回)(平成8年)「通り過ぎる女たち」、勲三等瑞宝章(平成10年)、野間文芸賞(第52回)(平成11年)「マロニエの花が言った」　歴大連で育ち、敗戦で引き揚げる。昭和24年在学のままプロ野球の日本野球連盟に就職、26年セ・リーグに移り試合日程の編成を担当。20年代末から斬新な詩を次々に発表。39年退社して法政大学講師となり、のち教授に就任。40年代には小説を書き始め、44年第1作「朝の悲しみ」を「群像」に発表、第2作「アカシヤの大連」で第62回芥川賞を受賞。代表作は他に小説「花の躁鬱」「フルートとオーボエ」「海の瞳」「鯨もいる秋の空」「詩礼伝家」「薔薇ぐるい」「李杜の国で」「大連港で」「マロニエの花が言った」など、評論「手の変幻」「抒情の前線」「萩原朔太郎『猫町』試論」、中国紀行「初冬の中国で」など。また詩人としても知られ、詩集「氷った焔(ほのお)」「日常」「四季のスケッチ」「西へ」「円き広場」「ふしぎな鏡の店」「パリの五月にて」「通り過ぎる女たち」などがある。60年には「清岡卓行全詩集」が刊行された。　所日本文芸家協会、日本ペンクラブ、日本現代詩人会

清崎 敏郎　きよさき・としお

俳人　国文学者　「若葉」主宰　⽣大正11年2月5日　歿平成11年5月12日　出東京・赤坂　本名=星野敏郎(ほしの・としろう)　学慶応義塾大学文学部国文科(昭和23年)卒　賞俳人協会賞(第37回)(平成10年)「凡」　歴昭和15年病気療養中に俳句を始め、高浜虚子、富安風生に学ぶ。のち、「ホトトギス」同人、53年風生の後継者として「若葉」主宰。55年以降読売新聞の「読売俳壇」選者を務めた。56年俳人協会理事、平成5年副会長。独自の写生的な俳句を確立し、花鳥諷詠派の第一人者として活躍した。慶応義塾大学講師も務めた。句集に「安房上総」「東葛飾」「系譜」「凡」「島人」、著書に「高浜虚子」、編著に「富安風生の世界」など。　所俳人協会、日本文芸家協会

清岳 こう　きよたけ・こう

詩人　⽣昭和25年12月19日　出熊本県玉名郡　本名=小泉恒子　学京都教育大学卒　賞詩と思想新人賞(第8回)(平成11年)「海をすする」、富田砕花賞(第10回)(平成11年)「天南星の食卓から」　歴精華女子高校などの教諭を務める傍ら、詩作を続ける。昭和49年「ちちんぷいぷいの詩」(私家版)以来、私家版「さくら聖組曲」「十七寸の虫は合唱する」、「失世物いでず」「千の腕をひろげて」「浮気町・車輌進入禁止」「海をすする」「天南星の食卓から」などの詩集を発表。また、56年には「現代子もり歌詩集」の発行を呼びかけ、出版にこぎつける。詩誌「兆」同人。　所日本現代詩人会、日本詩人クラブ、日本文芸家協会

清原 枴童　きよはら・かいどう

俳人　⽣明治15年1月6日　歿昭和23年5月16日　出福岡県柳川　本名=清原伊勢雄(きよはら・いせお)　歴明治末より「ホトトギス」に投句を始め、大正4年博多毎日新聞俳壇選者となり、14年「木犀」を創刊し、主宰。昭和5年「ホトトギス」同人。同年朝鮮木浦俳句会の招きで渡鮮、木浦新聞社に入社。朝鮮俳句界の指導に尽力。13年病気で帰郷、晩年は福岡俳壇の俳誌を指導。句集「枴童句集」がある。

清原 日出夫　きよはら・ひでお

歌人　⽣昭和12年1月1日　出北海道標津郡中標津町　学立命館大学法学部卒　歴昭和33年「塔」に入会。歌集に「流氷の季」「清原日出夫歌集」など。長野朝日放送常勤監査役をつとめる。

清原 令子　きよはら・よしこ
歌人　[生]昭和2年10月3日　[出]大阪府　[学]大阪府立黒山高女卒　[賞]関西短歌文学賞(第1回)(昭和32年)「海盈たず」　[歴]昭和22年頃より作歌、24年「白珠」入社、安田章生に師事。27年同人、現在選者。歌集に「海盈たず」「月日の音」「繭月」がある。

清部 千鶴子　きよべ・ちずこ
歌人　[生]大正4年9月30日　[出]静岡県　[学]日本女子大学卒　[歴]「花籃」「層」同人。昭和39年女人短歌会に入会、のち「女人短歌」の編集委員を務める。歌集に「花芽」「千日紅」「花信風」、著書に「片山広子—孤高の歌人」などがある。
[団]日本歌人クラブ(名誉会員)、現代歌人協会、日本ペンクラブ、日本文芸家協会

吉良 蘇月　きら・そげつ
俳人　歯科医　[生]明治41年8月28日　[没]平成4年12月14日　[出]熊本県阿蘇郡　本名＝吉良憲夫　[学]日本大学歯科医学校卒　[賞]勲五等双光旭日章(平成1年)　[歴]昭和21年水原秋桜子の手ほどきを受け、「馬酔木」入門。28年石田波郷「鶴」復刊入門。36年「馬酔木」、39年「鶴」、55年「万蕾」同人。句集に「名栗川」「山毛欅峠」「天覧山」。　[団]俳人協会

桐谷 久子　きりや・ひさこ
詩人　[生]大正10年　[出]東京　[学]銚子高女卒　[歴]「野火の会」を経て「玄」に入り、現在「玄」「海」各同人。詩集に「運河」「森」「か・ん・な」「木魂—桐谷久子詩集」がある。

桐山 健一　きりやま・けんいち
詩人　[生]昭和17年1月1日　[出]京都府　[学]早稲田大学文学部(昭和45年)卒　[賞]コスモス文学出版文化賞(平成6年)　[歴]FM・J-WAVEフジフィルム・メンテポエーマで平成4年「心の旅」「一人旅」、5年「お伽の国のビクトリア」など放送。7年「詩とメルヘン」5月号に「尾瀬の春」掲載。著書に詩集「青い地球」「心の旅」などがある。　[団]日本詩人クラブ

金 時鐘　きん・じしょう(キム・シジョン)
詩人　エッセイスト　[専]朝鮮文学　[国]北朝鮮　[生]1929年1月17日　[出]元山　本名＝林大造(イム・デジョ)　[学]光州師範卒　[興]〈在日〉を生きる意味　[賞]毎日出版文化賞(第40回)('86年)「“在日”のはざまで」、小熊秀雄賞特別賞(第1回)('92年)「原野の詩」　[歴]在日朝鮮人。第2次大戦後、共産主義者として韓国を追われる。1950年「新大阪新聞」夕刊「働く人の詩」欄に投稿。以後、'66年大阪文学学校講師、'73〜88年兵庫県立湊川高で公立高初の正課朝鮮語教師をつとめる一方、詩作をつづける。'98年約50年ぶりに青少年時代の故郷、韓国・済州島を訪れる。また「朝鮮評論」誌編集など在日の文化活動にも参加。詩集に「地平線」「日本風土記」「新潟」「猪飼野詩集」「光州詩片」「化石の夏」や集成詩集「原野の詩」、評論「さらされるものとさらすものと」「“在日”のはざまで」など。
[団]日本文芸家協会、アジア・アフリカ作家会議

金 素雲　きん・そうん(キム・ソウン)
詩人　随筆家　[国]韓国　[生]1907年12月5日　[没]1981年11月2日　[出]釜山　本名＝金教煥(キム・ギョファン)　別名＝鉄甚平(てつ・じんぺい)　[学]開成中夜間部(東京)中退　[賞]韓国文化勲章('80年)　[歴]生後まもなく父が暗殺され孤児となり、大阪の親類を頼って1920(大正9)年13歳の時日本へ。北原白秋や白鳥省吾などと交流をもち、'25(大正14)年詩集「出帆」を発表して日本文壇で注目を浴びる。詩作のほかに日本語と朝鮮語の類似性などを独力で研究、'33(昭和8)年「諺文(おんもん)朝鮮口伝民謡集」として発表した。戦前、日本に34年間滞在し「朝鮮民謡集」「朝鮮童謡選」「朝鮮民謡選」など朝鮮半島の伝承文学を多く紹介した。第2次大戦後、韓国籍を得て、帰国後も母国語と日本語の両方で活躍し、日本で「朝鮮詩集」、エッセイ集「日本という名の汽車」「近く遙かな国から」などを出版。'52年から'65年まで日本に滞在。帰国後には、「現代韓国文学選集」(全5巻)を編訳し、「韓日辞典」を大成させた。自伝的随筆「天の涯に生くるとも」がある。
[家]息子＝北原綴(童話作家)、娘＝金纓(牧師)、孫＝沢知恵(ジャズ歌手)

銀色 夏生　ぎんいろ・なつお
詩人　作詞家　[生]昭和35年3月12日　[出]宮崎県　本名＝山元みき子　[歴]小学生時代から詩作を始め、写真や絵も始める。昭和58年沢田研二の「晴れのちBLUEBOY」で作詞家としてデビュー、以来シンガー・ソングライターの大沢誉志幸との共同作業で注目される。他に斉藤由貴、松本典子などに詞を提供。60年には自らのイラストと詩で構成した「黄昏国」を出版、装丁も担当した。他の詩集に「無辺世界」「これもすべて同じ一日」「月夜にひろった氷」「わかりやすい恋」「微笑みながら消えていく」「光の中の子どもたち」、エッセイに「バリ&モルジブ旅行記」などがある。

金原 省吾　きんばら・せいご
歌人　帝国美術学校教授　[専]東洋美学　東洋美術史　[生]明治21年9月1日　[没]昭和33年8月2日　[出]長野県諏訪郡　旧姓(名)=河西　[学]早稲田大学哲学科(大正6年)卒　文学博士(早稲田大学)(昭和30年)　[歴]東洋美学、東洋美術史を専攻し、昭和4年より帝国美術学校教授。著書に「支那上代画論研究」などがある。また、アララギ派の歌人としても活躍した。

銀虫 陣九　ぎんむ・じんく
詩人　[生]昭和22年　[出]神奈川県横浜市　本名=佐藤良恒　[学]中央大学文学部(昭和47年)卒　[歴]幾つかの職を経て、現在業界紙記者。かたわら詩人として、詩集「ヤサグレ キスグレ」「光の舌」「氷期・口紅」等を発表。また、雑誌「映画手帖」にエッセイを連載。　[団]知性と感性(同人誌)、埼玉詩話会

【く】

久香 二葉　くが・ふたは
詩人　[生]昭和4年5月27日　[出]東京　本名=久香二葉子　[学]桜蔭高女卒　[歴]ドイツ、オーストリアに留学。詩画集「天之舟歌」「ドイツ語詩集」。　[団]日本文芸家協会

久我 雅紹　くが・まさつぐ
詩人　亜細亜大学教養部教授　[専]英文学　[生]昭和13年5月17日　[出]千葉県船橋市　[学]明治学院大学文学部英文科(昭和37年)卒　[歴]千葉県立安房南高教諭を経て、昭和41年から亜細亜大学に務め、のち教養部教授。古川哲史主宰「白壁」同人。著書に詩集「ステンドグラス」「海辺の讃歌」「詩集七月七日の薔薇」などがある。　[団]日本ハフスマン協会、日本英学史学会

九鬼 次郎　くき・じろう
詩人　歌人　[生]大正3年3月30日　[没]昭和15年8月21日　[出]兵庫県神戸　本名=松田末雄　[歴]はじめ「愛涌」「蝋人形」などに詩を発表、地良田稠、小林武雄らを知った。杉浦翠子選の歌誌「香蘭」に参加、のち杉浦の「短歌至上主義」同人。足立巻一とも知り「神戸詩人」に詩を書いた。少年時代から結核性腹膜、脊椎カリエスなどで苦しんだ。

久々湊 盈子　くくみなと・えいこ
歌人　[生]昭和20年2月10日　[出]中国・上海　[学]愛知商卒　[歴]歌集に「家族」「あらばしり」「射干」などがある。　[団]日本文芸家協会、現代歌人協会、日本歌人クラブ

草市 潤　くさいち・じゅん
歌人　[生]大正7年10月13日　[出]佐賀県佐賀郡久保泉村川久保　[歴]少年の頃から作歌を始め、短歌と限らず文学諸般にわたって父・中島哀浪に師事。昭和27年3月、短歌同人誌「歴史」を創刊。45年11月蓮原昭との二人誌「キノスノキ」を発行。「哀浪試論」を発表する。歌集に「放浪地帯」「無意味な二行詩」「垂直的人間」「草質故郷」「黒繭帽子」、著作に「父も風景」、編著に「中島哀浪全歌集」などがある。　[家]父=中島哀浪(歌人)

草鹿 外吉　くさか・そときち
翻訳家　評論家　詩人　日本福祉大学教授　[専]ロシア文学　[生]昭和3年8月28日　[没]平成5年7月25日　[出]神奈川県鎌倉市　[学]早稲田大学文学部露文科卒、早稲田大学大学院文学研究科露文学専攻(昭和34年)博士課程修了　[賞]多喜二・百合子賞(第15回)(昭和58年)「灰色の海」　[歴]昭和48年早稲田大学非常勤講師を経て、49年日本福祉大学教授。60年同附属図書館長、のち副学長を歴任。マヤコフスキーはじめ現代ソビエト文学に精通。日本民主主義文学同盟に属し、評論活動も行う。著書に「ソルジェニーツィンの文学と自由」「プーシキン」、詩集に「さまざまな年の歌」「海と太陽」、訳書に「エフトゥシェンコ詩集」やスターリン主義に抵抗してきた詩人たちを紹介した「現代ロシア詩集」などがある。　[団]日本ロシア文学会、日本文芸家協会

久坂 葉子　くさか・ようこ
小説家　詩人　[生]昭和6年3月27日　[没]昭和27年12月31日　[出]兵庫県神戸市　本名=川崎澄子(かわさき・すみこ)　[学]山手高女卒、相愛女専音楽部(昭和22年)中退　[歴]16歳から詩作を始め「文章倶楽部」に投稿。昭和24年同人雑誌「VIKING」に参加、富士正晴に師事。「入梅」でデビュー。25年発表の「ドミノのお告げ」が芥川賞候補作品となり、脚光を浴びる。その後、新日本放送の嘱託となってシナリオライターとしても活躍。27年現代演劇研究所の創立に参加し、戯曲「女たち」を上演。同年大晦日に遺書的作品「幾度目かの最期」を書き上げて自殺。没後作品集「女」、「久坂葉子詩集」「久坂葉子の手紙」

「新編久坂葉子作品集」が刊行された。
㊂曽祖父＝川崎正蔵（実業家）

日下部 梅子　くさかべ・うめこ
童謡詩人　㊀昭和47年　㊁福島県大沼郡新鶴村　本名＝岡田ウメノ　㊄福島県・新鶴第一尋常小の教師時代、教師で童謡詩人の岡田泰三と結婚。童謡詩人としても活躍し、北原白秋の「赤い鳥童謡話」に「をどりこ草」「遠足の日」などが掲載された。平成3年夫の教え子で会津史学会会員の田代重雄により「岡田泰三・日下部梅子童謡集」の自費出版が計画される。
㊂夫＝岡田泰三（童謡詩人）

草壁 焔太　くさかべ・えんた
詩人　歌人　科学ジャーナリスト　市井社社長　㊇五行歌　㊐昭和13年3月13日　㊁香川県　本名＝三好清明（みよし・きよあき）　㊫東京大学文学部西洋哲学科（昭和36年）卒　㊄読売新聞社記者、日貿出版社勤務を経て、詩歌、哲学、科学評論などを執筆。前川佐美雄に師事。市井社という出版社を作り「詩壇」を刊行。18歳の時、短歌の一変形とみられる五行歌の発想をえ、昭和58年「五行歌」の雑誌を創刊。平成6年五行歌の会を設立。著書に詩集「ほんとうに愛していたら」「東大なんてへっちゃらさ」「学校がなくなった日」「科学なんでもしったかぶり」「散文人間・韻文人間・データ人間」「恋の五行歌」などがある。

日下部 宵三　くさかべ・しょうぞう
俳人　㊐大正14年10月26日　㊁岐阜県高山市　㊫大垣工業高校　㊄昭和26年から23年間の岐阜県勤務中、飛騨という山間の地で俳句の発展に砕心した。第1句集「牡丹雪」は40余年間の370句を収める。第2句集「雪明り」は60年より平成7年までの200句を収める。「俳句飛騨」編集責任者。

日下部 正治　くさかべ・まさはる
俳人　㊐昭和6年8月14日　㊁京都市　㊫山城高（定時制）（昭和24年）卒　㊄昭和22年松井千代吉に師事、「海紅」「芦火」を経て、36年「青い地球」創刊に編集委員として参加。50年岡涓二没後、同誌編集発行人となる。句集に「晩霜」、「青い地球句集〈1〉～〈4〉」（合同句集）がある。
㊋口語俳句協会（常任幹事）、現代俳句協会

草野 一郎平　くさの・いちろうべい
⇒草野鳴嵒（くさの・めいがん）を見よ

草野 心平　くさの・しんぺい
詩人　㊐明治36年5月12日　㊀昭和63年11月12日　㊁福島県石城郡上小川村（現・いわき市小川町）　㊫慶応普通部中退、嶺南大学（中国）中退　㊈日本芸術院会員（昭和50年）　㊌読売文学賞（第1回・詩歌賞）（昭和24年）「定本蛙」、福島県川内村名誉村民（昭和35年）、読売文学賞（第21回・評論・伝記賞）（昭和44年）「わが光太郎」、勲三等瑞宝章（昭和52年）、文化功労者（昭和58年）、文化勲章（昭和62年）　㊄大正10年中国広州に渡り嶺南大学に学んだ頃から詩作を始め、14年同人誌「銅鑼」を創刊。帰国後も「銅鑼」を続け、やがて「学校」を創刊。昭和3年第一詩集「第百階級」を刊行。生活のため焼き鳥屋などの職を転々とし、10年詩誌「歴程」を創刊。13年詩集「蛙」を刊行。15年中国南京に赴き、21年帰国。22年「歴程」を復刊する。23年には生命力の讃美とアナーキスティックな庶民感情を蛙に託した詩を集大成した「定本蛙」を刊行し、第1回読売文学賞を受賞。モリアオガエルについての文章が機縁となり、35年には福島県川内村の名誉村民に推され、43年同村に「天山文庫」が建設された。数多くの詩集のほかに童話集「三つの虹」「ばあばらぶう」、評論「わが光太郎」「わが賢治」「村山槐多」などもある。また宮沢賢治の紹介者としての功績も大きい。「草野心平全集」（全12巻，筑摩書房）がある。平成10年生地の福島市小川町に同市立草野心平記念館が開館した。
㊋日本現代詩人会（名誉会員）、日本文芸家協会、日本ペンクラブ、アジア・アフリカ作家会議

草野 駝王　くさの・だおう
俳人　㊐明治34年3月30日　㊀昭和52年8月6日　㊁熊本市　本名＝草野唯雄　㊄大正6年広瀬楚雨に句を学び、8年吉岡禅寺洞の「天の川」に投句、同年「ホトトギス」初入選、高浜虚子、年尾の指導を受けた。13年阿波野青畝選「蜜柑樹」に投句。昭和3年朝鮮に渡り4年青畝の「かつらぎ」創刊に参加、6年「釜山日報」俳壇選者。20年引き揚げて久留米に住み、23年「草の花」選者、24年「水葱」選者。49年博多に転居。句集に「春燈」。

草野 天平　くさの・てんぺい
詩人　㊐明治43年2月28日　㊀昭和27年4月25日　㊁東京市小石川区　㊫平安中学（大正12年）中退　㊌高村光太郎賞（第2回）（昭和34年）「定本草野天平詩集」　㊄中学中退後、書店、映画館、喫茶店などに勤務し、昭和8年喫茶店羅甸区を

始め、その後も出版関係の仕事などをする。16年頃から詩作を始め、22年「ひとつの道」を刊行。25年比叡山に赴き、僧庵松禅院に入居を許される。没後の33年「定本草野天平詩集」が刊行され、34年高村光太郎賞を受賞した。　㊷次兄＝草野心平（詩人）

草野 信子　くさの・のぶこ
詩人　㊷昭和24年　㊹日本詩人クラブ賞（新人賞、第6回）（平成8年）　㊸著書に詩集「冬の動物園」「互いの歳月」「戦場の林檎」などがある。

草野 比佐男　くさの・ひさお
詩人　小説家　農業　㊷昭和2年7月1日　㊸福島県石城郡永戸村（現・いわき市）　㊹福島農蚕学校（昭和20年）卒　㊺農民文学賞（第6回）（昭和36年）「就眠儀式」、福島県文学賞（短歌、第14回）（昭和36年）「就眠儀式」、地上文学賞（第10回）（昭和37年）「新種」、福島県自由詩人賞（第1回）（昭和41年）、福島県文学賞（小説、第20回）（昭和42年）「懲りない男」　㊸敗戦の年に農学校を出て農業を継ぐ。苦しい農作業のはけ口を短歌の道に求め昭和36年に処女歌集「就眠儀式」を出す。しかし、次第に短歌ではあきたらなくなり小説、詩、評論の道へ。生活が苦しくとも出稼ぎは百姓の誇りにもとる、と農作業を続ける。46年"出稼ぎ＝離農"のあやまちを告発した詩行「村の女は眠れない」はテレビ化され全国的に反響を呼ぶ。評論に「わが攘夷」「沈黙の国生み」、草野心平を批判した「詩人の故郷」などがある。

草野 鳴嶽　くさの・めいがん
俳人　衆院議員（自民党）　㊷明治39年1月5日　㊶昭和48年11月22日　㊸滋賀県　本名＝草野一郎平（くさの・いちろうべい）　㊹大谷大学文学部中退　㊸近江新報編集長、大津新聞社長、滋賀新聞取締役主筆兼、編集局長などを務め大津市議を3期務める。中野正剛が主宰する東方会に属し、戦後公職追放。日本民主党滋賀県連会長の後、昭和30年衆院議員に初当選。以来通算6回当選。その間、自民党初代滋賀県連会長、同本部組織委員会役員を務め、国土総合開発審議会委員、検察官適格審査委員を経て、38年第3次池田内閣の官房副長官、41年第1次佐藤内閣の農林政務次官、45年農林水産委員長等を歴任。一方、祖父・草野山海から俳句の手ほどきを受け、「宿雲」創刊主宰を経て、「歩道」を創刊主宰。滋賀俳壇に重きをなした。

草間 真一　くさま・しんいち
詩人　㊷昭和30年　㊸茨城県　㊹都留文科大学卒　㊺詩人会議新人賞（第21回）（昭和62年）「肉の地平線」、福田正夫賞（第5回）（平成3年）「オラドゥルへの旅」　㊸地団栗の会代表、「青い花」「龍」同人。詩集に「どの山も孤独」「紋白蝶」「そら」など。竜ケ崎一高教諭。　㊿日本現代詩人会

草間 時彦　くさま・ときひこ
俳人　㊷大正9年5月1日　㊸神奈川県鎌倉市　㊹武蔵高中退　㊺鶴俳句賞（昭和29年）、詩歌文学館賞（第14回）（平成11年）「盆点前」　㊸昭和24年水原秋桜子、石田波郷に師事、「鶴」同人。サラリーマンの哀歓を詠んだ作品が認められ、29年に鶴俳句賞受賞。37年俳人協会会員、46年同理事。50年「鶴」を脱退して無所属。56年〜平成5年俳人協会理事長。62年神奈川県大磯町にある俳諧道場・鳴立庵の第21世庵主に選ばれた。句集に「中年」「淡酒」「朝粥」「典座」「盆点前」、評論集に「伝統の終末」「俳句十二ヶ月」、著書に「私説・現代俳句」などがある。　㊿日本文芸家協会、俳人協会（顧問）

草村 素子　くさむら・もとこ
俳人　㊷大正8年12月1日　㊶昭和49年8月3日　㊸京都府綾部市　本名＝草村幸枝（くさむら・ゆきえ）　㊹舞鶴高女卒　㊺「河」賞（昭和38年）　㊸在学中、短歌誌「あすなろ」に入会。昭和17年結婚し、上京、五島美代子に師事。20年郷里に疎開、23年再上京、25年角川書店勤務。26年角川源義に俳句を学び、金尾梅の門の「季節」に拠った。33年源義が俳誌「河」を創刊、編集・発行業務を自宅で引き受け46年入院するまで続けた。句集「家族」「星まつり」がある。

日谷 英　くさや・ひで
作家　詩人　㊷昭和7年　㊸熊本県　本名＝田口大蔵　㊸詩集に「日谷英詩集」「これからもよろしく」他。「朝流詩派」同人。　㊿日本随筆家協会

草柳 繁一　くさやなぎ・しげいち
歌人　㊷大正11年1月21日　㊸東京都　㊸昭和21年ごろ宮柊二中心の短歌勉強会「一叢会」に出入りし、「一叢会々報」を発行。「泥の会」同人となり、もっぱら同人誌「泥」に作品を発表した。歌集に「胡麻よ、ひらけ」がある。

串田 孫一　くしだ・まごいち
随筆家　詩人　哲学者　[生]大正4年11月12日　[出]東京・芝　旧筆名＝初見靖一(はつみ・せいいち)　[学]東京帝国大学文学部哲学科(昭和14年)卒　[賞]紫綬褒章(昭和55年)　[歴]暁星中時代に山登りを始め、東大在学中から山岳雑誌に寄稿、昭和13年短編集「白椿」を出版。戦後、「永遠の沈黙 パスカル小論」「パスカル冥想録評釈」を刊行、また草野心平の「歴程」同人になる。昭和25〜40年東京外国語大学の教壇にたち、この間、詩的エッセイ、博物誌など多方面のジャンルにわたる著作を発表。絵入・装幀の自著も多い。33〜58年山の芸術誌「アルプ」の編集責任者をつとめ、また56年終刊まで雑誌「心」の編集長をし、FM東京「音楽の絵本」にも出演。アイリッシュ・ハープを奏する教養人でもある。著書に、詩集「羊飼の時計」「旅人の悦び」「夜の扉」、画集「雲」、「博物誌」(全3巻)、「串田孫一哲学散歩」(全4巻)、「串田孫一随想集」(全8巻，筑摩書房)、「串田孫一著作集」(全6巻，大和書房)、「随想集」(全7巻，弥生書房)、「自選 串田孫一詩集」(弥生書房)などがある。　[団]日本文芸家協会　[家]息子＝串田和美(演出家)、父＝串田万蔵(三菱銀行会長)

櫛原 希伊子　くしはら・きいこ
俳人　[生]大正15年10月8日　[出]東京　[賞]浜賞(昭和41年)　[歴]昭和37年大野林火主宰「浜」に入会。41年「浜」同人。句集に「文」「櫛原希伊子集」がある。　[団]俳人協会

九条 武子　くじょう・たけこ
歌人　仏教婦人会本部長　[生]明治20年10月20日　[没]昭和3年2月7日　[出]京都　[歴]京都・西本願寺大谷家に生まれ、17歳で本願寺派仏教婦人会の創設に尽力。明治42年男爵九条良致と結婚し、共にロンドンへ行くが、翌年別居し、単身帰国する。44年仏教婦人会本部長となり、各地を巡回。宗門の女学校創設や京都女子大学設立運動の中心的存在として女子教育の促進に努めた。また巡回のかたわら、大正15年には保護少女教育感化施設"六華園"を設立し、初代園長に就任。一方、4年佐佐木信綱を知り、5年から竹柏会「心の花」同人として歌作、才色兼備の歌人として知られた。9年「金鈴」を刊行。以後「薫染」「白孔雀」、歌文集「無憂華」、戯曲「洛北の秋」を刊行。　[家]父＝大谷光尊(真宗本願寺派第21世法主)、兄＝大谷光瑞(真宗本願寺派第22世法主)、木辺孝慈(真宗木辺派第20世門主)、大谷光明(本願寺派管長事務代理)、大谷尊由(貴院議員)

久須 耕造　くす・こうぞう
詩人　[生]大正3年2月1日　[没]昭和63年9月22日　[出]三重県　本名＝古川幸三(ふるかわ・こうぞう)　[歴]詩集に「久須耕造詩集」「戦塵」「久須耕造選集」などがある。「泉」「日本未来派」に所属した。

楠田 一郎　くすだ・いちろう
詩人　[生]明治44年10月7日　[没]昭和13年12月27日　[出]熊本県　[学]早稲田大学仏文科卒　[歴]第3次「椎の木」「ヴァリエテ」「エチュード」「20世紀」「詩法」などに参加、昭和12年「新領土」に加わり、連作「黒い歌」を発表。戦後、「荒地」同人によりモダニズムの彗星として再評価された。遺稿集「楠田一郎詩集」がある。

楠田 立身　くすだ・たつみ
歌人　[生]昭和13年4月23日　[出]熊本県上益城郡益城町　[学]熊本高卒　[賞]姫路市芸術文化賞(平成6年)　[歴]高校卒業後、兵庫県警巡査となり、地域、刑事、広報畑を歩む。平成10年加古川署副署長を最後に定年退職。一方、中学時代から短歌を始め、在職中は、取調室の一場面や被疑者との心の交流なども取り上げ作歌を続けた。昭和37年斎藤史主宰の「原型歌人会」創刊に参加。平成2年短歌グループ象の会を結成。5年第1歌集「象(しょう)」、11年第2歌集「武者返し」を自費出版。

楠田 敏郎　くすだ・としろう
歌人　[生]明治23年4月26日　[没]昭和26年1月20日　[出]京都府宮津　本名＝楠田敏太郎　別名＝檜山鳥夢、傷鳥　[学]京都農林　[歴]「秀才文壇」など多くの新聞雑誌社を転々とし、明治44年白日社に入り前田夕暮に師事し、「流離」「山帰来」などの歌集がある。

楠 かつのり　くすのき・かつのり
映像作家　映像詩人　江戸川大学社会学部環境情報学科教授　[専]家庭用ビデオカメラの普及と映像イメージに対する感じ方の変化　家庭用デジタルビデオカメラの表現の可能性　[生]昭和29年8月15日　[出]岡山県津山市　本名＝楠勝範　[学]青山学院大学卒、ハイデルベルク大学、マインツ大学　[興]ビデオ映像作品の制作　[歴]大学卒業後、西独ハイデルベルク大学、マインツ大学に留学。昭和57年劇団時間装置を結成して、脚本と演出を担当。59年手作り雑誌ビデオ「いまじん」を創刊、編集・発行人となる。以来、新しいビデオ表現の可能性を求めて、さまざまなビデオ制作・イベントなどに取り組む。現在は家庭用デジタルビデオ

カメラで映像作品を制作する。江戸川大学教授、日本朗読ボクシング協会代表なども務める。映像作品に「遠い音」「夏の時間」ほか、ビデオインスタレーションに「家族」「VIDEO ZOO」など。また著書に「1/2ビデオ論」「楠かつのり〔ビデオ〕術・遊んで見よう」「ビデオムービーの達人」「ビデオ作家の視点」「プライベート映像の力」、共著に「メディアNOW」「うたおうこどものバイエル」(全3巻)などがある。 ㊨日本映像学会、日本視聴覚・放送教育学会、日本文芸家協会 http://www.asahi-net.or.jp/~DM1K-KSNK/

楠木 繁雄　くすのき・しげお
高校教師(都立日野高校)　歌人　㋷昭和21年10月12日　㋲徳島県　㋪東京学芸大学国語科(昭和44年)卒　㋸昭和46年「水甕」に入り、54年より同人に。都立日野高校教師を務める。著書に「カワウソの帽子」「北原白秋ものがたり」「旅の人・芭蕉ものがたり」、歌集に「ミヤマごころ」「風木原」。

楠 節子　くすのき・せつこ
俳人　「俳究と食」主宰　㋷昭和7年12月15日　㋲大阪市　㋪大阪府立女子大学国文科卒　㋩天狼賞(昭和38年)　㋸昭和26年在学中に橋本多佳子に俳句の手ほどきを受ける。32年「七曜」同人。33年山口誓子に師事し、「天狼」同人。平成6年「俳句と食」を創刊し、主宰。句集に「女教師」「女生徒」。　㊨俳人協会

葛原 しげる　くずはら・しげる
童謡詩人　童話作家　㋷明治19年6月25日　㋝昭和36年12月7日　㋲広島県深安郡神辺町八尋　本名=葛原𦱳(くずはら・しげる)　別名=八尋一麿　㋪東京高師英語部(明治42年)卒　㋸明治42年精華学校初等科訓導、43年日本女子音楽学校講師、のち跡見高女、精華高女、中央音楽学校などで教べんをとった。戦後は広島の至誠女子高校長を務めた。その間、児童雑誌「小学生」などに新作童謡や童話を発表、3000余編が残されている。童謡の代表作に「夕日」「けんけん子きじ」「羽衣」などがあるほか、童謡集「かねがなる」「葛原しげる童謡集」「雀よこい」、評論「童謡の作り方」「童謡教育の理論と実際」がある。　㋳祖父=葛原勾当(箏曲家)

葛原 繁　くずはら・しげる
歌人　「コスモス」編集長　元・日新運輸倉庫取締役　㋷大正8年8月25日　㋝平成5年1月7日　㋲広島県呉市　㋪東京工業大学電気工学科卒　㋩読売文学賞(第32回・詩歌・俳句賞)(昭和55年)「玄」　㋸昭和13年「多磨」に入り戦時中は技術将官となる。戦後「一叢会」「泥の会」を経て28年「コスモス」創刊に参加、以来同誌編集に携わる。歌集「蟬」「玄」(三部作)「運河・周辺」。「コスモス」選者。　㊨現代歌人協会(理事)

葛原 妙子　くずはら・たえこ
歌人　随筆家　㋷明治40年2月5日　㋝昭和60年9月2日　㋲東京・大塚　旧姓(名)=山村　㋪府立第一高女(現・白鴎高)卒　㋩日本歌人クラブ推薦歌集(第10回)(昭和39年)「葡萄木立」、迢空賞(第5回)(昭和46年)「朱霊」　㋸昭和14年「潮音」に入り太田水穂・四賀光子に師事。24年「女人短歌会」創立、33年「灰皿」参加。56年「潮音」退社、季刊「をがたま」を創刊し、58年まで主宰。新写実の世界を開き、女流歌人の代表者の一人として、戦後の歌壇に大きな影響を与えた。歌集に「橙黄」「飛行」「原牛」「葡萄木立」「朱霊」「葛原妙子歌集」、随筆集「孤宴」がある。　㊨現代歌人協会

楠目 橙黄子　くすめ・とうこうし
俳人　㋷明治22年5月8日　㋝昭和15年5月8日　㋲高知市　本名=楠目省介(くすめ・しょうすけ)　㋸間組に入り、満州、九州各地に転任、昭和6年代表取締役、11年朝鮮支店長となった。朝鮮在任中の大正4年句作を始め「ホトトギス」に投句、高浜虚子の教えを受けた。昭和2年「ホトトギス」同人。京城日報俳壇選者。句集に「橙圃」がある。

楠本 憲吉　くすもと・けんきち
俳人　「野の会」主宰　㋳日本文学　㋷大正11年12月19日　㋝昭和63年12月17日　㋲大阪・船場　㋪慶応義塾大学法学部政治学科(昭和24年)卒、慶応義塾大学文学部仏文科卒、国学院大学大学院文学研究科日本文学専攻(昭和39年)博士課程修了　文学博士　㋳料亭「灘万」の長男。入隊中、上官の俳人・伊丹三樹彦のすすめで俳句の道へ。終戦後、日野草城のもとで「まるめろ」創刊。昭和37年頃から、ラジオ・テレビにも出演。44年「野の会」創刊、主宰。読売新聞時事川柳選者、日本近代文学館常任理事などをつとめた。著書は句集「陰花植物」「弧客」「自選自解 楠本憲吉句集」、

現代川柳集「耳ぶくろ」のほかに「近代俳句の成立」「置酒歓語」「たべもの草紙」「石田波郷」など多数。 ㊽日本文芸家協会、日本ペンクラブ、日本エッセイストクラブ、日本旅行作家協会(副会長)、俳句作家連盟(会長)、現代俳句作家協会(顧問)、俳心華道会(会長) ㊷姉＝楠本純子(灘万社長)

楠本 信子　くすもと・しんこ

俳人　㊤大正12年12月9日　㊦平成12年1月20日　㊥鳥取県米子市　本名＝楠本信子(くすもと・のぶこ)　㊦宮崎高女卒　㊦九州俳句大会賞(第14回)(昭和52年)、椎の実作家賞(昭和53年)、全国俳句研究大会賞(第12回)(昭和55年)、宮崎市芸術文化賞(昭和56年) ㊹カテイ堂ビル代表取締役。一方、昭和44年「椎の実」入会。神尾季羊の手ほどきをうける。47年「蘭」入会。48年「蘭」同人。49年「椎の実」「琴座」同人。53年俳人協会入会。61年「水星」代表。平成11年「圭」同人。句集に「香句」「土蛍」「夕東風」など。 ㊽俳人協会、現代俳句協会

楠本 純子　くすもと・すみこ

俳人　灘万社長　㊤大正10年5月19日　㊦平成1年2月16日　㊥大阪市　本名＝楠本春江(くすもと・はるえ)　㊹夫の豊が死去した昭和52年酒造業の名門灘万の社長に就任。大阪の高級料亭なだ万のおかみも務める。また25年「ホトトギス」に入会。句集に「山茶花」「旅立ち」「雪秋思」。 ㊷弟＝楠本憲吉(俳人)

久田 幽明　くだ・ゆうめい

俳人　沖縄県俳句協会会長　㊤昭和3年6月16日　㊥沖縄県石垣市　本名＝久田友明(くだ・ともあき)　㊦ハワイ大学大学院教育行政修了 ㊦琉球新報社俳壇石村賞(昭和56年) ㊹昭和25年から小・中・高校教師をつとめる。37年米国留学。平成元年沖縄県立浦添工業高校校長を最後に退職。全国英語教育研究団体連合会会長をつとめた。この間「河」同人を経て、「人」同人。児玉南草・地平の会員。沖縄県しいさあ句会に属す。 ㊽俳人協会

轡田 進　くつわだ・すすむ

俳人　「春郊」主宰　㊤大正12年6月8日　㊦平成11年12月8日　㊥東京　㊦明治大学専門部卒 ㊦若葉賞(第14回)(昭和42年)、若葉功労賞(昭和43年) ㊹昭和17年富安風生に師事。23年「若葉」同人。41～58年「若葉」編集長をつとめ、58年から「春郊」を主宰。 ㊽俳人協会、日本文芸家協会

工藤 一麦　くどう・いちばく

詩人　「雲と麦」主宰　㊤昭和6年4月17日　㊥青森県　本名＝氏野美彦　㊹「雲と麦」を主宰。ほかにキリスト新聞詩壇選者を兼務。詩集に「地に落ちて」「母の曲」「こぼれ落ちる涙さえ」「わたしは靴や」などがある。

工藤 幸一　くどう・こういち

歌人　「北東風」主宰　㊤大正9年6月20日　㊥宮城県　㊹昭和8年吉植庄亮宅に約1年寄宿、同門で作歌を始め、9年「橄欖」に入る。のち選者、運営委員。他に「北東風」、仙台文学の会を主宰。歌集に「蓬莱山」「雪生誕」「桜前線」「揚羽のくる川」「穂の祭り」、ほかの著作に「評伝歌人吉植庄亮」「吉植庄亮の秀歌」「素顔の歌論」などがある。 ㊽日本歌人クラブ(幹事)、現代歌人協会

工藤 汀翠　くどう・ていすい

俳人　東奥日報最高顧問　青森放送取締役　㊤明治32年3月17日　㊦昭和61年3月11日　㊥青森県南津軽郡大鰐町　本名＝工藤哲郎(くどう・てつろう)　㊦青森中(大正7年)卒 ㊦青森県文化賞(昭和38年)、青森県褒章(昭和40年)、勲三等瑞宝章(昭和45年) ㊹山下汽船を経て、昭和5年東奥日報社入社。広告部長、監査取締役を経て、26年社長。36年最高顧問。また、原石鼎の「鹿火屋」同人の俳人で、47年青森市俳句連盟を設立して会長に就任。句集に「雪嶺」(34年)、「静かな齢」(45年)、「玫瑰」(54年)がある。

工藤 哲郎　くどう・てつろう

⇒工藤汀翠(くどう・ていすい)を見よ

工藤 直子　くどう・なおこ

詩人　児童文学作家　㊤昭和10年11月2日　㊥台湾・朴子　本名＝松本直子　㊦お茶の水女子大学中国文学科卒 ㊦日本児童文学者協会新人賞(第16回)(昭和58年)「てつがくのライオン」、児童福祉文化賞(出版部門)(昭和63年)「のはらうた」(3部作)、サンケイ児童出版文化賞「ともだちは海のにおい」、芸術選奨新人賞(平元年度)(平成2年)「ともだちは緑のにおい」 ㊹博報堂に4年間勤め、女性初のコピーライターとして活躍するが、昭和40年退職しフリーとなる。ブラジル、フランス、日本国内を放浪。著作に草木や動物を主人公にした絵本「密林一きれいなひょうの話」「ねこ はしる」、童話「ともだちは海のにおい」「ともだちは緑のにおい」、詩集「てつがくのライオン」「のはら

うた」(3部作)、エッセイ集「ライオンのしっぽ」など。 [団]日本文芸家協会

国井 克彦 くにい・かつひこ
詩人 小説家 [生]昭和13年1月1日 [出]台湾・台北州基隆市天神町 [学]日本大学卒 [賞]文章クラブ賞(現・現代詩手帖賞)(昭和32年) [歴]詩集に「ふたつの秋」「海への訣れ」「国井克彦詩集」「並木橋駅」、小説に「雨の新橋裏通り」他。 [団]日本現代詩人会、日本文芸家協会

国井 淳一 くにい・じゅんいち
詩人 元・参院議員(民主党) [生]明治35年 [没]昭和49年10月29日 [出]栃木県那須郡親園 [学]東洋大学文化学科卒、上智大学哲学科中退 [歴]同地舎同人として詩誌「地上楽園」に所属し、多くの農民詩を発表。農民詩人連盟を結成し主宰。また、農民青年運動を指導し、参院議員(1期)も務めた。詩集に「痩せ枯れたる」がある。

国枝 龍一 くにえだ・りゅういち
歌人 [生]明治35年7月25日 [出]熊本県 [学]台北高商(大正13年)卒 [歴]短歌雑誌「あらたま」に学ぶ。戦後台湾より帰国、昭和30年「草原」を創刊する。著書に「作歌の態度」、歌集に「信風」「記紀の世界」など。

国木田 独歩 くにきだ・どっぽ
小説家 詩人 [生]明治4年7月15日 [没]明治41年6月23日 [出]千葉県 本名=国木田哲夫 [学]東京専門学校(早大)中退 [歴]明治20年上京し、民友社系の青年協会に入会する。24年、植村正久により受洗。評論、随筆を「文壇」「青年文学」「国民新聞」などに寄稿する。26年、大分県佐伯の鶴谷学園教師となったが、27年上京し、民友社に入社、日清戦争の海軍従軍記者として活躍する。その後「国民之友」を編集。以後、報知新聞社、民声新報社、敬業社、近事画報社に勤務。30年合著「抒情詩」を刊行。34年、最初の小説集「武蔵野」を刊行し、以後「独歩集」「運命」「濤声」を刊行。39年、独歩社を創設したが40年に破産した。代表作としては単行本の他「源叔父」「牛肉と馬鈴薯」「酒中日記」「運命論者」などがあり、死後に手記「欺かざるの記」が刊行された。

国木田 虎雄 くにきだ・とらお
詩人 映画作家 [生]明治35年1月5日 [没]昭和45年 [出]東京・赤坂 [学]京北中学校中退 [歴]中学でサトウハチローと同級。「日本詩人」「楽園」に詩を発表、詩話会編「日本詩集」に「渚」「樹蔭」「櫟林」などの詩があり、詩集「鴎」、作品「世相読本」など。プロキノ映画運動に参加、独歩の「号外」を脚色、前進座で上演された。独歩関係本の解説や小説もある。 [家]父=国木田独歩(小説家)、長男=三田隆(俳優)

国崎 望久太郎 くにさき・もくたろう
歌人 国文学者 立命館大学名誉教授 [専]短歌史 歌論史 [生]明治43年4月21日 [没]平成1年11月1日 [出]福岡市山門大和村皿垣 [学]東洋大学国文科(昭和11年)卒、九州大学法文学部中退 文学博士(昭和36年) [賞]京都府文化賞功労賞(第7回)(平成1年) [歴]立命館大文学部講師、教授、園田女子大学教授を歴任。歌人としては「ポトナム」に所属し、のち編集同人。著書に「正岡子規」「日本文学の古典的構造」「近代短歌史研究」「啄木論序説」など。

国友 則房 くにとも・のりふさ
詩人 [生]明治44年 [出]熊本県 [学]東京帝大法科卒 [歴]戦前、同人誌「未成年」に参加。のちに学友たちと文芸誌「日月」を創刊、その執筆と編集に当たる。詩集に「冬の車」「生と死」(前篇、後篇、補充篇)。 [団]日本詩人クラブ

国中 治 くになか・おさむ
詩人 [生]昭和35年 [出]千葉県 [歴]詩集に「出来事風」「海の家」「金色の青い魚」など。詩誌「愛虫たち」同人。

国広 博子 くにひろ・ひろこ
詩人 [生]昭和8年 [出]兵庫県神戸市 [学]神戸女学院大学卒、国際基督教大学修士課程修了 [賞]横浜市民文芸祭特別賞(第27回, 28回) [歴]「第2次灌木」同人。玉川大学及び鶴見大学講師を務める。詩集に「時間を越えて」「何故 人間が」「生と死」他。 [団]日本詩人クラブ

国松 豊 くにまつ・ゆたか
俳人 元・名古屋高商校長 [生]明治13年11月10日 [没]昭和39年12月31日 [出]愛媛県 俳号=国松ゆたか(くにまつ・ゆたか) [歴]小樽高商教授、名古屋高商校長、名古屋経専校長、愛知学院大学商学部長などを歴任。一方俳句を高浜虚子に師事し、「ホトトギス」に投句。「牡丹」同人。のち「游魚」を主宰。句集に「喜寿花鳥」がある。

国見 修二　くにみ・しゅうじ
詩人　上越市立富岡小学校教頭　[生]昭和29年　[出]新潟県西蒲原郡潟東村　[学]専修大学文学部国文学科(昭和53年)卒、上越教育大学大学院近代文学専攻(平成6年)修士課程修了　[歴]昭和49年同人誌「とねりこ」を発刊。「文芸高田」同人。著書に詩集「戦慄の夢」「鎧潟―国見修二詩集」「詩集 青海」、小説「鳴き砂の里」などがある。　[団]新潟県現代詩人会、新潟安吾の会、日本詩人クラブ、日本文学協会、全国大学国語教育学会

国見 純生　くにみ・すみお
歌人　「海風」代表　[生]大正13年6月27日　[出]高知県中村市有岡　本名＝国見純夫　[学]東京大学農学部卒　[賞]高知県出版文化賞(第32回)(昭和63年)「せんだんと多羅葉」　[歴]10代の頃同郷の歌人・橋田秋声の作品に感動して短歌の道に入り、東大生のとき斎藤茂吉に出会って「アララギ」入会。戦後は「青年歌人会議」「うた」などに所属。東京都内の高校教師を36年間つとめ、昭和60年退職して郷里・高知へ戻る。61年「日月」を創刊、のち編集発行人。歌集に「化石のごとく」「日ざかりの道」「懐南集」など。　[団]現代歌人協会

国峰 照子　くにみね・てるこ
詩人　[生]昭和9年12月24日　[出]群馬県高崎市　本名＝角田照子　[学]上野学園短期大学卒　[賞]ラ・メール新人賞(第4回)(昭和62年)「浮遊家族」　[歴]詩集に「玉ねぎのBlack Box」「4×4=16」などがある。　[団]日本文芸家協会、日本現代詩人会

国本 衛　くにもと・まもる
詩人　ハンセン病訴訟全国原告団協議会事務局長　[国]韓国　[生]1926年　[出]茨城県　本名＝李衛(イ・ウイ)　[賞]新日本文学賞(第32回)(2002年)「再びの青春」　[歴]4歳の時、韓国から在日の父を頼り母と日本に移り茨城県に住む。1942年14歳の時ハンセン病を発症、全生病院(現・国立ハンセン病療養所多磨全生園)に入院。'50年同人雑誌「灯泥」を創刊し、詩作活動に入る。'53年全国療養所詩人連盟発行「石器」編集。'74年から全生園入園患者自治会中央委員を10期10年務める。他に在日韓国・朝鮮人ハンセン病患者同盟委員長、「多磨」誌編集長などを歴任。'99年3月らい予防法人権侵害謝罪・国家賠償請求訴訟に第一次提訴原告の一人として参加。同年5月東日本訴訟の原告となり、2000年小泉純一郎首相と面会し、元ハンセン病患者側が全面勝訴した熊本地裁判決への控訴断念を求めた。2001年「新日本文学」誌上に裁判までの経緯を描いたルポルタージュ「再びの青春」を掲載。2002年同作品は新日本文学賞を受賞した。著書に「はじめに差別があった―『らい予防法』と在日コリアン」「生きて、ふたたび―隔離55年ハンセン病者半生の軌跡」がある。

久芳 木陽子　くば・もくようし
俳人　「はやとも」主宰　[生]大正3年6月25日　[出]山口県　本名＝久芳二市　[学]市立青年学校卒　[歴]昭和9年井上剣花坊派の川柳に入門。22年柳俳無差別を提唱し隙間風句会を創設。29年「其桃」に入門。36年「早鞆」同人。53年より「青樹」同人。「はやとも」を主宰。　[団]俳人協会

久原 喜衛門　くはら・きえもん
歌人　[生]明治35年6月15日　[没]昭和62年6月13日　[出]佐賀県　[歴]八幡製鉄所に勤め同教習所を卒業。少年時代より作歌し、大正8年末に「創作」に入り若山牧水に師事する。職務の傍ら同製鉄所発行「くろがね新聞」歌壇の選歌を担当し、停年を迎える。元北九州歌人協会長で、「創作」選者を務めた。

久保 猪之吉　くぼ・いのきち
歌人　[生]明治7年12月26日　[没]昭和14年11月12日　[出]福島県二本松　[学]東京帝大医科大学卒　医学博士　[歴]明治36年ドイツ留学をし、帰国後福岡医科大学教授となる。高校時代から短歌に関心を抱き、あさ香社に入社して落合直文に師事し、31年いかづち会を結成。42年「エニグマ」を刊行したが、のち歌壇から離れた。　[家]妻＝久保より江(歌人・俳人)

久保 純夫　くぼ・すみお
俳人　高校教師　[生]昭和24年12月14日　[出]大阪府　[学]立命館大学文学部卒　[賞]花曜賞(昭和54年)、六人の会賞(昭和61年)、現代俳句協会賞(第42回)(平成5年)　[歴]昭和46年「花曜」入会、のち「花曜」編集長を務める。句集に「瑠璃薔薇館」「水渉記」「聖樹」など、評論集に「スワンの不安―現代俳句の行方」。　[団]現代俳句協会

久保 千鶴子　くぼ・ちずこ
俳人　[生]大正11年12月31日　[出]東京　[学]東京女高師理科卒　[賞]結社賞麻賞(昭和56年)　[歴]母校の附属中講師などを経て、青少年問題相談員などのボランティア活動を行なう。著書に「フェルミ伝」「ニュートン伝」(共訳)など。俳人としては昭和45年母校お茶の水大学

勤務中、PTA句会中村一朗教授指導にて句作開始。50年「麻」に入会、菊池麻風に師事。「茶の花」を経て「未来図」に所属。 [団]俳人協会 [家]夫＝久保亮五（日本学術会議長）

久保 天随 くぼ・てんずい
漢学者 漢詩人 評論家 台北帝大教授 [生]明治8年7月23日 [没]昭和9年6月1日 [出]東京府下谷御徒町（現・東京都台東区） 本名＝久保得二（くぼ・とくじ） 別号＝兜城山人、秋碧吟廬主人 [学]東京帝大文科大学漢学科（明治32年）卒 文学博士（東京帝大）（昭和2年） [歴]早くから評論、紀行、美文を発表し、大正9年宮内省図書寮編修官となり、12年大東文化学院大学教授となる。昭和4年台北帝大教授に就任。その間「西廂記の研究」で文学博士となる。漢文・漢詩の評釈・入門・概論書を数多く書いた。中国戯曲の最初の紹介者。著書に「東洋通史」（全12巻）「日本儒学史」「近世儒学史」「老子新釈」「支那戯曲研究」、漢詩集「秋碧吟廬詩鈔」（全14巻）、紀行文集「山水美論」などがある。

久保 斉 くぼ・ひとし
小説家 歌人 元・「にぎたづ」主宰 [生]昭和14年 [没]平成5年2月17日 [出]愛媛県喜多郡内子町 [学]中央大学文学部卒 [賞]大学祭懸賞小説学長賞「獅子のくち」、にぎたづ賞「小説『妄』」 [歴]愛媛新聞社に勤務。大学在学中、処女作「獅子のくち」を書き、のち小説「妄」が第2回太宰治賞候補になる。大江昭太郎の後を受けて歌誌「にぎたづ」を主宰。短歌同人誌「水夫（かこ）」代表。著書に「たるにゆ犀」、小説集「求める鳥」「声」、父子歌集「スエルテ」がある。

久保 実 くぼ・みのる
歌人 香川県歌人会副会長 [没]昭和63年10月10日 [学]坂出商業学校（昭和12年）卒 [歴]四国水力電気会社多度津本社に入社。仕事の傍ら、昭和15年北原白秋主宰の結社「多磨」に入会。戦後労働運動に身を投じたため、25年レッドパージで免職となり、書店を経営。28年木俣修が主宰する「形成」の同人となり、短歌の創作と後進の育成に尽力した。歌集に「デイゴの花」「白薔薇」。

久保 より江 くぼ・よりえ
歌人 俳人 [生]明治17年9月17日 [没]昭和16年5月11日 [出]愛媛県松山市 旧姓（名）＝宮本 [学]府立第三高女卒 [歴]早くから俳句を学び、また「明星」に短歌を発表。文集「嫁ぬすみ」「より江句文集」などの著書がある。 [家]夫＝久保猪之吉（歌人）

久保井 信夫 くぼい・のぶお
歌人 [生]明治39年5月10日 [没]昭和50年7月24日 [出]香川県多度郡琴平町 [賞]日本歌人クラブ賞（昭和44年）「薔薇園」 [歴]「香蘭」「短歌民族」「多磨」「形成」などに参加、昭和11年「短歌研究」新人50首詠に入選、44年には第1歌集「薔薇園」が日本歌人クラブ賞を受賞。他に「孔雀座」がある。

窪川 鶴次郎 くぼかわ・つるじろう
文芸評論家 詩人 [生]明治36年2月25日 [没]昭和49年6月15日 [出]静岡県 [学]四高（大正12年）中退 [歴]大正13年四高を中退、上京して貯金局に勤務。15年中野重治、堀辰雄らと同人誌「驢馬」を創刊、詩や小説を書く。昭和2年田島いね子（佐多稲子）と知り結婚した。政治運動に参加したが過労で倒れ、療養生活の後、日本無産者芸術団体協議会の機関誌「ナツプ」の編集責任者となり、プロレタリア文学の評論家として活動。7年検挙され、8年転向出所。9年転向小説「風雪」を発表後、評論活動に入った。20年いね子と離婚、戦後は新日本文学会のメンバーとして活躍した。29〜46年日本大学講師。評論に「〈真空地帯〉論」「石川啄木」「芥川龍之介」など。著書に「現代文学論」「近代短歌史展望」ほか。 [家]長男＝窪川健造（映画監督）、二女＝佐多達枝（舞踊家）

窪田 空穂 くぼた・うつぼ
歌人 国文学者 早稲田大学名誉教授 [生]明治10年6月8日 [没]昭和42年4月12日 [出]長野県東筑摩郡和田村町区（現・松本市） 本名＝窪田通治（くぼた・つうじ） [学]東京専門学校（明治37年）卒 文学博士 [資]帝国芸術院会員（昭和16年） [賞]文化功労者（昭和33年） [歴]東京専門学校を約1年で中退し、大阪の米穀仲買い商に勤務したが、明治30年生家に戻り、小学校の代用教員となる。このころ、同じ学校の太田水穂を知り、「文庫」に短歌を投じ、与謝野鉄幹に認められ新詩社社友となる。33年東京専門学校に復学し、文学活動を本格的に始める。36年「電報新聞」和歌欄選者となり、37年東京専門学校卒業と同時に社会部記者となる。この年受洗し、38年処女詩歌集「まひる野」を刊行。39年独歩社に入社。44年短編集「炉辺」を刊行。同年女子美術学校講師に就任。大正3年文芸雑誌「国民文学」を創刊。9年早大文学部講師、15年教授となり、昭和23年の定年退職まで務めた。この間、国文学者として研究を進める一方、作歌活動も盛んにし、多くの歌集を刊行した。「まひる野」のほか「濁れる河」「土を眺めて」「鏡葉」

「冬日ざし」「冬木原」「老槻の下」などの歌集、「歌話と随筆」「明日の短歌」などの歌論、「新古今和歌集評釈」「万葉集評釈」「古典文学論」などの国文学の研究や小説など、著作は数多い。「窪田空穂全集」(全28巻･別1巻，角川書店)及び「窪田空穂全歌集」がある。平成5年生家のある松本市和田に窪田空穂記念館が開館。
㊈長男＝窪田章一郎(歌人・早大名誉教授)、妻＝林圭子(歌人)

久保田 九品太　くぼた・くほんた
俳人　㊐明治14年5月　㊏大正15年1月8日　㊍静岡県小笠郡中村　本名＝久保田次郎吉　初号＝桂川　㊖明治35年上京、帝国通信社に入社。のち大阪支社に移り、大正12年本社編集局長に就任。一方、俳句を正岡子規に師事し、のち高浜虚子に入門。大阪在勤時代に最も旺盛な句作活動を見せ、「ホトトギス」のほか、山本梅史の「春夏秋冬」同人、東京本社に戻ってからは長谷川零余子の「枯野」同人として活躍した。昭和46年句集「水仙の芽」が刊行された。

久保田 慶子　くぼた・けいこ
俳人　㊐大正14年1月1日　㊍東京　㊕寒雷清山賞、現代俳句協会賞(第30回)(昭和58年)　㊖終戦直前に柏崎市に疎開し、俳句を知る。のち、久保田月鈴子と結婚し、「寒雷」に入会。「寒雷」ならびに「富士ばら」同人。寒雷清山賞受賞。第30回現代俳句協会賞受賞。句集に「不思義」「九月」がある。　㊈夫＝久保田月鈴子

窪田 啓作　くぼた・けいさく
翻訳家　作家　詩人　元・欧州東京銀行頭取　㊔フランス文学　㊐大正9年7月25日　㊍神奈川県　本名＝窪田開造(くぼた・かいぞう)　㊛東京帝大法学部(昭和18年)卒　㊖昭和18年東京銀行入行。パリ、新橋各支店次長、国際投資部副参事役を経て、48年欧州東京銀行頭取となる。一方、在学中に加藤周一、中村真一郎らとマチネ・ポエティクを結成、新しい文学運動を起こす。「マチネ・ポエティク詩集」、短編集「掌」「街燈」のほか、カミュ「異邦人」「追放」をはじめ、エリュアール、J=グリーンなどフランス文学の翻訳が多い。
㊈弟＝窪田般弥(詩人)

久保田 月鈴子　くぼた・げつれいし
俳人　現代俳句協会副会長　「富士ばら」主宰　㊐大正5年5月27日　㊏平成4年9月3日　㊍東京　本名＝久保田正英(くぼた・まさひで)　㊛東京帝大経済学部(昭和16年)卒　㊖静岡高校時代より俳句をはじめ、東大に在学中「馬酔木」に投句、加藤楸邨を知り、俳句に人間を生かすという楸邨の主張に共鳴、「寒雷」創刊と同時に入会。また職場俳句に力を入れ、昭和25年「石油人俳句会」を起す。26年より「寒雷」同人。49年から小檜山繁子・石寒太と共に「寒雷」の編集を担当、編集長を務めた。現代俳句協会幹事長、「富士ばら」「現代俳句」主宰。句風は「寒雷」生え抜きの人間主義の上に、優しさをたたえる。句集に「月鈴児」「天井棧敷」「敗戦忌饒舌ならぬ若者ら」。　㊈父＝久保田抱琴(立教大学教授)

窪田 章一郎　くぼた・しょういちろう
歌人　「まひる野」主宰　早稲田大学名誉教授　㊔日本文学　古代中世和歌　㊐明治41年8月1日　㊏平成13年4月15日　㊍東京　㊛早稲田大学文学部国文科(昭和8年)卒　文学博士(昭和36年)　㊕日本歌人クラブ推薦歌集(第19回)(昭和48年)「薔薇の苗」、迢空賞(第14回)(昭和55年)「素心臘梅」、勲三等瑞宝章(昭和57年)、現代短歌大賞(第11回)(昭和63年)「窪田章一郎全歌集」、短歌新聞社賞(第2回)(平成7年)「定型の土俵」、詩歌文学館賞(第10回)(平成7年)「定型の土俵」　㊖国文学者で歌人の窪田空穂の長男。昭和14年早稲田大学講師、24年教授を歴任し、54年退任。この間、父に師事し、21年歌誌「まひる野」を創刊、以来同誌を主宰。武川忠一、篠弘、馬場あき子ら多くの歌人を育てた。また42年～平成9年空穂の後を継ぎ、約30年間「毎日歌壇」の選者を務めた。昭和55年迢空賞、57年勲三等瑞宝章、平成7年詩歌文学館賞を受賞。一方、西行の研究家として知られ、著書に「西行の研究」がある。他の著書に「窪田空穂」「短歌入門」、歌集に「雪解の土」「硝子戸の外」「素心臘梅(そしんろうばい)」「槻嫩葉」「紅海集」「窪田章一郎全歌集」「定型の土俵」などがある。　㊞現代歌人協会、日本歌人クラブ、和歌文学会、日本文芸家協会
㊈父＝窪田空穂(歌人)、母＝林圭子(歌人)

久保田 宵二　くぼた・しょうじ
詩人　童謡作者　㊐明治32年6月2日　㊏昭和22年12月26日　㊍岡山県　本名＝久保田嘉雄　㊛日本大学卒　㊖童謡集に「忘れぬ日」「ねんねの小雀」「宵二童謡集」があるほか、評論として「現代童謡論」、また詩集「郷土」もある。

窪田 丈耳 くぼた・じょうじ
俳人 医師 窪田病院院長 [生]大正14年12月28日 [出]鹿児島県 本名=窪田浄児 [学]熊本医科大学附属医専(昭和23年)卒 医学博士 [歴]昭和31年公立玉名病院長、35年荒尾有働病院長を経て、40年窪田病院を開設し、院長。俳句は「風」「十七音詩」を経て「海程」同人。ほかに「森」同人。句集に「原点」がある。 [団]現代俳句協会

久保田 登 くぼた・のぼる
歌人 [生]昭和18年9月23日 [出]群馬県 [賞]短歌新聞新人賞(第3回)(昭和51年)「シベリア紀行」 [歴]昭和37年「形成」に入会し、木俣修に師事する。43年若手の研究誌「序章」、52年「騎手群」に各々創刊より参加。51年「シベリア紀行」50首により第3回短歌新聞新人賞を受賞。歌集に「雪のこゑ」、合同歌集に「序章」などがある。

窪田 般弥 くぼた・はんや
詩人 翻訳家 早稲田大学名誉教授 [専]フランス詩 [生]大正15年1月6日 [出]東京 [学]早稲田大学文学部フランス文学科(昭和25年)卒 [興]ロココ時代 [歴]昭和26年早大高等学院教諭、36年早稲田大学文学部講師、39年助教授、44年教授。平成8年退職。カザノヴァ主義に共感し、膨大な「カザノヴァ回想録」を全訳、昭和58年には評伝「カザノヴァ」を刊行。詩人としては「日本未来派」「秩序」「同時代」「半世界」などに拠る。詩集「影の猟人」「詩篇二十九」「円環話法」、評論集「日本の象徴詩人」「幻想の海辺」「詩と象徴」など著訳書多数。「フランス詩大系」を責任編集し、平成元年出版する。 [団]日本文芸家協会、日本フランス語フランス文学会 [家]兄=窪田啓作(翻訳家)

久保田 博 くぼた・ひろし
俳人 [生]大正14年9月5日 [没]平成2年8月30日 [出]東京市下谷区竜泉寺町 [学]中卒 [賞]沖賞(第6回)(昭和52年) [歴]昭和24年「馬酔木」入会、水原秋桜子の添削指導を受ける。28年「鶴」入会、34年同人。45年「沖」創刊とともに入会、46年同人となる。50年「塔の会」会員。句集に「絵葉書」「雨傘」。 [団]俳人協会

久保田 不二子 くぼた・ふじこ
歌人 [生]明治19年5月19日 [没]昭和40年12月17日 [出]長野県諏訪郡下諏訪町高木 本名=久保田ふじの [歴]明治35年島木赤彦と結婚し、44年アララギに入会。歌集に「苔桃」「庭雀」がある。 [家]夫=島木赤彦

久保田 万太郎 くぼた・まんたろう
小説家 俳人 劇作家 演出家 [生]明治22年11月7日 [没]昭和38年5月6日 [出]東京市浅草区田原町 俳号=暮雨、傘雨、甘亭 [学]慶応義塾大学文学部(大正3年)卒 [資]日本芸術院会員(昭和22年) [賞]菊池寛賞(第4回)(昭和17年)、読売文学賞(第8回・小説賞)(昭和32年)「三の酉」、文化勲章(昭和32年)、NHK放送文化賞(昭和32年) [歴]明治44年小説「朝顔」、戯曲「遊戯」が「三田文学」に発表され、また「太陽」に応募した戯曲「Prologue」が当選し、作家として出発する。45年「浅草」を刊行、以後小説、戯曲、俳句の面で幅広く活躍。大正期の代表作として「末枯」「寂しければ」などがあり、昭和初年代の作品として「大寺学校」「春泥」、10年代の作品として「釣堀にて」「花冷え」、戦後の作品として「市井人」「三の酉」などがあり、「三の酉」で32年に読売文学賞を受賞。昭和7年築地座が結成されて演出も手がけるようになり、12年には岸田国士、岩田豊雄らと文学座を結成、死ぬまで幹事をつとめた。俳句の面でも、2年「道芝」を刊行、また戦後は雑誌「春燈」を主宰した。17年菊池寛賞を受賞、22年芸術院会員となり、32年には文化勲章を受章、またNHK放送文化賞を受賞したほか、日本演劇協会会長に就任するなど、生涯にわたって幅広く活躍した。

久保寺 亨 くぼでら・あきら
詩人 [生]昭和26年2月7日 [出]神奈川県 [歴]詩誌「潮流詩派」「地球」「ガニメデ」同人。詩集に「彷徨する供物」「凸凹哀歌」「死の糧」などがある。

隈 智恵子 くま・ちえこ
歌人 西部技研社長 [生]昭和8年 [出]旧朝鮮・京城 [学]明善高卒 [賞]福岡市文学賞(第20回・平元年度)「ベンチャーの日々」 [歴]昭和40年九州大学助教授だった夫とともに西部技術研究所(現・西部技研)を設立。45年取締役、56年常務、平成9年4月専務、同年9月夫の死去に伴い社長に就任。この間、元年3月歌集「ベンチャーの日々」を出版。他の歌集に「バランスシート」がある。 [家]夫=隈利実(西部技研社長・故人)

隈 治人 くま・はると
俳人 「土曜」主宰 [生]大正4年12月8日 [没]平成1年11月23日 [出]長崎県 [学]長崎医大薬専(昭和11年)卒 [賞]現代俳句協会賞(第12回)(昭和40年)、長崎県文芸協会賞(第3回)(昭和40年)、

長崎新聞文化章(平成2年)　[歴]昭和26年「かびれ」に入会。36年「海程」の創刊に同人参加。46年「土曜」を創刊主宰し、その他「石」「麦明」同人。29年以来、長崎原爆忌俳句大会の開催に尽くす。句集に「限治人句集」「原爆百句」がある。

熊谷 愛子　くまがい・あいこ
俳人　「逢」主宰　[生]大正12年1月1日　[出]石川県　[学]昭和女子薬専(昭和17年)中退　[賞]家裁調停表彰(2回)、静岡県芸術祭賞、寒雷清山賞、海廊賞、頂点賞、現代俳句協会賞(第53回)(平成11年)　[歴]「寒雷」「頂点」同人。俳誌結社「逢」主宰。句集に「火天」「水炎」などがある。家庭裁判所調停委員、少年友の会理事を務める。[団]現代俳句協会、静岡県俳句協会

熊谷 静石　くまがい・せいせき
医師　俳人　熊谷医院長　[生]大正9年2月22日　[没]平成12年4月6日　[出]岩手県水沢市　本名＝熊谷哲郎　[学]金沢医科大学(昭和20年)卒　医学博士(昭和32年)　[賞]海廊賞　[歴]昭和21年静岡市立西病院、25年済生会病院、41年附属看護学校講師、医師会高等看護学校講師を務め、48年静岡市立安東小学校医となる。のち熊谷医院を開業。かたわら俳句誌「寒雷」同人、「海廊」発行人を務める。句集に「棟」「水尾」などがある。[団]現代俳句協会、静岡県俳句協会(名誉会長)　[家]妻＝熊谷愛子(俳人)

熊谷 武雄　くまがい・たけお
歌人　[生]明治16年11月2日　[没]昭和11年8月11日　[出]宮城県本吉郡新月村(現・気仙沼市)　[歴]少年時、及川義亮に歌を学び、明治44年「詩歌」創刊と同時に「白日社」同人となり、前田夕暮に師事。大正元年文芸誌「シャルル」発行、13年「日光」に加わった。夕暮に信頼され復刊「詩歌」が自由律運動に転じた時も定型を守った。歌集「野火」「閑古鳥」がある。[家]孫＝熊谷龍子(歌人)

熊谷 武至　くまがい・たけし
歌人　中部日本歌人会委員長　水甕社主幹　元・東海学園女子短期大学教授　[専]近世短歌史　[生]明治40年10月9日　[没]昭和58年7月24日　[出]愛知県宝飯郡御油町(現・豊川市)　[学]国学院大学卒　[歴]大学在学中折口信夫の指導をうけたが、昭和6年松田常憲を知るに及んで「水甕」入社、のち主幹。17年歌集「抒情点綴」上梓。その他の歌集に「羈旅百首」「歳次餘執抄」「疏懐集」など。愛知県内の女学校、旧制中学の国語教師を務め、県立岡崎高校を42年に定年退職。その後、東海学園女子短期大学国文科教授に。国文学者として「三河歌壇考證」「尾三歌人交籍記」はじめ厖大な研究がある。

熊谷 太三郎　くまがい・たさぶろう
政治家　実業家　歌人　参院議員(自民党)　元・熊谷組会長　元・福井市長　[生]明治39年11月3日　[没]平成4年1月15日　[出]福井県福井市　[学]京都帝大経済学部(昭和5年)卒　[賞]紺綬褒章(昭和13年)、藍綬褒章(昭和32年)、BCS賞(昭和33年)　[歴]昭和8年福井市議会議長を経て、20年10月～34年福井市長を務めた。20年の福井大空襲や23年の福井大地震で壊滅した福井市を、道路計画を立て、下水道整備を進め、下水道普及率全国一の都市に再生させた。37年参院議員に転じ、連続5選。この間、52年福田内閣で科学技術庁長官に就任。一方、家業の熊谷組に入り、副社長を経て、昭和15年社長、43～52年会長を歴任。アララギ派の歌人としても知られ、歌集に「しづかな春」「雪明」などがある。　[家]父＝熊谷三太郎(熊谷組創業者)、長男＝熊谷太一郎(熊谷組会長)

熊谷 とき子　くまがい・ときこ
歌人　[生]明治39年10月1日　[出]新潟県糸魚川市　本名＝熊谷トキ　[学]日本女子大学国文科卒　[歴]大学在学中より茅野雅子に師事し、茅花会に参加。昭和11年「ごぎやう」(「をだまき」の前身)に入会し中河幹子に師事、のち編集同人。23年「女人短歌会」の創立に参加し、編集・常任委員。24年「新歌人会」発会に参加。歌集に「草」「かよひ路」「をだまき十人集」がある。[団]日本歌人クラブ、現代歌人協会、女人短歌会

熊谷 優利枝　くまがい・ゆりえ
随筆家　歌人　医師　[生]明治44年1月2日　[没]平成7年10月16日　[出]石川県　本名＝熊谷美津子　[学]東京女子医学専門学校(昭和14年)卒　[賞]日本随筆家協会賞(第16回)(昭和62年)「さだすぎ果てて」　[歴]クマガイ医院院長を務める。一方歌人として昭和29年「歩道」に入会。63年「紅霞」を創刊して主宰。歌集に「春蝉」「造形」「泰山木の花」など。

熊谷 龍子　くまがい・りゅうこ
歌人　[生]昭和18年7月7日　[出]宮城県　[賞]宮城県芸術選奨(平8年度)(平成9年)　[歴]昭和37年大学時代より作歌を始め、42年復刊した「詩歌」に参加。前田透に師事する。のち「礁」に所属。合同歌集に「羚」「現代短歌」、歌集に「花

熊谷 露草　くまがい・ろそう
俳人　⽣大正5年3月30日　⽣長野県　本名＝熊谷勝　ぬかご努力賞（昭和36年）、ぬかご賞（昭和37年）　嶋野青踏子に手ほどきを受け、昭和31年「ぬかご」に入会、33年より安藤姑洗子に師事する。35年同人。54年地域センターにて新人育成に専心。のち「野の会」にも所属。　俳人協会

熊坂 紫羊　くまさか・しよう
俳人　⽣明治23年3月23日　⽣昭和49年10月14日　⽣神奈川県　本名＝熊坂弥造　東京高等商業（大正2年）卒　17歳の頃から句作し、兄に伴われて「石楠」の句会に出席。京都に赴任後は「懸葵」に出句し、大阪に転任してからは「同人」に加わる。昭和12年頃より松原地蔵尊と親しく「句と評論」同人、「海流」改題「新暦」に拠った。句集に「埴輪」「青雲」がある。

熊坂 年成　くまさか・としなり
歌人　熊坂内科医院院長　⽣大正8年5月7日　⽣長野県長野市　千葉医科大学卒　医学博士　昭和15年「歌と評論」に入会し、藤川忠治に師事、田崎秀の指導を受ける。52年より編集委員。43年龍堀忠次と「うえだ歌と評論」を創刊。歌集に「深夜往診」「白い軌跡」がある。　日本歌人クラブ

熊沢 正一　くまざわ・しょういち
歌人　⽣大正2年3月20日　⽣平成13年2月12日　⽣愛知県名古屋市　横浜工業専修校電気科中等部卒　横浜文化賞（平成2年）　昭和6年から「アララギ」に投稿、7年入会し茂吉、文明に師事、横浜アララギ歌会に参加、のち同人。28年広野三郎・飯岡幸吉等と「久木」を創刊、のちに同誌代表となる。60年「相武アララギ」（現・「山藍」）を創刊、主宰。神奈川新聞歌壇選者、神奈川県歌人会常任委員などを務めた。召集された軍隊、30年近く勤めた神奈川県警、結核治療のための闘病生活などの中で、"自分の生活に発した歌" "素直に自分を見つめた歌"を作り続けた。歌集に「彩層」「鱗芽」「翅果」「砂の上の胡桃」「小摘集」などがある。　神奈川県歌人会（相談役）

熊田 精華　くまだ・せいか
詩人　⽣明治31年4月18日　⽣昭和52年4月27日　⽣栃木県宇都宮市　上智大学哲学科（大正14年）卒　同人誌「詩王」に参加。上智大卒後、「パンテオン」「オルフェオン」に詩を発表。昭和18年日本化学研究会に就職。19年〜30年飯山高女で教べんをとる。34年「仿西小韻」、ついで45年「仿西小韻　続」を刊行。

隈元 いさむ　くまもと・いさむ
俳人　⽣大正14年10月30日　⽣平成12年1月25日　⽣台湾・基隆　本名＝隈元勇　ざぼん賞、霧島賞、馬酔木新樹賞　昭和38年「ざぼん」に同人参加し、米谷静二に師事。39年「馬酔木」に投句、水原秋桜子に師事する。46年俳人協会会員となる。「馬酔木」会地方幹事、「ざぼん」幹事長、鹿児島県俳人協会幹事等を務めた。60年県馬酔木会誌「満天星」を創刊主宰。ほかに「曙」に所属。句集に「大灘」「火焔木」がある。　俳人協会

久米 正雄　くめ・まさお
小説家　劇作家　俳人　⽣明治24年11月23日　⽣昭和27年3月1日　⽣長野県小県郡上田町（現・上田市）　俳号＝久米三汀（くめ・さんてい）　東京帝大英文科（大正5年）卒　大正3年芥川龍之介らと第3次「新思潮」を創刊し、4年に漱石の門下生となる。5年「父の死」「阿武隈心中」などの小説、戯曲を発表し、作家として出発。漱石の娘・筆子との失恋事件をテーマにした「蛍草」を7年に発表、以後、新聞、婦人雑誌などに多くの作品を連載し、菊池寛とならぶ代表的な流行作家として活躍。8年小山内薫らと国民文芸会を起こし、演劇改良運動にも参加した。主な作品に「受験生の手記」「ある医師の良心」「破船」「学生時代」「牛乳屋の兄弟」（戯曲）の他、句集に「牧唄」「返り花」などがある。戦時中は日本文学報国会の常任理事、事務局長を兼務。戦後は川端康成らと鎌倉文庫をはじめ、社長をつとめた。平成12年幼少期を過ごした郡山市に旧邸が移築され、久米正雄記念館が開館。

蔵 月明　くら・げつめい
俳人　⽣明治13年2月9日　⽣昭和43年11月18日　⽣石川県金沢市　本名＝蔵尚太郎　第四高等学校医学部卒　金沢市文化賞（昭和24年）　直野碧玲瓏、藤井紫影に俳句を学ぶ。昭和25年「俳道」（のち「くらげ」）を創刊、主宰し、以後後進の指導にあたる。また古俳書（月明文庫）の収集家として知られた。著書に

「俳諧古跡考」「俳諧史伝随筆」「白楽天と芭蕉」「和漢俳諧史考」「俳籤譜」など多数。

蔵 巨水　くら・こすい
俳人　「くらげ」主宰　[生]大正3年1月11日　[出]石川県　本名＝蔵尚之　[学]金沢医科大学卒　[歴]昭和8年蔵月明主宰の「月華」に拠り句作を始める。25年月明と協力し「俳道」を創刊。30年「くらげ」と改題、43年より主宰。俳諧史の研究を継承。句集に「粥草」「有磯海」「雄神川」「如意桜」など。　[団]俳人協会、俳文学会

倉内 佐知子　くらうち・さちこ
詩人　[生]昭和25年8月8日　[出]北海道河東郡音更町　[学]北海道教育大学釧路校卒　[賞]北海道詩人協会賞（昭和52年）「恋母記」、北海道新聞文学賞（第29回）（平成7年）「新懐胎抄」、小熊英雄賞（第29回）（平成8年）「新懐胎抄」　[歴]大学在学中本格的に詩を始め、卒業後帯広市内の小学校教師の傍ら創作を続ける。昭和52年初の詩集「恋母記」　、62年第2詩集「それは欲望であったのか聞いてくれ」を出版。他に平成3～6年札幌の詩誌に連載したものをまとめた詩集「新懐胎抄」がある。　[団]日本現代詩人会

倉片 みなみ　くらかた・みなみ
歌人　[生]大正3年12月28日　[没]平成13年5月29日　[出]東京　本名＝中島みなみ　[学]実践女子専門学校卒　[歴]実践在学中より作歌を始め、昭和9年「青垣」に入会。28年退会。51年9月「野稗」創刊と同時に同人となり、夫・中島治太郎と共に編集に当る。56年三ケ島葭子の唯一の遺児として「三ケ島葭子日記」（上・下）、「三ケ島葭子往復書簡抄」を刊行。歌集に「酔芙蓉」、著書に「家族の中の古泉千樫と三ケ島葭子の歌」がある。　[団]日本歌人クラブ　[家]夫＝中島治太郎（歌人）、母＝三ケ島葭子（歌人）

倉阪 鬼一郎　くらさか・きいちろう
小説家　歌人　俳人　[専]怪奇小説　[生]昭和35年1月28日　[出]三重県上野市　本名＝倉阪直武　[学]早稲田大学文学部文芸科卒、早稲田大学大学院文学研究科日本文学専攻中退　[歴]同人誌「金羊毛」「幻想卵」などに怪奇幻想小説を書く。また季刊「幻想文学」に書評・エッセイ等を多数発表。平成元年より作句開始。「俳句空間」投句を経て、「豈」同人。著書に「白い館の惨劇」「活字狂想曲」「夢の断片、悪夢の破片」、短編集「地底の鰐、天上の蛇」、「怪奇十三夜」、歌集「日蝕の鷹、月蝕の蛇」、句集に「怪奇館」、訳書にストリブリング「カリブ諸島の手がかり」などがある。　[団]幻想文学会

蔵薗 治己　くらぞの・はるみ
詩人　[生]昭和14年2月26日　[歴]「野路」を発行する。詩集に「荷車の墓標」「村の詩」「蔵薗治己詩集 村人たち―南薩摩のむらことば」がある。

倉田 紘文　くらた・こうぶん
俳人　「蕗」主宰　[専]近代日本文学　[生]昭和15年1月5日　[出]大分県速見郡山香町　[学]大分大学教育学部卒　文学博士　[賞]久留島武彦文化賞（個人賞，第39回）（平成11年）　[歴]昭和34年俳誌「芹」入会。47年俳誌「蕗」創刊、会員から寄付金を一切受けない作品主義で西日本一の俳誌に育てた。平成3年には創刊20周年を記念して「『蕗』雑詠選集」を発刊。別府大学文学部教授も務め、のち名誉教授。大分県芸術文化振興会議常任理事。句集に「慈父悲母」「光陰」、著書に「高野素十研究」、共編著に「山の歳時記」「花の歳時記」など。　[団]日本文芸家協会、俳文学会、表現学会、解釈学会、俳人協会（理事）

倉田 俊三　くらた・しゅんぞう
俳人　[生]昭和5年1月27日　[出]三重県　[学]津市公民学校卒　[賞]環礁賞（昭和27年）、中部日本俳句賞（昭和29年・30年）、荒星賞（昭和39年）　[歴]昭和24年句作を始める。26年に「環礁」に入会、加藤かけいに師事。のち同人となる。53年緑苑俳句会を組織。翌年俳誌「緑苑」主宰。句集に「母」「伊勢」「曙光」がある。　[団]俳人協会

倉田 春名　くらた・はるな
俳人　[生]大正15年4月23日　[出]東京　本名＝倉田治那　[学]昭和医科大学卒、慶応義塾大学経済学部卒　[歴]昭和18年「ホトトギス」「玉藻」に投句、祖父萩郎より3代に亘り虚子門なる。父素商に続き28年「春燈」に参加、のち同人となる。句集に「花時計」「三思」「倉田春名集」がある。　[団]俳人協会

倉田 比羽子　くらた・ひわこ
詩人　[生]昭和21年12月19日　[出]富山県　本名＝上崎比羽子　[学]明治学院大学文学部仏文科卒　[賞]現代詩手帖賞（第17回）（昭和54年）　[歴]昭和55年詩集「群葉」、56年「中間溝」を発表。共に極めて難解であるが、しっかりした自己の詩的主題を持った作品として知られる。56年から1年半あまりニューヨークに滞在。63年「夏の地名」を発表。新井豊美と詩誌「ZuKu」を発表する。　[団]日本文芸家協会

くらた ゆかり
詩人 [生]大正2年5月30日 [出]富山県高岡市桐木町 本名＝長谷川由加里 [学]高岡高女卒 [賞]高岡市功労賞 [歴]学生時代から詩作をはじめ、処女作「墓場」が昭和5年「日本海詩人」11月号に掲載される。その後「女子詩」に参加。9年処女詩集「きりのはな」を発表。32年「詩と民謡」「日本詩人」「唄う詩人」同人。43年現代詩サークル「ある」同人。詩集に「美しき流れ」「あじさい」「私の月」「旅」がある。 [団]日本詩人クラブ

倉地 与年子 くらち・よねこ
歌人 エッセイスト [生]明治43年7月31日 [出]兵庫県神戸市 本名＝倉地与年 [学]兵庫県立第一高女卒 [賞]現代歌人協会賞(昭和36年)「乾燥季」、日本歌人クラブ賞(第18回)(平成3年)「素心蘭」 [歴]昭和5年「潮音」に入り、のち選者。歌集に「白き征矢」「乾燥季」「生きなむ」「素心蘭」、合同歌集に「子午線」がある。 [団]日本ペンクラブ、現代歌人協会、日本文芸家協会

倉橋 健一 くらはし・けんいち
文芸評論家 詩人 [生]昭和9年8月1日 [出]京都府京都市 [学]吹田高(昭和29年)卒 [歴]同人誌「移動の転換」「犯罪」を主幹。「白鯨」同人。著書に「草原の羚羊」などのほか、評論として「未了性としての人間」「幻点凝視」「深層の抒情—宮沢賢治と中原中也」など、詩集に「倉橋健一詩集」「寒い朝」がある。 [団]日本ペンクラブ、日本現代詩人会、日本文芸家協会

倉橋 顕吉 くらはし・けんきち
詩人 [生]大正6年2月10日 [没]昭和22年6月28日 [出]高知県 本名＝倉橋顕良 [学]京都府立第二中卒 [歴]京都のサークル誌「車輪」に詩を発表、岡本潤を知って「文化組織」に詩、エッセーを書いた。昭和17年渡満、満州電電、満州映画などに勤め、ロシア文学を学び、プーシキン、レルモントフなどを翻訳。21年帰国、「綜合文化」「コスモス」などに詩を発表した。死後「倉橋顕吉詩集」が出された。

倉橋 弘躬 くらはし・ひろみ
俳人 [生]明治43年3月19日 [出]兵庫県 [学]法政大学経済学部卒 [賞]神戸市あじさい賞(昭和49年) [歴]昭和5年「雲母」に入会、飯田蛇笏に師事、のち同人となる。平成5年「白露」所属。昭和27〜34年ラジオ神戸JOCR俳壇選者を務める。兵庫県俳句協会常任理事、神戸市民芸術文化推進会議会員。句集に「流潮」「銀鱗」「歳月」「林檎」がある。 [団]俳人協会

倉橋 弥一 くらはし・やいち
詩人 [生]明治39年7月2日 [没]昭和20年6月6日 [出]東京 [学]高千穂高商卒 [歴]川路柳虹の指導をうけて「炬火」に詩作を発表。のちに「詩篇」「詩作時代」を創刊。詩集に「詩集訪問」「鉄」(共同詩集)など。小説に「孤島の日本大工」がある。

倉橋 羊村 くらはし・ようそん
俳人 [生]昭和6年4月28日 [出]神奈川県横浜市 本名＝倉橋裕 [学]青山学院大学経済学部卒 [興]道元、山頭火、青木繁 [賞]青の会賞(昭和28年) [歴]昭和27年「馬酔木」入会。39年「鷹」創刊同人、のち編集長、59年退会。平成元年より「波」主宰。詩歌文学館賞、現代俳句協会評論賞選考委員などもつとめる。著書に「水原秋桜子」「秋桜子とその時代」「秀句100句選水原秋桜子」「道元」「現代俳句の展開」。句集に「渾身」「自解100句選倉橋羊村集」など。 [団]現代俳句協会(副会長)、日本文芸家協会、日本ペンクラブ(理事)、日本現代詩歌文学館振興会(常任理事)

蔵原 伸二郎 くらはら・しんじろう
詩人 小説家 [生]明治32年9月4日 [没]昭和40年3月16日 [出]熊本県阿蘇郡黒川村(現・阿蘇町) 本名＝蔵原惟賢(くらはら・これかた) [学]慶応義塾大学仏文科卒 [賞]詩人懇話会賞(第4回)(昭和18年)「戦闘機」、日本詩人賞(第3回)(昭和19年)「戦闘機」「天日の子ら」、読売文学賞(第16回・詩歌・俳句賞)(昭和39年)「岩魚」 [歴]早くから詩作をはじめ「三田文学」や「コギト」に発表し、昭和14年「東洋の満月」を刊行。のち「四季」同人となり、18年刊行の「戦闘機」で日本詩人賞を受賞。その後「乾いた道」「岩魚」などを刊行。ほかに初期の小説集「猫のゐる風景」「目白師」や評論集「東洋の詩魂」「蔵原伸二郎選集」などの著書がある。

栗木 京子 くりき・きょうこ
歌人 [生]昭和29年10月23日 [出]愛知県名古屋市 本名＝中原京子 [学]京都大学理学部(昭和52年)卒 [賞]現代歌人集会賞(第10回)(昭和60年)「水惑星」、河野愛子賞(第5回)(平成7年)「綺羅」 [歴]京大では遺伝子の突然変異を研究。昭和50年在学中「コスモス」に入会。角川短歌賞に応募して次席となり、教養部教授だった高安国世を訪ね、指導を受ける。大学卒業後は浜松市教育委員会に勤務し、54年に結婚。56

年「塔」に入会し、作歌を再開。歌集に「水惑星」「中庭(パティオ)」「綺羅」がある。㊽日本文芸家協会、現代歌人協会

栗田 勇　くりた・いさむ
詩人　小説家　評論家　日本文化研究所名誉所長　元・駒沢女子大学人文学部日本文化学科教授　㊸フランス文学　美術評論　㊤昭和4年7月18日　㊦東京　㊥東京大学仏文科(昭和28年)卒、東京大学大学院(昭和30年)修了　㊾芸術選奨文部大臣賞(文学・評論部門、第28回)(昭和53年)「一遍上人―旅の思索者」、紫綬褒章(平成11年)　㊻明治大学、千葉大学、早稲田大学の各講師をつとめたあと、昭和35年から文筆活動に入り、翻訳、戯曲、絵画、建築など様々な分野で活躍。代表作に文芸評論集「反世界の魔―情念の中の政治」「文学の構想―象徴の復権」「神々の愛でし都」「一遍上人」「わがガウディ」、小説「愛奴」、詩集「サボテン」など。訳書に「ロートレアモン全集」の個人訳がある。他に「栗田勇著作集」(全12巻、講談社)。㊽日本フランス語フランス文学会、美術評論家連盟、日本文芸家協会、日本現代詩人会、地中会学会

栗田 九霄子　くりた・きゅうしょうし
俳人　㊤明治41年9月6日　㊦昭和52年11月25日　㊥山形県　本名=栗田稲雄　㊧明治大学卒　㊻昭和4年大学在学中、畑耕一教授により俳句を知る。7年「南柯」に入り、翌8年同人。「石楠」「馬酔木」「ホトトギス」などを経て、28年「鶴」復刊に参加。29年同人。「胡桃」を主宰するほか、山形県俳人懇話会長として山形俳壇の重鎮であった。句集「青胡桃」、遺句集「石蕗の花」がある。

栗田 靖　くりた・きよし
⇒栗田やすし(くりた・やすし)を見よ

栗田 やすし　くりた・やすし
俳人　日本大学国際関係学部国際交流学科教授　㊸近代日本文学　㊤昭和12年6月13日　㊦旧満州・ハイラル　本名=栗田靖(くりた・きよし)　㊧岐阜大学学芸学部卒、日本大学大学院文学研究科国文学専攻博士課程修了　㊻昭和34年松井利彦主宰「流域」(天狼系)に入会。41年「風」入会、45年同人。著書に「河東碧梧桐の研究」「山口誓子」など。一方、日本大学教授も務める。㊽俳人協会(幹事)、全国大学国語国文学会、日本近代文学会、日本文芸家協会

栗林 一石路　くりばやし・いっせきろ
俳人　ジャーナリスト　㊤明治27年10月14日　㊦昭和36年5月25日　㊥長野県小県郡青木村　本名=栗林農夫　旧姓(名)=上野　㊻少年時代から俳句に親しみ「層雲」に投句する。大正12年改造社に入り、昭和2年新聞連合社に移る。プロレタリア文学の俳人として、4年「シャツと雑草」を刊行。後に新興俳句運動に参加し、16年検挙される。戦後は21年創立された新俳句人連盟の初代委員長になり、職場俳句運動をする。他の著書に、句集「行路」、評論集「俳句芸術論」などがある。㊂長男=栗林一路(登山家)

栗林 種一　くりばやし・たねかず
詩人　ドイツ文学者　茨城大学名誉教授　元・常磐学園短期大学教授　㊤大正3年12月9日　㊥新潟県新潟市東堀通　㊧東京帝大独文科(昭和13年)卒　㊾勲三等瑞宝章(平成3年)　㊻茨城大学人文学部教授を経て、常磐学園短期大学教授。詩人としては「批判」「構想」「晩夏」「花粉」「オルフェ」などに参加。戦前、戦後を通じて「近代文学」の同人の近くにあり、詩集に「深夜のオルゴール」がある。㊽日本独文学会、日本ゲーテ協会、日本文芸家協会

栗林 千津　くりばやし・ちづ
俳人　㊤明治43年4月10日　㊦平成14年5月5日　㊥栃木県河内郡上河内村　本名=栗林チヅ　㊧宇都宮第一高女卒　㊾みちのく賞(昭和40年)、現代俳句協会賞(第33回)(昭和61年)「羅紗」、河北書道展河北賞(かな部門)(第22回)　㊻昭和32年「みちのく」に入会、句作をはじめる。39年「鶴」に入会。42年「鶴」を退会して「鷹」に入会。52年「鷹」を退会。62年「小熊座」に入会、同人。「船団」会員。句集に「のうぜん花」「命独楽」「水の午後」「祈り」「幌」「羅紗」など。書でも河北書道展のかな部門で河北賞を受賞している。㊂息子=栗林卓司(元参院議員)

栗原 潔子　くりはら・きよこ
歌人　㊤明治31年2月5日　㊦昭和40年2月16日　㊥鳥取県　旧姓(名)=中原　㊧跡見女学校中退　㊻女学校時代「心の花」に参加し、昭和15年には「鶯」に参加。戦後は「短歌風光」を主宰。歌集に「潔子集」「寂寥の眼」などがある。

くりはら

栗原 貞子 くりはら・さだこ
詩人 ㊥原爆文学 ㊤大正2年3月4日 ㊦広島県広島市 ㊧可部高女卒 ㊨谷本平和賞（第3回）（平成2年） ㊕昭和6年栗原唯一と思想的に共鳴して結婚。戦時中「人間の尊厳」などの反戦詩をつくる。20年8月広島で被爆。21年雑誌「中国文化」（原子爆弾特集号）創刊に携わる。同年8月自費出版した詩歌集「黒い卵」は占領軍の検閲で一部削除され、提出したゲラ刷りも行方不明となったが、50年袖井林二郎によってアメリカの図書館で発見され、58年完全版を刊行した。その後も原水爆禁止運動に取り組み、「私は広島を証言する」「ヒロシマ・未来風景」などを刊行。ほかに「ヒロシマというとき、未来はここから始まる」「The Songs of Hiroshima」などがある。

栗原 まさ子 くりはら・まさこ
詩人 ㊤昭和14年1月18日 ㊦和歌山県 ㊧熊野高卒 ㊕詩集に「復活」「えんそう会」がある。

栗原 米作 くりはら・よねさく
俳人 ㊤大正5年7月8日 ㊨平成10年3月29日 ㊦神奈川県横浜市 本名＝栗原米吉 ㊕通信社に入り簡易保険業務に従事、昭和51年退官。職場に「若葉」の誌友が多く、15年「若葉」入会。戦後職域俳句会を再興し、機関誌「草の花」を発行。富安風生に師事し、24年「若葉」同人。句集に「坂」がある。

栗間 耿史 くりま・こうし
俳人 ㊤明治38年10月15日 ㊨平成11年1月23日 ㊦島根県大原郡 本名＝栗間久 ㊧島根師範専攻科卒 ㊕元教員。大正9年より作句を始め、「枯野」「天の川」「玉藻」「城」等に投句。昭和40年「白魚火」同人、のち会長となる。47年「若葉」同人、同年島根県俳句協会に入会したのち会長も務めた。毎日新聞島根俳壇選者。句集に「雲の彩」、詩集に「虚空盃」、著書に「心の時差」などがある。 ㊿俳人協会

栗生 純夫 くりゅう・すみお
俳人 「科野」主宰 ㊤明治37年4月20日 ㊨昭和36年1月17日 ㊦長野県須坂市東横町 本名＝神林新治 ㊕長野県文化功労者（第1号）、須坂市名誉市民（第2号） ㊕大正9年16歳で「石楠」に入会、臼田亜浪に師事。昭和21年俳誌「科野」を創刊、主宰した。句集に「大陸諷詠」「山帰来」「科野路」など。また、11年「一茶雑記」を発表して以来、新資料「まん六の春」などの発見や論文など一茶研究家として多くの功績を残した。

車谷 弘 くるまだに・ひろし
俳人 編集者 ㊤明治39年8月28日 ㊨昭和53年4月16日 ㊦静岡県下田市 ㊧東京薬専（昭和4年）卒 ㊨芸術選奨文部大臣賞 文学、評論部門（第27回）（昭和51年）「わが俳句交遊記」 ㊕昭和5年「サンデー毎日」の懸賞小説に投稿し入選。永井龍男と下宿をともにして小説修業にはげんだこともある。昭和6年文芸春秋社に入社し、「文芸春秋」編集長、編集局長、出版局長、専務などを歴任。俳句は久保田万太郎に師事し、句集に「侘助」「花野」がある。ほかに小説集「算盤の歌」、随筆集「銀座の柳」など。

胡桃沢 勘内 くるみざわ・かんない
歌人 ㊤明治18年3月6日 ㊨昭和15年12月28日 ㊦長野県筑摩郡島内村平瀬 号＝四沢、別号＝平瀬泣崖、麦雨、茂生、無花果、大嶺道人 ㊕18歳で俳句を上原三川に学び、20歳の時三川の勧めで伊藤左千夫に師事。「比牟呂」「馬酔木」「アララギ」で活躍した。歌集「胡桃沢勘内集」がある。のち民俗学を研究し、「松本と安曇」「福間二九郎の話」などを著わす。「松本時論」にも多く寄稿した。

呉 美代 くれ・みよ
詩人 エッセイスト ㊤昭和2年8月1日 ㊦東京 本名＝土橋美代 ㊧鎌倉高女卒 ㊕詩集に「蝶」「危ない朝」、エッセイ集に「花幻想」。「風」同人を経て、「花」主宰。 ㊿日本現代詩人会、日本ペンクラブ、日本文芸家協会

暮尾 淳 くれお・じゅん
詩人 ㊤昭和14年4月23日 ㊦北海道札幌市 本名＝加清鍾 ㊧早稲田大学文学部卒 ㊕昭和39年詩誌「あいなめ」に参加。のち詩誌「コスモス」同人を経て「騷」編集同人、「核」同人。著書に詩集「めし屋のみ屋のある風景」「ほねくだきうた」、「カメラは私の武器だった―きみは、アキヒコ・オカムラを知っているか」、「日本の詩・金子光晴」（編著）、「宮沢賢治『妹トシへの詩』鑑賞」他。 ㊿日本詩人クラブ、金子光晴の会、日本現代詩人会、日本文芸家協会

久礼田 房子　くれだ・ふさこ
歌人　[生]明治43年10月2日　[出]東京　旧姓(名)＝森　[学]千代田女学校卒　[歴]昭和7年頃中河幹子主宰「ごぎやう」(「をだまき」の前身)に入会、のち編集同人。旧十月会会員。歌集に「炎道」「滝」「多羅」「蒼林」「夢幻空花」がある。[団]日本歌人クラブ、現代歌人協会、日本文芸家協会

榑沼 けいー　くれぬま・けいいち
俳人　[生]大正13年2月29日　[没]平成6年9月22日　[出]東京　本名＝榑沼圭一　[学]慶応義塾大学経済学部卒　[賞]万緑賞(昭和45年)　[歴]昭和21年慶大俳句現役時代、「馬酔木」、「野火」等に投句後、24年「万緑」入会、中村草田男に師事。32年同人。44年俳人協会会員となり、俳句選集や会員名鑑などの編集委員、カレンダー委員などを務め、63年幹事。「万緑」の支部誌「群星」を発行。句集に「遠目差」がある。　[団]俳人協会

黒岩 漁郎　くろいわ・ぎょろう
俳人　[生]明治25年1月5日　[没]昭和20年1月12日　[出]東京・麹町　本名＝黒岩日出雄　[歴]長谷川春草・増田龍雨に句を学び、大正10年4月「俳諧雑誌」新人号に加えられる。15年3月万朝報社内に「さつき句会」を起こし、翌昭和2年4月俳誌「さつき」を創刊主宰した。「俳書総目録」の著作がある。　[家]父＝黒岩涙香

黒岩 有径　くろいわ・ゆうけい
俳人　[生]大正5年10月27日　[没]平成6年11月5日　[出]群馬県　[歴]昭和13年「ぬかご」に入会、安藤姑洗子に師事。24年「東虹」創刊に参画、47年大野我羊急逝後主宰。34年「葦」創刊主宰。句集に「わが戦後」「砂上の塔」ほかがある。[団]現代俳句協会

黒川 慧　くろかわ・さとし
川柳作家　現代川柳研究会副主幹　元・国立国会図書館立法考査局長　[専]青少年問題　[生]大正12年2月5日　[没]平成12年6月9日　[出]東京　号＝黒川笠子(くろかわ・りゅうし)　[学]東京大学法律学科卒　[賞]勲三等旭日中綬章(平成5年)　[歴]国立国会図書館専門調査員、立法考査局長を務める傍ら、昭和31年川柳きやり吟社誌友、32年新東京川柳研究会(現・現代川柳研究会)に入会、33年同人。38年国立国会図書館川柳会を結成、代表。老人ホーム、視覚障害者の川柳会講師などを務めた。

黒川 巳喜　くろかわ・みき
建築家　俳人　(株)黒川建築事務所会長　蟹江町文化財保護審議会会長　[生]明治38年3月25日　[没]平成6年1月2日　[出]愛知県海部郡蟹江町　[学]名古屋高工建築学科(昭和2年)卒　[資]一級建築士　[賞]建設大臣表彰(昭和42年)、黄綬褒章(昭和46年)、藍綬褒章(昭和49年)　[歴]愛知県営繕技師を経て昭和21年黒川建築事務所開設。48年株式に改組、代表、のち会長。45年から俳句の会であるねんげ句会の世話人も務める。自宅の海部郡蟹江町一帯の、失われゆく水郷の面影をせめて句碑の形で残そうと、近くの鹿島神社内にこの地をうたった句碑を建て、“鹿島文学苑”と名づけた。「拈華」「ホトトギス」「夏草」同人。句集に「ありつたけ」「松ぼくり」がある。　[団]日本建築家協会(相談役)、愛知建築士会、新日本建築家協会(終身会員)[家]長男＝黒川紀章(建築家)、二男＝黒川雅之(建築家)

黒川 路子　くろかわ・みちこ
俳人　[生]大正11年7月3日　[没]平成6年8月24日　[出]岐阜県　本名＝黒川道子　[歴]昭和37年「寒雷」入門。45年「杉」創刊参加。のち、「杉」同人。句集に「自解100句選 黒川路子集」、「沙羅」「漣」他。　[団]現代俳句協会、日本文芸家協会

黒木 清次　くろき・せいじ
詩人　小説家　エフエム宮崎社長　[生]大正4年5月2日　[没]昭和63年8月22日　[出]宮崎県西諸県郡須木村　[学]宮崎師範(昭和12年)卒　[賞]上海文学賞(第1回)「棉花記」、宮崎県文化賞(昭和41年)　[歴]昭和13年谷村博武らと同人誌「龍舌蘭」を創刊。14年中国に渡り、18年小説「棉花記」で上海文学賞を受賞、芥川賞候補となる。戦後、出版社を経て、25年宮崎日日新聞社入社。37年取締役、43年常務、48年専務、52年社長を歴任し、59年エフエム宮崎社長となる。この間38年「乾いた街」がH氏賞候補になった。著書に「黒木清次小説集」、「蘇州の賦」、詩集「麦と短雚」「風景」がある。平成2年未刊詩を収めた「黒木清次詩集」が刊行された。[団]日本現代詩人会、日本文芸家協会、日本詩人クラブ

黒木 瞳　くろき・ひとみ
女優　詩人　[生]昭和35年10月5日　[出]福岡県八女郡黒木町　本名＝伊知地昭子　旧姓(名)＝江上　[学]八女高(昭和54年)卒、宝塚音楽学校卒[賞]日本アカデミー賞新人賞(昭和61年)「化身」、マドモアゼル・パルファム賞(平成9年)、報知映

画賞主演女優賞(第22回)(平成9年)「失楽園」、日刊スポーツ映画大賞主演女優賞(第10回)(平成9年)「失楽園」、日本アカデミー賞主演女優賞(第21回, 平9年度)(平成10年)「失楽園」 [歴]高校時代は演劇部に属し、「ベルサイユのばら」福岡公演を見たのがきっかけで宝塚音楽学校に入る。昭和56年4月入団、「宝塚春の舞台」で初舞台。1年目に大地真央の相手役に抜擢され、60年3月には月組の娘役のトップとして「ガイズ&ドールズ」に出演。同年8月退団し、大阪新歌舞伎座「将軍」のヒロイン役で女優デビュー。61年映画「化身」に出演して注目され、NHK連続テレビ小説「都の風」で人気を得る。63年テレビ朝日「欽ちゃんのどこまで笑うの」のでは司会を務めた。平成9年映画「失楽園」でトップ女優の仲間入り。11年「日本レコード大賞」の司会を務める。他の出演に、映画「花園の迷宮」「死線を越えて・賀川豊彦物語」「渋滞」「略奪愛」「仄暗い水の底から」、テレビ「都会の森」「腕におぼえあり」「ジェラシー」「義務と演技」「透明人間」「天晴れ夜十郎」「新宿鮫」「愛しすぎなくてよかった」「リング～最終章」「魔女の条件」「チーム」「イマジン」「オヤジぃ。」「ルーキー！」「恋を何年休んでますか」「ゴールデンボウル」、舞台「ハムレット」「陽気な幽霊」「オセロー」、ミュージカル「ママ・ラヴズ・マンボ」「クリスマス・ボックス」など。また、中学時代から詩作に励み、詩集に「長袖の秋」「夜の青空」、エッセイに「わたしが泣くとき」、絵本に「モン・モエ」、絵本の翻訳に「すきなの だあれ？」などがある。9年初の写真集「黒木瞳」を刊行。

黒木 三千代　くろき・みちよ

歌人　[生]昭和17年11月4日　[出]大阪府東大阪市　本名＝静谷由紀　[学]大阪樟蔭女子大学英米文学科(昭和40年)卒　[賞]短歌研究新人賞(第30回)(昭和62年)「貴妃の脂」、ながらみ現代短歌賞(第3回)(平成7年)「クウェート」　[歴]昭和58年「未来」に入会、岡井隆に師事。歌集に「貴妃の脂」「クウェート」。　[団]現代歌人協会、日本文芸家協会

黒木 野雨　くろき・やう

俳人　[生]明治32年2月22日　[没]昭和52年8月31日　[出]長野県松本市　本名＝藤沢和夫　[学]東京帝国大学法学部卒　[賞]福島県文学賞(俳句, 第3回)(昭和25年)「青胡桃」、馬酔木賞(昭44年度)、角川俳句賞(第21回)(昭和50年)「北陲覊旅」 [歴]鉄道省に入り、後私鉄の重役。昭和12年「馬酔木」に投句、水原秋桜子に師事する。32年「馬酔木」同人。44年度馬酔木賞、作品「北陲覊旅」により50年第21回角川俳句賞受賞。随筆集に「巴里の散歩」句集に「赤岳」がある。

黒坂 紫陽子　くろさか・しようし

俳人　安楽城出版代表　[生]昭和13年4月3日　[出]山形県真室川町　本名＝黒坂昭二(くろさか・しょうじ)　[学]鶴岡工業高校機械科卒　[歴]高校卒業後上京。サラリーマン生活に入る。昭和37年より「馬酔木」に投句、水原秋桜子に師事。44年「馬酔木」同人。句集に「真顔」など。一方、58年サラリーマン生活の傍ら安楽城出版を創立。平成8年法人化し代表。句集、歌集、詩集、評論集など出版。　[団]俳人協会

黒崎 善四郎　くろさき・ぜんしろう

歌人　[生]昭和9年9月11日　[出]群馬県　[歴]19歳の頃から作歌し、昭和30年「蒼穹」に入会。31年「蒼穹」桐生支部の若い仲間と同人誌「霧生」を創刊する。35年「砂金」に入会。43年「詩歌」に入会。44年より浪人、作詞の世界に入るが、51年「砂金」に復帰。53年より玉城徹に師事し「うた」に入会、のち編集委員。歌集に「霧生るる町」がある。

黒沢 武子　くろさわ・たけこ

歌人　[生]大正6年4月3日　[出]東京　[学]実践女学校国文科　[賞]菩提樹賞(昭和36年)　[歴]在学中、高崎正秀の指導を受け「青角髪」の会員となる。戦後、佐佐木信綱に師事。のち大岡博の懇請により「菩提樹」入社。同誌の充実を計り、尽力しているうちに窪田空穂と出逢い、その教えを聴く。歌集に「冬の虹」「白鷺抄」「光の滴」など。

黒須 忠一　くろす・ちゅういち

歌人　[生]明治41年11月9日　[没]平成5年2月4日　[出]福島市　[学]福島県立蚕業学校卒　[賞]福島県文学賞(短歌, 第17回)(昭和39年)「草屋根」 [歴]昭和2年岡野直七郎に師事して「蒼穹」に入会、3年以来同人。29年青環短歌会を創設。32年より35年まで福島県歌人会長。福島民友新聞、毎日新聞福島版歌壇選者を務める。歌集に「吾妻嶺」「草屋根」がある。 [団]現代歌人協会

黒瀬 勝巳　くろせ・かつみ

詩人　[没]昭和56年　[学]同志社大学卒　[歴]京都に住み、36歳で自殺。詩集に「ラムネの日から」がある。没後「幻燈機のなかで」が刊行された。

黒田 喜夫　くろだ・きお
詩人　評論家　[生]大正15年2月28日　[没]昭和59年7月10日　[出]山形県寒河江市　[賞]H氏賞(第10回)(昭和35年)「不安と遊撃」　[歴]工場・農業労働者を経て戦後共産党員として農民運動に従事。「詩炉」を経て「列島」「新日本文学」に加わり、「空想のゲリラ」「毒虫飼育」「ハンガリヤの笑い」などを発表。昭和35年離党。「地中の武器」「不帰郷」などの詩集、「死に至る飢餓」「彼岸と主体」「一人の彼方へ」などの評論集を刊行。

黒田 清綱　くろだ・きよつな
政治家　歌人　子爵　枢密顧問官　貴院議員(勅選)　[生]文政13年3月21日(1830年)　[没]大正6年3月23日　[出]薩摩国鹿児島城下高見馬場(鹿児島県)　通称=新太郎、号=滝園　[歴]幼少より藩学造士館の童子員として学び、22歳の時島津斉彬により史館見習役、ついで史館副役に挙げられ、元治元年軍賦役となる。慶応2年幕府が長州再征に当って筑前にある五卿を大阪に招致しようとした際、藩命により太宰府に赴き、幕臣に談判して五卿の移転をくいとめた。次いで同年薩摩藩の正使として山口を訪れ、藩主毛利敬親の引見を受けるなど、幕末期志士として国事に奔走。明治元年山陰道鎮撫総督府参謀を命ぜられ、凱旋後鹿児島藩参政となった。3年弾正少弼、4年東京府大参事、5年教部少輔、ついで文部少輔、8年元老院議官となり、20年子爵授爵、23年勅選貴族院議員、33年枢密顧問官に就任、宮内省御用掛を兼ねた。歌を八田知紀に学び、滝園社を開いて子弟を教授。45年御歌所長高崎正風の没後は大正天皇、貞明皇后の御製御歌をみた。歌集に「庭につみ」「滝園歌集」など。　[家]養子=黒田清輝(洋画家)

黒田 桜の園　くろだ・さくらのその
俳人　[生]明治36年7月20日　[没]平成10年7月4日　[出]石川県金沢市　本名=黒田尚文(くろだ・なおぶみ)　[学]日本大学専門部歯科卒　[賞]泉鏡花記念金沢市民文学賞(昭和56年)「三面鏡」、馬酔木賞(昭和63年)　[歴]昭和2年「枯野」「ホトトギス」「馬酔木」「寒雷」に投句。「風」創刊より同人、100号にて退会。再び「馬酔木」に拠り、32年「馬酔木」同人。39年俳人協会入会。句集に「金沢新唱」「三面鏡」「黒忌抄」「自註黒田桜の園集」。　[団]俳人協会(名誉会員)

黒田 三郎　くろだ・さぶろう
詩人　評論家　[生]大正8年2月26日　[没]昭和55年1月8日　[出]広島県呉市　[学]東京帝国大学経済学部(昭和17年)卒　[賞]H氏賞(第5回)(昭和29年)「ひとりの女に」　[歴]昭和11年「VOU」に参加して詩作を始める。戦後、「荒地」同人として小市民の生活感情を平明な言葉でえぐり出した。詩集「ひとりの女に」(昭和29年)でH氏賞を受賞。ほかに詩集「死後の世界」「小さなユリと」、評論集「内部と外部の世界」、随筆集「死と死の間」など。詩人会議運営委員長、日本放送協会研修所教授、青山学院講師もつとめた。
[家]妻=多菊有芳(書家)

黒田 青磁　くろだ・せいじ
歌人　評論家　[専]政治　人物論　[生]昭和12年5月27日　[出]栃木県佐野市　本名=黒田誠二(くろだ・せいじ)　[学]関東短期大学(昭和33年)卒
[賞]浅紅賞(第1回)、河北新報短編小説入賞(昭和35年)、下野新聞短編小説入賞(昭和48年)
[歴]佐野市議3期ののち、栃木県議選に敗れ、現在フリーライター。歌人としては昭和32年「下野短歌」入会、35年「文芸東北」同人、38年「現代東北」編集責任者。50年「浅紅」入会、55年「両毛短歌会」設立主宰。歌集に「少年の日々」、随筆集に「ある戦後派」「黒田誠二の本」などがある。　[団]全日本著作家協会、両毛ペンクラブ、万葉文学会

黒田 達也　くろだ・たつや
詩人　[生]大正13年2月9日　[出]福岡県　[学]三池中(昭和16年)卒　[歴]昭和22年「九州文学」同人、31年「ALMÉE」創刊、主宰。詩集に「硝子の宿」「ル・ブラン・ノアール」「北極上空」「ホモ・サピエンスの嗤い」「黒田達也詩集」など。他に「現代九州詩史」「西日本戦後詩史」がある。　[団]日本現代詩人会、日本文芸家協会

黒田 忠次郎　くろだ・ちゅうじろう
俳人　[生]明治26年2月27日　[没]昭和46年8月4日　[出]東京・巣鴨　本名=黒田忠治郎　旧号=光湖
[学]大倉高商卒　[歴]三井銀行に勤務しながら句作をし「鉄心」「射手」「生活派」などを主宰。著書に「現俳壇の人々」「生活俳句提唱」などがある。

黒田 杏子　くろだ・ももこ
俳人　エッセイスト　「藍生」主宰　[生]昭和13年8月10日　[出]東京市本郷区元町　[学]東京女子大学文理学部心理学科(昭和36年)卒　[賞]夏草新人賞(昭和50年)、現代俳句女流賞(第6回)(昭和56年)「木の椅子」、俳人協会新人賞(第5回)(昭和56年)「木の椅子」、夏草賞(第5回)(昭和61年)、俳人協会賞(第35回，平7年度)(平成8年)「一木一草」　[歴]昭和36年博報堂入社。57年「広告」編集室長を経て、62年12月情報センター室長代理、のち調査役。一方、俳句は山口青邨に学生時代から師事。50年「夏草」同人。56年第一句集「木の椅子」を出し、現代俳句女流賞、俳人協会新人賞を受賞した。平成2年10月「藍生(あおい)」創刊主宰。角川「平成俳壇」、「俳句とエッセイ」選者。句集に「水の扉」、ほかに「花鳥歳時記」(全4冊)「あなたの俳句づくり」「今日からはじめる俳句」がある。[団]俳人協会、日本文芸家協会、日本ペンクラブ

黒田 淑子　くろだ・よしこ
歌人　[生]昭和4年9月9日　[出]岐阜県岐阜市　本名＝鷲見淑子　[学]岐阜女子専卒　[賞]岐阜県芸術文化奨励賞(昭63年度)(平成1年)、梨郷賞(第9回)(平成12年)　[歴]昭和31年「歩道」短歌会に入会。主婦業のかたわら歌人として活躍。37年から笠松刑務所の女子受刑者に短歌の指導を始める。60年同人誌「嬉遊」を主宰する。歌集に「丘の外燈」「黄花」「薄明」などがある。「歩道」同人。　[団]現代歌人協会

黒羽 英二　くろは・えいじ
詩人　劇作家　小説家　[生]昭和6年12月6日　[出]東京　[学]早稲田大学英文科(昭和31年)卒　[賞]文芸賞(第4回)(昭和45年)「目的補語」、現代詩人アンソロジー賞(第2回・優秀作品)(平成4年)「沖縄最終戦場地獄巡礼行」　[歴]「時間」「希望」に参加。昭和30年後藤明生らと「新早稲田文学」を創刊。神奈川県下で高校教師をつとめる。詩集に「目的補語」「いのちの旅」、著書に「黒羽英二戯曲集」など。

黒部 節子　くろべ・せつこ
詩人　[生]昭和7年　[出]三重県松阪市　[学]奈良女子大学卒　[賞]日本詩人クラブ賞(第20回)(昭和62年)「まぼろし戸」、晩翠賞(第38回)(平成9年)「北向きの家」　[歴]昭和60年脳内出血で倒れ、以来意識不明。平成9年友人の詩人によって詩集「北向きの家」が編まれ、晩翠賞を受賞。詩集に「空の中で樹は」「いまは誰もいません」などがある。

黒柳 啓子　くろやなぎ・けいこ
児童文学作家　詩人　[生]昭和9年　[出]愛知県　[学]愛知淑徳高卒　[賞]新美南吉賞佳作(第6回)、三木露風賞入選(第3回)(昭和62年)「ありんこのうた」　[歴]第3期児童文学学校に学ぶ。昭和60年名古屋市の童謡詩サークル・えんじゅの会に入会。著書に童謡詩集「砂かけ狐」「にょごにょご」、「現代少年詩集」(共著)。[団]中部児童文学、織音の会、えんじゅの会、民話と文学の会

桑門 つた子　くわかど・つたこ
画家　詩人　[生]大正3年　[出]東京　本名＝能仁つた子　[学]女子美術学校洋画部卒　[歴]女学校卒業後、絵を描きながら詩も書きはじめる。昭和15年頃より「日本詩壇」「馬車」「詩文学研究」「蝋人形」などに作品を発表、のち女詩人会の会員として詩の朗読会、また合同詩集を持つ。35年頃より「沙羅」で作品発表をはじめ、現在は「しろたえ」「柵」「こうべ芸文」などに発表。絵は光風会のち二元会会員として神戸で2回の個展を開く。詩集に「庭園詩」「明るい夜の中に」「ギリシアの鳩」「鳥の歌」などがある。
[団]日本詩人クラブ

桑島 玄二　くわしま・げんじ
詩人　大阪芸術大学教授　[専]近代日本文学
[生]大正13年5月1日　[没]平成4年5月31日　[出]香川県　本名＝丸山玄二(まるやま・げんじ)
[学]高松高商卒　[賞]兵庫詩人賞(第6回)(昭和59年)　[歴]代表作に「白鳥さん」「つばめの教室」「戦争と子ども詩」などがある。
[団]日本現代詩人会

桑田 青虎　くわた・せいこ
俳人　「田鶴」主宰　[生]大正3年3月15日　[出]広島県　本名＝桑田善一郎(くわた・ぜんいちろう)
[学]広島県立尾道商業高校卒　[賞]馬酔木賞(昭和15年)、姫路市芸術文化賞(芸術賞)(平成5年)
[歴]昭和3年義兄・塚原夜潮の手ほどきを受け、「ホトトギス」初入選。7年後藤夜半に師事。34年より高浜年尾に師事し、「ホトトギス」に再投句。41年同人。44年より「田鶴」主宰。
[団]俳人協会

桑原 圭介　くわはら・けいすけ
詩人　[生]大正2年12月18日　[出]山口県下関市
[学]早稲田大学商学部卒　[歴]中学時代に三好達治の「測量船」に感動して詩作を始める。昭和7年に上京後、詩誌「果樹園」を主宰。また北園克衛・岩本修蔵編集の「MADAME BLANCHE」に参加。のち「文芸汎論」「詩学」

などに投稿、「手紙」「主題」「遠近法」を主宰する。詩集に「悲しき都邑」がある。

桑原 月穂　くわばら・げっすい
俳人　[生]明治42年9月11日　[没]平成3年2月13日　[出]栃木市　本名＝桑原倉吉　[歴]大正15年臼田亜浪に師事し、「石楠」に拠る。15年「にぎたま」を創刊主宰。29年「地層」を創刊主宰。36年「河」に参加。52年「紺」を創刊主宰。54年「人」創刊に参加、同人会副会長をつとめたが、59年退会。句集に「雪原」「山火」。
[団]俳人協会

桑原 三郎　くわはら・さぶろう
歌人　[生]明治40年12月28日　[没]平成8年7月21日　[出]徳島県　[学]国学院大学卒　[歴]大学在学中の昭和3年「ぬはり」に入会、菊池知勇に師事。応召などの事情で19年から39年まで作歌から遠ざかったが、40年「ぬはり」に復帰。のち「野榛」編集委員、選者。歌集に「生活の音」「坤」がある。　[団]日本歌人クラブ

桑原 三郎　くわはら・さぶろう
俳人　[生]昭和8年6月6日　[出]埼玉県　[賞]六人の会賞(第4回)(昭和50年)、現代俳句協会賞(第27回)(昭和55年)　[歴]昭和32年より句作を始め、一時中断ののち、45年「俳句評論」「渦」に参加。57年「犀」を創刊し、編集にたずさわる。句集に「春乱」「花表」「龍集」「俳句物語」など。　[団]現代俳句協会

桑原 視草　くわばら・しそう
俳人　[生]明治41年10月9日　[没]平成6年9月12日　[出]島根県　本名＝桑原一雄(くわばら・かずお)
[学]島根師範本科二部卒　[賞]古志賞(昭和24年)、河賞(昭和44年)、俳人協会評論賞(第2回)(昭和57年)「出雲俳壇の人々」、山陰中央新報社文化賞　[歴]昭和初年より大須賀乙字門の太田柿葉に就く。のちに「草上」を経て、22年「古志」創刊に同人参加。42年「河」に同人参加。その間、39年から自ら「出雲」を創刊し、59年まで主宰。句集に「湖畔」、著書に「出雲俳句史」など。　[団]俳人協会

桑原 志朗　くわはら・しろう
俳人　[生]明治45年3月15日　[没]平成10年3月25日　[出]香川県高松市　本名＝桑原四郎　[学]岡山医科大学卒　[賞]馬酔木新樹賞努力賞(昭和34年)、馬酔木新樹賞(昭和35年)　[歴]昭和14年「馬酔木」に初投句。16年より佐野まもるの指導を受ける。33年「燕巣」同人。36年「馬酔木」同人となり、のちに岡山馬酔木会で指導した。59年「橡」創刊同人。句集に「春暁」「雲の量」「妻恋」がある。
[団]俳人協会、岡山県俳人協会(副会長)

桑原 兆堂　くわはら・ちょうどう
俳人　元・磐梯町(福島県)町長　[生]明治36年10月10日　[没]昭和63年7月4日　[出]福島県耶麻郡磐梯町　本名＝桑原啓(くわはら・けい)
[学]会津中学(旧制)卒　[賞]野火賞(昭和46年)
[歴]昭和3年から俳句を始め、8年「馬酔木」に入会。11年「初鴨」創刊に参加し、編集発行人。19年「初鴨」休刊。41年「野火」に参加、43年同人。この間、30〜50年磐梯町長をつとめた。句集に「寒造」がある。
[団]俳人協会

桑原 徹　くわはら・とおる
詩人　[生]昭和24年　[歴]詩集に「海の料理店」「これは通常その外側に貝殻生じている」「星の辞典」「要素」「時間的猥褻物」などがある。

桑原 啓善　くわはら・ひろよし
心霊研究家　詩人　作詞家　自然音楽療法研究家　生命の樹主宰　リラ研究グループ自然音楽研究所　[専]心霊学　[生]大正10年1月1日　[出]長崎県　別名＝山波言太郎(やまなみ・げんたろう)
[学]慶応義塾大学経済学部卒、慶応義塾大学大学院(旧制)経済史専攻修了　[興]リラ・ヴォイス
[歴]学生時代心霊研究に入り、スピリチュアリストとなる。のち浅野和三郎の創立した心霊科学研究会の後継者として「心霊と人生」誌主幹の脇長生の門で、心霊研究と霊的研究を行う。昭和60年シルバー・バーチの会(生命の樹)を設立。デクノボー革命を実践(平成11年まで)。一方、リラ研究グループ自然音楽研究所で主宰の青木由起子らとヒーリング指導、自然音楽朗読法の指導をし、山波言太郎の名で自然音楽の作詞を多数手掛ける。著書に「心霊入門」「同年の兵士達へ」「宮沢賢治の霊的世界」「自然音楽療法」、共著に「癒しの自然音楽」、編著に「日本神霊主義聴聞録」「自然音楽療法の症例集」、訳書に「シルバー・バーチ霊言集」「自己を癒す道」など、他に詩集多数。
[団]日本詩人クラブ

桑原 廉靖　くわはら・れんせい
医師　歌人　桑原医院院長　[生]大正4年2月12日　[出]福岡県大宰府市　[学]九州帝国大学医学部(昭和16年)卒　医学博士　[賞]福岡市文学賞(第12回)(昭和57年)、日本馬術連盟功労賞(昭和58年)　[歴]九大内科教室における研究を経て、昭和20年内科医院を開業。かたわら郷土の歌人、

大隈言道の研究に情熱をそそぎ、大隈言道研究ささのや会世話人。歌誌「かささぎ」主幹、福岡市歌人会会長なども務めた。歌集に「象牙の聴診器」「黄落」「川下る蟹」。著書に「大隈言道と博多」「大隈言道の桜」、エッセイに「往診は馬に乗って」。「歌と評論」同人。 ㊟福岡文化連盟、福岡県医師会、福岡県馬術連盟(名誉会長)、日本歌人クラブ

郡司 信夫 ぐんじ・のぶお
ボクシング評論家 歌人 日本ボクシングコミッション理事 ㊤明治41年10月1日 ㊦平成11年2月11日 ㊧栃木県大田原市 ㊥大正大高師国漢学科(昭和5年)卒 ㊨文部省スポーツ功労者(平成3年) 誠文堂新光社で「スポーツ」、実業の日本社で「実話と小説」の編集に携わる。昭和8年「拳闘ニュース」を創刊。9年ガゼット出版社を設立、「ボクシング・ガゼット」を創刊し、主筆。傍ら、日本初の世界王者となった白井義男のタイトル挑戦試合をはじめ、27年からTBSラジオ、29〜57年TBSテレビのボクシング解説を担当。61年自ら収集したボクシング資料を郡司文庫として公開。著書に「ボクシング百年」「チャンピオンへの道」「リングサイド50年」、歌集に「雨だれ」「野火」「紅海」などがある。

郡司 野鈔 ぐんじ・やしょう
俳人 ㊤明治40年2月12日 ㊧茨城県 本名=郡司徳三郎 ㊥水戸工高卒 ㊨昭和8年茨城新聞の遠藤蘇子選に投句。又臼田亜浪に師事、石楠会員。戦後、大野林火主宰の「浜」、川島彷徨子主宰の「河原」に加盟。俳人協会「年の花」講師。老人福祉広報誌「ひぬま」俳句選者。句集に「寒燈」「あかざの杖」。常陸太田、下館各電報電話局長を務めた。 ㊟俳人協会

【け】

慶光院 芙沙子 けいこういん・ふさこ
詩人 政治公論社社長 ㊤大正3年7月1日 ㊦昭和59年6月27日 ㊧東京・世田谷 本名=安山三枝(やすやま・みえ) ㊥山脇高女卒 ㊨昭和34年から詩誌「無限」を主宰。詩集に「私」、評論集に「無用の人・萩原朔太郎研究」「詩・永遠の実存」など。

敬天 牧童 けいてん・ぼくどう
詩人 俳人 ㊤明治8年11月10日 ㊦昭和43年6月23日 ㊧丹波国何鹿郡(京都府) 本名=野田良治(のだ・りょうじ) 旧姓(名)=今村 ㊥東京専門学校(現・早稲田大学)中退 ㊨明治30年公使館及び領事館書記生試験に合格し、外務省に入る。マニラ、メキシコ、ペルー、チリ、ブラジルなどの大使館勤務を経て、昭和10年退官。詩風は宗教的な敬虔さがあり、人の心や外国の自然美を歌にあげている。詩集に「短笛長鞭」「青春の詩」、訳詩集に「イスパノアメリカ名家詩集 舶来すみれ」、俳句・詩の合併集に「爪の蔓」など。またポルトガル語関係の語学面の業績として、「日葡辞典」の編纂がある。

K・マーホ
作家 詩人 ㊤昭和48年8月1日 ㊧三重県上野市 本名=森田一孝 ㊨万有賞(第1回)「トイレの閃き」 ㊨「トイレの閃き」で第1回万有賞を受賞。「地球のウラハラ」で第3回日本作詞大賞新人賞候補となる。著書、詩集に「トイレの閃き」「テレビジョン」「おしりとサドルがあいますか」がある。

芥子沢 新之介 けしざわ・しんのすけ
歌人 ㊤明治27年3月29日 ㊦昭和41年11月9日 ㊧新潟県 本名=田中弥藤次 ㊨大正6年「アララギ」に入会し、昭和2年「吾が嶺」を創刊主宰。10年「多磨」創刊に参加し、28年「コスモス」会員。31年1月「いしかり」を創刊する。歌集に「早春」「雪国の絵本」「芥子沢新之介歌集」、没後の随想集に「赤鉛筆」がある。

蕨 真 けつ・しん
歌人 ㊤明治9年8月20日 ㊦大正11年10月14日 ㊧千葉県 本名=蕨真一郎(わらび・しんいちろう) 別号=礒山 ㊨明治33年新聞「日本」の子規選歌に入選、翌34年根岸短歌会に参加。子規没後「馬酔木」の発刊に加わり、41年10月自ら「阿羅ゝ木」を創刊する。同誌が伊藤左千夫の手に移り新人の進出を見るに及んで次第に疎遠となった。歌集「林澗集」の他林関係の著書もある。

権 宅明 けん・たくめい(クォン・テクミョン)
詩人 ㊧韓国 ㊤1950年 ㊧慶尚北道慶州郡 ㊨韓国外換銀行東京支店を経て、総合企画部次長。かたわら詩を書き、1974年月刊詩誌「心象」で新人賞を受賞しデビュー。詩集に「愛・以後」「影のある空地」「永遠、その彼方へ」がある。また小海永二詩集「小鳥が餌をついばむように」、山口惣司詩集「天・地・人」、伊集院

静の小説「白秋」などを韓国に翻訳紹介している。韓国詩人協会事務局長なども務めた。

見学 玄　けんがく・げん
俳人　歌人　全国俳誌協会会長　[生]明治41年11月15日　[没]平成4年8月13日　[出]東京・新宿　本名＝見学玄(けんがく・ひろし)　旧号＝見学地龍子　[学]東京府立一商卒　[歴]昭和4年頃より作句、佐藤紅緑・飯野哲二に師事。「ぬかご」「ゆく春」「渋柿」等を経て14年「東風」を主宰。21年「虚実」を発行のち「胴」と改題、編集を梅田桑弧に委譲。「俳句文学」「秋」を経て48年「五季」創刊。「胴」「海程」「山河」同人。全国俳誌協会会長を務める。また歌人としても活動し、福田栄一の指導を受けて「古今」同人。「新歌人会」を経て「地中海」「層」に参加し、昭和35年「古今」に復帰した。句集に「莫逆」、共著に「十年」「新鋭十二人」がある。　[団]俳句協会

監物 昌美　けんもつ・まさよし
歌人　[生]昭和12年3月　[出]群馬県勢多郡南橘村(現・前橋市)　本名＝監物聖善　[歴]昭和30年「ケノクニ」に入会、32年「アララギ」に入会。34年伊勢崎市役所に入職。現在は教育委員会事務局に勤務。歌集に「土手の道」「えにし」「群落」(合同歌集)、著書に「角川日本地名大辞典〈10〉/群馬県」「伊勢崎市史通史編〈3〉/近現代」(以上分担執筆)がある。

【こ】

小池 亮夫　こいけ・あきお
詩人　[生]明治40年10月30日　[没]昭和35年10月31日　[出]岐阜県可児郡帷子村　[学]早稲田大学英文科卒　[賞]中日詩賞(第6回)(昭和41年)「小池亮夫詩集」　[歴]満鉄に勤め、昭和9年詩誌「満州詩人」同人となる。終戦後は名古屋に引揚げ、詩誌「日本未来派」に参加。詩集に「平田橋」がある。

小池 次陶　こいけ・じとう
俳人　[生]明治43年11月10日　[没]平成8年5月19日　[出]岐阜県可児郡　本名＝小池平一　[学]高小卒　[歴]昭和10年石田雨圃子の「石狩」を経て「ホトトギス」に投句。48年「若葉」「かつらぎ」同人となる。北海道俳句協会常任委員、かつらぎ推薦作家となる。句集に「牧秋」「阿寒の月」「時計台」がある。　[団]俳人協会

小池 鈴江　こいけ・すずえ
詩人　「遠州灘」(詩誌)主宰　[生]明治43年6月23日　[出]静岡県　[学]西遠女子学園卒　[歴]詩誌「詩洋」などに作品を発表した後「遠州灘」(詩誌)を主宰。昭和24年に特集「出さない手紙」を発表。その後も34年「夜光時計」、47年「副葬」と多くの作品を発表する。一方10数年にわたり骨粗鬆症と闘病。詩集に「異常なく見えて」など6冊。　[団]中日詩人会、静岡県詩人会、浜松詩人クラブ、日本現代詩人会

小池 光　こいけ・ひかる
歌人　[生]昭和22年6月28日　[出]宮城県柴田郡柴田町　本名＝小池比加児　[学]東北大学理学部(昭和46年)卒、東北大学大学院修了　[賞]現代歌人協会賞(第22回)(昭和53年)「バルサの翼」、寺山修司短歌賞(第1回)(平成8年)「草の庭」、芸術選奨文部科学大臣新人賞(平13年度)(平成14年)「静物」　[歴]昭和47年「短歌人」に入会、のち編集委員。50年より埼玉県に居住。同年同人誌「十弦」を創刊。53年第1歌集「バルサの翼」(第22回現代歌人協会賞)出版。ほかに「廃駅」「日々の思い出」「静物」などがある。高校教諭。　[団]現代歌人協会、埼玉県歌人会

小池 文夫　こいけ・ふみお
歌人　「つくば歌人」主宰　[生]昭和5年6月24日　[出]茨城県　[学]大東文化大学卒　[歴]昭和28年頃より作歌に励む。「短歌個性」「短歌人」などを経て、「つくば歌人」を創刊主宰する。「茨城歌人」「帆」同人。歌集に「廃墟」「虧月」など。　[団]日本歌人クラブ

小池 文子　こいけ・ふみこ
俳人　[生]大正9年11月22日　[出]東京・牛込　本名＝PERONNY, FUMIKO(ペロニイ・フミコ)　別名＝鬼頭文子(きとう・ふみこ)　[学]実践女子専門学校国文科卒　[賞]角川俳句賞(第1回)(昭和30年)「つばな野」　[歴]昭和17年「鶴」に投句、22年同人。32年渡仏し、のちパリ大学東アジア科講師となる。47年「鶴」を辞退し、48年「杉」同人。この間51～53年「琅玕」同人。句集に「木靴」「巴里蕭条」。　[団]俳人協会

小池 昌代　こいけ・まさよ
詩人　エッセイスト　[生]昭和34年7月17日　[出]東京・深川　[学]津田塾大学国際関係学科卒　[賞]ラ・メール新人賞(第6回)(平成1年)、現代詩花椿賞(第15回)(平成9年)「永遠に来ないバス」、高見順賞(第30回)(平成12年)「もっとも官能的な部屋」、講談社エッセイ賞(第17回)(平成13

年)「屋上への誘惑」 [歴]法律専門出版社勤務を経て、フリー。昭和58年頃より詩作を始め、平成元年詩集「水の町から歩きだして」により、第6回ラ・メール新人賞を受賞。さらに、同詩集がH氏賞の最終候補となり脚光を浴びる。他の詩集に「青果祭」「永遠に来ないバス」「もっとも官能的な部屋」、エッセイに「屋上への誘惑」など。 [団]日本文芸家協会、日本現代詩人会 [家]夫＝長野力哉(指揮者)

小池 まや　こいけ・まや
小説家　詩人　[生]昭和22年　[出]熊本県天草郡 [賞]熊本県民文芸賞(昭和61年)、熊本現代詩新人賞(平成4年)「からくり」 [歴]「詩と真実」「アンブロシア」同人。著書に「微弱陣痛」、詩集に「からくり」「フルネームのとなり」がある。

小泉 迂外　こいずみ・うがい
俳人　[生]明治17年5月5日　[没]昭和25年1月1日 [出]東京・本所　本名＝小泉清三郎 [歴]伊藤松宇に師事し、秋声会に参加。明治36年「サラシ井」を創刊。のち「にひはり」「俳諧雑誌」に拠る。昭和5年「俳陣」を創刊。著書に「最新俳句歳時記」「作句と連句の作り方」「俳句用語」などがある。

小泉 周二　こいずみ・しゅうじ
詩人　[生]昭和25年2月1日　[出]茨城県　[学]茨城大学教育学部卒　[賞]現代少年詩集新人賞(第6回)(平成1年)「犬」、三越左千夫少年詩賞(第2回)(平成10年)「太陽へ」 [歴]15歳のとき先天性・進行性の難病・網膜色素変性症と診断される。中学校で国語の教師を務める傍ら詩作に励む。「みみずく」「牧場」同人。詩集に「海」「放課後」「太陽へ―小泉周二詩集」などがある。 [団]日本児童文学者協会

古泉 千樫　こいずみ・ちかし
歌人　[生]明治19年9月26日　[没]昭和2年8月11日 [出]千葉県安房郡吉尾村細野(現・鴨川市細野)　本名＝古泉幾太郎　別号＝沽哉、椎南荘主人、蓑岡老人　[学]千葉県教員講習所卒　[歴]早くから「万朝報」などに投稿し、17歳で「心の花」に投稿し、のち「馬酔木」などにも投稿する。伊藤左千夫に師事し、明治41年小学校教師を退職して上京後、「アララギ」の創刊に参加、主要同人となる。ことに斎藤茂吉と親しかった。大正2年中村憲吉との共著「馬鈴薯の花」を刊行。13年「日光」に参加。14年自選歌集「川のほとり」を刊行。15年青垣会を結成し、門下の指導にあたるが歌誌「青垣」の創刊を見ずに死去。他の歌集に「青牛集」「定本古泉千樫全歌集」がある。

小泉 苳三　こいずみ・とうぞう
歌人　国文学者　[生]明治27年4月4日　[没]昭和31年11月27日　[出]神奈川県横浜市　本名＝小泉藤造　別号＝小泉藤三　[学]東洋大学国文学科(大正6年)卒　文学博士　[歴]「水甕」を経て、大正11年「ポトナム」創刊。立命館大学、関西学院大学教授など歴任。「明治大正短歌資料大成」などの研究著作多し。歌集に「夕潮」「くさふぢ」「山西前線」など。

小泉 桄代　こいずみ・はつよ
歌人　[生]昭和19年4月11日　[出]茨城県　[賞]茨城県芸術祭最優秀賞(短歌部門)(昭和47年) [歴]橋詰一郎に師事して40年より作歌をはじめ、43年「創生」に入会。のち同人。同じ頃より「茨城歌人」にも籍を置き、のち運営委員。47年茨城県芸術祭(短歌部門)最優秀賞。歌集に「累花抄」がある。

小泉 八重子　こいずみ・やえこ
俳人　「季流」代表　[生]昭和6年4月6日　[出]兵庫県姫路市　[学]姫路東高卒　[歴]句集に「水煙」「水霏」。

小市 巳世司　こいち・みよし
歌人　元・「アララギ」編集発行人　[生]大正6年4月18日　[出]東京　[学]東京帝国大学文学部国文科(昭和15年)卒　[賞]短歌研究賞(第26回)(平成3年)「四月歌」 [歴]昭和12年土屋文明に面会し、短歌結社アララギに入会。15～17年岩手県立盛岡中学校勤務。退職後、土屋文明の助手として「万葉集古義」の仕事に従事。18年召集、中国へ渡る。21年帰国し、中教出版編集部を経て、25年東京書籍編集部勤務。同年アララギ新人歌集「自生地」に参加するが、間もなく歌から遠ざかる。28～57年東京都立小石川高校定時制勤務。47年「アララギ」編集委員、のち発行人となる。平成9年歌誌「アララギ」は「新アララギ」「21世紀」「青南」の3つに分裂し、個別に活動することとなる。歌集に「ほやの実」「一つ灯を」。 [団]日本文芸家協会、現代歌人協会

小出 きよみ　こいで・きよみ
俳人　作家　(有)長野ソーマ社長　[生]大正9年8月1日　[出]長野県松本市　[歴]四十歳半ばより俳句・連句に親しむ。「りんどう」「寒雷」に所属。「屋上」同人。句集に「もの言ふ鳥」「ぴっころ吹く蛙」「廻れかざぐるま」、著書にノンフィクションノベル「みさ乃覚え書」など。

小出 秋光　こいで・しゅうこう

俳人　「好日」主宰　⊕大正15年7月11日　⊕千葉県　本名＝小出清久　⊕陸軍飛行学校卒　⊛昭和21年道部隊牛「初雁」に入会。27年阿部筲人の「好日」に参加。43年「秋」入会、同人。53年「好日」主宰。句集に「一日仕切り」「忘れ鍬」「天地返し」「晩節」など。　⊕日本ペンクラブ（評議員）、日本文芸家協会、現代俳句協会、俳人協会

小出 粲　こいで・つばら

歌人　御歌所寄人　⊕天保4年8月28日（1833年）　⊛明治41年4月15日　⊕江戸・八丁堀　本名＝小出鎮平　旧姓（名）＝松田　幼名＝新四郎、号＝梔園、如雲　⊛早くから歌を学び、明治10年宮内省文学御用掛を拝命し、25年御歌所寄人、33年御歌所主事心得。歌集「くちなしの花」をはじめ「あさぎぬ」などの著書があり、35年「くちなしの露」を創刊した。

小出 治重　こいで・はるしげ

俳人　⊕昭和5年1月29日　⊕千葉県八街市　⊛農業の傍ら、昭和23年「初雁」入会、のち同人。27年「好日」創刊同人。55年「源流」主宰。句集に「花桔梗」「雲の芯」がある。　⊕現代俳句協会、日本ペンクラブ、日本文芸家協会、千葉県俳句協会（顧問）

小出 ふみ子　こいで・ふみこ

詩人　長野市文化芸術協議会副会長　長野県児童福祉審議会委員　「新詩人」主宰　⊕大正2年5月28日　⊕長野市　⊕長野高女卒　⊕中部日本詩人賞（昭和30年）　⊛昭和21年「新詩人」を創刊し主宰。以来、若い詩人の育成指導をめざして月刊を維持しつづける。詩集に「花影抄」「都会への絶望」「花詩集」「レナとリナのための童話」など、民話の絵本に「はやたろう犬」がある。

小出 文子　こいで・ふみこ

俳人　⊕昭和11年4月2日　⊕東京・本所　⊕暖鳥新人賞（昭和51年）、あざみ賞（昭和61年）、暖鳥賞（昭和62年，平成2年）　⊛昭和44年国立伊東温泉病院内俳句会に入会。45年「あざみ」、49年「暖鳥」に入会。51年「暖鳥」、54年「あざみ」同人。句集に「水族館」「手石海丘」がある。　⊕現代俳句協会、静岡県現代俳句協会（幹事）

鯉沼 昵　こいぬま・むつみ

歌人　⊕明治35年11月10日　⊕栃木県　⊕東京大学卒　⊛大学在学中の昭和2年佐佐木信綱に師事。4年藤川忠治の「歌と評論」創刊に参加し、以来同人。「東大公孫樹下歌会」会友。「とねりこ」同人。歌集に「巨大なる零」「岩は知ってゐる」「個性の文化」「群青の海」がある。

小岩井 隴人　こいわい・ろうじん

俳人　⊕明治43年1月2日　⊛平成7年2月23日　⊕長野県松本市　本名＝小岩井道雄　⊕松本中学（旧制）卒　⊛昭和3年「南柯」入会、武田鴬塘に師事。13年「南柯」同人。「さいかち」「科野」に投句。長野県俳句協会会長、中信俳句会長を歴任。句集に「虚空蔵」「白夜」がある。　⊕俳人協会

黄 瀛　こう・えい（ホアン・イン）

詩人　⊕中国　⊕1906年10月4日　⊕四川省重慶　⊕文化学院、陸士（'34年）卒　⊛父は中国人で母が日本人。幼くして父と死別、母とともに来日。のち青島日本中学校に入学、留学中の草野心平と知り合い、以後心平の編集する「銅鑼」同人となる。1925年日本詩人新人賞第1位に入選。「日本詩人」「銅鑼」などに作品を発表。日本語の詩集に「景星」「瑞枝」がある。'34年陸軍士官学校卒業後帰国、国民党軍の軍人の道にすすむ傍ら、「歴程」に詩を発表。戦後重慶市政府に勤めるが、文化大革命で投獄される。その後、四川外語学院日本文学教授となる。'84年、'96年来日。2000年千葉県銚子市に詩碑が建てられる。

高 千夏子　こう・ちかこ

俳人　⊕昭和20年7月6日　⊕東京都　⊕角川俳句賞（第43回）（平成9年）「真中（まんなか）」　⊛「白桃」所属。平成9年第43回角川俳句賞を受賞。句集に「真中」がある。

高 篤三　こう・とくぞう

俳人　⊕明治35年　⊛昭和20年3月10日　⊕東京　本名＝八巣篤雄　⊛昭和9年「句と評論」に同人として参加。小沢青柚子、渡辺白泉らに影響を与えた。作句期間約5年。句集に「寒紅」がある。

耕 治人　こう・はると
詩人　小説家　[生]明治39年8月1日　[没]昭和63年1月6日　[出]熊本県八代郡八代町　[学]明治学院高等部英文科(昭和3年)卒　[賞]読売文学賞(第21回)(昭和44年)「一条の光」、平林たい子文学賞(第1回)(昭和48年)「この世に招かれて来た客」、芸術選奨文部大臣賞(第31回)(昭和55年)「耕治人全詩集」、熊本県近代文化功労者(平成9年)　[歴]当初、画家を志し中川一政に教えを受けていたが、明治学院在学中に詩作に転じ、千家元麿に師事する。昭和3〜7年主婦之友社に勤務。5年「耕治人詩集」、13年「水中の桑」を刊行。11年頃から小説も書き始める。私小説が多く「結婚」「指紋」「懐胎」などの作品がある。44年「一条の光」で読売文学賞、48年「この世に招かれて来た客」で平林たい子文学賞、55年「耕治人全詩集」で芸術選奨を受賞した。

高 蘭子　こう・らんこ
歌人　「山の辺」主宰　[生]昭和2年3月29日　[出]青森県　[学]白梅短期大学卒　[歴]歌集に「流れのなかに」がある。

皇后 美智子　こうごう・みちこ
歌人　皇后陛下　日本赤十字社名誉総裁　[生]昭和9年10月20日　旧姓(名)＝正田美智子(しょうだ・みちこ)　[学]聖心女子大学文学部(昭和32年)卒　[歴]日清製粉名誉会長・正田英三郎の長女。昭和33年11月の皇室会議で民間から初の皇太子妃と決まり、34年4月10日明仁皇太子とご結婚。35年2月浩宮(皇太子殿下)、40年11月礼宮(秋篠宮殿下)、44年4月紀宮の三児をご出産。皇室の慣習を破って、自ら宮様の養育にあたられる。64年1月7日天皇即位とともに皇后になられた。日本赤十字社名誉総裁もつとめられる。ご趣味が広く、歌集、童話絵本、児童詩などが出版されている。61年天皇陛下と合作で歌集「ともしび」を出版。平成4年には児童詩の英訳本「どうぶつたち」を日米で同時出版。絵本「はじめてのやまのぼり」はご自身で英訳も手がけた。9年御歌集「瀬音」を出版。10年国際児童図書評議会世界大会(インド)で、ビデオ映像を通して初めて講演され、その講演原稿が「橋をかける―子供時代の読書の思い出」として刊行された。　[家]夫＝天皇明仁、長男＝皇太子徳仁、二男＝秋篠宮文仁、長女＝紀宮清子、父＝正田英三郎(日清製粉名誉会長相談役・故人)、母＝正田富美子(故人)

香西 照雄　こうざい・てるお
俳人　「万緑」選者　[生]大正6年10月30日　[没]昭和62年6月25日　[出]香川県木田郡庵治村湯谷　[学]東京大学文学部国文学科(昭和16年)卒　[賞]万緑賞(昭和32年)、現代俳句協会賞(第8回)(昭和34年)　[歴]昭和22年木田農、27年高松一高、31年成蹊高教諭を経て、40年成蹊大講師。俳人としては、竹下しづの女の「成層圏」を経て、15年より中村草田男に師事。「万緑」創刊に参加、同人。俳人協会理事。句集に「対話」、著書に「中村草田男」などがある。　[団]俳人協会、俳文学会

高阪 薫生　こうさか・しげお
歌人　[生]大正14年2月15日　[出]愛知県　[歴]昭和25年山下陸奥に師事し「一路」に入会、33年から51年まで愛知支部長をつとめる。歌集に「草萌」「紺色の石」などがあり、編著歌集に「清風」がある。

上月 章　こうずき・あきら
俳人　[生]大正13年9月20日　[出]京都府福知山市　[学]和歌山高商(昭和20年)卒　[賞]中部日本俳句作家会賞、現代俳句協会賞(第13回)(昭和41年)　[歴]昭和21年大阪セメントに入社。50年四国支店長、53年理事、大阪支店長を務めた。一方終戦ごろより句作を始め、句誌「橘」の主要同人。また「海程」創刊とともに同人となる。句集に「胎髪」「上月章句集」「蓬髪」がある。　[団]現代俳句協会

上月 昭雄　こうずき・てるお
歌人　[生]昭和4年12月17日　[出]兵庫県　[学]東京教育大学理学部卒　[歴]戦後まもなく啄木に魅せられて作歌を始め、初井しづ枝の指導を受ける。大学在学中の昭和25年「多磨」に入会し、同年鈴木幸輔に師事。「多磨」解散後、宮柊二の「コスモス」を経て、32年「長風」創刊に参画、のち編集同人、選者。31年「青年歌人会議」に発足とともに加わる。歌集に「虹たつ海の時」「詞華巡歴」がある。

恒成 美代子　こうせい・みよこ
歌人　[生]昭和18年3月18日　[出]大分県西国東郡真玉町　[賞]福岡市文学賞(第7回)(昭和51年)「早春譜」、ながらみ書房出版賞(第6回)(平成10年)「ひかり凪」　[歴]会社勤務の傍ら、昭和47年から短歌を始める。歌誌「未来」の会員。福岡市の飈(ひょう)短歌会に所属。歌集に「早春譜」「季節はわれを」「夢の器」「ひかり凪」がある。

高祖 保 こうそ・たもつ

詩人 ⊕明治43年5月4日 ⊗昭和20年1月8日 ⊕岡山県邑久郡牛窓 本名=宮部保 ⊕国学院高等師範部(昭和11年)卒 ⊕文芸汎論詩賞(昭和17年)「雪」 ⊕昭和2年頃「椎の木」同人となり、8年詩集「希臘十字」を刊行。17年「雪」を刊行し文芸汎論詩賞を受賞。ほかに「禽のゐる五分間写生」「夜のひきあけ」「高祖保詩集」(岩谷書店)などの詩集がある。

甲田 鐘一路 こうだ・しょういちろ

俳人 中央公論事業出版取締役 ⊕明治37年9月5日 ⊗昭和55年8月14日 ⊕千葉県鴨川市 本名=甲田正一 旧姓(名)=粕谷 ⊕日本大学専門部中退 ⊕早くから句作をはじめ、大正13年上京して臼田亜浪に師事し「石楠」に入会。農商務省から東京市吏員となるが、軍需工場に転じ、戦後は中央公論事業出版に入社。句集に「家」「汗以前」、遺句集に「パナマ帽」がある。

甲田 四郎 こうだ・しろう

詩人 ⊕昭和11年1月3日 ⊕東京 本名=山中一雄 ⊕中央大学法学部卒 ⊕小熊秀雄賞(平成2年)「大手が来る」 ⊕和菓子製造販売業を営むかたわら詩作。詩誌「潮流詩派」会員、「垂線」同人。詩集に「朝の挨拶」「午後の風景」「時間まで、よいしょ」がある。 ⊕日本現代詩人会、日本文芸家協会

幸田 露伴 こうだ・ろはん

小説家 俳人 随筆家 考証家 ⊕慶応3年7月23日(1867年) ⊗昭和22年7月30日 ⊕江戸・下谷三枚橋横町(現・東京都台東区) 本名=幸田成行(こうだ・しげゆき) 幼名=鉄四郎、別号=蝸牛庵、叫雲老人、脱天子 ⊕逓信省電信修技学校(明治17年)卒 文学博士(京都帝大)(明治44年) ⊕帝国学士院会員(昭和2年)、帝国芸術院会員(昭和12年) ⊕文化勲章(第1回)(昭和12年) ⊕幸田家は代々、幕府表坊主の家柄。明治18年電信技手として北海道余市の電信局に赴任したが、20年辞任して帰京。22年「露団々」「風流仏」を発表し、天才露伴の名が定まる。同年12月読売新聞の客員となり、23年「対髑髏」「一口剣」を発表。同年11月国会新聞社に入社、6年間在籍して代表作の「いさなとり」(24年)「五重塔」(24~25年)「風流微塵蔵」(26~28年、未完)などを「国会」に発表、尾崎紅葉と並ぶ小説家として評判になった。30年代に入って文筆活動の重点を評論、随筆、校訂、編著に移しはじめ、評論に「一国の首都」(32年)、随筆集に「蝸言」「長語」(34年)、校訂・編著に「狂言全集」(36年)などがある。36年長編「天うつ浪」(未完)などを書き、史伝でも「頼朝」「運命」「平将門」「蒲生氏郷」、戯曲「名和長年」の代表作を残した。大正9年から「芭蕉七部集」の評釈を手がける。昭和12年71歳で第1回文化勲章を受章。同年芸術院創設と同時に会員。その後13年に「幻談」、15年には「連環記」など重厚な作品を発表した。他に「露伴全集」(全41巻、岩波書店)がある。また明治20年頃から句作を始める。一時「新小説」の俳句選者になったこともあるが結社には属さず、折に触れての吟懐と、歴史的主題を句に詠むことが多かった。「蝸牛庵句集」がある。 ⊕兄=郡司成忠(海軍大尉・開拓者)、弟=幸田成友(歴史学者)、妹=幸田延(ピアニスト)、安藤幸(バイオリニスト)、二女=幸田文(小説家)、孫=青木玉(随筆家)

幸堂 得知 こうどう・とくち

小説家 俳人 劇作家 劇評家 ⊕天保14年1月(1843年) ⊗大正2年3月22日 ⊕江戸・下谷車坂町 本名=鈴木利平 幼名=庄吉、平兵衛、別名=劇神仙、東帰坊、竹鶯居得痴 ⊕早くから芝居を愛好する。上野輪王寺宮御用達を経て、明治9年三井銀行行員となる。21年退職し呉服商を営むが「東京朝日新聞」に読物を連載し、以後作家、劇作家、俳諧にと活躍する。また劇評家としても活躍。主な作品に「大当り素人芝居」「大通世界」「幸堂滑稽」「糸瓜の水」「時代狂句選」などがある。

河野 愛子 こうの・あいこ

歌人 ⊕大正11年10月8日 ⊗平成1年8月9日 ⊕栃木県宇都宮市 ⊕広島女学院卒 ⊕短歌研究賞(第18回)(昭和57年)「リリヤンの笠飾」、現代短歌女流賞(第8回)(昭和58年)「黒羅」 ⊕昭和21年「アララギ」入会。その後、結核のため千葉郊外の療養所に入る。26年、近藤芳美を中心とする「未来」創刊に参加。28年「未来歌集」刊行にも加わる。歌集に「木の間の道」「魚文光」「鳥眉」「黒羅」「河野愛子歌集1940—1977」など。のち河野愛子賞が創設された。 ⊕日本文芸家協会、現代歌人協会

河野 閑子 こうの・かんし

俳人 ⊕大正5年8月4日 ⊗昭和60年1月13日 ⊕兵庫県尼崎市 本名=河野政治(こうの・せいじ) ⊕大阪府立都島工業機械科卒 ⊕青玄賞(昭和34年) ⊕昭和8年ごろ、工業学校在学中より句作し、「泉」を経て「天の川」に参加。「螺旋」にも席を置いた。13年以後、北

海道、台湾、満州、朝鮮に長期赴任。23年「旗」(のち「年輪」と改題)を創刊発行。28年、日野草城の「青玄」に参加、39年「春灯」に参加し、以後、安住敦に師事。句集に「貝やぐら」「候鳥抄」「五月の琴」「晩帰」「鶴髪」がある。

河野 繁子　こうの・しげこ
歌人　⑰明治37年4月22日　⑱和歌山県　本名=河野志げ　⑲10代より作歌を始め、昭和14年20歳のとき「竹垣」に入会。戦後は大野誠夫に師事し、28年より数年間「作風」に所属。30年「夢殿」を創設、主宰する。歌集に「雪の翳」「鯛釣草」「市松模様」「26号線」「地の星天の星」がある。　⑳大阪歌人クラブ(常任理事)

河野 慎吾　こうの・しんご
歌人　⑰明治26年4月11日　⑱昭和34年1月21日　⑲兵庫県赤穂郡赤松村　⑳早稲田大学(大正3年)卒　㉑大正3年北原白秋の「地上巡礼」創刊に参加。7年「ザムボア」を創刊、のち「春皮」を主宰し、歌集に「雲泉」がある。

河野 静雲　こうの・せいうん
俳人　僧侶　⑰明治20年11月6日　⑱昭和49年1月24日　⑲福岡市宮内町　本名=河野定運(こうの・じょううん)　⑳時宗宗学校(明治38年)卒　㉑西日本文化賞(第23回)(昭和39年)　㉒明治25年称名寺住職の河野智眼の養子となる。大正3年高浜虚子に師事して俳句を始め、昭和5年「木犀」を継承。9年「ホトトギス」同人。16年から「冬野」を主宰した。句集に「閻魔」「閻魔以後」。

河野 多希女　こうの・たきじょ
俳人　「あざみ」主宰　⑰大正11年5月27日　⑲神奈川県横浜市　本名=河野豊子　㉑あざみ賞(昭和49年)　㉒昭和18年吉田冬葉主宰「獺祭」に入門。同年、河野南畦と結婚。21年南畦が「あざみ」を創刊すると同時に参加し、30年同人となり、63年副主宰。女性俳句幹事、現代俳句協会幹事を務める。句集「琴恋」「彫刻の森」「白い記憶」など。共著「女流俳句の世界」「現代女流俳句全集・第6巻」ほか。　⑳現代俳句協会　夫=河野南畦(俳人)

河野 鉄南　こうの・てつなん
歌人　⑰明治7年1月16日　⑱昭和15年11月26日　⑲大阪府堺市　本名=河野通該　㉒浄土真宗覚応寺19代目の住職で、与謝野鉄幹とは竹馬の友。晶子と同郷の出身で、のち鉄幹に晶子を紹介した。明治33年1月から11月まで29通の晶子からの書簡は、晶子研究の重要な資料となっている。著書はないが、「よしあし草」や初期の「明星」に歌を発表し、関西の新派歌人として注目された。

河野 南畦　こうの・なんけい
俳人　元・現代俳句協会副会長　㉒明治以降の現代俳人(特に大須賀乙字　吉田冬葉)　⑰大正2年5月2日　⑱平成7年1月18日　⑲神奈川県川崎市　本名=河野亨彦(こうの・みちひこ)　⑳横浜商(昭和7年)卒　㉑大正15年学校の先生から俳句の手ほどきを受ける。昭和10年「獺祭」に入り、吉田冬葉に師事。21年「あざみ」を創刊し、主宰。また、横浜俳話会会長、神奈川新聞俳壇選者などを務める。句集に「花と流氷」「黒い夏」「試走車」「硝子の船」「自解100句選河野南畦集」「河野南畦全句集」、評論に「大須賀乙字の俳句」など。　⑳現代俳句協会、日本文芸家協会　妻=河野多希女(俳人)

向野 楠葉　こうの・なんよう
俳人　眼科医　「木の実」主宰　⑰明治44年5月21日　⑱平成6年2月5日　⑲福岡県直方市　本名=向野利夫(こうの・としお)　⑳九州医専(昭和8年)卒　㉑昭和10年八幡製鉄病院勤務のかたわら、俳句の道に入る。13年に軍医として応召され、中国大陸を転戦しながら、第一句集「柳絮」を漢口で出版。戦後の21年眼科医院を開業。42年から離島の無料診療に参加、58年6月その体験を俳句でつづった第3句集「先島」を出版した。俳誌「木の実」主宰し、俳人協会評議員をつとめた。　⑳俳人協会

河野 仁昭　こうの・ひとあき
詩人　エッセイスト　同志社女子大学講師「すてっぷ」代表　㉒日本近現代文学　⑰昭和4年5月3日　⑲愛媛県南桑郡丹厚町来見　⑳立命館大学文学部哲学科(昭和29年)　㉒京都ゆかりの近現代作家と作品　㉑昭和28年同志社大学に勤務、学生課長を経て、社史資料室室長、文学部国文学専攻講師、同志社女子大学講師などを務める。詩誌「ノッポとチビ」「すてっぷ」編集同人。のち、「すてっぷ」代表。著書に「現代詩への愛」「四季派の軌跡」「蘆花の青春―その京都時代」「石川啄木―孤独の愛」「詩のある日々京都」「京都・現代文学の舞台」「谷崎潤一郎―京都への愛着」「中村栄мой と明治の京都」、共編著に「同志社百年史」「ふるさと文学館」、詩集に「村」「風蘭」他。　⑳日本近代文学会、四季派学会(副代表理事)、日本ペンクラブ、京都現代文学を楽しむ会(代表)

河野 美砂子　こうの・みさこ
ピアニスト　歌人　⑳京都市立芸術大学卒　㊷淡路島国際室内楽コンクール優秀賞（昭和63年）、角川短歌賞（第41回）（平成7年）「夢と数」　㊸大学卒業後、井上直幸に師事。昭和56年京都にてリサイタル開催。57年ロサンゼルスに留学。58年渡欧、ウィーン国立音楽大学のE.ヴェルバ教授（リート伴奏）、フライブルクのE.ピヒト・アクセンフェルト女史の薫陶を受ける。59年帰国。NHKオーディション合格。ソロ、室内楽、リート伴奏の分野で活躍。また歌人としても活動し、歌誌「塔」会員。

河野 友人　こうの・ゆうじん
俳人　㊤大正14年4月1日　㊦山梨県東八代郡石和町上平井　本名＝河野友太　⑳早稲田実卒　㊸昭和22年「雲母」入会、飯田蛇笏、龍太に師事、「雲母」同人、同編集部所属。NHK学園俳句センター講師、日本現代詩歌文学館振興会評議員、産経新聞山梨版俳壇選者。句集に「鉢の木」「寒暮」「乱雲」「観音の胸」がある。　㊹日本文芸家協会

孝橋 謙二　こうはし・けんじ
俳人　㊤明治41年3月17日　㊦大阪市　⑳東京帝大文学部中退　㊸「さつき」に拠って句作をし、昭和15年「現代俳句作家論」を刊行した。戦後は現代俳句協会に加わり「天狼」「氷海」の創刊に参加し、のちに「万緑」にも参加。27年発表の「内心のメカニズム」は論議をよんだ。著書に「伝統と進化―俳句の七百五十年」「日本美の理念」「教育勅語と昭和の破綻」など。

郷原 宏　ごうはら・ひろし
詩人　文芸評論家　㊥詩　推理小説　㊤昭和17年5月3日　㊦島根県平田市　⑳早稲田大学政経学部（昭和40年）卒　㊷H氏賞（第24回）（昭和49年）「カナンまで」、サントリー学芸賞（第5回）（昭和58年）「詩人の妻―高村智恵子ノート」　㊸元読売新聞解説部記者。大学時代から詩作を始め、安保闘争の挫折から詩へのめり込んだ。望月昶孝、高橋秀一郎らと同人詩誌「長帽子」の創刊に参加。相聞風の抒情詩が多く、また詩論家としても活躍。詩集に「執行猶予」「カナンまで」「風の距離」、評論集に「反コロンブスの卵」「詩人の妻―高村智恵子ノート」などがある。　㊹日本現代詩人会、日本文芸家協会、日本推理作家協会　㊺妻＝山本楡美子（翻訳家）

河府 雪於　こうふ・ゆきお
俳人　茶道教授　㊤明治37年4月8日　㊦広島県　本名＝田坂ユキオ（たさか・ゆきお）　⑳米国キースターデザイニングカレッヂ卒　㊷山火賞（第5回）（昭和33年）　㊸昭和23年「山火」に入会、30年同人。句集に「仔犬開眼」「雪中花」。　㊹俳人協会

甲村 秀雄　こうむら・ひでお
歌人　㊤昭和16年7月2日　㊦愛知県　⑳国学院大学文学部卒、国学院大学大学院修了　㊸高校時代より作歌を始め、大脇月甫に師事し「青虹」に入会。大学在学中、岡野弘彦に師事して短歌研究会に入会。昭和36年「具象」に参加、37年「地中海」会員となる。53年「ぱとす」を創設し、代表。のち「じゆうにん」「青翔」代表。歌集に「棘よ、憎まれてなほ」がある。　㊹現代歌人協会、日本歌人クラブ、日本文芸家協会

香山 美子　こうやま・よしこ
児童文学作家　童謡詩人　㊤昭和3年10月10日　㊦東京　⑳金城女子専門学校国文科（昭和24年）卒　㊷日本児童文学者協会賞（第3回）（昭和38年）「あり子の記」、NHK児童文学奨励賞（第1回）（昭和38年）「あり子の記」、ゴールデンディスク賞「げんこつ山のたぬきさん」、高橋五山賞（第27回）（平成1年）「だれかさんてだあれ」　㊸昭和28年いぬいとみこらと同人誌「麦」を創刊。NHKの幼児番組の台本を執筆し、童謡の作詞もてがける。著書に「あり子の記」「ぼくはだいすけだいちゃんだ」「たんじょうびのまほうつかい」、童謡詩集に「4月ぼくは4年生になった」、童謡に「げんこつ山のたぬきさん」「いとまきのうた」「おはなしゆびさん」など。　㊹日本児童文学者協会（評議員）、日本文芸家協会、日本童謡協会、詩と音楽の会、日本音楽著作権協会

高良 留美子　こうら・るみこ
詩人　評論家　小説家　㊤昭和7年12月16日　㊦東京都新宿区　本名＝竹内留美子（たけうち・るみこ）　⑳東京芸術大学（昭和28年）中退、慶応義塾大学法科（昭和31年）中退　㊷H氏賞（第13回）（昭和38年）「場所」、現代詩人賞（第6回）（昭和63年）「仮面の声」、丸山豊記念現代詩賞（第9回）（平成12年）「風の夜」　㊸学生時代より、夫の竹内泰宏と共に尖鋭な文学運動誌「希望」に依り、「詩組織」同人としても活躍。近年、日本ではほとんど知られていないアジア・アフリカの詩人たちの作品を訳し続けている。

平成10年女性文化賞を創設する。著書に「高良留美子の思想世界」(全6巻)、詩集に「生徒と鳥」「場所」「見えない地面の上で」「仮面の声」「高良留美子詩集」「風の夜」、小説に「発つ時はいま」「時の迷宮・海は問いかける」、評論集に「物の言葉」「高群逸枝とボーヴォワール」「母性の解放」「女の選択」などがある。 [団]日本現代詩人会、日本アジア・アフリカ作家会議、新日本文学会、日本文芸家協会、日本ペンクラブ [家]母=高良とみ(元参院議員)、父=高良武久(慈恵医大名誉教授)、姉=高良真木(洋画家)、夫=竹内泰宏(小説家・故人)

小枝 秀穂女　こえだ・しゅうほじょ

俳人 [生]大正12年9月12日 [出]宮城県仙台市 本名=小枝ヒデ子 [学]常盤木学園専攻部家政科卒 [賞]蘭同人賞(昭和53年) [歴]昭和17年永野孫柳に師事。ただちに「石楠」に入会。27年「俳句饗宴」創刊に同人参加。29年「女性俳句」創刊に参加、のち編集同人に。46年「蘭」創刊に参加。63年「秀」創刊主宰。句集に「華麗な枯れ」「蘭契」「鯛曼陀羅」「糸游」がある。消費生活コンサルタントとしても活動。 [団]俳人協会、日本文芸家協会

郡山 直　こおりやま・なおし

詩人 元・東洋大学文学部教授 [専]英米文学 [生]大正15年11月3日 [出]鹿児島県大島郡喜界島 [学]鹿児島師範(昭和22年)卒、沖縄外国語学校(昭和24年)卒、ニューヨーク州立アルバニー教育大学英語・英文学科(昭和29年)卒 [興]アメリカの現代詩、日本現代詩の英訳、英詩の創作 [歴]昭和31年桜美林短期大学に勤務。36年から東洋大学に勤務、平成9年定年退職。自作英詩集に「Time and Space and Other Poems」「Selected Poems 1954-1985」など、編訳書に「輝く奄美の島唄」、共訳にアレッサンドロ・デランノ、パオラ・ルカリーニ・ポッジ、カルメロ・メッツァサルマ、レンツォ・リッキ「イタリア現代詩アンソロジー」などがある。 [団]日本英詩協会、日本ホプキンズ協会

郡山 弘史　こおりやま・ひろし

詩人 [生]明治35年7月11日 [出]神奈川県 本名=郡山博 別名=中原龍吉 [学]東北学院英文科卒 [歴]新井徹らと「亜細亜詩脈」を創刊。昭和5年プロレタリア詩人会に入会。8年遠地輝武らと「詩精神」を創刊。戦後は「新日本文学会」に加入、「新日本詩人」に参加。詩集に「歪める月」。

古賀 博文　こが・ひろふみ

詩人 [賞]福岡市文学賞(第21回)(平成3年) [歴]昭和53年、九州電力入社後に詩作を始め、59年に詩集「犬のまま」を出版。61年から詩誌「ALMÉE」に参加。平成元年に第2詩集「西高東低」を出版。詩の評論でも活躍。

古賀 まり子　こが・まりこ

俳人 [生]大正13年4月9日 [出]神奈川県横浜市磯子 [学]帝国女子医薬学専門学校薬学科(昭和20年)中退 [賞]馬酔木賞(昭和27, 42年)、俳人協会賞(第21回)(昭和56年)「堅琴」 [歴]昭和20年水原秋桜子の添削指導を受け「馬酔木」に入会。24年～31年清瀬病院にて療養、この間に山田文男の指導を受く。27年馬酔木賞を受け、29年「馬酔木」同人。39年俳人協会員、のち幹事。59年「橡」発刊と同時に同人となる。句集に「洗礼」「降誕歌」「緑の野」「竪琴」など。 [団]俳人協会、日本文芸家協会

古賀 泰子　こが・やすこ

歌人 [生]大正9年5月17日 [出]兵庫県 [学]大阪府立女子師範卒 [歴]高安国世に師事する。「アララギ」「高槻」を経て、昭和29年「塔」創刊に参加。編集委員、選者を務める。歌集に「溝河の四季」「見知らぬ街」「野に在るように」など。他の著書に「徳田白楊歌集」にみる土屋文明」がある。

小海 永二　こかい・えいじ

詩人 評論家 横浜国立大学名誉教授 [専]日本近・現代詩 フランス現代詩 国語教育(文学教育) [生]昭和6年11月28日 [出]東京都港区 [学]東京大学文学部仏文科(昭和30年)卒 [興]現代フランス詩人評伝、フランス語による各国詩人の詩 [歴]昭和30年東京都千代田区立九段中学校教諭、34年東京都立雪谷高等学校教諭、40年多摩美術大学美術学部助教授、41年横浜国立大学教育学部講師、42年助教授、53年教授。また日本現代詩人会会長、日本現代詩研究者国際ネットワーク(平成4年設立)代表などを歴任。ミショー、ロルカを中心にフランス現代詩の翻訳紹介を行う他、日本近代詩、現代詩の鑑賞やアンソロジーの編著なども多い。著書に「詩集・定本峠」「日本戦後詩の展望」「ロルカ評伝」「現代詩の指導」、編著に「世界の名詩」「日本の名詩」「詩集 軽い時代の暗い歌」、訳書に「ロルカ詩集」「アンリ・ミショー全集」(全4巻)「現代フランス詩集」などがある。 [団]日本文芸家協会、日本現代詩人会、日本フランス語フランス文学会、日本現代詩研究者国

際ネットワーク(代表)　[家]妹=小海智子(シャンソン歌手)

小金 まさ魚　こがね・まさお

俳人　[生]明治34年11月20日　[没]昭和55年6月3日　[出]大阪市　本名=小金正義　[歴]34歳から作句し「水府」に拠る。のち「火星」に昭和16年まで在籍。14年以後は下村槐太に師事し、21年の「金剛」創刊に参画。27年「金剛」廃刊後に「赤楊の木」を創刊、55年まで主宰した。句集に「夕凧」(昭26)「街坂」があり、没後に「定本小金まさ魚句集」が編まれた。

小金井 喜美子　こがねい・きみこ

翻訳家　小説家　歌人　随筆家　[生]明治3年11月29日　[没]昭和31年1月26日　[出]島根県津和野　本名=小金井きみ　旧姓(名)=森　別称=小金井君子　[学]東京師範女子部附属女学校(明治21年)卒　[歴]明治22年兄鴎外らと翻訳詩集「於母影」を発表し、以後翻訳文学者として「しがらみ草紙」を中心に活躍し、レールモントフの「浴泉記」などを発表した。昭和15年歌文集「泡沫千首」を刊行。他の著書に「森鴎外の系族」「鴎外の思ひ出」がある。　[家]兄=森鴎外、三木竹二(劇評家)、弟=森潤三郎(近世学芸史研究家)、夫=小金井良精(人類学者)、孫=星新一(SF作家)

小金井 素子　こがねい・もとこ

歌人　[生]明治36年6月27日　[没]昭和15年7月13日　[出]東京　[学]津田塾大学卒　[歴]大正5年頃から竹柏会に入り、活躍。15年歌集「窓」を「心の華叢書」の一として刊行した。また、昭和初期の婦人文芸誌「火の鳥」の同人として小説を発表したが、歌文とも充分な完成をみずに夭折した。　[家]父=桑木厳翼(哲学者)

五喜田 正巳　ごきた・まさみ

歌人　詩人　[生]昭和2年5月10日　[出]千葉県　[学]久留浜通信学校卒　[歴]昭和21年吉植庄亮に師事して「橄欖」に入会、34年～38年まで編集所を自宅に置く。のち運営委員、選者。この間「新歌人会」「新鋭12人」等に参加した。40年「麦」を創刊、43年「層」に参加。歌集に「稚き思惟」「砂漠の虹」「冬を撃つ」がある。　[団]日本文芸家協会、日本ペンクラブ、現代歌人協会、日本詩人クラブ

国府 犀東　こくぶ・さいとう

漢詩人　新体詩人　歴史地誌学者　[生]明治6年2月　[没]昭和25年2月27日　[出]石川県金沢　本名=国府種徳(こくぶ・たねのり)　幼名=長松、初号=国府聴松　[学]東京帝大法科大学中退　[歴]日露戦争中博文館に入社し「太陽」の編集にたずさわる。明治40年内務省嘱託となり、42年兼務で大阪毎日新聞社に入社。44年内閣嘱託、宮内省御用掛になる。また詩文集に「花柘榴」や漢詩集「炎余鴻爪詩」などの著書がある。後年、慶大、旧制東京高校で教鞭をとった。

国分 青厓　こくぶ・せいがい

漢詩人　[生]安政4年5月5日(1857年)　[没]昭和19年3月5日　[出]陸前国仙台(宮城県)　本名=国分高胤　字=子美、通称=豁、別号=太白山人　[学]司法省法学校(1期)中退　[資]帝国芸術院会員(昭和12年)　[歴]早くから国学を学び、明治22年新聞日本に入社し時事問題を論じる。23年詩社星社を復興し、詩界の中心結社となって漢詩人として活躍。大正12年創立の大東文化学院教授となり、昭和12年帝国芸術院会員となった。

木暮 克彦　こぐれ・かつひこ

詩人　[生]昭和5年11月9日　[出]東京・向島　本名=木暮勝彦　[学]中野中卒　[歴]昭和21年より詩作、「新詩人」などに投稿。北川冬彦の知遇を得、24年「詩と詩人」に入り、25年「時間」発足とともに同人となる。「詩学」「ポエトロア」「無限」に寄稿、「北斗」「セコイア」を主宰。詩集に「城」がある。

木暮 剛平　こぐれ・ごうへい

俳人　国際俳句交流協会会長　元・電通社長　[生]大正13年9月19日　[出]群馬県勢多郡赤城村　[学]東京大学経済学部(旧制)(昭和23年)卒　[賞]日本宣伝大賞(平成1年)、鈴木CM賞(第27回)(平成2年)、サミール・ファレス賞(平成8年)、勲一等瑞宝章(平成13年)　[歴]昭和22年12月電通入社。営業畑一筋に歩み、40年営業局長となる。46年取締役、48年常務、54年専務を経て、60年6月社長に就任。平成5年6月会長となる。9年6月相談役に退く。この間、昭和61年データベース会社・エレクトロニック・ライブラリー(EL)の社長となり、のち会長。62年～平成9年日本広告業協会会長。経済同友会副代表幹事も務めた。また趣味の俳句では「風」同人で、句集「飛天」も出版。11年国際俳句交流協会会長。　[団]日本文芸家協会、俳人協会(名誉会員)

小暮 政次　こぐれ・まさじ

歌人　「短歌21世紀」代表　[生]明治41年2月2日　[没]平成13年2月13日　[出]東京・京橋　[学]東京府立一中(大正14年)卒　[賞]日本歌人クラブ推薦歌集(第5回)(昭和34年)「春天の樹」、短歌新聞社賞(第3回)(平成8年)「暫紅新集」、斎藤茂吉短歌文学賞(第7回)(平成8年)「暫紅新集」　[歴]大正15年三越に入社。一時大阪に赴いたが昭和9年より三越東京本店に勤務。一方、6年「アララギ」に入会し、土屋文明の指導を受ける。22年関東アララギ会「新泉」を鹿児島寿蔵らと創刊、選歌を担当。のち「アララギ」選者・編集委員。「アララギ」解散後は、「短歌21世紀」を主宰。のち読売新聞地方版短歌選者も務めた。歌集に「新しき丘」「春望」「花」「春天の樹」「雨色」「青條集」「薄舌集」「暫紅新集」など。　[団]日本文芸家協会、現代歌人協会

苔口 万寿子　こけぐち・ますこ

歌人　[生]大正14年12月4日　[出]岡山県　[学]平田学園卒　[賞]短歌公論処女歌集賞(第1回)「幽契」、潮音賞(第4回)(昭和58年)、日本歌人クラブ賞(第11回)(昭和59年)「紅蓮華」　[歴]昭和37年「潮音」に入会、56年「をがたま」に参加。「潮音」幹部同人。歌集に「幽契」「紅蓮華」がある。　[団]日本歌人クラブ

小坂 螢泉　こさか・けいせん

俳人　[生]明治42年12月10日　[出]長崎県　本名＝小坂平三郎　[学]九州医専卒　[歴]昭和9年下村ひろしに拠るが、16年「ホトトギス」に移り静雲、朱鳥、虚子の指導を受ける。37年「ホトトギス」同人。44年「万燈」創刊に参画、婦人俳句選者となる。作品に、句集「医ごころ」の他「俳句の世界」「俳句の在り方」がある。　[団]俳人協会

小坂 順子　こさか・じゅんこ

俳人　[生]大正7年4月28日　[没]平成5年10月26日　[出]東京・京橋　[学]小樽高女卒、東京家政学院大学中退　[歴]離婚後、新橋芸妓、旅館経営を経て、宗教普及家、会社役員。俳句は疎開先の那須で「鶴」俳句会に出席し、昭和21年「鶴」に入会して石田波郷、石塚友二に師事し、28年同人。36年俳人協会会員。白光真宏会会誌「白光」俳句欄選者。句集に「野分」「はしり梅」「蘭若」、小説に「女の橋」がある。　[団]俳人協会

小坂 太郎　こさか・たろう

詩人　民話伝承館館長　[専]民話研究　[生]昭和3年5月30日　[出]秋田県　本名＝小坂芳太郎　[学]横手中(旧制)卒　[賞]小熊秀雄賞(第7回)(昭和49年)「北の儀式」、秋田県芸術選奨「北の鷹匠」　[歴]中学校教師のかたわら、詩作に取り組む。昭和25年詩誌「処女地帯」に参加、「コスモス」(第3次)、「潮流詩派」同人を経て、「海流」「雪国」などの編集にあたる。著書「北方農民詩の系譜」によって、「処女地帯」の発刊(昭和8年)から現代までの農民詩の流れを跡づけた。また平成10年5月より朝日新聞日曜版に連作詩を掲載、同年詩集「北の民話」として出版された。地元の羽後町で詩のサークル運動も続けている。　[団]日本現代詩人会、秋田県現代詩人協会(会長)

小酒井 不木　こざかい・ふぼく

探偵小説家　医学者　俳人　[生]明治23年10月8日　[没]昭和4年4月1日　[出]愛知県海部郡蟹江町　本名＝小酒井光次　[学]東京帝国大学医学部(大正3年)卒　医学博士(大正10年)　[歴]血清学の研究医で東北帝大教授に招かれロンドン、パリに留学したが、肺結核で倒れる。任地に赴かないまま、大正11年に退職。静養中作家生活に入り、豊富な医学知識をもとに、医学随筆のほか、「人工心臓」「疑問の黒枠」「大雷雨の殺人」など探偵小説を発表。勃興期の文壇に刺激を与えた。また、海外作家の紹介者としても知られ、ドーセ「スミルノ博士の日記」「夜の冒険」、チェスタトン「孔雀の樹」などを訳した。その業績は「小酒井不木全集」(全17巻・改造社)にまとめられている。一方、那須茂竹に俳句の指導を受け、自宅で枯華句会を開催。また土師清二らとも句作した。句集に「不木句集」がある。50年その蔵書約2万冊が名古屋市に寄贈され、“蓬左文庫”が出来た。

小崎 碇之介　こさき・ていのすけ

歌人　俳人　[生]大正7年3月10日　[没]平成7年7月9日　[出]和歌山県和歌山市　本名＝小崎貞一　俳号＝小崎碇人(こさき・ていじん)　[学]海技専門学院(昭和20年)卒　[歴]昭和14年頃より作歌にはいり、23年「ポトナム」に入会、頴田島一二郎に師事、のち同人。28年「子午線短歌会」を創立する。31年短歌研究50首詠に入選。歌集に「海流」「海図と花」。また俳人でもあり、句集に「舷門」がある。他に「詩・短歌・俳句=鑑賞とつくり方」などの著作がある。　[団]日本歌人クラブ

小桜 洋子　こざくら・ようこ
詩人　[生]昭和38年1月3日　[出]兵庫県　本名＝仲西まゆみ　[学]梅花女子大学卒　[歴]著書に「あばばばばあ」「しんしん」がある。　[団]日本文芸家協会、日本詩人クラブ、昭和文学会

小佐治 安　こさじ・やすし
歌人　[生]大正13年3月27日　[出]秋田県　[学]東京帝国大学文学部　[歴]旧制弘前高校時代より作歌。大学進学後、福田栄一に師事。「くくみら」「古今」同人となる。昭和21年在学中に「東大短歌会」を創設し、「新風十人」の作家と交流する。38年より50年まで、作歌と仕事の同型に苦しみ、作歌を中断するが、師が死去し、その1年後に作歌を再開する。歌集に「万雷」がある。

越 一人　こし・かずと
詩人　[生]昭和6年　[出]新潟県　[歴]昭和11年発病、20年栗生楽泉園に入園。24年から短歌を習い、28年詩作を始める。32年孔版刷りで詩集「雪の音」を刊行。33年詩誌「時間」同人。他の詩集に「違い鷹羽」「白い休息―越一人詩集」がある。

越郷 黙朗　こしごう・もくろう
川柳作家　北海道川柳連盟会長　川柳あきあじ吟社代表　[生]明治45年7月18日　[出]北海道函館市　本名＝越郷喜三郎　[歴]長年、毎日新聞北海道支社で営業を担当していた。20代の頃から「肌に合う」と川柳に打ち込み、北海道川柳連盟会長などを務めている。昭和54年小樽で開かれた全道川柳大会にドゥルベン・ドイツ国際文化会議会長が出席して以来、ドイツ川柳センターの活動などを支援してきた。これらの仕事が認められ、60年、川柳人として初めて西独のメダルを受けた。

越沢 洋　こしざわ・よう
歌人　[生]大正14年1月1日　[出]群馬県　本名＝越沢ひろし　[学]駒沢大学文学部卒、東京教育大学　[歴]駒沢大学文学部で森本治吉の指導により作歌を始め、昭和21年「白路」復刊と同時に同人となる。東京教育大学で盲教育を専攻し、30年以来岐阜盲学校に勤務、「全国盲学生短歌コンクール」の指導を続ける。歌集に「白日」がある。

腰原 哲朗　こしはら・てつろう
詩人　文芸評論家　[生]昭和11年5月13日　[出]長野県松本市　[歴]「日本文芸鑑賞事典」の企画で名著1000点を精選、うち西脇順三郎「超現実主義詩論」、大岡信「超現実と抒情」などを解説。また「長野県文学全集」で中村真一郎などを解説する。詩と評論集成に「眩めく詩抄」がある。他の作品に、詩集「鑿」「歴史感覚」、研究書「島崎藤村―詩と美術」「リアン誌史―一九三〇年代」がある。

小島 可寿　こじま・かず
俳人　[生]昭和2年2月19日　[出]東京　本名＝小島和子(こじま・かずこ)　[学]東京都立第六高女卒　[賞]山暦賞準賞(昭54年度)　[歴]昭和39年宗久月丈に入門。54年「山暦」入会、55年同人。句集に「雲」「青海波」。　[団]俳人協会

小島 数子　こじま・かずこ
詩人　[生]昭和31年7月22日　[出]埼玉県　[学]埼玉大学教育学部卒　[賞]現代詩手帖賞(第23回)(昭和60年)　[歴]「ケレンハップク」「庭園」同人。詩集に「トライアングル」がある。

小島 清　こじま・きよし
歌人　[生]明治38年5月21日　[没]昭和54年4月20日　[出]東京　[歴]「ポトナム」編集委員、選者の他、28年「群落」創刊に参加、編集同人となる。日本歌人クラブ委員、京都歌人協会委員も務めた。33年歌集出版・初音書房を継承。また一時期神戸山手女専にて近世和歌史を講じたことがある。歌集「青冥集」と遺歌集「対篁居」がある。　[団]日本ペンクラブ、現代歌人協会

小島 健　こじま・けん
俳人　[生]昭和21年10月26日　[出]新潟県　[賞]俳人協会新人賞(第19回)(平成7年)「爽」　[歴]石田波郷、岸田稚魚らの指導を受け、のち角川照子主宰の「河」に入会。平成7年句集「爽」で第19回俳人協会新人賞を受賞。

小島 蕉雨楼　こじま・しょううろう
俳人　[生]明治26年10月15日　[没]昭和37年2月22日　[出]東京府南多摩郡鶴川村(現・町田市)　本名＝小島海三　[学]東京学院卒　[歴]戦後、長らく鶴川村村長を務めたのち、町田市会議員となる。句作は明治末頃から始め、「俳諧雑誌」などを経て「高潮」幹部同人。昭和9年「柿」を創刊主宰した。

小島 信一　こじま・しんいち
評論家　詩人　[専]古代史　万葉集　源氏物語　[生]大正13年1月3日　[出]東京・市ケ谷　[学]文化学院文学部卒　[興]日本のルネサンス―江戸から東京へ　[賞]芸術選奨(昭和45年)　[歴]文化学院に学び、佐藤春夫に師事。戦災で京都・宇治に移り、万葉集、源氏物語を研究。「三田文学」同人。昭和25年以降、前登志夫、木原孝一らと詩活動のかたわら「秦氏研究会」を主催。29～40年エッソ・スタンダード石油庶務課長。45年「万葉集」初の現代詩化によって芸術選奨を受けた。東京綜合写真専門学校講師、中央大学学員講師もつとめる。著書に「万葉集・運命の歌」「エッセイ集・浮舟の行方」「日本のシャーマン」など。　[団]日本文芸家協会

小島 宗二　こじま・そうじ
歌人　[生]大正11年3月15日　[出]神奈川県　[賞]牧水賞(昭和53年)　[歴]昭和15年「創作」に入会し、大橋松平、長谷川銀作に師事。また22年「都麻手」にも加わった。24年詩と短歌との融合を期し「韻律」を、42年「みなかみ」を創刊、編集する。53年創作社より牧水賞を受賞。58年「創作」を離れ、同志と「声調」を興こし、常任編集委員となる。歌集に「余響」がある。

小島 隆保　こじま・たかやす
俳人　医師　小島医院院長　[生]大正9年7月17日　[出]福岡市　[学]長崎医科大学(昭和21年)卒　医学博士　[賞]万燈賞、福岡市長賞、北九州市長賞、福岡市文学賞(昭和57年)　[歴]昭和22年九州大学助手を経て、29年医院を開業。一方、21年高浜虚子、河野静雲に師事。「ホトトギス」同人。52年俳人協会員、福岡俳人協会事務局長。平成6年俳誌「玄海」を創刊。句集に「月日を得つゝ」、俳論集に「一点の芳草」がある。
[団]俳人協会

小島 千架子　こじま・ちかこ
俳人　[生]昭和2年1月3日　[出]東京　本名＝小島千賀子　[学]東京都立第四高女卒　[賞]河新人賞(昭和51年)、河賞(昭和58年)　[歴]昭和46年角川源義門の「河」入会、51年に同人となる。54年進藤一考の「人」創刊に際し同人となる。のち「斧」主宰。武蔵野市俳句連盟会長も務める。句集に「春山神」「筆づかひ」「自註・小島千架子集」、著書に「俳句・俳景〈16〉/わたしはわたし」がある。　[団]俳人協会、武蔵野市俳句連盟(会長)

小島 俊明　こじま・としはる
翻訳家　詩人　東京家政学院大学人文学部文化情報学科教授　[専]フランス文学　[生]昭和9年4月27日　[出]岐阜県各務原市　[学]早稲田大学大学院文学研究科仏文専攻(昭和35年)修士課程修了　[興]詩人ピエール・ジャン・ジューヴ、フランス現代詩の動向、作家ピエール・クロソウスキー、フランス現代思潮　[歴]昭和40年東京家政学院大学講師、48年7月より1年間パリ第四大学留学、50年東京家政学院大学教授。評論集「高貴なるデーモン」、詩集「葉ずれの歌」「アシジの雲雀」などがある。　[団]日本フランス語フランス文学会、日本文芸家協会、地中海学会

小島 花枝　こじま・はなえ
俳人　[生]大正11年8月1日　[没]平成12年4月17日　[出]山梨県身延町　[学]東洋女子歯科医専(昭和20年)卒　[賞]全国俳誌協会作品賞(昭和50年)
[歴]歯科医院開業。傍ら、昭和16年江森茂十二の手ほどきをうける。45年「同人」入会、のち「海程」同人。56年「帆船」主宰。句集に「花ごよみ」「ガラスの馬車」「踏まれ邪鬼」「雪山河」「潮音」「鳴動」など。　[団]俳人協会、現代俳句協会

小島 政二郎　こじま・まさじろう
小説家　俳人　[生]明治27年1月31日　[没]平成6年3月24日　[出]東京市下谷区下谷町(現・東京都台東区)　俳号＝燕子楼　[学]慶応義塾大学文学部卒　[歴]大正5年「オオソグラフイ」を発表以降、三田派の新人として注目され、大学卒業後は「赤い鳥」の編集を手伝い、その間に芥川龍之介を知る。12年「一枚看板」を発表し、13年「含羞」を刊行、以後中堅作家として活躍し「新居」「海燕」「眼中の人」「円朝」などを発表。大衆作家としても活躍する一方、「大鏡鑑賞」や「わが古典鑑賞」など古典鑑賞にも新分野を開いた。そのほか「聖胎拝受」や「鴎外 荷風 万太郎」など先輩作家を描いた作品もある。また芥川と共に句作にも励み、戦後はいとう句会に参加、句集はないが、「いとう句会句集」「木曜座談」、エッセイ集「場末風流」に収められている。
[団]日本文芸家協会

小島 沐冠人　こじま・もくかんじん
俳人　[生]明治18年3月23日　[没]昭和20年1月11日　[出]高知市　本名＝小島栄枝　[学]早稲田大学中退　[歴]大阪毎日新聞に入社するが、のち高知に戻り週刊新聞を経営。俳句を渡辺水巴に師事し、「曲水」に初期より参加。大正8年曲水高知支社を創立した。歌集に「南海」がある。

小島 ゆかり　こじま・ゆかり
歌人　青山学院女子短期大学講師　[生]昭和31年9月1日　[出]愛知県　本名＝横井ゆかり　[学]早稲田大学文学部国文科卒　[賞]河野愛子賞(第7回)(平成9年)「ヘブライ暦」、若山牧水賞(第5回)(平成12年)「希望」　[歴]コスモス会員。歌集に「水陽炎」「月光公園」「ヘブライ暦」「希望」などがある。　[団]現代歌人協会、日本文芸家協会

小島 緑水　こじま・りょくすい
歌人　「木かげ」主宰　[生]明治41年5月1日　[出]新潟県糸魚川市岩木　本名＝小島要(こじま・かなめ)　[学]新潟県高田師範本科第二部(昭和2年)卒　[賞]勲五等瑞宝章(昭和53年)　[歴]国民学校長兼青年学校長、小学校長、新潟県教育委員会主事、中学校長を歴任し、昭和42年退職。同年新潟県教職員厚生財団理事及び理事長に就任、48年退任。52年糸魚川市歴史民俗資料館運営委員を務める。61年歌誌「木かげ」主宰。歌集に「追憶―小島要集」「残照―小島緑水集」。

小島 禄琅　こじま・ろくろう
詩人　児童文学作家　[生]大正6年　[出]愛知県　[歴]青年時代は詩・創作を書いて同人雑誌を遍歴。愛知県職員を退職し、現在は詩と童謡を執筆。著書に「海を越えた蝶―小島禄琅詩集」。　[団]日本児童文芸家協会、日本児童文学者協会、日本童謡協会

五所 平之助　ごしょ・へいのすけ
映画監督　俳人　[生]明治35年2月1日　[没]昭和56年5月1日　[出]東京市神田区鍋町(現・東京都千代田区)　本名＝五所平右衛門　俳号＝五所亭　[学]慶応義塾商工学校(大正10年)卒　[賞]ベルリン国際映画祭国際平和賞(昭和28年)「煙突の見える場所」　[歴]大正12年松竹蒲田撮影所に助監督として入社、島津保次郎監督に師事して14年「南島の春」で監督デビュー。昭和6年日本で初めての本格的トーキー映画「マダムと女房」を発表。無声映画時代から戦後まで、監督した作品は約100本。代表作に「村の花嫁」「伊豆の踊子」「人生のお荷物」「新雪」「今ひとたびの」「煙突の見える場所」(28年のベルリン国際映画祭で入賞)「大阪の宿」「挽歌」「蛍火」「恐山の女」などがある。39年から16年間、日本映画監督協会理事長。五所亭の俳号での俳句も有名で、句集に「五所亭俳句集」「句集・生きる」がある。

五所 美子　ごしょ・よしこ
歌人　[生]昭和19年10月1日　[出]大分県宇佐市　[学]九州大学文学部卒　[歴]37歳頃から歌を作り、「牙」、「未来」同人。戦前に治安維持法違反容疑で獄中生活を送り、のち熊本商科大教授となった大田遼一郎(歌人名・速見惣一郎)の歌集「阿蘇」の中の遺詠五十首に深く感銘し、「牙」に作品論を連載。それらをまとめ、平成3年「大田遼一郎と『阿蘇』―その人と作品論」を出版。他に「緑暦」「歌人上田秋成」がある。

小塚 空谷　こずか・くうこく
詩人　[生]明治10年9月27日　[没]昭和34年4月16日　[出]愛知県海部郡篠原村　本名＝小塚鎮雄　[学]東京専門学校(現・早稲田大学)中退　[歴]明治32年詩「あはれ霊なき人の子よ」を内村鑑三の「東京独立雑誌」に発表。35年「労働世界」の編集に携わる。「乞食を励ますの辞」「新聞売子の声」などの詩を発表する一方、読み物「佐倉宗吾」「由比正雪」「大塩平八郎」などを連載し、この面での先駆者となった。36年「社会主義」の文芸欄の編集を担当し、「社会主義勃興の歌」「労働軍歌」などを発表。同年帰郷し、小学校の代用教員となったが「社会主義」に多くの詩を送った。43年頃から詩作から離れ、大正14年まで名古屋の小学校訓導として教育に携わった。

小杉 榲邨　こすぎ・すぎむら
国文学者　国史学者　歌人　東京美術学校教授　[生]天保5年9月(1834年)　[没]明治43年3月29日　[出]阿波国徳島(徳島県徳島市)　幼名＝真瓶、号＝杉園　文学博士(明治34年)　[歴]幼時藩校に学び、早くから古典研究に志したが、幕末国事に奔走、尊王攘夷運動に加わり幽閉される。維新後、明治7年教部省、14年文部省に出仕し、「古事類苑」の編纂を行う。15年東大古典科講師となり、また帝室博物館鑑査掛、古社寺保存委員として国宝美術品の調査にあたり、32年東京美術学校教授を兼任、ひき続き東大講師として国語、国文学、国史を講じた。有職故実に造詣が深く、また、歌人としては31年御歌所参候となる。歌集に「秋の一夜」、随筆に「はるの一日」「千とせのあき」、著書に「有職故実」「阿波国徴古雑抄」「栄華物語月の宴評註」「大日本美術史」などがある。

小杉 放庵　こすぎ・ほうあん
画家　歌人　随筆家　[生]明治14年12月30日　[没]昭和39年4月16日　[出]栃木県日光町　本名＝小杉国太郎(こすぎ・くにたろう)　旧号＝小杉未醒(こすぎ・みせい)、小杉放菴　[学]宇都宮中(明治28年)中退　[資]帝国美術院会員(昭和10年)、日本芸術院会員(昭和12年)(34年辞退)　[賞]日光市名誉市民　[歴]二荒山神社宮司の六男として生まれ、16歳の時、洋画家五百城文哉の内弟子となる。明治33年吉田博に感化され上京、小山正太郎の不同舎に入る。未醒と号し、35年太平洋画会会員、40年方寸同人。41年文展初入選。のち受賞を重ねる。大正2～3年にかけての渡欧を境に、油絵から日本画に転じ、信州の赤倉にこもり書画三昧に過ごした。11年春陽会を結成。昭和4年から放庵を名乗る。作品に「水郷」「湧水」など、著書に「放庵画論」「東洋画総論」など。また歌人、随筆家としても知られ、歌集に「山居」「故郷」、随筆に「帰去来」「故郷」など多くの著作がある。装丁家としても知られた。平成9年出身地である日光市に小杉放庵記念美術館が開館。　[家]息子＝小杉一雄(早大名誉教授)、小杉二郎(デザイナー)、孫＝小杉正太郎(早大教授)、小杉小二郎(洋画家)

小杉 余子　こすぎ・よし
俳人　[生]明治21年1月16日　[没]昭和36年8月3日　[出]神奈川県藤沢市　本名＝小杉義三　[歴]明治37年上京して中井銀行に勤務。18歳頃から俳句をはじめ「渋柿」同人となる。昭和10年「あら野」を創刊。著書に「余子句集」などがある。

小菅 三千里　こすげ・さんぜんり
俳人　[生]大正5年7月18日　[没]平成8年3月13日　[出]栃木県塩谷郡氏家町　本名＝小菅聞一(こすげ・ぶんいち)　[学]東京慈恵医科大学(昭和16年)卒　[歴]医師をつとめた。一方、昭和13年から作句を始め、「馬酔木」「曲水」等に投句する。戦後、「みづうみ」「椎」に拠り、同人に。49年安住敦著「俳句への招待」に共鳴して「春燈」入門。句集に「敏子」「不孤」、句文集に「木狐庵句日記」がある。　[団]俳人協会

小瀬 千恵子　こせ・ちえこ
俳人　岐阜女子大学文学部国文学科主任教授　[専]近代日本文学　[生]昭和15年9月23日　[出]岐阜県岐阜市　[学]岐阜大学文芸学部国語国文学科(昭和38年)卒、立命館大学大学院文学研究科(昭和49年)修士課程修了、実践女子大学大学院文学研究科近代文学専攻(昭和55年)博士課程修了　[賞]天狼コロナ賞(昭和62年)　[歴]昭和55年新見女子短期大学講師、57年岐阜女子大学助教授、60年教授。一方、35年「流域」「天狼」に入会、59年「天狼」会友。著書に「写生の系譜」「長塚節文学考」、句集に「天領」などがある。　[団]日本文芸学会、俳文学会、全国大学国語国文学会、日本近代文学会、俳人協会　[家]夫＝小瀬渺美(聖徳学園岐阜教育大教授)

小関 茂　こせき・しげる
歌人　[生]明治41年4月25日　[没]昭和47年7月11日　[出]北海道旭川　[学]東京電機校(昭和6年)卒　[歴]大正12年単身上京。数十の職を転々。昭和4年「詩歌」に入り前田夕暮に師事。戦後「人民短歌(新日本歌人)」のち、「地中海」創刊に加わり晩年に至る。歌集2冊、自伝小説「大雪山」、科学小説・論説多数。

小平 雪人　こだいら・せつじん
俳人　[生]明治5年　[没]昭和33年12月18日　[出]長野県諏訪湖東村　本名＝小平探一　[学]慶応義塾卒　[歴]芝公園の阿心庵永機に師事、東京日日新聞、時事新報の俳句欄選者を務めた。永機の養嗣子となり明治26年阿心庵を継承。30年長兄の死で阿心庵を諏訪に移した。幸徳秋水、中江兆民らと交遊、旧派の宗匠として期待されたが、郷里に隠せいした。著書に「校註蕪村全集」「芭蕉全集」「其角全集」「阿心庵句帳」「諏訪俳句古撰」などがある。

小高 賢　こだか・けん
歌人　[生]昭和19年7月13日　[出]東京都　本名＝鷲尾賢也(わしお・けんや)　[学]慶應義塾大学経済学部卒　[歴]講談社に入社。昭和56年「講談社現代新書」編集長に就任。平成6年学術局長、選書出版部長を兼務。「かりん」編集委員も務める。著書に「鑑賞・現代短歌〈6〉/近藤芳美」、評論集に「批評への意志」、歌集に「耳の伝説」「家長」がある。　[団]現代歌人協会

こたき こなみ
詩人　[生]昭和11年12月6日　[出]北海道小樽市　本名＝武藤小浪　[学]小樽潮陵高卒　[賞]小熊秀雄賞(第34回)(平成13年)「星の灰」　[歴]詩集に「キッチン・スキャンダル」「銀河葬礼」「幻野行」「星の灰」がある。「火牛」「同時代」同人。　[団]日本現代詩人会、日本文芸家協会

小谷 舜花　こたに・しゅんか
俳人　[生]大正3年6月12日　[没]平成10年2月10日　[出]石川県能登　本名＝小谷勝次　[学]尋高卒　[賞]氷海賞(昭和51年)、握手賞(第1回)(昭和56年)、足立文化功労賞　[歴]昭和4年頃から俳句を始め、12年「あら野」に入会、南仙臥に師

事。19年「あら野」終刊。32年「氷海」に入会、37年同人。53年秋元不死男没後、「氷海」終刊。49年「握手」、53年「狩」入会。56年「河」同人。句集に「岩」「能登」「神鈴」「芭蕉の辻」「南へ北へ」「小谷舜花集」がある。
[団]俳人協会

小谷 心太郎　こたに・しんたろう
歌人　[生]明治42年1月18日　[没]昭和60年6月18日　[出]大阪市北区　[賞]日本歌人クラブ賞(第4回)(昭和51年)「宝珠」　[歴]昭和7年「アララギ」入会。斎藤茂吉に心酔する。11年サイパン島へ赴任。大戦中は海軍に従軍し戦場詠を詠む。戦後は「アザミ」を経て「童牛」を創刊。評論集「短歌覚書」と歌集「宝珠」などがある。

小谷 稔　こたに・みのる
歌人　奈良産業大学名誉教授　[専]国文学　[生]昭和3年2月13日　[出]岡山県　[学]東京教育大学文学部国語国文学科卒　[興]アララギ派の短歌　[歴]「新アララギ」編集委員・選者、NHK学園短歌講座講師なども務める。歌集に「秋篠」「朝浄め」「大和恋」、著書に「土屋文明短歌の展開」「アララギ歌人論」がある。
[団]現代歌人協会、日本文芸家協会、解釈学会

児玉 花外　こだま・かがい
詩人　[生]明治7年7月7日　[没]昭和18年9月20日　[出]京都　本名＝児玉伝八　[学]同志社予備校中退、仙台東華学校中退、札幌農学校予科中退、東京専門学校中退　[歴]イギリスの詩人バイロンやバーンズに傾倒して詩作を始め、明治32年第一詩集「風月万象」を刊行。以後「社会主義詩集」「花外詩集」「天風魔帆」「ゆく雲」などの詩集を刊行。中でも「社会主義詩集」は、発行前に発売禁止となったため、昭和24年まで日の目をみなかった。大正、昭和期の作には見るべきものが少ないが、大正12年明治大学の校歌「白雲たなびく」を作詩。昭和11年東京市の養育院に入り、不遇のうちに一生を終えた。

児玉 実用　こだま・さねちか
詩人　同志社大学名誉教授　[専]英文学　[生]明治38年8月13日　[没]平成5年8月2日　[出]鹿児島県日置郡　[学]同志社大学文学部(昭和5年)卒、同志社大学大学院修了　[賞]勲三等瑞宝章　[歴]同志社大学予科長、文学部長、学長代理を歴任。また、新聞雑誌などに随筆も多く執筆。「児玉実用詩集」「カンパニーレ」「冬の旅」「ああ貿易風」など詩集、訳詩集多数。平成9年遺稿集「児玉実用著作集」が出版された。
[団]日本詩人クラブ、日本ペンクラブ　[家]長男＝児玉実英(同志社女子大学学長)

児玉 輝代　こだま・てるよ
俳人　[生]大正15年7月23日　[出]愛知県　[賞]角川俳句賞(第23回)(昭和52年)「段戸山村」　[歴]「杉」「晨」に所属。句集に「出小袖」「白楞」「山容」がある。昭和52年角川俳句賞を受賞。

児玉 南草　こだま・なんそう
俳人　「地平」主宰　[生]大正11年11月5日　[没]平成12年12月24日　[出]大分県宇佐市　本名＝児玉寿夫(こだま・としお)　[学]哈爾浜中卒　[賞]河賞(昭和51年)　[歴]昭和23年作句を始め、24年「菜殻火」入会、31年同人となる。39年「海音」を創刊、44年「地平」と改称して主宰。47年「河」、54年「人」同人。句集に「遠き帆」「路傍」「橡の木」「流域」。　[団]俳人協会(評議員)

谺 雄二　こだま・ゆうじ
詩人　ハンセン病国家賠償請求訴訟全国原告団協議会会長代理　[生]昭和7年　[出]東京　[歴]昭和14年、7歳の時ハンセン病に罹り、国立療養所多磨全生園に入所。26年群馬県草津町の国立療養所栗生楽泉園に転所。ハンセン病元患者への政府の隔離政策に対し、賠償請求などを求める全国原告団協議会会長代理を務める。平成13年熊本地裁で勝訴し、国は控訴を断念。14年草津町議補選に立候補。一方、若い頃から詩を書き続け、詩集に「鬼の顔」「ライは長い旅だから」「わすれられた命の詩」などがある。

小寺 正三　こてら・しょうぞう
俳人　作家　「俳句公論」編集長　[生]大正3年1月16日　[没]平成7年2月12日　[出]大阪府豊中市　[学]早稲田大学中退　[賞]青玄三賞(昭28年度・評論)　[歴]新聞記者、神戸製鋼勤務を経て、大阪で閑古堂を自営。社会党推薦で豊中市議を務めた。俳句は、昭和7年早大俳句会に入部。戦後日野草城に師事し、「まるめろ」創刊に参加。49年総合俳誌「俳句公論」を編集発行(のちに「俳句芸術」と改称)。傍ら作家活動を続け、句集「月の村」「枯色」「熊野田」のほか、伝記「五代友厚伝」、随筆集「北摂の地」などを著す。

後藤 綾子　ごとう・あやこ
俳人　歯科医　[生]大正2年6月29日　[没]平成6年5月8日　[出]大阪府　本名＝後藤有　[学]東洋女子歯科医学専門学校卒　医学博士　[賞]雨月賞、菜殻火賞、鷹俳句賞(第22回)、角川俳句賞(第26回)(昭和55年)「片々」　[歴]昭和35年「雨月」に入門、「菜殻火」を経て、「鷹」同人。雨月賞、

菜殻火賞、鷹俳句賞、角川俳句賞を受賞。句集に「綾」「青衣」、生理学書に「唾液アミラーゼの科学物質及び薬物に及ぼす影響」がある。 ㊥現代俳句協会

後藤 郁子 ごとう・いくこ
詩人 ㊤明治36年6月17日 ㊥栃木県足尾 ㊦「耕人」「亜細亜詩脈」に参加して詩を書き始め、新井徹と「銑」「宣言」などを創刊。また「女人芸術」「働く婦人」などに拠った。昭和9年新井・遠地輝武らと共に「詩精神」を出しプロレタリア系の詩人を集めた。戦後は「女性詩」などに拠る。詩集に「午前零時」「真昼の花」のほか新井との合同詩集「詩人がうたわねばならぬ時・貝殻墓地」がある。 ㊟夫＝新井徹(詩人・故人)

後藤 一夫 ごとう・かずお
詩人 ㊤明治45年3月28日 ㊥静岡県浜松市 筆名＝藤一夫、不二みちる ㊧浜松師範(昭和5年)卒 ㊨中部日本詩賞(第1回)(昭和36年) ㊦昭和8年頃から詩作を始め、数多くの詩や唄を書いてきた。「馬」「そで」「地下茎」同人。詩集に「餓鬼」「水たまり」「終章」「茶茶日記」などがあり、著書に「詩的美論・論集」がある。 ㊥日本現代詩人会、詩と音楽の会

後藤 謙太郎 ごとう・けんたろう
社会運動家 詩人 ㊤明治28年 ㊙大正14年1月20日 ㊥熊本県葦北郡日奈久町(現・八代市) ㊦国内各地や満州などを転々とし、坑夫生活などをしながら反軍やアナキズムの運動に入る。一方、各地から「労働者」「労働者詩人」などに詩、短歌を発表、放浪のアナキスト詩人として知られた。大正11年いわゆる"軍隊宣伝事件"で逮捕され、服役中の東京巣鴨監獄で縊死した。

五島 茂 ごとう・しげる
歌人 「立春」主宰 ㊨西洋経済史 ロバート・オウエン ㊤明治33年12月5日 ㊥東京市京橋区(現・東京都中央区) 旧姓(名)＝石榑茂(いしぐれ・しげる) ㊧東京帝国大学経済学部(大正14年)卒、東京帝国大学大学院近代西洋経済史修了 経済学博士(昭和24年) ㊨現代短歌大賞(第4回)(昭和56年)「展く」「遠き日の霧」「無明長夜」 ㊦大正14年歌人・五島美代子と結婚。大阪商科大学教授、日本繊維新聞主幹、専修大学教授、東京外国語大学教授、明治大学教授、亜細亜大学教授を歴任。一方作歌活動も行ない、「心の花」「アララギ」を経て、昭和13年妻・美代子と共に「立春」を創

刊。31年現代歌人協会を創立、初代理事長をつとめた。また天皇陛下が14歳だった23年から46年間歌の指導を続けた。平成7年歌会始の召人に選ばれる。歌集に「石榑茂歌集」「定本五島茂全歌集」などがある。経済学関係の著書に「イギリス産業革命社会史研究」「ロバート・オウエン自叙伝」「経済史」などがある。 ㊥現代歌人協会(名誉会員)、日本ペンクラブ(名誉会員)、社会経済史学会(顧問)、日本文芸家協会、ロバート・オウエン協会(名誉会長) ㊟妻＝五島美代子(歌人・故人)、父＝石榑千亦(歌人・故人)

後藤 昌治 ごとう・しょうじ
俳人 ㊤昭和8年2月2日 ㊥愛知県 ㊨中部日本俳句作家会賞中日俳句賞(昭和63年) ㊦ギター音楽教室を経営する。一方俳句を加藤かけいに師事。「環礁」「河口」を経て、「地表」同人。この間、昭和48年から中部日本俳句作家会の事務局長を務める。句集に「石の群れ」「浪曼(ろうまん)ねすか」「火柱」など。 ㊥現代俳句協会

後藤 是山 ごとう・ぜざん
俳人 ㊤明治19年6月8日 ㊙昭和61年6月4日 ㊥大分県直入郡久住町 本名＝後藤祐太郎(ごとう・ゆうたろう) ㊧早稲田大学中退 ㊦熊本県芸術功労者、熊本県近代文化功労者 ㊦早稲田大学中退後、九州日日新聞社(現・熊本日日新聞社)入社、主筆兼編集長をつとめ、九州の新聞で初の文化欄を創設。傍ら俳誌「かはがらし」(のち「東火」)を主宰。著書に「肥後の勤王」、編書に「肥後国誌」(2巻)がある。俳人・中村汀女が俳句の手ほどきを受けた。

五島 高資 ごとう・たかし
俳人 医師 ㊤昭和43年5月23日 ㊥長崎県南松浦郡富江町 本名＝樽本高尋(たるもと・たかひさ) ㊧自治医科大学卒 ㊨現代俳句協会新人賞(第13回)(平成7年)「対馬暖流」、現代俳句協会評論賞(第19回)(平成11年) ㊦中学1年頃地方新聞の学生俳句欄に投稿。長崎県・厳原町で内科医として地域医療に携わる傍ら句作に励む。「土曜」「吟遊」同人。句集に「海馬」、著書に「欲望の世紀と俳句」などがある。

後藤 利雄 ごとう・としお
歌人 山形大学名誉教授 山形県歌人クラブ名誉会長 ㊨上代文学 ㊤大正11年2月25日 ㊙平成13年6月27日 ㊥山形県最上郡最上町 ㊧東京大学文学部国文科(昭和23年)卒 ㊨勲三等旭日中綬章(平成10年) ㊦山形大学助手

を経て、昭和49年教授。62年退官し、山形女子短期大学教授。歌人でもあり、歌誌「波濤」選者、山形県歌人クラブ名誉会長を務めた。著書に「人磨の歌集とその成立」「万葉集成立論」「邪馬台国と秦王国」、歌集に「笹生の径」、戦記に「ルソンの山々を這って」、随筆集に「馬の骨」など。㊂上代文学会、古代文学会、万葉学会

後藤 直二　ごとう・なおじ
歌人　「群帆」主宰　㊤大正15年7月6日　㊦群馬県　㊥東京大学法学部卒　㊨昭和22年「アララギ」に入会、土屋文明選歌を受ける。24年「芽」編集、26年「未来」創刊に参加、のち運営委員、選者。のち季刊同人誌「群帆」編集、のち主宰。歌集に「胆振野」「針葉樹林」「印象化石」など、評論に「茂吉文明芳美」がある。㊂現代歌人協会、日本文芸家協会

後藤 比奈夫　ごとう・ひなお
俳人　「諷詠」主宰　元・波電子工業社長　㊤大正6年4月23日　㊦兵庫県　本名＝後藤日奈夫　㊥大阪帝国大学理学部物理学科（昭和16年12月）卒　㊨神戸市あじさい賞（昭和48年）、兵庫県「半どんの会」文化功労賞（昭和55年）、兵庫県文化賞（平成1年）、神戸市文化賞（平成3年）　㊨昭和17年多摩陸軍技術研究所入所。21年松山工業取締役、22年ボン電気専務を経て、30年波電子工業を設立し社長。60年退任。俳句は27年より父夜半に学び、「ホトトギス」「玉藻」にも拠る。29年「諷詠」編集発行人。36年「ホトトギス」同人。51年「諷詠」主宰。62年より俳人協会副会長。句集に「初心」「金泥」「祇園守」「花匂ひ」「花びら柚子」など。㊂俳人協会（顧問）、日本文芸家協会、日本伝統俳句協会（顧問）　㊗父＝後藤夜半（俳人）

後藤 弘　ごとう・ひろし
公認会計士　税理士　俳人　日本能率協会顧問　元・文教大学情報学部教授　㊨管理会計学　経営分析　資金管理　㊤大正8年6月6日　㊨平成13年6月26日　㊦秋田県秋田市　別名＝岡野等（おかの・ひとし）　㊥東北大学法文学部文科（昭和24年）卒　㊨日本興業銀行ほか数社を経て、昭和32年日本能率協会に入り、経理部長、常務理事を経て、監事、のち顧問。55年文教大学情報学部教授に就任、平成4年定年退職。長年、日本能率協会の経営コンサルタントとして数100社に及ぶ一流企業のバランスシートを分析、その正確さで、厚い信頼を得た。また学生時代、東北学生俳句連盟の「赤外線」の創刊に参加、昭和20年新俳句人連盟に入り投句。大学卒業と同時に俳句をやめるが46年より再び作句を開始、「蘭」同人の俳人としても活躍した。著書に「後藤弘の経理勉強法」「日本のバランスシート」「〇〇会社財務部」「間違いだらけの経営分析」、句集に「海猫」などがある。㊂日本会計研究学会、日本経営分析学会、俳人協会

後藤 宮男　ごとう・みやお
俳人　㊤大正13年11月6日　㊦岐阜県　㊥大阪歯科医専卒　㊨蘇鉄同人賞（昭和47年）　㊨昭和39年「蘇鉄」に入会、山本古瓢・藤江韮菁に師事。42年同人となる。句集に「歯鏡」がある。㊂俳人協会

五島 美代子　ごとう・みよこ
歌人　㊤明治31年7月12日　㊨昭和53年4月15日　㊦東京市本郷区曙町（現・東京都文京区）　本名＝五島美代（ごとう・みよ）　㊨読売文学賞（昭和33年）「新輯母の歌集」、紫綬褒章（昭和36年）　㊨幼少より礼法など特殊教育を受ける。国学院、東大の聴講生として国文学を学ぶ。一方、大正4年佐佐木信綱に入門し、「心の花」に出詠。14年経済学者・石榑茂と結婚。昭和3年新興歌人連盟に加盟。8年「心の花」に復帰。13年夫・茂と共に歌誌「立春」を創刊。歌集に「暖流」から遺歌集「花激つ」まで8冊の他、自選歌集、合著集、「定本五島美代子全歌集」がある。昭和30年よりその死去時まで、朝日新聞歌壇選者を務めた。他に晩香女学校校長、専修大学教授を歴任。㊗夫＝五島茂（経済学者・歌人）

後藤 安彦　ごとう・やすひこ
翻訳家　歌人　㊨英米文学　㊤昭和4年5月28日　㊦兵庫県西宮市　本名＝二日市安（ふつかいち・やすし）　別筆名＝足利光彦　㊥国立身体障害者センター（昭和35年）修了　㊨脳性マヒで体が不自由。昭和28年ごろより作歌を始める。のち自宅療養中に習得した外国語を武器に技術翻訳を手がける。37年推理作家の仁木悦子と結婚するが、61年死別。障害児を普通学級へ・全国連絡会議運営委員をつとめる。平成5年には全国の障害者に必要な情報を提供する障害者総合情報ネットワークを設立。月刊誌「BEGIN」を発行する。歌集に「沈め夕陽」「逆光の中の障害者たち」、著書に「猫と車イス—思い出の仁木悦子」、訳書にレン・デイトン「爆撃機」、トマス・チャスティン「パンドラの匣」、ジョン・ガードナー「裏切りのノストラダムス」「独立戦争ゲーム」他多数。本名では「私的障害

運動史」がある。 [家]妻＝仁木悦子(推理作家・故人)

後藤 安弘 ごとう・やすひろ

歌人 「柊」編集発行人 [生]昭和4年3月7日 [没]平成12年11月29日 [出]福井県 [学]名古屋鉄道教習所卒 [歴]昭和27年「アララギ」、「新アララギ」を経て、北陸アララキ会「柊」に所属。44年より編集事務に携わり、のち発行人。吉田正俊、熊谷太三郎の亡後、同誌の運営や後進の指導に尽力した。平成7年より若い世代の短歌離れを防ぎたいと新仮名、口語の採用を提唱し自ら実践した。歌集に「橘」など。

後藤 夜半 ごとう・やはん

俳人 [生]明治28年1月30日 [没]昭和51年8月29日 [出]大阪市 本名＝後藤潤 [学]泊園書院卒 [歴]証券会社に勤務するかたわら句作をし、大正12年「ホトトギス」に投句、昭和7年同人となり、15年「翠黛」を刊行。23年「花鳥集」を刊行し、28年「諷詠」と改題する。他の句集に「青き獅子」「彩色」などがある。 [家]弟＝喜多実(能楽師)、後藤得三(能楽師)、長男＝後藤比奈夫(俳人)

後藤 蓼虫子 ごとう・りょうちゅうし

俳人 [没]昭和35年3月10日 本名＝後藤精一 [歴]戦前炭鉱を経営した。昭和初期より吉岡禅寺洞に師事して「天の川」に拠り、昭和10年同誌に新設された幹部同人自選句欄「三元集」作家に推薦された。戦時中の18年同誌休刊の頃より休俳状態となり、22年同誌は復刊したが復活を見ることはなかった。

後藤 れい子 ごとう・れいこ

詩人 [生]昭和9年 [出]広島県呉市 [学]名古屋文化学園幼稚園教員養成所卒 [歴]幼稚園に約15年、病院の保育室に14年間勤め、平成7年退職。この間昭和50年小林純一に師事、6人の仲間と“わたげの会”をつくり、童謡誌「わたげ」を創刊。著書に少年詩集「あくたれぼうずのかぞえうた」、詩集「海」(私家版)、「どろんこアイスクリーム―後藤れい子詩集」などがある。

琴陵 光重 ことおか・みつしげ

神官 歌人 金刀比羅宮宮司 [生]大正3年8月21日 [没]平成6年8月14日 [出]東京 [学]国学院大学卒 [歴]宮崎神宮に勤めた後、昭和23年琴平の金刀比羅宮宮司となる。香川県神社庁長在任中、平成の御大典、伊勢神宮式年遷宮に携わる。著書に「金比羅信仰」、歌集に「春潮」「稚葉」など。

小中 英之 こなか・ひでゆき

歌人 [生]昭和12年9月12日 [没]平成13年11月21日 [出]北海道(戸籍) [学]文化学院文科中退 [賞]短歌公論処女歌集賞 [歴]10代後半から短歌に親しみ、昭和36年より「短歌人」に所属、のち編集同人。著書に合同歌集「騎」、歌集「わがからんどりえ」(54年)、「翼鏡」(56年)などがある。 [団]騎の会、現代歌人協会、日本文芸家協会

小長谷 清実 こながや・きよみ

詩人 [生]昭和11年2月16日 [出]静岡県静岡市大岩宮下町 [学]上智大学文学部英文科(昭和37年)卒 [賞]H氏賞(第27回)(昭和52年)「小航海26」、高見順賞(第21回)(平成3年)「脱けがら狩り」 [歴]昭和32年「氾」同人となる。大学卒業後、電通に勤務。詩集に「小航海26」「くたくたクッキー」「脱けがら狩り」など。 [団]日本現代詩人会、日本文芸家協会

小西 久二郎 こにし・きゅうじろう

歌人 [生]昭和4年5月2日 [出]滋賀県彦根市 本名＝小西久次郎(こにし・ひさじろう) [歴]昭和27年「好日」創刊直後入社、米田雄郎に師事。雄郎没後は米田登、香川進に師兄事する。現在「好日」編集委員、選者。「層」同人。歌集に「聖湖」「湖の挽歌」、評論に「香川進の人と歌」。 [団]現代歌人協会

小西 甚一 こにし・じんいち

俳人 筑波大学名誉教授 [専]比較文学 日本中世文学 [生]大正4年8月22日 [出]三重県 [学]東京文理科大学文学科(昭和15年)卒 文学博士(昭和29年) [賞]日本学士院賞(昭和26年)「文鏡秘府論考」、勲二等瑞宝章(昭和62年)、大仏次郎賞(第19回)(平成4年)「日本文芸史」(全5巻)、文化功労者(平成11年) [歴]東京教育大学教授、筑波大学副学長を経て、名誉教授。また、スタンフォード大学客員教授、ハワイ大学高等研究員、プリンストン大学高等研究員を経て、アメリカ議会図書館常任学術審議員をつとめる。著書に「日本文学史」「梁塵秘抄考」「日本文芸史」(全5巻)など。俳人としては「寒雷」同人で「俳句の世界」の著書がある。 [団]MLA(名誉会員)、アメリカ文学協会(名誉会員)、俳文学会、中世文学会

小沼 純一　こぬま・じゅんいち
詩人　翻訳家　エッセイスト　音楽評論家　[生]昭和34年8月13日　[出]東京都　[学]学習院大学文学部フランス文学科卒　[賞]出光音楽賞（第8回）（平成10年）　[歴]人類学者の今福龍太らの同人誌に参加したり、詩作を手掛ける傍ら、音楽評論にも携わる。著書に「音楽探し―20世紀音楽ガイド」「ピアソラ」「ミニマル・ミュージック」「武満徹 音・ことば・イメージ」「サウンド・エシックス―これからの『音楽文化論』入門」、分担執筆に「ポップの現在形」、詩集に「し あわせ」「アルベルティーヌ・コンプレックス」、訳書にマルグリット・デュラス「廊下ですわっているおとこ」など。　[団]日本文芸家協会

小林 愛穂　こばやし・あいすい
川柳作家　番傘川柳本社同人　[生]大正10年11月2日　[出]東京・北区　本名＝小林優一　[歴]昭和17年初の創作吟を作句。18年句会初出席、19年番傘藤光会（現・東京番傘川柳社）同人、20年9月川柳往来社（現・番傘川柳本社）同人、22年日本川柳作家連盟幹事，24年句会で選句開始、平成9年番傘川柳本社同人。著書に「人生なんでも五七五」がある。　[団]川柳人協会

小林 一郎　こばやし・いちろう
詩人　[生]大正14年5月5日　[歴]小学5年生の時より耳が聴こえなくなる。詩誌「土星」「青魚」「流れ」各同人。詩集に「海のロマン」「小林一郎詩集」「春子抄」他。

小林 逸夢　こばやし・いつむ
俳人　[生]明治17年8月2日　[没]明治38年8月17日　[出]兵庫県姫路市　本名＝小林省三　[学]柏原中中退　[歴]17歳頃より俳句に親しみ、松瀬青々に師事して「宝船」に投句した。新鮮な感覚で頭角をあらわし、青々から「播陽の麒麟児」と嘱望されたが夭折した。梶子節編「逸夢遺稿」がある。

小林 英俊　こばやし・えいしゅん
詩人　[生]明治39年3月11日　[没]昭和34年5月13日　[出]滋賀県彦根市　[学]彦根中卒　[歴]中学卒業後、一時上京、西条八十の内弟子となる。「蝋人形」「愛誦」「むらさき」などに作品を発表し、戦前の詩集に「抒情小曲集」がある。戦後、井上多喜三郎・田中克己らと近江詩人会を結成、そのテキスト「詩人学校」に作品を発表した。晩年結核を患い、遺稿詩集の思いで刊行した「黄昏の歌」がある。

小林 きく　こばやし・きく
詩人　[生]大正14年　[出]福島県須賀川市　[歴]「詩脈」所属。昭和39年歌集「こみち」により福島県文学賞を受賞。55年詩集「冬の火花」により福島県文学賞奨励賞を受賞。ほかの詩集に「冬のきりぎし」「いのちの旅」などがある。　[団]福島県現代詩人会

小林 侠子　こばやし・きょうし
俳人　「火燿」主宰　元・第一法規出版専務　[生]明治44年10月14日　[没]平成3年8月24日　[出]長野市　本名＝小林武雄（こばやし・たけお）　[学]長野商卒　[賞]石楠年度賞（昭和16年）　[歴]昭和7年臼田亜浪に師事、「石楠」に拠る。21年「科野」の発刊にあたり筆頭同人として参画。37年「火燿」を創刊し主宰。句集に「雉子」「烈日」「葛嵐」「暮雪」「濁世」　。　[団]俳人協会

小林 恭二　こばやし・きょうじ
小説家　俳人　[生]昭和32年11月9日　[出]兵庫県西宮市　俳号＝猫鮫　[学]東京大学文学部美学科（昭和56年）卒　[賞]海燕新人文学賞（第3回）（昭和59年）「電話男」、三島由紀夫賞（第11回）（平成10年）「カブキの日」　[歴]東大文学部に入学し、小説を志したが、日本語の修業のため東大学生俳句会に入会。昭和50年「未定」同人、のち無所属。卒業後学習塾教師をしながら本格的に小説に取り組む。昭和59年処女作「電話男」で第3回「海燕」新人文学賞を受賞。以来“物語を解体した物語”にとりくみ、ポストモダン文学の旗手と呼ばれる。「迷宮生活」「小説伝・純愛伝」「ゼウスガーデン衰亡史」と話題作を発表、「小説伝」は第94回芥川賞候補に、「ゼウスガーデン衰亡史」は第1回三島賞候補となる。著書は、他に「実用青春俳句講座」「半島記・群島記」「荒野論」「俳句という遊び」「瓶の中の旅愁」「カブキの日」「モンスターフルーツの熟れる時」など。日本の伝統遊芸を幅広くたしなむ。　[団]日本文芸家協会

小林 康治　こばやし・こうじ
俳人　「林」主宰　[生]大正1年11月12日　[没]平成4年2月3日　[出]東京・渋谷　本名＝小林康治（こばやし・やすはる）　[学]青山学院中等部卒　[賞]鶴俳句賞（昭和28年）、俳人協会賞（第3回）（昭和38年）「玄霜」　[歴]昭和16年より石田波郷に師事し、「鶴」同人。49年「泉」を創刊し、主宰。55年「林」を創刊し、主宰。句集に「四季貧窮」「玄霜」「華髪」「叢林」「存念」など。　[団]俳人協会（名誉会員）、日本文芸家協会

小林 郊人　こばやし・こうじん
俳人　[生]明治24年5月5日　[没]昭和44年5月4日　[出]長野県　本名＝小林保一　[歴]少年時代より句作を始め、大正11年臼田亜浪に師事して「石楠」に投句。一方郷土史の研究を志し、伊那地方の民俗・産業・農民運動等の沿革や歴史を調査。編著に「伊那の俳人」「八巣蕉雨」「伊那俳句集」「蛛柄何頼」「西沢枯風」「信濃之俳人」「信濃俳壇史」「蓼太と一茶」「一茶とその前後」「矢高矢暮」「北原痴山」などがある。

小林 サダ子　こばやし・さだこ
歌人　[生]昭和9年5月5日　[出]東京　[歴]昭和44年可児敏明に師事し、45年「沃野」に入会。49年可児敏明の「四季短歌会」創設に参加、編集同人となる。50年より「十月会」会員。歌集に「帽子」がある。

小林 周義　こばやし・しゅうぎ
歌人　元・「覇王樹」主宰　[生]大正3年7月15日　[出]山梨県　本名＝小林周義(こばやし・ちかよし)　[学]高小卒　[歴]昭和7年上京、臼井大翼に師事し「覇王樹」に入会、29年編集同人となる。55年6月主宰松井如流の病気のため編集室を自宅に設置。歌集に「樂」「嬾」「擘」がある。　[団]現代歌人協会、日本歌人クラブ

小林 純一　こばやし・じゅんいち
児童文学作家　童謡詩人　元・日本童謡協会理事長　日本児童文学者協会理事　日本音楽著作権協会常務理事　[生]明治44年11月28日　[没]昭和57年3月5日　[出]東京・新宿　本名＝小林純一郎　[学]中央大学経済学科中退　[賞]日本童謡賞(第9回)(昭和54年)「少年詩集・茂作じいさん」「レコード・みつばちぶんぶん」、赤い鳥文学賞(第9回)(昭和54年)「茂作じいさん」、日本童謡賞(特別賞，第25回)(平成7年)「小林純一・芥川也寸志遺作集 こどものうた」　[歴]北原白秋に師事。東京市、日本出版文化協会、日本少国民文化協会などに勤務のかたわら、第二次「赤い鳥」「チクタク」などに童謡の投稿を続けた。戦後は文筆に専念。また日本童謡協会、日本児童文学者協会設立に尽力し、理事長、常任理事を務めた。昭和54年少年詩集「茂作じいさん」で第9回「赤い鳥文学賞」受賞。ほかに作品集「太鼓が鳴る鳴る」「銀の触角」、童謡集「あひるのぎょうれつ」「みつばちぶんぶん」などがある。

小林 松風　こばやし・しょうふう
俳人　[生]大正13年3月30日　[出]宮城県　本名＝小林繁　[学]旧制中卒　[賞]好日賞(昭和37年)　[歴]昭和24年「初雁」で阿部筲人の手ほどきをうける。27年「好日」創刊より参加、29年同人。句集に「貨車」がある。　[団]俳人協会

小林 清之介　こばやし・せいのすけ
作家　俳人　[専]動物文学　[生]大正9年11月12日　[出]東京・新宿　本名＝小林清之助　[学]東京YMCA英語専門学校卒　[興]俳句にあらわれた鳥獣と昆虫　[賞]小学館文学賞(第23回)(昭和49年)「野鳥の四季」、児童文化功労者(第30回)(平成3年)　[歴]出版社の編集者を経て、作家活動に入る。文人同志の道楽句会を経て昭和39年角川源義に師事。同じ町田市内に住む石川桂郎と交友を深める。「河」「風土」同人。56年俳人協会幹事。また昆虫、鳥などの飼育観察をもとに、エッセイ風な作品や創作童話を書き、代表作に「スズメの四季」「鳥の歳時記」「日本野鳥記」「季語深耕・虫」「季語深耕・鳥」などがある。
[団]日本児童文芸家協会(評議員)、俳人協会(評議員)、日本鳥学会、日本児童文学者協会、日本昆虫学会、日本野鳥の会

小林 貴子　こばやし・たかこ
俳人　「岳」編集長　[生]昭和34年8月15日　[学]長野県飯田市　[賞]鷹新人賞(第12回・昭58年度)、岳前山賞　[歴]「鷹」同人、「岳」編集長を務める。句集に「海市」、著書に「秀句350選〈30〉/芸」(編)がある。　[団]現代俳句協会

小林 孝虎　こばやし・たかとら
歌人　「北方短歌」主宰　[専]古文研究　歌壇史　宮柊二研究　[生]大正12年5月3日　[出]北海道深川市　[学]北海道第三師範学校本科卒　[賞]旭川市文化奨励賞(昭和58年)、旭川市文化賞(昭和58年)　[歴]室蘭、旭川、富良野の教諭を歴任し、旭川市立常盤中学校長で昭和59年に退職。一方、旧制中学時代より作歌を始め、師範学校在学中に学生作歌集団を結成。21年歌誌「あさひね」に所属し、酒井広治に師事。28年「コスモス」に入会し宮柊二に師事。31年旭川で「北方短歌」を創刊し主宰。40年から35年間朝日新聞北海道版歌壇選者を務めた。歌集に「ビルの上の塔」「アンモナイト」「砂と風と空」、評論に「酒井広治の世界」がある。　[団]日本歌人クラブ(北海道委員)、北海道歌人会

小林 尹夫 こばやし・ただお
詩人 ⽣昭和24年10月28日 ⽣大分県 本名=伊藤恵 ⽣三重農業高卒 「燎原」「TATAAR」所属。詩集に「ヘルンの耳」「時を拒む」「地蔵岬」などがある。

小林 貞一朗 こばやし・ていいちろう
俳人 ⽣明治44年1月25日 ⽣昭和63年12月14日 ⽣東京 本名=小林禎一郎 ⽣東京大学経済学部卒 河野静雲に手ほどきを受け後高野素十につく。素十没後は雪に拠り村松紅花の指導を受く。吟社「夏木」主宰。句集に「百句」「二百五十句」。 ⽣俳人協会

小林 輝子 こばやし・てるこ
俳人 ⽣昭和9年5月1日 ⽣東京 本名=小林光子 ⽣黒沢尻高卒 ⽣風土賞(昭和52年) ⽣昭和42年「風土」入会、石川桂郎に師事する。句集に「木地師妻」「人形笛」がある。 ⽣俳人協会

小林 麦洋 こばやし・ばくよう
俳人 郷土史研究家 ⽣大正12年1月19日 ⽣平成1年8月31日 ⽣岐阜県 本名=小林義徳 ⽣国立哈爾賓学院卒 高校教諭を経て、東海女子短期大学助教授を務めた。一方、昭和16年「馬醉木」に入会、同人。以来佐々木有風に師事。有風没後34年「万緑」に入会。43年「嶺」を創刊し、主宰。句集に「学校区」「定時制校」「境川」など。 ⽣俳人協会

小林 文夫 こばやし・ふみお
俳人 民俗学研究家 ⽣大正6年8月30日 ⽣岩手県一関市 本名=小山文夫 号=不未鳴、亀城 ⽣岩手師範卒 ⽣岩手県教育委員会学術文化功労者表彰(昭和56年) ⽣岩手県で小中学校教員を務める。昭和12年海軍に応召。一方10年より俳句、詩、短歌などを作り、のちに岩手を中心とした俳諧史と民俗学の研究に取組む。著書に「東山大原と菅江真澄」「岩手俳諧史」「川崎村の歴史」、句集に「花万朶」「木漏れ日」「百歳の父」がある。 ⽣日本民俗学会、俳文学会、日本口承文芸学会、東磐史学会(副会長)

小林 峯夫 こばやし・みねお
歌人 ⽣昭和7年10月11日 ⽣岐阜県 ⽣早稲田大学文学部国文科卒 ⽣昭和30年に「まひる野」会員となり、窪田章一郎に師事、のち編集委員。大学卒業後郷里で家業を継ぎ、のち高校教員に転じた。歌集に「はばき」がある。

小林 美夜子 こばやし・みやこ
俳人 ⽣大正15年10月23日 ⽣埼玉県 ⽣埼玉師範女子部本科卒 ⽣新珠賞(昭和50年)、水明賞(昭和54年) ⽣昭和46年「水明」入会し、長谷川秋子に師事する。48年同人となる。句集に「羽」がある。 ⽣俳人協会

小林 素三郎 こばやし・もとさぶろう
元・歌人 愛知淑徳学園長 ⽣演劇史 ⽣大正4年5月3日 ⽣平成8年2月28日 ⽣愛知県名古屋市千種区 ⽣早稲田大学文学部国文科(昭和13年)卒 ⽣藍綬褒章(昭和47年)、愛知県表彰(昭和48年)、勲二等瑞宝章(昭和61年)、全国日本学士会アカデミア大賞(平成1年) ⽣昭和31年愛知淑徳高校校長、34年愛知淑徳学園理事長、50年愛知淑徳大学長を歴任。平成3年理事長を退き、学園長のみ務める。一方、戦後作歌活動を始め、処女歌集「たまゆら」を皮切りに6冊の歌集を刊行。作った歌は3000首に上るが、妻を亡くしたことなどをきっかけに歌の生活にピリオドを打つことを決め、4年最後の歌集「まほろば」を出版。著書に「欧米の旅」「有情の旅」、歌集に「たまゆら」などがある。 ⽣父=小林清作(愛知淑徳学園創設者)、長男=小林素文(愛知淑徳大学理事長)

小林 愛雄 こばやし・よしお
訳詩家 詩人 ⽣明治14年12月1日 ⽣昭和20年10月1日 ⽣東京・本郷 ⽣東京帝大英文科(明治40年)卒 「朝日文芸欄」に反自然主義の論を書き、明治42年文芸革新会に参加。上田敏、蒲原有明らの系列に属する象徴詩や、ブラウニング、ロセッティなどの英詩の翻訳を「帝国文学」「明星」などに発表。代表作に詩集「管絃」「余興劇脚本集」などがある。常盤松高女校長、早稲田実業校長などを歴任。我が国最初の歌劇団体「楽苑会」を組織。少女唱歌歌劇や少女対話劇を創作指導した。

小林 善雄 こばやし・よしお
詩人 ⽣明治44年3月14日 ⽣東京 ⽣慶応義塾大学英文科卒 ⽣三省堂・東方社・埼玉新聞社・医学書院などに勤務。昭和6年、予科在学中に「詩と詩論」の影響を受け、詩作を始める。西脇順三郎・春山行夫に師事、また北園克衛の影響を受けた。主に「暦象」に投稿、ほかに「20世紀」「詩法」「新領土」「文芸汎論」「三田文学」などにも発表した。収録詩集に「現代日本年刊詩集」「新領土詩集」「現代詩代表選集」などがある。

小林 鹿郎　こばやし・ろくろう
俳人　⚪大正3年9月12日　⚪東京　本名=小林長吉　⚪旧制中卒　⚪静岡県芸術祭奨励賞（第1回）　⚪昭和14年「獺祭」入会、吉田冬葉に師事。のち参与を経て会長となる。40年よりNHK静岡県民文芸俳句選者となる。グループ鹿笛主宰。句集に「鹿笛」「遺跡野」「自註・鹿郎集」がある。　⚪俳人協会

小春 久一郎　こはる・ひさいちろう
詩人　児童文学作家　⚪大正1年　⚪平成3年7月8日　⚪大阪市　本名=今北正一　⚪三木露風賞新しい童謡コンクール（優秀賞、第1回、昭60年度）「ぼくはおばけ」、毎日童謡賞優秀賞（第1回）（昭和62年）「かばさん」　⚪昭和10年木坂俊平らと大阪童謡芸術協会を設立。詩、曲、踊り一体の童謡運動を起こし、雑誌「童謡芸術」を19年まで発行。20年から雑誌「ひかりのくに」に童謡、童話を多数発表。49年こどものうたの会を結成、こども雑誌「こどものうた」発行。童謡集に「動物園」「おほしさまとんだ」などがある。　⚪妻=飯島敏子（児童文学作家）

小檜山 繁子　こひやま・しげこ
俳人　⚪昭和6年5月16日　⚪旧・樺太　⚪寒雷賞（昭和46年）、現代俳句協会賞（第21回）（昭和49年）　⚪終戦により内地引揚げ後発病、病気療養中に俳句を始め、昭和29年「寒雷」入会、加藤楸邨に師事。退院後経理事務員として働きながら作句活動。47年「寒雷」暖響会員（同人）に推され、同誌編集にあたる。楸邨を中心とした4回のシルクロード吟行に全回参加。句会「槌の会」代表。句集に「流沙」「蝶まんだら」「紙衣」、著書に「楸邨俳句365日」（分担執筆）などがある。　⚪現代俳句協会

駒 志津子　こま・しずこ
俳人　⚪昭和2年12月15日　⚪東京　⚪最優秀作家賞　⚪昭和35年「響焔」入会、のち同人。句集に「銀の沼」がある。　⚪現代俳句協会

小牧 健夫　こまき・たけお
ドイツ文学者　詩人　⚪明治15年11月29日　⚪昭和35年7月15日　⚪東京　別名=小牧暮潮（こまき・ぼちょう）、初号=小牧楚水　⚪東京帝大（明治40年）卒　文学博士（昭和20年）　⚪第四・第三両高等学校、学習院、水戸高校、武蔵高校各教授を経て、昭和7～18年九州帝大教授、26年から明大、学習院大教授。その間東北大、法大、京大で講師。ドイツ・ロマン派文学研究を進め「ノヴァーリス」「ヘルダーリーン」「独逸文学鑑賞」「ドイツ浪漫派の人々」「ゲーテ雑考」などの著書のほかゲーテ「詩と真実」などの翻訳がある。一方河井酔茗の「文庫」同人で、小牧暮潮の名で叙情詩を発表、詩集「暮潮詩抄」、随筆「影ぼうし」「珊瑚樹」などがある。　⚪父=小牧昌業（明治・大正両天皇侍講・故人）

駒谷 茂勝　こまたに・しげかつ
詩人　「東北詩人」主宰　山形陸運常務　⚪昭和8年6月30日　⚪山形県　⚪山形商卒　⚪山形県詩賞（第3回）「冬の鍵」　⚪佐藤総右に師事して詩作を始める。「東北詩人」を主宰。詩集に「冬の鍵」「黄昏の涯に」「朱の仮面」などがある。　⚪日本現代詩人会

小松 郁子　こまつ・いくこ
詩人　⚪大正10年3月21日　⚪岡山市　⚪東京女子高等師範卒　⚪高校の国語教諭。「歴程」「オルフェ」同人。詩集に「村へ」「中庭にむかいて」「鴉猫」。他の著書に「萩原朔太郎ノート」がある。

小松 瑛子　こまつ・えいこ
詩人　⚪昭和4年5月26日　⚪平成12年5月30日　⚪東京・阿佐ケ谷　⚪天使女子短期大学卒　⚪北海道詩人賞（第6回）（昭和43年）「朱の館」、北海道新聞文学賞（昭和57年）「私がブーツをはく理由について」　⚪詩集「朱の棺」で第6回北海道詩人賞、同「私がブーツをはく理由について」で北海道新聞文学賞を受賞。「札幌の詩」などの共著がある。同人誌「核」に所属。随筆家としても知られる。北海道文学館常務理事、北海道詩人協会常務理事を歴任。　⚪日本現代詩人会

小松 月尚　こまつ・げっしょう
俳人　僧侶　浄誓寺（真宗大谷派）住職　⚪明治16年7月18日　⚪昭和20年3月20日　⚪石川県金沢市　本名=小松常丸　⚪高浜虚子に師事して「ホトトギス」投句、昭和9年同誌同人。同年9月金沢から「あらうみ」が創刊され、雑詠選を担当。17、8年「北国新聞」の俳壇選を担当、以後北陸のホトトギス系俳人の重鎮として活躍。遺句集に「涅槃」がある。

小松 静江　こまつ・しずえ
詩人　⚪昭和13年　⚪東京都渋谷区　⚪法政大学経済学部卒　⚪現代少年詩集賞（第2回）（平成1年）「さみしい桃太郎」、少年詩賞（第1回）「さみしい桃太郎」　⚪「きっど」同人。詩集に「さみしい桃太郎」「古自転車のバットマン」。

小松 弘愛　こまつ・ひろよし
詩人　[生]昭和9年11月13日　[出]高知県香美郡香我美町　[学]高知大学教育学部(昭和35年)卒　[賞]年間現代詩集新人賞(第1回)(昭和54年)「嘔吐」、H氏賞(第31回)(昭和56年)「狂泉物語」、年間現代詩集新人賞(第2回)「鳥」、日本詩人クラブ賞(第29回,平7年度)(平成8年)「どこか偽者めいた」　[歴]高校教師の傍ら、32、3歳のころから詩を書きはじめる。「兆」「火牛」同人。作品に「狂泉物語」、詩集に「異物」「交渉」「幻の船」「愛ちゃん」「どこか偽者めいた」など。[団]日本文芸家協会、日本現代詩人会、日本詩人クラブ

小松 北溟　こまつ・ほくめい
歌人　[生]大正3年1月20日　[出]青森県　本名＝小松正吉　[学]中央大学卒　[歴]大学在学中より作歌を始めたが、卒業後現役兵として入営。召集解除後の昭和22年「下野短歌」に入会、石川暮人、清水比庵に師事して編集委員となる。会員の激増にともない、43年「窓日」と改題して全国誌となり、以来その編集委員長。栃木新聞歌壇選者。歌集に「青陽」「層炎」、他の著作に「清水比庵の世界」「ふたつなき」(共著)などがある。　[団]日本歌人クラブ

小松 充子　こまつ・みつこ
歌人　[歴]昭和13年「歌と評論」に入会、35年同人。48年あざみ短歌会を主宰、58年「野あざみ」創刊。歌集に「野草」「和風」「素秋」がある。　[団]日本歌人クラブ

小松崎 爽青　こまつざき・そうせい
俳人　「かびれ」主宰　[生]大正4年2月15日　[出]茨城県西茨城郡岩間町　本名＝小松崎武男　[学]成城中(旧制)卒　[賞]かびれ賞(第8回)(昭和31年)、茨城県俳句作家協会協会賞(第1回)(昭和35年)　[歴]昭和7年大竹孤悠に師事し、「かびれ」入会。13年「かびれ」同人となり、編集に従事。55年孤悠の死去に伴い、「かびれ」主宰となる。清新な句風で知られ、評論などの執筆も多く、連句もよくする。句集に「羅漢松」「赤鴉」「槇の花」など。他に、紀行句文集「赭い地図」、評論集「現代俳句の視点」、俳話集「風姿雑談」など。　[団]俳人協会、俳文学会、日本植物友の会、日本文芸家協会、連句協会(名誉会員)、現代詩歌文学館(評議員)

小松原 千里　こまつばら・ちさと
歌人　神戸大学名誉教授　[専]ドイツ文学　近代日本文学　[生]昭和8年9月17日　[出]兵庫県西宮市　[学]大阪外国語大学外国語学部独語学科独語卒、大阪大学大学院ドイツ文学専攻(昭和34年)博士課程中退　[興]詩，比較詩論　[歴]歌集に「野薊」「木瓜」「無言歌」、評論に「茂吉を読む」などがある。　[団]阪神ドイツ文学会、日本独文学会

駒走 鷹志　こまばしり・たかし
俳人　[生]昭和10年12月25日　[出]宮城県本吉郡唐桑町　本名＝駒走留七　[賞]角川俳句賞(昭和61年)「青い蝦夷」　[歴]19歳のとき、家業の漁師をきらって上京、さまざまな職業を転々とした。ものを書くのが好きで、同人誌を出すなどしているうちに、昭和38年「海程」を主宰する金子兜太の俳句に感激し句作を始める。42年「海程」同人。

五味 洒蝶　ごみ・しゃちょう
俳人　[生]明治34年8月27日　[没]昭和37年4月5日　[出]山梨県　本名＝五味英之助　[歴]昭和31年山梨中央銀行を定年退職し、のち甲府方面の保護司となる。俳句は大正7年「雲母」同人の中村芙峰より手ほどきを受け、飯田蛇笏に師事。「雲母」に所属し、没するまで一筋に励む。句集に「洒蝶句集」がある。

五味 保義　ごみ・やすよし
歌人　[生]明治34年8月31日　[没]昭和57年5月27日　[出]長野県諏訪郡下諏訪町小湯　[学]京都帝大国文科(昭和3年)卒　[賞]若山牧水短歌文学大賞(昭和46年)　[歴]海軍機関学校教官、東京府大泉師範教諭、中等教科書役員、日本女子大学講師など歴任。短歌は東京高師在学中、島木赤彦に作歌指導をうけ、大正12年「アララギ」に入会。15年赤彦没後は土屋文明に師事。戦後の20年「アララギ」編集・選者となり、27年から発行名儀人。著書は、歌集「清峡」「島山」「此岸集」「一つ石」「小さき岬」「病間」のほか、「万葉集作家の系列」「アララギの人々」、歌論集「短歌の表現」「短歌写生独語」などがある。

小宮 良太郎　こみや・りょうたろう
歌人　[生]明治33年11月23日　[没]昭和41年5月7日　[出]神奈川県横浜市　[学]横浜商卒　[歴]石榑千亦に師事し、昭和14年斎藤瀏の「短歌人」に参加。歌集に「草」「山稜」「ひなた」「雨」などがある。

小見山 輝　こみやま・てる
歌人　[生]昭和5年10月1日　[出]岡山県笠岡市神島　[歴]土地家屋調査士。昭和26年龍に入会。50年龍賞を受賞。平成7年より龍短歌会代表を務める。歌集に「春傷歌」「風」、「歌の話」がある。

小村 定吉　こむら・さだよし
詩人　[専]漢詩　[生]明治44年10月5日　[没]平成1年4月16日　[出]新潟県南蒲原郡栄町帯織　筆名＝如雲同人、邨定吉　[歴]雅語、童語、仏教語をちりばめた短詩形式に特色がある。詩集に「春宮美学」「魔法」「続魔法」「紫貝宮」があるほか、「邦訳支那古詩2巻」「少年漢詩読本」「唐詩余韻」「新訳漱石詩選」「随筆春夏秋冬」など著訳書多数。

小室 屈山　こむろ・くつざん
新聞記者　詩人　[生]安政5年(1858年)　[没]明治41年6月13日　[出]下野国宇都宮(栃木県)　本名＝小室弘、小室重弘　[歴]明治12年頃から「栃木新聞」に執筆し、上京後「団団珍聞」に狂詩などを発表。「新体詩歌」第1集(竹内隆信編)の序文及び「自由の歌」「花月の歌」によって知られている。「新愛知」「岡山日報」「やまと新聞」などの記者をつとめた。遺稿集「範文 自然と社会」がある。

小室 善弘　こむろ・ぜんこう
俳人　[生]昭和11年9月2日　[出]埼玉県比企郡　本名＝小室善弘(こむろ・よしひろ)　[学]埼玉大学教育学部(昭和36年)卒、東京教育大学文学部研究生　[賞]鹿火屋特別賞(昭和48年)「俳人原石鼎」、鹿火屋新人賞(昭和52年)、俳人協会評論賞(第3回)(昭和60年)「漱石俳句評釈」　[歴]高校教師の傍ら、昭和37年「鹿火屋」に参加。句集「滝坂」「風祭」の他、著書に「川端茅舎・鑑賞と批評」「歌帳句帳」など。　[団]俳人協会、俳文学会

小室 美夜子　こむろ・みやこ
俳人　[生]大正14年6月20日　[出]東京　[学]東京高等家政学院卒　[歴]昭和21年大竹孤悠に手ほどきをうける。23年「かびれ」同人となるが30年より作句中断するが、49年関成美に師事、復帰。「多磨」幹部同人。　[団]俳人協会

古明地 実　こめいじ・みのる
歌人　[生]昭和9年4月23日　[没]平成7年5月4日　[出]山梨県甲府市　[歴]15歳の時朝岡次郎(アララギ)に、短歌の手ほどきを受け、「アララギ」「山梨歌人」(青木辰雄)を経て、昭和29年「未来」に入会。上野久雄らと「甲府未来」を創刊する。「未来」「ぱにあ」会員。歌集に「谷鳴り」「吹帽抄」「黙」「チャムセ・ノレ」、合同歌集「風炎」があり、評論集「土屋文明研究」に参加した。　[団]現代歌人協会

古茂田 信男　こもた・のぶお
詩人　日本詩人連盟相談役　[生]明治40年　[出]茨城県　[賞]児童文化功労者賞(昭和59年)　[歴]昭和4年、野口雨情の推薦で雑誌「若草」の「新進詩歌人号」に紹介される。27年中山晋平、浜田広介、時雨音羽、斎藤佐次郎らと雨情会を結成。33年浜田広介、藤田健次らと日本民謡芸術協会を設立、「民謡日本」を編集。著書に「七つの子—野口雨情 歌のふるさと」、詩集に「孤独な熊」、童謡集「キツツキのたいこ」、民謡集「夜刈唄」他、編纂書に「野口雨情民謡童謡選集」「雨情どうよう」「日本流行歌史」等がある。　[団]日本歌謡学会、日本児童文芸家協会、雨情会(会長)

小森 香子　こもり・きょうこ
詩人　[専]詩　童謡　[生]昭和5年2月1日　[出]東京　[学]神戸女学院専卒　[歴]昭和36年から4年間プラハに住む。帰国後、詩人会議副運営委員長、日本子どもを守る会副会長、新日本婦人の会東京都本部副会長、日本原水協、日本平和委員会理事などで活動。著書に「母となるあなたに」「輝いて生きる」、詩集「陽子」「夜明けにむかって」など。　[団]詩人会議、日本子どもを守る会

小森 盛　こもり・さかん
詩人　[生]明治39年3月20日　[出]茨城県那珂郡山方村(現・山方町)　[学]水戸中卒　[歴]「茨城文芸」に参加、また橘孝三郎の兄弟村に関係する。高橋新吉・逸見猶吉らと交わり、高村光太郎・モンテーニュの影響を受ける。草野心平の「学校」に参加、伊藤信吉編「学校詩集」に作品収録。戦時体制下詩筆を折り、戦後は、禅を学び画筆を執り、美術評論を書く。

小森 真瑳郎　こもり・まさお

歌人　[生]明治28年5月20日　[没]昭和63年2月13日　[出]栃木県　[学]青山師範、日本大学法律科卒　[歴]大正9年「地上」創刊に同人として参加する。窪田空穂に師事。昭和30年「えんじゅ」創刊、主宰。50年対馬完治没後「地上」主宰となる。合同歌集「ゑんじゅ」第4集、「ゑんじゅ」第5集、「ゑんじゅ」第6集がある。
[団]日本歌人クラブ

小守 有里　こもり・ゆり

歌人　[生]昭和42年12月17日　[出]千葉県　[賞]角川短歌賞(平成8年)「素足のジュピター」、現代短歌新人賞(第2回)(平成13年)「こいびと」
[歴]大学の国文科を卒業後東京都内の会社に勤める。一方、10代の頃から短歌や俳句、詩を鑑賞するのが好きで、早大オープンカレッジを受講して以来短歌に熱中。歌人・武川忠一の作品に魅せられ、平成4年武川主宰の歌誌「音」に入会。13年第1歌集「こいびと」で現代短歌新人賞を受賞。他の歌集に「素足のジュピター」がある。

小紋 潤　こもん・じゅん

歌人　[生]昭和22年11月14日　[出]長崎県　本名＝小島潤　[歴]「心の花」所属。著書に「現代短歌」「近・現代短歌史年表」(共編)などがある。
[家]妻＝辰巳泰子(歌人)

小屋敷 修平　こやしき・しゅうへい

詩人　詩誌「青幻」主宰　[生]昭和31年6月10日
[学]早稲田大学法学部卒　[歴]詩誌「知性と感性」同人、詩誌「青幻」主宰。詩集に「気怠い青」がある。

小柳 透　こやなぎ・とおる

詩人　[没]昭和56年4月24日　本名＝小梁川重彦
[学]小樽高商卒　[歴]樽高商卒後、札幌光星商、函館商業の教諭を務めてから、戦後札幌市役所へ。35年から市立図書館長を10年務めた。詩人としては詩誌「木星」を17年に創刊。日本未来派で活躍し、47年から道新詩壇選者。道詩人協会、道文学館、道文化財保護協会の常任理事。著書に「琴似屯田百年史」、詩集に「旅の手帖」など。

小柳 玲子　こやなぎ・れいこ

詩人　ときわ画廊主　[生]昭和10年5月8日　[出]東京　[学]青山学院大学英米文学科(昭和30年)中退　[興]反戦文学　[賞]地球賞(第6回)(昭和56年)「叔母さんの家」、日本詩人クラブ賞(第23回)(平成2年)「黄泉のうさぎ」　[歴]10代で詩を書きはじめ、10年後に第1詩集「見えているもの」を上梓。「叔母さんの家」で第6回地球賞を受賞。日本橋で画廊を経営し、美術書の企画出版も行う。著書は他に「多感な地上」など。
[団]日本現代詩人会、日本ペンクラブ、日本文芸家協会

児山 敬一　こやま・けいいち

哲学者　歌人　東洋大学名誉教授　「文芸心」主宰　[専]数理哲学　論理学　奈良時代思想史
[生]明治35年3月1日　[没]昭和47年4月22日　[出]静岡県浜松市　[学]東京帝国大学哲学科(昭和3年)卒　文学博士　[歴]昭和27年東洋大学教授、同東洋学研究所長を経て名誉教授。歌人としては、「心の花」に属したが、昭和5年「短歌表現」を創刊。6年「短歌芸術論」を刊行。以後口語自由律に移り「動かれる青ぞら」「絵のように」「発願のころ」などを刊行した。戦後、歌誌「文芸心」を創刊、主宰。　[家]兄＝児山信一(歌人)

小山 順治　こやま・じゅんじ

俳人　元・徳島医科大学教授　[没]昭和56年1月11日　[出]新潟県中頸城郡柿崎町　号＝白楢(はくゆう)　[学]大阪医科大学(大正10年)卒　[歴]昭和3年徳島市立診療所長に就任。同市立病院長、徳島医科大学内科教授兼附属病院長を経て、24年退官。その後徳島市で開業し、同市医師会長、県医師会代議員会議長も務めた。その一方では、俳句を大正6年より高浜虚子に師事。15年「ホトトギス」同人。21年より「祖谷」を主宰した。「白楢第三句集」「小山白楢遺稿集」がある。

児山 信一　こやま・しんいち

国文学者　歌人　[生]明治33年7月2日　[没]昭和6年9月30日　[出]静岡県浜松市　[学]東京帝大国文科卒　[歴]大阪府女子専門学校教授となり、歌を「青樹」「水甕」などに発表。歌集「夜あけの霧」のほか「日本詩歌の体系」「新講和歌史」などがあり、後者は和歌の歴史に新しい体系を樹てた書として評価されている。

小山 都址　こやま・とし

俳人　[生]明治44年3月31日　[没]昭和60年8月23日　[出]奈良市油阪町　本名＝小山信一(こやま・のぶかず)　旧号＝朱呂城　[学]奈良県立郡山中(旧制)卒　[賞]天狼賞(昭和39年)　[歴]大正13年から独学にて作句、朱呂城と号す。昭和3年「ホトトギス」雑詠初入選。21年「鳴子」同人。22年「七曜」に転じて橋本多佳子に師事し編集を担当。23年山口誓子に師事、「天狼」へ投句、40年同人となる。この間24年「都

址」と改号。38年より「春日野」主宰。句集に「朱呂城」「虫玉」「松寿」など。蚊帳製造会社社長、喫茶店・食堂経営者を務めた。
所俳人協会

こやま 峰子　こやま・みねこ
児童文学作家　詩人　生東京　賞赤い靴児童文化賞(第13回)　童謡の作詞をする他、世界名作にゆかりの地をまわり紀行文を執筆。著書に「はじめのいーっぽ」「のらねこサムのクリスマス」、詩集に「さんかくじょうぎ」「キーワード」「ぴかぴかコンパス」、訳書に「だ・あ・れ」など。所日本児童文芸家協会(理事)、日本童謡協会、詩と音楽の会

小山 祐司　こやま・ゆうじ
俳人　生昭和3年10月28日　出福島県　本名＝小山松寿　学会津商卒　賞みちのく賞(昭和43年)　経昭和26年「みちのく」に入会、遠藤梧逸に師事し、32年同人。34年加倉井秋を主宰の「冬草」へ同人として参加。「みちのく」編集委員、「冬草」同人幹事等を務める。句集に「北国抄」がある。所俳人協会

今 官一　こん・かんいち
小説家　詩人　生明治42年12月8日　没昭和58年3月1日　出青森県弘前市　学早稲田大学露文科(昭和5年)中退　賞直木賞(第35回)(昭和31年)「壁の花」　経東奥義塾中学3年の時、詩人・福士幸次郎が教師として赴任。その影響を受けて詩作を始める。昭和9年太宰治らと「青い花」創刊。編集発行人となったが1号で終刊。翌10年「日本浪曼派」に合流。以降戦後にかけて「日本未来派」「歴程」などにも参加。文壇に独自の位置を占めた。19年応召、戦艦「長門」に乗船、レイテ沖海戦に参加、このときの体験を「幻花行」「不沈戦艦長門」に作品化した。31年作品集「壁の花」で第35回直木賞受賞。54年脳卒中で入院、翌年弘前市に帰郷、車イスの生活で口述筆記による作家活動を続けていた。主な著書に「海鴎の章」「龍の章」「巨いなる樹々の落葉」、詩集に「隅田川」などがある。

今 桟一　こん・さんいち
俳人　生明治33年1月11日　出青森県　本名＝今達郎　学明治学院中学部卒　賞雨山賞(第1回)(昭和25年)　経東京市復興事務局を経て、昭和6年NHK入局。7年「春光」に参加し、天野雨山に師事。25年第1回雨山賞受賞。31年「春光」の編集を担当。句集に「今桟一句集」がある。

近田 三郎　こんだ・さぶろう
歌人　「鉈彫」主宰　生明治45年6月25日　出愛知県　学愛知第一師範卒　歌誌「東邦(のち・灯)」同人、昭和36年同人誌「楡」結成、37年中部短歌会同人、50年鉈彫短歌会結成。歌集に「清流吟」「風土」「山幾重」がある。

今田 久　こんた・ひさし
詩人　生明治41年3月14日　没昭和43年5月2日　出山口県(本籍)　学下関中卒　経「詩と詩論」の運動と「超現実主義詩論」(西脇順三郎)の啓蒙をうけ、第三次「椎の木」から出発。「手紙」「20世紀」「新領土」に参加。戦後は「核」を創刊、「MENU」「主題」「火」「輪」などにも作品を発表した。戦前の詩集に「喜劇役者」があるが、多くの未刊作品が残された。

近藤 東　こんどう・あずま
詩人　生明治37年6月24日　没昭和63年10月23日　出岐阜市　学明治大学法学部(昭和3年)卒　賞改造詩賞(第1回)(昭和4年)「レエニンの月夜」、文芸汎論詩集賞(昭和16年)「万国旗」、横浜文化賞(昭和48年)、神奈川文化賞(昭和56年)　経中学時代から北原白秋の影響を受け、明大在学中に「謝肉祭」を創刊。明大卒業後、鉄道省に入り、その一方で詩作をし、昭和4年「レエニンの月夜」が「改造」の懸賞詩に一等入選する。「詩と詩論」で活躍し、7年「抒情詩娘」を刊行。16年刊行の第二詩集「万国旗」で文芸汎論詩集賞を受賞。その間「詩法」を創刊し、また「新領土」にも参加。戦後は国鉄を中心に勤労詩を興し、35年から日本詩人会理事長、会長を務め、48年横浜文化賞を受賞。他の詩集に「紙の薔薇」「えびつく・とびつく」「婦人帽子の下の水蜜桃」などがあり、童話「鉄道の旗」「ハイジ物語」などの著書もある。
所日本文芸家協会、日本現代詩人会(名誉会員)、日本児童文学者協会(名誉会員)、横浜詩人会、日本詩人クラブ(名誉会員)

近藤 一鴻　こんどう・いっこう
俳人　生明治45年3月10日　没平成8年1月24日　出神奈川県横浜市　本名＝近藤博俊　学神奈川商工卒　賞浜同人賞(第13回)(昭和52年)、岐阜県芸術文化奨励賞(昭和53年)、勲四等瑞宝章(昭和57年)　経昭和5年神奈川商工で大野林火に師事。「石楠」臼田亜浪門に入る。21年「浜」創刊同人。22年「貝寄風」主宰。37年俳人協会会員。48年岐阜県俳人協会長、56年朝日新聞岐阜俳壇選者。句集に「扉」「輪」「鵜」。この間7年朝鮮総督府に赴任、21年岐阜県職員、39

年県東京事務所長、43年民生部長を歴任。墨俣町文化協会長も務めた。　[団]俳人協会

近藤 栄一　こんどう・えいいち

詩人　[生]明治29年3月5日　[没]昭和31年1月4日　[出]東京　[学]慶応義塾大学文学科(大正10年)卒　[歴]学生時代から「白樺」「スバル」などに熱中し、慶大在学中の大正6年詩集「サマリヤの女」を刊行し、15年には「微風の歌」を刊行した。

近藤 益雄　こんどう・えきお

教育家　障害者教育実践家　童謡詩人　なずな園創設者　のぎく学園創設者　[生]明治40年3月19日　[没]昭和39年5月17日　[出]長崎県佐世保市　[学]国学院大学高等師範部(昭和2年)卒　[賞]文部大臣表彰、読売教育賞(昭和29年)、西日本文化賞、ヘレン・ケラー教育賞(昭和38年)、日本精神衛生連盟表彰　[歴]昭和3年帰郷し、長崎県北部の辺地・離島の児童教育に従事、児童詩や生活綴方教育に専念。昭和16年「子どもと生きる」を刊行。23年田平小学校長。25年自ら校長をやめ、佐々町口石小学校に特殊学級を開設、その担任となる。かたわら28年には生活施設・のぎく寮(後に、のぎく学園)を創設、家族ぐるみで精神薄弱児の指導にあたる。37年口石小学校を退職し、寮を学園と改めその経営に専念。同年秋には精神薄弱成人ホーム・なずな寮(後の、なずな園)を創設、その経営を次男の原理夫婦にまかす。「のんき、こんき、げんき」を合言葉に障害児教育運動を推進した。著書に「近藤益雄著作集」(全7巻,別巻1)、詩集に「この子をひざに」などがある。

近藤 巨松　こんどう・きょしょう

俳人　「林苑」代表　[生]大正2年10月4日　[没]平成7年3月19日　[出]愛知県岡崎市　本名＝近藤喜代松(こんどう・きよまつ)　[学]蒲郡農卒　[賞]林苑功労賞　[歴]出版業、宮内庁勤務を経て、製材製函業経営。俳句は昭和7年臼田亜浪の「石楠」に入門。同誌準幹部に推される。22年太田鴻村発刊の「林苑」に参画、発行所を自宅に置き、編集同人。林苑同人会を結成し会長をつとめ、平成3年鴻村没後は推され、主宰。この間、昭和47年俳人協会会員。句集に「無音界」「無垢の天」。　[団]俳人協会

近藤 元　こんどう・げん

歌人　[生]明治23年11月7日　[没](没年不詳)　[出]千葉県勝山　本名＝近藤元治郎　[歴]金子薫園、若山牧水に学び、初期「創作」で活躍。明治44年前田夕暮の「詩歌」創刊に参加して、短歌、歌論を発表。42年歌誌「安房の海」、ついで「南方の花」を創刊した。歌集に「驕楽」「南方の花」がある。大正初期には破調の歌や口語歌を作った。

近藤 浩一路　こんどう・こういちろ

日本画家　俳人　[専]水墨画　[生]明治17年3月20日　[没]昭和37年4月27日　[出]山梨県巨摩郡睦合村(現・南巨摩郡南部町)　本名＝近藤浩(こんどう・こう)　別号＝土筆居、画蟲斎、俳号＝柿腸　[学]東京美術学校(現・東京芸術大学)西洋画科(明治43年)卒　[歴]在学中の明治40年白馬会展に入選、洋画家としてデビュー。43年と大正2年文展にも入選。4年読売新聞社に入社し漫画をかく。やがて日本画に転じ8年以降院展に「朝の日」「夕の日」など出品し、10年日本美術院同人となる。11年フランスに留学。12年関東大震災の後、京都に移住。同年第10回院展に水墨「鵜飼六題」を出品、以後水墨画の道に進む。昭和10年院展に「御水取八題」を出品するが、11年日本美術院を脱退。東京に戻り、以後個展を中心に制作発表する。24年墨心会を結成。29年より日展に出品し、34年日展会員。他の代表作に「京洛十題」「犬山夜漁」「雨余晩駅」などがある。また、早くから俳句に親しみ、美校在学中水巴に学び、「曲水」の表紙を描いた。吉川英治の「新書太閤記」などの装幀もし、句集「柿腸」や「画譜坊ちゃん」「近藤浩一路自選素描集」などの著書がある。　[家]娘＝松田綾子(マツダゴルフ会長)

近藤 潤一　こんどう・じゅんいち

俳人　北海学園大学教授　北海道大学名誉教授　「壺」主宰　[生]昭和6年2月1日　[没]平成6年9月16日　[出]北海道函館市　[学]北海道大学文学部国文学科(昭和28年)卒、北海道大学大学院文学研究科国文学専攻博士課程修了　[賞]鮫島賞(第12回)(平成4年)「秋雪」　[歴]昭和42年北海道大学助教授、52年教授、62年1月教養部長を歴任。平成6年退官し、北海学園大学教授。俳句は21年「壺」入会、斎藤玄の薫陶を受け、23年同人。「壺」休刊による中断を経て43年「丹精」、48年「壺」により句作再開、「壺」編集同人、54年編集長。句集に「雪然」「秋雪」、評釈に「玄のいる風景」がある。　[団]日本文学協会、和歌文学会、俳人協会

近藤 季男　こんどう・すえお

川柳作家　中日川柳会会長　全日本川柳協会常任幹事　[歴]国鉄に勤める傍ら、23歳から川柳を始める。昭和28年中日川柳会に入会、平成4年会長に。全日本川柳協会常任幹事も務める。6年42年間の集大成として、作品約800句

と、会誌「中日川柳」に掲載した随筆20編を収めた句集「千成(せんなり)」を出版。

近藤 多賀子　こんどう・たかこ
⇒さちこ・やまかわ を見よ

近藤 忠　こんどう・ただし
俳人　[生]大正12年1月6日　[没]平成5年5月20日　[出]三重県員弁郡　本名=近藤友忠　[学]桑名中(旧制)卒　[歴]昭和13年本田一杉に師事して「鴫野」同人。一杉没後25年「雲海」を創刊主宰する。句集に「紅情」、文集に「一杉俳句鑑賞」、創作に「ふたりだけの旅」「青崩峠」などがある。

近藤 とし子　こんどう・としこ
歌人　[生]昭和7年3月26日　[出]台湾・台北市　本名=近藤年子　[学]愛知県第一高女卒　[歴]昭和12年「アララギ」に入会し、はじめ結城哀草果の選を受けた。15年近藤芳美と結婚し、26年「未来」創刊に加わる。歌集に「小鳥たちの来る日」「溢れゆく泉」「夕月」がある。　[団]現代歌人協会　[家]夫=近藤芳美(歌人)

近藤 富一　こんどう・とみかず
歌人　[生]明治44年2月3日　[出]徳島県三好郡井川町　[学]徳島師範(昭和5年)卒　[歴]徳島県下の小学校長を歴任したのち、昭和41年教職を退く。一方、10年から終刊の20年に至るまで北原白秋創刊の「多磨」に参加。28年より「形成」同人。四国新報歌壇選者などを務めた。歌集に「渓のこゑ」「桔梗の花」など。

近藤 鬚男　こんどう・ひげお
俳人　[没](生没年不詳)　別号=泥牛　[歴]河北新報記者の傍ら、「東北の野に打って出て俳壇新派の拡展」を目指し、明治30年佐々醒雪を中心に佐藤紅緑、辻樵村らとともに奥羽百文会を結成。子規系。同年「新派俳家句集」を刊行した。日本派、秋声会系を含めて新派とする見解を示し、新派俳句の発生、子規の俳想、各地句会の現況、さらに子規、鳴雪、紅緑、漱石、四方太、虚子、碧梧桐、露伴ら250名の作品を収録している。

近藤 馬込子　こんどう・まごめし
俳人　[生]明治36年3月3日　[没]昭和52年11月18日　[出]秋田県　本名=近藤恒一(こんどう・つねかず)　[歴]昭和16年古河理化研究所句会で大野林火の指導を受ける。「浜」創刊とともに参加し、24年同人となる。句集に「補聴器」「補聴器以後」などがある。

近藤 実　こんどう・みのる
俳人　「飛天」主宰　[生]昭和7年10月4日　[出]東京　[学]東京学芸大学卒　[歴]昭和26年「馬酔木」に投句。「青の会」にて藤田湘子の指導を受ける。29年学生俳句をもって新人賞。32年同人。「鷹」「地底」同人を経て、「飛天」主宰。句集に「断章」「転生」がある。　[団]俳人協会

近藤 洋太　こんどう・ようた
詩人　[専]現代詩　文芸評論　[生]昭和24年7月16日　[出]福岡県久留米市　[学]中央大学商学部卒　[歴]同人誌「SCOPE」を主宰、昭和63年終刊。のち「歴程」同人。著書に「矢山哲治」「反近代のトポス」、詩集に「七十五人の帰還」「カムイレンカイ」他。　[団]日本文芸家協会

近藤 芳美　こんどう・よしみ
歌人　「未来」主宰　[生]大正2年5月5日　[出]広島県広島市　本名=近藤芽美　[学]東京工業大学建築学科(昭和13年)卒　工学博士　[興]現代短歌論、日本詩歌史　[賞]迢空賞(第3回)(昭和44年)「黒豹」、詩歌文学館賞(第1回)(昭和61年)「祈念に」、現代短歌大賞(第14回)(平成3年)「営為」、斎藤茂吉短歌文学賞(第6回)(平成7年)「希求」、文化功労者(平成8年)、世羅町名誉町民(平成9年)　[歴]広島高校時代に故中村憲吉と会ったことから「アララギ」同人に。上京後、土屋文明に師事。東工大建築学科へ進み昭和13年卒業、清水建設に入社。戦後「新歌人集団」に参加、26年「未来」創刊。23年第1歌集「早春歌」で暗い青春を歌い、第2歌集「埃吹く街」で前衛的な戦後詠をつづって歌壇の新しい旗手となる。30年から朝日歌壇選者。神奈川大学教授も務める。他の歌集に「黒豹」「祈念に」「定本近藤芳美歌集」「希求」、評論集に「短歌入門」「土屋文明」「新しき短歌の規定」、創作に「青春の碑」「少年の詩」、「近藤芳美集」(全10巻，岩波書店)など。
[団]日本文芸家協会、現代歌人協会、日本ペンクラブ

紺野 幸子　こんの・こうこ
歌人　[生]大正3年9月2日　[出]東京都　[歴]昭和11年「多磨」に入会し、北原白秋に師事。白秋没後は中村正爾の「中央線」に創刊時より参加したが、正爾没後退会した。36年「さきたま」を創刊。47年改題誌「鐶」を主宰。歌集に「さきたま」「秩父詠集」「十夏」がある。
[団]埼玉県歌人会

今野 寿美　こんの・すみ
歌人　[生]昭和27年5月10日　[出]東京都品川区　本名＝三枝寿美　[学]横浜市立大学文理学部(昭和51年)卒　[賞]角川短歌賞(第25回)(昭和54年)「午後の章」、現代短歌女流賞(第13回)(平成1年)「世紀末の桃」　[歴]大学在学中に作歌を始め、毎日歌壇に投稿した縁で昭和51年春、「まひる野」に入会。馬場あき子、岩田正の教示を得る。大学卒業後は都立小山台高校の国語教師となり、52年春から馬場あき子邸での源氏物語を読む会に出席。52年秋「まひる野」を脱会、53年「かりん」創刊に参加した。歌集に「花絆(はなづな)」「星刈り」「世紀末の桃」がある。　[団]日本文芸家協会、現代歌人協会　[家]夫＝三枝昂之(歌人)

今野 大力　こんの・だいりき
プロレタリア詩人　[生]明治37年2月5日　[没]昭和10年6月19日　[出]宮城県伊具郡金山町　号＝紫藻　[歴]小学校卒業後、旭川新聞社、旭川郵便局などで働きながら詩作をし、昭和2年上京するが病気で帰郷し、北都毎日新聞社に入社し、4年の4.16事件で検挙された友人の救援活動をする。4年再度上京し、労農芸術家連盟に参加するが、5年脱退し日本プロレタリア作家連盟に参加。7年のコップへの大弾圧で検挙され、駒込署で拷問のため中耳炎となり、重態のまま釈放された。のち共産党に入って地下活動をした。

近野 十志夫　こんの・としお
詩人　元・「詩人会議」編集長　[生]昭和21年7月20日　[出]東京都　本名＝今野敏雄　[学]中央大学理工学部卒　[歴]昭和44年学習研究所に入社、児童向け科学雑誌の編集に携わる。60年退社し、編集者・詩人として活動。「詩人会議」編集長をつとめた。詩集に「野生の戦列」「戦争体験なし」がある。

紺屋 畯作　こんや・しゅんさく
歌人　[生]明治44年3月6日　[出]岡山県　本名＝伊東勇夫　[歴]橋本徳寿に師事し「青垣」に入会。戦中戦後作歌中絶するが、40年「竜短歌会」に参加する。歌集に「秋霖」「固窮鈔」など。著書に「平賀元義論考」がある。

【さ】

崔 華国　さい・かこく(チェ・ファクック)
詩人　[国]韓国　[生]1915年8月26日　[没]1997年3月12日　[出]慶州　本名＝崔泳郁(チェ・ヨンウク)　[学]日本新聞学院修了　[賞]H氏賞(第35回)('85年)「猫談義」　[歴]17歳のとき初来日。日本新聞学院修了後、「日本海事新聞」に入社、横浜支局長となる。戦後帰国し、新聞社論説委員長として活躍するが、1951年再び来日。以来、群馬県高崎市で名曲茶房「あすなろ」を経営。60歳で初めて詩を書き始め、70歳で第35回H氏賞を受賞。「風」「西毛文学」を経て、「核」同人。詩集に「輪廻の江」(韓国語)、「驢馬の鼻唄」「猫談義」「ピーターとG」「現代詩文庫　崔華国詩集」など。　[団]日本文芸家協会、日本現代詩人会、日本ペンクラブ

斎賀 琴子　さいが・ことこ
歌人　小説家　[生]明治25年12月5日　[没]昭和48年9月24日　[出]千葉県五井　本名＝原田琴子(はらだ・ことこ)　旧姓(名)＝斎賀　[学]日本女子大学中退　[歴]青鞜社に入り機関誌「青鞜」に私小説、短歌などを発表、「潮音」「創作」にも書いた。大正7年結婚、原田姓で万潮報、国民新聞などに執筆した。代表作は「をとめの頃」「許されぬ者」、歌集「さざ波」もある。　[家]夫＝原田実(教育学者・早大教授・故人)

佐伯 巨星塔　さいき・きょせいとう
俳人　[生]明治31年5月1日　[出]愛媛県　本名＝佐伯惟揚(さいき・これあき)　[学]愛媛師範本科一部卒　[歴]教師のかたわら、大正21年以来、惣河田神社の祭祀をつかさどる。俳句は大正8年「渋柿」に拠り松根東洋城に師事。昭和27年野村喜舟の指導を受ける。43年「渋柿」代表同人選者を委嘱され、切字の重要性を力説し、多くの子弟を指導した。句集に「黛石」がある。　[団]俳人協会

三枝 昂之　さいぐさ・たかゆき
歌人　「りとむ」発行人　[専]短歌創作　短歌史・短歌表現研究　[生]昭和19年1月3日　[出]山梨県甲府市　[学]早稲田大学政経学部経済学科(昭和43年)卒　[興]定型詩における喩の表出史について　[賞]現代歌人協会賞(第22回)(昭和53年)「水の覇権」、寺山修司短歌賞(第3回)(平成10

年)「甲州百目」　㊗在学中「早稲田短歌会」に所属。「沃野」「反措定」「かりん」編集委員を経て、「りとむ」入会。のち発行人。歌集に「やさしき志士達の世界へ」「水の覇権」「地の燠」「暦学」「塔と季節の物語」「三枝昂之歌集」「太郎次郎の東歌」「甲州百目」、評論集に「現代定型論」「うたの水脈」「正岡子規からの手紙」がある。　㊿現代歌人協会、日本文芸家協会　㊂妻＝今野寿美(歌人)

三枝 浩樹　さいぐさ・ひろき
歌人　㊌昭和21年10月17日　㊍山梨県甲府市　本名＝三枝亨　㊎法政大学文学部英文学科卒　㊗高校在学中より作歌を始め、植松寿樹・植田多喜子に師事、38年「沃野」会員となる。大学在学中の42年「風車」創刊に参画、のちに編集発行者となる。44年「反措定」、53年「かりん」創刊に参加。歌集に「朝の歌」「銀の驟雨」「三枝浩樹歌集」がある。　㊿現代歌人協会

最匠 展子　さいしょう・のぶこ
詩人　文芸評論家　㊌昭和4年3月16日　㊍東京　㊎日本女子大学文学部卒　㊐詩歌文学館賞(第2回・現代詩部門)(昭和62年)「微笑する月」　㊗詩集に「在処」「部屋」「そこから先へ」「微笑する月」など。　㊿日本現代詩人会、日本ペンクラブ、日本文芸家協会

西条 嫩子　さいじょう・ふたばこ
詩人　童謡作家　㊎フランス現代詩(ギルヴィック等)　㊌大正8年5月3日　㊏平成2年10月29日　㊍東京　本名＝三井嫩子(みつい・ふたばこ)　㊎日本女子大学英文科卒、アテネ・フランセ卒　㊗西条八十の長女として生まれ、幼時から詩の世界になじむ。長じては、父八十とともに詩誌「ポエトロア」を編集発行。詩は洗練された抒情詩が多く、詩集に「後半球」「空気の痣」など。ほかに童謡、童話集、翻訳詩の他、評伝「父西条八十」、エッセイ集「父西条八十は私の白鳥だった」などの著書もある。昭和49年国際詩人会議に日本代表で出席。58年10月日本詩人クラブの5代目会長に就任。㊿日本詩人クラブ、日本ペンクラブ、日本児童文学者協会、日本文芸家協会　㊂父＝西条八十(詩人)、兄＝西条八束(名大名誉教授)

西条 八十　さいじょう・やそ
詩人　作詞家　フランス文学者　㊌明治25年1月15日　㊏昭和45年8月12日　㊍東京市牛込区払方町(現・東京都新宿区)　㊎早稲田大学英文科(大正4年)卒　㊐日本芸術院会員(昭和37年)、リヒャルト・シュトラウス賞(昭和37年)、勲三等瑞宝章(昭和43年)　㊗早大在学中から「早稲田文学」などに作品を発表、「未来」同人となる。大正7年鈴木三重吉の「赤い鳥」創刊に参加、童謡「かなりあ」を発表。以後、北原白秋、野口雨情とならぶ大正期の代表的童謡詩人として、多くの童謡を発表した。8年第一詩集「砂金」を刊行、9年訳詩集「白孔雀」を刊行。10年早大英文科講師となり、13年ソルボンヌ大学に留学、帰国後早大仏文科助教授、昭和6年教授に就任。また、流行歌から軍歌まで幅広い分野で作詞家としても活躍し、「東京行進曲」(昭和4年)、「東京音頭」「サーカスの唄」(昭和8年)などがヒットした。戦後は早大を辞し、ランボーの研究に打ち込んだ。日本詩人クラブ初代理事長、日本音楽著作権協会会長など歴任。詩集に「砂金」「見知らぬ愛人」「蝋人形」「西条八十詩集」「美しき喪失」「黄菊の館」「一握の玻璃」、「西条八十童謡全集」、評論集に「アルチュール・ランボオ研究」など。　㊂長男＝西条八束(名大名誉教授)、長女＝西条嫩子(詩人)

斎田 鳳子　さいた・ほうし
俳人　㊌大正12年12月15日　㊍茨城県笠間市　本名＝斎田友二郎　㊎自治大学校卒　㊐茨城文学賞(第12回)(昭和62年)「天の蔵」　㊗昭和17年吉田高浪主幹の「しほさゐ」入会。20年笠間吟社結成。翌年より「ホトトギス」「笛」に投句を始める。24年「みそさざい」創刊とともに入会し、上村占魚に師事、のち同人となる。40年木村蕪城主宰の「夏炉」に入会、同人。句集に「笠間」「天の蔵」がある。　㊿俳人協会

斎藤 勇　さいとう・いさむ
歌人　㊌明治37年7月27日　㊏昭和62年2月3日　㊍山形県　㊎法政大学卒　㊐高山樗牛賞(第8回)　㊗中学時代より作歌し、「ミルラ」創刊。法政大学在学中に大学短歌会を結成。大正14年「覇王樹」入社、橘田東声に師事。7年より「日本短歌」編集。22年「黄鶏」創刊、主宰。山形県内の小中学校校歌の作詞も多数手がけた。歌集「母川回帰」、歌論集「見えざる人」「受胎告知」などの著書がある。　㊿日本歌人クラブ(地方委員)

斎藤 一骨　さいとう・いっこつ
俳人　㊌大正7年9月12日　㊍埼玉県　本名＝斎藤幸作　㊎第一高等無線工科卒　㊗戦後「青壺」編集に携わり、「沃土」を主宰。「花実」「麦」「鷹」同人を経て、現在は無所属。句集に「頭上の鶴」などがある。　㊿現代俳句協会

斎藤 梅子　さいとう・うめこ
俳人　「青海波」主宰　㊓昭和4年2月14日　㊕徳島県那賀郡　㊫富岡高女卒　㊪現代俳句女流賞(第10回)(昭和61年)「藍甕」、徳島県出版文化賞(昭和61年)　㊧昭和52年「草苑」に入り、のち同人。平成4年「青海波」創刊、主宰。「航標」同人。句集に「藍甕」。　㊐現代俳句協会、女性俳句懇話会、日本ペンクラブ、日本現代詩歌文学館振興会

斎藤 夏風　さいとう・かふう
俳人　㊓昭和6年2月1日　㊕東京都杉並区　本名＝斎藤安弘(さいとう・やすひろ)　㊫早稲田大学第二法学部中退　㊪夏草新人賞(昭和37年)、夏草功労賞(昭和51年)、夏草賞(昭和61年)　㊧昭和27年東京電力俳句会で「夏草」同人窪田鱒多路に手ほどきを受ける。28年「夏草」入会、40年同人。のち編集長を経て、60年より「尾根」主宰。「NHK俳壇」選者。句集に「埋立地」「桜榾」「次郎柿」など。　㊐俳人協会(理事)、日本文芸家協会

斎藤 喜博　さいとう・きはく
教育評論家　歌人　元・宮城教育大学教授　元・島小学校(群馬県)校長　㊓明治44年3月20日　㊚昭和56年7月24日　㊕群馬県　㊫群馬師範(昭和5年)卒　㊪毎日出版文化賞(第25回)(昭和46年)「斎藤喜博全集」　㊧小・中学校教師、群馬県教組文化部長を経て、昭和27年から11年間群馬県島村(現・境町)の島小学校長を務める。この間、新しい学校づくりを推し進め、毎年開いた公開研究会には全国から教育関係者が集まった。44年境町境小学校長を最後に退職。49～50年宮城教育大教授。また、アララギ派の歌人で、歌誌「ケノクニ」を主宰。歌集に「羊歯」「証」、著書に「学校づくりの記」「島小物語」「授業入門」「私の教師論」「君の可能性」などのほか、「斎藤喜博全集」(全18巻，国土社)がある。

斎藤 潔　さいとう・きよし
詩人　㊓明治31年4月3日　㊕静岡県　㊫早稲田大学専門部政治経済科(大正13年)卒　㊧日夏耿之介に師事して詩作し「声」「利休」などを刊行。また明治期キリスト教文学の研究家として、昭和13年「明治基督教文学雑藁」を刊行した。

斎藤 葵和子　さいとう・きわこ
歌人　童話作家　赤い林檎社長　㊓昭和18年　㊕東京　㊧昭和18年疎開以来母の郷里の青森に在住。夫・己千郎はリンゴの紅玉だけを素材に和菓子を創作販売する翁屋社長。自身も紅玉だけを素材に洋菓子を販売する赤い林檎の社長を務める。一方歌人、童話作家としても活躍し、歌集「りんごはるあき」「りんごふゆなつ」や童話「つぶつぶまめまめ」などを制作。
㊮夫＝斎藤己千郎(翁屋社長)

斎藤 空華　さいとう・くうげ
俳人　㊓大正7年9月24日　㊚昭和25年1月4日　㊕神奈川県横浜市　本名＝斎藤邦夫　㊫横浜商(昭和11年)卒　㊪水巴賞(第1回)(昭和23年)　㊧昭和11年日本勧業銀行に入社し、そのかたわら渡辺水巴に師事して「曲水」に投句する。太平洋戦争で2度応召され、帰還後は結核のため療養生活を送る。23年第1回の水巴賞を受賞。没後の25年「空華句集」が刊行された。

斎藤 邦明　さいとう・くにあき
歌人　僧侶　酒田短期大学名誉学長　林昌寺住職　㊒国文学　㊓大正10年9月26日　㊕山形県酒田市　㊫大正大学文学部国文学科(昭和19年)卒　㊧昭和22年酒田天真高女、24年酒田家政高、30年酒田女子高各教諭を経て、36年酒田南高校長。37年淑徳短期大学講師、44年助教授、47年教授、48年酒田短期大学と改称、51年学長。また25年瑞相寺、60年林昌寺の住職となる。「山麓」「アララギ」に所属。歌集に「海原」「波濤」、歌書に「斎藤茂吉と荘内」などがある。

斎藤 邦男　さいとう・くにお
詩人　㊓大正10年2月21日　㊕北海道札幌市　㊫光星商(旧制)卒　㊪北海道詩人協会賞(平成2年)「幻獣図譜」、北海道新聞文化賞(第24回)(平成2年)「幻獣図譜」　㊧札幌市立図書館長を務め、昭和25年後藤省平、麓聖らと「ケイオス」創刊、発行人となる。29年「眼」に参加、6号より編集委員に。30年「眼年刊詩集」に「擬態」を発表。また、和田徹三、小柳透らと詩的交流を持ち、「木星」「湾」で活躍。41年には、詩集「九つの独楽」を刊行する。平成元年「湾」に7年間連載した「まぼろしの獣たち抄」の詩篇を束ね「幻獣図譜」を刊行。
㊐北海道詩人協会

斎藤 玄　さいとう・げん
俳人　(生)大正3年8月22日　(没)昭和55年5月8日　(出)北海道函館市　本名＝斎藤俊彦(さいとう・としひこ)　(学)早稲田大学商学部卒　(賞)蛇笏賞(第14回)(昭和55年)「雁道」　(歴)昭和15年「壺」を創刊し、主宰。句集に「舎木」「飛雪」「玄」「狩眼」「雁道」「無畔」。「斎藤玄全句集」がある。

斎藤 小夜　さいとう・さよ
俳人　(生)大正15年4月1日　(出)東京　(学)日本女子大附属高女卒　(賞)桂郎賞準賞(昭和53年)　(歴)昭和44年「風土」に入会、石川桂郎の指導を受ける。47年師のすすめにより三土会支部を設立。支部長となり、翌年同人。52年「竹間集」同人。「風土」編集委員も務める。句集に「袖隠」がある。　(団)俳人協会

西東 三鬼　さいとう・さんき
俳人　歯科医　大阪女子医大附属病院歯科部長　「俳句」編集長　(生)明治33年5月15日　(没)昭和37年4月1日　(出)岡山県津山市南新座　本名＝斎藤敬直(さいとう・けいちょく)　(学)日本歯科医専(大正14年)卒　(賞)俳人協会賞(第2回)(昭和37年)「変身」　(歴)大正14年シンガポールで開業するが、チフスにかかり、昭和3年に帰国。以後東京・大森で開業し、8年共立病院歯科部長に就任。この頃から俳句をはじめ、新興俳句の旗手として活躍、9年新俳話会を設立、15年「旗」を刊行、また「天香」を創刊する。京大俳句事件で検挙された後、17年神戸に移住した。22年現代俳句協会を創設、23年現代俳人連盟の結成に参加し、同年「激狼」を創刊、また大阪女子医大附属香里病院歯科部長に就任。27年には「断崖」を創刊して主宰し、31～32年角川書店「俳句」編集長を務めた。句集に「変身」「夜の桃」「今日」などがある。

斎藤 雀志　さいとう・じゃくし
俳人　(生)嘉永4年8月8日(1851年)　(没)明治41年12月23日　(出)江戸・日本橋駿河町　本名＝斎藤銀蔵　旧姓(名)＝飯田　号＝老鶯巣(五世)、雪中庵(九世)　(歴)三井銀行に勤務し、横浜支店長をつとめたのち辞して専ら文墨に携わった。服部梅年に師事し、老鶯巣5世を継ぎ、さらに師のあとをうけて明治21年雪中庵9世となる。古俳書の蒐集保存につとめ、蔵書家としても著名であった。没後は東大図書館酒竹文庫に所蔵。編著に「初花集」「温故二十四番」「註解玄峰集」「嵐雪全集」など。

西塔 松月　さいとう・しょうげつ
俳人　(生)明治39年3月14日　(没)平成7年10月4日　(出)福井県鯖江市　本名＝斉藤作松(さいとう・さくまつ)　(学)大樋農業補習学校卒　(賞)鯖江市民文化賞　(歴)昭和15年「山茶花」に入り、皆吉爽雨に師事。24年「雪解」創刊と同時に同人。のち「花鳥」同人。句集に「煤湯」「種井」「穭」「旅」「雑草」「三寒四温」。　(団)俳人協会

斎藤 彰吾　さいとう・しょうご
詩人　元・北上市中央公民館長補佐　(専)詩・童謡　絵本　(生)昭和7年6月30日　(出)岩手県　本名＝斎藤省吾　(学)黒沢尻校卒　(歴)「ベン・ベ・ロコ」同人。詩集に「榛の木と夜明け」「イーハトーボの太陽」他、絵本に「なりくんのだんぼーる」「お月お星」など。　(団)北上詩の会、岩手県詩人クラブ、日本現代詩人会、日本子どもの本研究会、わらしゃどの会

斎藤 昌三　さいとう・しょうぞう
書物研究家　俳人　随筆家　(生)明治20年3月19日　(没)昭和36年11月26日　(出)神奈川県座間町　旧姓(名)＝斎藤政三(さいとう・しょうぞう)　号＝桃哉、未鳴、少雨叟、湘南荘　(学)旧制中卒　(歴)原合名会社、横浜逓信局、大蔵省建設局を経て、大正6年アメリカ貿易店・五車堂に勤務。かたわら、発禁本、性神の収集や研究に打ち込み、大正5年発禁作品集「明治文芸側面鈔」を編む。商売をやめ、以後この道一本に生きた。14年「書物往来」編集同人、昭和3年明治文化研究会編集同人となり、6年7月には「書物展望」創刊に参画、8年以降は単独編集人として手腕を発揮。この間、「現代日本文学大年表」(6年)、「現代筆禍文献大年表」(7年)を作成するなど近代文学書誌の基礎を築いた。戦後は「好色日本三大奇書」など艶本紹介書を多数出した。34年茅ケ崎市立図書館名誉館長。書物随筆に「書痴の散歩」「閑版 書国巡礼記」「紙魚供養」「紙魚地獄」などがある。一方、俳句にも親しみ、句作は「新暦」「青芝」に拠る。句集に「還暦元年」「湘南白景」、没後豆本自選句集「明治の時計」が刊行された。

斎藤 祥郎　さいとう・しょうろう
歌人　(生)昭和2年6月13日　(出)大阪　本名＝斎藤武通　(歴)「徳島歌人新社」編集発行人。徳島県歌人クラブ副会長。「林間」同人。歌集に「雅笛」がある。

斎藤 慎爾　さいとう・しんじ
俳人　深夜叢書社出版代表　㊚現代俳句　㊓昭和14年8月25日　㊕山形県酒田市　㊖山形大学国文科中退　㊞吉本隆明のマス・メディア論　㊔氷海賞(昭和35年)　㊍大学時代はオルガナイザーとして活躍、安保闘争を経験した。大学時代の同人誌「文学村」を発展的に解消して、昭和38年深夜叢書社を設立。仙台で2冊出版後上京、荻窪のアパートを拠点に、白川正芳「埴谷雄高論」、菅孝行「死せる芸術=新劇に寄す」など250点余りを刊行。出版業のかたわら、評論、随筆、小説などを執筆。俳人としても知られ、句集「夏への扉」「秋庭歌」「冬の智慧」がある。「氷壁」「氷海」同人を経て、無所属。

斎藤 すみ子　さいとう・すみこ
歌人　㊓昭和4年2月14日　㊕栃木県上都賀郡足尾町　㊔歴象賞(昭和34年)、現代歌人集会賞(昭和51年)「却初(ごうしょ)の胎」、中日歌人会梨郷賞(第8回)(平成11年)「遊楽」　㊍昭和25〜35年「アララギ」会員、26〜42年「歴象」同人。三田澪人に師事。のち「核」「嬉遊」同人。55年岡井隆、春日井建らと歌人集団「中の会」を創設、事務局長を長く務めた。中日新聞「短歌」選者も務める。歌集に「直線路」「淡紅」「却初の胎」「残照記」「島嶼放浪篇」「晴朗」「遊楽」など。　㊐現代歌人協会、中日歌人会、日本文芸家協会

斎藤 大雄　さいとう・だいゆう
川柳作家　北海道川柳連盟会長　札幌川柳社主幹　㊓昭和8年2月18日　㊕北海道札幌市　本名=斎藤大雄(さいとう・ひろお)　㊖小樽千秋高化学科卒　㊔北海道川柳年度賞(第3回)(昭和40年)、北海道川柳功労賞(昭和57年)、東洋樹川柳賞(昭和63年)、札幌市社会教育功労者表彰(平成5年)　㊍18歳頃から新聞等へ川柳の投稿を始める。昭和33年札幌川柳社に参画、42年主幹に。44年古川柳研究会を結成。北海タイムス紙の「タイムス川柳」や苫小牧民報、北方ジャーナルなどに川柳欄を新設、選者を務める。著書に「川柳入門 はじめのはじめのまたはじめ」、句集に「根」(共著)、「喜怒哀楽」「逃げ水」、柳文集に「雪やなぎ」「北の座標」「川柳の世界」など。　㊐全日本川柳協会(理事)、札幌文化団体協議会、北海道文化団体協議会、全日本文化団体連合会、日本川柳ペンクラブ(常任理事)

斎藤 央　さいとう・たかし
詩人　㊓昭和30年　㊕神奈川県小田原市　㊖上智大学文学部(昭和52年)卒　㊍公立中学校教師の傍ら詩を書く。「日本未来派」同人。詩集に「夕焼けとオムレツ」「仙了川」「詩集水のゆくえ」がある。　㊐日本詩人クラブ、横浜詩人会

斎藤 知白　さいとう・ちはく
俳人　㊓明治4年7月24日　㊙昭和8年4月13日　㊕福島県会津若松　本名=斎藤伊三郎　㊍採鉱冶金学を専門とし足尾鉱山に勤務、のち自ら大蔵、五万洞、信夫、茂世路の諸鉱山を経営した。はじめ秋声会に属したが、日本派に転じ子規に師事。大正6年創刊の「新緑」(のち「ましろ」と改題)同人となる。14年伊東牛歩と共に四国88ケ所を巡拝し「俳諧行脚お遍路さん」を著す。牛歩と共編の「新緑後期第一句集」に自由律時代の句が収められ、晩年は定型俳句に復した。虚子の「風流懺法」の坂東君のモデルといわれる。

斎藤 滴萃　さいとう・てきすい
俳人　㊓明治18年3月2日　㊙昭和9年8月18日　㊕福岡市　本名=斎藤権　㊍明治39年九州日報に投句して俳句を始め、41年より矢田挿雲の「かがり火」に投句。大正9年より青木月斗主宰「同人」に所属。戦後「同人」の復刊に尽力し、編集を担当。昭和23年帰郷、45年福岡俳人協会初代会長になった。句集に「飛雨」「麦門冬」「短夜」など。

斎藤 俊子　さいとう・としこ
俳人　㊓昭和5年　㊕東京　㊍句集に「亡くてぞ人の」「追憶」「風椿」がある。

さいとう なおこ
歌人　㊓昭和18年11月26日　㊕旧朝鮮・群山　本名=斉藤直子　㊖池田高卒　㊍NHK学園短歌講座機関誌編集。「未来」会員。歌集に「キンポウゲ通信」「シドニーは雨」がある。

斎藤 信夫　さいとう・のぶお
童謡詩人　「花馬車」主宰　花馬車童謡研究所主宰　㊓明治44年3月3日　㊙昭和62年9月20日　㊕千葉県　筆名=葉山春夫　㊖千葉師範専攻科(昭和12年)卒　㊍小学校教師の傍ら、昭和7年から詩作を始める。戦後、童謡の作詞に転向。月刊童謡同人誌「花馬車」を主宰。代表作に「里の秋」「蛙の笛」など。　㊐日本音楽著作家組合

斎藤 信義　さいとう・のぶよし
俳人　[生]昭和11年2月1日　[出]北海道　[学]増毛高卒　[賞]円賞、円作家賞(昭和49年)　[歴]高校時代俳句の手ほどきを受けるが上京後中断。昭和41年「菜殻火」を知り野見山朱鳥に師事。翌年「円」創刊に参加、49年編集同人となる。46年には「裸足」に参加。のち「畦」「子午線」にも参加する。句集に「神色」「天景」がある。[団]俳人協会

斎藤 俳小星　さいとう・はいしょうせい
俳人　[生]明治16年2月20日　[没]昭和39年11月16日　[出]埼玉県　本名＝斎藤徳蔵　別号＝夜鏡庵梅仙　[歴]家業は米屋兼業の農家。17歳頃から俳句を始め、夜鏡庵梅仙と号した。虚子の俳壇復帰と共に「ホトトギス」に拠り、大正9年「ホトトギス」同人。昭和30年「若葉」同人。農民俳句作家として知られた。句集に「俳小星句集」「第2俳小星句集」「径草」がある。

斎藤 史　さいとう・ふみ
歌人　「原型」主宰　[専]短歌　随筆　[生]明治42年2月14日　[没]平成14年4月26日　[出]東京　[学]小倉高女(大正14年)卒　[資]日本芸術院会員(平成5年)　[賞]日本歌人クラブ推薦歌集(昭和30年)「うたのゆくへ」、長野県文化功労賞(昭和35年)、迢空賞(第11回)(昭和52年)「ひたくれなゐ」、読売文学賞(詩歌俳句賞)(昭和61年)「渉りかゆかむ」、詩歌文学館賞(第9回)(平成6年)「秋天瑠璃」、斎藤茂吉短歌文学賞(第5回)(平成6年)「秋天瑠璃」、現代短歌大賞(第20回)(平成9年)「斎藤史全歌集」、勲三等瑞宝章(平成9年)、紫式部文学賞(第8回)(平成10年)「斎藤史全歌集1928-1993」　[歴]2.26事件に連座した陸軍少将で歌人の斎藤瀏の長女として東京に生まれ、父の任地の北海道・旭川、津、熊本などを転々とする。大正末から作歌を始め、歌誌「心の花」「短歌作品」「短歌人」などに発表。昭和15年五島美代子、佐藤佐太郎、前川佐美雄らとの合同歌集「新風十人」に参加。同年、11年に起きた2.26事件の影響が色濃い第1歌集「魚歌」で注目を集めた。戦後は疎開先の長野県に落ち着き、「うたのゆくへ」「密閉部落」などを次々と発表。37年から「原型」を主宰。生活苦や介護といった日常を詠む実験的な異色の作風で現代歌壇を先導した。52年「ひたくれなゐ」で迢空賞、61年「渉りかゆかむ」で読売文学賞を受賞。平成5年女流歌人として初の日本芸術院会員となり、9年の歌会始の儀では召人として皇居に招かれるなど戦後を代表する女性歌人として知られた。他の歌集に「魚類」「秋天瑠璃」「風翩翻」、小説に「過ぎて行く歌」、対談集「ひたくれなゐに生きて」、「斎藤史全歌集」(大和書房)など多数。　[団]日本歌人クラブ、現代歌人協会、日本文芸家協会　[家]父＝斎藤瀏(陸軍少将・歌人)、長男＝斎藤宣彦(聖マリアンナ医科大学教授)

斎藤 豊人　さいとう・ほうじん
歌人　元・毎日広告社取締役　[生]明治35年2月15日　[没]昭和58年10月25日　[出]福岡県　本名＝斎藤豊人(さいとう・とよひと)　[歴]昭和27年毎日工業デザイン賞(のち毎日インダストリアルデザイン賞と改称)を創設し、日本の工業デザイン界の発展に寄与した。また、歌人としては、3年岡野直七郎主宰の「蒼穹」に入門。55年「短歌周辺」創刊に参画。明治生まれ歌人の会「高樹会」を結成し、合同歌集「高樹」の発行責任者となる。戦前はモダンな作品で知られた。歌集に「斎藤豊人歌集」がある。

斎藤 正敏　さいとう・まさとし
詩人　[生]昭和17年1月13日　[出]千葉県　[学]二松学舎大学卒　[歴]美術商を営む傍ら、「光芒」を主宰。よみうり日本テレビ文化センター詩の部講師を務める。詩集に「日のあるうちに」「耳喰抄」「斎藤正敏詩集」などがある。　[団]千葉県現代詩人会

斉藤 征義　さいとう・まさよし
詩人　地域づくりアドバイザー　[生]昭和18年3月20日　[出]北海道帯広市　[学]苫小牧東高卒　[賞]北海道詩人協会賞(平成11年)「コスモス海岸」　[歴]高卒後、新聞記者、商社勤務を経て、昭和60年千歳観光連盟観光振興課長、平成元年穂別町役場に入り、政策調整課まちづくり推進参事。地域づくりアドバイザーとして文化と地域づくりの融合を試みる。また詩人としても活躍、「北海詩人」同人を経て、「核」同人。宮沢賢治学会にも所属し、「銀河にかかる発電所」「又三郎の『風』」など賢治研究を多数発表。詩集に「てのひらのゆき」「二十歳のバラード」「午後の契約」「コスモス海岸」などがある。　[団]北海道詩人協会、日本現代詩人会、宮沢賢治学会(理事)

斎藤 忈　さいとう・まもる
詩人　[生]大正13年5月15日　[出]旧朝鮮・京城　[学]京城帝大卒　[歴]報農会常務理事、日本現代詩人会常任理事を経て、昭和62年9月理事長となる。詩集に「葬列」「暗い海」など。　[団]日本文芸家協会、報農会、日本現代詩人会

斉藤 美規　さいとう・みき
俳人　「麓」主宰　[生]大正12年12月6日　[出]新潟県糸魚川市　本名＝斉藤克忠(さいとう・まさなお)　[学]高岡高商(昭和18年)卒　[賞]現代俳句協会賞(第28回)(昭和56年)　[歴]在学中の昭和16年山口花笠の指導を受け、17年「寒雷」に投句し、加藤楸邨に師事。戦後句作を中断するが、34年「寒雷」に復帰し、39年同人となる。56年「麓」を創刊し、主宰。句集に「花菱紋」「鳥越」「地の人」「路上集」「海道」。[団]現代俳句協会、日本文芸家協会

斎藤 道雄　さいとう・みちお
医師　俳人　斎藤医院医長　[生]大正5年3月10日　[出]三重県　俳号＝斎藤一杏　[学]日本医科大学(昭和15年)卒　[賞]三重県公衆衛生協会表彰(昭和43年)、芭蕉祭特選(第23回)(昭和44年)、三重俳句賞(昭和46年)、俳句文学賞(第13回)(昭和58年)、三重県学校保健功労者表彰(昭和61年)、勲五等双光旭日章(昭和61年)　[歴]昭和15年日本医科大学付属第二病院内科助手。15年陸軍々医中尉として北支独立歩兵第26大隊付に。20年斎藤医院を開業する。26年三重県員弁郡医師会長、三重県医師会代議員、37年桑名保健所運営協議会委員、53年員弁郡心身障害児就学指導委員会委員、55年桑名西ロータリークラブ会長などを歴任する。俳歴として、19年牡丹、22年砧会、22年せせらぎ句会、38年河刀野句会、38年三重俳句社、57年俳人協会にそれぞれ入会する。61年勲五等双光旭日章を叙勲。著書に「白衣を脱いで」「句集 雪嶺」。[団]俳人協会

斎藤 茂吉　さいとう・もきち
歌人　精神科医　[生]明治15年5月14日　[没]昭和28年2月25日　[出]山形県南村山郡金瓶村(現・上山市金瓶)　旧姓(名)＝守谷　別号＝童馬山房主人、水上守暁　[学]東京帝大医科大学(明治43年)卒　医学博士(大正13年)　[資]帝国芸術院会員(昭和12年)　[賞]帝国学士院賞(昭和15年)「柿本人麿」、読売文学賞(第1回・詩歌賞)(昭和24年)「ともしび」、文化勲章(昭和26年)、文化功労者(昭和27年)　[歴]中学時代から作歌を志し、東大医科入学後、伊藤左千夫を訪ね、本格的に歌を始める。医科大学卒業後は副手として精神病学を専攻し、大正6年長崎医専教授となり、11～13年ドイツに留学。昭和2年養父の青山脳病院院長として継ぎ、20年まで務めた。一方、明治41年創刊の「アララギ」に参加し、活発な作歌、評論活動を始め、大正2年「赤光」を、5年には「短歌私鈔」を、8年には歌論集「童馬漫語」などを刊行。以後幅広く活躍し、昭和9年から15年にかけて「柿本人麿」(全5巻)を刊行し、15年に帝国学士院賞を受賞。25年刊行の「ともしび」は第1回読売文学賞を受賞し、26年文化勲章を受章した。他の歌集に「あらたま」「寒雲」「白桃」「遍歴」「白き山」「ともしび」などがあり、他に多くの歌論書、随筆集「念珠集」などがある。「斎藤茂吉全集」(全56巻，第2次全36巻，岩波書店)がある。没後、斎藤茂吉文化賞、斎藤茂吉短歌文学賞が創設された。[家]妻＝斎藤輝子(旅行家)、長男＝斎藤茂太(精神科医)、二男＝北杜夫(小説家)、孫＝斎藤茂一(精神科医)、斎藤章二(精神科医)

斎藤 勇一　さいとう・ゆういち
詩人　紀行作家　[生]昭和13年10月18日　[出]秋田県　[学]秋田商卒　[歴]小学1、2年のころから詩作に親しむ。「地球」「日本海詩人」同人。損害保障保険代理業を営みながらの文学活動。詩集に「闘いの中から」「誕生」「アフリカ」、著書に「詩人たちのいる風景」「マタギの森」などの他、紀行作家として「東北の温泉宿」「温泉大好き」なども発表。　[団]日本詩人クラブ

斉藤 優二郎　さいとう・ゆうじろう
俳人　[生]大正5年6月4日　[出]埼玉県　[学]旧高専中退　[賞]杉賞(昭和52年)　[歴]昭和15年「鶴」入会、石田波郷に師事し、29年同人となるが、48年同人を辞退する。同年「杉」に同人として参加、同人会幹事を務める。55年「玉虫」創刊主宰。句集に「磐石」「餬餅」がある。　[団]俳人協会

斎藤 庸一　さいとう・よういち
詩人　斎藤印刷所代表取締役　[生]大正12年3月30日　[出]福島県白河市　[学]白河商(昭和14年)卒　[賞]福島県文学賞(詩，第9回)(昭和31年)「防風林」、晩翠賞(第3回)(昭和37年)「雪のはての火」　[歴]家業の斎藤印刷所代表取締役を務めるかたわら、詩作に励む。同人誌「黒」を主宰し、「龍」「地球」などに所属。詩集に「防風林」「雪のはての火」「ゲンの馬鹿」「斎藤庸一詩集」「青女1人」など。ほかに評伝「詩人遍歴」がある。　[団]日本現代詩人会、日本ペンクラブ、日本音楽著作権協会、日本文芸家協会

斎藤 瀏　さいとう・りゅう
歌人　陸軍軍人　[生]明治12年4月16日　[没]昭和28年7月5日　[出]長野県　旧姓(名)＝三宅　[学]陸士(明治33年)卒、陸大(明治42年)卒　[歴]近衛歩兵第1連隊付となり、日露戦争に従軍して負傷。明治42年陸大卒業後、教育総監部課員、歩

兵第47連隊長、第7師団参謀長、昭和2年少将、第11旅団長となり、3年山東出兵に参加、帰国後の5年予備役となった。11年の2.26事件で青年将校に資金を調達、このため禁錮5年の刑を受け、13年出獄。一方アララギ派の歌人としても有名で、日露戦争後、佐々木信綱に師事、歌誌「心の花」の編集に従事、昭和14年倉田百三、佐藤春夫らと経国文芸会を設立、15年雑誌「短歌人」を創刊主宰した。19年長野県池田町、次いで長野市に移住、晩年を送った。歌集「曠野」「霧華」「波濤」「四天雲晴」「慟哭」のほか著書に「万葉名歌鑑賞」「肉弾は歌ふ」「悪童記」「獄中の記」「無縫録」「名婦評伝」などがある。娘の史も歌人。　[家]長女＝斎藤史(歌人)

斎藤 林太郎　さいとう・りんたろう
詩人　[生]大正6年7月2日　[出]山形県　[学]上山農卒　[賞]山形市文芸賞(昭63年度)、壺井繁治賞(昭63年度)「斎藤林太郎詩集」　[歴]著書に詩集「暗い田園」、歌集「炎天」、郷土史「馬見ケ崎川流域の変遷」など。詩人会議、山形詩人会議「火窪」に所属。

斎藤 朗笛　さいとう・ろうてき
俳人　[生]昭和11年6月28日　[出]愛知県　本名＝斎藤淑朗　[学]西尾高卒　[賞]春郊賞(第1回、第16回)、若葉艸魚賞(第8回)、赤城山鍛錬会賞　[歴]昭和25年作句を始める。27年より「白桃」に、30年には「若葉」に投句を始める。34年「春郊」創刊に加入。のち「若葉」「春郊」同人。52年「白桃」主宰となる。作品に句集「盲腸」、「しぐれ歳時記」がある。　[団]俳人協会

最光 蝕　さいみつ・しょく
作家　詩人　[生]昭和12年　[出]山梨県　[歴]青少年期から芸術に関心を寄せる。評論に「モディリアニ・逃亡に夢見られた空間」、詩集に「枯草を病む少年」「神の領土」、句集に「草霊」などがある。

佐伯 郁郎　さえき・いくろう
詩人　[生]明治34年1月9日　[没]平成4年4月19日　[出]岩手県米里村　本名＝佐伯慎一　[学]早稲田大学仏文科(大正14年)卒　[賞]岩手県教育功労者(昭和39年)　[歴]大正15年内務省に入省、戦中は情報局文芸課に勤務。戦後、岩手県庁に勤めたのち、48〜60年生活学園短大教授。大学在学中から始め、昭和6年詩集「北の貌」を刊行。「詩洋」「文学表現」「風」同人として活躍。ほかに「極圏」「高原の歌」などがある。また児童文化運動にもたずさわる。

佐伯 昭市　さえき・しょういち
俳人　和光大学名誉教授　[生]昭和2年7月8日　[没]平成10年10月16日　[出]宮城県仙台市　旧俳号＝間部隆　[学]東京大学(昭和27年)卒、東京大学大学院文学研究科国文学専攻(昭和32年)満期退学　[歴]高校教師、明治大学講師、和光大学助教授を経て、昭和46年人文学部教授。63年退任し、名誉教授。一方、二高在学中より作句に熱中し、戦後、無季容認の「暖流」に投句、24年「暖流」の編集を担当。俳号は間部隆。のち退会し、30年同人誌「炎群」を創刊、同人代表。35年「麦」同人。俳号を本名の佐伯昭市とした。43年「炎群」を終刊、45年「檣頭」を創刊し、主宰。講演、執筆に活躍。現代俳句協会評議員、俳句作家連盟副会長などを務めた。「現代日本文学講座・短歌俳句」「百人一句」などの共著がある。
[団]現代俳句協会、俳句作家連盟

佐伯 仁三郎　さえき・じんざぶろう
歌人　国文学者　相模女子大学教授　明星大学教授　[生]明治33年9月27日　[没]昭和49年7月31日　[出]鳥取県倉吉町　[学]早稲田大学文学部卒
[歴]窪田空穂に師事し「国民文学」などに歌や評論を発表し、のち「花冠」を主宰する。昭和13年「群竹」を刊行。また和歌文学会においても活躍し、「短歌文学の近代圏」の著書がある。

佐伯 孝夫　さえき・たかお
詩人　作詞家　[生]明治35年11月22日　[没]昭和56年3月18日　[出]東京・京橋　別名＝青山光男(あおやま・みつお)　[学]早稲田大学仏文科(大正15年)卒　[賞]日本レコード大賞(作詞賞，第4回)(昭和37年)「いつでも夢を」、紫綬褒章(昭和42年)、日本レコード大賞(特別賞，第11回・22回)(昭和44年・55年)　[歴]在学中西条八十に師事して詩作を始め、「白孔雀」などに発表。卒業後、国民新聞社を経て、昭和12年東京日日新聞社に入り19年退社。この間、7年にはビクター専属となり、作詞家として活躍。40年以来、日本音楽著作権協会理事を務めた。代表作に戦前の「さくら音頭」「燦めく星座」「新雪」「鈴懸の径」「勘太郎月夜唄」、戦後の「銀座カンカン娘」「有楽町で逢いましょう」「潮来笠」「いつでも夢を」「再会」など。著書に「青春詩集」「佐伯孝夫詩集」がある。

佐伯 洋　さえき・ひろし

作詞家　詩人　劇作家　高校教師　[生]昭和18年　[出]岡山県牛窓　[学]香川大学卒　[賞]赤旗文化評論文学賞詩部門入賞(昭和48年)、青年劇場劇曲募集土方与志記念賞(昭和61年)、三木露風あたらしい童謡賞(昭和62年)　[歴]大阪府立高校の教師を務めながら合唱組曲「光れ 中学生」を作詞。〈中学生への愛〉をテーマに、生徒、教師、親の思いを3部作に書きあげた。13編の合唱組曲、100を超える作品を創作。戯曲「看護婦のおやじがんばる」は東京芸術座全国公演作品となる。現代詩誌「流域」同人で、詩集に「象の青い目」「よく似た日々のくりかえしだけれど」などがある。古典落語を愛好、生活つづり方運動や詩のサークルでも活躍。他の著書に「作詞法入門」「ことばに翼があったなら」など。

佐伯 裕子　さえき・ゆうこ

歌人　[生]昭和22年6月25日　[出]東京都　本名＝佐伯裕子(さえき・ひろこ)　[学]学習院大学文学部国文科卒　[賞]未来賞、河野愛子賞(第2回)(平成4年)「未完の手紙」　[歴]「未来」同人。作歌とともに評論分野でも活躍。歌集に第一歌集「春の旋律」、結婚・育児の日常を歌った「未完の手紙」、他の歌集に「あした、また」など、共著に「短歌塾〈1・2〉」がある。　[団]現代歌人協会、日本文芸家協会　[家]祖父＝土肥原賢二(陸軍大将)

嵯峨 信之　さが・のぶゆき

詩人　「詩学」編集発行人　[生]明治35年4月18日　[没]平成9年12月28日　[出]宮崎県都城市　本名＝大草実　筆名＝諏訪沙吉　[学]旧制中中退　[賞]現代詩花椿賞(第4回)(昭和61年)「土地の名～人間の名」、現代詩人賞(第13回)(平成7年)「小詩無辺」、芸術選奨文部大臣賞(第46回，平7年度)(平成8年)「小詩無辺」　[歴]21歳で上京し、文芸春秋社に入社。菊池寛時代の「文芸春秋」記者をはじめ雑誌編集や出版に従事する。昭和12年退社。戦後は「歴程」に参加し、また「詩学」を編集。メタフィジックな抒情詩人であり、詩集に「愛と死の数え唄」「魂の中の死」「開かれる日、閉ざされる日」「土地の名～人間の名」「小詩無辺」などがある。　[団]近江詩人会

嵯峨 柚子　さが・ゆうし

俳人　僧侶　円徳寺住職　[生]明治39年3月29日　[没]昭和60年11月10日　[出]福井市　本名＝岡本祐世　[学]金沢真宗学院卒　[賞]武生市文化功労賞(昭和29年度)、武生市特別文化功労賞(昭和49年)　[歴]昭和9年武生市の円徳寺20代住職となる。俳人としても活躍し、16年「しどみ」創刊。戦後21年「雪しろ」と改題。高浜虚子に師事し、24年「ホトトギス」同人。ほかに「海程」同人。同誌の福井県支部会長、福井県俳句作家協会顧問などを務めた。

阪井 久良伎　さかい・くらき

歌人　川柳作家　書道家　[生]明治2年1月24日　[没]昭和20年4月3日　[出]神奈川県横浜市野毛町　本名＝阪井弁(さかい・わかち)　号＝徒然坊、別名＝阪井久良岐　[学]東京高師国文学科卒　[歴]早くから渡辺重石丸の門に入り「日本」「報知新聞」の記者となり「心の華」に歌論を書く。のち川柳新派へなづち派の宗匠となる。著書に「文壇笑魔経」「へなづち集」「川柳久良伎全集」(全6巻)がある。

坂井 修一　さかい・しゅういち

歌人　東京大学大学院工学系研究科助教授　[専]計算機工学　[生]昭和33年11月1日　[出]愛媛県松山市　[学]東京大学理学部(昭和56年)卒、東京大学大学院工学系研究科(昭和61年)修了　工学博士　[賞]現代歌人協会賞(第31回)(昭和62年)「ラビュリントスの日々」、日本IBM科学賞(第5回)(平成3年)「高並列データ駆動計算機の研究」、市村学術賞(貢献賞，第27回)(平成7年)「新世代並列計算機の開発」、寺山修司短歌賞(第5回)(平成12年)「ジャックの種子」　[歴]昭和53年「かりん」に入会、短歌を始める。61年10月第1歌集「ラビュリントスの日々」を上梓。他の歌集に「群青層」「スピリチュアル」「ジャックの種子」などがある。一方、同年4月から工業技術院電子技術総合研究所に入所し、電子計算機アーキテクチャの研究に従事。平成3年米国・MIT招聘研究員を経て、5年新情報処理開発機構に出向。のち筑波大学助教授を経て、東京大学助教授。

境 節　さかい・せつ

詩人　岡山県詩人協会理事　[生]昭和7年5月2日　[出]岡山県倉敷市　本名＝松本道子　[学]法政大学卒　[歴]黄薔薇に所属。詩集に「夢へ」「呼び出す声」「ひしめくものたち」などがある。　[団]日本現代詩人会

坂井 徳三　さかい・とくぞう

詩人　⑮明治34年10月26日　⑯昭和48年1月28日　⑰広島県尾道　本名＝坂井徳三郎　別名＝世田三郎　⑱早稲田大学英文科卒　⑲国民新聞記者となり、「アクション」「左翼芸術」から「ナップ」に参加。「ナップ」解散後、壺井繁治らとサンチョ・クラブを設立、昭和11年諷刺詩集「百万人の哄笑」を刊行した。中国で敗戦、帰国後新日本文学会会員を経て人民文学に転じ、「新日本詩人」「詩運動」「詩人会議」など詩サークル運動に活躍した。

坂井 信夫　さかい・のぶお

詩人　編集者　⑮昭和16年11月19日　⑰長野県　⑱中央大学　⑲小熊秀雄賞（第28回）（平成7年）「冥府の蛇」　⑳詩誌「詩的現代」に所属。詩集に「音楽の捧げもの」「影の年代記」「洪水の前」「21世紀詩人叢書〈19〉冥府の蛇」など。

酒井 広治　さかい・ひろじ

歌人　⑮明治27年4月27日　⑯昭和31年1月30日　⑰福井県今村郡岡本村　⑱東京歯科医専卒　⑲歯科医をしていたが、大正初年より北原白秋に師事し「地上巡礼」「ARS」「煙草の花」「多磨」などに参加し、昭和21年「あさひね」を主宰。28年「コスモス」創刊に参加。29年歌集「雪来る前」を刊行した。

酒井 弘司　さかい・ひろし

俳人　俳句評論家　⑮昭和13年8月9日　⑰長野県高森町　⑱法政大学社会学部卒　⑲寺山修司論（俳句）　⑳海程賞（昭和44年）　㉑中学時代より作句を始める。「自鳴鐘」「寒雷」「麦」に投句。「ユニコーン」などを経て、昭和37年「海程」創刊同人。金子兜太に師事。平成6年「朱夏」創刊主宰。相模原市教育委員会子ども教育相談室長を務めた。句集に「蝶の森」「朱夏集」「ひぐらしの塀」などがある。㉒現代俳句協会

酒井 衍　さかい・ひろし

歌人　元・毎日新聞監査役　⑮明治36年1月2日　⑯平成2年1月2日　⑰東京　雅号＝酒井ひろし　⑱東京帝国大学法学部（昭和4年）卒　⑲柴舟会賞（昭和63年）「米寿前」　⑳昭和4年毎日新聞社入社。東京本社経理部長、営業局次長、財務部長、経理局次長、監査役、常勤監査役を経て、57年顧問。歌人としては、6年蒼穹社入門、岡野直七郎に師事。歌誌「白虹」「彩光」顧問。歌集に「霞む山脈」「山の暁」「慟哭の海」「米寿前」。㉑現代歌人協会、日本歌人クラブ

酒井 真右　さかい・まさう

詩人　小説家　⑮大正7年11月18日　⑯平成1年3月6日　⑰埼玉県　⑱宮城師範（現・宮城教育大学）初等科（昭和17年）卒　⑲昭和12年志願して満洲で飛行第16連隊に入隊。15年除隊。戦前から組織活動をし、16年仙台憲兵隊に治安維持法違反容疑で検挙される。戦後は、教師生活を送るが、24年にレッドパージにあい、内灘・砂川などの基地反対闘争や地域文化サークル誌運動などに打ち込む。文筆活動も始め、33年共産党を脱党してからは小説、詩作に専念する。詩集に「日本部落冬物語」「十年」、小説に「寒冷前線」「高崎五万石騒動」、一茶を書いた「百舌ばっつけの青春」などがある。

酒井 正平　さかい・まさひら

詩人　⑮明治45年7月9日　⑯昭和19年9月15日　⑰東京都港区三田四国町　⑱日本大学芸術科中退　⑲北園克衛の「MADAME BLANCHE」に参加、田中克己、川村欽吾らと親交。昭和9年「20世紀」創刊、オーデン「死の舞踏」を饒正太郎と共訳で連載。また「詩法」「文学」「文芸汎論」「三田文学」などにも発表。12年楠田一郎らと「新領土」創刊。13年松竹洋画宣伝部、次いで愛宕書房勤務。17年応召、北支戦線から反戦詩を送ったがニューギニアで戦死。遺稿詩集「小さい時間」がある。

酒井 鱒吉　さかい・ますきち

俳人　⑮大正3年10月26日　⑯昭和61年1月4日　⑰東京市下谷区竹町（現・東京都台東区）　本名＝酒井満寿吉　旧号＝酒井欣生　⑱高等小学校卒　⑲鷹俳句賞（第2回）（昭和42年）　⑳職を転々としたのち、晩年は紙芝居、互助会に勤務した。父（号＝芦舟）が俳句を作っていた影響で少年時代より俳句を始め、ガリ版刷の小俳誌「ひこばえ」を発行したこともある。昭和39年「鷹」創刊同人として参画し、42年には第2回鷹俳句賞を受賞。句集に「鱒吉句集」「続鱒吉句集」「酒井鱒吉句文集」がある。

酒井 黙禅　さかい・もくぜん

俳人　医師　⑮明治16年3月15日　⑯昭和47年1月8日　⑰福岡県八女郡水田村　本名＝酒井和太郎　別号＝良曙、雪山　⑱東京帝大医学部卒　医学博士（東京帝大）　⑲大正9年松山赤十字病院に赴任、長く同病院長を務めた。俳句は高浜虚子に師事、「ホトトギス」に拠り、同課題選者。昭和21年愛媛ホトトギス会機関誌「柿」の雑詠選者、24年上甲明石の「峠」創刊で雑詠選者となった。また虚子に次いで愛媛図書館内

「俳諧文庫」会長となり、長老として敬愛された。句集「後の月」「一日花」「続後の月」、文集に「医人寄語」。

榊 弘子　さかき・ひろこ
詩人　[生]昭和3年　[出]青森県青森市　[歴]「蔵王文学」「木綿」同人。著書に詩集「折れる」「ふりかえる」「冬の蝶」、伝説集「伝説をさかのぼる」など。

榊原 淳子　さかきばら・じゅんこ
詩人　[生]昭和36年　[学]愛知県立大学　[歴]高校3年のときから、詩の専門誌に投稿。愛知県立大の卒論は中原中也。ロックに乗る多重な表出で、新しい叙情詩を目指したいと。将来大きく飛躍するか、その逆かわからないが、未完で未知の部分を多く内に秘めた若き女流詩人。2500部近く売れていて、人気度の高い「世紀末オーガスム」は第2詩集。

阪口 涯子　さかぐち・がいし
俳人　精神科医　[生]明治34年11月11日　[没]平成1年9月20日　[出]長崎県佐世保市　本名＝阪口秀二郎　[学]九州帝大医学部（大正15年）卒　[賞]長崎新聞文化賞（昭和54年）、佐世保文学賞（昭和60年）　[歴]大連逓信医院長などを経て、佐世保西海病院に勤務。俳句は「天の川」を経て、昭和37年「海程」同人。この間、28～42年「俳句基地」、43年から「鋭角」を主宰。句集に「北風列車」「阪口涯子句集」など。

坂口 謹一郎　さかぐち・きんいちろう
歌人　東京大学名誉教授　[専]発酵学　醸造学　[生]明治30年11月17日　[没]平成6年12月9日　[出]新潟県高田（現・上越市）　[学]東京帝国大学農学部農芸化学科（大正11年）卒　農学博士（昭和7年）　[資]日本学士院会員（昭和35年）、フランス農学学士院会員　[賞]日本農学会賞（昭和13年）「菌類による有機酸類の生産並びにその工業的利用に関する研究」、日本学士院賞（昭和25年）「本邦産発酵菌類に関する研究」、東レ科学技術賞（昭37年度）「核酸の一新分解酵素とそれを応用した呈味物質に関する研究」、レジオン・ド・ヌール勲章コマンドール章（昭和37年）、全国発明表彰（恩賜発明賞，昭39年度）「微生物による5′-ヌクレオチド類製造法」、藤原賞（藤原科学財団）（昭和41年）「微生物による発酵生産物に関する基礎的研究」、文化勲章（昭和42年）、勲一等瑞宝章（昭和49年）　[歴]東京大学助手、助教授を経て、昭和14年教授に就任。かたわら東京高等農林専門学校教授、農林省米穀利用研究所（現・農水省食品総合研究所）初代所長を歴任。東大応用微生物研究所の創設に尽力し、28年初代所長になる。農学部長を務めた後、34年に退官、その後は理化学研究所副理事長等を務めた。発酵・醸造学の世界的権威として知られ、酒に関する研究は比類ない。著書に「世界の酒」「日本の酒」「古酒新酒」など。また短歌にも親しみ、歌集に「醱酵」「愛酒楽酔」がある。平成11年新潟県・頸城村に坂口記念館がオープンする。

阪口 穣治　さかぐち・じょうじ
詩人　[生]昭和35年9月23日　[没]平成4年8月7日　[出]広島市　[学]友生養護学校高等部（昭和55年）卒　[賞]半どんの会芸術奨励賞（昭和59年）「いのちのふるえ」、神戸市ユース奨励賞（昭和60年）、姫路文学人会議年間賞（昭和60年）　[歴]昭和37年1種1級の脳性小児麻痺と診断される。中学1年の時、電動タイプライターを知る。高等部1年の時から詩を書き出し、「友生の夢」がボニージャックス西脇久夫の作曲によりボニージャックスにより歌われ友生校の愛唱歌になる。57年同人誌「姫路文学人会議」に入会。58年日本基督教団ナザレン神戸平野教会で洗礼を受ける。60年NHK第二放送「心身障害者とともに」で「いのちのふるえ」が放送される。63年長崎「コスモス文学の会」詩友。平成4年死去。三枝成彰により「混声組曲いのちのふるえ」が作曲される。詩集に「いのちのふるえ」「ささやかな木」「へばりついた器」「阪口穣治詩集」がある。

坂口 仁一郎　さかぐち・じんいちろう
漢詩人　随筆家　衆院議員　[生]安政6年1月3日（1859年）　[没]大正12年11月2日　[出]越後国中蒲原郡阿賀浦村（新潟県）　号＝坂口五峰（さかぐち・ごほう）　[賞]勲四等　[歴]家は越後の大地主。漢学を修め、明治7年上京して同人社で英語を学んだ。米商会社の頭取となり、帰郷して県会議員、18年議長。米穀取引所理事を務め、35年以来衆院議員当選8回。日露戦争に従軍。憲政会新潟支部長のほか新潟新聞社長を務めた。一方漢詩、随筆家として名高く、著書に「北越詩話」（上下）、漢詩集「五峰遺稿」（上中下）がある。　[家]五男＝坂口安吾（作家）、孫＝坂口綱男（写真家）

阪口 保　さかぐち・たもつ
歌人　元・神戸山手女子短期大学学長　[生]明治30年3月14日　[没]平成1年2月2日　[出]三重県　別名＝阪口多藻津　[学]京都府立一中（大正3年）卒　[賞]勲三等瑞宝章（昭和52年）　[歴]大正3年「白日社」に入社、以来、前田夕暮に師事。「地中

海」にも加わり、昭和42年「詩歌」復刊で再入会。歌集に「羈旅発思」「琉球抄」「羈旅陳思」、その他の歌書に「相聞の展開」「挽歌の本質」「万葉兵庫」「短歌の文法」などがある。

坂田 苳子　さかた・とうし
俳人　㊐大正3年4月19日　㊍岡山県　本名＝坂田勝茂　㊫東京物理学校卒　㊓円賞(昭和43年)、円作家賞(昭和55年)　㊩昭和31年「草紅葉」に投句、37年野見山朱鳥に師事する。翌年「菜殻火」投句、40年会友になる。42年「円」に参加、49年には幹部同人。岡山県俳人協会常任幹事を務める。のち「草紅葉」にも所属。句集に「布良句抄」「帰雁」がある。　㊞俳人協会

坂田 信雄　さかた・のぶお
歌人　㊐明治44年3月14日　㊣平成6年9月13日　㊍栃木県　本名＝坂田定雄　㊓日本歌人クラブ賞(第16回)(平成1年)「寒峭」　㊩昭和9年「潮音」に入会。40年「木曜」入会、編集発行人を務める。49年「地中海」に入会、同人。歌集に「閑蝉」「寒峭」。

阪田 寛夫　さかた・ひろお
小説家　詩人　㊐大正14年10月18日　㊍大阪府大阪市　㊫東京大学文学部国史学科(昭和26年)卒　㊓日本芸術院会員(平成2年)　㊓久保田万太郎賞(昭和43年)「花子の旅行」(ラジオドラマ)、日本童謡賞(昭和48年)「うたえバンバン」、芥川賞(第72回)(昭和50年)「土の器」、赤い鳥文学賞(特別賞)(昭和51年)、野間児童文芸賞(第18回)(昭和55年)「トラジイちゃんの冒険」、赤い靴児童文化大賞(第1回)(昭和55年)「夕方のにおい」(詩集)、毎日出版文化賞(昭和59年)「わが小林一三」、絵本にっぽん大賞(第7回)(昭和59年)「ちさとじいたん」、巌谷小波文芸賞(第9回)(昭和61年)「ちさとじいたん」、川端康成文学賞(第14回)(昭和62年)「海道東征」、日本芸術院賞(第45回・恩賜賞)(平成1年)、赤い鳥文学賞(第20回・特別賞)(平成2年)「まどさんのうた」、産経児童出版文化賞(第40回・美術賞)(平成5年)「まどさんとさかたさんのことばあそび」、勲三等瑞宝章(平成7年)、モービル児童文化賞(第32回)(平成9年)　㊩在学中の昭和25年三浦朱門らと第5次「新思潮」を興す。26年大阪朝日放送に入社、編成局ラジオ製作部次長を経て38年退社。以後文筆業に専念。詩、小説、放送脚本、童謡、絵本、ミュージカルと活動分野は多岐にわたる。代表作品に、詩集「わたしの動物園」「夕方のにおい」、小説「まどさん」「わが町」「海道東征」、児童書「トラジイちゃんの冒険」「ちさとじいたん」、童謡「さっちゃん」「おなかのへる歌」「うたえバンバン」、ミュージカル「さよならTYO」、「わが小林一三」「武者小路房子の場合」や児童文学者・宮崎丈二を描いた「ノンキが来た」など。50年「土の器」で第72回芥川賞受賞のほか受賞多数。　㊞日本文芸家協会、日本音楽著作権協会　㊫娘＝大浦みずき(元宝塚スター)、兄＝阪田一夫(元阪田商会社長)

坂田 文子　さかた・ふみこ
俳人　㊐大正5年7月24日　㊍北海道　本名＝坂田フミ　㊫東邦医科大学(現・東邦大学)卒　医学博士　㊓ゆく春の徂春賞(昭和47年)、名寄市文化奨励賞(昭和51年)　㊩昭和27年「ゆく春」の室積徂春に師事。30年「アカシヤ」主宰の土岐錬太郎に師事。句集に「啓蟄」「薔薇」「花冷え」がある。　㊞俳人協会

坂戸 淳夫　さかと・あつお
俳人　「騎」編集兼発行人　㊐大正13年3月4日　㊍長野県　㊓中日俳句賞(昭和59年)　㊩昭和59年「騎」を創刊、編集兼発行人を務める。句集に「冬樹」「束刑」「苦艾」「艸衣集」「異界」「影異聞」。　㊞中日俳句作家会

坂野 信彦　さかの・のぶひこ
歌人　フリーライター　元・中京大学教授　㊕国文学　㊐昭和22年7月10日　㊍鳥取県　別名＝さかのまこと　㊫東北大学大学院文学研究科国語国文学専攻博士課程修了　㊩中京大学教養部教授、上田女子短期大学教授を歴任。著書に「日本語律読法」「作品研究の前提」「典型としての律読法」がある。歌人としては、昭和39年「コスモス」に入会、51年退会。同年評論・研究誌「歌学」及び個人誌「風来歌稿」を創刊。58年初の歌集「銀河系」を刊行。59年個人誌「はがき詩稿」、同人誌「詩法」を創刊。他の歌集に「かつて地球に」など。　㊞国語学会、全国大学国語国文学会、日本文芸研究会

嵯峨の屋 おむろ　さがのや・おむろ
小説家　詩人　㊐文久3年1月12日(1863年)　㊣昭和22年10月26日　㊍江戸・日本橋箱崎　本名＝矢崎鎮四郎　別名＝嵯峨の屋御室(さがのや・おむろ)、別号＝北邙散士、嵯峨の山人、矢崎嵯峨の屋(やざき・さがのや)、潮外、探美　㊫東京外語露語科(明治16年)卒　㊩東京外語の下級だった二葉亭四迷の紹介で、明治19年坪内逍遙を訪れ、玄関番として寄遇。嵯峨の屋おむろの号を与えられた。20年処女作「浮世人

情 守銭奴之肚」を出版。21年「無味気」が出世作。作品には倫理的文明批評的傾向と、ツルゲーネフなどに影響を受けた浪漫的な面がある。また、辛苦の多かった少年時代の影響か、独自の厭世的感情感が「初恋」「野末の菊」「流転」など代表作にも見られる。詩人としては宮崎湖処子編「抒情詩」収録の「いつまて草」9編がある。明治39年から大正12年まで陸軍士官学校ロシア語教官を務めた。

酒葉 月人　さかば・げつじん
俳人　[生]明治11年6月20日　[没]明治33年3月3日　[出]東京　本名＝酒葉公済　別号＝三更亭　[学]小学校卒　[歴]東京・神田神保町の名刺印刷店に勤務。小説家を志望して尾崎紅葉や巌谷小波を訪い、また俳句を子規に学んで「日本」「ホトトギス」に投句、「明治29年の俳句界」に早くも認められていた。麦人とは無二の親友で、古俳人では去来を崇敬し、月人の号は去来の「月の客」に因む。秋声会の若い人々が結んだ若葉会に参加したが夭折し、子規、紅葉に惜しまれた。

坂間 晴子　さかま・はるこ
俳人　[生]昭和3年1月31日　[出]神奈川県　[学]横浜市立女高専卒　[賞]春燈賞(昭和48年)　[歴]昭和33年「春燈」に拠り、久保田万太郎の選を受ける。38年師の逝去後、安住敦に師事する。「春燈」同人。ながく図書館司書をつとめた。句集に「和音」がある。　[団]俳人協会

坂巻 純子　さかまき・すみこ
俳人　俳人協会幹事　[生]昭和11年3月8日　[没]平成8年10月31日　[出]千葉県　[学]共立女子短期大学卒　[賞]沖賞(第13回)「花呪文」、俳人協会新人賞(第8回)「花呪文」　[歴]昭和45年「沖」創刊に参加し、46年同人。句集に「新絹」「花呪文」「夕髪」。　[団]俳人協会

坂村 真民　さかむら・しんみん
詩人　[生]明治42年1月6日　[出]熊本県　[学]神宮皇學館本科(昭和6年)卒　[賞]愛媛新聞賞(昭和49年)、正力松太郎賞(昭和55年)、愛媛県教育文化賞(平成1年)、仏教伝道協会文化賞(平成3年)　[歴]昭和9年朝鮮へ渡り、20年全州師範勤務中に終戦を迎え、21年帰国。三瓶高校などで教鞭をとり、49年退職。以来、詩作一筋に生きる。この間、26年詩誌「ペルソナ」を創刊、のち「詩国」と改題、四国の一隅から全国1200人の読者に詩願成就のため送りとどける。仏教を土台にした詩にはファンが多く、全国各地に「念ずれば花ひらく」などの詩碑が建てられ、海外も含め450を超えた。「坂村真民全詩集」(5巻)がある。

坂本 明子　さかもと・あきこ
詩人　[生]大正11年7月13日　[出]岡山市　本名＝坂本智恵子　[賞]岡山市文化奨励賞、岡山県文化奨励賞　[歴]幼時から詩を好んだが、本格的に詩作を始めたのは昭和20年から。「日本未来派」同人。詩誌「裸足」を主宰。詩集に「善意の流域」「湧いてくる音を」「水と炎の宴」「吉備野咲き継じ」などがあり、ほかに詩史「岡山の現代詩」がある。　[団]日本現代詩人会

阪本 越郎　さかもと・えつろう
詩人　ドイツ文学者　心理学者　元・お茶の水女子大学教育学部教授　[生]明治39年1月21日　[没]昭和44年6月10日　[出]福井県福井市宝永町　本名＝坂本越郎　[学]東京帝国大学心理学科(昭和5年)卒　[歴]ドイツ文学者としてお茶の水女子大教授などを歴任する一方で「椎の木」「四季」などに参加、詩人としても活躍。一方、少年詩や児童文化評論を書き、アンデルセン童話の翻訳も手がけた。昭和30年日本児童文芸家協会の創立にともない理事として尽力。詩集に「雲の衣裳」「暮春詩集」「夜の構図」「定本 阪本越郎全詩集」などがあり、独文学者としても「今日の独逸文学」などの著書がある。
[家]父＝坂本釤之助(貴院議員・漢詩人)、異母弟＝高見順

坂本 凱二　さかもと・かつじ
歌人　[生]明治38年11月24日　[出]茨城県　[歴]矢部道気に師事。昭和21年1月「葛飾短歌会」創立、「にほどり」編集責任者。25年より41年までと55年以降会長をつとめる。28年「心の友」入会、22年「墨東歌人連盟」結成、37年「墨東歌人クラブ」と改称、幹事。日本歌人クラブ会員。歌集に「葛の花」「葛飾風土記」「古寺巡礼」「からくになぬか」がある。

坂本 三鐸　さかもと・さんたく
俳人　[生]明治32年1月19日　[出]神奈川県横浜市　[歴]横浜火災海上保険勤務の頃、嶋田青峰の弟嶋田的浦(襄)、秋元地平線(不死男)らがおり、的浦のすすめで「ホトトギス」に投句。昭和4年青峰の「土上」に入門、8年同人となる。俳句事件により、16年同誌廃刊。45年大野我羊の「東虹」に同人参加、50年退会し、以後無所属。句集に「黎明」がある。

坂本 四方太 さかもと・しほうだ
 俳人 写生文作家 ⑲明治6年2月4日 ⑳大正6年5月16日 ㉑鳥取県岩井郡大谷村 本名=坂本四方太(さかもと・よもた) 別号=文泉子、角山人、虎穴生 ㉒東京帝大文科大学国文科(明治32年)卒 ㉓高浜虚子、河東碧梧桐に俳句の手ほどきをうけ、正岡子規に認められる。明治31年「ホトトギス」第16号から選者。32年子規庵の写生文研究会に参加し、こののち句作よりも写生文に力を入れた。著書は写生文集「寒玉集」「夢の如し」のほか、子規、漱石ほかとの共著で「写生文集」など。東京帝大助手を経て、41年助教授兼司書官を務めた。

坂本 小金 さかもと・しょうきん
 歌人 ⑲明治41年10月12日 ⑳昭和51年12月25日 ㉑千葉県 本名=志鎌正雄 ㉒東洋大学文学部国文学科卒 ㉓昭和4年9月「歌と評論」に入会。藤川忠治に師事。49年4月藤川死去のあと編集代表。歌集に「魚族」「地虫」「坂本小金歌集」、他に「必須勅撰和歌集」がある。

坂本 坦道 さかもと・たんどう
 漢詩人 ⑲大正1年11月21日 ㉑茨城県 本名=坂本通(さかもと・とおる) ㉒大東文化学院高等科(昭和14年)卒 ㉓師範学校、中学校、新制高校で30余年漢文を講じた。吟詠を渡辺緑村に学び、昭和27年から緑村吟詠会会長。36年には黒潮吟社会員となり詩を高橋藍川に師事した。全国漢字漢文教育研究会副会長、財団法人日本吟剣詩舞振興会理事などを歴任。著書に「日本吟詩の話」がある。

坂本 つや子 さかもと・つやこ
 詩人 ⑲大正15年12月27日 ㉑旧満州・延吉県 本名=坂本艶子 ㉔小熊秀夫賞(第24回)(平成3年)「黄土の風」 ㉓昭和13年渡満、19年帰国。30年詩誌「壺」主宰。詩作のかたわら、紙人形展を開催。詩誌「言葉」同人。詩集に「黄土の風」「虫歯のなかへ」「にがい誕生」「風の旅」。

さかもと ひさし
 詩人 ⑳昭和55年1月8日 本名=坂本寿 ㉔大木惇夫賞(第1回)(昭和40年)「瀬戸内海詩集」 ㉓昭和40年詩集「瀬戸内海詩集」で第1回大木惇夫賞を受賞。詩集「火の国」などがある。

阪本 蘋園 さかもと・ひんえん
 漢詩人 ⑲安政4年6月24日(1857年) ⑳昭和11年1月23日 ㉑尾張国鳴尾(愛知県) 本名=阪本釤之助 旧姓(名)=敏樹 字=利卿、百錬、別号=三橋 ㉓尾張藩士永井匡威の三男。若くして漢学を青木樹堂、詩歌を森春濤に学ぶ。のち元老院議官坂本政均の養子となる。長じて内務官僚となり、福井県知事、名古屋市長、勅選貴院議員、日本赤十字副社長などを経て、枢密院顧問官を務めた。兄久一郎と共に漢詩に長じ、雑誌「百花欄」「漢詩春秋」などに作品を発表。著書に「台島詩程」(大東文化大学蔵)がある。また「明治二百五十家絶句」、「現代日本文学全集」(改造社、第37巻)にも収録されている。 ㉕兄=永井禾原(漢詩人)、息子=高見順(小説家)

坂本 不二子 さかもと・ふじこ
 歌人 ⑲大正4年3月30日 ㉑東京 ㉓昭和8年太田水穂、四賀光子に師事。「潮音」に入社。幹部同人、選者をつとめる。24年「徳島短歌」に参加、32年から主宰。「女人短歌」四国支部長。歌集に「藍白地」がある。

坂本 碧水 さかもと・へきすい
 俳人 ⑲明治39年7月10日 ⑳昭和63年11月29日 ㉑愛媛県南宇和郡 本名=坂本操 ㉒愛媛県師範卒 ㉔虎杖作家賞(昭和32年) ㉓大正15年田所鏡水の手ほどきをうける。昭和2年「石楠」、25年「虎杖」、40年「航標」同人。句集に「すぎこしかた」「一路」「土に還る」「酌むや自愛」「踏み跡」。 ㉖俳人協会

坂本 遼 さかもと・りょう
 詩人 児童文学者 ⑲明治37年9月1日 ⑳昭和45年5月27日 ㉑兵庫県加東郡東条町横谷 ㉒関西学院英文科(昭和2年)卒 ㉓大阪朝日新聞記者としての仕事をしながら詩作を続け、「銅鑼」同人となり、昭和2年詩集「たんぽぽ」を刊行。戦後は竹中郁と共に関西で戦後の児童詩運動を展開して「きりん」を主宰、児童自由詩を広めた。その主張をまとめた著書に「子どもの綴方・詩」(昭28)がある。代表作は長編「きょうも生きて」「虹 まっ白いハト」など。没後「坂本遼作品集」「かきおきびより―坂本遼児童文学集」が刊行された。

阪本 若葉子　さかもと・わかばこ
詩人　[生]昭和15年1月13日　本名＝野村若葉子(のむら・わかばこ)　[学]東京女子短期大学卒　[歴]女子大在学中の昭和35年、20歳で狂言師・野村万作と結婚。一男三女の子育てのかたわら、32歳から詩を書きはじめ、阪本若葉子のペンネームで「どうするマックス？」など4冊の詩集を出版。平成11年エッセイ集「狂言の国・詩人の国」が第20回読売ヒューマンドキュメンタリー大賞に入選した。　[家]夫＝野村万作(狂言師)、長男＝野村萬斎(2代目)、父＝阪本越郎(詩人)

阪森 郁代　さかもり・いくよ
歌人　エッセイスト　[生]昭和22年4月7日　[出]三重県　[学]四日市高卒、富士見文化服装学院卒　[賞]角川短歌賞(第30回)(昭和59年)「野の異類」　[歴]「玲瓏」所属。作品に「ランボオ連れて風の中」「靡けたてがみ」「夕映伝説」がある。

相良 宏　さがら・ひろし
歌人　[生]大正14年4月14日　[没]昭和30年8月23日　[出]東京　[学]中央工専航空機科(昭和20年)中退　[歴]昭和19年中央工業専門学校航空機科に入学したが、翌年秋退学。数ケ月後喀血し、以後療養生活に入る。23年から「新泉」で近藤芳美の選を受け、26年「未来」創刊に参加。31年「相良宏歌集」を刊行。

相良 平八郎　さがら・へいはちろう
詩人　元・広島県詩人協会会長　[生]昭和6年1月1日　[没]平成7年1月9日　[出]旧朝鮮・平壌　[学]呉竹高卒　[賞]日本詩人クラブ賞(第25回)(平成4年)「地霊遊行」　[歴]詩誌「砂嘴」編集発行、詩誌「燕雀」同人。昭和58年～平成3年広島県詩人協会会長。詩集に「地霊遊行」「相続放棄」「博物詞拾」がある。　[団]日本現代詩人会、日本文芸家協会

相良 義重　さがら・よししげ
歌人　北海道文学館副理事長　[生]明治35年9月3日　[没]昭和58年4月12日　[出]福島県相馬郡金房村　[学]札幌鉄道教習所(大正9年)卒　[賞]北海道文化奨励賞(昭和42年)、藍綬褒章(昭和51年)　[歴]4歳の時北海道に移る。大正6年金子薫園に師事し、作歌を始める。昭和13年第1次「原始林」創刊に参加、戦後は選者を務めた。29年北海道歌人会創立で事務局長となり、また北海道文学館副理事長もつとめた。歌集に「防雪林」「低地帯」「喜望峰」などがある。

佐川 雨人　さがわ・うじん
俳人　[生]明治11年12月29日　[没]昭和43年1月26日　[出]島根県松江市　本名＝佐川春水　[学]東京高師卒　[歴]日大・法政・専修大各大学講師を経て明大教授となり、のち日進英語学校を創立、校長に就任。戦後は島根大学講師などをつとめた。句作は松江中学時代より始め、大谷繞石の指導のもとで奈倉梧月らと碧雲会を結成。東京・市川時代虚子に学び、戦後帰郷し「城」選者となる。「ホトトギス」同人。句集「梅」がある。

佐川 英三　さがわ・えいぞう
詩人　「日本未来派」主宰　[生]大正2年9月4日　[没]平成4年11月22日　[出]奈良県　本名＝大田行雄　[学]大阪鍼灸学校卒　[歴]第一書房、北斗書院に勤務。17歳の頃から詩作を始め「日本詩壇」に投稿。「豚」「現代詩精神」「花」を経て「日本未来派」同人となる。昭和14年「戦場下」を、16年「野戦詩集」を刊行し、戦後も「若い湖」「絃楽器」「現代紀行」「佐川英三詩集」などを刊行。　[団]日本現代詩人会、日本文芸家協会

佐川 広治　さがわ・こうじ
俳人　「河」編集長　[生]昭和14年10月10日　[出]秋田県　[学]国学院大学文学部(昭和37年)卒　[賞]河賞(昭和56年)　[歴]昭和27年手代木唖々子の指導を受ける。34年「河」入会、角川源義に師事。54年から「河」編集長をつとめる。角川書店顧問。塔の会会員。句集に「光体」「遊牧」など。　[団]俳人協会

左川 ちか　さがわ・ちか
詩人　[生]明治44年2月12日　[没]昭和11年1月7日　[出]北海道余市町　本名＝川崎愛　[学]小樽高女卒　[歴]上京して昭和5年ごろから作品を発表、百田宗治の「椎の木」、北園克衛の「マダム・ブランシュ」、春山行夫の「詩と詩論」などに寄稿。モダニズムの代表的女流詩人として属望されたが早世した。没後の11年に全作品80編を収めた「左川ちか詩集」が刊行された。　[家]兄＝川崎昇(「文芸レビュー」創刊者)

佐岐 えりぬ　さき・えりぬ
詩人　エッセイスト　朗読家　[生]昭和7年12月2日　[出]和歌山県　本名＝中村佐紀子　[学]同志社大学中退　[歴]大学卒業後、パリ大学へ遊学。昭和58年より自作詩の朗読活動を始め、ポエムコンサートを提唱。音楽家や舞踏家と組み、自作詩及び万葉集から近代詩までの朗読を実験的に行う。著書に「京都清閑荘物語」「詩の捧物—セヴラックとサティへ」「軽井沢発・作

家の行列(パレード)」、詩集に「果実の重み―日・仏対訳詩集」「曽倉ですの独白」(日本対訳詩集)他。 ㊥日本文芸家協会、日本現代詩人会、日本ペンクラブ ㊙夫=中村真一郎(作家・故人)

崎 南海子　さき・なみこ

詩人 放送作家 ㊙東京・本郷 ㊥TBSラジオの長寿番組「誰かとどこかで」の構成の他にテレビ、ラジオのドキュメント、旅番組も手がける。著書に詩集「夜明けの詩」「見えない扉をあけて」、永六輔との共編に「はがき万葉集」「七円の唄 誰かとどこかで―生きているということは」など。

朔多 恭　さくた・きょう

俳人 朝日電設相談役 ㊐大正7年1月8日 ㊙広島県尾道市 本名=作田実夫(さくた・じつお) ㊗尾道中卒 ㊥昭和13年上京して藤田組(現・フジタ工業)に入社。45年東京支店副支店長、47年朝日電設常務、51年専務、55年社長を歴任、60年相談役となる。また俳人として知られ、「浜」を経て、50年「蘭」に入会、51年同人となる。著書に句集「流離」「海と白桃」「薔薇園にて」「夕べの櫂」「木下夕爾の俳句」がある。 ㊥俳人協会、日本文芸家協会

佐久間 慧子　さくま・けいこ

俳人 「葡萄棚」主宰 ㊐昭和12年9月9日 ㊙大阪府 ㊗志度高卒 ㊦俳人協会新人賞(第10回)(昭和62年)「無伴奏」 ㊥昭和38年阿波野青畝に師事、「かつらぎ」入門。55年「かつらぎ」同人となる。句集に「聖母月」がある。 ㊥俳人協会

佐久間 隆史　さくま・たかし

詩人 評論家 ㊥詩と詩論 ㊐昭和17年1月2日 ㊙東京都大田区北千束 本名=深沢隆代(ふかざわ・たかし)卒 ㊗早稲田大学文学部国文科(昭和39年)卒 ㊥自閉、ニヒリズム、三島由紀夫などの考察、自分なりの"詩学"を書きあらわすこと ㊦横浜詩人会賞(第11回・昭54年度)「『黒塚』の梟」 ㊥「龍」「風」同人。詩集に「匿名の外来人」「『黒塚』の梟」「定型の街、遥か遠く」「日常と非日常のはざまにて」、評論集「保守と郷愁」「比喩の創造と人間」「詩と乱世」「西脇順三郎論」など。 ㊥日本現代詩人会、日本文芸家協会、日本詩人クラブ

佐久間 東城　さくま・とうじょう

俳人 ㊐明治38年10月10日 ㊣平成7年12月5日 ㊙福島県須賀川市 本名=佐久間安三郎 ㊗東京高等師範理科第一部(数学)卒 ㊦寒雷清山賞(昭和60年) ㊥北海道・埼玉県の旧制中学校に勤務、戦後は越谷・春日部・熊谷の高校長を歴任。俳句は、昭和11年当時同僚であった加藤楸邨を知って「寒雷」に入会、29年「寒雷」同人に推された。埼玉俳句連盟会長、同地区現代俳句協会会長を務める。句集に「蟻の刻」「白桔梗」「大槻」「飛天」がある。

佐久間 章孔　さくま・のりよし

歌人 ㊐昭和23年 ㊙茨城県 ㊗日本大学夜間部中退 ㊦短歌研究新人賞(第31回)(昭和63年)「私小説8(曲馬団異聞)」 ㊥大蔵省東海財務局に勤務の傍ら、日大夜間部に学ぶ。昭和59年大蔵省退職。不動産業を営む。傍ら、短歌を岡井隆に師事、「月光」「中の会」同人。ほかに「未来」所属。著書に「声だけがのこる」など。

作久間 法師　さくま・ほうし

俳人 写生文家 ㊐明治11年5月3日 ㊣昭和5年3月2日 ㊙福島県 本名=佐久間正雄 ㊥郷里の小学校の代用教員にはじまり、職業は転々として変わり、勤務地も福島、東京、北海道また東京と移動、晩年は正木不如丘の知遇を得て長野県の富士見高原療養所に事務を執った。明治36年福島新聞記者時代に矢田挿雲に俳句を学び、38年より高浜虚子に師事、「ホトトギス」に拠った。重厚な写生を得意とし、多くの編を同誌に発表。大正8年選者であった福島新聞俳壇の投句者を中心に細道会を結成し「細道」を創刊、第71号で廃刊となるまで主宰した。句集「法師句集」がある。

作間 正雄　さくま・まさお

俳人 ㊐大正6年5月21日 ㊣昭和62年9月2日 ㊙東京市神田 ㊗東京帝国大学法学部卒 ㊦万緑賞(第12回)(昭和40年) ㊥昭和14年「成層圏」に入会、中村草田男に就く。21年「万緑」入会。24年「万緑」同人。句集に「枯野富士」。 ㊥俳人協会

作山 暁村　さくやま・ぎょうそん

歌人 ㊐明治41年3月4日 ㊣昭和58年6月18日 ㊙福島県 本名=作山佐助 ㊦福島県文学賞(短歌,第8回)(昭和30年)「構図」、岡山巌賞(昭和48年) ㊥昭和17年「歌と観照」に入社、岡山巌に師事。30年11月「構図」で福島県文学賞受賞。32年「歌と観照」福島支社長、「きびたき短歌会」を創立主宰。42年福島県歌人

桜井 勝美　さくらい・かつみ

詩人　⑮明治41年2月20日　⑯平成7年7月24日　⑰北海道岩見沢市　⑱日本大学文学部卒　⑲H氏賞（第4回）（昭和29年）「ボタンについて」、時間賞（第2回・評論賞）（昭和30年）、北川冬彦賞（第1回）（昭和41年）「葱の精神性」、勲五等双光旭日章（平成5年）　⑳日大卒業後、小・中学校の教員となり、昭和43年杉並区立松渓中学校長として退職。少年時代から詩や俳句を「文章倶楽部」などに投稿し、昭和3年私家版の詩集「天塩」を刊行。6年上京し「麵麭」「昆侖」同人となり、戦後は「時間」同人となる。28年刊行の「ボタンについて」でH氏賞を受賞。30年時間賞を受賞し、41年「葱の精神性」で第1回北川冬彦賞を受賞。ほかに「泥炭」や評論「現代詩の魅力」「志賀直哉の原像」「志賀直哉随聞記」などの著書がある。　㉑日本現代詩人会、日本詩人クラブ、日本文芸家協会

桜井 さざえ　さくらい・さざえ

詩人　⑮昭和6年　⑰広島県倉橋島　⑲「渚の午後」「海嶺」「山脈」同人。詩集に「海の祀り」「倉橋島」などがある。　㉑日本現代詩人会、日本詩人クラブ、日本ペンクラブ

桜井 哲夫　さくらい・てつお

詩人　⑮大正13年7月10日　⑰青森県北津軽郡鶴田町妙堂崎　本名＝長峰利造　⑱水元村立水元尋常高小高等科（昭和14年）卒　⑳昭和16年群馬県・草津のハンセン病療養所栗生楽泉園に入園。28年失明、58年栗生詩話会に入会。詩集に「津軽の子守唄」「ぎんよう」「無窮花（むくげ）抄―桜井哲夫詩集」「タイの蝶々」、散文集に「盲目の王将物語」などがある。

桜井 土音　さくらい・どおん

俳人　⑮明治20年10月14日　⑯昭和39年10月11日　⑰長野県上水内郡若槻村東条（現・長野市）　本名＝桜井賢作　⑳農業を営む傍ら句作に励む。大正初期から「ホトトギス」に投句。昭和20年同人となる。その間、前田普羅の「辛夷」にも所属した。

桜井 博道　さくらい・はくどう

俳人　⑮昭和6年1月2日　⑯平成3年6月3日　⑰東京・品川　本名＝桜井博道（さくらい・ひろみち）　⑱早稲田大学商学部卒　⑲現代俳句協会賞（第17回）（昭和45年）、清山賞（第12回）（昭和55年）　⑳昭和24年「寒雷」入会、45年森澄

雄の「杉」創刊参加。「寒雷」「杉」同人。句集に「海上」「文鎮」がある。　㉑現代俳句協会

桜井 仁　さくらい・ひとし

神官　歌人　高校教師（常葉学園橘高校）　利倉神社宮司　⑮昭和28年　⑰静岡県静岡市　⑱国学院大学文学部文学科（昭和50年）卒、国学院大学大学院神道学専攻科（昭和51年）修了　⑳常葉学園橘中学校教諭、常葉学園高校教諭等を経て、常葉学園橘高校教諭。利倉神社宮司（ほか7社の宮司を兼務）。一方、歌人として歌誌「人」「榁の木」「原石」所属。俳誌「雲母」所属。静岡市の玉鉾神社献詠歌の選者、清水市の清見潟大学塾教授を務める。歌集に「オリオンのかげ」「夜半の水音」。　㉑日本歌人クラブ、静岡県歌人協会、和歌文学会、島木赤彦研究会、信濃文学会、解釈学会、二松短歌会

桜井 増雄　さくらい・ますお

小説家　評論家　詩人　日本詩文芸協会理事　⑮大正5年9月2日　⑯平成7年11月1日　⑰愛知県　⑱太平洋美術学校卒　⑲「新生日本文学」（昭和21年創刊）や「全線」（昭和35年創刊）を主宰し、自らも小説、評論、随筆、詩など幅広く発表する。昭和40年小説「処女」を刊行したのをはじめ、「大地の塔」「百家文苑録」「曲線列島」「武蔵野」「文芸随想感想集」、詩集「高嶺薔薇」などの多くの著書がある。　㉑著作家組合（中央常任委員）、日本詩文芸協会（名誉会長）、日本文芸家協会、日本児童文芸家協会（評議員）、日象展（名誉会長）

桜井 幹郎　さくらい・みきお

俳人　元・中学校教師　「青炎」代表　⑲美術教育　⑮昭和11年5月9日　⑰岐阜県岐阜市　⑱岐阜大学学芸学部美術科（昭和35年）卒　⑲中日教育賞（第21回）（平成1年）、岐阜県芸術文化選奨文化奨励賞　⑳昭和35年一宮市立今伊勢中に美術教諭として赴任。その後一宮市内の6中学で美術科を担当。赴任した学校で美術部を創設し、行き場のない生徒も積極的に受け入れる指導で多くの生徒を各種コンクールに入選させる。自身も一宮や名古屋で個展を開く。平成9年西成中学を最後に定年退職。一方、俳人として「菜の花」「青樹」「浮野」に所属。「青の流れ」「枯れ故郷」「青故郷」「キスマーク」などの句集がある。　㉑美術文化協会

さくらき

桜木 俊晃　さくらぎ・しゅんこう
俳人　「獺祭」主宰　㋴明治27年11月20日　㋵平成2年2月4日　㋭愛知県名古屋市　本名＝桜木俊晃(さくらぎ・としあき)　㋱早稲田大学政治経済学部卒　㋲児童文化賞(第1回)(昭和14年)「コドモアサヒ」　㋳東京朝日新聞に入社、「週刊朝日」などの編集を経て校閲部長で退社。早くから俳句をたしなみ、大正13年大須賀乙字系俳人吉田冬葉の手ほどきをうける。14年「獺祭」創刊に関与、以来同人。昭和54年より「獺祭」主宰。句集に「歳月」「金婚」、随筆集に「俳浄土」などがある。　㋴俳人協会

桜庭 恵美子　さくらば・えみこ
詩人　㋴昭和22年5月21日　㋭青森県　㋱青森西高卒　㋲青森県詩人連盟賞(昭和59年度)「レンズの中」、青森県文芸協会新人賞(昭和62年度)「岩木川」　㋳「風」「偶」同人。詩集に「レンズの中」「岩木川」がある。　㋴青森県詩人連盟

桜庭 梵子　さくらば・ぼんし
俳人　㋴大正15年9月19日　㋭青森県　本名＝桜庭敏男　㋱旧中卒、消防大学上級幹部科卒　㋲青森県板柳町文化功労賞(昭和55年)　㋳昭和21年臼田亜浪、福島小蕾に師事。「十川」を編集するかたわら「地帯」同人となり、また「科野」に投句するようになる。25年太田鴻村に師事。翌年「林苑」同人となる。37年「河」同人。青森県句集編集委員を務める。のち「ひまわり」にも所属。句集に「花りんご」がある。　㋴俳人協会

佐後 淳一郎　さご・じゅんいちろう
俳人　㋴昭和23年　㋭滋賀県　本名＝佐後武蔵　㋱関西大学英文科卒　㋳大正12年ごろより句作、のち勝峯晋風に師事して「黄橙」同人。新興俳句勃興期、同誌における最も進歩的作家として注目された。句集に「四季」がある。

左子 真由美　さこ・まゆみ
詩人　竹林館代表　㋴昭和23年11月　㋭岡山県津山市　㋱大阪市立大学文学部国文科卒　㋳昭和49年文芸誌「PO」を水口洋治と共に創刊。詩人として詩集4冊、他ジャック・プレヴェールの翻訳などがある。平成8年「新・波の会」歌曲コンクール作詩部門に優秀賞で入賞。　㋴日本現代詩人会

佐古 祐二　さこ・ゆうじ
詩人　㋴昭和28年8月8日　㋭和歌山県　㋳詩を朗読する詩人の会・風世話人、POの会、詩人会議、軸に所属。詩集に「いのちの万華鏡」「世界を風がふかなければ」「vieの焔」がある。　㋴日本現代詩人会、関西詩人協会

佐合 五十鈴　さごう・いすず
詩人　詩誌「山繭」主宰　㋴昭和9年5月30日　㋭岐阜県美濃加茂市　㋲小熊秀雄賞(第14回)(昭和56年)「仮の場所から」、岐阜県芸術文化奨励賞(昭和56年)、中日詩賞(第25回)(昭和60年)「繭」　㋳17歳のとき、ころんだヒザのけががもとで右足切断。悲しさをまぎらわすために詩を積極的に詠む。詩集に「みちゆき」「鳩」「繭」など。　㋴日本現代詩人会、中日詩人会(運営委員)

佐坂 恵子　ささか・けいこ
歌人　㋴昭和24年5月6日　㋭徳島県　㋱高知女子大学文学部(昭和47年)卒　㋲徳島歌壇賞(第5回)(昭和60年)、万象競詠作品賞(第5回)(昭和62年)　㋳徳島県立那賀高校、小松島高校を経て、現在、富岡西高校に勤務。「万象」維持同人、「徳島歌人」会員。歌集に「射よ時のつばさを—佐坂恵子集」がある。

笹川 臨風　ささかわ・りんぷう
歴史家　文学者　俳人　美術評論家　邦楽研究家　明治大学教授　㋴明治3年8月7日　㋵昭和24年4月13日　㋭東京・神田末広町(現・東京都千代田区)　本名＝笹川種郎　㋱東京帝大文科大学国史科(明治29年)卒　文学博士(大正13年)「東山時代の美術」　㋳東大時代、政教社、東亜学院に出入りする一方、句作に励んだ。明治31年「帝国文学」の編集に携わる。34年宇都宮中学校長を経て、40年辞任、のち三省堂「日本百科大辞典」の編集に従事。42年文芸革新会結成を提唱。43年「万朝報」に歴史小説「日蓮上人」「山中鹿之助」や美術批評を発表。歴史家として活躍し、明治大、東洋大、駒沢大などの教授を歴任。著書に「支那小説戯曲小史」「日本絵画史」「東山時代の美術」「南朝正統論」「俳人伝」などがある。また邦楽協会会長をつとめ、河東節・一中節・宮薗節など邦楽の保存にも尽した。　㋴邦楽協会(会長)

佐々木 逸郎　ささき・いつろう
詩人　放送作家　北海道文学館常任理事　[生]昭和2年11月28日　[没]平成4年1月17日　[出]北海道松前郡松前町　[学]函館高等計理学校中退　[賞]北海道新聞文学賞(昭和54年)「劇場」、芸術祭賞奨励賞，優秀賞(昭和40年，50年)　[歴]陸軍特別幹部候補生中に肺結核となり、昭和27年まで療養生活。NHK札幌資料室勤務を経て、同局専属脚本家。42年以降フリー。作品にテレビ「ふれあい広場・サンデー九」、ラジオ「顔」のほか、著書に詩集「劇場」、随筆集「北海道ひとり旅」など。　[団]北海道詩人協会(常任理事)、日本放送作家協会

佐々木 左木　ささき・さぼく
俳人　[生]明治36年2月10日　[没]平成4年6月24日　[出]秋田県能代市　本名＝佐々木卯吉　[賞]秋田県芸術文化章(昭和59年)、秋田県文化功労者(平成1年)　[歴]大正7年から「俳星」に所属して石井露月らに師事。同編集長、主幹を務めた。昭和60年に刊行した「俳星句集」では子規、露月らの俳論を収集し、秋田県の俳句史を明らかにした。能代市議もつとめた。

佐々木 指月　ささき・しげつ
彫刻家　詩人　[生]明治15年3月10日　[没]昭和19年2月17日　[出]伊勢国(三重県)　本名＝佐々木栄多　[学]東京美術学校彫刻選科卒　[歴]父は神官。仏師屋に奉公中、彫刻を志し高村光雲に師事。禅に傾倒し、明治39年臨西禅伝道のため、釈宗活禅師について渡米。41年再渡米し、仏像修繕などに従事する傍ら詩作に励み「国民文学」に寄稿。大正5年窪田空穂の助力により詩集「郷愁」を刊行した。9～11年、昭和2～3年の2度にわたり帰国し、随想集「米国を放浪して」「女難文化の国から」を刊行。3年印可証明を得て渡米し伝道に努めたが、太平洋戦争下アメリカへの忠誠心を問われた時、日章旗への発砲を拒否して監禁され、罹病により死去した。

佐々木 菁子　ささき・せいし
俳人　[生]明治42年2月15日　[出]福岡県　本名＝佐々木忠雄　[学]福岡商卒　[賞]雲母寒夜句三昧賞個人賞(昭和13年、23年、24年)、福岡市文学賞(昭和54年)　[歴]昭和2年「雲母」の飯田蛇笏、龍太に師事し、26年「雲母」同人となる。54年「青樹」同人。同年雲母九州地区協議会顧問となる他、雲母福岡支社、太宰府都久志句会主幹等を務める。のち「白露」に所属。句集に「千手」がある。　[団]俳人協会

佐々木 妙二　ささき・たえじ
歌人　医師　新日本歌人協会代表幹事　[専]産婦人科学　[生]明治36年3月15日　[没]平成9年2月14日　[出]秋田県大館市　本名＝佐々木重臣　[学]東京医学専卒　[賞]渡辺順三賞(第5回)(昭和59年)　[歴]産婦人科医院長を務めるの傍ら、昭和4年「まるめら」同人となり、「短歌時代」にも参加。戦後、渡辺順三の「新日本歌人協会」結成に参加。歌集に「診療室」「かぎりなく」「生」などがある。　[家]息子＝佐々木潤之介(一橋大学名誉教授)

佐々木 巽　ささき・たつみ
俳人　[生]明治13年1月9日　[没]昭和13年4月28日　[出]岩手県下閉伊郡宮古町　本名＝佐々木辰実　[学]金沢医専卒　[歴]海軍少軍医となって日露戦役に従軍、のち金沢市、山口県厚狭郡吉田村に開業した。若年より和歌や新体詩に長じて「文庫」「明星」「小天地」などで活躍。句作は金沢医専在学中北声会に出席してから研鑽をつみ、「ホトトギス」「天の川」「雲母」などに拠ったが、昭和初期新興俳句運動が興ってからは「天の川」同人として通した。句集に「櫃」「棕梠竹」「盆地」がある。

佐佐木 信綱　ささき・のぶつな
歌人　国文学者　東京帝大講師　[生]明治5年6月3日　[没]昭和38年12月2日　[出]三重県鈴鹿市薬師町　旧姓(名)＝佐々木　号＝岳柏園　[学]東京帝大文科大学古典科(明治21年)卒　[資]帝国学士院会員(昭和9年)、帝国芸術院会員(昭和12年)　[賞]帝国学士院恩賜賞(大正6年)、文化勲章(第1回)(昭和12年)、文化功労者(昭和26年)　[歴]明治16年、11歳で「文章作例集」を刊行。31年竹柏会を結成し「心の花」を創刊、和歌革新運動をおこす。36年処女歌集「思草」を刊行、歌人、万葉学者、国文学者として幅広く活躍。昭和12年第1回の文化勲章を受章。歌人としては「思草」「新月」「常盤木」「天地人」「山と水と」、万葉学者としては「新訓万葉集」「評釈万葉集」などのほか「校本万葉集」(全25巻)を武田祐吉らと完成させた。国文学者としても「日本歌学全書」「日本歌学史」「和歌史の研究」「近世和歌史」、「佐佐木信綱全集」(全16巻)なども刊行されている。また唱歌「夏は来ぬ」の作詞も担当した。45年亀山市へ移築されていた生家が元の石薬師町に再移築され、佐佐木信綱記念館が開館、61年資料館も併設される。[家]父＝佐々木弘綱(国学者)、三男＝佐佐木治綱(歌人)、孫＝佐佐木幸綱(歌人)

佐々木 麦童　ささき・ばくどう
俳人　[生]明治33年5月25日　[没]昭和63年5月30日　[出]岩手県釜石市　本名＝佐々木二郎(ささき・じろう)　[学]東京工科学校卒　[賞]夏草功労賞　[歴]昭和5年「夏草」創刊に参加し、山口青邨に師事。のち「夏草」同人。句集に「多気」。[団]俳人協会

佐佐木 治綱　ささき・はるつな
歌人　[生]明治42年2月20日　[没]昭和34年10月8日　[出]東京　[学]東京帝国大学文学部心理学科・国文科卒　[歴]歌人で万葉学者の佐佐木信綱の三男。昭和15年「鶯」創刊、19年「心の花」に合併。28年以降「心の花」編集。歌集に「秋を聴く」、研究書に「伏見天皇御製集の研究」「永福門院」などがある。白百合女子短大教授をつとめた。　[家]父＝佐佐木信綱、妻＝佐佐木由幾(歌人)、長男＝佐佐木幸綱(歌人)

佐々木 久春　ささき・ひさはる
詩人　元・秋田大学教育学部教授　黒龍江大学顧問教授　[専]近代日本文学　中国現代詩　[生]昭和9年3月6日　[出]宮城県仙台市　[学]東北大学大学院文学研究科国語国文学専攻(昭和39年)修了　[興]元禄期の文学、近代文学と風土、日本と中国の現代詩の比較研究　[歴]秋田工業高等専門学校助教授を経て、秋田大学教育学部助教授、のち教授。附属小学校長も務める。平成11年3月退官。詩集に「青」「体験の記号」「光と水と風の音」、絵本に「はまなすはみた」、「証言 土崎空襲」「花塵録」、訳書に舒婷「詩集 始祖鳥」、編訳に「現代中国詩集」。　[団]日本現代詩歌文学館振興会(評議員)、日本文芸研究会、日本近世文学会、日本近代文学会、海流の会

佐々木 久代　ささき・ひさよ
俳人　[生]大正12年3月10日　[出]山梨県　本名＝川鍋久代　[学]旧制高女卒　[賞]新珠賞(昭和43年)、水明賞(昭和51年)、季音賞(昭和54年)　[歴]昭和40年「水明」に入門、長谷川かな女、秋子に師事。師没後星野紗一に師事。のち「水明」運営同人となる。句集に「蛍舟」がある。
[団]俳人協会

佐々木 秀光　ささき・ひでみつ
詩人　[生]明治35年　[没]昭和20年　[歴]「白樺」の衛星誌「生長する星の群」「人間生活」「大調和」などに詩作を発表。大正10年古屋芳雄らと「芸術」を、また14年永見七郎と2人雑誌「詩」を創刊。15年詩集「一人凝る」を刊行。日向の新しき村に武者小路実篤らと住んだこともあった。のち満鉄弘報編集部に勤務中、現地で応召、終戦直前戦病死した。

佐々木 北涯　ささき・ほくがい
俳人　[生]慶応2年10月1日(1866年)　[没]大正7年5月15日　[出]出羽国山本郡久米村(秋田県)
本名＝佐々木久之助　別号＝北単干　[歴]明治27年頃正岡子規の俳論に感じて日本派の俳句を学び、高浜虚子に指導を受ける。30年島田五空らと北斗吟社を創立、33年石井露月の「俳星」創刊に参画、日本派秋田俳壇の開拓者として重きをなした。36年以来秋田県議を4期つとめ、また八郎潟湖岸開墾を計画するなど農事にも尽力した。船山草花著「俳人北涯」の附録として「北涯句集」がある。

佐々木 幹郎　ささき・みきろう
詩人　評論家　[生]昭和22年10月20日　[出]大阪府
[学]同志社大学文学部哲学科(昭和45年)中退
[賞]サントリー学芸賞(第10回・芸術文学部門)(昭和63年)「中原中也」、高見順賞(第22回)(平成4年)「蜂蜜採り」　[歴]在学中「同志社詩人」に拠り詩作を発表。昭和45年詩集「死者の鞭」を刊行。47年清水昶らと詩誌「白鯨」を創刊。59年1〜6月米国オークランド大学に客員詩人として滞在。ネパールを度々訪れ、日本文学をネパールに紹介する「ヒマラヤ文庫」活動に取り組む。著書に、詩集「水中火災」「百年戦争」「気狂いフルート」「音みな光り」「風の生活」「蜂蜜採り」「はこぶ」「たたかう」、評論集「熱と理由」「溶ける破片」「詩人の老いかた」「地球観光—深川・ミシガン・ネパール」「河内望郷歌」「中原中也」などがある。他にビデオ作品、8ミリ作品等も多数製作。

佐々木 安美　ささき・やすみ
詩人　[生]昭和27年11月1日　[出]山形県　[賞]H氏賞(第37回)(昭和62年)「さるやんまだ」　[歴]薬屋の次男。地元の中学を卒業後、上京し、新聞配達をしながら日体荏原高校に通う。高校3年の終り頃から職業を転々とし、昭和48年版下製作に落ち着く。一方、中学生の頃から詩を書き始め、62年第37回H氏賞を受賞。個人詩誌「ジプシーバス」を発行。

佐々木 有風　ささき・ゆうふう
俳人　[生]明治24年4月12日　[没]昭和34年4月13日　[出]新潟県新発田市　[学]東京帝大政治学科(大正6年)卒　[歴]昭和2年「雲母」に拠り、飯田蛇笏に師事。28年「雲」を主宰。「牡蛎の宿」「一縷の路」「杖として」などの句集がある。

佐佐木 由幾　ささき・ゆき
歌人　「心の花」主宰　[生]大正3年11月10日　[出]旧満州・大連　[学]東京女子大学高等部中退　[歴]学齢前に日本に帰る。昭和12年佐佐木信綱の三男治綱と結婚し、治綱の編集する「鶯」に参加。27年治綱主宰の「心の花」を夫と編集。治綱没後の39年「心の花」の主宰となり現在に至る。　[団]現代歌人協会　[家]夫＝佐佐木治綱、長男＝佐佐木幸綱(歌人)

佐佐木 幸綱　ささき・ゆきつな
歌人　国文学者　早稲田大学政経学部教授　[専]万葉学　近代短歌　[生]昭和13年10月8日　[出]東京　[学]早稲田大学文学部(昭和39年)卒、早稲田大学大学院国文科修士課程修了　[賞]現代歌人協会賞(第15回)(昭和46年)「群黎」、詩歌文学館賞(第5回)(平成2年)「金色の獅子」、迢空賞(第28回)(平成6年)「滝の時間」、若山牧水賞(第2回)(平成9年)「旅人」、斎藤茂吉短歌文学賞(第10回)(平成11年)「呑牛」、芸術選奨文部大臣賞(第50回，平11年度)(平成12年)「アニマ」　[歴]大学在学中より「早稲田短歌」、祖父が創刊した「心の花」に参加。河出書房新社に入り、「文芸」編集長などをつとめた。のち跡見女子大学助教授、早稲田大学助教授を経て、教授。昭和63年より朝日歌壇選者。著書に歌集「群黎」「直立せよ一行の詩」「夏の鏡」「火を運ぶ」「金色の獅子」「反歌」「滝の時間」「旅人」「呑牛」「アニマ」、評論集「万葉へ」「中世の歌人たち」「極北の声」「底より歌え」「手紙歳時記」など。祖父信綱が創刊した「心の花」は平成10年創刊100年を迎えた。　[団]現代歌人協会(理事)、日本文芸家協会　[家]祖父＝佐佐木信綱(歌人)、父＝佐佐木治綱(歌人)、母＝佐佐木由幾(歌人)

佐々木 洋一　ささき・よういち
詩人　[生]昭和27年3月31日　[出]宮城県栗原郡栗駒町　[賞]晩翠賞(第22回)(昭和55年)「星々」、壺井繁治賞(第27回)(平成11年)「キムラ」　[歴]詩集に「4と童と永遠に」「佐々木津一詩集」「アイヤヤッチャア」「キムラ」他。　[団]日本現代詩人会、日本詩人クラブ

佐々木 綾華　ささき・りょうか
俳人　僧侶　西応寺(真宗大谷派)住職　[生]明治30年3月18日　[没]昭和47年11月21日　[出]東京市　本名＝佐々木寛英　[学]東洋大学卒　[歴]内藤鳴雪・大谷句仏・水原秋桜子の指導を受ける。大正11年4月「破魔弓」を創刊、昭和3年7月「馬酔木」と改題後、9年6月まで発行責任者。馬酔木第1期同人。晩年は俳句より遠ざかり、句集はない。

佐々木 六戈　ささき・ろくか
俳人　歌人　「童子」編集長　[生]昭和30年　[出]北海道士別市　[賞]角川短歌賞(第46回)(平成12年)「百回忌」　[歴]俳誌「童子」編集長。「紙魚の楽園」で第43回角川短歌賞候補、「サブリミナル」で第44回同賞次席に選ばれ、平成12年「百回忌」で同賞を受賞。

佐々木 露舟　ささき・ろしゅう
俳人　[生]大正1年10月23日　[出]青森県　本名＝佐々木正之進　[学]高小卒　[歴]昭和5年石楠系「暁雲」に入会し、10年に幹部となる。47年「樺の芽」創刊編集となる。道俳協委員、十勝俳連監事、えぞにう客員、市高齢者学級及び帯広刑務所講師、地元新聞俳壇選者等で活躍する。作品に句集「流寓」の他「露舟随筆集」「しらかば」がある。　[団]俳人協会

笹沢 美明　ささざわ・よしあき
詩人　ドイツ文学者　元・明治大学教授　元・工学院大学教授　[生]明治31年2月6日　[没]昭和59年3月29日　[出]神奈川県横浜市　別名＝左々美明(ささ・びめい)　[学]東京外語独語文科(大正9年)卒　[賞]文芸汎論詩集賞(第10回)(昭和18年)「海市帖」　[歴]大正12年林野四郎と「新即物性文学」を創刊。昭和10年横浜の詩誌「海市」同人。18年「海市帖」で文芸汎論詩集賞を受賞し、詩人としての地位を確立。またドイツの詩・詩論の紹介者として昭和期の第一人で者あり、とくにリルケの紹介者として知られる。詩集に「密蜂の道」「海市帖」「形体詩集 おるがん調」、翻訳にリルケ「愛と死の歌」などがある。　[団]日本文芸家協会、現代詩人会　[家]三男＝笹沢左保(小説家)

笹原 常与　ささはら・つねよ
詩人　[専]現代詩　現代文学　[生]昭和7年4月9日　[出]東京　本名＝村上隆彦(むらかみ・たかひこ)　[学]早稲田大学国文科卒　[歴]中原中也らの詩に影響を受け、昭和28年ごろから「詩学」研究会に投稿、29年同誌懸賞募集に「黒人霊歌」が入選。嶋岡晨、大野純らの「貘」に参加、同人。詩集「町のノオト」「井戸」、編著「西条八十詩集」などがある。

笹原 登喜雄　ささはら・ときお

歌人　[生]昭和17年6月8日　[出]北海道岩内郡共和町　[学]北海道学芸大学(現・北海道教育大学)卒　[歴]大学在学中の昭和39年アララギ派の薄井忠男のもとに結成された宇波百合短歌会で作歌を始め、同年「北海道アララギ」、40年「アララギ」に入会。卒業後は高校教師のかたわら、アララギ札幌歌会の中心となって精力的に作歌を続ける。歌集に「街風」などがある。

佐沢 波弦　さざわ・はげん

歌人　[生]明治22年11月7日　[没]昭和58年1月13日　[出]徳島県小松島市　本名＝佐沢儀平　[学]徳島師範(明治44年)卒　[賞]大阪芸術功労賞(昭和52年)　[歴]帝塚山学院を昭和40年定年退職。明治末年より作歌に親しみ、「南海の子」主筆となる。大正14年「覇王樹」に参加。昭和21年に「あめつち」を創刊。49年大阪歌人クラブ設立に尽力し、初代会長となる。52年大阪文化芸術功労賞受賞。歌集に「佐沢波弦歌集」がある。

佐治 田鶴子　さじ・たずこ

歌人　[生]昭和3年12月6日　[出]千葉県　[学]関西学院大学文学部　[歴]女学校時代より作歌、大学進学してからは和歌、古典を学ぶ。昭和41年木俣修に師事し「形成」の同人となる。「形成朱鳥の会」代表を務める。歌集に「朱鳥の譜」「海に向く窓」など。　[団]兵庫県歌人クラブ、関西歌人集団、現代歌人集会、日本歌人クラブ、女人短歌会

佐瀬 蘭舟　させ・らんしゅう

歌人　[生]明治14年3月3日　[没](没年不詳)　[出]千葉県山武郡大平村　本名＝佐瀬武雄　[学]京都帝大機械科(大正2年)卒　[歴]「新声」に投稿し、金子薫園の門に入る。明治36年白菊会の結成に参画、同人として活動した。薫園編の「伶人」(39年)に「金扇」29首が収められている。大正8年歌集「氷海」を刊行。満鉄、山東鉄道、朝鮮総督府などに勤務した。

定 道明　さだ・みちあき

詩人　[生]昭和15年9月14日　[出]福井県福井市　[学]金沢大学文学部史学科(昭和38年)卒　[歴]平成13年福井県立高志高校教諭を定年退職。大学時代に文芸サークルで講演を依頼した際に、プロレタリア作家の中野重治と出会う。のちにその文学と人間にのめり込み、中野の晩年には福井県丸岡町にある生家の屋敷跡の管理を任される。同年「『しらなみ紀行』―中野重治の青春」を刊行。詩誌「木立ち」、散文学誌「青磁」各同人。詩集に「薄目」「埠頭」「糸切歯」、評論集に「中野重治私記」など。　[団]日本文芸家協会

佐竹 弥生　さたけ・やよい

歌人　[生]昭和8年3月5日　[没]昭和58年4月4日　[出]鳥取県　[歴]昭和26年「青炎」創刊と同時に入会。田中大治郎に師事。42年から56年「鴉」会員。歌集に「雁の書」「天の蛍」「なるはた」がある。

貞久 秀紀　さだひさ・ひでみち

詩人　[生]昭和32年11月7日　[出]東京都　[学]大阪外国語大学卒　[賞]H氏賞(第48回)(平成10年)「空気集め」　[歴]大学卒業後、塾の講師をしながら小説を執筆。28歳頃から詩に転じ、大手予備校で英語を教えながら詩作に励む。作品に「ここからここへ」「リアル日和」「空気集め」がある。詩誌「HOTEL」同人。　[団]日本文芸家協会

貞弘 衛　さだひろ・まもる

俳人　[生]明治39年11月10日　[没]平成11年2月7日　[出]兵庫県神戸市　[学]東京商科大学卒　[賞]万緑賞(昭和33年)　[歴]キリンビール役員。一方、昭和11年中島斌雄らと同人誌「季節風」発行。21年中村草田男主宰の「万緑」創刊に参加。31年同人。同運営委員、中村草田男全集編集委員、俳人協会評議員などを務めた。句集に「聖樹」「盛林」「行路」「松籟」「自註・貞弘衛集」。　[団]俳人協会、現代俳句協会

定村 青萍　さだむら・せいひょう

童謡詩人　[生]明治24年　[没](没年不詳)　[出]奈良県奈良市　本名＝定村国夫　[学]国学院大学卒　[歴]小学校教師となり、その傍ら童謡の創作と児童詩の指導に当たる。浅草童謡研究会、児童芸術協会などの中心となって童謡の研究、振興に励む。「童謡家庭会」の組織化に尽力。童謡集に「青萍童謡集」、他の著書に「教育上より見たる童謡の新研究」など。

さちこ・やまかわ

詩人　[生]明治40年4月1日　[出]北海道　本名＝近藤多賀子(こんどう・たかこ)　[学]帝国女専国文科(昭和2年)卒　[歴]昭和7年さちこ・やまかわの筆名で、詩歌集「白き白き髑髏」を刊行、河井酔茗に激賞された。「塔影」「日本詩壇」「日本未来派」などに作品を発表。ほかの詩集に「砂丘に咲く」「谷間の地図」がある。「日本未来派」同人、日本女詩人会員。30年以後アメリカに在住。

薩川 益明　さつかわ・ますあき
詩人　[生]大正14年1月28日　[出]北海道札幌市　[歴]札幌西高等学校、長万部高等学校教諭を務め、昭和55年退職。一方、28年肺結核で入院療養中アンリ・ミショーの詩に接して、「雑草園」を創刊。30年「先列」創刊に参画、38年「詩の村」創刊。のち、誌誌「核」「現地」同人。詩集に「十月鬼」がある。

佐々 醒雪　さっさ・せいせつ
国文学者　俳人　[専]江戸文学　作文教授法　[生]明治5年5月6日　[没]大正6年11月25日　[出]京都　本名＝佐々政一　[学]東京帝大国文科(明治29年)卒　文学博士(明治45年)　[歴]国文学者として東大や早大などの教授を歴任。東大時代に筑波会を組織して、大学派の俳人と称される。「連俳小史」や「連俳史論」などの著書がある。

薩摩 忠　さつま・ただし
詩人　エッセイスト　[生]昭和6年1月29日　[没]平成12年3月24日　[出]東京　[学]慶応義塾大学文学部フランス文学科(昭和27年)卒　[賞]室生犀星詩人賞(第4回)(昭和39年)「海の誘惑」　[歴]藤浦洸、堀口大学らに師事して詩作を学ぶ。「風」「新詩潮」を経て、「詩帖」同人。日本詩人クラブ会長を務めた。シャンソンなどの訳詩も多く手掛ける。主な詩集に「蝶の道」「海の誘惑」「愛するものたちへ」「日曜日の夜」「詩文集昆虫のうた」など、エッセイ集に近代日本の童謡や唱歌の名作を論評した「うたの博物誌」、少年少女向きの詩集に「まっ赤な秋」がある。　[団]日本文芸家協会、日本現代詩人会、日本詩人クラブ、日本童謡協会、日本訳詩家協会

佐藤 一英　さとう・いちえい
詩人　[生]明治32年10月13日　[没]昭和54年8月24日　[出]愛知県中島郡萩原町(現・一宮市)　[学]早稲田大学英文科予科(大正8年)中退　[賞]詩人懇話会賞(昭和14年)　[歴]ポーや三富朽葉に傾倒して詩を志す。大正11年「楽園」同人。また春山行夫らと名古屋で「青騎士」を創刊、詩集「晴天」「故園の森」を刊行。昭和3年上京し、雑誌に詩論を発表。7年「新詩論」を創刊。9年以降日本詩の韻律を研究、10年「聯」という五七調の定型詩を創作、「新韻律詩抄」を発行、13年聯詩社を設立。この頃から内容の上でも古典志向が見られ、古事記に取材した「大和し美し」や祖神崇拝をうたった「魂の楯」を発表。戦時中には戦争詩集「剣とともに」「みいくさの日」がある。25年「樫の葉」創刊、34年中部日本詩人連盟委員長、43年「韻律」主宰。ほかに詩集「終戦の歌―ヒロシマの瓦」「カシヲフの笑ひ」、訳詩「ポオ全詩集」など。一方、無名時代の宮沢賢治の才能を見い出し、長編童話を書くことを勧め、自ら編集・発行していた雑誌「児童文学」に「グスコーブドリの伝記」などを掲載したことでも知られる。生誕100年の平成11年肖像画が郵政省のふるさと切手に使用される。

佐藤 鬼房　さとう・おにふさ
俳人　「小熊座」名誉主宰　現代俳句協会顧問　[生]大正8年3月20日　[没]平成14年1月19日　[出]宮城県塩釜市　本名＝佐藤喜太郎(さとう・きたろう)　別号＝巍太郎　[学]塩釜高小(昭和8年)卒　[賞]現代俳句協会賞(第3回)(昭和29年)、宮城県芸術選奨(昭和46年)、詩歌文学館賞(第5回)(平成2年)「半跏坐」、蛇笏賞(第27回)(平成5年)「瀬頭」、山本健吉文学賞(俳句部門,第2回)(平成14年)「愛痛きまで」　[歴]昭和10年から「句と評論」に投句。戦後、新俳句人連盟に加入、西東三鬼に師事。鈴木六林男(むりお)と共に“社会性俳句”の代表者となる。30年「天狼」同人。60年より「小熊座」主宰。句集に「名もなき日夜」「夜の崖」「海溝」「佐藤鬼房句集」「何処へ」「半跏座」「瀬頭(せがしら)」「枯峠」「愛痛きまで」などがある。　[団]現代俳句協会、日本文芸家協会、日本ペンクラブ

佐藤 岳俊　さとう・がくしゅん
川柳作家　岩手県川柳連盟副理事長　「川柳人」編集長　[生]昭和20年　[出]岩手県胆沢郡胆沢町　本名＝佐藤政彦　[学]水沢高(昭和39年)卒　[賞]川上三太郎賞(第5回)、川柳人年度賞、川柳研究年度賞、川柳Z賞準賞(第9回,10回)、河北文学賞　[歴]国鉄に入り、職場にあった文集の中に故白石朝太郎の作品を読み、感銘を受けたのが川柳を始めたきっかけ。のち地元にある結社「川柳はつかり吟社」同人。平成4年現代川柳誌「北緯39度」を創刊。創作のほかに評論も手がけ、著書に「酸性土壌」「現代川柳の原風景」、川柳史論「縄文の土偶」がある。

佐藤 和枝　さとう・かずえ
俳人　[生]昭和3年2月23日　[出]山梨県　[賞]俳句研究賞(第2回)(昭和62年)「龍の玉」　[歴]「氷海」を経て、「狩」同人参加。著書に「秀句350選〈26〉画」(編著)、句集に「星の門」「龍の玉」など。

佐藤 和夫 さとう・かずお
俳人　早稲田大学社会科学部教授　俳句文学館国際部長　㊙比較文学　㊌昭和2年2月16日　㊙東京都豊島区　㊙早稲田大学大学政経学部(昭和28年)卒、早稲田大学大学院英文学(昭和34年)修士課程修了　㊙俳句の海外における受容　㊙れもん賞(昭和53年)　㊙カリフォルニア大学バークレー校特別研究員、ハワイ東西文化センター・フェロー、交換教授などを歴任し、早稲田大学社会科学部教授。海外における俳句、外国人のハイクを研究、国際交流にも尽くす。俳人としては昭和49年「れもん」入会、多田裕計に師事。52年「れもん」同人。「れもん」の解散後は「貂」同人、58年より「風」「春雷」同人。著書に「菜の花は移植できるか―比較文学的俳論」、「俳句からHAIKUへ」「海を越えた俳句」など。　㊙日本比較文学会、俳文学会、俳人協会

佐藤 勝太 さとう・かつた
詩人　㊌昭和7年　㊙岡山県　㊙浪速短期大学広報マスコミ科卒　㊙灌木賞(第13回)　㊙3人による詩書展「墨象と現代詩の出会い」を開催。詩誌「灌木第二次」同人。詩集に「徽章」「黙示の人」などがある。　㊙日本詩人クラブ

佐藤 きみこ さとう・きみこ
俳人　㊌昭和14年6月8日　㊙宮城県仙台市　㊙行人賞(昭和57年)　㊙昭和56年「行人」入会。57年「行人賞」受賞、「行人」同人。60年「小熊座」創刊より入会。62年「小熊座」同人。句集に「ジャンヌ・ダルクの炎」。　㊙現代俳句協会

さとう 恭子 さとう・きょうこ
詩人　エッセイスト　童謡を愛する会代表　㊌昭和12年9月25日　㊙栃木県那須郡那須町　本名=佐藤恭子　㊙日本女子大学中退　㊙カネボウ・FM童謡大賞(第2回)(昭和62年)　㊙童謡、合唱、ミュージセイ等にて大賞、優秀賞、文部大臣賞等受賞。詩集に「銀のしぶき」、童謡集に「くもになりたい」他。　㊙日本童謡協会、日本音楽著作権協会

佐藤 清 さとう・きよし
詩人　英文学者　㊌明治18年1月11日　㊙昭和35年8月15日　㊙宮城県仙台市　号=澱橋(でんきょう)　㊙東京帝大英文科(明治43年)卒　㊙早くから「文庫」などに詩を投稿し、明治38年刊行の詞華集「青海波」にその一部がおさめられる。のち「詩声」を主宰。大正3年「西灘より」を刊行。以後「愛と音楽」「海の詩集」「雲に鳥」などの人道主義的なおだやかな詩風の詩集がある。英文学者として関西学院、東京女高師各教授を経て、大正15年から昭和20年まで京城帝大教授、24年青山学院大教授を歴任した。「佐藤清全集」(全3巻)がある。

佐藤 きよみ さとう・きよみ
歌人　㊌昭和32年7月24日　㊙宮城県仙台市　㊙東北大学教育学部卒　㊙短歌研究新人賞(第35回)(平成4年)「カウンセリング室」　㊙「かりん」所属。

佐藤 浩子 さとう・こうし
俳人　元・安達町(福島県)町長　㊌大正13年10月7日　㊙福島県　本名=佐藤正二　㊙盛岡高農農学科卒　㊙福島県文学賞(俳句,第27回)(昭和49年)「風雲」　㊙昭和18年駒ケ嶺不虚の手ほどきを受ける。26年「野火」「馬酔木」に投句を始める。31年「野火」同人、36年編集同人となる。51年阿多知俳句会指導をする。句集に「一年」「風雲」「行く年」「法名」がある。　㊙俳人協会

佐藤 紅緑 さとう・こうろく
小説家　劇作家　俳人　児童文学者　㊌明治7年7月6日　㊙昭和24年6月3日　㊙青森県弘前市親方町　本名=佐藤洽六　㊙弘前中中退　㊙明治26年上京し、27年日本新聞社に入社、子規に俳句の手ほどきをうける。28年帰郷し、東奥日報、陸奥日報、東北日報を経て、31年富山日報主筆となり、以後も万朝報などの記者を転々とする。37年「蕪村俳句評釈」を刊行。39年戯曲「侠艶録」、小説「行火」を発表して注目され、作家となる。大正12年外務省嘱託として映画研究のため外遊。昭和2年少年小説「あゝ玉杯に花受けて」を発表し、少年少女小説の大家となる。大衆小説、婦人小説、少年少女小説と幅広く活躍し、著書は数多く、代表作に「富士に題す」「乳房」などがあり、句集も「花紅柳緑」などがある。晩年「ホトトギス」同人に迎えられた。
㊙息子=サトウハチロー(詩人)、娘=佐藤愛子(作家)

佐藤 採花女 さとう・さいかじょ
俳人　㊌弘化1年(1844年)　㊙明治34年4月7日　㊙信濃国(長野県)　通称=いち、号=蜂庵　㊙俳諧を橘田春湖に学ぶ。はじめ孤山堂卓朗の家にいたが、ついで池永大虫と同棲し、明治3年大虫没後帰郷した。誰でもさすということから峰庵と号し、男性的で近代女流俳人の

奇傑であったといわれる。著書に連句集「穂あかり」、「こればかり」がある。

佐藤 朔　さとう・さく
詩人　翻訳家　慶応義塾大学名誉教授　[専]フランス文学　ボードレール研究　[生]明治38年11月1日　[没]平成8年3月25日　[出]東京　旧姓(名)=佐藤勝熊(さとう・かつくま)　[学]慶応義塾大学文学部フランス文学科(昭和5年)卒　文学博士(昭和36年)　[資]日本芸術院会員(平成3年)　[賞]フランス学術文化勲章オフィシエ章(フランス)(昭和51年)、勲一等瑞宝章(昭和52年)、日本翻訳文化賞(第24回)(昭和62年)「ジャン・コクトー全集」、日本芸術院恩賜賞(第47回)(平成3年)　[歴]慶応義塾大学文学部助手、同大予科教授を経て、昭和24年教授となる。47年退職し名誉教授。この間、文学部長、44年慶応義塾塾長、45年私立大学連盟会長、47年私立大学審議会長、53年日本私学振興財団理事長を歴任。和歌をたしなみ、55年には宮中歌会始めの召人に選ばれた。主著に「ボードレール」や詩集「反レクイエム」「小詩集・大学(限定版)」、訳書にコクトー「芸術論」、ボードレール「悪の華」、サルトル「自由への道」、カミュ「不条理と反抗」など。[団]日本フランス語フランス文学会、日本ペンクラブ、日本文芸家協会

佐藤 佐太郎　さとう・さたろう
歌人　「歩道」主宰　[生]明治42年11月13日　[没]昭和62年8月8日　[出]茨城県多賀郡平潟町　[学]平潟高小(大正13年)卒　[資]日本芸術院会員(昭和52年)　[賞]読売文学賞(第3回)(昭和26年)「帰潮」、紫綬褒章(昭和50年)、芸術選奨文部大臣賞(第26回)(昭和50年)「開冬」、現代短歌大賞(第1回)(昭和53年)「佐藤佐太郎全歌集」、日本芸術院賞(第36回)(昭和54年)、勲四等旭日小綬章(昭和58年)、迢空賞(第18回)(昭和59年)「星宿」　[歴]大正14年岩波書店に勤務。15年「アララギ」に入会、斎藤茂吉に師事。昭和20年「歩道」創刊。現代歌人協会創立者の一人。宮中歌会始選者。歌集に「歩道」「帰潮」(第3回読売文学賞)「開冬」(芸術選奨文部大臣賞)「天眼」「星宿」などのほか、「佐藤佐太郎全歌集」(第1回現代短歌大賞)がある。他に評論、随筆、筆墨集等多数。　[家]妻=佐藤志満(歌人)

佐藤 さち子　さとう・さちこ
詩人　児童文学者　[生]明治44年4月26日　[出]宮城県　旧姓(名)=伊東　筆名=北山雅子(きたやま・まさこ)　[学]佐沼実科女学校中退　[歴]熱心なクリスチャンの一家に育ったが、肺病で次々と家族を失う。自身も体が弱く、佐沼実科女学校を中退。この頃から詩作を始め、「若草」「女人芸術」に寄稿。昭和4年上京。「プロレタリア詩」に参加し、北山雅子の筆名で活躍。のちプロレタリア作家同盟に入り、「ナップ」に作品を発表。戦後は新日本文学会、児童文学者協会に所属し、週刊「婦人民主新聞」編集長も務めた。著書に「ナイチンゲール」、詩集に「石群」などがある。　[団]日本児童文学者協会、新日本文学会、婦人民主クラブ

佐藤 三武朗　さとう・さぶろう
詩人　日本大学国際関係学部国際文化学科教授　[専]英文学　比較文学　[生]昭和19年4月23日　[出]静岡県田方郡中伊豆町　[学]日本大学文理学部英文学学科卒、日本大学大学院文学研究科英文学専攻(昭和49年)博士課程修了　[興]日本におけるシェイクスピア受容、エリザベス朝文学と世界観、日系アメリカ人研究　[歴]国立伊東温泉病院附属看護学校英語講師、日本大学文理学部専任講師を経て、昭和55年同大学国際関係学部国際文化学科助教授、平成元年教授。この間、昭和49～50年英国ニューカッスル・アポン・タイン大学留学、56～57年米国イリノイ大学留学。著書に「明治の国際化を構築した人びと」(共著)、詩集に「真冬の沐浴」「男と女」「愛のソネット」、訳書に「ハムレット(上・下)」「フランス詩集」がある。[団]日本比較文学会、日本シェイクスピア学会、日本大学英文学会

佐藤 重美　さとう・しげみ
歌人　[生]大正12年2月28日　[出]新潟県　[賞]兵庫県歌人クラブ新人賞(昭和40年)、白楊賞　[歴]昭和32年「ポトナム」入会。41年「八重雲」を創刊主宰する。51年から神戸刑務所篤志面接委員として短歌指導にあたる。歌集に「哀燈」「佐藤重美歌集」など。　[団]日本歌人クラブ、兵庫県歌人クラブ

佐藤 志満　さとう・しま
歌人　「歩道」主宰　[生]大正2年12月11日　[出]鹿児島県鹿児島市　筆名=水上よし　[学]東京女子大学国語専攻部卒　[賞]短歌研究賞(第1回)(昭和38年)「鹿島海岸」、日本歌人クラブ推薦歌集(第10回)(昭和39年)「水辺」、短歌新聞社賞(第1回)(平成6年)「身辺」　[歴]女子大在学

中から作歌。斎藤茂吉に師事。「アララギ」を経て、昭和20年夫と共に歌誌「歩道」を創刊。夫の死後、同誌主宰。歌集に「草の上」「水辺」「渚花」「白夜」「花影」「身辺」「立秋」、自選歌集「淡き影」などがある。 [団]現代歌人協会 [家]夫＝佐藤佐太郎（歌人・故人）

佐藤 総右　さとう・そうすけ
詩人 「恒星」主宰 [生]大正3年6月24日 [没]昭和57年5月6日 [出]山形市 本名＝佐藤総右エ門 [学]山形中中退 [賞]斎藤茂吉文化賞（第20回）（昭和49年） [歴]昭和初期から詩作を始め、戦前は「日本詩壇」、戦後は「日本未来派」同人。のち季刊「恒星」を主宰。詩集に「狼人」「神の指紋」などがある。 [団]日本現代詩人会

佐藤 惣之助　さとう・そうのすけ
詩人 作詞家 [生]明治23年12月3日 [没]昭和17年5月15日 [出]神奈川県橘樹郡川崎町砂子（現・川崎市） [学]小学校高等科1年修了 [歴]早くから佐藤紅緑門下で句作をし、一方大正元年から詩作に転じ、5年詩集「正義の兜」を刊行、続いて「狂へる歌」を刊行し、詩壇で注目される。この頃白樺派の人道主義的傾向があったが、「満月の川」「深紅の人」あたりから、生命感あふれ、色彩の華やかな独自の世界を形成。詩話会の中心メンバー。14年からアンデパンダンの詩人グループ・詩之家をつくり、昭和6年まで同人誌を刊行した。ほかに「荒野の娘」「華やかな散歩」「琉球諸島風物詩集」「情艶詩集」「水を歩みて」「トランシット」「愛国詩集」「怒れる神」など22冊の詩集がある。句集「螢蠅廬句集」「春羽織」など3冊、随筆集「蠅と螢」、釣りに関する本7冊と活躍は多伎にわたる。また昭和6年ごろから歌謡曲の作詞も手がけ、作品は「赤城の子守唄」「人生劇場」「湖畔の宿」など800余。「佐藤惣之助全集」（全3巻，桜井書店）がある。

佐藤 楚白　さとう・そはく
詩人 [没]（生没年不詳） [出]岡山県 [学]早稲田大学商科 [歴]人見東明らの自由詩社に加わり、明治43年機関誌「自然と印象」第9集に「佇める人」5編、第11集に「眠れる微笑」3編を発表し、詩人としてデビュー。同誌廃刊後は、「劇と詩」をはじめ「早稲田文学」などにも寄稿した。

佐藤 武雄　さとう・たけお
⇒佐藤眉峰（さとう・びほう）を見よ

佐藤 嘲花　さとう・ちょうか
歌人 [生]明治20年2月15日 [没]大正11年4月18日 [出]宮城県白石町 本名＝佐藤章 [学]早稲田大学英文科中退 [歴]中学時代から文学に親しみ、明治44年「詩歌」の発刊と同時に参加。大正4年福島民友新聞記者となる。遺歌集に「常臥して」がある。

佐藤 滴川　さとう・てきせん
俳人 [生]明治17年 [没]明治41年4月24日 [出]愛知県名古屋市 本名＝佐藤季光 [学]早稲田大学卒 [歴]早大在学中に中野三允らと早稲田吟社を起こし句作に励む。のち織田烏不関、渡辺波空らと交友。塩谷鵜平らの「鵜川」に関った。「ホトトギス」「アラレ」などにも作品発表。「続春夏秋冬」（明治39～40年）「新春夏秋冬」（明治41～大正4年）に入集されている。編著に「女流俳家句集」がある。

佐藤 南山寺　さとう・なんざんじ
俳人 [生]大正4年1月21日 [没]昭和49年4月17日 [出]福島県郡山市 本名＝佐藤健太郎 [賞]角川俳句賞（第16回）（昭和45年）「虹仰ぐ」、河賞（昭和48年） [歴]昭和10年頃作句を始め、「千鳥」「獺祭」「虎落笛」などに参加。23年には「楽浪」を創刊、主宰となる。41年「河」に参加同人。45年に角川俳句賞、48年に河賞を受賞。句集に「飛砂の邑」「虹仰ぐ」がある。

佐藤 念腹　さとう・ねんぷく
俳人 [生]明治31年5月29日 [出]新潟県 本名＝佐藤謙二郎 [歴]昭和2年移民としてブラジルに渡り、農業に従事。俳句は高浜虚子に師事、高野素十に兄事して「ホトトギス」に拠り、9年同人に推された。移民後も現地における俳句普及に努力。6年ブラジルの日系社会初の文芸誌「おかぼ」創刊に参画。俳誌「木陰」を主宰する。著書に「ブラジル俳句集」「念腹句集」などがある。

佐藤 信弘　さとう・のぶひろ
歌人 [生]昭和11年9月23日 [出]東京 [歴]学習院大短歌会在籍中の34年「近代」に入会、加藤克巳に師事。「個性」編集同人。一時「不死鳥」「薔薇都市」「宴」などに関係する。歌集に「具体」「海胆と星雲」「制多迦童子の収穫」、歌書に「加藤克巳の世界」「短歌瑜伽行への基礎階梯」がある。 [団]現代歌人協会、日本文芸家協会

サトウ ハチロー
詩人　作詞家　児童文学作家　㊓明治36年5月23日　㊨昭和48年11月13日　㊞東京市牛込区（現・東京都新宿区）　本名＝佐藤八郎　別名＝陸奥速男、清水七郎、山野三郎　㊫立教中中退　㊥芸術選奨文部大臣賞（昭和29年）「叱られ坊主」、日本レコード大賞（童謡賞，第4回）（昭和37年）、NHK放送文化賞（第14回）（昭和38年）、紫綬褒章（昭和41年）、勲三等瑞宝章（昭和48年）　㊧小説家・佐藤紅緑の長男。早稲田をはじめ8つの中学を転々、自由奔放な生活を送りながら詩を作り、大正8年西条八十に師事。15年処女詩集「爪色の雨」で詩人としての地位を確立。同時にユーモア作家、軽演劇作者、童謡・歌謡曲の作詩家としても活躍。昭和32年野上彰らと「木曜会」を主宰して童謡復興運動に尽くし、日本童謡協会会長、日本作詞家協会会長、日本音楽著作権協会会長を務めた。また、NHKラジオ番組「話の泉」のレギュラーとしても知られた。主な作品に詩集「僕等の詩集」「おかあさん」、ユーモア小説「ジロリンタン物語」、童謡集「叱られ坊主」「木のぼり小僧」、歌謡曲「麗人の唄」「二人は若い」「リンゴの唄」「長崎の鐘」など。没後の52年より東京・文京区弥生2丁目にある自宅が記念館として開放されていたが、平成7年11月閉館、岩手県北上市に移転。8年5月同市にサトウハチロー記念館・叱られ坊主が開館。9年、昭和32年創刊の童謡同人誌「木曜手帖」が500号を迎える。
㊋父＝佐藤紅緑、異母妹＝佐藤愛子、妻＝佐藤房枝（元女優）、息子＝佐藤四郎（サトウハチロー記念館館長）

佐藤 春夫　さとう・はるお
詩人　小説家　評論家　㊓明治25年4月9日　㊨昭和39年5月6日　㊞和歌山県東牟婁郡新宮町（現・新宮市船町）　㊫慶応義塾大学予科文学部（大正2年）中退　㊯日本芸術院会員（昭和23年）　㊥菊池寛賞（第5回）（昭和17年）「芬夷行」、読売文学賞（第4回，詩歌俳句賞）（昭和27年）「佐藤春夫全詩集」、読売文学賞（第6回，小説賞）（昭和29年）「晶子曼陀羅」、文化勲章（昭和35年）、新宮市名誉市民　㊧中学時代から「明星」「趣味」などに歌を投稿。中学卒業後、上京して生田長江に師事し、東京新詩社に入る。明治43年頃堀口大学と交わる。大正2年慶応義塾を中退、この頃油絵に親しみ、二科会展で入選した。6年「西班牙犬の家」「病める薔薇」を発表し、作家として出発。「田園の憂鬱」「お絹とその兄弟」「都会の憂鬱」などを発表する一方で、10年には「殉情詩集」を刊行、15年には評論随筆集「退屈読本」を刊行した。昭和11年文化学院文学部長に就任。14年「戦線詩集」を刊行。17年「芬夷行」で菊池寛賞を受賞。23年芸術院会員となり、27年「佐藤春夫全詩集」で、29年「晶子曼陀羅」でそれぞれ読売文学賞を受賞し、35年には文化勲章を受けた。小説、詩、評論、随筆と幅広く活躍し、「車塵集」などの中国翻訳詩集もある。一方、5年8月当時谷崎潤一郎の妻だった千代と結婚、谷崎、佐藤、千代の3人連名の声明がいわゆる“夫人譲渡事件”として世間をにぎわせた。また内弟子3000人といわれる文壇の重鎮的存在でもあった。作品集に「自選佐藤春夫全集」（全10巻，河出書房）「佐藤春夫全集」（全12巻，講談社）「定本佐藤春夫全集」（全36巻，別巻2，臨川書店）、「佐藤春夫全詩集」（講談社）、「佐藤春夫文芸論集」（創恩社）など。
㊋妻＝佐藤千代、長男＝佐藤方哉（慶大教授）

佐藤 春子　さとう・はるこ
俳人　㊓明治43年3月3日　㊞東京　㊫帝国女子薬学専門学校（現・大阪薬科大学）卒　㊥河賞（昭和52年）　㊧昭和35年今牧茘枝の手ほどきをうけ、37年「河」に入会、41年同人。53年進藤一考主宰の「人」創刊、同人として参加。句集に「命毛」「修羅能」がある。　㊐俳人協会

佐藤 秀昭　さとう・ひであき
詩人　岩手出版代表　㊓昭和14年9月21日　㊞岩手県水沢市　㊫水沢高卒　㊥土井晩翠賞（第15回）（昭和49年）「毛越寺二十日夜祭」　㊧岩手県南バス車掌を経て、水沢郵便局勤務。その間、地域誌、タウン誌、評伝、郷土史の執筆、編集。昭和57年郵便局を辞め、岩手出版を創設。これまでに「岩手民話伝説事典」など出版。63年今東光の作とされていた「奥州流血録」を「愛闘」と改名し、実作者である出生仁名で出版する。

佐藤 英麿　さとう・ひでまろ
詩人　㊓明治33年1月7日　㊞秋田県　㊫法政大学専門部中退　㊧少年時代有本芳水の詩に親しんで詩に興味を持つ。初め「途上に現はれるもの」に参加、その後、金子光晴・吉田一穂と「羅甸区」を創刊。また草野心平の「学校」にも作品を寄せた。詩集に「光」「佐藤英麿小詩集」「かげろう」「蝶々トンボ」がある。

佐藤 眉峰　さとう・びほう
俳人　信州大学学長　㊗法医学　㊷明治28年10月17日　㊽昭和33年7月1日　㊺長野県　本名＝佐藤武雄(さとう・たけお)　東京帝大医学部(大正11年)卒　医学博士(昭和3年)　京城帝大教授、松本医科大学学長兼名古屋帝大教授、信州大学学長を歴任した。俳句は高浜虚子に師事し「ホトトギス」同人。京城時代「水砧」を主宰。句集に「ほたる火」がある。

佐藤 寛　さとう・ひろし
漢詩人　㊷元治1年(1864年)　㊽昭和2年4月22日　㊺越後国新発田(新潟県)　字＝公緯、号＝佐藤六石(さとう・ろくせき)　㊗皇典講究所(明治20年)卒　㊸新発田藩士の家に生れる。明治15年「新潟日日新聞」編集長となり、筆禍により入獄。17年上京。森槐南の主宰する星社に加盟して漢詩壇に活躍するかたわら、国学院、慶応義塾などに出講した。伊藤博文が朝鮮統監の職にあったとき、李王の顧問をつとめたこともあった。大正6年から随鴎吟社主幹。昭和4年詩文集「六石山房詩文鈔」を刊行した。

佐藤 浩　さとう・ひろし
詩人　㊷大正10年12月　㊺福島県郡山市　㊗東京歯科医学校(昭和16年)中退、福島県立盲学校(昭和29年)卒　㊸福島県文化振興基金顕彰(第1回)(昭和55年)、久留島武彦文化賞(第20回)(昭和55年)、郡山市文化功労賞(昭和59年)、点字毎日文化賞(第29回)(平成4年)、博報賞(文部大臣奨励賞、第27回)(平成8年)　㊸昭和11年鉄棒の事故で左眼を失明。視覚障害のため学校を中退。国民学校で教職に就くが21年退職。23年完全失明。戦後、鍼灸・マッサージ業を開業するが、患者だった製菓メーカー柏屋の社長にスカウトされ、企画・宣伝担当として入社。企業の文化活動として児童詩の募集を企画。作品を展示する一方、33年友人らと児童詩誌「青い窓」を創刊し、以来毎月欠かさず刊行。国内に11誌、米国に1誌の姉妹誌がある。また43年以来自宅で小学生相手の「詩の教室」を開く。平成5年全国児童詩誌連絡協議会を発足。児童詩集「青い窓」「コップのそこのおかあさん」「キャベツの中の宇宙」などを編集。エッセイ集「子供の深い目」などの著書がある。

佐藤 房儀　さとう・ふさよし
詩人　中京大学大学院文学研究科教授　㊗近代日本文学　㊷昭和14年9月24日　㊺東京都北区　早稲田大学文学部日本文学科卒、早稲田大学大学院日本文学専攻(昭和43年)修士課程修了　㊸近代詩、萩原朔太郎　㊸中京大学講師を経て、教授。東海近代文学会会長なども務める。著書に「詩人萩原朔太郎」「それぞれの旅　それぞれの歌」など。一方、詩人としても活躍し、詩集に「くずれゆく現実」などがある。「騒」同人。　㊸日本近代文学会、早稲田大学国文学会、中京大学国文学会

佐藤 文男　さとう・ふみお
歌人　㊷明治41年4月3日　㊺東京　㊗昭和医専卒　㊸17歳より短歌を詠む。昭和46年歌誌「堅香子」を創刊。歌集に「父」「小仏峠」「旅路」がある。

佐藤 文夫　さとう・ふみお
詩人　民謡研究家　元・岩崎美術社社長　㊷昭和10年11月27日　㊺東京　㊗九段高卒　㊸詩人会議賞(第2回)(昭和49年)「ブルース・マーチ」　㊸児童書の出版社・岩崎書店に20年間勤務した後、岩崎美術社に移り、昭和55年〜平成7年社長。また詩人としては赤木三郎、門倉訣らと「炎」、武田文章らと「赤と黒」、諏訪優、白石かずこらと「Doin」などの同人誌活動を続けたのち、壺井繁治の「詩人会議」に参加。のち同誌編集長。著書にジャズ論「ブルースがマーチになるとき」、詩集「昨日と今日のブルース」「ブルース・マーチ」などがある。

佐藤 誠　さとう・まこと
歌人　「スズラン」主宰　牟礼事件死刑囚　㊷明治41年1月1日　㊽平成1年10月27日　㊺茨城県日立市　㊗東京工学校電気科高等科卒　㊸昭和25年の強盗殺人事件(牟礼事件)の犯人として、27年逮捕され、33年死刑が確定。しかし一貫して無実を主張、35年以来8回再審を請求したが、認められないまま平成元年死去。死刑囚としての37年の獄中生活は帝銀事件の平沢被告につぐ記録。この間獄中で短歌を学び、新潟県内の歌誌「石菖(せきしょう)」などに投稿、えん罪を訴える10冊の歌集を出版。また52年から同人誌「スズラン」の編集主幹を務めた。平成元年「スズラン」同人の女性・滝田アキノと獄中結婚した。2年通算123号で「スズラン」は廃刊された。　㊷妻＝佐藤アキノ

佐藤 正敏　さとう・まさとし
川柳作家　[生]大正2年7月6日　[出]東京　[学]中央商夜間部卒　[歴]昭和5年17歳の頃より楽天坊と称して、新聞などに川柳を投書。読売新聞川柳欄選者を務めていた故川上三太郎の「川柳研究」に所属、師の没後は直弟子として同誌を継承した。40年処女句集「ひとりの道」を出版。現在、新聞、機関誌11社の選句を手がけているほか、川柳専門の結社誌10誌の選句もつとめる。　[団]日本川柳協会

さとう 三千魚　さとう・みちお
詩人　[生]昭和33年3月5日　[出]秋田県雄勝郡羽後町　本名＝佐貫充夫　[学]羽後高卒　[歴]東京の予備校に通ったあと、俳優・小沢昭一の主宰する芸能座の裏方に。2年間務めた後、写真製版技師をしながら一方で詩作を続ける。詩集に「サハラ、揺れる竹林」「ぼくの恋は、ミドリ」などがある。詩誌「ハナハナ」「車掌」の同人。

佐藤 美知子　さとう・みちこ
歌人　[生]大正13年10月20日　[出]静岡県　[学]京都大学文学部卒　[歴]13歳頃から作歌を始める。大学在学中に「白珠」に入社、以来、安田青風・章生に師事し、32年同人のち選者となる。著書に合同歌集「極光」、歌集「朝の火」、共著「安田青風短歌鑑賞」他がある。
[団]日本歌人クラブ、現代歌人協会、京都歌人協会、現代歌人集会

佐藤 通雅　さとう・みちまさ
歌人　文芸評論家　高校教師(宮城広瀬高校)
[専]児童文学　短歌　[生]昭和18年1月2日　[出]岩手県水沢市　[学]東北大学教育学部(昭和40年)卒
[興]日本児童文学の成立過程　[賞]日本児童文学者協会新人賞(第4回)(昭和46年)「新美南吉童話論」、日本児童文学学会奨励賞(第10回)(昭和61年)「日本児童文学の成立・序説」、宮沢賢治賞(第10回)(平成12年)「宮沢賢治東北砕石工場技師論」　[歴]大学時代から児童文学に親しみ、創作活動も行う。卒業後は宮城県の高校の国語教師となる傍ら、児童文学を中心とした文芸評論家としても活躍。昭和41年文学思想個人編集誌「路上」創刊。歌集に「薄明の谷」「水の涯」「襤褸日乗」「アドレッセンス挽歌」、評論に「新美南吉童話論」「〈教育〉の存在」「日本児童文学の成立・序説」「子どもの磁場へ」「白秋の童謡」「宮沢賢治東北砕石工場技師論」など。

佐藤 漾人　さとう・ようじん
俳人　医師　[生]明治18年12月19日　[没]昭和41年1月29日　[出]山形県　本名＝佐藤要人　[学]東京帝国大学医学部(大正2年)卒　[歴]大正10年頃より作句、はじめ原石鼎の「鹿火屋」に拠ったが、のち高浜虚子に師事して「ホトトギス」同人。草樹会(東大俳句会OB)の主要メンバーであった。句文集に「漾」「人」「傘」があり、没後「漾人三百五十六句」が刊行された。

佐藤 義美　さとう・よしみ
童謡詩人　童話作家　[生]明治38年1月20日(戸籍＝5月20日)　[没]昭和43年12月16日　[出]大分県竹田市　[学]早稲田大学文学部国文科卒、早稲田大学大学院修了　[歴]戦時中日本出版文化協会児童出版課の仕事にたずさわり、戦後日本児童文学者協会創立に参加。早くから童謡を「赤い鳥」などに投稿し、児童文学作家として活躍。「いぬのおまわりさん」「アイスクリームのうた」といった「ABCこどものうた」や「NHKうたのえほん」などラジオ・テレビ放送のための童謡も多数つくる。童謡集に「雀の木」、童話集に「あるいた 雪だるま」など、著書多数。「佐藤義美全集」(全6巻)がある。大分県竹田市には佐藤義美記念館がある。

佐藤 緑葉　さとう・りょくよう
小説家　詩人　翻訳家　元・東洋大学教授　[専]英米文学　[生]明治19年7月1日　[没]昭和35年9月2日　[出]群馬県吾妻郡東村　本名＝佐藤利吉
[学]早稲田大学英文科(明治42年)卒　[歴]早大時代北斗会に参加し、明治40年「秋」を発表して文壇に出る。大正3年散文詩と小品集「塑像」を刊行。10年長編「黎明」を出版するが、以後は法大の教職にもつき、学究生活に入り、戦後は東洋大学教授となる。他の著書に評伝「若山牧水」や翻訳「ジキル博士とハイド氏」などがある。

佐藤 肋骨　さとう・ろっこつ
俳人　陸軍少将　衆院議員　[生]明治4年1月21日
[没]昭和19年3月14日　[出]東京　旧姓(名)＝高橋
[歴]高橋正兵衛の四男として生まれ、のち佐藤氏の養嗣子となる。陸軍少将。在外武官として20年余に及び、退役後は衆院議員、東洋協会理事、拓殖大学評議員、大阪毎日新聞社友などをつとめた。支那通として知られ「満蒙問題を中心とする日支関係」「支那問題」などの著書がある。近衛連隊に在職中五百木瓢亭、新海非風らに刺激されて俳句の道に入り、子規の薫陶を受けた。日清戦争で片足を失い、別号を隻脚庵主人また低囊ともいった。句集はな

いが「新俳句」「春夏秋冬」などに多く選ばれている。蔵書和漢洋合わせて3千余冊と拓本1千余枚は拓殖大学に寄贈された。「佐藤文庫分類目録」(昭和44年)がある。

里川 水章　さとかわ・すいしょう
俳人　[生]昭和2年7月25日　[出]東京　本名＝里川雅司　[学]旧制工専卒　[歴]昭和20年学徒動員の防空壕で句作を始む。23年三重在勤中創刊された天狼に入会、以来山口誓子に師事。53年「天狼」同人。同年国語研修講座実行委員、55年現代俳句選集編集委員、俳人協会幹事。のち「鉾」所属。句集に「官居」「紅葉茂」「里川水章集」がある。　[団]俳人協会

里見 宜愁　さとみ・ぎしゅう
俳人　[生]大正6年3月31日　[没]平成10年6月19日　[出]東京・四谷　本名＝里見義周　[学]大阪商科大学(昭和12年)卒　[歴]共同火災海上保険に入社。昭和16年海南島に渡り、大日洋行海口本店に勤務。23年日本火災海上保険に入社し、定年まで勤めた。俳句は、20年俘虜収容所内の句会への出席がきっかけとなり、句作を始める。金戸夏楼を中心に「俳句作家」を創刊。44年夏楼死去ののち平成5年まで主宰。句集に「吊皮」「机」、著書に「俳句を作りましょう」がある。
[団]大阪俳人クラブ(理事)

里見 玉兎　さとみ・ぎょくと
俳人　医師　[生]明治42年12月30日　[没]平成5年9月5日　[出]東京　本名＝里見恭一郎　[学]高等医専(大阪医科大学)卒　医学博士　[歴]大阪市技師を経て、復員後三重県、大阪市、奈良県、八尾市などで診療所を開業。昭和61年廃業。俳句は10年から始め青畝、誓子に私淑。15年鬼城系「青嵐」同人。23年「青嵐」合同句集「芦笛」に参加し、空白18年の後43年大阪市港区医師会句会「港晴」主宰。48年やまもと俳句教室創設に参画。51年俳人協会会員。58年「砂丘」、62年「燕巣」に入会、のち同人。句集に「木の実独楽」「象溜」「蓮枕」。　[団]俳人協会

真田 亀久代　さなだ・きくよ
詩人　[専]童謡　[生]明治43年1月5日　[出]旧朝鮮　[学]京城師範学校　[賞]日本童謡賞(第23回)(平成5年)、新美南吉児童文学賞(第11回)(平成5年)「まいごのひと、真田亀久代詩集」　[歴]詩集に「まいごのひと」「えのころぐさ」がある。

真田 喜七　さなだ・きしち
詩人　[生]明治35年10月1日　[没]昭和34年6月17日　[出]神奈川県寒川町　本名＝真田喜一　[学]青山学院高等学部英文科中退　[歴]一之宮寒川神社に近い素封家に生まれる。福田正夫の「焔」の同人。詩集に「楽章」「雲の時計」「誕生と死」「夜雨す」「白檀」がある。

真田 風来　さなだ・ふうらい
俳人　[生]大正14年11月5日　[出]東京　本名＝真田奎介　[学]工学院大学卒　[賞]最優秀作家賞、響焰賞　[歴]昭和31年俳句入門。33年「響焔」入会、のち同人となる。句集に「龍骨の詩」がある。　[団]現代俳句協会

佐怒賀 正美　さぬか・まさみ
俳人　[生]昭和31年6月27日　[出]茨城県　[学]東京大学卒　[歴]俳誌「秋」同人。句集に「光塵」「青こだま」がある。　[団]日本文芸家協会、俳人協会

佐野 巌　さの・いわお
俳人　能楽師(宝生流)　宝生会理事　[生]明治31年3月28日　[没]昭和41年11月2日　[出]石川県金沢市　俳号＝佐野ゝ石(さの・ちゅうせき)　[賞]重要無形文化財保持者(能)　[歴]大正8年上京、宝生九郎に師事。家元の片腕として宝生流の振興に尽力。雑誌会報などの編集にも携わった。また俳句に親しみ、10年七宝会を作り、池内たけしの指導を受けた。「ホトトギス」同人。

佐野 鬼人　さの・きじん
俳人　「鬼灯」主宰　[生]昭和2年11月26日　[出]静岡県　本名＝佐野操　[学]旧甲中卒　[賞]壁賞(昭和39年)　[歴]昭和23年萩原麦草に師事し、33年編集同人となる。50年「鬼灯」創刊主宰する。句集に「足壷」「喜劇」がある。　[団]俳人協会

佐野 貴美子　さの・きみこ
歌人　[生]明治41年8月27日　[没]昭和63年3月21日　[出]神奈川県　本名＝内田喜美子(うちだ・きみこ)　[賞]関西短歌文学賞　[歴]昭和7年「ポトナム」に入会。歌集に「方寸」「目花(がんか)」。
[団]現代歌人協会、女人短歌会　[家]夫＝頴田島一二郎(歌人)

佐野 四郎　さの・しろう
歌人　[生]明治31年10月23日　[没]昭和63年8月13日　[出]山梨県　[歴]20歳頃より作歌し、「多磨」第一部同人となる。昭和28年宮柊二の「コスモス」創刊に参加し、56年まで選者をつとめる。歌集に「杉の花粉」「峡嵐集」「白雲集」「湖畔の薄」「富士と篁」がある。　[団]現代歌人協会

佐野 青陽人　さの・せいようじん
俳人 [生]明治27年2月19日 [没]昭和38年9月21日 [出]富山県高岡市 本名=佐野治吉 旧姓(名)=広瀬 [学]高岡中卒 [歴]会社員のかたわら俳句をつくり、大正6年「曲水」に参加、渡辺水巴に師事する。昭和21年水巴の没後は「曲水」の選者を務めた。句集に「天の川」「青陽人句集」などがある。謡曲も玄人はだしだった。

佐野 岳夫　さの・たけお
詩人 [生]明治39年2月20日 [没]昭和57年10月 [出]静岡県富士宮市 本名=佐野太作(さの・たさく) [学]東洋大学中退 [歴]「新興詩人」を経て、昭和5年遠地輝武らとプロレタリア詩人会を結成、6年「プロレタリア詩」を創刊。8年プロレタリア作家同盟書記長。戦後は新日本文学会に参加。詩集に「棕櫚の木」「太陽へ送る手紙」などがある。

佐野 博美　さの・ひろみ
詩人 [出]兵庫県西宮市 [歴]「歳月」同人。長野県に在住、短大教員を務める。詩集に「ラセレナータ」「佐野博美詩集―生命の森の風の中」「光のコンチェルト」がある。

佐野 まもる　さの・まもる
俳人 [生]明治34年5月15日 [没]昭和59年7月14日 [出]徳島市徳島町 本名=佐野英明 通称=佐野守(さの・まもる) [学]徳島中学(旧制)卒 [賞]馬酔木賞(昭和36年)、馬酔木功労賞(昭和46年)、徳島県出版文化賞 [歴]日本専売公社高松支局長などを務めた。昭和2年頃より水原秋桜子に師事。6年「馬酔木」独立とともに同人となる。31年より「海郷」主宰。現代俳句協会会員を経て38年俳人協会入会。句集に「佐野まもる句集」「海郷」「無絢絵」「恩掌」「天明抄」など。 [団]俳人協会

佐野 美智　さの・みち
俳人 [生]大正9年7月29日 [出]神奈川県横浜市 [賞]浜同人賞(昭和43年)、現代俳句女流賞(第9回)(昭和60年) [歴]昭和22年大野林火に師事、「浜」入会。36年「浜」同人。41年俳人協会員。62年「方円」を創刊。句集に「起居」「阿久和」「棹歌」「加良能」など。 [団]俳人協会、日本文芸家協会

佐野 良太　さの・りょうた
俳人 [生]明治23年11月2日 [没]昭和29年3月6日 [出]新潟県見附市 本名=佐野貞助 [学]早稲田大学英文科(大正2年)卒 [歴]町助役、銀行取締役、郵便局長などをを歴任。一方、中学時代から句作をはじめ、大正6年臼田亜浪の「石楠」に参加。昭和15年「みのむし」を創刊。句集に「樫」「あすならう」「青桐」などがある。

三溝 沙美　さみぞ・さみ
俳人 [生]明治24年4月9日 [没]昭和52年9月23日 [出]岐阜県 本名=三溝又三 [学]東京大学法学部卒 [歴]満鉄勤務などを経て、昭和21年帰国。4年ごろから水原秋桜子の手ほどきで作句を始め、のち虚子に師事。9年「ホトトギス」同人。没後の句集に「沙美」がある。

寒川 鼠骨　さむかわ・そこつ
俳人 写生文作家 [生]明治8年11月3日 [没]昭和29年8月18日 [出]愛媛県松山市三番町 本名=寒川陽光 [学]三高中退 [歴]同郷の河東碧梧桐の紹介で正岡子規に師事し、句作する。明治29年大阪朝日に入社するが、のちに「日本」記者となり、子規と親しく接した。写生文にすぐれており「ふうちゃん」「新囚人」などの作品があり、写生文集「寒川鼠骨集」まとめられている。子規の死後、「日本」を退社し、「医学時報」「日本及日本人」の編集に携ったが、大正13年以後は子規の遺稿編纂に力を傾け、「子規全集」「分類俳句全集」「子規千秋」「子規画日記」などを刊行。晩年は根岸の子規庵に住み、戦災後は復興に尽した。

寒川 猫持　さむかわ・ねこもち
歌人 [生]昭和28年4月11日 [出]大阪府 本名=寒川淳 [歴]眼科医。35歳から俳句を始め、のち歌も詠む。「日月」同人。歌とエッセイを新聞に連載。著書に歌集「ろくでなし」「雨にぬれても」「猫とみれんと」、エッセイ集「面目ないが」などがある。 [団]日本文芸家協会

鮫島 春潮子　さめしま・しゅんちょうし
俳人 [生]大正2年2月16日 [出]福岡県 本名=鮫島貞雄(さめしま・さだお) [学]福商卒 [歴]元国鉄駅長。昭和11年ホトトギス系河野静雲に師事。18年応召従軍により中断。45年「冬野」「かつらぎ」に投句。47年「冬野」編集長。48年「かつらぎ」同人。53年「ホトトギス」同人。句集に、マニラの収容所で詠んだ句をまとめた「こほろぎ」がある。 [団]俳人協会 [家]妻=鮫島ミエ(俳人)

猿山 木魂　さやま・こだま
俳人 [生]大正4年10月8日 [出]東京 本名＝猿山政光(さやま・まさみつ) [歴]昭和12年より作句。新興俳句を経て、17年「雲母」に入会。22年石原八束中心の「青潮会」に拠る。36年「秋」創刊に編集同人として参加。37年～48年現代俳句協会幹事を務めた。句集に「黍」「伏眼」、評論に「俳句冗語」がある。

狭山 信乃　さやま・しの
歌人 [生]明治18年12月21日 [没]昭和51年12月25日 [出]福井県 本名＝前田繁子 [学]東京女子師範卒 [歴]在学中に歌人・前田夕暮と出会い、明治43年結婚。翌年夕暮の「詩歌」創刊とともに同人となり、夫を助けてその経営にあたり、新人の育成につとめた。
[家]夫＝前田夕暮、長男＝前田透(歌人)

狭山 麓　さやま・ふもと
歌人 [生]明治41年4月3日 [没]平成11年3月7日 [出]岩手県 本名＝高橋錬太郎 [歴]小学校6年ではじめて作歌。新聞記者の傍ら、小田島孤舟に師事し、昭和3年菊池知勇の「ぬはり」に入会。49年同志と「印象短歌会」をおこし、50年から編集発行代表をつとめた。編著に「小田島孤舟全歌集」がある。岩手県歌人クラブ顧問。

皿井 旭川　さらい・きょくせん
俳人 医師 [生]明治3年10月11日 [没]昭和20年12月18日 [出]岡山市 本名＝皿井立三郎 [学]三高医学部(旧制)卒 [歴]大正13年高浜虚子に師事、以後ホトトギスに拠り、昭和12年「ホトトギス」同人に推された。句集に「旭川句集」がある。

更科 源蔵　さらしな・げんぞう
アイヌ文化研究家 詩人 北海学園大学教養部教授 北海道文学館理事長 [生]明治37年2月15日 [没]昭和60年9月25日 [出]北海道川上郡弟子屈町熊牛 [学]麻布獣医畜産学校中退 [賞]北海道文化賞(昭和25年)、NHK放送文化賞(第18回)(昭和42年)「アイヌの伝統音楽」、北海道新聞文化賞(昭和43年) [歴]獣医を目ざして上京したが、体をこわして帰郷。大正末期、高村光太郎らに私淑しながら詩作を進め、昭和5年には開拓農民とアイヌの現実をうたった詩集「種薯」を出版。また、同年農民詩運動として「北緯五十度」を創刊したが、治安当局の圧力で10年に廃刊した。その後、13年6月「大熊座」を創刊、高村光太郎や草野心平らが詩を寄せた。この間代用教員をしながらアイヌ文化の現地調査を進め、戦後は、詩作とともに数多くのアイヌ関係の研究を発表、少数民族問題を訴えてきた。41年北海学園大学教授、のち北海道文学館理事長となる。没後半世紀を経て、平成9年「大熊座」が復刻された。代表作に詩集「凍原の歌」、散文「熊牛原野」、小説「青春の原野」、アイヌ研究「コタン生物記」「アイヌの神話」「アイヌと日本人」「更科源蔵アイヌ関係著作集」(全6巻)。 [団]日本現代詩人会、日本文芸家協会

猿田 禾風　さるた・かふう
俳人 「梅香」主宰 [生]明治44年10月29日 [没]平成6年11月23日 [出]茨城県久慈郡 本名＝猿田禎 [学]太田中卒 [歴]茨城銀行に入行。退社後、工芸物産関係の会社を経営。俳句は中学時代に始め、昭和7年「鹿火屋」に入会。34年産経新聞いばらき俳壇選者となる。37年「河」同人。38年茨城県俳句連盟会長、41年から茨城県芸術祭審査員等を務める。46年より「梅香」主宰。句集に「あぶくま」「梅香秀句集」がある。 [団]俳人協会

猿橋 統流子　さるはし・とうりゅうし
俳人 [生]明治45年7月15日 [没]平成8年3月16日 [出]京都府何鹿郡中上林村(現・綾部市) 本名＝猿橋逸治(さるはし・いつじ) [歴]師範学校中退。舞鶴海軍工廠会計部に入り、戦後大蔵省に転籍。各税務署に勤務の後、45年退職、税理士に。俳人としては昭和12年星野麦人主宰「木太刀」に投句。13年井上日石主宰「石鳥」に投句。16年大野林火に師事、「石楠」入会。21年「浜」創刊と同時に入会し、22年「浜」第一期同人となる。57年大野林火の死後、62年主宰誌「海門」を創刊。句集に「丹波太郎」「浦西風」「鬼嶽」「舞鶴草」など。浜同人会副会長。
[団]俳人協会(評議員)

沢 好摩　さわ・こうま
俳人 [生]昭和19年5月22日 [出]東京都 本名＝沢孝 [学]東洋大学卒 [歴]在学中、俳句会に入り、坪内稔典らと全国学生俳句連盟を結成。「いたどり」「青玄」から「草苑」同人、「俳句評論」に拠った。昭和53年「未定」を創刊。句集「最後の走者」「印象」、高柳重信らとの共著「現代俳句論叢」がある。

沢 英彦　さわ・ひでひこ
詩人 文芸評論家 歌人 [生]大正15年 [出]日本大学経済学部(通信)卒 [歴]著書に「文学の草の根―漱石から有正へ」「夏目漱石の恋」、詩集に「振子」「海辺の墓地」「土地舟」「北斗の鳥」、歌集に「麦の穂」がある。

沢 ゆき　さわ・ゆき
詩人　⽣明治27年2月15日　没昭和47年11月29日　出茨城県稲敷郡茎崎村　本名＝飯野ゆき　歴川路柳虹に師事、大正7年創刊の「現代詩歌」、詩話会編「日本詩集」などで詩を発表、10年詩集「孤独の愛」を出版して女流詩人の座を確立した。その後、「新詩人」「炬火」「日本詩人」「詩聖」などで活躍し、晩年は「日本詩」に拠った。詩集は他に「沼」「浮草」がある。

沢井 我来　さわい・がらい
俳人　⽣明治38年10月1日　出東京　本名＝沢井敬太郎　歴渡辺水巴に師事して昭和4年「曲水」に参加。47年より「貝の会」を主宰。鑑賞集に「二百人一句」、句集に「鶴」がある。

沢木 欣一　さわき・きんいち
俳人　「風」主宰　東京芸術大学名誉教授　国文学　⽣大正8年10月6日　没平成13年11月5日　出富山県富山市　歴東京帝国大学文学部国文科(昭和19年)卒　賞勲三等旭日中綬章(平成5年)、詩歌文学館賞(第10回)(平成7年)「眼前」、俳人協会評論賞(第10回、平7年度)(平成8年)「昭和俳句の青春」、蛇笏賞(第30回)(平成8年)「白鳥」　歴四高在学中に作句を始め、東大時代に加藤楸邨、中村草田男に師事。卒業後、金沢大学講師、助教授を経て、昭和31年文部省教科書調査官、41年東京芸術大学教授を歴任し、62年退官、のち名誉教授。この間、21年金沢市で「風」を創刊し、主宰。戦後の荒廃した社会の中で俳句の文芸性確立を目指した。29年社会への関心を問う、同人アンケート「俳句と社会性」を特集。30年「能登塩田」を発表するなど俳句の社会性論議の中心となった。31年から東京に移り、写実中心に転向。62年〜平成5年俳人協会会長をつとめた。12年、9年に死去した妻で昭和の代表的女性俳人・細見綾子をしのんだ句集「綾子の手」を刊行。他の句集に「雪白」「地声」「赤富士」「二上挽歌」「往還」「眼前」「昭和俳句の青春」「白鳥」など。　所俳文学会、俳人協会、日本文芸家協会　家父＝沢木茂正(歌人)、妻＝細見綾子(俳人)

沢木 隆子　さわき・たかこ
詩人　⽣明治40年9月6日　出秋田県男鹿　本名＝坂崎タカ子　歴東洋大学卒　少女期「赤い鳥」や「白鳩」によって詩を知り、東洋大学の「白山詩人」に参加して本格的となる。「ハンイ」「序」「七人の会」「密造者」などに拠り、「詩学」「若草」などにも寄稿。また、佐藤惣之助に師事して「詩の家」同人となる一方「詩と詩論」に拠り北園克衛・阪本越郎にも教導される。詩集に「ROM」「石の頬」「迂魚の池」「今いるところで」「三角幻想」「風の声」があり、詩と写真集「交響男鹿」、随筆集「男鹿物語」「男鹿だより」「G線上のマリア」などもある。

沢田 英史　さわだ・えいし
歌人　⽣昭和25年10月11日　出兵庫県　学神戸大学大学院修了　賞角川短歌賞(第43回)(平成10年)「異客」　歴子供の頃からマンガや小説、版画、童謡など様々な表現活動に興味を持つ。のち、兵庫県立高校教師の傍ら、短歌に取り組み、歌誌「ポトナム」に参加。作品に「異客」などがある。

沢田 和子　さわだ・かずこ
詩人　⽣昭和12年　筆名＝吾妻藍　歴詩誌「の」所属。吾妻藍の名で詩を書く。りんご園経営。著書に詩集「みのゆくえ」「風樹」「夢歳月」がある。　所福島県現代詩人会、詩の会こおりやま

沢田 弦四朗　さわだ・げんしろう
俳人　⽣明治43年10月25日　出大阪市　本名＝沢田現四郎　学大阪府立生野中学(旧制)卒　賞全国俳句大会朝日新聞社賞(第6回)　歴昭和7年大阪馬酔木会発会に参加。山口草堂、米沢吾亦紅に師事。24年「馬酔木」同人。59年「橡」創刊に参加。　所俳人協会

沢田 静子　さわだ・しずこ
詩人　⽣明治43年　出富山県　学日本女子大学国文学部卒　歴詩集に「桂離宮」「崇ちゃん」「呉羽山上の五百羅漢さま」「丘」「沢田静子詩集〈昭和詩大系第58巻〉」などがある。

沢田 敏子　さわだ・としこ
詩人　⽣昭和22年　出愛知県安城市　賞小熊秀雄賞(昭和52年)、中日詩賞(昭和56年)　歴詩集に「女人説話」「市井の包み」「未了」。

沢田 はぎ女　さわだ・はぎじょ
俳人　⽣明治23年6月14日　没昭和57年12月25日　出富山県西砺波郡西五位村　本名＝沢田初枝　歴夫岳楼、ついで寺野守水老に師事して句作をする。明治40年から45年まで「国民新聞」俳句欄に投句、全国に名を知られた。42年夫と「菜の花」(のち「黒百合」と改題)を創刊。句集に「はぎ女句集」(昭38)がある。　家夫＝沢田岳楼(俳人)

沢田 みどり　さわだ・みどり
歌人　「翠韻」主宰　[生]大正2年6月23日　[出]東京　[学]早稲田大学中退　[歴]釈迢空系水町京子に師事する。歌集に「花の韻き」「沢田みどり歌集」など。　[団]日本歌人クラブ

沢田 緑生　さわだ・りょくせい
俳人　「鯱」主宰　元・三河屋社長　[生]大正7年5月30日　[出]愛知県名古屋市　本名＝沢田富三(さわだ・とみぞう)　[学]名古屋商業卒　[歴]昭和10年「馬酔木」初入選。25年「馬酔木」同人となり、同年「伊吹」、39年「鯱」を創刊。この間、23年に貿易会社「三河屋」を設立し、56年社長に就任。句集に「雪線」「女神」「極光」などがある。　[団]俳人協会

沢田 蘆月　さわだ・ろげつ
俳人　[生]明治39年9月1日　[没]平成4年10月17日　[出]岐阜県　本名＝沢田政義　[学]岐阜県実教卒　[歴]中学校長、美山町史編纂委員などを歴任。昭和9年獅子門山田三秋の門下となるが、後に同門恩田憲和・各努於菟の指導を受ける。56年獅子門道統を継承、「獅子吼」を主宰した。61年国島十雨に譲る。句集に「残る柿」がある。　[団]俳人協会

沢渡 吉彦　さわたり・よしひこ
童謡作家　童話作家　[生]明治44年　[出]山形県南村山郡東沢村(現・山形市)　[学]佐伯栄養学校卒　[歴]17歳の時「朝露提灯」が野口雨情に選ばれる。浜田広介、国分一太郎らと親交を結び、童謡誌「さくらんぼ」を長く主宰して童謡一筋に活躍する。童謡集に「さくらんぼ」「雪明り」、少年小説に「ジョン万次郎」などがある。

沢野 起美子　さわの・きみこ
詩人　[没]昭和63年4月4日　[出]岩手県和賀郡東和町　[学]岩手女子師範卒　[賞]土井晩翠賞(第14回)(昭和48年)「冬の桜」　[歴]夫ががんでなくなり、その淋しさを忘れるため、70歳からサンケイ学園作詩教室に入学し詩作を始める。詩集に「花の城」「モジリアニの箱」「冬の桜」。指導者の村野四郎の死を期に、家を売却した金を資金に「現代詩人賞」を設立した。

沢畠 芳枝　さわはた・よしえ
歌人　[生]大正13年3月25日　[出]愛知県名古屋市　[学]名古屋市立第三高女(昭和17年)卒、東京教育大学教育学部特設教員養成部(昭和28年)卒　[賞]東京出版全国短歌大会受賞(第10回)(昭和61年)　[歴]昭和17年茨城県那珂郡村松国民学校を経て、25年茨城県立水戸聾学校に勤務し、57年退職。かたわら、歌人としても活躍し、42年形成社、48年茨城歌人会に入る。歌集に「沢畠芳枝集」「ひとりしづか」「雪割草」。　[団]日本歌人クラブ

沢村 昭代　さわむら・あきよ
俳人　「多羅葉」主宰　[生]昭和8年10月11日　[出]三重県　[学]新宮高卒　[賞]葭の花賞(昭和50年)　[歴]昭和20年中川秋冷子の指導を受け、23年「葭の花」入門。27年同人、葭の花東京支部長。47年「風花」入門。53年三ケ尻湘風主宰「あとりゑ」創刊により、編集にたずさわる。55年脳内出血で倒れ、左半身麻痺になるが、作句を続ける。句集に「春の濤」。「多羅葉」「嵯峨野」同人。　[団]俳人協会

沢村 胡夷　さわむら・こい
詩人　美術史家　[生]明治17年1月1日　[没]昭和5年5月23日　[出]滋賀県彦根　本名＝沢村専太郎(さわむら・せんたろう)　[学]京都帝大文科大学哲学科美学美術史専攻(明治42年)卒　文学博士　[歴]早くから「小天地」などに詩を投稿し、明治36年詩「小猿」を発表。旧三高の代表歌「逍遙之歌」や「水上部歌」を作った。40年「湖畔の悲歌」を刊行。大学では美術史を専攻し、卒業後「国華」の編集に従事。大正8年京大助教授となる。遺著に「日本絵画史の研究」「東洋美術史の研究」がある。

沢村 光博　さわむら・みつひろ
詩人　評論家　元・東海教育研究所資料編纂部部長　[専]現代詩　キリシタン史　[生]大正10年9月2日　[没]昭和63年　[出]高知県高知市　[学]高知工卒　[賞]時間賞評論賞(第1回)(昭和29年)、時間賞作品賞(第3回)(昭和31年)「世界のどこかで天使がなく」、H氏賞(第15回)(昭和40年)「火の分析」　[歴]戦後、胸部疾患による長い療養生活のなかで詩作を始め、「時間」創刊と同時に同人となる。昭和28年「逸見猶吉論」「北川冬彦論」などで第1回時間賞を受賞。38年第1詩集「AL FILO DE LA MEDIA-NOCHE」をスペインで刊行。31年「世界のどこかで天使がなく」で時間賞を、40年「火の分析」でH氏賞を受賞。他に「詩と言語と実存」「性と信仰と国家」などの評論集がある。　[団]日本現代詩人会、思想の科学研究会

沢本 知水　さわもと・ちすい
俳人　㋑明治21年7月6日　㋬昭和27年8月17日　㋭福井県鳥羽村　本名=沢本知夫　㋣長谷川零余子に師事、「枯野」に投句。のち長谷川かな女主宰「水明」の創刊に尽力、発行所を自宅におく。句集に「夏炉」がある。　㋥息子=山本嵯迷(俳人)、娘=長谷川秋子(俳人)

山宮 允　さんぐう・まこと
詩人　英文学者　法政大学名誉教授　㋑明治25年4月19日　㋬昭和42年1月22日　㋭山形市　別号=虚実庵主人　㋣東京帝大文科大学英文科(大正4年)卒　㋣一高時代からアララギの歌会に参加する。東大在学中は未来社に参加。大正6年詩話会をおこし、7年「詩文研究」を刊行。8年六高教授。11年「ブレイク選集」を刊行し、また「近代詩書綜覧」を刊行。14年から15年にかけて文部省在外研究員として渡欧。昭和4年東京府立高校教授に就任、のち図書館長となり17年まで勤続。その間訳詩集「紅雀」「明治大正詩書綜覧」などを刊行。22年法政大学教授。25年日本詩人クラブの創立に参加。29年「近代詩の史的展望」が刊行された。「山宮允著作選集」(全3巻)がある。

三条 実美　さんじょう・さねとみ
公卿　政治家　歌人　公爵　内大臣　太政大臣　㋑天保8年2月7日(1837年)　㋬明治24年2月18日　㋭京都・梨木町　別名=梨木誠斉、号=梨堂　㋣安政の大獄で官を退いた父の遺志を継いで、尊王攘夷運動の先頭に立った。文久3年国事御用掛、同年薩摩・会津藩の尊攘派排撃8.18政変で長州へ逃れた(七卿落ち)。第1次長州征伐後の慶応元年太宰府に移され幽居3年。この間薩摩藩との提携を強め、また岩倉具視と気脈を通じて画策につとめた。明治元年王政復古で議定に復帰、次いで副総裁兼外国事務総督、関東監察使、2年右大臣となり永世禄五千石を受けた。4年天皇を輔弼する政府の最高責任者、太政大臣となり、西南の役など難局を乗り切り、11年賞勲局総裁兼任、17年華族令制定で公爵。18年内閣制度新設で内大臣。22年黒田内閣総辞職後一時首相を兼任。国葬。　㋥父=三条実万(右大臣)、息子=河鰭実英(昭和女子大学学長)

三田 葆光　さんた・かねみつ
歌人　㋑文政7年(1824年)　㋬明治40年10月15日　㋭江戸　通称=伊兵衛　㋣はじめ仲田頼忠に学び、のち黒川真頼に師事。明治期の桂園派歌人として重きをなし、平井元満編の「東京大家十四家集」に作品が収録されている。当時の歌人の重要課題であった開化新題についても積極的に考え、軍艦をいくさふね、避雷針をかみよけなど用語案の一覧を残した。また一時お茶の水女学校の教師をつとめた。家集「櫨紅葉」(明治45年、非売)がある。

三代目魚武浜田 成夫　さんだいめうおたけはまだ・しげお
アーティスト　ファッションデザイナー　詩人　㋑昭和38年11月12日　㋭兵庫県西宮市　本名=浜田成夫(はまだ・しげお)　㋣銅駝美術工芸高漆芸科卒　㋣西宮市のすし屋・魚武の3代目。昭和58年風呂屋ののれんで初めて服を作る。同年大阪・マハラジャにおいてファッションショーを開催し、デビュー。ディスコでパリのエスモード学院長にスカウトされ、59年渡仏。同年パリでファッションショーを開催。帰国後東京、大阪、フランスで活躍。オーダーメイドの服作りのほかに、ラジオやライブハウスなどでトークイベントの仕事もこなし、詩や絵画・書も制作。平成8年CD「三代目魚武浜田成夫」を発表。著書に、自伝「自由になあれ」「三代目魚武 浜田成夫」、詩集「駅の名前を全部言えるようなガキにだけは死んでもなりたくない」などがある。10年女優の大塚寧々と入籍するが、13年離婚。

【し】

椎木 嶋舎　しいき・とうしゃ
俳人　㋑明治34年12月21日　㋬昭和55年12月21日　㋭茨城県　本名=椎木島吉(しいき・しまきち)　㋣大正13年「ホトトギス」の一適素香に師事して同誌に投句。のち原石鼎に師事。戦後は石田波郷の影響を受ける。昭和24年「風」同人。31年「稲」を創刊。句集に「穂麦風」「燕泥」「昨日今日」「白桃」がある。

椎名 恒治　しいな・つねじ
歌人　㋑大正13年9月20日　㋭千葉県旭市　㋣二松学舎専中退　㋣短歌公論社処女歌集賞、山崎方代賞　㋣昭和14年頃から中村頼真・片山貞美の影響で作歌。「花実」「鶏苑」「近代」「古今」を経て「地中海」に入社し、46年から同誌編集長。歌集「一本の木」は短歌公論社処女歌集賞、山崎方代賞を受賞。ほかに「橘の上」「森を出づ」などがある。

椎名 書子　しいな・ふみこ
俳人　㊤明治41年3月30日　㊥茨城県水戸市　本名＝椎名文江(しいな・ふみえ)　㊫東洋高女卒　㊮みちのく賞(第12回)　㊯昭和9年「若葉」に投句。以後、23年の空白を経て、33年「みちのく」に入会。その後、43年「氷海」を経て、52年「琅玕」創刊号より編集同人となり、発行事務に当る。現在、「小熊座」「槐」所属。句集に「猫目石」。　㊐俳人協会

椎橋 清翠　しいはし・せいすい
俳人　㊤大正9年9月14日　㊥東京・神田神保町　本名＝椎橋清(しいはし・きよし)　㊫旧制中学校卒　㊮鹿火屋努力賞(昭和29年)、鹿火屋賞(昭和34年)　㊯初め父松亭に手ほどきを受ける。昭和12年「木太刀」に投句、星野麦人に師事。13年「鹿火屋」入会し、原石鼎に師事。22年同人。54年「山暦」創刊に参加し、編集長をつとめる。句集に「水声」「和名集」「椎橋清翠句集」など。　㊐山暦俳句会、俳人協会(幹事)

椎窓 猛　しいまど・たけし
詩人　㊤昭和4年9月28日　㊥福岡県八女郡矢部村　㊫福岡第一師範(昭和24年)卒　㊮フクニチ児童文化賞(昭和45年)　㊯福岡市で教職についた後、昭和27年に作家を志して上京。35年に郷里・矢部村にUターン、小学校教師を務める。かたわら、詩、童話、小説などの創作を続け、詩集「しゃくなげのむら」「風の棘」、童話「椎の実のような童話集」、エッセイ集「椎の実村通信―山峡の人生」などの著書がある。詩誌「木守」「泥質」、俳誌「天籟通信」同人。　㊐福岡県詩人会、日本文芸家協会

塩井 雨江　しおい・うこう
詩人　国文学者　㊤明治2年1月3日　㊦大正2年2月1日　㊥但馬国豊岡　本名＝塩井正男　別号＝塩井釣士(しおい・ちょうし)　㊫東京帝大国文科(明治29年)卒　㊯東大在学中「帝国文学」編集委員となり、明治28年の創刊号に「深山の美人」を発表して注目される。大学卒業後は美文や新体詩などを数多く発表し、29年「美文/韻文 花紅葉」を刊行。35年日本女子大教授となり、そこでの講義をまとめて「文学研究」と題して出版。また雑誌「女鑑」の連載稿をまとめた「新古今和歌集詳解」(全7巻)や、没後に出た「雨江全集」(全1巻)がある。44年以降は奈良女高師教授。

塩井 三作　しおい・さんさく
歌人　「北方歌人」主宰　㊤大正10年3月13日　㊥新潟県中蒲原郡横越村　㊮地平線賞(昭和46年)　㊯新潟船江町郵便局長を務めた。一方、昭和12年より作歌。21年より7年間「アララギ」会員となる。29年「北方歌人」を創刊。翌年第1回角川短歌賞候補、32年同賞候補となる。40年「地平線」創刊に参加。歌集に「霧の扉」「白い道」など。

塩川 三保子　しおかわ・みほこ
歌人　㊤大正1年8月20日　㊥愛知県岡崎市　㊫日本高女卒　㊯昭和8年「覇王樹」入社、9年退社、17年復帰。戦後松井如流に師事。編集同人。女人短歌結成後入会。新歌人会、十月会創立と同時に会員。女人短歌幹事、編集委員。歌集に「葉脈」「冬果」がある。　㊐日本歌人クラブ、現代歌人協会

塩川 雄三　しおかわ・ゆうぞう
俳人　「築港」主宰　㊤昭和6年8月26日　㊥大阪市　㊫茨木高卒　㊮コロナ賞(第11回)(昭和49年)、天狼賞(第24回)(昭和50年)　㊯大阪税関輸出部統括保税実査官を経て、山九(株)に勤務。一方、「雨月」「諷詠」を経て、昭和30年「七曜」「天狼」に入会、山口誓子に師事。51年「天狼」同人、編集委員も務める。平成6年「築港」を創刊し、主宰。句集に「伊丹空港」「築港」。　㊐俳人協会(幹事)、大阪俳人クラブ(理事)

塩尻 青笳　しおじり・せいか
俳人　㊤明治42年4月17日　㊥岡山県　本名＝塩尻幾一　㊫神宮皇学館本科(昭和6年)卒　㊯各高校で教鞭をとり、のち真備町教育委員。在学中より飯田蛇笏に師事、「雲母」に拠り、「雲母」同人。俳誌「天山」を主宰。句集に「天山」「石階」、著作に「岡山の俳句」ほかがある。

塩田 啓二　しおだ・けいじ
歌人　㊤昭和4年3月20日　㊥岡山県　㊮竜賞(第1回)(昭和34年)、岡山県人歌人作品賞(第1回)(昭和40年)　㊯昭和31年1月「竜」に入会、服部忠志に師事、3月同人となる。運営委員をつとめる。岡山県歌人会選者運営委員。岡山県文学選奨審査員。朝日新聞岡山歌壇選者。34年に第1回竜賞、40年に第1回岡山県歌人作品賞を受賞。共著歌集に「新鋭十二人」、歌集に「窯炎」「雪志野」がある。
㊐日本歌人クラブ

塩田 紅果　しおた・こうか
弁護士　俳人　元・日弁連理事　⑰明治27年9月26日　⑱昭和63年11月17日　⑲三重県上野市　本名=塩田親雄(しおた・ちかお)　㉑早稲田大学法学部(大正11年)卒　㉒勲四等瑞宝章(昭和47年)　㉓東京、金沢などで判事を務めたのち、昭和8年金沢で弁護士を開業、金沢弁護士会長、日本弁護士連合会理事などを歴任。石川県選管委員、社会党石川支部長などを務め、昭和31年参院選石川地方区から社会党候補として出馬したこともある。一方、俳人としても知られ、8年に「蟻乃塔」を創刊、21年に石川県俳文学協会長、50年に現代俳句協会北陸支部長をつとめた。
㉔長男=塩田親文(立命館大学教授)

塩野崎 宏　しおのざき・ひろし
歌人　明星大学日本文化学部教授　⑰時事英語　⑰昭和4年4月13日　⑲北海道　㉑東京外国語大学(昭和26年)卒　㉓NHK国際局渉外部長を経て、明星大学教授。一方、昭和21年「一路」入会、27年同人。50〜52年日本短歌雑誌連盟事務局長。53〜56年日本歌人クラブ幹事。55年以降「NHK短歌」編集・発行人。歌集に「書き込みのある地図」「空白の多い地球儀」がある。
㉕日本歌人クラブ、現代歌人協会、十月会

塩野谷 秋風　しおのや・しゅうふう
俳人　「樹氷」主宰　⑰明治42年10月5日　⑱昭和61年2月27日　⑲北海道旭川市東旭川町　本名=塩野谷貞雄　㉑旭川中学卒　㉓昭和3年頃より「ホトトギス」系の地方俳誌に投句。のち「あざみ」「季節」同人。自らも21年「霧華」(49年「樹氷」と改題)を創刊、主宰した。句集「花野」、句文集「遍歴」、小説「小林一茶」など。

塩原 経央　しおばら・つねなか
詩人　産経新聞東京本社編集局校閲部長　⑰昭和20年1月9日　⑲群馬県　㉑横浜国立大学教育学部卒　㉓昭和48年産経新聞社東京本社に入社。校閲センター編集校閲次長、編集局校閲部編集委員を経て、平成10年校閲部長。日本新聞協会用語懇談会委員。著書に「赤ペン記者の気になる言葉の雑学」「校閲記者の泣き笑い人生」、詩集「瘤」「年ケ丘団地」「うさぎ」などがある。　㉕日本ペンクラブ、日本詩人クラブ、日本現代詩人会

塩見 一釜　しおみ・いっぷ
川柳作家　⑰昭和8年3月4日　⑲北海道小樽市　本名=塩見一夫　㉑北海道大学理学部地質学鉱物学科卒、法政大学文学部地理学科卒　㉓昭和42年より北海道新聞川柳選者を務めた。49年北海道川柳研究会を結成、代表者として柳誌「道産子」を発行。平成6年高校教師を退職。著書に「北海道川柳年鑑」「北海道川柳名鑑」、句集に「鳳凰」「根」、地理関連図書に「北緯43度札幌というまち」「山鼻屯田」などがある。

志賀 狂介　しが・きょうすけ
詩人　⑰昭和24年4月1日　⑲熊本県　本名=田島章司　㉑第一経済大学卒　㉓詩集に「ピエロはピエロ」「反道の詩集」「修善寺哀物語」「男の恋のうた」「逆進化論」がある。

四賀 光子　しが・みつこ
歌人　⑰明治18年4月21日　⑱昭和51年3月23日　⑲長野県長野市　本名=太田みつ　㉑東京女高師文科(明治42年)卒　㉒日本歌人クラブ推薦歌集(第8回)(昭和37年)「四賀光子全歌集」　㉓明治42年太田水穂と結婚。大正4年「潮音」創刊に参加、昭和30年水穂没後主幹。歌集に「藤の実」から「遠汐騒」までの7冊と「定本四賀光子全歌集」、研究書に「伝統と和歌」など8冊がある。　㉔夫=太田水穂(歌人)

四海 民蔵　しかい・たみぞう
歌人　⑰明治23年2月25日　⑱昭和35年1月30日　⑲神奈川県　号=多実三　㉓四海書房創業者。学術図書、児童図書を出版。大正6年森園天涙らと共に「珊瑚礁」を創刊。ついで8年「行人」を創刊。13年「日光」同人となる。戦後は出版界、歌壇界から離れ、のち豊島区議会議長となった。

しかい 良通　しかい・りょうつう
俳人　⑰昭和6年5月13日　⑲大阪府　本名=四海良通(しかい・よしみち)　㉑神崎高工中退　㉓昭和27年「天狼」に投句を始め、翌年「氷海」に入会、秋元不死男に師事し、30年同人。34年「子午線」、48年「畦」にそれぞれ同人参加。句集に「帰帆」「沼間」「米山南」がある。㉕俳人協会、昭和世代俳人の会

志垣 澄幸　しがき・すみゆき
歌人　⑰昭和9年3月14日　⑲台湾・台北　㉒宮崎大学学芸学部卒　㉒宮崎県文化賞(平成4年)　㉓昭和42年「原型」入会、のち同人。52年「現代短歌南の会」を伊藤一彦・浜田康敬・安永蕗子の4人で結成。歌集に「空壜のある風景」「桜

闇」「鶴の説(ときごと)」「星霜」「夏の記憶」「遊子」、著書に「牧水百歌」など。 [団]現代歌人協会、日本文芸家協会

鹿野 氷　しかの・こおり
歌人 [生]昭和44年10月28日 [出]大阪府 [歴]結社「月光」「原型」、同人誌「黒豹」「阿波短歌」に所属。著書に「B-BOY―平成歌物語」「SIZUKU」「クロス」などがある。 [団]日本歌人クラブ

直原 弘道　じきはら・ひろみち
作家 詩人 「輪」主宰 「遅刻」主宰 [生]昭和5年3月31日 [出]愛知県名古屋市 [学]神戸外国語専門学校卒 [歴]著書に「昭和という時代―中野重治をめぐる恣意的ノート・他」、詩集に「ひびきのない合図」「日常的風景」「きざはしに腰をおろして」他。 [団]新日本文学会、日本現代詩人会、神戸現代詩研究会

時雨 音羽　しぐれ・おとは
作詞家 詩人 [生]明治32年3月19日 [没]昭和55年7月25日 [出]北海道利尻島 本名=池野音吉 [学]日本大学法学部卒 [賞]日本レコード大賞(第3回)(昭和36年)、紫綬褒章(昭和44年) [歴]大蔵省主税局織物課に勤務のかたわら詩を書く。のち日本ビクター専属作詞家として数多くの歌謡曲を作詞した。代表作は「出船の港」「鉾をおさめて」「高瀬船」「浪花小唄」「神田小唄」など。戦前大ヒットした「君恋し」は戦後リバイバルブームで、フランク永井が歌ってレコード大賞受賞。平成2年、友人の元校長遺族宅で楽譜や手紙などの資料が発見された。

重清 良吉　しげきよ・りょうきち
詩人 [生]昭和3年1月26日 [没]平成7年7月12日 [出]宮崎県宮崎市 [学]宮崎師範卒 [賞]三越左千夫少年詩賞(特別賞)(平成9年)「草の上」 [歴]宮崎市内で中学校教師を3年務め、昭和26年から横浜で小学校教師を務めたのち、私塾を経営。詩集に「村・夢みる子」「街・かくれんぼ」「おしっこの神さま」、著書に「詩のあるエッセイ」、「0点をとった日に読む本」「三振をした日に読む本」(以上共著)などがある。 [団]日本児童文学者協会

繁野 天来　しげの・てんらい
詩人 英文学者 早稲田大学教授 [生]明治7年2月16日 [没]昭和8年3月2日 [出]徳島県 本名=繁野政瑠(しげの・まさる) [学]東京専門学校文学科(明治30年)退学、文部省中等教員検定英語科試験(明治38年)合格 文学博士(昭和8年) [歴]早くから「少年園」などに詩を投稿する。明治28年頃から詩作を次々に発表し、30年には小説「重ね褄」を発表するなど幅広く活躍。35年三木天遊との共著詩集「松虫鈴虫」を刊行。京都の真宗中学、水戸中、愛知県立二中などの教諭を経て、大正10年早大教授に就任。著書は「ミルトン失楽園研究」ほか多くの訳書がある。

茂野 冬篝　しげの・とうこう
俳人 [生]明治19年5月28日 [没]昭和20年3月1日 [出]東京市京橋三十間堀 本名=茂野吉之助 [学]東京高商卒 [歴]古河鉱業に勤めた。青木月斗に師事し「同人」に参加。句作のほか子規研究に力を注ぎ、資料、文献の蒐集に努力する。昭和9年の子規忌に墓誌銘碑を建立した。著書に「肺病に直面して」「随攷子規居士」がある。

重松 紀子　しげまつ・のりこ
歌人 [生]昭和11年7月22日 [没]平成8年5月8日 [出]熊本県 [学]国学院大学文学部中退 [歴]高校時代より作歌、「絃」会員。38年「香蘭」に入会。常任運営委員。45年「群」創刊に参加。歌集に「貘の喰ふ草」「家族の四季」。 [団]日本歌人クラブ

茂山 忠茂　しげやま・ただしげ
詩人 [生]昭和2年 [出]鹿児島県徳之島 [学]教員養成所卒 [賞]壺井繁治賞(第25回)(平成9年)「不安定な車輪」 [歴]戦時中に16歳で地元の教員となり、以後、鹿児島県小・中学校教師として勤務。昭和62年鹿児島市宇宿小学校を最後に退職。鹿児島県作文の会会長、日本作文の会県委員、民主文学同盟員、詩人会議運営委員、かごしま子ども研究センター所員。また昭和20年頃から詩作を始める。著書に「低学年児に対する話し方技術」「友だち・遊び・やさしさ」、詩集に「さたぐんま」「不安定な車輪」など。

志崎 純　しざき・じゅん
詩人 [生]昭和4年2月2日 [出]長野市 本名=山田茂 [学]国学院大学卒 [歴]詩集に「溶暗」「春のかたみ」「志崎純詩集」など。 [団]横浜詩人会

宍倉 さとし　ししくら・さとし
詩人 [生]昭和5年8月17日 [出]千葉県鴨川市 本名=宍倉慧 [学]横浜国立大学経済学部卒 [歴]公立高校の教師をつとめたのち、定年退職。一方、雑誌、同人誌「童話教室」「童話」「ぎんやんま」「小さな窓」などに作品を発表。「小さな窓」同人。著書に「胸をはれ、ヒロ」、共著に詩集「海は青いとはかぎらない」「千葉県の民話」など。 [団]日本児童文学者協会

志田 素琴 しだ・そきん
俳人　国文学者　⑤明治9年7月27日　⑥昭和21年1月17日　⑦富山県上新川郡熊野村　本名＝志田義秀（しだ・ぎしゅう）　旧姓（名）＝藤井　初号＝虚白、別号＝不遠舎　⑦東京帝大国文科（明治36年）卒　文学博士（昭和12年）　⑧四高在学中に俳句を学び、昭和7年「東炎」を創刊。句集に「山萩」がある。国文学者としては、大卒後六高講師、教授を経て、大正14年成蹊高教授。昭和18年東洋大教授。また東大、国学院大などで俳諧史を講じた。「俳文学の考察」「俳句と俳人と」などの著書がある。

志田 信男 しだ・のぶお
詩人　「伝承と医学」主宰　東京薬科大学名誉教授　⑦ドイツ文学　西洋古典学　ギリシア文学　ラテン文学　⑤昭和5年5月24日　⑦東京　筆名＝しだのぶお（しだ・のぶお）　⑦東京大学文学部言語学科卒、東京大学大学院人文科学研究科西洋古典学専攻博士課程修了　文学博士　⑧アイスキュロス、ユウエナーリス、テオプラストスの植物学　⑧翻訳文学賞（ギリシア）（平成3年）「セフェリス詩集」　⑧東京薬科大学薬学部教授を務めた。「潮流詩派」に所属。詩集に「やぱのろぎあ1～5」、訳書に「セフェリス詩集」「アヴィセンナ医学の歌」などがある。
⑰日本西洋古典学会、日本言語学会、日本独文学会

司代 隆三 しだい・りゅうぞう
歌人　小説家　評論家　⑤明治44年9月16日　⑦群馬県高崎市　本名＝司代隆蔵（しだい・りゅうぞう）　⑦青山学院（昭和8年）中退　⑧青山学院入学後、共産青年同盟員となり、昭和8年検挙。9年鉄道省に入り、以後41年まで国鉄に勤務。その間短歌を学び、新日本歌人協会に参加。23年「一市民の歌」を刊行。他に歌集「群衆」、小説「ガード下の駅」や「石川啄木事典」「戦後の国鉄文学」などの著書がある。
⑰翰墨会

舌間 信夫 したま・のぶお
郷土史家　詩人　⑦福岡県直方市　⑤明治専（現・九州工業大学）卒　⑧福岡県詩人賞（平成2年）「哀しみに満ちた村」　⑧高校教師となり、昭和54年筑豊工業高校物理教諭を最後に退職。郷土史を研究、「直方市史」「直方むかしばなし」などを書き、市広報に「直方歴史ものがたり」、直方商議所会報に「ふるさと人物誌」を執筆。また33年詩誌「匈奴（FUNNU）」を創刊するなど詩人としても活躍。約30年間詩誌に発表した作品22編を集めて詩集「哀しみに満ちた村」を出版。

十国 修 じっこく・おさむ
詩人　「アスフォデル」主宰　⑤大正4年5月24日　⑦香川県　本名＝草薙正典　別名＝じっこくおさむ（じっこく・おさむ）　⑦東京高師（昭和12年）卒　⑧高師卒業後、高松市にもどって旧制中学・高校・大学などで教えた。その間、昭和12年夏応召、21年までほとんどを一兵卒として前線で過ごす。詩作は戦前「麺麭」同人にはじまり、戦中は「新風詩集」、戦後25年に「詩研究」、48年に「アスフォデル」を仲間と創刊した。詩集に「みえかくれするひと」「対位法」、試論集に「芭蕉ノート」、著書に「桃青の詩的生涯―試論詩：芭蕉伝」、共訳詩に「ブリューゲルの絵その他の詩」。　⑰日本現代詩人会

品川 鈴子 しながわ・すずこ
俳人　薬剤師　「ぐろっけ」主宰　「ひよどり連句会」主宰　⑤昭和7年2月19日　⑦愛媛県　⑦神戸女子薬専卒　⑧七曜賞（昭和41年）　⑧昭和27年「白燕」にて俳句と連句を始める。橋閒石より連句をひき続き学ぶ。33年山口誓子の「天狼」に所属、53年より同人。平成6年「ぐろっけ」を創刊し、主宰。句集に「水中花」「漠」「鈴蘭」「自解百句選・品川鈴子集」など。
⑰俳人協会（幹事）、日本文芸家協会、連句協会（理事）

品川 嘉也 しながわ・よしや
⇒品川良夜（しながわ・りょうや）を見よ

品川 柳之 しながわ・りゅうし
俳人　⑤明治34年10月15日　⑦愛媛県宇和郡吉田町　本名＝品川柳之助　⑦東北帝国大学法文学部卒　⑧松山中学校に勤めた。大学在学中より俳句をはじめ、「若葉」「ホトトギス」に投句。高浜虚子、富安風生に手ほどきを受け「若葉」同人。昭和21年「雲雀」を創刊主宰する。ほかに毎日新聞愛媛版俳壇選者を永く務める。句集に「雲雀」がある。

品川 良夜 しながわ・りょうや
俳人　日本医科大学医学部教授　⑧大脳生理学科学哲学　情報科学　⑤昭和7年9月15日　⑥平成4年10月24日　⑦愛媛県松山市　本名＝品川嘉也（しながわ・よしや）　⑦京都大学医学部医学科（昭和32年）卒、京都大学大学院医学研究科（昭和35年）修了　医学博士（京都大学）（昭和38年）　⑧昭和35年京都大学助手、37年講師を経て、43年助教授、58年日本医科大学教授。なお48～49年ニューヨーク州立大学客員教授、平成2～3年

日本バイオレオロジー学会会長。現代人の頭脳活用に積極的発言を続け、右脳ブームを巻き起こす。また、父・品川柳之が創刊した俳誌「雲雀」を主宰。著書に「脳とコンピューター」「意識と脳」「医学・生物系の物理学」「バイオコンピュータ」「右脳俳句」「奥の細道の知恵」等。㊚日本生理学会、Biophysical Society(米国)、International Society of Biorheology、日本物理学会、日本生物物理学会、日本電子顕微鏡学会、日本医学哲学・倫理学会

品田 聖平　しなだ・しょうへい
歌人　神道大教管長　㊐明治33年7月26日　㊙平成4年10月12日　㊧新潟県　㊫国学院大学高師(大正12年)卒　㊞短歌誌「心の友」を主宰。歌集に「法悦」「祖道」「武道魂」など。

志野 暁子　しの・あきこ
歌人　㊐昭和4年1月27日　㊧新潟県　㊓角川短歌賞(第27回)(昭和56年)「花首」　㊞「晶」所属。昭和56年第27回角川短歌賞を受賞。歌集に「花のとびら」がある。

篠 弘　しの・ひろし
評論家　歌人　愛知淑徳大学文化創造学部教授　日本現代詩歌文学館館長　㊕和歌史　㊐昭和8年3月23日　㊧東京都新宿区　㊫早稲田大学文学部国文科(昭和30年)卒　文学博士(早稲田大学)(平成4年)　㊒近代短歌と自然主義文学、近代詩歌の論争　㊓半田良平賞(第6回)(昭和30年)、短歌研究賞(第16回)(昭和55年)「花の渦」、現代短歌大賞(第5回)(昭和57年)「近代短歌論争史」、迢空賞(第29回)(平成7年)「至福の旅びと」、紫綬褒章(平成11年)、詩歌文学館賞(短歌部門, 第15回)(平成12年)「凱旋門」　㊞昭和26年「まひる野」「早大短歌会」に入会、土岐善麿、窪田章一郎に師事。第6回半田良平賞受賞。「まひる野」編集委員。合著歌集「雲」「昨日の絵」、歌集「濃密な都市」「至福の旅びと」「凱旋門」がある。評論面でも活動し、著書に「近代短歌論争史」「近代短歌論争」「現代短歌史」(全3巻)など。平成7年現代歌人協会理事長、13年日本現代詩歌文学館館長に就任。昭和30年小学館に入社し、百科事典編集に携わる。取締役・出版本部長を経て、社長室顧問。愛知淑徳大学教授も務める。㊚日本近代文学会、日本文芸家協会、現代歌人協会(理事長)、日本ペンクラブ(監事)

篠崎 勝己　しのざき・かつみ
詩人　㊐昭和26年11月21日　㊧栃木県　㊫足利工卒　㊓下野文学大賞(第1回)「無」、栃木県現代詩人協会賞(第10回)(昭和51年)「化祭」　㊞「龍」に所属。詩集「人形論」「寄生」など。㊚日本現代詩人会

篠崎 圭介　しのざき・けいすけ
俳人　「糸爪」主宰　㊐昭和9年3月7日　㊧愛媛県松山市　㊫松山商科大学卒、立教大学日本文学科卒　㊓若葉賞(昭和31年)、愛媛出版文化賞(平成6年)　㊞父篠崎可志久の手ほどきをうけ、富安風生に師事。「若葉」同人。昭和49年「糸瓜」編集長となり、51年主宰。句集に「彼方へ」。　㊚俳人協会、日本文芸家協会、日本現代詩歌文学館(評議員)

篠塚 しげる　しのずか・しげる
俳人　元・国税庁次長　㊐明治43年2月20日　㊙平成8年8月10日　㊧富山県砺波郡福野町　本名＝篠塚繁　㊫東京帝大経済学科卒　㊞大蔵省に入り、国税庁次長を最後に昭和32年退職。公営企業金融公庫理事、日本銀行監事などを歴任。俳句は父の手ほどきで始め、24年虚子の直接指導をうける。34年「ホトトギス」同人。37年「大桜」編集。55年同誌主宰。句集に「曼陀羅」「続曼陀羅」「夕牡丹」、句文集に「欧米かけある記」などがある。　㊚俳人協会

篠塚 寛　しのずか・ひろし
歌人　㊐明治38年3月2日　㊙昭和63年3月13日　㊧茨城県　㊫日本大学高等師範部英語科卒　㊞在学中に独学で作歌。昭和9年末「橄欖」に入会、吉植庄亮に師事。戦後作歌を中断したが40年復帰、運営委員。52年6月より56年7月まで日本短歌雑誌連盟主事。歌集に「生活の海」「潮騒」「遙かな虹の景」がある。　㊚日本歌人クラブ

篠田 悌二郎　しのだ・ていじろう
俳人　㊐明治32年7月27日　㊙昭和61年4月21日　㊧東京市小石川区諏訪町　本名＝篠田悌次郎(しのだ・ていじろう)　旧号＝春蝉　㊫京北中学校卒　㊓馬酔木賞(第1回)(昭和7年)　㊞三越在職中、店員笹原史歌に手ほどきをうけ、大正15年水原秋桜子に師事、「馬酔木」同人。昭和21年「野火」を創刊し、主宰。42年俳人協会評議員。主な句集に「四季薔薇」「風雪前」「青霧」「深海魚」「桔梗濃し」など。㊚俳人協会　㊎長男＝篠田浩一郎(東京外大教授)

篠田 康彦　しのだ・やすひこ
詩人　[生]昭和10年1月7日　[出]岐阜県　[学]岐阜大学卒　[歴]詩誌「SATYA」同人。詩集に「炎と泥」「空しい物語」「遙かな光景」「巷の季節」がある。　[団]中日詩人会

篠原 あや　しのはら・あや
詩人　「象」主宰　[歴]少女時代から詩作に熱中し、女学校卒業後から結婚するまで雑誌「令女界」に投稿、仲間と令女純情連盟も結成した。結婚後の昭和16年、同人誌の主宰者が共産党員だったことから特高に逮捕され、詩の作品をまとめたノートも没収され、39日後に釈放される。戦後横浜の文化人の集まりに参加し、裏方として若い詩人の育成に努める。30年詩誌「象(かたち)」を創刊。53年から横浜を題材に詩作に励み、自宅近くの大岡川の連作に取り組む。詩集に「歩みの中で」がある。

篠原 温亭　しのはら・おんてい
俳人　[生]明治5年11月1日　[没]大正15年9月2日　[出]熊本県宇土町　本名＝篠原英喜　別号＝松濤家巣　[学]京都本願寺文学寮　[歴]国民新聞に30余年勤続し、社会部長などを務めた。「ホトトギス」系で句作をし、「国民俳壇」の育成にあたった。また「最初の写真」などの写生文も発表。大正11年俳誌「土上」を創刊した。著書に写生文集「其の後」、小説「不知火」、没後に編まれた「温亭句集」などがある。

篠原 句瑠璃　しのはら・くるり
俳人　僧侶　満浄寺住職　[生]明治28年3月7日　[没]昭和31年3月24日　[出]富山市　[歴]乙字系の俳誌「濤」「中心」「懸葵」などに投句し、「草上」同人を経て、志田素琴主宰「東炎」同人となる。戦後は内藤吐天主宰の「早蕨」同人。富山俳壇の長老だった。

篠原 敏之　しのはら・としゆき
⇒篠原梵(しのはら・ぼん)を見よ

篠原 鳳作　しのはら・ほうさく
俳人　[生]明治39年1月7日　[没]昭和11年9月17日　[出]鹿児島県鹿児島市　本名＝篠原国堅　別号＝未踏、雲彦　[学]東京帝大法学部政治学科(昭和4年)卒　[歴]東大時代の昭和3年「ホトトギス」に投句し、のち「天の川」「京鹿子」などに投句するが、6年以降は「天の川」1本にしぼる。6年沖縄県立宮古中学教諭となる。7年吉岡禅寺洞を訪ね、8年「天の川」同人になると共に「傘火」を創刊。無季俳句を実践し、新興俳句運動を推進した。9年母校の鹿児島県立二中教諭となった。「篠原鳳作全句文集」がある。

篠原 梵　しのはら・ぼん
俳人　出版人　中央公論事業出版社長　丸之内出版社長　[生]明治43年4月15日　[没]昭和50年10月17日　[出]愛媛県伊予郡南伊予村(現・伊予市)　本名＝篠原敏之(しのはら・としゆき)　[学]東京帝大文学部国文学科(昭和9年)卒　[歴]昭和13年中央公論社に入社。19年愛媛青年師範教授となるが、23年「中央公論」編集長として復帰。のち出版部長、常務を経て、中央公論事業出版社長、丸之内出版社長を歴任した。俳句は松山高時代から川本臥風に師事し、「石楠」に投句。大学の頃より臼田亜浪に師事。「石楠」同人の黄金時代を背負った。昭和21年臥風らと「俳句」を創刊、愛媛新聞俳壇の選句をするなど後進の指導にあたった。句集「皿」「雨」「年々去来の花」がある。

篠原 資明　しのはら・もとあき
詩人　美術評論家　京都大学総合人間学部人間学科教授　[専]美学　芸術批評　[生]昭和25年4月12日　[出]長崎県長崎市　[学]京都大学文学部哲学科(昭和50年)卒、京都大学大学院文学研究科美学美術史学専攻博士課程修了　[興]日本の近代、フランス・イタリア現代思想、南欧文化　[歴]昭和55〜58年京都大学文学部助手。大阪芸術大学講師、助教授、東京芸術大学講師を経て、平成6年京都大学助教授、10年教授。著書に「漂流思考」「トランスアート装置」、「トランスエステティーク」「五感の芸術論」、「芸術の線分たち」(編著)、詩集に「さい遊記」「サイ遊記」「滝の書」「平安にしずく」、訳書にエーコ「開かれた作品」(共訳)など。　[団]美学会、美術史学会、美術評論家連盟、日仏哲学会、日仏美術学会、日本文芸家協会

信夫 澄子　しのぶ・すみこ
歌人　[生]大正5年5月23日　[出]東京　[歴]昭和17年「アララギ」に入会、19年に退会。戦後創刊の「人民短歌」に入会、45年に退会。46年に「人間詩歌」を創刊、編集を担当。著書に「民衆短歌のあゆみ」「歌に見る日本の労働者」などがある。　[団]新日本文学会

柴 浅茅　しば・あさじ
俳人　弁護士　元・広島控訴院検事長　[生]明治14年1月1日　[没]昭和44年8月14日　[出]奈良県郡山　本名＝柴碩文(しば・ひろぶみ)　[学]東京帝大仏法科卒　[歴]司法官として大審院検事、広島控訴院検事長などを歴任し、のち弁護士となる。明治29年頃から句作をし、没後の昭和44年「句集 陶々」が刊行された。

柴 英美子　しば・えみこ

歌人　[生]昭和2年1月4日　[出]愛媛県松山市　本名＝中沢英美子　[賞]角川短歌賞(第11回)(昭和40年)「秋序」、原型賞(昭和47年)　[歴]昭和37年作歌をはじめ、同年7月原型歌人会に入会、斎藤史に師事する。40年第11回角川短歌賞を受賞。47年原型賞を受賞。

芝 憲子　しば・のりこ

詩人　[生]昭和21年11月5日　[出]神奈川県川崎市　本名＝竹田憲子　[学]横浜市立大学文理学部仏文科卒　[賞]山之口貘賞(第3回)(昭和55年)「海岸線」、壺井繁治賞(昭和62年)「沖縄の反核イモ」　[歴]昭和47年沖縄県に転居。54年ロンドンに約1年半滞在。詩集に「東京の幽霊」「骨のカチャーシー」「砂あらし」、著書に「バラと地球—沖縄反戦地主」「芝憲子エッセイ集—沖縄の反核イモ」、共著に「島空間から」、絵本に「バラのぜんゆうさん」など。　[団]詩人会議、日本現代詩人会

芝 不器男　しば・ふきお

俳人　[生]明治36年4月18日　[没]昭和5年2月24日　[出]愛媛県北宇和郡明治村松丸　本名＝太宰不器男　旧姓(名)＝芝　[学]東北帝大機械工学科中退　[歴]大正14年「枯野」に投句、「ホトトギス」「天の川」に転じ、15年「天の川」同人となる。昭和初期に彗星のように登場し俳壇に新風を吹き込んだ。昭和4年肉腫となり、以後療養生活を送ったが、翌年26歳の若さで死亡。没後の9年「不器男句集」が刊行された。他に「定本芝不器男句集」(飴山実編，昭森社刊)がある。

志場 未知子　しば・みちこ

歌人　[生]大正4年10月5日　[出]和歌山県　[歴]昭和30年、平井三恭に師事「薫風」創立に参加、39年選者となる。58年退会、「火の木」創刊主宰。歌集に「黒き具象」「飢餓のゆくへ」がある。

柴崎 左田男　しばさき・さだお

俳人　[生]昭和9年6月16日　[出]茨城県　本名＝柴崎貞男(しばさき・さだお)　[学]下妻第一高校卒　[賞]角川俳句賞(昭和36年)「窯守の唄」　[歴]昭和29年秋元不死男を知り俳句をはじめる。32年「氷海」入門。37年俳人協会員。49年「紫陽花」創刊。53年「氷海」終刊。54年「河」同人参加。句集に「母」など。　[団]俳人協会

柴崎 聡　しばさき・さとし

詩人　[生]昭和18年　[出]宮城県仙台市　[歴]著書に詩集「伏流の石」「溺れ滝」「敦煌の風」「詩集悲しみの岩」などがある。　[団]日本現代詩人会、日本キリスト教詩人会

柴崎 宗佐　しばさき・そうすけ

詩人　訳詩家　国際桂冠詩人連合会名誉会長　[生]大正5年1月2日　[出]埼玉県　筆名＝ホセ・しばさき(ほせしばさき)　[学]埼玉商(昭和10年)卒、米国陸軍教育校(昭和23年)修了　[賞]世界詩人大会優秀詩人賞(昭和42年)、勲四等瑞宝章(平成5年)　[歴]戦後、駐留軍勤務などを経て、東芝レコードで訳詩、作詩をする。東芝退職後、60歳をすぎて1年間スペイン留学。少年時代、内村鑑三に傾倒したクリスチャン。英国詩人エドマンド・ブランデンの弟子で、英語で詩を書く日本では数少い詩人の一人であり、“ホセ・しばさき”の名で海外では有名。昭和59年3月国際桂冠詩人連合(UPLI)の2代目会長に。日本英詩協会会長、日本訳詩家協会会長も務めた。　[団]日本訳詩家協会、日本音楽著作家組合、日本英詩協会

柴沢 真也　しばさわ・なおや

童話作家　詩人　[生]昭和15年12月8日　[出]岐阜県岐阜市　[賞]コスモス童話新人賞(平成1年)「うんどうかい、ぴょん」　[歴]昭和38年同人誌「線」の発行にかかわる。同年多治北高校の英語教師となる。のち、長良高校、岐阜西工業高校、華陽高校に勤務。52年小説「草の光」が第44回文学界新人賞候補。平成元年葵詩書財団“日本詩集”等に参加。4年詩「Blue Saint」を「The'92World Poetry」に発表。同誌に韓国詩人によるハングル訳も掲載される。詩集に「十九才の夏」「ちょうちょの頭も跳びこえて」「雨の日はざりがに—柴沢真也詩集」がある。

柴田 恭子　しばた・きょうこ

詩人　[生]昭和15年7月19日　[出]富山県　[学]東洋大学卒　[歴]「歴程」に所属。詩集に「ニューヨークの37階のアパート」「他人とあたし」「おわりのとき」などがある。　[団]日本現代詩人会

柴田 佐知子　しばた・さちこ

俳人　[生]昭和24年1月10日　[出]福岡県　[賞]俳人協会新人賞(第22回)(平成10年)「母郷」　[歴]「白桃」所属。平成10年句集「母郷」で第22回俳人協会新人賞を受賞。他の句集に「筑紫」「歌垣」がある。

柴田 三吉　しばた・さんきち

詩人　[生]昭和27年　[出]東京都　[学]蔵前工(昭和46年)卒、東京写真専門学校　[賞]詩人会議新人賞(昭和55年)「登攀」、壺井繁治賞(平成6年)「さかさの木」、日本詩人クラブ新人賞(第4回)(平成6年)「さかさの木」、地球賞(第23回)(平成10年)「わたしを調律する」　[歴]写真家となり、

ドキュメント、雑誌、広告などの仕事を2年ほど行う。昭和52年詩を書き始め、詩人会議に入会。56年から「詩人会議」の編集委員を断続的に8年間務める。詩誌「飛揚」「冊」「ジャンクション」に参加。詩集に「横断―トラバース」「夜と建設」「アンタイトルド」「インドの煙草」「さかさの木」「わたしを調律する」など。 [団]詩人会議、現代詩人会

柴田 宵曲　しばた・しょうきょく
俳人　[生]明治30年9月2日　[没]昭和41年8月23日　[出]東京・日暮里　本名＝柴田泰助　[学]開成中(明治43年)中退　[歴]上野図書館で文学書を読み、俳句、短歌を学ぶ。大正7年ホトトギス社に入社して編集に従い、11年同人となる。昭和10年以降「谺」を主宰。主著に「古句を観る」「子規居士」「蕉門の人々」などがあり、没後、「宵曲句集」が刊行された。

柴田 忠夫　しばた・ただお
詩人　放送プロデューサー　[専]詩　作詞　ラジオドラマ　[生]大正7年1月1日　[没]平成14年3月8日　[出]香川県　本名＝柴田忠男　別名＝津村卓　[学]早稲田大学文学部英文科卒　[賞]日本詩人連盟賞(第24回)(平成1年)「浜辺の歌」　[歴]ニッポン放送のプロデューサーとしてラジオドラマを制作。津村卓の名で作詞家としても活躍した。「風」同人を経て、「日本未来派」同人。詩集に「幻想飛行」「迷宮のバラード」「ラジオドラマ入門」「音への頌歌」「サハロフの舟」など。 [団]日本詩人連盟、日本現代詩人会、日本文芸家協会

柴田 典昭　しばた・のりあき
歌人　[生]昭和31年8月23日　[出]静岡県　[学]早稲田大学卒　[賞]現代短歌評論賞(第9回)(平成3年)「大衆化時代の短歌の可能性」、日本歌人クラブ賞(第26回)(平成11年)「樹下逍遙」　[歴]「まひる野」所属。高校教師。著書に「大衆化時代の短歌の可能性」、歌集に「樹下逍遙」など。

柴田 白葉女　しばた・はくようじょ
俳人　「俳句女園」主宰　[生]明治39年9月25日　[没]昭和59年6月25日　[出]東京　本名＝柴田初子(しばた・はつこ)　[学]東北帝国大学法文学部国文科卒　[賞]勲五等瑞宝章(昭和54年)、蛇笏賞(第17回)(昭和58年)「月の笛」　[歴]少女時代から父親に俳句の手ほどきを受け、のち飯田蛇笏に師事。昭和23年「雲母」同人。37年「俳句女園」を創刊し、主宰。俳人協会評議員、千葉県俳句作家協会副会長も務め、句集に「冬椿」「夕浪」「冬泉」「遠い橋」、随筆集に「ともしび」などがある。 [団]俳人協会　[家]父＝井上白嶺(俳人)、夫＝柴田寛(千葉大文理学部教授・故人)

柴田 元男　しばた・もとお
詩人　[生]大正12年3月10日　[没]昭和37年4月4日　[出]東京・品川　[学]日本大学国文科中退　[歴]詩誌「新詩派」「詩行動」同人。詩集に「天使望見」がある。

柴田 基孝　しばた・もとのり
詩人　[生]昭和3年11月24日　[出]福岡県飯塚市　別名＝柴田基典(しばた・もとのり)　[学]山口経専(昭和24年)卒　[賞]福岡市文学賞(第4回)(昭和49年)、福岡県詩人賞(第17回)(昭和56年)　[歴]第31回、第37回のH氏賞候補となる。「ALMÉE」同人。詩集に「その都市は縮んでいる」「無限民」「耳の生活」、評論集に「想像力の流域」など。 [団]現代日本詩人会

柴田 侑堂　しばた・ゆうどう
書家　俳人　「相思樹」主宰　埼玉書連名誉会長　埼玉俳連名誉会長　[専]漢字　[生]大正2年7月30日　[出]埼玉県　本名＝柴田栄作　[学]熊谷商卒　[歴]俳誌「相思樹」主宰、朝日新聞埼玉俳壇選者をつとめる。句集に「銀木犀」「金木犀」がある。 [団]日本書道院、産経国際書会(参与)、日本書道連盟(顧問)

芝谷 幸子　しばたに・さちこ
歌人　[生]大正8年3月25日　[出]米国　本名＝芝谷サチ子　[賞]日本歌人クラブ賞(第25回)(平成10年)「山の祝灯」　[歴]戦前「ポトナム」の創始者・小泉苳三に知遇を得、戦後阿部静枝・君島夜詩を知り「ポトナム」に入会。女人短歌会に入会、編集委員をつとめる。柴舟会常任委員。歌集に「陶」「声明」「冬の苺」「山の祝灯」、他に合著「首都圏」「水」「縁」「花筐」がある。
[団]日本歌人クラブ(幹事)、現代歌人協会

柴谷 武之祐　しばたに・たけのすけ
歌人　[生]明治41年1月1日　[没]昭和59年5月9日　[出]大阪府堺市　[賞]日本歌人クラブ推薦歌集(第4回)(昭和33年)　[歴]大正15年「アララギ」に入会。歌集に「水底」「さびさび唄」「遠き影」などがある。

柴野 民三　しばの・たみぞう
児童文学作家　童謡詩人　[生]明治42年11月4日　[没]平成4年4月11日　[出]東京・京橋　[学]錦城商卒　[賞]芸術祭賞奨励賞(昭和36年)「東京のうた」(共作)　[歴]昭和4年私立大橋図書館に勤務し、児童図書室を担当。北原白秋に師事し、童謡誌「チチノキ」同人として詩作する。7年有賀連らと「チクタク」を創刊。10年大橋図書館を退職し、「お話の木」「コドモノヒカリ」を編集。14年「童話精神」を、22年「こどもペン」「少年ペン」を創刊し、24年から児童文学者として著述生活に入る。童謡の代表作に「秋」「冬空」「そら」などがあり、著書は童話集「まいごのありさん」「ねずみ花火」「コロのぼうけん」「ひまわり川の大くじら」、童謡集「かまきりおばさん」などがある。　[団]日本児童文学者協会(名誉会員)

柴山 晴美　しばやま・せいび
詩人　[生]明治39年　[没]昭和5年　[歴]「愛誦」に詩・評論等を発表、「現代詩評」に評論を寄せる。「疎林」を主宰、東海詩人協会に参加。詩集に「寂光」「花と金鉱」のほか「悲しき銀河」「処女地の雪」などがある。

シファート，イーデス
詩人　元・京都精華大学短期大学部教授　[生]大正5年　[出]カナダ・トロント　本名＝沢野，イーデス　[学]ワシントン大学　[歴]昭和11年カリフォルニア州のライターズクラブに所属し、ロサンゼルスタイムズで作品の発表、ラジオの詩の朗読などで活躍。22年米国気象観測本部(アラスカ)秘書を経て、29年ロサンゼルスで国際空港に勤務。31年ワシントン大学に入学。傍ら、ラジオやテレビの詩の番組に出演し、詩の朗読会を主宰。38年同志社高校の英語教師として来日。44〜58年京都精華大学短期大学部教授。平成13年夫との結婚生活を綴った「いつもふたりで」を出版。詩集に「京都の年月」などがある。京都府在住。　[家]夫＝沢野実

渋川 玄耳　しぶかわ・げんじ
著述家　ジャーナリスト　俳人　東京朝日新聞社会部長　[生]明治5年4月28日　[没]大正15年4月9日　[出]佐賀県杵島郡西川登村(現・武雄市)　本名＝渋川柳次郎　別筆名＝藪野椋十　[学]東京法学院(現・中央大学)中退　[歴]高等文官試験、弁護士試験に合格し、熊本第6師団法官部に勤務。日露戦争では同師団法官部理事として出征。明治40年東京朝日新聞社に社会部長として入社、大正2年退社。その間、夏目漱石の朝日新聞入社に尽力し、明治43年には「朝日歌壇」を再設して石川啄木を選者とした。俳句は正岡子規から手紙により指導を受け「新俳句」に所収。熊本第6師団俳句結社・紫溟吟社の幹部でもあった。日露戦争従軍時の俳句日記「従軍三年」をはじめ、随筆「閑耳目」「藪野椋十東京見物」「藪野椋十上方見物」「藪野椋十朝鮮見物」等を著わし、好評を博す。3年対独戦争で「国民新聞」の従軍記者として青島に渡り、戦後青島民生顧問となった。11年「大阪新報」の主幹となるが、まもなく病気のため辞め、以後著述に専念、中国珍籍の収集、翻訳・刊行に携わった。著書に「飩語」、歌集「山東にあり」など。ほかに高田素次編「渋川玄耳句稿」がある。

渋沢 孝輔　しぶさわ・たかすけ
詩人　明治大学文学部教授　[専]フランス象徴詩　[生]昭和5年10月22日　[没]平成10年2月8日　[出]長野県小県郡真田町　[学]東京外国語大学仏語科(昭和28年)卒、東京大学大学院仏語仏文学専攻(昭和31年)修士課程修了　[賞]歴程賞(第12回)(昭和49年)「われアルカディアにもあり」、亀井勝一郎賞(第12回)(昭和55年)「蒲原有明論」、高見順賞(第10回)(昭和55年)「廻廊」、読売文学賞詩歌俳句賞(第43回)(平成4年)「啼鳴四季」、芸術選奨文部大臣賞(第42回・平3年度)(平成4年)「啼鳴四季」、紫綬褒章(平成7年)、萩原朔太郎賞(第5回)(平成9年)「行き方知れず抄」　[歴]昭和31年武蔵大学非常勤講師、32年明治大学政経学部非常勤講師、36年専任講師、44年教授、52年文学部教授。この間、33年に宮本徳三らと「XXX」を創刊、「花粉」を経て、43年「歴程」同人。55年詩集「廻廊」で第10回高見順賞を受賞。ほかに詩集「漆あるいは水晶狂い」「淡水魚」「渋沢孝輔詩集」「啼鳴四季」「行き方知れず抄」など、また評論集「詩の根源を求めて」「蒲原有明論」、エッセイ集「花後の想い」などがある。　[団]日本フランス語フランス文学会、日本文芸家協会

渋沢 秀雄　しぶさわ・ひでお
実業家　随筆家　俳人　明治村理事長　元・東宝会長　[生]明治25年10月5日　[没]昭和59年2月15日　[出]東京・日本橋　俳号＝渋亭　[学]東京帝大法科大学仏法科(大正6年)卒　[賞]勲二等瑞宝章(昭和46年)　[歴]田園都市株式会社取締役となり、東京の田園調布を高級住宅地として開発。昭和13〜22年東宝会長を務めたほか、帝劇、東急、後楽園スタヂアムなどの重役を歴任。戦後の追放解除後は実業界から離れ、40年より放送番組向上委員会初代

委員長、電波監理審議会会長を務めたほかは、明治の粋人として、随筆、俳句、油絵、三味線、長唄、小唄と風流三昧の人生を歩んだ。なかでも随筆家としては軽妙洒脱な筆致で知られ、“現代の兼好法師”との評もあるほど。俳句は昭和11年以来いとう句会同人として作句した。著書は「明治を耕した話」「散歩人生」「明治は遠く」「父渋沢栄一」「筆のすさび」「わが町」など40冊以上に及ぶ。
[家]父＝渋沢栄一(実業家)、息子＝渋沢和男(民族文化協会会長)

渋谷 栄一　しぶや・えいいち
詩人　[生]明治34年1月19日　[出]宮城県栗原郡長岡村荒谷　[学]早稲田大学仏文科卒　[歴]大正から昭和にかけて「白孔雀」「愛踊」を中心に詩を発表。一方「農民文芸研究会」に加入、「農民」などにも寄稿。詩集に「夜行列車」「真冬」「赤き十字架」がある。

渋谷 光三　しぶや・こうぞう
歌人　[生]大正13年4月20日　[出]埼玉県秩父郡大河原村(現・東秩父村)　[学]埼玉師範(現・埼玉大学教育学部)卒　[歴]NHKに入社し、中央研修所教授、放送局長を歴任し定年。のち視聴者センター主幹、古賀音楽大賞事務局長に。この間岩手大学講師、岩手県社会教育委員を務めた。NHK会友。川越ペンクラブ代表幹事、同人誌「武蔵野ペン」発行者、「歩短歌会」主宰、「文芸川越」編集委員等を務める。著書に歌集「飛鳥似鳥」「荒晴」、児童図書「テレビの話」、随筆「きのうの虹」他がある。　[団]日本歌人クラブ

渋谷 重夫　しぶや・しげお
児童文学作家　詩人　元・小学校長　[生]大正15年10月26日　[出]神奈川県横浜市　[学]神奈川師範(現・横浜国立大学)卒　[歴]神奈川県内の公立学校長を歴任。また日本児童文学者協会などに所属し童話を発表。作品に童話「空とぶ大どろぼう」「事件だ!それいけ忍者部隊」、詩集「ねむりのけんきゅう」「きいろい木馬」「海からのおくりもの」「卒業生に贈る詩集」(1～7)など。
[団]日本児童文学者協会、詩と音楽の会、日本詩人連盟、ポコの会

渋谷 定輔　しぶや・ていすけ
詩人　農民運動家　元・思想の科学研究会会長　元・全国農民組合中央委員　[生]明治38年10月12日　[没]昭和64年1月3日　[出]埼玉県入間郡南畑村(現・富士見市)　[学]南畑高小(大正9年)卒
[歴]小作農の長男として生まれ、小学生時代から農業に従事。農民運動をする一方で、大正15年に詩集「野良に叫ぶ」を刊行。昭和3年日本非政党同盟を結成したが、間もなく全国農民組合に参加し、埼玉県連書記長になる。5年中央委員に就任。12年サハリンからソ連に越境を計画して逮捕され、5年の実刑を受ける。14年出獄。戦後、新日本文学会に参加し、30年日本農民文学会の結成に参加し、理事に就任。37年以後は東京と南畑を舞台に地域の市民運動に活躍した。45年記録文学「農民哀史」を刊行、ロングセラーとなる。57年より思想の科学研究会長。ほかの著書に「大地に刻む」「この風の音を聞かないか」など。
[家]妻＝渋谷黎子(社会運動家)

渋谷 道　しぶや・みち
俳人　医師　[生]大正15年11月1日　[出]京都府京都市　[学]大阪女子高等医学専門学校卒　[賞]現代俳句協会賞　[歴]「雷光」同人を経て、「夜盗派」「海程」同人。「大阪連句会」「白燕連句会」会員。句集に「嬰」「藤」「桜騒」「紫微」「素馨集」「縷紅集」ほか。　[団]連句懇話会、日本文芸家協会、俳文学会、現代俳句協会、日本医師会

渋谷 行雄　しぶや・ゆきお
歌人　[生]大正12年12月18日　[出]栃木県宇都宮市　[学]宇都宮中(旧制)卒　[賞]勲五等瑞宝章(平成11年)　[歴]旧制中学時代「下野短歌」に入社。復員後、影山銀四郎に師事、「民草」「浪漫派」の編集同人を経て、「白木綿」に所属。48年より編集発行人。55年から主宰。栃木県歌人クラブ事務局長を経て、委員長。歌集に「細流抄」「浪漫派」、他に「栃木県歌壇史」「毛野の歌びと」などがある。

渋谷 玲宏　しぶや・れいこう
詩人　グループ耕代表　[生]昭和5年　[出]埼玉県南埼玉郡白岡町小久喜　[歴]昭和33～59年まで東京都公立小中学校に勤務。現在、グループ耕代表。詩集に「瑠璃色の軌跡」「冬耕」「陽炎」。
[団]詩人会議(常任運営委員)、板橋詩人会議

柴生田 稔　しぼうた・みのる
歌人　国文学者　明治大学名誉教授　[専]上代文学　[生]明治37年6月26日　[没]平成3年8月20日
[出]三重県鈴鹿市　[学]東京帝国大学文学部国文科(昭和5年)卒　[賞]日本歌人クラブ推薦歌集(第6回)(昭和35年)「麦の庭」、読売文学賞(第17回・詩歌・俳句賞)(昭和40年)「入野」、読売文学賞(第33回・研究・翻訳賞)(昭和56年)「斎藤茂吉伝」「続斎藤茂吉伝」　[歴]明治大学教授、文学部長、駒沢大学教授を歴任。昭和2年「アララギ」に入会、斎藤茂吉に師事。歌集に「春

山」「麦の庭」「入野」「冬の林に」、選歌集「南の魚」、評論に「斎藤茂吉伝」がある。「アララギ」編集委員。㊹現代歌人協会、上代文学会、日本文芸家協会

島 秋人 しま・あきと
歌人 ㊤昭和9年6月28日 ㊦昭和42年11月2日 本名＝千葉覚 ㊥毎日歌壇賞（昭和38年） ㊧幼児期を満州で過ごす。少年時代は非行を重ね、成人になってからも放火事件を起こし服役。出所後の昭和34年、24歳の時強盗殺人を犯し、35年一審で死刑となる。36年より獄中で作歌を始め、38年毎日歌壇賞を受賞。37年6月最高裁で上告が棄却され、死刑が確定。その後、キリスト教の洗礼を受ける。刑死後「遺愛集」が出た。

島 朝夫 しま・あさお
詩人 星美学園短期大学学長 ㊥応用生物化学 栄養化学 ㊤大正9年10月7日 ㊦東京都町田市 本名＝島崎通夫（しまざき・みちお） ㊧東京帝国大学農学部農芸化学科（昭和19年）卒 ㊨マイクロウェーブによる食品成分の変化、生命科学基礎論 ㊦平成4年まで青山学院女子短期大学学長をつとめた。また詩人として知られ、「時間」「山の樹」「詩学」などに詩、詩人論を発表。詩集に「何億の微笑」「遠い拍手」、翻訳にシャルル＝ペギーの「ジャンヌ＝ダルクの愛の神秘」などがある。㊹日本農芸化学会、日本生物物理学会、日本栄養・食糧学会

嶋 杏林子 しま・きょうりんし
俳人 外科医 ㊤大正15年11月28日 ㊦平成6年5月8日 ㊦和歌山市 本名＝嶋孝 ㊧大阪大学医学部卒 医学博士 ㊥俳人協会全国俳句大会賞（昭和41年）、天狼コロナ賞（第6回）（昭和45年） ㊧昭和21年田一杉の「鴫野」同人。32年岩根冬青らと「和歌山天狼」会誌発行、編集発行人。37年右城暮石の「運河」同人、編集長。31年山口誓子に師事。49年「天狼」同人。読売新聞、産経新聞の和歌山俳壇選者も務めた。句集に「縦横」。 ㊹俳人協会

島 恒人 しま・こうじん
俳人 北海道文学館常任理事 ㊤大正13年2月13日 ㊦平成12年3月16日 ㊦北海道釧路市 本名＝島安（しま・やすし） ㊥帯広中（旧制）（昭和16年）卒 ㊥国鉄文化功労賞（昭和52年）、北海道新聞文学賞（第17回）（昭和58年）「風騒集」 ㊧昭和16年国鉄に入り、54年まで釧路局、札幌局に勤務。この間肺結核で闘病生活を送ったのを機に21年から本格的に俳句に取り組む。

伊藤凍魚に師事。「氷下魚」の同人となり「雲母」へも投稿。36年から「秋」同人。その後の在職中は、国鉄文学会北海道支部を設け、初代支部長として活動を支える。この功績に対し52年国鉄文化功労賞を受賞。57年初の個人句集「風騒集」を刊行。 ㊹日本ペンクラブ

島 将五 しま・しょうご
俳人 ㊤大正3年9月23日 ㊦東京 本名＝松本重雄 ㊧旧制専門学校中退 ㊧昭和13年ごろより句作をはじめ、日野草城の「旗艦」に参加。のち「海此岸」「金剛」を経て44年「春灯」に拠る。句集に「萍水」がある。

島 匠介 しま・しょうすけ
詩人 「KAITUBURI」主宰 ㊤明治44年10月16日 ㊦広島県庄原市 本名＝国利義勇 ㊧福山師範卒 ㊧「KAITUBURI」主宰。ほかに「杏」所属。広島県詩人協会会長を務めた。詩集に「海に見る夢」「雪の果樹園」「流沙」などがある。 ㊹庄原詩話会

志摩 聡 しま・そう
⇒原聡一（はら・そういち）を見よ

島 東吉 しま・とうきち
俳人 小説家 ㊤明治25年4月26日 ㊦昭和39年1月25日 ㊦東京・麹町 ㊧大正期から昭和初期にかけての大衆小説家。俳句は少年時代から父親の二世規矩庵梅秀について学ぶ。はじめ主として秋声会派の諸誌に関係して葉月吟社等を興し、「俳壇風景」を主宰した。のち、昭和6年2月創刊の「俳句月刊」の編集に参画、「曲水」「天の川」等にも寄稿。また戦後は西垣卍禅子の自由律誌「新俳句」にも関係をもった。句集に「東吉句集」、編著に「むさしの句集」、俳文集に「新版俳文読本」などがある。 ㊨父＝規矩庵梅秀（2世）

島 秀生 しま・ひでお
詩人 ㊤昭和30年 ㊦大阪府 ㊧インターネットサイト「MY DEAR」主宰。詩集に「風の話」「N君のいかだ」、編著に「ネットの中の詩人たち」がある。 ㊹関西詩人協会 http://homepage1.nifty.com/oedih3amis/mydear.htm

嶋 博美 しま・ひろみ
詩人 「雫」主宰 ㊤昭和25年 ㊦佐賀県東松浦郡鎮西町馬渡島 ㊧大阪大学に勤務。「飛翔」「地球」同人を経て「雫」主宰。著書に「畚担ぎの島―嶋博美詩集」がある。

島 みえ　しま・みえ

俳人　⊕大正2年1月3日　⊕平成10年12月17日　⊕栃木県栃木市　本名＝飯島美江　⊕山脇高女卒　⊕季節賞（昭和39年）　⊕昭和20年郷土俳誌「にぎたま」より作句。23年「古志」（のちの「季節」）に入会。金尾梅の門、井口荘子に師事。28年同人。長年編集員として尽力。後年「頂点」同人にもなったが、晩年は無所属。46年～平成6年現代俳句協会会員。句集に「糸車」「林の火」「水際」など。他の著書に随筆集「青岬」がある。

島 有道　しま・みちあり

歌人　⊕昭和9年12月13日　⊕北海道札幌市　⊕中央大学法学部卒　⊕弘前高校に在学中から作歌、福田栄一に師事して、昭和28年1月から「古今」会員、のち編集同人。中央大学在学の30年1月に「大学歌人会」に参加、32年大学歌人合同歌集「列島」に加わる。歌集に「自然」「群集」「落葉どんぐり」がある。

志摩 芳次郎　しま・よしじろう

俳人　⊕明治41年1月13日　⊕平成1年5月29日　⊕鹿児島県　⊕巣鴨高商中退　⊕水原秋桜子、石田波郷に師事し、昭和13年「鶴」同人。28年角川書店に入り、歳時記編さんに従事し、33年退社。その後「秋」同人として俳句を発表する一方、文芸評論家としても活躍。著書に「カラー版俳句歳時記―四季の魚」「現代俳人伝」（1～3）など。⊕現代俳句協会（名誉会員）

島内 八郎　しまうち・はちろう

歌人　長崎原爆戦災誌編さん委員　日本歌人クラブ長崎県委員　⊕明治30年2月16日　⊕昭和58年10月16日　⊕佐賀市　⊕長崎市政功労表彰　⊕大正4年長崎県立長崎図書館出納手を振り出しに、長崎市立博物館学芸員として昭和54年まで勤務。この間、長崎県・長崎市の文化財保護審議会委員、長崎市原爆資料協議会副会長、長崎国際文化協会副会長などを務めた。長崎県の代表的歌人で、大正8年中村三郎門下となり、「とねりこ」「香蘭」「中央線」に入会し、戦後は被爆者として原爆にちなんだ短歌を作った。「平和は長崎から」の作詞者としても知られる。著書に歌集「靄（もや）」「あさもや」、随筆「秋日和」などがある。

嶋岡 晨　しまおか・しん

詩人　評論家　小説家　立正大学文学部教授　⊕現代詩　⊕昭和7年3月8日　⊕高知県高岡郡窪川町　本名＝嶋岡晨（しまおか・あきら）　⊕明治大学文学部仏文科（昭和30年）卒、明治大学大学院文学研究科（昭和33年）修士課程修了　⊕文学におけるヒューマニズムと抵抗のゆくえ、詩のネオロジズム　⊕岡本弥太賞（第3回）（昭和40年）「永久運動」、小熊秀雄賞（第32回）（平成11年）「乾杯」　⊕昭和28年餌取定三、大野純と詩誌「襞」を創刊、詩作活動を始める。詩集に「薔薇色の逆説」「永久運動」「偶像」「産卵」「嶋岡晨詩集」「死定席」「乾杯」など。「裏返しの夜空」、「〈ポー〉の立つ時間」が第84・87回の芥川賞候補になるなど、小説でも活躍。他に「異説坂本竜馬」「土佐勤王党始末」「詩とエロスの冒険」「高村光太郎」「伝記萩原朔太郎」「エリュアール選集」「昭和詩論史ノート ポエジーの挑戦」など多数の著書がある。明治大学文学部講師を経て、立正大学教授。⊕日本文芸家協会、日本近代文学会、萩原朔太郎研究会

島木 赤彦　しまき・あかひこ

歌人　教育家　⊕明治9年12月17日　⊕大正15年3月27日　⊕長野県諏訪郡上諏訪村（現・諏訪市）　本名＝久保田俊彦（くぼた・としひこ）　旧姓（名）＝塚原　別号＝伏龍、山百合、柿の村人、柿蔭山房主人　⊕長野師範（明治31年）卒　⊕長野師範学校卒業後、県内各地の小学校教員をしながら作歌をし、明治38年太田みづほのや（水穂）との合著詩歌集「山上湖上」を刊行。41年「阿羅々木」（のちの「アララギ」）が創刊され、左千夫門下の斎藤茂吉、中村憲吉らと作家活動に参加し、大正2年中村憲吉との合著「馬鈴薯の花」を刊行。その後、島木赤彦の筆名を使う。3年上京し、淑徳高女の講師をしながら「アララギ」の編集を担当。4年「切火」を刊行。アララギの中心歌人となり、写実的歌風を確立。9年「氷魚」を、13年「太虚集」を刊行し、死後の15年「柿蔭集」が刊行された。これらの歌集のほか、唯一の歌論集「歌道小見」や「赤彦全集」（全9巻・別1巻, 岩波書店）が刊行されている。"鍛練道"の唱道者。平成5年長野県下諏訪町に赤彦記念館が設立された。　⊕妻＝久保田不二子（歌人）

島崎 晃　しまざき・あきら
俳人　遠嶺会長　豊島修練会事務局長　[生]大正11年　[出]東京都東久留米下里　[歴]平成4年遠嶺(高嶺集)に入会、6年同人。次いで同人会長、豊島修練会事務局長。句集に「光輪」「起伏」「ピカソの眼―島崎晃句集」がある。

島崎 曙海　しまざき・あけみ
詩人　[生]明治40年1月17日　[没]昭和38年3月11日　[出]高知県　[学]高知師範専攻科卒　[歴]昭和11年満鉄に入り敗戦直前まで勤め、戦後高知市役所、高知社会福祉協議会勤務。満州では「露西亜墓地」を主宰、「二〇三高地」「満州詩人」「豚」などに作品を発表。引き揚げ後「蘇鉄」を発行、日本現代詩人会に属し、日本未来派同人。詩集「地貌」「十億一体」「落日」「熱帯」「牛車」、詩文集「ビルマ通信」など。

島崎 栄一　しまざき・えいいち
歌人　「鮒」主宰　[生]昭和10年1月31日　[出]埼玉県浦和市　[学]浦和商卒　[賞]「長風」新人賞(第1回)(昭和39年)　[歴]昭和25年関口比良夫に俳句の手ほどきを受ける。また、高柳重信「薔薇」に投句。その後、短歌に転向。37年鈴木幸輔の「長風」に加わる。57年地域に新人短歌会を起す。61年「鮒」を創刊、主宰。また、アジア詩人会議に参加、海外の詩人と交流する。歌集に「鮒」「霜曇」、随筆集に「沙棗(すなあつめ)」、編著に「37人の証言」など。
[団]現代歌人協会、日本ペンクラブ、日本文芸家協会、浦和文芸家協会、日中文化友好協会、日本歌人クラブ

島崎 和夫　しまざき・かずお
歌人　[生]大正1年11月5日　[没]昭和61年12月10日　[出]長野県　[歴]松下英麿に師事し作歌の手ほどきを受ける。昭和2年「ポトナム」に入会。11年同人、50年より選者となる。46年短歌誌「朱」を創刊、主宰。歌集に「無の季節」、歌文集に「歌ごころ」がある。

島崎 藤村　しまざき・とうそん
小説家　詩人　[生]明治5年2月17日　[没]昭和18年8月22日　[出]東京　本名=島崎春樹　別号=無名氏、島の春、古藤庵、無声、枇杷坊、むせい、葡萄園主人、六窓居士　[学]明治学院(明治24年)卒　[資]帝国芸術院会員(昭和15年)
[歴]馬籠宿の庄屋の家系に生れ、9歳で上京。明治学院卒業後、教員として明治25年明治女学校、29年東北学院、32年小諸義塾に勤める。その間、26年に北村透谷らと「文学界」を創刊。また30年に「若菜集」を刊行し、以後「一葉舟」「夏草」「落梅集」の詩集を刊行する一方、小説、散文も発表し、39年「破戒」を刊行。自然主義文学の代表的作家として、「春」「家」などを発表。大正2年渡仏し、帰国後に「新生」を、また「海へ」「エトランゼエ」などの紀行、感想文を発表した。昭和4年から10年にかけては、大作「夜明け前」を発表。10年日本ペンクラブ初代会長。11年ヨーロッパに再遊、15年帝国芸術院会員となる。詩、小説、紀行文、感想と作品は数多く、他に「眼鏡」などの童話集もある。絶筆「東方の門」。「島崎藤村全集」(全12巻・別巻1, 筑摩書房)がある。
[団]日本報国文学会(名誉会員)　[家]孫=島崎緑二(画家・藤村記念郷理事長)

島崎 通夫　しまざき・みちお
⇒島朝夫(しま・あさお) を見よ

島崎 光正　しまざき・みつまさ
詩人　[生]大正8年11月2日　[没]平成12年11月23日　[出]長野県塩尻市片丘　[学]松本商中退
[賞]浅野順一賞(第9回)(平成3年)　[歴]生後間もなく両親との別れ、また先天性二分せきつい症のため下半身が不自由ななかで詩作を行う。身体障害者キリスト教伝道協力会会長を務めた。晩年は胎児の出生前診断に反対する運動を行った。詩集に「故園・冬の旅抄」「憩いのみぎわに」　、随筆集に「傷める葦を折ることなく」「からたちの小さな刺」　、自伝「星の宿り」などがある。
[団]日本文芸家協会、日本現代詩人会、日本キリスト教詩人会、身体障害者キリスト教伝道協力会

島津 四十起　しまず・しじっき
俳人　[生]明治4年10月17日　[没]昭和24年　[出]淡路国(兵庫県志筑町)　本名=島津長次郎　[歴]明治29年中国に渡り出版業を営んだ。一方、俳句は碧梧桐門下で、「日本俳句」「層雲」「紀元」などに関わった。

島津 亮　しまず・りょう
俳人　[生]大正7年7月18日　[没]平成12年3月1日　[出]香川県高松市　本名=嶋津亮(しまず・あきら)
[学]大阪外国語大学(昭和14年)卒　[歴]終戦直後「青天」に参加して西東三鬼を知り、師事。のち「雷光」「天狼」「梟」「縄」「ユニコーン」を経て、「夜盗派」「海程」同人。句集に「紅葉寺境内」「記録」「島津亮句集」「唱歌」がある。
[団]現代俳句協会

島田 一耕史　しまだ・いっこうし
俳人　[生]昭和4年12月21日　[出]大阪府　本名＝島田博匡　[学]大阪医科大学卒　[賞]砂丘賞(昭和46年)　[歴]昭和23年赤松柳史に師事し、「山茶花」「磯菜」「かつらぎ」に投句を始める。「砂丘」創刊後の30年同人となる。のち「砂丘」編集副委員長、俳画無審査等を務める。関西俳誌連盟委員。句集に「今年竹」がある。　[団]俳人協会

嶋田 一歩　しまだ・いっぽ
俳人　産婦人科医　[生]大正12年3月22日　[出]東京　本名＝嶋田力(しまだ・つとむ)　[学]東京慈恵会医科大学卒　医学博士　[歴]昭和25年より作句。「ホトトギス」「玉藻」に投句。36年「ホトトギス」同人。句集に「蟻」「白靴」「夕焼空」「自註・嶋田一歩集」。　[団]俳人協会、日本伝統俳句協会(理事)　[家]妻＝嶋田摩耶子(俳人)

島田 九万字　しまだ・くまんじ
俳人　[生]明治9年3月4日　[没]昭和11年3月21日　[出]長野県下高井郡日野村　本名＝島田熊治　旧姓(名)＝中山　[歴]長野市の印刻店主人で旧派の千曲堂左淵に俳句を学び、一時上京後、千曲堂の「長野の花」編集を手伝い作句。長野新聞の挿絵調刻師を経て印刻店を開業。新聞社で秋声派系の松田竹嶼を知り、明治41年田中美穂らと「葉月」を創刊、42年新傾向派の「ウロコ」創刊。碧梧桐系の「蝸牛」にも拠ったが、大正4年臼田亜浪の「石楠」創刊に参加。一方同年秋「山」を創刊主宰した。選集「山霊」、句集「九万字句集」がある。

島田 五空　しまだ・ごくう
俳人　[生]明治8年4月1日　[没]昭和3年12月26日　[出]秋田県　本名＝島田豊三郎　別号＝香車、悟空、五工、山頭火　[歴]佐々木北涯に俳句を学び、郷土で北羽新報を経営。明治33年に石井露月と日本派の俳誌「俳星」を発行、東北俳檀に重きをなした。「五空句集・裘(かわごろも)」のほか、文集「有用無用」がある。

島田 尺草　しまだ・しゃくそう
歌人　[生]明治37年9月16日　[没]昭和13年2月23日　[出]福岡県嘉穂郡　[歴]大正8年パーキンソン病となり13年九州療養所(菊池恵風園)に入った。内田守人医官に歌の指導を受け、合同集「桧の影」に参加、昭和3年水甕社に入り、12年同人。呼吸困難、失明の苦痛などを歌にした。歌集「一握の藁」「櫟の花」、没後「島田尺草全集」が出された。

島田 修二　しまだ・しゅうじ
歌人　[生]昭和3年8月19日　[出]神奈川県横須賀市　[学]東京大学文学部社会学科(昭和28年)卒　[賞]日本歌人クラブ推薦歌集(第10回)(昭和39年)「花火の星」、短歌愛読者賞(第6回)(昭和54年)「渚の日々」、迢空賞(第18回)(昭和59年)「渚の日日」、詩歌文学館賞(第11回)(平成8年)「草木国土」　[歴]旧制高校時代から宮柊二に師事し、昭和22年「多磨」入会。28年読売新聞社に入社。同年「コスモス」創刊に参加。38年処女作「花火の星」を刊行。54年読売新聞文化部次長をやめて「昭和万葉集」の編集に参加。61年から朝日歌壇選者。62年「コスモス」を退会し、63年「青藍」を創刊。他の歌集に「青夏」「冬音」「渚の日日」「東国黄昏」「草木国土」「朝の階段」「行路」、評論集に「抒情の空間」「宮柊二の歌」「現代短歌入門」など。　[団]現代歌人協会、日本文芸家協会　[家]母＝島田敏子(歌人・故人)、弟＝島田章三(洋画家)

島田 修三　しまだ・しゅうぞう
歌人　愛知淑徳大学文化創造学部教授　[専]上代文学(万葉集)　[生]昭和25年8月18日　[出]神奈川県横浜市　[学]横浜市立大学文理学部卒、早稲田大学大学院文学研究科日本文学専攻博士課程後期修了　[賞]名古屋市芸術賞(芸術奨励賞, 平4年度)、寺山修司短歌賞(第7回)(平成14年)「シジフオスの朝」　[歴]愛知淑徳短期大学助教授を経て、教授。短歌誌「まひる野」編集委員で古典、現代短歌に関する論文多数。平成2年評論誌「ノベンタ」の創刊に参加。共著に「初期万葉」、歌集に「晴朗悲歌集」「離騒放吟集」「シジフオスの朝」など。　[団]上代文学会、中古文学会、解釈学会、万葉学会、美夫君志会、歌人協会(理事)

嶋田 青峰　しまだ・せいほう
俳人　[生]明治15年3月8日　[没]昭和19年5月31日　[出]三重県志摩郡的矢村　本名＝嶋田賢平　[学]東京専門学校(現・早稲田大学)哲学科(明治36年)卒　[歴]教員を経て、明治41年国民新聞(東京新聞の前身)に入社。大正2年より「ホトトギス」の編集に参与し、11年篠原温亭とともに「土上」を創刊。のち新興俳句に転じ、ホトトギスから除名された。昭和16年の俳句事件では検挙された。著書に大正14年刊の「青峰集」をはじめ「海光」「子規・紅葉・緑雨」「俳句の作り方」などがある。

島田 忠夫　しまだ・ただお
童謡詩人　[生]明治37年6月　[没]昭和19年　[出]茨城県水戸市　[歴]島木赤彦に師事、雑誌「童話」に童謡を投稿、西条八十、吉江喬松らに認められた。昭和3年童謡詩集「柴木集」を出版、俳画的叙情の作風を自ら童謡詩とし、昭和初めの童謡界に注目された。第2童謡詩集「田園手帖」がある。

嶋田 的浦　しまだ・てきほ
俳人　[生]明治26年1月22日　[没]昭和25年4月11日　[出]三重県志摩郡的矢村(現・磯部町)　本名=嶋田襄　[学]東京外国語大学卒　[歴]在学中、当時「ホトトギス」の編集をしていた兄青峰と共に高浜虚子に師事。大正初期すでに「ホトトギス」で頭角を現わしたが、のち兄の青峰を助けて「土上」に拠る。晩年は宇治山田に隠栖し、「みその」を主宰した。没後の平成11年、初の句集が刊行される。　[家]兄=嶋田青峰

島田 ばく　しまだ・ばく
児童文学作家　詩人　[生]大正12年9月28日　[出]東京　本名=島田守明　[学]大森高小(昭和14年)卒　[賞]児童文化功労賞(第34回)(平成7年)　[歴]著書に「日溜り中に」「なぎさの天使」「父の音」「リボンの小箱」など。　[団]日本児童文芸家協会(顧問)、日本ペンクラブ、日本詩人クラブ、日本文芸家協会

嶋田 麻紀　しまだ・まき
俳人　「麻」主宰　[生]昭和19年11月2日　[出]茨城県　本名=倉持明子(くらもち・めいこ)　[学]文部省図書館職員養成所卒　[賞]麻評論賞(昭和47年)、麻俳句賞(昭和50年)　[歴]昭和38～44年渡辺水巴系俳人菊池麻風宅より通学、通勤。43年「麻」創刊に参加、同時に菊池麻風から実作の手ほどきをうける。50年俳人協会入会。57年より「麻」主宰。句集に「冬すみれ」「たんぽぽ」「夢重力」、編著に「秀句350選・花」「秀句350選・色」など。　[団]俳人協会(評議員)、日本現代詩文学館(評議員)、日本ペンクラブ、日本文芸家協会

嶋田 摩耶子　しまだ・まやこ
俳人　フラワーデザイナー　[生]昭和3年6月20日　[出]千葉市　[学]恵泉女学園専門部卒、アメリカンフローラルアートスクール卒　[歴]昭和24年より作句。父唐笠何蝶の「阿寒」で学び、「ホトトギス」「玉藻」に投句。36年「ホトトギス」同人。句集に「月見草」「更衣」。　[団]俳人協会　[家]夫=嶋田一歩(俳人)、父=唐笠何蝶(俳人)

島田 みつ子　しまだ・みつこ
俳人　[生]明治45年1月1日　[没]平成2年3月27日　[出]東京　本名=島田光子　[学]文化学院中学部　[歴]学院在学中より高浜虚子の指導を受け俳句を始める。「ホトトギス」「玉藻」に投句して句作に励み、のち「蔵王」当季雑詠選者となる。昭和19年「こでまり」を創刊主宰。句集に「青宵」「ふさのくに」など。

嶋田 洋一　しまだ・よういち
俳人　[生]大正2年11月7日　[没]昭和54年10月26日　[出]三重県志摩郡磯部町的矢　[学]早稲田大学国文科(昭和11年)卒　[歴]昭和8年父の主宰する「土上」の同人となり、新興俳句運動に参加。中外新報社、家の光協会などに勤務し、21年より「俳句人」編集に従事する。46年三協社(広告代理店)を創立、また「東虹」同人となった。著書に「俳句入門」、句集に「洋一句集」がある。　[家]父=嶋田青峰(俳人)

島田 陽子　しまだ・ようこ
詩人　[生]昭和4年6月7日　[出]東京　[学]豊中高女卒　[歴]戦後、投稿雑誌「文章倶楽部」に詩や小説を発表したのがきっかけで詩人の道へ。「こどものうたの会」、詩誌「叢生」各同人。朝日カルチャーセンター講師、帝塚山学院大学講師を務める。大阪の千里で開催された万博のテーマソングを作詞したことでも知られる。また大阪弁の童謡詩にも取り組む。著書に「うち知ってんねん」「金子みすゞへの旅」、詩集に「ゆれる花」「北摂のうた」「共犯者たち」「大阪ことばあそびうた」「童謡」などのほかに、童謡集に「ほんまにほんま」(共著)、童話集に「海のポスト」がある。　[団]日本現代詩人会、日本作詩家協会、日本童謡協会、詩と音楽の会

島田 芳文　しまだ・よしぶみ
詩人　作詞家　[生]明治31年2月11日　[没]昭和48年5月3日　[出]福岡県　本名=島田義文　別名=吉田潤平　[学]早稲田大学政経学部(大正12年)卒　[歴]中学時代、島田青峰に俳句、若山牧水に短歌を学ぶ。のち野口雨情に師事し、昭和2年処女詩集「農土思慕」刊行。その後は主に作詞家として活躍、大ヒットした「丘を越えて」の他、代表作に「丘」「ミラボー橋の下」など。

島谷 征良　しまたに・せいろう
俳人　[生]昭和24年9月14日　[出]広島県広島市　本名=島谷敬介(しまたに・けいすけ)　[学]国学院大学文学部(昭和47年)卒　[興]植物文化史、国語国字問題　[賞]風土賞(昭和49年)　[歴]14歳で句作を始め、昭和42年「風土」に入会し、45年

同人。51年「一葦」を創刊し、主宰。神奈川県立高校国語教諭を務め、高浜高校、鶴岡高校などに勤務。句集に「鵬程」「履道」、共著に「卒業」「入門歳時記」など。㉝俳人協会（幹事）、風土俳句会、一葦俳句会、日本文芸家協会

嶋袋 全幸　しまぶくろ・ぜんこう
歌人　㋑明治41年10月9日　㋺昭和64年1月5日　㋩沖縄県那覇市　本名＝島幸太　㋥国学院大学高等師範部卒　㋭沖縄タイムス芸術選賞文学大賞　㋬戦前は沖縄県立三高女、同二中各教諭。戦後、名護高校教頭、宜野座高校長を経て、琉球育英会東京事務所長となり、15年間東京在勤。のち名護高校長を最後に退職。傍ら、歌人として活躍。昭和38年歌誌「くぐひ」会員、のち同人。53年頃から「琉球歌壇」選者となり、同じ琉球新報の短歌講座講師をつとめるなど、歌人の育成に力を尽くした。著書に「昔の那覇と私」「歌集・明澪」など。

島村 茂雄　しまむら・しげお
俳人　「笛」主宰　㋑明治39年8月19日　㋺平成6年3月18日　㋩北海道旭川市　㋥札幌商卒　㋬昭和19年松本たかしに師事。21年松本たかしを主宰として迎え、俳誌「笛」を創刊、編集経営に当る。31年たかし没後「笛」を主宰。現代俳句協会会員を経て、42年俳人協会に入会。40年「たかし全集」を刊行。㉝俳人協会（評議員）、静岡県俳句協会（名誉会員）、伊東市俳句連盟（顧問）

島村 元　しまむら・はじめ
俳人　㋑明治26年6月25日　㋺大正12年8月26日　㋩アメリカ　㋥慶応義塾大学文科予科（大正4年）中退　㋬大正2年より高浜虚子に師事し「ホトトギス」に投句する。のちホトトギス同人および募集句選者。没後の大正13年「島村元句集」が刊行された。

島本 正斉　しまもと・まさなり
歌人　㋑大正11年11月19日　㋩奈良県　㋭関西短歌文学賞「北をさす星」　㋬昭和16年より作歌を始め、25年「白珠」に入社、安田青風、安田章生に師事。29年同人のち選者、編集委員。53年「関西歌人集団」を創設、委員・事務局を担任。55年より大阪歌人クラブ理事。歌集「北をさす星」で関西短歌文学賞受賞。他に「銀杏樹の下」がある。㉝現代歌人協会、大阪歌人クラブ

清水 昶　しみず・あきら
詩人　評論家　㋑昭和15年11月3日　㋩山口県阿武郡高俣村　㋥同志社大学法学部政治学科卒　㋭現代詩手帖賞（第7回）（昭和41年）　㋬昭和39年第一詩集「暗視の中を疾走する朝」を刊行。47年藤井貞和、倉橋健一らと「白鯨」を創刊。詩集は他に「少年」「新しい記憶の果実」「詩人の死」など。また「詩の荒野より」「詩人・石原吉郎」などの評論集もある。㉟兄＝清水哲男（詩人）

清水 ゑみ子　しみず・えみこ
詩人　㋑大正13年5月15日　㋩福岡県山門郡（本籍）　㋥帝国女専国文科中退　㋭福岡市文学賞（第12回・昭56年度）　㋬10代から始めた自由律俳句から昭和30年ごろ詩作に移る。「層雲」から「Jeu」「時間」を経て「暦象」「蘭」「ポリタイア」などの同人。詩集に「黒い使者」「主題と変奏曲」「動いている帯」「環」「青の世界」がある。

清水 乙女　しみず・おとめ
歌人　短歌会「筵」主宰　㋑明治33年1月15日　㋺昭和60年6月24日　㋩三重県桑名市　本名＝清水とめ　㋥津田英学塾英文科卒　㋬大正11年中河幹子らと「ごぎやう」を創刊、ついで北原白秋に師事し、「多磨」創刊に参加。昭和17年、五島美代子、合田艶子とともに「現代女流新鋭集」に参加。28年「筵」を創刊主宰する。歌集に「薫染」「寂光」「牴牾（ていかい）」、著書に「新古今女人秀歌」「万葉女人秀歌」など。

清水 かつら　しみず・かつら
童謡詩人　㋑明治31年7月1日　㋺昭和26年7月4日　㋩東京　本名＝清水桂　㋥京華商卒、青年会館英語学校卒　㋬はじめ東京・神田の中西屋につとめていたが、小学新報が中西屋から独立した際同社に転じ、雑誌「少女号」「小学画報」の編集に従事。編集主任鹿島鳴秋の勧めで童謡を作り始め、大正8年頃から「少女号」を中心に作品を発表。作品の「靴が鳴る」「あした」「叱られて」「雀の学校」などはすべて弘田龍太郎によって作曲され、鳴秋らの童謡とともにレコード化され流布した。当時「赤い鳥」の創刊によって芸術童謡が勃興していたが、平明なかつらの童謡は大衆に広く親しまれた。関東大震災後、埼玉県和光市白子に移り住み、死去するまで創作活動をつづけた。

清水 橘村　しみず・きっそん
詩人　[生]明治12年5月19日　[没]昭和40年10月2日　[出]茨城県水戸市　本名＝清水孝教　易号＝高木乗　[学]小学校中退　[歴]貧苦の中で独学、明治31年上京して「文庫」に投稿、翌年詩文誌「桜州之青年」記者となり、横瀬夜雨の詩集「夕月」を刊行。34年処女詩集「野人」を出版、38年「国詩」を発行。正富汪洋と共著の「夏ひさし」、次いで41年第2詩集「筑波紫」、晩年に「鴉の蒔いた草花」を刊行した。後半生は刀剣、歴史、運命学の研究に励み、易号・高木乗の名の著作がある。

清水 衣子　しみず・きぬこ
俳人　[生]昭和4年1月10日　[出]東京　[学]都立向丘高女卒、東京YMCA英語学校卒　[賞]畦賞（第1回）（昭和54年）　[歴]昭和45年上田五千石の手ほどきを受け「氷海」入門、あわせて秋元不死男の指導を受く。49年同人。48年「畦」創刊と共に入会、50年同人。句集に「さくらんぼ」などがある。　[団]俳人協会

清水 杏芽　しみず・きょうが
俳人　医師　双葉会主宰　[生]大正2年12月15日　[出]埼玉県　本名＝清水久明　[学]東京医専（昭和11年）卒　医学博士　[賞]勲六等旭日章（昭和50年）、沼津朝日文化賞　[歴]昭和22年沼津に清水内科を開業。その以前から句作を始め、21年草茎社の宇田零雨に入門。26年双葉会を創立、月刊俳誌「双葉」創刊。56年には和香文庫（俳句図書館）を開設し無料開放、62年沼津市日枝神社に芭蕉句碑を建立。著書に医学書のほか「現代俳句鑑賞の誤謬」「間違いだらけの俳句鑑賞」「沼津歳時記」「俳句工房」「俳句原論」「芭蕉探訪―近畿編」、句集に「沼津抄」「残心」など。　[団]沼津医師会、静岡県俳協、静岡県文連

清水 清　しみず・きよし
社会運動家　詩人　[生]大正6年　[出]長野県諏訪郡玉川村（現・茅野市）　[歴]早くから詩作をし、またアナキズムに近づく。昭和10年「詩行動」を創刊し、アナキズム系のプロレタリア詩人として活躍した。

清水 径子　しみず・けいこ
俳人　[生]明治44年2月11日　[出]東京都台東区上野　本名＝清水経子（しみず・つねこ）　[学]府立第一高女卒　[賞]詩歌文学館賞（俳句部門，第17回）（平成14年）「雨の樹」　[歴]昭和24年秋元不死男主宰「氷海」創刊に同人参加。46年「虹の会」結成に参加。48年第1句集「鶸」を出す。54年「琴座」同人。他に句集「哀湖」「雨の樹」などがある。

志水 賢太郎　しみず・けんたろう
歌人　[生]明治40年8月10日　[没]平成9年5月14日　[出]愛知県日進市　[歴]昭和2年10月「蒼穹」に入会、岡野直七郎に師事。4年6月同人となる。復員後の21年11月「双魚」を創刊主宰、25年6月号で休刊。55年4月復刊、病気療養のため平成8年廃刊。昭和59年から4年間、中部日本歌人会委員長を務めた。他に、柴舟会理事、熱田神宮献詠祭選者などを歴任。歌集に「松韻」「天の一角」がある。

清水 崑　しみず・こん
漫画家　俳人　[生]大正1年9月22日　[没]昭和49年3月27日　[出]長崎県長崎市　本名＝清水幸雄（しみず・さちお）　[学]長崎商（昭和5年）卒　[歴]似顔絵の名手であり「かっぱ天国」の崑さんで売った。昭和6年ほとんど家出の形で東京美術学校を目指し上京。初め街頭に立って似顔絵を描きながら生活しているうちに、岡本一平に認められ弟子入り。文芸春秋社の雑誌「オール読物」や「話」などにカットや似顔絵を描いていたが、8年吉田貫三郎の紹介で新漫画派集団に入団、認められる。戦後間もなく「新夕刊」に政治漫画を描いていたが、朝日新聞にスカウトされて政治漫画を担当、読売の近藤日出造と競った。26年から「小学生朝日」に「かっぱ川太郎」を描いたのが、当時週刊朝日編集長の扇谷正造に注目され、28年から6年間「週刊朝日」に「かっぱ天国」を連載、人気を得た。筆で描くかっぱ像の水々しさは一級品であった。子ども漫画も数多く手がけ「少年少女漫画集」（3巻）に収められている。また、晩年は「寒雷」で句作に励み、47年同人となる。句集に「孤音句集」がある。　[家]妻＝清水恒子（歌人）

清水 正吾　しみず・しょうご
詩人　[生]昭和3年8月24日　[出]東京　[歴]「彼方」所属。詩集に「わが戒律」「中世の秋」「清水正吾詩集」がある。　[団]日本現代詩人会

清水 昇子　しみず・しょうし
俳人　[生]明治33年9月19日　[没]昭和59年5月28日　[出]長野県上水郡柳原村小島　本名＝清水巌　別号＝清水山家　[学]築地工学院卒　[歴]昭和8年幡谷梢閑居（東吾）を知ったことからの縁で作句を始め、「走馬灯」の創刊に参加。10年同誌の「旗艦」への合流とともに旗艦同人、同時に「京大俳句」に加盟。15年の京大俳句弾圧事件

後は無所属のまま戦中を過ごす。戦後は「青玄」「天狼」「俳句評論」「面」に拠り、没時は「天狼」「面」同人だった。句集に「走馬灯」「千曲川」「石を抱く」「生国」「拝日」「亡羊」があり、ほかに短詩型文学全書19「清水昇子」、文集「作句の窓＝随筆風に」などの著がある。

清水 信　しみず・しん
歌人　㋑明治33年5月18日　㋺昭和35年7月30日　㋩奈良市郊外郡山　本名＝清水信義　㋥大阪工応用化学科卒　㋭会津若松市の製鋼所に勤め、前田夕暮門の佐藤嘲花を知って歌を作り始めた。大正11年「短歌雑誌」に投稿、吉植庄亮の選を受け「橄欖」に参加。12年奈良の麗日詩社から「郷愁」を創刊、口語歌壇に新感覚派的技巧を導入。15年新短歌協会に加わり自由律に傾いた。昭和5年土田杏村らと「短歌建設」創刊、次いで「短歌科」「作家」創刊。「方眼紙のなかから/都市計画は/蒲公英の穂を吹きながら来る」が代表作。歌集に「黎明を行く」「新陽」「煙突」「都市計画」「首都」、評論集「新短歌はどう動く」がある。

清水 清山　しみず・せいざん
俳人　㋑明治22年11月25日　㋺昭和44年1月1日　㋩長野県　本名＝清水菊二　㋥陸軍経理学校卒　㋭少年時代から俳句に親しみ、中年から本格的に「ホトトギス」「馬酔木」に投句。昭和15年「寒雷」創刊に同人参加。戦後は寒雷暖響会長をつとめた。句集に「旗薄」がある。

清水 高範　しみず・たかのり
詩人　㋑大正4年9月10日　㋩広島県　㋥龍谷大学卒　㋭「木靴」「地球」を経て「杏」同人となる。詩集に「記憶」「冬の旅へ」「なにかが私を通って行く」などがある。　㋾日本現代詩人会

清水 達夫　しみず・たつお
⇒清水凡亭（しみず・ぼんてい）を見よ

清水 たみ子　しみず・たみこ
童謡詩人　児童文学作家　㋑大正4年3月6日　㋩埼玉県　本名＝清水民　㋥東京府立第五高女（昭和7年）卒　㋭児童文化功労者、芸術祭文部大臣賞（昭和33年）「チュウちゃんが動物園へ行ったお話」（共作）、芸術祭奨励賞（昭和36年）「東京のうた」（共作）、日本童謡賞（第21回）（平成3年）「かたつむりの詩」　㋭第2次「赤い鳥」に昭和6年以降14編が入選する。のちに童謡同人誌「チチノキ」に参加し、戦後は幼年雑誌「子どもの村」編集部に勤務。かたわら、童謡や絵本の創作をつづけ、昭和28年から執筆に専念。童謡に「雀の卵」「雨ふりアパート」「戦争とかぼちゃ」など、詩集に「あまのじゃく」「かたつむりの詩」、童謡集に「ぞうおばさんのお店」がある。　㋾日本児童文学者協会、日本童謡協会

清水 ちとせ　しみず・ちとせ
歌人　㋑明治38年12月21日　㋩長野県　本名＝清水千年　㋭昭和2年与謝野晶子に師事。24年「女人短歌」に入会、編集委員。28年「芦笛」を創刊主宰。歌文集に「母は平和を」「女心点描」「雲流離」「季樹抄」「わが短歌集成一万首」などがある。

清水 千代　しみず・ちよ
歌人　㋑明治26年2月21日　㋺昭和61年3月26日　㋩長野県　㋭古泉千樫に師事したが、逝去後、大正11年中河幹子の「ごぎやう」に参加。昭和11年「どうだん」を創刊、主宰。女人短歌会員。歌集に「岬」「光のなかを」「砂の音」がある。

清水 恒子　しみず・つねこ
歌人　㋑大正3年8月4日　㋺平成5年2月23日　㋩奈良県　㋥文化学院　㋭個性賞（昭和63年）　㋭学院在学中より、与謝野晶子に師事するが、後に五島茂に師事し「心の花」に入会する。その後山下陸奥の「一路」に入会。陸奥没後、山下喜美子に師事。のち「個性」「女人短歌」に所属。歌集に「麻の花」「微風走る」「陶製の花」「朱粒花」「短日の家」など。　㋾日本歌人クラブ、現代歌人協会　㋧夫＝清水崑（漫画家・故人）

清水 哲男　しみず・てつお
詩人　評論家　㋭詩　美術　映画　スポーツ　㋑昭和13年2月15日　㋩山口県高俣村　㋥京都大学文学部哲学科（昭和39年）卒　㋭ニューメディア　㋭H氏賞（第25回）（昭和50年）「水甕座の水」、詩歌文学館賞（第1回）（昭和61年）「東京」、萩原朔太郎賞（第2回）（平成6年）「夕陽に赤い帆」、晩翠賞（第35回）（平成6年）「夕陽に赤い帆」　㋭「青炎」「筏」「楽隊」「唄」を経て、「ノッポとチビ」同人。一方、芸術生活社の編集者、河出書房「文芸」編集を経て、フリー。「FMモーニング東京」のディスク・ジョッキーも担当した。昭和50年詩集「水甕座の水」で第25回H氏賞受賞。美術・映画・スポーツと幅広い分野で著述活動。詩集に「喝采・水の上衣」「雨の日の鳥」「清水哲男詩集」「地図を往く雲」「東京」「夕陽に赤い帆」「詩に踏まれた猫」、評論に「唄が火につつまれる」「詩的漂流」、

エッセイ集「ダグウッドの芝刈機」など著書多数。　㊵日本現代詩人会、日本文芸家協会　㊷弟＝清水昶(詩人)

清水　俊彦　　しみず・としひこ
音楽評論家　詩人　美術評論家　㊸ジャズ　アメリカのミニマル音楽　アメリカ現代美術　ヴィジュアル・ポエトリー（視覚詩）　㊺昭和4年5月31日　㊻千葉県成田市上町　㊼東京大学理学部物理学科中退、学習院大学文学部哲学科卒　㊽80年代以降のジャズ・アヴァンギャルドの総括、60年代から90年代にかけて、ジャズ以外の同上のジャンル（アメリカ現代詩、ロックを含む）についてのエッセイおよび自作の写真、ヴィジュアル・ポエムなどを一冊の本にまとめること　㊾詩人の北園克衛に師事し、詩を書く。音楽批評でも活躍。70年代を通してジャズに聴き入り、ジャズの動きとともに現代の精神史をたどっている。著書に、フリージャズの展開を研究した「清水俊彦ジャズ・ノート」、「ジャズ転生―現代ジャズの展開」「ジャズ・アヴァンギャルド」の他、詩集「直立猿人」がある。また、美術批評も行う。　㊿アカデミア・ティベリーナ（世界文化・高等学術研究所）

清水　一　　しみず・はじめ
建築家　エッセイスト　俳人　日本大学生産工学部教授　元・大成建設常務　㊸明治35年1月11日　㊹昭和47年3月17日　㊻東京・神田　筆名＝清水はじめ　㊼東京帝国大学建築学科（大正15年）卒　㊽日本エッセイストクラブ賞（第4回）（昭和31年）「すまいの四季」　㊾大正15年大倉土木（のち大成建設）に入社。昭和13年サンフランシスコ万国博覧会日本館建設にあたる。他にホテル・オークラ、ホテル・ニューオータニ等の設計にかかわる。38年退社し、43年設計事務所を開設。住宅作品に「千駄ヶ谷・名取邸」「堀内邸」など。住宅建築論の開拓者であると同時に、名エッセイストとして知られた。「暮しの手帖」の常連寄稿者で、日本の伝統文化について"老成した幼児"という表現で、合理性の欠如を嘆いている。一方俳句に親しみ、12年頃より大島三平に師事、とんぼ会をつくる。23年「若葉」第1期同人。加倉井秋をらと共にとんぼ調と称する口語調俳句で活躍した。著書に句集「匙」、随筆集「人の子にねぐらあり」など。

清水　比庵　　しみず・ひあん
歌人　書家　画家　㊸明治16年2月8日　㊹昭和50年10月24日　㊻岡山県　本名＝清水秀　㊼京都帝大法学部卒　㊽司法官、銀行支店長を経て日光町町長を務めた。傍ら「二荒」を創刊主宰し、「下野短歌」「あけび」に参加。昭和41年宮中歌会始召人。43年「下野短歌」を改題し「窓日」主宰となる。歌集に「窓日」「窓日第二」「比庵晴れ」のほか、「紅をもて」「比庵いろは帖」などがある。また、書画にもすぐれ作品集「比庵　歌集画」などがある。

清水　弘之　　しみず・ひろゆき
俳人　岐阜大学医学部教授　㊸疫学　公衆衛生学　㊺昭和22年7月17日　㊻京都府　㊼岐阜大学医学部（昭和47年）卒　医学博士　㊽子宮頸部異形成の発生要因、移民集団における移民時年齢と癌罹患率の関係、ホンコンにおける女性肺癌の特徴と成因　㊾国立名古屋病院、愛知県がんセンター研究所、東北大学医学部助教授を経て、平成元年岐阜大学医学部公衆衛生学教室教授。米国・南カリフォルニア大学のブライアン・ヘンダーソン教授が中心になって環太平洋6ケ国で実施する"癌と食生活の関連調査"に協力、日本側での調査を担当。調査対象地には岐阜県高山市を選び、同市の協力も得て市民2万人について今後10年間の追跡調査を行なう。また清水貴久彦の名で俳人としても活動し、13年病気やその周辺を詠んだ俳句を集めたエッセイ集「病窓歳時記」を刊行。他の句集に「微苦笑」がある。　㊿日本癌学会、日本公衆衛生学会、日本肺癌学会

清水　房雄　　しみず・ふさお
歌人　㊸中国古代哲学　㊺大正4年8月7日　㊻千葉県東葛飾郡野田町（現・野田市）　本名＝渡辺弘一郎　㊼東京文理科大学文学科漢文学専攻（昭和15年）卒　㊽現代歌人協会賞（第8回）（昭和39年）「一去集」、埼玉文芸賞（第3回）（昭和47年）「又日々」、短歌研究賞（第13回）（昭和52年）「春の土」、日本歌人クラブ賞（第17回）（平成2年）「繞間抄」、迢空賞（第32回）（平成10年）「旻天何人吟（びんてんかじんぎん）」、現代短歌大賞（第22回）（平成11年）　㊾東京都立北園高校長、昭和女子大学助教授を経て、同大教授、文教大学教授を務めた。のちに東京成徳短期大学講師なども務める。東京高師在学中、五味保義に作歌指導を受け、昭和13年「アララギ」に入会。土屋文明選歌欄に出詠、「アララギ」編集委員・選者、歌会始詠進歌選者。歌集に「一去集」「又日々」「風谷」「停雲」「散散小吟

集」「旻天何人吟(びんてんかじんぎん)」「老耄章句(ろうもうしょうく)」、選歌集「海の蜩」、評論「斎藤茂吉と土屋文明」などがある。
[団]日本文芸家協会

清水 房之丞　しみず・ふさのじょう
詩人　[生]明治36年3月6日　[没]昭和39年4月14日　[出]群馬県新田郡沢野村(現・太田市大字牛沢)　[学]群馬師範二部卒　[歴]小学校教師をつとめ、佐藤惣之助の「詩之家」に参加。詩集に昭和5年刊行の「霜害警報」をはじめ「青い花」「炎天下」などがある。戦後は「詩人会議」に所属。

清水 凡亭　しみず・ぼんてい
雑誌編集者　俳人　マガジンハウス名誉会長　淡淡美術館館長　[生]大正2年10月22日　[没]平成4年12月28日　[出]東京・日本橋　本名＝清水達夫(しみず・たつお)　筆名＝夏目咲太郎　[学]立教大学予科(昭和10年)卒　[歴]電通、大政翼賛会に勤務。翼賛会宣伝部で岩堀喜之助(平凡出版初代社長)と知り合い、戦後、昭和20年凡人社を創立。同年雑誌「平凡」を創刊、初代編集長となる。29年平凡出版に社名変更、取締役に。39年「平凡パンチ」を創刊、初代編集長。同年社長に就任。58年マガジンハウスに社名変更。63年会長となる。俳人としても知られ、51年から句誌「淡淡」を主宰、平成3年私設俳句美術館・淡淡美術館を開設。著書に「絵のある俳句作品集」「帽子」「二人で一人の物語」、句集に「ネクタイ」などがある。

清水 基吉　しみず・もとよし
小説家　俳人　「日矢」主宰　鎌倉文学館館長　[生]大正7年8月31日　[出]東京　[学]東京市立一中中退、英語専門学校卒　[賞]芥川賞(第20回)(昭和19年)「雁立」　[歴]胸部疾患で療養中の昭和16年「鶴」に参加し、石田波郷を知る。この頃から小説も書き始め19年「雁立」で芥川賞を受賞。小説家としては「白河」「去年の雪」「夫婦万歳」などの作品がある。21年「鶴」同人となり、ついで「馬酔木」同人になる。33年「日矢」を創刊。34～50年電通に勤務ののち、平成3年鎌倉文学館館長に就任。句集に「寒蕭々」「宿命」「冥府」「遊行」、著書に「虚空の歌」「俳諧師芭蕉」「俗中の真」「意中の俳人たち」などがある。　[団]俳人協会(名誉会員)、日本文芸家協会

清水 康雄　しみず・やすお
詩人　評論家　青土社社長　[生]昭和7年2月4日　[没]平成11年2月21日　[出]東京　本名＝清水康　[学]早稲田大学文学部卒、早稲田大学大学院哲学専攻修了　[歴]18歳のとき詩集「詩集」を刊行し、天才詩人として注目を浴びる。以後、翻訳や評論などでも幅広く活躍。昭和36年河出書房に入社。「ユリイカ」「現代詩手帖」の編集に携わる。43年倒産し、退社。44年青土社を設立し、第2次「ユリイカ」を創刊。47年「現代思想」を創刊。のち「イマーゴ」を創刊。

清水 八束　しみず・やつか
歌人　産婦人科医　[生]明治43年8月27日　[没]昭和56年10月26日　[出]山梨県　[学]東京慈恵会医科大学卒　[歴]昭和13年1月「国民文学」に入社、松村英一に師事し、21年6月同人となる。29年7月歌誌「樹海」創刊に参加、編集同人となり、52年1月より主宰。歌集に「青夜の風」「松の樹の影」「続松の樹の影」がある。
[団]現代歌人協会

清水 義男　しみず・よしお
歌人　[生]明治38年12月15日　[出]長野市松代町　[学]松代実業(現・松代高)卒　[歴]小諸市丸五商店で修業。上京後、飛行機協力工場などを経営。戦後は長野市で数カ所に事業を経営。一方、38年から斎藤史主宰の「原型」に参加。歌集に「遠雷」「游」「春泥」、随筆に「老春日記」「続老春日記」などがある。

清水 亮　しみず・りょう
詩人　[生]大正3年　[出]島根県松江市　[学]信濃橋洋画研究所(昭和5年)　[歴]昭和5年信濃橋洋画研究所に学ぶ。18～20年海軍整備兵として南方勤務。著書に「日本詩集」(共著)、詩集に「呼んでくれるな」「遠景家族」「軍歌世代」他。
[団]日本美術会

清水 寥人　しみず・りょうじん
小説家　俳人　出版あさを社取締役　[生]大正9年11月27日　[没]平成6年11月21日　[出]群馬県　本名＝清水良信　[学]鉄道教習所卒　[歴]昭和47年旧国鉄を退職し、出版社・あさを社を設立。傍ら創作。著書に第50回芥川賞候補作「機関士ナポレオンの退職」や「小説・泰緬鉄道」「上州讃歌」「レムパン島」「牧水・上州の旅」(上下)、句集に「風樹」「春信抄」など。　[団]日本文芸家協会、群馬県文学会議、群馬ペンクラブ(理事)

清水 鱸江　しみず・ろこう
俳人　[生]明治6年8月23日　[没]昭和19年3月23日　[出]島根県松江　本名＝清水昌三郎　[歴]京都に住んで株式売買業を営んだ。俳句は正岡子規、高浜虚子に学ぶ。「満月会」幹事を務めるほか、「懸葵」編集に携わった。

志村 辰夫　しむら・たつお
詩人　[生]大正2年1月1日　[出]東京都荒川区南千住町　[歴]昭和51年まで通産省に勤務。5年倉橋弥一・安藤一郎らの詩誌「獣」に詩を発表。13年「新領土」、ついで22年「VOU」、25年「MENU」に参加。32年「新領土」復刊に関与。「暦象」(中野嘉一編集)同人。詩集に「新フィレンツェ」「歯車」、昭和詩大系「志村辰夫詩集」、共著「暦象詩集」などがある。

下川 儀太郎　しもかわ・ぎたろう
詩人　政治家　元・衆院議員(社会党)　[生]明治37年2月1日　[没]昭和36年2月6日　[出]静岡県静岡市太田町　[学]日本大学芸術科中退　[歴]早くから文学に親しみ、昭和4年日本プロレタリア作家同盟に加入。その一方で母子ホーム、託児所を経営した。戦後は社会党に入って県議をつとめ、また27年から33年まで衆院議員を3期務めた。詩集に「富士と河と人間と」がある。

下川 まさじ　しもかわ・まさじ
俳人　[生]大正4年8月10日　[没]平成3年9月6日　[出]東京　本名＝下川政治(しもかわ・まさはる)　[学]旧制中卒　[賞]河賞(昭和56年)　[歴]昭和33年「河」創刊と共に入会、角川源義に師事。34年「河」同人。55年浦和市俳句連盟副理事長、同年埼玉県俳句連盟常任理事。　[団]俳人協会

下郡 峯生　しもごおり・みねお
歌人　「歌帖」主宰　[生]大正7年9月15日　[出]大分県大分市横尾　本名＝山本峯生　[学]広島高等師範卒　[歴]師範学校入学と同時に岡本明主宰「言霊」に入会。21年「臼陽歌人」を創設主宰、2年で廃刊。25年葉山耕三郎主宰「歌帖」に入会、45年葉山没後主宰となる。45年より大分合同新聞短歌欄選者。48年県歌人クラブ副会長、57年会長。大分県教育長を務めた。歌集に「心猿」「寒暖」がある。

下田 歌子　しもだ・うたこ
女子教育家　歌人　[生]安政1年8月8日(1854年)　[没]昭和11年10月8日　[出]美濃国恵那郡岩村(岐阜県岩村町)　旧姓(名)＝平尾　幼名＝平尾鉐(ひらお・せき)　[歴]明治4年上京、祖父の東條琴臺に師事、5年から7年間宮中に仕え、宮内省十五等出仕、8年権命婦となった。皇后に和歌を献じ歌才にちなんで歌子の名を賜わる。12年辞職し、東京府士族下田猛雄と結婚したが数年で夫に死別。14年桃夭女塾を創設、華族の子女を教育。17年宮内省御用掛となり、18年華族女学校(学習院女学部の前身)創設で同校幹事、教授となった。以来20余年間、華族子女の教育に貢献。26年欧米に出張、28年帰国。31年帝国婦人協会を創設、会長となり、32年実践女学校(実践女子大学の前身)、女子工芸学校を創立、実践女子学園校長を務めた。39年華族女学校が廃止され改めて学習院教授兼女学部長となった。大正9年社団法人・愛国婦人会会長となり全国を講演旅行。上流社交界で明治の紫式部といわれ、宮中に隠然たる勢力を持ち、また穏田の行者といわれた飯野吉三郎とのスキャンダルが新聞ダネとなった。従三位、勲三等。著書に「家庭文庫」「婦人礼法」「日本の女性」「香雪叢書」、歌集に「雪の下草」などがある。

下田 閑声子　しもだ・かんせいし
俳人　[生]明治29年1月5日　[没]昭和63年5月11日　[出]東京都西多摩郡羽村町　本名＝下田信太郎(しもだ・のぶたろう)　[学]実業補習校卒　[賞]夏草功労賞(昭和52年)　[歴]昭和14年都立農林高校に奉職、26年間つとめる。17年「夏草」会員となり、山口青邨の指導を受ける。31年「夏草」同人。51年「野彦」を創刊し、主宰。句集に「落葉」「菊枕」。　[団]俳人協会

下田 惟直　しもだ・これなお
詩人　[生]明治30年9月27日　[出]長崎県　[学]早稲田大学英文科中退　[歴]大正10年ごろから「少女画報」の編集、昭和になっては「詩人時代」の小曲の選に当たり、自作も寄せた。著書に「胸より胸に」「異人のお花見」「花と花言葉」「花ことば・花の伝説」「島崎藤村」などがある。

下田 実花　しもだ・じつか
俳人　元・芸者　新橋句誌「艶寿会」主宰　[生]明治40年3月10日　[没]昭和59年11月24日　[出]大阪　本名＝下田レツ　[学]三河台小学校卒　[歴]13歳で花街に入り、昭和10年から故高浜虚子主宰の俳誌「ホトトギス」に寄稿。東京で60年間、新橋芸者をしながら俳句を続け、“俳

諸芸者"として知られた。著書に「実花句帖」「手鏡」「ふみつづり」。　㊵俳人協会　㊷兄=山口誓子(俳人)

霜田 史光　しもた・のりみつ
詩人　小説家　㊷明治29年6月19日　㊸昭和8年3月11日　㊶埼玉県北足立郡美谷本村　本名=霜田平治　㊸日本工業学校建築科卒　㊹大正8年西条八十編集の「詩王」に参加、処女詩集「流れの秋」を刊行、口語自由詩人として出発。のち「日本民謡」を主宰、新民謡、童話などを発表、野口雨情との共編「日本民謡名作集」、童話集「夢の国」などがある。また14年頃から大衆文芸創作に従事、、著作集「日本十大剣客伝」などがある。

下田 稔　しもだ・みのる
俳人　㊷大正13年11月23日　㊸平成11年3月5日　㊶神奈川県横須賀市　㊸横須賀工卒　㊹浜賞(昭和36年)、浜同人賞(昭和50年)　㊹昭和26年大野林火に入門。35年「浜」同人となり、40〜51年編集員。48年塔の会会員。俳人協会幹事、評議員も務めた。句集に「莫地」「温習」「朝花」「自註・下田稔集」がある。　㊵俳人協会

下出 祐太郎　しもで・ゆうたろう
漆芸家　詩人　㊷昭和30年3月17日　㊶京都府京都市　㊸同志社大学文学部卒　㊹京展記念賞(第40回)(昭和63年)、関西文学賞佳作(第26回)(平成4年)「沈黙の樹液」、関西文学賞(第27回・詩部門)(平成5年)「鮮やかなうらぎり」、日工会大賞、京都市芸術新人賞(平9年度)(平成10年)　㊹京都市伝統技術者研修・京漆器過程を修了。祖父の代から続く家業の蒔絵の技法を受け継ぎ、下出蒔絵司所三代目。昭和57年から日展に連続8回入選。本業の仏壇、仏具を作る一方、平成2年メダカをテーマにした個展を開催。11年伝統工芸品産業通産大臣功労者表彰奨励賞を受賞。また中学生のころから詩を書き始め、昭和57年の詩集「漆工房にて」はH氏賞候補にノミネートされる。「ノッポとチビ」「地球」同人。京都府立西乙訓高校で社会人講師として教壇に立った。漆芸作品集に「游(ゆう)」、詩集に「ルフラン」など。　㊵日展　㊷父=下出祐堂(蒔絵師)

下鉢 清子　しもばち・きよこ
俳人　㊷大正12年7月13日　㊶群馬県館林市　㊸群馬女子師範卒　㊹万蕾群青賞(第3回)(昭和54年)、万蕾十周年記念論文1位(昭和57年)「野見山朱鳥論」、樹下賞(第5回)(昭和59年)「村上鬼城論」、樹木賞(第6回)(平成1年)「前田普羅論」　㊹昭和18年前山臣峰に師事、「ぬかるみ」に入る。32年「鶴」、47年「万蕾」同人。59年連句の「猫養会」に入会、のち理事。俳人協会千葉県副支部長、連句協会千葉県支部副会長を務める。句集に「下鉢清子選集」「霜の道」「荒おこし」など。　㊵俳人協会(評議員)、女性俳句懇話会、連句協会、日本ペンクラブ

下村 為山　しもむら・いざん
俳画家　俳人　㊷慶応1年5月21日(1865年)　㊸昭和24年7月10日　㊶伊予国松山(愛媛県)　本名=下村純孝　別号=百歩、牛伴　㊹上京して洋画を小山正太郎に学び、不同舎塾の後輩に中村不折がいる。のち日本画を久保田米遷に学び、俳画に一家をなした。明治22年内国勧業博覧会で受賞。俳句は正岡子規に師事し、洋画写生の優越姓を不折に先立って子規に説いたと伝えられる。27年松山に日本派俳句会の松風会を興し、日本派の俳人として活躍、句風は子規に「精微」と評された。30年松山版「ホトトギス」創刊時に初号の題字を書いたといわれる。その後も東京発行の「ホトトギス」や「新俳句」に表紙・挿画などを寄せ、同派に貢献した。句は「俳句二葉集」「春夏秋冬」などに見られる。

下村 梅子　しもむら・うめこ
俳人　「かつらぎ」全国同人会長　㊷明治45年5月7日　㊶福岡県福岡市　㊸別府高女卒　㊹昭和26年「かつらぎ」入門。28年同人。40年「ホトトギス」同人。42年俳人協会入会。51年より「かつらぎ新芽集」選者。句集に「紅梅」「沙漠」「長恨歌」。　㊵俳人協会(名誉会員)、兵庫県俳句協会(理事)、大阪俳人クラブ(常任理事)　㊷夫=下村非文(俳人)

下村 悦夫　しもむら・えつお
小説家　歌人　㊷明治27年2月16日　㊸昭和20年12月12日　㊶和歌山県新宮　本名=下村悦雄　旧筆名=紀潮雀(きの・ちょうじゃく)、号=紅霞　㊸新宮男子高小(明治41年)卒　㊹明治41年新宮銀行給仕。40年退職して上京、歌人を志す。一方、生活のために「悲願千人斬」など数多くの講談を書き、平凡社の「現代大衆文学全集」に「下村悦夫集」(1冊)がある。歌集は「口笛」「熊野うた」を遺した。

下村 槐太　しもむら・かいた
俳人　[生]明治43年3月10日　[没]昭和41年12月25日　[出]大阪府　本名＝下村太郎　旧号＝古代嵯　[学]大阪府立八尾中中退　[歴]軽印刷業を営みながら、大正15年岡本松浜に師事して句作。昭和11年から新興俳句運動に参加し、14年「鞭」、18年「海此岸」、21年「金剛」を創刊。27年「金剛」廃刊と同時に筆を折った。句集に「光背」「天涯」がある。52年「下村槐太全句集」（全1巻）が出版された。

下村 海南　しもむら・かいなん
新聞人　政治家　歌人　朝日新聞副社長　国務相　貴院議員(勅選)　[生]明治8年5月11日　[没]昭和32年12月9日　[出]和歌山県和歌山市　本名＝下村宏(しもむら・ひろし)　[学]東京帝国大学法学部政治学科(明治31年)卒　法学博士(大正7年)　[歴]逓信省に入省。貯金局長などを経て、大正4年台湾総督府民政長官。10年朝日新聞社に入社、11年専務、昭和5年副社長を歴任。緒方竹虎と共に同社の近代化を推進。広田弘毅内閣の拓相として有力視されていたが、軍の反対で実現せず、11年退社。12年勅選貴院議員となり、20年4月鈴木貫太郎内閣の国務相兼情報局総裁に就任。この間、18年から日本放送協会会長をつとめ、終戦時に玉音放送の成功を導いた。戦後、参院選に出馬したが落選。平成2年昭和20年当時の手帳が見つかった。著書に「終戦秘史」「財政読本」など。また歌人でもあり、歌集に「芭蕉の葉蔭」「天地」「白雲集」「蘇鉄」などがある。　[家]息子＝下村正夫(演出家)、孫＝下村宏彰(福井大教授・数学)

下村 和子　しもむら・かずこ
詩人　[生]昭和7年3月5日　[出]滋賀県野洲郡野洲町　[学]神戸市外国語大学卒　[歴]「叢生」「地球」同人。詩集に「海の夜」「鳥になる」「鄙道」「耳石」「縄文の森へ」、エッセイに「神はお急ぎにならない」などがある。　[団]現代詩人会、日本文芸家協会、日本詩人クラブ、日本ペンクラブ

下村 三郎　しもむら・さぶろう
詩人　[生]昭和6年　[出]京都府京都市下京区　[学]京都学芸大学(現・京都教育大学)西洋史専攻(昭和29年)卒　[賞]京都市勤労者文学コンクール特選(第30回)「カネタタキ」、滋賀文学祭入選(第32回)　[歴]大学卒業後、中学校教師に。主に保健体育を担当。昭和30年京都体操協会理事を務める。また、スポーツ文芸に関心を寄せ、作句、詩作を始める。59年教職を退き、郷土史の研究、文芸活動に従事。平成元年四季句会、2年現代京都詩話会に参加。12年自宅の庭を開放し、京都児童詩の会“詩(うた)のにわ”を開設、小学生を中心に作詩の指導などを行う。詩集に「流域詩集」「冬のぶらんこ」「空の人」「そこから」などがある。

下村 照路　しもむら・てるじ
歌人　[生]明治27年12月23日　[没]平成4年6月17日　[出]茨城県稲敷郡　本名＝下村栄安　[歴]大成中学在学中「創作」会員となり、若山牧水に師事。昭和3年牧水の死後、雑誌「ぬはり」に転じ、9年まで同人。10年6月北原白秋の「多磨」短歌会に入会。42年短歌雑誌「かかりび」を発刊。歌集に「鳥貝」「桃花鳥」など。また、著書に「郷土町田町の歴史」など。
[団]現代歌人協会

下村 非文　しもむら・ひぶん
俳人　[生]明治35年2月2日　[没]昭和62年8月13日　[出]福岡県築上郡千束村　本名＝下村利雄(しもむら・としお)　[学]東京帝国大学経済学部卒　[歴]大正15年台湾銀行に入行し、「ホトトギス」系江上零々の手ほどきを受ける。昭和24年「ホトトギス」同人、39年から「山茶花」主宰。句集に「莫愁」「猪名野」など。　[団]俳人協会

下村 宏和　しもむら・ひろかず
詩人　[生]昭和16年7月13日　[出]京都府　[学]同志社大学経済学部卒　[歴]「詩謡春秋」「詩鬼」「望遠鏡」「日本詩人」「日本詩集」に作品を発表。詩集に「ひいらぎ」「つぐみのひとりごと」「時流2」「俺の世界」他。　[団]日本詩人連盟

下村 ひろし　しもむら・ひろし
俳人　医師　下村病院院長　[生]明治37年6月16日　[没]昭和61年4月21日　[出]長崎市古川町　本名＝下村宏(しもむら・ひろし)　[学]長崎医科大学卒　医学博士　[賞]長崎県社会文化功労賞(昭和34年)、馬酔木賞(昭和40年)、長崎市文化功労者(昭和41年)、長崎新聞文化賞(昭和46年)、俳人協会賞(第17回)(昭和52年)「西陲集」、長崎市政功労者(昭和54年)、葛飾賞(昭和57年)
[歴]昭和8年「馬酔木」入門、水原秋桜子に師事。18年「馬酔木」同人。22年「棕梠」主宰発刊。37年俳人協会入会のち評議員となる。この間読売新聞西部版俳壇選者をつとめ、また長崎市俳人会会長、長崎県文芸協会理事などを歴任した。句集に「石階聖母」「西陲集」などがある。　[団]俳人協会

下村 道子　しもむら・みちこ
歌人　大妻女子大学家政学部食物学科教授　[専]調理学　[生]昭和12年12月5日　[出]千葉県　[学]お茶の水女子大学家政学部食物学科卒、お茶の水女子大学大学院家政学研究科(昭和55年)修士課程修了 理学博士　[興]魚肉の調理におけるタンパク化学的研究、伝統調理における食文化的研究　[賞]まひる野賞(昭和48年)　[歴]大妻女子大学教授を務める。一方、昭和45年「まひる野」に入会。馬場あき子の指導を受けて作歌を始める。48年まひる野賞。53年「かりん」創刊に参加。歌集に「黄濤」、共編に「調理のおいしさの科学」などがある。　[団]日本水産学会、日本家政学会、日本食品工業学会

下村 光男　しもむら・みつお
歌人　[生]昭和21年1月21日　[出]静岡県　[学]国学院大学卒　[賞]角川短歌賞(昭43年度)　[歴]釈迢空に魅かれて国学院大学に学び、在学中に角川短歌賞を受賞。「国学院短歌」時代に、夭折した平松澄夫の影響を強く受けた。同人誌「帆」などに参加。43年関東学生歌人連盟を結成。57年海山短歌会を結成し、翌年「海山」を創刊。歌集に「少年伝」がある。

下村 保太郎　しもむら・やすたろう
詩人　北海道詩人協会理事　[生]明治42年8月15日　[没]昭和60年12月4日　[出]北海道旭川市　別名(短歌)＝韮崎音吉　[賞]旭川市文化賞(昭和55年)　[歴]旭川市詩人クラブ会長、詩誌「情緒」代表、日本民芸協団理事(旭川支部長)、北海道文学館理事などを務めた。詩集「風の歌」「無言な冬」などのほか、エッセー集、歌集もある。

下村 百合江　しもむら・ゆりえ
歌人　[生]昭和7年4月13日　[出]東京　[歴]10年程教職についたのち、昭和39年頃から、急に作歌をはじめる。母のすすめで、「国民文学」入会同人となり、松村英一に師事する。その後千代国一に師事し、写実の徹底・深化につとめる。歌集に「遠代の炎」「砂丘前線」など。　[団]日本歌人クラブ

下山 光子　しもやま・みつこ
俳人　[生]昭和3年11月5日　[出]東京　[学]フェリス女学院卒　[賞]現代俳句協会新人賞(第5回)(昭和62年)「水の秋」　[歴]昭和35年より俳句を始める。俳誌「麦」「海程」同人。62年「水の秋」で第5回現代俳句協会新人賞を受賞。句集に「花筏」「境目」。　[団]現代俳句協会

釈 寂然　しゃく・じゃくねん
詩人　[生]明治41年3月27日　[出]大阪市　本名＝池永治雄(いけなが・はるお)　[学]早稲田大学商学部卒　[歴]大正10年頃から詩作を始め、昭和2年「詩集」同人となる。8〜32年「日本詩壇」編集同人。この間、詩誌「群羊」を13号まで刊行。43年から釈寂然の号を用いる。詩集「生きているとは」「摂津路」、小曲集「ある街の片隅より」など。　[団]日本文芸家協会

釈 宗演　しゃく・そうえん
僧侶　歌人　臨済宗円覚寺派第2代管長　[生]安政6年12月18日(1859年)　[没]大正8年11月1日　[出]若狭国高浜(福井県)　号＝洪嶽、楞伽窟、幼名＝一ノ瀬常次郎　[学]慶応義塾　[歴]明治4年京都・妙心寺の越渓のもとで得度。11年鎌倉・円覚寺の今北洪川に就して学び、18年慶応義塾に入学。21年からセイロンで修業。25年円覚寺派管長となり、26年の万国教大会(シカゴ)に日本代表として参加。36年建長寺派管長を兼任し、38年から欧米外遊、禅の布教につとめた。夏目漱石はじめ多くの著名人が師事参禅したことでも知られる。著書に「釈宗演全集」(全10巻, 平凡社)「英文説法集」「楞伽窟歌集」など。

釈 迢空　しゃく・ちょうくう
国文学者　歌人　詩人　民俗学者　国学院大学教授　慶応義塾大学教授　[生]明治20年2月11日　[没]昭和28年9月3日　[出]大阪府西成郡木津村(現・大阪市浪速区鴎町)　本名＝折口信夫(おりくち・しのぶ)　幼名＝のぶお　[学]国学院大学国文科(明治43年)卒　文学博士(国学院大学)(昭和7年)　[賞]日本芸術院賞(第4回・文芸部門)(昭和22年)「古代感愛集」、日本芸術院賞恩賜賞(第13回・文芸部門)(昭和31年)「折口信夫全集」　[歴]明治43年大阪府立今宮中学の教員となり、後に、大正8年国学院大学講師、11年教授、12年慶応義塾大学講師兼任、昭和3年教授となり、多くの門弟を育成した。この間、大正2年柳田国男主宰の雑誌「郷土研究」に「三郷巷談」を発表。以来、柳田国男の薫陶を受け、7年民俗学雑誌「土俗と伝説」を編集発行し、国文学研究への民俗学導入という独自の学を形成。他にも雑誌「日本民俗」「民間伝承」を創刊し、大日本芸能学会会長として「芸能」の監修をつとめた。歌人・詩人としても活躍し、6年「アララギ」同人、13年「日光」同人。14年第一歌集「海やまのあひだ」を、昭和5年「春のことぶれ」を刊行。以降くがたち社、くぐひ社、高日社、鳥船社で指導にあたる。14年

小説「死者の書」を発表。戦後も詩集「古代感愛集」「近代悲傷集」「現代襤褸集」などを刊行し、22年「古代感愛集」で日本芸術院賞を受賞。31年には日本芸術院恩賜賞を受賞。没後の30年に遺歌集「倭をぐな」が刊行された。国文学者としては「口訳万葉集」(3巻)「古代研究」(3巻)や「日本文学の発生序説」「日本文学啓蒙」「かぶき讃」「日本文学史ノート」「日本芸能史ノート」などの業績があり、「折口信夫全集」(全31巻・別巻1，中央公論社)および「折口信夫全集ノート篇」(全18巻・別巻，同)「折口信夫全集ノート篇追補」(5巻)に全仕事がまとめられている。

首藤 基澄　しゅとう・もとすみ
俳人　熊本大学文学部文学科教授　[専]近代日本文学　[生]昭和12年1月17日　[出]大分県　[学]熊本大学法文学部文学科(昭和34年)卒、東京都立大学大学院国文学専攻(昭和42年)博士課程中退　文学博士　[歴]昭和43年別府大学講師、45年熊本大学助教授、50年教授。著書に「高村光太郎」「金子光晴研究」「福永武彦の世界」、句集に「己身」「火芯」がある。

春秋庵 準一　しゅんじゅうあん・じゅんいち
俳人　[生]明治14年1月20日　[没]昭和41年2月22日　[出]東京・日本橋　本名＝三森準一　[歴]父に俳句を学び、雑誌編集を手伝い、明治41年春秋庵12代を継ぎ、父没後古池教会長、明倫社を主宰した。編著に「俳諧要訣」「俳諧独稽古」「春秋庵準一家集」がある。
[家]父＝春秋庵幹雄(俳人・故人)

春秋庵 幹雄　しゅんじゅうあん・みきお
俳人　[生]文政12年12月16日(1829年)　[没]明治43年10月17日　[出]陸奥国石川郡形見村(福島県)　本名＝三森寛　別名＝三森幹雄(みつもり・みきお)、別号＝桐子園、天寿老人、樹下子、笈月山人、静波、不去庵　[歴]幼少より俳句を好み、銀山の事務、藍商人の手代の傍ら精進し、安政元年上京、惺庵西馬に入門し幹雄の号を受けた。西馬没後蕉門9世統を継ぐ。明治6年教部省から俳諧教導職試補に任命され、翌7年明倫講社を創設し社長に就任。13年「明倫雑誌」を創刊主宰、明治初期俳壇に一大勢力をなした。神道権少講義の肩書きをもち、俳諧を教化行修道とし、芭蕉の神格化に努め、22年「俳諧矯風雑誌」を創刊主宰。26年古池教会を設立、深川に芭蕉神社を建立、同年春秋庵11世となり、41年これを嗣子準一に譲った。編著に「俳諧自在報」(全10巻)、「文学心の種」「俳諧名誉談」「歳時記季寄」「明治六百題」「春秋庵幹雄家集」など多数。
[家]息子＝春秋庵準一(俳人)

城 一峯　じょう・いっぽう
俳人　元・大阿仁小学校(秋田県)校長　[生]昭和9年6月20日　[没]平成12年4月7日　[出]秋田県北秋田　本名＝山城勇幸　[学]秋田大学学芸学部(昭和32年)卒　[賞]岈俳句賞(平成4年)、俳句研究読者俳句年間賞、鷹巣町芸術文化奨励賞(平成5年)　[歴]大学在学中「秋大文学」「奥羽文学」「羽後文学」同人として、小説、評論を発表。大学卒業後、小学校、中学校(国語)教員。昭和60年「岈」俳句会入会、61年「万緑」入会、平成2年現代俳句協会会員。7年阿仁町立大阿仁小学校校長を最後に定年退職。句集に「山麓―城一峯集」「小猿部」「湖景」などがある。
[団]現代俳句協会

城 左門　じょう・さもん
詩人　小説家　[生]明治37年6月10日　[没]昭和51年11月27日　[出]東京・神田駿河台　本名＝稲並昌幸　別筆名＝城昌幸(じょう・まさゆき)　[学]日本大学芸術科中退　[歴]詩人としては城左門、作家としては城昌幸。詩人として大正13年「東邦芸術」を創刊、以後「文芸汎論」なども創刊し、「パンテオン」などにも参加し、昭和5年「近世無頼」を刊行。他に「恩寵」やヴィヨンの翻訳詩などがある。作家としては大正14年「その暴風雨」を発表し「殺人婬楽」「死者の殺人」などのほか「若さま侍捕物手帖」などの捕物帖がある。その一方で、昭和21年から「宝石」編集長として活躍し、宝石賞をもうけるなど、新人養成につとめた。

城 侑　じょう・すすむ
詩人　[生]昭和7年2月8日　[出]奈良県　[学]早稲田大学日本文学科卒　[賞]壺井繁治賞(第3回)(昭和50年)「豚の胃と腸の料理」　[歴]「詩豹」「早稲田詩人」を経て、昭和37年「赤と黒」主宰。のち「歴程」同人。詩集に「畸型論」「不名誉な生涯」「日比谷の森」「豚の胃と腸の料理」、著書に「啄木のうた」など。NHKサービスセンター勤務。

昭憲皇太后　しょうけんこうたいごう
歌人　明治天皇皇后　[生]嘉永2年4月17日(1849年)　[没]大正3年4月11日　御名＝美子(はるこ)、幼名＝勝子(まさこ)、富貴君、壽栄君　[歴]五摂家の一つ、左大臣一条忠香の三女、母は新畑大膳種成の娘民子。幼名勝子、富貴君、寿栄君、後に美子。慶応3年女御に内定、明治元年12月入内して皇后となる。幼少より古今和歌集を

読み、和歌をよくし、その数3万6千首。「昭憲皇太后御集」「現代短歌全集」(改造社)に収められている。維新の志士の遺族、日清、日露戦役の傷病者を慰問、日本赤十字社などを通じて社会事業に尽され、また東京女子師範、華族女学校(女子学習院)の設立など女子教育の振興に貢献された。明治天皇死去の後は皇太后となり青山御所に移り、死後昭憲皇太后と追号された。実子はなかった。　[家]夫＝明治天皇、父＝一条忠香(左大臣)

上甲 平谷　じょうこう・へいこく

俳人　[生]明治25年4月10日　[没]昭和61年8月29日　[出]愛媛県東宇和郡宇和町卯之町　本名＝上甲保一郎　別号＝九九庵、世北老人　[学]早稲田大学文学部哲学科卒　[歴]評論誌「新時代」記者、早大出版部員を経て、東京女子商業学校講師となり、昭和19年同校校長。15歳の頃より俳句を始め、松根東洋城に師事して「渋柿」に拠ったのち、小杉余子らと「あら野」を創刊。13年自らも「俳諧芸術」を創刊、27年「火焔」と改題した。句集に「冬将軍」「泥多仏」「天地阿吽(あうん)」、評論集に「芭蕉俳諧」「俳諧提唱」、紀行文集「無明一杖」、「馬齢燦々—九九庵随想」など。

庄司 瓦全　しょうじ・がぜん

俳人　写生文家　[生]明治7年11月15日　[没]昭和16年3月1日　[出]東京　本名＝庄司勘次郎　[歴]16歳より作句、台湾「思想樹」同人として岩田鳴珠に師事、のち内藤鳴雪、高浜虚子、渡辺水巴、石井露月にも指導を受ける。18歳で鉄道局に入り台湾鉄道部書記を経て、明治末都新聞に入社、「都俳壇」を担当。「ホトトギス」その他に写生文を発表。一時水巴の「曲水」に拠ったが、晩年露月没後「青雲」に迎えられ雑詠選者となる。「武蔵野俳句集」がある。

庄司 圭吾　しょうじ・けいご

俳人　[生]大正14年11月10日　[没]平成10年3月17日　[出]神奈川県横浜市　[学]東京大学農学部農芸化学科(昭和23年)卒　[歴]昭和29年飯田蛇笏の五男五夫と同じ会社に勤めていた縁で蛇笏に師事し、「雲母」に入会。36年「雲母」同人。蛇笏の没後は飯田龍太に師事。のち「白露」同人。俳人協会評議員、横浜俳話会幹事、NHK学園俳句講座講師、朝日カルチャーセンター講師などを務めた。句集に「古図」「春暁」「響灘」「夏野」など。　[団]俳人協会、横浜俳話会、俳文学会

小路 紫峡　しょうじ・しきょう

俳人　「ひいらぎ」主宰　元・岩井商事専務　[生]大正15年12月24日　[出]広島県呉市　本名＝小路正和(しょうじ・まさかず)　[学]宇部工専(昭和22年)卒　[歴]昭和16年「ホトトギス」に初投句、高浜虚子に師事。25年からは「かつらぎ」にも投句し、阿波野青畝に学ぶ。35年「ホトトギス」同人。54年「ひいらぎ」主宰。句集に「風の翼」「四時随順」「遠慶宿縁」など。　[団]俳人協会、兵庫県俳句協会、大阪俳人クラブ、日本文芸家協会

庄司 利音　しょうじ・りおん

詩人　[出]神奈川県　[歴]詩集に「祭りの金魚」、詩画集に「月歩き」、電子本詩画集に「半分ねこ」などがある。　http://www4.ocn.ne.jp/~rion/index.htm

正津 勉　しょうず・べん

詩人　[生]昭和20年9月27日　[出]福井県大野市　[学]同志社大学文学部(昭和44年)卒　[歴]昭和56年1～5月米国ミシガン州オークランド大学に客員詩人として滞在。詩集に「青空」「おやすみスプーン」「正津勉詩集」「惨事」など。

勝田 主計　しょうだ・かずえ

財政家　政治家　俳人　蔵相　文相　[生]明治2年9月15日　[没]昭和23年10月10日　[出]伊予国松山(愛媛県)　俳号＝勝田宰州、勝田明庵(しょうだ・めいあん)　[学]東京帝大法科大学政治科(明治28年)卒　[歴]大蔵省に入り、29年高文合格、31年函館税関長、34～37年フランス、ロシアで財政経済を調査。帰国後文書課長、40年理財局長、大正元年桂太郎内閣の大蔵次官、3年貴院議員、4年朝鮮銀行総裁。5年再び大蔵次官、同年寺内正毅内閣の大蔵大臣となり、積極財政を推進。中国北方政権(段祺瑞)を相手に西原亀三と組み西原借款を成立させた。13年清浦奎吾内閣で再び蔵相となり、昭和3年田中義一内閣の文相、14年内閣参議。太平洋戦争開戦で「日本は滅びる」と絶望したという。正岡子規とは少年時代からの友人で勧められ常盤会寄宿舎の句会に参加。以後俳句作りに没頭、3万2000句に達した。著作に「黒雲白雨」「ところてん」「宰州句日記」「宰州500句」などがある。　[家]四男＝勝田龍夫(日本債券信用銀行会長)

正田 稲洋　しょうだ・とうよう

俳人　医師　㊌大正2年11月2日　㊐群馬県　本名＝正田豊作　㊐新潟医科大学卒　医学博士　㊟熱心な俳人であった祖父・父と共に少年時代から俳句に親しむ。大学入学と同時に高野素十に師事。昭和49年素十の勧めにより「辛夷」を創刊主宰。52年「辛夷」を「桑弦」と改題。主な編著に「風と桑」「桑弦百号記念合同句集」がある。

正田 益嗣　しょうだ・よしつぐ

歌人　「青山」主宰　㊌昭和7年12月17日　㊐大阪府池田市　本名＝正田吉次　㊐関西大学経済学部(昭和30年)卒　㊟昭和31年池田市教育委員会に入り、社会教育課長、中央公民館長、指導部次長、社会教育部長、教育次長を歴任し、平成2年退職。昭和37年「関西アララギ」、42年「アララギ」、44年「静岡アララギ」「放水路」に入会。46、48年角川短歌賞候補作となる。61年月刊歌誌「青山」を主宰発行。現在、「アララギ」「関西歌人集団」に所属。池田市歌人協会会長、市生涯学習大学万葉講座及び市中央公民館短歌講座の講師等を務める。詩集に「原始の憂鬱」、歌集に「リラの花」「正田益嗣歌集」がある。

庄中 健吉　しょうなか・けんきち

俳人　医師　日本鋼管産業医　労働衛生　㊌大正4年1月31日　㊐神奈川県横浜市　㊐東京帝国大学医学部(昭和15年)卒業　医学博士　㊟新興俳句、俳句文体論　軍医として各地を転々とし、戦後、日本鋼管病院へ。以後、副院長で定年。現在産業医として勤務。昭和27年ごろから句作を始める。36年俳人・秋元不死男と出会い、「天狼」同人に参加。「氷海」では世話役などで活躍し、評論、鑑賞も手がける。現在、「狩」「天狼」同人。58年「俳人・秋元不死男」を刊行。句集に「凧」がある。　㊟俳人協会

生野 幸吉　しょうの・こうきち

詩人　小説家　ドイツ文学者　千葉大学教授　東京大学名誉教授　㊌大正13年5月13日　㊋平成3年3月31日　㊐東京・高円寺　㊐東京帝国大学法学部政治科(昭和22年)卒、東京大学文学部独文科(昭和26年)卒　㊟高村光太郎賞(第9回)(昭和41年)「生野幸吉詩集」　㊟昭和26年東京大学文学部助手、29年東京水産大学講師、36年東京大学教養学部講師、39年東京大学文学部助教授、48年教授。60年定年退官し、大阪経済法科大学教授、61年千葉大教授。詩人としては、「歴程」同人で、「生野幸吉詩集」「浸

礼」、詩論集「抒情の造型」などがある。ほかの著書に、小説集「私たち神のまま子は」「徒刑地」、エッセイ「闇の子午線パウル・ツェラン」、訳書リルケ「マルテの手記」「リルケ詩集」、キャロル「ふしぎの国のアリス」など。　㊟日本文芸家協会、日本現代詩人会、日本独文学会

小橋 啓生　しょうはし・けいせい

俳人　高校教師(沖縄県立糸満高校)　㊌昭和24年12月11日　㊐沖縄県中頭郡西原村　本名＝小橋川博　㊐琉球大学文学部国文科(昭和48年)卒　㊟新沖縄文学賞佳作(第8回)(昭和57年)「螢」　㊟句集に「水の脈」「天の川」「紅たちてゆく女」。

菖蒲 あや　しょうぶ・あや

俳人　㊌大正13年1月20日　㊐東京　㊐高小卒　㊟俳人協会賞(第7回)(昭和43年)「路地」、往来賞(昭和56年)　㊟日立製作所亀戸工場に入社。昭和22年職場句会により岸風三楼に師事。23年「若葉」に拠り富安風生の指導を受ける。28年「春嶺」、33年「若葉」同人。句集に「路地」「あや」など。　㊟俳人協会

城米 彦造　じょうまい・ひこぞう

詩人　㊌明治37年5月4日　㊐京都市　本名＝田中彦造(たなか・ひこぞう)　㊟京都市立第一商予科2年中退　武者小路実篤に師事し、昭和4年新しき村の村外会員となる。8年「城米彦造詩集」を刊行(自費出版)。23年から自作月刊詩集「月刊城米彦造詩集」を刊行、10数年間東京・有楽町のガード下で売り続けた。他の詩集に「望郷」「遍歴」や詩画集「東海道五十三次」などがある。

白井 要　しらい・かなめ

小説家　詩人　㊌昭和36年　㊟小説に「アトレウスの子孫」、詩集に「死の詩集」「金の詩集」「愛の詩集」「夢の詩集」など。　http://www.geocities.co.jp/Bookend-Kenji/7275/

白井 麦生　しらい・ばくせい

俳人　㊐愛知県豊橋市　本名＝白井一二　㊐東洋大学　㊟豊橋文化賞、ちぎり文学賞(平11年度)(平成12年)「朝露夕露」　㊟大学では、詩誌「白山詩人」を主幸。その後帰郷して教員に。昭和24年職を辞して自宅を店舗に古本屋・白文堂を開業。傍ら、愛好家らに俳句を指導する。「とくさ」「豊橋九年母会」を主宰。55年詩集「美童子」と句集「三河木綿」を処女出版。他に句集「朝露夕露」。

白井 房夫　しらい・ふさお
俳人　[生]大正9年2月14日　[出]大阪府岸和田市　[学]大阪府立岸和田中(旧制)卒　[歴]昭和20年「狐火」(永橋並木主宰)に同人参加。30年「群峰」(榎本冬一郎主宰)同人。34年鈴木六林男を代表同人とする「頂点」に参加。46年、鈴木六林男主宰誌「花曜」に同人参加。句集に「夜疑」がある。

白井 真貫　しらい・まつら
俳人 「瀚海」主宰　[生]昭和14年8月16日　[出]兵庫県神戸市　本名＝高橋正　[歴]昭和36年「秋」の創刊より石原八束に師事、俳句と文章を学ぶ。40年「秋」同人。平成12年「瀚海」を創刊、主宰。兵庫県俳句協会理事を務める。句集に「太山抄」「飛天の道」「沈黙の塔―私のシルクロード〈1〉」。　[団]日本ペンクラブ、現代俳句協会、神戸芸術文化会議

白井 洋三　しらい・ようぞう
歌人　[生]大正11年8月27日　[出]北海道　[歴]昭和15年東京商科大学予科在学中「創作」に入社。若山喜志子の指導を受けた後、大橋松平に師事、21年「都麻手」創刊に参加。「創作」編集委員を経て58年退社。58年3月「声調」創刊、常任編集委員。50年より55年まで「十月会」会員。歌集に「戦の後の長き日」「青き入江」がある。　[団]現代歌人協会

白石 花馭史　しらいし・かぎょし
俳人　[生]明治23年3月　[没]昭和22年6月30日　[出]愛媛県西条町　本名＝白石一美　[歴]新浜市の旧別子鉱山会社に昭和20年まで勤務。河東碧梧桐の新傾向俳句に傾倒、明治41年「日本俳句」に投句、「層雲」を経て大正4年「海紅」創刊に参加、詩情豊かな作品を発表。昭和6年「波麗」を創刊主宰、9年8月号から「明治大正の全国新傾向句誌」を連載した。12年廃刊。

白石 かずこ　しらいし・かずこ
詩人　[生]昭和6年2月27日　[出]カナダ・バンクーバー　本名＝白石嘉寿子(しらいし・かずこ)　[学]早稲田大学文学部卒、早稲田大学大学院芸術科(昭和28年)修士課程修了　[賞]H氏賞(第21回)(昭和46年)「聖なる淫者の季節」、無限賞(昭和53年)「一艘のカヌー、未来へ戻る」、歴程賞(昭和58年)「砂族」、高見順賞(第27回)(平成9年)「現れるものたちをして」、読売文学賞(詩歌・俳句部門，第48回)(平成9年)「現れるものたちをして」、紫綬褒章(平成10年)　[歴]昭和48～49年アイオワ大学国際創作プログラムに招かれる。49年1月マニラ、6月ロッテルダム国際詩祭、51年再度アイオワに招待。アメリカ、ポーランド詩祭に招かれ、N.Y.でサム・リバースとJAZZと詩レコード制作、54年ロッテルダム国際詩祭、55年オーストラリア・アデレード芸術祭、イタリー・ジェノヴァ国際詩祭、サンフランシスコ国際詩祭、56年メキシコ国際詩祭、57年パリ・ユネスコ「WARON WAR」国際詩祭、58年ドイツ・ブパタル・ジャズ祭、60年インド・バルミキ国際詩祭に招かれ、各地のジャズクラブに出演。以降も世界各地を訪れている。著書に「黒い羊の物語」「現れるものたちをして」、詩集に「聖なる淫者の季節」「砂族」「太陽をすするものたち」など。

白石 公子　しらいし・こうこ
詩人　エッセイスト　[生]昭和35年6月15日　[出]岩手県東磐井郡千厩町　[学]大妻女子大学文学部国文科卒　[賞]現代詩手帖賞(第18回)(昭和55年)　[歴]「私たちの日常」が「現代詩手帖」に入選。以後、毎号のように採用され、昭和55年19歳の時、現代詩手帖賞を受けた。作風は甘酸っぱいユーモアを含んだ叙情詩。詩集に「ノースリーブ」「Red」、小説に「いろいろな哀しみ」、エッセイ集に「もう29歳、まだ29歳」「ままならぬ想い」「読書でござる」など。
[団]日本文芸家協会

白石 昂　しらいし・たかし
歌人 「長流」編集委員　[生]大正10年4月22日　[没]平成12年10月10日　[出]長崎県平戸(本籍)　[学]大蔵省高等財務講習所(現・税務大学校)卒　[賞]日本歌人クラブ賞(第18回)(平成3年)「冬山」　[歴]長谷川銀作に師事し、昭和22年「創作社」に入社。46年「十月会」入会。47年「創作社」を退会し「長流」を創刊、編集委員となる。多磨歌話会委員。57年俳句文学館で「絵と歌書」の個展。歌集に「蟹の眼」「平居」「風道」「沢水」「清暑」「冬山」「西海」「无形」がある。
[団]日本文芸家協会、日本歌人クラブ、現代歌人協会

白川 淑　しらかわ・よし
詩人　[生]昭和9年　[出]京都府京都市　[歴]詩誌「地球」同人。詩集に「西風の窓をひらく」「祇園ばやし」「女紋の井戸」「お火焚き」などがある。　[団]日本現代詩人会、現代詩神戸研究会

白木 英尾　しらき・ひでお
歌人　[生]明治44年4月9日　[没]平成9年1月21日　[出]福島県　本名＝柏原英夫　[賞]福島県文化振興基金顕彰、いわき市文化功労者賞、福島県芸術文化財保護功労者賞、福島民放社出版文化賞「崖樹」　[歴]15、6歳より作歌。昭和13年前田夕暮に師事して白日社に入社、「詩歌」同人。42年前田透の「詩歌」復刊に協力、編集委員。59年「詩歌」廃刊に伴う「青天」創刊後は、副代表。歌集に「急坂」がある。福島民報歌壇選者、福島県文化賞、短歌賞選考委員などを務めた。　[団]現代歌人協会

白木 豊　しらき・ゆたか
歌人　実践女子大学教授　[専]漢学　[生]明治27年　[没]昭和55年　[出]愛媛県宇摩郡土居町藤原　[学]大東文化学院高等科卒　[歴]愛媛県土居町に生まれ、少年時代から読書に親しむ。24歳の時に教員免許を取得、松山城北高女などで教鞭を執る。37歳の時に岡山県立閑谷中に赴任、同校に保管されている膨大な古書を調査して、儒学の祖である孔子をしのぶ祭典“釈菜”の方式を厳正な形に整えた他、漢学推進団体“岡山県聖学会”の創設に参画。41歳の時に広島高等師範学校に転じるが、昭和20年8月被爆、妻と2人の娘を失う。のち上京して実践女子大学教授などを務めた。最晩年は江戸時代の朱子学者で“寛政の三博士”の一人として知られる尾藤二洲の研究に力を注いだ。著書に「尾藤二洲伝」など。また歌人の斎藤茂吉の直弟子でもあり、歌集に「炎」「物象」「象外」がある。

白沢 良子　しらさわ・りょうこ
俳人　「翔」主宰　[生]昭和9年1月1日　[出]鹿児島県　[学]鹿児島市立女子高卒　[賞]鶴・風切賞(昭和51年)　[歴]昭和29年より萩原竜二の手ほどきを受け、句作を始める。32年「ざぼん」入会。39年「鶴」入会、43年同人に。52年「琅玕」創刊に同人として参加。のち俳誌「翔」主宰。句集に「鶴曼陀羅」「花涅槃」。　[団]俳人協会

白須 孝輔　しらす・こうすけ
詩人　[生]明治38年2月12日　[没]昭和18年3月19日　[出]東京　[学]日本橋十思小卒　[歴]昭和2年前衛芸術家同盟に参加、日本プロレタリア作家同盟、プロレタリア詩人会に所属、「前衛」「戦旗」などに詩を発表した。作家同盟解散後、国際書房を創設、進歩的出版物を刊行した。詩集「ストライキ宣言」がある。

白滝 まゆみ　しらたき・まゆみ
歌人　[生]昭和32年2月27日　[出]岐阜県郡上郡八幡町　本名＝白滝真由美　[学]愛知県立大学外国語学部中退　[賞]歌壇賞(第1回)(平成1年)「BIRD LIVES—鳥は生きている」　[歴]昭和62年頃から独学で短歌を始め、63年「未来」入会。岡井隆に選歌を受ける。同年未来賞入賞3位。現在「未来」会員。歌集に「BIRD LIVES」「自然体流行」、著書に「虹がゆく」がある。

白鳥 省吾　しらとり・しょうご
詩人　[生]明治23年2月27日　[没]昭和48年8月27日　[出]宮城県栗原郡築館町　本名＝白鳥省吾(しろとり・せいご)　[学]早稲田大学英文科(大正2年)卒　[歴]築館中在学中から「秀才文壇」に投稿を始める。大正3年処女詩集「世界の一人」を刊行、口語自由詩創成期を代表する作品といわれる。この頃からホイットマンに傾倒し、7年大正デモクラシーの流れをくむ民衆詩運動に参加。15年「地上楽園」を創刊し後進を育てた。昭和36年日本農民文学会会長。主な詩集に「大地の愛」「楽園の途上」「共生の旗」「灼熱の氷河」「北斗の花環」、訳詩集「ホイットマン詩集」、評論集に「民主的文芸の先駆」「現代詩の研究」などがある。また民謡・童謡・校歌なども数多く作った。61年出身地の築館町から「白鳥省吾の詩とその生涯」が出版された。

支路遺 耕治　しろい・こうじ
詩人　[生]昭和20年8月10日　[出]石川県　本名＝川井清澄　[学]高校中退　[歴]1960年代、大阪で「他人の街」を主宰。詩集に「疾走の終り」「ゆめゆめゆめ」「増補疾走の終り」「蹉跌」がある。

白崎 礼三　しろさき・れいぞう
詩人　[生]大正3年1月28日　[没]昭和19年1月20日　[出]福井県敦賀市　[学]三高(昭和11年)中退　[歴]三高同級に織田作之助、1年上に田宮虎彦、青山光二らがいた。フランス象徴派に親しみ第3次「椎の木」に参加、三高の「嶽水会雑誌」にも詩を発表。三高を中退して上京したが結核で帰京、織田らと「海風」を創刊、詩を書いた。昭和16年再上京、「読物と講談」社に入り2年勤めたが、病状悪化で帰郷。没後青山らが「白崎礼三詩集」を刊行した。

城谷 文城　しろたに・ぶんじょう
俳人　医師　㊓明治32年3月2日　㊡平成7年8月12日　㊞長崎県南高来郡北有馬町　本名＝城谷文四郎(しろたに・ぶんしろう)　㊫長崎医専(大正12年)卒　医学博士(昭和10年)　㊪福岡市文学賞(昭和50年)　㊧下関市立病院を経て、昭和15年福岡市立西新病院、20年市立第一病院の各院長を歴任。25年から開業医をつとめ、50年引退。傍ら、10年から「ホトトギス」「山茶花」に投句、高浜虚子・皆吉爽雨の指導を受ける。36年「ホトトギス」同人。38年「雪解」同人。43年「万燈四温集」選者、44年俳人協会会員、62年日本伝統俳句協会会員。句集に「遍路」「防塁」「旅」などがある。　㊑日本伝統俳句協会

城取 信平　しろとり・しんぺい
俳人　「みすゞ」主宰　㊓昭和5年5月6日　㊞長野県　㊫伊那中(旧制)卒　㊧昭和23年「みすゞ」に入会し、のち主宰。30年「季節」入会、同人に。句集に「短日」がある。　㊑現代俳句協会

新海 照弘　しんかい・てるひろ
川柳作家　名古屋番傘川柳会川柳教室講師　㊓昭和6年12月31日　㊞愛知県知多市　㊫名城大学第2商学部商学科(昭和30年)卒　㊧昭和23年愛知県職員。30年機関誌に投句を始め、36年毎日柳壇川柳教室に出席、37年名古屋番傘川柳会同人、副会長、39年番傘川柳本社同人、幹事。52年岐阜県各務原市に転居、57年から名古屋番傘川柳会川柳教室講師、58年愛知県川柳作家協会委員、59年名古屋転居、平成2年県職員退職。以後ビルメンテナンス協会事務局長などを務める。著書に「新海照弘句集」がある。　㊑愛知県川柳作家協会

新開 ゆり子　しんかい・ゆりこ
児童文学作家　詩人　㊓大正12年3月25日　㊞福島県原町市　本名＝新開ユリ子　㊫高平高等小学校卒　㊪日本児童文学者協会農民文学賞(第14回)(昭和45年)「炎」、農民文学賞(第14回)(昭和45年)「炎」　㊧昭和26年ころから「メルヘン」を発行、児童文学を始める。天明・天保の大飢きんを描いた「虹のたつ峰をこえて」「海からの夜あけ」「空を飛んださつまいも」のほか、「ひよどり山の尾根が燃える」などの作品がある。詩人でもあり、詩集に「炎」「草いきれ」がある。

新川 和江　しんかわ・かずえ
詩人　児童文学作家　㊓昭和4年4月22日　㊞茨城県結城市　旧姓(名)＝斎藤　㊫結城高女(昭和20年)卒　㊪小学館文学賞(第9回)(昭和35年)「季節の花詩集」、室生犀星詩人賞(第5回)(昭和40年)「ローマの秋・その他」、現代詩人賞(第5回)(昭和62年)「ひきわり麦抄」、日本童謡賞(第22回)(平成4年)「星のおしごと」、丸山豊記念現代詩賞(第3回)(平成6年)「潮の庭から」、詩歌文学館賞(第13回)(平成10年)「けさの陽に」、児童文化功労賞(第37回)(平成10年)、藤村記念歴程賞(第37回)(平成11年)「はたはたと頁がめくれ…」、産経児童出版文化賞(JR賞，第47回)(平成12年)「いつもどこかで」、勲四等瑞宝章(平成12年)　㊧在学中の昭和19年茨城県下館市(当時は町)に疎開してきた西条八十に詩を郵送したところ返事をもらったことから詩人となり詩誌「プレイアド」「地球」に参加。28年処女詩集「睡り椅子」を発表、注目を浴びる。西条の紹介で、少女雑誌に10年間少女小説を書いたこともある。学研「中1コース」に連載した「季節の花詩集」で認められる。日本現代詩人会理事長を経て、58年第14代会長に就任。同年、吉原幸子と女性季刊詩誌「現代詩ラ・メール」を編集・創刊。女流詩人の系譜作りを目ざす。平成5年4月40号で終刊。主な詩集に「新川和江詩集」「夢のうちそと」「水へのオード16」「はね橋」「けさの陽に」「はたはたと頁がめくれ…」「新川和江全詩集」、エッセイ集に「草いちご」「花嫁の財布」「朝ごとに生まれよ、私」「潮の庭から」(共著)、「いつもどこかで」などがある。のちに「地球」同人。昭和61年には第2回アジア詩人会議(ソウル)の運営委員長を務めた。　㊑日本文芸家協会、日本現代詩人会、日本児童文芸家協会、日本ペンクラブ　㊎夫＝新川淳(元トウシン専務・故人)

新川 克之　しんかわ・かつゆき
歌人　㊓昭和27年7月23日　㊞宮崎県　㊪角川短歌賞(第24回)(昭和53年)「熱情ソナタ」　㊧「塔」所属。昭和53年第24回角川短歌賞を受賞。会社員。

真行寺 四郎　しんぎょうじ・しろう
歌人　㊓昭和12年11月20日　㊞千葉県山武郡芝山町　㊧遠藤貞巳の手ほどきをうけ作歌。昭和33年「国民文学」に入会、松村英一に師事。歌集に「風葉」がある。　㊑日本歌人クラブ、現代歌人協会

新郷 久　しんごう・ひさし

詩人　⊕昭和6年9月2日　⊞愛知県碧南市　本名＝粟屋誠陽（あわや・まさひ）　⊗静岡大学文理学部卒　⊛愛知県立蒲郡高校、中村高校、知立商業、刈谷高校などの教諭を務め、平成4年退職。この間、伊豆近代文学博物館（静岡県湯ケ島）設立運動に携わる。現在は愛知学泉大学非常勤講師。著書に「湯ケ島と文学」、詩集に「放浪日記」、詩画集「ヴェロニカの午睡」、小説に「薔薇かげの倫理」などがある。　⊕中日詩人会

晋樹 隆彦　しんじゅ・たかひこ

歌人　ながらみ書房社主　⊕昭和19年5月9日　⊞千葉県匝嵯郡野栄町　本名＝及川隆彦　⊗法政大学文学部日本文学科卒　⊛昭和37年竹柏会「心の花」入会。現在編集委員。総合誌「短歌現代」創刊時より編集長。平成元年「短歌往来」を創刊。合同歌集「男魂歌1」「男魂歌2」「竹柏の葉」、歌集「感傷賦」「天心に帆」、エッセイ集「歌人片影」などがある。　⊕現代歌人協会、日本文芸家協会

新城 和一　しんじょう・わいち

評論家　翻訳家　詩人　法政大学教授　⊗ロシア文学　⊕明治24年5月15日　⊗昭和27年4月7日　⊞福島県会津若松市　筆名＝真城倭一（しんじょう・わいち）　⊗東京帝大仏文科（大正4年）卒　⊛一高在学中に校友会誌に詩を発表。明治45年から「詩歌」「朱欒」に詩や小説、翻訳を載せる。大正2年未来社に参加。「狂気」などの作品を発表して露風系の詩人の位置を占める。4年「白樺」に参加。「モオリス・パレス論」など評論分野にも進出。「ドストイエフスキイ人・文学・思想」を昭和18年に刊行。他に創作評論集「真理の光」、翻訳「『ユーゴオ詩集』第1巻抒情詩論」などの著書がある。

新谷 彰久　しんたに・あきひさ

詩人　⊕大正8年　⊞広島県　⊛神戸市あじさい賞、佐藤義美賞（第1回）　⊛「綴方クラブ」で北原白秋の指導を受ける。「ぎんなん」同人。童謡作者。著書に童話集「うさぎのじてんしゃ」、童謡集「月夜のスロープ」、詩集「鶴が渡る」「よく晴れた日に」などがある。　⊕詩と音楽の会、日本童謡協会、日本音楽著作権協会

新谷 智恵子　しんたに・ちえこ

童謡詩人　作詞家　⊕昭和29年7月12日　⊗中村学園短期大学食物栄養科卒　⊛毎日童謡賞佳作（第1回）、毎日童謡賞最優秀賞（第3回）（平成1年）「ねむれないおおかみ」、毎日童謡賞優秀賞（第4回）（平成2年）「地球はメリーゴーランド」、佐世保市文化スポーツ賞（平成3年）、日本童謡賞（第26回）（平成8年）　⊛小さい頃から詩を書くのが好きで、昭和60年ごろかしわ哲の童謡LPを聴いて感動し、童謡を書き始める。同時にかしわ哲に師事。「季刊どうよう」、「静岡県どうようの会」会員。草月流生花師範。作品に小学校の教科書に採用された「ねむれないおおかみ」など。　⊕童謡協会

進藤 一考　しんどう・いっこう

俳人　「人」主宰　⊕昭和4年8月1日　⊗平成11年3月17日　⊞神奈川県横須賀市　本名＝進藤一孝（しんどう・かずたか）　⊗横須賀中（旧制）卒　⊛河新人賞（昭和35年）、河賞（昭和40年）　⊛昭和33年12月の「河」創刊に参加し、51～53年主宰。54年「人」を創刊し、主宰。読売新聞の神奈川、茨城、群馬の地方版「よみうり文芸」の俳句選者をつとめた。句集に「斧のごとく」「黄蘗山」「太陽石」など。　⊕俳人協会（名誉会員）、日本ペンクラブ

進藤 虚籟　しんどう・きょらい

漢詩作家　歌人　医師　「皎」主宰　漢詩人社主幹　古筆学研究所客員教授　⊛眼科　⊕大正15年12月15日　⊞東京・深川　本名＝進藤晋一　雅号＝由比晋（ゆひ・しん）　⊗東京医科大学卒　医学博士　⊛大学在学中より土屋竹雨に師事し、漢詩を学ぶ。同時に短歌を始め、昭和20年新詩社に入り復刊「明星」に参加、22年岡野直七郎の「蒼穹」に入会。54年歌誌「皎」主宰。漢詩は、竹雨没後、笠井聏村に兄事して、のち漢詩人社を主宰する。大東文化大学中国文学科講師として10年間作詩法を講じた。作家佐々木邦の最後の弟子である。著書に「漢詩作法第一歩」、漢詩集「刀圭餘韻」「漢詩散歩」「老松堂日本行録」がある。　⊕日本文芸家協会、日中友好自詠詩書会（顧問）、前橋書道会

新藤 千恵　しんどう・ちえ

詩人　⊕大正9年1月14日　⊞東京　⊗東京府立第三高女（昭和12年）卒　⊛化粧品会社宣伝部、美容業界誌編集などをする。女学校時代から詩作を始め、卒業した昭和12年「洋燈」「皿」などを「四季」に発表。以後「個性」「三田文学」「近代文学」「高原」などに寄稿し、「歴程」同人となる。34年「現存」を刊行したのをはじ

め、「マニエリスムの人魚」「若い人への詩・名詩のこころ」などの詩集がある。

進藤 紫 しんどう・むらさき
俳人 ⑮大正12年3月22日 ⑰北海道帯広市 本名＝進藤ふく子 ⑱小樽量徳女子高小卒 ㊞北海道新聞文学賞(第6回)(昭和47年)「壺」、「道」俳句作家賞(昭和54年) ㊞昭和41年北光星に師事。47年第1句集「壺」で第6回北海道新聞文学賞を受賞。54年には「道」俳句作家賞を受賞した。「道」幹部同人、同人副会長。他の句集に「魚眼」「ふづくゑ」「夢」がある。
㊞現代俳句協会、北海道俳句協会

新藤 涼子 しんどう・りょうこ
詩人 ⑮昭和7年3月23日 ⑰旧満洲 本名＝古屋涼子 ⑱共立女子大学中退 ㊞高見順賞(第16回)(昭和60年)「薔薇ふみ」 ㊞初め女優として劇団東童に所属、また同人詩誌「氾」の同人となる。昭和30年代にはバーの経営をするが、38年すべてを整理して渡欧。帰国後、古屋奎と結婚する。「歴程」同人。詩集「薔薇ふみ」「薔薇歌」「ひかりの薔薇」など。 ㊞日本現代詩人会、日本文芸家協会 ㊞夫＝古屋奎二(近畿大学教授)

新保 啓 しんぽ・けい
詩人 ⑮昭和5年 ⑰新潟県 ㊞「泉」「東国」会員。詩集に「新保啓詩集」「つまらない自販機」「丸ちゃん」など。

神保 光太郎 じんぽ・こうたろう
詩人 ドイツ文学者 元・日本大学教授 ⑮明治38年11月29日 ⑯平成2年10月24日 ⑰山形県山形市 ⑱京都帝大文学部独文科(昭和5年)卒 ㊞高校時代から文学を志し「橄音」「至上律」「詩と散文」「磁場」「麵麭」などに関係し、昭和10年「日本浪曼派」、11年「四季」同人となる。14年「鳥」「雪崩」を刊行し、以後「幼年絵帖」「冬の太郎」「南方詩集」「曙光の時」を刊行。戦後も第二次「至上律」などの同人となり、「青の童話」「陳述」などを刊行。ほかに「神保光太郎全詩集」、詩論集「詩の鑑賞と研究」を始め、多くの随筆集や翻訳書がある。昭和24〜50年日本大学教授を務めた。
㊞日本現代詩人会、詩と音楽の会、日本詩人クラブ、日本文芸家協会、日本独文学会、埼玉文芸懇話会(会長)

神保 朋世 じんぼ・ともよ
日本画家 俳人 「窓」(俳句結社)主宰 ⑮明治35年4月25日 ⑯平成6年3月10日 ⑰東京都千代田区 本名＝神保貞三郎 俳号＝窓良子 ㊞鰭崎英明、伊東深水に師事し、美人画の代表的画家となる。浮世絵的な挿絵に邦枝完二「振袖役者」「御殿女中」、時代もの挿絵に野村胡堂「銭形平次捕物控」などがある。著書に「浮世絵の話」「句画三昧」「窓四亭俗話」など。平成9年東京文京区の弥生美術館で回顧展が開催される。 ㊞東京作家クラブ、日本近世文学会

新明 紫明 しんみょう・しめい
俳人 医師 「青女」主宰 ⑮昭和3年8月13日 ⑰北海道 本名＝新明美仁(しんみょう・よしひと) ⑱北海道大学医学部卒 医学博士 ㊞若葉賞(昭和33年)、旭川市文化奨励賞(昭和50年)、鮫島賞(第16回)(平成8年)「初霜」 ㊞昭和21年より作句。富安風生、清崎敏郎に師事。33年「若葉」同人。38年「青女」を創刊し主宰。句集に「初霜」などがある。 ㊞俳人協会

新免 忠 しんめん・ただし
歌人 ⑮明治35年4月30日 ⑯昭和58年1月8日 ⑰東京 ⑱東京高等工業学校電気科卒 ㊞大正10年在学中に作歌をはじめ、翌年「国民文学」に入社。通信省電気試験所などに勤務の傍ら同社で作歌選歌評論活動を行なう。昭和50年末退社。没年まで多磨仁作創刊の「短歌春秋」の選者を務める。

新屋敷 幸繁 しんやしき・こうはん
詩人 元・沖縄大学学長 ⑱国文学 ⑮明治32年4月15日 ⑯昭和60年7月15日 ⑰沖縄県中頭郡与那城村 ⑱沖縄師範学校本科卒 ㊞戦前は旧制鹿児島二中や七高造志館教授をしながら詩誌「南方楽園」を主宰し、戦後は沖縄大学長、国際大副学長などを務め、沖縄の教育・文化の向上に大きな功績を残した。著書に「新講・沖縄一千年史」「沖縄の笑いばなし」「現代詩の理論と評釈」や長篇叙事詩「子牛になったミチハル」などがある。

【す】

須一 まさ子 すいち・まさこ
詩人 ⑮明治45年 ⑯昭和8年 ⑰岡山市 ㊞商業学校を卒業後店員として働く傍ら貧しい人々の暮らしを綴り詩作に励む。18歳の時同

人詩誌「柚の実」を創刊、主宰したが昭和8年22歳で病没。9年友人らにより遺稿詩集「須まさ子遺稿詩集」が出版された。平成4年その才能を残し伝えようと詩人・坂本明子(「裸体」主宰)と開業医・岡崎澄衛(「石見詩人」同人)により同詩集が復刊され吉備路文学館や日本現代詩歌文学館などにも贈られた。

葉 紀甫　すえ・のりお
詩人　⑭平成5年2月　⑮韓国・ソウル　本名＝早川彰美　㊞藤村記念歴程賞(平成5年)「葉記甫漢詩詞集 上・下」　植民地時代韓国・ソウルで生まれる。終戦後帰国し、母の故郷・松江の中学に転入。のち詩作の道に入る。作品の発表もまれで、名も世に知られることはなかったが、昭和42年刊行の口語自由詩の作品集「わが砦」は、限られた人々に絶賛され、58年頃から詩誌「歴程」の同人に名を連ねた。また同年頃から伝統的な漢詩の定式と日本現代詩をあわせ持つ独自の漢詩形の詩作に没頭し、私家版の「葉紀甫漢詩詞集 上・下」を制作。

末次 雨城　すえつぐ・うじょう
俳人　⑭大正1年8月1日　⑮昭和48年5月4日　⑰鳥取県　本名＝末次博文　昭和17年から石田波郷に師事して、「鶴」同人。戦後「松」を創刊主宰。長く郷里中山町の町長を務める一方、俳句の面でも後進の育成に当った。句集に「農我武者羅」「鯛の目」がある。

須賀 一恵　すが・かずえ
俳人　⑭大正15年9月5日　㊞俳壇賞(第4回)(平成1年)「良夜」　㊞俳句結社「未来図」同人。句集に「都鳥」がある。

須賀 是美　すが・これみ
歌人　⑭大正3年5月21日　⑮昭和44年　⑰東京　昭和12年「青藻」入社。16年「歌と観照」に入社。44年「豹文」創刊。歌集に「思惟の炎」「認識の足音」、評論集「現代短歌と思想」がある。

菅 裸馬　すが・らば
実業家　俳人　東京電力会長　石炭庁長官
⑭明治16年11月25日　⑮昭和46年2月18日　⑰秋田市　本名＝菅礼之助(すが・れいのすけ)　㊞東京高商(現・一橋大学)(明治38年)卒　明治38年古河合名会社に入り、大阪、門司支店長、本部販売部長を経て大正7年古河商事取締役。昭和6年古河合名理事。14年帝国鉱業社長、ついで同和鉱業会長、全国鉱山会長を歴任。戦後21年石炭庁長官、22年配炭公団総裁に就任。公職追放となったが解除後の27年東京電力会長、翌年電気事業連合会会長。他に日本原子力産業会議会長、経団連評議会議長などを努めた。日本相撲協会運営審議会長も努め、双葉山の後援者でもあった。大正9年青木月斗主宰の俳誌「同人」創刊に加わり、のち主宰者。著書に句集「玄酒」「裸馬翁五千句集」、随筆「うしろむき」などがある。

菅 礼之助　すが・れいのすけ
⇒菅裸馬(すが・らば)を見よ

菅井 冨佐子　すがい・ふさこ
俳人　⑭大正7年11月17日　⑮平成6年5月22日　⑰神奈川県　㊞青山学院専門部卒　㊞青霧賞(昭和43年)、野火賞(昭和44年)、結社記念賞(昭和46年)　昭和33年「野火」入会、40年同人となる。年の花講師。句集に「牡丹の芽」「曼珠沙華」がある。　㊞俳人協会

菅沼 宗四郎　すがぬま・そうしろう
歌人　⑭明治17年10月5日　⑮昭和35年　⑰茨城県　明治39年税関に入り35年間勤めたが、その間44年与謝野寛が洋行の際、税関手続きなどで世話をした。また各地で晶子らの新詩社同人を声援、短歌会を開いた。「冬柏」創刊と同時に同人となり、作品を発表、歌誌「雲珠」にも発表した。昭和17年晶子が死去した後、関西で「与謝野晶子展」を開いた。33年与謝野夫妻からの書簡を「鉄幹と晶子」にまとめて出版した。

菅野 一狼　すがの・いちろう
俳人　⑭昭和2年11月4日　⑰東京　本名＝菅野一郎　㊞税務大学校卒　㊞税理士　昭和21年疎開先の福島において地方紙の選者富安風生の指導をうける。23年「天狼」創刊により投句。30年職場句会を通じ「獺祭」に入会、細木芒角星に師事、33年同人となる。　㊞俳人協会

菅野 其外　すがの・きがい
俳人　⑭明治2年　⑮明治41年5月15日　⑰福島県　本名＝菅野卓太郎　初号＝芳雲　㊞第二高等学校を経て医学を修め、のち病院長となった。明治27・8年頃、秋声会に参加して俳句を始める。31年金森砲爪、天野蒼郊と共に隈水吟社を興した。没後「其外遺稿」が刊行された。

菅野 春虹　すがの・しゅんこう
俳人　[生]明治33年8月11日　[出]福島県　本名＝菅野忠六　[賞]夏草功労賞　[歴]もと陸軍航空本部関東信越地方軍需整理部監督官補。昭和5年「夏草」創刊時より参加、以後一貫して山口青邨に師事。多摩・所沢地方の句会において俳人育成にあたる一方、「夏草」同人として編集にも携わる。写生を基として風景句が特色で、武蔵野の風物を詠んだ。句集に「阿武隈」がある。

須賀野 めぐみ　すがの・めぐみ
詩人　[生]昭和22年　[出]愛媛県宇和島市和霊中町　本名＝川下俊之　別名＝川下喜人　[学]宇和島東高(昭和41年)卒　[歴]高校文芸部で作詩活動。昭和41年上阪、商店で働きながら作詩を続ける。同年処女詩集「白い墓碑銘」、42年第2詩集「うたざんげ抄」、以後第5詩集まで書く。59年膠原病に倒れ、6カ月入院、リハビリを続ける。平成6年第6集「朴のうた」をまとめ、7年著書「白い墓碑銘」にまとめる。

菅谷 規矩雄　すがや・きくお
詩人　[専]ドイツ文学　[生]昭和11年5月9日　[没]平成1年12月30日　[出]東京都北区　[学]東京教育大学文学部卒、東京大学大学院独語独文専攻(昭和39年)修士課程修了　[歴]昭和36年「暴走」に参加し、39年「凶区」を創刊。38年「六月のオブセッション」を刊行。安保闘争後の詩的ラディカリズムの中心となる。名古屋大学を経て、東京都立大学助教授となるが、大学紛争に関わって45年退職し、以後文筆生活に専念。同年「菅谷規矩雄詩集1960-69」を刊行。評論家としても「無言の現在」「ブレヒト論—反抗と亡命」「埴谷雄高」「詩的リズム」などがあり、翻訳にユンガー「言葉の秘密」、ブロッホ「未知への痕跡」などがある。

菅原 一宇　すがわら・いちう
川柳作家　川柳宮城野社会長　[生]明治43年6月21日　[没]平成12年7月28日　[出]宮城県仙台市　本名＝菅原武治　[学]仙台工業専修学校(現・仙台工)卒　[賞]宮城県芸術選奨(昭53年度)、宮城県知事表彰(昭和53年)、地域文化功労者(平成3年)、河北文化賞(第48回)(平成11年)　[歴]昭和10年勤務先の七十七銀行の先輩に誘われ句会に参加したのがきっかけで川柳と出会う。18年満州へ渡り、建設会社勤務、応召、ソ連抑留を経て、22年帰国し七十七銀行に復職。「川柳北斗(現・川柳宮城野)」同人となり、副主幹、55年主幹、63年会長。東北川柳連盟理事長、宮城県川柳連盟理事長などを歴任。35〜55年河北新報「課題川柳」、55年〜平成9年「河北川柳」の選者を担当。著書に句集「足おと」がある。

菅原 克己　すがわら・かつみ
詩人　[生]明治44年1月22日　[没]昭和63年3月31日　[出]宮城県亘理郡亘理町　[学]日本美術学校図案科中退　[歴]伊東屋のデザイナーの傍ら昭和3年頃から詩作を始め、また共産党に属し、検挙される。戦後は「新日本文学」「コスモス」などを経て、「P」を主宰。詩集に「手」「日の底」「陽の扉」「遠くと近くで」などがある。
[団]新日本学会

菅原 師竹　すがわら・しちく
俳人　[生]文久3年8月(1863年)　[没]大正8年3月24日　[出]陸奥国登米郡登米(宮城県)　本名＝菅原賢五郎　旧姓(名)＝伊藤　旧号＝微笑　[歴]幼時元藩儒中沢敬哉に経史を学ぶ。一時東京に遊学するが、菅原家養子となり農業に従事。俳号微笑時代は旧派であったが、明治37年安斎桜磈子と知り共に日本派俳句に入る。翌年新聞「日本」、ついで「日本及日本人」に投句、河東碧梧桐に師事し多作で知られた。新傾向時代初期に活躍し「師竹・桜磈子時代」を画す。「続春夏秋冬」「日本俳句鈔」などに多く句を収め、安斎桜磈子編「師竹句集」がある。

菅原 章風　すがわら・しょうふう
俳人　「うぐいす」代表　[生]大正6年8月25日　[出]東京　本名＝菅原章之助　[学]関西学院大学商経学部卒　[歴]昭和11年半田蓼井の手ほどきを受け、13年より青木月斗に師事、「同人」に入会。44年「同人」選者となる。同系の「うぐいす」創刊号より参画し、月村賞選者、経理担当を経て、代表。伊丹鈴原句会指導、阪神文芸祭選者を務める。句集に「芦刈」がある。
[団]俳人協会

菅原 峻　すがわら・たかし
図書館計画施設コンサルタント　歌人　図書館計画施設研究所代表取締役所長　[専]図書館学　[生]大正15年9月14日　[出]北海道山越郡八雲町　[学]文部省図書館職員養成所(昭和28年)卒　[興]図書館の計画，建築，設備について　[歴]昭和28年日本図書館協会に入り、53年退職。図書計画施設研究所(図書館づくりのコンサルタント)を開く。また各地の図書館づくりのネットワークを目指し、冊子「としょかん」を隔月で発行する。一方、戦後作歌をはじめ、21年歩道短歌会に入会し佐藤佐太郎に師事。「歩道」編集委員、幹事をつとめたあと、運河の会を創設。著

書に「母親のための図書館」「これからの図書館」「図書館施設を見直す」「図書館の明日をひらく」、歌集に「風と土」「朱果」などがある。 [団]日本図書館協会、日本図書館研究会

菅原 多つを　すがわら・たつお
俳人 [生]昭和4年9月16日 [出]岩手県 本名＝菅原達夫 [学]岩手青年師範学校卒 [賞]夏草新人賞(昭和39年)、夏草功労賞(昭和52年) [歴]昭和30年山口青邨門の及川あまきを識りその指導の下、「夏草」に投句。43年「夏草」同人。53年「樹氷」創刊同人参加する。のち「屋根」「天為」「藍生」にも参加する。句集に「岳神楽」がある。 [団]俳人協会

須ケ原 樗子　すがわら・ちょし
俳人 [生]明治43年4月21日 [没]平成4年5月19日 本名＝菅原陸三 [賞]雲母寒夜句三昧個人賞(昭和14年)、宮城県芸術祭文芸賞(昭和52年，54年) [歴]俳誌「雲母」同人。宮城県俳句協会顧問。昭和56年～平成2年朝日新聞宮城版「俳壇」選者を務めた。句集に「風の暦」「歩哨」。

菅原 伝三郎　すがわら・でんざぶろう
詩人 雨情会副理事長・事務局長 [生]大正9年12月7日 [出]岩手県北上市 [学]福島高商(現・福島大学)卒 [歴]呉羽自動車工業(現・三菱自動車バス製造)などの役員を歴任。雨情会副理事長兼事務局長、芸象文学会相談役。著書に詩集「鬼剣舞の賦」「アムール河の花火」「詩と随想作品集 世紀末の地球儀」がある。

菅原 闃也　すがわら・ときや
俳人 [生]昭和15年10月8日 [出]宮城県仙台市 [賞]宮城県芸術選奨(新人賞)(昭和56年)、角川俳句賞(昭和58年) [歴]昭和49年「鷹」入会、51年同人。平成3年「槐」創刊同人。4年「滝」創刊主宰。5年「鷹」退会。句集に「祭前」「遠泳」「飛沫」、著書に「宮沢賢治―その人と俳句」がある。 [団]現代俳句協会

菅原 友太郎　すがわら・ゆうたろう
歌人 [生]昭和3年6月29日 [出]宮城県 [賞]宮城県芸術選奨(昭50年度) [歴]昭和20年11月より作歌を始める。「ぬはり」に入社するが23年退社。同年「鶏苑」に入会。加藤克巳に師事し、28年「近代」創刊に参加した後「個性」の同人となる。歌集に「海季」「海風園」、評伝に「詩人水上不二」など。 [団]現代歌人協会、宮城県短歌クラブ、宮城県芸術協会

菅原 義哉　すがわら・よしや
歌人 [生]昭和7年5月29日 [出]宮城県 [賞]橄欖賞(昭和55年) [歴]昭和36年「橄欖」に入会。主に大屋正吉の指導を受ける。同人、運営委員。55年橄欖賞受賞。十月会会員。歌集「北天座」がある。 [団]日本歌人クラブ

杉浦 伊作　すぎうら・いさく
詩人 [生]明治35年8月28日 [没]昭和28年5月14日 [出]愛知県 [歴]大正5年頃から詩作をし、昭和5年「豌豆になった女」を刊行。引き続き「半島の歴史」を14年に刊行。浅井十三郎、北川冬彦と21年第1次「現代詩」、29年第2次「現代詩」を刊行、詩壇の復興に尽した。ほかに「あやめ物語」や詩文集「人生旅情」などの著書がある。

杉浦 宇貫　すぎうら・うかん
俳人 [生]文久2年(1862年) [没]大正7年1月5日 別号＝真外、雪蓑人 [歴]俳諧を雪中庵8世服部梅年、ついで9世斎藤雀子に学び、のち雪中庵10世を継いだ。梅年・雀子と共編「蓼太全集」(明治32年俳諧文庫)がある。

杉浦 湖畔　すぎうら・こはん
俳人 中学校教師 [生]大正12年3月9日 [出]愛知県 本名＝杉浦定市(すぎうら・さだいち) [学]愛知青年師範卒 [賞]「年輪」年間最優秀賞(昭和50年) [歴]昭和16年富安風生に師事、「若葉」へ投句。36年橋本鶏二に師事、「年輪」同人。51年碧南市文化協会俳句部理事、54年市民講座講師などを務める。63年「恵那」に参加。句集に「點瀝」「朱蕾」、他に俳論集「鶏二俳句鑑賞」がある。 [団]俳人協会

杉浦 翠子　すぎうら・すいこ
歌人 [生]明治24年5月27日 [没]昭和35年2月16日 [出]埼玉県川越市 本名＝杉浦翠(すぎうら・みどり) 旧姓(名)＝岩崎翠(いわさき・みどり) [学]女子美術学校卒 [歴]13歳で上京、兄福沢桃介方に身を寄せ、女子美術学校、国語伝習所に学んだ。大正5年北原白秋についたが、「アララギ」「香蘭」を経て、昭和8年「短歌至上主義」を創刊、主宰した。歌集に「寒紅集」「藤浪」「生命の波動」、小説集「かなしき歌人の群」などがある。 [家]夫＝杉浦非水(図案家)、兄＝福沢桃介(実業家)

杉浦 梅潭 すぎうら・ばいたん
幕臣 漢詩人 ⓖ文政9年(1826年) ⓜ明治33年5月30日 本名=杉浦誠 ⓔ幕府開成所頭取より目付となり、慶応2年箱館奉行に任命される。幕府崩壊の渦中で最後の箱館奉行として箱館(現・函館)の混乱を未然に防ぎ、明治元年五稜廓を清水総督に引渡して江戸に帰る。2年から10年まで外務省出仕となり、開拓使権判官として函館施政を担当。退官後は梅潭と号し、東京で晩翠吟社を起こして詩作生活を送った。著書に「梅潭詩鈔」「梅潭詩稿」など。平成3年「杉浦梅潭目付日記」「杉浦梅潭箱館奉行日記」が刊行された。

杉浦 冷石 すぎうら・れいせき
俳人 ⓖ明治29年12月11日 ⓜ昭和52年4月21日 ⓙ愛知県 本名=杉浦掲(すぎうら・たけし) ⓔ準教員検定試験に合格、教職を経て新聞記者となる。創刊当時の「キララ」に投句。大正14年加藤霞村・兼松蘇南と「野火」を創刊。昭和初め小酒井不木を中心に拈華句会を創設した。戦後の23年4月「白桃」を創刊、没するまで主宰した。37年「ホトトギス」同人。句集に「白魚火」「狐火」「榊鬼」がある。

杉江 重英 すぎえ・しげひで
詩人 ⓖ明治30年 ⓜ昭和31年 ⓙ富山市 ⓔ早稲田大学英文科卒 ⓔ大正9年駒村重礼、宮崎孝政らと詩誌「森林」を創刊、編集代表者として活躍。その後「冬の日」も編集発行。詩集に「夢の中の街」(大15年)「骨」(昭5年)「雲と人」(7年)「新世界」(8年)ある。初期の詩には萩原朔太郎の投影が見られるが、第二詩集の「骨」には乾いたニヒリズムが底流にある。

杉岡 溢子 すぎおか・いつこ
俳人 ⓖ昭和9年 ⓙ広島県佐伯郡宮島町 旧姓(名)=越智 ⓔ広島大学文学部史学科(昭和32年)卒 ⓔ昭和32年より29年間香川県の県立高校教師を務め、その後高松高等予備校講師に。一方、50歳頃から朝日新聞の「朝日俳壇」に投稿し、平成元年入選。2年初の句集「四角な午後」を出版。他の句集に「続・四角な午後」「秋冬春夏」、共著に「香川県の地名」など。

杉田 鶴子 すぎた・つるこ
歌人 医師 ⓖ明治15年12月6日 ⓜ昭和32年4月20日 ⓙ兵庫県神戸市 本名=杉田つる ⓔ日本医学校卒 ⓔ杉田玄白の後継として医学を学び、小児科医として本郷に開業。また、内村鑑三の洗礼をうけたキリスト教徒。歌人としては大正9年「朝の光」創刊と共に参加し、窪田空穂らの指導を受ける。昭和15年歌集「菩提樹」を刊行した。33年遺歌集「杉田鶴子歌集」が編まれた。

杉田 俊夫 すぎた・としお
詩人 俳人 ⓖ明治42年 ⓜ昭和60年 ⓙ東京・五日市 俳号=暮平 ⓔ東京農業大学卒 ⓔ多摩川温室村の国分園の主任を3年間務め、昭和12年アルゼンチンに移住。カーネーションとランの栽培を高市茂園で研修、独立後花卉(き)農園コロニア・シエラ・パドレで成功を収めた。一方若い頃から民謡創作を始め、俳人の萩原蘿月に師事。自由律句の詩を創り続け、日本人会の協力で民謡詩集「アルゼンチンの歌」を発表するなど民衆詩人として親しまれた。「杉田暮平句集」もある。60年破傷風で死去。59年タンゴ・フォルクローレ歌手の高野太郎により「ペペレイの夢」に曲がつけられ、61年ブエノスアイレスで開かれた日本物産展の会場で流され反響を呼んだ。

杉田 久女 すぎた・ひさじょ
俳人 ⓖ明治23年5月30日 ⓜ昭和21年1月21日 ⓙ鹿児島県鹿児島市 本名=杉田久子 旧姓(名)=赤堀 ⓔ東京女高師附属高女(お茶の水高女)(明治41年)卒 ⓡ風景院賞(昭和5年) ⓔ明治43年北九州・小倉中学の美術教師だった杉田宇内と結婚、二女をもうける。大正5年から俳句を始め、「ホトトギス」「曲水」に投句。高浜虚子に師事。家庭問題や病で一時休むが、昭和6年日本新名勝俳句懸賞募集で「谺して山ほととぎすほしいまま」により金賞受賞。7年俳誌「花衣」を主宰、「ホトトギス」同人。豊かな才能によって数々のすぐれた作品を示したが、その強い個性と、異常なほどの俳句への執着によって常軌を逸した行動があり、11年に日野草城らと同人を除名された。以後、次第に精神の安定を失い21年死去。没後の27年「杉田久女句集」(角川書店)が出版された。他に「久女文集」「杉田久女全集」(立風書房)がある。

杉田 嘉次 すぎた・よしじ
歌人 ⓖ明治34年2月22日 ⓜ昭和45年2月16日 ⓙ東京・神田 旧姓(名)=渋谷 ⓔ大正15年岡麓に師事し、書と短歌を学ぶ。昭和2年「アララギ」に参加。10年「アララギ」「国民文学」模倣論争の口火を切る。歌集に「遠望集」がある。

杉谷 昭人　すぎたに・あきと

詩人　元・宮崎県高教組委員長　[生]昭和10年1月13日　[出]宮崎県宮崎市　[学]宮崎大学教育学部(昭和33年)卒　[賞]九州詩文学賞、H氏賞(第41回)(平成3年)「人間の生活 続・宮崎の地名」、宮崎県文化賞(平成5年)　[歴]昭和21年引き揚げ。33年英語教師となり、日之影中、延岡西高などに赴任。この間、宮崎県高教組副委員長を経て、61年から委員長。平成7年定年退職。一方高校時代から詩作を始め、34年延岡市で仲間と詩誌「白鯨」を創刊。詩集に「杉の柩」「宮崎の地名」「人間の生活 続・宮崎の地名」などがある。　[団]日本現代詩人会、日本文芸家協会

杉谷 健吉　すぎたに・けんきち

詩人　山陰合同銀行福原支店支店長　[生]昭和10年2月20日　[出]鳥取県境港市　[学]滋賀大学経済学部(昭和33年)卒　[歴]昭和33年山陰合同銀行に入行し、現在、福原支店支店長。詩人としても知られ、詩集「動物園についての考察」「家についての考察」「風と旅と」がある。

杉谷 代水　すぎたに・だいすい

詩人　劇作家　[生]明治7年8月21日　[没]大正4年4月21日　[出]島根県境港　本名＝杉谷虎蔵　[学]東京専門学校文学科中退　[歴]鳥取高等小学校教師を経て、明治28年東京専門学校に入り病気中退。31年坪内逍遙の推薦で冨山房に入り、逍遙編の尋常小学校、高等小学校「国語読本」を編集。一方新体詩「海賊」「行雲歌」「夕しほ」などを発表。38年から歌劇を創作、修文館から「熊野」「小督」「太田道灌」などを刊行。早稲田文学に書いた戯曲「大極殿」は40年第1次文芸協会、第2回演芸大会に上演された。新作狂言「つぼさか」、唱歌「星の界」など60余編。著書に「学童日誌」「希臘神話」「作文講話及文範」(共著)、「書翰文講話及文範」「アラビヤンナイト」がある。

杉原 竹女　すぎはら・ちくじょ

俳人　[生]明治33年4月7日　[没]昭和53年8月2日　[出]石川県金沢市　本名＝杉原斉　別号＝杉原梅亭　[学]金沢第一高女卒　[歴]昭和10年小松月尚に入門、24年「ホトトギス」同人。32年より「あらうみ」を主宰。句集に「山吹」、句文集に「母子草」などがある。

杉原 裕介　すぎはら・ゆうすけ

僧侶　詩人　海上自衛隊一佐　[生]昭和11年11月18日　[没]昭和63年4月11日　[出]広島県広島市　[学]防衛大学校卒　[賞]広島市短詩型文芸大会広島市長賞(昭和61年)「何んバしょッと」　[歴]幼いころ原爆で肉親を失う。海上自衛隊任官後、航空機整備畑を歩む。同期生の殉職を契機に“制服”のまま、昭和57年から1年間築地本願寺内の東京仏教学院夜間部に学ぶ。修了後、胃の全摘手術を受けたが、職場復帰を果たし、ほどなく京都の西本願寺で得度。また、高校時代から詩に興味を持ち、海上自衛官になってから詩作を始めた。55年詩集「海、そして山」を処女出版、故野呂邦暢の高い評価を受けた。62年がんが再発、63年になってから弟らの協力で詩画集の編集が進められ、死後「朝はくもりなく」が出版された。　[家]弟＝杉原剛介(福岡大教授)、杉原誠四郎(城西大教授)

杉原 幸子　すぎはら・ゆきこ

歌人　[生]大正2年12月17日　[出]静岡県沼津市　旧姓(名)＝菊池　[学]高松高女(昭和6年)卒　[賞]日本のワレンバーグ表彰(平成2年)　[歴]昭和10年杉原千畝と結婚。12年渡欧。夫・千畝は第2次大戦初期の昭和14～15年在リトアニア領事代理時代に、ナチスの圧政を逃れ国外脱出をはかるユダヤ人難民に日本政府の命令に背きビザを発給し続け、6500人のユダヤ人を救った。ぎりぎりの決断を迫られた夫と行動を共にし、のちベルリンを経て、プラハ、ケーニヒスベルクからブカレストへ移る。終戦後ソ連の収容所を転々とし、22年帰国。のち夫が貿易会社に勤務し、15年間モスクワに駐在。60年から鎌倉市に住み、61年夫が亡くなる。平成元年ニューヨークのユダヤ人権擁護団体の招待で渡米、表彰状を贈られた。夫亡き後も各国のユダヤ人協会を訪れる。5年当時の記録を綴った「六千人の命のビザ—ひとりの日本人外交官がユダヤ人を救った」出版。日本でもその業績が知られるようになる。13年千畝の生誕百年にちなんでリトアニアで行われた記念植樹に出席。一方、歌人としても活躍。藤沢市民短歌会会長、湘南朝日新聞歌壇選者、神奈川県歌人会委員も務める。短歌同人誌「層」同人・編委員。歌集に「白夜」がある。　[家]夫＝杉原千畝(元リトアニア共和国領事代行・故人)、息子＝杉原弘樹(杉原千畝記念財団会長・名古屋セントラルパーク顧問)

杉村 聖林子　すぎむら・せいりんし
俳人　[生]明治45年4月19日　[出]山口県下関市田中町　本名＝杉村猛　[賞]馬酔木賞(昭和11年)　[歴]昭和10年「馬酔木」に投句をはじめ、11年馬酔木賞受賞。12年石橋辰之助とともに「荒男」を創刊、13年「京大俳句」同人、14年「天香」発起人。15年京大俳句事件で検挙される。戦後は石橋辰之助の死去とともに作句活動を中止する。

杉村 楚人冠　すぎむら・そじんかん
新聞記者　随筆家　俳人　朝日新聞調査部長　[生]明治5年7月25日(1872年)　[没]昭和20年10月3日　[出]和歌山県和歌山市谷町　本名＝杉村広太郎(すぎむら・こうたろう)　別号＝縦横　[学]英吉利法律学校(現・中央大学)、自由神学校先進学院(明治26年)卒　[歴]明治20年上京し英吉利法律学校(現・中央大学)に学ぶが病を得て帰郷、25年和歌山新報社記者となる。26年再び上京し、ユニテリアン協会の自由神学校先進学院に学ぶ。卒業後、正則英語学校教員や「反省雑誌」編集者を経て、32年米国公使館通訳となる。同年仏教清教徒同志会を結成、33年「新仏教」を創刊・編集した。36年東京朝日新聞社に入社、39年編集部長となり新聞の近代化に大きな役割をはたした。44年調査部を設け、初代部長となり、大正8年〜昭和10年監査役・編集局顧問を務めた。この間、8年に縮刷版を発行し始め、11年には記事審査部を創設、12年「アサヒグラフ」を創刊して編集長を兼任。また、随筆家としても名を高め、「大英遊記」「湖畔吟」「山中説法」などがあり、ほかに「最近新聞紙学」や小説「うるさき人々」「旋風」など多数。「楚人冠全集」(全18巻)がある。

杉本 郁太郎　すぎもと・いくたろう
⇒杉本北柿(すぎもと・ほくし)を見よ

杉本 禾人　すぎもと・かじん
俳人　[生]明治27年1月9日　[没]昭和23年6月19日　[出]長野県　本名＝杉本吉弘　[歴]幼時に両親を失い、義兄を頼って一時朝鮮に渡った。のち帰国し、横浜の裁判所に勤務、前田普羅と知り合い句作に励む。明治末年より「ホトトギス」に投句し、大正6年には虚子の「進むべき俳句の道」にもとりあげられた。後年は松浦為王の「俳人」に拠った。

杉本 寛一　すぎもと・かんいち
歌人　[生]明治21年10月1日　[没]昭和34年6月11日　[出]東京　[歴]明治44年歌誌「創作」に加わり、若山牧水に師事した。一時「創作」を離れたが、昭和7年に復帰、同人として活躍した。歌集「梢の雲」「時は流るる」があり、没後、遺稿集「伏流水」が刊行された。

杉本 清子　すぎもと・きよこ
歌人　[生]大正12年11月16日　[出]埼玉県春日部市　[歴]昭和17年「多磨」入会。18年鈴木幸輔に出会い、師事する。22年より26年まで詩歌同人誌「万歴」に所属。32年「長風」創刊に加り、編集委員選者となる。歌集に「銀と葡萄」「緋水晶」「風のつばさ」「旅笛」がある。
[団]現代歌人協会

杉本 零　すぎもと・ぜろ
俳人　[生]昭和7年11月22日　[没]昭和63年2月21日　[出]東京　本名＝杉本隆信　[学]慶応義塾大学法学部卒　[歴]大学在学中の昭和25年ごろから「慶大俳句」に参加。のち「ホトトギス」「玉藻」に投句をはじめるとともに、星野立子を囲む笹子会に参加。一方、京極杞陽にも師事し、その主宰誌「木莵」の主要同人でもある。一時、「俳句研究」の編集に携わり評論にも鋭い才能を示した。また山会のメンバーとして写生文も書く。

杉本 直　すぎもと・ちょく
詩人　[生]大正8年3月25日　[学]慶大文学部通信教育課程卒　[歴]約40年間、福井県公立学校教員を務めた。20歳ころから詩作をはじめ、戦後、同人雑誌「土星」を主宰しながら、北川冬彦主宰第2次「時間」創刊号から同人として数年間在籍した。詩集に「あいうえお」「杉本直詩集」「戯詩偽詩蝉」、詩と詩話集「星」など。
[団]日本現代詩人会、福井詩人会(顧問)、日本詩人クラブ

杉本 春生　すぎもと・はるお
詩人　広島文教女子大学教授　[専]日本近・現代詩　[生]大正15年3月21日　[没]平成2年7月6日
[出]山口県岩国市　[学]官立京城法学専門学校(昭和20年)卒　[歴]詩誌「日本未来派」「地球」の論客として活躍し、昭和30年「抒情の周辺」を刊行。32年札幌短期大学教授、47年広島大学文学部講師、のち岩国短期大学教授、広島文教女子短期大学教授。他の著書に「現代詩の方法」「森有正論」「廃墟と結晶」などがある。
[団]日本文芸家協会、日本現代詩人会　[家]娘＝杉本史子(東京大学史料編さん所助教授)

杉本 寛　すぎもと・ひろし
俳人　大江工業会長　⽣大正7年1月25日　出京都府舞鶴市　学興亜工学院(現・千葉工業大学)機械科(昭和17年)卒　賞藍綬褒章(昭和59年)　歴昭和44年大江工業社長に就任。平成10年会長。俳人としても知られ、大野林火に師事し、昭和29年より「浜」同人。句集に「杉の実」「自註・杉本寛集」などがある。　所俳人協会、北京市人民対外友好協会(名誉理事)

杉本 北柿　すぎもと・ほくし
俳人　奈良屋会長　⽣明治35年1月7日　没平成1年4月26日　出京都市　本名=杉本郁太郎(すぎもと・いくたろう)　学大阪市立高商(現・大阪市立大学)(大正13年)卒　賞藍綬褒章(昭和43年)、勲四等瑞宝章(昭和49年)、日本対がん協会賞(昭和58年)　歴5年間三越に勤務したのち、昭和12年奈良屋社長を継ぐ。47年三越と提携して会長に就任。かたわら、33年当時の千葉県医師会長とともに全国に先がけて民間の千葉県対がん協会を設立し、副会長をつとめた。また、「原人」を主宰する俳人でもあり、句集に「好文木」「青丹」「寧楽」「咲く花」「匂ふが如く」など。

杉本 三木雄　すぎもと・みきお
歌人　「創生」主宰　⽣大正4年7月22日　出静岡県庵原郡富士川町　賞創生賞(第4回)(昭和41年)　歴昭和7年より39年まで神奈川県庁に勤務。歌人としては、「香蘭」同人を経て、17年「創生」同人、54年より代表同人。歌集に「小流」「冬虫夏草」「盛装」「天上地上」など。　所現代歌人協会、日本歌人クラブ、横浜歌人会(代表委員)

杉本 深由起　すぎもと・みゆき
詩人　⽣昭和35年　出大阪市　賞児童文芸新人賞(第24回)(平成7年)「トマトのきぶん」　歴詩誌「季」、詩と随筆誌「あんじゃり」、童謡誌「ぎんなん」各同人。著書に詩集「キュッキュックックックッ」「トマトのきぶん—杉本深由起詩集」がある。

椙本 紋太　すぎもと・もんた
川柳作家　⽣明治23年12月6日　没昭和45年4月11日　出兵庫県神戸市　本名=椙本文之助　学神戸小卒　歴生家は菓子商で徒弟に出され、のち菓子製造業甘source堂主人となる。17歳頃から川柳にひかれ、昭和4年ふあうすと川柳社を創立し、川柳誌「ふあうすと」を創刊。珍しく地方都市からの発行誌で全国からの誌友を持っていた。6大家のひとり。著書に「わだち」「椙元紋太句集」「茶の間」など。

杉本 雷造　すぎもと・らいぞう
俳人　「頂点」代表　著現代俳句(戦争と現代俳句,弾圧など)　⽣大正15年8月6日　出大阪府大阪市　本名=杉本総治(すぎもと・そうじ)　学大阪専門学校法科(現・近畿大学)(昭和22年)卒　著現代俳句に於ける虚と実について　賞三洋新人文化賞(昭和44年)、現代俳句協会賞(第18回)(昭和46年)　歴戦前「琥珀」に投句、戦後鈴木六林男に兄事し「青天」に投句、西東三鬼を知って師事した。その後「雷光」「断崖」「風」の同人となり、昭和34年鈴木を代表同人に迎え「頂点」を創刊、鈴木脱退後の52年から代表同人となった。句集に「軍艦と林檎」「火祭」「昨日の翳」などがある。有限会社万惣代表取締役。　所現代俳句協会

杉山 市五郎　すぎやま・いちごろう
詩人　⽣明治39年5月24日　没昭和53年7月4日　出静岡県長田村　歴大正末期より詩作を始め、昭和初期「手旗」を発行。「弾道」「金蝙蝠」などの同人となり、草野心平の「第百階級」を印刷。詩集に「芋畑の詩」と「飛魚の子」があり、「学校詩集」にも参加。戦後は一時「時間」に参加、「日時計」などの同人になる。「日本詩人全集」第11巻に収載され、「官能の十字架」を刊行。

杉山 一転　すぎやま・いってん
俳人　⽣明治10年5月15日　没大正10年2月24日　出大阪府堺市東3丁目　本名=杉山一二　歴明治35年頃から句作を始め、高浜虚子の指導を受ける。また埼玉県安行の「アラレ」に参加して活躍したが、一時俳壇から遠ざかった。大正6年復活して「ホトトギス」に拠った。遺句集「杉山一転句集」がある。

杉山 岳陽　すぎやま・がくよう
俳人　⽣大正3年2月23日　没平成7年7月14日　出静岡県沼津市　本名=杉山正男　賞新樹賞(第1回)(昭和26年)　歴戦前は三越に勤務し、戦後は公証人役場まで67歳まで勤務。俳句は昭和5年「馬酔木」に投句、水原秋桜子門に入る。12年石田波郷の「鶴」創刊に同人として参加。24年「馬酔木」同人。句集に「晩婚」「愛憎」がある。　所俳人協会

杉山 花風　すぎやま・かふう
詩人　[生]大正3年7月23日　[出]神奈川県厚木市　本名＝杉山義一　[学]浜松高工電気科(現・静岡大学)卒　[歴]逓信省、日本電信電話公社、ニッポン放送、フジテレビジョン、テレビジョン学会委員、八峰テレビ、日本電波技術、愛知電子、スカイビジョンコーポレーションに勤務。詩集に「この太陽」「虚空繚乱」、小説に「破壊の地」がある。

杉山 幸子　すぎやま・さちこ
詩人　[生]昭和7年7月28日　[出]岐阜県　[学]愛知学院短期大学卒　[歴]「地球」「水馬」に所属。中日詩人会会員。詩集に「少年」「揺れる乳母車」、随筆に「草花模様」がある。

杉山 葱子　すぎやま・そうし
俳人　[生]明治45年5月2日　[没]平成10年3月31日　[出]静岡県伊東　本名＝杉山嘉一　[学]早稲田商科中退　[賞]群青賞(昭和56年)　[歴]家業の水産物問屋業に従事。傍ら、大木実、木戸逸郎、関谷忠雄等と作詩交遊。復員後、伊東市役所に勤務、37年助役。57年退職。22年「馬酔木」に入会。28年「鶴」参加、石田波郷、石塚友二に師事、同人。46年「万蕾」創刊同人参加。句集に「海の音」「幻影」、詩集に「魔女」など。[団]俳人協会、静岡県俳句協会、静岡県文化協会

杉山 平一　すぎやま・へいいち
詩人　映画評論家　帝塚山学院短期大学名誉教授　[専]詩　映像　芸術論　[生]大正3年11月2日　[出]福島県会津若松市　[学]東京帝国大学文学部美学美術史学科(昭和12年)卒　[興]比喩、映像言語　[賞]中原中也賞(第2回)(昭和16年)「夜学生」、文芸汎論詩集賞(第10回)(昭和18年)「夜学生」、大阪芸術賞(昭和62年)、兵庫県文化賞(平成1年)　[歴]昭和14年尼崎精工に入社。人事係長、課長、取締役を経て、17年専務に就任。のち代表を務める。25年アマコー電機常務。41年帝塚山短期大学教授、62年退職、名誉教授に。大阪シナリオ学校長、大阪文学振興会代表も歴任。詩人としては、田所太郎らと「貨物列車」、織田作之助らと「海風」「大阪文学」を創り、のち「四季」同人となる。平易な表現の中に人間存在の暗部を示す手法を用いる。詩集に「夜学生」「ミラボー橋」「声を限りに」「ぜぴゅろす」「杉山平一全詩集」(全2巻)など、他に映画評論集「映画芸術への招待」、童話の著作がある。　[団]日本現代詩人会、四季派学会(会長)、日本文芸家協会、関西詩人協会　[家]弟＝杉山卓(横河総合研究所顧問)

助川 信彦　すけがわ・のぶひこ
医師　歌人　天神診療所　[生]大正7年8月14日　[出]茨城県水戸市　[歴]戦後、横浜市で、保健衛生関係の公職に就く。昭和39年"公害対策ヨコハマ方式"を推進。若い頃から短歌に親しみ、結社「あさひこ」に属す。28年「あさかげ」を興し編集委員を務める。歌集に「朝霧」、短歌・随筆に「阿幾くさの道」「大坪草二郎-歌と酒の人-」(編者)。

助信 保　すけのぶ・たもつ
詩人　「火皿詩話会」主宰　[生]昭和4年5月9日　[没]昭和61年12月17日　[出]広島県　[学]広島文理科大卒　[歴]広島農業短大教授、広島大学講師として英語を講ずるとともに、昭和59年まで広島県詩人協会の役員、61年度は日本現代詩歌文学館評議員、広島市文化振興事業団の市民文芸の審査員などを務め幅広く活躍していた。専門とするワーズ・ワースの研究とともにおう盛に創作活動を続け、「助信保詩集」(現代日本詩人叢書第9集・東京芸風書院)などを刊行した。

須沢 天剣草　すざわ・てんけんそう
俳人　[生]明治27年3月25日　[没]昭和51年12月9日　[出]広島県三次市　本名＝須沢早登　別号＝須沢紫水　[学]高等小学高等科3年卒　[歴]亜浪選の中国新聞俳壇から「石楠」に入り、巴峡石楠会、江の川俳句会を指導。「河千鳥」「路上」を発行主宰。中国新聞、山陽新聞の俳壇を担当した。句集に「山河」がある。

逗子 八郎　ずし・はちろう
歌人　元・後楽園スタヂアム取締役　[生]明治36年2月23日　[没]平成3年7月7日　[出]東京　本名＝井上司朗(いのうえ・しろう)　[学]東京帝国大学政治学科(昭和3年)卒　[歴]安田銀行から昭和14年内閣情報部に移って情報局第五部第三課長となり、19年大蔵省監督官に転じる。のち後楽園スタヂアム取締役。この間、7年「短歌と方法」を発行し、新短歌運動を積極的に推進する。12年の新短歌クラブ結成にあたっては委員長となる。歌集に「雲烟」「八十氏川」、歌論集「主知的短歌論」のほか、「証言・戦時文壇史」がある。

図子 英雄　ずし・ひでお
小説家　詩人　「原点」主宰　[生]昭和8年3月21日　[出]愛媛県西条市　[学]大分大学経済学部(昭和30年)卒　[賞]新潮新人賞(第19回)(昭和62年)「カワセミ」　[歴]昭和30年愛媛新聞社入社。文化部副部長、55年論説委員を経て、63年論説

副委員長。31歳の時に初めて小説を書き、62年「カワセミ」が第19回新潮新人賞を受賞。他に「鵜匠」などの作品がある。また同人誌「原点」を主宰し、詩集に「地中の滝」「阿蘇夢幻」がある。　[団]日本文芸家協会、日本現代詩人会

鐸 静枝　すず・しずえ
歌人　[生]大正1年10月26日　[出]新潟県見附市　[賞]日本歌人クラブ賞(第2回)(昭和49年)「流紋」　[歴]北原白秋に師事。鐸木孝と結婚。「多磨」「形成」「地平線」を経て、「万象」編集委員。歌集に「橘灯」「凍る花の譜」「寒の太陽」「流紋」「聖地の空」、詩集に「苔の花」「初期合同詩集」「童詩合著」「詩と作文の研究」「童謡曲集」「朱の波動」がある。

鈴江 幸太郎　すずえ・こうたろう
歌人　「林泉」主宰　[生]明治33年12月21日　[没]昭和56年11月4日　[出]徳島市　[学]徳島中卒　[歴]大正10年アララギに入会して故中村憲吉に師事。昭和28年「林泉」を創刊し、主宰。歌集に「海風」「白夜」「屋上泉」。

鈴鹿 俊子　すずか・としこ
歌人　[生]明治42年9月18日　[出]京都府京都市　本名＝川田俊子　[学]同志社女専中退　[賞]紺綬褒章　[歴]昭和17年「帚木」会員となり岡本大無に師事。19年川田順を師とし、24年結婚。「女人短歌」創刊より会員。歌集に「虫」「寒梅未明」「素香集」、随筆集「黄昏記」「女の心」「死と愛と」「夢候よ」などがある。　[団]現代歌人協会、日本ペンクラブ、日本歌人クラブ　[家]夫＝川田順(歌人・故人)

鈴鹿 野風呂　すずか・のぶろ
俳人　[生]明治20年4月5日　[没]昭和46年3月10日　[出]京都府　本名＝鈴鹿登　[学]京都帝大国文科(大正5年)卒　[歴]大学卒業後、鹿児島の川内中学教諭となり、大正9年京都に帰り武道専門学校教授となる。のち西山専門学校、大阪成蹊女子大教授を歴任する。早くから「ホトトギス」に投句し、大正9年日野草城らと「京鹿子」を創刊。「野風呂句集」(大15)をはじめ「浜木綿」「白露」「さすらひ」など多くの句集がある。
[家]二男＝丸山海道(詩人)

鈴木 あつみ　すずき・あつみ
俳人　[生]明治35年1月25日　[出]京都府川岡村　本名＝鈴木敦躬　[歴]祖父は芹雨、父は芹波と号して共に俳人であった。大正8年東京毛織大井工場に染色職工として入社。のち名古屋の新会社創業に参加。以後染職技術の指導にあたった。俳句は松井千代吉に手ほどきを受け、「海紅」に投句して励む。昭和36年創刊の「青い地球」選者となる。「鈴木あつみ句集」がある。

鈴木 石夫　すずき・いしお
俳人　NHK学園専任講師　[生]大正14年6月29日　[出]長野県　本名＝鈴木実　[学]国学院大学文学部卒　[歴]昭和21年「科野」創刊と同時に栗生純夫に師事。24年「暖流」に加入し、31年「暖流」自選同人。33から「暖流」の編集に従事。埼玉俳句連盟理事、現代俳句協会常任幹事・副幹事長・広報部長を務める。句集に「東京時雨」「風峠」「蛙(KAWAZU)」「鈴木石夫句集」など。他にエッセイ集「耳順鈔」がある。
[団]現代俳句協会(常任幹事)

鈴木 芋村　すずき・うそん
俳人　[生](生年不詳)　[没]昭和34年6月19日　[出]埼玉県川越市多賀町　本名＝鈴木清太郎　[歴]俳句は正岡子規、高浜虚子に師事。「日本」俳壇に投句するほか、「春夏秋冬」にも入集される。子規没後は、碧梧桐門下で三允、稲青らと共に「アラレ」刊行に関わった。

鈴木 梅子　すずき・うめこ
詩人　[没]昭和48年11月　[歴]堀口大学に師事して、「パンテオン」「オルフェオン」などに詩を発表。詩集に「殻」「をんな」がある。

鈴木 栄子　すずき・えいこ
俳人　[生]昭和4年8月22日　[出]東京　[学]忍岡女商中退　[賞]角川俳句賞(第18回)(昭和47年)、俳人協会新人賞(第2回)(昭和53年)「鳥獣戯画」
[歴]昭和23年北海道拓殖銀行の句会で俳句を始める。42年安住敦に師事し、「春燈」入門。59年俳人であった母・星野立子の没後「玉藻」を主宰。句集に「鳥獣戯画」「自註・鈴木栄子集」など。　[団]俳人協会、日本文芸家協会　[家]母＝星野立子(俳人)

鈴木 煙浪　すずき・えんろう
俳人　[生]明治33年9月24日　[没]昭和61年3月28日　[出]愛知県岡崎市桑谷町小田ノ入　本名＝鈴木友吉　[学]宝飯郡立西部実業高校(現・蒲郡高校)卒　[歴]蒲郡農学校、竜谷青年学校、額田郡形埜青年学校などに勤め、昭和22年退職、農業に従事。傍ら大正5年より俳句を始め、市川丁子、臼田亜浪に師事。27年12月俳誌「三河」を継承し、61年2月まで主宰した。句集に「浪」「時鳥」など。

鈴木 燕郎 すずき・えんろう
俳人 茶道家 ⓢ明治21年9月20日 ⓢ昭和48年2月16日 ⓢ東京 本名＝鈴木留次郎 ⓢ17歳で療養中に句作をはじめ、明治39年渡辺水巴の「俳諧草紙」に参加。大正10年「誕生」を創刊、以後「赤松」「著莪」などを創刊した。

鈴木 賀恵 すずき・かえ
歌人 「灌木」同人 ⓢ昭和7年 ⓢ大阪府池田市 ⓢ鹿児島寿蔵門下、無所属。詩誌「灌木」同人。著書に歌集「空とぶ鳥は」、詩集「琉璃色の魚」「漂えども」などがある。 ⓢ半どんの会、近畿沼空会、兵庫県歌人クラブ

鈴木 蚊都夫 すずき・かつお
俳人 ⓢ昭和2年4月11日 ⓢ平成9年8月23日 ⓢ東京都荒川区町屋 本名＝鈴木和男 ⓢあざみ賞(昭和50年・57年)、現代俳句評論賞(第3回)(昭和59年)「対話と寓意がある風景」 ⓢ昭和21年「あざみ」に入会、同人。沼津市に転居後、渡辺白泉の知遇を得る。59年「対話と寓意がある風景」で第3回現代俳句評論賞を受賞。現代俳句協会幹事、静岡現代俳句協会事務局長、日本現代詩歌文学館振興会評議員などを務めた。句集に「午前」「猟銃音」「一顧」「寧日」「火柱の夢」「一昔」、評論集に「現代俳句の流域」「対話と寓意がある風景」「俳壇真空の時代」など。 ⓢ現代俳句協会、静岡現代俳句協会

鈴木 頑石 すずき・がんせき
俳人 質商 ⓢ明治21年11月1日 ⓢ昭和47年7月19日 ⓢ神奈川県横浜市 本名＝鈴木角蔵 ⓢ横浜商業卒 ⓢ明治41年「俳諧草紙」創刊以来渡辺水巴に師事し、「曲水」同人。「曲水」横浜支社の指導者だった。句集に「頑石句集」、同名の第二句集「頑石句集」がある。

鈴木 杏村 すずき・きょうそん
歌人 ⓢ明治32年1月27日 ⓢ昭和34年5月31日 ⓢ東京 本名＝鈴木又七 古泉千樫、北原白秋につき「日光」「多磨」で活動。昭和20年「定型律」創刊に参加同人となる。22年より「銀杏」を主宰。28年「創生」復刊に協力、選歌・編集を担当。遺歌集「冬の琴」「古泉千樫聞書」がある。

鈴木 喜緑 すずき・きろく
詩人 ⓢ大正14年8月20日 ⓢ東京 ⓢ東京都立四谷商業3年中退 ⓢ荒地詩人賞(昭和29年) ⓢ敗戦直前、陸軍に入隊した。戦後は謄写筆耕などをしながら生活。昭和29年自家版で「死の一章をふくむ愛のほめ歌」を発刊、中江俊夫、吉本隆明らと荒地詩人賞を受賞して突如、詩壇に現れた。しかし「美の党員」発表後は詩壇から消え、全く沈黙した。

鈴木 国郭 すずき・くにひろ
歌人 ⓢ大正5年5月5日 ⓢ平成4年8月9日 ⓢ千葉県 ⓢ国学院大学卒 ⓢ大学在学中「こもり沼」を編集。「歌像集団」「復刊・こもり沼」「いぶき」「フテイキ」を経て、昭和40年「地平線」編集同人。57年2月「万象」編集同人、平成2年発行人。歌集に「沖縄」「那覇・八重山幻化」、他に「近代戦争文学」などがある。 ⓢ現代歌人協会

鈴木 啓介 すずき・けいすけ
編集者 詩人 ⓢ昭和8年 ⓢ山形県 ⓢ早稲田大学文学部卒 ⓢ集英社に勤務、外国文学担当。内外の詩や小説に精通。また、詩人としては、平成8年から詩集「生いきざかり」「そういうこともある」「とどのつまりは」「それぞれに」などを出版。

鈴木 啓蔵 すずき・けいぞう
歌人 斎藤茂吉記念館館長 元・上山市長 ⓢ明治43年8月20日 ⓢ平成5年5月8日 ⓢ山形県上山市 ⓢ早稲田大学卒 ⓢ昭和23年鹿児島寿蔵に師事し「潮汐」会員となる。57年まで同人。寿蔵没後の58年1月「求青」に参加、編集同人となる。歌集に「上ノ山」、歌文集に「北欧の秋」「天壇の秋」、他に「茂吉と上ノ山」「茂吉の足あと」「出羽獄文治郎」などがある。

鈴木 公二 すずき・こうじ
俳人 「ともしび」主宰 ⓢ昭和5年9月9日 ⓢ愛知県 ⓢ「ともしび」を主宰し、昭和38年月刊の「ともしび」を創刊。57〜59年イラクで工場の生産管理指導にあたる。平成2年イラクでの句詠を収めた句集「アラブ春秋」を発表。他の句集に「花令法」がある。

鈴木 幸輔 すずき・こうすけ
歌人 歌誌「長風」主宰 ⓢ明治44年1月9日 ⓢ昭和55年4月1日 ⓢ秋田県 ⓢ日本歌人クラブ推薦歌集(第1回)(昭和30年)「長風」 ⓢ昭和10年「多磨」創刊と共に北原白秋に師事。「新樹」「万歴」「コスモス」を経て、32年

「長風」を創刊。歌集に「谿」「長風」「禽獣」「幻影」「みずうみ」、遺歌集「花酔」、歌論集「詞華万朶」がある。

鈴木 康文　すずき・こうぶん
歌人　⑰明治29年3月5日　⑱平成9年1月27日　⑲千葉県　㉓日本歌人クラブ賞（第11回）（昭和59年）「米寿」　㉕農業を営むかたわら、町教育委員長などを歴任。大正5年「水甕」入社。「心の花」を経て、11年「橄欖」創刊とともに同人となり、のち同誌発行者。歌集に「青萱」「冬田」「九十九里」「新九十九里」など。

鈴木 穀雨　すずき・こくう
俳人　⑰大正10年4月5日　⑱平成10年5月7日　⑲愛知県幡豆郡吉良町　本名＝鈴木太郎　㉒名古屋逓信講習所卒　㉓年輪賞　㉕郵政省に45年間勤め、名古屋舞鶴郵便局長で退職。昭和15年句作を始め、主に「ホトトギス」「年輪」に投句、高浜虚子、高浜年尾、橋本鶏二の指導を受け、「年輪」同人。篆刻も手がける。句集に「墨守」「葦蟹」「別れ鷹」など。　㉗俳人協会、日本伝統俳句協会

鈴木 貞雄　すずき・さだお
俳人　⑰昭和17年2月1日　⑲東京　㉒慶応義塾大学経済学部卒、慶応義塾大学大学院文学科修士課程修了　㉓俳人協会新人賞（第14回）（平成3年）「歳月」　㉕在学中慶大俳句会に入り作句をはじめる。以来清崎敏郎に師事。昭和49年「若葉」入門、のち主宰。句集に「月明の樫」「麗月」、著書に「わかりやすい俳句の作り方」など。　㉗俳人協会、日本文芸家協会

鈴木 しげを　すずき・しげお
俳人　⑰昭和17年2月6日　⑲東京都港区　本名＝鈴木重夫　㉒青山学院大学経済学部卒　㉓末黒野賞（昭和46年度）、鶴風切賞（昭和54年）　㉕昭和38年「末黒野」「鶴」に入門。石田波郷、石塚友二、皆川白陀らに師事。「鶴」同人。日伸建設代表取締役もつとめる。句集に「並榉」「踏青」「小満」などがある。　㉗日本文芸家協会

鈴木 繁雄　すずき・しげお
詩人　作詞家　⑰大正15年2月23日　⑲東京　筆名＝いくた淳（作詞）　㉒文化学院卒　㉕詩集に「路上」「鳥の証人」「帰路」、「鈴木繁雄詩集—4冊の詩集から」（日本現代詩人叢書第35集）がある。「獣」「風」に所属。　㉗日本現代詩人会、日本詩人クラブ

鈴木 しづ子　すずき・しずこ
俳人　⑰大正8年6月9日　⑲東京　本名＝鈴木鎮子　㉒東京淑徳高女卒　㉕勤務先の機械製作所で俳句部に入る。昭和18年から松村巨湫主宰の「樹海」に所属。21年2月句集「春雷」を刊行して、俳壇に登場。24年岐阜県に転居、進駐軍キャンプでダンサーの傍ら作句、27年第2句集「指環」を刊行。初期の清新な抒情句から、生活が転落するに従い戦後の若い女性の退廃の心情を赤裸々によむ作風に変わった。斬新な作風と美貌で衆目を集めたが、その後消息を絶ち、自殺説、麻薬中毒死説、海外渡航説など様々に憶測されている。

鈴木 俊　すずき・しゅん
詩人　文芸評論家　翻訳家　⑰昭和6年8月1日　⑲東京都新宿区　本名＝鈴木俊作　㉒東京大学教育学部卒　㉕「舟」「光芒」同人。詩集に「唖」「憤怒のオベリスク」「困惑」、訳詩集に「愛の呼びかけ—エリカ・ミテラー詩集」「現代ドイツ詩集」、評論に「闇の深さについて—村野四郎とノイエザハリヒカイト」「文学にみる児童・教師像」など。　㉗日本文芸家協会、日本現代詩人会、日本ペンクラブ

鈴木 鶉衣　すずき・じゅんい
俳人　⑰明治23年12月1日　⑱昭和47年4月5日　⑲千葉県　本名＝鈴木醇一　別号＝鈴木梅谿、鈴木鶉衣子　㉒東京高等商業学校卒　㉕銀座天賞堂の経営にあずかる。昭和9年青木月斗に師事して「同人」に所属。戦後「同人」復刊に尽力し編集を担当。「月斗翁句抄」「時雨」「地表」「同人女流句集」の句集を編纂した。35年10月号より「同人」雑誌選者となる。句集に「遠花火」がある。

鈴木 諄三　すずき・じゅんぞう
歌人　⑰昭和6年10月25日　⑲神奈川県横浜市　㉒磐城高（昭和24年）卒　㉕昭和29年鈴木杏村に師事、作歌を始め「底流」に入会。30年終刊と共に「創生」に入会。現在編集委員、選者。歌集「ぜふいいるす」「風化時代」「屹立視界」合同歌集「十月会作品3・4・5」。　㉗十月会、日本歌人クラブ、現代歌人協会

鈴木 東海子　すずき・しょうこ
詩人　⑰昭和20年11月18日　⑲神奈川県横浜市　㉒埼玉大学卒　㉕詩集に「日本だち」「旅の肖像画」「黒兎の家」などがある。　㉗日本文芸家協会、埼玉詩人会、日本現代詩人会

鈴木 昌平　すずき・しょうへい
俳人　[生]昭和10年8月2日　[出]沖縄県石垣市　[賞]作家賞「軸」、作家賞「椎の実」、全国俳誌協会評論賞　[歴]昭和29年「椎の実」に加わり句作を始める。30年興味が現代詩に移り、「DON」「南方手帳」に詩を書きはじめる。42年再び句作を始め、「軸」「麦」に俳句と評論を発表。59年「椎の実」に復帰し、神尾季羊に師事。平成8年俳誌「交響」を創刊し、結社運営に当たる。句集に「くらやみ」「麦秋」「素顔」、評論に「古俳林私歩」「非在と非情と」「慈眼温心―ひむかの俳人 神尾李羊の世界」などがある。

鈴木 志郎康　すずき・しろうやす
詩人　評論家　映像作家　多摩美術大学造形表現学部教授　[生]昭和10年5月19日　[出]東京都江東区亀戸　本名＝鈴木康之(すずき・やすゆき)　[学]早稲田大学文学部仏文科(昭和36年)卒　[賞]H氏賞(第18回)(昭和43年)「罐製同棲又は陥穽への逃走」、高見順賞(第32回)(平成14年)「胡桃ポインタ」　[歴]昭和36年NHK入社、フィルムカメラマンとして活躍、52年退社。十代から詩作を始め、43年に第2詩集「罐製同棲又は陥穽への逃走」でH氏賞受賞。以後、日常語の多用でそれまでの詩の観念性を打ち破った諸作品を発表。また映画作家としても知られ、映画論集「映画の弁証」を著した他、イメージ・フォーラム附属研究所で映画作りの講師をする。多摩美術大学教授、早稲田大学文芸科講師をつとめる。平成8年インターネットにホームページを開設、コラムエッセイと自作の詩を掲載。他の詩集に「遠い人の声に振り向く」「融点ノ探求」「二つの旅」「身立ち魂立ち」「虹飲み老」「わたくしの幽霊」「やわらかい闇の夢」「胡桃ポインタ」、ルポルタージュ「おじいさん、おばあさん」、評論集「純粋身体」「映画の弁証」などがある。　[団]日本文芸家協会
http://www.catnet.ne.jp/srys/

鈴木 信治　すずき・しんじ
詩人　[生]明治32年8月18日　[出]宮城県　[学]仙台二中中退　[歴]上京して山田英学塾に学ぶ。武者小路実篤、川路柳虹に師事。「現代詩歌」「炬火」同人。帰郷して「麦の芽」「北日本詩人」を主宰した。詩集に「憂鬱なる風景」「傾斜ある感情」など。

鈴木 素直　すずき・すなお
詩人　[生]昭和5年　[出]東京　[学]宮崎大学学芸学部卒　[賞]年刊現代詩集新人賞(第7回)(昭和61年)「馬喰者の話」　[歴]宮崎県立盲学校を皮切りに34年間障害児教育に努める。昭和61年瓜生野小学校教師を最後に退職。のち、宮崎映画センター会長、日本野鳥の会宮崎県支部長を歴任。平成10年、昭和22年の新教育制度発足以降に宮崎県内で閉校した学校の記録集「ここに学校があった」の編集委員長を務める。著書に「野鳥はともだち」「野鳥とみやざき」、詩集に「夏日」、エッセイ集「瑛九鈔」など。
[団]日本野鳥の会(評議員)

鈴木 青園　すずき・せいえん
俳人　[生]明治44年6月18日　[出]東京　本名＝鈴木金七　[学]第一早稲田高等学院文科修了　[賞]若葉賞(昭和46年)　[歴]昭和16年富安風生主宰の「若葉」誌友となり、33年同人。句集に「初音」「長春花」「素心」がある。　[団]俳人協会

鈴木 節子　すずき・せつこ
俳人　[生]昭和7年4月29日　[出]東京　[学]東京都立第一高女中退　[賞]沖新人賞(昭和49年)、沖俳句コンクール1位(昭和51年)　[歴]昭和27年村山古郷に入門、のち「季節」同人。「鶴」に入門するが波郷死後46年能村登四郎に師事。49年「沖」同人。54年幹事となる。のち「門」にも参加。句集に「夏のゆくへ」「秋の卓」がある。
[団]俳人協会

鈴木 詮子　すずき・せんし
俳人　[生]大正13年1月1日　[没]平成9年10月6日　[出]東京・千住　本名＝鈴木信一　[学]東京大学経済学部卒　[賞]現代俳句協会賞(第18回)(昭和46年)　[歴]昭和28年「雲母」に入会、石原八束に師事。36年「秋」創刊に編集同人として参加。のち、「秋」同人。句集に「鈴木詮子句集」「海の記憶」「玄猿」「当麻」「巌門」など。俳句のほか、評論、小説も執筆。
[団]現代俳句協会、日本ペンクラブ、日本文芸家協会

鈴木 鷹夫　すずき・たかお
俳人　「門」主宰　[生]昭和3年9月13日　[出]東京　本名＝鈴木昭介(すずき・しょうすけ)　[学]旧制商専卒　[賞]沖賞(第8回)(昭和55年)「渚通り」　[歴]昭和23年から俳句を始め、29年「鶴」入会。36年同人。波郷没後の46年「沖」へ移り、伝統と新しさを追究。47年同人。62年「門」を創刊し、主宰。句集に「渚通り」「大津絵」。

(団)俳人協会(評議員)、日本文芸家協会、日本ペンクラブ

鐸木 孝　すずき・たかし
歌人　(生)明治33年2月20日　(没)昭和42年11月4日　(出)茨城県　本名＝鈴木幸一　(歴)「心の花」に拠っていたが、大正13年「日光」に参加。白秋の門下生となり、昭和10年「多磨」の創刊に参加。歌集に「氷炎」「香神」や民謡集「影祭」などがある。

鈴木 孝　すずき・たかし
詩人　名古屋造形芸術大学教授　(専)フランス文学　(生)昭和12年1月26日　(出)愛知県高浜市　(学)南山大学文学部仏文科卒　(賞)中日詩賞(次賞,昭47年度)「あるのうた」、ポメリー中部文化賞(第2回)(平成7年)　(歴)南山大仏文科在学中から、フランスの女流詩人ドニーズ・ジャレと文通を始める。ジャレの"存在感の問いかけ"に共鳴し、昭和36年に訳詩集「鳥籠」、58年に「私の野生の馬たちのために」を訳した「おおブル・ミッシュ・ウィーク・エンド」を出版。平成8年3冊目の訳詩集「悲しい朝」を出版。愛知県の一宮市立千秋中学校、一宮市立北方小学校の校歌なども手掛ける。詩集に「まつわりnadaの乳房」「あるのうた」「泥の光」、他の訳にマリエラ・リギーニ詩集「あなたは男、私は女」(共訳)などがある。　(団)中日詩人会

薄 多久雄　すすき・たくお
俳人　(生)大正14年1月27日　(没)平成8年10月23日　(出)岐阜県岐阜市今小町　本名＝鈴木博信　旧号＝鵜城　(学)立命館大学中退　(賞)天狼賞(第1回)(昭和25年)、岐阜県芸術文化奨励賞(昭和55年)、岐阜県芸術文化顕彰(平成1年)、文部大臣表彰(平成6年)　(歴)昭和27年岐阜日日新聞社に入社。57年退社。一方、俳人としては17年「馬酔木」、23年「天狼」、33年「万緑」に入会。36年「万緑」同人。37年「日輪」を創刊、主宰。句集に「動輪」「追憶」「愛別」「輪中」、句文集に「廃墟」、文集に「芭蕉ノート」など。　(団)俳人協会

鈴木 千寿　すずき・ちず
詩人　翻訳家　洋画家　香道家　香道千香会主宰　ロージー・ブルー社長　(生)昭和16年8月17日　(出)東京　雅号＝香千寿　(学)日本大学芸術学部卒　(賞)芸術公論賞(昭和61年)、芸術グラフ賞(昭和61年)、デルラボロ金賞　(歴)詩集「秘密のはてに」「フローラの楯」「声影」、訳書「女性はいかにして未来を拓くか」があるほか、画家としては日展入選、サロン・ド・パリ会員。
(団)International Academy of Poet、World Literary Academy、サロン・ド・パリ、近代日本美術協会、日本現代美術家連盟、アカデミア・イタリア、創元会(会友)

鈴木 哲雄　すずき・てつお
詩人　(生)昭和10年3月19日　(出)愛知県名古屋市　(学)旭丘高卒　(賞)中日詩賞(第33回)(平成5年)「蝉の松明」　(歴)20代から詩作を始める。中部電力に入社し、会社の俳句同好会に所属、「職場文芸」の編集に従事。のち中部電気保安協会に勤務。「環」「檸檬」同人。詩集に「あかさたな万華」「太陽はまだ高いのに」「蝉の松明」などがある。

鈴木 亨　すずき・とおる
詩人　評論家　「木々」主宰　四季派学会代表理事　(専)近代詩　(生)大正7年9月29日　(出)神奈川県横浜市　(学)慶応義塾大学文学部国文学科(昭和17年)卒、慶応義塾大学大学院文学研究科博士課程修了　(賞)丸山薫賞(第5回)(平成10年)「火の家」　(歴)明治大学教授を経て、跡見学園女子大学教授。のち宇都宮文星短期大学文化学科教授兼図書館長を務めた。詩人としては第1次「四季」に寄稿、編集も担当。昭和14年詩誌「山の樹」を創刊し主宰。平成2年より雑誌「木々」の雑誌に携わる。四季派学会代表理事。詩集に「鈴木亨詩集」「遊行」「歳月」、評論集に「少年聖歌隊」「夢想者の系譜」「火の家」など。
(団)日本文芸家協会、日本現代詩人会、日本近代文学会

薄 敏男　すすき・としお
俳人　(生)大正9年3月1日　(没)平成5年5月16日　(出)旧朝鮮・咸鏡南道　(学)関西大学商科卒　(歴)戦後教職に就き、中学校長を務める。昭和13年京大俳句に拠り井上白文地の指導を受け作句を始める。15年京大俳句弾圧事件後、「原始林」創刊編集。「琥珀」「多麻」「火山系」「芭蕉」同人を経て「裸足」編集、「運河」同人。56年太郎丸句会を創設、主宰。「白桃」「三角点」にも所属。56年俳人協会会員。句集に「黄貌」がある。　(団)俳人協会

鈴木 俊夫　すずき・としお
詩人　(生)昭和23年10月3日　(出)茨城県石岡市　(歴)中学卒業後上京し、働きながら高校、大学を卒業。帰郷して電気関係の仕事に就いたが、現在はギフト店を共同経営している。詩集に「白よもぎ」「道のり」など。

鈴木 虎雄　すずき・とらお

中国文学者　漢詩人　歌人　京都帝国大学名誉教授　㊗詩賦　⊕明治11年1月18日　㊣昭和38年1月20日　⊕新潟県西蒲原郡粟生津村(現・吉田町)　号＝鈴木豹軒(すずき・ひょうけん)、鈴木菽房(すずき・やくぼう)　㊔東京帝国大学文科大学漢文科(明治33年)卒業　文学博士(大正8年)　㊗帝国学士院会員(昭和14年)　㊦文化功労者(昭和23年)、文化勲章(昭和36年)　㊔幼少から漢詩、漢文を学び、東京で根岸短歌会に参加。早大講師から明治36年台湾日日新聞社に赴き、38年東京に戻り東京高師講師、教授を経て、41年京大助教授、大正8年教授となり、昭和13年名誉教授。中国文学者として活躍し、学位論文「支那詩論史」をはじめ「支那文学研究」「陶淵明詩解」など多くの著書がある。数千首にのぼる漢詩は「豹軒詩鈔」「豹軒退休集」に収められ、和歌集には「菽房主人歌草」がある。

鈴木 紀子　すずき・のりこ

俳人　⊕昭和8年10月1日　⊕東京　㊗現代俳句協会新人賞(第8回)(平成2年)「桃の空」　㊔会社員。昭和50年「紫」に入会、のち同人。第6回現代俳句協会新人賞佳作。句集に「風の樹」など。

鈴木 漠　すずき・ばく

詩人　⊕昭和11年10月12日　⊕徳島県　本名＝鈴木鉄治郎　㊔池田高卒　㊗日本詩人クラブ賞(第14回)(昭和56年)「投影風雅」　㊔10代から詩を書き始め、北原白秋、塚本邦雄の影響を受けた。昭和34年詩誌「海」を創刊。詩集に「星と破船」「車輪」「風景論」など。海運会社役員を務める。　㊔日本現代詩人会、日本詩人クラブ、日本文芸家協会

鈴木 白祇　すずき・はくぎ

俳人　「雲海」主宰　⊕大正3年4月22日　㊣平成9年10月21日　⊕東京　本名＝鈴木正敏(すずき・まさとし)　㊔早稲田大学文学部国文学科卒　㊗改造社俳句研究賞(昭和13年、15年)　㊔昭和9年飯田蛇笏に師事し、16年「雲母」同人。29〜42年読売新聞城北俳壇選者。31年「雲海」を創刊し、平成9年まで主宰。句集に「雲海抄」「師を神と」などがある。　㊔俳人協会(名誉会員)

鈴木 初江　すずき・はつえ

詩人　⊕大正6年12月11日　⊕福島市　㊔昭和女子高等学院文学部(昭和10年)中退　㊔日本女詩人会結成に参加し、機関誌「女性詩」の編集にあたる。戦後は合化労連書記局に勤務。詩集に「女身」「わが愛の詩」「夜明けの青の空間に」「雪はわがうちに」がある。

鈴木 花蓑　すずき・はなみの

俳人　⊕明治14年8月15日　㊣昭和17年11月6日　⊕愛知県知多郡半田町　本名＝鈴木喜一郎　㊔大正4年に上京、長く大審院の書記を勤めた。俳句は7年頃から高浜虚子に師事、大正末から昭和初期にかけて「ホトトギス」で活躍し花蓑時代を築く。大阪朝日地方版、新愛知新聞俳壇の選者を担当、「アヲミ」を主宰した。酒好きで有名。「鈴木花蓑句集」の遺著がある。

鈴木 春江　すずき・はるえ

歌人　⊕大正11年3月6日　㊣平成7年3月16日　⊕東京　㊔12歳頃より短歌に馴染む。昭和24年生田蝶介に師事し、「吾妹」から28年「短歌人」に移り同人。33年「砂金」創刊に参加、幹部同人。後に編集長となり、平成6年主宰・渡辺於兎男の没後発行人を務めた。歌集に「歩まむ」「身めぐりのうた」などがある。

鈴木 半風子　すずき・はんぷうし

俳人　「陽炎」主宰　⊕明治42年4月15日　⊕愛知県岡崎市　本名＝鈴木七郎(すずき・しちろう)　㊔岡崎商卒　㊗年輪松囃子賞(昭和41年)　㊔昭和16年東海銀行勤務の傍ら俳句を始める。野村泊月、岡田耿陽、松本たかし、橋本鶏二、高浜年尾、高浜虚子の指導を受ける。「年輪」創刊以来同人。随筆集「春花秋月」などがある。　㊔俳人協会

鈴木 英夫　すずき・ひでお

歌人　随筆家　医師　鈴木内科小児科医院院長　⊕明治45年2月9日　⊕神奈川県　㊔千葉医科大学(昭和11年)卒　医学博士　㊗勲六等、日本歌人クラブ賞(昭和53年)「忍冬文」、短歌研究賞(第24回)(昭和63年)「柊二よ」　㊔軍医大尉で復員。大学研究室に入り、昭和23年学位を得る。その後、沼津市立病院副院長を経て、24年開業。在学中より北原白秋に師事し、神奈川県歌人会代表委員も務めた。「コスモス」短歌会会員。著書に「趙君瑛の日記」「国境のブランコ」「絹の街道」「狛犬のきた道」、評論集「北原白秋の思想」「稲の道・歌の道」、歌集「え

387

とるりあ」「おりえんたりか」などがある。 ㊐日本歌人クラブ

鈴木 比呂志 すずき・ひろし
詩人 書家 ㊐大正10年5月28日 ㊐群馬県 本名＝鈴木浩 ㊫高小卒 ㊮古典、歌謡曲、校歌、源氏物語 ㊞明治の明星派歌人で国文学者の鈴木旭山の八男。5歳の時から万葉集を暗唱させられたという。15歳の時から邦楽詩人として活躍。代表作に「交響詩曲ぐんま」など。これまでに万葉集から一葉にいたる古典の「翻案詩」を多く作ってきたが、昭和59年には「源氏物語」54帖をそっくり現代詩に再表現した10年がかりの大作を発表した。群馬県民会館事業顧問。 ㊐日本抒情詩協会（副会長） ㊎父＝鈴木旭山（歌人）

鈴木 弘恭 すずき・ひろやす
国文学者 歌人 ㊐天保14年12月11日（1843年） ㊑明治30年7月31日 ㊐常陸国水戸 号＝十八公舎 ㊞水戸藩士の家に生まれる。弘道館国学局に学び、維新後は黒川真頼について国語、国文を修め、間宮永好に歌を学んだ。東京女高師、華族女学校、青山学院、浄土宗大学等で教鞭をとり、女子教育に尽す。著書に「日本文学史略」「晃山紀行」など。

鈴木 敏幸 すずき・びんこう
詩人 ㊐昭和17年6月26日 ㊐愛媛県伊予三島市 本名＝鈴木敏幸（すずき・としゆき） ㊫立正大学大学院修士課程修了 ㊞詩誌「倭寇」主催。詩集に「拾芥詩集」「僕の好きな酒と女そして挽歌」、評論に「修善寺以後の漱石」「憂愁の十二の詩人」、共著に「漱石研究のある空白部」などがある。 ㊐日本ペンクラブ、日本詩人クラブ、日本文芸家協会

鈴木 文子 すずき・ふみこ
詩人 ㊐昭和17年 ㊐千葉県 ㊫壷井繁治賞（第20回）（平成4年）「女にさよなら」 ㊞「火山列島」「炎樹」同人。詩集に「女にさよなら」「鳳仙花」がある。 ㊐労働者文学会

スズキ ヘキ
詩人 童謡作家 ㊐明治32年7月3日 ㊑昭和48年7月23日 ㊐宮城県仙台市 本名＝鈴木栄吉 旧筆名＝錫木碧 ㊫高小卒 ㊞宮城農工銀行、保険会社などに勤務しながら、童謡を執筆。大正10年天江富弥と共におてんとさん社を設立、同年～11年童謡専門誌「おてんとさん」を刊行。12年仙台児童倶楽部を発足し、方言を生かした素朴な表現を追求した。昭和2年頃からはカタカナ詩を作る。50年「スズキヘキ＝童謡集」が出版された。 ㊎弟＝鈴木幸四郎（児童文化研究家）

鈴木 鵬于 すずき・ほうう
俳人 ㊐明治43年1月9日 ㊑昭和19年3月22日 ㊐愛知県渥美郡江比間 本名＝鈴木邦 ㊫中学中退 ㊞心臓弁膜症のため中学を中退、病臥をつねとし、文学書に親しむ。昭和2年臼田亜浪が江比間に滞在したのを機に入門。遺句集「蔓荊」がある。

鈴木 芳如 すずき・ほうじょ
俳人 ㊐明治17年6月16日 ㊑昭和47年11月15日 ㊐東京・麹町 本名＝鈴木よ志 旧姓(名)＝俵よ志 別号＝鈴木よし女 ㊞神田小川町の鈴木写真館の息子と結婚。しかし夫の事業失敗により自ら文具商を始め、今日の文具店オカモトヤを築く。俳句を始めたのは昭和8年50歳から。初め竹原泉園の指導を受け、原石鼎に師事して「鹿火屋」に加わる。18年大磯町鴫立庵第18世庵主となり、戦後22年「こよろぎ」を創刊、門下の育成にあたる。37年鴫立庵を山路閑古に譲り、47年350号を以て「こよろぎ」を廃刊。自伝に「あの頃」、文集に「串柿」「子露柿」があり没後句文集「さゝら波」2冊、「芳如家集」が刊行された。

鈴木 正和 すずき・まさかず
詩人 ㊐昭和6年10月15日 ㊑平成9年11月8日 ㊐千葉県 ㊫明治学院大学文学部英文科卒 ㊞詩集に「卦など五十二篇」「呪標を失ったTという小村」など。 ㊐日本文芸家協会、日本現代詩人会

鈴木 真砂女 すずき・まさじょ
俳人 ㊐明治39年11月24日 ㊐千葉県鴨川市 本名＝鈴木まさ ㊫日本女子商（現・嘉悦学園）（大正13年）卒 ㊫俳人協会賞（第16回）（昭和51年）「夕蛍」、読売文学賞（詩歌俳句賞，第46回，平6年度）（平成7年）「都鳥」、蛇笏賞（第33回）（平成11年）「紫木蓮」 ㊞旅館吉田屋（現・鴨川グランドホテル）の三女に生れる。日本橋の雑貨問屋に嫁ぐが離婚。昭和10年姉・梨雨女の急逝で吉田屋を継ぐ。俳句は、11年大場白水郎の手ほどきをうけ、「春蘭」に投稿。23年から「春燈」に所属、久保田万太郎に師事。没後安住敦の薫陶をうける。句集に「生簀籠」「卯浪」「夏帯」「夕蛍」「都鳥」「紫木蓮」、著書に「銀座に生きる」「銀座・女将のグルメ歳時記」など。32年銀座に小料理屋・卯波を開店。

㊾俳人協会(名誉会員)、日本文芸家協会　㉜長女=本山可久子(文学座女優)

鈴木 雅之　すずき・まさゆき
国学者　神道学者　歌人　㉑天保8年(1837年)　㉒明治4年4月21日　㉓下総国(千葉県)　㉘歌を同国の神山魚貫、国学を伊能穎則に学び、明治維新後、大学少助教、神祇官、宣教中講義などをつとめた。「歌学正言」「歌学新語」など歌学の著述があり、本居宣長の影響を受けて歌の至情と雅言尊重を説いている。歌集に「花のしべ」、また「古事記訳解」「日本書紀名物正訓」「天津祝詞考」などの注釈・論考がある。

鈴木 勝　すずき・まさる
詩人　「ふるさと詩人」主宰　㉑明治38年6月28日　㉓千葉県　㉖山武農卒　㉘「地上楽園」、「潤葉樹」を経て、「詩と民謡」「告天子」などに関わる。のち「ふるさと詩人」を主宰。詩集に「平らな頂上」「河童」「余生にあらず」など。ほかに伝記「関寛斎の人間像」「県議十年」「街道往来」などがある。　㊾日本詩人クラブ、日本詩人連盟、歌謡芸術協会

鈴木 美智子　すずき・みちこ
詩人　㉑昭和6年5月27日　㉓山形県東置賜郡高畠町　㉖米沢高女卒　㉗現代少年詩集奨励賞(第3回)　㉘「新詩人」、少年詩「みみずく」人と経て、現在「タバスコ」同人。「こどもポエムらんど」「おはなし愛の学校」「小学五年生」等に詩を発表。詩集に「母が在す」「龍のとぶ村—鈴木美智子詩集」がある。　㊾日本児童文学者協会、少年詩朗読会、少年詩童謡詩論研究会

鈴木 光彦　すずき・みつひこ
俳人　「氷原帯」主宰　㉑大正12年11月21日　㉓北海道　本名=鈴木正行　㉖京都府立第二中卒　㉗北海道新聞俳句賞(平成5年)「黄冠」　㉘昭和23年北方俳句人に参加、29年「氷原帯」同人、のち主宰。現代俳句協会北海道地区副会長、北海道俳句協会常任委員を務める。句集に「雪齢」「黄冠」がある。

鈴木 満　すずき・みつる
詩人　茨城文芸協会副会長　「茨城文学」編集委員長　㉑大正15年3月3日　㉓茨城県　㉖中央大学経済学部卒　㉗茨城文学賞(第6回)(昭和56年)「吉野」、日本詩人クラブ賞(第20回)(昭和62年)「翅」、勲四等瑞宝章(平成9年)　㉘「白亜紀」「暦象」「舟」「玄」に所属。詩集に「声が聞きたい」「火天」がある。　㊾日本現代詩人会、日本詩人クラブ

鈴木 六林男　すずき・むりお
俳人　「花曜」主宰　現代俳句協会顧問　㉕現代俳句(新興俳句論)　㉑大正8年9月28日　㉓大阪府岸和田市　本名=鈴木次郎(すずき・じろう)　㉖山口高商(昭和20年)中退　㉕戦争と俳句、西東三鬼　㉗現代俳句協会賞(昭和36年)、大阪府文化芸術功労賞(昭和57年)、蛇笏賞(第29回)(平成7年)「雨の時代」、勲四等瑞宝章(平成13年)、現代俳句大賞(第2回)(平成14年)　㉘昭和15年応召し、中国、フィリピンを転戦。21年「青天」創刊。「風」「天狼」「頂点」同人を経て、46年「花曜」を創刊、主宰。句集に「荒天」「谷間の旗」「第三突堤」「桜島」「鈴木六林男全句集」「悪霊」「雨の時代」「1999年9月」などがある。　㊾現代俳句協会、俳文学会、日本ペンクラブ

鈴木 無肋　すずき・むろく
俳人　㉑大正5年7月1日　㉒平成3年2月7日　㉓香川県仲多度郡仲南町　本名=鈴木義照　㉖香川青年学校教員養成所卒　㉗岬賞(昭和35年)　㉘昭和19年作句を始める。31年「若葉」入門、専ら富安風生に師事。33年より「岬」にも投句、勝又一透の指導をける。39年「若葉」、46年「岬」同人。句集に「申々帖」。　㊾俳人協会

鈴木 保彦　すずき・やすひこ
俳人　静岡女子短期大学名誉教授　「みづうみ」主宰　㉕英文学　㉑大正8年11月21日　㉓静岡県磐田郡水窪町　㉖北海道大学文学部(昭和27年)卒　㉕ドロシィ・ワーヅワス　㉘昭和16〜21年情報将校として南方各地を転戦。22年浜松一中教諭。27年浜松北高教諭。38年静岡大学講師、40年助教授、46年静岡女子短期大学教授を経て、常葉学園大学教授を最後に退任。のち、静岡女子短大名誉教授に。また、俳誌「みづうみ」を主宰する。著書に「山峡のうた」「大正琴」「山わらべ」。　㊾日本英文学会中部支部、イギリス・ロマン派学会

鈴木 ユリイカ　すずき・ゆりいか
詩人　㉑昭和16年10月30日　㉓岐阜県岐阜市　本名=鈴木雅子　㉖明治大学文学部仏文科卒　㉗現代詩ラ・メール新人賞(第1回)、H氏賞(第36回)(昭和61年)「鈴木ユリイカ詩集 MOBILE・愛」、詩歌文学館賞(第3回)(昭和63年)「海のヴァイオリンがきこえる」　㉘高校生時代、雑誌「現代詩手帖」に投稿。29歳のときから4年間ほど小説を書いたが、それ以降、詩を書き続ける。昭和61年春、第一詩集「鈴木ユリイカ詩集 MOBILE・愛」で第36回H氏賞を受賞。

その他の作品に、詩集「ビルディングを運ぶ女たち」、絵本「山のてがみ」など。映画監督の夫との間に一男あり。 [団]現代詩ラ・メールの会、日本現代詩人会、日本文芸家協会

寿々木 米若 すずき・よねわか
浪曲師 俳人 元・日本浪曲協会長 [生]明治32年4月5日 [没]昭和54年12月29日 [出]新潟県中蒲原郡 本名＝藤田松平 [賞]紫綬褒章(昭和39年)、勲四等瑞宝章(昭和40年) [歴]農家に育ったが、美声の一家で、叔父は浪曲師の初代寿々木米造。浪曲家を志し大正9年上京、2代米造に入門。すぐ二ツ目に上り、米若と名乗った。3年後真打披露して独立。昭和3年渡米し、帰国後、民謡「佐渡おけさ」からヒントを得た「佐渡情話」が大人気となる。哀切な語りと美声が特長だった。一方、俳句もよくし高浜虚子に師事して「ホトトギス」に投句、24年同人となる。句文集「稲の花」がある。

鈴木 良戈 すずき・りょうか
俳人 [生]昭和2年8月1日 [出]東京 [学]東京医科歯科大学医学部卒 [賞]沖賞(昭和56年) [歴]昭和27年「馬酔木」の柳浮蓮、「鶴」の森総彦、小川千賀に師事。39年に石田波郷、翌年には能村登四郎、林翔の指導を受ける。45年「鶴」同人となり翌年「沖」同人。句集に「わが町」「冬木町」がある。 [団]俳人協会

薄田 泣菫 すすきだ・きゅうきん
詩人 随筆家 [生]明治10年5月19日 [没]昭和20年10月9日 [出]岡山県浅口郡大江連島村(現・倉敷市連島町) 本名＝薄田淳介(すすきだ・じゅんすけ) [学]岡山県尋常中学校(現・岡山朝日高)中退 [歴]中学中退後、明治27年上京し、漢学塾の助教をしながら独学研修する。30年頃から「新著月刊」などに投稿し、32年「暮笛集」を刊行、詩壇的地位を確立した。以後「ゆく春」「二十五絃」「白玉姫」「白羊宮」などを刊行。大正元年大阪毎日新聞社に入社、4年学芸部副部長になり、8年部長となったが、12年病気のため退職した。その間、4年からコラム「茶話」を連載し、好評を得た。退職後は口述筆記で「太陽は草の香がする」「艸木虫魚」など6冊の随筆を出したが、パーキンソン症候群の病床生活で終った。「薄田泣菫全集」(全8巻，創元社)がある。

鈴切 幸子 すずきり・さちこ
詩人 [生]昭和12年2月3日 [出]静岡県 旧姓(名)＝高島 [学]三島北高卒 [歴]詩誌「山脈」「花」同人。詩集に「流砂の渇き」「街はきらめいて」がある。 [団]日本文芸家協会、日本詩人クラブ、日本現代詩人会、日本ペンクラブ

鈴間 斗史 すずま・とし
俳人 [生]大正4年9月28日 [没]平成12年8月3日 [出]鳥取県西伯郡 本名＝鈴間敏久 [学]逓信講習所卒 [歴]昭和12年岸風三楼の勧誘により大阪逓信局柊句会に入会、富安風生、田村木国の指導を受く。同年若葉入門、24年「若葉」同人。23年「山茶花」同人。63年奈良俳句協会会長。句集に「養花天」「緑蔭」「曼珠沙華」など。 [団]俳人協会、日本伝統俳句協会、奈良俳句協会

進 一男 すすむ・かずお
詩人 「地点」主宰 [生]大正15年3月27日 [出]鹿児島県 [学]明治大学卒 [賞]南日本文学賞(第10回)(昭和57年)「日常の眼」、山之口貘賞(第12回)(平成1年)「童女記」 [歴]詩集に「童女記」「危機の時代」「海津抄」「あまんゆ」「進一男詩集」「続進一男詩集」などがある。

鈴村 和成 すずむら・かずなり
詩人 横浜市立大学国際文化学部欧米文化学科教授 [専]ランボー フランス現代文学(ジャベスなど) 村上春樹 [生]昭和19年3月22日 [出]愛知県 [学]東京大学文学部フランス文学科(昭和41年)卒、東京大学大学院フランス文学専攻博士課程中退 [興]エチオピアにおけるランボーの足跡、写真批評、フランス現代詩・現代小説の動向 [歴]弱冠25歳で大学講師、次いで全国最年少の助教授となる。現在、教授。天才ランボー的な側面をもち、自動車でフランスを縦断したり、太陽を追い求めてアフリカ砂漠をさまよったりする行動派。詩集に「微分せよ、秒速で」「ケルビンの誘惑者」、著書に「異文」「青い睡り」「ランボー叙説」「テレフォン」「パリ、砂漠のアレゴリー—ジャベスとともに」「未だ/既に」「境界の思考—ジャベス・デリダ・ランボー」「ランボーのスティーマー・ポイント」「幻の映像」などがある。 [団]日本文芸家協会、日本フランス語フランス文学会、日仏哲学会

須田 周水子 すだ・しゅうすいし
俳人 [生]昭和8年4月19日 [出]旧満州・大連市 本名＝須田武男 筆名＝岩橋洋 [歴]会社役員を務める。「鶴」同人。句集に「踏青」「晩秋初冬」「しぐるるや」がある。 [団]俳人協会

周田 幹雄　すだ・みきお
詩人　㊐昭和7年9月27日　㊑愛知県名古屋市　㊫早稲田大学第一法学部卒　㊘同人詩誌「駆動」(飯島幸子発行)編集同人。詩集に「照準」「猫舌の猫」「老人施設日録」などがある。㊓日本詩人クラブ、日本現代詩人会、日本ペンクラブ、日本脚本家連盟、日本文芸家協会

数藤 五城　すどう・ごじょう
俳人　歌人　一高教授　㊐明治4年12月24日　㊏大正4年8月21日　㊑島根県松江市奥谷　本名＝数藤斧三郎　㊫理科大学数学科卒　㊘本業は一高の数学教授で、晩年までつとめた。早くから正岡子規に俳句を学び、晩年は小野三郎の名で短歌を作る。「五城句集」「数藤斧三郎君—遺稿と伝記」がある。

須藤 伸一　すどう・しんいち
詩人　㊐昭和2年8月27日　㊑東京・四ツ谷　㊫仙台工業専門学校卒　㊘「新詩人」「詩学」に投稿、村野四郎に影響を受ける。昭和24年「原始林」を創刊。同年「噴火獣」に改組、25年「JAP」に変更、27年まで単独主宰した。40年代後半以後「楯」「現実超現実」同人。「三代の詞藻」「宇宙系滅失」「蟹江真人 人と作品」編著の諸作がある。

須藤 滲雨　すどう・しんう
歌人　㊏(生没年不詳)　㊘北原白秋に師事。白秋が選者をしていた「東京日日新聞」歌壇に投稿、のち認められて白秋編「第二木馬集」(大正9年刊)に作品が掲載された。「昼寝中雨来りけり山合にこもらひ鳴ける蜩哀れ」。

首藤 隆司　すどう・たかし
歌人　詩人　㊐昭和11年　㊑愛媛県西条市　㊫東京教育大学文学部国語国文学科(昭和34年)卒　㊮新潟日報歌壇賞(平成5年)　㊘昭和34年新潟県立三条高校定時制の国語教師となり、以来29年間勤務。平成8年三条工業高校を定年退職。この間、短歌同人「日本海」、詩同人「新潟詩人会議」に参加。歌集に「わが卒業式」「生徒に学ぶ」、詩集に「生徒からの手紙」、教育実践記録に「働き学ぶ生徒と教師」がある。

須藤 常央　すどう・つねお
俳人　㊐昭和31年4月21日　㊑群馬県　㊮角川俳句賞(第45回)(平成11年)「富士遠近」　㊘「ホトトギス」「桑海」「静波」所属。平成11年第45回角川俳句賞を受賞。

須藤 久幸　すどう・ひさゆき
詩人　歌人　㊖国語科教育学　㊐大正9年2月13日　㊑神奈川県　㊫神奈川県師範学校本科・専攻科・研究科卒、立正大学国文学科卒、東京大学国文学科教員特別研究生課程修了　㊘横浜市教育研究所員、神奈川県教育庁指導部指導主事、横浜市立中和田中、浦島丘中校長を歴任。退職後、青山学院大学講師、国士舘短期大学講師、立正大学講師を務める。また、県、市文芸コンクールに入賞するなど、詩人、歌人として活躍。合唱曲の作詞も多数担当。著書に「漢字指導の計画と展開」「国語科教育法概説」、共著に「文学教材の基本的指導過程」、詩集に「百日紅(ひゃくじっこう)の花咲く丘」他。㊓全国国語教育研究者集会、日本歌人クラブ

須藤 若江　すどう・わかえ
歌人　㊐大正14年1月14日　㊑長野県松本市　旧姓(名)＝下条　㊫松本高女(昭和16年)卒　㊮日本歌人クラブ賞(昭和63年)「忍冬文」　㊘高女時代より作歌し、昭和39年「コスモス」入会。のち前田透に師事し、45年「詩歌」入会、編集同人となる。59年「かばん」所属。62年同人誌「礁」編集発行人。歌集に「青銅期」「水の塔」「歴遊」「忍冬文」など。　㊓日本歌人クラブ、現代歌人協会

砂長 志げる　すなが・しげる
詩人　㊐明治39年5月8日　㊑群馬県群馬郡群馬町　㊘詩誌「翔べ翔べ暮鳥」主宰。詩歌集に「ギターは天空に」、詩集に「榾(ほだぎ)」「枝折戸」「接線の白い影—砂長志げる詩集」がある。

須永 博士　すなが・ひろし
写真家　詩人　㊑東京都中央区日本橋　㊫東京写真専門学校卒　㊘会社勤めを経て、セツ・モードセミナーなどに学び、昭和39年写真店を営業。41年第1回小さな夢の展覧会開催、46年より日本各地を放浪。48年米国、49年欧州、50年日本縦断の旅と展覧会開催。52年カナダ・メキシコ・アメリカの旅。53年西銀座にて第200回目の個展。55年オランダよりスペインまで6ケ国の旅。62年第800回、平成元年第900回小さな夢の展覧会を開催。5年熊本県阿蘇郡小国町に須永博士作品館が開館。7年同地にアトリエ“人間道場 夢砦”が完成。9年同地に極楽羅漢美術館開館。詩画集「ひとりぼっちの愛の詩・全10巻」「お母さんごめんなさい」「人間讃歌」などがある。

須永 義夫　すなが・よしお
歌人　元・「短歌文学」編集発行人　[生]大正3年1月5日　[没]平成11年2月22日　[出]群馬県佐波郡境町　[学]高小卒　[賞]高橋亀吉文化賞（第21回）（平成5年）、群馬県教育文化功労賞（平成6年）、群馬県功労者賞（平成9年）　[歴]昭和14年「ポトナム」入会、頴田島一二郎、福田栄一に師事。17年内藤鋠策の第三次「抒情詩」復刊に参加。18年「和歌文学」に参加、同年海軍に応召。31年1月「短歌文学」創刊、発行責任者となり、平成10年まで主宰した。歌集に「山上集」「一枚の榛」「東方の人」「桝の木の下に」、他に「土屋文明の植物歌」などがある。　[団]現代歌人協会

砂見 爽　すなみ・あきら
詩人　歌人　[生]明治44年11月17日　[出]旧満州・大連　本名＝藤飯強　[学]早稲田大学法学部卒　[歴]「暦象」「詩の家」「新短歌」「芸術と自由」に所属。団体役員を務める。歌集に「希求」「孤愁」「指向」、詩集に「未踏の誘い」「砂塵」など。他の著書に「新短歌入門」がある。　[団]日本詩人クラブ、現代詩人会

須並 一衛　すなみ・かずえ
俳人　[生]大正15年10月7日　[出]新潟県　[賞]山盧賞（第1回）、岡山県文学選奨（第2回）　[歴]少年期にハンセン氏病に罹り、昭和22年国立療養所長島愛生園に入園。23年園内の文芸グループの「蕗の芽会」に入会、梶井枯骨の指導をうける。24年「雲母」に入会、飯田蛇笏・龍太に師事して、「雲母」同人。第1回山廬賞、第2回岡山県文学選奨を受賞。平成5年「白露」所属となる。句集に「海の石」がある。

角 鷗東　すみ・おうとう
歌人　[生]明治15年6月29日　[没]昭和40年4月10日　[出]三重県鳥羽町　本名＝角利一（すみ・りいち）　[歴]明治44年竹柏会に入会。太平洋戦争中から戦後の約7年間を、主要同人として「心の花」の編集を担当する。大正15年から昭和14年まで「青玉」を個人雑誌として刊行。また「かもめ通信」をも主宰する。歌集に大正13年刊行の「いしずゑ」がある。

角 青果　すみ・せいか
俳人　歯科医　[生]明治28年8月21日　[没]昭和55年1月3日　[出]福岡県浮羽郡吉井町　本名＝角暢　[歴]大正11年「ホトトギス」に初入選。高浜虚子に師事し、24年「ホトトギス」同人。俳誌「さわらび」の雑詠選者を務める。句集に「杏子」、句文集に「那の津」がある。

墨岡 孝　すみおか・たかし
精神科医　詩人　成城墨岡クリニック院長　[専]社会精神医学　産業精神医学　[生]昭和22年5月20日　[出]静岡県浜松市　[学]慶応義塾大学医学部（昭和48年）卒　[興]高度情報化社会と精神医学、テクノストレス　[歴]慶大精神科に1年ほど勤務したのち、財団法人・井之頭病院を経て、昭和56年成城墨岡クリニックを開業。コンピュータの労働現場とそこで働く女性たちの心の問題を専門にしている数少ない精神科医の一人。テクノストレス研究の第一人者。日本経営協会メンタルヘルス対策委員なども務める。著書に「ハイテクノノイローゼ」「OA症候群」「ビジネスマンOLのためのストレス病読本」「ストレスとどうつきあうか」など。また高校時代から詩を書き始め、「歴程」同人。H氏賞の候補になったこともあり、「昏の仮説」「頌歌考」「見果てぬ夢の地平を」などの詩集、詩論集がある。　[団]日本精神神経学会、日本ストレス学会、東京都精神科業務研究会（代表世話人）、OA健康問題懇話会、日本現代詩人会

角田 拾翠　すみた・じゅうすい
俳人　僧侶　長泉寺(融通念仏宗)住職　[生]明治42年6月15日　[没]平成4年12月28日　[出]大阪府枚方市　本名＝角田吾一（すみた・ごいち）　[学]天王寺師範卒　[賞]雪解賞（昭和47年）　[歴]昭和8年融通念仏宗長泉寺住職。6年皆吉爽雨に師事し、21年「雪解」創刊と同時に編集同人。43年「いてふ」を創刊し主宰。句集に「淡菜」「上弦」「喫泉」。　[団]俳人協会

隅田 葉吉　すみだ・ようきち
歌人　[生]明治31年7月24日　[没]昭和39年1月9日　[出]兵庫県神戸市　[学]攻玉社工業卒　[歴]東京市土木局に勤務するかたわら、大正8年窪田空穂に師事し、9年国民文学に入会する。昭和18年歌集「野鳥詠草」を刊行。没後の44年「隅田葉吉歌集」が刊行された。

住友 吉左衛門(16代目)　すみとも・きちざえもん
⇒泉幸吉（いずみ・こうきち）を見よ

陶山 篤太郎　すやま・とくたろう
詩人　社会運動家　川崎市議　神奈川県議　大日本赤誠会顧問　[生]明治28年4月4日　[没]昭和16年9月28日　[出]神奈川県川崎市　[学]横浜商業学校（大正2年）卒　[歴]大正8年「太洋の周辺」同人となり、13年詩集「銅牌」を刊行。その一方で労働学校講師となり、昭和3年社会民衆党から川崎市議に当選し副議長もつとめた。その後日本国家社会党、国社党などに参加した。

諏訪 優　すわ・ゆう
詩人　日本福祉大学教授　㋳アメリカ現代詩　㋕昭和4年4月29日　㋱平成4年12月26日　㋚東京都練馬区　㋕明治大学文芸科卒　㋦在学中、吉本隆明らと詩誌「聖霊族」を創刊。のち「VOU」「オルフェ」同人。1960年代に入って、アメリカのビート文学の紹介者として活動し、新世代の詩人に多大の影響を与えた。詩集に「YORUを待つ」「精霊の森」「田端事情」「谷中草紙」「諏訪優詩集」、評論集に「ビート・ジェネレーション」など。また、ジャズやロックの評論も雑誌に執筆した。㋛日本文芸家協会

諏訪部 末子　すわべ・すえこ
歌人　㋕明治41年3月27日　㋚東京　旧姓(名)＝河面　㋕実践専国文科(昭和3年)卒　㋕茨城文学賞(昭和58年)「沢桔梗」、茨城歌人年度賞(昭和60年)、茨城新聞社賞(昭和62年)「野草文壺」、茨城県文化功労賞(平成4年)、田崎秀賞(平成5年)　㋦昭和14年「一路」に入会、19年から休会、29年復帰。山下陸奥に師事、37年日本歌人クラブなどを経て「茨城歌人」に入会、運営委員、編集委員。歌集に「沢桔梗」「野草文壺」「露草」「夢を紡ぎて」などがある。

【せ】

瀬尾 育生　せお・いくお
詩人　文芸評論家　東京都立大学人文学部文学科教授　㋳日本現代詩　ドイツ文学　㋕昭和23年11月16日　㋚愛知県名古屋市　㋕東京大学文学部独語独文学専修卒、東京大学大学院人文科学研究科独語独文学専攻(昭和50年)修士課程修了　㋳口語自由詩の問題、1920年代のヨーロッパ思想　㋕高見順賞(第26回、平7年度)(平成8年)「DEEP PURPLE」　㋦名古屋工業大学工学部ドイツ語専任講師を経て、昭和59年助教授。平成4年東京都立大学人文学部文学科ドイツ語研究室助教授、のち教授。詩誌「菊屋」「あんかるわ」などに作品を発表。著書に「照らし合う意識〈21世紀を生きはじめるために2〉」(共著)、詩集「水銀灯群落」「吹き荒れる網」「らん・らん・らん」「ハイリー・ハイロー」「DEEPPURPLE」、評論集「鮎川信夫論」「文字所有者たち」「われわれ自身である寓意」などがある。

関 圭草　せき・けいそう
実業家　俳人　元・東洋紡績会長　㋕明治17年1月3日　㋱昭和38年5月2日　㋚奈良県　本名＝関桂三(せき・けいぞう)　旧姓(名)＝森田　㋕東京帝大法科大学独法科(明治41年)卒　経済学博士　㋦大阪紡績(のち東洋紡績)に入社し、常務、専務、副社長を歴任し、昭和18年退社。戦時中は繊維統制会会長をつとめ、戦後25年東洋紡績に復帰し、会長。32年相談役となる。俳人としても知られ、5年より高浜虚子に師事し、9年「ホトトギス」同人となる。同年俳誌「桐の葉」を創刊、のち主宰し、句集に「春日野」がある。

瀬木 慎一　せぎ・しんいち
美術評論家　詩人　総合美術研究所所長　㋕昭和6年1月6日　㋚東京・銀座　㋕中央大学法学部法科(昭和26年)卒　㋳美術社会学、戦後美術史、岸田劉生論　㋦在学中から花田清輝らの前衛サロン・夜の会に参加。卒業後美術評論家となり、昭和32年以降は国際会議や国際展にも参加。49年から総合美術研究所を主幸。東京芸術大学講師もつとめる。主著に「書かれざる美術史」「蕪村―画・俳二道」「迷宮の美術」「写楽実像」「日本美術の流出」「美術経済白書」「20世紀美術」「名画の値段」「日本美術事件簿」など。また詩集「夜から夜へ」「子供の情景」「愁」がある。　㋛美術評論家連盟、ジャポネズリー研究学会、日仏美術学会

関 成美　せき・せいび
俳人　「多磨」主宰　㋕大正15年10月26日　㋚奈良県　本名＝関清一(せき・せいいち)　㋕早稲田大学工芸美術研究所本科卒　㋕俳句研究社雑詠賞(昭和31年)　㋦昭和21年川端茅舎「青龍社」句会で作句を始める。28年大竹孤悠に師事、「かびれ」同人。32年課題句選者、47年編集同人となる。この間、42年「多磨」を創刊し主宰。句集に「雪の華」「朱雀」。　㋛俳人協会

関 登久也　せき・とくや
歌人　㋕明治32年3月28日　㋱昭和32年2月15日　㋚岩手県花巻町　本名＝関徳弥　㋕大正8年尾山篤二郎に師事する。また、早くから宮沢賢治と親交を結ぶ。「歌と随筆」「農民芸術」などを創刊し、著書に歌集「寒峡」「観菩提」や随筆集「北国小記」、伝記「宮沢賢治素描」「賢治随筆聞」などがある。

関 俊雄　せき・としお
俳人　⓾大正15年5月21日　⓾愛媛県　⓾大洲中卒　⓾岬賞(第7回)　⓾昭和14年「糸瓜」、17年「若葉」、33年「岬」「栃の芽」に投句する。43年「若葉」、46年「岬」同人となる。50〜55年「栃の芽」編集担当となる。「岬」主宰の勝又一透に師事する。　⓾俳人協会

関 とも　せき・とも
歌人　⓾大正7年7月5日　⓾東京　⓾森本治吉に作歌の手ほどきを受ける。昭和21年「まひる野会」発足と同時に入会、窪田章一郎に師事。編集委員。歌集に「東京風景」「胡地万里」がある。

関 萍雨　せき・ひょうう
俳人　⓾明治13年3月21日　⓾昭和32年7月11日　⓾静岡県賀茂郡竹麻村湊　本名=関正義　旧号=瓢雨、縹雨　⓾静岡師範卒　⓾伊豆各地の小学校の教師、校長を歴任。師範時代同級の加藤雪腸、渥美溪月らと小学校作文教育に初めて口語写生文を採用した。古典俳句の格を大事にした俳人で、正岡子規、高浜虚子らの系統を引く。

関 文月　せき・ぶんげつ
詩人　⓾大正2年7月10日　⓾昭和20年3月11日　⓾東京府下八王子　別号=小舟　⓾立正大学国史科卒　⓾日蓮宗善龍寺の生家に育ち、昭和4年ごろから詩や童謡を作り、10年童謡集「青い帽子」を出した。卒論は北村透谷で、在学中から透谷に傾倒、その透谷論は、八王子の橋本義夫を通して色川大吉に知られ、再評価された。16年の太平洋戦争とともに召集され、ソ連捕虜となり病没。

関 洋子　せき・ようこ
詩人　八幡学園やはた幼稚園主事　⓾昭和11年　⓾長野県　⓾著書に詩集「あなたが好き」「野うさぎの詩」など。編著に「保育園・幼稚園でよみたい詩12か月」がある。

関口 篤　せきぐち・あつし
詩人　英文学者　⓾昭和5年9月19日　⓾旧朝鮮　⓾東京外国語大学英米語学科(昭和26年)卒　⓾室生犀星詩人賞(第7回)(昭和42年)「梨花をうつ」　⓾石原産業、旭化成工業勤務を経て、昭和47年セキショウを設立し、社長。詩人としては、「砂」「新詩篇」に参加、"新生命派"とよばれた。詩集に「アフリカ」「われわれのにがい義務」「梨花をうつ」、訳書に「ロレンス詩集」などがある。　⓾日本現代詩人会、日本文芸家協会

関口 火竿　せきぐち・かかん
俳人　⓾明治44年8月1日　⓾昭和61年4月14日　⓾埼玉県深谷町田所町(現・深谷市)　本名=関口久雄　⓾埼玉県立商業学校卒　⓾寒麦賞(第2回)(昭和58年)　⓾陸軍造兵廠火工廠に勤めていた昭和10年頃より俳句を作り始め、のち「樹氷」「鶴」を経て「鴫」編集同人。自らも42年9月〜61年2月まで「木の芽」を主宰した。句集に「螺旋」、編著に「鈴木多代句集」など。

関口 謙太　せきぐち・けんた
俳人　⓾昭和6年9月27日　⓾埼玉県　本名=関口謙一　⓾中央大学法学部卒　⓾高校時代「ホトトギス」に投句、虚子選に3回入選するが卒業後中断。36年「河」に入会、角川源義に師事する。38年「河」埼玉支部結成に参加、松本旭の指導を受ける。41年「河」同人。のち「橘」に所属。句集に「関口謙太句集」「東国」がある。　⓾俳人協会

関口 祥子　せきぐち・しょうこ
俳人　⓾昭和6年10月8日　⓾東京　本名=関口正子　⓾上野学園音楽大学ピアノ科卒　⓾新珠賞(昭51年度)、水明賞(昭54年度)、未来図賞(平成1年)、俳壇賞(第6回)(平成3年)　⓾昭和49年より「水明」で星野紗一及び大畑南魚の手ほどきを受ける。57年常磐松句会に参加、井本農一に師事。59年「未来図」創刊に参加、鍵和田伸子に師事。句集に「檜山杉山」「火の鼓動」「暾に応ふ」がある。ピアノ教師。⓾俳人協会

関口 隆雄　せきぐち・たかお
詩人　⓾昭和27年　⓾東京都　⓾「地球」同人。詩集に「精子たちの木への祈り」「冥王星ロッキー」「連作 冥王星ロッキー」「貘さんのバク」がある。

関口 比良男　せきぐち・ひらお
俳人　「紫」主宰　埼玉県現代俳句協会会長　⓾明治41年12月15日　⓾平成10年11月17日　⓾埼玉県浦和市　本名=関口貞雄　旧号=関口桜士　⓾国学院大学高師(昭和6年)卒　⓾中学校長、女子高校長などを歴任し、昭和44年定年退職。2年上林白草居に師事して「草」に投句。16年「花野」を創刊、21年「俳句建設」と改題、さらに23年浦和市に移り「紫」と再改題。一方、28年より「薔薇」「俳句評論」同人。ほかに「八幡船」同人。句集に「冬紅葉」「湖畔」「芍薬」「梅ひらく」「風雅祭」「愛染」「関口比良男句集」「婆娑羅」「蓬莱」、文集に「現代俳句」、こ

のXなるもの」「現代俳句必携」などがある。㉚現代俳句協会（名誉会員）

関口 ふさの せきぐち・ふさの
俳人 あさを社社長 ㉓大正14年8月15日 ㉔群馬県高崎市 ㉖銀行に約30年勤めた後、昭和48年作家・清水寥人と出版社・あさを社を創立、社長。月刊誌「上州路」を発行、220号を超える。群馬県俳句作家協会副会長、「あさを」同人、村上鬼城顕彰会常任理事、高崎観光協会常任理事などを務める。句集に「遠い音」など。 ㉚群馬ペンクラブ、群馬県俳句作家協会（副会長）

関口 芙美子 せきぐち・ふみこ
歌人 ㉓昭和2年6月2日 ㉔東京 ㉕短歌新聞新人賞（第6回）（昭和54年）「雪の渚」 ㉖昭和40年より作歌をはじめる。42年石黒清介に師事。54年「雪の渚」で第6回短歌新聞新人賞を受賞。56年同人誌「山上」を石黒清介・斎藤英らと創刊、編集発行する。歌集に「草山」がある。

関口 涼子 せきぐち・りょうこ
詩人 ㉓昭和45年12月21日 ㉔東京都 筆名＝ナツヨウコ ㉗東京大学大学院修了 ㉕現代詩手帖賞（第26回）（昭和63年） ㉖昭和63年17歳で第26回現代詩手帖賞を受賞し、一躍注目を浴びる。のちパリ第一大学に留学。詩集に「（com)position」「発光性diapositive」がある。他にナツヨウコ名義で「パリの友達」（やまだないととの共著）がある。

関戸 靖子 せきど・やすこ
俳人 ㉓昭和6年3月29日 ㉔滋賀県長浜市 旧姓(名)＝野口 ㉗長浜北高卒（旧専科一年） ㉕鶴風切賞（昭和46年）、泉飛石賞（第1回）（昭和61年） ㉖昭和23年坂本春甕、下村槐太の手ほどきを受け、「新樹」に入門。28年療養中「鶴」入会、43年同人。49年「泉」同人参加。59年「七種」を主宰。句集に「湖北」「結葉」など。㉚俳人協会

関根 栄一 せきね・えいいち
童謡詩人 作詩家 ㉓大正15年2月11日 ㉔埼玉県 ㉗電機学校（昭和18年）中退 ㉕日本童謡賞（第6回）（昭和51年）「おつかいありさん」、日本童謡賞（第17回）（昭和62年）「にじとあっちゃん」 ㉖昭和25年NHK幼児番組の時間に「おつかいありさん」を発表。以後、子どものうた、歌曲、合唱曲のため詩を作る。主な作品に「かえるのモモル」「たぬきじゃんけん」「にじとあっちゃん」などがある。 ㉚詩と音楽の会（常任委員）、日本童謡協会

関根 和美 せきね・かずみ
歌人 ㉓昭和29年5月8日 ㉔群馬県 ㉕埼玉文学賞新人賞（昭和63年）「緑のアダージオ」 ㉖昭和54年「地中海」に入会。63年第一歌集「緑のアダージオ」を出版。他の歌集に「クレヨンの日々」「BUSH逍遙」がある。

関根 喜美 せきね・きみ
俳人 ㉓昭和9年9月25日 ㉔茨城県 ㉕雪笹賞（平成7年）、笹賞（平成12年） ㉖平成元年頃より俳句を始め、のち伊藤敬子に師事。平成5年「笹」入会、同年同人。6年俳人協会会員。句集に「湖畔」「子猫のワルツ」「野紺菊」などがある。 ㉚俳人協会、国際俳句協会

関根 黄鶴亭 せきね・こうかくてい
俳人 詩人 日本画家 関根工起社長 ㉓大正3年5月9日 ㉔東京 本名＝関根芳男 別名＝関根九雀 ㉗東京府立高等工芸本科（昭和8年）卒 ㉖昭和19年関根興機創立。のち電子工起社長を経て、関根工起社長となる。著書に、詩集「雨のやうに寂しい瞳の鳶」、「関根黄鶴亭句集」（全3巻）、歌曲集「榛名やま唄」など。 ㉚小唄作詩家協会、現代俳句協会、日本詩人クラブ、日本文芸家協会

関根 弘 せきね・ひろし
詩人 評論家 小説家 ㉓大正9年1月31日 ㉞平成6年8月3日 ㉔東京・浅草 ㉗向島区第二寺島小（昭和7年）卒 ㉖メリヤス工場の工員、業界紙記者などを務める一方、戦前から詩作を開始。戦後の芸術・文化綜合運動の拠点である「綜合文化」の編集のかたわら、アヴァンギャルド芸術運動の母胎となった「夜の会」に参加。また詩運動「列島」「現代詩」のリーダーとしても活躍し、プロレタリア詩と前衛的芸術の統一を主張した。作家・野間宏との“狼論争”では戦前のプロレタリア詩批判を含め、パターン化された抵抗詩を批判。昭和58年腹部大動脈瘤が破裂し、以降人工透析を受けながら詩作を続けた。詩集に「絵の宿題」「死んだ鼠」「約束したひと」「阿部定」「関根弘詩集」、評論に「狼が来た」「戯話、乱世のヒーロー」「水先案内人の眼」などがあるほか、多くのルポルタージュ作品も残した。 ㉚新日本文学会、思想の科学研究会、日本文芸家協会

関森 勝夫　せきもり・かつお
俳人　静岡県立大学国際関係学部教授　[専]近代日本文学　[生]昭和12年12月14日　[出]神奈川県横浜市　[学]早稲田大学大学院文学研究科(昭和41年)修了　[興]近代俳句史　[賞]静岡市学術芸術奨励賞(第4回)　[歴]神奈川県立高校教諭を経て、昭和54年静岡女子大学(現・静岡県立大学)に転じ、62年教授。また俳人でもあり、33年大野林火主宰の「浜」に入会、44年同人となる。のち俳誌「蜻蛉」主宰。著書に句集「鷹の眼」、「文人たちの句境」など。　[団]俳人協会(幹事)、国際俳句交流協会(評議員)、日本文芸家協会、俳文学会

関谷 忠雄　せきや・ただお
俳人　詩人　[生]明治42年3月19日　[没]平成4年6月22日　[出]東京・千駄谷　[学]明治大学卒　[歴]昭和41年作句を始め、43～44年「曲水」編集同人。のち「鹿火屋」「麻」同人。句集に「龍骨」「白孔雀」「童子仏」「青鷹」、詩集に「経歴」「鯱」「花意無情」など。また、「日本酒樽変遷史」「日本兵食史考」の著書もある。　[団]俳人協会

瀬底 月城　せそこ・げつじょう
俳人　歯科医　[生]大正10年6月30日　[出]沖縄県島尻郡佐敷町　本名＝瀬底正俊(せそこ・まさとし)　[学]大阪歯科医学専門学校卒　[賞]砂丘賞(昭和45年)、沖縄タイムス芸術選賞大賞　[歴]瀬底歯科医院を開業。一方、昭和35年「若葉」に投句。37年「河」に入会、角川源義に師事し、43年同人となる。また40年「砂丘」入会、44年同人。54年進藤一考主宰の「人」に参加、同誌「当月集」同人に。沖縄県俳句協会会長も務める。句集に「若夏」がある。　[団]俳人協会(評議員)、沖縄県歯科医師会

摂津 幸彦　せっつ・ゆきひこ
俳人　[生]昭和22年　[没]平成8年10月13日　[出]兵庫県　[学]関西学院大学卒　[歴]「日時計」「黄金海岸」の同人誌活動を経て、同人誌「豈」編集発行人。前衛的な俳句作家として知られた。句集に「鳥子」「与野情話」「鳥屋」「鸚母集」「陸々集」「鹿々集」など。

摂津 よしこ　せっつ・よしこ
俳人　[生]大正9年2月15日　[出]京都市　本名＝摂津良子　[学]府立桃山高女卒　[賞]草苑賞、角川俳句賞(第26回・昭55年度)「夏鴨」　[歴]昭和31年より作句を始め、阿波野青畝指導の句会を経て37年に「青玄」に入会。45年「草苑」創刊に同人参加、以来桂信子に師事。草苑賞受賞。55年度角川俳句賞受賞。句集に「桜鯛」(昭50)「夏鴨」がある。

瀬戸 青天城　せと・せいてんじょう
俳人　「感動律」編集発行人　[生]大正3年10月15日　[没]平成12年7月7日　[出]長野県伊那市　本名＝瀬戸貞(せと・ただし)　[学]駒込中(昭和7年)卒　[歴]昭和13年内田南草のすすめで作句を始め、萩原蘿月の指導を受ける。22年内田南草「梨の花」(26年「感動律」と改称)の創刊同人。48年現代俳句協会会員となり、50年幹事、のち副幹事長、副会長を経て、平成12年顧問。同協会の発展に寄与した。句集に「葉牡丹」「積乱雲」「暴れ梅雨」がある。　[団]口語俳句協会、現代俳句協会(顧問)

瀬戸 哲郎　せと・てつろう
詩人　静修短大教授　元北海道詩人協会会長　[専]国文学　[生]大正8年1月21日　[没]昭和60年10月22日　[出]北海道札幌市　[学]東京高師卒　[歴]札幌市教委指導室長、札幌市立旭丘高校長などを歴任。詩集に「雪虫」「蛍を放つ」「露とこたえて」がある。　[団]日本現代詩人会

瀬戸 応夫　せと・まさお
詩人　愛知詩人会議運営委員長　[生]昭和5年　[出]和歌山県　[歴]愛知詩人会議運営委員長をつとめ、同会議機関誌「沃野」を発行。平成7年7月に360号記念アンソロジー「沃野詩集」を発行。「花」同人。詩集に「三河湾考」「北の貌」などがある。　[団]中日詩人会、愛知詩人会議

瀬戸内 艶　せとうち・つや
歌人　「四国水甕」編集委員　[生]大正6年11月21日　[没]昭和59年2月28日　[出]徳島県　[歴]徳島市内で神仏具商を営む傍ら昭和25年から短歌を始め「水甕」同人、「四国水甕」編集委員。歌集に「風の象」「流紋更紗」。　[家]妹＝瀬戸内寂聴(小説家)

瀬沼 卓朗　せぬま・たくろう
詩人　[生]昭和7年1月29日　[出]神奈川県横浜市　[学]東京外国語大学イタリア語科(昭和30年)卒　[歴]昭和28年安部公房らの現在の会に参加。30年「新潮」に短編「崖」を発表。31年中編「デイリイライフまたは灰皿との距離」が中央公論新人賞最終候補になる。33年から30余年間雑誌、書籍の編集に従事後、一ツ橋総合財団事務局長。著書に「詩集トルソ煉獄変」「詩集トルソ無明変」がある。　[団]東洋文化研究会、日本文芸家協会

妹尾 一子　せのお・かずこ
詩人　⑮昭和28年12月24日　⑰徳島県　⑳四国学院大学社会福祉学科(昭和54年)卒　㊥昭和55～63年毎年詩集を刊行。56年より「関西文学」同人、63年より徳島県現代詩詩人会会員。詩集に「冬の海」「すずらん」「青いみかん」「流水」「風と影の詩」「花日記」「心のしおり」「窓辺の星」「小さくて大きい器たち」「夜汽車」がある。　㊞徳島県現代詩詩人会

妹尾 健　せのお・けん
俳人　⑮昭和23年10月26日　⑰兵庫県伊丹市　⑳龍谷大学文学部(昭和47年)卒　㊥「草苑」「翔臨」「豈」同人。著書に「詩美と魂魄―『合意』への形成」、俳論集「俳句との遭遇」、句集に「現代俳句の新鋭〈2〉」(共著)、分担執筆に「大阪の俳人たち〈2〉」他。　㊞現代俳句協会、大阪俳句史研究会

妹尾 美雄　せのお・よしお
俳人　⑮明治25年11月15日　⑯昭和24年11月20日　⑰岡山県吉備郡真庭町　⑳早稲田大学理工科卒　㊥在学中より「試作」「第一作」の同人として同窓中塚一碧楼と行動を共にし、大正4年碧梧桐・一碧楼の「海紅」創刊に同人として参加。以後、一碧楼の盟友として、終始その自由律俳句運動を援けた。登山、釣りを好んだが、釣り中、伊東海岸に不慮の死を遂げた。作品集に江東海紅会の編んだ「美雄句抄」がある。

瀬谷 耕作　せや・こうさく
詩人　⑮大正12年12月8日　⑰福島県　⑳高小卒　㊥茨城文学賞(第1回)(昭和51年)「一丁仏異聞」、地球賞(第5回)(昭和55年)「稲虫送り歌」、日本詩人クラブ賞(第19回)(昭和61年)「奥州浅川騒動」　㊥詩集に「井戸のなかの魚」「一丁仏異聞」「奥州浅川騒動」。　㊞日本現代詩人会、日本文芸家協会

芹田 鳳車　せりた・ほうしゃ
俳人　⑮明治18年10月28日　⑯昭和29年6月11日　⑰兵庫県揖東郡津市場　本名=芹田誠治　旧姓(名)=児島　⑳日本大学商科卒　㊥横浜生命保険会社に勤務し、同社の板谷生命改称時に支配人兼経理部長となり、のち取締役となる。終戦後の会社解散と同時に引退。高商在学中から「懸葵」などに投句し、明治44年「層雲」創刊と同時に同人となり、大正5年刊行の「雲の音」、9年刊行の「生ある限り」の句集があり、昭和29年遺句集「自画像の顔」が刊行された。

世礼 国男　せれい・くにお
教育家　沖縄研究家　詩人　⑮明治28年4月20日　⑯昭和24年1月23日　⑰沖縄県与那城村　⑳沖縄県立第一中卒　㊥小学校訓導、中学校教師を経て、戦後知念高、コザ高各校長。教職の傍ら詩作を志すが、昭和8年沖縄の三味線音楽(野村流)の大家伊差川世瑞に入門。以後沖縄古典音楽の研究に携わる。従来の三味線譜に初めて声楽譜を付した楽譜、「声楽譜附工工四」(全4巻)、「湛水流声楽譜附工工四」を刊行。ほかに詩集「阿旦のかげ」などがある。

千川 あゆ子　せんかわ・あゆこ
児童文学作家　詩人　⑮大正5年10月　⑰千葉県　㊥昭和22年日本女詩人会に入会、同時に「自由詩」の同人となる。40年日本児童文学者協会、日本童話会に入会する。56年詩誌「稜線」同人となる。詩集に「夜明けの音」「砥切りの音は消えても」「みやこわすれ」他。　㊞日本児童文学者協会、稜線の会、板橋詩人会

千家 尊福　せんげ・たかとみ
神道家　政治家　歌人　男爵　出雲大社教初代管長　出雲大社大宮司　貴院議員　司法相　⑮弘化2年8月6日(1845年)　⑯大正7年1月3日　⑰出雲国(島根県)　㊥勲一等旭日大綬章　㊥明治5年出雲大社大宮司、大教正を兼ねた。11年出雲国造(いずものくにのみやつこ)第80代を継承。15年大宮司を辞し公認された出雲大社教の初代管長となり、神道の興隆に尽力。17年華族に列せられ男爵。21年管長を辞め元老院議官、23年以来貴院議員当選4回。その間文部省普通学務局長、埼玉、静岡各県知事、東京府知事を経て、41年第1次西園寺内閣司法相となった。法典調査会委員、法律取調委員会会長などのほか、東京鉄道会社社長を務めた。歌をよくし「大八洲歌集」があり、"年の始めのためしとて"で始まる唱歌「一月一日」の作者。著書に「教学大要」「出雲大神」など。
㊕父=千家尊澄(出雲国造・国学者)、息子=千家元麿(詩人)

千家 元麿　せんげ・もとまろ
詩人　⑮明治21年6月8日　⑯昭和23年3月14日　⑰東京府麹町区(現・東京都千代田区)　号=銀箭峰、暮郎　㊥東京府立四中中退　㊥17歳の頃から「万朝報」「新潮」などに短歌や俳句を投稿し、詩は河合酔茗に、短歌は窪田空穂に、俳句は佐藤紅緑に師事する。大正元年同人誌「テラコツタ」を創刊。白樺派と交流し、「白樺」の衛星誌「エゴ」「貧しき者」「生命の川」などに小説「罪」や戯曲「結婚の敵」などを発表。5

年頃から詩作に専念し、7年第一詩集「自分は見た」を刊行。続いて「虹」「野天の光」「夜の河」「夏草」「昔の家」などの詩集をあいついで刊行し、白樺派の代表的詩人となる。昭和4年一時精神に異常をきたし約半年療養生活を送り、退院後も約10年外出もせず、その間「霰」「蒼海詩集」などを刊行した。また没後「千家元麿詩集」「千家元麿全集」（上下，弥生書房）が刊行された。　[家]父＝千家尊福（出雲大社大宮司・司法相）

千田 一路　せんだ・いちろ
俳人　珠洲市俳文学協会会長　[生]昭和4年10月17日　[出]石川県珠洲市　本名＝千田一郎（せんだ・いちろう）　[学]高卒　[賞]角川俳句賞（第31回）（昭和60年）「海女の島」、珠洲市文化功労賞　[歴]昭和29沢木欣一に師事し「風」に入会。33年より一時作句中断、37年再び作句をはじめる。42年「風」同人。句集に「能登荒磯」、随筆集に「潮鳴りの中に」、評論に「風潮と行方」などがある。　[団]俳人協会

千田 光　せんだ・ひかる
詩人　[生]明治41年　[没]（没年不詳）　[出]東京　[歴]第一次「時間」同人。「詩と詩論」による新散文詩運動の影響下に、わずか10篇足らずの詩を書いて夭折した。作品は「日本詩人全集6」（創元社）などに収められている。

仙波 龍英　せんば・りゅうえい
歌人　小説家　[生]昭和27年3月30日　[出]東京都　別名＝夢原龍一（ゆめはら・りゅういち）　[学]早稲田大学法学部卒　[歴]歌誌「短歌人」同人。著書に「吸血鬼は金曜日がお好き」「赤すぎる糸」「ホーンテッド・マンション」、歌集「わたしは可愛い三月兎」他。

【そ】

宗 左近　そう・さこん
詩人　評論家　フランス文学者　元・昭和女子大学教授　[専]フランス象徴詩　美学　[生]大正8年5月1日　[出]福岡県戸畑市（現・北九州市戸畑区）　本名＝古賀照一（こが・しょういち）　[学]東京帝国大学文学部哲学科（昭和20年）卒　[興]文字以前と文字以後（たとえば骨董）　[賞]歴程賞（第6回）（昭和43年）「炎える母」、詩歌文学館賞（第10回）（平成7年）「藤の花」　[歴]雑誌「同時代」に加わって小説を発表する一方、草野心平の「歴程」に参加。のち「歴程」同人。昭和43年東京大空襲の体験的長編詩集「炎える母」で歴程賞受賞。61年には「ドキュメント・わが母 絆」を出版。詩集「大河童」「お化け」「縄文」「風文」「断文」「縄文連祷」「藤の花」のほか、「芸術の条件」「美のイメエジ」「私の縄文美術鑑賞」「日本美縄文の系譜」「小林一茶」など芸術・美術評論・解説書や小説も多い。訳書にロラン・バルト「表徴の帝国」など。三善晃の曲に詞をつけた校歌もある。63年4月宮城県新田町に縄文芸術館を寄贈した。　[団]日本現代詩人会、日本文芸家協会　[家]妻＝宗香（帽子作家）

宗 重正　そう・しげまさ
官僚　歌人　伯爵　外務大丞　対馬厳原藩主　[生]弘化4年11月6日（1847年）　[没]明治35年5月25日　[出]対馬国府中（長崎県）　前名＝宗義達（そう・よしあきら）　[歴]対馬国府中藩主の家に生まれ、文久2年襲封。明治元年新政府より朝鮮との外交を従来通り委任される。厳原藩知事を経て、外務大丞などを歴任。17年伯爵。その間、歌道に親しみ、作品は「大八洲家集」「現今自筆百人一首」などに収録されている。

宗 秋月　そう・しゅうげつ（ジョン・チュウォル）
詩人　[国]韓国　[生]1944年8月23日　[出]佐賀県小城郡小城町　本名＝宋秋子（ソン・チュジャ）　[学]小城中（'59年）卒　[興]朝鮮半島の統一に在日は何を寄与できるか、在日することの意味、朝鮮女性解放，フェミニズム　[歴]在日韓国人2世。16歳で大阪に出て、縫製、製靴、化粧品セールス、屋台など様々な職業を転々としながら詩作を続ける。1986年からパブ・緑峠を経営。在日文芸誌「民濤」編集委員をつとめた。著書に「宗秋月詩集」「猪飼野タリョン」「サランへ―愛してます」、共著に「天皇踊り、天女舞う」など。

宗 武志　そう・たけゆき
英文学者　詩人　対馬藩宗家36代目当主　麗沢大学名誉教授　[生]明治41年2月16日　[没]昭和60年4月22日　[出]東京都目黒区（本籍）　[学]東京帝国大学英文科（昭和6年）卒　[歴]鎌倉時代から対馬を統治していた宗家の36代目で、旧伯爵。英文学をはじめ詩人、洋画家としても知られる。詩誌「詩田」を主宰し、詩集「海郷」「日の雫」「シーランド」（英文）のほか、「対馬民謡集」などの著書もある。昭和21年には貴族院議員に選ばれた。

宋 敏鎬　そう・びんこう(ソン・ミンホ)

詩人　医師　❖心臓外科　⽣1963年10月16日　⽣地愛知県名古屋市　学名古屋大学医学部('89年)卒　賞中原中也賞(第3回)('98年)「ブルックリン」　他在日朝鮮人。病院勤務後、1995年海外の医療を学ぶため渡米。ニューヨークの下町ブルックリンの病院で1年間働いたのち、名古屋大学医学部附属病院に心臓外科医として勤務。一方、大学時代から詩を書き始め、中断を経て、再開。ブルックリンの印象を綴った初の詩集「ブルックリン」で第3回中原中也賞を受賞する。他の詩集に「ヤコブソンの遺言」がある。

宗 不早　そう・ふかん

歌人　⽣明治17年5月14日　没昭和17年　⽣地熊本県熊本市　本名＝宗耕一郎　学熊本医学校(現・熊本大学医学部)中退　他医学を志して上京、窪田空穂らの十月会に参加して作歌を始めた。大正元年から朝鮮・満州・中国などを放浪、台湾に渡って硯工となる。帰国後大正12年ごろ再び上京、家庭を持ち硯工で生活しながら再び作歌を始め、短歌雑誌に歌人評を連載し注目された。万葉集も研究し「柿本人麿歌集新釈」があり、歌集に「筑摩鍋」「茘支」がある。昭和17年5月29日熊本県阿蘇町の内牧温泉を出て行方不明となる。同年9月同県旭志村の鞍岳山中で遺体が発見された。

相馬 梅子　そうま・うめこ

詩人　作詩家　(有)銀座堂役員　⽣大正11年3月26日　⽣地栃木県　学宇都宮第二高女(昭和13年)卒　他詩集に「天の弦」「落花紋章」「孤独な背中」などがある。　所詩と音楽の会、ニューソングの会、日本詩人クラブ

相馬 御風　そうま・ぎょふう

詩人　歌人　評論家　⽣明治16年7月10日　没昭和25年5月8日　⽣地新潟県西頸城郡糸魚川町(現・糸魚川市)　本名＝相馬昌治(そうま・しょうじ)　学早稲田大学(明治39年)卒　他中学時代から本格的に短歌を学び佐佐木信綱の竹柏会に入会。明治34年中学卒業と同時に新詩社に入るが、36年に脱退し岩野泡鳴らと「白百合」を創刊。38年第一歌集「睡蓮」を刊行。早大卒業後は「早稲田文学」の編集に従事。40年三木露風らと早稲田詩社を設立し口語詩運動をはじめ、41年「御風詩集」を刊行。以後、自然主義文学の詩人、評論家として活躍。評論家としての処女作は明治40年発表の「自然主義論に因みて」。44年早稲田大学講師となり欧州近代文芸思潮を講義。大正元年第一評論集「黎明期の文学」を刊行。5年「還元録」を刊行して批評の第一線から引退し、糸魚川に隠棲、トルストイや良寛の研究に没頭した。他に「大愚良寛」(大7年)、「相馬御風著作集」(全8巻・別2巻、名著刊行会)がある。早大校歌、童謡「春よ来い」の作詞者でもある。故郷の糸魚川市に相馬御風記念館がある。　家父＝相馬徳治郎(糸魚川町長)

相馬 遷子　そうま・せんし

俳人　医師　⽣明治41年10月15日　没昭和51年1月19日　⽣地長野県佐久市　本名＝相馬富雄　学東京帝国大学医学部(昭和7年)卒　医学博士　賞馬酔木新人賞(昭和14年)、馬酔木賞(昭和32年)、馬酔木功労賞(昭和40年)、俳人協会賞(第9回)(昭和44年)「雪嶺」、葛飾賞(昭和50年)　他昭和10年卯月会に入り、水原秋桜子の指導を受け、13年「鶴」同人となる。14年「馬酔木」新人賞を受賞し、15年「馬酔木」同人となる。15年応召するが18年戦病のため除隊し、同年市立函館病院内科医長に赴任。21年句集「草枕」を刊行。22年医院を開業。他の句集に「山国」「雪嶺」「山河」や共同句文集「自然讃歌」、「相馬遷子全句集」(相馬遷子記念刊行会)などがある。

相馬 大　そうま・だい

詩人　作家　元・聖母女学院短期大学教授　❖風俗学　国文学　⽣大正15年8月28日　⽣地長野県須坂市　本名＝出川光治(でがわ・みつじ)　学立命館大学日本文学科(昭和25年)卒　論「枕草子」における子どもの生活について　他平成7年まで聖母女学院短期大学教授をつとめた。西国霊場にならって江戸期につくられた御室八十八ヶ所巡りの遍路から人生について学ぶ。著書に「花の文化史」「花万葉集」「花源氏物語」「わらべ唄」、詩集に「西陣」「北山杉」「あおひえ」「家」「ものに影」など。　所日本風俗史学会、日本ペンクラブ、日本詩人クラブ

相馬 信子　そうま・のぶこ

歌人　元・横浜国立大学教育学部教授　❖家庭経済史　⽣大正3年6月12日　没平成5年9月22日　⽣地長野県　学東京女高師家事科(昭和11年)修了　他昭和11年山口高女教諭・舎監、横浜第二高女教諭、神奈川県女子師範教諭・舎監などを経て、24～55年横浜国立大学で教鞭を執る。家庭における貯蓄、生活経済、高齢化社会問題などをテーマとする。一方、歌人としても知られ、吉野秀雄に師事し「遠つびと」に入会。の

ち編集同人。歌集に「水声」「拇印」など。
[所]神奈川県歌人会(委員)、横浜歌人会(委員)

十河 義郎　そごう・よしろう
歌人　[生]大正6年5月24日　[出]石川県(本籍)　[歴]復員後、小宮良太郎に師事し「短歌人」入会、編集委員となる。「文体論に名を籍りた試論」「てん」などの著書がある。

曽根 ヨシ　そね・よし
詩人　「裳」主宰　[生]昭和9年10月18日　[出]群馬県　本名＝松山ヨシ　[学]高崎女子高卒　[賞]群馬県文学賞(第5回)(昭和42年)「場所」　[歴]詩集に「場所」「野の腕」「少年オルガン」などがある。　[所]日本現代詩人会、群馬詩人クラブ

曽根崎 保太郎　そねざき・やすたろう
詩人　[生]大正3年3月19日　[出]山梨県東山梨郡勝沼町　本名＝鈴木保　[学]山梨県立日川中学(旧制)卒　[歴]戦前小学校代用教員・役場吏員・農業会役員などを経て、戦後は葡萄園経営。12、3歳ごろから詩作。「新領土」「日本未来派」に所属、「中部文学」同人。山梨県詩人懇話会会長を務める。詩集に「戦場通信」「灰色の体質」、昭和詩大系「曽根崎保太郎詩集」「アルバム詩集 ぶどうの四季」がある。

苑 翠子　その・みどりこ
歌人　[生]大正14年6月11日　[出]東京　本名＝福島緑　[学]東京家庭学園心理科(昭和21年)卒　[賞]角川短歌賞(第10回)(昭和39年)「フラノの沓」、日本歌人賞　[歴]昭和34年「日本歌人」に入り、前川佐美雄に師事、作歌をはじめる。同人誌「花影」「植物祭」に参加。合同歌集「槿花集」、歌集に「だるしねあ・めも」がある。第10回角川短歌賞、日本歌人賞をうける。

園 基祥　その・もとさち
歌人　伯爵　[生]天保4年11月11日(1833年)　[没]明治38年10月30日　[出]京都　[歴]堂上公卿の出身で父は権中納言園基茂、養父は右近衛権少将園基万。天保13年元服し昇殿を許され、安政5年外交処理を幕府に委任する勅裁案に関し、権大納言中山忠能以下88卿の廷臣が列参上書して朝議の変改を請うた際、その一人として名をつらねた。翌6年侍従となり、万延元年睦仁親王(明治天皇)家司となって右近衛権中将に任ぜられる。長女祥子は明治天皇に仕えて典侍となり、2皇子6皇女をもうけ、基祥は皇子女の養育にもあたった。17年伯爵授爵。家職として雅楽を掌り、和歌をよくし、詠歌は「千歳乃幾久」「昔の春」「菊の下葉」「さみだれ集」などに収められている。

園田 恵子　そのだ・けいこ
詩人　エッセイスト　[生]昭和41年3月3日　[出]京都府京都市左京区　[賞]現代詩手帖新鋭詩人(昭62年度)　[歴]6歳から詩作を重ねる。大学在学中、昭和62年文芸誌から詩人としてデビュー。63年茶道、華道、日舞といった伝統的な芸道に親しんだ生い立ちの色彩も濃い第一詩集「娘十八習いごと」で注目を集める。以後、詩、エッセイ、戯曲、作詞等広範な文芸活動を朝日新聞、日本経済新聞、「すばる」他各雑誌で展開する傍ら、公的機関で講演、パネリスト、審査員を務める。平成3年パリで開催の「国際詩の見本市」に招待作家をはじめ、自作詩朗読とそのデジタルメディア化にも意欲的。同年テレビ朝日「ウィークエンドシアター」映画解説者でレギュラー出演等、テレビ・ラジオ出演多数。広告、映画にも出演。8年NHK紀行番組リポーター。9年度NHK学校コンクール中学生の部の課題曲「砂丘」を作詞。10年4月詩集「日月譚(にちげつたん)」を上梓。5月日本初の「ポエトリー・レストラン夜想」のポエトリーオーガナイザーを務める。11年3月恋愛をテーマにしたポエトリーCD「恋文」「わかれ文」をリリース。「火牛」同人。外国映画輸入配給協会審査員、日本ペンクラブ委員。CGを使った自作の朗読ビデオCDを制作。著書にエッセイ集「猫連れ出勤ノート」他。　[所]日本文芸家協会

園田 千万男　そのだ・ちまお
詩人　[生]大正10年1月　[出]熊本県宇土市
[歴]「燎原」「知性と感性」同人。詩集に「戦場の落日」「潮のひくとき」「うねり」他。
[所]熊本県詩人会

園田 夢蒼花　そのだ・むそうか
俳人　北海道文学館副理事長　北海道俳句協会顧問　[生]大正2年12月15日　[没]平成13年6月1日　[出]北海道網走郡美瑛町　本名＝園田喜武　[学]和寒高小卒　[賞]北海道文化賞(平成5年)　[歴]昭和7年上川支庁教育課に入り、函館労働基準監督署長を経て、46年退職。一方、大正12年尋常高小のころより句作を始め、新聞、俳誌に投句。「天の川」同人を経て、「海賊」「氷原帯」などの俳句誌の編集に携わる。昭和60年〜平成9年北海道俳句協会代表。「広軌」「杉」所属。句集に「こほろぎ馬車」「木犀館」など。

園部 雨汀　そのべ・うてい
俳人　伊東市ボランティア協会会長　[生]大正14年2月11日　[出]静岡県伊東市　本名＝園部凱夫(そのべ・よしお)　[学]旧制商業卒　[歴]漁業に従事した後、昭和26年から伊東市役所に勤務。56年退職し、珠算学校を経営する。この間、句作を行い、海と魚に関する随筆も書く。44年木部蒼果、48年石川桂郎に師事、51年「風土」同人。俳誌「伊豆」を主宰。著書に「句集・漁火」「全日本磯釣場集」、共著に「釣り歳時記」など。　[団]俳人協会、報知新聞釣りペンクラブ

園部 鷹雄　そのべ・たかお
俳人　[生]大正13年5月9日　[出]大阪府　本名＝園部高雄　[学]尼崎中(旧制)卒　[賞]かびれ賞(第20回)　[歴]詩歌の同人誌を遍歴し、昭和20年「かびれ」入会、大竹孤悠に師事し、22年より同人となる。小松崎爽青の指導を受け、43年には「かびれ」編集委員。　[団]俳人協会

曽宮 一念　そみや・いちねん
洋画家　エッセイスト　歌人　[生]明治26年9月9日　[没]平成6年12月21日　[出]東京市日本橋区浜町(現・中央区日本橋浜町)　本名＝曽宮喜七　旧姓(名)＝下田　[学]東京美術学校西洋画科(大正5年)卒　[賞]文展褒賞(第8回)(大正3年)「酒倉」、二科展樗牛賞(第12回)(大正14年)「冬日」「荒園」「晩秋風景」、二科展二科賞、日本エッセイストクラブ賞(第7回)(昭和34年)「海辺の熔岩」　[歴]美校在学中の大正2年光風会展に「桑畑」が入選、3年文展初入選。5年成蹊中学講師。10年より二科展に出品し、14年「冬日」「荒園」「晩秋風景」で樗牛賞受賞。同年〜15年旧制静岡高校講師。昭和6年二科会会員。10〜12年独立美術協会会員、12年国画会入会。戦後21年日展審査員となり、第2回日展に「麦」出品。32年国画会展に「南岳爆発」出品。34年緑内障により右眼失明、40年視力障害により国画会退会、以後無所属となり孤高を保つ。「トレド城山」など風景画で知られる。「紅と灰色」「火の山」など画集は4冊。文筆をよくし、23年随筆「すそ野」以降、平成元年「にせ家常茶飯」までエッセイ集を計16冊出し、昭和33年の「海辺の熔岩」で日本エッセイストクラブ賞受賞。46年両眼失明以後は絵筆を絶ち、かつて訪れた日本各地を思い出しながら歌を詠む。58年歌集「へなぶり火の山」、60年「武蔵野挽歌」を刊行。他に詩集「風紋」など。晩年は不自由な身ながら清新自在な書や陶板を発表、個展も開いた。　[団]富士宮盲人会　[家]娘＝曽宮夕見(画家)

染谷 進　そめや・すすむ
歌人　[生]明治36年2月12日　[没]昭和16年8月4日　[出]茨城県筑波郡谷井田村山谷　[学]早稲田大学国文科(昭和2年)卒　[歴]昭和3年から早大講師。窪田空穂に師事して都筑省吾、稲森宗太郎らと雑誌「槻の木」を創刊、短歌を発表した。また「国文学研究」や「早稲田文学」に記紀、万葉研究の論文を載せた。結核で早世したが、没後「染谷進歌集」が出された。

染谷 十蒙　そめや・ともう
俳人　医師　[生]明治28年2月10日　[没]昭和46年12月2日　[出]埼玉県　本名＝染谷友次郎　[学]東京帝大卒　医学博士　[歴]静岡県富士市に医院を開業し、のち狛江市に移る。俳句は昭和13年より独学し、戦中の中断を経て、22年大野林火に師事。24年「浜」同人となる。岳麓句友連盟の発足と発展に功績を残した。句集に「泉」がある。

そや やすこ
児童文学作家　詩人　[生]昭和10年6月11日　[没]平成5年　[出]京都市　本名＝征矢泰子　[学]京都大学仏文科卒　[賞]現代詩女流賞(第9回)(昭和59年)「すこしゆっくり」　[歴]童話に「さよなら初恋」「とべ、ぼくのつばくろ・さんぼ」、詩集に「砂時計」「網引き」「てのひら」「すこしゆっくり」などがある。　[家]夫＝征矢清(児童文学作家)

返田 満　そりた・みつる
詩人　[生]昭和3年8月17日　[出]山梨県　[歴]定時制高校を卒業。東京電力労働者による人権侵害・賃金差別撤廃請求裁判の原告団の一員として裁判闘争を行う。「日本未来派」所属。詩集に「失神の座」「星のうた」他。　[団]日本現代詩人会、詩人会議、日本民主主義文学(同盟員)

【た】

田井 安曇　たい・あずみ
歌人　「綱手短歌会」主宰　[専]明治維新史　[生]昭和5年2月19日　[出]長野県飯山市　本名＝我妻泰(わがつま・とおる)　[学]岡崎高師(現・名古屋大学教育学部)(昭和27年)卒　[興]戦後における抒情詩の変革　[賞]未来エッセイスト賞(昭和35年，47年)、埼玉県文芸賞(第7回・短歌)(昭和51年)「天・乱調篇」、N氏賞(昭和55年)、短歌研究賞(第20回)(昭和59年)「経過一束」、

短歌ふぉーらむ賞（第6回）(平成3年)「経過一束」、島木赤彦文学賞（第2回）(平成12年)「田井安曇著作集」 ⑯「花実」「アララギ」を経て、昭和26年「未来」創刊に参加、以後編集人等。尖鋭なリアリズムの立場から重厚な活動を展開する。歌集に「我妻泰歌集」「木や旗や魚らの夜に歌った歌」「天」「水のほとり」「田井安曇歌集」「右辺のマリア」「父、信濃」「経過一束」など、評論集に「現代短歌考」「近藤芳美」「ある歌人の生涯」「田井安曇著作集」（全6巻）など。63年「綱手」創刊、発行人となる。
㊟現代歌人協会、日本文芸家協会

醍醐 志万子 だいご・しまこ
歌人 ㊤大正15年3月13日 ㊥兵庫県多紀郡岡野村（現・篠山町） 本名＝醍醐シマ子 ㊥兵庫県立篠山高女（昭和17年）卒 ㊨関西短歌文学賞（第2回）(昭和34年)「花文」、篠山町文化賞（昭和52年）「花信」、兵庫県ともしび賞 ⑯昭和22年小島清に師事し、「毎日短歌会」に参加。のち「女人短歌会」「現代短歌」に加わり、33年、第一歌集「花文」を出版。40年「ポトナム合同歌集」の編さんに携わる一方、自宅で書塾を開く。46年より「ポトナム」選者、57年より毎日小学生新聞短歌選者。第一歌集以後の作品に「木草」「花信」「霜天の星」ほかがある。 ㊟現代歌人協会

大悟法 進 だいごぼう・すすむ
歌人 元・「声調」主宰 ㊤明治41年1月3日 ㊦平成6年7月29日 ㊥大分県下毛郡大幡村（現・中津市） ㊥中津中卒 ⑯昭和3年「創作」に参加し、同人として永く編集に携わる。13年改造入社。その後、平凡社勤務を経て、昭和58年「創作」の後継誌「声調」を発刊、主宰した。平成5年より同誌顧問。歌集に「樹梢」「続樹梢」「薔薇と病院」など。 ㊟日本歌人クラブ、現代歌人協会、日本野鳥の会、日本文芸家協会

大悟法 利雄 だいごぼう・としお
歌人 若山牧水記念館館長 ㊤明治31年12月23日 ㊦平成2年11月26日 ㊥大分県中津市 ㊥中津中（大正6年）卒 ⑯大正6年より作歌を始める。7年「創作」に入り、12年若山牧水の助手を務める。出版社勤務等を経て昭和17年から著述に専念。21年「新道」創刊、のち復刊の「創作」に合流し、59年退会まで選者をつとめた。歌集に「第一歌集」「父母」「伊豆」「尾瀬と九十九里」「飛魚とぶ」、研究書「若山牧水伝」等多数。62年若山牧水記念館開館以来館長をつとめた。 ㊟日本ペンクラブ、日本文芸家協会 ㊨弟＝大悟法進（歌人）

大藤 治郎 だいとう・じろう
詩人 ㊤明治28年2月12日 ㊦大正15年10月29日 ㊥東京市本所区 ㊥京華中卒 ⑯貿易店員となって、ヨーロッパ、インドなどをまわって大正8年に帰国。帰国後は「東方時論」の編集をするかたわら「日本詩集」「詩聖」などに詩作を発表。詩集に「忘れた顔」（大11）、「西欧を行く」（大14）、訳詩集に「現代英国詩集」（大15）がある。

田岡 嘉寿彦 たおか・かずひこ
弁護士 歌人 大阪経済大学名誉教授・元理事長 ㊨民法 ㊤明治27年7月27日 ㊦昭和60年7月21日 ㊥香川県 雅号＝田岡雁来紅（たおか・がんらいこう） ㊥京都帝大法律科（大正7年）卒 ⑯大正9年大阪地裁判事を経て、11年大分高商教授に転じ、のち彦根高商教授、同校長、山口高商校長を歴任。昭和22年弁護士登録。のち近畿大学教授、大阪経済大学理事長を務めた。著書に「約束手形法講座」「民法総則」など。歌人としても知られ、41年「夢」短歌会を創立、歌集に「大閑集」「風塵抄」がある。

田岡 嶺雲 たおか・れいうん
文芸評論家 社会運動家 俳人 中国文学者 ㊤明治3年11月28日 ㊦大正1年9月7日 ㊥土佐国土佐郡井口村（現・高知県高知市） 本名＝田岡佐代治（たおか・さよじ） 筆名＝栩々生（くくせい）、爛腸、夜鬼窟主、金馬門人 ㊥帝大文科大学（現・東京大学文学部）漢学科選科（明治27年）卒 ⑯土佐藩士の家に生まれ、小学校を中退し、民権結社のメンバーになる。明治16年大阪官立中学（三高の前身）に入学したが、軍国主義化に抗して退学。東大文科に入学、在学中に「ハインリヒ・ハイネ」や「蘇東坡」論を発表。27年山県五十雄と共に文学雑誌「青年文」を創刊。のち中学校教師、「万朝報」「いばらぎ新聞」の記者などをし、34年「中国民報」主筆、38年「天鼓」を創刊。俳句は子規の新俳句運動に共鳴し、「日本」「俳諧」に投句。筑波会会員として句作に励み作品は「帝国文学」に発表された。社会評論にも力を注ぎ自由民権運動家として、近代資本主義の暗黒面を摘発。著作に「嶺雲揺曳」「壺中観」「明治叛臣伝」、自伝「数奇伝」のほか、「田岡嶺雲全集」（全8巻, 法政大学出版局）がある。 ㊨息子＝田岡良一（東大名誉教授）

たか おさむ
俳人　[生]昭和23年12月10日　[出]福井県勝山市　本名＝道関孝治　[賞]村上鬼城賞佳作賞（第4回）（平成3年）「鳥雲に」　[歴]脳性麻痺による一級障害者。生まれた時から介護を要する重度の障害で、20歳を過ぎてから俳句を習う。「雲母」同人を経て、「花鳥」同人。句集に「冬眠」「双蝶」「故郷」がある。

多賀 陽美　たが・はるみ
歌人　[生]昭和23年12月10日　[出]岡山県　本名＝稲葉陽美　[学]目白学園女子短期大学、成城大学　[歴]昭和42年短大在学中に岩波香代子に師事。44年大学在学中に「明日香」に入会、2年後明日香編集所に住み込む。一時帰郷した後、短歌新聞社に入社するが51年退社、帰郷。57年同人誌「絃」創刊に参加する。歌集に「結氷湖」「地震すぎて」「ケルンの彼方」。

高井 泉　たかい・いずみ
詩人　作家　「創造家」主宰　[生]昭和10年9月29日　[出]岐阜県　[学]名古屋大学文学部卒　[賞]詩宴賞（第5回）「百合い香」　[歴]評論・詩集に「百合い香」、ほかの詩集に「TOYOU」「技芸天」などがある。　[団]日本現代詩人会、日本文芸家協会、フランス語フランス文学会、日本ペンクラブ

高井 北杜　たかい・ほくと
俳人　「ひまわり」会長　徳島ペンクラブ会長　[生]明治45年5月6日　[出]北海道北見市　本名＝高井久雄（たかい・ひさお）　旧姓（名）＝井筒　[学]徳島師範卒　[歴]数学教師として徳島中学（現・城南高）に勤務。昭和8年「石楠」に入り、臼田亜浪に師事。18年「石楠」幹部同人。21年「ひまわり」創刊し、43年以降主宰。37年角川源義の「河」に同人として参加。54年進藤一考の「人」に拠り幹部同人。　[団]俳人協会（評議員）

高内 壮介　たかうち・そうすけ
詩人　栃木県文芸家協会会長　[生]大正9年11月5日　[没]平成9年12月31日　[出]栃木県鹿沼市　[学]武蔵工業大学卒　[賞]歴程賞（第12回）（昭和49年）「湯川秀樹論」　[歴]佐野屋建設社長の傍ら、詩人として活躍。「魔法」「クリティック」「世界像」などを経て、詩誌「歴程」「同時代」同人。詩集に「美貌の河童」「可動律」「螢火」、評論集「暴力のロゴス」「湯川秀樹論」「遊びの時代」「詩人の科学論」など著書多数。　[団]日本現代詩人会

高浦 銘子　たかうら・めいこ
俳人　[生]昭和35年4月23日　[出]千葉県千葉市　本名＝鍛治銘子　[学]東京女子大学卒　[賞]ラ・メール俳句賞（第2回）（平成2年）、藍生賞（第3回）（平成9年）　[歴]昭和58年東京女子大学白塔会にて、山口青邨、黒田杏子に出会う。藍生会員。句集に「水を聴く」「水の記憶」。　[団]俳人協会

高折 妙子　たかおり・たえこ
歌人　[生]明治43年1月1日　[出]東京都　[歴]「をだまき」同人京都支部代表を経て、昭和45年脱会。のち「群落」編集委員、「女人短歌」幹事。歌集に「仏桑花」「遠雨亭歌集」、随筆集に「覚えある風」の他、英訳歌集等がある。

高貝 弘也　たかがい・こうや
詩人　[生]昭和36年8月30日　[出]東京都　本名＝阿部寛　[学]京都大学文学部卒　[賞]歴程新鋭賞（第6回）（平成7年）「生の谺（こだま）」、現代詩花椿賞（第19回）（平成13年）「再生する光」　[歴]「歴程」同人。詩集に「中二階」「深沼」「敷間」「漂子」「生の谺」「再生する光」がある。　[団]日本文芸家協会

高垣 憲正　たかがき・のりまさ
詩人　広島県詩人協会副会長　[生]昭和6年9月2日　[出]広島県世羅郡世羅町　[学]広島大学三原分校（昭和27年）卒　[賞]俳句往来賞（第一席）（昭和26年）、尾道ロータリープレゼント賞（平成4年）　[歴]昭和21年新開玉治郎に俳句を師事。23年友人らと「尾商俳句」創刊、26年「青潮」同人、27年尾道市立久保中学校教諭。「河」同人、28年「時間」などの同人、30年「流域」創刊、35年「広島県詩集」編集委員、38年木村大刀子と結婚、木村と雑誌発行、42年「蘭」創刊、エッセー誌「R」創刊、同人、平成元年日本現代詩歌文学館振興会評議員、2年教師を退き、広島県詩人協会副会長。著書に詩集「物」「座」「日本現代詩文庫・第二期〈9〉高垣憲正詩集」などがある。　[団]広島県詩人協会、日本現代詩人会

高木 秋尾　たかぎ・あきお
詩人　[生]昭和22年8月8日　[出]岩手県釜石市　本名＝高木秋男　[学]釜石北高中退　[歴]「風」「射撃祭」「詩的現代」所属。詩集に「けもの水」「やもり踏む」がある。　[団]日本現代詩人会

高木 あきこ　たかぎ・あきこ

詩人　児童文学作家　まつぼっくりの会主宰　⽣昭和15年6月14日　⽣東京　本名=石原晃子　旧姓(名)=安藤　⽣東京学芸大学学芸学部国語科(昭和38年)卒　⽣日本児童文学者協会新人賞(第5回)(昭和47年)「たいくつな王様」　⽣大学在学中から詩を書き始め、以後、童話の世界でも活躍。「まつぼっくり」の同人として作品を発表。代表作に詩集「たいくつな王様」、童話「しりとりおつかい」「めいろのすきな女の子」「にげたパンツ」「ふしぎなホットケーキ島」、訳書に「わたしがうまれたところ」「マザー・グースのうた」「ユニコーンと海」などがある。　⽣日本児童文学者協会　⽣父=高木卓(作家)

高木 一夫　たかぎ・かずお

歌人　⽣明治36年7月3日　⽣昭和54年7月28日　⽣東京・日本橋　⽣慶応義塾商工学校(大正14年)卒　⽣大正8年「覇王樹」入社。昭和4年「栗生歌集」刊。12年「博物」を創刊主宰。著書に「細道随記」「沙門良寛」「良寛の歌」「高木一夫短歌集」などがある。

高木 恭造　たかぎ・きょうぞう

方言詩人　眼科医　⽣明治36年10月12日　⽣昭和62年10月23日　⽣青森県青森市　⽣弘前高校理科(旧制)卒　⽣日本現代詩人会先達詩人(昭和62年)　⽣大正15年青森日報社に入社。のち、満州医大に学び、眼科医を開業。満鉄病院勤務中終戦を迎える。青森日報時代、詩人・福士幸次郎の勧めで津軽弁で詩を書き始める。方言詩集「まるめろ」は昭和6年以来、4版を重ねる人気で自ら朗読もし、若者にも支持を得た。ほかに「高木恭造詩文集」(3巻)、自伝的回想「幻の蝶」、J・カーカップ英訳「高木恭造詩選集」などがある。命日にちなんで"津軽弁の日"が制定された。

高木 貞治　たかぎ・さだじ

公認会計士　歌人　俳人　高木貞治公認会計士事務所代表　⽣大正2年9月1日　⽣昭和62年11月18日　⽣藍綬褒章(昭和53年)、紺綬褒章(昭和55年)　⽣日本公認会計士会常務理事、北陸税理士会長を務めた。また、16歳から俳句や短歌を新聞や雑誌に投稿し、昭和35年に句誌「吾亦紅」(われもこう)を創刊。43年からは句誌「視界」に投稿。48年には歌集「むらさき野」を出版。没後の63年句集「蝶」が夫人の手によって刊行された。

高木 智　たかぎ・さとし

おりがみ作家　俳人　日本折紙協会理事　⽣昭和10年6月10日　⽣京都府京都市　⽣京都大学教育学部卒　⽣テレビ、新聞、雑誌などでおりがみの普及に尽力。月刊誌、単行本の執筆も手がける。月刊誌「おりがみ通信」を編集。一方、昭和31年より「京鹿子」に投句、のち同人となる。35年竹中宏らと「京大俳句会」を結成。著書に「日本のおりがみ百選」「やさしい折り紙入門」「たのしいおりがみ」、共著に「秘伝千羽鶴折形解説」、句集に「ベレー」などがある。現在、仏教大学図書館に勤務。　⽣日本折紙協会、京都おりがみ会、現代俳句協会

高木 秀吉　たかぎ・しゅうきち

詩人　⽣明治35年4月19日　⽣昭和55年9月6日　⽣鹿児島県曽於郡末吉町　⽣日本大学文学部中退　⽣都城中学在学中から詩作を始め、上京して日本大学文学部に入学。兄の死にあい中退帰郷。小学校教員ののち、末吉町役場に入り、末吉町助役、公民館長を歴任。その間、大正12年正富汪洋の「新進詩人」に参加、「窓」「寂静」「詩道」を発行、戦後は「詩雑筆」に続き「詩芸術」を主宰発行、77号に及んでいる。詩集に「月と樹木」「端麗」「辺陬」「高木秀吉詩集」がある。

高木 二郎　たかぎ・じろう

⇒高木青二郎(たかぎ・せいじろう)を見よ

高木 すみれ　たかぎ・すみれ

俳人　氷壁俳句会代表　山形県俳人協会副会長　⽣大正12年3月17日　⽣平成12年6月13日　⽣秋田県　本名=高木セツ　⽣仙台第一高女卒　⽣山形県芸文会議賞、山形県俳人協会賞「最上川河口」　⽣俳誌「狩」同人代表。句集に「最上川河口」などがある。

高木 青二郎　たかぎ・せいじろう

俳人　マルホ会長　「青門」主宰　⽣大正9年6月20日　⽣北海道函館市　本名=高木二郎(たかぎ・じろう)　⽣神戸商業大学(昭和17年)卒　⽣木染賞(昭和40年)　⽣昭和17年陸軍特殊情報部に入る。26年マルホ社長、63年12月会長に就任。この間、54年から俳誌「青門」主宰。61年に、昭和20年8月15日を詠んだ俳句を全国から募集、海外邦人を含め1万人の句として「昭和万葉俳句集」を編集、自費出版する。他に兵庫県俳句協会理事を兼務。　⽣俳人協会

高木 石子　たかぎ・せきし

俳人　[生]大正5年5月22日　[没]平成5年6月29日　[出]岡山県倉敷市　本名＝高木茂雄（たかぎ・しげお）　[学]倉敷商卒　[歴]大阪商船本社勤務中、上司の奈良鹿郎に指導を受け、俳句を始める。昭和14年「ホトトギス」初入選。戦前は「山茶花」「九年母」同人。戦後、中村若沙の「いそな」編集発行に携わり、後藤夜半の「諷詠」にも関係。36年「ホトトギス」同人。57年から「未史」主宰。　[団]俳人協会、日本伝統俳句協会（理事）、大阪俳人クラブ（副会長）

高木 蒼梧　たかぎ・そうご

俳人　俳諧研究家　[生]明治21年10月13日　[没]昭和45年7月13日　[出]愛知県犬山市　本名＝高木錠吉　通称＝高木譲　[賞]文部大臣賞（昭和35年）「俳諧人名辞典」　[歴]万朝報、東京朝日新聞の記者生活を送り、そのかたわら「石楠」などに句作を発表。関東大震災後は俳諧専門に転じ、古俳書、古俳人の研究に没頭。「俳諧史上の人々」「俳諧人名辞典」をはじめ「蒼梧俳句集」「望岳窓俳漫筆」など数多くの著書がある。

高木 晴子　たかぎ・はるこ

俳人　「晴居」主宰　[生]大正4年1月9日　[没]平成12年10月22日　[出]神奈川県鎌倉市　旧姓(名)＝高浜　[学]フェリス高女卒　[歴]高浜虚子の五女。昭和9年俳人・高木餅花と結婚。7年ごろから父虚子に師事し句作を始める。24年「ホトトギス」同人。46～57年、姉・星野立子主宰「玉藻」の雑詠選者。53年俳人協会入会。59年「晴居」を創刊し主宰。著書に句集「晴子句集」「晴居」「みほとり」、「遙かなる父虚子」など。　[団]俳人協会(名誉会員)　[家]父＝高浜虚子(俳人)、夫＝高木餅花(俳人)、兄＝高浜年尾(俳人)、池内友次郎(作曲家)、姉＝星野立子(俳人)、妹＝上野章子(俳人)

高木 斐瑳雄　たかぎ・ひさお

詩人　[生]明治32年10月1日　[没]昭和28年9月24日　[出]愛知県名古屋市　本名＝高木久一郎　[学]同志社大学中退　[歴]家は薬種商。詩集に「青い嵐」「味爽の花」「天道祭」「黄い扇」、遺稿詩集「寒ざらし」がある。大正12年名古屋詩人連盟、15年東海詩人協会、昭和26年中部日本詩人連盟の結成に尽力し名古屋地方詩壇の発展に貢献した。

高木 護　たかき・まもる

詩人　評論家　[生]昭和2年1月25日　[出]熊本県鹿本郡鹿北町岩野　[学]山鹿実業商業科（昭和17年）卒　[興]放浪、飢え　[歴]昭和21年夏、18歳の時リオ群島のレムパン島から復員したが、マラリア、赤痢、熱帯潰瘍に罹っており生死をさまよう。その後様々な仕事を転々とし、29年上京し、執筆活動に入る。「風」同人。詩集に「高木護詩集」「夕御飯です」「夕焼け」「やさしい電車」「人間の罪」、評論「人夫考」「辻潤―『個』に生きる」「野垂れ死考」「愛」「あきらめ考」「穴考」など多数。丸山豊主宰「母音」の元同人。　[団]日本随筆家協会

高木 泰子　たかぎ・やすこ

歌人　[生]昭和5年10月2日　[出]東京　[歴]昭和37年友人に触発されて作歌をはじめ、谷井美恵子に私淑する。同年5月「砂金」会員となる。45年より11年間短歌新聞社に勤務し、多くの先輩歌人を識る。歌集に「五月」がある。　[団]日本歌人クラブ、多摩歌話会

高木 善胤　たかぎ・よしたね

医師　歌人　「関西アララギ」主宰　国立近畿中央病院名誉院長　[専]結核病学　[生]大正9年8月28日　[出]大阪府大阪市南区天王寺（現・天王寺区）　[学]大阪帝大医学部（昭和18年）卒　医学博士　[賞]勲二等瑞宝章（平成4年）　[歴]昭和18年今村内科入局。19年大阪福泉療養所に赴任。20年軍医として応召、終戦をむかえ復員、元の勤務に戻る。25年国立愛媛療養所(現・愛媛病院)副院長、45年近畿中央病院副院長を経て、56年院長に就任。61年退官。一方、歌人としても著名で、昭和21年「関西アララギ」と「アララギ」に入会。27年「愛媛アララギ」編集人ののち、「関西アララギ」主宰。63年大阪歌人クラブ会長に就任。著書に「官有地年華」、歌集「黄金樹」がある。　[団]大阪歌人クラブ（会長）

高木 良多　たかぎ・りょうた

俳人　[生]大正12年6月10日　[出]千葉県　本名＝高木三郎　[学]明治大学法科卒　[賞]風記念賞（文章の部）　[歴]昭和43年皆川盤水の手ほどきを受け、ただちに「風」に入会、沢木欣一の指導を受ける。48年「風」同人。のち俳人協会カレンダー委員、俳人協会幹事を務める。「春耕」にも所属。句集に「雪解雫」「八千草原」「高木良多集」がある。　[団]俳人協会

高久 茂　たかく・しげる
歌人　[生]昭和6年11月26日　[出]宮城県　[歴]高校時代より作歌。昭和30年「花実」に入会。植木正三、平野宣紀の指導を受ける。選者をつとめる。歌集に「天耳」がある。十月会編「戦後短歌結社史」編集委員。

高草木 暮風　たかくさき・ぼふう
歌人　[生]明治26年5月14日　[没]昭和40年6月12日　[出]群馬県山田郡相生村　本名＝高木正治　[学]小学校高等科卒　[歴]大正7年京都で、草野牛郎(谷川徹三)、虫明申太郎らと歌誌「露台」を創刊、短歌に初めて自由律を標ぼうした。昭和5年清水信の「短歌建設」に加わり、10年には「詩園」を創刊、主宰した。終刊後は「新日本短歌」「国風」などに短歌を発表した。

高久田 橙子　たかくだ・とうし
俳人　[生]大正1年11月20日　[没]平成8年6月7日　[出]福島県須賀川市　本名＝高久田大一郎　[学]仙台商卒　[歴]昭和7年「馬酔木」に投句。11年「野火」創刊同人となり、篠田悌二郎に師事。23年「桔槹」復刊、編集同人。46年「鹿火屋」入会、翌年同人となり原裕に師事。のち「桔槹」雑詠選者となる。句集に「春の神」「高久田橙子集」がある。　[団]俳人協会

高桑 義生　たかくわ・ぎせい
小説家　俳人　「嵯峨野」主宰　[生]明治27年8月29日　[没]昭和56年7月1日　[出]東京・牛込　本名＝高桑義孝(たかくわ・よしたか)　旧号＝士心、筆名＝加住松花　[学]京北中学卒　[歴]読売新聞校正係、「秀才文壇」「新小説」などの編集者を経て、大衆作家(時代小説)となる。代表作に「黒髪地獄」「快侠七人組」「白蝶秘門」などがある。昭和12年日活(後の大映)に入社、京都撮影所脚本部長となり、長谷川一夫の「鳴門秘帖」や「無法松の一生」などを手がけた。また、京都に移って以来、京都の古寺・庭園を歩いて京都旧蹟研究の権威となる。俳句は48年から「嵯峨野」俳句会を主宰、広く嵯峨野一帯を愛し、その自然の美しさを詠んだ。「大衆文学全集—高桑義生集」、句集「嵯峨の土」、「新・京都歳時記」など多数の著作がある。

高崎 謹平　たかさき・きんぺい
詩人　[生]大正11年8月8日　[出]東京・下谷　[歴]昭和22年南方から復員して「新詩人」に参加。24年長野規、西内てる子らと詩誌「零度」を創刊。その後2、3の詩誌に加わり、「北海詩人」の同人に。詩集には「ウタ」「連祷」「下町」がある。

高崎 小雨城　たかさき・しょうじょう
俳人　三重県立医科大学名誉教授　[生]明治41年3月2日　[没]昭和63年5月19日　[出]福岡県北九州市　本名＝高崎浩(たかさき・ひろし)　[学]岡山医科大学医学部(昭和13年)卒、京都大学大学院(昭和24年)修了　医学博士　[賞]年輪松囃子賞(昭和34年)、勲三等旭日中綬章(昭和55年)、年輪汝鷹賞(昭和56年)　[歴]昭和24年三重県立医大助教授、30年教授、44年附属病院長、47年学長を歴任し、50年名誉教授となる。54年上野市民病院院長をつとめた。また、高浜虚子に師事した俳人でもあり、32年「輪」、40年「ホトトギス」同人となる。三重県俳句協会会長もつとめた。句集に「笹粽」。　[団]俳人協会

高崎 武義　たかさき・たけよし
俳人　[生]昭和3年4月1日　[出]山口県山口市　[学]山口中(旧制)卒　[賞]狩座賞(昭和56年)、村上鬼城賞(第1回)(昭和63年)「流離」　[歴]昭和36年山口誓子に師事、「天狼」入会。42年俳句中断。53年鷹羽狩行に師事、「狩」入会。56年同人。「白羽」同人。句集に「明日薬」「男郎花」「榛」「高崎武義集」がある。　[団]俳人協会

高崎 乃理子　たかさき・のりこ
詩人　[生]昭和30年　[出]徳島県　[学]玉川大学文学部芸術学科(昭和52年)卒　[賞]現代少年詩集新人賞奨励賞(第1回)(昭和59年)「太古のばんさん会」　[歴]「みみずく」の会、「リゲル」の会同人。詩集に「おかあさんの庭」「さえずりの木」などがある。　[団]日本児童文学者協会

高崎 浩　たかさき・ひろし
⇒高崎小雨城(たかさき・しょうじょう)を見よ

高崎 正風　たかさき・まさかぜ
歌人　御歌所初代所長　枢密院顧問官　[生]天保7年7月28日(1836年)　[没]明治45年2月28日　[出]薩摩国鹿児島(鹿児島県)　[歴]明治元年征討将軍の参謀、4年欧米視察、9年宮中の御歌掛拝命、21年御歌所設置にともない初代所長となる。明治天皇の信任厚く、28年枢密院顧問官に任ぜられる。没後の大正15年「たづがね集」3巻本が刊行された。

高崎 正秀　たかさき・まさひで
歌人　国文学者　民俗学者　国学院大学名誉教授　[生]明治34年10月19日　[没]昭和57年3月2日　[出]富山市　[学]国学院大学国文学科(大正14年)卒　文学博士(昭和25年)　[歴]折口信夫に師事し、民俗学を研究。大正9年実践女子専門学校教授、国学院大学講師、昭和17年同大学教

授を歴任。38年には熊野地方の民俗文化研究で朝日新聞社の「学術奨励金」を受けた。一方、歌人としては、在学中より「アララギ」に所属。47年歌会始の召人にも選ばれる。「源氏物語論」「万葉集叢考」「古典と民俗学」「高崎正秀著作集」（全8巻）など著書多数。

高塩 背山　たかしお・はいざん
歌人　[生]明治15年1月30日　[没]昭和31年5月30日　[出]栃木県赤連川町　本名＝高塩正庸　[歴]明治40年頃尾上柴舟の指導を受け、43年若山牧水の「創作」に加わり、牧水門下生として活躍。昭和2年「ぬはり」に参加。同年歌集「狭間」を刊行した。

高品 薫　たかしな・かおる
歌人　[生]明治36年4月1日　[出]兵庫県養父郡養父町養父市場　[歴]大正10年「橄欖」入社。昭和3年「詩歌」復刊を機に、前田夕暮に師事し、以後「詩歌」一筋に歩む。前田夕暮の晩年、夕暮会を復活させ、その世話にあたった。43年第三期「詩歌」復刊以後は、詩歌運営委員、会計担当。「青天」同人。歌集に「壺中山河」がある。

高階 杞一　たかしな・きいち
詩人　[生]昭和26年9月20日　[出]大阪府　本名＝中井和成　[学]大阪府立大学卒　[賞]H氏賞（第40回）（平成2年）「キリンの洗濯」　[歴]詩集に「漠」「さよなら」「キリンの洗濯」など。　[団]現代詩人会、日本文芸家協会

高島 九峯　たかしま・きゅうほう
漢詩人　[生]弘化3年5月30日（1846年）　[没]昭和2年2月23日　[出]長門国萩（山口県）　本名＝高島張　字＝張甫、通称＝高島張輔（たかしま・ちょうすけ）　[歴]宮内省図書御用掛をつとめ、随鴎吟社の客員。「大正詩文」にも寄稿した。著書に「九峯詩鈔」がある。　[家]弟＝高島北海（日本画家）

高嶋 健一　たかしま・けんいち
歌人　「水甕」運営委員長　静岡県立大学名誉教授　[専]教育心理学　[生]昭和4年4月14日　[出]兵庫県神戸市　[学]広島文理科大学教育学科（昭和28年）卒　[賞]水甕賞（昭和51年）、静岡県文化奨励賞（昭和54年）、日本歌人クラブ賞（第10回）（昭和58年）「草の快楽」、短歌研究賞（第36回）（平成12年）「日常」　[歴]昭和29年大阪府池田市教育研究所員、31年兵庫県立湊川高教諭、32年静岡女子短期大学講師、38年助教授、42年静岡女子大学助教授、45年教授、のち静岡県立大学教授。一方、歌人としても知られ、21年「水甕」入社、26年同人、52年より選者となる。「短歌個性」「聖」同人。専門の著作に「探求学習における発問と応答」「青年心理学入門」、歌集に「甲南五人」「方嚮」「草の快楽」「中游」「日常」など。　[団]現代歌人協会、日本心理学会、日本教育心理学会

高島 茂　たかしま・しげる
俳人　「獐」主宰　ぼるが店主　[生]大正9年1月15日　[没]平成11年8月3日　[出]東京・芝　[学]小卒　[賞]暖流賞（S62年度）、現代俳句協会賞（第34回）（昭和62年）　[歴]昭和24年東京新宿駅西口に酒場“ぼるが”を開店。映画人や文学者、画家のたまり場として知られた。経営の傍ら俳句を作り、62年現代俳句協会賞を受賞。「暖流」同人、「俳句人」顧問。のち「獐（のら）」主宰。句集に「冬日」「草の花」「鯨座」「高島茂集」などがある。

高島 順吾　たかしま・じゅんご
詩人　[生]大正10年9月15日　[出]富山県下新川郡魚津町（現・魚津市）　[学]東京帝大文学部中退　[歴]第四高（現・金沢大）に進学時から詩に熱中。西脇順三郎に傾倒し、昭和16年初めて詩集を自費出版。18年東京帝大に在学中学徒出陣に召集される。終戦後高校教師を務める傍ら、前衛詩人の同人会に参加。42年北日本新聞「北日本詩壇」選者、富山現代詩人会長。一方平和の貴さや憲法擁護を訴え、市民懇談会を結成。代表世話人になり、全国の米騒動の発祥の地となった魚津市の米蔵跡に、初めて碑も建てた。魚津市の共産党後援会長を務める。詩集に「原籍地大万歳！」、随筆集に「大波小波」など。

高島 筍雄　たかしま・じゅんゆう
俳人　内科医　[生]明治43年12月11日　[出]石川県金沢市　本名＝高島実（たかしま・みのり）　[学]金沢医大卒　[歴]「馬酔木」「寒雷」を経て、昭和21年「風」入会、沢木欣一に師事。26年同人。現代俳句協会を経て、42年俳人協会入会。52年「風」同人会長、53年より石川県俳文学協会長もつとめた。句集に「往診」「噴泉」「自註・高島筍雄集」がある。　[団]俳人協会

高島 高　たかしま・たかし
詩人　[生]明治43年7月1日　[没]昭和30年5月12日　[出]富山県　[学]昭和医専卒　[歴]昭和8年頃「麺麭」「崑崙」の同人として詩作を発表。戦後南方より復員し「文学国土」「北方」を編集。詩集に13年刊行の「北方の詩」や「山脈地帯」「北の貌」がある。

鷹島 牧二　たかしま・ぼくじ
俳人　「銅」代表　[生]昭和7年2月7日　[出]北海道　本名＝鷹島喜代治　[学]東京経済大学卒　[賞]細谷源二賞（第5回）　[歴]昭和30年代に三菱芦別炭鉱で働き、のち東京経済大に学ぶ。37年住友生命に入社し、現在庶務課に勤務。かたわら40年来の句歴を持ち、平成3年20年ぶりに4冊目の句集「父の旗」を出版。同人誌「銅」代表。

田頭 良子　たがしら・よしこ
川柳作家　番傘川柳本社同人　うめだ番傘川柳会会長　[生]昭和3年　[出]大阪府大阪市　[歴]終戦直後に両親を相次いで亡くし、会社で働きながら、幼い弟妹を育てた。39歳で大阪・キタ新地の会員制クラブの店長になり、その後大学同窓会施設の支配人、コンサルタント事務所勤務など様々な職業を経験。一方、昭和52年頃から川柳にのめり込み、女流結社・番傘いざよい会に所属。「川柳番傘」にも投稿し、詩友の部の巻頭も飾った。平成2年から日本最大の川柳結社・番傘川柳本社の編集長を務め、「川柳番傘」の編集にあたる。のち同人・句会部長。9年うめだ番傘川柳会会長に就任。同年初句集「もなみ抄」を出版。

高杉 碧　たかすぎ・みどり
歌人　[歴]平成5年作詞家としてデビュー。本田美奈子や憂歌団の曲のほか、CMソングなども手がけた。のち歌人となり、旅や映画のエッセイストとしても活躍。世界60ケ国を訪問している。著書に歌集「狂歌」「半透明のこたえ」「アルマゲドン」、写真と短歌を組み合わせた「エアーズロックからの手紙」などがある。

高瀬 一誌　たかせ・かずし
歌人　元・「東京経済」編集長　[生]昭和4年12月7日　[没]平成13年5月12日　[出]東京　本名＝高瀬公一郎　[学]東京経済大学卒　[歴]中外製薬宣伝部副部長、「短歌現代」編集長を経て、「東京経済」編集長。大学在学中「をだまき」入会、作歌をはじめる。昭和27年「短歌人」に移る。29年編集委員、41年同誌発行人。ユニークな結社誌運動を推進する。歌集に「喝采」「レセプション」「スミレ幼稚園」など。妻は歌人の三井ゆき。　[団]現代歌人協会（常任理事）、日本文芸家協会　[家]妻＝三井ゆき（歌人）

高瀬 隆和　たかせ・たかかず
歌人　[生]昭和14年2月5日　[出]兵庫県神戸市　[学]国学院大学卒　[歴]姫路市立高丘中学教諭。高校時代より一時「まひる野」に所属。「国学院短歌」、「汎」、大学歌人会委員を経て、昭和35年「具象」創刊。短歌誌「炸」同人。編著に「意志表示」「岸上大作全集」など。

高瀬 善夫　たかせ・よしお
評論家　歌人　元・毎日新聞学芸部編集委員　[生]昭和5年5月20日　[没]平成11年1月28日　[出]福島県会津若松市　[学]東京大学社会学科（昭和28年）卒　[歴]昭和28年毎日新聞社入社。東京本社学芸部副部長、特別報道部編集委員を経て、50年学芸部編集委員、のち退職。ルポルタージュ、評論で活躍。著書に「一路白頭ニ至ル—留岡幸助の生涯」「鎌倉アカデミア壇升」「生命の暗号を解く」、歌集に「さつきやみ抄」「水の器」など。

高田 新　たかだ・しん
詩人　[生]明治44年5月23日　[没]昭和58年11月24日　[出]東京都　別名＝堀利世　[学]日本大学経済学部中退　[歴]新聞記者、文学・歴史・映画雑誌編集記者などを遍歴。中学時代からプロレタリア文学・演劇に接し、昭和9年ごろより同人詩誌「次元」に参加、堀利世のペンネームで作品を発表。12年同人グループが検挙されたため解散。その後、21年平林敏彦らと「新詩派」結成。「現代詩」「新日本詩人」に寄稿。新日本文学会会員。

高田 蝶衣　たかた・ちょうい
俳人　[生]明治19年1月30日　[没]昭和5年9月23日　[出]淡路国釜口村（現・兵庫県津名郡東浦町釜口）　本名＝高田四十平（たかた・よそへい）　改名＝高田千郷　[学]早稲田大学中退　[歴]旧制洲本中の教頭・大谷繞石に刺激されて「ホトトギス」に投句し、同人誌「落葉」を主宰。早大時代に高浜虚子らの指導を受ける。明治41年上京して俳書堂に入社。大正5年神官の資格を得、湊川神社に出仕する。10年帰郷し、句作に没頭する。句集に明治41年刊行の「蝶衣句集島舟」がある。

高田 敏子　たかだ・としこ
詩人　生活と詩をつなぐ野火の会主宰　[生]大正3年9月16日　[没]平成1年5月28日　[出]東京・日本橋　旧姓(名)＝塩田敏子　[学]跡見高女（昭和8年）卒　[賞]武内俊子賞（第1回）（昭和37年）「月曜日の詩集」、芸術祭賞奨励賞（第1回）（昭和38年）、室生犀星賞（第7回）（昭和42年）「藤」、

現代詩女流賞（第10回）（昭和61年）「夢の手」、ダイヤモンドレディー賞（第3回） 戦後ハルピンより引揚げ、長田恒雄の「コットン・クラブ」、日本未来派同人を経て、第一詩集「雪花石膏」を刊行。昭和35年から朝日新聞家庭欄に詩を掲載、好評を博し、"お母さん詩人""主婦詩人"と呼ばれる。41年一般読者の支持で、詩雑誌「野火」創刊、主宰。「山の樹」同人。37年「月曜日の詩集」で武内俊子賞、42年「藤」で室生犀星賞受賞。他に「人体聖堂」「むらさきの花」「夢の手」など著書多数。平成元年「高田敏子全詩集」（花神社）を刊行。 日本現代詩人会、日本音楽著作権協会、日本文芸家協会、日本童謡協会 二女＝高田喜佐（靴デザイナー）

高田 浪吉　たかだ・なみきち
歌人　 明治31年5月27日　 昭和37年9月19日　 東京・本所　 小卒　 小学校卒業後、家業の下駄塗装に従事する。早くから短歌を作り、大正5年アララギに入会し、島木赤彦に師事して「アララギ」の編集を手伝う。昭和4年歌集「川波」を刊行。5年アララギ発行所を去り著述に専念し、歌論「作家余録」や「現代短歌の鑑賞」「歌人中村憲吉」「島木赤彦の研究」などの著書がある。昭和21年「桧」を、24年「川波」を創刊し、晩年はPL教団教養部に勤務した。他の歌集に「砂浜」「家並」「生存」などがある。

高田 風人子　たかだ・ふうじんし
俳人　「惜春」主宰　 大正15年3月31日　 神奈川県横須賀市浦賀　本名＝高田幸一（たかだ・こういち）　 商工省東京機械技術員養成所卒　 昭和19年より「ホトトギス」、21年「玉藻」へ投句。34年「ホトトギス」同人。53年俳人協会入会。63年「惜春」創刊。句集に「半生」「走馬燈」。　 俳人協会、日本伝統俳句協会

高田 保馬　たかた・やすま
社会学者　経済学者　歌人　京都大学名誉教授　大阪大学名誉教授　 明治16年12月27日　 昭和47年2月2日　 佐賀県小城郡三日月村（現・三日月町）　 京都帝大文科大学哲学科社会学専攻（明治43年）卒　文学博士（大正10年）、経済学博士　勲二等旭日重光章（昭和40年）、文化功労者（昭和39年）　 大正3年京都帝大講師、10年東京商大教授、14年九州帝大教授を経て、昭和4年京都帝大兼任教授、5年専任教授。18年に設立された民族研究所初代所長をつとめ、20年終戦により廃官。21年名誉教授。戦後は26年大阪大学教授、30年大阪府立大学教授、38年龍谷大学教授をつとめた。人間結合の研究を対象とする社会学の体系化を企て、日本の社会科学界に社会学の市民権を確立した。主な著書に「分業論」「社会学原理」「社会学概論」「社会関係の研究」「経済学新講」（5巻）など。明星派の歌人で数冊の歌集、随筆集もあり、母校、佐賀中学（現・佐賀西高校）の玄関前には、京大ゼミの門下生一同が建てた歌碑がある。

高田 游　たかだ・ゆう
俳人　「焚火」主宰　 大正3年1月19日　 愛知県名古屋市　 昭和45年まで名古屋市に勤務。退職後、詩を求めて行なった5度の旅から、北海道と佐渡についての紀行文「詩を探しての旅」を62年に自費出版した。他に著書「わが奥の細道」、句集「風媒」「風の楽章」「風の紋」「四国の旅」などがある。

高塚 かず子　たかつか・かずこ
詩人　 昭和21年2月6日　 島根県　本名＝御厨和子　 活水女子短期大学卒　 ラ・メール新人賞（第3回）（平成4年）「水」、H氏賞（第44回）（平成6年）「生きる水」　 平成5年個人誌「海」（年2回）を発刊。11年同人誌「旋律」を発刊。詩集に「水」「生きる水」がある。

高藤 武馬　たかとう・たけま
随筆家　俳人　法政大学名誉教授　 芭蕉の連句　 明治39年2月15日　 平成2年8月19日　 広島市　俳号＝高藤馬山人（たかとう・ばさんじん）、別名＝南蛮寺万造（なんばんじ・まんぞう）　 東京帝大国文科（昭和6年）卒　 旧制広島高校在学中、大谷繞石に俳句を学ぶ。昭和6年雑誌「方言」を創刊、柳田国男に師事。のち法政大学で講義。句集「紅梅」「花筵」「走馬燈」、連句集「朴亭独唱」、研究書「奥の細道歌仙評釈」「芭蕉連句鑑賞」、随筆集「門の中」「馬の柵」などがある。

たかとう 匡子　たかとう・まさこ
詩人　 昭和14年2月16日　 兵庫県神戸市　本名＝高藤匡子　 「第三紀層」「火牛」同人。詩集に「失われた調律」「たかとう匡子詩集」「危機たちの点描」「ヨシコが燃えた」「対話」「地図を往く」、評論集に「竹内浩三をめぐる旅」などがある。　 日本現代詩人会、日本詩人クラブ、日本ペンクラブ、日本文芸家協会

高埜 帰一　たかの・きいち
漢詩人　[生]明治36年11月20日　[出]千葉県飯岡町　本名＝高埜喜一　[学]千葉県旭農学校卒　[歴]大正13年兵役に服し、除隊後青年団長、在郷軍人分会長、翼賛壮年団長などを務めた。戦後公職追放、解除後は社会福祉関係の保護司、町教育委員などを務めた。少年時代から俳句に親しみ、戦後目賀田思水の「潮紅」同人、思水死後は常総俳壇に参加。また昭和23年から中村紫川に漢詩の指導を受け、30年から和歌山・黒潮社の高橋藍川に教えを受けた。「知床半島所見」「偶成」などがある。

高野 喜久雄　たかの・きくお
詩人　[生]昭和2年11月20日　[出]新潟県佐渡　[学]宇都宮農専土木科(昭和24年)卒　[歴]農林専門学校卒業後、神奈川県立相模台工業高校、藤沢工業高校などの教員をつとめる。昭和20年頃から詩作を始め、25年「VOU」に参加し、28年「荒地」に参加。32年「独楽」を刊行し、以後「存在」「闇を闇として」「高野喜久雄詩集」などを刊行している。合唱曲・賛美歌・曲礼聖歌などの作詞も行う。

高野 公彦　たかの・きみひこ
歌人　青山学院女子短期大学教授　[生]昭和16年12月10日　[出]愛媛県喜多郡長浜町　本名＝日賀志康彦(ひがし・やすひこ)　[学]東京教育大学文学部国文科(昭和42年)卒　[賞]短歌研究賞(第18回)(昭和57年)「ぎんやんま」、若山牧水賞(第1回)(平成8年)「天泣(てんきふ)」、詩歌文学館賞(短歌部門，第16回)(平成13年)「水苑」、迢空賞(第35回)(平成13年)「水苑」　[歴]昭和39年「コスモス」入会。のち、選者。42年河出書房に入社。47年友人と同人誌「群青」を刊行、切磋しあう。60年「棧橋」を創刊、編集人。平成5年1月から「日経歌壇」の選者となり、3月河出書房を退社。6年青山学院女子短期大学教授に就任。歌集に「汽水の光」「淡青」「雨月」「水行」「天泣(てんきふ)」「水苑」など、評論集「地球時計の瞑想」、「うたの前線」などがある。

高野 邦夫　たかの・くにお
詩人　俳人　[生]昭和3年5月13日　[出]神奈川県　[学]日本大学卒　[歴]「多雪水系」「渋柿」に所属。詩集に「日常」「銀猫」「曠野」「修羅」など。ほかに「高野邦夫句集」がある。　[団]日本詩人クラブ、俳人協会

高野 素十　たかの・すじゅう
俳人　法医学者　新潟大学名誉教授　元・新潟医科大学学長　[生]明治26年3月3日　[没]昭和51年10月4日　[出]茨城県北相馬郡山王村大字神住(現・藤代町)　本名＝高野与巳(たかの・よしみ)　[学]東京帝大医科大学(大正7年)卒　医学博士(昭和11年)　[歴]東大法医学部教室に入局し、同僚の水原秋桜子らと俳句をはじめる。高浜虚子に師事し、昭和2年以降急速に頭角をあらわし、「ホトトギス」の四Sと称された。7年新潟医大助教授となり、同年ドイツへ留学し、9年帰国して教授となる。24年新潟医大学長、改組して新潟大学医学部教授・学部長、28年奈良医大教授を歴任し、35年以降は俳句に専念する。この間、28年より「桐の葉」雑詠選担当、32年5月より「芹」を創刊し主宰。高浜虚子の客観写生を忠実に継承した純写生派。句集に22年刊行の「初鴉」をはじめ「雪片」「野花集」と「素十全集」(全4巻、明治書院)がある。

高野 竹隠　たかの・ちくいん
漢詩人　[生]文久2年(1862年)　[没]大正10年4月10日　[出]尾張国名古屋(愛知県)　本名＝高野清雄　号＝白馬山人　[歴]佐藤牧山に漢学を、森春濤に詩を学んだ。明治・大正にわたり、随鴎吟社の客員、鴎夢吟社賛助員として尽くした。伊勢、備前、鹿児島などで教え、備前岡山時代、同地の西川吟社を指導した。晩年は京都に住んだ。

高野 富士子　たかの・ふじこ
俳人　[生]明治41年6月1日　[没]平成1年8月12日　[出]東京・根岸　[学]文化学院美術科卒　[歴]文化学院在学中、授業で高浜虚子に俳句を習った。昭和6年高野素十と結婚。　[家]夫＝高野素十(俳人)

高野 ムツオ　たかの・むつお
俳人　「小熊座」編集長　[生]昭和22年7月14日　[出]宮城県栗駒町　本名＝高野睦夫　[学]国学院大学文学部卒　[賞]海程賞(第24回)、宮城県芸術選奨(平成5年)、現代俳句協会賞(第44回)(平成6年)　[歴]十代で阿部みどり女に師事。中学校教師の傍ら、前衛俳句の影響を受け、金子兜太の「海程」に参加。のちに佐藤鬼房の「小熊座」創刊に加わる。のち同誌編集長。句集に「陽炎の家」「鳥柱」「雲雀の血」、共著に「現代俳句集成」「現代俳句ハンドブック」などがある。　[団]小熊座俳句会、現代俳句協会(理事)、日本文芸家協会

高野 六七八　たかの・むなはち
川柳作家　福島県川柳連盟会長　�大正4年4月1日　㊥平成5年10月10日　本名＝高野光一(たかの・こういち)　㊙天津華語専門学校卒　㊭天津の電信電話会社勤務時代に川柳を始める。帰国後、昭和30年いわき川柳会を設立。平成元年から福島県川柳連盟会長。句集に「あらなみ」「海鳴り」「波濤」がある。

鷹羽 狩行　たかは・しゅぎょう
俳人　俳人協会会長　「狩」主宰　�昭和5年10月5日　㊤山形県新庄市　本名＝高橋行雄(たかはし・ゆきお)　㊙中央大学法学部卒　㊩天狼賞(昭和35年)、俳人協会賞(第5回)(昭和40年)「誕生」、芸術選奨文部大臣新人賞(第25回)(昭和49年)「平遠」、毎日芸術賞(第43回)(平成14年)「十三星」「翼灯集」　㊭昭和21年尾道商在学中から作句を始め、「青潮」に投句。23年「天浪」に参加し、山口誓子に師事、29年「氷海」に同人参加。35年「天狼」同人、53年「狩」主宰。50年より「俳句とエッセイ」雑詠選者。51年より毎日俳壇選者。この間、俳人協会会員となり、常務理事を経て、平成5年理事長、14年会長に就任。句集に「誕生」「遠岸」「平遠」「月歩抄」「五行」「六花」「七草」「八景」「第九」「十友」「十三星」「翼灯集」、評論集に「古典と現代」「俳句の魔力」、入門書に「俳句のたのしさ」「俳句を味わう」「俳句の上達法」などがある。　㊥日本文芸家協会(理事)、俳人協会、国際俳句交流協会

高橋 愛子　たかはし・あいこ
歌人　�大正3年5月22日　㊤新潟県新発田市　㊭真島武、石塚正也に師事。昭和39年「石菖」幹部同人に。41年日本歌人クラブ入会。57年「石菖」新発田支社委員長となり研究会を開く。60年新潟県歌人クラブ結成会員。平成元年「石菖短歌賞」選衡委員となる。歌集に「高橋愛子集」がある。

高橋 淡路女　たかはし・あわじじょ
俳人　�明治23年9月19日　㊥昭和30年3月13日　㊤兵庫県和田岬　本名＝高橋すみ　旧号＝すみ女　㊙上野女学校卒　㊭早くから句作をはじめ、結婚後「ホトトギス」婦人句会の一員となる。結婚後1年で夫を亡くす。大正14年から飯田蛇笏に師事して「雲母」同人となる。昭和7年「駒草」を創刊。句集に「梶の葉」「淡路女百句」がある。

高橋 悦男　たかはし・えつお
俳人　早稲田大学社会科学部教授　「海」主宰　㊙英語　�昭和9年7月9日　㊤静岡県下田市　㊙早稲田大学大学院文学研究科英米文学専攻(昭和34年)修士課程修了　㊩蘭同人賞(昭和56年)「天城」　㊭昭和47年「蘭」入会、野沢節子に師事。49年「蘭」同人。48年より55年まで「蘭」編集を担当。55年「塔の会」入会。58年「海」を創刊し、主宰。句集に「天城」「朱夏」、他の著書に「現代俳句セミナー」「俳句月別歳時記」など。　㊥俳人協会、日本文芸家協会

高橋 克郎　たかはし・かつろう
俳人　�昭和7年5月28日　㊤愛知県　本名＝加藤健(かとう・つよし)　㊙愛知学芸大学国語科卒　㊩暖濤賞(昭和29年)、松籟賞(昭和45年)　㊭昭和24年頃より父芳雪、叔父燕雨より手ほどきを受けて句作。「高嶺」「暖濤」を経て「松籟」に拠る。44年「河」入会、48年同人。のち「松籟」同人としても活躍。句集に「月と雲」がある。　㊥俳人協会

高橋 喜久晴　たかはし・きくはる
詩人　�大正15年2月18日　㊤静岡県　㊙専修大学　㊩静岡県芸術祭賞(詩部門)(昭和36年)、静岡県文化奨励賞(昭和60年)、アジア詩人功績賞(昭和63年)　㊭図書館、学校に勤務して昭和59年退職。21年詩誌「蒼茫」に参加。34年静岡県詩人会を発足させ、事務局長、会長を歴任。アジア各国の代表的詩人の作品を日・中・韓・英の4か国語に翻訳収録する「アジア現代詩集」日本編集委員。「言葉」「地球」同人。詩集「日常」「ひそかに狼火」「高橋喜久晴詩集」、評論集「詩の幻影」「宗教と文学」、エッセイ集「詩の中の愛のかたち」などの著書がある。　㊥日本現代詩人会、日本カトリック詩人会、静岡県詩人会、日本文芸家協会

高橋 仰之　たかはし・ぎょうし
俳人　元・三井物産常任監査役　大興物産社長　�明治21年9月17日　㊥昭和41年3月23日　㊤広島県竹原町　号＝高橋晩甘(たかはし・ばんかん)　㊙六高　㊭六高在学中から俳句を学び、のち河東碧梧桐に師事して「海紅」に参加。三井物産勤務のかたわら、自由律俳句に励む。昭和37年個人誌「小径」を発刊。句集に「心遠」がある。

高橋 鏡太郎　たかはし・きょうたろう
俳人　[生]大正2年3月24日　[没]昭和37年6月22日　[出]東京・早稲田　本名＝高橋一　[学]高津中学(昭和6年)卒　[歴]昭和9年佐藤春夫に師事、同家の書生となる。10年石田波郷の俳句を知り傾倒する。15年俳誌「琥珀」に参加するが、19年脱退して「多麻」を創刊、編集発行人となる。21年「春燈」創刊と共に編集に携わる。22年安住敦らと「諷詠派」を結成。著書は句集「空蝉」「高橋鏡太郎の俳句」、詩集「ピエタ」、評論「リルケ評伝」「リルケ論」などがある。

高橋 金窗　たかはし・きんそう
俳人　[生]明治35年1月5日　[没]昭和62年3月31日　[出]和歌山市　本名＝高橋政夫(たかはし・まさお)　前号＝まさを　[学]大分高商(現・大分大学経済学部)卒　[賞]岩国市文化功労賞(昭和36年)、山口県芸術文化功労賞(昭和45年)、山口県選奨規程県知事賞(昭和45年)　[歴]大正6年青木月斗に師事。昭和4年大垣で「新樹」を創刊。8年「同人」選者。23年「石人形」を創刊し主宰。34年「同人」雑詠選者となる。48年より没年まで山口県俳句作家協会長を務めた。句集に「新樹第1句集」「五軒谷」など。　[団]俳人協会

たかはし けいこ
詩人　児童文学作家　[生]昭和28年　[出]愛媛県松山市　本名＝高橋恵子　[学]慶応義塾大学　[賞]現代少年詩集新人賞(第5回)(昭和63年)「参観日」、三越左千夫少年詩賞(第2回)(平成10年)「とうちゃん」　[歴]第8回日本児童文学創作コンクールに入選し、「おはなし愛の学校」「現代少年詩選集」などに作品を発表。著書に「おかあさんのにおい」「とうちゃん」。「おりおん」同人。　[団]日本児童文学者協会、全国児童文学同人誌連絡会

高橋 玄一郎　たかはし・げんいちろう
詩人　[生]明治37年3月31日　[没]昭和53年1月31日　[出]長野県東筑摩郡本郷村(現・松本市)　[学]松本中(大正10年)中退　[歴]8歳の時長野に移る。戦前、「詩之家」「リアン」「新詩論」に発表、戦後は「新詩人」「深志文学」「作家」などで活躍。詩集に「思想詩鈔」がある。

高橋 玄潮　たかはし・げんちょう
漢詩人　[生]明治31年3月11日　[出]北海道室蘭　本名＝高橋英夫　筆名＝英穂　[歴]戦後「朗吟文化」を発刊、昭和34年廃刊。38年吟詠研精社主宰の小林岳陽に絶句の指導を受け、のち山陽吟社に参加、大東和怡斎幹事長に師事。潮音吟社・創作吟詠研究会を主宰し、「詩吟評論」社主幹となった。後年左眼を悪くした。

高橋 さえ子　たかはし・さえこ
俳人　[生]昭和10年3月22日　[出]東京　[学]短大卒　[賞]春嶺賞(第18回)(昭和53年)、朝賞(第1回)(昭和59年)　[歴]昭和48年「若葉」に入会し、岡本眸の手ほどきをうける。49年「春嶺」入会、岸風三楼、岡本眸に師事。55年「朝」同人。句集に「萌」「瀬音」「自解100句選 高橋さえ子集」。[団]俳人協会、日本文芸家協会

高橋 貞俊　たかはし・さだとし
俳人　[生]大正2年5月15日　[没]平成11年12月31日　[出]北海道旭川市　本名＝木村貞俊　[賞]旭川市文化奨励賞(昭和44年)、北海道文化賞(平成10年)、北北海道現代俳句協会特別賞(平成13年)　[歴]昭和初期に荒谷松葉子、藤田旭山らに学び、昭和12年垣川酉水、園田夢蒼花らと「海賊」「プリズム」などを発刊。その間、吉岡禅寺洞の「天の川」の同人、「俳句会館」を経て、21年「水輪」を刊行。44年同人誌「広軌」発刊。戦前戦後を通じて北海日日新聞、北海道新聞、北海タイムスなどの俳句欄の選者を務め、北海道の俳句革新運動に取り組んだ。句集に「新穀祭」(昭18)、「風貌」(昭44)など。[団]現代俳句協会　[家]妻＝木村照子(俳人)

高橋 幸子　たかはし・さちこ
歌人　[生]昭和2年8月16日　[出]東京　[学]明治大学女子部経済学専攻(昭和22年)卒　[歴]昭和36年詩・俳句から短歌に転向。「次元」を経て39年「古今」に入会し、編集委員。師福田栄一の和歌回帰論に心酔する。60年「雲珠」を創刊。歌集に「砂時計」「うらむらさき」「五色」「紅塵」。[団]現代歌人協会

たかはし さよこ
俳人　[生]昭和23年　[出]静岡県沼津市　[賞]秀新人賞(平成3年)　[歴]昭和56年「蘭」入会、63年「秀」創刊より入会、平成3年同人、4年「蘭」同人、「女性俳句」入会。句集に「さみどり」がある。

高橋 柿花　たかはし・しか
俳人　歯科医　「夏炉」主宰　高橋歯科院長　[生]大正10年7月20日　[没]平成6年7月6日　[出]高知県土佐郡鏡村　本名＝高橋健彦(たかはし・たけひこ)　[学]日本歯科医専卒　[歴]昭和14年父三冬子に手ほどきを受ける。26年「夏炉」を創刊し主宰。虚子没年まで直接指導を受ける。のち「鶴」に入会し、波郷、友二に師事。46年俳

人協会入会、54年評議員。句集に「磨甎第一」「磨甎第二」。 [団]俳人協会

高橋 重義　たかはし・しげよし
詩人 [生]昭和19年4月11日 [出]福島県 [学]福島大学卒 [歴]「あいなめ」「卓」「岩礁」に所属。詩集に「ミレエネ哀歌」「少年追唱」「冬・オルフェウス頌」などがある。 [団]日本詩人クラブ

高橋 秀一郎　たかはし・しゅういちろう
詩人 [生]昭和12年3月16日 [没]平成4年 [出]埼玉県 [学]千葉大学工学部 [歴]高校時代は寺山修司や天沢退二郎らの呼びかけによって、同人詩誌「魚類の薔薇」に所属。大学入学以降は「長帽子」に所属した。詩集に「岬の風景」「鬼灯が…」がある。

高橋 潤　たかはし・じゅん
俳優 俳人 [生]明治28年2月7日 [没]昭和42年12月4日 [出]広島県 本名＝高橋尚 [学]早稲田大学文科卒 [歴]生家は代々の医者尚古堂医院。俳優として宝塚研究生、舞台協会、新文芸協会、芸術座などを経て新派に入り、昭和42年11月公演が最後の舞台。「春燈」に創刊とともに参加。句集「萍」がある。

高橋 順子　たかはし・じゅんこ
詩人 [生]昭和19年8月28日 [出]千葉県 本名＝車谷順子 [学]東京大学文学部仏文科卒 [賞]現代詩女流賞(第11回)(昭和62年)「花まいらせず」、現代詩花椿賞(第8回)(平成2年)「幸福な葉っぱ」、読売文学賞(詩歌・俳句部門，第48回)(平成9年)「時の雨」、丸山豊記念現代詩賞(第10回)(平成13年)「貧乏な椅子」 [歴]出版社勤務を経て、「書肆とい」を主宰。「歴程」同人。詩集に「海まで」「凪」「花まいらせず」「幸福な葉っぱ」「貧乏な椅子」、評伝に「富小路禎子」、エッセイ集に「意地悪なミューズ」「時の雨」など。 [家]夫＝車谷長吉(小説家)

高橋 渉二　たかはし・しょうじ
詩人 [生]昭和25年2月3日 [出]北海道札幌市 [賞]北海道詩人協会賞(辞退)(昭和54年)、山之口獏賞(第5回)(昭和57年)「群島渡り」 [歴]高校を中退、勤めた国鉄も21歳で退職。放浪と転職の合間に詩作した。昭和54年北海道詩人協会賞に決まったが辞退。57年沖縄の印象をまとめた「群島渡り」で山之口獏賞を受賞。ほかに「春の裸像」「古代自転車狂」「愛と腹話術」などがある。

高橋 新吉　たかはし・しんきち
詩人 小説家 美術評論家 仏教研究家 [生]明治34年1月28日 [没]昭和62年6月5日 [出]愛媛県西宇和郡伊方町 [学]八幡浜商(大正7年)中退 [賞]芸術選奨文部大臣賞(第23回・文学・評論部門)(昭和48年)「定本高橋新吉詩集」、日本詩人クラブ賞(第15回)(昭和57年)「空洞」、歴程賞(第23回)(昭和60年) [歴]若い頃から放浪生活を送るが、挫折して故郷に帰る。大正9年「万朝報」の懸賞短編小説に「焔をかかぐ」が入選。同年ダダイスム思想に強い衝撃を受け、「ダダ仏問答」「断言はダダイスト」などを発表。12年「ダダイスト新吉の詩」を刊行、ダダイスムの先駆者となる。13年小説「ダダ」を刊行。昭和3年頃から禅の道にも入り、9年詩集「戯言集」を発表以後は東洋精神や仏教への傾倒を深める。戦後も「歴程」や「日本未来派」同人として旺盛な創作活動を展開。「定本高橋新吉詩集」など多くの詩集のほか、「無門関解説」「道元」「禅に参ず」の研究書や、小説「ダガバジジンギヂ物語」、美術論集「すずめ」など、著作は広い分野にわたる。57年「高橋新吉全集」(全4巻・青土社)刊行。 [団]現代詩人会、日本ペンクラブ、日本文芸家協会

高橋 鈴之助　たかはし・すずのすけ
歌人 [生]明治43年11月3日 [出]東京 [歴]昭和初年、原石鼎の俳誌「鹿火屋」に拠り、のち短歌に移る。戦時中から「ポトナム」に加わり、福田栄一の「古今」創刊に参加。古書籍業。歌集に「草は光れど」「美しく似て」「鳥雲に」がある。

高橋 荘吉　たかはし・そうきち
歌人 [生]明治38年8月4日 [没]平成2年5月1日 [出]愛知県 本名＝高橋次郎 [歴]大正14年玉川短歌会入会。昭和2年「国民文学」入会。21年「沃野」創刊に参加し、同人。のち「沃野」運営委員長を務めた。歌集に「二河の道」「石庭」など。

高橋 宗伸　たかはし・そうしん
歌人 [生]昭和3年2月15日 [出]山形県村山市 [学]国学院大学卒 [賞]斎藤茂吉文化賞(第43回)(平成9年) [歴]在学中より作歌。結城哀草果に師事し「山塊」会員となる。23年「アララギ」入会の後、東北アララギ会「群山」同人を経て、57年県歌人クラブ理事。茂吉記念館研究員。歌集に「噴泉」「乱山集」、著書に「斎藤茂吉歌集白き山研究」など。

高橋 蒼々子　たかはし・そうそうし
俳人　[生]明治20年1月20日　[没]昭和34年12月8日　[出]千葉・館山　本名＝高橋信　[学]東京美術学校洋画科(大正2年)卒　[歴]明治40年鳴雪師事。「南柯」支部長を経て、大正4年「石楠」創刊入会。安房水産、松戸高校に勤務、昭和30年退職。晩年所属誌を失い、「三河」入会協力。

高橋 大造　たかはし・だいぞう
歌人　日本ユーラシア協会常任理事　多麻河伯主宰　[生]大正14年3月20日　[没]平成11年5月18日　[出]宮城県蔵王町　本名＝高橋大蔵　[学]早稲田大学理工学部教育学部中退　[賞]菊地寛賞(第46回)(平成10年)「捕虜体験記」　[歴]大学在学中19歳で徴兵され陸軍工兵隊に入隊、旧満州・図們で終戦。ハバロフスク北部のコムソモリスクに抑留され、昭和24年に帰国。以後、業界紙記者、印刷屋、学習塾経営など職を転々とし、のち多麻河伯(たまがわ)の短歌会「艸炎」を主宰する。歌集に「空を呼ぶ野の声」「蒼氓」「まぼろしならず」など。一方、かつての捕虜仲間に呼びかけて、57年にソ連における日本人捕虜の生活体験を記録する会を組織、代表となる。以後、体験手記や資料の収集、現地墓参などの活動を続けた。著書に「四十六年目の弔辞」、旧ソ連抑留者326人の手記を収録した「捕虜体験記」(同会，全8巻)がある。

高橋 たか子　たかはし・たかこ
詩人　[生]明治37年9月4日　[出]宮城県　本名＝高橋たか　[学]宮城県立第一高女卒　[歴]学校卒後、教員となる。大正15年から同郷の詩人白鳥省吾主宰する「地上楽園」に詩を寄せ、同人。省吾と深尾須磨子に師事。また、同人として「ごろっちょ」「東北文学」「東北作家」「仙台文学」などで活躍。詩集に「夕空を飛翔する」がある。

高橋 次夫　たかはし・つぎお
詩人　[生]昭和10年　[出]宮城県仙台市　[歴]詩誌「竜骨」「玄鳥」同人、文芸誌「セコイア」同人。詩集に「鴉の生理」「骨を飾る」「高橋次夫詩集」「花脣」「掻痒の日日」「詩集　孤島にて」　、随筆に「青の呪文」がある。　[団]日本現代詩人会、日本詩人クラブ、横浜詩人会

高橋 徳衛　たかはし・とくえ
歌人　[生]大正10年5月5日　[出]千葉県　[歴]昭和23年「定型律」、28年「創生」復刊に参画、32年より編集委員。51年「あらたえ」創刊発行人となる。歌集に「瓢の木の瘤」など。

高橋 俊之　たかはし・としゆき
歌人　[生]昭和6年10月　[出]岩手県花巻市　[歴]離農し、自動車工場に勤める傍ら、創作活動を行う。昭和30年花巻市読書会会誌「風」を発行、小説、短歌を発表。32年文芸首都の会に入会。47年歌誌「地中海」に短歌を発表、山本友一に師事する。「地中海」「くさかご」同人、岩手県歌人クラブ幹事。著書に、歌集「不帰の山川」「ロボット革命—高橋俊之集」などがある。

高橋 俊人　たかはし・としんど
歌人　[生]明治31年8月4日　[没]昭和51年1月13日　[出]神奈川県藤沢市　[学]東洋大学卒　[歴]国漢教諭として各地を歴任。大正末年「創作」に参加し、昭和3年「青藻」を創刊し、27年「まゆみ」を創刊。歌集に「寒色」「杖家集」「壺中天」などがある。

高橋 夏男　たかはし・なつお
詩人　文芸評論家　[生]昭和7年　[出]徳島県　[歴]姫路文学人会議会員。詩集に「いちにちいえで」「サチコの歌」、研究・評論に「有島武郎論」「北条民雄試論」「栗原貞子の詩」、著書に「おかんのいる風景—たんぽぽの詩人坂本遼断章」など。

高橋 則子　たかはし・のりこ
歌人　[生]昭和24年9月23日　[出]三重県上野市　[学]三重県立上野高(昭和43年)卒　[賞]角川短歌賞(第35回)(平成1年)「水の上まで」　[歴]昭和59年「ポトナム」に入会、63年「水曜会」にも参加。

高橋 英子　たかはし・ひでこ
歌人　[没]昭和57年4月4日　[歴]与謝野晶子の新詩社で短歌を学び、昭和8年歌誌「花房」を創刊、主宰。代表作に歌集「橘」「つきせぬ」などがある。　[家]夫＝高橋克巳(ビタミンA発見者)

高橋 正義　たかはし・まさよし
詩人　人間社社長　書物の森店主　詩想倶楽部主宰　[賞]東海現代詩人賞(昭和58年)「都市生命」　[歴]東京や名古屋でPR誌の編集に携わり、昭和52年編集プロダクションを設立。56年人間社に社名変更。仕事の傍ら詩を書き続け、58年第1作「都市生命」を発表したほか、平成7年哲学絵本と銘打った「森の中から」を出版。一方寺山修司を中心に、評論家・辻潤らの作品に傾頭し、詩歌、芸術、思想に関する書籍や雑誌を扱う書店・書物の森を経営。大型店にない渋さを売り物に、返本された専門書や古本なども並べるなどユニークな書店経営を続ける。

また利用者間のネットワークを広げる狙いから詩想倶楽部を主宰。機関誌を発行するほか、会合も開き、読売に関する情報交換などを行う。平成8年初の単行本を出版。

高橋 馬相　たかはし・まそう
俳人　[生]明治40年11月1日　[没]昭和21年2月9日　[出]東京・本郷　本名＝高橋真雄　[学]慶応義塾大学医学部卒　[歴]慶応時代より三四子の名で句作、吉田楚史の指導をうけ、のち「鹿火屋」に入会。馬相の名は石鼎の命名による。南洋興発会社嘱託医としてテニュアンに勤務、その間も「鹿火屋」に投句を続ける。昭和16年より昼間槐秋、富沢逸草らと鹿火屋編集を担当。

高橋 希人　たかはし・まれんど
歌人　医師　[生]明治34年12月3日　[没]昭和62年5月5日　[出]神奈川県藤沢市　[学]京都帝国大学医学部(昭和6年)卒　医学博士　[歴]内科医となり、野村証券診療所長、野村証券健康管理センター所長、同顧問など歴任。短歌は大正6年「創作」に入り、若山牧水に師事。のち「創作」選者となる。歌集に「淡彩」「比黒」「白花文」「黒つぐみ」など。

高橋 万三郎　たかはし・まんざぶろう
童謡作家　鳴子保育園名誉園長　[没]昭和63年8月7日　[出]宮城県玉造郡鳴子町　[賞]藍綬褒章(昭和48年)、上沢謙二賞(第4回)(昭和56年)　[歴]盲目の詩人として知られ、童謡集「こけしの夢」「雪あかり」などがあり、また幼児教育にも取り組んだ。

高橋 未衣　たかはし・みえ
詩人　作家　[歴]詩作の一方、蕪村の取材・研究を続ける。著書に「書かれざる蕪村の日記」、詩集に「歳月の森」「昼を電車に」「果ての塔」「川には名があるから美しい」、短編集に「発端の町」がある。　[団]日本現代詩人会、日本ペンクラブ、日本詩人クラブ

高橋 睦郎　たかはし・むつお
詩人　[生]昭和12年12月15日　[出]福岡県八幡市(現・北九州市)　[学]福岡学芸大学(現・福岡教育大学)国語国文学科(昭和37年)卒　[興]作者と作品の対立葛藤関係　[賞]歴程賞(第20回)(昭和57年)「王国の構造」、山本健吉賞(第1回)(昭和62年)、高見順賞(第18回)(昭和63年)「兎の庭」、読売文学賞(第39回・詩歌俳句賞)(昭和63年)「稽古飲食」、現代詩花椿賞(第11回)(平成5年)「旅の絵」、日本文化デザイン賞(平成5年)、詩歌文学館賞(第11回)(平成8年)「姉の島」、紫綬褒章(平成12年)　[歴]昭和34年詩集「ミノ・あたしの雄牛」でデビュー。37年上京、日本デザインセンターに入社、コピーライターとなる。のちサン・アド入社。51年より雑誌「饗宴」を主宰。全国各地で詩の朗読会も開催。生きている実感、そのイマージュを言葉で開花させ続ける。著書に、詩集「薔薇の木・にせの恋人たち」「汚れたる者はさらに汚れたることをなせ」「動詞 1，2」「高橋睦郎詩集」「王国の構造」「旅の絵」「姉の島」、句歌集「稽古飲食」、小説「聖三角形」「十二の遠景」、評論「詩から無限に遠く」「詩人の血」、能「鷹井(たかのゐ)」、脚本担当に「オペラ支倉常長『遠い帆』」などがある。　[団]日本文芸家協会、日本ペンクラブ

高橋 宗近　たかはし・むねちか
詩人　[生]昭和2年11月20日　[出]東京・杉並　[学]東京高文科(旧制)卒　[歴]戦後「日本未来派」同人として詩や評論を発表。のち、「荒地詩集」に参加。カタカナによる独特の詩を書く。昭和29年突然、創作を中断して中学校の国語教師となった。評論「禁断の詩集—逸見猶吉論」のほか、国語教育における詩に関する著書が多数ある。

高橋 沐石　たかはし・もくせき
俳人　医師　「小鹿」主宰　元・国立静岡病院院長　[生]大正5年7月11日　[没]平成13年4月1日　[出]三重県多気郡勢和村　本名＝高橋務(たかはし・つとむ)　[学]東京帝国大学医学部(昭和17年)卒　医学博士　[歴]海軍軍医、東大病院勤務を経て、昭和29年国立静岡病院内科医長となり、56年院長に就任。61年退官。また俳人としても知られ、「夏草」「万緑」「子午線」を経て、41年「小鹿」を創刊し、主宰。「万緑」同人。句集に「彷徨」「樹齢」など。　[団]俳人協会(名誉会員)

高橋 元吉　たかはし・もときち
詩人　[生]明治26年3月6日　[没]昭和40年1月28日　[出]群馬県前橋市　[学]前橋中(明治42年)卒　[賞]高村光太郎賞(昭和38年)「高橋元吉詩集」　[歴]中学卒業後、父の経営する煥乎堂書店に勤務。そのかたわら文学にはげみ、大正5年「生命の川」同人となる。11年処女詩集「遠望」を刊行し、12年第二詩集「耽視」を刊行。13年「大街道」を創刊し、15年「生活者」同人となる。昭和6年第三詩集「耶律」を刊行。17年煥乎堂書店社長となって経営難と店舗罹災などから、戦後にわたって復興させた。

高橋 友鳳子　たかはし・ゆうほうし
俳人　元・西成瀬村長　[生]明治32年2月1日　[没]平成8年9月24日　[出]秋田県雄勝郡西成瀬村　本名＝高橋友蔵(たかはし・ともぞう)　[学]西成瀬小卒　[賞]秋田県芸術文化賞(第13回)、調停事務功労表彰(昭和42年)、教育行政功労者表彰(昭和53年)　[歴]大正4年大日本鉱業勤務を経て、昭和22年西成瀬村長を2期務めた。30年町村合併により平鹿郡増田町西成瀬支所長、31年増田町教育長。一方、俳句は大正4年より安藤和風に師事。12年石井露月に師事。「雲蹤」「青雲」「俳星」に出句。12年吉田冬葉に師事、「獺祭」に出句。のち「俳星」「獺祭」同人。句集に「落穂」「秋田富士」「成瀬路」、「友鳳子定本句集」など。　[団]俳人協会、俳文学会

高橋 藍川　たかはし・らんせん
漢詩人　僧侶　[生]明治39年9月19日　[没]昭和61年2月24日　[出]和歌山県上富田町　本名＝高橋宗雄　道号＝高橋泰道(たかはし・たいどう)、別号＝夢笛山人　[賞]臨済宗妙心寺宗門文化賞(昭和51年)　[歴]和歌山県上富田町の臨済宗成道寺住職。昭和15年、和歌山・鮎川に漢詩同人の黒潮吟社を設立し月刊誌「黒潮集」を創刊。門下生は400名を越え、太刀掛呂山とともに関西詩界の双璧といわれた。著書に「漢詩講座」(上・下)「藍川百絶」「藍川百律」「南溟慰霊集」などがある。

高橋 喨吉　たかはし・りょうきち
歌人　元・皇宮警察署長　[生]明治32年11月20日　[出]秋田県　本名＝高橋了吉　[賞]日本歌人クラブ最優秀歌集(第18回)(昭和47年)「四照花」　[歴]詩、短歌、小説等を「秋田魁新報」に発表。昭和21年より山下陸奥に師事、「一路」入会。歌集に「地霊」「四照花」(やまぼうし)など。

高橋 六二　たかはし・ろくじ
歌人　跡見学園短期大学文科教授　[専]上代文学　民俗学　[生]昭和15年1月15日　[出]新潟県三島郡越路町　[学]国学院大学文学部日本文学科卒、国学院大学大学院文学研究科日本文学専攻博士課程修了　[歴]昭和33年国学院に入学と同時に「童牛」に参加、小谷心太郎に師事。「アララギ」同人。著書に「必携万葉集要覧」など。
[団]上代文学会、古代文学会、日本民俗学会

高橋 渡　たかはし・わたる
詩人　調布学園短期大学名誉教授　日本詩人クラブ会長　[専]国文学　国語　[生]大正11年11月23日　[没]平成11年11月14日　[出]長野県大町市　本名＝中山渡(なかやま・わたる)　[学]国学院大学高師卒　[賞]日本詩人クラブ賞(第8回)(昭和50年)「冬の蝶」　[歴]上田女子短期大学国文科教授を経て、調布学園女子短期大学教授。詩集に「高橋渡詩集」「犬の声」「見据える人」「雑誌コギトと伊東静雄」、著書に「風土と詩人たち〈上・下〉」「詩人研究・抒情の鐘」など。
[団]日本文芸家協会、日本ペンクラブ、日本現代詩人会、日本国語教育学会

高畑 浩平　たかはた・こうへい
俳人　[生]昭和12年9月15日　[出]東京都　[賞]角川俳句賞(第46回)(平成12年)「父の故郷」　[歴]「白露」所属。平成12年第46回角川俳句賞を受賞。句集に「雲」がある。

高畑 耕治　たかばたけ・こうじ
詩人　[生]昭和38年　[出]大阪府　[歴]詩集に「さようなら」「愛(かな)」「死と生の交わり」などがある。

高浜 虚子　たかはま・きょし
俳人　小説家　[生]明治7年2月22日　[没]昭和34年4月8日　[出]愛媛県松山市長町新丁　本名＝高浜清　旧姓(名)＝池内　初号＝放子　[学]二高(現・東北大学)(明治27年)中退　[資]帝国芸術院会員(昭和12年)　[賞]文化勲章(昭和29年)
[歴]中学時代から回覧雑誌を出し、碧梧桐を知り、やがて子規を知り、俳句を学ぶ。明治30年松山で「ホトトギス」が創刊され、31年東京へ移ると共に編集に従事。31年から32年にかけて写生文のはじめとされる「浅草寺のくさぐさ」を発表。41年国民新聞社に入社し「国民文学欄」を編集。43年「ホトトギス」の編集に専念するため国民新聞社を退職。以後、俳句、小説と幅広く活躍。俳句は碧梧桐の新傾向に反対し、定型と季語を伝統として尊重した。昭和2年花鳥諷詠を提唱、多くの俳人を育てた。29年文化勲章を受章。「虚子句集」「五百句」「虚子秀句」などの句集、「鶏頭」「俳諧師」「柿二つ」「虹」などの小説のほか、「漱石氏と私」「定本高浜虚子全集」(毎日新聞社)など著書多数。平成12年3月兵庫県芦屋市に虚子記念文学館がオープン。
[家]長男＝高浜年尾(俳人)、二男＝池内友次郎(作曲家)、二女＝星野立子(俳人)、五女＝高木晴子(俳人)、六女＝上野章子(俳人)、兄＝池内信嘉(能楽師)

高浜 長江　たかはま・ちょうこう
詩人　[生]明治9年6月21日　[没]明治45年1月29日　[出]鳥取県　本名＝高浜謙三　[学]明治法律学校卒　[歴]志願して軍隊に入り大阪・桃山で兵営生活を送る。日清・日露戦争に従軍し、その当時の詩は「小羊」（明治38年）にまとめられた。復員後、41年児玉花外と共に「火柱（ほばしら）」を創刊。初期は七五調・五七調の定型詩であったが、後期はほとんどが自由律となった。著書に詩集「虚無と西行」「清教徒の最後の胸に」、詩文集「酔後の花」「草雲雀」、マラルメ、ロセッティの訳詩も収めた詩集「煉獄へ」の他、小泉八雲「怪談」の翻訳などもある。

高浜 天我　たかはま・てんが
詩人　編集者　[生]明治17年9月　[没]昭和41年12月10日　[出]兵庫県姫路市　本名＝高浜二郎　[学]姫路中中退　[賞]栃木県文化功労賞　[歴]主に「鷺城新聞」記者として活躍。明治38年文芸誌「みかしほ」を創刊、内海泡沫、有本芳水、入沢涼月らを知り、「新声」「心の花」等に投稿。韓満の記者生活を経て、40年12月上京。「成蹊」編集に参加、また児玉花外、高浜長江の「火柱」発刊に協力。晩年、蒲生君平研究により栃木県より文化功労賞を受ける。

高浜 年尾　たかはま・としお
俳人　[生]明治33年12月16日　[没]昭和54年10月26日　[出]東京・神田　[学]小樽高商（大正13年）卒　[歴]高商卒業後、横浜の生糸商松文商店に入社し、のち旭シルクに勤務する。昭和12年以降は俳句に専念し「ホトトギス」発行の事務にたずさわる。朝日俳壇の選者もし、「年尾句集」や「俳諧手引き」「父虚子とともに」などの著書がある。　[家]父＝高浜虚子、妹＝星野立子、妹＝高木晴子、上野章子、弟＝池内友次郎（作曲家）、二女＝稲畑汀子

高原 博　たかはら・ひろし
歌人　静岡女子大学名誉教授　日本歌人クラブ幹事　「短歌個性」主宰　[専]教育学　[生]明治40年10月25日　[没]昭和62年9月5日　[出]広島県　[学]広島文理科大学（昭和10年）卒　[歴]昭和4年並木秋人に師事。31年から「短歌個性」主宰。歌集に「染浄」がある。また平成元年「高原博遺稿集」が出版された。

高比良 みどり　たかひら・みどり
歌人　[生]昭和6年1月13日　[出]大阪　[学]京都女子専卒　[歴]昭和24年「白珠」入社。歌集に「流水譜」がある。短大講師。

高松 秀明　たかまつ・ひであき
歌人　[生]大正13年3月16日　[出]北海道小樽市　[賞]日本歌人クラブ賞（第23回）（平成8年）「宙に風花」　[歴]教科書、教材、学習参考書及び一般図書の編集・発行に従事。昭和10年岡山巌に師事して「歌と観照」に入会、編集同人。巌死後、47年個人誌「獅子座」を発行。54年「歌と観照」を退会し、同人誌「木立」を創刊する。歌集「無彩色」「蒼幻譜」「木立想雪」「青林集」「宙に風花」など。

高松 文樹　たかまつ・ふみき
詩人　「RARNASSIUS」主宰　[生]大正15年1月3日　本名＝高松謙吉　[歴]RKB毎日放送に勤めた。一方、「RARNASSIUS」を主宰する。ほかに「日本未来派」所属。詩集に「予感」「虚栄」「空無」など。評論集に「言語・ことば」がある。　[団]日本ペンクラブ　http://www.d1.dion.ne.jp/~fumiki/index.htm

高松 光代　たかまつ・みつよ
歌人　[生]明治44年6月20日　[出]京都府綾部市　[歴]昭和4年自由社に入社。前田夕暮に師事し「詩歌」に自由律短歌を発表。15年「詩歌」同人。17年定型短歌に転向。21年以後、20年間短歌を離れるが、42年「詩歌」復刊とともに復帰。57年より季刊「港」を主宰（通巻42号で休刊）。62年7月現代歌人協会に入会。港短歌会運営、「青天」同人。歌集に「埋没林」「夏の光」「月光揺籃」、随筆に「港に灯（あかり）のともる頃」など。　[団]現代歌人協会、日本歌人クラブ

高丸 もと子　たかまる・もとこ
詩人　小学校教師　[生]昭和21年10月11日　[出]大阪府　本名＝高丸茂登子（たかまる・もとこ）　[歴]小学校のベテラン教師で、特に作文と詩教育に力を入れ、その実践記録「ひびきあう教室の詩」は高く評価されている。「あんじゃり」「鳥」同人。著書に「高丸もと子詩集」「花冷え」「回帰」など。

高見 順　たかみ・じゅん
小説家　詩人　[生]明治40年1月30日　[没]昭和40年8月17日　[出]福井県坂井郡三国町　本名＝高間芳雄　旧姓（名）＝高間義雄　[学]東京帝国大学文学部英文学科（昭和5年）卒　[賞]文学界賞（昭和11年）「文芸時評」、毎日出版文化賞（昭和34年）「昭和文学盛衰史」、新潮社文学賞（昭和38年）「いやな感じ」、野間文芸賞（昭和39年）「死の淵より」、菊池寛賞（昭和39年）、文化功労者（死後追贈）（昭和40年）　[歴]日本プロレタリア作家同盟の一員として活躍した後、昭和10年「故

旧忘れ得べき」で作家として認められ、10年代の代表的作家となる。戦時中は「如何なる星の下に」を発表。戦後も数多くの作品を発表。他の代表作に「今ひとたびの」「わが胸のここには」「生命の樹」「いやな感じ」などがある。詩人としては、武田麟太郎らと「人民文庫」を創刊し一時、詩を敵視した事もあったが、22年池田克己らと「日本未来派」を創刊、詩作を再開する。以後旺盛な詩作活動を展開し、「高見順詩集」「わが埋葬」「死の淵より」などの詩集に結実される。評論の部門でも活躍、「文芸時評」「昭和文学盛衰史」などがある。また日本ペンクラブ専務理事を務め、晩年は日本近代文学館の創立に参加、初代理事長として活躍。「高見順日記」は文学史のみならず、昭和史の資料としても貴重。「高見順全集」(全20巻・別巻1，勁草書房)がある。平成元年草加市で未発表の私家版詩画集「重量喪失」が見つかった。　[団]日本文芸家協会、日本ペンクラブ、日本近代文学館　[家]父＝阪本蘋園(本名＝釤之助，漢詩人・福井県知事・貴族院議員)、異母兄＝阪本越郎(詩人，本姓＝坂本)

田上 石情　たがみ・せきじょう

俳人　[生]大正4年10月3日　[没]平成9年1月8日　[出]三重県飯南郡　本名＝田上文太郎(たかみ・ぶんたろう)　[学]高小卒　[賞]天狼コロナ賞(昭和49年)　[歴]昭和10年頃に青木山栗子らの指導をうけて俳句を始め、「衍俳句」「暖流」などに投句。海軍召集ののち、26年「天狼」入会、山口誓子に師事。38年「運河」に参加、編集同人。53年「天狼」同人。のち星河俳句会を主宰。他に松阪市民俳句協会会長、三重県俳句協会会長、鈴屋遺蹟保存会評議員などを務めた。句集に「樹下」「城下」がある。　[団]俳人協会、松阪市市民俳句協会、三重県俳句協会

高嶺 照夫　たかみね・てるお

歌人　サイコセラピスト　たかみね美容学苑会長　[生]昭和4年5月12日　[出]東京・深川　[学]法政大学文学部史学科Tコース卒、明星大学人文学部心理教育学科卒　[歴]サイコセラピストとして月刊誌の人生相談などを担当。たかみね美容学苑会長、アーデン山中ビューティアカデミー講師、中部高等美容専修学校理事相談役。また、歌人として蓬の会を主宰、歌と観照社運営・編集委員を務める。著書に「知識のつぎ穂」「詞書きと短歌」「歌枕・詞のうたげ」「謎なぞ遊び 万葉と風俗」「美容用語辞典」などがある。　[団]日本風俗史学会

高村 圭左右　たかむら・けいぞう

俳人　[生]昭和4年12月1日　[出]山梨県　[学]旧制中卒　[賞]若葉艸魚賞(昭和38年)　[歴]昭和25年「若葉」の森田游水により富安風生門に入り、加倉井秋をに教えを受ける。「若葉」「冬草」同人。28年「冬草」編集員となる。句集に「双掌」がある。　[団]俳人協会

高村 光太郎　たかむら・こうたろう

彫刻家　詩人　[生]明治16年3月13日　[没]昭和31年4月2日　[出]東京府下谷区西町(現・東京都台東区)　本名＝高村光太郎(たかむら・みつたろう)　号＝砕雨　[学]東京美術学校(現・東京芸術大学)彫刻科(明治35年)卒、アート・ステューデンツ・リーグ(ニューヨーク)修了　[賞]帝国芸術院賞(第1回・文芸部門)(昭和16年)「道程」、読売文学賞(第2回・詩歌賞)(昭和25年)「典型」　[歴]彫刻家・高村光雲の長男として東京に生まれる。明治39年米英仏に留学してロダンに傾倒、帰国後“パンの会”の中心メンバーとして近代彫刻を制作。45年ヒュウザン会(のちフュウザン会と改称)結成。一方「スバル」同人となって詩作を始め、大正3年格調高い口語自由詩の詩集「道程」を刊行。同年画家・長沼智恵子と結婚。12年頃から戦争詩を多く書き、詩集「大いなる日に」「記録」を刊行。16年妻・智恵子(13年死別)との愛の生活をうたった詩集「智恵子抄」を発表。17年日本文学報国会詩部会会長となる。戦後は戦争協力の責任を感じ、岩手県太田村にこもり自炊生活をした。22年芸術院会員に推されたが辞退。彫刻の代表作に「手」「黒田清輝胸像」「光雲胸像」、十和田湖畔の「裸婦像」など。他の著書に詩集「典型」(「暗愚小伝」を含む)「高村光太郎全詩集」、評論「緑色の太陽」「印象主義の思想と芸術」「造型美論」、「ロダンの言葉」「ロダン」、「高村光太郎全集」(全18巻・別巻1，筑摩書房)、「高村光太郎選集」(全6巻・別巻1，春秋社)、「高村光太郎資料」(全6巻，文治堂)などがある。没後高村光太郎賞が設けられ、命日には連翹忌が営まれている。　[家]父＝高村光雲(彫刻家)、弟＝高村豊周(鋳金家・歌人)、妻＝高村智恵子(洋画家)

篁 清羽　たかむら・せいう

医師　詩人　[専]精神科　[生]昭和33年2月6日　[出]兵庫県神戸市　本名＝伊集院清一　[学]東京大学医学部医学科(昭和57年)卒　[歴]東京大学医学部附属病院分院に勤務。精神科医として精神病治療における芸術の役割に関心をもつ。一方、10代半ばより詩作を始め、詩集に「そこにいるのは誰」がある。

高村 豊周　たかむら・とよちか
鋳金家　歌人　東京美術学校教授　[生]明治23年7月1日　[没]昭和47年6月2日　[出]東京　[学]東京美術学校鋳造科(大正4年)卒　[資]日本芸術院会員(昭和25年)、重要無形文化財保持者(鋳金)(昭和39年)　[賞]帝展特選(昭和2年・3年・4年)　[歴]高村光雲の三男として生まれる。兄に高村光太郎。大正15年主観的表現を重視する工芸団体・无型(むけい)を組織。近代工芸運動を展開し、制作や評論をとおしてその中心人物となる。昭和8年より東京美術学校教授をつとめ、10年実在工芸美術会を組織、"用即美"を唱えた。戦後25年芸術院会員、33年日展理事、39年人間国宝となった。代表作に「鋳銅花器 鼎」「朧銀筒花生 落水賦」など。また短歌を好み「露光集」「歌ぶくろ」「おきなぐさ」「清虚集」の4歌集があり、「光太郎回想」「自画像」などの著書もある。[家]父=高村光雲(彫刻家)、兄=高村光太郎(詩人)、息子=高村規(写真家・高村光太郎記念会理事長)

高群 逸枝　たかむれ・いつえ
女性史研究家　詩人　評論家　社会運動家　[生]明治27年1月18日　[没]昭和39年6月7日　[出]熊本県下益城郡豊川村(現・松橋町)　本名=橋本イツエ　[学]熊本師範女子部(明治43年)退学、熊本女学校(大正2年)修了　[歴]小学校代用教員となり、大正8年橋本憲三と結婚。9年上京し、女流詩人として文壇に登場、詩集「日月の上に」「放浪者の詩」を発表。女性史研究を志し、15年論文「恋愛創生」を執筆。昭和5年平塚らいてう等と無産婦人芸術連盟を形成、雑誌「婦人戦線」を主宰し評論活動を行う。6年「婦人戦線」廃刊後は夫の積極的な協力を得て、終生研究に専念した。著書に「大日本女性人名辞書」「母系制の研究」「招婿婚の研究」「女性の歴史」(4巻)「日本婚姻史」、随筆集「愛と孤独と一学びの細道」、自叙伝「火の国の女の日記」などがある。死後、夫の編集により「高群逸枝全集」(全10巻，理論社)が刊行された。

高室 呉龍　たかむろ・ごりゅう
俳人　[生]明治32年6月15日　[没]昭和58年2月17日　[出]山梨県中巨摩郡大鎌田村高室(現・甲府市高室町)　本名=高室五郎(たかむろ・ごろう)　[学]甲府中(現・甲府一高)卒、早稲田大学中退　[賞]雲母賞(昭和35年)、山廬賞(昭和46年)　[歴]大正9年飯田蛇笏の門下に入り「雲母」の初期からの同人。句集に「朝の雪」「惜春」「鳥影」などがある。　[家]息子=高室陽二郎(山梨日日新聞社常務取締役)

高本 時子　たかもと・ときこ
俳人　[生]大正12年2月19日　[出]奈良県　[学]五条高女卒　[賞]俳人協会俳句大会賞(昭和54年)　[歴]昭和12年「ホトトギス」「かつらぎ」に投句を始め、阿波野青畝門となる。「かつらぎ」「花蜜柑」「熊野」「黄鐘」同人として活躍。31年「かつらぎ」推薦作家となる。47年俳人協会入会。56年「かつらぎ」無鑑査。協会年の花講師を務める。句集に「宇智」「朱鷺」がある。
[団]俳人協会

高森 文夫　たかもり・ふみお
詩人　元・東郷町(宮崎県)町長　[生]明治43年1月20日　[没]平成10年6月2日　[出]宮崎県東臼杵郡　[学]東京帝国大学仏文科卒　[賞]中原中也賞(第2回)(昭和16年)「浚渫船」　[歴]昭和3年上京。成城高校のとき日夏耿之介門下に入り、詩作を始める。6年中原中也と知り合い、大学1年の時には3ケ月程寝起きを共にし影響を受ける。10年頃より「四季」に投稿、17年同人となる。その間、16年に処女詩集「浚渫船(しゅんせつせん)」で第2回中原中也賞を受賞。戦後は43年に復刊された「四季」に参加、詩集「昨日の空」を刊行。一方、英語教師を振り出しに、宮崎県延岡市と東郷町の教育長を務めるなど、教育畑を歩む。60年東郷町長選挙に当選、1期務めた。

高屋 窓秋　たかや・そうしゅう
俳人　[生]明治43年2月14日　[没]平成11年1月1日　[出]愛知県名古屋市　本名=高屋正国　[学]法政大学文学部英文科卒　[賞]現代俳句協会大賞(第4回)(平成3年)　[歴]昭和5年水原秋桜子に師事、独自の詩的な句風を確立。のち「馬酔木」編集に携わる。10年「馬酔木」退会、13年「京大俳句」に参加。同年満州に渡り、以後殆ど沈黙する。21年帰国。22年「天狼」創刊、同人。33年「俳句評論」同人。句集に「白い夏野」「河」「石の門」「高屋窓秋全句集」がある。

高安 国世　たかやす・くによ
歌人　ドイツ文学者　京都大学名誉教授　梅花女子大学教授　「塔」主宰　[専]ドイツ近代詩(とくにリルケ)　短歌の創作　[生]大正2年8月11日　[没]昭和59年7月30日　[出]大阪府大阪市　[学]京都帝国大学独文科(昭和12年)卒　[賞]日本歌人クラブ推薦歌集(第9回)(昭和38年)「街上」、京都府文化賞(功労賞)(昭和58年)、現代短歌大賞(第7回)(昭和59年)「光の春」　[歴]旧制三高、京大、関西学院大教授を経て昭和57年から梅花女子大教授。昭和9年に「アララギ」に入り、土屋文明に師事。戦後「新歌人集団」に参

加、「関西アララギ」選者を経て、29年に「塔」を創刊、主宰。45年現代歌人集会を結成し理事長。毎日新聞歌壇選者。また、ドイツ文学、とくにゲーテ、カロッサ、トーマス・マン、リルケの研究者としても知られ、リルケ「ロダン」の訳書は名高い。歌集に「真実」「砂の上の卓」「年輪」「街上」「高安国世短歌作品集」「光の春」など、その他の著作に「抒情と現実」「カスタニエンの木陰」「リルケ」などがある。[団]日本独文学会、国際ゲルマニスト連合、現代歌人協会　[家]母＝高安やす子（歌人）

高安 月郊　たかやす・げっこう

詩人　劇作家　評論家　[生]明治2年2月16日（1869年）　[没]昭和19年2月26日　[出]大阪市東区瓦町　本名＝高安三郎　別号＝愁風吟客　[歴]明治22年頃から歴史に取材した叙情詩を作り、また劇作を志す。「社会の敵」「人形の家」の一部訳載など、イプセンの最初の紹介者としても知られ、27年以降は劇作に専念。29年に上京して処女戯曲「重盛」を刊行。以後「真田幸村」「イプセン作社会劇」などを刊行し、また演劇改良運動にもとりくむ。昭和期に入ってからは劇作の筆を絶ち「東西文学比較評論」「東西文芸評伝」「日本文芸復興史」などを刊行。他の作品に「桜時雨」「後の羽衣」「ねざめぐさ」などがあり、詩集に「夜涛集」「春雪集」などがある。

高安 やす子　たかやす・やすこ

歌人　[生]明治16年8月1日　[没]昭和44年2月2日　[出]岡山県　旧姓(名)＝清野　[学]堂島女学校卒　[歴]早くから短歌をまなび、のちに斎藤茂吉に師事して「アララギ」同人になる。歌集に「内に聴く」（大10）、「樹下」（昭16）がある。[家]息子＝高安国世（歌人）

高安 義郎　たかやす・よしお

詩人　茂原高等学校教頭　[生]昭和21年5月18日　[出]千葉県東金市　筆名＝高安義郎（たかやす・よしろう）　[学]明治大学農学部卒　[賞]千葉県詩人クラブ賞（第2回）　[歴]教師となり、千葉県立土気高校教頭を経て、県立茂原高校教頭。一方、大学在学中より詩を発表する。「産経詩の教室」に発表した「宇宙のはなし」が吉野弘に認められる。荒川法勝の「玄」の会の同人として作品を発表する。詩集「次元鏡」「クラケコッコア」、散文詩リーフ・ノベル「逢魔が時」、評伝「房総情炎誌」などがある。　[団]日本文芸家協会、日本ペンクラブ、日本現代詩人会、日本詩人クラブ、千葉県詩人クラブ（会長）、雑誌「玄」の会（事務局長）

高柳 重信　たかやなぎ・しげのぶ

俳人　元・「俳句研究」編集長　元・「俳句評論」代表　[専]現代俳句史　[生]大正12年1月9日　[没]昭和58年7月8日　[出]東京市小石川区大塚仲町　筆名＝山川蝉夫（やまかわ・せみお）、前号＝恵幻子　[学]早稲田大学専門部法科（昭和17年）卒　[歴]昭和15年早大俳句研究会に入り、同年第1次「群」を、17年「早大俳句」を創刊。18年「琥珀」に参加。戦後は富沢赤黄男に師事し、27年「薔薇」を、33年には「俳句評論」を創刊し編集に従事。42年からは総合誌「俳句研究」の編集に携わる。43年編集長に就任。句集に「蕗子」「伯爵領」「高柳重信全句集」「山海集」「日本海軍」など、評論集に「バベルの塔」「現代俳句の軌跡」などがある。　[家]妻＝中村苑子（俳人）

高柳 蕗子　たかやなぎ・ふきこ

歌人　[生]昭和28年11月21日　[出]埼玉県　[学]明治大学卒　[歴]団体職員。昭和60年より「かばん」に参加。歌集に「ユモレスク」「回文兄弟」「あたしごっこ」など。

高柳 誠　たかやなぎ・まこと

詩人　玉川大学文学部外国語学科助教授　[生]昭和25年9月13日　[出]愛知県名古屋市　[学]同志社大学文学部文化学科（昭和50年）卒　[賞]H氏賞（第33回）（昭和58年）「卵宇宙/水晶宮/博物誌」、高見順賞（第19回）（平成1年）「都市の肖像」、藤村記念歴程賞（第35回）（平成9年）「昼間の採譜術」「触感の解析学」「月光の遠近法」（三部作）　[歴]中学校教師、名古屋市立第二工高定時制教師を経て、玉川大学文学部講師、のち助教授。傍ら詩作活動に従事。詩集に「アリスランド」「都市の肖像」「樹的世界」「塔」、詩画集に三部作「昼間の採譜術」「触感の解析学」「月光の遠近法」などがある。また、美術論「リーメンシュナイダー 中世最後の彫刻家」がある。

高良 勉　たから・べん

詩人　高校教師（沖縄県立普天間高校）　[生]昭和24年9月1日　[出]沖縄県島尻郡玉城村字新原　本名＝高嶺朝誠　[学]静岡大学理学部化学科（昭和51年）卒、フィリピン大学大学院　[賞]山之口貘賞（第7回）（昭和59年）「岬」　[歴]沖縄県立泊高定時制教諭、小禄高教諭を経て、普天間高教諭。個人詩誌「海流」発行。昭和59年詩集「岬」で第7回山之口貘賞受賞。著作に「詩集・夢の起源」「岬」「花染よー」「高良勉詩集」「越える」、「琉球弧・詩・思想・状況」（評論集）「琉球弧（うるま）の発信」など。

財部 鳥子　たからべ・とりこ
詩人　コピーライター　[生]昭和8年11月11日　[出]新潟県　本名＝金山雅子　[賞]円卓賞（第2回）（昭和40年）、地球賞（第9回）（昭和59年）「西游記」、現代詩花椿賞（第10回）（平成4年）「中庭幻灯片」、萩原朔太郎賞（第6回）（平成10年）「烏有の人」　[歴]昭和21年満州から日本に引揚げ、18歳ごろから詩作を開始、立原道造の影響をうける。「歴程」同人。NHKラジオ「四季のうた」選者をつとめる。作品に「烏有の人」、詩集に「わたしが子供だったころ」「腐蝕と凍結」「愛語」「西游記」「財部鳥子詩集」「枯草菌の男」「中庭幻灯片」など。　[団]日本文芸家協会、日本現代詩人会

田川 紀久雄　たがわ・きくお
詩人　[生]昭和17年2月20日　[出]新潟県刈羽郡北条村　[歴]個人詩誌「漉林」、同人詩誌「見せもの小屋」を発行。毎月詩語りライブ活動を行う。昭和61年以来、東京の銀座などで、企画個展、三人展、二人展などを開く。著書に第一童話集「小さな町の物語」、第一詩集書き下ろし「火事ですよ」、第9詩集「風の唄」「一つの愛に向けて—田川紀久雄詩集」など多数。

田川 節代　たがわ・せつよ
俳人　[生]大正15年10月24日　[出]静岡県　[学]昭和女子大学国文科中退　[賞]かびれ新人賞（昭和55年）　[歴]昭和45年「かびれ」に入会し、大竹孤悠に師事、49年同人となる。師没後、小松崎爽青に師事。句集に「風紡ぎ」がある。　[団]俳人協会

田川 信子　たがわ・のぶこ
俳人　[生]大正10年6月15日　[出]広島県　[歴]昭和17年「寒雷」入会、同人。48年「陸」創刊同人。　[団]新女性俳句協会　[家]夫＝田川飛旅子（俳人・故人）

田川 飛旅子　たがわ・ひりょし
俳人　応用化学者　「陸」主宰　元・現代俳句協会副会長　元・古河電池専務　[生]大正3年8月28日　[没]平成11年4月25日　[出]東京都渋谷区　本名＝田川博（たがわ・ひろし）　[学]東京帝国大学工学部応用化学科（昭和15年）卒　工学博士　[賞]寒雷清山賞（昭和46年）、現代俳句協会評論賞（第17回）（平成9年）、現代俳句協会大賞（平成10年）　[歴]永く古河電池に勤務し、技師長や専務などを務めた。俳人としては、昭和15年「寒雷」の創刊に参加し、以後加藤秋邨に師事。戦後「風」同人となる。48年「陸」を創刊し、主宰。現代俳句協会副会長なども務めた。句集に30年刊行の「花文字」をはじめ「外套」「植樹祭」「邯鄲」「薄荷」「山法師」「使徒の眼」などがある。伝記に「加藤楸邨」。　[団]現代俳句協会、日本文芸家協会　[家]妻＝田川信子（俳人）

滝 いく子　たき・いくこ
詩人　作家　「詩人会議」副運営委員長　[専]詩作　詩評論　[生]昭和9年6月16日　[出]兵庫県尼崎市　本名＝小酒井郁子（こさかい・いくこ）　旧姓(名)＝歳森郁子（としもり・いくこ）　[学]青山学院大学文学部卒　[興]平和と民主主義、女性の生き方、高齢化社会，その生活と文化　[賞]壺井繁治賞（第5回）（昭和52年）「あなたがおおきくなったとき」　[歴]新聞記者、雑誌編集者を経て文筆生活に入る。昭和37年詩人会議創立に参加。48年ベトナム文化省の招きでベトナム各地を友好訪問。59年イタリア・ARCIの招きにより文化交流訪問。52年度壺井繁治賞受賞。著書に「団地ママ奮戦記」「娘たちへ」「ちひろ愛の絵筆」、詩集に「娘よ、おまえの友だちが」「金色の蝶」、エッセイ集に「母の方舟」「言の葉 文の葉」他。　[団]日本現代詩人会、詩人会議（副運営委員長）、日本民主主義文学同盟、炎樹同人、ラテンアメリカ交流グループ

滝 佳杖　たき・かじょう
俳人　歯科医　「群青」主宰　[生]明治45年4月1日　[出]徳島県　本名＝滝義保　[学]日本大学歯学部卒　[賞]俳人協会関西俳句大会朝日新聞社賞、俳人協会賞　[歴]歯科医院を開業するかたわら、昭和40年佐野まもるの「海郷」、42年秋元不死男の「氷海」、53年鷹羽狩行の「狩」にそれぞれ入会する。のち「群青」主宰。「狩」にも所属する。句集に「大綿」「草の絮」「滝佳杖集」「撫子」など。　[団]俳人協会（評議員）

滝 けん輔　たき・けんすけ
俳人　印刻師　[生]明治35年5月27日　[没]昭和46年6月11日　[出]茨城県　本名＝滝宇三郎　旧号＝印刀子　[賞]平和茨城建設十傑文化功労者　[歴]「鹿火屋」同人。「朝霧」の雑詠選を昭和21年から担当、24から主宰。編書に朝霧作家選集「霧氷林」がある。

滝 耕作　たき・こうさく
歌人　[生]昭和22年1月1日　[出]東京　[歴]昭和42年「国学院短歌研究会」入会。43年10月平松澄夫、下村光男らと同人誌「帆」創刊。51年同人誌「乎利苑」創刊に参画。

田木 繁　たき・しげる
詩人　元・大阪府立大学教授　[生]明治40年11月13日　[没]平成7年9月9日　[出]和歌山県有田市　本名＝笠松一夫(かさまつ・かずお)　[学]京都帝国大学文学部独文科(昭和5年)卒　[賞]関西作家クラブ賞(第20回)、海南市文化賞(平成4年)　[歴]大学在学中からプロレタリア文学運動に関係し、昭和4年詩「拷問を耐える歌」を発表し、9年「松ケ鼻渡しを渡る」を刊行。のちに「詩精神」に参加し、戦後も「コスモス」などで活躍。また、戦後和歌山女子専門学校(現・信愛女子短期大学)教授や大阪府立大学教授をつとめた。杜甫研究家としても知られる。他の詩集に「機械詩集」「妻を思い出さぬ為に」「田木繁詩集」などがあり、ほかに小説集「私一人は別物だ」、評論「リルケへの対決」「杜甫」、「田木繁全集」(3巻，青磁社)などがある。　[団]新日本文学会

滝 春一　たき・しゅんいち
俳人　「暖流」主宰　[生]明治34年10月15日　[没]平成8年4月28日　[出]神奈川県横浜市　本名＝滝粂太郎(たき・くめたろう)　[学]高小卒　[賞]蛇笏賞(第16回)(昭和57年)「花石榴」　[歴]大正15年水原秋桜子の門に入り、昭和8年「馬酔木」同人。11年「菱の花」選者となり、15年「暖流」と改題、主宰。句集に「常念」「瓦礫」「深林」「滝春一句集」「花石榴」など。　[団]俳人協会(顧問)、日本文芸家協会

滝 典通　たき・のりみち
歌人　[生]大正8年3月　[出]徳島県阿南市山口町　[学]立命館大学法文学部　[歴]師範学校在学中、細井魚袋主宰「真人」に入り作歌をはじめる。昭和18年「真人」廃刊後、「ポトナム」短歌会に入会、のち「くさふぢ」入会。14年より7年間大阪市内の小学校に勤務、敗戦を機に退職、図書出版会社健文社に入社。22年郷里徳島に帰り国語科教員として教職に復帰し、54年定年退職するまで、三十余年間県下の公立高校に勤務。その後、県高等学校PTA連合会事務局長、短大、高専の講師を務める。著書に「新古今和歌集新釈」、歌集に「流光」「多く旅の歌」。

滝井 孝作　たきい・こうさく
小説家　俳人　[生]明治27年4月4日　[没]昭和59年11月21日　[出]岐阜県高山町(現・高山市)　俳号＝折柴(せっさい)　[資]日本芸術院会員(昭和35年)　[賞]読売文学賞(昭和43年)「野趣」、勲三等瑞宝章(昭和44年)、日本文学大賞(昭和49年)「俳人仲間」、文化功労者(昭和49年)、勲二等瑞宝章(昭和50年)、八王子市名誉市民、高山市名誉市民　[歴]郷里の高山市の魚問屋で働きながら河東碧梧桐に師事。大正3年に上京後も新傾向の俳句を学び句作に専念したが、8年時事新聞記者、次いで「改造」の編集者となり、芥川龍之介や“生涯の師”志賀直哉に接してから作家を志し、9年に「弟」で文壇デビュー。翌10年から4年がかりで書いた「無限抱擁」(昭和2年刊行)は妻との恋の軌跡をさらけ出したもので、私小説の一つの典型とされ、川端康成からは日本一の恋愛小説と激賞された。その他の代表作に「欲呆け」「俳人仲間」「山茶花」、句集「折柴句集」「滝井孝作全句集」、随筆集「折柴随筆」「野草の花」「志賀さんの生活など」など。昭和10年の芥川賞創設以来、その選考委員を務めた。「滝井孝作全集」(全12巻・別巻1，中央公論社)がある。　[団]日本ペンクラブ、日本文芸家協会　[家]二女＝小町谷新子(芋版画家)

滝川 愚仏　たきがわ・ぐぶつ
俳人　[生]安政5年10月26日(1858年)　[没]昭和19年8月1日　[出]江戸・麻布　本名＝滝川長教　[学]専修学校法律科卒　[歴]検事の傍ら句作を行い、秋声会の創立に参加した。

滝口 修造　たきぐち・しゅうぞう
美術評論家　詩人　[生]明治36年12月7日　[没]昭和54年7月1日　[出]富山県婦負郡寒江村大塚(現・富山市)　[学]慶応義塾大学英文科(昭和6年)卒　[歴]在学中から詩作し「山繭」「衣裳の太陽」「詩と詩論」の同人として活躍。昭和7年PCL映画(東宝の前身)に入社。約5年間勤め、14年から2年間、日本大学講師をつとめる。その間、ダダイスム、シュールレアリスムに傾倒しその紹介と評論を行なう。22年日本アヴァンギャルド美術家クラブを結成、25年より「読売新聞」などで美術評論を執筆し、かたわらタケミヤ画廊で新人の個展企画に携わる。また線描デッサンやデカルコマニーの絵画作品もつづけ、評論と実作の前衛芸術運動の両面において、影響力の大きい仕事を残した。この間、33年ベネチア・ビエンナーレ展の日本代表として渡欧し、ブルトン、ダリ、ミロらと会見。34〜37年美術評論家連盟会長をつとめた。主な著作に「近代芸術」「今日の美術と明日の美術」「幻想画家論」「点」「シュルレアリスムのために」、詩集「妖精の距離」「滝口修造の詩的実験1927〜1937」、訳書にブルトン「超現実主義と絵画」「マルセル・デュシャン語録」などがある。全集に「コレクション・滝口修造」(全13巻・別巻2，みすず書房)がある。　[家]妻＝滝口綾子(詩人)

滝口 武士　たきぐち・たけし
詩人 [生]明治37年5月23日 [没]昭和57年5月15日 [出]大分県東国東郡武蔵町 [学]大分師範卒 [歴]大正13年旧満州(中国東北部)へ渡って教員となり、安西冬衛らと共に詩誌「亜」の同人として活躍。短詩形式で大正末期の日本詩壇に新風を起こし、現代詩発展のきっかけとなった「詩と詩論」誌の創刊に中心的役割を果たした。詩集に「園」「滝口武士詩集」など。

滝口 雅子　たきぐち・まさこ
詩人 [生]大正7年9月20日 [出]旧朝鮮・京城 [学]京城第一高女(昭和11年)卒 [賞]室生犀星詩人賞(第1回)(昭和35年)「蒼い馬」「鋼鉄の足」 [歴]出版社勤務の後、約30年間国立国会図書館の司書を務める。昭和18年「詩と詩人」に参加し、戦後は「時間」「詩行動」に参加。35年「蒼い馬」「鋼鉄の足」で第1回室生犀星新人賞を受賞。詩集に「蒼い馬」「鋼鉄の足」「窓ひらく」「見る」「白い夜」などがあり、随想集に「わがこころの詩人たち」などがある。 [団]日本文芸家協会、日本現代詩人会

滝沢 伊代次　たきざわ・いよじ
俳人 医師 洪福寺診療所所長 [生]大正13年12月4日 [出]長野県松本市三才山 旧姓(名)=柳沢 [学]金沢医専(昭和24年)卒 [歴]昭和21年「風」創刊と同時に入会、沢木欣一に師事。24年「風」同人、のち同人会会長。27年洪福寺診療所を開業。著書に「写生俳句入門」、句集に「大年」「塩市」。 [団]俳人協会

滝沢 和治　たきざわ・かずはる
俳人 [生]昭和28年7月18日 [出]山梨県 [学]山梨大学工学部卒 [歴]俳句誌「白露」編集同人。句集に「方今」「看花」がある。 [団]日本文芸家協会

滝沢 秋暁　たきざわ・しゅうぎょう
詩人 評論家 [生]明治8年3月3日 [没]昭和32年2月27日 [出]長野県上田市秋和 本名=滝沢彦太郎 別号=残星、読不書生 [歴]早くから「少年文庫」などに投稿し、明治20年代から小説「田毎姫」、詩「亡友の病時」、評論「勧懲小説と其作者」「地方文学の過去未来」などを発表。28年「田舎小景」を創刊するが画道を志して上京、「少年文庫」の記者となる。29年病を得て帰郷し、家業の蚕種製造に従事するかたわら「寄書家月旦」や小説「手術室の二時間」などを発表。著書に「有明月」「愛の解剖」や「通俗養蚕講話」などがある。昭和46年「滝沢秋暁著作集」が刊行された。

滝沢 博夫　たきざわ・ひろお
歌人 「芸林」編集・発行人 [生]大正10年11月6日 [出]東京府 [学]東京帝国大学文学部卒 [歴]新潟高等学校時代に作歌をはじめる。昭和17年大学在学中、尾山篤二郎に師事して「芸林」に入会、編集を担当。歌集「無明」のほか「尾山篤二郎全歌集」を編集し、解説を執筆。「短歌」に「評伝尾山篤二郎」を連載。 [団]日本文芸家協会

滝沢 亘　たきざわ・わたる
歌人 [生]大正14年8月21日 [没]昭和41年5月8日 [出]群馬県太田市 [賞]日本歌人クラブ推薦歌集(第9回)(昭和38年)「白鳥の歌」 [歴]少年時より胸を患う。昭和17年「多磨」入会、28年「形成」創刊に参加。38年第一歌集「白鳥の歌」を刊行。同年「形成」退会。39年詩歌を綜合する雑誌「日本抒情派」を創刊。41年第二歌集「断腸歌集」刊行。他に「滝沢亘歌集」などがある。

田北 衣沙桜　たきた・いさお
俳人 [生]明治21年3月20日 [没]昭和6年1月7日 [出]広島県厳島 本名=田北功 別号=葦竿子、葦沙雄、葦沙翁 [歴]広島県福山歩兵第41連隊の歩兵少佐。俳句は明治期から高浜虚子に師事し、「ホトトギス」に属した。大正8年シベリアに出兵し、その体験を「出征俳信靴の跡」にまとめた。他に「誰でも作れる俳句」がある。

田口 犬男　たぐち・いぬお
詩人 [生]昭和42年 [学]ウェスタン・メリーランド大学卒 [賞]高見順賞(第31回)(平成13年)「モー将軍」 [歴]25歳の頃、送別会の余興として詩を書き朗読したことがきっかけとなり作詩を始める。谷川俊太郎の詩に目を開かれ、「現代史手帖」新人欄に投稿、入選を繰り返す。平成13年詩集「モー将軍」で第31回高見順賞を受賞。他の詩集に「二十世紀孤児」がある。犬男は筆名。人材紹介会社勤務。

田口 一穂　たぐち・かずほ
俳人 評論家 [生]大正12年3月2日 [出]北海道大正村 本名=田口和美 [学]法政大学法学部法律学科(昭和24年)中退、明治大学法律高等研究科修了 [賞]四季賞(第6回)(昭和46年) [歴]昭和39年松沢昭主宰「四季」に入会し、同人を経て編集同人。のち「秋」同人。句集に「褶曲」「繁霜」「白商」、評論集に「俳句とつき合う法」など。 [団]日本ペンクラブ、俳人協会、日本文芸家協会

田口 恭雄　たぐち・きょうゆう
詩人　羽後町立図書館(秋田県)館長　[生]昭和3年　[出]秋田県　[歴]禅寺の住職を継ぐため永平寺で修業中、俳句と出会う。22歳の時帰郷、小学校教師の傍ら詩作、新聞社の文芸賞を受賞。小学校校長を退職後、平成2年から秋田県羽後町立図書館長を務めるほか、「詩と随想詩」「花野」編集、発行に携わる。詩誌「処女地帯」「密造者」同人。詩集に「首のない山」「地層」「野水仙」「天の網」「駅からの口笛」他。　[団]詩と思想

田口 春塘　たぐち・しゅんとう
歌人　[没](生没年不詳)　[出]茨城県　本名＝田口重男　[学]国学院大学卒　[歴]神官となるが、丸岡月の桂のや(丸岡桂)と共に始めた「女学雑誌」「姫百合」の編集に従事。ついであけぼの会を結成し、明治34年「あけぼの」を創刊。桂との共著歌集「朝嵐夕雨」がある。歌風は美を理想とする浪漫調。

田口 白汀　たぐち・はくてい
歌人　[生]明治32年3月15日　[没]昭和58年5月13日　[出]茨城県水戸市　本名＝田口元夫　[賞]日本短詩文芸家協会賞(昭49年度)　[歴]「常春」編集委員を経て、昭和9年「現実短歌」を創刊、歌集「岩魚」「瓦の音」がある。

田口 麦彦　たぐち・むぎひこ
川柳作家　川柳噴煙吟社副主幹　[生]昭和6年8月29日　[出]熊本県熊本市　本名＝田口正寿　[学]日本大学法学部法律学科卒　[賞]東洋樹川柳賞(第18回)(昭和61年)、熊本県文化懇話会新人賞(第22回)(昭和62年)　[歴]熊本市の川柳噴煙吟社(吉岡龍城主幹)の副主幹を務め、同人誌「噴煙」の編集などを手がける。昭和61年川柳界の最高の栄誉とされる第18回東洋樹川柳賞を九州で初めて受賞した。平成元年本職のNTT電話局長を退職。句集に「群羊―川柳でつづる昭和後期」、著書に「やさしい川柳入門」「麦彦の時事川柳教室」「川柳表現辞典」などがある。　[団]日本川柳ペンクラブ(常任理事)、日本現代詩歌文学館(評議員)、熊本県文化懇話会

田口 游　たぐち・ゆう
歌人　[生]明治42年12月15日　[出]愛媛県東予市　[歴]昭和4～21年「覇王樹」で活躍、30～42年「林間」同人、その後自ら「風」を創刊。

田口 由美　たぐち・よしみ
歌人　[生]明治40年5月6日　[没]平成11年7月25日　[出]岐阜県加茂郡東白川村　[学]神土尋常高小(大正10年)　[賞]岐阜県芸術文化顕彰(昭和52年)、勲四等瑞宝章(昭和55年)　[歴]昭和6年「水甕」に入会、上田英夫に師事。24年「暦象」に参加、38年「林間」に所属。48年～平成5年岐阜県歌人クラブ代表者を務めた。この間、大正12年～昭和13年小学校訓導、14～37年高校教師を経て、38～44年岐阜県立高校校長を務めた。歌集「生きの証」「城を仰ぎて」「人は愛しき」がある。

嵩 文彦　だけ・ふみひこ
詩人　医師　[生]昭和13年3月31日　[出]北海道網走市　[学]北海道大学医学部卒　[歴]昭和39年内科医師となり、49年から帯広厚生病院に勤務、内科医長を務める。一方、45年詩、評論、小説の同人誌「あすとら」に所属、編集にあたる。詩の朗読、詩画展の開催も行う。詩集に「倒立する古い長靴のための緻密な系統図」「父」「生きてゆくということのなつかしさ」、詩画集に「明日の王」「青色の繭」など。

嶽 墨石　たけ・ぼくせき
俳人　元・徳島造船産業専務　[生]明治25年2月26日　[没](没年不詳)　[出]長野県　本名＝小穴忠実　[学]関西学院大学商科卒　[歴]三菱商事より徳島造船産業専務を歴任。「ホトトギス」「雲母」に投句。句集に「金堂」「氷湖」「宝珠」など。

武井 京　たけい・きょう
詩人　[生]明治40年10月7日　[出]長野県　[学]商業高卒　[歴]大正13年生田春月の「詩と人生」同人となり、のち高村光太郎に師事。昭和12年日本詩人会優勝詩人となる。「青宗」「原原」に所属。詩集「馬蠅」など。

武石 佐海　たけいし・さかい
俳人　[生]明治36年3月2日　[没]昭和59年3月15日　[出]茨城県勝田市　本名＝武石栄　[歴]大正7年より「ホトトギス」「鹿火屋」「雲母」「曲水」に投句。昭和初年、朝日新聞社社員をメンバーとする「朝日俳句」に入会し、のちに会長となった。句集に「佐海句集」「鹿翳集」「水翳集」「月翳集」など。

竹内 温　たけうち・あつし
　歌人　大東文化学園理事　⽣大正9年11月16日　⽒平成2年10月11日　⽣地愛知県　⽒昭和14年「あゆみ」に入会し、大橋松平に師事。18年「創作」社友となり、25年「新歌人会」に参加。39年大坂泰らと「樅」を創刊。選者をつとめる。歌集に「蟹」「氷の鷹」がある。

竹内 一笑　たけうち・いっしょう
　俳人　⽣明治36年6月4日　⽒平成3年12月26日　⽣地京都市　本名=竹内勲　⽣歴夜間商業卒　⽒賞火野葦平賞(昭和18年)、宮崎県文化賞(昭和48年)、宮崎市文化功労者(昭和48年)、冬草功労賞(昭和54年)　⽒歴昭和13年頃から俳句を始め、15年「石楠」に入会し、臼田亜浪に師事。42年「椎の実」「冬草」同人。句集に「父と娘の句集」「空間」「祝者」「阿波岐」。　⽒俳人協会

竹内 映紫楼　たけうち・えいしろう
　俳人　⽣明治14年7月2日　⽒(没年不詳)　⽣地島根県　本名=竹内栄四郎　旧号=昇龍天、別号=三屋、茨骨舎　⽒明治39年頃「山陰新聞」の「山陰俳壇」で活躍。42年続三千里の旅中の河東碧梧桐を「迎俳聖」と莫蓮に大書して桃観峠まで出迎えた。翌43年碧梧桐を玉島に訪ね、中塚一碧楼、荻原井泉水らの「俳三昧」に加わるなど、中期新傾向俳句の新人として嘱望された。うばら会幹事もつとめ、また「美津宇見」の創刊と共に主要同人となった。

竹内 勝太郎　たけうち・かつたろう
　詩人　⽣明治27年10月20日　⽒昭和10年6月25日　⽣地京都府京都市　⽣歴清和中中退　⽒歴中学時代から文芸に関心を抱き、中学中退後は多くの職業を転々とする。大正2年上京し、7年京都の日出新聞記者となるかたわら詩作をし、13年「光の献詞」「讃歌」を刊行。京都市私立基督教青年会夜学校でフランス語を学び、ボードレールの詩を訳す。昭和3年刊行の「室内」で詩人としての地位を確立する。3年から4年にかけて渡仏し、ヴァレリーに傾倒する。帰国後京都美術館嘱託となり、6年「明日」を刊行。以後も「春の犠牲」などの詩集を発表し、日本に象徴主義の現代詩を確立。日本における象徴主義の最大の詩人の一人とされる。9年「芸術民俗学研究」「芸術論」を刊行。晩年の弟子に野間宏、富士正晴らがいる。没後、28年「黒豹」が刊行され、「竹内勝太郎全集」(全3巻、思潮社)がある。

竹内 邦雄　たけうち・くにお
　歌人　香川県歌人会会長　香川大学名誉教授　⽣専攻哲学　⽣大正10年4月26日　⽣地香川県丸亀市　⽣歴京都大学文学部卒、京都大学大学院修了　⽒賞角川短歌賞(昭和46年)「幻としてわが冬の旅」、現代歌人協会賞(昭和49年)、香川県文化功労者(平成7年)　⽒歴「ぎしぎし」を経て、「林泉」に入会、鈴江幸太郎氏に師事する。歌集に「幻としてわが冬の旅」がある。「四国新聞」歌壇選者。

竹内 薫兵　たけうち・くんぺい
　小児科学者　歌人　⽣明治16年11月12日　⽒昭和48年3月21日　⽣地静岡県小笠郡　旧姓(名)=鈴木　号=青夏　⽣歴京都帝国大学医科大学(明治43年)卒　医学博士(大正12年)　⽒賞勲四等瑞宝章(昭和41年)　⽒歴卒業後、小児科学教室に入局し、大正2年東京日本橋に小児科医院を開設し、昭和46年まで開業医として活躍した。日本小児科学会名誉会員、日本児童学会名誉会長、日本医師会理事、東京都医師会副会長などを歴任。著書に「小児病の予防学」「小児科誤診学」などがある。また短歌をたのしみ、青夏と号した。「現代短歌大系9」(河出書房)に「青夏集」が収められている。

竹内 鉎三　たけうち・けいぞう
　歌人　⽣明治44年1月25日　⽣地京都市　⽒歴呉服商を営む。昭和15年「多磨」入会。28年「形成」創刊に参加、木俣修に師事。歌集に「生の砦」「見えざる糸」「愛宕嶺」がある。

竹内 浩三　たけうち・こうぞう
　詩人　⽣大正10年5月12日　⽒昭和20年4月9日　⽣地三重県伊勢市　⽣歴日本大学専門部映画科(昭和17年)卒　⽒歴宇治山田中学校を経て、日大映画科に進み、詩、小説、シナリオを同人誌「伊勢文学」などに発表、伊丹万作の知遇を得た。昭和17年学徒出陣で入隊。18年筑波山麓の滑空部隊に配属、「筑波日記」を残す。19年斬込み隊員としてフィリピンへ派遣され、20年ルソン島・バギオ北方で戦死。戦後「愚の旗」「ふるさとの風や」「純白の花負いて」などが出され、作品の詳細が明らかとなった。55年5月伊勢朝熊山上に「戦死ヤアハレ」の詩碑が建立された。平成10年「愚の旗―竹内浩三作品集」が出版される。

425

竹内 忠夫　たけうち・ただお
歌人　[生]大正10年4月1日　[出]東京　[歴]昭和16年「香蘭短歌会」に入会、村野次郎に師事、のち「香蘭短歌会」選者、編集委員を務める。歌集に「肉眼」「大地」がある。

武内 辰郎　たけうち・たつろう
詩人　元・新日本文学会中央常任委員　[生]大正12年　[歴]日音協「音楽運動」創刊、浅沼稲次郎記念碑設立会・事務局長。オリジン出版センター創立。著書に「詩人の戦後日記―195・2・17〈査問〉とは何だったのか」、共編に「天皇詩集」、詩集に「失われた夜に」「原発詩集」「戦後」「女ひとへのアリア」他。

竹内 てるよ　たけうち・てるよ
詩人　児童文学者　[生]明治37年12月21日　[没]平成13年2月4日　[出]北海道札幌市　本名＝竹内照代　[学]日本高女中退　[賞]文芸汎論詩集賞（第7回）（昭和15年）「静かなる愛」　[歴]結婚後脊椎カリエスのため婚家を追われて東京へ出る。3年間の婦人記者生活を経て結婚するが、結核のため25歳で離婚。以後、病苦と貧困に耐えながら詩作を続け、主としてアナキズム系の詩誌に発表。その間、神谷暢と協力して、昭和4年渓文社を創設。戦後は人生をテーマにした詩や童話などを執筆した。詩集に「叛く」「静かなる愛」「生命の歌」など。自叙伝「海のオルゴール」はテレビドラマ化された。また自らの数奇な人生を語るビデオ「生きて書く―てるよおばあちゃんの話」がある。　[団]日本文芸家協会、日本児童文芸家協会

武内 俊子　たけうち・としこ
童謡詩人　[生]明治38年9月10日　[没]昭和20年4月7日　[出]広島県三原市　[学]広島女子専門学校中退　[歴]昭和5年頃から、野口雨情の門下生として童謡を作り始め、「赤い帽子白い帽子」「かもめの水兵さん」「船頭さん」「リンゴのひとりごと」を発表、河村光陽の曲でレコード化され、広く愛唱された。童謡集に「風」（昭8）がある。

竹内 武城　たけうち・ぶじょう
俳人　大栄倉庫産業(株)社長　[生]大正12年6月8日　[没]平成1年7月7日　[出]旧朝鮮　本名＝竹内武城（たけうち・たけき）　[学]松山高商（昭和18年）卒　[歴]昭和21年「若葉」入門、富安風生に師事。33年「若葉」同人。34年「糸瓜」編集長、37年「冬草」同人。42年愛媛新聞夕刊俳壇選者。句集に「瑠璃午後も」。　[団]俳人協会

竹内 正企　たけうち・まさき
詩人　[生]昭和3年10月11日　[出]兵庫県　[賞]農民文学賞（第24回，昭55年度）（昭和56年）「地平」　[歴]昭和43年琵琶湖大中干拓地に入植、肉牛を飼育。傍ら詩作に励む。「ふーが」「灌木」に所属。作品に「母樹」「地平」「たねぼとけ」「仙人蘭」など。　[団]日本現代詩人会

武内 利栄　たけうち・りえ
詩人　小説家　[生]明治34年9月21日　[没]昭和33年7月2日　[出]香川県高松市　[学]パルミヤ英語学院卒　[歴]文化誌「ヲミナ」編集後、新聞社等に勤め、「詩人」「婦人サロン」「文芸春秋」「詩神」「女人芸術」「婦人戦線」などに作品を発表。童謡「かもめ」「かぐや姫」などが何曲かレコードになる。戦後は「若草」「令女界」「勤労者文学」「新日本文学」「新日本詩人」「現代詩」を初め、児童雑誌、放送、新聞等にも作品を発表した。著書に「山風のうた」「武内利栄作品集」（オリジン出版センター）がある。新日本文学会、児童文学者協会会員。

竹内 隆二　たけうち・りゅうじ
詩人　[生]明治33年3月9日　[没]昭和57年3月7日　[出]神奈川県藤沢市城南　[歴]大正9年ごろより詩作をはじめる。「詩と音楽」「近代風景」「青騎士」「詩と詩論」などに作品を発表。戦後も「詩学」「日本未来派」などに投稿。「竹内隆二詩集」（昭41・昭森社）がある。

竹生 淳　たけお・あつし
詩人　四国学院大学教養部教授　[専]英文学　[生]昭和10年10月25日　[出]広島県福山市　本名＝東城真造（とうじょう・しんぞう）　[学]四国学院大学文学部英文学科卒、明治学院大学大学院文学研究科英文学専攻修士課程修了　[興]グレアム・グリーンにおけるスパイ小説の真意、カート・ヴォネガットにおける現代世界のイメージ　[賞]四国新聞年間賞　[歴]ポエトリ・サロン「ぺがさすの会」、文芸創作「海の翼」主宰。詩集に「Under the Sky ofLondon」（英文）「遠き海の望みのあなた」「金の裏のついた夕べの雲に」がある。　[団]日本英文学会、中・四国英文学会、四国英語教育学会

竹尾 忠吉　たけお・ちゅうきち
歌人　[生]明治30年7月19日　[没]昭和53年11月12日　[出]山形市　[学]慶応義塾大学理財科（大正10年）卒　[歴]千代田生命保険会社に勤務し各地支店を転々としたが、昭和23年退職し、以後高校教師を務める。大正3年「アララギ」に入会し、島木赤彦に師事。昭和23年「やちまた」を

創刊。歌集に「八衢(やちまた)」「平路集」「朝雨」「転住」などがある。

竹岡 範男　たけおか・のりお
詩人　小説家　僧侶　宝福寺代表役員　お吉記念館館長　㊓大正3年7月23日　㊓静岡県　筆名＝竹岡光哉、法名＝釈大雲(しゃく・だいうん)　㊫早稲田大学教育学部(昭和13年)卒　㊪国際アカデミー賞(昭和55年)　㊭NHK児童音楽コンクール課題曲の「森の小鳩よ教えておくれ」「樹氷の街」の作詞者であり、芥川賞候補になったこともある。著書に「血は長江の空を染めて」「唐人お吉物語」「竹岡範男詩集」など。㊐日本詩人連盟、日本詩人クラブ、日本ペンクラブ、JASRAC、日本作家クラブ

竹腰 八柏　たけこし・はちはく
俳人　㊓大正11年4月2日　㊓大阪　本名＝竹腰敏男(たけこし・としお)　㊫八尾中学校(旧制)卒　㊪雨月賞　㊭昭和17年「ホトトギス」同人大橋桜坡子に師事。「ホトトギス」「山茶花」に投句。24年「雨月」創刊以後、「雨月」に拠る。46年大橋敦子主宰継承に伴い、「雨月」の編集担当。句集に「藤・山吹」「土曜日の朝」。㊐俳人協会

武定 巨口　たけさだ・きょこう
俳人　㊓明治16年2月22日　㊚昭和16年9月2日　㊓岡山市仁王町　本名＝武定鈴七　別号＝鳥人、羊子坊　㊫岡山中中退　㊭住友銀行、三十四銀行などに勤めた。明治33年ごろから俳句を武富瓦全に学び、青木月斗主宰の「車百合」に投句。35年松瀬青々の教えを受け、43年「宝船」を編集、青々没後の昭和12年「倦鳥」主幹となった。句集「つは蕗」「まほそ貝」などがあり、平明な句風は虚子らに影響を与えた。

竹下 しづの女　たけした・しずのじょ
俳人　㊓明治20年3月19日　㊚昭和26年8月3日　㊓福岡県京都郡稗田村中川　本名＝竹下静廼(たけした・しずの)　㊫福岡女子師範卒　㊭教職についたが、昭和8年夫と死別、福岡市立図書館司書となる。俳句は大正8年吉岡禅寺洞門に入り、「ホトトギス」に投句、昭和3年同人となる。12年学生俳句連盟を結成し「成層圏」を創刊。戦後は九大俳句会を指導。句集「颯」、「竹下しづの女句文集」がある。平成9年句集や短冊、書簡などの遺品200点が福岡県立図書館に寄託された。12年没後50年を記念して、回顧展が開催される。

竹下 竹人　たけした・ちくじん
俳人　㊓明治27年4月　㊚昭和32年4月　㊓東京市　本名＝竹下虎之助　㊭広告代理業。大正はじめ「石楠」に拠り、自由律に転じて「高台」「海紅」「三昧」と遍歴。再び定型に戻り「水明」を経て、昭和7年「雲母」に参加。のち同人。

竹下 光子　たけした・てるこ
歌人　㊓明治38年6月26日　㊓東京都　㊭昭和10年大坪草二郎と結婚。13年「あさひこ」創刊。19年休刊、20年復刊。29年草二郎没後主宰。合同歌集「はるかなる道」がある。

武下 奈々子　たけした・ななこ
歌人　㊓昭和27年5月7日　㊓香川県　本名＝西尾奈々子　㊫松山南高卒　㊭「短歌人」「玲瓏」会員。歌集に「光をまとへ」「樹の女」などがある。　㊐現代歌人協会

竹下 洋一　たけした・よういち
歌人　㊓昭和30年　㊓山梨県　㊫法政大学文学部日本文学科(昭和52年)卒　㊭昭和61年福島泰樹に入門し短歌を始め、62年「月光の会」結成に参加。のち歌誌「月光」を編集。平成11年インターネットのホームページ「短歌通信」を開設。歌集に「月光遺文」「バサラ」がある。
http://member.nifty.ne.jp/takeshita-tanka/

竹下 流彩　たけした・りゅうさい
俳人　㊓昭和2年9月6日　㊓台湾　本名＝竹下太郎　㊫台北高文科卒　㊪野火賞　㊭昭和21年引揚、三菱商事会社社員となる。30年「野火」入会、篠田悌二郎の指導を受け、32年同人。のち現代俳句協会員となる。句集に「港」がある。　㊐俳人協会

武島 羽衣　たけしま・はごろも
歌人　詩人　国文学者　日本女子大学名誉教授　㊓明治5年11月2日(1872年)　㊚昭和42年2月3日　㊓東京・日本橋　本名＝武島又次郎(たけしま・またじろう)　㊫東京帝国大学国文科(明治29年)卒、東京帝国大学大学院国文学専攻　㊭一高時代新体詩を交友会誌に発表。東大在学中の明治28年「帝国文学」の創刊に参加し、編集委員となって「小夜砧」などを発表。大学院で上田万年の指導を受け、30年東京音楽学校教員、43年～昭和36年日本女子大学教授を務める。その間、東京高師、国学院大学、聖心女子大学、実践女子大学などの講師、教授を歴任。詩人としては明治29年大町桂月との共著「花紅葉」を刊行し、以後も「霓裳微吟」などを刊行。他に「修辞学」「賀茂真淵」「国歌

たけそえ　　　　　　　詩歌人名事典

評釈」「文学概論」など国文学関係の著書がある。また唱歌の詩に「花」「美しき天然」があり愛唱されている。　息子=武島達夫(千葉大学名誉教授)

竹添 履信　たけぞえ・りしん
歌人　画家　⚪︎明治30年3月3日　⚪︎昭和9年9月14日　⚪︎東京・小石川　筆名=嘉納登仙、二九一八　⚪︎東京高師附属中学卒　父は嘉納治五郎。嘉納登仙なども名で「創作」に短歌を発表した。また絵を国画会に出品し絵の研究にヨーロッパへも渡った。志賀直哉と親しく、梅原龍三郎は彼の脱俗ぶりを「天空海濶の人」と言った。没後に歌集「晴天」が出版された。
父=嘉納治五郎(講道館柔道創始者)

武田 亜公　たけだ・あこう
児童文学作家　童謡詩人　⚪︎明治39年4月10日　⚪︎秋田県仙北郡協和村　本名=武田義雄　⚪︎小学校高等科卒　製材工出身で、昭和の初め労働運動に参加しながら、プロレタリア童謡詩人として活躍。戦後郷里で農業を営み、文化運動にたずさわる。童謡集「小さい同志」童話集「山の上の町」「武田亜公童話全集」などがある。　日本児童文学者協会(名誉会員)

武田 鶯塘　たけだ・おうとう
俳人　記者　小説家　⚪︎明治4年10月10日　⚪︎昭和10年5月31日　⚪︎東京　本名=武田桜桃四郎(たけだ・おとしろう)　別号=桜桃、修古庵　⚪︎改玉社中　⚪︎明治25年山岸荷葉(硯友社派)らと「詞海」を発行。28年博文館に入り「太陽」「文芸倶楽部」「少年世界」の編集に従事、巌谷小波や江見水蔭らの下で助筆、「中学世界」でも執筆選評、少年文の言文一致体に貢献した。その後毎日電報、大阪毎日新聞、中外新報などの社会部長を務め、俳句欄を担当した。俳句は紅葉らの紫吟社に学び、大正2年小波らの賛助で俳誌「南柯」を創刊、主宰。「俳諧自由自在」のほか自撰句集「鶯塘集」がある。小説も「文芸倶楽部」などに執筆。

竹田 小時　たけだ・ことき
俳人　芸妓　⚪︎明治38年1月2日　⚪︎昭和42年6月28日　⚪︎青森県弘前市　本名=竹田妃見子　⚪︎新橋の芸妓で常磐津三味線の名手。高浜虚子に師事。江戸前芸妓で、戦争中も新橋に踏みとどまった。「ホトトギス」同人。著書に「絲竹集」がある。

武田 全　たけだ・ぜん
歌人　⚪︎明治33年12月27日　⚪︎平成2年8月21日　⚪︎熊本県　⚪︎熊本県芸術功労者(昭和56年)　⚪︎大正12年「氾濫」を創刊、主宰。同年「創作」、15年「水甕」に入る。昭和20年終戦により韓国から帰還。「創作」「水甕」を継続する。45年主宰誌「氾濫」を復刊。歌集に「行雲」、歌文集「訪韓記」がある。
日本歌人クラブ

竹田 善四郎　たけだ・ぜんしろう
歌人　⚪︎昭和3年5月28日　⚪︎平成13年5月27日　⚪︎東京　本名=中川善四郎　⚪︎昭和47年妻の雨宮雅子と共に季刊誌「鴎尾」を創刊。著書に「大手拓次論」がある。小説家のヴィリエ・ド・リラダンの研究家としても知られた。
妻=雨宮雅子(歌人)

武田 隆子　たけだ・たかこ
詩人　「幻視者」主宰　⚪︎明治42年1月14日　⚪︎北海道旭川市　⚪︎富士見丘学園高女卒　⚪︎日本詩人クラブ賞(第3回)(昭和45年)「詩集・小鳥のかげ」　⚪︎20歳で札幌に嫁ぎ、戦時中は旧満州に在住。戦後は札幌に引き揚げ、昭和25年東京に移り住む。この頃から詩人として活動。48年詩誌「幻視者」創刊。同誌は平成13年100号で終刊する。「風」同人。詩集に「あの雪よ」「薔薇咲くころ」、随筆集に「夕陽が零れていた」「深尾須磨子ノート」など。
日本文芸家協会、日本ペンクラブ、日本現代詩人会、日本詩人クラブ

竹田 凍光　たけだ・とうこう
俳人　⚪︎明治25年7月11日　⚪︎昭和49年4月17日　⚪︎兵庫県　本名=竹田輝二　別号=芦月、雪天楼　⚪︎北海道各地の役場に勤め、戦後、農業に従事。明治43年万朝報俳檀に投句、「鴨東新誌」に拠る。のち「石楠」同人となる。「凍海」「ふもと」「北光」等を次々発刊主宰。著書に「青木郭公句集」「北海道俳檀系分類概要」がある。

竹田 登美子　たけだ・とみこ
詩人　「火牛」同人　⚪︎詩集に「帰巣」(私家版)「丘の上の音楽」「夢舞踏」「熱海連祷」がある。　日本詩人クラブ、日本現代詩人会、日本ペンクラブ

428

武田 寅雄　たけだ・とらお

歌人 「猪名野」主宰 元・神戸女学院大学教授 [専]近代日本文学 [生]明治40年3月24日 [没]平成4年3月30日 [出]愛媛県宇和島市 [学]早稲田大学文学部国文学科卒 [賞]勲四等瑞宝章(平成2年) [歴]松蔭短期大学、神戸女学院大学、園田学園女子大学などの教授を歴任。著書に「白樺群像」「谷崎潤一郎小論」、歌集に「地の瞳」「篠むらの風」「武田寅雄生涯歌集」など。

武田 肇　たけだ・はじめ

詩人 [生]昭和18年12月26日 [出]東京都 [歴]詩集に「ボレアス葬歌」「童子聞」「少年聖歌隊」他。 [団]日本現代詩人会

武田 弘之　たけだ・ひろゆき

歌人 [専]現代短歌 評論 [生]昭和7年4月1日 [出]愛知県岡崎市 [学]早稲田大学文学部国文科(昭和29年)卒 [興]宮柊二作品研究、大塚金之助の歌研究と創作活動のまとめ [賞]角川短歌賞(第13回)(昭和42年)「声また時」、コスモス賞(昭和49年) [歴]学研に入社、第三編集局。宮柊二と出会い深く傾倒し、昭和34年「コスモス」入会。コスモス編集の中心にあって活躍。47年杜沢・奥村・高野と同人誌「群青」創刊。54年歌集「声また時」刊行。 [団]コスモス短歌会、現代歌人協会、日本文芸家協会

武田 無涯子　たけだ・むがいし

俳人 僧侶 [生]明治38年3月31日 [没]昭和58年11月27日 [出]大阪市天満 本名＝武田隆巌(たけだ・りゅうがん) [学]浄土宗宗学院卒 [歴]昭和17年阿波野青畝門下に入る。25年月刊誌「たまき」を創刊、51年まで続ける。句集に「句作務」「寝正月」「火を焚きながら」など。 [団]俳人協会

武市 房子　たけち・ふさこ

歌人 [生]昭和11年2月26日 [出]東京都 [歴]昭和40年「香蘭」に入会し作歌をはじめ、深野庫之介に師事。44年「隕石」創刊に参加、編集にたずさわる。54年「創生」に入会、編集同人。歌集に「塔のある景」「透明季節」「白晶」がある。

武富 瓦全　たけとみ・がぜん

俳人 [生]明治4年2月21日 [没]明治44年12月29日 [出]大阪市北区絹笠町 本名＝武富春二 [歴]少年時代太田北山に読書を、西山完瑛に画法を学ぶ。明治29年水落露石、中川四明らが結成した京阪満日会に第1回から出席。日本派に属し、「ホトトギス」に投句した。一時民友社員ともなった。晩年は近松研究家として名を成した。著書に「瓦全遺稿」(45年)がある。

竹友 藻風　たけとも・そうふう

詩人 英文学者 [生]明治24年9月24日 [没]昭和29年10月7日 [出]大阪市 本名＝竹友乕雄 [学]同志社大学神学部卒、京都帝国大学英文科卒 [歴]京大卒業後渡米し、コロンビア大学で英文学を専攻。帰国後、東京高師、東京文理科大学、関西学院大学、大阪大学の教授を歴任。大正2年処女詩集「祈祷」を刊行。以後「浮彫」「鬱金草」などを刊行。また英文学者として10年刊行の「ルバイヤツト」をはじめ「ギリシヤ詩華抄」や「神曲」の完訳などの翻訳がある。他に「アンデルセン童話集」「日本童謡集」など。

竹中 郁　たけなか・いく

詩人 [生]明治37年4月1日 [没]昭和57年3月7日 [出]兵庫県神戸市兵庫区永沢町 本名＝竹中育三郎 [学]関西学院英文科(昭和2年)卒 [賞]兵庫県文化賞(昭和31年)、紫綬褒章(昭和48年)、神戸市民文化賞(昭和48年)、読売文学賞(第31回・詩歌俳句賞)(昭和54年)「ポルカマズルカ」、日本児童文学者協会賞特別賞(第25回)(昭和60年)「子ども闘牛士」 [歴]関西学院在学中の大正13年、福原清、山村順らと海港詩人倶楽部を結成、詩誌「羅針」を創刊。14年処女詩集「黄蜂と花粉」でデビュー。昭和3年小磯良平と渡欧、本場のモダニズムを吸収し5年帰国。その間「明星」同人、「詩と詩論」の創刊同人となり、海外から寄稿。帰国後も「詩と詩論」のほか、「文学」「詩法」「新領土」などに詩を発表。7年に出版した詩集「一匙の雲」、「象牙海岸」は当時の新詩精神運動の輝かしい成果の一つといわれた。8年創刊された「四季」に参加、同人となり、11年詩集「署名」、19年「竜骨」を刊行。21年神港新聞属託となる。23年井上靖とともに児童詩の月刊誌「きりん」を創刊、主宰し、以後20余年継続刊行して子供たちの指導に力を尽した。ほかの詩集に「動物磁気」「そのほか」「子どもの言いぶん」「ポルカマズルカ」「竹中郁全詩集」がある。

竹中 皆二　たけなか・かいじ

歌人 [生]明治35年6月1日 [没]平成6年11月19日 [出]福井県小浜市 [歴]八高時代、石井直三郎の教えを受ける。大正11年末、若山牧水が創刊した「創作」に入社、昭和52年選者となる。この間病気療養などを経て、31年まで全国を放浪し、のち小浜市に茶屋・いるかやを開いて短歌にう

ち込んだ。32年より短歌雑誌「風」を主宰した他、朝日新聞福井版短歌欄選者を務めるなど、短歌指導者としても活躍。歌集に「しらぎの鐘」、板画歌集「朱」がある。　[団]日本歌人クラブ

竹中 久七　たけなか・きゅうしち
詩人　詩論家　経済評論家　[生]明治40年8月4日　[没]昭和37年1月17日　[出]東京　[学]慶応義塾大学経済学部卒　[歴]大正末、佐藤惣之助主宰の「詩之家」同人となり、慶大ボート部選手の体験から、15年詩之家詩冊第1編「端艇詩集」を出した。昭和4年同誌の渡辺修三らと「リアン」創刊、形式主義詩運動を起こしたが、その後、超現実主義とマルクス主義の批判的結合を試み、科学的超現実主義を唱えた。戦後は「詩人会議」を興したが、主として復刊された「詩の家」に拠った。詩集に第二端艇詩集「中世紀」、同第三「ソコル」、「余技」「記録」がある。経済評論家としても活躍。

竹中 静二　たけなか・せいじ
俳人　医師　名南病院理事長　[専]外科学　[生]大正15年9月6日　[出]三重県　本名＝竹中倭夫(たけなか・しずお)　[学]名古屋大学医学部(昭和27年)卒　医学博士　[歴]昭和25年「寒雷」名古屋句会を発足させ、事務局的任につく。28年名古屋大学医学部第二外科医局に入局。31年三重刑務所の医師となり、受刑者に俳句を教える。42年名南病院外科診療所を開設。47年新俳句人連盟愛知支部「俳句の仲間」に所属。60年関西文学者の会「反戦・反核詩歌句集」に参加。句集に「にしき火」。　[団]新俳句人連盟

竹中 九十九樹　たけなか・つくもぎ
俳人　[生]明治34年2月18日　[没]昭和30年2月4日　[出]大阪市　本名＝竹中善一　[学]今宮中卒　[歴]証券会社に勤務したが、25歳のとき結核に罹り、洛北富田病院を経て鳴滝宇多野療養所に移り、この地に没す。昭和10年頃より俳句をはじめ、療養所で俳句会を結成。26年「馬酔木」同人となる。

竹中 宏　たけなか・ひろし
俳人　「翔臨」主宰　[専]現代俳句　[生]昭和15年9月6日　[出]京都府京都市伏見区讃岐町　[学]京都大学文学部(昭和39年)卒　[興]現代俳句史　[賞]万緑新人賞(昭和40年)　[歴]中学時代から句作を始め、昭和33年中村草田男に師事。41年「万緑」同人となる。62年脱会。63年「翔臨」創刊主宰。句集に「饕餮」(とうてつ)。

竹中 碧水史　たけなか・へきすいし
俳人　俳画家　竹冠会主宰　[生]昭和4年4月11日　[出]大阪府大阪市　本名＝竹中俊雄(たけなか・としお)　[学]大阪工業大学建築科卒　[資]建築士　[賞]砂丘賞(昭和35年)、全国砂丘俳画展朝日賞(昭和40年)　[歴]昭和23年赤松柳史創刊の「砂丘」に参加。29年同人となり、33年編集長。43年関西俳誌連盟「関西俳句」編集長。48年小豆島に句碑。49年「砂丘」代表同人となる。俳画竹冠会主宰。句集に「若駒」「父祖の国」、他の著書に「ひとりで学べる俳画の描き方」など。[団]俳人協会(評議員)、日本現代詩歌文学館振興会(評議員)、大阪俳人クラブ(理事)

武中 義人　たけなか・よしと
詩人　[生]昭和35年　[学]慶応義塾大学経済学部中退　[歴]詩集に「倒れそこねた道標」「今日も雑沓に面会しに行く」「死風」他。

武原 はん　たけはら・はん
日本舞踊家　俳人　武原流家元　[専]地唄舞　[生]明治36年2月4日　[没]平成10年2月5日　[出]徳島県徳島市籠屋町　本名＝武原幸子　俳号＝武原はん女(たけはら・はんじょ)　[資]日本芸術院会員(昭和60年)　[賞]芸術祭賞奨励賞(昭和27年，29年)、芸術祭賞(昭和31年，32年)、舞踊芸術賞(昭和40年)、芸術選奨文部大臣賞(昭和41年)「一代さらい会」、毎日芸術賞(昭和42年)、紫綬褒章(昭和44年)、菊池寛賞(昭和47年)、花柳寿応賞(第2回)(昭和47年)、勲四等宝冠章(昭和50年)、NHK放送文化賞(第32回)(昭和55年)、伝統文化ポーラ大賞(第3回)(昭和58年)、文化功労者(昭和63年)、徳島市名誉市民(平成1年)、東京都名誉都民(平成1年)　[歴]12歳で一家と共に大阪へ出て大和屋芸妓学校に入り芸事を修業、山村流の舞も習う。28歳で上京し料亭・灘萬の若女将になる。舞は藤間勘十郎、西川鯉三郎らに師事。昭和27年米川文子の地唄研究会で「ゆき」を舞い、芸術祭奨励賞を、ほかに紫綬褒章など数々の賞に輝く。代表作に「雪」「深川八景」など。俳句と写生文は高浜虚子に師事。30年「ホトトギス」同人。六本木で料亭・はん居を経営。60年芸術院会員。著書に句集「はん寿」「武原はん一代句集」、随筆集「はん葉集」、随筆・俳句・年表アルバムなどを集大成した「武原はん一代」などがある。

竹久 昌夫　たけひさ・まさお
⇒姜晶中(きょう・しょうちゅう) を見よ

竹久 夢二　たけひさ・ゆめじ
画家　詩人　[生]明治17年9月16日　[没]昭和9年9月1日　[出]岡山県邑久郡本庄村(現・邑久町)　本名＝竹久茂次郎　[学]早稲田実業専攻科中退　[歴]一時文学の道を目ざすが絵画に転じ、藤島武二の作品にあこがれ号を夢二とする。平民新聞の諷刺画で知られ、24歳のとき結婚した最初の妻・他万喜(たまき)らをモデルに眼の大きな女性を描き、夢二の美人画として一世を風靡した。昭和6～8年欧米に旅行。代表作に「切支丹破天連渡来之図」、詩画集に「夢二画集」「どんたく」「昼夜帯」「露台薄暮」、詩歌集に「歌時計」「夢のふるさと」などがある。ポスターなどのグラフィック・デザインにもすぐれたものがある。没後もファン層は厚く、ドラマや映画にしばしば取り上げられている。平成6年には油彩画が、9年には日本画一点が、11年には商業デザイン450点が新たに発見された。

武部 善人　たけべ・よしと
歌人　大阪府立大学名誉教授　[専]日本産業構造発達史　農業経済学　産業経済論　[生]明治45年3月15日　[没]平成12年7月3日　[出]長野県飯田市　筆名＝信濃武(しなの・たけし)　[学]京都帝国大学農学部農林経済学科卒　農学博士　[賞]勲三等旭日中綬章(昭和59年)、八尾市民文化賞　[歴]大阪青師教授、浪速大学助教授を経て、昭和33年大阪府立大学教授、45年経済学部長兼大学院経済学研究科長を歴任。50年定年退官し、名誉教授。同年大阪商業大学教授に就任。54年より図書館長を兼務した。主著に「河内木綿の研究」「明治前期産業論」「日本木綿史の研究」「老春まんだら」、歌集に「久悠」「空火照」「片時雨」など。

竹村 晃太郎　たけむら・こうたろう
詩人　[専]日本近代文学　[生]大正5年12月10日　[出]東京・神田　本名＝小出博　[学]早稲田大学(昭和17年)卒　[歴]在学中より窪田空穂に師事、「槻の木」会員として昭和25年まで作歌。早大大学院の時、演劇博物館の嘱託となり、歌舞伎俳優史を研究。卒業論文は「谷崎潤一郎」。本名では本間久雄門下の近代文学研究家、竹村は詩名。25年服部嘉香「詩世紀」創刊に参加して作品を寄せ、終刊まで編集に当たり、詩集「新雨月物語」を刊行。潤一郎・朔太郎研究家としても著名。54年から喜志邦三の「灌木」同人となり詩作再開。詩集に「時間」「定本竹村晃太郎詩集」「竹村晃太郎詩集」「続時間」がある。　[団]日本現代詩人会、日本詩人クラブ

武村 志保　たけむら・しほ
詩人　[生]大正12年11月3日　[没]昭和53年8月6日　[出]長野県下伊那郡上郷村　本名＝土橋志保子　[学]飯田高女卒　[賞]埼玉文芸賞(第9回)(昭和53年)　[歴]初め「日本未来派」に属し、昭和36年土橋治重ともに詩誌「風」を創刊。詩集に「白い魚」「十一年」「竹の音」。　[家]夫＝土橋治重

竹村 秋竹　たけむら・しゅうちく
俳人　[生]明治8年　[没]大正4年12月27日　[出]愛媛県三津浜　本名＝竹村修　別号＝修竹　[学]東京帝大英文科卒　[歴]明治28年四高在学中から俳句を始め、校誌「北辰会雑誌」に投稿。同郷の正岡子規に師事し、「ホトトギス」同人となる。30年北声会を結成、北越地方に日本派の俳風を鼓吹した。34年「明治俳句」を編纂して出版するが、これは子規選新聞「日本」の句を主としたもので、子規編「春夏秋冬」が出版される直前だったため、子規、佐藤紅緑に非難され、子規門下から背を向けられた。本業は中学教師で、晩年は福井小浜中学に勤務した。

竹村 鍛　たけむら・たん
国学者　俳人　[生]慶応1年11月22日(1865年)　[没]明治34年2月1日　[出]伊予国松山坊主町(愛媛県)　号＝竹村黄塔(たけむら・こうとう)　[学]東京帝大選科(明治24年)卒　[歴]母方を継ぎ竹村姓を名のる。神戸師範、東京府立中学、東京女高師で教鞭をとる。一時冨山房に入り、辞書を編集した。少年時代から正岡子規と親しく、蕪村句集講義にも参加したことがあった。日本辞書大成の志を抱いて遂げず、親友芳賀矢一遺稿の「学余漫吟」「ゆめ物語」「日本辞書の評論」の3編を集め「松窓余韵」と題して刊行した。作品は「子規全集」の子規初期作品にまじって、わずかに漢詩や俳句を見いだしうるにすぎない。　[家]弟＝河東碧梧桐(俳人)

竹村 俊郎　たけむら・としお
詩人　[生]明治29年1月3日　[没]昭和19年8月17日　[出]山形県北村山郡大倉村　[学]山形中学卒　[歴]早くから「地上巡礼」「アルス」などに短歌を投稿し、大正8年処女詩集「葦茂る」を刊行。11年から14年にかけて外遊し、おもにロンドンに滞在。昭和14年に帰村し、没するまで大倉村長をつとめる。他の詩集に「鴉の歌」「麁草(あらくさ)」などがある。

竹村 利雄　たけむら・としお
歌人　㊓明治34年6月25日　㊕石川県　㊫京都美術専門学校　㊩大正13年「国民文学」に入り半田良平に師事、昭和20年より植松寿樹門下。21年創刊の「沃野」に参加。以来選者をつとめ現在名誉会員。歌集に「未来花」「開裂果」「凍葉樹」「始祖鳥」がある。　㊐日本歌人クラブ、現代歌人協会

竹村 浩　たけむら・ひろし
詩人　㊓明治34年8月1日　㊚大正14年8月31日　㊕長野県下伊那郡　㊫高小卒　㊩家庭に恵まれず、幾つかの職を転々としながら、大正13年抒情詩同人となって頭角をあらわした。ダダイズムの影響を受けた病的、反逆的な詩を書いた。抒情詩社の新人推薦で首位となり、14年詩集「高原を行く」「狂へる太陽」を刊行。同年上京したが、上尾久の泥沼で変死した。死後「竹村浩全集」が刊行された。

竹本 健司　たけもと・けんじ
俳人　㊒現代俳句　俳人「金子兜太」作家論　㊓昭和8年4月6日　㊕岡山県　㊫新見高（昭和27年）卒　㊖俳句表現における感性伝達の可能性　㊜海程賞（昭和45年）、岡山県文学選奨（第5回）（昭和45年）、現代俳句協会賞（昭和54年）、新見市文化功労賞、備前文学賞（第3回）、備北出版賞（第3回）（平成5年）「グァテマラ」　㊩グアテマラの日本人学校校長を3年間務めて、平成4年帰国。現在は岡山県大佐町立刑部小学校長を務める。一方、俳人としては14歳で漆島青師に師事。昭和37年「海程」創刊に参加。50年「国」を創刊。句集に「生国」「竹本健司句集」「山方」、随筆写真集に「グァテマラ」など。　㊐現代俳句協会

竹森 雄風　たけもり・ゆうふう
俳人　㊓大正12年2月25日　㊕大分県　本名＝竹森哲士　㊫甲陽高商（旧制）卒、海軍第3期兵科予備生　㊜火星新鋭賞（昭和36年）　㊩昭和13年野田別天楼の女婿一楼の指導のもと作句を始めるが、従軍以降中断。35年岡本圭岳の「火星」に拠り復帰、のち幹部同人となる。37年「架橋」、38年「芦刈」を創刊。八幡市市民文化講座講師を務める。　㊐俳人協会

竹谷 しげる　たけや・しげる
俳人　㊓大正11年2月14日　㊚昭和63年5月15日　㊕福島県会津若松市　本名＝竹谷滋　㊫若松商卒　㊜寒雷賞（昭和29年）　㊩「七草」「水明」「みちのく」を経て、昭和41年会津俳句連盟事務局長、49年福島県俳句作家懇話会副会長を歴任。56年「鷺草」を創刊して主宰。句集に「冬草」「壁厚き部屋」「鷺草」、著書に「会津の俳句」「会津俳句歳時記」。　㊐俳人協会

竹安 隆代　たけやす・たかよ
歌人　㊓昭和19年12月27日　㊕旧満州　㊩14〜15歳頃、胸部疾患療養中に作歌を始める。昭和40年国学院大学文学部入学し「国学院短歌」に入る。同年夏、「古今短歌会」入会。歌集に「風樹」「山はみな火に燃えて」がある。

武山 英子　たけやま・ひでこ
歌人　㊓明治14年1月2日　㊚大正4年10月26日　㊕東京・神田　㊫東京府立第一高女卒　㊩女学校教師をしていたが、病弱のため退職。そのかたわら抒情的短歌を作り、大正4年「傑作歌選武山英子」を刊行した。　㊪兄＝金子薫園（歌人）

竹山 広　たけやま・ひろし
歌人　㊓大正9年2月29日　㊕長崎県　㊜ながらみ現代短歌賞（第4回）（平成8年）「一脚の椅子」、詩歌文学館賞（短歌部門，第17回）（平成14年）「竹山広全歌集」、斎藤茂吉短歌文学賞（第13回）（平成14年）「竹山広全歌集」、迢空賞（第36回）（平成14年）「射祷」　㊩長年続けた印刷業を昭和61年閉店。一方自らの被爆体験をもとに歌を詠み続け、同年歌集「葉桜の丘」発行。平成2年3冊目の歌集「残響」を発行。昭和最後の日、核実験抗議の座り込み、中国の天安門事件、ベルリンの壁崩壊など、移りゆく世界を心象風景として詠んだ467首の歌を収録。「心の花」同人。その他の歌集に「とこしへの川」「一脚の椅子」「射祷」、「竹山広全歌集」など。

田子 水鴨　たご・すいおう
俳人　㊓大正10年12月7日　㊚昭和62年1月9日　㊕埼玉県　本名＝田子藤市（たご・とういち）　㊫商業学校卒　㊜功労賞（昭和30年）「夏草」、埼玉文芸賞（第16回）（昭和60年）　㊩昭和13年川島奇北の指導を受け、「ホトトギス」へ投句。15年山口青邨に師事し、「夏草」入会、29年同人。「夏草」埼玉県支部長、熊谷俳人協会会長をつとめた。　㊐俳人協会

多胡 羊歯　たこ・ようし
童謡詩人　㊓明治33年1月25日　㊕富山県　本名＝多胡義喜（たこ・よしひで）　㊫富山師範（大正8年）卒　㊩小学校教師、校長を務めた後、農業に従事。大正12年11月以来、「赤い鳥」に童謡を投稿、45編の作品を発表。昭和3年「赤い鳥

童謡会」メンバーとなり、5年「チチノキ」同人。童謡集には白秋が序文を書いた「くらら咲く頃」があり、戦後「タンタリキ」を主宰、「ら・て・れ」にも加わった。

田崎 秀 たさき・しゅう
歌人 ⑰大正6年4月28日 ⑱昭和56年6月15日 ⑲茨城県協和町 ⑳千葉医科大学卒 ㉑茨城文学賞(第2回)(昭和52年)「大洗」 ㉒在学中「歌と評論」入社、藤川忠治に師事。昭和25年「アザミ」入社、山口茂吉に師事。33年廃刊後「童牛」入会。この間30年「茨城歌人」創刊、編集発行人となる。歌集に「雫」「大洗」「清瀬」「献血車」など。

田崎 とし子 たさき・としこ
俳人 ⑰昭和3年11月25日 ⑲神奈川県足柄下郡湯河原町 ㉒昭和49年「双葉」に入会、55年同人。句集に「花蜜柑」がある。 ㉓静岡県俳句協会

田島 梅子 たじま・うめこ
歌人 ⑰明治22年 ⑱明治44年 ⑲埼玉県 ㉒はじめ故郷で教壇に立つが、上京して社会主義者岡野辰之助と結婚。堺利彦に社会主義を学び、明治44年堺の主宰する売文社に入る。荒畑寒村、大杉栄らと共に文筆活動を行うが、夭折した。遺作は堺利彦編「売文集」に「片貝の歌」として収められている。

田島 邦彦 たじま・くにひこ
歌人 「開放区」編集・発行人 ⑰昭和15年9月15日 ⑲香川県 ⑳中央大学法学部法律学科卒 ㉒「具象」「無頼派」を経て、同人誌「開放区」編集発行人。歌集に「晩夏訛伝」「暗夜祭天」「騎1・2」、評論集「言葉以前の根拠へ」。 ㉓現代短歌を評論する会、現代歌人協会、日本文芸家協会、歌人クラブ

田島 とう子 たじま・とうこ
歌人 ⑰明治35年4月3日 ⑲東京 ㉒戦前、「日本歌人」同人として活躍、昭和16年筏井嘉一の「蒼生」に加わり、32年市来勉、横田専一、冷水茂太らと「橘」創刊、のち編集委員。歌集に「道」「香」がある。

田島 柏葉 たじま・はくよう
俳人 僧侶 ⑰明治33年4月7日 ⑱昭和30年1月7日 ⑲東京・京橋 本名=田島三千秋 僧名=田島明賢 ⑳日本大学法文学部(大正15年)卒 ㉒明治44年中野宝仙寺に入り、得度して明賢。大正10年根岸世尊寺に寄寓、日本大学予科に通学。12年多摩是政宝性院住職。昭和3年

から住職のかたわら、東京都立農業高校に英語教師として勤務。俳句は大正13年から増田龍雨に師事、「俳諧雑誌」の選をうける。昭和5年「春泥」に投句。11年白水郎の後援により「春蘭」創刊号から雑詠選者、翌年辞し、梓月を顧問に。「不易」創刊。18年休刊。24年から「春燈」に所属。著書に「花もみじ」、句集に「多摩川」がある。

但馬 美作 たじま・みまさか
俳人 織物意匠図案家 ⑰明治36年9月11日 ⑱平成7年10月15日 ⑲群馬県桐生市 本名=田島弥一(たじま・やいち) 旧名=田島曳白(たじま・えいはく) ⑳旧制工業機織科中退 ㉑万緑賞(昭和35年) ㉒大正11年より京都西陣の織物意匠図案業に従事。俳句は昭和10年より「ホトトギス」に投句。27年「万緑」に入会し、中村草田男に師事。32年「万緑」同人。35年から47年まで句誌「五葉秀」を発行。句集に「美作句集」「枯木立」「妖」「うたかた」がある。 ㉓俳人協会

田代 俊夫 たしろ・としお
歌人 ⑰明治41年11月10日 ⑱平成7年4月5日 ⑲福岡県直方市 ㉒昭和8年「橄欖」入社。21年「九州短歌」、24年「西日本歌人」、26年「群萌」各編集発行。28年「形成」「樹木」に入会。この間に北九州歌人協会会長就任。47年7月渦短歌会を結成。47年に日本歌人クラブ福岡県委員となる。合同歌集に「森林・樹木」「水煙・渦」がある。 ㉓日本歌人クラブ

多田 梅子 ただ・うめこ
歌人 「スバル」主宰 ⑰明治40年12月25日 ⑲東京 ㉒「いづかし」「スバル」を通し晶子の流をくむ中原綾子に師事。昭和44年から「スバル」主宰。

陀田 勘助 だだ・かんすけ
詩人 日本共産党東京地方委員長 ⑰明治35年1月15日 ⑱昭和6年8月22日 ⑲栃木県下都賀郡栃木町万(現・栃木市) 本名=山本忠平(やまもと・ちゅうへい) ⑳開成中夜間部(大正7年)中退 ㉒大正11年村松正俊と詩のパンフ「ELEUTHERIA」を創刊したが、そのため内務省雇を免職となり、家業の洋裁業に従事。12年松本淳三らと詩誌「鎖」を発行、編集に加わった。「種蒔く人」「無産詩人」や朝日、読売など新聞に革命的詩を発表し認められた。14年アナーキズム系詩誌「黒旗」を編集。昭和の初めから詩作をやめて労働運動に転じ、3年共

産党に入党、東京合同労組執行委員長となり4年の4.16事件に関連して逮捕された。

多田 智満子　ただ・ちまこ
詩人　エッセイスト　評論家　英知大学文学部教授　[専]フランス文学　神話学　古代宗教　[生]昭和5年4月1日　[出]東京　本名=加藤智満子(かとう・ちまこ)　[学]慶応義塾大学文学部英文学科(昭和30年)卒　[興]各国の神話伝承の根にある元型的なものを探求すること　[賞]現代詩女流賞(第5回)(昭和55年)「蓮喰い人」、井植文化賞(文芸部門)(昭和56年)、現代詩花椿賞(第16回)(平成10年)「川のほとりに」、読売文学賞(詩歌俳句賞, 第52回)(平成13年)「長い川のある国」　[歴]詩人、評論家として活躍するほか、フランス語を中心に翻訳の仕事も手がける。主著に、詩集「花火」「贋の年代記」「多田智満子詩集」「蓮喰いびと」「祝火」「川のほとりに」「宇遊自在ことばめくり」、エッセイ「花の神話学」「夢の神話学」「森の世界爺」「十五歳の桃源郷」、評論「鏡のテオーリア」、訳書にユルスナール「ハドリアヌス帝の回想」「東方綺譚」、ケッセル「ライオン」、「サン・ジョン・ペルス詩集」など多数。　[団]日本現代詩人会、地中海学会、日本文芸家協会

多田 薙石　ただ・ていせき
俳人　[生]大正10年9月29日　[出]広島県　本名=多田圭次郎　[学]岡山医科大学卒　[賞]鶴俳句賞(昭和40年)　[歴]昭和18年兄、原田冬水の勧誘で「金沢蟻乃塔」に投句。その後一時中断するが、35年保谷町俳句会に参加。37年の正月に石田波郷を訪問、即入門する。翌年「鶴」同人となり、同人会地方幹事等を務める。句集に「潮華」「自註・多田薙石集」「水楢」がある。
[団]俳人協会

多田 鉄雄　ただ・てつお
小説家　詩人　[生]明治20年8月16日　[没]昭和45年12月11日　[出]佐賀県唐津　[学]早稲田大学政治経済科(大正3年)卒　[歴]「明星」に「対花集」「追憶」などの詩を発表、「明星」廃刊後「新潮」に拠った。大正9年から「歴史写真」「演芸と映画」など月刊誌を編集、のち武野藤介らと同人誌「作品主義」を出し、昭和9年三上秀吉らと同人誌「制作」を創刊した。創作集「河豚」「モデルと氷菓」などがある。

多田 不二　ただ・ふじ
詩人　[生]明治26年12月15日　[没]昭和43年12月17日　[出]茨城県結城町　[学]東京帝国大学哲学科(大正8年)卒　[歴]大正3年頃から詩作をはじめ「帝国文学」に発表。「卓上噴水」「感情」などに訳詩を発表する。9年「悩める森林」を刊行。同年から13年にかけて時事新報記者をつとめる。11年詩誌「帆船」を創刊し新神秘主義を提唱。15年「夜の一部」を刊行。同年東京中央放送局に入り、昭和19年日本放送協会理事松山放送局長となり、21年に退職した。

多田 裕計　ただ・ゆうけい
小説家　俳人　[生]大正1年8月18日　[没]昭和55年7月8日　[出]福井市江戸上町　[学]早稲田大学仏文科卒業　[賞]芥川賞(第13回)(昭和16年)「長江デルタ」、大衆文芸懇話会賞(昭和24年)「蛇師」　[歴]横光利一に師事し、同人雑誌「黙示」に参加。昭和15年上海中華映画に入社し上海へ。16年「長江デルタ」で第13回芥川賞を受賞。その後の作品に「アジアの砂」「叙事詩」「小説芭蕉」などがある。俳句は28年「鶴」に参加、37年俳誌「れもん」を創刊主宰し、句集に「浪漫抄」「多田裕計句集」、評論集に「芭蕉・その生活と美学」などがある。

多田隈 卓雄　ただくま・たくお
歌人　[生]明治45年6月27日　[出]熊本県　[学]東京大学　[歴]昭和8年大学入学と同時に「蒼穹」に入社、岡野直七郎に師事。12年に同人となり55年に発行中止となるまで在籍。その後「白虹」を創刊する。柴舟会幹事でもある。歌集に「熱帯樹林」がある。

只野 柯舟　ただの・かしゅう
俳人　[生]大正6年11月20日　[出]福島県相馬市　本名=只野家弘(ただの・いえひろ)　[学]福岡県立相馬中学校(旧制)卒　[賞]駒草賞(昭和33年)
[歴]昭和20年仙台に疎開中、阿部みどり女に師事し、「駒草」入門。38年より46年まで「駒草」の編集人をつとめる。句集に「瞳孔」。　[団]俳人協会

只野 幸雄　ただの・ゆきお
歌人　「短歌公論」編集長　[生]明治44年1月5日　[出]兵庫県神戸市　[学]関西学院大学英文科(昭和10年)卒　[賞]新歌人会賞(昭和31年)「不信の時」、柴舟会賞(昭和54年)「鬪花」、日本歌人クラブ賞(第29回)(平成4年)「黄楊の花」
[歴]公務員、教員を歴任。昭和7年「ポトナム」入会。21年「古今」創刊に参加、福田栄一に師事。34年「ポトナム」に復帰。43年歌壇新聞

「短歌公論」を創刊、編集発行。同人誌「渾」にも所属。歌集に「不信の時」「漆黒」「鬪花」、評論に「阿部静枝論」など。　[団]現代歌人協会、日本ペンクラブ　[家]妻＝只野綾子（歌人）

太刀掛 呂山　たちかけ・ろざん

漢詩人　教師　[生]明治45年6月23日　[出]広島県呉市　本名＝太刀掛重男　[学]広島師範二部卒　[歴]忠海中、広島一中、呉三津田高校教諭などを経て広島県立音戸高校校長となった。昭和4年井上霊山の「作詩大成」に触発され、のち藤波千溪、服部担風、土屋竹雨らの指導を受け、10年呉江吟社を創立、各地に吟社を興した。29年虎南吟社の田森素斎が死去、推されて盟主となり、30年山陽吟社と改め主宰。また「山陽風雅」を発刊、書道の指導も。著書に「詩語完備・だれにもできる漢詩の作り方」「漢詩の再吟味」「呉蘭雪絶句註」「空谷詩註」など。

立川 敏子　たちかわ・としこ

歌人　[生]大正11年4月14日　[出]福岡県八女市　[歴]二宮冬鳥に師事し昭和22年「高嶺」入会、編集同人となる。48年「弥生短歌会」創設・主宰。第一歌集「すみれ火」のほかに「ゆき鳥」「或は虹」「月咲樹」「桜傘」の歌集がある。華麗・幻想の作風ながら病夫を歌い続ける絶唱の歌群が散りばめられている。

橘 糸重　たちばな・いとえ

ピアニスト　歌人　東京音楽学校教授　[生]明治6年10月18日　[没]昭和14年8月31日　[出]東京　別名＝橘糸重子（たちばな・いとえこ）　[学]東京音楽学校（現・東京芸術大学）（明治25年）卒　[賞]帝国芸術院会員（昭和12年）　[歴]生後間もなく父を亡くし、明治7年母、姉とともに上京。のちピアニスト、ケーベル門下で東京音楽学校教授として活躍。また15年歌人・佐々木弘綱、佐佐木信綱父子のもとを訪ね、のち雑誌「心の花」系の歌人としても活躍。一方、31年助教授時代、選科（ピアノ科）に入学してきた島崎藤村と出会う。のち藤村の小説「家」に主人公・小泉三吉の女友達・曽根のモデルとして書かれ、文壇で恋愛関係が噂になったことを恥じ、以後独身を貫いた。昭和14年死去、「心の花」が橘糸重追悼号を出版した。

橘 馨　たちばな・かおる

歌人　医師　[生]明治41年1月31日　[出]東京　[歴]父が斎藤茂吉と同村出身の医師の関係で、戦中茂吉の添削をうけ「アララギ」入会。のち「潮汐」「童牛」の同人。「新歌人集団」の世話役もした。歌集に「中央街」「深巷」がある。

橘 宗利　たちばな・むねとし

歌人　[生]明治25年3月3日　[没]昭和34年7月30日　[出]長崎県　別名＝橘小華　[学]国学院大学卒　[歴]東京府立三中、開成高校教諭を歴任。大正6年「珊瑚礁」を創刊し、のち「あさひこ」に参加。歌集に昭和29年刊行の「萩壺」がある。

立原 道造　たちはら・みちぞう

詩人　[生]大正3年7月30日　[没]昭和14年3月29日　[出]東京市日本橋区橘町（現・東京都中央区）　[学]東京帝大建築学科（昭和12年）卒　[賞]中原中也賞（第1回）（昭和14年）　[歴]一高在学中から短歌や小説を書き、昭和7年から詩作をはじめ、手製の詩集「さふらん」を作った。9年東京帝大に入学し、同人雑誌「偽画」を創刊、小説「間奏曲」を発表。「四季」にも詩を発表し、10年「未青年」を創刊。12年卒業し、建築士として石本建築事務所に勤務、卒業設計は3年連続辰野金吾賞（銅賞）を受賞。第一詩集「萱草に寄す」を5月に刊行し、12月に「暁と夕の詩」を刊行。秋から体調をこわし、14年3月に死去。入院中第1回の中原中也賞を受けた。「立原道造全集」（全6巻，角川書店）がある。平成5年、11年未発表の原稿が発見された。

龍岡 晋　たつおか・しん

俳優　演出家　俳人　文学座社長　[生]明治37年12月16日　[没]昭和58年10月15日　[出]東京・日本橋　本名＝岩岡龍治（いわおか・たつじ）　[学]中央商業学校卒　[歴]戦前、劇団築地座を経て、昭和12年文学座の創立に参加。25年には文学座を株式会社とし、新劇の劇団を会社組織に近代化する先べんをつけた。同時に社長となり、杉村春子とともに同劇団の屋台骨を支えて来た。俳優としては名わき役で活躍。久保田万太郎戯曲を掘り起こし、独特の舞台を演出してきた。主な演出は「蛍」「雨空」など。また俳句を万太郎に師事し、「春燈」創刊から参加、句集に「龍岡晋句抄」「龍岡晋集」（自註現代俳句シリーズ）がある。　[団]俳人協会

龍野 咲人　たつの・さきと

詩人　小説家　[生]明治44年9月15日　[没]昭和59年6月12日　[出]長野県上田市　本名＝大久保幸雄　[学]長野師範卒　[賞]近代文学賞（第5回）（昭和38年）「火山灰の道」　[歴]昭和5年頃から詩作を行い「星林」に詩作を発表。詩集に「香響」「蒼める雪」「水仙の名に」などがある。他に小説「火山灰の道」、随筆集「信州の詩情」などがある。

巽 聖歌　たつみ・せいか
童謡詩人　歌人　㊐明治38年2月12日　㊑昭和48年4月24日　㊞岩手県紫波郡日詰町　本名＝野村七蔵　㊫児童文化賞（第3回）（昭和16年）、赤い鳥文学賞特別賞（第8回）（昭和53年）「巽聖歌作品集」（上・下）　㊟家業の鍛冶屋で働きながら文学を志し、大正12年から「赤い鳥」に童謡を発表する。13年から14年にかけて時事新報社に勤務し、昭和4年にアルスに入社。5年「チチノキ」を、15年には「新児童文化」を創刊、童謡詩人として活躍する。代表作に「たきび」がある。童謡集に「雪と驢馬」「春の神様」「おもちゃの鍋」などがあり、他に「今日の児童詩」などの評論もある。　㊕妻＝野村千春（洋画家）

辰巳 利文　たつみ・としふみ
歌人　大和歌人協会長　「明日香村史」編纂委員長　㊐明治31年8月25日　㊑昭和58年7月8日　㊞奈良県　㊟大正4年「竹柏会」に入会、佐佐木信綱に師事する。昭和6年「厳橿」を創刊、主宰する。万葉集研究で知られ、飛鳥保存にも協力。飛鳥古京を守る会副会長を務める。42年には「あけび」に入会、選者として活躍した。歌集に「残花百首抄」、著書に「万葉地理研究」「万葉染色の研究」などがある。

辰巳 泰子　たつみ・やすこ
歌人　㊐昭和41年1月10日　㊞大阪府　本名＝小島恭子　㊥京都府立大学女子短期大学部卒　㊫現代歌人協会賞（第34回）（平成2年）「紅い花」　㊟元教員。歌誌「短歌人」所属。歌集に「紅い花」など。　㊖日本文芸家協会　㊕夫＝小紋潤（歌人）

館 美保子　たて・みほこ
詩人　㊐明治26年3月11日　㊑（没年不詳）　㊞新潟県　本名＝館ミホ（たち・みほ）　㊥北海高女中退　㊟「草原」同人。詩集に「そこに在るもの」「風の手帖」など。　㊖日本現代詩人会

立岩 利夫　たていわ・としお
俳人　㊐大正9年11月3日　㊞大阪　㊥大阪市立西区商卒　㊟「夜盗派」「海程」同人。句集に「時間」「有色」「象牙」「立岩利夫句集」などがある。　㊖現代俳句協会

舘野 翔鶴　たての・しょうかく
俳人　「引鶴」主宰　㊐大正5年11月3日　㊑平成9年12月5日　㊞東京・浅草　本名＝舘野秋蔵　㊥西野田高卒　㊟昭和15年「山茶花」に投句。16年大橋桜坡子門下となる。17年「ホトトギス」に投句、44年同人。24年「雨月」創刊に参加。25年「かつらぎ」参加。42年山内豊水の「河内野」創刊に参画。53年同誌主宰、「引鶴」主宰。俳人協会評議員、日本伝統俳句協会参与なども務めた。句集に「梅春」「祭簟」「秋峰」「峻峡の鷹」「初富士」がある。　㊖俳人協会、日本伝統俳句協会

建畠 晢　たてはた・あきら
美術評論家　詩人　多摩美術大学教授　セゾン現代美術館理事　㊐昭和22年8月1日　㊞京都府　㊥早稲田大学文学部（昭和47年）卒　㊫歴程新鋭賞（第2回）（平成3年）「余白のランナー」　㊟昭和47年新潮社入社、「芸術新潮」編集部に勤務。51年国立国際美術館研究員に。のち多摩美術大学助教授を経て、教授。著書に「回帰するイメージ」「生成するタブロー・具体美術の50年代」「あいまいな彫刻」、詩集「余白のランナー」などがある。　㊖美術評論家連盟、日本文芸家協会　㊕父＝建畠覚造（彫刻家）、祖父＝建畠大夢（彫刻家・故人）

立道 正晟　たてみち・まさあき
歌人　㊐明治40年3月28日　㊞高知県宿毛市山北　㊥高知師範学校（昭和3年）卒　㊟昭和3年頃から短歌を始め，高知・幡多郡下の小学校教諭や小学校長を37年、宿毛市教育長を12年と教育の仕事に勤めるかたわら、「詩歌」その他の歌壇に参加、半ば独学ながら地道な勉強を積み重ねてきた。歌集に「潮騒」「断層」「立道正晟歌集」など。「万象」「土」に所属。

館山 一子　たてやま・かずこ
歌人　㊐明治29年3月21日　㊑昭和42年11月14日　㊞千葉県東葛郡土村逆井（現・柏市）　本名＝日暮いち（ひぐらし・いち）　㊥土村・増尾尋常高等小学校高等科卒　㊟大正6年頃から8年頃にかけて「詩歌」に所属。のち窪田空穂に師事し「国民文学」に参加。昭和2年、夫田辺駿一と「黎明」を創刊。合同歌集「新風十人」に加わり脚光を浴びる。22年「郷土」を創刊し、主宰。後進の育成にも当たる。歌集に「プロレタリヤ意識の下に」「彩」「李花」「李花以後」「館山一子全歌集」などがある。

田所 妙子　たどころ・たえこ

歌人　「高知歌人」主宰　[生]明治43年11月4日　[出]高知県土佐市宇佐町　本名＝田所末美(たどころ・まつみ)　[学]高知県立第一高女卒　[賞]高知県文化賞(昭46年度)　[歴]昭和3年「真人」に入会、細井魚袋に師事。9年渡鮮。戦後引揚げ高知に帰り、24年「高知歌人」に入会、26年編集発行人となる。500余名の会員を擁する超結社誌に育てあげた功績によって46年度高知県文化賞を受けた。「女人短歌」にも所属。歌集に「暖簾のかげ」(正・続)「造礁珊瑚」「双眸」など。　[団]日本歌人クラブ、高知歌人クラブ

田中 章義　たなか・あきよし

歌人　国連WAFUNIF親善大使　[生]昭和45年4月19日　[出]静岡県静岡市　[学]慶応義塾大学総合政策学部(平成6年)卒　[賞]角川短歌賞(第36回)(平成2年)「キャラメル」　[歴]高校3年の時から短歌を始め、昭和63年「心の花」に入会、佐佐木幸綱の指導を受ける。平成2年大学1年の時に「キャラメル」で角川短歌賞を受賞。"男性版・俵万智"と評され、注目を集める。以来「カドカワ」「SASSY」「日経ウーマン」「東京ウォーカー」などで活躍。また、短歌で地球版・奥の細道を作りたいとアジアやガラパゴス諸島、カナダの北極圏などを旅する。旅行中に環境問題に関心を持つようになり、非政府組織(NGO)地球環境平和財団や国連環境計画(UNEP)と"地球の森"という植樹プロジェクトの準備に携わる。平成12年ニューヨークで開かれた国連ミレニアムサミットに日本代表団の一人として参加。13年国連のピースメッセンジャーの役割を担う外郭組織・WAFUNIF親善大使に任命される。同年アースデイフォーラム結成の中心人物となる。他の作品に「テストステロン」(30首)、「ペンキ塗りたて」(400首)のほか、「キスまでの距離」「いつも探していた」「青春みそひと白書」などの著書がある。

田中 敦子　たなか・あつこ

俳人　[生]昭和4年11月3日　[出]東京　[学]日本女子大学中退　[賞]馬酔木新人賞(昭和46年)　[歴]昭和40年「馬酔木」入門、48年同人となり、53年には同人会幹事となる。同年俳人協会図書委員。のち俳人協会幹事を務める。「橡」に所属。句集に「笹百合」「星祭」がある。　[団]俳人協会

田中 勲　たなか・いさお

詩人　[生]昭和13年10月26日　[出]富山県　[歴]大学らかの11年間を東京で過ごす。その間吉岡実の詩に感動、詩に没入。昭和43年帰郷、北日本詩壇選者の高島順吾に出会い詩作を始める。「ルパン詩通信」「射撃祭」「ガルシア」「GEL」に拠って詩を発表。のち「えきまえ」を編集、発行。著書に「批評という余白」、詩集に「夏!墜ちる」「ひかりの群盗」「青ざめた鰐」などがある。

田中 午次郎　たなか・うまじろう

俳人　[生]明治40年11月18日　[没]昭和48年2月26日　[出]東京・成増　[歴]年少にして旧派に学び、昭和9年より「馬酔木」に参加。石橋辰之助らと「樹氷林」を創刊。12年石田波郷らの馬酔木新人会の「馬」と合併し「鶴」を創刊、同人となる。23年波郷の「馬酔木」復帰と共に「馬酔木」同人となり、同年「鴫」を創刊主宰。戦後、千葉の大和田で料亭を営んだ。句集に「さいねりや」「羅漢」「大道」がある。

田中 王城　たなか・おうじょう

俳人　[生]明治18年5月30日　[没]昭和14年10月26日　[出]京都　本名＝田中常太郎　[学]早稲田大学商科卒　[歴]子規を知って俳句を作り始め、中川四明に師事、大学入学後は虚子に学んだ。「ホトトギス」同人となって虚子門下の去来といわれたが、卒業後京都で書画骨董商・寸紅堂を経営した。大正7年ごろから再び句作を始め、9年「鹿笛」を創刊主宰し、関西俳壇の門下を育てた。ホトトギス課題句選者。昭和15年1周忌記念に「王城句集」が出された。

田中 収　たなか・おさむ

歌人　名古屋経済大学法学部教授・図書館長　[専]社会思想史　[生]大正14年11月2日　[出]愛知県　[学]東京大学法学部政治学科卒、名古屋大学大学院法学研究科政治学専攻博士課程中退　[歴]旧八高時代から梅原猛らと作歌を始め、昭和24年「人民短歌」に参加。新日本歌人、みぎわ短歌会に所属。歌集に「扉」「夜の泉」、評論「東三河歌人論」、著書に「現代日本とキリスト教」などがある。　[団]日本政治学会、社会思想史学会、比較思想学会

田中 克己　たなか・かつみ

詩人　成城大学名誉教授　[専]東洋史　[生]明治44年8月31日　[没]平成4年1月15日　[出]大阪府　本名＝田中吉之助　[学]東京帝国大学文学部東洋史学科(昭和9年)卒　[賞]透谷文学賞(第5回)(昭和16年)「楊貴妃とクレオパトラ」　[歴]高校時

代「炫火（かぎろい）」を創刊する。大学卒業後は大阪の浪速中学に昭和14年まで勤める。その間「コギト」「四季」同人となる。また11年にノヴァリス「青い花」を翻訳刊行し、13年処女詩集「西康省」を、15年「大陸遠望」を刊行。16年刊行の評論集「楊貴妃とクレオパトラ」で谷谷文学賞を受賞。17年応召。以後「神軍」「南の星」を刊行。戦後は31年詩誌「果樹園」を創刊し、詩集「悲歌」などを刊行。「李太白」「白楽天」などの研究書もあり、34年成城大学教授。のち名誉教授。㊟東方学会

田中 規久雄 たなか・きくお
詩人 医師 ㊞大正4年10月4日 ㊞愛知県 本名＝田中正太 ㊞「詩洋」「詩季」に所属。詩集に「慟哭」「花」「ななかまど」「田中規久雄詩集」などがある。 ㊟中日詩人会

田中 鬼骨 たなか・きこつ
俳人 ㊞明治44年1月25日 ㊞平成10年6月5日 ㊞山梨県 本名＝田中武雄 ㊞山梨師範卒 ㊞雲母賞（第3回）（昭和32年） ㊞昭和10年より飯田蛇笏、龍太に師事、「雲母」に拠る。34年「雲母」同人。平成5年「白露」に入会。句集に「望郷」「辛夷集」「時雨集」「欅山」。 ㊟俳人協会

田中 喜四郎 たなか・きしろう
詩人 ㊞明治33年9月24日 ㊞昭和50年4月26日 ㊞広島市 別名＝田中清一 ㊞明治大学法科、東洋大学哲学科、早稲田大学英文科 ㊞家は地主。大正14年詩誌「詩神」（昭7年終刊）を発刊、経営・編集を担当。エシェーニン・ランボー研究等を特集、福士幸次郎、金子光晴、三好十郎らが積極的に寄稿。戦前の詩集に田中清一の名で「永遠への思慕」「悲しき生存」「夢みてはいけないか」「青蛙」など、戦後は広島に居住して、原爆への怒りを歌った「苦悶の花」「悪魔の神話」「ここは寂しき処」などを出版、随筆誌「雲雀笛」を編集発行した。

田中 国男 たなか・くにお
詩人 「はだしの街」主宰 ㊞昭和18年5月5日 ㊞京都府北桑田郡京北町 ㊞立命館大学文学部卒 ㊞嵯峨野高校教師のかたわら、「はだしの街」を主宰。詩集に「伝承の野を越えて」「野辺送り」「村」「どないするのえ—京ことば歳時詩」、評論集に「詩の原初風景」「詩の現在」他。㊟日本現代詩人会、日本詩歌文学館（評議員）

田中 孝 たなか・こう
詩人 ㊞明治45年 ㊞兵庫県神戸市 本名＝田中孝子 医学博士（京都大学） ㊞深尾須磨子門下生。サロン・デ・ポエート同人。詩集に「青天」「帰りなんいざ」「暮色蒼然」などがある。

田中 江 たなか・こう
俳人 ㊞明治40年3月11日 ㊞宮城県 ㊞宮城県女子師範学校専攻科卒 ㊞俳句女園賞（昭和47年） ㊞昭和37年「俳句女園」入会、柴田白葉女に師事する。のち「風土」に所属。句集に「幾春秋」「沙羅」がある。 ㊟俳人協会

田中 貢太郎 たなか・こうたろう
小説家 随筆家 俳人 ㊞明治13年3月2日 ㊞昭和16年2月1日 ㊞高知県長岡郡三里村仁井田（現・高知市） 号＝桃葉、虹蛇楼 ㊞菊池寛賞（第3回）（昭和15年） ㊞小学3年修了後、漢学塾に通い、代用教員や新聞記者などをつとめ、明治36年上京。病のため一度帰郷し、40年再上京する。42年に刊行された田岡嶺雲の「明治叛臣伝」の調査、執筆に協力。45年雑文集「四季と人生」を刊行。大正3年「田岡嶺雲・幸徳秋水・奥宮健之追懐録」を発表して注目を浴び、以後「中央公論」に多くの実録ものを発表。さらに怪談ものや大衆小説を多く発表し、「怪談全集」「奇談全集」「旋風時代」「峨眉往来」「朱唇」などの作品がある。昭和5年随筆雑誌「博浪沙」を創刊。また俳句も桂月に学び、句集に「田中貢太郎俳句集」がある。没後、生前の業績に対して菊池寛賞が与えられた。

田中 五呂八 たなか・ごろはち
川柳作家 ㊞明治28年9月20日 ㊞昭和12年2月10日 ㊞北海道釧路市 本名＝田中次俊 ㊞札幌農科大学林業専門科（大正7年）中退 ㊞明治公債会社旭川支店を経て、小樽新聞社に入社。「大正川柳」誌に投句を続け、大正12年小樽で「氷原」を創刊。"新興川柳"と名づけ、伝統的な「うがち」「こっけい」「からみ」を否定、近代的な短詩型文学への脱皮を提唱した。15年以後五呂八らの純芸派に対し、鶴彬らプロレタリア派が分派して対立、昭和初期にかけて論争を展開したが、ファシズムの台頭と大正デモクラシーの退潮で新興川柳運動も下火となり、6年休刊した。11年に再刊。評論に「新興川柳論」がある。

田中 成彦　たなか・しげひこ
歌人　中学・高校教師(洛星中学・高校)　吻土(ふんど)代表　[生]昭和22年7月8日　[出]京都府　[学]京都大学(昭和45年)卒　[歴]母校の洛星中・高社会科教諭を務める。一方中・高時代島崎藤村に傾倒。のち斎藤茂吉の歌集「赤光」、短歌結社・吻土(ふんど)の創刊者・松田繁太郎の歌集「土の花」の影響を受け、昭和44年同結社に入り、のち代表に。新聞の投稿歌の選者を務めるなど歌人として活躍。歌集に「前奏曲」。[団]京都歌人協会、現代歌人集会

田中 準　たなか・じゅん
詩人　評論家　元・法政大学教授　[生]明治32年2月23日　[出]千葉県　[学]東京大学文学部英文学科(大正13年)卒　[歴]明治大学、東京農業大、一橋大学等の教職を経て法政大学教授となり、その後千葉大学講師を務める。「ポエチカ」の編集発行人だった。詩集「渦巻」「田中準詩集」などの他「芸術と社会生活」「上田敏と海潮音」など研究書・翻訳書多数。

田中 順二　たなか・じゅんじ
歌人　「ハハキギ」主宰　元・同志社女子大学教授　[生]明治45年2月14日　[没]平成9年1月16日　[出]東京・深川　[学]京都帝大文学部国文学科(昭和11年)卒　[歴]同志社女子大学、奈良大学教授を歴任。「短歌草原」「香蘭」を経て、昭和8年「ハハキギ」(帚木)同人。37年創立者吉沢義則没後、発行責任者となる。歌集「某日」「二つの踏切」「小半日」「ただよふ雲」「青き山」のほか「近代短歌鑑賞集」「短歌百論」「短歌文法入門」などの著書がある。　[団]現代歌人協会

棚夏 針手　たなか・しんしゅ
詩人　[生]明治35年　[没](没年不詳)　[出]東京　本名＝田中真寿　別筆名＝田中新珠　[学]順天堂中学中退　[歴]家業の質屋を継ぐかたわら、詩作に励む。大正11年頃「地震の夜」「午餐と音楽」で詩壇に登場。「青騎士」「詩と音楽」「謝肉祭」「近代風景」などに関係。象徴主義より出発し、外国の影響を受けず、独自にシュールレアリスムの先駆的作品を残した。戦後は文化運動に参加したが、昭和25年以後消息不明。未完詩集に「薔薇の幽霊」がある。55年「棚夏針手詩集」が刊行された。

田中 水桜　たなか・すいおう
俳人　「さいかち」主宰　[生]大正10年7月21日　[出]東京　本名＝田中証(たなか・いさむ)　[学]芝商卒　[賞]さいかち賞(2回)　[歴]昭和18年「さいかち」他数誌に投句。後松野自得の人間味に惹かれ、「さいかち」一筋に励む。24年「さいかち」同人、50年編集長、57年より主宰。句集に「水桜句集」。　[団]俳人協会(幹事)

田中 菅子　たなか・すがこ
俳人　[生]昭和12年2月25日　[没]平成10年2月8日　[出]大阪府大阪市北区紅梅町　[学]東商卒　[賞]浜賞(昭48年度)、俳人協会新人賞(昭和60年)　[歴]昭和42年「浜」入門、大野林火に師事。49年「浜」同人。平成6年「百鳥」創刊に参加、大阪百鳥の会会長。俳人協会幹事も務めた。句集に「紅梅町」「青流」がある。　[団]俳人協会　[家]父＝田中螺石(俳人)

田中 清一　たなか・せいいち
⇒田中喜四郎(たなか・きしろう)を見よ

田中 清光　たなか・せいこう
詩人　[専]近代詩　現代詩　[生]昭和6年3月19日　[出]長野県更埴市　本名＝田中清光(たなか・きよてる)　[学]上田中(現・上田高)(昭和23年)卒　[興]日本の近代から現代に至る詩の流れ　[賞]日本詩人クラブ賞(第27回)(平成6年)「風の家」、詩歌文学館賞(第12回)(平成9年)「岸辺にて」　[歴]八十二銀行に勤務し、昭和51年田中支店長で退職。その傍ら27年私家版の詩集「愛と生命のために」でデビュー。「今日」「花粉」「アルビレオ」を経て、「オルフェ」「同時代」同人。主な詩集に「黒の詩集」「収穫祭」「にがい愛」「風の家」「田中清光詩集」「空峠」「岸辺にて」、評論に「立原道造の生涯と作品」「詩人八木重吉」など。また、近・現代詩と山との関わりの研究書「山と詩人」がある。　[団]日本現代詩人会、日本文芸家協会

田中 清太郎　たなか・せいたろう
俳人　学習院大学名誉教授　[専]英文学　イギリス現代詩　[生]大正2年3月30日　[没]平成12年6月3日　[出]東京・麹町区　[学]東京帝国大学英文学科(昭和11年)卒　[賞]日本翻訳文化賞(昭和41年)「D.H.ロレンス詩集」、勲三等瑞宝章(昭和62年)、河原同人賞(昭和62年)　[歴]県立横浜第二中学、府立第十一中学、福岡高校、武蔵高校の英語教師を経て、武蔵大学教授、昭和26〜58年学習院大学教授。一方、俳句は45年川島彷徨子主宰「河原」に同人として入会。54年俳人協会会員。著書に「金子光晴の詩を読む」

「よい文章を書くために」「ディラン・トマス研究」、句集「見知らぬ顔」「硝子絵」「虚空の骨」、詩集「明滅」、訳書に「D.H.ロレンス詩集」、共訳に「ディラン・トマス全詩集」「ディラン・トマス全集」など。　[団]俳人協会

田中 大治郎　たなか・だいじろう
歌人　[生]大正1年12月22日　[没]平成13年7月1日　[出]旧朝鮮　[学]広島高師卒　[賞]鳥取市文化賞(昭和54年)　[歴]愛知女子師範に奉職。昭和10年「言霊」入会。18年応召、戦後、北方抑留。26年「青炎」を創刊し主宰。会員平等の同人誌的結社誌として注目された。鳥取県歌人会副会長、日本海歌壇選者など歴任した。歌集に「白鷺抄」「雪国」「凍虹」他。
[団]現代歌人協会

田中 蛇湖　たなか・だこ
俳人　[生]明治5年1月5日　[没]昭和30年6月12日　[出]千葉県山武郡丘山村(東金市)　本名=田中謙蔵　[歴]明治42年虚子、鳴雪に師事し、「ホトトギス」同人となる。また「渋柿」「ツボミ」「アラレ」などにも加わり、東洋城、稲青らと句作を共にし、「閑古鳥」を十余年間主宰した。「蛇湖句集」「含輝」のほか著書「石井周庵先生伝」「亡妻を語る」「落椿」などがある。

田中 灯京　たなか・ていきょう
俳人　元・神奈川県立商工高校校長　[生]明治41年12月7日　[没]平成1年1月11日　[出]神奈川県横須賀市　本名=田中信義(たなか・のぶよし)
[学]横浜高工卒　[歴]昭和3年高工在学中俳句を始める。臼田亜浪、飛鳥田孋無公に師事、「石楠」に投句。21年「浜」に入会し、22年同人となる。句集に「春禽」「北前船」。　[団]俳人協会

田中 哲菖　たなか・てっしょう
漢詩人　[生]明治28年11月1日　[没](没年不詳)
[出]石川県鹿島町越路　本名=田中末治郎(たなか・すえじろう)　別号=筦山荘人　[学]七尾商業卒、関西大学中退　[歴]大阪の萬歳酒造に勤め昭和30年まで取締役。都山流尺八を平松應山に学び、同流大師範。吟詩を吉山青岳、八木哲洲に師事、関西吟詩同好会師範。詩文は松口月城、宮崎東明に、のち太刀掛呂山らの指導を受けた。関西吟詩同好会本部副会長、日本吟詠総連盟常任理事・奈良県連合会長。また、奈良哲菖会を結成し、会長として子弟を指導。著書に「飯酒談義」「日本現代詩家作品集」「吟歩日記」「哲菖古稀記念詩集」「哲菖吟詠集」(全8巻)などがある。

田中 田士英　たなか・でんしえい
俳人　[生]明治8年3月9日　[没]昭和18年2月2日
[出]長崎市　本名=田中英二　[歴]小学校教師を務めながら、20歳の頃から俳句に親しんだ。鳴雪、虚子、碧梧桐、露月らに学び、特に碧梧桐の日本俳句に影響された。その後石橋忍月らと「あざみ会」を結成、「ナガサキ」「太白」を創刊し主宰。編著に「あざみ俳句集」「田士英俳句集」など。

田中 子之吉　たなか・ねのきち
歌人　[生]昭和3年1月25日　[出]千葉県　[歴]昭和20年佐藤佐太郎に師事、「歩道」入会。のち「運河」に所属。歌集に「現身」「街音」「自照」、評論集「佐藤佐太郎短歌入門」などがある。
[団]日本文芸家協会

田中 波月　たなか・はげつ
俳人　[生]明治30年10月11日　[没]昭和41年9月22日　[出]静岡県島田市　本名=田中伊市　[歴]造園・盆栽業を営んだ。大正11年長谷川零余子の「枯野」に参加。のち新興俳句運動に転じ「天の川」同人となる。戦後は口語俳句運動に加わり、「しろそう」改題「主流」を没年まで主宰した。句集に「相貌」「野」がある。

田中 久雄　たなか・ひさお
詩人　[生]昭和26年　[出]大阪府　[学]桃山学院大学中退　[賞]現代詩手帖賞(第27回)(平成1年)
[歴]会社員として勤務のかたわら詩作を続けている。詩集に「美空」「四季の節」がある。

田中 美穂　たなか・びすい
出版人　俳人　第一法規出版創業者　衆院議員(政友会)　[生]明治16年3月6日　[没]昭和18年10月9日　[出]長野県長野市中御所　本名=田中弥助(たなか・やすけ)　[歴]明治36年加除式出版の合名会社・令省社設立に参加。大正6年令省社を改組改称して大日本法令出版を設立。昭和18年同業の20余社を統合して第一法規出版を設立。戦後いち早く現行法規総覧・判例大系などの書籍を刊行、この分野で不動の地位を築いた。一方、長野県議を経て、11年衆院議員となった。また長野商工会議所会頭、長野商工会連合会長等も歴任した。俳句は明治の末、島田九万字と「葉月」「ウロコ」などを発刊して修業、のち臼田亜浪の「石楠」創刊に参加、同人となったが、間もなく「山」を出した。また一茶百年祭や善光寺奉讃俳句大会などを開催した。句集に「山霊」「美穂句集」「続美穂句集」、編著「善光寺句集」などがある。

田中 裕明　たなか・ひろあき
俳人 [生]昭和34年10月11日 [出]大阪府大阪市 [学]京都大学工学部電子工学科卒 [賞]青賞(昭和56年)、角川俳句賞(第28回)(昭和57年) [歴]高校生時代、兵庫県の山崎高教師が出している雑誌「獏」に詩を投稿したことがきっかけとなり、俳誌「青」に加わるようになる。22歳で作品50句が角川書店俳句新人賞を、同賞開始以来の最年少者として受賞。「晨」同人を経て、「ゆう」主宰。句集に「山信」「花間一壺」「桜姫譚」。共著に「現代俳句の精鋭」などがある。

田中 冬二　たなか・ふゆじ
詩人 日本現代詩人会会長 [生]明治27年10月13日 [没]昭和55年4月9日 [出]福島市栄町 本名=田中吉之介(たなか・きちのすけ) [学]立教中学(昭和2年)卒 [賞]文芸汎論詩集賞(名誉賞・第10回)(昭和18年)「椽の黄葉」、高村光太郎賞(第5回)(昭和37年)「晩春の日に」 [歴]中学時代から文学に関心を抱く。大正2年第三銀行(現・富士銀行)に勤務し、昭和24年の停年退職まで、出雲を振り出しに各地の支店長を務めながら詩作を続け、田園の風物や生活を謳う。昭和4年「青い夜道」、5年「海の見える石段」を刊行して、代表的抒情詩人となり、10年代は四季派同人として活躍する。15年「故園の歌」を刊行、18年「椽の黄葉」で文芸汎論詩集賞を受賞。富士銀行停年退職後は新太陽社、高砂ゴムの役員となりながら詩作を続け、37年「晩春の日に」で高村光太郎賞を受賞。詩集のほか「麦ほこり」などの句集、散文集、詩文集もあり、著書は多い。「田中冬二全集」(全3巻，筑摩書房)がある。

田中 房太郎　たなか・ぼうたろう
詩人 [生]昭和4年1月12日 [出]神奈川県 本名=田中宏 [学]東京学芸大学卒 [歴]詩集に「人質」「悪疫」「かくして人は昇天しぬ」「田中房太郎詩集」、評論に「詩と存在・その逆説的な出会い」「風景の変容」などがある。 [団]日本現代詩人会

田中 北斗　たなか・ほくと
俳人 [生]大正11年3月15日 [出]北海道雨竜郡北竜町 [賞]鮫島賞(第15回)(平成7年)「雪卍」 [歴]「道」俳句会編集同人。句集に「空知」「一炉の奥」「雪卍」。

田中 巻子　たなか・まきこ
俳人 [生]大正2年1月1日 [出]東京 [学]白百合高女卒 [歴]昭和10年高浜虚子、星野立子に師事。32年より木村蕪城に師事、「夏炉」同人となる。43年「花辻」を創刊、主宰した。女性俳句懇話会幹事を務める。句集に「はくれん」がある。 [団]俳人協会

田中 光子　たなか・みつこ
詩人 [生]昭和8年7月16日 [出]福井市 [学]福井大学卒 [歴]福井放送アナウンサーを経て、高校教員に。かたわら執筆を始める。「日本海作家」「土星」「ラメール」同人。詩集に「あけぼのの指のように」「顔」「田中光子詩集」、ほかに「ふくい女性史」など地方の女性史も研究している。

田中 茗児　たなか・めいじ
俳人 [生]明治33年1月2日 [没]昭和62年8月19日 [出]大阪市 本名=田中明治(たなか・あきはる) [賞]雪解賞 [歴]昭和10年皆吉爽雨に師事。21年「雪解」同人。句集に「母像」がある。 [団]俳人協会

田中 弥助　たなか・やすけ
⇒田中美穂(たなか・びすい)を見よ

田中 保子　たなか・やすこ
歌人 「BOU」代表 [生]昭和2年10月27日 [出]京都府 [歴]著書に歌集「夢あかり」「四季」「京の料理〈1〉老舗歳時記 一月～大月」、随筆集「ふくろうの声」などがある。 [団]京都歌人協会

田中 雪枝　たなか・ゆきえ
⇒槇みちゑ(まき・みちえ)を見よ

田中 譲　たなか・ゆずる
歌人 [生]昭和2年2月17日 [出]富山県 [歴]旧制専門学校時代から作歌、昭和22年岡部文夫に師事。23年「青垣」会員となる。23年刊行の「海潮」に参加、編集を担当。橋本米次郎との合著歌集「風のある空」がある。33年より富山県歌人連盟委員。 [団]日本歌人クラブ

田中 陽　たなか・よう
俳人 [生]昭和8年11月22日 [出]静岡県島田市 [学]島田商高卒、日本大学通信教育部卒 [賞]口語俳句協会賞(第12回) [歴]「主流」発行人。句集に「傷」「愉しい敵」がある。珠算塾経営。 [団]口語俳句協会、現代俳句協会、口語俳句協会(幹事)

田中 佳宏　たなか・よしひろ
歌人　ちゃらん亭農園主人　[生]昭和18年12月2日　[出]埼玉県　[学]熊谷農卒、東京都立放射線技師学校卒　[賞]個性賞、埼玉文学賞(第4回)(昭和47年)、埼玉文芸賞(第16回)(昭和60年)「天然の粒」　[歴]放射線技師を経て、昭和53年から農業に従事。62年食糧自給可能都市宣言を提唱する。一方、43年より「個性」同人。のち「牙」会員。歌集に「黙って墓場へ降りてゆくわけにいかない」「天然の粒」「百姓の一筆」など。　[団]日本農民文学会、現代歌人協会

田中 螺石　たなか・らせき
俳人　[生]明治44年1月1日　[没]昭和62年4月15日　[出]大阪市北区菅南町　本名＝田中猛(たなか・たけし)　[学]日新商卒　[賞]ひこばえ年度賞(昭和46年)　[歴]昭和42年大野林火に師事、「浜」入門、44年同人幹事大阪支部担当。43年南部憲吉「ひこばえ」に入り、44年同人。51年顧問。句集に「青螺」がある。　[団]俳人協会　[家]娘＝田中菅子(俳人)

田仲 了司　たなか・りょうじ
俳人　[生]大正6年9月5日　[出]奈良県　[歴]榛間雪山、大野翠峰の指導を受ける。戦後「曲水」「青玄」を経て、昭和53年「幻」を創刊主宰。「海程」にも所属。57年「田仲了司句集」を刊行した。

田中 令三　たなか・れいぞう
詩人　元・日本産業訓練協会理事　元・技能五輪日本委員会主任幹事　[生]明治40年3月15日　[没]昭和57年1月23日　[出]岐阜県大垣市　[学]東洋大学卒　[歴]大正15年前田鉄之助の「詩洋」に参加、のち編集に携わる。昭和7年佐伯郁郎らと「文学表現」を創刊。戦後も詩作をつづけるが、感ずるところあって発表せず。詩集に「秋衣集」「野晒」「祈祷歌」「海戦と花」「赴戦歌」など。

棚橋 影草　たなはし・えいそう
俳人　[生]明治32年　[没]昭和45年9月9日　[出]福岡市　本名＝棚橋陽吉　[学]九州帝大医学部卒　[歴]九州帝大医学部教授、のち講師。貝の血液研究でも知られる。昭和の初めから吉岡禅寺洞を師として「天の川」幹部同人となり、新興俳句の隆盛期に評論などで活躍した。一時横山白虹の後を継ぎ「天の川」を編集。昭和13年以後目を病み、句作から離れた。句集に「洲」がある。

田辺 永湖　たなべ・えいこ
俳人　[生]明治17年2月　[没]昭和20年2月18日　[出]東京・神田須田町　号＝白雨山人、宝晋斎9世、別名＝其角堂永湖(きかくどう・えいこ)　[歴]幼少時代から俳諧を学び、大正6年其角堂9世を襲名。昭和4年「つの」を創刊主宰したが、翌年7月休刊した。　[家]父＝田辺機一(其角堂8世)

田辺 香代子　たなべ・かよこ
俳人　[生]昭和6年8月19日　[出]東京　本名＝田辺かよ　[歴]昭和28年「季節」入会、翌年同人。金尾梅の門、長谷岳らに師事。同人誌「風象」「季刊俳句」に参加。句集に「浪費」「深爪」など。

田辺 機一　たなべ・きいち
俳人　[生]安政3年8月(1856年)　[没]昭和8年5月29日　[出]江戸神田須田町　通称＝善右衛門、号＝其角堂機一(きかくどう・きいち)、老鼠堂機一(ろうそどう・きいち)　[歴]明治4年其角堂永機の門に入り、20年其角堂8世を継ぐ。大正8年其角堂を一子永湖にゆずり老鼠堂と号し、隠退した。編著に「発句作法指南」「支考全集」がある。　[家]息子＝田辺永湖

田辺 駿一　たなべ・しゅんいち
歌人　[生]明治27年3月7日　[没]昭和41年11月　[出]東京・浅草　本名＝田辺幾太郎　[歴]窪田空穂に師事して「国民文学」に入り、大正9年「地上」の創刊に参加。のちマルクス主義思想に移り、昭和2年「黎明」を創刊。歌集に大正15年刊の「青木集」がある。　[家]父＝田辺呉水(漢詩人)、妻(のち離婚)＝館山一子(歌人)

田辺 正人　たなべ・しょうじん
俳人　[生]明治30年11月22日　[没]平成5年9月17日　[出]岡山県小田郡美星町　本名＝田辺政吉　[歴]大正7年河東碧悟桐の「海紅」及び荻原井泉水の「層雲」に参加し、自由律派の俳人として出発。その後、大正末年、関東大震災を機に郷里岡山に帰り、俳誌「石蕗」を創刊。大正14年再び上京、「石蕗」廃刊。朝日新聞社に入社、記者となり、一時は俳句を中断したのち、犬塚楚江の「俳句と旅」に参加し、昭和23年楚江の没後、休刊した同誌を26年「旅と俳句」と改題して主宰。

田辺 松坡　たなべ・しょうは
漢詩人　[生]文久2年1月8日(1862年)　[没]昭和19年2月24日　[出]肥前国唐津(佐賀県)　本名＝田辺正守　字＝子慎、通称＝新之助、号＝松坡、菱花山人　[歴]唐津の旧藩士で、昌平黌で岡本黄石、大沼枕山らに漢籍を学ぶ。漢詩人として活躍する傍ら、唐津藩史の編集にもあたり、著書に「明十家詩選」「明山公伝」などがある。東京府開成尋常中学校長、第二開成中学校長を歴任、また鎌倉女学校を創立するなど教育事業に尽くした。

田辺 杜詩花　たなべ・としか
歌人　医師　[生]明治29年3月24日　[没]昭和28年10月11日　[出]愛媛県　本名＝田辺稔香　[学]新潟医専卒　[歴]「ポトナム」を経て昭和21年「原始林」創刊に参加、発行責任者となり、選歌も担当。日本歌人クラブ地方幹事、北海タイムス歌壇選者をつとめた。歌集に「緑日」「青雪」がある。31年その業績を讃え田辺賞が設定された。　[団]日本歌人クラブ

田辺 夏子　たなべ・なつこ
歌人　[生]明治5年6月10日　[没]昭和21年12月7日　[出]東京　旧姓(名)＝伊東　[学]駿台英和女学校卒　[歴]日本橋の鳥問屋の娘で、11歳の時から中島歌子の歌塾萩の舎に学び、遅れて入った樋口一葉と同じ名の夏子ということで親交、花圃とともに三才女といわれた。明治31年陸軍将校の田辺と結婚。生涯、一葉と親しく、遺著に「一葉の憶ひ出」がある。

田辺 碧堂　たなべ・へきどう
漢詩人　実業家　政治家　日清汽船監査役　衆院議員(憲政本党)　[生]元治1年12月13日(1864年)　[没]昭和6年4月18日　[出]備中国浅口郡長尾(岡山県)　本名＝田辺華(たなべ・か)　字＝秋穀(しゅうこく)、通称＝田辺為三郎(たなべ・ためさぶろう)　[歴]金町製瓦、日本煉瓦会社重役を経て日清汽船監査役。後年二松学舎、大東文化大学教授となり作詩を講じた。衆院議員当選2回。実業のかたわら森春濤の茉莉吟社で漢詩を学び、のち国分青厓の影響を受けた。「碧堂絶句」「衣雲集」「凌滄集」「壮行集」などがある。

田辺 若男　たなべ・わかお
俳優　詩人　歌人　[生]明治22年5月28日　[没]昭和41年8月30日　[出]新潟県刈羽郡野田村　本名＝田辺富蔵　[歴]鉄道駅員から新派の木下吉之助門下生となり、川上音二郎一座、新社会劇団、新時代劇協会、土曜劇場を経て、大正2年芸術座の創立に参加。以後、新芸術座、新国劇、第2次芸術座、築地座、文学座、瑞穂劇団などの俳優をつとめた。かたわら、歌作・詩作にはげみ、大正13年に詩集「自然児の出発」を刊行。戦後は「新日本歌人」同人となる。自伝に「舞台生活五十年 俳優」がある。

田波 御白　たなみ・みしろ
歌人　[生]明治18年11月8日　[没]大正2年8月25日　[出]栃木県　本名＝田波庄蔵　別号＝水韻　[学]東京帝国大学英文科　[歴]十代で金子薫園の白菊会に参加。大正時代「帝国文学」などに歌文を発表。没後の大正3年「御白遺稿」が刊行された。

棚山 春雄　たなやま・はるお
⇒棚山波朗(たなやま・はろう)を見よ

棚山 波朗　たなやま・はろう
俳人　[生]昭和14年4月11日　[出]石川県羽咋郡志賀町　本名＝棚山春雄(たなやま・はるお)　[学]国学院大学卒　[賞]風400号記念賞(昭和56年)、俳人協会賞新人賞(第27回)(昭和63年)「之乎路」　[歴]フジテレビ美術部管理担当部長を務める。昭和50年「風」に入会、沢木欣一に師事、皆川盤水に指導を受ける。54年同人。俳句集に「之乎路」「雁風呂」、著書に「東京俳句歳時記」、編著に「秀句350選・祭」などがある。　[団]俳人協会、日本文芸家協会

谷 郁雄　たに・いくお
詩人　[生]昭和30年　[出]三重県　[学]同志社大学文学部英文学科中退　[歴]平成2年「死の色も少しだけ」で詩人デビュー。のち詩集「マンハッタンの夕焼け」が第3回Bunkamuraドゥマゴ文学賞候補となる。またインターネットで詩のサイト“谷郁雄のポエトリー・カフェ”を主宰するほか、バンタンJカレッジ講師、ポエトリー・ワークショップ講師を務める。他の作品に、詩集「北京の日本人」「旅の途上」がある。

谷 馨　たに・かおる
歌人　国文学者　[生]明治39年8月15日　[没]昭和45年7月13日　[出]高知県　[学]早稲田大学国文科(昭和5年)卒　[歴]昭和5年以降、拓殖大学教授、早稲田大学、立正大学各講師を歴任した。橋田東声、窪田空穂に歌を学び、14年「和歌文学」を創刊、後「朝鳥」と改題して主宰した。歌集に「年輪」「妙高」「歳月」「正述心緒」、著書に「山上憶良」「和歌文学論攷」「万葉武蔵野紀行」「額田王」などがある。

谷 活東　たに・かつとう
小説家　俳人　[生]明治10年　[没]明治39年1月8日　[出]東京　本名＝谷半治　別号＝春星池　[学]国学院中退　[歴]信濃毎日新聞記者を務める。一方尾崎紅葉の門に入り、江見水蔭に兄事。「明星」「卯杖」などに詩を発表。小説家として「両国十ケ町」「金春稲荷」「女郎蜘」などの作品がある。

谷 鼎　たに・かなえ
歌人　国文学者　[生]明治29年9月16日　[没]昭和35年7月15日　[出]神奈川県小田原市　前号＝新見はるを　[学]京都帝国大学国文科卒　[歴]東京府立五中の教諭となり、戦後大東文化大学教授を務めた。大正3年「国民文学」創刊2号から、窪田空穂に師事した。歌集「伏流」「青あらし」「冬びより」などのほか、著書に「定家歌集評釈」「短歌鑑賞の論理」「藤原定家」「古今和歌集評釈」「新古今和歌集評釈」などがある。

谷 邦夫　たに・くにお
歌人　下野歌人会会長　[生]明治37年5月12日　[没]平成3年11月23日　[出]栃木県湯津上村　本名＝谷国夫　[学]宇都宮商業(大正9年)卒　[賞]日本短歌雑誌連盟賞(昭和41年)、栃木県文化功労賞、牧水賞(昭和60年)「評伝若山牧水」、日本歌人クラブ賞(第14回)(昭和62年)「野の風韻」　[歴]大正9年「創作」入会、若山牧水に師事。14年「橄欖」入会、吉植庄亮に師事。37年「当道」を創刊し、主宰。51年「下野歌人」創刊、会長となる。盲人短歌に造詣が深い。歌集に「彩裳」「青き起伏」「つがの木」「村長室周辺」「野の風韻」、歌書「光なき世界の光」「評伝若山牧水」ほか。　[団]日本歌人クラブ

谷 けい子　たに・けいこ
詩人　童話作家　グリーン購入ネットワークかごしま代表　本名＝若松佳子　[賞]全国アマチュア映像コンクール入選「恋文口笛」　[歴]再生紙普及運動などの環境問題に取り組む。詩集に「ひとひらの夢を」「ふるさとをこの胸に」「リンゴの日」、絵本に「コアラちゃんのぼうけん」、絵本詩集に「キリン物語」、童話「はるかなる屋久杉」「大クスの木は知っていた」などがある。

谷 迪子　たに・みちこ
俳人　[生]大正8年2月13日　[出]兵庫県　[学]第二神戸高女卒　[賞]馬酔木新人賞(昭和41年)　[歴]昭和15年「馬酔木」に投句を始める。「馬酔木」「燕巣」同人となるが、その後「橡」に所属。句集に「海光」「はりま野」がある。　[団]俳人協会

谷井 美恵子　たにい・みえこ
歌人　[生]大正11年5月15日　[出]北海道　[賞]砂金賞(第1回)(昭和35年)　[歴]十代後半より作歌し、「青垣」同人加藤卓爾に師事。昭和33年「砂金」入会、35年第1回砂金賞受賞。歌集に「楡」「水をのむ山羊」「日常空間」など。

谷岡 亜紀　たにおか・あき
劇作家　歌人　[生]昭和34年11月19日　[出]高知市　[学]早稲田大学中退　[賞]現代短歌評論賞(第5回)(昭和62年)、現代歌人協会賞(第38回)(平成6年)「臨海」　[歴]劇作の傍らコンピューターゲーム・シナリオを創作。昭和62年8月「『ライトヴァース』の残した問題」で第5回現代短歌評論賞を受賞。「心の花」所属。他の著書に「〈劇〉的短歌論」、共著に「短歌をつくろう」、歌集に「臨海」がある。

谷川 雁　たにがわ・がん
詩人　評論家　[生]大正12年12月25日　[没]平成7年2月2日　[出]熊本県水俣市　本名＝谷川巌(たにがわ・いわお)　[学]東京帝国大学文学部社会学科(昭和20年)卒　[歴]戦時中、8カ月軍隊生活を送り、3度営倉に入れられる。戦後、西日本新聞社に勤務。「九州詩人」「母音」に詩を発表。昭和22年共産党に入党し、労働争議で解雇される。29年第一詩集「大地の商人」を刊行。31年第二詩集「天山」、35年「定本谷川雁詩集」を刊行、その“あとがき”で以後詩作しないことを宣言する。33年福岡県中間市に移住。雑誌「サークル村」を創刊、評論集「原点が存在する」「工作者宣言」などを発表。35年安保闘争を機に共産党を離党。36年吉本隆明らと思想・文学・運動の雑誌「試行」を創刊したが8号を最後に脱退。38年評論集「影の越境をめぐって」を刊行。40年上京するが、53年長野県柏原へ移住。56年から“十代の会”、57年から“ものがたり文化の会”を主宰し、宮沢賢治を中心に児童文化活動にとりくむ。他の評論集に「意識の海のものがたりへ」「賢治初期童話考」「ものがたり交響」「極楽ですか」、詩集「海としての信濃」など。　[団]日本文芸家協会　[家]兄＝谷川健一(評論家)

谷川 俊太郎　たにかわ・しゅんたろう
詩人　[生]昭和6年12月15日　[出]東京都杉並区　[学]豊多摩高定時制(昭和25年)卒　[賞]サンケイ児童出版文化賞(第16回)(昭和44年)「き」、日本翻訳文化賞(昭和50年)「マザー・グースのうた」(訳詩集)、赤い鳥文学賞(昭和51年)、読売文学賞(第34回詩歌俳句賞)(昭和58年)「日々の

地図」、斎田喬戯曲賞(昭和62年)「いつだって今だもん」、野間児童文芸賞(第26回)(昭和63年)「詩集はだか」、小学館文学賞(第37回)(昭和63年)「いちねんせい」、丸山豊記念現代詩賞(第1回)(平成4年)、萩原朔太郎賞(第1回)(平成5年)「世間知ラズ」、朝日賞(平7年度)(平成8年)、モービル児童文化賞(第35回)(平成12年) ㊵18歳頃から詩作を始め、昭和27年「二十億光年の孤独」を刊行。28年「櫂」同人。詩、翻訳、創作わらべうたなど幅広く活躍し、また東京オリンピック記録映画制作、万国博の政府館への企画などにも参加している。58年「日々の地図」で読売文学賞を受賞。またレコード大賞作詞賞、サンケイ児童出版文化賞、日本翻訳文化賞なども受賞。代表作に「六十二のソネット」「落首九十九」「谷川俊太郎詩集」「定義」などのほか、「けんはへっちゃら」「はだか」など子供のための詩や童話も多く、「マザーグースのうた」の訳でも有名。㊿日本現代詩人会、日本文芸家協会、銅仙朗読会(世話人) ㊸妻=佐野洋子(絵本作家)、父=谷川徹三(哲学者・故人)、長男=谷川賢作(作曲家)、祖父=長田桃蔵(政治家)

谷川 水車　たにかわ・すいしゃ
俳人　㊤大正5年10月31日　㊦東京　本名=谷川清　㊥東京府青山師範本科二部卒　㊨立川市社会教育関係委員を務める。昭和30年「曲水」の渡辺桂子に師事。33年立川市民俳句会創立幹事代表となる。のち俳人協会年の花講師を務める。句集に「天上の花」「しらかばの夏」がある。　㊿俳人協会

谷口 雲崖　たにぐち・うんがい
俳人　㊤明治36年11月25日　㊦鳥取県　本名=谷口秋治(たにぐち・しゅうじ)　別号=乃木楚人　㊥高卒　㊨鳥取大学の教師を務めた後、日本海文化学園教師。高浜虚子・高野素十・中村草田男に師事。昭和22年「踏青」を創刊主宰。「万緑」同人。平成3年自宅から有島武郎が自殺する直前に描いたスケッチが見つかって話題になった。　㊿俳人協会

谷口 勝利　たにぐち・かつとし
歌人　㊤大正3年2月22日　㊦広島県　㊥神宮皇学館卒　㊨創生賞(第2回)(昭和35年)、筏井賞(昭和56年)　㊨昭和7年神宮皇学館入学と同時に「香蘭」に入社、作歌を始める。21年創刊の「定型律」に参加、筏井嘉一に師事、同人となる。「花宴」「創生」同人、43年より選者。35年第2回創生賞、56年筏井賞を受賞。歌集に「雪溶くる日」がある。　㊿日本歌人クラブ

谷口 喜作　たにぐち・きさく
俳人　㊤明治35年6月16日　㊥昭和23年5月25日　㊦東京・黒門町　幼名=弥之助、別号=怙寂、閑心亭　㊨15歳で父を失い母と家業の菓子店「うさぎや」を継いだ。河東碧梧桐に師事、「海紅」「三昧」などに句や文章を書いた。晩年永井荷風とも親しく、滝井孝作の「積雪」「風物誌」などの装幀も手がける才人であった。

谷口 謙　たにぐち・けん
医師　詩人　谷口内科小児科医院院長　㊨小児科　詩　俳諧史研究　㊤大正14年5月28日　㊦京都府　㊥京都大学医学部(昭和23年)卒　㊨現代詩人アンソロジー賞(第2回)(平成4年)「暖冬」　㊨昭和26年郷里にて内科・小児科医院開業、現在に至る。「浮標」「西播文学」同人。著書に『『山椒大夫』考」「古事散策」「蕪村の丹後時代」「与謝蕪村覚書」「与謝蕪村ノート」、詩集「谷口謙詩集」「風信旗」ほか7冊、評論集などがある。　㊿日本詩人クラブ

谷崎 真澄　たにざき・ますみ
詩人　㊤昭和9年5月12日　㊦北海道札幌市　㊥日本大学芸術学部(昭和32年)卒　㊨北海道詩人協会賞(平成1年)「夜間飛行」　㊨昭和27年銅文学同人となり、28年「ひとりの人間のために」、31年「知らない人たち」、40年「サッポロ」を刊行。「パンと薔薇」同人。平成元年4月から精神薄弱者の授産施設・あかしあ学園(札幌市民生局福祉部所管)に勤務。詩集は他に「想像力の母国」「さまよえる船」「夜間飛行」など。

谷沢 迪　たにさわ・たどる
詩人　㊤昭和6年6月19日　㊥(没年不詳)　㊨東海現代詩人賞(昭和52年)「華骨牌」、中日詩賞(昭和59年)「時の栞」　㊨会社勤めのかたわら、昭和29年頃から詩を作りはじめる。詩集に「華骨牌」「時の栞」など。　㊿中日詩人会　㊸子=久綱さざれ(小説家)

谷野 予志　たにの・よし
俳人　元・愛媛大学教授　㊤明治40年3月22日　㊥平成8年3月21日　㊦大阪府大阪市　本名=谷野芳輝(たにの・よしてる)　㊥京都帝大文学部英文科卒　㊨松山で教師生活に入り、愛媛大学、松山商科大学(現・松山大学)などで教べんをとる。昭和11年作句を始め、「馬酔木」に投句。15年「馬酔木」同人となる。その頃より山口誓子に師事し、23年「天狼」に参加。24年「炎昼」を創刊し、主宰。46年俳人協会に入会し、

47年評議員。朝日新聞愛媛版の「伊予俳句」の選者を40年間つとめた。 [団]俳人協会

谷村 博武 たにむら・ひろたけ
詩人 [生]明治41年6月6日 [没]昭和52年1月24日 [出]千葉・幕張 [学]早稲田大学高等師範部中退 [賞]宮崎県文化賞芸術部門(昭和39年)、宮崎市文化功労者(昭和39年) [歴]詩誌「新進詩人」「九州芸術」「日本詩壇」「竜舌蘭」「九州文学」「日本未来派」同人。詩集に「復員悲歌」「痛苦と回復」「南国の市民」「炎天」など。

谷本 とさを たにもと・とさお
俳人 書家 [生]大正14年5月5日 [出]高知県中村市 本名＝谷本好正 書家名＝谷本渡川(たにもと・とせん) [学]日本大学農学部(昭和30年)卒、東京教育大学理学部研究科(昭和31年)修了 [賞]現日展特選(昭和48年・51年)、「鶴」風切賞(佳作)(昭和59年)、勲四等瑞宝章(平成8年) [歴]高知県公立高校教員、校長を歴任。昭和61年退職。「鶴」「日矢」同人。現日書道会同人格。日本書道美術館参与、依嘱作家などを務める。句集に「初扇」「花蘇枋」「麦笛」。

田沼 文雄 たぬま・ふみお
俳人 「麦の会」会長 [生]大正12年3月23日 [出]群馬県太田市 本名＝田沼文夫 [歴]昭和22年「麦」同人前田城雄の手ほどきを受け、中島斌雄に師事。27年「麦」編集同人、のち編集長、同人会長。63年中島斌雄死去の後「麦の会」会長として雑誌を継承。現代俳句協会副幹事長。句集「菫色」「田沼文雄句集」がある。

多祢 雅夫 たね・まさお
詩人 医師 六甲病院副院長 [専]産婦人科学 [生]昭和11年9月2日 [出]和歌山県西牟婁郡(本籍) 本名＝多祢正雄(たね・まさお) [学]大阪大学薬学部(昭和34年)卒、神戸医科大学(現・神戸大学医学部)(昭和38年)卒 [賞]関西文学選奨(第27回)(平成8年)「自叙伝風植物誌」 [歴]産婦人科医師として六甲病院に勤務。詩誌「灌木」同人。著書に「丈夫な赤ちゃんを産むために」「マタニティ・ドクター、いのちへの限りない愛」、詩集に「遺伝子」「詩もどき」「まぼろしの渓(たに)」他。 [団]日本詩人クラブ

種田 山頭火 たねだ・さんとうか
俳人 [生]明治15年12月3日 [没]昭和15年10月11日 [出]山口県佐波郡西佐波令村(現・防府市八王子) 本名＝種田正一 法名＝耕畝 [学]早稲田大学文学科(明治37年)中退 [歴]早大中退後、帰郷して父の経営する酒造業を営む。大正2年荻原井泉水に師事し、「層雲」に初出句、5年選者に加わる。同年種田家が破産し、流転生活が始まる。この間母や弟の自殺、離婚、父の死、神経衰弱などの不運に見舞われ、13年禅門に入り、14年熊本県の報恩寺で出家得度し、耕畝と改名。15年行乞(ぎょうこつ)流転の旅に出、句作を進め、昭和6年個人誌「三八九」を刊行。7年経本造りの「鉢の子」を刊行、以後全7冊の経本版句集を刊行。7年より山口県小郡村其中庵、山口市湯田風来居、松山市一草庵と転々し、その間全国各地を行脚し、句と酒と旅に生きた。句集に「草木塔」「山行水行」「柿の葉」「孤寒」「鴉」、日記紀行集に「愚を守る」「あの山越えて」など。「山頭火全集」(全11巻, 春陽堂書店)などがある。

田野 陽 たの・よう
歌人 [生]昭和6年11月23日 [出]群馬県 [学]農業学校卒 [歴]昭和32年佐藤佐太郎に師事し「歩道」に入会。編集委員を務めた。歌集に「濤煙」「花萌」がある。

田畑 比古 たばた・ひこ
俳人 [生]明治31年4月6日 [没]平成4年10月5日 [出]京都市 本名＝田畑彦一 [歴]妻の三千女は高浜虚子の小説「風流懺法」の三千歳のモデルとされる。三千女と共に虚子に句を学び、「緋蕪」「裏日本」「大毎俳句」の選者を経て、31年「東山」創刊主宰。平成4年8月447号で終刊。句集に「遍路」がある。 [家]妻＝田畑三千女(俳人)

田畑 三千女 たばた・みちじょ
俳人 [生]明治28年10月20日 [没]昭和33年1月22日 [出]滋賀県 本名＝田畑あい [歴]6歳で上洛、祇園の舞妓となり、茶屋「一力」の専属となる。舞妓時代に高浜虚子を知り、小説「風流懺法」の三千歳のモデルとなった。のち田畑比古と結婚、共に料亭「京饌寮」を経営、虚子に師事。 [家]夫＝田畑比古(俳人)

田畑 美穂女　たばた・みほじょ
俳人　⑮明治42年9月22日　⑰大阪　本名＝田畑秋子(たばた・あきこ)　⑲清水谷高女中退　㉑昭和11年より句作。「ホトトギス」「玉藻」に拠る。24年「ホトトギス」同人。句集に「美穂女抄」「吉兆」など。　㉒俳人協会

田林 義信　たばやし・よしのぶ
歌人　和歌山大学名誉教授　日本歌人クラブ委員　㉓和歌文学　⑮明治39年4月28日　⑯昭和62年10月20日　⑰和歌山県那賀郡粉河町　⑲広島文理科大学国語国文科卒　文学博士　㉑昭和25年歌誌「垣穂」を創刊。著書に「賀茂真淵歌集研究」「校証古今和歌六帖」、歌集に「祈りの季節」など。

田原 千暉　たはら・ちあき
俳人　⑮大正12年1月31日　⑰大分県　本名＝田原千秋　㉑昭和17年歩行不能となる。21年「飛蝗」を創刊し編集発行を担当、24年に「菜殻火」と改題。27年「石」を創刊編集発行、29年より同誌主幹となる。元「鶴」同人。句集に「車椅子」「合図」など。

田平 龍胆子　たびら・りんどうし
俳人　⑮明治41年7月28日　⑰長崎県佐世保市　本名＝田平久男　㉑大正13年佐世保工廠勤務。以後、昭和50年まで機関設計に従事。一方14年より句作をはじめ、「馬酔木」を経て、30年「寒雷」同人、45年「杉」創刊とともに同誌同人。句集に「山河表裏」など。

田吹 繁子　たぶき・しげこ
歌人　元・大分県歌人クラブ会長　⑮明治35年1月13日　⑯昭和63年4月22日　⑰大分県大野郡朝地町　⑲日本女子大学国文科卒　㉑昭和13年に短歌誌「八雲」を創刊。西日本婦人文化サークル大分教室常任理事を務めた。歌集に「桜」「白菊」。

田淵 実夫　たぶち・じつお
⇒田淵十風子(たぶち・じっぷうし)を見よ

田淵 十風子　たぶち・じっぷうし
俳人　元・広島市立図書館長　元・広島女学院大学教授　㉓言語学　民俗学　⑮明治42年1月25日　⑯平成3年3月8日　⑰広島県三次市　本名＝田淵実夫(たぶち・じつお)　⑲関西大学文学部卒、京都大学大学院修了　㉑大正12年「石楠」に入会、廃刊まで在籍。昭和24〜26年「斧」創刊主宰。46年再刊。中国新聞俳壇選者もつとめた。句集に「天牛黒馬」「古里かなし」。　㉒俳人協会

玉井 清弘　たまい・きよひろ
歌人　⑮昭和15年7月21日　⑰愛媛県丹原町　⑲国学院大学文学部卒　㉔まひる野賞(昭和41年)、芸術選奨新人賞(昭和61年度)(昭和62年)「風筝」、日本歌人クラブ賞(第26回)(平成11年)「清漣」、山本健吉文学賞(短歌部門、第2回)(平成14年)「六白」　㉑大学卒業のころより作歌を始め、昭和40年「まひる野」に入会。57年「音」刊に加わる。高校教師。歌集に「久露」「風筝」「清漣」「六白」などがある。　㉒香川歌人会、日本文芸家協会、現代歌人協会

玉出 雁梓幸　たまいで・かりしこう
俳人　⑮大正8年8月22日　⑯平成12年1月18日　⑰兵庫県神戸市　本名＝玉出勝(たまいで・まさる)　⑲法政大学専門部政治経済学科卒　㉑戦時中に俳句を始め、昭和18年「琥珀」に参加。20年久保田万太郎、安住敦に師事。21年「春燈」創刊より投句。「春燈」同人。38年俳人協会会員。句集に「演歌」「浄瑠璃」「自註・玉出雁梓幸集」など。　㉒俳人協会

玉川 ゆか　たまがわ・ゆか
詩人　⑮昭和22年　⑰兵庫県神戸市　別筆名＝玉川侑香　㉑ふとん店・アトリエふかみを営む傍ら、執筆活動を続ける。文芸・女道(ひめじ)、詩人会議各会員、女性問題懇話会・それいゆ発起人。神戸詩人会議詩誌「プラタナス」主宰。平成10年阪神大震災の体験詩集「ここは生きるとこや」、11年同詩画集「四丁目のまさ」(後藤栖子・画)を刊行。他の著書に「詩集ちいさな事件簿」、エッセイ集「虫たちとの四季」など。

玉城 徹　たまき・とおる
歌人　詩人　「うた」主宰　㉓万葉・西行研究　⑮大正13年5月26日　⑰宮城県仙台市　⑲東京帝国大学文学部美術史学科(昭和23年)卒　㉔読売文学賞(詩歌俳句賞、第24回)(昭和47年)「榲桲」、短歌愛読者賞(第4回)(昭和52年)「人麻呂」、迢空賞(第13回)(昭和54年)「われら地上に」、五島美代子賞(第2回)(昭和57年)「玉城徹作品集」、短歌新聞社賞(第8回)(平成13年)「香貫」、現代短歌大賞(第24回)(平成13年)「香貫」　㉑昭和15年「多磨」に入会し北原白秋に師事。東大美術史科在学中、学徒出陣。都立高の国語教師を務める。27年「多磨」解散後は、30年「野の花」、37年「実体」、46年「寒暑」をそれぞれ創刊。52年には季刊「うた」を創刊して主宰。著書に、歌集「馬の首」「榲桲」「われら地上に」「香貫」、詩集「春の氷雪」、評論集

「石川啄木の秀歌」「北原白秋」「近代短歌の様式」「万葉を溯る」「芭蕉の狂」など。

玉置 保巳　たまき・やすみ
詩人　同志社女子大学名誉教授　[専]ドイツ文学　[生]昭和4年4月18日　[没]平成9年3月19日　[出]京都府京都市　筆名＝大石康生　[学]東京教育大学文学部独文学科(昭和28年)卒、京都大学大学院文学研究科独文学専攻(昭和35年)博士課程中退　[歴]昭和35年愛知大学教養部専任講師、39年助教授。45〜46年ミュンヘン大学留学。48年同志社女子大学助教授、53年教授。のち名誉教授。また、49年〜平成4年京都大学非常勤講師を務めた。著書に「海へ」「ぼくの博物誌」「玉置保巳詩集」、共訳詩集「ハンス・カロッサ全集」他がある。　[団]日本独文学会、日本比較文学会

玉腰 琅々　たまこし・ろうろう
俳人　[生]明治17年2月8日　[没]昭和20年7月10日　[出]岐阜県　本名＝玉腰藤四郎　[歴]塩谷鵜平門で、明治36年河東碧梧桐の「日本俳句」により鵜平らと「鵜簀会」を創設、岐阜訪問の碧梧桐を迎え、また旅先の碧梧桐を訪ねた。作品は「続春夏秋冬」「日本俳句鈔」第1集、第2集などに収められ、生活に根ざした写生句が多い。有望な新人だったが岐阜空襲に散った。

玉島 照波　たましま・てるは
歌人　[生]明治26年4月9日　[出]兵庫県　本名＝松原まさ　[歴]大阪家裁調停委員をつとめた。歌誌「みさび」を昭和9年創刊。歌誌統合により「那爾波」となり、現在にいたる。

玉野 花子　たまの・はなこ
歌人　[生]明治15年　[没]明治41年1月14日　[出]大阪　号＝白すみれ　[歴]明治33年「明星」第8号から歌や美文を発表し、死に至るまで多くのすぐれた歌を同誌に残したが、歌集は出版されていない。歌人平野万里と結婚。40年万里が上梓した「わかき日」は花子に捧げた思いを綴った歌集。また万里の「前後の記」(「明星」，41年)は花子の死の前後を著わしたものである。
[家]夫＝平野万里(歌人)

田丸 英敏　たまる・ひでとし
歌人　[生]昭和20年12月7日　[出]東京都　[賞]短歌現代歌人賞(第5回)(平成4年)「備後表」　[歴]「歩道」所属。

民井 とほる　たみい・とおる
俳人　[生]大正6年4月5日　[没]昭和58年3月22日　[出]大阪　本名＝民井亨　[学]大阪府立今宮工卒　[賞]俳協関西大会朝日新聞社賞(第2回)(昭和41年)、角川俳句賞(第20回)(昭和49年)　[歴]昭和11年「かつらぎ」へ投句。20年中断。39年「馬酔木」、44年「鶴」を経て、49年「泉」創刊同人。のち「七種」主宰。句集に「大和れんぞ」。
[団]俳人協会

田村 奎三　たむら・けいぞう
俳人　[生]大正14年1月3日　[出]岡山県　本名＝田村善彦　[歴]昭和16年夏ごろより俳句を始め、「ホトトギス」に投句。28年「鶴」再復刊に入門する。34年ごろより句作を休止、45年実作に復帰。52年「琅玕」創刊時より参加。現在、「貂」「古志」に所属。句集に「花のくだもの」「吉備野」「猿愁」、編著に「岡山県俳人百句抄全20集」「同山県歌人百首抄全20集」がある。

田村 さと子　たむら・さとこ
詩人　中南米文学研究家　帝京大学文学部国際文化学科教授　[生]昭和22年3月26日　[出]和歌山県新宮市　本名＝川村さと子　[学]お茶の水女子大学卒、お茶の水女子大学大学院比較文化学専攻博士課程　[賞]現代詩女流賞(第3回)(昭和53年)「イベリアの秋」　[歴]お茶の水女子大学卒業後、メキシコ国立自治大学でラテンアメリカ文学を、スペイン国立マドリード大学で詩論を学ぶ。帰国後、お茶の水女子大学大学院へ。昭和57〜58年国際交流基金の派遣によりメキシコ滞在。のち帝京大学講師、助教授を経て、教授となる。詩集に「深い地図」「イベリアの秋」「ラテンアメリカ現代詩集」、評論に「南へ—わたしが出会ったラテンアメリカの詩人たち」「謎ときミストラル」などがある。
[団]日本現代詩人会、日本ペンクラブ、日本文芸家協会、日本イスパニヤ学会

田村 正也　たむら・ただや
詩人　[生]大正15年1月1日　[出]茨城県下館市　本名＝田村正　[学]法政大学文学部日本文学科卒　[歴]学生時代アテネフランセに通いフランス象徴詩やゴリキイに触れる。昭和21年郷里で演劇中心の会を作り、会誌「えす・ぴー」を編集、23年には孔版の同人詩誌「太鼓」を発行。26年「詩学」の推薦詩人特集に詩「おかえり」が掲載される。以後、「新日本文学」「新日本詩人」「現代詩」などを中心に作品を発表。詩集に「一九五一年の愛の手帖」「時のつとめ わたしのこころ」他がある。

たむら ちせい
俳人　「蝶」主宰　[生]昭和3年6月10日　[出]高知県土佐市　本名＝田村智正　[学]高知工業学校卒　[賞]青玄賞、青玄評論賞、青玄新人賞、現代俳句協会賞(第46回)(平成7年)　[歴]昭和25年佐野まもる指導により「前夜祭」編集発行。35年「青玄」入会。51年「海嶺」創刊。58年「蝶」と改題編集発行。62年に40年近い教員生活を辞め作句に専念。著書に句集「海市」「めくら心経」「自解100句選―たむらちせい集」「兎鹿野抄」他。　[団]現代俳句協会

田村 哲三　たむら・てつみ
歌人　原始林社代表　元・北海道放送事業部長　[生]昭和5年4月10日　[没]平成12年7月26日　[出]北海道滝川市　[学]早稲田大学第二文学部国文科卒　[賞]原始林賞(第16回)(昭和40年)、田辺賞(第10回)(昭和40年)、北海道新聞短歌賞(第1回)(昭和61年)　[歴]高校時代、中山周三の指導を受ける。昭和23年「原始林」に入会、早大在学中に近藤芳美を知り、「未来」の創刊に参加。28年北海道放送に入り、札幌、函館、苫小牧、北見の各放送局に勤務、事業部長などを務めた。歌人として、39年に再び活動に入り、40年原始林賞、田辺賞を相つぎ受賞。のち原始林社代表。歌集に「扇状地」、共著に「札幌歳時記」がある。　[団]北海道歌人会(幹事)

田村 のり子　たむら・のりこ
詩人　「山陰詩人」主宰　[生]昭和4年5月27日　[出]島根県　本名＝田中徳子　[学]松江高女卒　[賞]日本詩人クラブ賞(第6回)(昭和48年)「出雲・石見地方詩史五十年」　[歴]昭和42年より「山陰詩人」の編集発行人となる。詩集に「崖のある風景」「不等号」「もりのえほん」、評論に「出雲・石見地方詩史五十年」がある。　[団]日本現代詩人会

田村 元　たむら・はじめ
歌人　[生]昭和52年　[出]群馬県　[学]北海道大学法学部(平成12年)卒　[賞]歌壇賞(平成14年)「上唇に花たばを」　[歴]北海道大学在学中、北海道新聞日曜版に投稿した作品が歌人・松川洋子の選に入り、平成9年ごろから作歌を始める。12年松川や北海道内の若い投稿仲間と「太郎と花子」を創刊。就職後は大阪に勤務し歌会に参加できないことから、インターネットを使った“THE 座”というメール歌会を開く。14年「上唇に花たばを」三十首で新人公募の短歌賞である歌壇賞を受賞。　http://www07.u-page.so-net.ne.jp/xg7/hajime/

田村 飛鳥　たむら・ひちょう
歌人　[生]明治26年2月24日　[没]大正6年6月3日　[出]大阪市南船場　[学]天王寺中卒　[歴]明治44年「詩歌」創刊のとき、18歳で白日社に入り、前田夕暮に師事。歌集に「鳴かぬ鳥」(大正5年)がある。また同年音馬実らと「深林の会」をもった。純一透明な作品で夕暮に嘱望されたが、病弱な身で輜重兵にとられ、除隊後肺結核のため夭折した。

田村 広志　たむら・ひろし
歌人　[生]昭和16年12月1日　[出]千葉県　[学]国学院大学卒　[賞]短歌公論処女歌集賞(昭62年度)「旅の方位図」　[歴]大学在学中は「国学院歌人」に所属。昭和34年「まひる野」入会。現在「かりん」所属。歌集に「旅の方位図」「回遊」。

田村 雅之　たむら・まさゆき
詩人　[生]昭和21年1月22日　[出]群馬県　[学]明治大学卒　[歴]国文社編集長を務める。萩原朔太郎と郷土を同じくし、同人誌「文法的制覇」に長篇批評「萩原朔太郎ノート」を連載。昭和55年1月、総身を打ち込んだ季刊文芸(思想)誌「磁場」を20号で終刊した。詩集に「さびしい朝」「永訣」「ガリレオの首」等がある。　[団]日本現代詩人会、日本文芸家協会

田村 昌由　たむら・まさよし
詩人　[生]大正2年5月17日　[没]平成6年5月29日　[出]北海道江別市　本名＝田村政由　[学]日本大学専門部法科(昭和12年)卒　[歴]昭和6年渡満、21年帰国、国鉄中央教習所に勤務。はじめ「黎明調」などに関係、兼松信夫らと「詩律」に拠ったが、戦後「日本未来派」同人となって活躍、42年編集長。詩誌「泉」も発行。詩集に「戎具」「蘭の国にて」「風」「下界」「武蔵国分寺」「続・武蔵国分寺」「八月十五日」など。　[団]日本現代詩人会

田村 木国　たむら・もっこく
俳人　新聞人　[生]明治22年1月1日　[没]昭和39年6月6日　[出]和歌山県笠田町　本名＝田村省三　[学]北野中卒　[歴]大阪朝日新聞に勤め、明治43年全国中等学校野球大会(現・全国高等学校野球大会)を企画、創始した。その後大阪毎日新聞社整理部長。少年時代から俳句を作り、行友李風らと洗堰吟社を創立、河東碧梧桐の影響を受けた。大正6年虚子の門に入り「ホトトギス」同人、11年俳誌「山茶花」同人、戦後同名の「山茶花」創刊、主宰。句集に「秋郊」「大月夜」「山行」、随筆集「龍の髯」などがある。

田村 隆一　たむら・りゅういち
詩人　㊓大正12年3月18日　㊝平成10年8月26日　㊞東京府北豊島郡巣鴨村字平林　㊫明治大学文芸科(昭和18年)卒　㊩高村光太郎賞(第6回)(昭和38年)「言葉のない世界」、無限賞(第5回)(昭和52年)「詩集1946〜1976」、読売文学賞(第36回・詩歌・俳句賞)(昭和59年)「奴隷の歓び」、現代詩人賞(第11回)(平成5年)「ハミングバード」、日本芸術院賞(文芸部門，第54回，平9年度)(平成10年)　㊧府立三商時代からモダニズム系の同人雑誌「新領土」「ル・バル」などに参加。復員後鮎川信夫らと「荒地」を創刊し、昭和31年「四千の日と夜」を刊行。48年文明批評的な一貫した主題の追求と体験的に身につけた自然観とを一体化した「新年の手紙」を刊行。「荒地」同人。38年第二詩集「言葉のない世界」で高村光太郎賞を、59年「奴隷の歓び」で読売文学賞を受賞、また52年には無限賞を受賞。他に詩集「スコットランドの水車小屋」「1999」「田村隆一全詩集」、評論集「若い荒地」、エッセイ「詩人のノート」「インド酔夢行」などもあり、クィーンやロアルド・ダール、クリスティなど多くの翻訳書もある。㊐日本文芸家協会、日本現代詩人会

田村 了咲　たむら・りょうさく
俳人　㊓明治40年9月21日　㊝昭和55年5月1日　㊞岩手県盛岡市　本名＝田村好三　㊧航空技術官、岩手大学農学部事務長補佐、盛岡短大講師を歴任。大正末、所沢で句作を始め、「ホトトギス」「馬酔木」に投句、昭和5年「夏草」創刊以来、山口青邨に師事。のち盛岡に在住、「草原句会」主宰。夏草賞、夏草功労賞受賞。「ホトトギス」「夏草」同人。句集に「楡の杜」「中尊寺馬車」「淋代秋浪」、自註現代俳句シリーズ「山村了咲集」がある。

為成 菖蒲園　ためなり・しょうぶえん
俳人　㊓明治40年7月16日　㊝昭和48年7月23日　本名＝為成善太郎　旧号＝天舟子　㊧青果卸商を営む。はじめ「枯野」に属し、昭和2年頃から高浜虚子、池内たけしに師事して「ホトトギス」に拠る。昭和7年たけしの「欅」創刊と同時に参加、この頃より菖蒲園を号した。「ホトトギス」「欅」同人。やっちゃば句会を起こし、また読売新聞江東俳檀選者となった。句集に「為成菖蒲園句集」がある。

田谷 鋭　たや・えい
歌人　㊓大正6年12月15日　㊞千葉県千葉市寒川町　㊫千葉関東商(昭和11年)卒　㊩現代歌人協会賞(第2回)(昭和33年)「乳鏡」、角川短歌賞(第18回)(昭和47年)「紺匂ふ」、迢空賞(第8回)(昭和49年)「水晶の座」、日本歌人クラブ賞(第1回)(昭和49年)「水晶の座」、読売文学賞(第30回・詩歌・俳句賞)(昭和53年)「母恋」、紫綬褒章(昭和59年)、勲四等旭日小綬章(平成2年)　㊧昭和9年「香蘭」入会、10年「多磨」に移り、28年「コスモス」創刊に参加。のち、「コスモス」同人、選者。歌集に「乳鏡」「水晶の座」「母恋」「乳と密」、著書に「白秋周辺」「歌のいぶき」などがある。13〜48年国鉄に勤務。㊐現代歌人協会、日本文芸家協会

田山 花袋　たやま・かたい
小説家　詩人　㊓明治4年12月13日　㊝昭和5年5月13日　㊞栃木県邑楽郡館林町(現・群馬県館林市)　本名＝田山録弥　別号＝汲古　㊧早くから漢詩文を学び、明治18年より「頴才新誌」に投稿。19年上京し、歌人松浦辰男に入門し、小説を書き始める。24年尾崎紅葉を訪問、「瓜畑」を発表。以後しばらく硯友社系の雑誌に発表したのち、「文学界」「国民之友」などに詩や小説を発表するようになる。この期の代表的な詩の作品に「わが影」がある。32年博文館に入社、写実主義的傾向をみせるが、35年「重右衛門の最後」、37年「露骨なる描写」(評論)を発表し、日本自然主義の代表的作家となり、以後「蒲団」「田舎教師」をはじめ、三部作「生」「妻」「縁」など名作を発表。大正期に入ってからも「時は過ぎゆく」「一兵卒の銃殺」などを発表した。小説のほかにも「長編小説の研究」やエッセイ集「小説作法」「インキ壺」、回想記「東京の三十年」、ルポルタージュ「東京震災記」や数多くの紀行文集など、著書は多い。

田山 耕村　たやま・こうそん
俳人　㊓明治12年5月31日　㊝昭和31年12月6日　㊞茨城県梶山　本名＝田山孝三　㊫東京専修学校卒　㊧日露戦争に主計中尉で従軍、後年鉱山を経営。子規に俳句を学び「ホトトギス」の初期から同人。三允らの「アラレ」編集、翠影の「みどり」にも参加した。「茂山の雫や凝りて鮎となり」を子規にほめられ、茂山の耕村といわれた。著書「柿の蔕」がある。

垂水 栄　たるみず・さかえ

歌人　⽣大正15年10月19日　出鹿児島県姶良郡加治木町　警察官となり、昭和53年京都府警退職。かたわら歌作を続け、23年歌誌「南船社」に入会、24年京都府警機関誌「平安歌壇」に入会。東郷久義に師事。27年南船社を退会。同年歌誌「くれなゐ」に入会、大井静雄に師事、30年退会。41年歌誌「ハハキギ」に入会、田中順二に師事、44年退会。56年南船社に復社、平成3年同人。歌集に「巡査」「爺の膝」「バックボン」がある。

俵 万智　たわら・まち

歌人　⽣昭和37年12月31日　出福井県武生市　学早稲田大学第一文学部日本文学科(昭和60年)卒　賞角川短歌賞(次席、第30回)(昭和59年)「野球ゲーム」、角川短歌賞(第32回)(昭和61年)「八月の朝」、日本新語流行語大賞(昭和62年)、ダイヤモンド・パーソナリティー賞(第5回)(昭和62年)、現代歌人協会賞(第32回)(昭和63年)「サラダ記念日」

歴大学在学中の昭和58年短歌結社"心の花"に入会、作歌を始める。59年第30回角川短歌賞の最終選考に残り、61年第32回角川短歌賞を受賞。62年第1歌集「サラダ記念日」を刊行、200万部のベストセラーとなる。最も注目を集める女流歌人のひとり。63年初のエッセイ集「よつ葉のエッセイ」刊行。平成元年橋本高校を退職し、創作活動に専念。2年NHK教育テレビ「日曜美術館」司会。3年史上最年少(28歳)の国語審議会委員に選ばれる。6年初の戯曲「すばぬけてさびしいあのひまわりのように」が上演される。10年磁石を研究していた父を詠んだ短歌がきっかけとなり、日本希土類学会名誉会員に。同年与謝野晶子の「みだれ髪」を現代の短歌に換えて「チョコレート語訳 みだれ髪」を刊行。中央教育審議会委員も務めた。他の作品に「かぜのてのひら」「チョコレート革命」など。　日本文芸家協会、日本ペンクラブ(理事)、日本希土類学会(名誉会員)

http://www.gtpweb.net/twr/

檀 一雄　だん・かずお

小説家　詩人　⽣明治45年2月3日　没昭和51年1月2日　出福岡県山門郡沖ノ端村(本籍、現・柳川市)　学東京帝国大学経済学部(昭和10年)卒　賞野間文芸奨励賞(第4回)(昭和19年)「天明」、直木賞(第24回)(昭和25年度下期)(昭和26年)「長恨歌」「真説石川五右衛門」、読売文学賞(第27回)(昭和50年)「火宅の人」、日本文学大賞(第8回)(昭和51年)「火宅の人」

歴在学中より佐藤春夫に師事し、「鷭」「青い花」を経て「日本浪曼派」に参加。昭和10年「夕張胡亭塾景観」で第2回芥川賞の候補となる。昭和10年代は中国大陸を放浪し、応召されても中国を歩いた。12年「花筐」を刊行。19年「天明」で野間文芸奨励賞を受賞。25年病死した愛妻のことを書いた「リツ子・その愛」「リツ子・その死」を刊行。26年「長恨歌」「真説石川五右衛門」で直木賞を受賞し、旺盛な作家活動に入る。また、43年には「ポリタイア」を創刊、編集長となる。50年刊行の長編小説「火宅の人」は最後の作品となったが、読売文学賞および日本文学大賞を受賞した。料理好きでも知られた。他の作品に「ペンギン記」、「夕日と拳銃」、詩集「虚空象嵌」「檀一雄詩集」「檀一雄全詩集」があり、「檀一雄全集」(全8巻)も刊行されている。

家長男=檀太郎(料理研究家・エッセイスト)、長女=檀ふみ(女優)、異父弟=高岩淡(東映社長)

弾 琴緒　だん・ことお

歌人 醸造業　⽣弘化4年3月16日(1847年)　没大正6年12月13日　出摂津国川辺郡伊丹村(兵庫県)　本名=弾舜平(だん・しゅんぺい)　号=桐園　歴幼少より学問を好み、書道を和田玄作に、漢学を明倫堂の橋本香坡に学び、のち金木摩斎に詩文を学んだ。国史・国文などの学問に傾倒したため、醸造業の家督を姉に譲り別居。明治5年兵庫県戸籍掛となり、11年「民法戸籍類纂」を編集、その後も多くの法規書類の上梓に努めた。和歌は中村良顕に学び、門人も多く藤田伝三郎もその一人である。また観世流謡曲の名手であった。著書に「類題秋草集」「桐園詠草」など。

丹沢 豊子　たんざわ・とよこ

歌人　⽣明治33年4月12日　出山梨県巨摩郡龍王寺村　学東京府立第三高女卒　歴大正9年窪田空穂に師事。対馬完治創刊の「地上」同人。東京地裁調停員。歌集に「短繋」など。

丹野 正　たんの・せい

詩人　⽣明治43年3月16日　出山形県　本名=栗原広夫　学早稲田大学文学部仏文科卒　歴在学中第三次「椎の木」に参加。西条八十に師事。「マダム・ブランシュ」「VOU」などのほか「エチュード」「蝋人形」「パンポエジイ」同人として詩作品発表。敗戦後久しく詩作を中断、神奈川県庁に勤務。後に借恵学園長となり退職。詩集「雨は両頬に」がある。

【ち】

千賀 浩一　ちが・こういち
歌人 [生]明治40年6月27日 [没]平成3年9月20日 [出]鳥取県 [賞]新短歌人連盟賞 [歴]戦前より前田夕暮の「詩歌」で自由律短歌の活動を続けるが、戦争で中断。戦後、衰退した自由律短歌の復興を志し、24年2月「新短歌」の創刊に参画、その後自由律短歌に拠る。「芸術と自由」にも参加している。歌集に「対立」「翔」「颯」など多数。

千勝 重次　ちかつ・しげつぐ
歌人 千勝神社宮司 国学院大学教授 [専]日本近代文学 [生]大正5年5月13日 [没]昭和47年1月31日 [出]埼玉・川越 [学]国学院予科 [歴]折口信夫に師事。折口の没後「鳥船社」解散まで同社に拠る。28年「地中海」創刊に参加し、22年「短歌研究」編集に携わる。折口信夫・近代文学等に関する論説を各誌に発表。遺歌集「丘よりの風景」がある。

筑網 臥年　ちくあみ・がねん
俳人 [生]大正11年2月23日 [没]昭和35年11月6日 [出]山口県下関市 本名＝筑網富士雄 [賞]早蕨賞(昭和23年) [歴]内藤吐天の「早蕨」に加わり、昭和23年早蕨賞を受賞。句集に「善きことを」「地平へのうた」がある。

千々和 久幸　ちじわ・ひさゆき
歌人 [生]昭和12年3月14日 [出]福岡県 [歴]昭和31年「香蘭」に入会、村野次郎・横山信吾に師事。詩誌「砦」などに拠って詩を書く。「砦」同人。46年「十月会」に参加、「香蘭」同人および選者。歌集に「壜と思慕」「祭という場所」、詩集に「水の遍歴」などがある。 [団]日本歌人クラブ

知念 栄喜　ちねん・えいき
詩人 [生]大正9年5月25日 [出]沖縄県国頭郡国頭村安田 [学]明治大学文芸科中退 [賞]H氏賞(第20回)(昭和45年)「みやらび」、沖縄タイムス芸術選賞(昭和56年)、地球賞(第16回)(平成3年)「滂沱」 [歴]創元社、講談社第一出版センター勤務の傍ら20歳頃から詩作を始め、「帰郷者」「まほろば」などの同人となる。昭和44年「みやらび」を刊行し、45年にH氏賞を受賞。56年「加那よ」を刊行。詩の背後には常に生地の沖縄のことが潜んでいる。現在「同時代」同人。 [団]日本現代詩人会、日本文芸家協会

茅野 蕭々　ちの・しょうしょう
ドイツ文学者 歌人 詩人 [生]明治16年3月18日 [没]昭和21年8月29日 [出]長野県上諏訪町 本名＝茅野儀太郎 別号＝暮雨 [学]東京帝国大学独文科(明治41年)卒 文学博士(昭和11年) [賞]日本ゲーテ賞(昭和19年) [歴]中学時代から詩歌を投稿し、一中時代「明星」に短歌を発表。大学卒業後、三高講師となり、明治42年教授に就任。大正9年慶大教授となり、11年から日本女子大教授を兼務する。13年から14年にかけてドイツ留学をする。帰国後「フアウスト物語」「リルケ詩抄」などを次々と翻訳刊行する一方「独逸浪曼主義」、ライフワークとなった「ゲョエテ研究」などを執筆。他の著書に「朝の果実」「茅野蕭々歌抄」などがある。 [家]妻＝茅野雅子(歌人)

茅野 雅子　ちの・まさこ
歌人 [生]明治13年5月6日 [没]昭和21年9月2日 [出]大阪・道修町 本名＝茅野まさ 旧姓(名)＝増田 [学]日本女子大学(明治40年)卒 [歴]早くから「文庫」に投稿し、明治33年新詩社に入社。「明星」誌上に短歌を連載し、38年与謝野晶子、山川登美子との共著「恋衣」を刊行。40年茅野蕭々と結婚。大正6年歌集「金沙集」を刊行。大正10年日本女子大教授に就任した。 [家]夫＝茅野蕭々(独文学者)

千葉 皓史　ちば・こうし
俳人 [生]昭和22年11月5日 [出]東京都 本名＝千葉皓史(ちば・こうじ) [学]早稲田大学商学部卒 [賞]俳人協会新人賞(第15回)(平成4年)「郊外」 [歴]作品に句集「郊外」がある。 [団]俳人協会、日本文芸家協会

千葉 艸坪子　ちば・そうへいし
俳人 [生]大正7年10月9日 [出]神奈川県 本名＝千葉正 [学]米沢高等工業電気科卒 [歴]東北電力を経て会社嘱託。昭和25年宮野小提灯に師事して作句開始。26年遠藤梧逸の「みちのく」入会、31年同人となる。ほかに岩手県内俳誌「草笛」「樹氷」同人。江刺市俳句協会長、同市五葉俳句会主宰等を務める。句集に「牧五月」がある。 [団]俳人協会

千葉 胤明　ちば・たねあき
　歌人　⑤元治1年6月11日(1864年)　⑥昭和28年6月25日　⑦佐賀県　⑧帝国芸術院会員　⑨明治25年御歌所に入り、40年寄人となる。大正5年から8年にかけて「明治天皇御集」を編纂。昭和12年芸術院会員となり、御歌所廃止の後も宮内庁御用掛をつとめた。　⑩父＝千葉元祐(歌人)

ちば 東北子　ちば・とうほくし
　川柳作家　東北川柳連盟理事長　川柳宮城野主幹　⑤大正12年10月20日　⑦宮城県桃生郡雄勝町　本名＝千葉定男(ちば・さだお)　⑧青年学校卒　⑨宮城県芸術選奨(昭和48年)、全日本川柳大会大臣賞(昭和57年)　⑩昭和21年川柳北斗会に入り、22年川柳宮城野社創刊で同人となって浜夢助に師事。東北川柳連盟事務局長を経て、理事長。また仙台市民川柳文芸協会会長、川柳宮城野主幹、河北新報社課題川柳欄選者を務める。

千葉 仁　ちば・ひとし
　俳人　⑤大正7年10月2日　⑦北海道　⑧旧制中卒　⑨昭和16年「鶴」入会、石田波郷を経て石塚友二に師事。53年「鶴飛鳥集」同人。45年俳誌「さるるん」発行。54年より小樽俳句協会会長。句集に「大椴」「尾白鷲」がある。　⑩俳人協会

千葉 実　ちば・みのる
　歌人　⑤昭和8年2月7日　⑦岩手県水沢市黒石町字下柳　⑧専修大学商経学部経済学科(昭和32年)卒　⑨昭和35年ぬはり短歌会入会、60年氷原短歌会同人。61年日本農民文学会会員、62年歌林の会に入会。現在、専修大学代議員、専修大学岩手人会胆江支部長。歌集に「野良の歌―百姓の四季」、句集に「北上川」がある。　⑩岩手県詩人クラブ、児童文学研究会

千葉 吉弘　ちば・よしひろ
　詩人　⑤昭和20年9月14日　⑦福井市昭和町　⑧立命館大学中退　⑨詩誌「青魚」同人。詩集に「象の国」「コップの中の水」「遊雲―千葉吉弘詩集」、共詩集に「はなちゃん詩集」「しずかな小路」がある。　⑩福井県詩人懇話会

千葉 龍　ちば・りょう
　小説家　詩人　中日新聞社友　「金沢文学」主宰　⑤昭和8年2月10日　⑦石川県輪島市　本名＝池端秀生　旧筆名＝池端秀介(いけばた・ひでお)　⑧金沢泉丘高中退　⑨北陸新聞社に入社。文化部長代行を経て、合併後の中日新聞北陸本社記者となり、編集委員、論説委員を歴任。かたわら、韻・散文の習作を重ね、のち主として詩と小説を手掛ける。「関西文学」「作家」などの同人を経て、「金沢文学」主宰。詩集に「雑草の鼻唄」「炎群はわが魂を包み」「無告の詩」などがあり、昭和57年刊行の「池端秀介詩集」を最後に、ペンネームを千葉龍に変更。のち詩集「玄」刊行。小説に「『志野』恋歌」「夜のつぎは、朝」がある。　⑩日本文芸家協会、日本ペンクラブ、現代詩人会、詩人クラブ

千早 耿一郎　ちはや・こういちろう
　詩人　文筆家　元・日本銀行調査役　⑧詩　古典文学　言語　⑤大正11年3月5日　⑦滋賀県彦根市　本名＝伊藤健一　⑧第一神戸商卒　⑨防人の歌、日本語のリズム、日本語の構造　⑩日本銀行国庫局調査役、百五銀行調査役を経て、執筆に専念。詩誌「騒」同人、文芸誌「象」に入る。詩集に「長江」「黄河」、著書に「悪文の構造」「新装版事務の科学」「おれはろくろのまわるまま―評伝 川喜田半泥子」「小説 防人の歌」など。　⑩日本現代詩人会

千原 叡子　ちはら・えいこ
　俳人　⑤昭和5年1月2日　⑦兵庫県　旧姓(名)＝安積　⑨父の影響で早くから俳句を始める。昭和29年千原草之と結婚。高浜虚子に師事し、44年「ホトトギス」同人。娘時代に虚子から「椿子と名付けてそばに侍らしめ」の句を添えて女人形を贈られた。句集に「須磨明石」、共著に「手土産の本」がある。　⑩日本伝統俳句協会(参事)　⑩父＝安積素顔(俳人)、夫＝千原草之(俳人)

千原 草之　ちはら・そうし
　俳人　医師　⑤大正14年1月18日　⑥平成8年2月7日　⑦富山県高岡市　本名＝千原卓也　⑨神戸市立西市民病院の外科医長を務める。昭和29年千原叡子と結婚。高浜虚子に師事して36年「ホトトギス」同人。ほかに「かつらぎ」所属。句集に「垂水」「風薫る」がある。　⑩妻＝千原叡子(俳人)

茶木 滋　ちゃき・しげる
　童謡詩人　童話作家　⑤明治43年1月5日　⑥平成10年11月1日　⑦神奈川県横須賀市　本名＝茶木七郎　⑧明治薬専(昭和6年)卒　⑨芸術選奨文部大臣賞(昭和29年)「めだかの学校」　⑩製薬会社に勤務のかたわら、「赤い鳥」「金の星」「童話」などに童謡や童話を投稿。昭和3年平林武雄らと同人誌「羊歯」を作り、14年には関英雄らと「童話精神」を創刊。中田喜直

作曲の童謡「めだかの学校」は有名。童謡集に「鮒のお祭」「とんぼのおつかい」がある。 [団]日本童謡協会、日本児童文学者協会(名誉会員)、詩と音楽の会

中条 雅二　ちゅうじょう・まさじ
詩人　「えんじゅ」主宰　[生]明治40年3月8日　[没]平成13年10月29日　[出]富山県高岡市　本名＝中条正一　[学]中ノ町商業　[賞]放送記念日特別番組佳作(昭和38年)「放送詩集・風」　[歴]昭和7年童謡「狐の嫁入り」を書き、8年雑誌「風車」に参加。名古屋での童謡運動の中心となる。25年より文筆業に専念し、NHKラジオ「民謡風土記午後のロータリー」などの脚本や児童雑誌への執筆を続けた。この間38年より童謡詩の同人誌「えんじゅ」を主宰。他の代表作に童謡詩「一茶さん」「夜更けのオルゴール」、詩集「舗道のボタン」などがある。

千代 国一　ちよ・くにいち
歌人　「国民文学」編集発行人　[生]大正5年1月30日　[出]新潟県中蒲原郡村松町　[学]大倉高商(現・東京経済大学)(昭和12年)卒　[資]経営士　[賞]新歌人会賞(昭和28年)、日本歌人クラブ推薦歌集賞(昭和41年)、短歌新聞社賞(第7回)(平成12年)　[歴]正金銀行を経て、昭和15年大倉組入社、21年大倉製糸取締役、35年常務。53年同社取締役を辞し顧問、以降著述に専念する。歌歴は、15年「国民文学」入会、松村英一に師事。33年編集委員、52年選者、56年より編集人。新歌人会結成、「灰皿」創刊などに参加。日本歌人クラブ、角川賞選者など歴任。歌集に「鳥の棲む樹」「陰のある道」「冷気湖」「冬の沙」「暮春」「花天」「風日」「花光」「水草の川」など、歌論に「批評と表現」「態度と表現」「松村英一の秀歌」がある。　[団]現代歌人協会(理事)、日本ペンクラブ、日本文芸家協会

長 光太　ちょう・こうた
詩人　[生]明治40年4月8日　[出]広島県　本名＝末田信夫　旧姓(名)＝伊藤　[学]早稲田大学仏文科中退　[歴]山本健吉、原民喜らと「春鶯囀」を出していたが、後に労働運動に関係し、プロレタリア詩運動に参加する。その後「テアトロ」「文化映画研究」などの編集をし、その間の昭和11年詩劇「昨日今日明日明日」を、13年喜劇「陽気な土曜日」などを発表。戦後も「三田文学」「近代文学」などに詩を発表し、「歴程」同人として活躍している。著書に「花をさいなむ」。

千代田 葛彦　ちよだ・くずひこ
俳人　「馬酔木」顧問　[生]大正6年10月16日　[出]埼玉県　本名＝千代田次郎(ちよだ・じろう)　[学]中央大学法学部卒　[賞]馬酔木新人賞(昭和28年)、馬酔木新樹賞(昭和28年)、馬酔木賞(昭和37年)、俳人協会賞(第4回)(昭和39年)「旅人木」　[歴]元中学校長。昭和11年「竹鶏吟社」入会。引揚後、25年「馬酔木」入門、29年同人。馬酔木会副会長、馬酔木友の会会長。句集に「旅人木」「漉々集」「自註千代田葛彦集」。 [団]俳人協会(名誉会員)

【つ】

築地 正子　ついじ・まさこ
歌人　[生]大正9年1月1日　[出]東京・一ツ橋　本名＝築地正　[学]実践女子専門学校国文科卒　[賞]現代歌人協会賞(第24回)(昭和55年)「花綵列島」、熊日文学賞(第27回)(昭和60年)「菜切川」、現代短歌女流賞(第10回)(昭和61年)「菜切川」、詩歌文学館賞(第13回)(平成10年)「みどりなりけり」　[歴]歌好きの母の影響で、昭和16年頃から歌誌「鶯」に投稿を開始。合併により「心の花」会員となる。終戦直後、熊本県長洲町に移住。畑仕事をしながら、自然と人間の調和を詠み続ける。清潔で新鮮な歌風は年令を超えるとの評価が高い。歌集に「花綵列島」「菜切川」「みどりなりけり」などがある。 [団]現代歌人協会

塚田 秋邦　つかだ・しゅうほう
俳人　[生]大正15年3月12日　[出]岐阜県　本名＝塚田邦彦　[学]美研修　[賞]夏炉佳日賞(昭和54年)　[歴]昭和22年木村蕪城に師事し、「ホトトギス」「笛」に投句。のち「笛」同人。松本たかし没後「夏炉」に拠り同人となる。句集に「塚田秋邦句集」「冬薔薇」がある。　[団]俳人協会

束松 露香　つかねまつ・ろこう
俳人　小林一茶研究家　[生]慶応1年7月20日(1865年)　[没]大正7年1月8日　[出]出羽国(山形県)　本名＝束松伊織　号＝我春堂、鳴子園、鉄牛　[歴]明治32年越後高田から長野市に出て、山路愛山が編集する信濃毎日新聞の記者となる。33年紙上で「俳諧寺一茶」を125回に亘って連載。一茶研究の先駆者で、43年中村六郎らと一茶同好会を興す。一茶晩年の「七番日記」を発見し、「一茶遺墨鑑」を刊行した。

塚原 麦生　つかはら・ばくせい
医師　俳人　元・東京大学医学部教授　㊥内科　㊤明治39年6月22日　㊦山梨県　本名＝塚原国雄　㊫東京帝大医科(昭和4年)卒　㊩東京大学伝研にて内科専攻、学位を得る。杉並保健所長、都立飯田橋病院院長を経て昭和32年東京大学医学部教授。退官後東京農業大学、北里大学教授。のち静岡東部健康管理室顧問。旧制二高在中に芝不器男を知り、14年頃より飯田蛇笏の指導をうけたのち飯田龍太に師事。「雲母」同人。平成5年「白露」に入会。句集に「風光る」「林鐘」「松韻」、他に医著多数。

塚原 夜潮　つかはら・やちょう
俳人　㊤明治33年2月19日　㊰昭和18年2月6日　㊦岡山県　本名＝塚原禧男　㊫笠岡商業学校(大正6年)卒　㊩神戸の貿易商・下里商店に就職、大正7年神戸摩耶会に出席し「ホトトギス」に拠る。9年呉海軍工廠に就職。昭和2年秋桜子門に入り、昭和8年「馬酔木」同人、9年「渦潮」を創刊。26年長男哲の手により「塚原夜潮句集」が刊行された。

塚本 虚明　つかもと・きょめい
俳人　㊤明治13年4月27日　㊰昭和14年10月24日　㊦大阪市南区阪町　本名＝塚本槌三郎　別号＝甘雨堂　㊩三十四銀行に入り39年間勤務。明治31年「ホトトギス」に投句。34年松瀬青々の「宝船」同人、同誌改題「倦鳥」にも参加、武定巨口と並び称された。句集「玉蟲」がある。

塚本 邦雄　つかもと・くにお
歌人　小説家　評論家　近畿大学文芸学部教授　「玲瓏」主宰　㊤大正11年8月7日　㊦滋賀県神崎郡五個荘村字川並　㊫彦根高商　㊮現代歌人協会賞(第3回)(昭和34年)「日本人霊歌」、詩歌文学館賞(第2回・現代短歌部門)(昭和62年)「詩歌変」、迢空賞(第23回)(平成1年)「不変律」、紫綬褒章(平成2年)、斎藤茂吉短歌文学賞(第3回)(平成4年)「黄金律」、現代短歌大賞(第16回)(平成5年)「魔王」、勲四等旭日小綬章(平成9年)　㊩昭和20年大阪の総合商社・又一に入社。47年まで勤務し、財務部次長などを務めた。歌人としては、22年前川佐美雄に師事、「日本歌人」に短歌を発表。24年「メトード」を創刊。短歌結社に所属せず、26年第一歌集「水葬物語」を刊行し、以後「装飾楽句」「日本人霊歌」「水銀伝説」「感幻楽」「定本・塚本邦雄湊合歌集」などの歌集を刊行し、第三歌集「日本人霊歌」で34年に現代歌人協会賞を受賞。35年同人誌「極」を創刊。38年頃から多方面な活動を始め、47年小説「紺青のわかれ」を刊行、以後「連弾」「藤原定家」「獅子流離譚」「露とこたへて―業平朝臣歌物語」「荊冠伝説―小説イエス・キリスト」などを刊行。56年から毎日新聞「けさひらく言葉」を連載する。62年10年がかりでまとめた「茂吉秀歌」(全5巻, 文芸春秋)を出版。平成元年近畿大学文芸学部教授に就任。非写実的な幻想の歌を詠み、“言葉の魔術師”と呼ばれる。他に歌集「魔王」、評論「定型幻視論」「定家百首」「先駆的詩歌論」、エッセイ「幻想紀行」などがある。「塚本邦雄全集」(全15巻, ゆまに書房)がある。
㊗現代歌人協会、日本文芸家協会

塚山 勇三　つかやま・ゆうぞう
詩人　㊤明治45年1月21日　㊰昭和46年5月19日　㊦東京　㊫明治学院高等部英文科卒
㊩外国人商館、日語文化協会などに勤務、戦後は静岡県立工業高校、同裾野高校教諭。「四季」に拠って詩作を始め、同誌の昭和17年10月号から同人に。丸山薫、杉山平一らの影響を受ける。生前に詩集はなく、56年に「塚山勇三詩集」が刊行された。

津軽 照子　つがる・てるこ
歌人　㊤明治20年2月5日　㊰昭和47年11月28日　㊦東京都　旧姓(名)＝小笠原　㊫華族女学校卒　㊩大正11年夫に死別し、竹柏会に参加。昭和5年「短歌表現」を創刊し、口語、自由律短歌運動につくす。歌集に「野の道」「秋・現実」「花の忌日」などがある。
㊎父＝小笠原長忱(伯爵)

津川 洋三　つがわ・ようぞう
医師　歌人　津川医院院長　「新雪」主宰
㊥放射線科　㊤大正14年10月14日　㊦石川県金沢市　㊫金沢医科大学(現・金沢大学医学部)(昭和24年)卒　医学博士　㊮泉鏡花記念金沢市民文学賞(昭和56年)「惜春鳥」、金沢市文化賞(平成8年)、石川県文化功労賞(平成8年)
㊩昭和25年金沢大学助手を経て、30年津川医院を開業。短歌は在学中の22年「多磨」入会。28年「鶏苑」(「作風」の前身)に参加。53年石川県歌人協会設立に参画し、のち副会長。55年「新雪」主宰。歌集に「山靄集」「惜春鳥」「雪嶺」がある。　㊗石川県歌人協会、日本歌人クラブ、現代歌人協会

月尾 菅子　つきお・すがこ
歌人　⊕明治37年8月6日　⊕愛媛県　⊕女子美術学校師範科(昭和2年)卒　⊕昭和15年杉浦翠子に師事、35年翠子没後「短歌至上」編集代表者となる。歌集に「光背」「椎の木」「からすかた」がある。

築地 藤子　つきじ・ふじこ
歌人　⊕明治29年9月2日　⊕神奈川県横浜　本名＝別所仲子　⊕神奈川県立第一高女卒　⊕大正4年「アララギ」入会、島木赤彦、斎藤茂吉に師事。7年結婚し、夫の任地ボルネオなどに転住、20年満州・新京に移住し翌年帰国。歌集に「椰子の葉」など。　⊕息子＝別所直樹(詩人)

月原 橙一郎　つきはら・とういちろう
詩人　歌人　⊕明治35年2月8日　⊕香川県　本名＝原嘉章(はら・よしあき)　⊕早稲田大学専門部政経科(大正12年)卒　⊕逓信省、陸軍省、理研映画などに勤務。詩は「抒情詩」「地上楽園」「短歌創造」「立像」「文芸心」に拠る。詩集に「冬扇」「残紅」、共著の民謡集に「三角洲」がある。

津久井 紀代　つくい・きよ
俳人　⊕昭和18年6月29日　⊕岡山県　本名＝佐藤紀代　⊕共立女子大学英文学科(昭和37年)卒　⊕夏草新人賞(昭和56年)　⊕昭和49年山口青邨に入門。57年「夏草」同人。58年第1句集「命綱」、平成4年第2句集「赤い魚」を発表。「天為」同人。他の句集に「てのひら」がある。　⊕俳人協会

津久井 理一　つくい・りいち
俳人　⊕明治43年12月17日　⊕昭和63年8月25日　⊕栃木県足利市　本名＝津久井理市　⊕桐生工補習科卒　⊕昭和元年「枯野」に投句。5年青木幸一露と「二桐」を発行、戦後まで継続した。プロレタリア作家として2度の検挙を体験。33年「俳句評論」創刊に参加、38年「八幡船」創刊。句集「蝉の唄」「毛野惨景」がある。

筑紫 磐井　つくし・ばんせい
俳人　「豈」編集人　⊕昭和25年1月14日　⊕東京都　本名＝国谷実　⊕一橋大学法学部卒　⊕著書に「野干」「婆伽梵」(句集)「飯田龍太の彼方へ」(評論)、共著に「悪魔の俳句辞典」がある。　⊕日本文芸家協会、俳人協会

佃 悦夫　つくだ・えつお
俳人　⊕昭和9年9月22日　⊕静岡県伊東市　⊕海程賞(昭和39年)、現代俳句協会賞(昭和51年)　⊕昭和37年「海程」に参加。現代俳句協会、小田原市俳句作家協会協会員。句集「空の祭」「佃悦夫句集」など。

佃 春夫　つくだ・はるお
歌人　随筆家　⊕大正12年1月10日　⊕静岡県伊東市　⊕歌誌「菩提樹」同人。歌集に「懐郷土賦」「旅塵」、詩集に「道祖人」、随筆に「尻つみ祭り」がある。　⊕日本随筆家協会、静岡県歌人協会、日本歌人クラブ

筑波 杏明　つくば・きょうめい
歌人　⊕大正13年6月22日　⊕茨城県　本名＝柿沼要平　⊕昭和16年白秋の「多磨」、21年「まひる野」入会、窪田章一郎に師事。歌集に「海と手錠」など。

柘植 芳朗　つげ・よしろう
建築家　俳人　元・東京帝国大学教授　⊕明治35年10月14日　⊕平成13年12月20日　⊕三重県津市　本名＝柘植芳男(つげ・よしお)　⊕東京帝大工学部建築学科卒　工学博士　⊕夏草功労賞(昭和38年)　⊕東京帝大教授、東京理科大学教授、理化学研究所顧問を歴任。日本の近代的集合住宅の先駆けとなった東京・渋谷の同潤会アパートの設計に携わった。一方、俳人としても知られ、昭和22年「夏草」に入会し山口青邨に師事。28年「夏草」同人。53年草樹会入会。句集に「椿山」「造形」など。　⊕俳人協会

津坂 治男　つさか・はるお
詩人　東海現代詩の会代表　⊕昭和6年6月15日　⊕三重県津市東古河町　⊕三重医科大学(昭和26年)中退、東洋大学文学部国文科(通信制)　⊕三重県文学新人賞(第1回・昭46年度)、小熊秀雄賞(第10回)(昭和52年)「石の歌」、三重県文学奨励賞(昭和54年)、少年詩賞(第9回)(平成10年)「ちょっと失礼！」　⊕三重県内の小学校に勤務し、のち城山養護学校教諭。平成4年定年退職。また詩人としても活躍し、昭和54年詩誌「幻市」創刊に参加、編集を受け持つ。平成8年東海現代詩の会を設立、代表。11年三重県詩人クラブ代表。詩集に「追う」「石の歌」「花が咲いたよ」「安濃川」などがある。「あの津っ子」「ラルゴ」「幻市」「みえ現代詩」同人。　⊕日本詩人クラブ、日本現代詩人会、関西詩人協会、東海現代詩人会、東海現代詩の

会、三重県詩人クラブ、日本児童文芸家協会、日本文芸家協会

津沢 マサ子　つざわ・まさこ

俳人　㊐昭和2年3月5日　㊞宮崎県　㊫甲佐高女卒　㊮毎日俳壇賞、俳句評論賞、現代俳句協会賞(第24回)(昭和52年)　㊧昭和25年上京。「断崖」に入会し、西東三鬼に師事。三鬼没後は「俳句評論」に拠る。56年より無所属。句集「楕円の昼」「華蝕の海」ほか。

辻 恵美子　つじ・えみこ

俳人　㊐昭和23年10月1日　㊞岐阜県　本名＝宮崎恵美子(みやざき・えみこ)　㊫岐阜大学教育学部卒　㊮風新人賞(昭和54年)、角川俳句賞(第33回)(昭和62年)「鵜の唄」　㊧昭和45年「風」入会、沢木欣一に師事。55年「風」同人。㊐俳人協会

つじ 加代子　つじ・かよこ

俳人　㊐昭和4年8月12日　㊞和歌山県　本名＝辻賀代子　㊫教員養成所卒　㊧会社役員。昭和46年飯田龍太の句に魅かれ、作句を始める。同年「河」入会。47年「蘭」入会、野沢節子に師事、49年同人。50年「河」「晨」同人。54年「人」創刊と共に同人参加。句集に「紀の川」がある。　㊐俳人協会

辻 五郎　つじ・ごろう

詩人　㊐昭和9年　㊞中国・審陽　㊧著書に詩集「ぼくを囲むぎっしりの唾へ」「しわがれる歌」「粘る唾」「反国家」など。

辻 節子　つじ・せつこ

詩人　㊐昭和2年7月18日　㊞静岡県　㊧北園克衛主宰「VOU」グループを経て、「O」グループに所属。詩集に「銀の扉」「レモンの中の城」「白い画」「雨の手帖」「そしてそこに」「その箱と雲」「稀薄な風景」「角砂糖の朝」などがある。

辻 まこと　つじ・まこと

画家　詩人　㊐大正2年9月20日　㊦昭和50年12月19日　㊞東京　本名＝辻一(つじ・まこと)　筆名＝津島琴　㊫静岡中中退、法政工業学校夜間部(昭和8年)中退　㊮歴程賞(第2回)(昭和39年)「虫類図譜」　㊧昭和4年静岡中を2年で中退、父・潤と共に渡仏。2年で帰国、広告宣伝会社など様々な仕事を転々とする。戦時中は中国で従軍記者となり兵役につく。22年「平民新聞」に画文を寄稿。23年「歴程」同人となり、機知と詩情に富んだ絵や文を書く。39年「歴程」に掲載した作品を集めた「虫類図譜」で第2回歴程賞を受賞。他に画文集「山からの絵本」、「山の声」「すぎゆくアダモ」などもあり、自由な批評精神を持った特異な作家として知られる。　㊂父＝辻潤(ダダイスト)、母＝伊藤野枝(婦人運動家)

辻 桃子　つじ・ももこ

俳人　「童子」主宰　㊐昭和20年2月4日　㊞神奈川県横浜市　本名＝清水桃子　㊫早稲田大学文学部美術科中退　㊮花椿詩優秀賞、鷹俳句賞　㊧昭和38年より作句をはじめる。「青広」「野の会」「俳句評論」「鷹」「花」を経て、62年「童子」を創刊、主宰。著書に「俳句の作り方」、詩集に「やさしい罠」、句集に「桃」他。　㊐俳人協会、現代俳句協会　㊂姉＝いさ桜子(俳人)

辻 征夫　つじ・ゆきお

詩人　小説家　㊐昭和14年8月14日　㊦平成12年1月14日　㊞東京　㊫明治大学文学部仏文科卒　㊮歴程賞(第25回)(昭和62年)「かぜのひきかた」、高見順賞(第21回)(平成3年)「ヴェルレーヌの余白に」、詩歌文学館賞(第9回)(平成6年)「河口眺望」、芸術選奨文部大臣賞(第44回・平5年度)「河口眺望」、萩原朔太郎賞(第4回)(平成8年)「俳諧辻詩集」、現代詩花椿賞(第14回)(平成8年)　㊧15歳頃から詩作を「人生と文芸」に投稿し、のちに「現代詩手帖」などに発表する。昭和34年「銛」の創刊に参加し、のち「牧神」に加わる。37年詩集「学校の思い出」を刊行。以後「いまは吟遊詩人」「隅田川まで」「落日」「辻征夫詩集」「天使・蝶・白い雲などいくつかの瞑想」「かぜのひきかた」「ロビンソン、この詩はなに？」「鶯」「ヴェル-ヌの余白に」「河口眺望」「俳諧辻詩集」、評論集では「かんたんな混沌」などを刊行。平成11年小説「ぼくたちの(俎板のような)拳銃」を出版し、三島由紀夫賞候補となる。10年秋頃から運動機能に障害が起こる難病にかかり療養中だったが、12年1月死去。　㊐日本現代詩人会、日本文芸家協会

辻井 喬　つじい・たかし

詩人　小説家　セゾン文化財団理事長　元・西武セゾングループ代表　㊐昭和2年3月30日　㊞東京　本名＝堤清二(つつみ・せいじ)　㊫東京大学経済学部(昭和26年)卒　㊮室生犀星賞(昭和36年)「異邦人」、平林たい子文学賞(昭和59年)「いつもと同じ春」、レジオン・ド・ヌール勲章四等(昭和62年)、地球賞(第15回)(平成2年)「ようなき人の」、全日本文具協会ベスト・オフィス・ユーザー賞(平成3年)、高見順賞(第23

回)(平成5年)「群青、わが黙示」、谷崎潤一郎賞(第30回)(平成6年)「虹の岬」、歴程賞(第38回)(平成12年)「群青、わが黙示」「南冥・旅の終り」「わたつみ・しあわせな日日」、親鸞賞(第1回)(平成12年)「沈める城」、藤村記念歴程賞(第38回)(平成13年)、芸術選奨文部科学大臣賞(第51回, 平12年度)(平成13年)「風の生涯」、加藤郁乎賞(第3回)(平成13年)「命あまさず」㊦在学中は学生運動の活動家であったが、左翼運動を離れ、衆院議長だった父・康次郎の秘書を務める。昭和30年西武百貨店取締役店長。39年父の急逝で西武王国流通部門の代表となる。以後スーパーの西友ストアを創設するなど積極策を展開。西武百貨店、西洋フードシステムズ、西洋環境開発の各会長のほか西友、パルコなどの代表取締役を兼ねる西武セゾングループの総帥となる。リベラル派財界人のリーダー的存在で、柔軟な思考と先取りの経済活動は常に注目を集める。平成8年グループ筆頭代表幹事の急逝を受け、インターコンチネンタルホテルズCEO代行をつとめる。同年～10年4月経済同友会副代表幹事。一方、セゾングループ活性化のため3年に代表を辞任したのを始め、10年にはパルコ取締役も退任、グループ企業の役職を順次退く。日本福祉大学客員教授もつとめる。また辻井喬のペンネームで詩人・小説家としても知られ、著書に「異邦人」「宛名のない手紙」「けもの道は暗い」「深夜の読書」「いつもと同じ春」「彷徨の季節の中で」「虹の岬」「風の生涯」「命あまさず」、詩集に「群青、わが黙示」「南冥・旅の終り」「わたつみ・しあわせな日日」などがある。㊦日本ペンクラブ(理事)、現代詩人会、日本文芸家協会(常務理事) ㊥父=堤康次郎(西武鉄道創始者・衆院議長)、弟=堤義明(西武鉄道グループ総帥)、堤猶二(インターコンチネンタルホテルジャパン社長)、妹=堤邦子(セゾンコーポレーション取締役・故人)、長男=堤康二(西武百貨店取締役)

辻下 淑子 つじした・としこ
歌人 ㊤大正14年12月8日 ㊥愛知県 ㊨金城女専国文科(昭和20年)卒 ㊦「スバル」を経て昭和28年「形成」に入社。歌集に「失楽のうた」「銅婚」「射手座の章」がある。

辻田 克巳 つじた・かつみ
俳人 「幡」主宰 ㊤昭和6年3月28日 ㊥京都府京都市 ㊨京都大学英文科卒、京都大学大学院(昭和29年)修士課程修了 ㊥氷海賞(昭和35年)、星恋賞(氷海同人賞)(昭和43年)、天狼コロナ賞(第9回)(昭和48年)、俳人協会賞新人賞(昭和56年) ㊦昭和32年「氷海」「天狼」に投句。40年俳人協会会員。49年「天狼」同人。53年「雁」創刊に同人参加。平成2年「幡」を創刊し、主宰。句集に「明眸」「オペ記」「頬杖」など。㊦俳人協会(理事)、日本文芸家協会

辻野 準一 つじの・じゅんいち
歌人 ㊤明治44年4月3日 ㊥大阪府 ㊨昭和6年植村武の「夜光珠」に入会し作歌。「凌霄」を経た後、16年筏井嘉一主宰の「創生短歌会」、21年「定型律」、26年「花宴」と入退会を繰り返した。32年5月「橘」の創刊に参加する。大阪歌人クラブ理事を務める。歌集に「帰路」「楡の蔭」など。

辻野 久憲 つじの・ひさのり
翻訳家 評論家 詩人 ㊤明治42年5月28日 ㊥昭和12年9月9日 ㊥京都府舞鶴 ㊨東京帝大文学部仏文科卒 ㊦在学中から「詩・現実」同人。創刊号に「現代フランス文学の二主潮―外在的現実か内在的現実か」を執筆。昭和5年の第2冊、6年の第5冊にジョイスの「ユリシイズ」を伊藤整、永松定と共訳で連載。第一書房に勤め、「セルパン」編集長。萩原朔太郎の「氷島」に覚え書きを書き、第2次「四季」に同人として参加。翻訳に「ジイド全集」18巻の「地の糧」「アミンタス」、モーリヤック「ペルエイル家の人々」、ジャック・リヴィエール「ランボオ」などがある。詩人としては、「詩・現実」に「夕映」「新秋の記」などの作品を発表するほか、「詩と詩論」「作品」「創造」などにも発表。死の直前受洗した。

対馬 完治 つしま・かんじ
歌人 ㊤明治23年1月16日 ㊥昭和50年9月18日 ㊥新潟県高田市(現・上越市) ㊨京都府立医大(明治45年)卒 ㊦医大卒業後東京市で内科医を開業。中学時代から窪田空穂に師事し「国民文学」創刊と同時に同人となる。大正9年「地上」を創刊。14年パリに赴き、フロイト研究をする。著書に歌集「蜂の巣」をはじめ「フロイド派と文芸」、訳書「快不快原則を超えて」などがある。

対馬 康子 つしま・やすこ
俳人 ㊤昭和28年10月22日 ㊥香川県高松市 本名=西村康子 ㊨日本女子大学卒 ㊥麦作家賞(第28回)(昭和58年) ㊦昭和48年中島斌雄に師事、以来「麦」に所属、52年同誌同人。句集に「愛国」など。

辻村 真砂子　つじむら・まさこ
俳人　[生]明治42年5月20日　[出]神奈川県　本名＝辻村マサ子(つじむら・まさこ)　[学]実科高女中退　[歴]昭和5年「ぬかご」入会、のち同人。40年より「故郷」幹部同人、51年より「波」同人。藤沢市俳句協会副会長も務める。謡曲観世流名誉師範。句集に「四季麓日」、句謡集に「道ありて」。　[団]俳人協会

辻元 佳史　つじもと・よしふみ
詩人　[生]昭和42年2月18日　[出]岐阜県岐阜市　[学]早稲田大学国文科卒　[歴]大学時代は国文学研究会に所属、卒業論文には夏目漱石を取り上げた。卒業後、読売新聞社社長室直属の宣伝部で働き、その頃から詩を書き始める。平成2年潮流詩派に参加、のち運営委員。詩集に「戦争ってヤツ」「僕が港に残ったわけ」「野性の月」「赤坂江戸城外濠跡あたり」、著書に「全世界を滅ぼして『自分』だけがいればよい」など。　[団]日本現代詩人会

辻森 秀英　つじもり・しゅうえい
歌人　国文学者　元・東北福祉大学教授　[専]近世和歌史　[生]明治40年9月3日　[出]福井市浅水町　[学]早稲田大学文学部国文科(昭和5年)卒　[賞]福井県文化賞(昭和52年)、勲五等双光旭日章(昭和62年)　[歴]昭和8年「槻の木」同人となり、窪田空穂に師事。22年「百日紅」を創刊、主宰。のち福井女子短期大学教授、福井工業大学教授、東北福祉大学教授などを務めた。歌集に「夏雲」「太平洋」、評論に「橘曙覧」「上田秋成の生涯」「賀茂真淵の精神」「古代和歌鑑賞論」などがある。

都筑 省吾　つずき・しょうご
歌人　「槻の木」主宰　[生]明治33年2月19日　[没]平成9年1月12日　[出]愛知県名古屋市俵町　[学]早稲田大学国文科(昭和4年)卒　[歴]在学中から窪田空穂に師事、大正15年稲森宗太郎・染谷進・山崎剛平らと「槻の木」を創刊、主宰。かたわら、早稲田大学講師を務めた。歌集に「夜風」「入日」「黒潮」「蛍橋」「都筑省吾全歌集」、研究書に「万葉集十三人」「石見の人麻呂」等がある。

都築 益世　つずき・ますよ
童謡詩人　[生]明治31年6月29日　[没]昭和58年7月16日　[出]大阪　別名＝葉室金泥、君島茂　[学]慶応義塾大学医学部卒　医学博士　[歴]大正9年「赤い鳥」に「てんとう虫」が推奨され、童謡詩人として出発。10年「とんぼ」創刊。のち、「詩篇時代」「炬火」に参加したが、昭和15年「童謡集」を発表して童謡詩人に復帰。32年「ら・て・れ」創刊。ほかに「幼児のうた」がある。　[団]日本童謡協会

津田 清子　つだ・きよこ
俳人　「圭」代表　[生]大正9年6月25日　[出]奈良県生駒郡富雄村　[学]奈良県女子師範学校(昭和14年)卒　[賞]天狼賞(昭和26年)、蛇笏賞(第34回)(平成12年)「無方」　[歴]昭和13年小学校教師となる。24歳の時、結核を患ったことがきっかけで、和歌を始める。23年橋本多佳子の句会に出席し、以後俳句に転向。「七曜」同人。つづいて山口誓子の指導をうけ、「天狼遠星集」に投句。30年「天狼」同人。46年「沙羅」を創刊し主宰。のち、「圭」代表。句集に「礼拝」「二人称」「縦走」「無方」など。　[団]俳人協会

津田 治子　つだ・はるこ
歌人　[生]明治45年3月5日　[没]昭和38年9月30日　[出]福岡県飯塚　本名＝鶴田ハルコ　[賞]日本歌人クラブ推薦歌集(第2回)(昭和31年)「津田治子歌集」　[歴]昭和4年18歳でハンセン氏病となり、9年熊本の回春病院入院、カトリックの洗礼を受けた。11年作歌を始め、「アララギ」に入会、土屋文明の選を、のち菊池恵楓園に移り「檜の影」で五味保義の選を受けた。古川敏夫と死別後、27年谷幸三と再婚。歌集に「津田治子歌集」「雪ふる音」がある。

津田 まさごろ　つだ・まさごろ
作詞家　詩人　[生]昭和37年6月7日　[出]福岡市　[学]日本大学芸術学部放送学科卒　[歴]伊藤美紀のアルバムから作詞を手掛け、以降、谷村有美、千葉美加、ribbonなどに詩を書く。平成3年より「Pee Wee」で「日々のあぶく」を連載。詩集に「日々のあぶく」「幸福な女」など。

津田 八重子　つだ・やえこ
歌人　[生]明治45年5月23日　[出]東京　[賞]新歌人会賞(昭和36年)「黒き断面」　[歴]第二次大戦後、朝鮮より帰り、昭和23年山下陸奥に師事。「一路」入会。歌集「黒き断面」は昭和36年新歌人会賞受賞。他に歌集「ゆりの樹」がある。

津田 幸雄　つだ・ゆきお
宇宙社会学者　詩人　クリエイティブ・ディレクター　[専]宇宙デザイニング　宇宙社会学　[生]昭和18年4月8日　[出]富山県富山市　[学]早稲田大学政経学部卒　[興]企業・都市・文化戦略、宇宙居住生活と宇宙デザイニング　[賞]東京コピーライターズグラブ新人賞、クリオ賞、読売科学論文賞(第1回)(昭和63年)「宇宙デザ

イニングの概念設計」、現代詩大会大会賞㉟日本デザインセンターを経て、東急エージェンシーに転じ、企業戦略、TVCF、イベントなどの総合製作を手がける。のちフリーとなり、大手商社プロジェクト・宇宙平和利用計画の立案を手がける。それがきっかけとなり、市民に開かれた宇宙開発を主張し、人間と地球と宇宙の連帯を探求する学問"宇宙社会学"を生み出す。政府宇宙開発委員会長期ビジョン懇談会第2分科会委員を務める。平成9年埼玉県大宮市の市民大学で初の宇宙コースを担当する。また詩人としても活躍、詩集に「王家の蝶」「群狼街」などがある。

土田 明子　つちだ・あきこ
詩人　㉝少年少女詩　童謡　㊵昭和9年5月31日　㊶台湾　本名＝斎藤明子　㊿千葉東高卒　㉟昭和32年ごろから少年少女詩、童謡を作り始め、「ラルゴ」などに所属。著書に、詩集「草の葉のすべり台」「難破船」「少女」「土田明子詩集」（全5巻）、ノンフィクション「あの日 花は」などがある。　㊿日本児童文学者協会、詩人会議、千葉県詩人クラブ、親子音楽の会

土田 耕平　つちだ・こうへい
歌人　童話作家　㊵明治28年6月10日　㊷昭和15年8月12日　㊶長野県諏訪郡上諏訪町　㊿東京中学（大正4年）卒　㉟諏訪中学を3年で中退し、玉川小学校教諭となる。同校にいた島木赤彦に師事し、大正2年上京して東京中学に入学。卒業後郷里の小学校に勤務するが、健康を害し大正10年迄伊豆大島で療養する。その後は上諏訪、明石、大和郡山、東京などを転々として郷里に帰る。歌集「青杉」「斑雪」、童話集「鹿の眼」「原っぱ」などがある。昭和25年信濃毎日新聞社から「土田耕平童話集」が刊行された。

土屋 克夫　つちや・かつお
歌人　㊵明治43年3月18日　㊶長野県　㊿中央大学経済科卒　㉟八幡製鉄所東京勤務を経て関西に転住した。大正15年「潮音」に入り太田水穂に師事、その後同誌の幹部となり選者となった。戦後は同誌の改革に尽力した。「白夜」顧問。歌集「焔」「暗き流れ」「冬暖」「終宴」「あかさび」「土屋克夫歌集」「赤榛荘雑記」などがある。　㉜父＝土屋残星（歌人）

土屋 竹雨　つちや・ちくう
漢詩人　大東文化大学学長　㊵明治20年4月10日　㊷昭和33年11月5日　㊶山形県鶴岡市　本名＝土屋久泰　字＝子健　㊿東京帝大政治科（大正3年）卒　㊿日本芸術院会員（昭和24年）　㉟幼時より漢詩を作り、東京帝大時代、大須賀筠軒、岩渓裳川の指導をうける。卒業後は伊那鉄道会社、帝国蓄電池社などに勤め、また大東文化協会の幹事となり、昭和3年芸文社を創立して「東華」を創刊、主宰した。6年大東文化学院講師となり、唐詩、古詩源を講じ、10年教授に就任、後に学院総長、学長となる。著書に「大正五百家絶句」「昭和七百家絶句」「日本百人一詩」などがある。

土屋 秀穂　つちや・ひでほ
俳人　「坂」主宰　㊵昭和3年11月26日　㊶群馬県　本名＝土屋秀雄　㉟「鷹」同人。群馬県俳句作家協会副会長、NHK学園俳句講師も務める。句集に「浮鴨」「春駒」。　㊿現代俳句協会、群馬県俳句作家協会（副会長）

土屋 二三男　つちや・ふみお
詩人　元・大正製薬常務　㊵大正2年3月11日　㊷平成4年3月23日　㊶長野県須坂市　㊿須坂中卒　㉟詩集に「天のごとく」「赤土になる妹」「土屋二三男詩集」など。　㊿日本文芸家協会、日本詩人クラブ（監事）

土屋 文明　つちや・ぶんめい
歌人　国文学者　㊵明治23年9月18日（戸籍＝明治24年1月21日）　㊷平成2年12月8日　㊶群馬県西群馬郡上郊村保渡田（現・群馬郡群馬町）　号＝蛇床子、榛南大生　㊿東京帝大文大学哲学科心理学専攻（大正5年）卒　㊿日本芸術院会員（昭和37年）　㉔日本芸術院賞（第9回・文芸部門）（昭和27年）「万葉集私注」、日本歌人クラブ推薦歌集（第1回）（昭和30年）「自流泉」、読売文学賞（第19回・詩歌俳句賞）（昭和42年）「青南集」「続青南集」、文化功労者（昭和59年）、現代短歌大賞（第8回）（昭和60年）「青南後集」、東京都名誉都民（昭和61年）、文化勲章（昭和61年）、群馬県名誉県民（昭和62年）　㉟中学時代から短歌を作り、明治42年に「アララギ」同人に。大正14年第1歌集「ふゆくさ」を出版、斎藤茂吉と「アララギ」の共同編集にあたり、昭和9年編集兼発行人となる。一方では教壇にも立ち、大正9年長野県諏訪高女校長、11年松本高女校長、13年法政大予科教授などを歴任し、昭和27～35年明大文学部教授を務めた。その作風は短歌の精神主義にとど

まらず、客観的な現実凝視を特質とし、「山谷集」（昭10）で歌壇に確固とした地位を確立。以後、「韮菁集」「山下水」「青南集」「続青南集」「続々青南集」など刊行。その歌論は「短歌入門」に詳しく、「万葉集私注」（全20巻）にみられる万葉研究の業績も大きい。平成8年群馬町に県立土屋文明記念文学館が完成した。
[団]アララギ会、日本文芸家協会　[家]妻＝土屋テル子（歌人）

土屋 正夫　つちや・まさお
歌人　「軽雪」主宰　[生]大正4年7月26日　[出]千葉県市原市　[賞]勲五等瑞宝章（平成10年）、日本歌人クラブ賞（第26回）（平成11年）「鳴泉居」
[歴]昭和8年「国民文学」に入社、のち編集委員。21年「沃野」創刊に参加、34年「軽雪」創刊。歌集に「軽雪」「氾濫原」「真菰の馬」「鳴泉居」など。

土山 紫牛　つちやま・しぎゅう
俳人　[生]明治38年9月15日　[没]平成12年3月24日　[出]和歌山県和歌山市　本名＝土山正雄（つちやま・まさお）　[学]京城高商卒　[歴]大正11年「ホトトギス」に投句、高浜虚子に師事。昭和20年10月朝鮮より引揚後、「かつらぎ」にて阿波野青畝に師事。40年俳人協会に入会。句集に「連翹」「明日ありて」、入門書に「俳句の手びき」。　[団]俳人協会

筒井 菫坡　つつい・きんぱ
詩人　歌人　[生]明治11年　[没]明治41年　[出]京都府綾部市　本名＝筒井斉（つつい・ひとし）　[歴]会社勤めの傍ら、詩や歌作に励み、河井酔茗や与謝野鉄幹らが参加した「関西文学」に投稿。口語調をとり入れるほか、舞鶴の方言を使うなど詩壇に光彩を放つ。酔茗の「文庫」にも作品を発表し、薄田泣菫や窪田空穂に傾倒。筆名も泣菫にあやかった。病弱のため中央に出ることもなく明治41年胸の病で没した。平成2年孫婿羽田孝文により代表的詩集「東天紅」、歌集「残照」などを収めた作品集「定本 筒井菫坡詩歌集」が出版された。

筒井 紅舟　つつい・こうしゅう
歌人　茶道家　日本芸術家連合会顧問　[生]昭和8年2月20日　[出]岐阜県　本名＝筒井佳子　旧姓（名）＝鷲見　[学]高等女学校卒　[歴]歌集に「花幻」「朝ごろも」「袖の月」などがある。　[団]現代歌人協会、日本ペンクラブ、日本文芸家協会

筒井 富栄　つつい・とみえ
歌人　「個性」運営委員　[生]昭和5年6月22日　[没]平成12年7月23日　[出]東京・東池袋　本名＝村田富栄　[学]浦和市立高女卒　[賞]個性賞（昭和45年）　[歴]昭和23年住友銀行東京支店入社。のち病気のため退職し、療養をつづけながら作歌をはじめる。31年「近代」に入会し、加藤克巳に師事。34年「近代」会員、38年「個性」会員。44年第1歌集「未明の街」を出版。61年よりNHK学園の講師もつとめた。以後の歌集に「森ざわめくは」「冬のダ・ヴィンチ」「風の構図」、評論集に「十人の歌人たち」などがある。
[団]現代歌人協会

堤 江実　つつみ・えみ
インターナショナルビジネスコンサルタント　詩人　[生]昭和15年3月12日　[出]東京　[学]立教大学文学部英米文学科（昭和37年）卒　[賞]流通で一番活躍した女性賞（平成2年）　[歴]文化放送アナウンサー、コピーライター、推理作家などを経て、昭和44年グリーティングカード、ラッピングペーパーなどの輸入製造販売会社カミカを設立、54年社長。イベントのプロデュースを手がけるカミカ企画の社長も兼務。平成2年日本店舗システム協会から“流通業界で最も活躍した女性”として表彰される。4年社長を退任後、フリーのインターナショナルビジネスコンサルタントに。著書に「女が時代を変える！」「『オトコ社会』解体中」「すべては良い方向にむかう―ミレニアムの変わり目が面白い」などがある。詩もつくり、詩集に「ミラクル」「ぷくぷく」「エンジェル」がある。
[団]日本記号学会

堤 寛治　つつみ・かんじ
小中学教師（釧路市立立山花小中学校）　詩人　かばりあ社代表　「かばりあ」編集発行人
[生]昭和9年5月10日　[出]北海道白糠郡白糠町
[学]仏教大学卒　[賞]北海道詩人協会　[歴]小中学教師を務めながら詩作を続け、昭和31年の「かばりあ」創刊に参加。42年から編集発行人として同誌を主宰。この間釧路現代詩話会にも参加。詩集に「半島」がある。

堤 京子　つつみ・きょうこ
俳人　[生]昭和2年12月4日　[出]東京　[学]東京女学館卒　[賞]群青賞（昭和57年）　[歴]昭和44年より47年までパリに住み「馬酔木」に投句する。48年「万蕾」に入会、殿村菟絲子の指導を受ける。50年「万蕾」同人、52年「万蕾」編集同人。同年俳人協会会員。現在「馬」同人。句集に「鏡

の間」「故国の水」がある。 ㊼俳人協会、女性俳句懇話会

塘 健　つつみ・けん
歌人　農業　㊌昭和26年2月26日　㊋長野県　㊥別府大学史学科卒　㊡角川短歌賞(第28回)(昭和57年)「一期不会」　㊽「玲滝」に入会、歌集に「火冠」がある。

塘 柊風　つつみ・しゅうふう
俳人　日本画家　㊌明治41年5月7日　㊋岡山県津山市　本名=塘良三(つつみ・りょうぞう)　㊥大阪外専卒　㊡南風賞(昭和34年)　㊽昭和19年より俳句を始め、28年馬酔木系「南風」主宰の山口草堂に師事。「南風」編集同人、現代俳句協会会員を経て、55年俳人協会入会。61年俳画誌「風信」を創刊し、主宰。句集に「真葛」「秋篠通信」。 ㊼俳人協会

堤 清二　つつみ・せいじ
⇒辻井喬(つじい・たかし)を見よ

堤 俳一佳　つつみ・はいいっか
俳人　㊌明治37年9月20日　㋱平成6年6月25日　㊋山梨県　本名=堤十佳(つつみ・いっか)　㊥鉄道省中央教習所高等部卒　㊽岳南朝日新聞文学賞　㊽大正8年国鉄に入り、駅長、保健事務所長を歴任。昭和初頭高浜虚子に師事。24年「ホトトギス」同人となり、俳誌「裸子」を創刊。句集「俳一佳句集」「赤い実」「古亀」「喜寿前」などの他、「俳一佳宛書簡集」がある。 ㊼俳人協会

堤 操　つつみ・みさお
⇒大伴道子(おおとも・みちこ)を見よ

常石 芝青　つねいし・しせい
俳人　㊌昭和62年10月1日　㊋高知県香美郡野市町　本名=常石覚(つねいし・さとる)　㊡勲六等単光旭日章(昭和52年)　㊽明治40年、19歳で渡米し、農業の傍ら南カリフォルニア大に学ぶ。大正10年ロサンゼルスに俳句を興し、11年現地に橘吟社を創立。俳誌「たちばな」を発刊。戦後は日系人を教えるだけでなく、アメリカの小学校へも英語で俳句を指導に回った。数千に上る句を英短詩に翻訳。句集に「菊の塵」。俳論や「北米俳壇の推移」という日系人文芸評論など多数。「元日や我に始まる一家系」という句碑がロスにある。

恒川 陽一郎　つねかわ・よういちろう
小説家　詩人　㊌明治21年1月26日　㋱大正5年8月29日　㊋広島県　号=石村　㊥第一高等学校(明治39年)入学　㊽東京府立一中の学友会雑誌で活躍、谷崎潤一郎らと親交。第四高等学校に1年間いて一高へ入り、校友会雑誌に執筆。明治40年新詩社に入り、詩歌や自伝的小説「女役者」「湯殿の女」「浜町河岸」などを発表した。また「昴」「新思潮」「峡湾」などにも筆を執った。夫人は赤坂の名妓万龍で、小山内薫の「梅龍の話」などで話題となった。著書に「旧道」がある。

常見 千香夫　つねみ・ちかお
歌人　㊌明治41年10月31日　㊋埼玉県浦和　㊥東京薬学専門学校卒　㊽昭和2年「香蘭」入社。8年「短歌至上主義」創刊に参加。戦後、「鶏苑」を創刊するが、28年廃刊。以後作家生活を断つ。歌集に「智と余韻」。

津根元 潮　つねもと・うしお
俳人　㊌大正14年1月7日　㊋大阪府大阪市　本名=常本有志男　㊥関西大学中退　㊡青玄評論賞、青玄特別賞、現代俳句協会賞(第48回)(平成8年)　㊽昭和24年日野草城「青玄」に参加、草城逝去後、伊丹三樹彦に師事。37年同人、47年無鑑査同人。52年「橘」創刊同人。句集に「見色」「時中」「春霞抄」「両志」「有余」、評論集「現代俳句への志向」がある。 ㊼日本文芸家協会、現代俳句協会(事務局長)、国際俳句交流協会(理事)、中日文化交流協会、日本ペンクラブ

角田 竹夫　つのだ・たけお
詩人　歌人　㊌明治33年4月29日　㊋東京　㊥東洋大学倫理科卒　㊽上宮教会清瀬療園総務課長を務めた。日本療養所協会幹事。俳句・短歌も手がける。詩集として「微笑の拒絶」がある。 ㊼新日本歌人協会

角田 竹涼　つのだ・ちくりょう
俳人　㊌明治25年5月16日　㋱昭和5年5月11日　㊋東京・神田　本名=角田龍雄　㊽父竹冷、母栄子の影響で早くから俳句に親しんだ。また古俳書に関心、昭和3年「俳句講座」に「俳書解題」を連載し、のちまとめて出版した。他に「竹冷文庫」「俳書集覧」などを校訂。どの結社にも属さず、研究に専心。没後父の弟子の麦人が「竹涼集」を刊行。 ㊂父=角田竹冷(俳人)

角田 竹冷　つのだ・ちくれい
俳人　政治家　東京市議　衆院議員(憲政本党)　[生]安政3年5月2日(1856年)　[没]大正8年3月20日　[出]駿河国沼津(現・静岡県富士市)　本名＝角田真平(つのだ・しんぺい)　別号＝聴雨窓　[歴]明治5年上京し沼間守一の門に入り、のち代言人となる。立憲改進党に入り、東京府会副議長、神田区会議長、東京市議を経て、24年衆院議員に当選。通算7選。秀英社、中央窯業取締役、跡見女学校理事も務めた。一方、俳人としても知られ、28年秋声会をおこし、29年「秋の声」を、36年「卯杖」(42年「木太刀」と改題)を創刊。編著書に「俳諧木太刀」「聴雨窓俳話」「俳書解題」「点滴」(英訳句集)などがあり、没後「竹冷句鈔」が刊行された。　[家]息子＝角田竹涼(俳人)

角田 独峰　つのだ・どっぽう
俳人　[生]明治38年4月25日　[没]平成6年2月18日　[出]秋田県能代市　本名＝角田孝助(つのだ・こうすけ)　[学]工学院専門学校卒　[賞]ぬかご年度賞(昭和42年)　[歴]昭和4年「ぬかご」入会、水野六山人、安藤姑洗子に師事。9年「ぬかご」課題句選者となり、47年～平成2年主宰。東京都及び足立区俳句連盟顧問。句集に「独峰句集」「歩み」「凍み谿」「発祥」など。　[団]俳人協会

角田 一　つのだ・はじめ
歌人　[生]大正11年4月1日　[出]栃木県　[歴]台湾より復員と同時に「下野短歌」に入会。その後「短歌十字路」「工人」「途上」などを経て「創生」に入会、選者及び編集委員をつとめる。歌集に「腔の砂」、合同歌集「街灯」がある。

角田 吉博　つのだ・よしひろ
詩人　「月刊武州路」主宰　[生]大正9年8月15日　[出]山梨県　[学]明治大学法学部卒　[歴]山梨日日新聞社に入社。東京新聞、埼玉新聞編集局長を経て、昭和48年タウン誌「月刊武州路」を創刊。63年タウン誌が連合して作った日本タウン誌協会の初代会長に就任。「秘色」「冬の祭」「角田吉博詩集」などの著作のある詩人でもある。　[団]日本タウン誌協会(会長)

角宮 悦子　つのみや・えつこ
歌人　「はな」主宰　[生]昭和11年3月3日　[出]北海道網走　[賞]夕暮賞(昭和48年)　[歴]昭和33年山下陸奥の指導をうけ「一路」入社、後に「詩歌」に入会して前田透に師事する。49年歌集「ある緩徐調」、54年歌集「銀の梯子」を出版。34年短歌研究新人賞候補となり、48年夕暮賞を受賞。59年前田透没後、「はな」を創刊、主宰。

椿 一郎　つばき・いちろう
歌人　[生]明治29年5月17日　[出]千葉県　[学]千葉県立小御門農業卒　[歴]大正7年「竹柏会」に入会。信綱及び寺田憲に師事。歌集に「農人の歌」「且つ耕し且つ歌ふ」「藪蔭の花」「土」がある。

粒来 哲蔵　つぶらい・てつぞう
詩人　白鴎大学教授　[生]昭和3年1月5日　[出]山形県米沢市　筆名＝弓月煌　[学]福島師範卒　[賞]晩翠賞(第2回)(昭和36年)「舌のある風景」、H氏賞(第22回)(昭和47年)「孤島記」、高見順賞(第8回)(昭和52年)「望楼」　[歴]30数年間教員生活をしながら詩を書きつづけ、詩誌「銀河系」「木星」「地球」「歴程」などに拠る。昭和59年3月三宅島に移住。のち「歴程」「火牛」同人、「鱏(しん)」編集発行人。ほかの詩集に「虚像」「舌のある風景」「刑」「儀式」「望楼」「荒野より」「倒れかかるものたちの投影」「孤島記」など。　[団]日本現代詩人会、日本文芸家協会、米軍基地建設に反対する会、日本ペンクラブ

壺井 繁治　つぼい・しげじ
詩人　評論家　[生]明治30年10月18日　[没]昭和50年9月4日　[出]香川県小豆郡苗羽村(現・内海町)　[学]早稲田大学文学部英文科中退　[歴]大学在学中から中央郵便局や出版社などに勤務し、大正13年萩原恭次郎、岡本潤らと「赤と黒」を創刊。アナーキスト詩人として活躍したが、その後プロレタリア運動の進展と共にマルキシズムに転向。三好十郎らと左翼芸術同盟を組織し、昭和3年全日本無産者芸術連盟(ナップ)に参加、「戦旗」の編集に当たった。治安維持法違反などで、数回にわたって検挙、投獄。9年転向出獄し、10年サンチョ・クラブを結成、“村長”として風刺文学運動を続けた。戦後は新日本文学会に参加。37年詩人会議グループを結成し、「詩人会議」創刊。「壺井繁治全詩集」(全1巻，国文社)のほか、散文詩集「奇妙な洪水」、評論集「抵抗の精神」「現代詩の精神」などがある。53年、48年制定の詩人会議賞が名称変更し、壺井繁治賞となった。　[家]妻＝壺井栄(小説家)

坪内 逍遙　つぼうち・しょうよう
小説家　評論家　俳人　劇作家　翻訳家　教育家　[生]安政6年5月22日(1859年)　[没]昭和10年2月28日　[出]美濃国加茂郡太田村(岐阜県美濃加茂市)　本名＝坪内雄蔵(つぼうち・ゆうぞう)　幼名＝勇蔵　[学]東京大学文学部政治経済学科(明治16年)卒　文学博士　[歴]代官手代の三男に生まれる。明治16年東京専門学校(現・早稲田大学)

の講師となる。18年から19年にかけて小説「当世書生気質」、小説論「小説神髄」を刊行し、小説改良の呼びかけとなり、近代日本文学の指導者となる。23年専門学校に文学科(文学部)を創設し、24年「早稲田文学」を創刊。24年から25年にかけて、森鴎外との間に"没理想論争"をおこす。この間、従来のシェークスピア研究・翻訳を続け、さらに近松研究も加わり、27～28年史劇「桐一葉」、30年「沓手鳥孤城落月」を発表。37年頃からは新劇革新運動に参加。42年島村抱月が主導して結成された文芸協会の会長となり、俳優の養成や沙翁(シェークスピア)劇などを上演、大正2年には解散。4年早稲田大学教授を辞職し、以後文筆に専念した。小説、演劇、評論と文学・演劇面での著書は多く、また倫理学の本もある。15年～昭和2年「逍遙選集」(自選，全15巻)、明治42年～昭和3年「沙翁全集」(全40巻)を刊行。一方、大正13年頃から和歌や俳句に親しむようになり、没後に「歌・俳集」(昭和30年)が刊行された。昭和3年古希を記念して早大構内に坪内博士記念演劇博物館が設立された。平成6年生誕地の岐阜県美濃加茂市によって坪内逍遙大賞が創設された。
[家]養女＝飯塚くに(「父 逍遙の背中」の著者)

坪内 稔典　つぼうち・としのり
俳人　京都教育大学教育学部国文学科教授　「船団」代表　[専]日本近代文学　俳句俳諧　[生]昭和19年4月22日　[出]愛媛県西宇和郡伊方町　[学]立命館大学文学部日本文学科卒、立命館大学大学院文学研究科修士課程修了　[興]正岡子規、夏目漱石　[賞]尼崎市民芸術奨励賞(昭和61年)、京都府文化賞(功労賞，第18回)(平成12年)　[歴]高校時代は詩を書いていたが、大学在学中に全国学生俳句連盟などに関わり、前衛俳句に親しむ。読み手とのコミュニケーション、共感に最重点を置き、流行語を取り入れるなど斬新な表現が注目を集め、"ニューウエーブ俳句""広告コピー風"と呼ばれた。「日時計」「黄金海岸」などの同人誌を経て、昭和51～60年季刊「現代俳句」を責任編集。61年より会員誌「船団」を編集発行。また、独自の子規研究をつづける一方で大阪俳句史研究会の創設に参画。園田学園女子大学助教授を経て、平成2年京都教育大学教授。句集に「春の家」「わが町」「落花落日」「猫の木」、評論集に「正岡子規」「過渡の詩」「世紀末の地球儀」「現代俳句入門」など。　[団]日本近代文学会、俳文学会、日本文芸家協会

坪川 美智子　つぼかわ・みちこ
歌人　[生]大正9年9月16日　[出]北海道　[歴]昭和27年「新墾」入社。小田観蛍に師事し幹部同人となる。45年「原型」に入会、運営同人。50年結成の「現代短歌・北の会」会員となる。57年「新墾」退社。同年増谷竜三らによる「岬」創刊に参加、編集委員。歌集に「飛花」がある。

壺田 花子　つぼた・はなこ
詩人　[生]明治38年3月25日　[出]神奈川県小田原市　本名＝塩川花子　旧姓(名)＝坪田　[歴]佐藤惣之助に師事し、詩誌「詩之家」同人となる。戦後は日本女詩人会の世話役となり、「女性詩」の論集にも参加。詩集に「喪服に挿す薔薇」「蹠の神」など。

坪野 哲久　つぼの・てつきゅう
歌人　[生]明治39年6月1日　[没]昭和63年11月9日　[出]石川県羽咋郡高浜町(現・志賀町)　本名＝坪野久作　[学]東洋大学(昭和4年)卒　[賞]読売文学賞(第23回)(昭和46年)「碧巌」　[歴]東洋大学在学中に島木赤彦に師事。赤彦没後は「ポトナム」に参加。昭和3年「新興歌人連盟」に加わる。のち11年山田あき等と「鍛冶」創刊。17年検挙される。戦後、39年「航海者」と改題、53年「氷河」主宰。歌集に「百花」「桜」「北の人」「碧巌」「胡蝶夢」など。　[家]妻＝山田あき(歌人)

坪谷 水哉　つぼや・すいさい
俳人　編集者　博文館取締役編集局長　東京市議　[生]文久2年2月26日(1862年)　[没]昭和24年3月25日　[出]新潟県南蒲原郡加茂町　本名＝坪谷善四郎(つぼや・ぜんしろう)　[学]東京専門学校邦語政治科・行政科(明治22年)卒　[歴]在学中から博文館に入り、編集主幹を経て、明治23年編集局長、28年「太陽」創刊を編集、理事、大正7年取締役。また34年東京市議に当選、7期務め、市立図書館(現・日比谷図書館)設立に貢献。大正6年大橋図書館長も務めた。俳句は秋声会に属し、「俳諧名所めぐり」「俳春秋」などがあり、著書に「日本漫遊案内」「世界漫遊案内」「東西南北」「山水行脚」「当代名流五十家訪問録」「大橋佐平翁伝」「博文館五十年史」「回顧集」などがある。

津村 信夫　つむら・のぶお
詩人　[生]明治42年1月5日　[没]昭和19年6月27日　[出]兵庫県神戸市　[学]慶応義塾経済学部予科卒　[歴]慶大在学中に肋膜炎を患い、療養中に文学に親しみ、以後、茅野蕭々、室生犀星を師と仰ぐ。昭和7年「小扇」を発表し、新進詩人とし

ての評価を得る。9年第2次「四季」に参加。10年慶大経済学部を卒業後、東京海上火災保険に入社、同年第一詩集「愛する神の歌」を自費出版。15年随筆「戸隠の絵本」を、17年第二詩集「父のゐる庭」を、19年第三詩集「或る遍歴から」を刊行。信州の風土に深い愛情を抱き、平明で優しい言葉を用いる抒情詩人として知られる。「津村信夫全集」(全3巻、角山書店)がある。㊞兄=津村秀夫(映画評論家)

鶴 彬 つる・あきら
川柳作家 社会運動家 ㊗明治42年1月1日 ㊣昭和13年9月14日 ㊨石川県河北郡高松町 本名=喜多一二(きた・かつじ) ㊣高松小高等科(大正12年)卒 ㊣17歳で川柳に興じ、新興川柳で社会批判をする。昭和3年上京し、川柳を通して非合法活動に入る。5年入営し、金沢第七連隊で無産青年読書会を組織、赤化事件をおこし衛戌監獄に2年入る。8年除隊、以後プロレタリア川柳人として雑誌「川柳人」「川柳時代」などに、時流に立ち向かう作品を発表しつづけた。12年12月反戦川柳によって治安維持法違反容疑で検挙され、13年9月野方刑務所で、赤痢にかかって死去した。「鶴彬句集」、「鶴彬全集」(全1巻、たいまつ社)がある。平成10年「鶴彬全集」(増補改訂版)が復刻出版された。

鶴 豊子 つる・とよこ
俳人 ㊗昭和3年2月20日 ㊨和歌山県 ㊣群峰作家賞(昭和34年)、群峰賞(昭和55年) ㊣昭和30年「群峰」入会、翌年同人。34年群峰作家賞。55年群峰賞。60年師榎本冬一郎逝去につき退会。61年「鷲」創刊同人。著書に「流音」。㊞現代俳句協会、福岡俳人協会(幹事)

鶴岡 冬一 つるおか・ふゆいち
詩人 文芸評論家 ㊗大正6年7月20日 ㊣平成7年2月12日 ㊨北海道函館市 本名=松山福太郎 ㊣三高卒 ㊣三高時代から詩作をはじめ、卒業後は教師、翻訳官、国家公務員などをつとめる。戦後「現代詩」などに詩作を発表し、昭和30年「蜂の会新詩集」を主宰。32年処女詩集「花盗人」を刊行、同年C.D.ルイス「詩をどう読むか」を翻訳刊行。ほかに詩集「残酷な季節」や評論「不安の克服」「小説の現実と理想」などがある。㊞日本現代詩人会、日本文芸家協会

鶴岡 善久 つるおか・よしひさ
詩人 美術評論家 青山学院女子短期大学講師 敬愛大学講師 ㊣シュルレアリスム ㊗昭和11年4月13日 ㊨千葉県茂原市 ㊣明治大学文学部卒 ㊣アンリ・ミショー、内外現代美術評論 ㊣中学・高校時代は短歌を作っていたが、のち詩作に転じ、「時間」「地球」同人を経て、「想像」「言葉」編集同人となる。晩年のアンリ・ミショーと親交があり、昭和59年没後、自宅に詩と絵の展示室を設ける。詩集に「薔薇祭」「手のなかの眼」「夢祭り」「肌に添って」「蜃気楼の旅」、評論集に「日本超現実主義詩論」「太平洋戦争下の詩と思想」「夢の通路―シュルレアリスム論」など。青山学院女子短期大学、敬愛大学講師、千葉敬愛短期大学講師を務める。㊞日本現代詩人会、日本文芸家協会

鶴田 正義 つるだ・まさよし
歌人 神官 南州神社宮司 「にしき江」主宰 ㊗大正3年12月15日 ㊨鹿児島市 ㊣鹿児島県立一中(昭和8年)卒 ㊣藍綬褒章(昭和51年)、南日本文化賞(昭和59年) ㊣昭和7年1月より父の遺業を継ぎ「にしき江」を主宰。歌集に「遍歴」「虚心」、歌書に「短歌寸言集」「歌ごころ」など。8年神職資格を修得、9年南州神社宮司。㊞日本歌人クラブ、鹿児島県歌人協会

鶴田 玲子 つるた・れいこ
俳人 ㊗昭和8年12月10日 ㊨北海道士別市 ㊣札幌南高卒 ㊣壺俳句賞(昭和55年)、角川俳句賞(第34回)(昭和63年)「鶴居村」 ㊣昭和54年頃より俳句をはじめる。「壺」同人。

鶴野 佳子 つるの・よしこ
歌人 ㊗昭和12年7月3日 ㊨徳島県 ㊣戦後北京から引揚げる。高校時代「徳島歌人」に入会、保科千代次に師事。結婚で大阪に転居、故渡辺順三の奨めで、昭和42年より「新日本歌人」に入会。全国幹事、同大阪支部誌「短歌創造」編集兼発行者。歌集に「花あかり」「雪の記憶」がある。㊞大阪歌人クラブ(理事)、関西歌人集団(委員)

露見 忠良 つるみ・ただよし
盲学校教師(大分県立盲学校) 詩人 ㊗昭和17年12月30日 ㊨東京・中野 ㊣東京教育大学教育学部特設教員養成部理療科卒 ㊣強度弱視から失明者に。大分県立盲学校理療科教師を務める。傍ら詩人としても活躍。昭和47年の第一詩集「みにくい象」はH氏賞候補になった。「オルフェ」「歴程」同人。他の詩集に「声と風

景」「空のエスキス」など。 [団]大分県詩人協会、日本現代詩人会

鶴見 正夫　つるみ・まさお

童謡詩人　児童文学作家　[生]大正15年3月19日　[没]平成7年9月7日　[出]新潟県村上市　[学]早稲田大学政治経済学部(昭和23年)卒　[賞]童謡コンクール文部大臣奨励賞(昭和26年)、日本童謡賞(第6回)(昭和51年)「あめふりくまのこ」、赤い鳥文学賞(昭和51年)、ジュニア・ノンフィクション文学賞(昭和52年)、サトウハチロー賞(第3回)(平成3年)　[歴]大学時代から童謡を作り始め、のち童話、児童文学も手がける。小学館、国会図書館勤務を経て、昭和35年から文筆に専念。38年から11年間阪田寛夫らと「6の会」を結成、「あめふりくまのこ」「おうむ」などの名曲を生み出す。創作に「最後のサムライ」「日本海の詩」「鮭のくる川」「長い冬の物語」など。 [団]日本文芸家協会、詩と音楽の会、日本童謡協会、音楽著作権協会

【て】

出牛 青朗　でうし・せいろう

俳人　「鯉」主宰　[生]明治40年7月1日　[没]昭和62年12月30日　[出]埼玉県　本名＝出牛清次郎　[学]高専卒　[歴]昭和12年から俳句を始める。21年「雪解」同人。26年「山垣」を創刊して主宰、のち「鯉」と改題。句集に「桑海」「装林」「冬麗」「指扇」。

出口 王仁三郎　でぐち・おにさぶろう

宗教家　歌人　大本教聖師　[生]明治4年8月22日　[没]昭和23年1月19日　[出]京都府穴太村(現・亀岡市)　旧名＝上田喜三郎　[歴]少年時代言霊学を学ぶ。代用教員、牛乳販売業などに従事したが、明治31年神秘体験を重ねて病気治しの布教活動を始める。同年丹波郡綾部町の出口なをと会い、32年なをを教主とする金明霊学会を設立、会長となり、翌年娘すみと結婚。36年なをの“筆先”によって王仁三郎と改名。大正6年には機関誌「神霊界」を発刊、活発な布教活動を行った。“下からの世直し”を訴えたため10年及び昭和10年不敬罪などで2度の弾圧を受けた(第1次・第2次大本教事件)。ねばり強い法廷闘争の後、17年保釈。戦後、21年愛善苑の名称で再建。また、生涯に10万首近いとされる驚異的な数の歌を詠んだ。歌集に「霧の海」「言華」「浪の音」、口述書に「霊界物語」(81巻)「天祥地瑞」、他に「出口王仁三郎全集」(全8巻)「出口王仁三郎著作集」(全5巻)がある。 [家]妻＝出口すみ(2代目教主)、長女＝出口直日(3代目教主)、孫＝出口聖子(4代目教主)、出口和明(愛善苑責任役員・作家)、出口利明(愛善苑責任役員)

出口 舒規　でぐち・のぶのり

歌人　[生]明治44年11月28日　[出]和歌山県　本名＝出口正男　[歴]昭和の初め今井規清に師事し「多磨」に入会するが、同誌終刊後中村正爾の「中央線」発刊に参加する。「白秋会」会員でもある。歌集に「基地となる島」「還らざる大野」「承水溝」など。 [団]日本歌人クラブ

手島 一路　てじま・いちろ

歌人　[生]明治25年2月27日　[没]昭和54年11月3日　[出]福岡県朝倉郡朝倉町　本名＝手島勇次郎　[賞]福岡市文化賞(昭和52年)　[歴]昭和22年「ゆり短歌会」本部創立主宰、月刊歌誌「ゆり」創刊。由利貞三門下。歌集に「跫音」「博多百首」「菅函相」「全人的」のほか「歌集四人の死刑囚」がある。この間、21年に福岡市立第二工業学校長を退任。

手島 南天　てしま・なんてん

俳人　浦和商業高等学校教頭　[生]昭和12年2月　[出]埼玉県鴻巣市(旧・笠原村)　[学]明治大学商学部(昭和35年)卒、明治大学法学部中退　[歴]民間会社数社を転職した後、昭和38年埼玉県立羽生実業高に勤務、以後岩槻商高、上尾高各教諭を経て、久喜北陽高教頭に。一方、俳人としても活動し、55年「風」に入会。現在は浦和句会幹事、「橘」同人。句集に「虎落笛―手島南天集」、詩集に「骨のない墓」がある。

手代木 唖々子　てしろぎ・ああし

俳人　[生]明治37年2月9日　[没]昭和57年12月5日　[出]北海道伊達町　本名＝手代木茂守　[学]大倉高商卒　[歴]大正10年句作をはじめ福原雨六、星野麦人に師事した。12年上京、「石楠」「南柯」などに拠る。昭和4年より「曲水」に転じて、7年同人。11年西村月杖と同誌を離脱して俳誌「句帖」を創刊、15年分れて「合歓」を創刊、没時まで主宰した。22年秋田県稲沢村に入殖。晩年は「海程」同人。句集「緑層」「北冥」「天歩」がある。 [家]妻＝胆振かよ

手塚 久子　てずか・ひさこ
詩人　[生]昭和4年7月28日　[没]平成1年8月31日　[出]広島県江田島　本名＝小谷久子　[学]神奈川県立横須賀高女(昭和21年)卒　[歴]カトリックの信仰にささえられた詩作、エッセイ活動で知られた。詩集に「誕生」「手塚久子詩集」「聖年」ほか10数冊、随筆集に「詩をめぐる随想」などがある。　[団]日本ペンクラブ、日本現代詩人会

手塚 美佐　てずか・みさ
俳人　(株)東門書屋代表取締役　[生]昭和9年5月3日　[出]神奈川県　本名＝石川美佐子(いしかわ・みさこ)　[学]青葉高(昭和28年)卒　[興]永井龍男・石川桂郎研究　[歴]昭和35年石川桂郎を知り、同年桂郎編集の「風土」創刊に参加、編集同人となる。50年桂郎と結婚するが、同年11月桂郎死去。52年岸田稚魚主宰の「琅玕」創刊とともに編集同人となる。句集に「桜濃し」。[団]俳人協会(評議員)、日本ペンクラブ、日本文芸家協会　[家]夫＝石川桂郎(俳人)

手塚 七木　てつか・しちぼく
俳人　[生]明治43年8月17日　[没]平成12年4月4日　[出]栃木県宇都宮市　本名＝手塚一　[学]早稲田大学商学部卒　[賞]栃木県文化功労賞　[歴]昭和10年「石楠」入会、戦後「石楠」「皿」「蜜」に拠る。のち「西北の森」「鬼怒」に所属。栃木県俳句作家協会会長を務め、“S賞”を創設、県内俳句功労者を顕彰するなど地域の俳句発展に貢献した。また下野新聞選者を務めた。著書に句集「男体」「男体以後」「ほとけロード」「風埃記」「雪月花」、「栃木県俳句史」「七木雑記帖」などがある。　[団]俳人協会(名誉会員)

寺井 谷子　てらい・たにこ
俳人　「自鳴鐘」編集長　[生]昭和19年1月2日　[出]福岡県北九州市　[学]明治大学文学部卒　[賞]自鳴鐘賞(第30回)(昭和53年)、現代俳句協会賞(第39回)(平成4年)　[歴]10歳時より句作。昭和41年より「自鳴鐘」の編集にあたる。のち「自鳴鐘」編集長。「自鳴鐘」「花曜」同人。句集「笑窪」、著書に「街・物語」がある。夫は新聞社幹部。[団]現代俳句協会(理事)、日本文芸家協会　[家]父＝横山白虹(現代俳句協会会長・故人)、母＝横山房子(俳人・「自鳴鐘」主宰)

寺井 文子　てらい・ふみこ
俳人　[生]大正12年1月5日　[没]平成12年2月20日　[出]兵庫県神戸市　本名＝田畑文子　[学]神戸成徳高女卒　[歴]昭和21年より日野草城、神生彩史に師事。「太陽系」「花山系」を経て、24年草城主宰誌「青玄」入会、彩史主宰誌「白堊」にも拠る。45年桂信子主宰「草苑」に同人参加、同年永田耕衣主宰誌「琴座」にも所属。平成11年まで20年余にわたり、朝日新聞三重版の俳句選者を務めた。句集に「密輸船」「弥勒」などがある。　[家]夫＝田畑耕作(俳人)

寺尾 俊平　てらお・しゅんぺい
川柳作家　[生]大正14年　[没]平成11年10月19日　[出]岡山県岡山市　[学]西大寺町立高等小卒　[賞]東洋樹川柳賞(第14回)(昭和57年)　[歴]父親の仕事の関係で岡山市に移り住む。大蔵省印刷局勤務の傍ら、昭和30年頃から川柳を始める。のち「川柳岡山社」同人、選者。[団]日本川柳ペンクラブ(理事)、全日本川柳協会(常任理事)

寺尾 道元　てらお・どうげん
僧侶　詩人　元・光照寺(浄土真宗)住職　[生]大正3年10月13日　[没]平成5年7月13日　[出]奈良県　[歴]奈良県吉野郡黒滝村の光照寺住職(第14世)、のち浄土真宗本願寺布教師を務めた。傍ら詩人としても活動、「日本詩壇」「豚」「花」「現代詩精神」を経て、「日本未来派」所属。著書に「染香人のその身には」「煩悩の林に遊んで」「思惟抄—寺尾道元詩集」がある。

寺門 一郎　てらかど・いちろう
歌人　[生]大正11年2月11日　[没]昭和53年4月10日　[出]東京　[歴]昭和21年復員後、「桧」に入会、高田浪吉に師事する。「桧」廃刊後「川波」同人となり、40年には「青梅歌話会」を創立、指導者として活躍した。歌集に「光流」「揺流」など。

寺門 仁　てらかど・じん
詩人　[生]大正15年10月13日　[出]茨城県　本名＝砂尾仁　[学]東京高師国漢科(昭和24年)卒　[歴]京都、東京で高校教員生活を送るかたわら、「青い花」「地球」「日本未来派」「風」などに寄稿。詩集に「石の額椽」「遊女」「続遊女」「遊女十一」「羽衣」「華魁」など遊女十一」「羽衣」「華魁」など。　[団]日本文芸家協会

寺門 迷仏　てらかど・めいぶつ
川柳作家　[生]昭和18年　本名＝寺門正人　[学]茨城大学(昭和41年)卒　[歴]昭和38年茨城川柳双葉吟社発足と同時に野辺囃子舎に師事。47年茨城川柳双葉吟社を引き継ぎ「茨城川柳ふたば」を刊行。タウン誌「月刊みと」に「迷仏の川柳散歩」を執筆。著書に「落陽思慕」「川柳道場八方破れ」、作品集に「石ころの詩—寺門迷仏集」がある。

寺崎 浩　てらさき・ひろし
小説家　詩人　[生]明治37年3月22日　[没]昭和55年12月10日　[出]秋田市　[学]早稲田大学文学部仏文科中退　[歴]早大在学中、火野葦平らと同人誌「街」を創刊。また西条八十に師事し、同人詩誌「棕櫚」「パンテオン」などに小曲風の象徴詩を発表。昭和3年頃から横光利一に師事。10年文壇にデビュー。以後は小説に専念。11年徳田秋声の娘喜代と結婚。代表作に短編集「祝典」、長編「女の港」、「情熱」、詩集「落葉に描いた組曲」など。

寺師 治人　てらし・はるひと
歌人　帯広大成社社長　[生]大正5年9月14日　[出]北海道帯広市　本名＝寺師豊治　[学]高小卒　[歴]昭和21年帯広協会病院職員となり、文芸誌編集に携わる。26年「山脈」創刊に加わり、休刊後、舟橋精盛・新田寛と29年に「鴉族」を創刊、のち編集発行人。合同歌集に「鴉族20人集」「あらくさ」がある。　[団]北海道歌人会、日本歌人クラブ

寺下 辰夫　てらした・たつお
詩人　[生]明治36年8月20日　[没]昭和61年10月19日　[出]鹿児島県　本名＝寺下辰雄　[学]早稲田大学文学部仏文科卒　[歴]西条八十に師事し、「愛誦」同人となる。詩集「緑の挨拶」のほかに、「ヨーロッパ味覚旅行」など料理についての著作がある。

寺島 ただし　てらしま・ただし
俳人　[生]昭和19年2月15日　[出]宮城県　本名＝寺島正　[賞]角川俳句賞(第38回)(平成4年)「浦里」　[歴]「駒草」所属。平成4年「浦里」で第38回角川俳句賞を受賞。句集に「木枯の雲」。

寺島 珠雄　てらしま・たまお
詩人　労働運動家　[生]大正14年8月5日　[没]平成11年7月22日　[出]東京　本名＝大木一治　[学]東金小卒　[歴]中学3年で中退、放浪生活を送り、仙台少年院から横須賀海兵団に入る。昭和19年戦時逃亡罪で横須賀海軍刑務所に入れられ、敗戦で釈放。千葉県の私鉄に勤め、労組を結成、委員長となった。その後は私鉄、繊維、鉄鋼などの労働運動に従事。一方、アナーキスト詩人として知られ「コスモス」などに詩を発表。25年から再び放浪し、新聞記者、土工、飲食店などを転々、40年大阪釜ケ崎に流れ着いた。45年「どぶねずみの歌」を刊行。月刊「労務者渡世」編集委員、新日本文学会会員。詩集に「ぼうふらの歌」「まだ生きている」「わがテロル考」、向井孝と共著「反政治詩集」、編著に「私の大阪地図」、「小野十三郎著作集」。　[団]新日本文学会

寺田 京子　てらだ・きょうこ
俳人　[生]大正14年1月11日　[没]昭和51年6月22日　[出]旧満州　本名＝寺田キョウ　[学]鞍山女学校中退　[賞]現代俳句協会賞(第15回)(昭和43年)「日の鷹」　[歴]女学校時代に呼吸器疾患となり、以来20年間闘病。戦後はシナリオライターとなる傍ら、俳句を加藤楸邨に師事。29年「寒雷」同人。句集に「冬の匙」「日の鷹」「鷺の巣」など。

寺田 操　てらだ・そう
文芸評論家　詩人　[生]昭和23年　[出]兵庫県神戸市　[歴]著書に「金子みすゞと尾崎翠」、評論「対なるエロス―高群逸枝」「恋愛の解剖学」、詩集に「華骸」「みずごよみ」「モアイ」などがある。

寺田 武　てらだ・たけし
歌人　[生]大正11年8月31日　[出]静岡県　[歴]昭和17年「国民文学」に入会する。松村英一に師事し、第一同人となる。歌集に「春氷」など。　[団]現代歌人協会

寺田 寅彦　てらだ・とらひこ
物理学者　随筆家　俳人　[生]明治11年11月28日　[没]昭和10年12月31日　[出]高知県高知市　筆名＝吉村冬彦(よしむら・ふゆひこ)、藪柑子、牛頓、寅日子、木螺山人　[学]東京帝国大学大学院実験物理学専攻(明治37年)修了　理学博士(明治41年)　[賞]帝国学士院賞恩賜賞(大正6年)「X線回折の研究」　[歴]五高在学中、夏目漱石に英語と俳句を学び、田丸卓郎に数学と物理を学び、決定的な影響を受ける。東京帝大に入学した明治32年「ホトトギス」に小品文「星」を発表。在学中、漱石をしばしば訪ねる。俳句は新聞「日本」や正岡子規編「春夏秋冬」にも入集。また、松根東洋城らと連句の研究にも力を入れた。俳誌「渋柿」に連載。一方、37年東京帝大理科大学講師となり、42年助教授、同年ドイツに留学。大正5年教授に就任。11年から航空研究所、13年から理化学研究所、15年地震研究所の研究員を兼任。音響学、地球物理学などの実験的研究に従事。大正9年吉村冬彦の筆名で「小さな出来事」を発表し、随筆作家として認められる。「藪柑子集」「冬彦集」「柿の種」「蛍光板」などの著書があり、文芸形式としての随筆を開拓した。「寺田寅彦全集」(全18巻，岩波書店)がある。

寺田 弘　てらだ・ひろし
詩人　[生]大正3年4月29日　[出]福島県郡山　[学]明治大学専門部史学科（昭和12年）卒　[歴]「中堅詩人」「北方詩人」に寄稿し、のち「虎座」を主宰。日本詩人クラブ会長、都民劇場常任理事を歴任。詩集に「骨」「音のない墓地」「高原の雪」「寺田弘詩集」などがある。　[団]日本現代詩人会、日本ペンクラブ、日本詩人クラブ、日本文芸家協会

寺西 百合　てらにし・ゆり
歌人　[生]昭和2年6月20日　[出]北海道　[賞]中城ふみ子賞（第3回）（昭和42年）「冬の雨」、辛夷賞（第13回）（昭和46年）、北海道新聞短歌賞（第6回）（平成3年）「冬木立」　[歴]昭和37年辛夷社に入社、以来野原水嶺に師事し、歌作を続ける。平成2年初の歌集「冬木立」を出版。

寺野 守水老　てらの・しゅすいろう
俳人　[生]天保7年6月10日（1836年）　[没]明治40年4月10日　[出]越中国婦負郡城生村西勝寺（富山県）　本名＝寺野宗教（てらの・そうきょう）
旧姓(名)＝青山　幼名＝灌頂　[歴]嘉永元年富山県福田村西光寺の寺野宗慧の養子となる。京都で儒仏の学及び画を谷口靄山、俳諧を半雪居野鶴に学ぶ。はじめ旧派であったが、明治30年同地を来歴した河東碧梧桐に会い日本派に転向。山口花笠、筏井竹の門ら9人と越友会を結成、北陸俳壇における日本派の中心人物となり、内藤鳴雪、松本翠濤と共に日本派3長老と称された。著書に「五十韻宇比学」「和加南草」「北逸集」「守水老遺稿」など。

寺本 まち子　てらもと・まちこ
詩人　[生]昭和24年　[賞]泉鏡花記念金沢市民文学賞（第20回）（平成3年）「枇杷の葉の下」
[歴]平成3年「枇杷の葉の下」で泉鏡花記念金沢市民文学賞を受賞。他の詩集に「笠原まち子詩集」「シャーベットと理髪店」がある。　[団]石川詩人会

寺山 修司　てらやま・しゅうじ
歌人　詩人　劇作家　演出家　映画監督
元・天井桟敷代表者　[生]昭和10年12月10日
[没]昭和58年5月4日　[出]青森県上北郡六戸村（現・三沢市・籍）　[学]早稲田大学教育学部（昭和31年）中退　[賞]短歌研究新人賞（第2回）（昭和29年）「チェホフ祭」、イタリア賞グランプリ（昭和39年，41年）、芸術祭賞奨励賞（昭和39年，41年，43年）、久保田万太郎賞（第1回）（昭和39年）「犬神の女」、芸術祭賞（昭和42年）、年間代表シナリオ（昭43年度，49年度，53年度）「初恋・地獄篇」「田園に死す」「サード」、サンレモ国際映画祭グランプリ（昭和46年）「書を捨てよ町へ出よう」（映画監督）、芸術選奨文部大臣新人賞（第25回・昭49年度）「田園に死す」、日本作詩大賞作品賞（昭47，48年度）「ひとの一生かくれんぼ」「たかが人生じゃないの」（唄・日吉ミミ）
[歴]在学中から前衛歌人として注目されたが、卒業後は既成の価値観や常識に反逆して“書を捨てよ町へ出よう”をモットーとし、昭和42年には演劇実験室・天井桟敷を設立、作家兼演出家として多彩な前衛活動を展開してヤング世代の旗手ともなった。若者たちへのアピール「家出のすすめ」は多くの家出少年を天井桟敷に引きつける一方、世間の反発を呼んだ。また競馬やボクシングの解説者としても活躍。主な舞台に市街劇「ノック」や「盲人書簡」「疫病流行記」「奴婢訓」「レミング」「百年の孤独」など。著作に歌集「血と麦」「田園に死す」、小説「あゝ荒野」、戯曲集「血は立ったまま眠っている」、評論集「遊撃とその誇り」、長編叙事詩「地獄篇」など、映画作品に「トマトケチャップ皇帝」「書を捨てよ町へ出よう」「田園に死す」などがあるほか、「寺山修司全歌集」（沖積舎）「寺山修司全詩歌句」（思潮社）「寺山修司演劇論集」（国文社）「寺山修司の戯曲」（全9巻，思潮社）がある。平成9年三沢市に寺山修司記念館がオープン。11年、60年代に楽曲用として作っていた詞8編が見つかり、曲をつけてCD化される。
[家]母＝寺山ハツ

天童 大人　てんどう・たいじん
詩人　朗唱家　字家　[生]昭和18年11月27日
[出]北海道小樽市　本名＝松本匡史　別名＝三童人三童子（さんどうじん・てんどうし）　[学]独協大学外国語学部フランス語科中退　[歴]昭和58年から北海道で吉増剛造らと「北ノ朗唱」を、62年から福岡で伊藤比呂美らと「南の朗唱」を開催。第7回メデジン国際詩祭に日本代表として参加した他、世界各地で朗唱会を開催。詩集「玄象の世界」、ビデオ字・聲集「即興朗唱大神・キッキマニトウの世界」などがある。

【と】

土居 香国　どい・こうこく
漢詩人　[生]嘉永3年8月18日（1850年）　[没]大正10年12月13日　[出]土佐国高岡郡佐川（高知県）

名＝通予、字＝子順、通称＝寅五郎、別号＝払珊釣者　[歴]官吏となり諸職を経て、名古屋、金沢、東京の郵便電信局長などをつとめた。各任地での詩文人と交流し詩名を高め、のち随鴎吟社に参加、やがて森槐南のあと社務をとった。編著に「白洋詩濤」「海南義烈伝」「氷海晴雨」など、著書に「仙寿山房詩文鈔」（全6巻）がある。

土井 大助　どい・だいすけ
詩人　文芸評論家　劇作家　ルポライター　[専]評論　劇作　プロレタリア文学研究　[生]昭和2年2月20日　[出]山形県鶴岡市十日町　本名＝吉沢四郎（よしざわ・しろう）　旧姓(名)＝堀井　[学]東京大学法学部政治学科（昭和27年）卒　[興]プロレタリア詩研究　[賞]多喜二百合子賞（平成3年）「朝のひかりが」　[歴]東大在学中に日本共産党入党。昭和27年保険会社に入ったが組合活動で解雇され、組合専従書記となった。37年から詩作を始め、「アカハタ」に「十年たったら」を投稿、選者の壺井繁治に認められ、政治的な立場から詩作を続け注目された。同年詩誌「詩人会議」結成に参加。39～43年中国の旅大で日本語教師を務め、帰国後、「赤旗」記者、「民主文学」編集者などを経て、46年から著述と文化活動に専念する。詩集「十年たったら」「個人的な声明」「土井大助詩集」「朝のひかりが」、詩論集「私の検討ノート」、エッセイ集「詩と人生について」、評伝「小林多喜二」、ルポルタージュ「八鹿の夜明け」「ここに生きる」などがある。　[団]日本民主主義文学同盟、日本現代詩人会、詩人会議（運営委員長）

土居 南国城　どい・なんごくじょう
俳人　[生]明治31年9月3日　[没]昭和55年　[出]愛媛県宇和島市　本名＝土居光顕　[学]京都帝大文学部英文科（昭和4年）卒　[歴]10代の終わりに「ホトトギス」に入選、室積徂春主宰「ゆく春」に参加。昭和24年俳誌「寒虹」を主宰、33年句集「土塊」出版。

土井 晩翠　どい・ばんすい
詩人　英文学者　第二高等学校名誉教授　[生]明治4年10月23日　[没]昭和27年10月19日　[出]宮城県仙台市北鍛冶町　本名＝土井林吉（つちい・りんきち）　[学]東京帝大文科大学英文科（明治30年）卒　[資]日本芸術院会員（昭和22年）　[賞]文化勲章（昭和25年）、仙台市名誉市民　[歴]質商を営む旧家に生まれ、幼時より「八犬伝」「太閤記」「日本外史」等に親しむ。立町小学校教師佐藤時彦に漢籍を教わった後、家業に従事しつつ書籍を耽読、「新体詩抄」や自由民権思想の影響を受ける。21年、仙台英語塾から第二高等中学校（のち二高）に編入卒業、27年上京。帝大在学中の29年、「帝国文学」第2次編集委員として漢語を用いた叙事詩を発表、藤村と併び称される詩人となった。30年郁文館中学の教師。31年「荒城の月」を作詞。32年処女詩集「天地有情」を出版。外遊後、37年二高教授となり、大正13年には東北大講師を兼任し、英語・英文学を講じ、昭和9年退官。一方、カーライルやバイロンの翻訳を発表、またギリシャ文学に興味を持ち、15年ホメーロスの「イーリアス」「オヂュッセーア」を全訳出版。この間家族を次々に失い、心霊科学に興味を持つ。20年7月空襲で蔵書3万冊余を焼く。ほかの代表作に「星落秋風五丈原」「万里長城の歌」、詩集に「暁鐘」「東海遊子吟」「曙光」「天馬の道に」がある。25年文化勲章受章。没後、45年顕彰会が晩翠賞と晩翠児童賞を制定した。
[家]次女＝中野信子（中野好夫夫人・故人）、孫＝中野好之（富山国際大学教授）

戸板 康二　といた・やすじ
演劇評論家　小説家　俳人　日本演劇協会常任理事　[生]大正4年12月14日　[没]平成5年1月23日　[出]東京・芝　[学]慶応義塾大学文学部国文科（昭和13年）卒　[資]日本芸術院会員（平成3年）
[賞]戸川秋骨賞（第1回）（昭和24年）「丸本歌舞伎」、芸術選奨文部大臣賞（文学評論部門・第3回）（昭和28年）「劇場の椅子」「今日の歌舞伎」、直木賞（第42回）（昭和34年）「団十郎切腹事件」、日本推理作家協会賞（29回）（昭和50年）「グリーン車の子供」、菊池寛賞（第24回）（昭和51年）、日本芸術院賞（文芸部門・第33回）（昭和52年）、東京都文化賞（第3回）（昭和62年）、明治村賞（第17回）（平成3年）　[歴]明治製菓勤務後、久保田万太郎のすすめで日本演劇社に入り、「日本演劇」編集長となる。昭和25年演劇評論家として独立。江戸川乱歩のすすめにより33年「車引殺人事件」を発表、推理小説作家に。34年には「団十郎切腹事件」で第42回直木賞を受賞。著書は他に「今日の歌舞伎」「忠臣蔵」「尾上菊五郎」「グリーン車の子供」「ちょっといい話」など多数。歌舞伎を一般大衆のものとしたことで51年に菊池寛賞、翌年評論活動で芸術院賞を受賞。その一方で、俳句は昭和14年頃から内田水中亭の句会に出席して作句。句集に「花すこし」「袖机」、ほかに「久保田万太郎」「句会で会った人」がある。
[団]日本文芸家協会、日本演劇協会、日本演劇学会

塔 和子　とう・かずこ
詩人　[生]昭和4年8月31日　[出]愛媛県宇和島市　[賞]高見順賞(第29回)(平成11年)「記憶の川で」　[歴]昭和19年、15歳でハンセン病となり瀬戸内海の国立療養所大島青松園に入る。26年頃から短歌を始めたが、後に詩に転向。詩集に「未知なる知者よ」「不明の花」「はだか木」「時間の外から」「日常」「記憶の川で」などがある。　[団]日本現代詩人会、日本文芸家協会

東井 淳　とうい・じゅん
川柳作家　東北学院大学工学部電気工学科助教授　[専]通信工学　[生]昭和17年2月9日　[出]山形県米沢市　本名＝伊東享司(いとう・たかし)　[学]東北大学工学部通信工学科(昭和39年)卒　[興]線形回路理論　[歴]川柳「宮城野」同人。著書に「川柳科学随筆・水車のうた」「一句で綴る川柳の歩み」「川柳を楽しむ―名句の味わいと感動」がある。　[団]川柳列島、川柳公論、電子情報通信学会、静電気学会、IEEE

東井 富子　とうい・とみこ
歌人　[生]大正7年8月16日　[出]和歌山県　[歴]昭和12年「曼陀羅」に参加。戦後「白圭」「群落」を経て、39年8月房短歌会を結成、歌誌「房」創刊。関西短歌雑誌連盟、短歌友の会幹事。43年よりサンケイ新聞奈良歌壇選者。NHK文化講座講師。歌集に「風韻抄」がある。　[団]日本歌人クラブ、日本短歌雑誌連盟

唐笠 何蝶　とうがさ・かちょう
俳人　[生]明治35年5月25日　[没]昭和46年8月17日　[出]千葉県　本名＝唐笠学　[学]千葉大学医学部卒　[賞]北海道文化奨励賞　[歴]医師仲間の高野素十、水原秋桜子らに俳句を学び、昭和3年「ホトトギス」に初入選する。北見市に産婦人科病院を開院し、のち札幌に移転する。「阿寒」を主宰し、没後の47年「何蝶句集」が刊行された。　[家]兄＝安藤蟹兵(俳人)、弟＝青葉三角草(俳人)

峠 三吉　とうげ・さんきち
詩人　[生]大正6年2月19日　[没]昭和28年3月10日　[出]大阪府豊中市　本名＝峠三吉(とうげ・みつよし)　[学]広島商(昭和10年)卒　[歴]広島商在学中から詩作を始め、卒業後の昭和10年広島ガスに入るが結核となり、療養生活をする。17年キリスト教に入信。療養中の20年8月6日、広島で被爆。療養の身に原爆症状が加わったが、率先して被爆者救援運動をはじめ広く平和運動を展開。傍ら、広島青年文化連盟の運動に加わり、委員長に選ばれ、各種サークル運動を指導し、また新日本文学会に参加、共産党に加わる。25年“われらの詩の会”を組織し、26年ガリ版の「原爆詩集」を刊行し、27年青木文庫として公刊する。27年「原子雲の下より」を編集したが、28年原爆症のため死去した。45年全詩集「にんげんをかえせ」が刊行された。

藤後 左右　とうご・さゆう
俳人　医師　(医)左右会理事長　「天街」代表　[生]明治41年1月21日　[没]平成3年6月11日　[出]鹿児島県曽於郡志布志町　本名＝藤後惣兵衛(とうご・そうべえ)　[学]京都帝大医学部(昭和7年)卒　医学博士(昭和16年)　[歴]昭和8年「京大俳句」創刊に加わり、新興無季俳句運動にも参加。その後南方諸島に出征して復員、郷里で病院を経営する。46年からは志布志湾開発反対の住民運動推進者としても活躍。中央俳壇とは無縁に口語調への試み、五七五への挑戦など独自の句作に励み、前衛俳句の雄、金子兜太からは「現代で最も注目すべき俳人」と評されている。晩年は公害問題と取り組んだ連作も多い。「天涯」代表。句集に「熊襲ソング」「藤後左右句集」。　[団]現代俳句協会(顧問)

藤後 惣兵衛　とうご・そうべえ
⇒藤後左右(とうご・さゆう)を見よ

東郷 克郎　とうごう・かつろう
詩人　[生]大正2年　[出]北海道　本名＝猿田栄　[学]小樽水産学校卒　[歴]小樽在住当時、同人詩誌「ポエジイ」「整態派」を発行。「詩法」「新領土」などに同人参加。詩集に「緑の歌」(私家版)がある。

東郷 喜久子　とうごう・きくこ
俳人　[生]昭和2年11月3日　[出]北海道　[賞]万緑賞(昭和57年)　[歴]昭和22年「万緑」入会。30年以後作句中断、42年投句再開、51年同人。57年万緑賞受賞。句集に「大悲」。

東郷 久義　とうごう・ひさよし
歌人　[生]明治39年12月5日　[没]平成7年12月8日　[出]鹿児島県　[歴]大正15年から白水吉次郎の指導をうけ、昭和4年「水甕」に入社、松田常憲に師事。23年鹿児島の「水甕」同人を中心とした「南船」を創刊主宰。常憲の没後「水甕」退社。鹿児島新報歌壇選者。歌集に「海紅」「万里の砂」「白き仏」「かげろふ一基」、追悼歌集「白き仏」などがある。　[団]現代歌人協会、日本歌人クラブ(地方委員)

東城 士郎　とうじょう・しろう
歌人　⽣明治42年12月11日　没平成3年1月6日　出長野県　学野沢北高　斎藤茂吉に師事する。昭和2年から4年にかけて「アララギ」に所属。のち、45年「短歌創造」を創刊主宰した。歌集に「塵労記」「写生帖」「冬扇記」など。他の著書に「茶の間の歌話」「士郎箴言」がある。

東条 素香　とうじょう・そこう
俳人　僧侶　「白炎」主宰　⽣昭和3年7月24日　没平成12年5月24日　出長野県長野市　本名＝東条且薫　賞鶴賞（昭和46年度）　昭和54年まで善光寺山内常行院住職を襲ぎ、善光寺堂奉行などを歴任。24年から句作を始める。はじめ、栗生純夫の「科野」に拠り、純夫没後は小林侠子主宰「火耀」の編集発行に携わるとともに、石田波郷の「鶴」に入会。39年「鶴」同人。「火耀」終刊後、「白炎」主宰。句集に「暮雲」など。

東野 大八　とうの・だいはち
川柳作家　編集者　全日本川柳協会顧問　元・「中部財界」編集長　⽣大正3年6月1日　没平成13年7月20日　出愛媛県　本名＝古藤義男　昭和10年旧満州の現役兵で現地除隊。雑誌「月刊満州」「新京日日新聞」の記者のかたわら「満州浪曼」、華文文芸誌「明明」の編集に当たる。一方趣味の川柳で「川柳大陸」「東亜川柳」誌の創立同人。21年北京から引き揚げ、のち「日刊新愛媛」編集局長。岐阜に移住し、「日刊岐阜民友」創立により、編集局長。同社解散で経済誌「中部財界」編集長。陶芸新聞も手がけた。その後、全日本川柳協会顧問を務めた。著書に「人間横丁」「没法子（メイファーズ）北京」がある。

東福寺 薫　とうふくじ・かおる
俳人　⽣明治41年3月10日　没平成6年4月22日　出長野市　本名＝東福寺董　学日本女子大学国文科卒　昭和35年まで民生委員、児童委員、保護司として尽力。38年俳句を始め、「黒姫」「万緑」を経て、44年「風」に入会。49年「風」同人。57年俳人協会会員。長野県俳人協会常任理事、長野市俳句連盟評議員。43年より長野市特別養護老人ホームで俳句指導にあたり、平成5年市長より感謝状を受ける。句集に「葦の花」、句文集に「遙なる花」、句碑建立記念遺句集「春眠」がある。　所俳人協会

遠丸 立　とおまる・たつ
文芸評論家　詩人　⽣日本近代・現代文学　⽣大正15年9月6日　出福岡県北九州市門司　本名＝進隆（すすむ・たかし）　学東京大学経済学部（昭和30年）卒、明治大学大学院文学研究科（昭和32年）修士課程修了　神仙思想、世界各地の神話　高校教師を経て、明治大学、中央大学各講師。「近代文学」「方向感覚」などに多くの論考を発表し、「吉本隆明論」「死者もまた夢をみる」「恐怖考」「呪詛はどこからくるか」「死の文化史」「無知とドストエフスキー」、詩集「遠丸立詩集」「海の記憶」などの著書がある。　所日本文芸家協会

遠矢 潟丘　とおや・しゃきゅう
俳人　⽣明治13年12月30日　没昭和29年10月17日　出鹿児島県田布施　本名＝遠矢良茂　前号＝射寫　学台湾協会専門学校卒　銀行員となり各地に転勤、昭和2年鹿児島に帰った。碧梧桐に師事し、「三昧」「海紅」同人。台湾で「涼傘樹」、大阪天下茶屋で「紙衣」を主宰。のち大阪で「さつき」、東京で「行人」、鹿児島に帰って「さくらじま」「波」を発行した。大阪朝報など新聞俳壇の選者も務めた。

遠役 らく子　とおやく・らくこ
歌人　⽣昭和5年6月2日　出山口県　賞樹木賞（第1回）（昭和36年）　昭和25年「青潮」、26年「樹木」入会。32年「樹木」第2選集「座標」に参加。36年第1回樹木賞受賞。歌集に「乾杯」がある。

遠山 繁夫　とおやま・しげお
歌人　⽣明治42年2月27日　没平成6年7月14日　出岐阜市　学府立第一商業卒　賞日本歌人クラブ賞（昭和35年）「雨の洗へる」　大正14年「日光」「短歌雑誌」に投稿。昭和2年「国民文学」に入会し、松村英一に師事。33年編集委員、45年選者、56年発行人、日本歌人クラブ幹事など歴任。歌集に「雨の洗へる」「石打てり」「瓔珞経」「芳樹の下」など。　所現代歌人協会、日本短歌協会、日本歌人クラブ

遠山 光栄　とおやま・みつえ
歌人　⽣明治43年1月18日　出東京・浅草　学跡見女学校卒　賞現代歌人協会賞（第1回）（昭和32年）「褐色の実」　昭和9年竹柏会「心の花」入会、佐佐木信綱に師事。編集委員を経て選歌委員。「短歌風光」「女人短歌」編集委員。サンケイ短歌教室講師。歌集に「杉生」「彩羽」「褐色の実」「青螺」「陶印」など。　所現代歌人協会、日本ペンクラブ

遠山 陽子　とおやま・ようこ
俳人　[生]昭和7年11月7日　[出]東京　本名＝飯名陽子　[学]南多摩高卒　[賞]茨城文学賞、六人の会賞(第12回)、現代俳句協会賞(第33回)(昭和61年)　[歴]昭和32年「馬酔木」入門。のち「鶴」を経て、39年藤田湘子の「鷹」創刊に参加、43年同人となる。61年より無所属。のち「檣」編集人。句集に「弦楽」「黒鍵」。

戸川 残花　とがわ・ざんか
詩人　評論家　教育者　[生]安政2年10月22日(1855年)　[没]大正13年12月8日　[出]江戸・牛込　本名＝戸川安宅(とがわ・やすいえ)　通称＝戸川隼人　[歴]明治元年彰義隊に参加し、その年家禄を継いで播磨守となる。明治7年受洗し、16年から関西方面で伝道師で関西方面で布教。のち上京して麹町教会牧師となり、23年「伝道師」を刊行。また「日本評論」に詩を発表するかたわら「童蒙 讃美歌」などを刊行。26年創刊の「文学界」に客員とし詩文を発表。この年「三籟」を創刊し、また毎日新聞社に入社し小説も発表する。30年「旧幕府」を創刊、34年開校の日本女子大教授に就任。主な作品に詩「桂川」をはじめ「徳川武士銘々伝」「海舟先生」「江戸史蹟」などがある。

外川 飼虎　とがわ・しこ
俳人　[生]大正13年4月17日　[出]東京・日暮里　本名＝外川力蔵(とがわ・りきぞう)　[学]専修大学法科中退　[賞]鶴俳句賞(昭和40年)　[歴]昭和17年駒場会館に石田波郷を訪ね指導を受ける。21年「鶴」復刊時の編集を担当。「鶴」同人。句集に「金雀枝」「花座集」。　[団]俳人協会

戸川 稲村　とがわ・とうそん
俳人　[生]大正1年11月25日　[没]平成7年3月28日　[出]東京・牛込若松町　本名＝戸川力雄(とがわ・りきお)　[学]慶応義塾大学文学部国文学科(昭和11年)卒　[歴]印刷業自営の後、神奈川銀行に勤め、常任監査役。昭和2年「ホトトギス」入門、高浜虚子に師事。この間松本たかしに写生の指導を受ける。28年「鶴」復刊と同時に石塚友二の紹介で石田波郷に師事、同人となる。句集に「砂の塔」「涅槃西風」。　[団]俳人協会

戸川 晴子　とがわ・はるこ
歌人　[生]大正7年12月2日　[出]三重県　本名＝垣内温子　[歴]「暦象」同人。歌集に「歳月」「四季曼陀羅」「半夏生」「拈華微笑」がある。

土岐 哀果　とき・あいか
⇒土岐善麿(とき・ぜんまろ)を見よ

土岐 善麿　とき・ぜんまろ
歌人　国文学者　[生]明治18年6月8日　[没]昭和55年4月15日　[出]東京市浅草区松清町　号＝土岐哀果(とき・あいか)　[学]早稲田大学英文科(明治41年)卒　文学博士(昭和23年)　[資]日本芸術院会員(昭和29年)　[賞]日本学士院賞(昭和22年)「田安宗武」(全4巻)　[歴]明治41年読売新聞入社。社会部記者、社会部長を歴任後、大正7年朝日新聞に移り、15年論説委員で定年退職。また歌人として知られ、明治34年に哀果の号で出した処女歌集「NAKIWARAI」(泣き笑い)はローマ字3行わかち書きの新体裁と社会性の濃い内容で当時の歌壇、とくに石川啄木に衝撃を与え社会派短歌の先駆的役割を果たした。戦後の歌集に「夏草」「遠隣集」「歴史の中の生活者」などがある。22年、戦中の研究の成果である。「田安宗武」全4巻で学士院賞を受賞。また国語審議会会長を5期11年間(24年～36年)つとめたほか、ローマ字運動本部委員長、エスペランチスト、能作詞家、杜甫研究家としても活躍した。

土岐 錬太郎　とき・れんたろう
俳人　僧侶　[生]大正9年10月1日　[没]昭和52年7月14日　[出]北海道樺戸郡新十津川町　本名＝金龍慶法　[学]龍谷大学卒　[賞]北海道文化奨励賞(昭和51年)　[歴]昭和15年頃、大学在学中、俳句を始め、日野草城に師事。「旗艦」に投句。18年「琥珀」(「旗艦」改題)同人。復員後、新十津川村の田満寺僧侶となり、20年草城主宰誌「アカシヤ」を創刊、27年主宰。句集に「秋風帖」「冬木の唄」ほか合同句集「アカシヤの花」など。没後、「アカシヤ俳句同人会」によって、遺句集「北溟抄」が刊行された。

時里 二郎　ときさと・じろう
詩人　高校教師　[生]昭和27年　[出]兵庫県　[学]同志社大学卒　[賞]ブルーメール文学賞(第13回)「胚種譚」、姫路市民文化賞(第11回)(平成1年)、富田砕花賞(第2回)(平成3年)「星痕を巡る七つの異文」、晩翠賞(第37回)(平成8年)「ジパング」　[歴]詩集に「伝説」「胚種譚」「ジパング」などがある。

時実 新子　ときざね・しんこ
川柳作家　小説家　エッセイスト　[生]昭和4年1月23日　[出]岡山県岡山市　本名＝大野恵美子　[学]西大寺高女卒　[賞]三条東洋樹賞(昭和51年)、姫路市民文化賞(昭和56年)　[歴]昭和38年内面的独白の作品「新子」で柳壇にデビュー。のち現代川柳作家の5指のうちに入るが、その大胆

な表現と鮮烈な感性ゆえに常に異端視される。17歳で文房具商に嫁ぎ、意に沿わぬ結婚生活の中で自己解放と表白の手段として作った作品は数万句にのぼった。昭和50年から個人誌「川柳展望」発行。60年夫と死別し、62年再婚。平成8年1月、昭和50年から発行人を務めていた季刊誌「川柳展望」を離れ、月刊誌「時実新子の月刊『川柳大学』」を創刊。著書に「有夫恋」「新子」「月の子」「新子つれづれ」「時実新子一万句集」「川柳添削十二章」、エッセイ集「言葉をください」「花の結び目」「人間ぎらい人恋し」などがある。62年の句集「有夫恋―おっとあるおんなのこい」はベストセラーになった。平成11年「時実新子全句集」(大巧社)を刊行。　[団]川柳協会、日本文芸家協会、日本エッセイストクラブ　[家]夫＝曽我碌郎(川柳研究家)

時田 則雄　ときた・のりお

歌人　「辛夷」編集発行人　[生]昭和21年9月24日　[出]北海道帯広市　[学]帯広畜産大学別科(昭和42年)卒　[賞]中城ふみ子賞(第14回)(昭和53年)、角川短歌賞(昭和55年)「一片の雲」、現代歌人協会賞(第26回)(昭和57年)「北方論」、辛夷賞(第25回)(昭和58年)、北海道新聞短歌賞(第2回)(昭和62年)「凍土漂白」、十勝文化賞(平成9年)、帯広市産業経済功労賞(平成10年)、短歌研究賞(第35回)(平成11年)「巴旦杏」　[歴]高校時代に短歌を始め、昭和39年帯広の短歌結社「辛夷」の同人になる。のち「潭」同人にもなる。平成4年「辛夷」編集発行人。「家の光」読者文芸短歌、「北海道新聞」日曜文芸短歌各選者。北海道立農業大学校非常勤講師(人文学)。日高山脈を望む帯広市郊外の31ヘクタールの畑でピート、大豆などを耕作する農業経営者。帯広市森林組合理事を15年間つとめた。歌集に「北方論」「緑野疾走」「凍土漂白」「十勝劇場」「時田則雄歌集」、随想集「北の家族」など。　[団]現代歌人協会、日本歌人クラブ、日本文芸家協会、中城ふみ子会

徳岡 久生　とくおか・くみ

詩人　[生]昭和7年　[出]長崎県島原市　[学]広島大学文学部文学科(昭和30年)卒　[賞]晩翠賞(第36回)(平成7年)「私語辞典」、産経児童出版文化賞(賞,第44回)(平成9年)「ブラザー イーグル シスター スカイ」　[歴]10代の頃から詩人・土井晩翠に心酔。その後漢文脈風な詩を制作し、「海」の同人として活動を続ける。詩集に「三斜晶系」「弦」「祝祭」「私語辞典」などのほか、渡辺昇一著「日本史の真髄頼山陽の日本楽府を読む」の中の、頼山陽の漢詩66篇を和訳。共訳に「ブラザー イーグル シスター スカイ」がある。平成4年まで学校図書株式会社(教科書出版社)で、国語教科書の編さんにあたる。

徳川 夢声　とくがわ・むせい

放送芸能家　俳人　随筆家　俳優　[生]明治27年4月13日　[没]昭和46年8月1日　[出]東京・赤坂　本名＝福原駿雄(ふくはら・としお)　別号＝夢諦軒　[学]東京府立一中(明治45年)卒　[賞]NHK放送文化賞(昭和25年)、菊池寛賞(昭和30年)、紫綬褒章(昭和32年)、東京都名誉都民(昭和40年)、勲四等旭日小綬章(昭和42年)　[歴]明治30年上京。大正2年清水霊山に入門して無声映画の弁士となる。昭和8年古川緑波、山野一郎らと“笑の王国”を結成。12年文学座の結成に参加。話劇俳優として卓抜な演技をみせ、映画にも多く出演。14年のNHKラジオの物語朗読「宮本武蔵」などで、新しい話芸のスタイルを完成させ、全国的な人気も得る。戦後は軽い風俗評論、随筆、俳句などにも才能を発揮、特に「週刊朝日」に連載した対談「問答有用」で新形式の読み物を生み出した。また21年から39年までNHK「話の泉」のレギュラーをつとめるなど幅広く活躍した。一方、8年頃から俳句に親しみ始め、いとう句会を中心に句作を続けた。「句日記」「雑記・雑俳25年」の句集がある。著書に「夢声戦争日記」「夢声自伝」「明治は遠くなりにけり」など多数。

徳沢 愛子　とくざわ・あいこ

詩人　[生]昭和14年1月29日　[出]石川県　[学]金沢大学卒　[歴]妹の死が詩作の動機となり、詩誌「笛」の主宰者、浜口国雄に師事、「笛」同人となる。詩集に「なりふりかまわぬ詩」「空に知ろし召す」「子宝」がある。

徳田 秋声　とくだ・しゅうせい

小説家　俳人　[生]明治4年12月23日(1872年2月1日)　[没]昭和18年11月18日　[出]石川県金沢市横山町二番丁　本名＝徳田末雄　[学]第四高等中学校(四高)(明治24年)中退　[資]帝国芸術院会員(昭和12年)　[賞]菊池寛賞(第1回)(昭和13年)「仮装人物」　[歴]明治28年上京して博文館に入り、同郷の泉鏡花の勧めで尾崎紅葉に入門。32年紅葉の推薦により読売新聞社に入社。33年「雲のゆくへ」で小説家としての地位を確立。36年紅葉の死後自然主義へと移行、「新世帯」(明41)、「黴」(明44)、「爛」(大2)、「あらくれ」(大4)などを発表、自然主義文学の代表作家となった。大正15年妻の急死後、若い作家志望の山田順子と親しくなり、“順子のもの”の一連の作品を書く。以後、私小説・心境小説

に手を染め、「仮装人物」(昭10〜13)は名作とされる。戦時中は軍情報局の弾圧をうけ、「縮図」(昭16)は未完のまま中絶した。「秋声全集」(全14巻・別1巻、非凡閣)、「秋声全集」(復刻版・全18冊、臨川書店)がある。　㉜息子=徳田一穂(小説家)

徳永 夏川女　とくなが・かせんじょ
俳人　⓾明治39年4月15日　㊡昭和39年3月8日　㊐大阪府　本名=徳永善枝　旧姓(名)=清水　㊋福岡女子専門学校卒　㋐小学生の時宇和島に移る。大塚刀魚、岡田燕子等の滑床会に出席し、結婚後の昭和4年「渋柿」に入門。東洋城の指導を受けた。27年夫山冬子が「渋柿」の編集引受以来その運営に協力。また、東京周辺の女性中心に土筆会を経成、その指導にあたる。句集に「花径」「心月抄」など。　㉜夫=徳永山冬子(俳人)

徳永 山冬子　とくなが・さんとうし
俳人　「渋柿」主宰　⓾明治40年6月1日　㊡平成10年12月7日　㊐愛媛県　本名=徳永智(とくなが・さとし)　前号=木患子、炬火　㊋日本大学卒　㋐昭和4年「渋柿」に入る。初め木患子、次いで炬火と号し、14年上京後山冬子と改める。27〜41年「渋柿」の編集担当。以後代表同人兼課題句選者。52年野村喜舟のあとを受け、主宰。のち最高顧問・編集長。42年俳人協会評議員。句集に「寒暁」「失明の天」など。　㊙俳人協会(名誉会員)

徳永 寿　とくなが・ひさし
詩人　⓾大正7年　㊡昭和34年9月21日　㊐佐賀県　㊋佐賀高校(旧制)中退　㋐旧制佐賀高時代、軍事教練反対のスト首謀者として放校処分を受ける。特高警察の監視から逃れるため満州に渡るが、郷愁やみ難く帰国。伯父の努力で小倉造兵廠の職員となり、詩作活動に励む。昭和18年版「日本詩人」には堀口大学らとともに有名詩人の1人として掲載される。21年、「建設詩人」を創刊、書店「兄弟書房」も設立したが、短期間で終刊。23年肺結核で入院し、数年後に退院するが、兄弟書房は縮小され、妻とも離婚、不遇な一生を送った。

徳永 保之助　とくなが・やすのすけ
詩人　⓾明治22年8月10日　㊡大正14年12月13日　㊐東京　㋐幸徳秋水らが平民社を結成し、週刊「平民新聞」を創刊すると、給仕として入社。社会主義運動に関心を強め、日刊「平民新聞」校正係主任となる。のち「やまと新聞」記者となり、外国電報係となった。はじめ山口孤剣の影響を受けて短歌を作るが、大杉栄らの「近代思想」創刊号(大正元年10月)に官憲の言論弾圧を諷刺した詩「愚かなるものよ」を発表して注目された。小説にも筆を染め、「新戦場」(「新評論」4年5月)などを発表。

徳丸 峻二　とくまる・しゅんじ
俳人　⓾大正12年1月2日　㊐台湾　㊋台南高工電気工学科卒　㋐昭和45年「風土」入会し、石川桂郎に師事、47年同人となり、48〜51年編集に当る。52年「竹聞集」同人。「現代俳句選集」の編集委員を務める。　㊙俳人協会

徳本 和子　とくもと・かずこ
詩人　⓾昭和17年8月1日　㊡昭和59年3月23日　㊐長崎県島原市　㊋鹿島高(昭和37年)卒　㋐昭和33年16歳で童話集「つゆ草」発行。40年「翔」同人、45年「鳳文学」同人、49年「わが仲間」同人。52年乳がんの宣告を受け、54年卵巣摘出手術するが、55年がん再発、全身に転移する。55年「れもん」同人、56年「火の鳥」同人、57年「この手」同人。詩集に「夏草」「求羅のように」「星々の湖」がある。

土蔵 培人　とくら・ばいじん
歌人　元・北海道町村教育委員会連合会会長　元・全国市町村教育委員会連合会副会長　⓾明治44年9月22日　㊡平成12年8月15日　㊐福井県　本名=土蔵勇(とくら・いさむ)　㉑勲五等双光旭日章(昭和62年)　㋐少年時代より開墾に携わる傍ら作歌。昭和8年「橄欖」入会、吉植庄亮・山下秀之助に師事。21年「原始林」創刊に参加し、29年より選歌担当。一方、42〜56年北海道・本別町教育委員会委員長を務めた。歌集に「谷地坊主」「幹」「孤蜂」がある。　㊙日本歌人クラブ、現代歌人協会、北海道歌人会

所 山花　ところ・さんか
俳人　⓾昭和2年4月18日　㊐岐阜県　本名=所稔(ところ・みのる)　㊋岐阜青年師範学校卒　㉑鶴努力賞(昭和36年)、万蕾群青賞(昭和56年)　㋐昭和21年句作を始める。「白鷺」「曲水」の同人を経て、28年石田波郷に師事し、「鶴」に入会。30年「鶴」同人。47年殿村菟絲子の「万蕾」創刊に伴い、同人として参加。　㊙俳人協会

所 立子　ところ・たつこ
詩人　⓾昭和4年　㊐茨城県下妻市　㊋詩誌「詩苑」「野火」を経て、「木々」「時計台」「茨城文学」同人。著書に詩集「小さい椅子から」「夜の鳥籠」「寝返りひとつ」などがある。　㊙日本現代詩人会、茨城文芸協会

475

杜沢 光一郎　とざわ・こういちろう
歌人　僧侶　報恩寺住職　[生]昭和11年2月11日　[出]埼玉県浦和市　本名=杜沢充英　[学]大正大学文学部社会学科(昭和34年)卒　[賞]O先生賞(昭和33年)、コスモス賞(昭和46年)、埼玉文芸賞(昭和52年)「黙唱」　[歴]昭和29年18歳で宮柊二歌集に感銘、「コスモス」に入会。46年コスモス賞を受賞。のち「コスモス」選者。歌集「黙唱」で52年埼玉文芸賞受賞。ほかの歌集に「青の時代」「爛熟都市」がある。　[団]現代歌人協会、埼玉県歌人会、日本歌人クラブ、日本文芸家協会

戸沢 百花羞　とざわ・ひゃっかしゅう
俳人　[生]明治6年10月　[没]大正2年5月13日　[出]秋田市　本名=戸沢盛治　旧号=古巣、古鐸　[学]二高医学専門部卒　[歴]横手市に医を業とした。在学中より子規の俳句革新に関心をもち、仙台百文会同人となり、古巣または古鐸と号し、若尾瀾水らと新俳句を研究。のち石井露月が秋田に日本派俳句を唱導するのに響応し、百花羞と改号して東北俳壇一方の雄と称された。明治40年「三千里」の旅にあった河東碧梧桐を秋田に迎え、連日の句歴に切磋琢磨したという。日本派東北俳壇の黄金期を築いた。著書に実弟の僕天鵬編「百花羞居士遺稿」がある。

戸沢 撲天鵬　とざわ・ぼくてんほう
俳人　[生]明治12年12月5日　[没]昭和38年1月8日　[出]秋田県　本名=戸沢泰蔵　[学]哲学館(現・東洋大学)卒　[歴]酪農関係の雑誌社を経営。俳句は兄百花羞と共に露月、碧梧桐に師事。「俳星」に投句、「続春夏秋冬」に入句。明治42年東京より「蝸牛」を編集発行し、碧梧桐の新傾向運動に参加。他に「懸葵」「獺祭」同人。句集に「顧望」がある。　[家]兄=戸沢百花羞(俳人)

豊島 年魚　としま・ねんぎょ
俳人　[生]大正11年4月21日　[没]平成11年3月20日　[出]東京　本名=豊嶋俊夫　[歴]昭和14年「大富士」にて句作開始。渡辺水巴、古見豆人の指導を受ける。22年「麦」へ参加、中島斌雄に師事。45年より「麦」編集担当、51年から麦発行所を引き受けた。句集「豊島年魚集」「独楽」など。ほかに共著多数。
[団]現代俳句協会

戸田 桜亭　とだ・おうてい
俳人　岡山県厚生年金受給者協会会長　[専]俳句　俳画　[生]明治41年10月26日　[出]岡山県高梁市有漢　本名=戸田和夫(とだ・かずお)　[歴]会社社長を務めた後、全国厚生年金受給者団体連合会理事、岡山県厚生年金受給者協会会長。昭和40年「あすか」同人。45年「蘇鉄」同人。句集に「天籟」「夕佳」「紫陽花」。　[団]俳人協会

戸田 鼓竹　とだ・こちく
俳人　[生]明治16年10月26日　[没]昭和27年9月28日　[出]兵庫県林田　本名=戸田終爾　初号=秋星　[歴]三十四銀行に勤めた後日本樟脳社員となった。松瀬青々主宰の「宝船」に早くから参加、改造社版「歳時記」青々編の部編集に従事。のち「倦鳥」同人。句集「童女船」がある。

戸恒 恒男　とつね・つねお
歌人　「双峰」主宰　元・水海道一高教頭　[生]大正1年9月15日　[没]平成1年2月22日　[出]茨城県　[歴]斎藤慎吾、森田麦秋の「山柿」「潮汐」に10年在社、大野誠夫の「作風」に昭和40年から参加。「双峰」を主宰。歌集「悲風帖」がある。

戸恒 東人　とつね・はるひと
俳人　中小企業金融公庫理事　元・大蔵省造幣局長　[生]昭和20年12月20日　[出]東京都　[学]東京大学法学部(昭和44年)卒　[歴]昭和44年大蔵省に入省。63年国際金融局開発機関課長、平成元年同開発金融課長、のち理財局資金第二課長、4年銀行局特別金融課長、5年会計課長、6年7月神戸税関長、7年7月理財局次長を経て、9年7月造幣局長に就任。10年7月退官、中小企業金融公庫理事。一方、昭和45年句作を初め、51年「蘭」入会。平成2年「天為」創刊入会、4年同人。3年俳誌「東風句報」(現・「春月」)創刊。同年「扉」創刊入会、5年同人。著書に「図説財政投融資(平成3年度版)」(共編著)「大阪俳句散歩」、句集に「福耳」「春月」などがある。
[団]俳人協会、日本文芸家協会

百々 登美子　どど・とみこ
歌人　[生]昭和4年8月4日　[出]大阪　本名=上田登美子　[学]大垣市立実践女学校卒　[賞]原型賞(昭和50年)、現代歌人集会賞(昭和56年)、岐阜県芸術文化奨励賞　[歴]昭和26年「短歌人」に入会し、斎藤史に師事。28年同人誌「仮設」創刊に参加。37年「原型」創刊に参加し、運営委員。39年より「無名鬼」に作品を発表。60年黒田淑子、斎藤すみ子と三人誌「嬉遊」創刊。歌集に「盲目木馬」「翔」「谷神」「草昧記」がある。
[団]現代歌人協会

轟 太市　とどろき・たいち
歌人　[生]大正8年9月23日　[出]長野県長野市　[学]京城師範卒　[歴]昭和15年「短歌人」、22年「日本歌人」入会。37年「原型」創刊に参画、編集委員を務める。この間34〜38年同人誌「攀」発行人。歌集に「鮮童」「風祭」がある。

利根川 発　とねがわ・のぶ
歌人　[生]昭和10年10月28日　[出]埼玉県　[学]東洋大学文学部卒　[賞]柴舟会賞(昭和58年)「休戚」　[歴]昭和29年在学中、東洋大学短歌研究会に参加。年刊歌集「明仄」に作歌。30年7月「花実」に入会、平野宣紀に師事。編集同人となる。歌集に「土の音」「礫場」「雪魄」「休戚」などがある。　[団]日本歌人クラブ、埼玉歌人会、女人短歌会、十月会、柴舟会

利根川 保男　とねがわ・やすお
歌人　[生]明治43年4月27日　[没]昭和59年12月28日　[出]東京都　[歴]昭和11年「アララギ」入会、斎藤茂吉に師事。21年鹿児島寿蔵の「潮汐」に入会、同人、選者。潮汐廃刊後、58年1月より後継誌「求青」の発行人となる。歌集に「冬木立」がある。　[団]現代歌人協会、新歌人会

殿内 芳樹　とのうち・よしき
詩人　「極」主宰　[生]大正3年10月21日　[没]平成5年6月23日　[出]長野県上伊那郡　本名＝殿内芳文　[学]東洋大学文学部国文学科(昭和12年)卒　[賞]H氏賞(第1回)(昭和26年)「断層」　[歴]「時間」の同人として活躍し、昭和25年刊行の「断層」で第1回H氏賞を受賞。他の詩集に「裸鳥」「ラ・マンチアから終点まで」「シジフォスの手帖」「殿内芳樹詩集」や詩劇集「砂の説話」、詩論集「あたらしい詩史」「歌謡史考」などがある。「極」を主宰。　[団]日本現代詩人会、長野県詩人協会

殿岡 辰雄　とのおか・たつお
詩人　[生]明治37年1月23日　[出]高知市　[学]関西学院英文科卒　[賞]文芸汎論賞(第8回)(昭和16年)「黒い帽子」、中日詩賞(第5回)(昭和40年)「重い虹」　[歴]岐阜県で英語教師をつとめるかたわら詩作をし「文章倶楽部」に投稿、また「文芸汎論」などに詩作を発表。戦後「詩宴」を主宰し、また中部日本詩人連盟副委員長を永らくつとめた。昭和2年刊行の「月光室」をはじめ「黒い帽子」「遙かなる朱」などがあり、「毛信」「青春発色」などの小説もある。

外塚 喬　とのずか・たかし
歌人　朔日短歌会代表　[生]昭和19年5月5日　[出]栃木県　[学]栃木高卒　[賞]埼玉文芸賞(第19回)(昭和63年)　[歴]昭和38年「形成」入社。43年「形成新人の会」を結び、機関誌「序章」を編集。52年「序章」を発展的に解消し「騎手群」創刊。歌集に「喬木」「昊天」「載星」など。
[団]日本文芸家協会

殿村 菟絲子　とのむら・としこ
俳人　元・「万蕾」主宰　[生]明治40年4月25日　[没]平成12年2月9日　[出]東京・深川猿江　本名＝殿村寿(とのむら・とし)　[学]東京府立第一高女卒　[賞]馬酔木賞(昭和25年・53年)、俳人協会賞(第18回)(昭和53年)「晩緑」　[歴]昭和13年「馬酔木」入会、26年同人。29年加藤知世子らと女性俳句会を興し、「新女性俳句」を創刊。30年「鶴」同人。37年俳人協会会員。47年1月「万蕾」を創刊し主宰、平成7年解散。句集に「絵硝子」「路傍」「牡丹」「晩緑」「菟絲」、随筆に「季節の雑記」などがある。　[団]俳人協会(名誉会員)

外村 文象　とのむら・ぶんしょう
詩人　[生]昭和9年9月26日　[出]滋賀県神崎郡五個荘町川並　本名＝外村元三(とのむら・もとぞう)　[学]滋賀大学経済短期大学部(昭和31年)卒　[歴]昭和31年紡績会社入社、大阪本社に勤務。一方、36年近江詩人会員に。40年詩誌「人間」同人、54年日本詩人クラブ会員となる。詩集に「鳥のいない森」　、「愛のことば」「花莫蓙」「異郷」「鳥は塒に」がある。
[団]日本詩人クラブ

鳥羽 とほる　とば・とおる
俳人　[生]大正6年12月8日　[出]長野県松本市　本名＝鳥羽増人(とば・ますと)　[学]東京帝大医学部卒　[賞]夏草功労賞(昭和43年)、夏草賞(昭和48年)　[歴]昭和14年東大俳句会で山口青邨に師事。15年「夏草」入会し、28年同人。句集に「白八ツ岳」、随筆に「中央線」「花野の雨」など。
[団]俳人協会

土橋 治重　どばし・じじゅう
詩人　歴史作家　「風」主宰　八潮文芸懇談会会長　[専]歴史小説　[生]明治42年4月25日　[没]平成5年6月20日　[出]山梨県東山梨郡日下部村下井尻(現・山梨市)　本名＝土橋治重(どばし・はるしげ)　[学]サンフランシスコ・リテラリイカレッジ(昭和5年)修了　[賞]日本詩人クラブ賞(第25回)(平成4年)「根」　[歴]大正13年、旧制日川中学3年のとき父親のいるサンフランシス

コへ渡る。昭和8年帰国、14年上京して朝日新聞に入社。横須賀、鎌倉、新潟、鎌倉、東京本社と25年間新聞記者生活を送る。鎌倉に赴任の時、鎌倉文士とのつき合いがきっかけで、24年「日本未来派」に詩を発表、詩人としてのスタートを切る。33年現代詩人会副幹事長。36年詩誌「風」を創刊、61年100号を出した。この間、有望な詩人を多く詩壇に送り出した。主な詩集に「花」「異聞詩集」、著書に「武田信玄」「斎藤道三」、詩集「サンフランシスコ日本人町」「甲陽軍艦」など。所属=日本文芸家協会、日本現代詩人会、日本ペンクラブ 家族=長男=黒井和男(キネマ旬報編集長)

戸張 みち子　とばり・みちこ
詩人　生大正5年5月8日　出東京　本名=戸張利根　学歴高女卒　詩集に「春夏秋冬」「雨との対話」、随筆集に「横丁が好き」「遠之助横丁」などがある。所属=日本詩人クラブ、日本文芸家協会

飛松 実　とびまつ・みのる
歌人　生明治40年12月24日　出兵庫県　大正14年「光短歌会」入会。昭和3年「高嶺」創刊に参加、早川幾忠に師事。歌集に「山斉集」「西須磨」、歌文集に「浮船渠」、評伝に「金山平三」など。

鳥見 迅彦　とみ・はやひこ
詩人　生明治43年2月5日　出神奈川県横浜市戸部　本名=橋本金太郎　学歴横浜商専(昭和7年)卒　受賞H氏賞(第6回)(昭和31年)「けものみち」　新聞社などに勤務するかたわら詩作をし、戦後「歴程」同人となる。昭和30年刊行の処女詩集「けものみち」でH氏賞を受賞。以後「なだれみち」「かくれみち」を刊行。他に編著「山の詩集」などもある。所属=日本現代詩人会

富岡 掬池路　とみおか・きくちろ
俳人　生明治40年10月21日　没平成5年2月21日　出東京　本名=富岡菊次郎(とみおか・きくじろう)　学歴旧制実業学校卒　昭和6年水原秋桜子に師事。24年「馬酔木」同人。32～37年仙台在住中東北地方鉱山関係俳句会選者。47～49年「馬酔木」同人会幹事長。句集に「葛衣」。所属=俳人協会

富岡 犀川　とみおか・さいせん
俳人　生明治12年9月18日　没昭和34年10月26日　出長野県戸隠　本名=富岡朝太　学歴長野師範卒、広島高師卒　滋賀、鹿児島、富山の師範学校教師、青島中学校長を経て昭和3年大阪市視学。俳句は高浜虚子に師事、昭和4年「かつらぎ」創刊に参加、16年から編集を担当。動植物の季題解説「花鳥」、句集「戸隠」、妻砧女との夫婦句集「琴瑟」などがある。専攻が博物学で、世界的な珍草戸隠升麻を発見、大正天皇の東宮時代、台覧に供した。

富岡 多恵子　とみおか・たえこ
小説家　詩人　生昭和10年7月28日　出大阪府大阪市此花区　本名=菅多恵子(すが・たえこ)　学歴大阪女子大学文学部英文科(昭和32年)卒　受賞H氏賞(第8回)(昭和33年)「返礼」、室生犀星詩人賞(第2回)(昭和36年)「物語の明くる日」、田村俊子賞(第14回)(昭和48年)「植物祭」、女流文学賞(第13回)(昭和49年)「冥途の家族」、川端康成文学賞(第4回)(昭和52年)「立切れ」、読売文学賞(評論・伝記賞、第45回)(平成6年)「中勘助の恋」、野間文芸賞(第50回)(平成9年)「ひべるにあ島紀行」、紫式部文学賞(第11回)(平成13年)「釋迢空ノート」、毎日出版文化賞(文学芸術部門、第55回)(平成13年)「釋迢空ノート」　昭和32年の詩集「返礼」で一躍詩壇に認められ、36年には「物語の明くる日」で室生犀星賞受賞。45年以降小説を書き始め、49年「冥途の家族」が女流文学賞、52年の「立切れ」が川端康成文学賞と、第一線作家として頭角を現す。日常生活の庶民の哀歓や心のうずきが見事にとらえられ、「壺中庵異聞」はその代表作。評論、シナリオ、戯曲などの分野でも活躍。ほかに「富岡多恵子詩集」「植物祭」「波うつ土地」「漫才作者秋田実」「表現の風景」「近松浄瑠璃私考」「中勘助の恋」「ひべるにあ島紀行」「釋迢空ノート」など多数。所属=日本文芸家協会

富岡 冬野　とみおか・ふゆの
歌人　生明治37年12月28日　没昭和15年4月25日　出京都　本名=青木ふゆの　別名=松崎流子　学歴京都府立第一高女高等科卒　富岡鉄斎の孫。女学生時代から佐佐木信綱に歌を学び、「心の花」同人として、愛ゆえの悩みを歌い続けた。母とし子も信綱門。大正8年「竹柏会」に参加、13年歌集「微風」を刊行、没後歌文集「空は青し」が出された。

富沢 赤黄男　とみざわ・かきお
俳人　[生]明治35年7月14日　[没]昭和37年3月7日　[出]愛媛県西宇和郡川之石町　本名＝富沢正三　旧号＝焦左右　[学]早稲田大学政経学部(大正15年)卒　[歴]会社づとめをするかたわら作句し、日野草城に兄事し、「旗艦」に参加、新興俳句運動に入る。昭和16年処女句集「天の狼」を刊行。戦後は「太陽系」(のち「火山系」と改題)を経て、27年「薔薇」を創刊した。他の句集に「蛇の笛」「黙示」などがある。

富沢 智　とみさわ・さとる
詩人　[生]昭和26年　[歴]個人誌「水の呪文」を刊行。著書に詩集「猫のいる風景」「酒場のももんがあ」「雨の時計屋」「新しく夢みる詩人叢書〈4〉/富沢智詩集 薫の戦車」などがある。

富田 うしほ　とみた・うしお
俳人　[生]明治22年1月19日　[没]昭和52年9月19日　[出]愛知県名古屋市　本名＝富田兼三郎　[歴]14歳頃より句作、小説も執筆。大正3年村上鬼城の門下となる。5年「作楽俳壇」創刊、のちに「山鳩」と改題、昭和3年その子潮児らと「若竹」創刊、雑詠選を担当。著書に「うしほ句集」「好日」。

富田 砕花　とみた・さいか
歌人　詩人　[生]明治23年11月15日　[没]昭和59年10月17日　[出]岩手県盛岡市　本名＝富田戒治郎(とみた・かいじろう)　[学]日本大学植民学科卒　[歴]明治44年与謝野鉄幹の門下に入り、清新な短歌で歌壇の俊英として注目をあびた。後詩作に移り、戦前の全国中等学校野球大会の行進歌や、全国各地の小、中、高校校歌を多数作詞している。アメリカの詩人ホイットマンを、わが国に紹介した一人でもある。詩集「登高行」「手招く者」「富田砕花全詩集」、歌集「白樺」「悲しき愛」などがある。

富田 貞子　とみた・さだこ
歌人　[没]平成2年3月13日　[出]大阪府　雅号＝ゆかり　[学]奈良女子高師(現・奈良女子大学)卒　[歴]大正10年に夫婦で渡米。ワシントン州で農園経営の傍ら本格的な歌の道に入る。太平洋戦争中カリフォルニア州ツールレイク、ワイオミング州ハートマウンテンなど日系人収容所を転々とし、苦しい収容所体験や子供を亡くした悲しみを歌に託した。東京で出版された「昭和万葉集」に当時の歌を発表、平成元年のワシントン州百年記念祭でも代表的な日系女性として取り上げられた。シアトル短歌協会会員。

富田 昭二　とみた・しょうじ
歌人　医師　[生]昭和3年10月26日　[出]栃木県　[歴]昭和28年坪野哲久に師事。「鍛冶」「航海者」を経て、「氷河」編集同人。歌集に「土」「北の霜」など。

富田 住子　とみた・すみこ
歌人　[生]明治38年3月16日　[没]昭和62年4月24日　[出]三重県　本名＝富田住　[学]四日市高等女学校専修科卒　[歴]昭和3年「創作」に入社。35年「女人短歌」に入会。また47年からは「創作」選者となる。歌集に「燔祭」「紫霜天」「冬日輪」がある。　[団]日本歌人クラブ、現代歌人協会

富田 潮児　とみた・ちょうじ
俳人　「若竹」名誉会長　[生]明治43年8月22日　[出]愛知県西尾市　本名＝富田良二(とみた・りょうじ)　[学]東京府立工芸学校専科中退　[歴]幼年より父うしほの手ほどきで俳句を始め、14歳で上京。昭和2年東京府立工芸学校在学中、脳結核で失明。3年月刊俳誌「若竹」を主宰、発刊。57年同誌の600号発刊を記念して、記念俳句大会を開催。54年俳人協会入会評議員。著書に「富田潮児文集」、句集に「富田潮児句集」などがある。　[団]俳人協会　[家]父＝富田うしほ(俳人)

富田 直治　とみた・なおじ
俳人　[生]大正11年9月20日　[出]愛知県蒲郡市　[学]慶応義塾大学経済学部卒　[賞]林苑賞、暖流評論賞、風賞　[歴]昭和21年市川丁子主宰の「三河」入会。22年太田鴻村主宰の「林苑」創刊と同時に入会、同人。27年「暖流」、33年沢木欣一に師事。「風」同人。多くの評論・随筆がある。　[団]俳人協会

富田 野守　とみた・のもり
俳人　[生]明治35年10月11日　[没]昭和47年12月5日　[出]島根県松江市末次本町　本名＝富田昇　[学]京都帝大経済学部卒　[歴]大阪市役所勤務の後、松江市に帰り経理士開業。のち島根県商工経済会、同県経営協会などの役職を歴任。俳句は大正6年より「石楠」に投句、のち同誌幹部となり、地方誌「白日」「地帯」等でも活躍。福島小蕾の後をうけて、「地帯」を主宰。遺著に句集「人参方」がある。

冨田 正吉 とみた・まさよし
俳人 ⽣昭和17年6月22日 ⽣東京 ⾴朝賞(第4回)(昭和61年)、俳人協会新人賞(第15回)(平成4年)「泣虫山」 ⾴昭和55年「朝」に入会、60年同人。「塔の会」会員。句集に「父子」「泣虫山」などがある。 ⾴俳人協会(幹事)

冨田 みのる とみた・みのる
俳人 「馬越」主宰 ⽣大正4年1月2日 ⽣石川県 本名=冨田実 ⾴京都繊維専(昭和11年)卒 ⾴昭和12年「石楠」で臼田亜浪の選を受ける。30年大野林火に師事。51年「浜」同人。59年「馬越」を創刊し、主宰。句集に「馬越」「雲雀野」がある。 ⾴俳人協会

冨田 木歩 とみた・もっぽ
俳人 ⽣明治30年4月14日 ⽣大正12年9月1日 ⽣東京市本所区小梅町 本名=富田一 旧号=吟波 ⾴大正4年小梅吟社をおこして独学で作句をし、「ホトトギス」に投稿。5年より臼田亜浪の指導をうけ、6年「洪水」を刊行し、また「石楠」同人となる。11年「曲水」に入るが、12年関東大震災で横死した。

冨長 覚梁 とみなが・かくりょう
詩人 僧侶 長願寺住職 ⽣昭和9年9月15日 ⽣岐阜県養老郡養老町 ⾴岐阜大学(昭和33年)卒 ⾴岐阜県芸術文化奨励賞、中日詩賞(第18回)(昭和53年)「記憶」、日本詩人クラブ賞(第35回)(平成14年)「そして秘儀そして」 ⾴大垣高教諭を務めた。詩誌「撃武」「地球」同人。詩集に「最後の儀式のように」「障子越しの風景」「夜中の手紙」「少年の日」「記憶」「そして秘儀そして」ほか、詩画集に「四季の変奏」がある。平成11年中日詩人会会長に就任。 ⾴日本現代詩人会、中日詩人会、日本詩人クラブ、日本文芸家協会 ⾴父=冨長蝶如(漢詩人)

冨永 紗智子 とみなが・さちこ
川柳作家 本名=冨永幸子 ⾴全日本川柳大会特選(昭和63年)、福岡市文学賞(第19回)(平成1年) ⾴日本たばこ産業に勤務。昭和46年社内報へ初投句したのをきっかけに川柳を作り始める。福岡川柳研究会に入会、主宰者児島竹志の指導を受けた。51年川柳誌「番傘」に初投句、58年番傘川柳本社同人。61年川柳会結成、63年全日本川柳大会で特選、平成元年1月、第19回福岡市文学賞(川柳部門)を受賞。

冨永 太郎 とみなが・たろう
詩人 画家 ⽣明治34年5月4日 ⽣大正14年11月12日 ⽣東京市本郷区湯島此花町(現・京都文京区) ⾴東京外国語学校仏語科中退 ⾴二高理科在学中、仙台で人妻との恋愛事件をおこして退学し、大正11年東京外語仏語科に入学。その後画家を志したりしたが、13年「山繭」に参加し「橋の上の自画像」などの詩を発表、14年発表の「鳥獣剥製所」が評判となる。その間、ボードレール「パリの憂鬱」の翻訳なども発表。13年喀血し、以後療養生活の中で詩作や翻訳をしたが、14年に死去。没後「冨永太郎詩集」が刊行された。 ⾴弟=冨永次郎(美術評論家)

冨永 蝶如 とみなが・ちょうじょ
漢詩人 僧侶 長願寺住職 ⽣昭和63年12月31日 ⽣岐阜県養老郡養老町 本名=冨永覚夢 ⾴岐阜県文化賞(昭和36年) ⾴長願寺住職。のち同朋大学教授、大谷大学講師を務めた。服部担風に師事、一方漢学を内藤湖南に学んだ。湘川、藍水、氷心、阜山などの吟社の主盟として詩壇に活躍、昭和36年詩道鼓吹の功績で岐阜県文化賞受賞。著書に「担風自選詩解」「担風絶句選解」(上下)などがある。 ⾴息子=冨永覚梁(僧侶・詩人)

冨永 眉峰 とみなが・びほう
俳人 書家 元・徳島県書道協会会長 ⽣明治38年1月3日 ⽣昭和62年9月14日 ⽣徳島市 本名=富永三喜男(とみなが・みきお) ⾴徳島師範卒 ⾴昭和18年菅原佑音の手ほどきをうける。のち今枝蝶人に師事、「航標」同人となる。句集に「細流」「河海」。 ⾴俳人協会

冨永 貢 とみなが・みつぎ
歌人 医師 ⽣明治36年4月28日 ⽣平成7年7月14日 ⽣滋賀県 ⾴京都帝大医学部卒 医学博士 ⾴木下利玄賞(第6回)(昭和19年)、短歌研究賞(第5回)(昭和42年) ⾴高知日赤外科医長、東京造幣局病院長を務めた。歌は八高在学中に増田八風、石井直三郎に師事、昭和3年「詩歌」、13〜20年「立春」に参加。22年鹿児島寿蔵の「潮汐」に参加、主要同人となる。57年「北斗」を創刊、主宰。歌集に「遠雷」「春の潮」「山の砂」「湖山石」など。

富小路 禎子　とみのこうじ・よしこ

歌人　「沃野」発行人　㊌大正15年8月1日　㊦平成14年1月2日　㊚東京　㊕女子学習院高等科（昭和21年）卒　㊡沃野賞（昭和29年）、新歌人会作品賞（昭和30年）、日本歌人クラブ推薦歌集賞（第17回）（昭和46年）「白暁」、短歌研究賞（第28回）（平成4年）「泥眼」、沼空賞（第31回）（平成9年）「不穏の華」　㊣華族の家に生まれ、在学中に学科として尾上柴舟の指導を受け、昭和20年植松寿樹に師事。翌年の「沃野」創刊に参加、のち編集委員・選者。この間、青年歌人会議等に参加。戦後の混乱のなかで苦難と孤独の青春を詠嘆した歌で知られた。歌集「未明のしらべ」「白暁」「透明界」「柘榴の宿」「花をうつ雷」「泥眼」「不穏の華」など。平成13年評伝「富小路禎子」（高橋順子著）が出版され、話題となった。　㊟現代歌人協会、日本歌人クラブ、日本文芸家協会　㊧父＝富小路敬直（子爵）

富原 孝　とみはら・たかし

詩人　㊌大正9年7月15日　㊚北海道亀田郡七飯町　㊕宇都宮高農学科（現・宇都宮大学）卒　㊣雪印乳業酪農科学研究所員、函館新聞記者を経て、アートフレンド・アソシエーション製作部長、芸術交流協会及びアート・ソサエティ代表を歴任。詩誌「ポエム」「野性」等を経て、昭和33河文一郎らの「核」創立に参加。詩集に「入江と錯乱」「クオンタインとシクフ」「地球からの21の哀歌」「タプカーラ・五つの譚詩」「長編叙事詩 クオンタインとシクフ」他。　㊟日本ペンクラブ、日本現代詩人会

富松 良夫　とみまつ・よしお

詩人　㊌明治36年　㊦昭和29年　㊚宮崎県都城市姫城町　㊣6歳の時、脊髄病にかかり、身体が不自由に。大正6年小学校を卒業。以来独学で文芸を学び、訳詩、文学論、画家論、宗教論などを書き、終世詩作を続けた。8年キリスト教に入信。14年坂元彦太郎らと文芸誌「盆地」を出す。昭和4年詩誌「白」、翌5年処女詩集「寂しき候鳥」を上梓。24年自選詩集「微かなる花譜」、没後の33年には代表作集「黙示」が刊行されている。「竜舌蘭」創刊時からの同人。音楽を好み、フランス語にも通じ、清澄で象徴的な詩風で“南の宮沢賢治”とも言われる。周囲に集まる青年たちに強い影響を与えながら、晩年には図書館協議会委員なども務めた。

富安 風生　とみやす・ふうせい

俳人　「若葉」主宰　㊌明治18年4月16日　㊦昭和54年2月22日　㊚愛知県八名郡金沢村（現・一宮市）　本名＝富安謙次　㊕東京帝大法科大学独法科（明治43年）卒　㊡日本芸術院会員（昭和49年）、日本芸術院賞（昭和45年）　㊣通信省に入って、大正7年福岡を替貯金支局長時代に俳句を知り、9年「ホトトギス」に初入選する。11年「土上」に参加し、また東大俳句会に参加などして、昭和3年「若葉」主宰。4年「ホトトギス」同人。8年第一句集「草の花」を刊行。12年「十三夜」を刊行し、通信次官を最後に官界を退職。17年日本文学報国会俳句部幹事長。戦後は25年から1年間、電波監理委員会委員長に就任した。他の句集に「松籟」「村住」「古稀春風」「喜寿以後」「傘寿以後」「米寿前」「年の花」「季題別富安風生全句集」などがあり、随筆集に「岬魚集」「淡水魚」「野菊晴」などがある。45年日本芸術院賞を受賞した。「富安風生集」（全10巻、講談社）がある。

友岡 子郷　ともおか・しきょう

俳人　㊡近代俳句　㊌昭和9年9月1日　㊚兵庫県神戸市　本名＝友岡清（ともおか・きよし）　㊕甲南大学文学部国文科（昭和33年）卒　㊡近代俳句と季語　㊡四誌連合会賞（第6回）（昭和38年）、雲母選賞（第1回）（昭和52年）、現代俳句協会賞（第25回）（昭和53年）　㊣松蔭女学院中・高校で国語科教師をつとめるかたわら、俳人として活躍。平成3年退職。昭和29年より俳句を始め、「ホトトギス」「青」などを経て、43年「雲母」に参加。同年、同人誌「椰子」を創刊。平成5年「白露」同人。句集に「日の径」「遠方」「未草」「春隣」など。　㊟現代俳句協会、日本文芸家協会

友川 かずき　ともかわ・かずき

詩人　歌手　画家　㊡蝋画　㊌昭和25年2月16日　㊚秋田県　㊕能代工卒　㊣中学生の頃から詩を書き、中原中也を好む。高校卒業後上京、シンガー・ソングライターの岡林信康の歌を聴いてショックを受け、ギターを独習。土木作業員として住んでいた山谷の飯場で「山谷ブルース」や自作の曲を歌う。23歳の時、シングル盤「上京の状況」「生きてるっていってみろ」を出して“遅れてきたフォーク歌手”のキャッチフレーズでデビュー。歴史学者の故・羽仁五郎との対談かけたり、ラジオのディスクジョッキーを務めたりした。しかし、その後ヒット曲に恵まれず、再び土木作業で生計をたてる生活に戻る。趣味で書いた絵が美術評論家

の目に止まり、昭和60年ごろから個展を開く画家に転身。レコードに中原中也の詩に曲をつけたLP「俺の裡で鳴り止まない詩(もの)」「桜の国の散る中を」「海静か、魂は病み」、詩集に「吹雪の海に黒豹が」「朝の骨」、エッセイ集に「死にぞこないの唄」、絵本に「青空」などがある。

友清 恵子　ともきよ・けいこ
小説家　詩人　[生]昭和11年　[出]福井県坂井郡三国町　[学]福井大学(昭和34年)卒　[歴]東京都公立中学の英語教師。昭和46年「日本海作家」同人。54年「錆びた星」が文学界同人雑誌推薦作となる。56年から「トンネルの譜」、60年から「優しい修羅たち」、平成2年から「百草は風のこころに」をそれぞれ「日刊福井」に連載。著書に小説集「錆びた星」のほか、詩集に「土蜂の唄」「独活の唄」「岩魚の唄」。

友田 多喜雄　ともだ・たきお
詩人　児童文学作家　[生]昭和6年4月4日　[出]東京　[学]成城中卒　[賞]小熊秀雄賞(第2回)(昭和44年)　[歴]旧制中学中退。昭和20年北海道へ移住、約20年農業を営む。39年離農し、札幌で北海道農民連盟事務局長などを務め、63年退職。この間、創作活動を続け、詩人、童謡作家、児童文学作家として幅広く活躍。作品に詩画集「ちいさなものたち」「仔馬/羊たち」、詩集「サイロのそばで」「光多とともに」などがある。

友竹 辰　ともたけ・たつ
声楽家　詩人　福山大学名誉教授　[専]バリトン　[生]昭和6年10月9日　[没]平成5年3月23日　[出]広島県福山市　本名＝友竹正則(ともたけ・まさのり)　[学]国立音楽大学声楽科(昭和29年)卒　[賞]音コン声楽部門第2位(第24回)(昭和30年)、芸術選奨文部大臣新人賞(第27回)(昭和51年)、菊田一夫演劇賞(昭和53年)、日本童謡賞特別賞(平成4年)　[歴]昭和30年「カルメン」のモラレスでオペラ界にデビュー。以来、オペレッタ、商業演劇、放送の世界などで幅広く活躍。かたわらグループ「櫂」に参加。詩人として、友竹辰のペンネームで「友竹辰詩集」「声の歌」などの詩集を出版。また54～57年フジテレビ「くいしん坊！万才」のリポーターを務めるなど、料理番組にも出演した。主著に「オトコの料理」「いい味いい旅あまたたび」など。[団]日本オペラ協会(理事)、インターナショナル・カルチャー

友竹 正則　ともたけ・まさのり
⇒友竹辰(ともたけ・たつ)を見よ

友部 正人　ともべ・まさと
シンガーソングライター　詩人　[生]昭和25年5月25日　[出]東京都武蔵野市西久保　本名＝小野正人(おの・まさと)　[学]熱田高(昭和44年)卒　[興]民族音楽　[歴]昭和47年アルバム「大阪へやって来た」でデビュー。歌詞のユニークさと、ボブ・ディランに似た声で人気を集める。以来各地でコンサートを開き、“日本の吟遊詩人”と評される。また、ゲストを招いた“待ち合わせコンサート”も開催。他のアルバムに「夕日は昇る」「遠い国の日時計」「夢がかなう10月」など。詩集に「おっとせいは中央線に乗って」「名前のない商店街」「ぼくの星の声」、エッセイ集「ジュークボックスに住む詩人」「耳をすます旅人」などがある。

友松 賢　ともまつ・けん
歌人　[生]大正9年1月16日　[出]京都　本名＝友松祐賢　[歴]昭和12年楠田敏郎に師事し「短歌月刊」に入会。22年から「北雲」を編集発行。23年「短歌祭」、33年「短歌世代」の創刊に参加。但丹歌人会誌「雪線」を編集発行する。合同歌集に「日本殺風景」、歌集に「碧身」がある。

ともろぎ ゆきお
詩人　作曲家　全国老後保障地域団体連絡協議会事務局長　[専]社会福祉　[生]昭和7年3月5日　[出]旧満州・長春　本名＝上坪陽(かみつぼ・ひかり)　作曲家名＝峯陽(みね・よう)　[学]東京大学経済学部(昭和34年)卒　[興]社会保障と文化と貧困　[歴]大学卒後、東京・下町の福祉事務所でケースワーカーとして働いて以来、常に老人や子どもたちの現場と関わってきた。現在は全国老後保障地域団体連絡協議会(老地連)事務局長として老人パワーの世話役をつとめるとともに、児童福祉司として東京・足立児童相談所で働いている。一方、童謡「ガンバリマンのうた」「オバケなんてないさ」「ライオンのうた」や「合唱組曲〈伊勢志摩〉」などの詩人・作曲家でもある。著書に「保育のための音楽入門」「峯陽作品集」など。　[団]社会福祉文化集団、幼児音楽研究会

外山 覚治　とやま・がくじ
歌人　[生]大正7年　[出]群馬県　[賞]香蘭賞(昭和45年)、短歌研究新人賞(昭和47年)　[歴]昭和42年香蘭短歌会に入会。香蘭川崎支部絃支部長、川崎歌話会副会長を歴任、現在、「香蘭」第一同人。歌集に「汽車の罐焚き」「大地に赤き夕陽は沈む」「機関士」がある。　[団]日本歌人クラブ

外山 家人　とやま・かじん
歌人　[生]元治1年2月(1864年)　[没]昭和5年7月　[出]大阪府泉北郡深井村　本名＝外山忠三　初号＝霞人、別号＝水楽亭　[歴]正岡子規に師事、俳句や歌を作った。のち関西根岸短歌会の同人となった。三井甲之主幹の「アカネ」に初めての歌を発表、その後は発表せず、写生風の連作を続けた。書画、漢詩もよくした。詩歌俳句の3種を集めた「水楽亭遺稿」がある。

外山 正一　とやま・まさかず
教育者　文学者　詩人　東京帝国大学総長　文相　[生]嘉永1年9月27日(1848年)　[没]明治33年3月8日　[出]江戸・小石川柳町　幼名＝捨八、号＝ゝ山(ちゅざん)　文学博士(明治21年)　[歴]開成所に学び、のちミシガン大学に留学し、帰国後東大教授に就任する。明六社の一員としても活躍し、明治22年正則学院を創立。東大文学部長、総長をもつとめた。33年には3カ月であるが教育行政上の手腕を買われて、第3次伊藤内閣の文部大臣の任にあった。また漢字廃止、ローマ字採用を主張したこともある。15年矢田部良吉、井上哲次郎と共に「新体詩抄」を刊行、その名を不朽ならしめた。創作詩「抜刀隊」は、のち仏人ルルーが作曲、鹿鳴館で演奏され、陸軍軍歌の典型となった。27年長詩「忘れがたみ」、ついで28年上田万年らと「新体詩歌集」を刊行。没後の42年「ゝ山存稿」が刊行された。教育、宗教、政治、文芸、美術等にわたって明治啓蒙期の学者として幅広く活躍した。

豊口 陽子　とよぐち・ようこ
俳人　[生]昭和13年3月6日　[出]東京　[学]東京教育大学卒　[歴]昭和43年「山河」同人、55年「国」同人。句集「花象」がある。

豊島 逃水　とよしま・とうすい
歌人　[生]明治28年9月15日　[没]昭和7年5月12日　[出]長野県伊那郡高遠　本名＝豊島烈　[学]松本中学卒、慈恵院　[歴]生家は開業医で医学を学んだが、大正3年窪田空穂創刊の文芸雑誌「国民文学」に参加。歌集に「ゆく春」「五月の空」がある。

豊田 玉萩　とよだ・ぎょくしゅう
詩人　[生]明治8年10月　[没]昭和8年8月　[出]岩手県北上市　本名＝豊田啓太郎　[歴]旅館・伊勢屋の長男として生まれ、盛岡市の宮司のもとで和歌や俳句、詩などを学ぶ。やがて故郷で新体詩の創作に取り組み、明治・大正から昭和初期にかけ詩を作り続けた。明治40年詩集「野ばら」を出版、42年には文芸雑誌「トクサ」を創刊。平成2年、日本現代詩歌文学館の開館記念として「野ばら」の復刻版が刊行される。

豊田 君仙子　とよだ・くんせんし
俳人　[生]明治27年1月20日　[没]昭和47年10月29日　[出]福島県　[学]福島師範卒　[歴]教員生活ののち教育委員長を務めた。渡辺水巴門に入り「曲水」同人。ほかに「警世」「ホトトギス」にも関った。また、福島民友新聞俳壇選者として活躍。句集に「柚の花」がある。

豊田 清史　とよた・せいし
歌人　歌誌「火幻」主宰　広島陶磁科学研究会会長　[生]大正10年11月10日　[出]広島県神石郡　[学]広島大学教育学部卒　[歴]広島県教育委員会文化課、教育研究所主事、中学校教頭等を歴任。また「広島文学」編集同人事務局長、広島県歌人会副会長、短歌と評論誌「火幻」を編集、今日に至る。平成2年渡辺直己の会代表理事に就任。会報の発行、全集刊行、記念館設立などにとりくむ。著書に「原爆文献誌」「はばたけ千羽鶴」「広島の遺言」、歌集「火の幻」「炎の証」他。　[団]渡辺直己の会(代表理事)

豊田 次雄　とよだ・つぎお
俳人　童話作家　[没]昭和56年12月20日　[出]三重県　[歴]幼児向け月刊絵本「ひかりのくに」の編集長を昭和21年の創刊から41年まで務め、かたわら童話作家として活躍。その後、俳人として南大阪を中心に「銀泥俳句社」を主宰。

豊田 都峰　とよだ・とほう
俳人　京鹿子主宰　[生]昭和6年1月13日　[出]京都府　本名＝豊田充男　[学]立命館大学卒　[賞]京鹿子大作賞、春嶺賞、評論賞「素逝ノート」　[歴]高校教員。大学時代、松井利彦を知り、「京鹿子」同人に。鈴鹿野風呂、丸山海道に師事。昭和46年「京鹿子」編集長、副主宰などを経て、主宰。著書に「野の唄」「芭蕉京近江を往く」など。　[団]現代俳句協会、大阪俳句史研究会(幹事)、日本ペンクラブ

豊長 みのる　とよなが・みのる
俳人　「風樹」主宰　[生]昭和6年10月28日　[出]兵庫県神戸市　本名＝豊長稔　[学]尼崎工卒　[賞]南風新人賞(昭和42年)、青樹400号記念全国大会賞(昭和56年)　[歴]昭和37年山口草堂の「南風」に入会。53年長谷川双魚の「青樹」に同人参加。54年より俳人協会会員。61年「風樹」を創刊し、主宰。句集に「幻舟」「方里」「一会」など。　[団]俳人協会、現代俳句協会、現代詩歌文学館振興会(評議員)

豊山 千蔭　とよやま・ちかげ
俳人　[生]大正3年3月19日　[出]福岡市箱崎町　[学]北海道帝国大学林学科卒　[賞]現代俳句協会賞、青森県文化賞(昭和57年)　[歴]南部藩の祈祷寺住職であった先祖からの山林、田畑を守って林業に従事。八戸市森林組合長、青森県林業改良普及協会副会長などを歴任。俳句は、はじめ父に手ほどきを受け、のち加藤楸邨に師事。昭和35年「寒雷」同人。ほかに「海程」同人。永く目を病んでいたが、57年完全に失明。以後は盲人図書館への点字句集寄贈など、福祉活動にも精を出す。句集に「結氷音」「蟹の鋏」「風化の観音」がある。

鳥居 おさむ　とりい・おさむ
俳人　「ろんど」代表　[生]大正15年5月19日　[出]東京　本名＝鳥居脩　[学]東京大学経済学部　[賞]人賞(昭和54年)　[歴]昭和34年「河」に投句、角川源義に師事するが、50年師の死去により51年より進藤一考に師事。「人」編集長、俳人協会幹事、同名鑑編集委員等を務める。「ろんど」代表。句集に「体内時計」「草清水」がある。　[団]俳人協会

鳥居 美智子　とりい・みちこ
俳人　[生]昭和7年6月5日　[出]東京　[学]鷺宮高卒　[賞]河新人賞(昭和51年)　[歴]昭和29年職場句会にて石塚友二の指導をうける。43年「河」入会、翌年「人」創刊に参加。句集に「桜の洲」「夢疲れ」「自註・鳥居美智子集」がある。　[団]俳人協会

鳥居 良禅　とりい・りょうぜん
詩人　僧侶　[生]大正2年11月20日　[出]神奈川県鎌倉市大町　[学]大正大学文学部英文科卒　[歴]卒業論文はジェームズ・ジョイス。西脇順三郎の詩論や北園克衛らの前衛詩運動に近づき、昭和13年「VOU」同人となる。戦後住職となり、詩集「石膏の菫」「野分」を上梓。　[団]日本現代詩人会

鳥越 すみこ　とりごえ・すみこ
俳人　[生]大正6年7月31日　[出]和歌山県　本名＝鳥越澄子　[学]大阪府女専英文学科卒　[賞]馬酔木新樹賞(昭和41年)　[歴]昭和27年「馬酔木」初投句、42年同人。のち「燕巣会」同人を経て、「橡」同人となる。句集に「仮初なれど」「水に似し」「若き炎帝」がある。　[団]俳人協会

鳥海 昭子　とりのうみ・あきこ
歌人　[生]昭和4年4月6日　[出]山形県　本名＝中込昭子　[学]国学院大学文学部卒　[賞]現代歌人協会賞(第29回)(昭和60年)「花いちもんめ」　[歴]小学校卒業後、地元の村役場で働く。敗戦後上京。花火工場、朝鮮人小学校、ガリバン屋、消防署のホース修理、時計工場など、さまざまな職業に携わりながら、高校、大学を卒業。昭和40年より保母として養護施設へ勤務。60年歌集「花いちもんめ」で現代歌人協会賞受賞。他に「花かんむりの子どもたち」「種をにぎる子供たち」がある。短歌誌「黄雞」(こうけい)「短詩形文学」所属。　[団]日本文芸家協会、現代歌人協会

ドン・ザッキー
詩人　[生]明治34年7月11日　[出]東京　本名＝都崎友雄　[歴]現代詩の疾風怒濤時代に、銀座街頭をゴム長靴でのし歩き、戦闘的なダダイストとして活躍。築地小劇場での詩の朗読会の開催をはじめ、多彩な詩的活動は、詩壇の内外に衝撃を与えた。「黒嵐時代」を経て、「世界詩人」を主宰。超階級的な人間の普遍的、個人的純粋意識の確立を基調に「ドン創造主義」を提唱、主体的な革命芸術運動を展開。「文芸戦線」にも関係した。詩集「白痴の夢」(大正14年5月)は発禁処分となる。父の死を契機に詩と訣別し、市井に隠れ思想的遍歴を重ねる。

【な】

内藤 喜美子　ないとう・きみこ
詩人　[生]昭和15年1月　[出]神奈川県海老名市　[学]厚木東高(昭和33年)卒　[歴]昭和34年東京電力入社。雑誌「東電文化」を通して北川冬彦から詩の指導を受ける。48年同社退社。52年「時間」同人。平成2年「時間」終刊、同年「駆動」創刊同人、3年「竜骨」創刊同人、10年「セコイア」同人。詩集に「嵐のあと」「警笛」「夜明けの海」など。

内藤 鋠策　ないとう・しんさく
歌人　詩人　[生]明治21年8月24日　[没]昭和32年1月4日　[出]新潟県古志郡長岡上田町(現・長岡市)　別名＝晨露、晨朔　[歴]高等小学校卒業後、母校の代用教員となる。7、8歳で作歌を始め、17歳で上京。夕暮・牧水らと白日社を結成。大正元年「抒情詩」創刊。歌集に「旅愁」「世界地図」「武蔵埜頌」(未刊)。著書多数。

内藤 多喜夫　ないとう・たきお

⇒内藤吐天(ないとう・とてん)を見よ

内藤 吐天　ないとう・とてん

俳人　名城大学薬学部教授　[専]薬学　[生]明治33年2月5日　[没]昭和51年5月12日　[出]岐阜県大垣市　本名＝内藤多喜夫(ないとう・たきお)　別号＝萱雨亭　[学]東京帝大薬学科(大正13年)卒　薬学博士　[歴]朝比奈泰彦門下。東京薬専教授、鳴海薬専校長、名古屋市立大学薬学部教授、同薬学部長を経て、名城大学薬学部教授。一方俳句を志田素琴、のち大須賀乙字に師事、詩を日夏耿之介、堀口大学に学んだ。「草上」を経て素琴主宰の「東炎」同人、昭和21年「早蕨」を創刊主宰した。句集に「落葉松」「早蕨」「鳴海抄」「点心」「臘八」、著書に「古俳句評釈」などがある。

内藤 まさを　ないとう・まさお

俳人　「三重俳句」主宰　[生]明治34年4月5日　[没]平成8年3月12日　[出]石川県羽咋郡富来町　本名＝内藤正雄　[学]早稲田大学高師部英語科卒　[賞]文部大臣賞(昭和29年)、三重県民功労賞(平成1年)　[歴]四日市商業高などで教鞭を執る傍ら、昭和15年鹿火屋系俳人・伊藤真葛につく。23年「三重俳句」創刊、主宰。30年日野草城の門に入り「青玄」同人、31年退会。現代俳句協会員を経て、56年俳人協会入会。句集に「冬紅葉」「春雪嶺」「沼」「青山河」など。[団]俳人協会

内藤 鳴雪　ないとう・めいせつ

俳人　[生]弘化4年4月15日(1847年)　[没]大正15年2月20日　[出]江戸・三田　本名＝内藤素行(ないとう・もとゆき)　別号＝南塘、老梅居　[歴]松山の藩校明教館で漢学を学び、父の京都留守居役出役により京都に出、その間父と共に長州征伐に従軍する。明治2年東京に移り再興された昌平学校に入り、8年愛媛県官権参事として教育行政にあたる。13年文部省参事に就任。25年より正岡子規に俳句を学び、晩年は子規門下の長老として新聞雑誌の選者となる。大正2年俳誌「南柯」を創刊した。著書に「老梅居俳句問答」「鳴雪俳話」「鳴雪句集」「鳴雪自叙伝」「鳴雪俳句集」などがある。

内藤 保幸　ないとう・やすゆき

詩人　[出]神奈川県平塚市　[学]早稲田大学理工学部　[賞]国際詩人会議記念賞(第5回)　[歴]大学在学中から詩作に取り組み同人誌も発行。のち神戸製鋼のエンジニアの仕事の傍ら詩作を続ける。詩集に「雨後」「同志！」などがある。

直井 烏生　なおい・うせい

俳人　[生]明治45年3月21日　[没]平成10年3月5日　[出]東京都新宿区　本名＝直井正武　[学]国士舘商卒　[賞]かまつか新人賞、かまつか同人賞、かまつか賞(昭和40年)　[歴]京王帝都電鉄、京王観光を経て、京王百貨店勤務。俳句は、昭和14年より鈴木花蓑の手ほどきを受ける。30年「かまつか」入会、金子麒麟草に師事。編集長を経て、50年「かまつか」を主宰した。句集に「湖の心音」「紅襷」。他にシンガポール攻略戦・パラオ島防衛戦の戦記「戦魂」がある。[団]俳人協会

直江 武骨　なおえ・ぶこつ

川柳作家　北海道川柳連盟会長　[没]昭和57年6月30日　[出]北海道小樽市　本名＝直江清次　[賞]小樽市教育文化功労者(昭和49年)　[歴]北海道川柳界の草分けとして半世紀以上にわたって活躍、小樽川柳社を主宰し、月刊機関誌「こなゆき」は通算300号に達した。

直木 燕洋　なおき・えんよう

俳人　[生]明治9年12月　[没]昭和18年2月11日　[出]兵庫県神戸市　本名＝直木倫太郎　[学]東京帝国大学工学部卒　工学博士　[歴]大学卒業後、欧州に留学する。地方公務員、満州国参議、大陸科学院長などをを歴任。一方、俳句は正岡子規に師事した。

直野 碧玲瓏　なおの・へきれいろう

俳人　[生]明治8年9月25日　[没]明治38年6月5日　[出]石川県金沢市観音町　本名＝直野了晋　旧姓(名)＝越野　[学]小学校卒　[歴]北国新聞社の文選工となり、のち編輯部に転じて7年間勤務し、若越新聞社に転じ、数年間勤める。明治25年上京して国民新聞編輯局員となった。俳句は岡野知十門で、29年から正岡子規に師事、新聞「日本」「ホトトギス」に投句。31年日本派の最初の句集「新俳句」を上原三川と共編した。同年病のため帰郷、再び北国新聞社に入り、社会部を担当の傍ら俳句を選者した。36年「北国俳壇」を創設。著書に「碧玲瓏」がある。

中 火臣　なか・かしん

俳人　[生]大正1年8月23日　[没]平成9年10月8日　[出]東京・芝区　本名＝中正雄(なか・まさお)　[学]明治大学政経学部卒　[賞]若葉賞(第17回)(昭和45年)　[歴]毎日新聞論説委員を経て、昭和42年定年退職し著述業。俳句は、17年「若葉」、45年「春嶺」入会。のち両誌同人。句集に「色種」「市井」。　[団]俳人協会

中 寒二　なか・かんじ

詩人　「表現派」主宰　[生]昭和5年9月30日　[出]青森県八戸市　本名＝中村福治　[賞]晩翠賞(第12回)(昭和46年)「尻取遊び」　[歴]詩誌「表現派」主宰、「木々」同人。詩集に「あこがれ」「対話の要素」「発生」「南方巡礼」「のろまな牛」など。ほかに詩論集「海を見に行く」「表現の行為」がある。　[団]青森県詩人連盟(顧問)、青森県文芸協会、日本現代詩人会、日本文芸家協会

中 勘助　なか・かんすけ

小説家　詩人　随筆家　[生]明治18年5月22日　[没]昭和40年5月3日　[出]東京・神田　[学]東京大学国文科(明治42年)卒　[賞]朝日文化賞(昭和40年)「中勘助全集」　[歴]東大在学中に夏目漱石の教えを受け、以後師事する。大正2年、漱石の紹介で「銀の匙」が「東京朝日新聞」に連載され、以後作家、詩人、随筆家として活躍。小説に「銀の匙」をはじめ「提婆達多」「犬」や童話集「鳥の物語」、詩集に「琅玕」「飛鳥」、随筆に「街路樹」などがある。昭和40年「中勘助全集」全13巻で朝日文化賞を受賞した。

奈加 敬三　なか・けいぞう

詩人　[生]明治35年7月15日　[出]大阪府東大阪市今米　本名＝中敬三　[学]早稲田大学文学部英文学科卒　[歴]主に「中央文学」に投稿。大学卒業後は、旧制中学の教師のかたわら、22歳の時、「近代詩文」を主宰。また「新詩人」「詩集」「日本詩壇」「詩界」などに詩を投稿。詩集に「月光と人魚」「家族」編著に「天野康夫詩集」がある。

中 拓夫　なか・たくお

俳人　[生]昭和5年1月29日　[出]神奈川県小田原市石橋　本名＝中村勝四郎　[学]早稲田大学教育学部国語国文科卒　[賞]寒雷集賞(第3回)(昭和46年)　[歴]在学中早大俳句研究会に入り作句、「鶴」「寒雷」に投句。専攻は芭蕉俳諧。卒業後「寒雷」に入会、加藤楸邨に師事。昭和46年第3回寒雷集賞受賞。45年森澄雄主宰「杉」創刊とともに参加。「寒雷」「杉」同人。「西北の森」会員。神奈川学園高校国語教師。句集に「愛鷹」「浦波」、著書に「俳句の本」「名句鑑賞事典」(以上共著)「楸邨俳句365日」(分担執筆)がある。　[団]現代俳句協会、日本文芸家協会

那珂 太郎　なか・たろう

詩人　[専]現代詩　[生]大正11年1月23日　[出]福岡県福岡市博多区麹屋町　本名＝福田正次郎(ふくだ・しょうじろう)　俳号＝黙魚(もくぎょ)　[学]東京帝国大学文学部国文科(昭和18年)卒　[資]日本芸術院会員(詩歌)(平成6年)　[興]萩原朔太郎、正徹、芭蕉　[賞]室生犀生詩人賞(第5回)(昭和40年)「音楽」、読売文学賞(第17回・詩歌・俳句部門)(昭和40年)「音楽」、芸術選奨文部大臣賞(第36回)(昭和60年)「空我山房日乗其他」、紫綬褒章(昭和62年)、現代詩人賞(第9回)(平成3年)「幽明過客抄」、日本芸術院賞・恩賜賞(第50回・平5年度)(平成6年)、藤村記念歴程賞(第33回)(平成7年)「鎮魂歌」、勲三等瑞宝章(平成7年)　[歴]福岡高校(旧制)3年の時、処女短編「ららん」を発表。戦争中は江田島海軍兵学校の国語科教官となる。戦後上京、都立豊島高校、新宿高校教諭を務める傍ら詩作を行う。昭和48年玉川大学教授に就任。萩原朔太郎研究の第一人者でもある。「歴程」同人。詩集「ETUDES」「音楽」「はかた」「空我山房日乗 其他」「定本 那珂太郎詩集」「幽明過客抄」、評論「萩原朔太郎その他」「詩のことば」「萩原朔太郎詩私解」、随筆集「鬱の音楽」「はかた幻像」などがある。　[団]萩原朔太郎研究会(会長)、日本文芸家協会

中 正敏　なか・まさとし

詩人　[生]大正4年9月27日　[出]大阪府大阪市　本名＝中太郎兵衛(12代目)　幼名＝正敏、前名＝辰之助(11代目)　[学]大阪市立商科大学(昭和13年)卒　[賞]壺井繁治賞(第10回)(昭和57年)「ザウルスの車」　[歴]江戸時代から続く鮮魚問屋野田庄の家督を5歳で継ぐが、昭和4年廃業。13年寿重工業に入社、同年12月現役入隊し、朝鮮へ。15年除隊。18年住友合資会社へ入り、住友鉱業へ配属。21年団体交渉中、労組員に撲られて目を負傷。33〜34年水晶体摘出の手術を受け失明を免がれる。この頃、詩作を開始。38年住友建設に移る。39年第1詩集「雪虫」を出版。同年12月退社。以後、詩人として活動。誌詩「にゅくす」「舟」「P」などの創刊編集同人。のち退会。平成11年詩人会議特別会友となる。詩集に「冬の雷」「小さな悲願」、書簡集に「X社への手紙」などがある。　[団]戦争に反対する詩人の会、沖縄に基地をなくす会、無辺の会

永井 薫　ながい・かおる

詩人　[生]昭和11年11月15日　[出]兵庫県　本名＝長谷川薫　[学]高校卒　[歴]高校卒業後、郵便局、NTTを経て自動車会社に勤務。詩集に「住めない家」「飢えたる思想」「永井薫詩集」がある。　[団]日本詩人クラブ

永井 禾原　ながい・かげん

漢詩人　[生]嘉永5年8月2日(1852年)　[没]大正2年1月2日　[出]尾張国鳴尾(愛知県)　本名＝永井匡温　字＝伯良、通称＝久一郎、別号＝来青　[学]大学南校卒　[歴]尾張藩士永井匡威の長男。明治4年アメリカに留学し、6年帰国して官途について帝国大学書記官、文部大臣官房秘書官や同会計課長などを歴任。30年退官、日本郵船に入社し、上海、横浜の各支店長をつとめた。大沼枕山、森春濤に詩を学び、漢詩人として知られた。漢詩集「西遊詩」「西遊詩続稿」「来青閣集」などの他、初期のものに「巡欧記実 衛生三大工事」などがある。　[家]弟＝阪本蘋園(漢詩人)、長男＝永井荷風(小説家)

中井 克比古　なかい・かつひこ

歌人　[生]明治35年4月21日　[没]昭和53年3月31日　[出]東京　本名＝中井半三郎　[学]慶応義塾大学中退　[歴]北原白秋、斎藤茂吉らに師事し、河野慎吾主宰の「桑皮」(とねりこ)に参加。昭和14年「東襽李子」を、21年「余情」を創刊した。歌集に15年刊の「遅日」がある。

永井 荷風　ながい・かふう

小説家　随筆家　詩人　[生]明治12年12月3日　[没]昭和34年4月30日　[出]東京市小石川区金富町　本名＝永井壮吉　別号＝断腸亭(だんちょうてい)主人、石南居士(せきなんこじ)、鯉川兼待(こいかわかねまち)、金阜山人(きんぷさんじん)　[資]日本芸術院会員(昭和29年)　[賞]文化勲章(昭和27年)　[歴]明治31年広津柳浪に師事、ゾラ、モーパッサンに傾倒する。36年からアメリカ、フランスに外遊し41年に帰国、「あめりか物語」「ふらんす物語」で名をあげ、耽美派を代表する流行作家となり、「孤」「新帰朝者日記」「すみだ川」などを発表。43年上田敏・森鷗外の推薦で慶応義塾教授となり「三田文学」を主宰。43年の大逆事件などを契機に次第に江戸戯作の世界に韜晦、八重次、富松ら多くの芸妓と交情を重ね、「新橋夜話」など花柳界ものを多く発表。大正期の代表作に「腕くらべ」「おかめ笹」、随筆集に「日和下駄」など。昭和に入り風俗小説「つゆのあとさき」、「濹東綺譚(ぼくとうきたん)」で大家として復活。戦時空襲で書斎・偏奇館が焼失。戦後の著書に、日記「断腸亭日乗」(大正6年～)がある。また、詩人としての業績に「海潮音」「月下の一群」と並ぶフランス翻訳詩集「珊瑚集」や詩作41篇を収める「偏奇館吟草」があり、他に「荷風句集」がある。27年文化勲章を受章、29年芸術院会員。独身独居を続け、慣習や通念への反抗を貫いた。晩年は人を遠ざけて毎日カツ丼を食べ、浅草レビューに通うなど奇人として知られた。貯金通帳を握りしめて死去。「荷風全集」(全29巻，岩波書店)がある。　[家]父＝永井久一郎(実業家・漢詩人)、祖父＝鷲津毅堂(儒学者)

中井 昌一　なかい・しょういち

歌人　[生]昭和15年1月8日　[出]兵庫県　本名＝中井昌一(なかい・まさかず)　[学]国学院大学卒　[歴]大学時代に岡野弘彦を知る。「地中海」に約10年属し、昭和46年「短歌手帳」を創刊。48年岡野弘彦の「人」創刊に参加。歌集に「月しろの母」がある。

永井 善次郎　ながい・ぜんじろう

詩人　[生]昭和5年2月20日　[出]千葉県　[学]千葉県立安房高卒　[歴]事務員、パチンコ店員、土木作業員、農業等に従事。22、3歳ごろより「詩学」に投稿。「洗濯船」同人。詩集に「漁」「太鼓」「房総」「浪曲」など。

永井 龍男　ながい・たつお

小説家　俳人　鎌倉文学館館長　[生]明治37年5月20日　[没]平成2年10月12日　[出]東京・神田　俳号＝東門居(とうもんきょ)　[学]一ツ橋高小(大正7年)卒　[資]日本芸術院会員(昭和43年)　[賞]横光利一賞(第2回)(昭和24年)「朝霧」、野間文芸賞(第18回)(昭和40年)「一個その他」、日本芸術院賞(昭和40年)「一個その他」、読売文学賞(第20回・随筆・紀行賞)(昭和43年)「わが切抜帖より」、読売文学賞(第24回・小説賞)(昭和47年)「コチャバンバ行き」、菊池寛賞(第20回)(昭和47年)、勲二等瑞宝章(昭和49年)、川端康成文学賞(第2回)(昭和50年)「秋」、文化勲章(昭和56年)　[歴]米穀取引所仲買店に奉公するが、病気のため3ケ月で退職し、文学に親しむ。大正9年文芸誌「サンエス」に「活版屋の話」が当選。12年「黒い御飯」で菊池寛に認められ、小林秀雄と親交を結ぶ。昭和2年文芸春秋社入社。14年「文芸春秋」編集長、19年専務、20年退社。戦後は創作活動を活発にし、「朝霧」(24年)で横光利一賞受賞。格調高い文章で知られる短編の名手で、芥川龍之介を継ぐ存在ともいわれる。代表作に「石版東京地図」(新聞小説)「青梅雨」(短編)「一個その他」(短編集)「コチャ

バンバ行き」（長編）「秋」（短編）など。43年芸術院会員、56年文化勲章受賞。52年「エーゲ海に捧ぐ」の評価をめぐって芥川賞選考委員を辞任。川端康成文学賞選考委員もつとめた。「永井龍男全集」（全12巻，講談社）がある。また文壇俳句会やいとう句会などを中心に句作を続け、特に日常生活を題材とする秀句が多い。句集に「永井龍男句集」「句集雲に鳥」「文壇俳句会今昔」「東門居句手帖」など。
㊉日本文芸家協会（名誉会員）

永井 力　ながい・つとむ
詩人　㊓昭和22年　㊞「落下傘」「青宋」「茨城詩壇」同人。詩集に「波止場」「日常の砂漠より」「稲穂がそよぐ」がある。

中井 英夫　なかい・ひでお
小説家　詩人　㊓大正11年9月17日　㊩平成5年12月10日　㊥東京・田端　別名＝塔晶夫（とう・あきお）　㊫東京大学言語学科（昭和24年）中退　㊪泉鏡花文学賞（第2回）（昭和49年）「悪夢の骨牌」　㊞昭和24～35年「日本短歌」「短歌研究」（日本短歌社）、「短歌」（角川書店）などの編集長を務め、塚本邦雄、寺山修司ら前衛歌人を発掘。39年に塔晶夫の筆名で発表した推理小説「虚無への供物」で、耽美的な幻想文学者としてのスタイルを確立した。他の代表作に「幻想博物館「悪夢の骨牌」「人外境通信」「真珠母の匣」からなる「とらんぷ譚」、連作長編「人形たちの夜」、短編集「見知らぬ旗」「黒鳥の囁き」「薔薇への供物」など、評論・エッセイ集に「黒衣の短歌史」「月蝕領宣言」他多数ある。その幻想性とロマンチシズムを兼ね備えた、不思議で妖美な作品群を多く発表した。「中井英夫作品集」（全10巻・別巻1，三一書房）、「中井英夫全集」（東京創元社）がある。
㊉日本文芸家協会　㊂父＝中井猛之進（植物学者）

永井 瓢斎　ながい・ひょうさい
新聞人　俳人　朝日新聞「天声人語」専任　㊓明治14年　㊩昭和20年8月　㊥島根県安来市　本名＝永井栄蔵　㊫東京帝大経済科卒　㊞明治45年大阪朝日新聞入社、社会部長、京都支局長を経て大正13年から「天声人語」専任となり、約10年間健筆をふるい、名文で一世を風靡した。また小説「弘法大師」連載中の直木三十五死去のため、その続きを書いた。昭和11年退社、宗教新聞「中外日報」に執筆、立命館大学講師も務めた。俳句、俳画をよくし、俳誌「趣味」を発刊。京都嵯峨野にある向井去来の別荘落柿舎保存会を組織して大修理を行った。
㊂甥＝木幡久右衛門（島根新聞社長）

永井 浩　ながい・ひろし
詩人　放送作家　北海道文学館理事　洞爺血清研究所所長　㊓昭和4年1月24日　㊥北海道島牧郡島牧村　㊫帯広畜産大学獣医学科卒　㊪NHKラジオドラマ年間最優秀賞（昭和39年）「祭」（詩劇）、北海道新聞文学賞（昭和45年）「陶器の時代」（詩集）、芸術祭賞優秀賞（昭和46年）「合唱組曲・白い世界」　㊞在学中より詩作をはじめ、詩誌「塑像」を創刊。以後、「オメガ」「野性」「波紋」「オルフェ」「山の樹」同人となる。昭和33年「核」創立に参加。39年より札幌医科大学臨床動物実験室長を務めた。詩作のかたわら、放送シナリオも執筆。詩集に「余白」「陶器の時代」「反世界」など。
㊉日本現代詩人会、日本放送作家協会、北海道詩人協会、日本文芸家協会

永井 賓水　ながい・ひんすい
俳人　㊓明治13年9月23日　㊩昭和34年11月15日　㊥愛知県碧海郡大浜町　本名＝永井四三郎　㊞大浜三鱗支配人。大正2年高浜虚子に入門、3年「ホトトギス」入選、昭和24年同人。大正10年碧海吟社から「アヲミ」を創刊主宰、鈴木花蓑らを選者に迎えた。昭和7年休刊、12年復刊、のち富安風生を選者に迎えたが、17年廃刊。句集に「古稀記念七十句」「永井賓水句集」がある。

永井 正春　ながい・まさはる
詩人　作家　山口大学農学部事務長代理　㊓大正2年2月19日　㊥福岡県大牟田市　㊫三池中中退　㊞中学時代にドストエフスキーの「虐げられし人々」を読み小説家を志して中退。その後は転々と職業を変えながら詩や小説を書きつづける。著書に「永井正春詩集」「詩集離島記」がある。　㊉西日本詩人会

中井 正義　なかい・まさよし
歌人　文芸評論家　「文宴」主宰　㊓大正15年5月19日　㊥三重県津市　㊫陸士（第60期）卒、三重農専（昭和21年）卒　㊪三重県文化奨励賞（昭47年度）　㊞教員生活のかたわら作歌。昭和62年三重県楠小学校校長を最後に退職してからは、農業に従事。23年「国民文学」に入会し、松村英一に師事。現在同人。また37年より短歌同人誌「文宴」を主宰。著書に歌集「麦の歴史」「陌上塵」「白塚村」「春の草」「伊勢平野」、評論集「戦後農民文学論」「三重・歌の旅」「現代短歌論考」「梅崎春生論」「大岡昇平ノート」

「素逝秀句」「短歌と小説の周辺」がある。㊹現代歌人協会、日本文芸家協会

中井 三好 なかい・みよし
俳人 「俳句往来」主宰 元・雄峰高等学校校長 ㊸昭和12年12月7日 ㊷富山県 ㊶日本大学国文学科卒 ㊺富山県立高校で教鞭を執り、雄峰高校長などを歴任。一方、昭和43年「河」入会、角川源義に師事。のち「河」同人。53年「俳句往来」創刊・主宰。53年「河」脱会。著書に「不登校生よ、ともに！単位制高校の挑戦」、句集「はくれん」の他、小説「夕日と黒パン」がある。 ㊹俳人協会、富山県俳句連盟（理事）

長井 盛之 ながい・もりゆき
詩人 日本短詩派主宰 ㊶短詩 ㊸明治38年5月19日 ㊹平成9年1月17日 ㊷福岡県嘉穂郡筑穂町 ㊶福岡師範専攻科（昭和7年）卒 ㊻福岡市民文化活動功労賞（平成6年）、博報賞 ㊺福岡教育大学附属小学校教諭、福岡市社会教育課長などの傍ら、自由律の詩文の創作に取り組み、昭和25年から「日本短詩派」を創設。詩集に「風にあたえる」などがある。

長井 陽 ながい・よう
詩人 秋田県現代詩人協会幹事 ㊸昭和28年 ㊷秋田県横手市 ㊻秋田花の詩祭賞 ㊶詩誌「石笛」会員。昔話研究や語り部としても活動。詩集「矢絣幻想」「イカロスの翼」「夢蝶」などのほか、著書に「雪国のむかしっこ」などがある。

永井 陽子 ながい・ようこ
歌人 愛知文教女子短期大学助教授 ㊸昭和26年4月11日 ㊷愛知県瀬戸市 ㊶愛知県立女子短期大学国文科卒、東洋大学卒 ㊻現代歌人集会賞（第4回）「なよたけ拾遺」、短歌人新人賞、河野愛子賞（第6回）（平成8年）「てまり唄」 ㊺愛知県立芸術大学音楽部、県立愛知図書館、愛知県立女子短期大学勤務を経て、愛知文教女子短期大学助教授。昭和44年「短歌人」に入会、現在編集委員。同人誌「詩線」発行。歌集に「葦牙」「なよたけ拾遺」「樟の木のうた」「ふしぎな楽器」「モーツァルトの電話帳」「てまり唄」など。

永石 三男 ながいし・みつお
歌人 ㊸明治37年10月15日 ㊹昭和33年11月29日 ㊷佐賀県 ㊶熊本通信講習所卒、日本大学専門部美術科中退 ㊺大正元年佐世保に移住。北原白秋に傾倒して、「とねりこ」などを経て、昭和10年白秋の「多磨」創刊に参加。13年改造社から刊行された「新万葉集」に短歌27首が収録される。28年には「形成」に参加。また17年には白秋の死をみとった。歌集に32年刊の「低い天井」がある。

永江 大心 ながえ・だいしん
俳人 長野県俳人協会常任委員 ㊸昭和13年1月2日 ㊷長野県飯山市 本名=永江道雄（ながえ・みちお） ㊶駒沢大学地理学科卒 ㊺詩を凝縮することから俳句を始める。昭和35年から新聞俳壇へ投句。40年「みすゞ」に入会。41年「河」入会。52年「河」同人。54年「人」創刊に参加し、同人。55年「みすゞ」同人。詩集「牛」、「日本の風土」、句集「千曲」「里程」がある。 ㊹俳人協会

中江 俊夫 なかえ・としお
詩人 ㊸昭和8年2月1日 ㊷福岡県久留米市 本名=安田勤 ㊶関西大学文学部国文学科（昭和30年）卒 ㊻中日詩賞（第4回）（昭和39年）「20の詩と鎮魂歌」、高見順賞（第3回）（昭和47年）「語彙集」、丸山薫賞（第3回）（平成8年）「梨のつぶての」 ㊺大学卒業後、出版社や印刷会社に勤務し、またバレエ演出、振付師など多くの職種を転々とする。19歳の昭和27年処女詩集「魚の中の時間」を刊行。「荒地」「櫂」の同人となり、以後「暗星のうた」「拒否」などを刊行し、39年「20の詩と鎮魂歌」で中日詩賞を、47年「語彙集」で高見順賞を受賞。以後「中江俊夫詩集」「火と藍」「不作法者」「梨のつぶての」などを発表。ほかに小説「永遠電車」などもある。

永方 裕子 ながえ・ひろこ
俳人 ㊸昭和12年4月10日 ㊷兵庫県神戸市 本名=広瀬裕子 ㊶女子美術大学図案科（昭和34年）卒 ㊻現代俳句女流賞（第13回）（平成1年）「麗日」 ㊺昭和49年より「万蕾」に拠る。52年第4回万蕾賞を受け同人に推される。55年第3回群青賞受賞、56年「万蕾」編集部。平成8年俳誌「椰」を創刊し、主宰。句集に「麗日」「洲浜」 ㊹俳人協会（幹事）、女性俳句会、日本文芸家協会

長江 道太郎 ながえ・みちたろう
詩人 映画評論家 ㊸明治38年10月7日 ㊹昭和59年12月12日 ㊷福井市 ㊶京都帝大国文科（昭和6年）卒 ㊻国民映画脚本賞情報局賞（第3回）（昭和18年）「いのちの饗宴」 ㊺松竹京都撮影所、東和映画などに勤務し、昭和25年から41年まで映倫審査委員を務めた。一方、「近代風景」「改造」「詩と詩論」「河畔」

などに詩を発表し、のち「歴程」同人。詩集に「舗道」、評論集に「映画・表現・形成」など。

中尾 彰秀　なかお・あきひで
詩人　アートスペース・タオハウス主宰　(生)昭和27年　(出)和歌山市　(学)立命館大学文学部哲学科卒　(歴)ミニコミ誌「森羅通信」、小誌「気踏」を発行、同人詩誌「新怪魚」「CUSCUS」同人。アートスペース・タオハウス主宰。また平成3年写真展「ここより遙かなここへ」、5年「ハートランド」を開く。著書に詩集「家幻記」「草子1」「月辺境」「気踏歌―中尾彰秀詩集」などがある。　(団)和歌山詩人協会、関西詩人協会

長尾 和男　ながお・かずお
詩人　大阪経済法科大学教授　(生)明治35年8月3日　(没)昭和57年8月17日　(出)岐阜県美濃加茂市　(学)東洋大学文学部(昭和2年)卒　文学博士　(賞)中日詩人賞(昭和29年)　(歴)金城学院大学講師を経て、大阪経済法科大学教授に就任。また大正6年頃から詩作を始め、昭和21年「SATYA」を創刊。詩集に「異端者之詩」「隠沼」「半人植物」「地球脱出」「空間祭」「叙情詩・泥」と6冊の詩集を集めた「長尾和男全詩集」(昭和44年)がある。　(団)日本現代詩人会　(家)息子=長尾喜久男(中部経済新聞社長)

中尾 彰　なかお・しょう
童画家　洋画家　詩人　(生)明治37年5月21日　(没)平成6年10月6日　(出)島根県鹿足郡津和野町　(学)満鉄育成学校(大正11年)卒　(賞)小学館絵画賞(第4回)　(歴)昭和6年独立美術協会第1回展に入選。以後毎年出品し、12年会員に。10年より文芸誌「日暦」表紙絵を毎号担当し、26年同人となる。また、16年に童心美術協会を設立し、21年には日本童画会を結成。48年以降、数度にわたり渡欧。54年済生会熊本病院の壁画を制作した。著書に詩集「愛の別れ」、随筆集「蓼科の花束」など。児童書の作品に「子どもの四季」「美しき津和野」などがある。　(団)独立美術協会、写真画壇　(家)妻=吉浦摩耶(画家)

中尾 寿美子　なかお・すみこ
俳人　(生)大正3年3月7日　(没)平成1年10月3日　(出)佐賀県　(学)仙台尚絅女学院卒　(賞)星恋賞(第1回)(昭和42年)　(歴)昭和30年「水明」入会。34年「氷海」同人、53年秋元不死男が亡くなり「氷海」が終刊になると、「狩」同人となる。54年より「琴座」同人。句集に「天沼」「狩立」「草の花」「舞童台」「老虎灘」。樹木派と呼ばれる。

永尾 宋斤　ながお・そうきん
俳人　(生)明治21年8月16日　(没)昭和19年5月13日　(出)大阪　本名=永尾利三郎　旧姓(名)=栗原　旧号=秋峰、芋法師ほか　(学)大阪商業卒　(歴)記者の後、尼崎市立図書館員となり、市史編集に従事。明治末から作句を始め、青木月斗、石井露月らの指導を受け、「びくん」「囀り」などを発行。大正5年月斗主宰の「カラタチ」、次いで「同人」を編集。15年「早春」を創刊主宰した。死後「定本宋斤句集」が発刊された。

長尾 高弘　ながお・たかひろ
詩人　ロングテール社長　(生)昭和35年4月6日　(出)千葉県　(学)東京大学教育学部(昭和59年)卒　(歴)昭和63年エー・ピー・ラボ取締役。主にコンピュータ関連書籍、マニュアルなどの翻訳を手掛ける。平成9年ロングテール社長として翻訳、著作にあたる。共監修書に「MS‐DOSエンサイクロペディア」、訳書に「イラストで読むプログラミング入門」など。また詩集「長い夢」「イギリス観光旅行」「縁起でもない」「宙吊り生活者」がある。　http://www.longtail.co.jp/

長尾 辰夫　ながお・たつお
詩人　(生)明治37年4月11日　(没)昭和45年3月3日　(出)宮崎・都城　(学)早稲田大学高師部国文科卒　(歴)東京・静岡で小・中学校に勤め、昭和17年満州吉林中学校へ転出。20年7月現地召集、8月終戦とともにシベリアに抑留。23年復員。北川冬彦の「麺麭」「昆崙」「時間」同人。詩集に「シベリヤ詩集」「花と不滅」など。

中尾 白雨　なかお・はくう
俳人　(生)明治42年2月　(没)昭和11年11月26日　(出)静岡県浜松市　本名=中尾正彦　(学)明治学院中学部卒　(歴)代用教員となるが病床に伏せる。昭和7年水原秋桜子門に入り、10年「馬酔木」同人。没後の12年「中尾白雨句集」が刊行された。

長尾 福子　ながお・ふくこ
歌人　(生)大正13年2月7日　(出)東京　(学)和洋女子専門学校卒　(賞)花実賞(第2回)　(歴)在学中に平野宣紀の指導を受け、昭和18年「花実」に入会。第2回「花実賞」を受賞。48年から57年まで「十月会」に在籍。日本歌人クラブ幹事を一期つとめる。58年「運河」の創刊に加わる。歌集に「安らぎの川」がある。　(団)日本歌人クラブ

長尾 幹也　ながお・みきや
歌人　[生]昭和32年5月1日　[出]京都府京都市　[学]滋賀大学経済短期大学部卒　[賞]朝日歌壇賞(第10回)(平成6年)、全国短歌大会賞(第24回)　[歴]18歳の時、朝日新聞「朝日歌壇」に初入選。その後大学の夜間部を経て、広告代理店に勤務。傍ら、サラリーマンの哀歓を詠み続け、「現代短歌の新しい風」(ながらみ書房)に収載されたほか、歌集「月曜の朝」を出版。平成12年歌集「解雇告ぐる日—リストラ時代を詠む」を刊行、話題となる。青幡に所属。

長岡 昭四郎　ながおか・しょうしろう
詩人　作家　[生]昭和4年9月25日　[出]長野県　[学]松本工卒　[歴]詩集に「青い山」「白い花」「足の三里」などがある。　[団]日本文芸家協会、日本詩人クラブ、戦争に反対する詩人の会

中岡 毅雄　なかおか・たけお
俳人　[生]昭和38年11月10日　[出]東京都　[賞]俳人協会新人賞(第24回)(平成12年)「一碧」　[歴]「藍生」所属。平成12年句集「一碧」で第24回俳人協会新人賞を受賞。他の著書に、句集「浮巣」「水取」、評論「高浜虚子論」がある。

長岡 弘芳　ながおか・ひろよし
評論家　詩人　[専]原爆問題　[生]昭和7年1月1日　[没]平成1年8月14日　[出]東京　本名＝奥村弘芳　[学]東京都立大学人文学部(昭和32年)卒、東京都立大学大学院心理学修了　[歴]高卒後、2年間工場勤務ののち上京。出版社勤務を経て、千葉べ平連の活動に参加。原爆関係資料の収集に尽力し、原爆文献を読む会、原爆体験を伝える会の運営の中心となって活躍。著書に「原爆文学史」(編著)、詩集「すながの」など。　[団]日本文芸家協会、新日本文学会、思想の科学研究会、臥竜会

中恒 克朗　なかがき・かつろう
詩人　[生]昭和15年6月23日　[出]三重県南牟妻郡御浜町阿田和　[学]中央大法学部(昭和38年)卒　[歴]昭和32年少年詩集「踏切」を出版。以来、35年詩集「季節はずれの愛」、53年童謡集「どすんとぼい」を発表。その他の詩集に「青春の座標」など。

中上 哲夫　なかがみ・てつお
詩人　翻訳家　コピーライター　[生]昭和14年3月6日　[出]大阪市　本名＝佐野哲夫　[学]東京経済大学商学科卒　[歴]同人誌「ぎゃあ」「木偶」を経て、個人誌「黄金の機関車」を編集発行。詩集に「下り列車窓越しの挨拶」「さらば路上の時よ」「記憶と悲鳴」「旅の思想・あるいはわが奥の細道」「アイオワ冬物語」「スウェーデン美人の金髪が緑色になる理由」、訳書にライドン「ローリング・ストーンズ」、スペルマン「ジャズを生きる」、「ブローティガン詩集」「ブコウスキー詩集」など。

中川 昭　なかがわ・あきら
歌人　北羊館社長　[生]昭和18年2月27日　[出]秋田県　[学]国学院大学　[歴]取材記者を経て、教科書会社に勤務したのち、外資系出版社に移り、百科辞典・単行本を編集。「国学院歌人」「国学院短歌」在籍中より「地中海」に所属。のち岡野弘彦の「人」創刊同人となる。昭和58年11月同人誌「海市」を創刊。歌集に「九夏」「山月記」などがある。

中川 悦子　なかがわ・えつこ
詩人　[生]昭和5年5月1日　[出]北海道帯広市　[学]室蘭高女卒　[歴]詩集に「木片」「雪の貌」「北の四季」「冬の島」など。また合唱曲、歌ものがたり作詞も手がける。　[団]北海道詩人協会、日本現代詩会

中川 薫　なかがわ・かおる
歌人　[生]明治39年9月28日　[没]平成2年12月28日　[出]山口県　[学]東京大学法学部卒　[歴]旧制高校時代から作歌。大学在学中は中止に近かったが、昭和8年就職で復活。9年報知新聞社企画の「昭和百人一首」に当選。それが機縁で、10年「歌と評論」に入会、編集委員。23年「ゆり」創刊と同時に入会。

中川 一政　なかがわ・かずまさ
洋画家　随筆家　詩人　[生]明治26年2月14日　[没]平成3年2月5日　[出]東京市本郷区西方町　[学]錦城中(明治45年)卒　[賞]文化勲章(昭和50年)、東京都名誉都民(昭和59年)、松任市名誉市民(昭和61年)　[歴]大正3年油彩の初めての作品「酒倉」が巽画会に入選。4年岸田劉生らと草土社を結成。12年春陽会結成と共に客員となる。文展審査員をつとめ、のちに二科会を経て春陽会の顧問的存在となる。油絵具、岩絵具、水墨を自由に駆使して独特な文人画の世界を描き、枯れた味わいが高く評価される。代表作に「春花図」「漁村凱風」「野娘」など。新聞小説「人生劇場」(尾崎士郎)「天皇の世紀」(大仏次郎)などの挿絵を担当。また文章も巧みで、10代で懸賞小説に当選、「早稲田文学」に詩、短歌を発表。絵画制作の傍ら、文芸誌を創刊したり、「美術の眺め」「うちには猛犬がいる」など多くの随筆を書いたりし、「中

川一政文集」（全5巻）がある。昭和36年宮中歌会始の召人を務める。ほかに詩集「見なれざる人」、歌集「向ふ山」、画文集「中川一政画集」など。晩年は造形的な書にも独特の境地を開いた。61年「墨蹟一休宗純」を出版。㊞春陽会　㊎息子＝中川鋭之助(舞踊評論家)中川晴之助（TBS制作局参与）、孫娘＝中川安奈（女優）

中川 菊司　なかがわ・きくじ
歌人　㊣昭和2年　㊥東京　㊫東京大学第一工学部(昭和25年)卒　㊦昭和27年竹柏会(心の花)、東京歌会に入会。30年「心の花」合同歌集「小さな存在」を刊行。32年竹柏会を退会後、職場の短歌会・三井物産短歌部のみに参加。50年泉短歌会創設に参加。平成4年桜狩短歌会に入会。7年砦の会発足に参加。歌集に「孤霞」「無知領域」「パスタイム」などがある。

中川 佐和子　なかがわ・さわこ
歌人　㊣昭和29年11月5日　㊥兵庫県　㊫早稲田大学第一文学部卒　㊮角川短歌賞（第38回）（平成4年）「夏木立」、河野愛子賞（第10回）（平成12年）「河野愛子論」　㊦大学では日本文学を学び、昭和57年頃から短歌を始める。平成11年「河野愛子論・死の思索性、エロスの思想性」を出版。「未来」編集委員。歌集に「海に向く椅子」がある。

中川 四明　なかがわ・しめい
俳人　編集者　㊣嘉永3年2月2日（1850年）　㊀大正6年5月16日　㊥京都　本名＝中川登代蔵　筆名＝中川霞城、諱＝重麗、別号＝紫明　㊫京都中学卒　㊦長年の教員生活後、明治20年より日本新聞社、京都中外電報社に勤める。32年より大阪朝日新聞社に勤務。かたわら巌谷小波らと俳句をはじめ、37年「懸葵」を創刊。句集「四明句集」の他、著書に「平言俗語 俳諧美学」「形以神韵 触背美学」などがある。また中川霞城の筆名で児童文学編集者としても活躍した。

中川 須美子　なかがわ・すみこ
俳人　「翌檜」主宰　㊣大正12年9月22日　㊥静岡県　㊫静岡精華高女卒　㊮青芝賞（昭和37年）、アカシヤ賞（昭和42年）　㊦昭和21年「アカシヤ」に入会。24年「海廊」同人。26年「アカシヤ」同人。28年「青芝」同人参加。54年「畦畝傍集作家」に参加。のち「翌檜」主宰。朝日新聞静岡版の俳壇選者を務める。句集に「花日々」「水屋」「花びら餅」「自註現代俳句シリーズ 中川須美子集」「中川須美子 自解150句選」など。　㊞俳人協会

中川 静村　なかがわ・せいそん
詩人　児童文学作家　僧侶　浄念寺(浄土真宗本願寺派)住職　㊣明治38年3月27日　㊀昭和48年7月16日　㊥橿原市新堂町　本名＝中川至誠　㊫奈良師範第二部卒　㊦師範学校卒業後、浄念寺住職となる。昭和3年「奈良県児童自由詩選」を編集。以後、童話や童謡の創作を続け、日本児童文芸家協会や詩童謡詩人協会などに参加、童謡集「麦の穂」および「詩帖」を刊行。また、「ブディスト・マガジン」に2年間にわたって仏典物語を執筆し、「大乗」「本願寺新報」などに宗教随想を寄稿した。作品は、詩集に「根の詩」「そよかぜの念仏」、童話集に「一ばんつよいのはだれだ」「お月さまにだすてがみ」など。

中川 宋淵　なかがわ・そうえん
僧侶　俳人　龍沢寺(臨済宗妙心寺派円通山)第10世住職　㊣明治40年3月19日　㊀昭和59年3月11日　㊥山口県岩国市錦見　本名＝中川基(なかがわ・もとし)　㊫東京帝国大学文学部卒　㊦旧満州、蒙古、中国を放浪して修行、帰国後の昭和25年から円通山龍沢寺10世住職。故高見順など文学界をはじめ政財界人と広く交流。元横綱大鵬も現役時代に参禅した。大学在学中から芭蕉に傾倒し、飯田蛇笏に師事、優れた俳人でもある。句詩文集「詩龕」（しがん）がある。

中川 浩文　なかがわ・ひろふみ
俳人　龍谷大学文学部教授　㊬国語　国文学　㊣大正12年5月4日　㊀昭和58年3月27日　㊥奈良県大和高田市奥田　㊫龍谷大学文学部国語科卒業　㊮青玄賞（昭和37年）　㊦京都女子大学助教授を経て、昭和43年龍谷大学教授に就任。万葉集や源氏物語の文法的研究で知られる。また「青玄」同人の俳人で著書「変体かな字類」「全釈源氏物語I・II」の他、句集に「貝殻祭」などがある。

中河 幹子　なかがわ・みきこ
歌人　㊣明治28年7月30日　㊀昭和55年10月26日　㊥香川県坂出町(現・坂出市)　旧姓(名)＝林幹子　㊫津田英学塾卒　㊦大正9年中河与一と結婚。17歳の頃から作歌し、11年「ごぎやう」創刊主宰。昭和19年雑誌統合により「をだまき」と改題。共立女子大学教授を務め、和歌、古典を講じた。現代歌人協会、日本歌人クラブ理事名誉会員。歌集に「夕波」、「悲母」、「水

天無辺」、著書に「イバニエズ傑作集」などがある。　㊵夫=中河与一(小説家)、二男=中河原理(音楽評論家)

中川 道弘　なかがわ・みちひろ
歌人　㊷昭和15年6月7日　㊸兵庫県神戸市　㊹北海道大学理学部卒、早稲田大学仏文科中退　㊺雑誌記者、画材店、書店を経て、西武に入社。流通グループ書籍販売部門に勤務。かたわら歌人として活躍。歌集に「金茎和歌集」「カラダ日記」などがある。

中河 与一　なかがわ・よいち
小説家　歌人　㊷明治30年2月28日　㊶平成6年12月12日　㊸香川県坂出町(現・坂出市、本籍)　㊹早稲田大学英文科(大正11年)中退　㊻透谷文学賞(第1回)(昭和12年)「愛恋無限」、勲三等瑞宝章(昭和51年)　㊺初め、スケッチや短歌に熱中し「朱欒」に投稿。大正7年上京し、本郷美術研究所に通う。11年歌集「光る波」を刊行。10年頃から小説を発表し、12年発表の「或る新婚者」で作家としての地位を確立。13年川端康成らと「文芸時代」を創刊し新感覚派運動に参加、「刺繍せられた野菜」などを発表。昭和12年「愛恋無限」で第1回の透谷文学賞を受賞。13年代表作「天の夕顔」を発表、人気を集めた。戦時中は「文芸世紀」を主宰。評論面でも「形式主義芸術論」「フォルマリズム芸術論」の著書があり、他の歌集に「秘帖」「中河与一全歌集」がある。戦後は「失楽の庭」「悲劇の季節」「探美の夜」などの作品があり、「中河与一全集」(全12巻、角川書店)も刊行されている。　㊽日本山岳会、日本文芸家協会、全日本学士会(名誉会員)　㊵前妻=中河幹子(歌人)、二男=中河原理(音楽評論家)

中川 龍　なかがわ・りゅう
歌人　㊷明治38年2月23日　㊶昭和60年9月30日　㊸長崎県　㊺師範学校在学中、大橋公平の指導により作歌。「国民文学」「香蘭」を経て、昭和10年「多磨」に創刊より入会。「多磨」解散後は「中央線」会員。長崎新聞歌壇選者を務める。歌集に「港人手記」「竜の落子」がある。

中桐 雅夫　なかぎり・まさお
詩人　英文学者　㊷大正8年10月11日　㊶昭和58年8月11日　㊸岡山県倉敷市(本籍)　本名=白神鉱一(しらかみ・こういち)　㊹日本大学芸術科(昭和16年)卒業　㊻高村光太郎賞(第8回)(昭和40年)「中桐雅夫集」、歴程賞(第18回)(昭和55年)「会社の人事」　㊺昭和12年神戸高商に入学の頃、詩誌「LUNA」を編集発行する。同誌はのちに「LE BAL」、「詩集」と改題。16年日大卒後、国民新聞社に入社。17年報知新聞を経て、20年読売新聞政治部記者となり43年に退社。戦後は「荒地」「歴程」の結社に属し、14行詩型の平明な詩風で知られる。現代詩人会会員。詩集に「中桐雅夫詩集」「夢に夢みて」「会社の人事」、評論集に「危機の詩人—1930年代のイギリス詩人」がある。また、英文学者として、法政大、青山学院大などの非常勤講師も務めた。

中桐 美和子　なかぎり・みわこ
詩人　㊷昭和6年　㊸岡山県岡山市　㊺「火片」同人。詩集に「蒼の楕円」「雪華のうた」「詩集真昼のレクイエム」などがある。　㊽日本現代詩人会、岡山県詩人協会

永窪 綾子　ながくぼ・あやこ
詩人　㊷昭和18年　㊸兵庫県養父郡大屋町　㊹大阪府立大阪社会事業短期大学(昭和39年)卒　㊺詩誌「みみずく」、創作童話「きつつきの会」同人。詩集に「ぼくのつめとみみ」「せりふのない木」「鉱山の町の一円電車」「もういいかいの空—永窪綾子詩集」などがある。　㊽日本児童文学者協会、日本子どもの本学会

長久保 鐘多　ながくぼ・しょうた
詩人　高校教師(小名浜高)　㊷昭和18年7月18日　㊸福島県いわき市　本名=長久保博徳　㊹東京教育大学卒　㊻福島県文学賞(第34回)(昭和56年)「散文詩集・象形文字」、吉野せい賞奨励賞(第7回)(昭和59年)、年刊現代詩集新人賞奨励賞(第7回)(昭和61年)「部屋」　㊺小名浜高校教諭を務める傍ら、「龍」「詩季」に所属して詩作に励む。詩集に「散文詩集・象形文字」、評論に「高見順寒狭川の周辺」、エッセー「惑々遊筆」などがある。　㊽日本詩人クラブ

中窪 利周　なかくぼ・としちか
詩人　㊷昭和33年7月30日　㊸奈良県山辺郡都祁村　㊹近畿大学法学部法律学科二部(昭和56年)卒　㊺在学中の昭和53年「MY詩集」同人となり、同年最初の詩集「そしてだれもいない海だけ」を刊行。56年「めばえ」特別同人。詩集は他に「過ぎ去りし日日の埋葬」「哀に棲む」など。

長倉 閑山　ながくら・かんざん
俳人　[生]大正2年8月3日　[出]東京　本名＝長倉一雄(ながくら・かずお)　[学]工学院(昭和8年)卒　[歴]海軍技術研究所を経て、昭和飛行機工業設計技師となる。昭和24年「春燈」入門。昭和飛行機句会で安住敦の指導を受ける。「春燈」発送事務および校正の手伝を経て、51年秋より「春燈」発行所主務者。句集に「俯仰」「桃苑」。　[団]俳人協会

中込 純次　なかごめ・じゅんじ
詩人　文芸評論家　仏文学者　文化学院監事　元・別府大学教授　[生]明治37年12月22日　[没]平成13年5月27日　[出]山梨県南巨摩郡　[学]文化学院本科卒　[歴]フランス留学を経て、外国映画の輸入・配給を取扱う会社に勤務したのち、文化学院教授、別府大学教授を歴任。詩歌は「明星」に感化を受け、与謝野寛・晶子夫婦と堀口大学に師事。詩集に「映像」「あほうどり」、翻訳に「ヴェルレーヌ詩集」「文学に現れたパリ」、エッセイ・評論に「晶子の世界」「文学に現れたパリ」「パリの詩人ボードレール」などがある。　[団]日本文芸家協会、日本ペンクラブ、日本詩人クラブ

ながさく 清江　ながさく・きよえ
俳人　[生]昭和3年3月27日　[出]静岡県富士宮市　本名＝永作清江(ながさく・きよえ)　[学]杉野ドレスメーカー女学院卒　[賞]春燈賞(昭和53年)　[歴]昭和19年慶大俳句研究会の人達と作句をはじめた。40年稲垣きくのの手ほどきをうける。46年「春燈」に参加、安住敦の指導をうける。58年「春燈」燈火集に入集。60年「晨」同人。63年成瀬桜桃子の指導を受ける。句集に「白地」「月しろ」。洋装店経営。　[団]俳人協会

中里 麦外　なかざと・ばくがい
俳人　「石人」主宰　群馬女子短期大学理事　[専]国文学　[生]昭和18年1月23日　[出]群馬県　本名＝中里昌之(なかざと・まさゆき)　[学]二松学舎大学文学部卒、大東文化大学大学院文学研究科博士課程修了　文学博士　[賞]現代俳句協会新人賞(第9回)(平成3年)　[歴]著書に「村上鬼城の研究」、句集「吹虚集」がある。　[団]現代俳句協会、日本文芸家協会、俳文学会、儀礼文化学会

中里 茉莉子　なかさと・まりこ
詩人　歌人　[生]昭和20年　[出]旧満州　本名＝斗沢恵子　[学]和洋女子大学卒　[賞]ラ・メール短歌賞(第4回)(平成5年)「危うき平安」　[歴]現代詩「ラ・メールの会」会員、詩誌「風」同人。詩集に「てのひらの声」「群青」がある。　[団]青森県詩人連盟

長沢 一作　ながさわ・いっさく
歌人　元・富士化学紙工業監査役　[生]大正15年3月1日　[出]静岡県清水市　本名＝長沢賀寿作(ながさわ・かずさく)　[学]慶応義塾商業中退　[興]短歌の新写実論　[賞]現代歌人協会賞(第4回)(昭和35年)「松心火」、短歌研究賞(第8回)(昭和45年)「首夏」　[歴]農業団体を経て富士化学紙工業に入社。作歌は昭和18年「アララギ」入会、佐藤佐太郎に師事。20年「歩道」創刊に参加し、36年上京後は同編集委員。58年「歩道」を脱会、「運河」を創刊し主宰。歌集に「松心火」「条雲」「雪境」「歴年」「冬の暁」、自選歌集「秋雷」、評論に「佐藤佐太郎の短歌」「鑑賞斎藤茂吉の秀歌」などがある。　[団]現代歌人協会、日本文芸家協会

長沢 順治　ながさわ・じゅんじ
詩人　大東文化大学文学部英米文学科教授　[専]英文学　[生]昭和5年2月1日　[学]上智大学文学部英文学科卒、南山大学大学院文学研究科英語・英文学専攻修士課程修了　[興]イギリス英文史、イギリス詩　[歴]大東文化大学文学部英米文学科助教授を経て、教授。著書に「聖書と英文学」「詩と信と実存」「聖書と文学と私」「現代英詩人論」「ミルトンと急進思想」、詩集に「在る」、訳書にT・マートンに「瞑想の種子」、V.E.フランクル「現代人の病」(共訳)がある。　[団]日本ニューマン協会、日本英文学会、イギリス・ロマン派学会、17世紀英文学会、日本ミルトン・センター

中沢 水鳥　なかざわ・すいちょう
詩人　[生]明治19年12月20日　[没](没年不詳)　[出]長野県南安曇郡倭村　本名＝中沢伝　[歴]日本医学校に学ぶ。明治40年頃から人見東明らが編集する「文庫」に活発に投稿。41年からは同人資格として作品が掲載されるようになるほか、「新評月評」を担当する。東明らの新詩運動に関った。

長沢 佑　ながさわ・たすく
詩人　社会運動家　[生]明治43年2月17日　[没]昭和8年2月17日　[出]新潟県中蒲原郡　[学]五箇小(大正11年)卒　[歴]小学校卒業後塾で学び、大正12年呉服屋に奉公したが、15年上京し、文学に関心を抱く。昭和3年帰郷し全農新潟県連合会南部地区書記となる。6年ごろから文学の面でも活躍し、詩「貧農のうたへる詩」や作品集「蕗のとうを摘む子供等」などがある。7年プロレタリア作家同盟新潟支部書記長となり、機関紙「旗風」を創刊。再三検挙され、栄養失調などのため23歳で死亡した。

長沢 美津　ながさわ・みつ
歌人　女人短歌会主宰　[専]女性和歌史　[生]明治38年11月14日　[出]石川県金沢市　旧姓(名)＝津田　[学]日本女子大学文学部国文科(大正15年)卒　文学博士(昭和47年)　[賞]日本歌人クラブ推薦歌集(昭和31年)「雪」、現代短歌大賞(昭和54年)「女人和歌大系」　[歴]久松潜一に師事し国文学の研究を続ける。短歌は古泉千樫に師事。「青垣」に参加。昭和24年女人短歌会を結成し、翌25年「女人短歌」を創刊、編集責任者となる。平成4年歌会始の召人をつとめる。歌集に「氾青」「垂氷影」「花芯」「雪」「天上風」「部類・長沢美津家集」、作品集「空」など。他に研究書として「女人和歌大系」(全6巻)がある。　[団]和歌文学会、紫式部学会、日本文芸家協会

中島 哀浪　なかじま・あいろう
歌人　[生]明治16年7月30日　[没]昭和41年10月29日　[出]佐賀県佐賀郡久保泉村(現・佐賀市)　本名＝中島秀連(なかじま・ひでつら)　[学]早稲田大学中退　[賞]西日本文化賞(昭和27年)　[歴]清和高女、福岡女専、龍谷高校などの教員を歴任。中学時代から「明星」などに歌を発表。大正2年「詩歌」に参加し、11年「ひのくに」を創刊、主宰。歌集に「勝鳥」「背振」「早春」「堤防」「雪の言葉」などがあるほか、「中島哀浪全集」(全2巻)「中島哀浪全歌集」がある。　[家]二男＝草市潤(歌人)

中島 歌子　なかじま・うたこ
歌人　[生]天保12年12月14日(1841年)　[没]明治36年1月30日　[出]江戸・日本橋　幼名＝とせ　[歴]水戸藩士林忠左衛門と結婚したが維新の騒乱のなかで夫と死別し、歌子もいちじ入獄する。のち加藤千浪の門に入って歌の道に専念し、歌塾萩の舎を開設。没後の明治41年和歌および随筆を収めた「萩のしつく」上下二冊本が刊行された。

中島 栄一　なかじま・えいいち
歌人　[生]明治42年3月17日　[没]平成4年9月18日　[出]奈良県高市郡今井町　[歴]昭和4年「アララギ」に入会、以来土屋文明に師事。38年1月歌誌「放水路」を創刊。歌集に「自生地」「指紋」「花がたみ」「青い城」があり、現代歌人叢書として自選歌集「風の色」がある。

中嶋 英治　なかじま・えいじ
歌人　[生]明治44年1月23日　[出]長崎県　[歴]「地中海」「歌の実」同人で日本歌人クラブ長崎県委員を務める。歌集に「まろにえ」「萩の宿」など。　[団]日本歌人クラブ(長崎県委員)　[家]兄＝中嶋忠郎(俳人・故人)

中島 可一郎　なかじま・かいちろう
詩人　[生]大正8年11月16日　[出]神奈川県横浜市　本名＝中島嘉一郎　[学]明治大学専門部政治科卒、慶応外語ドイツ語科修了　[歴]鱒書房、春秋社、勁草書房を経て、勁草出版サービスセンター役員となる。20歳頃から詩作を始め「日本詩壇」などに投稿。「新詩派」「針畠」「詩行動」を経て「今日」の編集同人となる。37年「文芸箚記」を創刊して主宰。詩集「子供の恐怖」「明るい川端」や「現代詩人論序説」などの著書がある。　[団]日本現代詩人会、横浜詩人会

中島 杏子　なかしま・きょうし
俳人　[生]明治31年10月20日　[没]昭和55年4月2日　[出]富山県西砺波郡津沢町(現・小矢部市津沢)　本名＝中島正文(なかしま・まさぶみ)　[学]関西大学中退　[歴]特定郵便局長をつとめる。大正14年前田普羅に俳句を学び「辛夷」同人となる。「ホトトギス」に投句し、普羅没後の「辛夷」を主宰。没後「杏子句稿 花杏」「親不知」が刊行された。

中島 月笠　なかじま・げつりゅう
俳人　[生]明治32年10月19日　[没]昭和62年10月31日　[出]東京・京橋　本名＝中島鍵太郎(なかじま・けんたろう)　[学]京華商卒　[歴]大正4年庄司瓦全の手ほどきを受ける。6年渡辺水巴に師事。水巴の主催する「生命の俳句」を信奉。句集に「月笠句集」がある。　[団]俳人協会

中島 佐渡　なかじま・さど
俳人　[生]大正14年11月1日　[出]東京　本名＝石川マサアキ　[学]県立商工卒　[賞]青芝賞(昭和32年)、河賞(昭和50年)　[歴]昭和24年「末黒野」の皆川白陀に師事。28年「青芝」に入会、同人となる。34年「河」に参加、同人。50年俳人協会員となる。51年「人」創刊に参加、同人。現

代俳句編集委員、俳人協会幹事を務める。句集に「雨の牛」がある。　[団]俳人協会

長島 千城　ながしま・せんじょう
俳人　元・開隆堂出版取締役　[生]明治37年5月7日　[出]東京　本名＝長島哲之輔　[学]第一外国語学校英文科卒　[歴]昭和6年、富安風生に師事し13年に「若葉」の編集担当。23年「若葉」第1期同人となる。一時、俳誌「風樹」を主宰。戦後、沖縄を訪れ、句集に「沖縄」「千城句集」がある。

中島 双風　なかじま・そうふう
俳人　「四季」主宰　[生]明治45年2月1日　[出]兵庫県　本名＝中島正之助(なかじま・しょうのすけ)　[学]高小卒　[賞]尼崎市文化功労賞(昭和49年)　[歴]松瀬青々・入江来布の指導をうける。昭和43年「四季」を創刊し主宰。56年子弟により阪急線武庫之荘駅前公園に句碑が建立される。　[団]俳人協会(評議員)

中島 大三郎　なかじま・だいざぶろう
俳人　[生]大正2年2月28日　[出]栃木県　本名＝中島豊三郎　[学]中央大学中退　[賞]武笠賞(昭和16年)　[歴]昭和7年水明系の岩崎楽石の七夕で俳句を始める。のち「水明」「馬酔木」を経て12年より「菱の花」に所属、滝春一に師事する。15年「暖流」同人のかたわら、31年より「火屋」主宰。　[団]俳人協会

永島 卓　ながしま・たく
詩人　碧南市長　[生]昭和9年7月20日　[出]愛知県碧南市　[歴]碧南市建設部長、総務部長を経て、平成8年同市長に当選。2期目。一方、結核で療養中詩作を始め、詩誌「碧南詩人」「友碧南文化」を編集。市役所勤務の傍ら「現代詩手帖」「あんかるわ」「菊屋」誌上に発表。また自宅に画廊喫茶アトリエを開き、地元作家と交流する。詩集に「碧南偏執的複合的私言」「わが驟雨」「なによりも水が欲しいと叫べば」「永島卓詩集」「湯島通れば」など。

中島 斌雄　なかじま・たけお
俳人　「麦」主宰　日本女子大学名誉教授　[生]明治41年10月4日　[没]昭和63年3月4日　[出]東京・芝　本名＝中島武雄　旧号＝月士　[学]東京帝大国文科(昭和8年)卒、東京帝大大学院(昭和10年)修了　[歴]相模女子大、日本女子大教授を歴任。俳句は中学時代から始め、大学時代は東大俳句会に入り虚子の直接指導を受ける。その後「鶏頭陣」「ホトトギス」「季節風」などを経て、昭和21年「麦」を創刊し主宰。58年サンケイ俳壇選者。句集に「樹氷群」「光炎」「火口壁」「わが噴煙」「牛後」、著書に「現代俳句全講」「現代俳句の創造」など。

中島 登　なかじま・のぼる
詩人　[生]昭和4年10月26日　[出]埼玉県　[学]東京大学文学部卒　[歴]「日本未来派」同人。詩集に「グラヴェール」「交響詩 怒りと砂塵」、訳詩に「ジャン・ジュネ詩集」「愛のときと自由のとき」がある。　[団]日本現代詩人会

中島 彦治郎　なかじま・ひこじろう
歌人　[生]明治38年5月19日　[出]群馬県　[歴]昭和7年より作歌を始める。「綜合詩歌」「阿迦雲」の同人となる。14年の春に「芸林」に入会し尾山篤二郎に師事する。39年には主要同人となる。歌集に「月光集」「草露集」「閑吟集」など。

中嶋 秀子　なかじま・ひでこ
俳人　「響」主宰　[生]昭和11年3月12日　[出]東京　本名＝川崎三四子　[賞]暖響賞(第8回)、沖賞(第14回)(昭和61年)、現代俳句協会賞(第43回)(平成6年)　[歴]中学時代から俳句に親しみ、高卒後の昭和30年能村登四郎に入門。33年加藤楸邨に入門し、「寒雷」会員、第8回暖響賞を受賞し同人。38年第1句集「陶の耳飾り」を発表、「花響」「天仙果」を経て、第4句集「命かぎり」、第5句集「待春」を刊行。45年「沖」創刊以来同人。同年「響」を創刊主宰する。

中島 大　なかじま・まさる
歌人　[生]大正9年11月15日　[出]神奈川県　[歴]昭和11年、16歳で俳句を作りはじめ「俳童」会員。15年「歌と観照」会員となり岡山巌に師事。20年横浜にて「かぎろひ」を創刊するが2年で廃刊。24年「歌と観照」編集同人、52年編集長。歌集「写植」のほか「人間岡山巌」の著作がある。

長嶋 南子　ながしま・みなこ
詩人　養護学校教師(東京都立足立養護学校)　[出]茨城県水海道市　[賞]小熊秀雄賞(第31回)(平成10年)「あんパン日記」　[歴]東京都立足立養護学校の教諭を務める。一方、昭和58年から詩作を始め、痴ほう症となった夫を在宅介護する日々を綴った詩集「あんパン日記」など3冊の詩集を制作。

長島 三芳　ながしま・みよし
詩人　[生]大正6年9月14日　[出]神奈川県横須賀市浦賀　[学]横浜専門学校(現・神奈川大学)卒　[賞]H氏賞(第2回)(昭和27年)「黒い果実」　[歴]昭和12年から中支を転戦し、負傷して帰国する。戦前は「VOU」に、戦後は「日本未来派」に属し、また「植物派」を主宰。14年「精鋭部隊」を刊行。26年刊行の「黒い果実」でH氏賞を受賞。他に「音楽の時」「終末記」「黄金文明」「切り口」などの詩集がある。　[団]日本現代詩人会

永島 靖子　ながしま・やすこ
俳人　[生]昭和6年9月18日　[出]岡山県　[賞]現代俳句女流賞(第7回)(昭和57年)「真昼」　[歴]昭和41年より「鷹」に参加。句集「真昼」、評論集「俳句の世界」がある。　[団]現代俳句協会

中島 和昭　なかじま・わしょう
俳人　中島特許事務所役員　[生]昭和2年12月6日　[出]新潟県　本名＝中島和昭(なかじま・かずあき)　[学]新潟医科大学専門部中退　[歴]昭和22年「春燈」に投句。久保田万太郎、安住敦、龍岡晋に師事。句集に「花喰鳥」。　[団]俳人協会

長島 和太郎　ながしま・わたろう
詩人　日本詩人連盟常任理事　[生]明治43年3月15日　[出]栃木県宇都宮市　[学]宇都宮大学卒　[歴]日本詩人連盟常任理事、日本童謡協会理事、日本音楽著作家組合理事、雨情会常任理事、日本児童文芸家協会評議員、日本定形詩人会理事長。童謡・詩の創作に励み、代表作に「カワイイヒヨコちゃん」「親ぶた仔ぶた」、童謡集「とんぼ」など5冊。ほかの著書に「詩人野口雨情―詩魂は漂泊の旅へ…」がある。　[団]日本音楽著作権協会

中条 明　なかじょう・あきら
俳人　[生]大正9年10月1日　[出]鹿児島市　[賞]風切賞(第2，8回)、鶴賞(昭和39年)　[歴]「玄鳥」同人。昭和10年ごろより独学にて作句を始め、26年「馬酔木」入会。28年「ざぼん」同人、同年石田波郷、米谷静二に師事。30年「鶴」入会、第2回及び第8回風切賞を受賞、また39年度鶴賞を受賞し広く活躍したが、50年密教修行のため、「鶴」同人、俳人協会会員などを辞す。句集に「解纜」「舷梯」がある。

中城 ふみ子　なかじょう・ふみこ
歌人　[生]大正11年11月25日　[没]昭和29年8月3日　[出]北海道帯広市　本名＝中城富美子　[学]東京家政学院卒　[歴]在学中、池田亀鑑に作歌指導を受ける。昭和17年結婚、26年離婚。この間、22年「新墾(にいはり)」「辛夷(こぶし)」に入会。「女人短歌」「潮音」会員。26年「山脈(やまなみ)」創刊とともに同人。27年乳がんの手術をうけ、その心情を率直に歌った短歌「乳房喪失」が29年「短歌研究」第1回五十首詠に1位入選し一躍注目される。歌集に、中井英夫によって編まれた「乳房喪失」「花の原型」がある。渡辺淳一の小説「冬の花火」のモデルにもなった。
[家]妹＝野江敦子(歌人)

中条 芳之介　なかじょう・よしのすけ
歌人　[生]大正12年4月23日　[出]福井県　[賞]水甕賞(昭和37年)、柴舟会賞(昭和62年)「牢籠」　[歴]昭和18年「水甕」に入会。歌集に「風の輪」「牢籠」、合同歌集に「現代新鋭歌集」、合同評論集に「現代短歌の二十人」がある。　[団]日本歌人クラブ

永瀬 清子　ながせ・きよこ
詩人　「女人随筆」主宰　[生]明治39年2月17日　[没]平成7年2月17日　[出]岡山県赤磐郡熊山町　本名＝永瀬清　[学]愛知県立第一高女高等部英語科(現・明和高)(昭和2年)卒　[賞]岡山県文化賞(第1回)(昭和23年)、中国文化賞(昭和52年)、山陽文化賞(昭和54年)、地球賞(第12回)(昭和62年)「あけがたにくる人よ」、現代詩女流賞(第12回)(昭和63年)「あけがたにくる人よ」　[歴]昭和3年佐藤惣之助の「詩之家」同人となり、5年処女詩集「グレンデルの母親」を刊行。その後、東京で深尾須磨子らと交流しながら詩作。15年詩集「諸国の天女」を刊行。20年郷里岡山に疎開し、農業の傍ら詩活動を続け、27年から同人誌「黄薔薇」「女人随筆」を主宰する。天女や卑弥呼など伝説上独りで生きた女を多くモチーフとする。他の著書に「大いなる樹木」「永瀬清子詩集」「蝶のめいてい」「流れる髪」「かく逢った」「あけがたにくる人よ」や自伝「すぎ去ればすべてなつかしい日々」など。
[団]日本現代詩人会(名誉会員)

中曽根 松衛　なかそね・まつえ
⇒中田浩一郎(なかだ・こういちろう)を見よ

永田 明正 ながた・あきまさ
詩人 マーケティング・プロデューサー エッセイスト (有)デスクN代表取締役 [専]マーケティング研究 広告評論 [生]昭和9年5月2日 [出]大阪府 [学]国学院大学国文科中退 [資]旅行業務取扱主任者 [興]公共広告 [歴]大和タイムス社(現・奈良新聞社)記者、千趣会編集部次長(「COOK」編集長)を経て、丸井入社、宣伝課長、旅行課長、文化事業課長を歴任。昭和58年丸井を退社し、広告マーケティング事務所デスクNを設立、代表プロデューサーを務める。一方、36年からポエム・メッセージを書き、「COOK」「PHP」などに連載、発表。平成3年グラフィックデザイナー・上条喬久と「ポエムグラフィック・感じる言葉の展覧会」を開催。

永田 和宏 ながた・かずひろ
歌人 京都大学再生医科学研究所教授 「塔」主宰 [専]細胞生物学 [生]昭和22年5月12日 [出]京都府 [学]京都大学理学部物理学科(昭和46年)卒 理学博士(京都大学) [興]フラボノイドによるがんの耐性を抑える効果 [賞]現代歌人集会賞(第4回)(昭和50年)、寺山修司短歌賞(第2回)(平成9年)「華氏」、若山牧水賞(第3回)(平成10年)「饗庭」、読売文学賞(詩歌俳句賞,第50回)(平成11年)「饗庭」、日本歌人クラブ賞(第29回)(平成14年)「荒神」 [歴]森永乳業中央研究所を経て、昭和51年京都大学結核胸部疾患研究所研究員、54年講師、59年アメリカ国立がん研究所に留学。61年帰国し京大教授、平成10年再生医科学研究所教授。編著に「白血病の分化誘導療法」、訳書に「生化学イラストレイテッド」などがある。一方、昭和42年京大短歌会で高安国世を知り、「塔」入会。同年「幻想派」創刊に参加。現在、歌誌「塔」主宰、編集責任者。歌集に「メビウスの地平」「黄金分割」「無限軌道」「やぐるま」「永田和宏歌集」「華氏」「饗庭」「荒神」など。評論集に「表現の吃水」「解析短歌論」「『同時代』の横顔」がある。 [団]日本細胞生物学会(幹事)、日本分子生物学会、日本癌学会、日本生化学会、日本文芸家協会、現代歌人協会 [家]妻=河野裕子(歌人)、娘=永田紅(歌人)

中田 敬二 なかだ・けいじ
詩人 [生]大正13年9月15日 [出]旧樺太 [学]東京大学文学部卒 [歴]作品に詩集「私本 新古今和歌集」「薄明のヨブ記」がある。 [団]日本文芸家協会 http://www.cax2445.com/

中田 剛 なかだ・ごう
俳人 [生]昭和32年8月15日 [出]千葉県 [歴]「晨」「翔臨」同人。「夏至」に所属。句集に「竟日」がある。

永田 耕衣 ながた・こうい
俳人 元・「琴座」主宰 [生]明治33年2月21日 [没]平成9年8月25日 [出]兵庫県加古郡尾上村(現・加古川市) 本名=永田軍二(ながた・ぐんじ) [学]兵庫県立工業学校機械科(大正6年)卒 [賞]神戸市文化賞(昭和49年)、兵庫県文化賞(昭和52年)、神戸新聞社平和賞(昭和56年)、現代俳句協会大賞(第2回)(平成1年)、詩歌文学館賞(第6回)(平成3年)「泥ん」 [歴]兵庫工卒業後、三菱製紙高砂工場に入社、昭和30年製造部長兼研究部長で退社。一方、15歳の時から作句を始め、「山茶花」「鹿火屋」などへ投句。昭和2年「桃源」を創刊するが6号で休刊。以後、原石鼎主宰「鹿火屋」、石田波郷主宰「鶴」、山口誓子主宰「天狼」などを転々とする。24年に「琴座(リラザ)」を創刊、のち主宰。33年「俳句評論」創刊とともに同人となる。平成8年12月「琴座」は503号で終刊、同時に句会も解散した。書画もよくし、交遊は芸術の多方面にまたがった。句集に「加古」「傲霜」「驢鳴集」「吹上集」「悪霊」「闌位」「冷位」「殺仏」などがあり、昭和60年秋には2万句に及ぶといわれる句の中から自選集成した「永田耕衣句集成 而今」を刊行。平成7年の阪神大震災で神戸市須磨区の自宅が全壊したが、半年後、震災をテーマにした句集「自人」を発表。ほかに自選全文集「濁」、書画集「錯」、エッセイ集「山林的人間」「陸沈条条」などもある。 [団]現代俳句協会(名誉会員)、日本文芸家協会

永田 耕一郎 ながた・こういちろう
俳人 [生]大正7年9月20日 [出]長崎県(本籍) [学]木浦商(昭和11年)卒 [賞]寒雷清山賞(昭和49年)、北海道俳句協会鮫島賞(昭和56年)、鮫島賞(昭和57年)、北海道新聞俳句賞(平成2年)「遙か」 [歴]昭和22年引揚げ後、北海道に居住。「寒雷」に入会し、加藤楸邨に師事。34年「寒雷」同人。55年「梓」創刊、主宰。平成10年6月号で終刊。北海道新聞俳句選者。句集に「氷紋」「海絣」「方途」「雪明」「遙か」、著書に「北ぐに歳時記」がある。 [団]俳人協会、日本文芸家協会

中田 浩一郎　なかだ・こういちろう

詩人　作詩・作詞家　芸術現代社社長　音楽新聞社社長　[生]大正12年10月1日　[出]群馬県　本名＝中曽根松衛(なかそね・まつえ)　[学]明治大学法学部(昭和18年)卒　[賞]芸術祭奨励賞(昭和36年)「青い葦とりんどうの話」　[歴]大学在学中に前田夕暮主宰自由律短歌「詩歌」に入る。昭和21年音楽之友社に入社。26年編集部長、29年取締役、32年出版部長、44年教科書本部長を歴任。45年芸術現代社を設立、音楽雑誌「音楽現代」を創刊。60年筑波で開かれた国際科学技術博覧会の音楽プロデューサーを務める。61年休刊中の「週刊音楽新聞」を、「旬刊音楽舞踏新聞」と改称して復刊し音楽新聞社より発行、また同社代表取締役に就任。日本国民音楽振興財団理事、日本合唱指揮者協会顧問などを務める。一方作詩家としても活躍し、作品に男性合唱曲「枯木と太陽の歌」、オペラ台本「もののけ物語」、混声合唱曲「花のある風景」の作詩・作詞など多数ある。著書に「音楽ジャーナリスト入門」、詩集に「空の日の抄」「枯木と太陽の歌」などがある。　[団]日本国民音楽振興財団(理事)、日本マーチングバンド連盟(顧問)、日本合唱指揮者協会(顧問)

中田 重夫　なかだ・しげお

歌人　伊賀短歌会会長　[生]昭和6年6月25日　[没]平成8年3月12日　[出]三重県　[歴]高校時代から短歌を作り始め、大学在学中に歌誌「コスモス」短歌会に入会。38年間教職につき、上野市立友生小学校長を最後に退職した。昭和49年に発会した伊賀短歌会会長として約100人の会員の指導などで活躍。作品に歌集「朱き雲」「復円の月」などがある。　[団]日本歌人クラブ

中田 樵杖　なかだ・しょうじょう

俳人　[生]大正6年12月22日　[没]平成12年3月3日　[出]東京・荻窪　本名＝中田勅治(なかだ・ときはる)　[学]日本大学高師部国漢科(昭和13年)卒　[歴]昭和13年東京市立杉並工業学校教諭。戦後、都立八王子工業高校教諭となり、60年定年退職。大学2年から作句を始め、21年「馬酔木」所属、秋桜子の直接指導を受ける。36年同人。同人会、馬酔木会幹事、添削会担当を歴任。51年同人辞退。52年俳誌「地底」創刊したが、のち一過性脳こうそくとなり休刊した。句集に「行程」がある。　[団]俳人協会

中田 水光　なかだ・すいこう

文芸評論家　俳人　目白大学客員教授　[生]昭和20年6月4日　[出]埼玉県蓮田市　本名＝中田雅敏(なかだ・まさとし)　[学]早稲田大学(昭和43年)卒　[賞]埼玉文芸賞(準賞，第25回)(平成6年)「芥川龍之介の文学碑」、俳人協会評論賞(新人賞，第10回，平7年度)(平成8年)　[歴]埼玉県上尾沼南高等学校国語科教諭の後、目白大学講師をつとめる。俳誌「浮野」同人を経て、「橘」同人。句集に「蓮田」、研究書に「俳人・芥川龍之介」「芥川龍之介の文学碑」「芥川龍之介文章修業—写生文の系譜」「横光利一文学と俳句」他。　[団]日本近代文学会、日本文芸家協会、俳人協会、俳文学会

永田 助太郎　ながた・すけたろう

詩人　[生]明治41年2月11日　[没]昭和22年5月2日　[出]東京市牛込区神田佐栖木町　[学]麻布中学中退　[歴]中学の時結核にやられ茅ヶ崎で療養中、詩集「温室」をまとめた。その後「詩法」「20世紀」「新領土」などに参加。狂暴なアバンギャルドと評され、反逆精神に富んだ詩を書いた。童話「月姫と月王子」のほか翻訳「タイタイ昔話」がある。

永田 青嵐　ながた・せいらん

内務官僚　政治家　俳人　貴院議員　拓相　鉄道相　東京市長　拓殖大学長　[生]明治9年7月23日　[没]昭和18年9月17日　[出]兵庫県緑町(淡路島)　本名＝永田秀次郎(ながた・ひでじろう)　[学]三高法学部(明治32年)卒　[歴]明治35年郷里の州本中学校長を振り出しに、大分県視学官、福岡県内務部長、京都府警察部長、三重県知事などを経て、大正5年内務省警保局長となり、7年の米騒動に対処、退官して貴院議員となる。その後、東京市長後藤新平に請われて助役となり、12年市長に就任して大震災に遭遇、いったん辞任し、昭和5年市長に返り咲いた。その後、帝国教育会長、教科書調査会長、拓殖大学長などを歴任。11年選挙粛正連盟理事長から広田内閣の拓相となり、さらに阿部内閣の鉄道相を務めたあと、17年陸軍の軍政顧問としてフィリピン滞在するが、マラリヤにかかり帰国。三高時代から高浜虚子と親しくして俳句をよくし、著書に「青嵐随筆」「浪人となりて」「永田青嵐句集」(遺句集)がある。　[家]息子＝永田亮一(元衆院議員)、孫＝永田秀一(兵庫県議)

永田 竹の春　ながた・たけのはる
俳人　[生]明治31年3月5日　[没]平成3年11月20日　[出]神奈川県小田原市　本名＝永田三郎　[学]東京高商中退　[歴]南琴吟社により原石鼎の手ほどきを受け、「東日俳壇」「草汁」を経て「鹿火屋」による。鹿火屋青雲抄選者の1人。昭和35年より「須磨千鳥」を主宰。句集に「緑野」。

永田 東一郎　ながた・とういちろう
詩人　[生]明治38年4月8日　[没]平成4年9月11日　[出]東京　[学]国学院大学卒　[賞]福田正夫賞(第1回)(昭和62年)　[歴]「焔」同人。詩集に「詩集朝の切り通しで」「永田東一郎詩集」、著書に「随筆・回想の折口信夫」など。　[団]日本文芸家協会、日本現代詩人会、日本詩人クラブ

中田 信子　なかた・のぶこ
詩人　[生]明治35年12月20日　[出]山形市　本名＝中田のぶ　[歴]小田原の幼稚園に勤め、報知新聞記者中田豊と結婚、上京し正富汪洋主宰の「新進詩人」に拠る。「新潮」に短歌も投じた。「感触」「帆船」「日本詩人」「表現」などにも作品を発表、“若き人妻詩人”として話題となった。昭和の初め頃詩作を離れ、戦後は甲府市に住む。詩集に「処女の掠奪者」「女神七柱」などがある。

長田 秀雄　ながた・ひでお
詩人　劇作家　小説家　[生]明治18年5月13日　[没]昭和24年5月5日　[出]東京・神田　[学]明治大学独文科　[歴]明治37年「文庫」同人となり、38年新詩社に入って「春愁」などの詩作を発表。41年パンの会を興し、42年から「スバル」に作品を発表。43年発表の戯曲「歓楽の鬼」を発表して注目され、以後「琴平丸」「飢渇」などを発表。大正9年には「大仏開眼」を発表した。7年には芸術座の脚本部員となり、8年には新劇協会の創立に尽力。9年から昭和3年まで市村座顧問となり、9年新協劇団に参加した。また「金の船」「赤い鳥」などに童話、童話劇を発表して活躍した。　[家]祖父＝長田穂積(国学者)、父＝長田足穂(医師)、弟＝長田幹彦(作家)

永田 秀次郎　ながた・ひでじろう
⇒永田青嵐(ながた・せいらん)を見よ

中田 雅敏　なかだ・まさとし
⇒中田水光(なかだ・すいこう)を見よ

中田 瑞穂　なかだ・みずほ
外科医学者　俳人　新潟大学名誉教授　[専]脳神経外科　[生]明治26年4月24日　[没]昭和50年8月18日　[出]島根県津和野市　俳号＝中田みづほ(なかだ・みずほ)　[学]東京帝大医科大学(大正6年)卒　医学博士(東京帝大)(大正14年)　[資]日本学士院会員(昭和43年)　[賞]文化功労者(昭和42年)　[歴]近藤外科教室を経て大正11年新潟医科大学助教授、昭和2年教授、31年定年退職、名誉教授。脳外科の権威で、日本外科学会長、日本脳神経学会長、学士院会員を務め、新潟大学に脳神経外科を設立した。俳句は大正5年以来高浜虚子に師事、富安風生、山口青邨、水原秋桜子らと東大俳句会を再興。「ホトトギス」同人。昭和4年「まはぎ」を創刊し、主宰。句集に「春の日」「刈上」、著書に「脳腫瘍」「脳手術」「脳腫瘍の診断と治療」などがある。

中台 春嶺　なかだい・はるね
俳人　[生]明治41年1月5日　[出]千葉・佐倉　本名＝中台満男　[学]小卒　[歴]昭和12年三菱重工大井工場を退き、13年以来鉄工所自営。昭和8年「句と評論」に初投句、11年に同人。「広場」に改題された同誌に対する16年の弾圧事件で検挙され句作中断。戦後「俳句人」「俳句世紀」に所属。44年「羊歯」創刊同人。句集に「赤き日に」ほかがある。

中谷 朔風　なかたに・さくふう
俳人　[生]明治36年4月2日　[没]平成4年10月13日　[出]福井県　本名＝中谷一雄(なかたに・かずお)　[学]福井中卒　[賞]サンケイ全国俳句大会サンケイ新聞社賞(昭和50年)　[歴]昭和20年関西の荒尾五山に師事。戦後上京、28年「季節」入会。30年「季節」、33年「河」、38年「秋」、39年「鶴」同人。句集に「所縁」、著書に「一女優の死」。　[団]俳人協会

中谷 寛章　なかたに・ひろあき
俳人　[生]昭和17年4月25日　[没]昭和48年12月16日　[出]奈良県　本名＝中谷宏文　[学]京都大学経済学部卒　[歴]昭和37年「青」「京大俳句」入会、40年赤尾兜子を知り「渦」に参加。大学時代から没年までの約10年間、戦後俳句史や社会性俳句などに関する評論を発表。遺稿集「眩さへの挑戦」がある。

永谷 悠紀子　ながたに・ゆきこ
詩人　⽣昭和3年10月16日　受中日詩賞(平成1年)「ひばりが丘の家々」　経娘時代から文学に興味を持ち、大学の事務官をしながら、詩作を続ける。岡崎市に住んで、詩人黒部節子と知り合い、詩誌「アルファ」の同人として活躍。平成元年3月定年退職。

中地 俊夫　なかち・としお
歌人　⽣昭和15年9月15日　出神奈川県　賞短歌人賞(昭和38年)　経高校卒業と同時に作歌を始め、35年「短歌人」入会、山川柳子の指導を受ける。38年短歌人賞受賞。41年同人、44年より編集同人。十月会会員。歌集に「星を購ふ」、合同歌集に「新鋭十二人」がある。

中津 賢吉　なかつ・けんきち
歌人　⽣明治42年1月25日　出埼玉県　本名＝宮崎酉之亟　経昭和6年「歌と観照」創刊より同人として参加、岡山巌に師事。運営委員、選者を務める。22年季刊「武蔵野」を発行。歌集に「銀杏の譜」「地球の窓」「飛竜」「若御子」がある。　所日本歌人クラブ、現代歌人協会

長津 功三良　ながつ・こうざぶろう
詩人　⽣昭和9年9月2日　出広島県　学広島舟入高卒　経詩集に「影まつり」「影たちの証言」「頭蓋の中の廃虚」がある。　所日本文芸家協会、日本現代詩人会、日本詩人クラブ、広島県詩人協会

中津 昌子　なかつ・まさこ
歌人　⽣昭和30年9月21日　出京都府　学東京女子大学英米文学科卒　賞「短歌現代」新人賞(第6回)(平成3年)「風を残せり」　経主婦業の傍ら貿易会社に勤務。長男出産後に歌を作り始める。新聞歌壇への投稿から始め、昭和62年「かりん」入会。平成5年第1歌集「風を残せり」、9年第2歌集「遊園」を刊行。

中塚 一碧楼　なかつか・いっぺきろう
俳人　⽣明治20年9月24日　没昭和21年12月31日　出岡山県玉島町勇崎(現・倉敷市)　本名＝中塚直三　学早稲田大学文科高等予科(明治44年)中退　経早大商科時代から「ホトトギス」などに投句する。明治44年早大文科に進み、「試作」を創刊。大正2年処女句集「はかぐら」を刊行。4年創刊の「海紅」に参加し、その編集をする。俳句の新傾向運動において自然主義的作品を発表し、俳誌「試作」「第一作」によって自由律俳句をこころみた。他の句集に「朝」「多摩川」「一碧楼一千句」などがある。

中塚 響也　なかつか・きょうや
俳人　⽣明治21年8月31日　没昭和20年5月28日　出岡山県玉島町　本名＝中塚謹太郎　経俳人中塚一碧楼の妹清と結婚。河東碧梧桐に師事、「乱礁会」「水曜会」を結成。義兄一碧楼の「自選俳句」に参加。一時「海紅」に参加したが大正期には俳壇を離れた。昭和10年定型俳誌「渚」を発刊したが15年廃刊。

永塚 幸司　ながつか・こうじ
詩人　⽣昭和30年1月17日　没(没年不詳)　出埼玉県　学日本大学法学部卒　賞H氏賞(第37回)(昭和62年)「梁塵」　経昭和58年第1詩集「果糖架橋」を刊行。亡後の平成7年「永塚幸司全詩集」が刊行された。

長塚 節　ながつか・たかし
歌人　小説家　⽣明治12年4月3日　没大正4年2月8日　出茨城県結城郡岡田村国生(現・石下町国生)　号＝桜芽、夏木、青果、黄海楼主人　学茨城中(現・水戸一高)(明治29年)中退　経正岡子規に師事し、子規亡き後の明治36年伊藤左千夫らと「馬酔木」を創刊、歌作、歌論にと活躍する。41年廃刊後、「アララギ」に参加。万葉調の写生に徹し「うみ苔(お)集」「行く春」などを発表。36年頃から小説を書き始め「炭焼の娘」「佐渡が島」などを発表、43年に名作「土」を発表。44年喉頭結核となり、病床で「わが病」「病中雑詠」などを発表。大正3年から死の直前迄書き続けられた「鍼の如く」は231首の大作となっている。「長塚節全集」(全7巻・別巻1、春陽堂)がある。

中塚 たづ子　なかつか・たずこ
俳人　⽣明治27年4月25日　没昭和40年4月25日　出愛媛県松山市　経実家は士族神谷家で、碧梧桐の遠縁に当たるという。大正2年、中塚一碧楼と結婚し、伴侶として「海紅」の発展に尽くし、一碧楼没後は、「海紅」を復刊、海紅結社の主導者となった。作家としても知られ、句集に「天から来た雀」がある。　家夫＝中塚一碧楼(俳人)

中塚 鞠子　なかつか・まりこ
詩人　⽣昭和14年　出岡山県　学富山大学薬学部薬学科卒　賞富田砕花賞(第8回)(平成9年)「駱駝の園」　経詩集に「絵の題」「駱駝の園」などがある。詩誌「アリゼ」同人。イリプス、幣文庫所属。　所現代詩人会

中戸川 朝人　なかとがわ・ちょうじん

俳人　㋴昭和2年7月7日　㋵神奈川県横浜市　本名＝中戸川良蔵　㋸神奈川工卒　㋽浜賞（第10回）（昭和31年）、浜同人賞（第7回）（昭和47年）、㋾昭和20年大野林火に師事。21年「浜」入会、32年同人。40年より「浜」編集に参画。62年「方円」を創刊。句集に「残心」。　㋻俳人協会（評議員）、日本文芸家協会

中西 悟堂　なかにし・ごどう

僧侶　歌人　詩人　野鳥研究家　日本野鳥の会名誉会長　天台宗権僧正　国際鳥類保護会議終身日本代表　㋛仏教　詩歌　野鳥研究　㋴明治28年11月16日　㋷昭和59年12月11日　㋵石川県金沢市長町　幼名＝富嗣、旧筆名＝中西赤吉（なかにし・しゃくきち）　㋸天台宗学林修了、曹洞宗学林（大正6年）修了　㋽日本エッセイストクラブ賞（第5回）（昭和32年）「野鳥と生きて」、紫綬褒章（昭和36年）、読売文学賞（第17回・研究翻訳賞）（昭和40年）「定本野鳥記」、日本歌人クラブ推薦歌集（第14回）（昭和43年）「悟堂詩集」、勲三等旭日中綬章（昭和47年）、文化功労者（昭和52年）　㋾明治44年16歳の時、東京都下深大寺で得度して天台宗僧徒となり悟堂と改名。昭和42年権僧正となる。一方、大正4年内藤鋠作の抒情詩社に入社。詩や小説を手がけたが、15年思想状況への懐疑から山中にこもる。昭和3年頃より野鳥と昆虫の生態を研究し始め、9年柳田国男らと日本野鳥の会を創設。以来50年間、"かごの鳥"追放はじめ愛鳥運動と自然保護一筋の人生で、鳥類保護法の制定にも一役買い、晩年は"野鳥のサンクチュアリ（聖域）"造成に情熱を燃やしていた。永年務めた日本野鳥の会の会長は55年に辞任、翌年名誉会長となったが、この間、国際鳥類保護会議日本代表、日本鳥類保護連盟専務理事などもつとめた。詩人、歌人としても知られ、詩集に「東京市」「花巡礼」「山岳詩集」「叢林の歌」、歌集に「唱名」「悟堂歌集」などがある。ほかに「定本野鳥記」「野鳥と生きて」「野鳥と共に」など野鳥や自然に関する著書が数多くある。　㋻日本文芸家協会

中西 省三　なかにし・しょうぞう

詩人　㋴昭和22年3月　㋵広島県福山市　筆名＝桑原真夫（くわばら・まさお）　㋸北海道大学経済学部（昭和44年）卒　㋛スペイン　㋾三井銀行（のちさくら銀行、現・三井住友銀行）に入行。昭和50～56年ブリュッセル、59年～平成元年マドリード勤務を経て、横浜駅前支店副支店長。マドリード勤務の時、スペインの17州すべてを訪れ、その多様性に触れる。フランス語、スペイン語など7ケ国語に通じ、フランス語で詩も書く。著書に「斜めから見たスペイン」「スペインの素顔」、詩集に「落花」「窓」他。

中西 輝磨　なかにし・てるま

歌人　「群炎」主宰　㋴昭和6年4月29日　㋵福岡県京都郡豊津村　㋸水産大学校増殖学科卒　㋽下関市芸術文化振興奨励賞（昭和58年）、山口県芸術文化振興奨励賞（昭和59年）　㋾下関市役所に入り、水族館の飼育係、水産指導所、長府博物館などを経て、下関市立長府図書館館長。平成元年退職。一方、旧制中学時代に短歌をつくり始め、水産大学校在学中に歌誌「群炎」に入会。朝日新聞山口県版「防長歌壇」選者をつとめる。歌集「魚紋」「漁箇」「海光」「海門」、著書「関の細道」「下関の民俗知識」「豊浦詩歌集」「昭和山口県人物誌」などを出版。昭和62年歌会始（お題は「木」）に入選。　㋻山口県合同短歌会（会長）

中西 二月堂　なかにし・にがつどう

俳人　㋴明治42年8月12日　㋷昭和61年12月11日　㋵京都市　本名＝中西幸造（なかにし・こうぞう）　㋸旧制中学卒　㋾昭和3年同人系篠崎水青の手びきにより青木月斗に師事。月斗没後、28年湯室月村を主宰として、俳誌「うぐいす」を創刊、その編集に当る。54年推されて主宰となる。　㋻俳人協会

中西 梅花　なかにし・ばいか

小説家　詩人　㋴慶応2年4月1日（1866年）　㋷明治31年9月30日　㋵江戸・浅草　本名＝中西幹男　別号＝落花漂絮ほか　㋾田島任夫に師事し、饗庭篁村に兄事する。森鴎外、徳富蘇峰らと交わり、明治21年頃読売新聞に入社し、記者として活躍する一方で「機姫物語」などの小説を発表。23年読売を退社、「国民新聞」「国民之友」などに作品を発表し、24年「新体梅花詩集」を刊行した。

中西 舗土　なかにし・ほど

俳人　「雪垣」主宰　㋴明治41年7月4日　㋵石川県金沢市　本名＝中西政勝（なかにし・まさかつ）　㋸金沢商卒　㋽馬酔木賞（昭和12年）、北国文化賞（昭和51年）、金沢市文化活動賞（昭和56年）、泉鏡花記念金沢市民文化賞（昭和59年）「俳句自画像」、石川テレビ賞　㋾北陸銀行、石川新聞社取締役を経て、昭和28年ナカニシ書店を設立。この間、4年前田普羅に師事。13年「鶴」同人。21年「風」、47年「雪垣」を創刊し、主宰。句集に「白服」「風垣」「北国」「八稜鏡」

「黎明」、著書に「鑑賞前田普羅」「評伝前田普羅」など。　⑰俳人協会

中西 弥太郎　なかにし・やたろう
俳人　「飛雲」主宰　㋴大正10年3月27日　㋵平成4年9月6日　㋬東京・王子　㋕京橋商卒　㋩昭和20年池内たけし門に入り、以来「欅」による。「欅」同人(課題句選者)。62年「飛雲」主宰。　⑰俳人協会

長沼 紫紅　ながぬま・しこう
俳人　魚津市立図書館長　㋴昭和4年12月11日　㋬東京　本名＝長沼卓雄　㋩昭和28年病気療養中に船平晩紅に師事し、「喜見城」「荒海」同人となる。53年、岡本眸を知り指導を受ける。55年「朝」創刊とともに参加、56年筆頭同人。58年「喜見城」選者、62年同誌主宰。句集「魚津」がある。　⑰俳句協会

中野 英一　なかの・えいいち
詩人　映画評論家　北書房代表　㋴昭和8年　㋬北海道札幌市　㋩銀行員、公務員を経て欧州遊学。帰国後建設会社経営。後、北書房代表に就任。映画評論家として活躍、所蔵作品5000点を超す。評論・創作・詩の分野でも発表作品多数。留萌文学同人、詩誌・青潮代表人。平成2年札幌市長選に立候補、14万票を超す票を得るも落選。以後論評活動を続ける。著書に「オホーツクの秋」(詩集)「木々のさやぐ時」がある。

中野 嘉一　なかの・かいち
詩人　歌人　医師　「暦象」主宰　中野神経科医院院長　㋕作家・詩人の病跡学　精神医学　㋴明治40年4月21日　㋵平成10年7月23日　㋬愛知県碧海郡(現・豊田市)　㋕慶応義塾大学医学部(昭和6年)卒　医学博士　㋐中部日本詩人賞(第1回)(昭和27年)「春の病歴」、日本詩人クラブ賞(第9回)(昭和51年)「前衛詩運動史の研究」　㋩昭和3年「詩歌」復刊号に参加。5年「ポエジイ」を創刊、新短歌運動を推進する。26年「暦象」を創刊、主宰。かたわら10年より東京武蔵野病院に勤務。太宰治が慢性バビナール中毒で入院した際の主治医となる。太宰の小説「人間失格」のモデルともいわれる。13年豊橋岩屋病院院長。19年応召、軍医としてメレヨン島療養所に勤務。22年三重県立宮川病院院長を経て、23年松阪市で開業。36年三重県より帰住、中野区に精神科医院を開業。著書に「パーキンソン氏病の病理」などの専門書のほか、「太宰治―主治医の記録」「稲垣足穂の世界」「モダニズム詩の時代」「前衛詩運動史の研究」「新短歌の歴史」などがある。また詩集「春の病歴」「メレヨン島詩集」「記憶の負担」「哲学堂公園」、歌集「秩序」などもある。　⑰日本病跡学会、日本現代詩人会、日本文芸家協会、新短歌人連盟(名誉顧問)

中野 菊夫　なかの・きくお
歌人　図案家　「樹木」主宰　㋴明治44年11月3日　㋵平成13年10月10日　㋬東京　㋕多摩美術学校図案科(昭和11年)卒　㋐現代短歌大賞(第9回)(昭和61年)「中野菊夫全歌集」、短歌新聞社賞(第6回)(平成11年)「西南」　㋩中学時代より作歌、昭和7年鈴木北渓らと「短歌街」を創刊するも9年脱退、独立して「七葉樹」創刊。21年渡辺順三を助けて「人民短歌」編集、22年新歌人集団結成、26年「樹木」創刊、主宰。歌集に「丹青」「噴煙」「朱雀抄」「風の日に」「水色の皿」「鷹とリス」「集団」「陶の鈴」「西南」「九曜星」および「中野菊夫全歌集」がある。　⑰日本ペンクラブ、現代歌人協会(名誉会員)

中野 弘一　なかの・こういち
俳人　㋴大正10年2月28日　㋵昭和46年3月2日　㋬新潟県　㋩新潟日報に勤めた。昭和15年頃から句作を始め、「寒雷」に投句。加藤楸邨に師事して、28年同人。ほかに沢木欣一の指導も受け「風」同人となる。29年「海峡」を創刊主宰。また新潟俳句作家協会の設立に加わり、同協会理事長を務め、地域の俳壇育成に尽力した。句集に「歴史」がある。

中野 三允　なかの・さんいん
俳人　㋴明治12年7月23日　㋵昭和30年9月24日　㋬埼玉県北葛飾郡幸手町　本名＝中野準三郎　㋕早稲田大学政治科卒　㋩東京帝大薬局に学んで薬剤師となり、家業の薬局を経営する。正岡子規に俳句を学び、明治32年早稲田俳句会を創立し、35年「アラレ」を創刊。没後「仲野三允句集」「三允句集拾遺 俳諧路」が刊行された。

中野 重治　なかの・しげはる
詩人　小説家　評論家　参院議員(共産党)　㋴明治35年1月25日　㋵昭和54年8月24日　㋬福井県坂井郡高椋村(現・丸岡町)　筆名＝日下部鉄(くさかべ・てつ)　㋕東京帝国大学独文科(昭和2年)卒　㋐毎日出版文化賞(第9回)(昭和30年)「むらぎも」、読売文学賞(第11回)(昭和34年)「梨の花」、野間文芸賞(第22回)(昭和44年)「甲乙丙丁」、朝日賞(昭和52年)「中野重治全集・全28巻」　㋩四高時代から創作活動をし、東大入学後は

大正14年「裸像」を創刊。東大新人会に参加し、林房雄らと社会文芸研究会を結成、翌15年マルクス主義芸術研究会に発展した。この年「驢馬」を創刊し「夜明け前のさよなら」「機関車」などの詩を発表。昭和2年「プロレタリア芸術」を創刊し、プロレタリア文学運動の中心人物となる。7年弾圧で逮捕され、2年余りの獄中生活をする。転向出所後は「村の家」「汽車の罐焚き」「歌のわかれ」「空想家のシナリオ」などを発表。戦後は新日本文学会の結成に参加し、荒正人らと政治と文学論争を展開。また22年日本共産党から立候補して3年間参院議員として活躍。25年党を除名され、のち復党したが、39年別派を結成、再び除名された。22年「五勺の酒」を発表した後も小説、評論の部門で活躍し、31年「むらぎも」で毎日出版文化賞を、34年「梨の花」で読売文学賞を、44年「甲乙丙丁」で野間文芸賞を受賞。ほかに「中野重治詩集」「斎藤茂吉ノート」「愛しき者へ」(書簡集，上下)「中野重治全集」(全28巻，筑摩書房)などがある。
[家]妻＝原泉(女優)、妹＝中野鈴子(詩人)

永野 昌三　ながの・しょうぞう
詩人　[生]昭和15年　[出]埼玉県　[学]東洋大学文学部国文学科(昭和41年)卒　[歴]詩集に「海の朝」「影の挨拶」「影」「遍歴の海」「螢」、著書に「島崎藤村論―明治の青春」がある。　[団]日本詩人クラブ、埼玉詩人会、日本キリスト教詩人会

中野 逍遙　なかの・しょうよう
漢詩人　[生]慶応3年2月11日(1867年)　[没]明治27年11月16日　[出]愛媛県宇和島市賀古町　本名＝中野重太郎　字＝威卿、号＝逍遙、澹艶堂、狂骨子、南海未覚情仙　[学]東京帝大文科大学漢学科(明治27年)卒　[歴]漢学者・山本西川に学び、継志館で朱子学を修める。南予中を卒業して明治16年上京、神田駿河台の成立学舎に入り英書を学ぶ。大学では漢詩に力を注ぎ、卒業後研究科に進み「支那文学史」を起草、また「東亜説林」を創刊したが、若くして死去した。忌日は郷里の有志によって山茶花忌と名付けられ、没後の28年「逍遙遺稿」(全2巻)が刊行された。

中野 水明渓　なかの・すいめいけい
俳人　[生]明治23年10月31日　[没]昭和44年1月2日　[出]福井県　本名＝中野信次郎　旧姓(名)＝杉本　[歴]明治43年頃から碧梧桐に師事して「日本俳句」「ホトトギス」に投句。のち「蝸牛」「層雲」「海紅」などにも作品発表する。一方、戦前は東京で書店を営み、俳人墨蹟の蒐集家、能楽家としても知られた。句集に「渋鮎」がある。

中野 鈴子　なかの・すずこ
詩人　[生]明治39年1月24日　[没]昭和33年1月5日　[出]福井県坂井郡高椋村(現・丸岡町)　筆名＝一田アキ　[学]坂井郡立女子実業卒　[歴]昭和4年上京、兄・中野重治と生活を共にし、詩、小説を「戦旗」に発表。またナップに参加し「働く婦人」を編集する。11年結核療養のため帰省し、以後農業に従事しながら詩作。戦後、新日本文学会福井支部を結成し「ゆきのした」を創刊。また共産党員としても活躍。30年詩集「花もわたしを知らない」を刊行した。「中野鈴子全著作集」(全2巻，ゆきのした文学会)「中野鈴子全詩集」(フェニックス出版)がある。
[家]兄＝中野重治(詩人・作家)

長野 蘇南　ながの・そなん
俳人　眼科医　[生]明治6年　[没]昭和6年5月21日　[出]熊本県球磨郡須恵村　本名＝長野文治　旧姓(名)＝愛甲　旧号＝孤竹　[学]千葉医専卒　医学博士　[歴]陸軍軍医学校教官、京都衛戍病院長、第3師団軍医部長などを務め、日露戦争、シベリア出兵に従軍、のち陸軍軍医監となった。大正12年退官、京都で眼科医開業。俳句は明治33年熊本在任中「紫溟吟社」に入って学び、15年「うづら」を創刊主宰した。井上微笑選の「蘇南遺吟」がある。

永野 孫柳　ながの・そんりゅう
俳人　東北大学名誉教授　「俳句饗宴」主宰
[専]動物生理学　[生]明治43年12月12日　[没]平成6年12月14日　[出]愛媛県松山市　本名＝永野為武(ながの・ためたけ)　筆名＝小名木滋　[学]東北帝大理学部生物学科卒、東北帝大大学院修了　理学博士　[賞]雲母個人賞(昭和12年)、河北文化賞(昭和56年)、勲三等旭日中綬章(昭和58年)
[歴]東北大学理学部講師、農学部助教授を経て、昭和25年教授に就任。49年退官して名誉教授となり、50年宮城県教育委員長に就任。また祖父・野間叟柳の影響で俳句を始め、「雲母」「石楠」を経て、27年「俳句饗宴」を創刊し主宰する。著書は「科学の衣裳」「本能の研究」「生物科学概論」、句集「樹齢」「百葉箱」「砂時計」「琳琅館」「花筐」など多数。　[団]現代俳句協会(名誉会員)、宮城県俳句協会　[家]二男＝永野為紀(仙台大学教授)

中野 妙子　なかの・たえこ
詩人　エッセイスト　[生]昭和12年1月3日　[出]北海道札幌市　[賞]横浜詩人会賞(第5回)「愛咬」、読売女性ヒューマン・ドキュメンタリー大賞入賞(第5回)「虹の臍帯(さいたい)」　[歴]詩集「愛咬」で第5回横浜詩人会賞受賞。若き日の母を描いたノンフィクション「虹の臍帯」が、第5回読売女性ヒューマン・ドキュメンタリー大賞に入賞している。著書に「空飛ぶ金魚」、詩集に「私の空間」他。　[団]横浜詩人会

長野 規　ながの・ただす
詩人　元・集英社専務　[生]大正15年　[没]平成13年11月24日　[出]東京　[学]早稲田大学政治経済学部(昭和25年)卒　[歴]集英社入社後、児童雑誌の編集に携わり、29歳で少女漫画雑誌「りぼん」の初代編集長に。昭和43年"友情・努力・勝利"をキーワードにした「週刊少年ジャンプ」の創刊に携わり、編集長。作家専属制度、読者アンケートはがきによる投票などを発案、「ハレンチ学園」「男一匹ガキ大将」の二大ヒットで親や教育界に物議をかもしつつ、部数を伸ばす。48年にはライバル誌「少年マガジン」の発行部数を抜き、少年誌日本一に。49年退任。傍ら、7冊の詩集を出版し、平成5年刊行の「大伴家持」は現代詩花椿賞の候補になった。

永野 為武　ながの・ためたけ
⇒永野孫柳(ながの・そんりゅう)を見よ

中野 照子　なかの・てるこ
歌人　[生]昭和2年12月16日　[出]滋賀県滋賀郡堅田町(現・大津市本堅田)　本名＝中野テル子　[学]福井県立敦賀高女(昭和19年)卒　[賞]前田夕暮賞(第1回)(昭和43年)、日本歌人クラブ賞(第20回)(平成5年)「秘色の天」　[歴]昭和24年「詩歌」に入社、米田雄郎に師事。27年同氏主宰の「好日」が創刊され入社。47年同誌編集委員。45年「あしかびの会」結成。57年京都歌人協会委員長、58年同評議員。歌集に「湖底」「しかれども藍」「花折峠」「秘色の天」や「自解100歌選中野照子集」など。　[団]現代歌人協会、日本文芸家協会

中野 秀人　なかの・ひでと
詩人　画家　評論家　小説家　戯曲家　[生]明治31年5月17日　[没]昭和41年5月13日　[出]福岡県福岡市　[学]慶応義塾大学高等予科中退、早稲田大学政経学部中退　[賞]文芸汎論詩集賞(第5回)(昭和13年)「聖歌隊」　[歴]大正9年プロレタリア文学を論じた「第四階級の文学」が「文章世界」の懸賞論文に当選する。早大中退後は国民新聞を経て、大正11年朝日新聞記者となり、そのかたわら詩などを発表。記者生活を退め、大正15年英、仏に渡る。帰国後は詩人、評論家として活躍、昭和13年処女詩集「聖歌隊」を刊行し、文芸汎論詩集賞を受賞。14年には童話集「黄色い虹」を刊行。15年花田清輝らと「文化組織」を創刊。戦後は新日本文学会などに参加し、共産党にも入党するが、36年脱退する。23年には長篇「聖霊の家」を刊行した。他の著書に「中野秀人散文自選集」「中野秀人画集・画論」などがあり、没後「中野秀人全詩集」(思潮社)が刊行された。
[家]兄＝中野正剛(政治家)

仲埜 ひろ　なかの・ひろ
詩人　児童文学作家　[生]昭和14年8月19日　[出]兵庫県　[賞]現代少年詩集奨励賞(第5回)(昭和63年)「雑草」、母と子のおやすみソング作詞コンクール優秀賞(第2回)　[歴]著書に詩集「雑草」「旅だちの日」「とうさんのラブレター」、童話に「さよならでんしゃのおばあさん」。

中埜 由希子　なかの・ゆきこ
歌人　[生]昭和20年4月17日　[出]高知県　[賞]角川短歌賞(第40回)(平成6年)「町、また水のべ」　[歴]「賀茂」所属。平成6年第40回角川短歌賞を受賞。歌集に「町、また水のべ」がある。

中野 陽路　なかの・ようじ
俳人　「黒野」主宰　[生]大正10年7月31日　[没]平成12年5月14日　[出]山口県下関市　本名＝中野大八郎(なかの・だいはちろう)　[学]都島工機械科卒　[歴]昭和21年大富士(曲水系)古見豆人の手ほどきをうける。24年黒野に入会、皆川白陀に師事。28年「黒野」同人。56年同人会長、平成4年副主宰を務め、11年から主宰。昭和53年俳人協会会員。61年～平成2年横浜俳話会幹事長を務めた。句集に「治療薬」、随筆集に「忘却の前に」など。　[団]俳人協会、横浜俳話会(顧問)

中野 立城　なかの・りつじょう
俳人　高砂建設社長　[生]明治39年7月31日　[没]昭和60年8月14日　[出]愛媛県松山市下伊台　本名＝中野甚三郎(なかの・じんざぶろう)　[学]松山工建築科卒　[歴]銭高組に入社。昭和9～18年樺太敷香、北鮮、秋田、満州に出張。帰国後課長、仙台所長、戦後部長を務める。26年から3年間闘病生活を送り、29年独立。同年会社を創立。俳句は松山工業学校時代に始める。18年「みづうみ」投句。29年「若葉」、同年「春嶺」に拠り岸風三楼に師事。「春嶺」同人。47年葛飾

俳句連盟会長となる。句集に「欧州旅行」「神の意―中野立城集」など。　[団]俳人協会

中浜 哲　なかはま・てつ
無政府主義者　詩人　[生]明治30年1月1日　[没]大正15年4月15日　[出]福岡県企救郡東郷村柄杓田(現・北九州市門司区)　本名＝富岡誓　別名＝中浜鉄　[学]豊津中卒、早稲田大学文科中退　[歴]大正10年大阪で加藤一夫の自由人連盟に入る。のち上京し、11年古田大次郎らとテロリズムを志向する反逆者クラブ(のちギロチン社)を組織。13年摂政宮裕仁(昭和天皇)の暗殺計画の前段として行った大阪・北浜銀行員殺人事件の首犯として逮捕され、15年絞首刑に処せられた。この間、多くの労働詩、反逆詩を書き、詩集に「中浜哲遺稿集」がある。

中原 綾子　なかはら・あやこ
歌人　詩人　[生]明治31年2月17日　[没]昭和44年8月24日　[出]長崎　[学]東洋高女卒　[歴]大正7年与謝野晶子に師事し、第2期「明星」で活躍。10年刊行の「真珠貝」で歌壇に登場し、さらに「みをつくし」「刈株」を刊行。詩集「悪魔の貞操」「灰の死」などもある。「明星」廃刊後は「相聞」に参加し、6年「いづかし」を創刊。戦後刊行の「明星」「すばる」にも参加した。

中原 勇夫　なかはら・いさお
国文学者　歌人　佐賀大学名誉教授　[生]明治40年4月1日　[没]昭和56年4月25日　[出]佐賀市　[学]京都帝大文学部国文科卒　[歴]佐賀大学教授を務め、国文学を専攻。歌人としても知られ、歌誌「ひのくに」を主宰。結社を超えた佐賀県歌人協会を結成、会長としても活躍した。歌集に「年輪の序」「常歌」「続常歌」など。

中原 鈴代　なかはら・すずよ
俳人　[生]昭和5年1月18日　[出]東京　[学]桜丘女商卒　[賞]万緑新人賞(昭和47年)、万緑賞(昭和52年)　[歴]昭和42年「万緑」入会、48年同人となる。句集に「鈴声」がある。　[団]俳人協会

中原 中也　なかはら・ちゅうや
詩人　[生]明治40年4月29日　[没]昭和12年10月22日　[出]山口県吉敷郡山口町下宇野令村(現・山口市湯田温泉)　[学]東京外語専修科仏語部(昭和8年)修了　[歴]中学時代から短歌を作り、大正11年共著で歌集「末黒野」を刊行。12年県立山口中学を落第し、立命館中学に転入。「ダダイスト新吉の歌」に出会い、ダダの詩を書き始める。京都に来ていた富永太郎と親交を結び、フランス象徴派の詩人ボードレールやランボーを学ぶ。14年上京、小林秀雄を知る。以降詩作にはげみ、昭和3年初期作品の代表作「朝の歌」(大正15年作)を発表。4年河上徹太郎、大岡昇平らと同人誌「白痴群」を創刊し、「寒い夜の自画像」などを発表。9年第一詩集「山羊の歌」を刊行。10年「歴程」「四季」同人となる。11年11月長男文也を失ってから神経衰弱が高じ翌年1月病院へ。さらに10月結核性脳膜炎を発病し、30歳の若さで死亡。没後の13年第二詩集「在りし日の歌」が刊行された。古風な格調の中に近代的哀愁をたたえた詩風により、昭和期の代表的詩人として評価されている。他に訳詩集「ランボオ詩集」、「中原中也全集」(全5巻・別巻1，角川書店)、「新編中原中也全集」(全5巻・別巻1，角川書店)などがある。平成6年生家跡地に中原中也記念館が開館。

中原 忍冬　なかはら・にんとう
詩人　「伊那文学」主宰　元・長野県詩人協会会長　[生]昭和4年3月31日　[出]長野県上伊那郡高遠町　本名＝中原蔦右衛門〔8代目〕(なかはら・つたえもん)　[歴]昭和27年頃短歌から詩に転向。平成元年小学校教諭を退職。「伊那文学」を主宰。詩集に「炎」「風の記憶」などがある。
[団]日本ペンクラブ、日本文芸家協会、日本現代詩人会、日本詩人クラブ

中原 緋佐子　なかはら・ひさこ
詩人　[生]昭和6年　[出]兵庫県神戸市　[歴]「ベル・セゾン」同人。詩集に「紅の花」「白い花びら」「詩集 水平飛行」がある。　[団]播磨灘詩話会、兵庫県現代詩協会、詩と音楽の会

中原 道夫　なかはら・みちお
詩人　[生]昭和6年6月5日　[出]埼玉県所沢市　本名=小島四子男　[学]東京学芸大学卒
[歴]東京都内公立学校教師を経て、執筆に専念。詩誌「棘」「光線」等の同人を経て、「柵」同人、詩誌「漪(い)」発行責任者。詩集に「薔薇を肴に」「雪の朝」などがある。その他教育関係のエッセイ、小説などがある。
[団]日本ペンクラブ、日本文芸家協会、日本現代詩人会、日本詩人クラブ

中原 道夫　なかはら・みちお
俳人　「銀化」主宰　[生]昭和26年4月28日　[出]新潟県西蒲原郡　[学]多摩美術大学グラフィックデザイン科卒　[賞]俳人協会新人賞(第13回)(平成2年)「蕩児」、俳人協会賞(第33回)(平成6年)「顱頂」　[歴]グラフィックデザイナーとしてマッキャンエリクソン博報堂勤務。「沖」同

人。平成10年「銀化」を主宰。句集に「顱頂(ろちょう)」「銀化」などがある。 [団]俳人協会(幹事)、日本文芸家協会

永平 利夫　ながひら・としお
歌人 [生]昭和2年2月11日 [出]北海道 [学]北海道学芸大学卒 [賞]新懇評論賞 [歴]昭和21年「新懇」入会。のち「潮音」幹部同人。日本歌人クラブの事務局長を務める。著書に「野の仮象」「壁画の獣」随筆集「夕べの詩」がある。 [団]日本歌人クラブ

中平 耀　なかひら・よう
詩人 [生]昭和10年 [学]東京外国語大学ロシア科卒 [歴]東京外国語大学ロシア科在学中より詩を書き始める。雑誌「詩学」「詩と思想」等に詩や評論を発表。詩集に「樹・異界」「花についての十五篇」「木」、著書に「マンデリシュターム読本」など。 [団]日本現代詩人会

永見 七郎　ながみ・しちろう
詩人 [生]明治34年2月26日 [出]大阪市東区大川町 [学]早稲田大学独文科卒 [歴]北野中学で梶井基次郎を知る。大正8年上京、早大独文科に入学。「新しき村」運動の影響をうけ、9年村外会員となる。同年中川一政らと「詩」を創刊。著書に「ホヰットマン讃美」「永見七郎詩集」「詩集 遠い星」「新しき村五十年」(編)などがある。

中道 風迅洞　なかみち・ふうじんどう
評論家 詩人 エッセイスト 催眠カウンセラー どどいつ教室主宰 [生]大正8年 [出]青森県八戸市 本名＝中道定雄(なかみち・さだお) 通称＝中道了丈 [学]早稲田大学文学部(昭和16年)卒 [歴]NHK報道部に入り、名古屋中央局長、本部芸能局長などを歴任。昭和55年NHKラジオ「折りこみどどいつ」の選者もつとめ、61年10月に「二十六字詩・どどいつ入門」を刊行、他に類書のない総合解説書として注目された。他の著書に「社会探訪」、詩集「帰帆」「流燈会」「風迅洞自選どどいつ集」「風迅洞随筆」など。 [団]日本エッセイストクラブ

長峰 美和子　ながみね・みわこ
歌人 [生]大正11年6月10日 [出]大分県 [賞]中央線賞(昭和50年) [歴]昭和17年頃より作歌を始め、「歌帖」を経て「中央線」に入会、36年に同人となり、中村正爾に師事するが、39年師の急逝後、中村純一に師事。歌集に「水稲民族」「葡萄悲歌」がある。 [団]日本歌人クラブ

中村 愛松　なかむら・あいしょう
俳人 [生]安政2年(1855年) [没]大正14年10月10日 [出]伊予国松山(愛媛県) 本名＝中村一義 [歴]千葉で小学校校長を務めたのち、大正10年上京、池袋の洋服学校長を務める。俳句は子規の俳句革新運動に応じて明治27年、柳原極堂らと「松山松風会」を結成。大島梅屋、河村青里、向井南竹らと句作に励み、子規に師事する。これが「ホトトギス」発刊の基盤となった。ほかに「横浜俳壇」をも起した。

仲村 青彦　なかむら・あおひこ
俳人 [生]昭和19年2月10日 [出]千葉県 本名＝仲村計美 [学]東京教育大学大学院修了 [賞]朝賞(第7回)(平成1年)、俳人協会新人賞(第17回)(平成6年)「予感」 [歴]昭和55年「若葉」「春嶺」に入会。56年「朝」に入会、岡本眸に師事。58年頃「若葉」「春嶺」を退会。61年「朝」同人。句集に「予感(よかん)」がある。 [団]俳人協会、日本文芸家協会

中村 秋香　なかむら・あきか
国文学者 歌人 [生]天保12年9月29日(1841年) [没]明治43年1月28日 [出]駿河国府中(静岡県) 号＝不尽廼舎、槐陰雪屋、乾坤廬、今かくれが、松下庵 [歴]国学、和歌を松木直秀に、漢学を明新館に学び、のち八田知紀に師事。明治6年以来、教部、内務、文部各省に職を奉じ、のち大学事務官を経て、第一高等中学校教授となり、26年病のため辞す。「新体詩歌集」(19年)に新体詩を発表しており、また「新体詩歌自在」(31年)という新体詩入門書を刊行し新体詩詩人としても活躍。30年宮内省御歌所寄人となる。歌集に「秋香集」(武藤元信編，40年)がある。

中村 明子　なかむら・あきこ
俳人 [生]昭和2年1月1日 [出]東京・渋谷 [学]東京都立第六高女卒 [賞]万緑新人賞(昭和40年)、万緑賞(昭和45年) [歴]昭和29年「万緑」に入会、41年「万緑」同人。45年俳人協会会員。句集に「天恵」「透音」。 [団]俳人協会

中村 雨紅　なかむら・うこう
童謡詩人 [生]明治30年2月6日 [没]昭和47年5月8日 [出]東京府南多摩郡恩方村(現・八王子市) 本名＝高井宮吉 [学]青山師範(大正5年)卒、日本大学国語漢文科卒 [歴]東京の第二日暮里小学校、大正7〜13年第三日暮里小学校で教師をしたのち、昭和元年厚木市に移住。同年から24年に定年退職するまで県立厚木実科高女で教師をした。そのかたわら児童の情操教育のため同僚らと回覧文集を始め、童話歌謡を発

表。「蛙のドタ靴」「ねんねのお里」「かくれんぼ」などの作品がある。著書に「もぐらもち」（大12）などがある。「夕焼小焼」（8年）の童謡作詞はとくに有名。

中村 烏堂　なかむら・うどう
俳人　㋑明治8年5月4日　㋙昭和27年7月21日　㋭兵庫県　本名＝中村富次郎　㋲元韓国政府招聘官吏。明治29年より句作を始め、35年頃子規庵に出入りした。新傾向台頭に坐して、五の日十の日会を起こす。著書に「元始日本語」がある。

中村 菊一郎　なかむら・きくいちろう
俳人　「青芝」主宰　㋑昭和7年2月4日　㋭東京　本名＝中村菊一　㋲東京教育大学文学部卒　㋭昭和23年八幡城太郎に師事、「アカシヤ」に所属。28年「青芝」創刊と同時に同人として参加。60年城太郎死去のため同誌主宰を継承。句集に「幽石」、随筆集に「木のある風景」ほか。

中村 吉右衛門（1代目）　なかむら・きちえもん
歌舞伎俳優　俳人　㋑明治19年3月24日　㋙昭和29年9月5日　㋭東京府浅草区象潟町（現・東京都台東区）　本名＝波野辰次郎　俳名＝秀山　㋲日本芸術院会員（昭和22年）　㋶文化勲章（昭和26年）　㋭明治30年中村吉右衛門を名乗り市村座で初舞台。35年歌舞伎座の座付となり、9代目市川団十郎と同座して指導を受ける。38年名題に昇進、41年二長町の市村座に入座、6代目菊五郎と共に人気を二分し、"菊吉時代" "二長町時代"を築いた。大正10年市村座を脱退して松竹に所属、「二条城の清正」「蔚山城の清正」「熊本城の清正」の三部作で"清正役者"とも呼ばれた。18年中村吉右衛門一座を結成。近代的知性に裏打ちされ、深刻で飄逸、科白のうまさは絶品とされた。昭和26年文化勲章を受章。また、俳句をよくし、高浜虚子に師事して「ホトトギス」同人。句集に「吉右衛門句集」がある。他の著書に「吉右衛門自伝」「吉右衛門日記」がある。　㋶父＝中村歌六（3代目）、弟＝中村時蔵（3代目）、中村勘三郎（17代目）、孫＝松本幸四郎（9代目）、中村吉右衛門（2代目）

中邑 浄人　なかむら・きよと
歌人　㋑大正2年9月5日　㋭広島県　㋲神宮皇学館大学卒　㋭在学中の昭和7年より作歌、「香蘭」に入会し、橋本敏夫に師事。14年森園天涙の「あさひこ」同人、15年山本康夫の「真樹」同人となり、21年歌誌「渓流」を創刊主宰。23年筏井嘉一に師事、「創生」選者ならびに同人となる。歌集に「夏雲」がある。

中村 漁波林　なかむら・ぎょはりん
詩人　評論家　㋑明治38年8月28日　㋙昭和60年5月14日　㋭広島市　本名＝中村勝一（なかむら・かついち）　㋲早稲田大学中退　㋭「小さい芽生」「生命と意志」「墓標」「漁波林詩集」などの詩集があり、自由詩を重んじて詩作、思想的にはニヒリスティックな傾向にあった。また詩誌「詩文学」「現代詩人」を主宰し、「詩人連邦」「人間連邦」「連峰」を共同編集した。一方、書肆東北書院を経営し、出版界でも活躍した。著書はほかに評論集「抹殺詩論」「現代文学の諸問題」「今日の言葉」などがある。

中村 喜和子　なかむら・きわこ
歌人　㋑明治45年3月28日　㋭千葉県　㋙昭和5年より作歌。「梵貝」「遠つびと」をへて、23年「青垣」に入会し、橋本徳寿に師事する。歌集に「白磁」「筐の道」「山霧」など。　㋲日本歌人クラブ

中村 草田男　なかむら・くさたお
俳人　成蹊大学名誉教授　㋑明治34年7月24日　㋙昭和58年8月5日　㋭愛媛県松山市　本名＝中村清一郎（なかむら・せいいちろう）　㋲東京帝国大学国文科（昭和8年）卒　㋶紫綬褒章（昭和47年）、勲三等瑞宝章（昭和49年）、芸術選奨文部大臣賞（昭和53年）「風船の使者」、日本芸術院賞恩賜賞（昭和59年）　㋭大学卒業後、成蹊学園に就職。高校・成蹊大学政経学部教授として33年間務め、昭和42年定年退職し、44年名誉教授。俳句は昭和4年高浜虚子に入門し、「ホトトギス」に投句のかたわら東大俳句会に参加。9年「ホトトギス」同人。この頃より新興俳句運動に批判的で、加藤楸邨、石田波郷らとともに"人間探求派"と称せられた。21年主宰誌「万緑」を創刊。以後、伝統の固有性を継承しつつ、堅実な近代化を推進し、現代俳句の中心的存在となり、現代俳句協会幹事長、俳人協会初代会長をつとめた。また31年より東京新聞俳壇選者、34年より朝日新聞俳壇選者。句集に「長子」「火の鳥」「万緑」「来し方行方」「銀河依然」「母郷行」「美田」などのほか、「俳句入門」、メルヘン集「風船の使者」など著書多数。「降る雪や明治は遠くなりにけり」の句で知られる。「中村草田男全集」（全18巻・別巻1、みすず書房）がある。

中村 源一郎　なかむら・げんいちろう
歌人　「暦象」主幹　⑰明治40年2月24日　⑲愛知県　本名＝中村源蔵　㊗名古屋高商卒　㊕高商時代より作歌にはげみ、昭和2年石井直三郎に師事し、「水甕」に入会。24年4月、三田澪人・井上健太郎・伊藤源之助等と「暦象」を創刊し、のち代表者。歌集に「夕顔抄」「冬の虹」「冬の葦」がある。　㊸日本歌人クラブ

中村 憲吉　なかむら・けんきち
歌人　⑰明治22年1月25日　⑱昭和9年5月5日　⑲広島県双三郡布野村　号＝霧草堂主人、浮沼影郎、桃の井照江、火喰鳥、はしばみ　㊗東京帝大法科大学経済科（大正4年）卒　㊕七高時代から作歌を始め「日本」などに投稿し、また「アララギ」の創刊に参加する。大学卒業後、一時は家業をつぐ。その間、大正10年から15年迄、大阪毎日新聞社記者となった。大正2年、鳥木赤彦との共著「馬鈴薯の花」を刊行し、以後「林泉集」「しがらみ」「軽雷集」「軽雷集以後」の五歌集を刊行、アララギ派の代表的歌人として活躍した。

中村 耿人　なかむら・こうじん
歌人　俳人　⑰明治30年8月23日　⑱昭和49年4月15日　⑲岡山県　本名＝中村喜久夫　㊕「アララギ」系歌人として「潮風短歌会」「楽浪短歌会」で活躍する。一方、俳句も大正10年「海紅」に参加して励み、のち「なぎさ同好会」（後「赤壺詩社」）を結成する。歌集に「植物林」がある。

中村 孝助　なかむら・こうすけ
歌人　⑰明治34年11月11日　⑱昭和49年4月1日　⑲千葉県千葉郡誉田村　㊗誉田村小高等科2年卒　㊕大正14年から「土の歌」と題する行分け口語歌を発表し、15年に刊行。農民歌人として、昭和期に入ってプロレタリア短歌運動に参加した。歌集「野良に戦ふ」は発禁処分に。他に「日本は歌ふ」など。

中村 吾郎　なかむら・ごろう
詩人　⑱昭和11年11月24日　⑲山梨県東八代郡一宮町　㊙年刊現代詩集奨励賞（第7回）、年刊現代詩集新人賞（第8回）（昭和62年）「金庫オーライ」　㊕詩誌「村平線」同人。詩集に「歴任」「現代」、著書に「甲斐路」など。　㊸日本詩人クラブ

中村 三郎　なかむら・さぶろう
歌人　画家　⑰明治24年3月28日　⑱大正11年4月18日　⑲長崎県　号＝末の郎子（すえのいらっこ）　㊕英字新聞の解版小僧を手はじめに新聞記者、新劇団員、医学校助手など多くの仕事を転々とし、そのかたわら絵画研究をする。大正6年創作社に入社し、7年上京して若山牧水の助手をつとめた。没後「中村三郎集」が刊行された。

中村 三山　なかむら・さんざん
俳人　⑰明治35年11月14日　⑱昭和42年9月22日　⑲奈良県橿原市　本名＝中村修次郎　㊗東京大学法科卒　㊕三高時代、三高京大俳句会に入り作句を始める。「ホトトギス」「馬酔木」を経て、「京大俳句」創刊に参画、同人となる。一方、「牟婁」を主宰した。学生時代より長らく胸を患っていたが、回復後に明和工業、明和印刷の代表取締役となった。

中村 七三郎(5代目)　なかむら・しちさぶろう
歌舞伎俳優　俳人　⑰明治12年8月28日　⑱昭和23年7月29日　⑲東京・日本橋　本名＝安田直次郎　前名＝中村扇玉　㊕割烹百尺（ひゃくせき）の子として生まれる。初め中村雁次郎の門下に客分として入り扇玉を名乗る。大正9年5代目中村七三郎を襲名し、10年吉右衛門一座に加わる。俳句は吉右衛門と共に高浜虚子に師事し、「ホトトギス」に投句。また、遠藤為春らと「五月雨会」を結成した。「中村七三郎句集」がある。　㊚弟＝安田靫彦（日本画家）

中村 若沙　なかむら・じゃくさ
俳人　医師　元・大阪大学医学部講師　元・中村外科医院院長　⑰明治27年2月15日　⑱昭和53年2月28日　⑲愛知県岡崎市　本名＝本名＝中村一郎　㊗大阪医科大学卒　㊕在学中から句作を始め、大正11年「山茶花」創刊に参加、のち選者となる。21年「磯菜」（のち「いそな」）を創刊し、主宰。句集に「螢火」「待春」「銀漢」「春掛」「貝寄風」。

中村 柊花　なかむら・しゅうか
歌人　⑰明治21年9月7日　⑱昭和45年12月18日　⑲長野市松代町　本名＝中村端（なかむら・はじめ）　㊗長野県立小県蚕業学校卒　㊕県の蚕業技術を指導しながら歌作し、明治40年同人社友となり、43年創作社に入社。若山牧水に師事し、牧水没後は選者として活躍。歌集に「清春」「山彦」「土よりの声」などがある。

なかむら

中村 俊一 なかむら・しゅんいち
俳人 （財）通信文化振興会理事長 元・郵政事務次官 ⑰明治36年4月1日 ⑱昭和49年6月28日 ⑲福岡県小倉市 号＝中村春逸（なかむら・しゅんいつ）⑳京都帝大法学部（昭和3年）卒 ㉑広島通信局長、郵政省経理局長などを歴任したあと、昭和29年2月から30年8月まで郵政事務次官を務めた。また俳句をたしなみ、富安風生に師事し、24年「若葉」同人となり、34年俳誌「春郊」を創刊、主宰。句集に「蓼の花」「花菖蒲」、随筆集に「遠眼鏡」がある。

中村 純一 なかむら・じゅんいち
歌人 「中央線」主宰 ⑯児童文化 近代日本文学 国語表現法 ⑰大正14年2月28日 ⑲新潟県新潟市 ⑳早稲田大学文学部国文科（昭和24年）卒 ㉑北原白秋 ㉒日本書籍、創元社、河出書房に勤務して編集活動に従事する。昭和45年千葉明徳短期大学専任講師となり、のち教授。日本近代文学館理事長もつとめる。歌人としては、18年白秋没後の「多磨」に入会。28年父正爾主宰の「中央線」創刊に参画、39年より主宰。著書は歌集「精神家族」「揺曳美学」「日本海色」があるほか、研究書に「北原白秋研究」や児童文学研究書が多数ある。
㉓日本文芸家協会（監事）、現代歌人協会、早稲田国文学会、歌人クラブ、白秋会、船橋歌人クラブ（会長） ㉔父＝中村正爾（歌人）

中村 正爾 なかむら・しょうじ
歌人 ⑰明治30年6月1日 ⑱昭和39年4月5日 ⑲新潟市 ⑳新潟師範卒 ㉑小学教員をするかたわら歌誌「路人」を刊行。11年北原白秋を頼って上京、アルスに入社し、「日本児童文庫」「白秋全集」などを編集する。そのかたわら「日光」などに短歌を発表し、昭和10年「多磨」に参加し、28年「中央線」を創刊する。著書に「中村正爾歌集」がある。

中村 真一郎 なかむら・しんいちろう
作家 文芸評論家 詩人 戯曲家 日本近代文学館理事長 全国文学館協議会会長 ⑯王朝物語 江戸漢詩 古代中世ラテン詩 ⑰大正7年3月5日 ⑱平成9年12月25日 ⑲東京市日本橋区箱崎町 雅号＝暗泉、海星巣漁老、仙渓草堂、色後庵逸旻、俳号＝村樹 ⑳東京帝国大学仏文科（昭和16年）卒 ㉒日本芸術院会員（平成3年）㉖芸術選奨文部大臣賞（文学・評論部門・第22回）（昭和46年）「頼山陽とその時代」、谷崎潤一郎賞（第14回）（昭和53年）「夏」、日本文学大賞（第17回）（昭和60年）「冬」、歴程賞（第27回）（平成1年）「蛎崎波響の生涯」、読売文学賞（評論・伝記賞、第41回）（平成2年）「蛎崎波響の生涯」、日本芸術院賞（平元年度）（平成2年）、勲三等瑞宝章（平成6年） ㉘大学在学中に「山の樹」同人となり、昭和16年ネルヴァルの「火の娘」を翻訳して出発。17年福永武彦、加藤周一らとマチネポエティクを結成し、22年「1946文学的考察」を刊行。また「死の影の下に」を刊行。以後、小説、詩、評論、古典、演劇、翻訳と多分野で活躍し、46年「頼山陽とその時代」で芸術選奨を、53年「四季」四部作の「夏」で谷崎潤一郎賞を、60年「冬」で日本文学大賞を受賞。平成5年日本近代文学館理事長に就任。6年全国文学館協議会の初代会長となった。他に「空中庭園」「雲のゆき来」「蛎崎波響の生涯」「眼の快楽」「王朝物語」などがある。
㉓日本ペンクラブ、日本文芸家協会（監事）㉔妻＝佐岐えりぬ（詩人・エッセイスト）

中村 慎吾 なかむら・しんご
詩人 ⑰大正11年10月1日 ⑲静岡県浜名郡積志村（現・浜松市）⑳埼玉師範卒、慶応義塾大学文学部国文学科（昭和38年）卒 ㉒昭和57年公立小中学校教師を経て、私立静岡学園高校講師。詩集に「菊花石の嘆き」「ルビーを手に」「白の饗宴」がある。 ㉓静岡県詩人会、日本現代詩人会

中村 清四郎 なかむら・せいしろう
歌人 ⑰明治40年12月24日 ⑱平成7年8月3日 ⑲静岡県 ⑳国学院大学卒 ㉒在学中の昭和元年「水甕」に入社、「青虹」を経て、21年森本治吉の「白路」復刊に参加。編集同人。28年神奈川県歌人会委員。29年平塚短歌会結成。43年より日本歌人クラブ神奈川県委員。歌集に「相模川」「阿夫利嶺」「淘綾」がある。
㉓日本歌人クラブ

中村 苑子 なかむら・そのこ
俳人 ⑰大正2年3月25日 ⑱平成13年1月5日 ⑲静岡県田方郡大仁 ⑳日本女子大学中退 ㉖現代俳句協会賞（第22回）（昭和50年）、現代俳句女流賞（第4回）（昭和54年）「中村苑子句集」、詩歌文学館賞（第9回）（平成6年）「吟遊」、蛇笏賞（第28回）（平成6年）「吟遊」 ㉘戦前、三橋鷹女について俳句を学び、昭和19年「馬酔木」「鶴」に投句。24年に「春燈」に入会、久保田万太郎に師事。33年「俳句評論」創刊に参加、発行人となり、58年終刊。日常的な生活を作品化するのではなく生の意識を硬質な文体で表現し、戦後の女性俳人としては独自の地位を固めた。平成9年俳壇から事実上引退する花隠れの会を開催。以降

はエッセイや評論で活躍した。句集に「水妖詞館」「花狩」「四季物語」「中村苑子句集」「吟遊」「花隠れ」、著書に「現代俳句案内」(共著)、「高柳重信の世界」(編著)など。[団]日本文芸家協会、現代俳句協会　[家]夫＝高柳重信(俳人)

中村 泰山　なかむら・たいさん
俳人　[生]明治18年1月1日　[没]大正10年5月22日　[出]青森県　本名＝中村泰三　[学]立命館大学法律科(大正6年)卒　[歴]24歳の時東奥日報記者となり、結婚後明治43年に帰郷して履物商を始める。45年妻が病死、大正2年再婚するが、まもなく妻が実家に戻るなど結婚に恵まれず、京都に出て大学に入り、また建仁寺の黙雷禅師に参禅するなどした。6年大阪時事新報社に入るが病を得て入院中、同病に苦しむ高橋鼎子と知り合い結婚、8年妻が病死。俳句は37年頃から河東碧梧桐選の「日本俳句」に投句、40年碧梧桐の野辺地訪問を機に制作に意欲を示し碧門に重きをなす。晩年親鸞に傾倒、「生活即詩」の俳風を求めた。句集に山梔子編「泰山俳句集」、熊谷省三編「泰山俳句集拾遺」がある。

中村 泰三　なかむら・たいぞう
医師　詩人　埼玉県小児科医会会長　[生]大正15年6月18日　[出]埼玉県蕨市　[学]横浜市立医学専門学校卒　[賞]日本医師会最高優功賞、埼玉文芸賞(第1回)(昭和45年)「北緯38度線」、蕨市けやき文化賞(第2回)　[歴]埼玉県蕨市で開業。日本医師会学校保健委員などを経て、埼玉県小児科医会会長。一方、詩人としても活躍し、「藁の火」を主宰。詩集に「北緯38度線」「弾劾の季節」「中村泰三詩集」、詩画集に「蕨風物詩画集・街角の詩」などがある。

中村 隆　なかむら・たかし
詩人　[生]昭和2年11月20日　[没]平成1年10月31日　[出]兵庫県神戸市　[学]東京農業大学(昭和21年)中退　[賞]兵庫詩人賞(第3回)(昭和56年)、神戸市文化賞(昭和57年)、日本詩人クラブ賞(第18回)(昭和60年)「詩人の商売」　[歴]日本現代詩人会会員で「輪」に所属。詩集に「不在の証」「金物店にて」「向日葵」「詩人の商売」、共編に「100年の詩集」がある。

中村 千栄子　なかむら・ちえこ
詩人　[生]昭和7年4月25日　[出]新潟県柏崎市　本名＝新野千栄子(あらの・ちえこ)　[学]東京女子大学短期大学部国語科(昭和28年)卒　[賞]芸術祭奨励賞(昭和41年)、芸術祭優秀賞(昭和46年)、日本童謡賞特別賞　[歴]童謡、合唱曲などの作詩が多く、詩曲集「レモンの海」(昭39年)、童謡曲集「ツッピンとびうお」(昭51年)があるほか、詩文集「わたしの風紋―ふるさと越後を詩う」(昭58年)などがある。　[団]日本童謡協会(理事)、詩と音楽の会

中村 千尾　なかむら・ちお
詩人　作詞家　[生]大正2年12月10日　[没]昭和57年3月31日　[出]東京・麻布　本名＝嶋田千代　[学]山脇高女卒　[歴]同人誌「新領土」を経て「VOU」同人に。日本現代詩人会会員。詩集に「薔薇夫人」「美しい季節」「日付のない日記」「中村千尾詩集」など。句集に「掬水集」。

中村 汀女　なかむら・ていじょ
俳人　「風花」主宰　[生]明治33年4月11日　[没]昭和63年9月20日　[出]熊本県飽託郡画津村(現・熊本市)　本名＝中村破魔子(なかむら・はまこ)　旧姓(名)＝斎藤　[学]熊本高女補習科(大正7年)卒　[賞]熊本県近代文化功労者(昭和45年)、勲四等宝冠章(昭和47年)、NHK放送文化賞(第29回)(昭和53年)、熊本市名誉市民(昭和54年)、文化功労者(昭和55年)、日本芸術院賞(文芸部門・第40回)(昭和58年)、世田谷区名誉区民(昭和62年)、東京都名誉都民(昭和63年)　[歴]大正7年頃から句作を始め、8年から「ホトトギス」に投句。9年結婚、以後句作を中断、育児と家事に専念する。昭和7年句作を復活し、「ホトトギス」「玉藻」に投句。高浜虚子に師事し、9年「ホトトギス」同人となる。15年「春雪」を刊行。22年主宰誌「風花」を創刊。31年中国文化訪問団の副団長として訪中、この頃から女流文化人としてラジオ・テレビ・新聞雑誌などで活動を始め、俳句の普及・大衆化に貢献した。55年文化功労者。主な句集に「汀女句集」「花影」「都鳥」「紅白梅」「薔薇粧ふ」などがあり、俳句の手引き書「今日の俳句」「俳句をたのしく」、随筆集「をんなの四季」「母のこころ」などもある。[団]俳人協会

中村 具嗣　なかむら・ともあき
歌人　[生]明治39年12月6日　[没]昭和60年12月30日　[出]和歌山県　筆名＝中村知秋　[歴]大正12年より新聞の歌壇に投稿。その後「香蘭」「蒼穹」などを経て、昭和12年「竹垣詩社」を結成、その主宰となり「竹垣」を創刊。戦争末期に指令により休刊、戦後復刊する。歌集に「青桐」「赤き雪片」がある。

中村 信子　なかむら・のぶこ
詩人 [生]昭和8年8月25日 [出]広島県 [賞]広島県詩人協会賞(第2回)(昭和50年)「橘を渡る」 [歴]「蒼樹社」「詩潮」を主宰。広島県女流詩会会長も務める。詩集に「橘を渡る」「愛と死」「石の果実」「風紋」などがある。 [団]日本現代詩人会

中村 美穂　なかむら・びすい
歌人 [生]明治28年12月11日 [没]昭和16年9月5日 [出]山梨県 本名＝中村時次郎 [歴]盲・聾唖学校教員、のち校長。大正4年「アララギ」に入会、島木赤彦に師事。昭和3年1月「みづがき」を創刊。歌集に「仏顔」「空明」がある。

中村 ひろ美　なかむら・ひろみ
詩人 [生]昭和41年4月9日 [出]富山県 本名＝中村博美(なかむら・ひろみ) [学]福野高卒 [賞]現代詩手帖賞(第25回)(昭和62年) [歴]「妃」などに作品発表。「販売企画の人々」などがある。

中村 不二夫　なかむら・ふじお
詩人 [生]昭和25年1月11日 [出]神奈川県横浜市中区 [学]神奈川大学(昭和49年)卒 [賞]日本詩人クラブ新人賞(第1回)(平成3年)「Mets」 [歴]詩集に「ベース・ランニング」「ダッグ・アウト」「Mets」、評論集に「〈彼岸〉の詩学」「詩のプライオリティ」など。昭和62年～平成9年「火箭」編集・発行。61年「詩と思想」編集スタッフ参加、のち編集委員。 [団]日本現代詩人会、日本詩人クラブ、日本文芸家協会、日本現代詩研究者国際ネットワーク、日本キリスト教詩人会、横浜詩人会、中島敦の会

中村 文昭　なかむら・ふみあき
詩人 文芸評論家 舞踊批評家 日本大学芸術学部文芸学科教授 [専]文学 舞踊(舞踏) [生]昭和19年12月18日 [出]北海道旭川市 [学]日本大学芸術学部映画学科(昭和42年)卒 [興]舞踏論、詩の原理 [歴]昭和42年吉本隆明主宰の雑誌「試行」に「アルチュール・ランボォ」を連載。43～54年文芸同人誌「あぽりあ」の編集をつとめる。のち舞踏フェスティバル85の共同企画、土方巽舞踏フィルム上映会などを手がける。日本大学芸術学部助教授を経て、教授。著書に「吉本隆明」「中原中也の経験」「ポエジーと肉体の書」「宮沢賢治」「舞踊の水際」、詩集に「風の棲み家」「物質まであと何歩?」他。 [団]舞踊批評家協会、江古田文学会

中村 冬樹　なかむら・ふゆき
歌人 「燦」代表 [生]大正3年9月14日 [出]和歌山市 本名＝中村三喜治 [学]和歌山中(旧制)(昭和7年)卒 [歴]昭和12年和歌山高等商業学校(後の和歌山経専、現・和歌山大学経済学部)に勤務。24年和歌山大学事務官となり、経済短期大学部、教育学部事務長を経て、51年定年退官。一方、和歌山高商校長花田比露に師事、作歌を始める。のち同学教授田林義信が主宰する歌誌「垣穂」の維持同人として約40年間作歌、編集にも従事。平成2年短歌研究誌「燦」を創刊、代表に。歌集に「藻屑川」がある。

中村 将晴　なかむら・まさはる
俳人 元・調布市社会教育部長 [生]大正11年7月11日 [出]東京 [学]早稲田大学付属工手学校機械科卒、専検合格 [賞]雪解新人賞(昭和38年)、雪解賞(昭和48年) [歴]昭和18年頃結核療養中より作句。22年「口笛」入会、編集担当。27年「雪解」入門、33年同人。句集に「山塊」。 [団]俳人協会

中村 道子　なかむら・みちこ
詩人 高校教師(浜松北高校) [生]昭和19年 [出]ベトナム・サイゴン市(現・ホーチミン市) 筆名＝なかむらみちこ(なかむら・みちこ) [学]奈良女子大学文学部卒 [賞]東海現代詩人賞(第13回)「夕べの童画」、静岡県芸術奨励賞「母を洗う」、中日詩賞(第30回・中日詩人会)(平成2年)「ねむりのエスキス」 [歴]昭和21年両親と共に仏印から引き揚げ帰国。父が外交官のため浜松市の祖父母のもとに預けられて育つ。高校教師の傍ら29歳の時、寝たきりの養母の世話と自身の生活をもとに詩を書き始め、以来詩作を続ける。詩誌「鹿」の同人。詩集に「夕べの童画」「春の指紋」「ねむりのエスキス」、小説に「痛みの周辺」がある。 [団]静岡県詩人会、中日詩人会

中村 路子　なかむら・みちこ
俳人 [生]大正6年1月26日 [没]平成11年2月24日 [出]北海道小樽市 [学]東京府立第二高女(昭和10年)卒 [賞]風賞(第9回)(昭和39年)、現代俳句協会賞(第30回)(昭和58年) [歴]昭和37年「風」、44年「寒雷」、48年「陸」にそれぞれ参加。50年「寒雷」同人、「女性俳句」編集長。句会ノート「水位」編集。句集に「簪」「露」「渚」「澪」などがある。 [団]女性俳句

仲村 美智子　なかむら・みちこ
俳人　[生]大正10年5月1日　[出]大阪市　[賞]南風新人賞(昭46年度)、南風賞(昭57年度)　[歴]昭和41年「南風」に入会し、46年南風新人賞を受賞する。「南風」同人。著書に「女流シリーズVI・28 縹」。　[団]俳人協会

中村 光行　なかむら・みつゆき
経済評論家　詩人　仏教ジャーナリスト　高麗橋クラブ代表　現代証券人懇話会代表　鬼の会主宰　[専]株式市場　現代詩　仏教寺院　[生]昭和8年3月23日　[出]大阪府　[学]大阪市立西二高(昭和30年)卒　[興]株式市場の将来、詩人論、善思論　[歴]昭和23年日本勧業証券入社。のち、株式専門誌記者を経て、フリーに。著書に「生きてる格言」「実録・北浜の相場師」「翔んでる格言」「株で儲けるための九章」「北浜100年」「株で儲ける極意百箇条」「株で儲ける金言格言」「仕事戦の裏幕」「稀代の相場師・是川銀蔵」、詩集に「自殺行」「弔祭」「僧たちの記録」、評論に「鬼のこと」「続鬼のこと」「わが友は鬼・他」「鬼の系譜」などがある。　[団]日本現代詩人会、現代証券人懇話会、高麗橋クラブ、「思の会」

中村 稔　なかむら・みのる
詩人　評論家　弁護士　日本近代文学館理事長　[生]昭和2年1月17日　[出]千葉県　[学]東京大学法学部(昭和25年)卒　[資]日本芸術院会員(平成10年)　[賞]高村光太郎賞(第10回)(昭和42年)「鵜原抄」、読売文学賞(詩歌・俳句賞,第28回)(昭和51年)「羽虫の飛ぶ風景」、芸術選奨文部大臣賞(第38回,昭62年度)(昭和63年)「中村稔詩集」、読売文学賞(評論・伝記賞,第43回)(平成3年)「束の間の幻影」、歴程賞(第30回)(平成4年)「浮泛漂蕩(ふはんひょうとう)」　[歴]大学在学中の昭和21年、「世代」の同人に参加し、卒業した25年に処女詩集「無言歌」を刊行。42年「鵜原抄」で高村光太郎賞を、51年「羽虫の飛ぶ風景」で読売文学賞を受賞。他に詩集として「樹」「空の岸辺」「中村稔詩集」「浮泛漂蕩(ふはんひょうとう)」などがある。また中原中也や宮沢賢治の研究家としても知られ、「言葉なき歌—中原中也論」「宮沢賢治」「束の間の幻影 銅版画家駒井哲郎」などがあり、中也については全集編纂に協力している。日本近代文学館副理事長を経て、平成10年理事長に就任。文学者としての活動の他、特許関係を中心に弁護士としても活躍。　[団]東京第二弁護士会、日本文芸家協会

中村 楽天　なかむら・らくてん
俳人　[生]慶応1年7月10日(1865年)　[没]昭和14年9月19日　[出]播磨国辻井村(兵庫県)　本名＝中村修一　[歴]明治18年上京、国民新聞記者を経て「国民之友」編集に従事、和歌山新報記者の後33年から「二六新報」に勤めた。正岡子規、高浜虚子に俳句を学び、晩年雑誌「草の実」を創刊主宰した。著書「明治の俳風」のほか「中村楽天句集」がある。

中本 紫公　なかもと・しこう
俳人　[生]明治42年1月6日　[没]昭和48年11月2日　[出]京都市　本名＝中本研一　[学]滋賀師範卒　[歴]教員を経て戦後滋賀県主事。師範在学中に俳句を始め、「灯」を発行。その後「獺祭」「草上」を経て、「桃季」に移り、転じて松瀬青々に就き「倦鳥」に所属。昭和21年4月大津市で「花藻」を創刊、没時まで主宰。句集に「細道」「日本の眉」、文集に「作品と人間像」のほか、評論集「俳句の眼」、季寄せ「花藻四季帖」「滋賀県俳人名鑑」等。

中本 庄市　なかもと・しょういち
歌人　[生]大正2年3月26日　[没]昭和61年2月1日　[出]広島県　[歴]昭和14年「むくげ」に入会、幸野羊三・幸田幸太郎に師事。51年から編集発行人となる。19年「潮音」に入会、のち同幹部。45年より54年まで呉歌人協会会長。55年より57年まで広島県歌人協会会長。昭和39年「短歌研究」中四国地方新人特集二席入賞。

中本 道代　なかもと・みちよ
詩人　[生]昭和24年11月15日　[出]広島県　本名＝河辺道代　[学]京都大学文学部美学科(昭和47年)卒　[賞]ラ・メール新人賞(第2回)　[歴]「オルフェ」「ハリー」に所属し、詩集に「春の空き家」「四月の第一日曜日」がある。　[団]日本現代詩人会、日本文芸家協会

長森 光代　ながもり・みつよ
歌人　小説家　[生]大正11年2月27日　[出]東京　筆名＝森屋耀子(もりや・ようこ)　[学]東京第三高女卒、アリアンス・フランセーズ　[歴]昭和38年渡仏し、ソルボンヌ、ルーブル美術史学校等で学び、41年に帰国。46年再び渡仏し、1年間パリに滞在後、ブルゴーニュ地方クールトワ村で8年間過す。53年に帰国。「アララギ」「文芸生活」同人。平成11年父で2.26事件の関係者を裁いた陸軍法務官、小川関治郎の回想録を執筆、愛知県美和町歴史資料館から「美和町史人物編」として出版された。著書に随筆集「ブルゴーニュの村便り」、歌集「野のマリア」「幻日」、

小説集「イヨンヌの深き霧」などがある。[団]日本文芸家協会 [家]父＝小川関治郎（元陸軍法務官・故人）、夫＝長森聡（洋画家・新潟大学教授）

長谷 岳　ながや・がく
俳人 弁護士 [生]大正1年9月11日 [没]平成4年1月1日 [出]岡山市 本名＝長谷岳（ながや・たかし） [学]早稲田大学法学部（昭和10年）卒 [歴]昭和13年検事となり、27年東京地検検事、33年東京高検検事を歴任。同年退官して弁護士となる。一方、中学在学中の昭和2年から俳句を松村巨湫に師事。「清渟集」「あけび」に投句、のち「樹海」同人。昭和29年巨湫の「きのうみ」発刊に合わせ同誌を離脱、金尾梅の門の「季節」に拠って同人、のち同誌編集長、同人会長。他に「八幡船」「風象」同人。句集「民族の谷間」「空蝉のうた」がある。

中谷 俊　なかや・しゅん
詩人 [生]昭和10年 [歴]「オルフェ」終刊号まで同人。「小田原詩人」（第二次）を編集。詩集に「地平までの距離―中谷俊詩集」「ある図式」「一枚の絵のバラード」などがある。[団]日本詩人クラブ

中矢 荻風　なかや・てきふう
俳人 [生]大正6年1月8日 [没]平成9年2月18日 [出]愛媛県松山市 本名＝中矢貞義 [学]関西大学専門部法律学科（昭和12年）卒 [賞]虎杖賞（昭和35年） [歴]昭和51年松山市伊台中校長を最後に定年退職。一方、俳句は30年川本臥風に学び、「虎杖」所属、三人目の選者を務めた。句集に「錆自転車」「無冠」「踏青」「愛語」など。[団]現代俳句協会

中谷 無涯　なかや・むがい
小説家 詩人 [生]明治4年3月18日 [没]昭和8年12月24日 [出]東京・麻布 本名＝中谷哲次郎、戸籍名＝中谷為知（なかや・ためちか） [歴]小学卒後、雑貨輸出商や小学教員などをしながら詩や短篇を「露光」などに投稿し、明治25年幸田露伴の門下生となる。新体詩「鉄槌」や小説「かるかや物語」で文壇に登場。30年出家し各地の住職をつとめた。39年詩集「すひかつら」を刊行した。

長安 周一　ながやす・しゅういち
詩人 元・科学警察研究所主任研究官 [専]法医学 [生]明治42年1月1日 [没]平成2年8月20日 [出]東京・牛込 [学]慶応義塾大学医学部卒 [歴]慶大で型取り法を学ぶ。法医学にたずさわり、東大に10年余勤務した後、科学警察研究所主任研究官に。また中学生のころから詩に関心をもち、北園克衛と親交を結んで本格的な詩作を始めた。「文芸汎論」「三田文学」「窓」「GALA」のほか、外国の雑誌「ニュー・ダイレクション」「クライテリオン」「タウンズマン」「テセオ」などにも投稿、VOUクラブ会員となる。のち「荻」グループに加わる。専門の著書に「ミイラは語る」「顔の蘇生学」など。

中山 一路　なかやま・いちろ
俳人 [生]昭和7年12月10日 [出]茨城県 本名＝中山一郎 [学]茨城大学教育学部卒 [賞]朝霧賞（昭和28年）、鹿火屋賞（昭和41年）、茨城県俳句作家協会賞（昭和46年） [歴]昭和23年ごろより作句。「朝霧」「鹿火屋」に所属し、のち「鹿火屋」同人。茨城俳協理事を務める。句集に「流木」がある。 [団]俳人協会

永山 一郎　ながやま・いちろう
詩人 小説家 [生]昭和9年8月11日 [没]昭和39年3月26日 [出]山形県最上郡金山町 筆名＝青沢永 [学]山形大学教育学部二部（昭和30年）修了 [歴]山形県下の小学校、分校などの教員をし、そのなかで組合活動をする。昭和31年詩集「地の中の異国」を刊行。他に小説「夢の男」「配達人No.7に関する日記」などがある。辺地の分校に帰任の途中モーターバイク事故で死去した。

中山 華泉　なかやま・かせん
俳人 [生]昭和2年12月24日 [出]京都府 本名＝中山幸枝 [学]旧制専攻師範科卒 [賞]双壁努力賞（昭和48年） [歴]昭和40年「双璧」に入会、山崎布丈に師事、43年同人。55年主宰死去により発行に携わる。関西俳誌連盟常任委員。現代俳画紅華会主宰。 [団]俳人協会

中山 梟庵　なかやま・きょうあん
歌人 [生]明治10年6月20日 [没]昭和35年9月29日 [出]岡山県真庭郡久世町 本名＝中山正次 [歴]旧派堺敷島会に属し、与謝野晶子を知る。「よしあし草」「明星」同人となり、新派歌人としてロマン的で美しい歌を多く詠んだ。「関西文学」第2号の美文「高師の浜」には鉄幹、晶子を取材した浜寺歌会のことが詳述されてい

る。「明星」なきあとは郷里で医者を開業、傍ら作歌を楽しんだ。「中山梟庵歌集」がある。

中山 梟月　なかやま・きょうげつ
俳人　「柿」主宰　㋓大正9年5月22日　㋣平成5年12月8日　㋓愛媛県松山市　本名＝中山重武　㋕愛媛師範(昭和15年)卒　㊞愛媛新聞俳壇年間賞(昭和51年)、柿賞(昭和54年)　㋑昭和15年愛媛県教職員として西宇和に勤める。53年退職し、教育事務所を経て、55年二神塾に勤務。一方、俳句は36年「柿」主宰の村上杏史に師事し、翌年より「ホトトギス」に投句する。38年「柿」同人、56年「ホトトギス」同人。38年より「柿」編集に携わり、のち主宰。また松山俳句協会評議員を経て、副会長を務めた。句集に「福耳」がある。　㊞俳人協会、松山俳句協会、愛媛県俳句協会、日本伝統俳句協会

中山 きりを　なかやま・きりお
俳人　㋓明治35年4月20日　㋓山形県　本名＝中山梧郎　㋑昭和32年長井俳句会、38年「氷海」「狩」に入会。のち「狩」「氷壁」同人。長井俳句会長。句集に「ながゐ」「氷滴」がある。㊞俳人協会

中山 啓　なかやま・けい
⇒中山忠直(なかやま・ただなお)を見よ

中山 周三　なかやま・しゅうぞう
歌人　「原始林」代表　元・藤女子大学教授　㋓大正5年8月13日　㋣平成11年9月22日　㋓北海道札幌市　㋕国学院大学高師部卒　㊞北海道文化賞(昭和63年)　㋑大学時代、釈迢空の歌との出会いで作歌。昭和12年「歌と観照」入会。21年「原始林」創刊に参加、山下秀之助に師事。28年以降同誌編集発行。33年から北海道新聞歌壇選者、また62年まで藤女子大学教授をつとめた。初期の心理主義的詠風から、のちに平たんな日常・自然詠と変遷。北海道歌人会の創立にも尽力。歌集に「天際」「陸橋」。㊞日本歌人クラブ、北海道歌人会

中山 純子　なかやま・じゅんこ
俳人　㋓昭和2年7月15日　㋓石川県金沢市　本名＝木村純子(きむら・じゅんこ)　㋕石川県立第一高女卒　㊞俳人協会賞(昭和50年)　㋑昭和22年「風」に投句。沢木欣一、細見綾子に師事。26年「風」同人。40年俳人協会会員。句集に「茜」「沙羅」など。㊞俳人協会、日本文芸家協会

中山 省三郎　なかやま・しょうざぶろう
詩人　ロシア文学者　㋓明治37年1月28日　㋣昭和22年5月30日　㋓茨城県真壁郡柴尾村酒寄　㋕早稲田大学露文科卒　㋑大学時代「街」などを創刊し、卒業後はロシア文学、特にプーシキン、ツルゲーネフなどの翻訳、紹介につとめ、ツルゲーネフ「散文詩」「猟人日記」やメレジコフスキー「永遠の伴侶」など多くの翻訳書がある。また詩人としても活躍し、詩集として「羊城新鈔」「水宿」などがある。児童文学関連では大正11年に雑誌「夕焼」を出して童謡を書き、児童自由詩集「蝙蝠の唄」(大川)の出版に尽力した。

中山 伸　なかやま・しん
詩人　「サロン・デ・ポエート」発行人　㋣平成3年1月3日　㋓愛知県名古屋市西区　本名＝中山伸二(なかやま・しんじ)　㋑名古屋地方の現代詩の草分け的存在の一人。大正8年柳亮、伴野憲と感動詩社を結成、「曼珠沙華」(のち独立詩文学と改題)を創刊。以後「風と家と岬」「新生」「友情」に参加。新日本詩人懇話会(請話会)、中部詩人サロン、名古屋短詩型文学連盟で活躍。詩誌「サロン・デ・ポエート」を発行。詩集に「北の窓」「座標」がある。

中山 忠直　なかやま・ただなお
詩人　思想家　㋓明治28年4月26日　㋣昭和32年10月2日　㋓石川県　筆名＝中山啓(なかやま・けい)　㋕早稲田大学商科卒　㋑幼時から宇宙に興味を持ち、明治43年ハレー彗星接近のとし初めて詩作。自然主義的な歌からSF味の強いファンタスティックな詩で評価された。人類が滅び来る「地球を弔ふ」、火星への憧れを託した「未来への遺言」などがある。初めマルキシズムに影響されるが、大正初期勤皇社会主義という極右思想に転じ、30歳の時、皇漢医学の名称で漢方医となり、中山胃腸薬など多くの薬品を製造、販売した。思想家としては日本人＝ユダヤ人同祖説を唱え、天皇はユダヤの血を引いているとの書を書き、発禁処分となる。他の著書に「日本芸術の新研究」「漢方医学の新研究」など。

永山 哲見　ながやま・てつみ
詩人　「風琴抄」主宰　㋓昭和11年2月8日　㋓広島県　㊞個人詩誌「風琴抄」主宰。著書に詩集「海との対話」「奈落の底から」「紙のように薄いカエル」などがある。

中山 稲青　なかやま・とうせい
俳人　⑰明治12年9月29日　⑱昭和20年2月7日　⑲埼玉県安行　本名＝中山健三郎　㉑農業に従事。洒竹の流れをくむ翠風会に属したが、日本派に転じて正岡子規の教えを受けた。明治35年俳誌「アラレ」を創刊、また「睡蓮」、「善」などを主宰した。「稲青句集」がある。

永山 トモコ　ながやま・ともこ
⇒世川心子（よかわ・しんこ）を見よ

中山 知子　なかやま・ともこ
童謡詩人　童話作家　翻訳家　青山学院大学文学部講師　㉑児童文学　音楽　舞台関連芸術　⑰大正15年2月25日　⑲東京都新宿区　㉒日本女子大学（昭和22年）卒　㉓川端康成に師事。創作に「星の木の葉」「夜ふけの四人」、作詞に「ピエロのトランペット」「おんまはみんな」などがある。また欧米児童文学の研究紹介につとめ、「O・ヘンリー少女名作全集」「若草物語」「ふしぎの国のアリス」など訳書・訳詩が多数ある。　㊙日本国際児童図書評議会、日本児童文芸家協会、詩と音楽の会、日本児童文学者協会

中山 直子　なかやま・なおこ
詩人　⑰昭和18年　⑲東京　㉒慶応義塾大学大学院修了　㉓詩誌「果樹園」を経て、「河」同人。著書に詩集「春風と蝶」「ヴェロニカのハンカチ」、共著に「ほほえみはひとつ—古風なソビエト紀行」がある。　㊙日本詩人クラブ

なかやま のりあき
歌人　「ひらがなたんか」主宰　⑰昭和4年7月28日　⑲沖縄県　本名＝中山典昭　㉓大学時代に胸を患い、長い闘病生活中に本格的に短歌を勉強。昭和45年「ひらがな短歌会」を結成、48年季刊短歌誌「ひらがな たんか」を創刊。歌集に「たいぷらいたあのうた」「おおきなそら」がある。

永山 富士　ながやま・ふじ
詩人　㉑詩集に「ヨーロッパの旅」「永山富士詩集〈日本詩人叢書〉」「緑あふるる日〈日本詩人文庫第83集〉」などがある。　㊙日本詩人クラブ

中山 ふみ子　なかやま・ふみこ
歌人　「松風」代表　⑰大正14年8月28日　⑲鹿児島県　本名＝中山フミ子　㉒東洋大学中退　㉖準覇王樹賞（昭和32年）、仙台市文化活動賞（昭和59年）　㉑「松風」代表、「覇王樹」所属。歌集に「長い道」「中山ふみ子歌集」など。　㊙日本歌人クラブ

中山 雅吉　なかやま・まさよし
歌人　⑰明治27年1月5日　⑱大正9年11月23日　⑲東京　㉒東京帝大医学部　㉑「珊瑚礁」に参加して、大正6〜8年に鋭利で若々しい歌壇時評が注目され、「写生異説」（「珊瑚礁」7年4月）など写生説批判として注目すべきものを残した。鎌田敬止、橘宗利、四海多実らと「珊瑚礁」を離れ、8年7月「行人」を創刊。歌集に「流転」（6年）がある。

中山 勝　なかやま・まさる
歌人　⑰明治39年3月24日　⑲北海道　㉑昭和3年「五更」「アララギ」に入会。以後、「香蘭」「あさひね」「作風」などに拠り、29年「かぎろひ」を創刊。歌集に「環状路」「野馬」「玄穹」「逍遙神」がある。

中山 みどり　なかやま・みどり
詩人　小説家　⑰昭和9年12月3日　⑲旧満州・奉天　㉒愛知学芸大学卒、名古屋学院大学外国語学部中国語学科（平成11年）卒　㉖三重県文学新人賞（小説部門）（昭和55年）、文芸広場年度賞（創作）（昭和55年）、三重県文化奨励賞（文学部門）（平成7年）　㉑三重県の高校教師となり、平成元年三重県立四日市高等学校に赴任。7年定年退職し、名古屋学院大学に入学。卒業後、大学院に進学。愛知学芸大学時代から詩を書き始め、詩誌「原始林」「幻市」同人。文芸誌「運用形」を刊行。著書に詩集「あの街へ」「青い海へ」、短編集「森のように 海のように」「運用形」、エッセイ集「いつまでも文学少女でいたい」などがある。

永山 嘉之　ながやま・よしゆき
歌人　あさかげ短歌会会長　⑰明治41年8月1日　⑲福島県　㉒立正大学　㉑大正13年より作歌を始め、「アララギ」の新田寛に師事。のち高田浪吉、大坪草二郎に師事。昭和27年「あさひこ」同人を経て、29年「あさかげ」創立に参加、編集長となる。歌集に「石神井川」「丘」「潮騒」「無患子」がある。　㊙日本歌人クラブ

中山 礼治　なかやま・れいじ
歌人　元・長岡工専教授　⑰明治45年3月11日　⑲新潟県　㉒国学院大学卒　㉑昭和21年4月復員後、引き続き「多磨」所属。28年「コスモス」発起人の一人に加わる。歌集に「風霜の丘」「黄蜀葵」「夏草の白い花」、ほかの著作に「万葉大和の旅」「戦場の鶏」などがある。　㊙現代歌人協会

奈切 哲夫　なきり・てつお
　詩人　⊕明治45年6月29日　⊗昭和40年7月26日　⊕長崎・五島　⊗早稲田大学英文科卒　⊛在学中より詩作、前衛詩誌「20世紀」「新領土」同人。「文芸汎論」「蝋人形」その他にも作品発表。敗戦後訳詩集「ルバイヤット」を刊行。没後の昭和42年、遺稿詩集「奈切哲夫詩集」が、刊行された。

奈倉 梧月　なくら・ごげつ
　俳人　⊕明治9年7月25日　⊗昭和33年2月18日　⊕島根県松江市　本名＝奈倉正良　旧号＝好何　⊛出雲電気会社に勤務して、正岡子規に師事する。明治30年碧雲会を結成し、36年「草笛」を創刊。大正元年「ホトトギス」課題句選者となる。2年「美津宇見」を、5年「曲玉」を創刊。昭和4年「梧月句集」を刊行した。

名古 きよえ　なこ・きよえ
　詩人　⊕昭和10年　⊕京都府北桑田郡美山町　⊛著書に「てんとう虫の日曜日」「蓬のなかで」「窓べの苺苗」「目的地」など。「地球」「AKIKUSA」同人。　⊛日本詩人クラブ、近江詩人会

名坂 八千子　なさか・やちこ
　歌人　「宇宙風」代表　⊕大正7年11月6日　⊕三重県　⊛お茶の水女子大学附属高女専攻科卒　⊛在学中、尾上柴舟より短歌の手ほどきを受け、卒業後「水甕」に入会。戦後の混乱期の後「日本歌人」に入会。前川佐美雄に師事。昭和36年石川信夫「宇宙風」創刊に参加、39年信夫急逝の後その編集にあたる。歌集に「柿もみぢ」「秋の音」がある。

那須 乙郎　なす・いつろう
　俳人　「向日葵」主宰　⊕明治41年5月17日　⊗平成1年6月16日　⊕滋賀県　本名＝那須政男（なす・まさお）　⊗京都薬学専門学校（昭和4年）卒　⊗京都市芸術文化協会賞（昭和60年）、京都市文化功労者（昭和61年）　⊛昭和9年「馬酔木」投句、24年同人。34年「向日葵」を創刊主宰。33年毎日新聞京都文芸選者、34年京都市芸術文化協会常任理事、53年俳人協会評議員を歴任。句集に「ふるさと湖北」「旅の残像」。　⊛俳人協会

なた としこ
　詩人　⊕昭和12年9月21日　⊕福井県坂井郡三国町　⊛「水脈」会員。著書に詩集「川べりの停留所」「とおい秋」「あじさいの時」「待つ」、詩文集「蛍ぶくろ」、エッセイ「虹を紡ぐ」などがある。　⊛詩人会議、福井県詩人会議、福井県詩人懇話会

七田谷 まりうす　なだや・まりうす
　俳人　⊕昭和15年10月4日　⊕東京　本名＝灘山龍輔（なだやま・りゅうすけ）　⊗東京大学経済学部（昭和39年）卒　⊛昭和39年日本銀行入行。調査統計局、金融研究所、考査局などを経て60年11月考査役。61年8月日本カードシステム設立と同時に同社常務に就任。学生時代は「ホトトギス会」（東大の俳句研究会）に所属、のち「秋」同人。句集に「高秋」「初秋」がある。　⊛俳人協会、俳文学会、日本ペンクラブ、日本文芸家協会

夏井 いつき　なつい・いつき
　俳人　⊕昭和32年　⊕愛媛県　⊗俳壇賞（第8回）（平成6年）、中新田俳句大賞（第5回）（平成12年）　⊛昭和63年中学校教師を経て、プロの俳人を目指す。平成6年第8回俳壇賞受賞、12年第5回中新田俳句大賞受賞。NHK教育テレビ「天才てれびくんワイド」に2年間レギュラー出演。黒田杏子主宰「藍生」会員、俳句新聞「子規新報」編集委員。俳句集団・いつき組組長として小・中・高校生を対象とした俳句の授業・句会ライブや教職員を対象とした実技研修・講演活動を行う。句集に「伊月集」、他の著書に「絶滅寸前季語辞典」などがある。

夏石 番矢　なついし・ばんや
　俳人　評論家　明治大学法学部教授　⊗比較文学（日・米・仏の詩を中心とする）　⊕昭和30年7月3日　⊕兵庫県相生市　本名＝乾昌幸（いぬい・まさゆき）　⊗東京大学教養学部卒、東京大学大学院比較文学・比較文化専攻（昭和59年）博士課程修了　⊗比較詩学、日本論、比較神話学、20世紀文化論　⊗椎の木賞（第1回）（昭和59年）「俳句のポエティック」、現代俳句協会賞（平成3年）　⊛埼玉大学教養学部講師、助教授を経て、明治大学法学部教授。日本とアメリカ、フランスの詩を中心とする比較文学を専攻。俳句は大学時代に「俳句評論」に参加。昭和53年同人誌「未定」同人となり、のち編集人。58年「俳句のポエティック 戦後俳句作品論」を刊行し、翌59年第1回の椎の木賞を受賞。著書に句集「猟常記」「メトロポリティック」「真空律」「神々のフーガ」「人体オペラ」や「現代俳

句キーワード辞典」がある。 [団]日本比較文学会、東京大学比較文学会、現代俳句協会、日本フランス語フランス文学会、日本文芸家協会、国際比較文学会 [家]妻＝鎌倉佐弓(俳人)

夏目 漱石 なつめ・そうせき

小説家 英文学者 俳人 [生]慶応3年1月5日(1867年) [没]大正5年12月9日 [出]江戸・牛込馬場下横町(現・東京都新宿区喜久井町) 本名＝夏目金之助(なつめ・きんのすけ) [学]東京帝大文科大学英文科(明治26年)卒 [歴]明治26年東京高師、28年松山中学、29年五高教授を経て、33年イギリスに留学し、"漢文学と英文学の違い"などから研究を断念、強度の神経症に陥る。36年に帰国後一高、東京帝大各講師を歴任。38年高浜虚子のすすめで「ホトトギス」に「吾輩は猫である」を発表。さらに翌39年、「坊ちゃん」「草枕」を発表し、作家としての文名を高める。40年教職を辞して東京朝日新聞社に入り、本格的な作家活動に入る。晩年にいたるまで"木曜会"を続け、森田草平、鈴木三重吉、芥川龍之介など秀れた門下を多く出した。また、子規の影響を受け俳句や漢詩も娯しんだ。他の代表作に39年「倫敦塔」、40年「虞美人草」、41年「坑夫」「夢十夜」「三四郎」、42年「それから」、43年「門」、45年「彼岸過迄」、大正元年「行人」、3年「こゝろ」「道草」など。この間明治42年胃かいようで大吐血(修善寺の大患)、44年文学博士を辞退、大正2年神経衰弱に悩む。5年最後の「明暗」の完成を見ずに死去した。「漱石全集」(全18巻，岩波書店)などがある。昭和59年発行の千円札紙幣の肖像になった。 [家]長男＝夏目純一(バイオリニスト)、孫＝夏目房之介(コラムニスト)

夏目 漠 なつめ・ばく

小説家 詩人 「文学匪賊」主宰 [生]明治43年3月28日 [没]平成5年2月21日 [出]鹿児島市 本名＝北原三男(きたはら・かずお) [学]東京帝国大学法学部卒 [歴]台湾総督府、厚生省などを経て、昭和21年鹿児島県職員。41年県文化センター初代館長に就任。この間、30年より詩作など文学活動を行う。「九州文学」同人、詩誌「火山灰」同人。詩集に「火の中の眼」「含羞曠野」「悲愁参百日」、小説集に「霰の如く乱れ来る」がある。

名取 思郷 なとり・しきょう

俳人 「あすか」主宰 [生]大正13年1月19日 [没]平成6年4月13日 [出]東京 本名＝名取勇 [学]明治大学政経学部卒 [歴]ゴム会社社長。昭和15年吉田冬葉に師事、巣鴨獺祭俳句会の機関誌「浮巣」で勉強。戦後、「あざみ」に拠り、同人。39年「あすか」を創刊し主宰。句集「花柊」「花擬宝珠」がある。 [団]現代俳句協会、俳人協会

鍋島 幹夫 なべしま・みきお

詩人 上陽町立上横山小学校(福岡県)校長 [出]福岡県八女郡黒木町 [学]四国学院大学卒 [賞]H氏賞(第49回)(平成11年)「七月の鏡」 [歴]大学卒業後、小学校教師に。29歳の時福岡県にもどり、のち上陽町立上横山小学校校長を務める。一方、「西日新聞」の読書文芸欄がきっかけで本格的に詩作を始め、選評を書いていた丸山豊に師事。その後、地元の同人誌や詩誌「ユリイカ」などにシュールな味わいを持つ作品を発表。詩集「七月の鏡」も出版。

生井 英介 なまい・えいすけ

詩人 [生]明治41年1月27日 [出]東京都下谷区竹町 本名＝生井清明 [学]一ツ橋植民中学校(旧制)(大正12年)中退 [賞]日本人詩人連盟賞(昭和53年) [歴]西条八十主宰「愛誦」に詩を投稿。のち浜田広介主宰の「日本民謡」同人となる。昭和38年恩田幸夫、野村俊夫等と共に詩謡誌「新歌謡派」を発刊。5年後「ニューソング」と誌名を変更し、クラシック作品を主とする。20余年続けたのち解散した。著書に「私集―わらの詩」がある。 [団]JASRAC、ニューソングの会、日本詩人連盟

生井 武司 なまい・たけし

歌人 [生]大正4年8月4日 [出]栃木県下都賀郡大平村 [学]東京高等師範学校卒 [歴]在学中の昭和11年「アララギ」に入会、土屋文明に師事。21年「新泉」に参加。24年「はしばみ」を創刊、編集責任者となる。27年以来下野新聞短歌欄選者。歌集に「青山」「緑水」「北の窓」「円き虹」がある。

生江 良康 なまえ・よしやす

歌人 [生]大正2年3月14日 [出]福島県 [賞]宮城県歌人協会賞(第1回)(昭和25年) [歴]昭和7年吉植庄亮に師事して「橄欖」に入会、運営委員。25年第1回宮城県歌人協会賞を受賞。55年より宮城県芸術協会文芸年鑑短歌選者。57年「風花会」を創設。歌集に「天のはなびら」、合同歌集に「不同調」がある。 [団]現代歌人協会

浪 乱丁　なみ・らんちょう

川柳作家　川柳宇和吟社会長　⽣大正6年7月7日　⽇愛媛県東宇和郡宇和町　本名=田浪準夫（たなみ・のりお）　⽇愛媛県師範本科第一部（昭和13年）卒、愛媛県師範専攻科哲学専攻（昭和18年）卒　⽇昭和52年石城小学校長を退職するまで38年間の教師生活を送る。一方、40年頃から古川柳に親しみ、42年番傘川柳誌に投句をはじめる。48年番傘川柳本社同人、57年川柳宇和吟社の会長に。作品集に「迷路の虹 浪乱丁集」。　⽇日本川柳協会

行方 寅次郎　なみかた・とらじろう

俳人　元・山形県立女子短期大学教授　⽣大正9年4月20日　⽇平成7年1月13日　⽇山形県　⽇旧高工卒　⽇昭和20年「駒草」入会。26年「寒雷」入会。28年「鶴」「胡桃」入会。45年「鶴」同人。53年「胡桃」主宰、のち名誉主幹。山形県俳人協会会長を務めた。句集に「四十雀」「まんさく」、随筆集に「さようならキュウロク」。　⽇俳人協会

並木 秋人　なみき・あきひと

歌人　⽣明治26年6月27日　⽇昭和31年6月9日　⽇福島県安達郡石井村　本名=三島一　⽇「詩歌」「アララギ」を経て、大正10年「常春」を、昭和3年「ひこばえ」を創刊。以来改題しつつ27年「短歌個性」を創刊。歌集に「穂明」「巣薫の卵」「並木秋人短歌作品集」、著作に「現代短歌表現辞典」等がある。

行方 克巳　なめかた・かつみ

俳人　⽣昭和19年6月2日　⽇千葉県八街　⽇慶応義塾大学大学院文学研究科修了　⽇若葉岬魚賞（昭和55年）、俳句協会賞新人賞（第27回）（昭和63年）　⽇慶大入学と同時に俳句研究会に入会、清崎敏郎の指導を受ける。昭和55年「若葉」同人。句集に「無言劇」「知音」がある。　⽇俳人協会、日本文芸家協会

名本 勝山　なもと・しょうざん

俳人　⽣大正2年6月15日　⽇愛媛県　本名=名本久徳　⽇教導学校卒　⽇故郷功労賞（昭和54年）、建設タイムス文化賞（昭和55年）　⽇昭和14年安藤姑洗子に師事し「ぬかご」入会。44年野竹雨城の「故郷」創刊同人となる。句集に「伊子路」「歳の雪」がある。　⽇俳人協会

奈良 勇　なら・いさむ

詩人　⽣昭和10年1月1日　⽇東京　⽇慶応義塾大学経済学部卒　⽇「橋」同人。詩集に「網膜の残景」「奈良勇詩集」「心の遠景」がある。　⽇栃木県現代詩人協会

奈良 鹿郎　なら・しかろう

俳人　瀬戸内海観光貿易社長　⽣明治22年2月25日　⽇昭和35年8月15日　⽇神奈川県　本名=奈良秀治　⽇大阪商船専務取締役、瀬戸内海観光貿易社長、東西汽船監査役など歴任。大正10年門司在住のころ吉岡禅寺洞に師事し、「天の川」に投句。編集同人となる。のち虚子門に入り「ホトトギス」に投句。昭和6年夜半主宰の「芦火」を発刊、編集同人。9年「ホトトギス」同人。

奈良 文夫　なら・ふみお

俳人　⽣昭和11年7月20日　⽇山梨県　⽇早稲田大学法科卒　⽇万緑新人賞（昭和48年）　⽇昭和34年「万緑」入会、49年同人となる。西北の森会員。現代俳句選集編集委員を務める。句集に「鼓動音」「直進」がある。　⽇俳人協会

楢崎 曄子　ならさき・ようこ

歌人　⽣昭和8年3月30日　⽇東京　⽇東洋大学文学部　⽇市村宏のすすめにより在学中から短歌研究会に所属、「明灰」に作品発表する。33年頃「花実」会員となり、植木正三に師事。47年11月「草地」創設と同時に同人となる。「十月会」会員でもある。歌集に「その空間」「宙」がある。　⽇日本歌人クラブ

楢崎 六花　ならざき・ろくか

俳人　⽣大正10年2月6日　⽇福岡市　本名=楢崎秀夫（ならざき・ひでお）　⽇福岡商（昭和13年）卒　⽇福岡市文学賞（第21回）（平成3年）　⽇昭和16年句作を始める。20年11月〜22年4月シベリアに抑留。45年三菱自動車販売（株）九州総合センター所長。平成元年その間の記憶を句にした「冬将軍」を刊行。句誌「冬野」「ホトトギス」同人。　⽇福岡文化連盟、日本伝統俳句協会

成田 敦　なりた・あつし

詩人　⽣昭和8年12月4日　⽇岐阜薬科大学　⽇中日詩賞（第33回）（平成5年）「水の発芽」　⽇岐阜薬科大学時代、同人誌に参加。40代になってから本格的に詩作を始める。詩誌「存在」「撃竹」「地球」同人。歌集に「水嚢」、詩集に「紙の椅子」「水の年輪」「ゆめ雪の繭」「水の発芽」など。大垣市内で薬局を経営。　⽇中日詩人会（運営委員）

成田 嘉一郎　なりた・かいちろう
歌人　[生]昭和2年5月10日　[没]平成8年3月18日　[出]秋田県　[賞]国労文芸年度賞(第17・21回)(昭和52・56年)　[歴]昭和20年以降国労機関誌により順三・哲久・芳美の選を受ける。32年「まひる野」に入会、窪田章一郎に師事。56年善麿追尋の「短歌周辺」創刊に参加。日本歌人クラブ県委員、秋田歌人社主幹を務める。歌集に「北狄」「鷹」などがある。[団]日本歌人クラブ

成田 千空　なりた・せんくう
俳人　[生]大正10年3月31日　[出]青森県青森市　本名＝成田力　[学]青森工機械科(昭和14年)卒　[賞]万緑賞(第1回)(昭和29年)、青森県文化賞(昭和62年)、俳人協会賞(第28回)(平成1年)「人日」、蛇笏賞(第32回)(平成10年)「白光」、詩歌文学館賞(俳句部門, 第16回)(平成13年)「忘年」　[歴]東京の富士航空計器に入社するが、昭和16年病気のため帰郷。4年間の療養生活中に俳句を始める。21年中村草田男の「万緑」創刊に参加。25年五所川原市に書店を開業し、26年五所川原俳句会を結成。「万緑」選者。「暖鳥」同人。句集に「成田千空句集」「地霊」「人日」「忘年」など。　[団]俳人協会、日本文芸家協会

成井 恵子　なるい・しげこ
俳人　茨城女子短期大学文学科助教授　[専]図書館学　[生]昭和12年9月20日　[出]茨城県　旧姓(名)＝稲川　[学]文部省図書館職員養成所図書館情報学科(昭和33年)卒　[賞]現代俳句協会評論賞(第7回)(昭和63年)「俳句・その二枚の鏡」、四季宅居賞(第5回)(昭和63年)、茨城県文学賞(昭和63年)、炎帝賞(第8回)(平成4年)　[歴]日本原子力研究所技術情報部主査を経て、茨城女子短期大学文学科専任講師、のち助教授。同短期大学図書館副館長を兼務。一方、昭和57年「四季」に入会、現在編集同人。63年「海程」「炎帝」「亞」同人。著書に「俳句の美学」、共編著に「資料特論」、句集に「紆影」がある。[団]現代俳句協会、日本図書館協会、図書館科学会、日本文芸家協会

鳴上 善治　なるかみ・よしはる
歌人　[生]大正11年　[出]奈良県宇陀郡榛原町　[学]奈良県師範学校専攻科卒、関西大学文学部国文科卒、大阪大学専攻生　[賞]日本歌人賞(第6回)(昭和37年)　[歴]元・大阪府立大手前高等学校教諭。昭和22年「日本歌人」入会、前川佐美雄に師事。日本歌人同人、選者、大阪歌会代表。著書に「絢爛たる翼―前川佐美雄論」、歌集に「花に坐す」「春愁」などがある。　[団]万葉学会

成嶋 瓢雨　なるしま・ひょうう
俳人　[生]大正15年1月18日　[出]茨城県竜ケ崎市　[学]茨城師範卒　[歴]竜ケ崎小学校教諭を経て、叔父の設備機器会社に勤務。入院中の昭和29年句会の仲間入り。故・高浜年尾に師事、30歳で「ホトトギス」初入選。茨城県俳句作家協会長、日本伝統俳句協会創立監事から評議員。平成2年句集「歳月」を出版した。　[団]日本伝統俳句協会(評議員)

成島 柳北　なるしま・りゅうほく
漢詩人　随筆家　ジャーナリスト　朝野新聞社長　[生]天保8年2月16日(1837年)　[没]明治17年11月30日　[出]江戸浅草御厩河岸　本名＝成島惟弘　幼名＝甲子麿、前名＝甲子太郎、惟弘、字＝保民、別号＝確堂、誰園、我楽多堂　[歴]徳川幕府の奥儒者の名門に生まれ、18歳で家督を継いで、祖父の著書「東照宮実記」500余巻、父の著書「後鑑」375巻の編集を担当。安政6年(1859)「柳橋新誌」を執筆。のち外国奉行、会計副総裁まで昇進したが維新で退官。明治5年外遊し「航西日乗」「柳橋新誌第二編」を刊行。7年朝野新聞社長に就任。主筆として、反骨精神を発揮した。9年筆禍で入獄し、「柳橋新誌第3編」は発禁処分を受けた。また、10年に勃発した西南戦争の際には反政府側に立ち、このころから社運が傾きはじめたが、同年に創刊した漢詩文雑誌「花月新誌」に力を注いだ。他に戯文集「伊都満底草(いつまでぐさ)」「柳北奇文」「成島柳北全集」(博文館)などがある。[家]祖父＝成島東岳(儒学者)、父＝成島稼堂(儒学者)、孫＝大島隆一(美術評論家)

成瀬 桜桃子　なるせ・おうとうし
俳人　「春燈」主宰　[生]大正14年11月25日　[出]岐阜県　本名＝成瀬冨造(なるせ・とみぞう)　[学]横浜国立大学工学部卒　[賞]俳人協会賞(昭和48年)、俳人協会評論賞(第10回, 平7年度)(平成8年)　[歴]昭和15年より作句を始める。20年久保田万太郎主宰「春燈」の創刊に参加。のち安住敦に師事。句集「風色」「素心」の他、著書に「近代俳句大観」「現代俳人」「わが愛する俳人」など。　[団]俳人協会(副会長)、日本ペンクラブ、日本文芸家協会

成瀬 正俊　なるせ・まさとし
俳人　国宝犬山城12代目城主　「遠山」(俳誌)主宰　犬山城社長　[生]昭和5年9月3日　[出]東京　俳号＝正とし　[学]学習院大学国文科卒　[歴]角川書店を経て、昭和33年NET(現・テレビ朝日)に入社。教育番組のディレクターなどを経て、退社。俳人として知られ、10代前期より高浜虚子、年尾、星野立子に師事、その早熟と才気でもって話題を呼ぶ。36年「ホトトギス」同人、47年俳誌「遠山」主宰。句集に「星月夜」、俳句随想に「とのさま俳話」などのほか、写生文もよくし、句文集に「帰城」「生悲し」などがある。48年父没後、国宝犬山城の12代城主となる。　[団]俳人協会、日本伝統俳句協会(理事)

成瀬 有　なるせ・ゆう
歌人　[生]昭和17年6月2日　[出]愛知県三河　本名＝成瀬有(なるせ・たもつ)　[学]国学院大学国文科卒　[歴]在学中、岡野弘彦と出会い、作歌をはじめる。「地中海」を経て、同人誌「短歌手帖」に参加。48年岡野弘彦の「人」創刊に参加、現在主要同人として活躍。高校教諭でもある。歌集に「游べ、桜の園へ」「流されスワン」など。
[団]現代歌人協会

鳴戸 奈菜　なると・なな
俳人　共立女子大学文芸学部助教授　[専]アメリカ文学　[生]昭和18年4月18日　[出]旧朝鮮・京城　本名＝神谷くに子(かみや・くにこ)　[学]共立女子大学文芸学部卒、共立女子大学大学院文芸学研究科英文学専攻修士課程修了　[賞]六人の会賞(昭和59年)、現代俳句協会賞(第49回)(平成9年)
[歴]昭和51年「琴座」に入会、53年同人。平成4年「豈」に同人参加。著書に「言葉に恋して—現代俳句を読む行為」、句集に「イヴ」「天然」など。　[団]日本文芸家協会、現代俳句協会

鳴海 英吉　なるみ・えいきち
詩人　[生]大正12年3月14日　[没]平成12年8月31日　[出]東京　本名＝加川治良(かがわ・はるよし)
[賞]壺井繁治賞(昭和53年)「ナホトカ集結地にて」　[歴]シベリア抑留の経験を持つ。「開花期」「冊」同人。詩集に「風呂場で浪曲を」「ナホトカ集結地にて」など。他に日蓮宗不受布施派に関する著述がある。　[団]日本現代詩人会、詩人会議

鳴海 宥　なるみ・ゆう
歌人　[生]昭和32年1月15日　[出]神奈川県　本名＝内山玲　[学]武蔵野音楽大学卒　[賞]未来年間賞、現代歌人協会賞(第37回)(平成5年)「BARCAROLLE」　[歴]ピアノ教師。「未来」所属。歌集に「保弖留海豚」「BARCAROLLE(舟唄)」がある。

鳴海 要吉　なるみ・ようきち
歌人　[生]明治16年6月29日　[没]昭和34年12月17日　[出]青森県黒石町　号＝帆羊、漂羊、うらぶる、浦春　[学]青森師範第二講習所(明治40年)卒　[歴]下北郡下高等小学校に赴任し、明治42年口語歌「半島の旅情」を発表。同年渡道するが、のちに上京し、大正3年ローマ字歌集「TUTINI KAERE」を刊行。口語歌運動の先覚者として15年口語歌雑誌「新緑」を創刊し、昭和7年「やさしい空」を刊行した。

成宮 弥栄子　なるみや・やえこ
俳人　「築港」編集代表　[生]昭和11年1月3日
[出]岡山市　[賞]天狼新人賞(第4回)(昭和61年)
[歴]昭和47年句作を始め、「雨月」を経て、50年「天狼」に入会、山口誓子に師事。53年天狼会友、平成6年「天狼」終刊に伴い「築港」創刊に同人として参加、編集代表。著書に句集「紅枝垂」「石楠花—成宮弥栄子句集」がある。
[団]俳人協会

名和 三幹竹　なわ・さんかんちく
俳人　安楽寺住職　[生]明治25年3月4日　[没]昭和50年5月31日　[出]山形県　本名＝名和香宝　[学]大谷大学(大正7年)卒　[賞]茂吉文化賞　[歴]中学時代より作詞し、明治末年ごろ「日本」「層雲」に投句、のち「アカネ」「縣葵」同人となる。東本願寺内事出仕として大谷句仏法主遷化までの20数年間勤務し、句仏の仏弟子、俳弟子として京都俳壇の長老格となる。晩年は郷里の安楽寺住職となり、山形俳壇に寄与。句集に「三幹竹句集」、著書に「乙字句集」などがある。

縄田 林蔵　なわた・りんぞう
詩人　農業　[生]明治33年2月21日　[没]昭和59年(?)　[出]兵庫県神戸市　[学]高小卒　[歴]高小卒後上京。印刷所などで働きながら「新詩人」に参加。昭和4年に処女詩集「けがれた王座」を自費出版、日本最初の売娼詩集といわれた。19年茨城県の守谷町に疎開、そこで農業と詩作の生活を続け、ほかに「天皇と麦踏」「迎春」「緑の法律」「続々・縄田林蔵詩集」などがある。

南江 治郎　なんえ・じろう
詩人　人形劇研究家　元・NHK理事　[生]明治35年4月3日　[没]昭和57年5月26日　[出]京都府亀岡市　筆名＝南江二郎　[学]早稲田大学中退　[歴]坪内逍遙、小山内薫らに学び、大正10年処女詩集「異端者の恋」を出版、13年「新詩潮」を主宰。以来、昭和8年まで南江二郎の筆名で、詩作を行う。一方、この間日本で初めての現代人形劇雑誌「マリオネット」(5〜6年)、「人形芝居」(7〜8年)を編集、発行した。9年NHKに入局、企画部長、編成局長、理事を歴任し、28年顧問となる。著書に「世界の人形劇」を始め、詩集に「南枝の花」「壺」「観自在」、訳書に「イェーツ舞踊詩劇集」、評論に「レミード・グウルモンの研究」などがある。

南上 敦子　なんじょう・あつこ
俳人　[生]昭和6年3月16日　[出]兵庫県　[学]大阪府立夕陽丘高卒　[賞]青賞(第2回)(昭和32年)、碧鐘賞(第1回)(昭和60年)　[歴]阿波野青畝に学び、「かつらぎ」同人を経て、のち波多野爽波に師事。「青」「晨」同人。昭和32年第2回青賞受賞、15年間の作句中断ののち、60年第1回碧鐘受賞。句集「さくらんぼの実る頃」「真赭」がある。

難波 道子　なんば・みちこ
詩人　[生]昭和9年2月　[出]岡山県総社市　筆名＝なんばみちこ　[学]岡山大学教育学部(昭和29年)卒　[賞]岡山出版文化賞(平成2年)「とんと立つ」、聖良寛文学賞(平成6年)、丸山薫賞(第6回)(平成11年)「蜮(いき)」　[歴]総社中央小学校校長などを経て、総社市総合文化センター館長。詩誌「火片」「舟」「総社文学」同人。詩集に「高梁川」「メメントモリ」「伏流水」「蜮(いき)」、分担執筆に「一日一題〈7〉」などがある。　[団]日本現代詩人会、岡山県詩人協会

難波 律郎　なんば・りつろう
詩人　[生]大正12年7月11日　[出]東京都八王子市　[学]東京府立織染学校卒、明治大学中退　[歴]昭和20年の敗戦でシベリア抑留。23年帰国後、平凡社編集部に勤務。詩は13年ごろから「若草」「文芸汎論」などに投稿、「植物領」「蝶」「故園」同人。戦後は「詩行動」「今日」などの同人として活躍。村野四郎、吉田一穂らと親しく、実存主義的詩風で注目された。36年ごろより詩作を中断していたが、59年に詩集「十四中隊」を発表して再開、現在に至る。他の詩集に「昭和の子ども」。　[団]日本文芸家協会、日本現代詩人会

南原 繁　なんばら・しげる
政治学者　評論家　歌人　東京大学総長　日本学士院院長　[生]明治22年9月5日　[没]昭和49年5月19日　[出]香川県大川郡引田町　雅号＝白童　[学]東京帝大法科大学政治学科(大正3年)卒　[資]日本学士院会員(昭和21年)　[歴]内務省に入るが、大正9年東大に戻り、10年助教授となる。3年間のヨーロッパ留学を経て、14年教授に就任。自由主義的立場を守り、戦時中も軍部に迎合しなかった。20年3月法学部長、同年12月戦後最初の東大総長に就任。占領下において学問の独立を主張、その訓示は警世の言として注目を浴びた。21年には貴院議員となって憲法改正の審議に加わった。22年教育刷新委員会委員長。25年のサンフランシスコ講和条約の締結に際しては、全面講和を唱えて政府と対立、吉田茂首相から“曲学阿世の徒”と非難されても屈しなかった。26年東大総長退任、27年東大名誉教授となる。45年より日本学士院院長をつとめた。主な著書に「国家と宗教」「大学の自由」「人間と政治」「フィヒテの政治哲学」「政治理論史」「政治哲学序説」のほか、「南原繁著作集」(全10巻，岩波書店)がある。また歌人でもあり、歌集に「形相」がある。　[家]息子＝南原晃(元日本輸出入銀行副総裁)

南部 憲吉　なんぶ・けんきち
俳人　[生]明治40年3月3日　[没]平成2年4月4日　[出]東京・麻布　[学]慶応義塾理財科(大正15年)中退　[賞]改造社俳句研究賞(昭和13年)、雲母寒夜句三昧個人賞(昭和14年，23年)　[歴]大正9年作句を始め、長谷川零余子没後、昭和12年飯田蛇笏に師事。「雲母」「蘇鉄」同人、「ひこばえ」主宰。句集に「脈博」「林」「ひょんの笛」、随筆集に「ひとりごと」がある。　[団]俳人協会

【に】

新島 栄治　にいじま・えいじ
詩人　[生]明治22年4月1日　[没]昭和54年1月11日　[出]群馬県山田郡矢場川村　[学]尋常小中退　[歴]明治40年上京後、車夫、監獄看守、職工などさまざまな職歴をもつ。大正11年「シムーン」に参加、「種蒔く人」「新興文学」「文芸戦線」などに作品を発表。著書に「湿地の火」「隣人」「三匹の狼」など。

新妻 博　にいずま・ひろし
詩人　エッセイスト　作詞家　[生]大正6年9月30日　[出]北海道札幌市　筆名＝園田瑛　[学]日本大学専門部宗教科(昭和17年)卒　[賞]札幌市民芸術賞(昭和63年)　[歴]NHK札幌中央放送局プロデューサーを経て、昭和26年HBC北海道放送に入社。ラジオ局長、事業局長を歴任し54歳で退社。詩集に「変奏曲―さようならワーズワース」「らんどろばあ あんど驢馬らんど」「第二の博物誌」「遠い日」、エッセイに「胡座の笛」「森からの通信」など、他に「北海道野鳥歳時記」がある。　[団]日本エッセイストクラブ、日本現代詩人会、北海道詩人協会

新延 拳　にいのべ・けん
詩人　[生]昭和28年2月26日　[出]東京都新宿区　[学]東京大学経済学部卒、インディアナ大学大学院修了　[歴]詩誌「日本未来派」同人、「東国」の会所属。詩集に「蹼(みずかき)」「紙飛行機」「時刻表」がある。　[団]日本詩人クラブ

新海 非風　にいのみ・ひふう
俳人　[生]明治3年10月6日　[没]明治34年10月28日　[出]松山市松前町　本名＝新海正行、新海岩雄　別号＝非凡　[学]陸士中退　[歴]日銀北海道支店勤務、新聞記者などを遍歴し、病魔に果てる。斬新な句風で知られ、正岡子規との合作小説「山吹の一枚」がある。

新村 寒花　にいむら・かんか
俳人　元・日新汽船監査役　[生]明治41年2月3日　[出]静岡県浜松市　本名＝新村正三郎(にいむら・しょうざぶろう)　[学]中央大学法学部卒　[賞]若葉賞(第19回)(昭和47年)　[歴]昭和14年「ホトトギス」、21年「若葉」に投句。「若葉」「ホトトギス」「春嶺」同人。句集に「寒花」。　[団]俳人協会

仁木 二郎　にき・じろう
詩人　[生]明治37年6月16日　[出]東京　本名＝林二郎　[学]日本大学専門部社会学科(大正15年)卒　[歴]「文芸戦線」に投稿。昭和2年前衛芸術家同盟に参加、のち「ナップ」に移り、「戦旗」に詩を発表。4年無産者新聞に関連し検挙される。戦後、詩作を再開し、新日本文学会に加入。大地堂書店店主。

西 一知　にし・かずとも
詩人　「舟」主宰　[生]昭和4年2月7日　[出]高知県越知町　[学]高知大学卒　[歴]詩集に「乾いた種子」「ひびきあるもの」「瞬間とたわむれ」などがある。　[団]レアリテの会

西 杉夫　にし・すぎお
詩人　[生]昭和7年　[出]東京　[学]早稲田大学露文科卒　[歴]「新日本詩人」「コスモス」を経て、「騒」同人。詩集に「原子力」「ビジネスホテル」、評論集に「プロレタリア詩の達成と崩壊」「抵抗と表現」がある。　[団]日本現代詩人会、日本社会文学会

西内 延子　にしうち・のぶこ
詩人　[生]大正15年3月31日　[出]東京・日本橋　[学]国学院大学卒　[歴]北園克衛主宰のVOUクラブ員であった。季刊詩誌「GALA」の同人。詩集に「緑の環」がある。

西尾 栞　にしお・しおり
川柳作家　全日本川柳協会常務理事　川柳塔社名誉主幹　[生]明治42年3月6日　[没]平成7年5月15日　本名＝西尾巌　[歴]全日本川柳協会常務理事、川柳塔社名誉主幹を務めた。句集に「定本西尾栞句集」がある。

西尾 桃支　にしお・とうし
俳人　医師　[生]明治28年10月25日　[没]昭和53年3月14日　[出]兵庫県明石市　本名＝西尾栄治　[学]九州大学医学部卒　医学博士　[歴]下関市にて病院を開設。先考三千堂其桃没後，そのあとを継ぎ、昭和7年俳誌「其桃」を下関より創刊主宰し、中国・九州方面に多くの俳人を育成。句集に「桃支句集」「凡」「無縁」、随筆集に「花径百題」「暗水」がある。

西岡 光秋　にしおか・こうしゅう
詩人　評論家　小説家　[専]詩　国文学　[生]昭和9年1月3日　[出]広島県高田郡吉田町　本名＝西岡光明(にしおか・みつあき)　筆名＝安芸静馬(あき・しずま)　[学]国学院大学文学部(昭和32年)卒　[興]日本の児童文学の再検討、近代詩から現代詩の体系的把握　[賞]日本詩人クラブ賞(第4回)(昭和46年)「詩集・鵜匠」　[歴]最高検察庁、法務省法務総合研究所等を経て、千葉地方検察庁総務部調査課長を依頼退職。詩人として知られ、昭和38年から受刑者のための教化新聞「人」紙文芸コンクール選者、少年院向けの教化新聞「わこうど」の読書感想文の選者をつとめる。著書は、詩集「運河紀行」「雲と郷愁」「菊のわかれ」「西岡光秋詩集」、評論「萩原朔太郎詩がたみ」、短編集「幻の犬」、随筆集「口笛」、句集「爆笑」があるほか、法律関係の実用書等多数。　[団]日本文芸家協会、日本現代詩人会、日本ペンクラブ、日本詩人クラブ、新・波の会、日本児童文学学会

西岡 十四王　にしおか・じゅうしおう
俳人　[生]明治19年2月17日　[没]昭和48年8月5日　[出]愛媛県　本名＝西岡敏雄　[歴]大正7年仙波花叟に俳句を学び、10年渋柿社松根東洋城に指導を受ける。15年松山商業に就職。昭和17年選者となり松山同人の指導に専念した。句集に「此一筋」「続此一筋」がある。

西岡 寿美子　にしおか・すみこ
詩人　「二人」主宰　[生]昭和3年10月11日　[出]高知県長岡郡大豊町　[学]高知第二高女(昭和20年)卒　[賞]高知県出版文化賞(第8回)(昭和39年)、小熊秀雄賞(第7回)(昭和49年)「杉の村の物語」、青玄賞(昭53年度)、日本農民文学賞(第24回)(昭和55年)「おけさ恋うた」、富田砕花賞(第6回)(平成7年)「へんろみちで」　[歴]宮沢賢治の詩がきっかけで詩をつくり始め、昭和24年詩誌「蘇鉄」に作品を投稿。28〜29年詩誌「シルビヤ」主宰。38年大崎二郎と詩誌「二人」を創刊。以後、発行責任者として編集、発行の実務を一手に引き受ける。詩集に「凝視」「五月のうた」「杉の村の物語」「おけさ恋うた」「紫蘇のうた」など。

西岡 正保　にしおか・せいほ
俳人　[生]大正7年12月1日　[出]神奈川県　本名＝西岡輝男　[学]東京市立商業卒　[歴]昭和9年から2年間「愛吟」「獺祭」に入り吉田冬葉に師事。その後中断、外地に2度従軍。戦後の23年「獺祭」に復帰。31年冬葉亡きあと細木芒角星に師事、34年同人となる。56年より「獺祭」編集・発行人となる。　[団]俳人協会

西垣 脩　にしがき・おさむ
俳人　詩人　明治大学法学部教授　[専]文学精神史　近代詩歌　[生]大正8年5月19日　[没]昭和53年8月1日　[出]大阪市　俳号＝西垣脩(にしがき・しゅう)　[学]東京帝大国文科卒　[歴]帝塚山学院や武蔵丘高校の教諭を経て、昭和29年明治大学助教授、35年教授となり、国文学を講じた。中学時代の国語教師が伊東静雄で、その影響を強く受ける。昭和14年鈴木亨らと同人誌「山の樹」を創刊。37年詩集「一角獣」を刊行。俳人でもあり、松山高校時代「石楠」に参加し、同誌廃刊後は「風」に参加。著書に「西垣脩句集」「西垣脩詩集」「風狂の先達」「現代俳人」(編著)がある。

西垣 卍禅子　にしがき・まんぜんじ
俳人　[生]明治30年10月7日　[没]昭和62年11月18日　[出]東京市浅草高原町　本名＝西垣隆満　別号＝睡鶯老人　[学]東京美術学校日本画科(大正9年)卒　[歴]東京・浅草の東陽寺に生まれる。大正11年帝展初入選。俳句は15年より河東碧梧桐に師事。戦時中は「新日本俳句」「俳句日本」、戦後は「俳句と文学」などを発行または主宰した。著書に句集「手向野」「記念品と杉の実生」などのほか、評論「新日本俳句論」、小説「木人方歌」「残照の寺」、編著「新俳句講座」(全5巻)などがある。

西勝 洋一　にしかつ・よういち
歌人　中学校教師(旭川市立東陽中学校)　[生]昭和17年1月21日　[出]北海道函館市　[歴]旭川市東陽中教諭のかたわら、歌誌「短歌人」「かぎろひ」同人。歌集に「未完の葡萄」「コクトーの声」「無縁坂春愁」などがある。　[団]北海道歌人会

西川 青濤　にしかわ・せいとう
歌人　神官　富良野神社名誉宮司　「樹氷」主宰　[生]明治38年3月22日　[没]平成6年3月12日　[出]徳島県那賀郡上那賀町　本名＝西川仁之進(にしかわ・にのしん)　[学]国学院大学卒　[歴]昭和21年富良野神社宮司となり、24年神社本庁評議員に当選。平成3年神社本庁長老の称号を受ける。一方、15歳の時、小田観螢に勧められて短歌作りを始め、以来富良野の自然をテーマに5千首を超す歌を作る。昭和57年には歌会始の陪聴者に選ばれた。「潮音」「新墾」同人、「樹氷」代表。歌集に「活火山」「雲の輪唱」。

西川 勉　にしかわ・つとむ
著述家　詩人　[生]明治27年6月30日　[没]昭和9年8月1日　[出]愛媛県宇摩郡金田村　[学]早稲田大学英文科(大正5年)卒　[歴]文筆家として立ち、主として詩、童謡、評論、翻訳等を発表、数篇の小説もある。昭和4年読売新聞社に入り、囲碁部を担当した。萩原恭次郎らと親交があり、「グウルモンの詩」(「文章世界」大正8年)、「聯想詩派一私観」(「日本詩人」14年)、「聯想詩派提唱の根拠」(「日本詩人」15年)などがある。また創作童謡の少ないことを「童謡及び童話界の現状」(「早稲田文学」10年)で指摘し、西条八十と共に「日本童謡選集」を編集した。翻訳に「メエテルリンク童話集」「母を尋ねて三千里」などがある。

西川 徹郎　にしかわ・てつろう

俳人　僧侶　書肆茜屋代表　黎明舎主幹　「銀河系つうしん」編集発行人　正信寺(浄土真宗本願寺派)住職　[生]昭和22年9月29日　[出]北海道芦別市　本名＝西川徹真(にしかわ・てっしん)　[学]龍谷大学大学院文学研究科修了　[賞]氷原帯新人賞(昭和40年)、海程新人賞(昭和42年)、本願寺賞(平成10年)　[歴]中学生の頃から句作を始める。芦別高3年の時、俳誌「氷原帯」新人賞を受賞、高校生俳人としてデビュー。龍谷大学在学中に赤尾兜子、島津亮の知遇を得る。昭和59年より俳句と批評の個人誌「銀河系つうしん」の編集発行人を務める。のち、書肆茜屋代表。句集に「無灯艦隊」「町は白緑」「月山山系」、共著に「望郷論」他。　[家]妻＝斎藤冬海(作家)

西川 満　にしかわ・みつる

詩人　作家　日本天后会総裁　[生]明治41年2月12日　[没]平成11年2月24日　[出]福島県会津若松市　[学]早稲田大学文学部仏文科(昭和8年)卒　[賞]文芸汎論詩集賞・詩業功労賞(第4回)(昭和12年)、台湾文化賞(昭和18年)「赤嵌記」、夏目漱石賞佳作(第1回)(昭和21年)「会真記」　[歴]昭和9年から17年まで台湾日日新報に勤務し、文化欄を担当する。そのかたわら9年「媽祖」を、15年「台湾文芸」を創刊。10年処女詩集「媽祖祭」を刊行し、12年刊行の「亜片」で文芸汎論詩集賞の詩業功労賞を受賞。17年刊行の小説「赤嵌記」で台湾文化賞を受賞。戦後は21年「会真記」が夏目漱石賞佳作となる。天上聖母算命学を創唱して、台湾に魁星桜文庫を設立し、44年「生命の塔」阿佐谷大聖堂を建立した。他の著書に「中国小説集」(上下)、「西川満全詩集」などがある。　[団]日本文芸家協会、日本詩人クラブ　[家]長男＝西川潤(早稲田大学教授)

西川 百子　にしかわ・ももこ

歌人　[生]明治20年1月　[没](没年不詳)　[出]京都市　本名＝西川正治郎　別号＝輝　[歴]16歳で新詩社京都支部社友となるが、まもなく退社。朝日新聞社に勤務していた大正9年歌集「無産者」を刊行するが発禁となる。他の著書に「刀葉林地獄」など。昭和期に入ると作歌活動に見られなくなった。

西川 林之助　にしかわ・りんのすけ

童謡詩人　作詞家　[専]民謡　[生]明治36年　[没]昭和51年　[出]奈良県　[学]吉野農林学校卒　[歴]短歌や詩、民謡を書きながら童謡の創作に励む。昭和9年「童謡の作り方」を発表して注目される。その後は民謡の作詞に力を注いだ。童謡集に「蛍と提灯」、民謡集に「河原よもぎ」など。

錦 三郎　にしき・さぶろう

歌人　クモ研究家　[生]大正3年11月20日　[没]平成9年5月8日　[出]山形県山形市大字前明石　[学]山形県師範専攻科(昭和11年)卒　[賞]日本エッセイスト・クラブ賞(第12回)(昭和39年)「蜘蛛百態」、児童福祉文化奨励賞(第17回)(昭和50年)「空を飛ぶクモ」、サンケイ児童出版文化賞(第22回)(昭和50年)「空を飛ぶクモ」、斎藤茂吉文化賞(第21回)(昭和50年)、文部大臣表彰(平成4年)　[歴]小・中学校の教師となり、昭和48年退職。かたわら、歌人としても活躍。「アララギ」を経て、昭和21年「群山」に入会。31年「山麓」(元・「赤光」)に入会し、編集委員、選者をつとめる。またクモ研究家として活躍。著書に「雪迎え」「雪霏霏」「クモの超能力」、歌集に「白銀時代」他。　[団]日本エッセイスト・クラブ、日本蜘蛛学会

錦 米次郎　にしき・よねじろう

詩人　[生]大正3年6月28日　[没]平成12年2月12日　[出]三重県飯南郡伊勢寺村(現・松阪市)　[学]高小卒　[賞]中日詩賞(第2回)(昭和37年)「百姓の死」　[歴]高小卒業後、京都・西陣織帯地問屋店員となり、のち農業に従事する。昭和12年召集、21年復員。この間、7年頃から詩作をはじめ、24年「三重詩人」を創刊して主宰。「コスモス」などにも参加し、農民詩人として注目される。21年「日録」を刊行し、37年「百姓の死」で中日詩賞を受賞。明治初期の農民暴動「伊勢暴動」を書いた長編叙事詩「野火」をはじめ、四日市公害や芦浜原発、長良川河口堰など社会問題を風刺した作品を数多く発表。他に「旅宿帳」や随筆集「百姓の死」などがある。　[団]中日詩人会、三重詩話会

西沢 昱道　にしざわ・いくどう

歌人　僧侶　[生]明治38年8月5日　[出]埼玉県　[歴]昭和38年8月に山崎誠の戦時休刊中であった釈迢空の「鵠」復刊提唱に賛成。この間、先師迢空十年祭、二十年祭、三十年祭を行う。「くぐひ」所属。歌集に「青陵」「青果集」「粗い記録」。

西沢 杏子　にしざわ・きょうこ
詩人　児童文学作家　[生]昭和16年4月26日　[出]佐賀県　本名＝西沢京子　[学]鹿島高卒　[賞]毎日新聞はないちもんめ小さな童話大賞山下明生賞（昭和60年）「トカゲのはしご」　[歴]「てんぐ」所属。平成8年初の詩集「虫の落とし文」を刊行。他に「虫の曼陀羅」などがある。[団]日本文芸家協会、日本児童文学者協会

西沢 隆二　にしざわ・たかじ
⇒ぬやまひろし を見よ

西沢 比恵呂　にしざわ・ぴえろ
川柳作家　[生]昭和3年10月30日　[出]東京・麹町　本名＝西沢典子　[学]東京家政学院高女（昭和20年）卒　[歴]昭和34年夏目瓶村より川柳作句指導を受ける。36年「東京観光川柳」誌友、46年戦没者の妹の会・かがり火の会に入会、49年日本戦没学生記念わだつみ会に入会、53年柳樽寺川柳会「川柳人」誌友、59年同人。句集に「虫も樹も」「火の火芯」「日本川柳秀句推薦句集」「灼かれし少女」「妹たちのかがり火」「視点」他がある。

西嶋 あさ子　にしじま・あさこ
俳人　[生]昭和13年9月22日　[出]山口県　[学]東京学芸大学卒　[賞]春燈賞（昭和54年）、俳人協会評論賞（第16回）（平成14年）「俳人 安住敦」　[歴]昭和46年「春燈」入門し、安住敦に師事。俳人協会国語研修講座実行委員。句集に「読点」「今生」「西嶋あさ子集」、著書に「俳人 安住敦」などがある。　[団]俳人協会、日本文芸家協会

西島 邦彦　にしじま・くにひこ
詩人　高校教師(長泉高)　[生]昭和18年　[出]静岡県富岡村千福（現・裾野市）　[学]日本大学（昭和40年）卒　[歴]静岡県立長泉高校国語科教諭。一方、詩人として活動。また、短歌を創作する。小説に「天翔る雉子―呂后ロ伝」、詩集に「三番目の子供たち」「進化論」「詩集 農繁休業」がある。

西島 麦南　にしじま・ばくなん
俳人　校正者　[生]明治28年1月10日　[没]昭和56年10月11日　[出]熊本県植木町　本名＝西島九州男（にしじま・くすお）　[学]黒松義塾卒　[賞]文化人間賞（第4回）（昭和40年）　[歴]「新しき村」に参加後、大正11年岩波書店に入り、約40年間校正を担当し、“校正の神様”といわれた。俳句は大正の初めより飯田蛇笏に師事し、俳誌「雲母」同人で、句集に「人音」「金剛纂」「光陰」「西島麦南全句集」などがある。

西塚 俊一　にしずか・しゅんいち
⇒糸屋鎌吉（いとや・けんきち）を見よ

西田 純　にしだ・じゅん
詩人　[生]昭和31年　[出]京都府京都市　[学]京都教育大学卒　[歴]大学在学中に詩を書き始めるが中断。昭和61年高田敏子の講演を聴いて再び詩を書き始める。63年武鹿悦子に少年詩の指導を1年間受ける。詩誌「海さち山さち」「みみずく」に参加。平成3年京都で詩誌「くらむぼん」を発刊。詩集に「空にむかって」「石笛―西田純詩集」「鏡の底へ」「楽器のように」などがある。　[団]現代京都詩話会

西田 春作　にしだ・しゅんさく
詩人　[生]大正6年3月2日　[出]福岡県久留米市　本名＝西田実　[学]工学校卒　[歴]九州電力の社員となる。昭和7年に詩作を始め、「蝋人形」「若草」「文芸汎論」に投稿、福岡市の詩誌「アルメ」の同人であった。詩集「春卵」がある。

西田 忠次郎　にしだ・ちゅうじろう
歌人　[生]昭和5年7月14日　[没]平成11年8月28日　[出]山形県　[賞]短歌研究新人賞（第18回）（昭和50年）、えにしだ賞（第2回）（昭和55年）、斎藤茂吉文化賞（平成2年）　[歴]昭和22年結城健三主宰「えにしだ」に入会、のち編集委員及び選者。47年に病気のため両眼を失明したが、針灸師をしながら作歌活動を続けた。50年第18回短歌研究新人賞受賞。55年第2回えにしだ賞受賞。また、各地の短歌愛好家の指導にも尽力した。歌集に「かは舟」「光と翳と」「草木遙かに」、著作に「短歌の表現と文法」「短歌の語法」がある。

西田 直二郎　にしだ・なおじろう
小説家　詩人　「一宮文学」主宰　[生]昭和5年4月30日　[出]高知県　本名＝西田亮　[学]京都外国語短期大学卒　[歴]著書に詩集「一宮詩人」「車死人・車傷人」「瓜生野」、小説に「島の女」「渚の光景」などがある。　[団]日本ペンクラブ、日本文芸家協会

西谷 勢之介　にしたに・せいのすけ
詩人　[生]明治30年1月15日　[没]昭和7年　[出]奈良県　別号＝碧落居、更然洞　[歴]大阪時事、大阪毎日、福岡日日などで記者を続け、大正12年大阪で「風貌」を創刊主宰。13年詩集「或る夢の貌」を発表。昭和初期にかけ佐藤惣之助の「詩の家」、中村漁波林の「詩文学」に属し、また「文芸戦線」「不同調」などに詩や随筆を寄稿。3年に発表した「虚無を行く」が野

口米次郎に認められて師事した。著書に詩集「夜明けを待つ」、「俳人漱石論」「俳人芥川龍之介論」「天明俳人論」などがある。

西出 うつ木 にしで・うつぎ
歌人 ⓖ明治16年4月16日 ⓢ昭和47年12月29日 ⓗ埼玉県深谷町 本名=西出きち ⓚ明治44年西出朝風、伊東音次郎、山田禎一らと朝風社(のち純正詩社)を結成、口語歌普及に尽力。「新短歌と新俳句」「純正詩社雑誌」などに作品を発表した。 ⓢ夫=西出朝風(口語歌運動の先駆者)

西出 朝風 にしで・ちょうふう
歌人 ⓖ明治17年10月6日 ⓢ昭和18年3月14日 ⓗ石川県大聖寺町 本名=西出一(にしで・つかさ) ⓐ慶応義塾普通部中退 ⓚ明治34年初めて口語歌を作り「ミドリ」に発表。以後小説、詩などを作ったが、42年頃から主として口語歌を「文章世界」「早稲田文学」などに発表し、ついで純正詩社を創立。大正3年俳句誌「新短歌と新俳句」を、13年「新短歌」を、昭和3年「今日の歌」を創刊。歌集に「半生の恋と餓」「少年の歌」などがある。

西野 青杜 にしの・せいと
俳人 ⓖ大正12年10月15日 ⓗ大阪府 本名=西野銀次郎 ⓐ大阪府立旧制工卒 ⓑ蘇鉄菁華賞(昭和36年)、蘇鉄年度賞(昭和38年) ⓚ昭和32年「蘇鉄」入会、山本古瓢に師事し、36年同人、のち「蘇鉄」編集委員。「日月抄」同人。 ⓘ俳人協会

西野 信明 にしの・のぶあき
歌人 ⓖ明治41年 ⓢ昭和61年3月12日 ⓗ京都府 ⓚ昭和45年京都府立宮津高校退職、45～52年歌誌「吻土」編集代表。このほか「丹後歌人」編集委員、また「一歩短歌会」「ミセス短歌会」を主宰、「京鹿子」同人でもあった。著書に歌集「光彩」「いつまでも冬」、「女たちの長谷みち」(編著)など。

西野 文代 にしの・ふみよ
俳人 ⓖ大正12年5月17日 ⓗ京都府 ⓐ京都府立女専文科(昭和18年)卒 ⓚ「紫薇」「童子」「晨」の同人。句集に「沙羅」「ほんたうに」「そのひとの」、著書に「俳句・俳景〈17〉/おはいりやして」がある。 ⓘ現代俳句協会

西野 藍雨 にしの・らんう
俳人 ⓖ明治22年9月 ⓢ昭和22年11月4日 ⓗ徳島県 本名=西野治平 ⓚ内藤鳴雪に俳句の指導を受け「藻の花」同人となり、次いで河東碧梧桐に師事。一時中断し、昭和9年「愛染」を創刊した。

西野 理郎 にしの・りろう
俳人 山口県現代俳句協会会長 ⓖ大正10年7月18日 ⓢ平成12年5月18日 ⓗ山口県宇部市 本名=西野正哲(にしの・まさとし) ⓐ明治大学政経学部 ⓑ現代俳句協会賞(第40回)(平成4年) ⓚ昭和12年ごろから俳句に親しみ、戦後は炭鉱会社の労務課長を務める傍ら、句作を続ける。「俳句評論」などを経て、「国」「葦」「樸」「天籟通信」などの同人。中国地区現代俳句連絡協議会会長、山口県現代俳句協会会長も務めた。句集に「海炎集」「冬日向」など。

西宮 舞 にしみや・まい
俳人 ⓖ昭和30年2月19日 ⓗ三重県伊勢市 本名=石川陽子 ⓑ弓賞(狩特別作品賞)(平成6年)、俳人協会新人賞(第25回)(平成14年)「千木」 ⓚ昭和52～58年三重県立高校教諭。傍ら、53年「狩」に入会、平成元年同人。9年NHK学園俳句講座講師を務める。句集に「夕立」「千木」がある。 ⓘ俳人協会

西村 一平 にしむら・いっぺい
歌人 ⓖ明治44年12月10日 ⓢ平成13年9月21日 ⓗ石川県金沢市 ⓚ昭和6年与謝野寛、晶子に師事、以来新詩社同人。35年六花書房を経営、のち医院事務長。大正8年～平成12年芦別市内に在住。昭和46年芦別市旭丘公園に歌碑〈六里をばこれより帰る櫟の鈴ふけし部落の星ぞらに鳴る〉が建立された。平成7年与謝野夫妻からの私信など所蔵の短歌関連資料2938点を芦別市に寄贈した。「冬柏」同人、歌誌「はしどい」発行人。歌集に「櫟の鈴」「石狩びと」「長く相おもふ」などがある。

西村 燕々 にしむら・えんえん
俳人 ⓖ明治8年8月31日 ⓢ昭和31年10月30日 ⓗ滋賀県大津市 本名=西村繁次郎 ⓚ近江新報社を経て、中国民報社に勤務。明治35年岡野知十に入門、あふみ吟社を結成、俳誌「近江かぶら」を発行。43年西胡桃太の「裂帛」を編集。大正5年より「唐辛子」を編集、のち主宰。地方俳史研究家として有名。著書に「森々庵松後」「千那」「近江・北陸俳諧史」など。

527

西村 和子　にしむら・かずこ
俳人　「知音」代表　[生]昭和23年3月19日　[出]神奈川県横浜市　[学]慶応義塾大学文学部卒　[賞]若葉新人賞艸魚賞(昭和56年)、俳人協会新人賞(第7回)(昭和59年)「夏帽子」　[歴]昭和41年慶応義塾大学俳句会に入会、以来清崎敏郎の指導を受ける。42年「若葉」に入会、56年同人。句集に「夏帽子」「窓」「かりそめならず」など。[団]俳人協会、日本文芸家協会

西村 月杖　にしむら・げつじょう
俳人　[生]明治24年12月22日　[没]昭和45年2月3日　[出]大阪府　本名＝西村茂　別号＝西村雪骨　[歴]「曲水」初期、雪骨の俳号で活躍、昭和6年、月杖と改める。その後新興俳句運動に傾斜。「曲水」を離れ昭和11年「句帖」を創刊。戦時中、文学報国会俳句部会に協力した責任を感じ、戦後、俳句を断った。

西村 公鳳　にしむら・こうほう
俳人　[生]明治28年8月20日　[没]平成1年1月10日　[出]石川県石川郡出城村(現・松任市竹松町)　本名＝西村省吾(にしむら・しょうご)　[学]東京農業大学卒　[賞]浜同人賞(第5回)(昭和45年)　[歴]大正5年服部耕石に就き、13年臼田亜浪に師事、「石楠」に拠る。昭和10年「石楠」最高幹部。朝鮮石楠連盟機関誌「長柱」主宰。のち「浜」「風」同人。42年俳人協会評議員。句集に「雑像」「雪浪」「長柱」「歳華集」など。[団]俳人協会　[家]長男＝西村奎吾(宮城教育大学教授・核物理学)

西村 雪人　にしむら・せつじん
俳人　[生]明治11年2月5日　[没]大正7年8月21日　[出]山形県東村山郡山辺村　本名＝東海林岸太郎　号＝木魚星、木山人　[学]東京帝大理科卒　[歴]明治29年西村幹太郎の養子となる。福島県郡山中学教頭、平中学校長、福島中学校長などを歴任。傍ら、碧梧桐門で俳句を学び、「日本俳句鈔」時代活躍した。大正初年病を得て辞職。編著に「雪人句集」「校註蕪村全集」「其角全集」などがある。

西村 哲也　にしむら・てつや
歌人　[生]明治39年2月22日　[没]昭和57年1月21日　[出]秋田県能代市　[学]京都大学卒　[歴]昭和4年大学在学中に、第二期「詩歌」に参加、前田夕暮に師事。13年尾崎孝子の「歌壇新報」編集に協力。20年戦災による自宅焼失などにより短歌から離れる。20年の中断後、42年第三期「詩歌」に参加。歌集に「神々の耳」、遺著に「遺文集冬の坂」がある。

西村 直次　にしむら・なおじ
歌人　[生]明治39年12月15日　[出]山形市　[学]山形師範卒　[歴]昭和4年「アララギ」に入会、結城哀草果に師事。24年「山塊」会員、30年「赤光」会員、50年「山麓」同人、編集委員、選者。山形新聞歌壇選者、茂吉忌合同歌会選者、山形県歌人クラブ会長などを務める。歌集に「空港の灯」「青い太陽」、評論集に「結城哀草果―人間と文学」などがある。

西村 白雲郷　にしむら・はくうんきょう
俳人　[生]明治18年3月26日　[没]昭和33年3月30日　[出]大阪府　本名＝西村善太郎　[学]東雲高　[歴]農業に従事するかたわら松瀬青々に師事し「倦鳥」同人となる。のち「断層」「翌桧」を主宰し、昭和24年「未完」を創刊。句集に「爪燈篭」「四門」などがある。

西村 尚　にしむら・ひさし
歌人　神官　京都創成大学経営情報学部教授　白峯神宮宮司　朝代神社宮司　[生]昭和10年10月29日　[出]京都府舞鶴市　[学]国学院大学文学部卒、国学院大学大学院(昭和39年)博士課程修了　[歴]「花宴」「鶴」を経て、昭和32年福田栄一に師事し「古今」に入会、編集同人となり、現在特別同人。この間、大学歌人会・十月会などにも関わる。京都短期大学助教授を経て、教授。平成12年京都創成大学教授。歌集に「裸足の季節」「少し近き風」「故園断簡」「飛声」。[団]現代歌人協会、京都歌人協会、現代歌人集会、舞鶴歌人会、日本文芸家協会

西村 やよひ　にしむら・やよい
歌人　[生]大正5年3月25日　[出]北海道　本名＝西村弥生　[学]実践女子専門学校国文科卒　[歴]在学中に高崎正秀の指導をうけ「多磨」会員。「女人短歌」を経て昭和40年「醍醐」に入会、のち編集委員。歌集に「赤き砦」「有情飛天」「微笑空間」がある。　[団]日本歌人クラブ

西村 陽吉　にしむら・ようきち
歌人　[生]明治25年4月9日　[没]昭和34年3月22日　[出]東京・本所相生町　本名＝西村辰五郎　[学]高等小学校卒　[歴]日本橋東雲堂書店に勤務し、のち養子となる。牧水「別離」、啄木「一握の砂」など明治期大正期に詩歌の多くの本を出版。また「生活と芸術」に短歌を発表、社会主義思想に基づく生活派短歌の歌人として知られた。「都市居住者」「街路樹」など6冊の歌集があり、他に評論集「新社会の芸術」がある。

西本 秋夫 にしもと・あきお
　歌人　「風炎」主宰　㋰明治40年9月11日　㋱昭和60年9月1日　㋯三重県名賀郡青山町　㋭東洋大学卒　㋬大正15年洛陽詩社(京都)に入り、中西松琴に師事。上京後、「花房」「錦木」「月集」に拠り作歌。のち「風炎」主宰。北原白秋の研究家としても知られ、著書に「白秋論資料考」「北原白秋の研究」などがある。
　㋤近代文学会

西本 一都 にしもと・いっと
　俳人　「白魚火」主宰　㋰明治38年3月13日　㋱平成3年8月15日　㋯大阪市　本名＝西本忠孝(にしもと・ただたか)　㋭小卒　㋬若葉賞(昭和43年)　㋬初め松瀬青々に学び「倦鳥」に拠る。大正13年板東稲村と大阪で「若葉」創刊、昭和3年東京創刊。34年「白魚火」主宰。現代俳句協会を経て、俳人協会評議員。句集に「神涼」「秋草」「風景」「旅愁」「夫婦図」「信濃抄」「高嶺草」「高田瞽女」など。　㋤俳人協会

西本 宗秋 にしもと・そうしゅう
　歌人　「薔薇」代表　㋰大正14年11月11日　㋯大阪府　㋬昭和26年村上新太郎と共に「薔薇」を創刊。のち、50年松村衣栄主宰の死去に伴い代表となる。関西短歌文学賞選に携わる。歌集に「零街」がある。

西山 泊雲 にしやま・はくうん
　俳人　㋰明治10年4月3日　㋱昭和19年9月15日　㋯兵庫県氷上郡竹田村　本名＝西山亮三　㋬家業の酒造業を継承。明治36年弟の野村泊月の紹介で高浜虚子に師事。「ホトトギス」の課題句、地方俳句欄選者で虚子に高く評価された。「ホトトギス」同人として「鬼灯」「樽」の雑詠選を担当。句集に「泊雲句集」「泊雲」がある。　㋺弟＝野村泊月(俳人)

西山 防流 にしやま・ぼうりゅう
　俳人　詩人　㋰明治43年　㋯岡山県浅口郡鴨方町　本名＝西山五百枝　㋬昭和6年薬剤師業務につく。21年「海紅」備中句会に入る。53年個人雑誌「遙照文芸」を出す。59年海紅同人句録投稿始める。詩集に「船」「海洋底質」「遙照」、句集に「独老吟」「自由林」がある。
　㋤現代俳句協会、岡山県俳句作家協会、岡山県俳人協会

西山 誠 にしやま・まこと
　俳人　㋰明治40年4月13日　㋱平成7年3月10日　㋯東京・下谷　本名＝西山誠二郎(にしやま・せいじろう)　㋭日大高工卒　㋬理化学研究所に勤務。俳句は中学上級の頃からしばらく「枯野」に投句したが、長谷川零余子没後中断。昭和21年「春燈」創刊とともに参加。久保田万太郎、安住敦の指導をうける。燈火会会長を務めた。句集に「形代」「掌」。　㋤俳人協会

二条 左近 にじょう・さこん
　俳人　㋰大正5年6月1日　㋯京都　本名＝武内昭(たけうち・あきら)　㋭京都府立水産講習所卒　㋬戦前は漁業に従事、戦後は公衆浴場やバーを経営。昭和40年「霜林」入会。43年退会し、「鶴」入会。44年退会、「風土」「河」に入会。54年「河」退会。同年「人」創刊に参加し同人、のち同人会副会長。句集に「奠頭花(てんとうばな)」「無冠」「辰」がある。　㋤俳人協会

西脇 順三郎 にしわき・じゅんざぶろう
　詩人　英文学者　慶応義塾大学名誉教授　㋰明治27年1月20日　㋱昭和57年6月5日　㋯新潟県北魚沼郡小千谷町(現・小千谷市)　㋭慶応義塾大学理財科(大正6年)卒、オックスフォード大学(大正14年)中退　文学博士(昭和24年)　㋬日本芸術院会員(昭和36年)、米国芸術科学アカデミー外国名誉会員(昭和48年)　㋬読売文学賞(第8回)(昭和31年)「第三の神話」、勲三等瑞宝章(昭和43年)、文化功労者(昭和46年)、勲二等瑞宝章(昭和49年)　㋬大正9年慶大予科教員となり、11年留学生として渡英。14年英文詩集「Spectrum」をロンドンで刊行。同年帰国し、翌年慶大文学部教授に就任。以降、英文学を講じる傍ら、「詩と詩論」「文学」などに数々の詩論を発表、ダダ、シュールレアリスムなど日本での新しい新詩運動の中心的存在となる。昭和8年詩集「Ambarvalia」を刊行、詩人としての評価を確立する。10年以降はほとんど詩作をしないが、戦後、22年に「旅人かへらず」を刊行後は、旺盛活発な詩作を展開し、晩年まで詩魂は衰えなかった。37年慶大名誉教授、明治学院大教授、41年日本女子大教授を歴任。他に日本学術会議会員、日本現代詩会長など歴任し、36年芸術院会員、46年文化功労者となる。著作は他の詩集に「近代の寓話」「第三の神話」「失われた時」「壌歌」など、詩論に「超現実主義詩論」「シュルレアリスム文学論」、など、文学論に「ヨーロッパ文学」「古代文学序説」「T.S.エリオット」など、翻訳に「ヂオイス詩集」「荒地」などがある。また「西

529

脇順三郎 詩と詩論」(全6巻)、「定本西脇順三郎全詩集」、「西脇順三郎全集」(全11巻・別1巻, 筑摩書房)が刊行されている。

仁智 栄坊　にち・えいぼう
俳人　[生]明治43年7月8日　[没]平成5年3月31日　[出]高知市　本名=北尾一水(きたお・かずみ)　[学]大阪外語露語科卒　[歴]昭和8年大阪逓信局に入り、露語放送に従事。9年岸風三楼らに誘われて京大俳句会会員となり、諷刺風の自由奔放な俳句を多く発表した。15年京大俳句弾圧事件に連座、投獄される。16年渡満し、満州電信電話ハルピン放送局に勤務。敗戦でシベリアに長く抑留され、24年引揚げ。戦後、「芭蕉」同人、「三角点」同人投句したが、やがて俳壇とは無縁となる。39〜45年石川島播磨造船所に勤務し、のちに神戸で通訳業に就く。

新田 祐久　にった・ゆきひさ
俳人　[生]昭和9年2月18日　[出]石川県　[学]金沢大学法文学部国文科卒　[賞]風賞(昭和42年)、俳人協会新人賞(第6回)(昭和57年)　[歴]昭和28年大学入学と同時に沢木欣一に師事。33年「風」同人。56年「風俳句歳時記」編集委員。32年から石川県立高校教諭。句集「白峰」「白山」「鰤起し」の他、「北陸俳句歳時記」「俳句とエッセイ」などがある。　[団]俳人協会、俳文学会

日塔 聡　にっとう・さとし
詩人　郷土史家　[生]大正8年7月18日　[没]昭和57年6月16日　[出]山形県西村山郡河北町　[学]東京大学文学部仏文科卒　[歴]戦前、「四季」に寄稿活躍した。詩集「鶴の舞」の他、「雄武町の歴史」「枝幸町史・上巻」などがある。

贄川 他石　にながわ・たせき
俳人　[生]慶応4年4月8日(1868年)　[没]昭和10年12月21日　[出]静岡県駿東郡清水村的場　本名=贄川邦作　初号=稲香、別号=孤山堂、碧雲堂　[歴]俳諧を箕田凌頂(狐仙堂凌頂)に学び、明治26年より師匠の「俳諧鳴鶴集」の編集を担当、31年これを復刊して「鳴鶴集」を主宰した。連句研究でも大正昭和時代における第一人者として知られ、編著に「芭蕉全集」「尾張・美濃俳諧史」などがある。駿豆鉄道専務、静岡県議などの公職にもつき、晩年は郷里の清水村村長も務めた。没後、連句集「水のひゞき」が刊行された。

二宮 冬鳥　にのみや・とうちょう
歌人　医師　「高嶺」主宰　[生]大正2年10月9日　[没]平成8年8月19日　[出]愛媛県大洲市　本名=二宮秀夫　[学]九州帝大医学部(昭和17年)卒　医学博士　[賞]日本短歌雑誌連盟賞(昭和39年)「高嶺」　[歴]昭和6年早川幾忠の門に入り「高嶺」会員。19年20年と召集。長崎被爆のあと軍医として調査する。21年久留米医科大学助教授。23年「高嶺」主宰。久留米医科大学教授、大牟田市立病院長を経て、43年佐賀家政大学教授。50年福岡女子短期大学教授。美術批評、キリシタン灯籠の研究、刀剣鑑定と幅広く活躍。歌集に「黄眠集」「西笑集」「壺中詠草」「忘路集」など。随筆集「睡眠の書」、評論集「坂本繁二郎画談」がある。　[団]現代歌人協会、国語問題協議会(評議員)、日本文芸家協会

丹羽 好岳　にわ・こうがく
俳人　[生]昭和8年　[出]岐阜県各務原市　本名=丹羽好　[資]一級労務管理士　[歴]雇用管理士指導官を務める。昭和35年頃より句作を始める。40年中村草田男主宰「万緑」会員となるが、一時中断、55年再入会。58年第11回特別作品、59年第12回特別作品、特選二席に連続入選。「日矢」同人。句集に「丹羽好岳集」「試歩」「木の葉髪」。不測の奇禍で20数年病床につき、今なお不自由の身。

丹羽 正三　にわ・しょうぞう
歌人　[生]大正3年10月22日　[出]栃木県　[歴]戦前は尾上柴舟の「水甕」、戦後は「遠天」「地表」に作品を発表。昭和39年季刊誌「玄」を創刊。歌集に「仮面論」「若ものを狩れ」がある。

【ぬ】

温井 松代　ぬくい・まつよ
歌人　[生]昭和4年4月9日　[出]静岡県　[賞]菩提樹賞(昭和51年)　[歴]旧制高女時代に作歌を始め、昭和44年大岡博に師事。50年より「菩提樹」編集同人。51年菩提樹賞受賞。57年末「菩提樹」を退き、58年1月歌誌「濤声」を創刊。歌集に「海と風と光と」「冬華抄」がある。　[団]日本歌人クラブ

沼波 瓊音　ぬなみ・けいおん
国文学者　俳人　[生]明治10年10月1日　[没]昭和2年7月19日　[出]愛知県名古屋市玉屋町　本名＝沼波武夫　[学]東京帝国大学国文科(明治34年)卒　[歴]三重県立三中教諭となるが、明治36年文部省嘱託となり、40年万朝報社に入社。大正10年一高、帝大講師を経て、11年一高教授。一方、大学時代筑波会に入り俳諧を学ぶ。明治43年「俳味」創刊と同時にその編集に当る。著書は「俳諧音調論」「蕉風」「芭蕉句選年考」など多数。

沼波 美代子　ぬなみ・みよこ
歌人　[生]明治41年4月1日　[出]東京　本名＝鈴木美代子　[歴]昭和6年「潮音」に入り、のち選者。歌集に「山彦」「塵にまみれて」「鏡面」「命」、合同歌集に「あゆみ」「年輪に聞く」「人」がある。　[団]日本歌人クラブ、横浜歌人会

布川 武男　ぬのかわ・たけお
俳人　医師　[生]昭和8年3月28日　[出]埼玉県羽生市　[学]千葉大学医学部卒　[歴]同期生の三枝かずをの勧めで作句。昭和40年「雲母」に入会。47年鹿沼市に小児医院開業。50年「雲母」同人。のち「白露」「鹿」所属。句集「積乱雲」「虫の夜」「旅びと」がある。

沼 夜濤　ぬま・やとう
俳人　僧侶　[生]明治13年4月15日　[没]昭和28年6月27日　[出]愛知県海部郡牛田　本名＝沼法量(ぬま・ほうりょう)　旧姓(名)＝猪飼　別号＝月明居　[学]大谷大学(明治41年)卒　[歴]大垣市長勝寺住職。河東碧梧桐、大谷句仏に俳句を学び、大正11年から「懸葵」編集に従事、「野の声」の雑詠選者となった。著書に「仏門句集」「句仏上人」「千代尼のおもかげ」などがある。

沼川 良太郎　ぬまがわ・りょうたろう
歌人　[生]明治37年10月6日　[出]熊本県　[学]熊本薬学専門学校卒　[資]薬剤師　[賞]熊日文学賞(第6回)「夜間飛行」　[歴]在学中より作歌。「水甕」に入社するが退社。のち斎藤史に師事する。「原型」創刊と共に同人となる。熊本では、蒲池正紀の「南風」の同人として活躍。歌集に「夜間飛行」「青猫誕生」「雪の蛍」など。
[団]日本歌人クラブ

沼尻 巳津子　ぬまじり・みつこ
俳人　[生]昭和2年11月4日　[出]東京　本名＝沼尻美津子　[学]東京府立第五高女卒　[賞]現代俳句協会賞(第36回)(平成1年)　[歴]「菜殻火」「俳句評論」を経て「草苑」同人。句集に「華弥撒」「背守紋」。

ぬやま ひろし
社会運動家　詩人　[生]明治36年11月18日　[没]昭和51年9月18日　[出]東京　本名＝西沢隆二(にしざわ・たかじ)　[学]二高(大正12年)中退　[歴]大正15年中野重治、堀辰雄らとともに「驢馬」を創刊。のち政治運動に入り、昭和3年「戦旗」の創刊に参加。5年日本プロレタリア作家同盟書記長。6年共産党に入党、「赤旗」地下印刷を担当。9年治安維持法違反で検挙され、終戦まで獄中生活を送る。戦後は徳田球一の女婿となり、共産党中央委員、統制委員を歴任、文化活動を指導したが、宮本体制移行後の41年除名された。その後、毛沢東思想研究会を結成し、雑誌「無産階級」を主宰した。詩集「編笠」「ひろしぬやま詩集」のほか、「ぬやまひろし選集」(全10巻)がある。

【ね】

根木 俊三　ねぎ・しゅんぞう
歌人　[生]大正3年5月19日　[出]岡山県　[賞]全国短歌大会大会賞(第12回)、全国短歌大会朝日新聞社賞(第18回)(平成1年)、朝日歌壇賞(第9回)(平成5年)　[歴]戦前から小学校教諭を務め、定年退職の後、昭和50年頃から本格的に歌を詠み始める。54年に宮中歌会始に入選したのをはじめ、朝日新聞の朝日歌壇では56年5月の初入選以来、平成元年10月までに90回入選している常連。歌誌「創作」所属。歌集に「楓林」がある。

根岸 正吉　ねぎし・しょうきち
詩人　社会運動家　[生]明治25年　[没]大正11年11月13日　[出]群馬県佐波郡宮郷村(現・伊勢崎市)　筆名＝N・正吉　[学]群馬県立工卒　[歴]東京、横浜などで工場労働者となり、そのかたわらN・正吉の筆名で詩作を発表。大正9年伊藤公敬との共著「労働詩集・どんぞこで歌ふ」を刊行した。

根岸 善雄　ねぎし・よしお
俳人　[生]昭和14年12月10日　[出]埼玉県羽生市　[学]早稲田大学大学院商学研究科中退　[歴]昭和35年より「馬酔木」に投句、48年同人、52年当月集同人。馬酔木会幹事。「四季随筆」(秋)に寄稿する。句集に「霜晨」「青渦」。　[団]俳人協会(幹事)、塔の会

ねじめ 正一　ねじめ・しょういち

詩人　小説家　[生]昭和23年6月16日　[出]東京都杉並区　本名＝祢寝正一　[学]青山学院大学経済学部(昭和56年)中退　[賞]H氏賞(第31回)(昭和56年)「ふ」、直木賞(第101回)(平成1年)「高円寺純情商店街」、けんぶち絵本の里大賞(びばからす賞，第4回)(平成6年)「ひゃくえんだま」　[歴]家業は東京・阿佐ケ谷の民芸店“ねじめ民芸店”で、昭和61年まで店主を務めた。かたわら詩作を始め、56年処女詩集「ふ」で第31回H氏賞受賞。平成元年直木賞受賞以降は、小説などの散文に力を入れる。他に「下駄履き寸劇」「脳膜メンマ」「これからのねじめ民芸店ヒント」「ねじめの歯ぎしり」「ねじめ正一詩集」「広告詩」、小説「高円寺純情商店街」「熊谷突撃商店」「二十三年介護」、絵本「ひゃくえんだま」などがある。また薩摩出身で江戸時代にロシアへ漂着し、女帝アンナに認められ、世界初の露日辞典を6冊著したゴンザに興味を持ち、地方紙で小説を連載した。重層的な詩的言語の世界を拓き、過激で派手なパフォーマンスによっても有名。テレビ、ラジオにも進出。また、草野球チーム・ファウルズを持ち、年間数十試合をこなすほどの野球好き。　[団]日本文芸家協会

根津 蘆丈　ねず・ろじょう

俳人　[生]明治7年12月27日　[没]昭和43年2月14日　[出]長野県　本名＝根津九市　[学]山園学校中等科(明治18年)卒　[歴]明治26年伊那郵便電話局、37年諏訪郡宇野村林製糸所を経て、42年諏訪倉庫に勤め、昭和7年退職。連句を明治27年馬場凌冬に入門、その後円熟社正社員となる。大正7年静岡の松永蝸堂の抱虚庵を継ぎ五世となる。のち下平可都美、贄川他石、茂木秋香にも師事。昭和7年円熟社社長に就任、12年「下蔭三吟」を刊行。雑誌「山襖」隔月版創刊、円熟社社長を42年辞任。連句完成数三千巻に及ぶ。

根本 忠雄　ねもと・ただお

詩人　[生]昭和3年　[出]茨城県那珂湊市　[学]名古屋外国語専門学校英語科(昭和24年)卒　[歴]昭和30年詩集「炎の中の風景」を私家版にて出版。平成5年詩集「春の雲」「火宅の中に微風が吹く」を出版。

【の】

納富 教雄　のうとみ・のりお

詩人　[生]大正13年　[出]北海道　[学]東京医科大学卒　[歴]眼科医。東京シャンソン協会理事も務め、シャンソンの訳詩、作詩も手掛ける。詩集に「雪のひまわり」「人のいない町」「果実の抵抗」「酒亭の海」他。　[団]日本現代詩人会、日本ペンクラブ

野江 敦子　のえ・あつこ

歌人　[生]昭和7年7月21日　[出]北海道　[賞]北海道新聞短歌賞(第5回)(平成2年)「火山灰原(よなはら)」　[歴]高校時代に歌人の姉・中城ふみ子に勧められて短歌を作り歌誌にも発表。のち帯広市内で家業の呉服店を経営する傍ら、自分を表現しようと40代半ばから千代国一(国民文学主宰)に師事し短歌を作り始める。平成2年昭和51年から63年までに作った約1800首から476首を収録した第1歌集「火山灰原(よなはら)」を出版。「鴉族」「国民文学」所属。　[家]姉＝中城ふみ子(歌人・故人)

野上 彰　のがみ・あきら

詩人　劇作家　[生]明治41年11月28日　[没]昭和42年11月4日　[出]徳島市新内町　本名＝藤本登　[学]東京帝大文学部美学科(昭和4年)中退、京都帝大法学部(昭和8年)中退　[歴]囲碁雑誌の編集長から、自らも創作を始めた。昭和21年大地書房を創立し、月刊誌「プロメテ」「白鳥」を創刊。また芸術前衛運動団体「火の会」を結成。24年に「日本語訳詩委員会」、41年には“正しい日本語と美しい歌を”をスローガンにした「波の会」を結成。日本童謡協会事務局長、東京シャンソン協会会長なども務めた。詩と音楽との融合を目ざし、「こうもり」「メリー・ウィドー」ほか多数のオペラの訳詩、放送劇も手がけた。童謡集「子どもの唄」、詩集「前奏曲」「幼き歌」、童話「ジル・マーチンものがたり」、随筆集「囲碁太平記」、訳書「ラング世界童話全集」(共訳)などがある。

野上 久人　のがみ・ひさと

歌人　福山大学名誉教授　[専]上代文学　国文学　[生]明治43年3月19日　[没]平成14年2月12日　[出]島根県益田市　[学]高等師範卒　[歴]高等師範時代より作歌を始め、「言霊」に入会、岡本明に師事。昭和26年創刊の「青炎」を経て、36年

「世紀」を創刊。広島県歌人協会初代会長・顧問を務めた。31年日本短歌社の50首詠に入選、36年短歌新聞社の「新鋭十二人」に参加。また福山大学教授、尾道短期大学教授を歴任した。歌集に「冬の意志」「青き氾濫」がある。
[団]日本歌人クラブ、万葉学会、上代文学会

野川 隆　のがわ・たかし
詩人　[生]明治34年4月23日　[没]昭和19年12月19日　[出]千葉県　[学]東洋大学中退　[歴]ダダ系詩人として兄野川孟と「ゲエ・ギムギガム・プルルル・ギムゲム」を創刊、「文党」「戦旗」「太鼓」などに詩を発表。のち「ナツプ」に参加、コムミュニズム詩人となった。昭和12年満州に渡り、合作社、満州日日新聞嘱託などを務めた。著書に「九篇詩集」、小説「屯子に行く人々」などがある。　[家]兄＝野川孟(詩人)

野北 和義　のぎた・かずよし
歌人　[生]大正3年6月1日　[出]福岡県田川郡彦山　本名＝野北正徵　[学]慶応義塾外国語学校卒　[賞]日本歌人クラブ賞(第14回)(昭和62年)「野雞」　[歴]17歳頃より作歌。昭和10年「多磨」創刊を知り入会。12年上京して北原白秋に没年まで師事。戦後、24年「心象」創刊。42年「中央線」に入会し、のち同人。歌集「亭午集」「庭柯集」「山鶏」など。　[団]現代歌人協会、日本歌人クラブ、白秋会

野口 雨情　のぐち・うじょう
詩人　[生]明治15年5月29日　[没]昭和20年1月27日　[出]茨城県多賀郡北中郷村磯原(現・北茨城市磯原町)　本名＝野口英吉(のぐち・えいきち)　雅号＝北洞(ほくどう)　[学]東京専門学校(現・早稲田大学)英文科(明治35年)中退　[歴]中学時代から詩作、句作を始め、明治38年日本で初めての創作民謡集「枯草」を刊行。40年三木露風らと早稲田新社を結成。同年北海道に渡り、北鳴新聞、小樽日報社、北海タイムス社、胆振新報社と移り、42年帰郷。その後、郷里で植林事業に専念した後、大正8年から童謡を書き始める。9年上京、キンノツノ社に入社し、「金の船」(のち「金の星」)を中心に、白秋、八十らと近代童謡の基礎をかため、以後も童謡、地方民謡の創作と活躍した。代表作に「船頭小唄」「十五夜お月さん」「七つの子」「青い眼の人形」「波浮の港」「紅屋の娘」などがあり、著書に詩集「朝花夜花」「都会と田園」、民謡集「別後」「極楽とんぼ」「雨情民謡百篇」、童謡集「十五夜お月さん」「青い眼の人形」、ほかに「童謡作法問答」「童謡の作りやう」「童謡教本」や「定本野口雨情」(全8巻，未来社)などがある。
[家]長男＝野口存弥(国文学者)

野口 夏桐　のぐち・かどう
俳人　[生]大正9年11月21日　[出]東京　本名＝野口実　[賞]埼玉俳句賞(昭和44年)、野火青霧賞(昭和52年)　[歴]昭和33年「野火」入会、篠田悌二郎に師事し、43年同人。55年には同人会副会長。句集に「夜光虫」がある。　[団]俳人協会

野口 定雄　のぐち・さだお
歌人　[生]大正13年9月10日　[出]神奈川県　[歴]昭和21年「一路」会員となり山下陸奥に師事、「新歌人会」に入る。「一路京浜支部」支部長、横浜YWCA短歌講師を務める。歌集に「玉鋼」、中里久雄との共著歌集「闘心」がある。
[団]現代歌人協会

野口 武久　のぐち・たけひさ
詩人　文芸評論家　前橋市民文化会館館長
[専]地域文芸論　[生]昭和11年12月17日　[出]群馬県前橋市　[学]前橋高卒　[賞]群馬県文学賞、上毛出版文化賞　[歴]前橋市立図書館長を経て、前橋市民文化会館館長。群馬大学非常勤講師も勤める。著書に「詩のふるさと前橋」「朔太郎の日々」、詩集に「退屈しないひと」など多数。
[団]日本文芸家協会、萩原朔太郎研究会(事務局長)、日本現代詩人会

野口 寧斎　のぐち・ねいさい
漢詩人　[生]慶応3年3月25日(1867年)　[没]明治38年5月12日　[出]肥前国諫早(長崎県)　本名＝野口弌(のぐち・いち)　通称＝一太郎、別号＝嘯楼、謫天情仙　[学]哲学館　[歴]早くから「太陽」などに発表し、明治23年漢詩の結社星社に参加。36年「百花欄」を創刊し漢詩の流行に影響を与える。評論家としても活躍。著書に「出門小草」「三体詩評釈」「少年詩話」「開春詩記」などがある。

野口 根水草　のぐち・ねみずくさ
俳人　[生]明治34年9月15日　[出]東京・麹町三番町　本名＝野口宗光　[学]東京帝大法学部卒
[歴]大正8年臼田亜浪に師事して「石楠」に拠る。戦後、佐々木有風を識り、昭和28年4月創刊の「雲」に加わった。34年4月有風の死後池芹泉、本田滄浪、松本さだをなどと共宰、のち根水草単独主宰となる。句集に「誕生」「珊壺」がある。

野口 白城　のぐち・はくじょう
俳人　[生]明治43年7月6日　[出]熊本県　本名＝野口一人(のぐち・かずと)　[学]旧制商専卒　[賞]かまつか同人賞(昭和43年)、かまつか賞(昭和54年)　[歴]昭和7年熊本医大俳句会に入会。翌年「石楠」入会、14年金子麒麟草に師事する。18年ジャワにてチレボン句会創設。21年復員、東京にて出光ひかり句会を創設。27年「かまつか」同人、54年同人会長となる。　[団]俳人協会

野口 雅子　のぐち・まさこ
詩人　[出]福岡県大牟田市　[学]福岡女子師範中退　[歴]18歳の時上京。自動車学校を経営していた兄の手伝い、自動車会社勤務、丸菱デパートレジ係などを経て、働く女性の雑誌「新女性」を発刊のち結婚をして北海道に渡ったが、離婚し、一人息子と再び上京。昭和24年から31年まで日雇い労働(ニコヨン)をし、そのかたわら、旧兵舎の住いで、歌日記を書き続け、ニコヨン詩人と呼ばれるようになる。後小学校の給食婦や用務員を20年間続け、季刊小冊子「道」の編集発行を10号まで続ける。詩集「花のように」、句集「万華鏡」、散文の自文詩「花の万華鏡」などのほか、平成元年6月歌日記「花とともに」を刊行。　[家]祖父＝内藤新吾(久留米藩漢学者・初代久留米市長)

野口 正路　のぐち・まさみち
詩人　[生]昭和7年　[出]東京　[学]明治学院大学文学部英文学科卒　[歴]教職を経て、社会教育主事。「未開」同人。詩集に「鳥に渡す手紙」「樹のなかの家」「ひそかなる停車場」「野口正路詩集」「詩集 宇宙螢」などがある。　[団]日本現代詩人会、日本児童文学者協会

野口 米次郎　のぐち・よねじろう
詩人　慶応義塾大学名誉教授　[生]明治8年12月8日　[没]昭和22年7月13日　[出]愛知県海部郡津島町　別筆名＝Yone Noguchi(ヨネ・ノグチ)　[学]慶応義塾中退　[歴]明治26年19歳で渡米し、苦学して28年サンフランシスコの日本字新聞記者となる。ポー、ホイットマン、キーツらの詩に親しみ、29年(1896年)第1詩集「Seen and Unseen」を刊行、以後ヨネ・ノグチの名でアメリカ詩壇で注目される。続いて「The Voice of the Valley」「From the Eastern Sea」を刊行。37年アメリカ新聞の報道員として日露戦争の取材で帰国。同年「帰朝の記」を刊行。38年慶応義塾大学英文科教授に就任し、のち名誉教授。帰国後日本詩を作るようになり「二重国籍者の詩」「林檎一つ落つ」「最後の舞踏」など多くの詩集を刊行したほか「英詩の推移」「ポオ評伝」などの著書もある。　[家]息子＝ノグチ，イサム(彫刻家)

野口 里井　のぐち・りせい
俳人　[生]明治37年9月16日　[出]茨城県古河市　本名＝野口定吉(のぐち・さだきち)　[学]東京商業卒　[歴]昭和9年「渋柿」に入門、松根東洋城の指導を受ける。続いて野村喜舟、徳永冬子に師事。53年より「渋柿」編集委員。　[団]俳人協会

野崎 真立　のざき・まさたつ
歌人　[生]明治37年11月5日　[出]岡山県　[学]陸士卒　[歴]「近代歌人」「樹木」を経て「短歌世代」に所属。のち、「玄」を創刊主宰する。歌集に「三扇集」「玄冬花」「野崎真立歌集」など。他の著書に「ロシヤ韻文学」「短歌随想」などがある。

野崎 幽也　のざき・ゆうや
歌人　[生]明治44年6月3日　[出]福島県　本名＝野崎祐弥　[歴]昭和11年西田嵐翠・森園天涙に師事。21年大坪草二郎「あさひこ」創刊に参加。草二郎歿後、29年「あさかげ」創刊に参加、のち編集委員。歌集に「朝」「二つの歳月」があり、著作に「所長日記」がある。

野崎 ゆり香　のざき・ゆりか
俳人　医師　[生]大正9年1月24日　[出]福島県　本名＝野崎田鶴子(のざき・たずこ)　[学]東京女子医科大学卒　[賞]風賞(昭和49年)、風300号記念賞(昭和47年)　[歴]「馬酔木」を経て、昭和39年「風」入会。41年同人。　[団]俳人協会

野ざらし 延男　のざらし・のぶお
俳人　高校教師(読谷高校)　「天荒」代表　[生]昭和16年2月9日　[出]沖縄県石川市字山城　本名＝山城信男　[学]沖縄国際大学法文学部国文科卒　[賞]新俳句人連盟賞(第2回)(昭和46年)、沖縄タイムス出版文化賞(第2回)(昭和57年)「沖縄俳句総集」、日本詩歌文学館賞奨励賞(第1回)(昭和61年)「脈」、沖縄タイムス芸術選奨奨励賞(平成1年)　[歴]高校教師を務める一方、詩作を続ける。昭和51～60年「沖縄タイムス」の「タイムス俳壇」選者。現在、俳句会「天荒」代表、読谷高校教諭。句集に「地球の自転」「眼脈」「野ざらし延男句集」など。編著に「眼光」「沖縄俳句総集」などがある。　[団]現代俳句協会

野沢 啓 のざわ・けい
詩人　評論家　未来社代表取締役　⽣昭和24年9月20日　出東京都　本名＝西谷能英　学東京大学大学院人文科学研究科フランス文学専攻修士課程修了　職出版社勤務のかたわら、「走都」及び「SCOPE」を主宰。詩集に「影の威嚇」、評論集に「方法としての戦後詩」「詩の時間、詩という自由」など。　所日本文芸家協会、日本現代詩人会

野沢 省悟 のざわ・しょうご
川柳作家　⽣昭和28年3月26日　出青森県文芸新人賞(第12回)(昭和59年)　賞昭和51年川柳入門。53年杉野草兵、高田寄生木に指導を受ける。かもしか川柳社幹事、「北陽」同人、「文芸あおもり」編集委員。句集に「瞼は雪」「ほつれ火」「抱擁」「ぼん」がある。

野沢 節子 のざわ・せつこ
俳人　「蘭」主宰　⽣大正9年3月23日　没平成7年4月9日　出神奈川県横浜市　学フェリス女学校(昭和8年)中退　賞浜賞(第1回)(昭和22年)、浜同人賞(第1回)(昭和25年)、現代俳句協会賞(第4回)(昭和30年)「未明音」、読売文学賞(第22回)(昭和46年)「鳳蝶」　職横浜フェリス女学校2年の折カリエスを病み中退。昭和17年「石楠」に入会するが、21年「浜」創刊とともに参加。46年12月「蘭」を創刊主宰。現代俳句女流賞、蛇笏賞選考委員をつとめる。句集に「未明音」「花季」「鳳蝶」「飛泉」「存身」、文集に「花の旅水の旅」など。　所俳人協会(名誉会員)、日本文芸家協会、神奈川文学振興会(評議員)

野地 曠二 のじ・こうじ
歌人　⽣明治36年2月19日　没昭和60年2月12日　出福島県会津若松市　本名＝湊又三郎　旧姓(名)＝渡部　学東京美術学校卒　賞大正10年綜合誌「短歌雑誌」の雑詠で認められ、「橄欖」を創刊同人となる。昭和6年「防風」を創刊、21年「新潟短歌」を創刊、主宰。戦後10年間NHK新潟放送局ラジオ短歌の選者を務める。歌集に「平野」がある。　所日本歌人クラブ(新潟県委員)、現代歌人協会

野島 真一郎 のじま・しんいちろう
歌人　「創幻」主宰　⽣大正4年1月26日　出高知県　職柔道整復師　賞高知ペンクラブ賞(第3回)(昭和62年)　職中国に出征していたころから短歌を始める。戦後高知に帰ってからも短歌を続け、昭和43年「創幻社」を結成、翌44年「創幻」を創刊。51年から高知新聞の文化教室

講師も担当。他に評論、詩、小説なども手がける。歌集に「白い炎」、評論に「内面の美学」、詩集に「無我の花」などがある。

野田 宇太郎 のだ・うたろう
詩人　評論家　明治村常任理事　著日本文学史　⽣明治42年10月28日　没昭和59年7月20日　出福岡県三井郡立石村(現・小郡市)　学福岡県立朝倉中学(旧制)卒、早稲田大学中退　賞芸術選奨文部大臣賞(昭和51年)「日本耽美派文学の誕生」、紫綬褒章(昭和52年)、明治村賞(第3回)(昭和52年)、久留米市文化賞(昭和57年)　職新聞記者、出版社勤務などをしながら詩作する一方、自然を愛し、「文学散歩」の生みの親として知られ、昭和26年以来「九州文学散歩」「関西文学散歩」「四国文学散歩」など全28巻の「文学散歩」を編さんした。また文芸評論としては「日本耽美派文学の誕生」「瓦斯燈文芸考」などで明治末期の浪漫主義研究に新生面を開き、51年に芸術選奨を受賞している。著書に「定本野田宇太郎全詩集」「夜の蜩(ひぐらし)」「天皇陛下に願い奉る」など。　所日本近代文学会、日本文芸家協会、現代詩人会

野田 卯太郎 のだ・うたろう
政治家　俳人　実業家　逓信相　商工相　⽣嘉永6年11月21日(1853年)　没昭和2年2月23日　出筑後国三池郡池田村(福岡県)　号＝大塊(たいかい)　職自由党に入党。明治18年福岡県議を経て、30年衆院議員に当選、政友会創立に参加。のち幹事長、院内総務、副総裁などを歴任し、大正7年原内閣の逓相、13年第1次加藤高明内閣の商工相などを務める。また三池紡績社長をはじめ、三池土木、三池銀行などの重役を兼任、福岡県財界の第一人者となり、中央新聞社社長、東洋拓殖副総裁を歴任している。俳句は角田竹冷に学び、句集に「大塊句選」がある。

野田 節子 のだ・せつこ
俳人　⽣昭和3年2月22日　没平成2年12月15日　出京都市　学同志社女専家政科卒　賞新雪賞(昭和48年、49年)、霜林賞(昭和50年)　職昭和44年桂樟蹊子に師事し「霜林」に入門。47年新人賞、48年同人。句集に「糸車」「折紙」。　所俳人協会

野田 寿子　のだ・ひさこ

詩人　⽣昭和2年8月2日　出佐賀県　本名＝上尾寿子（かみお・ひさこ）　学日本女子大学国文科（昭和23年）卒　賞福岡県詩人賞（昭和41年）、福岡市文化賞（昭和56年）、丸山豊記念現代詩賞（第8回）（平成11年）「母の耳」　歴詩誌「アルメ」同人。昭和28年明善高校を皮切りに福岡県立高校などに勤めた。58年退職。映画評も手がける。著書に詩集「そこに何の木を植えるか」「母の耳」など。　所現代日本詩人会、福岡文化連盟、福岡県詩人会　家夫＝上尾龍介（九州大学名誉教授）

野田 別天楼　のだ・べってんろう

俳人　⽣明治2年5月24日（1869年）　没昭和19年9月26日　出岡山県　本名＝野田要吉　歴明治30年から正岡子規の指導を受け「ホトトギス」などに投句。のち松瀬青々の「倦鳥」同人となり関西俳壇で活躍。昭和9年「足日木」を、10年「雁来紅」を創刊。句集に「雁来紅」「野老」などのほか「俳人芭蕉」の著書がある。

野田 誠　のだ・まこと

俳人　⽣昭和4年1月20日　出広島県　師高柳重信に師事。「俳句広島」同人。のち「雷魚」「風象」「紫」の同人となる。句集に「敗走」「影」「水墓」など。

野田 理一　のだ・りいち

詩人　⽣明治40年11月10日　没昭和62年（？）　出滋賀県日野町　学関西学院英文科卒　歴戦中から一貫して、モダニズムを支持し、戦後は「荒地詩集」に昭和27年版から参加。「非亡命者」（昭49）「アマの共同体」（昭51）「ドラマはいつも日没から1978―82」などの私家版の詩集がある。

野竹 雨城　のたけ・うじょう

俳人　⽣明治40年3月16日　没平成4年11月27日　出東京・本郷　本名＝野竹一男　学旧制高専修了　歴昭和4年「ぬかご」に入門、安藤姑洗子に師事。戦後「ぬかご」復刊運営。28年「故郷」創刊。NHK第2放送俳句選者、茨城県俳協会長をつとめる。句文集に「竹の季節」「筑波野」。　所俳人協会

能登 秀夫　のと・ひでお

詩人　⽣明治40年2月8日　没昭和56年1月9日　出兵庫県神戸市　学兵庫県立工業学校卒　歴福田正夫に師事、「焔」に参加。昭和4年処女詩集「街の性格」。次いで「文学表現」に拠り、「都会の眼」を出したが、反戦詩集として発禁、以降終戦まで沈黙を守る。戦後「火の鳥」や国鉄詩人連盟結成（21年）に尽力、勤労詩運動を推進。かたわら「交替」「三重詩人」「さんたん」「鷺」「浮標」など任地毎に詩誌を発行。詩集に「街の表情」「生活の河」「明治の青年ここにあり」「年輪」などがある。

野中 木立　のなか・こだち

俳人　⽣明治34年6月13日　没昭和43年7月23日　出高知県　歴会社役員を経て紙卸商を営む。大正11年「ホトトギス」に入選以来、虚子に師事。のち同人となった。土佐新聞俳壇選者を務める。句集に「土佐」がある。

野中 亮介　のなか・りょうすけ

俳人　⽣昭和33年3月30日　出福岡県　学長崎大学歯学部大学院修了　賞俳人協会新人賞（第21回）（平成10年）「風の木」　歴昭和53年「馬酔木」に入会。歯科医の傍ら、俳句を嗜む。62年「馬酔木」同人。句集に「風の木」がある。

野長瀬 正夫　のながせ・まさお

詩人　児童文学者　元・金の星社顧問　⽣明治39年2月8日　没昭和59年4月22日　出奈良県　学旧制中学卒　賞文芸汎論詩集賞（第10回）（昭和18年）「大和吉野」、サンケイ児童出版文化賞（第17回）（昭和45年）「あの日の空は青かった」、野間児童文芸賞（第14回）（昭和51年）「小さなぼくの家」、赤い鳥文学賞（第6回）（昭和51年）「小さなぼくの家」、日本児童文芸家協会賞（第4回）（昭和54年）「小さな愛のうた」　歴中学時代から詩作をはじめ、教員、編集者のかたわら詩や児童向け小説を書き、詩集「小さなぼくの家」で野間児童文芸賞と赤い鳥文学賞を、又「あの日の空は青かった」でサンケイ児童出版文化賞を受賞。その他の詩集に「故園の詩」「日本叙情」「晩年叙情」「大和吉野」「夕日の老人ブルース」等がある。　所日本児童文学者協会、日本文芸家協会、日本現代詩人会

野場 鉱太郎　のば・こうたろう

歌人　⽣大正9年　没昭和57年　出愛知県豊田市吉原町　学京都大学大学院中退　賞未来エッセイ賞（昭和56年）　歴昭和22年農林省に入り、奈良県・多武峯村の倉橋池築造の工事課長として平野東南部水利改良事業所に赴任、5ケ月後退職。のち愛知県下の農林教育に携わったが病を得て西尾実業高の校長補佐を最後に教育の現場を退いた。一方在学中からアララギ派の歌人として活動し、京大アララギ会のリーダーも務め、22年小冊子「ぎしぎし会報」を発行するなど短歌の革新運動に取り組む。晩年、

近藤芳美主宰の「未来」に入会後歌論の発表を続ける。遺歌集に「白雲草」。

野原 水嶺　のはら・すいれい
歌人　「辛夷」代表　「潮音」選者　[生]明治33年11月23日　[没]昭和58年10月21日　[出]岐阜県揖斐郡小島村　本名＝野原輝一　[学]棚橋私塾（大正9年）修了　[賞]帯広市文化奨励賞（昭和41年）、帯広市文化賞（昭和48年）　[歴]一家で北海道河西郡芽室村久山（現・清水町旭山）に入植、開墾に従事。大正11年上帯広小学校を振り出しに教師生活を送る傍ら、15年「潮音」に入社。昭和5年「新墾」創刊に参画。20年帯広で「辛夷」を創刊。30年新墾を脱会。幕別古舞小学校長などを経て、31年「辛夷」同人と結婚、34年教職を終える。歌集に「花序」　、随筆集に「散石集」など。帯広鈴蘭公園など道内3カ所に歌碑もある。
[家]妻＝太田陽子（辛夷主宰）

野間 郁史　のま・いくし
俳人　[生]明治43年10月27日　[没]昭和51年8月19日　[出]愛知県名古屋市　本名＝野間郁夫　[学]東京高師（昭和11年）卒、東京文理科大学に学ぶ　[歴]埼玉師範学校勤務を経て、埼玉大学教授、付属小中学校長、教育学部長、評議員等を歴任。俳句ははじめ「馬酔木」に投句。その後「寒雷」創刊、主要同人となる。「杉」「陸」同人でもあった。

野間 宏　のま・ひろし
小説家　評論家　詩人　[生]大正4年2月23日　[没]平成3年1月2日　[出]兵庫県神戸市長田区　[学]京都帝大文学部仏文科（昭和13年）卒　[賞]毎日出版文化賞（第6回）（昭和27年）「真空地帯」、河出文化賞（昭和45年）「青年の環」、谷崎潤一郎賞（第7回）（昭和46年）「青年の環」、ロータス賞（アジア・アフリカ会議）（昭和48年）、松本治一郎賞（昭和52年）、朝日賞（昭和64年）　[歴]父は在家真宗一派の教祖。三高時代、竹内勝太郎を知り傾倒。同人誌「三人」を創刊し、詩、小説などを発表。京大時代は「人民戦線」グループに参画。昭和13年大阪市役所に勤務し、被差別部落関係の仕事を担当。16年応召、北支、バターン、コレヒドールなど転戦するが、マラリアに罹り帰還。18年思想犯として大阪陸軍刑務所に入所。戦後、日本共産党に入党。21年「暗い絵」を発表し、作家生活に入る。27年「真空地帯」で毎日出版文化賞を、46年代表作「青年の環」（全6部5巻）で谷崎潤一郎賞を受賞。他に「さいころの空」「わが塔はそこに立つ」などの長篇、「サルトル論」「親鸞」「文学の探求」などの評論・エッセイ、「山繭」「星座の痛み」「野間宏全詩集」などの詩集がある。また、差別問題などの社会問題でも幅広く活躍し、52年に第1回の松本治一郎賞を受賞した。この方面の著書に「差別・その根源を問う」「狭山裁判」などがあるほか、没後の平成9年月刊誌「世界」に長期連載した未完の「完本狭山事件」が刊行される。また「野間宏全集」（全22巻・別巻1巻，筑摩書房）などもある。
[団]日本文芸家協会、差別とたたかう文化会議、日中文化交流協会、日本ペンクラブ、新日本文学会、AA作家会議

野見山 朱鳥　のみやま・あすか
俳人　[生]大正6年4月30日　[没]昭和45年2月26日　[出]福岡県鞍手郡直方新町（現・直方市）　本名＝野見山正男　[学]鞍手中学（昭和10年）卒　[歴]中学卒業後、胸を病んで療養生活に入り、文学・絵画に親しむ。昭和17年頃から作句を始め、20年から高浜虚子に師事し、「ホトトギス」に投句、42年同人となる。この間、24年に第1著作「純粋俳句」を刊行、25年第1句集「曼珠沙華」を上梓。27年新生「菜殻火」を創刊し、主宰。33年、波多野爽波、橋本鶏二、福田蓼汀と四誌連合会を結成。他の著書に句集「天馬」「荊冠」「運命」「野見山朱鳥全句集」、評論集「忘れ得ぬ俳句」「助言抄」「川端茅舎」、小説「死の湖」、板画集「大和」がある。また、「野見山朱鳥全集」（全4巻，梅里書房）も刊行されている。
[家]妻＝野見山ひふみ（俳人）

野見山 ひふみ　のみやま・ひふみ
俳人　「菜殻火」主宰　[生]大正13年8月28日　[出]福岡県　本名＝野見山ヒフミ　[学]旧制女学校卒　[歴]昭和21年野見山朱鳥と結婚後、23年高浜虚子、野見山朱鳥に同時に師事。28年「菜殻火」同人。45年野見山朱鳥死去により「菜殻火」を主宰。句集に「秋の暮」「花文鏡」。
[団]俳人協会　[家]夫＝野見山朱鳥（俳人）

野村 愛正　のむら・あいせい
⇒野村牛耳（のむら・ぎゅうじ）を見よ

野村 喜舟　のむら・きしゅう
俳人　俳人協会顧問　[生]明治19年5月13日　[没]昭和58年1月12日　[出]石川県金沢市　本名＝野村喜久二（のむら・きくじ）　[賞]紫綬褒章（昭和42年）、勲四等旭日小綬章（昭和48年）　[歴]幼時浅草鳥越に住み、のち、小石川内を転々とし金富町に定住する。陸軍造兵工廠に勤務し、昭和8年小倉へ転勤。20年退職し下富野に住む。明治40年ごろより作句を始め、句誌「渋柿」を

主宰していた松根東洋城に師事。昭和27年から51年まで同誌を主宰。句集に「小石川」「紫川」「喜舟千句集」などがある。

野村 牛耳　のむら・ぎゅうじ

小説家　俳人　⑰明治24年8月21日　⑱昭和49年7月6日　㊷鳥取県　本名＝野村愛正(のむら・あいせい)　㊸鳥取中(現・鳥取西高)卒　㊹鳥取新報社に入社するが、大正3年上京し、5年「土の霊」を発表。6年「大阪朝日新聞」の懸賞小説に「明ゆく路」が1等入選する。以後作家生活に入り、昭和に入って児童文学も手がけた。また連句師としては、伊東月草の手ほどきを受け、さらに根津蘆丈に学ぶ。35年都心連句会を結成、46年義仲寺連句会を主宰するなど昭和後期の蕉風連句を支えた。著書に「カムチャッカの鬼」「土の霊」「虹の冠」「ヒマラヤの牙」、連句集「摩天楼」「むれ鯨」などがある。

能村 潔　のむら・きよし

詩人　⑰明治33年1月21日　⑱昭和53年7月25日　㊷福井県　㊸国学院大学国文科卒　㊹在学中は折口信夫に学ぶ。大正13年「詩篇時代」を創刊、また「炬火」「日本詩人」などにも詩作を発表。詩集に「はるそだつ」「反骨」などがある。

野村 清　のむら・きよし

歌人　元・千代田生命保険専務　⑰明治40年5月25日　⑱平成9年8月24日　㊷静岡県清水市　㊸慶応義塾大学経済学部卒　㊺日本歌人クラブ賞(第12回)(昭和60年)「皐月号」　㊹「とねりこ」「三田短歌」を経て北原白秋に師事し、昭和10年短歌雑誌「多磨」創刊に加わる。28年「コスモス」創刊発起人となり、同選者。現代歌人協会監事も務めた。歌集に「木犀湖」「緑蕚」「老年」「皐月号」、エッセイ集「緩なるべし」。　㊻現代歌人協会、日本文芸家協会

野村 喜和夫　のむら・きわお

詩人　㊿現代詩　フランス近代詩　⑰昭和26年10月20日　㊷埼玉県　㊸早稲田大学文学部卒、明治大学大学院修了　㊺歴程新鋭賞(第4回)(平成5年)「特性のない陽のもとに」、高見順賞(第30回)(平成12年)「風の配分」　㊹「歴程」同人。明治大学講師もつとめる。詩集に「特性のない陽のもとに」「反復彷徨」「狂気の涼しい種子」「風の配分」、評論に「ランボー・横断する詩学」などがある。　㊻日本文芸家協会

野村 慧二　のむら・けいじ

俳人　⑰大正13年10月15日　⑱平成8年9月12日　㊷大阪府大阪市島之内　本名＝野村慶治　㊸旧制中卒　㊺雨月努力賞(昭和30年・31年)　㊹昭和24年「雨月」に入門し、大橋桜坡子に師事。29年「雨月」編集委員、運営委員を務め、30年同人。のち雨月推薦作家。平成7年「雨月」同人会長。大阪市立都島区老人福祉センター俳句会講師なども務めた。句集に「甍」がある。　㊻俳人協会

能村 研三　のむら・けんぞう

俳人　「沖」副主宰　⑰昭和24年12月17日　㊷千葉県市川市　㊸東洋大学工学部卒　㊺珊瑚賞(沖同人賞)(昭和60年)「海神」、俳人協会新人賞(第32回)(平成5年)「鷹の木」　㊹昭和46年「沖」に投句。能村登四郎、林翔に師事。同時に沖の若手グループ「沖二十代の会」に参加、福永耕二の指導を受ける。51年「沖」発行人となる。句集に「騎士」「海神」「鷹の木」。　㊻俳人協会(幹事)、日本文芸家協会

野村 朱鱗洞　のむら・しゅりんどう

俳人　⑰明治26年11月26日　⑱大正7年10月31日　㊷愛媛県松山市小唐人町　本名＝野村守隣　別号＝柏葉、朱燐洞　㊹少年時代から俳句をはじめ、大正初年荻原井泉水に師事して「層雲」に参加する。新傾向俳句、自由律俳句をつくり、没後「礼讃」が刊行された。

野村 泰三　のむら・たいぞう

歌人　⑰大正4年2月21日　㊷滋賀県　㊹昭和5年「香蘭」に入会。18年「綜合詩歌」を継承発行。19年「とねりこ」「博物」との統合誌「春秋」を発刊。戦後は無所属で土岐善麿の指導を受ける。「短歌周辺」発刊に協力する。歌集に「星月夜」「笹竜胆」「三年抄」「念々抄」「遊心抄」がある。

野村 太茂津　のむら・たもつ

川柳作家　⑰大正4年4月29日　㊷和歌山県有田郡湯浅町　本名＝野村保　㊹幼少より父の運座(冠句)を見て育つ。旧制中学卒業後、所沢陸軍飛行学校第54期操縦学生。昭和9年以来終戦まで中国や東南アジアをまわり、敗戦後満州放浪。25年より麻生路郎と西尾栞に師事。川柳わかやま吟社主幹、NHK生涯学習川柳講師などを務める。句集に「はまゆう」「あおい海」「野村太茂津句集」などがある。

野村 冬陽　のむら・とうよう
俳人　元・長野県俳人協会会長　⑰明治40年1月30日　⑱昭和63年8月7日　⑲長野市松代町　本名=野村正(のむら・ただし)　⑳第一臨教英語科卒　㉑河賞(昭和42年)　㉒大正14年「石楠」に入会。昭和21年「科野」に同人参加。廃刊後37年「河」に同人参加。50年から長野県俳人協会長をつとめた。句集に「高燕」「珊瑚婚」「孀恋」など。㉓俳人協会

能村 登四郎　のむら・としろう
俳人　「沖」名誉主宰　⑰明治44年1月5日　⑱平成13年5月24日　⑲東京都台東区谷中清水町　⑳国学院大学(昭和11年)卒　㉑新樹賞(第1回、2回)(昭和26年、27年)馬酔木賞(第3回)(昭和31年)、現代俳句協会賞(第5回)(昭和31年)、蛇笏賞(第19回)(昭和60年)「天上華」、勲四等瑞宝章(平成2年)、詩歌文学館賞(第8回)(平成5年)「長嘯」　㉒国学院在学中は折口信夫指導の短歌雑誌「総攬」同人となる。昭和13～53年市川中学(のち市川高)に勤務。俳句は14年より水原秋桜子に師事し、「馬酔木」に投句。24年同人となる。45年「沖」を創刊し、主宰。56年「馬酔木」を脱退。54年～平成13年読売俳壇選者。教師生活に材を採った作品が出色。句集に「咀嚼音」「合掌部落」「枯野の沖」「幻山水」「有為の山」「天上華」「寒九」など、評論集に「伝統の流れの端に立って」「短かい葦」などがある。㉓俳人協会(名誉会員)、日本文芸家協会

野村 泊月　のむら・はくげつ
俳人　⑰明治15年6月23日　⑱昭和36年2月13日　⑲兵庫県氷上郡竹田村　本名=野村勇　旧姓(名)=西山　⑳早稲田大学英文科(明治38年)卒　㉒上海に渡って東亜同文書院に学び、またアメリカに渡る。帰国後大阪に日英学館をおこし、かたわら出版社花鳥堂を創設。高浜虚子に俳句を学び、大正11年「山茶花」を創刊。昭和4年「ホトトギス」同人となり、句集に「比叡」「旅」「雪溪」などがある。
㉔兄=西山泊雲(俳人)

野村 久雄　のむら・ひさお
俳人　「籐椅子」主宰　⑱昭和2年3月30日　⑲平成9年11月12日　⑲千葉県我孫子市　㉒昭和21年俳句を始め、深川正一郎に師事。七曜社に勤務。29年より虚子、立子に師事。その後、30年間「玉藻」を編集。59年「晴居」を経て、「籐椅子」主宰。「ホトトギス」同人。句集に「籐椅子」「ヨーロッパ俳句の旅」など。

野村 英夫　のむら・ひでお
詩人　⑰大正6年7月13日　⑱昭和23年11月21日　⑲東京　洗礼名=アッシジ・フランシスコ　⑳早稲田大学法学部卒　㉒立原道造と親交、堀辰雄に師事。立原の没後詩作を始め「四季」に寄稿。戦後は「四季」「カトリック思想」「望楼」「高原」などに小説を発表。カトリック文学の世界を築く。没後に「野村英夫詩集」「野村英夫全集」、詩集「司祭館」などが刊行された。

野村 吉哉　のむら・よしや
詩人　童話作家　⑰明治34年11月15日　⑱昭和15年8月29日　⑲京都市　㉔叔父に従って東京、満州と転住、染物屋や玩具店の小僧をしながら大正末期から詩作を始めた。ダダイスム詩運動に参加、「ダムダム」「感覚革命」「新興文学」などに詩、評論などを寄稿。晩年「童話時代」を刊行主宰した。詩集「星の音楽」「三角形の太陽」などがある。没後童話集「柿の木のある家」(昭16)、評論集「童話文学の問題」(昭18)などが刊行された。放浪時代の林芙美子と親しかった。

野村 米子　のむら・よねこ
歌人　「層」編集発行人　⑰大正11年9月9日　⑲愛知県名古屋市　⑳愛知県立第二高女卒　㉑新歌人会賞(昭和37年)　㉒昭和39年「層」を創刊、編集発行人。歌集に「新鋭12人」「憂愁都市」。㉓日本文芸家協会、日本ペンクラブ、現代歌人協会

野村 若葉子　のむら・わかばこ
⇒阪本若葉子(さかもと・わかばこ)を見よ

野本 研一　のもと・けんいち
歌人　⑱昭和24年　⑲東京都　⑳早稲田大学第一文学部哲学科卒　㉑早稲田大学大学院、フィリピン大学大学院に学ぶ。歌誌「りとむ」会員。著書に「両国―幻世の存在論」「紀元比国三年―吾が愛惜の日日」「マニラ罪と愛」などがある。

野谷 竹路　のや・たけじ
川柳作家　川柳研究社副幹事長　⑰大正10年9月18日　⑲東京　本名=野谷武　⑳法政大学文学部国文学科卒　㉒昭和16年川上三太郎主宰の川柳研究社に入り、幹事を経て副幹事長。ほかに足立川柳会会長、日本現代詩歌文学館振興会評議員、日本川柳協会常任理事、日本川柳ペンクラブ常任理事、川柳人協会理事やよみうり日本テレビ文化センター川柳入門講師、三越文化センター日曜川柳入門講師を務

める。著書に句文集「中学校の四季」「川柳の作り方」がある。 [所]日本現代詩歌文学館、日本川柳協会、日本川柳ペンクラブ

則武 三雄 のりたけ・みつお
詩人 [生]明治42年2月11日 [没]平成2年11月21日 [出]鳥取県米子市 本名＝則武一雄（のりたけ・かずお） [学]大阪高等工業学校中退 [歴]朝鮮総督府嘱託となり、昭和20年帰国。三好達治に師事、福井県立図書館に勤務しながら、詩人として活動。26年福井の文学拠点となった「北荘文庫」をつくり、詩集「浪曼中隊」「紙の本」「三雄詩集」、評伝「三好達治と私」、小説「わたしの鴨緑江」などを発表。「日本海作家」同人。

野呂 昶 のろ・さかん
詩人 [専]児童文学 [生]昭和11年9月17日 [出]岐阜県大垣 [学]関西大学法学部卒 [歴]「近畿児童文化」「幼年芸術」「子供と詩文学会」「ラルゴ」同人を経て、詩と随筆「あんじゃり」編集同人。詩集に「ふたりしずか」「おとのかだん」「いろがみの詩」「無絃の琴」、詩画集に「みずのことば」、絵本に「ふくろうとことり」、著書に「良寛詩抄無弦の琴」などがある。 [所]日本児童文学者協会、日本児童文芸家協会

野呂 春眠 のろ・しゅんみん
俳人 [生]明治36年3月4日 [没]平成4年8月8日 [出]台湾 本名＝野呂元 [学]東京帝大農学部卒 [歴]昭和3年東京帝大在学中より作句。東大俳句会を通じ、秋桜子の指導下にホトトギスに投句。戦後「千本」「新雪」等に関係してのち、「海廊」を主宰。句集に「紺とグレー」。37年に藤枝東高校校長を退職するまで、静岡県内の学校教諭をつとめた。

【は】

榛原 駿吉 はいばら・しゅんきち
歌人 [生]大正5年10月14日 [出]静岡県 [学]東京逓信講習所卒 [歴]18歳ころより作歌。昭和26年「歩道」に入会し、佐藤佐太郎に師事する。50年「歩道年度賞」を受賞。木島茂夫の「冬雷」にも加盟しており、37年4月の創刊以来、作品批評を担当している。歌集に「遠雲」「北馬南船」など。

芳賀 順子 はが・じゅんこ
歌人 [生]昭和17年7月18日 [出]宮城県登米郡迫町 [賞]北海道歌人会賞（第27回）（昭和59年）「風の原」 [歴]昭和46年頃、北海道新聞に投稿した文章が歌人・野原水嶺の目にとまり短歌を作り始める。「辛夷」同人。歌集に「秋の抽斗」。

芳賀 清一 はが・せいいち
詩人 水星舎代表 [生]昭和23年 [出]青森県南津軽郡大光寺村（現・平賀町） [歴]著書に詩集として「感情病棟」「九月の詩」「宇宙の秋」「十和田湖まで」「por Meros」「1991-1995」「六ケ所核燃戦争」「白鳥の村、六ケ所」、思想書に「スケルツォ一九七二年」「創造の初級」「心理について」、物語に「シルクロード急行・過去人」、他に「夢日記全篇」「読書ノート」「放射能免疫破壊—アザラシはなぜ死んだか」、資料集に「成功するソフトエネルギー」他がある。

芳賀 稔幸 はが・としゆき
詩人 [生]昭和29年 [出]福島県いわき市湯本 [賞]福島県文学賞（奨励賞）（平成11年）「サイフォン」 [歴]平成7年第1詩集「ゆもとの暮鳥さん」を刊行。10年より詩誌「鮫」に同人として参加。11年詩集「サイフォン」で第52回福島県文学賞奨励賞を受賞。詩集に「たゆたう」がある。 [所]日本詩人クラブ、福島現代詩人会

萩 ルイ子 はぎ・るいこ
詩人 [生]昭和25年 [出]大阪府東大阪市 本名＝吉岡正実 [歴]「柵」会員。本名の吉岡正実で九条連会員。詩集に「幼友達」「わたしの道」など。 [所]原詩人通信会、高麗美術館維持会

萩野 卓司 はぎの・たかし
医師 詩人 富山現代詩人会長 [生]大正8年10月24日 [没]昭和61年11月28日 [出]東京 [学]大阪帝大医学部（昭和19年）卒 医学博士 [賞]芸術文化功労賞（昭和51年） [歴]昭和10年ごろから詩作を始め、代表作「北国郷愁」「熱い冬」などの詩集がある。季刊詩誌「抒情詩」を21年より10年間発行。富山現代詩人会の結成に尽力、26年から15年間会長、その後顧問を務めた。39年「萩野賞」を設定、新人詩人の育成を図る。萩野医院院長のほか富山県芸術文化協会理事、富山アカデミー女声合唱団顧問なども歴任。 [家]長男＝萩野茂（ハギノシゲル）（富山市民病院外科医長）、兄＝萩野昇（イタイイタイ病治療研究の医師）

萩本 阿以子　はぎもと・あいこ

歌人　⽣大正5年3月23日　⽣京都府　本名＝萩本あい子　⽣橄欖賞（昭和40年）　⽣昭和24年「橄欖」に復帰し、同年「風物」の30歳代歌人に入賞。40年橄欖賞を受賞。59年度より「橄欖」選者。「女人短歌」会員。歌集に「雲耀へば」「雨は蘪たき」がある。　⽣日本歌人クラブ

萩原 アツ　はぎわら・あつ

歌人　⽣大正12年4月16日　⽣東京都文京区　⽣昭和15年から19年頃まで、父の指導で感動律俳句雑誌「多羅葉樹下」に投句。21年「古今」に入会、33年に脱退。35年同人誌「藍」創刊と同時に参加。歌集に「波」「草鳴り」「泉」「萩原蘪月集」がある。　⽣現代歌人協会　⽣父＝萩原蘪月（俳人）

萩原 乙彦　はぎわら・おとひこ

作家（戯作者）俳人　⽣文政9年（1826年）　⽣明治19年2月29日　⽣江戸・根津　本名＝森語一郎　号＝梅暮里谷峨（2世）、能六斎、鈴亭主人、対梅宇　⽣俳諧は一時庵に学ぶ。明治2年対梅宇乙彦の名で「芳香帖」を出した。古俳書の蒐集にも手を染めた。代表作に人情本「春色連連梅」、漢文戯作「東京開化繁昌誌」がある。

萩原 季葉　はぎわら・きよう

俳人　千葉大学名誉教授　⽣大正12年6月12日　⽣東京　本名＝萩原弥四郎（はぎわら・やしろう）　⽣千葉医科大学（昭和23年）卒　⽣万緑新人賞（昭和50年）、万緑賞（昭和55年）、勲二等瑞宝章（平成11年）　⽣千葉大学助手を経て、昭和35年助教授、41年教授。退官後、城西国際大学学長。のち、千葉県公安委員長に就任。この間、21年「やはぎ」に入会、加賀谷凡秋に手ほどきを受ける。40年「万緑」入会、中村草田男に師事する。45年「子午線」に参加。51年「万緑」同人となり56年より句会幹事。作品に「智に働きて」がある。　⽣俳人協会

萩原 恭次郎　はぎわら・きょうじろう

詩人　⽣明治32年5月23日　⽣昭和13年11月22日　⽣群馬県勢多郡南橘村（現・前橋市南橘町）本名＝金井恭次郎　旧姓（名）＝萩原　号＝葉歌　⽣中学時代から短歌を作り、大正5年創刊の「キツネノス」に参加。「文章世界」などに詩や短歌を投稿する。7年「現代詩歌」に参加。8年日本赤十字社群馬県支部事務員となったが、病気のため半年で退職。10年上京、未来派などの前衛詩に関心を抱き、「赤と黒」を創刊。その後「ダムダム」「マヴォ（MAVO）」などに参加し、アナキズム系の詩人として活躍し、14年第一詩集「死刑宣告」を刊行。昭和3年29歳で帰郷し、煥乎堂書店企画部長となる。6年第二詩集「断片」を刊行し、7年個人雑誌「クロポトキンを中心にした芸術の研究」を創刊し、代表作といわれる『もうろくづきん』を発表。晩年思想転向し、13年戦争詩「亜細亜に巨人あり」を発表した。没後40余年の後、「萩原恭次郎全集」（全3巻，静地社）が刊行された。

萩原 朔太郎　はぎわら・さくたろう

詩人　⽣明治19年11月1日　⽣昭和17年5月11日　⽣群馬県東群馬郡前橋北曲輪町（現・前橋市）　号＝美悼、咲二　⽣六高（明治43年）中退、慶応義塾大学予科中退　⽣文学界賞（第8回）（昭和11年）「理性に醒めよ」、透谷文学賞（第4回）（昭和15年）「帰郷者」　⽣前橋市の医者の家に生れる。中学2年頃から「新声」「文庫」「明星」などに短歌を投稿。大正2年北原白秋、室生犀星を知り、4年犀星、山村暮鳥と「卓上噴水」、5年「感情」を創刊。6年「月に吠える」を刊行し、詩的位置を確立、同時に評論も書き始める。憂愁と虚無、孤高の独自のスタイルで未踏の境地を開き、日本近代詩（現代詩）の創始者といわれ、後の近代詩に多大な影響を与えた。詩作は「月に吠える」以後、「青猫」「純情小曲集」「氷島」「宿命」などがあり、評論・随筆面でも「詩の原理」「純正詩論」「郷愁の詩人与謝蕪村」「日本への回帰」、アフォリズム集「新しき欲情」「虚妄の正義」などがある。昭和11年「理性に醒めよ」で文学界賞を、15年「帰郷者」で透谷文学賞を受賞している。「萩原朔太郎全集」（全5巻、新潮社）、「同全集」（15巻，筑摩書房）がある。平成4年には前橋市によって萩原朔太郎賞が制定された。　⽣娘＝萩原葉子（小説家）、孫＝萩原朔美（エッセイスト・多摩美大教授）

萩原 千也　はぎわら・せんや

歌人　⽣昭和15年7月4日　⽣埼玉県大里郡岡部町　⽣昭和34年、19歳で作歌をはじめ、読売歌壇、毎日歌壇、蟻短歌会などに発表。38年「アララギ」に入会。「ポポオ」に参加する。歌集に「木目」がある。生業はタンス職人。

萩原 麦草　はぎわら・ばくそう

俳人　⽣明治27年6月29日　⽣昭和40年1月3日　⽣静岡県伊豆長岡町　本名＝萩原三郎　⽣小学校高等科卒　⽣大正14年上京、日本通運に勤め、昭和20年疎開で帰郷。年少より句作をし、「ホトトギス」「鹿火屋」に投句。大正5年渡辺水巴に師事し「曲水」に参加、のち同人。戦後野呂春眠らと「千本」「新雪」などを発行。

541

中断後28年「壁」を創刊主宰した。静岡県俳句協会委員長。句集「麦嵐」「枯山仏」がある。

萩原 貢　はぎわら・みつぎ

詩人　[生]昭和8年1月17日　[出]北海道小樽市　[学]小樽緑陵高卒　[賞]小熊秀雄賞(第3回)(昭和45年)「悪い夏」、北海道新聞文学賞佳作(昭和53年)「ドアの断崖」、北海道文学奨励賞(平成3年)、北海道詩人協会賞(平成8年)「桃」　[歴]昭和32年詩誌「城」(後に「文芸律」に改題)創刊に参加。一方、「野性」に参加し、34年「核」創刊、のち「核」同人。38年小樽詩話会設立に参加、以来中心的存在として活躍するなど詩作のかたわら各種の詩誌発刊に携わり、若手育成にも尽力。詩集に「霧のブルース」「雪の道」「悪い夏」「ゆめのかたみ」「ドアの断崖」「満月、輪の川その他」「カモメの手紙」「馬車の出発の歌」「桃」などがある。小樽地方財金局職員。　[団]日本現代詩人会、北海道詩人協会

萩原 弥四郎　はぎわら・やしろう

⇒萩原季葉(はぎわら・きよう) を見よ

萩原 康次郎　はぎわら・やすじろう

歌人　[生]大正15年3月30日　[出]群馬県　[賞]群馬県文学賞(短歌部門)(第4回・昭41年度)「常凡」　[歴]「林間」同人、「新歌人会」会員を経て、昭和46年より「風人」編集発行人。群馬県歌人クラブ常任委員、群馬県文学賞選考委員を務める。歌集に「風昏」「つばなの丘」がある。

萩原 蘿月　はぎわら・らげつ

俳人　俳文学者　[生]明治17年5月5日　[没]昭和36年2月17日　[出]神奈川県横浜市　本名＝萩原芳之助　[学]東京帝国大学国文科(明治43年)卒　[歴]弘前高女をはじめ各地の中学校、女学校の教諭をし、かたわら明治学院、東京農大、慶大講師を歴任し、大正4年二松学舎専門学校教授。この間、俳誌「冬木」を創刊し、昭和3年「唐桧葉」を創刊。感激主義を唱導し、非定型、口語調の作品を多く作る。戦後は内田南草の「梨の花」「感動律」に拠った。句集に「雪線」があり、他に「詩人芭蕉」「史論俳句選釈」などの著書がある。

波止 影夫　はし・かげお

俳人　内科医　「天狼」同人会長　[生]明治43年2月15日　[没]昭和60年1月24日　[出]愛媛県越智郡満浦村椋名(現・吉海町)　本名＝福永和夫(ふくなが・かずお)　[学]京大医学部卒　[歴]山口誓子、西東三鬼、平畑静塔氏らと昭和23年「天狼」を創設。戦前には新興俳句運動弾圧事件の「京大俳句事件」(昭和15年)に連座、起訴された。一貫して無季俳句運動の先頭に立っていた。著書に「波止影夫全句集」(文琳社)がある。

橋 閒石　はし・かんせき

俳人　「白燕」主宰　神戸商科大学名誉教授　[専]英文学　連句　[生]明治36年2月3日　[没]平成4年11月26日　[出]石川県金沢市　本名＝橋泰来(はし・やすき)　[学]京都帝大文学部英文科(昭和3年)卒　[賞]勲三等旭日中綬章(昭和48年)、兵庫県文化賞(昭和53年)、神戸市文化賞(昭和54年)、蛇笏賞(第18回)(昭和59年)「和栲」、詩歌文学館賞(第3回)(昭和63年)「橋閒石俳句選集」　[歴]神戸商大教授、親和女子大学学長を歴任。19世紀はじめの英随筆文学を研究。傍ら、昭和7年ごろから俳諧文学の研究に取り組み、創作も続けた。主に連句の研究と実作に傾注。24年「白燕」を創刊し主宰。のち同人誌に改組し代表同人。著書は「俳句史大要」、句集「雪」「朱明」「無刻」「荒栲」「和栲」などのほか英文学関係のもの多数。　[団]日本文芸家協会、現代俳句協会(名誉会員)、俳文学会

土師 清二　はじ・せいじ

小説家　俳人　[生]明治26年9月14日　[没]昭和52年2月4日　[出]岡山県邑久郡国府村(現・長船町)　本名＝深谷静太　旧姓(名)＝赤松　[学]小学校高等科中退　[歴]明治37年から岡山市の商店に丁稚奉公に出る。44年石川安次郎を頼って上京し、書生の傍ら三田英語学校に通う。中国民報を経て、大阪朝日新聞に入社。大正11年「旬間朝日」を創刊し、土師清二の筆名で、処女作「水野十郎左衛門」を連載。15年退社して作家専業となり、翌昭和2年の「砂絵呪縛」で一躍流行作家となった。代表作は他に「青鷺の霊」「津島牡丹」「風雪の人」、「土師清二代表作選集」(全6巻，同光社)など。また少年時代より俳句に親しみ、晩年まで句作を続けた。句集に「水母集」「土日会句集」がある。

土師 輝子　はじ・てるこ

歌人　[生]大正9年8月13日　[出]福岡県福岡市　[歴]「波濤」同人。著書に、歌集「彩虹一」「彩虹二」「平成万葉集」「わたくしの『青い鳥』―土師輝子集」がある。　[団]日本短歌クラブ

橋川 敏孝　はしかわ・としたか
俳人　[生]明治43年2月24日　[没]平成4年4月9日　[出]大阪市西淀川区　[学]西野田工卒　[歴]昭和13年「倦鳥」入会。同系「越船」主宰森本之棗に依り、作句。24年第2次「鳥」編集同人。「新風」の委員を経て、40年「双壁」編集同人。55年「愛栖」創刊主宰。句集に「有情点情」「此処に幸あり」。　[団]俳人協会

橋詰 一郎　はしずめ・いちろう
歌人　[生]明治40年1月31日　[没]昭和48年1月10日　[出]茨城県　[歴]18歳より「橄欖」に投稿し、のち古泉千樫に師事。昭和28年「創生」に参加、34年に田崎秀らと「茨城歌人」を創刊。茨城放送歌壇選者、茨城文化団体理事等を務めた。歌集に「冬から春へ」「日照雨」「橋詰一郎遺歌集」がある。

橋爪 健　はしずめ・けん
詩人　評論家　小説家　[生]明治33年2月20日　[没]昭和39年8月20日　[出]長野県松本市　[学]東京帝国大学文科大学中退　[歴]一高時代から詩作をし、大正11年「合掌の春」「午前の愛撫」を刊行。のちアナーキズム、ダダイズムの影響を受け、13年「ダムダム」に参加。昭和2年「文芸公論」を創刊し「陣痛期の文学」を刊行。他の著書に「貝殻幻想」「多喜二虐殺」「文壇残酷物語」などがある。

橋詰 沙尋　はしずめ・さじん
俳人　[生]大正2年1月7日　[没]昭和61年6月11日　[出]滋賀県彦根市（本籍）　本名＝橋詰勇（はしずめ・いさむ）　[賞]スバル賞（昭和36年）　[歴]昭和6年より作句、同人誌「鶺鴒」に拠る。戦後21年「青垣」同人。また「激狼」「断崖」同人でもあり、36年には「天狼」同人となった。句集に「豹つかひ」（36年）、「後官」（52年）がある。
[団]俳人協会

橋爪 さち子　はしずめ・さちこ
詩人　[生]昭和19年7月21日　[出]京都府京都市　本名＝橋爪幸子　[学]立命館大学文学部卒　[賞]関西文学賞（第22回・詩部門）（昭和62年）「月」　[歴]高校時代から詩を書き始める。結婚と同時に中断するが昭和57年頃から再びペンをとる。詩集に「橋爪さち子詩集」がある。

橋爪 文　はしずめ・ぶん
詩人　作詞家　[生]昭和6年1月　[出]広島県広島市　[歴]昭和20年学徒動員で郵政省広島貯金支局で働いていた時被爆。重傷を負い、せん光を目撃した目は、今も原爆白内障に侵される。自らの戦争体験をもとに詩を書き、詩集を出版。原爆で亡くなった弟を思う詩「おとうと」には曲がつけられ東京や小田原の演奏会で歌われる。被爆50周年を機に、国の内外で自分の体験を語るようになる。他に「星の生まれる夜」「昆虫になった少年」「組曲ひろしま」など歌曲や合唱曲の作詩が多数ある。著書には詩集「昆虫になった少年」「乗り捨てられたブランコのように」「海のシンフォニー」、詩とエッセイ「不思議な国トルコ」（いずれも私家版）、ノンフィクション「少女・十四歳の原爆体験記」がある。
[団]日本ペンクラブ、日本詩人クラブ、戦争に反対する詩人の会

橋爪 芳綏　はしずめ・ほうすい
漢詩人　[生]明治43年2月10日　[出]和歌山県　本名＝橋爪広三郎　通称＝橋爪正和（はしずめ・まさかず）　[学]神戸大学工学部（昭和7年）卒　[歴]満鉄に入社、戦後戸田組本社土木営業部長を経てレーモンド建築設計事務所調査役。昭和12年奉天で満鉄の同僚藤井関一に吟詠を習い、17年陸軍少佐平賀又男に詩作の指導を受けた。戦後大阪で増田半剣に学び、黒潮吟社賛助会員となり高橋藍川に指導を受けた。

橋田 東声　はしだ・とうせい
歌人　[生]明治19年12月20日　[没]昭和5年12月2日　[出]高知県　本名＝橋田丑吾　旧号＝濤声
[学]東京帝大法科大学卒　[歴]東京日日新聞社に勤務し、のち文部省嘱託、明大講師を経て、東京外国語学校教授に就任。七高時代に新詩社社友となり、一時小説を書いたが、大正4年喀血し作歌を志す。6年「珊瑚礁」を創刊し、8年「覇王樹」を創刊。10年歌集「地懐」を刊行し、13年評論集「自然と韻律」を刊行。「新釈正岡子規歌集」「新釈万葉集傑作選」「土の人長塚節」「正岡子規全伝」「子規と節と左千夫」などの著書もある。

橋本 栄治　はしもと・えいじ
俳人　[生]昭和22年7月8日　[出]神奈川県　[賞]俳人協会新人賞（第19回）（平成7年）「麦生」　[歴]福永耕二に師事。「馬酔木」所属。平成7年句集「麦生」で第19回俳人協会新人賞を受賞。

橋本 花風 はしもと・かふう
俳人 ⽣明治35年4月22日 ⽣昭和49年8月19日 ⽣富山市 本名=橋本芳蔵 ⽣早稲田大学政経科(昭和3年)卒 ⽣若葉賞(第20回)、若葉功労者表彰 ⽣都新聞(現・東京新聞)、大政翼賛会、日本放送協会監事を経て、北陸電気工業監査役。俳句は早稲田大学在学中に加藤紫舟と共に「黎明」発刊。昭和14年頃から富安風生に師事し「若葉」に拠り、19年から32年までの関係。句歌集に「香炉峰」、句集に「疎林」「比翼」がある。

橋本 鶏二 はしもと・けいじ
俳人 「年輪」主宰 ⽣明治40年11月25日 ⽣平成2年10月2日 ⽣三重県上野市小田 本名=橋本英生(はしもと・ひでお) ⽣高小 ⽣俳人協会賞(第21回)(昭和56年)「鷹の胸」 ⽣病弱であったため学校にはほとんど行かず、15〜16歳頃、近所の子供を集め謄写版で俳句冊子を作る。昭和17年頃、高浜虚子に師事し、19年長谷川素逝に兄事する。21年「桐の葉」を復刊、のち「桐の花」つづいて「鷹」と改題。24年「牡丹」と合併して「雪」を主宰。このころより1年の半分近くを旅で暮らし、32年名古屋で「年輪」を創刊し、主宰。33年波多野爽波、野見山朱鳥、福田蓼汀と四誌連合会を結成。55年郷里の上野市に転居。「ホトトギス」同人。「年輪」「松籟子」「山旅波旅」「花袱紗」「鳥襷」「汝鷹」「鷹の胸」などの句集のほか、「俳句実作者の言葉」「素逝研究・砲車扁」「随筆歳時記」などの著書がある。鷹の秀句が多く、"鷹の鶏二"と呼ばれた。没後「橋本鶏二全句集」が刊行された。 ⽣俳人協会(名誉会員)

橋本 俊明 はしもと・しゅんめい
歌人 ⽣昭和21年2月27日 ⽣三重県 ⽣三重県文学新人賞(昭和53年) ⽣中学時代より作歌、36年印田巨鳥に師事し「覇王樹」に入会、編集同人。40年三重県青年歌人会を結成、機関誌「せい」を編集発行する。53年三重県文学新人賞を受賞。歌集に「一親」「カシオペア季」がある。

橋元 四郎平 はしもと・しろうへい
歌人 元・最高裁判事 ⽣大正12年4月13日 ⽣福島県田村郡三春町 ⽣東京大学法学部(昭和23年)卒 ⽣弁護士 ⽣勲一等瑞宝章(平成7年) ⽣卒業後1年間家業の薬屋を手伝う。昭和24年最高裁判務総局人事局勤務。29年弁護士登録。東京弁護士会所属。43〜44年度最高裁司法研修所教官(民事弁護担当)。49〜50年度

東京地裁調停委員。52年度東京弁護士会司法修習委員会委員長、57〜61年東京地方労働委員会会長代理。また日弁連理事を経て、61年同事務総長。平成2年1月最高裁判事に就任。5年退官。弁護士時代は死後認知訴訟など主に民事裁判を手がけ、専門は著作権法。また郷土人形収集でも知られ、昭和45年から宮城県鳴子町のこけしコンテスト審査員をつとめ、平成2年には実家の一部を「三春郷土人形館」として開放。8年には歌集「三春」を刊行するなど、歌にも親しみ、10年皇居・宮殿で行われた歌会始の儀の召人に選ばれる。編著書に「ふくしまのこけし」「三春人形」など。

橋本 末子 はしもと・すえこ
俳人 ⽣昭和14年12月10日 ⽣旧朝鮮・慶尚道 ⽣鶴風切賞(昭和63年)、鶴賞(平成1年)、北海道新聞俳句賞佳作(第7回)(平成4年)「雪ほとけ」、北海道俳人協会賞(第4回)(平成12年)「六花集」 ⽣昭和49年から小樽に在住。夫が経営する古美術店・洗心堂を手伝う傍ら、ライフワークにと53年から小樽市成人学校で俳句を習い始め、講師の千葉仁(俳人協会北海道支部長)の勧めで鶴の同人に。句集に「寒紅」「雪ほとけ」「六花集」がある。

橋本 節子 はしもと・せつこ
詩人 ⽣昭和5年 ⽣大阪市住吉区帝塚山 ⽣防府北高(昭和24年)卒 ⽣昭和61年朝日カルチャー現代詩・高田敏子の教室に入会。著書に詩集「川のほとり」「野の花—橋本節子詩集」がある。

橋本 草郎 はしもと・そうろう
俳人 ⽣昭和4年12月20日 ⽣宮崎県 本名=橋本次雄 ⽣都城商(旧制)卒 ⽣俳人協会全国俳句大会賞(昭和39年)、冬草賞(昭和51年) ⽣昭和27年職場句会にて俳句入門。翌年「椎の実」に入会、同人となる。35年加倉井秋をに師事し「冬草」入会、同人。読売新聞宮崎版俳句選者を務める。句集に「上流」「対岸」がある。 ⽣俳人協会

橋本 多佳子 はしもと・たかこ
俳人 ⽣明治32年1月15日 ⽣昭和38年5月29日 ⽣東京市本郷区龍岡町 本名=橋本多満(はしもと・たま) 旧姓(名)=山谷 ⽣菊坂女子美術学校中退 ⽣奈良県文化賞(昭和34年) ⽣大正11年小倉で杉田久女を知り、以後俳句の手ほどきを受け、14年「ホトトギス」に投句する。昭和4年大阪に移り、以後山口誓子に師事し、10年「馬酔木」に参加。16年第一

句集「海燕」を刊行。23年誓子主宰の「天狼」が創刊され、同人として参加。25年榎本冬一郎と「七曜」を創刊し、25年から主宰。33年からは読売新聞俳壇選者をつとめた。他に「信濃」「紅糸」「海彦」「命終」「橋本多佳子全句集」などの句集がある。
㊂四女＝橋本美代子(俳人)

橋本 武子 はしもと・たけこ
歌人 ㊀大正2年6月12日 ㊁平成4年3月13日 ㊂山口県 ㊟斎藤瀏賞(第1回)(昭和30年)、山口県文化功労賞(昭和54年) ㊞昭和14年「短歌人」の創刊と同時に入会し、斎藤瀏に師事。21年山口県にて「青潮」を創刊。歌集に「黒髪抄」「黒衣」「ゆく水」がある。

橋本 茶山 はしもと・ちゃざん
俳人 ㊀大正7年3月13日 ㊂愛媛県 本名＝橋本久(はしもと・ひさし) ㊫陸軍経理学校卒 ㊟中日俳壇年間最優秀賞、樅武人賞(昭和57年) ㊞昭和23年「天狼」創刊と同時に入会。山口誓子・谷野予志に師事。45年「環礁」に入会、47年同人、51年退会。48年「天狼」会友。50年俳人協会会員。51年「樅」(村上冬燕主宰)創刊同人として「樅」に入会。60年「天狼」愛媛重信支部長。句集に「錨」「武者幟」。 ㊐俳人協会

橋本 輝久 はしもと・てるひさ
俳人 ㊀昭和14年3月16日 ㊂広島県 ㊫三重大学学芸部卒 ㊟三重県俳句協会年間賞(昭53年度)、三重県文学新人賞(俳句部門・昭54年度)、中部日本俳句作家会賞、現代俳句協会新人賞(第7回)(平成1年) ㊞昭和36年より句作。「橘」「伊勢俳談会」同人。句集に「歳歳」など。小学校校長。 ㊐現代俳句協会

橋本 徳寿 はしもと・とくじゅ
歌人 造船技師 「青垣」主宰 ㊀明治27年9月10日 ㊁平成1年1月15日 ㊂千葉県習志野市 ㊫工学院造船科(大正2年)卒業 ㊟大日本歌人協会賞(昭和14年)「台湾行・樺太行」、日本歌人クラブ推薦歌集(第2回)(昭和31年)「ララン草房」、若山牧水短歌文学大賞(第2回)(昭和50年) ㊞幼時より千葉県習志野で育つ。水産講習所助手となり、のち(社)大日本水産会技師として木造船の技術指導に生涯をかけた。通産省中小企業近代化審議会中小造船業分科会長。短歌は、大正14年古泉千樫の門人となり、昭和2年千樫没後、その追悼号をもって「青垣」を創刊、編集に当たる。歌集に「船大工」から「黒」まで11冊、他の著書に戦記もの「素馨の花」、「土屋文明私稿」「アララギ交遊編年考」がある。

橋本 甲矢雄 はしもと・はやお
歌人 ㊀明治35年1月25日 ㊂東京 本名＝橋本末吉 ㊫慶応義塾大学経済学部卒 ㊞大蔵省に勤めた後、会社重役などを歴任した。短歌ははじめ「アララギ」に属したが、自由律短歌に転じ、昭和6年「近代短歌」を創刊、16年まで続けた。24年「新短歌」創刊に関与した。

橋本 久幸 はしもと・ひさゆき
歌人 ㊀大正5年9月 ㊂大阪府高槻市 ㊫大阪府天王寺師範専攻科(昭和13年)卒 ㊞昭和16年「多磨」入会。24年「覇王樹」入社同人、45年「関西覇王樹」同人に。この間、摂津市教育長を務めた。歌集に「年輪」「流転」「風絞」。

橋本 比禎子 はしもと・ひでこ
歌人 「青樫」主宰 ㊀明治36年7月12日 ㊁平成3年12月5日 ㊂長野県小県郡長門町 本名＝橋本英 旧筆名＝遠山英子 ㊞昭和3年「潮音」入社、太田水穂に師事。5年秋田青雨と結婚、12年青雨とともに「青樫」創刊。青雨没後、昭和22年同誌を復刊して主宰。27年橋本比禎子と改名。歌集に「二人静」「絮の冠」、他に合同歌集などがある。 ㊐日本歌人クラブ

橋本 風車 はしもと・ふうしゃ
俳人 ㊀大正3年1月1日 ㊂兵庫県明石市 本名＝橋本寛(はしもと・ひろし) ㊫東京帝大法学部卒 ㊞昭和12年東大ホトトギス会で中村草田男、山口青邨の指導を受け、天野雨山の「蕉風」(のち、「春光」と改題)に参加。15年「夏草」、21年「万緑」、28年「子午線」に参加。43年「春光」主選。句集に「私道明暗」。
㊐俳人協会

橋本 福恵 はしもと・ふくえ
詩人 「河」主宰 ㊀昭和8年1月3日 ㊂広島県双三郡布野村 ㊫三次高卒 ㊞昭和51年文芸誌「河」創刊。「蘭」「地球」「つゆくさ」同人。詩集に「海の火」「佳美の時刻」「少年の風景」「非の百科」他。 ㊐日本現代詩人会

橋本 美代子 はしもと・みよこ
俳人 「七曜」主宰 ㊀大正14年12月15日 ㊂福岡県小倉市 本名＝柴山美代子(しばやま・みよこ) ㊫帝塚山学院高等科卒 ㊟天狼賞(昭和30年)、コロナ賞(昭和50年) ㊞「天狼」に拠り、山口誓子に入門。昭和35年同人。46年「沙羅」、61年「圭」創刊に参加。句集に「石階」

「巻貝」など。 ㊼俳人協会、日本文芸家協会 ㊽母＝橋本多佳子（俳人）

橋本 夢道 はしもと・むどう
俳人 ㊺明治36年4月11日 ㊻昭和49年10月9日 ㊼徳島県板野郡北方藍園村 本名＝橋本淳一 ㊽高小卒 ㊾多喜二百合子賞（第7回）（昭和50年）「無類の妻」 ㊿大正7年上京し肥料問屋などにつとめ、のち銀座の月ケ瀬創業に参加。昭和38年に"あんみつ"を考案。一方、荻原井泉水に師事、5年プロレタリア俳句運動をおこし「旗」を創刊。16年俳句事件で検挙され、18年まで投獄される。戦後新俳句人連盟に参加。現代俳句協会顧問を務めた。句集に「無礼なる妻」「良妻愚母」「無類の妻」などがある。没後に「橋本夢道全句集」が刊行された。平成6年没後20年を記念した展覧会が開催された。

橋本 夜叉 はしもと・やしゃ
俳人 ㊺明治35年7月31日 ㊻昭和51年4月16日 ㊼兵庫県神戸市 本名＝橋本雅義 ㊽東京商科大学卒 ㊾三菱商事勤務を経て、連合軍総司令部経済顧問をはじめ外国系数社の役員を歴任。句作は昭和17年頃から「雲母」及び同東京句会で活躍。「雲母」同人で、「雲母代表作家句集」に収録。

橋本 蓉塘 はしもと・ようとう
漢詩人 ㊺弘化1年（1844年） ㊻明治17年 ㊼東京 本名＝橋本寧（はしもと・ねい） 字＝静甫 ㊾森春濤の茉莉吟社に学び、丹羽花南、奥田香雨、永坂石埭とともに同門の四天王といわれた。著書に「蓉塘詩鈔」（明治14年）、「瓊矛余滴」（6巻）がある。また改造社刊「現代日本文学全集」（37巻）にも収録されている。

橋本 喜典 はしもと・よしのり
歌人 ㊺昭和3年11月11日 ㊼東京 ㊽早稲田大学文学部国文科（昭和29年）卒 ㊾半田良平賞（第2回）（昭和27年）、日本歌人クラブ賞（第22回）（平成7年）「無冠」 ㊿昭和29年〜平成4年早稲田中・高等学校に勤務。この間、14年間早稲田大学講師を兼任。昭和23年「まひる野」に入り、窪田章一郎に師事。のち「まひる野」編集同人、のち委員。歌集に「冬の旅」「思惟の花」「黎樹」「地上の間」「去来」「無冠」など。㊼現代歌人協会、日本文芸家協会、日本歌人クラブ

橋本 米次郎 はしもと・よねじろう
歌人 ㊺大正14年1月10日 ㊼富山県西礪波郡福光町 ㊽富山青年師範卒 ㊾昭和19年公立青年学校教師、22年公立中学校教師、46年上平中学校教頭などを経て、53年中田中学校校長。のち富山県教委主任指導主事等を務め、56年吉江中学校校長、60年退職。一方、19年ごろから作歌を始め、戦後本格的に取り組む。22年岡部文夫に師事し「海潮」入会、次いで25年橋本徳寿主宰の「青垣」に入会する。29年「短歌研究社」50首詠に入選する。歌集に「樹氷」「帰命」「無量寿」、田中譲との合著歌集「風のある空」など。 ㊼日本歌人クラブ、富山県歌人連盟

蓮実 淳夫 はすみ・あつお
俳人 栃木県高体連登山部顧問 ㊺昭和15年 ㊼栃木県那須郡黒羽町 ㊾日本山岳協会第一種指導員 ㊿昭和57年山暦俳句会に入会。山暦俳句会同人、栃木県山岳連盟常任理事、自然公園指導員、A級スポーツ指導員。著書に「山巓に光求めて─俳句でたどる50名山」「嶺呂讃歌」などがある。 ㊼俳人協会、日本山岳会、日本火山写真協会、日本山岳協会、矢板岳友会

長谷川 秋子 はせがわ・あきこ
俳人 ㊺大正15年8月28日 ㊻昭和48年2月2日 ㊼東京・雑司ケ谷 ㊽立教高女卒 ㊿昭和14年長谷川かな女に師事。21年嗣子博と結婚し（45年離婚）、「水明」の編集を担当、44年からは主宰。句集に「菊凪ぎ」「鳩吹き」「長谷川秋子全句集」がある。 ㊽父＝沢本知水（俳人）、兄＝山本嵯迷（俳人）

長谷川 泉 はせがわ・いずみ
文芸評論家 詩人 川端文学研究会会長 森鷗外記念会理事長 元・医学書院社長 ㊼近代日本文学 ㊺大正7年2月25日 ㊼千葉県 筆名＝谷山徹 ㊽東京帝国大学文学部国文学科（昭和17年）卒、東京大学大学院（昭和24年）修了 文学博士 ㊾日本近代の構造 ㊾久松潜一賞（昭和34年）、勲四等旭日小綬章（昭和63年）、文京区民栄誉賞（平成13年） ㊿在学中は帝大新聞編集長。戦後まもなく医学書院に入社。編集長の仕事の傍ら、清泉女子大学教授、東京大学講師として近代日本文学論を講じてきた。53年社長に就任。62年7月相談役に退く。近代日本文学、特に森鷗外、川端康成の研究家で、森鷗外記念会理事長、森鷗外記念館名誉館長、川端文学研究会会長を務める。詩人でもある。著書に「近代への架橋」「近代日本文学評論史」「森鷗外論考」「川端康成論考」など。詩集に

「心象風景」「不惑彷徨」「長谷川泉詩集」などがある。 ⓘ日本文芸家協会、日本ペンクラブ、日本近代文学会、日中文化研究会

長谷川 櫂 はせがわ・かい
俳人 「古志」代表 ⓖ昭和29年2月20日 ⓗ熊本県 本名＝長谷川隆喜 ⓒ東京大学法学部(昭和51年)卒、東京大学大学院修了 ⓡサントリー学芸賞(芸術・文学部門)(平成2年)「俳句の宇宙」 ⓔ学生時代「夏草」に学び、昭和54年平井照敏主宰の「槇」に入会、のち退会。句集に「古志」「天球」「果実」、評論に「ウサギ年代記—小さな女の子に話す俳句の歴史」「俳句の宇宙」など。平成12年23年間勤めていた読売新聞社を退社し、創作活動に専念。ⓘ日本文芸家協会、俳人協会

長谷川 かな女 はせがわ・かなじょ
俳人 ⓖ明治20年10月22日 ⓚ昭和44年9月22日 ⓗ東京市日本橋区本石町(現・東京都中央区) 本名＝長谷川かな ⓒ小松原小学校高等科卒 ⓡ浦和市名誉市民(昭和30年)、紫綬褒章(昭和41年) ⓔ明治42年東洋城選の「東京日日新聞」俳壇に投句して入選する。43年俳人・長谷川零余子と結婚。大正2年夫・零余子と共に東洋城門下から虚子門下に移り、大正初期「ホトトギス」女流俳句隆盛の一翼となる。10年零余子が「枯野」を創刊すると共に移り、昭和5年に「水明」を創刊、没年まで主宰した。3年以後、埼玉県浦和市に住む。7年浦和市名誉市民になり、41年紫綬褒章を受章。句集に「龍胆」「雨月」「胡笛」「川の灯」「定本かな女句集」「牟良佐伎」などがあり、文集に「雨月抄」「小雪」などがある。 ⓢ夫＝長谷川零余子(俳人)

長谷川 銀作 はせがわ・ぎんさく
歌人 ⓖ明治27年2月11日 ⓚ昭和45年10月13日 ⓗ静岡県静岡市 ⓒ東京商卒 ⓡ日本歌人クラブ推薦歌集(第7回)(昭和36年)「夜の庭」 ⓔ若山牧水に師事し、大正6年「創作」入社、8年牧水夫人喜志子の妹潮みどりと結婚、翌9年より11年まで「創作」の経営にあたる。昭和2年みどり死去、3年再婚。戦後「創作」の復刊発行に尽力。歌集に「桑の葉」「烟景」「木原」「寸土」「長谷川銀作歌集」、他に「牧水襍記」がある。 ⓢ妻＝潮みどり(歌人)

長谷川 久々子 はせがわ・くぐし
俳人 「青樹」主宰 ⓖ昭和15年7月3日 ⓗ東京 本名＝長谷川久乃(はせがわ・ひさの) ⓒ岐阜女子短期大学保育科卒 ⓡ青樹賞(昭和44年)、雲母賞(昭和48年)、岐阜県芸術文化奨励賞(昭和55年)、俳人協会新人賞(第27回)(昭和63年) ⓔ昭和42年「雲母」に投句、飯田龍太に師事。44年「青樹」入会、45年同人、46年編集委員。50年「雲母」同人。62年より「青樹」を後継主宰。俳句集に「方円」「水辺」「光陰」「自註長谷川久々子集」などがある。 ⓘ俳人協会(評議員)、岐阜県俳句作家協会 ⓢ夫＝長谷川双魚(「青樹」名誉主宰・故人)

長谷川 敬 はせがわ・けい
小説家 詩人 ⓖ昭和6年2月20日 ⓗ大阪府 ⓒ日本大学芸術学部中退 ⓔ養護施設指導員、放送作家等を経て、作家に。「檸檬」編集発行人。詩集に「孤児抄」「棲り木と巣と」「花泥棒のような」、小説に「青の儀式」「沖を見る犬」等。 ⓘ日本現代詩人会、日本文学風土学会

長谷川 耿子 はせがわ・こうし
俳人 ⓖ昭和3年3月1日 ⓚ平成9年4月10日 ⓗ山形県上山市 本名＝長谷川正 ⓒ山形工卒 ⓔ昭和44年俳句を初めるとともに「寒雷」入会。47年「胡桃」俳句会にて栗田九霄子の指導を受ける。翌年「鶴」入会、53年同人。59年「初蝶」創刊に参加して、60年同人。俳誌「胡桃」編集長を経て、平成5年主宰。作品に句集「十年」「月山」の他、「石田波郷の手紙」がある。 ⓘ俳人協会

長谷川 耕畝 はせがわ・こうほ
俳人 ⓖ大正15年5月 ⓗ新潟県新津市 ⓔ昭和21年「まはぎ」に入会、高野素十、中田みづほに師事。以後「ホトトギス」「玉藻」「芹」などに拠る。素十没後「雪」発刊に参画、現在同誌編集委員。NHK新潟文化センター俳句講座講師。新潟市史編さん室に勤務。句集に「榛の花」「夕紅葉」「散華」、著書に「素十全句集」(編)「素十俳句365日」(共著)がある。

長谷川 春草 はせがわ・しゅんそう
俳人 ⓖ明治22年8月19日 ⓚ昭和9年7月11日 ⓗ東京 本名＝長谷川金太郎 通称＝長谷川金之助 ⓔ文庫派の詩人であったが、のちに渡辺水巴門下生となり「曲水」に参加、その一方で「俳諧雑誌」を編集。昭和6年、銀座出雲橋畔に料亭「はせ川」を経営。句集に「春草句帖」があり、没後「長谷川春草句集」が刊行された。

長谷川 四郎　はせがわ・しろう
作家　詩人　翻訳家　[専]ドイツ文学　ロシア語　[生]明治42年6月7日　[没]昭和62年4月19日　[出]北海道函館市　[学]法政大学独文科(昭和11年)卒　[賞]毎日出版文化賞(昭和44年)「長谷川四郎作品集」　[歴]昭和12年満鉄調査部に勤務、16年アルセーニエフの探検記「デルスウ・ウザーラ」を翻訳。翌年満州帝国協和会調査部に入る。19年応召、敗戦でソ連軍の捕虜となり、5年間のシベリア収容所経験をへて、25年2月帰国。27年処女創作集「シベリヤ物語」を発表。前期の代表作に「鶴」がある。作家生活のかたわら、28年から法政大学教授を務める。「ブレヒト詩集」、ジョルジュ・デュアメル「パスキエ家の記録」全10巻の翻訳など訳業も多い。「長谷川四郎作品集」（全4巻）及び「長谷川四郎全集」（全14巻）がある。　[団]新日本文学会、日本文芸家協会　[家]父＝長谷川淑夫(元函館新聞社長)、兄＝林不忘(作家)、長谷川潾二郎(洋画家)、長谷川濬(ロシア文学者)

長谷川 進　はせがわ・すすむ
詩人　[生]明治33年4月3日　[出]新潟県　別名＝長谷川武夫　[学]東京外国語学校中退　[歴]船員、紡績工などをしながら労働運動に参加。昭和2年「プロレタリア芸術」の創刊に参加し、詩・小説など発表。作品に「彼を倒せ！」「とび魚運搬船」「廻る球の上の七人の人物」など。

長谷川 誠一　はせがわ・せいいち
歌人　[生]明治26年1月10日　[没](没年不詳)　[出]静岡県沼津市　[学]早稲田大学高等師範部国漢・歴史科卒　[歴]暁星中学教師となる。かたわら、昭和5年から金子薫園主宰の「光」に所属し、自由律転換時代に活動をはじめる。13年「短歌時代」に参加。戦後、新日本歌人協会に加入。歌集に「新短歌生活」、評論集に「新短歌の研究」がある。

長谷川 双魚　はせがわ・そうぎょ
俳人　英文学者　元・岐阜薬科大学教授　[生]明治30年11月19日　[没]昭和62年11月8日　[出]岐阜県安八郡墨俣町　本名＝長谷川謙三(はせがわ・けんぞう)　[学]文部省高等教員英語科検定合格　[賞]寒夜句三昧賞(昭和26年)、山廬賞(昭和45年)、岐阜市教育功労者(昭和53年)、勲三等瑞宝章(昭和55年)、蛇笏賞(第20回)(昭和61年)「ひとつとや」　[歴]昭和17年朝鮮の新義州東中学校校長在職中、弟の長谷川朝風にすすめられて作句を始め、同年「雲母」に入会、26年同人。46年から「青樹」を主宰し、62年名誉主宰。句集「風形」「ひとつとや」「自註・長谷川双魚集」、評論集「秀句鑑賞」、「ことばの世界」を刊行。また、岐阜薬大、東海女子短大の教授をつとめ、多数の英文学関係の著作もある。[団]俳人協会(評議員)、岐阜県俳句作家協会(顧問)、日本現代詩歌文学館(評議員)　[家]弟＝長谷川朝風(俳人)、妻＝長谷川久々子(俳人)

長谷川 桑洲　はせがわ・そうしゅう
漢詩人　[生]明治33年4月7日　[出]三重県桑名市矢田磧　本名＝長谷川健二　[歴]昭和14年辻雅堂に入門、漢詩の指導を受けた。のち愛知県弥富町の服部担風に師事、清心吟社、佩蘭吟社、麗沢会会員となり、王漁洋、清二十四家詩などを学んだ。担風没後の39年心声社に転じ、塩谷温、太刀掛呂山らと交遊した。代表作に「陪多度神社観月宴」がある。

長谷川 草々　はせがわ・そうそう
俳人　[生]大正10年3月7日　[没]平成12年7月6日　[出]大阪府大阪市西鴻池　本名＝長谷川正男　[歴]昭和10年ごろ「若草」に投句。西垣蘭山居、田村木国、本田一杉に師事。30年坂本春甕の「新樹」参加、藤枝青苔と「宿り木」を創刊。45年「投影」を創刊主宰。「頂点」同人。句集に「雪山間思」「餓鬼の田」「餓鬼の田以後」などがある。

長谷川 素逝　はせがわ・そせい
俳人　[生]明治40年2月2日　[没]昭和21年10月10日　[出]三重県津市乙部(本籍)　本名＝長谷川直次郎　別号＝七葉樹生　[学]京都帝大文学部国文科卒　[歴]中学時代に俳句をはじめ、昭和3年「京鹿子」に、4年「ホトトギス」に入選する。大学院に進んだが、7年三島野重砲兵連隊に幹部候補生として入営する。9年母校の津中学教諭となり、8年「京大俳句」の創刊に参加するが、主張傾向を異にして11年同誌を去る。12年砲兵小尉として出征するが、病気で13年除隊となる。14年「砲車」を刊行。以後「三十三歳」「暦日」「定本素逝句集」や評論集「俳句誕生」を刊行した。

長谷川 朝風　はせがわ・ちょうふう
日本画家　俳人　[生]明治34年11月29日　[没]昭和52年8月31日　[出]岐阜県安八郡墨俣町　本名＝長谷川慎一　[学]京都市立絵画専門学校卒　[賞]院展日本美術院賞次賞(大観賞)(昭和31年)「紘」　[歴]安田靫彦門下。昭和14年院展に初入選し、以後殆ど毎回出品。31年「紘」で大観賞を受賞し翌年無鑑査となる。40年頃より日本美術院特待画家。俳句は11年飯田蛇笏に師事し、「雲母」同人。「雲母」岐阜支社を設立、戦後岐阜

県俳句作家協会設立にも尽力した。22年松村蒼石と「玉虫」を創刊主宰、28年廃刊。句集「木偶微笑」、「長谷川朝風画集」がある。
[家]兄=長谷川双魚(俳人)

長谷川 ゆりえ　はせがわ・ゆりえ
歌人　[生]明治34年1月21日　[没]昭和61年2月5日　[出]山形県長井市　旧姓(名)=目黒　[賞]日本歌人クラブ推薦歌集(第4回)(昭和33年)「素顔」　[歴]若山牧水に師事し、大正11年牧水主宰誌「創作」に入会、編集者となる。昭和3年長谷川銀作と結婚。47年「創作」退社。銀作門下による「長流」創刊に参加。歌集に「素顔」「木綿」がある。　[家]夫=長谷川銀作(歌人・故人)

長谷川 龍生　はせがわ・りゅうせい
詩人　大阪文学学校校長　[生]昭和3年6月19日　[出]大阪府大阪市船場　本名=名谷龍生　[学]富田林中(旧制)卒、早稲田大学文学部フランス文学科中退　[賞]高見順賞(第9回)(昭和53年)「詩的生活」、歴程賞(第24回)(昭和61年)「知と愛と」　[歴]3歳の時一家離散を経験、17歳で詩作を始め、昭和27年左翼詩誌「列島」の結成に参加する。上京後の32年第一詩集「パウロウの鶴」を出し実力を認められる。反抒情的な立場に立ち、意識内部の幻想を客体的、即物的に記録する。同年花田清輝、安部公房らと記録芸術の会結成。33年現代詩の会の結成に加わり機関紙「現代詩」の編集長になる。35年第二詩集「虎」を刊行。39年東急エージェンシーに勤め万博ポピュラー部門を担当、47年退職。言語研究所常務理事。平成3年より大阪文学学校校長。ほかの詩集に「長谷川龍生詩集」「直感の抱擁」「バルバラの夏」「泉という駅」「詩的生活」「知と愛と」などがある。ドキュメンタリーのシナリオやコメンタリーも多い。
[団]新日本文学会、日本現代詩人会、日本文芸家協会

長谷川 零余子　はせがわ・れいよし
俳人　[生]明治19年5月23日　[没]昭和3年7月27日　[出]群馬県多野郡鬼石町　本名=長谷川諧三　旧姓(名)=富田　初号=翠郎　[学]東京帝大薬学専科卒　[歴]少年時代から俳句に関心を抱き、明治36年上京して神田の書肆大学館に勤務する。38年七草会を結成して「ホトトギス」「万朝報」などに投句。大正3年ホトトギス地方俳句会の選者となり、「東京日日新聞」俳壇の選者にもなる。10年「枯野」を創刊して主宰し、13年「雑草」を刊行。他に「近代俳句史論」などの著書がある。　[家]妻=長谷川かな女

長谷川 浪々子　はせがわ・ろうろうし
俳人　[生]明治39年8月26日　[没]平成8年7月26日　[出]栃木県宇都宮市　本名=長谷川巌(はせがわ・いわお)　[学]東京外語仏文科(昭和3年)卒　[賞]若葉功労賞(昭和38年)、若葉賞(第22回)(昭和50年)　[歴]昭和16年「ホトトギス」初入選。18年「若葉」入門、富安風生に師事。27年「若葉」同人。33年〜41年「若葉」編集長。のち「若葉」無鑑査同人。句集に「知更鳥」「風樹林」などがある。　[団]俳人協会

支倉 隆子　はせくら・たかこ
詩人　[生]昭和16年3月11日　[出]北海道札幌市　本名=川瀬隆子　[学]北海道大学卒　[賞]地球賞(第19回)(平成6年)「酸素31」　[歴]「歴程」同人。詩集に「音楽」「琴座」「オアシスよ」「酸素31」がある。　[団]日本現代詩人会、日本文芸家協会

長谷部 虎杖子　はせべ・こじょうし
俳人　[生]明治20年10月28日　[没]昭和47年12月26日　[出]宮城県亘理郡亘理町　本名=長谷部栄二郎　[賞]北海道文化奨励賞(昭和39年)　[歴]明治36年帝国製麻入社。昭和6年より札幌神社神官。同年より牛島滕六の「時雨」編集。12年「時雨」が「葦牙」と改題後没年まで主宰。句碑6基。句集に「木槿」「虎杖子句集」など。

長谷部 俊一郎　はせべ・しゅんいちろう
詩人　日本基督教団信夫教会名誉牧師　[生]明治37年3月10日　[出]福島県伊達郡月館町　[学]東北学院神学部予科(昭和4年)卒　[賞]福島県文学賞(詩, 第15回)(昭和37年)「山に生きる」、福島県芸術賞(昭和50年)、月館町教育文化功労賞(昭和53年)、福島県芸術文化功労賞(昭和62年)　[歴]大正9年家督を継ぎ農耕。昭和4年東北学院神学部卒業と同時に仙台市長町日本基督教会に就職。6年牧師。同年第一詩集「朝のいのり」を刊行、以後詩作を続ける。17年牧師を辞し仙台少年院補導に就職。20年郷里の福島県に帰って農耕生活に入り、今日に至る。著書に「光と闇」、詩集に「足跡」「山の家」「生と死のはざま」他。　[団]日本現代詩人会、日本詩人クラブ、福島県詩人会(名誉会員)

長谷部 奈美江　はせべ・なみえ
詩人　[生]昭和34年9月6日　[出]山口県宇部市　[学]尾道短期大学国文科卒　[賞]現代詩手帖賞(第26回)(昭和63年)、中原中也賞(第2回)(平成9年)「もしくは、リンドバーグの畑」　[歴]「飾粽」などに作品発表、「愛鳥週間」「もしくは、リンドバーグの畑」などがある。

羽曽部 忠　はそべ・ただし
詩人　作詞家　[生]大正13年5月20日　[出]福島県会津　[学]福島師範(昭和20年)卒　[賞]日教組文学賞、福島県自由詩人賞(第4回)(昭和44年)、新美南吉児童文学賞(第7回)(平成1年)「けやきの空」　[歴]昭和19年長野県に移住し中学校教師を務める。26年上京し教職のかたわら詩や童謡を発表。童謡集に「てぶくろのまど」、詩集に「ぜいたくな空」「ばあさんはふるさと」などがある。　[団]日本児童文学者協会、「子どもと詩」文学会、本郷文化土の会、会津ペンクラブ、会津詩人協会(顧問)、日本音楽著作権協会

秦 愛子　はた・あいこ
詩人　[生]昭和21年　[出]東京都　[歴]詩誌「Uh」同人。著書に「Body or Fort」、詩集「タマゴアタマ」「一・五液〜一液と二液の間に一・五液がありパーマネントは成立する」がある。

羽田 岳水　はだ・がくすい
俳人　「燕巣」主宰　[生]大正7年1月14日　[出]山梨県　本名＝羽田岡造(はねだ・おかぞう)　[学]台中師範卒、日本大学法文学部卒　[歴]昭和11年阿川燕城の「竹鶏」に拠るが中断。26年「馬酔木」に入会し、水原秋桜子に師事、40年同人。また31年「燕巣」発刊に参画して同人となり、61年から主宰。句集に「空鳥」。　[団]俳人協会

畑 和子　はた・かずこ
歌人　[生]大正3年11月23日　[没]平成4年1月15日　[出]東京市本所区林町　本名＝岡田和子(おかだ・かずこ)　[学]実践女子専門学校国文科中退　[賞]新歌人会賞(昭和36年)「がらす絵」、日本歌人クラブ推薦歌集(昭和48年)「白磁かへらず」　[歴]昭和18年中河幹子に師事し「ごぎやう」(現「をだまき」)に入会、のち選者、編集同人。平成2年より横浜歌人会代表。歌集に「彩層」「がらす絵」「白磁かへらず」「緑釉の玉」他がある。　[団]現代歌人協会、日本歌人クラブ

畑 耕一　はた・こういち
小説家　評論家　俳人　劇作家　[生]明治29年5月10日　[没]昭和32年10月6日　[出]広島市　別号＝蜘盞子(ちさんし)、汝庵　[学]東京帝大英文科(大正7年)卒　[歴]東京日日新聞記者となり、大正2年三田文学に「怪談」を発表、次いで「おぼろ」「道頓堀」など永井荷風らの影響を受けた耽美的作品を書いた。13年松竹キネマに入社、映画演劇などに活躍。一方大正末「十六夜会」、のち「ゆく春」などの俳誌に参加。昭和9年「海蝶」創刊、俳句批評文を書いた。小説「棘の楽園」「陽気な喇叭卒」「女たらしの昇天」「夜の序曲」、戯曲集「笑ひきれぬ話」のほか「劇場壁談議」、句集「露坐」「蜘蛛うごく」などがある。

秦 夕美　はた・ゆみ
俳人　[生]昭和13年3月25日　[出]福岡県　[学]日本女子大学国文科卒　[賞]福岡市文学賞(第13回)　[歴]「豈」所属。個人誌「GA」発行。句集に「仮面」「孤独浄土」「恋獄の木」「先光遊世」「夢としりせば」などがある。　[団]現代俳句協会

秦 美穂　はた・よしほ
歌人　[生]明治31年7月4日　[出]福岡県　[歴]中学時代に作歌を始め、「ミナト」に入会。大正8年旅順工大在学中「アララギ」に入会、島木赤彦に師事。昭和4年九州大学在学中、「能古」を創刊。編集同人。12年菊池剣主宰・前田博発行の「やまなみ」に参加。菊池死後「やまなみ」の代表・選者。歌集に「十二番館」「葡萄の枝にとほく」「日本の島山が見ゆ」がある。

畠山 弧道　はたけやま・こどう
歌人　[生]大正9年1月18日　[没]昭和63年7月3日　[出]東京都　本名＝畠山正義　[歴]旧制中学時代より谷鼎に師事し、昭和12年「国民文学」に入会、のち杉浦翠子の知遇を得て「短歌至上主義」に所属。このころ話言葉短歌を提唱する枯野迅一郎を知り、加藤克巳の「近代」を経て、「個性」同人。歌集に「貝殻の光る道」「流れ藻」「碧い暮色」「うたごえのきえた湖」「白い航跡」「雁わたる湖」がある。
[団]日本歌人クラブ

畠山 譲二　はたけやま・じょうじ
俳人　「海嶺」主宰　[生]昭和5年1月13日　[没]平成12年5月9日　[出]東京・日本橋久松町　本名＝畠山穰二　[学]長狭中(昭和21年)卒　[賞]春嶺賞(昭和48年)、春嶺功労者表彰(昭和59年)　[歴]昭和26年「若葉」に投句、富安風生に師事。30年「春嶺」に投句、岸風三楼に師事。48年「春嶺」同人となり、以来20年間編集長を務めた。50年より俳人協会幹事。平成5年「海嶺」を創刊主宰した。句集に「海」「海嶺」「朝の蝉」「海の日」などがある。　[団]俳人協会、日本文芸家協会、現代詩歌文学館

畠山 弘　はたけやま・ひろし
俳人　郷土史家　「爐」主宰　山形県現代俳句協会長　[生]昭和4年3月27日　[出]山形県　[賞]高山樗牛賞　[歴]「爐」主宰、山形県現代俳句協会長などを務める。句集に「畸形卵」「出羽逍遙」、著書に「湯殿山と即身仏」など。

畠山 義郎　はたけやま・よしろう
詩人　元・合川町(秋田県)町長　[生]大正13年8月12日　[出]秋田県北秋田郡合川町　[学]鷹巣農中退　[賞]藍綬褒章、秋田県芸術選奨「赫い日輪」、勲三等瑞宝章(平成7年)　[歴]昭和25年下大野村議、26年下大野村長を務め、30年町村合併に伴う合川町長に当選。以後、連続10期。平成7年引退。また秋田県町村会長、全国防災協会長などを歴任。一方、少年時代から詩作をし、詩集に「日没跡が燃える」「赫い日輪」があり、詩誌「密造者」を主宰。ほかに子どもとの対話集「まさひでもあぐら」、エッセイ集「地平のこころ」「町長日記」などの著書がある。　[団]秋田県詩人協会、日本現代詩人会

畑島 喜久生　はたじま・きくお
詩人　児童文学作家　東京保育専門学校校長　[専]児童詩教育　童謡・少年詩　[生]昭和5年3月1日　[出]長崎県対馬　[学]長崎師範(昭和24年)卒、国学院大学文学部史学科(昭和31年)卒　[興]子どものことばと詩、童謡・少年詩の歴史　[歴]15歳の時、西浦上で原子爆弾被爆。郷里で5年間教職につき、昭和29年上京。以後、東京都の公立小学校教員として、一貫して子ども本位の教育をつらぬく。また児童詩教育にも取り組み、「現代児童詩」を主宰。57年教頭職につき、61年東京都調布市立国領小学校長。平成2年退職。のち白百合女子大学講師、東京学芸大学講師を経て、東京保育専門学校校長。著書に「たゆまぬ歩み おれはカタツムリ―長崎平和像を作った北村西望」「詩がすきになる本」「いま、教師であること」「弥吉菅一と児童詩教育」、詩集「吃音の構造」、少年詩集「魚類図鑑」など多数。　[団]現代児童詩研究会、日本児童文学者協会、「子どもと詩」文学会

肌勢 とみ子　はだせ・とみこ
詩人　[生]昭和27年　[出]宮崎県小林市　[歴]詩集に「騙し騙されて」「心の方程式」「パセリの花」などがある。　[団]日本ペンクラブ、日本詩人クラブ

はたち よしこ
詩人　[専]少年詩　[生]昭和19年　[出]兵庫県神戸市　本名＝廿千芳子(はたち・よしこ)　[学]神戸松蔭女子学院短期大学日本文学科卒　[賞]現代少年詩集新人賞(第1回)(昭和59年)「もやし」　[歴]詩誌「野いちご」「絵本」同人。著書に「レモンの車輪」「きょうはこの本読みたいな〈12〉/テストの前の日に読む本」(共著)など。　[団]日本児童文学者協会、現代児童文学研究会

畑中 圭一　はたなか・けいいち
詩人　名古屋明徳短期大学国際文化科教授　[専]童謡　少年少女詩　[生]昭和7年　[出]北海道岩見沢市　[学]京都大学文学部文学科フランス文学専攻(昭和30年)卒　[賞]日本童謡賞(第11回)(昭和56年)「ほんまにほんま」、日本児童文学学会賞奨励賞(第15回)(平成3年)「童謡論の系譜」　[歴]高校教師、社会教育主事等を勤めた。昭和58年から大阪国際児童文学館総括専門員。のち、名古屋明徳短期大学教授。童謡・少年少女詩の研究ならびに創作に携わる。著書に「土のことば・歌のことば」「童謡論の系譜」、共著に「ことば遊びの民俗誌」、詩集に「ほんまにほんま」「すかたんマーチ」「いきいき日本語きいてェな」など。

畠中 じゅん　はたなか・じゅん
俳人　「杜鵑花」主宰　[生]昭和8年12月6日　[出]北海道常呂郡訓子府町　本名＝畠中淳　[学]日本大学国文学専攻(昭和35年)卒　[歴]北海道公立学校、日本大学東北高校、日本大学三島高校各教諭を経て、日本大学非常勤講師。この間、俳句を「ホトトギス」、同系俳誌で学ぶ。俳誌「杜鵑花」主宰。子規研究会代表理事を務める。句集に「北斗の柄」「文字摺草」「百千鳥」「吾亦紅」「新樹光」、著書に「俳句鑑賞12ケ月」「やさしい俳句」、伝記に「加藤拓川」「内藤鳴雪」「子規・虚子文学の遠近」などがある。
[団]日本近代文学会、俳文学会、解釈学会

畠中 哲夫　はたなか・てつお
詩人　評論家　[生]大正9年10月19日　[出]福井県　[歴]評論集「三好達治」、詩文集「若き日の詩歌」、詩集「風を聴く」「青空からの無限旋律」、句集「冬日燦」、エッセイ「詩人三好達治」など。　[団]日本現代詩人会、日本文芸家協会
[家]兄＝平沢貞二郎(詩人・故人)

波多野 晋平　はたの・しんぺい
俳人　[生]明治17年7月3日　[没]昭和40年5月3日　[出]山口県萩市　[歴]大阪商船高浜支店在勤中の大正14年から酒井黙禅に師事、翌15年には「ホトトギス」に投句。昭和7年伊予商運設立、31年まで重役を歴任。20年「ホトトギス」同人、23年黙禅から「柿」を継承主宰。36年引退。句集に「初凪」。

波多野 爽波　はたの・そうは
俳人　「青」主宰　[生]大正12年1月21日　[没]平成3年10月18日　[出]東京　本名＝波多野敬栄(はたの・よしひで)　[学]京都帝大経済学部(昭和22年)卒　[歴]昭和23年三和銀行に入行、41年芦屋支店長、44年四条大宮支店長、45年徳島支店長、49年経営相談所長を歴任して、52年藤沢薬品工業に転じ、監査役となる。58年退任。また、学習院中等科より高浜虚子に師事して、21年「木兎」創刊に参加。24年「ホトトギス」同人となり、28年より俳誌「青」を主宰。33年福田蓼汀、橋本鶏二、野見山朱鳥と四誌連合会を結成。句集に「舗道の花」「湯呑」「骰子」「一筆」、「波多野爽波全集」(全3巻，邑書林)など。元華族の出身。　[家]祖父＝波多野敬直(宮内相)、弟＝波多野敬雄(外交官)

幡谷 東吾　はたや・とうご
俳人　[生]大正3年6月21日　[没]昭和62年11月14日　[出]茨城県行方郡　本名＝幡谷藤吾(はたや・とうご)　旧号＝梢閑居　[学]土浦中学中退　[歴]昭和4年上京し、日刊東京新聞、素人社、交蘭社などに勤務。14年中国に渡り、青島の山東毎日新聞学芸部長となり、20年引揚げ後、挑蹊書房編集長。俳句は大正14年ころから始め、「ホトトギス」を経て、昭和8年九州の新興俳句雑誌「天の川」に参加し10年同人。15年青島で「基地」創刊。戦後は「幻像」を経て、28年「花実」を創刊し、主宰。また俳句書誌家としても著名で、没後「幡谷文庫」として山梨県立文学館に収められた。句集に「風致木」「過客」「即離集」がある。

八谷 正　はちや・ただし
歌人　[生]昭和2年4月20日　[出]東京　[賞]白珠新人賞(第1回)　[歴]十代後半から作歌し、昭和29年安田青風・章生に師事。「白珠」編集同人。兵庫県歌人クラブ幹事などを務める。歌集「われを呼ぶ声」「ひとりの燭」などの他、「安田青風の人と作品」「安田青風短歌鑑賞」などの著作がある。

初井 しづ枝　はつい・しずえ
歌人　[生]明治33年10月29日　[没]昭和51年2月15日　[出]兵庫県姫路市大黒町　本名＝初井しづ江　旧姓(名)＝井上　[学]私立大阪道修薬学校卒　[賞]日本歌人クラブ推薦歌集(第3回)(昭和32年)「藍の紋」、読売文学賞(第22回・詩歌俳句賞)(昭和45年)「冬至梅」　[歴]大正15年「日光」入社、北原白秋に師事。昭和2年「短歌民族」所属。11年「多磨」入会。24年「女人短歌」に参加。28年「コスモス」創刊に参加。歌集に「花麒麟」「藍の紋」「白露虫」「冬至梅」「初井しづ枝全歌集」、文集に「白萩小径」がある。

八田 一朗　はった・いちろう
俳人　日本アマチュアレスリング協会会長　元・参院議員(自民党)　[生]明治39年6月3日　[没]昭和58年4月15日　[出]広島県江田島　[学]早稲田大学政経学部(昭和7年)卒　[賞]藍綬褒章(昭和40年)、勲二等瑞宝章(昭和51年)、オリンピック・オーダー(功労章)銀章(昭和57年)　[歴]学生時代に柔道からレスリングに転向し、昭和7年のロサンゼルス五輪に日本のレスリング選手として初出場。戦後25年から33年間日本アマレス協会会長。「ライオンとにらめっこ」「そるぞ！」など独得の選手強化法で戦後のレスリング黄金時代を築き、27年のヘルシンキ五輪以来、計16個の五輪金メダルを物にしたが、35年のローマ五輪で惨敗したときは、自らも丸坊主で帰国。40年には参院議員に当選し、スポーツ議員第1号となる。一方、俳句もよくし高浜虚子に師事し、30年「ホトトギス」同人。句集に「俳気」がある。

服部 畊石　はっとり・こうせき
俳人　篆刻家　[生]明治8年11月17日　[没]昭和14年9月20日　[出]千葉県嚶鳴村　本名＝服部治左衛門　別号＝車前子、金剛纂盧　[歴]日本美術協会委員・審査員、東方書道会董事兼審査員。明治26年ごろから父主宰の「俳諧評論」を編集、秋声会に参加し、「卯杖」編集にも参加。40年指頭庵5代を継ぎ、42年牧野望東らと「高潮」を創刊、大正2年から主宰した。「高潮俳句鈔」「慶弔俳句集」「芭蕪句集新講」「俳句文法」「自選句集おほばこ」「五元集新講」のほか「篆刻大字林」の著書がある。　[家]父＝服部耕雨(指頭庵4代，俳人・故人)

服部 伸六　はっとり・しんろく
詩人　評論家　[専]ヨーロッパ現代史　アフリカ現代史　[生]大正2年12月8日　[没]平成10年3月24日　[出]宮崎県宮崎市東江平町　本名＝大和田政輔(おおわだ・まさすけ)　[学]慶応義塾大学文学部フランス文学科(昭和14年)卒　[歴]昭和14年外務省入省。コート・ディボワール大使館一等書記官、以後レバノン・中央アフリカ・モロッコ等在勤。57年から大東文化大学講師も務めた。著書に「カルタゴ」「黒人売買の歴史」「服部伸六詩集」「パリの夢」「アフリカの夢」「カイエ・ド・コニャック」、訳書にルネ・デュモン「飢餓の証人」、ギュヴィック「詩を生きる」、

共訳に「アラゴン詩集」（全3巻）がある。
[団]地中海学会

服部 忠志　はっとり・ただし
歌人　岡山商科大学名誉教授　「龍」主宰　[専]国文学　[生]明治42年5月4日　[出]岡山市　[学]国学院大学高等師範部卒　[歴]高等学校長を経て、岡山商科大学講師、のち教授となる。短歌は昭和2年「蒼穹」に入り、岡野直七郎に師事。翌年国学院に入学し釈迢空の講義を聞く。以後、迢空に傾倒。7年平井弘志の「短歌詩人」に入り、弘志没後同誌主宰。21年「龍」と改題して現在に至る。歌集に「常世波」「四季の海山」「童貞抄」「幡多の里」、評論に「折口信夫論」「釈迢空短歌私抄」、随筆集「短歌をめぐって」他がある。

服部 担風　はっとり・たんぷう
漢詩人　[生]慶応3年11月16日（1967年）　[没]昭和39年5月27日　[出]愛知県海部郡弥多町　名＝轍、字＝子雲、通称＝粂之丞　[学]愛知師範（明治17年）卒　[賞]日本芸術院賞（昭和28年）　[歴]詩はもとより、書・画にも秀れ、昭和詩壇の最高峰とたたえられた。明治42年髄鴎吟社の客員となり、大正10年「雅声社」をおこし「雅声」を発行し、没年まで漢詩の指導にあたる。著書に「担風詩集」7冊などがある。

服部 童村　はっとり・どうそん
歌人　[生]明治42年8月21日　[出]福島県信夫郡水原村字関根　本名＝服部善吾　[学]福島県立蚕業学校（昭和2年）卒　[賞]福島県文学賞（準賞）（昭和27年）、福島県文学賞（短歌，第11回）（昭和33年）「自然律」、福島市教育委員会文化功労賞（昭和41年）、福島市自治功労賞（昭和55年）、福島県文化振興基金顕彰（昭和61年）　[歴]農業に従事するかたわら、昭和8年山下陸奥主宰の「一路」に入社、本格的な作歌活動に入る。20年新日本農民歌人連盟結成。26年水原村教育委員、30年、35年松川町議会議員に当選。38年福島県歌人会長に就任。「林間」所属。歌集に「牧歌調」「山太郎」「自然律」「童村集」。60年松川短歌会30周年記念合同歌集「思い草」発行。

服部 直人　はっとり・なおと
歌人　[生]明治40年4月20日　[没]昭和54年1月9日　[出]東京・小石川　[学]国学院大学国文科（昭和5年）卒　[歴]折口信夫に師事。昭和10年「水甕」入社。31年「自画像」を創刊主宰する。現代歌人協会会員。歌集「みどり木」「動物聚落」「服部直人全歌集」の他、「愛情の古典」「賀歌」「青春の古典」「源氏物語論究」等の著書がある。
[家]父＝服部躬治（歌人）、母＝服部浜子（歌人）

服部 躬治　はっとり・もとはる
歌人　国文学者　[生]明治8年3月28日　[没]大正14年3月6日　[出]福島県須賀川町本町　[学]国学院　[歴]跡見女学校教師、明大講師をつとめた。明治26年落合直文の「あさ香社」創立に参加し、31年「いかづち会」を結成し新派和歌運動に活躍する。33年「恋愛詩評釈」を刊行。また34年から37年にかけて「文庫」の歌壇選者となる。34年歌集「迦具土」を刊行。その後国語辞典の編纂に従事するが、関東大震災でその全原稿を焼失してしまった。　[家]妻＝服部浜子（歌人）、息子＝服部直人（歌人）、妹＝水野仙子（小説家）

服部 嘉香　はっとり・よしか
詩人　歌人　詩論家　国語学者　梅光女学院大学名誉教授　[専]日本象徴詩史　近代詩　書簡史　[生]明治19年4月4日　[没]昭和50年5月10日　[出]東京市日本橋浜町　筆名＝服部嘉香（はっとり・かこう）、初期別号＝楠山、幼名＝浜二郎　[学]早稲田大学英文科（明治41年）卒　文学博士（早稲田大学）（昭和35年）　[賞]勲四等旭日小綬章（昭和42年）　[歴]在学中早稲田文学社に関係し、卒業後関西大学講師となるが、昭和12年早大教授に就任。中学時代から詩歌を作り、明治38年「口語詩小史」を刊行。40年詩草社を創立し、45年詩歌研究会を結成、大正2年「現代詩文」を創刊。昭和25年には「詩世紀」を創刊。28年「幻影の花びら」を刊行し、以後「銹朱の影」「星雲分裂史」「バレーへの招宴」などを刊行。歌人としては窪田空穂に師事し「まひる野」会員となる。35年歌集「夜鹿集」を刊行した。また国語問題協議会理事、日本詩人クラブ理事長なども歴任した。

服部 嵐翠　はっとり・らんすい
俳人　[生]明治38年4月1日　[没]平成5年8月16日　[出]兵庫県三原郡三原町（淡路島）　本名＝服部秀夫（はっとり・ひでお）　[学]御影師範卒　[賞]ともしびの賞（昭和52年）　[歴]昭和33年淡路島の西淡町立湊小学校校長を最後に退職。中学時代から句作を始め、大正13年高田蝶衣に師事。「懸葵」「獺祭」「草上」に投句し、昭和22年「古志」同人として参加。同年から「雲母」に投句し、30年同人。34年「潮騒」を創刊し、37年主宰、平成5年3月206号で終刊。この間、昭和52年兵庫県俳句協会常任理事に就任。句集に「絵馬」「乙御前」。
[団]俳人協会、兵庫県俳句協会（常任理事）

花井 千穂　はない・ちほ
歌人　[生]大正10年12月5日　[出]静岡県　本名＝花井禎子　[賞]菩提樹賞(昭和31年)　[歴]県立三島高女在学中より作歌を始め、昭和15年4月「月光」に入会。21年1月より大岡博に師事し「菩提樹」に入会、同人となり、のち編集発行、会計の事務に携わる。58年4月創刊「あるご」にも参加。31年菩提樹賞受賞。歌集に「銀の旋律」「春雪譜」「青玉集」がある。

花岡 謙二　はなおか・けんじ
詩人　歌人　[生]明治20年2月9日　[没]昭和43年5月7日　[出]東京市麹町　筆名＝夏野謙二　[学]東京薬学校中退　[歴]短歌を作り、前田夕暮に師事し「詩歌」社友となる。また詩をも書き、「新詩人」に参加。詩集に「母子像」(大10)、歌集に「歪められた顔」(昭3)などがある。

花木 伏兎　はなき・ふくと
俳人　[生]明治17年5月1日　[没]昭和18年3月1日　[出]大阪市天王寺夕日丘　本名＝花木鶴太郎　[歴]帝キネで映画監督、脚本作家として活動したのち、桃谷順天堂の宣伝部主任を務めた。16歳頃から作句を始め、「半面」初期の俳人として岡野知十の指導を受ける。大正5年青木月斗の「カラタチ」創刊と共に参加、幹部同人として活躍した。「花木伏兎句集」がある。

花崎 皋平　はなざき・こうへい
評論家　哲学者　詩人　市民運動家　全統一労働組合北海道本部委員長　[生]昭和6年6月22日　[出]東京　[学]東京大学文学部哲学科(昭和29年)卒、東京都立大学大学院修了　[歴]中学・高校教師、東京都立大学助教授を経て、昭和39年北海道大学助教授。45年大学闘争に際して全共闘運動を支持し、学生の刑事裁判で特別弁護人をつとめたことを機に、46年辞職。以後、評論活動に従事。また市民運動にも携わる。62年全統一労働組合北海道本部の初代委員長に就任。著書に「力と理性」「マルクスにおける科学と哲学」「生きる場の哲学」「解放の哲学をめざして」「静かな大地―松浦武四郎とアイヌ民族」、詩集「明日の方へ」「年代記」などがある。
[家]父＝花崎利義(元住友海上火災保険社長)、母＝花崎采琰(中国文学者)

花田 英三　はなだ・えいぞう
詩人　[生]昭和4年8月16日　[出]東京　[学]東北大学卒　[賞]山之口貘賞(第14回)(平成3年)「ピエロタの手紙」　[歴]詩集に「あまだれのおとは…」「飢餓」「東京夢現百景」「ピエロタの手紙」などがある。　[団]日本現代詩人会

花田 春兆　はなだ・しゅんちょう
著述業　俳人　日本障害者協議会副代表　[生]大正14年10月22日　[出]東京　本名＝花田政国(はなだ・まさくに)　[学]光明養護学校研究科卒　[賞]万緑新人賞(第1回)、万緑賞(第10回)、俳人協会全国大会賞(第2回)(昭和38年)、朝日社会福祉賞(平6年度)(平成7年)　[歴]脳性マヒで車イスに乗る1種1級の障害者。「万緑」同人の俳人としても知られ、障害者の文芸誌「しののめ」を主宰。最近は歴史上の障害者の小説化を手がける一方、地域福祉充実の活動にも熱を入れている。昭和56年より国際障害者年日本推進協議会副代表をつとめる。平成9年10月～10年1月城西国際大学で日本障害者文化史をテーマに講義を行う。句集に「端午」「天日無冠」、評伝に「鬼気の人」「心耳の譜」、他に「日本の障害者・今は昔」など。　[団]俳人協会

花田 世大　はなだ・せだい
歌人　[没](生没年不詳)　[出]山口県　本名＝花田経信　[歴]生家は農家。中学を中退して上京、土方などの経験をする。はじめ俳句をやり、大正8年歌集「是々否々」を刊行。プロレタリアートとしての世に対する反抗を根底に自らの生活を歌っている。尾山篤二郎が跋文を寄せている。

花田 比露思　はなだ・ひろし
歌人　ジャーナリスト　別府大学長　大分大学長　福岡商大学長　[生]明治15年3月11日　[没]昭和42年7月26日　[出]福岡県朝倉郡安川村(現・甘木市)　本名＝花田大五郎(はなだ・だいごろう)　[学]京大法科(明治41年)卒　[歴]大阪朝朝日新聞に入り調査部長兼論説委員として、時の寺内内閣を攻撃したが、大正7年の米騒動にからんだ白虹筆禍事件で連帯責任を取って辞任。後大正日日新聞、読売新聞などに勤め、13年京大学生監に招かれた。その後、和歌山高商校長をはじめ、福岡商大、大分大、別府大学長を歴任、教育界に貢献した。大正4年には歌誌「潮騒」(10年に「あけび」と改題)を主宰し歌人として活躍。歌集に「さんげ」、歌論集に「歌に就ての考察」「万葉集私解」など。

花谷 和子　はなたに・かずこ
俳人　「藍」主宰　[生]大正11年3月20日　[出]大阪府豊能郡桜井谷村　旧姓(名)＝驪城(こまき)　[学]清水谷高女(昭和14年)卒　[賞]青玄賞(昭32年度)、青玄評論賞(昭46年度)、大阪府文化芸術功労賞(昭和61年)、現代俳句協会賞(第43回)(平成6年)　[歴]昭和29年より作句を始め、日野草城に師事。31年「青玄」無鑑査同人、47年

「草苑」同人を経て、48年「藍」を創刊し、50年より主宰する。同年「青玄」退会。大阪俳人クラブ副会長、豊中俳句同好会会長。句集「ももさくら」「光りは空へ」、随筆集「花日記」、評論集「秀句案内」など。　[団]現代俳句協会

花の本 聴秋　はなのもと・ちょうしゅう
⇒上田聴秋（うえだ・ちょうしゅう）を見よ

英 美子　はなぶさ・よしこ
詩人　[生]明治25年7月1日　[没]昭和58年3月15日　[出]静岡県静岡市　本名＝中林文子（なかばやし・ふみこ）　[学]静岡高女卒、和仏英女子高等学校仏文専科卒、アテネ・フランセ中退　[歴]昭和初期、読売新聞社の社会部、婦人部記者として勤務。詩は大正10年西条八十の「白孔雀」同人としてスタート。のち「日本詩人」「詩神」「詩之家」に寄稿、同人誌「角笛」主宰。戦後は「日本未来派」同人、「詩と音楽の会」会員として活躍。女流現代詩人の最長老として知られ、主な作品に「春の顔」「東洋の春」「英美子詩集」「授乳考」など。代表的詩集「アンドロメダの牧場」は、56年マドリードでスペイン語版が出版された。　[家]息子＝中林淳真（ギタリスト）

花村 奨　はなむら・すすむ
小説家　詩人　「森」（詩誌）主宰　[生]明治44年8月12日　[出]岐阜県　[学]東洋大学東洋文学科（昭和8年）卒　[賞]文部大臣賞「美しき首途」　[歴]出版社、高校等に勤務してのち作家生活に入る。著書に「美しき首途」「最上徳内」「鉄砲伝来物語」「勝海舟物語」「風雪会津藩物語」、詩集に「沙羅の木のように」他多数。　[団]新鷹会、かたりべの会、日本文芸家協会

花山 多佳子　はなやま・たかこ
歌人　[生]昭和23年3月5日　[出]東京都　[学]同志社大学卒　[賞]ながらみ現代短歌賞（第2回）（平成6年）「草舟（くさぶね）」、河野愛子賞（第9回）（平成11年）「空合」　[歴]「塔」会員。歌集に「木の下の椅子」「空合」「楕円の実」「砂鉄の光」「草舟（くさぶね）」などがある。

塙 毅比古　はなわ・たけひこ
俳人　[生]大正3年12月4日　[没]平成3年9月7日　[出]茨城県笠間市　[学]東京帝大経済学部（昭和14年）卒　[賞]万緑新人賞（昭和45年）、万緑賞（昭和52年）　[歴]日本鉱業、東邦亜鉛、富士経済などの会社に勤務。学生時代に俳句を始め、「俳句研究」で選者の中村草田男から推薦を受けたのがきっかけで、昭和21年草田男に入門し「万緑」創刊に参加。一時休詠。のち「万緑」茨城支部選者に。61年〜平成3年「朝日新聞 茨城俳句」の選者を務めた。妻・義子との共著の句集に「鴛鴦双進」がある。　[家]兄＝塙瑞比古（元笠間稲荷神社宮司・故人）

埴谷 雄高　はにや・ゆたか
小説家　評論家　詩人　[生]明治42年12月19日（戸籍：明治43年1月1日）　[没]平成9年2月19日　[出]福島県相馬郡小高町　本名＝般若豊（はんにゃ・ゆたか）　[学]日本大学予科（昭和3年）中退　[賞]谷崎潤一郎賞（第6回）（昭和45年）「闇のなかの黒い馬」、日本文学大賞（第8回）（昭和51年）「死霊」、歴程賞（第28回）（平成2年）　[歴]中学1年の時、東京に転居。日大入学後、アナーキズムの影響を受け、昭和6年共産党に入党。農民運動に従事したが、7年に検挙され、8年に転向出獄。20年文芸評論家の平野謙らと「近代文学」を創刊し、形而上学的な主題を繰広げた「死霊」を連載。45年「闇の中の黒い馬」で谷崎潤一郎賞を受賞、その後「死霊」の執筆を再開し、51年日本文学大賞を受賞、第一次戦後派作家としての活動を続けた。評論家としてはスターリニズム批判の先駆的存在として'60年安保世代に大きな影響を与え、「永久革命者の悲哀」などの政治的考察を多く発表。著書にアフォリズム集「不合理ゆえに吾信ず」「幻視の中の政治」のほか、「埴谷雄高作品集」（全15巻・別巻1，河出書房新社）「埴谷雄高評論選書」（全3巻，講談社）がある。平成12年福島県小高町に埴谷・島尾記念文学資料館がオープンした。　[団]日本文芸家協会

羽生田 俊子　はにゅうだ・としこ
歌人　[生]昭和4年12月24日　[出]東京都　[賞]短歌公論処女歌集賞（第18回）（平成5年）「時のつばさ」　[歴]「醍醐」所属。句集に「時のつばさ」「聞香」がある。

羽田 貞雄　はねだ・さだお
俳人　[生]昭和4年11月7日　[出]東京　[学]早稲田大学中退　[賞]鶴賞（昭和35年）　[歴]25年間の結核療養を経て団体役員となる。ストマイにより全聾。昭和30年作句を始める。「鶴」「万緑」に投句以後石田波郷、石塚友二門に入る。33年「鶴」同人。38年「凍鶴」主宰となる。45〜50年都患ニュース俳壇選者を務めた。　[団]俳人協会

馬場 あき子　ばば・あきこ
歌人　文芸評論家　「かりん」主宰　[生]昭和3年1月28日　[出]東京府豊多摩郡荻窪町　本名＝岩田暁子(いわた・あきこ)　[学]日本女子高等学院(現・昭和女子大学)(昭和23年)卒　[賞]現代短歌女流賞(昭和52年)「桜花伝承」、川崎市市民文化賞(昭和60年)、ミューズ女流賞(第16回)(昭和61年)「晩花」、迢空賞(第20回)(昭和61年)「葡萄唐草」、神奈川文化賞(昭和63年)、詩歌文学館賞(第4回)(平成1年)「月華の節」、読売文学賞(第45回・詩歌俳句賞)(平成6年)「阿古父」、紫綬褒章(平成6年)、毎日芸術賞(第38回)(平成8年)「飛種」「馬場あき子全集」、斎藤茂吉短歌文学賞(第8回)(平成9年)「飛種」、朝日賞(第70回，平11年度)(平成12年)　[歴]昭和22年まひるの会に入会し、窪田章一郎に師事。23年から中学高校の教員を務める。27年岩田正と結婚。30年処女歌集「早笛」を刊行。古典、とりわけ能への造詣が深く独自な歌風を拓き、以後「地下にともる灯」「無限花序」「飛花抄」を刊行し、52年「桜花伝承」で現代短歌女流賞を受賞。ほかに「雪鬼華麗」「ふぶき浜」「葡萄唐草」「月華の節」「阿古父」「飛種」「世紀」。平成7年新作能「晶子みだれ髪」を発表。古典研究、評論面でも活躍し「式子内親王」「日本女歌伝」「鬼の研究」「歌枕をたずねて」などがある。昭和52年教員生活を退職し、「まひる野」を退会。53年歌誌「かりん」を創刊、主宰。朝日新聞「朝日歌壇」選者。平成10年「馬場あき子全集」(三一書房)が完結した。　[団]現代歌人協会、日本文芸家協会　[家]夫＝岩田正(歌人)

馬場 移公子　ばば・いくこ
俳人　[生]大正7年12月15日　[没]平成6年2月17日　[出]埼玉県秩父市　本名＝新井マサ子(あらい・まさこ)　[学]秩父高女卒　[賞]馬酔木賞(昭和35年)、福島県俳句賞(第3回)(昭和56年)「月出づ」、俳人協会賞(第25回)(昭和60年)「峡の雲」　[歴]昭和21年金子伊昔紅の門に入り、「馬酔木」に入会。水原秋桜子に師事。26年同人。句集に「峡の音」「峡の雲」。　[団]俳人協会

馬場 汐人　ばば・しおと
歌人　[生]明治30年4月20日　[没]昭和41年4月11日　[出]福井県　本名＝馬場勇　[学]福井商業卒　[歴]大正12年依田秋圃に師事し、昭和6年「武都紀」の創刊に参加、のち編集を担当。歌集に9年刊の「蘭」がある。

馬場 駿吉　ばば・しゅんきち
俳人　美術評論家　名古屋市美術館参与　名古屋市立大学名誉教授　[専]耳鼻咽喉学　[生]昭和7年11月25日　[出]愛知県名古屋市　[学]名古屋市立大学医学部医学科(昭和32年)卒　医学博士　[興]鼻アレルギーの基礎的並びに臨床的研究、扁桃病巣感染に関する免疫学的研究、耳鼻咽喉科細菌感染症の化学療法　[賞]年輪賞(第1回)(昭和32年)、四誌連合会賞(第2回)(昭和34年)　[歴]昭和45年名古屋市立大学耳鼻咽喉科助教授となり、51年教授。平成3年病院長。10年名誉教授。耳介形成術の第一人者。かたわら中学時代から俳句の創作にあたり、「年輪」「菜殻火」「山火」「青」同人を経て、個人誌「点」を主宰。現代美術にも関心を抱き、コレクターとしても知られ、評論活動を行なう。著書に句集「断面」「薔薇色地獄」「夢中夢」のほか、現代美術評論集「液晶の虹彩」などがある。　[団]日本耳鼻咽喉科学会、日本化学療法学会、日本アレルギー学会

馬場 静浪　ばば・せいろう
歌人　[生]明治21年1月30日　[没](没年不詳)　[出]東京府荏原郡六郷村　[学]早稲田大学政経科卒　[歴]家業の回漕業を継ぎ、のち書籍業に転じた。北原白秋に師事し、「日光」に投歌。大正14年歌誌「白珠」を創刊主宰した。昭和10年白秋が「多磨」を創刊した時、同人として参加したが、次第に歌壇を遠ざかった。

馬場 園枝　ばば・そのえ
歌人　[生]大正11年1月28日　[没]平成8年7月22日　[出]千葉県佐倉市　[歴]昭和15年「多磨」に入会。「多磨」解散後の28年の「中央線」創刊に参加、以後編集同人。41年「中央線」支部誌「ちば中央」を発刊。歌集に「十字路のない街」「庭彩う」「百花茫茫」がある。　[団]日本歌人クラブ

羽場 喜弥　はば・のぶや
歌人　メディカル・ジャーナル社代表取締役　[生]大正11年12月18日　[出]東京　[学]早稲田大学卒　[歴]旧制中学時代より作歌、昭和14年「短歌草原」柳瀬留治門下となる。20年高橋徳衛らと同人誌「相貌」を創刊。同時期「人民短歌」に作品を発表。その後「短歌草原」に復帰。解散まで「新歌人会」参加会員。「短歌草原」編集同人を務める。この間、日本写真新聞社企画部長を経て、41年メディカル・ジャーナル社を設立、代表。　[団]日本歌人クラブ、十月会

馬場 晴世　ばば・はるよ
詩人　[生]昭和11年　[出]神奈川県横浜市　[学]学習院大学哲学科卒　[歴]詩誌「馬車」、「よこはま野火」同人。詩集に「青の時刻」「雨の動物園」などがある。　[団]日本現代詩人会、横浜詩人会

馬場 元志　ばば・もとし
歌人　[生]昭和9年3月10日　[出]長崎県佐世保市吉岡町　[歴]昭和52年広島「真樹」に入会、その後転々としたが「アイリス」同人。著書に歌集「折鶴の羽ばたき」、詩歌集「六つ星のメッセージ」、方言歌集「変骨爺の独り言」「一徹爺の訛り歌」「夫婦問答・方言歌集 爺婆の泣き笑い」がある。

羽生 康二　はぶ・こうじ
詩人　高校教師(慶応高校)　[専]日本近現代詩 日本語表現技術　英語教育　[生]昭和10年　[学]慶応義塾大学英文科卒　[興]日本の反戦詩・戦争協力詩の問題、わかりやすい日本語の探究、男の側からのフェミニズム　[歴]著書に「近代への呪術師・石牟礼道子」「『ふるさと』を持たないこと」「口語自由詩の形成」、詩集に「やさしい動物たち」。　[団]戦争に反対する詩人の会、声なき声の会

土生 重次　はぶ・じゅうじ
俳人　「扉」名誉主宰　元・ノザワ常務　[生]昭和10年6月13日　[没]平成13年3月22日　[出]大阪府堺市　本名＝土生重次(はぶ・しげつぐ)　[学]早稲田大学第一政治経済学部経済学科卒　[賞]蘭賞(昭和55年)　[歴]昭和49年「蘭」に入会し、野沢節子の指導を受ける。55年同人となり、56年編集委員。句集に「歴巡」「扉」がある。　[団]俳人協会(幹事)、日本文芸家協会、日本ペンクラブ

羽生 槇子　はぶ・まきこ
詩人　[生]昭和5年6月　[歴]昭和53年以来、羽生康二と季刊詩誌「想像」を発行。著書に「野と花の日々」「はたけ」「野菜」「花・野菜詩集」「詩とエッセイ・織田が浜」「都市のはたけと空 詩とエッセイ」がある。

浜 明史　はま・あけし
俳人　[生]昭和3年12月5日　[出]京都府　本名＝神社良明(かんじゃ・よしあき)　[学]山陰短期大学卒　[歴]昭和23年工藤雄仙の手ほどきを受ける。25年「学苑」に参加。28年「鶴」に雄仙と共に入会。42年石川桂郎に師事し「風土」入会、同人となる。51年「龍」創刊主宰。句集に「水平線」「烏瓜」「游」がある。　[団]俳人協会

浜 祥子　はま・さちこ
童謡詩人　童話作家　[生]昭和19年　[出]北海道　[学]中央大学文学部卒　[賞]カネボウ・FM童謡大賞(第4回)(平成1年)、小川未明文学賞大賞(第1回)(平成4年)「おじいさんのすべり台」　[歴]福島県立養護学校教諭を経て、フリーとなり、自宅に「子ども文庫」をつくって地域の子供たちと接しながら詩や童話を創作。　[家]兄＝宗像紀夫(東京地検特捜部副部長)

浜 文子　はま・ふみこ
詩人　ジャーナリスト　[生]昭和20年　[出]北海道函館市　[学]帯広大谷短期大学国文科卒　[歴]雑誌等を中心に、出産、育児、教育、老人を通し独自の視点で人と暮らしを見つめる記事を発表。「あいなめ」同人。平成9年4年がかりに22人の老人と会い、その人生を語ってもらった「問わず語り 老い語り」を刊行。他の著書に「育母書」、詩・エッセイに「銀の糸結ぶとき」、詩集に「刻(とき)」がある。

浜 梨花枝　はま・りかえ
歌人　「青遠」主宰　[生]大正1年8月4日　[没]平成10年3月8日　[出]埼玉県埼玉村　本名＝榎本美佐夫　[学]東京家政学院卒　[賞]埼玉文化賞(第23回)、埼玉文化功労者知事賞　[歴]昭和15年師池田亀鑑により与謝野晶子と引き合わされ「冬柏」に入会。後に「浅間嶺」「長風」「女人短歌」を経て、41年「青遠」を創刊、主宰。歌集に「風紋」、著書に「短歌俳句入門」などがある。　[団]日本歌人クラブ、日本ペンクラブ、現代歌人協会、埼玉歌人会　[家]夫＝榎本善兵衛(元久喜市長)

浜川 宏　はまかわ・ひろし
歌人　[生]大正10年3月26日　[没]昭和61年8月24日　[出]徳島市　[歴]昭和28年「創作」入社、長谷川銀作に師事。43年角川短歌賞候補。44年「十月会」に入会。47年「長流」を創刊、編集委員となる。歌集に「桜狩」がある。

浜口 剛史　はまぐち・ごうし
フリーライター　川柳作家　「桃源」主宰　中日川柳会会長　[生]昭和9年　[出]三重県鳥羽市　[学]大阪大学法学部卒　[歴]商社勤務を経て、フリーライターに。文芸誌「桃源」を主宰。中日川柳会会長もつとめる。句集に「遠い風景〈1～3〉」。

はまくち　　　　　詩歌人名事典

浜口 忍翁　　はまぐち・にんおう
　歌人　教師　⽣明治44年7月11日　⽣岐阜県　⽣東京美術学校（昭和10年）卒　⽣関西短歌文学賞　⽣昭和22年「白珠」へ同人として入社、安田青風、章生に師事する。選者・編集委員を務める。55年より日本歌人クラブ大阪府委員を務める。歌集に「緑色の円」「航海者」「黒暉」、他に評論集「斜面上の芸術」がある。⽣現代歌人協会、日本歌人クラブ

浜崎 素粒子　　はまざき・そりゅうし
　俳人　元・京都工芸繊維大学繊維学部教授　⽣生物統計学　⽣昭和10年7月24日　本名＝浜崎実（はまざき・みのる）　⽣甲南大学経済学部（昭和34年）卒、甲南大学理学部経営理論学科（昭和36年）卒　農学博士（京都大学）（昭和61年）⽣昭和50年信州大学繊維学部助教授、54年京都工芸繊維大学繊維学部教授。平成9年図書館長。11年3月定年退官。また「陸」「椰子」所属の俳人としても活動。著書に「絹糸紡績業の経済分析」「経営のためのコンピュータ」（共著）、句集「確かな獲もの」「寒木」など。⽣日本蚕糸学会、応用統計学会、日本農業経済学会

浜崎 実　　はまざき・みのる
　⇒浜崎素粒子（はまざき・そりゅうし）を見よ

浜田 到　　はまだ・いたる
　歌人　医師　⽣大正7年6月19日　⽣昭和43年4月30日　⽣米国・ロサンゼルス市　⽣大正11年鹿児島に帰国。同人誌「歌宴」を経て「工人」に参加。また「詩学」にも作品を発表した。没後、歌集「架橋」「現代歌人文庫浜田到」、詩集「浜田遺太郎詩集」が刊行された。

浜田 康敬　　はまだ・こうけい
　歌人　⽣昭和13年7月25日　⽣北海道釧路市　⽣角川短歌賞（第7回）（昭和36年）「成人通知」、現代歌人集会賞「望郷篇」　⽣6歳の時母と死別。高知、神奈川、宮崎と転じる。姉に触発されて作歌し、昭和36年「成人通知」で第7回角川短歌賞受賞。同人誌「むき」「梁」。「みんなみの会」結成。歌集に「望郷篇」「浜田康敬歌集」「旅人われは」など。56年より宮崎市内で運送業を営む。　⽣現代歌人協会

浜田 成夫　　はまだ・しげお
　⇒三代目魚武浜田成夫（さんだいめうおたけはまだ・しげお）を見よ

浜田 知章　　はまだ・ちしょう
　詩人　⽣大正9年4月27日　⽣石川県川北郡内灘村　⽣戦後、詩を書き始め、昭和23年「山河」創刊。26年長谷川龍生らと山河グループを結成。27年「列島」に参加、のち「火牛」同人。詩集に「浜田知章詩集」「浜田知章第二詩集」「浜田知章第三詩集」「幻花行」、他に「リアリズム詩論のための覚書」などがある。

浜田 蝶二郎　　はまだ・ちょうじろう
　歌人　「醍醐」編集委員長　⽣大正8年2月4日　⽣平成14年2月26日　⽣神奈川県愛甲郡厚木町　本名＝浜田長次郎　⽣神奈川師範卒　⽣小中校教員、指導主事、教育研究所主幹を歴任。「相模野」「創作」を経て、昭和27年「醍醐」入社。松岡貞総に師事し、44年より編集委員長。歌集に「隙間の霊たち」「星のなかの顔」「眠りの天球」など。

浜田 坡牛　　はまだ・はぎゅう
　俳人　⽣明治25年9月18日　⽣（没年不詳）　⽣高知県高岡郡久礼町（現・中土佐町）　本名＝佐賀衛　⽣東京学芸大学教授、目白学園女子大学教授などを歴任。高浜虚子に師事する。昭和20年「ホトトギス」同人。22年俳句短歌誌「富士」を創刊主宰。句集に「万岳」、ほかの著書に「久礼城主苗裔系譜」「新講国文萃」などがある。

浜田 波静　　はまだ・はせい
　俳人　⽣明治3年5月28日　⽣大正12年2月27日　⽣高知県前原村　本名＝浜田早苗　⽣慶応義塾（明治28年）卒　⽣15、6歳のころから俳句に親しむ。明治22年東京に遊学し、国語伝習所、慶応義塾に学び、28年帰国。30年高知に転居し生糸商を開業。32年島崎霊子、弘光春風庵らと土佐十七字会を結成、俳句界で活躍。河東碧梧桐に師事し「明治俳句短冊集成」にも入集。大正2年大正生命保険に勤務、4年大阪支社、7年東京本社に転勤。「椎浜田波静遺句集」（生誕107年刊略歴掲載）がある。

浜田 美泉　　はまだ・びせん
　歌人　書家　⽣大正14年10月31日　⽣愛知県津島市　本名＝浜田富美雄　⽣昭和34年津島電報電話局を退職し書家に。中部日本書道会の常任理事を務める。一方、20代頃から短歌を始める。蓮を課題にした作品が多く、歌集に「冬芽〈1～3〉」「蓮」。

浜田 陽子　はまだ・ようこ
歌人　⑰大正8年1月2日　⑱平成4年12月9日　⑲兵庫県神戸市　⑳現代歌人集会賞(第5回)(昭和54年)　㉑夫・引野収と共に「短歌世代」を主宰。歌集に「冬のひびき」「時間のない窓」。㉒夫＝引野収(歌人)。

浜中 柑児　はまなか・かんじ
俳人　⑰明治18年5月13日　⑱昭和39年8月28日　⑲和歌山県　本名＝浜中貫始　⑳二松学舎卒、国語伝習所卒　㉑高校国漢教諭、滋賀県嘱託、京都中央仏教学院講師等を務めた。俳句は大正5年より始め虚子に師事、「ホトトギス」同人。のち「かやの」を主宰した。著書に「虚子五百句鑑賞」「俳句を作るには」、ほか国文学に関する注釈書がある。

早川 幾忠　はやかわ・いくただ
歌人　画家　⑰明治30年3月10日　⑱昭和58年4月22日　⑲東京・深川　筆名＝早川雛彦　㉑「アララギ」の島木赤彦らの指導を受け、歌壇にデビュー。大正3年松倉米吉らと「行路詩社」を結成、昭和3年「高嶺」を創刊し主宰。23年「高嶺」を二宮冬鳥にゆずる。25年から京都に移った。短歌と同時に絵、書、篆刻もよくした。錦心流琵琶も免許皆伝で、多才な文人として知られた。国語問題協議理事。著書に歌集「紫塵集」のほか「頭註古今和歌集」「中院歌論」「実感的国語論」「七十有七年」「八十有八年」などがある。

速川 和男　はやかわ・かずお
川柳作家　立正大学名誉教授　㉓英語英文学　英語史　比較文学　⑰昭和3年8月13日　⑲兵庫県神戸市　雅号＝速川美竹(はやかわ・みたけ)　⑳青山学院大学文学部英米文学科卒　㉔英語学習参考書の歴史、英訳川柳の海外への紹介　⑳柳都賞(柳都川柳社年間賞)　㉑都立高校を経て、立正大学教授。英語検定一級面接委員も務める。著書に「小泉八雲の世界」「英語ユーモア教室」「英訳したくなる日本語」、共著に「旺文社和英中辞典」「旺文社高校基本英作文辞典」「I SEE ALL」など。⑳日本英学史学会(会長)、日本比較文学会、日本英語教育史学会、日本川柳ペンクラブ(常任理事)

早川 邦夫　はやかわ・くにお
俳人　⑰大正6年2月5日　⑲熊本市　旧号＝有一子　⑳大阪外語卒　⑳青玄賞(昭和33年)、青玄評論賞(昭和42年)　㉑初め有一子と号したが本名に戻る。昭和26年日野草城の「青玄」に入会、31年草城没後は伊丹三樹彦に師事。戦後は神戸の育英高校で永らく国文の教鞭をとる。のち青玄無鑑査同人。

早川 桂　はやかわ・けい
歌人　「核」編集者　⑰昭和4年2月9日　⑲愛知県知多郡八幡町　⑳広島高師卒　⑳梨郷賞(第6回)(平成9年)「夏の物語」　㉑在学中の昭和21年「言霊」に入会。26年「青炎」会員、のち「核ぐるーぷ」に所属。58年「核」同人となり、のち編集を担当。歌集に「枷いくつ」「景」「夏の物語」などがある。高校教師を務めた。

早川 志織　はやかわ・しおり
歌人　⑰昭和38年9月9日　⑲東京都　⑳東京農業大学卒　⑳現代歌人協会賞(第38回)(平成6年)「種の起源」　㉑フラワースクールに勤務。詩作を経て、20歳のとき歌誌「短歌人」に入会。歌集に「種の起源」がある。

早川 洋一郎　はやかわ・よういちろう
詩人　洋画家　⑰昭和6年12月29日　⑲東京都　⑳麻布学園高校卒　㉑絵画で美術文化協会、モダンアート協会、読売アンデパンダン展等に出品、グループ展、個展(4回)を開催。文芸賞最終予選通過(昭和39年)、群像新人文学賞第一次予選通過(昭和49年)等小説を試みる。詩集に「逆光の衣裳」「倒錯風景」「今日と明日の間」他。

早川 亮　はやかわ・りょう
歌人　「丹波歌人」代表　⑰明治43年8月12日　⑲京都府　本名＝須原康一　⑳早大高師卒　㉑歌集に「山梔子」「樹」「寒林」などがある。

早崎 明　はやさき・あきら
俳人　⑰大正12年2月1日　⑲岐阜県　⑳年輪賞(第1回)(昭和35年)、汝鷹賞(昭和52年)　㉑昭和23年「鷹」に投句を始め、橋本鶏二に師事。「雪」を経て、32年鶏二主宰の「年輪」創刊に参画、編集長となる。「年輪」同人。⑳俳人協会

早崎 ふき子　はやさき・ふきこ
歌人　⑰昭和4年3月16日　⑲長野県　⑳現代歌人集会会員、中日歌人会委員、のち参与、中の会運営委員を務める。歌集に「十字花冠」「桔梗追覆曲」「触覚的風景」、共著の歌論集に「塚本邦雄論集成」がある。「塔」「核」同人。㉒現代歌人集会、中日歌人会(参与)

林 あまり　はやし・あまり
歌人　演劇評論家　作詞家　㉑現代短歌　小劇場演劇　㊷昭和38年1月10日　㊶東京都渋谷区　本名＝林真理子　㊸成蹊大学文学部日本文学科（昭和60年）卒　㊺昭和53年日本基督教団頌栄教会で洗礼を受ける。大学在学中の56年前田透主宰「詩歌」に入会、解散まで所属。60年より雑誌「鳩よ！」で劇評を始め、63年より2年間雑誌「新劇」に演劇評論を連載。平成元年～4年朝日新聞毎土曜夕刊「時評」執筆担当。著書にエッセイ「世紀末はマドモアゼル」、演劇ガイド「劇場、このふしぎなおともだち」、歌集に「MARS☆ANGEL(マース・エンジェル)」「ナナコの匂い」「最後から二番目のキッス」「ベッドサイド」、共著の短歌・画集「ショートカット」などがある。また作詞も手がけ、作品に「夜桜お七」「さよなら小町」などがある。
㊽国際演劇評論家協会、日本文芸家協会

林 霞舟　はやし・かしゅう
歌人　㊷明治38年12月15日　㊹昭和63年3月16日　㊶福岡県　本名＝林藤丸　㊿勲二等瑞宝章（昭和51年）　㊺大正13年「吾妹」入社、生田蝶介に師事。昭和2年、大脇月甫「青虹」創刊と共に同人となり、24年12月より「湖笛」を創刊主宰。月甫逝去後の58年「青虹」を退社。日本歌人クラブ島根県委員を務めた。歌集に「疎竹」「銀燭」「波濤」「朱盃」「白鷺荘短歌雑記」などがある。　㊽現代歌人協会

林 一夫　はやし・かずお
歌人　㉑国文学　㊷明治43年6月12日　㊹昭和62年11月21日　㊶東京帝大文学部国文学科卒　㊺昭和7年細井魚袋に師事。「林一夫全歌集」がある。

林 桂　はやし・けい
俳人　高校教師　㊷昭和28年4月8日　㊶群馬県　本名＝林政美　㊸新潟大学法文学部卒　桐生高教諭を務める。一方、同人誌「未定」創刊に参画、「夢幻航海」「歯車」に所属。句集に「黄昏の薔薇」「銅の時代」、評論集に「船長の行方―青春の現代俳句」など。　㊽現代俳句協会、日本文芸家協会、群馬ペンクラブ

林 圭子　はやし・けいこ
歌人　㊷明治29年9月4日　㊶東京　本名＝窪田銈子　旧姓(名)＝中島　㊸跡見女学校卒　大正9年「朝の光」創刊に参加。昭和5年歌人窪田空穂と結婚し、「槻の木」同人となる。歌集に「棕梠の花」「厨のあたり」「ひくきみどり」など。　㊿夫＝窪田空穂(歌人)、長男＝窪田章一郎(歌人)

林 古渓　はやし・こけい
歌人　漢詩人　国漢文学者　㊷明治8年7月15日　㊹昭和22年2月20日　㊶東京・神田　本名＝林竹次郎　㊸哲学館　㊺明治30年代の新仏教徒同志会の運動に活躍し、「新仏教」を編集。また、詩誌「漢詩」の編集、清白詩会を創立し、詩誌「清白詩艸」を刊行した。松山高教師、立正大学教授等を歴任。歌集に「わが母」「松山風竹」「わが歌千首」、研究書に「万葉集外来文学考」「壊風藻新註」「平仄辞典」。「浜辺の歌」「昼」などの作詞を手がけた。　㊿息子＝林大(国語学者)

林 俊一　はやし・しゅんいち
詩人　高校教師(時習館高校)　㊷昭和25年　㊶愛知県　㊸金沢大学大学院文学研究科歴史地理専攻(昭和50年)修了　㊺詩集に「死音」「異郷の鐘」「樹とともに」。

林 翔　はやし・しょう
俳人　㊷大正3年1月24日　㊶長野県長野市　本名＝林昭(はやし・しょう)　㊸国学院大学高等師範(昭和10年)卒　㊺芭蕉と現代俳句の関連、俳句の文法　㊾馬酔木賞(昭和40年)、俳人協会賞(昭和46年)「和紙」　㊺昭和15年「馬酔木」入門、25年「馬酔木」同人を経て、顧問同人。また45年「沖」編集主幹、のち副主宰。NHK文化センター講師、読売日本テレビ文化センター講師なども務める。句集に「和紙」「寸前」「石笛」「幻化」「春菩薩「林翔集」、評論集に「新しきもの、伝統」、入門書に「初学俳句教室」など。
㊽俳人協会(名誉会員)

林 昌華　はやし・しょうか
俳人　埼玉工業大学深谷高校理事長　㊷大正12年8月10日　㊶埼玉県深谷市　本名＝林昌次(はやし・まさつぐ)　㊸小樽高商卒　㊾万緑賞(昭和35年)、埼玉文芸奨励賞(昭和52年)　㊺埼玉工大経理局長を経て、埼玉工大深谷高理事長に就任。昭和23年「万緑」に入門。31年同人。36年編集担当。38年実行委員。句集に「風鐸」。
㊽俳人協会

林 譲児　はやし・じょうじ
政治家　俳人　衆院議員(自由党)　㊷明治22年3月24日　㊹昭和35年4月5日　㊶高知県宿毛市　本名＝林譲治(はやし・じょうじ)　別号＝林寿雲　㊸京都帝大独法科(大正7年)卒　㊺明治の自由民権の闘士で第1次大隈内閣の逓相をつとめた

有造の二男。三菱倉庫に入社したが、高知県会議員を経て昭和5年の総選挙に出馬、当選、以来当選11回。6年犬養内閣の文相・鳩山一郎の秘書官となってから鳩山派幹部。戦後、第1次吉田茂内閣の書記官長。大野伴睦幹事長とともに内政に暗い吉田を助けた。第2次吉田内閣の副総理兼厚相。以来、益谷秀次も加えて"党人派御三家"を称す。25年同改造内閣の経済安定本部長官、副総理、26年衆院議長。その後、自由党幹事長、総務を経て引退。鮒児と号し、俳人としても知られ、政治家と新聞記者を中心にした東嶺会を主宰。富安風生に師事し、句集に「古袷」がある。　[家]父＝林有造(逓相)、長男＝林迶(参院議員)、次男＝林亘(宿毛市長)

林 信一　はやし・しんいち
詩人　歌人　[生]明治27年12月5日　[没]昭和39年10月26日　[出]大阪市西区京町　[学]早稲田大学英文科卒　[歴]少年時代から詩作を投稿し「日本詩人」などにも詩作を発表。大正11年詩集「鬱憂の都市」を刊行し、歌集に「栗の花」「梁園の竹」などがある。昭和20年から39年まで旺文社に勤めた。

林 立人　はやし・たつんど
詩人　グラフィックデザイナー　[生]昭和10年2月23日　[出]東京　本名＝栗林範明　[学]早稲田大学文学部国文科中退　[歴]詩集に「ツェッペリン」「棺応答集」「幕間のあそび」などがある。
[団]日本現代詩人会、日本文芸家協会

林 民雄　はやし・たみお
歌人　[生]大正3年11月3日　[出]東京　[歴]中学時代植松寿樹に学ぶ。昭和8年「短歌と方法」に入社、傍ら「あばんせ」「新胎」創刊同人となり、自誌「デパアル」を発刊。22年「現代短歌」創刊同人、「新短歌」「文芸心」などに執筆。39年「芸術と自由」再刊同人となるが、57年に脱退。「方法」を創刊する。新短歌人連盟副委員長を務める。合同歌集「年刊・新短歌」や「現代名歌選」などに収載されている。　[団]現代歌人協会、新短歌人連盟

林 多美子　はやし・たみこ
歌人　[生]昭和16年10月23日　[出]北海道置戸町
[賞]自費出版文化賞(第3回)「風葬」　[歴]看護婦の傍ら、歌人として活躍。「北限」編集委員。歌集に「短針」「鳥よ、自在に翔ぶな」などがある。「風葬」で第3回自費出版文化賞を受賞。

林 徹　はやし・てつ
俳人　「雉」主宰　[生]大正15年3月4日　[出]石川県　本名＝林哲夫(はやし・てつお)　[学]金沢医専卒　[賞]風賞(第5回)(昭和35年)、俳人協会賞(平成13年)「飛花」　[歴]昭和25年金沢大学医学部耳鼻咽喉科学教室に在籍中俳句をはじめ、26年「風」入会、沢木欣一に師事。28年「風」同人。現代俳句協会会員を経て、43年俳人協会会員。句集に「架橋」「直路」「群青」「自註・林徹集」「飛花」など。　[団]俳人協会(広島県支部長)、日本文芸家協会

林 桐人　はやし・どうじん
漢詩人　[生]明治24年1月21日　[没]昭和44年9月14日　[出]愛媛県松山　本名＝林庄次郎　別号＝正策　[学]陸軍経理学校卒、東京高師国漢科卒
[歴]陸軍に20年勤務、主計大尉。のち中学教諭を経て、久松伯爵家に仕え、戦後農業に従事。小学時代から詩を作り、のち近藤小南、新野斜村に師事、高橋藍川に学んだ。松山、大阪の吟社に入り、志山流顧問。著書に「探花集」「続探花集」(全3巻)、「月ケ瀬探梅紀行」などがある。

林 十九楼　はやし・とくろう
俳人　つくし吟社主宰　[生]大正8年1月28日
[出]福岡県　本名＝林十九郎(はやし・とくろう)
[学]大学中退、飛行専校卒　[賞]菜殻火賞(昭和39年，48年)、福岡俳人協会賞(昭和48年)、福岡市文学賞(昭和49年)、朱鳥賞(昭和55年)　[歴]昭和23年野見山朱鳥に師事、「菜殻火」入会。42年俳人協会員、48年福岡俳人協会副会長、菜殻火会会長。54年「つくし」創刊、主宰。句集に「愛憎」など。　[団]俳人協会

林 富士馬　はやし・ふじま
詩人　文芸評論家　[生]大正3年7月15日　[没]平成13年9月4日　[出]長崎県　[学]日本医科大学卒
[賞]菊池寛賞(第27回)(昭和54年)　[歴]小児科医。日本医科大学在学中から佐藤春夫に師事。戦争中は「文芸文化」に関係し、三島由紀夫の才能にいち早く注目。昭和21年三島、詩人の伊東静雄、小説家の島尾敏雄らとともに同人雑誌「光耀」を創刊。33～55年「文学界」の同人雑誌評を担当、直感的な批評で多くの作家を発掘した。その功績で54年に雑誌評グループの駒田信二らと共に菊池寛賞を受賞。著書に詩集「夕映え」、詩文集「鴛鴦行」、「林富士馬評論文学全集」などがある。　[団]日本医師会、日本文芸家協会

林 芙美子　はやし・ふみこ
小説家　詩人　[生]明治36年12月31日　[没]昭和26年6月28日　[出]山口県下関市田中町　本名＝林フミコ　別筆名＝秋沼陽子　[学]尾道高女(大正11年)卒　[賞]女流文学者賞(第3回)(昭和24年)「晩菊」　[歴]大正11年上京、売り子、女給などさまざまな職を転々としながら、詩や童話を発表。この時期、アナーキスト詩人、萩原恭次郎、高橋新吉らと知りあい大きな影響を受ける。13年7月友谷静栄と詩誌「二人」を創刊。昭和3年から4年にかけて「女人芸術」に「放浪記」を発表して好評をうける。4年詩集「蒼馬を見たり」を刊行。5年刊行の「放浪記」はベストセラーとなり、作家としての立場を確立した。5年中国を、6年から7年にかけてはヨーロッパを旅行。6年「風琴と魚の町」、10年「泣虫小僧」「牡蠣」、11年「稲妻」など秀作を次々と発表。戦争中も従軍作家として、中国、満州、朝鮮を歩く。戦後は戦前にまさる旺盛な創作活動をはじめ、「晩菊」「浮雲」などを発表、流行作家として活躍したが、「めし」を「朝日新聞」に連載中、持病の心臓弁膜症に過労が重なって急逝した。「林芙美子全集」(全16巻，文泉堂)(全23巻，新潮社)や「林芙美子全詩集」がある。平成2年新宿区が邸宅を買い取り、林芙美子記念館として一般公開。

林 美脉子　はやし・みえこ
詩人　「緋境」主宰　[生]昭和17年9月7日　[出]北海道　本名＝中田美智子　[学]日本女子大学卒　[賞]ケネス・レクスロス詩賞(第8回)(昭和57年)　[歴]高校教諭を務める傍ら、「緋境」を主宰。詩集に「約束の地」「撃つ夏」「緋のシャンバラへ」などがある。

林 みち子　はやし・みちこ
歌人　[生]明治41年1月1日　[没]平成6年12月13日　[出]福井県武生市　[歴]歌集に「もがりぶえ」「落とし文」「二人静」などがある。　[団]日本歌人クラブ

林 光雄　はやし・みつお
歌人　「あけび」主宰　元・小西六写真工業専務　[生]明治36年1月9日　[没]平成9年8月6日　[出]福井県　[学]京都大学法学部卒　[賞]短歌研究賞(第10回)(昭和49年)「大和の旅」「幾山河」、日本歌人クラブ賞(第29回)(平成4年)「無碍光」　[歴]大学時代に花田比露思の門に入り、「あけび」に入会。昭和27年1月「あけび」復刊と同時に編集発行人となり、42年7月花田没後、主幹となる。歌集「にぎたま」「幾山河」「白梅譜」、他に合同歌集「高樹」などがある。また小西六写真工業(現・コニカ)専務、東映化学工業社長などを務めた。　[団]日本歌人クラブ、現代歌人協会

林 安一　はやし・やすいち
歌人　[生]昭和10年7月3日　[出]長野県下伊那郡高森町　[学]東京教育大学国文科卒　[歴]高校時代に「ポトナム」に入会。大学在学中、岸上大作らと「具象」を創刊。「閃」「騎の会」発足に関係する。「うた」所属。歌集「風の刑」「斑猫」「山上有林」、合同歌集「騎」など。札幌テレビ勤務を経て都立高校教諭。

林 佑子　はやし・ゆうこ
俳人　華道教授　[生]昭和5年10月27日　[出]北海道札幌市　[学]札幌東高卒　[賞]角川春樹新人賞(昭和58年)、河新人賞(昭和59年)、角川俳句賞(第33回)(昭和62年)「昆布刈村」、河賞(平成2年)　[歴]昭和55年から作句、56年角川春樹の俳句に共鳴し「河」に入会。句集に「昆布刈村」。

林 容一郎　はやし・よういちろう
詩人　小説家　[生]明治35年11月20日　[没]昭和37年3月23日　[出]北海道小樽市新地町　本名＝平沢哲男　別筆名＝林良応　[歴]「クラルテ」同人として小林多喜二らと詩を書いた。上京して西条八十、野口米次郎に師事。昭和7年「三田文学」に小説「ジンタ・サーカス」などを発表したが、病気で札幌に帰った。戦後は童話を書いた。「札幌文学」同人。小説「阿寒族」「函館戦争」、創作集「阿寒族」、林みや発行、平沢秀和編「林容一郎全集」がある。

林 善衛　はやし・よしえ
歌人　[生]大正9年9月7日　[出]和歌山県　[歴]昭和23年「人民短歌」に参加し、24年「源流」を創刊。29年「短歌研究」第1回50首入選。41年以後「源流」改題「かぐのみ」を主宰。33年より愛農歌壇選者、52年より朝日新聞和歌山版短歌選者を務める。歌集に「等高線」「霜の降る枝」「歴年抄」「八雲立つ」がある。

林 柳波　はやし・りゅうは
童謡詩人　教育者　薬学者　[生]明治25年3月18日　[没]昭和49年3月27日　[出]群馬県沼田市　本名＝林照寿(はやし・てるひさ)　[学]明治薬科大学卒　[資]薬剤師　[賞]勲四等瑞宝章(昭和47年)、沼田市名誉市民　[歴]在学中より詩や俳句に手を染め、大正12年頃野口雨情と出会い童謡や民謡も書くようになる。童謡誌「しゃぼん玉」に寄稿。「うみ」「おうま」「うぐいす」などで知られる。一方、明治薬科大学の講師となり学校の運営にも参画して、母校の発展に寄与。国民学

校音楽教科書編集委員、日本詩人連盟相談役、図書館長などを歴任。昭和51年母校沼田小学校校庭に「おうま」の詩碑が建立された。著書は「木蓮華」「山彦」などのほか薬学研究書なども多数。平成11年柳波賞が創設される。
[家]妻＝林きむ子（日本舞踊家）

林田 紀音夫　はやしだ・きねお
俳人　[生]大正13年8月14日　[没]平成10年6月14日　[出]熊本県玉名市　本名＝林田甲子男（はやしだ・きねお）　[学]今宮工卒　[賞]青玄賞（昭28年度）、現代俳句協会賞（第11回）（昭和38年）
[歴]昭和16年「山茶花」に投句。戦後下村槐太に師事し、「金剛」同人となる。無季俳句運動を推進し、38年現代俳句協会賞を受賞。のち「青玄」「風」を経て、「海程」「花曜」同人。句集に「風蝕」「林田紀音夫句集」「幻燈」など。

林田 恒利　はやしだ・つねとし
歌人　[生]大正3年3月1日　[出]静岡県　[学]北海道大学　[歴]旭川東校時代より作歌し、北海道大学在学中に「香蘭」会員となる。以後「多磨」創刊と同時に入会、終刊後「形成」創刊に参加、木俣修に師事する。同誌選者を務め、支部誌「形成南苑」を発行。静岡県歌人協会常任委員。歌集に「火山島群」「木香」「歴洋」がある。
[団]現代歌人協会

林原 耕三　はやしばら・こうぞう
⇒林原耒井（はやしばら・らいせい）を見よ

林原 耒井　はやしばら・らいせい
英文学者　俳人　元・明治大学教授　[生]明治20年12月6日　[没]昭和50年4月23日　[出]福井県丸岡町　本名＝林原耕三（はやしばら・こうぞう）　旧姓(名)＝岡田　[学]東京帝大英文科（大正7年）卒　[歴]明治40年漱石門下となり「木曜会」に参加、漱石の本の校正、全集刊行にも参画。大正9年松山高校、14年台北高校、昭和3年欧州留学、法政大を経て15年明大教授、東京理科大教授、明大人文科学研究所長を歴任。この間句作は続け、大正13年臼田亜浪に師事、「石楠」同人として活躍。著書は句集「蜩」「梅雨の虹」「蘭鋳」「一朶の藤」のほか、「俳句形式論」「芭蕉を越ゆるもの」、随筆「漱石山房の人々」などがある。

林谷 広　はやしや・ひろし
歌人　斎藤茂吉研究会主宰　[生]明治44年10月22日　[没]平成13年9月23日　[出]山形県　[賞]上山市芸術文化功労者（第1回・2回）（昭和38年・39年）　[歴]小学校、中学校、高等学校勤務の傍ら、昭和4年頃から短歌。8年「覇王樹」、10年同人誌「鈴蘭」主宰。11年廃刊。22年「えにしだ」創刊に参加。52年「アララギ」会員を経て、53年斎藤茂吉研究会を主宰、機関誌「おきなぐさ」を発行。この間、48年から7年間、斎藤茂吉記念館事務長を務めた。著書に「幼の花翁草」「茂吉追慕」、句集「銀杏笛」、歌集「年輪」「緯度零度」「翁草」「中国三華」、研究書「文献茂吉と鰻」「茂吉研究随稿」などがある。
[団]アララギ、日本歌人クラブ、山形県歌人クラブ

早瀬 譲　はやせ・ゆずる
歌人　「高架線」主宰　[生]明治40年10月12日　[没]昭和53年5月10日　[出]岡山県　[学]京都大学卒　[歴]昭和3年「橄欖」に入会。吉植庄亮に師事。のち同誌運営委員。歌集に「非常」「相貌」「妻よ安らかなれ」など。

早野 和子　はやの・かずこ
俳人　[生]昭和10年6月18日　[出]岡山県　[賞]角川俳句賞（第40回）（平成6年）「運河」　[歴]「貂」所属。平成6年第40回角川俳句賞を受賞。句集に「桝」「藜」がある。

葉山 耕三郎　はやま・こうざぶろう
歌人　[生]明治28年7月2日　[没]昭和45年5月7日　[出]大分県東国東郡伊美村　本名＝鹿島覚　[賞]大分県文化賞　[歴]前田夕暮短歌講義録で作歌を始め「詩歌」に参加。昭和7年歌誌「韻律」を創刊、23年「歌帖」に改め創刊、主宰。「大分県歌人協会」「九州歌人協会」「西日本歌人協会」を設立。日本歌人クラブ大分県委員を務める。歌集に「世紀の顔」「園林」「さすらひ」「歌学要言訳解」がある。

速水 草女　はやみ・そうじょ
俳人　[生]明治41年8月21日　[没]昭和63年8月20日　[出]東京　本名＝速水悦子（はやみ・えつこ）　[学]精華高女卒　[歴]昭和23年中村汀女主宰「風花」入会。35年同人。46年俳人協会員。句集に「魚拓」「女竹」。　[団]俳人協会

原 阿佐緒　はら・あさお
歌人 [生]明治21年6月1日 [没]昭和44年2月21日 [出]宮城県黒川郡宮床村宮床(現・大和町宮床) 本名=原浅尾 [学]宮城県立高女中退 [歴]庄屋に生まれて英才教育を受け、16歳頃から短歌に関心を持つ。のち上京して日本画を学ぶ。明治42年新詩社に入り「スバル」等に作品を発表、三ケ島葭子と共に将来を嘱望されたが、大正5年「アララギ」に転じた。同年処女歌集「涙痕」を出版したのをはじめ、昭和4年までに4つの歌集を出す。大正10年東北帝大教授・石原純との恋愛事件で一世を風靡したが、新聞などで非難されアララギを除名になる。しかし7年で破局を迎え、昭和3年故郷に戻る。その後上京し、銀座で酒場を開いたり、映画に出演するなどし、自由奔放な生き方を貫いて44年没。「原阿佐緒全歌集」がある。平成2年生家が“原阿佐緒記念館”として公開される。12年同館設立10周年を記念して原阿佐緒賞が創設された。 [家]息子=原千秋(映画監督)、原保美(俳優)

原 柯城　はら・かじょう
俳人 「風雲」主宰 [生]明治41年12月16日 [没]平成6年10月14日 [出]大阪府 本名=原文吉郎(はら・ぶんきちろう) [学]同志社大学法学部経済学科卒 [賞]馬酔木賞(昭和15年) [歴]昭和9年「馬酔木」に投句し、18年同人。24年「早苗」、35年「風雪」を創刊し、主宰。現代俳句協会会員を経て37年俳人協会入会。59年「馬酔木」同人会長となり、秋桜子生誕100年、「馬酔木」創立70周年記念大会を成功させた。句集に「旅」「道」。 [団]俳人協会

原 一雄　はら・かずお
歌人 [生]大正1年12月7日 [出]群馬県 [歴]昭和11年「青垣」に入会、橋本徳寿に師事する。青垣選者編輯委員、群馬県歌人クラブ副会長、群馬ペンクラブ会長、群馬芸術文化協会副会長などを務める。著書に歌集「青き焔」「雪天」「阿修羅」「黄花山房」「紅昏」、歌文集「黄花山房独語」「永遠の歌」、「土屋文明私観」などがある。 [団]現代歌人協会、群馬県歌人クラブ(会長)

原 和子　はら・かずこ
俳人 「鹿火屋」主宰 [生]昭和7年5月18日 [出]東京 旧姓(名)=浅見 [学]京華学園女子高卒 [賞]鹿火屋新人賞(昭和35年)、鹿火屋賞(昭和50年) [歴]昭和34年「鹿火屋」入会、新人会に学ぶ。36年「鹿火屋」同人となり、のち原裕と結婚する。句集に「素足」「天網」がある。 [団]俳人協会、日本文芸家協会 [家]夫=原裕(俳人・故人)

原 月舟　はら・げっしゅう
俳人 [生]明治22年5月24日 [没]大正9年11月4日 [出]東京市赤坂区青山南町 本名=原清 [学]慶応義塾大学理財科(大正2年)卒 [歴]明治の末年から「国民新聞」に投句し、松根東洋城の選を受けた。大正初期、虚子の俳壇復帰とともに「ホトトギス」に投句、大正3年同誌の募集俳句選者の一人となる。7年10月より同誌に「写生は俳句の大道であります」を連載し、ホトトギス流写生論を鼓吹したが、一方ではその瑣末な写生が批判された。没後「月舟俳句集」が刊行された。

原 コウ子　はら・こうこ
俳人 [生]明治29年1月15日 [没]昭和63年6月25日 [出]大阪府貝塚市 本名=原コウ 旧姓(名)=志賀 旧号=早茅子(さちこ) [学]大阪府立泉南高女補習科(大正5年)卒 [歴]大正5年「ホトトギス」俳句入門欄にて原石鼎の指導を受ける。7年石鼎に嫁す。10年「鹿火屋」発刊と共に編集、婦人俳句欄担当。昭和26年石鼎死去のあと主宰。49年原家の養子となった原裕に主宰を譲る。句集「昼顔」「胡色」「原コウ子全句集」のほか、「石鼎とともに」などがある。 [団]俳人協会 [家]夫=原石鼎(俳人)、養子=原裕(俳人)

原 作治　はら・さくじ
俳人 [生]大正4年8月25日 [出]島根県 [学]京都大学経済学部卒 [賞]徂春賞(昭51年度) [歴]昭和15年ゆく春入門室積徂春の指導を受ける。一時休んだが43年平川巴竹主宰ゆく春に復帰。平川の死後「ゆく春」を引き継ぐ形で、平成3年1月「霧笛」を創刊、句集に「蒼玄「星焔」などがある。 [団]俳人協会

原 敏　はら・さとし
詩人 児童詩誌「蟻」主宰 [生]昭和2年 [出]島根県益田市 本名=田原敏郎 [学]立命館大学卒 [歴]昭和21年益田市にて詩誌「鶯笛」創刊、23年離郷のため廃刊。27年立命館大学在学中、詩集「都会のカタツムリ」発行。29年大阪府の教員、37年帰郷、島根県公立高校の教員となる。46年詩集「教室」発行。48年日本詩人に参加。55年地帯社(大阪)へ参加。自家版「単身赴任」発行。49年児童詩誌「蟻」を主宰、現在に至る。著書に詩集「日々」。

原 三郎　はら・さぶろう
歌人　東京医科大学名誉教授　東京医科大学がん研究事業団理事長　[専]薬理学　[生]明治30年6月28日　[没]昭和59年6月19日　[出]群馬県佐波郡芝根村　[学]東京医専卒　[歴]日本薬理学会会長、日本学術会議会員などを歴任。わが国の精神薬理学の先駆的研究者として知られ「薬理学入門」などの著書がある。また歌人であり、歌集に「朝の実験室」「牧草地帯」など。

原 子朗　はら・しろう
詩人　評論家　書家　宮沢賢治イーハトーブ館館長　昭和女子大学特任教授　早稲田大学出版部取締役　[専]現代詩　文体論　書画史　宮沢賢治研究　[生]大正13年12月17日　[出]長崎県長崎市銀屋町　号＝良月(りょうげつ)　[学]早稲田大学文学部文学科国文専攻(旧制)(昭和25年)卒、早稲田大学文学部大学院(旧制)(昭和27年)中退　[興]旧修辞学、「修辞学の復権」執筆　[賞]現代詩人賞(第4回)(昭和60年)「石の賦」、岩手日報文学賞賢治賞(第5回)(平成2年)「宮沢賢治語彙辞典」、宮沢賢治賞(第3回・研究部門)(平成5年)　[歴]在学中から早稲田詩人会を結成、詩誌を刊行。「詩世紀」同人として活躍。「火牛」同人。詩集「風流について」「幽霊たち」「挨拶」「石の賦」「歎語抄」のほか、研究書に「文体序説」「定本大手拓次研究」「文体論考」「文体の軌跡」「宮沢賢治語彙辞典」「新宮沢賢治語彙辞典」などがある。また、能筆家として知られ、その方面の著書に「筆跡の美学」がある。立正女子大学教授、早稲田大学教授を経て、昭和女子大学特任教授。[団]日本近代文学会、日本文体論学会、宮沢賢治学会、日本現代詩人会(常任理事)、日本ペンクラブ、日本文芸家協会

原 石鼎　はら・せきてい
俳人　「鹿火屋」主宰　[生]明治19年3月19日(戸籍:6月1日)　[没]昭和26年12月20日　[出]島根県下塩冶　本名＝原鼎　別号＝鉄鼎　[学]京都医専中退　[歴]高等小学校時代より句作を始める。京都医専中退後、貯金局に勤めたり電気局の図工などをし、大正元年〜2年吉野の次兄の医療を手伝う。その間「ホトトギス」などに句作を発表、"深吉野(みよしの)時代"の俳風を開花。放浪生活を送ったのち、4年に上京、ホトトギス社に入社し、編集に従事。6年東京日日新聞社に入社、俳句欄を担当。10年「鹿火屋(かびや)」を創刊する。昭和12年句集「花影」を刊行。ほかに評論「俳句の考へ方」「言語学への出発」、句集「深吉野」「原石鼎全句集」(沖積舎)などの著書がある。平成5年奈良県吉野村によって深吉野賞が創設された。　[家]妻＝原コウ子(俳人)

原 聡一　はら・そういち
俳人　[生]昭和3年2月22日　[出]岐阜市　旧名＝志摩聡(しま・そう)　[歴]加藤かけいの「環礁」に拠ったのち、高柳重信に師事。「薔薇」「俳句評論」に所属。同誌終刊後は「騎」同人。著作に画家亀山巌飾絵による「紫刑楽句」「汽罐車ネロ」など。

原 民喜　はら・たみき
小説家　詩人　[生]明治38年11月15日　[没]昭和26年3月13日　[出]広島県広島市　[学]慶応義塾大学文学部英文科(昭和7年)卒　[賞]水上滝太郎賞(第1回)(昭和23年)「夏の花」　[歴]中学時代から詩作を始め、大正13年広島で同人誌「少年詩人」を出す。慶大時代は同人誌に詩や小説を発表する一方で、ダダイズムからマルキシズムへと関心を深める。昭和10年掌篇小説集「焔」を刊行。11年から16年にかけて「三田文学」に「貂」などの多くの作品を発表する。17年から19年にかけて船橋中学の英語教師をつとめ、退職後は朝日映画社の嘱託となるが、19年愛妻が病没、20年郷里・広島に疎開し、8月被爆する。被爆の体験を22年「夏の花」として発表、第1回水上滝太郎賞を受賞。26年西荻窪—吉祥寺間の国鉄線路で飛込み自殺した。「夏の花」のほか「廃墟から」「壊滅の序曲」「鎮魂歌」などの作品があり、詩集に「原民喜詩集」がある。また「定本原民喜全集」(全3巻・別1巻，青土社)などが刊行されている。

原 抱琴　はら・ほうきん
俳人　[生]明治16年2月5日　[没]明治45年1月17日　[出]岩手県盛岡市　本名＝原達　別号＝迂人、夏子　[学]東京外国語学校仏文科卒、東京帝大法科中退　[歴]原敬の甥。明治32年春から俳句を正岡子規に師事。「ホトトギス」「日本」に投句。同門の松根東洋城、赤木格堂、松下紫人らと交遊があった。同年盛岡で岩動炎天、野村董舟らが杜陵吟社を結び、36年「紫苑」を創刊するにおよび顧問となる。病弱だったため、子規は「同病相憐」と前書し、「寝床並べて苺喰はばや話さばや」の句を作っている。

原 満三寿　はら・まさじ
俳人　詩人　「ゴリラ」主宰　[生]昭和15年11月20日　[出]北海道夕張市　[学]早稲田大学法学部(昭和38年)卒　[興]金子光晴　[賞]山本健吉文学賞(評論部門, 第2回)(平成14年)「評伝金子光晴」　[歴]昭和46年広告代理店・エントピアを創立、社長。一方、大学時代より金子光晴に私淑、第2次「あいなめ」創刊に参加。のち金子光晴の会運営委員、事務局担当。また61年より俳誌「ゴリラ」を主宰。「炎帝」同人。詩集に「かわたれの彼は誰」「海馬村巡礼譚」、句集に「日本塵」、評論に「評伝金子光晴」、編書に「人物書誌大系〈15〉金子光晴」、詩誌「騒」、俳誌「DA俳句」がある。

はら みちを
画家　エッセイスト　詩人　ピースヒロシマ障害者の会代表　[専]重度心身障害者の言葉について　[生]昭和3年6月11日　[出]兵庫県神戸市　本名＝梶原充雄(かじはら・みちお)　[学]大朝町立国民学校高等科(昭和19年)卒　[興]所謂知恵遅れと呼ばれる人達の完全参加　[賞]白秋童謡賞(昭和61年)、国際ソロプチミスト社会貢献賞　[歴]脳性小児マヒによる両手両足麻痺で、もっぱら母に背負われて育った。戦後は母の郷里広島県山県郡大朝町で時計修理と印鑑づくりで身を立てるが、40歳を過ぎてから“母・子・ふるさと”をテーマとした創作活動に入る。昭和45年画家として独立。詩画集を自費出版したあと、講談社から「お母さんの背中で」「お母さん」を刊行。北原白秋生誕100年記念の童謡作詞で最優秀賞を受賞。他に絵本「いっしょうけんめい・がんばれがんばれ」「さいぶりダイちゃん」「ピカドンたけやぶ」「お爺ちゃんの銀時計」などの作品がある。傍ら、障害児を励ます会などの福祉活動にも力を注ぐ。　[団]心身障害児者を励ます会

原 裕　はら・ゆたか
俳人　「鹿火屋」主宰　[専]現代俳句(原石鼎)　[生]昭和5年10月11日　[没]平成11年10月2日　[出]茨城県下館市　本名＝原昇(はら・のぼる)　旧姓(名)＝堀込　[学]埼玉大学文理学部文学科(昭和35年)卒　[賞]鹿火屋賞(昭和26年)鹿火屋賞(昭和26年)　[歴]昭和22年高校在学中「鹿火屋」に入会し、原石鼎に師事。24年編集部員。26年石鼎没後、後継者として原家の養子となる。現代俳句協会会員を経て、41年俳人協会入会。49年「鹿火屋」主宰を継承、53年俳人協会理事。著書に「原石鼎ノオト」「季の思想」、句集「葦牙」「青垣」「父の日」「新治」「出雲」「原裕作品集」など。　[団]日本文学風土学会、俳文学会、俳人協会、日本文芸家協会　[家]養母＝原コウ子(俳人)

原 鈴華　はら・れいか
俳人　医師　[生]明治38年3月4日　[没]昭和36年9月21日　[出]三重県鈴鹿郡関町新所　本名＝原勝　[学]東京医専(大正15年)卒　[歴]昭和5年郷里に医院を開業、のち四日市市に移って没年に及んだ。大正9年より句作に入り「海紅」に投句、14年「三昧」同人。また10年「女仏」、昭和8年「碧雲」を創刊して戦時中まで発行した。句集に「鈴華句抄」がある。

原口 統三　はらぐち・とうぞう
詩人　[生]昭和2年1月14日　[没]昭和21年10月25日　[出]鹿児島県鹿児島市(本籍)　[学]一高文科　[歴]「二十歳のエチュード」の著者。旧制大連一中から昭和19年旧制一高に進み、フランス文学を学んだ。大連一中時代、清岡卓行に兄事し、詩作を始めた。一高時代の詩は、硬質の叙情の優れた結晶であったが、少数の友人たちの目に触れただけで、すべて自身の手で焼却された。ランボーに心酔し、人生を芸術と見なして、純潔としての死を選んだ。

原子 修　はらこ・おさむ
詩人　札幌大学教養部教授　[生]昭和7年11月13日　[出]北海道函館市　[学]北海道学芸大学(現・北海道教育大学)函館分校文類(昭和30年)卒　[賞]北海道詩人協会賞(第5回)(昭和42年)「鳥影」、北海道芸術新賞(昭和51年)、北海道文化奨励賞(昭和53年)、札幌市民芸術賞(平成3年)、日本詩人クラブ賞(第28回)(平成7年)「未来からの銃声」　[歴]昭和31年函館市立中学校教諭、40年北海道教育庁根室教育局指導主事、43年道教育委員会社会教育主事、51年文化課長を経て、56年札幌彫刻美術館館長。平成元年札幌大学教養部教授。大学在学中に詩作を始め、詩誌「だいある」を経て、昭和34年「核」創刊に参加。詩集に「第一詩集」「ソネットによる頌歌」「鳥影」「背理の魚」「来意」「大白鳥」「原子修詩集」「つがる」「未来からの銃声」など。また詩劇活動に取り組み、札幌、横浜、カナダ、ニューヨークなどで公演を行なう。詩劇集に「デッサ」、評論集に「人類パニック」などがある。　[団]北海道詩人協会、日本現代詩人会、日本文芸家協会、日本詩人クラブ

原子 公平 はらこ・こうへい
俳人 「風濤」主宰 [生]大正8年9月14日 [出]青森県青森市(本籍) [学]東京帝大文学部仏文科(昭和19年)卒 [賞]現代俳句協会大賞(第12回)(平成11年) [歴]岩波書店、小学館に勤務。昭和14年「馬酔木」に投句し、15年「寒雷」に参加し、加藤楸邨に師事する。戦後、沢木欣一らと「風」創刊。28年「万緑」同人。48年より「風濤」を主宰。句集「浚渫船」「良酔」「海は恋人」「酔歌」、俳論集「俳句変革の視点」などの著書がある。 [団]現代俳句協会(顧問)、日本文芸家協会

原崎 孝 はらざき・たかし
詩人 評論家 [生]昭和9年3月4日 [出]三重県美杉村 本名＝斎藤幸久 [学]早稲田大学国文科(昭和31年)卒、早稲田大学大学院日本文学専攻(昭和34年)修士課程修了 [歴]在学中「砂」同人、仏文科に1年学士入学、昭和32年武田文章らと「樹」創刊。藤村女子高校に勤め、36年ごろから「詩と詩論」を中心に詩や評論を発表。37年「新詩篇」創刊同人、「黒」同人。共著詩集「砂詩集一九五六」、評論「立原道造の生涯と詩的世界」(思潮社の「立原道造研究」所収)、「戦後詩ノート」(現代詩論大系第6回所収)などがある。

原条 あき子 はらじょう・あきこ
詩人 [生]大正12年3月9日 [出]兵庫県神戸市 本名＝池沢澄 [学]日本女子大学英文科(昭和19年)卒 [歴]中村真一郎らの「マチネ・ポエティク」に参加。詩集に「マチネ・ポエティク詩集」「原条あき子詩集」。

原田 郁 はらだ・いく
歌人 [生]大正14年7月 [出]旧朝鮮・全羅南道光州 [学]公州女子師範卒 [歴]旧朝鮮の官立小学校教師となり、敗戦後は千葉県公立小・中学校教師を38年間務め退職。昭和40年「中央線」に入会、同人に。歌集に「栗林」「朱の太鼓」「いづれがいづれに」「げんげの花食べた—原田郁集」他。 [団]日本歌人クラブ、千葉県歌人クラブ(幹事)

原田 勇男 はらだ・いさお
詩人 [生]昭和12年10月11日 [出]東京 [学]早稲田大学卒 [賞]宮城県芸術選奨(昭62年度)(昭和63年) [歴]同人誌「ありうむ」「舟」同人。詩集に「北の旅」「サード」、著書に「夢の漂流物」(共著)他。 [団]日本現代詩人会、宮城県芸術協会

原田 清 はらだ・きよし
歌人 [生]昭和5年10月5日 [出]東京 [学]早稲田大学第一商学部(昭和28年)卒 [歴]旧制中学時代、瀬木慎一他文学少年仲間と短歌・俳句などを創る。昭和23年早大第二学院に入学、都筑省吾に師事し「槻の木会」に入会。新制大学発足と同時に早大短歌会に参加する。その後「槻の木」同人として活躍。仏教に関心があり、壬生照順に天台止観を学ぶ。歌集に「武蔵野」「風鐸」、著書に「会津八一 鹿鳴集評訳」「私説 会津八一」など。 [団]現代歌人協会

原田 謙次 はらだ・けんじ
歌人 小説家 [生]明治26年8月8日 [没](没年不詳) [出]長崎県長崎市 [学]早稲田大学英文科(大正9年)卒 [歴]吉江孤雁、島崎藤村に師事し、歌人・詩人として出発。蛮船社同人となり、大正4年「饗宴」を刊行。ほかに歌集「却火」、小説「生の凱歌」などがある。

原田 琴子 はらだ・ことこ
歌人 [生]明治22年 [没]大正14年2月 [出]愛知県名古屋市 [歴]明治40年ごろから短歌を発表、「明星」「スバル」などの歌壇で活躍、44年「青鞜」に参加。大正4年結婚。平成3年文芸研究家の調まどかにより、のちに結婚する恋人に送った手紙が発見され、書簡集としてまとめられる。

原田 樹一 はらだ・じゅいち
俳人 医師 [生]明治43年5月25日 [没]昭和58年8月4日 [出]山形県鶴岡市本町 本名＝原田寿市(はらだ・じゅいち) [学]慶応義塾大学医学部卒 医学博士 [歴]胸部疾患の為療養生活中俳句を始める。慶大内科教室、寄生虫学教室を経て、横浜市鶴見区の真田病院内科医をつとめた。昭和11年「丹頂」「句と評論」に投句。21年「風鈴」を創立、主宰。句集に「坂」「原田樹一集」。 [団]俳人協会

原田 譲二 はらだ・じょうじ
詩人 新聞記者 [生]明治18年3月26日 [没]昭和39年2月10日 [出]岡山県後月郡西江原村 筆名＝原田ゆづる [学]早稲田大学英文科(明治41年)卒 [歴]大学卒業後、報知新聞社に入社。のち東京朝日新聞社に入り、九州支局長、本社社会部長などを務めた。詩人としては、「新声」派を経て、のち「文庫」派として活躍。作家としては、「文庫」「早稲田文学」「新古文林」などに小説を発表した。

原田 青児　はらだ・せいじ
俳人　「みちのく」主宰　⽣大正8年1月17日　出山口県　本名=原田光治(はらだ・みつはる)　学新義州商卒　⾷昭和25年只見川産業を設立し、30年双洋物産と改称。俳人としては13年「ホトトギス」初入選。25年仙台ホトトギス会を結成し、26年遠藤梧逸を主宰として「みちのく」を創刊。61年主宰。句集に「北京」「リラの家」「晩夏」「薔薇園にて」「ある晴れた日に」、随筆に「太郎物語」など。所俳人協会(評議員)、日本文芸家協会

原田 大助　はらだ・だいすけ
詩人　学大阪府立寝屋川養護学校を経て、石川県立錦城養護学校へ。そこで山元加津子と出会い、詩と絵の創作活動を始める。平成7年詩画集「さびしきときは心のかぜです」を発表。他の著書に、詩集「土には見えないけれどいつもいっぱい種がある」がある。徳島県在住。

原田 喬　はらだ・たかし
俳人　⽣大正2年3月5日　没平成11年3月26日　出福岡県小倉(現・北九州市)　学横浜高商(昭和8年)卒　賞寒雷青山賞(平3年度)、静岡県功労者賞(平成8年)　⾷昭和14年父原田浜人の主宰する「みずうみ」によって俳句を学ぶ。16年満州に渡り、20年応召。シベリア抑留の後、23年復員。32年「寒雷」に入会、39年同人。50年「椎」を創刊主宰。句集に「落葉松」「伏流」「灘」「長流」、随筆集に「笛」「曳馬野雑記」などがある。所現代俳句協会、静岡県俳句協会(名誉会員)親父=原田浜人(俳人)

原田 糺　はらだ・ただす
歌人　愛知文学会代表　⽣大正9年　出愛知県豊田市　本名=原田佐一　学和歌山実業補習学校(昭和13年)中退　賞東海文学振興会奨励賞(昭和60年)　⾷昭和28年文芸誌「群星」を創刊発行。38年未来短歌会、中日歌人会に入会、同人誌「座標」に参加。55年同人誌「西尾文学」に参加、63年「愛知文学」創刊。平成3年より短歌誌「個性」同人、中部ペンクラブ理事。歌集「草の旗」「陽炎の道」、創作集「銀の柩」がある。所中日歌人会、中部日本ペンクラブ(理事)

原田 種夫　はらだ・たねお
作家　詩人　「九州文学」発行者　⽣明治34年2月16日　没平成1年8月15日　出福岡市　本名=原田種雄　学法政大学予科英文科(大正13年)中退　賞九州文学賞(小説・第1回)(昭和16年)「闘銭記」、勲五等双光旭日章(昭和48年)、西日本文化賞(昭和48年)、福岡市文化賞(昭和51年)　⾷大正14年福岡詩社に参加し、加藤介春に師事。昭和3年芸術家協会を結成し「瘋癲病院」を創刊。翌4年には全九州詩人協会を結成。「九州詩壇」や「九州芸術」で活躍し、13年に創刊された「九州文学」の主要同人となる。福岡文化連盟理事長もつとめた。「風塵」「家系」「南蛮絵師」などの作品のほか「原田種夫全詩集」「西日本文壇史」「萩の抄」「実説・火野葦平」「原田種夫全集」(全5巻)「九州文壇日記」(昭和4年～平成元年)などの著書がある。平成5年遺贈された蔵書を元に、福岡市民図書館内に原田文庫が開設された。所日本文芸家協会

原田 種茅　はらだ・たねじ
俳人　⽣明治30年1月1日　没昭和61年3月1日　出東京市本郷区森川町　本名=原田種治(はらだ・たねはる)　学慶応義塾大学理財科(大正8年)中退　⾷大正8年父の死で大学を中退し、家業の三等郵便局を継ぐ。俳句は、大正6年「石楠」に入会し臼田亜浪に師事、12年同人となり、のち編集に携わる。亜浪没後、27年復刊し主宰するが31年廃刊した。のち「河」所属。句集に「径」(25年)がある。

原田 直友　はらだ・なおとも
詩人　少年詩　⽣大正12年12月15日　出山口県　学山口師範卒　⾷師範卒後上京。教職を務めるかたわら詩作にはげむ。昭和24年羽曽部忠らと「子どもと詩」文学会を結成、詩と批評誌「ぎんやんま」を創刊。「牧場」所属。主な作品に「はじめて小鳥が飛んだとき」「神さまと雲と小鳥たち」「じぞうさま」「虹・村の風景」「スイッチの歌」などがある。所日本児童文学者協会、「子どもと詩」文学会、日本現代詩人会

原田 禹雄　はらだ・のぶお
歌人　医師　邑久光明園名誉園長　学皮フ科ハンセン病　⽣昭和2年9月12日　出京都府京都市　学京都大学附属医学専門部(昭和26年)卒　⾷京都大学ハンセン病研究施設助手を経て、昭和36年国立療養所光明園の医長として岡山県の邑久町・長島に赴任。国立療養所長島愛生園医局長、山口大学医学部講師などを経て、52年邑久光明園長。ハンセン病患者の

治療と救済に尽力。平成4年退任、名誉園長となる。また歌人としても知られ、35年には同人誌「極」の刊行に参画。「玲瓏」所属。著書に「麻痺した顔」「天刑病考」「この世の外れ―琉球住環私記」、訳注に「中山伝信録」「使琉球記」、歌集に「瘢痕」「錐体外路」「白き西風の花」「仮名の樹」「華果光色」などがある。
[団]現代歌人協会

原田 梅年　はらだ・ばいねん
俳人　[生]文政9年(1826年)　[没]明治38年1月12日　[出]江戸　本名＝服部幸次郎　旧姓(名)＝原田　号＝雪中庵、不白軒　[歴]足袋商の傍ら、対山、羅江、鳳洲に俳句を学び、明治7年8世雪中庵を嗣ぐ。9年雪門の勢力誇示のため深川富岡に芭蕉堂を築造した。「雪おろし」に端を発して、江戸座と雪門は長年対立していたが、12年永機から嵐雪像を譲渡されたことでいちおうの終結をみた。編著に「入像供養」「続一夏百歩」「空陰集」など。

原田 浜人　はらだ・ひんじん
俳人　[生]明治17年1月1日　[没]昭和47年8月4日　[出]静岡県浜名郡長上村　本名＝原田八郎　[学]広島高師英語科(明治39年)卒　[歴]愛媛師範教諭時代に俳句をはじめ、「ホトトギス」に投句する。のち小倉中学、郡山中学、沼津中学等を歴任。大正11年「すその」の選者となり、その後編集に専念する。14年「みずうみ」を創刊し、主宰。句集に「浜人句集」「巌滴」などがある。
[家]息子＝原田喬(俳人)

原田 道子　はらだ・みちこ
詩人　[生]昭和22年　[出]群馬県高崎市　[歴]「青い花」「火箭」「湖」同人。詩集に「詩集 天上のあるるかん」「春羅の女」「新宿・太郎の壕」がある。　[団]日本現代詩人会

原本 神桜　はらもと・しんおう
俳人　[生]明治20年9月9日　[没]昭和16年8月3日　[出]島根県安来町西灘　本名＝原本熊吉　[学]島根県立商業学校(明治38年)卒　[歴]母校で数学指導、島根師範の柔道教師、安来町役場吏員、松江で下宿屋と、職を転々、安来に帰って俳句に専念した。少年時代、日本海々戦の砲音を聞き「大砲の音日本海の霞かな」と詠んだ。河東碧梧桐、大須賀乙字、臼田亜浪に学び、晩年は「石楠」に拠った。句集「海雲」がある。

針ケ谷 隆一　はりがや・たかいち
俳人　[生]昭和16年5月19日　[出]埼玉県大里郡妻沼町　[賞]埼玉文学賞(第11回)(昭和55年)「刀匠―大隅俊平の世界」、橘俳句会青龍賞(第1回)(昭和58年)　[歴]昭和36年富士電機の文芸部に入部、作句をはじめる。54年「橘俳句会」に入会。平成3年埼玉県俳句連盟常任理事。「橘」同人。句集に「刀身」「天狗絵馬」がある。
[団]俳人協会(幹事)

晏梛 みや子　はるな・みやこ
俳人　[生]昭和10年12月11日　[出]愛知県名古屋市　本名＝鈴木みや子(すずき・みやこ)
[賞]笹賞(第5回)　[歴]昭和53年より句作を始め、59年「笹」同人。稲沢市立図書館俳句教室、中日文化センター鳴子教室などで指導。句集に「槇垣」がある。　[団]俳人協会

春山 他石　はるやま・たせき
俳人　[生]明治35年3月11日　[没]昭和63年9月4日　[出]新潟県　本名＝春山虎一郎　[学]高田中(旧制)卒　[歴]昭和4年松野自得、6年高浜虚子に師事。21年より俳誌「みゆき」刊行。37年「ホトトギス」同人。句集に「雁木」「みゆき」「喜齢」「蜘蛛の囲」。　[団]俳人協会

春山 行夫　はるやま・ゆきお
詩人　随筆家　評論家　[生]明治35年7月1日　[没]平成6年10月10日　[出]愛知県名古屋市東区主税町　本名＝市橋渉　[学]名古屋市立商(大正6年)中退　[歴]独学で英語・仏語を修得。大正13年24歳のとき詩集「月の出る町」でデビュー。同年上京し、15年個人誌「謝肉祭」を創刊。昭和3年厚生閣に入り、季刊誌「詩と詩論」(のち「文学」に改題)の編集に携わる。9年第一書房に移り、10年「セルパン」編集長、13年同書房総務を兼ね、のち雄鶏社編集局長、文化雑誌「雄鶏通信」編集長などを歴任。戦後はもっぱらエッセイストとして活躍。著書は、詩集に「植物の断面」「シルク&ミルク」「花花」、詩論・エッセイに「詩の研究」「新しき詩論」「海外文学散歩」「花の文化史」(全3巻)「花の文化史」「西洋雑学案内」「春山行夫の博物誌シリーズ」、英文学に「ジョイス中心の文学運動」などがある。また21年よりNHKラジオ「話の泉」のレギュラー回答者として出演した。
[団]日本エッセイストクラブ、日本文芸家協会、日本ペンクラブ(名誉会員)

阪 正臣　ばん・まさおみ
歌人　⑰安政2年3月23日(1855年)　⑱昭和6年8月25日　⑲尾張国名古屋花畑町(愛知県)　本名=坂正臣　号=茅田、樅園　⑳明治6年上京し、権田直助に師事。20年御歌所に入り、28年華族女学校教授。30年御歌所寄人、40年御歌所主事となる。歌は高崎正風に学び、また書をよくした。大正5年入江為守らと共に「明治天皇御集」の編纂にあたり、8年終了、11年刊行された。昭和3年大嘗祭主基歌詠進。著書に「樅屋全集」「三拙集」がある。

榛谷 美枝子　はんがい・みえこ
俳人　俳人協会北海道支部長　⑰大正5年7月22日　⑲北海道江部乙村　㉑庁立高女卒　㉒夏草功労賞(昭和48年)　㉓昭和8年石田雨圃子より高浜虚子を紹介され、11年松本たかしに、13年中田みづほに、24年山口青邨にそれぞれ師事。35年北海道俳句協会常任委員。40年「夏草」同人。53年「壺」同人。平成10年俳人協会北海道支部長に就任。ほかにはしばみ俳句会などを主宰。句集に「冬花火」「春風愁雨」「山湖晩秋」など。　㉔俳人協会　㉕夫=一木万寿三(洋画家・故人)

半谷 三郎　はんがや・さぶろう
詩人　⑰明治35年9月27日　⑱昭和19年3月24日　⑲福島県　本名=半谷悌三郎　㉑早稲田大学英文科卒　㉓百田宗治の「椎の木」、次いで「時間」「麵麭」などの同人として活躍。昭和5年「ナプキン」(茨城県古河町ナプキン社)を編集、百田や堀辰雄らが寄稿。また「詩と詩論」などにも寄稿した。詩集「発足」のほか「詩壇時評」「新叙事詩説再論」「現実主義詩論」などがある。

半崎 墨縄子　はんざき・ぼくじょうし
俳人　⑰大正9年3月1日　⑲宮城県　本名=半崎正記　㉑明治大学専門部政経科中退　㉓大学生時代より作句を始める。昭和30年「ぬかご」に入会、安藤姑洗子に師事し、33年同人、43年経営同人となる。55年「ぬかご」60周年表彰を受ける。同年俳人協会会員、のち宮城支部事務局長、年の花講師を務める。宮城県芸術会員、日本現代詩歌文学館評議員。　㉔俳人協会

半田 良平　はんだ・りょうへい
歌人　⑰明治20年9月10日　⑱昭和20年5月19日　⑲栃木県北犬飼村深津　旧号=暁声　㉑東京帝大英文科(大正1年)卒　㉒日本芸術院賞(第5回)(昭和23年)「幸木」　㉓私立東京中学校に勤務。明治38年窪田空穂を中心とする十月会の結成に参加。大正3年「国民文学」創刊とともに同人。以後空穂系歌人として活躍し、8年処女歌集「野づかさ」を上梓。昭和23年遺歌集「幸木」が出版された。ほかに「半田良平全歌集」がある。

坂東 三津五郎(8代目)　ばんどう・みつごろう
歌舞伎俳優　俳人　⑰明治39年10月19日　⑱昭和50年1月16日　⑲東京市下谷区二長町(現・東京都台東区)　本名=守田俊郎　前名=坂東八十助〔3代目〕(ばんどう・やそすけ)、坂東簑助〔6代目〕(ばんどう・みのすけ)、俳名=坂東みの介(ばんとう・みのすけ)、是好　㉒重要無形文化財保持者(歌舞伎)(昭和48年)　㉒日本芸術院賞(昭和41年)、日本エッセイスト・クラブ賞(第17回)(昭和44年)「戯場戯語」、紫綬褒章(昭和45年)　㉓大正2年3代目坂東八十助の名で初舞台、昭和3年6代目坂東簑助となる。若くして小山内薫に傾倒し、7年新劇場を結成、ヘイワードの「ポーギー」を上演。翌年「源氏物語」の劇化を企画したが、上演禁止。9年松竹を脱退して東宝に入り、10年第1次東宝劇団を結成、有楽座を本拠に公演したが、14年に解散。15年関西に移り、関西歌舞伎で活躍。戦後は武智歌舞伎に参加。36年東京松竹に復帰し、37年8代目三津五郎を襲名。均整のとれたキメ細かな芸風で、舞踊にも定評があった。晩年は老け、実悪、辛抱立役に優れた舞台を見せた。茶道、古美術に造詣深く、歌舞伎界の故事、先達の芸風にも通じ、"歌舞伎の生字引"といわれた。文筆家としても知られ、著書に「戯場戯語」「言わでもの事」「芸十夜」などがある。また俳句をよくし、簑助時代に虚子に師事して「ホトトギス」に投句。食通で料理を得意としたが河豚の肝にあたって急逝した。　㉕養父=坂東三津五郎(7代目)

半藤 義英　はんどう・よしひで
歌人　⑰大正2年1月30日　⑲長野県　㉓昭和9年「あしかひ」入会、12年「あしかひ」廃刊後、7月「あさひこ」創刊に参画、大坪草二郎に師事する。29年「あさかげ」発足とともに編集同人。57年「地温」を創刊。歌集「地温」がある。

【ひ】

稗田 菫平　ひえだ・きんぺい
詩人　「牧人文学」主宰　⑰大正15年4月8日　⑲富山県小矢部市　本名=稗田金治　㉑氷見中

卒 [歴]教員を経て、詩人となる。富山県児童文学会会長も務めた。詩集に「花」「白鳥」「氷河の爪」「ホトトギスの翔ぶ抒情空間」、童謡集「さるすべりの花と人魚」、民話集「立山のてんぐ」、童話集「山の神さまのおだんご」など。 [団]日本児童文学者協会、富山県児童文学協会、日本詩人クラブ、富山現代詩人会、富山近代文学研究会

樋笠 文 ひかさ・ふみ

俳人 [生]大正13年2月3日 [出]香川県高松市 [学]旅順師範女子部(昭和19年)卒 [興]小・中学生に対する俳句指導 [歴]昭和9年渡満。21年帰国し、25年から小学校教師をつとめる。38年向原小時代に校長丹所石尊の勧めで句作を始める。同年「春燈」に属し、安住敦に師事。50年同人。句集に「夏千鳥」「水の華」「自註 樋笠文集」。 [団]俳人協会

東 明雅 ひがし・あきまさ

俳人 信州大学名誉教授 [専]国文学 [生]大正4年3月15日 [出]熊本県 俳名＝東明雅(ひがし・めいが) [学]東京帝国大学文学部国文学科(昭和14年)卒 [興]連句 [賞]勲三等旭日中綬章(昭和62年) [歴]信州大学人文学部教授を経て、名誉教授。一方、連句を根津芦丈に学び、「艸道」同人。のち連句会の猫蓑会を主宰。連句集に「猫蓑」、著書に「夏の日」「連句入門」「芭蕉の恋句」、共編に「連句辞典」などがある。自らを俳諧師と名乗る。 [団]俳文学会、日本近世文学会

東 京三 ひがし・きょうぞう

⇒秋元不死男(あきもと・ふじお) を見よ

東 くめ ひがし・くめ

教育家 作詞家 歌人 [生]明治10年6月30日 [没]昭和44年3月5日 [出]和歌山県新宮市 [学]東京音楽学校(現・東京芸術大学)本科卒 [歴]東京府立第一高女を経て、東京女高師付属幼稚園につとめる。滝廉太郎とともに口語体の唱歌集「幼稚園唱歌」(明治34年)を編集・出版した。所収の「お正月」「はとポッポ」「水あそび」などの作詞で有名。昭和32年歌集「惜春」を出版。

東 草水 ひがし・そうすい

詩人 [生]明治15年1月4日 [没]大正5年10月15日 [出]愛媛県温泉郡南吉井村(現・重信町) 本名＝東俊造 [学]早稲田大学英文科(明治40年)卒 [歴]「保恵会雑誌」に片山伸、安倍能成らと投稿。実業之日本社で多彩な文筆活動を行う。河井酔茗の文庫派詩人として活躍した。アンソロジー「青海波」(明治38年)に「美しき謎」「秘め恋」などが収録されている。総じて七五調技巧的な抒情詩が多く、高浜虚子と親交があった。

東川 紀志男 ひがしがわ・きしお

俳人 詩人 [生]昭和2年2月16日 [没]平成3年6月22日 [出]大阪市 本名＝外池松治 [学]立命館大学法科卒 [歴]戦後、六林男らの「青天」に投句、のち「雷光」に参加。六林男を通じて三鬼に師事。同人誌「梟」「夜盗派」「縄」を経て、立岩利夫と第二次「夜盗派」を編集発行。詩集に「藁塚」、句集に「陸橋」「東川紀志男集」「東線紀志男句集」がある。

東淵 修 ひがしぶち・おさむ

詩人 銀河書房店主 [生]昭和5年6月31日 [出]大阪府大阪市浪速区 [学]恵美小卒 [歴]バンドボーイを経て、喫茶店経営。かたわら昭和41年同人詩誌「地帯」を創刊。43年古本屋・銀河書房を開業、46年銀河詩教室開設、「銀河詩手帖」編集発行人。著書に「釜ケ崎愛染詩集」「カンカン人生」「おれ・ひと・釜ケ崎」「陸続きの孤島」などがある。

疋田 和男 ひきだ・かずお

歌人 「白夜」発行人 [生]昭和6年4月22日 [出]長野県長野市 [学]長野商卒 [歴]昭和26年「潮音」選者宮原茂一に師事。「潮音」同人。「露草」を経て、30年「白夜」創刊に参加。編集委員及び選者を務め、のち発行人。33年同人誌「環」に参加。37年「攀の会」を創設。長野県歌人連盟常任幹事。歌集「夕焼の楕円」、他に合同歌集「新鋭十二人」などがある。

引地 冬樹 ひきち・とうじゅ

俳人 [生]昭和6年2月13日 [出]福島県 本名＝引地藤蔵(ひきち・とうぞう) [学]東北大学経済学部(昭和29年)卒 [賞]かびれ賞(昭和49年) [歴]昭和39年大竹孤悠に師事し、「かびれ」入会。40年同人となる。48年かびれ500号記念論文入選。53年「かびれ」選者。のち「筑波」主宰。句集に「月航路」「風花」がある。 [団]俳人協会

引野 收 ひきの・おさむ

歌人 「短歌世代」主宰 [専]仏教芸術学 [生]大正7年3月27日 [没]昭和63年4月11日 [出]兵庫県神戸市 本名＝浜田弘収(はまだ・こうしゅう) [学]高野山大学 [賞]現代歌人集会賞(昭和57年)「冷紅―そして冬」、渡辺順三賞(昭和59年)「白檮館遺文」 [歴]昭和10年「短歌月刊」に参加、楠田敏郎に師事。高校教師となるが、23年肺結核にかかり、以後病床で作歌。また、33年浜

田陽子らと「短歌世代」を創刊、その編集発行人を亡くなるまで続けた。歌集に「マダムとポエム」「冷紅」など。 [家]妻＝浜田陽子(歌人)

匹見 太郎 ひきみ・たろう

詩人 [生]大正9年 [出]大阪府 [歴]昭和15～21年軍隊生活を送り、復員後、22年堺市にてプリント業を営む。24年同人誌「詩作品」を発行。29年身体障害者職業訓練校勤務を経て、51年詩通信社を始める。58年詩通信80号まで刊行、終刊。同年詩と版画社を始める。平成2年「アートサロン・アートサロン通信」を発行。詩と版画個展14回。詩集に「日曜詩人」「ある変節者の自画像」「変節の世代よりのメッセージ」「ヨーロッパの旅」「その時私は生きていた〈1〉〈2〉」がある。

樋口 一葉 ひぐち・いちよう

小説家 歌人 [生]明治5年5月2日 [没]明治29年11月23日 [出]東京府第二大区一小区内幸町(現・千代田区) 本名＝樋口奈津(ひぐち・なつ) 別名＝浅香のぬき子、春日野しか子、樋口夏子 [学]青海学校小学高等科第4級修了 [歴]東京府官吏・則義の次女として生まれる。明治19年歌人中島歌子の萩の舎(はぎのや)塾に入り、早くから歌の才能を示す。20年兄が早世、22年父を失くして家督を相続。24年半井桃水に師事するが、浮説が流れて翌年別離。針仕事をしたり小間物屋を商いながら執筆を続けた。25年第1作「闇桜」を発表。28年頃から小説「にごりえ」「十三夜」「たけくらべ」などが好評となり、“今紫式部”と呼ばれもしたが、29年肺結核のために死去。短い生涯を貧困の中に終え、明治の封建社会における女性の悲惨な姿をありのままに描いた。「全集 樋口一葉」(全4巻，小学館)などが出版されている。

樋口 賢治 ひぐち・けんじ

歌人 光村教育図書常務 [生]明治41年7月15日 [没]昭和58年3月6日 [出]北海道滝川町 [学]早稲田大学国文科卒 [歴]日本出版協会、東京書籍などを経て光村教育図書に入る。昭和3年「アララギ」に入会、土屋文明に師事。歌集に「自生地」「春の氷」「鰊ぐもり」がある。

樋口 銅牛 ひぐち・どうぎゅう

漢学者 書家 俳人 [生]慶応1年12月20日(1865年) [没]昭和7年1月15日 [出]筑後国久留米(福岡県) 本名＝樋口勇夫 別号＝得川、東涯 [歴]父は旧久留米藩士漢学者源深。鹿児島県立二中で教鞭をとり、のち九州日報記者となる。明治41年東京朝日新聞社会部に入社。中塚一碧楼とともに「朝日俳壇」選者をつとめた。「漢字雑話」などの読物も連載。大正元年退社後は、早大、国学院大、法政大学等の講師をつとめた。著書に「俳句新研究」がある。書家としても名高く、泰東書道院総務の職にあった。

樋口 伸子 ひぐち・のぶこ

詩人 [生]昭和17年3月3日 [出]福岡県福岡市 [学]早稲田大学卒 [賞]福岡県詩人賞(第21回)(昭和60年)「夢の肖像」、日本詩人クラブ賞(新人賞，第9回)(平成11年)「あかるい天気予報」 [歴]30歳のとき「蟻塔」同人に。昭和53年詩誌「蟻塔」を創刊。福岡市内の図書館司書を務める。詩集に「一二八四年の風＝ハーメルンの笛ふき男」「夢の肖像」「図書館日誌」「あかるい天気予報」などがある。 [団]福岡県詩人会

樋口 昌夫 ひぐち・まさお

俳人 [生]昭和3年3月12日 [出]大阪 本名＝樋口昌一 [学]立命館大学文学部卒 [歴]府立四条畷高校教諭を務める。昭和24年頃より句作を始め、「蘇鉄」「うぐいす」などに投句。山本古瓢に師事。「蘇鉄」編集同人を経て、51年「鹿火屋」に入会。原裕に師事し、のち同人。句集に「深野」「夕鏡」「夏筑波」など。ほかの著書に「芭蕉の俳句をこう見る」がある。 [団]俳人協会

樋口 美世 ひぐち・みよ

歌人 [生]大正14年4月16日 [出]茨城県 [学]駒沢大学国文学科卒 [歴]少女時代より作歌。結婚で一時中断の後、駒沢大学国文学科に学ぶ。昭和32年に「女人短歌」入会、編集委員を務める。40年「地中海」入会。55年より56年まで日本歌人クラブ幹事。歌集に「形」「翼が欲しき」「白昼」「零るる刻」がある。 [団]日本歌人クラブ、現代歌人協会

久泉 迪雄 ひさいずみ・みちお

歌人 高岡市美術館長 [生]昭和2年7月25日 [出]富山県(本籍) [学]金沢工専機械科卒 [歴]卒業後、中学教師となる。高校教師、富山県立近代美術館副館長などを経て、平成6年高岡市美術館長。また、昭和26年清田秀博に師事し「紫苑短歌」創刊に参加、編集・維持同人。39年木村捨録に師事し「林間」同人。36年富山県歌人連盟幹事のち委員、この間41～49年同事務局長を務める。41年から日本歌人クラブ富山県委員。歌集に「夕映」「塔映」「とやま短歌ごよみ」、鑑賞に「富山をうたう」がある。 [団]日本歌人クラブ、日本ペンクラブ、日本文芸家協会、現代歌人協会

久賀 弘子　ひさか・ひろこ

歌人　⽣大正14年2月6日　⽣山口県　⽣山口女専国文科卒　岩波書店専属社外校正を務める。山口高女で吹田宏二に師事し、1年の頃より作歌。昭和28年「立春」に入会、五島茂・美代子に師事。「立春」編集同人。歌集に「夏密柑の花」「久賀弘子歌集」などがある。　現代歌人協会

久方 寿満子　ひさかた・すまこ

歌人　⽣明治45年2月28日　⽣東京　新歌人会歌集賞「光雲」、日本歌人クラブ推薦歌集賞(昭和47年)「天涯」　昭和3年金子薫園の「光」入会、定型・自由律・定型と移行。戦時中歌誌統合により「橄欖」へ、庄亮没後「地中海」入会。のち同選者。歌集「光雲」「火山系」「海炎」「天涯」「彩雲」「源流」。

久宗 睦子　ひさむね・むつこ

詩人　「馬車」主宰　⽣昭和4年1月28日　⽣東京　日本女子大学国文科中退　詩誌「木々」「馬車」「鳶」同人。詩集に「春のうた」「風への伝言」「末那の眸」「鹿の声―久宗睦子詩集」などがある。　日本現代詩人会、日本文芸家協会

菱川 善夫　ひしかわ・よしお

歌人　評論家　北海学園大学人文学部教授　近代日本文学　⽣昭和4年6月3日　⽣北海道小樽市　北海道大学文学部国文科卒、北海道大学大学院文学研究科国文学専攻(昭和33年)博士課程修了　「短歌研究」新人評論賞(第1回)(昭和29年)、札幌市民文化奨励賞(昭和54年)　風巻景次郎に学び、昭和22年「新懇」、24年「潮音」入社。28年同人誌「涯」創刊とともに退社。38年「北海道青年歌人会」設立、50年「現代短歌・北の会」設立。55年より「花づな」刊行。評論集に「敗北の抒情」「現代短歌・美と思想」「戦後短歌の光源」「歌のありか」や「菱川善夫評論集成」など。北海道工業大学教授を経て、北海学園大学教授。同大図書館長もつとめる。　日本文学協会、日本近代文学会、現代歌人協会、日本文芸家協会

菱山 修三　ひしやま・しゅうぞう

詩人　フランス文学者　⽣明治42年8月28日　昭和42年8月7日　⽣東京　本名=本居雷章　東京外語仏語科卒　文芸汎論詩集賞(第4回)(昭和14年)「荒地」　早くから詩作をはじめ、堀口大学に師事する。昭和6年処女詩集「懸崖」を刊行。批評精神も旺盛で、17年「文芸管見」を刊行。以後「荒地」「望郷」「豊年」など多くの詩集を刊行し、戦後も「夢の女」「恐怖の時代」「不信の時代」などを刊行した。またフランス文学の翻訳も多く、ヴァレリーの詩集を多く翻訳した。没後「菱山修三全詩集」(全2巻, 思潮社)が刊行された。　兄=菱山辰一(ジャーナリスト)

日高 紅椿　ひだか・こうちん

童謡詩人　⽣明治37年　昭和61年　⽣鹿児島県　本名=日高捷一　台北商卒　台中市で日高児童楽園を組織して、童謡劇の研究、実演に活躍。大正12年頃から野口雨情に私淑して童謡の創作に励む。童謡誌「しゃぼん玉」に参加。童謡集に「厩のお馬」「アローハ」「ひとつ星」など。

日高 滋　ひだか・しげる

詩人　⽣昭和9年6月11日　⽣大阪府大阪市　昭和41年京都洛西に理容・ペキ(碧)を開設。傍ら、日常生活のなにげない体験、物事をテーマに詩を創作。詩集「違和感の探究」(私家版)、「床屋のメニュー」「運動」「ウィッグマン」「サイクルマン」などがある。　日本現代詩人会、日本詩人クラブ、現代京都詩話会

日高 堯子　ひだか・たかこ

歌人　⽣昭和20年　⽣千葉県　早稲田大学卒　作品に、歌集「野の扉」「牡鹿の角の」「玉虫草子」、評論「山上のコスモロジー――前登志夫論」、エッセイ「黒髪考、そして女歌のために」などがある。

飛高 敬　ひだか・たかし

歌人　⽣昭和11年3月13日　⽣埼玉県北葛飾郡鷲宮町　埼玉大学教育学部(昭和34年)卒、東京教育大学(現・筑波大学)教育学部(昭和41年)修了　埼玉文学賞(短歌部門)(昭和62年)　「曠野」短歌会主宰、「青遠」短歌会編集委員、「淵」同人。歌集に「青の響―飛高敬歌集」、句集に「ピカソの青」、随筆集に「青の時代」などがある。　日本歌人クラブ、日本感性教育学会

日高 てる　ひだか・てる

詩人　⽣大正9年11月4日　⽣奈良県北葛城郡土庫村　本名=乾照子　奈良県女子師範(昭和15年)卒　「歴程」「同時代」同人。詩誌「BLACK PAN」発行。詩集に「めきしこの薔」「カラス麦」「その目を閉じることができない」「闇の領分」など、エッセイ集に「彷徨の方向」のほか、詩・エッセイ集「HUNGERの森」がある。平成元年、半世紀にわたる詩業を集大成

し「日高てる詩集」を出版。大阪文学学校講師なども務める。　[団]日本現代詩人会

日高 兜陽　ひだか・とうよう
漢詩人　[生]明治30年11月4日　[出]千葉県市原市大久保　本名＝日高忠実(ひだか・ちゅうじつ)　[学]関西大学卒　[歴]大阪市に勤め、退職後は私立高校教師となった。先考、日高如淵に詩を習い、酒巻翠里、春名栗城らに学んだ。また石井金風盟主の「淡々吟社」を大阪で興した。のち山陽吟社、黒潮吟社に参加、太刀掛呂山、高橋藍川らの批評を受けた。

肥田埜 勝美　ひだの・かつみ
俳人　[生]大正12年6月4日　[出]埼玉県　[学]東京高師理科卒　[賞]泉俳句賞(第1回)、俳人協会全国大会賞(昭和48年)　[歴]昭和21年山口青邨門に入る。23年東京療養所で石田波郷と同病棟に入り、以来師事。28年「鶴」復刊後同人。49年「泉」創刊に参加。63年「阿吽」を創刊、主宰。句集に「太郎冠者」「有楽」など。　[団]俳人協会　[家]妻＝肥田埜恵子(俳人)

肥田埜 恵子　ひだの・けいこ
俳人　[生]昭和5年6月1日　[出]静岡県駿東郡小山町　[歴]昭和48年「笛」、50年「泉」に入会。63年「阿吽」創刊、編集人。句集に「山水図」「橘紋」がある。　[団]俳人協会　[家]夫＝肥田埜勝美(俳人)

尾藤 三柳　びとう・さんりゅう
川柳作家　「川柳公論」主宰　日本川柳ペンクラブ理事長　[生]昭和4年8月12日　[出]東京・神田　本名＝尾藤源一郎　[学]学習院大学文学部国文科卒　[歴]昭和19年前田雀郎に師事。NHK文化センター講師、新聞・雑誌・放送川柳選者、日本川柳協会常任理事などを歴任。共著に「川柳への誘い」、編著書に「川柳の基礎知識」「川柳総合事典」「川柳作句教室」、作品集に「帰去来―尾藤三柳私集」「尾藤三柳句会作品集」。　[家]父＝尾藤三笠(川柳作家)

尾藤 静風　びとう・せいふう
俳人　名古屋工業大学名誉教授　[専]栄養化学　[生]大正4年2月6日　[出]岐阜市茜部神清寺　本名＝尾藤忠旦(びとう・ただあき)　[学]岐阜薬専(昭和10年)卒　工学博士　[歴]名古屋工業大学教授、聖徳学園女子短期大学教授を務めた。一方、父の指導で俳句をはじめ「獅子吼」に投句。「清泉」主宰を経て、「獅子吼」所属。句集に「金と銀」「花鳥山水」「金例句一人歳時記」「山旅湯旅」、協力書に「電子レンジ『こつ』の科学」など。　[団]日本化学会、日本油化学協会

尾藤 忠旦　びとう・ただあき
⇒尾藤静風(びとう・せいふう)を見よ

一ツ橋 美江　ひとつばし・よしえ
歌人　[生]明治40年8月2日　[出]東京都　本名＝田中美子　[歴]昭和2年「草の実」に入会、10年「遠つびと」創刊と共に同人となる。水町京子に師事するが、師病いのため宗教誌「地上天国」の歌壇を代選、49年師没後選者として57年12月まで引継ぐ。歌集に「海の鳥」「近きむかし」など。

一柳 喜久子　ひとつやなぎ・きくこ
詩人　[生]昭和2年2月16日　[出]東京　本名＝高橋喜久子　[学]東京女子大学歴史専攻部卒　[歴]弘前の聖愛高校教諭を経て日本育英会に勤務する。大学存学のころから詩を書き、「女性詩」「日本未来派」「ポエトロア」「列島」「詩学」「ユリイカ」「至上律」などの詩誌に作品を発表した。著書に「伊東静雄詩がたみ」がある。

人見 勇　ひとみ・いさむ
詩人　[生]大正11年　[没]昭和28年8月4日　[出]神奈川県横浜市　別名＝南江伸　[学]神奈川県立一中卒　[歴]日産自動車に入ったが胸を病み2年で退社。武蔵野療養所に入って南江伸の名で「文芸汎論」に詩を投稿。岩佐東一郎に師事し、戦後「近代詩苑」に拠る。21年扇谷義男らと「浮標」を創刊、また「第一書」にも参加した。病後、扇谷の編集で遺稿詩集「襤褸聖母」が刊行された。

人見 東明　ひとみ・とうめい
詩人　元・昭和女子大学教授・理事長　[生]明治16年1月16日　[没]昭和49年2月4日　[出]東京　本名＝人見円吉(ひとみ・えんきち)　[学]早稲田大学英文科卒　[賞]藍綬褒章(昭和26年)、菊池寛賞(昭和33年)　[歴]在学中早稲田詩社で活躍。明治42年読売新聞社に入社し、その年自由詩社を結成。44年「夜の舞踏」を、大正3年には「恋ごころ」を刊行。大正9年日本女子高等学院(現・昭和女子大学)を創立する。10年「愛のゆくへ」を出してからは教育に重点をおき、昭和女子大学理事長などを歴任。また日本詩人クラブの理事をもつとめ、その後の詩集に「学園の歌」「東明詩集」などがある。

日夏 耿之介　ひなつ・こうのすけ
詩人　英文学者　[生]明治23年2月22日　[没]昭和46年6月13日　[出]長野県下伊那郡飯田町(現・飯田市)　本名＝樋口圀登　別号＝黄眠、溝五位　[学]早稲田大学英文科(大正3年)卒　文学博士(昭和14年)　[賞]読売文学賞(文学研究賞・第1回)(昭和24年)「改定増補明治大正詩史」、日本芸術院賞(文芸部門・第8回)(昭和27年)「明治浪曼文学史」「日夏耿之介全詩集」、飯田市名誉市民(昭和28年)　[歴]早大在学中の大正元年、西条八十らと「聖杯」を創刊、詩作を発表し、6年「転身の頌」を刊行。9年「ワイルド詩集」を翻訳し、10年「黒衣聖母」を刊行。11年早大文学部講師に就任。昭和14年「美の司祭」で文学博士となる。その間「大鴉」「海表集」「院曲サロメ」などを翻訳刊行する。象徴詩人として活躍する一方、翻訳、評論と幅が広く、15年頃から研究評論の仕事が多くなり、16年「輓近三代文学品題」を、19年「鴎外文学」などを刊行する一方、「英吉利浪曼象徴詩風」なども刊行。24年「改訂増補明治大正詩史」で読売文学賞を、27年「明治浪曼文学史」「日夏耿之介全詩集」で芸術院賞を受賞したほか、三好達治らと共同監修の「日本現代詩大系」で毎日出版文化賞を受賞している。27年から36年まで、青山学院大学教授。28年には第1回の飯田市名誉市民に選ばれ、31年より飯田市に居住。幅広い活躍で、著書も数多く、「日夏耿之介全集」(全8巻，河出書房新社)がある。

火野 葦平　ひの・あしへい
小説家　詩人　[生]明治39年12月3日(戸籍:明治40年1月25日)　[没]昭和35年1月24日　[出]福岡県若松市(現・北九州市若松区)　本名＝玉井勝則(たまい・かつのり)　[学]早稲田大学文学部英文科中退　[賞]芥川賞(第6回)(昭和12年)「糞尿譚」、朝日新聞文化賞(昭和15年)「麦と兵隊」「土と兵隊」「花と兵隊」、福岡日日新聞文化賞(昭和15年)「麦と兵隊」「土と兵隊」「花と兵隊」、日本芸術院賞(文芸部門・第16回)(昭和34年)「革命前後」　[歴]中学時代から創作を試み、大正14年童話集「首を売る店」を刊行。のち「聖杯」「文学会議」などに加わる。昭和4年家業の玉井組を継ぎ、石炭沖仲仕となる。6年ゼネストを指導、翌年逮捕され転向。9年から火野葦平の筆名を使用。12年中国へ出征、出征直前に詩集「山上軍艦」を刊行、出征中「糞尿譚」で芥川賞を受賞。従軍中「麦と兵隊」「土と兵隊」「花と兵隊」の兵隊三部作を発表し、以後も多くの戦争小説を書く。太平洋戦争中はフィリピン、ビルマで従軍。18年原田種夫の編集による詩集「青狐」を刊行。23年戦争協力者として追放を受け、25年に解除。解除後は多忙な作家生活に入り、「花と龍」「赤い国の旅人」「革命前後」などを発表。34年「革命前後」で日本芸術院賞を受賞したが、35年に睡眠薬自殺をした。「火野葦平選集」(全8巻，東京創元社)がある。60年故郷の北九州市若松区の若松市民会館内に火野葦平資料館が設置され、平成11年には旧居・河伯洞が改修オープンされた。
[家]三男＝玉井史太郎(河伯洞管理人)

日野 きく　ひの・きく
歌人　[生]昭和8年1月15日　[出]東京都　本名＝日野喜久　[賞]短詩形文学賞(昭和34年)　[歴]昭和29年「短詩形文学」に入会。宮城謙一の指導を受ける。編集同人・発行人となる。「新日本歌人協会」会員。「渾」同人。歌集に「幾千の夜」「春の稜線」がある。　[団]現代歌人協会

日野 草城　ひの・そうじょう
俳人　[生]明治34年7月18日　[没]昭和31年1月29日　[出]東京市下谷区山下町　本名＝日野克修　[学]京都帝大法律学科(大正13年)卒　[賞]大阪府知事賞(第1回・文芸)(昭和24年)　[歴]大正7年「ホトトギス」雑詠に入選し、9年「京鹿子」を創刊。13年「ホトトギス」の課題句選者となり、昭和2年「草城句集 花氷」を刊行し、4年「ホトトギス」同人となる。7年頃から台頭した新興俳句運動を指導し、10年「旗艦」を創刊。連作俳句、無季俳句を主張したため「ホトトギス」を除名される。15年の京大俳句事件で「旗艦」を廃刊し、俳壇を去るが、戦後復帰して21年「春」を刊行。24年「青玄」を主宰し、また第1回大阪府知事賞を受賞する。29年朝日俳壇選者となり、30年「ホトトギス」同人に復帰。他の句集に「青芝」「昨日の花」「人生の午後」などがある。

日野 晏子　ひの・やすこ
俳人　[生]明治39年3月10日　[没]昭和62年10月28日　[出]大阪市　本名＝日野政江(ひの・まさえ)　旧姓(名)＝甲川政江(こうがわ・まさえ)　初号＝真冴　[賞]サンケイ俳句賞　[歴]昭和6年日野草城と結婚。戦後作句を始め、「太陽系」に投句。24年草城主宰の「青玄」に投句、27年同人となる。草城が31年に没するまでの10年間、ほとんど寝たきりだった草城の看病だけでなく口述筆記も行なった。31年「青玄」無鑑査同人。
[家]夫＝日野草城(俳人)

檜 きみこ　ひのき・きみこ
詩人　[生]昭和31年　[出]徳島県　[学]徳島大学教育学部卒　[賞]日本児童文学創作コンクール入選(第4回)(昭和57年)「煮干しの夢」(詩)、現代少年詩集新人賞(第2回)(昭和60年)「ごめんなさい」、日本童謡賞新人賞(第23回)(平成5年)　[歴]少年詩誌「アンモナイト」同人。著書に「しっぽ いっぽん―檜きみこ詩集」がある。

檜 紀代　ひのき・きよ
俳人　「遠矢」主宰　[生]昭和12年9月22日　[出]東京都千代田区　本名＝佐藤令子(さとう・れいこ)　旧姓(名)＝安藤　旧号＝佐藤礼以子　[学]向ケ丘高卒　[賞]巻狩賞(同人賞)(第1回, 2回, 3回)(昭和55年, 56年, 57年)、全国俳句大会賞(第20回)(昭和57年)、俳人協会新人賞(第5回)(昭和57年)「呼子石」、狩評論賞(第5回)(昭和58年)　[歴]昭和41年鷹羽狩行に師事。「氷海」を経て54年「狩」創刊とともに入会。翌年「狩」同人。平成2年俳句月刊誌「遠矢」創刊。句集に「呼子石」「星しるべ」「遠矢」など。　[団]俳人協会(幹事)、日本文芸家協会

日原 無限　ひのはら・むげん
歌人　[生]明治18年1月1日　[没]昭和5年5月3日　[出]山梨県東山梨郡松里村　本名＝日原文造　[歴]地主農の長男に生まれる。若くして美術、文学を志し、同郷の歌人岡千里に歌を学び、明治38年伊藤左千夫に入門。根岸短歌会に加わり、雑誌「馬酔木」「アカネ」を経て、41年左千夫が「アララギ」を創刊するとこれにしたがった。44年アララギ派の地方誌「瑳門吉」を発行。歌集はないが、歌風は根岸短歌会初期の万葉擬古体である。

日原 正彦　ひはら・まさひこ
詩人　「橄欖」主宰　[生]昭和22年　[出]岐阜県加茂郡八百津町　本名＝日比野正治　[賞]東海現代詩人賞(第6回)(昭和50年)「輝き術」、中日詩賞(第24回)(昭和59年)「それぞれの雲・ゆれる葉」　[歴]昭和49年処女詩集「輝き術」を出版。教師生活の傍ら詩作を続け、詩誌「橄欖」主宰。「舟」同人。詩集に「それぞれの雲・ゆれる葉」「一本の木」「天使術」などがある。
[団]レアリテの会

日比 きみ　ひび・きみ
俳人　[生]明治41年1月1日　[没]平成1年10月20日　[出]山形県米沢市　[学]山形県立米沢高女卒　[歴]昭和35年加倉井秋をの手ほどきをうける。36年「鶴」入門。39年同人。句集に「母子草」「花石榴」「花遍路」。　[団]俳人協会

日比野 安平　ひびの・やすひら
俳人　[生]昭和23年3月1日　[出]岐阜県美濃加茂市　[学]岐阜大学大学院農学研究科(昭和49年)修了　[歴]昭和49年岐阜県立郡上高校、54年岐阜高校、平成元年東濃高校各教諭を経て、9年岐阜聾学校部主事。「日矢」の同人。随筆集に「棋譜のない観戦記」、句集に「採菊―日比野安平集」、合同句集に「縄」、詩集に「銀杏」他。
[団]岐阜県芸術文化会議会

日比野 義弘　ひびの・よしひろ
歌人　[生]大正15年1月1日　[出]愛知県名古屋市　[学]広島高等師範　[賞]梨郷賞(第5回)(平成8年)　[歴]広島高等師範学校に入り、岡本明に師事、「言霊」入会。休刊の後、昭和26年創刊の後継誌「青炎」に参加。33年「核」ぐるーぷ発足、同人誌活動の先駆となる。41年「名古屋現代短歌の会」創設、運営に当たり、55年「歌人集団中の会」を結成、委員となる。他に中日歌人会事務局長、名古屋短詩型文学連盟同人等。歌集に「形影変」がある。

日美 清史　ひみ・せいし
俳人　元・住友倉庫常務　[生]昭和5年12月16日　[出]大阪府大阪市　本名＝日美清(ひみ・きよし)　[学]神戸市外国語大学英米学科(昭和28年)卒　[賞]俳句研究賞(第7回)(平成4年)「涼意」　[歴]昭和28年住友倉庫入社。プラント部長を経て、57年取締役、62年常務、平成元年再び取締役を歴任。東京佐倉興産社長も務めた。昭和29年俳誌「雲海」に入会。「ホトトギス」同人森川暁水の指導を受ける。31年「雲海」の編集に携わり、37年「雲母」入会。50年より同人となる。のち「椰子」「柏」「白露」に所属。句集に「淀」がある。　[団]俳人協会、日本文芸家協会　[家]父＝日美井雪(俳人・故人)

日美 井雪　ひみ・せいせつ
俳人　[生]明治38年1月7日　[没]平成10年7月7日　[出]三重県員弁郡　本名＝日美重郎(ひみ・しげお)　[学]愛知県立窯業学校卒　[賞]角川俳句賞佳作(昭和37年)　[歴]昭和3年子規門に入り、島道素石に師事。32年山口草堂に師事、「南風」同人。37年飯田龍太に師事するが、2年後石原八束に師事、「秋」同人。45年超結社句会本牧会を興す。49年「群落」に参加。平成5年「南風」名誉同人。句集に「帰燕」「冬泉」がある。
[団]俳人協会　[家]息子＝日美清史(元住友倉庫常務・俳人)

火村 卓造　ひむら・たくぞう
俳人　「耀」主宰　[生]昭和2年1月18日　[出]栃木県栃木市　本名＝早乙女祥(そうとめ・あきらか)　[学]早稲田大学卒　[賞]蘭同人評論賞(昭和53年)、下野文学賞(第2回)(昭和63年)「俳句の現景」　[歴]昭和46年「蘭」創刊と共に入会、47年同人、49年編集長、のち同人会会長。平成8年「耀」創刊、主宰。句集に「長堤」「奔り火」、詩集に「少年寺院」、評論集に「俳句の現景」「野沢節子論」「尾崎放哉」など。　[団]俳人協会、日本文芸家協会

檜山 三郎　ひやま・さぶろう
詩人　檜山国語塾主宰　[専]国語教育　[生]大正13年8月17日　[出]岡山県　本名＝近藤実　[学]早稲田大学文学部卒　[歴]四谷大塚進学教室の講師を30年務めた後、岡山に帰郷し、檜山国語塾を開設。この間、四谷大塚進学教室の「予習シリーズ4、5、6年用」の編著を担当した。傍ら、世界各国を旅し、シルクロード、マゼラン海峡、アンデス山脈など辺境の旅での訪問国は70カ国に及ぶ。北海詩人、あいなめ各同人。詩集に「蜘蛛蟹」「少年遊泳」、著書に「国・私立中学受験『国語』私はこう教える」、共著に「随聞・日本浪曼派」など。　[団]全国教職員文芸協会

檜山 哲彦　ひやま・てつひこ
俳人　東京芸術大学音楽学部助教授　[専]ドイツ文学　[生]昭和27年3月25日　[出]広島県　[学]東京大学文学部独語・独文学科(昭和50年)卒、東京大学大学院人文科学研究科独語・独文専攻修士課程修了　[賞]俳人協会新人賞(第25回)(平成14年)「壺天」　[歴]平成14年句集「壺天」で第25回俳人協会新人賞を受賞。訳書に「シューマン リーダー対訳全集 第2巻」、共著に「世紀末の美と夢〈2〉華麗なる頽廃」。　[団]日本独文学会

冷水 茂太　ひやみず・しげた
歌人　[専]近代短歌史(特に土岐善麿研究)　[生]明治44年10月8日　[没]昭和61年10月3日　[出]東京都　[学]早稲田大学専門部法科(昭和9年)卒　[歴]昭和7年「短歌街」創刊に参加。32年横田専一らと「橘」創刊。47年土岐善麿を中心とする文芸誌「周辺」の編集者となる。56年「短歌周辺」創刊。歌集に「薫猶」「むらぎも」他、評論に「土岐善麿の歌」など。　[団]現代歌人協会、日本近代文学会

比良 暮雪　ひら・ぼせつ
俳人　[生]明治31年9月27日　[没]昭和44年2月12日　[出]北海道小樽市　本名＝比良吉治　[学]小樽高商卒　[歴]大正11年より中学、高校の教員。昭和15年からは北海製紙に勤務。取締役、監査役を歴任。高商時代に先輩や同期生と小樽高商俳句会の緑丘吟社を創立、同期に松原地蔵尊がいた。「ホトトギス」には大正8年より約20年、「雲母」には大正9年より没年まで、「氷下魚」にも没年まで参加。「雲母」同人。句集に「雪祭」「ななかまど」「比良暮雪句集」の他、著書に「北海道樺太新季題句集」「北海道俳壇史」「小樽俳壇史」がある。
[家]息子＝比良晴男(俳人)

陽羅 義光　ひら・よしみつ
小説家　詩人　「小説と詩と評論」編集長　[生]昭和21年12月21日　[出]神奈川県横須賀市　本名＝佐藤義光　[学]早稲田大学文学部美学美術史学科卒　[賞]全作家文学賞(奨励賞，平9年度)(平成10年)「太宰治新論」、日本文芸大賞(歴史小説奨励賞，第20回)(平成12年)「道元の風」　[歴]「視点」同人、「小説と詩と評論」編集長。小説に「受難のとき」、評論に「広告の最前線と未来学」「太宰治新論」、詩集に「無言絶句」「四角い宇宙」などがある。　[団]全国同人雑誌作家協会(常務理事)、日本ペンクラブ、日本文芸家協会

平井 乙麿　ひらい・おとまろ
歌人　[生]明治34年4月11日　[没]平成9年4月14日　[出]岡山県　[学]国学院大学(大正13年)卒　[歴]大学在学中「萌ゆる廃址」を発刊。京都女子大学講師、京都市教育研究所所長、堀川高校校長などを歴任。傍ら昭和4年前田夕暮に師事、「詩歌」に入会。のち尾上柴舟の門に入り「水甕」所属。京都支社を設立し最高顧問、選者として多くの歌人を育てた。のち柴舟会幹事。また27年〜平成7年京都新聞の京都文芸歌壇選者を務めた。歌集に「五線の章」「ひとりあるき短歌集」「夜明けの序章」「美の祭典」などがある。
[団]現代歌人協会

平居 謙　ひらい・けん
詩人　平安女学院大学現代文化学部助教授　[生]昭和36年5月　[学]京都教育大学卒、関西学院大学大学院博士課程後期修了　[歴]京都教育大学非常勤講師を経て、名古屋大学専任講師。平成12年平安女学院大学助教授。ヴォイスパフォーマーとして各地のライブハウスや画廊などでも活躍。8年ヨシミヅコウイチ、滝沢俊朗とともにグループCritical Choiceを結成。詩集に

「行け行けタクティクス」、著書に「異界の冒険者たち—近・現代詩異界読本」などがある。

平井 さち子　ひらい・さちこ
俳人　[生]大正14年8月31日　[出]東京　旧姓(名)＝神原　[学]調布高女卒　[賞]万緑賞(昭和34年)、俳人協会賞(第30回)(平成3年)「鷹日和」　[歴]昭和17年杉野加寿女の手ほどきを受ける。25年「万緑」参加、中村草田男門に入る。31年同人制となり同人、のち同人会長。同人誌「子午線」会員。句集に「宗流」「紅き栞」「平井さち子集」。また長年に渡って札幌に住み、その間アルバム60冊にのぼる動物写真を取り続けた。[団]俳人協会(評議員)、日本文芸家協会

平井 保　ひらい・たもつ
歌人　[生]明治40年4月15日　[出]福岡県　[歴]昭和4年「おほぞら短歌会」に入会するが数年にして廃刊。7年10月穎田島一二郎に師事し「ポトナム」に入会する。歌集に「斧」「夜叉五倍子」ほか。

平井 智恵子　ひらい・ちえこ
歌人　「薫風」代表　[生]大正4年9月17日　[出]兵庫県　[歴]歌集に「しろがねまんだら」「生きている」など。

平井 照敏　ひらい・てるとし
俳人　詩人　文芸評論家　「槇」主宰　青山学院女子短期大学名誉教授　[専]比較文学　[生]昭和6年3月31日　[出]東京　筆名＝平井照敏(ひらい・しょうびん)　[学]東京大学文学部仏文科(昭和29年)卒、東京大学大学院人文科学研究科比較文学(昭和34年)博士課程修了　文学博士(東京大学)　[興]芭蕉、蕪村、虚子、ボンヌフォワ　[賞]寒雷賞(昭和45年)、俳人協会賞評論賞(第27回)(昭和63年)「かな書きの詩」、山本健吉文学賞(評論部門, 第2回)(平成14年)「蛇笏と楸邨」　[歴]昭和41年青山学院女子短期大学助教授を経て、48年教授。この間45年より1年間パリ大学に留学。俳人、評論家としても知られ、42年俳誌「寒雷」入会。45年同人、46年同誌編集長、49年「槇」を創刊して主宰となる。著書に句集「猫町」「天上大風」「枯野」「牡丹焚火」「春空」、評論集「白の芸術 戦後詩の展開」「俳句 沈黙の塔」「俳句開眼」「蛇笏と楸邨」、訳書にバシュラール「ロートレアモンの世界」、レイモン「ボードレールからシュールレアリスムまで」。[団]日本文芸家協会、俳人協会(評議員)

平井 晩村　ひらい・ばんそん
詩人　小説家　[生]明治17年5月13日　[没]大正8年9月2日　[出]群馬県前橋市　本名＝平井駒次郎　[学]早稲田大学高等師範部国漢科(明治36年)卒　[歴]早くから詩作を投稿し、文庫派の詩人として注目される。卒業後報知新聞社に入り「陸奥福堂下獄記」などを連載するが、大正3年退社、作家生活に入る。4年前橋に帰郷し、晩年は上野毎日新聞主幹を務めた。詩集に「野葡萄」「麦笛」、民謡集に「麦笛」、少年小説集に「涙の花」、著書に「曽我兄弟」「白虎隊」「風雲回顧録」などがある。

平井 弘　ひらい・ひろし
歌人　[生]昭和11年4月12日　[出]岐阜市　[学]加納高校卒　[歴]同人誌「斧」創刊に参加したほかは、いずれの誌にも所属せず。歌集に「顔をあげる」「前線」「平井弘歌集」。

平井 洋　ひらい・ひろし
俳人　元・沢山汽船社長　[生]大正7年3月13日　[出]山口県(籍)　俳号＝平井洋城(ひらい・ようじょう)　[学]神戸商業大学(昭和16年)卒　[賞]藍綬褒章(昭和60年)　[歴]昭和17年大阪商船に入社、39年大阪商船三井船舶と改称し、45年取締役、49年常務、52年専務を歴任。54年りんかい建設副社長を経て、55年より沢山汽船社長をつとめた。また、17年太平洋戦争中戦地にて作句をはじめる。「子午線」同人。著書に「アララの海まばゆかり」「俳句は技術である」「俳句作法セミナー」、句集に「あらせいとう」「遊年」、詩集に「砂金」「濡れた太陽」など。[団]俳人協会、山口県詩人懇話会

平井 光典　ひらい・みつのり
洋画家　詩人　医師　[生]大正7年2月12日　[没]平成7年6月2日　[出]福岡県筑後市　[学]九州医専(現・久留米大学医学部)(昭和14年)卒　[歴]昭和23年開業。「九州文学」同人として文学活動。詩集に「絵本」「花」、句集に「匈奴」がある。[団]独立美術協会

平井 三恭　ひらい・みつやす
歌人　[生]明治44年9月7日　[没]昭和59年5月23日　[出]熊本県　[歴]中学時代より作歌。昭和6年台湾で「あぢさゐの会」に入会、27年選者となる。30年「薫風社」を創立し主幹。歌集「焔の中の美学」「神典地獄篇」「水のこころ」「生きていてこそ」「翁青俎」、歌論集「短歌へのアプローチI」「短歌へのアプローチII」などの著書がある。

平井 弥太郎　ひらい・やたろう

詩人　⽣大正2年1月8日　出宮城県船岡町　歴昭和12年頃より詩作を始める。「新潮」「文芸汎論」「四季」などに作品発表。ほかに小説3篇も発表する。戦時中は横須賀海軍に勤め、のち仙台河北新報記者となる。この間米軍技術顧問に招ぜられる。戦後は文学に専念。油彩、彫刻なども手がけた。作品は「日本詩人全集8」(創元社)に収められている。

平出 修　ひらいで・しゅう

歌人　小説家　弁護士　⽣明治11年4月3日　没大正3年3月17日　出新潟県中蒲原郡石山村(現・新潟市)　旧姓(名)=児玉　別号=露花、黒瞳子　学明治法律学校(現・明大)(明治36年)卒　歴明治25年亀田町高等小学校を卒業し、同校の代用職員となる。早くから文芸に関心を抱き新聞雑誌などに投稿する。33年東京新詩社に入り「明星」誌上に短歌、評論を発表。この年教職を辞して平出家に結婚入籍し、明治法律学校に進む。36年卒業後の翌年弁護士登録を行ない、38年神田神保町に法律事務所を開業。43年の大逆事件では高木顕明、崎久保誓一両被告の弁護人を務めた。この年「新派和歌評論」を刊行。42年石川啄木らと「スバル」を発行。のち小説も執筆し「畜生道」「逆徒」などを発表した。「定本平出修集」(全3巻)がある。

平出 隆　ひらいで・たかし

詩人　多摩美術大学美術学部教授　⽣詩学　評論　⽣昭和25年11月21日　出福岡県門司市(現・北九州市)　学一橋大学社会学部(昭和51年)卒　著「詩と散文」論　賞芸術選奨文部大臣新人賞(昭和58年)「胡桃の戦意のために」、読売文学賞(詩歌俳句賞、第45回)(平成6年)「左手日記例言」、木山捷平文学賞(第6回)(平成14年)「猫の客」　歴学生時代に新鋭詩人として認められ、河出書房新社で文芸書を編集しながら詩作を続ける。昭和50年稲川方人らと「書紀」を創刊。51年詩集「旅籠屋」を発表し、翌52年「平出隆詩集」を刊行。その後、評論集「破船のゆくえ」「攻撃の切先」「光の疑い」、詩集「胡桃の戦意のために」「若い整骨師の肖像」「家の緑閃光」「左日記例言」、歌集「弔父百首」などを発表。若い世代を代表する詩人の一人として、詩論でも意欲的に活動。60年米国アイオワ大学の招きで、同大の国際創作プログラムに参加。平成元年詩の世界の言葉に"運動神経"をとり戻そうと、「ベースボールの詩学」「白球礼讃」を上梓する。多摩美術大学助教授を経て、

教授。他の著書に「猫の客」などがある。所日本文芸家協会

平岩 米吉　ひらいわ・よねきち

オオカミ研究家　歌人　動物作家　動物文学会主宰　平岩犬科生態研究所長　⽣明治31年2月4日　没昭和61年6月27日　出東京・亀戸　賞サンケイ児童出版文化賞　師川端五章に日本画を学ぶが、のち文学に転じる。昭和4年目黒区自由ケ丘で朝鮮、満州産など9頭のオオカミを飼育したのを始めとして、多数の野生動物の生態、心理を研究する。9年より動物文学会を主宰し、会誌「動物文学」を発行、シートンを初めて日本に紹介した。17年平岩犬科生態研究所を創設、同年フィラリア研究会を作り、犬の難病克服にも力を尽くした。一方幻の日本オオカミ研究にも携わり、56年研究の集大成である「狼」を出版した。他の著書に「犬の行動と心理」「狼・その生態と歴史」など。また、育てた70余頭の犬の誕生から死亡までを詠んだ約半世紀の歌を収める歌集「犬の歌」がある。

平尾 一葉　ひらお・いちよう

俳人　⽣大正3年9月10日　出山形県　本名=平尾惣一郎　学上山農学校卒　歴昭和28年「鶴」入会。56年「葦」創刊編集のかたわら「胡桃」俳句会同人。石田波郷、石塚友二に師事。「木語」「初蝶」に所属。句集に「竹煮草」「葦」がある。　所俳人協会

平岡 一笠　ひらおか・いちりゅう

俳詩作家　⽣昭和10年　出愛媛県　学愛媛大学教育学部(昭和35年)卒　歴昭和35年以来愛媛県で高校国語教師を務め、平成8年定年退職。かたわら、昭和55年より俳詩の創作を始める。俳詩集に「藁の志—平岡一笠婦選俳詩集」など16冊がある。

平岡 潤　ひらおか・じゅん

詩人　画家　⽣(生没年不詳)　賞自由美術協会賞(第1回)、中原中也賞(第3回)(昭和17年)「茉莉花」　歴陸軍将校で出征し、昭和17年4月以降戦線から堀辰雄、三好達治らの「四季」に「従軍手帖から」という副題の詩を寄稿した。同年帰還して病気になったが、病床で処女詩集「茉莉花」を編集刊行、中原中也賞を受賞した。

平賀 春郊　ひらが・しゅんこう

小説家　歌人　⽣明治15年6月26日　没昭和27年5月25日　出宮崎県延岡市　本名=平賀財蔵　学東京帝国大学国文科卒　職旧制中学、山口高校、松江高校教授などを歴任。中学生時代から同級の若山牧水らと回覧雑誌を作り作歌する。「創作」同人となり、没後「平賀春郊歌集」が刊行された。

平賀 星光　ひらが・せいこう

俳人　⽣明治28年1月20日　没昭和48年3月5日　出岩手県　本名=平賀徳次郎　西式健康法に共鳴してその普及に力を入れ、昭和35年西医学会司教会理事となる。14歳で父から俳句の手ほどきを受ける。「層雲」「新俳句」「絵馬」同人。編著に「晨星」などがある。

平賀 胤寿　ひらが・たねとし

川柳作家　彫刻家　職根付彫刻　没昭和22年　出京都府京都市　父・平賀江寿やその門弟・田中一窓の指導を受けて20歳ごろから川柳を始める。びわこ番傘川柳会幹事同人。平成2年より朝日新聞滋賀柳壇選者。3年川柳句房「弦」を設立、代表。また象牙彫刻家・根付師でもあった父（彫名・明玉斎）に18歳より根付を習う。共著に「生きるとはにくやの骨のうずたかし」がある。　所国際根付彫刻会（関西支部長）　家父=平賀江寿（川柳作家・故人）

平川 巴竹　ひらかわ・はちく

俳人　弁護士　「ゆく春」主宰　元・横浜弁護士会長　⽣明治34年3月28日　没平成2年1月16日　出佐賀県唐津市　本名=平川巴（ひらかわ・ともえ）　学佐賀師範卒　賞勲三等旭日中綬章（昭和46年）　昭和5年「ゆく春」に入門、室積徂春に師事。42年積波那女のあとを継いで主宰。句集に「巴竹俳句集」「醜草」ほかがある。

平川 へき　ひらかわ・へき

俳人　⽣明治2年3月6日　没大正4年5月3日　出秋田県山本郡能代港町　本名=平川竹治　別号=木蓮寺、呵雲窟、旧号=碧　職郵便局長を務めた。はじめ石井露月に師事し、子規在世中から「ホトトギス」に投句。ほかに「俳星」「無花果」に関係した。明治43年秋田に露月を訪ねた高浜虚子に会い雑詠欄に投句。虚子は「進むべき俳句の道」の中で「芋の句ありてへき死せず」と書いている。

平木 二六　ひらき・にろく

詩人　⽣明治36年11月26日　没昭和59年7月23日　出東京市日本橋区横山町　筆名=平木じろう（ひらき・じろう）、平木二六（ひらき・じろう）　学東京府立三中卒　詩集「若冠」（大正15年）で室生犀星らに注目され「驢馬」の同人となった。その後「藻汐帖」「春雁」のほか、戦後、「日本未来派」に加わり「鳥葬」「日月帖」などの詩集を出版。他に童謡、童話も多い。

平木 白星　ひらき・はくせい

詩人　戯曲家　⽣明治9年3月2日　没大正4年12月20日　出千葉県市原郡姉崎村　本名=平木照雄　学一高中退　東京郵便電信局から通信省に勤めるかたわら詩作に励んだ。「東京独立雑誌」「明星」に詩、評論、随筆を発表。与謝野鉄幹と韻文朗読会を創設して詩の詠唱に関心を注いだ。明治36年詩集「日本国家」を刊行。その後「万朝報」の新体詩選評を行ない、また劇詩を発表した。晩年の戯曲に「慶応から明治」がある。

平沢 貞二郎　ひらさわ・ていじろう

詩人　協ađồngこう産業取締役相談役　⽣明治37年1月5日　没平成3年8月20日　出福井県坂井郡三国町　学東京市立商業（大正10年）卒　報知新聞などを経て、昭和12年三国商会設立。16年三国電気を設立し社長、のち三国商事と改称、39年会長に。一方22年三和工業（現・協栄産業）を設立、社長、48年会長、56年相談役に。また昭和初期、萩原朔太郎らの「感情」派に拠った詩人で、のちにマルキシズムに転じプロレタリア詩人会結成。戦後、現代詩人会に基金を投じ、H氏賞を設定した。平成5年蔵書約660冊が出身地の三国町立図書館に寄贈され、"平沢貞二郎記念文庫"として公開された。　家弟=畠中哲夫（詩人）

平塩 清種　ひらしお・きよたね

詩人　エッセイスト　かげろうの会主宰　⽣昭和17年2月4日　出広島県　学立教大学法学部卒　文芸新聞「クリエートタイムス」主宰、文芸かげろうの会（現代詩）主宰。講演家として全国的に活躍。著書に「言句集"穏やかにそしてまた穏やかに"」「女性として今あなたは」「感動詩集言の葉」などがある。

平島 準 ひらしま・じゅん
医師 歌人 大宮赤十字病院長 ㊗大正5年10月4日 ㊂昭和62年3月12日 ㊍栃木県 ㊗東京帝国大学医学部(昭和16年)卒 ㊴埼玉文芸賞(第2回)(昭和45年)「萱」 ㊻大宮赤十字病院外科に勤務。副院長を経て、院長。短歌は昭和30年ころより始め、34年「長風」に入り、鈴木幸輔に師事。55年幸輔没後代表となる。埼玉歌人会幹事、現代歌人協会会員。歌集に「色淡き虹」「萱」「花晨」など。

平田 栄一 ひらた・えいいち
俳人 ㊗昭和30年 ㊍埼玉県 ㊗慶応義塾大学商学部卒 ㊴層雲新人賞(平成2年) ㊻県立高校教師の傍ら、俳人として活動する。俳句誌「豈」「層雲自由律」同人。「青年句会報」代表・発行人。著書に「今を生きることば」「やわらかな生き方」、共著に「燿」など。 ㊴現代俳句協会 http://www.d6.dion.ne.jp/~hirata5

平田 内蔵吉 ひらた・くらきち
詩人 ㊗明治34年4月26日 ㊂昭和20年6月12日 ㊍兵庫県赤穂市 ㊗京都帝大文学部哲学科(大正15年)卒、京都府立医科大学卒 ㊻薬種商の長男。本居宣長、平田篤胤を研究し「真の哲学」を出版。以後民間治療・東洋運命学の研究の一方、詩作し、詩集「大君の詩」「考える人」「美はしの苑」を刊行。その他「民間療法全集」(全6巻)「弁証法教典-中心生活法」など著書多数。沖縄戦線に散った。

平田 好輝 ひらた・こうき
詩人 ㊗昭和11年2月24日 ㊍島根県仁多郡 本名=平田好輝(ひらた・よしき) ㊗早稲田大学文学部卒、早稲田大学大学院修士課程修了 ㊻昭和29年「櫂」同人の作品の感化を受けて詩作を始め、「詩学」に投稿。また「潮流詩派」「日本未来派」「詩世紀」にも発表する。「青い花」同人。詩集「滑走路」「盲目飛行」「わずかなとき」、評論「智恵子と光太郎」、エッセイ集「父の夢」などがある。神奈川県立高校教師、関東女子学院短期大学講師を務めた。 ㊴日本現代詩人会、日本ペンクラブ、日本文芸家協会

平田 拾穂 ひらた・しゅうすい
俳人 ㊗明治42年9月15日 ㊍京都府 本名=平田豊作 ㊗京都第一商業卒 ㊻大正13年内藤鳴雪に師事。昭和2年「南柯」に参加、竹田鴬塘、横山うさぎ、渡辺志豊の指導を受け、10年同人。24年志豊没後の「南柯」を継承主幹となる。43年東京都俳句連盟会長に就任。句集に「天元」がある。

平田 羨魚 ひらた・せんぎょ
俳人 ㊗明治44年4月29日 ㊂平成4年4月5日 ㊍福岡県朝倉郡三輪町 本名=平田盛行 ㊗東京高等師範文科(昭和10年)卒 ㊴山火エッセー賞(昭和53年)、円作家賞(昭和56年)、福岡市文学賞(第12回・昭56年度)(昭和57年) ㊻昭和27年同好者の句会入会。41年「菜殻火」投句。42年「円」創刊に参加、同人。49年「山火」投句。50年「菜殻火」、52年「山火」同人。句集に「黄砂」。 ㊴俳人協会

平田 俊子 ひらた・としこ
詩人 ㊗昭和30年6月30日 ㊍島根県 本名=島崎俊子 ㊗立命館大学文学部卒 ㊴現代詩新人賞(昭和57年)「鼻茸」、晩翠賞(第39回)(平成10年)「ターミナル」、舞台芸術創作奨励賞(現代演劇部門, 平11年度)(平成12年) ㊻小学校3年のときに既にボードレールを読む。大学時代は文芸サークルに所属。詩集に「ラッキョウの恩返し」「アトランティスは水くさい」「夜ごとふとる女」「(お)もろい夫婦」「ターミナル」、著書に「ふむふむ芸能人図鑑」、戯曲集に「開運ラジオ」など。 ㊴日本文芸家協会

平田 春一 ひらた・はるいち
歌人 ㊗明治27年11月28日 ㊂昭和48年12月7日 ㊍岡山県 ㊴日本歌人クラブ推薦歌集(第3回)(昭和32年)「象刻集」 ㊻日本ペンクラブ会員で再建当初から尽力し、業界、歌壇、文壇で敬愛された。「創作」復刊後から選者として活躍、関西で「みなかみ会」「三土会」を主宰。歌集「象刻集」「留年」など12冊。

平田 文也 ひらた・ふみなり
詩人 ㊗大正15年7月8日 ㊍福岡・久留米 ㊗慶応義塾大学文学部卒 ㊻家業を継いだが、後上京、昭和38年朝日新聞社に入社。戦後間もなく堀口大学の創作、翻訳に接して詩作を始め、22年詩誌「どにいず」を創刊、31年に永田茂樹と「歩道」の編集に当たる。ほかに「現代詩研究」「母音」「日本未来派」「半世界」にも寄稿。訳詩集に「レスピューグ」「ロベール・ガンゾ詩集」「フランスのわらべ歌」「プレヴェール詩集」があり、堀口大学の選集も編んでいる。 ㊴日本現代詩人会

平田 繭子　ひらた・まゆこ
俳人　関西俳誌連盟常任委員　[生]昭和24年4月19日　[出]兵庫県西宮市　本名＝平田芳子　[賞]風樹大賞(俳句部門)(第3回)(昭和63年)　[歴]昭和50年俳人・豊長みのる門下となる。61年「風樹」創刊と同時に参加。63年第三回「風樹」大賞俳句部門受賞。現在、「風樹」編集同人。句集に「合歓母郷」。　[団]俳人協会

平出 吾邦　ひらで・ごほう
俳人　[生]明治30年5月8日　[没]昭和48年6月16日　[出]長野県　本名＝平出吾朗　[歴]大正4年頃から俳句を始める。会社勤めであったが、昭和15年頃失明して以後俳句に専念。「枯野」「水明」「黄橙」同人。21年「焚火」を創刊主宰する。句集に「大和」がある。

平戸 廉吉　ひらと・れんきち
詩人　美術評論家　[生]明治26年　[没]大正11年7月20日　[出]大阪　[学]上智大学中退　[歴]報知新聞記者を経て日本美術学院に勤務。明治末期より詩作をし、川路柳虹に師事。「現代詩歌」「炬火」の中心同人として活躍し、大正10年「日本詩人」の創刊号に未来主義の思想を方法的に自立させた「K病院の印象」を発表。同年「日本未来派宣言運動」なるビラを日比谷街頭で撒布。日本最初の未来派詩人として注目されたが夭折した。

平中 歳子　ひらなか・としこ
人形師　歌人　[生]明治43年5月14日　[没]昭和63年1月2日　[出]京都市　本名＝平中敏子(ひらなか・としこ)　[学]京都府立第一高等女学校(昭和3年)卒　[賞]京都市文化功労者(昭和58年)、京都府文化賞(功労賞)(昭和60年)　[歴]「多磨」「定型律」「花宴」「女人短歌」「潮汐」などを通じ歌人として活躍する一方、戦後は人形師・面屋庄三に師事して人形作家の道へ。昭和34年の第6回日本伝統工芸展で受賞、翌年、日本工芸会正会員となる。奈良・天平時代の美人や雷公・童女などの創作人形に、伝統の御所人形とは一味違った、素朴なリアリティー漂う作風を確立した。歌集に「瓔珞」「青蓮」がある。
[団]日本工芸会　[家]夫＝平中苓次(立命館大教授・故人)

平野 威馬雄　ひらの・いまお
詩人　児童文学者　小説家　フランス文学者　レミの会(混血児救済団体)会長　[生]明治33年5月5日　[没]昭和61年11月11日　[出]東京・青山北町　筆名＝ひらのいまを(ひらの・いまお)　[学]上智大学文学部ドイツ哲学科(昭和3年)卒　[賞]サンケイ児童出版文化賞(第6回)(昭和34年)「レミは生きている」　[歴]父がフランス系アメリカ人、母が日本人。18歳でモーパッサン選集の翻訳を手がけ、金子光晴により「早熟の天才少年」と評される。昭和28年から“レミの会”を主宰して混血児救済運動に尽力、他に競輪廃止、麻薬追放運動も行い、“空飛ぶ円盤”の研究や「お化けを守る会」など幅広い活動を行う。自伝「混血人生記」や翻訳「ファーブル昆虫記」、詩集「青火事」、研究書「フランス象徴詩の研究」、伝記「くまぐす外伝」「平賀源内の生涯」のほか、少年文学、フランス自然主義文学、UFOに関して300余冊の著書がある。
[団]日本ペンクラブ　[家]長女＝平野レミ(シャンソン歌手・料理評論家)、父＝ブイ，ヘンリー・パイク

平野 敏　ひらの・さとし
詩人　[生]昭和9年　[出]青森市　[学]慶応義塾大学卒　[賞]青森県知事賞　[歴]同人詩誌「首」主宰などを経て、詩歴約40年。詩集に「鎮魂歌」「仕掛花火」「やまと」「首と華」などがある。

平野 直　ひらの・ただし
童話作家　童謡詩人　[生]明治35年3月28日　[没]昭和61年4月23日　[出]岩手県北上市　別名＝冬木憑　[歴]昭和5年童謡同人誌「チチノキ」同人となり、11年私家版童謡集「ぼたんの子守唄」を刊行。一方、柳田国男に師事し8年頃より昔話に魅せられ岩手県の民話の採集に尽力。18年民話集「すねこたんぱこ」を刊行。戦後は童話、小説、ノンフィクションなど幅広い分野に活躍し、主な著書に「ゆめみわらし」「岩手の伝説」「やまなしもぎ」「残ったのは二人」「わらしっこ・遊びっこ」など。　[団]日本児童文学者協会、日本児童ペンクラブ、日本児童文化振興協議会

平野 宣紀　ひらの・のぶのり
歌人　東洋大学名誉教授　「花実」主宰　[専]国文学　[生]明治37年2月12日　[没]平成13年5月6日　[出]岡山県勝田郡飯岡村　旧姓(名)＝青山　[学]東洋大学文学部国文学科(昭和7年)卒　[歴]代用教員・新聞記者等を経て、昭和3年ポトナム叢書「玉葱畑春景」刊行。14年「花実」を創刊。19年東洋大学教授。以後の歌集に「遠歳」「岬山」「山行抄」「富津」などがある。　[団]柴舟会、日本短歌雑誌連盟

平野 万里　ひらの・ばんり
歌人　㊤明治18年5月25日　㊦昭和22年2月10日　㊥埼玉県北足立郡遊馬村　本名＝平野久保(ひらの・ひさよし)　㊫東京帝国大学工学部応用科学科(明治41年)卒　㊧早くから文芸誌に投稿をし、東京新詩社に入って与謝野寛に師事する。明治40年歌集「若き日」を刊行。卒業後は横浜硝子に就職するが満鉄を経て、大正元年ドイツに留学し4年の帰国後は農商務省技師となる。その間も創作行動を続け、昭和5年創刊の「冬柏」発行主任となる。昭和13年官職を辞し日本合成染料会社社長に就任。16年「古今朗詠集」を刊行。文学においては、生涯を新詩社と共にした。

平野 稜子　ひらの・りょうこ
作家　詩人　㊤昭和15年　㊥京都府京都市　別名＝ひらのりょうこ　㊫同志社女子大学英文科中退　㊮読売女性ヒューマン・ドキュメンタリー大賞・入選賞(昭和59年)主婦の友女のドキュメント・入選(昭和60年)、自由都市文学賞(第10回)(平成10年)「花」　㊧4歳の時旧満州で両親と死別。引き揚げ、京都・西陣に育つ。30代から文筆活動を始める。昭和59年読売"女性ヒューマン・ドキュメンタリー"大賞入選賞受賞。詩集に「ブルー・ジーンズ」「沐浴の鞠子」「五月の風にのって」、著書に「宋の次郎」「銭形平次はわたしの家だった」「京都寺の味」、随筆に「小袖春秋」。

平畑 静塔　ひらはた・せいとう
俳人　医師　宇都宮病院名誉顧問　㊪精神科　㊤明治38年7月5日　㊦平成9年9月11日　㊥和歌山県海草郡和歌浦町(現・和歌山市)　本名＝平畑富次郎(ひらはた・とみじろう)　㊫京都帝国大学医学部(昭和6年)卒　医学博士(昭和21年)　㊮蛇笏賞(第5回)(昭和46年)「壺国」、詩歌文学館賞(第1回)、現代俳句協会大賞(第7回)(平成7年)　㊧精神科医として、京都大学病院助手、兵庫県立病院、京都川越病院に勤務。京大在学中より「ホトトギス」「京鹿子」「馬酔木」に投句し、秋桜子、山口誓子の影響を受ける。昭和8年井上白文地、長谷川素逝らと「京大俳句」を創刊。新興俳句運動に身を投じる。15年に"京大俳句事件"で京都府特高に検挙、治安維持法による刑2年(執行猶予3年)の判決を受ける。戦後は布施阪本病院長、大阪京阪病院長などを経て、38年宇都宮病院副院長、のち院長、顧問を歴任。59年無資格診療事件後、再び院長に。平成5年名誉院長。かたわら誓子を中心とする「天狼」創刊に参加、"俳人格"説の標榜など戦後句壇に大きな影響を与える。また「北の会」を主宰、毎月山野へ吟行する。句集に「月下の俘虜」「旅鶴」「栃木集」「矢素」、評論集に「誓子秀句鑑賞」「俳人格」「山口誓子」「俳論集」「対談俳句史」など。　㊐俳人協会、日本文芸家協会　㊌妻＝平畑那木(俳人)

平林 敏彦　ひらばやし・としひこ
詩人　作家　㊤大正13年8月3日　㊥神奈川県横浜市　筆名＝草鹿宏(くさか・ひろし)　㊫横浜商(旧制)卒　㊧昭和15年ごろから詩作を始め、「四季」などに作品を発表。敗戦直後、同人誌「新詩派」を創刊。その後26年に飯島耕一、中島可一郎らと「詩行動」を、29年に大岡信、岩田宏らと「今日」を編集発行。この間、「詩学」「新日本文学」「現代詩」などに詩や評論を発表。第一詩集「廃墟」(26年)は戦後の象徴的詩集といわれた。63年、34年ぶりに詩集「水辺の光1987年冬」を刊行。他に詩集「環の光景」「磔刑の夏」「月あかりの村で」がある。また、草鹿宏のペンネームで「翔べイカロスの翼」「私は13歳」「勇者に翼ありて」「菩提樹の丘」など多くの著書を刊行している。　㊐日本現代詩人会、日本児童文芸家協会、日本文芸家協会、日本ペンクラブ

平林 鳳二　ひらばやし・ほうじ
俳人　㊤明治3年3月　㊦昭和2年10月5日　㊥信濃国東筑摩郡生阪村(長野県)　通称＝縫治、号＝巨城、巨城舎　㊧20歳より3年間生阪郵便局長を勤めたのち上京、生命保険会社に勤務し、傍ら伊藤松宇に俳句を学ぶ。秋声会に属した。「新墾」同人。のち文人墨客の伝記及び墨蹟鑑定を研究して「書画珍本雑誌」を刊行し、大阪及び京都に住んで書画骨董や古俳書の売買業を営む。俳人としての面よりも大正12年刊行の「新選俳諧年表」(共著)の編者としての業績が高い。他の著書に「蕪村の俳諧学校」など。

平福 百穂　ひらふく・ひゃくすい
日本画家　歌人　東京美術学校教授　帝展審査員　㊤明治10年12月28日　㊦昭和8年10月30日　㊥秋田県仙北郡角館町横町　本名＝平福貞蔵　㊫東京美術学校(現・東京芸術大学)日本画科専科(明治32年)卒　㊞帝国美術院会員(昭和5年)　㊮文展特選(第11回)(大正6年)「予譲」　㊧幼時父・穂庵から画技を学び、明治27年上京し、川端玉章の門に入る。33年同志と自然主義を唱える无声会(むせいかい)を結成。庶民の生活を題材に写実性の強い作品を制作。西洋

画のデッサンも学ぶ。大正2年无声会を解散、5年金鈴社等を創立。一方、文展、帝展に出品し、数多く賞を受け、帝展審査員も務めた。昭和5年欧州旅行、同年帝国美術院会員、7年東京美術学校教授。またその軽快なスケッチ風の挿絵と漫画味とにより、近代挿絵界に新風を吹きこむ。四条派、南画、洋画を消化し尽し、画境、技巧、着想は群を抜いた。アララギ派の歌人としても知られ、歌集「寒竹」がある。代表作に「荒磯」「予譲」「七面鳥図」など。平成8年生誕120年を記念し東京・新宿の小田急美術館で「平福百穂展」が開催された。
㊙父=平福穂庵(日本画家)

平間 真木子　ひらま・まきこ
俳人　㊤大正14年9月18日　㊦東京　㊥春嶺賞(昭和32年)、俳人協会主催全国俳句大会賞(昭和37年)　㊤中村汀女に師事後、昭和28年読売新聞都民俳壇を通じ岸風三楼に師事、「春嶺」入会、同人となる。のち「青山」に所属。句集に「珠」「絆」「自註・平間真木子集」がある。
㊙俳人協会

平松 竃馬　ひらまつ・いとど
俳人　㊤明治21年9月9日　㊥昭和53年7月31日　㊤和歌山県新宮市　本名=平松義彦　別号=いとゞ　㊥和歌山県文化功労賞(昭和52年)　㊤大正6年「ホトトギス」に参加、10年「熊野」を創刊、昭和48年1月号まで主宰した。17年頃「かつらぎ」に参加。「ホトトギス」同人。句集に「熊野路」「友情園」がある。

平松 措大　ひらまつ・そだい
俳人　㊤明治31年7月7日　㊥昭和61年11月18日　㊤岡山市内山下　本名=平松芳夫(ひらまつ・よしお)　㊥京都帝大法学部卒　㊥中国文化賞(第35回)(昭和53年)、岡山県文化賞、三木記念賞　㊥京都帝大在学中に高浜虚子に師事。大正14年俳誌「さぎり」を創刊、「狭霧会」を創設。以後、中国地方で1万数千人の門弟を育成した。句集に「措大句集」「第二措大句集」「第三措大句集」など。

平松 夕府　ひらまつ・ゆうふ
俳人　㊤明治39年2月4日　㊦福島県いわき市　本名=平松一郎　㊥攻玉社工学校建築科(大正15年)卒　㊥勲五等瑞宝章(昭和56年)　㊥昭和4～平成元年東京・荒川区に於て建築設計士、土地・家屋・調査士業を営む。この間昭和24～59年法務省委員の保護司。30年の東京都俳句連盟創立に参画し、43～61年荒川区俳人連盟会長。44年より東京都俳句連盟副会長に。句集に「走馬燈」「平松夕府集」。

平松 良子　ひらまつ・よしこ
俳人　㊤昭和6年4月14日　㊦岡山県　㊥昭和35年から「雲母」に投稿し、同人。平成5年「白露」に入会。句集に「葭切」「天恩」などがある。

平光 善久　ひらみつ・ぜんきゅう
詩人　不動工房代表　㊤大正13年8月14日　㊥平成11年11月19日　㊤岐阜県岐阜市　本名=平光善久(ひらみつ・よしひさ)　㊥国鉄名古屋鉄道教習所専修部修了　㊥中日詩賞(第10回)(昭和45年)、岐阜新聞大賞(第36回)(平成1年)、中日社会功労賞(第45回)(平成9年)　㊥国鉄職員となり、鉄道兵として大陸に従軍中戦傷を受ける。昭和24年戦争体験をつづった処女作「案山子の歌」でデビュー。印刷会社・不動工房を経営する傍ら、岐阜の「詩宴」、東京の「風」に参加し、52年季刊「壺」を創刊。中部詩壇の育成に尽力した。日本現代詩人会理事、中日詩人会会長、60年第36回H氏賞の選考委員、のち委員長を歴任。他の詩集に「伽羅雲」「東洋の裸身」「化石になる」「骨の遺書」「インド」「黙座」「葡萄前進」など。㊙日本現代詩人会、中日詩人会、日本文芸家協会

平本 くらら　ひらもと・くらら
俳人　医師　㊤明治39年2月24日　㊥平成7年11月8日　㊤茨城県土浦市　本名=平本義典(ひらもと・よしふみ)　㊥千葉医科大学(昭和9年)卒　㊥茨城文学賞(第10回)(昭和60年)　㊥昭和21年句作を始め、23年軽部鳥頭子の門に入り「馬酔木」に投句。44年「風土」同人。50年「風土」主宰。54年主宰辞退、同年同人会名誉会長となる。句集に「万燈」「篝火」「円座」「石火」「河童」など。　㊙俳人協会

平山 良明　ひらやま・りょうめい
歌人　元・高校教師　おもろ研究会会長　㊥短歌　㊤昭和9年10月16日　㊦沖縄県今帰仁村字呉我山　㊥琉球大学卒、兵庫教育大学大学院国語科教育学専攻修士課程修了　㊥沖縄タイムス芸術選賞文学大賞(短歌)(第22回)(昭和63年)、沖縄タイムス教育賞(国語教育)(第2回)　㊥昭和30年「アララギ」に入会。のち沖縄で国語教育・文学活動に従う。高校教師の傍ら、沖縄タイムス歌壇選者も務める。著書に「沖縄やまと言葉の本」「沖縄の文学オモロの教材開発と実践」「国語教育と短歌の指導」

㊼日本歌人クラブ、全国大学国語教育学会、日本国語教育学会、おもろ研究会

昼間 槐秋　ひるま・かいしゅう
俳人　㊗明治43年3月11日　㊥平成5年2月26日　㊨東京都江戸川区　本名＝昼間種　㊷勲四等瑞宝章（昭和55年）　㊺山梨県法務局長、千葉県法務局長を歴任して退官、公証人をつとめた。一方、昭和4年原石鼎門に入り「鹿火屋」に拠る。以来戦中戦後の激動期に同誌の編集を担当するなどした後、「かびや」同人会副会長を務める。56年千葉県君津市の古利鹿野山神野寺境内に句碑を建立。句集に「夢殿」「昼間槐秋集」がある。　㊼俳人協会

比留間 一成　ひるま・かずなり
詩人　㊶教育　㊗大正13年3月5日　㊨東京　㊻東京物理専門学校卒　㊺同人誌「青衣」の編集人。千葉大学、杉野女子大学などで講師を務める。著書に「比留間一成詩集」「だめな子にしないために」「入学前にこれだけは」「非行問題の軌跡」「保育者の課題と実践シリーズ1〜3」、訳書に「李賀詩集」などがある。　㊼現代詩人会、日本詩人クラブ、日本文芸家協会

広江 八重桜　ひろえ・やえざくら
俳人　㊗明治12年3月11日　㊥昭和20年10月8日　㊨島根県能義郡赤江村（現・安来市）本名＝広江直治　別号＝蚕頭庵（さんとうあん）　㊻松江中学中退　㊺松江中学時代から作句し、のち河東碧梧桐に師事。碧梧桐選「続春夏秋冬」「日本俳句鈔」に多数の句が入集する。新傾向俳句を経て昭和10年中塚響也らと「渚」を創刊後は定型俳句に復帰した。個人句集はない。

広岡 冨美　ひろおか・ふみ
歌人　㊶韓国時調　㊗昭和5年8月　㊨旧朝鮮・大邱　㊻相愛女専国語科（昭和26年）卒　㊺平成3年相愛高校・中学校を定年退職。同年〜6年ソウル・高麗大学校韓国語文化研修部へ留学。歌集に「迎日の海」「沙羅の木の蔭」「光化門」、編訳に「韓国近現代時調選集」などがある。未来短歌会、黒豹短歌会所属。　㊼現代歌人集会

広川 親義　ひろかわ・ちかよし
歌人　「短歌時代」主宰　㊗明治39年3月21日　㊨富山県　㊷勲五等瑞宝章（昭和61年）、北日本文化功労賞（昭和62年）　㊺昭和初期から本格的に短歌を始め、昭和7年個人雑誌「はしば」を発行、大日本歌人協会会員に。戦後は、富山の地に根を下ろし独自の活動を続けている。21年、40歳で小学校教頭を中途退職し、北日本新聞社に入社、文化記者として活躍。同年「短歌時代」を創刊。40年から北日本歌壇の選者、59年から富山県歌人連盟会長。　㊼富山県歌人連盟（会長）

広川 義郎　ひろかわ・よしろう
歌人　㊗大正9年7月7日　㊨新潟県　㊷原始林賞（第19回）（昭和43年）　㊺小学時代、綴方の時間に短歌を知る。昭和15年吉植庄亮の「橄欖」に入り、社友選者の山下秀之助に師事。22年「原始林」に入社。「橄欖」運営委員・選者となる。日本歌人クラブ幹事を二期務める。歌集に合同歌集「原始林十人」「海祭」がある。　㊼日本歌人クラブ、現代歌人協会

広嶋 美恵子　ひろしま・みえこ
俳人　㊗昭和3年8月27日　㊨福岡市　㊺「野の会」「海程」所属。句集に「銀の飾り」がある。

広島 力蔵　ひろしま・りきぞう
歌人　㊗大正2年11月7日　㊨千葉県　㊺昭和10年「水甕」に入会。のち編集委員。「あかしや」の会員でもある。歌集に合同歌集「くもり野」「球形ホルダー」がある。

広瀬 一朗　ひろせ・いちろう
俳人　ジャーナリスト　元・中日新聞取締役　㊶経済　新聞論　俳句　㊗昭和2年8月19日　㊥平成6年9月6日　㊨愛知県名古屋市　本名＝広瀬一郎（ひろせ・いちろう）　㊻名古屋経専（現・名古屋大学経済学部）卒　㊺昭和26年中日新聞社入社。ニューヨーク特派員、東京本社論説委員、編集局次長を経て、54年東京本社（東京新聞）論説主幹、60年取締役論説担当、62年名古屋本社論説主幹兼務。俳人としても有名で、34年沢木欣一主宰「風」に入会し、46年「風」同人。東京新聞句会百花会長でもある。政府の税制調査会委員、国語審議会委員を歴任。著書に「へそまがり特派員」「日々の歳時記」「週のはじめに考える」、句集に「初刷」他。　㊼俳人協会、日本記者クラブ、日本エッセイストクラブ

広瀬 操吉　ひろせ・そうきち
詩人　㊗明治28年10月30日　㊥昭和43年12月17日　㊨兵庫県印南郡　㊻姫路師範卒　㊺師範を出て関西芸術院、本郷洋画研究所に学んだ。はじめ千家元麿の「詩」同人となり、大正10年4月からその後継誌「詩の家」の編集に従事した。牧歌的な詩風で詩集「雲雀」「空色の国」のほか美術評論書がある。

広瀬 直人　ひろせ・なおと
俳人　「白露」主宰　[生]昭和4年5月16日　[出]山梨県一宮町　本名＝広瀬直瀬(ひろせ・なおせ)　[学]東京高師国文学科(昭和26年)卒　[賞]山廬賞(第4回)(昭和43年)　[歴]昭和23年「雲母」入会。30年「こだま俳句鑑賞会」を結成。36年「雲母」同人。平成5年「雲母」の後継誌として「白露」が創刊され、主宰となる。句集に「帰路」「日の鳥」「朝の川」、評論集に「飯田龍太の俳句」など。　[団]日本文芸家協会

広瀬 秀雄　ひろせ・ひでお
歌人　[生]大正3年5月12日　[出]東京　[歴]昭和13年「一路」入会し、山下陸奥に師事するが、師の没後、山下喜美子に師事する。同人として活躍する一方、多摩歌話会委員も務める。歌集に「山と川のある街」など。
[団]日本歌人クラブ

広瀬 ひろし　ひろせ・ひろし
俳人　元・ダイワボウ取締役　[生]大正11年10月7日　[没]平成11年7月30日　[出]大阪府　本名＝広瀬博　[学]京都高等工芸学校機織科卒　[歴]昭和23年後藤夜半、のち後藤比奈夫に師事。「諷詠」「ホトトギス」に拠る。27年「花鳥集」同人。50年「ホトトギス」同人。大阪俳人クラブ理事。句集に「宮廷料理」「自註句集・広瀬ひろし集」がある。　[団]俳人協会(監事)

広瀬 町子　ひろせ・まちこ
俳人　[生]昭和10年2月6日　[出]山梨県中巨摩郡甲西町　[歴]昭和30年「雲母」入会、53年より同人。平成5年「白露」に入会。俳句集に「花房」。

広田 寒山　ひろた・かんざん
俳人　元・東京医専教授　[生]明治22年12月2日　[没]昭和21年8月28日　[出]宮城県仙台市　本名＝広田康　医学博士　[歴]仙台一中在学中から乙字に兄事し、旧制二高に入学して奥羽百文会に加わり、碧梧桐選「日本俳句」に投句。新傾向変調後乙字に就き、昭和7年志田素琴の「東炎」同人となる。長崎医専、京城医専各教授、東京大久保病院皮膚科部長を経て、東京医専教授。句集に「落日」がある。

弘田 義定　ひろた・よしさだ
歌人　[生]明治37年6月26日　[没]昭和62年6月20日　[出]愛媛県　[学]宇和島商業卒　[歴]23歳の頃より作歌、その後土屋文明の指導をうけて昭和26年「アララギ」に入会。「愛媛アララギ」の編集責任者となる。愛媛歌人クラブ会長を務める。歌集に「くさむら」、共著に「子規と周辺の人々」「松山城」「道後温泉」がある。

広津 里香　ひろつ・りか
詩人　画家　[生]昭和13年　[没]昭和42年12月12日　[出]東京・渋谷富ケ谷　本名＝広津啓子　[学]東京大学教育学部(昭和37年)卒、東京大学新聞研究所(昭和38年)卒、早稲田大学大学院文学研究科英文学(昭和40年)修士課程修了　[歴]病のため夭折の後、その追悼展により、広く知られるように。詩画集に「黒いミサ」「量られた太陽」のほか、「広津里香詩集・蝶の町」がある。

広野 三郎　ひろの・さぶろう
歌人　[生]明治30年4月10日　[没]昭和43年4月4日　[出]東京　[学]国学院大学卒　[歴]東大史料編纂所に勤務。大正4年アララギに入会し島木赤彦、斎藤茂吉に師事。昭和25年「白埴」を創刊し、28年「久木」を創刊。歌集に「白埴」「あかつき」「泉」などがある。

ひろはま かずとし
詩人　日本画家　[専]水墨画　[生]昭和24年　[出]愛知県蒲郡市　[歴]高校卒業後、服飾デザイナー、詩人として活動。昭和57年「愛」をテーマに墨彩詩画を描き始める。著書に「おもいのまんま」「かがやいてこそ―ひろはまかずとし墨彩画集」などがある。

広部 英一　ひろべ・えいいち
詩人　清水町(福井県)町立図書館長　[生]昭和6年11月18日　[出]福井県福井市　[学]福井大学学芸学部卒　[賞]地球賞(第2回)(昭和52年)「邂逅」、中日詩賞(第31回)(平成3年)「愛染」、福井県文化賞(平成5年)、富田砕花賞(第9回)(平成10年)「苜蓿」　[歴]福井県立図書館振興課長を経て、福井県清水町立図書館長。傍ら、詩作を続け、28歳の時「木の舟」でデビュー。他の詩集に「鷺」「邂逅」「愛染」「苜蓿」など。
[団]日本現代詩人会、日本文芸家協会

日和 聡子　ひわ・さとこ
詩人　上智大学特別嘱託職員　[出]島根県邑智町　[学]立教大学卒　[賞]中原中也賞(第7回)(平成14年)「びるま」　[歴]小学校1年から詩を書き始める。20代になり詩人の尾形亀之助の詩を読んで衝撃を受け、本格的に詩作に取り組む。“浦亀使い”“墓見師”“青狐女”など辞書などに出てこない異形の者が作中に跋扈する、土俗的な作風の詩を作る。平成14年詩集「びるま」で第7回中原中也賞を受賞。他の詩集に「唐子木」がある。

【ふ】

深尾 贇之亟　ふかお・いんしきょく
詩人　[生]明治19年　[没]大正9年　[出]岐阜県　[学]京都帝国大学機械工科卒　[歴]岐阜中学、六高法文科を経て三高理工科に学ぶ。この頃より森鴎外、茅野蕭々、与謝野晶子に私淑。京大在学中に深尾須磨子と結婚。卒業後は鉄道技師となる。大正7年東京日日新聞の現代詩募集に首位入選。のち川路柳虹の「現代詩歌」に作品発表。遺稿集「天の鍵」がある。　[家]妻＝深尾須磨子（詩人）

深尾 須磨子　ふかお・すまこ
詩人　[生]明治21年11月18日　[没]昭和49年3月31日　[出]兵庫県氷上郡大路村（現・春日町）　[学]京都菊花高等女学校卒　[歴]大正10年、夫贇之丞の遺稿詩集「天の鍵」に自作詩54篇を加えて出版し、詩の世界に入る。与謝野晶子に師事して詩作し、大正11年「真紅の溜息」を刊行。大正14年～昭和3年渡欧し、コレットらを知り、コントなども書くようになる。昭和5～7年再度渡欧し、パリ性科学協会に入り生物学の研究に熱中。以後も3度渡欧し、社会批判、文明批判などの詩を発表した。他に「呪咀」「焦躁」「牝鶏の視野」「永遠の郷愁」「深尾須磨子詩集」などの詩集があり、また小説、評論、翻訳などの著書も数多くある。

深川 正一郎　ふかがわ・しょういちろう
俳人　「ホトトギス」会長　[生]明治35年3月6日　[没]昭和62年8月12日　[出]愛媛県宇摩郡上山村（現・新宮村）　[学]川之江二洲学舎（大正10年）卒　[歴]大正13年文芸春秋社に入社し昭和5年まで「文芸春秋」などの編集に従事。9年コロムビア会社に入り宣伝を担当、16年宣伝部長となり、20年退社。その間句作を続け、14年「ホトトギス」同人に推挙され、以後高浜虚子に師事。23年「正一郎句集」を刊行、24年「冬扇」を創刊して主宰、48年終刊。62年「ホトトギス」会長、同年伝統俳句協会創立にあたり、副会長に就任。「定本川端茅舎句集」「定本高浜虚子全集」などの編集委員もつとめた。
[家]娘＝川口咲子（俳人）

深川 宗俊　ふかがわ・むねとし
歌人　広島の強制連行を調査する会代表　[生]大正10年3月8日　[出]広島市　本名＝前畠雅俟　[学]法政大学通信教育文学部中退　[歴]昭和20年8月6日原爆被爆。当時、三菱重工業広島機械製作所で朝鮮人徴用工の指導員として勤務。戦後、広島文学サークル協議会、峠三吉を中心とする「われらの詩の会」の創刊に参加。25年反戦詩歌人集団を結成、責任者となる。広島胎内被爆・被爆二世問題対策会代表、広島平和教育研究所研究員。30年「青史」創刊。「新日本歌人」に所属。歌集に「群列」「広島」「連祷」。他の著書に「1950年8月6日」「被爆二世」「海に消えた被爆朝鮮人徴用工」がある。

深野 庫之介　ふかの・くらのすけ
歌人　[生]明治30年10月6日　[没]昭和47年6月30日　[出]埼玉県　[歴]中学時代より作歌を始め、北原白秋に師事、巡礼詩社に加わる。曼陀羅詩社、紫烟草舎等を経て大正12年香蘭詩社創立に参加。昭和29年より「香蘭」選者となる。44年に隕石詩社を創立主宰。歌集に「流氓」「深野庫之介短歌集」「北に流るる」がある。

深町 準之助　ふかまち・じゅんのすけ
詩人　[生]昭和5年9月3日　[出]福岡県　[歴]大学職員として勤務のかたわら、詩誌「交叉点」「詩文学」「歩道」、文化誌「九州」等の同人として活動。詩集に「日の歌」、合同詩集に「年鑑現代詩集」「福岡県詩集」がある。

深見 けん二　ふかみ・けんじ
俳人　「花鳥来」主宰　[生]大正11年3月5日　[出]福島県　本名＝深見謙二　[学]東京帝国大学冶金学科（昭和20年）卒　[賞]俳人協会賞（第31回）（平成4年）「花鳥来」　[歴]昭和16年高浜虚子、17年山口青邨に師事。「玉藻」「春潮」を経て、28年「夏草」、30年「冬扇」、34年「ホトトギス」同人。55年俳人協会幹事。平成元年今井千鶴子、藤松遊子と共に個人季刊誌「珊」を創刊。「春潮」に虚子随想を10年以上連載。「屋根」同人。「花鳥来」主宰。句集に「花鳥来」「父子唱和」「雪の花」「星辰」、著書に「虚子の天地」がある。　[団]俳人協会（評議員）、日本伝統俳句協会、日本文芸家協会

深谷 雄大　ふかや・ゆうだい
俳人　「雪華」主宰　[生]昭和9年2月8日　[出]旧朝鮮・会寧邑　本名＝深谷会（ふかや・さとる）　[学]聖橋高（昭和30年）卒　[興]民衆詩としての俳句の派生　[賞]旭川市文化奨励賞（昭和56年）、鮫島賞（第19回）（平成11年）「吉曜」　[歴]昭和36年

「秋」創刊同人。53年「雪華」を創刊し、主宰。北海道現代俳句協会設立準備委員代表を経て、会長。句集に「裸天」「故園」「雪二百句」「百神」「明日の花」「吉曜」など。　㊧現代俳句会、日本ペンクラブ、日本文芸家協会、北北海道現代俳句協会（会長）

扶川 茂　ふかわ・しげる
詩人　㊗昭和7年1月17日　㊹徳島県　㊨徳島大学学芸学部卒　㊣昭和40年から詩人・村野四郎に師事。詩誌「戯」（そばえ）、「舟」「リゲル」所属。著書に詩集「シジポスの石」「木のぼりむすめ」「羽づくろい」、編集解説に「わたしの詩的遍歴」、編集に「遠いこえ近いこえ—村野四郎詩集」がある。　㊧日本ペンクラブ、日本現代詩人会、日本児童文学者協会

蕗谷 虹児　ふきや・こうじ
挿絵画家　詩人　㊗明治31年12月2日　㊞昭和54年5月6日　㊹新潟県　本名＝蕗谷一男　㊨新津高小卒、グラン・ショミエール（パリ）卒　㊣大正4年上京し、尾竹竹坡に師事。竹久夢二の紹介で9年「少女画報」に挿絵画家としてデビュー。14年渡仏してグラン・ショミエールに学び、以後昭和4年までパリで活躍。抒情的な挿絵を描き、その詩画集は多くの女学生に愛された。自作挿絵入り詩集に「孤り星」（大12）、「睡蓮の夢」（大13）、「悲しき微笑」（大13）などがある。戦後は東映映画撮影所に入り、映画製作にも携わった。昭和62年新潟県新発田市に蕗谷虹児記念館が開館。また、童謡「花嫁人形」は広く愛誦され、自伝小説に「花嫁人形」がある。

福井 学圃　ふくい・がくほ
漢詩人　㊗慶応4年8月13日（1868年）　㊞大正7年10月30日　㊹江戸　本名＝福井繁　通称＝繁太郎、字＝公籛　㊣岡本黄石に詩を、長三洲に書法を学び、涵養詩社を創立して詩学をひろめた。五言律詩に長じていた。晩年宮内省図書寮に出仕し、図書頭森鷗外の識るところとなったが、深交には至らなかった。詩集に「学圃遺稿」「学圃逸民集」がある。

福井 和子　ふくい・かずこ
歌人　㊗昭和25年3月21日　㊹奈良県　㊨大阪市立高卒　㊥角川短歌賞（第45回）（平成11年）「始まりはいつも」　㊣主婦業の傍ら、カルチャーセンターで短歌を始める。平成12年「始まりはいつも」で角川短歌賞を受賞。前登志夫主宰のヤマナマユの会所属。

福井 一美　ふくい・かずみ
詩人　「言霊」主宰　㊗昭和24年1月14日　㊹山口県光市　㊨大阪芸術大学文芸学部卒　㊣大学時代に戯曲及びシナリオを津山啓二、ラジオドラマを千代田寛、小説作法を沢野久雄に師事。詩集に「象牙の塔より」「アリスの小部屋」「京恋物語—十二月集」「額田女王」「女中」「ペインティング現象;モラヴィアが」他。㊧岡山県詩人協会

福井 圭児　ふくい・けいじ
俳人　毎日放送取締役　元・日綿実業社長　元・オリエントリース社長　㊗明治33年10月1日　㊞昭和62年12月24日　㊹兵庫県　本名＝福井慶三（ふくい・けいぞう）　㊨神戸高商（大正11年）卒　㊥勲二等瑞宝章（昭和45年）　㊣日本綿花（現・ニチメン）に入社。22年取締役、26年常務、31年専務、35年社長、41年会長を歴任。42年中小企業振興事業団（現・中小企業事業団）を創設し理事長。日中経済貿易センター理事も務めた。また、俳人としても知られ、ホトトギス関西同人会長、日本伝統俳句協会副会長などを務めた。句集に「常夏」、句文集に「火焔樹」、随筆に「わが俳句半世紀」などがある。

福井 慶三　ふくい・けいぞう
⇒福井圭児（ふくい・けいじ）を見よ

福井 研介　ふくい・けんすけ
評論家　童謡詩人　翻訳家　㊨ソ連児童文学　ソ連教育学　㊗明治41年11月1日　㊞平成12年1月17日　㊹岡山県赤坂町　㊨東京外国語学校専修科露語科（昭和14年）卒　㊥日ソ翻訳文化賞（昭和31年）　㊣昭和14年外務省勤務、22年同省辞職。以後著述に専念。戦前、赤い鳥童謡会「チチノキ」に参加、白秋に認められたが、戦後はロシア児童文学の紹介、翻訳に努めた。訳書に「ヴィーチャと学校友だち」「黒海の白帆」などのほか、「マカレンコ全集」もある。㊧日本児童文学者協会

福井 久子　ふくい・ひさこ
詩人　元・神戸山手女子短期大学英文学科教授　㊨英文学　㊗昭和4年2月2日　㊹兵庫県　本名＝田中久子（たなか・ひさこ）　㊨神戸大学文学部英文学専攻科卒、関西学院大学大学院文学研究科英文学専攻修士課程修了　㊥半どんの会賞（昭和58年度）、及川記念奨励賞（昭和58年度）、兵庫県教育功労者賞（平成5年）、神戸ナビール文学賞（第7回）（平成12年）「形象の海」　㊣神戸山手女子短期大学教授を務める傍ら、「たうろす」に所属して詩作に励む。詩集に「福

井久子詩集」、ほかの著書に「果物とナイフ」「街の中」「鳥と蒼い時」などがある。㊸日本現代詩人会、日本比較文学会、日本英文学会、日本エズラ・パウンド協会

福井 緑　ふくい・みどり

歌人　「真朱」主宰　㊸昭和6年9月7日　㊶青森県南津軽郡大鰐町　㊹青森県歌人賞（昭和42年）、青森県芸術文化報奨（平成5年）、青森県文化賞（平成10年）　㊺歌誌「真朱」主宰。青森県歌人懇話会副会長も務める。著書に、歌集「無象の塔」「津軽の柵」、随筆集「歌のしずく」などがある。

福士 幸次郎　ふくし・こうじろう

詩人　㊸明治22年11月5日　㊷昭和21年10月11日　㊶青森県弘前市　㊻国民英学会（明治41年）卒　㊺明治38年上京して佐藤紅緑の知遇を得、詩作を発表。大正2年「生活」を発行。3年処女詩集「太陽の子」を刊行し、詩人としての地位をかためる。同年「ラ・テール」を創刊し、6年詩話会を結成。9年「展望」を刊行、この頃から詩作より詩論、詩歌論を展開する。12年関東大震災を機に帰郷。津軽に住んでその地方的特色を発現した文化運動の実行を始め「地方文化パンフレット」を刊行し、昭和期に入って地方を巡業し、そのなかで昭和17年「原日本考」を刊行。他の著書に「郷土と観念」「ねぶた」などがある。

福島 勲　ふくしま・いさお

俳人　建築家　㊸昭和4年3月30日　㊶東京　㊻早稲田大学理工学部建築学科卒　㊹一級建築士、河賞（昭和61年）、俳句研究賞（第4回）（平成1年）「閻魔の手形」　㊺1級建築士として建築事務所を経営。かたわら俳句を作り、昭和51年「河」入会、58年同人。句集に「祭扇」。

福島 閑子　ふくしま・かんし

俳人　大阪大学名誉教授　㊾内科　㊸明治25年4月1日　㊷昭和47年12月16日　㊶大阪府　㊺本名＝福島寛四（ふくしま・かんし）　旧姓（名）＝広田　㊻大阪医専（大正7年）卒　医学博士（大正13年）　㊹勲二等瑞宝章（明治42年）　㊺昭和14年大阪帝大医学部内科教授、25年阪大附属病院長、29年定年退官して大阪逓信病院長となった。日本内科学会会頭。俳句は3年頃から始め青畝、虚子に師事する。「かつらぎ」「ホトトギス」同人。日本画もよくした。著書に「最新内科学」、句集「福寿草」などがある。

福島 小蕾　ふくしま・しょうらい

俳人　㊸明治24年7月15日　㊷昭和44年2月2日　㊶島根県出雲市　本名＝福島亮　㊻広島高師中退　㊺旧制中学校長を歴任し、のち神職となる。明治38年広江八重桜門下生となり「ホトトギス」に投句。大正5年「石楠」に入会し、10年地方誌「礼讃」を創刊。戦後は「俳句地帯」主宰、「石楠」最高幹部。著書に「俳句の第一門」、句集に「狭田長田」「日々」「静日」「雫」などがある。

福島 泰樹　ふくしま・やすき

歌人　僧侶　法昌寺（台東区）住職　月光の会主宰　㊸昭和18年3月25日　㊶東京都台東区下谷　僧名＝福島泰樹（ふくしま・たいじゅ）　㊻早稲田大学文学部西洋哲学科（昭和41年）卒　㊹地名をテーマにした短歌による戦後史（自叙伝）㊹ブルガリア国際作家会議コンクール詩人賞（第6回）（昭和61年）、詩人賞（第4回）（平成3年）「さらばわが友」、若山牧水賞（第4回）（平成11年）「茫漠山日誌」　㊺僧籍3代目の長男として生まれる。全共闘時代に大学生活を送るが、法華宗興隆学林で3年間修業し僧侶に。志願して静岡県愛鷹山の無住の妙蓮寺の住職となる。のち跡継のなかった法昌寺に入る。歌人としても知られ、早大短歌会、「心の花」を経て、昭和44年同人誌「反措定」を創刊。同誌解消の後は、東京・吉祥寺の「曼荼羅」にてギター伴奏で自作を朗読する"短歌絶叫コンサート"等の活動を続ける。「月光」編集・発行人。歌集に「バリケード・1966年2月」「転調哀傷歌」「風に献ず」「中也断唱」「柘榴盃の歌」「福島泰樹歌集」「絶叫、福島泰樹総集編」「茫漠山日誌」などのほか、評論集に「抒情の光芒」「払暁の雪」、小説に「上野坂下あさくさ草紙」がある。㊸日本文芸家協会、日本ペンクラブ

福寿 健二郎　ふくじゅ・けんじろう

詩人　㊸昭和2年　㊶鳥取県岩美郡岩美町　㊻京都大学文学部（昭和28年）卒　㊺昭和62年まで公立学校に勤務。詩集に「冬の海」「ひき潮―福寿健二郎詩集」がある。

福神 規子　ふくじん・のりこ

俳人　㊸昭和26年10月4日　㊶宮崎県　㊻慶応義塾大学文学部国文科（昭和49年）卒　㊺祖父以来の熱心な俳句一家に育つが、俳句を本格的に始めたのは大学入学後。慶大俳句会に所属し、俳誌に投句。卒論は「虚子と写生文」。昭和50年福神邦雄と結婚。両家の祖父同士が高浜虚子の弟子という俳句の縁で、仲人は高浜年尾夫妻。58年9月朝日俳壇に登場し、最初

の投句が入選。以来毎週平均5句投句し、59年5句、60年は8句入選を果たす。「ホトトギス」同人。句集に「若葉」「惜春」「雛の箱」など。
[団]日本伝統俳句協会、俳句協会　[家]夫＝福神邦雄(福神社長)

福田 栄一　ふくだ・えいいち
歌人　[生]明治42年4月30日　[没]昭和50年2月9日　[出]東京・京橋　[学]東京府立第一商業(昭和2年)卒、東洋大学中退　[賞]短歌研究賞(昭和39年)「囚れ人の手のごとく」　[歴]東京府立第一商業時代に小泉苳三に師事、「ポトナム」に参加。東洋大学に学び18歳で同人。昭和15年「ポトナム」編集発行人となるが、21年「古今」創刊。この間、「中央公論」編集次長、日本出版会主事、「ユネスコ新聞」編集長を歴任。歌集は「冬艶曲」から「ひとりあそび」に至る7冊で「福田栄一全歌集」全1巻がある。

福田 案山子　ふくだ・かがし
川柳作家　六ツ星川柳会主幹　[生]大正13年11月4日　[出]埼玉県入間郡大田村大学豊田新田(現・川越市)　本名＝福田守夫　[賞]野火賞(準賞)(平成3年)、埼玉川柳大会(朝日新聞社賞)(平成5年)、埼玉勤労者の祭り文学創作展(川柳部門埼玉県勤労者福祉事業財団理事長賞)(平成5年)、埼玉文芸賞(準賞，第26回)(平成8年)「福田案山子句集—蕗の薹」　[歴]昭和11年スポーツ事故で失明。39年六ツ星川柳会設立。全日本川柳協会幹事、埼玉県川柳協会幹事、埼玉川柳社同人、六ツ星川柳会主幹。東京ヘレン・ケラー協会「点字ジャーナル」川柳教室講師。著書に合同句集「虹」(第一集、第二集)、句集「白い杖」「福田案山子句集—蕗の薹」などがある。

福田 紀伊　ふくだ・きい
俳人　朝日生命厚生事業団顧問　元・朝日生命保険常務　[生]明治39年8月29日　[没]昭和56年3月5日　[出]東京・小石川　本名＝福田希平(ふくだ・きへい)　[学]東京帝大法学部卒　[歴]朝日生命に入り、常務を経て(財)朝日生命厚生事業団理事長など歴任。日本実業団バレーボール連盟副会長、日本ユネスコ協会連盟理事なども務めた。俳句をたしなみ、句集に「銀婚」「冬鴎」「秋茄子」「晩春」「金婚」などがある。

福田 甲子雄　ふくだ・きねお
俳人　[生]昭和2年8月25日　[出]山梨県中巨摩郡白根町　[学]山梨県立農林校卒　[賞]山廬賞(第5回)(昭和44年)　[歴]昭和22年「雲母」に入会、35年飯田龍太に入門。38年「雲母」編集部に入り、同人に。平成5年「白露」同人。句集に「藁火」「青蝉」「白根山麓」「山の風」、評論集に「飯田龍太」などがある。　[団]日本文芸家協会

福田 希平　ふくだ・きへい
⇒福田紀伊(ふくだ・きい)を見よ

福田 清人　ふくだ・きよと
小説家　俳人　児童文学作家　評論家　日本児童文芸家協会会長　[専]日本近代文学　児童文学　[生]明治37年11月29日　[没]平成7年6月13日　[出]長崎県上波佐見村　[学]東京帝国大学国文学科(昭和4年)卒　[賞]サンケイ児童出版文化賞(第5回)(昭和33年)「天平の少年」、国際アンデルセン賞国内賞(第3回)(昭和40年)「春の目玉」、野間児童文芸賞(第4回)(昭和41年)「秋の目玉」、勲四等旭日小綬章(昭和50年)、サンケイ児童出版文化賞(第26回)(昭和54年)「長崎キリシタン物語」、波佐見町名誉町民(昭和55年)　[歴]東大在学中から小説を発表し、昭和4年第一書房に入社、「セルパン」等の編集長を務める。「新思潮」「文芸レビュー」などの同人雑誌に参加し、8年第1短編集「河童の巣」を刊行、以後「脱出」「生の彩色」などを刊行。戦後、児童文学に転じ、30年日本児童文芸家協会を結成、37年には滑川道夫らと日本児童文学学会を設立した。代表作に「岬の少年たち」「天平の少年」、自伝的3部作「春の目玉」「秋の目玉」「暁の目玉」、「長崎キリシタン物語」「咸臨丸物語」など。その一方で近代文学研究者としても活躍し、日本大学、実践女子大学、立教大学などの教授を務め、「硯友社の文学運動」「国木田独歩」「俳人石井露月の生涯」「近代の日本文学史」「写生文派の研究」「夏目漱石読本」や「児童文学・研究と創作」などを刊行した。「福田清人著作集」(全3巻，冬樹社)がある。
[団]日本文芸家協会(名誉会員)、日本ペンクラブ(名誉会員)、日本児童文芸家協会、日本児童文学学会(理事)、日本近代文学館(顧問)

福田 須磨子　ふくだ・すまこ
詩人　[生]大正11年3月23日　[没]昭和49年4月2日　[出]長崎市浜口町　[学]長崎高女(昭和13年)卒　[賞]田村俊子賞(第9回・昭43年度)「われなお生きてあり」　[歴]長崎市で被爆、昭和30年ごろ被爆による紅ハン症の症状があらわれる。以来入退院を繰り返すなかで、被爆者の苦しみを詩にうたいつづけ、原水爆に対する鋭い告発をした。詩集に「ひとりごと」「烙印」「原子野」など。また「われなお生きてあり」で第9回田村俊子賞を受賞。

福田 勢以　ふくた・せい
歌人　[生]大正9年1月7日　[出]三重県名賀郡青山町老川　[学]日出高女(昭和13年)卒　[歴]昭和14年農林省林業試験場勤務、16年矢持村(三重県)銃後奉仕会専任書記、18年種生村博要国民学校助教、20年2月福田閫夫(翠岫)と結婚。40年岡野直七郎主宰の「蒼穹」に入社し、同人となる。42年福嶋俊夫の紹介で中部日本歌人クラブに入会。45年津家庭裁判所家事調停委員。48年同参与員。50年柴舟会に入会。55年「蒼穹三重」の編集担当。58年日本歌人クラブ会員。著書に「竜胆—福田勢以集」がある。

福田 たの子　ふくだ・たのこ
歌人　[生]明治38年7月20日　[没]平成7年2月5日　[出]鹿児島県　本名＝福田タノ　[学]東洋英和師範科卒　[賞]柴舟賞「桐壺」　[歴]在学中阿部静枝に師事し大正14年「ポトナム」に参加。昭和5年福田栄一と結婚。21年栄一創刊の「古今」に参加、一時休詠するが50年栄一没後復帰して編集発行人となる。歌集に「霧の中」「桐壺」「遅日集」など。　[家]夫＝福田栄一

福田 知子　ふくだ・ともこ
詩人　[生]昭和30年5月31日　[出]兵庫県　[学]関西学院大学社会学部卒　[歴]平成2年5月「微熱の花びら」を刊行、近・現代詩の詩人論を展開。他に詩集「紅のゆくえ」「猫ハ、海へ—ある感情の黙示録」などがある。ライター、プランナー。

福田 把栗　ふくだ・はりつ
僧侶　漢詩人　俳人　[生]慶応1年5月27日(1865年)　[没]昭和19年9月10日　[出]紀伊国新宮(和歌山県)　本名＝福田世耕　別号＝静処、古山人　[歴]早くから漢詩人として名を成し、漢詩集「逍遙集」を刊行。明治22年正岡子規に入門して俳句を始め、特異な風格を示した。39年9月「甲矢」特集号に「亦可録」と題して詩文と俳句が掲載されている。「糸瓜忌や経よむ僧も発句の弟子」。

福田 広宣　ふくだ・ひろのぶ
歌人　[生]明治45年1月5日　[出]福岡市　[歴]高校時代より新短歌の道に入る。昭和7年「短歌建設」に参加し、27年「新短歌」、47年「芸術と自由」会員。新短歌人連盟常任委員。歌集に「銀婚旅行」「セールス海峡」「マンモス曼陀羅」「河童天国」、編著に「昭和新短歌選集」がある。

福田 二三男　ふくだ・ふみお
歌人　[生]大正1年11月13日　[出]栃木県　[歴]昭和12年「国民文学」に入会し、松村英一に師事する。その後「地中海」にも所属する。歌集に「熱泥を歩む」「黒壁」「平沙」など。　[団]現代歌人協会

福田 正夫　ふくだ・まさお
詩人　[生]明治26年3月26日　[没]昭和27年6月26日　[出]神奈川県小田原市　俳号＝愚明　[学]東京文理科大学中退　[歴]白樺派やホイットマンの影響を受け、大正5年処女詩集「農民の言葉」を出版。7年民衆詩社を結成、機関誌「民衆」を創刊して編集にあたる。大正デモクラシーの風潮の中で詩壇をリードした“民衆詩派”の中心的詩人だった。詩集は多く、長編叙事詩、詩劇もある。　[家]娘＝福田美鈴(詩人)

福田 万里子　ふくだ・まりこ
詩人　エッセイスト　[生]昭和8年3月31日　[出]東京　[歴]詩集に「柿若葉のころ」、エッセイに「花ばなの譜」がある。　[団]日本文芸家協会、日本現代詩人会、関西詩人協会

福田 美鈴　ふくだ・みすず
詩人　近代詩史研究家　福田正夫詩の会代表　[生]昭和9年8月12日　[出]東京　本名＝金子美鈴　[学]国学院大学文学部卒　[賞]詩人タイムズ賞(第3回)(昭和59年)「父福田正夫—雷雨の日まで」　[歴]詩人・福田正夫の末娘。詩人、近代詩史研究家として活躍する傍ら、昭和61年より詩誌「焔」を刊行。詩の朗読・ジャズとの合体、詩書画展など多方面で活動。詩集に「海の抱擁」「街」「つりがねにんじん」「福田美鈴朗読詩集・海の抱擁・春一番」、著書に「父福田正夫—雷雨の日まで」、編集に「福田正夫全詩集」などがある。　[団]日本詩人クラブ、日本社会文学会、日本文芸家協会　[家]父＝福田正夫(詩人・故人)

福田 夕咲　ふくだ・ゆうさく
詩人　歌人　[生]明治19年3月12日　[没]昭和23年4月26日　[出]岐阜県高山町大新町(現・高山市)　本名＝福田有作　[学]早稲田大学文学部英文科(明治42年)卒　[歴]在学中の明治40年初めて詩を「文庫」に発表し、以後多くの詩誌に詩作を発表。42年自由詩社を結成し、詩誌「自然と印象」を創刊。卒業後は読売新聞社に入社、文芸欄を担当。43年唯一の詩集「春のゆめ」を刊行。大正2年退職し、家業の漆器問屋や魚市場役員などに従事しながら山百合詩社や飛騨短歌会などを結成したり、民謡の研究をするなど、郷土文化の高揚につとめた。また歌人と

して歌集「山花一束」「山づと」などがある。他に「福田夕咲全集」(全11巻)。

福田 葉子　ふくだ・ようこ
俳人　[生]昭和3年3月27日　[出]東京　[歴]「夢幻航海」同人。句集「今は鴎」「複葉機」がある。

福田 米三郎　ふくだ・よねさぶろう
歌人　[生]明治42年10月　[没]昭和21年12月2日　[出]奈良市　[歴]大正13年「郷愁」に作品を発表。昭和2年歌集「地下鉄サム」を刊行(発禁)、再度応召、北朝鮮で終戦。21年帰還したが、まもなく病没。「新日本短歌」同人。歌集「指と天然」がある。

福田 陸太郎　ふくだ・りくたろう
文芸評論家　英文学者　詩人　東京教育大学名誉教授　近代語学文学国際連合名誉会長　[専]英米文学　比較文学　[生]大正5年2月9日　[出]石川県羽咋市　[学]東京文理科大学文学部英語学英文学科(昭和15年)卒　[興]アメリカ・イギリス・日本の現代詩　[賞]日本翻訳出版文化賞(昭和44年，49年，57年)、紫綬褒章(昭和56年)、勲三等旭日中綬章(昭和63年)　[歴]昭和15年4月東京高等師範学校勤務、22年東京教育大学助教授、のち教授。この間、24年より3年間ソルボンヌ大学へ留学、36～37年フルブライト交換教授(アメリカ諸大学)。52年4月東京教育大学を退官し、日本女子大学教授、59年大妻女子大学教授、のち共栄学園短期大学学長、理事を経て、東京成徳短期大学教授。第13～14期日本学術会議会員。英米文学を講じるかたわら詩作も行ない、日本未来派に参加。著書に、評論集「アメリカ現代詩序説」「西洋の影の中で―比較文学論考」「文学と風土」「比較文学の諸相」、詩集に「欧州風光」「海泡石」「ある晴れた日に」などがある。　[団]日本ペンクラブ、日本翻訳家協会、日本文芸家協会、日本英文学会、日本比較文学会、オーストラリア・ニュージーランド文学会、日本現代詩人会

福田 律郎　ふくだ・りつろう
詩人　[生]大正11年2月11日　[没]昭和40年6月30日　[出]東京・浅草　本名＝福田佃八郎　[学]東京府立七中卒、文化学院　[歴]「日本詩壇」に投稿していたが、戦後は秋谷豊らと「純粋詩」を創刊し、戦後詩人の出発を助けた。同誌終刊後は「造型文学」「列島」の創刊に参加。思想的にはコミュニズムへの傾斜を深め、23年日本共産党に入党した。18年「立体図法」を刊行したのをはじめ「終と始」「細胞の指」の詩集がある。

福田 柳太郎　ふくだ・りゅうたろう
歌人　[生]昭和9年10月20日　[没]昭和56年12月5日　[出]埼玉県　本名＝福田宏　[歴]高校卒業後、山口茂吉主宰の「アザミ」会員となる。31年佐藤佐太郎に師事し「歩道」入会、編集委員を務める。歌集「断雲」、遺歌集「光束」がある。

福田 蓼汀　ふくだ・りょうてい
俳人　「山火」主宰　俳人協会会長　[生]明治38年9月10日　[没]昭和63年1月18日　[出]山口県萩市　本名＝福田幹雄(ふくだ・みきお)　[学]東北帝国大学法学部(昭和6年)卒　[賞]蛇笏賞(第4回)(昭和45年)「秋風挽歌」、勲四等瑞宝章(昭和59年)　[歴]日産コンツェルンの諸会社に勤務。昭和6年小宮豊隆を介して高浜虚子に師事し、山口青邨、中村草田男の指導をうけ15年「ホトトギス」同人となる。23年「山火」を創刊して主宰。33年橋本鶏二、野見山朱鳥、波多野爽波と四誌連合会を結成。また、14年の八ケ岳登山をきっかけに登山活動を始め、日本各地の山を踏破し、山岳と自然の純粋美を讃える山岳俳句を多く詠んだ。句集に「山火」「碧落」「暁光」「源流」などがあり、45年「秋風挽歌」で蛇笏賞を受賞。46年俳人協会設立の際は理事を、のち会長をつとめた。
[団]俳人協会

福地 愛翠　ふくち・あいすい
俳人　元・日立物流サービス取締役　[生]大正4年8月20日　[没]平成11年10月28日　[出]茨城県日立市　本名＝福地実(ふくち・みのる)　[学]太田中(昭和9年)卒　[歴]昭和10年日立製作所に入社。日立工場、39年水戸工場資材管理課長、40年資材課長、43年日立物流茨城営業本部次長、48年日立物流サービス取締役、56～61年高場産業取締役。一方、中学在学中に句作を始め、10年「かびれ」に入門、大竹孤悠に師事。17～19年日立製作所日立工場日立会俳句部長、39年水戸工場日立会文芸部長兼俳句部長。同年「文芸水戸」(後の「あかまつ」)創刊、編集長。43～45年茨城県俳句作家協会会長。句集に「翠嵐の郷」など。　[団]俳人協会

福戸 国人　ふくど・くにと
歌人　[生]明治42年1月23日　[没]昭和33年5月13日　[出]岐阜県高山市　[歴]昭和11年朝日新聞入社、病気のため退社後「婦人朝日」副編集長。戦前杉浦翠子に師事。「青垣」を経て、戦後、新歌人集団に加入。歌誌は「鶏苑」「あかしあ」、後「冬炎」を渡辺於兎男らと創刊、主宰する。歌集に「冬炎集」「福戸国人遺歌集」がある。

福富 茂直　ふくとみ・しげなお
歌人　㊓大正14年12月9日　㊑岐阜県　㊞小学校校長を務めた。「泉のほとり」代表。作歌の傍ら、「古事記講座」にも携わる。歌集「ダムの村にて1〜4」「大和古京」「孔雀の雛」など多数。

福永 渙　ふくなが・きよし
詩人　翻訳家　小説家　㊓明治19年3月22日　㊙昭和11年5月5日　㊑福井市　筆名=福永挽歌(ふくなが・ばんか)、福永冬浦　㊫早稲田大学文学部英文科(明治41年)卒　㊞二六新報、東京日日新聞、名古屋新聞等の記者を経て、万朝報に入社。早くから「早稲田文学」「文章世界」などに詩や小説を発表。明治45年詩集「習作」、大正9年小説集「夜の海」を刊行。また翻訳にはデュマの「椿姫」など多数ある。

福永 耕二　ふくなが・こうじ
俳人　㊓昭和13年1月4日　㊙昭和55年12月4日　㊑鹿児島県　㊫鹿児島大学国文学科卒　㊛馬酔木賞(昭和47年)「鳥語」、俳人協会新人賞(第4回)(昭和55年)「踏歌」　㊞ラ・サール高校在学中に米谷静二の指導を受け、同氏の主宰誌「ざぼん」の編集を担当しつつ「馬酔木」に投句。大学卒業後鹿児島市内の純心女子高校に赴任、昭和40年能村登四郎、林翔の勤務する千葉県の市川学園へ転任、秋桜子指導の喜雨亭での文章会に加わった。44年同誌同人。45年登四郎の「沖」創刊に参加、47年第一句集「鳥語」を刊行、馬酔木賞を受賞。45年より「馬酔木」の編集を担当。第二句集「踏歌」により第4回俳人協会新人賞に決定したが授賞式を待たずに急逝。

福永 武彦　ふくなが・たけひこ
小説家　詩人　評論家　学習院大学文学部教授　㊓大正7年3月19日　㊙昭和54年8月13日　㊑福岡県筑紫郡二日市町(現・筑紫野市大字二日市)　別名=加田伶太郎(かだ・れいたろう)、船田学　㊫東京帝国大学文学部仏文科(昭和16年)卒　㊛毎日出版文化賞(昭和36年)「ゴーギャンの世界」、日本文学大賞(第4回)(昭和47年)「死の島」　㊞旧制一高在学中からフランス象徴詩を学び始め、昭和17年加藤周一、中村真一郎らとマチネ・ポエティクを結成、詩、小説、評論を書く。21年処女作「塔」を発表。23年処女詩集「ある青春」、ついで「マチネ・ポエティク詩集」を刊行。作家としては寡作で、32年に発表した処女長編「風土」には約10年を費やしている。愛と孤独の作家とも云われ、挫折した芸術家を主人公にとりあげる場合が多い。加田伶太郎の筆名で探偵小説、船田学の筆名でSFを書いている。36年より学習院大学教授を務めた。主著に「草の花」「忘却の河」「風のかたみ」「死の島」「海市」やエッセイ「愛の試み」など。「福永武彦詩集」「福永武彦全集」(全20巻，新潮社)がある。　㊕息子=池沢夏樹(小説家)

福中 都生子　ふくなか・ともこ
詩人　エッセイスト　㊥現代詩　医療と生活随想　㊓昭和3年1月5日　㊑石川県　㊫津幡高女卒、日赤高看学院(昭和21年)卒　㊒核時代における医療と平和・文学の問題　㊛小熊秀雄賞(第11回)(昭和53年)「福中都生子全詩集」　㊞小村十三郎に師事し、昭和34年「詩炎」を創刊。のち「地球」同人。著書に、詩集「灰色の壁に」「雲の劇場」「南大阪」「女ざかり」「ちいさな旅人」「福中都生子全詩集」「大田という町」、詩論集「女ざかりの詩がきこえる」、随想集に「医者の女房」などがある。　㊐日本ペンクラブ、日本現代詩人会、日本文芸家協会、関西詩人協会(事務局長)　㊕夫=福中勘治(福中医院院長・故人)

福永 鳴風　ふくなが・めいふう
俳人　「辛夷」主宰　㊓大正12年2月27日　㊑富山県　本名=福永利雄(ふくなが・としお)　㊫逓信官吏練習所行政科卒　㊞昭和17年九州勤務中「ホトトギス」初投句初入選。20年富山に戻り、21年「辛夷」に入り、中島杏子を通じ前田普羅に師事。30年編集長、55年主宰。㊐俳人協会

福羽 美静　ふくば・びせい
国学者　歌人　元老院議官　貴院議員　㊓天保2年7月17日(1831年)　㊙明治40年8月14日　㊑石見国鹿足郡木部村下組木園(島根県)　初名=福羽美黙、通称=文三郎、号=木園、硯堂　㊞津和野藩士。藩校養老館に学び、嘉永6年京都の大国隆正に国学を学んだ。安政5年江戸に出て平田銕胤に入門。万延元年帰藩して養老館教授。文久2年上洛、尊攘派として国事に奔走。3年8月18日の政変後帰藩し、藩主亀井玆監に認められる。維新後は廃仏毀釈、神道政策の推進に尽くした。明治元年徴士に挙げられ神祇事務局権判事となり、ついで明治天皇に「古事記」を進講、2年侍講、大学校御用掛兼務、3年神祇少副、4年歌道御用掛となる。13年文部省御用掛を経て、18年元老院議官に就任。20年子爵を授けられ、23年貴院議員となった。和歌や書にも長じ、明治初年には自らが書いた習字読本が出て世に行われた。

福原 清　ふくはら・きよし
詩人　[生]明治34年1月2日　[出]兵庫県神戸市　[学]明治大学政経学部(大正11年)中退　[歴]大学中退後帰郷、以来神戸に住む。大正13年「月の出」(私家版)刊行。同年竹中郁と海港詩人倶楽部を結成、「羅針」を創刊。昭和4年村野四郎らと「旗魚」を発刊。詩集に「ボヘミヤ歌」「春の星」「催眠歌」がある。

福原 十王　ふくはら・じゅうおう
俳人　[生]明治36年4月30日　[没]平成6年8月6日　[出]福島県白河市　本名＝福原幹一郎(ふくはら・かんいちろう)　[学]安積中中退　[賞]ぬかご評論賞(昭和33年)　[歴]昭和4年「ぬかご」に参加、経営同人。42年「青雲」を創刊し、主宰、59年までつとめた。安藤姑洗子門。福島県南俳句協会会長、県文学賞審査員、県俳句作家懇話会顧問などを歴任。句集「風白」「自註・福原十王集」「透明な魚」の他、編著「安藤姑洗子作品集」、文集「南枝北枝の梅」やエッセイ集などがある。　[団]俳人協会

福原 滉子　ふくはら・ひろこ
歌人　[生]大正6年10月6日　[出]東京都　[学]日本女子大学英文科中退　[歴]大学在学中に結婚、中退後も同校卒業生の万葉研究「しらゆふ会」に参加、「万葉集女性の歌」出版の一員となる。昭和16年今井邦子に師事し、「明日香」に入会。編集委員を務める。　[団]日本歌人クラブ

福間 健二　ふくま・けんじ
詩人　映画評論家　東京都立大学人文学部文学科教授　[専]イギリス文学(現代詩)　[生]昭和24年　[出]新潟県　[学]東京都立大学大学院修了　[歴]東京都立大学人文学部助教授を経て、教授。昭和45～46年3部詩集「沈黙と刺青」「冬の戒律」「鬼になるまで」で詩人としてデビュー。大学では現代イギリス詩を研究。一方、44年に16ミリ映画「青春伝説序論」を自主製作し、1960年代の日本映画について評論を行う。特に高校時代からの石井輝男ファンで、「石井輝男映画魂」の共著者となる。平成元年から雑誌「ジライヤ」を主宰。7年劇場用長編映画「急にたどりついてしまう」を初監督。

福米沢 悟　ふくめざわ・さとる
詩人　歴史研究家　[生]昭和19年　[出]福島県　[歴]著書に「過疎地の人々」「ちりぬるをわか」「おとぎり草」「無縁さま」「白虎隊考」などがある。　[団]会津ペンクラブ、会津詩人協会、福島県現代詩人会

福本 鯨洋　ふくもと・げいよう
俳人　歯科医師　[生]明治33年7月5日　[没]昭和58年12月26日　[出]和歌山県田辺市神子浜　本名＝福本清一郎(ふくもと・せいいちろう)　[賞]田辺市文化賞(昭和49年)　[歴]大正12年「ホトトギス」に投句し、13年田辺で「密柑樹」を創刊。昭和4年「かつらぎ」創刊に参加。21年「花蜜柑」創刊。句集に「美しき波」「浜昼顔」「葉月潮」「秀衡桜」。　[団]俳人協会

福本 日南　ふくもと・にちなん
歌人　史論家　政論家　新聞記者　九州日報社長　衆院議員　[生]安政4年6月14日(1857年)　[没]大正10年9月2日　[出]筑前国(福岡県)　本名＝福本誠　別号＝利鎌の舎、誠巴　[学]司法省法学校(明治12年)中退　[歴]旧福岡藩士の家に生まれる。北海道開拓やフィリピンへ渡って南方進出の企てなどをしたが、明治22年陸羯南創刊の「日本」に参加し、以後、政論および史論に活躍。31、32年と渡欧し、また韓国や中国にも渡り38年から42年まで右翼運動の源流として知られる玄洋社系の新聞、九州日報の社長兼主筆をつとめた。41年憲政本党の代議士となる。明治史伝中の傑作といわれる「元禄快挙録」のほか、「普通民権論」「日南子」「豊大閤」など著書多数。また歌もよくし、「日南集」などがある。

福本 木犀子　ふくもと・もくせいし
俳人　法務省医官　[生]大正7年2月28日　[没]昭和63年4月20日　[出]長野県飯田市　本名＝福本義明(ふくもと・よしあき)　[学]金沢医大卒　医学博士(昭和33年)　[歴]昭和17年「雲母」「かびれ」入会。21年「かびれ」同人。23年「蟻」を創刊し、主宰。47年「表明」を創刊し同人会長。53年季刊誌「原」主宰。句集に「蟻」「秋光」。　[団]俳人協会

房内 幸成　ふさうち・ゆきなり
歌人　ドイツ文学者　文芸評論家　群馬大学名誉教授　[生]明治40年7月26日　[没]昭和61年3月16日　[出]鹿児島県出水市　[学]東京帝国大学独文科(昭和6年)卒　[歴]昭和9年八高教授となり、精神科学研究所員を経て、18年以後文芸評論、歌作に活躍。25年群馬大教授、のち専修大教授、長岡技術科学大教授を歴任。ゲーテの研究者、歌人としても知られた。著書に「民族の慟哭」「天朝の御学風」「歴代御製謹解」、歌集に「不知火」など。

藤 一也　ふじ・かずや
詩人　文芸評論家　牧師　[専]キリスト教学　[生]大正11年10月1日　[出]岡山県　本名＝竹井一夫　[学]日本基督教神学専門学校（現・東京神学大学）（昭和23年）卒　[興]日本近代とプロテスタンティズム、島崎藤村、北村透谷　[賞]宮城県芸術選奨（文芸部門・詩）（第1回）（昭和47年）　[歴]神学生時代に詩作を始め、昭和25年頃より「詩学」「時間」「浪漫群盗」などの同人誌に詩を発表。この頃、石垣りん、芳賀章内、井手正俊らと知り合う。29年仙台・東北学院学校付牧師、東北学院大講師に就任、以後仙台を拠点として創作活動、島崎藤村の研究などを行う。37年宮城県詩人会を結成、38年には小説同人誌「北斗」を、51年には「島崎藤村研究」を創刊、翌52年「島崎藤村の仙台時代」を刊行した。他の著書に、詩集・詩論集「現象学的な・アプローチ」「藤一也詩集〈日本現代詩人叢書99〉」「形而上詩の問題―幻視の根拠」「帰源詩篇」、小説「生きる日に」「淀川辺」、評論集「埴谷雄高論」「島崎藤村『若菜集』の世界」「詩人石川善助―そのロマンの系譜」「黎明期の仙台キリスト教」「押川方義―そのナショナリズムを背景として」など。　[団]日本現代詩人会、島崎藤村学会、日本現代詩歌文学館振興会（理事）、宮城県芸術協会（理事）

藤 哲生　ふじ・てっせい
詩人　歌人　[生]昭和4年　[出]長野県　[学]信州大学教育学部卒　[賞]毎日童謡賞優秀賞（第2回）、ふるさと音楽賞優秀賞（第1回）　[歴]長野、東京、奈良にて37年間教師生活を続け、平成元年退職。歌誌「潮」代表、「こどものうた」同人。詩集に「石のつぶやき」「あすか悲傷」「絵のあるみちから」「秋いっぱい」、歌集に「絵のあるみちから」「風紋」などがある。　[団]日本童謡協会、日本詩人連盟、全日本音楽著作家協会、新短歌人連盟

富士 正晴　ふじ・まさはる
小説家　詩人　[生]大正2年10月30日　[没]昭和62年7月15日　[出]徳島県三好郡山城谷村　本名＝富士正明　[学]三高文科（昭和10年）中退　[賞]毎日出版文化賞（第22回）（昭和43年）「桂春団治」、大阪芸術賞（昭和46年）　[歴]三高在学中に竹内勝太郎を知り、また野間宏らと「三人」を創刊。退学後、大阪府庁や出版社などに勤め、昭和19年に中国へ出征し、21年復員。22年島尾敏雄らと「VIKING」を創刊。のち文筆生活に入る。代表作に「贋・久坂葉子伝」「小詩集」「帝国軍隊における学習・序」「たんぽぽの歌」「大河内伝次郎」「富士正晴詩集1932～1978」などがある。水墨、彩画を趣味とする一方で、伊東静雄、竹内勝太郎、久坂葉子の研究をし、その紹介者としての功績もある。晩年は竹林に囲まれた自宅から殆ど外出せず、“竹林の仙人”と呼ばれた。

藤井 逸郎　ふじい・いつろう
詩人　[生]大正12年4月27日　[没]平成8年10月11日　[出]岩手県　[学]岩手師範卒　[歴]昭和21年「新樹」に入会し巽聖歌に師事するが、24年解散。詩集に「菊花信」「ざしきわらし」「馬の家系」など。　[団]日本児童文学者協会、日本農民文学会

藤井 治　ふじい・おさむ
歌人　元・東京都中央区教育委員会指導室長　[専]国語教育　[生]昭和9年11月3日　[出]長野県高遠町　[学]早稲田大学文学部（昭和36年）卒業　[興]国語教育評価論　[歴]東京都教育委員会指導主事など歴任。昭和31年「ポトナム」に入会、現在同人。歌集に「氷河期」など。　[団]日本国語教育学会

藤井 霞　ふじい・かすみ
歌人　[生]昭和3年9月17日　[出]東京　[歴]昭和19年頃より木俣修に師事する。32年に「立春」、51年「未来」を経て55年「個性」に入会。歌集に「雪舞」「葩」「天の遊」など。　[団]現代歌人協会

藤居 教恵　ふじい・きょうえ
歌人　[生]明治28年4月13日　[没]昭和51年11月3日　[出]滋賀県犬山郡日夏村　[歴]大正7年「国民文学」に入社。歌は窪田空穂に師事し歌誌「水松樹」「葉蘭」「径」などを創刊し、昭和23年「短歌雑誌」を創刊。「短歌雑誌」はのちに「松の花」と改題された。大正15年刊行の「松の花」や「椎の木」などの句集がある。

藤井 清　ふじい・きよし
歌人　[生]明治42年4月17日　[没]平成10年10月6日　[出]福井県鯖江市　[学]広島文理科大学史学科（昭和14年）卒　[歴]仙台の宮城県立第一高女を振り出しに宇都宮、福井など各地の高校、大学で教鞭をとり、昭和44年退職、以後文筆活動に入る。一方、7年「国民文学」に入会、松村英一に師事。52年から「国民文学」編集委員、選者を務め、平成10年選者を退く。昭和53年「高樹会」会員となり、合同歌集「高樹」に参加。歌集に「笹の隈」「時の移りに」「新燕」「半山」　、著書に「万葉

異国風物誌」「長安明月記」「旅人と憶良」「松村英一・短歌と人生」などがある。[団]現代歌人協会

藤井 貞和 ふじい・さだかず
詩人 文芸評論家 東京大学大学院総合文化研究科教授 [専]中古文学 [生]昭和17年4月27日 [出]東京 [学]東京大学文学部国文学科（昭和41年）卒、東京大学大学院人文科学研究科修了 [賞]晩翠賞（第40回）（平成11年）「『静かの海』石、その韻き」、角川源義賞（国文学部門，第23回）（平成13年）「源氏物語論」 [歴]東大全共闘運動のまっただ中で「バリケードの中の源氏物語」を発表してジャーナリズムにデビュー。共立女子短期大学助教授、東京学芸大学助教授、教授を経て、東京大学教授に就任。古典文学研究法などを講じ、著書に「物語文学成立史」「源氏物語の始原と現在」「古日本文学発生論」「源氏物語論」などがある。詩人としては「白鯨」「壱拾壱」各同人。詩集に「言問う薬玉」「乱暴な大洪水」「日本の詩はどこにあるか」「ピューリファイ！」「ハウスドルフ空間」「『静かの海』石、その韻き」など。 [団]物語研究会、日本文芸家協会 [家]父＝藤井貞文（日本史学者・故人）、姉＝藤井常世（歌人）

藤井 紫影 ふじい・しえい
国文学者 俳人 京都帝国大学名誉教授 [専]江戸文学 [生]慶応4年7月16日（1868年） [没]昭和20年5月23日 [出]兵庫県洲本町 本名＝藤井乙男（ふじい・おとお） [学]東京帝大文科大学国文科（明治27年）卒 文学博士（明治45年） [資]帝国学士院会員 [歴]明治34年第四高等学校教授、41年第八高等学校教授、42年京都帝大講師、のち教授を歴任。昭和3年退官し、名誉教授、広島文理大講師。俳句は在学中正岡子規を知り新聞「日本」に投句、「筑波会」に参加。金沢では「北声会」を指導、北国新聞の俳壇選者。晩年京都では「懸葵」に拠った。学士院会員。著書に「単林子評伝」「近松門左衛門」「諺の研究」「江戸文学研究」「江戸文学叢説」「風俗文選通釈」、句集「かきね草」など。

藤井 樹郎 ふじい・じゅろう
詩人 教育家 [生]明治39年 [没]昭和40年 [出]山梨県大月市富浜町鳥沢 本名＝井上明雄 [学]山梨県都留教員養成所 [歴]昭和6年頃から東京で教職につき、のち江東区白河小学校の校長を務めた。北原白秋に私淑して「赤い鳥」「近代風景」に童謡を投稿。童謡集に「喇叭と枇杷」「はるの光を待ちわびて」、童話集に「ふしぎなピアノ」などがある。

藤井 艸眉子 ふじい・そうびし
俳人 [生]大正4年11月14日 [出]広島県 本名＝藤井美典 [学]立命館大学卒 [賞]天狼コロナ賞（昭和46年） [歴]元高校教師。昭和10年「京大俳句」に入会、13年同人となる。23年山口誓子が「天狼」創刊、入会する。47年同人。俳文学会会員、広島県天狼俳句会長となる。庄原俳句会主宰。句集に「羅漢」「自註・藤井艸眉子集」がある。 [団]俳人協会、俳文学会

藤井 幸夫 ふじい・たかお
歌人 [生]大正2年1月26日 [出]愛知県豊川市 [学]広島文理科大学文学部文学科(昭和20年)卒 [歴]昭和50年「鉈彫」同人。63年豊川市文化協会短歌部理事。平成元年「鉈彫」脱会、「かりん」入会。歌集に「夜の視線」「赤いクレーン」がある。 [団]中部日本歌人

藤井 常世 ふじい・とこよ
歌人 [生]昭和15年12月3日 [出]東京 本名＝富田常世 [学]国学院大学文学部卒 [歴]在学中「国学院短歌」に加わり作歌。のち「地中海」会員を経て、48年岡野弘彦主宰の「人」創刊に参画、主要同人となる。現在、「笛」代表。歌集「紫苑幻野」「草のたてがみ」「氷の貌」「繭の歳月」、共著に「現代短歌の十二人」がある。 [団]現代歌人協会、日本文芸家協会 [家]父＝藤井貞文（日本史学者・故人）、弟＝藤井貞和（詩人）

藤井 徳子 ふじい・のりこ
歌人 [生]昭和17年2月19日 [出]東京 [賞]短歌新聞社年刊短歌賞（平成6年） [歴]平成4年第5回短歌現代歌人賞次席となり、6年短歌新聞社年刊短歌賞を受賞。著書に「無窮花植ゑむ」「ひとすぢに恋」がある。 [団]コスモス短歌会、日本歌人クラブ、大衆文学研究会

藤井 則行 ふじい・のりゆき
詩人 児童文学作家 高校教師 [生]昭和9年8月15日 [出]福井県鯖江市 [学]福井大学教育学部卒 [賞]北陸児童文学賞（第5回）（昭和42年）、福井県文化芸術賞（平成1年）、現代少年詩集新人賞奨励賞（第6回）（平成1年）「友へ」 [歴]高校教師を務めるかたわら、「文芸広場」などに童話を発表。「ふくい童話サークル」代表。「ゆきのみ」「果実」「土星」同人。詩集に「ゆき」「みみとっと」「胎動」「初蝉」などがある。 [団]日本児童文学者協会、福井県詩人懇話会（幹事）、福井県文化協議会（理事）

藤井 冨美子　ふじい・ふみこ
俳人　「群蜂」代表　㊐昭和6年3月31日　㊙和歌山県和歌山市　㊫和歌山高女卒　㊮昭和22年句作を始める。24年榎本冬一郎の主宰する「群蜂」に参加。俳句の庶民性を追求する師の精神を継承し、57年師の没後、同誌代表同人となる。59年より代表。毎日新聞和歌山版選者なども務める。句集に「海映(うみはえ)」「氏の神」「花びら清し」ほか。

藤井 緑水　ふじい・りょくすい
俳人　㊐明治43年6月12日　㊙山口県　本名＝藤井康男　㊫山口高(旧制)卒　㊮昭和49年山口大学を定年退官。この間、25年森永杉洞に師事、「冬野」に投句。55年俳人協会に入会。西日本俳句会・俳画会主宰。山口市俳句協会会長。句集に「待春日記」「俳画と俳句」「新樹」など。　㊞俳人協会

藤井 令一　ふじい・れいいち
詩人　㊐昭和5年　㊙鹿児島県(奄美大島)　㊮「詩と真実」「火山灰」「地点」同人。詩集に「シルエットの島」「白い闇」「遠心浮遊」「巫島狂奏曲」、評論集に「ヤポネシアのしっぽ」「南島文学序論」などがある。

藤井 亘　ふじい・わたる
俳人　㊐大正2年6月27日　㊡平成7年6月29日　㊙広島県福山市　本名＝藤井武雄(ふじい・たけお)　㊫尾道商卒　㊝藍綬褒章、広島文化賞　㊮毛糸販売業を経て、インテリア会社経営。在学中に句作を始め、昭和22年佐野まもる主宰「青潮」に参加、24年同人。23年「天狼」創刊と共に参加し、36年同人。35年「氷海」に同人参加し秋元不死男の指導を指導を受ける。53年鷹羽狩行「狩」創刊同人となる。また43年広島県天狼俳句会を結成し、機関誌「天耕」を発刊。句集に「壮年」「海戸」「晩晴」。　㊞俳人協会

藤岡 玉骨　ふじおか・ぎょっこつ
俳人　元・熊本県知事　㊐明治21年5月13日　㊡昭和41年3月6日　㊙奈良県　本名＝藤岡長和　㊫東京帝大法学部卒　㊝奈良県文化賞(昭和37年)　㊮内務省に入り、佐賀県、和歌山県、熊本県各知事を歴任。昭和14年退官し、南都銀行取締役となる。俳句をたしなみ、「かつらぎ」創刊より参加。21年より毎日新聞大和俳壇選者。句集に「玉骨句集」がある。

藤岡 巧　ふじおか・たくみ
歌人　㊐昭和24年4月5日　㊙徳島県　㊮学校職員。「路人」「歯車」同人。歌集に「風を編む」「風の結婚」「冬の蝶—藤岡巧歌集」がある。　㊞月光の会

藤岡 武雄　ふじおか・たけお
歌人　「アルゴ」主宰　日本歌人クラブ会長　日本大学経済学部講師　㊕近代日本文学　㊐大正15年2月14日　㊙山口県　筆名＝江原文鳥(えはら・ぶんちょう)　㊫日本大学文理学部国文学科卒、日本大学大学院文学研究科修了　文学博士　㊊斎藤茂吉　㊮斎藤茂吉伝記研究の第一人者。昭和47年秋には「評伝斎藤茂吉」を出版した。ほかに歌集「雲の肖像」「千枚原」など。　㊞日本近代文学会、現代歌人協会、日本文芸家協会、日本ペンクラブ

藤岡 筑邨　ふじおか・ちくそん
俳人　作家　「りんどう」主宰　「屋上」主宰　㊕長野県俳句史　近代文学史　㊐大正12年10月11日　㊙長野県松本市　本名＝藤岡改造(ふじおか・かいぞう)　㊫二松学舎専(昭和19年)卒　㊝松本市芸術文化功労賞(昭和54年)　㊮昭和17年高浜虚子、京極杞陽に師事。18年富安風生の知遇を得、23年「若葉」同人となる。同年以来俳誌「りんどう」主宰。同人誌「屋上」も主宰。信濃毎日新聞俳壇選者。俳句の他に本名で小説なども執筆。国語教育、特に現代文教育に造詣が深く現代文学習方法の体系化をはじめて試みた。句集に「蒼滴集」「姨捨」「城ある町」、著書に「信濃歳時記」「信濃路の俳人たち」「信濃秀句100選」、小説集「幽霊の出ない話」「悪魔はもう歌わない」など。　㊞俳人協会(評議員)、信州文芸誌協会、日本文芸家協会

武鹿 悦子　ぶしか・えつこ
童謡詩人　児童文学作家　㊐昭和3年12月20日　㊙東京都港区　本名＝荒谷悦子　㊫東京都立第八高女(昭和20年)卒　㊝赤い鳥文学賞(第6回)「こわれたおもちゃ」、サンケイ児童出版文化賞(第30回)(昭和58年)「ねこぜんまい」、日本童謡賞(第6回，13回)「こわれたおもちゃ」「ねこぜんまい」、サトウハチロー賞(第7回)(平成7年)　㊮昭和26年頃よりNHK「うたのおばさん」などに童謡を発表。「鸛鳥の会」会員として子どもの歌の世界に新風を送り込んだ。また、童謡集「こわれたおもちゃ」、詩集「ねこぜんまい」、童話「みほちゃんとわごわごわー」「りえの氷の旅」「りえの雲の旅」など。

藤川 忠治　ふじかわ・ちゅうじ

歌人　国文学者　⑮明治34年2月20日　⑯昭和49年4月3日　⑰新潟県佐渡郡　⑱東京帝国大学国文科卒　⑲法大、中大、信州大、鶴見大教授を歴任。昭和8年「正岡子規」を刊行。中学時代から作歌をはじめ、4年「歌と評論」を創刊し、6年歌集「胎動」を刊行。他に歌集「練馬南町」や現代語訳「古今和歌集」などの著書がある。

藤川 碧魚　ふじかわ・へきぎょ

俳人　⑮大正9年6月15日　⑯平成7年6月24日　⑰北海道旭川市　本名＝藤川純一　⑱明治大学商学部卒　⑲白魚火賞(昭和45年)　⑳北海道電力に勤務し、定年後北興電業に勤め、昭和60年定年退職。俳句は22年より作句。24年富安風生・西本一都の手ほどきを受け、25年「新樹」に入会。「若葉」を経て、35年「白魚火」に所属。52年俳人協会会員。句集に「しろきのんど」「雪地獄」「澪標」がある。
㉑俳人協会

藤木 明子　ふじき・あきこ

詩人　⑮昭和6年　⑰兵庫県揖保郡新宮町　⑲姫路市芸術文化賞(文化賞)(平成13年)　⑳詩誌「黄薔薇」「オルフェ」同人。著書に「播磨の祭り」「播磨西国三十三カ寺巡礼」「ひょうごの暮らし365日」、詩集に「影のかたち」「恋愛感情」他。

藤木 清子　ふじき・きよこ

俳人　別号＝藤木水南女　⑮昭和6年「蘆火」に投句を始め、「青嶺」を経て「旗艦」に拠る。11年夫との死別を機に広島から神戸に転居し、関西の新興俳句人と研鑽を積んだ。13年以後「旗艦」の代表的女流俳人となるが、15年突如消息を絶った。

藤木 倶子　ふじき・ともこ

俳人　「たかんな」主宰　⑮昭和6年7月21日　⑰青森県八戸市　⑲北鈴新人賞、林俳句賞(第1回)　⑳昭和52年村上しゅらに師事以来、作句活動を始める。53年「北鈴」「泉」入会。55年「林」入会、同人。のち月刊俳誌「たかんな」を主宰。句集に「堅香子」「雁供養」「狐火」、句文集に「わたしの歳時記・貝の歳時記」がある。
㉑俳人協会、日本文芸家協会

㉑日本児童文学者協会、日本童謡協会(理事)、JASRAC、日本文芸家協会

藤崎 久を　ふじさき・ひさお

俳人　「阿蘇」主宰　元・熊本県議　⑮大正10年1月15日　⑯平成11年2月24日　⑰熊本県熊本市　本名＝藤崎久男　⑱日本大学法文学部法律学科(昭和19年)卒、日本大学大学院経済政策研究科(昭和21年)中退　⑲熊日文学賞(第24回)(昭和57年)「風間」、朝日俳壇年間最優秀賞(昭和60年度)、勲五等瑞宝章(平成3年)　⑳昭和21年世界動態研究所勤務、30年熊本市教育委員会を経て、34年から熊本県議を3期。48年より九州東海大学講師。一方、俳人としては25年より「菜殻火」「阿蘇」に参加。53年ホトトギス同人、56年から「阿蘇」主宰。句集に「風間」「花明」「依然霧」「露霜」、著書に「産業構造の変遷」がある。
㉑日本伝統俳句協会(理事)、九州ホトトギス同人会(会長)

富士崎 放江　ふじさき・ほうこう

俳人　⑮明治7年12月27日　⑯昭和5年10月27日　⑰新潟県水原町　本名＝富士崎和一郎　⑳16歳で上京、転々としたが、晩年福島に住み会津日報に健筆をふるい「たらの芽会」を結成した。俳句は日本派に親しみ、「ましろ」同人。川柳など軟文学にも詳しく、雑誌「真葛」「紙魚」などを発行。句集に「江湖放浪句鈔」「冬扇抄」、駒林と共編「雪人句集」、著書に「褻語」「茶後」、駒林と共著「川柳末摘花通解」、自伝「放浪五十年」などがある。

藤崎 美枝子　ふじさき・みえこ

俳人　⑮大正5年1月1日　⑯平成9年10月27日　⑰東京　本名＝藤崎ミエ　⑱東京府立第六高女(昭和8年)卒、東京女子美術専修科(昭和9年)修了　⑲福岡市文学賞(第18回)(昭和63年)　⑳昭和22年頃より「玉藻」「ホトトギス」に投句。30年より「冬野」に投句。55年「ホトトギス」同人。59年「晴居」創刊に参加。平成8年より「冬野」婦人集選者、日本伝統俳句協会参与などを務めた。句集に「下萌」「初花」。
㉑日本伝統俳句協会

藤沢 新作　ふじさわ・しんさく

歌人　中野商工会議所専務理事　⑮大正11年8月31日　⑰長野県下高井郡倭村(現・中野市)　⑱早稲田大学法学部英法科法哲学(昭和24年)卒　⑳昭和15年高崎営林署、16年東京営林局勤務。24年労働基準監督として小諸監督署に転じ、31年大町監督署、労働省労働衛生研究所、36年大臣官房総務課を経て、41年鹿児島労働基準局監督課長に。46年長野労働基準局賃金

課長、53年長野労働基準監督課長を務めた後55年退職。同年中野商工会議所専務理事に就任。この間、17年アララギ短歌会、18年国土短歌会、54年アスナロ短歌会に入会。歌人としても活躍。歌集に「桜花集」。

藤沢 古実　ふじさわ・ふるみ
歌人　彫刻家　[生]明治30年2月28日　[没]昭和42年3月15日　[出]長野県　本名＝藤沢実　別号＝葉山雫、天田平三、木曾馬吉　[学]東京美術学校彫刻科(大正15年)卒　[歴]大正3年上京しアララギ会に入会。島木赤彦と起居を共にした。14年「国土」を創刊。「赤彦全集」を編纂し、歌集に「国原」がある。

藤島 宇内　ふじしま・うだい
詩人　評論家　[生]大正13年4月7日　[没]平成9年12月2日　[出]兵庫県豊岡市　[学]慶応義塾大学経済学部(昭和25年)卒　[歴]在学中から詩作を始め、「三田文学」「歴程」に参加。卒業後ルポライターとして活動を始め、昭和57年沖縄で数カ月間生活する。沖縄問題、在日朝鮮人問題、同和問題などへの差別問題に取り組み、日米安保体制下の新植民地主義による日本のアジアへの経済的侵略を厳しく告発。また韓国の抵抗詩人・金芝河の「五賊」を最初に翻訳し紹介した。著書に「日本の民族運動」「朝鮮人」「第三次日米安保体制の開幕」、詩集に「谷間より」「もしも美しいまつ毛の下に」などがある。

藤田 あけ烏　ふじた・あけがらす
俳人　「草の花」主宰　[生]昭和13年6月1日　[出]大阪府堺市　旧俳号＝百舌男　[賞]鴫賞　[歴]17歳から俳句をはじめ、昭和39年「鶴」に入会、石田波郷の選を受ける。のち「花実」「鴫」同人、「鴫」編集長を経て、平成5年「草の花」を創刊、主宰。「晨」同人。句集に「小冊雑草拾遺」「赤松―藤田あけ烏句集」がある。　[団]俳人協会、晨

藤田 旭山　ふじた・きょくざん
俳人　[生]明治36年1月16日　[没]平成3年3月6日　[出]北海道旭川市　本名＝藤田国道(ふじた・くにみち)　[学]明治大学法学部卒　[賞]旭川市文化賞(昭和28年)　[歴]大正14年室積徂春門に入り、昭和2年「ゆく春」を創刊、以来投句を続ける。43年「俳海」を創刊主宰。句集に「旭山第一句集」「虚心抄」「旭山百句」「牛歩六十年」。[団]俳人協会

藤田 耕雪　ふじた・こうせつ
俳人　藤田組副社長　[生]明治13年12月　[没]昭和10年9月18日　[出]大阪　本名＝藤田徳二郎　[学]ニューヨーク大学卒　[歴]帰国後、兄平太郎を援け藤田組の経営に当たり、副社長となる。ほかに藤田鉱業社長など数種の会社を経営した。俳句は妻の春宵女とともに高浜虚子に師事し、「ホトトギス」同人。大正13年から水原秋桜子、青畝らと課題吟選者に推された。句集「耕雪句集」がある。　[家]兄＝藤田平太郎(藤田組社長)

藤田 三郎　ふじた・さぶろう
詩人　[生]明治39年7月1日　[出]埼玉県本庄　[学]早稲田大学国文科卒　[歴]佐藤惣之助の「詩之家」に参加。昭和4年渡辺修三らと「リアン」を創刊、編集発行人として活躍。のち平凡社、大船撮影所、台中師範各勤務を経て、終戦。戦後は、26年に第2次「詩之家」復刊に協力、また惣之助研究に力を注いだ。著書に「観念映画」「近代詩話」「佐藤惣之助案内」「佐藤惣之助 詩とその展開」など。

藤田 三四郎　ふじた・さんしろう
詩人　[生]大正15年2月22日　[出]茨城県　[歴]昭和20年国立栗生楽泉園入園。50年栗生高原川柳会、51年栗生詩話会、53年川柳研究社、54年東京みなと川柳番傘にそれぞれ入会。MOL合同証文集に「現代のヨブたち」「地の果ての証人たち」など多数執筆。著書に詩文集「方舟の櫂」「藤田三四郎詩集」「詩集出会い」などがある。

藤田 湘子　ふじた・しょうし
俳人　「鷹」主宰　[生]大正15年1月11日　[出]神奈川県小田原市　本名＝藤田良久(ふじた・よしひさ)　[学]工学院工専中退　[賞]馬酔木新人賞(昭和23年)、馬酔木新樹賞(昭和26年・29年)、馬酔木賞(昭和32年)、詩歌文学館賞(俳句部門，第15回)(平成12年)「神楽」　[歴]国鉄本社広報部に勤務。昭和17年より作句を始め、18年「馬酔木」入会し、水原秋桜子に師事。24年同人となり、32年より同誌編集長として活躍。39年俳誌「鷹」を創刊し主宰。この頃より評論、エッセイにも活躍。43年「馬酔木」をはなれる。58年立春の日から、61年節分まで毎日10句以上を試み、達成。俳壇の大きな話題となった。句集に「途上」「雲の流域」「白面」「狩人」「春祭」「一個」「去来の花」「神楽」、評論に「水原秋桜子」「俳句全景」「俳句以前」などがある。
[団]日本ペンクラブ、現代俳句協会、日本文芸家協会

藤田 武　ふじた・たけし
歌人　「環」編集・発行人　[専]現代短歌　[生]昭和4年4月29日　[出]茨城県竜ケ崎市　[学]多賀工業専門学校(現・茨城大学工学部)(昭和25年)卒業　[興]現代短歌における私性と表現　[歴]昭和23年「潮音」に入り、現在選者及び編集委員。33年同人誌「環」を創刊、編集・発行人。この間「青年歌人会議」などに参加、全国的な同人誌運動の主柱を担った。合著に「空気」1・2・3、46年「反涅槃」(「現代短歌大系」)がある。他に多くの評論がある。　[団]現代歌人協会、「潮音」、「環」

藤田 圭雄　ふじた・たまお
童謡詩人・研究家　児童文学作家　作詞家　日本児童文学者協会名誉会長　日本童謡協会名誉会長　[生]明治38年11月11日　[没]平成11年11月7日　[出]東京市牛込区(現・東京都新宿区)　[学]早稲田大学文学部独文科(昭和5年)卒　[賞]日本児童文学者協会賞(第12回)(昭和47年)「日本童謡史」、日本児童文学学会賞(第1回)(昭和52年)「解題戦後日本童謡年表」、日本童謡賞(昭和47年，52年)、巌谷小波文芸賞特別賞(第8回)(昭和60年)「日本童謡史」(増補新版)、勲四等旭日小綬章(昭和63年)、サトウハチロー賞(第2回)(平成2年)　[歴]平凡社大百科事典編集部を経て、昭和8年中央公論社入社。編集者として「綴方読本」などを編み、戦時下の綴方教育に貢献した。21年実業之日本社に移って「赤とんぼ」を創刊、「ビルマの竪琴」を世に出したことでも知られる。23年中央公論社に復帰し「少年少女」「中央公論」「婦人公論」各編集部長、出版部長、取締役を歴任。日本児童文学者協会会長、日本童謡協会会長、川端康成記念館館長、川端康成記念会理事長を歴任。一方、読売新聞社主催の“全国小・中学校作文コンクール”の創設にも携わり、長年審査員を務めた。著書は、ライフワークともいうべき「日本童謡史」のほか、「解題戦後日本童謡年表」、童謡集「地球の病気」「ぼくは海賊」、童話集「けんちゃんあそびましょ」「山が燃える日」、絵本「ふたつのたいよう」「ひとりぼっちのねこ」「チンチン電車の走る街」、随筆集「ハワイの虹」など多数。　[団]日本児童文学者協会(名誉会長)、日本童謡協会(名誉会長)、日本児童文学学会、大阪国際児童文学会、川端康成記念会、日本東京著作権協会、詩と音楽の会、日本文芸家協会

藤田 民子　ふじた・たみこ
詩人　[生]昭和20年11月16日　[出]北海道釧路市　本名＝小林民子　[学]江南高卒　[賞]北海道詩人協会賞(平4年度)「ゼリービーンズ岬の鳥たち」　[歴]釧路新聞記者を経て、喫茶店経営の傍ら詩を作る。平成3年夫と自費出版を手伝うボランティア集団“緑鯨社”を設立。詩誌「亀裂」、同人誌「北海文学」の各同人。詩集に「ゼリービーンズ岬の鳥たち」など。　[団]国際啄木学会

藤田 初巳　ふじた・はつみ
俳人　[生]明治38年10月25日　[没]昭和59年9月25日　[出]東京市本所区横網　本名＝藤田勤吉　[学]法政大学国文科(昭和3年)卒　[歴]三省堂、春秋社などで編集にたずさわったのち、昭和6年松原地蔵尊らの「句と評論」創刊に参加。12年主宰して「広場」と改題、16年の廃刊までつとめた。同年新興俳句事件で検挙。戦後は句会から遠ざかった。「藤田初巳集」(42年)がある。

藤田 晴央　ふじた・はるお
詩人　[生]昭和26年2月20日　[出]青森県弘行市　[学]日本大学卒　[賞]年刊現代詩集奨励賞(昭和62年)　[歴]18歳で上京。昭和47年「泥」、54年「孔雀船」に参加、編集に携わる。詩集に「毛男」「この地上で」、評論集「ぼくらは笑ってグラスを合わせる」他。

藤田 福夫　ふじた・ふくお
歌人　椙山女学園大学名誉教授　[生]明治45年5月8日　[出]大阪府　[学]京都帝国大学文学部卒　[歴]今宮中学時代から作歌。浪速高校時代「水甕」に加入。京都大学時代「帚木」にも加わる。「水甕」相談役を務め、季刊誌「日本海」編集に携わる。合同歌集「群竹」に参加。他に随筆集「野あざみ」「近代歌人の研究」がある。

藤田 光則　ふじた・みつのり
詩人　(株)名手会長　内外産商会長　[生]大正11年3月1日　[出]北海道紋別郡湧別町　[学]青年学校教員養成所中退、小樽商(旧制)卒　[賞]藍綬褒章(昭和59年)　[歴]国税局に入局。戦後、札幌商工会議所に移り、中小企業診断員として勤務。昭和29年西村食品工業代表を経て、39年北海道プレハブ建築を設立、社長に就任。52年名手漆行社長を兼任。傍ら30年間に7社の更生会社管財人に就任し会社再建にあたる。この間、札幌高裁、地裁、簡裁の司法調停の各委員、札幌市水洗化等あっせん委員会委員長など歴任。一方、詩人としては、加藤愛夫に私淑し、昭和25年詩集「牧笛」を刊行。他に「氷柱の花」

「凍裂」「橋上の影」随筆集に「臍なし人生」。「炎」「現地」同人。 [団]北海道詩人協会

藤田 美代子 ふじた・みよこ
俳人 [生]昭和22年6月15日 [出]福岡県 [賞]俳人協会新人賞(第17回)(平成5年)「青き表紙」 [歴]「木語」所属。平成5年句集「青き表紙」で第17回俳人協会新人賞を受賞。

冨士田 元彦 ふじた・もとひこ
文芸評論家 歌人 映画史家 雁書館代表取締役 [専]日本映画 現代短歌 [生]昭和12年6月26日 [出]山形県山形市 [学]早稲田大学文学部史学科卒 [興]昭和20, 30年代の日本映画 [歴]昭和35年角川書店に入社、「短歌」編集長として前衛短歌運動を推進。47年より個人誌「雁」を14号まで編集発行。一方、日本映画史家としても活躍。著書は評論集「現代短歌—状況への発言」「冨士田元彦短歌論集—無声短歌史」「日本映画現代史〈1, 2〉」「映画作家伊丹万作」ほか多数。 [団]日本文芸家協会、日本映画ペンクラブ

藤田 矢逸 ふじた・やいつ
歌人 「草苺」主宰 [生]大正3年3月18日 [出]福井県 本名=藤田弥一 [学]高小卒 [歴]歌集に「草蕗」がある。 [団]日本歌人クラブ

藤田 露紅 ふじた・ろこう
俳人 「筧」主宰 [生]明治36年12月7日 [没]昭和61年2月11日 [出]大阪府 本名=藤田栄治郎 [学]高等小学校卒 [歴]昭和初期より芦田秋双(秋窓)に師事し、俳誌「大樹」同人。戦後は自ら「筧」を創刊、主宰した。句集に「新月」「蜻蛉」「白露」。俳画家としても知られた。

藤富 保男 ふじとみ・やすお
詩人 あざみ書房代表 [生]昭和3年8月15日 [出]東京 [学]東京外国語大学モンゴル語科卒 [賞]時間賞(第4回)(昭和32年)「題名のない詩」、日本詩人クラブ賞(第26回)(平成5年) [歴]学生時代から詩作をはじめ、多くの同人雑誌に詩作を発表。昭和28年「コルクの皿」を刊行。32年「題名のない詩」で時間賞を受賞。ほかに詩集「8月の何か」「鍵られた部屋」「魔法の家」「今は空」「言語の面積」「一体全体」「大あくび」「正確な曖昧」「文字の正しい迷い方」や詩論集「パンツの神様」、評伝「北園克衛」、訳詩集「カミングス詩集」「エリック・サティ詩集」などがある。同人誌「gui」所属。あざみ書房代表。また絵画展を米国、東京、パリで開く。 [団]日本文芸家協会、日本現代詩人会

藤波 孝堂 ふじなみ・こうどう
政治家 俳人 衆院議員(無所属 三重5区) 元・労相 元・官房長官 [生]昭和7年12月3日 [出]三重県伊勢市 本名=藤波孝生(ふじなみ・たかお) [学]早稲田大学商学部(昭和30年)卒 [歴]郷里に帰って家業のまんじゅう屋を継ぐが、青年団活動を始め、昭和38年三重県議に当選。42年衆院議員に当選以来、連続9期。54年大平内閣の労相として初入閣。中曽根康弘の片腕として活躍し、中曽根内閣発足時には官房副長官、ついで官房長官を務めた。“孝堂”の号を持つ俳人政治家としても知られ、国文学研究資料館、俳句文学館の建設に貢献。句集「神路山」がある。ほかに「教育の周辺」「議事堂の朝」などの著書がある。 [団]俳人協会

藤波 孝生 ふじなみ・たかお
⇒藤波孝堂(ふじなみ・こうどう)を見よ

藤野 古白 ふじの・こはく
俳人 劇作家 [生]明治4年8月8日 [没]明治28年4月12日 [出]伊予国浮穴郡久万町(愛媛県) 本名=藤野潔 別号=湖泊堂、壺伯 [学]東京専門学校 [歴]正岡子規の従弟で早くから句作をし、また劇作家としても東京専門学校在学中「早稲田文学」に戯曲「人柱築島由来」などを発表。ピストル自殺をしたが、没後の明治30年「古白遺稿」(子規編)が刊行された。

藤野 武 ふじの・たけし
俳人 [賞]角川俳句賞(第38回)(平成4年)「山峡」 [歴]「海程」所属。

藤松 遊子 ふじまつ・ゆうし
俳人 [生]大正13年1月19日 [没]平成11年6月28日 [出]佐賀県武雄市朝日町 本名=藤松直哉 [学]東京大学法学部(昭和23年)卒 [歴]昭和22年佐藤漾人に師事。のち「ホトトギス」に投句、高浜虚子に師事。23年「玉藻」に投句、星野立子に師事。34年「ホトトギス」同人。のち深見けん二、今井千鶴子と協力し、「珊」を創刊。句集に「人も蟻も」「少年」「落花」など。 [団]俳人協会、日本伝統俳句協会(理事)、国際俳句交流協会

藤村 青一 ふじむら・あおいち
詩人 [生]明治41年2月27日 [出]韓国 本名=藤村誠一 [学]関西学院大学卒 [歴]大正末期に生田春月や萩原朔太郎らの影響の下に詩作を始め、堀口大学、安西冬衛に師事。「愛踊」「今日の詩」「椎の木」などに寄稿、戦後は「日本未来派」「詩界」などに拠った。一方、「詩使徒」

(「詩文化」と改題)「仮説」「火宅」などを主宰した。著書に「保羅」「詩人複眼」「秘奥」「詩川柳考」「白黒記」がある。　[団]日本詩人クラブ

藤村 雅光　ふじむら・がこう
詩人　[生]明治29年12月25日　[出]香川県高松市馬場町　[学]広島商業卒　[歴]父の事業をついで紙カップの製造販売に従事。戦後大阪市阿倍野区より「詩文化」を実弟の藤村青一や大西鵜之介らと刊行。詩集に「葡萄の房」「曼珠沙華」「ブックマッチ物語」「一本の樹」など。没後、遺稿をあつめた「我が山脈」が創刊された。　[家]弟＝藤村誠一(詩人)

藤村 多加夫　ふじむら・たかお
俳人　[生]大正14年11月10日　[出]福島市　本名＝菅野謙三(かんの・けんぞう)　[賞]福島県芸術賞(第2回)(昭和49年)　[歴]日本銀行勤務を経て福島市において家業に従事、安西園茶舗代表。俳句は戦前「寒雷」に投句。のちに「野火」の編集長。昭和29年寒雷暖響作家に推され、地区現代俳句協会会長。49年に第2回福島県芸術賞を受賞。句集に「切株は雨曖りをり」がある。

藤本 阿南　ふじもと・あなん
俳人　[生]明治42年10月30日　[没]昭和63年5月15日　[出]奈良県桜井市　本名＝藤本一男　[学]奈良県立畝傍中学卒　[歴]昭和7年永尾宋斤に師事、「早春」に拠る。58年から「早春」主宰。句集に「四季曼荼羅」「春昼秋夜」、評伝に「俳人永尾宋斤」がある。　[団]俳人協会、大阪俳人クラブ

藤本 映湖　ふじもと・えいこ
俳人　「花藻」名誉会長　[生]大正10年4月4日　[出]滋賀県大津市　本名＝藤本一蔵(ふじもと・いちぞう)　[学]京都工電気科卒　[賞]滋賀県文化奨励賞(昭和56年)　[歴]昭和21年中本紫公創刊の「花藻」編集同人。48年から主宰、のち名誉会長。句集に「蚕豆花」「吾子」「象」。　[団]俳人協会

藤本 瑝　ふじもと・こう
詩人　高校教師(東京都立田園調布高)　[生]昭和12年　[出]徳島県　本名＝藤本博美　[賞]小熊秀雄賞(昭和61年)　[歴]作品に小説「頭陀行」詩集「非衣(ひい)」「非形系」などがある。

藤本 春秋子　ふじもと・しゅんじゅうし
俳人　浜木綿俳句会主宰　[没]昭和60年4月18日　[出]徳島県　本名＝藤本万平(ふじもと・まんぺい)　[歴]昭和33年2月浜木綿俳句会を結成、のち同会主宰。「菜殻火」同人。句集「放浪」、詩集「人間」のほか「芦屋の墓誌と碑誌」など出版。

藤本 新松子　ふじもと・しんしょうし
俳人　[生]大正8年5月22日　[出]兵庫県　本名＝藤本輝昌　[学]大阪青年師範卒　[歴]上宮高校幹事。昭和21年「青嵐俳句会」に入会。31年小金まさ魚主宰「赤楊の木」同人。48年「河」同人。53年「人」創刊に参画。55年「赤楊の木」代表となる。句集に「土壌」「晩鐘」がある。　[団]俳人協会

藤本 草四郎　ふじもと・そうしろう
俳人　「半夜」主宰　[生]昭和9年10月30日　[出]大阪府大阪市　本名＝藤本四郎　[学]大阪大学卒　[歴]内科医師を務める傍ら、昭和50年「半夜俳句会」入会、51年同人。前主宰岸本如草死去に伴い、59年より「半夜」を主宰する。句集に「滴々」「點々」「ふはり」。　[団]現代俳句協会、大阪俳人クラブ

藤本 直規　ふじもと・なおき
医師　詩人　藤本クリニック院長　[専]神経内科　[生]昭和27年12月9日　[出]岡山県倉敷市　[学]京都大学医学部卒、京都大学大学院博士課程修了　[賞]H氏賞(第39回)(平成1年)「別れの準備」　[歴]福井県などの病院勤務、滋賀県立成人病センター勤務を経て、藤本クリニックを開設、院長。大学時代、同人誌に投稿した作品を詩人の清水哲男にほめられて以来、詩作を続ける。平成元年詩集「別れの準備」で第39回H氏賞を受賞。他の詩集に「解体へ」がある。　[団]現代詩人の会、日本文芸家協会

藤本 美和子　ふじもと・みわこ
俳人　[生]昭和25年9月5日　[出]和歌山県　[賞]俳人協会新人賞(第23回)(平成11年)「跣足」　[歴]「泉」所属。平成11年句集「跣足(はだし)」で第23回俳人協会新人賞を受賞。

藤森 里美　ふじもり・さとみ
詩人　ゆすりか社主宰　[生]昭和16年7月22日　[出]長野県諏訪郡原村　[学]諏訪二葉高卒　[歴]日本相互銀行に4年間勤務後、結婚退社。白牡丹(化粧品店)・カネボウセモア代理店を経営しながら詩誌「ゆすりか」を出版。代表詩集に「ひとり旅」「故郷への道」「夢ひらく日」などがある。　[団]日本文芸家協会、日本ペンクラブ、日本詩人クラブ、長野県詩人協会

藤森 成吉　ふじもり・せいきち

小説家　劇作家　俳人　[生]明治25年8月28日　[没]昭和52年5月26日　[出]長野県諏訪郡上諏訪町角間　俳号＝山心子　[学]東京帝大独文科(大正5年)卒　[歴]大正3年処女長編小説「波」(後「若き日の悩み」)で鈴木三重吉に認められ、4年「新潮」に「雲雀」を発表。5年岡倉由三郎の長女のぶ子と結婚、六高講師となるが半年で辞任。7年「山」で文壇に復帰。その間、大杉栄の影響で日本社会主義同盟に関係、自ら労働生活を体験、その記録「狼へ」を「改造」に、また15年「新潮」に戯曲「磔茂左衛門」を発表。昭和2年「何が彼女をさうさせたか」が好評で、時の流行語となった。3年全日本無産者芸術連盟(ナップ)に参加、日本プロレタリア作家同盟の初代委員長となり、プロレタリア文学運動との関わりを深める。ソビエトに潜行し世界文学者会議に出席、帰国後検挙され転向。10年代は歴史小説「渡辺崋山」や戯曲「江戸城明渡し」「北斉」などを執筆。戦後、新日本文学会の結成に参加、24年共産党入党。長編「悲しき愛」「独白の女」などを発表した。一方、大正7年頃から句作を始め、句集「蝉しぐれ」「天翔ける」、句文集「山心」、俳句・短歌・詩を収めた「詩曼陀羅」がある。ほかに童話集「ピオの話」など。

藤森 朋夫　ふじもり・ともお

歌人　国文学者　[専]上代文学　[生]明治31年7月18日　[没]昭和44年8月29日　[出]長野県諏訪郡四賀村(現・諏訪市)　[学]東北帝国大学国文科卒　[歴]日大、東京女子大教授などを歴任。大正12年アララギに入会し島木赤彦に師事する。のち斎藤茂吉に師事。歌集に「冬岡」「笹群」があり、昭和31年から36年にかけて「茂吉研究」を発行。編著に「斎藤茂吉の人間と芸術」がある。国文学研究者としては上代文学研究家としてしられた。

藤森 秀夫　ふじもり・ひでお

ドイツ文学者　詩人　童謡作家　[生]明治27年3月1日　[没]昭和37年12月20日　[出]長野県池田町　別名＝藤太彦　[学]東京帝国大学独文科(大正7年)卒　[歴]独文学者として富山高校、金沢大教授などを歴任。学生時代から詩作を続け、大正6年「異象」を創刊し、8年「こけもも」を刊行。その他の詩集に「フリージア」「稲」など7冊がある。独文学者としてはゲーテやハイネの詩の研究や翻訳がある。また20年6月号から22年3月号まで「童話」に童謡を連載、選者もつとめた。「めえめえ児山羊」は今日でも愛唱されている。

藤森 安和　ふじもり・やすかず

詩人　[生]昭和15年1月5日　[出]静岡・沼津　本名＝杉山安和　[学]静岡県立沼津商業定時制卒　[賞]現代詩新人賞(昭和34年度)「十五歳の異常者」　[歴]畳職人となる。17歳ごろより詩作をはじめ「現代詩」に作品を投稿、沼津の詩誌「ぴすとる」の同人となる。詩「十五歳の異常者」で昭和34年度現代詩新人賞を受賞、その大胆な性的表現で話題となった。

藤原 定　ふじわら・さだむ

詩人　評論家　元・法政大学教授　「オルフェ」発行人　[生]明治38年7月17日　[没]平成2年9月17日　[出]福井県敦賀市　[学]法政大学文学部哲学科(昭和5年)卒　[賞]日本詩人クラブ賞(第13回)(昭和55年)「環」、現代詩人賞(第8回)(平成2年)「言葉」　[歴]法大在学中から小説、随筆を書き、卒業後も「新潮」などに文芸評論を発表。昭和8年法政大学予科および専門部講師に就任。同年「不安の文学」を発表し、12年「文学における人間の生成」を刊行。その間「海豹」「現実」「歴程」などに参加。その後渡満し満鉄調査部、北支那開発会社調査局に勤務。その間17年「現代作家の人間探求」を、19年第一詩集「天地の間」を刊行。21年帰国し、23年法大講師となり、のちに教授となり、44年退職。その間「至上律」「亜細亜詩人」に参加し、29年詩集「距離」を刊行。以後「僕はいる 僕はいない」「吸景」「環」などを刊行。32年山室静らと「花粉」(のち「オルフェ」と改題)を創刊し、のち発行人となる。ほかの著書に、評論「萩原朔太郎」「現代作家の人間探究」「ゲーテと世界精神」「詩の宇宙」、訳書に「シュトルム詩集」などがある。　[団]日本現代詩人会、日本文芸家協会

富士原 清一　ふじわら・せいいち

詩人　[生]明治41年1月　[没](没年不詳)　[出]大阪府　[学]法政大学卒　[歴]代表作に「魔法書或は我が祖先の宇宙学」「成立」など。太平洋戦争で戦死。

藤原 月彦　ふじわら・つきひこ

歌人　俳人　[生]昭和27年1月18日　[出]福岡県　本名＝藤原龍一郎(ふじわら・りゅういちろう)　[学]早稲田大学文学部卒　[賞]短歌研究新人賞(第33回)(平成2年)「ラジオ・デイズ」　[歴]ニッポン放送編成局制作部主任を経て、企画開発部副部長。昭和48年「俳句研究」第一回五十句競作応

ふしわら

募。50年処女句作「王権神授権」を発表。赤尾兜子主宰「渦」、「犀」「巫朱華」を経て、「豈」同人。また「短歌人」編集委員も務める。他の句集に「貴腐」「盗汗集」「魔都・魔界創世紀篇」「魔都・魔性絢爛篇」、歌集に「夢みる頃を過ぎても」「東京哀傷歌」「東京式」などがある。㊸日本文芸家協会、現代歌人協会

藤原 東川　ふじわら・とうせん
歌人　㊦明治20年1月18日　㊦昭和41年3月　㊦兵庫県朝来郡東河村（現・和田山町）　本名＝藤原与八郎　㊦昭和初期、兵庫県・東河村（現・和田山町）村長に就任。5期村長を務めたのち和田山町長を1期務めた。一方農業の傍ら若山牧水門下の歌人として不況で苦しむ農村の人々の思いを約7000首の歌に詠み、歌集「郷愁」「乳木」「山暦来」などを制作。41年死没。平成3年姫路学院女子短大教授の上田平雄により郷土を愛した東川の人間像を紹介した「土の歌人 藤原東川（但馬人物誌シリーズ1）」が出版された。

藤原 正明　ふじわら・まさあき
川柳作家　㊦昭和5年1月　㊦兵庫県　㊦神戸新聞読者文芸川柳の部年間最優秀賞（昭和48年）、兵庫県芸術文化祭県民川柳大会佳作（昭和58年、62年）　㊦昭和47年職場の川柳グループに所属、活動をはじめる。49年ふあうすと川柳社同人、57年三木芸術文化会議会員に。平成元年ふあうすと川柳社60周年記念「同人句集ふあうすと」に10句発表する。句集に「時過ぎる」「ひととき」。

藤原 美幸　ふじわら・みゆき
詩人　㊦昭和25年4月23日　㊦岩手県釜石市　㊦盛岡二高卒　㊦土井晩翠賞（第20回）（昭和54年）「普遍街夕焼け通りでする立ちばなし」、母と子のおやすみソング作詞コンクール最優秀作品賞（第6回）（平成3年）「寝たふりの子守歌」　㊦昭和53年詩誌「百鬼」の同人になり本格的に詩作の道に。PR誌などの編集の傍ら「寝たふりの子守歌」を作詞。

藤原 游魚　ふじわら・ゆうぎょ
俳人　㊦明治7年10月　㊦昭和6年4月14日　㊦大阪　本名＝藤原友三郎　㊦生家は酒醤油問屋だったが、自身は出て書画骨董商を営んだ。俳句は河東碧梧桐に師事し、主に花街情緒を詠った。また常磐津、清元、義太夫、歌沢などにも堪能で、書や絵もよくした。著書に「游魚遺稿」がある。

藤原 龍一郎　ふじわら・りゅういちろう
⇒藤原月彦（ふじわら・つきひこ）を見よ

二葉 由美子　ふたば・ゆみこ
歌人　創芸短歌社主宰　㊦昭和5年3月1日　㊦香川県　㊦児童画教室で教師をする傍ら、独学で短歌を学ぶ。自宅にギャラリー"短歌の館"を設け、定期的に歌会を開催する他、創芸短歌社を主宰し、短歌誌「創芸」を発行。平成7年阪神大震災で自宅が全壊し、災害復興公営住宅に移る。13年震災の記録と短歌をまとめた「生きてあれば」を自費出版。同年自宅に"TANKAハウスギャラリー"を設け、自作や短歌仲間の作品を展示。歌集に「夜の天秤」などがある。

二葉亭 四迷　ふたばてい・しめい
小説家　翻訳家　俳人　㊦ロシア文学　㊦元治1年2月28日（1864年）　㊦明治42年5月10日　㊦江戸・市ケ谷（合羽坂尾州藩邸）　本名＝長谷川辰之助（はせがわ・たつのすけ）　別号＝冷々亭杏雨　㊦東京外語露語部（明治18年）中退　㊦明治19年坪内逍遙の勧めで「小説総論」を発表し、20年「浮雲」第一編を発表。"言文一致"による文体で日本近代小説の先駆となった。22年内閣官報局雇員となって文壇を去るが、30年には退官するまで様々な形で勉強する。30年ゴーゴリ「肖像画」やツルゲーネフ「うき草」を翻訳。32年東京外語教授に就任し、35年北京を訪ねる。37年大阪朝日新聞東京出張員となるが、間もなく退職し、39年「其面影」を発表して文壇に復帰する。以後「あひびき」「平凡」などを発表。一方、25年頃から俳句に親しみ、盛んに句作する。句集はないが、俳句愛好の文人の一人でもあった。41年宿願のロシア行を朝日新聞特派員として実現することになり、日露戦争防止のための両国民の相互理解などにつとめたが、航路帰国の途中死去した。「二葉亭四迷全集」（全9巻、岩波書店）がある。

淵上 毛銭　ふちがみ・もうせん
詩人　㊦大正4年1月13日　㊦昭和25年3月9日　㊦熊本県葦北郡水俣町（現・水俣市陣内）　本名＝淵上喬　㊦青山学院中学部中退　㊦14歳から東京で学生生活を送るが、昭和10年頃から結核性カリエスのため生家で闘病生活をする。14年「九州文学」同人となり、また「日本談義」などに詩作を発表。18年詩集「誕生」を刊行。戦後は「歴程」に参加、また水俣文化会議をおこした。他に「淵上毛銭詩集」がある。

604

渕脇 逸郎　ふちわき・いつろう
　俳人　㋇昭和14年4月　㋚鹿児島県　雅号=逸芳　㋖鹿児島大学農学部獣医学科(昭和37年)卒　㋕獣医衛生検査技師、特許管理士　㋕昭和14年鹿児島へ移転、32年から福永耕二、米谷静二、中条明に俳句を学ぶ。37年雪印乳業入社。関心流日本興道吟詩会奥伝。著書に「渕脇逸郎集第一巻 詩・俳句・文章・他」、詩集「石ころ」「西国遍路と俳句―休日を楽しむ霊場の案内」などがある。

淵脇 護　ふちわき・まもる
　俳人　高校教諭　㋇昭和15年4月3日　㋚鹿児島県　㋖国学院大学文学科卒　㋔河新人賞(昭和43年)、河賞(昭和58年)、角川俳句賞(第32回)(昭和61年)「火山地帯」　㋕昭和38年沼口蓬風の勧めで「河」に入会、角川源義に師事。47年俳人協会会員となる。60年3月鹿児島から、交流教員として岐阜に移り、池田高で国語を教える。句集に「龍の髭」。　㋛俳人協会

舟岡 遊治郎　ふなおか・ゆうじろう
　詩人　㋇昭和6年1月　㋚東京・向島　本名=舟岡林太郎　㋖早稲田大学卒　㋕昭和26年早大入学、27年同人誌「竪琴」に参加。26年ごろから雑誌「詩学」の研究会に投稿、川崎洋・茨木のり子らの詩誌「櫂」に参加、同人となる。「櫂」10号より、遊治郎を林太郎と改めて作品を発表している。

船方 一　ふなかた・はじめ
　詩人　社会運動家　㋇明治45年5月30日　㋛昭和32年8月17日　㋚東京市京橋区東湊町　本名=足立芳一　別名=舟方一(ふなかた・はじめ)、筆名=関正勝、沢貞二郎　㋕大正9年に横浜に移住、京浜間で水上生活をおくり小学校中退。浚渫船の船頭・人夫など転々としつつ詩作。昭和7年プロレタリア演劇運動に加わり、横浜青年劇場に参加。同年日本共産党に入党。9年、遠地輝武らの「詩精神」に参加。その前後に赤色メーデー事件で検挙され入獄。10年横浜で「芸術クラブ」創刊に参加。16年「浪漫」に参加。同年ロマン事件で検挙され、20年満期出獄。戦後、共産党に復党し神奈川地方委員会書記、横浜市委員会常務委員などを歴任。また、21年に新日本文学会横浜支部を山田今次らと結成、24年に詩集「わが愛わが斗いの中から」を発表。死後、詩集刊行委員会により「舟方一詩集」が刊行された。

船越 義彰　ふなこし・ぎしょう
　作家　詩人　那覇市文化協会顧問　㋇大正14年12月27日　㋚沖縄県那覇市　㋔中野高等無線学校卒　㋔山之口貘賞(第5回)、沖縄タイムス芸術選賞文学大賞(第16回)　㋕琉球政府広報課長、琉球電電公社秘書課長、KDD沖縄国際通信事務所副参事を歴任。那覇市大網曳保存会相談役。郷土史に取材した小説を発表。著書に「船越義彰詩集」「きじむなあ物語」「なはわらべ行状記」など。

舟越 健之輔　ふなこし・けんのすけ
　ノンフィクション作家　詩人　小説家　㋕一般社会の人物・事件の発掘　㋇昭和17年4月24日　㋚福岡県直方市　本名=舟越健之亮　㋖国学院大学文学部(昭和40年)卒　㋔国際養子(海を渡った赤ちゃんたちを追跡)、日本各地で人々のために社会の流れに抗した人物や小集団を追う　㋔埼玉文芸賞奨励賞(第4回・詩)(昭和48年)「おまえはどこにいるか」、日本ノンフィクション賞新人賞(第10回)(昭和58年)「箱族の街」　㋕昭和56年まで毎日広告社勤務。かたわら詩を書く。"四角い箱の家に住み、箱の列車にのり、箱のオフィスに"と四六時箱から箱へとしばられているサラリーマンの嘆きを「箱族の街」にまとめて出版。ほかに「『大列車衝突』の夏」「赤ちゃん漂流」「世紀末漂流」「世紀末ラブソング」など。詩集に「おまえはどこにいるか」「待ち場所」がある。　㋛日本詩人クラブ、日本ペンクラブ、日本文芸家協会

舟知 恵　ふなち・めぐみ
　歌人　翻訳家　㋇大正15年3月30日　㋚奈良県　本名=五百沢恵(いおざわ・めぐみ)　㋖長生高女(昭和18年)卒、アテネ・フランセ(昭和45年)卒　㋔インドネシア文学(詩・文学史など)　㋔日本翻訳文化賞(昭和53年)「恋人は遠い島に」　㋕「原型」に所属。「新短歌」「芸術と自由」にも関わる。昭和47年～51年ジャカルタに在住。歌集に「草にのこる道」「遠い鍵」「インドネシア現代詩集」、訳書に「恋人は遠い島に」「ヌサンタラの夜明け―ハイリル・アンクルの全作品と生涯」「祖国の子へ―未明の手紙」など。　㋛日本翻訳家協会、日本ペンクラブ

舟橋 精盛　ふなはし・せいもり
　歌人　㋇大正4年10月14日　㋛昭和53年9月27日　㋚北海道　㋔原始林賞(第3回)(昭和27年)、帯広市文化賞(昭和53年)　㋕昭和21年「原始林」創刊に参加、31年選者。26年「山脈」創刊に参加。27年合同歌集「原子林十人」。29年「鴉族」創刊に参加し編集を担当。歌集は「無

機」「凍湖」「大熊座」「残日」がある。53年帯広市文化賞受賞。

船橋 弘　ふなばし・ひろし
歌人　弘栄設備工業会長　[生]大正9年4月14日　[出]栃木県那須郡烏山町　[学]満鉄高等学院卒　[賞]短歌現代歌人賞(第2回)(平成1年)「不問のこころ」　[歴]昭和12年満州に渡り、満鉄に勤務しながら、戦前・戦中は反戦地下活動に従事。戦後中国共産党軍に加わり、21年帰国。のち山形市で弘栄設備工業を設立。「波濤」同人の歌人でもあり、歌集に「不律の終章」「蕎麦の花」など。

船平 晩紅　ふなひら・ばんこう
俳人　俳誌「荒海」名誉主宰　富山県俳句連盟顧問　[生]明治30年7月31日　[没]昭和62年1月29日　[出]富山県　本名＝船平源蔵(ふなひら・げんぞう)　[学]富山師範(大正6年)卒　[賞]勲五等瑞宝章(昭和48年)　[歴]大正6年、富山師範を出て椚山小、魚津大町小、入善中の各校長を歴任。魚津市、入善町の教育長を務めた。14年に俳人・前田普羅門下となり北溟会を結成。俳誌「辛夷(こぶし)」で活躍した。戦後、昭和46年まで「喜見城」などの選者も務めた。47年「荒海」を創刊、61年まで主宰を務めた。石の華句会、七草句会など、多くの句会を指導し、普羅俳句の伝統と継承に尽くした。著書に「晩紅句集」「晩紅第二句集」「荒海句集」など。

船水 清　ふなみず・きよし
詩人　小説家　[生]大正3年　[出]青森県黒石市　[歴]著書に詩集「流雛歌」「新しい樹形」「黙示」「渤海史詩鈔」、句集「北極光」、新津軽風土記「わがふるさと」、人物評伝「ここに人ありき」「版画家 下沢木鉢郎」などがある。

文挾 夫佐恵　ふばさみ・ふさえ
俳人　「秋」主宰　[生]大正3年1月23日　[出]東京　[学]東京府立第五高女卒　[賞]現代俳句協会賞(第12回)(昭和40年)　[歴]昭和9年「愛吟」「円画」に参加。19年から「雲母」に投句し、34年同人。36年「秋」創刊に参加。のち同人、主宰。句集に「黄瀬」「葛切」「天上希求」など。[団]日本文芸家協会、日本ペンクラブ、俳人協会、国際俳句交流協会

冬木 康　ふゆき・こう
詩人　[生]大正8年2月1日　[出]奈良県橿原市八木町　本名＝辻研一　[学]奈良師範卒　[歴]奈良県、旧満州国奉天市、大阪市などの小学教師のほかに火災保険会社、古書籍業、出版社など数種の職業につく。昭和15年ごろ右原厖、飛島敬と「炉」を創刊、有力詩人の寄稿を仰ぐ。詩集に「竹の中」がある。

冬園 節　ふゆぞの・せつ
詩人　[生]大正12年2月11日　[出]徳島県名西郡石井町　本名＝清重節男　[学]徳島師範本科卒　[歴]はじめ「詩学研究会」に入会して、新人詩人選集に推される。また、同研究会員と「工」「近代詩人」を発行する。のち「地球」「焔」に参加、同人となる。詩集に「にんげん模様」「道化の頃」「美しい絶望」などがある。　[団]日本詩人クラブ

冬野 清張　ふゆの・せいちょう
歌人　歯科医　[生]明治32年10月11日　[没]平成7年7月4日　[出]長野県　本名＝城取清晴　[学]東京歯科医学専(大正11年)卒　[歴]長野県岡谷市で歯科医院を経営。大正12年「香蘭」創刊とともに入会。村野次郎に師事。昭和13年から死の直前まで選者を務める。歌集に「歴日」「漂雲」「緑原」「蒼茫」がある。　[団]日本歌人クラブ

冬野 虹　ふゆの・にじ
俳人　歌人　画家　[生]昭和18年1月1日　[出]大阪府　[歴]平成9年俳人で夫の四ツ谷龍とともに、俳句関連の記事を日本語、フランス語、英語の3か国語で発信するホームページ“インターネットむしめがね”を開設。10年カナダの俳人アンドレ・デュエームがフランス語による俳句アンソロジー「国境なき俳句/世界俳句選集」を刊行するにあたり、インターネット上での共同研究に参加する。著書に句集「雪予報」、装画担当に「俳句と自然」「慈愛」がある。[家]夫＝四ッ谷龍(俳人)　http://www.big.or.jp/~loupe

古市 枯声　ふるいち・こせい
俳人　[生]昭和13年1月12日　[出]福島県　本名＝古市実　[学]茨城大学文理学部文学科卒　[歴]昭和51年皆川盤水に師事、同年「風」に入会し56年同人。「春耕」にも所属。句集に「自安我楽」がある。　[団]俳人協会

古川 克巳　ふるかわ・かつみ
俳人　「俳句ポエム」代表　[生]大正2年3月3日　[没]平成12年6月13日　[出]東京・芝区　本名＝大橋克巳　[学]日本大学専門部卒　[歴]昭和12年日野草城に師事して「旗艦」「琥珀」、戦後は「太陽系」同人。また俳句ペンクラブ代表幹事として「俳句世紀」、「俳句往来」などの編集に携わる。29年7月「四季」（のち「俳句ポエム」）を創刊。短詩形交流の会代表も務めた。句集に「風痕抄」「重い虹」、著書に「現代の俳句」「季句の鑑賞」「体験的新興俳句史」などがある。

古川 清彦　ふるかわ・きよひこ
詩人　元・昭和女子大学教授　[専]近代日本文学　[生]大正6年5月10日　[出]鹿児島県国分町　[学]東京帝国大学国文学科（昭和16年）卒　[興]日本近代詩史　[賞]勲三等瑞宝章（昭和63年）　[歴]宇都宮大、文部省、東京学芸大、国文学研究資料館、昭和女子大勤務を経て、秋草学園理事。昭和22年「日本未来派」同人となり、のち「龍」「詩界」にも参加。詩集に「歩行」「古川清彦詩集」がある。

古川 隆夫　ふるかわ・たかお
⇒岡隆夫（おか・たかお）を見よ

古川 哲史　ふるかわ・てつし
歌人　詩人　東京大学名誉教授　国際武道大学名誉教授　[専]倫理学　日本思想史　[生]明治45年5月8日　[出]鹿児島県国分市　[学]東京帝国大学文学部倫理学科（昭和10年）卒、東京帝国大学大学院（昭和12年）修了　文学博士　[興]西村茂樹の生涯と思想、詩作　[賞]紫綬褒章（昭和49年）、勲三等旭日中綬章（昭和58年）　[歴]昭和31年東京大学教授、48年亜細亜大学教授。同人誌「白壁」主宰。著書は「広瀬淡窓」「理想的日本人」「泊翁西村茂樹」「明治の精神」「ヨーロッパ・ユーレイル・パスの旅」などのほか、歌集「東西抄」「波がしら」、詩集「さくらの花のような、あるいは白梅のような」「明日のない夜はない」「日曜の昼さがり」がある。
[団]日本弘道会（理事）

古川 沛雨亭　ふるかわ・はいうてい
俳人　都政出版社社長　[生]大正13年5月18日　[出]東京都台東区浅草　本名＝古川章吾　[歴]日本印刷文化協会、光村原色版印刷所を経て、都政人協会編集長。昭和31年都政出版社設立、社長となる。36年「金剛」創刊に参加、同人。42年編集長、57年主宰、61年「雨上」と改題。著書に「梨花賦」「俳句プロムナード」、句集に「あさきゆめみし」。　[団]俳人協会、雨上俳句会

古川 房枝　ふるかわ・ふさえ
歌人　[生]明治39年3月25日　[歴]「創作」に所属。歌誌「炎樹」主宰。昭和53年6月炎樹20周年記念を行う。第一歌集「野ばら」より「続露路のうた」まで、7冊の歌集を出版。

古沢 太穂　ふるさわ・たいほ
俳人　現代俳句協会顧問　[生]大正2年8月1日　[没]平成12年3月2日　[出]富山県大久保町（現・大沢野町）　本名＝古沢太保　[学]東京外語専修科ロシア語科卒　[賞]多喜二百合子賞（第12回）（昭和55年）「捲かるる鴎」、横浜市文化賞（昭和58年）　[歴]昭和12年結核療養中に俳句を始め、15年「寒雷」創刊とともに同人となった。戦後の26年「道標」を創刊主宰。30～61年新俳句人連盟会長を務めた。句集に「三十代」「古沢太穂句集」「捲かるる鴎」「火雲」など。
[団]新日本文学会、日本文芸家協会

古島 哲朗　ふるしま・てつろう
歌人　[生]大正14年11月5日　[出]福岡県　[歴]北九州・筑豊炭鉱勤務の後、昭和39年愛知県に移り県立養護学校などの職員を経て、62年退職。一方短歌雑誌「群炎」に所属し52年から同誌に短歌時評を執筆。平成4年それらの時評と他雑誌での書評などを収録し「現代短歌を〈立見席〉から読む」を出版。歌集に「歳華」「白雲」がある。

古舘 曹人　ふるたち・そうじん
俳人　俳人協会顧問　[専]句会入門　[生]大正9年6月6日　[出]佐賀県唐津市二の門　本名＝古舘六郎（ふるたち・ろくろう）　[学]東京帝国大学法学部（昭和19年）卒　[興]連句の実習による復活
[賞]夏草賞（第2回）（昭和34年）「ノサップ岬」、俳人協会賞（第19回）（昭和54年）「砂の音」
[歴]昭和17年山口青邨に師事。28年「夏草」同人となり、「子午線」創刊に参加。29～40年「夏草」編集、63年7月から青邨選の代行をつとめ、青邨死後、平成3年5月の終刊まで「夏草」代表をつとめた。句集に「ノサップ岬」「海峡」「能登の蛙」「砂の音」「樹下石上」「青亭」、評論集に「大根の葉」「句会の復活」「句会入門」などがある。　[団]俳人協会（顧問）、日本文芸家協会、日本ペンクラブ

古家 榧夫　ふるや・かやお
俳人　[生]明治37年11月20日　[没]昭和58年6月7日　[出]神奈川県横浜市鶴見区　本名＝古家鴻三（ふるや・ひろかず）　旧号＝榧子（ひし）
[学]一高（大正15年）中退　[歴]野尻抱影の指導で俳句をはじめ、のち「土上」に参加し新興俳句

運動に入るが、昭和16年治安維持法違反で検挙され、以後は沈黙した。句集「単独登攀者」、評論「新興俳句の展望」(共著)の著書がある。

古谷 智子　ふるや・ともこ
歌人 [生]昭和19年12月18日 [出]岡山県 [学]青山学院大学卒 [歴]昭和50年中部短歌会入会。春日井建、稲葉京子に師事。歌集に「神の痛みの神学のオブリガード」「ロビンソンの羊」「オルガノン」「ガリバーの庭」、評論集に「渾身の花」「歌のエコロジー」「河野裕子の歌」などがある。 [団]日本文芸家協会、現代歌人協会、日本歌人クラブ

古屋 秀雄　ふるや・ひでお
俳人 [生]明治40年5月26日 [没]平成3年1月4日 [出]奈良市 [賞]天狼スバル賞(第7回)(昭和41年) [歴]昭和7年「倦鳥」に入会し、松瀬青々に師事。青々没後「倦鳥」を辞し、18年「鶴」、21年「風」、24年「天狼」同人。現代俳句協会を経て、37年俳人協会に入会し、55年評議員となる。句集に「極」「詩魂」。 [団]俳人協会

不破 博　ふわ・ひろし
俳人 経林書房社長 [生]明治44年1月10日 [没]平成6年7月20日 [出]東京 [学]東京府立一商卒 [歴]昭和7年松根東洋城に師事し、「渋柿」に入門。のち野村喜舟の指導を受ける。32年経林書房を設立。44年から9年間「渋柿」を編集。53年病気のため辞任した。句集に「海南風」「天の樹」「夏闌けぬ」「鳶の笛」など。 [団]俳人協会

【へ】

別所 直樹　べっしょ・なおき
詩人 [生]大正10年8月16日 [出]シンガポール [学]上智大学経済科卒 [歴]新聞、雑誌記者から文筆生活に入った。昭和13年ごろから短歌、詩を作り、「日本詩壇」「若草」に投稿、のち「灰」を主宰。18年ごろ太宰治に師事、「鱒」「詩行動」「新日本詩人」などにも寄稿。詩集「笛と映える泉」「別所直樹詩集」「夜を呼ぶ歌」、評論・評伝に「現代詩鑑賞と作法」「悪魔の聖書」「自殺の美学」「郷愁の太宰治」「太宰治研究文献ノート」などがある。 [家]母＝築地藤子(アララギ派歌人)

別所 真紀子　べっしょ・まきこ
詩人 作家 [生]昭和9年3月1日 [出]島根県 [学]日本社会事業学校卒 [賞]新潮新人賞(昭和54年)、長谷川如是閑賞入選(昭和60年)、歴史文学賞(第21回)(平成8年)「雪はことしも」 [歴]婦人学級自由グループ講師をつとめる。著書に「芭蕉にひらかれた俳諧の女性史」「雪はことしも」「主婦の戦争体験記」(共著)、詩集に「アケボノ象は雪を見たか」「しなやかな日常」、童話に「まほうのりんごがとんできた」他。 [団]日本現代詩人会、連句協会、現代詩ラ・メールの会、草の実会、日本文芸家協会、日本ペンクラブ

逸見 喜久雄　へんみ・きくお
歌人 [生]昭和5年2月5日 [出]埼玉県 [歴]昭和22年頃より作歌。25年「アララギ」に入会し、土屋文明の選歌を受ける。歌集に「青泉歌」「冬のひかり」「かがやく森」など。

辺見 京子　へんみ・きょうこ
俳人 [生]大正12年8月17日 [出]鹿児島県指宿市 [学]指宿高女卒 [賞]角川俳句賞(第15回)(昭和44年)「壺屋の唄」、南日本出版文化賞(第5回)(昭和54年)「黒薩摩」 [歴]昭和30年結核療養所で俳句を始める。40年「鶴」入会。石田波郷、石塚友二に師事。42年「鶴」同人。句集に「黒薩摩」。郷土料理店経営。 [団]俳人協会

辺見 じゅん　へんみ・じゅん
ノンフィクション作家 歌人 [生]昭和14年7月26日 [出]富山県富山市 本名＝清水真弓 旧姓(名)＝角川 [学]早稲田大学文学部仏文科卒 [賞]短歌愛読者賞(昭和55年)、新田次郎文学賞(昭和59年)「男たちの大和」、現代短歌女流賞(第12回)(昭和63年)「闇の祝祭」、講談社ノンフィクション賞(第11回)(平成1年)「収容所から来た遺書」、大宅壮一ノンフィクション賞(第21回)(平成2年)「収容所から来た遺書」、ミズノスポーツライター賞(平10年度)(平成11年)「夢、未だ盡きず」 [歴]幼少より父角川源義の影響を受け、短歌など諸文学に親しむ。早大2年の時「60年安保」で一時中退、4年間の編集者生活後に再編入して早大仏文科を卒業。昭和45年頃から本格的に文筆業に入る。デビュー作「呪われたシルクロード」「たおやかな鬼たち」「海の娼婦はしりかね」など民俗・民話をテーマにした著作が多い。歌集に「雪の座」「水祭りの桟橋」がある。59年には、不沈戦艦大和の最後に新事実を掘り当てた「男たちの大和」が新田次郎文学賞を受賞。他に「収容所(ラーゲリ)

から来た遺書」「大下弘―虹の生涯」「夢、未だ尽きず」や編著「日本の遺書」などがある。㊹日本文芸家協会　父＝角川源義（角川書店創業者・故人）、弟＝角川春樹（角川春樹事務所特別顧問）、角川歴彦（角川書店社長）

逸見 猶吉　へんみ・ゆうきち
詩人　㊤明治40年9月9日　㊦昭和21年5月17日
㊥栃木県下都賀郡谷中村（現・藤岡町大字下宮）本名＝大野四郎　㊥早稲田大学政経学部（昭和6年）卒　㊥中学時代「蒼い沼」「二人」「VAK」などを発行し、ランボーの「母音」、チェホフの短編、メレジュコフスキーの「ミシェル・バクーニン」などを翻訳。昭和2年「鴉母」発行。翌年北海道を旅行し、4年代表作「ウルトラマリン」連作の第1編「報告」を「学校」に発表、次いで「学校詩集」に「ウルトラマリン」連作を一括寄稿。このころ草野心平、高村光太郎らを知り、6年「弩」を発行、7年季刊「新詩論」発刊で編集委員。10年同人8名と「歴程」を創刊。14年ハルビンに渡り満州生活必需品配給会社に勤務、「満州浪漫」同人。18年関東軍報道班員となり新京で敗戦を迎えた。草野心平編「逸見猶吉詩集」がある。

【 ほ 】

北条 敦子　ほうじょう・あつこ
詩人　㊤昭和8年3月24日　㊥兵庫県　㊥姫路西高卒　㊥昭和52年〜平成5年詩誌「風」同人。詩集に「火花」「炎炎と真昼」「語り口と石」などがある。　㊹日本ペンクラブ

北条 鴎所　ほうじょう・おうしょ
漢詩人　㊤慶応2年9月20日（1866年）　㊦明治36年7月16日　㊥東京　本名＝北条直方（ほうじょう・なおかた）　字＝方丈、号＝鴎所、石鴎　㊥幼時より島田篁村に漢字を学び、外国語学校で清国語を学んだ後、上海に渡る。同地で詩名を知られ、帰国後は宮城裁判所を経て大審院書記長を務めた。著書に「清国見聞録鴻泥」「九梅草堂集」など。

坊城 俊民　ぼうじょう・としたみ
歌人　詩人　元・歌会始披講会会長　㊥「源氏物語」　㊤大正6年3月29日　㊦平成2年4月6日　㊥東京　㊥東京帝国大学文学部（昭和16年）卒　㊥旧伯爵で冷泉家、入江家とつながる和歌の家、坊城家に生まれる。学習院時代、文芸部誌「雪線」に少年時代の習作を発表。三島由紀夫に影響を与える。昭和26年から「歌会始」の講師（こうじ）をつとめ、講師・講頌の研究会「披講会」の会長もつとめる。芝学園（現・芝高校）、府立九中（現・北園高校）、石神井高教頭、池袋商業校長、志村高校校長等を歴任し、52年退任。その後はライフワークの「源氏物語」や和歌の研究を続けた。また、練馬区の市民サークル「坊城・源氏の会」の講師もつとめた。著書に「みやびその伝承」「おほみうた―今上陛下二二一首」「焔の幻影―回想三島由紀夫」「歌会始」、詩集に「ねずみもち」「ミモザの別れ」など。㊹父＝坊城俊良（伊勢神宮大宮司・皇太后宮大夫・故人）、弟＝坊城俊周（共同テレビ社長・宮内庁式部職嘱託）

芳原 松陵　ほうばら・しょうりょう
漢詩人　㊤大正3年2月2日　㊥岡山県平津　本名＝芳原一男（ほうばら・いちお）　字＝士絶、旧号＝翠陰　㊥大東文化学院高等科卒　㊥昭和12年から奈良、岡山、高梁、高松などの中学校教員を経て朝日高校教諭となった。国分青厓、石田東陵、土屋竹雨、服部空谷らに詩を学び、芸文社の「東華」に詩を発表。清流吟社に参加、金烏吟社を主宰した。漢魏、盛唐、杜少陵の詩に私淑した。著書に「翠陰詩」（全2巻）「松陵文稿」「吉備漢詩集」（全10巻）がある。

保坂 耕人　ほさか・こうじん
歌人　㊤明治42年8月30日　㊥山梨県　㊥「心の花」編集委員。昭和7年「心の花」入会。戦後は佐佐木治綱に師事。歌集に「一隅」がある。

保坂 春苺　ほさか・しゅんまい
俳人　元・化学工業副社長　㊤大正4年9月8日　㊦昭和53年4月3日　㊥広島県　本名＝保坂信吉　㊥東京大学経済学部卒　㊥東大ホトトギス会および成蹊圏東京句会で中村草田男に、ついで山口青邨にそれぞれ師事し、昭和28年「夏草」同人。同年「子午線」発刊に加わり、同人。31年「萬緑」同人。24〜36年の間療養生活。句集に「墓の黙」、全句集「意識の湖」がある。

保坂 敏子　ほさか・としこ
俳人　㊤昭和23年5月5日　㊥山梨県　㊥昭和44年「雲母」に入会、のち同人。その後、無所属。句集に「芽山椒」がある。

保坂 伸秋　ほさか・のぶあき
俳人　「岬」主宰　[生]大正9年1月30日　[出]神奈川県横浜市　本名＝保坂福太郎　[学]吉田商卒　[賞]若葉賞（昭和36年）、岬賞（昭36年度）　[歴]昭和14年田村泉汀の手ほどきをうけ「若葉」に入門。30年「岬」創刊に参加。「若葉」「岬」同人となる。句集に「保坂伸秋集」「町」「港」がある。　[団]俳人協会、日本文芸家協会

保坂 文虹　ほさか・ぶんこう
俳人　[生]明治43年1月3日　[没]昭和61年1月4日　[出]東京・本郷　本名＝保坂敏夫（ほさか・としお）　[学]早稲田工手学校卒　[歴]「木太刀」「ホトトギス」に投句。昭和6年「春泥」に拠り万太郎、白水郎に師事。10年「春蘭」を発行、「春泥」を合併するも渡満のため休刊。42年「春燈」に参加。「文虹句集」がある。　[団]俳人協会

穂坂 道夫　ほさか・みちお
詩人　[生]昭和11年　本名＝菅家長平　[歴]エッセイに「ニューヨーク市の生涯教育」「生涯学習時代の公民館活動」「野辺のゆきき」、詩集に「銀河の音」「サンパンの歌」「重たい肖像」「杼の音―穂坂道夫集」他。

保坂 リエ　ほさか・りえ
俳人　[生]昭和3年8月31日　[出]東京　庵号（連句）＝松山居りえ　[歴]昭和60年俳誌「くるみ」とその母体である「くるみ俳句会」を主宰。連句の世界でも松山居リエの庵号を許されて、連衆のリーダー的存在。そのほか「日本の祭」「茶とやきもの」「料理とうつわ」など、祭や陶芸美の研究分野でも活躍。句集に「胡桃」がある。

星 寛治　ほし・かんじ
農業　詩人　評論家　[専]有機農業　[生]昭和10年9月7日　[出]山形県東置賜郡高畠町　[学]米沢興譲館高卒　[賞]山形県詩賞（第5回）（昭和51年）、真壁仁野の文化賞（第10回）（平成6年）「農業新時代―コメが地球を救う」　[歴]昭和48年に地域の青年達とつくった有機農業グループ、高畠町有機農業研究会のリーダー格。その活動は有吉佐和子の「複合汚染」でも紹介された。全国環境保全型農業推進会議委員。また長年にわたり高畠町教育委員長を務めるかたわら詩作や評論活動を続ける。農民文学誌「地下水」同人。演劇活動にも携わる。著書に「鍬の詩―"むら"の文化論」「北の農民 南の農民」（共著）「農からの発想」「かがやけ、野のいのち」「農業新時代―コメが地球を救う」ほか、詩集「滅びない土」など。　[団]日本有機農業研究会

星 雅彦　ほし・まさひこ
詩人　美術評論家　[生]昭和7年1月5日　[出]沖縄県那覇市　本名＝星山吉雄　[学]アテネ・フランセ仏語科中退　[歴]ルポルタージュ、詩、小説、美術批評等多岐にわたって活躍。日本将棋連盟沖縄県支部連合会理事長も務める。「地球」同人。著書に「沖縄の証言」「沖縄の伝説」（共著）、詩集に「砂漠の水」「マスクのプロムナード」などがある。　[団]日本詩人クラブ、新生美術協会、南島史学会

保科 その子　ほしな・そのこ
俳人　[生]昭和5年2月14日　[出]兵庫県　[学]姫路高等女学校卒　[歴]「花曜」所属。句集に「望楼」「聞香」。

保科 千代次　ほしな・ちよじ
歌人　徳島文理科大学名誉教授　[生]明治39年5月20日　[出]徳島県勝浦町　[学]徳島師範専攻科卒　[歴]戦前「立春」「歌と観照」、郷土誌「あゆひ」「全徳島歌人」等を経て、戦後「徳島歌人」の創立に参加、後主宰となり18年間編集に携わる。昭和37年より徳島県歌人クラブ会長、のち顧問。「林間」及び「徳島歌人」同人。著書に「国語提要」「東歌考」「短歌滅亡論考」、歌集に「川のほとり」「冬木立」がある。

星野 明世　ほしの・あきよ
俳人　[生]大正15年1月13日　[出]北海道小樽市　本名＝星野明子　旧姓(名)＝山本　[学]東京家政学院卒　[賞]水明賞、かな女賞、現代俳句協会賞（第41回）（平成5年）　[歴]昭和20年長谷川かな女の門に入り「水明」に投句。23年俳人・星野紗一と結婚。48年「水明」運営同人。句集に「ねばりひき」「馬櫖」「蟇」「青信濃」など。　[団]俳人協会、現代俳句協会　[家]夫＝星野紗一（俳人）、父＝山本嵯迷（俳人）

星野 丑三　ほしの・うしぞう
歌人　香蘭短歌会代表　元・日本短歌雑誌連盟理事長　[生]明治42年10月10日　[没]平成13年7月23日　[出]埼玉県　[学]東洋大学文学部卒　[賞]日本歌人クラブ賞（第29回）（平成4年）「歳月」　[歴]昭和4年香蘭短歌会に入会、村野次郎に師事。師の没後55年より同会代表となる。56年より日本短歌雑誌連盟幹事長、のち理事長。日本歌人クラブ幹事を務めた。また、52年高樹会発足と共に会員。歌集に「九曜」「緑陰集」「風土」「日常」「歳月」、他に合同歌集「高樹」がある。
[団]現代歌人協会、日本歌人クラブ

星野 京　ほしの・きょう
歌人　[生]昭和9年4月18日　[出]東京　[歴]29年「白珠」に入社、安田章生に師事する。日本歌人クラブ会員。54年より57年まで関西在住し、関西短歌雑誌連盟事務局を自宅に仮設、運営事務に従事する。歌集に「限りなき讃歌」「罪祭」など。　[団]日本歌人クラブ

星野 紗一　ほしの・さいち
俳人　「水明」主宰　[生]大正10年10月31日　[出]埼玉県浦和市　[学]拓殖大学商学部卒　[賞]埼玉文化賞　[歴]ユニオンクレジット常務をつとめるかたわら、「水明」に投句し、長谷川かな女の門に入る。昭和48年より「水明」主宰。句集に「ねばりひき」「木の鍵」「鹿の斑」「置筏」「地上の絵」「鳥の句」など。　[団]俳人協会、現代俳句協会、日本ペンクラブ　[家]父＝星野茅村(俳人)

星野 慎一　ほしの・しんいち
詩人　元・東京教育大学文学部教授　[専]ドイツ文学　[生]明治42年1月1日　[没]平成10年12月17日　[出]新潟県長岡市　[学]東京帝国大学文学部独文学科(昭和7年)卒　文学博士　[賞]日本エッセイストクラブ賞(第43回)(平成7年)「俳句の国際性」　[歴]旧制成城高校、埼玉大学、東京教育大学、南山大学教授を歴任。独文学者として、主にリルケを研究し、「若きリルケ」「リルケとロダン」「晩年のリルケ」「ゲーテと鴎外」「ゲーテと仏教思想」や、翻訳「リルケ詩集」「ゲーテ詩集」など著書は数多い。また詩集に「郷愁」「高原」がある。東京教育大学文学部長時代には、筑波学園都市への移転に反対した。他の著書に「俳句の国際性」がある。
[団]日本詩人会

星野 水裏　ほしの・すいり
詩人　[生]明治14年　[没]昭和12年5月4日　[出]新潟県新発田市　本名＝星野久　変名＝水野うら子、淡路しま子、別号＝白頭、白桃　[学]早稲田大学国漢科(明治38年)卒　[歴]明治41年創刊の「少女の友」主筆となる。川端龍子、竹久夢二らを起用した清新な編集をするとともに、自らも同誌に詩、教訓実話、教訓唱歌等を発表。特に抒情的な口語詩は、多くの少女達に愛誦された。詩集「浜千鳥」「赤い椿」などがある。

星野 石雀　ほしの・せきじゃく
俳人　「摩天楼」主宰　[生]大正11年9月1日　[出]神奈川県　本名＝星野宏　[賞]鷹俳句賞(第23回・昭62年度)　[歴]昭和21年頃より作句。「曲水」「氷海」を経て、「摩天楼」主宰。句集に「薔薇館」「乾草物語」「延年」など。　[団]俳人協会

星野 石木　ほしの・せきぼく
俳人　[生]明治19年1月25日　[没]昭和35年3月25日　[出]京都市　本名＝星野石松　[学]京都大学卒　[歴]明治37、8年頃京大在学中の松根東洋城中心の三高俳句会で句之都、楽堂等と句作。卒業後、日本橋宝町に薬舗を開業。「渋柿」創刊以来選者。昭和10年「あらの」に参加したが終戦後は不明。

星野 高士　ほしの・たかし
俳人　「玉藻」副主幹・編集長　[生]昭和27年8月17日　[出]神奈川県鎌倉市　[歴]10代より作句を始め、「ホトトギス」「玉藻」に投句。のち「玉藻」編集長。「ホトトギス」同人。サンケイ学園講師も務める。句集に「破魔矢」「立子俳句365日」(分担執筆)がある。　[団]日本伝統俳句協会　[家]母＝星野椿(俳人)

星野 立子　ほしの・たつこ
俳人　「玉藻」主宰　[生]明治36年11月15日　[没]昭和59年3月3日　[出]東京市麹町区富士見町　旧姓(名)＝高浜　[学]東京女子大学高等部(大正13年)卒　[賞]勲四等宝冠章(昭和50年)　[歴]俳人高浜虚子の二女として生れ、大正14年「文学会」の指導的立場にあった星野天知の息子・吉人と結婚。虚子と同じく鎌倉に住み、昭和5年女流俳誌「玉藻」を創刊。9年には「ホトトギス」同人となり、中村汀女と共に女流の双璧の評価を得た。45年脳血せんで倒れて以来、句作と療養の毎日を送っていた。著作に「立子句集」「実生」「玉藻俳話」「大和の石仏」「虚子一日一句」など多数。　[団]俳人協会　[家]父＝高浜虚子(俳人)、兄＝高浜年尾(俳人)、弟＝池内友次郎(作曲家)、妹＝高木晴子(俳人)、上野章子(俳人)、娘＝星野椿(俳人)

星野 恒彦　ほしの・つねひこ
俳人　早稲田大学法学部教授　国際俳句交流協会副会長　[専]俳句　現代英米詩　[生]昭和10年11月19日　[出]東京　[学]早稲田大学大学院英文学専攻修了　[歴]昭和51年れもん入会、多田裕計に手ほどきをうける。55年れもん賞佳作により、同人に。55年貂の会に参加、川崎展宏に兄事。会誌「貂(てん)」創刊と共に編集同人を務め、編集長。のち国際俳句交流協会副会長。

著書に「欧米文学の展開」、句集「連凧」などがある。 ㊐俳人協会

星野 椿　ほしの・つばき

俳人 「玉藻」主宰 ㊓昭和5年2月21日 ㊝東京 本名＝中村早子 ㊫白百合女子大学英文学科中退 ㊮祖父・高浜虚子が創刊し、母・星野立子が継いだ「玉藻」を昭和59年母が亡くなってから主宰。西日本読者文芸選者。句集「早椿」「華」ほか。 ㊋祖父＝高浜虚子、母＝星野立子、長男＝星野高士（俳人・「玉藻」編集長）

星野 徹　ほしの・とおる

詩人 歌人 茨城キリスト教大学英語英米文学科教授 茨城大学名誉教授 ㊕イギリス文学 ㊓大正14年8月25日 ㊝茨城県稲敷郡江戸崎町 ㊫茨城大学教育学部英文科（昭和27年）卒 ㊩ジョン・ダンほか17世紀形而上詩、T.S.エリオットほか20世紀イギリス詩 ㊯日本詩人クラブ賞（第13回）（昭和55年）「玄猿」 ㊮昭和28年水戸工高教諭を経て、37年茨城大学助手、39年講師、43年助教授、48年教授。平成3年定年退官、茨城キリスト教大学教授。一方詩人、歌人として活動し、昭和22年「アララギ」に入会したが、26年退会。32年「日亜紀」創刊、編集発行人。「湾」同人。平成元年茨城新聞「茨城詩壇」選者。また日本詩人クラブ賞選考委員、現代詩人賞選考委員などを務める。著書に詩集「PERSONAE」「芭蕉四十一篇」「玄猿」「城その他」、歌集「夏物語」、詩論集「詩と神話」「星野徹詩論集原体験を求めて」（1，2）、訳書に「ジョン・ダン詩集」など多数ある。 ㊐日本英文学会、日本T.S.エリオット協会、日本現代詩人会、日本文芸家協会、日本詩人クラブ

星野 富弘　ほしの・とみひろ

詩人 画家 ㊓昭和21年4月24日 ㊝群馬県勢多郡東村 ㊫群馬大学教育学部保健体育科（昭和45年）卒 ㊮高崎市立倉賀野中学に体育教師として赴任したばかりの24歳のとき、クラブ活動で宙返りの指導中、頸椎を脱臼骨折して首から下がマヒ。以来寝たきりの入院生活の中で、フェルトペンを口にくわえて絵を描き、詩を書く練習をつむ。昭和54年帰郷し、56年結婚。57年8年間に書いた絵60枚、詩38編を集めて詩画集「四季抄・風の旅」を出版。その後も新聞や雑誌に詩画を連載執筆している。平成6年ニューヨークで初の海外個展「花の詩画展」を開催。故郷の東村には富弘美術館がある。著書に月刊誌「いつかどこかで」の連載をまとめた「愛、深き淵より」や「かぎりなくやさしい花々」、第二詩画集「鈴の鳴る道」、三浦綾子との対談「銀色のあしあと」などの他、英訳版、カセット版もある。

星野 麦丘人　ほしの・ばくきゅうじん

俳人 「鶴」主宰 ㊓大正14年3月4日 ㊝東京・葛飾 本名＝星野重蔵 ㊫法政大学文学部卒 ㊯鶴俳句賞（昭和34年）、鶴散文賞（昭和59年）、俳人協会賞（第36回）（平成9年）「雨滴集」 ㊮昭和21年「鹿火屋」の昼間槐秋に俳句の手ほどきを受けたが、22年石田波郷に師事し、23年「鶴」に入会。「鶴」復刊後28年から編集を担当し、53年編集長、61年より主宰。句集に「弟子」「寒食」「自解100句選・星野麦丘人集」「雨滴集」など。 ㊐俳人協会（理事）、日本文芸家協会

星野 麦人　ほしの・ばくじん

俳人 ㊓明治10年4月13日 ㊚昭和40年3月12日 ㊝東京市牛込区水道町 本名＝星野仙吉 ㊮大野酒竹選の「毎日俳壇」、正岡子規選の「日本俳壇」に投稿。子規庵に出入りする一方で硯友社にも出入りし、明治34年晩鐘会を結成して「俳藪」を創刊し、42年「卯杖」と合併し「木太刀」と改称して主宰する。そのかたわら古典俳句研究に力を注ぎ「類題 百家俳句全集」「俳諧年表」などの編著がある。句集には「あぢさゐ」「草笛」「松の春」また、「紅葉句帳」などの編著もある。

星野 茅村　ほしの・ぼうそん

俳人 ㊓明治26年2月1日 ㊚昭和36年9月7日 ㊝埼玉県浦和市 本名＝星野柳吉 ㊮長谷川零余子・かな女に師事、「枯野」「水明」の有力作家。同人誌「麗和」を発行。句集に「くぬぎ第一集」「くぬぎ第二集」がある。

星野 昌彦　ほしの・まさひこ

俳人 高校教師 「景象」主宰 ㊓昭和7年3月22日 ㊝愛知県豊橋市 ㊫愛知学芸大学（現・愛知教育大学）卒 ㊯現代俳句協会新人賞（第1回）（昭和58年）、中部日本俳句作家会賞、中日俳句賞、現代俳句協会評論賞（第5回）（昭和60年）「鑑賞の諸相—俳句の本質を求めて」 ㊮昭和27年頃から作句をはじめ、中日新聞の「中日俳壇」に投稿。句誌「橘」同人。「景象」主宰。伝統俳句とは対照的に、非情の風景を描き出す。句集に「藁の国」「四季存問」「言語論」がある。 ㊐中部日本俳句作家会

穂積 永機 ほずみ・えいき
俳人 [生]文政6年10月10日(1823年) [没]明治37年11月10日 [出]江戸 通称=善之、号=老鼠堂、阿心庵 [歴]其角堂7世を継いだが、明治20年その座を門人田辺機一に譲る。全国各地を行脚し、門人1千人と称せられた。26年「明治枯尾花」を刊行。 [家]父=其角堂鼠肝(6世)

穂積 忠 ほずみ・きよし
歌人 [生]明治34年3月17日 [没]昭和29年2月27日 [出]静岡県 [学]国学院大学卒 [賞]多磨賞(第1回) [歴]女学校教師を経て三島高女校長。韮山中学時代北原白秋の「詩と音楽」に投稿、認められて門下となり、「日光」「香蘭」「多磨」などに出詠、「多磨」廃刊後「中央線」に参加。また折口信夫(釈迢空)にも師事、民俗学を学んだ。昭和14年刊行の第1歌集「雪祭」には白秋、迢空の序文があり、賞も受けた。没後第2歌集「叢」が弟子たちにより出版された。

穂積 生萩 ほずみ・なまはぎ
歌人 「火の群れ」主宰 [生]大正15年1月4日 [出]秋田県 本名=穂積数枝 [学]トキワ松学園卒 [歴]19歳で釈迢空に師事し、昭和21年「人民短歌」(現・「新日本歌人」)創刊より参加。27年「花宴」、32年「橘」、57年「短歌周辺」各同人。のち「火の群れ」主宰。歌集に「貧しい町」「夜明けまで」「つらぬく」「穂積生萩長歌集」「猫と男たち」、著書に「評伝 私の折口信夫」「折口信夫芸術の世界」。 [団]現代歌人協会、三田文学会、日本文芸家協会

細井 魚袋 ほそい・ぎょたい
歌人 [生]明治22年1月2日 [没]昭和37年11月2日 [出]千葉県 本名=細井子之助 [学]木更津中卒 [歴]中学時代から尾上柴舟に師事。卒業後は千葉県、朝鮮総督府、内務省、東京都などに勤めた。大正12年京城で「真人」を創刊。また房総地方の万葉地理を研究し、「褪せゆく生活」「椎葉集」「五十年」などの歌集がある。

細井 啓司 ほそい・けいじ
俳人 [生]大正15年4月13日 [出]東京 本名=細井陽三 [賞]現代俳句協会評論賞佳作(第9回)(平成1年)「俳誌『帆』における三鬼と白泉」、現代俳句協会評論賞(第10回)(平成2年)「或る自由主義的俳人の軌跡」 [歴]「新暦」「花実」出身。

細井 みち ほそい・みち
俳人 [生]大正15年5月17日 [出]北海道小樽市 本名=細矢のぶ [学]札幌高女専攻科卒 [賞]野火賞、青霧賞(昭和44年) [歴]昭和29年「野火」入会、39年同人となる。句集に「五月」「白籛」「時計台」がある。 [団]俳人協会、日本詩歌振興会(評議員)

細川 加賀 ほそかわ・かが
俳人 「初蝶」主宰 [生]大正13年2月11日 [没]平成1年10月25日 [出]東京・下谷 本名=細川与一郎(ほそかわ・よいちろう) [学]専検(昭和21年)合格 [賞]鶴俳句賞(第3回)(昭和30年)、サンケイ俳句賞(昭和32年)、俳人協会賞(第20回)(昭和56年)「生身魂」 [歴]昭和15年肺結核となり、中野療養所時代の18年石野兌に師事、「鶴」に入会。29年「鶴」同人となる。59年「初蝶」を創刊し、主宰。句集に「傷痕」「生身魂」「玉虫」。 [団]俳人協会

細川 謙三 ほそかわ・けんぞう
歌人 [生]大正13年3月7日 [出]広島県比婆郡西城町 [学]東京大学法学部卒 [賞]現代歌人協会賞(昭和50年)「楡の下道」 [歴]昭和17年「アララギ」に入会。26年近藤芳美を中心とする「未来」創刊に参加。28年「未来歌集」に参加したが、のち長期アメリカ在勤となりこの間休詠。40年帰国後、復帰し選者となる。58年同人誌「楡」創刊、のち編集代表。歌集「秋の歌」「楡の下道」「驢鞍集」、評論集「アララギの流域」などがある。

細川 基 ほそかわ・もとい
詩人 「輪」主宰 [生]明治40年10月16日 [出]長野県 [歴]昭和4年から中西悟堂に師事して詩作に励む。「輪」を主宰。詩集に「悪童生誕」「蝉」「石潔祭」など。ほかに民謡集「棘のある巣」、句集「寒卵」、自伝「移植樹」などがある。 [団]日本詩人クラブ

細木 芒角星 ほそき・ぼうかくせい
俳人 「獺祭」主宰 [生]明治30年9月30日 [没]昭和54年2月3日 [出]島根県 本名=細木角造 [学]法政大学商学部卒 [歴]税務署勤務を経て、昭和29年税理士を開業。小学校時代から俳句を学び、吉田冬葉に師事して、「獺祭」創刊に参加。33年より主宰。句集に「此土」がある。

細木原 青起　ほそきばら・せいき
漫画家　画家　俳人　⽣明治18年5月15日　没昭和33年1月27日　⽣岡山県　本名＝細木原辰江　別名＝鳥越静岐　⽇本美術院卒　明治の中期、京城で「京城日報」「朝鮮パック」などに鳥越静岐の名で漫画を描いた。明治42年日本に帰り「東京パック」「東京日日新聞」「中外商業新聞」「大阪朝日新聞」などに漫画を描き、漫画スケッチ、時代もの、文芸漫画、さらにユーモア小説も手がけた。また、明治35年ごろから「日本俳句」「ホトトギス」などに投句、のち「日本俳句」に専念した。著書に「日本漫画史」「晴れ後曇り」「ふし穴から」などがある。

細越 夏村　ほそごえ・かそん
詩人　小説家　⽣明治17年5月25日　没昭和4年1月15日　⽣岩手県盛岡市加賀野町　本名＝細越省一　早稲田大学英文科(明治39年)卒　盛岡中学で金田一京助ら、早大で会津八一、相馬御風らと同級。「明星」、ついで「白百合」に投稿。39年在学中に詩集「霊笛」を刊行。東京火災保険に一時勤めたが、家業の金融業につき、雑誌、新聞に発表。43～44年口語自由詩「迷へる巡礼の詩集」「菩提樹の花咲く頃」「星過ぎし後」「褐色の花」「春の楽屋」の5詩集を自費出版。他に冒険、怪奇、恋愛小説など50余編、随筆集「石人録」などがある。

細田 源吉　ほそだ・げんきち
小説家　俳人　⽣明治24年6月1日　没昭和49年8月9日　⽣埼玉県　早稲田大学文学部英文科(大正4年)卒　日本橋の洋服反物問屋に3年間丁稚奉公をし、その後苦学しながら大学へ進む。卒業後春陽堂に入社、「新小説」「中央文学」の編集に携わる。その間小説を執筆し、大正7年「空骸」、8年「死を悼んで行く女」を発表して文壇に登場。9年「死を悼む女」を刊行し、以後「罪に立つ」などを発表。13年「未亡人」、14年「本心」を刊行しプロレタリア作家へ成長して行く。15年「文芸行動」を創刊。プロレタリア文学作家としては「誘惑」「この人達の上に」「陰謀」などの作品がある。昭和7年検挙されて転向するが、戦後は執筆をせず府中刑務所の篤志面接委員をつとめた。また少年時代から俳句に親しみ、戦後の26年つゆ草句会を興して主宰。句集に「松柏」がある。

細田 幸平　ほそだ・こうへい
歯科医　詩人　細田歯科医院院長　⽣昭和14年8月27日　⽣神奈川県横浜市神奈川区　東京歯科大学(昭和41年)卒　研数学館にて中原中也の存在を知り、詩作を始める。平成元年歯科開業20周年を記念して、詩集「愛の記念に」を再版。他の詩集に「憧がれを知る人に」「草の花」など。⽒東海現代詩人会、葵詩集財団

細田 静　ほそだ・しずか
俳人　⽣大正9年4月16日　⽣東京　本名＝細田新吉　陸士卒　麻俳賞賞(昭和44年)　昭和21年細田紫葉の指導で「曲水」へ投句するが、26年中止。43年「麻」創刊に参加し俳句再開。⽒俳人協会

細田 寿郎　ほそだ・じゅろう
俳人　医師　⽣大正1年10月2日　⽣山梨県甲府市　大阪帝国大学医学部(昭和14年)卒　医学博士　山梨県病院、日本生命済生会附属病院副院長などを経て、茨木市春日に細田病院開業。俳句は昭和17年陀笏門下であった叔父若尾魚黙を介し入門、以来一貫して飯田陀笏・龍太に傾倒。「雲母」同人であった。句集に「冬木」「諸葉」など。

細野 豊　ほその・ゆたか
詩人　⽣昭和11年2月13日　⽣神奈川県横浜市　東京外国語大学スペイン語科(昭和33年)卒　昭和39年～平成元年の間に通算約15年ブラジル、ボリビア、メキシコなどに勤務。著書に「悲しみの尽きるところから―細野豊詩集」、スペイン語詩集「DIOSES EN REBEL DIA」などがある。⽒沙漠詩人集団、北九州詩人懇話会、日本文芸家協会、現代詩人クラブ、日本ペンクラブ

細見 綾子　ほそみ・あやこ
俳人　「風」編集・発行人　俳人協会顧問　⽣明治40年3月31日　没平成9年9月6日　⽣兵庫県氷上郡芦田村東芦田　本名＝沢木綾子　日本女子大学文学部国文科(昭和2年)卒　茅舎賞(第2回)(昭和27年)「冬薔薇」、芸術選奨文部大臣賞(昭和50年)「伎芸天」、蛇笏賞(第13回)(昭和54年)「曼陀羅」、勲四等瑞宝章(昭和56年)　結核療養中に医師にすすめられ、俳句を始めた。昭和4年「倦鳥」に入会、松瀬青々に師事。21年「風」創刊に参加し、22年結婚。28年「天狼」同人。句集に「桃は八重」「冬薔薇」「雉子」「伎芸天」「曼陀羅」「細見綾子全句集」、随筆集に「俳句の表情」「武蔵野歳時記」

など。芸術選奨ほか数々の受賞歴を持つ。
[家]夫＝沢木欣一（俳人・東京芸大名誉教授）

細見 しゅこう　ほそみ・しゅこう
俳人　[生]明治42年1月9日　[出]兵庫県　本名＝細見武（ほそみ・たけし）　[学]鳳鳴中学卒　[賞]若葉賞（昭和35年）　[歴]昭和4年下村非文に学ぶ。数誌を経て，22年「若葉」入門、富安風生に、没後清崎敏郎に師事。36年「若葉」同人。52年近畿若葉同人会長、54年兵庫県俳句協会理事を歴任。句集に「須磨」「自註・細見しゅこう集」。[団]俳人協会

細谷 鳩舎　ほそや・きゅうしゃ
俳人　[生]大正2年12月28日　[没]平成6年4月2日　[出]山形県　本名＝細谷大作　[学]早稲田大学政経学部卒　[賞]山形県芸文会議賞、斎藤茂吉文化賞　[歴]昭和の初め、父友風の手ほどきをうける。昭和15年「馬酔木」に投句し、水原秋桜子に師事、48年同人となる。山形馬酔木会代表、山形県俳人協会会長、山形新聞俳壇選者も務める。句集に「木樵る音」「雪階」「細谷鳩舎集」など。　[団]俳人協会

細谷 源二　ほそや・げんじ
俳人　[生]明治39年9月2日　[没]昭和45年10月12日　[出]東京・山吹町　本名＝細谷源太郎　旧号＝碧葉　[学]工手学校中退　[賞]北海道文化奨励賞（昭和25年）、砂川市文化功労賞（昭和35年）　[歴]工員生活を送りながら大正12年頃内藤辰雄らと労働者文学にたずさわり、のち口語短歌運動にしたがい、昭和8年俳句に転じる。プロレタリア俳句運動に参加したが、16年の新興俳句弾圧で検挙され懲役2年執行猶予3年に処せられた。戦後北海道に渡って開拓生活をしたが失敗。その後「氷原帯」を創刊、没年まで主宰した。句集「鉄」「砂金帯」や文集「現代俳句の解説」などがある。

穂曽谷 秀雄　ほそや・ひでお
歌人　「芸術と自由」発行人　[生]明治41年10月12日　[出]東京　本名＝細谷秀雄　[賞]新短歌人連盟賞（第5回）（昭和48年）　[歴]昭和4年西村陽吉に師事、「芸術と自由」に参加。以後、鳴海要吉の「新緑」などを経て、「主情派」同人。39年3月同志と「芸術と自由」を復刊。編集発行人。新短歌人連盟常任委員。50年「棟の会」を創設。歌集に「短歌的自伝」がある。

細谷 不句　ほそや・ふく
耳鼻咽喉科医学者　俳人　東京同愛記念病院耳鼻咽喉科医長　[生]明治15年4月28日　[没]昭和25年11月20日　[出]山形県谷地町　本名＝細谷雄太（ほそや・ゆうた）　旧号＝柚翁　[学]東京帝大医科大学（明治40年）卒　医学博士（東京帝大）（大正11年）　[歴]岡田和一郎に師事。大正元年台湾総督府医院医長兼付属医専教授、6年欧州留学、13年千葉医科大学教授、昭和3年東京同愛記念病院耳鼻咽喉科医長を歴任し、戦後退職。俳句は一高俳句会、東京俳句会、海紅堂句会などに参加。河東碧梧桐に師事し、「海紅」同人。句集に「寒林句屑」「日々吟四年間」、著書に「耳鼻咽喉科レントゲン診断及治療」「耳鼻咽喉科診療の実際」など。

細谷 雄太　ほそや・ゆうた
⇒細谷不句（ほそや・ふく）を見よ

保高 一夫　ほだか・かずお
詩人　[生]昭和16年11月26日　[出]東京　本名＝西村孝男　[歴]地方公務員。詩誌「地下水」代表。詩集に「蛍―保高一夫詩集」「序奏」「青蛙」「石の住居」などがある。　[団]日本詩人クラブ、横浜詩人会

堀田 孝司　ほった・たかし
詩人　[生]昭和4年　[出]兵庫県神戸市　[学]日本大学文学部哲学科（通信教育部）（昭和36年）卒　[歴]昭和25年小学校教師となり、平成3年定年退職。詩集に「青銅時代」「四季去来抄」がある。

堀田 稔　ほった・みのる
歌人　[生]大正2年6月7日　[没]平成7年11月1日　[出]愛知県名古屋市　[学]熱田中学校中退　[賞]日本歌人クラブ推薦歌集賞（昭和37年）「金の切片」　[歴]家業は鎊職。県立熱田中学校を二年までで中退して家業を継ぐ。昭和12年白秋に師事して「多磨」入会、その後28年「形成」創刊に参画。歌集に「金の切片」「鎚のおと」「暗室のあかり」がある。

堀田 善衛　ほった・よしえ
作家　文芸評論家　詩人　[生]大正7年7月17日　[没]平成10年9月5日　[出]富山県高岡市　[学]慶応義塾大学文学部仏文科（昭和17年）卒　[賞]芥川賞（第26回）（昭和26年）「広場の孤独」「漢奸」、毎日出版文化賞（昭和46年）「方丈記私記」、大仏次郎賞（第4回）（昭和52年）「ゴヤ」、ロータス賞（昭和53年）、スペイン賢王アルフォンソ十世十字勲章（昭和54年）、朝日賞（平成7年）、和辻哲郎文化賞（一般部門，第7回）（平

成7年)「ミシェル 城館の人」、日本芸術院賞(文芸部門，第54回，平9年度)(平成10年) [歴]在学中、同人誌「荒地」「山の樹」「詩集」に参加し、詩人として出発。昭和17年国際文化振興会に就職。同年「批評」同人となり詩と詩論を発表。20年中国に派遣され、上海で武田泰淳、石上玄一郎を知る。敗戦後は中国国民党宣伝部に徴用され、22年帰国。同年世界日報社に入社、翌23年同社解散まで記者を務めた。25年「祖国喪失」を発表。26年「広場の孤独」「漢奸」その他で芥川賞を受賞。その後も国際的視野をもつ作風で「歯車」「歴史」「時間」「記念碑」「橋上幻像」「海鳴りの底から」「審判」「若き日の詩人たちの肖像」「路上の人」、モンテーニュの伝記「ミシェル 城館の人」(全3巻)などの中・長編小説を発表。評論部門でも幅広く活躍し、52年「ゴヤ」(4部作)で大仏次郎賞を受賞。同年から63年までスペインで暮らした。他にエッセイ集「インドで考えたこと」「乱世の文学者」「上海にて」「キューバ紀行」「方丈記私記」「スペイン断章」「定家明月記私抄」などがあり、国際作家としてはアジア・アフリカ作家会議の活動の功績で53年にロータス賞を受賞している。「堀田善衛全集」(全16巻，筑摩書房)がある。 [団]日本文芸家協会

穂村 弘　ほむら・ひろし
歌人　[生]昭和37年5月21日　[出]北海道札幌市　本名＝辻一朗　[学]上智大学文学部英文学科(昭和62年)卒　[賞]角川短歌賞次席(第32回)(昭和61年)　[歴]昭和63年歌誌「かばん」に入会。平成2年第一歌集「シンジケート」を刊行、歌壇に新風を巻き起こす。他の歌集に「ドライ ドライ アイス」、童話集に「いじわるな天使から聞いた不思議な話」、著書に「短歌という爆弾」「短歌はプロに訊け！」、訳書に「ちずのえほん」「ボタン」、〈トッドのえほんシリーズ〉などがある。

堀 葦男　ほり・あしお
俳人　「海程」同人会長　[生]大正5年6月10日　[没]平成5年4月21日　[出]兵庫県神戸市　本名＝堀務　[学]東京帝国大学経済学科(昭和16年)卒　[賞]現代俳句協会賞(第10回)(昭和37年)　[歴]昭和16年岡本圭岳主宰の「火星」に入る。戦後、「金剛」を経て、27年林田紀音夫らと「十七音詩」を創刊。31〜37年「風」同人。37年「海程」創刊に参加。大阪読売新聞俳壇選者も務めた。句集に「火づくり」「堀葦男句集」「機械」「残山剰水」「山姿水情」、評論集に「俳句20章」。

堀 磯路　ほり・いそじ
俳人　[生]大正7年8月8日　[出]和歌山県　本名＝堀健三(ほり・けんぞう)　[学]串本小学校高等科卒　[歴]昭和12年から「ホトトギス」に投句。36年「かつらぎ」に拠り、阿波野青畝の指導を受ける。50年から「熊野」主宰。句集に「南端の町」。　[団]俳人協会

堀 古蝶　ほり・こちょう
俳人　東京新聞客員論説委員　[生]大正10年5月23日　[没]平成9年10月6日　[出]愛知県名古屋市　本名＝堀健三(ほり・けんぞう)　[学]神戸商業大学(現・神戸大学)卒　[賞]風賞(昭和56年)、俳人協会評論賞(第8回)(平成6年)「俳人松瀬青々」　[歴]戦後、シベリアに抑留された経験を持つ。昭和23年中部日本新聞社入社。ニューデリー特派員、モスクワ特派員、論説委員を歴任。47年2月〜58年3月東京新聞「筆洗」欄を担当。俳句はモスクワ時代に始め、43年「風」主宰沢木欣一の手ほどきをうける。46年「風」入会。50年同人。のち皆川盤水の「春耕」にも入会。著書に「筆洗歳時記」「モスクワ特派員」「ソ連経済と利潤」「俳人松瀬青々」他、句集に「白い花」「烏瓜の花」「わがロシア句集」「為薬」「自註堀古蝶集」など。　[団]俳人協会

堀 辰雄　ほり・たつお
小説家　詩人　[生]明治37年12月28日　[没]昭和28年5月28日　[出]東京市麹町区平河町(現・東京都千代田区)　[学]東京帝国大学国文科(昭和4年)卒　[賞]中央公論社文芸賞(第1回)(昭和17年)「菜穂子」　[歴]一高時代、芥川龍之介、室生犀星に師事する機会を得る。東京帝大在学中の大正15年、中野重治らと「驢馬」を創刊。コクトー、アポリネール、ランボーらの翻訳を旺盛に発表。昭和2年「ルウベンスの偽画」を発表。4年「コクトオ抄」を刊行し、「文学」同人となる。5年第一短編集「不器用な天使」を刊行したが、その後大喀血をし、死までの長い療養生活に入る。8年「四季」を創刊。プルーストやリルケの影響を受けると共に、王朝文学への深い関心をしめし、抒情的な作風を作りあげた。他の代表作に小説「聖家族」「恢復期」「燃ゆる頬」「美しい村」「風立ちぬ」「かげろふの日記」「菜穂子」、エッセイ「大和路・信濃路」などがあり、「堀辰雄全集」(全8巻・別2巻，筑摩書房)などが刊行されている。また、詩作は多くないが、立原道造、津村信夫など後のマチネ・ポエティクの詩人たちに影響を与えた。「堀辰雄詩集」がある。

堀 徹　ほり・とおる
　俳人　⑮大正3年6月22日　⑯昭和23年5月20日　⑰東京　⑱東京帝大国文学科卒　⑲昭和11年草田男を知り「成層圏」に参加、22年の「万緑」創刊に尽力。「俳句研究」「万緑」に子規論、不器男論など俳論を書く。没1年前より句作を止め、国文学研究に専念。30年、俳句を添えた論文集「俳句と知性」を刊行。

堀井 春一郎　ほりい・しゅんいちろう
　俳人　⑮昭和2年2月19日　⑯昭和51年5月16日　⑰東京　⑱慶応義塾大学文学部卒　⑲天狼賞（昭和31年）　⑳昭和20年長谷川かな女の「水明」に拠る。25年山口誓子に師事、「天狼」に投句、31年天狼賞を受け同人。この間27年楠本憲吉、清崎敏郎らと「琅玕」を興し、秋元不死男の「氷海」にも参加。48年雑誌「季刊俳句」を創刊。句集に「教師」「修羅」「曳白」がある。

堀内 薫　ほりうち・かおる
　俳人　「七曜」主宰　⑮明治36年12月1日　⑯平成8年8月11日　⑰奈良県奈良市　旧号＝小花　⑱京都帝国大学国文学科卒　⑳戦前「京大俳句」にて平畑静塔の指導を受ける。昭和23年「天狼」「七曜」の発行と共に入会、山口誓子・橋本多佳子に師事。31年「天狼」同人。38年より「七曜」主宰。同年俳人協会入会、のち評議員。甲子園大教授もつとめた。著書に「多元俳句一元俳句」「俳句初学覚書」など。㉑俳人協会

堀内 幸枝　ほりうち・さちえ
　詩人　「葡萄」主宰　⑮大正9年9月6日　⑰山梨県　本名＝千葉幸枝　⑱大妻女専（昭和13年）卒　⑳新・波の会副会長を務め、のち特別会員となる。主な作品に「サルビヤ」、詩集に「村のアルバム」「不思議な時計」など。㉑日本現代詩人会、日本文芸家協会、日本ペンクラブ

堀内 新泉　ほりうち・しんせん
　小説家　詩人　⑮明治6年11月　⑯（没年不詳）⑰京都　⑱第一高等中学校中退　⑳上京し東京英語学校を経て一高中退。幸田露伴の門人となり、一時国民新聞記者。明治末から大正初めにかけ、立志伝的な小説「全力の人」「人の友」「人一人」などを著作、青少年に好評。「新声」「文庫」にも詩歌を発表。

堀内 助三郎　ほりうち・すけさぶろう
　詩人　「北国帯」主宰　⑮大正6年3月5日　⑰石川県　⑱日本大学中退　⑲「北国帯」「木々」各同人。詩集に「にるげんつ」「消夏についての一つの私案」「はぎすすきなど」。㉑日本現代詩人会、日本文芸家協会、石川詩人会

堀内 民一　ほりうち・たみかず
　国文学者　随筆家　歌人　⑮大正1年8月30日　⑯昭和46年8月15日　⑰奈良県北葛城郡　⑳昭和39年同人誌「花梨」を創刊。著書に「かむなび」「万葉の恋歌」などがあり、大和迢空会に尽力した。また、名城大学教授もつとめた。

堀内 統義　ほりうち・つねよし
　詩人　⑲詩集に「罠」「海」「よもだかんとりー・ぶるうす」「楠樹譚」「日の雨」などがある。

堀内 利美　ほりうち・としみ
　詩人　元・仙台白百合短期大学英語科教授　⑱英文学　⑮昭和6年9月5日　⑰福島県相馬郡小高町　⑱東北学院大学文経学部英文学科（昭和31年）卒、セントジョンズ大学卒　⑲Synesthesia in Poetry　⑳英詩集に「Drops of Rainbow」「Minnesota Songs」「Journey to the Fire Flower」、短篇集に「A Broken Music and Other Stories」、訳書にカリール・ジブラン「預言者アルムスタファは語る」などがある。㉑日本英詩協会（顧問）、日本キリスト教文学会、日本エミリィ・ディキンスン協会

堀内 通孝　ほりうち・みちたか
　歌人　⑮明治37年1月1日　⑯昭和34年4月7日　⑰東京　⑱慶応義塾大学卒　⑳中学時代から歌を作り、大正10年アララギに入会。斎藤茂吉に師事した。三菱銀行に勤務しながら作歌、昭和16年刊行の「丘陵」や「北明」などの歌集がある。

堀内 雄之　ほりうち・ゆうし
　俳人　⑮昭和3年10月23日　⑯平成5年3月20日　⑰愛媛県　本名＝堀内久雄　⑱松山経専卒　⑲岬賞（昭和48年）　⑳昭和21年父・堀内素延の手ほどきを受ける。石井吟社に拠る。38年「糸瓜」、39年「若葉」、42年「岬」入会。46年「若葉」「岬」同人。59年「初花」創刊、主宰。句集に「絣解く」「年の春」がある。㉑俳人協会

堀内 羊城　ほりうち・ようじょう

俳人　「橘」主宰　⊕明治40年3月20日　⊗平成11年2月8日　⊕宮崎県都城市　本名=堀之内勝治　⊗旧制市立商業（昭和3年）卒　⊗俳句往来賞（昭和28年）、全日本俳句文学賞（昭和29年）、季節功労賞（昭和52年）　⊗昭和4年「ゆく春」に入門、戦後「自鳴鐘」「舵輪」「胴」等の同人となる。28年「季節」同人。37年「橘」主宰。38年北九州芸術祭俳句大会選者。50年旧国鉄筑前垣生駅前に句碑が建立された。52年色紙短冊個展開催。句集に「妻子周辺」「縮遠鏡」「鞭」がある。　⊗俳人協会、若松俳句協会（名誉顧問）

堀江 伸二　ほりえ・しんじ

歌人　⊕明治41年11月21日　⊗平成11年4月15日　⊕神奈川県　⊗東洋大学専門部東洋文学科卒、日本大学高師地理歴史科卒　⊗栃木県内小中学校校長、教育委員会指導主事、成美学園女子校校長を務めた。一方、昭和14年「ポトナム」に入会、平野宣紀に師事。15年「花実」同人。47年「草地」創設に参加し、同誌編集委員に。主宰の植木正三に師事。歌集に「杉群」「草山」「小さき家」など。

堀江 典子　ほりえ・のりこ

歌人　⊕昭和2年1月4日　⊕東京　本名=堀江徳子　⊗埼玉文芸賞（第8回）（昭和52年）「円錘花」　⊗「人民短歌」「近代」を経て、「個性」同人。歌集に「円錘花」「方形感覚」など。共著に「加藤克巳研究」がある。

堀川 喜八郎　ほりかわ・きはちろう

詩人　「燎原」主宰　⊕大正11年3月15日　⊕熊本県鹿本郡鹿北町　⊗熊本通信講習所（昭和15年）卒　⊗熊日文学賞（第12回）（昭和45年）「夏の錘」、九州文学賞（第11回）（昭和53年）「水の地方」　⊗昭和40年「燎原」を主宰。詩集に「夏の錘」「公園」「惜日抄」「黒い傘」などがある。　⊗日本現代詩人会

堀川 豊平　ほりかわ・とよへい

詩人　映画評論家　⊕昭和5年　⊕徳島市北前川町　⊗第二高（現・城北高）卒　⊗映画評論賞（昭和35年）「大型映画の意味するもの」　⊗映画批評、映画論、詩作を手がけ専門誌や同人誌などに発表。詩集に「ふるさと」「流刑地光景」がある。平成3年まで徳島市社会福祉協議会に勤務。　⊗日本現代詩人会

堀川 正美　ほりかわ・まさみ

詩人　⊕昭和6年2月17日　⊕東京・幡ケ谷　⊗早稲田大学文学部露文科（昭和27年）中退　⊗昭和29年山田正弘、水橋晋らと詩誌「氾」を創刊。36年から3年間は「現代詩」の編集委員をつとめる。その後、美術出版、思潮社などで編集に従事。詩集に「太平洋」「枯れる瑠璃玉」「堀川正美詩集1950〜1977」、評論集に「現代詩論」などがある。

堀口 定義　ほりぐち・さだよし

詩人　元・大阪証券金融社長　⊕大正3年2月1日　⊕埼玉県熊谷市　⊗東京帝大法学部政治学科（昭和16年）卒　⊗日本詩人クラブ賞（第11回）（昭和53年）「ぴったり来ない」「弾道」、勲三等旭日中綬章（昭和59年）　⊗国鉄御徒町駅に勤めながら勉学していわゆる専検に合格し、昭和9年の春、一高に入る。15年には行政・外交の高等文官試験にパスし、16年大蔵省に入省。35年熊本国税局長、36年国税庁徴収部長、39年直税部長を経て、40年原子燃料公団、42年動力炉核燃料事業団の各理事に。44年関西の忠勇社長となり、50年には相談役に。51年から大阪証券金融社長を務めた。在阪中、詩を書き始め、初作「ぴったり来ない」と「弾道」によって53年日本詩人クラブ賞に輝いた。その後も2、3年おきに「船と王惑」「失意の神たち」「悪夢」を出す他、新聞のコラムに随筆を連載。「地球」同人。　⊗日本詩人クラブ、日本文芸家協会

堀口 星眠　ほりぐち・せいみん

俳人　医師　「橡」主宰　⊕大正12年3月13日　⊕群馬県安中市　本名=堀口慶次（ほりぐち・けいじ）　⊗東京帝大医学部（昭和21年）卒　⊗馬酔木賞（昭和33年）、俳人協会賞（第16回）（昭和51年）「営巣期」　⊗昭和18年「馬酔木」に入会、27年同人、56年主宰。59年「橡」（とち）を創刊し、主宰。句集に「火山灰の道」「営巣期」「青葉木菟」「樹の雫」など。　⊗俳人協会（理事）

堀口 大学　ほりぐち・だいがく

詩人　フランス文学者　翻訳家　⊕明治25年1月8日　⊗昭和56年3月15日　⊕東京・本郷　号=十三日月、馬麗人　⊗慶応義塾大学仏文科（明治44年）中退　⊗日本芸術院会員（昭和32年）　⊗読売文学賞（詩歌・俳句賞、第10回）（昭和33年）「夕の虹」、勲三等瑞宝章（昭和42年）、文化功労者（昭和45年）、文化勲章（昭和54年）、日本翻訳文化賞（第24回）（昭和62年）「ジャン・コクトー全集」　⊗中学卒業後、新詩社に参加し、与謝野鉄幹に師事する。明治44年慶大を中退

し、外交官であった父・九万一の任地メキシコに行き、以後父の転勤にともない大正14年まで、ベルギー、スペイン、ブラジル、ルーマニアなどを歩く。その間、第一詩集「月光とピエロ」を8年に刊行する一方、7年に訳詩集「昨日の花」を刊行し、14年には大規模なフランス詩の訳詩集「月下の一群」を刊行、昭和の口語詩の方向を決定づけた。翻訳は詩ばかりでなく、ポール・モーランの「夜ひらく」などの小説も多い。また、雑誌「パンテオン」「オルフェオン」を編集し後進を育てた。自作には「新しき小径」「人間の歌」「夕の虹」「月かげの虹」などの詩集のほか、「パンの笛」などの歌集もある。32年芸術院会員になり、45年文化功労者として顕彰され、54年に文化勲賞を受賞した。「堀口大学全集」(全12巻・別巻1，小沢書店)がある。　[家]父＝堀口九万一(外交官・随筆家)、娘＝堀口すみれ子(詩人・エッセイスト)

堀越 義三　ほりこし・ぎぞう
詩人　[生]大正12年2月26日　[出]岩手県　[学]根室実業学校卒　[歴]新聞記者の傍ら詩作を続け、昭和26年釧路で「感情以後」を創刊。29年札幌に移り井村春光、木津川昭夫らと休刊中の「野性」を復刊、のち函館に転居し「だいある」同人となったが、再び札幌に戻り雑誌編集の傍ら38年「詩の村」を創刊、編集・発行にあたる。59年札幌で現地詩人の会を発足させ、機関誌「現地」の発行人となった。著作に結城庄司追悼誌「笑顔と怒りと」(昭59)がある。

堀場 清子　ほりば・きよこ
詩人　女性史研究家　ミニコミ誌「いしゅたる」主宰　[生]昭和5年10月19日　[出]広島県広島市　本名＝鹿野清子(かの・きよこ)　[学]早稲田大学文学部卒　[興]原爆作品に関する検閲の問題　[賞]女性史青山なを賞(第5回)(平成2年)「イナグヤナナバチ」、現代詩人賞(第11回)(平成5年)「首里」　[歴]昭和38年まで共同通信社に9年間勤務。高群逸枝の研究家。著書に詩集「空」「じじい百態」があるほか、「わが高群逸枝」「アメリカの裏窓」「青鞜の時代」「イナグヤナナバチ—沖縄女性史を探る」「禁じられた原爆体験」「原爆 表現と検閲」などがある。　[団]日本現代詩人会、日本ペンクラブ、日本文芸家協会　[家]夫＝鹿野政直(元早大教授)

堀米 秋良　ほりまい・あきら
俳人　[生]昭和9年7月27日　[出]岩手県　本名＝堀米昭　[学]岩手大学獣医学科卒　[賞]狩賞(昭和55年)　[歴]昭和26年「天狼」入会。28年には「氷海」入会し、31年同人となる。53年「狩」創刊と同時に同人参加。のち「小熊座」に所属。句集に「松尾」「寄木」がある。　[団]俳人協会

本郷 隆　ほんごう・たかし
詩人　[生]大正11年7月4日　[没]昭和53年12月19日　[出]秋田県　[学]東京帝国大学心理学科卒　[賞]歴程賞(第9回)(昭和46年)「石果集」　[歴]中央公論社に勤務し、また「歴程」同人。「三田文学」「無限」「ぴえろた」などに詩論などを発表し、現代詩の構造や機能をめぐる言語美学的研究家として注目される。著書に詩論集「石果集」(昭45)。

本庄 登志彦　ほんじょう・としひこ
俳人　「双眸」主宰　[生]昭和3年9月29日　[出]北海道　[学]北海道大学法経学部経済学科卒　[歴]昭和20年「壺」主宰の斉藤玄に師事。同誌編集同人を経て同人会幹事。54年「壺」200号記念作品「水聲賦」入選。「双眸」主宰。「俳句未来」「維持」各同人。　[団]俳人協会

本田 あふひ　ほんだ・あうい
俳人　[生]明治8年12月17日　[没]昭和14年4月2日　[出]東京・神田駿河台鈴木町　本名＝本田伊万子　[学]華族女学校(明治28年)卒　[歴]明治34年男爵本田親済と結婚。大正11年夫の没後、俳句、能に親しみ虚子に師事、「ホトトギス」同人。婦人俳句会、武蔵野探勝会などで作句、また家庭会、渋谷会、謡会などの指導者となった。句集に「本田あふひ句集」がある。　[家]父＝坊城俊政(式部卿従二位伯爵・故人)

本田 一杉　ほんだ・いっさん
俳人　医師　[生]明治27年3月17日　[没]昭和24年6月18日　[出]石川県小松市　本名＝本田喜良　[学]金沢医専(大正7年)卒　[歴]船医となり、大正9年機関士山家海扇の手ほどきで俳句を始める。のち大阪で医院を開業、昭和9年「ホトトギス」同人となる。12年「鴨野」を創刊し、主宰。句集「光明」「雪海」、句文集「大汝」がある。

本田 種竹　ほんだ・しゅちく
漢詩人　[生]文久2年6月21日(1862年)　[没]明治40年9月29日　[出]阿波国徳島(徳島県)　名＝秀、字＝実卿、通称＝幸之助　[歴]はじめ徳島藩儒岡本午橋に漢籍を修め、のち京に出て谷太湖、江馬天江、頼支峰について詩を学ぶ。明治17年

東京に出て駅逓局御用掛となり、以来東京府御用掛、東京府属、農商務省属を経て、25年東京美校教授、29年文部大臣官房秘書となる。32年中国を漫遊し、37年退官後は詩文に没頭した。39年自然吟社を創立、主宰。晩年は清詩の研究に力を入れた。著書に「戊戌遊草」(全2巻)、「懐古田舎詩存」(全6巻)がある。

本多 静江　ほんだ・せいこう

俳人　[生]大正9年8月19日　[出]福井市江上町　本名=本多汪(ほんだ・ひろし)　[学]福井師範卒　[賞]雪解賞(昭和34年)、福井県文化賞(平成7年)　[歴]元小学校長。戦時中従軍5年、シベリア抑留3年。昭和29年「雪解」入門。30年「鶴」入門。「鶴」は波郷の死によりやめ、33年から「雪解」同人。63年福井県俳句作家協会会長。句集に「雪浪」「自註現代俳句シリーズ—本多静江集」など。　[団]俳人協会(評議員)

本多 利通　ほんだ・としみち

詩人　[生]昭和7年　[没]平成1年6月4日　[出]宮崎県延岡市　[歴]昭和30年詩誌「花束」を創刊、「白鯨」を経て、みえのふみあき・杉谷昭人らと「赤道」を創刊、「詩学」「九州文学」「龍舌蘭」にも作品を発表。第1詩集「火の椅子」中の「雨あがりの昇天」は、真壁仁編「詩の中にめざめる日本」(岩波書店)に収められた。また45年の第3詩集「火の枝」が、第21回H氏賞と第1回高見順賞の候補作になった。他に第2詩集「形象と沈黙」、第4詩集「鳥葬」、「老父抄」シリーズなどがある。　[家]弟=本多寿(詩人)

本多 寿　ほんだ・ひさし

詩人　本多企画代表取締役　[生]昭和22年7月25日　[出]宮崎県延岡市　[学]延岡商卒　[賞]伊東静雄賞(第1回)(平成2年)「海の馬」、H氏賞(第42回)(平成4年)「果樹園」　[歴]高校卒業後上京するが、椎間板ヘルニアのため帰郷。24歳まで入退院を繰り返すが完治せず、右目も緑内障で視野がぼける。このため職業を転々。高校時代から詩を書き、26歳の時に初めて雑誌「詩学」に投稿。29歳の時、第一詩集「避雷針」を上梓。他に詩集「聖夢譚」「果樹園」など。「火盗」同人。昭和53年から11年間出版社の編集者勤務を経て、平成元年出版社・本多企画を設立。　[家]兄=本多利通(詩人・故人)

本多 柳芳　ほんだ・りゅうほう

俳人　[生]大正9年5月20日　[没]平成10年3月10日　[出]福井県三国町　本名=本多義弘　[学]気象技術官養専卒　[歴]富士測候所、福井測候所勤務を経て、北陸電力に入社。昭和53年定年退職、公職諸団体役員となる。朝鮮軍在籍中の18年初秋に作句を始めて以来、皆吉爽雨門下。「ついたち会」を経て、21年「雪解」創刊時に入会し、27年同人。福井県雪解会幹事、三国町文化協議会常任理事、福井県俳句作家協会幹事、日本現代詩歌文学館振興会評議員なども務める。句集に「蟹場」「爽籟」、「哥川の生涯」などがある。　[団]俳人協会

本保 与吉　ほんぼ・よきち

歌人　[生]明治39年5月16日　[出]北海道札幌　[学]滝川中学(旧制)卒　[歴]「覇王樹」等を経て、昭和23年「原始林」に参加。選者のほか道歌人会幹事。38年より42年まで日本短歌雑誌連盟主事を務める。44年前川佐美雄に師事し「日本歌人」同人、選者。46年「清遠短歌会」を結成。歌集に「北限禾本」「黄昏漏刻」「月下の籟」がある。

本間 香都男　ほんま・かずお

俳人　「蘇鉄」名誉主宰　元・大阪教育大学教育学部教授　[専]林学　[生]明治42年1月17日　[没]平成12年2月11日　[出]新潟県　本名=本間一男(ほんま・かずお)　[学]東京高等工芸学校(現・千葉大学工学部)木材工芸科卒　[歴]大阪府立大学教授、大阪教育大学教授を歴任。一方、昭和27年「蘇鉄」創設以来これに拠り、山本古瓢の指導を受ける。平成2年主宰となり、8年名誉主宰。俳人協会評議員も務めた。著書に句集「追想」、句文集「旅」「旅2」、随筆「俳句とテクネ」がある。　[団]俳人協会

本間 龍二郎　ほんま・りゅうじろう

歌人　[生]明治43年3月30日　[出]北海道札幌市　本名=本間留次郎　[学]札幌師範(昭和5年)卒　[賞]勲五等瑞宝章(昭和63年)　[歴]各地小学校教員を歴任、昭和36年琴似小学校長、45年札幌中央小学校長を退職。この間、全道国語教育連盟委員長、全道演劇教育連盟会長、話しことばの会北海道支部副会長などを務め、教育界で幅広く活躍。一方作歌は、幌内小学校時代、田辺杜詩花の指導を受け、6年ポトナムに入社、田辺を助け、同北海道支社を育成、また21年「原始林」創刊に際し、田辺らと共に参加。歌文集に「樹氷」、歌集に「再生七竈」「豊平郷」。　[団]北海道歌人会、日本歌人クラブ

【ま】

米田 一穂　まいた・かずほ
俳人　[生]明治43年3月29日　[没]平成6年5月6日　[出]青森県十和田市　[学]八戸中(旧制)卒　[賞]万緑賞(第9回)(昭和37年)、角川俳句賞(第20回)(昭和49年)、十和田褒章、青森県文化賞、青森県褒賞　[歴]大正14年八戸旧派に入門。昭和3年長谷川かな女に師事し、5年「水明」創刊に参加。26年退会。29年「万緑」に入会し、34年同人となる。句集に「起伏地帯」「雉子の綺羅」。[団]俳人協会

前 登志夫　まえ・としお
歌人　詩人　[専]現代詩　短歌　[生]大正15年1月1日　[出]奈良県吉野郡下市町　[学]同志社大学商学科(昭和23年)中退　[賞]短歌愛読者賞(第3回)(昭和51年)「童蒙」、迢空賞(第12回)(昭和53年)「縄文紀」、詩歌文学館賞(第3回)(昭和63年)「樹下集」、斎藤茂吉短歌文学賞(第4回)(平成5年)「鳥獣虫魚」、読売文学賞(詩歌俳句賞，第49回，平9年度)(平成10年)「青童子」　[歴]詩人として出発、昭和31年詩集「宇宙駅」刊行。30年前川佐美雄に師事、作歌活動を始める。33年帰郷、以後吉野山中に住み林業のかたわら執筆生活。43年から歌と民俗の研究集団・山繭の会を主宰。歌集に「子午線の繭」「霊異記」「縄文紀」「樹下集」「鳥獣虫魚」「前登志夫歌集」、評論・随想に「吉野紀行」「山河慟哭」「存在の秋」、エッセイ集に「吉野日記」がある。　[団]現代歌人協会、日本文芸家協会

前川 佐美雄　まえかわ・さみお
歌人　「日本歌人」主宰　[生]明治36年2月5日　[没]平成2年7月15日　[出]奈良県北葛城郡新庄町忍海　[学]東洋大学東洋文学科(大正14年)卒　[資]日本芸術院会員(平成1年)　[賞]迢空賞(第6回)(昭和47年)「白木黒木」　[歴]大正10年竹柏会に入門し佐佐木信綱に師事。昭和3年プロレタリア短歌の「新興歌人連盟」結成を呼びかけ、アララギ派と対決するが、のち新芸術派に転じ、歌集「植物祭」によって新芸術運動の第一人者と認められた。昭和9年「日本歌人」創刊(16年廃刊)。以後、象徴主義と大和の美を統一した世界を築き、現代短歌に深い影響を与えた。この間歌集「大和」「白鳳」「天平雲」を刊行。25年「日本歌人」を復刊。45年関東に移住し、従来のロマン主義とは異なる平淡な歌風を示すようになった。「朝日新聞」歌壇選者。その後の歌集に「金剛」「捜神」「白木黒木」「松杉」など、評論に「秀歌十二月」「日本の名歌」などがある。　[団]日本文芸家協会、現代歌人協会

前川 剛　まえかわ・つよし
俳人　[生]昭和9年　[出]大阪府岸和田市　[学]日本歯科大学卒　[賞]現代俳句協会評論賞(第8回)(昭和63年)「現代俳句原則私論」　[歴]故・多田裕計の主宰する「れもん」出身で、「橘」の同人。句集に「ラプソディー」、俳論集「俳句定型8ビート論」。

前川 緑　まえかわ・みどり
歌人　[生]大正2年5月20日　[没]平成9年5月21日　[出]兵庫県尼崎市　本名＝前川緑子　[歴]昭和11年「日本歌人」に入会、同人となる。歌集に「みどり抄」「麦穂」、随筆集に「ふるさとの花こよみ・奈良」がある。　[団]現代歌人協会　[家]夫＝前川佐美雄(歌人)

前島 乃里子　まえしま・のりこ
詩人　[生]昭和8年11月20日　[出]埼玉県　本名＝上山範子(かみやま・のりこ)　[学]浦和高卒　[歴]高校時代に高村光太郎の「智恵子抄」に出会ったのがきっかけで詩を始める。昭和50年頃吉野秀雄の詩の教室に参加。のち「並木」のグループにより安西均、高田敏子らの指導を受ける。62年より「砂漠」に参加。また「麦の会」に所属。詩集に「登山駅」がある。

前田 新　まえだ・あらた
詩人　[生]昭和12年11月26日　[賞]福島県文学賞(第38回)(昭和60年)「貧農記―わが鎮魂」　[歴]詩誌「詩脈」所属。詩集に「少年抄」「霧のなかの虹」「貧農記―わが鎮魂」「詩集 十二支(えと)異聞」などがある。　[団]会津詩人協会、福島県現代詩人会

前田 鬼子　まえだ・きし
俳人　[生]明治43年11月3日　[没]昭和62年7月20日　[出]埼玉県熊谷市　本名＝前田昌晴　[学]日本大学文学部卒　[歴]松原地蔵尊に師事して戦前「句と評論」同人。また嶽墨石らと「俳句評論」を発行した。戦後は「海流」(のち「新暦」)同人。昭和22年9月「俳句文学」を創刊主宰。句集に「破風の歌」「無帽の歌」がある。

前田 圭史　まえだ・けいし
俳人　[生]明治35年5月8日　[没]平成3年5月19日　[出]島根県八束郡大庭村　本名＝前田貞明　[学]島根師範本科第一部卒　[歴]昭和8年から俳句を始め、9年「鹿火屋」を経て、13年「城」に拠る。15年同人となり、32年編集発行人。47年島根俳句協会を設立し、会長。49年から「城」主宰。句集に「東風」「野梅」「偕老」など。[団]俳人協会

前田 伍健　まえだ・ごけん
川柳作家　愛媛県川柳文化連盟初代会長　野球拳の生みの親　[生]明治22年1月5日　[没]昭和35年2月11日　[出]香川県高松市　本名＝前田久太郎　前号＝五剣、五健　[学]高松中卒　[歴]中学卒業後、伊予鉄道電気に入社。所属部署の他に、沿線の催しを軽妙な絵と文でPRするなど宣伝分野でも活躍。伊予鉄道電気野球部マネジャーも務め、大正13年野球大会後の相手チームとの懇親会で隠し芸の腕比べとなった折に即興で歌詞を考え選手を踊らせたが、これがのちに"野球拳"として全国に広まった。愛媛県における川柳の第一人者として知られ、昭和22年県内の結社をまとめて愛媛県川柳文化連盟を結成、初代会長となった。毎年、命日2月11日に近い日曜日に遺徳を忍んで"伍健まつり"と題した川柳大会が行われる。

前田 雀郎　まえだ・じゃくろう
川柳作家　[生]明治30年3月27日　[没]昭和35年1月27日　[出]埼玉県宇都宮市旧脇本陣　本名＝前田源一郎　別号＝榴花洞　[学]宇都宮市立商業学校卒　[賞]宇都宮市文化功労章　[歴]家業の足袋商を手伝い、大正5年「演芸画報」読者文芸川柳に入選、上京して講談社に入った。のち都新聞記者となり20年勤めた後会社員。川柳は少年時代から作り、阪井久良岐に師事したが、川柳の俳諧性を主張して破門。柳誌「句集」「せんりゆう」を発刊。昭和16年日本川柳協会創立委員長。30年川柳丹若会柳誌「句集」を「せんりゆう」と改め復刊。著書に「榴花洞日録」「句集ふるさと」「川柳と俳諧」「川柳探求」「川柳学校」などがある。

前田 翠渓　まえだ・すいけい
歌人　[生]明治13年4月3日　[没]明治44年9月25日　[出]兵庫県二方郡諸寄村　本名＝前田純孝(まえだ・すみたか)　[学]東京高師国漢科卒　[歴]師範在学中に作歌に入り、上京後「明星」に参加、明治33年11月の第8号より作品を発表した。短歌の他長詩も発表、また長編叙事詩の合作に加わる。のち「白百合」に移り活躍。傍ら唱歌作詩も行い、その作品は「中等教育唱歌集」(41年)などに収められている。「東の啄木、西の翠渓」とたたえられるが、大阪の島之内高女に赴任後、肺患のため帰郷した。歌集に「翠渓歌集」(大正2年)がある。平成7年生地の浜坂町で前田純孝賞が制定される。

前田 純孝　まえだ・すみたか
⇒前田翠渓(まえだ・すいけい)を見よ

前田 鉄之助　まえだ・てつのすけ
詩人　[生]明治29年4月1日　[没]昭和52年11月18日　[出]東京・本郷　別名＝前田春声(まえだ・しゅんせい)　[学]正則英語学校卒　[歴]早くから詩作をし、大正8年「詩王」同人となる。13年「詩洋」を創刊。昭和6年「南洋日日新聞」編集長としてシンガポールに渡って翌7年帰国。詩集に大正9年刊行の「韻律と独語」のほか「蘆荻集」「四つの詩集」「わが山々の歌」「師父」「花と人」などがある。

前田 透　まえだ・とおる
歌人　元・明星大学教授　「詩歌」主宰　現代歌人協会理事　[生]大正3年9月16日　[没]昭和59年1月13日　[出]東京都新宿区　[学]東京帝国大学経済学部(昭和13年)卒業　[賞]日本歌人クラブ推薦歌集(第15回)(昭和44年)「煙樹」、迢空賞(第15回)(昭和56年)「冬すでに過ぐ」　[歴]昭和14年応召、南方に転戦して21年帰還。26年父夕暮没後「詩歌」の編集発行を継承。従軍中のチモール島体験と、戦後、文化大革命前後に7回訪中しての体験をうたった作品などで知られた。成蹊大教授、明星大教授を歴任。また48、49、57、58、59年の歌会始選者で、現代歌人協会理事を務めた。歌集に「漂流の季節」「煙樹」「銅の天」、評論集に「評伝前田夕暮」「短歌と表現」「律と創造」など。　[家]父＝前田夕暮(歌人)、母＝狭山信乃(歌人)

前田 野生子　まえだ・のぶこ
俳人　[生]昭和10年1月29日　[出]旧満州・新京　本名＝前田暢子(まえだ・のぶこ)　[学]兵庫県立西宮高卒　[賞]尼崎市民芸術賞(昭和54年)　[歴]昭和32年「かつらぎ」入門、以来阿波野青畝に師事。42年同人。句集に「秋の人」「坐花」。[団]俳人協会

前田 普羅　まえだ・ふら
俳人　[生]明治17年4月18日　[没]昭和29年8月8日　[出]東京・芝　本名＝前田忠吉　別号＝清浄観子　[学]早稲田大学英文科中退　[歴]大学中退後裁判所書記を7年間務め、大正5年時事新聞社に入社。のち報知新聞社に移り、富山支局長などを務める。昭和4年に退社し、以後俳句に専念する。俳句は大正2年に「ホトトギス」雑詠に入選し、飯田蛇笏らとともに虚子門四天王と称される。昭和4年から「辛夷」を主宰。句集に「普羅句集」「春寒浅間山」「飛騨紬」「能登蒼し」などがある。

前田 正治　まえだ・まさはる
俳人　関西学院大学名誉教授　「獅林」主宰　[専]日本法制史　[生]大正2年8月16日　[没]平成10年1月30日　[出]大阪府大阪市　[学]京都帝国大学法学部(昭和12年)卒、京都帝国大学大学院法学研究科博士課程修了　法学博士(昭和30年)　[賞]寒雷清山賞(第9回)　[歴]昭和24年関西学院大学助教授、26年教授、56年名城大学教授を歴任。著書に「日本近世村法の研究」など。また俳人としては、遠山麦浪の「獅林」に入会、17年「寒雷」に入り、加藤楸邨に師事。23年「楕円律」を創刊。37年「獅林」の選句を継承し主宰。句集に「比叡」「白鳥」「北嶺」がある。　[団]京都俳句作家連盟(顧問)

前田 夕暮　まえだ・ゆうぐれ
歌人　[生]明治16年7月27日　[没]昭和26年4月20日　[出]神奈川県大住郡大根村南矢口(現・中郡)　本名＝前田洋造　[学]中郡中中退　[歴]中学を中退した頃から文学に傾倒し、明治37年上京、尾上柴舟に師事して車前草結成に参加。39年には白日社を創立し、41年パンフレット「哀楽」を刊行。「文章世界」「秀才文壇」などの編集をしながら、43年「収穫」を刊行、自然主義歌人として脚光をあびる。44年には「詩歌」を創刊し、大正元年には「陰影」を刊行。8年から山林業についたが、13年「日光」創立に参加し、14年「原生林」を刊行。以後自由律短歌運動に挺身した。ほかの歌集に「生くる日に」「水源地帯」「耕土」「夕暮遺歌集」などがあり、「前田夕暮全歌集」(至文堂)「前田夕暮全集」(全5巻, 角川書店)が刊行されている。　[家]妻＝狭山信乃(歌人)、長男＝前田透(歌人)

前田 芳彦　まえだ・よしひこ
歌人　青天短歌会顧問　[生]大正13年1月13日　[没]平成12年11月12日　[出]新潟県佐渡　[学]東京外事専(現・東京外国語大学)卒　[歴]昭和21年に白日社に入り「詩歌」に出詠。新歌人会、泥の会に参加。30年より作歌を中断、42年「詩歌」復刊に加わり編集同人となる。十月会、舟の会に参加。「青天」代表も務めた。歌集に「彼我」「像たち」「浮遊する日」「短歌の呼ぶ殺人」、評論集に「喪家の律」、他に研究「小説の中の歌と歌びと」などがある。　[団]現代歌人協会、日本文芸家協会、歌人クラブ

前田 林外　まえだ・りんがい
詩人　歌人　民謡研究家　[生]元治1年3月3日(1864年)　[没]昭和21年7月13日　[出]播磨国青山村(現・兵庫県)　本名＝前田儀作　[学]東京専門学校英語普通科(明治23年)卒、東京専門学校文学科中退　[歴]在学中から回覧雑誌などで和歌や随筆を発表し、明治33年創刊の「明星」に短歌三首が掲載される。同年発表の「二種の家族」が新体詩の処女作である。36年東京純文社を結成し「白百合」を創刊。38年第一詩集「夏花少女」を刊行。また明治末期の民謡熱に指導的役割りをし40年「日本民謡全集」を刊行。他の詩集に「花妻」や歌集「野の花」などがある。

前野 雅生　まえの・まさお
俳人　「ぬかご」主宰　[生]昭和4年8月10日　[出]東京　本名＝前野進(まえの・すすむ)　[学]国学院大学文学部卒　[賞]ぬかご新人賞(昭和32年)、ぬかご賞(昭和45年)　[歴]昭和30年「ぬかご」に入会、安藤姑洗子に師事。32年同人、35年編集長を経て、60年副主宰、のち主宰。句集に「母校」「影祭」。　[団]俳人協会、俳文学会

前原 東作　まえはら・とうさく
俳人　[生]大正4年4月28日　[没]平成6年5月29日　[出]鹿児島市　[学]九州帝国大学医学部卒　[歴]昭和5年鹿児島一中俳句会(月明会)に入会し俳句を始める。8年「仙人掌」(のち「覇王樹」)を編集発行。大学在学中、吉岡禅寺洞の口語俳句「天の川」に参加。15年より18年にかけて「天の川」を編集。41年先師禅寺洞の遺志を継ぎ、現代語俳句誌「形象」を主宰。30年整形外科を開業。平成7年「前原東作全句集」が刊行された。

前原 利男　まえはら・としお
歌人　染色家　[生]明治33年9月9日　[没]昭和60年3月22日　[出]岡山県津山市　[歴]染色工芸作家で歌人としても活躍。大正9年尾上柴舟の「水甕」に入社、のち同人・相談役。また「近畿水甕」を主宰。歌集に「草炎」「素彩」「手描友禅」がある。

前原 弘　まえはら・ひろむ
歌人　丹後歌人会会長　[生]明治35年8月10日　[没]平成3年1月14日　[出]京都府　[賞]宮津市文化賞(昭和61年)　[歴]宮津市立日ケ谷小学校、京都府加悦町立与謝小学校校長を務める。昭和24年「丹後歌人」創刊に参加。29年「形成」に入会し、木俣修に師事。47年から丹後歌人会会長。天橋立百人一首の選歌などに尽力した。

前山 巨峰　まえやま・こほう
俳人　日本画家　僧侶(館林市・善長寺住職)善長寺住職　[生]大正2年10月1日　[没]昭和59年3月13日　[出]栃木県足利市高松町　[歴]昭和15年「泥濘」を創刊、19年「ぬかるみ」と改題して主宰した。群馬県俳句作家協会副会長を務めた。句集に「蟇」「印度塵却」、従軍記に「泥濘二百八十里」がある。

前山 松花　まえやま・しょうか
俳人　俳画家　「脈」主宰　[生]大正13年7月27日　[出]大阪府大阪市　本名＝前山正之　[学]西野田工建築科(昭和16年)卒　[歴]昭和16年より俳句を始め、日野草城門下に。19年「琥珀」同人、戦後「俳句界」編集部員となる。「白堊」同人を経て、平井一雄と共に「脈」を創刊。59年から「脈」を主宰。句集に「雪嶺」「漂泊」「風狂抄」などがある。　[団]俳人協会

真壁 仁　まかべ・じん
詩人　評論家　元・山形県国民教育研究所所長　元・「地下水」主宰　[生]明治40年3月15日　[没]昭和59年1月11日　[出]山形県山形市　本名＝真壁仁兵衛　[賞]斎藤茂吉文化賞(昭和38年)、毎日出版文化賞(第36回)(昭和57年)「みちのく山河行」　[歴]高等小学卒後、農業につく。高村光太郎に師事し、昭和7年処女詩集「街の百姓」を上梓。戦前、生活綴方事件で検挙される。農民文学懇話会「地下水」主宰。山形に定住し、東北の風土、農民生活に根ざした作品が多く、ほかの詩集に「青猪の歌」「日本の湿った風土について」「氷の花」「冬の鹿」「紅花幻想」「みちのく山河行」などがあり、評論に「弾道下のくらし」「詩の中にめざめる日本」「黒川能」「斎藤茂吉の風土」「吉田一穂論」「修羅の渚 宮沢賢治拾遺」などがある。また、山形県国民教育研究所長を長年つとめるなど教育面でも活躍した。その方面の著書に「野の教育論」「野の文化論」(全5巻)がある。野の思想家と呼ばれ、没後、真壁仁野の文化賞が創設された。平成12年東北芸術工科大学東北文化研究センターより雑誌「真壁仁研究」が創刊される。

槇 晧志　まき・こうし
詩人　児童文学作家　美術評論家　日本伝承史文学会理事長　山村女子短期大学名誉教授　[専]児童文学　現代詩　[生]大正13年10月8日　[出]山口県　本名＝今田光秋(いまだ・みつあき)　[学]国学院大学中退　[歴]海軍予備学生応召中に戦傷。戦後、文筆活動に入り、現代詩、ラジオドラマ、児童図書、美術評論、史話など執筆。昭和30年宮沢章二と共に紅天社を設立、現代詩を中心とした「朱樓」を創刊。のち多彩な同人によって綜合文芸誌の刊行につとめた。著書に詩集「善知鳥」、児童文学「とべ花よとんでおくれ」「おりづるのうた」などの他、「世界の文化遺産」「古代文化遺産・古代史考」「児童文学」「文章構成法」などがある。PL学園女子短期大学教授、山村女子短期大学教授・図書館長を経て、名誉教授。日本伝承史文学会理事長。[団]日本児童文芸家協会、日本文芸家協会、日本現代詩人会、日本ペンクラブ、日本伝承史文学会、埼玉県文化団体連合会(常任理事)、浦和文芸家協会(副会長)

牧 章造　まき・しょうぞう
詩人　[生]大正5年6月27日　[没]昭和45年10月3日　[出]東京・大森　本名＝内田正基　[学]神奈川県立工業学校(昭和4年)卒　[賞]日通ペンクラブ賞(第1回)(昭和27年)　[歴]昭和14年満州に渡り、「満州詩人」で活躍。戦後、「時間」などに参加し、28年北海道・足寄に移る。詩集に「礫」「虻の手帳」「罠」がある。

牧 辰夫　まき・たつお
俳人　[生]昭和7年4月29日　[出]茨城県東茨城郡御前山村　本名＝圷三郎(あくつ・さぶろう)　[賞]朝霞賞(昭和30年)、系賞(昭和44年)、俳句研究賞(第4回)(平成1年)「机辺」　[歴]「鹿火屋」同人。句集に「机辺」がある。
[団]俳人協会

牧 ひでを　まき・ひでお
俳人　[生]大正6年1月16日　[没]昭和62年3月8日　[出]山口県玖珂郡由宇町神東公門所　本名＝村岡英雄　[学]松山高商卒　[歴]昭和30年頃松山市で製紙会社を経営、その後、名古屋市に移って事業を興し、のち東京に転じる。俳句歴は15年「寒雷」創刊とともに楸邨に師事。戦後は「風」にもしばしば執筆、兜太の最も早い理解者でもあった。「寒雷」「海程」同人。句集に「杭打って」「牧ひでを句集」、著作に「金子兜太論」がある。

槇 みちゑ　まき・みちえ
歌人　[生]大正8年12月　[出]鳥取県　本名＝田中雪枝(たなか・ゆきえ)　[歴]教員、労働基準監督官を務めた。牧水夫人の若山喜志子に師事。「創作」を経て、創苑短歌会指導に従事。「短歌研究」新人賞次席入選、日本自費出版文化賞入賞。著書に歌集「階踏む音」「時雫」「死刑囚のうた」などがある。　[団]日本歌人クラブ

槇 弥生子　まき・やよいこ
歌人　[生]昭和6年7月13日　[出]東京府町田市　本名＝森本早百合　[学]二松学舎大学国文学部卒　[歴]森本治吉に師事、昭和22年「白路」同人を経て、28年より「醍醐」同人。歌集に「ふりむくことなし」「穴居願望」「太古の魚になりたい」「猩々舞」「神話」のほか、合同歌集「星座」「奏」がある。　[団]日本文芸家協会、現代詩歌文学館(評議員)

牧 羊子　まき・ようこ
詩人　随筆家　神奈川県立近代美術館運営委員　[生]大正12年4月29日　[没]平成12年1月　[出]大阪府大阪市　本名＝開高初子(かいこう・はつこ)　[学]奈良女高師(現・奈良女子大学)物理化学科(昭和19年)卒　[歴]戦前、大阪府立市岡高女の教師をつとめ、戦後はサントリーの前身・寿屋に勤務。はじめ、「蝋人形」「新大阪」に詩を投稿、戦後、「山河」同人となり、「現代詩」「えんぴつ」などにも参加。27年開高健と結婚し、30年大阪より東京に転居。29年詩集「コルシカの薔薇」を刊行し、46年に「人生受難詩集」を刊行。ほかに、詩集「天使のオムレツ」「聖文字・蟲」、評伝「金子光晴と森三千代」、エッセイ集「自作自演の愉しみ」「めんどり歌いなさい」などがあるほか、料理の名人としても知られ「おかず咄」「味を作る人々の歌」「おいしい話つくって食べて」などの著書もある。また、ラジオ・新聞での人生相談も手がけ、テレビの料理番組にも出演した。平成12年1月19日茅ケ崎市の自宅で倒れ死亡しているのが発見された。　[団]日本現代詩人会、日本文芸家協会、金子光晴の会(運営委員)、開高健記念会(代表)　[家]夫＝開高健(小説家)、娘＝開高道子(エッセイスト)

牧石 剛明　まきいし・ごうめい
俳人　[生]昭和2年1月2日　[出]神奈川県小田原市　本名＝牧石昭治　[学]東洋大学文学部卒　[歴]昭和18年「獺祭」に拠り、21年「あざみ」同人。のち「顔」代表同人。東宏代表取締役も務める。句集に「種子の譜」「待光」がある。　[団]現代俳句協会

牧田 章　まきた・あきら
俳人　元・岐阜県立岐阜盲学校校長　[生]昭和4年1月29日　[出]岐阜県各務原市　号＝牧田実山(まきた・じつざん)　[学]東京教育大学教育学部特教理療科(昭和30年)卒　[賞]岐阜県芸術文化奨励賞(昭和54年)、中日教育賞(昭和57年)、内閣総理大臣賞(昭和62年)　[歴]昭和19年失明。30年岐阜盲学校教員となり、60年教頭を経て、62年4月校長に就任。平成元年退職。また昭和37年松井利彦の手ほどきを受け「流域」同人となり、山口誓子、沢木欣一にも師事した。句集に「薫塚」「チロルの嶺」「梅園」。　[団]俳人協会、岐阜県盲人協会

蒔田 さくら子　まきた・さくらこ
歌人　[生]昭和4年1月11日　[出]東京　本名＝浜高家さくら子(はまたけ・さくらこ)　[学]東京都立第三高女卒　[賞]日本歌人クラブ賞(昭和57年)「紺紙金泥」　[歴]父の感化によって10代から作歌をはじめ、「をだまき」を経て昭和27年「短歌人」入会。60年より「短歌人」発行責任者、のち編集委員。十月会創設会員。歌集に「秋の椅子」「森見ゆる窓」「紺紙金泥」「美しき麒麟」など。　[団]日本文芸家協会、現代歌人協会、歌人クラブ

蒔田 律子　まきた・りつこ
歌人　[生]昭和16年3月4日　[出]大阪　[賞]長風新人賞(昭和41年)、現代歌人集会賞(昭和54年)、ミューズ女流賞(昭和55年)　[歴]昭和39年はじめて作歌。「長風短歌会」に入会、鈴木幸輔に師事する。師没後の54年以降「長風短歌会」の選者となる。長風新人賞、現代歌人集会賞、ミューズ女流賞を受賞。歌集に「春の樹氷」「白鳥の涙を見たか」「風景は翔んだ」がある。

牧野 虚太郎　まきの・きよたろう
詩人　[生]大正10年　[没]昭和16年8月20日　[出]東京　本名＝島田実　筆名＝去太郎　[学]慶応義塾大学中退　[歴]「LUNA」「LE BAL」「詩集」などの同人。昭和16年「詩集」に「神の歌」「鞭の歌」を発表。堀田善衛「若き日の詩人たちの肖像」のモデルの一人。53年「牧野虚太郎詩集」が出版された。

牧野 清美　まきの・きよみ
歌人　[生]大正7年3月18日　[出]静岡県静岡市吉津村古見245　[学]静岡県女子師範学校二部(昭和12年)卒　[歴]在学中、東京の宮崎紫水主宰「銀河社」の短歌結社に入会。卒業後、昭和15～16年、五島茂主宰の「立春」に入会。戦後佐々木信綱主宰「心の花」に在籍。46年筏井嘉一主宰「創生」に入会。著書に「湖畔の虹」「陽炎」「虎落笛(もがりぶえ)―牧野清美集」がある。　[団]日本歌人クラブ

牧野 径太郎　まきの・けいたろう
詩人　俳人　作家　[生]大正11年9月22日　[出]秋田県　本名＝牧野忠雄　俳号＝火中　[学]明治大学文学部卒　[歴]詩集に「拒絶」「生きている」、小説に「戦場のボレロ」などがある。　[団]日本文芸家協会

牧野 望東　まきの・ぼうとう
俳人　[生]明治9年1月29日　[没]大正2年1月16日　[出]東京　本名＝牧野誠一　[学]慶応義塾卒　[歴]帝国図書館に勤務。農民新聞社主幹をつとめた。角田竹冷に俳諧を学び、「卯杖」の編集に参与。明治43年服部耕石とともに「高潮」を創刊したが、病弱のため経営を続けることができなかった。編著に「新俳句帖」「俳句逸品帖」「俳句年代記」「俳諧年表」など。

牧野 まこと　まきの・まこと
俳人　「游魚」主宰　[生]明治44年2月8日　[没]昭和62年9月18日　[出]愛知県名古屋市　本名＝牧野亮　[歴]昭和23年「游魚」を創刊し、主宰。「ホトトギス」同人。句集に「吾子」。

牧野 芳子　まきの・よしこ
詩人　[生]大正15年4月22日　[出]愛知県名古屋市緑区鳴海町　[学]愛知県立第一高女高等科(昭和21年)卒　[賞]埼玉文芸賞(第3回)(昭和47年)「ある週末」　[歴]昭和22年から27年まで名古屋大学環境医学研究所に勤務、同時に詩作を始めた。「詩学」「四季」「文芸埼玉」などのほか「詩と詩人」「孤」「時間」「地球」などに参加。詩集に「航跡」「北の薄暮」「精英樹」「ある週末」がある。　[団]日本現代詩人会

牧野 寥々　まきの・りょうりょう
俳人　[生]明治45年3月3日　[出]東京　本名＝牧野由之亮(まきの・よしのすけ)　[学]法政大学商科卒　[歴]昭和5年松根東洋城に師事、「渋柿」に入会。のち代表同人、選者。句集に「草炎」「鮟鱇の眼」「雲団々」「帆満々」。　[団]俳人協会

牧港 篤三　まきみなと・とくぞう
ジャーナリスト　詩人　元・沖縄タイムス論説委員　[生]大正1年9月20日　[出]沖縄県那覇市辻町　[学]沖縄県立工(昭和5年)卒　[歴]昭和15年沖縄朝日新聞に入り、沖縄新報勤務を経て、23年沖縄タイムス入社。編集局雑誌編集局次長、取締役、文化事業局長、常務、専務を歴任し、論説委員を務めた。53年相談役。のち沖縄文化協会会長、1フィート映画運動副代表。著書に「沖縄精神風景」「沖縄自身との対話・徳田球一伝」「幻想の街・那覇」、共著に「鉄の暴風」、詩集に「無償の時代」などがある。

槇村 浩　まきむら・ひろし
詩人　社会運動家　[生]明治45年6月1日　[没]昭和13年9月3日　[出]高知市廿代町　本名＝吉田豊道　[学]関西中(昭和6年)卒　[歴]海南中時代マルクス主義に共鳴、軍事教練反対運動を組織。のち関西中に転校して詩作を始め、昭和7年「大衆の友」創刊号に「生ける銃架」を発表。以後、反戦詩人として活躍。同年検挙されて3年間入獄。再度の検挙でも非転向を貫いたが、その時の拷問や虐待で体調を悪くした。詩集に「間島パルチザンの歌」、また「槇村浩全集」(全1巻)がある。平成7年行方不明になっていた評論「日本詩歌史」が脱稿から60年ぶりに刊行された。

槇本 楠郎　まきもと・くすろう
児童文学者　歌人　[生]明治31年8月1日　[没]昭和31年9月15日　[出]岡山県吉備郡福谷村　本名＝槇本楠男　[学]早稲田大学予科中退　[歴]農業にたずさわりながら文学を学び、大正11年詩集「処女林のひびき」を、14年編著「吉備郡民謡集」を刊行。のち児童文学面でプロレタリア文学運動に参加し「プロレタリア児童文学の諸問題」「プロレタリア童謡講話」、童謡集「赤い旗」を昭和5年に刊行。日本のファッショ化が進んだ10年から11年にかけては「新児童文学理論」や「仔猫の裁判」などの童話集を多く刊行。戦後は共産党に入党、児童文学者協会で活躍するなど、生涯を民主的、芸術的児童文学のためのたたかいに捧げた。歌集に「婆婆の歌」(無産者歌人叢書)がある。　[家]娘＝槇本ナナ子(童話作家)

政石 蒙　まさいし・もう
歌人　[生]大正12年6月15日　[出]愛媛県　[賞]若山牧水賞（平成1年）　[歴]7人兄姉の末っ子に生まれる。母親がハンセン病を患い、自身も10代半ばで発病。病気を隠したまま昭和19年軍隊に入隊、満州・旅順で敗戦を迎える。日本人俘虜の一人としてモンゴル・ホジルボラン収容所などを移動するうち病気が発覚、病院の外の草原の中の隔離小屋での半年に及ぶ生活を体験する。この頃短歌の処女作を詠み、22年11月帰国。瀬戸内海・大島の療養所、大島青松園に入り、以来同園で生活。短歌創作を生きる支えに、歌集「乱泥流」「花までの距離」「遙かなれども」などを出版。「長流」所属。

正岡 子規　まさおか・しき
俳人　歌人　[生]慶応3年9月17日（1867年）　[没]明治35年9月19日　[出]伊予国温泉郡（現・愛媛県松山市）　本名＝正岡常規（まさおか・つねのり）　幼名＝処之助、通称＝升、号＝獺祭書屋主人（だっさいしょおくしゅじん）、竹の里人（たけのさとびと）　[学]松山中（明治16年）中退、帝大（明治26年）中退　[歴]明治16年に上京し、翌年大学予備門（一高）に入学、夏目金之助（漱石）を知る。18年頃から文学に接近し、当初は小説を書いていたが、24年「俳句分類」の仕事に着手し、25年「獺祭書屋俳話」を発表、俳句革新にのり出す。28年3月日清戦争に従軍したが、5月に喀血し、以後病床生活に入る。この年以降、文学上の仕事は充実し、29年には3000句以上を残した。30年「古白遺稿」を刊行。同年松山から「ホトトギス」が創刊され支援する。31年「歌よみに与ふる書」を発表して短歌革新にのり出すと共に根岸短歌会をはじめ、ホトトギス発行所を東京に移した。32年「俳諧大要」を刊行。34年「墨汁一滴」を発表、また「仰臥漫録」を記しはじめ、35年に「病牀六尺」の連載をはじめたが、9月に死去した。死後になって作品がまとめられ、「筆まかせ」「寒山落木」「竹乃里歌」などが刊行され、命日には獺祭忌が営まれている。大学予備門（のちの一高）時代から野球に熱中し、弄球（野球）、打者、走者、死球、飛球など現在でも使われている用語、ルールの翻訳も手掛けた。平成14年新世紀特別枠として野球殿堂入り。松山市道後公園に子規記念博物館がある。

正木 不如丘　まさき・ふじょきゅう
小説家　俳人　医師　信州富士見高原療養所所長　[生]明治20年2月26日　[没]昭和37年7月30日　[出]長野県上田　本名＝正木俊二　旧号＝零筑子　[学]東京帝大医科大学（大正2年）卒　医学博士　[歴]大正9年パリのパスツール研究所に留学、帰国後慶応義塾大学医学部助教授となった。11年朝日新聞に小説「診療簿余白」を連載、作家としてデビュー。以後昭和初期にかけ専門知識を生かした探偵小説「県立病院の幽霊」「手を下さざる殺人」「果樹園春秋」などのほか「木賊の秋」「とかげの尾」と多くの大衆小説も手がける。傍ら、昭和の初めから信州富士見高原療養所を経営、所長を務めた。同療養所は「風立ちぬ」の堀辰雄、婚約者の矢野綾子、竹久夢二らが入院したことや、久米正雄の小説「月よりの使者」の舞台として知られる。一方、独協中学在学中から俳句を始め、河東碧梧桐選「日本俳句」に投句。大学に入ってからは中断したが、のち療養所内の雑誌「高原人」に作品を発表、俳人としても活躍した。句集に「不如丘句歴」がある。

正木 ゆう子　まさき・ゆうこ
俳人　[生]昭和27年6月22日　[出]熊本県熊本市　本名＝笠原ゆう子　[学]お茶の水女子大学家政学部卒　[賞]俳人協会評論賞（第14回）（平成12年）「起きて、立って、服を着ること」　[歴]昭和48年「沖」入会。平成12年「起きて、立って、服を着ること」で俳人協会評論賞を受賞。句集に「水晶体」「悠」など。　[団]日本文芸家協会

正富 汪洋　まさとみ・おうよう
詩人　歌人　[生]明治14年4月15日　[没]昭和42年8月14日　[出]岡山県　本名＝正富由太郎　[学]哲学館　[歴]大正7年詩誌「新進詩人」を創刊。教職についたこともあるが、生涯にわたって詩作する。明治38年の清水橘村との共著「夏びさし」をはじめ「小鼓」「豊麗な花」「月夜の海」「世界の民衆に」など多くの詩集がある。戦後は日本詩人クラブの結成および発展に尽力した。

正宗 敦夫　まさむね・あつお
歌人　国文学者　[生]明治14年11月15日　[没]昭和33年11月12日　[出]岡山県　[学]高小卒　[歴]高小卒業後上京して井上通泰に歌を学ぶ。大正4年「鵜舫」を刊行。歌文珍書保存会、日本古典全集刊行会など古典籍普及の事業に尽くし、また「万葉集総索引」「金葉和歌集講義」などの著書がある。　[家]兄＝正宗白鳥（作家）、弟＝正宗得三郎（画家）、妹＝辻村乙未（小説家）

真下 喜太郎　ました・きたろう
俳人 [生]明治21年6月9日 [没]昭和40年8月13日 [出]群馬県前橋市 [学]慶応義塾大学理財科卒 [歴]大正6年高浜虚子の長女真砂子と結婚、以後虚子に師事し「ホトトギス」に投句。戦時中、私立東北振興青年学校長などをする。戦後、俳諧文庫会主任などを歴任。「歳時記脚註」「続歳時記脚註」の著がある。

増野 三良　ましの・さぶろう
詩人 翻訳家 [生]明治22年1月16日 [没]大正5年3月3日 [出]島根県浜田市 [学]早稲田大学英文科(明治44年)卒 [歴]大正3年季刊詩誌「未来」を三木露風、服部嘉香、柳沢健らと創刊。第1輯に劇詩「智慧樹」を発表した。オスカー・ワイルド、オーマル・カイヤムを経て、タゴールに傾倒し、訳書に「ギタンジャリ」「新月」「園丁」などがある。のち肺を病み、故郷浜田で静養中没した。

間島 琴山　まじま・きんざん
歌人 [生]明治20年3月2日 [没]昭和48年8月17日 [出]香川県琴平 [学]神宮皇学館高等部卒 [歴]明治39年新詩社に参加し、大正5年歌集「桧扇」を刊行。短歌の朗詠法に関心が深く「短歌朗吟基本・間島式日本歌道玻講形」を残している。深川富岡八幡宮権宮司であったが病死した。

間島 定義　まじま・さだよし
歌人 [生]大正12年9月2日 [出]新潟県 本名＝間嶋定義 [賞]コスモス賞(昭和34年) [歴]昭和17年「多磨」に入会。22年「越後野」を発刊し編集を担当。同年宮柊二に師事、「一叢会」に参加。27年「多磨」解散後、「群鶏の会」を結成し、28年「コスモス」創刊に参加した。40年から「コスモス」編集部に加わり、52年より選者。歌集に「北国砂浜集」「鋼と杉」がある。 [団]現代歌人協会

真下 章　ましも・あきら
詩人 [生]昭和4年3月7日 [出]群馬県勢多郡粕川村 [学]粕川国民学校卒 [賞]上毛文学賞(第5回)(昭和44年)、群馬県文学賞(第13回)(昭和50年)「屠場休日」、岡田刀水士賞(第3回)、H氏賞(第38回)(昭和63年)「神サマの夜」 [歴]10代で短歌に親しみ、20歳をすぎて詩作に興味を抱く。昭和43年頃から地元の詩誌「軌道」などに参加。「東国」「軌道」同人。養豚業を営み、一貫して豚を詩い豚と共に生きてきた。のちに養鶏を始めた。詩集に「豚語」「神サマの夜」「赤い川まで」など。

真下 飛泉　ましも・ひせん
歌人 作詞家 [生]明治11年10月10日 [没]大正15年10月25日 [出]京都府河中町 本名＝真下滝吉 [学]京都師範(明治28年)卒 [歴]京都師範附属小学校訓導、小学校長、中学校教師を経て、大正14年より京都市会議員を務めた。青年時代「文庫」「よしあき草」「明星」などに詩歌を投稿、軍歌「戦友」は明治38年に作詞された。「戦友」は厭戦思想を誘発するとして軍隊内での歌唱を禁じられたことがある。昭和2年「飛泉抄」が刊行された。

増山 美島　ましやま・みしま
俳人 [生]大正12年7月18日 [出]栃木県 本名＝増山好夫 [賞]風俳句賞、鷹俳句賞 [歴]昭和17年から句作。「寒雷」「風」を経て現在「鷹」無鑑査同人。「鬼怒」編集にたずさわる。風俳句賞、鷹俳句賞受賞。句集に「亜晩年」「青猪」がある。

益池 広一　ますいけ・こういち
詩人 [生]昭和36年1月19日 [出]大阪府大阪市 本名＝益池睦(ますいけ・むつみ) [賞]アジア太平洋障害者の十年最優秀賞(平成7年)「とびらのむこうに」 [歴]出産時の仮死状態からくる脳性小児マヒのために最重度身体障害者に。大阪市で小学、中学の肢体不自由児学級に通い、昭和52年福岡に転居。国際障害者年の56年、障害者の詩に曲をつけて発表する“福岡わたぼうしコンサート”への応募をきっかけに詩を始め、63年生きることへの思いを綴った初の詩集「僕の心の中から 27歳」を自費出版。同年6月大地作業所に入所。平成3年第2詩集「まだ1%」も自費出版。4年全国共同作業所テーマソングの作詞に参加し、この作品は7年アジア太平洋障害者の十年で最優秀賞を受ける。8年3作目の「街の目」は海島社から出版された。

増岡 敏和　ますおか・としかず
ライター 詩人 [生]昭和3年12月 [出]広島県広島市 [歴]著書に「民主医療運動の先駆者たち」「物語・東京民医連史」「我流管理学」「チーム医療と管理」「サークル運動入門」「広島の詩人たち」「原爆詩人峠三吉」「ドキュメント西荻窪診療所」、詩集に「アバンティポポロ」「光の花」ほか多数。

桝岡 泊露　ますおか・はくろ
　俳人　木彫師　⊕明治30年11月3日　⊗昭和57年3月6日　⊕大阪　⊛大正3年、野村泊月に勧められて句作、桜坡子らと淀川俳句会をつくり「ホトトギス」に拠った。昭和33年青木稲女の「麦秋」後継主宰となる。句集に「旅から旅へ」がある。

益田 清　ますだ・きよし
　俳人　「きみさらず」主宰　⊕昭和2年3月9日　⊕福岡県　⊛北九州外語大学別科卒　⊛新日本製鉄に勤務。昭和14年頃から作句を始め、21年横山白虹に師事する。24年「自鳴鐘」同人。のち「きみさらず」を創刊主宰する。また、34年九州俳句作家協会結成、47年君津俳句会創立にも尽力。句集に「誕生」「投影」「白南風」などがある。　⊛現代俳句協会

増田 手古奈　ますだ・てこな
　俳人　医師　⊕明治30年10月3日　⊗平成5年1月10日　⊕青森県南津軽郡大鰐町　本名＝増田義男　⊛東京帝国大学医学部（大正7年）卒、東京帝国大学大学院修了　医学博士　⊛青森県文化賞（昭和36年）、青森県褒章（昭和37年）、東奥賞（昭和48年）、勲五等瑞宝章（昭和44年）、大鰐町名誉町民（昭和51年）　⊛大正12年水原秋桜子、高野素十らと共に高浜虚子に学ぶ。昭和9年「ホトトギス」同人。3年父の死にあい、6年帰郷し医院開業。同年俳誌「十和田」を創刊し、主宰。句集に「手古奈句集」「夜の牡丹」「合歓の花」「定本増田手古奈句集」「山荷葉」「つらつら椿」、随筆集に「雑記帳」「十和田雑詠鑑賞」がある。

増田 八風　ますだ・はっぷう
　歌人　⊕明治13年4月4日　⊗昭和32年5月20日　⊕三重県　本名＝増田甚治郎　⊛東京帝大文学部独文科（明治42年）卒　⊛学生時代より「馬酔木」に寄稿、さらに「アカネ」に作品やドイツ文学の翻訳、紹介などを掲載した。明治42年八高講師を経て、44年教授となり、以後長くドイツ語を教える。傍ら、大正10年依田秋圃や浅野梨郷らと「歌集日本」を創刊、短歌の他に古代和歌に関する研究も発表した。

増田 文子　ますだ・ふみこ
　歌人　⊕大正9年5月13日　⊕朝鮮・大邱　⊛女学校時代より作歌し、昭和12年「ポトナム」同人。21年「古今」創刊に参加、44年「閃」を創刊し代表となる。55年柴舟会常任幹事。歌集に「喜劇」「碧」、評論に「阿部静枝論」がある。　⊛現代歌人協会

増田 まさみ　ますだ・まさみ
　俳人　⊕昭和12年　⊕鳥取県鳥取市　⊛中新田俳句大賞（スウェーデン賞・ソニー中新田賞）(平成12年)　⊛10歳から、父桔梗きちかうに作句を学ぶ。高校時代、中原紫童「短律」に入会。その後「青玄」、「現代俳句」に参加。同人誌「日曜日」創刊に携わり、編集長。平成3年文芸同人誌「幻想時計」を創刊、同人。句集に「ルソーの森深く」「季憶・1984」（共著）など。　⊛父＝桔梗きちかう

増田 龍雨　ますだ・りゅうう
　俳人　⊕明治7年4月7日　⊗昭和9年12月3日　⊕京都　本名＝増田藤太郎（ますだ・とうたろう）　旧姓(名)＝花井　旧号＝龍昇　⊛連句の9世雪中庵雀志の門に入り、昭和5年12世雪中庵をつぐ。俳句は久保田万太郎に師事し著書に「龍雨句集」「龍雨俳句集」「龍雨俳話」などがある。

増谷 龍三　ますたに・りゅうぞう
　歌人　⊕昭和5年1月3日　⊗平成8年5月27日　⊕北海道池田町　⊛帯広農専卒　⊛北海道歌人会賞（第3回）(昭和34年)、新墾賞　⊛昭和26年「山脈」入会。27年「新墾」入社、小田観蛍に師事、後に選者。39年菱川善夫を中心に北海道青年歌人会設立、40年同人誌「素」を創刊、編集発行。45年現代短歌・北の会創立に参加、57年「素」を解散し「岬」を創刊、代表となる。道歌人会幹事を経て委員。歌集に「北の創世紀」。　⊛現代歌人協会

枡野 浩一　ますの・こういち
　歌人　フリーライター　⊕昭和43年9月23日　⊕東京都杉並区（本籍）　⊛専修大学経営学部中退　⊛古文や旧仮名を使わない短歌を作り、平成7年角川短歌賞に応募した「フリーライターをやめる509方法」が最高得票を取りながらも落選。雑誌「ぴあ」に投稿を続け、一部に熱烈な支持者を持つ特殊歌人。ライター、作詩家でもあり、小説も書く。歌集に「てのりくじら」「ドレミふぁんくしょんドロップ」「ますの。」「君の鳥は歌を歌える」、現代詩の編著に「水戸浩一遺書詩集/ガムテープで風邪が治る」、評伝に「石川くん」、「かんたん短歌のつくり方」などがある。　⊛妻＝南Q太（漫画家）
http://talk.to/mass-no

増渕 一穂　ますぶち・かずほ
俳人　[生]大正1年8月22日　[没]平成1年1月24日　[出]栃木県宇都宮市　本名＝増渕律　[学]東洋大学卒　[賞]夏草功労賞(昭和48年)　[歴]今市高、宇都宮工、宇都宮高の国語教師をつとめる。この間、昭和27年「夏草」入門、同人。34年から朝日新聞栃木俳壇選者をつとめる。句集に「藍甕」、編書に「朝日新聞栃木俳壇第1、2選集」、随想に「実作に思う」。[団]俳人協会

間立 素秋　まだて・そしゅう
俳人　[生]明治29年2月5日　[出]千葉県　本名＝間立杢太郎　[賞]山廬賞(第2回)(昭和41年)　[歴]大正13年頃長谷川零余子の「枯野」、原石鼎の「鹿火屋」を経て昭和12年頃より飯田蛇笏門となり、引き続き飯田龍太に師事。41年第2回山廬賞受賞。「雲母」同人。句集に「稲架の雨」「久保坂」がある。

町 春草　まち・しゅんそう
書家　俳人　なにはづ書芸社主宰　[専]近代詩文　[生]大正11年4月3日　[没]平成7年11月13日　[出]東京　本名＝町和子(まち・かずこ)　[学]東京服飾美校卒　[賞]日本書道美術院再建書道展最高賞(第1回・仮名部門)(昭和21年)、国際オリベッティ賞(第1回)(昭和40年)、ニース市金メダル(昭和56年)、アロマンシュ市金メダル(昭和57年)、フランス芸術文化勲章シュバリエ章(昭和60年)　[歴]幼時から書を始め、飯島春敬門下で学ぶ。昭和19年春草の号を受け、21年日本書道美術院の第1回再建書道展仮名部門で最高賞を受賞。28年最初の個展を開き、以後“書の近代化”に挑む。36年から海外でも活躍し、56年招かれてパリの国立装飾美術館で個展。著書は「平安書道芸術の人びと」「たのしい書」「花のいのち・墨のいのち」書道芸「書芸の瞬間」などのほか、俳人として句集「紅梅」も。日舞・花柳流、地唄舞いの名取でもある。[団]俳人協会　[家]弟＝町春秀(書家)、息子＝まちひろし(イラストレーター)

街 順子　まち・よりこ
詩人　[生]昭和19年　[出]東京都　[歴]作品集に句集「道」(私家版)、一行詩集「影」「一行詩」などがある。

町田 しげき　まちだ・しげき
俳人　[生]明治42年8月6日　[没]平成9年4月5日　[出]東京都大田区馬込　本名＝町田基　[学]早稲田大学政経学部卒　[賞]浜同人賞(第25回)(平成1年)　[歴]日本郵船勤務、千葉海運産業社長を経た後、俳句に専念。昭和11年村山古郷、38年大野林火の手ほどきを受ける。翌年「浜」入門、44年同人。句集に「しげき句集」「わたつみ」「梅」がある。　[団]俳人協会

町田 志津子　まちだ・しずこ
詩人　「塩」主宰　[生]明治44年2月6日　[没]平成2年2月20日　[出]静岡県沼津市　本名＝飯塚しづ　[学]実践女専国文科卒　[賞]北川冬彦賞(第2回)(昭和42年)　[歴]昭和25年北川冬彦の詩誌「時間」の同人となる。29年第1回時間賞を受賞し、第一詩集「幽界通信」を刊行。詩集に「町田志津子詩集」「飛天」、詩と随想集「潮の華」がある。　[団]日本現代詩人会、日本詩人クラブ、静岡県詩人会

町田 寿衛男　まちだ・すえお
詩人　[生]明治40年1月18日　[出]埼玉県大宮市　[学]文化学院大学文学科卒　[歴]昭和33年より6年間、外務事務官として在ベレーン(ブラジル)日本総領事館に勤務。漢詩をよくした父の影響をうけ、旧制浦和中学4年のころより詩を書きはじめた。詩誌「詩神」「新詩論」「文芸汎論」「詩学」などに投稿のかたわら、大学在学中に、北園克衛・増田渉らと同人詩誌「海の晩餐」を発行。日夏耿之介に師事し、詩集に「光耿の緑毬」「一紙の書」がある。

松井 啓子　まつい・けいこ
詩人　[生]昭和23年1月11日　[出]富山県　[学]東京女子大学日本文学科卒　[歴]詩集に「くだもののにおいのする日」「のどを猫でいっぱいにして」がある。

松井 如流　まつい・じょりゅう
歌人　書家　大東文化大学名誉教授　日展参事　[生]明治33年3月31日　[没]昭和63年1月16日　[出]秋田県横手市　本名＝松井郁次郎(まつい・いくじろう)　[学]秋田准教員養成所卒業　[賞]日展文部大臣賞(昭和35年)、日本芸術院賞(昭和39年)、勲三等瑞宝章(昭和51年)　[歴]吉田苞竹に師事して書を学び、書家として大成し、のち日展参与。短歌は大正14年「覇王樹」に入社、橋田東声に師事。東声没後は臼井大翼に師事、大翼没後「覇王樹」責任者。著書に「松井流書法」「中国書道史随想」、歌集「水」など。

松井 保　まつい・たもつ
歌人　文芸誌「かぶらはん」主幹　[生]昭和8年3月20日　[出]群馬県　[歴]「遠天」「あぢさゐ」「アララギ」等を経て、「人間詩歌」に所属。昭和24年文芸誌「かぶらはん」創刊、編集発行人となる。「米穫れぬ村」「みどりの闇」「大地のぬくみ」などの歌集がある。農業。

松井 千代吉　まつい・ちよきち
俳人　[生]明治25年3月8日　[没]昭和48年4月1日　[出]京都市　本名＝松井彦次郎　[学]京都一商卒　[歴]安田木母から俳句を学び、「懸葵」に参加。その後新傾向に移り、「日本俳句」に投句。「海紅」創刊と共にこれに拠る。大正5年「街道」を創刊、戦後は「葱坊主」「日曜詞人」「蘆火」「青い地球」などに拠る。句集に「千代吉句集」がある。

松井 利彦　まつい・としひこ
俳人　俳句評論家　名古屋女子大学教授　[専]近代日本文学(俳論，俳句史)　[生]昭和2年2月5日　[出]岐阜県岐阜市　[学]立命館大学文学部国文科(昭和25年)卒、名古屋大学大学院(昭和36年)修了　文学博士　[興]明治俳句史、正岡子規　[賞]風賞(昭和36年)、文部大臣賞(昭和51年)「正岡子規の研究」、岐阜県文化顕賞(昭和42年)　[歴]岡山大学教授、聖徳学園岐阜教育大学教授、東海女子短期大学教授を経て、名古屋女子大学教授。戦後、近代俳句・俳論史の研究に入り、「正岡子規の研究」「近代俳論史」「昭和俳句の研究」「軍医森鴎外」など多数の研究書を発表。昭和55年俳人協会評議員。56年より山口誓子主宰「天狼」の編集長となり平成6年3月山口死後、6月に終刊するまで務めた。「風」同人。句集に「美濃の国」がある。　[団]俳文学会、日本近代文学会、俳人協会(評議員)、東海近代文学会(会長)、日本文芸家協会

松井 立浪　まつい・りつろう
俳人　[生]明治37年3月21日　[出]島根県　本名＝松井辰郎(まつい・たつろう)　[学]島根師範卒　[歴]大正12年「石楠」入会、石楠系福島小蕾主宰俳句地帯に入り指導を受ける。昭和26年臼田亜浪死去により「石楠」退会。45年「河」入会後同人。49年「石見」誌創刊主宰。句集に「草と霧」「波の華」。　[団]俳人協会

松浦 詮　まつうら・あきら
伯爵　茶道家　歌人　貴院議員　平戸藩主　[生]天保11年10月18日(1840年)　[没]明治41年4月11日　[出]肥前国松浦郡平戸串崎(佐賀県)　字＝景武、義卿、通称＝朝五郎、源三郎、肥前守、号＝乾字、稽詢斎、松浦心月庵(まつうら・しんげつあん)　[賞]正二位勲二等　[歴]安政5年肥前平戸藩主となり、尊王攘夷論者で、藩領の海防に努めた。明治元年戊辰戦争には奥羽征討に従軍。維新後制度寮副総裁、平戸藩知事、御歌会始奉行、明宮祗候、宮内省御用掛などを歴任。貴院議員となり、17年伯爵。文武に通じ、ことに茶道は石州流鎮信派家元で布引茶入など名器を収集。和歌にも長じ、心月庵と号し「蓬園月次歌集」などがある。　[家]長男＝松浦厚(貴院議員・伯爵)

松浦 為王　まつうら・いおう
俳人　[生]明治15年1月8日　[没]昭和16年12月15日　[出]神奈川県横浜市　本名＝松浦磐　[学]横浜商業卒　[歴]正金銀行に勤務。長唄、画を学び、俳句は高浜虚子、内藤鳴雪に師事して「ホトトギス」に拠り、横浜に連友会を組織。昭和3年「俳人」を創刊主宰した。著書に「太祇百句評釈」、編著に「鳴雪俳句集」。

松浦 辰男　まつうら・たつお
歌人　[生]弘化1年(1844年)　[没]明治42年10月7日　[出]越後国(新潟県)　号＝萩坪　[歴]有栖川宮家の武士で京都、東京と転じた。京都で香川景恒に師事し、上京後谷森貴臣に学ぶ。景恒の兄弟子松波資之より桂園の文台と硯箱を托され、松波の門弟を引継いで歌道師範となった。その門人には田山花袋、柳田国男、宮崎湖処子らがいる。歌集に「萩の下葉」「萩の古枝」など。

松浦 寿輝　まつうら・ひさき
小説家　詩人　映画評論家　東京大学大学院総合文化研究科教授　[専]フランス近代詩　映像論　映画史　表象文化論　[生]昭和29年3月18日　[出]東京都　[学]東京大学教養学部フランス学科(昭和51年)卒、東京大学大学院仏語仏文学専攻(昭和55年)修士課程修了、パリ第3大学大学院博士課程修了　文学博士(パリ第3大学)(昭和56年)　[興]エッフェル塔、日本近代詩　[賞]高見順賞(第18回)(昭和63年)「冬の本」、吉田秀和賞(第5回)(平成7年)「エッフェル塔試論」、三島由紀夫賞(第9回)(平成8年)「折口信夫論」、渋沢クローデル賞(平山郁夫特別賞，第13回)(平成8年)「平面論―1880年代西欧」、芸術選奨文部大臣賞(第50回，平11年度)(平成12年)「知の庭園」、芥川賞(第123回)(平成12年)「花腐し」

[歴]昭和51～53年及び55～56年フランス政府の給費留学生として渡仏。東京大学教養学部フランス語科助手、電気通信大学助教授、東京大学教養学部助教授、のち大学院総合文化研究科助教授を経て、教授。研究者の傍ら、詩人、映画評論家としても活躍。のち小説も執筆するようになり、平成12年「花腐し」で芥川賞を受賞、東大教授の同賞受賞は初めて。他の著書に詩集「ウサギのダンス」「松浦寿輝詩集」「冬の本」「鳥の計画」、小説「幽」、小説集「もののたはむれ」、評論「記号論」「口唇論—記号と官能のトポス」「映画n-1」「スローモーション」「折口信夫論」「平面論—1880年代西欧」「知の庭園—19世紀パリの空間装置」、訳書に「ヴァレリー全集カイエ篇」(分担訳)ロベール・ブレッソン「シネマトグラフ覚書」など。「麒麟」同人。

松尾 敦之　まつお・あつゆき
俳人　[生]明治37年6月16日　[没]昭和58年10月10日　[出]長崎県北松浦郡佐々町　[学]長崎高商卒　[賞]層雲賞(昭和17年)　[歴]教師となり、昭和4年荻原井泉水に師事。20年長崎原爆で被爆、妻と3児を失った体験をもとにした「原爆句抄」(47年)と手記「爆死証明書」は、原爆文学の中で高い評価を受けている。代表作は「なにもかもなくした手に4枚の爆死証明」など。51年泉水没後、層雲作品欄選者を担当。平成3年句集「ケロイド」が刊行された。

松尾 巌　まつお・いわお
俳人　京都帝大医学部教授　[専]内科学　[生]明治15年4月15日　[没]昭和38年11月22日　[出]京都市　号=松尾いはほ(まつお・いわお)　[学]京都帝大医学部卒　医学博士　[歴]京大医学部内科教授。在学中大谷句仏の運座に参加。昭和4年「蜻蛉会」を創立、五十嵐播水、鈴鹿野風呂らに学んだ。また高浜虚子に師事、7年「ホトトギス」同人。妻静子との句集「摘草」「春炬達」「金婚」などがある。　[家]妻=松尾静子(俳人・故人)

松尾 静明　まつお・せいめい
詩人　[生]昭和15年3月3日　[出]広島県　[賞]小熊秀雄賞(第33回)(平成12年)「丘」、日本詩人クラブ賞(第34回)(平成13年)「都会の畑」　[歴]中学卒業後、職業訓練校を経て、広島の印刷会社に40年以上勤務し、平成12年退職。一方、18歳から詩人・木下夕爾に師事。当初、日本的叙情と西洋の象徴詩の融合を試みたが、のち弱い立場への共感を詩に表現するようになる。11年詩集「丘(おか)」を出版。他の詩集に「沙漠〈I・II〉」「遠い声」「少年詩集」「都会の畑」、エッセイに「禅の源流を求めて」などがある。
[団]日本詩人クラブ

松尾 大倫　まつお・だいりん
高校教師(大津産業高校)　詩人　[生]昭和7年7月12日　[出]熊本県鹿本郡菊鹿町　[学]早稲田大学英文学科(昭和29年)中退、北九州大学外国語学部米英学科(昭和35年)卒　[歴]昭和37年熊本県立南関高校、45年菊池高校、57年第一高校、63年大津産業高校に勤務。詩誌「燎原」同人。詩集に「つめたい鮒」「起承転々」「ある愛の詩(うた)」がある。

松尾 隆信　まつお・たかのぶ
俳人　[生]昭和21年1月13日　[出]兵庫県姫路市　[学]中央大学法学部卒　[賞]畦新人賞(昭和57年)　[歴]昭和36年「閃光」に入会、42年「閃光」新人賞次席。以後「天狼」「七曜」を経て「氷海」に所属。51年「畦」に入会、53年同人。58年俳人協会会員、平成2年幹事。句集に「雪渓」「滝」がある。　[団]俳人協会(幹事)

松尾 竹後　まつお・ちくご
俳人　[生]明治15年11月5日　[没]昭和35年7月15日　[出]福岡県　本名=松尾熊次郎　旧姓(名)=由布　[学]伝習館中卒　[歴]日露戦争従軍中、外戚松尾氏の籍に入り分家。中学在学中白影と称し、北原白秋、藤木白葉らと交わり俳句を知る。はじめ坂元雪鳥の指導を受け、明治30年以後は松瀬青々に傾倒、40年上京し「宝船」の選者となる。のち一時中絶したが、大正8年復活して「倦鳥」に投句、青々門下の俊英として一家をなした。長く日本無線電信株式会社に勤務し、昭和16年病を得て帰郷。また俳誌「閑地菜園」「爽」を創刊した。句集に「海鼠の如く」がある。　[家]父=由布雪下(柳川藩家老)

松尾 正信　まつお・まさのぶ
写真家　詩人　[生]昭和23年5月25日　[出]兵庫県神戸市御影町　[歴]詩作と写真を“写真詩”として発表。個展に「兆」「碧」「汀」「旭湯」「ゆきずり」「神戸・御影町」「夢現抄」「鈍行、閑話」「流寓」などがある。　http://www.gaden.com/matsuo.html

松尾 真由美　まつお・まゆみ
詩人　[生]昭和36年　[出]北海道釧路市　[学]札幌大谷短期大学音楽科卒　[賞]H氏賞(第52回)(平成14年)「密約」　[歴]20代後半に詩作に目覚め、ピアノ教師を辞めて、平成7年個人誌「ぷあぞん」を創刊。他者や言葉そのものとの交感を追究した作品を発表し、中央詩檀の注目を集

める。14年詩集「密約―オブリガート」でH氏賞を受賞。他の詩集に「燭花」がある。

松岡 荒村 まつおか・こうそん
詩人 評論家 ⑰明治12年5月8日 ⑲明治37年7月23日 ⑳熊本県八代郡高田村(現・八代市) 本名＝松岡悟 ㉑早稲田大学高等予科 ㉕同志社中学時代に北村透谷に私淑し、貧民問題に関心を寄せる。早大時代は足尾鉱毒事件などの影響で社会主義協会員として活躍、この頃から社会主義詩人として認められ「三つの声」「月げぶる上野の歌」などを発表。明治37年徴兵検査のため帰郷、肺患悪化を冒しての帰郷であったが間もなく死去した。主な評論に「国歌としての『君が代』」などがあり、没後の38年「荒村遺稿」が刊行された。

松岡 貞子 まつおか・さだこ
俳人 ⑰大正6年7月6日 ⑳兵庫県 ㉑福崎高女卒 ㉕昭和34年「俳句評論」に参加。終刊後は無所属。句集に「氷笛」「桃源」ほか。

松岡 貞総 まつおか・さだふさ
歌人 耳鼻科医 ⑰明治21年7月15日 ⑲昭和44年6月23日 ⑳埼玉県本庄市 ㉑東大医学部卒 ㉕学生時代に歌集「生の滴り」刊。大正15年「常春」編集同人、後同誌発行人を経て、昭和14年「醍醐」創刊主宰。歌集「山彦」「雲の如く」「心象無限」等7冊。

松岡 繁雄 まつおか・しげお
詩人 ⑰大正10年4月30日 ⑲平成3年12月8日 ⑳秋田県 ㉑高小卒 ㉕戦時中は南方へ渡り、負傷後帰郷。昭和21年北海道に渡り、雨竜郡浅野炭鉱に勤務しながら労働詩を書く。23年高江常雄、浅香進一、関谷文雄と「炭鉱四人詩集」を刊行、その中の長編詩「英さん」が亀井文夫監督の映画「女一人大地を行く」の原作となる。38年「詩の村」創立同人として参加、54年からは同誌の編集・発行にあたる。詩集に「風信」(48年)、「瞽女おろし」(57年)がある。

松岡 辰雄 まつおか・たつお
社会運動家 歌人 ⑰明治37年5月15日 ⑲昭和30年8月23日 ⑳青森市 ㉑高等小学校中退 ㉕大正9年国鉄に勤務し、仙台鉄道教習所を修了、12年車掌となる。13年青森駅改札掛に勤務替となる。15年全日本鉄道従業員組合の結成に参加。昭和2年解雇され、日農青森県連合会の書記となり、昭和4年共産党に入党。同年の4.16事件で検挙され懲役5年に処せられた。出獄後は印刷の外交員などをし、14年青森購買組合を組織して活動中の16年に検挙され、約6カ月拘留される。出獄後は短歌を作り、21年青森県歌人協会の設立に参加した。歌集に「松岡辰雄歌集」「新生に題す」がある。

松岡 凡草 まつおか・ぼんそう
俳人 ⑰明治33年3月1日 ⑲昭和58年1月13日 ⑳愛媛県北条市辻 本名＝松岡政義(まつおか・まさよし) ㉑東京商科大学(大正13年)卒 ㉕大正13年勧業銀行入行。14年病気の為故郷に帰り、「渋柿」に入門。仙波花叟に学び、昭和2年上京して、東洋城に師事。のち発行・編集人をつとめた。 ㉚俳人協会

松岡 裕子 まつおか・ゆうこ
歌人 元・八尾市立高安西小学校校長 ⑰昭和4年6月2日 ⑳東京市豊島区東長崎 ㉑奈良師範(昭和24年)卒 ㉘白珠新人賞(昭和39年)、関西短歌文学賞(第25回)(昭和58年)「春の木立」 ㉕昭和24年奈良県真菅町立真菅中学校教諭。26年大阪府国分町立国分小学校教諭。29年八尾市立成法中学校教諭。以後、八尾市内の小学、中学に勤め、63年高安西小学校校長を最後に教職を退く。一方、師範学校在学当時、前川佐美雄の指導を受け作歌を始める。30年「白珠」入社、安田青風・章生に師事し、のち編集同人。39年第3回白珠新人賞、57年歌集「春の木立」により関西短歌文学賞を受ける。45年「あしかび」創設と共に同人。歌集に「無援の秋」「春の木立」「志野」がある。 ㉚現代歌人集会、関西歌人集団、現代歌人協会、日本歌人クラブ、大阪歌人クラブ

松川 洋子 まつかわ・ようこ
歌人 ⑰昭和2年12月17日 ⑳北海道函館市 本名＝岡部洋子 ㉑札幌高女卒 ㉘北海道新聞短歌賞(昭和63年)「聖母月」 ㉕国鉄苗穂工場、札幌通産局などに勤務。「原始林」「鴉族」同人。昭和40年「素」創刊に参加、50年現代短歌北の会幹事。歌集「黄の花粉」「シャクティ」「聖母月」「八口族の星」など。

松木 千鶴 まつき・ちずる
詩人 ⑰大正9年10月 ⑲昭和24年2月2日 ⑳長野県 ㉑東京府立第七高女卒 ㉕昭和14年ごろから詩作を始め、日本学芸新聞の編集者遠藤斌と結婚、同新聞に作品を発表。戦後日本アナキスト連盟に参加、機関紙「平民新聞」の刊行で遠藤を支援する一方、同紙に「自由への歌」「夜あけの女たち」「ひかり」「蓮」「奴隷の歌」「こほろぎ」「仲間」などを次々発表。また伊藤信吉に師事、「歴程」にも寄稿した。女

のやさしさと、深い苦悩の果ての叙情は、早くから伊藤や鶴見俊輔らに認められていたが、病気との闘いに破れた。 [家]夫＝遠藤斌(編集者)

松口 月城 まつぐち・げつじょう
漢詩人 医師 九州吟詠連盟会長 [専]詩吟 [没]昭和56年7月16日 [出]福岡県筑紫郡 本名＝松口栄太(まつぐち・えいだ) [賞]西日本文化賞(昭和53年)、文化奨章(台湾政府)(昭和56年) [歴]わが国漢詩吟詠界の元老的存在で、自作の吟詠詩集は昭和33年以来24版を重ねる。53年西日本文化賞受賞。本業は医師で、医術開業試験の最若年合格記録を持つ。日台交流にも務め、台湾政府より文化奨章を受けた。 [家]娘＝井上倭文子(福岡県前原町収入役)

松倉 ゆずる まつくら・ゆずる
俳人 [生]昭和2年3月20日 [出]北海道 本名＝松倉譲 [学]旧制高小卒 [賞]北海道新聞俳句賞(第14回)(平成11年)「雪解川」 [歴]農業を営む傍ら、日野草城の指導を受け、昭和27年土岐錬太郎が創刊した「アカシヤ」に入会。51年「木理集」同人。53年錬太郎没後、岡沢康司主宰となった「アカシヤ」の編集を担当。句集に「安住」「歩測」「雪解川」などがある。 [団]俳人協会

松倉 米吉 まつくら・よねきち
歌人 [生]明治28年12月20日 [没]大正8年11月25日 [出]新潟県糸魚川町 [学]糸魚川高小(明治40年)中退 [歴]父の死後家運が傾き、遠縁の家に預けられる。高小を1年で中退して上京し、同棲中の母のもとに身を寄せてメッキ工場の工員となる。15歳頃俳句を知り、大正2年アララギに入会し古泉千樫に師事する。5年肺を病んで工場を辞め、闘病生活の傍ら、回覧雑誌「行路の研究」「万葉研究」などを作り、歌会に出席。没後の9年「松倉米吉歌集」が刊行された。

松坂 直美 まつざか・なおみ
詩人 作詩家 [生]明治43年1月1日 [出]長崎県 [学]日本大学芸術科(昭和7年)中退 [賞]日本詩人連盟賞(第6回)(昭和46年)「私の人生これからよ」、勲四等瑞宝章(平成3年) [歴]作詞集に「松坂直美作詞抒情小曲集」、著書に「わが人生は斗争なり」「みどりの牧場」など。 [団]日本詩人連盟(副会長)、日本音楽著作権協会(JASRAC)、日本訳詩家協会(理事長)

松坂 弘 まつざか・ひろし
歌人 元・国立国際美術館庶務課長 [専]現代短歌 [生]昭和10年10月9日 [出]長野県 [学]国学院大学文学部(昭和33年)卒 [歴]「白夜」の宮原茂一に師事。昭和29年「潮音」に入り、33年同人誌「環」を結成、のち岡野弘彦の「人」に参加。その後「炸」を創刊し代表となる。歌集に「輝く時は」「石の鳥」「春の雷鳴」、評論集に「定型空間への助走」「鑑賞江戸時代秀歌」がある。 [団]現代歌人協会、日本文芸家協会

松崎 鉄之介 まつざき・てつのすけ
俳人 俳人協会顧問 [生]大正7年12月10日 [出]神奈川県横浜市 本名＝松崎敏雄 [学]横浜商専卒 [賞]石楠賞(昭和16年)、浜同人賞(昭和55年)、俳人協会賞(第22回)(昭和58年)「信篤き国」 [歴]税理士を務める。昭和12年在学中から「馬酔木」に投句。13年大野林火に師事し、「石楠」入会。22年シベアリより復員、「浜」同人参加、57年「浜」主宰。平成5～14年俳人協会会長。句集に「歩行者」「鉄線」「信篤き国」「松崎鉄之介句集」「玄奘の道」など。 [団]俳人協会、日本文芸家協会

松崎 豊 まつざき・ゆたか
俳人 古美術商 [生]大正10年12月12日 [出]福井市 [学]福井第一高小卒 [歴]古美術商。俳句を兄に習い昭和11年から句作を始める。皆吉爽雨選「山茶花」「花がたみ」に投句、森川暁水に師事。13年「すずしろ」に参加、三谷昭にも学んだ。戦後は暁水の「風土」を経て、37年「れもん」同人、次いで「裍」同人。44年「面」に参加、のち同人。共著「俳句のすすめ」「現代俳句を学ぶ」「虚子物語」「俳句解釈と鑑賞辞典」などがある。 [団]俳文学会

松沢 昭 まつざわ・あきら
俳人 現代俳句協会会長 「四季」主幹 [生]大正14年3月6日 [出]茨城県新治郡出島村(本籍) [学]法政大学経済学部(昭和21年)卒 [歴]昭和21年飯田蛇笏に師事して「雲母」に投句、28年同人となる。36年「秋」、39年「四季」を創刊。句集に「神立」「安曇」「父ら」「山処」「安居」「麓入」、評論集に「現代秀句の評釈」など。 [団]現代俳句協会、日本文芸家協会 [家]父＝松沢鍬江(俳人)

松沢 鍬江　まつざわ・しゅうこう

俳人　[生]明治24年11月20日　[没]昭和50年4月12日　[出]茨城県　本名＝松沢静三　旧号＝松沢詠風　[歴]豪農の後継ぎとして生まれるが、大正7年家出同然に上京。警視庁巡査を経て、東京市に勤務。大正11年増田龍雨を識り雪中庵系の俳句に親しみ詠風と号した。15年飯田蛇笏に師事し、鍬江と改号。以後「雲母」によって句作にはげみ、昭和13、16年の2回にわたり寒夜句三昧個人賞受賞。蛇笏選の「春夏秋冬」欄で活躍。句集に「鍬江句集」「白毫」「春秋高」がある。　[家]息子＝松沢昭(俳人)

松下 育男　まつした・いくお

詩人　[生]昭和25年8月22日　[出]福岡県　[学]早稲田大学政経学部卒　[賞]H氏賞(第29回)(昭和54年)「肴」　[歴]詩集に「肴」「ビジネスの廊下」「松下育男詩集」などがある。　[団]日本現代詩人会、日本文芸家協会

松下 紫人　まつした・しじん

俳人　[生]明治14年12月18日　[没]昭和25年12月25日　[出]東京・本郷湯島　本名＝松下英男　[学]東京帝大独法科(明治41年)卒　[歴]陸軍法務官をつとめた。中学時代より子規門に入って俳句を学び、赤木格堂、山田三子と共に子規門三羽烏といわれる。内藤鳴雪、高浜虚子、河東碧梧桐らと親交を重ね、「日本」俳壇に投句した。大正4年碧梧桐の「海紅」創刊時に同人として参加、自由律俳句で活躍した。

松下 次郎　まつした・じろう

詩人　元・新聞労連委員長　[生]大正8年7月3日　[没]昭和61年12月3日　[出]東京　[学]慶応義塾大学卒　[歴]元朝日新聞記者。昭和41年7月～42年10月日本新聞労働組合連合(新聞労連)委員長。また、詩誌「日本未来派」編集長を務めた。58年の浦和市長選に革新統一候補で出馬。詩集に「時計の符牒」がある。

松下 智之　まつした・ともゆき

詩人　[生]昭和17年9月14日　[出]福井県　[学]慶応義塾大学法学部(昭和41年)卒　[歴]「地球」同人。詩集に「心の落葉」「秋風の祭礼」「金魚のいない金魚鉢の光景」「花有情」がある。
[団]三田文学会

松下 昇　まつした・のぼる

詩人　元・神戸大学教養学部講師　[生]昭和11年3月11日　[没]平成8年5月6日　[出]奈良県　[学]東京大学大学院人文科学研究科独文専攻(昭和38年)修士課程修了　[歴]神戸大学講師となり、学園紛争のさなかに、独自の大学改革運動を押し進めて懲戒免職。以後、詩作に専念し、作品として「六甲」「包囲」「松下昇表現集」がある。

松下 のりを　まつした・のりお

詩人　子どもの芸術研究協会事務局長　[生]昭和4年10月23日　[出]岐阜県益田郡萩原町　本名＝松下範緒　別名＝まつしたのりを　[学]高山工卒　[賞]東海現代詩人賞(第3回)(昭和46年)「孤独のポジション」、岐阜県芸術文化奨励賞(昭63年度)(平成1年)　[歴]昭和25年「現代詩研究」に同人として参加。以後「対話」「狼」「SATYA」「詩宴」などに作品を発表。「壺」「すみなわ」「芸象文学会」同人。詩集に「胡桃色(くるみいろ)の季節」「過程」「孤独のポジション」「女」「松下のりを詩集」がある。　[団]中日詩人会

松島 十湖　まつしま・じゅうご

俳人　[生]嘉永2年(1849年)　[没]大正15年7月10日　[出]遠江国中善地村(現・静岡県浜松市)　本名＝松島吉郎　[歴]明治9年浜松県民会議員、14年引佐麁玉郡長などを務める傍ら農業知識の啓発のため西遠農学社を興し、天竜川の治水事業や稲のウンカ対策にも尽力。一方、14歳の時俳人・栩木夷白の門人に。16歳で師範格になり、芭蕉の流れをくむ旧派地方俳壇の第一人者として句作を続けた。また二宮尊徳を崇拝、影響を受けた教訓的作品の句碑が60以上建立されたほか、生前自らの葬式を出すなど数々の奇行でも知られた。著書に「道の栞」「三匹猿」「十湖発句集」など。平成3年浜松文芸館で十湖展が開かれた。　[家]孫＝松島勇平(元三立製菓会長)

松瀬 青々　まつせ・せいせい

俳人　[生]明治2年4月4日　[没]昭和12年1月9日　[出]大阪府大阪市東区大川町　本名＝村瀬弥三郎　[学]北浜上等小(明治15年)卒　[歴]小学校卒業後、詩文、書、数学を塾で学び、商人としての道を歩んだがそれになじまず泰西学館で数学教師をつとめる。明治28年第一銀行大阪支店に入社、そのかたわら国学と和歌を学ぶ。この頃から俳句に親しみ「ホトトギス」「文庫」「日本」に投句。32年高浜虚子のすすめで上京し「ホトトギス」編集員。33年帰阪、大阪朝日新聞社に

入社し、俳句欄を担当。34年「宝船」を創刊、同誌は大正4年「倦鳥」と改題された。関西俳壇に重きをなし、新傾向俳句運動の際には碧梧桐に正面から対立した。句集に「妻木」全4巻をはじめ没後刊行の「鳥の巣」などがある。

松田 月嶺　まつだ・げつれい

俳人　㋩明治13年12月10日　㋙大正8年1月22日　㋭山形県谷地町　通称=湛堂　㋴曹洞宗大学(明治40年)卒、京都帝大文学部(明治44年)卒　㋫山形県谷地町の定林寺巨勢猷潚によって得度した。明治44年曹洞宗大学講師となる。俳句は大須賀乙字に学び、作家として特異な地歩を占めていた。著書に三幹竹編「月嶺句集」がある。

松田 常憲　まつだ・つねのり

歌人　㋩明治28年12月1日　㋙昭和33年3月13日　㋭福岡県甘木市秋月町　㋴国学院大学高師部国漢科卒　㋫教員生活をしながら、中学時代から短歌を作り、大正6年「水甕」に参加、のち同誌3代目主宰者となる。15年「ひこばえ」を刊行。他の歌集に「三径集」「好日」「春雷」「凍天」「長歌自叙伝」「秋風抄」などがある。昭和22年教員を辞し、以後は著作に専念した。長歌体で新生面を開拓し、「長歌自叙伝」は芸術院賞候補に挙げられた。
㋬長女=春日真木子(歌誌「水甕」副委員長)

松田 解子　まつだ・ときこ

小説家　詩人　㋩明治38年7月18日　㋭秋田県仙北郡荒川村　本名=大沼ハナ(おおぬま・はな)　旧姓(名)=松田ハナ　㋴秋田女子師範(大正13年)卒　㋳多喜二・百合子賞(第2回)(昭和41年)「おりん口伝」、田村俊子賞(第8回)(昭和43年)「おりん口伝」　㋫荒川銅山の鉱夫長屋で生れる。2年間小学校教師を務めるが、労働歌を歌うなどしたことが問題となり、大正15年上京。江東地区の工場で働き、労働運動家大沼渉と結婚。昭和3年の共産党大弾圧で夫と共に検挙される。日本プロレタリア作家同盟に加わり、5年雑誌「女人芸術」に「全女性進出行進曲」が作詩入選。次いで小説、詩、随筆、評論を次々と発表。9年久保栄らと「文芸街」を創刊。「女性線」「朝の霧」など戦前の作品のほか、戦後は「地底の人々」「おりん口伝」「回想の森」などがある。作品は実在感に富むと言われる。一方、感想評論集「子供とともに」を出版するなど、児童問題にも関心を深めた。詩集に「辛抱づよい者へ」「列」「松田解子詩集」。
㋠日本文芸家協会、日本民主主義文学同盟
㋬夫=大沼渉(社会運動家)

松田 みさ子　まつだ・みさこ

歌人　㋩大正11年12月24日　㋭大阪　㋫20歳より作歌し「どうだん」に入会、清水千代に師事するが、昭和23年退会、渡辺順三の「人民短歌」に入会する。36年「新日本歌人」の常任幹事。「十月会」会員でもあり多摩歌話会委員を務める。歌集に「乱気流」「未明海流」など。

松田 幸雄　まつだ・ゆきお

詩人　㋩昭和2年3月25日　㋭千葉県印旛郡　㋴慶応義塾大学経済学部(昭和24年)卒　㋳室生犀星賞(第6回)(昭和41年)「詩集1947—1965」　㋫三井物産に勤務するかたわら、詩作を続け「地球」「青」を経て「南方」同人になる。詩集に「詩集1947—1965」「日輪王」など。訳詩集に「夏の少年」「ディラン・トマス詩集」「アメリカ・インディアン神話」などがある。
㋠日本現代詩人会、日本文芸家協会

松平 修文　まつだいら・しゅうぶん

歌人　日本画家　青梅市立美術館学芸員　㋩昭和21年12月21日　㋭北海道北見市　本名=松平修文(まつだいら・おさふみ)　㋴東京芸術大学日本画科(昭和45年)卒、東京芸術大学大学院美術研究科絵画専攻修了　㋫短歌は大学時代から大野誠夫に師事し、「作風」同人となるが、大野の没後離れる。歌集に「七つの浪曼的情景」(合著)「水村」「原始の響き」など。
㋠現代歌人協会

松平 盟子　まつだいら・めいこ

歌人　エッセイスト　「プチ・モンド」主宰「文楽くらぶ」編集発行人　㋩昭和29年7月24日　㋭愛知県岡崎市　本名=河合盟子　㋴南山大学文学部国語国文学科卒　㋳角川短歌賞(第23回)(昭和52年)「帆を張る父のやうに」、河野愛子賞(第1回)(平成3年)「プラチナ・ブルース」　㋫大学時代より作歌、同時に「コスモス」に入会。短歌誌「プチ・モンド」主宰。歌集に「帆を張る父のやうに」「青夜」「シュガー」「プラチナ・ブルース」「たまゆら草紙」、歌論に「与謝野晶子の四季」がある。また、人形の美しさに魅せられ平成3年から文楽の季刊誌「文楽くらぶ」を発行。㋠現代歌人協会(理事)、日本文芸家協会

松永 伍一　まつなが・ごいち

詩人　評論家　㋕詩　民俗学　美学　㋩昭和5年4月22日　㋭福岡県三潴郡大木町　㋴八女高(昭和24年)卒　㋶イコンとマンダラの比較研究　㋳毎日出版文化賞特別賞(第24回)(昭和45年)「日本農民詩史」　㋫中学教師と農業のかたわ

ら、詩作と農民運動を始める。昭和25年「交叉点」を創刊、26年「母音」復刊に参加。32年上京し、「民族詩人」を創刊、新日本文学会に入会したが、のち組織を離れ、独自の著述活動を行う。民俗学・歴史学・文学の垣根を越えた著作で注目される。著書は、詩集に「くまそ唄」「ムッソリーニの脳」「割礼」「松永伍一詩集」、評論・随筆に「日本の子守唄」「底辺の美学」「一揆論」「聖地紀行」「土魂のうた」「天正の虹」「聖性の鏡」「日本農民詩史」(全3巻)、「ペトロ岐部」「落人伝説の里」「実朝游魂」「川上音二郎」「蝶は還らず」などの他、「松永伍一著作集」「松永伍一全景」がある。

松永 章三 まつなが・しょうぞう
詩人 [生]大正13年3月25日 [出]福島県 [学]福島青年師範 [歴]詩集に「柊光」「天啓」「詩集 触れたさに」などがある。 [団]福島県現代詩人会

松波 資之 まつなみ・すけゆき
歌人 [生]天保1年12月19日(1830年) [没]明治39年9月13日 [出]安芸国(広島県) 本名=藤原資之 通称=直三郎、大学大允、別号=松波遊山(まつなみ・ゆさん)、随所 [歴]京都に上って徳大寺家に仕え、のち北面の武士松波家を継ぐ。明治維新後皇太后宮内舎人として仕える。60歳の頃辞職し、横浜妙香寺に住んで各地を漫遊した。少時より香川景樹に歌道を学び、景樹没後その嗣子景恒を輔け東塢塾を主宰し、また御歌所に仕えた。歌集に「花仙堂家集」、門人の選集「歌留かや集」「香川景樹大人熊谷直好大人遺文」(3巻)などがある。

松根 東洋城 まつね・とうようじょう
俳人 「渋柿」主宰 [生]明治11年2月25日 [没]昭和39年10月28日 [出]愛媛県宇和島市 本名=松根豊次郎 号=秋谷立石山人 [学]京都帝大法科大学(明治38年)卒 [資]日本芸術院会員(昭和29年) [賞]勲三等瑞宝章(昭和39年) [歴]宇和島藩城代家老・松根図書の長男。松山中学時代に漱石を知り、句作を始める。明治38年京都帝大卒業後、宮内省に入り、式部官、宮内書記官、帝室審査官などを歴任。碧梧桐の新傾向に対抗して虚子らと定型句を主張し、「ホトトギス」「国民俳壇」などに句作を発表。大正4年「渋柿」を創刊して主宰する。5年、一時小説に走った虚子が「国民俳壇」の選者に復帰したことにより、以後、虚子および「ホトトギス」と訣別した。8年宮内省を退官し、以後俳句に専念。昭和29年芸術院会員となったが、生前に句集はなく、没後の41年から42年にかけて「東洋城全句集」(全3巻)が刊行された。ほかに「漱石俳句研究」「俳諧道」「黛」「薪水岾」などの著書がある。 [家]父=松根図書(宇和島藩城代家老)

松野 加寿女 まつの・かずじょ
俳人 [生]明治35年4月1日 [没]昭和57年3月3日 [出]東京 本名=松野加寿(まつの・かず) 旧姓(名)=五代 [学]日本女子大学国文学科(大正12年)卒 [歴]大正末より俳句。昭和2年松野自得と結婚。3年から「さいかち」の編集発行を担当し、15年女性雑詠選者。50年自得没後、主宰。句集に「花菜集」。また19年日本茶道学会教授、21年同会印可教授をつとめた。 [団]俳人協会

松野 自得 まつの・じとく
俳人 画家 僧侶 [生]明治23年2月17日 [没]昭和50年7月7日 [出]群馬県 [学]東京美術学校日本画科卒 [賞]群馬県文化賞(昭和36年)、群馬県文化功労賞(昭和44年) [歴]山内多門、小室翠雲両師に絵画を学び、帝展入選など日本画家として活躍。大正6年、一時埼玉県比企郡玉川村の龍蔵寺住織となる。のち帰郷し、父の後を継いで、赤城山最善寺の住職となる。俳句は初め「ホトトギス」に拠り、高浜虚子に師事した。昭和3年主宰誌「さいかち」を創刊。36年群馬県文化賞、44年群馬県文化功労賞受賞。句集に「自得俳句集」「第二自得句集」、著作に「自得随筆集」がある。

松野 谷夫 まつの・たにお
評論家 歌人 元・「朝日アジアレビュー」編集長 [専]中国問題 短歌 [生]大正10年1月18日 [没]平成5年9月13日 [出]佐賀県大和町 [学]東亜同文書院大学(昭和18年)卒 [歴]朝日新聞社に入社。「朝日アジアレビュー」編集長などを歴任。中国問題評論家としての著書に「はるかなる周恩来」がある。一方東亜同文書院在学中に「アララギ」に入会、以後断続的に作歌を続けた。25年上京し「未来」入会。「アララギ」「未来」会員。歌集に「急報鈴」「青天の雲」など。

松野 芳雄 まつの・よしお
歌人 [生]明治39年9月18日 [出]岐阜県 [歴]高小の頃から作歌、昭和28年岐阜県歌人クラブに入会、のちに編集委員。32年三田澪人の「暦象」に参加、32年「橋」創刊と同時に入社し支部を結成する。42年季刊誌「ぎふ橋」を発行。歌集には「明暗」「むとせきさらぎ」がある。

松の門 三艸子　まつのと・みさこ
歌人　[生]天保3年3月3日(1832年)　[没]大正3年8月23日　[出]江戸・下谷　通称＝小三　[歴]家は商家で、13歳で辻川長之助に嫁し、17歳の時未亡人となる。明治維新の変動によって一家は没落、深川の芸者となり、小三と称した。美貌に恵まれ、嬌名一世を覆うまでになり、山内容堂、松平確堂らの寵をうけた。井上文雄に入門し作歌、明治24年創刊の「しきしま」の選者となる。晩年は書と歌を教えた。歌集に「松の門三艸子歌集」がある。

松葉 直助　まつば・なおすけ
歌人　[生]明治41年12月8日　[出]栃木県足利郡山辺村(現・足利市)　[賞]足利市民文化賞(昭和59年)　[歴]昭和7年「心の花」に出詠、のち「一路」に移る。21～24年歌誌「瀬波」の発行責任者となる。47年「長流」創刊に参加、編集委員に。著書に「比企の岡―夏実・テル子・文明とその周辺の人々」「足利キリスト教会70年のあゆみ」(共著)、歌集に「那畔」「惜冬」他。

松橋 英三　まつはし・えいぞう
俳人　留萌秋の会代表　[生]明治42年10月16日　[出]北海道留萌市　本名＝松橋英蔵　[学]函館商業学校卒　[賞]留萌市文化賞(昭和44年)、秋賞(第9回)(昭和47年)、北海道新聞俳句賞正賞(第7回)(平成4年)「松橋英三全句集」　[歴]商家の跡継ぎに生まれる。昭和34年廃業、39年留萌酒販協同組合に入り、のち専務理事。一方、俳誌に投稿を続け、7年「雲母」に入会、飯田蛇笏に師事。39年蛇笏門下・石原八束の「秋」の同人、のち伊藤凍魚主宰「氷下魚」同人。留萌俳句協会長、留萌市文化協会長、市社会教育委員などを務める。平成4年61年から63年までの約1000句を収めた処女句集「松橋英三全句集」を出版。[団]現代俳句協会

松原 地蔵尊　まつばら・じぞうそん
俳人　[生]明治30年10月10日　[没]昭和48年10月7日　[出]富山県氷見郡阿尾村阿尾　本名＝松原重造　[学]東京商大(大正12年)卒　[歴]小池銀行に勤務し営業部長、山一証券大阪支店長、本社常任監査役幹事長などを歴任。大正4年、5年頃から「ホトトギス」に投句し、昭和2年「境地」を創刊主宰。6年「句と評論」を創刊し、新興俳句運動の重要な一翼をになう。戦後は「海流」を創刊、26年「新暦」と改題して主宰。45年「松原地蔵尊句集」を刊行した。

松原 敏夫　まつばら・としお
詩人　[生]昭和23年2月5日　[出]沖縄県平良市　[学]琉球大学経済学部卒　[賞]山之口貘賞(第10回)(昭和62年)「アンナ幻想」　[歴]琉球大学図書館に司書として勤務。昭和52年処女詩集「那覇午前雰時」を出版、以来積極的に創作活動を続け、62年「アンナ幻想」で第10回山之口貘賞を受賞。

松原 信孝　まつばら・のぶたか
歌人　[生]昭和5年3月5日　[出]千葉県市川市　[歴]昭和20年末に復員、作歌を始める。25年山口茂吉に師事し「アザミ」会員となり、33年師の没後「童牛」創刊に参加する。のち「冬潮」を創刊、主宰となる。「層」同人。歌集に「冬潮」「愛日」「智鏡集」、合著に「新鋭十二人集」などがある。

松原 至大　まつばら・みちとも
童謡詩人　翻訳家　児童文学者　[生]明治26年3月3日　[没]昭和46年3月15日　[出]千葉市辰州町　別名＝村山至大　[学]早稲田大学英文科(大正4年)卒　[歴]東京日日新聞社に入社し、小学生新聞編集長などを歴任。大正5年頃から少女小説を執筆し「五つの路」などを発表。12年刊行の「鳩のお家」をはじめ「お母さん」「お日さま」などの童話集がある。13年「世界童謡選集」「マザアグウス子供の唄」なども翻訳し、童謡小曲集「赤い風船」を昭和10年に刊行。またオルコット「四人の少女」「若草物語」など英米児童文学の翻訳も多い。

松原 三夫　まつばら・みつお
歌人　椙山女学園大学名誉教授　[専]和歌史　[生]明治43年7月17日　[出]愛知県　本名＝三浦三夫(みうら・みつお)　[学]東京帝大文学部国文学科(昭和10年)卒　[興]中世後期和歌史、近代短歌　[賞]梨郷賞(第11回)(平成14年)　[歴]青島日本高等女学校、愛知県第一高等女学校、明和高校、愛知県立看護短期大学を経て、昭和47年椙山女学園大学文学部教授。60年定年退職し、名誉教授。一方、八高短歌会で石井直三郎に師事し、昭和8年「水甕」会員となる。38年より水甕支社誌「名古屋通信」を発刊し、42年水甕社選歌編集担当幹事を経て、運営委員。歌集に「養苑期」「連翹期」「時の花」「桜木の下」、著書に「歌心点描」「歌人叢攷・正徹以後」「中世の歌人」などがある。　[団]日本歌人クラブ、中部日本歌人会、和歌文学会、中世文学会、現代歌人協会

松藤 夏山　まつふじ・かざん
俳人　[生]明治23年6月28日　[没]昭和11年1月12日　[出]長崎県　本名＝松藤一衛　[学]逓信講習所卒　[歴]長崎・熊本の逓信局に勤務して、大正8年本省に転任。このころから「ホトトギス」に投句、高浜虚子に師事して、富安風生、大橋越央子と共に逓信の三羽烏と言われた。虚子編の「新歳時記」の編集にあたった。遺稿句集に「夏山句集」がある。

松丸 角治　まつまる・かくじ
歌人　[生]明治38年1月16日　[出]茨城県北相馬郡守谷町木崎　[学]法政大学文学部英文学科(昭和4年)卒　[賞]勲四等瑞宝章(昭和56年)　[歴]昭和5～31年茨城県内の高校教師を務め、32～40年境高、水海道一高の校長を歴任して退職。その後44～46年守谷町教育委員、46～60年同町教育委員会委員長を務めた。一方、歌人としても活躍し、歌集に「母を悼みて」「九州一周旅行」「ヨーロッパの思い出」「一期一会」「ゆづり葉」がある。

松宮 寒骨　まつみや・かんこつ
俳人　[生]明治16年1月3日　[没]昭和43年6月25日　[出]石川県金沢市小立野鷹匠町　本名＝松宮三郎　[学]早稲田大学商科(明治41年)卒　[歴]三越百貨店に入り広告部長、上智大学講師(広告学)。俳句は河東碧梧桐に師事、泉天郎らと龍眠会を興し、「朱鞘」同人。大正7年中塚一碧楼に師事、「海紅」を経て碧梧桐の「三昧」同人、のち「海紅」に復帰。著書に「江戸の看板」「江戸の物売」「歌舞伎と広告」の三部作がある。

松村 英一　まつむら・えいいち
歌人　「国民文学」主宰　[生]明治22年12月31日　[没]昭和56年2月25日　[出]東京　号＝松村彩花　[賞]日本歌人クラブ推薦歌集(第5回)(昭和34年)「松村英一歌集」　[歴]15歳で空穂に師事。大正6年から「国民文学」を編集、運営。後に主宰。「短歌雑誌」などの編集も手がける。また大日本歌人協会等の運営に携わり、宮中歌会始選者を務めた。日本歌人クラブ、現代歌人協会名誉会員。「松村英一全歌集」(上，下)がある。

松村 鬼史　まつむら・きし
俳人　[生]明治13年　[没]大正8年9月14日　[出]大阪　通称＝栄吉郎、別号＝黙嗅洞、柳珍堂　[歴]俳句を正岡子規に学び、大阪における日本派俳句の先覚の一人として活躍した。明治30年発会の大阪満月会及びその後身の三日月会に参加。また月斗主宰の「車百合」創刊に協力した。33年新聞「日本」の子規選に入選、子規の蕪村忌にも出席、その後河東碧梧桐の新傾向に拠った。作品は「春夏秋冬」に多く収められている。柳珍堂と号して川柳もよくし、柳誌「楊柳」の課題吟の選者をつとめた。

松村 巨湫　まつむら・きょしゅう
俳人　[生]明治28年2月21日　[没]昭和39年7月23日　[出]東京・浅草松清町　本名＝松村光三　[歴]大正4年より臼田亜浪に師事し、昭和3年「清渟集」を創刊、10年「樹海」と改題し、死に至るまで主宰した。36年には「俳苟苑」を創刊。晩年は口語体を踏まえた「格はいく」を唱導した。句集に「真穂」「樹」「古径」「十六夜」、他の著書に「現代俳句表現辞典」などがある。

松村 幸一　まつむら・こういち
俳人　[生]大正13年11月10日　[出]東京　[学]根岸尋常小学校卒　[賞]毎日俳壇賞(昭和33年)、夏草新人賞(昭和40年)　[歴]昭和14年毎日新聞社に入社、文選工員となるが、25年レッドパージを受ける。33年毎日俳壇賞受賞を機縁に山口青邨に師事し、「夏草」入会。53年同人。評論集に「松本たかし論」「子規・虚子その明暗」。[団]俳人協会

松村 蒼石　まつむら・そうせき
俳人　俳人協会名誉会員　[生]明治20年10月2日　[没]昭和57年1月8日　[出]滋賀県蒲生郡清水鼻　本名＝松村増次郎(まつむら・ますじろう)　[学]小学校(明治31年)卒　[賞]蛇笏賞(第7回)(昭和47年)「雪」、山廬賞(第9回)(昭和48年)　[歴]大正14年「雲母」に入り、飯田蛇笏に師事。戦後は「玉虫」を発行した。句集に「寒鶯抄」「露」「春霰」「雪」「雁」などがある。　[団]俳人協会

松村 多美　まつむら・たみ
俳人　[生]昭和10年3月12日　[出]東京・杉並　本名＝松村民子　[学]東京教育大学文学部国文科(昭和32年)卒　[歴]昭和47年「浜」に入会、大野林火に師事。50年「蘭」に入会、野沢節子に師事、54年同人。平成5年俳誌「四葩」創刊。句集に「四葩―松村多美句集」「熟れ杏」がある。
[団]俳人協会、連句協会、女性俳句懇話会、日本文芸家協会

松村 又一　まつむら・またいち
詩人　民謡作家　[生]明治31年3月25日　[没]平成4年9月30日　[出]奈良県高市郡明日香村　[学]畝傍中中退　[賞]日本レコード大賞功労賞(平成2年)　[歴]家業を継ぎ、農耕のかたわら前田夕暮に入門し、詩歌同人として活躍。同誌解散後詩に転じ、詩話会会員となる。昭和2年上京して文

筆活動に入り、招かれてコロムビア、キング、東芝等のレコード会社の専属作詞家として歌謡作品を発表。詩は「日本詩人」「私達」「雲」「詩人連邦」等に発表、農民詩の草分け的存在である。詩集に「畑の午餐」「野天に歌ふ」「漂泊へる農夫」「日本の母」、民謡集に「一つ蓑」「風と鵯」など。　[家]妻＝松村君代(歌人)

松村 みね子　まつむら・みねこ
⇒片山ひろ子(かたやま・ひろこ)を見よ

松村 黙庵　まつむら・もくあん
俳人　僧侶(曹洞宗)　[生]明治35年3月3日　[没]平成6年3月1日　[出]山形県　本名＝松村正美　[学]宮生小卒　[賞]上山市功績章(昭和54年)、人功労賞(昭和55年)　[歴]昭和14年乙字系中村素山に師事。15年「白あざみ」に参加、19年同誌を主宰するが、27年終刊。同年「楽浪」に参加し、32年同人会長。42年角川源義に師事し、「河」入会、44年同人、53年退会。51年進藤一考に師事し、54年「人」同人、同年同人会顧問。この間46年より俳人協会会員。句集に「白あざみ」「銀婚」「不忘山」がある。　[団]俳人協会

松村 茂平　まつむら・もへい
小説家　詩人　元・朝日ヘリコプター(現・朝日航洋)常務　[生]大正5年3月30日　[没]平成14年4月29日　[出]福井県坂井郡丸岡町　本名＝小林末二郎　[学]陸軍航空士官学校卒　[賞]埼玉文芸奨励賞(第6回)(昭和50年)「紙骨」　[歴]戦後文学を志す。詩集に「椽の下のコオロギ」「紙骨」「夢」、小説に「蓮如の炎」「真説・明智光秀」「鉄の城 本願寺顕如」、評論に「絶滅戦争大提言」「敗北の法則」などがある。　[団]日本文芸家協会、日本児童文芸家協会、日本詩文芸協会、東京作家クラブ

松村 由宇一　まつむら・ゆういち
詩人　[生]昭和4年3月24日　[出]神奈川県横浜市　本名＝松村裕一(まつむら・ひろかず)　[学]横浜専門学校経済科卒　[歴]戦時中、旧制中学在学時代から詩を書き始め、戦後「海市」「歴程」の同人となり、また「詩学」「日本未来派」「JAP」などにも作品を発表。昭和28年花崎皋平、牟礼慶子らと「創造の会」を結成している。詩集に「丘を離れて」「舞い男」「地にある人」がある。　[団]横浜詩人会

松本 旭　まつもと・あきら
俳人　「橘」主宰　埼玉大学名誉教授　[専]俳文学(連歌　俳諧　俳句史)　[生]大正7年6月29日　[出]埼玉県上尾市　筆名＝松本旭(まつもと・あさひ)　[学]東京文理科大学国文学科(昭和24年)卒　[興]近代俳句の展開　[賞]河賞(昭和42年)、河秋燕賞(昭和52年)、俳人協会評論賞(第1回)(昭和55年)「村上鬼城研究」、勲三等旭日中綬章(平成3年)　[歴]埼玉大学助手、講師を経て、昭和36年助教授、44年教授。59年名誉教授。また俳句を加藤楸邨、角川源義に師事。「橘」主宰。村上鬼城の研究家として知られる。句集に「猿田彦」「蘭陵王」「天鼓」「長江」、著書に「俳句のやさしい作り方」「村上鬼城研究」などがある。　[団]俳文学会、日本風土学会、東京教育大学国文学会、俳人協会(幹事)

松本 雨生　まつもと・うせい
俳人　[生]大正6年1月3日　[没]平成8年12月12日　[出]東京都港区　本名＝松本重喜　[学]中卒(旧制)　[賞]杉賞(昭和54年)　[歴]昭和7年永田竹の春の勧めで「螢火」に入会、9年加藤しげるの「紺」創刊に参画。復員後の22年「寒雷」に入会、のち同人。45年に森澄雄の「杉」創刊に参画、以来同人会幹事長。平成4年「忍冬」を創刊、主宰。句集に「童顔」「素袍」「浦島」「出雲」など。　[団]現代俳句協会、俳人協会

松本 賀久子　まつもと・かくこ
詩人　[生]昭和37年4月　[出]兵庫県尼崎市　[学]北陸大学大学院薬学研究科(昭和63年)修士課程修了　[歴]「北国帯」同人を経て、「火皿」同人。昭和59年ポケット詩集「窓」私家版を発行。他に詩集「シャーロック・ホームズの散歩道」がある。　[団]広島県詩人協会

松本 和也　まつもと・かずや
俳人　「口語俳語」主宰　元・台東区立下町風俗資料館館長　[生]昭和3年10月24日　[出]東京・浅草清川　俳名＝まつもとかずや　[学]日本大学国文科卒　[歴]台東区の職員として下町風俗資料館の準備に携わり、昭和55年開館と同時に館長に就任。江戸時代の長屋や、駄菓子屋を再現するなどユニークな展示を行なった。63年退職。著書に「下町四代—庶民たちの江戸から昭和へ」。また口語俳句の俳人としても知られ、63年「まつもと・かずや戦後俳句集」を刊行。　[団]俳文学会

松本 恭子 まつもと・きょうこ
俳人 エッセイスト [生]昭和33年12月18日 [出]長崎県南松浦郡新魚目町 [学]仏教大学文学部(昭和59年)卒 [賞]青玄新人賞 [歴]実家はお寺。高卒後京都に出、大学2年の時カルチャーセンターで俳人・伊丹三樹彦に出会ったことから句作を始める。卒業後も放送局でアルバイトをしながら俳句修業、昭和62年処女句集「檸檬の街で」が俳句界では大ベストセラーとなり、俳壇の“俵万智”と一躍脚光を浴びる。「青玄」同人。他の著書に、句集「夜の鹿」、俳句エッセイ集「二つのレモン」がある。 [団]現代俳句協会

松本 恭輔 まつもと・きょうすけ
詩人 [生]昭和10年 [出]東京 [歴]「新日本文学」「中庭」を編集する。詩集に「前への脱走」、押韻定型詩集「日本語遍路」、「響きの逢い引き—押韻定型詩集」などがある。 [団]日本現代詩人会、新日本文学会、日本定型詩協会

松本 巨草 まつもと・きょそう
俳人 新医協会会長 日本脳研究会代表幹事 徳島大学名誉教授 [専]大脳生理学 [生]大正6年3月30日 [没]平成8年8月18日 [出]三重県伊勢市 本名=松本淳治(まつもと・じゅんじ) [学]大阪帝国大学(昭和16年)卒 医学博士(大阪大学)(昭和30年) [賞]徳島新聞科学賞(昭和56年)「睡眠・夢の研究と電気入眠器の開発」、アノーヒン賞(昭和59年)「生理学の国際的発展」 [歴]昭和28年大阪大学医学部助教授、38年フランス・リヨン大学留学、39年徳島大学医学部教授、57年名誉教授。59年から鳴門教育大学教授を務めた。山崎豊子「白い巨塔」の里見助教授のモデルと言われる。著書に「あたまの健康」「夢の科学」「眠りとは何か」など。また「ホトトギス」同人で、句集に「影」がある。 [団]ニューヨーク科学アカデミー、国際脳研究機構

松本 邦吉 まつもと・くによし
詩人 「マインド・トゥディ」編集長 [生]昭和24年2月25日 [出]東京都 本名=真下清 [学]早稲田大学文学部卒 [歴]金子書房に入社。心の問題をテーマにした月刊誌「マインド・トゥディ」の編集長を務める。詩人としても活躍。詩集に「聖週間」「星の巣」「市街戦もしくはオルフェウスの流儀」「塩の男はこう語った」「夢ノ説」「楽園」「航海術」「透明な夜」「発熱頌」など。

松本 繁蔵 まつもと・しげぞう
歌人 [生]明治43年10月18日 [出]徳島県 [歴]昭和23年「せせらぎ」(後に「新灯」と改題)を発行し、編集を担当する。歌集に「青島」「沫」「松濤集」「松籟」、歌文集「本音」他の編著がある。

松本 淳治 まつもと・じゅんじ
⇒松本巨草(まつもと・きょそう)を見よ

松本 淳三 まつもと・じゅんぞう
詩人 アナキスト 元・衆院議員 [生]明治28年1月1日 [没]昭和25年10月9日 [出]島根県美濃郡高城村(現・益田市)神田 本名=松本淳造 [学]慶応義塾大学理財科(大正5年)中退 [歴]早くから詩人、アナキストとして知られ、日本社会主義同盟に参加し、また売文社社員となる。大正10年「中外」記者の時、自由人連盟の演説会で右翼に刺される。同年「種蒔く人」の同人となり、12年「鎖」を創刊。のち日本労農党を経て、昭和3年日本大衆党結党に参加、以後全国大衆党などに参加。11年東京府議となる。戦後は社会党に参加、中央執行委員、島根県連委員長となり、21年衆院議員となった。著書に「二足獣の歌へる」がある。

松本 翠影 まつもと・すいえい
俳人 [生]明治24年6月2日 [没]昭和51年3月6日 [出]千葉県 本名=松本半次郎 [歴]松戸中在学中から秋元洒汀に俳句を学び、東京豊山中に転じて内藤鳴雪の門に入る。早大に入ったが、家業の材木商を継ぐため帰郷し、明治44年洒汀と「平凡」を創刊。大正3年上京し、税務署等に勤める傍ら、6年には岡本癖三酔らと「新緑」を創刊、翌年「ましろ」と改題して昭和14年まで続刊した。同年自ら主宰して「みどり」を創刊、没後も嗣子章三が続刊している。著作に「俳壇・俳人・俳風景」、句集に「まつかさ」がある。

松本 進 まつもと・すすむ
俳人 「野火」主宰 [生]大正3年11月25日 [出]茨城県 [学]東京基督教青年会英語学校本科中退 [歴]昭和11年「初鴨」「馬酔木」に入会。21年「野火」創刊に同人として参加。61年から主宰。句集に「雪後」「蒼茫」「一滴」「桜蘂」など。 [団]俳人協会

松本 澄江　まつもと・すみえ
俳人　「風の道」主宰　[生]大正10年3月25日　[出]東京・京橋　本名＝寺沢スミエ(てらさわ・すみえ)　[学]宮城県立第一高女卒、曽根家政学院卒　[賞]みちのく賞(第2回)(昭和30年)　[歴]昭和16年「ホトトギス」入選。26年「みちのく」創刊に参画、同人。29年「若葉」同人。56年「俳文芸」会員。50～58年「平泉芭蕉祭俳句大会」の選者を務める。60年「風の道」創刊主宰。句集に「紙の桜」「冬香水」「鏡」「天つ日」など。　[団]俳人協会、日本文芸家協会、国際俳句交流協会、日本ペンクラブ

松本 泰二　まつもと・たいじ
俳人　[生]大正6年9月6日　[没]平成7年5月10日　[出]埼玉県蓮田市　[学]早稲田大学附属高工土木工学科卒　[賞]野火鍛練会賞(昭和50年)、野火賞(昭和50年)　[歴]東京都庁、新宿区役所勤務を経て、退職。俳句は昭和30年「馬酔木」同人の篠田悌二郎の手ほどきをうける。42年「野火」同人、のち同人会長となる。句集に「蘖」「一路」がある。　[団]俳人協会

松本 たかし　まつもと・たかし
俳人　[生]明治39年1月5日　[没]昭和31年5月11日　[出]東京・神田猿楽町　本名＝松本孝　[賞]読売文学賞(第5回・詩歌俳句賞)(昭和28年)「石魂」　[歴]室生流座付の能役者の家系に生まれ、小学校卒業後、能の稽古に励むかたわら、家庭教師について勉学する。14歳の時肺尖カタルとなり、その療養中「ホトトギス」を読み、俳句に興味を抱く。大正12年以後高浜虚子に師事し、昭和4年「ホトトギス」同人となる。10年「松本たかし句集」を刊行し、以後「鷹」「弓」「野守」を刊行。戦後は21年に「笛」を創刊し、28年刊行の「石魂」で読売文学賞を受賞。他の著書に随筆集「鉄輪」「俳能談」などがある。　[家]父＝松本長(能楽師)、弟＝松本恵雄(能楽師・人間国宝)

松本 秩陵　まつもと・ちつりょう
俳人　税理士　[生]大正5年1月23日　[没]平成1年11月29日　[出]埼玉県　本名＝松本正寿(まつもと・まさじゅ)　[学]日本大学専門部経済科卒　[賞]池内たけし句作50年記念大会賞　[歴]昭和6年長兄田村睦村の手ほどきをうけ、「ホトトギス」「欅」に投句。36年「欅」、53年「ホトトギス」同人。50年「ゆしま」主宰。句集に「珊瑚礁」。　[団]俳人協会

松本 千代二　まつもと・ちよじ
歌人　「存在」主宰　[生]明治37年10月17日　[没]平成7年3月31日　[出]千葉県茂原市　[学]東京帝大文学部美学美術史学科卒　[歴]昭和6年以来教員生活に入り、県立高校長、千葉県教育研究所長等を歴任し、39年退職。大正末年頃から「日光」に投稿。北原白秋の選を受け、昭和10年「多磨」創刊に参加し、解散まで所属。28年「形成」創刊に参加し、39年退会。同年「地中会」に入会。40年「地平線」を創刊したが、57年に解体、同年「存在」創刊。歌集に「霧の阪」「駱駝の瘤」「石の声」など。

松本 蔦斎　まつもと・つたさい
俳人　[生]文久3年1月16日(1863年)　[没]大正14年2月14日　[出]江戸・下谷　本名＝松本順三　別号＝顕行　[歴]東杵庵3世顧言の第2子として生まれる。国学を小中村清矩に学んだ。父から俳句の手ほどきを受け、のち4世鈴木月彦に学ぶ。24歳で東杵庵5世を継ぎ、明治24年「しのぶずり」を創刊主宰する。著書に「古根草」「白かね草」「早月紀行」がある。

松本 常太郎　まつもと・つねたろう
歌人　[生]明治32年4月17日　[出]東京　[歴]昭和17年高田浪吉の添削をうけ「金曜会」に入る。「桧」を経て「川波」に至る。浪吉逝去後、42年9月より57年6月まで「川波」の編集発行人となる。「川波」同人。歌集に「楝花風」「蒼丘」「山上の雲」「春秋」がある。

松本 つや女　まつもと・つやじょ
俳人　[生]明治31年6月20日　[没]昭和58年7月4日　[出]岩手県紫波郡矢中町高田　本名＝松本ツヤ　旧姓(名)＝高田　[学]看護婦養成所卒　[歴]昭和4年俳人・松本たかしと結婚。俳句はたかしに師事し、はじめ「ホトトギス」に投稿、たかしが「笛」創刊後はこれに拠った。たかし没後は「笛」客員。句集に「春蘭」がある。　[家]夫＝松本たかし(俳人)

松本 利昭　まつもと・としあき
小説家　詩人　松本企業代表　日本詩教育研究所所長　[専]歴史小説　児童詩　[生]大正13年12月11日　[出]兵庫県高砂市　本名＝松本博　[学]育英商工(大阪市)卒　[歴]歯科技工士を経て、戦後独力で少年写真新聞社を始め5社を設立。一方、昭和35年在来の生活児童詩の非詩性を指摘し、新しい児童詩(主体的児童詩)を提唱。著書に「松本利昭詩集・風景ゼロ」「悟空太閤記」「春日局」(全3巻)、「木曽義仲」「巴御前」「松本利昭詩全集」、「あたらしい児童詩をもとめて」

「主体的児童詩教育の理論と方法」など。
[団]義仲復権の会、日本文芸家協会

松本 長　まつもと・ながし
能楽師(宝生流シテ方)　俳人　[生]明治10年11月11日　[没]昭和10年11月29日　[出]静岡県静岡市　[歴]明治17年7歳の時家族とともに上京、明治天皇行幸能で子方などを務めたあと、25年名人宝生九郎(16代家元)に入門。その厳しい稽古を受け、同門の野口兼資とともに宝生流の双璧とうたわれた。堅実にして端正な品位の高い芸風で知られた。昭和10年早大の謡会で「国栖」を謡っていて急逝。SPで「卒都婆小町」が残されている。一方、大正9年頃より高浜虚子門下で句作を開始。これを契機に句謡会が生まれ、虚子最晩年まで続いた。著書に「松韻秘話」がある。
[家]父＝松本金太郎(能楽師)、長男＝松本たかし(俳人)、二男＝松本恵雄(能楽師・人間国宝)

松本 典子　まつもと・のりこ
歌人　[生]昭和45年　[出]千葉県　[学]早稲田大学教育学部国語国文学科卒　[賞]角川短歌賞(第46回)(平成12年)「いびつな果実」　[歴]大学卒業後、団体職員の傍ら、馬場あき子主宰の“かりん”に所属して短歌創作に励む。平成12年「いびつな果実」で第46回角川短歌賞を受賞。

松本 初子　まつもと・はつこ
歌人　[生]明治29年3月11日　[出]奈良県　本名＝河杉はつ　旧姓(名)＝松本はつ　[学]嘉悦女子商業中退　[歴]明治44年竹柏会に入り、佐佐木信綱に師事。大正5年河杉家に嫁す。歌集に「藤むすめ」(大3年)、「柳の葉」(大5年)。

松本 帆平　まつもと・はんぺい
詩人　[生]明治38年4月18日　[没]平成1年12月2日　[出]栃木県　本名＝松本文雄(まつもと・ふみお)　[学]東京学芸大学卒　[歴]主著に「予言の虹」「虫のゐどころ」「風紋」「草莽抄」「万葉の草苑」「あの夕日」「残照」「野ごころ」など。雑誌「定形詩人」「児童文学」「草原」「詩謡春秋」などに作品を発表した。

松本 彦次郎　まつもと・ひこじろう
俳人　歴史家　東京教育大学名誉教授　[生]明治13年12月5日　[没]昭和33年1月14日　[出]青森県野辺地町　号＝松本金鶏城(まつもと・きんけいじょう)　[学]東京帝国大学史学科(明治41年)卒　文学博士　[賞]野辺地町名誉町民　[歴]慶大普通部、六高教授を経て、昭和6年東京文理大教授となり、国史学教室主任を務めた。19年定年退職、名誉教授。親鸞研究が有名で、他に明治42年「アカネ」に西行法師論を発表。三井中之主宰「人生と表現」同人。大正4年シカゴ大に留学。ブントの民族学、ベルグソン、シュペングラーの哲学も研究。一方河東碧梧桐門のアララギ同人で「日本俳句鈔」に句が収録されている。著書に「史的日本美術集成」「史学名著解題」「鎌倉時代史」「日本文化史論」などがある。門下に和歌森太郎、芳賀幸四郎らがいる。

松本 仁子　まつもと・ひろこ
詩人　[生]昭和8年10月11日　[歴]元・小学校教師。山毛欅の会会員、青森県詩人連盟理事、青森県文芸協会理事。詩集に「無花果の煮えるあいだ―松本仁子詩集」「風の吹く町」「雪囲いをとりはらって」がある。

松本 昌夫　まつもと・まさお
歌人　[生]明治34年9月6日　[没]昭和59年1月17日　[出]福岡県柳川市　[学]東洋大学卒　[歴]大正10年「曠野」を創刊し、のち「新興歌人」「新時代」などを創刊。14年「荊薇の道」を、15年「河畔の素描」を刊行。昭和4年「新短歌風景」を創刊するなど、歌人として幅広く活躍する。他の歌集に「防雪林」「海鹿島」などがある。

松本 正信　まつもと・まさのぶ
詩人　[生]昭和5年　[出]大分県豊後高田市　[学]日本獣医畜産専門学校卒　[歴]「門」同人。家畜医院を開業。詩集に「松本正信詩集」「三角自転車」がある。

松本 翠　まつもと・みどり
俳人　[生]昭和3年9月24日　[出]鹿児島県　本名＝松本緑(まつもと・みどり)　[学]東京都立第六高女卒　[賞]河新人賞(昭和54年)、橘天鼓賞(昭和61年)、埼玉文芸賞(昭和63年)　[歴]昭和50年「河」入会、角川源義に師事。「河」「橘」同人。54年女性俳句会員。57年サンケイ新聞埼玉版俳句選者。　[団]俳人協会

松本 豊　まつもと・みのる
歌人　[生]大正5年1月15日　[出]和歌山県　[歴]昭和11年より「香蘭」「紀伊短歌」に所属するが、41年近畿地方の歌友と「夢」短歌会を結成し、歌誌「夢」を発行する。

松本 門次郎　まつもと・もんじろう

歌人　「底流」主宰　⽣明治39年2月25日　⽣広島県　別名＝小松原健（こまつばら・けん）　⽣広島師範卒　⽣16歳頃から作歌を始め、新聞投稿で若山牧水を知る。その間同人誌「揺籃」を発行。昭和7年「吾妹」に入会、生田蝶介に師事。33年「潮音」に入会、四賀光子に師事する。戦後「底流会」を創設し、43年「底流」を創刊。呉歌人協会、広島県歌人会、「潮音」各顧問。歌集に「合掌の葉」「草丘」「春耳」、他に合同歌集「呉八景」がある。　⽣広島県歌人協会（顧問）

松本 ヤチヨ　まつもと・やちよ

俳人　⽣昭和18年2月22日　⽣佐賀県　⽣唐津西高卒、高等看護学校卒　⽣角川俳句賞（第39回）（平成5年）「手」　⽣「菜の花」主宰、「白桃」同人。句集に「曼珠沙華」「手」などがある。　⽣日本文芸家協会

松本 陽平　まつもと・ようへい

俳人　⽣昭和2年10月28日　⽣平成7年11月1日　⽣熊本県八代市　本名＝植平和男　⽣昭和39年「河」入会。57年「朝霧」を創刊主宰。NHK学園俳句講座講師をつとめる。句集に「信濃の火」「祭旗」、入門書に「俳句初心山河」がある。　⽣俳人協会（評議員）

松本 夜詩夫　まつもと・よしお

俳人　⽣大正14年3月3日　⽣群馬県　本名＝松本嘉男　⽣昭和25年「ぬかるみ」入会、のち主宰する。「秋」所属。朝日新聞群馬版や上毛新聞の俳壇選者を務める。ほかに上毛文学賞選考委員、群馬県俳句作家協会副会長などを兼務。句集に「標旗」「松本夜詩夫作品集」など。ほかの著書に「郷土の芸術家たち」「上州うたごよみ」などがある。　⽣現代俳句協会

松本 亮太郎　まつもと・りょうたろう

歌人　⽣明治40年4月27日　⽣平成2年11月25日　⽣秋田県　⽣昭和10年「多磨」創刊とともに入会。28年「形成」、42年「地平線」同人。57年3月から同志と「万象」創刊。歌集「雪の面型」がある。

松山 妙子　まつやま・たえこ

詩人　⽣昭和15年　⽣中国・大連　⽣華頂短期大学社会福祉学科（昭和36年）卒　⽣詩誌「日本未来派」編集同人。詩集に「風の見舞」「橘を渡る」などがある。　⽣日本詩人クラブ、日本ペンクラブ、埼玉詩人会、文学研究会秋光会、詩の実作紅葉会、さいたま文芸家協会（編集委員）

松山 豊顕　まつやま・とよあき

詩人　⽣大正15年1月1日　⽣旧満州・大連市　本名＝山崎豊成　⽣南満州工専　⽣無限新人賞（第2回）、山形県詩賞（第9回）　⽣南満州工専に在学中終戦を迎える。山形県に引揚げて教職につくが、病のため3年間の療養生活を送る。その後お茶販売など各種の仕事を経て、現在は学習塾経営。一方、詩人としても活動し、詩集に「まひるの星」「水仙ナルキッソス」がある。

まど みちお

詩人　童謡詩人　⽣明治42年11月16日　⽣山口県徳山市　本名＝石田道雄（いしだ・みちお）　⽣台北工土木科（昭和4年）卒　⽣野間児童文芸賞（第6回）（昭和43年）「てんぷらぴりぴり」、日本児童文学者協会賞（第16回）（昭和51年）「植物のうた」、産経児童出版文化賞（第23回）（昭和51年）「まど・みちお詩集」（全6巻）、川崎市文化賞（昭和51年）、児童文化功労者賞（第22回）（昭和55年）、児童福祉文化賞（昭和55年）「風景詩集」、巌谷小波文芸賞（第4回）（昭和56年）、ダイエー童謡大賞（第1回）（昭和60年）、小学館文学賞（第35回）（昭和61年）「しゃっくりうた」、芸術選奨文部大臣賞（第43回、平4年度）（平成5年）「まど・みちお全詩集」、産経児童出版文化賞（大賞、第40回）（平成5年）「まど・みちお全詩集」、路傍の石文学賞（文学賞特別賞、第16回）（平成6年）「まど・みちお全詩集」、国際アンデルセン賞（作家賞）（平成6年）、神奈川文化賞（第47回）（平成10年）、朝日賞（平10年度）（平成11年）、日本絵本賞（第4回）（平成11年）「キリンさん」、丸山豊記念現代詩賞（第11回）（平成14年）「うめぼしリモコン」　⽣台湾総督府道路港湾課などに勤務後、応召。この間、昭和9年児童誌「コドモノクニ」に投稿した詩が北原白秋選で特選になり、童謡を作りはじめる。戦後は婦人画報社に入り、「チャイルドブック」の編集に携わる。この頃より幼児雑誌、ラジオなどで童謡を発表するように。38年初の作品集「ぞうさん まど・みちお子どもの歌100曲集」を出版。以後も「日本児童文学」「チャイルドブック」「詩とメルヘン」などに多くの作品を発表。代表作に「ぞうさん」「ふたあつ」「バナナのうた」「おさるがふねをかきました」「やぎさん ゆうびん」「一ねんせいになったら」など多数。詩集に「てんぷらぴりぴり」「植物のうた」「風景詩集」「しゃっくりのうた」「まど・みちお詩集」（全6巻、岩崎書店）、"戦争協力詩"2編が掲載されている「まど・みちお全詩集」（理論社）がある。平成6年日本人で初めて国際アンデルセン賞作家賞を受賞。

間所 ひさこ　まどころ・ひさこ
　児童文学作家　詩人　�昭和13年4月7日　㊍東京都北区　本名=石川寿子　筆名=森はるな
㊿墨田川高(昭和31年)卒　㊾「童話」作品ベスト3賞(第1回・昭和39年度)(昭和40年)、日本童話会賞(第1回・昭和39年度)(昭和40年)、野間児童文芸推奨作品賞(第13回)(昭和50年)「山が近い日」　㊽昭和26年日本童話会に入会。代表作に「リコはおかあさん」「ないしょにしといて」「とらねこゴエモン」、詩集「山が近い日」などがある。また森はるな名義でディズニーアニメの絵本を多く手がける。　㊼詩と音楽の会

真殿 皎　まどの・こう
　小説家　詩人　㊆昭和2年4月6日　㊍茨城県　本名=大貫錦弥　㊿茨城キリスト教短期大学中退　㊾新潮社文学賞(第2回)(昭和26年)「鬼道」　㊽在学中に小説「鬼道」で第2回新潮社文学賞を受賞。その後「近代文学」に小説を発表。29年以後はおもに詩に転じる。花粉の会「オルフェ」創刊、同人。小説集に「鬼道」、詩集に「真殿皎詩集」「柊の朝」「火山弾の上で」「旅に出よう」「一路平安」などがある。　㊼日本文芸家協会

的野 雄　まとの・ゆう
　俳人　㊆大正15年9月11日　㊍東京　㊽昭和21年作句を始める。「天狼」創刊に参加、27年「青玄」に転じ、44年「野の会」創刊に参加、楠本憲吉門下に。憲吉没後、平成元年「野の会」を継承。3年木版画による「俳句展」を開催。著書に「楠本憲吉の世界」(編著)、句集に「木石」「風来」。

真中 朋久　まなか・ともひさ
　歌人　㊆昭和39年6月2日　㊍茨城県日立市　㊿京都大学大学院理学研究科修士課程修了　㊾現代歌人協会賞(第46回)(平成14年)「雨裂」　㊽日本気象協会に勤務。平成3年「塔」に入会。14年歌集「雨裂」で第46回現代歌人協会賞を受賞。

真鍋 儀十　まなべ・ぎじゅう
　俳人　芭蕉研究家　元・衆院議員(自民党)　㊆明治24年9月16日　㊌昭和57年4月29日　㊍長崎県壱岐郡芦辺町　俳号=真鍋蟻十(まなべ・ぎじゅう)　㊿長崎師範卒業、明治大学法学部卒業　㊻勲二等旭日重光章(昭和48年)　㊽普選運動に身を投じ、拘禁を60数回も受けたが、昭和5年民政党から代議士に初当選し、以後6回当選。内閣厚春対策審議会委員、自民党風紀衛生対策特別委員会委員などをつとめ

た。俳人としては逓信省役人時代から片岡奈王に私淑、富安風生の指導を受け、27年「ホトトギス」入選。高浜虚子に師事し、のち同人となる。句集に「都鳥」がある。また芭蕉研究家としても知られ、代議士時代から深川芭蕉庵関連の資料を収集。56年4月江東区にオープンした芭蕉記念館に約3000点にのぼるそのコレクションをそっくり寄贈した。
㊼俳人協会

真鍋 呉夫　まなべ・くれお
　小説家　俳人　㊆大正9年1月25日　㊍福岡県遠賀郡岡垣町　㊿文化学院文学部中退　㊾歴程賞(第30回)(平成4年)「雪女」、読売文学賞詩歌俳句賞(第44回)(平成5年)「雪女」　㊽昭和14年島尾敏雄らと「こをろ」を創刊。21年「午前」を創刊し、27年現在の会を結成。代表作に「二十歳の周辺」「嵐の中の一本の木」「サフォ追慕」「天命」「飛ぶ男」「黄金伝説」「評伝檀一雄」「天馬漂白」「露のきらめき」、句集に「雪女」などがある。　㊼日本文芸家協会

真辺 博章　まなべ・ひろあき
　詩人　翻訳家　㊆昭和7年　㊾詩集に「海の時間」「火の歌」「光と闇」「鳥」、訳書に、ディラン・トマス「塔のなかの耳」、ケネス・パッチェン「暗い王国」「エドウィン・ミュア詩集」「オクタビオ・パス詩集」「続オクタビオ・パス詩集」などがある。

真鍋 正男　まなべ・まさお
　歌人　㊆昭和23年7月16日　㊍香川県　㊿中央大学卒　㊾現代歌人協会賞(第30回)(昭和61年)　㊽「形成」所属。歌集に「雲に紛れず」。
㊼現代歌人協会、日本文芸家協会

真鍋 美恵子　まなべ・みえこ
　歌人　㊆明治39年1月18日　㊌平成6年9月29日　㊍岐阜市　㊿東洋高女(大正12年)卒　㊾現代歌人協会賞(第3回)(昭和34年)「玻璃」、日本歌人クラブ推薦歌集賞(第17回)(昭和46年)「羊歯は萌えゐん」、ミューズ女流文学賞(第5回)(昭和59年)　㊽昭和元年「心の花」に入会。印東昌綱に師事。「女人短歌」創刊より参加。歌集は現代歌人協会賞の「玻璃」、日本歌人クラブ推薦歌集の「羊歯は萌えゐん」をはじめ、「徑」「白線」「朱夏」「密糖」「雲熟れやまず」「彩秋」「真鍋美恵子全歌集」など。
㊼現代歌人協会、日本歌人クラブ、日本ペンクラブ、日本エッセイストクラブ、日本文芸家協会

間野 捷魯　まの・かつろ

詩人　[生]明治38年5月4日　[没]平成12年11月11日　[出]岡山県高梁市中井町　本名＝横山捷魯（よこやま・かつろ）　[学]岡山師範学校卒　[歴]教員の後、労働文化業務に従事、戦後農村の文化向上運動に尽力した。昭和2年ごろから宮崎孝政に師事、「詩原始」「鬣」「一樹」創刊、「動脉」「詩作」同人として作品を発表。戦後、新日本文学会に属した。晩年まで現役最長老の詩人として創作活動を続け、平成12年8月に新詩集「年輪」を出した。他の詩集に「体温」「間野捷魯詩集」「歳月」などがある。

馬淵 美意子　まぶち・みいこ

詩人　[生]明治29年3月16日　[没]昭和45年5月28日　[出]兵庫県神戸市　[歴]幼年時代より絵を志し、有馬生馬に師事。二科展に4回出品したが絵を断念して詩作に転じる。以後「歴程」同人として活躍。昭和27年「馬淵美意子詩集」が刊行された。　[家]夫＝庫田叕（画家）

黛 執　まゆずみ・しゅう

俳人　「春野」主宰　[生]昭和5年3月27日　[出]神奈川県　[学]明治大学政経科卒　[賞]春燈賞（昭和49年）　[歴]昭和38年五所平之助に師事。41年「春燈」入会、安住敦に師事。平成5年「春野」主宰。句集に「春野」「村道」「朴ひらくころ」がある。　[団]俳人協会、日本文芸家協会　[家]長女＝黛まどか（俳人・女優）

黛 まどか　まゆずみ・まどか

俳人　女優　「月刊ヘップバーン」代表　[生]昭和40年7月31日　[出]神奈川県　本名＝黛円　[学]フェリス女学院短期大学（昭和61年）卒　[賞]角川俳句賞（奨励賞，第40回）（平成6年）「B面の夏」、マドモアゼル・パルファム賞（平成9年）、山本健吉文学賞（俳句部門，第2回）（平成14年）「京都の恋」　[歴]昭和61年富士銀行に入社。62年ミスきもの女王に選ばれたことが転機となり銀行を退社。テレビリポーターなどマスコミ界で活動するようになり、NHK大河ドラマ「武田信玄」レギュラーで女優デビュー。テレビ「にんげんマップ」「世界ウルルン滞在記」にも出演。田辺聖子著「花衣ぬぐやまつわる」を読んだことから杉田久女に共鳴し、自らテレビ「遠くへ行きたい」でリポートしたことがきっかけで俳句を作り始める。平成6年第40回角川俳句賞奨励賞を受賞。以後、俳句の新ブームの旗手として活躍。女性だけの俳句結社「月刊ヘップバーン」を組織し、句誌を発行。同誌においては、伝統的な形式を守りつつ、新季語の提唱をはじめ、横組み表記など現代感覚を生かした活動を展開。テレビ、ラジオ、舞台などでも俳句を生かしたプログラムを発表。14年NHK教育「ハングル講座」にレギュラー出演。句集に「B面の夏」「花ごろも」「星の旅人」「京都の恋」、エッセイに「聖夜の朝」「ら・ら・ら『奥の細道』」「愛の歳時記」、編著書に「東京ヘップバーン」「モナリザの告白」など多数ある。　[団]日本文芸家協会　[家]父＝黛執（俳人）

http://homepage3.nifty.com/hepburn/

丸岡 桂　まるおか・かつら

歌人　謡曲文学研究家　[生]明治11年10月7日　[没]大正8年2月12日　[出]東京・麹町三番町　別号＝月の桂のや、二十二木生、素娥、小桜等　[歴]あさ香社に入って作歌していたが、明治33年「あけぼの」を創刊。同年田口春塘との合著歌集「朝嵐夕雨」を刊行。36年「莫告藻」（なのりそ）を創刊。同年板倉書房をおこして「国歌大観」を刊行。のち謡曲研究に専念し、大正3年「謡曲界」を創刊し、大正10年歌集「長恨」を刊行した。　[家]息子＝丸岡明（小説家）

丸岡 九華　まるおか・きゅうか

詩人　小説家　[生]慶応1年（1865年）　[没]昭和2年7月9日　[出]江戸　本名＝丸岡久之助　[学]一橋高商　[歴]硯友社の詩人としてしられ「我楽多文庫」に「士卒の夢」「仏国帝ルイ十六世断頭台の段」「東台四季の月」などを発表。その他小説に「散浮花」などがある。学業卒業の後に実業界に入り、文筆をすてた。

丸地 守　まるち・まもる

詩人　[生]昭和6年10月24日　[出]愛知県　[学]中央大学法学部卒　[賞]埼玉文芸賞（第20回）（平成1年）「死者たちの海の祭り」　[歴]「青」「龍」同人。詩集に「火祭り」「幻魚」「幻夢断章」「丸地守散文詩集」「死者たちの海の祭り」他。　[団]日本現代詩人会、日本文芸家協会、日本ペンクラブ、日本詩人クラブ

丸本 明子　まるもと・あきこ

詩人　[生]昭和4年9月28日　[出]大阪府　[学]大津高女卒　[賞]兵庫県詩人賞（第4回）（昭和57年）　[歴]「人間像」同人。詩集に「綱渡り」「五鼓」「藁人形」「丸本明子詩集」がある。　[団]日本詩人クラブ、日本文芸家協会

丸山 一松　まるやま・いちまつ
歌人　⽣大正2年1月1日　⽣新潟県　⽣小学校卒業後、畳店ででっち奉公見習中、石黒清介に出会い、作歌指導を受ける。職人として伊勢崎に在住する。いくつかの歌誌を経たのち「短歌文学」同人となる。歌集に「東路の空」「畳の四季」など。

丸山 海道　まるやま・かいどう
俳人　「京鹿子」主宰　⽣大正13年4月17日　⽣平成11年4月30日　⽣京都府京都市　本名＝丸山尚(まるやま・ひさし)　旧姓(名)＝鈴鹿　⽣京都大学文学部国文選科卒　⽣鈴鹿野風呂の二男として幼少より句作。昭和23年「京鹿子」復刊と共に編集に携わり、46年野風呂逝去後「京鹿子」主宰。同誌を全国有数の俳句結社誌に育てた。象徴主義的作風で知られ、句集に「新雪」「獣神」「青嶺」「露千乃」「寒雁」「風媒花」「遊行」などがある。また、「俳句歳時記」の編さんや京都市左京区の野風呂記念館の建設など俳句の普及にも尽力した。⽣俳人協会、現代俳句協会　⽣父＝鈴鹿野風呂(俳人)

丸山 薫　まるやま・かおる
詩人　⽣明治32年6月8日　⽣昭和49年10月21日　⽣愛知県豊橋市　⽣東京帝大国文科(昭和3年)中退　⽣文芸汎論詩集賞(第1回)(昭和10年)「幼年」、中日文化賞(第10回)(昭和32年)　⽣海にあこがれ東京高等商船学校に入学するが、病気で中退し、三高から東大に進む。東大在学中、第9次「新思潮」や「椎の木」に参加し、昭和7年「帆・ランプ・鴎」を刊行。9年堀辰雄らと「四季」を創刊し、10年「幼年」で文芸汎論詩集賞を受賞。20年から3年間山形県西村山郡西山村に疎開し、小学校教師の傍ら詩作をつづけ、24年から愛知大学に勤務、34年教授となる。その間、32年に第10回の中日文化賞を受賞。42年「四季」を復刊してその経営に尽力する。「鶴の葬式」「物象詩集」「点鐘鳴るところ」「北国」「仙境」「花の芯」「連れ去られた海」「月渡り」などの詩集のほか、小説集「蝙蝠館」、「丸山薫全集」(全5巻、角川書店)などがある。平成5年には英訳書も出版された。6年愛知県豊橋市により丸山薫賞が創設された。⽣現代詩人会

丸山 勝久　まるやま・かつひさ
詩人　⽣昭和6年5月25日　⽣東京都足立区　⽣早稲田大学卒　⽣「地平線」を主宰。ほかに「花」同人。詩集に「鮎の歌」「沼の記憶」「曲射砲」「丸山勝久詩集」(昭和詩大系)など。ほかに句集「苺炎ゆ」がある。⽣日本現代詩人会、日本詩人クラブ、日本ペンクラブ、東京詩話会、日本文芸家協会

丸山 君峯　まるやま・くんぽう
詩人　⽣昭和7年5月5日　⽣栃木県塩谷郡高根沢町　本名＝丸山君子　⽣宇都宮大学(昭和28年)卒　⽣昭和28～55年中学校・小学校教職員を務める。「足利文林」会員。「芸苑文学」同人。詩集に「幻覚」「愛はシルクスクリーン」他。⽣栃木県女流詩人協会

丸山 作楽　まるやま・さくら
政治家　歌人　貴院議員(勅選)　⽣天保11年10月3日(1840年)　⽣明治32年8月19日　⽣江戸・芝三田四国町　⽣坊主見習いとなり、その間平田鉄胤に学ぶ。文久、元治の頃は国事に奔走し、慶応2年入獄する。明治元年官途に就いたが、5年内乱のかどで終身禁錮刑に処せられ、13年恩赦で出獄。忠愛社をおこして「明治日報」を創刊。20年外遊。元老院議官、貴院議員などを歴任。歌集に没後の32年刊行された「盤之屋歌集」がある。

丸山 茂樹　まるやま・しげき
歌人　⽣昭和6年1月8日　⽣兵庫県　⽣父修三の影響で歌を作り始める。29年「山陰アララギ」、30年「林泉」、35年「放水路」に入会する。31年但丹歌人会に参加しはじめ、のち編集委員も務める。「雪線」に所属。歌集に「寒雷集」など。

丸山 しげる　まるやま・しげる
俳人　雅山房俳句会主宰　⽣大正7年11月　⽣東京　⽣日本大学工学部建築学科(昭和17年)卒　⽣1級建築士　⽣冬草賞(昭和54年)　⽣昭和17年建設会社・島藤組に就職。18年入営、満州、フィリピンで戦役につく。21年復員後、会社に復帰。26年1級建築士の資格を取得。48年定年の後、日創設計常務に就任。53年退社し、1級建築士事務所を設立。俳人としては29年頃富安風生に師事し、「若葉」に入門。34年「冬草」にも入門。62年頃から俳句と絵を描く会・虹の会を指導。また63年に俳誌「雅山房通信」を創刊、雅山房俳句会主宰。平成元年から10年間、俳誌「みちのく」副主宰兼編集長も務めた。句集に「雅山房集序」、共編に「武蔵野吟行案内」「芭蕉吟行案内」など。⽣長女＝メグ丸山(写真家)

丸山 修三　まるやま・しゅうぞう

歌人　[生]明治37年3月16日　[没]平成2年7月15日　[出]兵庫県　[学]京都府立医科大学卒　[歴]大正13年「アララギ」に入会し土田耕平に師事。その死後は森山汀川に従う。昭和9年藤原東川と猟矢短歌会を創設、戦後但丹歌人会を結成し「雪線」を発行する。「関西アララギ」分裂後は鈴江幸太郎の「林泉」に参加し、選歌の一部を担当。歌集に「栃の木」「歴日」「雑木山」「雑木原」がある。

丸山 昌兵　まるやま・しょうへい

歌人　[生]大正7年3月1日　[出]群馬県　[歴]昭和9年「水甕」会員。13年「赤城嶺」「山と川」等に入会、同人となる。17年内藤鋠策を中心に「抒情詩」を発行し同人。21年1月須永義夫等と「短歌文学」を創刊、編集同人となる。群馬県歌人クラブ常任委員、前橋市民短歌会副会長。歌集に「明野」「未明の森」「冬虹」がある。　[団]日本歌人クラブ

丸山 忠治　まるやま・ちゅうじ

歌人　「短歌新潮」主宰　[生]明治33年5月3日　[没]昭和61年3月1日　[出]長野県上水内郡信濃町　[歴]並木秋人の「常春」「ひこばえ」同人、次いで楠田敏郎の「文珠蘭」同人で歌作を続け、昭和27年「短歌新潮」を創刊主宰した。のち木村捨録の「林間」同人。歌集「湖霧」「山湖」「風樹」「冬湖」「彩霞」など。　[家]息子＝丸山日出夫(歌人)

丸山 哲郎　まるやま・てつろう

俳人　[生]大正11年10月31日　[出]兵庫県　[学]大阪外語英語科(昭和18年)卒　[賞]毎日俳壇賞(第3回)(昭和32年)　[歴]昭和23年より大阪心斎橋にて書店「鳳林堂」を経営する。24年より飯田蛇笏の門に入り、蛇笏没後は飯田龍太に傾倒。評論、作家論にも論陣をはる。「雲母」同人を経て、平成5年「白露」に入会。句集に「万境」「黄檗」、編著に「脚注・飯田蛇笏集」がある。

丸山 日出夫　まるやま・ひでお

歌人　「短歌新潮」発行人　[生]昭和5年9月17日　[没]平成12年10月29日　[出]東京　[学]長野農高卒　[歴]昭和23年より父・忠治に師事。「信濃短歌」(24年に「信濃新題」と改題)。61年父没後、同誌発行人。歌集に「水平線」「たかまる潮」「湖畔の秋」「蒼穹」「蝉しぐれ」などがある。　[団]日本歌人クラブ、長野県歌人連盟　[家]父＝丸山忠治(歌人)

丸山 豊　まるやま・ゆたか

詩人　医師　豊泉会丸山病院理事長　[生]大正4年3月30日　[没]平成1年8月8日　[出]福岡県八女郡広川村　[学]久留米医専(昭和12年)卒　医学博士　[賞]九州文学賞(第6回)(昭和23年)「斧」、久留米市文化賞(昭和48年)、西日本文化賞(昭和49年)、先達詩人(日本現代詩人会)(平成1年)　[歴]久留米で育ち、明善中学校在学中より詩作を始め、「ぽえむ」「驕児」「糧」「叙情詩」などに参加。昭和9年第1詩集「瑠璃の乳房」を刊行。15年軍医として応召、北ビルマ(現・ミャンマー)のミイトキーナ戦闘から21年奇跡的に生還。同年久留米市に小児科医院を開業。かたわら22年より詩誌「母音」を主宰し、戦争体験を根底に据えた叙事詩を多数発表。九州朝日放送取締役、久留米市公平委員長などもつとめ、社会的に幅広く活躍。57年老人病院を開設。著書に詩集「白鳥」「未来」「地下水」「草刈」「愛についてのデッサン」「丸山豊全詩集」、エッセイ集「月白の道」、「丸山豊全散文集」など。平成3年から白鳥忌が営まれている。4年丸山豊記念現代詩賞(久留米市)が創設された。　[団]日本現代詩人会、日本文芸家協会

丸山 佳子　まるやま・よしこ

俳人　和裁教授　[生]大正3年1月10日　[出]奈良県　[学]依那古技芸学校研究科卒　[賞]京都俳句作家協会賞(昭和29年)、京鹿子大作賞(第1回)(昭和30年)、京鹿子賞(昭和32年)　[歴]昭和17年「ホトトギス」投句、入選。23年「京鹿子」復刊と同時に入会、のち同人副会長をつとめる。句集に「緋衣」「神よりの賜暇」「虎の巻」。　[団]俳人協会

丸山 芳良　まるやま・よしまさ

歌人　[生]明治17年5月5日　[没]昭和7年3月23日　[出]栃木県足利市　[学]東京高商卒　[歴]館林、台北、名古屋などに勤務した後、足利市で印刷業に従事した。大正3年窪田空穂に師事して「国民文学」に参加。9年対馬完治と「地上」を創刊、個人誌「新園」を発行した。歌集「丹灰集」「丸山芳良歌集」がある。

丸山 嵐人　まるやま・らんじん

俳人　[生]大正8年9月9日　[出]東京都町田市　本名＝五十嵐健二　[歴]昭和29年「大富士」に入会。35年「あざみ」入会、39年同人。59年伊東市俳句連盟会長を務める。現在、静岡県現代俳句協会常任幹事、静岡県俳句協会常任委員、伊東市俳句連盟顧問。句集に「木簡の夢(もっかんのゆめ)」がある。　[団]現代俳句協会

丸山 良治　まるやま・りょうじ
歌人　[生]大正6年5月20日　[没]昭和58年10月11日　[出]長野県　[賞]創生賞(昭和45年)、筏井賞(昭和58年)　[歴]若くして筏井嘉一に従い「蒼生」に入会。戦後「定型律」を経て昭和28年「創生」復刊に参加、選者・編集委員として活躍。45年創生賞、58年筏井賞を受賞。歌集に「しなの」がある。

万造寺 斉　まんぞうじ・ひとし
歌人　小説家　英文学者　[生]明治19年7月29日　[没]昭和32年7月9日　[出]鹿児島県日置郡羽島村(現・串木野市)　[学]東京帝国大学英文科(明治45)卒　[歴]中学時代から「新声」などに投稿し、のち新詩社に参加。「明星」を経て「スバル」に参加し、大正3年「我等」を創刊。この時から短歌のみならず小説や翻訳面でも活躍する。大正6年愛媛県立西条中学英語教師となり、自己所有地を農民に開放し、京都へ移り、京都帝大で学び京都府立三中、梅花女専、京都師範、大谷大学教授などを歴任。昭和6年歌誌「街道」を創刊。歌集に「憧憬と漂泊」「蒼波集」などがあり、随筆集に「春を待ちつゝ」などがある。

【 み 】

見市 六冬　みいち・むとう
俳人　[生]大正1年8月2日　[没]平成10年8月11日　[出]大阪府大阪市　本名＝見市正(みいち・ただし)　[学]関西大学経済学部卒　[賞]万緑賞(昭和47年)　[歴]昭和21年「万緑」創刊により入会、以来中村草田男に師事。32年「万緑」同人。48年「五葉秀」を但馬美作より引継ぎ主宰。38年俳人協会会員、50年幹事、63年評議員。兵庫県俳句協会常任理事なども務めた。句集に「千舟」「沐日浴月」「田養」など。
[団]俳人協会、大阪俳人クラブ、兵庫県俳句協会

三浦 義一　みうら・ぎいち
国家主義者　歌人　全日本愛国者団体会議最高顧問　大東塾顧問　[生]明治31年2月27日　[没]昭和46年4月10日　[出]大分県大分市　[学]早稲田大学(大正9年)中退　[歴]中学時代、短歌「維新の会」同人。アララギ派。早稲田大学を中退して大分に帰り九州電力を経て、昭和2年上京、政治活動に入る。7年皇道日本の建設を目的とする大亜義盟を組織。9年三井合名会社顧問・益田孝を不敬罪で恐喝し、検挙・起訴される。10年国策社を創立、雑誌「国策」を刊行。14年政友会総裁中島知久平の狙撃を計画するが失敗。16年大東塾顧問。雑誌「ひむがし」を創刊。戦後は追放解除後、右翼運動の育成に尽力、また政財界の黒幕として活動し、日本橋室町に事務所を構えたことから“室町将軍”の異名をとった。歌集に「当観無常」「玉鉾の道」「悲天」がある。　[家]父＝三浦数平(大分市長)

三浦 孝之助　みうら・こうのすけ
詩人　[生]明治36年12月9日　[没]昭和39年3月28日　[出]富山県　[学]慶応義塾大学英文科卒　[歴]慶応大学教授。シュールレアリスムの詩誌「馥郁タル火夫ヨ」に参加、イヴァン・ゴル「シュールレアリスム宣言」を初めて翻訳。「詩と詩論」「文芸レビュー」に拠った。編著「西脇順三郎詩集」がある。

三浦 恒礼子　みうら・こうれいし
俳人　[生]明治39年11月20日　[没]平成2年11月15日　[出]兵庫県佐用郡西庄村　本名＝三浦忠義(みうら・ただよし)　[学]逓信官吏練習所教育科卒　[賞]勲四等瑞宝章(昭和53年)　[歴]昭和9年皆吉爽雨、高浜虚子に師事。「山茶花」同人を経て、21年皆吉爽雨主宰の「雪解」創刊と共に同人。26年「椿」を創刊し主宰。40年俳人協会会員。句集に「白魚火」「野蝶」「道後」「杖国」。
[団]俳人協会

三浦 秋葉　みうら・しゅうよう
俳人　「遠野火」主宰　[生]大正11年3月8日　[没]平成3年5月17日　[出]宮崎県児湯郡　本名＝三浦昇　[学]台南師範卒　[賞]雲母選賞(第7回)(昭和58年)　[歴]昭和14年釈瓢斎師の主宰する「趣味」に投句。その後「ホトトギス」「寒雷」「馬酔木」を経て、野見山朱鳥の「菜殻火」に拠った。朱鳥没後、40年より「雲母」に参加し飯田龍太に師事。54年主宰誌「遠野火」を創刊。句集に「絢爛」がある。

三浦 秋無草　みうら・しゅむそう
川柳作家　愛媛県川柳文化連盟理事　[生]明治38年4月28日　[没]平成1年8月16日　[出]愛媛県松山市　本名＝三浦成章(みうら・なりあき)　[学]同志社大学文学部(昭和6年)卒　[歴]大学時代から川柳に興味を持ち、柳誌「京都番傘」に参加。卒業後、旧制中学の英語教師をつとめる傍ら、「番傘川柳」本社で編集に携わった。西日本各地を転々とした後、昭和25年帰郷し、松山北高教諭に。35年から朝日新聞愛媛版の「伊予川柳」選者をつとめた。また愛媛県川柳文化

連盟理事、まつやま吟社顧問を歴任し、川柳文学の普及向上に尽くした。

三浦 武　みうら・たけし
歌人　㊌昭和15年7月8日　㊍東京　㊎日本歌人クラブ賞（昭和51年）「小名木川」　㊑昭和38年奥村晃作の「紫蘇の実」入会。39年「国民文学」入社、英一に師事。「新人会」に参加、千代国一、遠藤貞巳の指導を受ける。第一歌集「小名木川」で日本歌人クラブ賞。51年大河原惇行・大山敏男らの「ポポオ」に参加。㊐現代歌人協会

三浦 美知子　みうら・みちこ
童話作家　俳人　立教女学院中学名誉主事　㊌明治42年1月30日　㊏平成6年7月31日　㊍石川県　㊫東京女高師文科卒　㊎万緑新人賞（昭37年度）　㊑昭和5年以来成蹊高女、立教女学院で教師を務め、51年退職。若い頃から俳句を好み、32年中村草田男に師事。38年同人、48年俳人協会会員、平成4年「万緑」森の座同人。また散文を国文学者の西尾実に学び、福田清人の指導を受ける。のち童話を書き始め、作品を専門雑誌に投稿。また同人誌にも参加。平成元年80歳の時童話集「赤い風船」を出版。2年2冊目の童話集「ピーちゃん」を自費出版。他に句文集「南瓜日記」「冬の濤」、句集「桃明り」などがある。　㊐日本児童文芸家協会、俳人協会　㊮夫＝三浦俊輔（画家）

三浦 光世　みうら・みつよ
歌人　㊌大正13年4月4日　㊍東京・目黒　㊫小頓別小（昭和14年）卒　㊎キリスト教功労者（平成11年）　㊑昭和14年北海道小頓別院通運送社に事務員として勤務。15年中頓別営林区署毛登別事務所に採用、19年旭川営林区署に移り、41年退職。以後、妻・綾子の著述のマネージャー、及び三浦綾子記念文化財団理事長を務める。一方、アララギ派の歌人で「昭和万葉集」に名を連ね、46年からは日本基督教団発行の「信徒の友」短歌欄の選者をつとめる。著書に「吾が妻なれば―三浦光世集」「少年少女の聖書ものがたり」や妻との共著「愛に遠くあれど」「太陽はいつも雲の上に」がある。㊮妻＝三浦綾子（小説家・故人）

三浦 守治　みうら・もりはる
病理学者　歌人　東京帝大名誉教授　㊌安政4年5月11日（1857年）　㊏大正5年2月2日　㊍陸奥国田村郡御木沢村平沢（福島県）　㊫東京帝大医学部（明治14年）卒　医学博士（明治24年）　㊋帝国学士院会員（明治39年）　㊎勲二等瑞宝章（明治39年）　㊑三春藩士の次男に生まれ、のち三浦義純の養子となる。明治元年三春学校に入り、5年上京し6年大学東校に入学。15年ドイツに留学、ライプチヒ大学で学び、翌年ベルリン大学に転じ、ウイルヒョウ教授に師事。20年帰国し、帝大医科大学教授に就任。病理学、病理解剖学を担当し、我が国の病理学の基礎を築いた。38年陸軍省御用掛を兼ね、日露戦争では戦地に赴き脚気の調査に従事。39年帝国学士院会員、大正4年東京帝大名誉教授となる。また脚気病調査委員、中央衛生会委員などを務め、医事衛生に大きく貢献した。著書に「剖検法」など。一方、歌人としては佐々木信綱に師事、「心の華」に拠り、大4年歌集「移岳集」を刊行している。

三枝 ますみ　みえだ・ますみ
童謡詩人　㊌昭和3年6月10日　㊍埼玉県坂戸市　本名＝長島益江　㊎中山晋平記念音楽賞（昭和35年・昭和37年）、日本童謡賞（第18回）（昭和63年）「詩集『ピカソの絵』による」　㊑童謡誌「むぎばたけ」「鷺鳥の会」同人。代表作に「空へのぼったふうせん」（山本正実作曲）、童謡集に「はるのコップ」、詩集に「ピカソの絵」がある。　㊐日本童謡協会、詩と音楽の会

三ケ島 葭子　みかしま・よしこ
歌人　㊌明治19年8月7日　㊏昭和2年3月26日　㊍埼玉県入間郡三ケ島村（現・所沢市）　本名＝倉片よし　㊫埼玉県女子師範中退　㊑埼玉県女子師範中退後、明治41年から東京府西多摩郡小宮村の小学校に代用教員として勤務。12歳頃から作歌を始める。42年新詩社へ入社し、44年青鞜社同人となる。大正3年教員をやめ、倉片寛一と結婚して東京に移り住む。5年「アララギ」に入会し、島木赤彦に師事する。後、赤彦の忌諱に触れ、古泉千樫の門に入って13年創刊の「日光」に参加。10年「吾木香」を自費出版し、没後の昭和9年に「三ケ島葭子全歌集」が刊行された。㊮娘＝倉片みなみ（歌人）、異母弟＝左卜全（俳優）

三ケ尻 湘風　みかじり・しょうふう
俳人　㊌大正5年10月28日　㊏昭和60年7月26日　㊍埼玉県　本名＝三ケ尻茂　㊫満州新京大中退　㊑昭和17年原田浜人に師事。20年「石楠」へ入会、臼田亜浪に師事。41年「蜜」創刊同人。42年「河」入会。53年「人」創刊同人。53年「あとりゑ」創刊主宰。句集に「木

守柿」「冬紅葉」「洗心」などがある。
㊐俳人協会

三木 アヤ　みき・あや
カウンセラー　歌人　㊒分析心理学　㊤大正8年4月22日　㊦香川県　㊫国学院大学文学部(昭和29年)卒　㊧30歳のとき2児の幼児を抱えながら大学入学を決心。卒後、35歳で公立高教師となる。のち東海銀行からカウンセラーにと請われ、精神分析を勉強。その後、大正大学及び東京女子大学非常勤講師を経て、山王教育研究所講師。著書に「箱庭療法」「自己への道」「女性の心の謎」など。一方、短歌は「多磨」を経て、「コスモス」創刊に参加、現在同人。歌集に「地底の泉」「白臘花」がある。
㊐日本ユングクラブ、現代歌人協会

三木 朱城　みき・しゅじょう
俳人　㊤明治26年8月6日　㊨昭和49年12月26日　㊦香川県　本名＝三木脩蔵　㊫高松商業卒　㊧南満州鉄道、満州電信電話に勤務。大正末期より高浜虚子に師事し、「ホトトギス」同人。在満中は「平原」「柳絮」「俳句満州」等を主宰。引揚げ後は、岡山市に居住し、22年8月大塚素堂の創刊した「旭川」を継承主宰。句集に「ねぢあやめ」「柳絮」「吉備路」「朱城句文集」がある。

御木 白日　みき・しらひ
詩人　文芸評論家　PL教団祐祖　ピーエル学園女子短期大学学長　芸術生活社社長　㊒近代詩　㊤昭和4年12月1日　㊦大阪府　筆名＝星ケ丘美紀　㊫学習院大学文学部仏文科(昭和33年)卒、ソルボンヌ大学仏文学専攻修了、大正大学大学院文学研究科(昭和54年)修了　文学博士　㊮短歌芸術賞(昭40年度)　㊧PL教団・御木徳近教主の長女として教団誌「芸術生活」編集長を務め、のち芸術生活社社長。NETテレビ「アフタヌーン・ショー」の人生相談回答者をはじめ日本テレビ「あすを作る人」などにも出演。「レディース・アカデミー」専任講師、雑誌「詩芸術」主宰など活躍。詩集に「白日抄」「愛限りなく」「たちどまる季節」、著書に「日本近代詩のリズム」。　㊐日本文芸家協会、日本ペンクラブ、日本近代文学会
㊮姉＝上原慶子(芸術生活社代表)

三木 卓　みき・たく
詩人　小説家　童話作家　㊤昭和10年5月13日　㊦東京・淀橋　本名＝冨田三樹　㊫早稲田大学文学部露文科(昭和34年)卒　㊮H氏賞(第17回)(昭和42年)「東京午前三時」、高見順賞(第1回)(昭和45年)「わがキディ・ランド」、芥川賞(第69回)(昭和48年)「鶸」、野間児童文芸賞(第22回)(昭和59年)「ぽたぽた」、平林たい子文学賞(第14回)(昭和61年)「馭者の秋」、芸術選奨文部大臣賞(第39回，昭63年度)(平成1年)、路傍の石文学賞(第19回)(平成9年)「イヌのヒロシ」、谷崎潤一郎賞(第33回)(平成9年)「路地」、紫綬褒章(平成11年)、読売文学賞(小説賞，第51回)(平成12年)「裸足と貝殻」
㊧幼年期を満州ですごし、昭和21年引揚げ、早稲田大学に入学。在学中は「文学組織」に参加、卒業後は「氾」に参加し、詩や評論を書く。42年第1詩集「東京午前三時」でH氏賞を、45年「わがキディ・ランド」で第1回高見順賞を受賞。作家としては、48年「鶸(ひわ)」で芥川賞を受賞、ほかに「砲撃のあとで」「ミッドワイフの家」「震える舌」「馭者の秋」「野いばらの衣」「路地」「裸足と貝殻」、心筋梗塞の闘病記「生還の記」などがある。また59年には「ぽたぽた」で野間児童文芸賞を受賞するなど幅広く活躍。童話集に「元気のさかだち」「七まいの葉」「イヌのヒロシ」などがある。
㊐日本文芸家協会

三木 天遊　みき・てんゆう
詩人　小説家　㊤明治8年3月12日　㊨大正12年9月1日(?)　㊦兵庫県赤穂　本名＝三木猶松
㊫東京専門学校文学科(明治27年)入学
㊧明治28年早稲田文学に「月の国」、読売新聞に「武士の子」などを執筆。29年早稲田文学に「現世小観」、新小説に小説「鈴舟」などを発表。30年繁野天来と共著詩集「松虫鈴虫」を刊行。妹の死の衝撃で病気になり退学、帰省。32年詞華集「春風秋声」刊行。33年薄田泣菫と奈良に遊んだ。34年以降「よる浪の音を聞きて」「詩人帽」「新春の歌」「鶯音」「夏湖雨月」などを雑誌に発表。他に39年出版の「恋愛問題」がある。

三鬼 宏　みき・ひろし
詩人　㊤昭和8年1月28日　㊦熊本県上益城郡御船町　本名＝松崎武弘　㊫熊本大学法文学部法科(昭和30年)卒　㊮詩と真実賞(第1回)(昭和47年)　㊧昭和30年「詩と真実」同人、35年「九州詩山脈」同人となる。のちに「地球」「現代詩研究」同人。詩集に「地面」「鬼」「三鬼宏

詩集」他。　㊺日本現代詩人会、千葉県詩人クラブ

三鬼 実　みき・みのる
歌人　元・日本電気硝子専務　㊸明治39年4月20日　㊽昭和60年8月31日　㊻岩手県盛岡市　㊼東京帝国大学経済学部卒　㊿日本電気硝子に勤務し、専務などを歴任。歌人としても知られ、昭和6年岡山巌の「歌と観照」創刊に参加し、44年巌没後、同誌を継承し主宰となる。歌集に「あめりか紀行」「古都の歌」などがある。

美木 行雄　みき・ゆきお
歌人　㊸明治38年3月11日　㊽(没年不詳)　㊻岡山県和気郡伊里村大字穂浪　㊼国学院大学卒　㊿在学中、折口信夫、前田夕暮に師事。「日光」準同人を経て、昭和3年復刊後の「詩歌」同人となる。口語短歌にも力を入れ、プロレタリア短歌同盟にも参加した。歌集に「抗争」。

三木 露風　みき・ろふう
詩人　㊸明治22年6月23日　㊽昭和39年12月29日　㊻兵庫県揖西郡龍野町(現・龍野市)　本名＝三木操　別号＝羅風　㊼早稲田大学中退、慶応義塾大学文学部(明治44年)中退　㊿龍野市名誉市民(昭和33年)、勲四等瑞宝章(昭和40年)　㊿中学時代から同人誌で活躍し、3年の時詩歌集「夏姫」を自費出版。早大在学中の明治42年第二詩集「廃園」を刊行、以後、冥想的、神秘的な象徴詩人として北原白秋と並び称された。大正9～13年まで北海道トラピスト修道院で生活を送り、熱烈なカトリック詩を残す。他の詩集に「寂しき曙」「白き手の猟人」「幻の田園」「信仰の曙」「神と人」など。童謡「赤とんぼ」の作詞家としても有名。「三木露風全集」(全3巻，同全集刊行会)がある。

三国 玲子　みくに・れいこ
歌人　㊸大正13年3月31日　㊽昭和62年8月5日　㊻東京府北豊島郡滝野川町　本名＝中里玲子　㊼川村女学院(昭和16年)卒　㊿新歌人会賞(昭和29年)「空を指す枝」、短歌研究賞(第15回)(昭和54年)「永久にあれこそ」、ミューズ女流文学賞(第3回)(昭和57年)、現代短歌女流賞(第11回)(昭和62年)「鏡壁」　㊿昭和18年より鹿児島寿蔵に師事。20年「潮汐」に入会、22年より「アララギ」に参加。「新歌人会」「青年歌人会議」などに参加。のち「求青」編集人。62年7月からうつ病で入院、8月飛び降り自殺した。歌集に「空を指す枝」「蓮歩」「晨の雪」など。　㊺現代歌人協会

岬 多可子　みさき・たかこ
詩人　㊸昭和42年9月17日　㊻千葉県　本名＝渡辺好子　㊼お茶の水女子大学卒　㊿ラ・メール新人賞(第7回)(平成2年)　㊿詩集に「官能検査室」「花の残り」がある。

岬 雪夫　みさき・ゆきお
俳人　㊸昭和6年11月15日　㊻岐阜県　本名＝奥村幸夫(おくむら・ゆきお)　㊼岐阜大学国文科卒　㊿全国学生俳壇賞(昭和24年)、毎日俳壇賞(昭和53年)、狩座賞(昭和56年)　㊿昭和25年天狼系俳人・薄多久雄の手ほどきをうける。53年「狩」入会、56年同人。のち「天衣」主宰。句集に「春雷」「岬雪夫集」「寡き拍手」「天花」「無辺」などがある。　㊺俳人協会

三沢 壬秀　みさわ・じゅんしゅう
俳人　㊸明治45年3月12日　㊻岩手県　本名＝三沢壬子(みさわ・じゅんし)　㊼山谷実補校卒　㊿木材業。昭和20年為成菖蒲園と池内たけしに師事。「欅」を経て、50年俳人協会入会。句集「木場の町」「木場堀」を編集。句文集に「待乳山」「木場橋」「桐の花」「春の木」「木蓮」など。　㊺俳人協会

御沢 昌弘　みさわ・まさひろ
詩人　㊸大正14年3月4日　㊻大阪府　㊼京都大学卒　㊿中日詩賞(第4回)(昭和39年)「カバラ氏の首と愛と」　㊿個人誌「M」を刊行、長大な論考「現代言語論」を展開する。詩集に「胎児」「黒い湖」「カバラ氏の首と愛と」など。　㊺日本現代詩人会

三品 千鶴　みしな・ちず
歌人　「玻璃」主宰　㊸明治43年11月28日　㊻京都府　㊼京都女子高専(現・京都女子大学)卒　㊿女専在学中、吉沢義則、大井広の指導をうけ、昭和6年潮音入社。太田水穂、四賀光子について本格的に作歌をはじめる。「潮音」幹部同人、選者を経て、顧問。「玻璃(はり)」主宰。近江百人一首の普及にも努める。歌集「水煙」「梅の花笠」、歌文集「叡山」、歌学書「近江の歌枕紀行」がある。　㊺日本歌人クラブ(参与)、現代歌人協会

三島 晩蝉　みしま・ばんせん
俳人　㊸大正11年5月21日　㊻京都市左京区　本名＝三島敏郎　㊼京都市立第一商業第二本科卒　㊿コロナ賞(昭和45年)　㊿昭和22年北垣佐知男の導きに依り山口誓子の門下となる。翌年「天狼」創刊。23、4年には表鷹見、八田木枯と共に俳誌「星恋」を刊行する。46年「天狼」同人となる。　㊺俳人協会

三嶋 隆英　みしま・りゅうえい
俳人　[生]昭和3年7月30日　[出]広島県　本名＝三嶋隆英(みしま・たかひで)　[学]大阪高医卒　[賞]馬酔木新樹賞(昭和33年)、馬酔木新人賞(昭和40年)　[歴]医師。昭和25年水原秋桜子、山口草堂に師事。35年原柯城を擁し「風雪」創刊。42年「馬酔木」同人。著書に「俳句山河」、句集に「鞭木」「いのれくすれ」「遠海」など。　[団]俳人協会

御庄 博実　みしょう・ひろみ
詩人　[生]大正14年3月5日　[出]山口県岩国市　本名＝丸屋博　[学]岡山大学医学部卒　[歴]東京・代々木病院、倉敷市・水島博病院を経て、広島共立病院名誉院長。著書に詩集「岩国組曲」「御庄博実詩集」「公害にいどむ」など。

水出 みどり　みずいで・みどり
詩人　[出]北海道小樽市　[歴]詩集に「冬の樹」「髪についての短章」「鏡の奥」「眠りの吃水線」がある。　[団]グッフォー

水内 鬼灯　みずうち・きちょう
俳人　[生]明治40年4月20日　[没]昭和24年1月5日　[出]京都市　本名＝水内数之助　[学]同志社大学法学部(昭和6年)卒　[賞]馬酔木賞(昭和11年)　[歴]同志社大学生主事、工専教授などを歴任。俳句は昭和6年水原秋桜子に師事し、「馬酔木」に投句。11年馬酔木賞を受け、12年同人。21年発病し療養生活に入るが22年「飛鳥」を創刊し主宰。句集に「石苔」「朝蝉」「苔時雨」など。

水尾 比呂志　みずお・ひろし
評論家　美術史家　詩人　武蔵野美術大学教授　[専]美学・美術史　工芸学・工芸史　[生]昭和5年11月7日　[出]長崎県佐世保市　本名＝水尾博(みずお・ひろし)　[学]東京大学文学部卒、東京大学大学院人文科学研究科美術史専攻(昭和30年)修士課程修了　[興]日本人の美学、民族芸術、工芸　[賞]毎日出版文化賞(昭和37年)、ザルツブルク・オペラ賞(昭和37年)、イタリア賞(昭和42年，48年，56年)、ギャラクシー賞(昭和43年)、エミー賞(昭和57年)　[歴]昭和38年武蔵野美術大学助教授、45年教授を経て、61年～平成6年学長。東京国立近代美術館運営委員、通産省伝統的工芸品産業審議会委員、文化庁文化財保護審議会委員、日本民芸館理事をつとめる。また、詩作は高校時代より始め、「櫂」同人。詩集に「汎神論」がある。著書に「デザイナー誕生」「美の終焉」「日本美術史」「永尾比呂志著作選集」(全6巻)。　[団]美術史学会、民族芸術学会、日本民芸協会

水落 博　みずおち・ひろし
歌人　[生]昭和9年7月15日　[出]和歌山県(戸籍)　[学]三島高(昭和28年)卒　[賞]現代歌人集会賞(第3回)(昭和52年)「出発以後」　[歴]中学生のころから作歌を始め、昭和26年「やまなみ」入会。29年十代の短歌同人誌「荒野」創刊に参加。同人誌「群馬」「鴉a」を経て、現在「やまなみ」「海馬」に所属。香川県歌人会事務局長。歌集に「少年の瞳」「異郷」「海の死へ」「出発」「出発以後」「海峡此岸」、評論に「きょうの歌—香川の歌人たち」など。一方、33年勤務先の四国地方建設局の全建労四国地方本部の結成と同時に青年婦人部長となり、以後専従書記長、副委員長、委員長を歴任。　[団]現代歌人協会、香川県歌人会

水落 露石　みずおち・ろせき
俳人　[生]明治5年3月11日　[没]大正8年4月10日　[出]大阪・船場　本名＝水落義弌　[学]大阪商卒　[歴]早くから漢学、絵画、茶道、謡曲、金石文などを修め、20歳頃から俳句を作り「日本」に投句。明治29年京阪満月会をおこして新俳句運動をすすめる。しかし大正期には新傾向派に転じた。句集に「圭蛙句集」「蛙鼓」など。古俳書の蒐集や蕪村を中心とする俳諧史の研究でも知られ、編著「蕪村遺稿」がある。

水上 多世　みずかみ・かずよ
詩人　童話作家　[生]昭和10年4月1日　[没]昭和63年10月3日　[出]福岡県八幡市(現・北九州市八幡東区)　別名＝みずかみかずよ　[学]八幡中央高卒　[賞]愛の詩キャンペーン金賞一席(昭和49年)「愛のはじまり」、北九州市民文化賞(昭和56年)、丸山豊記念現代詩賞(平7年度)(平成8年)　[歴]私立尾倉幼稚園教諭時代から児童詩、童話を書き、夫平吉と児童文学誌「小さい旗」主宰。少年詩集「馬でかければ」「みのむしの行進」、童話「ぼくのねじはぼくがまく」「ごめんねキューピー」、戦争絵本「南の島の白い花」、短歌集「生かされて」などがある。小学校教科書に「あかいカーテン」「ふきのとう」「金のストロー」「馬でかければ」「つきよ」が採用された。没後、夫の編集による「みずかみかずよ全詩集 いのち」が出版された。　[団]日本児童文学者協会、日本児童文芸家協会　[家]夫＝水上平吉(小さい旗の会主宰)

水上 孤城　みずかみ・こじょう
俳人　[生]昭和25年7月31日　[出]長野県上水内郡豊野町　本名＝水上義昭　[学]法政大学文学部(通信教育)卒　[賞]俳壇賞(第16回)(平成13年)「月夜」　[歴]高校在学中の昭和42年より作句。のち「炎還」同人。ほかに「寒雷」「梟」所属。一方44年電電公社に入社。現在、NTT長野電報センターに勤務。著書に「楸邨俳句365日」(分担執筆)、句集に「交響」がある。

水上 赤鳥　みずかみ・せきちょう
歌人　「ぬはり」主幹　[生]明治28年5月28日　[没]昭和56年11月29日　[出]福岡県糸島郡志摩町師吉　本名＝水上健二(みずかみ・けんじ)　[歴]大正6年「創作」に入会し、若山牧水に師事。昭和3年「ぬはり」創刊とともに同人。47年より主幹。歌集に「更生」「わが戦後」。　[家]息子＝水上健也(読売新聞常務取締役)

水上 千沙　みずかみ・ちさ
歌人　看護婦　[生]昭和5年12月21日　[出]長野県　本名＝志村悦子　[歴]「未来」「黒豹」会員。歌集に「神探さずて」「光の棘」などがある。
[家]夫＝水上令夫(志村紀夫・歌人)

水上 文雄　みずかみ・ふみお
詩人　[生]大正5年1月20日　[歴]「龍」「現代詩栃木」に所属。詩集に「若い夏」「廟」「透明な鳥」などがある。　[団]栃木県現代詩人協会

水上 正直　みずかみ・まさなお
歌人　日本歌人クラブ会長　[生]明治38年12月28日　[没]平成7年4月18日　[出]静岡県清水市　[学]東京帝国大学法学部卒　[歴]旧制静岡高校より大正14年東大法学部入学と同時に「潮音」入社。太田水穂、四賀光子に師事。「潮音」選者、常任幹部。昭和49年より日本歌人クラブ幹事、のちに会長をつとめる。歌誌「木曜」代表。歌集に「既来之」「訪中記」、合同歌集に「高樹第一、第二、第三集」がある。元三菱商事参与。
[団]日本歌人クラブ、現代歌人協会

水木 鈴子　みずき・すずこ
詩人　画家　写真家　[生]昭和20年　[出]香川県高松市　[学]明善高(昭和39年)卒　[歴]商工組合中央金庫高松支店勤務を経て、昭和43年結婚。PTA活動、子供会育成会活動、ボランティア活動等の実践を始めた後、63年より花の詩、画、写真の個展活動を始める。平成4年「幸福(しあわせ)あげます—水木鈴子詩画集」を出版すると、女性週刊誌、テレビなどで話題となる。その後、詩画集の愛読者を中心に、ボランティア団体"花みずき愛の会"を結成、主宰。様々なイベントを実施して、寄附金を各所に送る。他の著書に「花のやさしさ 知ってますか—水木鈴子作品集〈1〉愛」など。

水城 孝　みずき・たかし
歌人　[生]大正9年8月21日　[出]静岡県　[学]明治大学中退　[歴]昭和13年頃より作歌に励む。大岡博に師事。41年「十字路」創刊主宰する。歌集に「青径集」「流砂」「水煙」などがある。
[団]日本歌人クラブ、静岡県歌人協会

水木 信子　みずき・のぶこ
詩人　[生]大正14年　[出]大阪府　[学]滋賀県立大津高女(旧制)卒　[歴]「地球」「日本詩人クラブ」同人。昭和54年第1詩集「愛」を出版。平成3年「私の見た昭和シリーズ」を抒情文芸刊行会から発刊。　[団]抒情文芸

水城 春房　みずき・はるふさ
歌人　[生]昭和17年5月7日　[出]福岡県北九州市　本名＝小倉高徳　[学]国学院大学文学部卒　[賞]埼玉文化奨励賞(昭和47年)、埼玉文芸賞(昭和54年)　[歴]17歳で作歌を始める。国学院大学のころ加藤克巳に師事、38年「個性」入会、のち編集同人。埼玉県歌人会理事。47年刊「心象水栽培」により埼玉文化奨励賞。54年刊「汞春院緝歌」により埼玉文芸賞受賞。ほかに「有髪の鯉魚」など。　[団]現代歌人協会、埼玉県歌人会

水口 幾代　みずぐち・いくよ
歌人　「いしかり」主宰　[生]大正3年7月8日　[没]平成7年5月16日　[出]北海道　本名＝田中寿満子　[学]函館高女(現・函館西高)(昭和6年)卒　[賞]札幌市民芸術賞、北海道新聞文学賞(昭和56年)「散華頌」　[歴]4歳で函館に移る。函館高女在学中、釈迢空の歌に衝撃を受ける。「吾が嶺」「多磨」「月光」「女人短歌」「コスモス」などを経て、昭和31年夫の芥子沢新之介と「いしかり」を創刊。41年夫の死亡とともに終刊するが46年復刊し以後主宰する。歌集に「早春」「雪国の絵本」「未完の悲笳」「胡笳」「散華頌」「水口幾代歌集」がある。　[家]夫＝芥子沢新之介(歌人・故人)

水口 洋治　みずぐち・ようじ
詩人　甲子園短期大学文化情報科助教授　[生]昭和23年4月21日　[出]大阪府大阪市　[学]大阪市立大学卒　[歴]「詩人会議」「大阪詩人会議」を経て、「Po」を創刊主宰。ほかに「風」「橋をわたす」創刊に参加。「関西文学」同人。詩集に「僕自身について」「夜明けへの出発」「水口

洋治詩集」(日本詩人叢書69)「ルナール遍歴譚」、詩写真集に「花たちの詩」、評論に「三好達治論」「おはなし大阪文学史」など。
所属 昭和文学会、四季派学会、日本現代詩人会、関西詩人協会、日本文芸家協会

水沢 遙子　みずさわ・ようこ
　歌人　生昭和17年1月17日　本大阪府　本名=浅野謹子　学大阪女子大学　賞現代歌人集会賞(第9回)(昭和58年)「時の扉へ」　誌「未来」所属。歌集に「時の扉へ」「時の岬から」などがある。　所現代歌人集会

水田 喜一朗　みずた・きいちろう
　建築家　詩人　フランス文学者　(財)日本開発構想研究所理事長代行　生昭和2年2月15日　本東京都北区　学早稲田大学第一文学部仏文科(昭和27年)卒　職昭和30年日本住宅公団に勤務。45年建築部調査役で退職し、同年(財)日本開発構想研究所設立準備室に転じ、47年調査役、50年事務局長、54年理事、58年専務理事を経て、60年副理事長、63年理事長代行に。詩人としては31年タマキ・ケンジ、佐伯悠子らと同人誌「世代56」(年度が代わると数字を変え、60まで続く)を刊行、創作活動とともにフランス現代詩の紹介につとめた。著書に「住宅産業」。

水谷 一楓　みずたに・いっぷう
　歌人　「金雀枝」主宰　生明治37年6月28日　没平成4年3月11日　本三重県桑名市大福　本名=水谷信一　賞桑名市文化功労者、Y氏文学賞　歴大正13年頃から歌会研究会を催す。昭和2年4月「金雀枝」を創刊、主宰。4年「潮音」に一時入社。中部日本歌人会創立より委員。三重県歌人クラブ顧問。桑名市文化功労者表彰。歌集に「鈴鹿嶺」「金雀枝選集」がある。

水谷 きく子　みずたに・きくこ
　歌人　生昭和8年8月30日　本神奈川県　本名=松岡京子　歴昭和45年「樹木」に入会し、中野菊夫に師事する。57年「樹木賞」受賞。「短詩形文学」に所属。歌集に「板橋区栄町」「紙の飛行機」「E・Tのように」などがある。

水谷 砕壺　みずたに・さいこ
　俳人　関西タール製品社長　元・大阪瓦斯取締役　生明治36年10月24日　没昭和42年10月3日　本徳島県　本名=水谷勢二(みずたに・せいじ)　学関西学院高商卒　歴「青嶺」「ひよどり」「走馬燈」の三誌を合併し新興俳句運動の拠点として「旗艦」を創刊。新興俳句弾圧後も「琥珀」を発行し、戦後は「太陽系」を創刊していち早く新興俳句復興にしたがうなど、終始新興俳句の影の功労者として尽力した。句集に「水谷砕壺句集」(昭29)がある。

水谷 まさる　みずたに・まさる
　詩人　児童文学作家　生明治27年12月25日　没昭和25年5月25日　本東京　本名=水谷勝　学早稲田大学英文科卒　歴コドモ社編集部に入り、のち東京社に移り、「少女画報」を編集ののち、著述生活に。「地平線」「基調」の同人として活躍のかたわら童話、児童読物、童謡を多く発表。昭和3年「童話文学」を創刊し「犬のものがたり」「ブランコ」などを発表。10年刊行の「葉っぱのめがね」をはじめ「薄れゆく月」「お菓子の国」などの童話集がある。

水庭 進　みずにわ・すすむ
　俳人　英語　俳句　生大正13年3月21日　本東京　俳号=月の山雨釣(つきのやま・うちょう)　学東京外国語学校(現・東京外国語大学)英語貿易科(昭和19年)卒　職英語の押韻俗語、歯科英語、日常英語の活用辞典、部門別英語活用辞典、俳句辞典　歴昭和21年NHK入局。39～42年BBC(英国放送協会)に出向、日本向け放送に従事。国際局次長などを歴任。55年NHK定年退職、同年日本大学歯学部教授(英語)に就任。のち日本大学総合科学研究所教授。一方、浮巣俳句会同人、文芸同人誌「こもれび」所属。著書に「The Current American Interpreter(現代米語解説活用辞典)」「遊びの英語」「歯科の英語活用辞典」「釣りの英語活用辞典」「野球の英語活用辞典」「現代俳句表記辞典」「現代俳句類語辞典」「現代俳句読み方辞典」(編)など。
所属 俳人協会、日本文芸家協会

水野 源三　みずの・げんぞう
　詩人　没昭和59年2月　本長野県埴科郡坂城町　歴昭和21年夏、9歳の時に集団赤痢に感染、42度の高熱が3週間続き脳性マヒに冒され、体も動かず言葉も話せない重度の身障者となる。25年聖書に触れてから、母の示す50音図にまばたきを送ることによって自分の意志を文字に表し、聖書研究やすぐれた詩を作る。15歳で洗礼を受けた後も信仰の詩を作り続け、38歳のときに第1詩集「わが恵み汝に足れり」を出版。"まばたきの詩人"として全国に知られる。それらの詩は、59年6月の「み国をめざして」まで4冊の詩集にまとめられ、出版部数は合計20万部、個人の詩集としては異例のベストセラーになった。また訳書が海外にも紹介されている。

655

水野 酔香　みずの・すいこう
俳人　[生]明治6年12月25日　[没]大正3年5月23日　[出]兵庫県淡路洲本　本名＝水野幸吉　[歴]筑波会結成とともに会員となり、「帝国文学」を舞台として活躍。明治33年ドイツに日本公使館員として赴任、翌34年巌谷小波を指導者に在留邦人の間に結ばれた白人会の有力な作家であった。句は「酔香遺芳」「白人集」に見られる。

水野 草坡　みずの・そうは
俳人　[生]慶応3年11月16日(1867年)　[没]昭和6年3月10日　[出]豊後国熊毛村　本名＝水野征夫　旧姓(名)＝岩並　[歴]警察官となり大正2年兵庫県御影警察署長で退職、3年御影名誉町長となり16年間務めた。武庫郡町村会長兼務。明治末から俳句を始め「南柯」「倦鳥」、のち「曲水」に拠り同人となった。昭和8年「草坡句集」が出された。

水野 淡生　みずの・たんせい
俳人　[生]明治36年5月14日　[出]広島県　本名＝水野知文　[学]岡山医科大学卒　[賞]廻廊賞(昭和24年)、雪解賞(昭和53年)　[歴]昭和21年「廻廊」杉山赤富士により俳句入門。26年「雪解」同人となり、皆吉爽雨に師事。短大教師をも務めた。句集に「青瑪瑙」「野火」「流離漂泊」など。　[団]俳人協会

水野 吐紫　みずの・とし
俳人　医師　[生]大正6年8月30日　[没]平成6年1月20日　[出]岐阜市　本名＝水野寿夫　[学]東京医専卒　医学博士　[歴]内科医。中学時代から作句し、昭和38年「年輪」投句から本格的に俳句を始める。42年「風土」入会、44年同人。45年「雷鳥」「貝寄風」同人、48年俳人協会会員。55年「風土竹間集」に推される。56年「つちくれ」創刊主宰。岐阜県俳人協会幹事。一方、絵画も手がけ現代水墨派参与。岐阜県日中友好協会副会長なども務める。著書に句集「大舟小舟」、随筆集「石の上にも三年」がある。
[団]俳人協会

水野 ひかる　みずの・ひかる
詩人　[生]昭和19年10月4日　[出]香川県　本名＝真部満智子　[学]京都女子大学卒　[歴]詩誌「日本未来派」「戯」「しけんきゅう」「四国詩人」同人。詩集に「鋲」「美しい獣」「シンケンシラハ」「青い列車」「赤ずきんは泣かない」などがある。　[団]日本詩人クラブ

水野 昌雄　みずの・まさお
歌人　評論家　[専]現代短歌　[生]昭和5年4月24日　[出]東京・荒川　本名＝横井源次郎(よこい・げんじろう)　[学]早稲田大学大学院日本文学研究科(昭和35年)修士課程修了　[賞]埼玉文芸賞(第5回)(昭和49年)「冬の屋根」、渡辺順三賞(第2回)(昭和56年)　[歴]昭和24年新日本歌人協会に入会し、以後戦後民主主義短歌運動に努力する。28年「短詩形文学」同人。33年「新しき抒情の確立のために」が「短歌研究」の評論部門での新人賞を受賞。ほかに「リアリズム短歌論」「現代短歌の批評と現実」などの著書や、歌集「風の季節」「夏の朝」「冬の屋根」などがある。
[団]現代歌人協会、新日本歌人協会、日本文芸家協会

水野 葉舟　みずの・ようしゅう
歌人　詩人　随筆家　小説家　[生]明治16年4月9日　[没]昭和22年2月2日　[出]東京・下谷　本名＝水野盈太郎　旧筆名＝水野蝶郎　[学]早稲田大学政経科(明治38年)卒　[歴]中学時代から「文庫」などに投稿し、東京新詩社に参加し「明星」誌上に詩や短歌を発表。その後「山比古」「白百合」「白鳩」などに参加。明治39年第一著作集「あららぎ」と窪田空穂との共著歌集「明暗」を刊行。ついで小説や随筆を発表するようになり文壇での地位を築く。しかし、大正期に入ると児童ものに移行して、「小学男生」「小学少女」「少女の友」などに詩や小説を執筆した。著書に短篇集「微温」、小品文集「草と人」などがある。　[家]息子＝水野清(元衆院議員)

水野 隆　みずの・りゅう
詩人　[生]昭和11年10月　[出]岐阜県　[学]八幡中学卒　[賞]愛知県芸術文化奨励賞(昭和51年)、中日詩賞(第20回)(昭和55年)「水野隆詩集」
[歴]中学3年のころから本格的に詩作を始め、昭和51年には愛知県芸術文化奨励賞を受賞、中部地方では有数の詩人の一人。詩集に「水野隆詩集」「花なる雪聖なる川」「多喜女ききがき」などがある。また、日本画家で俳人だった父の影響で俳句にも親しみ、4歳の時からの句を収めた句集「雪白」を自費出版。“おもだか家民芸館主”も務める。　[団]日本現代詩人会

水野 るり子　みずの・るりこ
詩人　[生]昭和7年2月25日　[出]東京・大森　本名＝水野瑠璃子　[学]東京大学文学部仏文科卒
[賞]H氏賞(第34回)(昭和59年)「ヘンゼルとグレーテルの島」　[歴]能楽協会、日本貿易振興会などに勤務後、専業主婦に。昭和42年ごろか

ら詩作を始め、「孔雀船」「ハーメルン」の同人となる。詩集に「ヘンゼルとグレーテルの島」「風」「地球」「動物図鑑」などがある。 ㊞夫=水野敬三郎(東京芸大教授・美術史)

水野 六山人 みずの・ろくさんじん
俳人 弁護士 ㊞明治11年4月 ㊞昭和13年10月10日 ㊞新潟県高田市 本名=水野豊 弁護士開業。東京第一弁護士会会長、日満法曹会顧問、法律新報社長、草津電鉄社長を歴任した。俳句は大正12年長谷川零余子の「枯野」に投句、昭和3年零余子没後同誌を改題し「ぬかご」を主宰、のち安藤姑洗子に譲った。9年「茨の実」を創刊主宰。句集に「六山人句集」「第二六山人句集」がある。 ㊞父=水野龍村(旧高田藩士・俳人・故人)

水橋 晋 みずはし・すすむ
詩人 ㊞昭和7年8月30日 ㊞富山県滑川市 ㊞慶応義塾大学文学部仏文科卒 ㊞現代詩人賞(第15回)(平成9年)「大鼻を夫に持った曽祖母」 ㊞出版社勤務。中学3年の頃から富山在住の高島順吾に師事。慶大進学後は、江森国友、堀川正美、三木卓らと「氾」に拠って活動。「三田詩人」「骨の火」「三田評論」などにも投稿し、江森らと「南方」を出す。詩集に「悪い旅」「海で朝食」「はじまる水」「大鼻を夫に持った曽祖母」、訳詩集に「R.ブローティガン詩集」がある。60年翻訳詩誌「quel」を中平耀らと刊行。

水原 エリ みずはら・えり
⇒山口エリ(やまぐち・えり)を見よ

水原 琴窓 みずはら・きんそう
漢詩人 ㊞明治25年10月5日 ㊞(没年不詳) ㊞兵庫県新宮町 本名=水原実雲 字=子瑞 ㊞藤沢南岳に経史を、のち上京して土屋鳳洲に経史、岩渓裳川に詩を学んだ。詞、曲を森川竹磎、高野竹隠に師事。また宮内省楽長の上真行、多重雄に宮廷雅楽を学んだ。宝珠楽会員。のち南京の夏承燾らの推奨で詩社「紅蓼吟社」を創立、香港・亜洲詩壇社名誉社長。著書に「琴窓詞稿」など。 ㊞息子=水原蓬心(大谷女子大教授・漢詩人)

水原 紫苑 みずはら・しおん
歌人 ㊞昭和34年2月10日 ㊞神奈川県横浜市 本名=田辺房江 ㊞早稲田大学文学部卒、早稲田大学大学院文学研究科仏文学専攻修士課程修了 ㊞現代歌人協会賞(第34回)(平成2年)「びあんか」、河野愛子賞(第10回)(平成12年)「くわんおん」 ㊞大学院で「ラシーヌ悲劇の処女性について」について研究。修了後フランス語の通訳を経て、日仏学院で学ぶ。一方高校時代から短歌を作り、春日井建の歌集「未青年」に感銘し、同氏主宰の歌誌「短歌」に入会。平成11年梅若六郎の新作能三部作の締めである、バレエの名作「ジゼル」の脚本を担当。歌集に「しろがね」「びあんか」「うたうら」「くわんおん」、著書に「星の肉体」などがある。 ㊞中部短歌会、日本文芸家協会

水原 秋桜子 みずはら・しゅうおうし
俳人 産婦人科医 元・「馬酔木」主宰 俳人協会名誉会長 ㊞明治25年10月9日 ㊞昭和56年7月17日 ㊞東京市神田猿楽町(現・東京都千代田区) 本名=水原豊 別号=喜雨亭、白鳳堂 ㊞東京帝大医学部(大正7年)卒 医学博士 ㊞日本芸術院会員(昭和41年) ㊞日本芸術院賞(昭和38年)、勲三等瑞宝章(昭和42年) ㊞東京帝大血清化学教室、産婦人科教室を経て、昭和3年昭和医専教授となり、宮内省侍医療御用掛を務める。また、家業の産婦人科病院、産婆学校の経営にも携わった。俳句は、大正8年「ホトトギス」に入り、高野素十、山口誓子、阿波野青畝とともに「ホトトギス」の4S時代といわれる黄金時代を築いた。昭和6年虚子のとなえる客観写生に対して主観写生を主張、虚子とは袂を分かち、9年からは「馬酔木」を主宰。37年から16年間、俳人協会会長をつとめ、53年名誉会長となる。38年日本芸術院賞受賞、41年日本芸術院会員。句集は「葛飾」をはじめ20集を数え、多数の評論や随筆集もあるが、54年には「水原秋桜子全集」(全21巻、講談社)が完結している。 ㊞妻=水原しづ(「馬酔木」名誉顧問)、長男=水原春郎(俳人・聖マリアンナ医科大学名誉教授)、孫=徳田千鶴子(俳人)

水原 春郎 みずはら・はるお
俳人 医師 「馬酔木」主宰 聖マリアンナ医科大学名誉教授 ㊞小児科学 ㊞大正11年2月4日 ㊞東京・神田 ㊞慶応義塾大学医学部(昭和21年)卒 ㊞小児科を専攻し、慶応義塾大学講師を経て、昭和47年聖マリアンナ医大教授、のち附属東横病院長を務めた。56年父・水原秋桜子の死後「馬酔木」発行人となり、59年選句・編集を委ねた堀口星眠が「馬酔木」を去るに及び「馬酔木」主宰となり、杉山岳陽に選者を委嘱。62年俳人協会理事に就任。 ㊞俳人協会、日本文芸家協会 ㊞父=水原秋桜子(俳人・故人)、母=水原しづ(「馬酔木」名誉顧問・故人)、長女=徳田千鶴子(俳人)

水町 京子　みずまち・きょうこ
歌人　[生]明治24年12月25日　[没]昭和49年7月19日　[出]香川県高松市　本名＝甲斐みち　[学]東京女高師国文科(大正4年)卒　[歴]在学中尾上柴舟の指導を受け「水甕」に参加。のち古泉千樫の門に入り青垣会に参加。大正14年「草の実」を創刊し、12年歌集「不知火」を刊行。昭和10年より「遠つびと」を主宰。その間、淑徳女学校、桜美林学園行。昭和10年「遠つびと」を刊行。その間、淑徳女学校、桜美林学園で国語教師をする。他の歌集に「水ゆく岸にて」など。

溝口 章　みぞぐち・あきら
詩人　[生]昭和8年1月16日　[出]静岡県　[学]法政大学卒　[賞]中日詩賞(第40回)(平成12年)「'45年ノート残欠」　[歴]詩誌「PF」主宰。詩集に「戦史・亡父軍隊手牒考」「鏡の庭」「公孫樹の下で」「船団に灯がともる」「'45年ノート残欠」、評論に「伊東静雄—詠唱の詩碑」がある。　[団]日本現代詩人会、日本詩人クラブ、日本文芸家協会

溝口 白羊　みぞぐち・はくよう
詩人　[生]明治14年6月5日　[没]昭和20年2月4日　[出]大阪　本名＝溝口駒造　[学]早稲田大学専門部法律科卒　[歴]「文庫」などに詩を発表して注目されるが、「不如帰の歌」など多くの流行小説の通俗詩化に励み、詩壇を離れた。詩集「さゝ笛」(明治39年)、詩文集「草ぶち」(40年)、編書に尼港事件の記録「国辱記」(大正9年)などがある。

三田 きえ子　みた・きえこ
俳人　[生]昭和6年9月29日　[出]茨城県結城市　[学]茨城県立高女卒　[賞]氷海賞(昭和49年)、俳句研究賞(第9回)(平成6年)「日暮」　[歴]昭和43年秋元不死男に師事し、「氷海」入会。49年同人。50年「畦」同人、平成10年「かなえ」同人。「萌」主宰。句集に「嬬恋」「萠葱」「自註三田きえ子集」「旦暮」など。　[団]俳人協会(幹事)、日本文芸家協会

三田 洋　みた・ひろし
詩人　評論家　[生]昭和9年9月9日　[出]山口県　本名＝上利哲治　[学]早稲田大学文学部卒　[歴]出版社に勤務。「地球」同人。詩集に「回漕船」「青の断片」。雑誌などに詩人論や詩評論を執筆。　[団]日本ペンクラブ、日本現代詩人会

三田 澪人　みた・れいじん
歌人　[生]明治27年1月7日　[没]昭和41年1月2日　[出]愛知県一宮市　本名＝柴田儀雄　[歴]早くから「創作」などに歌を発表し、26歳で名古屋新聞記者となる。大正10年歌集「水脈」を刊行。12年「短歌」を創刊。戦時中は中部日本新聞南方総局長に就任。24年「暦象」を創刊主宰した。没後の42年「朝鳥夕鳥」が刊行された。

三谷 昭　みたに・あきら
俳人　元・現代俳句協会会長　[生]明治44年6月5日　[没]昭和53年12月24日　[出]東京　[学]東京府立五中卒　[賞]現代俳句協会功労賞(第1回)(昭和51年)　[歴]昭和5年素人社に入り「俳句月刊」を編集し、11年赤坂区役所嘱託となり「赤坂区史」の編纂をする。15年の新興俳句事件に連座。16年実業之日本社に入社、以後二十余年にわたり、「ホープ」編集次長、「新女苑」「オール生活」編集長などを歴任した。俳人としては21年新俳句人連盟を結成。37年より47年まで現代俳句協会幹事長、会長を歴任した。著書に句集「獣身」や「現代の秀句」など。

三谷 晃一　みたに・こういち
詩人　[生]大正11年9月7日　[出]福島県安達郡本宮町　[学]小樽高商(昭和15年)卒　[賞]福島県文学賞(詩, 第9回)(昭和31年)「蝶の記憶」　[歴]昭和12年頃から詩作を始める。21年復員後、福島民報社入社。25年詩誌「銀河系」創刊、26年には「竜」にも加わり、「新抒情派」宣言を起草した。31年第一詩集「蝶の記憶」を出版。32年会津詩人協会を設立、詩誌「馬」に参加。39年「地球」に参加、のち同人。51年には郡山、東京で詩画展を開催した。54年取締役論説委員長を最後に福島民報社を退社。以後、H氏賞、現代詩人賞などの選考委員を務め、合唱曲の作詞などを含めた創作活動を続けている。詩集に「さびしい繭抄」「長い冬みじかい夏」「きんぽうげの歌」「蝶の記憶」「野犬捕獲人」「ふるさとにかえれかえるな」など、合唱曲に「ふるさと詠唱」「こうりやま讃歌」など。
[団]日本現代詩人会、日本文芸家協会

道浦 母都子　みちうら・もとこ
歌人　エッセイスト　[生]昭和22年9月9日　[出]和歌山県和歌山市　[学]早稲田大学文学部演劇科(昭和47年)卒　[賞]現代歌人協会賞(第25回)(昭和56年)「無援の抒情」、大阪日日新聞文化牌(平成3年)「風の婚」、和歌山県文化表彰(平成4年)　[歴]高校時代から作歌し、早大在学中の昭和46年「未来」に入会、近藤芳美に師事。の

ち「未来」同人、編集委員を務める。56年学園紛争をテーマにした第1歌集「無援の抒情」で第25回現代歌人協会賞を受賞。平成10年には都はるみの「邪宗門」で初の作詞を手掛けた。13年自身の半生を綴ったエッセイ集「母ともっちゃん」を刊行。他に歌集「水憂」「ゆうすげ」「風の婚」、合同歌集「翔」、エッセイ集「四十代、今の私がいちばん好き」「吐魯番の絹」などがある。 所日本文芸家協会、現代歌人協会

道部 臥牛 みちべ・がぎゅう
ドイツ文学者 俳人 生明治17年9月28日 没昭和38年3月10日 出千葉県 本名＝道部順(みちべ・じゅん) 文学博士 経明大教授、東京医専教授を歴任。主著に「ゲーテ研究」。また、生活俳句をかかげ、臥牛の号で「初雁」を主宰した。句集に「乾草は匂ふ」「自像」ほか。

道部 順 みちべ・じゅん
⇒道部臥牛(みちべ・がぎゅう)を見よ

道山 昭爾 みちやま・しょうじ
俳人 生昭和2年3月7日 出福島県須賀川市 本名＝道山昭次 学福島師範卒 経昭和27年地元俳誌「桔梗」に拠り矢部榾郎、道山草太郎の指導を受ける。45年「鹿火屋」に入会し、原裕、原コウ子に師事。「桔梗」「鹿火屋」同人。その後「桔梗」発行人となる。 所俳人協会

道山 草太郎 みちやま・そうたろう
俳人 生明治30年2月17日 没昭和47年2月13日 出福島県 本名＝道山茂兵衛 学早稲田大学文学部英文科中退 経大正11年、原石鼎系俳誌「桔梗」の創刊に加わり、以後没するまで同誌の経営に生涯を傾けた。石鼎門における東北の雄といわれ、句集に「鼎門句集」「桔梗句集」などがある。

三井 修 みつい・おさむ
歌人 生昭和23年7月21日 出石川県 受現代歌人協会賞(第37回)(平成5年)「砂の詩学」 経三井物産に入社。大学でアラビア語を専攻したことから中東関係一筋に歩み、のち海外統括部課長などを務める。一方歌人だった父の影響で、30代半ばから仕事の傍ら歌を詠み始める。平成4年第1歌集「砂の詩学」を出版。「塔」に所属。

三井 甲之 みつい・こうし
歌人 評論家 生明治16年10月16日 没昭和28年4月3日 出山梨県敷島町 本名＝三井甲之助 学東京帝国大学国文科(明治40年)卒 経在学中から「馬酔木」などに歌を発表し、根岸短歌会に参加。明治41年「アカネ」(のち「人生と表現」と改題)を創刊し、短歌のほか短歌研究、小説、随筆などを発表した。抒情的ナショナリストとして昭和3年しきしまのみち会を結成し、明治天皇御製拝唱の制度化を提唱。著書に「明治天皇御製研究」、歌論書「和歌維新」、「三井甲之歌集」などがある。

三井 嫩子 みつい・ふたばこ
⇒西条嫩子(さいじょう・ふたばこ)を見よ

三井 ゆき みつい・ゆき
歌人 生昭和14年11月30日 出石川県輪島市 本名＝高瀬照子 受泉鏡花記念金沢市民文学賞(第21回)(平成5年)「曙橋まで」、ながらみ現代短歌賞(平成9年)「能登往還」 経昭和34年「短歌人」に入会、同人・編集委員となる。歌集に「三井ゆき歌集」「空に水音」「鷺芝」「曙橋まで」「能登往還」。夫は歌人の高瀬一誌。 所現代歌人協会 家夫＝高瀬一誌(歌人・故人)

三井 葉子 みつい・ようこ
詩人 生昭和11年1月1日 出大阪府布施市(現・東大阪市) 本名＝山荘幸子 学相愛女子短期大学卒 受現代詩女流賞(第1回)(昭和51年)「浮舟」、詩歌文学館賞(第14回)(平成11年)「草のような文字」 経大阪文学協会理事長を務めた。楽市舎主宰。詩集に「沼」「夢刺し」「風がふいて」「草のような文字」、随筆集に「つづれ刺せ」「二輛電車が登ってくる」など。 所日本現代詩人会、大阪文学協会、日本文芸家協会

三石 勝五郎 みついし・かつごろう
詩人 生明治21年11月25日 没昭和51年8月19日 出長野県南佐久郡臼田村 学早稲田大学英文科(大正2年)卒 経中学時代から詩作、早大卒業後朝鮮に遊び、釜山日報記者などを経て大正10年「スフィンクス」発刊、11年西田天香の一燈園に入り托鉢行脚した。14年東京で易占をしたが戦災後帰農。詩集「佐久の歌」「散華楽」「火山灰」のほか、「詩伝・保科五無斉」、詩文集「信濃闕伽流山」などがある。

三越 左千夫　みつこし・さちお
詩人　児童文学作家　⑱大正5年8月24日　⑲平成4年4月13日　⑳千葉県香取郡大倉村(現・佐原市大倉)　本名＝三津越幸助(みつこし・こうすけ)　㉑旧制中卒　㉒雑誌記者などを経て詩作に専念する。「薔薇科」などの同人となり、童謡・童詩誌「きつつき」を主宰。またNHK「音楽夢くらべ」の詩の選と補選を12年間する。詩集に「柘榴の花」「夜の鶴」などがあり、童話に「あの町この町、日が暮れる」「ぼくはねこじゃない」「かあさんかあさん」などがある。㉓日本現代詩人会、日本児童文学者協会

三橋 鷹女　みつはし・たかじょ
俳人　⑱明治32年12月24日　⑲昭和47年4月7日　⑳千葉県成田町(現・成田市)　本名＝三橋たか子　旧号＝東鷹女　㉑成田高女卒　㉒与謝野晶子に師事し、のち若山牧水に師事して作歌する。のち俳句に転じ原石鼎に師事。昭和4年「鹿火屋」に入り、さらに「鶏頭陣」に参加するが13年退会。その後は「俳句評論」に参加した。15年「向日葵」を、16年「魚の鰭」を刊行。他の句集に「白骨」「羊歯地獄」などがある。立子、汀女、多佳子とともに女流の4Tと称された。

三橋 敏雄　みつはし・としお
俳人　⑱大正9年11月8日　⑲平成13年12月1日　⑳東京都八王子市　㉑実践商(昭和14年)卒　㉒現代俳句協会賞(第14回)(昭和42年)、蛇笏賞(第23回)(平成1年)「畳の上」、勲四等瑞宝章(平成3年)　㉓昭和12年渡辺白泉らの同人誌「風」に参加し新興俳句運動を推進、13年同誌に発表した"戦火想望俳句"が山口誓子に絶賛され新興俳句無季派の新人として注目される。その後「広場」「京大俳句」に参加。西東三鬼に師事した。戦後、21年運輸省航海訓練所採用試験に合格。同所練習船事務長として勤務の傍ら、「激浪」「断崖」同人。37年「天狼」、38年「面」、40年「俳句評論」同人となり、のち「壚坶(ローム)」監修。この間、47年海上勤務を離れ平河会社支配人となり、53年退職。以後、作句・評論活動に専念。平成11年から読売俳壇選者を務めた。句集に「まぼろしの鱶」「真神」「しだらでん」「弾道」「鷓鴣」「巡礼」「長濤」「畳の上」「三橋敏雄全句集」、評論に「現代俳句の世界」(全16巻)などがある。㉓現代俳句協会、日本文芸家協会

三橋 美江　みつはし・みえ
詩人　⑱大正10年9月16日　⑳神奈川県横浜市　㉑双葉高女卒　㉒「象」「京浜詩」「北日本詩苑」「日本詩人」等を経て、「草原」「輔」「たんぽぽ」同人。詩集に「断層」「遊牧」「赤壁」「青みどろ」「運河」などがある。

光栄 堯夫　みつはな・たかお
歌人　⑱昭和21年12月22日　⑳茨城県　㉑東洋大学国文科卒、上智大学大学院文学研究科修士課程修了　㉒「桜狩」を主宰する。「個性」同人、じゅうにんのかい会員。歌集に「白日の記憶」「夕暮の窓」「現場不在証明」など。他の著書に「三島由紀夫論」「加藤克巳論」「非在の視野から」などがある。㉓現代歌人協会、日本文芸家協会

三星 山彦　みつほし・やまひこ
俳人　⑱明治34年2月13日　⑲平成3年4月18日　⑳和歌山県伊都郡高野村　本名＝三星義二(みつぼし・よしじ)　㉒和歌山県教育功労賞(昭和48年)、高野町文化賞(昭和55年)　㉓村役場に勤務していた17、8歳頃から俳句に親しみ、昭和2年「ホトトギス」に投句を始めるとともに高浜虚子に師事。以来投句を続け、24年同人。この間高野山俳句会、橋本市民俳句会、淡路島の洲本ホトトギス会などを指導、愛好者を育て、また33～63年朝日新聞和歌山版選者も務めた。平成元年初句集を自費出版。　㉓俳人協会

三ツ村 繁　みつむら・しげる
詩人　元・彫刻の森美術館専務理事　⑱明治42年10月8日　⑳東京・三田　本名＝三ツ村繁蔵　㉑日本大学社会科中退　㉒詩誌「畑」「歴程」同人。個人詩集はない。高村光太郎詩集「道程」改訂版編纂、「エミリオ・グレコ素描と日本の詩人たち」(伊語版)「土門拳彫刻写真と日本の詩人たち」(仏語版)などの編著がある。㉓日本現代詩人会、日本ペンクラブ

光本 恵子　みつもと・けいこ
歌人　⑱昭和20年10月24日　⑳鳥取県　本名＝垣内恵子　㉑京都女子大学国文科卒　㉒新短歌人連盟賞(昭和63年)、日本文芸大賞(短歌評訳賞、第20回)(平成12年)「宮崎信義のうた百首」　㉓大学時代から短歌を始める。「未来山脈」主宰。歌集に「薄氷」「素足」、評論に「宮崎信義のうた百首」などがある。　㉓日本文芸家協会、日本ペンクラブ

三森 幹雄　みつもり・みきお
⇒春秋庵幹雄(しゅんじゅうあん・みきお)を見よ

三ツ谷 平治　みつや・へいじ
歌人　[生]大正6年5月10日　[没]平成13年12月12日　[出]青森県鰺ケ沢町　[賞]青森県文化賞(平成4年)、東奥賞(平成12年)　[歴]少年時代に青森県・鰺ケ沢町の歌誌「和船」に入会。昭和10年満州に渡り、満鉄社員に。傍ら、作歌を続け、11年「満州短歌」、15年「短歌中原」同人となり八木沼丈夫に師事。21年中国から帰還。34年「潮汐」同人となり鹿児島寿蔵に師事。写実を重視しながらも叙情性を包み込んだ独自の歌風を形成した。50年「青森アララギ」を経て、58年利根川保男、三国玲子らと「求青」(のちの「群緑」)創刊。運営委員兼選者を務めた。45年には日本歌人クラブ青森県委員、平成元年〜11年青森県歌人懇話会会長。県歌壇の牽引役を務め、歌人の育成などに尽力した。歌集に「鵲抄」「雪どけの街」「岬に立ちて」「北京の壷」「昭和残照」などがある。
[団]現代歌人協会、日本歌人クラブ

御津 磯夫　みと・いそお
歌人　[生]明治35年4月24日　[没]平成11年6月28日　[出]愛知県　本名＝今泉忠男　[学]東京慈恵会医科大学医学部内科小児科専攻卒　[賞]勲五等双光旭日章(昭和50年)　[歴]昭和4年愛知県御津町に開業。一方、大正10年「アララギ」に入会。昭和7年三河アララギ会を創立し、29年「三河アララギ」を創刊、主宰。歌集に「陀兜羅の花」「わが冬葵」「御津磯夫歌集」、歌論集に「引馬野考」「海浜独唱」などがある。

三富 朽葉　みとみ・きゅうよう
詩人　[生]明治22年8月14日　[没]大正6年8月2日
[出]長崎県壱岐郡武生水村　本名＝三富義臣
[学]早稲田大学英文科(明治44年)卒　[歴]早くから「新小説」「文庫」などに短歌や詩を投稿し、早大時代にマラルメの散文詩「秋の悲歌」を翻訳発表する。明治42年今井白楊らと自由詩社を結成し「自然と印象」を創刊、口語自由詩運動を展開。象徴主義に関心を寄せた多くの詩作を「早稲田文学」などに発表。没後の大正15年「三富朽葉詩集」が刊行された。

御供 平佶　みとも・へいきち
歌人　[生]昭和19年1月1日　[出]群馬県鬼石町
[学]群馬県立藤岡高校卒　[賞]日本歌人クラブ賞(第20回)(平成5年)「神流川」　[歴]奥村晃作の「紫蘇の実」を経て昭和38年8月から「国民文学」会員。現在同人。歌集に「河岸段丘」「車站」「冬の稲妻」「神流川」がある。　[団]現代歌人協会

水上 暁　みなかみ・さとる
歌人　[生]大正5年3月1日　[出]大阪市北区　本名＝三宅忠一　[歴]昭和9年頃から作歌。戦時中歌誌の統合離散により「曼陀羅」「白圭」「紀元」「群落」を経て「津布良」を主宰。歌集に「閻浮樹」「愚款集」がある。

皆川 白陀　みながわ・はくだ
俳人　[生]大正3年2月20日　[没]平成5年9月8日
[出]秋田県河辺郡雄和町　本名＝皆川正蔵(みながわ・しょうぞう)　[学]小卒　[歴]12歳で農奉公。昭和4年頃から地方新聞へ投句。21年「末黒野」創刊に参加し、25年主宰。また29年から「鶴」同人。句集に「鬣ぶすま」「遠山河」「母郷かな」。
[団]俳人協会

皆川 盤水　みながわ・ばんすい
俳人　「春耕」主宰　[生]大正7年10月25日　[出]福島県いわき市　本名＝皆川正巳(みながわ・まさみ)　[学]巣鴨高商卒、日本大学法学部卒
[賞]俳人協会賞(第33回)(平成6年)「寒靄」
[歴]昭和13年兄・皆川二桜(「鹿笛」所属)、叔父・山田孤舟(「獺祭」所属)の指導をうける。戦前、大連汽船に勤務の時、高山峻峰、金子麒麟草らに師事。戦後「かびれ」「雲母」に投句。33年「風」同人。34年現代俳句協会員、40年幹事、46年俳人協会幹事、56年監事。41年より「春耕」主宰。句集に「積荷」「銀山」「板谷」「山晴」「寒靄(かんあい)」「自註・皆川盤水集」、著書に「俳壇人物往来」「山野憧憬」「芭蕉と茂吉の山河」など。　[団]俳人協会(名誉会員)、日本ペンクラブ、日本文芸家協会
[家]兄＝皆川二桜(俳人)

港 敦子　みなと・あつこ
詩人　[生]昭和46年　[歴]世界の詩、詩人を翻訳紹介する傍ら、自作詩の朗読を続ける。ホームページ上に「ニュースな詩」を連載。詩集に「キクことば、ミルことば、くにぐにの」がある。　http://www1.odn.ne.jp/lighthousebclub/

湊 八枝　みなと・やえ
歌人　[生]明治41年3月6日　[出]新潟市　[歴]女学校時代より作歌。昭和2年吉植庄亮に師事し「橄欖」入社。会津八一、相馬御風、田崎仁義を顧問に21年1月「新潟短歌」を創刊、編集発行人。歌文集「花供養」がある。　[団]日本歌人クラブ

湊 楊一郎 みなと・よういちろう
　俳人　弁護士　現代俳句協会顧問　㋴明治33年1月1日　㋛平成14年1月2日　㋭北海道小樽市稲穂町　本名＝久々湊与一郎（くくみなと・よいちろう）　㋕東京外国語学校専修科露語科修了、中央大学法学部（大正13年）卒　㋤現代俳句協会大賞（第3回）（平成2年）　㋚昭和4年司法試験合格、弁護士となる。傍ら、6年松原地蔵尊らと「句と評論」を創刊。新興俳句運動の拠点の一つとなった。戦後、「俳句人」「現代俳句研究」を経て、44年三橋鷹女らと「羊歯」を創刊。著書に「俳句文学原論」。

湊 嘉晴 みなと・よしはる
　歌人　㋴大正9年4月23日　㋭兵庫県　㋕大東文化学院卒　㋚大東文化学院在学中の昭和14年「芸林」に入会、尾山篤二郎に師事する。16年同人、24年維持同人、50年編輯委員、56年に編輯委員兼発行人となる。

港野 喜代子 みなとの・きよこ
　詩人　㋴大正2年3月25日　㋛昭和51年4月15日　㋭兵庫県神戸市須磨区舞子　㋕大阪府立市岡高女卒　㋤箕面市教育功労者賞（昭和49年）　㋚昭和9年港野藤吉（機械設計技術者）と結婚。戦時中、夫の郷里舞鶴に疎開して詩作を始め23年「日本未来派」同人となり、25年大阪に帰り大阪文学学校講師を務めながら、詩・児童文学を発表。27年詩集「紙芝居」、30年「魚のことば」を出版した。サークル活動や社会運動でも活躍、婦人層に親しまれた。ほかに詩集「草みち」「凍り絵」、共著「日本伝承の草花の遊び」がある。

南 うみを みなみ・うみお
　俳人　㋴昭和26年5月13日　㋭鹿児島県　本名＝東中川和幸　㋤風土新人賞（平成4年）、桂郎賞（第17回）（平成6年）、風土賞（平成8年）、俳人協会賞（新人賞）（平成13年）「丹後」　㋚平成元年「風土」に入会、神蔵器に師事。10年竹ичии集同人。句集に「丹後」がある。　㋬俳人協会

南 仙臥 みなみ・せんが
　俳人　医師　信州大学教授・附属病院長　㋴明治22年1月2日　㋛昭和44年11月18日　㋭東京市　本名＝南茂夫　㋕東京帝大医学部卒　㋚松根東洋城に師事し大正4年「渋柿」創刊と同時に幹部同人として参加。渋柿を脱退して「あらの」に参加。戦後は信州大学教授、同大学病院長、市立甲府病院院長を務めるかたわら、中信俳句作家クラブが発刊した「雷鳥」（後に「渓流」と改称）に俳論、選評等を書いた。

東京へ移住後は句作から全く離れ句集の刊行はない。

南 南浪 みなみ・なんろう
　俳人　㋴明治20年5月8日　㋛大正2年5月1日　㋭東京府南多摩郡八王子町横山（現・八王子市）　本名＝南忠作　㋚明治38年頃から俳句を渡辺水巴に学び、水巴主宰の「俳諧草紙」同人となる。堅実な作風で知られた。また当時同じ高尾山薬王院にあった俳画家小田島十黄に俳句の手ほどきをし水巴に師事させた。著書に水巴編「南浪句集」がある。

南 信雄 みなみ・のぶお
　詩人　仁愛女子短期大学教授　㋤近代日本文　㋴昭和14年5月18日　㋛平成9年1月11日　㋭福井県丹生郡越前町　本名＝武藤信雄　㋕福井大学卒　㋤中日詩賞（第7回）（昭和42年）「長靴の音」、東海現代詩人賞（第6回）（昭和49年）「漁村」、福井県文化奨励賞（平成8年）　㋚高校教師を経て、仁愛短期大学教授。「木立ち」同人。昭和60年福井県詩人懇話会結成に尽力、県内の詩、文学界の発展に貢献した。主な詩集に「蟹」「長靴の音」「漁村」などがある。　㋬日本現代詩人会、日本文芸家協会

南川 周三 みなみかわ・しゅうぞう
　詩人　美術評論家　東京家政大学名誉教授　㋴昭和4年3月3日　㋭東京　本名＝井上章　㋕東京大学文学部（昭和28年）卒、東京大学大学院修了　㋚東京女学館短期大学教授を経て、東京家政大学教授。著書に「南川周三詩集」「断想詩論」、「南禅寺」「芸術論」「造形美論」など。　㋬日本現代詩人会、美術史学会、民族芸術学会、日本ペンクラブ、日本文芸家協会

皆吉 爽雨 みなよし・そうう
　俳人　「雪解」主宰　俳人協会副会長　㋴明治35年2月7日　㋛昭和58年6月29日　㋭福井市丸岡町　本名＝皆吉大太郎（みなよし・だいたろう）　㋕福井中（大正8年）卒　㋤蛇笏賞（第1回）（昭和42年）「三露」、勲四等旭日小綬章（昭和54年）　㋚大正8年大阪の住友電線製造所に入社後、高浜虚子に入門し「ホトトギス」に投句。11年「山茶花」を創刊し編集責任者となる。昭和7年「ホトトギス」同人。11年「山茶花」雑詠選者となり、19年の廃刊まで編集・選者を担当。戦後、20年東京支店開設のため上京。21年俳誌「雪解」を創刊主宰。24年住友を退社、以後句作に専念。36年俳人協会創立とともに参加し、専務理事を経て、53年副会長に就任。句集「雪解」「寒林」「雲板」「緑陰」「雁列」「寒柝」「三

662

露」「花幽」「自選自解・皆吉爽雨句集」のほか、「花鳥開眼」「近世秀句」「わが俳句作法」「皆吉爽雨著作集」(全5巻)など著書多数。㊿俳人協会 ㊂息子＝皆吉志郎(洋画家)、孫＝皆吉司(俳人)

皆吉 司　みなよし・つかさ
俳人 ㊍昭和37年5月13日 ㊸東京都武蔵野市 ㊻日本大学中退 ㊂祖父はホトトギス系の俳人・皆吉爽雨。父は洋画家の皆吉志郎。昭和55年頃、祖父に"てにをは"を直してもらっているうち自然に俳句の道に入り句集を2冊出版。一方父からは絵の血も受け継ぎ、オブジェ、書、油絵の個展も開く。俳句は言葉のオブジェであるとする。「雪解」編集同人。句集に「火事物語」「ヴェニスの靴」「蒼世紀」、評論集に「多感俳句論」、エッセイ集に「少年伝記—私の中の寺山修司」など。㊿日本文芸家協会、俳人協会 ㊂祖父＝皆吉爽雨(俳人・故人)、父＝皆吉志郎(洋画家)

岑 清光　みね・せいこう
作家 詩人 歌人 翻訳家 ㊍明治27年11月10日 ㊡(没年不詳) ㊸群馬県安中市 本名＝清水暉吉(しみず・てるきち) ㊻カリフォルニア大学中退 ㊾大正4年渡米、朝日新聞記者として活躍。幼時より詩歌に親しみ、「文章世界」などに投稿。昭和初年ごろ「詩神」を編集主宰。現在、「たかむら」同人。著書に「七曜メルヘン」、歌集に「柊の花」「光香」「無何有」、詩集に「自画像」などがある他、翻訳書多数。

峰 青嵐　みね・せいらん
俳人 ㊍安政5年3月4日(1858年) ㊡昭和6年7月18日 ㊸肥前国唐津(佐賀県) 本名＝峰是三郎 ㊻東京師範学校中学師範科卒 ㊾広島、岐阜、大分県の各師範学校長、学習院教授、愛媛県視学などを歴任。小倉市視学を最後に、大正11年退官した。俳句は祖父帯月、父米圃の影響で始め、内藤鳴雪と親交を結び、日本派に属した。著書に「俳句資料解釈」「峰青嵐遺稿」の他、教育関係の書がある。

嶺 治雄　みね・はるお
俳人 ㊍昭和6年5月9日 ㊸東京 本名＝東條徹(とうじょう・とおる) ㊻文化学院文科卒 ㊽春燈賞(昭和52年) ㊾新聞社編集委員を務める。昭和32年浅原六朗に師事。41年「春燈」に入門、のちに現代俳句選集編集委員。句集に「身命」がある。㊿俳人協会

峰尾 北兎　みねお・ほくと
俳人 「同人」代表・編集長 ㊍大正4年3月31日 ㊡平成11年9月22日 ㊸東京都八王子市 本名＝峰尾吾作(みねお・ごさく) ㊻日本大学法科卒 ㊽旅と俳句同人賞(昭和52年) ㊾昭和11年青木月斗に師事、「同人」に拠る。45年「同人」選者、61年「同人」発行人兼編集担当。「旅と俳句」同人。俳句に現代仮名遣い導入を主張。句集に「白影」「紅虹」「黄鳥」「自註・峰尾北兎集」など。㊿俳人協会、日本ペンクラブ

峰岸 了子　みねぎし・りょうこ
詩人 ㊍昭和19年 ㊸大分県 ㊾「幻視者」に所属。著書に「詩画集過去からの手紙」、第一詩集「さらにもうひとつの朝が」、詩集「習性のためのデッサン」「三月の溺死」などがある。

峰松 晶子　みねまつ・あきこ
詩人 「このて」編集同人 ㊸広島県因島市重井町 本名＝梅原晶子(うめはら・あきこ) 旧姓(名)＝峰松晶子 ㊻大阪・淀商高卒 ㊾因島で育ち、高校時代に大阪へ。第一勧銀に就職後、昭和54年結婚、2女1男の母となる。51年に"詩"と出会い、詩人の野呂昶氏に師事して本格的に詩を学ぶ。赤い鳥文学の流れをくむ「子どもと詩文学会大阪支部」会員。季刊誌「このて」編集同人として3人の子供を題材に主婦業の合間に詩作を続ける。詩集に「みかとわたし」(自費出版)、「みんな あかちゃんだった」「さかだちとんぼ」がある。㊿日本児童文学者協会

峯村 国一　みねむら・くにいち
歌人 ㊍明治21年12月12日 ㊡昭和52年4月28日 ㊸長野県小県郡 号＝白影 ㊾上田中学卒 ㊾長く銀行員をつとめ、終戦後郷里の村長などを歴任。歌は「文庫」に投稿し、明治44年太田水穂の「同人」に参加、ついで若山牧水の「創作」に参加し、大正4年「潮音」の創刊に参加。歌集に「玉砂集」「沢霧」や文集「短歌こぼれ話」などの著書がある。

峯村 英薫　みねむら・ひでしげ
歌人 元・大和銀行会長 ㊍明治35年3月24日 ㊡平成3年3月21日 ㊸長野県小県郡富士山村(現・上田市) ㊻東京帝大法学部(昭和15年)卒 ㊽藍綬褒章(昭和40年)、勲二等瑞宝章(昭和47年) ㊾加島銀行勤務ののち、昭和4年野村銀行(現・大和銀行)入行。堀切・丸の内各支店長などを経て、29年専務、34年副頭取、38年会長を歴任。43年顧問となる。56年西大和開発

取締役に就任。また、歌誌「潮音」に拠る歌人としても著名で、大正12年太田水穂に師事し、以来「潮音」「禅」などへ出詠。歌集に「峯村英薫歌集」がある。

三野 虚舟　みの・きょしゅう
俳人　元・駒沢大学教授　[専]資源工学　[生]明治43年10月18日　[没]平成5年11月30日　[出]東京・高田馬場　本名＝三野英彦(みの・ひでひこ)　[学]東京帝大工学部冶金学科(昭和9年)卒　工学博士　[賞]夏草功労賞(昭和38年)　[歴]三井金属中央研究所長、神岡鉱業、印刷工技術研究所代表取締役、岩井通商会長を歴任。昭和48年駒沢大学教授に就任し、58年定年退職後は川村女子短期大学講師となる。一方、15年ごろ「夏草」に入会、山口青邨の指導を受ける。28年同人となる。「天為」「屋根」同人。46年俳人協会会員。句集に「石の花」「火焔樹」がある。
[団]俳人協会

三野 混沌　みの・こんとん
詩人　[生]明治27年3月20日　[没]昭和45年4月10日　[出]福島県石城郡平窪村曲田　本名＝吉野義也　[学]磐城中学卒、早稲田大学英文科中退
[歴]山村暮鳥、草野心平との交友を経て昭和2年「銅鑼」「先駆」の同人となり、3年「学校」の同人となる。戦後は26年より「歴程」に参加。詩集は2年「百姓」を刊行。以後「ある品評会」「阿武隈の雲」などを刊行。
[家]妻＝吉野せい(小説家)

三野 英彦　みの・ひでひこ
⇒三野虚舟(みの・きょしゅう)を見よ

三原 華子　みはら・はなこ
歌人　[生]大正11年1月3日　[出]長崎県　本名＝須田華子　[賞]香蘭賞(昭和32年)　[歴]昭和16年須田伊波穂に師事し「香蘭」に入会。22年歌誌「千切れ雲」再刊編集。32年香蘭賞受賞。47年歌集「幽閉の鳥」を出版。54年主宰没後「香蘭」を退会。55年須田穣らと歌誌「さんざし」を創刊。

三間 由紀子　みま・ゆきこ
詩人　[生]昭和20年2月2日　[出]東京都　[学]東京大学大学院美学専攻(昭和46年)中退　[賞]毎日21世紀賞(平成2年)　[歴]サトウハチローと木曜会、詩誌「爪」各同人。著書に「告別―別れを告げるむずかしさ」「私のエマイユ」「マザリング」、訳書に「ちいさな雲とねずみ君」などがある。

三村 純也　みむら・じゅんや
俳人　神戸山手大学教授　[生]昭和28年5月4日　[出]大阪府　本名＝三村昌義　[学]慶応義塾大学卒、慶応義塾大学大学院博士課程修了　[歴]19歳頃から俳句を始め、大学入学後は清崎敏郎の指導を受ける。55年「ホトトギス」同人。洗足学園魚津短期大学講師を経て、神戸山手大学教授。句集に「Rugby」「蜃気楼」がある。
[団]俳人協会、日本伝統俳句協会、日本中世文学会、日本文芸家協会

宮 静枝　みや・しずえ
詩人　小説家　[生]明治43年5月27日　[出]岩手県江刺市　筆名＝南城幽香(なんじょう・ゆうこう)
[学]岩谷堂高女卒　[歴]詩集に「菊花昇天」「花綵列島」、随想集に「雲は還らず」、著書に「馬賊と菜の花」などがある。　[団]環境を守る会(監事)、盛岡市消費者友の会(委員長)、盛岡市婦人懇談会　[家]二男＝みやこうせい(エッセイスト)

宮 柊二　みや・しゅうじ
歌人　「コスモス」主宰　[生]大正1年8月23日　[没]昭和61年12月11日　[出]新潟県北魚沼郡堀之内町　本名＝宮肇(みや・はじめ)　[学]長岡中卒
[資]日本芸術院会員(昭和58年)　[賞]毎日出版文化賞(第11回)(昭和31年)「定本宮柊二全歌集」、読売文学賞(第13回・詩歌・俳句賞)(昭和36年)「多く夜の歌」、新潟日報歌壇賞(昭和37年)、迢空賞(第10回)(昭和51年)「独石馬」、日本芸術院賞(第33回・文芸部門)(昭和51年)、紫綬褒章(昭和56年)　[歴]昭和7年上京し、北原白秋に師事。10年「多磨」の創刊に加わり、白秋の秘書となる。14年富士製鋼所に入社したがすぐに応召、18年帰還し、35年まで富士製鉄勤務。その間、多磨賞、多磨力作賞を受賞。21年「群鶏」を刊行。27年「多磨」が廃刊となり翌年「コスモス」を創刊。31年「定本宮柊二全歌集」で毎日出版文化賞を、36年「多く夜の歌」で読売文学賞を、51年「独石馬」で迢空賞を受賞し、51年には日本芸術院賞を受賞した。歌集「小紺珠」(23年)「山西省」(24年)、評論集「埋没の精神」「机のチリ」「石梨の木」などの他、「定本宮柊二短歌集成」(講談社)、「宮柊二集」(全10巻・別巻1，岩波書店)がある。
[団]日本文芸家協会

宮 英子　みや・ひでこ
歌人　「コスモス」発行人　㊐大正6年2月23日　㊑富山県富山市　旧姓(名)=滝口英子(たきぐち・ひでこ)　㊕東京女高師(昭和15年)卒　㊖コスモス賞(昭和39年)、日本歌人クラブ推薦歌集(第16回)(昭和45年)、短歌研究賞(第36回)(平成12年)「南欧の若夏」　㊗在学中、尾上柴舟に和歌文学を学び、昭和12年「多磨」入会。卒業後岸和田高女、神奈川県立第一高女に勤務。19年宮柊二と結婚。28年「コスモス」創刊に参加、滝口英子(旧姓)のペンネームで編集事務に従事。61年夫の没後、本名の宮英子を使い、「コスモス」発行人。歌集に「婦負野」「葱嶺の雁」「幕間—アントラクト」「南欧の若夏」など。　㊘日本文芸家協会、現代歌人協会　㊙夫=宮柊二(歌人・故人)

宮井 港青　みやい・こうせい
俳人　㊐大正9年7月25日　㊚平成6年12月9日　㊑大阪府岸和田市　本名=宮井冨久三　㊕中学(旧制)卒　㊖雪解賞(昭和41年)　㊗瓦問屋業を営み、のち廃業。俳句は昭和17年戦場で始め、「山茶花」に投句。21年「雪解」主宰の皆吉爽雨に師事。27年「雪解」同人。40年俳人協会員となる。同年俳誌「貝よせ」を創刊主宰(56年廃刊)。俳人協会関西支社常任委員、関西雪解会顧問。句集に「甍」他。　㊘俳人協会

宮内 洋子　みやうち・ようこ
詩人　㊗詩集に「海ほおずき」「ツンドラの旅」「グッドモーニング」などがある。「祷」「天秤宮」に所属。　㊘日本現代詩人会

宮岡 計次　みやおか・けいじ
俳人　㊒民俗学　㊐昭和2年5月23日　㊚平成8年2月28日　㊑東京　㊕玉川大学文学部(昭和26年)中退　㊖風賞(昭和48年)、風30周年記念賞(昭和51年)　㊗三鷹市役所勤務の傍ら、昭和33年加倉井秋を指導により作句を始める。35年「風」入会、沢木欣一に師事。45年同人となり、編集担当。52年から東京新聞「むさしの俳壇」の選者をつとめた。句集に「赤土」「山蚕」。　㊘俳人協会、俳句文学館

宮岡 昇　みやおか・のぼる
歌人　「樹液」主宰　㊐昭和6年2月14日　㊚平成9年6月3日　㊑埼玉県入間市　㊕飯能実業高卒　㊖埼玉文芸奨励賞(昭和48年)、角川短歌賞(昭和48年)「黒き葡萄」　㊗昭和31年「未来」入会、近藤芳美に師事。56年ぶどうの会結成。「ポポオ」同人。歌集に「樹液」「冬の雁」「樫に鳴る風」「霜天」「泥と太陽」「黒き葡萄」などがある。　㊘現代歌人協会

宮川 久子　みやかわ・ひさこ
歌人　㊐大正8年3月25日　㊑熊本県　㊖熊日文学賞(昭和41年)「未決書類」　㊗昭和30年ごろから作歌にはげむ。32年第3回角川短歌賞候補。49年歌誌「桑の実」を創刊、主宰。歌集に「未決書類」(熊日文学賞受賞)「光ほのか」「連灯」がある。

宮木 喜久雄　みやぎ・きくお
詩人　㊐明治38年10月5日　㊑台湾　㊕東京外国語学校　㊗大正14年室生犀星を訪ね、堀辰雄、中野重治、西沢隆二(ぬやまひろし)、窪川鶴次郎らと知り会い、15年同人誌「驢馬」を創刊、詩や評論を発表。昭和3年同誌廃刊、以後プロレタリア文学運動に投じ「戦旗」「日本プロレタリア詩集」などに詩を発表した。代表作に「女車掌」がある。

宮城 賢　みやぎ・けん
詩人　翻訳家　㊐昭和4年3月31日　㊑熊本県　㊕東京外事専門学校(現・東京外国語大学)英米科(昭和26年)卒　㊗「岩礁」同人。著書に「宮城賢詩集」「吉本隆明—冬の詩人とその詩」「宮城賢初期作品集」「病後の風信」「哀しみの家族」がある。

宮城 謙一　みやぎ・けんいち
歌人　元・明治大学教授　㊐明治42年6月19日　㊚昭和42年2月9日　㊑東京・麻布　㊕早稲田大学国文科卒　㊖渡辺順三賞(第1回)(昭和55年)　㊗毎日新聞記者を経て、明大教授。短歌は昭和4年新短歌詩「赤道」創刊。21年「新日本歌人協会」創刊とともに参加し、のち常任幹事・選者となる。28年「短詩形文学」を創刊。歌集に「みち来る潮の」「冬の日」「春の雪」など。没後「宮城謙一全歌集」が刊行された。

宮城 白路　みやぎ・はくろ
俳人　「花辻」主宰　㊐明治44年11月2日　㊑静岡県　本名=宮城捨男　㊕早稲田大学国文科卒　㊖石川桂郎賞(随筆)(昭和56年)　㊗昭和3年三橋光波子に入門、同年「志ろそう」を創刊編集するが、15年廃刊となる。10年俳句音楽を提唱し石鼎、青峰、風生、秋桜子らの知遇を得る。52年「風土」同人となり、57年より「花辻」主宰。　㊘俳人協会

宮国 泰誠　みやくに・たいせい
医師　歌人　[生]大正4年10月26日　[出]沖縄県　[学]台北帝国大学医学専門部卒　医学博士　[歴]沖縄県平良市に診療所開設。著書に「歌集雲海」「昼となく夜となく」「健康に関する220のメモ」他。　[団]日本歌人クラブ、和歌文学会、コスモス短歌会

三宅 花圃　みやけ・かほ
小説家　随筆家　歌人　[生]明治1年12月23日　[没]昭和18年7月18日　[出]東京・本所　本名＝三宅龍子　旧姓(名)＝田辺　[学]東京高女(明治22年)卒　[歴]中島歌子の塾(萩の舎塾)で樋口一葉らと学び、明治21年「藪の鴬」を刊行し出生作となる。その後「芦の一ふし」「八重桜」などを発表し、25年「みだれ咲」を刊行。同年三宅雪嶺と結婚し、その後は歌人、随筆家として活躍。他の主な作品に「露のよすが」「空行く月」「蛇物語」などがあり、他に伝記「もとのしづく」、歌文集「花の趣味」などを著す。　[家]夫＝三宅雪嶺(評論家)

三宅 孤軒　みやけ・こけん
俳人　[生]明治19年4月25日　[没]昭和26年1月14日　[出]愛媛県　本名＝三宅長太郎　編号＝十六夜舎、千代雨、詩暗坊　[歴]14歳の頃、雅濯庵衣水という俳人の酒屋に奉行して俳句を知り、竹馬会、秋声会、秉燭会などの句会に出席。「藻の花」に加わり、編集も担当した。内藤鳴雪門。大正6年創刊の「俳諧雑誌」にも加入した。昭和5年大場白水郎選で「孤軒句集」が出版された。

三宅 清三郎　みやけ・せいざぶろう
俳人　[生]明治31年3月5日　[没]昭和44年11月20日　[出]岡山市　本名＝三宅久之助　別号＝三宅玉汝亭　[学]東京帝大卒　[歴]大学卒業後は安田銀行に勤めたが、戦後は若い頃からの趣味を活かして美術商に転向、画廊を経営した。大正11年高浜虚子に入門。昭和7年「ホトトギス」同人。著書に「夕牡丹」「春昼抄」「春霜集」「飛露」ほかがある。

三宅 武治　みやけ・たけじ
詩人　[生]昭和18年9月19日　[出]沖縄県　[学]駒沢大学卒　[歴]「青い海」同人。著書に「二十歳になるあなたに」「限りある生命を」「伊東静雄—その人生と詩」など。　[団]日本詩人クラブ

三宅 千代　みやけ・ちよ
歌人　小説家　眼科三宅病院会長　[生]大正7年1月7日　[出]愛知県名古屋市　[学]東京女子大学卒　[賞]新美南吉文学賞(第19回)(昭和58年)「夕映えの雲」、日本歌人クラブ賞(第17回)(平成2年)「冬のかまきり」、名古屋市芸術特賞(平成7年)　[歴]昭和14年白日社入社。23年以降作歌を中断。夫が病死した50年より、自伝風の小説「夕映えの雲」を書き始める。6年がかりで脱稿、57年自費出版し、58年新美南吉文学賞を受賞。第3期「詩歌」、「マチネ」同人。病院経営の合間に執筆をする。またこの間51年ごろから小中学生に短歌を教え、53年より子供短歌の会を主宰、59年子供短歌同人誌「白い鳥」を発行。歌集に「影なき樹」「月夜の楡の枝」「月の虹」「冬のかまきり」。　[団]現代歌人協会、日本文芸家協会、日本ペンクラブ、日本歌人クラブ(委員)　[家]夫＝三宅寅三(元眼科三宅病院院長・故人)、息子＝三宅謙作(眼科三宅病院院長)、三宅養三(名古屋大学眼科教授)

三宅 知子　みやけ・ともこ
童謡詩人　児童文学作家　[生]昭和21年7月17日　[出]北海道室蘭市　[学]中央大学文学部哲学科卒　[賞]日本児童文芸家協会新人賞(第11回)(昭和57年)「空のまどをあけよう」　[歴]大学時代から詩を作り始める。童謡、合唱曲、歌曲の作詞多数。昭和59年「ハマナスの咲く電話ボックス」を出版。以降、童話作家としても活躍。詩集に「おひなさまとかけっこ」など。　[団]日本詩人クラブ、日本童謡協会、日本児童文学家協会、詩と音楽の会

三宅 雅子　みやけ・まさこ
作家　歌人　「長良文学」主宰　[生]昭和4年9月23日　[出]中国・天津　本名＝三宅雅代　旧姓(名)＝仲元　[学]天津宮島高女卒　[賞]大垣市文芸祭賞(昭和49年，51年)、岐阜市教育賞(昭和51年)「姑娘」、日本文芸大賞女流文学賞(第7回)(昭和62年)「阿修羅を棲まわせて」、岐阜県芸術文化奨励賞(昭62年度)、中部ペンクラブ文学賞(第6回・特別賞)(平成5年)「乱流」、日本土木学会出版文化賞(平5年度)(平成6年)「乱流」　[歴]歌誌「礁」同人として作句。子育てが終る頃から小説を書きはじめ、昭和49年より「美濃文学」同人となる。主婦作家として活躍し、その後短歌グループ「みやびの会」代表、「美濃文学」編集長、よみうりアカデミー現代短歌教室講師などを務め、61年から中部ペンクラブ副会長に。平成元年同人誌「長良文学」を創刊。代表作に「姑娘」

「煩悩」「泥眼の面」「白い睡蓮」「乱流―オランダ水理工師デレーケ」「熱い河」など、著作集に「阿修羅を棲まわせて」がある。㊼大衆文学研究会、日本文芸振興会、日本ペンクラブ、中部ペンクラブ

三宅 睦子　みやけ・むつこ
俳人　「鴻の鳥」主宰　㊷昭和7年7月23日　㊸兵庫県　「飛翔」の工藤雄仙に師事。「鴻の鳥」主宰。句集に「花の寺」「鴻の鳥合同第三集」などがある。

宮坂 和子　みやさか・かずこ
歌人　㊷大正8年5月19日　㊸京都　㊹木下利玄賞(第10回)(昭和34年)　㊺昭和13年五島茂の「立春」に入会。五島美代子の指導を受け、同人となる。編集委員も務める。歌集に「殻」。㊼現代歌人協会

宮坂 義一　みやさか・ぎいち
⇒宮坂斗南房(みやさか・となんぼう)を見よ

宮坂 静生　みやさか・しずお
俳人　信州大学医療技術短期大学部教授　㊹近世文学　近代日本文学　俳諧俳句史　㊷昭和12年11月4日　㊸長野県松本市　本名=宮坂敏夫(みやさか・としお)　㊹信州大学文理学部人文科学科国文学専攻卒　㊺現代俳句協会賞(第45回)、松本芸文協会文学特別賞　㊻信州大学医療技術短期大学部助教授を経て、教授に就任。また、14歳で初めて句を詠み、俳誌「龍膽」「若葉」「鷹」を経て、「岳」を主宰し、「鷹」同人会長をつとめる。評論集に「俳句の出発―子規と虚子のあいだ」「正岡子規と上原三川」「虚子以後」「俳句第一歩」、句集に「春胡桃」「山開」「樹下」「春の鹿」など。

宮坂 敏夫　みやさか・としお
⇒宮坂静生(みやさか・しずお)を見よ

宮坂 斗南房　みやさか・となんぼう
評論家　川柳作家　元・住友商事理事　元・国際武道大学教授　㊹国際経営論　総合商社論　㊷大正8年3月26日　㊶平成9年5月12日　㊸神奈川県横浜市　本名=宮坂義一(みやさか・ぎいち)　㊹東京商科大学(昭和16年)卒　㊺住友本社に入社と同時に海軍に入隊。主計大尉で終戦。復員後、住友商事入社。燃料課長として住友グループ初の石油業務を担当、燃料本部の基礎を固めた。本社調査役、調査情報室長、理事などを歴任。退社後、大和投資顧問の顧問、九州産業大学教授、国際武道大学教授、常葉学園富士短期大学教授を経て、八千代国際大学講師。俳句、川柳の世界でも活躍。著書に「ビジネスを制する情報力の研究」「いま一番見習いたいシェルの国際経営戦略」、「男はつらいぜビジネスマン川柳」など。㊼組織学会、経営学会、日本貿易学会

宮崎 郁雨　みやざき・いくう
歌人　㊷明治18年4月5日　㊶昭和37年3月29日　㊸新潟県　本名=宮崎大四郎(みやざき・だいしろう)　㊹函館商業卒　㊺函館市文化賞(昭和33年)　㊻明治40年函館に移り、石川啄木と相知る。啄木夫人の妹と結婚し、啄木没後は函館啄木会、啄木文庫の設置、啄木一族の墓所設定に尽力する。大正12年味噌製造の家業を継ぎ、また社会事業にも尽くす。著書に「函館の砂―啄木の歌と私と」「郁雨歌集」などがある。

宮崎 郁子　みやざき・いくこ
歌人　㊷昭和18年8月21日　㊸東京都　本名=長久保郁子　㊺ラ・メール短歌賞(第3回)(平成3年)　㊻「短歌人」所属。歌集に「声の森」がある。

宮崎 甲子衛　みやざき・かしえ
歌人　㊷大正7年7月16日　㊸新潟県　㊺昭和23年柏崎市の国立療養所入所後、吉野秀雄選の新聞歌壇、「アララギ」などに投稿。27年6月吉野秀雄選による歌誌「砂丘」を同人と共に創刊。39年から騰誌編集発行責任者、選者も兼ねる。歌集に「林彩集」「紅陵集」がある。㊼日本歌人クラブ

宮崎 清　みやざき・きよし
文芸評論家　詩人　㊹現代詩　現代文学　㊷昭和2年3月23日　㊸群馬県高崎市　本名=宮崎清忠(みやざき・せいちゅう)　㊹駿台高(昭和26年)卒　㊺戦後詩史　㊺壺井繁治賞(第8回)(昭和55年)　㊻雑誌「民主文学」「詩人会議」「文化評論」などに執筆。著書に「詩人の抵抗と青春―槇村浩ノート」「転換期の詩論」がある。㊼詩人会議、日本民主主義文学同盟

宮崎 健三　みやざき・けんぞう
詩人　和光大学名誉教授　㊹日本文学　㊷明治44年3月8日　㊶昭和62年12月15日　㊸富山県高田市熊野町　㊹東京文理科大学国文科卒　㊺日本詩人クラブ賞(第16回)(昭和58年)「類語」　㊻昭和60年まで和光大学教授。中学3年ごろから詩作を始め、主に「東京」に投稿。また、昭和初年、自ら「北冠」を創刊主宰した。詩集に「北涛」「鬼みち」「古典」「類語」などがある。

宮崎 康平　みやざき・こうへい
詩人　作家　[専]国文学　古代史　[生]大正6年5月7日　[没]昭和55年3月16日　[出]長崎県島原市　本名＝宮崎一章(みやざき・かずあき)　幼名＝懋、旧筆名＝宮崎耿平　[学]早稲田大学文学部(昭和15年)卒　[賞]吉川英治賞(第1回)(昭和42年)「まぼろしの邪馬台国」　[歴]在学中東宝文芸課に入社し、文芸・演劇活動を始め、三好十郎に師事。昭和15年長兄の死去により郷里の島原市に帰り、南旺土木社長などを歴任。戦後、島原鉄道の常務取締役として会社の再建に当たるうち25年に過労から失明した。しかし、「九州文学」編集委員・世話人として、詩・ドラマ・小説を発表、失明をのりこえて活躍。また、その後再婚した和子夫人の協力で古代史を独自の立場で研究し、邪馬台国が島原半島に存在したと主張する「まぼろしの邪馬台国」を「九州文学」に発表、42年には講談社から刊行されて第1回吉川英治賞を受賞。43年からは長崎深江町に西海風土農研深江農場をつくり、無農薬野菜などの普及にも当たった。詩集に「茶昆の唄」があり、なかでも「島原の子守唄」「落城の賊」が有名。　[家]妻＝宮崎和子(土と文化の会会長)

宮崎 湖処子　みやざき・こしょし
詩人　小説家　評論家　牧師　[生]元治1年9月20日(1864年)　[没]大正11年8月9日　[出]筑前国三奈木村(現・福岡県甘木市三奈木町)　本名＝宮崎八百吉　別号＝愛郷学人、西邱隠士、八面楼主人、高明学人　[学]東京専門学校(明治20年)卒　[歴]明治20年「日本情交之変遷」を刊行。21年東京経済雑誌に入り、「国民之友及び日本人」を連載、刊行。民友社に入社。23年「国民新聞」編集員となり、31年に退社するまで、多くの詩、小説、評論を発表。23年詩文集「帰省」を刊行。以後「湖処子詩集」「抒情詩」などで島崎藤村以前の抒情詩人の第一人者といわれる。31年受洗。38年電報新聞に入社、文学欄を担当。34年本郷森川町教会牧師となり、35年聖学院神学校設立と同時に教授に就任するが、38年退職した。他の作品に小説「故郷」「村落小記」「黒髪」など。ワーズワースの最初の紹介者として知られる。

宮崎 重作　みやざき・じゅうさく
俳人　元・「葦」主宰　[生]大正3年1月10日　[没]平成10年12月14日　[出]富山県黒部市　[賞]川西市民賞(昭和60年)、半どんの会文化功労賞(60年)　[歴]昭和10年頃から句作を始める。28年岩谷孔雀に師事して「極光」編集発行人を務めた。48年「葦」を創刊主宰。現代俳句協会評議員。句集に「花曼荼羅」「葦杭」「西壺」「葦の水」、合同句集に「昭和俳句選集」などがある。
[団]現代俳句協会

宮崎 丈二　みやざき・じょうじ
詩人　画家　[生]明治30年1月6日　[没]昭和45年3月25日　[出]千葉県銚子市　[学]専修大学中退
[歴]「白樺」の影響をうけて文学に関心を抱く。画家としては大正8年草土社展に入選し、同人となる。9年中川一政らと「詩」を創刊し「冬が来た」「機関車」などを発表。13年「爽やかな空」を刊行。昭和2年「河」を主宰。他の詩集に「太陽の娘」「白猫眠る」「燃える翼」「独坐」などがある。

宮崎 清太郎　みやざき・せいたろう
歌人　[出]広島県　[歴]終戦まで朝鮮で私立中学校の教師を務め、引揚げ後は郷里で高校の教師となる。歌集に「沼田川」「夕焼け」「青き顔」など。

宮崎 晴瀾　みやざき・せいらん
漢詩人　[生]慶応4年8月20日(1868年)　[没]昭和19年2月2日　[出]土佐国(高知県)　本名＝宮崎宣政　[歴]上京して「自由新聞」で活躍。明治23年森槐南を盟主として詩友と星社を復興するが、のち木蘇岐山らと脱会。伊藤博文、矢土錦山、野口寧斎らと親交があった。詩集に「晴瀾焚詩」(29年)がある。

宮崎 孝政　みやざき・たかまさ
詩人　[生]明治33年10月11日　[出]石川県　[歴]室生犀星に師事。大黒貞勝、瀬川重礼と詩誌「森林」を創刊、田中清一の「詩神」などに詩を発表、編集も担当。廃刊後郷里七尾の山王神社に身を寄せた。詩集に「風」「鯉」「宮崎孝政詩集」がある。

宮崎 智恵　みやざき・ちえ
歌人　[生]大正4年6月23日　[出]島根県　[歴]高女卒業後、福岡女子専門学校国文科に学ぶ。昭和9年中島哀浪の「ひのくに」入社、のち「日本歌人」に属し、前川佐美雄に師事する。同誌休刊中の36年から42年まで大伴道子と「花影」を発行主宰。歌集「花泉」「風祭」、編集歌集「槿花集」「花野」などの著書がある。　[団]現代歌人協会

宮崎 東明　みやざき・とうめい
漢詩人　医師　[生]明治22年3月　[没]昭和44年9月18日　[出]摂津河内・四条野崎　本名＝宮崎喜太郎　[学]京都府立医学専門学校卒　[歴]大正6年大阪で医院開業。詩を藤沢黄坡に学び、書、南画、篆刻、吟詩をそれぞれ師に就いて学び、居を五楽庵と号した。会員2万5千人の関西吟詩同好会会長を務め、吟詩教本50余冊を編集、作詩便覧、入門講座を東京吟友社から刊行、「東明詩集」(全8巻)がある。戦後大阪道徳講座会を創立して会長。没後夫人の宮崎渓蘭が関西吟詩同好会会長を継いだ。

宮崎 信義　みやざき・のぶよし
歌人　「新短歌」主宰　新短歌人連盟委員長　[生]明治45年2月24日　[出]滋賀県彦根市　[学]横浜専卒　[賞]短歌研究賞(第31回)(平成7年)「『地方系』二十首」　[歴]国鉄に入り、昭和42年神戸駅長をもって退職。6年「詩歌」に入り、前田夕暮に師事し口語自由律短歌を学んだ。戦時下の弾圧で多くの自由主義歌人が歌風を文語定型に改める中で節を曲げず、24年「新短歌」を創刊主宰。63年歌集「流域」「夏雲」「交差路」など。8歌集3700余首を収録した「宮崎信義短歌作品集」を出版する。

宮崎 安右衛門　みやざき・やすえもん
詩人　宗教家　[生]明治21年2月20日　[没]昭和38年1月16日　[出]福井県武生町　[学]小学校2年中退　[歴]16歳で上京し独学で英語を勉強。また東京神学社に学びキリスト教の伝道をする。そのかたわら詩作を発表し「永遠の幼児」「出家と聖貧」「貧者道」などがある。

宮崎 譲　みやざき・ゆずる
詩人　[生]明治42年6月19日　[没]昭和42年12月31日　[出]佐賀県嬉野村　[歴]昭和10年大阪で上林猷夫らと詩誌「魂」を創刊。11年池田克己、上林、中室員重、渋江周堂らと詩誌「豚」(のち「現代詩精神」と改題)に拠る。戦後は詩誌「日本未来派」に属した。詩集に「竹槍隊」「神」がある。

宮崎 芳男　みやざき・よしお
歌人　[生]明治34年9月1日　[没]平成1年5月26日　[出]北海道　[歴]昭和5年創刊の「新墾」と「潮音」の会員となり、小田観蛍に師事。35年「新墾」編集発行人、57年代表を務める。「潮音」選者。歌集に「冬谺」「無限」「北辰」「地下鉄」「雪天」がある。　[団]北海道歌人会(顧問)

宮沢 映子　みやざわ・えいこ
俳人　[生]昭和7年7月12日　[出]大阪　本名＝宮沢栄子(みやざわ・えいこ)　[学]大阪府立市岡高卒　[賞]南風新人賞(昭和45年)、南風賞(昭和53年)　[歴]昭和41年山口草堂主宰南風入会。45年「南風」新人賞受賞と共に同人となる。句集に「椿山」「素心」。　[団]俳人協会

宮沢 賢治　みやざわ・けんじ
詩人　童話作家　[生]明治29年8月27日　[没]昭和8年9月21日　[出]岩手県稗貫郡花巻町(現・花巻市豊沢町)　[学]盛岡高農(現・岩手大学農学部)(大正7年)卒　[歴]花巻の質古着商の長男として生まれ、浄土真宗の信仰の中に育つ。幼少から鉱物採集に熱中。盛岡高等農林学校在学中法華経を読み、熱心な日蓮宗信者となる。大正10年父に日蓮宗への改宗を勧めるが、聞きいれられず、家出して上京。日蓮宗伝導に携わる傍ら、詩や童話を創作。しかし、半年ほどで妹の発病のため帰郷。以後、4年間花巻農学校教諭を務める。13年詩集「春と修羅」、童話集「注文の多い料理店」を自費出版。15年羅須地人協会を設立し、若い農民に農学や芸術論を講義。のち治安当局の疑惑を招き、また自身の健康状態の悪化により頓挫。昭和6年頃一時回復し、東北砕石工場技師を務めるが、晩年のほとんどを病床で送った。多くの童話、詩、短歌、評論を残したが、ほとんど認められることなく37歳で夭折。没後、人間愛、科学的な宇宙感覚にあふれた独自の作風で、次第に多くの読者を獲得した。6年11月の手帳に記された「雨ニモマケズ」は有名。他の童話集に「風の又三郎」「銀河鉄道の夜」「セロ弾きのゴーシュ」「オツベルと象」「どんぐりと山猫」「よだかの星」「グスコーブドリの伝記」などがあり、「校本宮沢賢治全集」(筑摩書房)、「新修宮沢賢治全集」も刊行されている。57年花巻市に宮沢賢治記念館が設立され、平成2年9月詩人・天沢退二郎らにより宮沢賢治学会が創設された。
[家]弟＝宮沢清六(文芸評論家)

宮沢 章二　みやざわ・しょうじ
詩人　作詞家　[生]大正8年6月11日　[出]埼玉県羽生市弥勒　[学]東京帝国大学文学部美学科(昭和18年)卒　[賞]日本童謡賞(昭和47年)、下総皖一音楽賞(第2回・特別賞)(平成2年)　[歴]高校教師をした後、昭和26年から文筆活動に入る。「赤門文学」「朱楼」に参加し、38年から47年まで童謡誌「むぎばたけ」主宰。「四季」派の叙情詩の影響を受け、豊かな叙情の中にも知的な要素が入った詩が多いといわれる。校歌、社歌

などの作詞も多い。大宮市教育委員会委員長も務めた。詩集に「あんぷくの臍」「蓮華」「埼玉風物詩集」「空存」「出発の季節」「前進の季節」「風魂歌」「宮沢章二詩集」、童謡集「知らない子」、童謡論「童謡の中の人生」がある。[団]埼玉県文化団体連合会(顧問)、日本現代詩人会、詩と音楽の会、日本文芸家協会、日本童謡協会

宮沢 肇　みやざわ・はじめ
詩人　[生]昭和7年2月11日　[出]長野県長野市　[学]明治学院大学卒　[賞]中日詩賞(第32回)(平成4年)「鳥の半分」　[歴]長野県立上田高校の英語教師を経て、平成4年退職。のち同校講師を務める。教職の傍ら、詩誌「風」「未開」「花」同人として詩作を続け、2〜3年長野県詩人協会会長に務めた。詩集に「仮定法の鳥」「鳥の半分」など。　[団]日本現代詩人会、長野県詩人協会、中日詩人会、日本文芸家協会、日本ペンクラブ、世界芸術文化アカデミー

宮地 れい子　みやじ・れいこ
俳人　[生]昭和4年1月14日　[出]高知市　本名＝森礼子(もり・れいこ)　[学]土佐高女卒　[賞]椎の実新樹賞(昭和52年)、椎の実作家賞(昭和58年)　[歴]昭和47年橋本草郎に手ほどきをうけ、「椎の実」の神尾季羊、「冬草」の加倉井秋に師事、投句を始める。51年「椎の実」同人、53年「冬草」同人。都城俳句会、垂水俳句会代表。句集に「夫婦滝」(森ゆきおと上梓)「縁」などがある。　[団]俳人協会

宮下 翠舟　みやした・すいしゅう
俳人　「春嶺」主宰　[生]大正2年4月2日　[没]平成9年3月21日　[出]東京・本所　本名＝宮下正次(みやした・しょうじ)　[学]早稲田高工機械工学科卒　[賞]若葉賞(第10回)(昭和37年)　[歴]昭和4年俳句を始める。7年「鹿火屋」、8年「ホトトギス」、12年「馬酔木」に投句。18年富安風生に師事、「若葉」に拠る。28年同人。同年「春嶺」創刊に参与し、同人。57年主宰。句集に「秋嶺」「追儺豆」「鵙の贄」、句文集に「海女のゐる風景」「雪ごもり」、編著に「岸風三楼の世界」など。[団]俳人協会(名誉会員)

宮下 米造　みやした・よねぞう
歌人　[生]明治44年8月18日　[出]東京　[歴]昭和18年5月「芸林」入会、尾山篤二郎に師事、のち編集委員。歌集に「泰山木」「逸民能夢」「旅路」がある。

宮島 五丈原　みやじま・ごじょうげん
俳人　弁護士　[生]明治8年12月8日　[没]昭和7年7月9日　[出]新潟県南蒲原郡三条町　本名＝宮島次郎(みやじま・じろう)　別号＝林南、原の人、旧号＝洒水　[学]東京帝大仏法科(明治35年)卒　[歴]東京で弁護士を開業。学生時代より俳句に親しみ、早くから法曹界の俳人として知られた。黒龍会に関係し、雑誌「黒龍」の俳句欄を担当、また筑波会に加入して句作し、「人民新聞」「文芸界」「実業界」などで俳句の選評も行った。42年朝鮮で一進会が日韓合邦の請願を行った当時、合邦運動を支持して各地で遊説、日韓合邦の機運を高め、のち対支聯合にも参加した。著書に「俳諧講演集」など。

宮田 恭子　みやた・きょうこ
詩人　[生]昭和10年　[出]香川県　[歴]「たうろす」「火牛」同人。著書に「いま吹いてこようとする風の中にも」「宮田恭子詩集」「複雑性の海」など多数。　[団]日本現代詩人会

宮田 小夜子　みやた・さよこ
高校教師(徳島県立新野高校)　詩人　「逆光」主宰　[生]昭和11年7月8日　[出]山口県下松市　[学]大阪女子大学国文学科(昭和34年)卒　[歴]昭和39年徳島県立高校に勤務。のち、徳島県立新野高校教諭。詩誌「逆光」主宰。「陽」「カオス」同人。詩集に「日溜り」「薔薇がこぼれるとき」。　[団]徳島県現代詩協会、日本ペンクラブ

宮田 重雄　みやた・しげお
洋画家　俳人　[生]明治33年10月31日　[没]昭和46年4月28日　[出]愛知県名古屋市船入町　[学]慶応義塾大学医学部(大正14年)卒　医学博士(昭和7年)　[歴]中学時代から絵を描きはじめ、中川一政の知遇を受けて春陽会に出展し、大正12年初入選。その後梅原龍三郎に師事して国展に移る。昭和2年パリに留学し、パスツール研究所で破傷風などの血清研究のかたわら絵を描く。獅子文六の新聞小説「自由学校」「箱根山」のさし絵を担当し、NHKラジオ「二十の扉」のレギュラー回答者をつとめた。また昭和11年横光利一に勧められ、いとう句会に入会、久保田万太郎に師事。戦後チャーチル句会を主宰するなど多方面で活躍した。代表作に「雲崗石仏」「微笑仏」、著書に「ユトリロ」「大同小異」「さんどりゑ」「竹頭帖」など。[団]国画創作協会　[家]長男＝宮田晨哉(洋画家)

宮田 滋子　みやた・しげこ
詩人　[専]童謡　[生]昭和7年8月29日　[出]茨城県　[学]慶応義塾大学文学部卒　[賞]新・波の会日本歌曲コンクール入賞(詩部門)(昭和53年)、日本童謡賞サトウハチロー記念賞(昭和55年)「星のさんぽ」(童謡集)、三木露風賞新しい童謡コンクール佳作(第7回)(平成3年)「しらんぷりん」　[歴]サトウハチローに師事、「木曜会」に所属し、「木曜手帖」に童謡と抒情詩を発表。詩集に「白いパイナップル」「深夜の白鳥」「宮田滋子詩集」がある。　[団]日本童謡協会、日本児童文学者協会

宮田 澄子　みやた・すみこ
詩人　[賞]三重県文学新人賞(昭和55年)「沼へ」、中日詩賞(第26回)(昭和61年)「籾の話」　[歴]処女詩集「沼へ」で昭和55年三重県文学新人賞を受賞。61年、22編の作品が収められている詩集「籾の話」で第26回中日詩賞を受賞。同作品はH氏賞候補作にも選ばれた。　[団]文学館

宮田 登美子　みやた・とみこ
詩人　[生]昭和11年　[出]富山県魚津市　[歴]詩誌「翼」同人を経て、「へにあすま」同人。詩集に「天城への道」「雨を降らせる蛇」「失われた風景」など。

宮田 戊子　みやた・ぼし
俳人　[生]明治21年8月7日　[没]昭和35年3月10日　[出]千葉県　本名＝宮田保　別号＝神畑勇　[歴]長い新聞社勤務を経て出版社に入り、校閲の権威。松根東洋城に俳句を師事、「渋柿」に拠った。新興俳句勃興期に離脱、昭和10年「現代俳句」に転じ、21年「璞」を創刊主宰した。著書に「俳句の故事解説」「大成歳時記」「近代俳句研究」「正岡子規の新研究」「新修歳時記」編著「新興俳句の展望」、大槻憲二との共著「一茶の精神分析」などがある。

宮田 正和　みやた・まさかず
俳人　「山繭」主宰　[生]昭和8年3月5日　[出]三重県阿山郡伊賀町柘植　本名＝宮田正一(みやた・まさかず)　[学]柘植中卒　[賞]角川俳句賞(昭和50年)「伊賀雑唱」、三重県文化奨励賞(昭和50年)、風賞(昭和51年)　[歴]中学時代担任・沢井旗峯に手ほどきを受け「鈴鹿嶺」に投句。卒業後家業の製菓業に従事。昭和39年「風」に入会し、沢木欣一に師事。46年同人。55年「山繭」を創刊し、主宰。句集に「伊賀山中」。　[団]俳人協会(幹事)

宮田 益子　みやた・ますこ
歌人　[生]大正4年12月18日　[没]昭和46年10月25日　[出]新潟市　[学]帯広裁縫女学校卒　[歴]帯広市に移住。昭和2年から作歌し、「潮音」「新墾」に入会。13年中国へ渡り、21年引き揚げる。24年「女人短歌」競詠で歌壇に登場。29年山名康郎らと「凍土」を創刊。41年「新凍土」創刊。北海道歌人会創立以来の幹事で、北海道文学館理事もつとめた。歌集に「雪卍」「藻岩嶺」など。

宮武 寒々　みやたけ・かんかん
俳人　[生]明治27年9月13日　[没]昭和49年5月28日　[出]京都市　本名＝宮武和三郎　[歴]大正期の始めから句作をし、大正中期より飯田蛇笏に師事する。句集に「朱卓」「続・朱卓」がある。

宮地 伸一　みやち・しんいち
歌人　「アララギ」編集委員・選者　[生]大正9年11月29日　[出]東京　[学]東京府立大泉師範(現・東京学芸大学)(昭和15年)卒　[興]正岡子規以下の歌人の研究　[賞]短歌研究賞(昭和44年)　[歴]在学中「アララギ」に入会、土屋文明選歌欄に出詠。昭和17年入営、北満、南方に赴く。戦後都内の中学に勤務。47年「アララギ」選者となる。歌集に「町かげの沼」「夏の落葉」「潮さす川」がある。　[団]現代歌人協会(理事)

宮津 昭彦　みやつ・あきひこ
俳人　俳人協会理事長　[生]昭和4年11月10日　[出]神奈川県横浜市　[学]神奈川県立商工実習学校(昭和22年)卒　[興]俳人大野林火の研究　[賞]浜賞(第2回,第4回)(昭和24年,26年)、浜同人賞(第6回)(昭和46年)、俳人協会賞(第37回)(平成10年)「遠樹」　[歴]昭和20年県立商工実習学校在学中、当時同校教諭の大野林火に師事し、「浜」入会。22年住友海上火災保険に入社、以後静岡、東京、岡山、西宮と転勤。27年「浜」同人。「塔の会」会員。平成14年俳人協会理事長に就任。著書に、句集「積雲」「来信」「暁蜩」「自註シリーズ・宮津昭彦集」「遠樹」、共著に「現代俳句案内」、編著に「昭和俳句文学アルバム9—大野林火の世界」など。　[団]俳人協会(理事)、日本文芸家協会

宮中 雲子　みやなか・くもこ
詩人　[生]昭和10年5月19日　[出]愛媛県西宇和郡三瓶町　本名＝宮中ちどり　[学]東京学芸大学国語科(昭和34年)卒　[賞]日本童謡賞詩集賞(第1回)(昭和46年)「七枚のトランプ」、サトウハチロー賞(第8回)(平成8年)　[歴]昭和32年サトウハチローが詩の同人誌「木曜手帖」を創刊

したとき「木曜会」に入会。以来、サトウハチローに師事する。サトウハチロー没後も「木曜手帖」を継続、現在、編集兼発行人として活躍。著書にサトウハチローの生涯を書いた「うたうヒポポタマス」、童謡集に「七枚のトランプ」「お月さまがほしい」、詩集に「母だけを想う」「黒い蝶」「愛の不思議」「わたしの心に残る母」など。㋝日本童謡協会、日本作詩家協会、詩と音楽の会、新・波の会

宮野 小提灯　みやの・こじょうちん
俳人　㋕明治28年9月25日　㋙昭和49年7月7日　㋘岩手県盛岡市　本名=宮野藤吉　㋚岩手日報文化賞（昭和33年）　㋛16歳で俳句を志し、大正3年頃よりホトトギスに投句。昭和5年「夏草」を創刊、新進山口青邨を選者に迎え、自らは編集経営に当たった。30年「ホトトギス」同人、33年岩手日報文化賞受賞。句集に「矮鶏」がある。

宮野 佐登　みやの・さと
歌人　㋕明治41年4月22日　㋘静岡県　㋚金子薫園の「光」「立春」「林間」を経て「地中海」同人となる。昭和54年同人誌「紀伊短歌」に拠る。歌集に「合歓」「薄雪鳩」「野罌粟」「寒冷紗の桜」「掬水」、随筆集に「一蒼亭」がある。

宮林 菫哉　みやばやし・きんさい
俳人　㋕明治20年5月14日　㋙大正10年2月23日　㋘長野県埴科郡寺尾村　本名=宮林弥作　㋛明治末から大正中期にかけて活躍。アナーキーな反面、社会主義思想もあり、その農民小説「本流へ」を掲載した俳誌「骨」は発禁となっている。後半生は放浪のうちに終わった。句集に「冬の土」（大正6年）がある。

宮原 阿つ子　みやはら・あつこ
歌人　㋕明治40年10月19日　㋙昭和60年3月22日　㋘長野県　㋓上田高女専攻科（昭和3年）終了　㋛中等学校教員となる。6年「常春」に所属し、作歌開始。11年「潮音」所属。30年夫・茂一が「白夜」を創刊、36年夫の死去により代表となる。歌集に「黒耀」「紫閃」「崑崙」がある。

宮原 包治　みやはら・かねはる
歌人　㋕昭和3年12月2日　㋙平成8年8月6日　㋘神奈川県　㋛昭和35年新ジャーナル社編集部に入社。専務・編集長を務め退社。一方、26年「一路」入会、36年退会、48年復社。50年相沢一好、池田純義らと同人誌「面」を創刊、編集代表となる。「晶」「銀座短歌」編集人。歌集に「日月の河」「天鈴」など。

宮原 双馨　みやはら・そうけい
俳人　元・広島俳句協会会長　㋕明治40年7月6日　㋙平成1年11月1日　㋘東京市　本名=宮原国城　㋓大阪外国語大学独語科卒　㋚広島県文化功労者（昭和55年）、広島市文化功労者（昭和58年）、藍綬褒章（昭和60年）　㋛昭和11年より塚原夜潮の手ほどきを受け、引続き水原秋桜子に師事。25年「早苗」編集兼発行人、36年「馬酔木」同人。51～61年広島俳句協会長をつとめた。句集に「待宵」。㋝俳人協会

宮部 寸七翁　みやべ・すなおう
俳人　㋕明治20年1月12日　㋙大正15年1月30日　㋘熊本県下益城郡杉上村　本名=宮部淳　㋓早稲田大学政経学部卒　㋛卒業後「九州新聞」記者となり、のち「九州立憲新聞」を創刊。大正5年肺結核となり、病臥中俳句に本腰を入れ「ホトトギス」などに投句。没後の昭和4年「寸七翁句集」が刊行された。

宮部 鳥巣　みやべ・ちょうそう
俳人　㋕大正10年9月19日　㋘北海道　本名=森本敏次　㋓北海道自治講習所修了　㋚氷原帯賞（第1回）　㋛昭和12年「暁雲」、翌年「石楠」に加入、18年「石楠」同人となる。23年「北方俳句人」に加入、細谷源二に師事する。31～48年休詠。48年「壺」復刊に際し同人参加、斎藤玄の指導を受ける。句集に「磐石」がある。㋝俳人協会

宮前 蕗青　みやまえ・ろせい
俳人　㋕明治43年12月10日　㋙平成9年9月14日　㋘大阪府大阪市　本名=宮前市太郎　㋓関西高等工学校卒　㋚1級建築士　㋛昭和8年「ホトトギス」に投句。9年初入選、高浜虚子に師事。23年「諷詠」創刊と共に入会。のち同人。以来、後藤夜半、後藤比奈夫に師事。句集に「野火」「神戸まつり」「海開」がある。㋝俳人協会、日本伝統俳句協会

宮本 栄一郎　みやもと・えいいちろう
歌人　「結晶」主宰　㋕明治43年3月1日　㋙平成7年8月1日　㋘千葉県木更津市　㋓早稲田大学教育学部卒　㋛大学在学中「水甕」に入り、柴舟・常憲に師事。昭和38年「結晶」創刊主宰。歌集に「朝凪」「瑞葉」「総の国びと」「二つの橋」「果実」「春の庭」、合同歌集に「ひかり野」「わが山河」「千葉風土歌集」、他に研究書がある。㋜息子=宮本春樹（船舶整備公団理事長）

宮本　一宏　みやもと・かずひろ
評論家　詩人　福岡女子短期大学教授　⑱近・現代詩　詩法分析論　㊌昭和3年5月19日　㊙福岡市　㊐東京明治工専（現・明治大学）（昭和24年）卒、法政大学文学部中退　㊗戦後詩の意識分析、詩的トロピズムによる形象論　㊽昭和26年九州大学工学部助手、31年九州女子高校教諭、37年福岡工業高校教諭、47年純真女子短大講師、50年福岡女子短大文科非常勤講師、53年助教授、57年私学研修福祉会助成金給付在校研修員、60年文部省適格教授。「芸神」主宰。詩集に「燃える蛾」「黒い蝶」、著書に「近代詩人の内景〈発見と追跡〉」「北原白秋〈物語評伝〉」「現代詩作家考」、共著に「近代日本の詩歌」他。　㊙日本近代文学会、美学会

宮本　清胤　みやもと・きよたね
神官　歌人　二所山田神社（山口県）宮司　㊌大正9年1月17日　㊙山口県都濃郡鹿野町　㊐東洋大学国文科卒　㉡山口県芸術文化振興奨励賞（昭和45年）「峡の社」　㊗全国の"おみくじ"の大半を作っていることで有名な二所山田神社の代代の宮司の三男に生まれ、昭和34年宮司となる。女子道社の社主も兼ねる。一方、山口商業、都濃高教諭も務めた。歌人でもあり、「アララギ」同人で福岡の歌誌「リゲル」の選者。43年ころから熊本県の恵楓園ハンセン病患者に歌の指導を続ける。歌集に「峡の社」「川の辺の宮」。

宮本　修伍　みやもと・しゅうご
俳人　国際俳句交流協会参与　㊌大正2年8月　㊙米国・シアトル　本名＝宮本文雄　㊗昭和7年詩誌「なぎさ」同人となる。16年東京芝浦電気中央研究所職員句会「新酒」結成に参加するが終戦と同時に消滅。48年「雲母」に入会、55年国際俳誌「俳・HAI」発行に参加。61年「富士ばら」同人。平成2年国際俳句交流協会参与。同会機関誌「HI」編集委員。句集に「己が眼」「琴の爪」「Dancing Warblers」など。　㊙俳人協会、現代俳句協会

宮本　善一　みやもと・ぜんいち
詩人　㊌昭和18年1月8日　㊚平成12年9月4日　㊙石川県　㊐松任農高卒　㉡小熊秀雄賞（平成5年）「郭公抄」　㊗農業の傍ら15年間農協の営農指導員として水田を共同経営する大型農業を推進した。平成3年農協を退職後、農業に専念。一方、若い頃国鉄金沢車掌区に勤めていた詩人・浜口国雄を知り詩作の道に。「詩と評論」「笛」を主宰。また水田の水管理の苦労を後世に残そうと、排水口の水止尻（みとじり）石を集め石塚を造る。農村の風土を題材にした叙情性あふれる作品を多く発表。詩集に「金太郎あめ」「宮本善一詩集」「百姓の足の裏」「もぐらの歌」「郭公抄」などがある。

宮本　鼠禅　みやもと・そぜん
俳人　東京帝国大学教授　㊌慶応3年1月5日（1867年）　㊚大正8年10月25日　㊙信濃国松代（長野県）　本名＝宮本叔　㊐東京帝国大学医学部卒　医学博士　㉡伝染病学の権威なる。大学卒業後、文部省留学生としてドイツへ渡る。永楽病院長、駒込病院長を経て、東大医学部教授。俳句はベルリン在留中からはじめ、巌谷小波を中心とする「白人会」に入会。正岡子規とも親交があった。「鼠禅句集」がある。

宮本　時彦　みやもと・ときひこ
川柳作家　全日本川柳協会常任幹事　㊌大正9年1月4日　㊚平成13年3月8日　㊙高知県伊野町　本名＝宮本義彦　㊐大阪薬専卒　㊗昭和12年中学を卒業して大阪の三越に入社。上司にさそわれたのがきっかけで川柳を始める。19年応召したが病を得て内地送還。戦後帰郷し、高知県香美郡野市町の"筏川柳社"や吾川郡伊野町の"漣川柳会"の創立に参加したが、24年病が再発、5年ほど療養生活を送る。この間、23年推されて大阪番傘川柳本社同人、29年には帆傘川柳社同人となる。また58年には高知新聞の「高新文芸・柳壇」の選者として活躍。62年8月川柳歴50年の集大成として作品974句を集成した句集「ながれ」を出版した。　㊙日本川柳協会

宮脇　臻之介　みやわき・しんのすけ
歌人　㊌明治44年7月23日　㊚昭和59年1月19日　㊙長野県駒ケ根市中沢　本名＝宮脇至　㊐伊那中（旧制）卒　㊗昭和8年より教職、13年朝鮮平安北道の教員、終戦直後ソ連軍俘虜となり22年帰国。以来伊那谷の教職を務む。短歌は12年「多磨」入会、終刊後28年「形成」創刊に参画、主要同人となる。58年木俣修主宰没後「形成」選者。歌集に「廃れたる峠」「無韻の章」「風は秋」、随想歌論集に「人間の歌」「続人間の歌」がある。

宮脇　白夜　みやわき・はくや
俳人　詩人　「方舟」主宰　㊌大正14年8月20日　㊙広島県広島市　本名＝宮脇厳雄（みやわき・いつお）　㊐慶応義塾大学経済学部（昭和25年）卒　㉡万緑新人賞（昭和43年）、万緑賞（昭和47年）　㊗元テレビ局勤務。昭和21年中村草田男主宰誌「万緑」の創刊に参加。結核のため句作を

中断するが、42年「万緑」に復帰し、45年から運営委員、50年から編集を担当。草田男没後、「中村草田男全集」(全18巻)の編集にあたる。平成3年「万緑」を脱会、「方舟」創刊、主宰。著書に「中村草田男論」、句集に「方舟」「天使」、詩集に「小さな墓標」がある。 [団]俳人協会、慶大俳句丘の会、日本モーツァルト協会、日本文芸家協会、国際文化会館

明珍 昇 みょうちん・のぼる

詩人 [専]日本近代詩 文芸評論 [生]昭和5年3月20日 [出]大阪府大阪市 [学]関西大学卒、関西大学大学院文学研究科修了 [歴]昭和22年ごろから詩作を始め、「日本未来派」「律動」「関西文学」同人となり、小野十三郎、杉山平一に師事。詩集に「日時計」「夕陽の柩」「平群抄」「したたる夏に」「中空の櫂」など、評論に「近代詩の展開」「評伝安西冬衛」「小野十三郎論」などがある。 [団]近代文学会

三次 をさむ みよし・おさむ

歌人 [生]昭和18年6月29日 [没]昭和50年11月 [歴]昭和45年「冬雷」入会、木島茂夫に師事。49年角川短歌賞次席となる。独房の鉄格子の内で作歌、50年刑死。

三好 十郎 みよし・じゅうろう

劇作家 詩人 [生]明治35年4月23日 [没]昭和33年12月16日 [出]佐賀県佐賀市八戸町 [学]早稲田大学英文科(大正14年)卒 [賞]読売文学賞(第3回)(昭和26年)「炎の人」 [歴]吉江喬松に師事して初め詩作に励む。昭和3年処女戯曲「首を切るのは誰だ」を発表。プロレタリア劇作家として知られたが、のち組織を離れていった。10年PCL(東宝の前身)に入りシナリオを執筆。戦後も「崖」「廃墟」「その人を知らず」「炎の人」「冒した者」などで才能を示した。ほかの代表作に「斬られの仙太」「炭塵」「浮標」「おりき」など。「三好十郎の仕事」(全3巻・別巻1,学芸書林)「定本三好十郎全詩集」がある。

三好 潤子 みよし・じゅんこ

俳人 [生]大正15年8月15日 [没]昭和60年2月20日 [出]大阪市 本名=三好みどり [学]大阪女学院高女卒 [賞]コロナ賞(第1回)(昭和39年) [歴]戦後榎本冬一郎の「群蜂」に参加し、昭和28年「天狼」に投句。「群蜂」を辞し本格的に誓子に師事。41年「天狼」同人。著書に「夕凧橋」「澪標」「是色」「花吹雪」などがある。 [団]俳人協会

三好 達治 みよし・たつじ

詩人 翻訳家 [生]明治33年8月23日 [没]昭和39年4月5日 [出]大阪府大阪市東区南久宝寺町 [学]東京帝国大学仏文科(昭和3年)卒 [資]日本芸術院会員(昭和38年) [賞]詩人懇話会賞(第2回)(昭和14年)「艸千里」「春の岬」、日本芸術院賞(文芸部門・第9回)(昭和27年)、読売文学賞(詩歌・俳句賞・第14回)(昭和37年)「定本三好達治全詩集」 [歴]陸軍士官学校を大正10年に中退し、三高、東京帝大へと進む。在学中「青空」「椎の木」「亜」などに参加。昭和4年ゾラ「ナナ」を翻訳刊行し、5年第一詩集「測量船」を刊行。「詩と詩論」「四季」「文学界」などに加わり、抒情詩人として活躍。日本語の伝統を近代に生かした独自の詩風で、昭和詩壇の古典派代表詩人となり、14年「艸千里」「春の岬」で詩人懇話会賞を受賞。27年日本芸術院賞を受賞し、37年「定本三好達治全詩集」で読売文学賞を受賞。その他の代表作に詩集「南窗集」「一点鐘」「寒柝」、評論随筆集「夜沈々」、評論「萩原朔太郎」、句集「柿の花」など。「三好達治全集」(全12巻,筑摩書房)、「三好達治詩全集」(全3巻,筑摩書房)がある。

三好 豊一郎 みよし・とよいちろう

詩人 [生]大正9年8月25日 [没]平成4年12月12日 [出]東京都八王子市横山町 [学]早稲田大学専門学校政経科(昭和17年)卒 [賞]詩学新人賞「囚人」(昭和24年)、無限賞(第3回・昭50年度)「三好豊一郎詩集」、高見順賞(第14回・昭58年度)(昭和59年)「夏の淵」 [歴]昭和12、3年ごろより詩作を始め、14、5年ごろ雑誌「LEBAL」に参加。18年小西六写真に就職するが、肺結核のため退社。戦後「荒地」同人として出発。詩集に「囚人」「小さな証」「三好豊一郎詩集」「林中感懐」「寒蝉集」「夏の淵」などがある。 [団]日本文芸家協会、日本現代詩人会

三好 由紀彦 みよし・ゆきひこ

詩人 紀元アカデミア代表 [生]昭和33年2月11日 [出]東京都 [学]光陵高卒 [歴]新現実所属。詩集に「日の神の御子」「生歌」「詩集 マクドナルドの休日」がある。 [団]日本文芸家協会、日本詩人クラブ

三好 庸太 みよし・ようた

詩人 児童文学作家 [生]昭和17年12月1日 [出]群馬県 [学]玉川大学工学部電子科卒 [賞]日本童話会奨励賞(昭49年度・詩部門) [歴]少年詩や児童文学を手がける。児童文学に「カエルのカータ大かつやく!」、詩集に「ひかる花」

「ふしぎの森のふしぎの実」など。　日本児童文学者協会、日本演劇教育連盟

三輪 青舟　みわ・せいしゅう
俳人　明治27年7月25日　昭和58年11月11日　愛知県江南市　本名＝三輪英聡　大正4年「渋柿」創刊とともに松根東洋城に師事、以後一貫して渋柿に所属。渋柿代表同人兼選者。句集に「畦縦横」「露四隣」がある。

三馬 昭一　みんま・しょういち
歌人　中学校教師　昭和3年11月14日　千葉県　国学院大学文学部国文学科(昭和27年)卒　昭和18年7月「歌と評論」に入会。坂本小金に師事する。一時、今井白水にも師事し「雪炎」に参加。50年「十月会」入会。55年退会。51年坂本小金の死去により、「歌と評論」編集責任者となる。

【む】

向井 孝　むかい・こう
詩人　平和運動家　戦争抵抗者インター(WRI)日本部書記　大正9年10月4日　東京　中央大学卒　昭和21年日本アナキスト連盟に参加、姫路に在住し、労働運動、平和運動に携わる。40年からアナキズム系個人詩誌「イオム」を発行。27年以後、戦争抵抗者インターナショナル(WRI)に加盟、31年日本部書記となる。43年ベトナム反戦運動を行ない、同年暮れにはガリ版「自由連合」を発行(47年まで)。詩人としては「コスモス」同人で、「向井孝小詩集」などを出している。著書に「現代暴力論ノート」「アナキズムとエスペラント」など。

向井 毬夫　むかい・まりお
歌人　聖ケ丘保育専門学校美術講師　古代史研究　美術評論　昭和4年8月19日　神奈川県横浜市　本名＝片山陽之介　横浜市立経専(現・横浜市立大学)卒　小学校教員を経て、聖ケ丘保育専門学校美術講師。著書に「万葉方位線の発見―隠された古代都市の設計図」、共著に「古代相模の方位線」。短歌は経専在学中に渡辺順三に師事。昭和24年新日本歌人協会に入会。歌集に「風漣」「古代抄」がある。
新日本歌人協会(運営委員)、現代歌人協会

向井 宗直　むかい・むねなお
歌人　明治41年10月16日　東京　芝中学校で植松寿樹に学び、昭和4年「国民文学」入社。「沃野」の選者、運営委員会副委員長を務める。歌集に「喚声」があり「高樹」I～IVに作品収載。

向笠 和子　むかさ・かずこ
俳人　大正13年2月15日　埼玉県熊谷市　埼玉県立熊谷高女卒　群青賞(第1回・2回)　昭和25年鈴木真砂女に手ほどきを受ける。29年「鶴」入会、32年同人。47年「万蕾」創刊に同人として参加。句集に「童女」「存念」など。　俳人協会

武川 忠一　むかわ・ちゅういち
歌人　元・早稲田大学社会科学部教授　短歌日本文学　大正8年10月10日　長野県諏訪市　早稲田大学文学部国文学科卒　日本歌人クラブ推薦歌集(第6回)(昭和35年)「氷湖」、迢空賞(第16回)(昭和57年)「秋照」、詩歌文学館賞(第12回)(平成9年)「翔影」　在学中から窪田空穂、章一郎に師事。昭和21年「まひる野」創刊に参加。57年「音」創刊、編集発行人。歌集に「氷湖」「窓冷」「青釉」「秋照」「翔影」、自選歌集「霧鐘」などがある。研究書「土岐善麿」の他、近代、現代短歌論多数。
日本近代文学会、和歌文学会、現代歌人協会、日本文芸家協会

麦田 穣　むぎた・ゆずる
詩人　昭和28年　徳島県海部郡海部町　東海現代詩人賞(第20回)(平成1年)「新しき地球」、国民文化祭実行委員会会長賞(第8回)(平成5年)、日本海文学大賞(詩部門、第6回)(平成7年)「龍」　詩誌「地球」「楽市」同人。詩集に「風祭」「新しき地球」「龍」など。
徳島詩人会

椋 鳩十　むく・はとじゅう
作家　児童文学者　詩人　明治38年1月22日　昭和62年12月27日　長野県下伊那郡喬木村　本名＝久保田彦穂(くぼた・ひこほ)　法政大学国文科(昭和5年)卒　サンケイ児童出版文化賞(第11回)(昭和39年)「孤島の野犬」、国際アンデルセン賞国内賞(第3回)(昭和40年)「孤島の野犬」、モービル児童文化賞(昭和43年)、赤い鳥文学賞(第1回)(昭和46年)「マヤの一生」「モモちゃんとあかね」、児童福祉文化賞(奨励賞)(昭和46年・47年)、学校図書館賞(昭和46年)、芸術選奨文部大臣賞(文学・評論部門、第33回)(昭和57年)「椋鳩十の本」「椋

鳩十全集」 [歴]大学在学中、豊島与志雄に師事。佐藤惣之助主宰の「詩之家」同人となり、詩集「駿馬」(大正15年)「夕の花園」(昭和2年)を刊行。5年から鹿児島に移り、教員生活をしながら山窩小説を書き、「山窩調」(8年)などを刊行。この時から椋鳩十の筆名を使用。13年頃から「少年倶楽部」に動物小説を書き、18年「動物ども」を刊行。戦後26年の短編集「片耳の大鹿」で文部大臣奨励賞を受賞。その後も旺盛な創作活動をつづけ、代表作に「大空に生きる」「孤島の野犬」「マヤの一生」「モモちゃんとあかね」「ネズミ島物語」「けむり仙人」などがある。この間、22年鹿児島県立図書館長に就任し、"母と子の二十分間読書運動"を提唱、全国的な反響を呼んだ。42〜53年ぶ鹿児島女子短期大学教授もつとめた。57年「椋鳩十の本」(全25巻・補巻，理論社)「椋鳩十全集」で芸術選奨を受賞した他、赤い鳥文学賞など受賞多数。 [団]日本児童文学者協会 [家]息子=久保田喬彦(鹿児島市教育委員会指導員)

六車 井耳　むぐるま・せいじ
俳人 「うぐいす」主宰 [生]明治41年9月17日 [没]平成2年7月24日 [出]大阪市 本名=六車清次 [学]神戸高商卒 [賞]同人賞(第4回)(昭和55年) [歴]昭和8年「同人」に入会。月斗、裸馬に師事。16年「同人」選者。33年「うぐいす」第1回十朱鈔選者。62年「うぐいす」主宰。 [団]俳人協会(評議員)、現代俳句協会

向山 隆峰　むこうやま・りゅうほう
俳人 [生]大正9年11月8日 [没]平成8年5月28日 [出]鳥取県岩美郡 本名=向山敏 [学]世田谷高電気科(昭和24年)卒 [賞]夏草新人賞(昭和37年)、夏草功労賞(昭和52年) [歴]昭和28年山口青邨の手ほどきをうける。41年「夏草」同人、同年編集同人。平成4年「屋根」創刊に参加。句集に「稲羽」「穐田」「向山隆峰集」。 [団]俳人協会

武者小路 実篤　むしゃのこうじ・さねあつ
小説家 劇作家 詩人 随筆家 画家 [生]明治18年5月12日 [没]昭和51年4月9日 [出]東京府麹町区元園町(現・東京都千代田区) 筆名=無車、不倒翁 [学]東京帝国大学社会学科中退 [資]帝国芸術院会員(昭和12年) [賞]菊池寛賞(第2回)(昭和14年)、文化勲章(昭和26年)、文化功労者(昭和27年) [歴]学習院時代、トルストイに傾倒し、また志賀直哉、木下利玄らを知り、明治43年「白樺」を創刊し、白樺派の代表作家となる。41年「荒野」を刊行。白樺時代の作品としては「お目出たき人」「世間知らず」「わしも知らない」「その妹」などがある。この頃、自由と自然を愛し、人道主義を主張して15人の同志と宮崎に"新らしき村"を大正7年につくったが、14年に村を離れねばならなかった。この間、「幸福者」「友情」「第三隠者の運命」「或る男」「愛慾」などをのこした。昭和に入ってからは絵筆に親しむことが多く「湖畔の画商」などの美術論、「二宮尊徳」などの伝記、「幸福な家族」などの家庭小説や「無車詩集」などがある。14年、新たに"新らしき村"を埼玉につくる。戦後は公職追放の処分をうけたが、24年「心」を創刊し、「真理先生」を連載して文壇にカムバックし、晩年には「一人の男」を完成させた。また画家としても多くの作品をのこした。「武者小路実篤全集」(全25巻，新潮社)、「武者小路実篤全集」(全18巻，小学館)がある。 [家]父=武者小路実世(子爵)、兄=武者小路公共(外交官)、三女=武者小路辰子(国文学者)

牟田口 義郎　むたぐち・よしろう
評論家 詩人 中東報道者の会会長 [専]国際関係 中東史 地中海文化史 [生]大正12年5月11日 [出]神奈川県横須賀市 [学]東京帝国大学文学部フランス文学科(昭和23年)卒 [興]中東現情勢、地中海中世の文化史 [歴]昭和23年朝日新聞社に入社し、32〜35年カイロ支局長、43〜46年ヨーロッパ支局長。帰国後、論説委員となり国際問題を担当。57年退社、成蹊大学教授を経て、平成3年東洋英和女学院大学教授に就任。地中海学会会長、中東調査会常務理事、中東報道者の会会長などを兼務。また昭和10年代半ばに詩を書き始め、「詩学」「ポエトロア」「植物帯」などに作品を発表。著書に「地中海のほとり」「中東への視角」「アラブの覚醒」「石油に浮かぶ国―クウェートの歴史と現実」「石油戦略と暗殺の政治学」「旅のアラベスク」「旅のバルコニーから」「カイロ」など。 [団]地中海学会、日本国際政治学会、日本オリエント学会、中東調査会(常任委員)、日本中東学会、比較文明学会

武藤 ゆき　むとう・ゆき
俳人 [生]昭和3年2月 [出]山梨県東八代郡御坂町 [歴]中学校PTA副会長、婦人会支部長、農協婦人部支部長等を歴任。現在、山梨県政モニター協議会理事、町の郷土研究会会員。句集に「花こぶし」「億兆抄」「笛の音」がある。

宗像 夕野火 むなかた・ゆうのび
俳人 [生]大正11年1月1日 [出]熊本 本名＝宗像景敏 [歴]昭和21年ホトトギス同人横井迦南に入門、24年より「みそさざい」に拠り上村占魚の指導を受ける。日本ペンクラブ会員。句集に「盆地」「不知火」のほか、随想集に「盆地旦暮」などがある。 [団]日本ペンクラブ

宗内 数雄 むねうち・かずお
俳人 「創流」主宰 [生]昭和7年12月7日 [出]大阪府大阪市 [学]早稲田大学国語国文学専攻科卒 [歴]三楽社の役員を務める。俳句集に「山神祭」「天の紺」「農の裔」「宗内数雄青春句集」「隠りく」、俳句評論集に「句論抄」がある。 [団]日本文芸家協会

宗政 五十緒 むねまさ・いそお
歌人 「あけぼの」主宰 龍谷大学名誉教授 [専]近世文学 近世文化史 近世出版史 [生]昭和4年2月26日 [出]岡山県岡山市 [学]京都大学文学部(昭和28年)卒、京都大学大学院文学研究科国語学国文学専攻(昭和33年)博士課程修了 文学博士(京都大学)(昭和55年) [興]文学の形式、情報流通 [賞]京都新聞文化賞(第41回)(平成9年) [歴]龍谷大学文学部助教授を経て、昭和45年教授。同大大学院文学研究科長を兼任。平成9年退任し、名誉教授。この間、昭和47〜48年ハーバード大学研究員。平成4年には西鶴顕彰会代表を務める。主著に「西鶴の研究」「日本近世文苑の研究」「近世京都出版文化の研究」「江戸時代の和歌と歌人」「近世の雅文学と文人」、共著に「京都名所図会―絵解き案内」、編著に「京都名所図会を読む」がある。歌人として43年歌誌「あけぼの」を創刊し、主宰・編集をする。歌集に「風見鶏南にむく時」「わが日本列島」などがある。 [団]日本近世文学会、芸能史研究会、日本出版学会

村 次郎 むら・じろう
詩人 [没]平成9年11月10日 [出]青森県八戸市 本名＝石田実 [学]慶応義塾大学文学部仏文科卒 [歴]戦前から戦後にかけ「四季」「歴程」「詩学」など中央詩壇で活躍。昭和26年家業の旅館を継ぐため、詩人を廃業。以後は、棟方志功や種差海岸の自然、鮫神楽を全国に紹介することに尽力。作品に、詩集「忘魚の歌」「風の歌」などがある。

村井 憲太郎 むらい・けんたろう
歌人 [生]明治42年3月25日 [没]昭和54年1月7日 [出]朝鮮・全羅北道竜潭 [学]国学院(昭和4年)卒 [賞]筏井賞(第1回)(昭和47年) [歴]昭和3年「香蘭」入会、筏井嘉一に師事。15年12月筏井を擁して「蒼生」を結成、筏井没後「創生」代表。19年5月応召、21年1月復員し家業に専念。47年8月第1回筏井賞受賞。歌集に「すがれ野」「四十谿」「望郷抄」「三縁洞歌集」「村井憲太郎歌集」がある。

村井 武生 むらい・たけお
詩人 [生]明治37年10月11日 [没]昭和21年2月1日 [出]石川県金沢市十間町 本名＝邑井武雄 [歴]室生犀星に師事、赤松月船の「抒情詩社」に参加して叙情詩を発表。大正11年同人詩誌「成長する魂」を創刊、四高生の中野重治らが寄稿した。金沢で人形、玩具を研究製作し「明日の手工業」を刊行。戦争中、華北に渡り大原日日新聞、北京東亜日報の記者となったが、現地応召、病気で即日除隊、内地に帰還せぬまま没した。詩集「樹蔭の椅子」「着物」など。

村磯 象外人 むらいそ・しょうがいじん
歌人 [生]明治23年4月16日 [没]昭和52年3月12日 [出]東京 [学]日本大学商科卒 [歴]鉄道省、交通営団などに勤務。明治40年ごろより作歌。大正3年に白日社に入社、のち「橄欖」に転じ戦後は「原始林」「林間」に属す。歌集は橄欖叢書第三編「交響」に佐野翠坡、福井久雄、小笠原文夫と参加。

村尾 イミ子 むらお・いみこ
詩人 [出]大分県直入郡久住町 旧姓(名)＝本郷 [歴]詩誌「朔」「砧」「橡の木」同人。詩集に「愛」「ブランコ」「五月の林」「春雷」「カノープス―宮古島にて」。

村岡 嘉子 むらおか・よしこ
歌人 [生]昭和10年3月19日 [出]長野県 [歴]「氷原」同人。編著に「『青鞜』人物事典」、歌集に「ちがひ鷹の羽」「飛滝」「呼びあふ声」などがある。

村上 昭夫 むらかみ・あきお
詩人 [生]昭和2年1月5日 [没]昭和43年10月11日 [出]岩手県気仙沼郡矢作町 [学]岩手中学校卒 [賞]晩翠賞(第8回)(昭和42年)「動物の哀歌」、H氏賞(第18回)(昭和43年)「動物哀歌」 [歴]戦時中ハルビンで官吏生活、敗戦でシベリア抑留2年。帰国後盛岡郵便局に勤めた。昭和25年結核となり療養生活。戦後詩を書き始め「首

輪」「Lá」の会所属、モダニズムの旗手村野四郎に嘱望されていた。詩集にH氏賞受賞の「動物哀歌」がある。

村上 綾乃　むらかみ・あやの
歌人　[生]大正6年1月2日　[出]広島県御調郡重井村(現・因島市重井町)　[学]公民学校(昭和8年)卒　[歴]昭和32年短歌グループを結成。33年香蘭短歌会に入会。50年香蘭同人。歌集に「さざなみ」「島の夕映」がある。

村上 一郎　むらかみ・いちろう
評論家　作家　歌人　[生]大正9年9月24日　[没]昭和50年3月29日　[出]東京・飯田町　別名＝井頭宣満　[学]東京商科大学(現・一橋大学)(昭和18年)卒　[歴]大正12年関東大震災により宇都宮へ移る。昭和18年東京商大を卒業後、海軍士官となり終戦をむかえる。戦後は久保栄に師事して「日本評論」の編集にたずさわるが、レッド・パージにあい、以後文筆に専念する。31年「典型」を創刊、39年には個人誌「無名鬼」を創刊、その間「試行」同人となる。著書に「久保栄論」「日本のロゴス」「明治維新の精神過程」「北一輝論」や小説「東国の人びと」「武蔵野断唱」、歌集「撃攘」などのほか、「村上一郎著作集」(全12巻)がある。

村上 菊一郎　むらかみ・きくいちろう
フランス文学者　詩人　早稲田大学名誉教授　[専]ボードレール　ランボー　フランス象徴派詩人　[生]明治43年10月17日　[没]昭和57年7月31日　[出]広島県三原市　[学]早稲田大学文学部仏文科(昭和10年)卒業　[歴]昭和12年商工省勤務。18年大東亜省通訳官補、24年早稲田大学講師、27年助教授、32年教授、56年定年退職し名誉教授。ボードレールの研究者・翻訳者として有名。訳詩集にボードレール「悪の華」(昭11年)「ランボオ詩鈔」(23年)などがあるほか、自作の詩集「夏の鶯」「茅花集」他がある。

村上 鬼城　むらかみ・きじょう
俳人　[生]慶応1年5月17日(1865年)　[没]昭和13年9月17日　[出]群馬県高崎市　本名＝村上荘太郎(むらかみ・しょうたろう)　旧姓(名)＝小原　[学]明治義塾法律学校中退　[歴]鳥取藩士の子。19歳の頃耳疾を患い、明治27年高崎区裁判所の司法代書人となる。この頃、書簡で正岡子規の教えを受けて俳句に親しみ、「ホトトギス」に俳句や写生文を多く投稿し、のち同誌同人となり、大正6年「鬼城句集」を刊行。昭和8年「続鬼城句集」を刊行した。「村上鬼城全集」(昭49年)がある。

村上 杏史　むらかみ・きょうし
俳人　[生]明治40年11月4日　[没]昭和63年6月6日　[出]愛媛県温泉郡中島町　本名＝村上清　[学]東洋大学卒　[歴]大正6年渡韓し、新聞記者となる。昭和6年「ホトトギス」に初入選。以後高浜虚子の指導を受ける。30年「ホトトギス」同人。36年「柿」主宰。句集に「北辺」「高麗」「玄海」「木守」「朝鶴」など。愛媛ホトトギス会会長、松山俳句会会長などもつとめた。　[団]俳人協会

村上 喜代子　むらかみ・きよこ
俳人　[生]昭和18年7月12日　[出]山口県　[学]広島大学教育学部卒　[賞]浜賞(昭和56年)、俳人協会新人賞(第15回)(平成4年)「雪降れ降れ」　[歴]昭和51年「浜」に投句、同人を経て、「百鳥」所属。句集に「雪降れ降れ」「つくづくし」がある。　[団]俳人協会

村上 草彦　むらかみ・くさひこ
詩人　[生]明治41年8月1日　[出]長野県塩尻市大字片丘　本名＝村上順俊(むらかみ・としよし)　旧筆名＝村上成実(むらかみ・せいじつ)　[学]早稲田大学国文科(昭和7年)卒　[賞]日本詩人クラブ賞(第7回)(昭和49年)「橘姫」　[歴]中学時代から作詩し、昭和4年「詩洋」に参加、村上成実を名のる。13年「詩報」を発行。戦後は「形象」「現代詩研究」に詩を発表。28年から村上草彦に改名した。詩集に「村の外」「山川泌唱」「橘姫」などがある。　[団]日本現代詩人会

村上 賢三　むらかみ・けんぞう
歌人　金沢大学名誉教授　[専]衛生学　[生]明治29年11月8日　[没]昭和63年10月5日　[出]三重県　[学]金沢医科大学(大正10年)卒　医学博士　[賞]勲三等瑞宝章(昭和45年)　[歴]金沢医大教授を経て、金沢大教育学部教授、学生部長など歴任。元・石川県歌人協会長、歌誌「雷鳥」主宰。歌集に「双樹以後」。　[家]長男＝村上誠一(金沢大学医学部教授)

村上 三良　むらかみ・さんりょう
俳人　[生]明治44年1月1日　[出]青森県　本名＝村上愛一　[学]新潟医科大学卒　[歴]昭和12年高浜虚子、高野素十、増田手古奈に師事。29年「十和田花林檎集」選者となる。翌年「ホトトギス」同人。句集に「秋茄子」「雪籠」「月冷え」がある。　[団]俳人協会

村上 成之　むらかみ・しげゆき
歌人 [生]慶応3年9月27日(1867年) [没]大正13年11月30日 [出]尾張国東春日井郡印場村(愛知県) 号=蛃魚(へいぎょ) [学]国語伝習所高等科(明治30年)卒 [歴]明治25年村上家の婿となる。29年東京大成学館幹事兼舎監となり、傍ら落合直文、内藤恥叟らに従軍。大成学館、栃木県尋常中学校、佐倉中学校成東分校の教師を経て、40年高崎中学教諭。大正13年退職、のち私立名古屋中学で教えた。これより先、20年頃より作歌、作句に親しみ、子規派の傾向に共鳴。36年伊藤左千夫を訪問、以後「馬酔木」「アララギ」に短歌を発表し、根岸派の歌風に最も忠実であった。村上鬼城と月例会「紫苑会」をおこし、「ホトトギス」に投稿。没後門生土屋文明らにより歌集「翠微」が刊行された。

村上 しゅら　むらかみ・しゅら
俳人 [生]大正8年10月3日 [没]平成6年8月7日 [出]青森県黒石市 本名=村上常一(むらかみ・つねいち) [学]函館高等水産製造科中退 [賞]角川俳句賞(第5回)(昭和34年)、鶴俳句賞(昭和35年)、八戸市文化賞(第1回)(昭和38年) [歴]学校を病気中退し、家業の古美術商を継ぐ。昭和21年加藤憲曠に俳句の手ほどきを受け、「すすき野」創刊に参加。31年「鶴」入会し、のち同人。34年「北鈴」を創刊し、発行人。30年代中頃から活躍し、"風土俳句"の語を定着させる。37年俳人協会会員。56年から一時「林」副主宰。59年「北鈴」解散後発病し、「鶴」、俳人協会などを退会して俳壇から遠ざかる。句集に「鶏舞」「村上しゅら集」など。

村上 新太郎　むらかみ・しんたろう
歌人 [生]明治33年10月28日 [没]昭和44年2月12日 [出]大阪 [学]大阪貿易学校卒 [歴]牧水の「創作」を経て、尾山篤二郎に師事。後に前川佐美雄らと「日本歌人」と興し昭和26年「薔薇」を創刊主宰。平田春一の「三土会」に参加。歌集に「李愁」「緑夜」がある。

村上 誠一　むらかみ・せいいつ
歌人 金沢大学名誉教授 「雷鳥」主宰 [専]麻酔学 [生]大正15年8月1日 [出]石川県 [学]金沢医科大学(昭和26年)卒 医学博士(昭和34年) [歴]昭和41年金沢大学医学部助教授(麻酔学教室)、53年教授。60年第20回日本ペインクリニック学会会長や日本蘇生学会心肺蘇生法普及委員長をつとめた。この間、ニューヨークのMontefiore Hospital and Medical Centerに留学。編著に「がん終末医療—疼痛治療を中心に」。また歌人でもあり、63年から「雷鳥」主宰。 [団]日本麻酔学会、日本臨床麻酔学会、日本救急医学会、American Society of Anesthesilogy [家]父=村上賢三(歌人・故人)

村上 霽月　むらかみ・せいげつ
俳人 [生]明治2年8月8日 [没]昭和21年2月15日 [出]伊予国松山(愛媛県) 本名=村上半太郎 別号=南陲野老、養堂処士 [学]第一高等中学校 [歴]愛媛銀行頭取、愛媛県信用組合連合会長などを歴任。俳句ははじめ旧派に学び、のち正岡子規と行動を共にし、明治30年「ホトトギス」同人となって活躍。句集に「霽月句集」(全3巻，昭6—8年)がある。

村上 成実　むらかみ・せいじつ
⇒村上草彦(むらかみ・くさひこ)を見よ

村上 冬燕　むらかみ・とうえん
俳人 医師 「樅」主宰 元・小牧市民病院院長 [生]大正3年12月8日 [没]平成9年7月12日 [出]宮城県仙台市 本名=村上正固(むらかみ・まさかた) [学]名古屋大学医学部卒 [歴]昭和13年加藤かけいの「厳」に拠る。23年山口誓子の「天狼」に転じ、33年同人。51年「樅」を創刊し、主宰。俳人協会愛知支部長、顧問も務めた。句集に「跨線橋」「北方人」「茉莉花」「無音絃」「雪嘆窪」「閑羅瀬」。 [団]俳人協会(評議員)

村上 友子　むらかみ・ともこ
経営教育アクティベーター 俳人 [専]社員教育 女性の社会進出 [出]岩手県釜石市 [賞]海程新人賞正賞(第4回)(昭和40年) [歴]地方公務員ののち、コピーライター養成講座を修了し、昭和40年より雑誌編集者。産業労働調査所刊「労務事情」「社員教育」の編集長を経て、57年退職、フリーとなる。俳句を使った社員教育が好評。自らも俳句をたしなみ、40年から「海程」所属。著書に「いま働く女性が輝くとき」「中堅女性社員の仕事・生き方・センスアップコース」「仕事を持つ女性が必ず読む本」「俳句研修で感性リフレッシュ」「問題解決のすすめ方」(共著)、句集に「花芝」他。

村上 博子　むらかみ・ひろこ
詩人 [生]昭和5年9月24日 [没]平成12年5月2日 [出]東京 [学]慶応義塾大学文学部仏文科卒 [歴]「山の樹」「竪琴」同人。詩集に「秋の紡ぎ歌」「ハーレムの女」「冬のマリア」「セロファン紙芝居」など。 [団]日本現代詩人会、ラ・メール会、日本文芸家協会

村上 光子　むらかみ・みつこ
俳人 [生]大正9年5月16日 [出]東京 [学]聖心女専国文科卒 [歴]昭和31年より「馬酔木」に投句、水原秋桜子の指導をうける。42年より同人。句集に「水仙花」がある。 [団]俳人協会

村木 道彦　むらき・みちひこ
歌人 高校教師 [生]昭和17年11月17日 [出]東京 [学]慶応義塾大学文学部卒 [歴]昭和38年「環」に参加。40年「ジェルナール律」に作品発表。早大の福島泰樹と共に学生歌人の人気を二分した。40年浜松市の高校に赴任。49年歌集「天唇」を出す。ほかに「村木道彦歌集」がある。

村木 雄一　むらき・ゆういち
詩人 [生]明治40年 [没]昭和62年9月22日 [出]旧樺太・大泊 [学]小樽商業卒 [歴]戦前の一時期、村野四郎、春山行夫らの詩誌「新領土」に所属。戦後は詩壇を離れたが、詩の大衆化を願って月刊「にじゅうえん詩集」を発行。多くの詩人に発表の場を与えた。昭和14年「ダンダラ詩集」刊行以来、「愛のさまざま」「ポジエラの風」など十数冊の詩集がある。

村越 化石　むらこし・かせき
俳人 [生]大正11年12月17日 [出]静岡県 本名＝村越英彦(むらこし・ひでひこ) [学]旧制中学中退 [賞]浜賞(第5回)(昭和27年)、角川俳句賞(第4回)(昭和33年)「山間」、俳人協会賞(第14回)(昭和49年)「山国抄」、蛇笏賞(第17回)(昭和58年)「端坐」、詩歌文学館賞(第4回)(平成1年)「筒鳥」、点字毎日文化賞(第27回)(平成2年)、紫綬褒章(平成3年) [歴]昭和9年ハンセン病が発病し離郷。一時東京の病人宿を転々とし、のち草津湯之沢を経て、16年草津・楽泉園に入園。俳句は東京時代より始め、楽泉園「栗の花句会」(のち「高原俳句会」に改称)に入会、「鴫野」に投句。24年大野林火句集「冬雁」に感動、「浜」へ入会。28年「浜」同人。45年眼疾再発、全盲となるが高原俳句会を指導する。句集に「独眼」「山国抄」「端坐」など。 [団]俳人協会

紫 圭子　むらさき・けいこ
詩人 [生]昭和22年12月15日 [出]三重県 本名＝朝倉圭子 [学]仏教大学卒 [賞]東海現代詩人賞(第11回)(昭和55年)「紫圭子詩集」、年刊現代詩集新人賞(第3回, 4回)(昭和57年, 58年) [歴]詩誌「孔雀船」同人。詩集「紫圭子詩集・翅虫おっかけてみずうみわたるながい午後」「紫圭子詩集」「ダグラス・クエイドへの伝言」がある。 [団]日本詩人クラブ、日本ブロンテ協会、中日詩人会

村崎 凡人　むらさき・ただひと
歌人 村崎学園理事長 徳島文理大学副学長 [生]大正3年1月12日 [没]平成1年5月10日 [出]徳島市 筆名＝村崎凡人(むらさき・ぼんじん) [学]早稲田大学文学部国文学科(昭和12年)卒 [賞]藍綬褒章(昭和47年)、勲三等旭日中綬章(昭和60年) [歴]在学中より窪田空穂に師事し、歌誌「槻の木」同人に。早稲田図書出版員を経て、戦後村崎学園理事長。徳島文理大、徳島文理大短大部各副学長をつとめた。著書に歌集「風俗」のほか、「比島敗戦記」「御歌人としての後鳥羽上皇」「評伝窪田空穂」などがある。 [団]早稲田国文学会(名誉会員)

村沢 夏風　むらさわ・かふう
俳人 漫画家 「嵯峨野」主宰 [生]大正7年11月14日 [没]平成12年11月29日 [出]東京・月島 本名＝村沢喜八郎(むらさわ・きはちろう) [学]保善商卒 [賞]鶴俳句賞(昭和33年)、鶴賞(文章部門)(昭和40年)、俳人協会賞(第29回)(平成2年)「独坐」 [歴]昭和18年「鶴」入会。石田波郷の門下に入り、「鴫」、「壺」同人を経て、28年「鶴」同人。村山古郷の死により62年「嵯峨野」主宰。俳人協会評議員を務めた。句集に「寒影」「山望」「彩雲」「独坐」、著書に「石田波郷の俳句」など。漫画家としても知られ、共著に「漫画 俳句入門」がある。 [団]俳人協会(名誉会員)

村瀬 和子　むらせ・かずこ
詩人 中部女子短期大学講師 [生]昭和7年3月31日 [出]大阪府 [学]岐阜高女卒 [賞]詩宴賞(昭和50年)「ひよのいる風景」、中日詩賞(第28回)(昭和63年)「氷見のように」、現代詩女流賞(第13回)(平成1年)「氷見のように」、岐阜県芸術文化奨励賞(昭63年度)(平成1年) [歴]能をテーマに詩と随想を執筆。「地球」「存在」「能楽評論」同人。 [団]日本現代詩人会、中日詩人会

村瀬 水蛍　むらせ・すいけい
俳人 医師 [生]大正8年7月22日 [出]愛知県 本名＝村瀬守男(むらせ・もりお) [学]名古屋大学医学部卒 医学博士 [資]剣道教士(7段) [賞]楸賞(昭和53年) [歴]昭和21年以来山口誓子に師事。23年誓子主宰「天狼」創刊と共に入会。51年村上冬燕主宰「楸」同人。53年「天狼」同人。平成元年第一句集「青洲」。 [団]俳人協会

村田 脩　むらた・おさむ
俳人　「萩」主宰　[生]昭和3年4月25日　[出]北海道函館市　[学]東京大学文学部倫理学科(昭和27年)卒、東京大学大学院修了　[賞]風花賞(昭和33年)　[歴]昭和24年東大ホトトギス会にて作句、同時に中村汀女の「風花」に入会。28年「風花」同人、のち編集長。48年俳人協会幹事、53年理事、平成5年常務理事、のち名誉会員。句集「野川」の他、「俳句入門・はじめのはじめ」がある。　[団]俳人協会(名誉会員)、日本文芸家協会

村田 敬次　むらた・けいじ
歌人　[生]大正15年1月24日　[出]東京　本名=村田圭司　[学]東洋大学専門部国語漢文科卒　[歴]大学在学中に作歌、昭和19年2月「アララギ」入会、杉田嘉次に師事。戦後一時期中絶し「アララギ」退会。52年槐短歌会創立、代表となる。56年以降「みよし野短歌会」講師。歌集に「歴年」「海風吟」、他に編著「槐合同歌集」がある。

村田 周魚　むらた・しゅうぎょ
川柳作家　[生]明治22年11月17日　[没]昭和42年4月11日　[出]東京・下谷上車坂　本名=村田泰助　別号=暁雪、海月堂、鯛坊　[学]東京薬学学校(明治42年)卒、早稲田大学中退　[賞]川柳文化賞(第1回)(昭和41年)　[歴]明治44年警視庁衛生部勤務、薬業界との関係に貢献。俳人の父に従い運座に出席、句を作った。38年柳樽寺川柳会の井上剣花坊に師事、大正2年「大正川柳」同人、9年八十島勇魚らと柳誌「きやり」創刊。のち「きやり」は全国を代表する川柳誌となった。著書に「鯛の鱗」「全国著名売薬史」「周魚句集」「川柳雑話」など。昭和43年「きやり」吟社が周魚賞制定。

村田 章一郎　むらた・しょういちろう
歌人　[生]明治45年2月12日　[出]東京　本名=村田鐘一郎　[学]東京府立二中中退　[歴]結核療養のため学校を中退、作歌を始め、山本雄一に師事。昭和21年1月「むさしの」(のち「新暦」と改題)創刊に同人として参加。別に29年1月「茅ケ崎寒川短歌会」を結成、代表者となる。「新暦」代表を務める。歌集に「海青かりし」合同歌集に「桜」「雪」がある。

村田 治男　むらた・はるお
詩人　俳人　歌人　元・津地裁支部書記官　[生]大正11年7月24日　[出]北海道札幌市　本名=村田修　[賞]青玄評論賞(昭41年度)　[歴]昭和30年6月浅野良一と「無派」を創刊。39年4月詩、俳句、短歌の個人誌「ぽせいどおん」を創刊。「新短歌」「短歌」「砂金」同人。詩集「風蝕」、歌集「あくとぐらむ」「プルキニエ現象」「春秋治男伝」、句集「村田治男句集」、評論集「新短歌論」がある。　[団]三重県短歌協会、日本文芸家協会、現代俳句協会、日本現代詩人会、日本歌人協会、日本ペンクラブ

村田 春雄　むらた・はるお
詩人　[生]大正13年11月10日　[出]東京都　[学]目黒無線電信講習所卒　[歴]教職に就く。戦後「新詩人」「ルネサンス」に詩を投稿、のち「BUOY」「第一書」「海市」「日本未来派」に関係し、昭和40年代半ば「陸」を主宰、また「岩礁」「詩界」「詩人倶楽部」に関与する。扇谷義男らの指導を得ている。詩集に「業火」「月雪花の霊」がある。

村田 春海　むらた・はるみ
詩人　ロシア文学者　[生]明治36年1月30日　[没]昭和12年3月26日　[出]大阪府堺市　[学]早稲田大学露文専攻科卒　[歴]三高独文科体学後、ロシア文学に転じ、早大では片上伸の指導のもと、プーシキンを研究。大正14年「主潮」を創刊、「詩」「詩神」「民謡詩人」「虚無思想」などに寄稿。昭和2年以降は短篇小説も手がけた。ロシア文学の紹介につとめ、ゴーリキーの「母」を初めて翻訳。多くの翻訳書があり、没後黒田辰男編「村田春海詩集」が刊行された。

村田 正夫　むらた・まさお
詩人　評論家　[生]昭和7年1月2日　[出]東京　[学]早稲田大学法学部(昭和29年)卒　[歴]「新日本詩人」「現代詩の会」などを経て、昭和30年「潮流詩派」を創刊、主宰。戦後詩での諷刺詩の一拠点となる。詩集に「黄色い骨の地図」「東京の気象」「戦争の午後」「村田正夫詩群1940—80」、評論に「社会性の詩論」「戦後詩人論」「詩人の姿勢」など。　[団]日本文芸家協会、日本現代詩人会、潮流詩派の会

村田 利明　むらた・りめい
歌人　[生]明治29年12月25日　[没]昭和51年1月16日　[出]東京　本名=村田利明(むらた・としあき)　[学]明治大学卒　[歴]大正12年アララギに入会し、島木赤彦に師事する。昭和28年アララギを退会し、以後「川波」「やちまた」などに拠り、の

ち白塔短歌会を主宰する。歌集に「早瀬」「昆虫」「立像」などがある。

村野 四郎　むらの・しろう

詩人　元・理研電解工業社長　[生]明治34年10月7日　[没]昭和50年3月2日　[出]東京府北多摩郡北多摩村上染屋（現・府中市）　[学]慶応義塾大学経済学部理財科（昭和2年）卒　[賞]文芸汎論詩集賞（第6回）（昭和14年）「体操詩集」、読売文学賞（詩歌・俳句賞，第11回）（昭和34年）「亡羊記」　[歴]昭和2年理研コンツェルン本社に入社。25年理研電解工業を設立し専務、のち社長に就任。一方、幼少の頃から文学環境にめぐまれ、中学時代に井泉水の「層雲」に自由律俳句を発表。大学に入って詩作に転じ、大正15年第2次「炬火」同人となり、第一詩集「罠」を刊行。その後、「旗魚」「新即物性文学」「文学」「新領土」などに拠って詩作をつづけ、14年「体操詩集」を刊行し文芸汎論詩集賞を受賞。戦後は「現代詩」「GALA」「季節」各同人を経て、独自の詩の道を歩み、34年「亡羊記」で読売文学賞を受賞。ほかに、詩集「抒情飛行」「予感」「実在の岸辺」「抽象の城」「蒼白な紀行」「村野四郎全詩集」「芸術」、評論集「牧神の首輪」「今日の詩論」「現代詩を求めて」「現代詩のこころ」「秀句鑑賞十二ケ月」などがある。日本現代詩人会会長も2期務めた。　[家]父＝村野寒翠（俳人）、兄＝村野次郎（歌人）、村野三郎（詩人）、息子＝村野晃一（セイコー社長）

村野 次郎　むらの・じろう

歌人　[生]明治27年3月19日　[没]昭和54年7月16日　[出]東京府多摩村　本名＝田中次郎　旧姓（名）＝村野　旧号＝染次郎　[学]早稲田大学商学部（大正8年）卒　[歴]大正2年北原白秋に師事し、「地上巡礼」「烟草の花」「曼陀羅」「ザムボア」に参加。12年「香蘭」を創刊し、昭和10年主宰。13年「樗風集」刊行。以後「村野次郎歌集」「明宝」「角筈」と歌集4冊。32年宮中歌会始召人となる。46年明宝ビルを建設。　[家]弟＝村野三郎（詩人）、村野四郎（詩人）

村野 幸紀　むらの・ゆきのり

歌人　[生]昭和15年5月6日　[出]東京　[学]慶応義塾大学（昭和39年）卒　[歴]会社役員の傍ら、短歌を詠む。短誌「青藍」「開放区」同人。著書に「夏の家族」、歌集に「花信帖」「メヌエット」「半島」、評論集に「歌びとたち」などがある。

村松 英子　むらまつ・えいこ

女優　詩人　随筆家　鳥取女子短期大学教授　倉敷市芸文館館長　[専]英文学　[生]昭和13年3月31日　[出]東京市淀橋区西大久保　本名＝南日英子（なんにち・ひでこ）　旧姓（名）＝村松　[学]日本女子大学文学部英文科（昭和35年）卒、慶応義塾大学大学院文学研究科英文学専攻（昭和38年）修了　[賞]紀伊国屋演劇賞個人賞（第1回）（昭和41年）　[歴]女子大在学中に文学座に入り、昭和36年「女の一生」で初舞台。38年NHK連続テレビ小説「あかつき」のヒロインに抜擢され、40年には「怪談」で映画デビュー。同年NLTを経て、43年故三島由紀夫の劇団「浪曼劇場」の結成に参加。44年フリーとなり、三越サロン劇場というシリーズで公演を主宰した。他の出演作に舞台「サド侯爵夫人」「リュイ・ブラス」「癩王のテラス」「葵上」「遙かなる都」、テレビ「天守物語」などがある。女優活動の他詩、随筆にと多才ぶりを発揮。58年から鳥取女子短期大学客員教授。平成5年6月倉敷市芸文館館長に就任。詩集「ひとつの魔法」「一角獣」、随筆集「天使とのたたかい」「愛はわが家から」などの他、英仏詩などの翻訳も手がける。　[団]日本文芸家協会　[家]娘＝村松えり（女優）、兄＝村松剛（文芸評論家）

村松 和夫　むらまつ・かずお

歌人　「未踏」主宰　[生]昭和2年　[出]岩手県　[学]慶応義塾大学文学部卒　[歴]「アララギ」を経て、「未来」の創刊とともに参加。公立学校の教職を経て、NHK学園に勤務、短歌講座を担当。学園の公開講座では「短歌教室」「百人一首をよむ」を受けもつ。東村山市中央公民館、青葉住宅集会所の2ケ所で「万葉をよむ」会を主宰。著書に「土屋文明紀行」「歌づくりのための文法」「万葉のワールド」、歌集「庚申ばら」「沙羅の木」「紫茉莉」など。

村松 紅花　むらまつ・こうか

俳人　東洋大学短期大学名誉教授　「雪」主宰　[専]近世文学　俳文学　[生]大正10年1月30日　[出]長野県小県郡丸子町　本名＝村松友次（むらまつ・ともつぐ）　[学]東洋大学文学部国文科（昭和37年）卒、東洋大学大学院文学研究科（昭和42年）博士課程修了　文学博士　[賞]俳人協会評論賞（昭和61年）「芭蕉の手紙」　[歴]昭和19年高浜虚子、25年高野素十に師事。24～31年「夏炉」発行。52年から「雪」選者、現在主宰。句集に「築守」「木の実われ」、著書に「芭蕉の作品と伝記の研究」「蕪村集〈鑑賞日本の古典〉」「古人鑽仰」「花鳥止観」「曽良本おくのほそ道の研究」

などがある。東洋大学短大教授をつとめ、平成元年学長に就任。4年3月退職、名誉教授。
[団]俳人協会(名誉会員・評議員)、俳文学会

村松 武司　むらまつ・たけし
詩人　「数理科学」編集長　[生]大正13年7月8日　[出]旧朝鮮・京城　[学]京城中(昭和18年)卒
[歴]戦後、初めて日本に来る。「純粋詩」「造形文学」を編集。のち「数理科学」編集長となり、現在に至る。詩集に「怖ろしいニンフたち」「朝鮮海峡・コロンの碑」「祖国を持つもの持たぬもの」など。

村松 友次　むらまつ・ともつぐ
⇒村松紅花(むらまつ・こうか)を見よ

村松 ひろし　むらまつ・ひろし
俳人　[生]大正3年8月31日　[出]神奈川県　本名＝村松博　[学]旧制中卒　[歴]改造社の「俳句研究」に投句、秋桜子、誓子に私淑する。昭和24年「氷海」創刊に参加、翌年同人。その後「子午線」に参加、退会。49年「畦」に同人参加するが56年退会。また53年「狩」創刊同人となる。句集に「姫娑羅」「明月草」「杉の床柱」がある。　[団]俳人協会

村松 正俊　むらまつ・まさとし
詩人　評論家　翻訳家　元・東洋大学文学部長
[生]明治28年4月10日　[没]昭和56年9月20日
[出]東京・芝　[学]東京帝大美学科卒　文学博士
[賞]日本翻訳出版文化賞(第8回)(昭和46年)「シュペングラー『西欧の没落』の完訳」
[歴]東大在学中は第5次「新思潮」同人。卒業後は文芸誌「種蒔く人」「文芸戦線」などの同人として、アナキズム系の評論、詩を発表。また独、仏、ギリシャ、ラテン語に通じ、プラトン「国家」、ジャン・ジョーレス「仏蘭西大革命史」、シュペングラー「西洋の没落」などを翻訳。詩集に「現在」「蛇」「朝酒」、評論集に「無価値の哲学」「見失なわれた日本」などがある。

村山 槐多　むらやま・かいた
洋画家　詩人　[生]明治29年9月15日　[没]大正8年2月20日　[出]京都府京都市　[学]京都府立一中(大正3年)卒　[賞]院展試作展奨励賞(第3回)(大正6年)「湖水と女」　[歴]幼年期を京都で過ごす。京都府立一中時代、詩・小説・戯曲を書き、ポーやボードレールに心酔。従兄の画家・山本鼎の影響で画家を志し、大正3年上京、小杉放庵家に寄寓し、再興・日本美術院研究所で洋画を学ぶ。二科展、院展洋画部に出品、6年「湖水と女」が院展試作展奨励賞を受賞し、同年院友となる。また世紀末の耽美主義に染まり、詩や文芸作品を多く残し、大正後期の芸術青年に刺激を与えた。他の代表作に「バラと少女」「カンナと少女」「乞食と女」「松と榎」「松の群」など。没後詩文集「槐多の歌へる」「槐多の歌へる其後」が刊行された。「村山槐多全集」(弥生書房)がある。
[団]日本美術院

村山 葵郷　むらやま・ききょう
俳人　[生]明治33年7月17日　[没]昭和36年2月19日　[出]京都市　本名＝村山清三郎　別号＝村山星残楼　[歴]京都新聞社に勤務。青年期より「懸葵」に投句、昭和初期に「中心」「草上」同人。7年志田素琴の「東炎」に代表同人として参加。戦後は実弟古郷の「べんがら」を支援した。京都新聞俳壇の選者を務め、「鴨川」を創刊主宰。句集に「春暁」がある。
[家]妹＝村山たか女(俳人)、弟＝村山古郷(俳人)

村山 古郷　むらやま・こきょう
俳人　大磯鴫立庵庵主　[専]俳句評論　近代俳句史　[生]明治42年6月19日　[没]昭和61年8月1日
[出]京都市下京区仏具屋町　本名＝村山正三(むらやま・しょうぞう)　[学]国学院大学国文科(昭和14年)卒　[賞]芸術選奨文部大臣賞(文学・評論部門・第29回)(昭和53年)「明治俳壇史」、勲四等瑞宝章(昭和60年)　[歴]保善商業教諭を経て日本郵船に勤務。俳句は少年時代、兄・葵郷の手ほどきを受け、「懸葵」「俳星」に投句。昭和6年上京。「草上」同人を経て、7年「東炎」同人となる。戦後21年「べんがら」を、27年「たちばな」を創刊したが、30年石田波郷の知遇をえて「鶴」同人となる。53年山路閑古のあとを継いで20世鴫立庵庵主。句集「天水桶」「軒」「西京」「華甲」「かくれ蓑」「金閣」「古京」などのほか「大須賀乙字伝」「石田波郷伝」「俳句もわが文学」(全3巻)などがあり、造詣の深い俳句史の面でも「大正俳壇史」「昭和俳壇史」の他、53年に芸術選奨をうけた「明治俳壇史」などがある。56年より「嵯峨野」主宰、また俳句文学館の建設にも力をそそいだ。
[団]俳人協会、日本文芸家協会　[家]兄＝村山葵郷(俳人)、妹＝村山たか女(俳人)

村山 砂田男　むらやま・さだお
俳人　「砂やま」俳句会主宰　[生]大正13年6月15日　[出]新潟県東頸城郡松之山町　本名＝村山定男　[歴]新潟県公立高校長を経て、新潟工業短期大学講師。一方、「みのむし」「科野」「感動律」を経て、「文芸広場」「万緑」にて中村草田男に師事。成田千空、内田南草、笠原古

睦らの指導を受ける。「万緑」「さざなみ」同人。「砂やま」俳句会主宰。新潟社保センター講座「俳句と俳文学」の講師も務める。句集に「いさご」「山の音」「郷関」、著書に「小林一茶と越後の俳人」「おくのほそ道 日本海紀行」「良寛のウィット」(共著)などがある。㊙俳人協会、日本俳文学会

村山 精二　むらやま・せいじ
詩人　㊷昭和24年7月31日　㊷北海道　本名＝秋山静夫　㊷御殿場南高卒　㊷詩集に「特別な朝」「22時の女」がある。㊙日本文芸家協会、日本ペンクラブ、日本詩人クラブ

村山 白雲　むらやま・はくうん
川柳作家　杉川柳会主宰　村山質店代表　㊷大正11年5月31日　㊷秋田市大町　本名＝村山兵太郎(むらやま・ひょうたろう)　㊷日本大学工学部電気工学科(昭和20年)中退　㊷法務大臣感謝状(昭和45年)、警察庁東北管区局長賞(昭和55年)　㊷病気のため大学中退。病気療養中に川柳に親しみ、杉川柳会を主宰し、秋田刑務所で川柳の指導を続ける。家業の質店を継ぎ、昭和30年秋田市質屋組合長に就任し、業界の振興に尽力。秋田市青年会議所専務理事、改新党秋田支部副幹事長、秋田市防犯組合連合会会長、川柳研究社幹事等を歴任。現在、村山質店代表社員、キャラ宝飾社長のほか、杉川柳会主宰、秋田魁新報さきがけ柳壇選者を務める。著書に「質屋夜話」がある。㊙全国宝石学協会、秋田市質屋組合

村山 秀雄　むらやま・ひでお
俳人　医師　村山医院院長　㊷産婦人科学　㊷大正9年11月5日　㊷山形県長井市　㊷日本大学医学部卒　㊷毎日俳壇賞(平成2年)　㊷日大医学部産婦人科教室助手、第一生理学教室勤務を経て、村山医院院長に。一方、昭和43年碧梧桐の流れをくむ俳人佐藤柊波の手ほどきをうける。46年「氷海」入会。同年「氷壁」、52年「氷海」同人。53年「狩」創刊と同時に同人として参加。句集に「壺」「雪囲い」がある。㊙俳人協会

牟礼 慶子　むれ・けいこ
詩人　㊷現代詩(戦後詩)　㊷昭和4年2月1日　㊷東京　本名＝谷田慶子　旧姓(名)＝殿岡　㊷実践女子専卒　㊷鮎川信夫研究　㊷やまなし文学賞(研究評論部門、第1回)(平成5年)「鮎川信夫 路上のたましい」　㊷大阪で谷田昌平主宰の「青銅」に参加。昭和29年上京し、「荒地」に加わる。35年「来歴」を刊行し、以後、「魂の領分」「日日変幻」「夜の中の鳥たち」「ことばの冠」「日日の変化」などを刊行。著書に「鮎川信夫 路上のたましい」がある。㊙日本現代詩人会、日本文芸家協会　㊷夫＝谷田昌平(文芸評論家)

室生 犀星　むろう・さいせい
詩人　小説家　㊷明治22年8月1日　㊷昭和37年3月26日　㊷石川県金沢市裏千日町　本名＝室生照道　雅号＝魚眠洞　㊷金沢高小(明治35年)中退　㊷日本芸術院会員(昭和23年)　㊷渡辺賞(第2回)(昭和3年)、文芸懇話会賞(第1回)(昭和10年)「あにいもうと」、菊池寛賞(第3回)(昭和15年)「戦死」、読売文学賞(第9回・小説賞)(昭和32年)「杏っ子」、野間文芸賞(第12回)(昭和34年)「かげろふの日記遺文」、毎日出版文化賞(昭和34年)「わが愛する詩人の伝記」　㊷少年時代から文学に傾倒し、詩や俳句を「北国新聞」などに投稿する。明治45年「スバル」に詩3篇を発表して注目され、大正3年萩原朔太郎らと「卓上噴水」を、5年には「感情」を創刊し、7年「愛の詩集」を刊行。同年「抒情小曲集」を刊行し、近代抒情詩の一頂点を形成した。以後、詩人、作家、随筆家として幅広く活躍。小説の分野では9年「性に目覚める頃」を刊行し、昭和9年に「あにいもうと」を発表し、文芸懇話会賞を受賞。15年「戦死」で菊池寛賞を受賞。戦後も死の直前まで活躍し、32年「杏っ子」で読売文学賞を、34年「かげろうの日記遺文」で野間文芸賞を受賞した。随筆の分野での作品も多く、「随筆女ひと」「わが愛する詩人の伝記」などがあり、ほかに「室生犀星全詩集」「室生犀星全集」(全12巻・別巻2、新潮社)がある。35年には室生犀星詩人賞が設定された。また、没後の52年「室生犀星句集(魚眠洞全句)」が刊行された。㊷妻＝室生とみ子(俳人)、長女＝室生朝子(随筆家)

室生 とみ子　むろう・とみこ
俳人　㊷明治28年7月10日　㊷昭和34年10月18日　㊷石川県金沢市　㊷金沢市新竪町尋常小学校の訓導をつとめた。大正7年2月室生犀星と結婚、職を退く。詩人竹村俊郎の推薦により「風流陣」に参加。著書に「しぐれ抄」、没後室生犀星の編による「とみ子発句集」がある。㊷夫＝室生犀星(詩人・小説家)

室賀 国威 むろが・くにたけ
俳人 元・敷島紡績社長 ⽣明治29年11月28日 ㊵平成6年1月29日 ㊴兵庫県神戸市 号＝室賀杜桂(むろが・とけい) ㊻神戸高商(大正8年)卒 ㊸藍綬褒章(昭和35年)、勲三等旭日中綬章(昭和42年) 大正9年福島紡績(のち敷島紡績)に入社。昭和13年取締役、18年常務、同年専務、22年社長、42年会長、45年再び社長、46年相談役、47年監査役、52年相談役、58年名誉顧問を歴任。一方、俳人としては、9年野村泊月に師事し、「ホトトギス」「山茶花」投句。泊月逝去後「関圭草」主宰。「桐の葉」に投句。28年以降阿波野青畝に師事、「かつらぎ」同人。㊸俳人協会

室積 純夫 むろずみ・すみお
歌人 ⽣昭和20年5月28日 ㊴山口県 ㊸歩道賞(昭52年度) ㊻19歳より作歌し、昭和44年4月「歩道短歌会」入会、佐藤佐太郎に師事。52年度歩道賞受賞。56年12月に「歩道」編集委員となる。歌集「高架路」がある。 ㊸現代歌人協会

室積 徂春 むろずみ・そしゅん
俳人 ⽣明治19年12月17日 ㊵昭和31年12月4日 ㊴滋賀県大津市松本 本名＝室積尚 旧姓(名)＝増永 別号＝平明居主人、碌々子 ㊻明治31年13歳で岡野知十に師事し、34年「半面」の創刊に参加。のち佐藤紅緑に師事し「とくさ」の編集に従事する。昭和2年「ゆく春」を創刊。編著に「ゆく春第一句集」「ゆく春第二句集」がある。 ㊿兄＝室積煙霞郎(俳人)、妻＝室積波那女(俳人)

室積 波那女 むろずみ・はなじょ
俳人 ⽣明治21年5月20日 ㊵昭和43年7月22日 ㊴愛媛県宇和島市 本名＝室積ハナ ㊻大正6年室積徂春と結婚。徂春の「ゆく春」創刊を援け、夫亡きあと「ゆく春」を主宰した。 ㊿夫＝室積徂春(俳人)

【 め 】

目黒 十一 めぐろ・じゅういち
俳人 「青雲」主宰 ⽣昭和2年2月17日 ㊴福島県 本名＝福原重吉(ふくはら・じゅうきち) ㊻福島大学学芸学部卒 ㊸青雲賞(昭和56年) ㊻昭和42年福原十壬に師事し、「青雲」所属。45年「青雲」同人、のち主宰。 ㊸俳人協会

目崎 徳衛 めざき・とくえ
俳人 聖心女子大学名誉教授 ㊸日本文化史平安文学研究 ⽣大正10年2月19日 ㊵平成12年6月13日 ㊴新潟県小千谷市 俳名＝志城柏(しじょう・はく) ㊻東京帝国大学文学部国史学科(昭和20年)卒 文学博士(東京大学)(昭和55年) ㊸角川源義賞(第1回)(昭和54年)「西行の思想史的研究」、やまなし文学賞(評論研究部門、第3回)(平成7年)「南城三餘集私抄」
㊻昭和37年長岡高専講師、39年助教授、40年文部省教科書調査官を経て、48年聖心女子大学教授に就任。平成元年定年退職。俳句は昭和21年「風」同人、のち「花守」を主宰。45年間刊行を続けたが9年に脳出血で倒れたため、平成10年535号で廃刊となる。著書に「紀貫之」「平安文化史論」「漂泊―日本思想史の底流」「王朝のみやび」「西行の思想史的研究」「南城三餘集私抄」、句文集「散木抄」などがある。 ㊸史学会、風俳句会、日本文芸家協会、日本ペンクラブ、俳人協会(名誉会員)

目迫 秩父 めさく・ちちぶ
俳人 ⽣大正6年3月24日 ㊵昭和38年3月18日 ㊴神奈川県横浜市 本名＝目迫文雄 ㊻神奈川県立商工実習学校商業部(昭和9年)卒 ㊸現代俳句協会賞(昭和33年) ㊻昭和16年、勤務先に俳句部が出来、その指導を、かつての学校の師でもあった大野林火に依頼したのがはじまりで、以後林火に師事。「石楠」に投句。21年林火主宰「浜」創刊と同時に参加。24年野沢節子・佐野俊夫との合同句集「暖冬」を、31年句集「雪無限」を上梓。33年現代俳句協会賞を受賞。

【 も 】

毛利 文平 もうり・ぶんぺい
歌人 元・「短歌現代」編集長 ⽣昭和4年12月5日 ㊴埼玉県川越市 ㊻昭和28年「コスモス」入会、29年鈴木幸輔に師事。32年「長風」創刊に参加。歌集「姿勢」「立夏」。55年幸輔死去後、「長風」は合議制となり、選者並びに編集委員となる。

最上 純之介 もがみ・じゅんのすけ
詩人 ⽣明治40年5月 ㊵昭和7年10月 ㊴東京・神田 本名＝平井功 雅号＝飛来鴻、J＝V＝L(ジャン＝ベラスコ＝ロペス)、炉辺子 ㊻府立高校図

書館に勤め、かたわら創作を続けた。小学生時代、植物学に関心を抱き、北アルプスで新種を発見。15歳で西条八十、日夏耿之介に師事し「東方芸術」「汎天苑」などに詩を発表。また英国の詩を翻訳し、16歳で「孟夏飛霜」を自費出版、英国詩人チャタトンに比せられた。詩集に「驕子綺唱」(未刊)「炉辺子残藁」(遺稿)がある。17〜18世紀英文学本収集でも有名で雑誌「游牧記」を編集。思想問題で検挙された。

物集 高見　もずめ・たかみ

国文学者　国語学者　詩人　[生]弘化4年5月28日(1847年)　[没]昭和3年6月23日　[出]豊後国速見郡北新町(大分県)　幼名＝素太郎、善五郎、号＝鶯谷、董園、理書居士　文学博士(明治32年)　[歴]慶応元年長崎に赴き、2年京都、ついで東京に出て蘭学や国学を平田鉄胤らに学ぶ。明治3年神祇官宣教史生となり、のち教部省に出仕、19年から32年まで東大教授をつとめる。のち学習院、国学院の教授を歴任。業績として百科全書ともいうべき「広文庫」「群書索引」の編纂、刊行に最も力をそそいだ。国語辞書としては「日本大辞書ことばのはやし」「日本大辞林」などを編纂した。他の主な著書に「初学日本文典」「言文一致」などがある。その一方では、「女学雑誌」「少年園」「国光」などに詩を発表。「静舞」「壇の浦」は好評を博した。28年「世継の歌」を刊行した。「物集高見全集」(全5巻)がある。　[家]父＝物集高世(国学者)、長男＝物集高量(国史学者)、三女＝藤波和子(青踏発起人)

望月 紫晃　もちずき・しこう

俳人　[生]大正14年11月28日　[出]長野県　本名＝望月正夫　[学]野沢中(現・野沢北高)卒　[賞]りんどう賞　[歴]昭和24年「竜胆」同人となるが、1年後中断。35年「黒姫」に復帰、翌年同人となる。39年「万緑」入会。翌年「万緑」長野支部幹事。のち県俳人協会常任委員を務める。53年「岳」創刊同人、54年「黒姫」代表。句集に「遠汽笛」「青山椒」がある。　[団]俳人協会

望月 苑巳　もちずき・そのみ

詩人　ジャーナリスト　「孔雀船」主宰　[生]昭和22年10月15日　[出]東京都荒川区日暮里町　本名＝清水進　[学]小石川高　[歴]業界新聞記者をつとめる傍ら、昭和46年から詩誌「孔雀船」を主宰する。「地球」「亀卜」同人。著書に「紙パック入り雪月花」「これから始める小説・エッセイ・自分史の書き方」、詩集「反雅歌」「聖らむね論」「定家卿の思想」「増殖する、定家」(第38回H氏賞候補)、共著に「塚本邦雄論集・第1輯」(共著)がある。　[団]日本現代詩人会、日本詩人クラブ、日本ペンクラブ

望月 たかし　もちずき・たかし

俳人　[生]大正9年6月12日　[没]平成1年2月26日　[出]山梨県　本名＝望月孝　[歴]南方に従軍中、著書により水原秋桜子を識る。昭和26年「馬酔木」に入門。35年同人。句集に「壺中」。　[団]俳人協会、日本山岳会

望月 昶孝　もちずき・のぶたか

詩人　[生]昭和13年5月19日　[出]東京　筆名＝望月春男　[学]早稲田大学第一政経学部政治学科(昭和37年)卒　[歴]在学中は小説を書いたが、のち詩に転向。詩誌「長帽子」を創刊、同人。詩集に「島へ」「鏡面感覚」「路傍暮色」「童話のない国」など。

望月 百合子　もちずき・ゆりこ

女性解放運動家　文芸評論家　歌人　翻訳家　[専]フランス文学　[生]明治33年9月5日　[没]平成13年6月9日　[出]東京　本名＝古川百合　[学]成女女学校(大正8年)卒、ソルボンヌ大学(大正14年)修了　[歴]成女女学校卒業後、読売新聞社に入社。大正9年父と渡仏。ソルボンヌ大学で西洋哲学を専攻。帰国後、小説家の長谷川時雨を中心とする「女人芸術」に参加。のち高群逸枝、平塚らいてうらとともに「婦人戦線」を創刊、アナキスト系論客として女性解放を訴え、講演・翻訳等でも華やかに活動した。昭和5年アナキスト古川時雄と結婚。この頃、画家の竹久夢二が描いた掛け軸のモデルを務めた。一時カリエスで闘病。13年旧満州に渡り、大新興日報の記者となる。23年帰国。戦後も、翻訳や評論活動を続け、歌人としても活躍した。また、山梨県出身文化人の会・山人会最高顧問の他、竹久の資料保存に尽力。平成11年郷里・山梨県の鰍沢町教育文化会館内に望月百合子記念館が開設された。12年100歳を記念して写真集「20世紀を自由に生きて」を刊行。歌集に「幻のくに」、訳書にフランス「タイース」、ボードレール「ロマン派の絵画」、「ヴィクトリア女王の娘」など。　[団]日本文芸家協会、山人会(名誉会員)　[家]父＝石川三四郎(社会運動家・思想家)、夫＝古川時雄(アナキスト)

持田 勝穂　もちだ・かつほ
歌人　[生]明治38年3月9日　[没]平成7年6月25日　[出]福岡市博多区上鰯町　本名＝持田勝男　[賞]福岡市文化賞(第1回)(昭和51年)　[歴]長く西日本新聞社に勤務、文化部次長、調査部長を経て退職、現在同社社友。「赭土」「香蘭」を経て昭和10年より白秋に師事、「多磨」創刊に参加、終刊後28年「形成」創刊に参画。平成6年からは「波濤」を編集・発行。歌集「近代の靄」「紙魚のごとく」、「評伝・筑紫歌都子・まぼろしの琴」など多彩な著述活動を展開している。　[団]詩と音楽の会、現代歌人協会

本井 英　もとい・えい
俳人　高校教師　[生]昭和20年7月26日　[出]埼玉県　[学]慶応義塾大学卒、慶応義塾大学大学院文学研究科国文学専攻博士課程修了　[歴]慶応義塾高校在学中清崎敏郎に、のち星野立子、高木晴子に師事。「ホトトギス」「若葉」同人。現代、慶応義塾志木高校教諭。著書に「わが愛する俳人・夏目漱石」、編著に「高浜虚子」、句集に「本井英句集」などがある。　[団]俳人協会(幹事)

本岡 歌子　もとおか・うたこ
俳人　[生]大正4年12月7日　[出]富山県　本名＝本岡歌　[学]日本女子大学家政科卒　[賞]藍綬褒章、金沢市文化活動賞(昭和57年)　[歴]高浜虚子に師事し、虚子の死後高野素十に師事し、同師系の「蕗」の同人。「蕗」に百回連載したエッセイを牧羊社から「遅日の庭」という名で上梓。第一句集「雪晴」、第二句集「惜春」、第三句集「草紅葉」がある。　[家]夫＝本岡三郎(セコム北陸社長)、兄＝篠塚繁(俳人・元日銀監事)

本居 豊穎　もとおり・とよかい
国文学者　歌人　[生]天保9年4月27日(1838年)　[没]大正2年2月15日　[出]紀伊国和歌山(和歌山県)　号＝秋屋　文学博士(明治42年)　[資]帝国学士院会員(明治39年)　[歴]本居宣長の曽孫にあたり、幼くして母藤子に家学を学ぶ。安政2年父の死後家学を継ぎ、国学の研究に没頭。はじめ江戸の紀州藩校教授、維新後は明治政府に仕え神道界に活躍した。明治3年権中宣教師に任ぜられ、のち宣教権中博士、大祀御用掛、神祇大録、平野神社大宮司、神田神社社司などを経て、大教正に進み、大社教副管長に就任。25年東京高師教授、29年東宮侍講、30年御歌所寄人、32年東京帝大講師などを歴任した。大八洲学会に属し、「大八洲学会雑誌」(のち「大八洲雑誌」)の会主となり、国学者歌人を集め21年「大八洲歌集」を刊行。歌集に「秋屋集」、歌論集に「歌談」がある。　[家]父＝本居門遠(国学者，歌人)

本島 あい子　もとしま・あいこ
詩人　[生]大正12年2月8日　[出]静岡県磐田郡光明村　[歴]昭和17年結婚して満州へ。21年帰国。31年に受洗してクリスチャンに。37年から「コスモス」同人として活躍したが、59年短歌から詩に転向。「岩礁」「文宴」「葵詩書」同人。詩集に「土の器」「天の衣」「本島あい子詩集」などがある。

本島 高弓　もとじま・たかゆみ
俳人　[生]大正1年9月13日　[没]昭和30年8月17日　[出]東京市浅草区　[学]日本大学経済科中退　[歴]昭和13年「春蘭」に加わり俳句への関心を深めたが、新興俳句に共鳴し15年には日野草城の「旗艦」に参加、その後雑誌「琥珀」同人となる。16年同人誌の「日月」を創刊、19年には加宮貴一と共著の句集「吾子と吾夢」を上梓。戦後は「太陽系」「火山系」などで活躍、27年には富沢赤黄男を擁して高柳重信と「薔薇」を創刊。一方、大野我羊の「芝火」「俳句世紀」「東虹」などの編集に従事し、晩年は句集出版の酩酊社を自営。句集に前著の他、「幸矢」と「斜陽」がある。

本橋 定晴　もとはし・さだはる
俳人　[生]大正9年10月15日　[出]東京　[学]文化学院文学科卒　[歴]昭和17年「さいかち」入会、松野自得に師事し、同人を経て編集部員。　[団]俳人協会

本宮 銑太郎　もとみや・せんたろう
俳人　[生]大正7年1月23日　[出]群馬県　本名＝本宮忠平(もとみや・ちゅうへい)　[学]商業卒　[歴]昭和15年「鶴」に入会、32年同人。54年同人会会長となる。句集に「虎斑」「一顆」。　[団]俳人協会

本宮 鼎三　もとみや・ていぞう
俳人　「かなえ」主宰　[生]昭和3年1月22日　[没]平成10年12月3日　[出]静岡県静岡市　本名＝本宮金孝　[学]静岡逓信講習所卒　[歴]俳誌「天狼」を創刊。「遠星集」に投句。昭和32年「氷海」参加、のち同人。46年上田五千石と畦の会結成、48年「畦」を創刊、編集長を務めた。平成10年1月「かなえ」を創刊、主宰した。句集「櫂」「欝金」「一情」「瑠璃」などがある。　[団]俳人協会

本宮 哲郎 もとみや・てつろう
俳人 [生]昭和5年11月17日 [出]新潟県 [賞]新潟日報俳壇賞(第39回, 56回)(昭和43年, 51年)、河賞(昭和60年)、俳句研究賞(昭和61年)、俳人協会賞(平成13年)「日本海」 [歴]農業に従事する一方、昭和23年「雲母」に入会。28年北川冬彦のネオリアリズム詩運動に参加。35年度「雲母寒夜句三昧」(優秀八作家)の一人に選ばれる。52年「河」同人。56年斉藤美規主宰「麓」に参加。句集に「雪嶺」「日本海」など。[団]俳人協会、日本文芸家協会

物種 鴻両 ものだね・こうりょう
俳人 「逢坂」主宰 [生]昭和4年1月9日 [出]大阪府 本名=物種克已 [学]堺商卒 [歴]昭和29年中村若沙に師事。46年「ホトトギス」同人。54年「逢坂」主宰。 [団]俳人協会

籾山 梓月 もみやま・しげつ
俳人 出版人 [生]明治11年1月10日 [没]昭和33年4月28日 [出]東京・日本橋 本名=籾山仁三郎 旧姓(名)=吉村 旧号=江戸庵庭後、梓月宗仁 [学]慶応義塾大学理財科(明治33年)卒 [歴]高浜虚子から俳書堂を譲り受け、明治38年籾山書店を創立。多くの俳書や、いわゆる蝴蝶本を刊行し、また「三田文学」も発行。大正5年永井荷風とともに「文明」を創刊。また俳人としても活躍し句集「江戸庵句集」「浅草川」や小品集「遅日」などの著書がある。のち時事新報常務取締役になった。

百田 宗治 ももた・そうじ
詩人 児童文学者 [生]明治26年1月25日 [没]昭和30年12月12日 [出]大阪府大阪市西区 本名=百田宗次 旧号=楓花 [学]高小卒 [歴]早くから短歌を作り、明治44年「愛の鳥」を刊行。この頃から詩作をはじめ、45年詩歌集「夜」を刊行し、大正4年詩集「最初の一人」を刊行する。4年「表現」を創刊し、7年「民衆」を創刊。民衆派の詩人として活躍し、7年「ぬかるみの街道」を刊行。8年上京し「日本詩人」の編集にたずさわる。11年「青い翼」「風車」を刊行。のち民衆派を去り、14年「静かなる時」を刊行。15年「椎の木」を創刊主宰する。その間「何もない庭」や「随筆詩論集」を刊行。昭和7年から児童詩の指導をし、14年「綴方の世界」を刊行。他の著書に「青年詩とその批評」「辺彊人」などがある。

桃原 邑子 ももはら・ゆうこ
歌人 [生]明治45年3月4日 [没]平成11年6月8日 [出]沖縄県中頭郡与那城村 [学]沖縄県女子師範(昭和4年)卒 [賞]熊日文学賞(第21回)(昭和54年)「水の歌」、熊本県芸術功労者(平成2年) [歴]沖縄で戦争を経験し、長男を失う。沖縄県小学校教師を経て、戦後熊本へ移り、昭和46年教師を退くまで約30年小学校教師を務めた。6年「詩歌」に入会、前田夕暮に師事。29年香川進の「地中海」に入会、地中海沖縄支社長として指導に当たる。大分の「歌帖」、熊本の「南風」にも所属。42年に歌集「夜光時計」を出版して以来、子を失った悲しみを歌にたくしてきた。ほかに「水の歌」「沖縄」がある。

森 一歩 もり・いっぽ
児童文学作家 詩人 「児童文芸」編集長 [生]昭和3年2月2日 [出]北海道旭川市 本名=森和男 [学]慶応義塾大学英文科(昭和29年)中退 [賞]文芸広場小説年度賞(昭和31年)、毎日児童小説賞(第9回)(昭和34年)「コロポックルの橋」、講談社児童小説入選(昭和35年)、オール読物新人杯次席入選(昭和35年)、池内祥三文学奨励賞(第12回)(昭和57年)「団地の猫」「九官鳥は泣いていた」、日本児童文芸家協会賞(第7回)(昭和57年)「帰ってきた鼻まがり」、伊東静雄賞(奨励賞, 第6回)(平成7年)「骨壺」、児童文化功労賞(第37回)(平成10年) [歴]西脇順三郎に師事して詩作をしていたが、昭和35年「毎日小学生新聞」の懸賞に入選し、その作品を改稿して同年「コロポックルの橋」として刊行。以後児童文学作家として活躍し、57年「帰ってきた鼻まがり」で日本児童文芸家協会賞を、「団地の猫」「九官鳥は鳴いていた」で池内祥三文学奨励賞を受賞。その他の作品に「入れ歯のライオン」などがある。 [団]日本児童文学者協会、日本児童文芸家協会(常務理事)、日本文芸家協会、三田文学会、新鷹会

森 鷗外 もり・おうがい
小説家 詩人 評論家 陸軍軍医 [生]文久2年1月19日(1862年) [没]大正11年7月9日 [出]石見国鹿足郡津和野町田村横堀(現・島根県鹿足郡津和野町町田) 本名=森林太郎(もり・りんたろう) 別号=鷗外漁師、千朶山房主人、牽舟居士、観潮楼主人 [学]東京大学医学部(明治14年)卒 [歴]医学校を卒業した明治14年に陸軍軍医となり、17年から21年にかけてドイツに留学し、衛生学および軍陣医学を学ぶ。軍医としての公的生活と文学者としての私的生活との矛盾に苦悩しながら、独自の文学を創造し、多数の

作品を発表した。明治20年代の作品としては「舞姫」「うたかたの記」や新体詩の翻訳「於母影」などがあり、また「しがらみ草紙」を創刊した。40年陸軍軍医総監、陸軍省医務局長の軍医最高位となる。30年から40年代の作品としては「即興詩人」「キタ・セクスアリス」「青年」「雁」など。ほかに叙事詩「長宗我部信親」や日露戦争従軍体験を詩、短歌、俳句の形で詠んだ「うた日記」がある。また、この期における詩集はのちに詩歌集「沙羅の木」(大正4年刊)に集成された。大正時代は考証に基づく史伝を多く書き、「阿部一族」「大塩平八郎」「山椒大夫」「高瀬舟」「渋江抽斎」や「寒山拾得」などがある。大正5年医務局長を辞任し、6年に帝室博物館総長兼図書頭、8年帝国美術院長に就任した。文学以外の作品としては「西周伝」「帝諡考」「元号考」や「東京方眼図」などがあり、「医政全書稿本」の編述を始めとする医学論文も数多い。「鴎外全集」(全38巻、岩波書店)がある。　弟=三木竹二(劇評家)、妹=小金井喜美子(翻訳家)、弟=森潤三郎(近世学芸史研究家)、妻=森志げ(小説家)、長男=森於菟(解剖学者)、長女=森茉莉(小説家)、二女=小堀杏奴(随筆家)、三男=森類(随筆家)、孫=森富(生理学者・仙台大教授)、山田爵(仏文学者)、森常治(比較文学者・早大教授)

森 槐南　もり・かいなん
漢詩人　㋷文久3年11月16日(1863年)　㋝明治44年3月7日　㋨尾張国名古屋(愛知県)　本名=森公泰　字=大来、通称=泰二郎、別号=秋波禅侶　文学博士(明治44年)　㋕父に詩学を、金嘉穂、鷲津毅堂、三島中洲らに漢学を学んで、明詩風の詩をつくった。明治14年太政官に出仕し、以後枢密院属、帝室制度取調局秘書、図書寮編集官、宮内大臣秘書官、式部官などを歴任。伊藤博文の信頼厚く、42年博文がハルビンで暗殺された時も随行しており銃創を受けた。晩年には東京帝大文科大学講師を兼任。詩人としては明治詩壇の第一人者として活躍し、23年星社を設立、盟主となり、32年「新詩綜」を創刊。37年随鴎吟社をおこし、「随鴎集」を刊行した。明治末期の漢詩壇の中心的存在となり、国分青厓、本田種竹と共に三大家と称された。主著に「槐南集」「浩蕩詩程」「作詩法講話」「唐詩選評釈」など。　㋭父=森春濤(漢詩人)、母=森清子(歌人)

森 寛紹　もり・かんしょう
⇒森白象(もり・はくしょう) を見よ

森 菊蔵　もり・きくぞう
詩人　東京企画社長　㋷昭和2年5月4日　㋝平成9年2月21日　㋨群馬県　筆名=檜一之　㋕昭和58年行政改革をすすめる市民の会を結成、代表幹事。世界青少年交流協会常務理事、東京企画社長も務めた。24年にできた秘書制度の第1期生で、代議士秘書経験者。一方、数多くのCMソングを作詞。詩集に「百花」「未来」「風韻」「青春」など。
㋵日本詩人クラブ、日本現代詩人会

森 薫花壇　もり・くんかだん
俳人　㋷明治24年11月14日　㋝昭和51年3月6日　㋨愛媛県　本名=森福次郎　㋕18歳ごろより句作、河東碧梧桐の「海紅」、荻原井泉水の「層雲」に投句。昭和7年、富安風生を選者に「糸瓜」を創刊、傍ら12年「若葉」に投句し24年同誌同人。地元新聞、放送関係の俳壇の選者として地方文化にも尽くした。句集に「蟹目」「凌霄花」がある。

森 幸平　もり・こうへい
歌人　㋷明治43年7月30日　㋨静岡県　㋕昭和15年「アララギ」に入会する。21年関東アララギ会「新泉」、23年山口茂吉の主宰する「アザミ」、33年「童牛」に入会する。のち「窓日」に所属。歌集に「暗緑雲」など。

森 佐知子　もり・さちこ
歌人　㋷昭和13年4月11日　㋨東京　㋕昭和41年に「林間」入会、同人となる。48年「十月会」、「女人短歌」会員に。歌集に「埴」「十月会作品V」など。

森 猿男　もり・さるお
俳人　㋷万延2年1月11日(1861年)　㋝大正12年4月18日　㋨江戸・本所　通称=廉次郎、旧号=墨南　㋞東京高商主計科卒　㋕20歳の時幕臣森謙吾の養子となり、浅草猿屋町に移る。猿男の号はこれにちなむという。銀行に勤務の傍ら、明治24年伊藤松宇らと俳句グループ椎の友社を結成。26年正岡子規、内藤鳴雪らの参加を得て「俳諧」を創刊した。28年角田竹冷、尾崎紅葉らが秋声会を興してからはこれに属した。「小日本」附録の子規選集「俳句二葉集」に句が見られる。

森 静朗　もり・しずろう

俳人　詩人　日本大学名誉教授　㊿金融経済論協同組織金融論　中小企業金融論　㊷昭和2年1月11日　㊽北海道岩内郡岩内町　俳号＝森句城子（もり・くじょうし）　㊼日本大学大学院金融論専攻（昭和34年）博士課程修了　経済学博士　㊿金融思想史（信用創造中心に）、貨幣学説史、共同体貨幣　㉑中小企業研究奨励賞（昭和56年）、全作家文学賞（奨励賞、平9年度）（平成10年）「マネー」　㊸昭和42～43年カリフォルニア大学に留学。日本大学商学部教授を経て、平成3年商学部長、のち通信教育部長を歴任。著書に「金融自由化の落し穴」「庶民金融思想史体系」「日本の金融構造」などがある。俳句が趣味で、昭和18年「鹿火屋」の原石鼎、コウ子門に入門。「鹿火屋」に所属し、のち同人。他に詩集「マネー正気と狂気」、随筆集「人生の忘れもの」がある。　㊽金融学会（理事）、経済学史学会、俳人協会、日本文芸家協会、日本ペンクラブ、賀川豊彦学会

森 春濤　もり・しゅんとう

漢詩人　㊷文久2年4月2日（1819年）　㊹明治22年11月21日　㊽尾張国一宮（愛知県）　本名＝森魯甫　通称＝浩甫　医家に生まれ、はじめ医学を学ぶ。のち詩作に興味を持ち、17歳で鷲津松陰の門に入り、安政3年京都に出て梁川星巌に学ぶ。文久2年名古屋に桑三軒吟社をおこし、永坂石埭、丹羽花南、永井禾原らの後進を育成。明治7年東京に茉莉吟社をたて、8年誌文雑誌「新文詩」を創刊。詩集に「東京才人絶句集」「旧雨詩鈔」「春濤詩鈔」など。　㉜息子＝森槐南（漢詩人）

森 澄雄　もり・すみお

俳人　「杉」主宰　㊷大正8年2月28日　㊽長崎県長崎市　本名＝森澄夫　㊼九州帝国大学法文学部経済学科（昭和17年）卒　㊽日本芸術院会員（平成9年）　㉑読売文学賞（詩歌・俳句部門・第29回）（昭和52年）「鯉素」、蛇笏賞（第21回）（昭和62年）「四遠」、紫綬褒章（昭和62年）、勲四等旭日小綬章（平成5年）、日本芸術院賞・恩賜賞（平成9年）、毎日芸術賞（第40回、平10年度）（平成11年）「花間」「俳句のいのち」、勲三等瑞宝章（平成13年）　㊽大学卒業と同時に応召、昭和19年から南方を転戦し、21年に復員。22年佐賀県立鳥栖高女教員となり、後に都立豊島高校に移る。高商在学中から加藤楸邨に師事し、15年「寒雷」創刊と同時に同人となり、後に編集もする。29年第一句集「雪櫟」を刊行。俳句を修練と老熟による「今の文学」と説き、句の中にこっけいさと軽みを求める。45年「杉」を創刊し主宰。52年「鯉素」で読売文学賞を受賞。著書はほかに、句集「花眼」「浮鴎」「四遠」「餘白」「白小」「花間」や人に贈った序文や帯を集めた「句業瞻望」、「森澄雄俳論集」「澄雄俳談百題」〈上・下〉、「俳句のいのち」「俳句に学ぶ」などがある。　㊽日本文芸家協会、現代俳句協会　㉜長男＝森潮（洋画家）、長女＝森あゆ子（日本画家）、二男＝森洋（陶芸家）

森 荘已池　もり・そういち

作家　詩人　㊷明治40年5月3日　㊹平成11年3月13日　㊽岩手県盛岡市　本名＝森佐一　㊼東京外国語大学ロシア語科（昭和2年）中退　㉑直木賞（第18回）（昭和19年）「山畠」「蛾と笹舟」、宮沢賢治賞（第4回）（平成6年）　㊽岩手日報記者を経て、文筆業に専念。昭和18年「山畠」「蛾と笹舟」で直木賞受賞。この間、大正14年岩手県歌人協会、岩手県詩人協会を組織。15年草野心平の「銅鑼」に萩原恭次郎らと参加、詩を発表する。宮沢賢治とは亡くなるまで10年の親交があり、著書に「宮沢賢治の肖像」「私たちの詩人宮沢賢治」、編著に「宮沢賢治全集」などがある。

森 たかみち　もり・たかみち

童謡詩人　歌人　㊷明治41年　㊽愛知県　筆名＝ほたる　㊼高小卒　㊽丁稚、土木労働者、看護員などをして住居を転々とする。大正13年から「金の星」「赤い鳥」「お話の木」などに童謡を投稿。北原白秋に認められて、のち童謡同人誌「チチノキ」に参加。童謡集に「足柄山の春」「森たかみち童謡集」など。ほかに詩歌、小説もある。

森 ちふく　もり・ちふく

詩人　「樹音の会」主宰　㊷昭和5年　㊽奈良県奈良市　本名＝北邨智福　㊽平成3年講師を務めた現代詩講座の発表の場として「樹音」を創刊。第2号から会員を女性のみに限定し編集。「焔」同人。詩集に「女の戦い」「湯のみ茶わん」「昭和臨終」「森ちふく詩集・消えた剥製」、写真詩集に「花のうつわ」など多数。　㊽日本ペンクラブ、日本詩人クラブ

森 哲弥　もり・てつや

詩人　㊷昭和18年　㊽京都府京都市　㊼立命館大学卒　㉑H氏賞（第51回）（平成13年）「幻想思考理科室」　㊽中学時代から同人誌グループで作品を発表。就職と同時に詩作を再開し、25歳で初の詩集「初猟」を発表。平成13年「幻想

思考理科室」で第51回H氏賞を受賞。他に詩集「仕事場」「少年玩弄品博物館」などがある。重症心身障害児施設・第二びわこ学園に勤務。 [団]近江詩人会

森 白象 もり・はくしょう
僧侶　俳人　金剛峯寺第406世座主　宝厳寺住職　元・高野山真言宗管長　[生]明治32年5月31日　[没]平成6年12月26日　[出]愛媛県　本名＝森寛紹(もり・かんしょう)　[学]関西大学法学部(大正15年)卒、高野山大学密教学科(昭和5年)卒　[歴]昭和17年大阪・普賢院住職、のち宝聚院住職。55年高野山真言宗総本山金剛峯寺第406世座主となり、のち高野山真言宗管長に就任。大僧正。一方、俳句に親しみ高浜虚子、富安風生の知遇を得て、24年「ホトトギス」同人。27年「若葉」同人となる。著書に「弘法大師と其の数」「三教指帰講義」など。句集に「高野」「遍路」「仏法僧」がある。　[家]孫＝森寛勝(普賢院住職)

森 総彦 もり・ふさひこ
俳人　医師　[専]眼科　[生]大正6年5月12日　[没]昭和42年11月18日　[出]千葉県　[歴]学生時代より句作に励み、東京・砂町に開業して石田波郷を識り、入門。「鶴」同人として活躍するほか、一時期鶴発行所の責任者も務めた。句集に「贋福耳」「青梅」がある。

森 三重雄 もり・みえお
俳人　埼玉医科大学名誉教授　[生]大正10年1月12日　[没]平成9年12月29日　[出]東京　[学]東京文理大学文学部英語英文学科卒　[賞]未来図賞(昭和63年)、麻賞(平成2年)　[歴]お茶の水女子大附属中・高校教諭を経て、埼玉医科大学教授。のち名誉教授。俳句は、昭和43年中村一朗に就き作句開始。49年より3年間一朗主宰誌「三山」の編集担当となるが、主宰死亡により終刊。50年「麻」に参加、主宰の菊池麻風に師事。59年「未来図」創刊に参加、平成6年まで編集長。同年より同人会長。句集に「森三重雄句集」「桑の影」がある。　[団]俳人協会

森 道之輔 もり・みちのすけ
詩人　[生]大正10年7月5日　[出]福岡県大牟田市　[学]鉄道教習所卒　[歴]はじめ「若草」に投稿。「文芸汎論」などを経て、戦後、国鉄詩人連盟の中心になって活躍。「新日本文学」「新日本詩人」などに作品を発表。のち「詩行動」「創造」の創刊に参加。「柵」同人。詩集に「春望」(昭17年)「寝ても覚めても」(平4年)がある。 [団]日本文芸家協会、日本現代詩人会

森 三千代 もり・みちよ
詩人　小説家　[生]明治34年4月19日　[没]昭和52年6月29日　[出]三重県宇治山田(現・伊勢市)　[学]東京女高師中退　[賞]新潮社文芸賞(昭和18年)「小説和泉式部」　[歴]大正13年東京女高師在学中に金子光晴と結婚し、光晴らの詩誌「風景」に参加。昭和2年詩集「龍女の眸」、光晴との共著「鱶沈む」を刊行。3年から7年にかけて、光晴と中国、東南アジア、パリを放浪旅行する。12年「小紳士」を「文芸」に発表して文壇にデビュー。15年第一小説集「巴里の宿」刊行。戦後は全身リューマチのため半臥の状態が続いた。他の作品に「金色の伝説」「小説和泉式部」「巴里アポロ座」「豹」などがある。 [家]夫＝金子光晴(詩人)

森 無黄 もり・むこう
俳人　[生]元治1年3月6日(1864年)　[没]昭和17年3月26日　[出]江戸・駒込　本名＝森貞治郎　別号＝六彩居、三渓　[歴]官吏、新聞記者などを経て、秋声会創立に参加、機関誌「秋の声」編集、のち「卯杖」を編集。明治42年「初冠」を主宰、昭和11年山田秋雨主宰「赤壁」に合併、319号に及んだ。没後「無黄遺稿」(全3巻)が刊行された。

森 淑子 もり・よしこ
歌人　[生]昭和5年6月11日　[出]東京　[学]双葉高女　[歴]女学校時代より作歌し、20年姉・畑和子の勧めで中河幹子主宰の「をだまき」に入社、27年同人となる。同年「新歌人会」にも入会、解散に至るまで所属する。36年「十月会」入会。35年短歌研究新人賞次席、翌年新歌人会作品賞を受賞する。歌集に「冷ゆる馬鈴薯」「桜谷」など。　[団]日本歌人クラブ

森 玲子 もり・れいこ
小説家　俳人　「水」主宰　[生]昭和3年5月19日　[出]宮城県石巻市　本名＝佐久間玲子　[歴]著書に「季語の国のアリス」「白い睡りのあとで」「伝記・壷井栄」「ひろがれ、ぼくらのハーモニー」、句集に「ルソーの獅子」「道灌山」など。 [団]俳人協会、日本ペンクラブ

森岡 貞香 もりおか・さだか
歌人　「石畳」主宰　[生]大正5年3月4日　[出]島根県松江市　[学]山脇高女卒　[賞]日本短歌雑誌連盟賞「白蛾」、迢空賞(第26回)(平成4年)「百乳文」、現代短歌大賞(第23回)(平成12年)「定本森岡貞香歌集」、斎藤茂吉短歌文学賞(第12回)(平成13年)「夏至」　[歴]昭和7年「竹柏会」に入会、9年より31年まで「ポトナム」短歌会所

属。24年「女人短歌」創刊に参加。31年現代歌人協会創立により会員。同人雑誌「灰皿」「律」を経て、43年「石畳」創刊。平成10年「女人短歌」終刊。歌集に「白蛾」「未知」「甃」「珊瑚数珠」「定本 森岡貞香歌集」「夏至」がある。
㊥現代歌人協会(理事)、日本文芸家協会

森川 葵村　もりかわ・きそん
詩人　実業家　元・北洋火薬社長　㊝明治22年3月8日　㊞(没年不詳)　㊧東京市下谷区入谷町　本名＝森川勝治　㊫東京高等商業学校卒　㊯三井物産に入り、のち実業界に転じ北洋火薬社長となった。雑誌「文庫」に投書、明治40年河合酔茗の「詩草社」同人、「詩人」に詩を発表。三木露風の「未来」にも作品を書き露風一派の詩人として活躍。第1詩集「夜の葉」以後実業界に専念するが、戦災で秋田に疎開、再び筆を執り第2詩集「雪の言葉」を出した。

森川 暁水　もりかわ・ぎょうすい
俳人　㊝明治34年9月27日　㊞昭和51年6月15日　㊧大阪市裏新町　本名＝森川正雄　㊫尋常小卒　㊯大正末期より句作に入り、高浜虚子に師事し、「ホトトギス」「泉」同人となる。また「山茶花」の選者をし、「火林」「すずしろ」「風土」「雲海」などを主宰したことがある。句集に「黴」「淀」「澪」などがある。

森川 邇朗　もりかわ・ちかお
歌人　㊝明治43年9月25日　㊞平成7年6月25日　㊧千葉県　㊩療養文芸賞(第1回)(昭和45年)「土偶」　㊯昭和6年「橄欖」に入会。数年後退会し、17年「東金短歌会」を主宰。25年二期「珊瑚礁」参加。35年「白鷺」創刊に参加。41年歌誌「土偶」創刊。45年第1回療養文芸賞受賞。47年死刑囚小原保の歌集「十三の階段」を編集。歌集に「土偶」「無」「相聞」「仄」「温」「ただの人」などがある。　㊥日本歌人クラブ

森川 竹磎　もりかわ・ちくけい
漢詩人　㊝明治2年　㊞大正6年9月7日　㊧東京　本名＝森川鍵　字＝雲郷、通称＝森川鍵蔵　㊯森槐南に学び、随鴎吟社の客員となり、のち同社の機関誌「鴎夢新誌」の編集発行人として投稿詩の指導に当った。また「詩苑」を創刊。著書に「得間集」がある。

森川 平八　もりかわ・へいはち
歌人　㊝大正4年11月8日　㊞昭和63年2月28日　㊧東京　㊫早稲田大学国文科(昭和17年)卒　㊯窪田空穂に師事し、「槻の木」入会。「まひる野」を経て、新日本歌人協会に参加、渡辺順三に師事する。「短詩形文学」同人。歌集「北に祈る」「地に描く」のほか、「短歌文法入門」などがある。

森川 義信　もりかわ・よしのぶ
詩人　㊝大正7年10月11日　㊞昭和17年8月13日　㊧香川県三豊郡粟井村　㊫早稲田大学第二高等学院中退　㊯中学時代から詩を書き、昭和12年「LUNA」に参加、14年鮎川信夫らと第1次「荒地」を創刊、「勾配」を発表。16年入隊、17年ビルマ戦線に散った。遺稿「森川義信詩集」がある。

森久保 仙太郎　もりくぼ・せんたろう
児童文学作家　歌人　教育評論家　元・共栄学園短期大学教授　㊝大正6年10月2日　㊧神奈川県　筆名＝森比左志(もり・ひさし)、もりひさし　㊫鎌倉師範専攻科卒　㊩サンケイ児童出版文化賞(第18回)(昭和46年)「ちいさなきいろいかさ」　㊯小学校教師を経て、東京教育大学附属図書館図書文化協会主事、横浜国立大学、日本女子大学各講師、共栄学園短期大学教授を歴任。絵本の創作、翻訳、評論に活躍。歌誌「創世」代表・編集長。主な作品に「くまさぶろう」「やぎさんのひっこし」「ちいさなきいろいかさ」、翻訳に「はらぺこあおむし」「くまのアーネストおじさんシリーズ」などがある。一方、教育評論家、歌人としても活躍し、著書に「教師のための相談選書」「母と子の手帖」、歌集に「背なかのうた」「清子抄」などがある。
㊥日本児童文学者協会(名誉会員)

森崎 和江　もりさき・かずえ
詩人　評論家　作家　㊪ノンフィクション
㊝昭和2年4月20日　㊧福岡県　㊫福岡県女専家政科(昭和22年)卒　㊱女性問題、女性史、日本の生活文化　㊩芸術祭賞優秀賞(テレビドラマ部門)(昭和52年)「祭りばやしが聞こえる」、芸術祭賞優秀賞(テレビドラマ部門)(昭和53年)「草の上の舞踏」、芸術祭賞優秀賞(ラジオ部門)(昭和53年)「海鳴り」、地方出版文化功労賞(記念特別賞, 第5回)(平成4年)「風になりたや旅ごころ」、福岡文化賞(平成3年)、西日本文化賞(社会文化賞, 第53回)(平成6年)、福岡県文化賞(第2回)(平成7年)
㊯勤労動員中、結核に感染し、戦後の3年間療養所生活を送る。昭和25年詩誌「母音」同人

となる。28年個人詩誌「波紋」刊行。33年筑豊の炭住街に転居。谷川雁らと「サークル村」を創刊。34～36年女性だけの交流誌「無名通信」を刊行。被搾取階級の視点を原点として独自の文化論、エロス論を展開。「非所有の所有―性と階級覚書」「第三の性」「闘いとエロス」や、詩集「さわやかな欠如」を刊行。民衆史に連続するエロス論は、51年に「からゆきさん」となって結実した。他に「慶州は母の呼び声 わが原郷」「ナヨロの海へ」「悲しすぎて笑う」、エッセイ集「詩的言語が萌える頃」「大人の童話・死の話」などがある。宗像市総合公園管理公社理事長も務める。 [団]放送作家協会 [家]息子＝松石泉（フリーライター・脚本家）

森重 昭　もりしげ・あきら
俳人 [生]昭和10年1月17日 [出]鹿児島市 [学]明治大学法学部卒 [賞]岬賞（昭和38年）、艸魚賞（第2回）、若葉賞（昭和57年） [歴]昭和28年「ホトトギス」俳人後藤圭仙の手ほどきをうける。31年「若葉」入門。「若葉」「岬」同人。45年俳人協会入会。句集に「遅日」「端居」。 [団]俳人協会

森下 真理　もりした・まり
児童文学作家 歌人 日中児童文学美術交流センター理事 [生]昭和5年5月25日 [出]東京・日本橋 本名＝森下和代 [学]京都府立第一高女卒 [賞]日本児童文学新人賞（第1回）（昭和51年）「街はずれの模型店」 [歴]一期会、Iの会、こだまの会に所属。著書に「ぼくも恐竜」「ナガサキの男の子」「長谷川時雨―人と生涯」「ポケット・コンテスト」、歌集に「花笑み」「母のうた」「花時計」などがある。 [団]日本児童文学者協会、日本歌人クラブ

森園 天涙　もりぞの・てんるい
歌人 [生]明治22年7月10日 [没]昭和32年1月30日 [出]鹿児島県 本名＝森園豊吉 [歴]東京、大阪で新聞記者などをし、「山上の火」「珊瑚礁」「あさひこ」などを発刊する。生前唯一の歌集に大正元年刊の「マヒルノ山」がある。

森田 かずや　もりた・かずや
俳人 [生]昭和4年2月16日 [出]埼玉県川口市 本名＝森田一也（もりた・かずや） [学]専修大学、労働学院修了 [賞]水巴賞（第19回）（昭和42年） [歴]昭和23年高木雨路に師事。34年「曲水」に投句、のち編集長。句集に「冬岬「春岬」。 [団]俳人協会

森田 義郎　もりた・ぎろう
歌人 [生]明治11年4月9日 [没]昭和15年1月8日 [出]愛媛県 本名＝森田義良 [学]国学院大学卒 [歴]明治33年根岸短歌会に参加し、「馬酔木」の創刊にも関わるが、意見の対立により離脱。従来から関係していた「心の花」に拠った。のち右翼政治運動に加わり、日本主義歌人として活動。万葉ぶりの作風で、論客としても知られた。著書に「短歌小梯」など。

森田 公司　もりた・こうじ
俳人 「かたばみ」主宰 [生]大正15年8月31日 [出]埼玉県大宮市 [学]埼玉師範卒 [賞]埼玉文化奨励賞、文芸広場年度賞 [歴]「かたばみ」主宰。埼玉県俳句連盟顧問、NHK学園専任講師を兼務。句集に「魚花」がある。

森田 進　もりた・すすむ
文芸評論家 詩人 恵泉女学園短期大学教授 [専]近代・現代詩 東アジア文化史 [生]昭和16年4月26日 [出]埼玉県浦和市 [学]同志社大学美学専攻（昭和39年）卒、早稲田大学文学部日本文学専攻（昭和41年）卒 [興]日本現代詩に現われた朝鮮像 [賞]「詩と思想」新人賞（昭和57年） [歴]梅光女学院高校、四国学院大学を経て、恵泉女学園短大教授。「地球」に所属し、詩集に「海辺の地方から」「乳房半島・一九七八年」、評論集に「言葉と魂」「パトスの彼方」「文学の中の病気」など。 [団]日本文芸学会、日本近代文学会、キリスト教と文学の会

森田 孟　もりた・たけし
歌人 筑波大学文芸・言語学系教授 [専]英米文学 [生]昭和14年9月30日 [出]台湾・台北 [学]東京教育大学文学部卒、東京教育大学大学院文学研究科英米文学専攻修士課程修了 [興]19，20世紀アメリカ小説、20世紀アメリカ詩、短歌の理論と実践 [歴]名古屋大学助教授、エール大学客員研究員を経て、筑波大学文芸・言語学系教授。共編著に「アメリカ文学のヒロイン」「アメリカの小説」、訳書に「アイロニー」「批評と評価」「批評の地勢図」、歌集に「ニューヘイヴン」「青い渚」「雪解の雲」「白銀の葉」などがある。 [団]日本英文学会、日本アメリカ文学会、日本ホーソーン協会

森田 峠　もりた・とうげ
俳人 「かつらぎ」主宰 [生]大正13年10月16日 [出]大阪市東区森之宮東之町 本名＝森田康秀（もりた・やすひで） [学]国学院大学国文科卒 [賞]尼崎市民芸術奨励賞（昭和49年）、半どんの会文化功労賞（昭和59年）、俳人協会賞（第26回）

(昭和62年)、大阪府文化芸術功労賞(平成3年) [歴]昭和17年「誹諧」初入選、ホトトギスに入る。26年「かつらぎ」に入り翌年より編集担当、編集長を経て、主宰。38年俳人協会入会、53年理事、のち副会長。54〜58年大阪俳人クラブ会長。60〜63年俳文学会誌「連歌俳諧研究」の編集委員。句集に「避暑散歩」「三角屋根」「逆瀬川」「森田峠作品集」「雪絞」など、研究書に「青畝句集『万両全釈』」「三冊子を読む」がある。 [団]俳人協会(副会長)、俳文学会、日本文芸家協会

森田 智子　もりた・ともこ
俳人 [生]昭和13年4月11日 [出]大阪 [学]八尾高卒 [賞]現代俳句協会賞(第29回)(昭和57年) [歴]昭和32年西東三鬼の「断涯」に参加。46年「花曜」に参加し、のち同人。句集に「全景」。

守田 椰子夫　もりた・やしお
俳人 [生]大正12年5月30日 [出]兵庫県尼崎市 本名=守田茂(もりた・しげる) [学]同志社専門学校法経部(昭和18年)卒業 [賞]青玄賞、青玄特別賞、青玄評論賞(昭和56年) [歴]昭和23年職場の俳句会で伊丹三樹彦を知り、指導を受けた。土岐錬太郎の「アカシヤ」に参加、日野草城の選を受けた。24年「青玄」創刊に参加、34年無鑑査同人となり、47年から編集担当。現代俳句協会会員。句集に「愉快な街」「わいわい」「てくてく」などがある。 [団]現代俳句協会

森田 良正　もりた・よしまさ
歌人 「晩鐘」主宰 [生]明治32年11月1日 [没]昭和62年10月31日 [出]広島県福山市 [学]岡山県立工業学校(大正7年)卒 [賞]広島県文化賞(第1回)(昭和55年)、広島市文化功労賞(昭和56年) [歴]大正7年台湾総督府技手、昭和3年「国民文学」に入会、松村英一に師事。21年引揚げる。き22年「晩鐘」に入り、35年から主宰。広島県歌人協会顧問。歌集に「太田川」「夾竹桃の街」。

森田 雷死久　もりた・らいしきゅう
俳人 僧侶 [生]明治5年1月26日 [没]大正3年6月8日 [出]愛媛県 本名=森田愛五郎 法号=貫了 [学]仏教大学林卒 [歴]宝珠院住職を務めるほか、伊予梨の栽培、普及に力を入れ、伊予果物同業組合を結成した。俳句ははじめ子規門に属し、不振の松風会の復興に尽力する。海南新聞俳壇の選者となり、海南吟社を結成。明治43年以降は碧梧桐に師事して、新傾向の句作に励み、地方俳壇の一異彩として知られた。鶴松松一著「森田雷死久」がある。

森田 緑郎　もりた・ろくろう
俳人 [生]昭和7年6月9日 [出]神奈川県 [賞]海程賞(第5回) [歴]金子兜太に師事して、「海程」「未完現実」同人。第5回海程賞を受賞。句集に「花冠」「森田緑郎句集」「海程句集」がある。

森竹 竹市　もりたけ・たけいち
歌人 [生]明治35年2月23日 [没]昭和51年8月3日 [出]北海道白老 アイヌ名=イタクノト、歌号=筑堂 [学]小卒 [歴]アイヌ民族を代表する詩人の一人。大正8年白老駅駅夫となり、以後北海道各駅の貨物係をしながら歌を詠む。昭和10年退職、故郷白老に戻り、漁業および簡易食道を経営。傍ら北海道アイヌ協会常任監事、北海道ウタリ協会顧問、白老町立白老民俗資料館初代館長を歴任。12年詩集「原始林」を自費出版し、強制同化と差別に悩む若いアイヌの思想と心情を表現した。他に「レラコラチ風のように 森竹竹市遺稿集」がある。 [家]父=森竹エヘチカリ(白老コタン・故人)

守中 高明　もりなか・たかあき
詩人 早稲田大学法学部助教授 [専]現代詩 フランス文学 比較詩学 [生]昭和35年3月1日 [出]東京都 [学]学習院大学文学部卒、学習院大学大学院人文科学研究科博士課程単位取得 [賞]歴程新鋭賞(第3回)(平成4年)「未生譚」、山本健吉文学賞(詩部門,第2回)(平成14年)「シスターアンティゴネーの暦のない墓」 [歴]学習院大学非常勤講師を経て、早稲田大学助教授。詩集に「未生譚」「二人、あるいは国境の歌」「守中高明詩集〈現代詩文庫〉」「シスターアンティゴネーの暦のない墓」、著書に「反=詩的文法」「脱構築」、共訳にフィリップ・ラクー・ラバルト「芸術家の肖像、一般」などがある。 [団]日本文芸家協会、日本フランス語フランス文学会

森野 満之　もりの・みつゆき
詩人 [生]昭和20年12月25日 [出]北海道富良野市 [学]東京大学卒 [歴]詩誌「開花期」「地球」に所属。詩集に「跛行」「平衡感覚」「無言の石」「遙かな森」「21世紀詩人叢書〈17〉真ん中」がある。

森原 直子　もりはら・なおこ
詩人 「ぽあん」編集者 [生]昭和25年9月22日 [出]愛媛県松山市 本名=浅井直子 [歴]姉に影響され、中学1年から詩作を始める。高校2年の時初詩集を自費出版。詩誌「野獣」「こすもす」同人を経て、女性だけでつくる総合文芸詩「ぽあん」編集者を務める。著書に詩集「飛翔」「風

の予感」「風待草」「花入れの条件」、詩画集「トマト伝説」などがある。　[団]日本現代詩人会、日本詩人クラブ

森村 浅香　もりむら・あさか
歌人　[生]明治45年3月4日　[出]群馬県　[賞]日本歌人クラブ推薦歌集(第6回)(昭和35年)「五季」　[歴]昭和22年「鶏苑」同人。28年加藤克己と「近代」を創刊。35年「藍」創刊。歌集に「青き花」「銀の道」「苦桃」「草蓬蓬」。共同歌集に「五季」がある。　[家]夫＝豊田三郎(小説家)、娘＝森村桂(小説家)

森本 治吉　もりもと・じきち
歌人　国文学者　「白路」主宰　二松学舎大学名誉教授　[生]明治33年1月10日　[没]昭和52年1月12日　[出]熊本市新町　[学]東京帝大国文科卒　文学博士　[歴]大正9年五高在学中「白路」創刊。帝大在学中「アララギ」入会。昭和21年「白路」を復刊し社主。日大、中央大などで教鞭をとり、二松学舎大学名誉教授となる。上代国文学会理事、日本歌人クラブ理事。万葉集の専門的な研究及び普及活動と、歌作及び作歌指導活動を両立。歌集「晩鐘」「耳」「伊豆とみちのく」のほか、「万葉美の展開」など万葉集研究書多数。

森本 之棗　もりもと・しそう
俳人　[生]明治17年3月4日　[没]昭和51年9月3日　[出]岡山県津山市　本名＝森本嘉一　[歴]明治38年頃、句作をはじめ、日本新聞に投句。のち松瀬青々の門に入り、「宝船」改題「倦鳥」の同人として活躍。石川県小松市に住み、小松製作所の支配人。昭和6年小松で主宰誌「越船」を創刊、後進の指導にあたる。句集に「栗の花」「越船」(第1集〜第3集)「松の芯」(第1集〜第3集)がある。

森本 芳枝　もりもと・よしえ
俳人　[生]大正14年10月22日　[出]広島県　[学]広島女専家政科卒　[賞]秋賞(昭和45年)　[歴]昭和40年「秋」に入会、石原八束に師事、43年同人となる。句集に「胡蝶欄」がある。　[団]俳人協会

森山 啓　もりやま・けい
小説家　詩人　評論家　[専]スピノザ，ゲーテ，ハイネの汎神論　[生]明治37年3月10日　[没]平成3年7月26日　[出]新潟県岩船郡村上本町　本名＝森松慶治(もりまつ・けいじ)　[学]東京帝国大学文学部美学科(昭和3年)中退　[賞]新潮社文芸賞(第6回)(昭和18年)「海の扉」、北国文化賞(昭和32年)、小松市文化賞(昭和44年)、中日文化賞(昭和58年)　[歴]東大在学中にプロレタリア文学運動に加わり、詩集「隅田河」(発禁)「潮流」、評論集「芸術上のレアリズムと唯物論哲学」「文学論」「文学論争」を刊行。昭和11年「文学界」同人となり、作家として再出発。以後、「収穫以前」「日本海辺」「遠方の人」などを発表。18年「海の扉」で新潮社文芸賞を受賞。戦後は郷里の小松に在住し、「青梅の簾」「市之丞と青葉」「野菊の露」「生と愛の真実」などを刊行。　[団]日本文芸家協会、著作権保護同盟

森山 耕平　もりやま・こうへい
歌人　[生]大正3年6月15日　[没]平成7年6月24日　[出]岩手県東磐井郡室根村　本名＝千葉完　[歴]久慈、花巻両農林事務所長などを務め、昭和47年退職。昭和15年尾山篤二郎系の関徳弥に師事。21年「歌と随筆」「風林」編集同人。26年佐藤佐太郎の「歩道」に入会、同人。31年「岩手短歌」を創刊、編集同人代表。岩手県歌人クラブ会長。歌集に「汗滴」がある。

森山 汀川　もりやま・ていせん
歌人　[生]明治13年9月30日　[没]昭和21年9月17日　[出]長野県諏訪郡落合村(現・富士見町)　本名＝森山藤一　[学]諏訪中学　[歴]諏訪中学時代に俳句を始める。島木赤彦の「アララギ」同人となってからは短歌に専念。「アララギ」や「信毎歌壇」(信濃毎日新聞)の選者を務め、「峠路」「雲垣」「樹雫」の3冊の歌集がある。諏訪地方で小学校教師を続け、地元を離れることはほとんどなかった。

森山 晴美　もりやま・はるみ
歌人　[専]現代短歌　[生]昭和9年5月30日　[出]東京都立川市　[学]東京教育大学国文科(昭和32年)卒　[興]現代短歌論　[賞]ミューズ賞(昭和56年)、ながらみ現代短歌賞(第7回)(平成11年)「月光」　[歴]昭和27年「新暦」創刊に参加。その後大学歌人会、十月会に所属。53年「うた」創刊に加わり、のち「新暦」代表。歌集に「わが毒」「畑中の胡桃の木」「月光」など。東京都立高等学校校長を務めた。　[団]現代歌人協会、日本文芸家協会

森山 夕樹　もりやま・ゆうき
俳人　[生]昭和6年1月2日　[没]平成10年12月12日　[出]福岡県　本名＝森山浩爾　[学]青山学院大学英文科中退　[賞]沖賞(昭和56年)、門賞(昭和63年)　[歴]「馬酔木」「南風」を経て、昭和45年「沖」創刊と共に入会。48年「沖」同人。62年「門」創刊入会し、同人。平成10年「沖」退会。句集

に「しぐれ鹿」「花屋敷」「葡萄の木」「道草」がある。 俳人協会

森山 隆平　もりやま・りゅうへい
詩人　作家　日本石仏ペンの会会長　大正7年5月18日　石川県　金沢第一中卒　著書に「石仏の旅」「石仏詩情」「歴史と詩情散歩」(全5巻)「良寛絶句」など。　日本文芸家協会、日本ペンクラブ

森脇 一夫　もりわき・かずお
歌人　国文学者　日本大学名誉教授　古代文学(万葉集)　近代短歌　明治40年5月10日　昭和53年3月25日　広島県　東京高師研究科卒、日本大学文学部国文科卒　文学博士　訓導、教諭を経て、日本大学教授となる。歌人としては、昭和3年「創作」系「ぬはり」に入会、菊池知勇に師事。21年「風景」(のち「街路樹」と改題)を創刊し、主宰。著書に歌集「斎庭」「風紋」「学園荒れたり」「感情旅行」、研究書に「万葉集の解釈と鑑賞」「近代短歌の感覚」「若山牧水研究」などがある。

森脇 善夫　もりわき・よしお
歌人　明治41年2月22日　大阪　昭和3年第二期「詩歌」に参加。松江で「山陰詩歌」創刊。山陰文壇の指導者。歌集に「湖の誕生」「湖の頌」「彩湖」がある。　現代歌人協会

毛呂 清春　もろ・きよはる
歌人　明治10年4月18日　昭和41年9月5日　京都　国学院大学卒　京都の神官の家に生まれる。浅香社に入り、同じ萩之舎門下の林信子と結婚。妻信子は萩にゆかりのある歌集「萩のこぼれ葉」を刊行している。明治36年丸岡桂らと「莫告藻」を創刊。天の橋立の岩滝町の神社の神主となり、同地に与謝野寛、晶子の歌碑を建立。与謝野門下として終生歌を詠み続けた。

諸江 辰男　もろえ・たつお
歌人　元・高砂香料工業副社長　大正5年1月6日　平成9年11月11日　石川県金沢市　金沢医科大学附属薬専(現・金沢大学薬学部)(昭和11年)卒　薬学博士(東京大学)　紫綬褒章(昭和52年)、勲三等瑞宝章(昭和61年)　昭和11年高砂化学工業(現・高砂香料工業)に入社。研究課長、製造課長、営業部長、研究所長を経て、35年取締役、37年常務、44年専務、50年副社長。55年取締役、のち相談役に退く。この間、東京大学医学部附属伝染病研究所に留学し、学位取得。日本香料協会理事、

国際香りと文化の会会長なども務めた。著書に「食品と香料」「香りの歳時記」「香りの風物誌」「香りの来た道」「香りの博物誌」、歌集に「天心」「天音」「天声」などがある。　日本香料協会、日本食品衛生学会、国際香りと文化の会

諸川 宰魚　もろかわ・さいぎょ
俳人　「華殿」主宰　明治40年6月16日　神奈川県　本名＝土屋宰次　日本大学専門部政治科中退　時頼賞、れもん佳作賞　昭和4年木村枯鬼の手ほどきをうける。55年「華殿」主宰。句集に「華殿」がある。　俳人協会

門木 三郎　もんき・さぶろう
詩人　昭和43年　東京都　桑沢デザイン研究所(昭和62年)卒　百貨店企画担当、デザイン事務所、劇団員、タレントの付き人を経て、平成9年路上詩人に。渋谷の路上などで、作品を1枚10円で売り始める。詩集に「僕はサルです。」「けむしのスロー」がある。

門間 春雄　もんま・はるお
歌人　明治22年2月9日　大正8年2月13日　福島県信夫郡瀬上町　生家は代々醤油醸造を業とし、地方の名門であった。歌俳をたしなんだ父及び佐久間法師に俳句を学び、破浪と号して「ホトトギス」「海紅」「層雲」などに発表。歌ははじめ明星、スバル流の作風だったが、明治39年長塚節に傾倒し、その紹介で伊藤左千夫、夏目漱石らに接した。節の没後斎藤茂吉の指導を受け、大正5年から「アララギ」に出詠。翌6年喀血以後歌境が急速に進み、病床吟は節の歌風に迫るものがあった。著書に「吐紅漫録」「門間春雄歌集」がある。

【や】

八重 洋一郎　やえ・よういちろう
詩人　沖縄県石垣市　山之口貘賞「孛彗」、小野十三郎賞(第3回)(平成13年)「夕方村」　沖縄県石垣市で塾経営の傍ら、詩作を続ける。詩集に「孛彗」「夕方村」などがある。

矢ケ崎 奇峰　やがさき・きほう
俳人　明治3年10月5日　昭和23年4月15日　長野県東筑郡和田村　本名＝矢ケ崎栄次郎　教育活動のかたわら俳句を作った。窪田空穂と同郷で空穂は彼に兄事した。子規庵句会

に入り活躍、松本に松声会を結成、「はゝき木」などを発行、「比牟呂」にも参加した。昭和7年「奇峰文集」12年「歌人内山真弓」を出版。

矢川 澄子　やがわ・すみこ

小説家　詩人　翻訳家　[生]昭和5年7月27日　[出]東京　[学]東京女子大学英文科卒、学習院大学独文科卒、東京大学文学部美学美術史学科中退　[興]終末論など　[歴]昭和44年ころより文筆活動に入り、同時に英仏独語の翻訳も手がける。著書に創作集「架空の庭」「兎とよばれた女」「失われた庭」、詩集「ことばの国のアリス」「アリス閑吟抄」、評論「反少女の灰皿」「野溝七生子というひと」、エッセイ集「愛の詩」など。訳書にブレヒト「暦物語」、ギャリコ「トンデモネズミ大活躍」「七つの人形の恋物語」など多数。34年渋沢龍彦と結婚するが、43年離婚。平成7年「おにいちゃん―回想の渋沢龍彦」を出版。　[団]日本文芸家協会

八木 絵馬　やぎ・えま

俳人　元・明治大学文学部教授　[専]英文学　[生]明治43年4月16日　[出]愛媛県温泉郡川内町　本名＝八木毅(やぎ・つよし)　[学]東京帝国大学文学部英文科(昭和6年)卒、東京帝国大学大学院(昭和9年)修了　[歴]昭和12年外務省嘱託、18年世界経済調査会主事、20年愛媛県立松山中教諭を経て、21年明治大学予科教授、24年明治大学教授、56年定年退職。この間、53年より昭和女子大学講師を務める。また、高校時代短歌会に入り、のち俳句に進む。昭和8年「石楠」に入り、臼田亜浪に師事、18年「石楠」最高幹部となる。この間、14年「俳句研究」に「俳壇的人物論」を連載し、名声を博した。戦後、現代俳句協会の創立に参加、評論に健筆をふるう。のち「河原」所属。著書に「シェイクスピアの喜劇」、訳書にシェイクスピア「アセンズのタイモン」ウェブスター「白魔」、句集に「月暈」「水陽炎」など。　[団]日本英文学会、日本シェイクスピア協会

八木 健　やぎ・けん

俳人　元・NHK松山放送局チーフアナウンサー　[生]昭和15年2月19日　[出]静岡県榛原郡吉田町　本名＝八木健(やぎ・たけし)　[学]日本大学芸術学部放送学科卒　[歴]昭和36年NHKに入局。以後アナウンサーとして全国を回ったのち、松山放送局に勤務。平成3～13年同局の人気番組「俳句王国」の司会を担当した。俳句番組の担当を機に本格的に句作を始め、俳句を貼り絵で表現するハイクアートを創始。「圭」同人。著書に「八木健の 皆さん、俳句ですよ」「八木健のすらすら俳句術」、句集「ふふふ」などがある。

八木 重樹　やぎ・しげき

歌人　山稜短歌会主宰　[生]大正3年　[出]神奈川県愛甲郡愛川村　[学]神奈川県立相原農蚕学校卒、神奈川県立実業補習学校教員養成所卒　[賞]勲五等双光旭日章(平成1年)　[歴]昭和9年半原小学校訓導となり青年学校中学校教諭(教頭)を経て、36年小学校長に。50年相模湖町内郷小学校長を最後に退職。のちに愛川町社会教育指導員となり文化財調査、郷土誌の編集などに携わる。この間、12年「相模野」入社、同人となり、40年頃まで作品を発表。13年「創作社」入社、その後第一同人に。38年県北の短歌誌として「山稜」を創刊、発行編集人を務める。歌集に「黄塵―八木重樹集」。　[団]日本歌人クラブ、神奈川県歌人会(委員)

八木 重吉　やぎ・じゅうきち

詩人　[生]明治31年2月9日　[没]昭和2年10月26日　[出]東京府南多摩郡堺村(現・東京都町田市相原町)　[学]東京高師英文科(大正10年)卒　[歴]内村鑑三に私淑し、大正8年独立教会駒込基督教会で受洗。結婚後、11年頃から詩作を始める。10年兵庫県御影師範の英語教師となり、14年千葉県立東葛飾中学に転任する。同年第一詩集「秋の瞳」を刊行、その後「日本詩人」などに詩作を発表する。聖書に生き、ジョン・キーツに傾倒するとともに芭蕉や漢詩に親しみ、北村透谷、室生犀星などの詩にも多くを学んだ。神と愛を信じ、人生に希望を見出そうとする叙情詩が多い。15年風邪のため病臥したが、結核第2期であったため、闘病1年余りで死去。没後の昭和3年「貧しき信徒」が刊行された。また59年生家の土蔵に記念館が開館。「八木重吉全集」(全3巻，筑摩書房)がある。

八木 荘一　やぎ・しょういち

俳人　[生]大正13年3月15日　[出]東京　[歴]昭和41年「寒雷」に入会、62年編集同人。現代俳句協会神奈川支部幹事、横浜俳話会参与、連句協会幹事、戸塚文化協会文芸部長などを務める。著書に「楸邨俳句365日」(分担執筆)、句集に「九官鳥」「動物記」他。　[団]現代俳句協会(神奈川支部幹事)

八木 城山　やぎ・じょうざん
漢詩人　[生]明治35年6月19日　[出]東京都八王子市八幡町　本名＝八木正男　[歴]結城蓄堂に詩を学び久保天随に文章を師事した。高橋藍川の「黒潮社」同人、桑都吟社を主宰、「謁多摩陵」など多摩をよんだ詩が多い。詩集に「城山詩集」「多摩名勝詩」「楽山軒詩鈔」などがある。

八木 忠栄　やぎ・ちゅうえい
詩人　[生]昭和16年6月28日　[出]新潟県見附市　[学]日本大学芸術学部卒　[歴]昭和56年まで思潮社につとめ、のち西武百貨店勤務。詩は高校時代から書き始め、村田凱夫らの「むむ」、中上哲夫らの「ぎゃあ」等の同人誌を経て、37年詩集「きんにくの唄」を発表。「現代詩手帖」編集長として活躍した後、48年より個人誌「いちばん寒い場所」を発行。「月光亭」同人。他に「目覚めの島」「にぎやかな街へ」「馬もアルコールも」「八木忠栄詩集」「詩人漂流ノート」など。

八木 毅　やぎ・つよし
⇒八木絵馬(やぎ・えま) を見よ

八木 博信　やぎ・ひろのぶ
俳人　歌人　[生]昭和36年　[歴]18歳のころより短歌を、その後俳句を始める。「短歌人」に所属。作品に歌集「フラミンゴ」、句集「弾道」、合同句集「俳句・イン・ドローイング」、著書に「燦—『俳句空間』新鋭作家集」(共著)がある。
http://www1.nisiq.net/~kz-maki/

八木 摩天郎　やぎ・まてんろう
川柳作家　郷土史家　[生]明治35年　[没]昭和55年4月2日　[出]大阪府堺市　本名＝八木均　[学]早稲田大学(明治12年)卒　[歴]堺市役所社会課勤務を経て、大阪府職員に転じ昭和27年退職。一方堺市立公民病院(現・市立堺病院)勤務時代、川柳作家・麻生路郎と出会い川柳の道に。退職後同氏が主宰する川柳雑誌社に参画。のち川柳塔社参事、堺川柳会主宰に。傍ら郷土史家としても活躍し、郷土誌6冊を著した。平成4年13回忌を記念し、女婿の浅村寛により遺稿集が自費出版された。

八木 三日女　やぎ・みかじょ
俳人　眼科医　「花」代表　[生]大正13年7月6日　[出]大阪府堺市　本名＝下山ミチ子(しもやま・みちこ)　[学]大阪女高医専卒　医学博士　[歴]医学生時代に作句を始める。「激浪」「夜盗派」「縄」「花」同人を経て、「花」発行人。「海程」同人。句集に「紅茸」「赤い地図」「落葉期」「石柱の賦」「八木三日女句集」ほか。57年晶子をうたう会を結成、代表世話人をつとめる。　[団]現代俳句協会

八木 幹夫　やぎ・みきお
詩人　[生]昭和22年1月14日　[出]神奈川県　[学]明治学院大学文学部英文学科卒　[賞]現代詩花椿賞(第13回)(平成7年)「野菜畑のソクラテス」、芸術選奨新人賞(第46回，平7年度)(平成8年)「野菜畑のソクラテス」　[歴]教員を務める傍ら詩作に励む。詩集に「さがみがわ」「少年時代の耳」「身体詩抄」「秋の雨の日の一方的な会話」「野菜畑のソクラテス」などがある。

八木 林之助　やぎ・りんのすけ
俳人　元・国際航業会長　[生]大正10年12月8日　[没]平成5年7月28日　[出]東京・本郷　[学]京橋商卒　[賞]鶴賞(昭和36年)　[歴]昭和25年日本出版販売に入社し、51年常務、55年専務、57年副社長、63年国際航業会長を歴任。また14年富士見高原療養所入院中に俳句を始め、「曲水」に投句、河合清風子、冨田与士の指導を受ける。29年「鶴」入会。句集に「八木林之助第一句集」「青霞集」。　[団]俳人協会

八木沢 高原　やぎさわ・こうげん
俳人　「駒草」主宰　[生]明治40年5月23日　[没]平成6年4月19日　[出]栃木県黒磯市　本名＝八木沢松樹(やぎさわ・しょうじゅ)　[学]大田原中卒　[歴]昭和7年「駒草」創刊号より投句し、阿部みどり女に師事。55年から主宰。句集に「冬雁」「自註・八木沢高原集」「天窓」。　[団]俳人協会

八木橋 雄次郎　やぎはし・ゆうじろう
教育評論家　詩人　[生]明治41年12月21日　[没]昭和59年8月14日　[出]秋田県横手市　[学]秋田師範卒、旅順師範専攻科卒　[歴]昭和20年まで旧満州で小学校教師を務め、戦後文筆生活に入る。この間、昭和の初めより満州文学の建設に力を尽くし、9年詩誌「鵲」の発行人となる。日本詩壇とも交流し、「新領土」「セルパン」などに寄稿。戦後29年詩誌「雲」の編集発行人になる。また、作文教育を中心とした国語教育の研究・指導に携わり、作文の会会長、日本国語教育学会理事長などを歴任。著書に「石の声」、詩集に「鷲」「地下茎」、童話集「南瓜と兵隊」などがある。

柳生 じゅん子　やぎゅう・じゅんこ
詩人　[生]昭和17年7月26日　[出]東京　本名＝柳生淳子　[賞]福岡県詩人賞(第31回)(平成7年)「静かな時間」　[歴]福岡県詩人会、長崎県詩人会に所属。「野火の会」を経て、「沙漠」「えん」同人。詩集に「視線の向うに」「声紋」「天の路地」「静かな時間」がある。

柳生 千枝子　やぎゅう・ちえこ
詩人　俳人　[生]大正12年11月18日　[出]東京　[学]大谷高女卒　[賞]岡本圭岳賞努力賞(昭和34年)　[歴]昭和16年岡本圭岳の指導を受け、「火星」に拠る。戦後空白7年を経て、26年復帰。31年より詩誌「灌木」会員。54年より圭岳句鑑賞を誌上に執筆。55年度より圭岳賞選者となる。詩集に「寒い唄」「柳生千枝子詩集」、句集に「花疾風」など。　[団]俳人協会

八木原 祐計　やきわら・ゆうけい
俳人　長崎県真珠養殖漁協組合長　川棚町教育委員長　[生]昭和2年9月22日　[出]長崎県　[賞]海程賞(昭和53年)、長崎県文学賞(第2回)(昭和57年)、佐世保文学賞(第8回)(平成1年)「砂の合唱」　[歴]旧制高校時代結核で療養し、俳句を始める。のち日野草城に師事。「青玄」「アカシヤ」を経て、「海程」「鋭角」同人。句集に「真珠島」「絶景」「八木原祐計句集」「砂の合唱」がある。

薬師川 麻耶子　やくしがわ・まやこ
俳人　「ゆりの木」主宰　[生]昭和14年　[出]東京　[学]慶応義塾大学大学院文学研究科国文学専攻(昭和39年)修士課程修了　[歴]句会「ゆりの木」を主宰、俳誌「野の会」同人。日本文化スクール俳句講座講師、八王子市公民館「むらさき学級」講師、目黒区駒場近代文学博物館「紫(ゆかり)」講師を務める。「カトリック生活」俳句欄選者。句集に「おくれ細道」がある。　[団]俳文学会、俳文芸研究会、現代俳句協会

矢口 哲男　やぐち・てつお
詩人　[賞]山之口貘賞(第6回)(昭和58年)「仮に迷宮と名付けて」　[歴]19歳の時放浪の旅に出る。奄美大島に渡り、昭和52年名瀬市に落着き商売の傍ら詩作活動を続ける。昭和58年幼児体験をモチーフにした処女詩集「仮に迷宮と名付けて」で、第6回山之口貘賞を受賞。他の詩集に「風景論」「黄金丸」がある。

矢口 以文　やぐち・よりふみ
詩人　北海道文教大学外国語学部教授　[専]米文学(特に詩)　[生]昭和7年11月1日　[出]宮城県石巻市　[学]東北学院大学卒、国際基督教大学大学院教育学研究科英語教育専攻修士課程修了、ゴーシェン大学(米国)大学院聖書神学専攻修士課程修了　[興]詩と宗教の関係　[賞]北海道詩人協会賞(第9回)(昭和47年)「にぐろの大きな女」　[歴]昭和32年釧路の詩誌「燠」に参加。詩作の傍ら、現代英米詩の翻訳・紹介につとめ、多くの詩人に影響を与える。38年堀越義三らと「詩の村」を創刊。シャローム教会(日本メノナイト)責任者。北星学園大学教授を経て、平成11年北海道文教大学教授。詩集に「冬の神話」「夜の木立」「イエス」、著書に「アメリカ現代詩の一面」、訳書に「R.S.トーマス詩集」、M.ハットフィールド「良心への服従」など。　[団]日本英文学会、日本アメリカ文学会、日本ペンクラブ

八坂 裕子　やさか・ゆうこ
詩人　エッセイスト　映画評論家　作家　作詞家　[生]昭和16年12月30日　[出]東京都千代田区神田　[学]お茶の水女子大附属高(昭和35年)卒　[興]もっとポジティヴな恋愛をするためのいろいろ、女たちは男たちにもっと優しく話そう　[歴]文学座演劇研究所のシナリオ研究所修了後、東宝シナリオ研究生に。昭和42年資生堂「花椿」誌第1回詩の公募で「ナポレオンと苺」が最優秀賞を受ける。著書に「あなたに」「いい女は。」「恋愛リハーサル」、詩集「ぺんぺん草」「ポケットに雨」「愛と呼ぶにははやすぎるけど」など。

矢崎 嵯峨の屋　やざき・さがのや
⇒嵯峨の屋おむろ(さがのや・おむろ)を見よ

矢崎 節夫　やざき・せつお
児童文学作家　童謡詩人　[生]昭和22年5月5日　[出]東京都　[学]早稲田大学英文科(昭和45年)卒　[賞]児童文芸新人賞(第4回)(昭和50年)「二十七ばん目のはこ」、赤い鳥文学賞(第12回)(昭和57年)「ほしとそらのしたで」、日本児童文学学会賞特別賞(第8回)(昭和59年)「金子みすゞ全集」編、日本児童文学学会賞(第17回)(平成5年)「童謡詩人……金子みすゞの生涯」、日本童謡賞(特別賞，第24回)(平成6年)　[歴]大学在学中より、子どもの歌の詩誌「ピアノとペン」に作品を発表。昭和57年より日本児童教育専門学校、58年より埼玉大学各講師を務める。現在、詩・童謡・童話など、各方面で活躍。主な作品に「あめって あめ」「かいじんゾロ

シリーズ」「みみこのゆうびん」、著書に「童謡詩人……金子みすゞの生涯」など多数。㊟日本児童文芸家協会（常任理事）、日本児童文学学会

矢沢　宰　　やざわ・おさむ

詩人　㊤昭和19年　㊥（没年不詳）　㊦新潟県　㊟貧しい農民の子として育ち、小学生のとき腎臓結核を発病。長い入院生活で常に死に直面するなかで生のあかしとして詩をかきはじめるが、詩集「光る砂漠」を遺して、21歳で夭逝。鶴見正夫「若いいのちの旅」のモデル。

矢沢　孝子　　やざわ・たかこ

歌人　㊤明治10年5月6日　㊥昭和31年4月13日　㊦兵庫県篠山町　㊟早くから歌を学んで新詩社に入り「スバル」に歌を発表。以後「創作」「珊瑚礁」などにも発表し、明治43年「鶏冠木」を、大正3年「はつ夏」を刊行。のち作風を一転し「あけび」や「阿迦雲」など根岸短歌会系の雑誌に関係した。

矢嶋　歓一　　やじま・かんいち

歌人　㊤明治31年10月8日　㊥昭和45年3月23日　㊦静岡県静岡市　本名＝庄直兄　㊟大正9年「尺土」に参加、以後「短歌雑誌」「吾妹」に参加し、大正14年「文珠蘭」を創刊。昭和3年「詩歌」に参加して前田夕暮に師事する。歌集に「山帰来」や「疾風」（いずれも共著）などがあり、「現代作歌辞典」を大正14年に編んだ。

矢島　京子　　やじま・きょうこ

歌人　㊤大正9年4月29日　㊦北海道札幌市　㊨北海道歌人会賞（第2回）（昭和33年）　㊟昭和20年小田観蛍に師事。「新墾」「潮音」を経て、29年「凍土」発刊に参加、編集にかかわる。47年「彩北」を創刊主宰。また、47年から「女人短歌」北海道支部長をつとめる。「人」維持同人。歌集に「北曲」「冬炎」「カイロの耳」などがある。

矢島　艶子　　やじま・つやこ

俳人　㊤昭和9年2月3日　㊦山梨県　㊨かびれ新人賞（昭和49年）、かびれ賞（昭和51年）　㊟昭和31年大竹孤悠に師事し、「かびれ」入会、46年同人。現在、編集同人。句集に「花嫁」。㊟俳人協会

矢島　渚男　　やじま・なぎさお

俳人　㊤昭和10年1月24日　㊦長野県小県郡丸子町　本名＝矢島薫（やじま・かおる）　㊧東京大学文学部国史科（昭和34年）卒　㊨蕪村とその周辺作家たち　㊨杉賞（第2回）（昭和47年）、清山賞（昭和62年）　㊟長野県立高校に勤務。石田波郷に師事し、昭和36年「鶴」同人となり、のち「寒雷」「杉」同人。評論活動もよくし、句集に「采薇」「天衣」「梟」「矢島渚男句集」、評論集に「白雄の秀句」「白雄の系譜」「蕪村の周辺」などがある。

矢島　房利　　やじま・ふさとし

俳人　㊤昭和2年7月16日　㊦長野県　㊧東京高師卒　㊨寒雷暖響評論賞（昭和39年）　㊟高校教師を務める。初め「山麓」に投句して俳句をはじめるが、高師在学中小西甚一の講義を通じて加藤楸邨に私淑し、昭和24年「寒雷」に入会、のち同人となる。楸邨俳句や芭蕉の研究にも努め、論文に「楸邨俳句鑑賞」「真実感合の美学」などがある。

矢代　東村　　やしろ・とうそん

歌人　弁護士　㊤明治22年3月11日　㊥昭和27年9月13日　㊦千葉県　本名＝矢代亀広　旧号＝都会詩人　㊧青山師範（明治43年）卒　㊟卒業後から大正10年まで小学校教員を務め、その間日本大学専門部法科に学び、弁護士試験に合格し、11年弁護士を開業した。歌は「東京朝日新聞」に投稿し、大正元年白日社に入社して前田夕暮に師事。多くの雑誌を経て13年「日光」の創刊に参加。昭和3年新興歌人連盟に、4年プロレタリア歌人連盟に参加。8年「短歌評論」を創刊。17年の「短歌評論」グループ事件で検挙され5カ月拘留された。21年新日本歌人協会が設立され「人民短歌」の創刊とともに活動を再開した。歌集に「一隅より」（昭6）、「早春」（昭22）があり、没後の29年「東村遺歌集」が刊行された。

安井　浩司　　やすい・こうじ

俳人　㊤昭和11年2月29日　㊦秋田県能代市　㊟十代の頃、寺山修司が主宰する「牧羊神」の同人となる。後に「俳句評論」「ユニコーン」などの創刊に参加。のち「騎」同人。著書に句集「青年経」「赤内楽」「霊界」「氾人」、評論集「声前一句」など。

安井 小洒　やすい・しょうしゃ
俳人　[生]明治11年12月9日　[没]昭和17年9月5日　[出]東京・麹町　本名＝安井知之　号＝寒冷紗草堂、睡紅舎、杉の実山人　[歴]明治31年にはじめて句作し、「日本新聞」「ホトトギス」などに投句するが、のち松瀬青々に師事して「宝船」に属した。西洋草花栽培を業とし、傍ら出版社なつめやを経営。蕉門の研究を多年にわたって行い、出版物に「蕉門珍書百種」「和露文庫」の復刻があり、特に「蕉門名家句集」は俳文学界に裨益するところが大きい名著とされる。句集「杉の実」がある。

安英 晶　やすえ・あきら
詩人　[生]昭和25年8月17日　[出]北海道北見市　本名＝野崎ひとみ　[学]札幌北高(昭和44年)卒　[賞]北海道詩人協会賞(第20回)(昭和58年)「極楽鳥」　[歴]昭和45年札幌市内の会社勤めと同時に詩のサークル「炎」に入会。その後、「核」「パンと薔薇」「地球」同人。詩集に「出棺」「極楽鳥」「水の森」など。　[団]日本現代詩人会、北海道詩人協会

安江 不空　やすえ・ふくう
歌人　画家　[生]明治13年1月2日　[没]昭和35年3月23日　[出]奈良県　本名＝安江廉介　別号＝秋水　[学]東京美術学校中退　[歴]明治33年根岸短歌会に加わり「馬酔木」「アカネ」を経て、43年関西同人根岸短歌会を結成。また画家としても一家をなした。没後の昭和39年「安江不空全歌集」が刊行された。

安岡 正隆　やすおか・まさたか
歌人　「南国短歌」主宰　[専]山下奉文研究　鹿持雅澄研究　[生]大正14年2月4日　[没]平成12年2月13日　[出]高知県香美郡香北町　[学]法政大学文学部卒　[賞]勲四等瑞宝章(平成7年)　[歴]昭和14年から短歌を作り始め、36歳の時歌人・木俣修に師事。師の主宰する「形成」第一同人(幹部同人)となり、高知支部長も務めた。60年大栃高校校長を最後に40年間の教師生活を退職後、短歌月刊誌「南国短歌」を主宰、四国最大規模を誇る短歌誌に発展させた。一方、高知出身の将軍・山下奉文研究家として知られ、「人間山下奉文」「君は異国に果つるとも」を執筆。ライフワークとして鹿持雅澄の研究にも取り組む。歌集に「人生抄」「雪の炎」「旅と人生」がある。　[団]高知県歌人連盟(名誉会長)

安嶋 弥　やすじま・ひさし
歌人　随筆家　日本工芸会理事長　日本赤十字社常任理事　[生]大正11年9月23日　[出]石川県松任市　[学]東京帝大法学部(昭和19年)卒　[歴]昭和21年文部省入省。44年官房長、49年初中局長、50年文化庁長官を歴任。52年宮内庁東宮大夫に就任。古代律令制にまでさかのぼる職名で、皇太子家にかかわる事務一切を担当する。55年浩宮様の成年式の準備を指揮。平成元年退官。アララギ派の歌人でもある。修養団、日本工芸会、前田育徳会成巽閣、小山敬三美術振興財団各理事長、共立女子学園理事、日本赤十字社常任理事などを務める。著書に「文化と行政」「虚と実と」「葉桜」、歌集に「楠」などがある。　[団]日本文芸家協会

安田 章生　やすだ・あやお
歌人　甲南大学教授　「白珠」主宰　[生]大正6年3月24日　[没]昭和54年2月13日　[出]兵庫県　[学]東京帝国大学国語国文学科卒　文学博士　[賞]大阪府文芸賞(昭和22年)「茜雲」、日本歌人クラブ推薦歌集(第13回)(昭和42年)「明日を責む」、短歌研究賞(第14回)(昭和53年)「心の色」　[歴]昭和21年父青風と「白珠」創刊、知的抒情を掲げる。39年「藤原定家研究」により文学博士。歌集に「樹木」「茜雲」「表情」「明日を責む」「旅人の耳」「日月長し」「安田章生全歌集」、研究・歌論書に「現代歌論」「歌の深さ」「西行」などがある。　[家]父＝安田青風(歌人)

安田 建司　やすだ・けんじ
俳人　[生]昭和10年2月11日　[出]岐阜県　[学]岐阜高卒　[賞]流域賞(昭和37年)　[歴]昭和26年松井利彦の指導を受ける。30年「天狼」に投句、山口誓子に師事。翌年「流域」創刊より編集に携わる。35年沢木欣一に師事。40年「風」同人。県俳協選者、岐阜市成人学校俳句講座講師を務める。句集に「寒鴉」「青胡桃」がある。　[団]俳人協会

安田 純生　やすだ・すみお
歌人　大阪樟蔭女子大学学芸学部教授　[生]昭和22年1月20日　[出]大阪府　[学]甲南大学、慶応義塾大学大学院修士課程修了　[歴]大学在学中に、祖父青風の勧めにより作歌を始め、「白珠」に入会。昭和52年白珠同人選集「紅輪」に参加。54年選者。58年故青風にかわって「白珠」の編集兼発行者となる。大阪歌人クラブ常任理事、大阪樟蔭女子大学教授も務める。　[団]日本文芸家協会、現代歌人協会

安田 青風　やすだ・せいふう
歌人　[生]明治28年3月8日　[没]昭和58年2月19日　[出]兵庫県揖保郡石海村(現・太子町)　本名＝安田喜一郎(やすだ・きいちろう)　[学]姫路師範卒　[賞]大阪芸術賞(昭和39年)　[歴]大正4年「詩歌」に入り夕暮に師事。昭和2年「水甕」に移り柴舟、直三郎に師事。21年長男章生と「白珠」を創刊、主宰する。歌集に「春鳥」から「立岡山」に至る6冊があり、歌論に「短歌入門」がある。　[家]長男＝安田章生(歌人)

安田 尚義　やすだ・なおよし
歌人　[生]明治17年4月19日　[没]昭和49年12月24日　[出]宮崎県児湯郡　[学]早稲田大学高等師範部卒　[歴]鹿児島県立第一中学校に長年勤めたのち宮崎県文化財委員会委員長。大正2年「潮音」に加わり、峯村国一、小田観蛍と並んで太田水穂の高弟三羽ガラスといわれた。同誌顧問、選者を務めた。昭和2年「山茶花」を創刊。歌集「群落」「尾鈴嶺」、随筆集「森の男」「安田尚義著作選集」などがある。上杉鷹山の研究家でもあった。

安田 稔郎　やすだ・ねんろう
歌人　[生]明治36年3月24日　[歴]17歳頃より作歌、新聞雑誌に投稿をはじめ、19歳で古泉千樫の門に入る。昭和2年11月「青垣」を共同で創立。明治神宮総合短歌会委員をつとめる。歌集に「嶺岡」「成層圏」など。橋本徳寿と共著の「定本古泉千樫全歌集」がある。

安田 蚊杖　やすだ・ぶんじょう
俳人　[生]明治27年9月18日　[没]昭和48年7月11日　[出]東京府　本名＝安田和重　[学]東京農林(大正2年)卒　[歴]浅川高小で教鞭をとり、のち東京府農事試験場技手となった。大正8年安田善衛の次女桂と入婿結婚し、以後安田系銀行などの要職を歴任。俳句は昭和3年虚子に入門し、「ホトトギス」同人となる。遺句集「雪女郎」がある。

安田 木母　やすだ・もくぼ
俳人　[生]慶応4年3月16日(1868年)　[没]明治44年10月11日　[出]京都府紀伊郡吉祥院村　本名＝安田元治郎　[歴]教職を多年にわたってつとめ、俳句を正岡子規に学ぶ。初め木母庵と号した。明治37年中川四明、遠藤痩石等と雑誌「懸葵」の創刊に参加、京都における日本派俳人の先達である。大正2年秋田握月編「木母句集柚味噌」を刊行。

安永 信一郎　やすなが・しんいちろう
歌人　「椎の木」主宰　[生]明治25年1月20日　[没]平成3年5月4日　[出]熊本市　[学]熊本市立実業補習学校(明治44年)卒　[賞]熊本市文化功労賞(昭和24年)、勲五等瑞宝章(昭和50年)、荒木精之文化賞(第4回)(昭和59年)　[歴]大正4年尾上柴舟に師事、「水甕」入会。戦後「草雲雀」「椎の木」を創刊、主宰。熊本放送などの歌壇選者をつとめた。歌集に「一年」「大門」「連山」など。　[家]長女＝安永蕗子(歌人・書家)、娘＝永畑道子(小説家)

安永 蕗子　やすなが・ふきこ
歌人　書家　「椎の木」主宰　[生]大正9年2月19日　[出]熊本県熊本市　筆名＝安永春炎(やすなが・しゅんえん)　[学]熊本県女子師範専攻科(昭和15年)卒　[興]現代短歌の伝統に関わる点について　[賞]角川短歌賞(第2回)(昭和31年)「棕梠の花」、熊本日日新聞文学賞(第4回)(昭和37年)「魚愁」、熊本県文化懇話会賞(第13回)(昭和53年)「蝶紋」、現代短歌女流賞(第4回)(昭和54年)「朱泥」、短歌研究賞(第23回)(昭和62年)「花無念」、西日本文化賞(第48回)(平成1年)、迢空賞(第25回)(平成3年)「冬麗」、詩歌文学館賞(短歌部門，第8回)(平成5年)「青湖」　[歴]教職を経て、昭和30年父信一郎が主宰する「椎の木」入会、作歌を始めながら編集を担当、のち主宰。33年歌人アンソロジー・新唱十人に選出、34年歌誌「極」同人、51年読売歌壇選者、53年熊本県教育委員、60年熊本県教育委員長。西日本新聞短歌月評のほか、テレビ「NHK歌壇」選者も担当。平成10年の歌会始の選者にも選ばれた。歌集に「魚愁」「草炎」「蝶紋」「朱泥」「藍月」「讃歌」「くれなゐぞよし」「青湖」「安永蕗子全歌集」、評論集に「幻視流域」などのほかエッセー集「書の歳時記」「風やまず」などの著書がある。　[団]現代歌人協会、日本書道美術院、日本文芸家協会　[家]父＝安永信一郎(歌人・故人)、妹＝永畑道子(評論家)

安仲 光男　やすなか・みつお
歌人　[生]大正6年12月8日　[出]福岡県　[歴]22歳のころ「一路」に入会。後「工人」に転じ数年後中断。昭和30年「くろつち短歌会」を結成。37年「牙短歌会」創刊に参画。54年9月「牙」を脱退。55年1月「藍」を創刊。歌集に「戯遊集」「鴫の足どり」、合同歌集に「久路土」がある。

安成 二郎　やすなり・じろう
歌人　ジャーナリスト　小説家　㊓明治19年9月19日　㊚昭和49年4月30日　㊥秋田県北秋田郡阿仁合町　㊫大館中学中退　㊧製練所で働き、上京後「楽天パック」などを経て「実業之世界」に入り、のち読売新聞社、毎日新聞社、平凡社に勤務する。大正5年歌集「貧乏と恋と」を刊行。小説は徳田秋声に師事し、大正14年「子を打つ」を刊行。歌人、小説家、ジャーナリストと幅広く活躍し、他の著書に「無政府地獄-大杉栄襍記」「花万朶」などがある。㊇兄＝安成貞雄（評論家）

やすみ りえ
川柳作家　㊓昭和47年　㊥兵庫県神戸市　㊫大手前女子大学文学部英米文学科卒　㊧大学在学中、"こうべSEA QUEEN"に選ばれ、関西を中心にテレビ、ラジオのアシスタントとして活躍。のちNHK「とっておき関西」で川柳コーナーのレギュラー講師を担当。文化人川柳相合傘メンバー。川柳句集に「平凡な兎」がある。

安水 稔和　やすみず・としかず
詩人　「たろうす」編集発行人　神戸松蔭女子学院大学文学部国文学科教授　㊓昭和6年9月15日　㊥兵庫県神戸市　㊫神戸大学文学部英米文学科（昭和29年）卒　㊕芸術祭奨励賞（昭和38年）「合唱組曲'京都'」、芸術祭賞優秀賞（昭和48年）「ラジオドラマ旅に病んで」、井植文化賞（昭和59年）、地球賞（第14回）（平成1年）「記憶めくり」、神戸市文化賞（平成2年）、晩翠賞（第40回）（平成11年）「生きているということ」、詩歌文学館賞（現代詩部門，第16回）（平成13年）「椿崎や見なんとて」　㊧大学在学中から「ぽえとろ」などに詩作を発表し、多くの同人雑誌を経て「歴程」同人となる。昭和30年「存在のための歌」を刊行し、以後「愛について」「鳥」「花祭」「佐渡」「西馬音内」「異国間」「能登」「記憶めくり」「生きているということ」「安水稔和全詩集」「椿崎や見なんとて」などを刊行。35年頃から放送や舞台の創作をし、38年多田武彦作曲の合唱組曲「京都」で芸術祭奨励賞を受賞。ほかに評論集「歌の行方―菅江真澄追跡」、紀行「幻視の旅」などがある。「たうろす」編集発行人。　㊐日本現代詩人会

安森 敏隆　やすもり・としたか
歌人　同志社女子大学学芸学部日本語日本文化学科教授　㊒近現代短歌史　戦後文学　㊓昭和17年1月6日　㊥広島県三次市　㊫立命館大学大学院文学専攻（昭和43年）修士課程修了　㊛塚本邦雄をはじめとする前衛短歌運動　㊕現代歌人集会賞（昭和54年）、山口県芸術文化振興奨励賞（昭和60年）　㊧梅光女学院大学教授を経て、昭和63年同志社女子大学教授。平成14年妻と共著で、義母の介護を通して抱いた思いや命の尊さを詠んだ歌集「介護うたあわせ 介護・女と男の25章」を刊行。他の著書に「斎藤茂吉幻想論」「創造的塚本邦雄論」「幻想の視覚―斎藤茂吉と塚本邦雄」　。㊐日本文学協会、日本近代文学会、キリスト教文学会

夜雪庵 金羅　やせつあん・きんら
俳人　㊓天保1年（1830年）　㊚明治27年10月3日　㊥播磨国竜野（兵庫県）　本名＝近藤栄治郎　号＝珍斎、其成、三卍屋　㊧江戸本郷湯島で書道の師匠の傍ら3世金羅門で俳句を学び、明治11年夜雪庵4世を継ぐ。徹底した点取発句政策で人気を呼び、明治初期における月並盛行時代の第一人者と目された。著書に「俳諧千題集」「明治新撰―万集」、編著に月並句集「風流会」など。

八十島 稔　やそしま・みのる
詩人　俳人　㊓明治39年9月23日　㊚昭和58年1月20日　㊥福岡県嘉穂郡嘉穂町　本名＝加藤英弥（かとう・しげみ）　㊫研修英語学校卒　㊧「文芸汎論」で活躍し、のち北園克衛らと「VOU」を創刊、シュールリアリスムを標榜した。戦時中の合唱曲「朝だ、元気で」をはじめ200曲以上の歌曲の作詞者でもある。晩年は、自宅の庭に植えられた草花を見つめた詩句随筆集「花の曼陀羅（まんだら）」の執筆に心血をそそぎ、9巻まで完成していた。詩集に「紅い羅針盤」「海の花嫁」「蛍」など。また俳句は「青芝」の同人で、句集に「秋天」「柘榴」などがある。

八染 藍子　やそめ・あいこ
俳人　㊓昭和9年6月4日　㊥広島県　本名＝杉山園絵（すぎやま・そのえ）　㊫女子美術大学洋画科卒　㊕狩座賞（昭和56年）　㊧昭和53年「狩」創刊と共に入会、鷹羽狩行に師事。56年「狩」同人。のち「廻廊」主宰。句集に「園絵」など。㊐俳人協会、日本文芸家協会

矢田 枯柏　やだ・こはく
俳人　⽣明治30年8月1日　⾙昭和44年2月3日　⽥北海道　本名＝矢田栄一　⾝明治大学中退　⽿大正10年臼田亜浪門に入り、昭和初期の「石楠」編集に携わる。その後小樽・帯広・芦別・札幌などを転住、この間、「あかとき」「柏」「草人」などを創刊主宰。また芦別炭鉱の機関誌「あしべつ」を編集した。句集に北海道俳句集「木華」「雪線」「春濤」「枯野」などがある。

矢田 挿雲　やだ・そううん
小説家　俳人　⽣明治15年2月9日　⾙昭和36年12月13日　⽥石川県金沢市　本名＝矢田義勝　⾝東京専門学校（現・早稲田大学）卒　⽿代々加賀藩の医師の家に生まれる。軍人の父の転勤で東京、仙台と移り、のち東京専門学校へ。在学中から正岡子規門下に入り、句作を学ぶ。明治41年九州日報社に入社。のち、芸備日日新聞社を経て、大正4年報知新聞社に入る。8年「俳句と批評」を創刊。9～12年野村胡堂のすすめで「江戸から東京へ」を「報知新聞」に連載。その後続篇を記し、昭和16年全3巻として刊行。また大正14年～昭和9年小説「太閤記」を連載し、10～12年にかけて全12冊で刊行。他に小説「忠臣蔵」なども連載。17年退職。文壇から遠ざる一方、俳誌「挿雲」を主宰、俳人として活躍した。

矢田部 良吉　やたべ・りょうきち
植物学者　詩人　翻訳家　⽣嘉永4年9月19日（1851年）　⾙明治32年8月7日　⽥伊豆国韮山（静岡県）　号＝尚今　理学博士　⽿蘭学、英学を学び、明治2年開成学校教授試補。外交官として森有礼に随行し渡米。のちコーネル大学に入学。進化論的植物学を修め、10年東大最初の植物学教授となった。15年外山正一、井上哲次郎らと「新体詩抄初篇」を刊行。ローマ字表記を提唱して、ローマ字会を興す。演劇改良運動にも携わり、多方面に活躍した。鎌倉で遊泳中溺死した。
⑳父＝矢田部卿雲（幕末の蘭学者）

谷内 修三　やち・しゅうそ
詩人　「象形文字」同人　⽣昭和28年　⽥富山県　⽿詩集「The Magic Box」「天辺」「まるで、あれだね」「小倉金栄堂の迷子」「ベケットの日」「私には知られたくないことがある」「ブコウスキーの日々」、評論集に「詩を読む 詩をつかむ」がある。　http://www.asahi-net.or.jp/~kk3s-yc

八森 虎太郎　やつもり・とらたろう
詩人　⽣大正3年6月12日　⾙平成11年10月24日　⽥岩手県花巻市　本名＝古川武雄　⾝日本大学拓殖科別科卒　⽿昭和10年与田準一らの「チチノキ」に参加、11年「童魚」同人。16年「詩洋」同人。同年中国へ渡り、「上海文学」に参加。戦後、札幌へ引き揚げ、22年池田克己とともに「日本未来派」を創刊し、28年まで発行人。またアイヌ民俗の採集に尽力。詩集に「コタン遠近」がある。
㊿日本現代詩人会、北海道賢治の会

矢土 錦山　やど・きんさん
漢詩人　⽣嘉永4年3月7日（1851年）　⾙大正9年11月28日　⽥伊勢国松阪（三重県）　本名＝矢土勝之　字＝実夫、号＝錦山　⽿初め藤川三渓、松田元修に学び、のち土井謦牙に入門。東京に出て明治政府に仕え、森槐南、伊藤博文と詩文の交際があった。著書に「錦山遺稿」があり、その一部が「現代日本文学全集37」（改造社）に収録されている。

梁井 馨　やない・かおる
詩人　⽣昭和3年　⽥長崎県佐世保市　⽿昭和47～60年「炮氓」「砂漠」「子午線」同人。文字屋印店店主。著書に「詩集 はだか踊り」がある。

柳井 綱斎　やない・けいさい
漢詩人　⽣明治4年8月10日　⾙明治38年4月24日　⽥岡山県高梁市　本名＝柳井碌　字＝文甫、通称＝柳井碌太郎　⾝東京専門学校（現・早稲田大学）文科卒　⽿博文館に入社し、「中学世界」の編集主任などを務め、のち中学校教師となる。森槐南、桂湖村らと交わりがあった。著書に「作詩自在」「征清詩集」（3巻）など。

柳井 道弘　やない・みちひろ
詩人　⽣大正11年4月1日　⽥岡山県上斎原村　⾝明治大学卒　⽿昭和15年上京し明治大学に入学。17年学徒出陣、陣中より「コギト」に詩を発表。20年復員し、故郷で農業に従事する。24年保田与重郎の「祖国」同人。30年南河内に移り、教育図書出版に従事。40年大津市に移住。43年仏蹟巡礼のためインド・ネパール・セイロンを旅行。同年「ポリタイア」同人。のち文芸同人誌「春秋」編集発行。詩集に「花鎮頌（はなしづめうた）」「聖譚曲」「声」「むらぎも」「相聞（つまごひ）―柳井道弘集」、小説に「運命」、インド紀行「混沌の夜に再び還る時」がある。　㊿日本文芸家協会

柳川 春葉　やながわ・しゅんよう
小説家　俳人　[生]明治10年3月5日　[没]大正7年1月9日　[出]東京・下谷二長町　本名＝柳川専之(やながわ・つらゆき)　[歴]尾崎紅葉門下生となり、明治26年「怨之片袖」を刊行。31年春陽堂に入社し「新小説」の編集をするかたわら「行路心」「遠砧」「泊客」などを発表。33年頃から家庭小説の作家となり「夢の夢」「やどり木」「母の心」「富と愛」「生さぬ仲」などを発表した。また俳句に親しみ秋声会に参加。「新声」「卯杖」などに句文を発表。没後に句集「ひこばえ」が刊行された。

柳 裕　やなぎ・ゆう
詩人　[生]昭和3年10月20日　[出]長野市　本名＝柳裕典　[学]信州大学文理学部人文学科卒　[賞]長野県詩集作品賞(第1回)(昭和54年)、日本海文学大賞(奨励賞，第7回)(平成8年)「縄文イルカ迎え—能登真脇幻想」　[歴]教職32年を経て、信学会信州予備校講師に。「森」「円卓」同人。昭和54年長野県詩集作品賞受賞(第1回)。著書に現代詩人叢書「柳裕詩集」「女そして愛」「八ケ岳幻想」ほか。　[団]日本詩人クラブ、長野県詩人協会

柳沢 健　やなぎさわ・けん
詩人　外交官　[生]明治22年11月3日　[没]昭和28年5月29日　[出]福島県会津若松　[学]東京帝大仏法科(大正4年)卒　[歴]逓信省、朝日新聞社などに勤務し、外遊1年半後外務省に入り、フランス大使館書記、ポルトガル代理公使などを歴任。退官後は文化、外交評論家として活躍した。在学中より詩作を続け、大正3年「未来」同人となり「果樹園」を刊行。5年「詩人」を創刊。他の著書に詩集「海港」(共著)「柳沢健詩集」、訳詩集「現代仏蘭西詩集」、評論集「現代之詩及詩人」などがある。

柳田 国男　やなぎた・くにお
民俗学者　農政学者　詩人　枢密顧問官　[生]明治8年7月31日　[没]昭和37年8月8日　[出]兵庫県神東郡田原村辻川(現・神崎郡福崎町)　旧姓(名)＝松岡　筆名＝久米長目など　[学]東京帝大法科大学政治学科(明治33年)卒　[資]日本芸術院会員(昭和22年)、日本学士院会員(昭和23年)　[賞]朝日文化賞(昭和16年)、文化勲章(昭和26年)、文化功労者(昭和27年)、福崎町名誉町民　[歴]在村の医者・漢学者松岡操の六男に生れる。幼少年期より文学的才能に恵まれ、短歌、抒情詩を発表。青年時代、田山花袋、島崎藤村、国木田独歩らと交わり、新体詩人として知られた。明治33年東京帝大卒業後、農商務省に入省。同時に早稲田大学(初め東京専門学校)で農政学を講じる。34年大審院判事柳田直平の養嗣子となる。35年内閣法制局参事官に転じ、大正3年貴族院書記官長に就任。この間、明治38年花袋、独歩、蒲原有明らと文学研究会竜土会を始め、40年藤村、小山内薫らとイプセン会を主宰。大正8年貴族院議長徳川家達と相容れず、書記官長を辞して下野。9年朝日新聞社入社、翌10年から12年まで国際連盟委任統治委員会委員としてジュネーブ在勤。13年から昭和7年まで朝日新聞論説委員をつとめる。のち、21年枢密院顧問官に任官、22年日本芸術院会員、23年日本学士院会員に推される。他方、民間伝承に関心を深め早くから全国を行脚し、明治42年日本民俗学の出発点といわれる民俗誌「後狩詞記」を発表。43年新渡戸稲造、石黒忠篤らと郷土研究の郷土会を結成、大正2年「郷土研究」を発行。「石神問答」「遠野物語」「山の人生」「雪国の春」「桃太郎の誕生」「民間伝承論」「木綿以前の事」「不幸なる芸術」「海上の道」など多数の著書を刊行、“柳田学”を樹立した。また昭和22年に民俗学研究所を、24年には日本民俗学会を設立するなど、日本民俗学の樹立・発展につとめ、後世に大きな影響を与えた。この間、昭和26～36年国学院大学大学院で理論神道学の講座を担当。また、国語教育と社会科教育にも力を注ぎ、28年国立国語研究所評議会会長を務めた。専門の農政学においては産業組合の育成に尽力した。26年文化勲章受章。詩集「野辺のゆきゝ」、「定本柳田国男集」(全31巻・別巻5，筑摩書房)、文庫版「柳田国男全集」がある。
[家]兄＝井上通泰(歌人・国文学者・医学博士)、弟＝松岡静雄(海軍軍人・民族学者・言語学者)、松岡映丘(日本画家・東京美術学校教授)、息子＝柳田為正(お茶の水女子大名誉教授・生物学者)

柳田 新太郎　やなぎだ・しんたろう
歌人　編集者　[生]明治36年1月18日　[没]昭和23年11月28日　[出]京都府　[歴]昭和2年「文珠蘭」を創刊し、3年「詩歌」に参加。同年新興歌人連盟を結成し、4年にはプロレタリア歌人同盟結成の契機となった「プロレタリア短歌集」刊行に参加。6年「短歌新聞」を創刊。11年「現代歌壇系統図」を編集刊行した。また18年には「大東亜戦争歌集」を編集した。

柳田 暹暎　やなぎだ・せんえい
僧侶　歌人　園城寺妙厳院住職　天台寺門宗大僧正　元・京都文化短期大学教授　[専]能力開発　[生]大正6年7月9日　[没]平成12年11月10日　[出]東京　[学]龍谷大学文学部(昭和16年)卒　[歴]昭和21年立命館高校教諭、29～47年立命館大学に転勤、立命館大学財務部長、48年京都学園大学、相愛女子大学、池坊短期大学の非常勤講師。一方、園城寺学問所に専念。17年三井寺教学部長を経て、園城寺学問所長、法泉院住職大僧正。34年ロックフェラー財団の援助により渡米、米国スタンフォード大学経営セミナーに参加、全米視察。また28年短歌結社歌樹社を設立、京都新聞近江文芸短歌選者としても活躍。著書に歌集「序説日本の文学」がある。　[団]仏教文学会、全国大学国語国文学会、日本フェノロサ学会、全日本仏教会ライオンズクラブ、天台学会

柳田 知常　やなぎだ・ともつね
国文学者　俳人　金城学院大学名誉教授　[生]明治41年5月26日　[没]平成7年1月25日　[出]岐阜県大垣市　別名＝柳田知常(やなぎだ・ちじょう)　[学]東京帝国大学国文学科(昭和5年)卒　[歴]各地の中学教諭を経て、昭和22年金城女子専門学校教授、47年から金城学院大学長、のち名誉教授となる。大正14年キリスト教入信。倉田百三主宰の「生活者」に参加。また俳誌「橘」を主宰し、句集に「梅雨坂」など。著書に「コスモスと鰯雲」「岩野泡鳴論考」「作家と宗教意識」「めだか随筆」「遠景と近景 昭和初年の文学と思想の状況」など。

柳原 極堂　やなぎはら・きょくどう
俳人　元・伊予日日新聞社長　[生]慶応3年2月11日(1867年)　[没]昭和32年10月7日　[出]愛媛県松山市　本名＝柳原正之　初号＝碌堂　[学]松山中中退　[歴]正岡子規のもとで句作し、明治30年松山で「ほととぎす」を創刊して編集経営にあたる。39年「伊予日日新聞」を再発刊させる。昭和7年上京して「鶏頭」を創刊するが、17年廃刊して故郷に帰って子規会を結成し、もっぱら子規の顕彰にあたった。著書に句集「草雲雀」や「友人子規」「子規の話」などがある。

柳本 城西　やなぎもと・じょうせい
歌人　[生]明治12年4月4日　[没]昭和39年2月29日　[出]愛知県豊橋町　本名＝柳本満之助　[学]東京医専卒　[歴]静岡で医院を開業し、のち陸軍軍医となる。早くから伊藤左千夫に歌を学び、「馬酔木」「アカネ」を経て「アララギ」に参加。明治41年「犬蓼」を創刊し昭和39年迄598号を刊行。没後の歌集に「犬蓼」(昭40)がある。

柳原 白蓮　やなぎわら・びゃくれん
歌人　[生]明治18年10月15日　[没]昭和42年2月22日　[出]東京　本名＝宮崎燁子(みやざき・あきこ)　旧姓(名)＝柳原燁子(やなぎわら・あきこ)　[学]東洋英和女学校(明治43年)卒　[歴]大正天皇の従妹にあたる。北小路資武と離婚後、筑豊の炭鉱王・伊藤伝右衛門と再婚、"筑紫の女王"と呼ばれたが、大正10年社会運動家・宮崎龍介との世紀の恋愛で話題を呼び、12年宮崎と結婚。歌人としては明治33年佐佐木信綱の門に入り、大正4年「踏絵」を刊行。以後「幻の華」「紫の海」「地平線」を刊行したほか、詩集「几帳のかげ」、小説「荊棘の実」などを刊行。昭和10年歌誌「ことたま」を創刊して主宰。戦後は愛児香織の戦死をきっかけに"国際悲母の会"を組織するなど平和運動などに関係した。
[家]父＝柳原前光(元老院議長・伯爵)、夫＝宮崎龍介(社会運動家)

梁瀬 和男　やなせ・かずお
詩人　[生]大正15年12月24日　[出]群馬県前橋市　[学]桐生工専卒　[歴]群馬女子短期大学講師を務める。著書に、詩集「夏の草」「初期詩篇」「詩集・死者の夏」、評論「萩原朔太郎」「高橋元吉の人間」、随筆「前橋心象風景」などがある。
[団]日本文芸家協会、日本現代詩人会、群馬文学会議(副会長)

やなせ たかし
漫画家　イラストレーター　詩人　作詞家　日本漫画家協会常務理事　「詩とメルヘン」編集長　[専]童話　[生]大正8年2月6日　[出]高知県香美郡在所村　本名＝柳瀬嵩　[学]東京高等工芸学校(現・千葉大学工学部)図案科(昭和14年)卒　[賞]週刊朝日漫画賞(昭和42年)「ボオ氏」、最優秀動画賞(昭和45年)、毎日映画コンクール大藤信郎賞(昭和45年)「やさしいライオン」、厚生大臣賞(昭和48年)「やさしいライオン」、教育映画特別賞(48年)「やさしいライオン」、日本童謡賞特別賞(第19回)(平成1年)、日本漫画家協会賞大賞(第19回)(平成2年)「それいけ!アンパンマン」、サンリオ美術賞(第16回)(平成2年)、勲四等瑞宝章(平成3年)、日本漫画家協会賞(文部大臣賞，第24回)(平成7年)「アンパンマン」、児童文化功労者賞(第39回)(平成12年)、日本童謡賞(第31回)(平成13年)「希望の歌」
[歴]終戦後、高知新聞に入社。昭和22年上京し、三越宣伝部デザイナーを経て漫画家に。NHKテレビのまんが学校にレギュラーとして出演。

42年「週刊朝日」の100万円懸賞に「ボオ氏」が入選。童画、絵本の世界でも活躍し、「詩とメルヘン」「いちごえほん」編集長を務める。平成2年「それいけ！アンパンマン」が大ヒットし、テレビアニメはスペイン、ブラジル、東南アジアでも放映される。平成6年新宿区四谷にアンパンマンショップを開店。8年高知県香北町に、やなせたかし記念館アンパンマンミュージアムが開館。10年同館の隣に詩とメルヘン絵本館が開館。他の代表作に「メイ犬BON」「まんが学校」「無口なボオ氏」「やさしいライオン」「おむすびまん」「星空 やなせたかし画集」、詩集に「愛する歌」、童謡詩集に「希望の歌」などがある。 ㋱漫画集団、日本青少年文化センター、日本童謡協会（理事）、日本放送作家協会、漫画家の絵本の会、日本漫画家協会

柳瀬 留治 やなせ・とめじ
歌人 ㋐明治25年1月2日 ㋒昭和63年12月9日 ㋓富山県 ㋑日本大学（大正15年）卒 ㋑大正5年「創作」に入り、若山牧水に師事。8年「朝の光」で窪田空穂に師事。昭和4年「短歌草原」創刊。歌集「雑草」「真葛葉」「立山」「山」のほか、「橘曙覧歌考」「山旅五十年」などがある。

柳瀬 正夢 やなせ・まさむ
洋画家 漫画家 詩人 ㋐明治33年1月12日 ㋒昭和20年5月25日 ㋓愛媛県松山市大街道町 本名＝柳瀬正六（やなせ・まさむ） 筆名＝夏川八朗 ㋑門司市松本尋常高小卒、日本水彩画会研究所、日本美術院研究所 ㋑明治44年門司に移住。大正3年上京、日本水彩画会研究所や日本美術院研究所に学び、4年日本水彩画会第2回展に初入選。日本美術院洋画部にも出品し、第2回院展初入選。9年読売新聞社に入社し、政治漫画を描く。10年「種蒔く人」同人、その後、未来派美術協会、マヴォ（MAVO）などの前衛美術運動に参加。14年日本プロレタリア文芸連盟、昭和3年全日本無産者芸術連盟（ナップ）、4年日本プロレタリア美術家同盟の各創立に参画。この間、大正15年に日本漫画家連盟創立委員として参加。昭和6年には日本共産党に入党。7年12月治安維持法違反で起訴され、8年9月懲役2年、執行猶予5年で保釈。この間「無産者新聞」「赤旗」に政治漫画・カットを描き、「戦旗」「文芸戦線」などの雑誌の表紙やポスターに腕を振るった。画集に「柳瀬正夢画集」がある。

矢野 禾積 やの・かずみ
⇒矢野峰人（やの・ほうじん）を見よ

矢野 克子 やの・かつこ
詩人 「共悦」（詩誌）主宰 ㋐明治38年9月30日 ㋒平成6年6月30日 ㋓沖縄県名護市名護 ㋑沖縄県立第一高女卒 ㋑共産党員であった兄のため進学をあきらめ、教員矢野酉雄と結婚。夫に従い鹿児島から満州などを転々。戦後東京世田谷区に"共悦マーケット"を設立。これから上る資金を基に詩誌「共悦」を発行を続けた。沖縄の生んだ"情熱の詩人"とされ19冊の詩集を出版。 ㋱兄＝徳田球一、息子＝矢野雅雄（矢野経済研究所所長）、矢野端（元本州製紙副社長）

矢野 絢 やの・けん
俳人 ㋐明治37年7月12日 ㋒平成8年1月12日 ㋓島根県益田市 ㋑浜田高女卒 ㋴泉同人賞（昭和52年） ㋑昭和30年「鶴」入会、石田波郷、石塚友二に師事。35年「鶴」同人。50年「泉」、55年「林」に参加。句集に「精糖」「今里」「露庵」など。 ㋱俳人協会

矢野 兼三 やの・けんぞう
⇒矢野蓬矢（やの・ほうや）を見よ

矢野 裕子 やの・ひろこ
歌人 エッセイスト ㋒昭和39年 ㋓滋賀県 ㋑関西学院大学文学部卒、慶応義塾大学文学部卒 「未来」会員。著書に「時の交響曲」「夢のシルエット」「時の幻影」などがある。

矢野 文夫 やの・ふみお
詩人 美術評論家 日本画家 ㋐明治34年5月16日 ㋒平成7年12月16日 ㋓岩手県一関市（本籍） 画号＝矢野茫土（やの・ぼうど） ㋑早稲田大学文学部中退 ㋑詩集に「鴉片の夜」「硫黄」「伊吹」、訳詩にボードレール「悪の華」がある。邦画荘を主宰し、美術批評家としても活躍。著書に「夜の歌―長谷川利行とその芸術」「ヴィーナスの神話」「東山魁夷―その人と芸術」などがある。

矢野 峰人 やの・ほうじん
詩人 英文学者 東京都立大学名誉教授・元総長 東洋大学名誉教授・元学長 ㋒英文学 比較文学 ㋐明治26年3月11日 ㋒昭和63年5月21日 ㋓岡山県久米郡久米町神代 本名＝矢野禾積（やの・かずみ） ㋑京都帝国大学英文科（大正7年）卒、京都帝国大学大学院修了 文学博士（京都帝大）（昭和10年） ㋑大学在学中の大正8年、詩集「黙禱」を刊行。京都大学大学院修了後、大谷大学、続いて三高の教授に就任。「近代英文学史」を刊行した15年、台

湾総督府により英国留学を命じられオックスフォード大学で学ぶ。帰国後は台北大教授に就任。その後文学部部長となり、その間詩集「幻塵集」や訳詩集「しるえっと」および「近英文芸批評史」などを刊行。22年帰国して、同志社大教授に就任。23年「蒲原有明研究」を刊行。26年都立大学教授、32年総長、36年東洋大学学長を歴任した。詩集や英文学関係の書物のほか「新・文学概論」などの著書もあり、日本近代詩の研究者としても知られている。また三高の愛唱歌「行春哀歌」の作詞者でもある。 [団]日本英文学会、比較文学会

矢野 蓬矢　やの・ほうや
俳人　元・富山県知事　[生]明治29年9月13日　[没]昭和56年2月19日　[出]大阪府大阪市　本名＝矢野兼三(やの・けんぞう)　[学]関西大学法学部(大正8年)卒　[歴]大正10年内務省入省。昭和13年富山県知事。スマトラ西海岸州陸軍司政長官を経て、19年公職を離れた。蓬矢の俳号で俳句活動に専念、俳誌「志賀」を主宰。著書に随筆「漬物石」、句集「赤道標」などがある。「ホトトギス」同人。

矢野目 源一　やのめ・げんいち
詩人　翻訳家　小説家　[生]明治29年11月30日　[没]昭和45年10月12日　[出]東京　[学]慶応義塾大学仏文科卒　[歴]「詩王」「オルフェオン」などに詩作を発表し、大正9年「光の処女」を刊行。14年には「聖瑪利亜の騎士」を刊行する。ついで作家になり艶笑文学を得意とし「風流色めがね」などの著書がある。他の著書に「幻庵清談」「席をかえてする話」やアンリ・ド・レニエの「情史」などの翻訳がある。

谷萩 弘人　やはぎ・ひろんど
詩人　足利短期大学幼児教育科助教授　[専]児童文学　[生]昭和24年4月22日　[出]栃木県　本名＝谷萩昌則(やはぎ・まさのり)　[学]大正大学文学部卒、大正大学大学院文学研究科国文学専攻博士課程修了　[師]田中冬二、千葉省三　[歴]足利短期大学講師を経て、助教授、大正大学講師。著作に「講義・日本児童文学〈2〉」、詩集「伝説の村」「食虫植物」、分担執筆に「少年詩の歩み」などがある。　[団]日本詩人クラブ、日本近代文学会、日本比較文学会

八幡 城太郎　やはた・じょうたろう
俳人　青柳寺住職　[生]明治45年3月26日　[没]昭和60年1月4日　[出]神奈川県相模原市上鶴間　本名＝神部宣要　[学]早稲田大学文学部国文科卒　[歴]昭和18年青柳寺住職となる。日野草城の「旗艦」に拠り、24年「青玄」創刊に参加。28年「青芝」を創刊し、主宰。句集に「相模野抄」「念珠の手」「まんだらげ」「阿修羅」「飛天」、随筆集に「俳句半代記」など。

藪内 柴火　やぶうち・さいか
俳人　元・エヌワイツール代表取締役　[生]明治43年3月19日　[没]平成6年1月6日　[出]広島県呉市　本名＝藪内輝雄(やぶうち・てるお)　[学]大阪都島工業機械科卒　[賞]藍綬褒章、勲五等双光旭日章　[歴]住友電工、阪神伸銅所、山科精工所、滋賀ファスナーを経て、昭和49年エヌワイツールを設立、58年退任。8年住友電工勤務の頃、大橋桜坡子に師事、作句を始めるが戦争中一時中絶。戦後京都雪解会に入り皆吉爽雨に師事。「雪解」「雨月」「うまや」同人となる。「麦秋雪菜集」選者、京都雪解句会主宰。句集に「琴坂」「藪内柴火集」がある。 [団]俳人協会

藪田 義雄　やぶた・よしお
詩人　「沙羅」主宰　[生]明治35年4月13日　[没]昭和59年2月18日　[出]神奈川県小田原市　[学]法政大学英文科卒　[歴]詩誌「生誕」「エクリバン」「詩の座」「沙羅」を創刊。大正7年より北原白秋門下となり、晩年の白秋の秘書をつとめ、また日本音楽著作権協会理事、詩と音楽の会副会長もつとめた。詩集に「白沙の駅」「岸花」「水上を恋ふる歌」「散華頌」「藪田義雄全詩集」、著書に「評伝・北原白秋」「わらべ唄考」「夏鶯」などがある。他、民謡集、歌劇・合唱曲など多数。

矢部 榾郎　やべ・ほだろう
俳人　[生]明治15年4月4日　[没]昭和39年3月10日　[出]福島県　本名＝矢部保太郎　[学]福島師範卒　[歴]長沼小学校長、須賀川図書館長をつとめた。大正2年「軒の栗」を主宰し、11年「桔槹」創刊と同時に雑詠選者となる。古俳諧の研究者としても知られ、「たよ女全集」「福島県俳人事典」ほか著作が多い。

山内 栄二　やまうち・えいじ

詩人　(社)北海道労働文化協会会長　北海道美術文化振興協会理事長　⊕大正4年2月8日　⊕宮城県遠田郡小牛田町　本名=山内栄治(やまうち・えいじ)　⊗室蘭工業学校卒　㊥北海道文化賞(平成4年)　⊛昭和10年同人誌「小屋」に参加して詩作をはじめる。13年「山脈」(後・「石狩平原」)同人。戦後は、更科源蔵の「野性」創刊に参加し、同人。25年全道労協の結成に参加し、初代事務局次長を経て、北海道労働金庫常務。47年北海道労働文化協会を結成し、理事長に就任。61年より会長。北海道美術文化振興協会理事長なども務める。詩集に「陽とともに」「愛の記録」「河」、著書に「民衆の光と影」。　㊙北海道詩人協会

山内 敬一　やまうち・けいいち

歌人　日産ディーゼル千葉販売監査役　⊕大正9年7月15日　⊕福岡市　⊗京都大学経済学部(昭和18年)卒　㊥日本歌人賞(昭和53年)　⊛昭和18年日本興業銀行入行。44年同行経営研究部次長、参事役より派遣出向し、日産ディーゼル福岡販売社長就任。52年同社社長・会長を辞任。以後神奈川日産ディーゼル常勤監査役等を歴任。60年日産ディーゼル千葉販売監査役に。歌集「白茅集」「胡桃川」がある。「日本歌人」同人。

山尾 三省　やまお・さんせい

詩人　⊕昭和13年　⊗平成13年8月28日　⊕東京・神田　⊗早稲田大学文学部西洋哲学科(昭和35年)中退　⊛昭和42年国分寺のコミューン・部族に参加。無農薬野菜の販売などに携わり、指導者の一人となったが解散。48年暮、家族と共にインド・ネパールの聖地巡礼に出る。50年長本兄弟商会の設立に参加。信仰のある生活を確信したこと、縄文杉に魅せられたことから、52年屋久島へ一家5人と移住。自給自足の生活をしながら"白川山の里づくり"をはじめ、詩作と祈りの日々を送った。著書に「聖老人」「野の道」「ジョーがくれた石」「びろう葉帽子の下で」「森羅万象の中へ」「屋久島のウパニシャッド」など。

山県 有朋　やまがた・ありとも

政治家　陸軍大将　歌人　元帥　公爵　首相　元老　枢密院議長　⊕天保9年閏4月22日(1838年)　⊗大正11年2月1日　⊕長門国萩城下川島庄(山口県萩市)　幼名=辰之助、前名=小輔、狂介　⊛松下村塾に学び、高杉晋作・伊藤博文ら尊王派志士と交わる。文久3年(1863)奇兵隊軍監となり、4国連合艦隊に敗戦。また慶応2年(1866)第2次征長の役に参戦。戊辰戦争時は北陸鎮撫総督・会津征討越後国総督参謀。明治2年渡欧、3年帰国後兵部大輔、5年陸軍大輔・中将。徴兵令を制定し軍制を確立。6年陸軍卿に就任、佐賀の乱、西南の役に参軍。その後木戸・大久保の死去、大隈・板垣の失脚により、伊藤博文と共に藩閥政府の最高指導者となる。16年内務卿、18年第1次伊藤内閣の、21年黒田内閣の内相。20年保安条例を公布した。22年首相に就任し、教育勅語を発布。23年陸軍大将に進み、25年第2次伊藤内閣の法相、26年枢密院議長。日清戦争時は第1軍司令官、日露戦争時は参謀総長をつとめた。31年元帥。同年第2次内閣を組閣、33年軍部大臣現役武官制を制定。42年伊藤の死後は政界に絶大なる権力を振るったが、大正10年宮中某重大事件(皇太子妃選定問題)で各方面の非難を受け、枢密院議長を辞任した。終生の政党嫌いで知られる。著書に「懐旧記事」(全5巻)「山県有朋意見書」など。一方、近藤芳樹、井上通泰らに師事して和歌を学び、のち森鴎外らと歌会常磐会(明治39年～大正11年)を催した。歌集に「葉桜日記」「椿山集」「年々詠草」などがある。

山形 敞一　やまがた・しょういち

歌人　東北大学名誉教授　⊛消化器病学　⊕大正2年2月27日　⊗平成10年9月14日　⊕宮城県石巻市　⊗東北帝国大学医学部(昭和11年)卒　医学博士　㊥東北大学医学部奨学賞金賞(昭28年度)「細網内皮系の機能に関する研究」、全国発明表彰発明賞(昭和39年度)「消化管検査器具」、日本対ガン協会賞(昭和51年度・個人の部)「胃集検の体系化を確立し精度向上に貢献」、勲二等瑞宝章(昭和61年)　⊛昭和17年東北大学助教授を経て、32年教授。51年退官。35年から宮城県内で専用の検診車を使った集団がん検診を全国で初めて開始した。63年宮城県対がん協会名誉会長。アララギ派の歌人、郷土史家としても著名。歌集は10冊を超える。　㊙宮城県対がん協会(名誉会長)

山上 樹実雄　やまがみ・きみお

俳人　医師　「南風」副主宰　⊛眼科学　⊕昭和6年7月22日　⊕大阪府大阪市　本名=山上公夫　⊗大阪大学医学部(昭和34年)卒　医学博士(昭和45年)　㊥学苑賞(昭和25年)、秋桜子賞(南風)(昭和30年)、馬酔木新人賞(昭和31年)、南風賞(昭和41年、50年)、俳人協会賞(第35回、平7年度)(平成8年)「翠微」　⊛昭和22年「学苑」に投句。23年「馬酔木」に入会、24年「南風」に拠り、山口草堂に師事。30年「南風」、32

やまかみ　　　　　　　　　詩歌人名事典

年「馬酔木」同人となる。45年山上眼科医院を開業。句集に「真竹」「白березно」「山麓」など。㊗俳人協会(評議員)、日本文芸家協会

山上 次郎　やまがみ・じろう
歌人　元・愛媛県議　⽣大正2年1月1日　⽣愛媛県宇摩郡土居町　別名=地涌山人(ちゆうさんじん)、童馬堂人　㊥三島中(昭和5年)卒　㊕斎藤茂吉研究　㊃昭和24年愛媛県経済農協連理事、26～42年愛媛県議をつとめた。一方、斎藤茂吉を師と仰ぎ、茂吉の研究家としても知られる。「歩道」同人。著書に歌集「やまじ風」、「斎藤茂吉研究—明治篇・大正篇」「茂吉をたずねて」「子規遺墨」など。

山上ゝ泉　やまがみ・ちゅせん
歌人　国文学者　⽣明治13年10月6日　㊟昭和26年3月3日　⽣長野県　本名=山上智海　旧姓(名)=佐々木覚之介　㊥哲学館(明治39年)卒　㊃「中学文壇」主筆、立正大教授などを歴任。日蓮宗の僧正でもあった。歌集に「久遠の春」「虚空」「寂光」などがあり、研究書に「日本文学と法華経」などがある。　㊨父=佐々木真古人(国学者)

山川 京子　やまかわ・きょうこ
歌人　⽣大正10年8月25日　⽣東京都　㊥国学院大学国文科(昭和24年)卒　㊃中河幹子に師事し「をだまき」に所属。のち、折口信夫、保田与重郎に師事。昭和29年「桃」を創刊、主宰。歌集に「新月」「白鳥」「愛恋譜」。

山川 瑞明　やまかわ・たまあき
詩人　梅花女子大学文学部教授　京都女子大学名誉教授　英文学　⽣大正14年2月19日　㊥龍谷大学文学部英文学科(昭和23年)卒　㊕ディキンスンとホプキンズ　㊃昭和46年京都女子大学文学部教授に就任。59年より1年間マサチューセッツ州立大学客員研究員。平成元年京都女子大学名誉教授、梅花女子大学教授。一方、22年「裸像」「おりおん」に、23年「サンドル」「YOU」「造形文学」に詩作品を発表。32年文芸誌「SAR」創刊。「ラビーン」同人。詩集に「青い風」「ある季節」「午後の花模様」、英文詩集に「A FLOWER」「ON SUCH A DAY」、著書に「ホイットマンとディキンスン—文化象徴をめぐって」「アメリカ文学史要説」(以上共著)、訳書に「エミリ・ディキンスンの手紙」(共訳)。㊗日本エミリ・ディキンスン協会(会長)、日本アメリカ文学会、The T.S.Eliot Soc.,　U.S.A.

山川 登美子　やまかわ・とみこ
歌人　⽣明治12年7月19日　㊟明治42年4月15日　⽣福井県小浜町外雲浜村　本名=山川とみ　別号=白百合　㊥梅花女学校(明治30年)卒　㊃「新声」「文庫」などに投稿し、明治33年東京新詩社に参加。「明星」誌上に多くの歌を発表する。34年結婚するが、夫との死別後、日本女子大英文科に進み、また「明星」に復帰する。38年与謝野晶子、増田雅子との共同歌集「恋衣」を刊行。その後胸を病んで療養生活に入った。「山川登美子全集」(全2巻)がある。平成6年梅花女子大学・同短期大学によって女子高生を対象に山川登美子短歌賞が創設された。　㊨弟=山川亮(プロレタリア作家)

山川 柳子　やまかわ・りゅうこ
歌人　⽣明治16年2月13日　㊟昭和51年12月14日　⽣東京　旧姓(名)=長谷川　㊥お茶の水高女補修科(明治33年)卒　㊃在学中より佐々木信綱に師事し「心の花」に参加。昭和15年「短歌人」同人となり、また「火の鳥」にも参加。句集に7年刊の「木苺と影」をはじめ「さきくさ」「母と子」などがある。

八牧 美喜子　やまき・みきこ
俳人　「はららご」主宰　⽣昭和4年3月30日　⽣山形県東置賜郡高畠町字二井宿　旧姓(名)=加藤　㊥小学校中退　㊕浜賞(昭和32年)　㊃昭和22年「浜」に入会投句、大野林火に師事。27年結婚、薬局を開業。35年「浜」同人。45年はららご句会発足、指導にあたる。平成4年俳誌「はららご」を創刊。句集に「消えざる虹」「桜前線」「芙蓉の実」、他に「いのち—戦時下の一少女の日記」がある。　㊗俳人協会

山岸 巨狼　やまぎし・きょろう
俳人　⽣明治43年3月22日　㊟平成9年4月28日　⽣北海道余市町　本名=佐藤次郎(さとう・じろう)　㊥高小卒　㊃北海道拓殖銀行に勤務の傍ら俳句に取り組む。昭和6年「石楠」と「時雨」に参加。12年「時雨」は「葦牙」と改題。47年主幹・長谷部虎杖子死去により推されて後継主幹となる。56～60年北海道俳句協会代表。句集に「雪鳴」「夕焼」。㊗俳人協会

山口 いさを　やまぐち・いさお
俳人　「菜の花」主宰　⽣大正10年2月3日　⽣三重県上野市　本名=山口勲　㊃昭和24年近鉄百貨店の社内俳句クラブで青木稲女の手ほどきを受け、26年「年輪」同人となる。38年「菜の花」を創刊し、主宰。句集に「岬」「菜の花」「魚信」「山野」「血止草」。

山口 英二　やまぐち・えいじ
俳人　㊓大正3年3月21日　㊐昭和62年4月8日　㊖東京　本名＝山口英三(やまぐち・よしぞう)　㊛河新人賞(昭和38年)、角川俳句賞(第10回)(昭和39年)「古書守り」　㊞東京・西蒲田で古書籍業・麒麟書房を営みながら俳句を学ぶ。昭和30年幡谷東吾の指導下に「花実」入会。34年「河」に参加、54年「人」同人。

山口 エリ　やまぐち・えり
詩人　㊓昭和39年5月2日　㊖東京都世田谷区　旧姓(名)＝斉藤　旧筆名＝水原エリ(みずはら・えり)　㊫和光大学人文学部(昭和62年)卒　㊛詩とメルヘン賞(第6回)(昭和55年)　㊞2歳の時、病気のため失明。筑波大付属盲学校に在学中から詩作をはじめ、15歳の時「詩とメルヘン」に初めて詩が発表される。昭和55年第6回の詩とメルヘン賞を受賞。「水原エリ」のペンネームで処女詩集「風の中のつぶやき」を出版。そのほかの作品に「時のない公園」「月曜日のシンデレラ」などがある。62年12月結婚。現在は主婦業のかたわら詩作に従事。

山口 華村　やまぐち・かそん
俳人　㊓明治37年7月15日　㊐平成11年12月26日　㊖静岡県引佐郡　本名＝山口繁夫(やまぐち・しげお)　㊫豊橋商中退　㊞山口木材店代表取締役、山口一級建築士事務所取締役、富士建築取締役などを歴任。一方、大正9年郷土俳句会加入、12年以降病気にて休詠。昭和47年「林苑」入会、50年同人。47年「河」入会、50年同人。同年「青樹」入会、56年同人。52年「あざみ」に入会、54年同人。53年「にいばり」、54年「こだち」各同人。49年細江俳句会責任者、52年細江町文化協会俳句部責任者となり、年間合同句集「細江」を発行。句集に「山柿」がある。　㊟俳人協会

山口 花笠　やまぐち・かりゅう
俳人　㊓明治11年11月20日　㊐昭和19年2月17日　㊖富山県西礪波郡福田村　本名＝山口林造　別号＝吟風洞　㊞雑貨商。同郷の寺野守水老に俳句を習い、明治29年子規に師事、「日本」に投句。30年守水老らと越友会を興した。子規の死後、河東碧梧桐に就いたが、のち大谷句仏の「懸葵」に参加、定型俳句に戻った。句集「花笠句鈔」、編著に「守水老遺稿」がある。

山口 剛　やまぐち・ごう
俳人　宮古俳句研究会代表　㊓昭和24年5月26日　㊖岩手県宮古市　本名＝中野剛(なかの・つよし)　㊛現代俳句協会新人賞(第11回)(平成5年)「浅き夢」　㊞昭和50年「草笛」に入会、57年同人。60年「小熊座」に創刊より入会、62年同人。平成元年宮古俳句研究会を興し、代表に。句集に「祭酒」。　㊟現代俳句協会

山口 孤剣　やまぐち・こけん
社会主義者　詩人　㊓明治16年4月19日　㊐大正9年9月2日　㊖山口県下関　本名＝山口義三　㊫東京政治学校卒　㊞明治36年「破帝国主義論」を刊行し、平民社の反戦運動に参加。日露戦争後は凡人社を創立し「光」を創刊。また39年日本社会党の結成に参加、評議員となる。38年プロレタリア文学の先駆的雑誌「火鞭」を創刊した。情熱的な革命家として詩文を発表し、入獄を重ねながら活動。主な著書に「社会主義と婦人」「革命家の面影」「階級闘争史論」などがある。

山口 稠夫　やまぐち・しげお
⇒山口超心鬼(やまぐち・ちょうしんき)を見よ

山口 静子　やまぐち・しずこ
詩人　㊓昭和7年　㊞昭和35年より文芸同人誌「VIKING CLUB」同人として、主に詩とエッセイを発表。コピーライター、フリーライターを経て、詩作に携わる。平成9年3篇の詩が合唱曲となる。著書に、詩画集「我が領土」、詩集「ファルス」「詩歌集 いろはにほへと」などがある。

山口 津　やまぐち・しん
詩人　家系図技能士　㊓明治36年11月18日　㊖長崎県　本名＝山口津与美　㊛福岡市長賞(昭和40年)、福岡県詩人賞(昭和45年)、時間同人賞(昭和48年)　㊞昭和5年福岡日日新聞に詩を発表したが、その後中断。35年福岡県詩人会に加入。37年北川冬彦主宰の「時間」同人となる。小野十三郎校長の大阪文学学校本科及び研究科卒業。59年日本ペンクラブ加入、平成2年「駆動」創刊、同人。3年「童骨」創刊、同人に参加。詩集に「バス天国」「山に木を」「山口津詩集」、著書に「福岡市有田郷土史」などがある。　㊟福岡県詩人会

山口 純　やまぐち・すみ
歌人　[生]大正14年10月7日　[出]兵庫県神戸　[歴]女学校時代より作歌し、「青波」ついで「水甕」に入会。昭和31年「自画像」創刊に参加。47年「十月会」に参加。54年1月主宰者服部直人の逝去により「自画像」終刊。「きさらぎ」短歌会創立に参加、編集委員。歌集「遠い海」がある。

山口 聖二　やまぐち・せいじ
俳人　元・日向学院短期大学教授　[生]明治33年10月5日　[没]昭和60年4月　[出]鹿児島県垂水市　本名＝山口成二　旧号＝山口草虫子　[学]同志社大学哲学科卒　[歴]戦前は京城で中学校教諭。戦後引き揚げ、日向学院短大教授をつとめた。俳人としては、昭和8年「天の川」同人を経て、「崖」創刊。26年「天街」創刊。以後、「薔薇」「万緑」「形象」「海程」各同人を経る。句集に「蛇の髯」「流人惨歌」「天地有愁」など。

山口 誓子　やまぐち・せいし
俳人　「天狼」主宰　[生]明治34年11月3日　[没]平成6年3月26日　[出]京都府京都市上京区　本名＝山口新比古(やまぐち・ちかひこ)　戸籍名＝新彦　[学]東京帝国大学独法科(大正15年)卒　[賞]中日文化賞(第2回)(昭和24年)、大阪市民文化賞(昭和31年)、紫綬褒章(昭和45年)、勲三等瑞宝章(昭和51年)、兵庫県文化賞(昭和61年)、日本芸術院賞(第43回)(昭和62年)、神戸大学名誉博士号(昭和63年)、朝日賞(平成1年)、関西大賞(第5回)(平成2年)、文化功労者(平成4年)　[歴]大正10年「ホトトギス」入会、高浜虚子に師事。東大在学中、東大俳句会に参加、水原秋桜子の影響を受ける。大正15年～昭和17年住友合資会社に勤務。昭和4年「ホトトギス」同人、10年「馬酔木」同人。新興俳句運動の指導者として活躍。23年より「天狼」を主宰。32年～平成5年朝日俳壇選者。句集に「凍港」「黄旗」「炎昼」「七曜」「激浪」「遠星」「青女」「和服」「方位」「一隅」「不動」など、俳論集に「俳句諸論」「子規諸文」「芭蕉諸文」「俳句の復活」などがあるほか、「山口誓子全集」(全10巻，明治書院)も刊行されている。　[団]日本文芸家協会、俳人協会　[家]妻＝山口波津女(俳人)

山口 青邨　やまぐち・せいそん
俳人　随筆家　鉱山学者　「夏草」主宰　東京大学名誉教授　[生]明治25年5月10日　[没]昭和63年12月15日　[出]岩手県盛岡市　本名＝山口吉郎(やまぐち・きちろう)　初号＝泥邨　[学]東京帝国大学工科大学採鉱科(大正5年)卒　工学博士(昭和6年)　[賞]勲三等旭日中綬章(昭和43年)、岩手日報文化賞(昭和58年)　[歴]古河鉱業、農商務省を経て、大正10年東京帝大助教授、昭和12年2月から14年4月までベルリンへ留学。同年6月東京帝大教授に。28年に定年退官。俳句は大正11年高浜虚子に師事し、秋桜子らと東大俳句会を興す。12年「芸術運動」を発刊。昭和4年「ホトトギス」同人、長く同人会長を務め、62年名誉会長に。この間、昭和5年から「夏草」を主宰。9年東大ホトトギス会を興し学生の指導にあたる。毎日俳壇選者。平成元年、北上市の日本現代詩歌文学館に遺族から資料が寄贈された。句集に「雑草園」「雪国」「露団々」「花宰相」「庭にて」「冬青空」「粗餐」「不老」「寒竹風松」、随筆に「花のある随筆」「春籠秋籠」「わが庭の記」「回想の南瓜」「三艸書屋雑記」など。
[団]俳人協会、日本文芸家協会

山口 草堂　やまぐち・そうどう
俳人　「南風」名誉主宰　[生]明治31年7月27日　[没]昭和60年3月3日　[出]大阪市北区堂島　本名＝山口太一郎(やまぐち・たいちろう)　別名＝山口泰一郎　[学]早稲田大学文学部ドイツ文学専攻科中退　[賞]馬酔木賞(昭和9年)、蛇笏賞(第11回)(昭和52年)「四季蕭嘯」　[歴]昭和6年、水原秋桜子の「馬酔木」に参加し、10年から大阪支部の会報を「南風」とかえ、59年夏まで主宰。句集に「帰去来」「漂泊の歌」「行路抄」などがある。　[団]俳人協会

山口 速　やまぐち・そく
俳人　山口医院院長　[生]昭和4年3月18日　[出]秋田県鹿角市　本名＝山口雄三(やまぐち・ゆうぞう)　[学]慶応義塾大学卒　[賞]ぬかるみ賞(昭和34年)、氷海同人賞(昭和43年)、天狼30周年記念評論賞(昭和53年)、狩同人賞(昭和55年)　[歴]昭和27年「ぬかるみ」入会、前山臣峰に師事。「天狼」「氷海」を経て、53年「狩」創刊に参加。
[団]俳人協会(評議員)、日本文芸家協会、日本獣医師会

山口 素人閑　やまぐち・そじんかん
俳人　詩人　「夜明」主宰　日本詩人連盟副会長　[生]明治37年5月8日　[没]昭和61年12月13日　[出]茨城県　本名＝山口義孝(やまぐち・よしたか)
[歴]大正7年より作句し、「泉」「杉」「星座」の各同人を経て、昭和27年「樹海」に入会し、松村巨湫に師事。のち無監査同人、編集長となる。31年6月「夜明」を創刊し、以来没時まで主宰。俳句のほか、短歌、詩、作詞もよくし、日本詩人連盟副会長、日本音楽著作権協会評議員などを歴任した。戦時中のヒット曲「軍国子守

唄」の作詞者として有名。句集に「青い起伏」、民謡集に「筑波は晴れて」がある。

山口 超心鬼 やまぐち・ちょうしんき
俳人 医師 山口医院院長 [専]俳句 [生]大正14年3月19日 [出]和歌山県 本名＝山口稠夫(やまぐち・しげお) [学]京都府立医科大学(昭和24年)卒 [賞]天狼コロナ賞(昭和45年) [歴]和歌山赤十字病院勤務、昭和28年丸善石油下津製油診療所勤務を経て、40年山口医院を開業。一方、丸善石油診療所勤務中、九鬼青鬼の奨めにより丸善石油海光句会に入会。31年山口誓子の「天狼」に入会、以来誓子に師事。32年「天狼」同人、編集委員を務める。平成6年師の俳句精神を受け継ごうと、俳誌「鉾」を創刊、主宰。また、近鉄和歌山のカルチャー教室で、“俳句作法”講座の講師を務める。著書に「日本の医道」、句集に「変貌」がある。 [団]俳人協会(評議員)、京都府立医科大学学友会(理事)

山口 哲夫 やまぐち・てつお
詩人 [生]昭和21年 [没]昭和63年5月29日 [出]新潟県三島郡越路町 [学]早稲田大学文学部日本文学科卒 [賞]現代詩手帖賞(第10回)(昭和44年) [歴]同人誌「邪飛」を創刊し、主宰。詩集に「妖雪譜」「童顔」などがある。

山口 都茂女 やまぐち・ともじょ
俳人 [生]昭和7年3月11日 [出]岩手県 [賞]俳句研究賞(第3回)(昭和63年)「面打」 [歴]昭和30年西本一都に、59年上田五千石に師事。俳誌「みちのく」「畦」同人。句集に「微笑」「女面」がある。 [団]俳人協会

山口 波津女 やまぐち・はつじょ
俳人 [生]明治39年10月25日 [没]昭和60年6月17日 [出]大阪市北区中之島 本名＝山口梅子(やまぐち・うめこ) 旧姓(名)＝浅井 [学]清水谷高女卒 [歴]昭和2年に山口誓子の弟子となり、3年に誓子と結婚。「ホトトギス」「馬酔木」投句を経て、13年「馬酔木」同人。23年、誓子が創刊した「天狼」の同人となる。句集に「良人」「天楽」。 [団]俳人協会 [家]夫＝山口誓子(俳人)

山口 峰玉 やまぐち・ほうぎょく
俳人 [生]大正11年4月24日 [出]奈良県 本名＝山口忠士 [学]旧制中中退 [歴]昭和24年「かつらぎ」の阿波野青畝に師事し、42年「かつらぎ」同人。大和俳句会幹事長、毎日新聞大和俳壇選者を務める。のち「ホトトギス」にも所属。句集に「杉薫る」「宿墨」がある。 [団]俳人協会

山口 真理子 やまぐち・まりこ
詩人 [生]昭和24年1月1日 [出]東京都世田谷区 [学]和光大学人文学部芸術学科(昭和46年)卒 [歴]学生時代からバニーガールのアルバイトなどをはじめ、25歳の時、C&C会館所属のクラブ“クラレンス”のママに抜擢された。60年退職、会員制クラブ“カンターレ”を経て、平成3年独立し、クラブ“マリーン”を開店。詩人としても知られ、詩集に「そっぽを向いて 心をこめて」「水の上動物物語」「気分を出してもう一度」などがある。 [団]日本文芸家協会

山口 みちこ やまぐち・みちこ
俳人 [生]昭和3年9月10日 [出]三重県 本名＝山口道子 [賞]三重県文化奨励賞(昭和55年) [歴]昭和36年「年輪」の鍛練会に参加し作句を始める。38年「菜の花」創刊に参加、編集同人。

山口 茂吉 やまぐち・もきち
歌人 [生]明治35年4月11日 [没]昭和33年4月29日 [出]兵庫県多可郡 [学]中央大学(大正13年)卒 [歴]明治生命に入社。同年「アララギ」入会、島木赤彦に学び後斎藤茂吉に師事。昭和21年東京歌話会結成。23年「アザミ」創刊主宰。27年以降「斎藤茂吉全集」の編集校訂に携わる。歌集「赤土」など5冊。

山口 葉吉 やまぐち・ようきち
俳人 [生]明治25年3月10日 [没]昭和10年12月18日 [出]東京・日本橋 本名＝笠原松太郎 別号＝滴礫 [歴]「試作」「第一作」「海紅」同人。海紅堂における大須賀乙字殴打事件で有名になる。のち関西に赴き、喜劇俳優志賀廼家淡海一座の座付作者となる。昭和10年浅野麗木と「黄点」を創刊。著書に「季語私解」の他、俳論、随筆、劇評がある。

山口 洋子 やまぐち・ようこ
詩人 [生]昭和8年10月15日 [出]神奈川県 [学]文化学院卒 [歴]大岡信らと「今日」の同人、後に「氾」の同人。詩集に「館と馬車」「にぎやかな森」「リチャードがいなくなった朝」「十月生まれ」など。 [団]日本現代詩人会

山崎 一郎 やまざき・いちろう
歌人 [生]大正5年3月12日 [没]昭和55年 [出]神奈川県藤沢市 [学]中央大学経済学科(昭和18年)卒 [歴]昭和12年「創作」に入社。15年南支に応召、病気帰還。歌は長谷川銀作に師事。敗戦後短歌同人誌「灰皿」「泥」にも参加、また「寒暑」を発行。歌集に「街川」「壁の花」がある。

山崎 栄治　やまざき・えいじ

詩人　元・横浜国立大学教授　㊗フランス文学　㊥明治38年8月9日　㊦平成3年8月27日　㊥佐賀県伊万里町　㊦東京外国語学校仏語科卒　㊥高村光太郎賞(第7回)(昭和40年)「聚落」、読売文学賞(詩歌俳句賞・第34回)(昭和58年)「山崎栄治詩集」　㊦19歳のときから詩作を始め、矢内原伊作らとの同人誌「同時代」や「歴程」に作品を発表。昭和31年処女詩集「葉と風との世界」を発表。40年第2詩集「聚落」で高村光太郎賞、58年「山崎栄治詩集」で読売文学賞・詩歌俳句賞を受賞した。「歴程」同人。25年より横浜国大で約30年間教え、ランボー、リルケなどの訳詩がある。

山崎 馨　やまざき・かおる

詩人　㊥大正8年11月7日　㊥埼玉県大宮市　㊦明治大学文学部中退　㊥20歳のころ、「日本詩壇」の吉川則比古の指導を受け詩作に入る。戦後、昭和21年「気球」を創刊。評論「絶対の場所」「発想とネオ＝リアリズム」ほか、詩集「新樹」「午後の祝祭」などがある。前衛詩人連盟、「詩と詩人」「現代詩」を経て、「時間」の創刊同人。㊥日本ペンクラブ、日本現代詩人会

山崎 楽堂　やまざき・がくどう

能楽研究家　建築家　俳人　㊥明治18年1月19日　㊦昭和19年10月29日　㊥和歌山県　本名＝山崎静太郎　㊦東京帝大建築学科(明治42年)卒　㊥幼時から能や狂言に親しむ。建築の仕事のほか、千葉高等園芸学校講師、法政大学教授、東京音楽学校講師などを歴任。かたわら喜多流の謡をたしなみ、川崎九淵について葛野流太鼓を修め、能楽研究を推進した。とくに地拍子研究の権威として知られ、新聞等に能評を掲げた。また建築家として、能舞台建築の研究、能の楽理の改名に努め、設計した舞台に梅若舞台、細川舞台などがある。俳人としては、「ホトトギス同人」として活躍。著書に「謡曲地拍子精義」「観世流地拍子詳解」など。

山崎 佳代子　やまざき・かよこ

詩人　ベオグラード大学東洋学科日本学専攻課程助手　㊗ユーゴスラビア文学　㊥昭和31年　㊥石川県金沢市　㊦北海道大学露文科(昭和54年)卒　㊥昭和54年ユーゴスラビア政府交換留学生としてサラエボ大学に留学、ユーゴスラビア文学史を学ぶ。56年リュブリャナ市(スロベニア共和国)のスロベニア科学芸術アカデミーで比較民謡学を専攻。57～61年ベオグラード大学文学部大学院でユーゴスラビア(セルビア＝クロアチア語圏)の口承文芸を研究。60年から同大学東洋学科日本語学専攻課程助手。日本語、日本文学演習を担当。平成7年から旧ユーゴの民族紛争で難民となった子供たちに絵本を手渡す活動をはじめ、8年には難民の子供達を結ぶプロジェクト"わたしの学校・バチュガ"に携わり、学校新聞の編集、発行を行う。共著に「もっと知りたいユーゴスラビア」、著書に「スロベニア語基礎1500語」「解体ユーゴスラビア」「ある日、村は戦場になった」、詩集に「鳥のために」「産砂RODINA」、訳書にダニロ・キシュ「若き日の哀しみ」などがある。

山崎 剛平　やまざき・ごうへい

歌人　元・山崎酒造社長　㊥明治34年6月2日　㊦平成8年7月8日　㊥兵庫県赤穂郡上郡町　㊦早稲田大学国文科(大正15年)卒　㊥在学中の大正15年「槻の木」を創刊。昭和10年文芸書肆・砂子屋書房創業。「文芸雑誌」「文筆」などの雑誌、第一小説叢書、黒白叢書などを刊行。20年書房を閉店。終戦直前郷里に戻。歌集に「挽歌」「徹夜」。小品集に「水郷記」「老作家の印象」などがある。

山崎 聡　やまざき・さとし

俳人　㊥昭和6年8月16日　㊥栃木県　㊗響焔賞、響焔最優秀作家賞　㊥昭和32年より句作、33年「響焔」創刊に参加、35年同人。同誌休刊の間「青玄」同人、傍ら「響焔」復刊を果し、編集を担当。51年「響焔」経営に専念し、52年以降幹事長。響焔最優秀作家賞、響焔賞受賞。句集に「海虹」「無帽」「北斗」ほかがある。㊥現代俳句協会

山崎 森　やまざき・しげる

詩人　国際カウンセリング協会主任研究員　㊗犯罪学(少年非行)　㊥大正13年1月1日　㊥佐賀県武雄市　㊦九州大学法学部(昭和27年)卒　㊥暴力非行、家族病理　㊥横浜家裁家事調停委員、東京家裁・横浜家裁各調査官を務めた後、和泉短期大学、神奈川衛生看護専門学校講師、人間関係相談センターセラピスト。のち国際カウンセリング協会主任研究員。月刊詩誌「棚」同人。著書に「喪失と攻撃」「いじめの構図」、詩集に「危険海域」「人間焚祭」など。㊥神奈川教育病理学会、横浜詩人会、日本詩人クラブ

山崎 紫紅　やまざき・しこう

劇作家　詩人　神奈川県議　横浜市議　[生]明治8年3月3日　[没]昭和14年12月22日　[出]神奈川県横浜市　本名＝山崎小三　[学]小学校卒　[歴]独学で文学を学び、明治30年頃から文庫派の詩人として知られる。「明星」「白百合」「文芸界」にも詩作を発表。「日蓮上人」「大日蓮華」の単行叙事詩がある。38年発表の「上杉謙信」が真砂座の伊井蓉峰一座に上演され、以後劇作に専念。主な作品集・著書に「七つ桔梗」「史劇十二曲」などがある。関東大震災後創作から遠ざかり、神奈川県会議長、横浜市議、横浜生糸取引所理事などを歴任した。

山崎 十死生　やまざき・じゅうしせい

俳人　現代俳句協会幹事　「紫」編集長　[生]昭和22年2月17日　[出]埼玉県　[賞]「紫」新人賞(昭和42年)、「紫」作品賞(昭和46年)、埼玉文学賞(俳句部門)(平成1年)、川口市芸術奨励賞(文学部門)(平成4年)、埼玉県現代俳句大賞(平成5年)　[歴]現代俳句協会幹事、「紫」編集長、「豈」同人。昭和61年山崎十死生俳句展を開催。著書に「上映中」「招霊術入門」「幸魂」「伝統俳句入門—山崎十死生句集」などがある。

山崎 秋穂　やまざき・しゅうすい

俳人　元・大阪家裁首席調査官　[生]大正13年4月22日　[出]大阪　本名＝山崎富雄(やまざき・とみお)　[学]関西大学専門部法律科卒　[賞]南風賞(昭和34年)　[歴]昭和16年から「馬酔木」に投句。24年「南風」に入会し、山口草堂に師事。26年から編集を担当し、59年編集長となる。句集に「北国」「流氷」。　[団]俳人協会

山崎 庄太　やまざき・しょうた

詩人　本名＝山崎英太郎　[学]取手園芸学校(現・取手一高)(昭和10年)卒　[賞]農民文学賞(詩集部門)(平成4年)「詩集 続百姓人生」　[歴]家業の農業を引き継ぎ野菜作りに取り組む。一方昭和57年頃農業専門誌で農業一筋の人生を書いた作品が入選。これがきっかけで仕事の合間に身近な生活を題材に詩を書き続け、平成元年詩集「百姓人生」、4年「詩集 続百姓人生」を自費出版。

山崎 孝　やまざき・たかし

歌人　[生]大正13年4月7日　[出]茨城県竜ケ崎市　本名＝山崎孝(やまざき・こう)　[賞]埼玉文芸賞(第22回)「やどかり」　[歴]昭和23年「鶏苑」に入会。28年「近代」創刊に参加、加藤克巳に師事する。44年「近代」から移行した「個性」に復帰、編集委員。現代歌人協会会員。合同歌集「夜光樹」、歌集「斜面公園」「抽象の雲」「やどかり」。ほかに合著「加藤克巳研究」がある。
[団]現代歌人協会

山碕 多比良　やまざき・たひら

歌人　「武都紀」主幹　[生]明治34年10月13日　[没]平成4年1月1日　[出]愛知県名古屋市　本名＝山碕良平　[歴]大正9年9月より依田秋圃に師事。「歌集日本」を経て、昭和6年「武都紀」創刊に参加。秋圃没後、40年8月より編集発行人をつとめ、のち主幹となる。歌集に「峡雲」「澗下水」「白苔集」「観自在」「朔風に謳ふ」「織女の記」「設楽原」がある。

山崎 敏夫　やまざき・としお

歌人　国文学者　元・愛知県立大学学長　[生]明治34年7月30日　[没]昭和53年4月3日　[出]東京　[学]京都帝国大学文学部国文科(大正15年)卒　[賞]勲二等瑞宝章(昭和47年)　[歴]八高時代石井直三郎に師事し、歌誌「青樹」を経て「水甕」で活躍。愛知県立第一高女学長などを経て、昭和39年愛知県立女子大学学長、41年愛知県立大学学長。退官後の44年4月から52年9月まで椙山女学園大学短期大学部教授を務めた。著書は「新古今和歌集新釈」などのほか、歌集「春の舗道」「花火」「ゆき」など。

山崎 ひさを　やまざき・ひさお

俳人　「青山」主宰　俳人協会副会長　[生]昭和2年11月29日　[出]東京　本名＝山崎久男(やまざき・ひさお)　[学]通信官吏練習所(昭和20年)卒
[歴]郵政省、NHKに勤務。NHKでは厚生部長を務めた。昭和23年岸風三楼に師事し、富安風生に入門。「若葉」「春嶺」を経て、「青山」同人となる。現在主宰。37年俳人協会会員、のち幹事、事務局長、常務理事、副会長を務める。句集に「歳華」「日吉台」「神南」「百人町」「自註山崎ひさを集」の他、「やさしい俳句」「楽しい俳句」「季句350選一食」などがある。
[団]俳人協会(副会長)、日本文芸家協会

山崎 布丈　やまざき・ふじょう

俳人　[生]明治38年1月5日　[出]和歌山県　本名＝山崎丈夫　[歴]昭和6年永尾宋斤主宰の「早春」に参加、終戦後、同誌復刊の発行所を引受けたこともある。その後「群蜂」に拠った時期もあるが、33年11月「双壁」を創刊。句集に「空港」「朱雀門」がある。

山崎 冨美子　やまさき・ふみこ
俳人　[生]大正9年3月28日　[出]熊本県　[学]旅順女子師範卒、開田文化学院卒　[賞]棕梠賞(昭和47年)、福岡市文学賞(第15回・昭59年度)　[歴]新聞、放送局勤務を経て、自由業となる。昭和42年「馬酔木」入門。45年「棕梠」入会。49年「馬酔木」同人。　[団]俳人協会

山崎 方代　やまざき・ほうだい
歌人　[生]大正3年11月1日　[没]昭和60年8月19日　[出]山梨県右左口村(現・中道町)　[学]右左口尋常高小(昭和4年)卒　[賞]角川短歌愛読者賞(第1回)(昭和50年)「めし」　[歴]農林業に従事。16歳の頃、歌を始め「水甕」「一路」に在籍したが応召中断。戦闘で右眼失明左眼微視となる。戦後「工人」「泥の会」「寒暑」「うた」に参加。歌集に「方代」「右左口(うばぐち)」「こおろぎ」「迦葉」がある。生涯独身で、放浪の歌人といわれたが、昭和47年知人の中国料理店主に招かれ、鎌倉に転居、晩年までの13年間方代艸庵で暮らした。鎌倉ではファンも多く、独特の存在だった。没後、山崎方代を語り継ぐ会が結成され、雑誌「方代研究」が発行されている。また「山崎方代全歌集」(不識書院)、随筆集「青じその花」もある。

山崎 真言　やまざき・まこと
歌人　[生]明治37年7月15日　[没]平成7年2月1日　[出]千葉県　本名＝山崎誠　[学]国学院大学卒　[歴]大正12年大学在学中、釈迢空を中心として鵠社を結成、14年5月「くぐひ」を創刊、編集発行の任に当る。昭和37年10月「くぐひ」を復刊。著作に「曙覧の研究」、歌集に「夜香花」「続夜香花」がある。

山崎 泰雄　やまざき・やすお
詩人　[生]明治32年8月1日　[出]東京・芝　[学]東京帝大経済科(大正12年)卒　[歴]川路柳虹に師事し、詩話会に入会。「現代詩歌」「日本詩人」などに詩やエッセイを発表する。昭和4年村野四郎らと「旗魚」創刊。6年渡英。帰国後、愛宕書房を設立、社長となる。詩集に「郊外風詩篇」「春苑詩抄」「三角洲市図」がある。

山崎 雪子　やまざき・ゆきこ
歌人　堺女性大学学長　「橙」主宰　[専]教育学　[生]大正11年1月11日　[出]大阪府　[学]奈良女高師文科(昭和17年)卒　[歴]大阪府教育委員会社会教育課参事、日本民家集落博物館館長を経て、追手門学院大学、花園大学、仏教大学各非常勤講師、堺女性大学学長を務める。傍ら歌を詠み、「橙」主宰。著書に「社会教育・生涯学習」、共著に「新教育行政論」「現代女性の生き方」、歌集に「時間の炎」「雨ひかる」がある。

山崎 寥村　やまさき・りょうそん
俳人　「城」顧問　[生]明治43年8月30日　[没]平成7年1月10日　[出]島根県　本名＝山崎繁雄　[学]高小卒　[歴]農業の傍ら、大正15年作句を始め、昭和3年「城」創刊より同誌に拠り、のち主幹。「ホトトギス」には虚子没年まで投句。その間、「夏炉」に入会、同人。47年島根県俳句協会が設立され常任幹事、53年副会長、のち会長。朝日新聞しまね俳壇選者。句集に「卯の花」「繭の里」。　[団]俳人協会

山崎 るり子　やまざき・るりこ
詩人　[生]昭和24年　[出]長野県　[賞]駿河梅花文学賞(第2回)(平成12年)「おばあさん」、現代詩花椿賞(第18回)(平成12年)「だいどころ」　[歴]平成12年第1詩集「おばあさん」が駿河梅花文学賞を、同年第2句集「だいどころ」が現代詩花椿賞を受賞。花野同人。

山崎 和賀流　やまざき・わがる
俳人　[生]昭和13年11月27日　[没]昭和49年3月16日　[出]岩手県　本名＝山崎孝　[賞]角川俳句賞(第19回)(昭和48年)「奥羽山系」　[歴]中学卒業後、和菓子職見習のあと昭和32年より自営。同年「夏草」入会。37年「浜」入会。48年「奥羽山系」で角川俳句賞を受賞。「浜」「北鈴」「草笛」同人。遺句集「奥羽山系」がある。

山路 閑古　やまじ・かんこ
化学者　俳人　古川柳研究家　[生]明治33年10月13日　[没]昭和52年4月10日　[出]静岡県静岡市鷹匠町　本名＝萩原時夫(はぎわら・ときお)　[学]東京帝国大学理学部卒　[歴]東京高等商船学校などを経て、共立女子大教授となった。川柳を阪井久良岐に、俳句を高浜虚子に、俳諧連句を根津芦丈に学び、古川柳研究では第一人者といわれた。昭和37年神奈川県・大磯町の鴫立庵第19代庵主となり、在庵15年に及んだ。著書に「古川柳」「末摘花夜話」「古川柳名句選」「鴫立庵記」などがある。

山下 和夫　やました・かずお
歌人　[生]昭和2年2月22日　[出]群馬県高崎市　[賞]群馬県文学賞(昭和44年)　[歴]昭和22年「まひる野」に入会して窪田章一郎に師事。「まひる野」「渾」同人、「埴」編集人。44年群馬県文学賞受賞。歌集に「碓氷のほとり」「藍色の谷」「邂」がある。

山下 喜美子　やました・きみこ
歌人　「一路」主宰　[生]明治44年2月16日　[没]平成2年11月23日　[出]栃木県足尾　[賞]日本歌人クラブ推薦歌集(第7回)(昭和36年)「約束」　[歴]大正元年京都に移る。昭和3年五島茂・美代子を知り、「心の花」入会。7年山下陸奥と結婚。44年陸奥没後「一路」を継承主宰。女人短歌会常任委員もつとめた。歌集に「薔薇の位置」「約束」「幻樹」がある。　[団]現代歌人協会　[家]夫＝山下陸奥(歌人)

山下 源蔵　やました・げんぞう
歌人　[生]明治44年1月1日　[没]平成11年4月19日　[出]鹿児島県　[学]日本大学法文学部文学科国文学専攻卒　[歴]教師を経て、東京都教育庁勤務、菊華高校校長、日本大学本部員などを務めた。昭和2年「水甕」に入ったが、復活「詩歌」に転じ、ついで「エラン」「せきれい」と移る。戦後は「次元」創刊に参加し、一時発行人。42年短歌生活社を創設、翌年「短歌生活」を創刊、主宰する。歌集に「転変」「わが環境」「四季の窓」「相思樹」「夢」があり、他に合同歌集、及び「短歌鑑賞・百人百趣」などの著作がある。

山下 志のぶ　やました・しのぶ
歌人　[生]明治42年3月10日　[出]鹿児島県　[賞]醍醐賞(第6回)(昭和39年)　[歴]昭和35年、浜田蝶二郎の歌に触発されて「醍醐」に入会、松岡貞総に師事。のち醍醐編集委員。39年第6回醍醐賞受賞。歌集に「仁王の小指」がある。　[団]日本歌人クラブ

山下 清三　やました・せいぞう
児童文学作家　詩人　倉吉市文化保護委員　[生]明治40年1月16日　[没]平成3年3月5日　[出]鳥取市　本名＝山下清蔵　[歴]児童文学に「日本の鬼ども」(全5巻)「日本の動物たち」(全2巻)「山陰の子供」「鳥取県の民話」、詩集に「花粉とパイプ」「白銀の大山」など。　[団]日本児童文学者協会、児童文化の会、新作家協会、日本詩人クラブ、「子どもと詩」文学会、バッカス詩社会　[家]長男＝山下魏(筑波大学助教授)

山下 竹二　やました・たけじ
詩人　[生]昭和3年　[出]静岡県　[賞]浜松市教育文学奨励賞　[歴]作品に「北風ぴゅう」「ダムのある風景」「レモンの木」他。　[団]日本童謡協会

山下 千江　やました・ちえ
詩人　[生]大正7年6月30日　[出]東京・本郷蓬莱町　旧姓(名)＝鈴木　[学]東京府立第五高女専攻科(昭和15年)卒、大正大学史学科修了　[歴]高女時代から詩作を始め、「少女画報」などに投稿。昭和27年「詩世紀」編集に参加。「JAVNE」「龍」「鳥」「オルフェ」「青衣」同人。詩集に「印象牧場」「見知らぬ人」「山下千江詩集」など。　[団]日本文芸家協会、日本現代詩人会、日本詩人クラブ

山下 寅次　やました・とらじ
漢詩人　広島文理科大学名誉教授　[専]東洋史　[生]明治10年2月　[没]昭和45年4月17日　[出]香川県　号＝楳渓　[学]東京帝大文科大学漢文学科(明治37年)卒、東京帝大文化大学大学院西域史研究科修了　[歴]明治40年広島高師教授、昭和4年広島文理大教授を務め、16年退官、名誉教授。帰郷して香川県立農科大、国立香川大農学部各教授、高松市明善短大教授を歴任した。中国古代文化史、西域を介する文化交流史を考証学的に研究。漢詩にも造詣深く、自作詩集「竹深居詩存」(全3巻)がある。また頼山陽の書風で揮毫をよくし、山陽墨蹟鑑定家として有名。

山下 秀之助　やました・ひでのすけ
歌人　[生]明治30年11月29日　[没]昭和49年4月4日　[出]鹿児島市　[学]東大医学部卒　医学博士　[賞]北海道文化賞(昭和27年)　[歴]札幌鉄道病院に長年勤務。昭和33年東京に転住。「創作」「潮音」「橄欖」を経て、戦後「原始林」を創刊。歌集8冊、随筆集2冊。宮中歌会始選者。

山下 富美　やました・ふみ
歌人　[生]大正14年3月24日　[出]徳島県　[賞]水甕賞(昭和46年)　[歴]女学校時代より作歌を始め、昭和28年「徳島歌人」に入会。29年「水甕」に入会し河合恒治に師事、のち「四国水甕」編集委員。33年「人像標的」50首が短歌研究新人賞推薦1位を受賞。46年水甕賞受賞。歌集に「人像紋様」、合同歌集「新鋭十二人」「女流十人」などがある。

山下 美典　やました・みのり
俳人　[生]昭和3年11月7日　[出]大阪府八尾市　[学]同志社大学法学部(昭和27年)卒　[歴]昭和63年ホトトギス同人、平成3年「河内野」主宰・発行人を引継ぐ。句集に「海彦」「里彦」「森彦」がある。　[団]日本伝統俳句協会(参与)、俳人協会、大阪俳人クラブ(理事)

山下 陸奥　やました・むつ

歌人　⽣明治28年12月24日　歿昭和42年8月29日　出広島県尾道市　学東京高商（現・一橋大学）中退　賞日本歌人クラブ推薦歌集（第9回）（昭和38年）「生滅」　歴大正8年住友合資会社に入社。上司の川田順のすすめで竹柏会に入り新井洸、木下利玄に師事。昭和3年退職して上京、佐佐木信綱らのもとで「心の花」の編輯に従う。4年青栗短歌会を結び、やがて「一路」を創刊、生涯にわたる。歌集に「春」「平雪」「冬霞」「生滅」「光体」、評論集に「短歌の表現と技巧」「短歌の探求」など。

山下 喜子　やました・よしこ

俳人　⽣昭和2年7月17日　出中国・青島　学京都市立堀川高女卒　賞馬酔木新樹賞（昭和44年）　歴昭和34年「馬酔木」に投句。35年那須乙郎の「向日葵」創刊に参加。38年「向日葵」を退く。46年「馬酔木」同人。所俳人協会

山城 青尚　やましろ・せいしょう

俳人　沖縄県俳句協会副会長　⽣大正10年12月8日　出沖縄県島尻郡佐敷町　本名＝山城清勝　学沖縄県立農林高卒　賞琉球俳壇賞（第1回）（昭和55年）、遠藤石村賞（第4回）（昭和58年）　歴琉球政府と沖縄総合事務局等に勤め、定年退職後は、日特建設沖縄営業所長などを務めた。傍ら俳人として活躍、昭和63年から琉球新報の琉球俳壇選者に。沖縄独特の風土を踏まえた作風に定評がある。俳誌「人」同人。所俳人協会

山田 あき　やまだ・あき

歌人　⽣明治33年1月1日　歿平成8年11月14日　出新潟県東頸城郡浦川原村　本名＝坪野ツイ　旧姓＝南信乃　学高田高女（大正4年）卒　歴昭和4年渡辺順三・坪野哲久らのプロレタリア歌人同盟に参加。6年坪野哲久と結婚。11年「鍛冶」創刊、後「航海者」と改題。51年「氷河」創刊。歌集に「紺」「飛泉」「流花泉」「山河無限」「牀上の月」「遼響」など、また編著に紡績女工歌集「糸のながれ」がある。所日本文芸家協会、現代歌人協会、日中文化交流協会　他夫＝坪野哲久（歌人）

山田 今次　やまだ・いまじ

詩人　⽣大正1年10月20日　歿平成10年10月3日　出神奈川県横浜市　学神奈川県立商工実習学校機械科卒　歴「プロレタリア詩」「文学評論」などに詩作を投稿し、戦後は新日本文学会、新日本詩人会に参加。横浜で「時代人」「芸術クラブ」「鳩」などを主宰、発行。昭和23年発表の「あめ」で注目される。のち、「歴程」編集長、横浜市民ギャラリー一館長を務めた。詩集に「行く手」「でっかい地図」などがある。所日本現代詩人会（名誉会員）

山田 岩三郎　やまだ・いわさぶろう

詩人　⽣明治40年9月25日　学中央大学商科予科中退　歴文明社、柴山教育出版各編集部長、山雅房編集顧問などを歴任。戦時中は文学報国会事業課員や、学徒援護会教養課員も務めた。詩集に「惜春情緒」「国の紋章」「天の兜」や、編著に「近代名詩集」などがある。

山田 牙城　やまだ・がじょう

詩人　佐賀電工相談役　⽣明治35年1月15日　歿昭和62年12月17日　出佐賀市　本名＝山田弘（やまだ・ひろむ）　学佐賀工業卒　賞福岡市文化賞（昭和57年）　歴川崎造船、九州電力などに勤務。大正10年誌誌「燃ゆる血潮」を主宰。のち「心象」「影」などを創刊。昭和13年「九州文学」創刊に参加。詩集に「死と絶望の書」「十二月の歌」「愛国歌」「菫花歌」。

山田 かん　やまだ・かん

詩人　⽣昭和5年10月27日　出長崎県長崎市　本名＝山田寛　職司書　賞現代詩新人賞（第1回）（昭和33年）　歴旧制中学3年の時長崎で被爆。原爆症で父と妹を失う。昭和29年第一詩集「いのちの火」出版。43年～52年反原爆詩誌「炮氓（ほうぼう）」を主宰。その後個人誌「草土」を刊行。詩誌「列島」「現代詩」会員、旧九州文学同人。作品は他に「記憶の固執」「予感される闇」「長崎原爆・論集」など。この間長崎県立図書館に勤め、平成2年退職。

山田 牛歩　やまだ・ぎゅうほ

俳人　⽣明治42年9月20日　出愛知県　本名＝山田稔　学岡崎師範卒　歴「三河」主宰を経て、顧問。句集に「やまとたちばな」「織る」がある。所俳人協会（評議員）

山田 喜代春　やまだ・きよはる

版画家　詩人　専木版　⽣昭和22年　出京都府　学朱雀高鳥羽分校（定時制）（昭和42年）卒、立命館大学文学部　歴様々な職を経て、昭和46年ヨーロッパ放浪。昭和55年以来木版画詩画作品の領布会「板切れ月報」を発行する。58年木版画によるオリジナル限定詩画集「人物抄」を出版。平成元年季刊「銀花」に5000枚の肉筆詩画を制作。平成8年立命館大学文学部に社会人入学。ほかの詩画集に「ハガキ版画館」「ぼくはコペルニクスだ」など。

山田 賢二　やまだ・けんじ
詩人 [専]現代詩 [生]昭和3年8月26日 [出]岐阜県 [学]明治大学中退 [賞]地域文化功労者賞(文部大臣表彰) [歴]大垣共立銀行を経て、未来工業常勤監査役。大垣女子短期大学講師も務める。銀行在職中から現代詩を専門とし、詩作活動を続け、歌曲、合唱曲、学校校歌など多数創作。また歴史や芸術史などの調査研究を行い、地域の芸術活動、ミュージカル制作などを行っている。詩集「魑魅魍魎」、随筆「歴史・芸能回り舞台」がある。 [団]日本文芸家協会、日本現代詩人会

山田 枯柳　やまだ・こりゅう
翻訳家 評論家 詩人 [没](生没年不詳) 本名＝山田豊彦 [歴]ニコライ神学校に学び、「裏錦」の編集者となり、啓発的評論を書く傍ら、文芸欄に小説、詩、ロシア文学の翻訳を紹介した。詩に「ドストエフスキイ氏を慕ふ歌」、翻訳にドストエフスキー「女主人」(未完)、ツルゲーネフ「夢まぼろし」、訳詩にデルジャーヴィン、バーチュシコフ、ジュコフスキーなどがある。

山田 三子　やまだ・さんし
俳人 [生]明治7年6月12日 [没]昭和11年12月5日 [出]福井県小浜西津村 本名＝山田騏太郎 [学]東京帝大卒 [歴]明治29年東京に遊学し、一高在学中に沼波瓊音らと翠風会を興して句作に入る。31年から正岡子規に師事、赤木格堂、松下紫人と共に子規門三羽烏といわれ、子規没後は根岸派の歌人としても知られた。晩年は福島高商教授を務め、昭和6年福島で俳誌「しらうを」を創刊。「蕪村俳句全集」及び「大芭蕉全集」を河東碧梧桐らと監修し、その俳句篇第2巻と紀行篇I注釈を書いている。

山田 三秋　やまだ・さんしゅう
歌人 俳人 [生]明治8年7月15日 [没]昭和15年12月10日 [出]岐阜県山県郡 通称＝真一、別号＝反古庵、耕月仙 [歴]短歌を佐佐木信綱に学び、俳諧を美濃派27代紅梅園長屋其馨に師事、昭和5年美濃派俳諧以哉派29代道統を継ぎ、10年2月辞任するまで連句の実践、美濃派振興に尽力した。俳誌「獅子吼」も育成。歌集「虎落笛」、句集「花の雨」などがある。

山田 秋雨　やまだ・しゅうう
俳人 [生]明治23年 [没]昭和32年7月25日 本名＝山田丑蔵 [学]早稲田大学卒 [歴]銀行員。聴秋、瓊者に俳句を学び、雑誌「赤壁」を長く主宰した。「赤壁句集」などがある。

山田 清三郎　やまだ・せいざぶろう
小説家 評論家 詩人 [生]明治29年6月13日 [没]昭和62年9月30日 [出]京都市下京区間之町通竹屋町 [歴]小学校を6年で中退、さまざまな労働に従事した後プロレタリア文学運動に参加。大正11年「新興文学」を創刊。「種蒔く人」「文芸戦線」同人。昭和4年全日本無産者芸術連盟(ナップ)結成の際、中央委員、「戦旗」編集責任者。「幽霊読者」「小さい田舎者」などを発表。6年共産党に入党。6年と9年の2度にわたり5年の獄中生活。転向後満州国生活5年、ソ連抑留生活5年を経て帰国。31年共産党に再入党。32～33年「転向記」(3巻)を刊行。松川事件、白鳥事件などの救援運動で活躍。58年「プロレタリア文化の青春像」を刊行。ほかに、歌集「囚衣」、短篇小説集「五月祭前後」、評論集「日本プロレタリア文芸運動史」「プロレタリア文学史」などがある。 [団]日本民主主義文学同盟、日本文芸家協会

山田 寂雀　やまだ・せきじゃく
郷土史家 詩人 名古屋史料研究所所長 市民詩集主宰 [生]大正14年2月1日 [出]愛知県海部郡蟹江町 本名＝山田正勝 [学]名古屋外国語専門学校(現・南山大学)卒 [歴]名古屋市に勤めるかたわら、郷土史研究、詩人として活動し、昭和30年より市民詩集主宰。名古屋史料研究所長、中日文化センター講師。著書に「名古屋風土記」、共著に「愛知県地名大辞典」など。

山田 千城　やまだ・せんじょう
俳人 [生]明治36年8月9日 [没]昭和52年3月1日 [出]大阪府 本名＝山田信四郎 [学]大阪外国語大学英語科卒 [歴]昭和10年より句作、はじめ木津蕉陰に、ついで長谷川素逝の指導を受ける。素逝没後は橋本鶏二に師事して「年輪」同人。虚子にも学んで34年に「ホトトギス」同人。句集に「焼岳」がある。

山田 隆昭　やまだ・たかあき
詩人 僧侶 [生]昭和24年1月9日 [出]東京都 [学]大正大学卒 [賞]H氏賞(第47回)(平成9年)「うしろめた屋」 [歴]東京都福祉局勤務。実家の正源寺副住職も務める。詩集に「風紋」「風のゆくえ」「うしろめた屋」など。 [団]日本文芸家協会、日本詩人クラブ、日本ペンクラブ、日本現代詩人会

山田 孝子　やまだ・たかこ
俳人　[生]大正9年3月15日　[出]京都府　[学]京都府立第一高女卒　[賞]馬酔木新人賞(昭和34年)、馬酔木新樹賞(昭和38年)、馬酔木賞(昭和55年)　[歴]昭和22年「馬酔木」に投句を始め、35年同人となるが、のち「橡」に移る。句集に「山すみれ」「山すみれ抄」がある。　[団]俳人協会

山田 直　やまだ・ただし
詩人　慶応義塾大学名誉教授　[専]フランス文学　[生]昭和3年8月14日　[出]群馬県前橋市　筆名＝正田麻郎(しょうだ・あさろう)　[学]慶応義塾大学(昭和29年)卒、慶応義塾大学大学院文学研究科仏文学専攻(昭和37年)修了　[興]ポール・ヴェルレーヌの詩、ポール・ヴァレリー　[賞]日本翻訳文化賞(昭和49年)「世界ワンダー百科」(共訳)　[歴]昭和38年千葉商科大学専任講師、42年助教授、44年慶応義塾大学法学部助教授を経て、49年教授。この間43年スタジエールとしてフランス留学。「日本未来派」所属。著書に「初等フランス語入門」「初級フランス語練習帳」「ポール・ヴァレリー」、訳書にボーリュー「楽しいコント」、イヴォン・ブラヴァール「詩の心理学」、クロード・セニョール「黒い柩」。また詩集「百貨店」「気弱なパパの詩」「海の見える風景」「ある日常」がある。　[団]日本フランス語フランス文学会、日本現代詩人会、日本ペンクラブ、日本文芸家協会

山田 喆　やまだ・てつ
陶芸家　俳人　[生]明治31年9月10日　[没]昭和46年5月3日　[出]新潟県三条市　本名＝山田徹秀　[歴]昭和7年京都に出て、陶芸を学ぶ。22年富本憲吉らと新匠美術工芸会設立。文人趣味的な作風で注目され、38年芸術選奨をうける。また俳句もよくし、大正中期から塩谷鵜平に師事。ほかに篆刻を小沢碧童に学んだ。「青い地球」同人。著書に句文集「風塵集」「陶房閑話」など。　[家]長男＝山田光(陶芸家)

山田 桃晃　やまだ・とうこう
俳人　[生]昭和4年4月1日　[出]宮城県　本名＝山田金雄　[学]高等青年学校卒　[賞]一力五郎賞(昭和35年)、駒草賞(昭和41年)　[歴]昭和29年「駒草」入門、阿部みどり女に師事し、同人。のち編集部に入る。「小熊座」にも所属。句集に「藁屋」「重陽」「破片」がある。　[団]俳人協会

山田 土偶　やまだ・どぐう
俳人　吉徳会長　日本ひな人形協会名誉会長　[専]日本人形史　[生]明治29年5月14日　[没]昭和58年12月21日　[出]東京都台東区浅草橋　本名＝山田徳兵衛〔10代目〕(やまだ・とくべえ)　[学]中央商(明治44年)卒　[賞]黄綬褒章(昭和31年)、勲五等双光旭日章(昭和41年)　[歴]大正9年家業を継承し、人形問屋「吉徳」10代目店主となる。また、日本人形史の研究家で、著書に「新編日本人形史」「人形百話」「吉徳これくしょん」などがある。俳人でもあり、「土偶句集」4巻がある。　[家]三男＝山田徳兵衛(11代目)(吉徳社長)

山田 徳兵衛(10代目)　やまだ・とくべえ
⇒山田土偶(やまだ・どぐう)を見よ

山田 野理夫　やまだ・のりお
作家　詩人　歴史家　[生]大正11年7月16日　[出]宮城県仙台市　本名＝山田徳郎　[学]東北帝国大学文学部(昭和23年)卒　[興]土井晩翠・滝廉太郎を主軸とする明治期の芸術家の群像　[賞]農民文学賞(第6回)(昭和37年)「南部牛追唄」　[歴]宮城県史編纂委員を務めた。著書に「伊達騒動」「山田野理夫詩集」「東北散歩」「荒城の月」「柳田国男の光と影―佐々木喜善伝」、編著に「宮城の民話」など。　[団]日本文芸家協会、日本現代詩人会、日本詩人クラブ(理事)、日本ペンクラブ、クエビコの会

山田 葩夕　やまだ・はせき
歌人　[生]明治20年3月3日　[没]昭和32年10月1日　[出]岐阜県養老郡　本名＝山田基　[学]青山師範夜間部卒　[歴]小学校教師を業とする。17歳の頃、金子薫園の門に入り短歌研究会に加わったが、大正7年薫園が「光」を創刊するに際して同人として参加、その編集に携わった。

山田 はま子　やまだ・はまこ
歌人　[生]明治42年2月22日　[出]静岡県　本名＝池田はま子　[賞]日本歌人クラブ推薦歌集(第3回)(昭和32年)「木の匙」　[歴]昭和12年「アララギ」入会、高田浪吉に師事。23年近藤芳美に師事し、26年「未来」創刊に参加。歌集に「木の匙」「饗宴」「干潟と森」「海の見える窓に」「無明」「紫陽花」など。　[家]夫＝金井秋彦(歌人)

山田 春生　やまだ・はるお
俳人　中日新聞東京本社出版局長　[生]昭和7年3月18日　[出]愛知県　本名＝山田春夫(やまだ・はるお)　[学]同志社大学英文学科卒　[歴]昭和29年中日新聞入社。東京支局文化・地方・社会各部次長、東京中日総局報道部次長を経て、56年

産業開発部長、平成元年6月出版局長。俳人としては49年東京中日新聞俳句会で広瀬一朗の指導を受けるとともに「風」に入会、沢木欣一に師事。52年「風」編集委員、53年「風」同人。「春耕」所属。句集に「槍穂高」がある。㊿俳人協会

山田 美妙　やまだ・びみょう

小説家　詩人　国語学者　⽣慶応4年7月8日（1868年）　没明治43年10月24日　出東京・神田柳町　本名＝山田武太郎　別号＝樵耕蛙船、美妙斎、飛影、美妙子　学大学予備門（一高）㊿幼少時代から文学に親しみ、明治18年尾崎紅葉、石橋思案らと硯友社の創立に参加、「我楽多文庫」を編集し「竪琴草紙」を発表。19年共著「新体詞選」を刊行。20年言文一致体の「武蔵野」を発表し、好評を得る。21年短編集「夏木立」を刊行し、文壇的地位を確立。同年「都の花」の主幹となり「花ぐるま」「蝴蝶」「いちご姫」などを発表。一方、「言文一致論概略」「日本俗言文法論」など学究的な論文も発表。また24年新体詩上の新韻律法を「新調韻文青年唱歌集」で試みる。23年頃からは創作から遠ざかるが、25年から26年にかけて「日本大辞書」（全11冊）を編纂、刊行。その後の主な作品に「阿千代」「アギナルド」「桃色絹」「平重衡」「平清盛」などがある。34年から35年にかけて「言文一致文例」（全4冊）を刊行した。

山田 弘子　やまだ・ひろこ

俳人　⽣昭和9年8月24日　出兵庫県　学武庫川女子短期大学英文科卒　賞雨月新人賞（昭和51年）、雨月推薦作家賞（5回）、伝統俳句協会賞（第2回）（平成3年）　㊿昭和22年但馬児童文学誌「草笛」で俳句を始めるが、中断。46年「ホトトギス」で年尾・汀子に学ぶと共に、内田柳影の紹介で「雨月」に学ぶ。平成7年「円虹」を創刊。句集に「螢川」「こぶし坂」などがある。㊿俳人協会、日本伝統俳句協会（幹事）、大阪俳人クラブ（理事）、大阪俳句史研究会（評議員）

山田 富士郎　やまだ・ふじろう

歌人　⽣昭和25年11月4日　出新潟県新潟市　本名＝山田富士雄　学立教大学文学部卒　賞角川短歌賞（第33回）（昭和62年）「アビー・ロードを夢みて」、現代歌人協会賞（第35回）（平成3年）「アビー・ロードを夢みて」、寺山修司短歌賞（第6回）（平成13年）「羚羊譚」　㊿学生時代から短詩形文学に興味をもち、俳句を経て、昭和57年から短歌を作る。60年未来短歌会に入会。「未来」編集委員。歌集に「アビー・ロードを夢みて」「羚羊譚」。㊿未来短歌会

山田 蒲公英　やまだ・ほこうえい

俳人　⽣明治34年2月16日　没昭和47年3月27日　出長野県下諏訪町　本名＝山田仁（やまだ・まさし）　㊿大正4年から俳句を始め、6年「海紅」に拠り、中塚一碧楼に師事した。昭和6年から家業の製糸業に専念、12年「海紅」に復帰。14年「梶の葉」を発行した。戦後は「海紅同人句録」「青い地球」などに句作を続けた。「蒲公英句集」がある。

山田 真砂年　やまだ・まさとし

俳人　⽣昭和24年11月3日　出東京都　賞俳人協会新人賞（第19回）（平成8年）「西へ出づれば」　㊿句集に「西へ出づれば」がある。㊿未来図

山田 雅彦　やまだ・まさひこ

詩人　盲学校教師（都立八王子盲学校）　⽣昭和22年12月30日　出群馬県滝川村　学埼玉大学教養学部教養学科（昭和46年）卒　㊿東京都立世田谷高工を経て、八王子盲学校教諭、詩集に「僕は君にあの白い雲を見せたい」「白い杖と白い雲」「雲の心を君の心に」などがある。「東京四季」「文芸広場」同人。㊿全国教職員文芸協会

山田 正弘　やまだ・まさひろ

詩人　放送作家　シナリオ作家　日本放送作家組合総代　⽣昭和6年2月26日　出東京　本名＝梅原正弘　学文化学院文学部卒　賞シドニー国際映画祭南十字星賞（グランプリ）「エロス＋虐殺」（ATG）　㊿昭和29年詩誌「氾」の創刊に参加、清新な詩人の一人として注目される。のち、放送作家としても活躍、主な作品にNHKドラマ人間模様「とおりゃんせ」、NHK銀河テレビ小説「いけずごっこ」などがある。ほかに映画シナリオ「あひる飛びなさい」「エロス＋虐殺」がある。㊿現代詩の会、日本放送作家協会

山田 みづえ　やまだ・みずえ

俳人　「木語」主宰　⽣大正15年7月12日　出宮城県仙台市　学日本女子大学国文科（昭和19年）中退　賞角川俳句賞（第14回）（昭和43年）、風切賞（第14回）（昭和45年）、俳人協会賞（第15回）（昭和51年）　㊿大学を中退して結婚するが、昭和30年離婚。32年石田波郷門に入り、「鶴」に入会、頭角をあらわす。54年より俳誌「木語」主宰。俳人協会幹事を経て、評議員。「鶴」同人。句集に「忘」「木語」「梶の花」「手甲」「草譜」、随筆に「忘・不忘」「花双六」など。㊿俳人協会（名誉会員）、日本文芸家協会

父＝山田孝雄(国文学者・故人)、兄＝山田忠雄(国語学者・故人)、山田英雄(日本史学者)、山田俊雄(国語学者)

山田 有華　やまだ・ゆうか
俳人　㋕昭和3年1月29日　㋣三重県　本名＝山田歌子(やまだ・うたこ)　㋛笹賞(第8回)　㋚昭和23年山口誓子が伊勢鼓ケ浦に在住の頃の「糸游」で入門。「天狼」に入会後中断、58年伊藤敬子の門を叩き、「笹」同人。連句の世界でも力を発揮し、俳句との二刀流である。半田市主催花蓑句碑建立記念俳句大会第1席。平成元年3月初句集「火屑」を出版。　㋟俳人協会

山田 幸男　やまだ・ゆきお
歌人　短歌結社「風土派」主宰　元・求龍堂(株)編集長　㋕大正11年4月8日　㋣福岡県　㋚出版社・求龍堂(株)編集長を経て、現在出版社を自営。短歌結社誌「風土派」を主宰、編集・発行人。中川一政に私淑。著書に「中川一政伝」、歌集に「噴雪花」がある。　㋛妻＝山田文子(歌人・画家)

山田 百合子　やまだ・ゆりこ
歌人　㋕明治32年7月6日　㋾平成7年12月21日　㋣東京　本名＝山田ユリ　㋕女子学習院卒　㋚在学中に尾上柴舟の手ほどきを受ける。昭和2年宇都野研に師事、「自祷」に入会。同誌解散後の4年「勁草」発刊に同人として参加。23年6月「勁草」の戦後復刊以来主宰。歌集に「幼瞳」「影」「波」「残雪」「野路」がある。

山田 諒子　やまだ・りょうこ
俳人　㋕昭和6年12月6日　㋣山形市　㋕山形高女卒　㋛畦新人賞(第1回)(昭和54年)、畦賞(第3回)(昭和56年)　㋚昭和44年「氷海」に入門し、秋元不死男、上田五千石に師事。48年「畦」創刊と同時に参加、現在同人。俳句集に「屈折率」「私のマリア月」など。　㋟俳人協会

山田 良行　やまだ・りょうこう
川柳作家　医師　衛生コンサルタント　全日本川柳協会理事長　㋕大正11年10月8日　㋾平成11年3月15日　㋣石川県　本名＝山田良行(やまだ・よしゆき)　㋕ハルピン医科大学卒　㋚昭和21年金沢市に復員し、医師として金沢市立病院内科に勤務。「きたぐに」主幹。平成元年より日本川柳協会理事長。北国川柳社会長、山田衛生コンサルタント事務所所長なども務めた。監修に「いずこもおなじ 平成家族川柳」がある。　㋟日本川柳協会

山田 麗眺子　やまだ・れいちょうし
俳人　「南風」顧問　㋕明治36年11月12日　㋾平成8年10月16日　㋣愛知県名古屋市　本名＝山田政一　㋚大正12年〜昭和17年新聞記者をつとめ、愛知新聞主筆代理となる。18〜21年科学工業新聞社課長。俳句は、大正9年臼田亜浪に師事し、「石楠」入会、昭和12年同人。21年「南風」創刊、主宰。句集に「冬海」「大王崎」「渓谷」「黒海」「白樺」「讃岐野」「桂林」「南西諸島」「南西諸島以後」「山田麗眺子全句集」など。　㋟現代俳句協会(顧問)、中部日本俳句作家会(名誉会員)

山寺 梅龕　やまでら・ばいがん
俳人　㋕慶応3年3月(1867年)　㋾明治26年8月17日　㋣陸奥国会津若松(福島県)　本名＝山寺清三郎　別号＝左文楼、遅芳　㋚幼少時に父と死別。兄を援けて家業の酒屋を営む。篆刻を大橋醒仙に、書を武井知専に師事し、漢詩も嗜む。のち明治16年上京、元老院、通信省などに勤める。「俳諧」に投稿して子規に認められ、子規庵句会に参加。しかし、すでに肺を病んでおり26歳で夭折した。「梅龕遺稿」がある。

大和 克子　やまと・かつこ
歌人　㋕大正10年6月1日　㋣東京都　㋚昭和16年「日本歌人」に入会し、前川佐美雄に師事。29年「短歌人」に入会し、38年編集委員。43年同人誌「ENU」の発行責任者となり、9号まで刊行。歌集に「無花果家族」、合同歌集に「高踏集」がある。　㋟現代歌人協会

大和 ミエ子　やまと・みえこ
詩人　和光テクニカル取締役　㋕大正10年11月21日　㋣栃木県　本名＝大和ミエ　㋕栃木女子師範(昭和14年)中退　㋛日本詩人連盟賞(第1回)　㋚詩集に「紫苑の青空」「愛の塔」「優しい海」「日光」、歌曲集に「ぼけの花」、童謡集に「かわいいうた」、随筆集に「栃木の民俗 杉山の行事十二ケ月」など。　㋟栃木県女流詩人協会、日本作家クラブ(理事)、雨情会(常任理事)、詩と音楽の会、日本童謡協会

山名 康郎　やまな・やすろう
歌人　北海道文学館理事　㋕大正14年12月15日　㋣北海道　㋕札幌光星商卒　㋚昭和23年北海道新聞社入社。稚内支局長、本社地方部次長、同地方委員、本社編集委員を歴任。歌人としては、15年「潮音」に入会。「新墾」を経て、29年「凍土」を創刊、40年「新凍土」を創刊、ともに編集人をつとめる。「潮音」選者、歌誌「花林」代表。歌集に「冬の風」、著書に「冬の

旗」「短歌ノート」「中城ふみ子の歌」、共著に「私のなかの歴史」などがある。 ㊐日本文芸家協会、北海道歌人会(代表)、現代歌人協会

山仲 英子　やまなか・えいこ
俳人 ㊓昭和8年1月20日 ㊥東京 ㊫狩評論賞(第7回)(昭和61年) ㊖昭和52年より句作をはじめ、53年俳誌「狩」の創刊から入会。56年「狩」同人。俳句集に「現代俳句女流シリーズ赤沢」「からくれなゐ」など。 ㊐俳人協会

山中 智恵子　やまなか・ちえこ
歌人 ㊕国文学 ㊓大正14年5月4日 ㊥愛知県名古屋市西区下薗町本重町角 ㊫京都女子専門学校(現・京都女子大学)国文科(昭和20年9月)卒 ㊙斎宮の周辺、翁について ㊫日本歌人賞(第1回)(昭和31年)、現代短歌女流賞(第3回)(昭和53年)「青章」、短歌研究賞(第20回)(昭和59年)「星物語」、迢空賞(第19回)(昭和60年)「星肆」、CBCクラブ文化賞(第22回)(平成3年)、東海テレビ文化賞(第30回)(平成9年) ㊖昭和21年「オレンヂ」創刊に参加し、前川佐美雄に師事、「日本歌人」にも入会。34年塚本邦雄らと「極」発刊。39年村上一郎創刊の「無名鬼」に、以後常時作品を発表。歌を"禁じられた遊び"として受けとめ、感情のあからさまな表白を自らに禁ずることで、高い調べを奏でる唯一の歌人、と評される。歌集に「空間格子」「紡錘」「みずかありなむ」「虚空日月」「短歌行」「風騒思女集」「神末」「星肆」。評論集に「三輪山伝承」「斎宮女御徽子女王」「斎宮志」「存在の扇」など。 ㊐日本歌人協会、現代歌人協会

山中 散生　やまなか・ちるう
詩人 ㊓明治38年5月7日 ㊨昭和52年9月11日 ㊥愛知県 本名＝山中利行 ㊫名古屋市高商卒 ㊖学卒後NHKに入局、昭和40年まで在職。詩人として活躍、昭和4～5年詩誌「CINE」主宰。日本のシュールレアリスム運動の推進者として国際的にも著名。「山中散生詩集」「黄昏の人」「シュールレアリスム資料と回想」のほか、ラディゲ、アラゴン、プルーストらの訳業がある。

山中 鉄三　やまなか・てつぞう
歌人 徳山大学名誉教授 ㊓大正8年8月21日 ㊥山口県徳山市 ㊫早稲田大学国文科卒 ㊫勲四等瑞宝章(平成4年) ㊖大学在学中に窪田空穂・会津八一に学び、「槻の木」に参加。「山口県短歌」を主宰。日本歌人クラブ委員、山口県歌人協会代表などを務める。歌集に「流光」「天花」「くさまくら」「オリエントの歌」「黄土微韻」、歌文集に「衣々の歌」などがある。 ㊐日本歌人クラブ

山中 不艸　やまなか・ふそう
俳人 元・御坊市立図書館長 ㊓明治41年9月21日 ㊨平成2年1月13日 ㊥和歌山県日高郡御坊町 本名＝山中三郎 ㊫日高中卒 ㊫南風賞(昭和37年)、御坊市文化賞(第1回)(昭和51年) ㊖御坊町役場に入り、昭和48年市立図書館長で退職。この間、28年「馬酔木」「南風」「鶴」に投句。32年「鶴」、33年「南風」、54年「鶴」同人。また26年間に亘り、朝日新聞和歌山版俳句選者をつとめた。句集に「汐木」がある。 ㊐俳人協会

山中 茉莉　やまなか・まり
詩人 メディアプランナー 作詩家 ㊓昭和18年6月22日 ㊥広島県広島市 本名＝坂下紀子 ㊫PL学園短期大学卒 ㊖フリーペーパーの編集長を経て、女性のクリエイティブ集団・ファーストを主宰。CMや主婦向けTVなどのプランナーとしても活躍。レコード作詩も多数手掛ける。著書に「ザ・フリーペーパー」「宝石ことば」「新・生活情報紙―フリーペーパーのすべて」、詩集に「女人歓想」「歳月への手紙」「女人想花」などがある。 ㊐日本音楽著作権協会、詩と音楽の会、童謡協会、日本作詩家協会、新・波の会、日本文芸家協会、日本ペンクラブ、日本詩人クラブ

山根 次男　やまね・つぎお
歌人 ㊓大正2年2月11日 ㊥岡山県 ㊫広島高等工業卒 ㊖高等工業時代から作歌、のち地方歌誌「ひたち」に作品発表を始める。昭和16年頃「国民文学」会員となり松村英一に師事。33年「国民文学」を脱退し、37年「表現」に参加、同人。歌集に「孤燈」がある。 ㊐日本歌人クラブ、現代歌人協会

山埜井 喜美枝　やまのい・きみえ
歌人 ㊓昭和5年2月5日 ㊥旧満州・旅順 本名＝広津喜美枝 ㊫未来賞、梗土賞、牙賞、福岡市文学賞 ㊖昭和31年「未来」に入会。「梗土」「牙」を経て、「飈」同人。歌集に「やぶれがさ」「多多良」「呉藍」がある。 ㊐現代歌人協会、日本文芸家協会

山野井 昌子　やまのい・まさこ

歌人　[生]昭和8年　[出]埼玉県浦和市(現・さいたま市)　[歴]生後間もなく小児マヒにかかって以来寝たきりの生活だが、昭和36年佐佐木信綱の「竹柏会」に入会、安藤寛に師事。40年県内の短歌会さきたまに入会。これまでに2万首に上る短歌と千編もの詩を作り、約20人の弟子を抱える歌人、詩人。新進作曲家、寺島富美子とのコンビで作った合唱曲は30曲以上。その中の「春の舞い」はバチカン放送で流された。「車椅子」「浜木綿のかげ」「あつき情けに」など3冊の歌集の他、自伝「命掻きたてて」「あなたへ」がある。

山之口 貘　やまのくち・ばく

詩人　[生]明治36年9月11日　[没]昭和38年7月19日　[出]沖縄県那覇区東町大門前(現・那覇市)　本名＝山口重三郎(やまぐち・じゅうざぶろう)　[学]沖縄一中(大正3年)中退　[賞]高村光太郎賞(第2回)(昭和34年)「定本山之口貘詩集」、沖縄タイムス賞(昭和38年)　[歴]中学中退後、大正11年に上京したが、翌12年の関東大震災で一度帰郷し、15年に再上京して詩作に専念、佐藤春夫の知遇を得る。「歴程」同人となるが、就職、離職、失業、放浪の状態が15年ほど続く。昭和13年「思弁の苑」を、15年「山之口貘詩集」を刊行。14年から23年にかけて東京府職業紹介所に勤務、以後は文筆生活に入る。33年「定本山之口貘詩集」を刊行し、34年に高村光太郎賞を受賞。死後の39年に「鮪に鰯」が刊行された。「山之口貘全集」(全4巻，思潮社)がある。

山畑 禄郎　やまはた・ろくろう

俳人　[生]明治40年7月24日　[没]昭和62年2月7日　[出]東京・浅草　[学]日本大学専門部経済科卒　[歴]昭和4年「土上」入会、10年同人となるが、16年俳句事件では検挙をまぬがれた。24年「天狼」同人参加。新俳句人連盟、現代俳句協会を経て、46年俳人協会入会。55年俳人協会評議員。句集に「円座」。　[団]俳人協会

山村 金三郎　やまむら・きんざぶろう

歌人　[生]大正14年6月3日　[出]滋賀県　[歴]昭和18年国学院大学予科入学以来、釈迢空に師事。「鳥船」に入会、迢空没後は30年「地中海」に入会、香川進に師事。同誌常任委員、滋賀県歌人協会副代表幹事などを務める。歌集に「漣」、文集に「近江路の万葉」がある。
[団]現代歌人協会

山村 公治　やまむら・こうじ

歌人　[専]音楽教育　作詩　[生]大正8年3月4日　[没]平成3年10月30日　[出]奈良県　[学]奈良師範(昭和13年)卒　[歴]薫英高校校長、奈良県音楽芸術協会副会長、生駒市音楽芸術協会会長などを歴任。また、昭和19年「アララギ」入会、のち選者を務める。歌集に「草の風」「羊追ふ民」「ビルかげの道標」。

山村 湖四郎　やまむら・こしろう

歌人　[生]明治28年12月11日　[没]昭和60年7月14日　[出]長野県松本市　[歴]昭和9年「創作」に入会、若山喜志子、のち長谷川銀作・阿部太に師事。28年「朝霧」を創刊主宰。歌集に「彩雪」「野茨」「柊の花」がある。　[団]日本歌人クラブ

山村 順　やまむら・じゅん

詩人　[生]明治31年1月25日　[没]昭和50年12月22日　[出]東京・神田錦町　[歴]大正13年「羅針」を創刊し「旅」「暮春自傷」「曇り日の参加」などの詩作を発表。同年水木弥三郎との共著「青い時」を刊行し、15年「おそはる」を刊行。他の詩集に「水兵と娘」「空中散歩」「花火」などがある。

山村 酉之助　やまむら・とりのすけ

詩人　[生]明治42年1月6日　[没]昭和26年10月30日　[出]大阪府和泉町　[歴]百田宗治主宰の「椎の木」同人として活躍する一方で「四季」「文芸」などに詩作を発表。昭和7年刊の「フォルフォスの書」をはじめ「晩餐」「美しい家族」などの詩集がある。

山村 暮鳥　やまむら・ぼちょう

詩人　伝道師　[生]明治17年1月10日　[没]大正13年12月8日　[出]群馬県西群馬郡棟高村(現・群馬町)　本名＝土田八九十(つちだ・はくじゅう)　旧姓(名)＝木暮　初号＝木暮流星　[学]聖三一神学校(明治41年)卒　[歴]明治35年洗礼を受ける。41年聖三一神学校卒業後、聖公会伝道師として各地に転任。37年「白百合」に短歌を投稿し、40年雑誌「南北」を創刊。42年文芸雑誌「北斗」の創刊に加わり、43年自由詩社同人となって詩壇に出る。大正2年処女詩集「三人の処女」を刊行、また3年萩原朔太郎、室生犀星とともに人魚詩社を創立し、4年機関誌「卓上噴水」を創刊。同年「聖三稜玻璃」、7年には「風は草木にささやいた」などの詩集を刊行した。他に詩集「梢の巣にて」「穀粒」、童話「ちるちる・みちる」「鉄の靴」などがある。また没後の14年「雲」が刊行された。「山村暮鳥全集」(全2巻，弥生書房)がある。

山室 静　やまむろ・しずか
文芸評論家　詩人　翻訳家　[専]北欧文学　[生]明治39年12月15日　[没]平成12年3月23日　[出]長野県佐久市　[学]東北帝国大学法文学部美学科(昭和16年)卒　[賞]サンケイ児童文学大賞(昭和38年)、平林たい子文学賞(第1回)(昭和48年)「山室静著作集」(全6巻)、毎日出版文化賞(第29回)(昭和50年)「アンデルセンの生涯」　[歴]昭和2年に上京、岩波書店などに勤務。プロレタリア科学研究所研究員の時に平野謙、本多秋五と知り合う。7年ごろから文芸批評を始め、「明治文学研究」の編集を担当。13年東北帝大に入学。14年「現在の文学の立場」を刊行。戦後、長野県小諸市で青少年教育のための高原学舎を設立し、堀辰雄らと季刊誌「高原」を創刊。21年「近代文学」同人となり、24年上京。文芸評論家として活躍。日本女子大学教授として児童文学を講じる。ヨーロッパ・北欧神話、アンデルセン、ヤンソンの「ムーミン」シリーズなどの翻訳紹介の他、島崎藤村、小川未明、宮沢賢治など詩人の研究・評論がある。48年「山室静著作集」(全6巻)で第1回平林たい子文学賞を、50年「アンデルセンの生涯」で毎日出版文化賞を受賞。ほかに「北欧文学の世界」「島崎藤村―生涯と言葉」「ひっそりと生きて―詩と回想」「聖書物語」、詩集「時間の外で」、訳詩集「タゴール詩集」「峡湾と牧場の国から」、短篇集「遅刻抄」、「山室静自選著作集」(全10巻，郷土出版社)など著訳書多数。「オルフェ」同人。　[団]日本文芸家協会、北欧文化協会、日本児童文芸家協会　[家]父＝山室藤城(漢詩人)

山本 育夫　やまもと・いくお
美術ジャーナリスト　詩人　造形作家　「DOME」編集長　「L/R」編集長　[生]昭和23年　[出]山梨県　[学]東京芸術大学美術学部卒　[歴]山梨県立美術館学芸員を経て、ミュージアム・マガジン「DOME」、アート・マガジン「L/R」各編集長。「BT」誌などに執筆。また東京造形大学「ジャムジャム・ミュージアム」、上智大学教養講座などを担当。また、詩も手がけ、著書に、詩集「驟雨」「ボイスの印象」「新しい人」などがある。

山本 遺太郎　やまもと・いたろう
詩人　元・吉備路文学館館長　[生]明治44年6月22日　[没]平成13年8月29日　[出]岡山県岡山市　[学]岡山一商卒　[賞]岡山出版文化賞(昭和52年)、岡山文化賞(昭和53年)、三木記念賞(昭和62年)　[歴]昭和23年岡山県総合文化センターに入り、のち文化課長として文化事業を広く手掛けた。一方、21年作家の藤原審爾と文芸誌「文学祭」を創刊。22年吉田研一、吉塚謹治、永瀬清子らと詩誌「詩作」を創刊し、戦後の岡山文学の基礎を作った。54～59年岡山オリエント美術館初代館長。61年～平成5年吉備路文学館初代館長。岡山県詩人協会理事長、イット同人会代表、岡山県文学選奨総合審査委員、坪内譲治文学賞審査委員など多くの要職を歴任した。詩集に「楽府」、エッセイ「岡山の文学アルバム」「鶏肋集」など。　[団]日本現代詩人会、日本文芸家協会

山本 一糸　やまもと・いっし
俳人　石川県現代俳句協会会長　[生]大正14年9月5日　[出]石川県輪島市　本名＝山本進　[学]石川師範(昭和20年)卒　[歴]昭和22年作句を始め、新聞俳壇に投句。昭和27年「寒雷」入会、加藤楸邨に師事。48年「陸」創刊同人。50年現代俳句協会会員。56年「麓」創刊同人。平成5年「寒雷」同人。句集に「郭公」など。　[団]現代俳句協会

山本 一歩　やまもと・いっぽ
俳人　「谺」代表　[生]昭和28年11月28日　[出]岩手県　[学]花巻北高卒　[賞]角川俳句賞(第42回)(平成8年)「指」、俳人協会新人賞(第23回)(平成12年)「耳ふたつ」　[歴]昭和47年上京。49年職場句会に参加したのをきっかけに俳句を始め、52年「泉」「嵯峨野」「寒雷」に投句。55年「林」創刊により同誌に参加。平成5年「谺」を創刊、代表。「嵯峨野」同人。国家公務員。句集に「一葉」「指」「耳ふたつ」がある。
[団]俳人協会

山本 沖子　やまもと・おきこ
詩人　[生]大正13年7月29日　[出]福井県　本名＝常田ちえ子　[学]小浜高女卒　[賞]現代詩女流賞(第4回)(昭和54年)「朝の祈り」　[歴]詩集に「花の木の椅子」「朝の祈り」「ヒルティのりんご」などがある。

山本 格郎　やまもと・かくろう
詩人　[生]大正2年3月22日　[出]兵庫県　[学]神戸商科大学卒　[歴]「灌木第二次」同人。日本詩人クラブ理事を務めた。詩集に「天の乳房」「風紋」がある。　[団]日本詩人クラブ

山本 嘉将　やまもと・かしょう
歌人　元・鳥取文芸協会会長　元・神戸学院女子短期大学教授　[専]和歌　[生]明治41年10月24日　[没]平成4年12月24日　[出]鳥取県岩美郡大茅村(現・国府町)　[学]東京高等師範学校研究科卒　文学博士(昭和35年)　[賞]勲四等瑞宝章、鳥取市文化賞(昭和53年)　[歴]鳥取県内の小・中・高等学校の教壇に立ち、昭和30年鳥取図書館長、39年八頭高校長、43年夙川学院短大、神戸学院女子短大講師のち教授。48年国立国文学研究資料館調査委員。この間、県内の多くの学校の校歌を作詞。また近世の文学、特に和歌の研究を重ね、13年には窪田空穂に師事。戦後は無所属となり独自の活動を続け、鳥取文芸協会会長や鳥取県歌人協会会長などを歴任。また、学術研究の傍ら郷土文化の開発進展に尽力。著書に「香川景樹論」「明窓」「清流」など。

山本 和夫　やまもと・かずお
詩人　小説家　児童文学作家　[生]明治40年4月25日　[没]平成8年5月25日　[出]福井県小浜市　[学]東洋大学倫理学東洋文学科(昭和4年)卒　[賞]文芸汎論詩集賞(第6回)(昭和14年)「戦争」、小学館文学賞(第13回)(昭和39年)「燃える湖」、サンケイ児童出版文化賞(大賞, 第22回)(昭和50年)「海と少年」、赤い鳥文学賞(第15回)(昭和60年)「シルクロードが走るゴビ砂漠」　[歴]大学時代から詩作を始め「白山詩人」「三田文学」などに関係し、昭和13年刊行の「戦争」で文芸汎論賞を受賞。以後「仙人と人間との間」「花のある村」「花咲く日」「亜細亜の旗」などの詩集や、童話集「戦場の月」「大将の馬」を刊行。戦後は東洋大学で児童文学を講じ、児童文学作家として活躍。「トナカイ」創刊に参加、「魔法」同人。小浜市に“山本和夫文庫”を設立し、読書運動に尽力。福井県立若狭歴史民俗資料館館長も務めた。作品に「燃える湖」「海と少年—山本和夫少年詩集」「シルクロードが走るゴビ砂漠」など。詩集としては「ゲーテの椅子」「影と共に」などがあり、詩人、作家、評論家として幅広く活躍した。　[団]日本文芸家協会、日本現代詩人会、日本児童文学者協会(名誉会員)、日本児童文芸家協会(顧問)　[家]妻=山本藤枝(女性史研究家)

山本 かずこ　やまもと・かずこ
詩人　[生]昭和27年1月6日　[出]高知市　本名=岡田和子　[学]駒沢大学文学部中退　[歴]「愛虫たち」「兆」に所属。昭和57年第1詩集「渡月橋まで」を出版。他の詩集に「西片日記」「最も美しい夏」「愛の力」「スリーリー」「リバーサイドホテル」「愛の行為」など。

山本 克夫　やまもと・かつお
川柳作家　「川柳新聞」主幹　[生]昭和5年　[出]群馬県　本名=山本孝二　[歴]「川柳新聞」主幹、日本川柳ペンクラブ事務局長、日本ビジネス川柳倶楽部顧問のかたわら、新聞・雑誌の選者をつとめる。著書に「川柳の作り方・楽しみ方—絶対載りたい！マスコミ投句で選者の目にとまる」、編共著に「原爆川柳・原子野」「雑学もの知り事典」「テーマ別ビジネススピーチ集」などがある。　[団]日本川柳ペンクラブ

山本 かね子　やまもと・かねこ
歌人　[生]大正15年6月13日　[出]新潟県　[学]国府台女子学院卒　[賞]沃野賞(昭和38年)、新歌人会賞(昭39年度)、日本歌人クラブ賞(第13回)(昭和61年)　[歴]昭和27年より作歌を始め「沃野」に入会、植松寿樹に師事。のち運営委員・選者として編集・発行に携わる。55〜57年日本歌人クラブ幹事。歌集に「ものどらま」「風響り」「瑠璃苔」「野草讃歌」がある。　[団]日本歌人クラブ、現代歌人協会、日本文芸家協会

山本 寛太　やまもと・かんた
歌人　[生]明治42年6月23日　[出]山梨県　[賞]日本歌人クラブ賞(第25回)(平成10年)「真菰」　[歴]中学時代より作歌を始め、昭和4年「青垣」に入会して新田寛に師事。のち同人、選者。かたわら46年「水門」を創刊、編集する。歌集に「北緯49度」「川堀」「江東集」「利根川」「真菰」がある。　[団]日本歌人クラブ(名誉会員)、現代歌人協会

山本 くに子　やまもと・くにこ
俳人　[生]大正10年2月10日　[出]長野県　[学]小学校高等科卒　[賞]夏炉佳日賞(昭和50年)、日本随筆家協会賞(第29回)(平成6年)「一隅の秋」　[歴]昭和39年「夏炉」を主宰する木村蕪城に師事。46年「雲母」入会。のち「夏炉」同人となる。句集に「山の湖」、エッセイに「一隅の秋」がある。　[団]俳人協会

山本 啓子　やまもと・けいこ
俳人　[生]大正13年11月17日　[出]福井県　[学]福井県立高女卒　[歴]昭和25年「雪解」に入門、皆吉爽雨の手ほどきを受け作句を始める。45年同人。　[団]俳人協会

山本 源太 やまもと・げんた
陶芸家 詩人 ⓢ昭和17年 ⓑ鳥取県八頭郡船岡町 本名=山本雪男 ⓖ八頭高卒 ⓚ20歳で陶芸を志し、伊勢、小石原で修業。昭和43年詩人の故・丸山豊の知遇を得て星野村に源太窯を築く。福岡、久留米などで個展。45年から西部工芸展入選。幻のやきものと呼ばれた古陶星野焼を再興。平成4年同地に星野焼展示館が開館。また詩誌「泥郡」「泥質」同人で、詩集に「蛇苺」、エッセイ集に「土泥棒」がある。

山本 耕一路 やまもと・こういちろ
詩人 「野獣」主宰 ⓢ明治39年12月8日 ⓑ愛媛県松山市清水町 本名=山本信 ⓖ松山高小(大正3年)卒 ⓡ小熊秀雄賞(第18回)(昭和60年)「山本耕一路全詩集」 ⓚ昭和5年山本看板店創業、12年耕一路広告社に改名、社長。一方、14年頃から川柳に傾斜し、31〜33年詩性川柳誌「あゆみ」を刊行。その後詩に転向し、34年詩誌「野獣」を創刊、主宰。53年毎日新聞愛媛版の選者。「関西文学」「詩芸術」同人。詩集に「岩」「蒼い渕」「しろい樹」「眠りのひと」「森の織糸」がある。60年これまでの作品177編をまとめた「山本耕一路全詩集」で第18回小熊秀雄賞を受賞。 ⓐ日本現代詩人会、愛媛詩話会(会長)

山本 古瓢 やまもと・こひょう
俳人 ⓢ明治33年3月20日 ⓓ平成2年1月14日 ⓑ滋賀県甲賀郡 本名=山本皓章(やまもと・こうしょう) ⓚ独学で俳句を学び、昭和27年俳誌「蘇鉄」を創刊、主宰。37年俳人協会に入会。句集に「町川」「風林抄」「鳥雲抄」「小春賦」「雪嶺抄」「杖吟抄」。 ⓐ俳人協会

山本 嵯迷 やまもと・さめい
俳人 ⓢ明治27年9月1日 ⓓ昭和48年2月25日 ⓑ福井県鳥羽村 本名=山本信夫 ⓚ長谷川零余子、かな女に師事して、「枯野」「水明」で活躍。沢本知水の弟。東京興信所社長。句集に「ばらの虫」「風蘭の帖」「山本嵯迷全句集」がある。 ⓡ父=沢本知水(俳人)、妹=長谷川秋子(俳人)

山本 紫黄 やまもと・しおう
俳人 ⓢ大正10年4月12日 ⓑ東京足立区 本名=山本孝史 ⓖ法政大学卒 ⓚ昭和24年父山本嵯迷の勧めで「水明」に入会。西東三鬼の「断崖」「面」を経て「俳句評論」にも参加。「水明」運営同人。句集に「早寝鳥」がある。

山本 忍 やまもと・しのぶ
俳人 東急サービス取締役 ⓢ明治44年2月26日 ⓑ和歌山県伊都郡かつらぎ町 ⓖ東京帝大法学部(昭和11年)卒 ⓚ昭和11年東京横浜電鉄に入社、27年総務部長、30年企画部長、34年東京国際ホテル常務、39年東京急行電鉄取締役、40年開発事業部長、42年開発事業本部長、45年監査室長、46年文化事業管理部長を歴任。47年東急サービス社長、59年会長、61年取締役に退く。この間、鉄道業のほか、倒産会社の整理、洋画興業の創設、美術館、プラネタリウム等の事業に携わる。一方、句作に親しみ、61年「畦」に入会、平成元年同人。句集に「松の芯」がある。

山本 翠公 やまもと・すいこう
川柳作家 全日本川柳協会事務局長 ⓢ大正6年8月18日 ⓑ滋賀県大津市 本名=山本菊次郎 ⓚ松井運輸倉庫常務などを務める傍ら、若い頃から俳句を始め、晩年川柳に転じた。昭和51年番傘川柳本社同人。61年編集部長兼事務局長となる。平成4年全日本川柳協会事務局長に就任。この間、昭和54年だいとう番傘川柳会を主宰。同会は、平成11年4月創立20周年記念句会を開催。句集に「未踏」など。

山本 節子 やまもと・せつこ
歌人 「真樹」主幹 ⓢ昭和6年3月21日 ⓑ山口県 本名=山本セツコ ⓖ広島鉄道病院看護養成所卒 ⓡ真樹賞(昭54年度)、短歌研究新人賞1位 ⓚ昭和26年「真樹」に入会。54年度真樹賞受賞。短歌研究新人賞1位。広島県歌人協会幹事。歌集に「三つの珠」「典雅の地上」がある。 ⓐ日本歌人クラブ、女人短歌会

山本 村家 やまもと・そんか
俳人 ⓢ明治16年4月27日 ⓓ昭和19年10月17日 ⓑ島根県 本名=山本武一 ⓚ昭和16年より句作を始め、「ホトトギス」に投句、山陰俳界に重きをなした。20歳から40歳まで小学校教師をつとめ、退職後は農業に従事しながら句作生活を送った。虚子の「進むべき俳句の道」にもその名を残している。

山本 武雄 やまもと・たけお
歌人 ⓢ大正2年11月24日 ⓑ兵庫県 ⓚ昭和8年「六甲」創刊と同時に入会し、26年3月より編集主宰。56年4月発病により以後編集を退く。兵庫県歌人クラブ幹事、神戸新聞歌壇選者を務める。歌集に「終発車」「朴の花」がある。

山本 太郎　やまもと・たろう
詩人　法政大学経済学部教授　[専]ドイツ近代詩　作詩　ドイツ文学　[生]大正14年11月8日　[没]昭和63年11月5日　[出]東京・大森　[学]東京大学文学部独文学科(昭和25年)卒　[賞]高村光太郎賞(第4回)(昭和36年)「ゴリラ」、読売文学賞(第21回)(昭和44年)「覇王紀」、歴程賞(第13回)(昭和50年)「ユリシーズ」「鬼文」　[歴]高校卒業後、海軍予備学生として魚雷艇の特攻要員となる。大学卒業後は「アトリエ」編集長などを務め、のち法政大学教授。昭和24年「零度」を創刊、25年「歴程」同人となり、29年「歩行者の祈りの唄」を刊行。48〜49年日本現代詩人会長をつとめた。詩集に「ゴリラ」「覇王紀」「単独者の愛の唄」「糺問者の惑いの唄」「譚詩集」、評論集に「詩のふるさと」、詩画集「スサノヲ」、紀行「サハラ放浪」などがある。53年「山本太郎詩全集」(全4巻，思潮社)を出版。　[団]日本現代詩人会、日本文芸家協会　[家]父＝山本鼎(画家)

山本 竹兜　やまもと・ちくとう
俳人　[生]明治33年6月14日　[出]兵庫県氷上郡　本名＝山本錬造　[学]兵庫県立柏原中卒　[歴]大正5年松瀬青々門となり「倦鳥」に拠る。昭和36年2月、永井雨丁のあとを継ぎ「漁火」主宰。

山本 哲也　やまもと・てつや
詩人　第一経済大学教授　「砦」主宰　[専]国語　日本文学　[生]昭和11年5月7日　[出]福岡市　[学]国学院大学文学部(昭和35年)卒　[賞]現代詩手帖賞(昭和38年)、福岡県詩人賞、福岡市文学賞(第3回・昭和47年度)、福岡市文化賞(文学部門)(平成7年)　[歴]昭和58年第一経済大学助教授を経て、教授。詩誌「砦」編集発行人。62年から西日本新聞で西日本詩時評を執筆中。詩集に「連祷騒々」「冬の光」「静かな家」、他に「立原道造ノート」「萩原朔太郎ノート」など。　[団]日本現代詩人会、日本近代文学会、福岡県詩人会、福岡文化連盟

山本 十四尾　やまもと・としお
詩人　[生]昭和10年6月7日　[出]東京　[学]明治大学卒　[賞]現代詩人賞(第17回)(平成11年)「雷道」　[歴]「青い花」「同時代」「ATORI」同人。詩集に「雷道」「風呂敷」「葬花」がある。　[団]日本文芸家協会、日本現代詩人会、日本詩人クラブ

山本 俊子　やまもと・としこ
⇒生野俊子(いくの・としこ)を見よ

山本 杜城　やまもと・とじょう
俳人　高校教師　[生]大正12年8月31日　[出]鳥取県西伯郡手間村(現・会見町)　本名＝山本盛夫(やまもと・もりお)　[学]東京帝国大学法学部(昭和21年)卒　[歴]昭和20年ホトトギス系吉次みつをにより入門。「城」「ホトトギス」等を経て35年「かつらぎ」同人。「かつらぎ」推薦作家通算6回。米子市俳句作家協会代表選者。「かつらぎ」中四国同人会事務局長。「ひいらぎ」にも所属。句集に「大山」がある。　[団]俳人協会

山本 友一　やまもと・ともいち
歌人　九芸出版社長　[生]明治43年3月7日　[出]福島県福島市　[学]福島中(昭和3年)卒　[賞]日本歌人クラブ推薦歌集(第14回)(昭和43年)「九歌」、現代短歌大賞(第6回)(昭和58年)「日の充実」「続・日の充実」　[歴]大正14年より作歌。昭和3年から松村英一に師事。4年「国民文学」入社、松村英一没後、同社退社。6年満州に移住、21年帰国。22年新歌人集団結成に参加。28年香川進らと「地中海」を創刊、現在同人。角川書店取締役を経て、51年研究社出版社長、53年九芸出版社長を歴任。歌集に「北窓」「布雲」「日の充実」「続日の充実」など。50年度以降宮中歌会始選者10回。　[団]現代歌人協会(名誉会員)、日本ペンクラブ(名誉会員)、日本文芸家協会、明治記念綜合歌会(常任委員)、日本歌人クラブ(名誉会員)

山本 奈良夫　やまもと・ならお
俳人　[生]昭和26年9月18日　[出]長崎県　[歴]隈治人主宰の俳誌「土曜」を編集発行。

山本 梅史　やまもと・ばいし
俳人　[生]明治19年12月11日　[没]昭和13年7月24日　[出]大阪府堺市　本名＝山本徳太郎　[歴]堺日報、泉州時事新報など新聞を経営、堺市会書記長を永く務めた。少年時代から俳句を始め、梅沢墨水、安藤橡面坊らに学び、のち高浜虚子に就いた。大正15年雑誌「九年母」雑詠選を務め、昭和3年「いづみ」を創刊主宰。「同人」にも関与した。「ホトトギス」、関西根岸短歌会各同人、新興俳句運動にも共鳴。「梅史句集」がある。

山本 馬句　やまもと・ばく
俳人　[生]大正4年8月30日　[出]山口県下松市　本名＝山本駒(やまもと・いこま)　[学]横浜専門学校卒　[賞]若葉賞(昭和39年)　[歴]昭和18年俳句を始める。22年「若葉」入門、33年同人。34年「冬草」となり、48年から55年まで同人会長をつとめた。句集に「貘」。　[団]俳人協会

山本 肇　やまもと・はじめ
俳人　⽣大正5年2月4日　没昭和63年3月10日　出鳥取県　本名＝山本正市（やまもと・しょういち）　学高小卒　賞風切賞（昭和32年）、鶴賞（昭和37年）　歴昭和9年ハンセン氏病となり、以来長島愛生園で療養。23年梶井枯骨の指導を受ける傍ら、「鳴野」「雪解」に投句。29年「鶴」入会。のち同人。句集に「山本肇句集」「最終船」「海の音」。　所俳人協会

山本 久男　やまもと・ひさお
歌人　⽣大正11年1月10日　出愛知県八名郡富岡（現・新城市）　歴昭和18年中部第2部隊に入営、中国大陸を転戦。21〜30年傷病により国立豊橋病院に入院。24年短歌と出合い、水甕社に入会。31〜57年小中学校、聾学校教師を務める。作品に、歌集「やがて海」（58年）、「続やがて海」（平成3年）、「わが春秋―山本久男集」（9年）がある。

山本 藤枝　やまもと・ふじえ
女性史研究家　児童文学作家　詩人　詩女性史　⽣明治43年12月7日　出和歌山県かつらぎ町　本名＝山本フジエ　学東京女高師文科（昭和6年）卒　著古代史、近代史　賞サンケイ児童出版文化賞（第24回）（昭和52年）「細川ガラシャ夫人」　歴尾上柴舟の歌誌「水甕」に参加。18歳ごろより詩作をはじめ、「詩集」「詩佳人」に参加。のち、戦中から戦後にかけて露木陽子の筆名で少女小説や伝記などを書く。昭和35年ごろから女性史の研究に打ち込む。著書に「日本の女性史」（全4巻・共著）「黄金の釘を打ったひと―歌人・与謝野晶子の生涯」、詩集「近代の眸」、児童文学「雪割草」「手風琴の物語」「飛鳥はふぶき」「細川ガラシャ夫人」などがある。　所日本文芸家協会　家夫＝山本和夫（詩人・故人）

山本 歩禅　やまもと・ほぜん
俳人　元・富士化工会長　⽣大正7年2月9日　没平成3年3月8日　出石川県金沢市　本名＝山本直太（やまもと・なおた）　学京都帝国大学法学部（昭和17年）卒　歴昭和15年京大ホトトギス会に入り、16年長谷川素逝に師事。23年阿波野青畝に師事し、「かつらぎ」同人。42年かつらぎ推薦作家選考委員となる。句集に「森の鹿」。　所俳人協会

山本 牧彦　やまもと・まきひこ
歌人　歯科医　⽣明治26年3月1日　没昭和60年8月24日　出兵庫県豊岡市　本名＝山本茂三郎　学豊岡中学卒　歴大正2年歯科医を開業。戦後京都市会議員をつとめた。昭和20年「新月」に入り、田中常憲歿後の28年より同誌主宰、56年名誉顧問となる。歌集に「日本の天」「菩提樹」がある。

山本 正元　やまもと・まさもと
歌人　⽣昭和16年2月13日　歴幼い頃小児マヒに侵され、以来車いすの生活に。昭和36年頃大場青花について作歌を始め、のち加藤今四郎に師事。46年中部歌人会に入会。中日ドラゴンズの大ファンで、毎日の試合を短歌に記録し続ける。57年歌集「熱投熱打―私の中日ドラゴンズ」を出版。他に「天上の道―母に捧げるバラード」「道」などの歌集がある。

山本 衛　やまもと・まもる
詩人　高知県十和村立昭和小学校長　⽣昭和8年3月10日　出高知県中村市　学中村高校卒　歴25、6歳のころ高校時代の同級生と詩誌「山地」を出したのが詩への出発。その後日本未来派にも参加、詩集「石臼」をまとめたりもした。その後は高知県・幡多教育事務所社会教育主事などを務め、仕事に追われて詩から離れていたが、20余年ぶりに書きはじめ、昭和63年、2冊の詩集「母と子のうた」「午後の夏」を出版した。

山本 三鈴　やまもと・みすず
小説家　随筆家　詩人　⽣昭和18年9月23日　出東京　筆名＝夏生羚（なつお・れい）　学市ケ谷商卒　賞文芸賞（第15回）（昭和56年）「みのむし」　歴著書に「みのむし」「石榴」「五月は晴れの日」など。　所日本文芸家協会、葵詩書財団

山本 道子　やまもと・みちこ
小説家　詩人　⽣昭和11年12月4日　出東京　本名＝古屋道子（ふるや・みちこ）　旧姓（名）＝山本　学跡見学園短期大学国文科（昭和32年）卒　賞新潮新人賞（第4回）（昭和47年）「魔法」、芥川賞（第68回）（昭和48年）「ベティさんの庭」、女流文学賞（第24回）（昭和60年）「ひとの樹」、泉鏡花文学賞（第21回）（平成5年）「喪服の子」、島清恋愛文学賞（第2回）（平成7年）「瑠璃唐草」　歴跡見学園短期大学に入学した昭和30年「文芸」の学生小説コンクールで「蜜蜂」が佳作入選。この頃から詩を書き始め、32年「歴程」同人となり、34年「壺の中」を刊行。以後「龍」

「飾る」など次々に詩集を刊行。その間「凶区」などに参加。41年結婚し、44年から3年間、夫の転勤先であるオーストラリアに住む。帰国後の47年「魔法」で新潮新人賞を受賞し、以後48年「ベティさんの庭」で芥川賞を、60年「ひとの樹」で女流文学賞を受賞。他に「喪服の子」「山本道子詩集」がある。 ㊥日本文芸家協会、日本ペンクラブ、日本現代詩人会

山本 康夫 やまもと・やすお
歌人 「真樹」主幹 ㊌明治35年10月27日 ㊡昭和58年5月30日 ㊊長崎県諫早市 本名＝山本安男 ㊥東京新聞学院卒 ㊤大正13年尾上柴舟に師事。昭和4年中国新聞入社と同時に広島短歌会を結成。編集局速記、校閲各部長を経て定年退社。5年、広島で短歌誌「処女林」(翌年「真樹」に改題)を創刊。日本歌人クラブ中国地区幹事。歌集に「菅原」「広島新象」「秋光」「生命讃歌」、歌論集に「短歌の真実」「歌話との随想」など。

山本 雄一 やまもと・ゆういち
歌人 ㊌明治36年4月6日 ㊡昭和47年8月8日 ㊊東京・八王子 ㊤大正10年「潮音」に入会して太田水穂に師事、のち鈴木北渓と「短歌街」を創刊。昭和21年1月「むさしの」を創刊主宰(のち「新暦」と改題)。34年サンケイ新聞「都下版歌壇」選者。歌集に「歴程」「底流抄」がある。

山本 悠水 やまもと・ゆうすい
俳人 ㊌大正10年1月24日 ㊊岡山県 本名＝山本茂 ㊥旧高専中退 ㊥麻俳句賞(昭和53年) ㊤昭和42年「鶴」系俳人の樋口清泰の手ほどきをうける。45年「麻」俳句会に入会、菊池麻風に師事。句集に「峠神」がある。 ㊥俳人協会

山本 洋子 やまもと・ようこ
俳人 ㊌昭和9年9月18日 ㊊東京 ㊥大阪女子大学卒(昭和32年)卒 ㊥現代俳句女流賞(第12回)(昭和63年)「木の花」、草苑賞(平成4年) ㊤昭和32年東綿(現・トーメン)に入社。34年社内俳句部で俳句を始め、「青」に入会。45年「草苑」創刊に参加。56年「晨」同人。62年「青」退会。平成4年トーメン退社。句集に「当麻」「木の花」「渚にて」など。 ㊥現代俳句協会、日本文芸家協会

山本 陽子 やまもと・ようこ
詩人 ㊌昭和18年3月26日 ㊡昭和59年8月 ㊊東京・世田谷 ㊥日大芸術学部映画科(昭和38年)中退 ㊤昭和41年創刊の同人詩誌「あぽりあ」に参加。43年詩人の菅谷規矩雄が雑誌「現代詩手帖」時評で詩「『i』と間隙」を取り上げて知られるようになる。52年唯一の詩集「青春—くらがり」を刊行、その後の作品は自分で焼却。東京・目白の公団住宅に一人住まいし、安田生命ビルの掃除婦として働いていた。59年死去。62年七月堂から「山本陽子遺稿集」が出された。

山本 良樹 やまもと・よしき
評論家 詩人 ㊌昭和35年2月9日 ㊊東京都 ㊥東京神学大学卒、カラマズー大学(米国)卒 ㊤大学卒後、渡米。ワシントンで政治家秘書見習いをつとめた後、英語で詩を書き始め、ニューヨークで詩人として活躍。朗読会などで自作を発表。詩集に「アンソロジー・オブ・アメリカン・ポエット」、著書に「東京・ニューヨーク 父と息子の往復書簡」「七平ガンとかく闘えり」など。 ㊥日本文芸家協会 ㊍父＝山本七平(評論家)、母＝山本れい子(山本書店店主)

山本 龍生 やまもと・りゅうせい
詩人 元・中学校教師 元・全国公立学校教頭会長 ㊌昭和6年 ㊊東京 本名＝山本隆也(やまもと・りゅうや) ㊥東京学芸大学教育学部(昭和28年)卒 ㊤東京都立中学校に勤務のかたわら、全国公立学校教頭会長、日本教育会理事、国立教育会館評議員等を兼任。平成3年退任。詩誌「獏」を経て、「閃」同人。著書に「教育人物史話—江戸・明治・大正・昭和の教育者たち」、詩集に「はじめての少女に」「未刊詩集」「春行き一番列車」他。 ㊥全国公立学校教頭会、日本教育会、日本詩人クラブ、日本児童文学者協会、千葉県詩人クラブ

山本 露滴 やまもと・ろてき
歌人 詩人 ジャーナリスト ㊌明治17年10月1日 ㊡大正5年12月1日 ㊊大分県 本名＝山本喜市郎 ㊥電信技術伝習所卒、国語伝習所卒 ㊤浅香社門で、北海道において「北鳴新聞」「新十勝」などに関係し、明治42年「実業之北海」を創刊、以後さまざまな出版事業に従事したが失敗に終わった。著書に北海道を歌った詩歌集「金盃」と友人岩野泡鳴編集による「山本露滴遺稿」(自家版)がある。

山本 露葉　やまもと・ろよう

詩人　小説家　[生]明治12年2月3日　[没]昭和3年2月29日　[出]東京・根岸　本名＝山本三郎　[学]東京専門学校文学科中退　[歴]明治28年「もしほ草紙」を創刊し、また「文庫」などに詩作を投稿する。32年児玉花外らとの共著詩集「風月万象」を刊行して詩壇に出る。のち小説に転じ、43年「新文芸」を、45年「モザイク」を創刊。主な作品に「外光と女」「太陽の笑」などがある。

矢山 哲治　ややま・てつじ

詩人　[生]大正7年4月28日　[没]昭和18年1月29日　[出]福岡市中石堂町(現・博多区)　[学]九州帝大農学部卒　[歴]昭和14年九大農科生だったころ、阿川弘之・島尾敏雄らと同人誌「こをろ」を創刊。18年1月、同誌終刊の直前に、西鉄の無人踏切で轢死。旧同人らによって「矢山哲治全集」(全1巻，未来社)が62年に刊行。詩集に「くんしやう」「友達」「柩」など。

鎗田 清太郎　やりた・せいたろう

詩人　著述業　「火牛」代表　[生]大正13年7月29日　[出]東京・神田　[学]国学院大学文学部哲学科(昭和24年)卒　[賞]時間賞新人賞(第4回)(昭和32年)「氷雨の日々」　[歴]昭和24年角川書店に入社。編集部次長を最後に退社し、以後、知性社出版部長、表現社出版部長、新人物往来社編集局長などを経て、著述業。この間、58〜59年日本現代詩人会理事長、平成7年より会長。詩集に「鳩に関するノート」「石川の貝」「幻泳」「象と蛍」、著書に「角川源義の時代―角川書店をいかにして興したか」。　[団]日本文芸家協会、日本ペンクラブ、日本現代詩人会

【ゆ】

湯浅 十框　ゆあさ・じっきょう

俳人　[生]元治1年8月20日(1864年)　[没]昭和2年12月30日　[出]長門国豊浦郡宇賀村(山口県)　本名＝湯浅為之進　[学]東京帝大医科別科(明治20年)卒　[歴]福島県郡山市十日町に開業し、のち寿泉堂病院長となる。十框の号は十日町に因む。30年頃から俳句を試み、河東碧梧桐の影響を受けた。32年国分虎風、永井破笛、西村雪人らと郡峯吟社を興し、日本派の東北一勢力を築いた。剛毅不屈にして談論風発、そのため風発庵沙弥の綽名を得た。句集に「十框句集」がある。　[家]弟＝湯浅倉平(内大臣)

湯浅 桃邑　ゆあさ・とうゆう

俳人　「ホトトギス」編集長　[生]大正8年2月25日　[没]昭和56年4月14日　[出]東京・品川　本名＝湯浅忠男(ゆあさ・ただお)　[学]旅順工大　[歴]旅順工大在学中「ホトトギス」に投句。東京に帰省中終戦を迎える。昭和21年ホトトギス社に入社。22年上野泰子らと新人会を結成し、高浜虚子に師事。24年「ホトトギス」同人、27年同人会幹事、のち「ホトトギス」編集長を25年間務めた。編さんにホトトギス900号記念「ホトトギ同人句集」がある。

湯浅 半月　ゆあさ・はんげつ

詩人　聖書学者　図書館学者　[生]安政5年2月16日(1858年)　[没]昭和18年2月4日　[出]上野国碓氷郡安中村(群馬県安中市)　本名＝湯浅吉郎　[学]同志社普通科、同志社神学科(明治18年)卒　Ph.D.　[歴]明治18年新体詩最初の個人詩集「十二の石塚」を刊行。同年米国に留学しオベリン大学、エール大学に学ぶ。24年帰国し同志社教授、京都府図書館長などを歴任。35年詩集「半月集」を刊行。晩年は旧約聖書の改訳に力を注ぐなど、詩人としての業績のほか聖書学者、図書館学者としても活躍した。著書に「箴言講義」など。　[家]兄＝湯浅治郎(キリスト教社会運動家)

結城 哀草果　ゆうき・あいそうか

歌人　随筆家　[生]明治26年10月13日　[没]昭和49年6月29日　[出]山形県山形市下条町　本名＝結城光三郎(ゆうき・みつさぶろう)　旧姓(名)＝黒沼　[賞]紫綬褒章(昭和41年)、勲三等瑞宝章(昭和49年)　[歴]初めは土岐哀果の「生活と芸術」に投稿したが、大正3年茂吉の門に入り「アララギ」に入会、15年選者となる。24年「山塊」を、30年「赤光」を創刊し主宰。37年山形県芸術文化会議を創設し会長。43年斎藤茂吉記念館初代館長となる。歌集に「山麓」「すだま」「群峰」「まほら」「おきなぐさ」「結城哀草果全歌集」があり、随筆に「村里生活記」「哀草果村里随筆」(3巻)などがある。

結城 健三　ゆうき・けんぞう

歌人　「えにしだ」主宰　斎藤茂吉記念館館長　[生]明治33年2月9日　[没]平成7年3月17日　[出]山形県宮内町　[学]旧制中卒　[賞]斎藤茂吉文化賞、勲五等瑞宝章、山形市名誉市民(平成5年)　[歴]少年雑誌投稿家として歌作を始め、中学卒後、新聞社や県庁に勤めながら、作歌活動をつづける。「詩歌」「国民文学」「覇王樹」を経て、昭和22年「えにしだ」を創刊、主宰。斎藤茂吉記念館副理事長も務める。歌集に「寒峡」「月

夜雲」、評論に「子規の文学精神」「子規への径」「結城健三の小歌論」など。 [団]現代歌人協会(特別会員)、日本歌人クラブ(名誉会員) [家]息子=結城よしを(作詞家)

結城 昌治　ゆうき・しょうじ
作家 俳人 [生]昭和2年2月5日 [没]平成8年1月24日 [出]東京 本名=田村幸雄(たむら・ゆきお) [学]早稲田専門学校法科(昭和24年)卒 [賞]日本推理作家協会賞(第17回)(昭和39年)「夜の終る時」、直木賞(第63回)(昭和45年)「軍旗はためく下に」、吉川英治文学賞(第19回)(昭和60年)「終着駅」、紫綬褒章(平成6年) [歴]昭和23年に検察事務官となったが、間もなく発病。24年に早稲田専門学校を卒業すると東京療養所に入院し、石田波郷、福永武彦を知り、句作を始める。句集に「歳月」など。34年「エラリイ・クイーンズ・ミステリー」の短編コンテストに「寒中水泳」が入選。38年「夜の終る時」で日本推理作家協会賞を、45年「軍旗はためく下に」で直木賞を、60年「終着駅」で吉川英治文学賞を受賞。推理小説、スパイ小説、ハードボイルド小説と幅広く活躍。他に「夜の終る時」「ゴメスの名はゴメス」「志ん生一代」などがある。 [団]日本文芸家協会

結城 晋作　ゆうき・しんさく
歌人 [生]大正15年2月18日 [出]山形県 [歴]昭和24年父哀草果に従って「山塊」に入会。30年仲間と「赤光」を創刊し編集委員となる。50年主宰哀草果没後題名を「山麓」と改め、発行所を自宅に移して、以後編集発行に従事。合同歌集として「赤光歌集」「山麓歌集」がある。 [家]父=結城哀草果

結城 蓄堂　ゆうき・ちくどう
漢詩人 [生]明治1年11月10日 [没]大正13年10月6日 [出]但馬国城崎(兵庫県) 本名=結城琢 [歴]初め郷儒三宅竹隠に漢詩文を学び、のち大阪で藤沢南岳に師事。特に詩については小野湖山に学ぶ。明治22年板垣退助の自由党に入り民権論を鼓吹、30年台湾総督府に入り、台南県誌の編纂にあたった。34年長岡護美に随行して清国に渡り、兪曲園に会して詩を問う。35年日本新聞記者となり、38年雑誌「陽明学」を発行。これより先、31年樺太長官楠瀬幸彦に随行して樺太に赴き、地名調査を行い、32年陸軍経理学校嘱託となって日露戦史の編纂に従事、また39年には梅謙次郎と共に清国を視察した。大正2年茗渓吟社を創立、さらに月池吟社を興す。7年雑誌「詩林」を創刊。著書に「和漢名詩鈔」がある。作品の一部は「明治二百五十家絶句」、改造社刊「現代日本文学全集37」に収める。

結城 ふじを　ゆうき・ふじお
童謡詩人 「おてだま」主宰 [生]大正14年8月11日 [出]山形県鶴岡市 本名=結城芙二男 [学]山形工業学校卒 [賞]日本童謡協会賞(昭和35年度) [歴]歌人の父や童謡詩人の兄・結城よしをの影響を受け、詩作を始める。兄の戦病死によって休刊した童謡誌「おてだま」を昭和23年に復刊、主宰する。息の長い地方誌として評価され、日本作詩家協会の同人賞受賞。詩謡集に「青春手巾」があり、童謡に「つんとうつらら」「ゆかいなまちのふうせんや」など。

結城 美津女　ゆうき・みつじょ
俳人 [生]大正9年12月4日 [出]山形県 本名=結城美津(ゆうき・みつ) [学]旧制高女卒 [賞]俳人協会全国大会文部大臣奨励賞 [歴]昭和16年より「若葉」入門、のち「若葉」「春嶺」同人となる。句集に「毛糸玉」がある。 [団]俳人協会

結城 よしを　ゆうき・よしお
童謡詩人 作詞家 [生]大正9年3月30日 [没]昭和19年9月13日 [出]山形県置賜郡宮内町(現・南陽市) 本名=結城芳夫 筆名=時雨夜詩夫、作曲家名=秋久路夫 [学]山形市立第四高小高等科(昭和9年)卒 [歴]山形市の書店に勤めるかたわら昭和12年の沢渡吉彦主宰の童謡誌「さくらんぼ」創刊に同人として参加、時雨夜詩夫などの筆名で中央の雑誌や地元紙に執筆を始める。同年童謡誌「おてだま」を創刊、主宰。14年には山口保治作曲の童謡「ないしょ話」を発表、昭和期に作られた古典的傑作童謡として歌い継がれる。また、秋久路夫の名で作曲も手がけた。16年の召集後も戦地で手記や童謡を書き続け、約5千編の童謡を残した。童謡集に「野風呂」、著書に「月と兵隊と童謡」がある。平成3年父・結城健三監修の「結城よしを全集」(全1巻)が刊行された。 [家]父=結城健三(歌人)、弟=結城ふじを(作詞家)

柚木 衆三　ゆき・しゅうぞう
評論家 詩人 [生]昭和5年1月5日 [没]昭和54年10月22日 [出]北海道増毛郡増毛町 本名=川浪武男 [学]札幌逓信講習所卒 [歴]増毛郵便局勤務の傍ら詩作し、昭和26年第一詩集「うたごえは風に燃えて」を出す。27年から北海道の同人誌「流域」「風土」「朔風」などに参加。評論「郷土文学の新しい視点」が注目を浴びる。その後「留萠文学」「全逓北海道文学」誌や詩誌「未完成」、山岳会誌「未踏」に詩や評論を発

表。著書に詩集「暑寒・わが青春の山」、評論集「白い縦走路」やライフワークとなった「全通北海道文学運動史覚え書」など。没後「柚木衆三評論集」が刊行された。

柚木 治郎　ゆき・じろう
俳人　[生]昭和3年2月19日　[没]平成8年4月5日　[出]東京都足立区　本名＝若林辰男　[学]法政大学英文科(昭和25年)卒　[賞]砂丘賞(昭和42年)　[歴]昭和26年東京電力入社。29年宇田零雨に俳句連句を師事する。42年赤松柳史に俳画俳句を師事。翌年「砂丘」同人。49年編集副委員長となる。56年「あした」同人参加。俳画展出品受賞。句集に「閃光」「青雲」「独楽」がある。　[団]俳人協会

柚木 紀子　ゆき・のりこ
俳人　[生]昭和8年12月2日　[出]東京　本名＝小木曽紀子　[学]東京女子大学卒　[賞]角川俳句賞(第37回)(平成3年)　[歴]「夏草」「海程」同人。「藍生」「天為」会員。句集に「名なき日」「岸の黄」「麺麭の韻」がある。　[団]日本文芸家協会

幸 米二　ゆき・よねじ
歌人　[生]大正6年2月18日　[出]大分県　[歴]昭和35年より作歌を始め、浅利良道に師事する。「朱竹」に入会するが間もなく退会し、「牙」復刊に参加する。歌集に「壁を為す雲」「環状集落」「伏流」など。

行沢 雨晴　ゆきざわ・うせい
俳人　「懸巣」代表　[生]大正12年2月3日　[出]大阪府　本名＝行沢治郎　[学]大阪工業大学電気工学科卒　[歴]昭和16年虚子渡満の年より作句。吉田週歩、三木朱城の指導を受ける。21年「雪解」入門。のち「懸巣」代表。句集に「ふたかみ」「草魚」がある。　[団]俳人協会

弓削 緋紗子　ゆげ・ひさこ
詩人　[生]昭和8年8月17日　[出]埼玉県　本名＝弓削田緋紗子　[学]昭和女子大学文学部卒　[賞]日本文芸大賞作詩賞(第13回)(平成5年)「砂の跫音」　[歴]「桃花鳥」編集同人。詩集に「森の鱗粉」「花影」「弓削緋紗子詩集」「砂の跫音」。　[団]日本文芸家協会、日本ペンクラブ、埼玉詩話会(事務局長)、日本現代詩人会、埼文連文学部長

湯下 量園　ゆげ・りょうえん
俳人　[生]昭和8年5月5日　[出]千葉県　[学]大正大学文学部卒　[歴]昭和43年「秋」入会と同時に石原八束に師事する。46年「秋」同人となり後編集委員となる。のち幹事長となる。　[団]俳人協会

湯田 克衛　ゆだ・かつえい
詩人　[生]昭和10年1月7日　[出]北海道留萌市　[学]法政大学通信課程卒　[歴]中学教師のかたわら詩作を始め、昭和30年留萌ペンクラブの設立と同時に会員となり「PEN」(現・留萌文学)に詩、小説を発表。のち同クラブ事務局長として「留萌文学」の編集、発行、詩誌「未完成」の編集にもあたる。平成3〜6年苫前町公民館館長を務めた。6年留萌で初の郷土誌「縷3」を創刊、代表。一方、高校時代から演劇活動を行い、創作脚本「ジェノサイドの海」などを劇団“鳥”で演出。詩集に「沈黙の層」「苦痛の海」、戯曲に「風になりたい鳥のように」「波涛の海」などがある。　[団]北海道詩人協会

由谷 一郎　ゆたに・いちろう
歌人　[生]大正8年7月13日　[出]和歌山県　[学]和歌山師範卒　[歴]昭和13年頃より作歌を始め、21年「歩道」に入会、佐藤佐太郎に師事。のち「歩道短歌会」幹事。歌集に「砕氷塔」「海橋」「沖雲」があり、他に「佐藤佐太郎論覚書」「佐藤佐太郎の秀歌」などの著作がある。　[団]現代歌人協会

油布 五線　ゆふ・ごせん
俳人　[生]明治41年12月25日　[没]平成2年8月14日　[出]大分県臼杵市　本名＝油布清　[歴]昭和3年上京、鵜沢四丁に学び句作。14年臼田亜浪の「石楠」入会。同誌廃刊後「皿」「燐」に拠ったが、41年「蜜」を創刊して51年まで主宰。「俳句人」「八幡船」を経て、「再会」「蜜」所属。句集に「善人」「蘚苔類」「油布五線句集」などがある。　[団]現代俳句協会

弓田 弓子　ゆみた・ゆみこ
詩人　[生]昭和14年3月20日　[出]東京都　本名＝土屋弓子　[学]釜石高校卒　[賞]横浜詩人会賞(第10回)(昭和53年)「面遊び」、幻市賞(第4回)(昭和62年)「北の病室」、小熊秀雄賞(第22回)(平成1年)　[歴]詩誌「山脈」「あいなめ」「碧」同人。詩集に「面遊び」「北の病室」など。　[団]日本現代詩人会、横浜詩人会

湯室 月村　ゆむろ・げっそん
俳人　[生]明治13年10月10日　[没]昭和44年8月15日　[出]大阪府能勢郡山田村　本名＝湯室浅右衛門　[歴]18歳で青木薬舗に奉公し、青木月斗(月兎)師事。「日本新聞」「ホトトギス」などに投稿し、のち「車百合」「カラタチ」「同人」などに参加。月斗没後の昭和28年「うぐいす」を創刊主宰。句集に「能勢」があり、田園作家として知られた。

湯本 喜作　ゆもと・きさく
歌人　[生]明治33年3月26日　[出]岡山市　[学]京都帝大経済学部卒　[歴]富士銀行に勤務。かたわら歌誌「水甕」に所属し、異色歌人の実証的研究に専念した。歌集に「緑廊」「ちぎれ雲」「道はるか」、評論に「短歌論考」「愚庵研究」「アイヌの歌人」「近代異色歌人像」などがある。

湯本 禿山　ゆもと・とくざん
歌人　[生]元治2年3月27日(1865年)　[没]大正7年7月18日　[出]信濃国(長野県)　本名＝湯本政治　[学]長野師範卒　[歴]視学、高女校長などを歴任した長野県教育界の先達であった。伊藤左千夫に歌を師事し、「馬酔木」「アララギ」の地方歌人として知られた。「心の花」にも投稿している。島木赤彦らとも早くから交友があった。著書に「湯本禿山集」(「アララギ故人歌集」第一所収)がある。

湯谷 紫苑　ゆや・しおん
詩人　[生]元治1年8月20日(1864年)　[没]昭和16年7月7日　[出]但馬国出石(兵庫県)　本名＝湯谷礎一郎　別号＝紫苑山人　[学]東京帝大医学部予科中退、同志社神学校(明治24年)卒　[歴]明治24年女学雑誌社に入り編集に従事。同誌に「全国廃娼同盟会年会の歌」(24年)、「亡き妻」(25年)などの詩編を発表した。36年刊行の「さんびか」を共編。明治女学校教師をつとめた。

由良 琢郎　ゆら・たくろう
歌人　古典文学研究家　「礫」主宰　[専]伊勢物語　和泉式部　大和　[生]昭和6年5月5日　[出]兵庫県　[学]神戸大学中退　[興]古歌、平安文学　[歴]兵庫県立柏原高校、西脇高校勤務を経て、神戸常盤大学非常勤講師。他に朝日カルチャーセンター、兵庫県立生涯教育センター講師などを務める。平成元年には丹波カルチャーセンターを創始し、幹事に。短歌結社「礫」主宰。著書に、評論集「伊勢物語人物考—藤原高子と惟喬親王」「続伊勢物語人物考—藤原敏行と在原行平」のほか、歌集「昨日の会話」「原郷」「結界」などがある。　[団]日本ペンクラブ、日本文学風土学会

ゆり はじめ
詩人　文芸評論家　作家　ユリカルチュラルセンター代表取締役　[専]戦中思想　戦後文学の研究　[生]昭和7年10月15日　[出]神奈川県横浜市中区福富町　本名＝山口章(やまぐち・あきら)　[学]中央大学法学部法律学科(昭和35年)卒　[興]俳諧・連句の興行(猫の目連句会宗匠)　[歴]国民学校6年の時、疎開。昭和20年5月29日横浜大空襲で父が焼死、兄は戦場で病気になり復員後戦病死、学徒出陣の叔父は特攻隊となり爆死するという痛烈な戦争体験をした。苦学して大学を卒業、35年6月9日付の読書新聞に「疎開派の提唱」を寄せた。この文学的呼びかけに応じた宮原昭夫らと同人誌「疎開派」を刊行。36年農林経済研究所、38年農林漁業金融公庫勤務を経て、61年ユリカルチュラルセンターを設立。同年相模工業大学非常勤講師。詩集「夜行列車」「目といのちを」、評論集「白夜と明証」「井上光晴の世界」「疎開の思想」「戦後文学のフィノミノロジィ」「小林秀雄論」「大岡昇平論」などがあり、創作集に「修身『優』」、ドキュメントに特攻死の叔父の記録「何処か南の小島に」など。　[団]思想の科学研究会、日本ペンクラブ、横浜ペンクラブ、日本文芸家協会

由利 由人　ゆり・よしと
俳人　[生]明治11年10月4日　[没]大正13年9月4日　[出]兵庫県城崎郡豊岡町　本名＝由利三左衛門　別号＝春蹊居士　[歴]薬種業を営み郡会議員を務めた。早くから子規門にあり、明治34年「木兎」を創刊。但馬新聞の俳句選者をも担当し、地方での新俳句の普及に尽力した。

百合山 羽公　ゆりやま・うこう
俳人　[生]明治37年9月21日　[没]平成3年10月22日　[出]静岡県浜松市伝馬町　本名＝百合山又三郎　[学]浜松商(大正12年)卒　[賞]馬酔木賞(昭和38年)、蛇笏賞(第8回)(昭和49年)「寒雁」、葛飾賞(平成4年)　[歴]大正11年虚子門下に入り、池内たけしの指導を受ける。昭和6年虚子門を水原秋桜子と共に去る。8年「馬酔木」同人。11年「海坂」を相生垣瓜人と主宰。現代俳句協会を経て、44年俳人協会員、のち評議員。句集に「春園」「故園」「寒雁」「楽土」　、随筆集に「有玉閑話」がある。
[団]俳人協会

【よ】

世川 心子　よかわ・しんこ
詩人　[生]昭和10年1月4日　[出]東京　本名＝永山トモコ(ながやま・ともこ)　[学]女子美術大学図案科卒　[歴]詩集に「旅日記」「エーゲ海の青」「ランの花を―世川心子詩集」、旅行記に「ギリシャの太陽」などがある。　[団]日本文芸家協会、日本詩人クラブ、日本詩人クラブ

横井 新八　よこい・しんぱち
詩人　[生]大正7年12月1日　[出]岐阜県　[歴]詩集に「細い歴史」「物活説」「わが鎮魂わが犯科」、評論集に「石原吉郎」など。　[団]中日詩人会

横内 菊枝　よこうち・きくえ
歌人　[生]明治43年10月21日　[出]東京　[学]高女卒　[歴]高女卒業の頃から今井邦子に師事し、「椰の葉歌話会」に入会。昭和11年「明日香」創刊より同人として参加。歌集に「寒紅梅」「春の譜」がある。

横瀬 夜雨　よこせ・やう
詩人　[生]明治11年1月1日　[没]昭和9年2月14日　[出]茨城県真壁郡横根村(現・下妻市)　本名＝横瀬虎寿(よこせ・とらじゅ)　別号＝利根丸、宝湖　[学]大宝尋常小学校(明治23年)卒　[歴]3歳でくる病にかかり、後年の文学生活を決定づけた。自宅にこもり乱読生活を送る。詩に興味を持ち、「少年文庫」などに投稿し、明治32年処女詩集「夕月」を刊行。38年「花守」を刊行。39年には文集「花守日記」を刊行。40年「詩人」の創刊に参加し、41年から「女子文壇」の選者となり、女流の育成にも尽した。「女子文壇」の廃刊後は中央文壇を離れ、地方紙「いはらき」に拠った。他の詩集に「二十八宿」「雪燈篭」、歌集に「死のよろこび」、随筆に「雪あかり」、「明治初年の世相」「近世毒婦伝」などの著書がある。郷土の史跡保存や私塾教育にも尽力した。

横田 専一　よこた・せんいち
歌人　ミノファーゲン製薬副社長　[生]明治42年3月6日　[没]平成3年1月5日　[出]茨城県行方郡　[学]千葉医科大学(昭和7年)中退　[歴]昭和13年五島茂の「立春」に入会、その後「蒼生」「花宴」「創生」を経て、32年「橘」創刊、編集発行責任者。また29年「十月会」を結成、代表者となる。歌集に「通風筒」「めたぼりずむ」「風土」「芳香族」「柘榴」など。

横田 葉子　よこた・ようこ
歌人　[生]明治22年12月　[没]昭和11年11月25日　[出]千葉県夷隅郡西畑村(現・大多喜町)　[学]千葉県立師範学校中退　[歴]千葉県・西畑村の素封家の家に生まれる。県立師範学校を目の病気のために中退し、明治41年から郡内などの学校で代用教員を務めた。その後若山牧水が主宰した創作社に入り、本格的に短歌を始める。大正14年川上小夜子ら女流歌人と草の実社を結成し、女流短歌誌「草の実」を発刊。昭和10年「声ノ文庫ノ会」を主宰。歌に情熱を注ぎ、歌人本人の声をレコードに録音するなど先駆的な活動を続けたが、11年東京駅八重州口前で電車と接触し46歳の若さで死亡。平成7年母校の西畑小に歌碑が建立されたのを機に、9年遺族らを中心に歌集「横田葉子歌集」が出版され、また同人誌「草の実」の追悼号も復刊された。

横田 利平　よこた・りへい
歌人　[生]明治41年11月15日　[出]奈良県　[賞]日本歌人賞(第2回)、関西歌人懇話会賞(第1回)　[歴]戦後間もなく作歌をはじめ、「日本歌人」(当時「オレンヂ」　)に入り、のち同人、選者。読売新聞奈良版歌壇選者、のち大和歌人協会幹事を務める。第二回日本歌人賞、第一回関西歌人懇話会賞受賞。歌集に「ビキニの灰」「宇宙祭」「ピカソの死後の夏」「宇宙浪漫主義へ」「耳成山」がある。
[団]日本歌人

横溝 養三　よこみぞ・ようぞう
俳人　経師業　[生]大正8年8月19日　[没]平成1年2月18日　[出]東京市　[賞]万緑新人賞(昭和35年)、万緑賞(昭和41年)、角川俳句賞(第17回)(昭和46年)　[歴]昭和12年「俳句と旅」の犬塚楚江の手ほどきを受ける師没後28年中村草田男に師事し「万緑」入会。36年同人。「万緑」運営委員。句集に「脚立」「鯖の顔」。　[団]俳人協会

横道 秀川　よこみち・しゅうせん
俳人　北海道大学名誉教授　[専]コンクリート工学　[生]明治43年2月22日　[没]平成10年6月2日　[出]北海道岩見沢市　本名＝横道英雄(よこみち・ひでお)　[学]北海道帝国大学工学部土木工学科(昭和7年)卒　工学博士(昭和25年)工学博士(昭和25年)　[賞]土木学会賞(昭和18年)「河西橋に関する報告及び研究」、水明賞(昭和38年)、北海道新聞文化賞(昭和46年)「コンクリー

トの橋の研究」、勲二等瑞宝章(昭和57年)　[歴]釧路土木現業所長、北海道開発局土木試験所長を経て、昭和28年北海道大学工学部土木工学科教授(コンクリート工学講座担当)、47年日本学術会議9期会員、48年北海道大学名誉教授。秀川の俳号を持ち、俳誌「水明」同人。54年より俳誌「雪嶺」を主宰、のち顧問。主な句集に「青き繁殖」「狼煙」など。　[団]土木学会

横道 英雄　よこみち・ひでお
⇒横道秀川(よこみち・しゅうせん) を見よ

横光 利一　よこみつ・りいち
小説家　俳人　[生]明治31年3月17日　[没]昭和22年12月30日　[出]福島県北会津郡東山温泉　本名＝横光利一(よこみつ・としかず)　[学]早稲田大学中退　[賞]文芸懇話会賞(第1回)(昭和10年)、文学界賞(第3回)(昭和11年)　[歴]三重県東柘植村、伊賀の上野、近江の大津などで少年時代を過ごす。大正5年早大高等予科文科に入るが、学校には通わず習作に努めた。菊池寛を知り、12年創刊の「文芸春秋」の編集同人となり、同年発表の「日輪」「蠅」で新進作家としてデビュー。13年「文芸時代」創刊号の「頭ならびに腹」で“新感覚派”の呼称が与えられた。小説以外に評論・戯曲も執筆、私小説・プロ文学に対抗し、昭和3～6年「上海」を発表。5年の「機械」から“新心理主義”の作品「寝園」「紋章」などを発表。11年渡仏、帰国後大作「旅愁」を書き始めるが、未完のまま22年に病死した。この間句作も手がけ、はせ川句会、文壇俳句会に参加。「定本横光利一全集」(全16巻，河出書房新社)「横光利一全集」(全23巻，改造社)(全10巻，非凡閣)がある。平成2年未発表小説「愛人の部屋」が発見された。10年生誕100年を記念して、上野時代の体験をもとに描いた作品「雪解」が復刊された。

横村 華乱　よこむら・からん
川柳作家　俳画家　[生]昭和8年　[出]福島県会津若松市　[歴]昭和38年俳画指導者となる。40年川柳評論、川柳エッセイの執筆を開始。平成2年より絵手紙講師として各地多数の講座を担当。「月刊オール川柳」に「華乱の絵手紙講座」を連載。著書に「快的私論現代川柳」「やさしく楽しい川柳の作り方」「川柳絵手紙 乱筆の旅」がある。

横山 岩男　よこやま・いわお
歌人　[生]昭和8年2月13日　[出]栃木県下都賀郡岩舟町　[歴]兄の影響で、旧制中学時代に作歌。「国民文学」に入会して、昭和27年松村英一に師事、のち編集委員。35年千代国一と「新人会」を結成。57年「栃木県歌話会」を結成、代表となる。歌集に「風紋の砂」「弓絃葉」、評論集に「把握と表現」などがある。　[団]現代歌人協会、日本歌人クラブ、栃木県歌人クラブ

横山 うさぎ　よこやま・うさぎ
俳人　[生]明治24年1月　[没]昭和43年11月23日　[出]東京市芝二本榎　本名＝横山嘉久造　[学]明治学院卒　[歴]郵便局長。父の右石に俳句を習い、南柯吟社の句会に出席、巌谷小波、内藤鳴雪、武田鶯塘らに師事、「南柯」同人。昭和10年新興俳句運動に共鳴、「草山」を創刊主宰した。句集に「草山」がある。

横山 見左　よこやま・けんさ
俳人　[没]明治8年12月4日　[出]上野国山田郡新宿(群馬県)　号＝恒庵　[歴]小林見外に俳諧を学び、師没後明倫講社に入る。明治8年俳諧教導職に補せられる。編著に、5年に公布された太陽暦に準拠して季題及び神祭仏事を配列した季寄せ「俳諧題鑑」、見外の小祥忌に編んだ「水音集」「見左発句集」がある。

横山 信吾　よこやま・しんご
歌人　[生]明治35年1月13日　[出]茨城県　[学]慶応義塾大学法学部卒　[歴]中学卒業前から作歌。大学在学中に香蘭詩社に入会、村野次郎に師事。傍ら慶応短歌会に参加。のち「香蘭」選者。歌集に「拾遺・青春歌」「遅れた春」「行路の人」がある。

横山 蜃楼　よこやま・しんろう
俳人　[生]明治18年1月18日　[没]昭和20年3月28日　[出]兵庫県明石市樽屋町　本名＝横山新蔵　別号＝夜滴軒　[歴]兄の杣人に俳句を学び、「ホトトギス」に投句。正岡子規没後は松瀬青々の指導を受け「宝船」「倦島」同人。大正3年原田合浦らと「アユビ」創刊、14年から永井雨丁と「漁火」創刊主宰。句集「夜滴軒集」、山本竹兜編「横山蜃楼句抄」のほか「俳句入門の枝折」がある。

横山 青娥　よこやま・せいが
詩人　国文学者　元・昭和女子大学教授　[専]詩　和歌　古典文学　[生]明治34年12月25日　[没]昭和56年　[出]高知県　本名＝横山信寿(よこやま・のぶじゅ)　[学]早稲田大学文学部国文科(昭和2年)卒　文学博士(昭和36年)　[歴]大正10年西条八十の門下生となり、大正15年から昭和9年にかけて「愛誦」を編集主宰する。また「昭和詩人」にも参加し、大正12年刊行の「黄金の灯台」や「蒼空に泳ぐ」「海南風」などの詩集により、海洋詩人と称された。昭和元年童謡詩人会に入会、のち「コドモノクニ」などに童謡を発表する。20年帰郷し、26年再上京して本郷学園教員となり、のち昭和女子大学教授となる。国文学者としては「日本押韻学綱要」「日本詩歌の形態学的研究」「和歌日本の系図」などの著書がある。

横山 多恵子　よこやま・たえこ
詩人　歌人　[生]昭和6年　[出]福岡県　[歴]詩誌「東京四季」同人、詩誌「宮崎野火」会員、歌詩「南船」同人。詩集「ことばよ小さな花になれ」「絵筆」「詩集 未明」、歌文集に「あざみの花」「えんどうの花」、詩文集に「コスモスのようにやさしく」などがある。

横山 武夫　よこやま・たけお
歌人　棟方志功記念館館長　元・青森県副知事　[生]明治34年12月15日　[没]平成1年8月22日　[出]青森市　[学]慶応義塾大学経済学部(大正13年)卒　[賞]紺綬褒章、勲三等旭中綬章、青森県文化賞　[歴]青森商業学校で教鞭をとり、木造中、青森中各校長、青森県中央児童相談所長、県教委社会教育課長、総務課長を経て、昭和27年から副知事を3期。37年県立図書館長、50年棟方志功記念館館長。青森県文化財保護協会、青森県文化振興会議各会長も務める。また歌人としても知られ、「アスナロ」を主宰し、歌集に「山よ湖」「山を仰ぐ」「太陽光」「白木蓮」などがある。

横山 俊男　よこやま・としお
歌人　[生]大正5年6月13日　[出]香川県　[学]広島高師卒　[歴]高校教師を務める。「存在」の編集を担当。歌集に「酒中華」などがある。

横山 白虹　よこやま・はくこう
俳人　医師　「自鳴鐘」主宰　元・現代俳句協会会長　元・北九州市議会議長　[生]明治32年11月8日　[没]昭和58年11月18日　[出]山口県大津郡深川町湯本(本籍)　本名＝横山健夫(よこやま・たけお)　[学]九州帝国大学医学部(大正13年)卒　医学博士　[賞]勲五等双光旭日章(昭和52年)　[歴]福岡県の三好中央病院院長、日炭高松病院長を経て、小倉市で外科医院を開業。昭和22年医業から遠ざかり、小倉市議会議員、同議長、全国市議長会副会長などを歴任し、北九州市誕生と同時に北九州市文化連盟会長も務めた。一方、中学時代から俳句を作り、昭和2年吉岡禅寺洞門に入り、「天の川」の編集を担当。12年から俳誌「自鳴鐘」を主宰、新興俳句を脱し、新情緒主義を標榜。27年「天浪」同人。48年から現代俳句協会会長。句集に「海堡」「空港」「旅程」「横山白虹全句集」がある。　[家]父＝横山健堂(文筆家)、妻＝横山房子(俳人)、長男＝横山哲夫(元長崎大学学長)

横山 房子　よこやま・ふさこ
俳人　「自鳴鐘」主宰　[生]大正4年1月21日　[出]福岡県北九州市小倉北区　[学]鎮西高女(現・鎮西女子高)(昭和6年)卒　[歴]20歳から俳句を始め、昭和12年横山白虹の「自鳴鐘」創刊に参加。13年周囲の反対を押し切って白虹と結婚。開業していた外科医院や子供の世話に追われる中、21年病院が焼失。23年「自鳴鐘」に復刊。白虹の没後、遺言により59年「自鳴鐘」主宰に。「天狼」同人。句集に「背後」「侶行」「一揖」など。　[団]福岡県俳句協会、現代俳句協会(顧問)　[家]夫＝横山白虹(俳人・故人)、長男＝横山哲夫(元長崎大学学長)

横山 幸於　よこやま・ゆきお
川柳作家　[生]大正9年　[出]静岡県榛原郡金谷町　[学]明治学院高等学部英文科(昭和18年)卒　[賞]静岡県芸術祭入賞(文学部門)　[歴]昭和18年兵役、終戦でソ連軍の捕虜となり、22年復員。23年私立大井実業高校、25年公立高校に勤務。63年私立藤枝南女子高校を最後に退職。一方、28年金谷川柳会入会、45年かんざし川柳社設立、主幹となる。「現代文芸」同人。川柳句集に「座右の銘」「花かんざし」がある。　[団]日本随筆家協会

横山 林二　よこやま・りんじ
俳人　[生]明治41年12月20日　[没]昭和48年2月25日　[出]東京・芝浜松町　本名＝横山吉太郎　旧号＝賀茂水　[学]早稲田大学政経学部卒　[歴]大正13年荻原井泉水に師事、「層雲」に入ったが、栗林一石路らとプロレタリア俳句運動に参加。昭和5年「層雲」脱退、「俳句前衛」「プロレタリア俳句」「俳句の友」を創刊、廃刊後の9年一石路らと「俳句生活」を創刊、編集に従事。16年俳句弾圧事件で投獄された。戦後は新俳句人連盟常任委員、「道標」同人。

与謝野 晶子　よさの・あきこ

歌人　詩人　[生]明治11年12月7日　[没]昭和17年5月29日　[出]大阪府堺市甲斐町　本名＝与謝野しよう　旧姓(名)＝鳳晶子(ほう・あきこ)　初期の号＝小舟、白萩　[学]堺女学校卒　[歴]明治29年頃から歌作をはじめ、33年東京新詩社の創設と共に入会し、「明星」に数多くの作品を発表。34年「みだれ髪」を刊行、同年秋与謝野寛と結婚。「明星」の中心作家として、自由奔放、情熱的な歌風で浪漫主義詩歌の全盛期を現出させた。この頃の代表作に、「小扇」「毒草」(鉄幹との合著)「恋衣」(山川登美子・茅野雅子との合著)「舞姫」などがあり、大正期の代表作としては「さくら草」「舞ごろも」などがある。短歌、詩、小説、評論の各分野で活躍する一方、「源氏物語」全巻の現代語訳として「新訳源氏物語」を発表したほか「新訳栄華物語」などもある。婦人問題、教育問題にも活躍し「人及び女として」「激動の中を行く」などの評論集があり、大正10年創立の文化学院では学監として女子教育を実践した。ほかに遺稿集「白桜集」、「雲のいろいろ」などの小説集や「短歌三百講」など著書は数多く、「定本与謝野晶子全集」(全20巻，講談社)、「与謝野晶子評論著作集」(全21巻，龍渓書舎)が刊行されている。平成5年には未発表作品「梗概源氏物語」が出版された。
[家]夫＝与謝野鉄幹(詩人・歌人)、息子＝与謝野秀(イタリア大使)、与謝野光(元東京医科歯科大学理事)、孫＝与謝野馨(元衆院議員)、与謝野達(元欧州復興開発銀行経理局次長)、与謝野肇(興銀インベストメント社長)

与謝野 鉄幹　よさの・てっかん

詩人　歌人　[生]明治6年2月26日　[没]昭和10年3月26日　[出]京都府岡崎村　本名＝与謝野寛(よさの・ひろし)　[歴]幼少時、西本願寺派の僧であった父礼厳や兄から古典文学を学ぶ。明治22年得度し、徳山女学校の教師になる。25年上京して落合直文に師事し、26年浅香社を結成。27年「亡国の音」によって伝統和歌を否定して新派和歌を提唱。28年政治的夢想を抱いて渡韓する。29年詩歌集「東西南北」、30年「天地玄黄」を刊行。32年東京新詩社を結成し、33年「明星」を創刊、同誌主筆として詩歌による浪漫主義運動展開の中心となる。34年「鉄幹子」「紫」を刊行、同年鳳晶子と結婚。鉄幹の門から晶子をはじめ、窪田空穂、吉井勇、啄木、白秋など多くの俊英を輩出した。43年歌集「相聞」を刊行し、44年からパリに長期滞在する。大正8年から昭和7年まで慶大教授、また大正10年から昭和5年まで晶子と共に文化学院の教壇にたつ。大正11年から「日本語源考」にとりくみ、他の著書に「満蒙遊記」、訳詩集「リラの花」などがある。　[家]父＝与謝野礼厳(漢詩人)、妻＝与謝野晶子(歌人)、息子＝与謝野秀(イタリア大使)、与謝野光(元東京医科歯科大学理事)、孫＝与謝野馨(元衆院議員)、与謝野達(元欧州復興開発銀行経理局次長)、与謝野肇(興銀インベストメント社長)

吉井 勇　よしい・いさむ

歌人　劇作家　小説家　[生]明治19年10月8日　[没]昭和35年11月19日　[出]東京市芝区高輪南町　[学]早稲田大学政経科中退　[資]日本芸術院会員(昭和23年)　[歴]伯爵幸蔵の二男に生まれる。大学を中退して明治38年「新詩社」に入り、「明星」に短歌を発表したがのち脱退、耽美派の拠点となった「パンの会」を北原白秋らと結成。また42年には石川啄木らと「スバル」を創刊したあと、第一歌集「酒ほがひ」、戯曲集「午後三時」を出版、明治末年にはスバル派詩人、劇作家として知られる。大正初期には「昨日まで」「祇園歌集」「東京紅燈集」「みれん」「祇園双紙」などの歌集を次々と出し、情痴の世界、京都祇園の風情、人生の哀歓を歌い上げたほか短編・長編小説、随筆から「伊勢物語」等の現代語訳など多方面にわたる活動を続けた。昭和30年古希を祝って京都・白川のほとりに歌碑が建てられ、没後は“かにかくに祭”が営まれる。他の代表歌集に「鸚鵡石」「人間経」「天彦」「形影抄」があるほか、「吉井勇全集」(全8巻・補巻1，番町書房)が刊行されている。平成9年書簡や日記、原稿など約4450点が京都府に寄付された。また、同年7月寄贈品の中から谷崎潤一郎の未発表随筆が発見された。
[家]父＝吉井幸蔵(海軍軍人・伯爵)、祖父＝吉井友実(元勲)、息子＝吉井滋(元後楽園球場支配人)

吉井 忠男　よしい・ただお

歌人　[生]明治37年10月13日　[没]昭和62年8月25日　[出]群馬県前橋市　[賞]柴舟賞(昭和51年)　[歴]大正14年「青樹」に参加、同誌の「水甕」合併で「水甕」同人に。日本歌人クラブ名誉会員、柴舟会幹事。歌集は「青春断片」「人間と海豚」「月と椰子蟹」など。

吉井 莫生　よしい・ばくせい

俳人　元・毎日新聞学生新聞部長　[生]明治40年4月21日　[没]昭和60年10月12日　[出]大阪市東区北浜　本名＝吉井欣治(よしい・きんじ)　[学]東京帝大法学部(昭和6年)卒　[歴]毎日新聞社に入社、主に編集局に勤務し学生新聞部長などを歴任。俳句は高浜虚子、富安風生に師事、俳誌「ホ

トトギス」「若葉」同人。著書に「中学生のための現代俳句鑑賞」のほか、句集「山川」「晩鐘」など。毎日新聞多摩・武蔵野版の多摩俳壇選者もつとめた。

吉植 庄亮 よしうえ・しょうりょう
歌人 政治家 元・衆院議員(無所属倶楽部) [生]明治17年4月3日 [没]昭和33年12月7日 [出]千葉県印旛郡 号=愛剣 [学]東京帝国大学経済科(大正5年)卒 [歴]父・庄一郎経営の中央新聞に勤務し、大正10年文芸部長になり、のち政治部に移る。13年帰郷し、印旛沼周辺の開墾事業に着手。昭和11年衆院議員となり百姓代議士として活躍、3選したが戦後公職追放となった。歌は明治33年頃から「新声」などに投稿し、金子薫園に師事。大正10年「寂光」を刊行し、11年「橄欖」を創刊。13年「日光」同人となり、昭和3年「くさはら」を刊行。他の歌集に「大陸巡遊吟」「開墾」「風景」「霜ぶすま」などがあり、随筆集に「馬と散歩」「百姓記」などがある。 [家]父=吉植庄一郎(衆院議員)

吉植 亮 よしうえ・りょう
歌人 [生]大正6年3月29日 [出]千葉県 [学]千葉大学卒 [歴]昭和11年より吉植庄亮の「橄欖」に参加。「橄欖」運営委員・選者。57年1月に同人歌誌「澪」を創刊し、編集発行する。歌集に「山童集」「心象季節」「詩祭」「地の星」がある。

吉江 喬松 よしえ・たかまつ
詩人 評論家 仏文学者 [生]明治13年9月5日 [没]昭和15年3月26日 [出]長野県東筑摩郡塩尻村長畝 号=吉江孤雁(よしえ・こがん) [学]早稲田大学英文科(明治38年)卒 文学博士(昭和6年) [賞]レジオン・ド・ヌール勲章シュバリエ章(大正11年) [歴]父は漢詩人吉江槻堂。国木田独歩主宰の近事画報社に入り、「新古文林」の編集に従事。明治42年最初の散文集「緑雲」を刊行、以後「旅より旅へ」「青空」「砂丘」「愛と芸術」「純一生活」などを出版し、浪漫的自然詩人の資質を示す。43年早大講師となり、大正5年パリに留学。9年帰国し早大に仏文科を創設、主任教授となる。仏文学研究や翻訳の仕事も多く比較文学研究の業績もある。他の著書に「吉江喬松全集」(全8巻)など。 [家]父=吉江槻堂(漢詩人)

吉岡 生夫 よしおか・いくお
歌人 [生]昭和26年4月8日 [出]徳島県 [学]龍谷大学文学部仏教学科卒 [歴]公務員。昭和45年短歌人会に入会、同人・編集委員。歌集に「草食獣」「続・草食獣」他。 [団]現代歌人協会、現代歌人集会

吉岡 一彦 よしおか・かずひこ
⇒吉岡桂六(よしおか・けいろく)を見よ

吉岡 桂六 よしおか・けいろく
俳人 アメリカ・カナダ大学連合日本研究センター非常勤講師 [専]日本語教育 [生]昭和7年 [出]東京 本名=吉岡一彦(よしおか・かずひこ) [学]東京大学工学部冶金学科(昭和29年)卒 [賞]日本翻訳文化賞(第25回)(昭和63年)「マレー民家の唄パントン」、たかんな賞(第1回)(平成6年) [歴]原子燃料関係の研究に20余年従事した後、昭和57年退職、日本語教師となる。国際交流基金派遣によりマレーシア科学大学日本語主任講師を経て、61年帰国し、アメリカ・カナダ大学連合日本研究センター専任講師、のち非常勤講師。平成2年「林」入会、4年「林」同人。同年2月廃刊、「たかんな」創刊同人。5年「古志」創刊に参加、同人。著書に「俳句における日本語」、訳編著に「マレー民家の唄パントン」、句集「恋瀬川」など。 [団]俳人協会

吉岡 禅寺洞 よしおか・ぜんじどう
俳人 [生]明治22年7月2日 [没]昭和36年3月17日 [出]福岡県箱崎町 本名=吉岡善次郎 旧号=禅寺童、禅寺堂 [歴]10代から「ホトトギス」に投句。大正2年25歳で「九州日報」選者となり、8年「天の川」創刊。俳句革新運動に参加して、無季俳句欄を設け、昭和11年「ホトトギス」を除名された。戦後は口語俳句をすすめ、33年口語俳句協会を結成した。句集に「銀漢」「新墾」など。

吉岡 富士洞 よしおか・ふじどう
俳人 [生]明治25年5月14日 [没]昭和50年3月24日 [出]静岡県 本名=吉岡久 [歴]碧梧桐の新傾向に加わったが、非定型に不満を抱いて離れ、「石楠」「石鳥」に加わる。「かまつか」同人を経て昭和38年「銀の富士」を創刊。句集に「銀嶺」がある。

吉岡 実　よしおか・みのる

詩人　装幀家　[生]大正8年4月15日　[没]平成2年5月31日　[出]東京都墨田区本所　[学]本所高等小学校(昭和9年)卒　[賞]H氏賞(第9回)(昭和34年)「僧侶」、高見順賞(第7回)(昭和51年)「サフラン摘み」、歴程賞(第22回)(昭和59年)「薬玉」　[歴]高等小学校卒業後、彫刻家を夢みたが果たさず医書出版南山堂に勤務し、そのかたわら夜学に通う。昭和15年召集を受け、詩歌集「昏睡季節」を刊行して応召し、20年に復員。30年「静物」を刊行。34年「僧侶」でH氏賞を受賞、また清岡卓行らと「鰐」を創刊(37年まで)。51年「サフラン摘み」で高見順賞を、59年「薬玉」で藤村記念歴程賞を受賞。戦後は筑摩書房に勤め、本の装幀家としても有名である。他の著書に「うまやはし日記」「土方巽頌」などがある。　[団]日本文芸家協会

吉岡 龍城　よしおか・りゅうじょう

川柳作家　熊本装器専務　川柳噴煙吟社会長　[生]大正12年3月29日　[出]熊本県宇土市　本名＝吉岡辰喜(よしおか・たつき)　[学]日本大学法文学部(昭和18年)卒　[歴]昭和25年吉岡商店代表取締役を経て、33年より熊本装器(株)専務を務める。一方25年川柳噴煙吟社に入社、45年会長となり、NHK学園川柳講座講師を兼任。著書に「入門教室川柳みちしるべ」。　[団]日本川柳協会(常任理事)、熊本県文化協会(理事)

吉川 出善　よしかわ・いずよし

歌人　[生]昭和6年12月22日　[出]茨城県行方郡潮来町(籍)　[賞]茨城歌人賞(第3回)(昭和33年)、角川短歌読者短歌コンクール年度賞(昭和35年)　[歴]昭和27年歌誌「やちまた」、28年「未来」、31年「茨城歌人」入会。36年宮中「歌会始」に預選される。37年同人誌「棘」参加。歌集に「白の韻律」がある。

吉川 金一郎　よしかわ・きんいちろう

歌人　[生]明治44年7月30日　[出]東京　[賞]日本短歌雑誌連盟賞(昭和28年)「火口原」　[歴]昭和7年「青垣」に入会、橋本徳寿に師事、のち編輯委員・選者。歌集に「火口原」「此岸」がある。　[団]現代歌人協会

よしかわ つねこ

詩人　日本文化大学講師　[生]昭和8年8月8日　[出]埼玉県川越市　本名＝吉川常子　[学]早稲田大学文学部仏文科卒　[賞]小野梓記念文芸賞(昭和35年)　[歴]フランス大使館、ブルキナファソ大使館などで秘書、通訳を通算15年つとめた。アルジェリアに化学プラントを建設する日本企業の通訳として、2年間スキクダに住んだ時、アルジェリア各地を探訪し、その文化や民俗性に魅了される。日本文化大学でフランス語を教える。著書に「女ひとりのアルジェリア」、詩集に「誕生讃歌」「アルジェリア」「カラカス」など。　[団]日本文芸家協会、日本現代詩人会、日本ペンクラブ、日本フランス語フランス文学会

吉川 禎祐　よしかわ・ていゆう

歌人　[生]大正5年3月14日　[出]宮城県仙台市　[賞]O先生賞(昭和29年)、コスモス賞(昭和44年)、宮城県短歌クラブ賞(昭和58年)　[歴]昭和15年傷痍軍人宮城療養所に療養中作歌を始め、17年「多磨」に入会。28年「多磨」解散後「コスモス」創刊に参加、53年選者団に入る。

吉川 則比古　よしかわ・のりひこ

詩人　[生]明治35年12月6日　[没]昭和20年5月25日　[出]奈良県五条市　[学]青山学院卒　[歴]正富汪洋主宰の「新進歌人」に拠り、同社パンフレット第1集「薔薇を焚く」を大正14年に刊行。ついで「高踏」を編集し、昭和8年から19年まで大阪で「日本詩壇」を発行した。没後「吉川則比古詩集」が刊行された。

吉川 宏志　よしかわ・ひろし

歌人　「塔」編集長　[生]昭和44年1月15日　[出]宮崎県　[学]京都大学文学部卒　[賞]現代短歌評論賞(第12回)(平成6年)「妊娠・出産をめぐる人間関係の変容―男性歌人を中心に」、現代歌人協会賞(第40回)(平成8年)「青蟬」、ながらみ現代短歌賞(第9回)(平成13年)「夜光」　[歴]昭和62年「塔」に入会、「京大短歌会」を結成。平成4年から「塔」編集長。個人誌「斜光」を刊行。出版社勤務。著書に歌集「青蟬」、評論「学生短歌の現在」「斎藤茂吉とニュース映画」などがある。

吉川 道子　よしかわ・みちこ

詩人　[生]昭和12年1月19日　[没]昭和63年7月20日　[出]富山県　[学]魚津高卒　[歴]詩集に「旅立ち」「漁火の歌」「海市」「うた一揆」などがあり、他に「アジア現代詩集」第4集に作品が収録されている。「地球」「日本海詩人」に所属。

吉川 陽子　よしかわ・ようし

俳人　[生]明治44年2月20日　[没]平成4年3月22日　[出]三重県度会郡　本名＝吉川芳三　[学]県商卒　[賞]尼崎市文化功労賞(昭和58年)　[歴]昭和7年堀朱雀門の手ほどきを受け、8年「草上」に投句、10年同人。21年「古志」(現・「季節」)、34年

「鶴」、60年「初蝶」入会。54年「夾竹桃」主宰。句集に「白息」「稲雀」。 [団]俳人協会

吉沢 卯一 よしざわ・ういち
俳人 富山県俳句連盟名誉会長 [生]大正4年1月25日 [没]平成9年6月10日 [出]富山県黒部市 [学]京都帝国大学医学部卒 医学博士 [賞]北日本新聞文化功労賞(昭和55年)、富山県文化表彰(昭和58年) [歴]軍医を経て、静岡県立中央病院、富山赤十字病院勤務、昭和53年開業。一方、俳句は9年「馬酔木」入門。30年「霜林」加入、35年に同人。また34年「燕巣」、36年「馬酔木」同人となる。44年俳人協会会員。50年富山県俳句連盟会長。俳人協会評議員なども務めた。句集に「雪国」「冬銀河」「老鶯」、随筆集「寒椿」がある。 [団]俳人協会

吉沢 巴 よしざわ・ともえ
詩人 [生]昭和31年11月19日 [出]大阪府 本名＝吉沢佐代子 旧姓(名)＝野中 [学]大阪外国語大学外国語学部英語学科卒 [歴]詩集に「フィズの降る町」「式典」「水泳の授業」などがある。 [団]日本文芸家協会

吉沢 昌美 よしざわ・まさみ
歌人 [生]昭和24年3月12日 [出]群馬県 [賞]角川短歌賞(第26回)(昭和55年)「風天使」 [歴]昭和55年第26回角川短歌賞を受賞。

吉沢 義則 よしざわ・よしのり
国語学者 国文学者 歌人 京都帝大名誉教授 武庫川学院女子大学名誉学長 [専]平安朝文学 [生]明治9年8月22日 [没]昭和29年11月5日 [出]愛知県名古屋市中区老松町 旧姓(名)＝木村 [学]東京帝大文科大学国文科(明治35年)卒 文学博士(大正7年) [歴]明治38年広島高等師範教授、41年京都帝大助教授を経て、大正8年～昭和11年京都帝大教授を務め、国語・国文学者として活躍のかたわら作歌をする。退官後は日本女子美術学校校長、武庫川学院女子大学長を歴任。国語学では訓点資料の研究に端緒を開き、国文学では「源氏物語」や和歌の研究で有名。短歌では昭和5年「帚木」を創刊し、帚木会を主宰した。著書に「国語国文の研究」「国語説鈴」「国語史概説」「対校源氏物語新釈」（全8巻)などのほか、歌集に「山なみ集」「山なみ」などがある。

吉塚 勤治 よしずか・きんじ
詩人 [生]明治42年5月7日 [没]昭和47年4月18日 [出]岡山市 [学]京都帝大英文科中退 [歴]六高存学中「窓」に参加、詩作を始め、「辛巳」に拠った。戦後は新日本文学会に入り「新日本文学」「新日本詩人」「現代詩」「詩学」などに詩やエッセーを書いた。詩集に「あかまんまの歌」「鉛筆詩抄」「日本組曲」「頑是ない歌」「吉塚勤治詩抄」のほか「茫々二十六年」がある。

吉田 一穂 よしだ・いっすい
詩人 [生]明治31年8月15日 [没]昭和48年3月1日 [出]北海道古平郡古平町 本名＝吉田由雄 [学]早稲田大学文学部英文科(大正9年)中退 [歴]中学時代に文学を志し、早大在学中、同人雑誌に発表した短歌が片上伸に認められる。大学中退後、生活のために童話や童謡を多く書き、大正13年童話集「海の人形」を刊行。その一方で「日本詩人」などに詩や詩論を書き、15年第一詩集「海の聖母」を刊行。北原白秋に認められ、白秋主幹の「近代風景」に詩や評論を発表。また春山行夫らの「詩と詩人」同人となり、昭和初期の現代詩確立に寄与した。昭和7年「新詩論」を創刊。戦争中の15年から19年にかけて信生堂に絵本の編集長として勤務、この間「ぎんがのさかな」などの童話集や絵本を刊行。戦後は「未来者」など3冊の詩集と詩論集「黒潮回帰」を刊行する一方「Critic」「反世界」を創刊したり、早大、札幌大谷女子短大で詩学の集中講義をして、孤高の立場から純粋詩を守った。東洋のマラルメを自称し、自ら戒名“白林虚籟居士”とつけた。他に長篇詩「白鳥」、詩集「故園の書」「稗子伝」、「定本吉田一穂全集」(全3巻, 小沢書店)などがある。

吉田 加南子 よしだ・かなこ
詩人 学習院大学文学部教授 [専]フランス現代文学 [生]昭和23年11月2日 [出]東京都 [学]学習院大学文学部フランス文学科(昭和46年)卒、アテネ・フランセ(昭和47年)卒、パリ第三大学大学院(昭和55年)修士課程修了 [賞]高見順賞(第24回)(平成6年)「定本 闇」 [歴]学習院大学講師、助教授を経て、教授。訳書に「デュブーシェ詩集」、マルグリット・デュラス「アガタ」、ソニア・リキエル「祝祭」、詩集に「仕事」「星飼い」「匂い」「定本 闇」などがある。
[団]日本フランス語フランス文学会、日本文芸家協会 [家]父＝吉田嘉七(詩人・故人)

吉田 暁一郎　よしだ・ぎょういちろう
作家　詩人　俳人　[生]大正3年2月25日　[出]愛知県犬山市　本名＝片山源吾　[歴]著書に「死の山 生の山」「村瀬太乙の生涯」や38年かけてまとめたルポ「飛弾白川郷は紅い雪だった 源氏物語のような女の香り」、詩集に「歴史」「人間記」、句集に「風の姿勢」「奥飛騨白川郷」他がある。

吉田 欣一　よしだ・きんいち
詩人　[生]大正4年11月26日　[出]岐阜市　[歴]昭和10年「新文学」に参加、大阪で塗装工を職業とするかたわら詩作をつづけ、「大阪文学」に作品を発表。戦後岐阜に帰り、人民詩を標榜して「幻野」を編集。詩集に「わが射程」「わが別離」「吉田欣一詩集」「日の断面」など7冊がある。

吉田 銀葉　よしだ・ぎんよう
俳人　「群青」代表　[生]大正13年1月30日　[出]群馬県　本名＝吉田利夫　[学]前橋市立工業短大卒　[賞]故郷賞、林苑賞　[歴]昭和18年中島飛行機工場で作句を始め、23年野竹雨城の「ぬかご」に投句。27年「母城」を主宰する。群馬県俳句作家協会副会長、毎日新聞俳句選者、県文学賞選考委員を務める。のち「群青」代表。句集に「風暦」がある。　[団]俳人協会

吉田 慶治　よしだ・けいじ
詩人　[生]大正13年2月19日　[没]平成6年9月9日　[出]岩手県盛岡市　[学]岩手青年師範卒　[賞]晩翠賞(第5回)(昭和39年)「あおいの記憶」　[歴]葛巻中、城西中教頭などを務め、昭和49年退職。「アリューシャン」に所属。詩集に「あおいの記憶」「青の標識」「黄の景の中の白い風」「今も見る夢」などがある。　[団]日本現代詩人会

吉田 鴻司　よしだ・こうじ
俳人　[生]大正7年7月21日　[出]静岡県静岡市　本名＝吉田鋼二郎(よしだ・こうじろう)　[学]明治大学中退　[賞]河賞(昭和34年)、秋燕賞(第2回)(昭和52年)、俳人協会賞(平成7年)「頃日」　[歴]小学校の頃から俳句を始める。昭和11年「土上」に投句し、12年嶋田青峰に師事。戦後「かびれ」「鶴」に参加。31年「季節」を経て、33年「河」創刊に参加、のち同人。句集に「神楽舞」「山彦」「自註・吉田鴻司句集」「頃日」、編著に「角川源義の世界」など。　[団]俳人協会(名誉会員)、日本文芸家協会

吉田 兀愚　よしだ・こつぐ
俳人　[生]明治24年　[没]大正13年　[出]福島県若松　本名＝吉田勝　[歴]初め武田鶯塘主宰の「南柯」同人として活躍するが、のち臼田亜浪に師事、「石楠」創刊と共に同人として参加。大正6年綜合俳誌「俳句世界」を佐野天浪と創刊、編集にあたる。翌年「俳句研究」として改題続刊したが永続しなかった。10年小島巴成らと「炎天」の創刊を企て「石楠」を除名された。著書に「新選俳句玉霰」がある。

吉田 次郎　よしだ・じろう
歌人　元・八郷町(茨城県)町長　[生]明治39年9月22日　[没]平成13年3月9日　[出]茨城県　[学]東京歯科大学卒　[賞]茨城文学賞(昭和53年)「無辺光」、茨城県文化功労賞、勲五等双光旭日章、茨城新聞社賞(平成4年)「白道」　[歴]大正14年「アララギ」入会。のち「常春」「ひこばえ」「山柿」を経て、昭和16年「橄欖」入会。選者、運営委員、茨城支社長、顧問を務めた。ほかに「八雲」、46年「茨城歌人」に所属。61年同会長。茨城歌人会会長、茨城文化団体連合理事などを歴任。歌集に「春寒」「無辺光」「苔庭」「落慶」「白道」などがある。一方、歯科医師として地域医療に従事する傍ら、八郷町議会議長、八郷町町長を2期務めた。　[団]日本歌人クラブ(名誉会員)、日本文芸家協会、茨城歌人会

吉田 漱　よしだ・すすぐ
歌人　美術史家　元・岡山大学教育学部教授　[専]美術史　版画史　美術教育　[生]大正11年3月11日　[没]平成13年8月21日　[出]東京　筆名＝利根光一(とね・こういち)　[学]東京美術学校(昭和22年)卒　[賞]内山晋米寿記念浮世絵奨励賞(第11回)(平成4年)、短歌研究賞(第31回)(平成7年)「『バスティーユの石』25首」、斎藤茂吉短歌文学賞(第9回)(平成10年)「『白き山』全注釈」　[歴]昭和22年「アララギ」入会。26年近藤芳美を中心とする「未来」創刊に参加。28年「未来歌集」刊行に加わる。歌集に「青い壁画」「FINLANDIA」「あけもどろ」、著書に「近藤芳美私註」「歌暦」「土屋文明私記」「中村憲吉論考」「『赤光』全注釈」「『白き山』全注釈」、利根光一名義の著書に「テルの生涯」など。美術史家としても活躍した。　[団]現代歌人協会、日本浮世絵協会、明治美術研究学会、日本文芸家協会

吉田 草風　よしだ・そうふう
俳人　㊤大正3年4月26日　㊥奈良県　本名＝吉田作広　㊫奈良県立商業学校卒　㊮蘇鉄賞(昭和34年)　㊧昭和24年「宿雲」同人。28年「蘇鉄」創刊と共に同人として参加、山本古瓢に師事する。蘇鉄運営委員、同関西支部常任委員、関西俳詩連盟常任委員等を務める。　㊐俳人協会

吉田 草平　よしだ・そうへい
詩人　㊤昭和19年　㊥兵庫県神戸市　㊧小説や映画のシナリオなどの執筆を経て、昭和58年頃から詩を書き始める。昭和60年から兵庫県・神崎町に移り住み耕虫舎と名付ける。畑作の傍ら詩作に励み、一方年4回地区で詩のカルチュア(耕作)という教室を開き生活や仕事で実感、感動したものを詩に表現することを指導。また平成4年から地区の動きや文化などを伝える「作畑草新聞」を季刊で発行するほか、地区の人たちとふるさと楽しい会を結成し、5年やまびこコンサートを開くなど地区の人々と交流を深める。詩集に「天地返し」「地擦り」「耕虫」などがある。

吉田 隶平　よしだ・たいへい
詩人　㊤昭和19年10月30日　㊥広島県三原市　㊫早稲田大学(昭和43年)卒　㊮郵政文芸賞(昭和63年)　㊧「鵬程」「シャレイユ」同人。詩集に「愛について」がある。　㊐広島県詩人協会

吉田 忠一　よしだ・ちゅういち
俳人　㊤明治35年1月21日　㊦昭和39年10月29日　㊥大阪市北区　別号＝破軍星　㊫今宮工業印刷科卒　㊧大阪で写真製版所を経営し、大正11年頃「倦鳥」に属し、昭和11年「断層」を、18年「海境」を創刊。24年「青玄」創刊とともに同人となる。句集に「潮州」「転蓬」などがある。

吉田 定一　よしだ・ていいち
詩人　児童文学作家　㊤昭和16年10月2日　㊥大阪府　㊫大阪外国語大学イスパニア語科中退　㊮野間児童文芸推奨作品賞(第19回)(昭和56年)「海とオーボエ」　㊧与田準一に私淑。児童図書編集者を経て創作活動に入り、詩誌「ぎんやんま」に編集同人として参加。昭和51年同人詩誌「すふぃんくす」を創刊。のち「ラルゴ」「極光」同人。56年詩集「海とオーボエ」で野間児童文芸推奨作品賞受賞。児童文学作品に「かばのさかだちあいうえお」「ぼうが1ぽんあったとさ」「よあけのこうま」など。評論家としても活動し「与田準一論」などの著書がある。
㊐日本児童文学者協会、大松朗読文化研究所(委員)

吉田 汀史　よしだ・ていし
俳人　「航標」主宰　日本詩歌文学館振興会評議員　㊤昭和6年9月8日　㊥徳島県徳島市　㊧昭和23年今枝蝶人主宰の「向日葵」に入会。40年同氏主宰「航標」創刊に参画、46年能村登四郎主宰「沖」に入会、同人。57年今枝蝶人死去により「航標」主宰を継承。著書に句集「地蔵」「浄瑠璃」「四睡」などがある。
㊐俳人協会

吉田 冬葉　よしだ・とうよう
俳人　㊤明治25年2月25日　㊦昭和31年11月28日　㊥岐阜県中津川市苗木　本名＝吉田辰男　㊫育英中卒　㊧明治42年上京し大須賀乙字に師事。「懸葵」「常磐木」「海紅」などに拠って句作をする。大正14年「獺祭」を創刊主宰。句集に「故郷」「望郷」などがある。

吉田 宏　よしだ・ひろし
歌人　医師　「山の辺」主宰　㊤大正12年11月28日　㊥徳島市　㊧海軍のパイロット時代、遺書代りに短歌を詠みはじめる。戦後も産婦人科医としての仕事のかたわら歌を詠みつづける。月刊歌誌「山の辺」を主宰。歌集に「夕冷えの階」「ふたつ星」。

吉田 文憲　よしだ・ふみのり
詩人　㊤昭和22年11月5日　㊥秋田県　㊫早稲田大学文学部卒　㊯宮沢賢治　㊧新しい抒情詩の最前線に位置する。宮沢賢治研究者。著書に詩集「花輪線へ」「人の日」「遭難」、評論集「さみなしにあわれの構造」がある。詩誌「麒麟」同人。

吉田 北舟子　よしだ・ほくしゅうし
俳人　㊤大正1年8月1日　㊦昭和48年10月24日　本名＝吉田平次郎　㊧結核療養時代に俳句を知り、波郷、楸邨と親交を結んで「馬酔木」に投句。戦後「寒雷」の復刊に協力し、昭和25年ごろより暖響欄に発表。43年より没するまで寒雷暖響会幹事長をつとめ、また現代俳句協会の幹事でもあった。句集に「雪割燈」がある。

吉田 正俊　よしだ・まさとし
歌人　東京いすゞ自動車相談役　㊤明治35年4月30日　㊦平成5年6月23日　㊥福井市　㊫東京帝国大学法学部(昭和3年)卒　㊮日本歌人クラブ推薦歌集(第11回)(昭和40年)「くさぐさの歌」、勲三等瑞宝章(昭和49年)、読売文学賞詩歌俳句賞(第27回)(昭和50年)「流るる雲」、

沼空賞(第22回)(昭和63年)「朝の霧」　(歴)昭和3年石川島造船所自動車部(現・いすゞ自動車)に入社。27年常務、37年専務、40年東京いすゞ自動車会長、47年相談役。歌人としては「アララギ」に入会、土屋文明に師事。のち選者となり、現在発行人。平成5年歌会始の召人(めしうど)に選ばれる。歌集に「朱花片」「天沼」「黄芪集」「くさぐさの歌」「霜ふる土」「流るる雲」「淡き靄」「朝の霧」がある。

吉田 松四郎　よしだ・まつしろう
歌人　(生)明治42年3月13日　(出)神奈川県横浜市　(学)国学院大学中退　(賞)日本歌人クラブ賞(第1回)「忘暦集」　(歴)昭和3年杉浦翠子を知り、「香蘭」に入会。8年翠子創刊の「短歌至上主義」に参加。38年同誌を退き、木俣修の「形成」に入会。第一回日本歌人クラブ賞受賞。歌集に「冬篁」「忘暦集」がある。　(団)現代歌人協会

吉田 未灰　よしだ・みかい
俳人　(生)大正12年5月22日　(出)群馬県　本名＝吉田三郎　(歴)戦中「ホトトギス」「雲母」などに投句。戦後は「暖流」「鴫」「群蜂」「俳句人」を経て、「秋」同人、「やまびこ」主宰。現代俳句協会幹事を務め、地方俳壇に尽くす。句集に「傾斜」「半弧」「独語」「刺客」がある。
(団)現代俳句協会(幹事)

吉田 瑞穂　よしだ・みずほ
詩人　教育者　児童文学作家　(生)明治31年4月21日　(没)平成8年12月18日　(出)佐賀県　(学)佐賀師範(大正7年)卒　(賞)芸術選奨文部大臣賞(昭和51年)「しおまねきと少年」　(歴)佐賀県の教員となり、大正15年上京。昭和33年に杉並区の小学校長を退職するまでの41年間を教員としてすごす。作文教育、ことに児童詩教育に業績を残す。著書に「小学生詩の本」「小学生作文の本」がある。詩人としては椎の木社に参加し、7年「僕の画布」を刊行、ほかに51年に芸術選奨を受賞した「しおまねきと少年」や「海辺の少年期」「空から来た人」などがある。校長退職後は杉並区立済美教育研究所に勤務。また57年まで大和女子短期大学講師もつとめた。
(団)日本文芸家協会、日本児童文学者協会、日本児童文芸家協会　(家)長女＝吉田翠(洋画家)

吉田 弥寿夫　よしだ・やすお
歌人　桃山学院大学文学部教授　大阪外国語大学名誉教授　(専)国語学　日本語　(生)昭和2年1月2日　(出)大阪市　(学)京都帝大文学部国語国文科(昭和26年)卒、京都帝大大学院文学研究科修士課程修了　(歴)大学在学中より「白珠」によって作歌し、昭和37年関西青年歌人会の設立に参加。38年同人誌「鴉a」を創刊し、51年「海馬」と改称する。現在、大阪外国語大学名誉教授、桃山学院大学教授。著書に「白珠十人集」「現代短歌・作家と文体」、歌集に「曇り日の塔」などがある。　(団)現代歌人協会、日本語教育学会、比較文学会、京都大学国語国文学会

吉田 洋一　よしだ・よういち
数学者　俳人　随筆家　立教大学名誉教授
(専)函数論　俳句　(生)明治31年7月11日　(没)平成1年8月30日　(出)東京　(学)東京帝大理学部数学科(大正12年)卒　(賞)日本エッセイスト・クラブ賞(第1回)(昭和28年)「数学の影絵」、勲二等瑞宝章(昭和47年)　(歴)一高教授、東京大学講師、助教授、北海道大学教授を経て、昭和24年立教大学教授。40〜45年埼玉大学教授。のち立教大学名誉教授。この間数学研究のためフランスに留学。著書に「零の発見」「数学の影絵」「函数論」「歳月」など。また俳人としても知られ、「渋柿」名誉会員。　(団)日本数学会、俳人協会(名誉会員)、日本エッセイストクラブ(名誉会員)　(家)長男＝吉田夏彦(東工大名誉教授)

吉竹 師竹　よしたけ・しちく
俳人　(生)明治24年2月27日　(没)昭和40年11月18日　(出)岐阜県　本名＝吉竹憲一　(歴)はじめ内藤鳴雪の教えを受け、大正5年同門の渡辺水巴の「曲水」創刊とともに傘下に入る。句集に「鵜川」がある。

吉武 月二郎　よしたけ・つきじろう
俳人　(生)明治18年1月1日　(没)昭和15年3月28日
(出)福岡県　別号＝吉武月城　(歴)初め月城と号して「ホトトギス」に投句。のち蛇笏に師事して、大正4年「雲母」の前身「キララ」創刊とともにこれに拠り、生涯変らなかった。西島麦南、勇巨人とともに肥後の三羽烏として草創期の「雲母」で活躍。句集に「月二郎句集」「吉武月二郎句集」がある。

芳忠 復子　よしただ・ふくこ
歌人　「万華鏡」主宰　(生)大正12年　(出)東京・浅草柳橋　筆名＝椿今日子　(学)淑徳高女卒
(賞)篁賞(第2回)(昭和52年)　(歴)戦争で英語が敵性語になったため、英米文学翻訳の道を断念し、家業の美容院を手伝う。一方、好きだった短歌や万葉集などを研究。昭和53年歌誌「篁」創刊に参加。55年夫の定年を機に、戦中戦後の体験を綴る短歌中心の同人誌「万華鏡」を主宰する。歌集に「冬草」「葉影」。　(団)日本歌人クラブ

吉津 隆勝　よしつ・りゅうしょう
高校教師(水俣高校)　詩人　[生]昭和21年7月11日　[歴]広島YMCA大学予備校講師、鹿児島県立高校、球磨農業高校、水俣工業高校、芦北高校を経て、水俣高校教諭。詩誌「パンセ」同人。詩集に「化生」「浜木綿の詩」「現人(うつせみ)―吉津隆勝詩集」「心のピストル」などがある。　[団]熊本県詩人会

吉富 平太翁　よしとみ・へいたおう
俳人　[生]明治39年11月25日　[出]鹿児島　本名＝吉富秀雄　[学]逓信講習所卒　[歴]各地勤務を経て津久見郵便局長を最後に退職。昭和3年、福岡電信局の職場句会で河野静雲の「冬野」に入会。素十の「芹」創刊に加わったが、休刊のため、45年より静雲の「かつらぎ」に入会。句集に「鮭の遊戯」がある。

吉野 臥城　よしの・がじょう
詩人　俳人　評論家　小説家　[生]明治9年5月3日　[没]大正15年4月27日　[出]宮城県伊具郡角田町　本名＝吉野甫　俳号＝牛南　[学]東京専門学校卒　[歴]早くから文学を志し、20歳の時に「文学界」に詩を発表した。「文芸時報」の記者を務めたのち、仙台で詩歌雑誌「新韻」を主宰発行。明治36年詩集「新韻集」を刊行。佐佐木信綱の短歌革新運動にも参加し、宮城県の短歌界に大きな影響を与えた。39年上京し、41年都会詩社を結成、詩の近代化をはかる。また評論家としても読売新聞紙上に「読過所感」などを発表。俳人としては小島孤舟、佐藤比君らと「うもれ木」を創刊、清秋会をおこした。他の著書に、短歌俳句集「木精」、詩集「小百合集」「野茨集」、編著「明治詩集」「新体詩研究」、小説「処女の秘密」「痛快」「独立独行」など。

吉野 左衛門　よしの・さえもん
俳人　[生]明治12年2月10日　[没]大正9年1月22日　[出]東京府三鷹村　本名＝吉野太左衛門　[学]東京専門学校政治科(明治33年)卒　[歴]国民新聞に入社し、のち政治部長となる。俳句は明治28年正岡子規の門に入って句作する。43年京城日報社長に就任し、大正3年退職。句集に「栗の花」「左衛門句集」などがある。

吉野 鉦二　よしの・しょうじ
歌人　[生]明治37年1月23日　[没]昭和62年11月11日　[出]愛知県名古屋市　[学]名古屋市立商業学校(大正10年)卒　[賞]多磨賞(昭和16年)、日本歌人クラブ推薦歌集(第3回)(昭和32年)「山脈遠し」　[歴]大正8年作歌をはじめ、9年「白明」、11年「枳殻」を創刊。昭和8年白秋門に入り、10年「多磨」創刊に参加。16年多磨賞を受賞。28年「形成」創刊に加わる。歌集に「山脈遠し」「時間空間」「鎮魂私抄」「寒露」がある。

吉野 秀雄　よしの・ひでお
歌人　[生]明治35年7月3日　[没]昭和42年7月13日　[出]群馬県高崎市　[学]慶応義塾大学経済学部(大正13年)中退　[賞]読売文学賞(第10回・詩歌俳句賞)(昭和34年)「吉野秀雄歌集」、迢空賞(第1回)(昭和42年)「やわらかな心」「心のふるさと」、芸術選奨文部大臣賞(第18回・文学評論部門)(昭和42年)「含紅集」　[歴]大正13年肺患のため慶大を退学、以後終生療養独修。歌は正岡子規「竹乃里歌」によって触発され、秋艸道人(会津八一)に学ぶ。良寛を敬愛、「良寛和尚の人と歌」を著し、万葉良寛調ともいうべき歌風を確立した。歌集は私家版第一歌集「天井凝視」、ほかに「苔径集」「寒蝉集」「早梅集」「吉野秀雄歌集」「含紅集」など。随筆集に「やはらかな心」「心のふるさと」などがあり、また筑摩書房版「吉野秀雄全集」(全9巻)がある。
[家]息子＝吉野壮児(小説家)

吉野 弘　よしの・ひろし
詩人　[生]大正15年1月16日　[出]山形県酒田市　[学]酒田市立商(昭和17年)卒　[賞]読売文学賞(第23回・詩歌・俳句賞)(昭和46年)「感傷旅行」、詩歌文学館賞(第5回)(平成2年)「自然渋滞」　[歴]昭和18年から37年まで酒田、柏崎、東京で会社員生活、以後フリーのコピーライター。戦後、労働組合運動で過労のため発病、療養の間に詩を書き始める。28年より「櫂」同人。詩集に「消息」「幻・方法」「感傷旅行」「叙景」など。　[団]日本文芸家協会

吉野 裕之　よしの・ひろゆき
歌人　俳人　助成財団プログラム・オフィサー　ハウジングアンドコミュニティ財団プログラム・オフィサー　[専]都市文化論　短詩型文学論　[生]昭和36年8月1日　[出]神奈川県横浜市　[学]九州大学大学院農学研究科林産学専攻修士課程修了　[賞]個性新人賞(平1年度)(平成2年)、槐賞(第1回)(平成4年)　[歴]教師を経て、平成2年長谷工コーポレーションに入社。長谷工総合研究所などを経て、現在、ハウジングアンドコミュニティ財団企画事業部門に出向。市民主体のまちづくり、都市文化論、パブリック・アート論などの調査研究に携わりながら、長谷工総合研究所では文化誌「ANEMOS」を編集。一方、歌人・俳人として活動、実作、評論に取り組んでいる。歌集に「空間和音」、詩集に「月光」がある。「個性」「桜狩」「槐」各同人。他に

共著「パブリック・アートは幸せか」など。
[団]現代歌人協会、俳人協会、横浜歌人会、パブリックアート・フォーラム

吉野 昌夫　よしの・まさお
歌人　[生]大正11年12月19日　[出]東京　[学]東京大学農業経済科卒　[賞]短歌新聞社賞(第4回)(平成9年)「これがわが」　[歴]昭和17年「多磨」入会、木俣修に師事。28年「形成」創刊に参じ、のち編集人。歌集「遠き人近き人」「夜半にきこゆる」「あはくすぎゆく」「ひとりふたとせ」「昏れゆく時も」、評論「木俣修作品史」「白秋短歌の究極」がある。農林省を経て、農林漁業金融公庫に勤務。
[団]現代歌人協会、日本文芸家協会

吉野 義子　よしの・よしこ
俳人　「星」主宰　[生]大正4年7月13日　[出]愛媛県松山市　[学]同志社女専英文科(昭和9年)中退　[賞]浜同人賞(昭和47年)、愛媛県教育文化賞(平成4年)　[歴]昭和24年「浜」入会。29年「浜」同人となる。54年「星」を創刊し、主宰。現代俳句協会員を経て、37年俳人協会入会。愛媛県俳句協会副会長。句集に「くれなゐ」「はつあらし」「鶴舞」など。　[団]俳人協会、国際俳句交流協会、日本文芸家協会

吉原 幸子　よしはら・さちこ
詩人　元・「現代詩ラ・メール」編集発行人
[専]日本現代詩　[生]昭和7年6月28日　[出]東京都新宿区　[学]東京大学文学部仏文科(昭和31年)卒　[興]古典詩歌の現代詩訳　[賞]室生犀星賞(第4回)(昭和39年)「幼年連祷」、高見順賞(第4回)(昭和48年)「オンディーヌ」「昼顔」、萩原朔太郎賞(第3回)(平成7年)「発光」
[歴]昭和31年劇団四季に入団し、アヌイ「ユーリディス」などに出演。32年退団。39年第一詩集「幼年連祷」を出版、その後、詩・エッセイ・童話・翻訳などの文筆活動に携わる。53年米国アイオワ大学International Writing Program(4ケ月間)に招かれて参加。同年より新川和江と共に思潮社「現代詩ラ・メール」編集・発行者。平成5年4月40号で終刊。「歴程」同人。詩集「オンディーヌ」「昼顔」などの他、「吉原幸子全詩」(全2巻)がある。
[団]日本文芸家協会、日本現代詩人会　[家]兄＝吉原信之(三陽商会取締役相談役)

吉増 剛造　よします・ごうぞう
詩人　[生]昭和14年2月22日　[出]東京都福生市
[学]慶応義塾大学文学部国文科(昭和38年)卒
[賞]高見順賞(第1回)(昭和45年)「黄金詩篇」、歴程賞(第17回)(昭和54年)「熱風」、現代詩花椿賞(第2回)(昭和59年)「オシリス、石ノ神」、詩歌文学館賞(第6回)(平成3年)「螺旋歌」、芸術選奨文部大臣賞(第49回，平10年度)(平成11年)「『雪の島』あるいは『エミリーの幽霊』」
[歴]慶大在学中の昭和35年「三田詩人」を復活させ、詩作活動に入る。37年「ドラムカン」を創刊し、新進詩人として注目され始める。39年第一詩集「出発」を刊行。大学卒業後は美術雑誌などの編集をしていたが、45年アメリカ詩人アカデミーに招かれて渡米し、帰国後は文学に専念した。45年「黄金詩篇」で第1回高見順賞を受賞し、54年には「熱風 A Thousand」で歴程賞を、59年には「オシリス、石ノ神」で現代詩花椿賞を受賞した。平成2年写真展「アフンルパルへ」、9年「心に刺青をするように…」を開く。他の詩集に「螺旋歌」「花火の家の入口で」「『雪の島』あるいは『エミリーの幽霊』」など。　[団]日本文芸家協会　[家]妻＝吉増マリリア(パフォーマー)

吉見 春子　よしみ・はるこ
俳人　[生]明治43年12月5日　[出]東京　[賞]暖流賞(昭和37年)　[歴]昭和16年、職場句会で「暖流」を知り入会、滝春一に師事。29年「女性俳句」に参加。37年暖流賞受賞。句集に「花額」「吉見春子集」がある。

吉見 芳子　よしみ・よしこ
歌人　[生]明治29年1月11日　[出]釜山(韓国)　[学]女学校卒　[歴]釜山より、戦後、山口県宇部市に引揚げる。村上新太郎の「薔薇」同人となり、吉野秀雄に師事。歌集に「わが命」「落椿」「蓮台」、随筆集に「ひとつの命」がある。

吉村 草閣　よしむら・そうかく
歌人　[生]明治43年12月20日　[出]愛知県　[歴]15歳頃から作歌。昭和36年「鳳凰短歌会」を創立主宰。36年から「歩道」にて佐藤佐太郎に師事し、「水甕」の熊谷武至の教示を受ける。

吉村 ひさ志　よしむら・ひさし
俳人　「桑海」主宰　[生]大正15年8月5日　[出]群馬県　本名＝吉村久　[学]早稲田大学専門部商科卒　[賞]上毛文学賞(第1回・昭40年度)　[歴]昭和40年「ホトトギス」同人市村不先の手ほどきをうけた後、高浜年尾、稲畑汀子の指導を受け

る。「ホトトギス」「桑海」同人。俳誌「桑海」編集長及課題句選者、のち主宰。　[所]俳人協会

吉村 まさとし　よしむら・まさとし
詩人　[生]大正2年3月20日　[出]東京・渋谷　本名＝吉村正敏　[学]早稲田大学商科卒　[歴]電力会社に勤務した。昭和11年「肉体」の同人、大江満雄に師事、戦後は22年から28年まで「くらるて」を主宰。30年「詩同盟」、44年「解体」、53年「がらんどう」を起こした。詩集に「敗戦詩集」「呼吸音」「にぎる手」私家版の「石の森林」などがある。　[所]日本現代詩人会

吉村 睦人　よしむら・むつひと
歌人　[生]昭和5年1月26日　[出]東京都杉並区　[学]東洋大学国文学科卒　[賞]短歌公論処女歌集賞(昭59年度)　[歴]昭和24年「アララギ」に入会、土屋文明に師事。その前後の一時期「国民文学」「仙人掌」「歩道」「未来」等にも参加した。また、高校教諭を務めると共に34年日本山岳会会員。「アララギ」終刊後、平成10年「新アララギ」創刊に参加、編集委員、選者。歌集に「吹雪く尾根」「動向」、合同歌集に「貯木池」などがある。　[所]現代歌人協会、日本山岳会、日本文芸家協会

吉本 青司　よしもと・あおし
詩人　[生]大正2年1月17日　[没]平成7年6月14日　[出]高知県高岡郡越知町　本名＝吉本愛博　[学]高知師範卒　[賞]高知県出版文化賞、高知県文化賞　[歴]高知市立南海中学校長を最後に退職。詩誌「オリーザ」を主宰。詩集に「夏路、登攀」「日々の歌」「標的」「美しい河」「愛せよと」、エッセイに「ローマン派の詩人たち」「一絃琴」、小説に「虹立つ」がある。　[所]日本現代詩人会、日本ペンクラブ

吉本 伊智朗　よしもと・いちろう
俳人　[生]昭和7年11月17日　[出]兵庫県　[学]三田学園高卒　[歴]最初、粟津松彩子に師事して「雪」「ホトトギス」「玉藻」に投句。「年輪」同人を経て、波多野爽波に師事。昭和40年青新人賞。現在「青」同人。62年「斧」を創刊。句集に「黙劇」「地絣」がある。

吉本 隆明　よしもと・たかあき
文芸評論家　詩人　[生]大正13年11月25日　[出]東京・月島　[学]東京工業大学電気化学科(昭和22年)卒　[賞]荒地詩人賞(昭和29年)「転位のための十篇」、近代文学賞(第1回)(昭和34年)「アクシスの問題」「転向ファシストの詭弁」　[歴]米沢高工在学中、詩集「草奔」を刊行。大学卒業後、いくつかの中小企業に勤めるが、組合運動が原因で退職。29年「マチウ書試論」でデビュー。32年から45年まで長井・江崎特許事務所に勤務。その間「固有時との対話」「転位のための十篇」などの詩集を自家版で刊行。31年武井昭夫との共著「文学者の戦争責任」を刊行し反響をよび、転向問題、現代の政治問題などを追究、花田清輝らと論争を繰り広げる。36年谷川雁・村上一郎と共に「試行」を創刊、39年から単独編集。その批評活動は、単に文芸評論にとどまらず、同時代全体を見すえた提言の意味合いが強く、ノンセクト・ラジカルズを中心に、広範な読者層の支持を得た。'60年安保では全学連主流派と共に闘う。学園紛争時には著作集がバイブル視された。'80年代以降は“現在とは何か”をめぐり、「空虚としての主題」「マス・イメージ論」「ハイ・イメージ論」「南島論」などを発表、サブ・カルチャー全般に対しても考察を重ね、“元・教祖”として若者向け雑誌に登場もする。「現代批評」「荒地」同人。主著に「高村光太郎」「言語にとって美とは何か」「共同幻想論」「源実朝」「心的現象論序説」「『反核』異論」「宮沢賢治」「夜と女と毛沢東」のほか、「吉本隆明全著作集」(全15巻，勁草書房)や、自らの編集による「吉本隆明全集撰」(大和書房，全7巻)もある。平成8年「学校・宗教・家族の病理」を定価のない非再販本として販売した。9年12月「試行」が終刊となる。
[家]長女＝ハルノ宵子(漫画家)、二女＝吉本ばなな(作家)

吉本 冬男　よしもと・ふゆお
俳人　[生]明治19年7月12日　[没]昭和18年5月21日　[出]兵庫県神戸市　本名＝吉本安三　[歴]明治36年岡野知十に師事して「半面」同人。昭和3年岡本松浜の「寒菊」同人を経て、5年野村泊月らの「山茶花」同人。また昭和初期より「ホトトギス」にも拠り同人。著作に「俳句手引」がある。

吉屋 信子　よしや・のぶこ
小説家　俳人　[専]少女小説　[生]明治29年1月12日　[没]昭和48年7月11日　[出]新潟県新潟市　[学]栃木高女卒　[賞]朝日新聞懸賞小説(大朝創刊40周年記念文芸)(大正8年)「地の果まで」、女流文学者賞(第4回)(昭和27年)「鬼火」、菊池寛賞(第15回)(昭和42年)　[歴]竹久夢二の世界に魅かれ、栃木高女在学中から少女雑誌に投稿する。卒業後、作家を志して上京。大正8年「地の果まで」が大阪朝日新聞の懸賞小説として1等に入選し、9年1月から6カ月間連載された。

続いて「東京朝日新聞」に「海の極みまで」を連載し、作家としての地位を築いた。昭和27年「鬼火」で女流文学賞を受賞し、42年には半世紀にわたる文学活動で菊池寛賞を受賞した。このほかの代表作に「女の友情」「未亡人」「良人の貞操」「安宅家の人々」「徳川の夫人たち」「女人平家」やエッセイ「自伝的女流文壇史」、童話集「花物語」など著書多数。「吉屋信子全集」（全12巻，朝日新聞社）がある。一方、戦時中に俳句を始め、宗有為子の名で「鶴」に投句、のち高浜虚子の指導を受け「ホトトギス」同人となる。文壇俳句会にも出席。没後「吉屋信子句集」が刊行された。

吉行 理恵　よしゆき・りえ

詩人　小説家　[生]昭和14年7月8日　[出]東京市　本名＝吉行理恵子　[学]早稲田大学文学部日本文学科（昭和37年）卒　[賞]円卓賞（第2回）（昭和40年）「私は冬枯れの海にいます」、田村俊子賞（第8回）（昭和42年）「夢のなかで」、野間児童文芸推奨作品賞（第9回）（昭和46年）「まほうつかいのくしゃんねこ」、芥川賞（第85回）（昭和56年）「小さな貴婦人」、女流文学賞（第28回）（平成1年）「黄色い猫」　[歴]昭和32年早稲田大学に入学した頃から詩作を始め、38年「青い部屋」を刊行。以後「幻影」「夢のなかで」「吉行理恵詩集」を刊行し、「夢のなかで」で42年に田村俊子賞を受賞。40年頃から創作も始め、45年「記憶のなかに」を発表し、同題の創作集を47年に刊行。56年「小さな貴婦人」で芥川賞を受賞。ほかに「井戸の星」「迷路の双子」「吉行理恵詩集」などがある。また、46年には童話「まほうつかいのくしゃんねこ」で野間児童文芸推奨作品賞を受賞した。「歴程」同人。[団]日本文芸家協会　[家]父＝吉行エイスケ（作家）、母＝吉行あぐり（美容家）、兄＝吉行淳之介（小説家）、姉＝吉行和子（女優）

代居 三郎　よすえ・さぶろう

歌人　「ひのくに」代表　[生]大正2年12月8日　[出]佐賀県　[歴]昭和10年頃より作歌をはじめ、「氾濫」「多磨」に所属。戦後は「炎歴」「氾濫」「形成」「ひのくに」の同人を経て、「ひのくに」代表。中島哀浪・中原勇夫に師事。歌集「白栲」「草の藥」がある。

依田 秋圃　よだ・しゅうほ

歌人　[生]明治18年1月8日　[没]昭和18年12月3日　[出]東京・深川　本名＝依田貞種（よだ・さだたね）　[学]東京帝大農科大学林学実科卒　[歴]林務官となり名古屋、東京に勤務。伊藤左千夫に師事して「馬酔木」「アカネ」「アララギ」などに歌を発表。のちアララギを離れ、大正10年「歌集日本」を創刊、13年廃刊、「あけび」「武都紀」などに歌、随筆を発表した。歌集に「林間歌集」「山野」「渓声」、文集「山と人とを想ひて」「山にて聞いた話」「山村の人々」「山村旅情」などがある。

与田 準一　よだ・じゅんいち

児童文学者　詩人　「赤い鳥」代表　[生]明治38年8月2日　[没]平成9年2月3日　[出]福岡県山門郡瀬高町上庄本町　旧姓（名）＝浅山　[学]上庄尋常高小（大正9年）卒　[賞]児童文化賞（第1回）（昭和14年）「山羊とお皿」、児童福祉文化賞奨励賞（昭和42年）、サンケイ児童出版文化賞（第14回）（昭和42年）「与田準一全集」（全6巻）、野間児童文芸賞（第11回）（昭和48年）「野ゆき山ゆき」、赤い鳥文学賞特別賞（昭和51年）、日本児童文学学会賞特別賞（第8回）（昭和59年）「金子みすゞ全集」（編）、モービル児童文化賞（第25回）（平成2年）　[歴]高小卒後、18歳から4年間小学校教師をしながら雑誌「赤い鳥」に童話や童謡を投稿。昭和3年上京、北原白秋門下に。5年から「赤い鳥」「コドモノヒカリ」などの編集を担当し、8年初の童謡集「旗・蜂・雲」を出版。25年から10年間日本女子大学児童科の講師をつとめ、37年日本児童文学者協会会長に就任。サンケイ児童出版文化大賞、野間児童文芸賞ほか受賞多数。代表作は「五十一番めのザボン」「十二のきりかぶ」など。「与田準一全集」（全6巻）がある。　[団]日本文芸家協会、日本児童文学者協会、赤い鳥の会、日本音楽著作権協会

依田 明倫　よだ・めいりん

俳人　「夏至」代表　[生]昭和3年1月16日　[出]北海道空知郡奈井江町　旧号＝依田秋葭　[歴]昭和23年以来「ホトトギス」に投句。虚子に師事。のち句誌「夏至」代表。句集に「祖父逝くや」「そこより農地」「二百五十句」がある。　[団]日本伝統俳句協会（理事）

依田 由基人　よだ・ゆきと

俳人　東広取締役　[生]大正5年4月26日　[出]山梨県甲府市　本名＝依田肇（よだ・はじめ）　[歴]昭和11年飯田蛇笏、後龍太に師事。「雲母」同人を経て、平成5年「白露」に入会。句集に「遠富士」「霧氷富士」。　[団]俳人協会

四ツ谷 龍　よつや・りゅう
俳人　[生]昭和33年6月13日　[出]東京　[賞]鷹新人賞（第7回・昭53年度）、現代俳句協会評論賞（第2回）（昭和57年）　[歴]昭和49〜61年俳誌「鷹」に投句。62年「むしめがね」を創刊、編集発行人。平成9年日・仏・英語のホームページを公開したことから、カナダの詩人、アンドレ・デュームと交流が始まり、「HAÏKU sans frontières/une anthologie mondiale（国境なき俳句/世界俳句選集）」の企画、編集に協力、10年刊行された。句集に「慈愛」、評論に「富沢赤黄男」など。　[家]妻＝冬野虹（俳人・画家）
http://www.big.or.jp/~loupe/

与那覇 幹夫　よなは・みきお
詩人　琉球新報編集局嘱託　[生]昭和14年11月26日　[出]沖縄県宮古島七原村（現・平良市）　[学]首里高卒　[賞]沖縄タイムス芸術選賞奨励賞（昭和59年）、山之口貘賞（第7回）（昭和59年）「赤土の恋」　[歴]昭和34年琉球新報社に入社。39年退社し、上京。業界紙記者、コピーライターなどを経て、59年琉球新報編集局嘱託。詩集に「赤土の恋」「風の言ぶれ」「体温—与那覇幹夫詩集」がある。

米川 千嘉子　よねかわ・ちかこ
歌人　[生]昭和34年10月29日　[出]千葉県　本名＝坂井千嘉子　[学]早稲田大学第一文学部国語国文学科卒　[賞]角川短歌賞（第31回）（昭和60年）、現代歌人協会賞（第33回）（平成1年）「夏空の櫂」、河野愛子賞（第4回）（平成6年）「一夏（いちげ）」　[歴]短歌同人「かりん」に所属。昭和60年第31回角川短歌賞を受賞、大型新人として注目を浴びる。著書に歌集「夏空の櫂」「一夏（いちげ）」、「和歌の読みかた」（共著）。

米口 実　よねくち・みのる
歌人　元・神戸常盤短期大学教授　[専]国文学　[生]大正10年12月9日　[出]兵庫県姫路市　[学]東京帝大文学部国語国文学科（昭和23年）卒　[賞]勲五等双光旭日章（平成4年）、神戸市文化賞（平成5年）　[歴]昭和23年中部日本新聞社入社。のち高校教諭となり、兵庫県教育委員会事務局課長、公立高校長を経て、57年神戸常盤短期大学教授を歴任。歌人としては「形成」同人を経て、「眩」同人。兵庫県歌人クラブ代表も務める。著書に「現代短歌の文法」歌集に「広葉かがやく」。　[団]現代歌人協会、日本文学協会、東大国語国文学会

米沢 順子　よねざわ・のぶこ
詩人　[生]明治27年11月22日　[没]昭和6年3月22日　[出]東京　[学]三輪田高等女学校卒　[歴]詩話会編「日本詩集」1920年版に詩作を発表、「日本詩人」にも登場。のち白鳥省吾の「地上楽園」、長谷川時雨の「女人芸術」に詩を発表した。洋画も描き、大正8年には自ら装丁した詩集「聖水盤」を出版。詩人年鑑に「内気な壷」があり、長編小説「毒花」も書いた。没後「米沢順子詩集」が出された。

米沢 吾亦紅　よねざわ・われもこう
俳人　元・名村造船専務　[生]明治34年3月20日　[没]昭和61年7月3日　[出]長崎県佐世保市山県町（本籍）　本名＝米沢忠雄（よねざわ・ただお）　[学]九州帝国大学工学部造船科卒　[賞]馬酔木賞、馬酔木功労賞　[歴]大阪鉄工所（現・日立造船）の造船技師を経て、昭和24年名村造船に入社、のち専務となる。俳句は中学時代から作り、6年から「馬酔木」に参加、10年同人となる。31年馬酔木燕巣会を結成し、33年「燕巣」を創刊主宰。句集に「童顔」「老樹」など。　[団]俳人協会

米田 双葉子　よねだ・そうようし
俳人　「渋柿」主宰　[生]明治43年2月28日　[出]愛媛県宇和島市　本名＝米田兼光　[学]愛媛師範（昭和4年）卒　[歴]昭和4年鶴島小訓導、23年大内浦小学校校長、26年岩松小学校校長、29年南宇和教育事務所長、32年鬼北中学校校長を経て、42年退職。一方、8年「渋柿」に入会、松根東洋城に師事。のち選者同人となり、現在主宰。著書に「俳句あれこれ」、句集に「青嵐」がある。　[団]俳人協会、えひめ現代俳画協会（会長）

米田 登　よねだ・のぼる
歌人　「好日」代表　[生]大正8年6月29日　[没]平成5年3月20日　[出]滋賀県蒲生町　[歴]中学在学中の昭和9年「詩歌」に入会、前田夕暮に師事。夕暮没後、28年香川進創刊の「地中海」に参加。34年父・米田雄郎の死を機に「好日」に移り、編集発行を担当する。歌集に「思惟環流」がある。　[団]現代歌人協会、日本ペンクラブ　[家]父＝米田雄郎（歌人）

米田 雄郎　よねだ・ゆうろう
歌人　僧侶　[生]明治24年11月1日　[没]昭和34年3月5日　[出]奈良県磯城郡川西村　本名＝米田雄還　[学]早稲田大学中退　[歴]明治44年白日社に入社、前田夕暮に師事。以来夕暮の死まで「詩歌」にて作歌。大学中退後、大正7年滋賀県蒲生郡桜川村（現・蒲生町）の極楽寺住職となり、歌人、宗教家として活動。15年滋賀県歌人連

盟を結成、昭和27年「好日」創刊、後進の指導にもあたる。また同年滋賀文学会をつくり、初代会長に就任、文芸の発展に尽力した。歌集「日没」「朝の挨拶」「青天人」他。平成5年「米田雄郎全歌集」が刊行される。

米田 律子　よねだ・りつこ
歌人　[生]昭和3年5月26日　[出]京都府京都市　[学]京都府立女専卒　[歴]在学中、短歌部で加藤順三・高安国世の指導を受ける。昭和22年「ぎしぎし」入会。その解散後、26年「未来」に、29年「塔」に入会。46年「あしかび」にも発足と同時に参加。歌集に「渓流集」「春秋花賦」がある。　[団]現代歌人協会、現代歌人集会、日本文芸家協会

米谷 静二　よねたに・せいじ
俳人　鹿児島大学名誉教授　[専]地理学　[生]大正10年9月3日　[没]平成1年4月7日　[出]東京・日本橋　[学]東京帝大理学部地理学科(昭和19年)卒　[歴]昭和23年「馬酔木」に投句。28年「ざぼん」を創刊し、主宰。32年「馬酔木」同人。59年「橡」を創刊。句集に「霧島」「青鳩」「福寿星」。[団]俳人協会

ヨネ・ノグチ
⇒野口米次郎(のぐち・よねじろう)を見よ

米満 英男　よねみつ・ひでお
歌人　[生]昭和3年3月19日　[出]大阪府　[学]立命館大学国文学科卒　[歴]昭和33年引野収の「短歌世代」創刊同人。38年吉田弥寿夫らと同人誌「鴉」発刊。塚本邦雄をリーダーとする関西青年歌人会の世話人となり、現代短歌運動に参加。のち「海馬」編集、「黒曜座」編集代表。著書に歌集「父の荒地・母の沿岸」「遊歌之巻」、「花体論」「遊神帖」など。　[団]現代歌人集会、現代歌人協会、日本文芸家協会

米村 敏人　よねむら・としひと
詩人　[生]昭和20年1月7日　[出]熊本市　本名＝米村敏人(よねむら・としと)　[学]京都市立洛陽高卒　[歴]島津製作所に勤務。高校時代から詩作を始め、寺山修司、黒田喜夫の影響を受ける。詩と思想誌「白鯨」のメンバー。詩集に「空の絵本」「鶏劇」「仔の捨て屋」、評論集に「わが村史」がある。

米本 重信　よねもと・しげのぶ
歌人　[生]明治42年7月12日　[出]千葉県　[歴]旧制中学時代より作歌し、大正11年「橄欖」創刊と同時に入会、吉植庄亮に師事。昭和2年「土筆」を創刊主宰。また北原白秋らの「短歌民族」の創刊に加わる。戦後「橄欖」を復刊、編集発行にあたり、選者と運営委員を兼ねる。55年「天雲」を創刊。歌集に「処女林」「山守」がある。

米屋 猛　よねや・たけし
詩人　[生]昭和5年10月11日　[出]秋田県男鹿市船越字船越　[学]秋田商業高校卒　[賞]小熊秀雄賞(第13回)(昭和55年)「家系」、男鹿市芸術文化章(昭和56年)、秋田県芸術選奨(昭和61年)「壊れた夢」　[歴]詩と評論「海流の会」編集委員、詩誌「舫」同人、歌誌「月光」会員。さきがけ詩壇選者。　[団]日本現代詩人会

米谷 祐司　よねや・ゆうじ
詩人　月刊「おたる」代表　[生]昭和9年1月8日　[出]北海道小樽市　本名＝米谷裕司　[歴]タウン誌「月刊おたる」代表、小樽市民劇場運営委員長をつとめる一方、同人誌「核」に参加。詩集に「甘い文明」「海の甘くなるとき」「花と虚無」「北方で果てよ」などがある。　[団]日本現代詩人会

米山 梅吉　よねやま・うめきち
歌人　三井信託社長　[生]慶応4年2月(1868年)　[没]昭和21年4月　[出]東京　旧姓(名)＝和田　[学]ウエスレヤン大学(米国)卒　[歴]沼津中を中退後、東京英和学校、福音会英和学校に学び、明治20年渡米、28年帰国。日本鉄道を経て、30年三井銀行入社、31年池田成彬らと渡米、英米の銀行で事務を見習い32年帰国。大津、横浜、大阪各支店長などを歴任、42年株式会社改組後常務。大正9年三井合名参与。13年三井信託を設立、社長、14年信託協会会長。昭和7年三井合名理事、9年三井信託会長、三井報恩会理事長。11年いずれも辞任、青山学院緑岡小校長。著書に「提督波理」「飛脚だより」「銀行行余録」、歌集「八十七日」「東また東」「四十雀」などがある。

米山 敏雄　よねやま・としお
歌人　[生]昭和7年1月2日　[没]平成12年12月19日　[出]新潟県　[学]新潟大学教育学部　[賞]表現賞(第3回)(昭和40年)、魚野賞(第1回)(昭和42年)　[歴]昭和27年「アザミ」に入会し、山口茂吉に師事。36年師没後その後継誌である「表現」創刊に加わり、礒幾造に師事。また41年「魚野」創刊に参画。歌集に「曇る雪野」「山霧」など。

米納 三雄　よのう・みつお
　歌人　⽣大正15年4月2日　出福岡県大牟田市
　学慶応義塾大学文学部(昭和29年)卒　賞O先生賞—コスモス短歌会(第10回)(昭和38年)、熊日短歌大会天賞(昭和54年)　歴昭和24年小学校教師、29年中学校英語科教師、48年中学校教頭を歴任、52年中学校校長となる。62年退職。この間、34年に宮柊二主宰の短歌結社「コスモス」に入会。38年コスモス短歌会熊本支部の責任者、40年「外輪」主宰。57年熊本県文化懇話会、同文化協会短歌部門の世話人、60年熊本県民文芸賞短歌部門の審査員。のち、「槙」主宰。歌集に「五月」「棟の花」がある。
　所コスモス短歌会

四方 章夫　よも・あきお
　詩人　評論家　誌言語 衣　⽣昭和14年11月26日　没平成13年12月29日　出福島県　本名=秋山茂　学大阪市立大学文学部(昭和38年)卒　歴著書に「方法としての衣」「文学における共同制作」「前衛詩詩論」、詩集に「市街のプロソディ」「消えた街」「市街それぞれ」など。
　所日本言語学会、日本現代詩人会、日本ペンクラブ、新日本文学会、日本文芸家協会

蓬田 紀枝子　よもぎだ・きえこ
　俳人　「駒草」主宰　⽣昭和5年2月1日　出宮城県仙台市　学宮城学院女専中退　賞駒草賞(昭和45年)、宮城県芸術選奨(昭和50年)、俳人協会評論賞(第14回)(平成12年)「阿部みどり女ノート・青柳に…」　歴昭和20年「駒草」復刊より阿部みどり女に師事。25年「駒草」同人、のち主宰。45年宮城県芸術協会会員。平成12年私家版「阿部みどり女ノート・青柳に…」で俳人協会評論賞を受賞。句集に「青山椒」などがある。　所俳人協会、日本文芸家協会

依岡 菅根　よりおか・すがね
　俳人　高知市立高須小学校長　⽣昭和7年10月16日　出高知県土佐清水市窪津　歴昭和30年梅の木句会を発起、32年「ホトトギス」所属、37年「玉藻」所属、38年吾北俳壇(吾川郡吾北新聞)選者、43年高知市笛画廊にて俳句個展を催す、46年清水句会を発起、47年高知県俳句連盟選者、56年笹子句会を発起、59年高知県俳句連盟より貢献表彰される。著書に「句集風花」がある。　所日本伝統俳句協会

依光 陽子　よりみつ・ようこ
　俳人　⽣昭和39年3月26日　出千葉県　賞角川俳句賞(第44回)(平成11年)　歴10代から絵やロックバンドに取り組む。平成5年俳句と出会い、のめり込む。季語と定型を大切にする伝統的な作風にこだわり、斉藤夏風が主宰する俳句結社・屋根の同人としても活動。　家夫=依光正樹(俳人)

萬屋 雄一　よろずや・ゆういち
　詩人　詩誌「異類」主宰　⽣昭和34年　出秋田県秋田市　歴詩誌「異類」主宰。詩誌「火箭」「鮎」同人。著書に「誰のものでもないソレア—萬屋雄一詩集」がある。

【ら】

羅 蘇山人　ら・そさんじん
　俳人　国中国　⽣1881年　没1902年3月24日　出蘇州(一説に長崎)　本名=羅朝斌(ルオ・ザオビン)　別号=臥雲、聰松　歴父は清国公使館通訳で母は日本人。東京で育ち日本語をよくした。1900(明治33)年湖北省武昌県に赴任し、通訳するなど中国大陸を転々とするが、胸を患い同年東京に帰り療養生活に入る。一方、外国俳人第1号として1897年「文華」への投稿を皮切りに日本文壇への進出が始まる。これがきっかけで選者の野口寧斎と巌谷小波の知遇を得て、木曜会、紫吟社に出入りし始めた。後に日本派にも接近して虚子や子規の親炙を受け、俳句は「文華」「ホトトギス」「文庫」「卯杖」「春夏秋冬」明治百人十句」などに掲載された。容貌、品格、実力を兼ね備え明治俳壇の人気者として5年の短い俳句生涯に多くの作品を残した。また小説や新体詩も作り、1899年「幼年世界」に中国の小説を発表した。のち池上浩山人によって「蘇山人句集」が編まれている。

頼 圭二郎　らい・けいじろう
　詩人　⽣昭和19年　出長崎県　歴昭和56年詩人会議会員を経て、詩誌「ぱぴるす」同人。60年加納正也と「詩と版画展」を開く。詩集に「狂気のまじめ考」「疑似窃盗」「許否の美学—頼圭二郎詩集」がある。

【り】

李 承淳　り・しょうじゅん(イ・スンスン)
ピアニスト　詩人　[国]韓国　[学]ソウル大学音楽学部ピアノ学科卒、武蔵野音楽大学卒　[歴]ピアノ演奏を続けながら客席特派員を務める。また詩人として朗読を中心に活動。音楽の友社「ポリフォーン」などで韓国音楽について寄稿、翻訳を行う。著書に詩集「旅人の悲しい節」「肩の力を抜いて」「過ぎた月日を脱ぎ棄て―李承淳詩集」がある。

李 正子　り・まさこ(イ・ジョンジャ)
歌人　「風」主宰　[国]韓国　[生]1947年3月3日　[出]三重県上野市　通名＝香山正子　[学]上野高('65年)卒　[歴]在日韓国人2世で、喫茶店を経営。高校から短歌を始め、在日韓国・朝鮮人の心をうたう。「未来」同人。平成5年作品3首が高校1年用教科書に採用される。短歌誌「風」主宰。歌集に「鳳仙花(ポンソンファ)のうた」「ナグネタリョン―永遠の旅人」「葉桜」、エッセイ集に「ふりむけば日本」がある。

リカ キヨシ
歌人　[生]大正12年4月15日　[出]朝鮮・慶尚南道　本名＝李家清一　[歴]6歳で来日し、昭和18年より独学で作歌を始める。「新日本歌人」、中部「短歌」、名古屋「核ぐるーぷ」に拠り、36年より豊橋市の同人誌「楡」創刊に参加、発行を担当。歌集に「人間記録」「告日本歌」、共著に「新人立論」などがある。

龍 秀美　りゅう・ひでみ
詩人　「花粉期」代表　[生]昭和23年5月12日　[出]福岡県福岡市　[賞]福岡市民芸術祭賞(昭和59年)、福岡市文学賞(第16回)「花象譚」、福岡県詩人賞(第19回)(昭和61年)「花象譚」、H氏賞(第50回)(平成12年)「TAIWAN」　[歴]昭和54年女性7人で詩誌「花粉期」を創刊。60年代表作を集めた詩集「花象譚」を刊行し、61年福岡市文学賞と福岡県詩人賞を受賞。北原白秋から久留米叙情派につづく流れの先端に位する女流詩人として活躍。他の作品に「TAIWAN」がある。秀巧社印刷に勤務。　[団]福岡県詩人会、福岡県文化連盟、現代詩人会

梁 石日　りょう・せきじつ(ヤン・ソクイル)
作家　詩人　[国]韓国　[生]1936年8月13日　[出]済州島　本名＝梁正雄(ヤン・ジョンウ)　[学]高津高卒　[興]人間の反自然的存在―仮装された自然の擬態について　[賞]青丘文化賞(第16回)(平成2年)、山本周五郎賞(平成10年)「血と骨」　[歴]29歳の時、事業に失敗し、莫大な負債をかかえる。各地を放浪。様々な職を経て、タクシードライバーを10年つとめた後、作家に。平成10年「血と骨」で山本周五郎賞を受賞。同年柳美里原作の映画「家族シネマ」に主演。12年著書「夜を賭けて」が日韓合同で映画化される。他の著書に詩集「悪魔の彼方へ」、小説「タクシー狂躁曲」「族譜の果て」「夜の河を渡れ」「子宮の中の子守歌」「男の性解放―女からの質問状」「Z」「死は炎のごとく」、ノンフィクション「タクシードライバー日誌」、高村薫との共著に「快楽と救済」など。　[団]日本文芸家協会

【れ】

冷泉 為紀　れいぜい・ためもと
歌人　[生]安政1年1月11日(1854年)　[没]明治38年11月24日　[出]京都　[歴]冷泉家(上冷泉家)22代当主。明治16年宮内省御用掛、21年御歌所参候となり31年伊勢神宮大宮司に任ぜられる。和歌のほか、書もよくし、有職故実にも通じた。正二位伯爵。

【ろ】

盧 進容　ろ・しんよう(ノ・ジンヨン)
詩人　[生]1952年　[出]兵庫県神戸市　[学]神戸朝鮮高級学校('71年)卒　[歴]在日朝鮮人2世。会計事務の仕事の傍ら、詩作に取り組む。1995年1月17日自宅で阪神大震災に遭い、同胞の友人、知人を多数失う。避難生活の中で作った「大震災」などをまとめて、詩集「赤い月」を出版。'98年第2弾として「コウベドリーム」を出版。

六本 和子　ろくもと・かずこ
俳人　[生]明治44年9月25日　[出]大阪府　[学]大手前高女卒　[賞]万蕾群青賞(昭和54年)　[歴]昭和29年「馬酔木」に投句。31年「女性俳句」入会、殿村菟絲子の指導を受ける。34年「鶴」に

入会、47年「万蕾」創刊同人となる。その後編集同人。句集に「黄繭」「藤袴」がある。㊗俳人協会

六角 文夫　ろっかく・ふみお
俳人　「雁」主宰　㊍昭和4年8月1日　㊐栃木県　㊥雲母賞(昭和49年)　㊨昭和35年俳誌「雲母」入会。「雁」主宰、NHK学園俳句講座講師、「雲母」同人を経て、平成5年「白露」に入会。句集(共著)に「花句会」「羽音」。

【わ】

若井 三青　わかい・さんせい
歌人　㊍昭和4年4月5日　㊐新潟県　本名=若井三晴(わかい・みつはる)　㊥潮汐賞(昭和42年)、潮汐大賞(昭和53年)　㊨昭和40年鹿児島寿蔵に師事して「潮汐」に入会、52年より55年まで編集。45年「四照花会」結成に参加、運営に当る。57年「求青」創刊に参加、編集同人。42年短歌研究新人賞次席、潮汐賞。53年潮汐大賞。歌集に「青花」がある。　㊗現代歌人協会

若井 新一　わかい・しんいち
俳人　㊍昭和22年9月28日　㊐新潟県　㊥角川俳句賞(第43回)(平成9年)「早苗饗(さなぶり)」　㊨「狩」同人。平成9年第43回角川俳句賞を受賞。句集に「雪意」「雪田」がある。

若尾 瀾水　わかお・らんすい
俳人　㊍明治10年1月14日　㊣昭和36年12月1日　㊐高知県　本名=若尾庄吾　㊛東京帝大卒　㊨三高在学中「京阪満月会」に、二高に移って「奥羽百文会」に参加、東大に入って子規庵句会に出た。子規の死後「子規子の死」を書いて追放された。大正10年「海月」を創刊したが2年後終刊。「若尾瀾水俳論集」がある。

若木 一朗　わかき・いちろう
俳人　㊍大正8年1月17日　㊐秋田県　本名=若木重和　㊛秋田商卒　㊥山火賞(昭和33年)　㊨昭和23年福田蓼汀に師事、俳句をはじめる。30年「山火」同人。40年俳人協会に入会。現代俳句選集編集委員、俳人協会会員名鑑編集委員を務める。句集に「霧雪」「霧雪茫々」「俳人協会若木一朗集」がある。　㊗俳人協会

若狭 紀元　わかさ・のりもと
詩人　㊍昭和2年2月11日　㊐石川県　筆名=若狭雅裕　㊥日本海文学大賞詩部門奨励賞「日月抄」(平成2年)　㊨昭和49年～55年誌詩「火の子」同人。51年～平成2年詩誌「時間」同人。平成2年詩誌「橘」同人。詩集に「夕日が沈むまで」「日月譚」「詩集 石の耳」がある。

若杉 鳥子　わかすぎ・とりこ
歌人　小説家　㊍明治25年12月25日　㊣昭和12年12月18日　㊐東京・下谷　㊨「女子文壇」に小説を投稿。芸者置屋の養女となったが、家業を嫌って上京、中央新聞の記者となった。大正14年「烈日」で認められプロレタリア女流作家の草分けとなった。「梁上の足」「古鏡」「帰郷」などの主要作と随想短歌を収めた遺稿集「帰郷」がある。平成11年「一水塵―若杉鳥子詩歌集」(林幸雄編)が刊行された。

若月 紫蘭　わかつき・しらん
劇作家　俳人　演劇研究家　国文学者　㊛国文学　㊍明治12年2月10日　㊣昭和37年7月22日　㊐山口県防府市　本名=若月保治　㊛東京帝国大学英文科(明治36年)卒　㊨明治41年万朝報に入社し、大正11年まで勤務。のち東洋大学教授、日本大学、山口大学講師を務めた。その間、メーテルリンク「青い鳥」や「アナトール・フランス傑作集」などを翻訳。その一方で戯曲を執筆し、「滅び行く家」「石田三成の死」などの著書を刊行。10年「人と芸術」を創刊、11年新劇研究所を設立。12年から国文学研究に転じ「古浄瑠璃の新研究」などを著した。また旧制山口高校時代より句作を始め、のち大野酒竹、沼波瓊音に師事。歌俳集「銀鐘」、句集「春の影」がある。

若浜 汐子　わかはま・しおこ
歌人　国文学者　元・国士舘大学文学部教授　㊍明治36年9月13日　㊣平成11年3月26日　㊐大阪府　本名=大窪梅子　㊛駒沢大学大学院上代文学専攻(昭和31年)修士課程修了　文学博士(昭和37年)　㊨立正安国会を創立した田中智学の二女として、明治36年大阪に生まれ、のち鎌倉で育つ。幼少より歌作にはげみ、43年8歳で海上比左子に師事。昭和2年「アララギ」入会。21年「白路」入会、編集同人。52年「白路」主宰。この間、2年に27歳で夫と死別。自立すべく18年から教師を務めながら、31年大学院を修了。41年国士舘大学文学部教授となり、53年定年退職。歌集に「日本琴」「結び松」「五百重浪」、歌文集「隠岐吟懐」、著書に「万葉植物原色図

譜」「万葉旅情」「万葉の山河」など多数。 [家]父＝田中智学(仏教学者)

若林 南山　わかばやし・なんざん
俳人　[生]明治44年8月31日　[出]岡山県　本名＝若林輝夫　[学]上海東亜同人書院卒　[歴]張家口蒙彊銀行にて馬酔木系句会に参加。昭和37年「ホトトギス」同人の山下豊水に入門、後大橋桜坡子に師事。下村非文に学び「山茶花」同人となる。42年「河内野」創刊編集兼発行所担当。句集に「よろこび」「南船北馬」「金婚」がある。 [団]俳人協会

若林 牧春　わかばやし・ぼくしゅん
歌人　[生]明治19年9月11日　[没]昭和49年6月29日　[出]東京・町田市　本名＝岡部軍治　[歴]北原白秋に師事し「朱欒」「地上巡礼」「烟草の花」「多磨」などに参加。昭和28年中央線会友となり、40年歌集「冬鶯集」を刊行した。

若林 光江　わかばやし・みつえ
詩人　[生]昭和26年4月8日　[出]栃木県　本名＝宇賀神光江　[学]東京学芸大学卒　[賞]年刊現代詩集新人賞(第3回)(昭和57年)「沈黙」　[歴]「guiクラブ」に所属。詩集に「沈黙」「天使の風船」「夜のトルソー」「不思議な雨」などがある。 [団]日本詩人クラブ

若林 芳樹　わかばやし・よしき
歌人　「燔祭」主宰　[生]明治39年1月1日　[出]和歌山県新宮市取出990　[歴]教職在職51年。宮崎・鹿児島・和歌山各県の旧制中学校、新制高校の国語科教諭、高校長などを歴任。「創作」同人。著書に「欽堂詩鈔」(編著)、歌集に「朝の光」「野の花」、句集に「虹」、随筆集に「奥熊野」他。 [団]日本歌人クラブ、新宮文化協会(理事)、日本基督教会新宮教会、紀州旧友会(世話人)

若松 丈太郎　わかまつ・じょうたろう
高校教師(福島県立原町高)　詩人　[生]昭和10年6月13日　[出]岩手県江刺市　[学]福島大学卒　[賞]福島県文学賞(詩，第14回)(昭和34年)「夜の森」、福田正夫賞(第2回)(昭和63年)「海のほうへ 海のほうから」　[歴]「海岸線」同人。昭和63年詩集「海のほうへ 海のほうから」で、第2回福田正夫賞受賞。福島県文学賞審査委員を務める。 [団]日本現代詩人会

若谷 和子　わかや・かずこ
詩人　児童文学作家　日本童謡協会理事　[生]昭和18年6月26日　[出]埼玉県与野市　本名＝武井和子　[学]上野学園大学声楽科(昭和41年)卒　[賞]NHK児童文学賞(第2回)(昭和39年)「小さい木馬」　[歴]ミュージカルの訳詞、詩集、絵本などの仕事に携わる。「木曜手帖」同人。詩集に「まごころ」「想い出をひらく鍵」など、絵本に「ゆめみおばさん」「こぶしの花のさくころ」他。 [団]詩と音楽の会、日本童謡協会(理事)、日本音楽著作権協会(評議員)

若山 喜志子　わかやま・きしこ
歌人　[生]明治21年5月28日　[没]昭和43年8月19日　[出]長野県　本名＝若山喜志　旧姓(名)＝太田　[歴]若くして文学を志し、太田水穂の紹介で明治45年若山牧水と結婚。昭和3年牧水の死に会い「創作」代表となり、43年逝去するまで女流歌人の代表として活躍。歌集は「無花果」ほか計6冊あり、56年「若山喜志子全歌集」が刊行された。 [家]夫＝若山牧水(歌人)、長男＝若山旅人(歌人)、妹＝潮みどり(歌人)

若山 大介　わかやま・だいすけ
川柳作家　[生]昭和7年6月30日　[出]宮城県仙台市　本名＝高橋日出丸　[学]東北大学経済学部中退　[賞]川柳宮城野賞(S34年度)　[歴]昭和26年より川柳作句を始め、27年川柳ほたる会同人、38年川柳宮城野社同人。宮城県川柳連盟理事、宮城県芸術協会文芸年鑑編集委員、川柳ともしび句会代表、川柳いなごぐるうぷ代表などを務める。東北放送(TBC)ラジオ「おはよう広場川柳教室」の選者を務め、番組を再現した本に「かけあい指南川柳入門」がある。

若山 旅人　わかやま・たびと
歌人　[生]大正2年5月8日　[没]平成10年3月14日　[出]静岡県沼津市　[学]横浜高工建築学科(昭和10年)卒　[資]1級建築士　[歴]住友本社工作課勤務を経て、戦後、若山旅人設計事務所創設。昭和43年父・牧水が主宰した歌誌「創作」発行人に推され、47年設計事務所を閉じ、「創作」を引き継ぐ。平成3年静岡県沼津市の若山牧水記念館館長。歌集に「若山旅人歌集」「白い霧」。 [団]日本文芸家協会、現代歌人協会、日本歌人クラブ、多摩歌話会　[家]父＝若山牧水(歌人)、母＝若山喜志子(歌人)

若山 とみ子　わかやま・とみこ
歌人　「創作」主宰　⽣大正15年12月21日　⽣出大阪府　本名=若山登美子　学岸和田高女卒　所「創作」主宰・編集人。歌集に「ゆめのかけら」「闇の蝉」がある。　団日本文芸家協会、現代歌人協会

若山 紀子　わかやま・のりこ
詩人　⽣昭和10年　⽣出岐阜県　著詩集に「ぶるうす」「今朝 階段を上がるとき」などがある。

若山 牧水　わかやま・ぼくすい
歌人　⽣明治18年8月24日　没昭和3年9月17日　⽣出宮崎県東臼杵郡坪谷村（現・東郷町坪谷）　本名=若山繁　学早稲田大学英文科（明治41年）卒　所中学時代から歌作を始め、早大高等予科入学直後、尾上柴舟門下に入門。明治41年早大卒業と同時に第一歌集「海の声」を自費出版。43年第三歌集「別離」（「海の声」と第二歌集「独り歌へる」を含む）を刊行し、歌壇に牧水・夕暮時代が出現する。同年創刊された「創作」の編集をし、第2次の大正2年より編集発行人となり、生涯雑誌となる。歌と酒と旅を愛し、9年から沼津に居住。他の歌集に「路上」「死か芸術か」「みなかみ」「くろ土」「山桜の歌」など、歌論歌話集に「牧水歌話」「短歌作法」など、紀行文・随筆集に「旅とふる郷」「みなかみ紀行」「海より山より」などがある。他に「若山牧水全集」（全13巻、雄鶏社）がある。平成7年宮崎県が優れた短歌を顕彰する若山牧水賞を創設。宮崎県東郷町に牧水記念館がある。　家妻=若山喜志子（歌人）、長男=若山旅人（歌人）

脇本 星浪　わきもと・せいろう
俳人　「朱欒」主宰　⽣昭和7年6月17日　⽣出鹿児島県鹿屋市　所昭和20年「鹿大俳句」に参加。28年「ざぼん」の同人となり、また「馬酔木」「鶴」にて俳句を学ぶ。39年「鷹」同人。51年同人誌「雄視界」発行。57年俳誌「茶話綴」発行。60年俳誌「竹」発行。平成元年7月より俳誌「朱欒」を主宰する。句集に「暖流」「羽化」他。

脇屋 川柳　わきや・せんりゅう
川柳作家　元・東京川柳会主宰　第15代川柳　⽣大正15年9月21日　⽣出東京　本名=脇屋保　所14代根岸川柳に師事。昭和54年14代の遺志により、15代川柳を継ぐ。著書に「『甲子夜話』の中の川柳」（私家版）、「松浦静山と川柳」など。　団日本川柳協会、日本川柳ペンクラブ（常任理事）

和久田 隆子　わくだ・りゅうこ
俳人　⽣昭和10年4月3日　⽣出静岡県浜松市　学金城学院大学短期大学部国文科（昭和31年）卒　賞笹賞（第2回）　所昭和51年から作句。同年東海俳句懇話会に入会。55年「笹」創刊、同人。大学時代の級友であり俳友である伊藤敬子と共に「笹」を支えた。のち「天為」同人。句集に「和事」「露芝」「遠江」がある。　団俳人協会

和合 亮一　わごう・りょういち
詩人　高校教師（川俣高）　⽣昭和43年　⽣出福島県福島市　賞福島県文学賞（平成5年）、中原中也賞（平成11年）「AFTER」　所大学時代詩に目覚め、詩作に励む傍ら、文字で書かれた二次元の詩を三次元化させようと、ステージで音楽やダンス、絵画や書とともに詩を朗読するパフォーマンスを続け、東京、新潟、福島などで公演。高校教師になってからは生徒にも詩を書かせ、詩を通したコミュニケーションを続ける。平成10年20代前半から書きためた16編を収録し、第一詩集「AFTER」を出版。11年同詩集で中原中也賞を受賞し、英訳されて海外にも紹介される。

鷲尾 賢也　わしお・けんや
⇒小高賢（こだか・けん）を見よ

鷲尾 酔一　わしお・こういち
歌人　⽣大正7年1月27日　⽣出新潟県　本名=鷲尾儀治　賞角川短歌賞（第9回）（昭和38年）「ゴーガン忌」　所結社に属さず独自の作品活動を展開する。

ワシオ トシヒコ
美術評論家　詩人　専詩 日本近・現代美術　⽣昭和18年12月19日　⽣出岩手県釜石市　本名=鷲尾俊彦　学国学院大学卒　所高校教師、コピーライター、雑誌編集者などを経て、昭和56年より美術評論を中心とする文筆の道へ。駿河台大学講師、女子美術大学講師も務める。著書に「具象系絵画の現在」「異色画家論ノート」「四方田草炎デッサン集」「回想と評伝抄 画家・小泉清の肖像」、詩集「星ひとつ」「身売り話」「都市荒野」、美術批評集「個展80評」、現代句集「列島鬼何学」など。　団日本現代詩人会、美術評論家連盟、日本ペンクラブ

鷲巣 繁男　わしす・しげお
詩人　評論家　[専]宗教(ギリシア正教)　[生]大正4年1月7日　[没]昭和57年7月27日　[出]神奈川県横浜市　別号=不羣(ふぐん)、霊名=ダニール　[学]横浜商業学校(昭和7年)卒　[賞]歴程賞(第10回)(昭和47年)「定本・鷲巣繁男詩集」、高見順賞(第12回)(昭和56年)「行為の歌」　[歴]ギリシア正教徒の家庭に生まれ、幼児洗礼を受ける。作家を志して小島政二郎に弟子入りしたが挫折。昭和15年から富沢赤黄男に師事して句作をする。兵役を経て、戦後21年北海道雨滝郡沼田町五ケ山開拓地に入植、職を転々とした。23年ごろ詩作に転じ、「歴程」「饗宴」同人となる。25年第一詩集「悪胤」を刊行。47年埼玉県へ移住。同年第10回「歴程賞」を、56年第12回高見順賞を受賞。宗教詩人といわれ、主な詩集に「末裔の旗」「蛮族の眼の下」「定本・鷲巣繁男詩集」「行為の歌」、評論集に「呪法と変容」などがある。

鷲谷 七菜子　わしたに・ななこ
俳人　「南風」主宰　[生]大正12年1月7日　[出]大阪府大阪市中央区博労町　本名=鷲谷ナナ子　[学]夕陽丘高女卒　[賞]現代俳句女流賞(第2回)(昭和52年)「花寂び」、俳人協会賞(第23回)(昭和58年)「游影」　[歴]女学校時代より句作をはじめ、昭和17年「馬酔木」、21年「南風」に入り山口草堂に指導を受ける。23年「南風」同人、32年「馬酔木」同人。57年「馬酔木」退会。60年から「南風」主宰。句集「黄炎」「銃身」「花寂び」「游影」「天鼓」、随筆集「咲く花散る花」「古都残照」、指導書「現代俳句入門」、共著に「現代の秀句」「女流俳句の世界」「季題入門」「山口草堂の世界」がある。　[団]俳人協会(顧問)、日本文芸家協会　[家]父=楳茂都陸平(日本舞踊家・故人)、母=吉野雪子(元宝塚スター)

鷲谷 峰雄　わしや・みねお
詩人　[生]昭和18年5月28日　[出]北海道函館市　[学]函館商高卒、文化学院中退　[賞]北海道詩人協会賞(第12回)(昭和49年)「幼年ノート」、北海道文化奨励賞(平成12年)　[歴]昭和44年「詩学」研究会に参加、45年詩誌「オブ」創刊、「核」に参加。46年「地球」同人となる。詩集に「忘れるだけの海」「花についての断章」「幼年ノート」「果実詩篇」などがある。　[団]日本現代詩人会、北海道詩人協会員

和田 光利　わだ・あきとし
俳人　[生]明治36年11月22日　[没]平成3年6月13日　[出]山形県鶴岡市　旧号=和田秋兎死　[学]高小卒　[賞]荻原井泉水賞(昭和44年)　[歴]9歳のとき、荻原井泉水の「新しき俳句の作り方」を読んで感銘し、大正12年「層雲」に参加。「層雲」中期の代表作家となる。第一句集「月山」から「遠矢の鷹」まで自選句集11冊がある。

和田 久太郎　わだ・きゅうたろう
無政府主義者　俳人　[生]明治26年2月6日　[没]昭和3年2月20日　[出]兵庫県明石郡明石町　別号=錦江、酔蜂　[歴]大阪で株屋の丁稚から店員となるが、20歳の時放浪して社会主義者となり、上京して大杉栄らのアナキズム運動に参加。大正13年陸軍大将福田雅太郎を、前年の大杉栄夫妻虐殺の復讐として狙撃したが失敗に終わり、無期懲役に処せられ、昭和3年秋田監獄で縊死した。著書に獄中の俳句、短歌、書簡を収めた「獄窓から」がある。

和田 御雲　わだ・ぎょうん
俳人　[生]明治23年10月28日　[没]昭和43年4月25日　[出]東京市　本名=和田久左衛門　[歴]臼田亜浪に師事し「石楠」の最高幹部。大正11年井上日石の「千鳥」解消後「水郷」を創刊。これを主宰し、「水鳥」と改題して続刊7年半。昭和12年、日石の「石鳥」に合併。句集に「水郷」がある。

和田 耕三郎　わだ・こうざぶろう
俳人　[生]昭和29年1月29日　[出]茨城県北茨城市　[賞]蘭賞(昭和55年)、蘭同人賞(昭和59年)　[歴]大学在学中から句作。昭和50年「蘭」に入会し野沢節子に師事。55年度蘭賞、59年蘭同人賞受賞。蘭同人。句集に「水瓶座」「午餐」「自解100句選和田耕三郎集」がある。

和田 悟朗　わだ・ごろう
俳人　奈良女子大学名誉教授　[専]無機化学　錯体化学　[生]大正12年6月18日　[出]兵庫県神戸市　[学]大阪大学理学部(昭和23年)卒　理学博士(昭和33年)　[興]俳句型式、俳句と人間　[賞]現代俳句協会賞(第16回)(昭和44年)、兵庫県文化賞(平成4年)、勲三等旭日中綬章(平成11年)　[歴]奈良女子大学理学部教授を務めた後、名誉教授。一方、昭和27年ごろから句作し「坂」「俳句評論」「渦」の創刊時から同人として活躍、のち「白燕」同人。52年から現代俳句協会関西地区議長。平成3年から大阪俳人クラブ会長。句集に「七十万年」「現」「山壊集」「諸葛菜」

「桜守」「法隆寺伝承」「和田悟朗句集」、評論集に「現代の諷詠」「俳人想望」「俳句と自然」「赤尾兜子の世界」などがある。 ㊿日本化学会、現代俳句協会、日本文芸家協会、日本ペンクラブ、大阪俳人クラブ、大阪俳句史研究会

和田 山蘭　わだ・さんらん

歌人　㊾明治15年4月6日　㊽昭和32年1月13日　㊼青森県北津軽郡松島村　本名＝和田直衛　㊻青森師範（明治36年）卒　㊺師範時代から作歌をはじめ金子薫園に師事、のち若山牧水に師事して「創作」に参加。大正2年上京して教員生活に入り、3年処女歌集「落日」を刊行。他の歌集に「きさらぎ」「津軽野」などがある。また書家としても知られた。

和田 繁二郎　わだ・しげじろう

歌人　立命館大学名誉教授　㊻近代日本文学　㊾大正2年2月26日　㊽平成11年7月16日　㊼京都府京都市　号＝和田周三（わだ・しゅうぞう）　㊻立命館大学法学部国文学科（昭和18年）卒、立命館大学大学院国文学修了　文学博士　㊺柴舟会賞（昭和57年）、勲三等瑞宝章（昭和60年）　㊺立命館大学予科教授、立命館大学教授、大谷女子大学教授を歴任。短歌は昭和8年「ポトナム」に入会、小泉苳三に師事。23年より同誌の編集にたずさわり、のち選者。著書に「芥川龍之介」「近代文学創成期の研究」「現代短歌の構想」「明治前期女流作品論」、歌集に「微粒」「雪眼」「環象」「揺曳」「暁闇」「春雷」などがある。㊿日本近代文学会、日本歌人クラブ、現代歌人協会、京都歌人協会、日本文芸家協会、日本文学協会

和田 大象　わだ・たいぞう

歌人　㊾昭和25年12月28日　㊼大阪府大阪市・天満　本名＝和田泰三　㊻早稲田大学政治経済学部（昭和49年）卒　㊺「玲瓏」会員。歌集に「禊ぞ夏の」「世紀末ビジネスマン」「くらはんか」がある。

和田 暖泡　わだ・だんぽう

俳人　㊾大正7年7月8日　㊽平成1年2月15日　㊼東京都豊島区　本名＝和田正（わだ・ただし）　㊻都立園芸高卒　㊺雪解賞（昭和35年）　㊺昭和18年中国海南島で句作を初め、21年復員。22年皆吉爽雨に師事、33年「雪解」同人。「雪解」編集に携わる。句集に「林相」。㊿俳人協会

和田 徹三　わだ・てつぞう

詩人　「湾」主宰　元・北海道薬科大学教授　㊻英文学　㊾明治42年8月4日　㊽平成11年6月27日　㊼北海道余市郡余市町　筆名＝龍木煌　㊻小樽高商（現・小樽商科大学）（昭和6年）卒　㊺日本詩人クラブ賞（第12回）（昭和54年）「和田徹三全詩集」　㊺伊藤整と共に百田宗治主宰「椎の木」同人となり、昭和10年処女詩集「門」を刊行。「日本未来派」などを経て、31年から「湾」主宰。英文学ではH.リードの研究で有名。49～55年北海道薬科大学教授。モダニズム、英詩、実存哲学、インド哲学等に影響を受けた形而上詩を書く。代表作「永遠－わが唯識論」はドイツ語に翻訳された。他の詩集に「金属の下の時間」「唐草物語」「白い海藻の街」「虚」少年詩集「緑のアーチ」長編詩集「神話的な変奏・自然（じねん）回帰」「和田徹三全詩集」「和田徹三全集」（全6巻, 沖積舎）など。㊿日本文芸家協会、日本比較文学会、日本英文学会、日本児童文学者協会

和田 知子　わだ・ともこ

俳人　㊾昭和7年10月31日　㊼東京　㊺昭和52年「雲母」に入会、同人。平成5年「白露」に入会。句集に「瞳子」「考妣」「露」「朝顔」「椿」がある。

和田 博雄　わだ・ひろお

政治家　俳人　元・社会党副委員長　元・参院議員　㊾明治36年2月17日　㊽昭和42年3月4日　㊼埼玉県川越市　㊻東京帝大法学部英法科（大正14年）卒　㊺農林省に入省。昭和16年企画院事件に連座して逮捕される。20年9月復職し、10月農政局長となり、戦後の農政改革に従事。21年第一次吉田内閣の農相、22年片山内閣の国務相、経済安定本部長官、物価庁長官。片山内閣総辞職後、社会党に入党。27年以来、岡山1区から衆院議員に6回当選。この間、29年左派社会党書記長、国際局長を経て、39年初代副委員長となる。大型政策マンとして期待されたが結局未完の大器に終り、41年政界を引退した。俳人としては、「早蕨」の内藤吐天に師事し、句集に「冬夜の駅」「白雨」があるが、42年句会に向かう途中芝公園の路傍で死去した。

和田 文雄　わだ・ふみお

詩人　㊾昭和3年　㊼東京・八王子市　㊺詩集に「恋歌」「女神」「花鎮め」「うこの沙汰」などがある。㊿日本詩人クラブ

和田 保造　わだ・やすぞう
歌人　㋐明治40年3月15日　㋓山梨県　㋕旧制中卒　㋑早くから伊藤生更創刊の「美知思波」に加わり、生更没後その代表編集員。山梨県主催芸術祭の短歌部門選者。歌集に「白い個体」がある。

渡瀬 満茂留　わたせ・まもる
俳人　元・伊勢新聞論説主幹　㋐明治45年7月25日　㋑平成2年8月28日　㋓三重県　㋕安東中（旧制）卒　㋑南風賞（昭和48年）、南風四百号記念評論賞（昭和52年）、三重県Y氏文学賞　㋑朝日新聞記者を経て、伊勢新聞に転じ、報道部長、編集局長、論説主幹を歴任。この間、昭和38年山口草堂に師事、41年「南風」同人。49年「琥珀」を創刊し、主宰。句集に「冬鴉」。㋕俳人協会

渡辺 昭　わたなべ・あきら
俳人　㋐昭和5年6月30日　㋓徳島県　㋕徳島商卒　㋑沖賞（昭和55年）　㋑昭和29年職場句会を通じ皆吉爽雨門に入り、32年「雪解」同人。45年「沖」に入会。能村登四郎、林翔に師事し、48年「沖」同人、のち編集長、同人会長。句集に「流藻晩夏」「早春望野」など。　㋕俳人協会、日本文芸家協会

渡辺 朝次　わたなべ・あさじ
歌人　㋐明治42年12月2日　㋓山梨県　㋑昭和12年「覇王樹」に入会、のち選者。45年「関西覇王樹」社を創立し、編集発行人。歌集に「地下茎」「雪比良」「忍冬」「無患樹」がある。

渡辺 於兎男　わたなべ・おとお
歌人　「砂金」主宰　㋐大正4年1月13日　㋓石川県金沢市　㋑昭和8年より西条八十の「蝋人形」に拠り、戦後「人民短歌」「鶏苑」「灰皿」同人。29年「コスモス」を経て、福戸国人と「冬炎」を発刊。33年「砂金」を創刊、主宰。歌集に「残雪」「雪あかり」「雪花」「雪虫」がある。㋕現代歌人協会、日本歌人クラブ

渡辺 和尾　わたなべ・かずお
川柳作家　川柳みどり会主宰　㋐昭和15年　㋓愛知県半田市　㋑1級建築士　㋑昭和35年から川柳を始め、のち柳誌「緑」の編集人も務める。句集に「うたともだち」「風の旅」「まみどり」「おはよう」など。川柳みどり会を主宰。

渡辺 久二郎　わたなべ・きゅうじろう
歌人　元・大田区教育委員長　㋐明治24年　㋑昭和59年1月4日　㋓新潟県　本名＝渡辺久治郎（わたなべ・きゅうじろう）　㋕松本教育実業学校卒　㋑坑夫の父親とともに各地を転々。苦学して松本教育実業を卒業。プロレタリア歌人として荒畑寒村、平林たい子らと親交を結び、新歌人会の設立・運営に参画。戦後、開拓農業を捨て、東京で兄が経営するセメント会社に勤務し、昭和49年から大田区教育委員を務めた。死後、歌文集「むねん」が自費出版されている。　㋓次男＝なべおさみ（俳優）

渡辺 恭子　わたなべ・きょうこ
俳人　「曲水」主宰　㋐昭和8年7月24日　㋓東京　㋕駒場高卒　㋑水巴賞（昭和56年）　㋑幼少の頃、父水巴より俳句の手ほどきをうける。昭和51年より「曲水」へ投句し、56年7月「曲水」副主宰、57年主宰。句集に「佐保姫」「花野」「香」。㋕俳人協会（評議員）　㋓父＝渡辺水巴（俳人）

渡辺 桂子　わたなべ・けいこ
俳人　㋐明治34年7月5日　㋑昭和59年7月25日　㋓東京市芝区松本町　本名＝渡辺きく　旧姓（名）＝長谷川　㋕東京高女卒　㋑昭和3年渡辺水巴に師事、4年水巴と結婚。27年より水巴の遺した「曲水」を引継ぎ主宰となる。37年俳人協会会員、55年名誉会員。句集に「吉野雛」「吾亦紅」がある。　㋕俳人協会　㋓夫＝渡辺水巴、二女＝渡辺恭子（俳人）

渡辺 洪　わたなべ・こう
歌人　「辛夷」顧問　㋐大正11年8月22日　㋓北海道河東郡音更町　号＝渡辺鼠林（わたなべ・そりん）、渡辺天外（わたなべ・てんがい）　㋑十勝開拓の基礎を築いた晩成社の幹部社員・渡辺勝、カネ夫妻の孫。酪農業、新聞記者を経て昭和48～50年十勝日報社長、後渡辺住宅社長を務める。一方17年「新墾」入社、本格的作歌をはじめ、21年短歌誌「辛夷」を創刊、以後同誌の編集発行の任につく。46年より「短歌文芸賞」選考委員。郷土史、北海道犬の研究でも知られている。著書に歌集「北の流域」「とかち奇談」など。平成2年自宅裏の建物を改造して、祖父母の開拓資料を収納する私設資料館、渡辺勝・カネ開拓資料室を建てた。㋓祖父＝渡辺勝（晩成社幹部社員）、祖母＝渡辺カネ（帯広の開拓の母）

渡辺 幸一　わたなべ・こういち
歌人　ノンフィクション作家　[生]昭和25年10月22日　[出]福岡県門司市(現・北九州市門司区)　[学]北九州大学外国語学部(昭和48年)卒　[賞]朝日歌壇賞(第9回)(平成5年)、角川短歌賞(第41回)(平成7年)、北九州市民文化賞(第30回)(平成9年)　[歴]商社勤務で昭和57年より3年間米国に駐在。平成2年英国に移住し、ロンドンの金融街に勤務。欧州短歌会代表を務める。著書に「イエロー―差別される日本人」、歌集に「霧降る国」、詩集に「鋭利な海」がある。　[団]日本歌人クラブ、欧州短歌会(代表)

渡辺 光風　わたなべ・こうふう
歌人　[生]明治1年　[没]昭和15年1月2日　[出]群馬県前橋市　本名＝渡辺福三郎　[歴]新派和歌興隆期から「少年文庫」「青年文」「文庫」「中央公論」など多くの雑誌新聞歌壇の選を行う。新韻社を興して正派を称し、旧派と新派の折衷的な立場をとった。青少年時代に一度は光風の選を受けた近代歌人は厖大な数にのぼる。昭和6年からハガキ1枚型の個人雑誌「黙笛」を発行した。

渡辺 香墨　わたなべ・こうぼく
俳人　[生]慶応2年5月27日(1866年)　[没]大正1年12月18日　[出]常陸国稲敷郡君原村大形(現・茨城県阿見町)　本名＝渡辺助治郎　[歴]裁判官を経て、弁護士となる。はじめ尾崎紅葉の選を受けるが、明治27年子規門に入る。高田在任中木の芽会を、また台湾では「相思樹」を創刊して台湾俳句界をリードした。稿本句集「香墨句帖」がある。

渡辺 しおり　わたなべ・しおり
俳人　大東文化大学名誉教授　[専]日本文学(中世文学)　[生]大正5年8月11日　[出]東京　本名＝渡辺静子(わたなべ・しずこ)　[学]実践女専国文科(昭和12年)卒、東洋大学大学院文学研究科国文学専攻博士課程修了　[歴]大東文化大学に勤務し、のち名誉教授。また、俳句を松本つや女、木村蕪城、島村茂雄に師事。昭和36年「笛」、44年「雲海」入会、52年「笛」同人、54年「雲海」同人。平成11年まで「笛」編集長を務めた。著書に「竹むきが記総索引」「影印校注春のみやまぢ」「新典社研究叢書〈24〉/中世日記文学序説」「俳論さゝめ草」、句集に「白椿」などがある。　[団]全国大学国語国文学会、中世文学会、俳文学会

渡辺 修三　わたなべ・しゅうぞう
詩人　[生]明治36年12月31日　[没]昭和53年9月9日　[出]宮崎県延岡市　[学]早稲田大学英文科中退　[歴]在学中に「街」を創刊し、のち佐藤惣之助に教わり「詩と詩論」などに詩作を発表。昭和11年からは郷里の延岡で農場経営のかたわら「九州文学」に所属して詩作を続けた。詩集に3年刊行の「エスタの町」をはじめ「ペリカン嶋」「農場」「谷間の人」などがある。

渡辺 順三　わたなべ・じゅんぞう
歌人　社会運動家　[生]明治27年9月10日　[没]昭和47年2月26日　[出]富山市千石町　[学]富山県立富山中学(明治40年)中退　[歴]13歳の時上京、神田の家具商の小僧となる。大正3年空穂の「国民文学」創刊に参加。のち口語歌運動に専念し、14年に「芸術と自由」を創刊したのをはじめさまざまなプロレタリア短歌運動を展開した。昭和16年検挙される。戦後は新日本歌人協会創立のメンバーとなり、21年機関紙「人民短歌」を創刊。24年「新日本歌人」に改題後も一貫して民衆短歌の道を歩いた。著書は、歌集「貧乏の歌」「生活を歌ふ」「烈風の街」「日本の地図」「波動」、評論・研究書「定本・近代短歌史」「石川啄木・その生活と芸術」「秘録・大逆事件」など多数。

渡辺 信一　わたなべ・しんいち
俳人　[生]明治40年3月30日　[没]平成8年9月16日　[出]新潟県　[学]新潟大学医学部研究科卒　[歴]昭和16年「まはぎ」に入門し浜口今夜、中田みづほ、高野素十に指導を受ける。のち「芹」「雪」に所属。句集に「みの虫」「芦の花」「喜寿」がある。　[団]俳人協会

渡辺 信二　わたなべ・しんじ
詩人　立教大学文学部英米文学科教授　[専]英米文学　[生]昭和24年　[出]北海道札幌市　[学]東京大学文学部英文科(昭和48年)卒、東京大学大学院(昭和52年)博士課程中退　[歴]靴のセールスマン、経理事務員、塾教師などをしながら9年間の学生生活を送る。茨城大学人文学部講師、東京学芸大学助教授を経て、立教大学文学部教授。一方、物・言語・システム中心の現代社会の周辺で思い悩みつつ、詩を書き続ける。詩誌「白亜紀」「幻視者」に参加。詩集に「遙かなる現在」「愛する妻へ」「不実な言葉/まことの言葉」、著書に「荒野からうた声が聞こえる―アメリカ詩学の本質と変貌」など。　[団]日本アメリカ文学会、日本エズラ・パウンド協会、日本現代詩人会

渡辺 水巴　わたなべ・すいは
俳人　[生]明治15年6月16日　[没]昭和21年8月13日　[出]東京・浅草小島町　本名＝渡辺義(わたなべ・よし)　別号＝静美、流觴居　[学]日本中(明治32年)中退　[歴]若くして俳句に親しみ、明治33年内藤鳴雪の門に入る。39年「俳諧草紙」を創刊し、42年「文庫」に合併する。大正2年曲水吟社を設立、また「ホトトギス」に投稿する。4年「水巴句集」を刊行し、5年「曲水」を創刊。他の句集に「水巴句帖」「白日」「富士」「水巴句集」(昭31年)などがあり、文集に「路地の家」「彼岸の薄雷」「雨傘」などがある。[家]父＝渡辺省亭(日本画家)、妻＝渡辺桂子(俳人)、娘＝渡辺恭子(俳人)

渡辺 純枝　わたなべ・すみえ
俳人　[生]昭和22年5月13日　[出]三重県　[学]皇学館女子短期大学卒　[賞]青樹賞、霞の花賞　[歴]「青樹」「晨」同人。句集に「只中」「空華」。

渡辺 武信　わたなべ・たけのぶ
詩人　評論家　建築家　渡辺武信設計室所長　[専]建築計画　[生]昭和13年1月10日　[出]神奈川県横浜市　[学]東京大学工学部建築学科(昭和37年)卒、東京大学大学院(昭和44年)博士課程修了　[資]1級建築士　[歴]昭和44年個人アトリエとして渡辺武信設計室を開設、49年法人組織に改組。個人住宅を中心に設計活動を行う。一方、東大教養学部在学中から詩を発表、天沢退二郎らと「赤門詩人」「凶区」などの詩誌を創刊し、詩論、美術批評、ジャズ批評、映画評論など多岐の分野にわたって活躍。著書に「住まい方の思想」、詩集「まぶしい朝・その他の朝」「熱い眠り」、映画評論「ヒーローの夢と死」「日活アクションの華麗な世界」、論集「詩的快楽の行方」など。[団]新日本建築家協会、日本現代詩人会、日本映画ペンクラブ、日本建築学会　[家]父＝渡辺武男(進和テック創業者・故人)、弟＝渡辺保元(進和テック社長・故人)、渡辺正典(進和テック社長)

渡辺 千枝子　わたなべ・ちえこ
俳人　司書教諭　[生]大正14年2月13日　[出]東京　[学]東京都立忍岡高女専攻科卒　[賞]馬酔木賞(昭和51年)　[歴]昭和29年「馬酔木」入門、42年同人。45年～56年「馬酔木」編集部員。句集に「海のこゑ」「さくらどき」など。[団]俳人協会

渡部 千津子　わたなべ・ちずこ
詩人　[生]昭和23年　[出]東京都　[学]桐朋女子高等学校卒　[歴]高校在学中サトウハチロー主宰の木曜会に入会。昭和60年4月、詩の勉強会「爪の会」を始め、詩誌「爪」(季刊)を発行。平成8年11月新しいこどものうたコンサート「あのね」を仲間と開催、同名曲集を発行。著書に詩集「チーズ色の花粉」「DEAR MY SEA」「季節の記憶」などがある。

渡辺 十絲子　わたなべ・としこ
詩人　[生]昭和39年8月1日　[出]東京都　本名＝小川淑子　[学]早稲田大学第一文学部(昭和62年)卒　[賞]小野梓記念芸術賞(昭和62年)「Fの残響」　[歴]大学卒業製作の詩集「Fの残響」で小野梓記念芸術賞を受賞。詩集に「Fの残響」「千年の祈り」。

渡辺 とめ子　わたなべ・とめこ
詩人　歌人　[生]明治15年7月17日　[没]昭和48年6月8日　[出]東京　本名＝渡辺留子　[学]お茶の水女学校　[賞]木下利玄賞(第6回)(昭和19年)　[歴]明治34年結婚するが、大正7年に死別し、のち「心の花」に参加。14年歌集「高原」を刊行。昭和3年「火の鳥」を創刊。他の歌集に「立春」「原型」などがある。[家]父＝大山巌(陸軍大将)

渡辺 朝一　わたなべ・ともいち
歌人　[生]昭和2年5月1日　[出]千葉県　[歴]高等工業校時代より作歌し、昭和22年館山一子の「郷土」創刊に参加。29年「新歌人会」入会。37年玉城徹と「実体」を創刊。49年「渾」を創刊、事務局発行人となる。歌集に「裸人形」「区分帯」「種子ひとつ」などがある。[団]日本歌人クラブ

渡辺 直己　わたなべ・なおき
歌人　[生]明治41年6月4日　[没]昭和14年8月21日　[出]広島県呉市　[学]広島高師国漢科(昭和5年)卒　[歴]呉市立高女の教師をしながら作歌をし、昭和10年アララギに入会、土屋文明に師事する。9年陸軍歩兵少尉となり、12年日華事変で北支派遣軍山下兵団小隊長として天津に応召し、リアリズムに徹した戦争歌を詠むが、14年に戦死。没後の15年「渡辺直己歌集」が刊行された。戦争歌人中の白眉といわれる。

渡部 信義　わたなべ・のぶよし
詩人　[生]明治32年9月5日　[出]福島県会津高田町　[歴]「文章倶楽部」に詩を投稿。大正9年上京、12年ごろから春日庄次郎、松本淳三らと知り左傾。14年「灰色の藁に下がる」を出版。その後は「文芸戦線」や「農民」に詩、小説を発表。詩集「土の言葉」「日本田園」がある。

渡辺 波空　わたなべ・はくう
俳人　[生]明治19年1月21日　[没]大正3年5月31日　[出]愛知県名古屋市下前津　本名＝渡辺博　[学]愛知医専眼科(明治42年)卒　[歴]愛知医専付属眼科病院に勤務。河東碧梧桐門下で、「続春夏秋冬時代」に始まり、約10年間活躍。碧梧桐をして「我が党第一流の作者」と言わしめた。「日本俳句鈔第一集」(上下)、「日本俳句鈔第二集」に句がある。

渡辺 白泉　わたなべ・はくせん
俳人　[生]大正2年3月24日　[没]昭和44年1月30日　[出]東京市赤坂区　本名＝渡辺威徳　[学]慶応義塾大学経済学部(昭和11年)卒　[歴]16歳頃から句作をし「馬酔木」「句と評論」「風」「広場」「京大俳句」「天香」などで新興俳句運動を推進する。昭和15年京大俳句弾圧事件に連座し、以後は古典俳句研究に専念。41年「渡辺白泉集」を刊行した。

渡辺 波光　わたなべ・はこう
民謡・童謡詩人　[生]明治29年6月5日　[出]宮城県　本名＝渡辺虎一　[学]鉄道教習所卒　[歴]国鉄盛岡鉄道相談所長、仙鉄教習所教官の後、宮城県史編纂委員会、宮城県史刊行会の仕事に従事。民謡詩人協会、歌謡芸術家協会、全国民謡詩人協会などに所属。詩集「北方の猟人」、民謡集「朝霧」、童話集「はねつるべ」などがある。

渡辺 蓮夫　わたなべ・はすお
川柳作家　川柳人協会会長　元・まいにち川柳選者　川柳研究所代表　[生]大正8年　[没]平成10年4月15日　[出]東京　[歴]昭和51年川柳研究社代表。全日本川柳協会常務理事。昭和53年〜平成3年まいにち川柳選者を務める。編著書に川柳全集「川上三太郎」「渡辺蓮夫」、句集「三十年」「一期一会」などがある。

渡辺 春輔　わたなべ・はるすけ
俳人　[生]明治43年8月20日　[出]東京都台東区　[学]旧制中卒　[歴]東京朝日新聞社、日本評論社、平凡社に勤務。俳句は昭和9年「愛吟」の上川井梨葉、16年「円画」(「愛吟」の後継)の清水丁三の指導を受ける。36年石原八束の「秋」に同人として参加。45年神辺鼕々主宰「新川」(「愛吟」の後継)に参加、編集を担当。句集に「よき日のうた」「似せものしぐれ」がある。
[団]俳人協会

渡辺 正也　わたなべ・まさや
詩人　[生]昭和4年1月2日　[出]三重県　[学]三重大学卒　[賞]中日教育賞(第21回)(平成1年)　[歴]三重県立鳥羽高校で12年間にわたり、演劇部を指導。脚本も書き、同校演劇部を中部日本高校演劇大会に12年間で6度出場させるなど活躍。昭和49年伊勢高に移ってからは同演劇大会の審査員などを通じて演劇の普及と向上に努める。平成元年3月、同校を定年退職後も同校特別講師として国語を教える。大学時代から本格的に詩の創作を始め、地域で詩の会“石の詩会”を主宰。詩集に「食堂の降雨図」「薔薇時代の非在」、他に「渡辺正也脚本集」などがある。
[団]三重県芸術文化協会(委員)、日本現代詩人会、中日詩人会(運営委員)

渡辺 松男　わたなべ・まつお
歌人　[生]昭和30年5月13日　[出]群馬県　[賞]現代歌人協会賞(第42回)(平成10年)「寒気氾濫」
[歴]「かりん」所属。平成10年歌集「寒気氾濫」で第42回現代歌人協会賞を受賞。他の歌集に「泡宇宙の蛙」がある。地方公務員。

渡辺 みえこ　わたなべ・みえこ
詩人　画家　[生]昭和18年　[出]東京都　[学]慶応義塾大学文学部哲学科美学美術史専攻(昭和41年)卒　[賞]新世紀美術協会奨励賞(昭和42年)、新世紀美術協会文房堂賞(昭和50年)、女性文化賞(第1回)(平成9年)「女のいない死の楽園―供儀の身体・三島由紀夫」　[歴]国学院大学、日本女子大学、東京家政学院大学などで比較文化、美学、女性学などの講師を務める。詩誌「にゅくす」「言葉の会」「舟」を経て、「ぐるーぷふみ」同人。著書に「女のいない死の楽園―供儀の身体・三島由紀夫」、共著に「フェミニズムって何だろう―あるゼミナールの記録」、訳書にシカゴ大学出版局編「ウーマンラヴィング」(分担訳)、詩集に「耳」「南風」他。
[団]日本現代詩人会

渡辺 未灰　わたなべ・みかい
俳人　[生]明治22年11月11日　[没]昭和43年11月25日　[出]東京市浅草区東三筋町(現・東京都台東区)　本名＝渡辺正男　[学]大倉商卒
[歴]東京市役所、横浜市役所勤務を経て、自ら文具商、食料品店を営んだ。俳句を高浜虚子に学び、「国民新聞」「ホトトギス」などに投

句。大正初期新進と目され、後に岡本癖三酔らの「新緑」同人となる。一時「草汁」を創刊、主宰、他に「東京日日新聞」の俳壇選者をつとめた。晩年は実業に専念し、句作から遠ざかった。著書に「未灰句集」がある。

渡辺 元子　わたなべ・もとこ
歌人　[生]大正10年3月8日　[出]東京　[歴]昭和16年「アララギ」に入会し、斎藤茂吉の選を受ける。21年「新泉」、23年「アザミ」、33年「童牛」に創刊と同時に参加する。38年短歌研究新人賞候補作に入選。36年から解散するまで新歌人会委員をつとめる。のち「あかつき」代表。歌集に「黎明」「輕雲」「清晨」など。他の著書に「茂吉の写生とその内容」がある。
[団]日本歌人クラブ

渡辺 幸恵　わたなべ・ゆきえ
俳人　[生]昭和10年1月1日　[出]宮城県仙台市　[学]東北大学卒　[歴]昭和45年「みちのく」に入会、52年同人に。句集に「織りかけの布地」。
[団]俳人協会

渡辺 幸子　わたなべ・ゆきこ
俳人　[生]明治35年11月3日　[没]平成2年12月13日　[出]熊本市　[学]熊本県立第一高女(大正8年)卒　[歴]昭和13年「ホトトギス」「玉藻」に投句。23年「風花」に参加。28年渡辺倫太と「地平」を創刊。句集に「花鳥戯画」、随筆集に「青岬」。　[団]現代俳句協会

渡辺 洋　わたなべ・よう
詩人　[生]昭和22年4月3日　[出]長野市　[賞]年刊現代詩集奨励賞(第6回)(昭和60年)「漁火」、年刊現代詩集新人賞(第8回)(昭和62年)「うつろい」　[歴]「市民詩集の会」「日本詩人社」「現代詩集成」などに加わり創作活動をはじめる。詩集に「COBALTの記憶」「湖底曽根村幻想」「琥珀色の風」など。　[団]市民詩集の会

渡辺 よしたか　わたなべ・よしたか
歌人　[生]明治31年9月28日　[没]昭和58年1月2日　[出]熊本県　[歴]大正12年「アララギ」に入社、島木赤彦に師事する。15年「あぢさゐ」を創刊主宰。歌集に「八重雲」「北海の歌」「悠久の天」がある。

渡辺 力　わたなべ・りき
詩人　[生]大正11年9月20日　[出]岐阜県　[学]旧制中学卒　[賞]中日詩賞(第36回)(平成8年)　[歴]詩誌「SAYA」編集人、同「山繭」同人。中日詩人会会員、詩集「渡辺力詩集」「地衣類」などがある。　[団]*中日詩人会

渡辺 柳風　わたなべ・りゅうふう
俳人　[生]大正12年8月18日　[出]山梨県　本名＝渡辺高広　[学]高小卒　[歴]昭和22年「ホトトギス」系俳人の堤俳一佳の指導を受ける。24年「裸子」創刊と共に編集同人となる。のち「夏炉」にも所属。句集に「坂みち」がある。
[団]俳人協会

渡辺 倫太　わたなべ・りんた
俳人　「地平」主宰　[生]明治43年2月3日　[没]平成2年11月5日　[出]岐阜市　本名＝渡辺芳夫(わたなべ・よしお)　[学]京都帝大経済学部卒　[歴]出版社編集部勤務。昭和17年加藤しげるの「平野」に投句、22年中村汀女の指導を受け「風花」に参加。のち渡辺幸子らと「風花」を離れ28年「地平」を創刊主宰。新俳句人連盟に入り「麦」にも加わった。現代俳句協会幹事。「渡辺倫太句集」がある。　[団]現代俳句協会

渡辺 礼輔　わたなべ・れいすけ
俳人　元・スポーツ会館常務理事　[生]大正4年4月26日　[没]平成10年8月18日　[出]新潟県北蒲原郡　筆名＝渡辺れいすけ(わたなべ・れいすけ)　[学]東北帝国大学国文学科卒　[賞]学士会理事長賞(昭和56年)　[歴]朝日新聞社に入社。中国特派員、ソ連抑留を経て、帰国。のち財団法人スポーツ会館常務理事、財団法人余暇開発センター参与。昭和8年姫路高校の友人・香西照雄のすすめで句作を始める。大学時代、小宮豊隆、阿部次郎、阿部みどり女、井上白嶺の指導を受けるが結社には所属しなかった。42年草樹会会員。剣新俳壇選者。56年俳人協会会員、のち同協会企画編集委員。句集に「龍潜む」「李杜の山河」がある。　[団]俳人協会、国際句交流協会

渡辺 渡　わたなべ・わたる
詩人　[生]明治32年　[没]昭和21年　[出]愛媛県壬生川町　[歴]大正9年北九州八幡で詩誌「びろうど」を出したが、のち上京、ダダイスム時代の詩壇に登場、15年菊田一夫らと「太平洋詩人」を創刊主宰、詩、評論を書いた。その後人生派風の詩に移行、「日本詩人」「詩文学」「詩原」などに拠った。詩集「海の使者」「天上の砂」「東京」がある。

渡会 やよひ　わたらい・やよい
詩人　[生]昭和24年1月26日　[出]北海道枝幸郡歌登町　[賞]北海道詩人協会賞(平成3年)「洗う理由」　[歴]「裸族」「花時計」「北海詩人」同人を経て、「核」「パンと薔薇」同人。詩集に「洗う

理由」「失踪/CALL」「リバーサイドを遠く離れて」がある。

和知 喜八　わち・きはち
俳人　「響焔」主宰　�生大正2年4月25日　㊙東京　旧号＝和知樹蜂　㊗中央大学法科卒　㊥清山賞（第2回）（昭和45年）　㊔昭和12年ごろより樹蜂と号して「馬酔木」に投句。15年「寒雷」創刊とともに参加し、加藤楸邨に師事。23年暖響作家に推された。勤務する日本鋼管川崎製鉄所の現実を「煙突の下」と題して詠い上げる。35年職場の仲間と同人誌「響焔」を創刊、月刊誌に成長した。45年第2回清山賞受賞。句集に「和知喜八句集」「同齢」「羽毛」がある。
㊙現代俳句協会（顧問）

わらび さぶろう
詩人　児童文学作家　元・千葉県肢体不自由児施設長　�生昭和7年4月15日　本名＝石田三郎（いしだ・さぶろう）　㊗千葉大学医学部卒　医学博士（昭和44年）　㊔昭和44〜63年千葉県肢体不自由児施設長、平成元年〜10年千葉リハビリテーションセンター施設局長を経て、11年松戸市発達センター非常勤講師、千葉大学非常勤講師などを務める。著書に「介護福祉士・ケアマネジャーのためのリハビリテーション医学」がある。一方、わらびさぶろうの筆名で詩人、児童文学作家としても活躍。「舟」「青い地球」同人。著書に「おとなの童話」「もぐらのもぐちゃん」、詩集「負の原点より」がある。
㊙日本詩人クラブ、千葉県詩人クラブ

蕨 真一郎　わらび・しんいちろう
⇒蕨真（けつ・しん）を見よ

詩歌人名事典 新訂第2版

2002年 7月25日 第1刷発行

発 行 者／大高利夫
編集・発行／日外アソシエーツ株式会社
　　　　　〒143-8550 東京都大田区大森北1-23-8 第3下川ビル
　　　　　電話(03)3763-5241(代表)　FAX(03)3764-0845
　　　　　URL http://www.nichigai.co.jp/
発 売 元／株式会社紀伊國屋書店
　　　　　〒163-8636 東京都新宿区新宿3-17-7
　　　　　電話(03)3354-0131(代表)
　　　　　ホールセール部(営業) 電話(03)5469-5918

電算漢字処理／日外アソシエーツ株式会社
印刷・製本／株式会社平河工業社

不許複製・禁無断転載　　　　　《中性紙三菱クリームエレガ使用》
(落丁・乱丁本はお取り替えいたします)
ISBN4-8169-1728-4　　　　　Printed in Japan, 2002

本書はディジタルデータでご利用いただくことができます。詳細はお問い合わせください。

新訂増補 歌舞伎人名事典

野島寿三郎編　A5・950頁　定価(本体16,000円+税)　2002.6刊

出雲のお国から今日まで、歌舞伎400年の歴史を彩る役者、作者、座本、評論家など4,000人を収録した待望の新訂増補版。年表、最新の系図、役者寺・大雲寺の墓碑調査など充実した資料も掲載しました。

テレビ・タレント人名事典 第5版

A5・1,220頁　定価(本体6,600円+税)　2001.7刊

テレビ、ラジオ、映画、演劇、寄席演芸、歌舞伎、音楽などの分野で活躍中の人物8,000人の最新情報を満載。経歴、所属事務所などがわかります。

芸能人物事典 明治 大正 昭和

A5・640頁　定価(本体6,600円+税)　1998.11刊

明治・大正・昭和期に舞台、映画、ラジオ、テレビで活躍した役者、芸人、歌手、タレントなど4,429人の情報を収録。経歴のほか著作や伝記なども紹介。

日本暦西暦月日対照表

野島寿三郎編　A5・310頁　定価(本体3,000円+税)　1987.1刊

西洋で現行のグレオリオ暦が採用された天正10年(1582年)から、日本でも採用されるようになった明治5年(1872年)まで、旧暦(日本暦)と西暦の年月日が完全に対比できます。

20世紀暦 曜日・干支・九星・旧暦・六曜

A5・390頁　定価(本体2,800円+税)　1998.11刊

1873年の西暦採用以降2000年まで、46,751日の曜日・干支・九星・旧暦・六曜。

21世紀暦 曜日・干支・九星・旧暦・六曜

A5・410頁　定価(本体3,800円+税)　2000.10刊

2001年から2100年まで、21世紀の100年間36,524日の暦。

●お問い合わせ・資料請求は…　データベースカンパニー 日外アソシエーツ　〒143-8550 東京都大田区大森北1-23-8　TEL.(03)3763-5241　FAX.(03)3764-0845　ホームページ http://www.nichigai.co.jp/